日本幻想作家事典

東雅夫&石堂藍 編

国書刊行会

序

本書の旧版である『別冊幻想文学⑥日本幻想作家名鑑』が刊行されたのは、今からちょうど十八年前の一九九一年九月であった。

編纂刊行の発意は、〈幻想文学〉というジャンルの全体像を——国内の作家作品に限ってではあったが——ありのままに、具体的に、目に見える形で提示することにあった。『幻想文学』通常号の刊行を一時停止して、半年ほどかけて集中的に編纂執筆作業を進めた日々を懐かしく思い出す。

旧版は幸いにも好評を得て、ほどなく売り切れとなったが、増刷はしなかった。〈小誌編集部では、江戸期以前をも含めた、より大規模な幻想作家事典の刊行へ向けて準備作業を進めており〉云々と旧版序文にも記したとおり、近い将来、さらに本格的な増補改訂版を出したいと思っていたからである。

それがよもや、その実現までに十八年の歳月を要しようとは夢想だにしなかった。九〇年代後半から、私個人の編纂・執筆の仕事が多忙を極めるようになり、かつてのように調査執筆にまとまった時間を割くことが困難な状況となった。そうこうするうち、母胎である『幻想文学』自体が二〇〇三年七月に終刊を迎えることになった。

その間はもっぱら石堂が地道な増補更新の作業を進め、さらに『幻想文学』の御縁で参集いただいた多くの協力者の皆様のお力添えを得て、ここにようやく増補改訂版を上梓できるはこびとなったわけである。

思えば九〇年代からゼロ年代にかけてのこの十八年間は、日本の幻想文学シーンが、かつてない大変貌を遂げた時期であったと、更めて痛感せざるをえない。

九〇年代なかばに始まる国産ホラーの興隆と、そのメインストリームたるホラー・ジャパネスクに発して、ゼロ年代に空前の活況を呈しつつある怪談文芸の動向。

尋常ならざる〈ハリポタ〉人気や『指輪物語』『ナルニア国ものがたり』の相次ぐ映画化などにも牽引され、飛躍的に展開されたファンタジーの普及と拡散。

また、純文学やライトノベルの分野では、あえて〈幻想〉とか〈怪奇〉の形容が不要なほどに、幻想的なるものが当たり前に受容されるようになって、すでに久しい。

このような現状なればこそ、具体的に作家と作品を能うかぎり網羅することで、幻想文学ジャンルの境界線をともかくも確定しようとする本書の試みは、以前にもまして重要な意義を有するのではないかと信ずる。

もとより、完璧を期したなどとは到底申しがたい、現在進行形の試みではあるのだが、今後はインターネットでのデータベース展開なども視野に入れつつ、さらなる拡充を目指したいものと思っている。同好同学の士の御理解・御協力を心より切望する次第である。

二〇〇九年九月

東　雅夫

『日本幻想作家事典』凡例

『日本幻想作家事典』について

本事典は、東雅夫・石堂藍共編著『日本幻想作家名鑑』（一九九一年九月　幻想文学出版局刊）をもとに編纂された文学事典である。『日本幻想作家名鑑』は、幻想文学の研究批評誌『幻想文学』の別冊六号として刊行された。近代以降一九九〇年までの、日本における幻想文学の作家事典として企画されたものである。これに大幅な増補を加え、改訂を施したものが本事典である。

増補・改訂の概要は次の通りである。

＊近代以前の古典文学の作家・作品、一九九〇年以降の新しい作家・作品、旧版で見落としていた作家・作品、幻想文学関連の評論家・研究家を増補した。全体として旧版の約三倍の分量とした。

＊改訂は事実関係・作品内容全般にわたって行った。

＊附録として、「怪奇幻想漫画家事典」「怪奇幻想映像小史」を新たに付け加えた。

執筆について（本篇）

東雅夫・石堂藍の共同執筆による。執筆分担制を採用していないが、旧版では、歌人・俳人ついては須永朝彦氏に、日夏耿之介・須永朝彦については吉村明彦氏にご執筆いただいた。（須永氏の執筆項目は次の通り。春日井建・加藤郁乎・北原白秋・葛原妙子・西東三鬼・斎藤史・斎藤茂吉・佐藤佐太郎・高屋窓秋・高柳重信・塚本邦雄・寺山修司・富澤赤黄男・永田耕衣・中村苑子・浜田到・林田紀音夫・前川佐美雄・三橋鷹女・三橋敏雄・村木道彦・森岡貞香・安永蕗子・山口誓子・山中智恵子・与謝野晶子［短歌のみ］・与謝野鉄幹・渡邊白泉）

旧版では東雅夫が純文学、ＳＦ、怪奇の主要な作家を担当し、石堂藍がその他の純文学、ＳＦと、ファンタジー、児童文学、ジュヴナイル、詩人全般を担当した。

増補改訂作業は主に石堂が行い、これに東が加筆するという形を取った。また郡司正勝については須永朝彦氏にご執筆いただいた。

詩歌の増補に関しては、石川美南・大塚寅彦・藤原龍一郎・松野志保を花笠海月氏に、永井陽子を青柳守音氏に執筆していただき、その他を石堂藍が執筆した。

最終的な文責は東・石堂の両名にある。

増補改訂版執筆の過程で、天澤退二郎氏、紀田順一郎氏、齋藤靖朗氏、別府章子氏に貴重な情報・御助言をいただいた。古典文学では佐藤至子氏、古典ＳＦでは長山靖生氏、ライトノベル関連では榎本秋氏、有里朱美氏、現代ミステリ関連では篠田真由美氏、詩歌では佐藤弓生氏。深く感謝申し上げる次第である。

取り上げた項目について

＊古代から二〇〇八年三月までに、日本で、幻想文学関連の小説、戯曲、詩歌などの創作を発表した文学者。

＊幻想文学に格別な配慮のある評論、研究等の著作を持つ文学者。

＊作者未詳の古典文学の作品。

＊怪奇幻想物を多く有する御伽草子、謡曲、黄表紙などの古典文学の様式。

人名、作者不詳の作品名、様式名を合わせて、約三千三百項目である。

〈幻想文学〉については〈超自然的・非現実的な事象を主要なモチーフとする文学作品〉という広義の解釈のもと、いわゆる怪奇幻想小説やメルヘン、ファンタジー、ホラー、伝奇小説、ＳＦのほか、ミステリ、時代小説、冒険小説などとの境界領域に位置する作品までを、アダルト、ジュヴナイル等の別なく対象としている。

小説家に関しては網羅を目指したが、紙幅の都合もあり次のようなものは割愛した。
＊二〇〇六年以降にデビューした新人作家。
＊一九九〇年代以降の怪奇幻想物隆盛期以後の小説家で、短篇のみの発表で幻想文学の単行書を持たない作家。
＊ノベライゼーションのみの作家（ただし脚本家・原作者として映像・ゲーム領域に関わっている一部のクリエーターは除く）。
＊ポルノ小説を匿名で一冊程度しか刊行していない作家。
＊幻想色・SF色の薄いシミュレーション戦記の作家。
＊一九九〇年代以降盛んになった自費出版により作品を発表している作家。
詩歌に関しては、幻想性の解釈について恣意性は免れないものと思い、重要と思われる作家に留めている。戯曲に関しても、網羅を断念し、怪奇幻想物の戯曲集が刊行されていることを目安とした。

絵本作家についてはほぼ収録を断念した。

古典文学に関しても、原則的には網羅を目指したが、詩歌についてはほぼ割愛した。作者未詳の御伽草子、謡曲、草双紙類、江戸時代以後の仏教説話などは作品数が膨大であるため、網羅はできていない。また、日記、随筆、紀行などにも怪奇幻想的な内容を含むものが多数あるが、高名なもののみに留めた。

各項目の執筆に際しては、幻想文学関連の業績に重点を置いた記述を心がけ、幻想文学の観点からの作品紹介に努めた。

附録について

幻想文学の進展を考える上で、他メディアの影響を措いておくことはできない。附録では、文学の参考資料として、網羅を目指さず、重要と思われる他メディアの作家・作品を解説した。

附録の企画・編集はすべて石堂藍が行った。
＊「怪奇幻想漫画家事典」について
漫画は最も文学と近接するジャンルであるため、本篇と同じ形式で「怪奇幻想漫画家事典」を作成した。ただし執筆者分担制を採用し、石堂藍のほか、天野章生・有里朱美・卯月もよ・岸田志野・倉田わたる・小西優里・城野ふさみ・白峰彩子・想田四・高橋正彦・成瀬正祐・久留賢治・三谷薫・誘蛾灯の各氏にご執筆いただいた。詳しくは七百八十一ページを参照されたい。
＊「怪奇幻想映像小史」について
テレビ・映画・ビデオのメディアにおける怪奇幻想作品とその動向を概説した。石堂藍のほか、堀部利之、中島晶也両氏にご執筆いただいた。映像に関しては精密なデータ（詳しいスタッフ名や各話タイトルなど）を掲載していない。

【凡例】（本篇・附録共通）

①見出し
＊作家の姓名（おおむね最も流通する筆名とした）、及び作者未詳の作品名（『　』でくくった）、様式名をゴシック体で記した。
＊見出しの下のかっこ（　）内に、姓名等の読み、生没年を記入した。姓と名の区分は中黒（・）によって示した。作品名の場合は、刊行年を記し、写本による流布の場合は「成立」と付け加えた。様式名には年代は付加しなかった。
②配列
＊姓・名のよみかたの五十音順。濁音・半濁音・音引、かっこ類は無視した。まず姓で配列し、同じ姓の場合は名前に従った。姓・名共に同じで、清濁の違いがある場合は、清音・濁音・半濁音の順とした。
例「うめばら・けんじ」は「うめはら・たけし」の前

＊作品名等で立てた項目については、すべてを姓扱いとした。
例「あきつしまものがたり」は「あきづき・れいや」の後ろ。

③各項目の解説文

＊おおむね、以下の順で解説を配列した。
本名・別名・別号等。生地・出身地。経歴。作風・作品解説。

ただし、古典文学については、本名の前に戯作者、狂歌師等の作者としての立場を示した。また、近代以降、短歌、俳句、詩、戯曲、評論・研究によって取り上げた作家については、歌人、俳人、詩人、劇作家、評論家等の表記を本名の前に加えた。特に表記のない場合は、小説家であるか、小説の執筆者であり、幻想文学として取り上げられている作品は小説である。また、小説を含む複数のジャンルにまたがって活躍している作家に関しては、詩人、評論家等の表記を最初には加えず、本文中で解説した。

＊▼以下には、重要な作家、怪奇幻想作品の多い作家に全集や選集のある場合、それを記した。

＊特に重要と思われる作品については、各項目の最後に別立てで取り上げた。その際、作品名、シリーズ名を【 】でくくった。小説の類別、初出年月（附録部分は年のみ）と掲載誌、または刊行年と出版社を記し、その後、内容の説明を加えた。掲載誌を示すため、雑誌掲載の年月については、原則として月号表示のあるものはそれに従った。〈三月『文學界』掲載〉とある場合は、三月号であることを示し、実際の三月ではない。

④本文の表記

＊作品名は「 」で表示し、書籍名と新聞・雑誌名は『 』で、シリーズ・叢書名は《 》で表示した。

＊作品名に続く（ ）内の数字は初出年（戯曲の場合は初演年、活字化が先行した場合はそれを注記）を示す。著書名とシリーズ・叢書名に続く（ ）内の数字は刊行年を示す。刊行年が数年にわたる場合は「〜」によって示した。「〜」の後に数字のないものは、二〇〇八年末で継続中（場合によっては途絶中）であることを示す。現時点で途絶が明らかなものについては読者の便宜のために「未完」の注記を加えた。著者存命の作品はあくまでも暫定的に、現状では未完のまま長期にわたって放置されていることを示している。なお、刊行年は奥付に従った。このため、実際に作品が出た時期とずれている場合がある。また、漫画の場合も、雑誌掲載・連載年は月号表示に従っている。このため、やはり、実際に作品が出た時期とずれている場合がある。

＊近代以降の書籍の場合、刊行年のあとに中黒（・）を入れ、出版社を示した。複数の出版社名が「〜」でつながれている場合、同じ作品の出版社が順次移ったことを示す。また、内容傾向を知る一助とするため、文庫や新書の場合にはレーベル名を挙げた。頻出するレーベルの出版社については、凡例の最後に一覧を挙げた。レーベルそのものに出版社名全体が付く場合は（講談社ノベルスなど）、社名の別記を省略している。なお、書籍の出版社、もしくはレーベル、雑誌等が直前のものと同じ場合には、「同」の一字に代えた。

＊古典文学と明治初期の刊行書の場合には、出版社・出版者名は省いた。また、古典文学の場合は写本で流通した場合もあるが、その場合にも書籍名として扱い『 』で示している。なお、書籍・作品の刊行年、成立年が直前のものと同じ場合には「同」の一字に代え、挿絵の画家が同じ場合には「同画」の二字に代えた。

＊近代以降、『 』表記の書籍名であるにもかかわらず出版社名のない場合は、怪奇幻想関連の著書ではないことを示す。私家版・不明等ではない。怪奇幻想関連の著書である場合には、私家版である場合にはその旨を記し、区別をつけた。

＊生没年について、不確定の場合は疑問符（？）に代えた。執筆年、成立年、刊行年が不明の場合には、それぞれ〈成立年未詳〉〈刊年

未詳〉とした。年月・時期等全般について、不確定の場合には年数に疑問符（?）を付し、その前後と確定しているものについては「頃」を付した。両者が併用されているものは、不確定ながらその前後と推測されていることを示す。

＊また読みがなについて、不明の場合は、推測される読みに疑問符（?）を付した。

＊語句の引用、特殊用語等は〈 〉で表示した。引用文中に使用されている例を除き、作品名以外には「 」を用いないようにした。

＊詩歌等の引用中の「／」は原文における改行を、「／／」は行空きを示す。

＊新仮名遣いに統一したが、引用に関しては旧仮名遣いを用いた部分がある。古典作品でも読みがなは新仮名遣いに統一している。

＊旧字も原則的に使用しないが、慣例に従って一部の固有名詞で旧字を使用した部分もある。また、現代作家で名前に旧字を使用しているもの、現代作品で旧字を使用しているもの、誌名、賞などの固有名詞に旧字が使われている場合もそのままとした。

＊年代表記は原則として西暦に統一し、古典に関しては和年号を併記した。また和年号が直前に記したものと同じ場合には「同」に代えた。一〇〇〇年以後の西暦の年代表記については、前後の関係から容易に推測できる場合は世紀に当たる部分を省略した。ただし、二〇〇〇年など、世紀を省くと〈〇〇〉となる年については、世紀部分も記すようにした。

＊出身地・出生地の地名は原則として当時の名称に従った。ただし原則に従えなかったものも多い。近代以前は国からの、近代以後は県からの表記を原則とした。ただし県名と同じ市名の場合には県名を省いた。なお、東京については、区・都・市その他の表記を取らず、〈東京〉で統一した。

＊学校名・団体名等は原則として当時の名称に従ったが、旧帝国大学については「帝国」を省いた。また中等学校は中学、高等学校は高校と略した。一校、東大など、省略形を用いている部分もある。

なお、通常事典に付される索引は、紙数の都合で割愛し、インターネット上アトリエＯＣＴＡホームページにて公開している。割愛した作家についてもホームページで公開中であり、増補・訂正などもインターネット上で随時おこなっていく予定である。

アドレス　http://www.d2.dion.ne.jp/~octa

謝辞

本事典執筆に際しては、多くの先達の仕事に助けられた。中でも左記の方々の業績にはとりわけ多大な恩恵を被った。ここに御名前を記して心からなる感謝を捧げたい。（五十音順・敬称略）

會津信吾、芦辺拓、鮎川哲也、荒俣宏、生田耕作、石川喬司、伊藤秀雄、奥野健男、尾崎秀樹、越智治雄、川村二郎、川村湊、紀田順一郎、北原尚彦、日下三蔵、権田萬治、澁澤龍彥、島崎博、志村有弘、末永昭二、鈴木貞美、須永朝彦、高田衛、高橋康雄、太刀川清、棚橋正博、種村季弘、中井英夫、中島河太郎、長山靖生、西原和海、保坂泰彦、堀切直人、前田愛、松田修、八木昇、山下武、山村正夫、横田順彌、森銑三、渡邊一考。

【参考文献】

作品に付された解説、著者紹介等のほか、個々の作家・作品・ジャンルについての研究著作・文献全般、また本文中で触れた種々の評論・研究的著作を参考にさせていただいた。このほか、以下の事典類を参照した。『日本近代文学大事典』全五巻（八〇・講談社）『新潮日本文学事典』（八八・新潮社）『日本古典文学大辞典』全六巻（八三〜八六・岩波書店）『日本古典文学大事典』（九八・明治書院）『日本児童文学大事典』全三巻（九三・大日本図書）『本の年鑑』（九〇〜〇七・日外アソシエーツ）、叢の会編『草双紙事典』（〇六・東京堂出版）、権田萬治・新保博久監修『日本ミステリー事典』（二〇〇〇・新潮社）、篠弘監修『現代短歌大事典』（〇四・三省堂）、稲畑汀子監修『現代俳句大事典』（〇八・三省堂）、Wikipedia

【レーベル名一覧】（アルファベットを先に、その後五十音順）

Cノベルス……中央公論社（〜九九）、中央公論新社（九九〜）
EXノベルズ……エニックス（〜〇三）、スクウェア・エニックス（〇三〜）
GA文庫…ソフトバンククリエイティブ
HJ文庫……ホビージャパン
MF文庫J……メディアファクトリー
アニメージュ文庫……徳間書店
ウィングス・ノヴェルス、ウィングス文庫……新書館
カッパ・ノベルス……光文社
角川文庫、カドカワ・ノベルズ、角川スニーカー文庫、角川ティーンズルビー文庫、角川ビーンズ文庫、角川ホラー文庫、角川ルビー文庫……角川書店
キャンバス文庫……小学館
ケイブンシャ文庫、ケイブンシャノベルス……勁文社
廣済堂ブルーブックス……廣済堂出版
コスモノベルス……コスミック出版
コバルト文庫……集英社
ジャンプJブックス……集英社
ジョイ・ノベルス……有楽出版社（実業之日本社）
スニーカーブックス……角川書店
スーパークエスト文庫……小学館
スーパーダッシュ文庫、スーパーファンタジー文庫……集英社
創元推理文庫、創元SF文庫……東京創元社
大陸ネオファンタジー文庫、大陸ノベルス……大陸書房
ちくま文庫、ちくま学芸文庫……筑摩書房
ディアプラス文庫……新書館
電撃文庫……メディアワークス（〜〇八）、アスキー・メディアワークス（〇八〜）
徳間文庫、徳間デュアル文庫、徳間キャラ文庫、徳間パステル文庫、トクマ・ノベルズ……徳間書店
ナポレオン文庫、ナポレオンXXノベルズ……フランス書院
二次元ドリームノベルズ、二次元ドリーム文庫……マイクロデザイン出版局（〜二〇〇〇）、マイクロデザイン（〜〇二）、キルタイムコミュニケーション（〇二〜）
ノン・ノベル、ノン・ポシェット、ノン・ブックス……祥伝社
花丸ノベルズ、花丸文庫……白泉社
ハヤカワ文庫……早川書房
ハルキ・ノベルス、ハルキ文庫、ハルキ・ホラー文庫……角川春樹事務所
パレット文庫……小学館
美少女文庫……フランス書院
ビーズログ文庫……エンターブレイン
ファミ通文庫、ファミ通ゲーム文庫……アスキー（〜二〇〇〇）、エンターブレイン（二〇〇〇〜）
富士見文庫、富士見ファンタジア文庫、富士見ミステリー文庫……富士見書房
双葉ノベルズ……双葉社
プレリュード文庫……KKベストセラーズ
歴史群像新書……学研
ログアウト冒険文庫……アスペクト
ワニの本……KKベストセラーズ

あ

相坂きいろ（あいさか・きいろ　?〜）大阪生。感情が動くと魔風を起こす妖物《ばけもの》・百目鬼《どうめき》太郎に一方的になつかれた男子高校生を描く『オニは檻のそとにいる!?』（二〇〇〇・角川ティーンズルビー文庫）に始まるラブコメディ（〜〇一）でデビュー。音楽と美術的魔方陣によって高次元の存在から魔力を引き出すことが学問として認められている異世界日本を舞台にしたオカルト・ファンタジー『救世主の笑う午後』（〇二・角川ビーンズ文庫）ほかの作品がある。

藍沢南城（あいざわ・なんじょう　一七九二〜一八六〇／寛政四〜万延元）儒家。越後南条生。漢文体の越後奇談集『啜茗談柄《せつめいだんぺい》』を執筆した。

藍田真央（あいだ・まお　?〜）異世界を舞台にした歴史ロマンス『黄金のアイオーニア』（二〇〇三・角川ビーンズ文庫）に始まるシリーズがある。

逢田悠（あいだ・ゆう　一九五三〜）東京生。同志社大学卒。神学士。献身キャンプで、神学生を中心に行われた百物語の様子を綴る『ゴーストナイト・コレクション』（九二・スーパーファンタジー文庫）がある。

藍野香織（あいの・かおり　一九五一〜）桐朋学園大学短期大学部卒。ファンタジーの翻訳などを手がける。精霊の住まう別世界を舞台に双子の王子の数奇な運命を描くファンタジー『海の城・山の城』（九六・電撃文庫）がある。

相原真理子（あいはら・まりこ　一九六三〜）国学院大学卒。出版社勤務を経て少女小説を執筆。事故死した双子の姉の幻影と、鏡の中の分身に惑わされる少女を描くサスペンス・ラブロマンス『鏡の中のあたしへ…』（九一・講談社X文庫）がある。

蒼井上鷹（あおい・うえたか　一九六八〜）千葉県生。「キリング・タイム」（〇四）で小説推理新人賞を受賞してデビュー。殺された男の魂が、加害者の身体の中に入ってしまい、加害者が容疑者となっている別の殺人事件の真犯人を捜す『俺が俺に殺されて』（〇七・祥伝社）がある。

葵神奈（あおい・かんな　?〜）ライトポルノ小説を執筆し、オカルト物のコメディ『魔界からアイ・ラブ・ユー』（一九九八・プラザ）がある。

あおい飛咲（あおい・ひさき　一九七〇〜）東京生。学園ホラー・コメディ『もののけウォーズが町にくる』（九〇・朝日ソノラマ＝パンプキン文庫）、憑霊ホラー『ユーレイ事務所の鍵貸します』（九一・同）がある。

蒼井村正（あおい・むらまさ　?〜）ポルノ小説を執筆。現代妖魔物『学園妖討伝』（二〇〇二・二次元ドリームノベルズ）、異世界ファンタジー物『魔法王女シズハ』（〇三・同）ほか多数の作品がある。

青江舜二郎（あおえ・しゅんじろう　一九〇四〜八三）劇作家。本名大嶋衛一、後に長三郎。秋田市生。東京大学文学部印度哲学科卒。第九、十次『新思潮』同人となり、同誌に掲載された一幕物の戯曲「火」（二七）が小山内薫に認められる。五八年、聖徳太子の生涯を独自の仏教観で綴った長篇戯曲「法隆寺」で第五回岸田演劇賞を受賞。『演劇の世界史』（六六・紀伊國屋書店）『日本芸能の源流』（七一・岩崎美術社）などの研究書もある。学校演劇、青年演劇の普及、劇作家の育成に功績があった。初期作品に、流離王に滅ぼされる釈迦族を仏教哲学を交えて描いた長篇戯曲「水のほとり」（二七）があるほか、働いてばかりの夫から逃れて世界中の神々が住まう天界へとやって来た孤独な妻を主人公に、現実と理想、男女の確執を描いた「ゲイとルン」（五六）、金持ちの気の強い娘の婿選びに魔物が乱入したことによって、女性の意識が変わっていく「むこえらび」（六二）などの短篇戯曲がある。

青木和（あおき・かず　一九六一〜）関西学院大学文学部卒。SF伝奇アクション『イミューン』（二〇〇〇・徳間デュアル文庫）で第一回日本SF新人賞佳作入選。民俗学者が主人公の伝奇ミステリ風ホラー《大神亮平奇象観測ファイル》（二〇〇〇〜〇一・同）、同シリーズの『弥勒の森』（〇五・トクマ・ノベルズ）がある。

青木茂（あおき・しげる　一八九七〜一九八二）東京麻布本村町生。結核のため麻布中学中退。富裕な家の生まれであったため、療養をしながら独学で絵画・哲学・文学をはじめ園芸・鍛冶・工学・化学・医学など様々なことを学び、いずれにも業績を上げている。二〇年、最初の童話集『智と力兄弟の話』（新潮社）が、山田耕筰、三木露風らの手を経て出版される。この童話集には、それぞれ知恵と力とを象徴する双子の兄弟の遍歴と冒険を描いた、鉱物的幻想に彩られたファンタジー「智と力兄弟の話」（一九）、宝石に溢れた美しい島の話「詩人の夢」（一九）など七篇の幻想的短篇と三篇の詩が収められている。ファンタジーの分野においてきわめて先駆的な仕事であったといえる。なお、「智と力兄弟の話」は後に冒険色を強めた作品に書き改められた。その後『女学生』『中学生』などに、亡国の王女が我が身を琥珀に閉じこめる小品「琥珀姫」（二二）ほかのファンタジーを執筆。また三一年『童話文学』同人となり、「精霊の国の姫と老人」（三一）などを発表した。戦後、NHKのラジオドラマにもなった《三太物語》（四六〜六五）を執筆。児童文学者としての評価はもっぱらこの庶民的で明朗かつユーモラスな少年小説による。

青木淳悟（あおき・じゅんご　一九七九〜）埼玉県生。早稲田大学文学部卒。チラシ配りで生活する女性のシュールな日常を描いたメタフィクションの短篇「四十日と四十夜のメルヘン」（〇三）で新潮新人賞を受賞。ほかに、沼のほとりを舞台に、類人猿めいた女たちと土を喰らう男たちが遭遇する神話的な物語と現代の寓意的物語とが交錯する「クレーターのほとりで」（〇四）などがある。

青木智彦（あおき・ともひこ　一九六三〜）ゲームクリエーター。妖精育成シミュレーションゲームの原作『まゆ』（九七・ミリオン出版＝アプリコットノベルズ）、伝奇ファンタジー漫画のアニメ版をもとにしたオリジナル『エデンズボウイ』（九九・角川スニーカー文庫）、スペースオペラ・アニメの前日談『キディ・グレイドPr.』（〇一〜〇二・同）などがある。

青木基行（あおき・もとゆき　一九六四〜）千葉県生。異貌の中国古代史『竜騎兵』（九五〜九六・歴史群像新書）でデビュー。シミュレーション戦記『亜欧州大戦記』（九七〜〇二・同）などのほか、田中芳樹「灼熱の竜騎兵」をもとにしたSF戦記『ゴールデン・グリフォン』（〇三・EXノベルズ）がある。

青木祐子（あおき・ゆうこ　一九七〇頃〜）長野県生。「ぼくのズーマー」（二〇〇二）でコバルト・ノベル大賞受賞。中世的別世界を舞台に、伝説の剣を追い求める姫や騎士の冒険を描くファンタジー『ソード・ソウル』（〇三〜〇四・コバルト文庫）、妖精と人間が住む別世界を舞台に、妖精遣いと海の妖精の恋を描いたファンタジー《タム・グリン》（〇五・同）がある。

青樹佑夜（あおき・ゆうや　一九六二〜）本名樹林伸《きばやししん》。別名に天樹《あまぎ》征丸《せいまる》、亜《あ》樹直《ぎただし》、安童夕《あんどうゆう》馬《ま》など。東京生。早稲田大学政経学部卒。漫画編集者を経て漫画原作者となる。代表作にオカルト・アクション系の「Get Backers―奪還屋」（九九〜〇七、綾峰欄人画）、「サイコメトラーEIJI」（九六〜二〇〇〇、朝基まさし画、安童夕馬名義）等。小説に、組織で養成された超能力者の少年少女がその組織と戦うジュヴナイルのSFアクション『サイコバスターズ』（〇四〜〇五・講談社）がある。

青木弓高（あおき・ゆみたか　一九六七〜）魔や悪を栄養源とする美貌の魔族が近未来的東京で活躍する『美貌戦記』（九二・スーパーファンタジー文庫）が第一回ファンタジーロマン大賞選外佳作となる。ほかに、両性具有の魔的な力を持つ美少女の性愛と戦いを描く『REDSADISM』（九二・同）《炎雷のレジェンド》（九三〜九四・同）がある。

青木鷺水（あおき・ろすい　一六五八〜一七三三／万治元〜享保一八）俳諧師、浮世草子作者。号に白梅園、梅園散人、三省軒、歌仙堂。九一（元禄四）年頃には京都に住み、雑俳の点者として登場した。撰集、作法書、季寄せ、故事集などの教科書的な書物を種々出版し、〇二（元禄一五）年には雑俳集『若えびす』を刊行。また、故事成語事典にその例となる説話（出典を明記、怪異談を含む）を付した『和漢故事要言』（〇五／宝永二）を刊行している。この前後より浮世草子を手がけ、教訓物『古今堪忍記』（〇七／同四）などのほか、怪談集があり、浅井了意を引き継ぎ、上田秋成へとつながる重要な怪談作者と目されている。怪談集には、代表作『御伽百物語』のほか、六巻三十話を収録し、因果応報的枠組に拠って、より怪奇色・残酷色を強めた『諸国因果物語』（〇七／同四）、富くじをめぐる狂乱や疫病の流行を取り入れるなど世間話的な趣を強め、怨霊譚から、算数を呪術のごとくに扱った「異国の笑算」のような奇妙な話まで、六巻三十八話を収録する『新玉櫛笥《たまくしげ》』（〇九／同六）がある。
▼『青木鷺水集』（一九八五・ゆまに書房）
【御伽百物語】浮世草子。一七〇六（宝永三）年刊。六巻。『酉陽雑俎』をはじめとする中国の志怪を粉本とする全二十七話の怪談集。諸国行脚の僧の怪談を書き留めたという形式を取り、京や大坂の地名、実在する人物名などを挙げ、実話めかすのに意を払っていることを特徴とする。翻案もきわめて巧みであり、評価は高い。話柄は、貉や狐、妖物、付喪神の話、威力のある神の助力、異界訪問、異類との交情、仙人の話など、志怪由来のものであるため、古典的である。

あおしまたかし（あおしま・たかし　一九七三〜）伝奇アクション・アニメのノベライゼーション『爆炎CAMPUSガードレス』（九九・スーパーファンタジー文庫）でデビュー。終末テーマと美少女ハーレムを絡めたどたばたラブコメディ『ハイスクール・オブ・ブリッツ』（九九〜二〇〇〇・電撃文庫）、勇者が公認の存在である現代を舞台に、勇者に憧れる少年少女が魔王と対決する『ブレイブ・ハイスクール！』（二〇〇〇・スーパーダッシュ文庫）、魔王の生まれ変わりが、魔力を食う〈闇〉と対決する別世界ファンタジー『デモンズ・クラッシュ！』（〇二〜〇三・角川スニーカー文庫）ほかの作品がある。アニメの脚本も手がけている。

青田竜幸（あおた・りゅうこう　?〜）天変地異により超常能力を得た人間たちが出現した未来社会を舞台に、法的に認められている復讐を当事者に代わって果たす請負人たちの戦いを描くサイキック・アクション《ジャッジメント・ワールド》（二〇〇〇〜〇三・富士見ファンタジア文庫）でデビュー。ほかに荒廃した世界を舞台に、不死身の賞金稼ぎなどが冒険を繰り広げるアクション《グランダイバーズ》（〇二〜〇四・同）がある。

青橋由高（あおはし・ゆたか　?〜）ポルノ小説を執筆。二〇〇三年、少年向けポルノノーベルの美少女文庫（フランス書院）創刊と同時にデビュー。ファンタジー系作品に『Kiss―魔法少女は修行中』（〇四・美少女文庫）『恋姫―彼女はヴァンパイア！』（〇七・同）ほか。

青目京子（あおめ・きょうこ　?〜）大正の東京を舞台にした伝奇アクション風ミステリ『暗夜変』（二〇〇五・講談社X文庫）でホワイトハート大賞優秀賞受賞。現代が舞台の退魔師物『鬼ごっこ』（〇六・同）などがある。

青山えりか（あおやま・えりか　一九五九〜）別名黒部エリ。ジャカルタ生。早稲田大学卒。情報誌、女性誌などのライターの傍ら、少女小説を執筆。一般的なラブコメディのほか、呪物の力で五年後の容姿になった女子高生のラブアフェアを描く『夏休みのおまじない』（九一・講談社X文庫）がある。

青山智樹（あおやま・ともき　一九六〇〜）東京生。東海大学理学部卒。高校の物理教師を経て、銀河を舞台にした謀略物の冒険アクション『赤き戦火の惑星』（九二・ケイブンシャノベルス）でデビュー。太平洋戦争シミュレーション戦記を執筆し、新技術物『バトル・オブ・ジャパン』（九七～九九・ワニの本）、改変歴史物『葵の太平洋戦争』（〇六～〇七・ジョイ・ノベルス）などがある。

青山圭秀（あおやま・まさひで　一九五九～）広島県生。東京大学相関理化学専攻博士課程修了。理学博士、医学博士。インド紀行『理性のゆらぎ』（九三）で文筆業にも手を染めるようになり、精神世界関係の著作が多数ある。小説に、様々な聖母の奇跡を集めて終末予言の物語に仕立てた長篇『最後の奇跡』（二〇〇〇・幻冬舎）がある。

赤江瀑（あかえ・ばく　一九三三～）本名長谷川敬《たかし》。山口県下関市生。日本大学芸術学部演劇科中退。放送作家を経て、七〇年に「ニジンスキーの手」で小説現代新人賞を受賞。八四年『八雲が殺した』（八四・文藝春秋）と『海峡』（八三・白水社）で泉鏡花文学賞を受賞。伝統芸能や古美術の魔性に憑かれた男女が繰り広げる数奇な愛憎劇を、古典芸能の〈口説《くどき》〉を想わせる官能的な文体で描く特異な作品世界は〈赤江美学〉の名を冠され、熱烈な愛読者を有する。死者の罪業を身に受ける奇怪な職能民の末裔を描く「罪喰い」（七三）や、花木の芳香によって立ち入る者を官能の虜とする魔性の庭を描く「花夜叉殺し」（七二）などの伝奇的・耽美的なミステリを本領とするが、特に幻想性の濃厚な作品には、京都化野を舞台に、情痴の果てに迷い続ける若衆二人の亡霊と現代女性との交感を夢幻能風に描いた「花曝《はなさ》れ首《こうべ》」（七五）、牡丹の花に埋め尽くされた長谷寺の闇にさまよい出る魔性の若僧に魅入られた娘の末路を哀切な琵琶の撥音に託した「春喪祭」（七六）、妖魔を封じ込める暗黒の天守閣の幻影に憑かれた娘と青年の神秘的な長篇ラブロマンス『上空の城』（七七・角川書店）、無窮迷路の如き海浜の集落へ、死後の恋路を誓い合った伴侶と共に迷い込んだ男が辿る酷薄かつ恍惚たる運命を描いて余すところのないホラー・ジャパネスクの絶品「海贄考」（七九）、オカルティックな作品を集めた短篇集『野ざらし百鬼行』などがある。また、海峡をめぐる八つの断章に託して作家的夢想のルーツを辿る散文詩風の長篇エッセー『海峡』やエッセー集『オルフェの水鏡』（八八・文藝春秋）も興趣深い。赤江の怪奇幻想系の傑作は、『夜叉の舌』（九六・角川ホラー文庫）『虚空のランチ』（〇一・講談社ノベルス）『赤江瀑名作選』（〇六・学研M文庫）『花夜叉殺し』『灯籠爛死行』（〇七・光文社文庫）などの選集にまとめられている。

【野ざらし百鬼行】短篇集。七七年文藝春秋刊。ティーカップ占いに異常な才能を発揮する若者の忌まわしい秘密を描く表題作や、早朝の市街を幻のように走り抜ける路面電車の怪異譚「月曜日の朝やってくる」、逞しい裸体をさらして自慰に耽る男の幽霊が登場する淫靡な心霊奇譚「悪魔恋祓い」ほか、悪魔、幽霊、呪物、超能力などをテーマとするオカルト小説八篇を収める。

【星踊る綺羅の鳴く川】中篇小説。二〇〇〇年講談社刊。真闇の中にちりちりと簪の鳴る音がして舞台の幕が開く。そこは歌舞伎役者の精たちの住まう女人禁制の魔界である。新劇女優たちが四人いて、魔に翻弄されている。果して女たちはどのようにしてこの魔界に入り込んできたものか。そこには芝居にかけた一人の舞台作者の影があった……。数年の沈黙期間の後に世に出たこの物語は、赤江の芝居、特に歌舞伎への熱い思いを籠めた一作である。現実と背中合わせとなって揺曳する〈非在の魔処〉という、骨がらみともいえるモチーフが、従来よりも遥かに大胆に魔界への参入を果たす形で描かれている。泉鏡花『天守物語』の孤塁を摩する、散文による妖怪ユートピア劇の試みともいえよう。

赤尾兜子（あかお・とうし　一九二五～八一）俳人。本名俊郎。兵庫県揖保郡網干町生。大阪外国語学校中国語学科卒。京都大学文学部中国文学科卒。毎日新聞社に勤務した。外語大学在学中より句作を始め、富澤赤黄男の『太陽系』同人となる。五五年より主宰誌を持つと同時に、五八年には『俳句評論』の創刊に参加し、代表同人となる。六一年、現代俳句協会賞受賞。〈二物衝撃論〉というデペイズマン的理論を唱え、前衛俳人として活躍。〈廃墟の貌うつむく水のごときつぶやき〉〈鉄階にいる蜘蛛智慧をかがやかす〉〈音楽漂う岸侵しゆく蛇の飢〉〈暗い河から渦巻く蛇と軽い墓〉など。早い晩年には鬱病を病み、鬱の中から特異な秀句を生んでいる。〈機関車の底まで月明か　馬盥〉〈大雷雨鬱王と会うあさの夢〉〈葛掘れば荒宅まぼろしの中にあり〉など。句集に『蛇』（五九・俳句研究社）『虚像』（六五・創元社）『歳華集』（七五・角川書店）『赤尾兜子全句集』（八二・立風書房）ほか。

赤川次郎（あかがわ・じろう　一九四八〜）福岡市生。桐朋高等学校卒。日本機械学会勤務を経て、七六年に「幽霊列車」でオール讀物推理小説新人賞受賞。『三毛猫ホームズの推理』(七八)をはじめとする一連のユーモア・ミステリでベストセラー作家となる。その一方では、怪奇幻想小説にも意欲的に取り組み、平明で軽妙な文体を活かして、ホラーからファンタジーまで多彩な作品を手がけている。大地震で孤立した郊外住宅地の住民たちが、正体不明の巨獣に脅かされつつ懸命のサバイバルを試みるパニック・テーマの長篇『夜』（八三・角川書店）、住人と一体化して復讐を果たそうとする呪われた古アパートの怪を描く「家主」ほか全三作を収める中篇集『遅れて来た客』（八五・光文社）、級友のいじめにあって死んだ小学生とその母親による凄惨な復讐劇『子供部屋のシャツ』(八七・文藝春秋)、呪われた楽譜を求めて恐怖のネズミ男が暗躍する『禁じられたソナタ』（八八・小学館）、母を吸血鬼に殺された青年と怪力娘のコンビが活躍する青春小説風の吸血鬼譚『ぼくが恋した吸血鬼』（八八・講談社）、吸血鬼と人間の混血少女をヒロインとするユーモア・ミステリ『吸血鬼はお年ごろ』（八一・コバルト文庫）に始まるシリーズ（ほぼ年に一冊の刊行ペースで四半世紀にわたって継続中）、霊感バスガイドが主人公のユーモア・ホラー・ミステリ《怪異名所巡り》(〇一〜・集英社)、遊園地のお化け屋敷で出会った少女の霊と入れかわりに死者の世界に赴く少女を描くファンタジー童話『夢から醒めた夢』（八六・角川書店）、霊能力のある少女が、一晩で生成した森をめぐる事件に巻き込まれるファンタジー・ミステリ『森がわたしを呼んでいる』(〇四・新潮社）など多数。代表的ホラー短篇を収める自選恐怖小説集に『さよならをもう一度』（九四・角川ホラー文庫）と『滅びの庭』（九六・同）がある。

【ふたり】長篇小説。八九年新潮社刊。しっかり者の姉が不慮の事故死を遂げてまもなく、中学生の実加は体の中から自分に呼びかける姉の声を聞く。娘の死の衝撃で精神を病む母、父の単身赴任と不倫、級友たちとの友情やトラブル、淡い初恋、そして内なる姉との葛藤。様々な試練を乗り越えて成長していく思春期の少女の姿をさわやかに描いた異色の〈心霊〉少女小説。

【怪奇博物館】短篇集。八六年双葉社（双葉ノベルズ）刊。狼男や呪いのワラ人形など、いかにもホラー的な道具立てを用いた連作ミステリと、純然たるホラー作品を交互に配するという洒落た趣向の短篇集。吸血鬼に魅入られた家族の破局を少女の視点から描いた「吸血鬼の静かな眠り」、人や物をミニチュア化する魔術師に魅入られたマンション住民の恐怖を描く「受取人、不在につき―」、赤川版〈13日の金曜日〉といった趣の「避暑地の出来事」など七篇を収める。

【忘れな草】長篇小説。九三年角川書店（角川ホラー文庫）刊。山間の小さな町に暮らす女子高生の布悠子は、遺跡掘りの実習旅行の帰途、謎めいた青年の姿を目撃する。その日を境に、布悠子の身辺でささやかな、しかし深刻な異変が起こり始め、彼女を取り巻く小市民的世界は刻一刻と、無惨にも崩壊していくのだった……。基本的にはオーソドックスな怨霊譚なのだが、最後の最後まで手の内を明かすことなく、静かな筆致で恐怖を盛り上げていく手腕には非凡なものがある。角川ホラー文庫の創刊ラインナップの一冊として上梓され、日本的モダンホラーの先覚者としての貫録を示した作品。

【怪談人恋坂】長篇小説。九五年角川書店刊。幾重にも折れ曲がった急坂の上にある家。不審な死に方をした姉が、実は自分の母親だったことを、姉の霊に告げられるヒロイン。忌まわしい出生の秘密。彼女が十六歳になった時、姉の怨霊による凄惨な復讐劇の幕が開いた……。どろどろとした怨念が支配する日本的怪談の定石を踏んだ作品で、赤川作品のネガティヴな側面が全開しており、登場人物の大半が恐るべき運命に見舞われる。ひたすら暗く、救いのない作品である。

赤城梓（あかぎ・あずさ　?〜）SFポルノ小説『超能力少女なつみ』（二〇〇一・ナポレオンXXノベルズ）でナポレオン大賞を受賞。

赤城毅（あかぎ・つよし　一九六一〜）本名大木毅《たけし》。東京生。立教大学文学部史学科卒。同大学院文学研究科博士後期課程満期退学。専門はドイツ近代史。大学勤務の傍ら、『旭日の艦隊　後世欧州戦史』五巻（九六・Cノベルス、荒巻義雄原案）等を執筆。大正時代を舞台に、超古代文明の遺産争奪戦が繰り広げられる冒険アクション《魔大陸の鷹》（九八・Cノベルス）で本格的にデビュー。怪奇ミステリ《帝都探偵物語》（九八〜・Cノベルス〜光文社文庫）、異世界戦記『ノルマルク戦記』（〇一〜〇六・Cノベルス〜スーパーダッシュ文庫）、両大戦間のベルリンを舞台に、魔術師の青年が活躍するオカルト物《猫子爵冒険譚》（〇五・ノン・ノベル）などがある。

赤木里絵（あかぎ・りえ　一九七三〜）長野県生。県立松川高校卒。「水色の夏」（九〇）でコバルト・ノベル大賞に佳作入選しデビュー。遺伝子研究の夢を持つ少女が、未来から少女を殺すためにやって来た戦闘クローンと恋に落ちるSFラブロマンス『揺れる眼差し』（九五・同）がある。

明石散人（あかし・さんじん　一九四五〜）日本史関連のエッセーを中心に執筆する作家。著書に『東洲斎写楽はもういない』（九〇、佐々木幹雄との共著）など多数。怪奇幻想系小説に《鳥玄坊》三部作（九七〜九九・講談社ノベルス）がある。同作は、日本を影から支配している超常的な存在・鳥玄坊一族を描く伝奇SFで、『古事記』を地球規模に拡大して解釈するなどの奇想、多元宇宙・時空転移といったSF的仕掛けや種々雑多なオカルトのモチーフを取り込んだ作品である。

赤瀬川隼（あかせがわ・しゅん　一九三一〜）本名隼彦。弟に作家・画家の赤瀬川原平。三重県四日市市生。大分第一高校卒。銀行勤務などを経て小説家となる。近未来を舞台にしたスラプスティックな野球小説「球は転々宇宙間」（八二）で吉川英治文学新人賞受賞。野球小説のほか、モデル・ハウスにモデル家族として住み込んだ一家が〈見られる〉ことに快感を覚えるようになっていく「ホモ・アピアランス」、日本のあらゆる公的社会的活動が禁止される特別な日の様子を描く「無名の日」などブラックユーモアの短篇集『ブラック・ジャパン』（八五・新潮社）がある。

あかつきゆきや（あかつき・ゆきや　?〜）短篇「黄昏通りにて」（二〇〇一）で、電撃ゲーム小説大賞最終選考候補作に残る。人の心が見えてしまう少女と純粋な心の少年の恋を描く『クリスタル・コミュニケーション』（〇三・電撃文庫）、普通の高校生に吸血鬼や輪廻などが絡むホラー・ファンタジー『輪廻ノムコウ』（〇四・同）がある。

暁鐘成（あかつきの・かねなり　一七九三〜一八六〇／寛政五〜万延元）狂歌師、戯作者。本名木村明啓。通称弥四郎。別号に鶏鳴舎、暁晴翁、狂名に鹿廼家真萩ほか。大坂西横堀福井町生。上醤油所和泉屋三代目の第四子。庶子で、分家に育つ。狂歌から始めて戯作に入り、挿絵も描いた。土産物店、茶店などを経営しながら、著述に励み、様々なジャンルの著作を残した。代表作は洒落本・滑稽本系の『無飽三才図会《あかんさんさいずえ》』（四六／弘化三、序は二一／文政四）。『垣根草』などを引き写した奇談集

『当日奇観』（四八／弘化五）がある。

赤沼三郎（あかぬま・さぶろう　一九〇九〜）本名権藤実。九州大学農学部卒。福岡大学教授、図書館長、理事を歴任した。「解剖された花嫁」（三三）で小説家デビュー。長篇「悪魔黙示録」（三八）を『新青年』に発表。人面を意のままに作り上げる職人・人面師を措定して人妻を惑乱させる、分身譚風ミステリ「人面師梅朱芳」（四九）を執筆している。

赤羽じゅんこ（あかはね・じゅんこ　一九五八〜）児童文学作家。一般的な友情物、ミステリのほか、怪奇短篇やファンタジーを執筆。テストの0点の0の字に羽を書くと、それが0点虫になって教室に飛び出してしまう『0点虫が飛び出した！』（〇二・あかね書房）をはじめとする低学年向け童話、小学生の少女が自分が描いた絵の中に吸い込まれて冒険を繰り広げる『絵の中からSOS！』（〇六・岩崎書店）ほかの作品がある。

赤羽建美（あかばね・たつみ　一九四四〜）別名に宝生《ほうしょう》茜。東京生。早稲田大学文学部卒。記者、アンカー、編集者など様々な職を経て執筆生活に入る。「住宅」（八三）で文學界新人賞を受賞。エンターテインメントに転じ、ミステリや少女小説を主に執筆。九一年頃からは恋愛相談物のエッセーなどにも手を染め始め、九四年頃からは少女小説から手を引き、エッセーを中心とするようになった。少女小説のファンタジーに、別世界物『王子スコルピオン』（九一〜九二・パレット文庫）、マッドサイエンティストが発明した未来を映す超ヴィジョンをめぐる話『パンドラの微笑み』（九一・同）など。宝生茜名で、自殺した少年の怨念を描くホラー『闇迷路』（二〇〇〇・河出書房新社）がある。

あかほりさとる（あかほり・さとる　一九六五〜）本名赤堀悟。愛知県半田市生。明治大学卒。脚本家、漫画原作者、小説家。多数の作品を手がけ、脚本や原作を担当したテレビアニメ、ゲーム、漫画などを自ら小説化。メディアミックスで展開された作品の多くはヒット作となっている。ファンタジー系作品のノベライゼーションに、インド神話風別世界に転生した親友同士の少年たちが、敵味方に別れて戦うことになる『小説天空戦記シュラト』（八九〜九一・エニックス文庫）、ロボットSFにファンタジー味を加えた《ラムネ&40》シリーズ（九一〜九三・角川スニーカー文庫）、大正時代を舞台に少女たちが魔法的ロボットを駆使して戦う《サクラ大戦》（九七〜二〇〇〇・電撃文庫、〇四〜〇五・富士見ファンタジア文庫）ほか多数。小説がアニメ、漫画等に先行、あるいは並行したものに、悪の魔術師を退治するアクション・ファンタジー『爆れつハンター』（九三〜九六・電撃文庫）、異世界に巻き込まれた兄妹が両性具有の英雄として活躍する『MAZE☆爆熱時空』（九三〜九八・角川スニーカー文庫）、現代を舞台にした伝奇アクション『源平伝NEO』（九八〜九九・同）など多数。

赤本（あかほん）江戸初期に発生した草双紙（絵を主体に余白に話の筋や会話を仮名で記したもので、現代でいうと絵本に近いが、江戸で刊行されたものを特にこういう）。寛文（一六六一〜七三）から宝暦（一七五一〜六四）頃まで刊行され、現在五十種ほどが確認されているという（書名のみ伝わるものもあわせた総数で百余種）。画工の名前が記されたものはあるが、作者名、刊行年未詳の作品が多い。先行する文芸の絵本化を中心とし、内容は、御伽物、合戦物、祝儀物、尽くし物、当世物など様々。歌舞伎、浄瑠璃などの芝居を絵として活用しているものも多い。基本的には子供のためのものである。作者未詳のファンタジー系作品には、次のようなものがある。福神を主体とするめでたい登場人物で婚礼の次第を描いた祝儀物『隠里福神嫁入《かくれさとふくじんのよめいり》』（一七三六〜四八／元文〜延享頃?）、雀の技芸に歌舞伎芸を持ってきて絵で表現した『したきれ雀』（三七／元文二頃）、〈猿の生肝〉の猿が竜宮から逃げ出し、息子猿が父猿のために薬を用意しようとして蟹を殺し、敵討物に発展していくという趣向の『猿蟹合戦』（宝暦頃）、川上から流れてきた桃を食べたら若返り、子をなすが、桃太郎と名付けられたその子供は鬼ケ島へ鬼退治に行き、隠れ蓑や打ち出の小槌などの宝を得て戻ったという『桃太郎』(刊年未詳、藤田秀素画)など。『桃太郎』では宝と若返りに近世期の特色が出ている。同じ桃太郎物でも黄表紙の『桃太郎一代記』(九九/天明元、北尾政美画)ともなると、鬼ケ島の色里見物などの当世風俗を加えてある。猿蟹物も様々なバリエーションがある。赤本は後に黒本青本に取って代わられ、さらに黄表紙へと発展していくが、全く消え去ってしまうわけではなく、新作は作られないものの、改題本、復刻本などで長く命脈を保ち、江戸時代を通じて影響を与え続けた。

赤松光夫(あかまつ・みつお　一九三一〜)本名光雄。徳島県阿波郡市場町生。生家は浄土真宗の寺院。京都大学文学部卒。編集者を経てミステリでデビュー。青春小説や官能小説、官能ミステリ、時代小説を多く手がける。後に伝奇的傾向を強め、女忍者が活躍する時代小説や、密教の神秘思想を活かした官能ミステリを執筆している。数奇な因縁に導かれるまま復讐の旅を続ける尼僧たちの姿をオカルトめく雰囲気のうちに描く《尼僧》三部作(八二〜八三・トクマ・ノベルズ)、韓国のシャーマニズムを題材にとりいれた『死霊婚殺人事件』(八五・双葉ノベルズ)のほか、知らぬまに心霊写真を撮影してしまうカメラマンが、魔性のものに憑かれた女たちと次々に肉の交わりを持つという、オカルティックな心霊小説と官能小説を結合させたユニークな連作短篇集『幽女視姦巡礼』(八八・廣済堂ブルーブックス)などがある。

阿川弘之(あがわ・ひろゆき　一九二〇〜)広島市生。東京大学国文科卒。海軍大尉で終戦を迎え、志賀直哉に師事し、「年年歳歳」(四六)でデビュー。私小説を基調に、乗物随筆や太平洋戦争に取材した伝記小説で幅広い人気を得る。八七年『井上成美』で日本文学大賞を、九四年『志賀直哉』で野間文芸賞、毎日出版文化賞を受賞。最初期に、霊にまつわる淡い小品三篇を集めた「霊三題」(四六)があり、宿泊先に現れた愛犬が人語をあやつる様子に妻の離反を予感する「スパニエル幻想」(六〇)、愛人関係の破綻を先ぶれするようなホテルの怪現象の話「浴室」(六六)、山川方夫が事故死した二宮という土地との奇妙に深い因縁を綴る「影」(六五)など、師匠譲りの幻想私小説や、時期はずれに節分の豆まきをしたため風変わりな鬼が訪ねてくる「紺絣鬼縁起」(五八)などの自称〈お伽話〉風短篇がある。

安芸一穂(あき・いちほ　一九四九〜)神奈川県横浜市生。山小屋管理人、編集者、フリーライターを経て、SF冒険小説『白魔の惑星』(八七・ソノラマ文庫)でデビュー。同作をシリーズ化した《オペレーションMM》(八七〜九四・同)、水の惑星を舞台にしたSFファンタジー『水の星戦記』(九三〜九四・同)、厩戸皇子を主人公とした伝奇アクション『神子たちの戦場』(九〇〜九一・同)、日本神話風別世界を舞台に、超能力少女や高貴な血筋の少年剣士が活躍する『地の果て・海の果て』(九一〜九二・白泉社)などを執筆した後、架空戦記物に転身。『旭日の戦旗』(二〇〇〇〜〇三・歴史群像新書)ほか。

亜木冬彦(あぎ・ふゆひこ　一九五八〜)本名赤川仁洋。広島県生。『殺人の駒音』(九二)により横溝正史賞特別賞を受賞。憑霊テーマの長篇猟奇ホラー『傀儡の糸』(九三・角川ホラー文庫)がある。

あきみれい(あき・みれい　?〜)漫画原作者。小説に、腕輪に封印されていた古代エジプトの王子が現代に蘇り、中学生の少年と事件を解決するファンタジー・ミステリ『黄金色の蛇は謎を招く』(二〇〇五・ジャイブ=カラフル文庫)などがある。

明川哲也(あきかわ・てつや　一九六二〜)別名ドリアン助川《すけがわ》。東京生。早稲田大学第一文学部東洋哲学科卒。フリーライター、放送作家を経て、ドリアン助川の名前でロック・ミュージシャンとしてデビュー。二〇〇〇年に渡米し、三年間のニューヨーク生活を経て、〇三年より明川名で小説、エッセーなどを発表。自殺し損ねた男が、不思議なネズミたちとケツアルコアトルに導かれ、人々を自殺に誘う〈憂鬱の砂嵐〉を退ける四つの宝をメキシコで探し求める寓話的な遍歴物語『メキシコ人はなぜハゲないし、死なないのか』（〇三・晶文社）、カラスの視点を駆使して現実を描いた『カラスのジョンソン』（〇七・講談社）、ファンタスティックな短篇集『オーロラマシーンに乗って』（〇七・河出書房新社）『世界の果てに生まれる光』（〇七・角川書店）などがある。

秋口ぎぐる（あきぐち・ぎぐる　一九七六～）本名川上亮《りょう》。大阪府立高専電子情報工学科卒。神戸大学経営学部卒。遠未来の文明崩壊後の地球を舞台に、生命を活性化させる特殊な血を持つ少女の追跡劇を描いたSFアクション『並列バイオ』（二〇〇〇・富士見ファンタジア文庫）で、ファンタジア長編小説大賞審査員特別賞受賞。クリエーター集団グループSNEのメンバーとして、TRPGの設定を用いた短篇などを手がけるほか、アクション・コメディなどを執筆。本名でも青春小説、ミステリを執筆している。ファンタジー系の作品に、機械文明と錬金術などが共存する異貌のロンドンを舞台に、都市の防衛機構を発動するための鍵となるホムンクルスの少年を描いた『ロンドンストーリー』（〇三・ファミ通文庫）がある。

あきさかあさひ（あきさか・あさひ　?～）東京生。変身ヒーロー物のSFコメディ『渚のロブスター少女』（二〇〇五・ファミ通文庫）でえんため大賞優秀賞受賞。ほかに、世界の終末がささやかれる世界で、ループする時間に閉じ込められ、終末回避のために奔走する少年と少女を描く『終わる世界、終わらない夏休み』（〇六・同）がある。

秋田雨雀（あきた・うじゃく　一八八三～一九六二）本名徳三。青森県南津軽郡黒石町生。東京専門学校英文科卒。詩人として出発し、小説「同性の恋」（〇七）によって認められる。編集者を務めながら、戯曲にも興味を示して自由劇場の会員となる。大正年間には盛んに戯曲集・童話集を出したが、昭和二年にソ連訪問後、創作よりも、プロレタリア運動家・演劇運動家として活躍。雨雀の作品には諷刺性・寓意性が強いものが多いが、つまらないドグマを生硬な形で提示するのではなく、卓越した表現力、鮮烈なイメージによって思想的なものを表現し得ているところに魅力がある。「凍てついた眼玉」（二二）は、プロレタリア小説だが、宝石のショウ・ウインドーに労働者の眼玉が凍りついてしまうという残酷・怪奇なイメージで、幻想小説の佳品ともなっている。片目の白鳥夫婦が普通に生まれた我が子の片目をつぶしてしまう童話「白鳥の国」（二〇）、牧神と草の精に戦争の愚かさを語らせる戯曲「牧神と羊の群」（一八）など、数は多くないが、印象深い幻想作品がある。

秋田みやび（あきた・みやび　?～）クリエーター集団グループSNE所属。TRPG「ソード・ワールド」の設定やリプレイをもとにしたファンタジー『へっぽこ冒険者と眠る白嶺』（二〇〇四・富士見ファンタジア文庫）『緋の剣は誰がために』（〇五・同）『輝け！へっぽこ冒険譚』（〇六～〇七・同）などがある。

秋田禎信（あきた・よしのぶ　一九七三～）中世日本を舞台に、鬼を斬るために生きる男と鬼の血をひく少女の旅を描くファンタジー『ひとつ火の粉の雪の中』（九二・富士見ファンタジア文庫）がファンタジア長編小説大賞準入選となり、デビュー。長篇第二作となる別世界ファンタジー《魔術士オーフェン》（九四～〇三・同）は、テレビアニメを中心にメディアミックス化されて爆発的なヒット作となり、神坂一の《スレイヤーズ！》に続き、ライトノベル界におけるファンタジー小説の流行を決定づけた。同作は、魔法が科学のごとくに応用されている別世界を舞台に、魔術士育成機関〈牙の塔〉で育ち、暗殺術を仕込まれた主人公キリランシェロが、魔術の失敗により化物となってしまった姉貴分を救うべく、〈塔〉に離反してオーフェンと名のり、仲間と共に冒険の旅を繰り広げるというものである。シリアスな長篇連作とコメディ要素の勝った外伝的な短篇群から成り、どちらも〇三年に完結した。秋田のほかの長篇作品もみな別世界ファンタジーであり、家族を追い求める物語となっている点も共通している。〈精霊〉という人間の理解を超えた存在を武器代わりに使役している別世界を舞台に、殺戮者として育成された少女と、破壊精霊を閉じ込めた水晶眼を生まれつき持つ少女をそれぞれ主人公とするダブルプロットで、ヒロインたちがアイデンティティや居場所を求める過程で一つの帝国が崩壊していく様を描く『エンジェル・ハウリング』（二〇〇〇～〇四・同）、魔法をもっぱら不死の追求に用いたために魔法使いが頽廃した別世界を舞台に、道を外れた魔法使いを狩るシーカーの青年シャンクが、少女の姿をした魔力結晶と共に、彼女の還るべきところを求めて冒険の旅を繰り広げる『シャンク！』（〇三～〇六・角川スニーカー文庫）などがある。

秋津京子（あきつ・きょうこ　一九六九～）BL小説を執筆。古代が舞台の伝奇ファンタジー『皇の系譜』（九七・キャンバス文庫）、神王の私生児と魔物の戦いを描く官能ファンタジー『神の末裔』（九九・大洋図書＝シャイ・ファンタジー）などがある。

秋津透（あきつ・とおる　一九六〇～）東京生。早稲田大学文学部卒。公務員生活の傍ら小説を執筆し、妖魔に満ちた別世界を舞台に、美少女剣士と魔獣が合体したルナ・ヴァルガーの戦いと冒険を描くヒロイック・ファンタジー《魔獣戦士ルナ・ヴァルガー》シリーズ（八八～九八・角川スニーカー文庫）でデビュー。SFファンタジー系の作家で、スペースオペラ、異世界戦記、ヒロイック・ファンタジーの三系列の作品を、シリアス、コメディ両面で描いている。ファンタジーでは、魔法を疑似科学的に扱い、機械などの要素を大幅に取り入れており、一部のアニメーションからの影響を窺わせる。

　異世界戦記として、ナチス軍団を魔法的別世界に召喚し、ロボット物と魔術合戦とを融合させた『機獣神ブラスルーン』（九〇～九七・カドカワ・ノベルズ）、女だけの王国の女王たちの機略を描く《女王陛下》三部作（九四・キャンバス文庫）がある。ヒロイック・ファンタジーには、豪快なヒーローが変態魔道士などと戦う型破りのコメディ『究極蛮人ダンジョーV』（九五～九六・富士見ファンタジア文庫）、《女王陛下》シリーズ第二部で、酒豪の女将軍の死霊などとの戦いを描く《白虎将軍編》（九五～九六・キャンバス文庫）、別世界からの魔法の供給を停止させるために奮闘する少女オルガを描く《反機星《リーベルスター》オルガ》（九八～九九・プレリュード文庫）、竜や狼などの精霊神が生きている世界で英雄として活躍する王子を描く《魔王ヴァーラの物語》（九七～二〇〇〇・スニーカーブックス）、魔人の跋扈する異世界に召喚された現代少年を描くコメディ『闘鬼風雲録《バトルボーイダイアリー》』（〇一～〇二・ファミ通文庫）など多数。スペースオペラには《星間特捜エンジェルバーズ》（九〇～九一・角川スニーカー文庫）『ハルピュイア奮戦記』（二〇〇〇～〇一・ハルキ文庫）などがある。

秋月こお（あきづき・こお　一九五四～）本名広瀬賜代。別名にたつみや章《しょう》。埼玉県大宮市生。神奈川県逗子市に育つ。明治大学文学部卒。栗本薫に師事してBL小説を執筆し、『小説JUNE』に「独り白書」（八九）でデビュー。《富士見二丁目交響楽団》（九四～）で絶大な支持を得ている。ファンタジー系BLに、現代が舞台の伝奇アクション《ワンダーBOY》（九五～九七・パレット文庫）、吸血鬼物『カシミアのダンディ』（九五・角川ルビー文庫）、人間に変身できる猫が恋人になる『王様な猫』（九九～二〇〇二・徳間キャラ文庫）、超能力物『愚者』（〇七・日本文芸社＝KAREN文庫）など。

　たつみや名では主に児童文学を執筆。山の神々、動物たちと少年とが開発から山を守ろうとするファンタジー『ぼくの・稲荷山戦記』（九二・講談社）で講談社児童文学新人賞を受賞。以後、力を持った精霊と神々とがこの世に存在することを前提にしたファンタジーを多く手がける。ただし、現代が舞台の作品では、精霊たちの力は極端に弱まっており、古代が舞台の場合にも、精霊の力はなおあるものの、人間には干渉しづらくなっているという限定を設けている。現代を舞台にした作品に『夜の神話』（九三・同）『水の伝説』（九五・同）『じっぽ』（九四・あかね書房）など。古代を舞台にしたものには、野間児童文芸賞を受賞した『月神の統べる森で』（九八・講談社）に始まるシリーズ（～〇三）がある。同作はアイヌの民俗や神話を借りてきた物語で、神々や自然と共生する土着の民と、邪馬台国を思わせる征服欲の強い侵攻部族の対立を軸に、霊力の強い土着の民の少年と、侵攻部族の皇子の友情と成長を描いている。

秋月達郎（あきづき・たつろう　一九五九～）本名稲生達朗。別名に橘薫。愛知県生。早稲田大学卒。東映のプロデューサーを経て、サイコホラー『鏡の中の私』（八八・ケイブンシャ文庫、橘薫名）でデビュー。ミステリ、ファンタジー、SF、シミュレーション戦記、時代小説など、幅広く執筆。ファンタジーでは、古代史を語り替えるようなものが多く、中でも幻獣ユニコーンにこだわりを見せ、ユニコーンを核にした一連の伝奇的作品を書いている。理想国家を作るためにユニコーンの力を利用しようとする〈あまびと〉とユニコーンを守る〈守り部〉の戦いに巻き込まれた現代の少女を描く伝奇ミステリ『ユニコーン・アイランド』（九〇・アニメージュ文庫）、秦の始皇帝の時代を舞台に、不老不死の霊薬として一角獣の角を求める冒険を描くアクション・ファンタジー『麒麟幻視行』（九二・トクマ・ノベルズ）、現代を舞台に、わらべ歌とユニコーン伝承の謎に迫る伝奇ミステリ『うしろのしょうめんだあれ』（九七・キャンバス文庫）などがそれに当たる。このほか、超古代を舞台にしたヒロイック・ファンタジー《パンゲア三国誌》（九一～九三・ケイブンシャノベルス）、異世界と現実を意識の中で往還しつつ、魔の力と戦う少女を描く『ガンダーラ・プリンセス』（九二～九三・パレット文庫）、未来から来た殺戮者テーマのSFラブロマンス『時計じかけのソフィア』（九一～九三・同）など。また、九三年からシミュレーション戦記に手を染め、《八八空母物語》シリーズ（九八～二〇〇三・廣済堂ブルーブックス、矢矧零士との共著）をはじめとする多数の作品を執筆。〇三年からは時代小説とミステリを中心に執筆するようになっている。怪奇幻想系の作品として、旧日本軍の超人化計画の残滓による凶暴化に加え、殺された人間の怨念の憑依により、連続殺人を引き起こすミステリ風SFホラー『水晶島綺譚』（〇五・朝日ソノラマ）がある。

秋月麗夜（あきづき・れいや　?～）ライトポルノ小説を執筆。別世界物コメディ《皇女フォーティア旅日記》（一九九八～二〇〇〇・プラザ）、タイムトラベル物コメディ『タイムストリップ』（九九・二次元ドリームノベルズ）など。

『**秋津島物語**』（あきつしまものがたり　一二一八／建保六成立）住吉明神の津守主から聞いた神代の物語を書きとめたという設定の神話物語。作者未詳。本文は日本書紀の記述をもとに、仮名文にしたもの。現存は一巻のみで、天地開闢から神武降誕までを列伝風に簡明にまとめている。

秋野ひとみ（あきの・ひとみ　一九六二～）別名林瞳。少女小説作家。代表作にラブコメディ基調のミステリ《つかまえてシリーズ》（八八～〇六）。ファンタジー系の作品に、学校の温室を磁場として時間移動ができる少女を主人公としたラブロマンス《ななみ》三部作（八九・講談社X文庫）、吸血鬼に魅入られた少女を主人公とするラブコメディ《バンパイア・シティ》（九〇～九二・同）、学園サイキック・ミステリ《ESP戦記イオ》（九三～九五・同）がある。

秋葉千景（あきば・ちかげ　?～）新潟県生。東海大学文学部日本文学科卒。「蛹の中の十日間」で角川学園小説大賞奨励賞を受賞。近未来、月が墜ちた時の光によって鬼に変身した者を狩る青年たちを描くアクション《ルナティック・カーニバル》（二〇〇〇～〇一・

角川スニーカー文庫）がある。

秋穂有輝（あきほ・ゆうき　？〜）魔法的別世界を舞台に、仙人見習いの少女の活躍を描くアクション・ファンタジー『開演！仙娘とネコのプレリュード』（二〇〇三・富士見ファンタジア文庫）でファンタジア長編小説大賞佳作入選。

秋元康（あきもと・やすし　一九五六〜）東京目黒区生。中央大学文学部中退。放送作家、作詞家、漫画原作者。映画監督や小説の執筆も手がける。ホラー小説に、自身がプロデュースした映画の原作で、死の伝染型ホラー《着信アリ》（〇三〜〇六・角川ホラー文庫）や、死を招く呪いの歌をテーマとする都市伝説音楽ホラー『伝染歌』（〇七・講談社文庫）がある。

秋本涼（あきもと・りょう　一九五八〜）兵庫県生。現代を舞台に、水棲人製造の秘密研究を描くSF『はすかの島へ』（九二・スーパーファンタジー文庫）がある。

秋山完（あきやま・かん　？〜）会社員の傍らSFを執筆。匂いを操る魔的な女性と、意志を持った不思議な草の生える大地に住む純朴な青年のラブロマンスを描くSFファンタジー『ラストリーフの伝説』（一九九五・ソノラマ文庫）でデビュー。以後、この作品を含む宇宙年代記〈なつかしき未来〉の構想のもと、一連のSFを発表。シリーズ中には、キリスト教的〈復活〉を描いた『ペリペティアの福音』（九八・同）、植物幻想をモチーフとした『ファイアストーム』（二〇〇〇・同）など、幻想的なテーマを有する興味深い作品が見られる。ほかに、プラネタリウムを小道具に、時を超える表題作などを含むSFファンタジー集『天象儀の星』（〇一・同）など。

秋山正美（あきやま・まさみ　一九二九〜二〇〇一）京都市生。中央大学法学部中退後、小学校教員をはじめ十数種の職業を転々とした後、文筆生活に入る。官能系の『ひとりぼっちの愛と性』（六五）、書物関連の『ロング・ロング・セラーズ』（九〇）、戦時下の生活記録の一環として『まぼろしの戦争漫画の世界』（九八）など、様々なノンフィクションを執筆。小説も数作あり、『葬儀のあとの寝室』（七〇・第二書房）はホラー興隆以前に書かれた恐怖小説集として貴重な作例となっている。少年期より江戸川乱歩をはじめとする怪奇ミステリの類を愛読したという秋山のこの作品集には、乱歩ゆずりの猟奇趣味が横溢している。超自然の怪異をつとめて排し、男女間の愛憎確執や偏執的な狂気など、人間性の暗部から生じるグロテスクな恐怖に主眼を置いており、女の四肢と頭を別々の客に供する奇妙な商売の話「最後の部屋には首がある」、謎の怪人が二十面相ばりの奇想天外な復讐劇を繰り広げる「恥球男」など十三篇を収めている。

秋山瑞人（あきやま・みずひと　一九七一〜）山梨県生。法政大学卒。『EGコンバット』（九八〜九九・電撃文庫）で小説家としてデビュー。人間兵器である少女に戦いの理由を与えるために恋愛をさせるというシチュエーションのSF『イリヤの空、UFOの夏』（〇一〜〇三・同、OVA化）で人気を博し、世界規模の救済や滅亡に関わる状況にありながら、個人の問題にしか目を向けず、閉じた回路で形成されている作品を示す〈セカイ系〉という言葉を流行らせた。ほかの作品に、人類終末テーマの『鉄《くろがね》コミュニケイション』（九八〜九九・同）、遠未来のスペースコロニーを舞台に、独特の信仰や生活を持つネコ型生命体たちを描く『猫の地球儀』（二〇〇〇・同）などのSFがある。

秋山康郎（あきやま・やすお　一九五七〜）別名に池端洋介《いけはたようすけ》、夏野清三郎《なつのせいざぶろう》。東京生。シミュレーション戦記を執筆。SF色濃厚なタイムスリップ物『バイオ戦艦「大和」』（〇二・白石ノベルス）ほか。

秋吉かおる（あきよし・かおる　？〜）ポルノ小説を執筆。妖魔との戦闘物《リナ&ビースト》（一九九八〜二〇〇〇・プラザ）、ファンタジー系の《ドラゴンバスター危機連発》（九七〜九八・同）など。

日日日（あきら　一九八六〜）介護福祉の専門学校在学中に五種のライトノベルの新人賞

を受賞し、SF、ファンタジー、ホラーを次々に発表。異世界から怪造生物《モンスター》を召還する技術・怪造学を学ぶ少女が、モンスターと人類の共存を夢見つつ戦いを繰り広げる学園冒険ファンタジー『アンダカの怪造学』(〇五〜・角川スニーカー文庫、角川学園小説大賞優秀賞)、〈エデンの林檎〉の力で不死身となり、千年を生きてきた少女の愛と戦いを描く伝奇ホラー風アクション《蟲と眼球》(〇五〜・MF文庫J、第一回MF文庫Jライトノベル新人賞編集長特別賞)、大日本帝国超常現象対策局勤務の青年が危険な悪魔の子を見つけるためにその候補を集めて家族ごっこを演じるコメディ『狂乱家族日記』(〇五〜・ファミ通文庫、えんため大賞佳作、テレビアニメ化)、家庭が崩壊し虐待されている少年を語り手に、オカルト好きの少女が幽霊に取り憑かれる様を描いた『ちーちゃんは悠久の向こう』(〇五・新風舎文庫、新風舎文庫大賞、映画化)など。

阿久悠(あく・ゆう　一九三七〜二〇〇七)本名深田公之《ひろゆき》。兵庫県津名郡生。明治大学文学部卒。広告代理店勤務、放送作家を経て作詞家となり、「勝手にしやがれ」「北の宿から」など数々のヒット曲を生み、〈日本一のヒットメーカー〉と呼ばれた。小説の代表作に『瀬戸内少年野球団』(七九)など。横溝正史賞を受賞した長篇小説『殺人狂時代ユリエ』(八三・角川書店)は、記憶を失い、歌手としてデビューした少女ユリエの歌によって、自殺や凶行に走る視聴者が続出、やがて各地で集団自殺や大量殺人が発生するという、本格オカルト・スリラーである。

芥川龍之介(あくたがわ・りゅうのすけ　一八九二〜一九二七)東京京橋生。新原敏三・ふくの長男として生まれたが、生後まもなく母が発狂、その実家である本所の芥川家の養子となる。発狂への不安は彼の人生とその作品に暗い影をおとし、自殺の一因になったともいわれる。東京大学英文科卒。卒論のテーマはウィリアム・モリス研究。東大在学中の一六年、第四次『新思潮』に載せた「鼻」が夏目漱石に激賞され文壇に出る。横須賀の海軍機関学校で二年余教鞭を執った後、執筆に専念。『今昔物語集』、切支丹伝説をはじめ種々の文学などを博捜して成った理知的古典的スタイルの短篇小説によって、大正期を代表する文学者としての評価を得る。二七年七月二十四日未明、将来に対する〈ぼんやりした不安〉を訴え、睡眠薬自殺を遂げた。

　怪奇幻想文学との深い関わりという点でも、龍之介は〈大正期を代表する文学者〉の一人であるといえるだろう。生来、怪を好んだというその性向は、河童を描いた有名な戯画や、家人や古文献から採取した怪異譚を「椒図志異」と題し、〈魔魅及天狗〉〈狐狸妖〉〈河童及河伯〉などの項目別に大学ノートに書きとめていることにも明らかだが、そうした嗜好は読書傾向の上でも、少年期に始まる鏡花文学への傾倒や、「近頃の幽霊」(二一)などに顕著な英米怪奇小説の造詣に窺うことができる。ちなみに彼の文業が、A・フランスの「バルタザアル」やW・B・イェイツの「ケルトの薄明」「春の心臓」、T・ゴーチエの「クラリモンド」(以上一四)、フィオナ・マクラウドの「囁く者」(一四頃、未定稿)など、西欧幻想文学の翻訳から始まっていることは、その創作活動との関連においても重要な意味を持つだろう。イェイツやマクラウドにおけるケルトの神話伝説、フランスやゴーチエにおける中世の伝説や奇蹟譚にあたるものが、龍之介における『今昔物語集』や切支丹伝説であったとも考えられるからだ。

　龍之介の幻想文学作品は、初期から晩年にいたるすべての時期にわたって執筆されており、それらは①和漢洋の古典に取材した幻想小説②現代を舞台とする怪奇小説に大別できる。以下にそれぞれ代表的な作品を掲げる。

①王朝物では、地獄絵巻を描きあげるため愛娘を焼き殺す老絵師の執念が鬼気迫る「地獄変」(一八)、マリア信仰を広めようとする妖術師と道長の息子の対決を描く、魔術感覚溢れる未完の中篇「邪宗門」(一八)、竜昇天の虚言が現実となる奇談「竜」(一九)、切支丹

物では、悪魔と商人の智恵較べをユーモラスに描いた「煙草と悪魔」（一七）、キリスト再臨の日まで地上を彷徨い続ける呪われたユダヤ人とフランシスコ・ザビエルが船上で語り合う「さまよえる猶太人」（一七）、中国物では、虚実さだかならぬ名画の不思議を語って神韻縹渺たる「秋山図」（二一）、稀代の大酒呑みが西域僧の術で腹中の酒虫を吐き出す「酒虫」（一六）、そのほか「蜘蛛の糸」（一八）「犬と笛」（一九）「杜子春」（二〇）「三つの宝」（二二）等の幻想的なメルヘンや、神話の英雄を内省的に描いた異色のヒロイック・ファンタジー「素戔嗚尊」（二〇）もある。

②占いや呪物などオカルト現象をテーマとする作品として、西欧の怪奇小説を意識したとおぼしい意欲作「妖婆」と、それを上海を舞台に焼き直した「アグニの神」（二一）、ハッサン・カンの魔術を習得しようとした俗物が見事に一杯食わされる「魔術」（二〇）、福を転じて禍となす不吉な聖母像の因縁譚「黒衣聖母」（二〇）、洋行中の夫の消息を告げる正体不明の赤帽の怪を描く「妙な話」（二一）があり、迫りくる死と狂気への不安をはらんだ異常心理小説として、「二つの手紙」（一七）「影」（二〇）を経て晩年の「蜃気楼」「歯車」（共に二七）にいたる一連のドッペルゲンガー幻視の物語や、忌まわしい殺人妄想を迫真の筆で描いた「疑惑」（一九）「夢」（二六）、そして「奇怪な再会」などがある。そのほか、冥府の官吏の手違いで腐った両足の替わりに馬の脚をつけられて蘇生した男の悲喜劇を描く「馬の脚」（二五）、敵兵に首を斬られたまま生き続けた中国人の運命を描く「首が落ちた話」（一八）、東京の往来で寒山拾得を見かける「東洋の秋」（二〇、草稿時の題は「寒山拾得」）などのナンセンス・コント、「河童」や「MENSURAZOILI」（一七）「不思議な島」（二四）などの異界小説も注目される。

なお先述の「椒図志異」はひまわり社版《私のノート》の一冊として一九九五年に写真複製版が刊行され、現在は全集等でも読むことができる。また『Modern Ghost Stories』（一四）という本格的な英米怪談アンソロジーを、英語の副読本として編纂刊行しており、この面での先駆的業績にも特筆すべきものがあった。『フランケンシュタイン』『ドラキュラ』からA・ブラックウッド、M・R・ジェイムズに及ぶ龍之介の英米怪奇小説コレクションは、日本近代文学館に収蔵されている。

▼『芥川龍之介全集』全二十四巻（一九九五～九八・岩波書店）

【妖婆】短篇小説。一九年九～十月『中央公論』掲載。舞台は龍之介の故地でもある両国竪川界隈。婆娑羅大神という水の邪神を奉じる占い婆の家に、失踪した恋人お敏の行方を尋ねに行った新蔵は、当のお敏が依代として婆に囚われていることを知る。お敏を奪い返すため偽の神託を下す計略が妖婆の神通力に見破られ進退窮まった時……。〈所謂「自然の夜の側面」は、丁度美しい蛾の飛び交ふやうに、この繁華な東京の町々にも、絶え間なく姿を現してゐるのです〉と語りかける冒頭部に、龍之介の超自然への傾倒が感じられる。

【奇怪な再会】短篇小説。二一年一～二月『大阪毎日新聞』連載。帝国軍人に囲われて、故郷中国の娼館から本所の妾宅に移ってきたお蓮は、東京が森や林にでもならなければ、生き別れの情夫・金とは再会できないと占い師に告げられる。溺愛していた飼犬が変死した頃から、お蓮の精神は次第に狂い始める。鏡をよぎる白犬の影、外でお蓮の名を呼ぶなつかしい男の声、まもなく東京中が森になると告げる旦那の本妻……。二年後の関東大震災の予兆とも思える不気味な予言をはじめ、狂っていく女を見舞う奇怪な幻覚の生々しい迫力が、一読忘れがたい印象を残す。

【河童】中篇小説。二七年三月『改造』掲載。精神病院に収容されている青年患者が語る、河童国の見聞記。上高地の山中から河童の国に落下した語り手は、人間世界と同じ程度の文明生活を営む河童たちの生態や、人間のそれとは大きく異なるかれらの倫理観や世界観に当惑と好奇の目を向ける。死を目前に控えた龍之介の人生観や芸術観が、痛切な諷刺の形で全篇に展開されている特異なアンチユートピア小説。

明野照葉（あけの・てるは　一九五九〜）東京中野区生。東京女子大学文理学部社会学科卒。「雨女」（九八）でオール讀物推理小説新人賞を受賞。〈累《かさね》〉の伝承に由来する日本的共同体の陰湿な闇を背景とした怨霊憑依譚『輪廻　RINKAI』（二〇〇〇・文藝春秋）で松本清張賞を受賞。歪んだ人間たちを描くミステリのほか、旧家の惨劇を描く『憑流』（〇一・文藝春秋）、怨讐物の『感染夢』（〇三・実業之日本社）などの超自然ホラー、進化の過程で超知覚を得るようになった人々の苦悩を描くニューエイジ小説『ソウル・ボディ』（〇七・ゴマブックス）がある。

浅井ラボ（あさい・らぼ　一九七四〜）SF的発想に基づく魔術的別世界を舞台に、魔術師コンビの活躍を描くハードボイルド・ファンタジー《されど罪人は竜と踊る》（〇三〜〇六・角川スニーカー文庫）でスニーカー大賞受賞。

浅井了意（あさい・りょうい　一六一〇頃?〜九一／慶長一五頃?〜元禄四）仮名草子作者。本性寺昭儀坊。別号に松雲、瓢水子、羊岐斎。摂津三嶋江生。浄土真宗大谷派本照寺の住職を父とするが、父は宗門から追放されて還俗、了意は若年より浪々の身となり苦労を重ねた。本照寺再興と唱導家として立つことを目指して勉学に励み、博覧強記で知られるようになった。四四（寛永末）年頃、京都に移り住み、真宗の注解本などの執筆をしていたという。忍の一字で我慢する効用を説いた教訓的な説話集『堪忍記』（五九／万治二）によって評判を得、以後『可笑記評判』（六〇／同三）『むさしあぶみ』（六一／同四）『大倭《やまと》二十四孝』（六五／寛文五）など、仮名草子を次々に執筆、その総数は三十余部という。その後大谷派に帰参し、京都の正願寺の住職となるが、初志を貫き、七五（延宝三）年に、本照寺と同じ音の本性寺の寺号を許された。

了意の作風の幅は広く、実録物に狂歌を取りあわせた『かなめいし』（六三／寛文三）、笑話集『狂歌咄』（七二／同一二）のほか、評論、歴史的な記録物、故事集成、古詩・古歌の注解にまで及ぶ。幻想的な物語の作者としても注目に値する業績を残している。出世作となった『堪忍記』にも、人を溶かす薬草の話（後に落語の「そば清」などの種となった）や奇瑞譚が収録されている。また上田秋成「菊花の約」と同じ種の話も含まれている。怪談を中心にした説話集も多数執筆しており、鈴木正三の怪異物語的説教を文芸的に書き換え、また新たな怪談を付け加えた全八十六話の怪談集『平仮名本　因果物語』（六一／寛文元）、『伽婢子《おとぎぼうこ》』、中国志怪よりも本邦の怪異談に多く取材し、幽霊譚などの怪奇的な話柄を中心に四十五話を収録した遺稿集『狗張子《いぬはりこ》』（九二／元禄五）などがある。このほか、殺生を戒め、放生を勧める因果応報の説話集『戒殺放生物語《かいせつほうじょうものがたり》』（六四／寛文四）、中国の故事説話を五百あまり収集した『新語園』（八二／天和二）などもある。

中篇物語では『浮世物語』（六一／寛文元）が有名。瓢太郎（後に出家して浮世坊）が博打と女色で身を持ち崩して諸職を転々とし、漂泊を重ねた挙句、お伽衆となり、様々な訓戒を述べた後に、仙人になろうとして一度は失敗するものの、ついには抜け殻だけを残して消え去るというもの。『東海道名所記』（六〇／万治三前後）は楽阿弥が大坂男を連れにして江戸から京に上る道程を描いた、名所案内と小説のミックスで、後世の文学に大きな影響を与えた作品だが、寺社の縁起、土地にまつわる奇談などが各所に挿入されているのも大きな特色となっている。このほか、『安倍晴明物語』（六二／寛文二）も浅井了意作とされており、これは『葛城物語』（刊年未詳）『三井寺物語』（六〇／万治三）と三部作を成していたのではないかと推測されている。『安倍晴明物語』は『簠簋《ほき》抄』中の説話に、狐の子別れの場を書き加え、術比べの道具立てを派手にするなどの改変を施したもの。『葛城物語』は役行者と泰澄大師の物語で、前半では役行者が神通力を得て、鬼神を操り、一言主を孔雀明王の咒で捕えるといった一代記が、後半では泰澄法師の霊威による雷の捕縛や一言主の救済が語られている。『三井寺物語』は三井寺縁起で、晴明の寿命入れ替えの秘法が絡む泣不動説話などが含まれる。近世最初の流行作家ともいわれる了意は、役小角と晴明という現代伝奇ファンタジー世界の英雄二名の物語を、小説形式で流布させたことになる。怪談分野における後代への影響なども含めて、了意は近世最初期における怪奇幻想文学の最重要人物といえるだろう。

【伽婢子《おとぎぼうこ》】仮名草子。六六（寛文六）年刊。十三巻、全六十八話を収める怪談集。室町時代を舞台に設定し、伝聞談を装っているが、翻案物である。『剪燈新話』『剪燈余話』などの伝奇物語を翻案した長めの短篇と、中国志怪をそのまま敷き写した短い短篇とから成り、幽霊譚、妖怪譚から仙境譚まで様々な話柄を収める。長めの作品では、死者との契りを描いた「牡丹燈籠」が有名である。中国伝奇の翻案なので、「牡丹燈籠」のほかにも冥婚譚・異類婚譚は多く、幽霊と子をなす話や植物の精との契りなどもある。また、竜宮や山中の異界、隠れ里、地下にある仙境や海の彼方の仙境など、様々な異界訪問譚が目を惹く。翻案の仕方がきわめて巧みで、日本の古典・歴史の逸話を自在に取り入れ、抒情的に話を盛り上げ、近世怪異小説のスタイルを確立したといわれる。たとえば上田秋成の『雨月物語』なども了意のこの手法を継承発展させたものといえる。短めの短篇では、「人面瘡」等の新奇な素材を多く取り入れて、大いに話題となった。各種刊本が現存し、広く読まれたことが知られており、後続の怪談作者に与えた影響にも多大なものがある。

浅香晶（あさか・あきら　一九五七〜）アニメ、特撮などの脚本家。小説に、ＳＦ的設定の制作プロダクション物語《SUPER NOVA》（九〇〜九二・ハヤカワ文庫）、ＳＦハードボイルド『銀河に舞う薔薇』（九四・ソノラマ文庫）、普通の少女が魔法使いになるゲームのノベライゼーション『ミサの魔法物語』（九八・同）がある。

朝香祥（あさか・しょう　?〜）富山県高岡市生。巫女・額田王をヒロインに、大化改新に材を採って描く『夏嵐』（一九九六・スーパーファンタジー文庫）でデビュー。日本古代歴史物から出発し、三国志物やファンタジーなどを執筆。古代日本を舞台に媛神と青年の恋を描くロマンス『現は夢、久遠の瞬き』（九六・コバルト文庫）、伝説の魔剣の失われた力を取り戻すため、冒険の旅を繰り広げるヒロイック・ファンタジー《ジャンクソード》（九八〜九九・同）、霊の存在が認知されるようになった近未来を舞台にした除霊物《高原御祓事務所始末記》（〇一・同）、退魔師物の伝奇アクション《スパイラルカノン》（〇二〜〇三・角川ビーンズ文庫）、伝奇ファンタジー『空の門より出るもの』（〇四・パレット文庫）『螺旋の月』（〇五・同）など。

浅川じゅん（あさかわ・じゅん　一九四八〜）本名今井衣子。群馬県生。群馬大学教育学部卒。小学校教諭。『なきむし魔女先生』（八〇）で講談社児童文学新人賞、児童文学者協会新人賞を受賞。主に園児、低学年向け童話を執筆。『おかしな魔女っ子一年生』（八二・ポプラ社）『なきむしおばけ』（八六・偕成社）『ドジ魔女さんは名探偵』（九〇・ポプラ社文庫）など、魔女やおばけの出てくる話などが多いが、内容はやや教訓的。高学年向けの作品に、出来の悪い少年と利発な少女が、科学的天才たる闇の女王の支配に苦しむおとぎの国の住民を助けて活躍するファンタジー『闇の国のラビリンス』（九一・偕成社）がある。

浅川美也（あさかわ・みや　?〜）〈劇団可燃物〉の脚本家・演出家。舞台脚本に「超人サークルパワフルパーツ」「マジカル熟女★スペースお千代」（共に二〇〇二）「派遣ヒーローライダーマン善」（〇三）など。アニメの脚本も執筆し、「少年陰陽師」（〇六）のシリーズ構成を担当。脚本を担当したＳＦアニメのノベライゼーション『ノエイン』（〇六・ＭＦ文庫Ｊ）などがある。

亜沙木るか（あさき・るか　?〜）少女小説

を執筆。学園ミステリのほか、タイムスリップで好きな男の子を救おうとする少女を描く『時空《とき》を超えて』（一九九五・講談社X文庫）、その続篇で恋人をめぐって宇宙人の王女と戦う『星降る夜のウエディングベル』（九六・同）がある。

あさぎり夕（あさぎり・ゆう　?〜）東京生。漫画家。八七年「なな色マジック」で講談社漫画賞を受賞。BL小説も執筆し、ファンタジー系の作品に、巫覡の血筋の青年を主人公とする退魔アクション《瑞穂と剛の用心棒シリーズ》（一九九六〜九八・キャンバス文庫）、タイムファンタジー『夢屋へおいで』（〇四・コバルト文庫）がある。

麻倉一矢（あさくら・かずや　一九四七〜）本名久保智洋。兵庫県生。東京大学文学部卒。広告代理店勤務を経て文筆業に入る。本名で『月人工天体説』（七七・大陸書房）、ＳＦやオカルト本の翻訳がある。闇の宇宙霊の手先である悪の権化に立ち向かう、拳法の達人と〈白い民〉の活躍を描く伝奇官能バイオレンス・アクション『魔宮殿』（八七〜八八・カドカワ・ノベルズ）で小説家としてもデビュー。ほかに、家康が伊賀忍の替え玉だという秘密をめぐって凄絶な戦いが繰り広げられる伝奇時代小説『剣王伝』（九一・講談社ノベルス）がある。

浅倉卓弥（あさくら・たくや　一九六六〜）札幌市生。東京大学文学部卒。『四日間の奇跡』（〇二）で『このミステリーがすごい！』大賞金賞を受賞してデビュー。ファンタジーに、タイムスリップ物のラブロマンス『君の名残を』（〇四・宝島社）、少女の姿でこの世に存在してきた未生以前の魂が、失意の青年を励ます『雪の夜話』（〇五・中央公論新社）などがある。

朝倉衛（あさくら・まもる　?〜）ＳＦラブコメディ《カレンダーがーるず》（二〇〇三〜〇四・ファミ通文庫）で第四回えんため大賞佳作入選。

朝倉稔（あさくら・みのる　一九二七〜）群馬県桐生市生。日本大学文学部卒。雑誌編集者、新聞記者の傍ら作品を発表する。短篇集『魂の飛ぶ男』（五九・パトリア書店）は、就寝中に魂を他者の体に入り込ませ、自由に操って悪事をはたらく〈さまよえるユダヤ人〉を描いた表題作や、沼に身を投げて死んだ狂女に惹かれる主人公が、彼女と生き写しの女に出会い錯乱する「白葬」など、死と魂の不思議をテーマとする作品六篇を収める。ほかに、男女間の葛藤や三角関係から生まれる狂気の幻覚を描いた「昨日の部屋」「窓」など全七篇を収める『朱の喪章』（七三・アグレマン社）がある。

朝倉祐弥（あさくら・ゆうや　一九七七〜）和歌山県生。近未来を舞台に、個（孤独）を手放して一体化（全体化）しようとする〈土踊り〉が広がる中、それに抵抗しようとした一団を描いた寓話的作品『白の咆哮』（〇五・集英社）ですばる文学賞受賞。ほかに、孤児として育った男が、父親の犯した罪故に敵討を求められる様を描く不条理的な寓話『救済の彼岸《きし》』（〇七・同）がある。

浅暮三文（あさぐれ・みつふみ　一九五九〜）兵庫県西宮市生。広告代理店勤務を経て小説家となる。行方不明の恋人を求めて、迷宮的な無可有郷に迷い込むファンタジー『ダブ（エ）ストン街道』（九八・講談社）でメフィスト賞を受賞。〈そこに残された音〉が聴こえる男を探偵役とするミステリ『石の中の蜘蛛』（〇二・集英社）で推理作家協会賞受賞。同様に五感にこだわった作品群——嗅覚が極度に発達した男を主人公とする『カニスの血を嗣ぐ』（九九・講談社ノベルス）、暴行を受けて病院のベッドで寝たきり状態にある男が、襲われた際に左の眼窩から飛び出した目玉が送ってくる外界の映像を手がかりに事件の真相を探ろうとする『左眼を忘れた男』（〇二・同）、触覚をモチーフにしたＳＦホラー『針』（〇四・早川書房）がある。このほか、アンチユートピア物のＳＦ『夜聖の少年』（二〇〇〇・徳間デュアル文庫）、エルサレムの下の土が目覚め、人間たちの妨害にもめげずに母なる海へと進んでいくという諷刺的寓話

『似非エルサレム記』（〇三・集英社）、魔法使いとの追いつ追われつをゲームブック風に描いたホラー・コメディ『悪夢はダブルでやってくる』（〇五・小学館）、メタフィクションや表記面で実験を試みた作品をはじめ、バラエティに富む小品を収録する短篇集『実験小説 ぬ』（〇五・光文社文庫）など、様々な怪奇幻想系作品を執筆している。

浅田一鳥（あさだ・いっちょう　生没年未詳）十八世紀半ばの浄瑠璃作者。豊竹座の作者だが、単独作はなく、合作・増補などがあるだけである。怪奇系の作品に、播州姫路の皿屋敷の伝説と細川家のお家騒動を絡めた作品で、お家横領の悪事に利用された挙句に惨殺された菊が怨霊となって祟り、悪人が成敗される段がクライマックスとなっている「播州皿屋敷」（一七四一／寛保元、為永太郎兵衛との合作）のほか、帝位を求める謀叛人の皇子を討ち取るという主筋で、冒頭で帝の寵姫・玉藻が妖狐だと説明されるが、最後にそれが、妖狐を討つと見せかけて皇子を討つためのはかりごとだったことがわかり、討たれた皇子の魂を教化するために殺生石を割る「玉藻前《たまものまえ》曦袂《あさひのたもと》」（五一／寛延四、安田蛙桂、浪岡橘平との合作）などがある。

浅田次郎（あさだ・じろう　一九五一〜）本名岩戸康次郎《こうじろう》。東京生。中央大学杉並高校卒。自衛隊員など様々な職を経て、自身の体験に基づくエッセー『とられてたまるか！』（九一）でデビュー。まもなく小説に手を染め、九五年『地下鉄《メトロ》に乗って』（九四・徳間書店）で吉川英治文学新人賞を受賞。九七年には『鉄道員《ぽっぽや》』で直木賞、二〇〇〇年に『壬生義士伝』（二〇〇〇）で柴田錬三郎賞を受賞した。ロマンティシズム溢れる作品を得意とするが、怪奇幻想小説の分野でもそれは変わらず、ほとんどの作品がしみじみとした情感溢れるファンタジーや怪奇小説となっている。中年の男が地下鉄の駅を基点に過去と現在を往還し、自殺した兄やわだかまりのある父と接触する『地下鉄に乗って』、京都太秦の映画撮影所を舞台に、現代の大学生と戦前の大部屋女優の幽霊との恋を描いた『活動寫眞の女』（九七・双葉社）、突然死した中年男をはじめ、死にきれない人々が限定的に蘇って人生を見つめ直す『椿山課長の七日間』（〇二・朝日新聞社）、幕末を舞台に、貧乏神、疫病神、死神に順繰りに取り憑かれる下級武士を描く『憑神《つきがみ》』（〇五・新潮社）、異界のエロティシズムがたゆたう「骨の来歴」「客人」、ドッペルゲンガーを扱った「虫篝」ほか全七篇を収録する怪談集『あやしうらめしあなかなし』（〇六・双葉社）などの作品がある。

【鉄道員《ぽっぽや》】短篇集。九七年集英社刊。抒情味溢れるジェントル・ゴースト・ストーリーを中心にした短篇集で、第一一七回直木賞受賞。怪談集による同賞の受賞は史上初であり、日本怪奇幻想文学史において画期的な出来事となった。全八篇を収録するが、うち三篇が映像化され、本書もミリオンセラーを記録するなど、ジェントル・ゴースト・ストーリーの普及に果たした役割には多大なものがある。表題作は、鉄道員一筋に生きて孤独な老境を迎えた男の前に、死んだ娘が成長した姿で出没する物語で、九九年に映画化され大ヒットした。ほかに、婚家で虐められる身寄りのない女のもとに死んだはずの祖父が訪ねてくる「うらぼんえ」、身も心も打ちひしがれた男の前に、かつて彼を捨てた父が現れる「角筈《つのはず》にて」など。

浅田靖丸（あさだ・やすまる　一九七二〜）兵庫県生。写真館勤務の傍ら小説を執筆。二重人格の陰陽師、高野山の少年戦闘僧、特務機関の刑事が、自分中心の世界に作り替えるための呪術を弄する者と戦う伝奇アクション『幻神伝』（〇三・カッパ・ノベルス）でデビュー。ほかに、同じ仲間が二千年を生きてきた蛇体の徐福と戦う続篇『蛇神伝』（〇七・同）がある。

淺永マキ（あさなが・まき　一九七九〜）千葉県佐倉市生。京都伝統工芸専門学校陶芸コースを卒業後、日本人形の衣装製作に携わる。フーコー短編小説コンテスト、関西文學新人賞などに短篇が入選後、異類婚譚を絡めたエロティックな土俗伝奇ホラーの中篇『犬飼い』(〇四・学習研究社)で、第三回ムー伝奇ノベル大賞優秀賞を受賞。同篇は、山奥の村里の旧家を舞台に、虫愛ずる美少女、車椅子の女主人、不気味な執事、秘密の地下牢、夜ごと繰り返される淫猥を極めた禁断の儀式といったゴシック風の道具立てを盛り込んだ怪作であった。他に長篇『孵卵少女』(〇八・日本文学館)がある。

あさのあつこ(あさの・あつこ　一九五四〜)本名浅野敦子。岡山県英田郡美作町生。青山学院大学文学部卒。小学校の臨時教諭を務めた後、旅館物語『ゆうれい君と一子』(九一)でデビューし、児童文学作家となる。『バッテリー』(九六)で野間児童文芸賞を受賞、幅広い世代の支持を得る。『バッテリー2』(九八)で日本児童文学者協会賞受賞。SFファンタジー系の作品に、超能力少女が活躍するミステリ《テレパシー少女「蘭」事件ノート》(九九〜・講談社青い鳥文庫)、近未来のアンチユートピアの中に生きる少年少女の日々の戦いを描いた『No.6』(〇三〜・講談社)、時空を超えて戦う戦士となった少女を描く『時空ハンターYUKI』(〇五・ジャイブ=カラフル文庫)などがある。

浅野一男(あさの・かずお　生没年未詳)陸軍大尉。経歴未詳。超巨大戦艦、空中タンク、人工大雷雨、無声震波などの超科学兵器を次々に繰り出し、テレビで観戦しながら無人戦車、無人飛行機を遠隔で操作するという、技術側面に焦点を当てた未来戦記「人無き戦場」(一九二九)、説明的な小品「空中軍艦未来戦」(三三)などの少年SFがある。

あざの耕平(あざの・こうへい　一九七六〜)徳島県阿南市生。ファンタジア長編小説大賞出身。ギャング物に仙術をハイブリッドさせたアクション・コメディ『神仙酒コンチェルト』(九九・富士見ファンタジア文庫、宇野耕平名義)で文庫デビュー。悪魔を召喚できるドラッグを核として繰り広げられる学園ミステリにしてサイキック・アクション『Dクラッカーズ』(二〇〇〇〜〇四・富士見ミステリー文庫)で人気を博す。ほかに吸血鬼の存在が公認されている異世界地球を舞台に、吸血鬼が戦うアクション『BLACK BLOOD BROTHERS』(〇四〜・富士見ファンタジア文庫、テレビアニメ化)がある。

浅野和三郎(あさの・わさぶろう　一八七四〜一九三七)茨城県生。東京大学文学部英文科卒。小泉八雲の教え子の一人。初め小説などを執筆し、浅野馮虚の名で写真をめぐる心霊奇談「おぼろ影」(九九)を発表。その後アーヴィング『スケッチブック』(〇一・大日本図書)、ディケンズ『クリスマス・カロル』(〇二・同)など、英文学の翻訳に従事する。海軍機関学校に在職中、息子の原因不明の病気が女行者の託宣で快癒したことを契機に心霊学に関心を抱き、出口王仁三郎と知りあい、大本教のイデオローグとして活躍する。後に大本教は離脱するが、心霊科学を奉じ続け、二三年に心霊科学研究会を設立してその普及に尽力した。福岡県志摩郡の神職・宮崎加賀守大門が幕末に筆録した憑依霊との対話を編纂した『幽魂問答』(三〇・心霊科学研究会)、妻・多慶子を霊媒として小桜姫が語る霊界についての真実を書き留めたという体裁で、文学的色彩を色濃く打ち出した『小桜姫物語』(三七・同)などがある。

朝吹亮二(あさぶき・りょうじ　一九五二〜)詩人。東京生。慶応義塾大学文学部仏文科卒。シュルレアリスティックなイメージの横溢する詩を執筆。初期の行分け詩集に『終焉と王国』(七九・青銅社)『封印せよその額に』(八二・同)がある。歴程賞受賞の『opus』(八七・思潮社)では、散文詩、一行詩、単語の羅列、スラッシュで言葉を区切る詩など、様々な詩型を試みる長詩を展開。さらに『密室論』(八九・七月堂)では行分けも句読点もない詩を試みている。

朝松健(あさまつ・けん　一九五六〜)本名松井克弘。北海道札幌市生。東洋大学文学部仏教学科卒。国書刊行会の編集者として《真ク・リトル・リトル神話大系》(八二〜八四)《定本ラヴクラフト全集》(八四〜八六)《世界魔法大全》（八三）などの企画編集に携わる。同社退社後、西欧魔術の研究家として文筆・翻訳業に入り、正邪の魔力の対決を描く『魔教の幻影』に始まる《逆宇宙ハンターズ》（八六～八七・ソノラマ文庫）で小説家デビュー。オカルティズムや怪奇小説に関するマニアックな造詣を活かしたホラーを多数発表。編集者時代にクトゥルー神話を日本に定着させた立役者の一人として、クトゥルー物はもちろんのこと、本格的オカルト小説から魔術系伝奇アクション、SFホラー、時代小説、スラプスティック・ホラー・コメディ、怪奇私小説まで、様々な作品を意欲的に手がけている。主な作品に次のものがある。北海道の原野に眠る地霊〈黒犬獣〉を魔術により召喚しようとする陰謀を描く『凶獣幻野』に始まる《民族遺産監理室》三部作（八七～八九・Cノベルス）、道教の魔術を中心に正邪の対決を描く伝奇アクション《逆宇宙レイザース》（八八～九〇・ソノラマ文庫）、現代を舞台に、闇の魔術的テロリスト組織と光の組織の魔術的死闘を描くアクション『魔術戦士《マジカル・ウォーリアー》』（八九～九二・大陸ノベルス）、虚実綯い交ぜのオカルト私小説『黒衣伝説』（八八・同）、リアルな怪奇私小説『魔障』（二〇〇〇・ハルキ・ホラー文庫）、ゾンビ・テーマの艶笑ホラー『屍美女軍団』（九〇・ケイブンシャノベルス）、妖術師が入り乱れる歌舞伎ファンタジー『妖術先代萩』（九二・KKベストセラーズ）、元禄時代を舞台にしたオカルト伝奇アクション三部作『元禄霊異伝』（九四・光文社文庫）『元禄百足盗』（九五・同）『妖臣蔵』（九七・同）、室町時代を舞台に、放浪の僧侶・一休宗純が日本を揺るがす呪いを解くために戦うシリーズ《一休》（〇一～〇四・光文社文庫～カッパ・ノベルス）、中国を舞台に、道教マジックとクトゥルー神話の邪神が入り乱れる『崑央《クンヤン》の女王』（九三・角川ホラー文庫）、ナチス・クトゥルー物の短篇集『邪神帝国』（九九・ハヤカワ文庫）など。

【肝盗村鬼譚《きもとりむらきたん》】長篇小説。九六年角川書店（角川ホラー文庫）刊。北海道南部の僻村・肝盗村。近隣の人々から忌避されるその村には、淫猥な祭祀が伝わり、奇怪な古代遺跡が点在し、海から来る魔物の伝説が囁かれていた……。アーカムやインスマスと地続きの〈魔界〉を、ラヴクラフト&クトゥルー神話の委細を知り尽くした朝松ならではの筆によって作り上げている。日本の風土に根ざしつつ、クトゥルー神話の骨法を正しく踏まえた本格神話作品である。

麻宮笙（あさみや・しょう　一九六一～）神奈川県横浜市生。邪悪な巨蛇神と生まれ変わりを司る聖なる石を守る聖王の間に生まれ、時に巨大な蛇に変身してしまう聖王子アーチの戦いを描く『ツインムーンの封印』『イーサの谷の封印』『見えざる森の封印』（九二・講談社X文庫）がある。

朝山蜻一（あさやま・せいいち　一九〇七～七九）本名桑山善之助。東京日本橋生。神田錦城中学校中退。活字の字母製作やレタリング業の傍ら、同人誌に純文学作品を発表する。四九年「くびられた隠者」で『宝石』に登場、以後同誌に「白日の夢」（五〇）「巫女」（五二）などサド・マゾヒズムをモチーフとする独白体の異常心理小説を発表、「巫女」は『宝石』新人作家コンクールの第一席となった。五八年発表の「女は突然変異する」を最後に純文学に転じ、短篇集『彫金師の娘』（七一）を上梓したほか、哲学・科学関連の著作や音響装置に関する発明など多方面に才能を発揮した。怪奇幻想短篇として、多淫な夫を満足させるために、死後もほかの女に憑依して夫への犠牲にする妻の妄執を描く「死霊」（五五）、無重量空間を体験させる実験の怖るべき結末を描く「不思議な世界の死」（五一）などのほか、最晩年に『幻影城』誌に連載したシリーズ《蜻斎志異》（七六）、夢の中で幽明の隔てを越えて妻と再会し、赤ん坊を連れ帰ろうとする「フロイトの可愛い娘」（七五）がある。復刻作品集として『白昼艶夢』（九五・出版芸術社）と『真夜中に唄う島』（〇一・扶桑社文庫）が刊行されている。

浅利準（あさり・じゅん　？～）ポルノ小説

を執筆。吸血鬼物『吸血学園』（一九九四・ナポレオン文庫）がある。

芦田俊太郎（あしだ・しゅんたろう　一九七二～）変身少女物と女子プロレス物を合体させた『魔法の闘魂スレイヤーマキ』（九五・ソノラマ文庫）がある。

足塚鰯（あしづか・いわし　?～）妖猫の少女を主人公にしたほのぼの系ファンタジー『蛇と水と梔子の花』（二〇〇五・コバルト文庫）でコバルト読者大賞を受賞してデビュー。ほかに、同作の続篇『晩夏の手紙』（〇五・同）、姉弟の神が創造し不死の王たちが司る別世界を舞台に、花を常食とする稀少種族の少女が冒険の旅を繰り広げる《蒼闇の刻》（〇五～・同）、妖かし相手の何でも屋の女子高生が主人公の《放課後あやかし姫》（〇七・同）、異界からやって来た魔物と森の領主の少女の交流を描く《ピクテ・シェンカの不思議な森》（〇八～・同）などのファンタジーがある。

芦原すなお（あしはら・すなお　一九四九～）香川県生。早稲田大学文学部独文科卒。同大学院博士課程中退。大学教師の傍ら小説を執筆。黄泉の国にいるスサノオが綴った自伝という形で日本神話の世界をユーモラスな歴史物語に仕立てた『スサノオ自伝』（八六・集英社）でデビュー。九〇年『青春デンデケデケデケ』で直木賞、文藝賞を受賞。その他のファンタジーに、死んだ女が、夫や息子を案じるあまりアライグマの姿となって現世に現れる『たらちね日記』（九五・河出書房新社）、居心地の良い僻村に居着いた画家が、そこで精霊や亡妻の霊などの異界の者と触れ合う連作短篇集『オカメインコに雨坊主』（二〇〇〇・文藝春秋）、友人の死後、青狐の幻影に悩まされる作家を描く夢幻的な長篇『ブルーフォックス・パラドックス』（九七・毎日新聞社）、死につながる夢、他人の夢と入り交じる夢、夢の中での夢分析など、夢についての連作短篇集『新・夢十夜』（九九・実業之日本社）、記憶をなくした少年が自分の名前を求め、時空を超えた冒険を繰り広げる児童文学『ドッペル』（九七・河出書房新社）などの作品がある。

葦原瑞穂（あしはら・みずほ　?～）別名に高坂麻依。ポルノ作家。別世界ファンタジー物《アークツルスの魔宝》（一九九六・ナポレオン文庫）《ファーレンの秘宝》（九四・同、高坂麻依名）などがある。

葦原守中（あしはら・もりなか　生没年未詳）江戸時代中期の、江戸吉原仲之町の引手茶屋、駿河屋市右衛門であるという。読本『〈青楼奇事〉烟花清談』（一七七六／安永五）を執筆した。これは遊里の異事奇聞を集めた全二十二話から成る短篇集で、『宇治拾遺物語』風の体裁を取り〈今はむかし〉と書き出す。著名人の逸話、遊女の意気地を語る説話のほか、幽霊との契りや、化狐騒動などの怪談を収録する。

芦辺拓（あしべ・たく　一九五八～）本名小《こ》畠逸介《ばたとしゆき》。大阪府生。同志社大学法学部卒。新聞社勤務を経て、本格ミステリ『殺人喜劇の13人』（九〇）で鮎川哲也賞を受賞し、ミステリ作家としてデビュー。本格ミステリの代表作に《森江春策の事件簿》（九〇～）など。芦辺は鮎川賞受賞に先立ち、志怪小説風の怪奇短篇連作「異類五種」（八六）により第二回幻想文学新人賞に佳作入選しており、怪奇幻想的な作品への志向を元来有している作家といえる。また、歴史関連の該博な知識や、文体模写やパスティーシュなどもこなす器用さを活かして、芦辺ならではの作品を送り出している。その代表作が、国粋主義的珍説に基づく伝奇的モチーフとロストワールド幻想を取り込んだ『地底獣国《ロスト・ワールド》の殺人』（九七・講談社ノベルス）である。昭和初期、飛行船でアララト山山頂の探険に赴いた一行が、恐竜や日本語を話す原住民がいる山中の洞穴に迷い込み、冒険しながら殺人事件を解決するという、ユニークな本格ミステリとなっている。長篇では本格物のスタイルをほとんど崩さない芦辺だが、短篇ではストレートな怪奇小説からメタフィクションまで、工夫を凝らした作品を執筆しており、それらをまとめたものとして、最初期の王朝物「疫病草紙」、古風な大阪弁の独り語りで綴られた疾病怪談「黒死病館の蛍」などを収録する短篇集『探偵と怪人のいるホテル』（〇六・有楽出版社）がある。このほか、鄭成功が明朝復活をかけて戦う架空歴史戦記『明清疾風録』（九五〜九七・歴史群像新書）など。また、知られざる怪奇探偵小説の逸品を集めたアンソロジー『妖異百物語』（九七・出版芸術社、鮎川哲也との共編）も編纂している。

飛鳥昭雄（あすか・あきお　一九五〇〜）本名佐藤昭信。別表記にあすかあきお、別名に千秋寺京介《せんしゅうじきょうすけ》。大阪府藤井寺市生。府立河南高校卒。漫画家、ライター、小説家。モルモン教徒として知られる。いずれの分野でも俗流オカルトをテーマとしており、エッセーの代表作に『完全ファイルUFO&プラズマ兵器』（〇五・徳間書店）、漫画の代表作に『ショック・サイエンス』（九八〜九九・アスキー）など。小説に、シナリオを担当したゲームのノベライゼーション『The Unsolved』（九七・角川ホラー文庫）などがあるほか、千秋寺京介名義で、明治末の日本を舞台に、怨霊を封じる怨霊師と陰陽師らがサイキック・バトルが繰り広げる伝奇アクション《怨霊記》（〇一〜〇六・トクマ・ノベルズ）がある。

明日香々一（あすか・こういち　？〜）異世界の幼い女神が、自分が創造した世界に逃避したことから起きた事件を描くファンタジー『王国神話』（二〇〇四・富士見ファンタジア文庫）がファンタジア長編小説大賞最終候補作となった。

あすか正太（あすか・しょうた　一九七一〜）ジャンプ小説大賞努力賞を受賞し、小説家となる。ファンタジーに、命を救うために魔王が自分の心臓を埋め込んだ少女とその魔王とのラブコメディ《アースフィア・クロニクル》（二〇〇〇〜〇三・電撃文庫）、十四歳の少女が悪魔の力によって総理大臣になった事態を描く奇天烈なコメディ《総理大臣のえる！》（〇一〜〇五・角川スニーカー文庫）、ダブル的存在である神の子クルスと龍族の王子ディアが世界の復活をかけて戦う『ドラゴンクルス』（〇四〜〇五・同）、学園ラブコメディと魔法バトルのハイブリッド『初恋マジカルブリッツ』（〇五〜・スーパーダッシュ文庫）がある。このほか、ゲーム「アナザヘヴン」、アニメ「ビックリマン２０００」の脚本も手がけている。

あすかみちお（あすか・みちお　？〜）学園ホラー・ミステリ『呪いの殺人方程式』（一九九六・広済堂出版）がある。

飛鳥井雅有（あすかい・まさあり　一二四一〜一三〇一／仁治二〜正安三）歌人。鎌倉生。祖父に『新古今集』撰者の一人、飛鳥井雅経がいる。蹴鞠の家に生まれ、蹴鞠、和歌、古典学によって鎌倉幕府と天皇家とに仕えた。仮名日記を残しており、そのうちの「春の深山路」は前半が日記、後半が京から鎌倉までの紀行文となっているが、紀行部分に土地の神話伝承が織り込まれている。

飛鳥部勝則（あすかべ・かつのり　一九六四〜）本姓阿部。新潟県生。新潟大学大学院教育学研究科修了。『殉教カテリナ車輪』（九八）で鮎川哲也賞を受賞しデビュー。主にミステリを執筆。また画家としても活躍。怪奇幻想作品に、魔法の鏡によって次々と生み出される分身たちが巻き起こす事件を描くグロテスクな長篇ホラー『鏡陥穽』（〇五・文藝春秋）などがある。

梓河人（あずさ・かわと　一九六〇〜）愛知県生。二人で一緒にいると虚空から石が降ってくる運命のカップルを描く奇想的なラブコメディ「その愛は石より重いか」（九五）でデビュー。飯田譲治の映画に協力し、飯田との共著で『アナザヘヴン』（九七・角川書店）ほかがある（飯田の項を参照）。

梓澤要（あずさわ・かなめ　一九五三〜）本名永田道子。静岡県生。明治大学文学部史学地理学科卒。九三年「喜娘」で歴史文学賞を受賞してデビュー。古代ロマン、時代小説を執筆。天正時代を舞台に、正倉院の宝物を守る闇の集団を描いた伝奇時代小説『遊部《あそべ》』（二〇〇〇・講談社）などがある。

東佐紀（あずま・さき　？〜）遠未来、ミュータントやサイボーグの少年少女を主人公に、地下世界を鉄道で旅しながら冒険を繰り広げるSF長篇連作『ネザーワールド』（二〇〇三～〇四・スーパーダッシュ文庫）でスーパーダッシュ小説新人賞佳作入選。

東すみえ（あずま・すみえ　一九六八～）京都芸術短期大学美術史科卒。神人によって額に印を与えられ、魔を狩るための苦難に満ちた冒険を繰り広げる青年を描くヒロイック・ファンタジー『銀の客人』（九二・大陸ノベルス）でデビュー。古代インドを舞台に、王位を奪われた王子と闇の神との戦いを通じて人種的・宗教的軋轢を描く『樹神モヘンジョ・ダロ』（九四・青心社文庫）、インド風異世界を舞台に光と闇の相克を描いたファンタジー《如意樹幻世譚》（九六・同）がある。

東直己（あずま・なおみ　一九五六～）北海道札幌市生。北海道大学文学部中退。九二年『探偵はバーにいる』でデビュー。ハードボイルド作家として活躍し、『残光』（二〇〇〇）で日本推理作家協会賞を受賞。初期作品に、蠅や箸の世界を彼らの視点で描いた「間柴慎悟伝」（九〇）「納豆箸牧山鉄斎」（九二）などの奇想小説があるほか、人肉嗜食物の「ライダー定食」（九六）などの短篇も執筆している。

東藻琴（あずま・まこと　?～）ファンタジー物のポルノ小説《美少女騎士アルト》（一九九六～九七・蒼竜社ノベルズ）がある。

阿蘇羅芭歐（あすら・ばおう　?～）ポルノ小説『ヴァンパイアメイデン』（二〇〇二・二次元ドリームノベルズ）がある。

あせごのまん（あせごの・まん　一九六二～）高地県生。筆名は四国の山間部に伝わる巨人伝説に由来する。幼い頃、祖父から故郷に伝わる昔話や妖怪談を聞かされて育つ。関西学院大学大学院文学研究科満期退学。大学講師の傍ら小説を執筆。奇妙な一家の暮らす家に誘い込まれた語り手が、自分ならざるものに変じていく恐怖を独特の文体で描いた「余は如何にして服部ヒロシとなりしか」（〇五）で日本ホラー小説大賞短編賞を受賞。同作と山人伝奇譚「あせごのまん」、百物語物の異色作「浅水瀬」ほか一篇を収録する『余は如何にして服部ヒロシとなりしか』（〇五・角川ホラー文庫）、土俗の妖異と過去のトラウマに関わる異常心理とが絶妙に絡まり合った幽霊譚「墓碑銘《エピタフ》」、「猿の手」の奇矯な変奏曲「ニホンザルの手」ほか全三篇を収める怪奇短篇集『エピタフ』（〇六・同）がある。

麻生燦（あそう・さん　一九五九～）徳島県生。現代の神戸を舞台に、蘇ろうとする西太后が巻き起こす事件を、拳法少女が風水師らと共に解決するアクション『南京町虎笛奇譚』（九七・角川スニーカー文庫）で第一回早耳ファンタジー・グランプリ受賞。

麻生俊平（あそう・しゅんぺい　?～）早稲田大学第一文学部文芸専修卒。SFハードボイルド『ポート・タウン・ブルース』（一九九一・富士見ファンタジア文庫）で第二回ファンタジア長編小説大賞に準入選し、デビュー。現代日本を舞台に、超古代文明の遺産であるザンヤルマの剣を受け継ぐことになった少年が巻き込まれる事件を描く伝奇アクション《ザンヤルマの剣士》（九三～九七・同）、過って生物兵器となってしまった青年が巨大組織と戦う《ミュートスノート戦記》（九八～二〇〇〇・同）、超人化した少年が超科学技術を駆使するテロリストと戦う《VS《ヴァーサス》》（〇三～〇五・同）などがある。

化野燐（あだしの・りん　一九六四～）岡山県生。岡山大学卒。九九年『幻想文学』第五十六号にエッセー「くだんの故郷」が掲載されて以後、学芸員として勤務の傍ら、妖怪関係の書評・評論などを同誌に執筆。小説に、妖怪を具現化する力を持つ妖怪図譜の争奪戦が繰り広げられる伝奇アクション《人工憑霊蠱猫》（〇五～・講談社ノベルス）がある。

足立和葉（あだち・かよ　一九七三～）長屋王の変に材を採った呪術バトル物『日輪の割れる日』（九七・パレット文庫）でデビュー。その続篇『日輪のかけら』（九九・同）、五世紀の倭国を舞台にした『銀の月船　星の川』（九九・同）、少年時代の安倍晴明を主人公にした『晴明ふしぎ草子』（〇二・同）がある。

安達征一郎（あだち・せいいちろう　一九二六～）鹿児島県奄美大島生。五一年、今村昌平監督の映画『神々の深き欲望』の原案となった「憎しみの海」を発表。その後、新聞記者をはじめ各種の職業に従事しながら創作活動を続ける。第一短篇集『怨の儀式』（七五・三交社）には、金色に輝く向日葵の群落を背景に、狂気の錯乱に陥った男女の異様な姿を描く「太陽狂想」（五四）、奄美大島の幕藩時代の圧政への怨みが込められた儀式に参加した本土の学者が生贄とされる表題作（七三）など、南洋諸島の荒々しい自然に生きる人々の幻想的な生と死の諸相を描いた短篇七篇が収録されている。その後、南島物のほか、児童向けミステリなどを執筆。

あだちひろし&レッド・カンパニー（あだち・ひろし、れっど・かんぱにー　？～）ガマ族の少年・白来也の冒険を描くファンタジーRPGの原作『天外魔境』（一九八九～九一・角川スニーカー文庫）がある。

阿智太郎（あち・たろう　一九七八～）長野県下伊那郡阿智村生。吸血鬼物の学園ラブコメディ『僕の血を吸わないで』（九八～九九・電撃文庫）で、電撃ゲーム小説大賞銀賞を受賞し、デビュー。ほかに狼男物の学園ラブコメディ『僕にお月様を見せないで』（二〇〇〇～〇三・同）など。

安土萌（あづち・もえ　一九五一～）海に静かに浸されていく町を描く「海」（八三）で、星新一ショートショートコンテスト最優秀作受賞。それを絵本化した『海がくる』（九九・理論社、杉田比呂美画）がある。《異形コレクション》に「月光狂」（九八）ほかの怪奇幻想短篇を執筆。

亜程麗（あてい・れい　？～）ポルノ小説を執筆。SFファンタジー『魔海伝説』（一九九六・ナポレオン文庫）など。

阿刀田高（あとうだ・たかし　一九三五～）東京生。早稲田大学文学部仏文科卒。国会図書館勤務を経て、軽妙辛辣なコラムニストとして文筆活動に入る。七九年、短篇集『ナポレオン狂』で直木賞受賞。サキやジョン・コリア、ロアルド・ダールなどを彷彿とさせる奇妙な味の短篇の名手である。都会的で洗練された語り口の背後に、異類婚や器怪、分身、変身などの伝統的モチーフを巧みに織り込んだ作品が多い。短篇集『冷蔵庫より愛をこめて』（七八・講談社）『夢判断』（八〇・新潮社）『恐怖同盟』（八七・同）『妖しいクレヨン箱』（八八・講談社）『あやかしの声』（九六・新潮社）『黒い自画像』（〇三・角川書店）、ショートショート集『最期のメッセージ』（八二・講談社）『奇妙な昼さがり』（九三・同）、自選恐怖小説集『心の旅路』（九三・角川ホラー文庫）ほか多数の作品集がある。また、長篇には、もう一つの日常へ踏み込んでいく男のエロティックな体験を神出鬼没の黒い箱に象徴させた幻想小説『黒い箱』（八六・新潮社）、織田信長が狩野永徳に安土城を描かせた幻の屏風には、禁忌とされる舟が描き込まれており、それを見た者には死が訪れるという幻想的なテイストのホラー・ミステリ『安土城幻記』（九五・角川書店）などがある。内外の怪奇幻想文学にも一家言を持ち、その一端はエッセー集『恐怖コレクション』（八二・新潮社）に披瀝されているほか、『ブラック・ユーモア傑作選』（八一・カッパ・ノベルス）『恐怖特急』（八五・集英社文庫）『日本幻想小説傑作集I II』（八五・白水社uブックス）『恐怖の森』『恐怖の旅』『恐怖の花』（以上八九・福武文庫）などのアンソロジー編纂に結実している。また『ギリシア神話を知っていますか』（八一・新潮社）に見られるように、ギリシア・ローマの神話古典にも関心を向け、叙事物語『新トロイア物語』（九六・講談社）や、シチリアの一つ目巨人や美女を入れた中国の箱など、世界の伝承をもとにした短篇集『新諸国奇談』（九四・同）などを生んでいる。

【ナポレオン狂】短篇集。七九年講談社刊。熱狂的なナポレオン関連物コレクターとナポレオンの生まれ変わりと信じている男の危険な出会いを描く表題作のほか、入院中の運転手に代わって客を乗せた挙句に婦女暴行までやってのけるタクシーの話「甲虫の遁走曲」、挙式を目前に控え、謎の女と関係を持ってしまった男を見舞う意外な運命を抒情的に描く「捩れた夜」、生活に疲れたサラリーマンのほろ苦い変身譚「蒼空」、自殺志願者を追いつめていく、生きている縄の恐怖を描く「縄」など全十三篇を収める。

我孫子武丸（あびこ・たけまる　一九六二〜）本名鈴木哲《あきら》。兵庫県西宮市生。京都大学文学部哲学科中退。ミステリ『8の殺人』（八九）で講談社ノベルスよりデビュー。以後、本格ミステリ作家として活躍する傍ら、怪奇系の作品にも関心を示し、殺人鬼の病理を描いたサイコホラー系ミステリ『殺戮にいたる病』（九二・講談社）などを執筆。また、ホラー・ミステリのサウンドノベルゲーム「かまいたちの夜」の脚本を担当している。短篇でも怪奇物を執筆し、「理想のペット」（九九）ほかの作品を発表している。また、牧野修、田中啓文との共著『三人のゴーストハンター』（〇二・チュンソフト）は、警備員が邪霊や妖獣たちとサイキック・バトルを繰り広げる妖怪ハンター物の連作短篇集である。

阿武天風（あぶ・てんぷう　一八八二〜一九二八）本名信一。別名に虎髭大尉。山口県阿武郡三見村生。海軍兵学校卒。海軍士官。退役後、押川春浪に師事し、少年小説を執筆。軍用飛行機・特殊潜行艇の開発と米国との戦端が開かれて緒戦で勝利する様が描かれた未来予測的な「日米戦争夢物語」（一〇）、南極から平和な地底国に入り込んだ日本男児が悪魔国の侵略を退け、悪魔王を倒して姫と結ばれるヒロイック・ファンタジー「極南の迷宮」（一三）、アジア対欧米という図式で、空想味豊かな科学戦が繰り広げられる未来戦記物の少年小説「太陽は勝てり」（二六〜二七）などがある。ほかに、諷刺的などたばたコメディ「官営しるこ専売局」（一〇、黒面魔人名）も阿武の作品と推測されている。同作は落語化されている。

阿部昭（あべ・あきら　一九三四〜八九）広島県生。東京大学仏文科卒。テレビ東京のディレクターを経て、六二年に「子供部屋」で文學界新人賞を受賞。伝統的な私小説の手法による短篇で高い評価を得る。『千年』（七三）で毎日出版文化賞を受賞。家族の死にまつわる霊異を淡々と綴った「幽霊」（七四）や、幼い日の幻想を描く「沼」（七二）などの珠玉作がある。

阿部完市（あべ・かんいち　一九二八〜二〇〇九）俳人。東京牛込生。金沢医科大学付属医学専門部卒。精神科医。二十二歳より句作を始め、日野草城に師事。五九年、高柳重信の『俳句評論』に参加。六二年『海程』同人となり、金子兜太に師事。七〇年、現代俳句協会賞受賞。〈阿部完の韻律〉（金子兜太）と呼ばれる独特の自由韻律で、意味以前の原存在に迫ろうとする句作を展開。無意識が喚起する、酩酊感を伴うヴィジョンがしばしば句に現れる。〈雁渡りほうとたましひ匂ふかな〉等の『無帽』（五六）、〈ローソクもつてみんなはなれてゆきむほん〉〈櫛もつて不意に縦隊となる不安〉等の『絵本の空』（六九・海程社）、〈栃木にいろいろ雨のたましいもいたり〉〈いもうとと飛んでいるなり青荷物〉〈風をみるきれいな合図ぶらさげて〉〈きつねつき風吹き居れば反応す〉〈この野の上白い化粧のみんないる〉〈すきとおるそこは太鼓をたたいてとおる〉等の『にもつは絵馬』（七四・牧羊社）、〈遠い世の一冊買いに単線で〉〈たとえば一位の木のいちいとは風に揺られる〉等の『春日《はるひ》朝歌《あさうた》』（七八・永田書房）、〈青空に鳥腐りおりわれら泣く〉〈神霊と案内人にわらわれる〉〈霊域にさしかかります雨男〉等の『純白諸事』（八二・現代俳句協会）、〈おくへおくへ青竹馬にのつてあさつて〉等の『軽のやまめ』（九一・角川書店）ほか。なお、未刊句集『証』（五八〜六三）には人工的幻覚を試した「L・S・Dの世界」と題する連作があり、〈生きた銀天国へ行けぬのに逃る〉〈マーガレットの繊細・迷路宮かな〉などの興味深い句が見られる。
▼『阿部完市俳句集成』（二〇〇三・沖積舎）

阿部喜和子（あべ・きわこ　一九五九〜）宮

城県牡鹿郡生。土井喜和名で、日本風別世界〈大那〉を舞台にしたファンタジー短篇「雪藤」（八六）により第二回幻想文学新人賞受賞。同じ世界を舞台に、琵琶の弾き手の青年や、その親友の行動力ある青年、呪力を持つ神官などが活躍する本格ファンタジー《大那物語》（九一～九二・白泉社）がある。

安部公房（あべ・こうぼう　一九二四～九三）本名公房《きみふさ》。東京滝野川生。父が満州医大に籍を置く医師だったため、生後すぐから高校入学の四〇年まで満州奉天市に暮らす。四三年東京大学医学部に入学。この頃から詩や小説を書き始めるが、既に幻想的なものに対する嗜好が露わである。最初期の未完の小説（四三、題未定）には死んだお婆さんの霊が子供に乗り移るという素朴な霊現象を、怪奇的にではなく、自然なこととして描いている。詩はリルケの影響が濃厚で、エッセーには神秘主義的な思考も見える。その後、奉天に戻り、敗戦を迎える。四六年内地に引き揚げ、大学を卒業した四八年「終わりし道の標べに」を発表、この作品が《アプレゲール叢書》（真善美社）の一冊として刊行されたのを契機に、文筆生活に入る。〈夜の会〉に参加し、花田清輝などの影響を受け、シュルレアリスム、マルクス主義などを学ぶ。アヴァンギャルド作家としての自覚のもとに、「デンドロカカリヤ」（四九）「赤い繭」（五〇）を発表。優れた幻想小説である「壁―S・カルマ氏の犯罪」（五一）によって第二十五回芥川賞を受賞し、新人作家として認められる。戯曲の執筆にも手を染め、五三年に「赤い蠟燭と人魚」のパロディとして読める最初の戯曲「少女と魚」を発表。五八年には〈記録芸術の会〉のメンバーとなり、同年「幽霊はここにいる」で岸田演劇賞を受賞。ラジオやテレビなどのメディアとも深く関わり、脚本も多数執筆している。小説の数は多くないが、読売文学賞受賞の「砂の女」（六二）をはじめとする傑作があり、戦後の日本文学史上、欠かすことのできない作家である。また、小説・戯曲ともに海外でも評価されている。九三年一月二十二日に亡くなるまで、前衛的、幻想・SF的手法の作品を発表し続け、幻想文学史上にも巨大な足跡を遺した。

　公房は生涯を通じて変身（幽霊化・分身を含む）のモチーフを多用した。〈変身〉は自分ではない者への変化であると同時に、あるべき自分への回帰でもあるが、いずれにせよ、〈今ここにある自分〉への違和感に根差している。初期に書かれた一人称小説「異端者の告発」（四八）に見られるような〈異端者感覚〉が公房の幻想の根底には横たわり続けていたと思われる。異端者感覚、すなわちこの世への違和感は、文学のテーマとしては珍しいものではないが、公房は幻想文学の手法を用い、多彩なアイディアとイメージを掘り起こして、このテーマの表現に新地平を拓いたと言える。〈夜の会〉入会以前の「終わりし……」は、幻想的イメージに満ちたフレーズは見受けられるものの、かなり観念的で重苦しいが、コモン君がデンドロカカリヤという植物に変身してしまう「デンドロカカリヤ」に至ると、幻想的イメージも文体も軽やかに飛翔し始め、世界の不条理性・生の残酷性を作品の背景としながら、ユーモアさえ感じさせるようになる。ストレートな形で変身を描いた幻想短篇であるこの作品で、公房は自身の手法を摑んだものと思われる。このほか「悪魔ドゥベモオ」（四八）「夢の逃亡」（四九）「飢えた皮膚」「空中楼閣」（共に五一）「ノアの方舟」「水中都市」「鉄砲屋」（以上五二）「R62号の発明」（五三）「変形の記録」「死んだ娘が歌った……」（共に五四）「棒」（五五）「人魚伝」（六二）などの幻想短篇がある。長篇では「第四間氷期」（五八～五九）「砂の女」（六二、読売文学賞）「他人の顔」（六四）「人間そっくり」（六六）「箱男」（七三）などがSF・幻想小説として代表的なものといえるだろう。「第四間氷期」は、未来を予測できるコンピュータを開発し、人類の遠い未来を見た主人公が、未来の自分によって抹殺されるという暗澹たる作品で、公房の代表的な幻想SFである。「人間そっくり」は、小品「使者」

（五八）をもとに構想されたテレビドラマの小説版。〈こんにちは火星人〉というラジオ番組のシナリオライターが、火星からやって来たと称する男と会話を展開するうちに自分が何者なのか分からなくなってしまうという迷宮小説で、妄想小説としても読めるが、幻想と現実の意味を問いかける作品でもある。映画化もされ、様々なバージョンが書かれた「他人の顔」は、事故で顔を失った男が他人の顔を手に入れて妻を誘惑するというストーリーだが、やはりアイデンティティの問題が根深く絡みついている。「箱男」は、ダンボール箱をかぶって自分の存在を消し去った上で、覗き穴から見て記録するという特異な存在〈箱男〉の物語である。現代という時代の寓話であると同時にメタノベルでもある幻惑的な作品。このほか、足にカイワレ大根を生やしてしまった男が自走ベッドに乗って、彼岸と此岸の境めいた不思議な場所を遍歴する長篇「カンガルー・ノート」（九〇）、未完の遺稿「飛ぶ男」（九〇）などがある。

戯曲は、不条理性が全面に押し出されているのが特徴で、スラプスティックなものも得意としている。代表的な作品に、アパートの部屋に死体が置かれていた男のどたばたを、死体が動きしゃべるが、それは男にしか見えないという設定で描く「おまえにも罪がある」（六五）、他人に家を占拠される男を描くテレビドラマ「闖入者」をもとに、より象徴的で酷薄な作品に仕上げた「友達」（六七）など。ほかの幻想的な戯曲に、戦争末期の朝鮮を舞台に、亡霊を登場させることで不条理に死んだ者たちの嘆きと憎悪を見事に描き出した「制服」（五五）、人造超人（AI搭載のスーパーロボット）が登場する寓話的小品「永久運動」（五六）、見えないがそこに存在する幽霊をめぐって人間たちが自分勝手な騒動を繰り広げる様を戯画的に描く「幽霊はここにいる」（五八）などがある。後期には前衛的・実験的な舞台を自ら演出し、世界巡業にも挑戦しており、「仔象は死んだ」（七九、八〇年に映画化）などの作品がある。ラジオドラマには、小品「棒」が原作の「棒になった男」（五七、六九年ほかの作品と合わせて全三景の戯曲に書き改められる）、八十万年後を舞台に鉛の卵（タイムカプセル）から出現した人間（現代人）の体験を描く「鉛の卵」（五七、同年小説化）、「鳥になった女」（六二）など、テレビドラマには、「人間そっくり」（五九）のほか、SF「羊腸人類」「モンスター」（共に六二）などがある。また、子供向けの連続ラジオドラマも手がけており、いずれも公房らしいファンタジーになっている。「ひげの生えたパイプ」（五九）は太郎少年が魔法のマドロスパイプを手に入れて冒険を繰り広げるというもので、身代わりのニセ太郎や火星人などが登場したり、オトギの国に行ったりする。「お化けが街にやって来た」（六〇〜六一、六二年に一部のエピソードをミュージカル化）は、善良で聡明なお化けの父娘が人間の世界にやってきて、人間の様々な状況に手を差し伸べるというもの。ミュージカルの童話劇「お化けの島」（六〇）も子供向けながら興味深い作品で、風・鐘・反対・音楽・手品など、様々な種類のお化け（いたずらな精霊のような存在）のいる島に転校してきた少年が、自分にはお化けが見えないということから事件を引き起こす。ここには〈見えないものを見る〉という幻想文学の本質的なテーマの一つが見て取れる。

▼『安部公房全集』全二十九巻（九七〜二〇〇〇・新潮社）

【壁】中篇小説。五一年月曜書房刊。Ⅰ「S・カルマ氏の犯罪」（『近代文学』五一年二月）Ⅱ「バベルの塔の狸」（『人間』五一年五月）Ⅲ「赤い繭」（『人間』五〇年十二月）から成る。Ⅰは、社会的な人間としての立場を名刺に取って代わられて、名前のない存在になった主人公が、世界の果てへ旅し、一枚の壁になるというシュルレアリスティックな作品。Ⅱは、〈とらぬ狸〉に影を取られた詩人がバベルの塔で冒険するという、夢そのものを思わせるようなイメージの飛躍に溢れた短篇。真面目なナンセンス・テイルといった趣がある。Ⅲは「赤い繭」「洪水」「魔法のチョーク」「事業」という四篇のシニカルなショートショートで構成されている。これらの作品は、公房の優れた前衛性を世に知らしめたものであり、作者自身にとっても創作上の突破口となった作品である。殊に「赤い繭」については愛惜のある特別な作品であると自ら語っている。ⅠとⅢの一部は公房による脚本でラジオドラマ、テレビドラマ化された。

【砂の女】長篇小説。六二年新潮社刊。昆虫を求めて砂丘地帯に来た男が、罠にかかった獣さながら、這い登れない砂の崖の下に取り残されてしまう。崖の下で暮らしてきた女と生活を共にしながら、そこからの脱出と同時に生活改善を様々に企てる。ついに脱出が可能になったとき、男は……。現代の人生そのものを象徴しているかのような、寓話的色彩の強い作品ではあるが、異世界である砂の世界のリアルな描写が素晴らしい。幻想の勁さがリアリスティックな描写に支えられていることを実証している作品ともいえるだろう。六三年にラジオドラマ化、六四年に映画化されたが、その脚本も自ら手がけている。

安倍季雄（あべ・すえお　一八八〇～一九六二）筆名に村羊。山形県鶴岡天神町生。函館中学卒。児童文学作家。時事新報社で、雑誌『少年』『少女』の編集主幹を務める傍ら児童文学を執筆。ブロントサウルスの捕獲というロストワールド・テーマのサブストーリーが組み入れられた長篇少年冒険小説『幼年冒険小説集』（二九・国民図書）などがある。

阿部剛士（あべ・つよし　?～）オルフェウスの冥府降りの物語を基調とし、メドゥーサの愛への呪いとオルフェウスの愛の強さとを対決させる戯曲形式の長篇『戯曲オルフェウス』（一九九二・八重岳書房）がある。

阿部正子（あべ・まさこ　一九三六～）千葉県市川市生。国学院大学卒。主に幼年童話を執筆。『1ねん3くみかいぞくロケット』（七八・文研出版）は、先生が海賊の親分に、教室がロケットに変わってしまう陽性の空想物。ほかに、家庭の問題に悩む少女が、分身や狐の妖怪などに出会う連作を収録した『ゆらめき・少女たち』（九三・文溪堂）、低学年向けファンタジー『ねむの木ゆうびん』（九八・教育画劇）など。

阿部正信（あべ・まさのぶ　生没年未詳）通称大学。上位の幕臣。一八一七(文化一四)年、駿府に赴任し、城代補佐として一年を過ごすが、その傍ら駿河をくまなく歩いて古文書・口碑を蒐集。その成果とその後の調査・補筆により、四十九巻七十八冊に及ぶ地誌『駿国雑志』（四三／天保一四成立）が完成した。史書、先行文献などからの引用（出典を明記）と口碑とが混在しつつ、駿河の土地にまつわる伝説・事件をすべて網羅しようという意気込みの書である。とりわけ「怪異」の項には、様々な怪異談が収められており、柳田國男などによっても注目された。

阿倍野るしあ（あべの・るしあ　?～）ポルノ小説のファンタジー・コメディ『どりる・クライシス』（二〇〇〇・二次元ドリームノベルズ）がある。

雨木シュウスケ（あまぎ・しゅうすけ　?～）アミューズメントメディア総合学院ノベルス学科卒。科学と魔法が混淆する異世界を舞台に、世界の存亡をめぐって魔法使いの少女が活躍するコミカル・ファンタジー《マテリアルナイト》（二〇〇三～〇五・富士見ファンタジア文庫）でファンタジア長編小説大賞佳作を受賞。ほかに、汚染獣たちが徘徊する荒廃した世界で、人類は自律型移動都市に住んでいるという設定のもと、戦う少年を描くSFアクション《鋼殻のレギオス》（〇六～・同）がある。

天沢彰（あまさわ・あきら　?～）別名にオルカなど。愛媛県松山市生。漫画原作、ゲーム企画などを手がける。未来を舞台にしたSFアクションアニメの原作『ガンドレス』（一九九八～九九・電撃文庫）、脳に入り込んで人を狂わせる蛇をこの世に招き出した怨霊と、死んだ双子の姉妹に守られている霊能少女の対決を描くホラー『蛇怨鬼』（〇一・ハルキ・ホラー文庫）などがある。

天澤退二郎（あまざわ・たいじろう　一九三六～）東京芝区三田生。東京大学仏文科卒。同大学院仏文科博士課程修了。明治学院大学教授。詩人として、研究者として、翻訳家として、小説家として、評論家として、その文学的仕事の多くが、幻想文学とことのほか関わりが深い、特筆すべき人物。

天澤は、まず詩人である。第一詩集『道道』（五七）を刊行し、六〇年代詩人を代表する一人となった。『夜々の旅』（七四・河出書房新社）の頃から詩風が変化し始め、物語性の強いものになる。夢の記述を思わせる、天澤いうところの〈オニリック〉な作風となってくる。その傾向の代表作に歴程賞受賞の『les invisibles』（七六・思潮社）、高見順賞受賞の『〈地獄〉にて』（八四・思潮社）のほか、『死者の砦』（七七・書肆山田）『乙姫様』（八〇・青土社）『帰りなき者たち』（八一・河出書房新社）『ノマディスム』（八九・青土社）などがある。

次に天澤はファンタジー作家として知られる。最初の長篇『光車よ、まわれ！』（七三・筑摩書房）は、光と闇の対決／統合というテーマを扱った最初の国産ファンタジーとして長く記憶に留められるべき作品である。全篇にみなぎる脅威としての水のイメージ、黒々とした恐怖の影は天澤ならではのもので、緊迫した展開はステレオタイプ化したファンタジーには望むべくもないものである。短篇集に、現実に侵入している魔的な物の出現やそれらと戦う少年少女の姿を通して、夢魔的な世界を描いた『闇の中のオレンジ』（七六・同）『夢でない夢』（七三・大和書房）、土俗的なメルヘンなどを収めた『ねぎ坊主畑の妖精たちの物語』（九四・筑摩書房）、高校時代の作品で、小川未明風の「蚯とダリア」、宮沢賢治風の「ザッコの春」を含む、蛙、蛇、虫などの小動物たちを主人公とするファンタジー童話集『水族譚』（七八・同）など。

研究者としてはフランス中世の〈アーサー王伝説〉を専門とし、留学時代の恩師ジャン・フラピエの『聖杯の神話』（九〇・筑摩書房）や、クレチアン・ド・トロワの「ペルスヴァルまたは聖杯の物語」（九一）の翻訳もある。『光車よ、まわれ！』における、世界を健全にする重要なアイテム〈光車〉は、〈聖杯〉の伝承に多くを負っている。またアンリ・ボスコに傾倒し、『少年と川・島の狐』をはじめとするパスカレ少年の物語五部作（八四～八六・福音館書店）、特異な神秘小説『骨董商』（九一・河出書房新社）ほかの翻訳も手がけている。その他の翻訳に、フランソワ・ヴィヨン、ロブ＝グリエ、ジュリアン・グラックなどがある。宮沢賢治への傾倒にも並々ならぬものがあり、全集の編纂に関わり、その徹底した校合によって知られる。幻想文学関係の評論に『宮沢賢治の彼方へ』（六八・思潮社）『《宮沢賢治》鑑』（八六・筑摩書房）『幻想の解読』（八一・同）『エッセー・オニリック』（八七・思潮社）ほか。なお、平凡社大百科事典〈幻想文学〉の項は、天澤が担当している。

【三つの魔法　三部作】連作長篇小説。筑摩書房刊。『オレンジ党と黒い釜』（七八）『魔の沼』（八二）『オレンジ党、海へ』（八三）の三冊から成る連作長篇ファンタジー。生命の源をつかさどる〈時の魔法〉の庇護の元にある少年少女のグループが、土地に宿っている善でも悪でもある〈古い魔法〉に惑わされたり助けられたりしながら、死の世界に属する〈黒い魔法〉を弄する敵と戦うという一貫したストーリーのほかに、様々な物語的要素をちりばめた、混沌とした魅力のある作品である。『黒い釜』は、ケルト神話の黒い釜からイメージされたもので、釜を探し出してそれを潰すために、鈴木ルミをはじめとする主人公たちが活躍する。『魔の沼』は、魔の沼に現実世界が侵されていくのに対抗する。ルミにとってはそれは自分の中に巣食った魔の水と戦うということでもあった。『海へ』は、夢見師の少年に導かれ、夢と現実のあわいを冒険することになったルミを描いている。そして黒い魔法の源である黒い太陽を破壊し、かつて黒い魔法と戦って死んだ母親たちに会うために〈ときの海〉へ旅立つという大団円を迎える。『闇の中のオレンジ』『夢でない夢』などに登場した人物が登場したり、敵となるものが自分の身内であったり自分自身であったりと、人間関係が非常に錯綜した印象を与えるが、それがこの作品の魅力ともなっている。たとえば、『魔の沼』に登場する少女チサは短篇「赤い凧」「小さな魔女」「秋祭り」にも登場するが、この一連のチサものは、泉鏡花を思わせる、暗い中にも華やかで、悽愴の気の漂う作品となっており、三部作の中では解決しきれないものとして残されている。また、天澤が常にこだわり続けている夢のテーマも、悪夢の現実化、夢と現実の交錯といった形で展開されている。

天沼春樹（あまぬま・はるき　一九五三〜）埼玉県川越市生。中央大学大学院博士課程修了。専攻はドイツ文学。グリム童話、児童書、SFなどの翻訳の傍ら、ファンタジーを執筆。人が虫に変じ虫が人に生まれるという輪廻転生の不思議を寓話風に物語る「一千年」ほか全四篇の〈転生奇譚集〉と、現世と眠りの世界を自在に往還する皇子をめぐる「夢鏡」ほか四つの王朝幻想譚〈夢童子曼荼羅〉の二連作を収める短篇集『夢童子曼荼羅』（八九・ブックヒルズ）、猫捕獲チームの一員である青年が、猫を思わせる不思議な女に囚われていく様を描く『猫町∞《むげん》』（九七・パロル舎）、飛行船が発達している並行世界に入り込んだ少年の活躍を描く『飛行船帝国』（九三・ほるぷ出版）がある。

天野頌子（あまの・しょうこ　？〜）長崎県佐世保市生。東京外国語大学ドイツ語学科卒。女子高生の守護霊を持つ警部補がこの世に深く思いを残す幽霊たちから聞き込みをして事件を解決するコミカル・ミステリ《警視庁幽霊係》（二〇〇五〜・ノン・ノベル）でデビュー。ほかに、インチキ陰陽師と男子中学生の妖狐のコンビが事件を解決するミステリ短篇集『陰陽屋へようこそ』（〇七・ポプラ社）がある。

天野天街（あまの・てんがい　一九六〇〜）劇作家。愛知県一宮市生。愛知学院大学文学部史学科中退。八二年、劇団〈少年王者〉を主宰し、「月光遠方通信」で旗揚げ。脚本、演出を手がける。八四年に〈少年王者舘〉と改名した。脚本に「光ノ姫」「御姉妹」（共に八八）「星ノ天狗」（九〇）「くだんの件 OSHIMAI（劇終）」（九五）ほか多数。「くだんの件」は、終末の予言を告げるという〈件〉をめぐる二人の男の対話が、夢の迷宮を形づくる作品。ほかに、鈴木翁二の漫画をもとにした「マッチ一本ノ話」（九〇）、澁澤龍彦の小説をもとにした「高丘親王航海記」（九二）、糸操り人形芝居「平太郎化物日記」（〇四）などもある。戯曲集に『星ノ天狗・御姉妹』（九五・ペヨトル工房）『くだんの件』（〇一・北冬書房）。また、映画「トワイライツ」（九四）を監督し、ドイツオーバーハウゼン国際映画祭、メルボルン国際映画祭短編部門でグランプリを受賞した。

天野祐吉（あまの・ゆうきち　一九三三〜）東京生。創元社、博報堂勤務などを経て、雑誌『広告批評』を創刊。一般読者を対象にした広告そのものの評論という特異なジャンルを切り拓いた。小説に、体中にわらを巻き付けた妖怪ぬくぬくと妖怪を恐れない少女の姿をほのぼのと描く「ぬくぬく」、山に住んでいた鯨がみんなの迷惑になることを厭って海に入る「くじらのだいすけ」などを収めた絵入り民話風ナンセンス・メルヘン集『ゴクラクトンボ』（九一・筑摩書房）がある。

尼野ゆたか（あまの・ゆたか　？〜）王国詠唱士を目指す気の弱い青年と千年の封印から目覚めた闇魔術士の少女の愛と戦いを描く別世界ファンタジー《ムーンスペル!!》（二〇〇五〜〇六・富士見ファンタジア文庫）でファンタジア長編小説大賞佳作受賞。

雨宮みづき（あまみや・みづき　一九七三〜）戦国時代を思わせる世界で、夢を操って人を幻惑する絶世の美女や無頼の剣士を活躍させる『夢操師雅華眩耶』（九六・講談社ノベルス）がある。

雨宮諒（あまみや・りょう　一九八〇〜）愛媛県生。読書好きの少年が物にまつわる空想的な物語を語るという形式の連作短篇『シュプルのおはなし』（〇四〜〇五・電撃文庫）で電撃ゲーム小説大賞選考委員奨励賞受賞。ほかに死者たちが現世の人へ想いを込めて書いた手紙を配達する少女を描く『シゴフミ』（〇六〜〇八・同）がある。

あまんきみこ（あまん・きみこ　一九三一〜）本名阿萬紀美子。満州撫順生。日本女子大学卒。児童文学作家。六八年『車のいろは空のいろ』で日本児童文学者協会新人賞受賞。デビュー作をはじめとしてほとんどの作品が幼年・低学年向けのファンタジー短篇であるが、幼児から大人までの鑑賞に堪え得るものが多く、高い評価を得ている。あまんのファンタジーの最大の特色は、現実の世界と異世界との違和感のないつながりにある。ふと気がつくと、人間だったはずのものが、熊や狐に変わっていたり、この世と思っていたものがあの世であったりするのだ。あまんとしては珍しい長篇『もうひとつの空』（八二・福音館書店）は、絵の中に入り込んだ主人公が、過去と死の世界を体験するという玄妙なものだが、この長篇でも現実と異界とはスムーズにつながるよう工夫されていて見事である。また、弱者に対して限りなく優しい眼差しを向けていること、同時に冷たい現実に対する告発の姿勢も決して崩そうとはしないことが、作品の雰囲気を決定づけている。たとえば、旺文社児童文学賞を受賞したメルヘン集『こがねの舟』（八〇・ポプラ社）の表題作は、目をつぶされて流された武士とその子を主人公とした物語だが、子供を死の縁から救い上げる手際に、そのような傾向が凝縮されたものを見ることができる。このほか、通り雨と共に現れる異界で人外のものたちと出会い、素晴らしい体験をする子供たちを描く『きつねみちは天のみち』（七三・大日本図書）、戦争の犠牲となった一家を、幼い少女の視点に寄り添って描き、反戦の主張と鎮魂のファンタジーを合致させた小学館文学賞受賞作『ちいちゃんのかげおくり』（八二・あかね書房）、調律師が人魚のピアノや星のピアノの調律をする連作『雲のピアノ』（九五・講談社）など、多数の作品がある。

【車のいろは空のいろ】連作短篇集。六八年ポプラ社刊。人の良い松井さんが運転する空色のタクシーに、人間を装って、狐や山猫など様々な異類が乗り込んでくるというファンタジー連作。形式的には〈タクシー怪談〉の類型に属するものともいえるが、恐怖を主眼としないため、ほのぼのとした優しい味わいの作品集となっている。あまん作品全体の中にあっても屈指の名作といえる「くましんし」は、山から追われて人間界に同化している熊の悲哀を余すところなく描いて、現実批判と慰藉のファンタジーを二つながらに実現すると同時に、現実と幻想の境界を無化する仕掛けを巧妙に施した絶品である。続篇に『車のいろは空のいろ　続』（八一・同）『星のタクシー』（二〇〇〇・同）があり、シリーズで赤い鳥文学賞特別賞を受賞している。

雨川恵（あめかわ・けい　？〜）異世界ロマンス《アダルシャン・シリーズ》（二〇〇四〜〇七・角川ビーンズ文庫）で第二回角川ビーンズ小説賞読者賞受賞。

雨宮雨彦（あめみや・あめひこ　？〜）奇妙なテイストのファンタジーを執筆。光と闇の対立を軸に、魔法で作られた子供の運命を描く『魔法使い』（一九九五・近代文芸社）、死後の世界を牛耳る女魔王の息子の体験を描く『魔王の腕の中で』（九九・鳥影社）、ケンタウロスたちの中で育った人間の少年の冒険を描く『ケンタウロス』（九七・同）、数千年をかけて徐々に育つ不思議な少年の養育係をめぐる物語『魔王の扉』（二〇〇〇・同）、深海に住む魔女と少年の出会いを描く『石の海航海記』（〇五・同）などがある。

雨宮町子（あめみや・まちこ　一九五四〜）東京生。早稲田大学第一文学部卒。航空会社勤務などを経て、サスペンス『骸の誘惑』（九八）で第二回新潮ミステリー倶楽部賞受賞。幽霊屋敷物の長篇ホラー『たたり』（二〇〇〇・双葉社）、死霊や呪いなどをモチーフにしたホラー短篇集『死霊の跫』（〇一・同）などがある。

あもんひろし（あもん・ひろし　一九六三〜）デビュー時は鴉紋洋。別名に亜門洋一郎。コメディ・テイストのスペースオペラ《カルとブラの大冒険》（八八〜九六・ソノラマ文庫）をはじめとするSFのほか、別世界を舞台に、悪魔の美少女と共に父の仇を討つ旅に出た少年の冒険を描くファンタジー《碧色夢幻紀行》（九一・大陸文庫）、西洋魔術師や妖術を操る忍者が入り乱れる異世界戦国を舞台に美少女剣士が戦う『幻妖剣姫伝　沙霧』（九四・ソノラマ文庫）などがある。また、近未来シミュレーション戦記『紺青の航空軍団』（九四・ジョイ・ノベルス）や幻想系の官能美少女ゲームのノベライゼーションなども執筆。亜門名では天才美少女剣士・柳生澪の活躍を描く『柳生斬魔剣』（九七・廣済堂文庫、日本文芸家クラブ大賞受賞）などを執筆しており、多種多様な作品がある。

綾守竜樹（あやがみ・たつき　？〜）ポルノ小説を執筆。『くノ一淫闘帖』（二〇〇二〜〇三・二次元ドリームノベルズ）、現代退魔物『魔斬姫伝』（〇五〜〇六・同）ほか多数。

綾辻行人（あやつじ・ゆきと　一九六〇〜）本名内田直行。京都市生。京都大学教育学部卒。同大学院教育学研究科博士後期課程修了。大学では推理小説研究会に所属した。八七年、長篇ミステリ『十角館の殺人』でデビュー。作家・島田荘司や講談社の名伯楽・宇山秀雄の引き立てを受け、〈新本格〉と呼ばれるミステリのブームを招来。『時計館の殺人』（九一）で推理作家協会賞受賞。読者の意表を突く大掛かりなトリックの本格ミステリを主に執筆するが、一方で幻想的なミステリやホラーにも手を染めている。魔の山と恐れられる双葉山でサマーキャンプを行う親睦団体のメンバーが、正体不明の殺人鬼の手で無惨に殺されていくホラー・サスペンス『殺人鬼』（九〇・双葉社）は、作者みずからスプラッタ映画を意識したと述べる作品だが、終盤に意外な大トリックが仕組まれている。同じく双葉山で起きた少年グループ惨殺事件を背景に、山里の洋館で暮らす兄弟と、かれらに囁きかける〈もう一人の少年〉が、周囲の大人たちに隠れて行うおぞましい復活の儀式を描いた『暗闇の囁き』（八九・ノン・ノベル）は、T・トライオンの『悪を呼ぶ少年』などを連想させるサイコホラーの佳品である。このほか、身体損壊感覚みなぎるホラー短篇集『眼球綺譚』（九五・集英社）、身体損壊感覚と哀切な迷子的抒情性とが融合したホラー・ミステリ集『フリークス』（九六・カッパ・ノベルス）、よるべなき少年少女たちの遊び戯れる哀感漂う異界を描くホラー長篇『最後の記憶』（二〇〇二・角川書店）などがある。近年は、京都と思しき古都に暮らすミステリ作家の日常を侵蝕する夢幻的な出来事を描いた連作《深泥丘奇談》（〇四〜）により、怪奇幻想私小説ともいうべき新境地を拓きつつある。

本格ミステリの分野では、屋敷が迷路になっているという設定自体が奇想的な『迷路館の殺人』（八八・講談社ノベルス）のような作品もあるが、本格的に幻想性を取り込んだ作品として、未来を幻視してしまう画家が遺した絵に導かれるように、水車館で不思議な暗合に満ちた惨劇が起きる『水車館の殺人』（八八・同）、吹雪の山中に孤立した洋館・霧越邸を舞台に、連続見立て殺人事件が起き、本格的な謎解きとはまったく別に、暗合に満ちた不思議な出来事が次から次へと生起する『霧越邸殺人事件』（九〇・新潮社）、ゴシックロマンス風の俗世から隔絶された暗黒空間で、おぞましき受肉の秘儀をめぐるエピソードの数々が繰り広げられ、事件解決後にもなお謎が残る大作『暗黒館の殺人』（〇四・講談社ノベルス）がある。

綾乃なつき（あやの・なつき　一九七〇〜）大阪府生。同志社女子大学短期大学部日本文学科卒。幻影を呼び起こす力を持つ吟遊詩人の少年と女剣士の冒険を描く別世界ファンタジー『月影のソムル』（九四・コバルト文庫）でデビュー（シリーズ化、〜九六）。別世界を舞台に、自称義賊の少年と翼を持つ猫が活躍する冒険ファンタジー《イシュハアル国異聞》（九四～九五・同）がある。

綾羽一紀（あやば・かずき　？～）ＳＦ、ファンタジー短篇を執筆。タイムスリップや過去の再現などの時間テーマを多用する点に特徴がある。フランスの城館に住み、一角獣のコレクションに情熱を傾ける黒人少年の綺譚である表題作、外界と隔絶したまま航海を続ける巨大客船の虜となった男女の話「エンドレス・ジャーニィ」など七篇を収める『ガラスの一角獣』（一九八九・ＪＤＣ）、一年に一度だけ甦る過去の町で、未完成だったはずの映画を見る「長浜鈴蘭商店街の映画館」など十一篇を収める『ガラスの黙示録』（九四・同）、若くして殺された女性の美しい肖像画に魅せられて、過去へと入り込む男たちを描く表題作など三篇を収める『レディレインの肖像』（九六・同）ほか。

鮎川哲也（あゆかわ・てつや　一九一九～二〇〇二）本名中川透。東京生。満州で育つ。四八年頃から推理短篇を書き始め、五六年の長篇『黒いトランク』でアリバイ・トリックの第一人者としての地位を確立する。六〇年『黒い白鳥』（六〇）と『憎悪の化石』（五九）で日本探偵作家クラブ賞を受賞。九〇年に長篇推理小説の新人の登竜門として鮎川哲也賞が創設された（東京創元社主催）。ミステリのほとんどは本格物だが、「絵のない絵本」（五七）はアンデルセンの同タイトル作品の枠を借りて、月が語る犯罪物語という形を取った奇想的な作品で、喋る鶏が登場し、その子の喋る雛が復讐を果たすという結構になっている。また、怪獣小説「怪虫」（五六、原題「人喰い芋虫」）のような怪奇ＳＦ的短篇や、白百合が化身した少女との恋愛譚を綴る「地虫」のようなファンタジー短篇もある。本格推理小説一本槍の作風とは対照的に、アンソロジストとしては戦前の埋もれた変格派作家の発掘に情熱をそそぎ、『怪奇探偵小説集』全三巻（七六・双葉社）『恐怖推理小説集』（七七・双葉新書）『あやつり裁判』（八八・晶文社）『妖異百物語』（九七・出版芸術社、芦辺拓と共編）などを編纂。日本版パルプホラーともいうべきＢ級怪奇小説の怪作・珍作を意欲的に収録し、戦後世代の怪奇幻想文学読者にいろいろな意味で衝撃を与えた功績は大きい。また、そうした作家たちの消息を追跡しインタビューを試みた尋訪記『幻の探偵作家を求めて』（八五・晶文社）『こんな探偵小説が読みたい』（九二・同）も、資料的価値の高い労作である。

歩川友紀（あゆかわ・ゆうき　？～）幽霊美少女物と変身ヒーロー物をドッキングさせたラブコメディ『ボクの瞳に映るのはキミときどきユーレイ』（二〇〇五・スーパーダッシュ文庫）がある。

荒井潤（あらい・じゅん　一九五二～）東京生。東京大学法学部卒。同大学院修士課程修了。大学院在学中よりシンガー・ソングライターとして活躍。反原発ファンタジー『未来が原発神《アトムのかみ》に勝てたわけ』（八九・築地書館）、オーラを見ることができる少女を主人公に次々起こる超常現象の謎を解いていく、ラブコメディ基調のオカルト・ミステリ《武蔵野幻想共和国》（八九～九〇・パステル文庫）、ヒロイック・ファンタジー『水晶王子』（九一・ＫＫベストセラーズ）などがある。

荒井千明（あらい・ちあき　一九六五～）サイバー・サスペンス『アンダートラップ』（二〇〇〇・ファミ通文庫）で第一回ファミ通エンタテインメント大賞最優秀賞受賞。

新井千裕（あらい・ちひろ　一九五四～）新潟県生。早稲田大学法学部卒。公務員を経てコピーライターになる。傍ら小説を執筆し、八六年「復活祭のためのレクイエム」で群像新人文学賞を受賞。幻想小説に、ミドリガメに向かってしか話ができなくなる青年の奇妙な物語などを収めた短篇集『ミドリガメ症候群』（九〇・扶桑社）、日々記憶を失っていく昔の恋人の記憶を取り戻すために〈忘れ蝶〉を探す青年の物語で、カリグラムで表現されている言葉の遊園地を登場させるなど、ユニークな言語表現に挑戦した『忘れ蝶のメモリー』（九〇・講談社）、動物にしか欲情しない青年が宇宙人と仲良くなってカンガルーにしてもらった経緯を語るファンタジーＳＦ『チユーリップ・ガーデンを夢みて』（九二・朝日新聞社）などの作品がある。

新井輝（あらい・てる　？〜）ゲームクリエーター。メールゲームをもとにしたサイキック・アクション『クルーエル』第二巻（一九九七・電撃文庫）でデビュー。別世界を舞台にした恋愛シミュレーションゲーム風ファンタジー『ルーンウルフは逃がさない！』（〇一〜〇三・ファミ通文庫）、三日間同じ日を繰り返すうちに事件を解決するタイムループ設定のミステリ・シリーズ《DEAR》（〇一〜〇四・富士見ミステリー文庫）などがある。

新井政彦（あらい・まさひこ　一九五〇〜）埼玉県生。中央大学文学部卒。近未来を舞台に、記憶に潜入して精神病治療をするヴァーチャル記憶療法士が、メディチ家の末裔ルチアの凄惨な記憶の中で冒険を繰り広げるミステリ『ユグノーの呪い』（〇五・光文社）で日本ミステリー文学大賞新人賞を受賞。

新井満（あらい・まん　一九四六〜）本名満《みつる》。新潟市生。上智大学法学部卒。電通で、音楽・映像プロデューサーとして環境ビデオの制作に従事する傍ら、シンガー・ソングライターとして活躍。その後小説家としてもデビューし、「尋ね人の時間」（八八）で芥川賞受賞。怪奇幻想的な短篇に、体中に目ができる奇病に罹った男が目を潰してもらう流浪の旅の末、悟りを得る「千眼病」（八六）、夢の中で、約束の場所で待ち続ける女の顔が鬼になっている「約束」、祟りのある石棺の蓋を開けた画家が、夢の中でその棺の中に入って死んでしまう「石棺」、生涯求めながら、遂に辿り着けない場所を描く「ホテル・アルカディア」（以上八九）などがある。

新井素子（あらい・もとこ　一九六〇〜）東京生。立教大学独文科卒。都立井草高校在学中の七七年「あたしの中の……」で第一回奇想天外SF新人賞佳作入選。少女の話し言葉を活かした斬新な文体と巧妙なストーリー展開が、星新一の激賞を浴びる。代表作に、植物と感応する不思議な力を持った緑の髪の娘と青年のせつない恋と逃走の物語『グリーン・レクイエム』（八〇・奇想天外社、映画化）と続篇『緑幻想』（九〇・講談社）、長篇連作『結婚物語』『新婚物語』（八六、八八）、植民に失敗して人類の終焉を迎えた惑星ナインを舞台にした連作で、第二十回日本SF大賞を受賞した『チグリスとユーフラテス』（九九・集英社）などがある。少女小説風の明朗快活な文体とは対照的に、その作品中には〈損壊〉のモチーフが頻出し（新井自身〈人体が、ぶっ壊れてゆく状態を書くのが、好きなんです〉と言明している）、破壊される対象は人体はもちろん、ミクロコスモス（人間の精神）からマクロコスモス（地球や宇宙）にまで及ぶ。地球最後の日を目前に、東京江古田から恋人のいる鎌倉まで徒歩で旅をする女子大生が道々遭遇するエピソードをオムニバス風につなげた『ひとめあなたに…』（八一・双葉ノベルズ）では、ユーミンを口ずさみながら愛する夫の屍体を料理する若妻をはじめ、極限状況下に追いつめられ狂っていく女性たちの姿が様々に描かれている。『あなたにここにいて欲しい』（八四・文化出版局、OV化）では、同じような精神の損壊と再生のドラマが、意識下に傷を抱えた三人の女と一人の男をめぐる歪んだ四角関係という設定のもと、サイコホラー色濃厚に展開されている。その他のサイコホラーに『おしまいの日』（九二・新潮社、映画化）など。一方、パラレルワールドへの入口に建つ第13あかねマンションを舞台に、仮性半陰陽で男から女に変わった主人公や美少女吸血鬼やもぐら族の女王様が大騒動を繰り広げるユーモア・ファンタジー『二分割幽霊綺譚』（八三・講談社）にも、主人公の死肉入りシチューを食べた友人のもとに、左右半身ずつに分かれた主人公の幽霊が現れるという、見方によってはかなりきわどい猟奇的エピソードが登場する。そのほか、同じく第13あかねマンションの扉から文明崩壊後の地球へ飛び出した超能力娘が〈伝説の女王〉となって活躍する『扉を開けて』（八二・CBSソニー出版、アニメ化）、人を食う神と生贄の娘たちとの葛藤のうちに食物連鎖と原罪意識の問題を掘り下げた『ラビリンス』（八一・徳間書店）、ムール帝国の始祖カトゥサと狂える母ディアナとの高貴なる血ゆえの葛藤を描く『ディアナ・ディア・ディアス』（八六・同）のヒロイック・ファンタジー三部作、新井作品の登場人物たちが現実世界に飛び出し、作者も巻き込んだ大騒動を惹き起こすスラプスティックなメタファンタジー『……絶句』（八三・早川書房）などの作品がある。

あらいりゅうじ（あらい・りゅうじ　一九六四～）デビュー時は新井竜司。ヤング誌漫画原作賞を受賞して漫画原作者となる。その後、ゲームのノベライゼーションを手がけるなどして、小説家に転身。古代中国の魔獣使い一族の血をひく少女と彼女に仕える龍少女が事件を解決するアクション『魔法の用心棒ミオ！』（九七～九八・電撃文庫）、魔族の姫君の人間界での活躍を描くアクション・ファンタジー『龍姫伝説　ドラゴンタイフーン』（九九・エニックス＝Gファンタジーノベルズ）、小さな奇跡で人々の心を癒す福の神を描く短篇連作『ライコにおまかせ！』（〇三・電撃文庫）、妖怪の一族と同居する少年が怪奇事件を解決するコメディ『二階の妖怪王女』（〇五～〇六・同）、少女の幽霊が取り憑いたバイクで旅する少年を描くロードノベル『影踏みシティ』（〇六・竹書房ゼータ文庫）ほか、多数の作品がある。

荒川稔久（あらかわ・なるひさ　一九六四～）愛知県名古屋市生。愛知県立大学国文科卒。アニメ・特撮などの脚本家。《戦隊シリーズ》の脚本を多数手がける。脚本の代表作にSF美少女アニメ《鋼鉄天使くるみシリーズ》（九九～〇一）《りぜるまいん》（〇二）、伝奇アニメ「BLUE SEED」（九四～九五）「時空転抄ナスカ」（九八）など多数。小説に、魔法を操る龍神族や選ばれた少年たちが邪神族と戦う《超魔神伝説》（九一～九二・大陸ネオファンタジー文庫）がある。

荒川佳夫（あらかわ・よしお　一九六九～）広島県生。シミュレーション戦記を執筆。南北戦争の結果、北米大陸が〈二つのアメリカ〉に分かれたという改変歴史設定で第二次世界大戦を描く『デュアル・パシフィック・ウォー』（〇一～〇二・歴史群像新書）などのほか、聖遺物の断片を体に埋めこんで超常能力を身につけた者たちの戦いを描く伝奇アクション『神刻』（〇三・学研＝ウルフ・ノベルス）がある。

新木伸（あらき・しん　一九六八～）東京生。文明滅亡後の魔物が跋扈する世界を舞台にしたアクション『ヴァルツァーの紋章』（九四～九五・電撃文庫）、魔物や妖怪が入り乱れる学園アクション・コメディ『あるある！夢境学園』（〇二～〇五・ファミ通文庫）のほか、スペースオペラ『星くず英雄伝』（九六～〇一・電撃文庫）などがある。

荒木良一（あらき・りょういち　一九二〇～七三）東京京橋生。江戸っ子八代目を自負する。横浜市立商業専門学校卒。日本興業銀行参事、水戸証券取締役などを歴任。園芸に造詣深く、『物云わぬ椿との対話』『椿花礼讃』などの著作があり、その知識を活かして、珍しい植物幻想小説集『妖花譚』を著している。

【妖花譚】短篇集。七一年毎日新聞社刊。池に咲きほこる奇蹟の青蓮に秘められた愛欲地獄を描く「青蓮寺縁起」、ラオス奥地に咲く幻の黄色い椿に憑かれた男の探索行を描く「幻椿挽歌」、飢饉にあえぐ信州の寒村に響く滅びの笛の音と、恨みの曼珠沙華の怪異を描く「名笛秘曲」ほか、民話調ありSF風ありと多彩な、花木にまつわるエロティックでペダンティックな物語十二篇を収める。

荒木田麗女（あらきだ・れいじょ　一七三二～一八〇六／享保一七～文化三）物語作者。初名は隆、後に麗。号に紫山、清渚。伊勢山田生。伊勢内宮の禰宜の娘として生まれ、十三歳の時に外宮御司の叔父の養女となる。十七歳で大坂の連歌師・西山昌林に弟子入りし、ほかに漢学の素養も身につけた。二十二歳で慶滋家雅と結婚。その後も『宇津保物語』の研究を進めるなど文学の道に分け入り、三十九歳から五十一歳までの間に数多くの著作をものした。『池の藻屑』（七一／明和八）などの歴史物語『桐の葉』（同）『山の井』（七五／安永四）『ひをり』（七六／同五）などの物語のほか、紀行、随筆、句集、歌集など、総著作数は四百巻にものぼるといわれる。『野中の清水』をめぐり、本居宣長と論争をしたことでも知られる、古典に造詣の深い才媛であり、その文章もまた古典的素養に裏打ちされた流麗なものとして評価されている。怪奇幻想系の作品には『怪世談《あやしのよがたり》』（七八・安永七）がある。これは唐宋の伝奇を翻案して王朝風の物語に仕立てた創意ある怪奇短篇集で、『宇津保物語』の人物を取り入れるといった工夫を凝らしている。中の一篇「飛頭蛮」は澁澤龍彦が翻案している。

嵐山光三郎（あらしやま・こうざぶろう　一九四二〜）本名祐乗坊英昭。静岡県中野町生。国学院大学国文科卒。雑誌『太陽』編集長などを経てエッセイスト、小説家となる。紀行とグルメ・エッセーを中心に活躍。代表作にエッセー『素人包丁記』（八七）、小説『夕焼け少年』（八八）など。怪奇幻想短篇にも手を染めている。過去に入り込んだ男の恐怖を描く「散歩」、夢の中で職探しに励む男を描く「睡眠王」ほか、十篇の怪奇幻想譚を収録する『怪。』（九一・徳間書店）、朝顔の精である女と愛しあい、植物人間と化す男を描く「夢朝顔」や、紙人形を呪術で人間に変えて夫の愛人たちにする妻を描く表題作などを収める短篇集『自宅の妾宅』（九二・講談社）などがあり、夢小説やサラリーマン怪談の系譜に連なるものとして読むことができる。また、甲賀一中の同窓生の不良中年が忍者同盟を結成し、暗躍するコメディ・ファンタジー『変！』（九八・光文社）などもある。

荒巻義雄（あらまき・よしお　一九三三〜）本名邦夫、後に義雅と改名。北海道小樽市生。早稲田大学第一文学部心理学科卒。学生時代に実存主義を知り、カフカやサルトルに親しむ。六〇年安保の挫折感から帰郷を決意。北海学園大学土木科卒業後、家業の土木建設会社勤務の傍ら、『ＣＯＲＥ』『宇宙塵』などのＳＦ同人誌に投稿を始める。七〇年、ハインラインを中心とするＳＦ論「術《クンスト》の小説論」と、ニーチェ哲学を異次元小説の形で展開した短篇「大いなる正午」で『ＳＦマガジン』にデビュー。ＳＦの代表作に、銀河系外から飛来して人類を支配した神々と人類との攻防を描くスペースオペラ《ビッグ・ウォーズ》（七八〜九八・徳間書店）など。独自の文学理論にもとづき、ＳＦと幻想文学の境界線上に位置する特異な長短篇を発表する。虚構世界をイメージ化する触媒としてのマニエリスム美術やシュルレアリスム絵画への傾倒はとりわけ顕著で、ダリの絵画世界そのままの発狂した火星上で、富豪〈ダリ〉氏の娘の婿選び騒動が繰り広げられる短篇「柔らかい時計」（七二）や、ヒエロニムス・ボッスの絵画「快楽の園」さながらの植物惑星〈ボッス星〉へ向かってのミステリアスな異世界遍歴の旅を描く連作長篇『神聖代』（七八・徳間書店）、人々の夢によって築かれているエッシャー空間そのままの超建築都市を舞台に、現実世界から夢の世界にやって来た〈夢探偵〉が殺人事件の謎を心理的に解いていく幻想ミステリ『カストロバルバ』（八三・中央公論社、後に「エッシャー宇宙の殺人」と改題）などの代表的作品がある。

また、七〇年代半ばから長篇伝奇小説にも意欲的に手を染め、超古代史をテーマとする『空白の十字架』（七五・ノン・ノベル）に始まる《空白シリーズ》、エスパーたちが秘宝をめぐる冒険に活躍する『黄金繭の睡り』（七六・トクマ・ノベルズ）に始まる《キンメリヤ七つの秘宝》、忍術により歴史が変化した戦国時代を描く『猿飛佐助』（八九〜九一・カドカワ・ノベルズ）ほか、異貌の日本史を描くシリーズ群が多数ある。さらに、『ニセコ要塞１９８６』（八六・Ｃノベルス）を皮切りに、シミュレーション戦記に手を染め、生き直しという一種のタイムループにより、十五年戦争の歴史を改変してしまう『紺碧の艦隊』（九〇〜九六・トクマ・ノベルズ）をベストセラーとし、シミュレーション戦記物のブームを呼び込んだ。この系列の作品の執筆により、幻想的なSFの作家としてよりも、シミュレーション戦記物の作家として一般に認知されるようになった。

【白き日旅立てば不死】長篇小説。七二年早川書房刊。有名大学から大手建設会社へという安定した生き方を捨ててヨーロッパ放浪の旅に出た白樹直哉は、旅の途中で発狂、今は国内の精神病院に収容されている。切れ切れの断片と化した放浪中の記憶を辿る白樹の脳裏に浮かび上がる、都市と女たちの面影。ウィーンで出会ったソフィーとジュリエットの姉妹は、彼にサドの小説『ジュスティーヌ抄』の登場人物を想起させ、それは高校時代に自殺した少女の思い出へとつながっていく。彼女らに導かれるように、白樹はこちら側の世界と表裏の関係にある、もう一つの世界、もう一つのウィーンの街へと入り込んでいったのだった……。続篇として『聖シュテファン寺院の鐘の音は』（八八・徳間書店）がある。

【時の葦舟】長篇小説。七五年文化出版局刊。鏡の崖を対岸に望む、崖の表面に築かれた町、水に浮かぶ蓮のような形の都市、石ばかりの都、世界樹がそびえる村をそれぞれ舞台にした連作。どの町も閉鎖空間となっており、テーマはそこからの脱出である。第一話で男は自分の鏡像と差し違えて消滅し、第二話では男女の恋人が脱出して白い崖を目指す。第三話では町から超古代の科学で脱出しようとするが、同時に町が崩壊してしまう。第四話ではある程度謎が明かされ、これまでの物語の登場人物は、それぞれに分身的存在であることがわかる。人類の意識の進化の過程を夢幻的に描いているともいえるが、メタフィクションとしての機能も持っており、様々な読みを許す興味深い作品となっている。

荒俣宏（あらまた・ひろし　一九四七〜）東京台東区鶯谷生。少年期には漫画家を志望し、海水魚の採集・飼育に熱中する。中学時代、上田秋成の『雨月物語』で怪奇幻想文学に開眼、平井呈一に師事し、その勧めで英語の原書に親しむようになる。高校時代は澁澤龍彦やパラケルスス、アンブローズ・ビアスに耽溺する。慶応義塾大学法学部卒。大学在学中、後に翻訳家となる友人の野村芳夫と怪奇小説同人誌『リトル・ウィアード』を発行。六九年、《怪奇幻想の文学》（新人物往来社）の解題を担当、翌年、R・E・ハワード『征服王コナン』（ハヤカワ文庫）を団精二の筆名で翻訳、以後、コンピュータ・プログラマーとして十年間の会社勤務（日魯漁業入社後、北海道拓殖銀行に出向）の傍ら、英米怪奇幻想文学の翻訳家・紹介者として活躍。翻訳家としては、『ダンセイニ幻想作品集』（七二・創土社）をはじめとするダンセイニ作品、ジョージ・マクドナルド『リリス』（七六・月刊ペン社）、ラッセル・ホーバン『ボアズ＝ヤキンのライオン』（八四・ハヤカワ文庫）など、ファンタジー分野での業績に著しいものがある。紹介者としては、紀田順一郎との師弟コンビで雑誌『幻想と怪奇』（七三〜七四・歳月社）や《世界幻想文学大系》（七五〜八六・国書刊行会）を編纂・監修し、また、七七年には英米ファンタジーの主要作紹介とその精神史的系譜を遡源する『別世界通信』（月刊ペン社）を処女出版。幻想文学研究の分野における主要な業績として、日本最初の総合的な海外幻想文学事典である『世界幻想作家事典』（七九・国書刊行会）や、英米怪奇小説通史を含む共著『大衆小説の世界』（七八・九藝出版）、日本の古典幻想文学を斬新な視点から論じた『本朝幻想文学縁起』（八五・工作舎）などがある。八〇年代に入ると、文学を越えた〈幻想〉領域の探求に精力的に取り組み、その対象は奇想科学（『理科系の文学誌』八一・工作舎、『パラノイア創造史』八五・筑摩書房）、オカルティズム（『世界神秘学事典』八一・平河出版社、『99万年の叡智』八五・同ほか）、博物学（『大博物学時代』八二・工作舎、『世界大博物図鑑』八七〜九四・平凡社、『目玉と脳の大冒険』八八・筑摩書房ほか）、図像学（『図鑑の博物誌』八四・リブロポート、『帯をとくフクスケ』九〇・中央公論社ほか）、路上観察学（『異都発掘』八七・集英社ほか）、産業考古学（『黄金伝説』

九〇・同ほか）など、意想外な拡張を見せた。

また、第八回日本ＳＦ大賞を受賞したベストセラー『帝都物語』を皮切りに、創作活動にも意欲を示し、闇のハワイ史を縦糸に展開される熱帯秘密結社小説『地球暗黒記』（八八〜八九・角川文庫）、武者小路実篤と二人の女の妖異な愛の形を〈新しき村〉を舞台に描く大正〈ドッペルゲンガー〉ロマン『愛情生活白樺記』（九〇・新潮社）、終戦直後の混乱した世相を背景に七福神一族の〈神々の黄昏〉をミステリ仕立てで描く表題作や、小林多喜二を主人公とする幻想プロレタリア小説「蟹工船」ほか全五篇を収める短篇集『ゑびす殺し』（九〇・徳間書店）、輪廻と輪廻の間の世界を七匹の矛盾獣と戦う世界として描いたＳＦファンタジー『魔書』（九六・メディアワークス）、キリストの遺骸、超常能力を得させるウイルスなどをモチーフにした人類終末テーマの長篇『レックス・ムンディ』（九七・集英社）など、いずれも持ち前の驚異的な博識を活かした、虚実綯い交ぜの趣向に異彩を放っている。近年はテレビタレントなどとしても八面六臂の活躍ぶりを見せている。

【帝都物語】長篇小説。八五〜八七年角川書店（カドカワ・ノベルズ）刊。帝都東京の大地霊・平将門の怨霊を呼び覚ますことにより東京に大崩壊をもたらそうとする魔人・加藤保憲と、その陰謀を阻止しようとする様々な人々との霊的闘争を、明治末から近未来にいたる近現代日本の動乱期を背景に描きあげたオカルト大河ロマン。加藤と奇しき因縁で結ばれた辰宮由佳里・雪子母子や将門の神女・目方恵子ら架空のレギュラー陣とともに、関東大震災から二・二六事件にいたる戦前篇（第一〜五巻）における幸田露伴、寺田寅彦、泉鏡花、北一輝、進駐軍による占領から六〇年安保闘争にいたる戦後篇（第六・七巻）における大川周明、三島由紀夫、三島の自決から二十四年後に始まり超巨大地震による東京壊滅にいたる近未来篇（第八〜十巻）における団宗治（団精二＝荒俣宏）、岡田英明（＝鏡明）、藤森照信、角川春樹など、実在の人物も重要な役まわりで活躍する。陰陽道や奇門遁甲、蠱術、風水などの東洋神秘学はもとより、歴史学や民俗学、建築学から近現代の裏面史にいたるまでの奇想と博識を結集した、壮大なるペダントリーの伏魔殿ともいうべき大作である。全十巻完結後、太平洋戦争下の呪術戦争を描く第十一巻「戦争篇」（八八）、満州を舞台に風水師・黒田茂丸と加藤が再び対決する第十二巻「大東亜篇」（八九）が刊行されている。また、前日譚として『帝都幻談』（〇七・文藝春秋）がある。

荒山徹（あらやま・とおる　一九六一〜）富山県生。上智大学卒。新聞記者、編集者を務めた後、韓国へ留学。帰国後の九九年、忍術物の『高麗秘帖』（祥伝社）で小説家デビュー。朝鮮出兵や朝鮮通信使など、近世以後の日本と朝鮮との関わりをテーマにした伝奇的な時代小説を中心に執筆する。朝鮮の妖術師と柳生新陰流が対決する『柳生薔薇剣』（〇五・朝日新聞社）、美貌の陰陽師にして柳生新陰流の剣豪が朝鮮王率いる妖術軍団と戦う『柳生雨月抄』（〇六・新潮社）、若き日の伊藤博文が、歴史を変えるために未来の朝鮮から妖術で送り込まれた〈処刑御使〉と対決する『処刑御使』（〇六・幻冬舎）などの長篇小説がある。

有明夏夫（ありあけ・なつお　一九三六〜）本名斎藤義和。大阪市生。同志社大学工学部中退。機械関係の仕事を経て、「ＦＬ無宿のテーマ」（七二）で小説現代新人賞を受賞。『大浪花諸人往来』（七八）で直木賞受賞。ショートショート集『マルティーニの妖術』（九〇・文藝春秋）には、幻想・怪奇作品が含まれている。

『**在明の別**』（ありあけのわかれ　平安末期から鎌倉初期成立）作者未詳。長篇物語。左大臣が神に祈って授かった優れた娘を男として育て、右大将とするという設定で、右大将を中心に宮廷の複雑な人間模様が描かれる。右大将は隠身の術を用いることができる上、笛や琴の名手でもあり、音楽の力で、紫雲たなびき天女が舞い降りるなどの奇瑞を起こすこともできる。また、生霊が姫を悩ませて仮死状態に陥らせるが、後に蘇生する、というような場面もある。幻想味の濃厚な作品である。大筋からして『とりかへばや物語』の影響が顕著なのはもちろんだが、上に掲げた幻想的な設定や、微妙な人間関係にも、先行物語群の巧みな取り入れを見て取ることができる。

有川浩（ありかわ・ひろ　一九七二〜）高知県生。主婦の傍ら小説を執筆。塩に覆われて社会が崩壊していく近未来を舞台にした『塩の街』（〇四・電撃文庫）で電撃小説大賞を受賞してデビュー。空中に棲む巨大スライムとのファースト・コンタクトを描く『空の中』（〇四・メディアワークス）、巨大蟹が海中から出現するパニック物『海の底』（〇五・同）の三作は、陸上・航空・海上の各自衛隊が深く関わることから《自衛隊三部作》と呼ばれ、ヒット作となった。このほか、特務機関による書籍の検閲が行われているパラレル日本を舞台に、本を守るために戦うアクション&ラブロマンス《図書館戦争》四部作及び外伝二作（〇六〜〇八・同）などがある。

有里紅良（ありさと・あから　一九六一〜）北海道生。アニメーション・フィルムの編集に携わる傍ら、漫画原作、小説を執筆。原作協力した漫画のノベライゼーション『小説・HAUNTEDじゃんくしょん』（九八・電撃文庫）のほか、魔法使いの王が統べる別世界を舞台に、王族ながら規格外の王女をめぐる陰謀を描くファンタジー『ラルフィリア・サーガ』（九七〜九八・同）、魔界からやって来た一家が繰り広げるどたばたコメディ『アンダー・ヘブンズふぁみりぃ』（〇一・同）などがある。

在沢伸（ありさわ・しん　一九五六〜）本名鈴木喜幸。名古屋市生。花園大学仏教学科卒。スペースオペラ《ゲリラ星域》シリーズ（八二〜八五・ソノラマ文庫）、テレパスの青年が、虚視化されているワープ航法の宇宙船を可視化するという任務を通じて、宇宙人の意志のようなものを感じる『座礁、虚の星域』（八五・同）などのSFがある。

有澤透世（ありさわ・とうよう　？〜）多次元の地球が入り交じってしまった事態に、ぼんくら高校生が抜擢されて対応するSFコメディ『世界のキズナ』（二〇〇五〜〇六・角川スニーカー文庫）で角川学園小説大賞奨励賞受賞。

有沢まみず（ありさわ・まみず　一九七六〜）東京生。神を降ろして魔を浄化してきた一族の巫女の滅私的な戦いと、彼女を愛した少年を描く伝奇ファンタジー『インフィニティ・ゼロ』（〇二〜〇四・電撃文庫）で第八回電撃ゲーム小説大賞銀賞受賞。ほかに、犬神を使役できる血筋の少年と問題ありの犬神の美少女を主人公とするコミカル伝奇アクションで、アニメ化・漫画化もされている『いぬかみっ！』（〇三〜〇七・同）がある。

有島武郎（ありしま・たけお　一八七八〜一九二三）東京小石川生。札幌農学校卒。ハヴァフォード大学でMAの学位を得た後、ハーヴァード大学に学ぶ。一九一〇年『白樺』同人となる。一七年「カインの末裔」「クララの出家」などを発表し、文壇に認められる。二三年、既婚の女性記者と情死を遂げた。人道主義的なリアリズム作家として名高いが、幻想的作品もわずかにある。童話「僕の帽子のお話」（二二）は、子供が見た夢を綴った小品だが、夢の不条理性・幻想性が、子供の魂の不安な震えと共に見事に表現された傑作である。また、キリスト教と深く関わりあった有島は、聖書に独自の解釈を加えた戯曲も執筆しており、「サムソンとデリラ」（一五）「大洪水の前」（一六）などがある。

有栖川有栖（ありすがわ・ありす　一九五九〜）本名上原正英。大阪市生。同志社大学法学部法律学科卒。高校一年の時にSRの会に入会し、大学では推理小説研究会に所属。書店勤務の傍ら、ミステリ短篇を発表。長篇『月光ゲーム』（八九）で本格的にデビュー。『マレー鉄道の謎』（〇二）で日本推理作家協会賞を受賞。本格ミステリの人気シリーズの一方で、殺された被害者が幽霊となって犯人を探すパターンのミステリ『幽霊刑事《デカ》』（二〇〇〇・講談社）も執筆。欧米の怪奇小説にも愛着を持ち、自ら編纂したアンソロジー『有栖川有栖の鉄道ミステリ・ライブラリー』（〇四・角川文庫）にもA・B・エドワーズ「4時15分発特急列車」のような正調怪奇小説を収録している。自身も、鉄道怪談にして清新なジェントル・ゴースト・ストーリーでもある佳品「貴婦人にハンカチを」（九九）を皮切りに「夢の国行き列車」「密林の奥へ」（共に〇五）など、鉄道に関わる怪奇幻想短篇を書き継いでいる。

在原竹広（ありはら・たけひろ　一九七六～）千葉県出身。二〇〇三年、ミステリ『桜色BUMP』で電撃文庫よりデビュー。SF的設定の学園アドベンチャー『TAKE FIVE』（〇四～〇五・同）、暗殺組織から抜けた異能の少女たちの戦いを描くアクション『ブライトレッド・レベル』（〇六・HJ文庫）、タイムパラドックスの要素を加味した魔法バトル物『時の魔法と烏羽玉の夜』（〇七・電撃文庫）などがある。

有村とおる（ありむら・とおる　一九四五～）千葉県富津市生。早稲田大学法学部卒。IT関連企業勤務、自営業を経て、死の恐怖を消す脳外科手術にカルト教団が絡むホラー・テイストのSFミステリ『暗黒の城《ダーク・キャッスル》』（〇四・角川春樹事務所）で小松左京賞受賞。

安房直子（あわ・なおこ　一九四三～九三）本姓峰岸。東京生。日本女子大学国文科卒。児童文学作家。山室静に師事して『海賊』の同人となり、同誌に発表した「さんしょっ子」（七〇）で日本児童文学者協会新人賞受賞。最初の作品集は『北風のわすれたハンカチ』（七一・旺文社）で、以後一貫してファンタスティックなメルヘンを書き続けた。鮮烈な色彩的イメージを残すものに優れた作品が多く、しばしばアンソロジーピースとなる代表作の一つ「きつねの窓」は、桔梗の青い汁に浸した指で作った三角の窓の中にいとおしい過去が見え、それが見たさに鉄砲を狐に渡してしまう猟師の話であるが、一面に広がる桔梗の野原の青、指の青が一読忘れ難い印象を残す。少女が縄跳びをすると、夕日の砂漠が見えてくる「夕日の国」でも、そのオレンジ色は強烈である。安房の作品には、異界のもの（狸・狐・猫などの動物、木の精・草の精などの妖精あるいはその魂）と友好的に交わって心が暖かくなるものと、結局和解できずに異界からはじきだされたり、恐ろしい目にあったり人間の世界に戻れなくなったりするものと二通りある。「きつねの窓」や、ハンカチの上に菊の花を育て、菊酒を作ってくれる小人の入っている壺をお婆さんから預かった男が、お婆さんとの約束を破ったために恐ろしい目に遭う中篇『ハンカチの上の花畑』（七二・あかね書房）は後者の代表作である。前者の代表作には狸の子とおばあさんの交わりを描いた「遠い野ばらの村」や「風のローラースケート」、空や薔薇や海の美しさを風の子に見せてもらった盲目の少女が、やがて大人になった風の子と結ばれる「空色のユリイス」など。あまんきみこと対照的に、暗い作品の方が数も多く、成功している。少し毛色の変わったところでは、童話作家が自分の書いている物語の中に紛れ込んでしまうメタノベル風の中篇『べにばらホテルのお客』（八七・筑摩書房）がある。あまり成功しているとはいえない作品だが、作家が結局物語の中からはじきだされるところは意味深長である。著書は多数ある。主な短篇集に『風と木の歌』（七二・実業之日本社、小学館文学賞）『白いおうむの森』（七三・筑摩書房）『ライラック通りのぼうし屋』（七五・岩崎書店）『日暮れの海の物語』（七七・角川書店）『遠い野ばらの村』（八一・筑摩書房、野間児童文芸賞）『花のにおう町』（八三・岩崎書店）『風のローラースケート』（八四・筑摩書房、新美南吉児童文学賞）『花豆の煮えるまで』（九三・偕成社）など。中篇に、鹿撃ちの猟師の娘が、鹿の魂を救うことで、鹿と結ばれて異界へとおもむく『天の鹿』（七九・筑摩書房）などがある。

▼『安房直子コレクション』全七巻（二〇〇四・偕成社）

【銀のくじゃく】短篇集。七五年筑摩書房刊。

緑の孔雀を描いた旗を織るように頼まれた機織りが、彼方への憧れの象徴である銀の孔雀（実は海の波）の旗を織り上げ、その中に身も心も吸い込まれてしまう表題作、緑色の蝶の女たちの幻想を描く「緑の蝶」、火口の煙の中の楽園に住む熊の婿となって暮らした若者が、楽園の暮らしに倦んで外界へ出てしまい、二度と戻れなくなる「熊の火」、小さなストーブの明かりの中に浮かび出る女の幻を追い求め、異界へと入り込んでしまう老人を描く「火影の夢」、地下水の精が一晩で作ったあざみの野原で毛皮商人が恐ろしい目に遭う「あざみ野」、まだ見ぬ恋人のために高価な毛糸を盗んだ貧しい少女が、マフラーを編みながら鳥になってしまい、やがて一人の青年を虜にして鳥に変えてしまう「青い糸」ほか、安房メルヘンの秀作を収める。

泡坂妻夫（あわさか・つまお　一九三三～二〇〇九）本名厚川昌男。東京神田生。都立九段高校卒。紋服に家紋を描く紋章上絵師の家業を継ぐ一方で、邪宗門奇術クラブに所属し創作奇術を発表、六九年には第二回石田天海賞を受賞している。七六年「ＤＬ２号機事件」で第一回幻影城新人賞に佳作入選。奇術に関する造詣を駆使した『11枚のとらんぷ』（七六）や、からくり玩具や迷路に関するペダントリーをちりばめた『乱れからくり』（七七）などの本格推理長篇で作家としての地位を確立、後者は七八年に日本推理作家協会賞を受賞した。八八年『折鶴』で泉鏡花文学賞を受賞。ほかに奇術関係の著作もある。怪奇幻想系の作品には、樋口一葉のものらしい反故の謎を探るため信州諏訪に向かった青年が、転生の神秘に憑かれた女性と巡り会い妖しい事件に巻き込まれる『妖女のねむり』（八三・新潮社）、陶磁器会社の利権にまつわる怨恨に化猫伝説が絡む『猫女』（八五・双葉ノベルズ）、ヒジュラ思想、同性愛、異性装といったモチーフをちりばめ、アンドロギュヌス・テーマをとことん追求した幻惑的な作品『弓形の月』（九四・双葉社）がある。このほか、国籍不明の心霊術師ヨギ＝ガンジーが、念力、予言、読心術、分身術などオカルト絡みの犯罪を鮮やかに解明する『ヨギ＝ガンジーの妖術』（八四・新潮社）、続篇の『しあわせの書』（八七・新潮文庫）が、怪奇幻想色濃厚なミステリとなっている。ヨギ＝ガンジーのシリーズの一冊である『生者と死者』（九四）は、奇術ができるらしい記憶喪失の女をめぐる物語で、短篇を長篇に書き直したものだが、長篇では解かれる謎が、短篇版では解かれることなく終わり、記憶喪失の女自体も幻のように消えてしまう。短篇の存在自体がアンチミステリともなっているユニークな作品といえる。

淡路帆希（あわみち・ほまれ　？～）狼に育てられた少女が、奪われた神具を求めて冒険を繰り広げるヒロイック・ファンタジー『紅牙のルビーウルフ』（二〇〇五～〇六・富士見ファンタジア文庫）で、ファンタジア長編小説大賞準入選。

安西冬衛（あんざい・ふゆえ　一八九八～一九六五）詩人。本名勝。奈良市生。堺中学卒。一九年に満州大連市に渡り、満鉄に入社するが、病を得て右脚を切断。二三年に満鉄を退社し、この頃より詩作を始める。『詩と詩論』などに詩を発表、一行詩〈てふてふが一匹韃靼海峡を渡つて行つた。〉（「春」）によって有名となる。三四年に帰国。代表作に『軍艦茉莉』（二九・厚生閣書店）『亜細亜の鹹湖』（三三・ボン書店）『渇ける神』（三三・椎の木社）『大学の留守』（四三・湯川弘文社）など。前衛詩の一翼を担い、現代詩の展開に大きな影響を与えた。没後、全業績に対して歴程賞が贈られている。〈座せる旅行者〉〈死語発掘〉と自らを定義する安西は、空想を羽ばたかせて言葉の世界に遊ぶ詩人であった。たとえば散文詩「蟻走痒感」は幻想の町を描いた地誌的な作品であり、同作を収録する『渇ける神』には同様の散文詩が多く収録されている。また代表作の一つである散文詩「軍艦茉莉」は、夢の記述を思わせるような幻視的な詩であり、同傾向の詩が散見される。言語による幻想空間の構築という最も根源的な幻想文学の書き手であったといえよう。
▼『安西冬衛全集』全十巻・別巻一（七七〜八六・宝文館出版）

安斉みちる（あんざい・みちる　？〜）ポルノ小説を執筆。『人形少女』（二〇〇四・マドンナ社＝マドンナメイト）『幽艶少女　遥夏』（〇五・オークス＝新次元デュアルノベルズ）など。

安童あづ美（あんどう・あづみ　？〜）ポルノ小説を執筆。ファンタジー系のエロティック・コメディに、魔法学園物『魔法少女リーナ』（一九九八・プレリュード文庫）、現代伝奇物『獣娘たちの館』（九九・同）がある。

安藤君平（あんどう・くんぺい　一九六三〜）別表記に薫平。ＲＰＧのノベライゼーション『小説ウィザードリィ』（九二・双葉社）、怪談実話集『「超」怖い話』（九一・勁文社、共著）などがある。

安藤美紀夫（あんどう・みきお　一九三〇〜九〇）京都市生。京都大学文学部イタリア文学科卒。高校教師を経て日本女子大学教授。児童文学者、イタリア文学者。北海道を舞台に、白く生まれてきたがために仲間から迫害されるリスの悲劇を描いた『白いりす』（六一・講談社）で産経児童出版文化賞受賞。庶民的な感性で日常生活を描いた作品が児童文学者としては評価されているが、北海道で過ごした経験に裏打ちされた、日本で数少ないアイヌ神話の再話者としての側面は見逃せない。『ポイヤウンベ物語』（六六・福音館書店）『若い神たちの森』（七九・小学館）『アイヌラックル物語』（八一・三省堂）など。その他のファンタジーも、魔法の呪文を覚えた小人の子供のいたずらを描く『プチコット村へいく』（六九・新日本出版社）、化物を退治してくれるトナカイを探して冒険の旅に出る少年少女の物語『火のいろの目のとなかい』（七五・フレーベル館）、北の空の壁に開いた穴をふさぎ、長引く冬を終わらせようとする青年の冒険を描く『こおりの国のトウグル』（七三・偕成社）など、北方を舞台としたものが多い。また、イタリア文学者としては、コッローディ『ピノッキオ』（六三・講談社）、イタロ・カルヴィーノ『マルコヴァルドさんの四季』（六八・岩波書店）、ジャンニ・ロダーリ『うそつき国のジェルソミーノ』（八五・筑摩書房）など、多数のファンタジーを翻訳した業績もある。

安藤元雄（あんどう・もとお　一九三四〜）詩人、フランス文学者。東京生。東京大学仏文科卒。シュペルヴィエルなどフランス近現代詩の影響下に詩作を開始。詩集に、高見順賞受賞の『水の中の歳月』（八〇・思潮社）、萩原朔太郎賞受賞の『めぐりの歌』（九九・同）、歴程賞受賞の『わがノルマンディー』（〇三・同）のほか、『秋の鎮魂』（五七・位置社）『船とその歌』（七二・思潮社）『この街のほろびるとき』（八六・小沢書店）『夜の音』（八八・書肆山田）がある。すべてが幻想的な詩とはいえないが、幻想的ヴィジョンの喚起を促すと同時に、哀切な抒情を湛えた詩群がある。フランス文学者としては、ボードレール『悪の華』（八三・集英社）、ジュリアン・グラック『シルトの岸辺』（七四・集英社）『アルゴールの城にて』（八五・白水社）などの翻訳があり、名訳との評価を受けている。

安東能明（あんどう・よしあき　一九五六〜）静岡県生。明治大学政経学部卒。浜松市役所勤務の傍ら、九四年「死が舞い降りた」で日本推理サスペンス大賞優秀賞を受賞し、執筆生活に入る。サイコホラー『鬼子母神』（〇一・幻冬舎）で第一回ホラーサスペンス大賞特別賞を受賞。大深度地下に作られた呪術的空間に、胎盤と共に死んだ嬰児を納めた桶を置くことにより、修験道の呪術を用いて魂の転生を試みるという邪悪な行為の実験台にされた不妊の夫婦を主人公に、亡霊、怪物なども登場するホラー『螺旋宮』（〇五・徳間書店）がある。

庵乃音人（あんの・おとひと　？〜）ポルノ小説を執筆。ＳＦ系『宇宙刑事ルフィア』（二〇〇四・二次元ドリームノベルズ）ほか。

安野光雅（あんの・みつまさ　一九二六〜）画家、絵本作家、装幀家。島根県津和野町生。

山口師範学校研究科修了。教師を経てフリーのイラストレーターとなる。絵本『ふしぎなえ』(六八・福音館書店)で、小人風の人物、独特なタッチの水彩によってエッシャーばりの世界を表現し、認められる。国内ばかりでなく海外でも数々の賞を受賞し、国際的な評価も高い。唯一の長篇童話である『手品師の帽子』(七六・童心社、ストーン・ブレイン名義)は、無限の深さを持つ手品師の帽子の中へ降りて行く吟遊詩人を描くナンセンスファンタジーである。

あんびるやすこ(あんびる・やすこ　一九六一〜)群馬県生。東海大学文学部日本文学科卒。テレビアニメの美術設定、玩具の企画デザインを経て、絵本制作、児童書の挿画、児童文学の執筆に携わる。魔女物の幼年童話のほか、服のリフォームを得意とする裁縫魔女と人間の少女の活躍を描くファンタジー・シリーズ《なんでも魔女商会》(二〇〇三〜・岩崎書店)、ハーブ魔女の家を相続することになった人間の少女の物語《魔法の庭ものがたり》(〇七〜・ポプラ社)、骨董品店を舞台に、付喪神などが活躍する《アンティークFUGA》(〇七〜・岩崎書店)などがある。

安楽庵策伝(あんらくあん・さくでん　一五五四/天文二三〜一六四二/寛永一九)美濃国生。安土桃山時代から江戸初期にかけての僧侶、文人。幼少より僧籍に入り、四十歳に至るまで各地にて修行、布教活動に励む。その後正法寺の住持、出身寺である浄音寺の住持を務め、六十歳で京都誓願寺の法主となる。退任後は風流人としての余生を楽しんだ。退任の年、少年時代より書き留めてきた笑話をまとめ、『醒睡笑』(一六二三/元和九)を著した。『醒睡笑』は落語の原形ともいわれる落咄《おとしばなし》を主体とする笑話集であり、千三十余話という噺の数で同書の右に出るものはない。先行作から題材を採ったものもあるが、多くは口承の噺である。幻想文学関連としては、「清僧」の章に高僧の霊験譚が箸休めのように挿入されている。ただし、それらは『宇治拾遺物語』など先行書を写したものである。

い

飯淳(いい・あつし　一九六五〜)ゲームクリエーター。自身が制作を手がけたファンタジーRPGのノベライゼーション『エイナス　ファンタジーストーリーズ』(九七・電撃文庫)、「エイナス」の世界を元に、魔族と人間の戦いを描いた『テクノデビル戦記』(九七〜九八・同)がある。

伊井直行(いい・なおゆき　一九五三〜)宮崎県延岡市生。慶応義塾大学文学部史学科卒。京都の出版社に五年半勤務。八三年「草のかんむり」で群像新人賞を受賞。八九年、主人公の彷徨につれ微妙に異界化していく会社風景を描く『さして重要でない一日』(講談社)で野間文芸新人賞を受賞。見慣れた日常とカフカやボルヘスを思わせる迷宮的世界の交錯を、明るいユーモアを交えた寓話風の筆致で描き、独特の夢幻的雰囲気を醸し出している。その後も、一般的な小説のほか、趣向を凝らした幻想的な小説を多く執筆。瀬戸内の架空の島を目指す人物が、島と因縁浅からぬ五人の語り手の奇怪な体験談を聞くという枠物語形式の長篇『湯微島訪問記』(九〇・新潮社)、青白い光でできた男に犯される女、時間を超越した領域に迷い込んで太古の土の巨人と仲良くなる青年、放浪国家アスパシアの象徴・処女アンとなる女子高校生などが、地方都市に錯綜する『悲しみの航海』(九三・朝日新聞社)、嗜眠症の妻と二人暮らしの小説家が、猫たちの会話を漏れ聞いたことをきっかけに、〈自分は猫のジャンナだ〉というアイデンティティを得て、猫めいた強引な行動を始める『ジャンナ』(九五・同)、幻想短篇集『本当の名前を捜し続ける彫刻の話』(九一・筑摩書房)などがある。

【草のかんむり】長篇小説。八三年講談社刊。

予備校生の〈ぼく〉は、自分の祖父と浅からぬ因縁があるという教師・李珍明に奇妙な粘土板の写真を見せられ、蛙に姿を変えられてしまう。ぼくを人間に戻そうと協力してくれたOLの麦子にも見捨てられ、半死半生の状態で川下にある李の隠れ家に辿り着いたぼくは、そこで蛙の姿のまま古代文字で書かれた手記の解読を進め、数奇な李の生涯と、粘土板にまつわる謎の一端に触れる。ついに解読に成功したぼくは人間の姿に戻ることができる。ぼくは蛙を捨てた負い目によって精神を病んだ麦子に再会し、彼女と共に新たな人生の一歩を踏み出す。

【濁った激流にかかる橋】連作短篇集。九七〜二〇〇〇年『群像』に断続的に掲載。二〇〇〇年講談社刊。町を二分する川の上に架けられた、巨大で怪異な橋を舞台とするマジックリアリズム風の作品。若い女性の幽霊に魅惑される高校教師を描く「ドエル・リバーサイドのひとりぼっちの幽霊」、身を投げても死体が浮かび上がることはないといわれている激流が、六十年に一度という大逆流によってかき回されたときに起きた椿事を描く「伝令、激流にかかる橋を征服する」など全九篇を収録し、全体として町の奇妙な歴史を描き出す。増殖に増殖を重ねた橋の奇妙な情況やそこで起きる事件の不思議さ、〈さいづち頭の巨人〉の子孫たちを主人公とする設定などには、ガルシア＝マルケスや大江健三郎らの先行作が意識されている。読売文学賞受賞。

飯里有（いいさと・あり　一九七一〜）静岡県浜松市生。伝奇アクション『鬼籠めの鉢』『琳琅残夢』（九六〜九七・講談社X文庫）がある。

飯沢匡（いいざわ・ただす　一九〇九〜九四）本名伊沢紀《ただす》。和歌山市生。東京で育つ。文化学院美術科卒。「藤原閣下の燕尾服」（三二）で戯曲作家としてスタートし、東京朝日新聞社勤務の傍ら、諷刺的な戯曲を発表。「二号」（五四）で第一回岸田演劇賞受賞。その後作家活動に専念し、戯曲、小説のほか、幼児向けラジオドラマ「ヤンボウニンボウトンボウ」（五四〜五七）、幼児向けテレビ番組「ブーフーウー」（六〇〜六七）などの脚本を手がけ、子供に絶大な人気を博す。「ヤンボウニンボウトンボウ」は、飯沢が五二年に岩波少年文庫で翻訳したデ・ラ・メアのファンタジー『サル王子の冒険』（『ムルガーのはるかな旅』）にヒントを得た作品で、三匹の白猿の子がインドにいる母親のところまで、様々な冒険を重ねて行くというものであり、ファンタジー分野の先駆的な仕事といえる。喜劇作家としての矜持を高く持ち、リアリズムと深刻さに偏る劇界を厳しく批判した。また、児童文学においても、豊かな空想とエンターテインメント性の高さを重視、真面目一方の児童文学界に異を唱えた。

劇作家としての飯沢は戦前戦後を通じて幻想的な趣向を取り入れた作品を執筆している。ワイルドの「カンタヴィルの幽霊」を換骨奪胎した作品で、清朝の西太后に仕えた宦官が幽霊として留まっている屋敷に住むことになった日本人一家を描き、〈善意の悪政〉を諷刺した「北京の幽霊」（四三）、蝙蝠の家族を主人公に、二者間で惑う蝙蝠の宿命を描いた厭戦的な「鳥獣合戦」（四四）、不老不死の仙人と、仙人によって不老不死にされた人間たちが死を望む物語で、兵器開発に異を唱える「崑崙山の人々」（五一）、三回だけ魂の入れ替えができる能力を神にもらった男が年老いた王との間で魂をやりとりするファルス「還魂記」（五三）、セックスの絶頂を感じさせる超自然的ななにかをめぐるどたばた劇に、観客代表が茶々を入れたり解説したりする、寓話的な「物体嬢」（五八）、戦前は若者を高揚させて戦地へ送り、戦後は神がかりとなった老婆を教祖に仕立てて教団を起こして人々を動かした男が作った高い塔に、教祖の息子が飛行機で突っ込み、母親と共に雲海の上を去っていく、政治諷刺的な「塔」（六〇）などがある。小説家としては、ユーモア溢れる青春小説や諷刺短篇などを得意とし、幻想的な趣向の短篇も執筆している。無作為にばらまかれた缶詰の中に〈もう直ぐだぞ〉という声が入っている「缶詰の中の声」（五〇）、日本人のほぼ全員の鼻先に腸詰がぶら下がる「腸詰め奇談」（五三）、地殻変動で日本が一夜にして水没する「日本陥没」（五三）、主人公の顔から髭が逃げ出す「狂った髭」（五四）ほかを収録する短篇集『狂った髭』（五六・筑摩書房）など。また、児童文学では、アラビアの王子が様々な架空の国を通って中国まで冒険の旅に出かける長篇物語「ぼろきれ王子」（五五、単行本は七三・理論社）、逃げ出した皿を追って外へ飛び出した少年が、ギャングや変な発明ばかりする科学者プーポン博士などと出会って冒険を繰り広げる『逃げだしたお皿』（七七・同）などがある。

飯島耕一（いいじま・こういち　一九三〇〜）岡山市生。東京大学文学部仏文科卒。詩人、小説家、フランス文学者。シュペルヴィエルの影響を受けたといわれている第一詩集『他人の空』（五三・書肆ユリイカ）で注目を集める。代表的詩集に高見順賞受賞の『ゴヤのファースト・ネームは』（七四）、読売文学賞受賞の『アメリカ』（〇四）など、評論集に『日本のシュールレアリスム』（六三）などがある。多彩な詩風で多くの詩集を出しているが、シュルレアリスティックな方法による『夜あけ一時間前の五つの詩』（六七・昭森社）が、幻想文学方面からも評価できる。八〇年代以降は小説にも本格的に取り組み、神経症的な女性ナオミと三郎の恋愛を軸に、過去の革命的闘士と彼らに関わる女性たちの幻影が立ち現れる『暗殺百美人』（九六・学研）は〈シュルレアリスム小説の傑作〉との評価を受け、ドゥマゴ文学賞を受賞。このほか、巡礼の途上にある初老の男が、初恋の女性の忘れ形見との中年時代の恋愛の思い出などを語るという発端から、現世と冥界の境を越えて、平家物語の世界、キリスト教の世界などが入り交じる『六波羅カプリチョス』（九九・書誌山田、決定版〇五・風媒社）、源内論と六〇年代風の観念的な恋愛小説を組み合わせた『小説平賀源内』（〇二・砂子屋書房）といったメタフィクショナルな長篇小説がある。

飯島健男（いいじま・たけお　一九六三〜）ゲームクリエーター。遠未来の地球を舞台に、魔族たちの戦いを描いたＳＦファンタジー『最後の審判』（九〇・小学館）のほか、自身が制作したゲームのノベライゼーション『ＢＵＲＡＩ』（九一〜九四・スーパークエスト文庫）『学校であった怖い話』（九五・ログアウト冒険文庫）がある。

飯島晴子（いいじま・はるこ　一九二一〜二〇〇〇）俳人。京都府生。京都府立第一高女卒。野村登四郎の指導を受けて句作を始め、藤田湘子の『鷹』同人として活躍。俳句評論家でも知られる。叙景の俳人であるが、内的風景が外にこぼれ出たかのように、また言葉そのものから導かれたかのように、幻視的な風景を描き出すことがある。〈うすうすと稲の花さく黄泉の道〉〈死んでから黒髪の去る葱畑〉〈天網は冬の菫の匂かな〉〈雪女けふもみどりの布団にゐる〉〈犬小屋に故人来てゐるさくらどき〉〈月光の象番にならぬかといふ〉〈さつきから夕立の端にゐるらしき〉など。句集に『蕨手』（七二・鷹俳句会）『朱田』（七六・永田書房）『春の蔵』（八〇・同）『儚々』（九六・角川書店、蛇笏賞）ほか。最期は自死であった。

飯田譲治（いいだ・じょうじ　一九五九〜）長野県生。明治大学中退。映画監督、脚本家、小説家。小説家としてはしばしば梓河人とコンビを組んでいる。脚本・監督作には怪奇幻想系のものが多く、映画「キクロプス」（八七）「らせん」（九八）、テレビドラマ「世にも奇妙な物語」（九二）ほか多数の映像作品がある。小説に、原作・脚本・演出を務めたテレビドラマのノベライゼーションで、超能力者集団の謀略を描いた《NIGHT HEAD》（九三〜九五・角川書店）、サイコホラー『アナザヘヴン』（九七・同、梓河人との共著）、ホームレスに拾われて育てられた赤ん坊が、不思議な能力を発揮して人々を癒しへと導きながら成長していく姿を描いた『アナン』（二〇〇〇・角川書店、同）などがある。

飯田豊太郎（いいだ・とよたろう　一九〇五〜？）別名豊吉。歌舞伎・大衆古典芸能研究の傍ら、伝説・史跡巡りを続ける。著書に猟奇的サスペンス『地獄の乳房』(五八・あまとりあ社)『怪異愛霊教』(五九・同)や、伝統的な怪異談の数々を小説風にアレンジした『怪談千一夜』(七〇・潮文社)『幽霊千一夜』(七二・同)『妖怪千一夜』(七三・同)がある。

飯田雪子(いいだ・ゆきこ　一九六九～)静岡県生。静岡大学教育学部美術科卒。グラフィックデザイナーを経て、喪われた記憶をめぐるファンタジー『忘れないで』(九四・講談社X文庫)で第一回ティーンズハート大賞を受賞してデビュー。千里眼の少女をヒロインとする学園ラブロマンス『遠い場所から』(九五・同)、少女が能無し悪魔を召喚してしまうラブコメディ『瓶の中のおしゃべり娘』(九六・同)、眠り続ける精霊使いの継承者・リアラインを目覚めさせる鍵となる現実の少女をめぐるファンタジー『リアライン』(九九・プランニングハウス)、幽霊物のラブロマンス『夏空に、きみと見た夢』(〇六・ヴィレッジブックスエッジ)などがある。

いいだよしこ(いいだ・よしこ　一九一三～)本名飯田慈子。愛知県名古屋市生。名古屋大学理学部卒。東京大学大学院生物化学修士課程修了。金沢大学がん研究所協力研究員。自然破壊に怒って人間を滅ぼそうとする自然界の主たちと子供たちの戦いを描いた子供向けファンタジー三部作『空とぶ木のひみつ』『かがやく山のひみつ』『青い玉のひみつ』(八六～八九・新日本出版社)、自然讃歌的な木の精の物語『ふたごポプラ島のポウとホウ』(九五・同)などがある。

飯田栄彦(いいだ・よしひこ　一九四四～)福岡県甘木市生。早稲田大学教育学部卒。動物の言葉を解するトンガの王子と、王子と心を触れ合わせる蝶の物語『燃えながら飛んだよ!』(七三・講談社)で、講談社児童文学新人賞受賞。『昔、そこに森があった』で日本児童文学者協会賞受賞。その他のファンタジーに、死に瀕した自分自身を救うため、猟犬の体に意識を同化させた少年がイノシシの精霊に立ち向かっていく『ひとりぼっちのロビンフッド』(九一・理論社)がある。

【昔、そこに森があった】長篇小説。八五年理論社刊。九州の田舎町にある自然豊かな夜明農業高校は、見事な落ちこぼれ校だが、教師たちの奮闘で、魅力ある学校となっている。ある日、校門から玄関口まで続く樹齢数千年の木のトンネルをくぐり抜けると、生徒は全員サルの類に、教師はそれぞれ動物に変身するという事態が起きる。英語の代用教員を務めることになった高倉は、黒ヒョウになる夢も空しく、ブタになってしまう。動物に変身することで本性が以前よりも露わに出るようになった学校を舞台に、一種の部外者である高倉の目を通して、生徒と教師の奮闘を描く。また、高倉自身も、トンネルの木に抱きつくことによって太古の狩猟時代を体験し、やがてそれを生徒たちとも共有していく。生命、自然、教育をテーマに、メッセージ性も強いが、優れたエンターテインメントでもある、青春幻想小説の傑作。

飯野文彦(いいの・ふみひこ　一九六一～)山梨県甲府市生。早稲田大学卒。映画のノベライゼーション『新作ゴジラ』(八四・講談社X文庫、野村宏平との共著)でデビュー。SFアニメ、漫画、ゲームなどのノベライゼーションを多数執筆。オリジナル作品に、〈勇者呼び寄せ機〉で異次元の王国に引きずり込まれた高校生の冒険を描いたヒロイック・ファンタジー『ねむってから勇者《ヒーロー》』(八九・ソノラマ文庫)、宇宙人から魔法のアイテムをもらったという異能の老婆が高校生と交流するコメディ『巫女さまカーニバル』(九一・同)、現代の新宿を舞台に邪力を有する邪教の申し子兄弟との死闘を描く伝奇バイオレンス『邪教伝説』(九四・徳間オリオン)、魔族の少女が主人公のエロティック・ファンタジー《女族闘魔伝》(九六～九八・プラザ)、アルコール中毒患者を見舞う幻覚さながらの奇怪で錯乱した世界を描く怪作『アルコォルノヰズ』(二〇〇〇・ハルキ・ホラー文庫)、故郷に戻った敗残の怪奇小説家が、月に一度の友人たちとの集いで地元ゆかりのエロティックで猟奇的な民話風怪談の数々を聞かされることになるという枠物語だが、枠の部分にも怪奇的な仕掛けが施された長篇『怪奇無尽講』（〇五・双葉社）、エログロ・ナンセンス風のホラー・サスペンス『バッド・チューニング』（〇七・早川書房）ほかがある。

飯野真澄（いいの・ますみ　一九五七～）東京生。中央大学仏文科卒。音楽教室講師などを経て、脚本家、児童文学作家となる。知性ある猫に見込まれた少女が猫に変身するなどの不思議な体験をする『真夜中は猫のはじまり』（九二・岩崎書店）、人間の母子が猫たちの世界に加わっていろいろな冒険をする物語で、哲学に関連する話題を盛り込んだ『哲ねこ七つの冒険』（〇六・日本放送出版協会）などがある。

井内秀治（いうち・しゅうじ　一九五〇～）神奈川県生。アニメーション監督。「銀河鉄道９９９」（七八～八一）をはじめ多数のテレビアニメの演出を手がけ、《魔神英雄伝ワタル・シリーズ》（八八～九八）では総監督のほかに脚本も執筆した。小説に、「魔神英雄伝ワタル」のサイドストーリーで、虎王の命の鍵を握る〈運命の鏡〉を捜して冒険を繰り広げるファンタジー『虎王伝説』（九〇・角川スニーカー文庫）、魔界の皇子・虎王の冒険と戦いを描くヒロイック・ファンタジー『虎王伝』（九一～九三・同）などがある。

五百香ノエル（いおか・のえる　一九六七～）東京文京区生。九三年にＢＬ小説作家としてデビュー。日常物とＳＦファンタジー系作品とを書き分ける。オカルト・ホラー『ビースト・デザイアー』（九五～九六・オークラ出版＝アイスノベルズ）、ＳＦ『ヒューマンレプリカ』（九七・スコラ＝ルチルノベルス）、冒険ファンタジー《ＫＩＳＳと海賊》（九八・ビブロス＝ビーボーイノベルズ）、両性具有物《ＧＥＮＥ》（九九～〇三・徳間キャラ文庫）、ファンタジー『サラマンドル・ブラッド』（〇四・パレット文庫）ほか多数。

五十嵐貴久（いがらし・たかひさ　一九六一～）東京生。成蹊大学文学部卒。出版社勤務を経て、女性ストーカー物の『リカ』（〇二・幻冬舎）で第二回ホラーサスペンス大賞を受賞し、小説家となる。当初はミステリを中心に執筆していたが、近年は青春小説などへも作風を広げている。ファンタジー作品に、サラリーマンの父と女子高生の娘の人格入れ替わりを描く『パパとムスメの７日間』（〇六・朝日新聞社、テレビドラマ化）がある。

五十嵐均（いがらし・ひとし　一九三七～）本名鋼三。東京生。妹に夏樹静子。慶応義塾大学法学部卒。商社勤務を経て独立し、事業を興す。出版業にも手を染め、また松本清張らと霧プロダクションを創立し、映画やテレビドラマの制作も手がけた。『ヴィオロンのため息の』（九四）で横溝正史賞を受賞し、本格的に小説家デビュー。イエス・キリストの遺髪から作り出されたイエスのクローンの青年をめぐるサスペンス『審判の日』（九五・角川書店）、記憶の入れ替えが可能になった近未来を舞台にしたミステリ『２０１０年の殺人』（九五・同）、夏樹静子との合作で、ウイルスによる人類の滅亡を描く『βの悲劇』（九六・同）がある。

五十嵐雄策（いがらし・ゆうさく　？～）電撃hp短編小説賞最優秀賞を受賞。ラブコメディ『乃木坂春香の秘密』（二〇〇四～）でデビュー。ファンタジーに、猫また少女、童女神などが登場するハーレム型ラブコメディ『はにかみトライアングル』（〇五～〇八・電撃文庫）がある。

斑鳩サハラ（いかるが・さはら　？～）一九九四年にＢＬ小説作家としてデビューし、作品多数。天使と悪魔物の伝奇ファンタジー《悪魔さんにお願い》（九七～二〇〇〇・角川ルビー文庫）、伝奇系の妖狐物『しょせんケダモノ』（九八・ワニブックス＝キララノベルス）、化猫物『月夜の恋奇譚』（九八・徳間書店＝キャラ文庫）など。

生島治郎（いくしま・じろう　一九三三～二〇〇三）本名小泉太郎。中国上海生。早稲田大学英文科卒。六三年まで、早川書房で『エラリイ・クイーンズ・ミステリ・マガジン』

編集に携わる。第一長篇『傷痕の街』(六四)以来、日本におけるハードボイルド小説の第一人者として活躍。六七年『追いつめる』で直木賞を受賞。長篇とは対照的に、短篇の分野では好んで怪奇、幻想、ブラックユーモア的なテーマを扱っており、それらは『あなたに悪夢を』と『悪意のきれっぱし』(八〇・講談社)の二冊の作品集にまとめられている。また、『あなたに悪夢を』収録作や未刊行短篇などを収録したアンソロジー『28のショック』(九三・出版芸術社)がある。

【あなたに悪夢を】短篇集。七四年桃源社刊。単調な校正作業の連続でノイローゼに陥った編集者の押入には少女の屍体が……。時代に先んじて少女姦と屍体愛の袋小路を描き切り、今や古典的名作としての地位を占める「頭の中の昏い唄」をはじめ、人肉嗜食(「香肉」)、近親相姦(「蜥蜴」)、ドッペルゲンガー(「誰……」「いやな奴」)など、異常心理ホラーの異色作を含む十短篇と、最短最恐の幽霊譚「暗い海暗い声」等のショートショート十篇を収めたハイレベルの恐怖小説集である。

生田葵山(いくた・きざん　一八七六～一九四五)本名盈《えい》五郎。京都市生。東洋英学塾に学んだ後、上京して巌谷小波に入門。忌まわしい出生の秘密を負う巡礼の数奇な運命を描いた「団扇太鼓」(九九)で認められる。陰惨な磔刑図の描かれた絵皿を露店で求めた老人が、娘の産んだ私生児の首を切り、皿に載せてうっとり見とれるという内容の「和蘭《オランダ》皿」(〇四)は、西欧耽美派文学、とりわけワイルドの『サロメ』に影響された異色作である。

生田直親(いくた・なおちか　一九二九～九三)本名直近。東京生。福島県立川俣工業高校中退。六〇年代に放送作家として活躍、六三年、テレビドラマ脚本「煙の王様」で芸術祭文部大臣賞を受賞。七二年頃から推理作家を志し、『誘拐一九七X年』(七四)を皮切りに、作者自身が熱愛するスキーの世界に取材した一連の長篇推理やパニック小説などを多数執筆した。飯綱《いづな》の法の継承者にして神道無念流の達人である蟇目仁人《きみひと》が、日本各地の妖怪変化や、かれらと結託する巨悪と秘術を尽くして闘う一連の伝奇アクション小説は、江戸の草双紙がもっていた型破りの幻想性と娯楽性の再来を思わせる陽性のサイキック・ディテクティヴ・シリーズである。〈死の商人〉の機密を探る飯綱忍法の術者が、現代に甦った鬼女・紅葉によって次々に喰い殺され、飯綱信仰宗家の末裔である仁人に秘伝修行の命がくだる開幕篇『鬼女伝説殺人事件』(八三・廣済堂ブルーブックス)、若い娘を次々犠牲に供するバイオテクノロジーの生体実験に酒呑童子の亡霊を絡めた『京都怨霊殺人事件』(八四・同)、加賀藩前田家のお家騒動にまつわる怨霊を追って過去と現代を往還する『金沢怨霊殺人事件』(八五・同)、正邪の怪猫が対決する猫社会のドラマが、人間界の化猫騒動と並行して描かれるシリーズきっての異色作『佐賀怪猫殺人事件』(八六・同)、隠れキリシタンの一族の守り神が猫魔で、ヤクザの組員が次々と猫女に噛み殺される『会津猫魔怨霊殺人』(八八・天山ノベルス)、凌辱された娘の陰部を好んで喰らう鬼婆が、報われぬ戦没者の怨念によって甦る『安達ケ原殺人事件』(八八・同)など、いずれも、素材とする古典文学や歴史書から豊富な引用がなされ、作中の会話にも古語や土地土地の方言を活かすなど、細部にこだわる創作姿勢が印象的である。

【飛騨の国殺人伝説】長篇小説。八六年廣済堂出版(ブルーブックス)刊。飛騨高山祭の屋台上で、谷家の当主が突如天空から飛来した九頭竜に噛み殺された。当主の生命を護れなかった蟇目仁人は、谷家の娘・早月と共に犯人捜しに乗り出すが、不覚にも女犯の禁を破り念力を封じられてしまう。谷家に伝わる埋蔵金伝説の謎をめぐり、財宝を狙う悪漢一味と、その手先の白山行者衆、コミック・リリーフ的存在の妖狐一族、さらには農民一揆の犠牲となった怨霊たちまで、善玉悪玉入り乱れての一大妖術合戦が展開される。

生田萬(いくた・よろず　一九四九～)劇作家、演出家。早稲田大学政治経済学部卒。劇団〈ブリキの自発団〉主宰。寺山修司の系譜に連なると目されている。P・K・ディック『ユービック』をもとにした「ユービック★いとしの半生命体」（八一）で旗揚げ。初期には〈懐かしい近未来〉をコンセプトに、ノスタルジックな舞台を展開した。戯曲に、SFや幻想世界が入り交じる、黄昏時の幻想を描いた「小さな王国」（八五）、過去に囚われた少女漫画家を主人公に、過去と現在とが自在に入り交じる展開で、一面では未生の子供たちが築く世界とも見える「夜の子供」（八六）、少年時代を象徴する漫画の世界と二十世紀末の漫画作者の世界が一つに溶け合う「夜の子供2」（九〇／改訂版九二）など。

生野稜（いくの・りょう　?〜）愛媛県生。一九九五年にBL小説作家としてデビュー。ファンタジーに妖狐物『千年恋舞』（〇五・リーフノベルズ）がある。

池井戸潤（いけいど・じゅん　一九六三〜）岐阜県生。慶応義塾大学文学部・法学部卒。三菱銀行を経てコンサルタント業の傍らビジネス書を執筆。『果つる底なき』（九八）で江戸川乱歩賞を受賞。企業小説、ミステリなどを執筆。父の遺品を持つことで四十年前の父親の中に意識をタイムスリップさせた息子が、父親の起業などを体験する『BT63』（〇三・朝日新聞社）がある。

池内紀（いけうち・おさむ　一九四〇〜）兵庫県姫路市生。東京外国語大学独語学科卒。東京大学大学院人文科学研究科修士課程修了。ドイツ文学者。東京大学名誉教授。カール・クラウス、エリアス・カネッティの翻訳紹介を手始めに、世紀末ウィーンの芸術・文化研究を展開。主な著作に『ウィーンの世紀末』『世紀末と楽園幻想』（共に八一・白水社）『諷刺の文学』（七八・同）『闇にひとつ炬火あり』（八五・筑摩書房）など。その関心はドイツ文学に留まらず、日本作家論集『猿飛レゲンデ』（八五・沖積舎）、大衆芸能をめぐるエッセー『地球の上に朝がくる』（八七）、温泉紀行『温泉旅日記』（八八）など多方面にわたり、『石川淳』（九一・国書刊行会）『神西清』（九三・同）など編著も多い。また『ホフマン短篇集』（八四・岩波文庫）『ウィーン世紀末文学選』（八九・同）、P・ジュスキント『香水』（八八・文藝春秋）、《カフカ小説全集》（二〇〇〇〜〇一・白水社）などドイツ幻想文学の名訳でも知られる。初の小説集である『天のある人』（八九・河出書房新社）には、懐かしい奇人変人たちを描いた表題作の掌篇連作をはじめ、カフカゆずりの妄想を詩的に描いた「オドラデク」、雌雄の剥製を集めることに執着する宿屋の主人の不気味さを描く「ノアの方舟」など全二十三篇が収められている。連作短篇集『錬金術師通り』（九三・文藝春秋）は完全な幻想小説ではないが、ウィーン、プラハ、クラクフなどの都市を巡る主人公の前に姿を現す謎めいた人物たちを描いている。

池内広明（いけうち・ひろあき　一九六〇〜）名古屋市生。早稲田大学文学部卒。雑誌編集者を経てフリーライターとなる。奇妙な男に暴行を受け、その前後の記憶を失った主人公の微妙な心の変節を、目撃者たちを訪ねる過程のうちに描く『ノックする人びと』（九六・河出書房新社）で文藝賞優秀作を受賞。

池上永一（いけがみ・えいいち　一九七〇〜）沖縄県那覇市生。石垣島で育つ。早稲田大学人間科学部中退。沖縄の小島を舞台に、ぐうたらな少女がユタになるまでをユーモアたっぷりに描いた『バガージマヌパナス』（九四・新潮社）で日本ファンタジーノベル大賞を受賞して小説家となる。第二作『風車祭《カジマヤー》』で直木賞候補となる。沖縄のノロの血筋をひき、とてつもなく強い霊力を持つ女子高生デニスを主人公に、古代から続く秘密結社による策謀やデニスの霊能者への目覚めを描いた『レキオス』（二〇〇〇・文藝春秋）では、時空の自在な転変にも挑戦し、作風の領域を広げた。さらに、『アニメージュ』誌に連載した伝奇SF『シャングリ・ラ』（〇五・角川書店）では、若い読者からも支持を受け、SF大賞の候補にもなった。

これまでに発表した長篇作品はすべて、霊

の存在を当然のように組み込んだファンタジーであり、この特徴は、池上がノロやユタなどの巫女が日常の中に生きている沖縄出身であることと密接な関係があるだろう。手法的には、本格的なマジックリアリズムの方法をごく自然に用いているが、この点もまた、多層的な構造を持つ沖縄の風土から出たものと見ることができる。とはいえ、池上は返還直前に生まれ、漫画などの文化は本土と共有しているものがあることも忘れてはならない。もともとは漫画家になりたかったと述べる池上の作品については、漫画からの影響も考慮する必要があるだろう。ほかの作品に、夜ごと訪れる不思議な女性と大学生の青年の心温まる交流を描いた表題作ほか、輪廻にかぶれた女子中学生や、冬の精と交流したり、神隠しに逢ったり、未来を予知したりするしたたかな沖縄の老女たちを描く短篇集『復活、へび女』（九九・実業之日本社、後に「あたしのマブイ見ませんでしたか」と改題）、強い呪力を持つ産婆のオバァの呪いで、親以外には姿が見えなくなってしまった赤ん坊を元に戻すため、シングルマザーが〈陰の肉体〉となって街を駆けずり回り、七つの願いをかなえる『夏化粧』（〇一・文藝春秋）、沖縄戦の記憶を背景に、戦中に据え付けられたキャノンを神として祀る村の秘密を描いた『ぼくのキャノン』（〇三・同）ほかの作品がある。

【風車祭】 長篇小説。九七年文藝春秋刊。石垣島に住む高校生の武志は、マブイ（魂）を落としてしまったせいで、霊の世界に近い存在となり、妖怪や霊体を見ることができるようになった。そして、マブイだけとなって島をさまよう二百七十年前の盲目の女性ピシャーマに恋をする。しかし、マブイを落としたままでは、武志の命も危ういのである。初めからかなうはずもない切ない恋の模様が、沖縄の祭りや習俗を背景にして描き出されていく。やがて、失われた御願《うがん》場所（神の降りる場所）のせいで島が津波の危機にさらされていることがわかる……。九十七歳の風車祭を迎えることを生き甲斐としているトリックスターのオバァ・フジ、六本足の妖豚で女にも化けられるギーギー、神に愛されている呑んだくれの兄弟など、ユニークな脇役たちが物語を豊かに彩り、神々の世界やあの世と現実とが直結しているという世界観が確かな存在感をもって息づいている傑作。

池上颯（いけがみ・そう　一九六九～）東京生。江戸の町を舞台に、鬼の血をひき、人を守護する一族に生まれた青年が、サイコメトラーの少女などと共に妖魔と戦う《魔都夢幻草紙》（〇一・講談社X文庫）がある。

池澤夏樹（いけざわ・なつき　一九四五～）北海道帯広市生。実父は福永武彦だが、両親の離婚、母親の再婚により、池澤姓となった。埼玉大学理工学部中退。詩人として出発し、『塩の道』（七八・書肆山田）『最も長い河に関する省察』（八二・同）などを上梓。米文学翻訳の傍ら、小説の執筆も開始し、『夏の朝の成層圏』（八四）を刊行。宇宙意識とでも呼ぶべき不思議な感覚を持つ自由人と普通の人間の交わりを描く「スティル・ライフ」（八七）で芥川賞受賞。代表作に谷崎潤一郎賞受賞の『マシアス・ギリの失脚』、毎日出版文化賞受賞の『花を運ぶ妹』（二〇〇〇・文藝春秋）、明治を舞台に、アイヌ人の苦闘を描いた歴史小説『静かな大地』（〇三）など。易の結果に衝き動かされるように、いつ噴火するとも知れぬ火口を訪れる女性火山学者の内面を描く『真昼のプリニウス』（八九・中央公論社）、ヘロインによって純粋鉱物的な世界を感得し、死の世界へと吸引された画家の兄を救うべく、魔術的な感覚を研ぎ澄ましていく妹を描いた『花を運ぶ妹』など、池澤には深いところで幻想文学とつながっている作品がある。短篇にはストレートな幻想小説となっているものがあり、沖縄の神女になる儀式に参加する濃密な夢を見る物語「眠る女」、山中で不思議な一行に出会う「パーティー」、骨になった死者を語り手とする「骨は珊瑚、眼は真珠」、人類滅亡後にただ一人生き残った男を描く「北への旅」などを収録する幻想短篇集『骨は珊瑚、眼は真珠』（九五・

文藝春秋）のほか、女神との交わりを象徴的に描く「アップリンク」（八八）、不思議な音楽の聞こえる遺跡で、地球や宇宙の意識と同化する体験をした二人の男の話「帰ってきた男」（九〇）などがある。このほか、宮沢賢治作品をめぐる評論『言葉の流星群』（〇三・角川書店）、前衛的日本文学の書き下ろしアンソロジー『ことばのたくらみ』（〇三・岩波書店）や二十世紀に書かれた長篇小説の叢書《世界文学全集》（〇七〜・河出書房新社）の編纂等の仕事もある。また、ファンタジー系の翻訳に、アップダイク『クーデタ』（八一・講談社）、サン・テグジュペリ『星の王子さま』（〇五・集英社）など。

【マシアス・ギリの失脚】長篇小説。九三年新潮社刊。書き下ろし。南の小さな諸島国家ナビダードの大統領マシアス・ギリは、〈大地は汝を受け止めるであろう〉と書かれた貼り紙や親日派の大統領を非難するような事件が起きるのを気にしていた。大統領は巫女のような能力のある少女を身辺に置くことにするが、実は彼女はこの国の精神的支柱である長老会議の命令で、大統領の悪行を調査していたのである。すべてが明らかになったとき、大統領は天空から身を投げ、予言が成就する……。日本の慰霊団を乗せたバスが空や海の中を神出鬼没に走り回ったり、幽霊が登場したり、巫女集団による祭りがあったりと、幻想的な小道具が様々に使われている。語りも一様でなく、民話が挟み込まれたり、多数のエピソードによって時間が交錯したりする。また、プロローグとエピローグにはメタフィクションの仕掛けもある。内容的にも技法的にもたいへんに凝った作品である。

池田あきこ（いけだ・あきこ　一九五〇〜）本名晶子。東京吉祥寺生。青山学院短期大学卒。卒業後に革小物のデザイン・制作を始め、八四年に革小物専門店〈わちふぃーるど〉をオープン。マスコット・キャラクターの猫のダヤンが評判となり、八七年からダヤンを主人公にした物語を書き始める。『ダヤンのおいしいゆめ』（八八・ほるぷ出版）を皮切りに絵本を次々と刊行。ファンタスティックなわちふぃーるどでの生活が様々に描かれ、幻想博物学や幻想の民俗誌の趣を有している。池田はやがて長篇のファンタジー《Dayan in Wachifield　わちふぃーるど物語》（九九〜〇七・同）も執筆。地球から別世界わちふぃーるどに入り込んだダヤンが時空を超えて冒険を繰り広げ、世界を救う物語である。

池田得太郎（いけだ・とくたろう　一九三六〜）東京日本橋生。日本大学工学部中退。五八年「家畜小屋」で中央公論新人賞佳作入選。抑圧された精神から生じる悪夢めいた光景を、粘着質の濃密な文体で描いた同作は、三島由紀夫の絶讃を浴び、後年、一部読者からも熱烈な支持を得た。一時執筆から遠ざかりサラリーマン生活を経た後、七六年、トルコ・アララト山の箱舟伝説に国際的な謀略戦を絡めたミステリ『ノアの箱舟殺人事件』を発表、ほかに評伝『開拓者依田勉三』（七二）などの著書がある。

【家畜小屋】短篇集。五九年中央公論社刊。屠殺の腕が落ちたため糞掃除の係に左遷された五郎は、それをなじる妻と猛烈なののしりあいを演じた挙句に叫んだ。〈口惜しかったら豚になってみろ！〉以来、豚となって暮らしはじめた妻の姿に五郎は……異形の夫婦関係を描く表題作のほか、廃人となって〈ニワトリ……〉の一語だけを繰り返す父親と、彼を異物視する家族の狂態を克明に描く「鶏の脚」、戦時下の公園で少年たちが繰り広げるエロティックな人形遊びと慄然たるその幕切れを描く「女神像」の三篇を収録。

池田裕幾（いけだ・ひろき　一九六四〜）大阪府生。放送作家。現代を舞台に、恋愛を憎むイザナミの子孫と恋愛を信じるイザナギの子孫が戦うアクション・ラブコメディ『ハートブレイクバスターズ』（九一・講談社X文庫）、近未来を舞台に、楽器を使ったバトルゲームを描くSFアクション『プレイヤーズ』（〇四・トクマ・ノベルズ）がある。後者は自身で企画を立ててOVA化している。

池田正式（いけだ・まさのり　?〜一六七二／

寛文一二頃）江戸初期の俳人、狂歌師。号に委斎。大和郡山藩本多政勝に文事で仕え、俳諧などの指導をしていたものらしい。著作に『土佐日記講註』がある。後に浪人し、寛文年間（一六六一～七三）に入水自殺したとの伝がある。怪談集『霊怪草《あやしぐさ》』（四八～五二／慶安年間成立）の作者である。全十四話で、前半には身近な伝聞譚、後半には「牡丹燈の記」「愛卿伝」など『剪燈新話』の翻案を収録。現存本は満田懶斎（仕官時代の同僚）が正式没後に再編集したものらしい。

池田満寿夫（いけだ・ますお　一九三四～九七）満州生。県立長野北高校卒。独学で美術を学び、奔放なエロティシズムを発散する版画作品で、ヴェニス国際ビエンナーレ展国際版画部門大賞（六六）をはじめ高い評価を得る。その傍ら詩やエッセー、小説にも手を染め、七七年「エーゲ海に捧ぐ」で芥川賞を受賞。鋭敏な視覚表現を駆使してエロス的人間の本源に迫るその作品世界は、ときに限りなく幻想的なものへと接近する。乳房からオレンジジュースを溢れさせる少女との官能的な交感を綴った「ミルク色のオレンジ」（七六）、階段から突き落とされた自分の死骸が犯人である娘たちに凌辱される様を霊となって傍観する老人の話「反ポルノ」（七七）、『ガリヴァー旅行記』の架空の刊行者の末裔と称し、ガリヴァーは実在すると主張する老人との奇妙な道中を描く「ガリヴァーの遺物」（七一）、その日の朝、別々にホテルを出たまま行方の知れない妻を求めて、その名も思い出せないままにローマをさまよう男の物語「窓からローマが見える」（七九）など。

池田美佐（いけだ・みさ　？～）広島県生。ゲームの脚本やゲームブックを執筆。パラレル日本に入り込んでしまった少女の切ない恋を描く『夢色エメラルド湖伝説』（一九九〇・学研レモン文庫）がある。

池田美代子（いけだ・みよこ　一九六三～）大阪府生。児童文学作家。少女が奇怪な事件に巻き込まれるホラー・テイストの《占い魔女》（〇一～〇三・岩崎書店、「まひるの怪奇モノがたり」と改題）、陰陽師と妖狐の間に生まれ、超常的な能力を持つ少女が、事件を起こす妖怪たちを〈妖界〉へと導く伝奇アクション《妖界ナビ・ルナ》（〇四～・岩崎書店＝フォア文庫）などがある。

池波正太郎（いけなみ・しょうたろう　一九二三～九〇）東京浅草生。下谷の小学校を卒業後、株屋に勤務。戦後は都庁職員として勤務する傍ら戯曲を執筆、後に時代小説に転じ、六〇年「錯乱」で直木賞を受賞。代表作に《鬼平犯科帳》（六七～九〇）《剣客商売》（七二～八九）《仕掛人・藤枝梅安》（七二～九〇）などの人気シリーズがあり、国民的作家といえる。怪奇幻想物に、馬面で間抜けな若侍が、空狐（肉体が滅び魂だけとなってさまよう妖狐）に取り憑かれたために、見違えるように聡明でやり手の用人に変身する悲喜劇を描く短篇「狐と馬」（七二）など。

池端亮（いけはた・りょう　一九七六～）静岡県清水市生。近未来アクション『みんなの賞金稼ぎ』（〇一・角川スニーカー文庫）でデビュー。妖怪を食材とする伝説の料理人にして最強の妖怪ハンター師弟の冒険を描くアクション《食べごろ・斬魔行》（〇二～〇三・同）、むりやり覚醒させられたゾンビの少女が自身を守るために戦うB級テイストのホラー・コメディ『あるゾンビ少女の災難』（〇七・角川書店）などがある。

伊坂幸太郎（いさか・こうたろう　一九七一～）千葉県松戸市生。東北大学法学部卒。システムエンジニアを経て、『オーデュボンの祈り』（二〇〇〇・新潮社）で第五回新潮ミステリー倶楽部賞を受賞し、小説家となる。同作は、人間のような知性を持ち、未来を予知するカカシがいる一方、音楽が封じられている奇妙な島を舞台に、カカシの秘密や島の住人たちをめぐる様々な謎の真相に迫るファンタジー設定のミステリである。『重力ピエロ』（〇三）『チルドレン』（〇四）が直木賞候補となり、『陽気なギャングが地球を回す』（〇三）をはじめとする作品が映画になるなど、評価も人気も高い。ほかの怪奇幻想系作品に、不慮の死の可否を決定する死神を狂言回しとする連作短篇集『死神の精度』(〇五・文藝春秋、映画化)、近未来、ファシズム的空気が満ちる中で、わずかな超能力に目覚めた青年たちを描く『魔王』(〇五・講談社)、小惑星の衝突で世界の滅亡まで三年と定まった世界での人々を描く連作短篇集『終末のフール』(〇六・集英社)などがある。

いさき玲衣（いさき・れい　一九六九〜）本名阪本憲一。兵庫県生。代々木アニメーション学院アニメ制作科卒。お喋りな妖刀と共に旅をする浪人を描く伝奇時代小説『SAMURAIブレード』(九五・ログアウト冒険文庫)でデビュー。ほかに、『ヴァンパイアハンター』(九七・ファミ通ゲーム文庫)など、ゲームのノベライゼーションがある。

井沢元彦（いざわ・もとひこ　一九五四〜）愛知県名古屋市生。早稲田大学法学部卒。東京放送報道局勤務の後、文筆生活に入る。猿丸の一族が、京都の山奥深く眠る正統な皇位継承者を三種の神器と共に守り続けてきた、という設定に、若き日の折口信夫を絡めた伝奇ミステリ『猿丸幻視行』(八〇・講談社)により江戸川乱歩賞受賞。多作な作家で、推理小説、伝奇ミステリ、SFアクション、ファンタジーなど幅広く執筆するが、最も得意とするのは、もう一つの歴史を語る歴史伝奇ミステリである。幻想小説に、祖国を奸智によって滅ぼされた指導者の息子が剣の達人となって祖国を奪い返す『叛逆王ユニカ』(八六・角川文庫)などのヒロイック・ファンタジー、忍者・芭蕉が、空海、安倍晴明、役行者と共に徳川綱吉に憑依した闇の力と対決する伝奇アクション『芭蕉魔星陣』(八八・カドカワ・ノベルズ)、古来、日本の政治を裏から操ってきた謎の勢力〈銀魔〉を信長・光秀、意次・源内との関わりにおいて描く歴史伝奇《銀魔伝》(九三〜九四・中央公論社)、世界征服を目論み、クローン技術を濫用する大富豪に正義の忍者が戦いを挑むSFアクション《忍者レイ・ヤマト》(八二〜八八・カドカワ・ノベルズ)などがある。近年は歴史修正主義的な傾向も見せながら独特の推理を展開する歴史エッセー《逆説の日本史》(九三〜・小学館)を中心に、小説よりもエッセーの執筆に重心を移している。

石井キヨシ（いしい・きよし　？〜）小型UFOの謎の煙を浴び、地球を守るために活躍する少年の物語『ぼくが地球をすくうのだ』(二〇〇五・岩崎書店)で、福島正実記念SF童話賞受賞。

石井重美（いしい・しげみ　生没年未詳）自然科学者。『世界及生物の起源と終滅』(一九三五)ほか、科学啓蒙書を多数執筆。「月の世界へ」(二六)「地下の人種」(二七)などのSFがある。

いしいしんじ（いしい・しんじ　一九六六〜）大阪府生。京都大学文学部仏文科卒。会社勤務を経てイラストレーターとなる。奇妙な味の小説集『とーきょーいしいあるき』(九六・東京書籍、後に「東京夜話」と改題)で小説家としてもデビュー。彼岸に片足をかけたような早世の弟の姿を姉の目を通して描いた『ぶらんこ乗り』(二〇〇〇・理論社)で注目を集める。祖父の若い頃の麦踏みの風景を幻視し、その幻影から様々な示唆を受けて打楽器奏者から指揮者となった青年を描いた長篇『麦ふみクーツェ』(〇二・同)で坪田譲治文学賞受賞。いしいの小説は無国籍童話の末裔ということができ、多くの作品はどことも知れぬ場所を舞台に展開し、様々な象徴的出来事を通じてメッセージをちりばめている。このほかのファンタジーに、川を守る〈うなぎ女〉たちに育てられた亜人のポーが、〈罪とつぐない〉を心に刻みながら遍歴する『ポーの話』(〇五・新潮社)、夢の言葉を吐き出しては村人を豊かにする〈眠りつづける人〉を大切にし、時折溢れては村に様々なものをもたらしていく湖の畔に住む不思議な村の話、その村出身の、時として水を吹き出さずにはいられない特異な体質の男の話、現実の作家夫婦の話がオムニバス形式で語られる、水のイメージに充ち満ちた本格的な幻想小説『みずうみ』(〇七・河出書房新社)などがある。

石井敏弘（いしい・としひろ　一九六二〜）岡山県生。岡山商科大学卒。「風のターン・ロード」（八七）で江戸川乱歩賞受賞。ミステリを主に執筆。突然大量出現したドッペルゲンガーによって自殺者が多発、人類が恐慌に陥る伝奇アクション『Dの鏡』（八九〜九〇・講談社ノベルス）がある。

石井睦美（いしい・むつみ　一九五七〜）別名に駒井れん。神奈川県生。フェリス女学院大学卒。恋愛小説、児童文学などを執筆。縁日で買った〈思い出の種〉の話『そらいろのひまわり』（八九・草土文化）、天使をやめたい天使の少女の話『てんしちゃん』（〇五・小学館）、絵の中の自分が生き始める『みなみちゃん・こみなみちゃん』（〇五・ポプラ社）などの幼年童話、思春期の少女向けのタイムファンタジー『おばあさんになった女の子は』（〇六・講談社）がある。

石井桃子（いしい・ももこ　一九〇七〜二〇〇八）埼玉県浦和市生。日本女子大学卒。岩波書店児童局の編集者として、また英米児童文学の翻訳家として、海外児童文学紹介に果たした功績には甚大なるものがある。ファンタジー作品の翻訳に、A・A・ミルン《クマのプーさん》（四〇〜四二・岩波書店）、エリナー・ファージョン『ムギと王さま』（五九・同）、ネズビット『砂の妖精』（五九・あかね書房）など多数。創作としては少女が自分史を語る『ノンちゃん雲に乗る』（四七・大地書房）が有名で、雲の上に落っこちたノンちゃんが、そこで暮らす不思議な老人に出会うという物語の枠に当たる部分に、ファンタジー味がある。映画化もされた。

石井ゆうみ（いしい・ゆうみ　一九七三〜）少女小説を執筆。ファンタジーに、死ぬ前にしばし現実に留まった霊体の少年とのラブロマンス『会えてよかったね』（九三・講談社X文庫）、異世界の王子に求愛される女子高生の恋と冒険を描く《ガーシュウィン夢国記》（九九〜二〇〇〇・同）がある。

石神悦子（いしがみ・えつこ　?〜）東京生。フェリス女学院大学卒。幽霊の祖母がお盆に帰ってくる『お客さまはひいおばあちゃん』（一九九一・文化出版局）でカネボウ・ミセス童話大賞受賞。中学受験を目指す少年と猫とが、体を取り替えて一カ月間過ごし、それぞれの苦労を味わう『満月・満月・そっこぬけ！』（九三・講談社）、曾祖母と孫が入れ替わる『アタック！ひいばあちゃん』（九八・大日本図書）、行方不明の内裏雛を捜すため、ひな人形が人間の姿になり、時間を超えて冒険を繰り広げる『おひなさまSOS』（九九・大日本図書）などがある。

石上玄一郎（いしがみ・げんいちろう　一九一〇〜）本名上田重彦。北海道札幌市生。両親の相次ぐ死により、六歳のとき祖母、妹と父の郷里である盛岡市に移る。弘前高校在学中、左翼運動に関わり放校となる。四〇年に第一創作集『絵姿』を刊行。科学の進歩と人命尊重の矛盾に苦悩する青年医師が狂気に陥るまでを観念的な筆致で描いた問題作「精神病学教室」（四二）などを発表した後、上海に渡り、同地で終戦を迎える。戦後の代表作に『氷河期』（四九）『自殺案内者』（五二）『黄金分割』（五四）などがある。吹雪の山小屋に閉じ込められた人々が土地の怪異談を語り合う趣向の「魑魅魍魎」（三九）、画中の美女に一目会うべく諸国を遍歴する男が悟りに達し、蒼竜と化して湖に没する次第を描く民話風の秘蹟譚「絵姿」（四〇）、幼少年期の土俗的な幻覚を鮮やかに描いた「鰓裂」（四一）などの初期短篇には、『遠野物語』を生んだ東北奥地の伝説的怪異が跳梁している。ほかに、実験材料の猿たちによって逆に脳切開の実験台に供される科学者の悪夢を描いた「クラーク氏の機械」（四一）などの幻想的な作品がある。

▼『石上玄一郎小説作品集成』全三巻（〇八・未知谷）

石神茉莉（いしがみ・まり　?〜）本名石井真理。ブラジル・リオデジャネイロ生。東京に育つ。日本大学芸術学部文芸学科卒。同大学院芸術学研究科（修士課程）修了。会社勤務の傍ら小説を執筆し、〈くだん〉テーマの短篇「Me and My Cow」（一九九九）でデビュー。「夜一夜」（〇二）ほかの怪奇幻想短篇を《異形コレクション》に執筆。〇五年「音迷宮」でモノノケ文学賞最優秀賞を受賞。長篇に、山奥の村で、土蔵に暮らす人魚とそれをなだめる音楽を中心に執り行われる不思議な祭りを体験した少女が、人魚の秘密に迫っていく幻想の色濃いホラー『人魚と提琴《ヴァイオリン》』（〇八・講談社ノベルス）がある。

石川英輔（いしかわ・えいすけ　一九三三〜）京都市生。東京で育つ。国際基督教大学中退、東京都立大学理学部中退。写真製版会社の経営に携わる傍らSFを執筆。代表作に、古典名作をSF的発想により大胆に書き替えた『SF西遊記』（七六・講談社）『SF水滸伝』（七七・同）『SF三国志』（八七・同）や、実経験を活かしたビジネスSF『亜空間不動産株式会社』（八一・同）『天国製造株式会社』（八二・同）『人造人間株式会社』（八三・同）がある。『大江戸神仙伝』（七九・同）に始まるシリーズは、江戸時代にタイムスリップした男の体験記だが、膨大な資料を駆使して構築された江戸の町の魅力的なディテールの数々には、一種異世界ファンタジー風の妙味がある。このシリーズにより江戸風俗の専門家としてテレビなどにも出演。ほかにジュヴナイルSF《テクセル・キオ》（八三〜八四・同）も執筆している。

石川鴻斎（いしかわ・こうさい　一八三三〜一九一八／天保四〜大正七）本名英。通称英助。字は君華。別号に芝山外史、雲泥居士。三河国豊橋の商家に生まれる。藩の儒学者・西岡翠園や太田晴軒に師事、詩文に秀でた。十九歳で郷里を出、各地を遍歴。五八年、帰郷して私塾を開き、経史を講じる。その後、横浜に転居、清の公使館に親しく出入りする。当代随一の詩文家として名高く、南画にも秀でた。著書に『日本外史纂論』『芝山一笑』『画法詳論』等。『夜窓鬼談』のほか、和文による怪談『花神譚』（八八・春陽堂）がある。

【夜窓鬼談】短篇集。上巻八九年、下巻九四年東陽堂支店刊。全文が漢文体で著されている。有名な「牡丹燈籠」をはじめ「哭鬼」「笑鬼」「画美人」「神卜先生」「役小角」など上下合わせて八十六篇の怪談奇談や鬼神論などを収める。近代最初の怪談集として、怪奇幻想文学史にその名を残す書物であり、小泉八雲や田中貢太郎、そして澁澤龍彦といった古今の文人たちが同書を愛読し、そこから霊感を得て自作の糧としていることでも知られている。小倉斉と高柴慎治による註釈付き現代語訳が春風社から刊行されている。

石川淳（いしかわ・じゅん　一八九九〜一九八七）本名淳《きよし》。東京浅草生。斯波厚・寿美の次男。漢学者の祖父・石川介夫妻のもとで育ち、幼時から「論語」の素読を日課とする。少年時代から和漢の古典や江戸文学、漱石・鷗外などに親しむ。東京外国語学校仏語部卒。在学中、フランス文学と並んで、アナキズムにも関心を寄せる。一九二一年『現代文学』発刊に加わり、習作コントを寄稿する傍らアナトール・フランスやアンドレ・ジイドに傾倒。二四年から一年余、福岡高校で仏語講師として教鞭を執った後、ジイドやモリエールの翻訳に従事。東京での放浪生活が続く。三五年、処女作「佳人」を『作品』に発表。三七年「普賢」で芥川賞を受賞する。三八年、集団的狂気としての戦争を批判する「マルスの歌」が発禁処分となる。戦時中は評論の代表作である『森鷗外』（四一）や『文学大概』（四二）に力を注ぐ。終戦後、「黄金伝説」（四六）を皮切りに、旺盛な創作活動を展開、太宰治や坂口安吾と共に新戯作派・無頼派の名を冠され、戦後世代に共感をもって迎えられた。その後、「〈おとしばなし〉尭舜」（四九）以下の軽妙なファルスや《夷斎筆談》（五〇〜五一）をはじめとする達意のエッセーを経て、「鷹」（五三）から「紫苑物語」（五六）に至る、叛逆する魂たちのアナーキーな物語世界に新生面をひらく。さらに『荒魂』（六四・新潮社）から晩年の傑作『狂風記』にいたる奔放怪異なピカレスクロマンを悠然と書き継ぎ、「蛇の歌」を連載中の八七年十二月二十九日、肺癌による呼吸不全により死去した。

石川の長短篇小説は、その多くが何らかの意味で幻想文学と関連しているといっても過言ではないが、それらは次のように大別できるだろう。①卑俗な日常の只中に超自然の顕現を幻視する怪奇幻想小説②武人や悪党、妖術師、妖怪変化が跳梁する、剣と魔法の伝奇物語③和漢の古典・故事に取材したファルス④現代を舞台に百鬼夜行めいた世界が繰り広げられるピカレスクロマン。

①かつての恋敵の家に金策におもむいた語り手が、椅子にかけたまま沈黙する佳人がすでにこの世のものでないことに気づき愕然とする「山桜」(三六)、戦地で人知れず犯した殺人を告発する傷病兵に自身の面影を認めて恐怖する「灰色のマント」(五六)、偶然手にしたデートクラブのビラに自宅の電話番号が記されていることに困惑した主人公がダイヤルを回すと、挙式直前に死んだ婚約者の声が閨怨を訴える「死後の花嫁」(六〇)、「まぼろし車」などの怪異譚のほか、終戦直後の猥雑な世相下に聖書の奇跡がつかのま再現される「焼跡のイエス」(四六)「かよい小町」(四七)「処女懐胎」(四七)などの世評高い一連の聖性幻視譚がある。

②傑作の誉れ高い「紫苑物語」をはじめ、古怪な山神〈八幡〉をめぐり繰り広げられる山の民と里の民の抗争を神話的スケールで描いた「八幡縁起」(五八)、狐の妖術を操る神官に率いられた〈千年会〉をはじめとする隠れキリシタンたちの陰謀と対立抗争が、幕末の江戸の闇部に展開される『至福千年』(六七・岩波書店)などの中長篇のほか、月下に乱舞する怪しの石仏をからくり仕掛けの土蔵に祀って妖術僧がひと儲けをたくらむ「怪異石仏供養」(五九)、狐の生肝で疱瘡の特効薬を製する魔法医師・桃庵と江戸の狐一党の駆け引きを描く「狐の生肝」(五九)、親の仇の生首に食いついたため異貌と化した怪童が、天下大乱を策する妖術使いと相討ちに果てる「鸚鵡石」(六六)などの短篇作品もある。

③天地間の秘義を窮めて下界に還った求道者の魂が、一足違いで肉体を処分され、やむなく醜怪な農夫の屍に宿らざるをえなくなる「鐵枴」(三八)、仙術の達人が、自慢の沓を盗んだ禅坊主を術くらべでへこませる「張柏端」(四一)、そして李白や列子、清盛など和漢の傑物をナンセンスに料理したシリーズ《おとしばなし》(四九〜五一)のほか、千人切りの老芸妓が大陸渡来の秘術によって多淫にして不老不死の童女に変身させられ、将軍様や明治の元勲の寵愛を受ける奇想天外な綺譚「喜壽童女」(六〇)や、見る者に死をもたらす伝説の金鶏を捕えた呂生が、誘惑に負けて片目で鶏を見たため下半身を失い、一本の竹棒を足がわりに縄飛びで山野を駆け回るようになる「金鶏」(六三)など。

④たばこの専売公社をクビになった青年が、運河のほとりの謎めいた家で〈明日語〉を操る怪しげな一党の下仕事をさせられる、幻想的な秘密結社小説「鷹」、拉致された大会社の婿が不思議な女を中心とする結社の一員に取り込まれて別のものに変容する過程を描く「影」(五九)、父殺しの怪童・佐太を中心に、アウトローたちの型破りの行状を描く『荒魂』、時の抜け穴を通って奈良時代と現代を往還する盗賊の首領が波瀾万丈の冒険を繰り広げる『六道遊行』(八三・集英社)、そして『狂風記』など。

▼『石川淳全集』全十九巻(八九〜九二・筑摩書房)

【紫苑物語】中篇小説。五六年七月『中央公論』掲載。歌道に背を向け、弓の魔性に憑かれた宗頼は、遠国の守として赴任し、狼憑きの弓の師のもとで知の矢・殺の矢・魔の矢の奥義を会得するが、断崖に仏像を刻む己の分身・平太と対立、これを打ち破らんと小狐の化身である愛妾と共に山頂にいたり仏像の首を射落とすが、みずからも谷底に転落して果てる。鬼哭啾々たる滅びの詩を、『雨月物語』を想起させる雄勁妖美な文体で描きあげた傑作である。

【まぼろし車】短篇小説。五六年九月『新潮』掲載。家出娘の千世は上京早々、偶然知り合った青年紳士・泥江に身を任せる。友人の一枝は、自分も泥江の愛人だったと言い、彼の悪企みを打ち明けて、二人で復讐しようと千世に迫る。そこへ泥江の運転手付き自家用車が現れ、二人を車内に招く。するとカーラジオから泥江の声が奇怪な話を告げる。彼はすでに死んでおり、車はまもなく新たな主人を拾うことになるというのだ。見ると、運転手は服を残して消え去っている。車を降りた二人は、自分たちが老婆の姿に変じていることに気づく。石川の怪奇短篇中でも謎めいた作品の一つ。

【狂風記】長篇小説。八〇年集英社刊。雄略帝により惨殺された市辺忍歯別皇子の怨念を引き継ぎ、骨拾いに打ち込むマゴと、井伊直弼の家臣で獄死した長野主膳の霊を引き継ぎ葬儀屋を営むヒメは、ゴミ捨場で運命的な出会いを果たし、マゴはヒメの結社に加わる。ゴミ捨場に埋められた柳商事社長の死体から、同社内で骨肉相食む権力争いが始まったことを知ったヒメは、一騒動起こそうと画策する。やがて事件は柳家の背後にひかえる政財界の黒幕・鶴巻大吉との戦いに発展し、悪の殿堂たる紅葉御殿を舞台に、マゴの配下の野犬の群れやヒメの一党と、巨大な男根と化した大吉とのサイキック・バトルが繰り広げられるのだった。顕界と冥界の神話的な抗争を、現代社会の混沌のうちに展開した破天荒な大ロマン。

石川喬司（いしかわ・たかし　一九三〇〜）愛媛県生。東京大学仏文科卒。毎日新聞社勤務を経て、文筆生活に入る。六二年「岬の女」で『SFマガジン』にデビュー。抒情的な幻想味を湛えた短篇やアイディア・ストーリーを得意とし、それらは『魔法つかいの夏』（六八・早川書房）『アリスの不思議な旅』（七四・同）『彗星伝説』（八二・講談社）などの短篇集にまとめられている。創作と並行して評論活動にも積極的に取り組み、その成果をまとめた『SFの時代』（七七・奇想天外社）は、SF前史としての日本幻想文学史にいちはやく着目している点において、幻想文学研究の観点からも見逃すことのできない里程標的な評論集である。七八年、同書により日本推理作家協会賞の評論その他の部門賞を受賞した。また、ミステリ評論や競馬評論の分野でも活躍、競馬に取材した小説も執筆している。

【世界から言葉を引けば】短篇集。七八年河出書房新社刊。複雑な就眠儀式と危なっかしい空中歩行を経て辿り着く夢の街の古本屋。『予言機械製作必携』や『世界女優恥部立体図鑑』といった夢の書物がならぶ店内では、顔なじみの親爺が語り手を迎え、不思議な体験へと誘う……。作者が折りに触れ書きとめてきた〈夢書房〉連作を中心とする十一篇を収めるファンタジーSF短篇集。若くして急逝したO・S（大伴昌司）に会いにゆこうとして果たせない「夜のバス」や、死んで一本の棒になったF・M（福島正実）と会話を交わす「棒」など、私小説風の感慨と夢の生理がしっくりと溶け合い、独特の抒情的な幻想性を醸し出している。

石川宏宇（いしかわ・ひろお　?〜）女子美術大学卒。「サドル」（二〇〇一）でコバルト・ノベル大賞佳作入選。BL小説作家。ファンタジーに、吸血鬼と吸血鬼の血の影響を受けない人間の双子の兄弟が、共に吸血鬼になるべく冒険を繰り広げる『ファントムの息子たち』（〇六・コバルト文庫）がある。

石川雅望（いしかわ・まさもち　一七五三／宝暦三〜一八三〇／文政一三）狂歌師、読本作者、国学者。本名糠屋七兵衛、後に石川五郎兵衛と改名。狂名宿屋飯盛《やどやのめしもり》。別号に六樹園、五老山人、逆旅主人、蛾術斎。江戸小伝馬生。家業は宿屋だが、父が石川豊信という名で浮世絵師の仕事もしていたため、早くから文芸の世界に親しみ、和学、漢学を学んだ。家業の傍ら、終生様々な形で文学に携わった。初めは頭光《つむりのひかる》、大田南畝に狂歌を学び、狂歌師として頭角を表した。鹿都部真顔《しかつべのまがお》と並び称されるが、真顔とは狂歌論をめぐって終生対立し、〈歌よみは下手こそよけれ天地の動き出してはたまるものかは〉という広く知られる歌に見るが如く、庶民的な天明調を旨とした。機知と滑稽味とに溢れた軽妙洒脱な狂歌を多く作した。『狂歌百鬼夜狂』にも参加している。八八（天明八）年に大田南畝主宰の「訳文の会」に参加してからは、中国文学の和訳にも情熱を傾け、その成果として、明の馮夢竜の『醒世恒言《せいせいこうげん》』のうち、狐に騙される話「小水湾天狐詒書」など四篇を選んでほぼ原文に忠実に翻訳した『通俗醒世恒言』（八九／寛政元）を世に出した。その後、家業に関わる冤罪で江戸所払いとなるが、その間には和学にのめり込み、古典の注釈書なども刊行した。ほかに黄表紙や中国の笑話や民譚などをもとにした『しみのすみか物語』（〇二／享和二）、また、中国の伝奇物語、白話小説などから素材を拾い、雅文体で書き上げた読本群がある。『飛騨匠物語』のほか、死から蘇生した梅丸と橘家の娘・薗生の数奇な運命を描いた『近江県物語《おうみあがたものがたり》』（〇八／文化五、北尾重政画）、親族の妨害を受けている若い恋人同士が天女の助けを借りて結ばれるまでを描いた『天羽衣《あまのはごろも》』（同、司馬江南画）がそれで、通常〈狂歌や国学の余技〉とされるが、文学的にも優れたものである。また、合巻に、敵討物の流行を、敵討で名を挙げようとする高慢男が狐に化かされるという趣向で批判した『敵討記乎汝《かたきうちおぼえたかうぬ》』（同、北尾重政画）などがある。

▼『石川雅望集』（一九九三・国書刊行会）

【飛騨匠物語】読本。〇九（文化六）年刊。六樹園名義。葛飾北斎画。六巻。長篇物語。からくりの達人・飛騨匠は、松光との技比べに勝利した後、仙界へと迷い込んだ。そこで優れた道具をもらい受け、また、仙界から流された男女に渡すべき瓢を預かる。最終的に匠は使命を果たすが、その間に、殺されそうになった老人を助けたり、百済人と技比べをしたりと、様々な事件が起きる。匠の製作物は、本物と見まがう、自在に動く、という特徴を備えたからくりがほとんど。伸び縮みする家、酒を注ぐと重くて持てない杯などが、物語の初めの方には出てくるが、後になれば蟹、人首、猫、馬、鶴、毘沙門天など、ロボットが圧倒的に多い。匠はいわばハイパーリアルなロボットの製作者であり、天馬博士やお茶の水博士のはるかな祖先ともいえる。

石川美南（いしかわ・みな　一九八〇〜）歌人。神奈川県横浜市生。東京外国語大学卒。学生時代より水原紫苑に師事。pool、[sai] 所属。現実に根ざさない物語性を打ち出しつつ、本、食べ物、生活音といった歌材を使って手触りのある作品に仕上げる。〇二年第一回北溟短歌賞次席。歌集に『砂の降る教室』（〇三・風媒社）『現代短歌最前線　新響十人』（〇七・北溟社、共著）『物語集』（〇六・私家版）『夜灯集』（〇八・同）。〈わたしだつたか　天より細く垂れきたる紐を最後に引つぱつたのは〉〈息を呑むほど夕焼けでその日から誰も電話に出なくなりたり〉

石黒耀（いしぐろ・あきら　一九五四〜）広島県生。医師。霧島火山の超大規模噴火により南九州が壊滅し、本土全体も危うくなる災害パニック小説『死都日本』（〇二・講談社）でメフィスト賞受賞。

石黒達昌（いしぐろ・たつあき　一九六一〜）北海道深川市生。東京大学医学部卒。医師。テキサス大学MDアンダーソン癌センターに勤務。「最終上映」（八九）で海燕新人文学賞受賞。架空の生物ハネネズミをめぐる横書きの作品「平成3年5月2日、後天性免疫不全症候群にて急逝された明寺伸彦博士、並びに……」（九四）が芥川賞候補となる。同作は『鼻行類』のような架空の生物を扱うコメディではなく、途方もなく長命なハネネズミの生態を探る研究者の手法と思想にスポットを当て、生死のテーマを取り扱ったもの。その後も論文、法廷陳述、レポートといった乾いた形式や、架空の生物、病原菌等のモチーフを用い、研究の倫理という問題などを取り込みつつ、生死や自己とは何かというテーマを追究する。強力な麻薬をめぐり、医師の倫理を問いつつ、生とは何かを見つめる「94627」（九五）、カリスマを持つ人物との接触による自己崩壊の過程などを描いた「ALICE」（九五）の二作は特に衝撃的。このほか、ハネネズミの続篇「新化」（九六）、猛毒を持つ蜂につきまとわれる一人の男とそれを研究する人々を描き、死の中の生を追究した「カミラ蜂との七十三日」（九六）、数週間で人体を溶かしてしまう奇病を描いた表題作など、不死と死をめぐる作品を収録する短篇集『人喰い病』（二〇〇〇・ハルキ文庫）、架空の動植物と癌の治療をモチーフにした短篇群のほか、掌に小さな月が取り付いてしまう「月の…」などを収録する短篇集『冬至草』（〇六・早川書房）などがある。

石崎洋司（いしざき・ひろし　一九五八〜）東京生。慶応大学卒。出版社勤務を経て児童文学作家となる。魔法的別世界を舞台にした戦記『ハデル聖戦記』（九二・岩崎書店）でデビュー。霊能力のある少年少女が活躍するホラー・ミステリ《ミラクルもりめ》（九三〜九五・文溪堂）『鬼丸くんの怪奇ファイル』（九七・ポプラ社）、カードバトルゲーム物のファンタジーにホラーを組み合わせたサスペンス《カードゲーム・シリーズ》（〇一〜〇五・講談社青い鳥文庫）、現代魔法物のコメディ《黒魔女さんが通る!》（〇五〜・同）《マジカル少女レイナ》（〇五〜・岩崎書店＝フォア文庫）など、多数のファンタジー、ＳＦ、ホラーを執筆し、人気を得ている。

石田衣良（いしだ・いら　一九六〇〜）本名石平《いしだいら》庄一。東京生。成蹊大学経済学部卒。コピーライター。「池袋ウエストゲートパーク」（九七）でオール讀物推理小説新人賞を受賞してデビュー。同作はヒットしてシリーズ化されている。主にハードボイルド・ミステリを執筆。『4TEEN《フォーティーン》』（〇三）で直木賞を受賞。殺されて幽霊となった男が自らの死の真相を探りはじめ、その過程で愛するようになった女性をわずかに現世に干渉できる力で守ろうとするミステリ・ファンタジー『エンジェル』（九九・集英社）、死に瀕した男が意識を二百年後の世界に飛ばして英雄となって活躍する『ブルータワー』（〇四・徳間書店）ほかのＳＦファンタジーもある。

石田一（いしだ・はじめ　一九五六〜）大阪市生。『図説モンスター』（〇一・河出書房新社）『図説ホラー・シネマ』（〇二・同）をはじめ、怪奇ＳＦ映画に関するエッセーを執筆。小説に、現代の京都を舞台にした伝奇アクション『斬魔京都変』（九九・ソノラマ文庫）などがある。

石田ゆうこ（いしだ・ゆうこ　?〜）タイムトラベル物『100年目のハッピーバースデー』（一九九八・岩崎書店）で、福島正実記念ＳＦ童話賞受賞。

石津嵐（いしづ・あらし　一九三八〜）別名に磐紀《ばんき》一郎《いちろう》。石津名でＳＦ、アクション小説を、磐名で時代小説を執筆。ＳＦアニメの企画に基づく小説版《宇宙戦艦ヤマト》（七四〜七六・ソノラマ文庫）、スペースオペラ《キャプテン・シャーク》（七六〜七八・同）等のＳＦのほか、古代エジプトの神官の呪いが現代に蘇るホラー『イシスの神』（七八・同）がある。

石月正広（いしづき・まさひろ　一九五〇〜）東京生。『競馬狂ブルース』（九七）など競馬小説の書き手として知られる一方、異色の時代小説も手がける。下総羽生村に伝わる累の怪談を、土俗的な時代小説として作品化した長篇『月の子』（〇七・幻冬舎）のほか、妖艶な娘たちに首だけ出して穴に埋められた浪人者の不条理な恐怖を描く「首」ほかを収める『閨中指南』（九九・広済堂文庫）、海賊の村に育った男女の数奇な運命を描く表題作ほかを収める『寄物』（〇四・幻冬舎）などの短篇集がある。

石堂まゆ（いしどう・まゆ　?〜）別表記に摩有。東京生。ＢＬ作家。漫画家を経て、裏社会物アクション《夜光街》（一九九八〜〇一）でコバルト文庫より小説家としてデビュー。他人の記憶を読む能力を持つ青年たちの活躍を描くミステリ《ソウルダイバー》（〇一・コバルト文庫）、伝奇アクション『螺旋の月』（〇二・同）がある。

石飛卓美（いしとび・たくみ　一九五一〜）島根県生。大阪経済大学卒。椎茸栽培の傍ら伝奇、ＳＦ系の小説を執筆。霊力を持つ出雲呪族の末裔と、呪族の抹殺を図る天孫・スメルとの戦いを描く伝奇アクション『人狐伝』

『天狐呪風』（八七〜八八・トクマ・ノベルズ）、忘れたい記憶を消す商売をしている霊能者を主人公に、前世の記憶を持つ少女、霊能者集団を作ろうとしている教団を絡ませた伝奇ミステリ『火焔菩薩』（八八・同）、電脳都市を舞台に、拳法や憑霊が入り乱れる伝奇SF『霊風記』（九〇・同）、謎の巨大石遺跡のせいでタイムスリップが起きるSFミステリ『滅びの時間流』（九三・ジョイ・ノベルス）、過疎の村で若い人々を村に呼び戻すために行われる奇祭を描いた伝奇ホラー『亡霊たちのフォークロア』（九六・同）など。パラレルワールドに迷い込んだ少女を主人公とする少女向けラブロマンス『ふたりの森のラビリンス』（九〇・双葉社＝いちご文庫ティーンズ・メイト）もある。

斐芝嘉和（いしば・よしかず　？〜）ポルノ小説を執筆。伝奇アクション『呪い屋零』（二〇〇二〜〇四・二次元ドリームノベルズ）ほか多数。

石浜金作（いしはま・きんさく　一八九九〜一九六八）東京京橋生。東京大学英文科卒。第六次『新思潮』や『文芸春秋』『文芸時代』などの発刊に参加、三六年頃まで新感覚派作家として活躍する。『新青年』にも「変化する陳述」（二八）「エレヴェーター事件」（二九）など精神分析的な妙味を盛った犯罪小説を寄稿しているほか、江戸川乱歩が注目したサイコホラー「都会の幽霊」（二六）などの作品もある。

石原慎太郎（いしはら・しんたろう　一九三二〜）兵庫県神戸市須磨区生。弟は俳優・歌手の石原裕次郎。一橋大学卒。大学在学中の五五年「太陽の季節」で文學界新人賞を受賞、翌年、同作により芥川賞受賞。戦後世代の若者の叛逆的な心理と行動を描いた同作は社会的な反響を呼び〈太陽族〉という流行語を生んだ。代表作に『亀裂』（五八）『死の博物誌』（六三）『化石の森』（七〇）ほか。六八年、参議院選挙に最高得票で当選、後に衆議院に転じる。その後、東京都知事を二期にわたって務める。亜熱帯の孤島を舞台に、神秘的な乱交の儀式と、その禁忌を犯した局外者を殺して〈人魚の墓〉に葬る閉鎖的な共同体の恐怖を描いた長篇辺境スリラー『秘祭』（八四・新潮社）や、ヨットを愛する少年と謎めいた野性の美少女のはかない交感を描く短篇「鱶女」（五八）などの作品がある。ほかに神秘的な実体験を記したエッセー集『わが人生の時の時』（九〇・新潮社）など。

石原藤夫（いしはら・ふじお　一九三三〜）東京生。早稲田大学理工学部電気通信学科卒。工学博士。通信技術の研究者としての傍ら、ハードSF研究所を主宰、SFと科学啓蒙のための文筆活動にいそしむ。SF書誌作成にも取り組み、九一年『SF図書解説総目録』および『「SFマガジン」インデックス』編纂の功績で日本SF大賞特別賞を受賞。ハードSF作家として知られるが、奇想的なSFもある。惑星調査艇ヒノシオ号が、マイクロブラックホールがドラッグになるブラックホール惑星をはじめ、特殊な進化を遂げた地球外の生物たちとその築いた世界をめぐって歩く《惑星シリーズ》（六七〜八二・早川書房）がその典型で、古代文学以来の〈島巡り譚〉の系譜上に置くことができる作品である。

伊島りすと（いじま・りすと　一九四八〜）東京生。亡き妻との想い出の地である南の島に管理人の職を得、娘と息子と三人で暮らし始めた主人公は、ある禁忌に触れたことを契機に、追憶が実体を有して顕現する不思議な現象に直面して……スティーヴン・キングの『シャイニング』を連想させる設定のもと展開される長篇ジェントル・ゴースト・ストーリー『ジュリエット』（〇一・角川書店）で、第八回日本ホラー小説大賞を受賞。ほかに、死者の遺した想いが奇病となって流行する幻想ホラーの大作『飛行少女』（〇二・同）、血を舐めることで相手の記憶などを読み取ることができるサイコメトラーを描く『橋をわたる』（〇三・角川ホラー文庫）がある。

石持浅海（いしもち・あさみ　一九六六〜）愛媛県生。九州大学理学部卒。ミステリ作家。九七年より『本格推理』に短篇を発表。『アイルランドの薔薇』（〇二）で長篇デビュー。人類がすべて女性で生まれてきて成人時点で少数が男性化するというSF的設定下の本格ミステリ『BG、あるいは死せるカイニス』（〇四・東京創元社）、人柱職人などが存在する異貌の日本を舞台にした連作ミステリ短篇集『人柱はミイラと出会う』（〇七・新潮社）がある。

『石山寺縁起』（いしやまでらえんぎ　一三二四〜二六／正中年間成立）絵巻。全三十三段。石山寺の起源、皇室や公家とのかかわり、寺僧の事跡、本尊の霊験譚などを年代順に配列。紫式部が石山寺で『源氏物語』を執筆したことや菅原孝標の女の参籠などの記事が含まれる。また縁起物として当然のことながら、奇跡的な起源譚を配し、御利益を示すために霊験譚が語られる。

伊豆実（いず・みのる　生没年未詳）経歴未詳。所有者を衰弱死させる魔のヴァイオリンに秘められた、切支丹弾圧下の同性愛の地獄図を描く「呪われたヴァイオリン」（一九五〇）を『探偵よみもの』に発表している。

伊豆平成（いずの・ひらなり　？〜）メールゲームほかに関わった後、小説家となる。ゲーム《三国志》に登場するアイテムの虚実綯い交ぜの伝説を語る短篇集『三国志アイテム物語』（一九九四・光栄）、ファンタジーRPGのノベライゼーション『レジェンドオブドラグーン』（二〇〇〇・ファミ通文庫）、パラレル江戸を舞台に、怪奇な事件に美少女剣士たちが立ち向かう『快刀乱麻 雅《みやび》』（九九〜二〇〇〇・角川スニーカー文庫）、〈悪の秘密結社〉を相続した高校生が世界征服を目指すギャグコメディ『秘密結社でいこう！』に始まるシリーズ（〇二〜〇四・同）などがある。

和泉桂（いずみ・かつら　？〜）一九九七年、BL小説で講談社X文庫よりデビュー。作品多数。幻想系の作品に、中華ファンタジー『花を秘する龍―神獣異聞』（〇七・幻冬舎＝リンクスロマンス）がある。

泉鏡花（いずみ・きょうか　一八七三〜一九三九）本名鏡太郎。石川県金沢町生。彫金細工師の父・清次、葛野流大鼓師の娘で江戸育ちの母・鈴の長男。弟・豊春も、後に泉斜汀の筆名で「木遣くづし」などの小説を書いている。幼い日々に接した、母の絵解きする草双紙や近所の娘らの語る口碑伝説が、鏡花文学の基盤を形づくった。九歳のとき、二十九歳の母と死別、鏡花作品に顕著な母性思慕はここに起因する。北陸英和学校中退。九一年上京、放浪生活一年余を経て尾崎紅葉門下となる。九四年、父の死により帰郷、祖母と弟を抱えて生活貧窮をきわめ一時は自殺すら考えたという。祖母の励ましを受けて再度上京する。九五年発表の「夜行巡査」「外科室」で文壇に認められ、幼少年期を追想する「照葉狂言」（九六）、花柳界に取材した「湯島詣」（九九）、怪異美の世界を描く「高野聖」（一九〇〇）などで独自の境地をひらいた。〇三年、神楽坂の芸妓であった伊藤すずと同棲。これが紅葉の怒りにふれ、紅葉存命中は別居生活を余儀なくされる。〇五年、体調悪化と軽い神経衰弱のため神奈川県逗子市に転地療養、回復後も〇八年まで同地に留まる。以後、自然主義文学の興隆に際し、文壇的不遇を強いられた時期もあったが、旺盛な創作力は生涯にわたり衰えることなく、一種職人的な勤勉さをもって空前の美的言語宇宙を構築した。知友と共に再々、怪談会を催すなど、大正期の怪談ブームの立役者ともなった。

　長短篇・戯曲合わせて三百余篇にのぼる鏡花作品は、本質的にすべてが幻想文学であるといっても過言ではない。鏡花文学の豊饒な幻想性は、一にかかって奔放華麗・変幻自在な、その文体の力によるものだからである。かつて三島由紀夫は『作家論』のなかで鏡花を評し〈日本語のもっとも奔放な、もっとも高い可能性を開拓し、講談や人情話などの民衆の話法を採用しながら、海のように豊富な語彙で金石の文を成し、高度な神秘主義と象徴主義の密林へほとんど素手で分け入った〉〈明治以降今日にいたるまでの日本文学者のうち、まことに数少ない日本語（言霊）のミーディアム〉であると述べたが、至言である。

鏡花は自ら〈世に二つの大なる超自然力のあることを信ずる〉と語り、それを〈観音力〉と〈鬼神力〉と呼んでいるが（「おばけずきのいはれ少々と処女作」）、これはその作品系列にもあてはまる。すなわち①〈観音力幻想〉を謳いあげた幻想的ロマンス群と②〈鬼神力幻想〉に憑かれたグロテスクな怪異小説群である。そのどちらかに属するとはいいがたいものに③異類たちを主人公とするメルヘン風の作品群④江戸期の怪談小説の流れを汲む古典的なゴースト・ストーリー⑤二〇～三〇年代の神経症的な時代精神を反映するかのような異常心理・幻覚小説群⑥超現実的なイメージが唐突に奔出する異様な作品群⑦山窩・非人など反体制的・土俗的な集団が暗躍する伝奇ロマン。以下に代表的な作品を掲げる。（戯曲はすべて初出年）

①「高野聖」「女仙《にょせん》前記／きぬ〴〵川」のほか、神隠しにあった少年が山中の谷間で妖しい美女と一夜を明かす小傑作「龍潭譚」（九六）、魔処に迷い込んだ小児が山姫の懐に抱かれる「蓑谷」（九六）、山中の庵で神々しい女人と暮らす少年の恍惚を描く「清心庵」（九七）などの初期小品、霊山へ薬草を取りに分けいった幼時の回想が、懐かしい乙女の霊を召喚する「薬草取」（〇三）、密通の時を待って押入に潜んでいた若き芸術家が、押入の中から広がる異空間で初恋の貴族夫人にまみえ、叱りを受ける「伊勢之巻」（〇三）、不吉な噂のある新築の二階家に入り込んだ男が、美しい女性と話をするうち、いつの間にか深山幽谷に紛れ込んで踏み迷う「貸家一覧」（〇九）、花の精のごとき姫神と佳人の霊を二重映しにした可憐な幽霊譚「色暦」（一〇）、旅先で知り合った美女が白鸚鵡へと変ずる「貴婦人」（一一）、三味線の名手の芸妓が寺の屋根裏から出た三味線を弾くと様々な奇瑞が現れる物語で、音楽の模様を言語化した部分の精妙さによって名高い「爪びき」（一一）、行きずりの女＝摩耶夫人＝亡母という鏡花の摩耶夫人信仰の一端が垣間見える「夫人利生記《ぶにんりしょうき》」（二四）、眷属を率いた媛神《ひめがみ》が女を救う一場の戯曲「多神教」（二七）、滝の女神の影が出没する、夢のようにとりとめない印象の「斧琴菊《よきこときく》」（三四）など。さらにこれらを集大成する〈女人物〉の大作が「由縁の女」（一九～二一）である。鏡花世界の集大成ともいうべきこの作品は、それぞれに個性を放つヒロインたちの競演、全篇にちりばめられた陰惨怪異な伝承の数々、夢幻の美に溢れる幼年期の回想等々を、リズミカルで通りのよい文章で綴っている。また、よりいっそう超自然的な存在である妖しの〈姫神〉たちが暗躍する物語に、「茸《きのこ》の舞姫」のほか、「紅提灯」（一二）「伯爵の釵」（二〇）などがある。

②盲人の怨念が憑依する黒猫の恐怖を描く「黒猫」（九五）、尼の操るからくり人形の妖異譚「袖屏風」（〇一）、ヒロインに襲いかかる魔獣の生々しい描写が出色の「悪獣篇」（〇五）、海坊主の幻覚が引き起こす悲惨な嬰児殺しを描く「海異記」（〇六）、鏡花幻想の一定型である水妖がエロティックに跳梁する「沼夫人」（〇八）、全篇に氾濫する〈赤〉のイメージが怪しい火の精を招来する「朱日記」（一一）、祭り囃子と共にやって来た魔界で演じられる子供芝居の妖かしが鮮烈な印象を残す「陽炎座」（一三）、関西の花街を舞台に、美女をなぶる蛇神の呪いを描いた「南地心中」（一二）「紫障子」（一九）、〈人を畜生と化す妖術〉のモチーフを導きの糸に、『近世怪談録』や老婆の語る心中口説《くどき》などの口碑伝承と作中人物の語りとが迷宮的に交錯する、〈鬼神力〉系統の掉尾を飾る作品「雪柳」（三七）など。

③日清戦争を背景に、竜宮に赴いた少年が海の異類と共に大活躍する「海戦の余波」（九四）、人間を凶暴化させる鬼の角という発想がユニークな「鬼の角」（九四）、深沙大王の祠につどう化物たちの怪異で滑稽なやりとりを描いてドイツ・ロマン派のメルヘンを想起させる「水鶏《くいな》の里」（〇一）、浄瑠璃など先行作に双六谷《すごろくだに》の伝説を交えた、幻怪味溢れる芸術家物「神鑿」（〇九）、猫が正義の味方として登場する化猫物で、巧みな怪異描写の「三味線堀」（一〇）、若衆人形に恋するヒロイン

の周辺を魔物たちが徘徊する、グランギニョール風の「幻の絵馬」（一七）、江戸後期を舞台に、未来の維新を占う天狗をはじめ、異形の姿を描いた「妖魔の辻占」（一二）、神命を受けた異形の者どもが人違いをしたという設定下に、神異の到来をまざまざと描き出す「隣の糸」（二六）、故郷金沢に帰省した歌人を主人公に、大魔神・八千坊の眷属の異形の者どもが跋扈し、大火事の起こる様を描く「飛剣幻《ひけんげん》なり」（二八）、そして晩年の傑作「貝の穴に河童の居る事」など。そのほか、深沙大王の眷属が悪人退治に活躍する「深沙大王」（〇四）に始まり、三羽の鳥を中心に幻想的イメージをまきちらした一幕の夢幻劇「紅玉」（一三）、ハウプトマンの『沈鐘』を見事に本歌取りして水底の妖精界と人間界を対比的に描き出した「夜叉ケ池」（一三）、人身御供に捧げられた娘と海底の竜神の皮肉なラブロマンス「海神別荘」（一三）、そして「天守物語」へ至る一連の戯曲も、日本文学史上に稀な妖精劇の精華といえよう。

④男を呪い殺して自分も死ぬ遊女の話に、魂としての白い蝶を舞わせた「風流蝶花形」（九七）、終盤にはタクシー怪談の人力車版といった趣になる、都市怪異譚の先駆「幻往来」（九九）、蝙蝠に化身する妖女の呪法で、焦がれ死にした湯女《ゆな》の霊を東京まで背負って旅する書生の話「湯女の魂」（一九〇〇）、恋人に先立たれた青年が荒野で遭遇する夢幻的な怪異を描いて現実感を喪失せしめる「二世の契」（〇三）、庭に見えた亡き人の姿から思い出話が始まり、語り終えると再び亡霊が立つ「白鷺」（〇九）、百物語を背景に、死神を思わせる不気味な老婆が出没する「吉原新話」（一一）、うなぎの呪いを描いた、どこか諧謔的な因縁怪談「夜釣」（一一）、幽冥婚の一バージョン「遊行車《ゆぎょうぐるま》」（一三）、火を操る赤魔姥《あかまんば》と意地の悪い姑とを重ね合わせ（一人二役）、火の眷族と共にヒロインを責めさいなむ、勧善懲悪仕立ての五場の長篇戯曲「恋女房」（一三）、典型的な幽霊談だが、それと気づかせぬ人情話風の展開とショッキングな幕切れ、哀切な余韻が見事な「第二蒟蒻本」（一四）、死美人の妄執に起因する未遂の冥婚譚だが、蛍や波に身を変えて恋しい男を誘う死霊の可憐さ、蛤の小女たちの童話めいた風情など詩趣に富む「浮舟」（一六）、一面の銀世界と紅蓮の炎の対比が鮮やかな印象を残す火事物の妖異譚「火のいたづら」（二四）、怪を語れば怪至るの言葉どおりに怪異に見舞われる怪談会を描いて一縷の哀感を漂わせた「露萩」（二四）、伝説の魔物と間違われ射殺された侠女の霊の顕現に、ドッペルゲンガー幻視を加えて鬼気迫る、鏡花幽霊譚の逸品「眉かくしの霊」（二四）、酸鼻な伝説を秘めた魔の小路の夢幻的なたたずまいや西洋の魔法使いを思わせる易占を業とする大女、幻の貸本屋の魅力的イメージなど、正調英国怪異譚と一脈通じる味わいを持った小傑作「絵本の春」（二六）、白い手の幻影にまつわる悲哀と妖婆の怪異のスプラッタ風描写が印象的な「古狢《ふるむじな》」（三一）、画工の菊と女をめぐる怪異な体験を回想語りによって描いた凄みのある不条理怪談「菊あはせ」（三二）、殺された女の亡霊の復讐を描く二場の戯曲「お忍び」（三六）など。

⑤〈夢の契り〉で結ばれた恋人たちが海沿いの地を逍遥し、夢幻の死を遂げる絶品「春昼」「春昼後刻」（共に〇六）をはじめ、鬱々と夜の海辺をさまよう語り手が自室に戻ると、もう一人の自分が寝ている「星あかり」（九八）、樹木をめぐる奇譚の形でドラッグ的な幻想を紡ぐ「三尺角」（九九）「三尺角拾遺」（〇一）、「酸漿《ほおずき》」と並び、嫌いでたまらないものを細密描写するマゾヒスト鏡花の典型を見せる「蠅を憎む記」（〇一）、上田秋成の「夢応の鯉魚」を彷彿させる夢語りが秀逸な「瓔珞《ようらく》品《ぼん》」（〇五）、内なる煩悩によって血みどろ絵のごとき悪夢に悩まされる美女姉妹を描く「星女郎」（〇八）、戦争で心身を病んだ大尉は子持ち蝦を食って錯乱し、嫉妬に狂った尼は大尉の妻の髪を奪って混沌たる狂気絵図を現出する「尼ケ紅」（〇九）、醜悪な老婆が酸漿を鳴らす様を目撃してから酸漿の幻に憑かれ、血を吐きながら死んでいく女を描いて生

理的恐怖描写を極めた「酸漿」（一一）、神仏に供えた蠟燭の燃えさしを愛好する遊女に入れあげた挙句に発狂する男を描き、モノマニアの異様かつ妖美な描写に鏡花一流の腕の冴えを見せる「蒟蒻本」（一三）、十二単衣に緋の袴の姫が扇で細かな泡を煽ぎいだし、その泡がやがて生首に変ずる様が見えるという奇妙な眼病をモチーフとする「袙奇譚《あこめきたん》」（一六）、恐ろしく背の高い黒髪の美女の出現と大火とを重ね合わせた都市怪談の先蹤の一つ「黒髪」（一八）ほか。鏡花の病的な潔癖症などと直結するためか、異様な迫力を感じさせる作品が多い。

⑥「高桟敷《たかさじき》」のほか、手紙の形式で華やかな中にもどことなく薄気味悪い凱旋祭の様子を語り、現実と幻想とが渾然一体となった小品「凱旋祭《がいせんまつり》」（九七）、魚の腹中から突如出現する妖女が悪巧みを果たせず逃走すると、これまた唐突に出現した神将が夜叉を逃がしたことを叱責するという面妖な話が展開される「月夜遊女」（〇六）、出獄した美女が群衆の怒号にさらされると、白い巨象に乗ったアラビアの象つかい（美女の恋人）が現れ、彼女を連れ去る「霊象」（〇七）、シュルレアリスム絵画を思わせる夢の奔流が宿命の恋人たちを異界へと押し流す「絲遊《いとゆう》」（一二）や「瓜の涙」（二〇）、人を糸で操る方術、喋る人形、人間そっくりな人形、人形を取りに空から舞い降りる女など、人形尽くしの怪奇ファンタジー「星の歌舞伎」（一五）、祠の中に横たわる妖艶な美女と、全身に蚤をまといつかせた毛だるまの亡霊の対比が凄まじい「人魚の祠」（一六）、そして白山権現のオシラサマ信仰を導きの糸に幻妖不可思議で錯綜した物語が展開され、鏡花の全作品中で最も謎めいた、とも評される最晩年の〈神かくし〉的大作「山海評判記《さんがいひょうばんき》」（二九）、など。

⑦鏡花好みの侠女お丹を先頭に貧民の群れが鹿鳴館に乱入する「貧民倶楽部」（九五）、蛇を噛みちぎる乞食の一団の化物めいた出没ぶりを描いた「蛇くひ」（九八）あたりに懐胎し、古代の手児奈《てこな》幻想を響かせながら、深山に咲く黒百合をめぐり繰り広げられる放浪と天変地異のピカレスクロマンの佳品「黒百合」（九九）を経て、貧民を搾取する巨悪に対してアナーキーなゲリラ戦を挑む〈風流組〉一党の活躍を描く大作「風流線」（〇三～〇四）「続風流線」（〇四）で頂点を迎える。また「龍膽《りんどう》と撫子《なでしこ》」（二二～二三）や前出の「由縁の女」など後年の長篇にも、山岳民の妖影が濃い。

▼『鏡花全集』全二十八巻・別巻一（一九七三～七六・岩波書店）

【化鳥《けちょう》】短篇小説。一八九七年四月『新著月刊』掲載。初めて口語体を試みた作品として知られるが、それが小児の独白体であるところに鏡花の資質が歴然としている。橋のたもとで通行人から橋銭をとって暮らしている語り手の母子。少年は学校で、人間も犬も猫も熊もみんな同じ動物だと主張して教師に叱責される。少年の純真な語りを通して俗物たちの姿が皮肉に描き出され、やがて川に落ちた少年を〈うつくしい五色の翼の生えた〉姉さんが救いあげるという全篇の核となる奇跡的なイメージが登場する。姉さんの正体が母親かもしれないという妖精物語めいた余韻を残す幕切れも印象深い。

【高野聖《こうやひじり》】中篇小説。一九〇〇年二月『新小説』掲載。語り手が同宿した老僧から若き日の体験談を聞かされるという枠物語形式の作品。深山の孤家《ひとつや》に一夜の宿を求めた旅僧は、家主の美女にほのかな思慕の念を抱くが、彼女は近寄る男を禽獣に変える魔性のものだった。谷川で獣たちに取り巻かれ水浴する美女の妖艶な姿態にも、ついに欲念を起こさなかった僧は難を逃れて生還する。中国の志怪や民間伝承を素材としながら、独自の様式美の世界を確立した名作。山中の異界へ参入する過程のたたみかけるような怪異描写は圧巻だが、完成度が高い反面整いすぎて、鏡花らしい想像力の奔出にやや欠ける嫌いもある。

【女仙前記／きぬ〴〵川】短篇連作。〇二年一月、五月『新小説』掲載。夫に虐待されている豪家の夫人・雪は、雪売の親爺から亡き娘の形見という兎を譲り受ける。／失踪した雪の身を案じる小間使いの巳代《みよ》は、湯の山の頂にある湯涌谷を目指す。途中の千枚岩のあたりで、巳代は雪に面ざしの似た貴女に助けられ、下界に戻らぬ覚悟なら湯涌谷の雪に会わせようといわれるが、逡巡すると、簾中から出現した親爺に抱えられ瞬時にして屋敷裏へと戻される。巳代が発見された場所近くの廃屋に踏み込んだ軍曹は、襖に千枚岩が描かれた一室の押入から天井を覗き、髪を梳く美女に櫛で額を突かれ失神する……。深山幽谷の描写にマニエリスティックなまでの筆の冴えを見せた作品。鏡花幻想の核心に位置する山中ユートピアの妖かしを、ひときわ鮮烈に描いて一つの宇宙観にまで高めた傑作。

【草迷宮《くさめいきゅう》】中篇小説。〇八年春陽堂刊。幼い頃に死んだ母親が歌っていた手鞠唄を求めて諸国を遍歴する若者が、魔処と怖れられる秋谷海岸の黒門邸で母の面影に似た美女と巡り会うという鏡花の母恋幻想の核心をなすエピソードを中心に、〈人間の瞬く間を世界とする〉魔の宿る屋敷にまつわる様々な出来事とイメージを、作中人物の語りを交錯させる得意の手法によって重層化・迷宮化させて描き出す。〈観音力〉と〈鬼神力〉は、本篇にあっては渾然一体となって、妖にして聖、美にして怪な至高の境地に到達している。鏡花一代の傑作であると共に、言語による超現実表現の極北に位置する作品といえよう。

【高桟敷《たかさじき》】短篇小説。一一年六月『新日本』掲載。爛春の日暮前、東京の貧民窟を散策する青年教師は、墓地の崖下の抜道に入り込む。見上げると〈崖の頂辺《てっぺん》から、桟橋の如く、宙へ釣った平家《ひらや》〉が。廻り縁の欄干に覗く、艶なる女《め》と女の童《わらわ》たち。家際にそびえる大樹の梢から鋸を使う異様な音が響く。脅威を感じつつ谷の出口まで来ると、崖裾に親仁がいて、魚籠の中に蠢く無数の蛇を青年に見せる。慌てて今来た小路を駆け戻る青年の頭上に降り懸かる血のような木屑。背後の轟音……。暗示的な描写の積み重ねによって禁断の魔界の消息をまざまざと感得せしめる小傑作。

【天守物語】戯曲。一七年九月『新小説』掲載。姫路白鷺城の天守五層は、怪異な獅子頭に守られた妖怪たちの聖域であり、城主といえども近寄ることのかなわぬ魔界であった。妖怪たちを統べる天守夫人・富姫は、城主の鷹を追って勇敢にも天守に踏み込んだ若侍・図書之助の凛々しさに魅かれるが、彼の身を思いやり下界へ帰す。しかし図書之助は逆賊の汚名を被せられ、人間界に絶望し天守に至る。追っ手によって獅子頭の眼を潰され、盲目となった恋人たちの前に、救いの神たる工人が現れて、幕。白露を垂らして秋草を釣るといった、あえかに美しいイメージに満ちた夢幻劇。台詞の壮麗さでも名高い。

【茸《きのこ》の舞姫】短篇小説。一八年四月『中外』掲載。異界に半身を入れ、現実では物の役に立たなくなった杢若《もくわか》が神社の祭礼で商うものは、〈綺麗な衣服《べべ》だよう〉という蜘蛛の巣。杢若は茸や虫たちの妖しい祭礼の様を物語る。訪れた異装の三人が「幾千金ですか」という媚かしい声と共に仮装を脱ぐと、裸体の美女。これを見た神官は発狂、以来、杢若の小屋には素裸の娘たちが次々に舞い込むのであった……。妖精界の禁忌にふれた作品としてアーサー・マッケンの「白魔」などと双璧をなす小傑作。

【貝の穴に河童の居る事】短篇小説。三一年九月『古東多万《ことたま》』掲載。河童・赤沼の三郎は、社の姫神の御前に推参し、彼の片腕を挫いた踊の師匠たち三人への復讐を訴える。彼らは、河童が身を隠した馬蛤貝《まてがい》の穴を洋杖で突ついたのだった。三人はものに誘われたように擂粉木《すりこぎ》、杓子《しゃもじ》を片手にあたりを踊り廻った後、心づいて社に向かい改めて奉納の踊を。怒りをおさめた異類異形の群れも、つられて思わず踊り出す……。〈国境《くにざかい》の、水溜りのものでございまっしゅ〉と異様な河童語を操る三郎、高貴だがお俠《きゃん》な姫神、千里眼の木菟女《みみずく》など、異類の描写が精彩に富む。妖怪の視点から物語る趣向は小説よりも戯曲に目立つが、これは小説における代表作。異類も人も共に舞い踊るアニミズムの楽土である。

泉名月（いずみ・なつき　一九三三〜二〇〇八）作家・泉斜汀の長女、泉鏡花の姪。誕生の半年前に父が急逝。愛知県渥美半島の祖母の家で育ち、十歳のとき、母と共に東京麴町の鏡花未亡人の家に同居し養女となる。散文集『鬼ゆり』（七五・學藝書林）には、白蛇に座し、鷲と鮫に守られて、この世ならぬ美しいお話を語るという姫島のお姫様の奇瑞を描く表題作をはじめとする、孤独な少女の夢語りを思わせるあえかなメルヘン十三篇と、鏡花の家に伝わる様々なエピソードを綴った「羽つき・手がら・鼓の緒」や、鏡花未亡人との凄まじい葛藤を描いた「梔子」ほか一篇の回想譚が収められている。

泉久恵（いずみ・ひさえ　一九四一〜）大阪市生。『マリヤムの秘密の小箱』（九一）で児童文芸新人賞受賞。低学年向けファンタジーに、動物たちの夢を買い取り、代わりに死病を与える夢屋を退治しようとする『ゆめ夢かいます』（九四・国土社）がある。

伊澄優希（いずみ・ゆうき　？〜）伝説の小石をめぐる宇宙冒険SF『でたとこ勝負の超新星』（二〇〇二・富士見ファンタジア文庫）でファンタジア長編小説大賞努力賞を受賞。

石動彰（いするぎ・あきら　？〜）現代伝奇物のポルノ小説『邪神伝説』（一九九六・蒼竜ノベルズ）などがある。

『伊勢物語』（いせものがたり　十世紀頃に成立）歌物語。長い時間をかけて現行の形に成長してきたものとされ、原初的段階では在原業平やその親族子孫が関わっていたのではないかという説もある。業平を思わせる、あるいは業平に擬した色好みの男を主人公とした短篇連作集であり、各章は〈むかし、をとこありけり〉（あるいはそれと同工の詞）と書き出され、男が感慨を催して歌を歌うところで終わる。物語の体をなさないほど短い章もあり、歌の情緒を引き立てるために物語がつけられたというふうである。長めの章では歌によって物語が引き立てられるという側面もある。全体に物語的な流れがあるわけではないが、初冠に始まって病に伏すところで終わるので、一代記的な趣が漂う。とはいえ現実の業平の一代記ではまったくない。あくまで創作物語であり、歌に応じて神が顕現する神感説話なども含まれる。第六段には女を連れて逃げたら鬼に食われたというエピソードが語られており、女を奪い返されたのをそう言ってごまかしたのだろうという落ちがつくが、後の『今昔物語集』などでは、落ちを無視し、怪談として流用された。古典中の古典であり、後代への影響は計り知れない。

磯萍水（いそ・ひょうすい　一八八〇〜一九六七）本名清。群馬県高崎市生。江見水蔭の門下となり少年小説を手がけた後、一九〇〇年発表の「逢魔ヶ淵」「紫草紙」で文壇にデビュー。明治三十年代に社会小説風の作品を多く手がけたが、後に文壇から身を退いて銀行員となった。「逢魔ケ淵」は〈村人は謂ふ、逢魔ケ淵は魔所である、昼とても行くな、祟があるぞよと、その近くには樵夫も斧を入れず鳥も其の空には舞はぬので有る〉といった鏡花風の美文で綴られており、萍水本来の資質が那辺にあったかを窺わせよう。同作は初の単行本となった『新百物語』（一九〇〇・嵩山堂）の巻末に収録されたが、同書はタイトルからも察せられる通り、全十四篇を収める怪談集である。後に『最も物凄き　怪談新百物語』（一九・井上盛進堂）などと改題されて何度か再刊されている。萍水は本名の磯清名義でも、怪談民俗学の好著『民俗怪異篇』（二七・磯部甲陽堂）を《日本民俗叢書》の一冊として刊行している。その序文は〈私は怪異の存在を確信するの一人であります。これを破壊し、これを解剖するの徒輩を、心から憎みます。賤しみます〉と書き起こされ、〈私は書きたい。唯々非常に書きたい。江戸の妖怪誌を書きたい。怪談の人国記を書きたい。更に世界の国々の妖異を書いて行きたい。唯々書きたい。睡る時間を少くしても書きたい。／唯、私にはその紙がない〉と悲痛な言葉で結ばれている。後年の随筆集『武蔵野風物志』（四三・青磁社）にも怪異伝承に関わる話柄が散見されるように、その怪異への情熱は生涯にわたり貫かれたとおぼしい。泉鏡花や柳田國男といった巨人たちの陰に隠れるようにして、怪異に憧れ怪異に殉じた百物語文芸の知られざる先覚者・萍水については、しかるべき再評価が望まれる。

『伊曾保物語』(いそほものがたり　刊年未詳)編訳者未詳。十七世紀初めの仮名草子。『イソップ物語』の翻訳。イソップ伝と動物寓話からなる。切支丹弾圧にもかかわらず好評を持続し、後代の物語にも影響を与えた。『エソポのハブラス』(一五九三／文禄二)からの転写ではなく、何か関係があるとしても兄弟関係であろうといわれる。

板橋雅弘(いたばし・まさひろ　一九五九〜)別表記にイタバシマサヒロ。東京生。中央大学法学部卒。漫画原作者、小説家。青春恋愛物など多数。ファンタジーに、幽体離脱や死者の霊、宇宙人、未来の夢などの不思議な出来事が、同級生に連鎖的に起きる児童文学の連作短篇集『フシギ伝染』(〇七・岩崎書店)がある。

伊丹椿園(いたみ・ちんえん　一七五〇前後?〜八一／寛延三前後?〜天明元)別号に歓笑処子。画号に浦辺源曹。伊丹生。通称津国屋《つのくにや》善五郎。酒造家大鹿家に生まれ、銘酒剣菱の醸造元の津国屋の養子となる。実父は俳人。書淫と呼ばれたほどの愛書家、読書人で、趣味の小説に打ち込んだため、津国屋からは離縁されたという。生年は未詳だが、三十歳ぐらいで亡くなったらしい。都賀庭鐘などの初期読本の影響下に、中国伝奇、志怪小説などを参考として怪談奇談を執筆した。きちんとした小説の形にはなっているが、文章・内容共に特色に乏しく、あまり高く評価されていない。もっとも椿園自身は上田秋成『雨月物語』に対抗する意気で書いていたらしい。怪談奇談集に、室町時代に設定した翻案物を中心に五巻全十話を収録し、馬琴に酷評された『翁草《おきなぐさ》』(七八／安永七、自画)、同じく四巻全九話を収録し、それなりの評価を受ける『唐錦《からにしき》』(八〇／同九、自画)、同じく、『雨月物語』を意識していたと思われる『深山草《みやまぐさ》』(八二／天明二、自画)がある。通常の怨霊物や妖怪物のほか、死者の霊に助けられる話などが多い。また、武士の奇談を扱ったものが数多く見られ、飯綱の法や隠形の術、幻術、仙術の類をしばしば用いている。このほか、中篇伝奇小説に、『平妖伝』をもとにしたものとしては先駆的な『両剣奇遇《りようけんきぐう》』(七九／安永八)や、南朝のために兵を挙げた女たちが、船を奪って外海へと遁走しようとする趣向などを含み、馬琴の『椿説弓張月』にも影響を与えたといわれる『女水滸伝』(八三／天明三)がある。

板谷菊男(いたや・きくお　一八九八〜一九八四)石川県金沢市生。東京田端に育つ。父は陶芸家の板谷波山。私立開成学園で長年国語教育に携わり、古典の授業の合間に披露する怪談話から、生徒に〈お化け〉の愛称で親しまれた。教え子に吉村昭、南條竹則など。愛読する『古今著聞集』にならったという唯一の短篇集『天狗童子』(七三・図書出版社)は、王朝期の典雅な闇に妖怪変化が跳梁する夢幻的な時代小説集である。

市川創士郎(いちかわ・そうじろう　?〜)北海道生。関東に育つ。ポルノ小説を執筆。ファンタジー系作品に、コメディ『幸福仮面の大作戦!?』(一九九八・辰巳出版=ネオノベルズ)、人形物『人型』(二〇〇〇・二次元ドリームノベルズ)、天使・悪魔物『へるあんどへぶん』(〇一・同)ほか多数。

市川拓司(いちかわ・たくじ　一九六二〜)東京生。独協大学卒。ウェブ上に発表していた小説が注目され、妻に時の逆転現象が起きて際限なく若返っていってしまうラブロマンス『Separation』(〇二・アルファポリス)が出版に至る。同作がテレビドラマ化され、人気作家となる。妻の死後、夫と出会う前の若き日の妻がタイムスリップによって夫の前に現れる『いま、会いにゆきます』(〇三・小学館)は映画化され、ミリオンセラーとなった。ほかに、深く眠ると精神が別世界に行って帰れなくなる奇病に罹った女性との恋愛を描く『そのときは彼によろしく』(〇四・同、映画化)、水棲人間に進化した子供との惜別を描く『弘海』(〇五・朝日新聞社)、互いの心の声が聞こえる男女の恋愛を描く『Voice』(〇六・アルファポリス文庫)など。

市川丈夫(いちかわ・たけお ?〜)江戸時代風異世界を舞台に、退魔師の少女の活躍を描いたサイキック・アクション『宝珠、紅に染まるとき』(一九九九・富士見ファンタジア文庫)でファンタジア長編小説大賞準入選。荒廃して中世的に退行した世界を舞台に、人間兵器に改造された女、邪神と戦う魔術師が世界を旅しながら戦い続けるアクション・ファンタジー『ダーク・フロンティア・ブルース』(二〇〇〇〜〇二・同)、伝奇アクション『TATTOO BLADE』(〇五・同)がある。

市川団十郎[初世](いちかわ・だんじゅうろう 一六六〇〜一七〇四/万治三〜元禄一七)歌舞伎役者。屋号は成田屋。幼名は海老蔵。筆名に三升屋兵庫。江戸生。名優として名高く、荒事芸の確立者とされる。狂言作者としても活躍し、歌舞伎の典型となるような作品を作り上げた。お家騒動に遊女との恋を絡ませ、鍾馗と化した亡霊が悪臣を退治する趣向がある「参会名護屋《さんかいなごや》」(九七/元禄一〇、初世中村清三郎との合作)、歌舞伎十八番「鳴神」の原形の一つとされる「源平雷伝記《げんぺいなるかみでんき》」、謡曲「隅田川」にお家騒動を絡め、女の執心が蛇や猫となる趣向を含む「出世隅田川」(〇一/同一四)、歌舞伎十八番「不動」の原形的な作品で、傑作と評価される「成田山分身《なりたさんふんじん》不動《ふどう》」などがある。舞台で刺されて死亡した。

【〈雲絶間名残月《くものたえまなごりのつき》〉源平雷伝記《げんぺいなるかみでんき》】歌舞伎狂言。九八(元禄一一)年初演。金時と子四天王物で、源頼光と源頼近の対立を軸に、硬軟両方の見せ場を取り入れた作品。頼近の娘・直姫に化けて小野道風に近づこうとする酒呑童子と子四天王の戦い、頼近の師匠の鳴神上人による竜神の封じ込め、雲絶間が色香で迷わせて鳴神を堕とし、竜神を解放する段、鳴神の自害と怨霊となっての出現、実は鳴神も雲絶間も神の化身であったという本地的展開などで構成される。

【成田山分身不動《なりたさんふんじんふどう》】歌舞伎狂言。〇三(元禄一六)年初演。大伴黒主、小野小町ら六歌仙の恋愛模様を主軸として、能の有名な演目を歌舞伎化したもの。一段目は「松風」「昭君」、二段目は「草紙洗小町」、三段目は「一角仙人」「通小町」、四段目「天鼓」「隅田川」、五段目「関寺小町」となっている。幻想的趣向としては、松風の恋の怨みが大蛇となって現れる、黒主が竜神を閉じ込めて干魃を招き、小町がこれを破る、黒主の小町への執着が様々な怪異を呼ぶ、空海が竜の文字を書くと毒蛇に変ずる、黒主の霊魂が実は不動尊であると示現する、などがある。

市川宣子(いちかわ・のぶこ 一九六〇〜)神奈川県生。児童書の編集者を経て、児童文学作家となる。動物擬人化物のメルヘンなどを執筆するほか、古い家を借りた青年が、小さくてか弱いおばけのおーちゃんと一緒に暮らして様々な体験をするほのぼのファンタジー『おばけのおーちゃん』(〇二・福音館書店)がある。

市川光紀(いちかわ・みつき ?〜)ポルノ小説を執筆。陵辱物のオカルト・ミステリ《少女探偵の魔淫事件簿》(一九九九〜二〇〇一・ナポレオンXXノベルズ)でナポレオン小説大賞特別賞を受賞。

一条兼良(いちじょう・かねら 一四〇二〜八一/応永九〜文明一三)歌人、連歌作者、古典学者。号に東斎。別号に桃華老人など多数。室町時代の高位の貴族で、関白まで勤めた。古典学者として早くから高い名声を得、歌人としても活躍。膨大な著作を残しており、有職故実の『公事根源』や、古典研究においては必読の書といわれる『花鳥余情』『伊勢物語愚見抄』など、後代に与えた影響にはきわめて大きなものがある。また、説話集に、全七十八話を音楽・草木・鳥獣・人事など十一項目に分類して並べた『東斎随筆』があるが、これは『古事談』『大鏡』等の先行文献を比較的忠実に写したもので、編纂の意味が大きい。兼良作説があるものに「鴉鷺合戦《あろかっせん》物語」(御伽草子の項参照)や『語園』(当該項参照）などがある。

一条理希（いちじょう・りき　？〜）新潟県生。人工亜種のバイオノイドを主人公とするSFアクション『パラノイア7』（一九九四・スーパーファンタジー文庫）でロマン大賞佳作に入選しデビュー。代表作はパニック物のアクション《サイケデリック・レスキュー》（九八〜〇一・同）とその続篇《D／dレスキュー》（〇一〜〇二・スーパーダッシュ文庫）。ほかに、人の滅亡を望む大地の神が生み出した鬼が跋扈し、人を捕食する非情の中世日本風異世界を舞台に、唯一鬼退治のできる鬼童の凄惨な戦いを描く『鬼童来訪』（〇一・徳間デュアル文庫）、吸血鬼物の伝奇アクション『ばとる・おぶ・CHUCHU』（〇四〜〇五・スーパーダッシュ文庫）などがある。

一乃勢まや（いちのせ・まや　？〜）ナノマシン治療の副作用により特殊能力を得た者たちの戦いを描くSFアクション『ISON』（二〇〇三〜〇四・富士見ファンタジア文庫）でファンタジア長篇大賞佳作入選。

市場通笑（いちば・つうしょう　一七三七〜一八一二／元文二〜文化九）黄表紙作者。本名寧一。通称小倉屋小平次。俳号に橘雫、別号に教訓亭など。江戸日本橋生。家業は表具師。妹婿が家督を継いだ。教訓的な作品を多く執筆し、〈教訓の通笑〉の異名を取る。幻想系の作品に、〈一炊の夢〉趣向で通人の馬鹿らしさを語る『大通人穴扒《あなさがし》』（七九／安永八、鳥居清長画）、狐の結婚話を当世風に見立てた『日《ひ》照雨狐之嫁入《でりあめきつねのよめいり》』（同、同画）、質屋の金蔵が富裕から来る病に罹ったためにわざと貧乏になった後、毘沙門天から授けられた呪《まじな》いで再び富貴になる『〈知《ち》弥舞《ちんぶ》意《い》／〜〉御代《ごよ》之《の》御宝《おんたから》』（八一／天明元、同画）、前時代の流行物の現況を描いたメタ的な作品で、化物が生活苦を嘆く『化物鼻《ももんぢいはな》が挫《ひしげ》』（同、同画）ほか、多数の作品がある。

一柳廣孝（いちやなぎ・ひろたか　一九五九〜）日本文学者。和歌山県生。南山大学文学部国語学国文学科卒。横浜国立大学で教鞭を執る。近代文学を専門とするが、オカルティズムと日本文化との関わりを中心に研究・評論活動、ムックの編纂などを行っている。著書に『〈こっくりさん〉と〈千里眼〉』（九四・講談社）など。共編著書に怪奇幻想をテーマとする評論研究ムック《ナイトメア叢書》（〇五〜・青弓社）、『近代日本心霊文学誌』（〇四・つちのこ書房）ほか。

五木寛之（いつき・ひろゆき　一九三二〜）本姓松延《まつのぶ》。福岡県八女郡生。幼少年期を旧朝鮮で過ごす。早稲田大学露文科除籍。在学中から業界紙編集者やルポライター、作詞家、放送作家などの職業を経験、ソ連・北欧旅行後の六六年「さらば、モスクワ愚連隊」で小説現代新人賞、六七年には「蒼ざめた馬を見よ」で直木賞を受賞した。鋭い批評精神と豊かな物語性に富む作風は、しばしば〈現代の語り部〉とも呼ばれ、幅広い層に支持されている。代表作に大河小説『青春の門』（七〇〜）、『朱鷺の墓』（六九〜七二）『四季・奈津子』（七九）ほか多数。大和朝廷＝天孫族による中央集権支配以前から日本に土着していた山窩・海人族などのまつろわぬ民＝漂泊民の神話的世界を現代社会の闇部に浮かび上がらせた『戒厳令の夜』（七六・新潮社）『風の王国』（八六・同）などのポリティカル伝奇ロマンに物語作家としての本領を発揮する一方で、現代風俗の狭間に見え隠れする不条理を、痛烈な諷刺と共に短篇化・掌篇化してもいる。後者を一巻にまとめた『奇妙な味の物語』（八八・集英社）には、ドライバーを慕うあまり、無理心中や投身自殺を遂げる車たちを描く「サムワン・トゥ・ウォッチ・オーバー・ミー」「老車の墓場」や、〈怖るべき子供たち〉の生態を描く「ファースト・ラン」「スーパー・チルドレン」「白いワニの帝国」ほかの短篇とショートショート全十七篇が収められている。

【日ノ影村の一族】中篇小説。七六年『オール讀物』掲載。放送作家の岩城は、恋人の女優・三島涼子が憑かれたように口ずさむ〈てんてるぼうず、てるぼうず〉という呪文のような文句に興味をひかれ、彼女の郷里へ向かう。涼子の父は、彼女が実子ではないと打ち明ける。九州の山奥で遭難し、幼い娘を失った彼は、不思議な部落の老婆に命を救われ、その孫娘を死んだ娘の代わりに連れていくように勧められたのだった。いまは廃村と化したヒノカゲの地で岩城と涼子が見たものは、天照大神を奉じる大和朝廷による支配を拒み続けてきた先住民一族の呪詛の祭祀であった。〈天照亡ず、照亡ず〉……。

樹揺葉（いつき・ゆるは　?～）ポルノ小説を執筆。『吸血鬼ハンター明日香』『悪魔シルフィアと炎の天使』（共に二〇〇三・二次元ドリームノベルズ）など。

井辻朱美（いつじ・あけみ　一九五五～）東京生。東京大学人文系大学院比較文学科卒。英米文学の翻訳家として出発し、マイクル・ムアコック《エルリック・サーガ》（八四～〇七・ハヤカワ文庫）をはじめタニス・リー、パトリシア・マキリップなど、多数のファンタジーの翻訳を手がける。その流麗な訳文により、欧米ファンタジーの日本への定着を促進した。その後、ファンタジーの評論や創作にも手を染めるようになった。小説には、『風街物語』のほか、タニス・リーやケルティック・ファンタジーを彷彿させる作品を収録した短篇集『エルガーノの歌』（九〇・ハヤカワ文庫）、体の中に製作者の魂と中国の博士を入れて旅する自動人形パルメランを描く表題作と遍歴の帽子屋を主人公とした「ロフローニョの四季」を収録する『パルメランの夢』（九一・同）、魔法使いの塔に奉公することになった少女が、神秘的な水晶の秘密を求めて思わぬ冒険の旅に出、変容を遂げる物語で、精神世界での成長を主題としたきわめて錬金術的な長篇『ヘルメ・ハイネの水晶の塔』（九一・講談社X文庫）、中世ヨーロッパを舞台に、禁を犯したために魔王の城に幽閉されることになった少年と魔物の触れ合いを描く長篇『トヴィウスの森の物語』（九二・ハヤカワ文庫）、古い血筋の少女が故郷を離れ、夢の世界の住人と恋に落ちる『遥かよりくる飛行船』（九六・理論社）などがある。

　井辻は歌人でもあり、『かばん』会員として活躍。伝説・宇宙・幻想をキーワードとする『地球追放』（八二・沖積舎）、古生物幻想を歌った『水族』（八六・沖積舎）ほかの歌集がある。〈アルファ・ケンタウリ星間連絡船航路とほきものみな珈琲に沈めよ〉〈世界樹の繁りゆく見ゆ　さんさんと太陽風吹く死後の地球に〉

　また、九〇年代以後はファンタジーの研究家として第一人者の地位を獲得するようになり、多数のファンタジー評論集を世に問うている。心理学を援用して〈ファンタジーとは何か〉を考察する『ファンタジーの森から』（九四・アトリエOCTA）、建物、場所など空間をテーマにした評論集『ファンタジーの魔法空間』（〇二・岩波書店）、《ハリー・ポッター》《十二国記》をはじめとする最近のファンタジーを多数取り上げ、その傾向について分析した『ファンタジー万華鏡《カレイドスコープ》』（〇五・研究社）など。

【完全版・風街物語】短篇集。九四年アトリエOCTA刊。哲学書房版の『風街物語』（八八）に収録された表題作に、雑誌発表作などを加え、加筆訂正を施した決定版。北欧神話の神々との駆け引きの末に生まれたという伝説を持つ〈風街〉を舞台にした物語集。不思議なことが日常的に起きるこの街のありさまを、外からやって来たマーチ氏が書き留めたという形の連作「マーチ博士の備忘録」をはじめとして、幻想の博物誌風の作品が多い。様々な神話的モチーフ、ファンタジー要素を用いながらも、すべてが井辻独特の軽やかな風合いに染められた、ほかに類を見ない作品。

一色銀河（いっしき・ぎんが　?～）『若草野球部狂想曲』（二〇〇〇）で電撃ゲーム小説大賞銀賞を受賞してデビュー。現代伝奇設定のあるラブコメディ『想いはいつも線香花火』（〇四～〇六・電撃文庫）がある。

一夕散人（いっせきさんじん　生没年未詳）経歴未詳。五巻七話を収録する怪奇短篇集『臥遊奇談』（一七八二／天明二）一作の作者。離魂談、幻術談、耳無し芳一談、妖狐談、画中美人談など、『宿直草』『老媼茶話』ほかの先行作から素材をもらった作品。

一藤木杏子（いっとうぎ・ようこ　一九六二〜）本名渡辺かおり。神奈川県横浜市生。少女小説作家。音楽物のラブロマンスなどを執筆。幻想系作品に、魔を封じる力を持つ内気な少女が、憧れから生み出した奔放な性格の分身や、武道に通じた幼なじみの恋人と共に魔と戦う伝奇ファンタジー《流花&慎吾》シリーズ（九〇〜九三・コバルト文庫）がある。

出海まこと（いづみ・まこと　一九七〇〜）昭和初頭の異貌の中国を舞台に、超古代の兵器をめぐって、脳天気な主人公が狂気の軍人と対決するアクション・コメディ『皇劉矢大迷惑』（九三・青心社文庫）でデビュー。クトゥルー物のエロティック伝奇アクション『邪神ハンター』（九八・同）、日本の霊的安寧をかけ、超魔剣をめぐって戦いを繰り広げる伝奇アクション《メガブレイド》（九五〜〇四・プラザ）、メイド物とクトゥルー物を合体させたアクション『シャドウプリム』（〇一・電撃文庫）、新撰組をモチーフにした伝奇アクション『鬼神新選』（〇三〜〇五・同）、グリム童話のパロディ『ツングリ!』（〇七・エンターブレイン）など。

伊都工平（いと・こうへい　一九七五〜）兵庫県生。魔法石（=宇宙人）の力を借りて時間を凍結したりする趣向があるクーデター物『第61魔法分隊』（〇一〜〇四・電撃文庫）によりデビュー。ほかにファンタジー風近未来SF戦記『天槍の下のバシレイス』（〇四・同）、学園SFファンタジー『モノケロスの魔杖は穿つ』（〇六〜〇七・MF文庫J）など。

伊藤和典（いとう・かずのり　一九五四〜）山形県上山市生。早稲田大学中退。脚本家。脚本の代表作に、テレビアニメ「魔法の天使クリィミーマミ」（八三）「絶対少年」（〇五）、ホラー映画「ネクロノミカン」（九三）、特撮映画《平成ガメラ》（九五〜九九）、劇場アニメ「GHOST IN THE SHELL 攻殻機動隊」（九五）など。小説に、玩具をもとにしたSFアニメのノベライゼーション『スパイラルゾーン』（八九・バンダイ文庫）、脚本を担当したSFアニメのノベライゼーション『機動警察パトレイバー』（九〇・富士見ファンタジア文庫）、サイドストーリーを含むノベライゼーション『ガメラ』（九五・スーパークエスト文庫）がある。

伊藤一元（いとう・かずもと　?〜）近未来の東京を舞台に、神とつながるための儀式を繰り広げる組織と対峙する捜査官の惑乱を描いたサイバーSF『東京ダンジョン』（一九九六・角川スニーカー文庫）がある。

伊東京一（いとう・きょういち　?〜）東京生。圧倒的な樹海に呑み込まれかけている人類が暮らす惑星を舞台に、生態系に精通するフォレストセイバーの少女が活躍するSFサスペンス『BIOME《バイオーム》―深緑の魔女』（二〇〇一・ファミ通文庫）でえんため大賞受賞。巨大な虫が人類の天敵である惑星を舞台にしたSFアクション『クロスオーバー―純白の蟲鎧《ガントレット》』（〇二・同）、貧乏神が怪事件に挑むコメディ『黒闇天女にご用心』（〇三・同）などがある。

伊藤銀月（いとう・ぎんげつ　一八七一〜一九四四）本名銀二。秋田県生。秋田中学中退。歌人、随筆家、小説家。著作多数。地球的規模の大災害が起きた後の世界を、新発明の飛行機を使って見て歩くSF風作品『不死人』（四〇・三教書院）がある。

伊藤榮（いとう・さかえ　一九三八〜）埼玉県生。東京逓信講習所卒。安達ケ原の鬼婆と地獄の牛頭鬼の駆け引きをユーモラスに描く「異聞あだちが原」や蝶を異常に怖れる侍と妻の悲喜劇「蔵の中」、噴火・飢饉の地獄絵図を描く「天地晦冥」「けかち」の四篇を収める伝奇時代小説集『異聞・万華鏡《のぞきからくり》』（八九・廣済堂）がある。

伊東信（いとう・しん　一九二八〜）本名斎藤吉信。山形県酒田市生。中央大学文学部卒。一般のリアリズム文学のほか児童文学も手がける。時の流れを止める不思議な時計が辿る運命を描き、人間の意識と時間の関係というテーマを追究した高学年向けファンタジー『AH博士のふしぎな時計』（八〇・ポプラ社）のほか、父を亡くした少年と鳥の化身の交流を描く低学年向けファンタジー『ぼくが空をとぶ日』（八八・教育画劇）などがある。

伊藤整（いとう・せい　一九〇五～六九）本名整《ひとし》。北海道松前郡生。小樽高商卒。中学教員の傍ら詩作を続け、二六年、第一詩集『雪明りの路』を自費出版。二八年に上京後は小説に転じ、ジョイスなどの西欧前衛芸術の影響を受けた新心理主義の創作・批評・翻訳活動を展開する。前衛的手法と私小説との融合を試みた『得能五郎の生活と意見』（四〇～四一）『鳴海仙吉』（五〇）や評論集『小説の方法』（四八）のほか、チャタレイ裁判の被告体験にもとづく記録小説『裁判』（五二）、梶井基次郎らとの若き日の交友を綴った自伝小説『若い詩人の肖像』（五五）などがある。幻想性の濃厚な作品として、作者自ら〈心理的な可能性に基ずいた幻想小説〉（光文社版あとがき）と評した連作『街と村』がある。

【街と村】中篇小説集。三九年第一書房刊。小樽の街を彷徨する語り手の前に、昔関係のあった女たちや友人知己、さらには小林多喜二や芥川龍之介がおぞましい幽鬼の姿となって現れ、語り手が犯した過去の罪過を口々に責め立てる、黙示録風の幻視に満ちた「幽鬼の街」（三七）、十数年ぶりに故郷の村へ戻った語り手が、死者たちと語らい、民話風の幻影に囚われ、行き倒れの死体となって焼かれ、地獄の責め苦を受けた後一羽の鷗に変じる「幽鬼の村」（三八）の二篇を収める。

いとうせいこう（いとう・せいこう　一九六一～）本名伊藤正幸。東京生。早稲田大学法学部卒。若者雑誌の編集者を経て、マスコミで様々な活動を展開。処女小説『ノーライフキング』（八八・新潮社）は、子供たちを死に追いやる呪われたゲームソフト〈ノーライフキング〉の存在を、全国に支店を持つ塾のコンピュータ・ネットワークで知らせ合いながら、非現実に蚕食されていく子供たちの姿を描いて話題を呼んだ。ほかに、イスラム世界を模して東京の外れに作られた〈砂漠《デゼール》〉という名の町に、一人の霊力を持った予言者が出現し、ドラッグが渦巻く頽廃したデゼールの意味を変質させていく様を描いた『ワールズ・エンド・ガーデン』（九一・同）、洗脳はずしをなりわいとし、プロの洗脳集団と戦う解体屋《デプログラマー》を主人公としたサイバー・アクション『解体屋外伝』（九三・講談社）、ゴドーが一人芝居するベケットのパロディ『ゴドーは待たれながら』（九二・太田出版）などがある。

伊藤貴麿（いとう・たかまろ　一八九三～一九六七）本名利雄。兵庫県神戸市生。早稲田大学英文科卒。『文芸時代』創刊に参加し、小説を書いていたが、『赤い鳥』に老子を主人公とした「水面亭の仙人」（二三）などを発表して後は、児童文学にも関心を示す。やがて児童文学作家に転身し、竜ぐるいの男を描く『竜』（三六・鳩居書房）や中国童話集『孔子さまと琴の音』（三九・増進堂）を刊行。戦中戦後には中国文学・英文学などの翻訳・再話を執筆し、代表的な作品にジョージ・メレディス『アクリスの剣』（四〇・童話春秋社）、『西遊記』（四一～四二・同）などがある。また『少年少女世界文学全集』（五八～六二・講談社）の編纂にも関わった。

伊藤武（いとう・たけし　一九五七～）石川県生。御茶ノ水美術専門学校中退。アジア各地を放浪した経験を活かした実用書、エッセーなどを執筆。著書に『図説インド神秘事典』（九九・講談社）など。小説に、竜の卵を探して神王になろうとする妖女と対決する日本人の放浪青年とオタク少年を描く伝奇的ファンタジー『竜《ナーガ》の眠る都』（九八・大栄出版）がある。

伊藤単朴（いとう・たんぼく　一六八〇～一七五八／延宝八～宝暦八）本名半右衛門。別号に青柳散人。江戸の人。八王子村で医業を営む傍ら、静観坊好阿と交わり、当時流行し始めた談義本を執筆。天狗、お盆の精霊、布袋などが当世の人心を批判する趣向の『教訓雑長持《ぞうながもち》』（五二／宝暦二）などがあり、説教臭が強い。

伊藤人譽（いとう・ひとよ　一九一三～二〇〇九）本名隆幸。別名に藤隆。東京生。東京逓信講習所卒。東京中央電信局に勤務する傍ら文学に志す。「岩小屋」（四三）が芥川賞の候補となるが、事務の手違いにより本選から外された。戦後は工業英語の翻訳を手がける傍ら小説を執筆し、長篇『猟人』（五八）、短篇集『登山者』（五八・小壺天書房）などを上梓した。花田清輝に〈空恐ろしい作品〉と絶讃された「穴の底」は、山中で穴に転落して死を待つ男を、生々しい幻覚と共に描いたドッペルゲンガー物の短篇である。『登山者』には「穴の底」をはじめ、死に彩られた登山小説群と、亡霊のあえかな顕現を描く「ヴァイオリン協奏曲」が収録されている。精神病院の中を我が物顔で徘徊する幻の猫を描く表題作、女性の髪の妖異を少年の視点から精緻に描いた「髪」ほか八篇の幻想短篇を収録する『人響幻談　幻の猫』（〇四・龜鳴屋）で新たに脚光を浴びた。

いとうひろし（いとう・ひろし　一九五七〜）本名伊東寛。東京生。早稲田大学教育学部卒。イラストレーター、絵本作家、児童文学作家。マンホールから時空を超えた者たちが顔を覗かせ、お使い帰りの少年の買い物をもらって去っていく絵本『マンホールからこんにちは』（九〇・福武書店）で児童文芸新人賞受賞。『ルラルさんのにわ』（九〇・ほるぷ出版）で絵本にっぽん大賞を受賞するなど、絵本作品で種々の賞を受ける。イエローペーパーめいたニュースをテレビ画面風に展開した『びっくりテレビはきょうもニュース』（二〇〇〇・偕成社）、怪獣の棲む森に迷い込んだ狐の物語『そこなしもりのまんなかで』（九七・理論社）をはじめ、多数のファンタジー絵本がある。また低学年向けの児童文学『ごきげんなすてご』（九一）に始まるシリーズでも人気を博す。高学年向けのファンタジー童話に、魔法使いのヒキガエルの計略で泡人間になってしまった少年が、情にもろいドブネズミや頑固なモグラと共に、ドラゴンが持つ雨合羽を手に入れるために冒険を繰り広げる『あぶくアキラのあわの旅』（〇五・理論社）がある。

伊藤比呂美（いとう・ひろみ　一九五五〜）東京生。青山学院大学文学部卒。詩人として早くから認められ、『河原荒草』（〇五）で高見順賞、『とげ抜き　新巣鴨地蔵縁起』（〇七）で萩原朔太郎賞受賞。『良いおっぱい悪いおっぱい』（九一）などのエッセーでも注目される。九〇年代以降、小説も執筆するようになり、『ラニーニャ』（九九）で野間文芸新人賞を受賞。怪奇幻想的な作品には、『日本霊異記』中の説話をもとに、幻想的かつ肉感的な官能小説集に仕立てた『日本ノ霊異《フシギ》ナ話』（〇四・朝日新聞社）がある。

伊東麻紀（いとう・まき　一九五八〜）別名に月森聖巳《つきもりさとみ》。茨城県生。お茶の水女子大学中退。別世界の吟遊詩人がこの世に現れて騒動を起こすラブコメディ『優しく歌って…』（八八・講談社X文庫）でデビュー。魔界と神霊界から成る別世界で、あらゆることを可能にする剣を手にした少女が冒険を繰り広げるファンタジー『宝剣物語』（八九〜九〇・大陸ノベルス）、スペイン風別世界を舞台にした恋・魔法・剣のファンタジー《エストレリャ国異聞》（九〇〜九一・同）、別世界が舞台のヒロイック・ファンタジー『風神の裔』（九六・アスキー＝アスペクトノベルズ）、銀河の辺境を舞台にしたSFアクション《〈反逆〉号ログノート》（九二〜九三・角川スニーカー文庫）などがある。月森名で、音楽家としての未来を旧家の因習に奪われた男の怨念が、エレーヌという魔の妖精となって曾孫の少女に取り憑く、多重人格物と怨霊憑依物を合体させたホラー『願い事』（二〇〇〇・アスキー＝Aノベルズ）がある。

伊藤松雄（いとう・まつお　一八九五〜一九四七）長野県生。早稲田大学英文科卒。大正期に劇作家・演出家として活躍、日活の文芸顧問なども務めたが、病のため上諏訪に転居、郷土劇運動〈町の劇場・村の劇場〉を主宰した。大正ロマンティシズムの香り溢れる「魔の森」「呪われた胡弓」などを収録する児童劇集『くしゃみ太郎』（二三・総文館）がある。昭和に入ってからも大衆小説や少年小説、戯曲、伝記、作詞など多方面の著作を残した。怪奇系の大衆小説として、製糸工場の女工哀史を怪奇ミステリに仕立てた「地獄へ行く門」を含む短篇集『血液交換業』(四七・黒岩書房)がある。

伊藤致雄（いとう・むねお　一九四二〜）宮城県生。武蔵工業大学卒。五千年前に異星人に見込まれ、歴史の動かし手となった乾一族の青年が幕末政治に関わっていく伝奇ＳＦ『神の血脈』（〇五・角川春樹事務所）で小松左京賞受賞。ほかに、鎌倉時代を舞台にした姉妹篇『鎌倉繚乱』（〇七・同）など。

伊藤遊（いとう・ゆう　一九五九〜）京都市生。立命館大学文学部史学科卒。「なるかみ」（九六）で日本児童文学ファンタジー大賞佳作を受賞し、本格的に創作に取り組む。「フシギ稲荷」（九七）で小川未明文学賞優秀賞を受賞。少年時代の小野篁が、あの世との往還や鬼との交流を通じて成長していく姿を描いた歴史ファンタジー『鬼の橋』（九八・福音館書店）で、児童文学ファンタジー大賞を受賞。生まれたときから物怪に呪われている東宮と、少女のふりをして神鏡の納めてある賢所に仕えている少年とが友情を結び、未生の存在が凝ってできた怨霊と対決する『えんの松原』（〇一・同）で日本児童文学者協会新人賞、産経児童出版文化賞受賞。友情物『ユウキ』（〇三）で日本児童文学者協会賞受賞。その他のファンタジーに、子供たちの遊び道具となったことにより精気を得、つくも神となった骨董品たちの活躍を描く『つくも神』（〇四・ポプラ社）がある。

伊藤結花理（いとう・ゆかり　一九六〇〜）慶応義塾大学仏文科卒。漫画家。小説も執筆し、強い精神感応力を持ち、他者の脳をかき乱すことができる謎めいた青年が、サイコパスや亡霊と対決する連作短篇集『銀の闇』（九八・キャンバス文庫）がある。

絲山秋子（いとやま・あきこ　一九六六〜）東京生。早稲田大学政経学部経済学科卒。会社勤務の後、〇三年「イッツ・オンリー・トーク」で文學界新人賞受賞。〇四年「袋小路の男」で川端康成文学賞受賞。『海の仙人』（〇四・新潮社）は男女関係を描いた小説だが、〈ファンタジー〉という名前の、何かを究めようとしたことのある人には見ることができる神の眷族が登場し、主人公の男に取り憑くという設定になっている。

稲垣足穂（いながき・たるほ　一九〇〇〜七七）大阪船場生。父・忠蔵は歯科医師で明治のハイカラ紳士だった。七歳の頃から謡曲、仕舞を習う。十二歳のとき、飛行機が飛ぶ姿を見て感激、後に飛行家を志望するが近視のため断念。一四年、神戸の関西学院普通部に入学。衣巻省三、今東光らを知る。一九年卒。二一年、上京し、佐藤春夫のもとに仮寓。同年、第一回未来派美術展覧会に「月の散文詩」を出品、入選する。二三年、イナガキ・タルホの筆名で『一千一秒物語』を処女出版、モダニズム文学の新星として注目を集める。『星を売る店』（二六・金星堂）『第三半球物語』（二七・同）『天体嗜好症』（二八・春陽堂）を刊行。三一年明石に帰省、古着屋を営みながら、それまで執筆した作品を整理・浄書し『ヰタ・マキニカリス』にまとめる（刊行は四八・書肆ユリイカ）。三六年上京、以後十数年に及ぶ〈身辺無一物〉の不遇時代が続くが、その間も代表作の一つである「弥勒」（四〇）などを執筆。五〇年、京都に転居し篠原志代と結婚。同年より『作家』誌上に二百篇を超える作品を掲載、その多くは旧作を徹底的に改作改編したものであった。六九年『少年愛の美学』（六八・徳間書店）で日本文学大賞を受賞。〈久しい間一部の好事家にだけ知られていた稲垣足穂は、今や、時代のもっとも尖端的な現象の一つになり、若い人たちの伝説的英雄にさえなった〉と三島由紀夫が述べたように、晩年には松岡正剛、まりのるうにい夫妻をはじめ多くの理解者・共鳴者を得た。

足穂の怪奇幻想小説は、その大部分がデビューから明石に帰郷するまでの十年間に集中して書かれており、それらは後に『一千一秒物語』など一部の作品を除き『ヰタ・マキニカリス』にまとめられた。デビュー作である「チョコレット」（二二）は、住みなれた丘を離れた妖精族が、ほうきぼしとなって宇宙に新天地を求めるという物語で、ダンセイニ風妖精譚から独創的な天文ファンタジーへの変容の過程を窺わせて興味深い。一方、出世作となった「黄漠奇聞」に連なる、地上的な意味でエキゾティックなメルヘンとしては、やはりダンセイニの名前がちらりと登場するエジプト幻想譚「リビアの月夜」（三二）、夜明けを迎えるために、今まで親しんできた夜を辺地の御殿に送り出す儀式が執り行われる「夜の好きな王の話」（二七）などがある。

しかし何といってもタルホ・ファンタジーの中心を占めるのは、『一千一秒物語』へと昇華する月や星々への憧れを、より地上的な設定下に繰り広げた天文ファンタジー群である。〈土星ってハイカラだね〉〈すてきだよ〉〈ほうきぼしもいいな〉そんな会話が交わされる「天体嗜好症」（二六）は、まさに足穂の天体嗜好の原風景といえよう。謎の紳士シクハード氏が神戸の街に神出鬼没、最後は夜空に〈星造りの花火〉を絢爛と打ち上げる「星を造る人」（二二）、その後をうけて、〈太陽下の文明〉から〈星光下の文明〉への転換を唱える「『星遣いの術』に就て」（二四）などは虚実のあわいをゆく面白さがある。

この系列にはほかに、『一千一秒物語』さながらの光景を彷彿させる彗星都市の建造計画を進める秘密結社を描いた「緑色の円筒」（二四）「彗星倶楽部」（二六）、〈ほうきぼしやお月様のお化けが出没する界域〉を〈パル都市〉と名づけ、その由来を語る「似而非物語」（二八）、〈現実世界の時計の針が刻む秒と秒とのあいだに、或るふしぎな黒板が挟まっている。そのものはたいそう薄い。肉眼ではみとめることができない。けれどもそれらの拡がりは宏大無辺である〉と〈薄板界〉の消息を報告する「童話の天文学者」（二七）「タルホと虚空」（二五）、その世界の実態をより具体的に描き出した「薄い街」（三二）など、一連の超越都市の物語がある。

より童話風な夢想に彩られた作品としては、小型エネルギーにも食用にも自在に使えるアラビア渡来の〈星〉を商う珍商売の話「星を売る店」（二三）、月夜酒の密造奇譚「月光密輸入」（二六）、月の光からガラス板を製造するミステリ風の「ココア山の話」（三三）など一連の天体商売（？）の物語がある。同じような月光領の驚異的な光景を描き出した作品には、砂漠の中の〈月夜村〉で奇妙な会戦が演じられる「月光騎手」（二六）、星の夜に爆発した〈星ケ城〉の跡を訪れる「星澄む郷」（二七）などがある。

ところで足穂には、これまで述べてきたファンタジー群とはいささか趣を異にする、不思議な味わいの怪奇幻想譚もある。館内に集められた妙に元気のない人々が、順に点呼をうけ、船に乗せられて、身体の透き通った水兵の乗り組む駆逐艦が待つ沖へと漕ぎ出していく謎めいた光景を綴った「出発」（三〇）、フカと呼ばれる青年の館を舞台に、近親相姦とネクロフィリアの幻想が描き出される「青い箱と紅い骸骨」（三一）、ほかにも「煌めける城」（二五）「犬の館」（初出年未詳）など奇妙な館の物語がある。極めつけの異色作が「電気の敵」（三二）で、地球最後の日を思わせる光景があれよあれよという間に展開されていく、タルホ版黙示録の世界である。

▼『稲垣足穂全集』全十三巻（二〇〇〇～〇一・筑摩書房）

【一千一秒物語】掌篇集。二三年金星堂刊。足穂の原点にして、以後の作品はすべて本書の解説であるとまでいわれる超絶した作品。ショートショートの元祖といった言い方もされるが、それ以前にも以後にもこのような作品を書いて成功している作家はいない。ほうきぼしや月や土星が自在に地上を徘徊し、人間に悪戯を仕掛けては飛び去っていく、といったタイプの話が多いが、天体・人間双方ともに徹底して無機的で、さながらブリキの天体と人間人形が演じる無声映画――それもおそろしく高速回転の！――を想起させる。若き天才タルホの疾走するイマジネーションが生み出した不世出の作品集といえよう。

【黄漠奇聞】短篇小説。二三年二月『中央公論』掲載。足穂がアイルランドのファンタジストであるダンセイニ卿の作品を愛読していたことはよく知られているが、この作品の舞台はダンセイニの創造した神々の都バブルクンドであり、当のダンセイニ卿も最後にチラリと顔を出す。とはいえ作品自体はいかにもタルホ的なものだ。〈力と学問〉だけを信じて大理石の都市を築き、新月の紋章を掲げたバブルクンドの王が、天上に輝く三日月に己の紋章が及ばぬことに腹を立て、これを追い落とすべく追跡を続け、目的を達して戻ってみると都は廃墟と化していた……。

【山ン本五郎左衛門只今退散仕る】短篇小説。六八年八月『南北』掲載。古塚を侵したために化物一党の総攻撃をうけることになった稲生平太郎少年が、次から次に出現する奇想天外な怪異にひるまず気丈にこれを撃退、最後に化物の総大将らしき大男が出現し、少年と対座した後、一党を引き連れて退散するという『稲生物怪録』の話をタルホ流に書き替えた化物小説。原話は巌谷小波や折口信夫らによっても再話されており、泉鏡花の『草迷宮』もその流れを汲んだ作品である。タルホ版はとりわけ最後の山《さ》ン本《もと》と平太郎少年との語らいの場が出色で、ひと夏のイニシエーションの物語へと見事な変換を成し遂げている。なお、本篇には「懐しの七月」（五六）と「稲生家＝化物コンクール」（七二）というヴァリアントが存在し、それら三篇を併せ収めた『稲生家＝化物コンクール』（九〇・人間と歴史社）も刊行されている。

稲川淳二（いながわ・じゅんじ　一九四七〜）本名良彦。東京恵比寿生。桑沢デザイン研究所卒。工業デザイナーとして活動する傍ら、舞台俳優やテレビタレント、ラジオのパーソナリティとしても幅広く活躍する。ラジオの深夜放送で披露した独特の語り口による怪談実話が大好評を博し、以後、怪談トークの第一人者と目される。毎年夏場に各地で怪談トーク公演を開催する傍ら、『稲川淳二のここがコワインですよ』（九〇・朝日ソノラマ）《稲川淳二の超怖い話》（九五〜・角川書店）《稲川淳二の恐怖がたり》（〇三〜・竹書房）ほか大量の怪談実話本を刊行。またオーディオブックやCD、カセットも多数発売されている。唯一の小説作品である『餌食』（九九・銀河出版）は、飛び込み自殺の現場を目撃した女性の周囲で異変が頻発する「飛び込み自殺」、母と幼な子の幽明を越えた絆を描く「帰還」をはじめ、若い女性を主人公とするホラー短篇十篇を収める。ほかに平山夢明との怪談・ホラーをめぐる対談集『怖い話はなぜモテる』（〇八・情報センター出版局）など。

稲葉真弓（いなば・まゆみ　一九五〇〜）愛知県生。県立津島高校卒。詩人、小説家。一般の小説に女流文学賞受賞の『エンドレス・ワルツ』（九二）など。不思議を見せる布の話、少年が取り込まれてしまう食虫花の話、過去を夢見させてくれる椅子の話、生気を吸い取る青い花の話など、怪奇幻想の趣向を持ち、視覚的イメージが鮮やかな小品を収めた短篇集『花響《はなゆら》』（〇二・平凡社）や、ファンタジー短篇集『さよならのポスト』（〇五・同）などがある。

稲葉稔（いなば・みのる　一九五五〜）熊本県生。放送作家を経て、『かまち』（九四）で小説家としてデビュー。時代小説、シミュレーション戦記などを執筆。タイムスリップ物の『スーパー・ハイテク艦「大和」』（〇一・コスモノベルス）などがある。

『因幡怪談集』（いなばかいだんしゅう　一八五〇／嘉永三頃成立）作者未詳。因幡地方の実話怪談集。作者は武士階級の人で、因幡藩士ではないかと推測されている。因幡藩家中の人とその家族友人の直接的体験談か、彼らの家に伝わる怪異談というふうに、人物・場所・時間が書き込まれている。実話物としては一話が比較的長く、内容が細かい。幽霊・妖怪・妖物・異常出産など話柄は平均的。

『因幡堂縁起』（いなばどうえんぎ　鎌倉後期成立）縁起絵巻。作者未詳。京都五条烏丸の平等寺因幡堂創建の縁起を説く絵巻。夢告によって薬師仏を海から拾い上げ本尊としたという平均的な内容である。また薬師の霊験についても述べている。

稲見一良（いなみ・いつら　一九三一〜九四）大阪府生。テレビコマーシャル、記録映画のプロデューサーを経て、狩猟小説集『ダブルオー・バック』（八九）でデビュー。鳥の描かれた石に魅了されつつ眠りに入った男が鳥の夢を見るという設定の連作短篇集『ダック・コール』（九一・早川書房、山本周五郎賞受賞）には、デコイの鳥が聾唖の少年との触れ合いの末に本物の鳥に変身する「デコイとブンタ」が含まれている。

稲元おさむ（いなもと・おさむ　一九七二〜）埼玉県生。日本大学国際関係学部卒。『学園祭破天荒』（九六・ソノラマ文庫）でデビュー。幽霊屋敷に下宿することになった大学生の日常を描くオカルト・コメディ《とねりこ荘奇譚》（九七〜九八・同）、温泉とネットサーフインを愛好する金色のワニをめぐるどたばたコメディ『101匹ワニちゃん』（二〇〇〇・同）、テレビドラマのノベライゼーション『仮面ライダー響鬼《ひびき》』（〇五・同）などがある。

乾くるみ（いぬい・くるみ　一九六三〜）本名市川尚吾。静岡県生。静岡大学理学部数学科卒。ミステリめかした怪物テーマのモダンホラー『Jの神話』（九八・講談社ノベルス）でメフィスト賞を受賞してデビュー。竹本健治『匣の中の失楽』のパロディで、一人の人物の時間が逆転することで不可能状況が発生する『匣の中』（九八・同）、殺された青年に意識を乗っ取られた女子高生の視点から事件を描く『マリオネット症候群』（〇一・徳間デュアル文庫）、時空の裂け目から過去のある時点に何度でも戻れるという設定のサスペンス『リピート』（〇四・文藝春秋）など、SFや怪奇の趣向を持つミステリがある。

いぬいとみこ（いぬい・とみこ　一九二四〜二〇〇二）本名乾富子。東京生。日本女子大学国文科中退。京都平安女学院保育科卒。五〇年、佐藤さとるらと共に同人誌『豆の木』を創刊。岩波書店で児童書の編集に携わる傍ら、児童文学を執筆した。安易な動物の擬人化を拒否し、動物の生態に即した物語を語ることで動物童話に新風を吹き込んだ『ながいながいペンギンの話』（五七）により毎日出版文化賞受賞。『北極のムーシカミーシカ』（六一・理論社）で国際アンデルセン賞国内賞、『うみねこの空』（六五・同）で野間児童文芸賞受賞。動物ものと並行してファンタジーも執筆。小人が本格的に登場する日本で最初の長篇ファンタジー『木かげの家の小人たち』（五九・中央公論社）は、第二次大戦中の日本を舞台に、イギリスからやって来た小人の一家を守ろうとする少女の物語で、少女の成長に反戦のメッセージを絡めた作品である。続篇『くらやみの谷の小人たち』（七二・福音館書店）は、小人たちが日本土着の妖精たちと共に、地下にひそむ邪悪なものと戦いを繰り広げるという物語で、光と闇の争闘に自然環境問題を仮託している。これらの作品に顕著なように、いぬいのファンタジーは現実と強く結び付いており、寓話的色彩を持っている。日本の自然なくしては生きていけない日本土着の妖怪の立場に立って、自然破壊の糾弾をテーマとするファンタジーを開拓したともいえよう。『山んばと空とぶ白い馬』（七六・同）では、いぬいの分身と見える女性作家を主人公とし、山の動物たちや天馬との交流を通して、自然と共に生きるとはどういうことかを語っている。『みどりの川のぎんしょきしょき』（七八・同）は汚染されていく川（水）に対する怒りを込めた作品で、川の妖精ぎんしょきしょきが汚れた水をきれいにし続ける悲惨な状況を、ニワトコの精である魔女おばさんが現代の子供たちに教えるというストーリーで、どうしても生硬になりがちなテーマを扱いながら、見事なファンタジーに昇華させている点が評価できる。ほかに、山んばに預けられた腕白坊主の生活に、海の神の娘や海の巨人など海の精の物語を絡ませた『山んばと海のカニ』（六九・あかね書房）、いくら修行しても一人前の山んばになれない娘の失敗ばかりの生活を通して、山の中で自然と共に生きる喜びを語る『山んば見習いのむすめ』（八二・福音館書店）など。

犬村小六（いぬむら・ころく　一九七一〜）

TRPG「ナイトウィザード」をもとにした『蒼き門の継承者』（〇四・ファミ通文庫）などのほか、荒廃した未来世界を舞台にしたSFアクション『レヴィアタンの恋人』（〇七・小学館＝ガガガ文庫）がある。

稲生平太郎（いのう・へいたろう　一九五四〜）本名横山茂雄。別名に法水金太郎など。大阪府豊中市生。京都大学英文科卒。同大学院文学部修士課程修了。怪奇幻想文学とオカルティズムにまたがる領域を広くカバーして創作・評論・研究活動を行っている。院生時代、幻想文学の出版社エディシオン・アルシーヴの創立に関わり、幻想文学専門誌と銘打つ『ソムニウム』（エディシオン・アルシーヴ）創刊に尽力。同誌に評論、翻訳などを掲載する。八五年から『幻想文学』誌上に「不思議な物語」を連載、英米の埋もれた怪奇幻想小説の紹介を行う。英文学者としての専門は十九世紀イギリス文学で、主にゴシックロマンスを研究し、評論集『異形のテクスト—英国ロマンティック・ノヴェルの系譜』（九八・国書刊行会、横山名義）がある。オカルティズム研究では、オカルト思想やオカルティックなものに、人間がどのように囚われてきたかという視点から学究的分析を繰り広げ、俗流オカルティズムとは一線を画す。著書に、ナチスのユダヤ人排斥思想の背後にある、オカルティックな人種差別論を論じた『聖別された肉体』（九〇・書肆風の薔薇、横山名義）、UFOとは何かを考察する『何かが空を飛んでいる』（九二・新人物往来社）など。ほかの幻想文学関連の仕事に、日影丈吉の幻想性の根幹に迫る論考「『日影丈吉全集』解説」（〇二〜〇五）やマーヴィン・ピークの翻訳など。小説家としての稲生はオカルト文学の書き手をもって自ら任ずるが、〈現実世界が隠れた世界と交錯し変容する瞬間を描く〉のが優れたオカルト文学であるとの認識を示す「オカルティズムと文学」。小説に『アムネジア』のほか、『アクアリウムの夜』（九〇・書肆風の薔薇）がある。これは、カメラ・オブスキュラの不思議な映像に導かれて、水族館の地下に拡がる迷宮的世界へと旅立つ高校生男女の恐怖体験を描いたオカルト少年小説である。

【アムネジア】長篇小説。〇六年角川書店刊。二十代の青年・島津がある老人の行き倒れの死をきっかけに、莫大な金額が動くという闇金融や、永久機関めいた奇妙な発電機の発明といった、いかがわしい世界へと引き込まれていき、次第に現実感覚を失っていく様を描いたホラー・テイストの作品。世界に精妙に施された歪みが、〈現実から異界への落ち込み〉という単純なホラーの図式を許さず、〈現幻一如〉ともいうべき空間を作り上げている。作中作「記憶の書」は神秘的感覚の横溢する、異様な迫力の短篇。また、作品全体として言語化できぬある実質が見事に表現されており、稲生の説く〈オカルト文学〉の名に恥じない。

井上あきら（いのうえ・あきら　？〜）ポルノ小説を執筆。変身ヒロイン物『メタモルキャット』（一九九七・プラザ）、退魔師の少女と妖魔たちの戦いと生活を描く伝奇コメディ『妖魔烈破伝』（九八〜九九・同）など。

井上円了（いのうえ・えんりょう　一八五八〜一九一九／安政五〜大正八）別号に甫水、不思議庵、妖怪窟など。越後三島郡浦村生。東本願寺の末寺の子として生まれる。東京大学哲学科卒。東洋思想を専攻し、仏教的国粋主義を説く。また二〇年に哲学館（東洋大学）を創立し、教育に貢献した。妖怪の学問的研究で知られ、〈お化け博士〉の異名を持つ。あらゆる怪奇現象を渉猟してそれを分類することに生涯を費やした。その関連の代表的著作は『妖怪学講義』（九六・哲学館）。夢の中で〈理学界〉〈哲学界〉といった世界をめぐるという形の啓蒙小説『星界想遊記』（九〇・哲学書院）もある。

井上淳（いのうえ・きよし　一九五二〜）経済誌記者を経て『懐かしき友へ』（八四）で第二回サントリーミステリー読者賞を受賞。サイコ・ミステリ『盲目の女神』（〇二・河出書房新社）『廃墟の聖母』（〇四・同）のほか、シミュレーション戦記を執筆。日本が南北に分断される改変歴史物『連合艦隊、津軽海峡を封鎖せよ』（九四・ケイブンシャノベルス）に始まるシリーズなど。

井上摂（いのうえ・せつ　？〜）夢の中を漂うように幾つもの生をくぐり抜けるアリスの神話的な物語である表題作、現実がファンハウスのような狂った世界に見える少女と死・闇を体現する聖少年との交情を語る「聖少年」を収める中篇集『アリスまたは時の廃墟』（一九八六・沖積舎）がある。

井上孝（いのうえ・たかし　一九一五〜）山口県生。早稲田大学仏文科卒。「仮睡の基督」（三八）で注目され、「ある市井人の一生」は芥川賞候補にもなる。戦後は『早稲田文学』の編集を手がけ、『沓の花花』（四九）などを刊行。歴史小説などのほか、貸本小説も執筆。壇ノ浦の合戦後を舞台に、草薙の剣を引き揚げようと画策した平家の残党が、草薙の剣を守る竜神によって平家ガニなどに変化させられ、竜神と戦いを繰り広げることになるユーモア怪作『壇ノ浦0番地』（五九・大沢書房）がある。

井上剛（いのうえ・つよし　一九六四〜）京都大学文学部卒。牛たちが知能を獲得し、〈我々を食べるな！〉と訴えたことから起きる騒動を描いた諷刺的コメディ『マーブル騒動記』（〇一・徳間書店）で日本SF新人賞受賞。ほかに、念で命を奪う能力を得て、二十歳の記念に両親を殺そうと決心している女性が、自分の手で殺したいがために植物状態に陥った母親を看病することになり、葛藤を味わうヒューマン・ストーリー『死なないで』（〇三・同）などがある。

井上敏樹（いのうえ・としき　一九五九〜）埼玉県生。成蹊大学中退。脚本家。テレビの特撮物、アニメを主に手がける。テレビアニメ「魔神英雄伝ワタル」（八八）「DEATH NOTE　デスノート」（〇六〜〇七）ほか多数。関わった作品のノベライゼーションに、SFアニメ『超時空要塞マクロス』（八三・小学館文庫）『超時空世紀オーガス』（八四・同）、戦隊物特撮『ジェットマン』（九一〜九五・スーパークエスト文庫）、ヒーロー特撮『仮面ライダーファイズ正伝』（〇四・講談社＝マガジンノベルズスペシャル）など。

井上寿彦（いのうえ・としひこ　一九三六〜）愛知県名古屋市生。名古屋大学文学部卒。教師の傍ら児童文学を執筆。鉄道のために森が切り拓かれるに従って、森の中の石が巨大化していくという展開の『みどりの森は猫電通り』（八〇・講談社）は、作者を思わせる詩人を主人公にしてタッチはユーモラスだが、根は重く暗い作品である。

井上ひさし（いのうえ・ひさし　一九三四〜）本名内山厦《ひさし》。山形県東置賜郡小松町生。五歳で父と死別、中学生のときカトリックの養護施設に引き取られた。十六歳で受洗。上智大学文学部卒。在学中から、戯曲、放送台本を書き、放送作家となる。山元護久との共作によるファルス的な人形劇「ひょっこりひょうたん島」（六四〜六九、活字台本は九〇〜九一・ちくま文庫）は、大変な人気番組となった。六九年初演の戯曲「日本人のへそ」において、劇作家として認められ、「道元の冒険」（七一）で岸田國士戯曲賞受賞。小説家としては『ブンとフン』（七〇・新潮社）でデビュー。これは、売れない小説家フンが、主人公の怪盗・ブンの特徴を〈何でもできること〉と紙の上に記すと、何でも可能なんだからと言って、主人公が作品の中から飛び出してしまう徹底したファルスである。その後、『手鎖心中』（七二）で直木賞受賞。『吉里吉里人』で日本SF大賞受賞。このほかのファンタジーに、動物は実は人類と同じくらい頭がよくて、人間の強欲を懲らしめることで世直しまで画策したという事実を、犬のドン松五郎が語る『ドン松五郎の生活』（七五・新潮社）、怪異と見れば怪異に見える不可思議な話や得体の知れないナンセンスな話を、遠野山中の岩屋に住まう変な老人から聞いて書き留めたという枠物語形式の連作短篇『新釈遠野物語』（七六・筑摩書房）、猫に変身した小学生が、銀座の猫と築地の賢い鼠たちの大戦争に巻き込まれてしまう『百年戦争』（七七・講談社）、江戸時代末、人間が悪徳奉行に泣かされている頃、狸と狐はそれぞれ大学で学生たちの教養を高めていたという設定下に、狸と狐と人が入り乱れての化かし合いを描くユーモア小説『腹鼓記』（八五・新潮社）など。総じてスラプスティックな中に現実批判の毒を込めた作品を得意としており、日本の幻想文学のナンセンス面を正統的に継いでいる作家といえる。

【吉里吉里人】長篇小説。八一年新潮社刊。人口わずか四千百八十七人の東北の寒村が独立を宣言、完全なる理想の国家を打ち立てんとするが……。勃発する種々多様な出来事を描くと同時に、随所で国家論・文明論などが繰り広げられ、主人公の魂の軌跡が綴られていく。わずか二日の出来事を二千五百枚もの大作に仕立て上げた力業の書。さらにラストでユートピアの亡霊が現れるに至って、語り尽くされた細部すべてが幻と化すという野心作であり、井上の幻想小説の代表作である。

井上ほのか（いのうえ・ほのか　一九六四〜）本名永野愛。東京生。国学院大学文学部卒。ミステリ『アイドルは名探偵』（八八）で講談社X文庫よりデビュー。ミステリ以外の幻想的な作品に、未来の魔都を舞台に、人を悪鬼に変える妖魔に取り憑かれながら、それをコントロールした天才少年が強大な力で悪に立ち向かうアクション・ファンタジー『都市戦記・妖魔アルディーン』（九一〜九五・講談社X文庫）、女子高生が天使形に変身して戦うファンタジー《ルーン・エンジェルス・サーガ》（九七・同）がある。

井上雅彦（いのうえ・まさひこ　一九六〇〜）東京新宿区生。明治大学商学部卒。八三年「よけいなものが」が星新一ショートショート・コンテストにて優秀賞を受賞し、デビュー。初期はジュヴナイルを中心に作品を発表しており、江戸末期の長崎を舞台に、シーボルトが不死の妖怪の研究をし、青年ヴァン・ヘルシングが妖怪と戦う伝奇アクション『異人館の妖魔《ファンタズマ》』（九一・ソノラマノベルス）に始まるシリーズ、平安時代を舞台に青年船長が様々な冒険を繰り広げる海洋伝奇時代小説『妖月の航海―王朝アラベスク綺譚』（九二・ケイブンシャノベルス）、SFやファンタジーの物語世界を股にかけてアイテムを売りつける商人を登場させたメタファンタジー『黒衣の武器商人』（九二・富士見ファンタジア文庫）などがある。デビュー作以来のショートショート、短篇を集成した『異形博覧会』（九四・角川ホラー文庫）で注目を集める。同様の怪奇短篇集に、『恐怖館主人』（九六・同）『怪物晩餐会』（九九・同）『奇妙な幻獣辞典』（〇二・実業之日本社）『髏漫』（〇四・ハルキ・ホラー文庫）など。長篇ホラーに、怪奇映画をモチーフとする連作集『骸骨城』（九五・ぶんか社）、海の底から異形の者どもが蘇って復讐を果たす『くらら』（九八・角川ホラー文庫）、ケルトの怪物が跳梁する『ベアハウス』（〇五・光文社文庫）など。ほかに、引退したサーカスの芸人たちを主人公にした、フリークス趣味溢れる長篇ミステリ『竹馬男の犯罪』（九三・講談社）もある。九八年より書き下ろしの怪奇・SF系短篇競作集《異形コレクション》（廣済堂文庫〜光文社文庫）を編纂し続け、発表の場に恵まれない怪奇・SF系短篇に発表の場を提供している。

井上靖（いのうえ・やすし　一九〇七〜九一）北海道旭川市生。京都大学哲学科卒。京大在学中、時代小説「流転」（三六）が千葉亀雄賞を受賞。大阪毎日新聞社に入社して一時創作から遠ざかるが、戦後、芥川賞受賞の「闘牛」（四九）で文名を確立する。『天平の甍』（五七）『蒼き狼』（六〇）などの歴史小説で名高い。七六年に文化勲章を受章。主君・織田信長を討つべく本能寺へ向かう明智光秀の前に、光秀に烈しい恨みを抱きながら死んでいった波多野一族の亡霊武者が出没する怪異譚の逸品「幽鬼」（五八）がある。

井上夕香（いのうえ・ゆか　一九三五〜）東京生。児童文学者。ファンタジーに、人間の里へ出た魔女の子が、人々の嫉妬と憎しみにさらされて、悲しい最後を迎えるまでを、中国の西域を舞台に描いた『魔女の子モッチ』

（九三・学研）がある。

井上祐美子（いのうえ・ゆみこ　一九五八～）兵庫県姫路市生。神戸大学卒。別世界へ入り込んだ少女の恋と冒険を描く少女向けファンタジー『虹の瞳きらめいて』（九〇・双葉社＝いちご文庫ティーンズ・メイト）でデビュー。少女小説から中国歴史小説に転身。幻想的な作品に、地上に暮らしている天帝の甥にしてもと天の武将神である半神半人の顕聖楊二郎真君が、魔との戦いを繰り広げる、唐代中国を舞台にしたヒロイック・ファンタジー《長安異神伝》（九一～九七・トクマ・ノベルズ）、架空の中国を舞台にした戦記『五王戦国志』（九二～九八・Cノベルス）、不老不死の桃源郷の住人の末裔の少女と命を狙われる皇帝の公子が桃源郷を探し求める伝奇ファンタジー『桃花源奇譚』（九二～九六・トクマ・ノベルズ）などがある。このほか、中国の志怪・伝奇小説をもとに幻想を膨らませた短篇を収録する『桃夭記』（九五・徳間書店）『夢醒往還記』（九六・同）などがあり、幻想文学サイドからはこれらの作品群が最も注目に値する。たとえば「夢醒往還記」は『諧鐸』の「夢の中の家」をもとにした、互いに夢を見合う男女の物語だが、夢と現実の関係を複雑なものにして、夢も現実も同じという構造を作り上げており、再話のレベルを超えた佳作である。

井上夢人（いのうえ・ゆめひと　一九五〇～）本名泉。福岡県生。多摩芸術学園映画科中退。様々な職業を経てフリーライターとなり、八二年から九〇年まで岡嶋二人（同項参照）のペンネームでミステリ作家として活躍。コンビ解消後には、ミステリ要素は物語の牽引役に後退し、オカルトやSFの要素が前面に出た作品を多数執筆するようになった。他者の意識に棲み着かれた男を描く、サスペンス風純愛物語『ダレカガナカニイル…』（九二・新潮社）、多重人格テーマの『プラスティック』（九四・双葉社）、ネット上での人工生命誕生を描くSF『パワー・オフ』（九六・集英社）、人格転移、時間の捻れを呼び起こす少女の呪いを描いたホラー『メドゥサ、鏡をごらん』（九七・双葉社）、超高度な嗅覚を手に入れた青年を主人公とするサスペンス・ミステリ『オルファクトグラム』（二〇〇〇・毎日新聞社）、迷宮的構造を特色とするホラー短篇集『あくむ』（九三・集英社）など。

井上よう子（いのうえ・ようこ　一九五六～）神奈川県生。静岡大学卒。児童文学作家。幼児から低学年向けの童話を主に執筆。幽霊の通り道だった神木を切った後に作られた団地の一室にお化けたちが現れる『団地の二階はおばけ屋敷』（八八・ひさかたチャイルド）がある。

『稲生物怪録』（いのうもののけろく　江戸時代後期成立）怪談実話。訓《よ》みを〈いのうのぶつかいろく〉とする説もある。別題本に『稲亭物怪録』『稲生怪譚』など。写本や絵巻の形で十八世紀末頃から流布し、後には神田伯竜「稲生武太夫」（一九〇〇）などの講談種としても広まり、さらには泉鏡花「草迷宮」（〇八）、稲垣足穂「懐しの七月」（五六）をはじめとする小説や、折口信夫の戯曲「稲生物怪録」（四八）、杉浦茂「八百八だぬき」（五五）、水木しげる『木槌の誘い』（九八～九九）といった漫画など様々に作品化された、史上名高い近世怪談実話の雄篇である。

　時に一七四九（寛延二）年五月末、備後三次藩士・稲生武左衛門の長子・平太郎は、隣家に住む元力士の三ツ井権八と共に、魔処とされる比熊山の古塚で百物語に興じた。このためか七月一日より一ケ月間、平太郎が暮らす通称〈麦蔵屋敷〉は連日、多種多様な妖怪変化の襲撃を受けることとなる。一つ目の巨人や小坊主、怪火や妖水、女の逆さ生首や老婆の大首、宙を舞う俵や紙片、死人や虚無僧の出没、増殖する腕や蚯蚓……権八は病に倒れ、家人や同輩知己も恐れて退散するが、剛胆な平太郎は泰然自若。やがて晦日の夜、威儀を正した大男が出現、自らを魔王・山本五郎左衛門と名告り、平太郎の武勇を讃えて、魔王召喚の木槌（広島・国前寺に現存）を授け、化物たちが担ぐ駕籠に乗って東雲の空へと消えていった。

この稀有なる怪異譚は、体験者である稲生武太夫（幼名平太郎、一七三五～一八〇三／享保二〇～享和三）の同僚・柏正甫（備後の武士。本名として柏村正甫直右衛門、柏村正斉などの名が挙がるが、未詳）が、武太夫本人から聞き書きした内容を、一七八三（天明三）年筆記の自序を有する文書に遺し、それが「稲亭物怪録」「稲生怪譚」などと題された写本の形で巷間に伝わったものと考えられている。これとは別に、武太夫本人の手記と伝わる『三次実録物語』なる写本も、子孫である稲生家をはじめ複数伝存しており、こちらには「槌之次第覚」という後日談が添付されている。その一方で、小川白山『蕉斎筆記』には、この物語が柏村正甫直右衛門の創作と断ずる一節が見出されるが、真偽は不明である。荒俣宏『平田篤胤が解く稲生物怪録』（二〇〇三・角川書店）によれば、一八〇六（文化三）年九月、柏正甫の写本を入手した篤胤は、稲生怪談の探究に異様な熱意を傾け、その没後も門人たちの手で現地調査などが続けられたという。篤胤一門による探究作業は、一八五九（安政六）年完成の『稲生物怪録』に最終的な結実をみた。

稲生物語の各種バリエーションは、右の『平田篤胤が解く稲生物怪録』に代表的なものが収載されており、絵巻を集成した杉本好伸編『稲生物怪録絵巻集成』（〇四・国書刊行会）と併せ見れば、その概略を把握することができよう。また関連する文献資料と、稲生物語にインスパイアされて生まれた近現代の文芸作品を集大成した作品集に、東雅夫編『稲生モノノケ大全』全二巻（〇三～〇四・毎日新聞社）がある

伊庭可笑（いば・かしょう　一七四七～八三／延享四～天明三）黄表紙作者。通称猪与八《いよはち》、号に堪亭《かんてい》。江戸小石川に住んだ。七九（安永八）年から黄表紙を発表するが、数年後に夭折。福神、妖物などの黒本的な異類を登場させて人間界に彼らが巧妙に立ち交じる様を描き、平明な滑稽味を醸し出すことに成功した。三十五種ほどを刊行。代表作に、婿養子の狐が廓に入り浸る話で、当代人気のあった稲荷の由来へと話を持っていく『扨化狐通人《さてもばけたりきつねのつうじん》』（八〇／安永九、鳥居清長画）、人間の子が化物相手の見世物にされる『今昔化物親玉《いまむかしばけものおやだま》』（八一／天明元?、同画）、見越入道の道楽者の息子が、化猫の遊女に出会ったのをきっかけに、修業して三つ目入道になり、化物家の再興をはかる『〈化物《ばけもの》〉世櫃鉢木《よつぎのはちのき》』（八一／天明元、同画）、鬼ケ島から戻った桃太郎が、竜宮に行って乙姫と駆け落ちして帰ってくるが……という展開で、さらに舌切雀、花咲爺を綯い交ぜる『昔咄《むかしはな》し虚言《とんだ》桃太郎』（八二／同二、同画）、狐と変化仲間が見越入道派と対立する『化物仲間別《われ》』（八三／同三）など。

伊波南哲（いば・なんてつ　一九〇二～七六）本名興英。沖縄石垣島生。高等小学校卒。二三年、上京し、近衛兵となる。除隊後、丸の内警察署に勤務。佐藤惣之助に師事し、二七年、詩文集『南国の白百合』を処女出版した。『沖縄風物詩集』（七二）や沖縄の英雄伝説をテーマとする長篇叙事詩『オヤケ・アカハチ』（三六）など、郷里の自然と民俗に取材した作品が多い。『交番日記』（四一）発表後、警視庁を退職し執筆生活に入る。沖縄に語り継がれる怪談の数々を軽妙かつ端正な筆致で再話した『逆立ち幽霊』（六一・普通社）には、人一倍臆病だった文官が、不実な夫によって遺骸の足裏に五寸釘を打たれたために逆立ちした姿で現れる女の霊を救って男をあげる表題作をはじめ、「マストの上の怨霊」「麻糸をつむぐ女」「銀のカンザシ」など、男女の愛憎にまつわる怪異譚を中心とする全二十四篇が収録されている。

井原西鶴（いはら・さいかく　一六四二～九三／寛永一九～元禄六）俳諧師、浮世草子作者。本名平山藤五。別号に鶴永、二万翁、西鵬など。大坂生。富裕な町家の出であるらしい。十五歳で俳諧を学び、二十一歳で点者となる。その後、西山宗因に師事し、阿蘭陀流などと呼ばれる前衛的な俳諧の道にのめり込む。やがて量とスピードで勝負する矢数俳句の興行を始め、八〇（延宝八）年五月、一昼

夜四千句を成し遂げて、世にその名を知らしめた。まもなく西鶴は小説の執筆にかかり、上層町人の息子・浮世之介の好色的な一代記を描いた『好色一代男』(八二/天和二)を刊行する。この作品が大いに売れたため、西鶴は作家として立つことになり、次々と傑作を発表していく。

　西鶴の作品は大きく分けて、『好色二代男』(八四/貞享元)『好色五人女』(八六/同三)ほかの好色物、中期の説話風短篇群、『日本永代蔵』(八八/同五)『世間胸算用』(九二/元禄五)など後期の町人生活に取材した写実的短篇群となる。山口剛によれば、〈西鶴の創作意識が怪異に動いたのは『好色二代男』にはじまる〉ということで、好色物の中にも怪奇幻想的な趣向が見られる。たとえば、『好色一代女』(八六/貞享三)には堕胎した多くの水子の怨霊によって苦しめられるという告白があるし、異常な性欲を描くための枠として、陰陽の神から隠身の花笠を授かった忍之介が覗き見をして歩くという形を取る『浮世栄花一代男』(九三/元禄六)のような作品もある。また、財産を蕩尽して狂乱の果てに水死を遂げる豪商を描いたモデル小説『椀久《わんきゅう》一世の物語』(八五/貞享二)の続篇『椀久二世の物語』(九一/元禄四頃)は、椀久の地獄巡りを描いたものである。後期の短篇群にも幻想味が全くないわけではない。全体としては町人物の短篇集に近いような『武家義理物語』(八八/貞享五)にも、付喪神を扱う「神のとがめの榎木屋敷」、死体を見つけてくれた礼を述べる幽霊が出る「恨《うら》の数読《かずよむ》永楽通宝《えいらくつうほう》」、奇談的な武家物語を収録する『新可笑記《しんかしょうき》』(八八/元禄元)にも離魂病を扱った「哥《うた》の姿の美女二人」などが含まれる。また、死後出版の遺稿集になるが、俳人の逸話を中心とする笑話集的な『西鶴名残の友』(九九/同一二)には、幽明の境で地獄の鬼や幽霊に医者が治療を施す「鬼の妙薬爰に有」「幽霊の足よは車」などが含まれている。

　しかし、幻想的色彩が最も濃く表れるのは中期の説話風の短篇集で、『西鶴諸国ばなし』(八五/貞享二)のほか、半僧半俗の架空の法師による廻国記という形式を取る奇談集『懐硯《ふところすずり》』(八七/同四)、『二十四孝』などの孝行物を倒立させたパロディ的な連作集『本朝二十不孝』(八六/同三)などがある。『懐硯』には怪奇に始まり笑話や詐欺話に終わるものも多いが、継子が山に住んで仙人となる「鞁《つづみ》の色にまよふ人」や、秋成の「目ひとつの神」を多少想起させる、あやかしの宴に遭遇する「椿は生木の手足」などがある。『本朝二十不孝』の諸作はいずれも奇譚風で、非道な息子が両親の自殺した場所で足がすくんで動けなくなり狼に食い殺される話、亡母に化けた狸を射殺《いころ》す話、船乗りになった息子が遭難して不思議な異国をめぐった果てに纐纈城に囚われて人血を搾り取られる話、強盗殺人の犠牲になった者が殺人者の子に転生して殺された経緯を語り出す話ほかがある。また、『男色大鑑《なんしょくおおかがみ》』(八七/同四)は少年愛・男色文学の集大成ともいうべき作品である。なお、書簡体で人生の様々な暗黒面を覗く『万《よろず》の文《ふみ》反故《ほうぐ》』(九六/元禄九)は、北条団水編纂による死後出版であるが、成立年が未詳で、中期のものと後期のものが混在しているとおぼしい。「二膳居《すえ》る旅の面影」「代筆は浮世の闇」が恨みの幽霊の登場する話になっている。

　西鶴の怪奇幻想的な短篇群の種になったものには、『剪燈新話』のような中国伝奇・志怪のほか、謡曲・狂言が多く見受けられる。また、『宇治拾遺物語』を愛読したといわれ、そこからも物語の種を拾っている。語り替えには通り一遍ではないものが見られ、笑話から無惨な怪異まで、いずれも西鶴独自の文章、寓意となっているところに、作家としての優れた手腕が窺える。

【西鶴諸国ばなし】浮世草子。八五(貞享二)年刊。五巻、全三十五話から成る奇談集。釘打ちにされたやもりの見せるあやかし「見せぬ所は女大工」、霊たちが腕相撲を取る「雲中の腕押し」、仙人の話「残る物とて金の鍋」、神出鬼没の乗り物の話「姿の飛び乗り物」、竜出現の話「十弐人の俄坊主」、隠れ里の話「夢路の風車」、化狐の話「狐の四天王」、雷が精を使いすぎたという艶笑話「神鳴の病中」、和製死女の恋「紫女」、天狗の話「命に替る鼻の先」など幻想的な話柄を中心に、人情物のちょっといい話やひそやかにおかしい笑話などを含む。〈近年諸国咄〉と銘打ち、古典的な形ではなく、新しい形での怪異を語ろうとしたものとされているが、先行作に拠った素材も多く、個別の内容ではなく、語り替え方の新しさを目指したものであろうと思われる。いくつもの素材を組み合わせて、いかにも近頃の噺のように一篇の端正な物語に育て上げる手腕はさすがで、やはり天才的な小説家であったことが思いやられる。また〈人はばけもの、世にないものはなし〉という冷めた現実認識は、後の町人物へと直結するものを窺わせる。

伊吹秀明（いぶき・ひであき　一九六一～）北海道生。太平洋戦争シミュレーション戦記『氷山空母を撃沈せよ!』（九三・トクマ・ノベルズ）でデビュー。タイムスリップ物の戦記『天空魔弾』（〇三～〇四・歴史群像新書）、コミカルなスペースアクション『スター・パニック』（九六・ワニの本）《エンジェル・リンクス—星方遊撃隊》（九八～九九・富士見ファンタジア文庫）ほかのSF系作品がある。

伊吹巡（いぶき・めぐる　?～）岐阜県大垣市生。漫画原作者、小説家。妖狐と人間の女の間に生まれた少女が、平安時代の京の都で活躍するコミカルな伝奇ファンタジー『変化草子』（一九九一～九二・大陸文庫）でデビュー。三層構造の別世界を舞台に、現世にあるはずのない無銘剣を携え、あてどのない旅に出た青年が、呪術で彼岸より呼び出された妖怪を倒すファンタジー『オボツカグラ奇譚』（九三～九五・スーパーファンタジー文庫）、別世界を舞台に、人間に滅ぼされた魔族の最後の者と、人間に育てられた魔族の青年の確執を描くファンタジー《フォーヴの血族》（九三・キャンバス文庫）、その前日譚『双満月《ダブルムーン》のアキア』（九七～九八・同）、神の鳥に取り憑かれた女子高生を描くホラー・ファンタジー『飢影鳥《キナラ》の飛ぶ街』（九八・スーパーファンタジー文庫）、学園オカルト・ホラー『救世主は降臨せず』（九九・キャンバス文庫）がある。

伊馬春部（いま・はるべ　一九〇八～八四）本名高崎英雄。福岡県生。国学院大学国文科卒。釈迢空に師事し歌作に志す。三二年、ムーラン・ルージュの座付作者となり、伊馬鵜平の筆名で新喜劇の脚本を執筆。その後、日本放送協会文芸部嘱託となり、戦後NHKの連続ラジオドラマ「向う三軒両隣り」で人気を博す。屏風に描かれた老人や屏風に貼り付けられた写真の女が出没する「屏風の女」や、自転車泥棒が巻き込まれる突飛な騒動を描く「ある自転車泥棒の話」など、奔放で洒脱なナンセンス・ファンタジーを多く手がけ、当時放送を聴いていた天澤退二郎を驚かしめたという。作品集に『伊馬春部ラジオ・ドラマ選集』（五四・宝文館）など。太宰治との親交でも知られ、『桜桃の記』（六七）がある。

今井雅之（いまい・まさゆき　一九六一～）兵庫県生。高校卒業と同時に自衛隊に入隊。一年半で除隊し、役者となる。漫才師コンビが一九四五年の夏にタイムスリップし、特攻隊員となる戯曲「THE WINDS OF GOD」（八八・別題「KAMIKAZE」）を執筆、上演。文化庁芸術祭賞、国際連合作家協会芸術賞などを受賞。小説版（九五・角川書店）もある。

今江祥智（いまえ・よしとも　一九三二～）大阪市生。同志社大学英文科卒。中学校教諭、福音館書店・理論社などで児童書の編集の傍ら童話を執筆。童話集『ぽけっとにいっぱい』（六一）でデビュー。六八年から執筆生活に入る。自伝的長篇『ぼんぼん』（七三）で日本児童文学者協会賞を受賞。多作な作家で、短篇だけでも全十七巻の《今江祥智童話館》（八五～八七・理論社）が作られるほどである。《童話館》中の『今江祥智ファンタジーランド』『今江祥智ナンセンスランド』に幻想作品が収められている。『ファンタジーランド』は死んだ友達を乗せて走っている黒い馬車の話や、死んだ母が青い馬になってやって来て少年を助ける話など、なにげないものが多い。『ナンセンスランド』は民話仕立てになっているファンタジー集『ぱるちざん』（七四・大和書房）を中心に収録しており、人間がくるりと裏返ったり、死んだ熊が追いかけて来たりする秀逸な作品がある。このほか、この《童話館》の月報に連載した長篇童話『ズボンじるしのクマ』（八八・理論社）も夜見る夢を思わせるファンタジーとなっている。また、愛猫家の今江が猫物の自作を集めて一巻に編んだ『きょうも猫日和』（九一・マガジンハウス）には、いないいないばあという名の猫がいることを空想するうちに見えない猫が家に居着くようになる「笑い猫飼い」、白猫が化けた美女に恋し、自分も猫に変身してしまう「白い椿の咲く庭」、毛糸が大好物の猫の話「セーターのあな」といったファンタジーが収められている。このほか《今江祥智ショートファンタジー》全五巻（〇四〜〇五・理論社）など。

今川徳三（いまがわ・とくぞう　一九一九〜）本名徳藏。山梨県甲府市生。大衆文学研究者、随筆家。歴史エッセーなどを執筆。著書に『「鬼平」の江戸』（九五）など。怪奇短篇に、平時忠の亡霊譚と日蓮上人による死者蘇生譚を組み合わせた「子酉川鵜飼の怨霊」（六四）、『裏見寒話』の著者・野田市右衛門の周囲で起きた、武田信玄の怨霊の怪を描いた「魔縁塚怪異記」（二〇〇〇）などがある。

今田隆文（いまだ・たかふみ　一九七六〜）大阪府生。美大卒。ライター。この世に思いを残す少女たちの幽霊を見てしまう少年が、彼女らの願いをかなえて鎮魂する連作短篇集『Astral』（〇三・電撃文庫）、世界を消滅させてしまう謎の雪玉によって滅びかけた未来を舞台に、生き残りのアンドロイドたちの日々を描く『フィリシエラと、わたしと、終わりゆく世界に』（〇四・富士見ファンタジア文庫）がある。

今村葦子（いまむら・あしこ　一九四七〜）本名淑子。熊本県球磨村生。武蔵野美術短期大学デザイン専攻卒。広告代理店勤務を経てフリーのコピーライターとなる。傍ら児童文学を執筆。最初の単行本『ふたつの家のちえ子』（八六）で野間児童文芸推奨作品賞ほか多数の賞を獲得し、注目された。九一年にはユニークな少女像を打ち出した『かがりちゃん』で野間児童文芸賞を受賞。また、リスの冒険を描いた『ぶな森のキッキ』（九一・童心社、遠藤てるよ画）で絵本にっぽん大賞、ブランコが語る話という設定のメルヘン集『まつぼっくり公園のふるいブランコ』（九二・理論社）でひろすけ童話賞を受賞。ファンタジーに、仕事のなくなった井戸掘り職人がビル管理の仕事をしているところへ、井戸と水の精つるべっ子が現れて職人に幻想を見せる、切なさに溢れた『つるべっ子』（八八・文研出版）、鬱屈を抱える少女の前に縄文時代の兄妹が現れる心理的ファンタジー『なつかげの丘』（九三・あかね書房）などがある。

今邑彩（いまむら・あや　一九五五〜）本名今井恵子。長野県生。都留文科大学英文科卒。会社勤務を経て、『卍の殺人』（八九）でミステリ作家としてデビュー。怪奇幻想系作品に、死者の怨念がこもる館を舞台に展開する本格ミステリで、亡霊の語りによるプロローグや見鬼能力のある女性の登場といった趣向がある『金雀枝荘の殺人』（九三・講談社ノベルス）、日の本村という架空の村とそこに千年来伝わる蛇神崇拝がもたらす悲劇と妖異の諸相を、女性的な視点から描いた伝奇ロマン《蛇神シリーズ》（九九〜〇三・角川ホラー文庫）、サイコメトリーの能力を持つ女性が事件を解決する連作短篇集『鋏の記憶』（〇一・同）などの長篇、死者に会うと言われる坂で幽霊と行き会う表題作、心霊写真物の一変奏曲「時を重ねて」、未来を映す不吉な鏡の話「ささやく鏡」等の怪奇短篇やサイコ・ミステリを収める短篇集『よもつひらさか』（九九・集英社）がある。

井村君江（いむら・きみえ　一九三二〜）英文学者。本名君江・井村・ローラー。栃木県宇都宮市生。青山学院大学英文科卒。東京大学大学院比較文学・比較文化博士課程修了。

島田謹二、日夏耿之介に師事した。比較文学的視点から日英の文学について論じ、「オスカー・ワイルドと佐藤春夫」「日夏耿之介の詩の世界」ほかの論文を執筆。その後、妖精とケルト神話についての研究を始め、妖精研究の第一人者となる。主な翻訳に、W・B・イエイツ『ケルト幻想物語集』(七八・月刊ペン社)、イギリスの妖精研究の泰斗キャサリン・M・ブリッグズの『妖精の国の住民』(八一・研究社出版)『妖精 Who's Who』(九〇・筑摩書房)など。アーサー王関連の研究でも知られ、アーサー王伝説を紹介する『アーサー王ロマンス』(九二・ちくま文庫)、トマス・マロリーの初の全訳『アーサー王物語』(〇四〜〇六・筑摩書房)などがある。研究書に『ルネッサンス文学のなかの妖精』(八四・荒竹出版)『妖精学入門』(九八・講談社現代新書)『「サロメ」の変容』(九〇・新書館)、神話・伝説の紹介書に『ケルトの神話』(八三・筑摩書房)『妖精の国』(八七・新書館)など。物語的著作に、ケルト神話の再話『ケルト・ファンタジィ』(九五・波書房)がある。

井村恭一(いむら・きょういち　一九六七〜)山口県生。立教大学文学部中退。南海の島を舞台に、意味なく敢行される野球の試合を描いた『ベイスボイル・ブック』(九七・新潮社)で日本ファンタジーノベル大賞を受賞。その後、文芸誌に奇妙なテイストの短篇を発表しており、芥川賞候補作「不在の姉」(〇四)などの作品がある。

伊良子清白(いらこ・すずしろ　一八七七〜一九四六)詩人。本名暉造《てるぞう》。鳥取県八上村生。京都府立医学校卒。十代後半より詩作を始め、『文庫』などに多数の詩を載せる。その中から十八篇を厳選した『孔雀船』(〇六・佐久良書房)を刊行後、詩作から遠ざかり、一医師として暮らした。『孔雀船』でまず目につくのは、古典趣味・王朝趣味である。豪奢さと怪異味が綯い交ぜになっており、平安朝の物語や御伽草子、泉鏡花を思わせる。水の中から現れる姫を語る「五月野」、怪異説話のような「鬼の語」「不開の間」などの詩がある。

入澤康夫(いりざわ・やすお　一九三一〜)詩人、フランス文学者。島根県松江市生。東京大学文学部仏文科卒。同大学院仏文科修士課程修了。第一詩集『倖せそれとも不倖せ』(五五)において独自の手法を持つ詩人として認められた。幻想的な散文詩を中心とする『季節についての試論』(六五・錬金社)でH氏賞受賞。生地の出雲を、カリグラムなどを多用した視覚的な詩によって捉え直した『わが出雲わが鎮魂』(六八・思潮社)で読売文学賞受賞。ラフカディオ・ハーンに捧げられた鎮魂歌であり、死者の存在を肉感的に印象づける『死者たちの群がる風景』(八三・河出書房新社)で高見順賞受賞。そのほか、ルイス・キャロルの《アリス》風の諧謔味と幻想に彩られた物語詩『ランゲルハンス氏の島』(六二・私家版)、不気味な世界を描く散文詩集『牛の首のある三十の情景』(七九・書肆山田)など多数。現代日本で最も幻想的な詩世界を形成した詩人の一人といえる。ネルヴァルの研究者として知られ、精密な翻訳のほか、『ネルヴァル覚書』(八四・花神社)のような評論もある。また宮沢賢治の詩の研究でも有名で、天澤退二郎と共に全集の編纂に尽力し、賢治に捧げた『かつて座亜謙什と名乗つた人への九連の散文詩』(七八・青土社)といった詩集もある。

▼『入澤康夫〈詩〉集成』上下巻(九六・青土社)

色川武大(いろかわ・たけひろ　一九二九〜八九)別名に阿佐田哲也。東京牛込矢来町生。東京市立第三中学中退。終戦直後の闇市やドヤ街で麻雀賭博に明け暮れる放浪生活の後、雑誌編集者などを経て、六一年「黒い布」で中央公論新人賞受賞。その後、阿佐田名で『麻雀放浪記』(六九〜七二)をはじめ一連のギャンブル小説を発表し、人気作家となる。七七年の泉鏡花文学賞受賞作『怪しい来客簿』以後、処女作以来のテーマである父子の葛藤や奇妙な男女関係を描いた一連の私小説風作品を発表、脚光を浴びる。七八年に「離婚」で直木賞、八二年に「百」で川端康成文学賞、八九年に「狂人日記」で読売文学賞をそれぞれ受賞した。

色川にはナルコレプシーという神経症の持病があり、少年時代からしばしば幻視幻覚を体験していた。『百』（八二・新潮社）所収の「ぼくの猿ぼくの猫」などに描かれたその症状には、一読鬼気迫るものがある。連作短篇集『生家へ』（七九・中央公論社）は、色川が青年期までを過ごした生家にまつわる断片的な回想を、悪夢とも現実ともつかぬ絶妙の筆致で綴り、内田百閒に一脈通じる幻想性を醸し出している。晩年の『狂人日記』（八八・福武書店）は、他者との一体感を切望しながらも、肉体を蝕む狂気に翻弄され孤絶していかざるをえない男の内面を、不気味な幻視幻聴の情景を交えて描いた力作である。そのほか阿佐田哲也名義で書かれたギャンブル小説の中にも、互いの身体の一部を賭けたマージャンに耽る男たちの不気味さを描く「黄金の腕」（八三）のような異色作が散見される。

【怪しい来客簿】短篇集。七七年話の特集刊。作者が戦中・戦後の混乱期に出会った有名・無名の奇人・変人・狂人たちの忘れがたい面影を描いた連作十七篇を収める。焼跡時代の怪談あれこれを綴った「空襲のあと」、不遇のまま死んだ友人の妄執に脅える「したいことはできなくて」、昔かよった飯屋のおばさんが枕元に現れ、語り手の体にぴったりとはりついてしまう「ふうふう、ふうふう」、亡くなった叔父がやってきて、帰りぎわ道端の麦畑の地下に沈みこんでいく「墓」など、人情味溢れるリアルな回想の狭間から得体の知れぬものが不意に顔を覗かせる異色の連作集である。

岩井恭平（いわい・きょうへい　一九七九〜）茨城県水戸市出身。天才少年が町を借り切って始めた死のゲームに巻き込まれた天才少女が、同様の超人たちと共に戦っていく物語『消閑の挑戦者』（〇二〜〇三・角川スニーカー文庫）で角川学園小説大賞優秀賞を受賞し、デビュー。未来への夢を虫に喰われる代わりに超常能力を得てしまう〈虫憑き〉の少年少女たちの戦いを描くSFファンタジー《ムシウタ》（〇三〜・同、テレビアニメ化）がある。

岩井志麻子（いわい・しまこ　一九六四〜）本姓竹内。岡山県和気町生。岡山県立和気閑谷高校卒。『夢みるうさぎとポリスボーイ』（八六、竹内志麻子名義）でコバルト文庫よりデビュー。学園ラブコメディなどを執筆した後、一般小説に転身を図る。岡山弁による遊女の独り語りという手法で、明治時代の農村の悲惨な間引きの様相や霊異の数々を物語った挙句、驚愕の結末が招来される土俗ホラー短篇「ぼっけえ、きょうてえ」（九九）により、第六回日本ホラー小説大賞を受賞。同作を含む短篇集『ぼっけえ、きょうてえ』（九九・角川書店）で山本周五郎賞を受賞した。以後、明治から戦前にかけての時代を主な舞台として、怪奇、猟奇、恋愛、フェミニズムなど幅広いテーマの作品を執筆。怪奇短篇集に、半村良の『能登怪異譚』同様、ダイアローグを想定した方言のモノローグによって、貧困、虐げられる女たち、近親相姦などを土俗の怪異に絡めて描いた『ぼっけえ、きょうてえ』（九九・角川書店）、東京郊外の住宅地を舞台に、平凡な市井の人々の内なる不気味さを追求した連作短篇集『邪悪な花鳥風月』（〇一・集英社）、この世ならぬものと遭遇する女性、幽霊と食卓を共にする男、繁華街の裏道に見え隠れする幻めく料理店、インターネットの内外に湧き出る魑魅魍魎など、日常に隣接する異界の不気味さや哀感を、淡彩画を思わせるさりげない筆致で描いて秀逸な連作短篇集『薄暗い花園』（〇三・双葉社）、客を待つ風俗嬢同士の会話が、いつしか忌まわしい怪異を招来する「懐かしい廃屋」、ベトナムを舞台にした妖異譚「永遠の盛夏」などを収録する怪談／都市伝説風味の『嫌な女を語る素敵な言葉』（〇五・祥伝社）、おぞましい家族の実態を、詐術的な語りの内に描いた「姉妹の部屋」、一種の怪談論ともなっている「地下の部屋」、人肉売買の都市伝説を背景にした「憧憬の部屋」ほかを収録する『無傷の愛』（〇六・双葉社）などがある。長篇ホラーに、横溝正史の『八つ墓村』をはじめ多くの犯罪小説や実録物のテーマとなってきた大量殺戮事件〈津山三十人殺し〉を素材に、信仰の対象であると同時に禁忌の領域である〈森〉を、惨劇発生の揺籃にして墓所、作中人物たちの心の闇の栖として設定するという斬新な発想で、全篇に冷え冷えと身も凍るがごとき心霊的抒情を横溢させた『夜啼きの森』(〇一・角川書店)、大正浪漫の気配が漂う上流家庭の瀟洒な西洋間で、ふたりの若い人妻が女学校の想い出を語り合うという設定で、現実とも夢ともつかぬ妖しい話中話の無限連鎖へと読者を誘う典雅な残酷物語『女學校』(〇三・マガジンハウス)などがある。

【岡山女】連作短篇集。角川書店刊。明治末期の岡山市内で、分限者の妾として暮らしていたタミエは、事業に失敗して錯乱した旦那に顔面を斬られて美貌と左目を失った代わりに、わずかばかりの霊感を得る。タミエの稼ぎに依存していた両親は、娘を霊媒師に仕立てて拝み屋稼業で生計を立てようとする。怪しげな相談事を抱えてタミエのもとを訪れる客と、彼らにまとわりつく死霊生霊の背後に、ハイカラな文物に溢れた近代地方都市の裏道をよるべなく浮遊する怨恨と狂気と妄執の翳が浮かび上がる。霊に取り憑かれた女の語りを鬼気迫る筆致で描く「岡山バチルス」、不吉な影が出没する繁華街を舞台にした「岡山ハイカラ勧商場」など、全六篇を収録。タミエの幻想的日常を浸す不安と悲哀の色調は、精緻な文体と共に特筆すべきものがある。

岩井俊二(いわい・しゅんじ　一九六三〜)宮城県仙台市生。横浜国立大学教育学部美術学科卒。映画監督、脚本家、作家、音楽家。映画の代表作に「Love Letter」(九五)「スワロウテイル」(九六)。テレビドラマでは「世にも奇妙な物語」(九四)なども手がけている。自身の脚本・監督による映画のノベライゼーションを執筆。進化論のウォーレスの手になる、人魚の捕獲、飼育、生態などが記された奇書『香港人魚録』をめぐって展開するサスペンスで、人類進化のミッシングリンクである人魚の発見や人間との交感などを描くSFファンタジー『ウォーレスの人魚』(九七・角川書店)がある。

巖宏士(いわお・ひろし　一九六三〜)SFアクション《バウンティハンター・ローズ》(九六〜九七・ソノラマ文庫)で第一回ソノラマ文庫大賞佳作入選。

巖垣月洲(いわがき・げっしゅう　一八〇八〜七三/文化五〜明治六)本名岡田亀。通称六蔵。京都生。儒学者。日米和親条約締結後に書かれた漢文体の架空戦記物で、アジアの雄として日本がイギリスを滅ぼし、アジアで団結してロシアに備えるという一種の国防小説『西征快心篇』(五七/安政四頃執筆、『月洲遺稿』[七八]により初めて活字化、改題本に『英国征服記』上田駿一郎訳、日本報道社、一九四四)がある。

岩川隆(いわかわ・たかし　一九三三〜二〇〇一)山口県岩国市生。広島大学独文科卒。ノンフィクション作家、小説家。BC級戦犯を扱った『孤島の土となるとも』(九五)で講談社ノンフィクション賞受賞。小説の代表作に『神を信ぜず』(七六)『海峡』(八二)など。吸血鬼や蛇女などを扱ったオーソドックスな妖怪変化小説や、痔疾や短小ペニスなどのコンプレックスに取材した変態奇想小説など、七〇年代に書かれた怪奇ユーモア短篇をまとめた『死体の食卓』(九一・悠思社)がある。また昭和史に残る猟奇犯罪事件の実録集『殺人全書』(八五・光文社)も、先駆的名著として評価が高い。

岩佐なを(いわさ・なお　一九五四〜)詩人・画家。東京荻窪生。横浜で育つ。早稲田大学卒。同大図書館勤務の傍ら詩作、銅版画による蔵書票制作などを手がける。〈見上げると角の家のものほしには、濡れにぞ濡れし白シャツの幽霊が肩を落して吊り下がっている。もう一度ふりむくと、雨と闇の中から(ねぇ)(ねぇ)とさっき別れた異性の掠れ声が聞こえる。〉(「ねぇ。」より)など、怪談情緒ただよう散文詩を中心に収録する『霊岸』(九四・思潮社)でH氏賞受賞。ほかに『狐乃狸草子』

（八七・七月堂）『鏡ノ場』（〇三・思潮社）『幻帖』（〇八・書肆山田）等の詩集にも怪奇幻想的な詩が含まれる。画集に『方寸の昼夜』（九二・岩崎美術社）ほか。

岩佐まもる（いわさ・まもる　一九七三～）山口大学教育学部卒。競走馬の牧場物語をドラゴンに替えた『ダンス・イン・ザ・ウインド』（九九・角川スニーカー文庫）でスニーカー大賞優秀賞受賞。異星を舞台に、星の守護神と亜人の少年のラブロマンス『ブルースター・ロマンス』（二〇〇〇・同）、音に秘められた神の声により世界崩壊の危機が訪れる『ブルースター・シンフォニー』（〇三・同）などがある。

岩崎正吾（いわさき・せいご　一九四四～）本名征吾。山梨県甲府市生。早稲田大学文学部卒。出版社経営、大学教師などの傍ら小説を執筆。『横溝正史殺人事件』（八七）でデビューし、主に推理小説を執筆。狐憑き伝説・山人といったモチーフを用い、山梨を舞台に郷土色を出した伝奇ミステリ『夜叉神山狐伝説』（九〇・立風書房）がある。

岩重十郎太（いわしげ・じゅうろうた　？～）ポルノ小説『学園対魔捜査官　斎藤綾乃』（二〇〇四～〇五・二次元ドリームノベルズ）がある。

磐篠仁士（いわしの・ひとし　？～）異世界戦記『ディエラ大陸英雄戦記』（一九九九・プレリュード文庫）がある。

『石清水物語』（いわしみずものがたり　十三世紀半ば成立）擬古物語。作者未詳。後嵯峨院時代に成立したものと推測される。石清水八幡宮を深く信仰する主人公・伊予守が八幡大菩薩に助けられて思い姫・木幡の姫君と契りを交わすものの、最終的には姫を帝に奪われてしまい、出家するという筋立て。八幡大菩薩の夢告や物怪による病など、ご都合主義的に怪異が扱われている。一方、秋の中将が木幡の姫君を異母妹と知らずに懸想したり、姫を媒介に秋の中将と伊予守が同性愛的な関係を結んだりといった妖しい設定も目を惹く。

岩瀬成子（いわせ・じょうこ　一九五〇～）本姓三谷。山口県玖珂郡生。岩国商業高校卒。『朝はだんだん見えてくる』（七七）で日本児童文学者協会新人賞受賞。主にヤングアダルトを対象とする小説を執筆。ファンタジー長篇に『あたしをさがして』（八七・理論社）がある。いつのまにか別世界へ紛れ込んだ少女が自分の居場所を求めてさまよう悪夢的な物語で、少女の孤独、現実への違和感、生への不安などを象徴的な形で提出しようとした野心作であった。

岩田洋季（いわた・ひろき　一九八三～）広島県生。時空の裂け目がある現代東京を舞台に、結界の封印を守る者たちが、異界につながる左目から化物や武器を召喚して戦う伝奇アクション『灰色のアイリス』（〇一～〇四・電撃文庫）でデビュー。奇跡物質に適性のある人々を養育する学校を舞台にした、魔法学校物のラブコメディ『護くんに女神の祝福を！』（〇三～〇七・同、テレビアニメ化）がある。

岩田道夫（いわた・みちお　一九五六～）北海道網走市生。北海道大学理学部中退。詩人、画家、児童文学作家。小学校が空の上に上ってしまい、雲の上で授業をする話、教室の中が海になり、泳いだり空に落書きしたりする話など、夢のような教室を描いた《雲の教室シリーズ》があり、それらの短篇をまとめた『雲の教室』（九一・国土社）で児童文芸新人賞受賞。

『いはでしのぶ』（いわでしのぶ　十三世紀半ば成立）擬古物語。作者未詳。後嵯峨院時代の成立と推測されている。皇女・一品の宮をめぐって宮廷に展開する恋愛物語。口に出せない恋に悩む人々を描いた作品であり、噂によって心を惑わされたために起きる悲劇を描いた作品でもある。聖性侵犯（皇女との契り）を描いた作品としても読める。後続の作品に大きな影響を与えた。一品の宮が物怪に悩まされて難産に陥り、葛城の聖が調伏するくだりがある。

岩藤雪夫（いわとう・ゆきお　一九〇二～八九）本名俤《てい》。神奈川県横浜市生。早稲田工手学校機械科卒。鉄道省の仕上工、船員、土工などの職に就き労働運動に接近。葉山嘉樹の紹介で労農芸術家連盟（労芸）に参加、二七年『文芸戦線』に処女作「売られた彼等」を発表、「ガトフ・フセグダア」（二八）「鉄」（二九）などの作品で文戦派を代表する作家となる。労芸解散後は次第に創作から遠ざかり、労働・文化運動に携わった。機関車の炉口で死体を焼く「人を喰った機関車」（三一）ほか二篇のプロレタリア猟奇小説を『新青年』に発表している。

いわなぎ一葉（いわなぎ・かずは　?〜）召喚魔法により二千年の過去に飛ばされた青年と若き女王のロマンス『約束の柱、落日の女王』（二〇〇四・富士見ファンタジア文庫）でファンタジア長編小説大賞準入選。続篇に女王の魂が現在に転生して、青年との恋を成就させる『真実の扉、黎明の女王』『平和の鐘、永遠の女王』（共に〇五・同）。

岩野泡鳴（いわの・ほうめい　一八七三〜一九二〇）本名美衛《よしえ》。兵庫県淡路島生。泰西学館、明治学院、専修学校などで学ぶが、長く続かず中退。編集者、通訳、教師などの職に就きながら、文筆活動を続けていくことになる。はじめは詩・詩論を、次には戯曲も手がけ、さらに小説、評論も書くようになる。代表作に自伝的小説《泡鳴五部作》（一〇〜一八）、戯曲「閻魔の眼玉」（一一）、評論「神秘的半獣主義」（〇六）、詩集『闇の盃盤』（〇八）がある。「神秘的半獣主義」はスウェーデンボリ、メーテルランク、エマーソンを神秘主義の三つの系列を形づくるものとして位置付け、特に影響を受けたエマーソンを中心にしてそれぞれを解説し、神秘主義の何たるかを語り、生命も表象に過ぎない、とする。神秘は理知では得られない、直観による、それゆえ刹那に見たままの宇宙を写実するものが即ち神秘へと連なる、という理論を展開している。詩は一流とはいえないが、男が死んでから火葬にふされるまでを男の一人称で語った「死」そのほか、グロテスクなイメージの作品を多く含む『恋のしやりかうべ』（一五・金風社）がある。

岩橋久梨江（いわはし・くりえ　?〜）北海道函館市生。広告デザイナーを経て、脚本家、漫画原作者となる。傍ら、少女向けラブコメディを執筆。超能力実験のせいでアイドルに人格転移してしまった少女を描く『おまじない電撃フレンド』（一九八九・講談社X文庫）、取り憑いた失恋幽霊を成仏させるために、恋愛成就に邁進する少女を描く『魔ジックリングのわすれもの』（九〇・同）、水晶の魔力で恋愛を成就させるラブコメディ《クリスタル恋愛事件》（九〇・同）がある。

いわままりこ（いわま・まりこ　一九四一〜）本名岩間真理子。北海道生。北海道教育大学卒。低学年、幼児向けファンタジーを主に執筆。動物たちが衣装を身につけ始め、同時に知恵もつけ、人間の仕事をすべて奪ってしまう小学生向け作品『ネコがパンツをはいたなら』（八六・岩崎書店）、夢を盗もうとして果たせず、自らの夢を求めて風になる大泥棒の話『夢どろぼうをおいかけろ』（八七・同）、夜見る夢を預ける銀行ができる話『こちら夢売り株式会社』（九一・同）、ユニークなロボットや薬を発明する博士を描く『ポトフ博士のおかしな発明』（九四・同）などがある。

岩本薫（いわもと・かおる　一九六三〜）九九年、ビブロスよりBL小説作家としてデビュー。狼男物『発情』（〇七・リブレ＝ビーボーイノベルズ）がある。

岩本修蔵（いわもと・しゅうぞう　一九〇八〜七九）詩人。三重県宇治山田市生。東洋大学東洋文学科卒。北園克衛、春山行雄、山中散生らと交わり、三五年に北園と『VOU』を創刊。三九年に満州に渡り、ハルビン文芸協会の事務局長となる。四四年に応召し、ソ連に抑留される。四七年帰国、思索社勤務などを経て児童福祉司、児童相談所所長となる。四九年『PAN POESIE』創刊（〜六四）。前衛詩人として生きた。無常観を象徴的に歌った「葵の家」（三四）、自己の存在を世界の関係性の中に幻視する「地上」「青銅の星の中に」ほか幻想的な詩を集めた未刊詩集『世界の眼に』（三七）、オノレ・シュブラックの名前が出てくる「男の名」、議論の虚しさをファンタスティックに描く「死の家のほとり」ほかを収録する『月夜のイリス』（五五・国文社）、それまでの短詩型とは趣を変え、一本道を歩き続けてきて倦んだ男が、空を飛ぼうと思ってみると飛ぶことができる「永久な出来ばえ」をはじめとする幻想的、または寓話的なコントを集めた散文詩集『カラジウムの花』（六七・詩苑社）など。

▼『岩本修蔵詩・集成』（八九・ブルーキャニオンプレス社）

岩本隆雄（いわもと・たかお　一九五九〜）大阪市生。近畿大学法学部卒。人間の額に張りついて成長を続ける星虫をめぐるSFファンタジー『星虫』（九〇・新潮文庫）が第一回日本ファンタジーノベル大賞最終候補作となりデビュー。純朴きわまりない働き者の青年が、鬼の子のように見える不思議な少女を拾い育て、苦難を越えて彼女と結ばれるまでを描いたSFファンタジー『イーシャの舟』（九一・新潮文庫）、タイムスリップ物『鵺姫真話』（二〇〇〇・ソノラマ文庫）『鵺姫異聞』（〇二・同）、滅亡した先史人類から現生人類への、〈一つだけ願いを叶える〉という贈り物をめぐる騒動に巻き込まれた高校生の少年を描く『ミドリノツキ』（〇一・同）がある。

岩本敏男（いわもと・としお　一九二七〜）京都市生。京都師範学校卒。児童文学作家。代表作に戦国物『スッパの小兵太』（七八）、現代物『からすがカアカア鳴いている』（八〇、赤い鳥文学賞）など。初期の短篇集『赤い風船』（七一・理論社）は、寝たきりの老婆と同居する少年の死への幻想を描いた「ゆうれいのオマル」、自分の誕生を胎児の目から描いた「うまれる」、受験勉強に疲れた中学生をはじめとして死者たちを乗せているかのような列車を描く「夜の汽車」など、死のイメージが濃厚な作品を収録した破格のもので、児童文学といえるのかという批判も受けた。また、『ゆうれいがいなかったころ』（七九・偕成社）は、幽霊を主人公とした秀抜な連作短篇集で、幽霊が柩の中で茶を飲んだり、墓場が幽霊で賑わったりする様を描いた、ユーモアとペーソスに満ちた作品。死後も人は生き続け、霊魂はこの世に戻って来るといった日本人の死生観を的確に捉えている。このほか霊界帝国からやって来た死者である少女と人間の少年の交わりを描いた『真夜中の理科室』（八九・PHP研究所）、交通事故に遭った少年の背後霊が学校に現れる『学校へきた背後霊』（九一・同）などがある。

巖谷國士（いわや・くにお　一九四三〜）フランス文学者。祖父は巖谷小波。東京生。東京大学仏文科卒。シュルレアリスム研究の第一人者。その研究は文学ばかりでなく、美術、映画にも及ぶ。翻訳にブルトン『ナジャ』（七六・白水社）『シュルレアリスム宣言・溶ける魚』（七四・學藝書林）、マックス・エルンスト『百頭女』（七四・河出書房新社）、ルネ・ドーマル『類推の山』（七八・白水社）ほか多数。評論に、オカルティズム、錬金術、革命思想など、シュルレアリスムと深く関わる背景を様々に連関させた『幻視者たち』（七六・河出書房新社）、現実も視野に入れたユートピア・テーマの批評『反ユートピアの旅』（九二・紀伊國屋書店）など。『シュルレアリスムとは何か』（九六・メタローグ）のような一般向け啓蒙書も執筆し、シュルレアリスムへの正しい理解を広める活動もしている。また、澁澤龍彦の年少の友として全集編纂にも協力、評論『澁澤龍彦考』（九〇・河出書房新社）、『澁澤龍彦空想博物館』『澁澤龍彦幻想美術館』（九五、〇七・平凡社）などを執筆、編纂している。創作的なものとしては、桑原弘明の幻想的なオブジェ作品に随筆風の物語を付した絵本『スコープ少年の不思議な旅』（〇五・パロル舎）がある。

巖谷小波（いわや・さざなみ　一八七〇〜一九三三）本名季雄。別号に漣山人など。東京麴町平河町生。家業の医学を学ばせようとする父と長兄の計らいで、医学予備校、独逸学協会学校、川田塾などで学ぶ。しかし十歳のときに読んだオットー『メェルヘンシャッツ』

以来、文学への志止みがたく、終に父兄の許しを得て文学の道に進む。八七年、硯友社に入り、「真如の月」、そして言文一致の長篇「五月鯉」を『我楽多文庫』に掲載、作家として世に出た。九一年、近代日本児童文学の嚆矢とされる文語体『こがね丸』（博文館）を発表し、児童文学に専心することになる。九四年、博文館に入社し『少年世界』などの主筆として活躍。木曜会を主宰して後進の指導にも当たり、明治の児童文学界に君臨した。

近代児童文学の父である小波の、怪奇幻想文学における最大の功績は、内外の様々な昔話・伝説・物語を児童にも読み易い形に再話し、集成したことにある。『日本昔噺』『日本お伽噺』『世界お伽噺』『世界お伽文庫』（いずれも博文館）などが、九四年より刊行され続けた。二五年には東洋説話一万を収録する『大語園』全十巻（三五〜三六・平凡社。次男・栄二との共編）の編集にも着手した。日本のものでは『稲生物怪録』の再話「平太郎化物日記」（一五〜一六）、曲亭馬琴『南総里見八犬伝』のパロディ「新八犬伝」（九八）などがある。世界篇では、ゲーテ「魔法使いの弟子」、ハウフ「鵠王の話」をはじめとして、セルバンテス「ドン・キホーテ」、スウィフト「ガリヴァー旅行記」、「ほら吹き男爵の冒険」など、メルヘン、ファンタジーの類を数多く翻案している。その他の創作童話には、少年植物博士の木之助が、きのこの精に頼まれて、木や草の根を食べ、地震を起こす大鯰を退治する「木菌《きのこ》太夫」（九九）、桜の精が裸で地上に出た時、八重はそこらにあった着物を次々と重ね着し、一重は自分の気に入るものを自分で織り上げるまで着物を着るのを我慢したという起源説話「さくらの草紙」（〇六）などがある。

隠几士（いんきし　生没年未詳）経歴未詳。初期読本の奇談集『茅屋夜話』（一七五五／宝暦五）の作者。

斎部広成（いんべの・ひろなり　七三〇頃〜八一〇頃／天平年間〜大同年間）平安前期の祭祀・故実の伝承者。朝廷の神事統率者としての地位を中臣氏と争うが、まったくの劣勢にあった斎部氏の長老。斎部家の正統性を証明すべく口伝を撰し、『古語拾遺』（八〇七／大同二）を著した。『古語拾遺』はおもに『日本書紀』に拠り、天地開闢から天武朝までの歴史を綴ったもので、祖神・太玉命《ふとたまのみこと》とその子孫の活躍を強調するため、異伝が含まれている。たとえば、天の岩戸隠れや天孫降臨について太玉命が活躍したことが強調されたり、神武天皇の祭祀をその孫の天富命が助けたりといった具合である。後半では、祭祀に不足のあることを述べ、それを中臣氏の責任に帰して、その専横を非難している。

う

有為エィンジェル（うい・えぃんじぇる　一九四八〜）本名千田有為子。長野県生。東京都立千歳丘高校卒。ちだ・うい名で、美術展のプランナーや街頭パフォーマー、テレビレポーターなどを経験。六九年からニューヨークやロンドンで生活し、八一年に帰国。翌年「前奏曲《プレリュード》」が群像新人長編小説賞を受賞、小説家としてデビューした。『踊ろう、マヤ』（九〇）で泉鏡花文学賞を受賞。ロンドンを舞台に、宇宙人で地球に転生したと語る男と、異様に肥満した日本の少女がサイキックな冒険を繰り広げる『奇跡』（八四・講談社）がある。九七年にクリシュナムルティの翻訳を手がけているが、『神の子の接吻《キッス》』（九四）以来、小説の刊行は途絶えている。

宇井無愁（うい・むしゅう　一九〇九〜九二）本名宮本鉱一郎。大阪府生。大阪貿易校卒。ユーモア作家、落語研究家。ユーモア短篇「ねずみ娘」（三八）でデビュー。代表作にユーモア短篇集『きつね馬』（四〇）、研究書『落語の原話』（七〇）など。犬が卵を産む表題作、ドッペルゲンガー物「もう一人の私」などを収録する奇想短篇集『犬のたまご』（四六・昭星社）がある。

うえお久光（うえお・ひさみつ　一九七四〜）鹿児島県生。現代日本を舞台に、悪魔に協力する羽目に陥った高校生の少年を描く冒険ファンタジー《悪魔のミカタ》（〇二〜・電撃文庫）で電撃ゲーム小説大賞銀賞受賞。願いを叶えるアイテム、悪魔との契約、謎解きミステリ、学園ラブコメディなどの要素を持ち、人気シリーズとなっている。ほかに、異世界往還型ファンタジー『シフト』（〇五〜・メディアワークス）などがある。

上杉光（うえすぎ・ひかる　？〜）本名神村幸子。アニメーター、イラストレーター。テレビアニメ「シティハンター」「ブラックジャック」などのキャラクターデザイン、作画監督を務めている。上杉名でSF、ファンタジーを執筆。古代より続く六つの家系の謎をめぐるサイキック系伝奇アクション『ネオ・マイス』（一九九三〜九四・角川スニーカー文庫）、次元城を操って地球を滅ぼそうとする姉妹に、一万八千年前に次元城と戦った超能力を有する輪廻転生者が、超科学的な猫人と共に戦いを挑むSFコメディ『次元城TOKYO』（九四〜九五・同）、魔法猫と共に魔物退治をする少女を描く児童向け伝奇ファンタジー『ソロモンの封印』（九七・ポプラ社）がある。

上田秋成（うえだ・あきなり　一七三四〜一八〇九／享保一九〜文化六）浮世草子・読本作者、国学者、歌人。幼名仙次郎、通称東作、別号に和訳太郎、剪枝畸人、鶉居、俳号に漁焉、無腸、歌号に余斎など。摂津国曾根崎生。出生の事情は定かでないが、父は某旗本の息子、母は大和樋野村松尾九兵衛富喜の娘ヲサキ。私生児として生まれ、母に捨てられ、四歳で大坂堂島の紙油商の上田茂助の養子となる。五歳の折りに重い疱瘡に罹るが、危うく一命をとりとめる。茂助が加島稲荷に祈願すると、その子の命を助け、六十八歳の寿命を与えようとの夢告を得たという。秋成は終生このことを忘れず、加島稲荷に毎月参詣し、六十八歳を迎えた年には歌を奉納してもいる。だがこの病により、指の一部を損傷し、後に剪枝畸人と号すに至った。同年に養母を亡くし、第二の養母に育てられるが、これもまた慈母であったようである。放蕩的な生活を送っていたと自伝に記すが、十代後半から俳諧に手を染め、二十代、三十代は俳諧の世界でセミプロ級の活躍を見せた。二十七歳でたまと結婚、翌年茂助の死去にともない、上田家を継いで商家の主となった。三十歳前後から小説の執筆を始め、六六（明和三）年に最初の小説で、浮世草子の気質物『諸道聴耳《しょどうききみみ》世間狙《せけんざる》』を和訳太郎名で出版。同作はモデル小説の一面を持ち、いかにも秋成らしい鋭い批判精神が横溢する、見方によってはかなり暗鬱な作品として注目を集めた。続けて妾と男の騙し騙されを中心に描いた短篇集『世間《せけん》妾形気《てかけかたぎ》』（六七／明和四）を出すが、これには浦島太郎のパロディが含まれている。時を同じくして、賀茂真淵の弟子・加藤宇万伎《うまき》の知遇を得、国学にも本格的にのめり込んでいく。また、六八（同五）年には早くも『雨月物語』の稿を成している。七一（同八）年、火事で家財を焼失した秋成は、都賀庭鐘に医術を学び、七六（安永五）年、医者を開業する。生活が安定するとまた国学の研究にも力を入れ、七八（同七）年には人麿考証『歌聖伝』を、七九（同八）年には人麿の霊が『源氏物語』を評論するという形式の『ぬば玉の巻』を執筆。八六、七（天明六、七）年頃には本居宣長と論争を繰り広げたりもしている。しかし、現代の目から見れば秋成の勝ちに見えるこの論争は、当時は宣長の圧倒的勝利であった。〈過って近世に生まれてしまった近代の人間であるかのごとく〉（須永朝彦）、独特な挫折を味わったことと推測される。秋成はその直後に隠遁し、また養母を失い、翌九〇（寛政二）年には、そこひに罹って左目を失明と、不運が続く。そのような中で、九一（同三）年には『伊勢物語』のパロディの形で世相を諷刺した『癇癖談《くせものがたり》』を執筆している。九三（同五）年に京都に移り住み、国学研究と歌文の創作に没頭する。九七(同九)年、妻たまを失い、翌年にはさらに右目も失明、名医の治療で左目はわずかに視力を取り戻すが、人の命運というものに深く思いを致すようになる。歌文の成果をまとめた『藤簍冊《つづらぶ》子《み》』(一八〇五〜〇六/文化二〜三) 刊行後、秋成はそれまで書きためた学問著作の草稿などを古井戸に廃棄。そして〇八(同五)年『春雨物語』一巻と、世間に対する不信を露わにする反骨の孤高の人・秋成の姿が髣髴とする随筆集『胆大小心録』を書き上げるのである。後者には狐の怪異をはじめ超自然への言及が散見される。恵まれた晩年とまではいかずとも、秋成を敬愛する人々の親身な世話を受けながら、その生涯を閉じた。

▼『上田秋成全集』全十二巻(一九九〇〜九五・中央公論社)

【雨月物語】読本。六八(明和五)年成立、七六(安永五)年刊。剪枝畸人名義。五巻九話。短篇集。『剪燈新話』『警醒通言』やその他の志怪を粉本とし、日本古典などからの素材を縦横に駆使した翻案小説。翻案の域をはるかに超えた怪異小説集の傑作。以下に各話の内容を記す。「白峰」白峰に崇徳院の墓を詣でた西行は崇徳院の亡霊に声をかけられる。聞けば昨今の世の乱れは魔道に傾倒した崇徳院の祟りによるものだという。西行は崇徳院と論を戦わせ、成仏に導こうとするが、次第に崇徳院は魔王めき、未来の惨事を予告するのであった。「菊花の約《ちぎり》」戦国時代、浪人・左門は病に悩む旅の浪人・宗右衛門を助け、無二の親友となる。宗右衛門は重陽の節句には戻ると約束して別れるが、それが叶わず、自死して亡霊となって戻ってきた。左門はいきさつを知り、友に無理を言って自死に至らしめた者に復讐を果たす。「浅茅《あさぢ》が宿」勝四郎は京都に商売の旅に出るが、儲け金を山賊に奪われた上、戦乱が起き、病さえ得て故郷に戻る契機を失ってしまう。妻の宮木は戦乱の中で心細い思いをしながらも、秋には帰るという夫の言葉を信じて待ち続ける。七年後に勝四郎が戻ると、元のところに家があり、宮木が出迎え、共に臥す。だが、朝にはそこは完全な廃墟となっており、妻の姿も見えなかった。勝四郎は往時を知る老翁から、二年目の秋に宮木が亡くなったことを聞かされるのであった。「夢応の鯉魚」三井寺の僧・興義は鯉を愛し、よく放生した。ある時、三日三晩仮死に陥り、目覚めると、鯉になった話を語った。興義が水中に泳いでいるといつしか鯉になっていて、漁師に釣られて、ある檀家の家に買われ、抗議も空しく料理されたところで目が覚めたというのである。「仏法僧」俳諧師の親子が高野山の燈籠堂に一夜を過ごすことになり、関白秀次と部下の怨霊が風雅なことを語り合いながら宴を張るのを目の当たりにする。宴席に巻き込まれて発句を詠むが、無事に朝を迎えることができた。「吉備《きび》津《つ》の釜」吉備津神社の神官の娘・磯良《いそら》は素行の悪い男・正太郎に嫁ぐことになり、吉備津の釜に伺いを立てるが、凶と出る。結局、正太郎は女を作り、妻を捨てて出奔し、磯良ははかなくなる。正太郎の女は物怪に取り憑かれたようにして亡くなり、正太郎も磯良の怨念籠もる霊に悩まされる。正太郎は陰陽師に諭され、磯良の死霊を祓うため、四十二日間の忌籠もりをするが、わずかな時間を騙されて外に出てしまう。あとにはただ血まみれのもとどりがひっかかっているだけであった。ラストの凄絶さは類の無い恐怖を呼び起こす。怪異の描出において、他の追随を許さない傑作。「蛇性の婬」豊雄は若い未亡人・真女児と契るが、真女児は実は蛇の精であった。豊雄は別の女性の入婿となるが、妻は真女児に取り憑かれてしまう。祈禱師の力も真女児にはかなわない。豊雄が真女児にどうなりともせよと開き直った時、道成寺の法海和尚が助けに現れ、真女児を鉄鉢に閉じ込める。女性のエロスが怪美として描かれ、男の性愛が直接的で凄惨な次の作品と一対をなす。「青頭巾」快庵禅師は山上の寺の阿闍梨が人食い鬼になったという話を聞く。愛する稚児が死んだ後、その死体を食い尽くし、その後は墓を暴いては死者を食うようになったというのである。快庵禅師は阿闍梨の教化に成功し、阿闍梨もそれに応じて食を断ち、青頭巾の下で白骨と化した。「貧福論」貨幣を愛したことで知られる岡左内の枕元に黄金の精が出現し、左内と経済問答を交わす。全篇対話から成る、小説的形式の評論。以上九話の各テーマが連関を持って繋がり、最後に始めに戻る円環状をなすといい（高田衛の所説）、作品全体で独特の宇宙を作り上げている。ほかに並ぶ物のない作であり、近代以後も多くの文人に愛されている。

【春雨物語】〇八（文化五）年成立。全十話から成る中短篇集。写本のみ存在し、しかも内容が異なる二種類があり、一方は散逸がある。史伝小説「血かたびら」「天津処女《あまつおとめ》」、学問論と海賊話を取り合わせた「海賊」、土中の石棺中で鉦を叩いていた即身成仏（のなりそこない）を蘇生させると、過去のことを完全に忘れた甲斐性無しの俗物に成り下がってしまうシニカルの極致「二世の縁」、歌を愛する東国の男が、森の一夜、怪異な〈目ひとつの神〉（一目連）とあやかしたちの宴を目撃し、神から歌の道についての訓戒を受ける、凄愴たる神秘の気配と共にユーモアが感じられる、独特の味わいの傑作「目ひとつの神」、悲恋奇談「死首《しくび》の咲顔《えがお》」、仇と狙う者と共に危険路に隧道を掘る奇談「捨石丸」、遊女の悲恋「宮木が塚」、歌論「歌のほまれ」、大力の大蔵が肝試しに恐ろしい神のいる山に登り、神罰として空中飛行で鳥取の大山から隠岐の島まで飛ばされたのを発端に、改心、ちょっとした悪心から起こした父兄殺し、盗賊稼業、僧形となっての逃亡遍歴、挫折、発心、寂滅と展開するピカレスクの中篇「樊噲《はんかい》」から成る。様々な形式の作品を集めており、近世小説のコンベンションに囚われない自由なスタイルでテーマを掘り下げたところは、近世のその後の作品よりも、現代の作品に通じるところがあろう。

上田早夕里（うえだ・さゆり　一九六四〜）兵庫県生。火星を舞台にしたサイキック物のサスペンスＳＦ『火星ダーク・バラード』（〇三・角川春樹事務所）で第四回小松左京賞を受賞。両性具有者が住まう木星ステーションを舞台にした新人類テーマのＳＦ『ゼウスの檻』（〇四・同）がある。

上田志岐（うえだ・しき　一九七九〜）螺旋状の館に住む謎めいた人物を探偵とするファンタジックなミステリ『ぐるぐる渦巻きの名探偵』（〇三・富士見ミステリー文庫）で第二回富士見ヤングミステリー大賞竹河聖賞を受賞。ほかに、魔道士が作った図書館に暮らす人造生物〈マガイモノ〉たちが、幸せになれる場所に導いてくれる魔法を求めて頑張るどたばたファンタジー『イレギュラーズ・パラダイス』（〇三〜〇五・同）がある。

上田敏（うえだ・びん　一八七四〜一九一六）詩人。東京築地生。東京大学英文科卒。在学中より、『帝国文学』に「白耳義文学」等の海外文学思潮紹介記事を執筆。大学院でケーベル、小泉八雲などの指導を受ける。大学で文学研究に携わる傍ら評論、創作、翻訳に活躍。『明星』などに発表し、後に『海潮音』（〇五・本郷書院）にまとめられた訳詩は、日本の象徴詩に決定的な影響を与えた。詩集『牧羊神』（二〇・金尾文淵堂）の創作篇にパンの神を歌った「牧羊神」がある。また評論の代表作に『神曲』を論じた『詩聖ダンテ』（〇一・金港堂）がある。

上野忠親（うえの・ただちか　生没年未詳）鳥取藩士。自身が見聞した地元や京都の奇談を書き留めた『雪窓夜話』（一七五一〜六四／宝暦年間成立）がある。異本があり、作者によって増補改訂されたと思われるものと、別の作者が増補編纂したと思われるものがあり、現段階では詳細は不明である。元来聞き書きの体裁をとっており、非常に短い話もある。口碑の怪談奇談を収集した、怪談民俗学の趣である。怪談ばかりではなく、言い伝えのような話も多いが、現代風な、地獄などが出ない臨死体験談などもあり、興味深い。

上野遊（うえの・ゆう　一九七六〜）地球人と異星種族のハーフの少女と暮らすことになった高校生の少年を描くＳＦラブコメディ

『彼女は帰星子女』（二〇〇五〜〇六・電撃文庫）がある。

上野瞭（うえの・りょう　一九二八〜二〇〇二）本名瞭《あきら》。京都市生。同志社大学文学部卒。高校教諭などを経て同志社女子大学教授を務めた。はじめ児童文学評論を手がけ、『戦後児童文学論』（六七）を世に問う。翌年『ちょんまげ手まり歌』で児童文学作家としてもデビュー。以後、児童文学の評論・研究と創作とを両輪として活動を続けたが、晩年には一般小説も手がけ、その辛辣な寓話性により高く評価された。

　記憶喪失猫ヨゴロウザを中心に、親分の猫、学者猫、さがし猫、うらない猫などユニークなキャラクターの無頼の猫たちが、団結して犬に立ち向かおうとする長篇ファンタジー『ひげよ、さらば』（八二・理論社）で日本児童文学者協会賞を受賞。同作品は入り組んだ構成を持ち、全体が夢や幻のように見えるような仕掛けが施してある、一筋縄ではいかない作品である。NHKの人形劇にもなった。ほかのファンタジーに、意志を持った不思議な葉っぱを手に入れた少年の物語『そいつの名前は、はっぱっぱ』（八五・同）、家庭問題で悩む少年が、老人の姿で現れる分身に導かれて危機をくぐり抜ける『そいつの名前はエイリアン』（九四・あかね書房）などがある。児童文学以外の小説では、映画化もされたブラックユーモアの作品『砂の上のロビンソン』（八七）『三軒目のドラキュラ』（九三）のほか、『アリスの穴の中で』がある。上野の作品はリアルな日常的出来事を綴りながら、最終的には上野自身のたくらみによって幻想的な作品へと思いもかけぬ転身を見せることがあり、目が離せない。またファンタジー作品の場合も、細部・背景は現実的に書き込まれており、それゆえ幻想的なものが一層鮮やかとなっている。

【ちょんまげ手まり歌】長篇小説。六八年理論社刊。その種を食べると決まった夢が見られる、一種の麻薬〈ユメミ草〉がある時代小説風の世界。〈やさしい藩〉では勇ましい戦の夢を見させる黒いユメミ草を特産品とし、それで五十人の侍とその家族を養っている。山間の小さな藩で、人が増えすぎるとやっていけないので、子供たちは六歳になると選別され、不運な子は殺されて畑の肥やしにされてしまう。だから黒いユメミ草は血の匂いがする。生き残った者も、藩に囲い込むため、外界との接点である山へ登らせないように、女たちの足は切り落とし、男たちも跛行するように処置する。藩の真実を知った少女は足を切られながらも立ち上がる……。児童文学というくくりが意味をなさないような、酷薄な寓話的ファンタジー。

【アリスの穴の中で】長篇小説。八九年新潮社刊。壮介は五十歳を迎えようとする何の変哲もないサラリーマンで、年齢相応の妻子がいるが、ある日妊娠していることが判明する。その事実をどうしても受け入れることができない彼は、半ばノイローゼ状態になりながら悶々と日々を過ごす。一方、壮介の叔母のゆきは病院の中で、女として矜持と誇りを持って生きてきた過去の日々を夢として見続けている。やがて出産の苦しみに耐える壮介は、自分を叱咤するゆきの幻影を見る……。ありふれた現実の中に〈男の妊娠〉という荒唐無稽な事象を放り込み、しかもそれをあくまでもリアリスティックな筆致で描くことで現実を異化した、優れた作品。『ひげよ、さらば』同様に、リアルな現実が幻想に転換させられるようなメタ的構造も有しており、寓話的ファンタジーを超えた幻想小説となっている。

上橋菜穂子（うえはし・なほこ　一九六二〜）東京生。立教大学大学院文化人類学修士課程修了。オーストラリアの先住民族の文化変容などを専門とする人類学者として大学で教鞭を執る傍ら、児童文学のファンタジーを執筆。デビュー作の『精霊の木』（八九・偕成社）は、惑星開拓のために、原住民にとって魂にあたる精霊を授けてくれる大切な木を切り払い、その後ゆっくりと原住民が滅びるのを待つという政策を取った政府の秘密を、先祖の体験を夢によって知る能力を持つ原住民と人間との混血の少女が知り、従兄の少年と共に精霊の木を守ろうとするSFファンタジーである。二作目の『月の森に、カミよ眠れ』(九一・同)は、古代日本を舞台に、中央の国家に組み入れられ、狩猟採集文化から、稲作文化への移行を迫られている僻地の村を舞台に、蛇神と人間の娘の婚姻というテーマやタブーの侵犯と神の罰というテーマを盛り込んだファンタジー。これらの作品は共に、原住民と植民者の間に起きる支配と被支配の問題、文化的な変容の問題など、人類学者としての問題意識と重なり合うテーマを持っている。この後、五年のブランクを経て発表された別世界物の《守り人シリーズ》は、こうした問題意識を含みながらも、よりエンターテインメント性の高い作品となっており、広範な読者を獲得した。評価も高く、『闇の守り人』で日本児童文学者協会賞、『神の守り人』で小学館児童出版文化賞、〇二年、シリーズで巌谷小波文芸賞を受賞するなどしている。〇七年にはテレビアニメ化もされている。ほかに、神聖な王家と実質的な支配者である大公家の確執がある中世的別世界を舞台に、王だけが所有を許される王獣(ドラゴンのような生物)と特別な関係を築いた少女が、国の平和のために尽力する『獣の奏者』(〇六・講談社)、日本中世風異世界を舞台に、霊狐の少年と妖術を操ることのできる少女の愛と戦いを描き、野間児童文芸賞を受賞した『狐笛のかなた』(〇三・理論社)などがある。

【守り人シリーズ】 連作長篇小説。九六〜〇七年、偕成社刊。精霊が息づく目には見えないもう一つの領域が現実に重なり合って存在し、知らず知らずのうちに互いに様々な影響を与えあっているような別世界を舞台に、壮年の孤独な女用心棒〈短槍使いのバルサ〉が、訳ありの少年少女らを守って活躍するファンタジー。各巻それぞれに工夫を凝らした設定や物語展開に従って、異界と現世とのせめぎ合いが無理なく表現された、構築性が非常に高い作品であり、ファンタジーにリアリティを持たせるために不可欠な合理性を有している点は特筆に値する。魔物に体を乗っ取られ、父王によって暗殺指令の出されている皇子チャグムを託されたバルサが、魔物の正体を追い求め、チャグムがもう一つの領域に属する精霊の卵を宿していたことを知り、少年を救うことに成功する『精霊の守り人』(九六)、祖霊に守られた山間の地である故郷に一時帰国したバルサが、山の神から下される宝玉をめぐる陰謀に巻き込まれる『闇の守り人』(九九)、バルサの親しい呪術師タンダとトロガイを主人公に、夢の花や幻想の音楽などをちりばめたシャーマニスティックな物語『夢の守り人』(二〇〇〇)、異界の門としての力を持つ少女をめぐり、様々な争いが起きる様を描く『神の守り人』(〇三)、異界が数百年に一度の繁殖の季節を迎えたため、大洪水の危険と侵略の危機にさらされることになった国を救う『天と地の守り人』(〇六〜〇七)から成る。また外伝として、皇子チャグムを主人公に、理想の支配者、国家のあり方というテーマで描く『虚空の旅人』(〇一)『蒼路の旅人』(〇五)がある。

上原尚子(うえはら・しょうこ　一九六六〜)神奈川県鎌倉市生。高校中退後、各種職業を経てスタジオ・ハードに入社。ライターとなり、ゲームブック、アニメの脚本、小説などを手がける。杉山東夜美原作による、日本の戦国時代とアーサー王の世界を結びつけた『虚空の剣』(八九・富士見ファンタジア文庫)のほか、天変地異で科学的社会が崩れた中世的社会を舞台に、龍使いの少女の活躍を描く『聖龍伝説』(九三・ケイブンシャノベルス)、怪談実話集『「実話」怪談草紙』(〇五・竹書房文庫)がある。

上原正三(うえはら・しょうぞう　一九三七〜)沖縄県生。中央大学文学部卒。脚本家。円谷プロに入社し、「ウルトラQ」の「宇宙指令M774」でデビュー。代表作に《ウルトラ・シリーズ》(六六〜〇六)、「宇宙刑事ギャバン」(八二)など。傑作シナリオ集『24年目の復讐』(八五・朝日ソノラマ=宇宙船文庫)、脚本を担当した映画のノベライゼーション『仮面ライダーJ』（九四・スーパークエスト文庫）がある。

上原菜乃子（うえはら・なのこ　？〜）時空事故で明治時代に飛ばされた未来世界の少年が活躍するヒーロー物コメディ『参上！まじかる・じゃっく』（二〇〇〇・角川ティーンズルビー文庫）で小説ＡＳＵＫＡ新人賞佳作入選。

魚住陽子（うおずみ・ようこ　一九五一〜）本姓加藤。埼玉県小川町生。夢見ることで存在し、崩れる時には幻の水を噴き出す家を語った表題作、音によってひび割れ崩れ去る家を語る「静かな家」など、レトリックとしてではあるが、魅力的な幻想を紡いでいる短篇集『奇術師の家』（九〇・朝日新聞社）、かつての恋人を思う既婚女性を描きつつ、作中の現実が幻想によって揺さぶられる様を描く短篇「雨の箱」（九二）などがある。

羽化仙史（うかせんし　一八五七〜一九三〇／安政四〜昭和五）本名渋江保。別号に乾坤独歩、府南隠士、渋江不鳴、幸福散史など。江戸生。父は渋江抽斎。高等師範学校、慶応義塾本科に学ぶ。教員、新聞記者などの職に就いた後、文筆に志す。博文館の求めに応じて、科学や人文地理学はもとより催眠術、記憶術、手品の種本などに至るまで多種多様な啓蒙書を執筆する。〇五年からの三年間に五十冊を超える冒険小説や怪奇小説を執筆、すべて大学館から刊行している。当時流行のエーテルや動物磁気学などのオカルト・サイエンスに関心を示し、作中にも導入している。作品に、冒険物ＳＦ『新海底旅行』（〇五）、反魂の術（超能力）で月世界の様子を見聞した後、超能力を持つ美女の隊員から成る探検隊が月で冒険を繰り広げるという荒唐無稽な『月世界探険』（〇六）、その続篇の『空中電気旅行』（〇六）ほか。怪奇色の強い作品に『死人の再会』（〇七）『鬼女の姿』（〇八）、デュマの人狼小説を訳した『奇人の魔法』（〇六）ほかがある。その後は易や心霊学関連の著作に専念した。

宇神青太郎（うがみ・せいたろう　？〜）異世界ファンタジー物のポルノ小説『美少女の性なる予言』（一九九七・蒼竜ノベルズ）がある。

宇神幸男（うがみ・ゆきお　一九五二〜）本姓神応《かんのう》。愛媛県生。宇和島南高校卒。架空のピアニスト・バローを全体の要とする伝奇的音楽ミステリ・シリーズ『神宿る手』『消えたオーケストラ』『ニーベルングの城』『美神の黄昏』（九〇〜九三・講談社）がある。特に第三作では聖槍ロンギヌスとナチスなどが登場し、ワーグナーの「ニーベルンゲンの指環」が重要な小道具として配されている。

宇佐美景堂（うさみ・けいどう　生没年未詳）宗教家。はじめ大本教の信者だったが、離脱して霊相道を創立した。『誰にもわかる帰神交霊法』（一九三〇・日本神霊協会）ほか、心霊関係の著作多数。神の眷属に出会った老人が人間界の憑霊のありさまを見聞したり、霊を裁く場所に行ったりした体験を語るという体裁の霊界探訪記『幽冥秘境幽界道中記』（六一・同）がある。

宇佐美浩然（うさみ・こうぜん　一九六〇〜）学習塾やガレージキット製作会社の経営などを経て、ファンタジーアニメのノベライゼーション『神秘の世界エルハザード』（九六・竹書房文庫）でデビュー。三国志物の『中国遊侠伝』（〇二〜〇三・歴史群像新書）、双子の退魔師姉妹の活躍を描くオカルト伝奇アクション『ツイン・ディヴァイナーズ』（〇三〜〇四・ソノラマ文庫）がある。

潮寒二（うしお・かんじ　一九一〇〜八一）本名飯田実。別名に飯田武州、紅東一《くれないとういち》、城崎竜子、浅山健二、海野三平など。西新宿十二社生。大地主の分家の息子として生まれ、逓信省勤務の後、軍需産業に勤務する傍ら、小説を執筆。三二年発表の「逃げた死体」が処女作。ペンネームを使い分けてアクション物や莫連物など、様々なジャンルの作品を書いた。子供向けに「世界怪奇探険譚」（三四頃）などの連載もしている。戦後は「猿人の血」（四九）で執筆を再開し、怪奇的なミステリなどを手がける。蛞蝓《なめくじ》妄想に惑乱した覚醒剤中毒の少年による少女殺しを粘液質の文体で描いた「蛞蝓妄想譜」（五四）、死体に取りついた蛆の目から殺人事件を語る「蛆」（五二）、夫を殺されたと思い込んだ妻が蚯蚓《みみず》になった夫と再会する悪夢を見て、見当違いの復讐を果たそうとする「蚯蚓の恐怖」（五五）など、生理的嫌悪感をそそる猟奇ミステリに個性を発揮し、六〇年代前半まで執筆を続けた。ほかに矢野徹との合作「惑星から来た女」（五八、堀井赤万名義）もある。

『宇治拾遺物語』（うじしゅういものがたり　十三世紀前半成立）説話集。編者未詳。鎌倉時代前期を代表する説話集である。内容による類別がなく、全百九十七話が雑多に並べられているが、通読すると配列にそれとなく工夫のあることが認められる。話柄は『今昔物語集』『古事談』等と同じものが多く、また、民話的なものも含まれているが、語り口には〈宇治拾遺的〉というよりほかない洗練さと諧謔味とがあり、文学的な価値は高い。日本説話文学の代表作の一つといえるだろう。内容的な面を見ると、幻怪味があるものは、仏教的な霊験譚の流れを汲むものがほとんどだが、新しい話柄もある。目を惹くものに、修行者が津国の古寺で百鬼夜行に出遭う話、狐が供え餅を欲するがために人に取り憑く話、生きているような死人を掘り出した世尊寺の話、日蔵上人が吉野山で鬼に出会し、涙ながらの懺悔を聞く話、縁起の良い夢を横取りしてしまう夢買いの話、陽成院の化物の話、一条桟敷屋に鬼が出た話などがある。井原西鶴が愛読し、粉本としたことでも知られている。

牛丸仁（うしまる・ひとし　一九三四～）長野県生。信州大学卒。教員。信州の民話をまとめた著作のほか、天狗・カッパなどの異類を主人公とした『天狗のまつり』（八四・草鞋社）がある。

薄井ゆうじ（うすい・ゆうじ　一九四九～）茨城県生。県立土浦第一高校卒。「残像少年」（八八）で小説現代新人賞を受賞してデビュー。現代日本を舞台にした小説を執筆し、超自然的ではない場合やＳＦ味が入り込む場合もあるが、ほとんどの作品がファンタジーの範疇に入る。基調をなすのは甘やかさと優しさであり、怪奇的な作品にあっても、その傾向はあまり変わらない。主な作品に次のものがある。コンピュータ内で育って死ぬ猫のペットのソフトが、ヒット作となると同時に死にまつわる不吉な噂をまき散らすという展開の物語で、コンピュータ内水族館やペット育成ゲームのヒットを予見したかのような『天使猫のいる部屋』（九一・徳間書店）、半陰陽の少年が女性に生まれ変わるまでをファンタスティックに描き、吉川英治文学新人賞を受賞、映画化もされた『樹の上の草魚』（九三・講談社）、この世に住む場所のない巨人の青年の苦悩と解脱を描く『星の感触』（九四・同）、記憶を持たない青年コケコが書割りの世界を逃れて真実の世界へ到ろうとする彷徨をコミカルに描く『創生紀コケコ』（九九・マガジンハウス）、ドーム状の無菌の閉鎖空間から外に出ることを許されていない少年たちが、外からやって来た少女に触発されて行動を起こす、寓話的な近未来小説『狩人たち』（九八・双葉社）など。短篇集に、仮想現実と過去の幻影を絡めた表題作（九二）や「残像少年」ほかを収録する『透明な方舟』（九五・講談社）、北陸の民話・伝承を核に、現代に生きる男女を描いた掌篇小説集『北陸幻夢譚』（九五・同）、様々な幻想的なシチュエーションで少年たちが成長するための試練に直面する連作短篇集『14歳漂流』（九九・集英社）などがある。

臼木照晶（うすき・てるあき　一九七四～）ゲームクリエーター。著書に『ギリシャ神話図鑑』（九六・光栄）ほかのゲーム関連書など。小説に、ファンタジーＲＰＧをもとにした《アルナム》シリーズ（九五～九八・角川スニーカー文庫）がある。

打海文三（うちうみ・ぶんぞう　一九四八～二〇〇七）本名荒井一作。東京生。早稲田大学政治経済学部卒。九二年『灰姫　鏡の国のスパイ』で横溝正史賞を受賞してデビュー。『ハルビン・カフェ』（〇五）で大藪春彦賞受賞。尻尾が生えていて硫黄の匂いがし、心がないと自ら語る人間たちが住むパラレルワールドに迷い込んだ少年の運命を切なく描く『ぼくが愛したゴウスト』（〇五・中央公論新社）がある。

『打聞集』（うちぎきしゅう　一一三四／長承三年以前成立）仏教説話集。編者未詳。一巻二十七話を収録。霊験譚、縁起譚などが含まれるが、『今昔物語集』そのほかと重なる話ばかりで、固有のものは一篇もないようだ。

内田栄一（うちだ・えいいち　一九三〇〜九四）岡山市生。鎌倉アカデミア文学科中退。劇作家、脚本家。アングラ演劇の先駆者の一人と目される。できそこないの美女ロボットの内部に、未来の人類として作り出されたゴキブリが入り込み、人間たちをむさぼり食う寓話的などたばたSF「ゴキブリの作り方」（六七）で知られ、「ハマナス少女戦争」（七〇）では現代に通じる性的でパンクな少女たちを描き出した。その後、テレビ・映画の脚本家として活躍、映画も撮っている。映画脚本の代表作に「炎の肖像」（七四）「魔性の夏　四谷怪談より」（八一）など。

内田響子（うちだ・きょうこ　？〜）異世界を舞台に、結婚式の途中で夫をさらわれた王女が、魔法使いや幽霊の助言を得て、夫を取り戻すために冒険の旅を繰り広げる『聖者の異端書』（二〇〇五・Cノベルス）で第一回Cノベルス大賞特別賞受賞。

内田庶（うちだ・ちかし　一九二八〜）本名宮田昇。東京生。明治大学文学科中退。早川書房編集部、タトル商会著作権課に勤務の後、著作権業務代理店の日本ユニ・エージェンシーを創立し、業界内の大手企業に育て上げた。その傍ら児童向けSFの普及に尽力し、多数の海外作品を翻訳すると同時に、創作も手がけた。その一つ、『宇宙人スサノオ』（六九・岩崎書店）は、日本神話をSF風に読み替えたもの。ほかの怪奇幻想作品に、別の世界に紛れ込んでしまう話、満員なのに空いている車両があって、ドアも開かない話など、怪奇幻想味のあるショートショート集「ちがう世界」、呼び鈴が二度鳴ると人が死ぬという話、深夜放送で出した覚えのない自分のメッセージが流される話、未来が見える話、幽霊の声がトランシーバーに混じる話、テープに心の声が録音されてしまう話などの怪奇譚集「ころされる！」を収録する『幻の特攻機』（七七・三省堂）がある。

内田百閒（うちだ・ひゃっけん　一八八九〜一九七一）本名栄造。別号に百鬼園。岡山市古京町生。酒造業を営む久吉・峰の一人息子で、幼時、祖母の溺愛を受けて育つ。中学時代から『文章世界』などに写生文を投稿し入選、六高時代には志田素琴について句作に励む。また素琴の勧めで写生文「老猫」を夏目漱石に送り、懇切な返信に感激、以来、漱石を師と仰ぎ、東大独文科に入学した翌年（一〇）より門下生となる。生前没後を通じ、漱石作品の校正作業に献身する。大学卒業後は陸軍士官学校、海軍機関学校、法政大学などでドイツ語の教鞭を執るが、父亡きあと郷里から引き取った係累を抱えて生活は苦しく、朋輩・高利貸から借金を重ねる。この時期の〈幻想的日常〉の記録は、後に『百鬼園日記帖』正続（三五、三六・三笠書房）として刊行されるが、そこには後年の幻想的創作のエスキースが認められる。二二年、創作集『冥途』を処女出版。芥川龍之介や佐藤春夫の好意的評価を得たが、文壇的には黙殺された。三三年刊の『百鬼園随筆』以来、諧謔味溢れる達意の文章家としての名声を確立、翌年の法政騒動で教職を辞してからは、ほぼ文筆一本の生活に入る。代表作に『百鬼園随筆』正続（三三、三四）、水甕の中で死んだと思った猫が時経て正気に返り、池を左に廻って、ドイツ文学者の五沙弥先生の家に上がり込み、アビシニヤという名をもらってしばし生活するという、漱石のパロディの中篇小説「贋作吾輩は猫である」（四九）、戦時日記『東京焼尽』（五五）、紀行文集《阿房列車シリーズ》（五二〜五六）ほか多数の随筆集がある。

　百閒の幻想文学作品といえば、師・漱石の『夢十夜』の境地をさらに深化させ、より濃密で生々しい夢のリアリティを醸し出す『冥途』と『旅順入城式』（三四・岩波書店）の初期創作集二巻が有名であり、各表題作や「件」などが恰好のアンソロジーピースとして折りに触れ再録されている。不条理な状況下に放り出された語り手の不安なまなざしに映じる世界は天変地異の予感におののき、禽獣虫魚の妖かしが跳梁し、親しげだがどこか得体の知れぬ登場人物はしばしば人ならざるものに変容を遂げる……。こうした百閒的幻想のパターンは、その後の小説・随筆においても随所に顔を覗かせており、百閒にとってフィクションとエッセーを隔てる皮膜ははなはだ薄いものであったと考えられる。とりわけ幻妖の気ただならぬ作品として、沖の方からころがってくるふわふわした暗いものにくっついた膃肭獣《おっとせい》の子を、船を待つ人々が口に入れて啜り始める「北溟」（三七）や、汽車の通過後に現れるという姿なき虎を待つ「虎」（三七）、それらをさらに濃縮した趣のある絶品「東京日記」など、これらは『冥途』以来の幻想小品の系譜というべきもので、後年にも「とほぼえ」（五〇）「神楽坂の虎」（五九）などの作がある。

一方、百閒自身が『旅順入城式』の序で、「山高帽子」「影」など冒頭の七篇を、『冥途』風の〈短章〉ではなく〈物語の体〉あるものだと区別して述べているように、通常の小説の体裁に近い一連の創作もあり、そこではより現実的な設定のもと、不条理な対人関係の葛藤に脅えとまどう語り手の姿が迫真の恐怖と共に描き出されている。凶事の使者のごとく出没する新任教官に脅える退官教授の日常を描く「南山寿」（三九）、一読慄然たる連作集「青炎抄」、亡友の遺品を夜ごと引き取りに訪れる未亡人の不気味さが忘れがたい印象を残す「サラサーテの盤」（四八）、《阿房列車》のホラー版ともいうべき「由比駅」（五二）などが、後者を代表する作品である。なお、「サラサーテの盤」「山高帽」などをもとに、幻想的な映画「ツィゴイネルワイゼン」（鈴木清順監督）が制作されている。

ほかに若干ではあるが、童話も残している。ナンセンスな味わいのものやなにげない情景を描いたもので、谷中安規の版画に彩られた『王様の背中』（三四・楽浪書院）に殆どが収録されている。ただもうむやみに背中が痒くなってしまう王様を描いた表題作や桃太郎が生まれて来た桃の実がどうなったかを語る「桃太郎」、石の鼠に祟られて死んでしまう王様の話「三本足の獣」などがある。

▼『新輯内田百閒全集』全三十三巻（八六〜八九・福武書店）

【冥途】短篇集。二一年稲門堂書店刊。〈静かに、冷たく、夜の中を走っている〉〈高い、大きな、暗い土手〉の下の一ぜんめし屋で隣り合わせた影のような客たちの切れ切れの会話に、亡き父の面影を認めて愕然とする表題作をはじめ、人面牛身の伝説の化物に生まれ、予言を期待する群衆に取り巻かれてうろたえる「件」、見覚えのある女と沖の花火を眺め、恨みの言葉と共に真っ暗な廊下に取り残される「花火」、山東京伝の玄関番をしていると小さな人が上がりこんで、いつしか山蟻に変じている「山東京伝」、狐が化けるところを見物に出かけ、狐の仕業と誤って他人の赤子を殺してしまう「短夜」など全十八篇を収める。

【東京日記】連作掌篇小説。三八年一月『改造』掲載。日比谷の交差点で電車を降ろされると大雨の中、お濠の水が一帯に溢れ牛の胴体より大きな鰻が線路を這いまわる「その一」、東京駅の改札を出ると丸ビルが跡形もなくなっていて、空に妙な半弦の月がかかっているが、翌々日には元どおりになっている「その四」、雑司ケ谷の盲学校の門扉を乗り越えて入り込んだ盲人たちが、山羊と一緒に輪になって踊り始める「その九」、湯島の切通しにできた隧道に入ると周囲の人や物が光り始め、穴の中のとりとめがつかなくなる「その二十」など二十三の短い挿話で構成された幻視の東京めぐりというべき絶品。

【青炎抄】短篇小説。三七年十月『中央公論』掲載。身に覚えのない女が死にかかっていると男が執拗に呼びにくる「夕月」、狂気の家系の裔である女先生の異様な死を克明に追った「桑屋敷」、老夫婦と娘を殺してきた青年が枕元で饒舌を繰り広げる「一本榎」、下女のもとを尋ねてきた男が庭先で首を吊っている「花柘榴」、派出婦に招かれて大坊主の盲人の屋敷でわけのわからぬままもてなしを受ける「橙色の燈火」の五篇より成る恐怖オムニバス。

内田弘樹（うちだ・ひろき　一九八〇〜）太平洋戦争シミュレーション戦記を執筆。新技術物の『戦艦大和欧州激闘録』（〇五・銀河ノベルズ）ほか多数。

内田浩示（うちだ・ひろじ　一九六五〜）緑の卵の殻に入った赤ん坊が都会を中心に生まれてくる、自然環境問題をテーマにした『にんげんのたまご』（九三・岩崎書店）で福島正実記念SF童話賞佳作入選。ほかに死神物の怪奇短篇「うらみっこなし」など。

内田康夫（うちだ・やすお　一九三四〜）東京生。東洋大学文学部中退。コピーライター、CM製作会社経営を経て、八二年から専業作家となる。鬼女伝説の残る神秘的な風土に展開される『戸隠伝説殺人事件』（八三・角川書店）をはじめ、多くの伝奇ミステリを発表している。

内田麟太郎（うちだ・りんたろう　一九四一〜）福岡県大牟田市生。大牟田北高校卒。詩人、童話作家。多数の幼年童話、絵本の文章を執筆する。言葉遊びにこだわり、ナンセンスな味わいの童話を多数執筆。神様が〈たすけてー、かみさまー〉と思わず叫んでしまうオチもおかしい「へんなこといった?」や、言葉遊びに溢れた表題作などを含むナンセンス童話集『魔法の勉強はじめます』（八九・童心社フォア文庫）、タヌキを騙して食ってしまったイヤらしい性格のオオカミが死んだタヌキに化かされる（化かされたかもしれない）という不思議な味わいの短篇「もしかしたら」（九一）、仙人が地球の危機を救うナンセンス・テイルの絵本『こいしがどしーん』（九二・童心社、長新太画）などがある。中学年向けの童話に、三人の少年少女と一匹の猫が、現実と似て非なる異世界で、たくさんの言葉遊びやなぞなぞに導かれながら、冒険を繰り広げる『少年少女ネコしょくん!』（八九・国土社）、詩人で童話作家、だじゃれやことわざが大好きな父の影響で、口先三寸の少年が人影の見えぬ異世界に放り出され、実体化したことわざやだじゃれに翻弄される『だじゃれことわざ変事件』（九四・文溪堂）、「毒づき法師」など心に棲まう妖怪を描いた短篇連作《心妖怪シリーズ》（二〇〇〇・佼成出版社）がある。

卯月勇太（うづき・ゆうた　一九七八〜）専門学校東京アナウンス学院DCI科卒。改造人間テーマのSFアクション『バッドボーイ×バッドガール』（〇五・ファミ通文庫）でえんため大賞東放学園特別賞受賞。

宇月原晴明（うつきばら・はるあき　一九六三〜）本名永原孝道。岡山県生。早稲田大学第一文学部日本文学科卒。信長を完全な両性具有として設定し、この世にアナーキーな状況をもたらすために降臨した流刑の神であるとする歴史伝奇長篇『信長あるいは戴冠せるアンドロギュヌス』（九九・新潮社）で第十一回日本ファンタジーノベル大賞受賞。その続篇ともいうべき作品に、異端カタリ派のイエズス会士を登場させ、錬金術、ホムンクルス製造、死者蘇生などの魔術が効力を発揮して、あやかしを生み出すという設定のもと、摂政関白・秀次の陰謀を中心に物語を展開する歴史伝奇長篇『聚楽―太閤の錬金窟《グロッタ》』（二〇〇二・新潮社）がある。『安徳天皇漂海記』で第十九回山本周五郎賞受賞。ほかに、ペルシア渡来の暗殺法を伝える山で刺客として育てられた二人の美貌の兄弟弟子が、長じて後松永久秀、斎藤道三となり、あやかしの術を用いて戦国の武将を動かしていく《黎明に叛くもの》（〇三〜〇四・Cノベルス）など。また、評論「お伽ばなしの王様―青山二郎論のために」（九九）で、第六回三田文学新人賞を受賞。本名による評論集に、『ワードウォーズ―言語は戦争する』（九五・沖積舎）『死の骨董―青山二郎と小林秀雄』（〇三・以文社）

などがある。

【安徳天皇漂海記】 長篇小説。〇六年中央公論新社刊。「東海漂泊―源実朝篇」と「南海流離―マルコ・ポーロ篇」の二部より成る。源平合戦の果て、三種の神器を擁して壇ノ浦の海底に没したとされる幼帝・安徳天皇は、琥珀に囚われた虫さながら、蜜のような輝きを発する玉＝真床追衾の内部に封じられ、眠るがごとく生きながらえていた。幻術師の一団に護られ、壇ノ浦から相州江ノ島へ、東シナ海を越えて南宋滅亡の地・厓山へ、さらには遠く南洋の小島へ、はろばろと流離する貴種の悲哀。幼帝と奇しき縁で結ばれた人々が織りなす波瀾万丈の活劇。あたかも澁澤龍彦の名作『高丘親王航海記』を継承するかのごとく、『吾妻鏡』や『東方見聞録』といった古典籍に記された史実を踏まえて仮構された、伝奇の醍醐味に溢れた傑作である。続篇に『廃帝綺譚』(〇七・中央公論新社)。

『宇津保物語』(うつほのものがたり　十世紀後半成立)作者未詳。源 順《みなもとのしたごう》説がある。『源氏物語』に先立つ日本最初の長篇物語で、琴の神技が伝授されていく物語と宮廷恋愛物語とを二本の柱とし、それらが合一しながら三代にわたる物語が結末に向って緩やかに流れていく形になっている。冒頭の「俊蔭の巻」の波瀾性を考えると、中盤の宮廷政治的な展開など冗長としか思われない部分もあるが、音曲の神秘性を謳い上げる物語という視点で読めば、世界でも最初期に属する幻想文学として魅力に溢れているといえよう。

　俊蔭は若くして遣唐使に選ばれるが、難破して波斯《はし》国に流される。俊蔭は観音に導かれ、ただひたすらに琴を弾く三人の人に出会って琴を習う。さらに琴を求めてさまよい、阿修羅が木を切るところへ至る。その木によって作った三十の名琴を俊蔭は得る。中でも素晴らしい二つの琴、はし風となん風とは天人を呼ぶことのできる、奇跡的な力を持つ名琴である。さらに天人に教えられて七仙人を尋ね当て、琴の秘曲を習得する。そして二十三年後に日本にようやく帰ってくるが、俊蔭は屋敷に籠もって娘に秘曲を伝授して死ぬ。娘は時の太政大臣の息子・藤原兼雅と契って仲忠を産むが窮乏し、山中の木のほら(うつほ)に住む。やがて進退窮まった俊蔭の娘が奏した名琴なん風の威力で山が轟き、今は右大将となった兼雅に見出され、引き取られる(ここまでが首巻「俊蔭の巻」。分量的には全体の二十分の一ほど)。一方、栄花を誇る源正頼の九番目の娘あて宮は数々の求婚者を迎え、春宮からも声がかかる。仲忠もあて宮の求婚者の一人に加わり、さらに嵯峨院の落胤・涼が求婚者として名乗りを上げる。涼もまた琴の名手で秘曲を伝授されており、仲忠のライバルとなる。だがあて宮は春宮の元に召される。やがて俊蔭の娘が入内し、仲忠も帝の女一宮と結婚、涼はあて宮の妹と結婚し、それぞれに宮廷内に居場所を見つけ、栄花を謳う。一宮はいぬ宮を出産し、やがて六歳となったいぬ宮に、一年をかけての琴の伝授が行われる。

　宮廷恋愛物語としては、さすがに『源氏物語』ほどの深みはなく、ごく単純なハッピーエンドとなっているが、大勢の登場人物を配して、複雑な人間関係を作り出すところは、大長篇としての面目を保ち、後続作品にも甚大な影響を与えたことは想像に難くない。現に『源氏物語』中にも言及が見られ、紫式部もこの書に触発されたことが大いに考えられる。その後も『狭衣物語』をはじめとして、平安期の様々な物語に影響関係を辿ることができよう。

　幻想小説としては、琴をめぐる神秘というテーマを辿って読むことができる。仲忠と涼の二人が神泉苑の紅葉賀で琴の秘曲を競い合うと、気象にも異変が起き、天人が舞い降りる。また物語最終章の親子三代にわたる秘曲の相伝、そしてその披露の場でも奇跡が招来される。さらに秘曲の全てを聞かせないことによって、音曲がこの世を完全に超えていることを示し、音曲の神秘は帝の威光をも上回ることが示唆されるのである。時に音楽のテーマは見えなくなるものの、ここまで音楽の神秘性にこだわった作品は世界にも例がなく、きわめて特異な幻想物語といえるだろう。

烏亭焉馬［初世］（うてい・えんば　一七四三～一八二二／寛保三～文政五）戯作者。本名中村英祝。通称和泉屋和助、立川焉馬。多数の戯号がある。江戸本所生。大工の棟梁の家に生まれ、家業を継ぎ、後に足袋や手拭いも商った。歌舞伎を好み、大の市川団十郎贔屓であった。初の歌舞伎史『花江都歌舞妓年代記』（一一～一五／文化八～一二）を著したほか、歌舞伎の台本も執筆。読本『絵本敵討松山話』（〇四／享和四）も役者似顔絵を用いたものだった。また、狂歌、俳諧、落咄など様々な文芸に広く携わり、咄の会を開き、落語中興の祖ともされる。交友も広く、落語系の弟子も多い。式亭三馬、柳亭種彦は焉馬の門人であった。合巻『赤本昔物語』（二二／文政五、歌川国貞画）は、浦島説話と「暫《しばらく》」の趣向を取りあわせ、竜宮を舞台に、浦島と海老蔵が十東の剣と玉手箱を鰐鮫親王から取り戻すというもの。海老蔵（市川団十郎）贔屓の心情を視覚化したようなものといわれる。ほかに、春町『〈妖怪《ばけもの》仕打〉評判記』や楚満人『化物大閉口《だいのへいこう》』をもとに、歌舞伎役者の化け振りに本物の化物たちが驚いて退散してしまうという役者讃の合巻『古今化物評判』（一四／文化一一、五渡亭国貞画）など。

宇野和子（うの・かずこ　一九三二～）広島県生。奈良女子大学文学部卒。武蔵野美大短大中退。講談社児童文学新人賞を受賞した『ポケットの中のあかちゃん』（七二・講談社）は、幼稚園児の少女が、エプロンのポケットから生まれた、ちょっとわがままできかん気の子供の世話をするという長篇童話。

宇野克彦（うの・かつひこ　一九三二～）東京生。早稲田大学理工学部卒。会社員の傍ら児童文学を執筆。『おばけのもっさり』（七一・偕成社）をはじめ、幼年向けの童話が中心だが、『ケンの宇宙は子どもの宇宙』（八三・大日本図書）は、やや年長向け。コンピュータで宇宙を自分の部屋に呼び込んだ男と、その男の世界に迷い込んだ子供たちの話で、現実と幻想の交錯ぶりが鮮やかである。

宇能鴻一郎（うの・こういちろう　一九三四～）本名鵜野広澄。別名に嵯峨島昭。北海道札幌市生。少年期を満州で過ごす。東京大学国文科卒。六二年、九州の小漁村を舞台に伝説の巨鯨と若者の死闘と交感を描いた「鯨神」（六一）で芥川賞を受賞し、執筆生活に入る。破滅にいたる性を大胆に描いた『密戯』（六四）『楽欲』（六五）などを発表した後、風俗小説に転じ、若い娘の一人称饒舌体ポルノなどで人気作家となる。マゾヒズムやスカトロジーなど倒錯した性の世界を密度の濃い文体で描いた初期の異色作に、若く美しい愛人の尿に執着し財産も命もなげうつ醜男の恍惚を描く「月と鮟鱇男」や、御不浄付きの腰元に化け、美しい姫君の尻を舌で清めることに無上の喜びを感じる狸の悲喜劇を描く「心中狸」を含む短篇集『血の聖壇』（六七・講談社）などがあるほか、『西遊記』の物語を抱腹絶倒の艶笑ファンタジーに仕立てた長篇『秘本西遊記』（七〇・徳間書店）がある。七二年からは嵯峨島昭の筆名で多くのミステリを執筆。なかには、ニュー・ネッシーの実在を追求するルポライターを主人公とする幻想的な海洋冒険小説『深海恐竜《ニューネッシー》殺人事件』（八〇・トクマ・ノベルズ）のような異色作もある。

宇野浩二（うの・こうじ　一八九一～一九六一）本名格次郎。福岡市生。早稲田大学英文科予科中退。大学在学中に散文詩的・情緒的な小品集『清二郎　夢見る子』（一三・白羊社）を刊行。幻想的とまではいかないが、夢見る詩人としての宇野の側面がよく表れた一冊である。一九年「蔵の中」「苦の世界」を発表して文壇に認められる。以後、市井の人をユーモアとペーソスによって描き出す作家として名を成した。巌谷小波のお伽噺を愛した宇野は、小説の傍ら童話を書き続けた。多くは翻案や昔話の再話だが、語り口が柔らかくユーモアもあり、優れたものである。アイヌ伝承に素材を採った「蕗の下の神様」「春を告げる鳥」ほか、バルザックの「あら皮」にナンセンス味を付け加えた「生命の皮」、恵比寿神社の始まりをユーモラスに語る奇想短篇「福の神の正体」など多数の作品がある。

宇野信夫（うの・のぶお　一九〇四〜九一）本名信男。東京浅草生。慶応義塾大学国文科卒。在学中から寄席芸能に親しみ、南北・円朝らの作品に影響を受ける。三五年「吹雪峠」（三四）が二世市川左団次らにより上演され脚光を浴びる。出世作「巷談宵宮雨」（三五）をはじめ、六世尾上菊五郎と提携して世話狂言の伝統を活かした新作を発表、戦中・戦後を通じて創作・演出に活躍し、〈昭和の黙阿弥〉とも称される。六九年に放送文化賞、七一年に「柳影沢蛍火」（七〇）で芸術選奨文部大臣賞を受賞。毒殺されて埋蔵金を横取りされた破戒僧の亡霊が甥夫婦を取り殺す「巷談宵宮雨」、不実な情婦とその愛人に祟る按摩兄弟の執念を描く「怪談蚊喰鳥」、刀に映る恨めしげな女の顔に祟られて転落していく首斬り浅右衛門の凄惨な末路を描く「刀の中の顔」ほか多数の怪談劇を執筆している。

冲方丁（うぶかた・とう　一九七七〜）岐阜県生。早稲田大学政治経済学部中退。伝奇アクション『黒い季節』（九六・角川書店）で第一回スニーカー大賞金賞を受賞してデビューし、SF、ファンタジーを執筆。コンゲーム風SF『マルドゥック・スクランブル』（〇三・ハヤカワ文庫JA）でSF大賞を受賞。ほかの作品に、魔法的別世界を舞台に、出自と存在理由を求めて戦い続ける少女を描いたアクション・ファンタジー『ばいばい、アース』（二〇〇〇・角川書店）、カードバトルゲームの設定をもとにしたファンタジー『ストーム・ブリング・ワールド』（〇三・MF文庫J）、超能力が四次元的なものとして理解されるようになり、超能力戦争が起きた後の世界を舞台に、サイコパスの超能力者と超能力刑事コンビが戦う『微睡みのセフィロト』（〇二・徳間デュアル文庫）、未来のヨーロッパを舞台に、葛藤を抱えた少女たちが機械の義手義足で暴れ回るSFアクション『オイレンシュピーゲル』（〇七・角川スニーカー文庫）など。

【カオス・レギオン】連作長篇小説。〇三〜〇四年富士見書房（富士見ファンタジア文庫）刊。教会が大きな力を持つ別世界を舞台とするファンタジー。剣奴のジーク・ヴァールイトは、戦争のない世界を作るために理想を掲げて進むドラクロワの忠臣となる。死者の霊を戦士として呼び出す能力を得たジークは、ただ一人で〈軍団〉と呼ばれて無敵を誇り、ドラクロワを支えた。だが、ドラクロワは最愛の女性を過って殺してしまい、争いを呼ぶ元凶である神の囁きに惑わされ、この世をすべて滅ぼせば平安が得られるという幻想に取り憑かれてしまう。世界を破壊していくドラクロワを止めるため、ジークは戦いの旅を続ける。〈万里眼〉と〈幻視〉（眼前に見るように強くイメージすることで物を現存させる）の能力を持つ少女と、その友達の妖精を道連れとして、死者を葬るための銀のシャベルを肩にかついで……。軽ファンタジーの快作。

馬田柳浪（うまた・りゅうろう　?〜一八一八／文政元頃）読本・滑稽本作者。本名昌調。字に天洋、国端。号に稗海亭、雨香園など。孫に広津柳浪。久留米藩儒・広津家の次男で、長崎医・馬田家の養子となり、大坂で医者を開業。大田南畝、曲亭馬琴らと交流があり、中国白話小説に詳しかった。読本に、灰屋紹益の物語をもとにした作品で、逃走中の主人公が、雷に撃たれて魂が体から抜け出、地獄巡りをしながら波斯国太子であった前世の因縁を知らされるというエピソードを含む『朧月夜物語』（別題「朧月夜恋香繍史」一八一〇／文化七、窪俊満画、未完）、情話とお家騒動を絡めた作品で、山伏の怨霊が祟る部分がある『朝顔日記』（一一／同八、北川春政画）などがある。

海猫沢めろん（うみねこざわ・めろん　一九七五〜）大阪府生。高校卒業後、種々の職業を経て、制作に関わった美少女ゲームを元にした『左巻キ式ラストリゾート』（〇四・イーグルパブリシング＝パンプキンノベルズ）でデビュー。原爆を落とされた日本が滅んでしまい、カリフォルニアに〈皇義神国〉という実験国家が作られたという設定のSF短篇「零式」（〇五）と、それを長篇化した『零式』（〇七・ハヤカワ文庫）のほか、美少女アニメのノベライゼーション『舞-HiME Side-A 秘密の花園』（〇五・徳間デュアル文庫、ナカガワヒロユキ名義）などがある。

梅崎春生（うめざき・はるお　一九一五～六五）福岡市簀子町生。父は軍人だったが軍縮のため退役、麻雀店経営等に手を出すが生活は苦しかった。母方の伯父の援助で熊本第五高等学校に進学、校友会誌に詩を書き、学業を怠けて一年落第する。東京大学国文科卒。在学中、しばしば幻聴に悩まされ、被害妄想から下宿の雇い婆を椅子で殴り留置場に入る。三八年、処女作「風宴」を執筆、翌年『早稲田文学』に掲載される。東京市教育局研究所などに勤務し、四四年応召、海軍の暗号特技兵となり、下士官候補の速成教育を受け九州各地に赴任する。四六年『素直』に「桜島」を発表し好評を得、一連の〈戦争物〉で戦後派作家を代表する一人と目される。五五年、庶民の日常を辛口のユーモアを交えて描く〈市井事物〉の代表作「ボロ家の春秋」で直木賞を受賞。五九年、不安神経症に罹り一時入院、持続睡眠療法を続ける。六四年「狂ひ凧」により文部大臣賞芸術選奨を受ける。六五年、毎日出版文化賞受賞作「幻化」執筆直後に宿痾の肝硬変が悪化し急逝。

怠惰な生活を続ける東大生の心象風景を梶井基次郎風に描いた処女作「風宴」が、小学校の校庭から死骸を掘り出す不気味な夢の描写に始まることに象徴されるように、人間存在の不安に根ざした梅崎の文学は、ときに〈曖昧で錯綜する記憶〉という形をとって現実の虚妄性を露呈させる。帰宅途中タクシーの運転手とトラブルを起こした際の記憶が、同乗していた友人や運転手の話とまったく食い違っている不気味さを描く「記憶」（六二）や、精神病院から抜け出した主人公が、思い出ふかい薩南の地を幻覚に悩まされながら彷徨し、記憶と現実の落差に愕然とする中篇「幻化」など晩年の作品には、とりわけ幻視の文学としての性格が色濃く、慄然たる〈生〉の根源が生々しく描き出されている。

▼『梅崎春生全集』全七巻・別巻一（八四～八八・沖積舎）

楳図かずお（うめず・かずお　一九三六～）漫画家（詳しくは漫画家事典参照）。小説に、多数の蠅でできた女に魅入られた男が辿る恐怖を描く小品「蠅」（八四）がある。

梅津裕一（うめつ・ゆういち　一九七一～）死霊を操る闇の魔術師を主人公とするヒロイック・ファンタジー《闇魔術師ネフィリス》（二〇〇〇・角川スニーカー文庫）、オカルト・ミステリ『アザゼルの鎖』（〇一・同）、ホラーアニメをもとにした『妄想代理人』（〇四・角川ホラー文庫）などがある。

梅原克文（うめはら・かつふみ　一九六〇～）本名克哉。富山市生。関東学園大学卒。会社勤務を経て、並行世界物のSF『迷走皇帝』（九〇・エニックス文庫、梅原克哉名）でデビュー。DNAに邪神が甦る契機が秘められているクトゥルー物のSF『二重螺旋の悪魔』（九三・ソノラマノベルス）で一般に認められる。ソリトン波が知的生命体となって進化しているという設定の元、破壊的な意志のみを持つソリトンの異端児と戦う人間を描くSF風怪獣小説『ソリトンの悪魔』（九五・同）で日本推理作家協会賞受賞。ほかに邪馬台国の秘密に迫る伝奇SF『カムナビ』（九九・角川書店）などがある。

梅原賢二（うめばら・けんじ　一九六〇～）高知市生。広島大学文学部独文科卒。ユーモア、ナンセンス童話を主に執筆。神のようなコンピュータの力を借り、一九九九年に中性子爆弾で人類を滅亡させる計画を立てている男と少年が対決するジュヴナイルSF『紀元55年のユートピア』（八五・汐文社）がある。

梅原猛（うめはら・たけし　一九二五～）宮城県生。京都大学哲学科卒。独特な日本史観により、幻想的な古代論を展開する哲学者・評論家。法隆寺は聖徳太子の怨霊を鎮めるために建てられたとする『隠された十字架』（七二・新潮社）、柿本人麻呂は実は一介の御用歌人ではなく、高い位にあって流刑死したという『水底の歌』（七三・新潮社）、記紀神話創造と当時の政治情勢の関わりを論じた『神々の流竄』（八一・集英社）など多数の著作があり、古代史に関わる伝奇ロマンに与えた影響には多大なものがある。劇作にも手を染め、侵略者の立場にあるヤマトタケルを描く『ヤマトタケル』（八六・講談社）などの歌舞伎台本、古代のギルガメシュ叙事詩に材を採り、現代を諷刺した創作戯曲『ギルガメシュ』（八八・新潮社）などを執筆。また小説も執筆し、説話文学をもとにした連作短篇集『中世小説集』（九三・同）、『今昔物語集』をもとにした『もののかたり』（九五・淡交社）などがある。

梅暮里谷峨（うめぼり・こくが　一七五〇〜一八二一／寛延三〜文政四）洒落本作者。通称反町三郎助、後に与左衛門。上総久留里藩江戸詰武士。寛政の改革直前に洒落本作者としてデビューするが、改革のために一時断筆。『傾城買二筋道』（九八／寛政一〇）により執筆を再開。同作に始まる遊女物のシリーズが代表作で、遊女と客の情感を描き、人情本に連なる新しい作風を開拓した。読本に、山椒太夫の世界をそのまま写し、発端に妖狐の子狐の化身の女と逆臣による領主の弑逆を付け加えた『山桝太夫《さんしょうだゆう》栄枯物語』（〇九／文化六、葛飾北斎画）がある。

梅村崇（うめむら・たかし　一九七三〜）神奈川県生。『小説スターオーシャンセカンドストーリー』（九八・スクウェア・エニックス＝ゲームノベルズ、百武星男［津原泰水］との共著）、『小説ヴァルキリープロファイル』（〇一・同）など、ファンタジーRPGのノベライゼーションを執筆。オリジナルに『輪舞曲都市』（〇二・EXノベルズ）がある。これは、助けを求めるメッセージを受け取って私立探偵が出向いた町で、死んでも蘇っては同じ一日を繰り返すうちに、囚われの少女の超能力が増幅されて神のごとき力を発揮していることがわかるのだが、やがて探偵の体験の基盤が根底から崩されていくという、純然たる幻想小説である。

浦賀和宏（うらが・かずひろ　一九七八〜）神奈川県生。自殺した父のパソコン内に死んだ姉の記憶を見つけ、そのAIとも何ともしれぬ者と対話することになる少年の話『記憶の果て』（九八・講談社ノベルス）で、メフィスト賞を受賞してミステリ作家となる。デビュー作の続篇で、タイムトリップ物の『時の鳥籠』（九八・同）、脳のスキャンを持ち出して前二者の種明かしをする『頭蓋骨の中の楽園』（九九・同）、登場人物が繋がるシリーズ作で、解決に透明人間を持ち出す『透明人間』（〇三・同）など、SF的な趣向によってミステリを破壊する作品がある。ほかにメタフィクション『眠りの牢獄』（〇一・講談社ノベルス）、サイコメトラーが主人公の『ファントムの夜明け』（〇二・幻冬舎）など。

浦川まさる（うらかわ・まさる　一九六一〜）大阪府生。京都芸術短期大学美学美術史卒。少女漫画家。小説に、狼男の血をひく少女と吸血鬼の血をひく少年が探偵役の『怪物《モンスター》にキスをして』『ようこそ怪物《モンスター》ラビリンス』（九五・コバルト文庫）がある。

浦沢義雄（うらさわ・よしお　一九五一〜）東京生。放送作家を経て七九年、テレビアニメ「ルパン三世（新）」で脚本家としてデビュー。アニメ、特撮を中心に多数の作品を手がけ、奇妙なキャラクターとシュールな展開で知られる。脚本の代表作に「勝手に！　カミタマン」（八五）「魔法少女　ちゅうかなぱいぱい！」（八九）「うたう！大龍宮城」（九二）をはじめとする《東映不思議コメディーシリーズ》（八一〜九三）。小説に、脚本を手がけた映画のノベライゼーション『オペレッタ狸御殿』（〇五・河出文庫）のほか、『平妖伝』にインスパイアされた絵物語風のファンタジーで、卵から生まれたたまご和尚のはちゃめちゃな冒険をシュールにユーモラスに描く『たまご和尚』（〇三・リトル・モア、タムラノボル画）がある。

浦野健（うらの・けん　？〜）ポルノ小説を執筆。ファンタジーに《ゴライアス血風録》（一九九六・ナポレオン文庫）『魔城伝説』（九七・同）がある。

浦浜圭一郎（うらはま・けいいちろう　一九六三〜）東京の一地域突が如として外界から遮断され、謎の怪物によってゾンビ化されていくという理不尽な状況を描いたSFホラー『DOMESDAY《ドームズデイ》』（二〇〇〇・ハルキ・ノベルス）で、第一回小松左京賞佳作入選。

浦山明俊（うらやま・あきとし　一九五八〜）東京浅草生。国学院大学卒。雑誌記者などを経てフリーライターとなる。『絵本とは違いすぎる原典アンデルセン童話』（九九・ぶんか社）『神社のしきたり』（〇七・角川マガジンズ）など、文芸・民俗・社会問題・医学を中心に執筆。実在の陰陽師・石田千尋を主人公にした除霊物の連作短篇集『東京百鬼』『鬼が哭く』（共に〇六・祥伝社文庫）がある。

嬉野秋彦（うれしの・あきひこ　一九七一〜）栃木県生。中国・宋を舞台に仙女の美少女・白瑛が変化の虎を相手に戦う『皓月に白き虎の啼く』（九四・スーパーファンタジー文庫）で、ロマン大賞を受賞して小説家デビュー。同作は、白瑛を主人公としてシリーズ化された（〜九五）。以後、ヒロイック・ファンタジー、伝奇アクション、SFアクションなどを執筆。竜神や道士などを主人公に、武闘・道術が入り乱れる中華風冒険ファンタジー群『紅龍よみがえる午後』『魔星またたく刻』（共に九五・同）『狐啾記』（九六・同）、中国天界の神仙たちの冒険を描くアクション・コメディ《チキチキ美少女神仙伝！》（九六〜九八・角川スニーカー文庫）、別世界物のヒロイック・ファンタジー《妖精の騎士》（九七〜九八・コバルト文庫）《フェアリーランド・クロニクル》（二〇〇〇〜〇一・スーパーダッシュ文庫）《ホルス・マスター》（九八〜〇三・ファミ通文庫）《神咒鏖殺行》（九九〜二〇〇〇・角川スニーカー文庫）、現代を舞台にしたオカルト・アクション《ハルマゲドンバスターズ》（九八〜〇一・スーパーファンタジー文庫）、現代を舞台にしたハーレム型ラブコメディに超人の少年の戦いをミックスさせたアクション『蘭堂家の人々』（〇三〜〇六・スーパーダッシュ文庫）、魔法物のラブコメディ《紅矢くんのストレンジ・デイズ》（〇四〜〇五・ファミ通文庫）、悪魔と〈時の神〉の覇権争いに巻き込まれた青年を描く伝奇アクション『メフィストの魔弾』（〇五〜〇六・トクマ・ノベルズ）など多数。

虚淵玄（うろぶち・げん　一九七二〜）ゲームのシナリオライター。種子島貴《たねがしまたかし》との共著による、伝奇SFテイストの吸血鬼物アクション『吸血殲鬼ヴェドゴニア』（〇三・角川スニーカー文庫）、SFアクション『鬼哭街』（〇五・同）などがある。

海野十三（うんの・じゅうざ　一八九七〜一九四九）本名佐野昌一《しょういち》。別名に丘丘十郎。徳島市安宅町生。生家は代々、阿波蜂須賀家の御典医を務めた名家。早稲田大学理工学部電気工学科卒。逓信省電気試験所員となり無線電話やテレビの開発研究に従事する。二七年から科学雑誌に科学エッセーや「遺言状放送」（二七）ほかの科学小説を発表、二八年「電気風呂の怪死事件」で『新青年』に小説家として登場、科学的発想のトリックによるミステリや奇想SFを次々に発表する。戦時中は軍事・スパイ小説や「地中魔」（三三）「地球盗難」（三六）「怪塔王」「浮かぶ飛行島」（共に三八）「太平洋魔城」「人造人間エフ氏」（共に三九）「火星兵団」（三九〜四〇）「地球要塞」（四〇〜四一）ほかの少年向け冒険SFを多作。洗脳装置に愛国音楽を流して国民の感情をコントロールする未来のアンチユートピアが崩れ去り、国民が死滅した後に、科学者によってアンドロイドのユートピアが打ち立てられる中篇「十八時の音楽浴」（三七）、アトランティスが海底で独自の進化を遂げて国家を築いているという設定の「海底大陸」（三七〜三八）などのSF作品は、幻想文学の面からも注目に値する。四二年には海軍報道班員としてラバウルに赴任。戦後、軍部への協力を理由に追放処分となるが、少年雑誌を中心に、別名による大量の連載を死の直前まで続けた。

今日、空想科学小説の先駆者と評される十三にはマッドサイエンティストによる人体改変をテーマとする一連の初期作品があり、それらの中には、SFよりも、同時代に米国で量産されていたパルプホラーとの類似性を感じさせる、エログロ・ナンセンス趣味に満ちた怪奇小説と呼ぶべき内容のものが多い。死亡直後の人体から摘出した大腸を空気中でも生存できるように訓練した医学生が、彼を慕って飛びついてきた腸に絞め殺されるというナンセンス味のまさった「生きている腸」(三八)、〈三人の双生児〉という父の言葉を手がかりに出生の謎を探る未亡人が、奇怪な双頭児出産に関わる真相を知り、自らも人工受胎で双頭児を孕まされる顛末を因果物めいた雰囲気のうちに描く怪作「三人の双生児」(三五)、人体損壊物の代表作である「俘囚」と、同じアイディアに基づき、造物主に復讐する怪物という和製フランケンシュタイン物語として中篇化した通俗スリラー「蠅男」(三七)などがそれである。また、十三がこよなく愛した深夜の東京散策によって育まれた夢想を小説化した趣のある中篇「深夜の市長」(三六)は、都会の夜の世界に人知れず君臨する怪人物とその一党が、市政をめぐる陰謀に巻き込まれるサスペンス・タッチの物語で、一九二〇年代に輩出した都市幻想小説の掉尾を飾る作品としても注目に値しよう。また、超天才的な金博士の奇妙な発明品をユーモラスに描く短篇シリーズ《金博士》を『新青年』に発表している(四一〜四四)。戦後は心霊科学にも接近し、電波を通して霊の世界と交信した少年が、出現した悪霊に肉体をのっとられ、霊となってさまようという「霊魂第十号の秘密」(四八)や、未完の地獄めぐり小説「大地獄旅行」(四九)などの作品を残している。

▼『海野十三全集』全十三巻・別巻二(八八〜九三・三一書房)

【俘囚】短篇小説。三四年六月『新青年』掲載。常人の二十倍の知能を得るため自身の肉体を〈最小整理形体〉に改変した室戸博士は、若い愛人と諮って博士を殺害しようとした妻と愛人を逆に監禁し、手足を切断した妻の顔に愛人から切り取った鼻や唇を付けるなどのサディスティックな復讐を行うが、家宅捜索にやって来た捜査官が博士の潜む壺の位置を動かしたため、移動の自由を奪われ餓死、天井裏に放置された妻も同じ運命を辿る。

雲峰(うんぽう　一六七八〜一七四八/延宝六〜寛延元)俳人。本姓居初。別号に都塵舎《みやこのちりや》、年々翁。雲鼓《うんこ》の門人で、雑俳点者となった。浮世草子『怪談御伽桜』(三七/元文二)を執筆。狐が人間に騙されて金をたかられる話、猫股の色里に迷い込んだ男が、ようやく逃げ出すが、斑に猫の毛が生えてみっともないので隠居する話など、笑話的怪異談集である。

え

映島巡(えいしま・じゅん　一九六四〜)別名にルートヒルド児嶋、永嶋恵美。福岡県生。児嶋名で占いを、永島名でミステリを執筆。「ZERO」(九四)で第四回ジャンプ小説・NF大賞受賞。『オデュッセイア』(九九・ジャンプJブックス)『曠野の舞姫』(〇一・EXノベルズ)などの古代地中海世界を舞台にした歴史ファンタジーのほか、サイキック漫画をもとにした『マインドアサシン』(九六〜九九・ジャンプJブックス)、ファンタジー系アクションRPGに基づく『ドラッグオンドラグーン』(〇三〜〇五・スクウェア・エニックス)等のノベライゼーションを執筆。また「ドラゴンクエスト列伝　ロトの紋章―紋章を継ぐ者達へ」など、ファンタジー漫画の脚本も執筆している。

江口渙《きよし》(えぐち・かん　一八八七〜一九七五)本名渙。東京麹町生。東京大学英文科中退。はじめ残酷小説風な作品を発表していたが、二〇年頃からアナキズムに接近、さらに日本プロレタリア作家同盟に加盟し、以後マルクス主義作家としての道を歩む。『赤い鳥』の常連寄稿者であり、戦後に子を亡くすまで精力的に童話を書き続けた。雷の子供を助けて金の鼠を授けられる「かみなりの子」（二四）や、鳥には羽毛、獣には毛皮が与えられた由来を語る「大競争」（二四）などを収録した、ファンタジー、ユーモア、諷刺の味わいがある童話集『かみなりの子』（二五・第一出版協会）、桃太郎は実は弱虫で、たまたま老人と子供しかいない時に来ただけだという「或る日の鬼ケ島」（二八）や、大昔の子供のお守りは水の流れがしていたというユニークな話「流と子供」（四七）などがある。

江國香織（えくに・かおり　一九六四～）東京生。父は江國滋。目白学園女子短期大学国文科卒。武士の幽霊と女優の間に生まれた少年が、幽霊の父に後事を託される「草之丞の話」（八七）で児童文学作家としてデビュー。「409ラドクリフ」（八九）で第一回フェミナ賞受賞。青春恋愛小説を主に執筆し、人気作家となる。『こうばしい日々』（九〇）で産経児童出版文化賞、坪田譲治文学賞、『泳ぐのに、安全でも適切でもありません』（〇一）で山本周五郎賞、『号泣する準備はできていた』（〇三）で直木賞を受賞。絵本などの翻訳も手がけている。ファンタジーに、「草之丞の話」のほか、死んだ犬が少年の姿になって現れ、飼い主の少女に愛を告白する「デューク」、過去を振り返るように未来を経験する少女の話「夏のすこし前」などを収録する恋愛テーマの短篇集『つめたい夜に』（八九・理論社）、魅力的で頽廃的な兄・幸裕をめぐる愛のトラブルを解決しようとする物語で、時空が入り乱れて定まらぬ世界を、大切なものを探して彷徨する人々を描く『なつのひかり』（九五・集英社）、異世界への小トリップを描くメルヘン『すきまのおともだちたち』（〇五・白泉社）などの作品がある。

江坂遊（えさか・ゆう　一九五三～）大阪生。早稲田大学卒。八〇年、「花火」が星新一ショートショート・コンクールで最優秀賞に選ばれ、デビュー。以後、星の唯一の弟子としてショートショートのみを書き続ける。落ちのあるミステリ系作品のほか、SF、怪奇幻想物の多彩な作品を執筆。作品集に、動物に扮する奇習をめぐる土俗ホラー「猫かつぎ」、水に映る月を斬り取れる妖剣の話「月光剣」ほかを収録する『仕掛け花火』（九二・講談社ノベルス）、想い出が凍りついている町の話「雪の降る街」ほかを収める『短い夜の出来事』（九七・講談社文庫）、恐るべき地獄耳の話「白い耳」ほかを収める『ひねくれアイテム』（〇八・講談社ノベルス）などがある。

江崎雪子（えざき・ゆきこ　一九五〇～二〇〇五）静岡市生。日本女子大学英文科四年の時、病に倒れる。闘病生活を続けながら、児童文学を執筆。『こねこムーのおくりもの』（八六・ポプラ社）で児童文学者協会新人賞受賞。ファンタジーに、重症筋無力症の母親に命の実を与えるため、魔物を閉じ込めるために織られた絨毯の世界に入り込んで、魔物退治の冒険を繰り広げる『生命《いのち》の樹』（二〇〇〇・ポプラ社）、子猫ムーの黒い木馬との触れ合いや、いなくなった木馬を求めての旅と冒険を描くシリーズ《こねこムー》（～〇四）をまとめた『こねこムーの童話集』（〇七・ポプラ社文庫）がある。

江沢民男（えざわ・たみお　？～）ポルノ小説を執筆。電脳物『電脳☆クエスト』（一九九四・ナポレオン文庫）などがある。

江島其磧（えじま・きせき　一六六六～一七三五／寛文六～享保二〇）浮世草子作者。本名村瀬権之丞。通称庄左衛門。京都万里小路通で大仏餅屋を経営する傍ら、余技として浮世草子を執筆し、評判記、気質物に独自の境地を見いだした。後には歌舞伎・浄瑠璃を戯作化した時代物を多数執筆した。当代の人気作家であり、後世にも大きな影響を与えている。代表作に『けいせい色三味線』（〇一／元禄一四）『風流曲三味線』（〇六／宝永三）『傾城禁短気《けいせいきんたんき》』（一一／同八）『世間娘気質』（一七／享保二）など。怪奇幻想物に、近松門左衛門『双生《ふたご》隅田川』の大筋をもとにしながら、天狗を一喝して白骨と化すなどの新趣向を取り入れた『都鳥妻恋笛《みやこどりつまごいのふえ》』（三四／享保一九）、古浄瑠璃『しのだづま』をもとにしつつ、晴明・道満の術比べなどの話を交え、狐の母子の話は真備中納言保正のゆかりとして、保名・晴明父子の話とは別にしている『安倍清明白狐玉《びゃっこのたま》』（二六／同一二）などがある。

S・稔也（えす・としや　一九六七〜）大阪出身。BL小説を執筆。「浦島太郎」のパロディ『龍宮城ロマンス』（九四・桜桃書房＝エクリプスノベル）、アンドロイド物『博士と助手』（九三・同）、ファンタジー『死神のスプーン』（九七・ワニブックス）ほかの作品がある。

江副信子（えぞえ・のぶこ　一九五〇〜）東京生。武蔵野美術短期大学卒。児童文学作家。南方の島を舞台に、神と人間の仲立ちをする巫女を中心に据え、被征服民として抑圧されるマムダ人の蜂起、神々の死と再生を描いた長篇ファンタジー『神々の島マムダ』（九五・福音館書店）などがある。

『エソポのハブラス』（えそぽのはぶらす　一五九三／文禄二）切支丹の翻訳によって天草で刊行された『イソップ物語』。編訳者は未詳だが、イエズス会の宣教師と日本の切支丹の共同作業によるものと推測される。ローマ字の表記による口語体の表現には切支丹文学独特のものがあり、印象的。古活字本『伊曾保物語』と内容的には同じところが大きいので、読み比べてみると、その文章表現の現代性に驚かされる。

榎田尤利（えだ・ゆうり　？〜）二〇〇〇年に光風社出版よりBL小説作家としてデビュー。〇七年よりユウリと表記。非BLのSFファンタジーも執筆する。ファンタジーに、現代日本を舞台にした吸血鬼物《ヴァムピール・アリトス》（〇三〜〇四・角川ビーンズ文庫）、中華風ファンタジー『宮廷神官物語』（〇七〜・同）、崩壊後の世界を舞台にしたクローン物のSFファンタジー《神話シリーズ》（〇四〜〇七・講談社X文庫）、サイコダイバー物のホラー・ミステリ《眠る探偵》（〇三・マガジン・マガジン＝ジュネノベルズ、〇五〜〇七・講談社X文庫）など。

越後屋鉄舟（えちごや・てっしゅう　一九八四〜）新潟県生。鬼に憑依される役目の巫女を守護する〈花守〉となった青年の試練を描く『花守』（〇六・GA文庫）でデビュー。

江藤初生（えとう・はつみ　一九三二〜）東京生。立教女学院高校卒。コンピュータによってカラスに変身した少年が飛び立って行く物語『カラスになったぼく』（八五・小学館）、身代わりの人形に面倒なことを押しつけている少年の話『マネキン・フーガはぐるぐる回る』（九六・文溪堂）などの児童文学がある。

えとう乱星（えとう・らんせい　一九四九〜）熊本県生。慶応義塾大学中退。八九年「中風越後」で小説CLUB新人賞佳作を受賞してデビュー。時代小説を主に執筆。妖術物の伝奇時代小説『乱れ色方陣―おんな風水師』（二〇〇〇・徳間文庫）、現代日本を舞台に、光と闇の対立を描く伝奇アクション《ソルブライト》（〇六〜〇七・GA文庫）などがある。

江戸川乱歩（えどがわ・らんぽ　一八九四〜一九六五）本名平井太郎。三重県名賀郡名張町生。同郡書記を務める繁男・きく夫妻の長男として生まれる。三歳のとき名古屋に転居。少年時代、黒岩涙香や押川春浪を耽読し、大学入学後、ポー、ドイルを知る。早稲田大学経済学科卒。貿易会社員、古書店経営、新聞記者など十数種の職業を転々とする。二三年「二銭銅貨」が森下雨村に認められて『新青年』に登場、草創期の探偵小説界の牽引役として、「心理試験」「D坂の殺人事件」などの本格推理や、「屋根裏の散歩者」「人間椅子」（以上いずれも二五）などの異色作を次々に発表する。さらに「パノラマ島奇譚」「一寸法師」（共に二六〜二七）や、一年余の休筆期を経た「陰獣」（二八）「孤島の鬼」（二九〜三〇）などの妖気漂う中長篇で斯界の第一人者となる。また「蜘蛛男」（二九〜三〇）に始まる、いわゆる通俗長篇物は、エログロ・ナンセンスの時代風潮とあいまって大衆の圧倒的支持を得た。「怪人二十面相」（三六）以下の少年物が若年読者に与えた影響も多大なものがある。戦後は、探偵作家クラブ賞を受賞した『幻影城』をはじめとする研究評論活動や、『宝石』誌の編集などを通じての海外作品紹介・新人育成に尽力、四七年創立の探偵作家クラブ（現・日本推理作家協会）の初代会長、名誉会長を歴任。五四年、還暦祝賀会の席上で江戸川乱歩賞の創設が発表された。六五年七月二十八日、蜘蛛膜下出血による脳出血のため死去。

　数ある乱歩作品のなかで、純粋に怪奇幻想小説の名に値するものは、さほど多くない。気質密着型の創作家であった乱歩の作品を、傾向別に分類するのはむずかしいが、敢えて試みるとすれば次のようになろうか。①光学器械や鏡、幻燈、人形などへの偏愛を核とするユートピア願望の物語②夢や幻覚に顕れる夢魔めいた光景を描いた散文詩風の小品③フリークス趣味の横溢するエログロ・ナンセンスな犯罪奇譚。

①乱歩幻想の真骨頂を示す作品群である。乱歩世界の集大成ともいうべき「パノラマ島奇譚」と幻想短篇を代表する「押絵と旅する男」の二傑作をはじめ、椅子の中の空間に身を潜め、腰をおろした女体の感触に陶然とする「人間椅子」の椅子職人も、鏡によって歪められた視覚世界に憑かれた挙句、内部に鏡を貼りめぐらした球体に入って発狂する「鏡地獄」（二六）の青年も、新妻に隠れて、なまめかしい京人形と土蔵の中で情痴に耽る「人でなしの恋」（二六）の旧家の若主人も、初恋の相手だった人気女優の屍に、生前にもまして愛玩のかぎりを尽くす「虫」（二九）の厭世家も、それぞれにきわめてプライヴェートな、自分だけのユートピアをつかのま実現するのである。また、パノラマ島風の人工楽園は、「大暗室」（三六～三八）や「盲獣」（三一～三二）などをはじめとする通俗長篇でも、よりケバケバしい装飾のもと何度となく再現される、乱歩偏愛の趣向であった。

②薬屋のガラスケースに収められた女の首に一面のうぶ毛を幻視する「白昼夢」（二五）、暗黒の森に囲まれた沼の中、女体に変じて血に染まり踊り狂う「火星の運河」（二六）、月光の妖術が惹き起こした、ビルの谷間の連続首吊り自殺の怪を描く「目羅博士の不思議な犯罪」（三一）など、〈うつし世はゆめ　よるの夢こそまこと〉を信条とした乱歩の原風景ともいうべき、読む者の心に奇妙な郷愁の念をかきたてる作品群である。

③つねに嘲笑の的とされてきた曲馬団の小人が、一座きっての美女にサディスティックな復讐を果たす「踊る一寸法師」（二六）、戦争で手足を失い醜怪な肉の塊と化した廃人とその妻の倒錯した愛欲の地獄図を描く「芋虫」（二九）、鋭敏な触覚を駆使して女たちを陶酔に誘った後に惨殺し、バラバラ死体をあちこちに撒き散らす盲目のサディストを主人公とする極めつきの異常作「盲獣」、そしてフリークス製造の悪夢と同性愛の甘美な夢を絶妙にブレンドした傑作「孤島の鬼」など、エログロ・ナンセンスの王道をゆく作品群である。

　乱歩には幻想文学の観点から逸することのできないエッセー、評論も多い。すでに第一評論集『鬼の言葉』（三六・春秋社）の「マッケンの事」「群集の中のロビンソン・クルーソー」で、いちはやくアーサー・マッケンに注目し、「日本の探偵小説」では作家別紹介に〈怪奇派〉や〈幻想派〉の項を立て分類解説を試みている。随筆集『幻影の城主』（四七・かもめ書房）は、〈私自身の性格解剖、ある異常心理への関心を示す諸作及び怪奇幻想の随筆〉を集めたもので、なかでも「人形」「残虐への郷愁」「郷愁としてのグロテスク」「レンズ嗜好症」などは乱歩の幻想作品の得がたい自註自解ともなっている。「もくず塚」をはじめとする同性愛関連のエッセーも興味深い。戦後の『幻影城』（五一・岩谷書店）収録の「怪談入門」は、英米怪奇小説に関する初の系統的紹介の試みであり、テーマ別に細かい分類を実践しているところがいかにも乱歩らしいが、その先駆的意義ははかりしれないものがある。

▼『江戸川乱歩推理文庫』全六十五巻（八七～八九・講談社）『江戸川乱歩全集』全三十巻（〇四～〇六・光文社文庫）

【パノラマ島奇譚】中篇小説。二六年十月～二七年四月『新青年』掲載。二七年の単行本収録時に「パノラマ島奇談」と改題。ユートピアの夢に憑かれた貧乏学生・人見広介は、自分と瓜二つの富豪・菰田源三郎の死を知り、奇計をめぐらし源三郎になりすます。沖合の孤島にユートピア建設を進める広介は、源三郎の妻・千代子が彼の正体に気づき始めたことを知り、彼女と島へ向かう。奇怪な海底水族館や変幻自在の大自然パノラマ、そして裸女が乱舞する花園での饗宴に千代子は驚愕する。悲痛な思いで妻を絞殺し、理想の楽園を実現した広介だったが、それもつかのま秘密は露見し、彼は花火と共にパノラマ島の上空に散華するのだった。

【押絵と旅する男】短篇小説。二九年六月『新青年』掲載。魚津へ蜃気楼を見に出かけた帰りの車中で、語り手は西洋の魔術師のような風采の老人と乗り合わせ、彼が携えた一幅の押絵にまつわる因縁話を聞かされる。老人の兄は、かつて浅草の十二階から遠眼鏡で下界を眺めるうち、偶然この世ならぬ美女を見初めて恋に落ちた。ところが、探しあてた娘は、覗きからくりの画中の人物。兄は弟に、遠眼鏡を逆さにして自分を覗くように頼み、レンズの中で忽然と消え失せる。自身を縮小し、押絵の世界に忍び込んだ兄が娘を嬉しそうに抱きしめる画中の光景に、弟は目を瞠る……。汽車が山間の小駅に着くと、老人は押絵を抱え闇の中へ消えていった。

【孤島の鬼】長篇小説。二九年一月～三〇年二月『朝日』掲載。恋人の初代を何者かに殺された〈私〉は、素人探偵の深山木に協力を求めるが、深山木も証拠品を私に託して殺される。代わって探偵役をかってでたのは、かねて同性の私に思いを寄せる諸戸道雄だった。二人は殺人犯が曲馬団の少年軽業師であることを突きとめるが、かれらの周辺に出没する怪老人の銃弾が少年の命を奪う。深山木が発見していたシャム双生児の少女・秀ちゃんの手記を手がかりに、二人は諸戸の故郷である南紀の孤島に向かう。そこは、諸戸の養親である醜悪残忍な佝僂男・丈五郎が、初代の母親をはじめ自分を忌み嫌った健常者への呪詛に燃え、自らの手で製造した不具者の群れと暮らす地獄の島だった。丈五郎を監禁し不具者を解放したのもつかのま、二人は地下洞窟に閉じ込められてしまう。暗闇の中で、諸戸は私に思いのたけを告白する。ようやく脱出した二人が見たのは、島に伝わる埋蔵金を発見し狂気に陥った丈五郎の姿だった。私は手術で元の姿に戻った初代の妹・秀と結婚するが、諸戸は真の両親のもとで、私の名を呼びながら病没する。

榎木洋子（えのき・ようこ　一九六六～）山口県生。都立光丘高校卒。ファンタジー好きの女子高生が、高校生として日本に潜伏していた別世界の王子と共に、竜が偉大な力を持つ魔法的別世界に渡って活躍するファンタジー『東方の魔女』（九一・コバルト文庫）でデビュー。同作は《守龍ワールド》としてシリーズ化され、《リダーロイス》（九一～九二）『龍と魔法使い』（九三～九六）『緑のアルダ』（〇三～〇六）など、主人公やシチュエーションを変えて、様々な作品が書かれている。ほかの作品に、伝奇ファンタジー《影の王国》（九七～〇二・同）《女神降臨剣》（九五～九六・キャンバス文庫）、SFファンタジー『月の人魚姫』（〇一・角川ビーンズ文庫）。

榎戸洋司（えのきど・ようじ　一九六三～）滋賀県生。京都芸術短期大学専攻科卒。アニメの脚本家。脚本の代表作に「少女革命ウテナ」（九七）「フリクリ」（二〇〇〇）「ラーゼフォン」（〇二）など。小説にSFアニメのノベライゼーション『フリクリ』（二〇〇〇～〇一・角川スニーカー文庫）、暗殺者の少年がターゲットを求めてやって来た学園で奇怪な待遇を受けるSF『少年王』（二〇〇〇・角川書店）などがある。

江場秀志（えば・ひでし　一九四六～）茨城県生。信州大学医学部卒。神経精神科の医師として大学病院に勤務する傍ら小説を執筆。「午後の祠り」（八五）ですばる文学賞受賞。彼岸と現実の境にあって未だ死に切れぬ者たちが集う世界に迷い込んだ男と女とを描く『黄泉の森』(九六・審美社)がある。

海老沢泰久(えびさわ・やすひさ　一九五〇〜二〇〇九)茨城県生。国学院大学文学部卒。国学院大学折口博士記念古代研究所勤務の傍ら小説を執筆し、七四年「乱」で小説新潮新人賞を受賞してデビュー。ノンフィクション『F1地上の夢』(八七)で新田次郎文学賞を、『帰郷』(九四)で直木賞を受賞。ファンタジーに、小学校五年生の時にいきなり空中浮遊できるようになった少年の運命を描く『空を飛んだオッチ』(八五・角川書店)がある。

海老沼三郎(えびぬま・さぶろう　?〜)土方歳三に憧れる女子高生がタイムマシンで幕末に行き、男装して新撰組に入隊、歴史を間近に見る『にっくき土方さま―新撰組学園隊士始末記』(一九九二・富士見ファンタジア文庫)がある。

『繍像復讐岩見英雄録』(えほんかたきうちいわみえいゆうろく　一八四八〜八六/嘉永元〜明治一九)読本。実録本『岩見武勇伝』を粉本とし、英雄による大蛇・古狸退治などを盛り込んで長篇化したもの。一篇完結形式で七篇あるが、作者も、また版元もそれぞれ異なる。初、二篇水原玉藻、三篇小沢東陽、四、五篇玉藻浦人、六、七篇乾坤亭東涯作。

江見水蔭(えみ・すいいん　一八六九〜一九三四)本名忠功《ただかつ》。別名に怒濤庵など。岡山市生。八一年に上京、杉浦重剛の称好塾で知り合った巌谷小波の紹介で硯友社同人となる。深刻小説流行の時流に投じた「女房殺し」(九五)などで世評を高めた。まもなく、冒険・軍事小説を手がけるようになり、〇八年には『探検世界』主筆となって、押川春浪に対抗して秘境冒険小説や探検記を執筆した。きわめて多作な通俗小説作家で、冒険小説、探偵小説、少年小説などを幅広く執筆した。自身が冒険家であり、考古学や民族学などにも手を染めた水蔭には、『怪竜窟』(〇七・福岡書店)をはじめ、実地探検に基づくノンフィクション・ノベルも多数あり、その集大成的な作品が、作者自らが学術的にリアルに描いたと自信のほどを見せる冒険小説『大蛮勇』(〇八・博文館)である。また、晩年の回想記『自己中心明治文壇史』(二七)が史的な資料として知られている。怪奇幻想系の作品としては、日本先住民族コロボックルと大和民族の戦いを描いた歴史ロマン『三千年前』(一六・実業之日本社)、SF「月世界跋渉記」(〇七)、天狗が出てくる時代小説「怪異暗闇祭」(二五)などの作品がある。

エム・ナマエ(えむ・なまえ　一九四八〜)本名生江雅則。東京生。慶応義塾大学法学部中退。イラストレーター、児童文学作家。童話の挿絵や絵本などの仕事をしていたが、八六年に失明し、以後、童話を書き始める。高原に住む少年が、宇宙からやって来たネコ博士に導かれて、自然の素晴らしさ、大切さを学んでいく『UFOリンゴと宇宙ネコ』(八八・あかね書房、後に「宇宙からきたネコ博士」と改題)、きこりが森で怪獣と仲良くなるが、人々に怪獣は殺され、森は破壊されてしまう寓話ファンタジー『ナクーラ伝説の森』(九〇・教育画劇)などがある。

江森備(えもり・そなえ　?〜)「わが天空の龍は淵にひそみて」(一九八五)で『小説JUNE』よりデビュー。同作に始まる『天の華・地の風―私説三国志』(八六〜九八・光風社出版)は、諸葛孔明を主人公とした三国志物。後に〈完全版〉として復刊された(〇七〜〇八・ブッキング)。ほかに古代エジプトが舞台の歴史ロマン『王の眼』(〇一〜〇四・角川書店)がある。

円信(えんしん　生没年未詳)芸州山県郡有田村大福寺の僧侶。号に呑一叟。勧化物『兵庫築島伝』(一七八二/天明二)の作者。清盛が島を築いた時に自ら人柱になった少年・松王の物語と、滝口入道・横笛の悲恋を絡み合わせたもので、冒頭に慈心坊が閻魔に召喚されて、清盛の前世について知る段を配し、また、ラストにいたって横笛が鶯と化し、松王は如意輪観音と化す趣向がある。

円地文子(えんち・ふみこ　一九〇五〜八六)本名富美。東京浅草生。父は国語学者の上田万年。幼少期から『源氏物語』などの古典に親しみ、歌舞伎や草双紙の頽廃耽美趣味に浸る。日本女子大学付属高女を中退後、英語・仏語・漢文の個人教授を受ける。鏡花、荷風、潤一郎やワイルド、ポー、ホフマンなどを愛読。二六年、戯曲「ふるさと」が『歌舞伎』誌の選に入る。三〇年、東京日日新聞記者円地与四松と結婚。三五年、第一戯曲集『惜春』を出版した後、小説に転じる。四六年に子宮摘出手術を体験したことが一契機となり、抑圧された女の生と性を直視した「ひもじい月日」（五三）「女坂」（四九〜五七）、古典や芸能の世界に妖艶な想像力をはばたかせた「女面」（五八）「双面」（五九）「なまみこ物語」（五九〜六一）などを発表。六九年、自伝的長篇『朱を奪ふもの』三部作（七〇）で谷崎潤一郎賞を、七二年『遊魂』（七一）で日本文学大賞を受賞した。六七年より『源氏物語』現代語訳に取り組むが、その疲労で二度にわたり網膜剥離となり、手術後も視力低下に悩まされた。ほかに浅間山荘事件に取材した「食卓のない家」（七八）、「江戸文学問わず語り」（七七〜七八）ほか多数の作品がある。

　円地には、古代の巫女や王朝期の生霊の文学的再来を思わせる、シャーマニックな幻視感覚に満ちた一連の作品がある。捨てた女につきまとわれる男の恐怖を描いた現代物の「黒髪変化」（五六）や、初老の夫人の心中に騒ぎたつ妖しい情念の物語が、つかのま現実化する不思議を描く短篇「妖」（五六）にはじまり、『源氏物語』の生霊・六条御息所を彷彿とさせる女流歌人と、憑霊の依代のように彼女につきしたがう死んだ息子の嫁の淫靡で奇怪なたくらみと、それに惑わされる男たちの姿を、憑霊に関するペダントリーを交えて描く『女面』（五八・講談社）、架空の王朝物語を再現するという趣向により、一条帝に寵愛された中宮・定子の悲劇的生涯の陰で、秀れた霊能力をもちながら、藤原道長の策謀に利用され、偽の生霊を演じさせられた挙句に定子の生霊の前に敗れ去る巫女姉妹の数奇な運命を描いた『なまみこ物語』（六五・中央公論社）などの代表作を経て、中篇集『遊魂』（七一・新潮社）や長篇『彩霧』（七六・同）では、作中の女流作家は、ますます融通無碍に肉体をあくがれ出でて、古典と現代、現実と非現実を自在に往還し、様々な女たちの生を幻視するに至る。また、書庫の中で三島由紀夫の霊と語らう「冬の旅」（七一）、ノイシュヴァンシュタイン城でルートヴィヒ二世の幻影と対面する「新うたかたの記」（七五）などのシャーマニックな短篇もある。ほかに、近親姦によって没落した孤島の旧家に魅せられた美貌の女学生をめぐり、研究者仲間や島民の間に起こる葛藤や殺人を描いた『鹿島綺譚』（六三・文藝春秋新社）、それを所有した者を狂わせると伝わる内裏雛に操られるように、妹の恋人を奪い取り破局へ走る女人形師を描く『人形姉妹』（六五・集英社）などの伝奇小説風ラブロマンスがある。

▼『円地文子全集』全集十六巻（七七〜七八・新潮社）

【二世の縁拾遺】短篇小説。五七年一月『文學界』掲載。戦争未亡人で出版社に勤める〈私〉は、大学の恩師・布川が現代語訳する『雨月・春雨物語』の口述筆記に通っている。土中から掘り出され蘇生した百年前の入定僧は記憶喪失の愚鈍者で、入定の定助と蔑まれ、近在の後家と通じたという「二世の縁」の話を聞いた帰路、私は夫が爆死する前夜の抱擁を思い出し〈子宮がどきりと〉鳴るのを感じる。そのとき不意に現れた男と夜道を同道するが、男は私を抱きよせ接吻する。私は一瞬、男が亡夫であるように感じるが、黴くさい病臭に布川を連想し、〈定助だ！〉と叫んで一目散に駅へと走り出す……。老残の秋成と布川、定助、そして私の身内にうごめく性の妄執を、夜道の幻覚に交錯させた傑作短篇。鈴木清順監督「木乃伊の恋」としてテレビドラマ化されている。

遠藤明範（えんどう・あきのり　一九五九〜）本名昇。別名に明吾《めいご》。神奈川県生。同志社大学文学部卒。アニメの脚本家。「機動戦士Ｚ《ゼータ》ガンダム」（八五）「銀河英雄伝説」（八八）「敵は海賊・猫たちの饗宴」（九〇）「創竜伝」（九一）「はじまりの冒険者たち―レジェンド・オブ・クリスタニア」（九五）など多数。脚本を担当したSFアニメのノベライゼーション『機動戦士ガンダムZZ』（八六・講談社、遠藤明吾名義）により小説家としてもデビュー。主にSFを執筆。あらゆる電気製品の作動を止めてしまう〈超磁性体〉の少女と大学生のSFラブロマンス『舞い降りた天使』（八七・アニメージュ文庫）、コンピュータによって平和裡に統治されている未来を舞台に、コンピュータを止める鍵を埋め込まれている少女に迫る魔手を描くSFサスペンス『逃走のエデン』（八八・同）、人類に取り憑く恐怖の生命体と戦うシャドーハンターの活躍を描くSFサスペンス『シャドーハンター』（九一・ソノラマ文庫）、スペースオペラ《成層圏《ストラ》ファイター》（八八～八九・同）、国家が水没した未来社会を舞台にした冒険SF『海洋戦闘ダイバード』（八九～九三・富士見ファンタジア文庫）など。また、SF以外の作品にも意欲を見せ、若き日の円朝が遭遇した怪異にミステリを絡めた怪奇時代小説『真牡丹燈籠』（〇一・学研M文庫）『真怪談累ケ淵』（〇二・同）を執筆している。

遠藤周作（えんどう・しゅうさく　一九二三～九六）東京巣鴨生。幼少年期を満州大連で過ごす。三三年、両親が離婚、母と帰国し神戸に暮らす。翌年、カトリックの洗礼を受ける。慶応義塾大学仏文科卒。在学中の四七年、エッセー「神々と神と」が神西清の推奨で『四季』に掲載される。『三田文学』に参加。五〇年、フランスに留学し現代カトリック文学を研究する。五五年「白い人」で芥川賞を受賞、作家生活に入る。新潮社文学賞、毎日出版文化賞受賞の『海と毒薬』（五八）、谷崎潤一郎賞受賞の『沈黙』（六六）などの長篇に、キリスト教の日本への土着という問題を追求する一方、ユーモア小説や『狐狸庵閑話』（七〇）に始まる《ぐうたらシリーズ》などの軽妙なエッセーで人気作家となる。ほかに『イエスの生涯』（七三）『侍』（八〇）などの歴史小説がある。

多彩な執筆活動を展開した遠藤は、怪奇幻想文学の分野でも様々なタイプの作品を発表している。アンソロジーピースとしてよく知られているのが、『怪奇小説集』（七三・講談社）『第二怪奇小説集』（七七・同）としてまとめられた怪奇短篇群だが、これらは前者に収録された一連の実話風怪談を別にすると総じて超自然味に乏しく、むしろ都会風俗を織り込んだ犯罪奇談、奇妙な味の小説としての性格が強い。

一方、内なる悪魔に煽られて悪事を重ねる女医を描いた『真昼の悪魔』（八〇・新潮社）あたりに始まる一連の長篇怪奇小説は、現代人の心に巣くう悪魔という、真摯なカトリック文学者である遠藤ならではのテーマを掘り下げた、本格的なオカルト・サスペンスで読みごたえがある。バリ島の魔女チャロンアランの悪霊に憑かれた美しい未亡人が、彼女に近寄る男たちの心奥に隠された欲望を解放し、かれらを次々に破滅へ追いやっていく『悪霊の午後』（八三・講談社）、天使と妖女の二つの顔を持つ美貌の女医に転生する、血の伯爵夫人エリザベート・バートリーの恐怖を描く『妖女のごとく』（八七・同）など、いずれも純粋な愛の力によって魔物が退散するあたりが、いかにも遠藤らしい。『スキャンダル』（八六・新潮社）では、遠藤の分身とおぼしき中年の作家を主人公に、自我の分裂という伝統的テーマに真正面から取り組んでいる。そのほか、性転換による変身願望をテーマとする『大変だァ』（六九・同）『あべこべ人間』（八一・集英社）などのファンタスティックなユーモア小説もある。

【蜘蛛】短篇集。五九年新潮社刊。『週刊新潮』に〈周作恐怖譚〉のタイトルで連載された九篇に二篇を加えた実話ルポ風の怪談小説集。人間の皮膚に卵を産みつける〈くすね蜘蛛〉にまつわる薄気味の悪い話を絶妙の話術で盛り上げて世評高い表題作をはじめ、遠藤が三浦朱門と共に体験した熱海の幽霊旅館の話を中心とする「三つの幽霊」と続篇「私は見た」

など、くだけた語り口でじわじわと恐怖感を高めていく〈怪談語り〉のツボを心得た作品が多い。

遠藤徹（えんどう・とおる　一九六一〜）兵庫県神戸市生。早稲田大学大学院文学研究科英文学専攻博士課程満期退学。英文学者、同志社大学教授。〈プラスチック・カルチャー〉〈溶解＝妖怪〉など独特の着眼による幻想文学／文化論を展開する評論に『溶解論―不定形のエロス』（九七・水声社）『ポスト・ヒューマン・ボディーズ』（九八・青弓社）『ケミカル・メタモルフォーシス』（〇五・河出書房新社）など。翻訳に、スティーヴン・バン『怪物の黙示録』、マーク・ジャンコヴィック『恐怖の臨界』（共に九七・青弓社）などがある。〇三年、短篇「姉飼」で第十回日本ホラー小説大賞を受賞。短篇集に『姉飼』のほか、生首弁当が当たり前に販売される不安な世界を描く表題作や、人肉食を扱った「赤ヒ月」、ピンクのダニに世界が覆い尽くされていく終末テーマの「桃色遊戯」などを収める『弁頭屋』（〇五・角川書店、後に「壊れた少女を拾ったので」に改題）、古今東西の名作をパロディ化した怒濤の言葉遊び小説『くくしがるば』（〇七・同）などがある。

【姉飼】 短篇集。〇三年角川書店刊。祠部矢《しぶや》と呼ばれる村の異臭漂う脂祭りの夜、縁日の出店で見かけた〈姉〉――人間の女に酷似した肉体を串刺しにされて泣きわめく凶暴な存在に魅せられた〈ぼく〉は……。土俗ホラーと不条理小説を融合させた趣の表題作をはじめ、掌サイズの立方体にパソコンから情報を流し込み、湯に浸して出来上がる人工インスタント少女の一人称小説「キューブ・ガールズ」、心を持ったジャングル・ジムの哀しき恋物語「ジャングル・ジム」、横溝正史の伝奇ミステリをポストモダンに歪ませたような滅びゆく島の物語「妹の島」の四篇を収める。

遠藤文子（えんどう・ふみこ　一九六〇〜）岐阜県大垣市生。生まれ変わる人間と不死の人間が共存する牧歌的別世界を舞台に、美人だが傲慢なところのある少女の愛と成長を描く、光と闇のファンタジー『ユリディケ』（八九・理論社）がある。

お

扇智史（おうぎ・さとし　?〜）静岡県生。現代日本を舞台に、異世界に通じる空間を閉ざし、異界から現れる異生物と戦う使命を帯びた〈閉鎖師〉と関わることになった高校生の少年を描く『閉鎖師ユウと黄昏恋歌』（二〇〇四・ファミ通文庫）でえんため大賞編集部特別賞受賞。その前日譚『墓標の森と、魔女の本』（〇四・同）、SF伝奇的設定のアクション・ファンタジー『塔の町、あたしたちの街』（〇七・同）ほかの作品がある。

逢瀬藍（おうせ・らん　?〜）ファンタジー設定のバイオレンス・ポルノ小説『Dangel―天族の遺児』『麻雀幻想曲』（共に一九九六・ワニマガジン社＝メガヒット・ノベルズ）がある。

近端夏也子（おうはた・かやこ　一九六七〜）会社員の傍ら小説を執筆。大地震で東京の一部が海に沈んだ未来を舞台に、ダイバーの青年がタイムスリップしてきた少年時代の亡父と心を通わせたり、美声を移植された少女の復讐を手助けしたりするSF《サウダード》（九五・スーパーファンタジー文庫）がある。

大石英司（おおいし・えいじ　一九六一〜）鹿児島県鹿屋市生。『B1爆撃機を追え』（八六・講談社）でデビュー。『新世紀日米大戦』（九七〜二〇〇〇・Cノベルス）ほか多数の近未来シミュレーション戦記を執筆。空自制圧攻撃機と乗組員の活躍を描く《制圧攻撃機《ブルドッグ》出撃す》中には、タイムマシンで未来人が出現する『黄金郷《レイン・フォレスト》を制圧せよ』（九五・ノン・ノベル）、不老不死の領域が存在するという設定の『極北に大隕石を追え』（九七・同）などがある。ほかにバイオテクノロジー系怪物・怪獣パニック小説『冥氷海域』(九八・同)『ゼウス―人類最悪の敵』(二〇〇〇・同)、次元の断層に入り込んだ旅客機が、十年ぶりに姿を現して遺族と再会する、一種のタイムスリップ物『神はサイコロを振らない』(〇四・中央公論新社)などがある。

大石圭(おおいし・けい　一九六一～)東京目黒区生。法政大学文学部卒。会社勤務を経て、SM小説「履き忘れたもう片方の靴」(九三)で文藝賞佳作を受賞し、小説家となる。『死者の体温』(九八)『殺人勤務医』(〇二)『死人を恋う』(〇五)など、人体損壊、殺人、屍姦、人肉食などに嗜癖を持つ人物を描いたサスペンスが多い。タイトルそのままの事態に陥った近未来を描く『出生率0』(九六・河出書房新社)、幽霊屋敷、恐るべき少女、テレパシー、妄想などをモチーフとしたホラー『1303号室』(〇五・同)、ホラー映画のノベライゼーション『呪怨』(〇三・角川ホラー文庫)ほか。

大石真(おおいし・まこと　一九二五～九〇)埼玉県北足立郡白子村生。早稲田大学文学部卒。早大童話会に所属して坪田譲治に師事。小峰書店の編集者となり、児童書の編集に携わる。児童文学を執筆し、「風信器」(五三)で日本児童文学者協会新人賞受賞。大人に対抗する子供を生き生きと描いた『チョコレート戦争』(六五)で高く評価される。幼年童話、低学年向け童話を中心に、民話、縮訳、偉人伝などを多数執筆。ファンタジー童話に、犬のクロが主人公そっくりの少年となって学校に現れ、少年の心の醜い部分を暴く「見えなくなったクロ」(六二)、田舎の村の分校の教師をしている東京育ちの青年が、悪戯をすると祟りがあるというテングのいる杉の木に石を投げつけ、不思議な目にあう「テングのいる村」(七三)などの短篇、人間に化けて学校へやって来たワニに子供たちが対抗する『ふしぎなつむじ風』(六八・あかね書房)、不眠症になった子供が深夜の町で、眠れない人々が集まる光る家を見つけたことから不思議な体験をすることになる『眠れない子』(九〇・講談社)などの長篇がある。ほかに、二十一世紀を舞台にしたSF『消えた五人の小学生』(六九・国土社)も執筆している。

大石隆一(おおいし・りゅういち　一九二九～)国民学校卒。満鉄奉天鉄道技術員養成所を経て、牡丹江機関区勤務。放送作家となり、代表作に「ケンにいちゃん」(七四)など。心霊研究家でもあり、『日本の霊能力者』(八一・日本文芸社)『全国霊能・不思議マップ』(八七・鷹書房)『心霊大全』(八八・同)などの著書がある。小説に、権力争いの道具にさせられ、人として生きることを奪われた舎人の物語「枝になった男」、公家の恋愛の真似事をする牛飼と婢女を描く物悲しいファンタジー「禁じられた遊び」など、平安時代の貧しい下層民の哀楽を怪奇と幻想とユーモアの趣向で描いた短篇集『陰陽師もどき』(〇一・鷹書房弓プレス)がある。

大泉黒石(おおいずみ・こくせき　一八九三～一九五七)本名清。長崎市生。青年期までの経歴は未詳。自伝的文章の類によれば、ロシア皇太子の随員として来日した漢口領事のアレキサンドル・ステパノヴィッチ・ヤホーヴィッチと本山恵子夫妻の長男で、生後まもなく母を亡くし、小学校三年まで祖母に育てられる。その後、父をたよって大陸に渡り、父方の叔母の援助でモスクワやパリの小学校に通い、スイス、イタリアを経て帰国、長崎鎮西学院中学を卒業。三高、一高に学ぶが共に中退。石川島造船所書記から屠殺場番頭にいたる職業を転々、作家を志す。一九年、滝田樗陰に認められ「俺の自叙伝」を『中央公論』に連載(～二一)、〈国際的の居候〉として一躍、時の人となる。主著に、ニヒルでアナーキーな哲人像を描いてベストセラーとなった『老子』と続篇『老子とその子』(共に二二)、戯作者風の饒舌が冴える『人間廃業』(二六)、『露西亜文学史古典篇』(二三)など。徹底した韜晦癖とコスモポリタンの視座に立った辛口の言動が災いして文壇を追われ、戦後は横須賀市近在で通訳を生業としたという。息子は俳優の大泉滉《あきら》。

奇想と哄笑の奔流ともいうべき長篇作品とは別に、黒石は異国情緒溢れる怪奇幻想短篇にも好んで筆を染め、それらは『血と霊』（二三・春秋社）『黄夫人の手』（二四・同）『黒石怪奇物語集』（二五・新作社）『眼を捜して歩く男』（二八・第一出版社）『〈趣怪綺談〉燈を消すな』『天女の幻』（三一・盛陽堂書店）などの作品集にまとめられている。独特の饒舌体による息の長いモノローグと、幕切れが与えるショックを計算した構成の妙は、後の夢野久作や橘外男の先駆をなすものである。

▼『大泉黒石全集』全九巻（八八・造型社）

【〈趣怪綺談〉燈を消すな】短篇集。二九年大阪屋号書店刊。黒石がもっとも得意としたテーマの一つである〈中国物〉の怪談奇談を集めた作品集。活気と神秘に満ちた長崎支那人街に窃盗狂の美女の手首が出没する妖異な事件を、さびしげな少年のまなざしを通して描いた名作「黄夫人の手」、〈乞食みたいな支那人の幽霊〉が出るという北京の一流旅館に宿泊した新聞記者の恐怖体験を描く「幽鬼楼」、小指の欠けた支那娘の漂着死体にまつわる奇談に当時流行の心霊学を絡めた「葵花紅娘記」などの怪異譚から、仇の妹の妖艶な美女を丸ごと蒸し殺して客人に饗応する「人間料理」などのグロテスク・ショッカーまで全八篇を収める。

大泉康雄（おおいずみ・やすお　一九四八〜）中央大学法学部卒。小学館に入社し、『週刊女性セブン』編集長などを務めた。幼なじみ・吉野雅邦があさま山荘事件に関わったことにショックを受け、事件を詳細に分析した『氷の城　連合赤軍事件・吉野雅邦ノート』（九八）などを執筆。事件を反映させた小説も執筆しており、尻尾の生えている人間を殺して回る集団に入った少年の物語「夏の戦さ」と、足を舐めるという不埒な行為をするせいで排斥されようとしている少年集団を描く「少年兵たちの未明」の二篇を収録する『テロルの遁走曲《フーガ》』（〇二・ラインブックス）がある。いずれも〈異質な者は排除すべし〉という思想によって起きる暴力行為を描いているが、幻想的な設定を用いることで、かえって暴力の無惨さが生々しくなり、その虚無性が露わになっている。

大海赫（おおうみ・あかし　一九三一〜）本名小川清久。東京新橋生。早稲田大学大学院仏文研究科修了。塾を開いて子供たちと接する中で、童話を書こうと思い立つ。暗く、妖気に満ちた児童向けファンタジーを、自筆の怪異味溢れる挿絵付きで数多く執筆。最初の単行本『クロイヌ家具店』（七二・理論社）は、悪魔的な雰囲気の家具店で、歩き、言葉を解するインス（実は椅子に変えられた子供）に出会った少年の恐怖談である。少年の活躍で椅子が元に戻るということもなく、物語は何の解決もみないまま終わり、児童文学としては異彩を放った。同様のことは『ドコカの国にようこそ！』（七五・童心社）にもいえ、〈ドコカの国〉に招かれるために様々な体験をするでぶの少年は、ついに現実世界へと戻ることはない。一方『ビビを見た！』（七四・理論社）では、盲目の少年が〈七時間だけ世界を見せてやる〉という不思議な声と共に目あきとなるが、代わりに彼以外の人間が盲目になってしまい、悲惨なパニック状態に陥るという設定だが、少年はビビという妖精のような少女と出会って得難い体験をするという、暗さの中にも感動の溢れる作品となっている。また、大海は壜に愛着があるのか、壜の登場する一連のファンタジーを執筆しており、子供を小さくして壜に閉じ込める悪魔に少年たちが立ち向かう『びんの中の子どもたち』（八三・偕成社）、御用済みの壜たちの天国に恐ろしい猫たちが侵略し、壜を恐怖に陥れるが、珍しくハッピーエンドの『ねことビンボケ大戦争』（八三・同）、壜を集めるのが趣味の少女ナナの体験を描く連作短篇集で、壜が人の変身したものであったり、壜がいつか人になるのを待ち望んでいたりする『あくまびんニコニコーラ』（八一・太平出版社）などがある。近年、作品が再刊されたことを契機に、未刊行作品や新作が日の目を見ることになった。自然に生じるガイコツたちの世界を舞台に、少女のガイコツ・ガイコちゃんが冒険を繰り広げる諷刺的ファンタジー『ガイコ』（六八初出、〇四・ブッキング）、孤独な魔術師の少年に母親の数を増やしてもらったために生じた恐るべき事態を描く『ママが六人⁉』（〇五・同）、西岡千晶が絵を描いた絵本『白いレクイエム』（〇五・同）などがある。

大江健三郎（おおえ・けんざぶろう　一九三五〜）愛媛県大瀬村生。東京大学仏文科卒。在学中から「死者の奢り」（五七）などを発表し、認められる。「飼育」（五八）で芥川賞受賞。第一長篇『芽むしり仔撃ち』（五八・講談社）によって、新しい文学の旗手としての地位を固める。個人的な内面の問題と共に社会的問題にも強い関心を示し、それらを融合させて独特な文体で表現し、現代作家の中でも最も高く評価されている作家の一人である。障害児の父であることも有名で、障害児、もしくは障害児の父・家族という登場人物の出てくる作品がきわめて多く、それを主たるテーマとした作品も多い。その前期の代表的な幻想短篇が「空の怪物アグイー」（六四）である。畸形のために処置された赤ん坊の幽霊アグイーに憑かれている父親の付き添いを体験した主人公が、後にある犠牲を払ったことでアグイーに一瞬触れ得るという話で、神秘についての寓話と読める。長篇では、知恵遅れの息子を抱えた、樹木や鯨の代理人を自称する男が、世界の終末から逃れようとする青年たちのグループと交わる物語の裡に、自然の魂のヴィジョンと人間の死と終末の幻影を鮮烈に描いた『洪水はわが魂に及び』（七三・新潮社、野間文芸賞）、もと原子力発電所技師で被曝者である父親と障害児の息子が、あるときなぜか互いに年齢が二十歳分移動して少年と青年とに転換されたため、超越的な存在の意志を感じて行動するようになる、メタフィクションの形式を持つ『ピンチランナー調書』（七六・同）などがある。一方で、幼少年期を過ごした四国の山村を森に囲まれて孤絶した特別な場所として設定し、そこを舞台とした一連の作品がある。故郷へ帰ることによるアイデンティティ獲得の問題、近親相姦や障害児が主人公たちに与えた傷の問題などを追究した長篇『万延元年のフットボール』（六七・講談社、谷崎潤一郎賞）、前作をうけてさらにそれを神話的に発展させた『同時代ゲーム』、そのさらに幻想的な変奏曲で、老婆の語りに特徴のある『M／Tと森のフシギの物語』（八六・岩波書店）などがある。このほか、〈雨の木〉を宇宙樹としてイメージし、そのイメージを中心に、作家の死にまつわる心象世界を現実へと解き放つように描いた連作短篇集『「雨の木《レイン・ツリー》」を聴く女たち』（八二・新潮社、読売文学賞）、核やエイズや紫外線で汚染し尽くされた近未来の地球を舞台に、超越的な蘇生装置をめぐる、選ばれた優秀な人間たちとそうでない人間たちの葛藤を、恋愛小説の形で描いたSF長篇『治療塔』（九〇・岩波書店）、その続篇で、前作で結ばれた二人の間に生まれた子供の超越的な力や治療塔をめぐるその後などが描かれる『治療塔惑星』（九一・同）ほか。九四年にノーベル文学賞を受賞。〇六年、大江健三郎賞創設。

▼『大江健三郎全作品』第一期六巻、第二期六巻（九四・新潮社）『大江健三郎小説』全十巻（九六〜九七・同）

【同時代ゲーム】長篇小説。七九年新潮社刊。村の語り部としての宿命《さだめ》を負わされながら、故郷を離れてメキシコにいる主人公が、村の創建者〈壊す人〉の巫女である双子の妹に、手紙で村の神話と歴史を書き送る、という形の作品。脱藩した武士たちは川を遡り、行く手を阻む黒い壁を爆破してその奥にある隠された土地に村を作る。創立者の頭である壊す人は長い年月を生きて巨人となり、殺害後に解体されて村人にその身体を食われるが、夢を通して人々を導き続ける。国家に半ば組み入れられながらも、独立した存在であり続けた村は、日本帝国軍との戦いも余儀なくされ、壮絶な五十日戦争に突入する。神話的人物を活躍させた奇想的な物語に、世界的な事件などの歴史的な事柄をも盛り込もうとした意欲作。同時に、語り手が考えながら語ることで神話を批評し続けることにもなっており、メタノベルの逸品といえる。

大江小夜（おおえ・さよ　一九六一〜）神奈川県鎌倉市生。大妻女子大学短期大学部卒。UFOの光によって未来透視の能力を授かった少女が、恋人の少年と危機に立ち向かっていくSFファンタジー《宇宙タペストリー》（九〇〜九一・講談社X文庫）がある。

おおえひで（おおえ・ひで　一九一二〜九六）本名大江ヒデ。長崎県高浜村生。高等小学校卒。独学で資格を得、保母となる。小説家・大江賢次と結婚後、児童文学を書き始める。代表作に小学館文学賞受賞の戦争物『八月がくるたびに』（七一）など。ファンタジーに、ソバ作りの手伝いをしてくれる山の小僧との交流など、元気なお婆さんの一年を描く短篇「りよおばあさん」（六二）などがある。

大江文坡（おおえ・ぶんぱ　一七三〇頃〜九〇／享保一五頃〜寛政二）読本作者、神道家。本名匡弼《ただすけ》。別号に菊丘臥山人ほか。青年期に日向で修行するが、京都に出て還俗し、神仙道を唱えた。初めは長篇の説教本作者として登場し、怪談奇談集を手がけ、その後、神道家としての著作を執筆した。説教本には次のようなものがある。清玄桜姫物語と清水寺子安観音の本地物語を結びつけ、山東京伝の『桜姫全伝曙草紙』の種本となった『勧善桜姫伝』（六五／明和二）、『山州名跡志』（一七一一／正徳元）に見える弥陀次郎伝説（殺生を好む通称悪次郎が、霊夢により紫金の仏像を得て回心するというもの）をもとにした『弥陀次郎発心伝』（六五／明和二）、小野小町及び篁をはじめとする小野一族の伝承に六歌仙の説話などを取り混ぜた歴史物語風の説教本で、『小野小町一代記』の種本となった『小野小町行状記』（六七／同四）。怪談奇談集には、『宿直草』に数話を加えて再編した『怪談とのゐ袋』『怪談笈日記』（六八／同五）のほか、異類婚譚を中心とする『怪談御伽猿』（同）、『〈古今奇怪〉清誠談《せいせいだん》』（七八／安永七）などがある。また神仙道勧化のための作品として、『成仙玉一口玄談《じょうせんだまひとくちげんだん》』（八五／天明五）がある。この作品では、中盤以降は仙人の説教が延々と続くのであるが、発端部が変わっている。天上界を遊廓に見立てる趣向の天の羽衣譚で始まるが、天女は奪い返され、男（箒良《はくりょう》）には羽衣のみが残される。箒良は羽衣を着て天に行こうとするが、風に流されて南米のブラジルに到って和荘兵衛《わそうびょうえ》に出会い、銀の流れる大河を見せられ、世界は広いと説教を受ける。そこへ仙人が降り立ち、二人に、さらに広い世界があると説教するという展開となっている。

大江匡房（おおえの・まさふさ　一〇四一〜一一一一／長久二〜天永二）平安後期の学者、歌人、詩人。代々文章道の学者の家に生まれ、自伝によれば、四歳から書を読み始め、八歳で『史記』『漢書』に通じて神童とうたわれたという。数々の試験をクリアして二十代で東宮学士となり、以後文官として栄達の道を歩んだ。博学にして文才豊かな官僚であり、十一世紀後半の院政期を代表する文学者の一人といえるだろう。殊に詩の分野では質量ともにぬきんでている。晩年は嫡子の夭折などの不運に見舞われ、蟄居して様々な記や伝の著述にいそしんだ。また、妖狐に関わる文献的な考証である『狐媚記《こびき》』（〇一／康和三）、慶滋保胤《よししげのやすたね》『日本往生極楽記』を受けてその他の四十二人の往生を描く『続本朝往生伝』（〇二／同四）、大宰府の霊験などを記した『筥崎宮記』（成立年未詳）、説話集『江談抄《ごうだん》』のほか、『本朝神仙伝』がある。このほか、庶民的な芸能に関する貴族の記述として、院政期における文芸全般を考察するうえでも重要な『遊女記』や『傀儡子記《かいらいしき》』（共に成立年未詳）などは、それ自体が幻想的な記述ではないものの、幻想文学に関わる基礎資料の一つとしても重要で、後世の幻想文学にしばしば引用・利用された。

【江談抄《ごうだん》】説話集。成立年未詳だが、晩年の作とされる。異本に『水言鈔』。匡房の談話を藤原実兼を聞き手として記録したという形を取る。各話は短いものが多いが話題は豊富で、宮中の行事、貴族、仏神、雑事、詩、中国の故事などに分かれている。怪奇幻想方面では雑事の項に面白い話柄が多く、吉備真備が入唐した際に鬼に出会った話、清和天皇と伴善男の前世譚、幽霊を叱咤する話、生霊に悩まされた話、百鬼夜行を見た話、小野篁に関する霊界談、鬼も感ずる管弦の神技の話などが興味深い。ただし全体の中でその占める分量は多くない。談話形式であるところも異色で、説話そのものと説話文学の接点の消息を伝えている。

【本朝神仙伝】成立年未詳。一〇九八年頃か。日本最初の神仙伝。倭建命、武内宿禰、浦島子など神話中の人物、役行者、久米仙など修験道関係、弘法大師、慈覚大師、都藍尼など仏教者、都良香、橘正通などの一般人と伝説上の売白箸翁などを取り上げる。説話的な中国の神仙伝とは趣がやや異なっていて、たとえば食を摂らずに座禅し続ける僧の話などその典型だが、神仙思想的に人物を捉え返すことを試みたものといえる。異伝、異聞を多く採録するのも、そのために不可欠だったからであろう。伝説化されていく人物像を描くということに対して意識的な著作である。

『大江山絵詞』（おおえやまえことば　十四世紀初め成立？）御伽草子絵巻。作者未詳。物語は次の通り。貴人の子がさらわれ、安倍晴明の占いで、鬼の仕業とわかる。源頼光、藤原保昌は、天命を受け、鬼を退治するべく大江山に向かう。その山奥には酒天童子が御殿をかまえており、渡辺綱を含む一行は山伏を装って中に入り込む。饗応を受けるが、やがて鬼たちは異形の姿に戻って田楽などを始める。女に化けて誘惑しようともするが、頼光の鋭い眼光を恐れて逃げ出す。戦端が開かれ、頼光らはついに鬼を退治し、救い出した囚われ人と共に、鬼の首を京に持ち帰った。後の酒呑童子物に大きな影響を与えた作品。

大岡玲（おおおか・あきら　一九五八〜）東京生。詩人・大岡信と脚本家・深瀬サキの長男。東京外国語大学イタリア語学科卒。同大学院修士課程修了。美術史研究の傍ら小説を執筆。「表層生活」（八九）で芥川賞、三島賞を受賞。厚生省に勤める青年が妖怪アカナメと暮らすことになって現実感が狂わされていき、自分の生が物語であったことを知ることになる『ヒ・ノ・マ・ル』（九二・新潮社）、縄文杉にサインを刻み込んだ自己中心的な写真家が裁かれて、ペニスが杉になってしまう短篇「縄文裁判」（九三）などがある。イタリア文学の翻訳も手がけ、ファンタジーにパトリチア・ケンディ『王子シッダールタ』（〇三・ホーム社）などがある。

『大鏡』（おおかがみ　平安時代後期成立）歴史物語。作者未詳。藤原氏の栄華を中心にして文徳天皇から後一条天皇までの十四代百七十六年間の歴史を綴ったもの。語りの枠が、百九十歳の大宅世継が昔語りをし、百八十歳の夏山繁樹がこれを補足し、若侍が質問をするのを筆者が書き留めたという形になっている。こうした語りの方法は後世に大きな影響を与えた。全体に天皇、藤原氏の各人について語るという紀伝形式であるため、個人に関わるエピソードなどが多く取り込まれて説話的性格が強い歴史物語となっている。そうしたエピソードの中には、法華経に関わる霊験譚的なものや怨霊の祟る話などがごく自然に取り込まれていることにも注意したい。本書は、歴史が語られて作られていくという消息を体現した一書といえよう。また、巻末に昔物語（風流譚・神仏譚）が置かれている。

大川悦生（おおかわ・えっせい　一九三〇〜九八）本名悦生《えつお》。長野県更級郡生。早稲田大学文学部卒。児童文学者。〈民話を語る会〉を主宰し、民話研究者・再話者として活躍。『日本の民話』（八〇〜八四・ポプラ社文庫）ほか、子供向けの昔話が多数あるほか、『日本民話読本』（六六・実業之日本社）、連作絵本《大川悦生おばけの本》全十冊（八一〜八三・ポプラ社）などがある。

大河原龍二（おおがわら・りゅうじ　一九六七〜）別名に吉本健二、桐原健二、北野太乙《たいいつ》。和歌山県生。東京大学文学部博士課程修了。アニメ評論などを経て、シミュレーション戦記を執筆。大河原名で『大軍師伝』（九九～〇一・歴史群像新書）、桐原名で『暁の機動艦隊』（九九～二〇〇〇・同）、吉本名で『戦国大合戦記』（〇二・同）がある。また、北野名では『エヴァンゲリオン鑑賞と解釈』（九七・八幡書店）『日本アニメ史学研究序説』（九八・同）がある。

大凹友数（おおくぼ・ともかず　一九八四～）岩手県生。高校生の少年がクラスメイトと恋に落ちたら、それがゴーレムだったという学園ラブコメディ『ゴーレム×ガールズ』（〇五・MF文庫J）で第一回MF文庫Jライトノベル新人賞佳作入選。続篇『ふたごクリスタル』（〇六・同）など。

大河内一楼（おおこうち・いちろう　一九六八～）宮城県仙台市生。早稲田大学人間科学部卒。アニメのノベライゼーション『少女革命ウテナ・一』（九八・パレット文庫）『機動戦艦ナデシコ』（九八・角川スニーカー文庫）を手がけた後、アニメの脚本家として活躍。脚本の代表作に「プラネテス」（〇三）「魔法先生ネギま！」（〇五）など。ほかの小説に、テレビのSFドラマをもとにした『スターぼうず』（〇一・富士見書房）など。

大河内常平（おおこうち・つねひら　一九二五～八六）本姓山田。東京生。日本大学芸術学部卒。五二年「赤い月」が『別冊宝石』の百万円コンクールに二席入選し、同誌にデビュー。風俗的な探偵小説を執筆。『九十九本の妖刀』（五九・講談社）は刀剣鑑定師でもあった大河内の知識を活かした伝奇ホラー・ミステリで、岩手の山奥に千年続いた刀匠の村があり、女の血肉で刀身を冷やしながら刀を鍛えるという猟奇的儀式を十年ごとに繰り返していたという秘境小説風の怪作。映画化もされている。ほかにマッドサイエンティスト物の短篇集『25時の妖精』（六〇・浪速書房）など。

大崎皇一（おおさき・こういち　？～）不思議なことが起きる高校を舞台に、超常能力を持つ少年少女が事件に立ち向かうアクション・ホラー『放課後のストレンジ』（二〇〇三・電撃文庫）がある。

大迫純一（おおさこ・じゅんいち　？～）岩手県生。大阪芸術大学芸術学部中退。漫画家を経て、魔法少女物の《魔法探偵まぁリン》（一九九六～九七・プラザ）で小説家デビュー。怪談実話集『あやかし通信』（九一・実業之日本社）、伝奇アクション『魍獣妖拳伝』（九九・同）、ゾンビ風怪物とサイボーグの怪物ハンターの戦いを描くSFアクション《ゾアハンター》（二〇〇〇～〇二・ハルキ・ノベルス、〇七～・GA文庫）、極小人間の宇宙船になってしまった少年の戦いを描く『戦艦人間ハヤト』（〇六～・HJ文庫）ほか。

大沢在昌（おおさわ・ありまさ　一九五六～）愛知県名古屋市生。慶応義塾大学法学部中退。七九年「感傷の街角」で第一回小説推理新人賞を受賞してデビュー。ハードボイルド・ミステリ、冒険小説などを主に執筆。代表作は《新宿鮫》（九〇～）。同作によって人気が沸騰し、日本推理作家協会賞、吉川英治文学新人賞を受賞した。以後人気作家として活躍。『新宿鮫　無間人形』（九三）で直木賞、『パンドラ・アイランド』（〇四）で柴田錬三郎賞受賞。怪奇幻想系の作品に、世間的成功と引き替えに、土・水・火・木の超常的存在を崇める集団と戦う使命を授けられた男を描く冒険ホラー風の長篇『暗黒旅人』（八九・中央公論社）、人間を怪物化する生物兵器をめぐる冒険サスペンス『悪夢狩り』（九四・ジョイ・ノベルス）、ロシアのイコンに潜んでいた悪魔に憑依されて不死身の超人と化し、内奥の悪心に操られるまま殺戮を重ねる男たちと戦う麻薬取締官を描くハードボイルド『魔物』（〇七・角川書店）、他人の肉体に脳を移植された麻薬取締役官の活躍を描くハードボイルド『天使の牙』（九五・小学館、映画化）『天使の爪』（〇三・同）などがある。

大下宇陀児（おおした・うだる　一八九六～一九六六）本名木下龍夫。長野県箕輪町生。九州大学工学部応用化学科卒。農商務省窒素研究所に勤務。二五年、処女作「金口の巻煙草」を『新青年』に発表、二九年から文筆に専念する。「凧」（三六）「悪女」（三七）など犯罪心理を鋭く描出した短篇や、「魔人」（三一）をはじめとする通俗長篇に旺盛な筆力を示した。長篇「鉄の舌」（三七）で、ロマンティック・リアリズム探偵小説を実践。五一年、戦後社会の実相をリアルに取り入れた長篇「石の下の記録」（四八〜五〇）で探偵作家クラブ賞を受賞。SFにも意欲を示し、「巴須博士の研究」（五八）や未来記物「百年病奇譚」（四二）、長篇「地球の屋根」（四一〜四三）『ニッポン遺跡』（未定稿、六七・養神書院）を残した。自分につきまとい不幸をもたらす謎の男の殺害を決意する男の鬼気迫る被害妄想を描く「十四人目の乗客」（三〇）や、湖面に映じる首吊り死体を描いた怪奇画が殺人鬼の正体を暴き出す「死の倒影」（二九）などのサイコホラーや、厨房で胃袋交換手術を行う奇怪なレストランをめぐるグロテスク・ファンタジー「紅座の庖厨」（三一）、都市の怪異を描く作品「魔法街」（三二）などの怪奇幻想小説がある。

大下英治（おおした・えいじ　一九四四〜）本名英治《ひではる》。広島県府中町生。広島大学文学部卒。記者を経て作家となる。ルポルタージュ、企業小説を多数執筆。月夜には女に変身する超能力者の男が闇の巨大組織に挑む伝奇アクション『魔クルスの黙示録』（八七・カッパ・ノベルス）がある。

大城立裕（おおしろ・たつひろ　一九二五〜）沖縄県中城村生。上海・東亜同文書院中退。沖縄史料編集所長などの公務の傍ら小説を執筆。六七年「カクテル・パーティー」で芥川賞受賞。沖縄土着の作家として秀作を発表し、また言語史研究の分野においても精彩あるエッセーを発表している。幻想的な作品に、沖縄独特の巫女であるユタを主人公に、ユタたちの幻視や信仰のありようを迫力ある筆致で描いた短篇集『後生《ぐしょう》からの声』（九二・文藝春秋）などがある。

太田健一（おおた・けんいち　一九六四〜）東京生。上智大学経済学部卒。日立電気勤務。全身がシミュレートされるコンピュータゲームのソフトウェアを開発している主人公が、幻想と現実の区別がつかない世界に落ち込む「人生は疑似体験ゲーム」（八八）で海燕新人文学賞受賞。同作と偏執狂の妄想を綴った表題作を含む『脳細胞日記』（八九・福武書店）がある。

太田省吾（おおた・しょうご　一九三九〜二〇〇七）中国済南市生。学習院大学中退。劇作家。劇団〈転形劇場〉を主宰。七七年「小町風伝」で岸田國士戯曲賞受賞。舞台の代表作に「水の駅」「地の駅」「風の駅」の《沈黙劇三部作》。戯曲集に、老婆を中心に死後の世界と現実や過去が入り交じる「硝子のサーカス」（七六）、老婆の内的世界を沈黙の裡に描く表題作（七七）、老婆の妄想的世界を描き、風の精なども登場する「風枕」（七八）を収録する『小町風伝』（七八・白水社）、冥界めいた場所に繰り広げられる様々な人々の悲哀を描く「乗合自動車の上の九つの情景」、殺された少年が最後の夢としての通夜を自分自身で執り行う「黒アゲハの乳房」などの幻想的作品を含む『老花夜想』（七九・三一書房）がある。

太田大八（おおた・だいはち　一九一八〜）長崎県生。多摩美術学校図案科卒。画家、絵本作家、イラストレーター。小学館絵画賞、国際アンデルセン賞国内賞など多数の賞を受賞。ファンタジーの挿絵も数多く手がけている。自作のファンタジー童話に、工場の跡地の地下に入り込んだ少年が、地下に広がる魔法的な世界で不思議な体験をする『まほうこうじょう』（七五・大日本図書）がある。

太田忠司（おおた・ただし　一九五九〜）本姓山本。愛知県名古屋市生。名古屋工業大学電気工学科卒。八一年、星新一ショートショートコンテストで「帰郷」が優秀作に選ばれる。『僕の殺人』（九〇）でミステリ作家として本格的にデビュー。代表作に超科学とパラダイムシフトをモチーフにした『新宿少年探偵団』（九五〜〇四・講談社ノベルス）など。怪奇幻想系の作品に、黄昏の国への憧憬をひそめた巧緻な怪奇連作短篇集『黄昏という名の劇場』（〇二・講談社）、死者の思いを読む異能者が活躍するミステリ『落下する花―月読』（〇七・文藝春秋）などのほか、ホラー競作集『悪夢が嗤《わら》う瞬間《とき》』（九七・ケイブンシャ文庫）を編んでいる。

大田南畝（おおた・なんぽ　一七四九〜一八二三／寛延二〜文政六）狂歌師、狂詩作者、洒落本、黄表紙作者。本名覃。通称直次郎、七左衛門。別号に蜀山人、四方赤良《よものあから》、四方山人、風鈴山人、巴人亭、寝惚先生、玉川漁翁、山手馬鹿人など。御徒の家に生まれる。漢詩を習い、十八歳にして漢詩の用語を分類した著作を執筆、当代の一流の学者の元で漢学を修めるが、同時に狂詩文にも興味を示し始める。狂詩・狂文集『寝惚先生文集』（六七／明和四）で一躍文名を高め、文壇の寵児となり、洒落本なども執筆、江戸文芸界に君臨した。だが、寛政の改革時には狂歌作も自粛、その間は幕臣として精励し、ある程度の出世も果たした。山東京伝は、大田南畝の黄表紙を評した『岡目八目』（八二／天明二）で褒められて作家となることを決意したという。それほどに影響力も強く、また、文人として高く評価されていたということであろう。天明狂歌の中心歌人であり、『狂歌百鬼夜狂』などにも参画しているが、小説では自身が特に幻想的な作品を書いたわけではない。結末に天の口が出現する、料理による異類合戦物『〈料理献立〉頭てん天口有《てんにくちあり》』（八四／同四、勝川春潮画）等の黄表紙が数作ある程度である。しかしその後の戯作者の作品には、様々なところで南畝の影を認めることができる。奇談なども含む随筆集に、種々雑多な記録を並べた『一話一言』（七五〜二二／安永四〜文政五）や、後人の編集による『半日閑話』（成立年未詳）がある。

太田博也（おおた・ひろや　一九一七〜二〇〇四）東京生。日本の新聞の創始者といわれる岸田吟香の家系に生まれ、父も新聞人であった。三三年頃より小川未明主宰の童話雑誌『お話の木』などに寄稿し、童話作家として認められる。三七年『日本の子供』が創刊されると、その編集者となった。賀川豊彦を師としたことで知られ、キリスト者の自覚を描いた作品として『風ぐるま』（五五）がある。また、全国刑囚友の会代表として『生きている死者―死刑囚は訴える』（六八）などのエッセーも書いている。童話作家としては無国籍童話の先駆的な書き手として知られ、それゆえに不当に評価されない時期もあった。代表作は、無国籍童話の典型の一つともいえる『ポリコの町』（四八・小峰書店）。ダルビリヤ国の小さな町ポリコを舞台に、手前勝手な洗濯屋のチラチャッパが商売敵の出現によって町のみんなから見放されるが、金の牛乳さじから出現した不思議な乳搾りの娘に叱咤され、渦巻きパン屋として再出発するというもので、言葉遊びとナンセンスの趣向をふんだんに取り入れた寓話的ファンタジーである。戦前の童話集には『ドン氏の行列』（四一・文昭社）があり、死を恐れ、時の流れを厭う王の訴えに怒りを覚えた時の神が時の流れを止めると人々が石化してしまう「時を失った人達」、未生以前の世界のことを忘れてしまう人間を描く「思ひ出せなかった事」、アイデンティティの根拠を求めすぎたがゆえにそれを見失う「ドン氏の精」などの寓話的作品が含まれている。

【にせ者さよなら】長篇小説。五二年あかね書房刊。ポリコの町を舞台にした寓話的ファンタジー。歌手のポレッテ・ポムはその素晴らしい歌と優しい心で、ポリコの町の人々に愛されていた。しかし心の奥の三角形の部屋に、優しい心が大好物のドグレテ・ドドという魔物に棲み着かれてしまう。自分の優しい心を食べ尽くされ、遂にはドグレテに乗っ取られたポレッテは、町の人々に殺される。その後ドグレテは町一番の大金持ちで吝嗇家のパパゲノに取り憑くが、魔を見破る目を持つ犬に食い殺される。同時に犬とパパゲノは入れ替わり、パパゲノは犬の姿となって死んでいく。人格の入れ替わりの趣向が興味深い一作。コメディ色はあるものの、『ポリコの町』とはやや異なる酷薄な内容で、児童文学としても異色作。

大鷹不二雄（おおたか・ふじお　一九五九〜）本名太田俊彦。和歌山市生。桃山学院大学経済学部卒。泉鏡花を敬愛し、その影響の下に、独特の雰囲気を持った幻想小説を執筆する。エロスに満ちた美しくも恐ろしい魔界を、姉を求めて一人の少年が彷徨する長篇『流星洞夢』（八九・郁朋社）、遊郭の少女お鏡が、慕っていた遊女の死んだ魂と共に幻想的な時間を過ごす物語で、哀しみを漂わせたそこはかとないエロティシズムと鮮やかに美しいヴィジョンとを描き出し、泉鏡花文学賞特別賞を受賞した『鏡花恋唄』（〇六・新人物往来社）などがある。

大滝和子（おおたき・かずこ　一九五八〜）歌人。神奈川県藤沢市生。早稲田大学第一文学部日本文学科卒。八三年、未来短歌会に入会し、岡井隆に師事。九二年「白球の叙事詩《エピック》」により短歌研究新人賞を受賞。第一歌集『銀河を産んだように』（九四・砂子屋書房）により現代歌人協会賞受賞。宇宙、太古などの広い時空間や、神話や先行する種々の創作物などを日常世界と結びつける手法をしばしば用いる、やや観念的だがファンタスティックな作風。ユーモラスでシュールな歌にも特徴がある。その他の歌集に『人類のヴアイオリン』（二〇〇〇・同、河野愛子賞受賞）『竹とヴィーナス』（〇七・同）。〈通訳は公孫樹の葉精達まかせ　異星の友に電話かけるなり〉〈あまてらすおおみかみわが頬に来て遊べりバスを待てるあわいに〉〈オシリスとイシスが泣くよ　宇宙夢がしたたり落ちる朝の階段〉〈セラフィタの声するきみよ時間軸《ときじく》が死滅するまで磨いておくれ〉〈腕時計のなかに銀の直角がきえてはうまれうまれてはきゆ〉〈無限から無限をひきて生じたるゼロあり手のひらに輝く〉〈皮むけばしろたえの梨あらわれる。ぜおんぜおん観世音菩薩〉〈どうすればいい荒海よあなたからはるかに離れた地霊にも恋う〉〈海《わたつみ》へ指輪はめむとするごとくさみしきことを君もなしいる〉

大瀧啓裕（おおたき・けいすけ　一九五二〜）英米文学翻訳家。大阪市生。神戸市立外国語大学卒。オカルティズムへの深い知識と理解を有し、その教養をバックボーンとして英米の怪奇幻想文学の翻訳を専らとする。多数の翻訳があるが、代表的なものは《ラヴクラフト全集》（八四〜〇七・創元推理文庫）。またクトゥルー神話体系のアンソロジーの編訳《クトゥルー》（八〇〜・青心社）なども手がける。その他の主な翻訳にライバー『妻という名の魔女たち』（七八・サンリオSF文庫、後に改訳）、P・K・ディック『ヴァリス』（八二・同、後に改訳）、ストラウブ『シャドウランド』（〇二・創元推理文庫）、ムアコック『グローリアーナ』（〇二・同）、フィッツ＝ジェイムズ・オブライエン『金剛石のレンズ』（〇八・同）、ヨハンネス・ファブリキウス『錬金術の世界』（九五・青土社）ほか。オカルティズムの知識を総動員してアニメを解釈した評論『エヴァンゲリオンの夢』（二〇〇〇・東京創元社）、怪奇幻想文学を中心とする書物をめぐるエッセー集『魔法の本箱』（九四・青土社）がある。

大嶽洋子（おおたけ・ようこ　一九四三〜）愛媛県西条市生。京都女子短大国文科卒。歌人。民話的な別世界を舞台に、驚異と恐怖に満ちた黒森の中を主人公たちが旅していくイニシエーション型ファンタジー『黒森へ』（八一・福音館書店）で注目を集める。ほかに、幼い少女と海の音楽師、魔女、花の精などとの交流を描いた低学年向けの空想的な童話連作集『まりちゃんと星の魔女』（九七・理論社）がある。

大塚英志（おおつか・えいじ　一九五八〜）東京田無市生。筑波大学第一学群人文学類卒。ロリコン漫画誌やニューウェーブ漫画誌の編集者を経て、漫画原作者、評論家、小説家となる。評論はサブカルチャー論を中心とし、『「まんが」の構造』（八七・弓立社）『物語消費論』（八九・新曜社）『少女民俗学』（八九・光文社）などがある。編集者として、また初期の評論群で、漫画やサブカルチャーに大きな影響を与えた。小説化していない漫画原作に、「機械生物都市ノーランド」「聖痕のジョカ」など。原作を書いた漫画のノベライゼーションを執筆し、『摩陀羅』（九四～九七・電撃文庫）『多重人格探偵サイコ』（九八・角川ホラー文庫）などがある。その他の小説に、明治時代を舞台に、三文怪談作家くもはちがのっぺら坊の挿絵画家むじなを相棒に怪奇な事件に挑むオカルト探偵物の連作短篇『くもはち』（〇三・角川書店）、「摩陀羅」外伝『僕は天使の羽根を踏まない』（〇三・徳間書店）、サイコ物『ロリータ℃の素敵な冒険』（〇四・同）、昭和が続く狂った東京を舞台にしたホラー・ミステリ『リヴァイアサン―終末を過ぎた獣』（〇二・講談社ノベルス）などがある。
幻想文学との関わりでは、『「捨て子」たちの民俗学―小泉八雲と柳田國男』（〇六・角川選書）『怪談前後―柳田民俗学と自然主義』（〇七・同）『偽史としての民俗学―柳田國男と異端の思想』（角川書店）等々、柳田國男を中核に据えて、近代日本の裏面史に迫る一連の著作が注目に価しよう。折口信夫を狂言廻しに起用して、昭和初期の日本の闇に跋扈する魑魅魍魎の諸相を描いた民俗学伝奇ロマン『木島日記』（二〇〇〇・角川書店）『木島日記　乞丐相』（〇一・同）連作は、その幻想小説版である。

大塚寅彦（おおつか・とらひこ　一九六一～）歌人。愛知県西春日井郡清洲町生。八〇年、中部短歌会入会。春日井建に師事。八二年「刺青天使」で短歌研究新人賞受賞。初期の夢見がちな青年像から社会風俗を採り入れた近作に至るまで端正な文体を保つ。歌集に『刺青《しせい》天使《てんし》』（八五・短歌研究社）『空とぶ女友達』（八九・沖積舎）『声』（九五・同）『ガウディの月』（〇三・短歌研究社）。〈花の宴たちまち消えて月さすは浅茅がホテル・カリフォルニア跡〉〈生地とふ異郷にありてさむき夜は恋へり火星のうすべにの昼〉

大塚菜生（おおつか・なお　一九六七～）不思議を巻き起こす電池の物語『ぼくのわがまま電池』（九七・岩崎書店）で福島正実記念SF童話賞受賞。ほかにテレビの人形劇のノベライゼーション『NHKプリンプリン物語』（〇三～〇四・汐文社）がある。

大槻ケンヂ（おおつき・けんじ　一九六六～）本名賢二。東京中野区生。東京国際大学中退。ロック・ミュージシャン。〈筋肉少女帯〉のヴォーカリストを務める傍ら、『リンウッド・テラスの心霊フィルム』（九〇・思潮社）などの詩集や、エッセー、小説を執筆。小説には怪奇系作品が多い。精神波で人間を発狂させる〈メグマ祈呪術〉を使って殺人を繰り広げる宗教団体と関わり、精神波の力を発揮してしまう高校生の少年を描く『新興宗教オモイデ教』（九二・角川書店）、映画「エクソシスト」への愛着を示す憑依テーマの「憑かれたな」、江戸川乱歩にオマージュを捧げた「春陽綺談」、臨死体験物といじめテーマを合体させた「のの子の復讐ジグジグ」など、超常現象と疎外された青春をテーマにした短篇集『くるぐる使い』（九四・早川書房）、十五歳から十七歳の少女たちが突然原因不明の死をとげ、人間を襲う屍体・ステーシーとなって蘇る近未来を舞台に、ミュータント少女たちの逃避行を描き、スプラッタな中に抒情が漂うSF『ステーシー』（九七・角川書店）、母星の滅亡により宇宙の放浪者となった綿状生命体が地球に逢着して熊のぬいぐるみに宿り、女子高生などと共に悪の組織と戦うSFファンタジーで、音楽、ぬいぐるみ、フリークス、ヒーロー特撮など、大槻が愛着を抱くものを総動員した長篇『縫製人間ヌイグルマー』（〇六・メディアファクトリー）ほか。

大坪砂男（おおつぼ・すなお　一九〇四～六五）本名和田六郎。筆名はホフマンに由来する。東京牛込生。父・維四郎は鉱物学の権威で貴族院議員。二六年、東京薬学専門学校卒。警視庁刑事部鑑識科に勤務。四八年、佐藤春夫の推奨により「天狗」を『宝石』に発表、女性を空中高く投擲して殺害するという奇想天外な着想と、虚構を虚構と感じさせない卓抜な文章力で大きな反響を呼ぶ。五〇年「私刑」で探偵作家クラブ賞を受賞。短篇集に『私刑』（五〇・岩谷書店）『閑雅な殺人』（五五・東方社）など。文体への徹底したこだわりのため極端な遅筆に陥り、五九年発表の「危険な夫婦」を最後に筆を折った。しかし、その特異なスタイリストぶりは、澁澤龍彦や弟子の都筑道夫ら炯眼の士によって愛惜され、七二年に『大坪砂男全集』全二巻（薔薇十字社）としてまとめられている。

怪奇幻想小説として「天狗」と並ぶ代表作と目されるのが「零人」（四九）である。伊豆山中で道連れになった園芸家に誘われて温室を訪ねた語り手は、人工楽園を思わせる景観に感嘆するが、園芸家の奇怪な告白に接して愕然とする。女の盛りを花に変える試みに憑かれた彼は、妻とした美少女を生き埋めにし、そこにベゴニアを根づかせていたのだ。園芸家の脅える謎の探偵が、実は彼自身の潜在意識だったことが判明して物語は打ち切られる。そのほかポー風の怪奇趣味を湛えた作品に、死女の誘いを妄想小説風に描く「黄色い斑点」（五三）や「ある夢見術師の話」（五五）があり、ドッペルゲンガーのテーマをひとひねりして、生きている自分と幽霊とに分離した男の活躍をユーモラスに描く「幽霊はお人好し」（五二）、古風な怪異譚「雨男・雪女」（五一）、死に際の密偵の執念が他人の顔に乗り移る時代物「密偵の顔」（四九）、将棋好きの仙人が登場する中国物「驢馬修行」（五三）「硬骨に罪あり」（五四）などがある。

大手拓次（おおて・たくじ　一八八七～一九三四）群馬県碓氷郡生。早稲田大学卒。学生時代より詩誌に詩を発表し始める。フランス・サンボリスムの詩を原書で読み、深く影響を受け、ボードレールの翻訳などを試みている。会社員として地味な生涯を送り、その比較的早い晩年には病に苦しんだ。時に暗鬱な怪異味を醸し出し、時に頽廃的なエロティシズムを漂わせた拓次の詩は近代詩の中ではとりわけて幻想的といえるだろう。死後刊行された詩集『藍色の蟇』（三六・アルス）に収められた詩のほとんどは幻想詩といえる。代表作「藍色の蟇」全篇を掲げる。〈森の宝庫の寝間《ねま》に／藍色の蟇は黄色い息をはいて／陰湿の暗い暖炉のなかにひとつの絵模様をかく。／太陽の隠し子のやうにひよわの少年は／美しい葡萄のやうな眼をもつて、／行くよ、行くよ、いさましげに、／空想の猟人《かりうど》はやはらかいカンガルウの編靴に。〉

▼『大手拓次全集』全五巻・別巻・原子朗『大手拓次研究』（七〇～七一・白鳳社）

大西巨人（おおにし・きょじん　一九一九～）本名巨人《のりと》。福岡市生。九州大学法文学部中退。新聞社記者を経て、応召。戦後、共産党に入党。戦争による内的荒廃からの再生を目指す小説「精神の氷点」「白日の序曲」（四八）を執筆。戦前の日本軍を舞台に、抜群の記憶力と冴えた頭脳を持つ一兵士・東堂が、現実に存在した荒唐無稽な軍規を盾に抵抗を繰り広げる大長篇小説「神聖喜劇」（六〇～八〇）が代表作。同作は形式的にも破格な、形而上学的全体小説である。評論家としても活躍し、『大西巨人文芸論叢』（五七、六〇）がある。ただひたすら走り続けた挙句、川水に走り入ってそのまま姿を消す男を描く「走る男」などの寓話的な小品群と、作者に擬される語り手あるいは主人公を配し、批評を作中に取り入れた「現代百鬼夜行の図」などの作品群を収める短篇集『二十世紀前夜祭』（二〇〇〇・光文社）がある。

大西泰世（おおにし・やすよ　一九四九～）俳人。兵庫県姫路市生。七五年より句作を始め、川柳作家と自称する。『豈』『未定』同人。鬼気迫る恋愛句の一方で、時空の広がるヴィジョンの俳句も作る。〈どこまでが夢どこまでが青い棘〉〈対岸へ男の骨を置きざりに〉〈わたくしの骨とさくらが満開に〉〈なにほどの快楽《けらく》か大樹揺れやまず〉〈わが死後の植物図鑑きっと雨〉〈屋根裏の曼珠沙華ならまっさかり〉など。句集に『椿事』（八三・砂子屋書房）『世紀末の小町』（八九・同）『こいびとになってくださいますか』（九五・立風書房）ほか。

大沼弘幸（おおぬま・ひろゆき　一九五五～）宮城県生。アニメ関係の仕事に従事。わたなべぢゅんいちとの共著で、藤原時代を舞台に源頼光・渡辺綱らと鬼たちの戦いを描く伝奇アクション《平安京英雄譚》（九一・ケイブンシャノベルス）でデビュー。わたなべとの共著では、ほかに、平賀源内を主人公とするSF《大江戸乱学事始》（九三〜九四・電撃文庫）がある。単著では、SF漫画の江戸版《サイレントメビウス外伝　幕末闇婦始末記》（九三・角川スニーカー文庫）、ファンタジーゲームのノベライゼーション『Brave Fencer 武蔵伝』（九八〜九九・ファミ通文庫）など。

大野香織子（おおの・かおりこ　一九六七〜）北海道生。世界を破滅に導く死の剣に対抗する力を持つ聖剣とその使い手を求めての冒険が繰り広げられる別世界ファンタジー『神剣伝説』（九二・大陸ネオファンタジー文庫）でデビュー。ほかに別世界に入り込んだ少年が善と悪の統合を図る『楽園の守護者』（九三・スーパーファンタジー文庫）がある。

太安万侶（おおの・やすまろ　?〜七二三／養老七）あるいは安麻呂。奈良時代の官人。七一一（和銅四）年、元明天皇の命により、稗田阿礼《ひえだのあれ》が誦習する『帝紀』『旧辞』を撰録し、『古事記』（同項参照）を著した。『古事記』の「序」によれば、安万侶の主な仕事は阿礼が教える先行著作の読みに従って表記を統一し、わかりやすく書き記すことであったようである。なお、「序」については安万侶の子孫の学者・多人長が九世紀に書いたとする説もある。

大野木寛（おおのぎ・ひろし　一九五九〜）本名山田呈人。東京生。慶応義塾大学文学部卒。アニメの脚本家。脚本の代表作に「マクロスゼロ」（〇二）「創聖のアクエリオン」（〇五）など。SFアニメのノベライゼーション『オネアミスの翼』（八七・小学館文庫）で小説家としてもデビュー。別世界を舞台に八人の名剣を持つ剣士を集めて、戦乱の世界に平和をもたらそうとするヒロイック・ファンタジー『八剣伝』（九〇〜九二・大陸ネオファンタジー文庫、スーパークエスト文庫で九五〜九六年再刊、九七年完結）、科学の発達したパラレル江戸時代で、将軍の異性体クローン葵の活躍を描くSFアクション・コメディ《AOIウォーズ》（九〇〜九一・角川スニーカー文庫）、〈歌術〉の力で支配された夢幻界を舞台に、王子と仲間たちが世界の存亡をかけて闇の女王と対決する『夢幻界戦記』（九二・大陸ノベルス、Cノベルスで九三年再刊、九四年完結）、魔法によって世界が徐々に穢され、魔法的種族が衰退しつつある別世界を舞台に、竜の血を受け継いで超常的な力を持ちながらも自身の真実を知らない女性が、ダークエルフの暗殺者に護られながら逃避行を続け、世界と自分自身の秘密に迫っていくファンタジー《エルフ・ザ・アサシン》（九四・Cノベルス）などがある。

大庭みな子（おおば・みなこ　一九三〇〜二〇〇七）本名美奈子。東京渋谷生。椎名三郎・睦子の長女。高校時代、原爆被災直後の広島に救援隊として動員され、その惨状に生涯消えない衝撃を受ける。津田塾大学英語科卒。在学中は演劇部に所属。夫の勤務のため十一年間アラスカで生活。六八年「三匹の蟹」で群像新人賞、芥川賞を受賞。代表作に『栂の夢』（七一・文藝春秋）『浦島草』（七七・講談社）『寂兮寥兮《かたちもなく》』（八二・河出書房新社）など。大庭はいずれの作品においても、象徴的・幻想的な閉鎖空間の中に現代人の愛と性の諸相を描き出そうとしている。初期の短篇集『幽霊達の復活祭』（七〇・講談社）にも、そうした大庭独特の、夢の断片を繋ぎあわせていくような幻想性が濃厚に現れている。架空の国から集まった人々が催す復活祭の席上、司祭が語り聞かせる不思議な童話が参加者の心に様々な波紋を広げていく表題作をはじめ、北の海辺に棲む原始的な部族の長一族の愛憎絵図を、暗澹たる闇の中に塗りこめた「火草」、画家とその妻の心理的亀裂を前衛的な筆致で描く「首のない鹿」ほか全五篇を収録している。同傾向の短篇集に『青い狐』（七五・講談社）『蒼い小さな話』（七八・角川書店）『帽子の聴いた物語』（八三・講談社）などがあり、それらの中から夢幻的な短篇十三篇を収録した自選短篇集『虹の繭』（九〇・学芸書林）も刊行されている。また『新輯お伽草紙』（九

○・河出書房新社）は、日本の民話や神話の世界を美しく残酷な歌物語に仕立てた連作二十二篇を収めたユニークな作品である。

大場惑（おおば・わく　一九五五〜）鹿児島県生。東京理科大学理工学部卒。ゲーム会社勤務を経て小説家となる。チェスで異星人とコンタクトするSF『コンタクト・ゲーム』（八七・トクマ・ノベルズ）、植民惑星冒険物SF『アクーラ・ミッション』（九〇・エニックス文庫）、タイムマシン、時間の凍結、時間の逆行、遠い異星との交流など、時間テーマの短篇集『時間鉄道の夜』（九三・朝日ソノラマ）、奇妙な味の短篇集『世にも奇妙な物語7』（九一・太田出版）、ファンタジーRPGのノベライゼーション《イース》（九三〜九六・ログアウト冒険文庫）ほかがある。

大橋泰彦（おおはし・やすひこ　一九五六〜）劇作家。武蔵工大電気科卒。劇団〈離風霊船《りぶれせん》〉を伊東由美子と共に主宰し、演出も務める。現実にあった大きな事件を素材に、それをファンタスティックに比喩化する戯曲がある。怪獣ゴジラと人間の少女の結婚騒動を、三原山噴火の寓意として描く「ゴジラ」（八七）により岸田國士戯曲賞受賞。代表作「赤い鳥逃げた…」（八六）は日航機墜落事故の生存者の少女が成長し、テレビの中から亡霊の家族たちのところへと抜け出てくるというもので、テレビ画面、ビデオ機能を現実空間に再現したファンタジー性は演劇でしか表現できない類のものとなっている。

おーはた（おおはた　？〜）ポルノ小説を執筆。オカルト・ミステリ物『学園巫女奴隷』（二〇〇二・ナポレオンXXノベルズ）など。

大濱真対（おおはま・まつい　一九七四〜）特殊能力者〈異進化種《バグズ》〉による犯罪専門の捜査官を描くサイキック・アクション『異進化猟域バグズ』（〇五・カッパ・ノベルス）などがある。

大林憲司（おおばやし・けんじ　一九六四〜）福岡県北九州市生。大和朝廷の蝦夷侵略に疑問を抱く少年のサイキックな戦いを描くファンタジー『東北呪禁道士』（九三・富士見ファンタジア文庫）でデビュー。主に伝奇アクションを執筆。現代を舞台に出雲族の末裔が活躍する《神代末裔闘士》（九三〜九四・同）、現代の女子高生が巫女として目覚め、古代の悪霊と戦う《無明の剣》（二〇〇〇〜〇一・ファミ通文庫）、天魔・大自在天の力を借りて京の都を恐怖に陥れる菅原道真に比叡山の僧侶が対抗する『火雷天神大戦』（二〇〇〇・ハルキ・ノベルス）ほか多数。また、児童向け別世界アクション・ファンタジー《少女戦士シュリー》（〇四〜〇六・岩崎書店＝フォア文庫）、不思議な眼を手に入れた高校生の少年の冒険を描く『オーディンの偽眼』（〇六・リーフ＝ジグザグノベルズ）、漫画のノベライゼーション『小説火の鳥』（〇六〜・ポプラ社）などもある。

大原興三郎（おおはら・こうざぶろう　一九四一〜）静岡県生。商業美術教習所卒業後、広告美術業の傍ら児童文学を発表。「海からきたイワン」（七八）で講談社児童文学新人賞受賞。現代へ迷い出た弥生時代人と少年たちの交流を描く『おじさんは原始人だった』（八一・偕成社）、自分が描いた絵のせいで猫たちに恨まれて裁判にかけられる少女の話『ノラネコさいばん』（八五・同）、日本の妖怪が自分たちの物語を語る枠物語『妖怪たちがよんでいる』（八七・PHP研究所）、《まじょはかせの世界大冒険》（九一〜二〇〇〇・同）などがある。現実批判を主眼とした作品が多いが、ファンタスティックな部分もなおざりにされてはいない。

大原テルカズ（おおはら・てるかず　一九二七〜）俳人。本名照一。千葉県市川生。中学時代から句作を開始し、四二年『芝火』に投稿して大野我羊に師事。『俳句評論』『海程』などで前衛俳句運動に挺身。〈積木の狂院指訪れる腕の坂〉〈ポケットからパンツが出て来た淋しい虎〉〈左よりわが埋葬を救うシャベル〉〈末期《まつご》黄に炎える泥吐く予感の鷺〉ほか。句集に『黒い星』（五九・芝火社）『大原テルカズ集』（六六・八幡船社）など。

大原まり子（おおはら・まりこ　一九五九〜）

大阪府生。夫は小説家の岬兄悟。聖心女子大学文学部教育学科卒。「一人で歩いていった猫」（八〇）がハヤカワSFコンテストに佳作入選し、SF作家としてデビュー。同作は自らを犠牲にすることで他者を癒すことができた猫族の末裔の天使猫を描いた短篇で、背景に壮大な未来宇宙史の構想を有していた。最初の長篇『機械神アスラ』（八三・早川書房）でもその構想下に展開するパワーゲームを描いている。この〈宇宙史における権力闘争〉というテーマは、大原の本格SFを支配し続けるものであり、その視点から読む時、大原SFの全体像は理解しやすいだろう。怪奇幻想文学的視点からすると、こうした権力闘争の裏に見える、超越的なものや神的なものへの傾斜が興味深い。『機械神アスラ』でもタイトルに見られる通り、それを暗示するが、生物を食らって遺伝子や記憶を読み取り、その生物に変化できる機械生命体を主人公とした本格SF連作集『ハイブリッド・チャイルド』（九〇・同）にも、三百年にわたって遍在する時間奇形児とグレート・マザーを思わせる超越的存在が登場する。さらに宇宙史物の一到達点である『戦争を演じた神々たち』は、神的なものをめぐる物語の一到達点ともなっている。

一方、大原は、未来の地球、遠い惑星、異星人といったSF的設定下に、恋愛や生をテーマにした主情的な作品やファンタジーを多く執筆する作家と読むこともできる。狼憑き物語「地球の森の精」、ポップな冥界像を提出する「高橋家、翔ぶ」そのほかを収めた短篇集『銀河ネットワークで歌を歌ったクジラ』（八四・ハヤカワ文庫）、遥か彼方の異星で、脳そのものである果実を食べる表題作ほか、恋愛をテーマとした異色短篇集『石の刻シティ』（八六・徳間書店）、幽霊譚「時を待つひと」やコンピュータに管理される都市の狂態を描いた表題作、人間を石に変えたものを食糧とする異種の芸術家を描く「黄金の小麦の国で」などを含む傑作短篇集『メンタル・フィメール』（八八・早川書房）、高度に情報化された未来都市を舞台にしたSFファンタジー連作短篇集『電視される都市』（八八・双葉ノベルズ）等は、そのようなファンタスティックなSFの代表作といえるだろう。このほかマンガ家ミャコの周囲で起こる憑霊騒動そのほかを綴った連作短篇集『処女少女マンガ家の念力』（八五～八七・カドカワ・ノベルズ）、物体Mの力によって次々と夢をかなえるわたし、ビー玉くらいの大きさから徐々に膨らんでいくわたし、千のかけらに分解してしまったわたしなどを描く連作SFファンタジー『物体Mはわたしの夢を見るか？』（八八・ソノラマ文庫）などのコミカル・ファンタジーもある。SFにホラー的要素も交えた作品としては、女の心臓にとってかわる異生命体というアイディアの吸血鬼物で、フェミニズム小説としても魅惑的な『吸血鬼エフェメラ』（九三・早川書房）があり、また一般的な怪奇物として短篇集『恐怖のカタチ』（九三・朝日ソノラマ）がある。このほか、岬兄悟と共にコメディ系SF&ファンタジーの競作集《SFバカ本》（九六～〇二・ジャストシステム～廣済堂文庫～メディアファクトリー）の編纂にも取り組んだ。

【戦争を演じた神々たち】連作短篇集。I九四年アスペクト刊、II九七年アスキー刊。悠久の流れを感じさせる宇宙史の一頁を点描した連作で、イメージの美しさと広大さは比類がない。SF大賞を受賞したIは六篇、IIは五篇を収録。超越的な存在の一形態を描いた幻想小品「天使が舞い降りても」、亡国の女王の物語に女性性そのものを重ねた「楽園の想いで」、変身と性的な関係をモチーフにしたファンタジー「異世界Dの家族の肖像」、ユートピアの崩壊を描いた寓話「戦争の起源」、意識のある世界を描いた作品として、完成度が高い「シルフィーダ・ジュリア」、情報を取り込むユニークな死後の世界を描いた「カミの渡る星」、存在と時間を女と犬に象徴させた不思議なファンタジー「女と犬」など。きわめて詩的でありながら硬質で透明感溢れる世界を描き出す。

大山尚利（おおやま・なおとし　一九七四〜）東京生。和光大学人文学部卒。人の死に対して不感症の青年を描いた『チューイングボーン』（〇五・角川ホラー文庫）で日本ホラー小説大賞長編賞を受賞。

大輪茂男（おおわ・しげお　一九四六〜）埼玉県生。早稲田大学卒。音楽プロデューサー。『星降る夜の綱渡り』（八七・自費出版、九〇・サンリオ）は、物悲しさと甘さを湛えた感傷的なメルヘン集。芸のできない道化師のひたむきさが報われる表題作は坂上二郎主演でミュージカルにもなった。

丘修三（おか・しゅうぞう　一九四一〜）熊本県生。養護教諭を経て児童文学作家となる。障害を持つ姉を描いた連作短篇集『ぼくのお姉さん』（八六）で日本児童文学者協会新人賞、新美南吉児童文学賞、坪田譲二文学賞受賞。障害をテーマにした作品を多数執筆。『神々の住む深い森の中で』（九五・フレーベル館）は、山の中で道に迷った小学生の少年が人間であることの罪を問う裁判で有罪となり、自然牧場の中に放り出されるという展開。二年近くのサバイバル生活を経て〈活かされている自分〉を体得すると、ようやく牧場から出られるが、実際には一週間の遭難だったという物語で、ストレートなメッセージ性を持つ。ほかに動物擬人化物『けやきの森の物語』（〇二・小峰書店）など。

小鹿青雲（おが・せいうん？　生没年未詳）経歴未詳。名前の読みも不明。禅の公案『和訳詳註碧巌集』（一九一四）などを執筆。天文学の知識をちりばめた啓蒙的な宇宙旅行物『地球から天の川へ—星界飛行周遊』（二六・誠文堂）がある。

岡清兵衛（おか・せいべえ　？〜一六八七／貞享四）本名重俊。江戸初期の浄瑠璃作者。和泉太夫とのコンビによって金平浄瑠璃を隆盛に導いた、浄瑠璃史上の重要人物。頼光と四天王（綱・金時・定光・季武）が内乱平定のために活躍する武勇談で、宇治の橋姫退治を冒頭に配し、天竺の仙女竜王（大蛇と変じる）の助けを得て女装して敵地に潜入といった趣向がある「宇治《うじ》の姫切《ひめきり》」（一六五八／明暦四）をはじめ、四天王、子四天王物を主に執筆した。

岡信子（おか・のぶこ　一九三七〜）岐阜県生。日本女子体育短期大学幼児教育科卒。幼稚園勤務を経て児童文学作家となる。ファンタジーに、太り過ぎたお宮の神様が石段から転げ落ちて気絶してしまい、少女に助けられる『ころがりおちた神さま』（九一・旺文社）など。

岡江多紀（おかえ・たき　一九五三〜）本名佐久間妙子。神奈川県大磯町生。早稲田大学文学部演劇科卒。雑誌編集者を経て、七九年「夜更けにスローダンス」で小説現代新人賞を受賞。八三年から専業作家となり、丸茂ジュン、中村嘉子と共に女流ポルノの若手御三家と称された。大都会の闇部に跳梁する魔女の恐怖を描く『魔女の宴』（八五・ノン・ノベル）、ロック界のスターの背後に蠢く悪魔崇拝を扱った『魔淫』（八九・同）などのオカルト・スリラーや、平凡な新興住宅地に潜伏する狂気の相に迫るモダンホラー『震えてララバイ』（八八・講談社ノベルス）がある。

岡倉天心（おかくら・てんしん　一八六二〜一九一三）本名覚三。横浜市生。元福井藩士で貿易商となった父の影響で、幼少期から英語や外国文化に親しむ。東京大学卒業後、文部省に勤務し、アーネスト・フェノロサの助手となり、当時閑却されていた日本美術の振興をはかる。訪欧から帰国後、東京美術学校（現・東京藝術大学美術学部）の創立に尽力、九〇年には第二代校長に就任し、多くの美術家を育てた。同校離職後は日本美術院を創立、また米国ボストン美術館東洋部の部長も務め、日米を往還しつつ『東洋の理想』（〇三）『茶の本』（〇六）などの英文書を刊行して、東洋の美術や文化の啓蒙に尽くした。
　天心はその晩年、日本の古伝承にもとづく英文の物語と戯曲を手がけている。『義経記』をはじめとする源義経伝説を作品化した短篇「ヨシツネ物語（義経物語）」（〇四頃執筆／原題は The Legend of Yoshitsune）と小品「コアツモリ（若きアツモリ）―ビワ歌（小敦盛）」（同／原題はKo Atsumori (the little Atusmori) a biwa song)「アタカ（安宅）」（同／原題はAtaka)、そしてオペラとして作曲・上演されることを前提に構想執筆された戯曲「白狐」（一三／原題はThe White Fox）である。特に「白狐」は幻想的な詩劇というべきもので、アベノの領主ヤスナに命を救われた白狐のコルハが、暴虐な魔法使いの武士アッケイモンによって婚約者クズノハを奪われたヤスナのため、みずからクズノハに化身してヤスナの妻となり子をもうけるが、やがて本物のクズノハの再臨によって悲嘆のうちに姿を消す。安倍晴明の出生に関わる葛の葉狐の伝説を、西欧の妖精劇さながらのスタイルのうちに蘇らせた名作だが、残念ながら作曲・上演は実現せず、没後ようやく『天心全集』（二二・日本美術院）で活字化された。邦訳には『岡倉天心全集1』（八〇・平凡社）所収の木下順二訳などがある。

岡崎弘明（おかざき・ひろあき　一九六〇～）熊本市生。早稲田大学商学部卒。まじない師の息子ラファシが星の謎を解き、悪魔と対峙し、やがて星になるまでを語る『英雄ラファシ伝』（九〇・新潮社）で日本ファンタジーノベル大賞優秀賞受賞。ほかに、恋人が書きかけている戯曲の中に入り込んだ女性の冒険を描くスラプスティックなファンタジー『月のしずく100パーセントジュース』（九〇・新潮文庫）、広大な敷地の中で迷子になる新入社員や出社拒否からたんぽぽに変身してしまう男など、サラリーマンを主人公とした奇想的な短篇集『たんぽぽ旦那』（九三・新潮社）『私、こういうものです』（九三・角川書店）、児童文学『太陽君』（九四・理論社）、ホラー映画のノベライゼーション『学校の怪談』（九五・集英社文庫）などがある。

岡崎裕信（おかざき・ひろのぶ　一九八〇～）千葉工業大学情報工学科卒。超能力者を捕食する超絶的な能力者の女性と、超能力を無力化する男装の少女の触れ合いを描く『滅びのマヤウェル』（〇五・スーパーダッシュ文庫）で第四回スーパーダッシュ小説新人賞大賞受賞。ほかに、伝奇アクション『フレイアになりたい』（〇六～〇七・同）などがある。

小笠原慧（おがさわら・けい　一九六〇～）香川県生。東京大学哲学科中退、京都大学医学部卒。精神科医の傍ら小説を執筆。枯葉剤の影響で生まれた新人類の双子の運命を描くモダンホラー『ＤＺ』（二〇〇〇・角川書店）で横溝正史賞を受賞してデビュー。近未来を舞台に、ＡＩの助けを借りて捜査を進めるサイコ・サスペンス『サバイバー・ミッション』（〇四・文藝春秋）などがある。

岡島冠山（おかじま・かんざん　一六七四～一七二八／延宝二～享保一三）儒者、唐語学者。本名明敬、字は玉成、通称長左衛門援之。長崎生。十歳より唐語を習い始め、一時訳士として萩藩に仕えるが、長崎に帰り南京内通事となる。三十代で江戸に上り、荻生徂徠らに唐語を教授する傍ら、唐語修養のための教科書を作る。晩年は京都で送った。『水滸伝』に訓点を施した『忠義水滸伝』（二八／享保一三）がある。この書によって『水滸伝』の存在が広く知られた。同書の翻訳『通俗忠義水滸伝』（五七～九〇／宝暦七～寛政二）も冠山編訳とされるが、疑いがある。この作は『水滸伝』の内容を広く世に知らしめ、同趣向の作品の隆盛を招いた。

岡嶋二人（おかじま・ふたり）井上夢人（同項参照）と徳山諄一（一九四三～　東京生。法政大学経済学部中退）の共作筆名。「焦茶色のパステル」（八二）で江戸川乱歩賞受賞。以後ミステリを主に執筆。八九年にコンビを解消。その最後の作品『クラインの壺』（八九・新潮社）はＳＦタッチのサスペンス・ミステリ。全感覚が完璧にシミュレートされる疑似体験ゲームの実験台となった青年の体験を手記の形で綴り、青年にも読者にも幻想と現実の見極めがつかないという当時としては破格の作品。実際には井上によって執筆されたものだという。

岡田貴久子（おかだ・きくこ　一九五四～）同志社大学英文科卒。児童文学作家。「ブンさんの海」で毎日童話新人賞を受賞。別世界サンクチュアリの血が半分交じっていて、人間になりすましている変な生き物たちを見ることができる少女の冒険を描く『ふるさとはサンクチュアリ』（九一・白泉社）、指の先から闇を生み出すことのできる少女に好意を抱いていた少年が、少女の正体が実はカラスだったことを知り、自分もまたカラスなのではないかと疑い始める表題作など、少年少女がふとしたことから現実の中に隠されているファンタジーを見つけるメルヘン集『ほんのちょっと、夜』（九二・リブロポート）、原爆実験の島を舞台に、南島の少年と旧ソ産のアンドロイドの触れ合いを描くSFファンタジー『K&P』（九九・理論社）、SFコメディ『宇宙スパイウサギ大作戦』（〇四〜〇六・理論社）など。

岡田玉山（おかだ・ぎょくざん　一七三七〜一八〇八／元文二〜文化五）画家。本名尚友。字は子徳。別号に金陵斎。法橋に叙せられた後には、法橋玉山とも称す。大坂生。読本などの挿画を多数描いた。代表作に『絵本太閤記』（九七〜〇二／寛政九〜享和二、武内確斎文）。実録物として流布した『三国悪狐伝』や勧化物の『勧化白狐通』をもとに、殷では妲己、天竺では華陽夫人、本邦では玉藻前という傾城の美女となって主君を惑わし続けてきた九尾の狐が討伐に遭って那須の殺生石となり、玄翁和尚に教化されて成仏するまでを描いた『絵本玉藻譚《たまもばなし》』（〇五／文化二）では文も担当（武内確斎説もある）。絵の数が多く、虫穴に女たちを追い落とす、妊娠中の女の腹を割く、仏教を憎んで僧侶たちを惨殺するなどの残酷描写が印象的。このほか、信田妻を題材とする『阿也可之譚《あやかしものがたり》』（〇六／同三）などがある。

岡田鯱彦（おかだ・しゃちひこ　一九〇七〜九三）本名藤吉《とうきち》。東京生。東京大学国文科卒。東京学芸大教授、聖徳学園短大教授などを歴任。四九年「妖鬼の呪言」が別冊宝石新人コンクールで一席に入選し、ミステリ作家としても活躍するようになる。「宇治十帖」のモデルの死をめぐり紫式部と清少納言が推理を競う「薫大将と匂の宮」（五〇、後に「源氏物語殺人事件」と改題）が話題を呼ぶ。鬼婆の魔手を逃れて飛び込んだ屏風の中の世界で鯉に変身した若僧が、画中の雌鯉と幻想的なラブロマンスを演じる「妖奇の鯉魚」（五〇）、なまじ鼠に変身する術を会得したばかりに思いもよらぬ最期を迎えることになる鼠小僧秘話「変身術」（五二）など、変身をテーマとする幻想短篇を書いている。

岡田淳（おかだ・じゅん　一九四七〜）兵庫県西宮市生。神戸大学教育学部美術科卒。小学校図工専任教諭を務めた。その傍ら、児童文学を執筆。ほとんどの作品に自筆の挿画・装画を使用している。オレンジ色の花を食べて巨大化する不思議な虫の世話をする子供たちを描いた『ムンジャクンジュは毛虫じゃない』（七九・偕成社）でデビュー。著者の分身である図工教師が、学校で暮らして学問を身につけた学校ネズミにお話をしてもらう『放課後の時間割』（八〇・同）で日本児童文学者協会新人賞を受賞。茨に取り巻かれた静謐な〈もう一つの教室〉で目覚めた少年が、茨を切ることで、仲間を次々と目覚めさせていき、ついには学校全体を茨から解放する物語『ようこそ、おまけの時間に』（八一・同）、同じ団地に住む子供たちが、一人の魔法使いのように不思議な人物にまつわる体験談を次々と語っていく『雨やどりはすべり台の下で』（八三・同）、学校の物置部屋から迷路のような別世界に入り込んでしまう『扉のむこうの物語』（八七・理論社）、クラスでびりの子供にだけ見える小さな神様をめぐってクラスが変化していく様を描いた『びりっかすの神様』（八八・偕成社）、聞き取れなかった愛妻の最期の言葉を気にし続けている画家とその甥姪たちが、物語の中に入り込んでその言葉を手に入れる『手にえがかれた物語』（九二・同）、主人公に倒されるだけの敵キャラにも人格があるようなテレビゲームの世界に入り込んでしまった少年少女の冒険を描く『選ばなかった冒険』（九七・同）など、岡田の作品はすべてファンタジーといってもよい。テーマは相互理解、人間性の発見である。そのことは作品構造がほとんど同じの『おまけの時間』と『びりっかす…』を見てみるとよく分かる。主人公は日常とは異なる次元でクラスの友達の別の顔を発見し、人間への理解を深める。そして不思議な体験を共有することで、連帯感を抱き、友情を厚くし、大事なものが何かということを知っていく。こうした作品と少し毛色の異なる『扉のむこうの物語』では、より非現実的な空間を構築し、言葉遊びなども取り入れて作品世界の拡大を狙った。ほかに、低学年向けの軽ファンタジー《こそあどの森の物語》（九四〜・理論社）など。

【二分間の冒険】長篇小説。八五年偕成社刊。ヒロイック・ファンタジーが大好きな小六の少年・悟は、不思議な黒猫によって別世界に飛ばされる。否応なく別世界をさまよい始めた悟は、同級生と同じ名前と顔を持ちながら、悟のことを知らない別世界の少女ゆかりと道連れになる。石に刺さった剣を抜いた悟たちは、選ばれた人間であると言われ、竜退治に送り込まれる。だが、竜の城で出会ったほかの少年少女ら（同級生にそっくりの別世界人）もみな剣を持ち、選ばれた者だという偽の希望を吹き込まれていた。悟とゆかりは情報を交換しあうことで全員の心の垣根を取り除き、竜を退治することに成功する。現実に戻った悟は、わずか二分間しか経っていなかったことを知る。人間同士が知り合うということの大切さを、ファンタジーのパロディの形で巧みに描き出した秀作である。

岡田剛（おかだ・たけし　一九七九〜）悪霊祓いのできる神父が、自殺して幽霊となった修道尼の助けを得ながら、悪霊のせいで死ねない女を救うオカルト・アクション『ゴスペラー』（〇四・ソノラマ文庫）でデビュー。汚染された水によって人々が結晶化するという暗い未来世界を舞台に、結晶から記憶を回収する隻眼の準回収士が、何らかの力を秘めた少年と関わるうちに、不死の怪物と化物めいた正回収士コンビの戦いに巻き込まれていく『準回収士ルシア』（〇六・トクマ・ノベルズ）がある。

緒方直青（おがた・なお　?〜）三重県生。愛知県立芸術大学美術学部卒。画家。知恵の実のなる木をめぐる心優しい絵本『ちえの実の木』（一九八九・あすなろ書房）のほか、母親の宝物のアンモナイトを壊してしまった少女が、太古の世界に入り込んで、小さなアンモナイトを助ける低学年向け童話『かいとアンモナイト』（九一・ほるぷ出版）がある。

オカダヨシエ（おかだ・よしえ　一九五〇〜）本名岡田好惠。静岡県生。青山学院大学仏文科卒。翻訳家、児童文学作家。地球を買いにきた宇宙人を描く『地球をかいにきたゾウ宇宙人』（八七・岩崎書店）で福島正実記念SF童話賞受賞。翻訳に、エミリー・ロッダ《デルトラ・クエスト》（〇二〜〇三・同）《フェアリー・レルム》（〇三〜〇七・童心社）など。

岡戸武平（おかど・ぶへい　一八九七〜一九八六）愛知県横須賀町生。名古屋、大阪で新聞記者生活を送った後、上京、博文館に入社し『文芸倶楽部』編集に携わる。不実な恋人を氷漬けにして切断し、人体積木として弄ぶ妄想を描く「五体の積木」（二九）などの猟奇ミステリや、江戸川乱歩名義により代作した長篇スリラー『蠢く触手』（三二・新潮社）がある。戦後は中部経済新聞社の客員となり、伝記・歴史小説などの著作も多い。

岡野薫子（おかの・かおるこ　一九二九〜）東京生。東京農業教育専門学校附設女子部卒。科学雑誌の編集者、科学映画の脚本家などを経て、創作を始める。初の単行本『銀色ラッコのなみだ』（六四・実業之日本社）で産経児童出版文化賞受賞。動物を主人公とした作品を多数執筆し、動物の生態を踏まえながら、動物になりきって物事を見ているとの定評がある。ファンタジーには、メルヘン集『砂時計』（七〇・偕成社）、丹精込めて磨きあげられた宝石が蛍となって飛んで行くイメージが美しい佳品「ほたる」などを収めたファンタジー短篇集『切りぬきの町』（七六・PHP研究所）、タイムファンタジー『ゆめとふりこ』

（七五・大日本図書）『ふたりのプリズム』（八〇・あかね書房）、猫のどんと少女の楽しいひと時を描く幼年童話『あめの日のどん』四部作（八二〜八三・理論社）などがある。

岡野麻里安（おかの・まりあ　？〜）竜族の国の再建を願う元国王の息子と、時空を超えて転生した親友を捜しに来た魔道士が、悪の王国と戦う別世界ファンタジー《竜王の魂》（一九九二〜九三・講談社X文庫）でデビュー。邪神に憑依された霊能者と超能力を有する陰陽師たちの戦いを描いたBL伝奇アクション《銀の共鳴》（九三〜九四・同）、同傾向の《鬼の風水》（九五〜九七・同）《桜を手折るもの》（〇一・同）《蘭の契り》（二〇〇〇〜〇三）《七星の陰陽師》（〇三〜〇四）《少年花嫁》（〇五〜〇七・同）のほか、現実と表裏の異界が知られるようになった近未来、違法の二世界交渉に巻き込まれた高校生の少年たちの冒険を描く《妖精保護官》（九五〜九六・キャンバス文庫）などがある。

丘野ゆうじ（おかの・ゆうじ　一九六一〜）東京練馬区生。編集者、ライターを経て小説家となる。神によって地上に遣わされた〈サファイ〉の少女、彼女を助ける三人の少年〈星の者〉が魔界の異形の一族〈デーヴァ〉と死闘を繰り広げる伝奇アクション《星魔バスター》（九一〜九四・スーパーファンタジー文庫）でデビュー。善悪の対立を基調とするサイキック・アクションを中心に、一定のレベルを保ったSF、ファンタジーをコンスタントに執筆。退魔師物のアクション・ホラー《スターウィザード》（九三〜九七・同）、西洋中世風別世界へ飛ばされた高校生の少年が主人公の大河冒険ファンタジー《ハイランディア》（九五〜〇一・同）、エルフの血をひく少女が主人公の《こちらエルフ探偵社》（九八〜九九・同）、近未来の東京を舞台に、魔物ゼロとの戦いを描く冒険サスペンス『TOKYOゼロ・ハンター』（〇一〜〇三・スーパーダッシュ文庫）、超能力者犯罪専門の捜査官を描くサイキック・アクション『P.P. Police』（〇六・同）ほか多数。

岡部道男（おかべ・みちお　一九三七〜）東京中野生。都立武蔵ケ丘高校卒。六五年頃からポップアート作品を制作。ケネス・アンガー監督の「スコルピオン・ライジング」に影響を受け、六七年から十六ミリの実験映画を撮り始める。代表作に、ベルギー国際実験映画祭コンクールでグランプリを受賞した「少年嗜好」（七三）など。映画制作の傍ら幻想的な短篇小説を執筆。古き良き時代の日本的な風土を背景にした土俗的ムードと、ブラックユーモアの感覚に特色がある。旅の途中、犬の世界に迷い込んでしまう悪夢的な小品「ローカル線」、ノスタルジーの色濃い吸血鬼幻想の佳品「ドラキュラ三話」、地震によりどことも知れぬ大理石の宮殿の内部にベッドごと落下してしまう「地震」、昔話の残酷さと奇怪さが揺曳する「帰ってきた人」「鬼」「影絵」などがある。これらの怪奇幻想短篇は『いいとこ床屋の縁の下』（〇六・長崎出版）にまとめられている。

丘美丈二郎（おかみ・じょうじろう　一九一八〜二〇〇三）本名兼弘正厚。大阪府生。東京大学工学部卒。大日本帝国陸軍の航空部隊に所属。進駐軍勤務を経て航空自衛隊パイロットとなる。「翡翠荘綺談」（四九）で『宝石』の懸賞に三席で入選し、SF色のあるミステリを執筆するようになる。きわめてリアルな怪談が推理物に落とされる「左門谷」（五一）のほか、「竜神吼えの怪」「三角粉」「空間の断口」などの短篇がある。ほかにSF長篇「鉛の小函」（五三）があるが、その後小説からは離れ、東宝の特撮映画「地球防衛軍」（五七）「妖星ゴラス」（六二）などの原作を執筆した。

岡本綺堂（おかもと・きどう　一八七二〜一九三九）本名敬二。別号に狂綺堂、甲字楼など。東京芝高輪生。父・敬之助は百二十石取りの御家人で、後に英国公使館に勤務した。父に漢詩を、叔父と公使館留学生から英語を学ぶ。少年時代から孤独癖が強く、薄暗いところに隠れて怪談物の草双紙を読んだり、公使館で西洋のお化けの話を聞いたりしたという。府立一中卒。中学在学中から、すでに劇作家を志す。九〇年『東京日日新聞』の見習記者となったのを皮切りに、一三年まで数社で記者生活を送り、劇評や小説を執筆、日露戦争の従軍記者として満州にも渡る。九六年、処女戯曲「紫宸殿」を『歌舞伎新報』に発表。〇八年、川上音二郎の依頼で市川左団次一座のために戯曲「維新前後」を執筆。続く「修禅寺物語」（一一）が大好評を博し、「鳥辺山心中」（一五）、「番町皿屋敷」（一六）など新歌舞伎の代表作を次々に執筆する。また、江戸時代の風俗文化に関する豊かな学識を活かした《半七捕物帳》（一七〜三六）をはじめとする時代読物や随筆・研究も数多い。三〇年、月刊誌『舞台』を発刊し、額田六福、北條秀司ら後進の育成に努めた。三七年、演劇界で初の芸術院会員となる。

　近世以来の伝統的な怪談文芸から近代的な恐怖小説へと、ホラーの主流が移行する過渡期にあって、綺堂は注目すべき業績を残した作家である。綺堂が大正末からのほぼ十年間（この時代は関東大震災を契機に東京に残されていた江戸的なものが滅び去る転換期でもある）に集中的に筆をとった五十篇を超えるホラー作品は、中国志怪小説などからの翻案が多くを占める点では、上田秋成や浅井了意ら江戸期の怪談作者の伝統を踏まえているが、そのアレンジの仕方は多彩で、因果応報の古典的怨霊譚もあれば、綺堂怪異譚のよき理解者である都筑道夫がつとに称揚する、絶妙な省略技法によるモダンホラーまでバラエティに富んでいる。それらの大部分は『青蛙堂鬼談』『近代異妖編』、『異妖新篇』（三三・春陽堂）『怪獣』（三六・同）という四冊の短篇集にまとめられたが、『三浦老人昔話』（二五・同）や『探偵夜話』（二七・同）などの巷談物や探偵物にも怪談めいた話が散見され、綺堂の怪異嗜好の根深さを窺わせる。平明で品格の高い淡々とした語り口のうちに、おのずから惻々たる鬼気を感ぜしめるところに、綺堂怪異譚の真骨頂がある。

　綺堂には『世界怪談名作集』（二九・改造社）と『支那怪奇小説集』（三五・サイレン社）の編訳書もあり、ともにその博識と達意の文章が生かされた優れた仕事である。とりわけ英米仏独露中の大家の名作十七篇を収めた前者は、その選択ぶりといい、オリジナルさながらの自在な語り口といい、怪奇小説アンソロジーの大古典として現在も読み継がれている。なお、綺堂は英米のホラー作品を戯曲に翻案しており、松蔦が化猫風の狼女を演じて話題を呼んだ「人狼」（三一）や、W・W・ジェイコブズの「猿の手」に基づく「青蛙神」（三一）などの異色作がある。

　そのほか、金毛九尾の狐の伝説に基づく『玉藻の前』（一八・天佑社）や『小坂部姫』、UMA小説の先駆『飛騨の怪談』（一三・鈴木書店）などの長篇伝奇小説や、「平家蟹」「浅茅ケ宿」「くちなわ物語」「利根の渡」「雷火」「牡丹燈籠」などの怪談狂言など、和漢洋にわたる博識を活かした多彩な作品がある。

▼『岡本綺堂読物選集』全八巻（六九〜七〇・青蛙房）『岡本綺堂戯曲選集』全八巻（五八〜五九・同）

【青蛙堂鬼談】短篇集。二六年春陽堂より『綺堂読物集』第二巻として刊行。江戸時代に流行した百物語の形式を踏襲し、小石川に住む弁護士で俳人の青蛙堂主人が主催する怪談会の出席者が順番に語る物語を、作者が書きとめていくという設定になっている。中国に伝わる三本足のガマに似た神の霊威を語る巻頭の「青蛙神」、闇の中で両眼が青く輝く猿の面の得体の知れぬ恐怖を描く「猿の眼」、生血を嗜む魔性の少女に魅入られて破滅する侍の姿をエロティックに描く「一本足の女」、持主に不運をもたらす稀代の名笛に人生を狂わされる人々を描く「笛塚」など十二篇の名品を収録。

【近代異妖編】短篇集。二六年春陽堂より『綺堂読物集』第三巻として刊行。『青蛙堂鬼談』の拾遺篇という設定で、相次ぐ変死事件の現場の地下から、首に黒蛇が巻きついた狛犬が掘り出される巻頭の「こま犬」、殺人犯の背後につきまとうものの恐怖を、子供や犬の異様なおびえかたで暗示する「木曾の旅人」、影を踏まれることを怖れる娘の悲運をニューロティックに描く「影を踏まれた女」などのほか、「異妖編」「月の夜がたり」「父の怪談」など短い話をオムニバス形式で連ねた作品が目につく。全十四篇を収録。

【小坂部姫】長篇小説。二〇年十月から『婦人公論』連載。高師直の娘・小坂部は、人妻への邪恋に狂った父のもとを恋人と共に出奔するが、追っ手に恋人を殺され、異国から来た眇目の男に導かれて姫山の天守閣に到る。男の正体は世に乱れと禍いをもたらす阿修羅の眷属で、小坂部は男と契約を交わして魔道を修め、天守閣を棲家として戦乱の世を睥睨するのだった。天守閣の妖怪として伝説化された魔界の美女の数奇な前半生を、ゴシックロマンス風の道具立てを交えて描いた異色の伝奇小説。

岡本賢一（おかもと・けんいち　一九六四～）八丈島生。人類拡散阻止テーマのＳＦアクション《銀河聖船記》（九四～九五・ソノラマ文庫）でデビュー。時間テーマのＳＦ『タイム・クラッシュ』（九七～九八・同）、異星のハイテクと妖怪の力を駆使して妖魔、異星からの侵略と戦う学園ＳＦファンタジー《放課後退魔録》（〇一～〇五・角川スニーカー文庫）、未来を舞台に、超科学文明による古代遺跡・テグタニオ空間由来の敵と戦うサイキック・アクション《ワイルド・レイン》（九六・トクマ・ノベルズ、二〇〇〇・ハルキ文庫）ほか、ＳＦを主に執筆。

岡本好古（おかもと・よしふる　一九三一～）京都市生。同志社大学中退。英文翻訳などの傍ら作家を志し、七一年「空母プロメテウス」で小説現代新人賞を受賞。〈機械と人間〉をテーマとする同傾向の作品を発表し、『悲将ロンメル』（七六）ほかの戦争小説、中国の科挙制度を扱った『登竜門』（七六）などの歴史小説に進出。旧家の庭の大銀杏と薄命な娘の神秘的な交感を描く「銀杏娘」など、時代も場所も様々な四つの植物怪談で構成された表題作や、有名なタクシーに乗る幽霊の話を作品化した「円タクの女客」、理想の景観を追い求める画家の執念が中南米の奥地に現実の理想郷を生み出す不思議を描く「幻の景観」など全十一篇を収める怪奇小説集『草木の精』（七九・双葉社）、中国の春秋時代、呉の刀匠・貢治が命をかけて鍛えた妖剣の数奇な変転を描く表題作、霊気を発する壁の摩訶不思議な物語「逢月の壁」、日本の画家と唐の姫がまみえたこともないのに互いのことを思い合い、その姿を写した楽土図をそれぞれに仕上げていたという奇譚「錦繍楽土図」など全七篇を収録する『妖剣・蒼龍伝　中国怪奇譚』（〇三・新人物往来社）がある。

おかゆまさき（おかゆ・まさき　一九七九～）埼玉県生。押しかけ女房型学園ラブコメディ『撲殺天使ドクロちゃん』（〇三～〇七・電撃文庫）でデビュー。同作は人気を得て、メディアミックス化されている。

小川一水（おがわ・いっすい　一九七五～）別名に河出《かわで》智紀《とものり》。岐阜県生。九三年「リトルスター」で第三回ジャンプ小説ノンフィクション大賞に佳作入選し、デビュー。河出名で異世界冒険小説『まずは一報ポプラパレスより』（九六～九八・ジャンプＪブックス）を出した後、筆名を小川に変え、ＳＦを執筆。政治的な側面が強い技術系のＳＦで高く評価されており、代表作は星雲賞受賞の月開発物『第六大陸』（〇三・ハヤカワ文庫）。ほかに、飛行人が存在する世界を舞台にしたＳＦ『イカロスの誕生日』（二〇〇〇・ソノラマ文庫）、大地震からの復興物『復活の地』（〇四・ハヤカワ文庫）など多数。

小川いら（おがわ・いら　？～）ＢＬ小説作家。作品多数。失せ物探しの霊能力を持つ女子大生がヒロインのミステリ＆ラブコメディ《鞠子の占い事件簿》（二〇〇七～・ビーズログ文庫）がある。

小川国夫（おがわ・くにお　一九二七～二〇〇八）静岡県藤枝町生。旧制静岡高校の頃、カトリックに入信し、小説を書き始める。東京大学国文科中退。フランスに私費留学し、パリ大学、グルノーブル大学で学ぶ。ヨーロッパ経験を素材にした『アポロンの島』（五七）

が、六五年になってようやく認められ、『生のさ中に』（六七）などを刊行。代表作『試みの岸』（七二・河出書房新社）は三部から成る長篇小説で、運命に操られるように人をあやめてしまう馬喰十吉の物語を幻惑的な筆致で描いた「試みの岸」、十吉の甥が馬に変身してしまう「黒馬に新しい日を」の部分は幻想小説となっている。ほかに、海に生きる若者の愛と生を、創作民話の手法で語ったファンタジー『遠つ海の物語』（八九・岩波書店）、十二族を護り、屍となっても城門の上で睥睨する、予言された王を描く「骨王」（九一）、「求道者」（九八）など、キリスト教テーマのファンタジー短篇がある。

小川未明（おがわ・みめい　一八八二～一九六一）本名健作。新潟県高城村生。早稲田大学英文科卒。在学中坪内逍遥に学び、未明の雅号を与えられる。「霰に霙」（〇五）で文壇に認められる。編集者・記者などを経て文筆生活に入るが、生活は貧困を極める。一〇年には最初の童話集『赤い船』（京文堂書店）を刊行。一一年には「薔薇と巫女」などを発表して高い評価を得、一二年には『早稲田文学』誌上で、ネオ・ロマンチシズムの先駆者として推賞されるなど、徐々に名声も高まるが、なお貧しく、一四年には大杉栄と知り合い、社会主義的な作品を発表。同年長男を、一八年には長女を病気で亡くし、童話創作と社会主義思想への傾倒をより深める。折しも童話雑誌『赤い鳥』『おとぎの世界』『童話』などが発刊され、未明はそれらの雑誌に次々と童話を発表していく。二六年「今後を童話作家に」を発表し、童話に専心することを宣言した。童話の創作、児童文学論などを多数発表し、戦後は日本児童文学者協会の初代会長も務めるなど、日本の児童文学に与えた影響にははかりしれないものがある。

未明には、一般の小説と童話、それぞれに幻想的な作品がある。まず小説では明治期の新浪曼主義的作品群が幻想小説として優れている。未明はラフカディオ・ハーンとメーテルランクを愛読していたことが知られているが、「日没の幻影」（一一）は、そのメーテルランクの象徴劇の影響を受けているとおぼしい戯曲である。果てしない砂原に一軒の閉ざされた家があり、旅人たちがその傍らで不吉な会話を交わしている。そして家の中を覗こうとした者に不思議な女が死をもたらす……という玄妙なものである。ほかに不思議な清水に誘われて百合の花になってしまう子供らを描いたメルヘン風の「百合の花」（〇六）、黒い服の男の噂と疫病とが村々をかけめぐる「悪魔」（一〇）、時折村を訪れる僧侶が死を村に運んで来ると言って怖れる人々を描く「僧」（一〇）などがある。「悪魔」「僧」共に人間の内面が恐怖を自ら生み出していく様を象徴的に描いた、暗澹としたムードのホラー風の作品といえる。

童話作品は、大正期から昭和初期に書かれたメルヘンに優れたものが多く、代表作はほぼこの時期に書かれたといってよいだろう。作品は様々な傾向を見せる。浪曼主義的なもの、人道主義的なもの、社会主義的なものといった分類も可能だが、幻想文学の立場からすると、怪異的なもの、寓話的なもの、夢幻的なもの、神秘的なもの、寓話的なものといった作風傾向に分類することができる。同時にそれらの交ざりあったものもあり、完全な分類は不可能だが、それぞれを代表すると思われる作品を挙げることはできる。怪異的なものでは、人ならぬものとなっても子供を守ろうとする精神遅滞の女を描く「牛女」（一九）、海辺で火を焚く人々に大きな蟹をもらってからすっかり弱くなったおじいさんの話「大きな蟹」（二二）。夢幻的なものでは「月夜と眼鏡」（二二）。神秘的なものでは、金の輪を回す少年に導かれて死の国へと入っていく「金の輪」（一九）、大尽の屋敷に呼ばれ、盲目の弟を一人残してでかけた姉が、約束の刻限をだいぶ過ぎてから戻ってみると、弟は消えており、後に白鳥と去った弟の消息を聞く「港に着いた黒んぼ」（二一）。寓話的なものでは、疲労の砂漠から持って来た疲労の砂によって誰もが眠ってしまう眠い町があり、その砂を世界中に撒いて眠い町に戻って来たケーが、そこがただの新興都市になっているのを見出す「眠い町」（一四）など。そのほかにも多数の幻想的な童話がある。

▼『小川未明小説全集』全六巻（七九・講談社）『小川未明童話全集』全十二巻（五八〜五九・同）

【薔薇と巫女】短篇小説。一一年三月『早稲田文学』掲載。沙原に薔薇の朽ちる夢を見た若者は、そのすぐあとに母を亡くし、神秘的なものに惹かれるようになった。そして死者さえも蘇らせるという巫女を求めて旅立つ。しかしようやく辿り着いた巫女の館は廃屋となり果てていた……。死・荒廃といった頽廃的なものに美を見いだして、読む者をして神秘的な夢幻の世界へ誘う、新浪曼主義の面目躍如たる佳作である。

【赤い蠟燭と人魚】短篇小説。二一年二月一六〜二〇日『東京朝日新聞』連載。寂しい北の海に住む人魚の母親は、生まれてくる子は優しいと聞く人間たちの間で育ったほうが幸せではないかと考え、子供を人間の郷に産み落とす。人間に育てられた人魚の娘は、蠟燭に美しい絵を描いた。その蠟燭を山の宮に灯すと海が静かなので、蠟燭はよく売れた。金を手に入れて悪心を起こした育ての親は、娘を売りに出してしまう……。〈雲間からもれた月の光がさびしく、波の上を照らしていました。どちらを見ても限りない、ものすごい波が、うねうねと動いているのであります〉という暗い海の描写から、〈幾年もたたずして、そのふもとの町はほろびて、滅《な》くなってしまいました〉という悲劇的な結末まで、読む者をとらえて離さない傑作童話。

小川洋子（おがわ・ようこ　一九六二〜）岡山市生。早稲田大学文学部卒。八八年「揚羽蝶が壊れる時」で海燕新人文学賞を受賞。九一年「妊娠カレンダー」で芥川賞、〇四年「博士の愛した数式」で読売文学賞を受賞。後者は一般の注目度も高く、映画化された。

　小川洋子が繰り返し描くのは物に媒介されて成り立つフェティッシュな人間関係あるいは男女関係である。普通の恋愛に比べると男女の距離は遠いようでいながら、マニアが抱くような連帯感のせいで、異様に近いところもある。あるいは自己愛に近い関係性と言い替えることもできよう。そのせいもあってか、小川の作品には、多分にマゾヒスティックなところがある。主人公の女性は心理的、肉体的苦痛にしばしばひっそりと耐える。また、主人公を空虚へとひたすら追い込んでいくような設定も多数見受けられる。結果的に作品全体が静謐さに満たされることが多い。幻想小説も多数ある一方で、設定はいささか異様だが幻想とまでは言い切れない作品も多い。

　短篇作品に、思い出にまつわるあらゆるものを標本にすることを仕事にする男とのフェティッシュで奇妙な恋愛を描く「薬指の標本」（九二、映画化）、耳の奥のゼンマイを抜き取られて彼岸のような世界で暮らす男女を描く「森の奥で燃えるもの」（九四）、発光する中国野菜をめぐる物語「中国野菜の育て方」（九三）、詩人の展示館を訪れた女性の夢と現実の混淆を描く「詩人の卵巣」（九四）など。短篇連作集として、女性作家を語り手とした奇妙な味わいの連作で、不思議な男に犬を助けてもらうファンタジー「涙腺水晶結石症」などを含む『偶然の祝福』（二〇〇〇・角川書店）、死にまつわる十一の短篇を収録した連作で、登場人物が少しずつ重なり合い、各話が互いに矛盾をはらみながら、全体として時間も空間も溶解していく『寡黙な死骸みだらな弔い』（九八・実業之日本社）など。長篇小説では、『密やかな結晶』のほか、死者から盗み取ってきた〈形見の品〉を陳列し、死者から死の安らぎのいくぶんかを奪い取る〈沈黙博物館〉に雇われた博物館技師の奇怪な体験を描いた『沈黙博物館』（二〇〇〇・筑摩書房）がある。

【密やかな結晶】長篇小説。九四年講談社刊。ある島では、人々は日々何かを失くしている。失くなるべき物が何であるかが人々にはわかるので、それを処分する。しばらくすると、その物の記憶も失われてしまうが、言葉だけは残っている。薔薇が失われると、薔薇は処分され、〈薔薇〉と聞いても何だかわからなくなるのだ。島には秘密警察が暗躍し、物を処分していない人々や、いつまでも失われた物の記憶を遺している特異体質の人を取り締まっている。女性小説家である〈わたし〉は、記憶を留める特異体質を持つ担当編集者をかくまうことになる。彼が〈小説に込められたわたし自身を、最も深く理解してくれる友人〉だからだ。だがまもなく〈小説〉も消えてしまう。本はすべて火に投げ入れられる。そして遂に体が消滅する日がやって来る……。静かな消失への願望が滲み出た、特異なファンタジー長篇。

小川楽喜（おがわ・らくよし　一九七八〜）クリエーター集団グループSNE出身。ファンタジーTRPG「ソード・ワールド」をもとにした短篇群、伝奇系TRPG「百鬼夜翔」をもとにした短篇群のほか、長篇『百鬼夜翔』（〇一・角川スニーカー文庫）がある。

荻（おぎ　？〜）異世界戦記物のポルノ小説『女帝ファルレーネ』（二〇〇五・二次元ドリームノベルズ）がある。

おきわいお（おき・わいお　？〜）別世界ファンタジー系ポルノ小説『聖王女フェリアーナ』（二〇〇五・二次元ドリームノベルズ）がある。

沖井千代子（おきい・ちよこ　一九三二〜）愛媛県今治市生。広島女専国文科卒。最初の長篇童話『もえるイロイロ島』（八〇・偕成社）は、セロハンの折紙で作った舟が、巨大な空飛ぶ舟になり、仲良し三人組と縫いぐるみの熊を乗せてイロイロ島へ行き、冒険をするというもので、小学生向けとしてはよくできたファンタジーになっている。続篇に『あらしのクリクリ谷』『はしれ！おく目号』（共に八〇・同）がある。

荻田安静（おぎた・あんせい　一六一五頃〜六九／元和元頃〜寛文九）俳人、歌人。または荻野氏。本名九郎兵衛重和。貞徳直系の俳人で、『誹仙三十六人』にも句が採られている。荻田安静が筆録した怪談を、弟子の富尾似船が編纂したとの序がある『宿直草《とのいぐさ》』（七七／延宝五）は全五巻六十八話から成る怪談集である。夜半、山中で狩りをしていると、老母がやって来たので化物と思って矢で射れば、その血の跡は老母の隠居所まで続き、母がかわいがっていた虎毛の猫が死んでいたという「ねこまたという事」など民間流布の伝承的素材をもとにしたもの、小泉八雲の「耳なし芳一」や『西鶴諸国ばなし』中の大蛇の話の原話と思われる作品のほか、怪異に出会った女がたじろがないで堂々と通り過ぎる「女は天性肝ふとき事」に代表されるような、冷静批判的な視線のある非怪異作に特徴がある。翌年には『御伽物語』と改題して再刊。刊行年未詳の改題再刊本『日待草』などがあり、人気の高さを感じさせる。また大江文坡も数篇を増補して改題本を出している。

沖田雅（おきた・まさし　一九八〇〜）広島県生。宇宙人に脳を入れ替えられた高校生男女を描くどたばたラブコメディ『先輩とぼく』（〇四〜〇五・電撃文庫）で電撃ゲーム小説大賞銀賞受賞。

荻野アンナ（おぎの・あんな　一九五六〜）本名安奈。旧名アンナ・ガイヤール。神奈川県横浜市生。ソルボンヌ大学卒。慶応義塾大学大学院博士課程修了。フランス文学者。慶応義塾大学教授。ラブレーを専門とし、ラブレー関係の評論に『ラブレー出帆』（九五・岩波書店）がある。大学勤務の傍ら小説を執筆し、九一年「背負い水」で芥川賞を受賞。ファンタスティックな作品に、絵画的想念に侵されて現実を見失っていく主人公たちをコミカルな筆致で描いた短篇集『ブリューゲル、飛んだ』（九一・新潮社）、古事記の猥雑な語り替えを試み、選択事象によって世界が無数に存在していることを語る前半、古事記研究家のところに未来から三種の神器を求めてやって来た三人の〈わたし〉の機械を使って古事記を再現する後半から成る、スラプスティックな『コジキ外伝』（九二・岩波書店）、聖書の語り替え、桃太郎の昔話その他を桃というキーワードで結びつけたギャグ小説『桃物語』（九四・講談社）、メタノベル形式のゾンビ物語『半死半生』（九六・角川書店）などがある。

沖野岩三郎（おきの・いわさぶろう　一八七六～一九五六）和歌山県日高郡寒川村生。祖父の手一つで育てられる。和歌山師範学校卒業後、小学校教師となる。〇二年洗礼を受け、明治学院神学部別科卒業後、牧師となる。一五年頃より執筆活動を始め、教会迫害を扱った『煉瓦の雨』（一八）ほか多数の小説がある。童話作家としても知られ、幻想小説としては、童話の範疇に入る「山六爺さん」（二〇）がある。山六爺さんが泥棒たちと共同社会を建設するという一種のユートピア譚で、表現、物語展開共に風変わりな作品。沖野には『ユートピア物語』（四八・東京一陽社）という歴史上、物語上、思想上のユートピアを紹介した児童向けの著作もあり、キリスト教と絡んだユートピア文学の流れの中に位置付けることができるだろう。

荻野目悠樹（おぎのめ・ゆうき　一九六五～）東京生。横浜市立大学商学部卒。麻薬的な毒に冒された恋人を人質にされ、戦場へと駆り出される将軍を描く『シインの毒』（九六・スーパーファンタジー文庫）でロマン大賞を受賞してデビュー。二十世紀初頭のヨーロッパを舞台に、魔術師の義兄弟と実直な日本人青年の活躍を描く歴史伝奇ファンタジー『魔術貴族』（九九～二〇〇〇・同）、別世界ヒロイック・ファンタジー《破剣戦鬼ジェネウ》（九八・コバルト文庫）、戦闘機の格闘戦が騎士道的な闘いと見なされている異世界地球を舞台に、世界の謎に迫る魔女を描くミステリアスなファンタジー『撃墜魔女ヒミカ』（〇三～〇四・電撃文庫）、SFロマンス『デス・タイガー・ライジング』（〇三～〇四・ハヤカワ文庫）ほか多数。

荻原一陽（おぎはら・いちよう　一九五〇～）本名孝範。別名に一色みんと。長野県生。編集者を務める傍ら小説を執筆。写真家でもある。魔術が生きている古代エジプトを舞台に、墓荒らしをして得た財宝を貧しい義賊に分け与えている盗賊一味の恋と冒険を描く『黒い瞳のメイシス』（九一・スーパーファンタジー文庫）に始まる《エルミア幻想奇譚》、地球滅亡テーマのSF『星の名はジパング』（九二・同）がある。また、一色みんと名で少女小説を執筆。新興宗教の教祖の孫と、教祖が間違って呼び出した地の国のエッチな美少年とのどたばたラブコメディ《セイントずんずん物語》（九〇・コバルト文庫）、別世界に拉致された少女の冒険と恋を描く《スターダスト・ミステリー》（九〇～九一・同）、異世界往還型のファンタジー《なずなの不思議な旅》（九一～九二・同）別世界を舞台に、悪霊と戦う聖なる力を持つ少女の愛と戦いを描く《ティタニアは銀の翼で》（九二～九三・同）、SFラブロマンス『星祭りの異邦人』（九三・同）がある。

荻原規子（おぎわら・のりこ　一九五九～）東京渋谷区生。早稲田大学教育学部卒。学校勤務の傍らファンタジーを執筆し、後に専業作家となる。デビュー作『空色勾玉《そらいろまがたま》』（八九・福武書店）は、日本神話をもとにした本格的な長篇ファンタジーで、一般の注目を集め、日本児童文学者協会新人賞を受賞した。『空色勾玉』の特徴は、『古事記』の神話を、新渡来人による土着民の征服の物語というよりは、新来の神々と土着の神々との闘争として描き尽くそうとしたところにある。太陽の神も月の神も正真正銘の人間を超える存在として、また土着の神々は荒ぶる力を発揮する地霊として描かれており、ファンタジーとして強いインパクトを持っている。新旧の神々の対立は、永遠の命と輪廻する命との対立に敷衍され、プロットはそれを基盤としてよく練り上げられている。物語は、空色の勾玉を持つ、特異な生まれの巫女の少女が自分を発見し、愛を知り、死をも克服して成長していく様を描いたもので、太陽の神の末弟とヒロインの恋愛は、少女の永遠の夢を具現化しているともいえるだろう。続篇として、ヤマトタケル伝説を下敷きに、幼なじみの少年が都に召されて異形の力を持つ者となってしまったのを悲しむ少女が、彼を倒すために力のある勾玉を手に入れ、対決していく様が描かれる純愛ファンタジー『白鳥異伝』（九一・同）、蝦夷の姫巫女の血筋を継ぐ少年が天皇家の兄弟殺しの伝統から生み出された魔と対決する『薄紅《うすべに》天女』（九六・徳間書店）があり、三部作をなす。このほか、失恋した少女が、アラビアンナイトの世界に入り込んでジンとなり、王子を助けて活躍するうちに自分を取り戻していく『これは王国のかぎ』（九三・理論社）、天文学が禁忌に触れる別世界を舞台に、女王の血をひく少女の成長と冒険を描くSFファンタジー『西の善き魔女』（九七〜二〇〇〇・Cノベルス、漫画化）、平安末期を舞台に、特異な芸能の力を持つ少年と少女の恋を描く『風神秘抄』（〇五・徳間書店）がある。

荻原浩（おぎわら・ひろし　一九五六〜）埼玉県生。成城大学経済学部卒。広告制作会社、コピーライターを経て、九七年「オロロ畑でつかまえて」で小説すばる新人賞を受賞しデビュー。〇五年、若年性アルツハイマーをテーマとする『明日の記憶』（〇四）で第十八回山本周五郎賞を受賞。ユーモアとペーソスに溢れた持ち味に定評がある。怪奇幻想小説に『押入れのちよ』のほか、都市伝説を扱ったサイコホラー『噂』（〇一・講談社）『コールドゲーム』（〇二・同）、現代のフリーターと昭和十九年の軍国青年が時空を超えて入れ替わってしまい、それぞれに苦闘する『僕たちの戦争』（〇四・双葉社）、一本の楠の古樹にまつわる様々な時代の悲惨物語を連作形式で綴った『千年樹』（〇七・集英社）、田舎暮らしを始めた一家と座敷わらしとの交感を描く長篇『愛しの座敷わらし』（〇八・朝日新聞出版）などがある。

【押入れのちよ】短篇集。〇六年新潮社刊。おかっぱ頭に真っ赤な振袖姿で出没する明治生まれの幽霊少女と現代青年との、おもろうてやがて哀しき同棲の日々を描く表題作のほか、「コール」「しんちゃんの自転車」などのほろ苦いジェントル・ゴースト・ストーリー、淫靡な官能をひそめた闇の力に魅入られていく一家の姿を容赦ない筆致で描き出す怪猫譚「老猫」、第二次大戦直後の満州を舞台とするロマネスクな雰囲気のフリークス小説「お母さまのロシアのスープ」、神隠し事件の背後に秘められた哀切な真相を描いた名品「木下闇」など、全九篇を収録。

奥泉光（おくいずみ・ひかる　一九五六〜）本名康弘。山形県東田川郡生。国際基督教大学大学院比較文化研究科博士前期課程修了。ヘブライ学者の傍ら小説を執筆し、「地の鳥天の魚群」（八六）でデビューする。自然との共生を目指す自給自足の共同体に参加している昔の恋人を訪ねた青年が、目指す共同体も見付けられず、元恋人の行方も知れないまま、事件に巻き込まれていく様を語りながら、幾通りもの〈真相〉や〈事実〉を用意し、すべてを幻想へとなだれこませていく、メタノベルにしてアンチミステリの快作『葦と百合』（九一・集英社）で、大きく注目を集める。婚約者の田舎を訪れた青年が、妖艶な姉の誘惑めいたものにさらされ、さらにドッペルゲンガーを思わせる奇妙な人物の影に出会う「蛇を殺す夜」（九二）で芥川賞の候補となる。十数年前に自殺した仲間の回想にふけるうち、仲間が殺される様子を隣室で聞くというあり得ない状況に追い込まれる男を描く幻想ミステリ『ノヴァーリスの引用』（九三・新潮社）で野間文芸新人賞を受賞。さらに「石の来歴」で芥川賞を受賞。その後も、〈円環する時間〉〈分身〉というテーマにこだわり続け、多数の幻想的な作品を発表している。奥泉はまた、『吾輩は猫である』を高く評価する漱石愛好家でもあり、漱石作品の設定を借りたり、文体模写を試みたりした作品もある。

　奥泉の作品は、世界が晦冥の海に沈む幻想小説、SFファンタジー、漱石の「猫」風文体による明治物の冒険小説に大別される。幻想小説には、『石の来歴』、ホラー的イメージの横溢するドッペルゲンガー物の長篇『バナールな現象』（九四・集英社）、孤島にあるプラトン学園に赴任してきた新米教師が、次第に現実を侵食され、ヴァーチャル世界に入り込んだり、タイムループに入り込んだりしてしまう『プラトン学園』（九七・講談社）など。SFファンタジーには、過去から現れた祖母に導かれるように、戦争末期のドイツにタイムスリップしたピアニストが、宇宙の音楽を聴く『鳥類学者のファンタジア』（〇一・集英社）、『グランド・ミステリー』など。冒険小説には、甕に落ちて死んだはずの〈名前のない猫〉が、目覚めると上海にいるという発端で、探偵小説、冒険活劇、ロマンス、SFといろいろな要素を、漱石の文体模写に乗せて描いた『「吾輩は猫である」殺人事件』（九六・新潮社）、明治青年たちが地底の空洞に冒険に出かけ、雷のエネルギーを喰らって生きる恐竜や、奇妙なオブジェを作っている恐竜人たちを発見したり、霊体となって怪奇的な冒険を繰り広げたりする波瀾万丈の物語『新・地底旅行』（〇四・朝日新聞社）などがある。このほか、『浪漫的な行軍の記録』（〇二・講談社）は、太平洋戦争中の無惨な南方戦を戯画的かつ凄惨に描いた珍品で、「石の来歴」と呼応する部分もあり、奥泉が改めてその社会的態度を示した作品ともいえる。

【石の来歴】中篇小説。九三年十二月『文學界』掲載。真名瀬剛はレイテ島での戦闘体験を持つ男である。彼は書店を営みながら、岩石の収集を趣味とし、土蔵で岩を削るのを無上の喜びとしている。ある夏の日、岩石収集に興味を持つ長男が、岩を取るために入り込んだ洞窟で何者かに惨殺される。妻はそれを契機として狂い始め、姉の家に預けた次男は長ずると学生運動に身を投じ、その挙句に殺人を犯して、警官に射殺される。真名瀬は、すべての原因は自分が戦争時に犯した罪のためであると考え、それと対決すべく長男が惨殺された洞窟の中に入っていく。するとそこはレイテ島の洞窟であり、真名瀬がかつて上官の命令で殺した男が救いを待っていた……。緊密な文体で、現実と幻想とがラストで絡み合っていく様を見事に描き、幻想のリアリティを作り上げた傑作。

【グランド・ミステリー】長篇小説。九八年角川書店刊。太平洋戦争を背景に、同じ人生を再び繰り返しているとわかってしまった人々の姿を、海軍士官の青年を主人公として描く。発端部は、空母・蒼龍に着艦した九九艦爆搭乗員が不可解な服毒死を遂げ、未亡人に頼まれた主人公が死の謎を追い始めるという本格ミステリ風だが、全体としては時代に生きる人々の姿を活写した歴史小説である。奥泉がこだわり続ける〈繰り返される時〉というテーマを巧妙に用い、理に落ちたような解釈や辻褄合わせ的な物語展開を極力廃し、幻想を幻想として浮遊させた、見事な作品。

奥田誠治（おくだ・せいじ　一九四三〜）アニメーの演出家。テレビアニメを中心に演出、絵コンテなどで関わった作品は多数にのぼる。代表作に「横山光輝　三国志」（九一〜九二）など。自身が監督したアクション・ホラーアニメのノベライゼーション《ドリームハンター麗夢》（八九〜九二・徳間書店〜ケイブンシャノベルズ、裕木陽との共著）、新技術物の太平洋戦争シミュレーション戦記『超弩級空母大和』（九六〜九八・歴史群像新書、三木原慧一との共著）がある。

奥田継夫（おくだ・つぐお　一九三四〜）大阪市生。同志社大学文学部卒。児童文学作家。『ボクちゃんの戦場』（六九）で認められる。リアリズム童話のほかファンタジー童話も数多く執筆している。その代表作は『影ぼうしはどこへ行った？』（七五・すばる書房盛光社）『かげぼうしがきえるとき』（七五・大日本図書）で、どちらも母を亡くし、足が不自由になった少年の影を主人公にして、影が人間に成り代わろうとする様を描いている。前者の方がサスペンスタッチで展開する、よりファンタジーらしい作品といえる。このほかフグの子の成長を描いた『海の時間のまま』（七九・ポプラ社）、民話をもとにした短篇集『さかな石ゆうれいばなし』（八〇・岩崎書店）などがある。また、鬼の研究家として『どこかで鬼の話―鬼の本をよみとく』（九〇・人文書院）も上梓している。

奥田英朗（おくだ・ひでお　一九五九〜）岐阜市生。岐阜県立岐山高校卒。ジョン・レノンを思わせる音楽家が、気にかけていた過去の出来事について死者と和解するという、癒しをテーマにした感傷的なファンタジー『ウランバーナの森』（九七・講談社）でデビュー。しかしその後ファンタジーからは離れ、普通小説を執筆、人気作家となる。『邪魔』（〇一）で大藪春彦賞を、『空中ブランコ』（〇四）で直木賞を受賞している。

奥野健男（おくの・たけお　一九二六〜一九九七）文芸評論家。東京生。東京工業大学化学科卒。多摩美術大学名誉教授。大学在学中に発表した「太宰治論」で新進評論家として脚光を浴び、卒業後は東芝の科学技術者として業績をあげる傍ら、尖鋭な批評活動を展開。『〝間〟の構造』（八三・集英社）で平林たい子文学賞、『文学における原風景—原っぱ・洞窟の幻想』（七二・同）などで日本建築学会百周年記念文化賞、『三島由紀夫伝説』（九三・新潮社）で芸術選奨文部大臣賞を受賞。太宰治をはじめ、坂口安吾、三島由紀夫、島尾敏雄、北杜夫、澁澤龍彥ら戦後文学の担い手たちの作品に含まれる幻想文学的な側面に、いち早く注目。とりわけ日本列島の風土と文学との関わりの深奥に、縄文的・呪術的な想像力の息づきを幻視する『文学における原風景』は、戦後幻想文学批評において里程標的意義を有する評論集であった。また奥野は泉鏡花文学賞の選考委員を長年にわたり務め、顕彰される機会の乏しかった幻想文学系の作家作品を世に知らしめる上で大きな貢献を成したとおぼしい。

小熊秀雄（おぐま・ひでお　一九〇一〜四〇）別名に旭太郎。北海道小樽生。高等小学校卒業後、様々な職業を経て『旭川新聞』記者となる。詩人で、絵も能くし、美術評論も手がけた。また、二〇年代には童話を発表。大工の狼と樫の木が結婚する荒唐無稽な味わいの寓話「狼と樫の木」、ミルクだけで養われ、植物に特殊能力を持っているために薔薇の花の世話をしていた唖娘が、果物を食べて穢れたために能力を失い、緋牡丹の花に変身して狂ったように笑った挙句に散っていくファンタジー「緋牡丹姫」など、物悲しさとユーモアに独特なものがあるそれらの作品は『ある手品師の話』（七六・晶文社）にまとめられた。また旭名で漫画原作を執筆し、『火星探検』（四〇・中村書店、大城のぼる画）『勇士イリヤ』（四一・同、謝花凡太郎画）などがある（漫画家事典の各漫画家の項参照）。

小熊文彦（おぐま・ふみひこ　一九六三〜）新潟市生。拓殖大学卒。「天国は待つことができる」（九〇）で第一回ハヤカワ・ミステリ・コンテスト最優秀作受賞。受賞作を含む、天国通過官の活躍を描くほのぼのファンタジーの連作短篇集『天国は待つことができる』（九二・早川書房）がある。

奥山千織（おくやま・ちおり　一九七六〜）世紀末幻想テーマの伝奇アクション『クルーエル』（九八・電撃文庫、新井輝原案）がある。

小倉明（おぐら・あきら　一九四七〜）東京学芸大学卒。児童文学作家。『トレモスのパン屋』（九二）で第一回小川未明文学賞優秀賞受賞。目に見えない風の精ロゼルを捕まえる風屋に弟子入りした少年が、風の精の捕獲が、鳥に生まれ変わった死んだ子供を元の家に送り届けることにつながっていると知る『トレモスの風屋』（九五・くもん出版）、先輩から伝わってきた河童の絵かき歌の力で過去に行った少年が様々なことを学ぶ『ふしぎな絵かき歌』（九七・教育画劇）がある。

『小倉物語』（おぐらものがたり　一六六一／寛文元）作者未詳。仮名草子。父親の反対を押し切って結婚した公家の姫と長者の息子が、子供の死をきっかけに出家。長者の地獄での苦患を地蔵菩薩より見せられ、念仏に専心するという教導的作品。

小栗虫太郎（おぐり・むしたろう　一九〇一〜四六）本名栄次郎。東京神田旅籠町生。生家は代々酒問屋を営む旧家だった。京華中学校商業科卒。電機商会事務員、印刷所経営を経て、二七年『探偵趣味』に処女作「或る検事の遺書」を発表（織田清七名義）。父の遺品の骨董類を処分して生計を立てつつ読書と執筆に没頭する生活を続ける。三三年『新青年』に「完全犯罪」を発表し脚光を浴びる。絢爛たるペダントリーと超論理的トリック、佶屈晦渋な文体を持ち味とする『黒死館殺人事件』以下のミステリや「二十世紀鉄仮面」（三六）などの新伝奇小説で、探偵文壇新世代の旗手となる。三七年には盟友海野十三、木々高太郎と共に同人誌『シュピオ』を発刊。戦時下の言論統制が強まるなか「有尾人」（三九）に始まる秘境小説シリーズや冒険小説に転じ、四一年には陸軍報道班員としてマレーに赴く。四四年、菊芋から果糖を製造する事業を興し、長野に工場を設けて同地に疎開する。〈社会主義探偵小説〉を企図したという長篇「悪霊」（未完）に着手した矢先の四六年二月十日、脳溢血のため死去。

　虫太郎はきわめて特異なタイプの幻想作家である。彼の作品には亡霊や妖怪など超自然の怪異はまったくといってよいほど登場しないし、一見不条理な出来事にも、やがてしかるべき理由づけがなされる。もちろんこれは、彼の作品の多くが密室殺人や暗号解読に主眼をおく本格ミステリとして描かれている以上、当然のことでもあるのだが、にもかかわらず、そこには強烈な非現実感覚がつきまとっている。名探偵・法水麟太郎が天馬空をゆく奇想をもって謎を解き明かした瞬間、読者は解決された謎よりもさらに不可解な超論理と奇怪な因果律の支配する迷宮へ誘われるのである。作品世界そのものを一つの〈反世界〉へと反転させるアンチミステリの系譜は、戦後になって中井英夫や笠井潔、竹本健治らに受け継がれていくが、かれらを結ぶ暗黒の地下流の源に、小栗虫太郎と黒死館はいまも鬱然と屹立している。

　虫太郎の反世界を特徴づけるのは、彼が愛読書の筆頭にあげる鶴屋南北ら江戸頽唐期芸術の残虐趣味に通じる畸形偏愛・グロテスク志向である。異様な畸形胎児を宿す妊婦の餓鬼さながらに膨張した屍体の両脇に癩者の屍を地獄の鬼に見立てて配する「失楽園殺人事件」（三四）や、渡舟に漂着した水屍体の〈紅い水母〉さながらの不気味さを憑かれたような筆致で蜿々と描写する「地虫」（三七）冒頭部のように、ミステリの隠れた主役たる屍体が畸形化の対象となるのは序の口で、シャム双生児の悪夢に覆われた一連の初期作品——「石神夫意人」（三四）「人魚謎お岩殺し」（三五）「倶利伽羅信号」（三六）の登場人物や、後期の魔境物・異境物に顕著な異形の民族や禽獣などにも畸形化は歴然としており、さらにいうなら〈ケルト・ルネサンス〉なる架空の建築様式に拠った黒死館は建築物におけるフリークスであり、〈歩く隠秘学図書館〉たる法水は探偵におけるフリークスといえるだろう。草迷宮さながら繁茂する畸形植物によって外界と隔絶された騎西一族の屋敷を舞台に、淀んだ血族婚が生み出した精神と肉体のフリークスたちが骨肉相食む〈犯罪心理小説〉『白蟻』（三五・ぷろふいる社）は、そうした虫太郎グロテスク文学の頂点をきわめた逸品である。ほかにマレーの民話を再話した「マライ西遊記」「冥府の鶏」（共に未発表）など。

【黒死館殺人事件】長篇小説。三五年新潮社刊。舞台は北相模の荒涼たる丘陵地帯。遠くメディチ家の呪われた血をひく降矢木家の末裔が暮らす〈竜宮の如き西洋城廓〉黒死館で殺人事件が起きる。過日変死を遂げた先代・降矢木算哲が、遺伝学の実験台として一歩も館から出すことなく育てた四人の異国人より成る弦楽四重奏団のメンバーが殺されたのだ。算哲の亡妻テレーズを象った自動人形をはじめ驚異博物館さながらの調度やからくりに満ちた邸内を徘徊する探偵・法水麟太郎は、事件の背後に算哲と古代呪術の怖るべき因縁を指摘するが、果たして連続殺人を予言する算哲の黙示図が図書係の女性によって示され、ゲーテの『ファウスト』から引いた四大呪文の一句が犯行現場に残されていた。予言どおりに続発する殺人事件の渦中で、館の建築技師ディグスビイと算哲夫妻との陰惨な三角関係が明らかとなる。神秘学はもとより、史学、医学、心理学から文学までの博識を総動員した法水渾身の捜査と推理は、算哲の血を真に継ぐ意外な犯人像に到達するのだった。〈キリスト教異端やオカルティズム文学の伝統のまったく存在しない日本に、本格的なオカルティズム小説を打ち樹てるという、まさに空中楼閣の建設にもひとしい超人的な力業の結晶〉（澁澤龍彥）である。

【人外魔境】短篇集。六八年桃源社刊。偶然捕獲された有尾人の故郷を求めて、コンゴ奥地の秘境〈悪魔の尿溜〉に踏み込んだ日本人医師が、死と引き換えに類人猿の墓場を目撃する「有尾人」、北アフリカは魔の砂漠の下に広がる地底の海に、アトランチス人の末裔が水棲怪物に威圧されつつ穴居生活を続けているというラヴクラフト風の夢想を冒険活劇仕立てで展開する「大暗黒」、そして世界的な鳥獣採集人・折竹孫七が、チベット深奥の伝説の楽地に、南米の湿地帯下の大迷路に、北部ラオスの巨大な竹林に護られた魔霧の谷に、決死の探検行を繰り広げる「天母峰」以下のシリーズ作品十一篇を収める、悲愴感漂う魔境冒険小説集。本書は『有尾人』（四〇・博文館）『地軸二万哩』（四一・同）『成層圏の遺書』（四二・同）に分散収録されていた魔境物を一冊に再編集したもので、書名は『新青年』連載時に使用されていた角書きに由来する。

桶谷顕（おけや・あきら　一九五九～）神奈川県鎌倉市生。アニメの脚本家。脚本の代表作に「女神候補生」（二〇〇〇）「デルトラクエスト」（〇六）など。宇宙育ちで孤独な出自の少年少女たちに超能力があるという設定のSFサイキック・アクション『3×ANGEL』（九七・スーパーファンタジー文庫）がある。

尾崎朱鷺緒（おざき・ときお　？～）早稲田大学第一文学部卒。ライター。小説に、退魔物のアクション・ホラーBL《デーモン・キラー》（一九九七・講談社X文庫）がある。

尾崎翠（おざき・みどり　一八九六～一九七一）鳥取県岩美町生。小学校教諭の長太郎・まさ夫妻の長女。上下に四人ずつの兄弟妹がいた。県立鳥取高等女学校卒業後、小学校の代用教員となり、『文章世界』へ短歌・散文を投稿、しばしば入選する。一七年、教職を辞し、翌々年に上京、日本女子大学国文科に入学する。二〇年『新潮』に「無風帯から」が採用されるが、学校当局から叱責を受け自主退学。以後、帰郷と上京を繰り返しながら文学修業に専念。二八年から『女人芸術』に「アップルパイの午後」（二九）などの短篇や映画評を寄稿するようになる。三一年『文学党員』と『新興芸術研究』に「第七官界彷徨」を発表、大きな反響を呼ぶ。三二年『火の鳥』掲載の「こほろぎ嬢」が太宰治に激賞されたが、頭痛鎮静剤ミグレニンの常用による幻覚・耳鳴りが激化、神経症の悪化を心配する長兄の手で強制的に帰郷させられる。以後、文筆から遠ざかり、晩年は妹宅に身を寄せ、薔薇十字社版作品集刊行を目前に、老衰のため世を去った。

　代表作の『第七官界彷徨』（三三・啓松堂）は、分裂心理学を専攻する精神科医の一助、植物の恋情と肥料の関係を研究する大学生の二助、人間の第七官にひびく詩を書きたいと思っている語り手・町子の兄妹と、音楽予備校生で調子はずれのピアノを奏でる従兄・三五郎という現実感の稀薄な登場人物たちが、くたびれた平屋建の家で繰り広げる風変わりな共同生活の日々を描いた物語である。そこでは、とりたてて幻想的・非現実的な出来事が起こるわけではないが、花田清輝が絶讃したことで有名な〈薊の恋愛〉のエピソードをはじめとして、読む者の夢想をかきたてるようなイメージやオブジェがちりばめられている。一助の同僚で、会う人ごとに戯曲を朗読させて心理実験のモデルにしている幸田当八への切ない思いを胸に秘めた町子が、異様に実証的な動物学者の松木氏宅に祖母の作ったお萩を届け、〈物ごとを逆さに考える詩人〉土田九作の家へ松木氏に託されたおたまじゃくしを届け、最後に詩人に頼まれてミグレニンを買いにいく「歩行」（三一）、当八と松木と九作が〈一人の詩人の心によって築かれた〉地下室に集う「地下室アントンの一夜」（三二）の二作は、「第七官界」の世界と補完的な関連にある連作である。そのほか、薬物を常用したため、太陽や人ごみを嫌悪し、〈映画館の幕の上や図書館の机の上の世界の方が住み心地が宜しい〉と考えるようになった〈こほろぎ嬢〉が、あこがれの両性具有詩人〈ゐりあむ・しやあぷ氏＝ふいおな・まくろおど嬢〉の面影を図書館の棚に空しく探し求める「こほろぎ嬢」や、銀幕の中のチャップリンに恋する「木犀」（二九）には、夢想と現実の間で宙づり状態になった翠の苦く切ない思いが吐露されており、胸に迫るものがある。
▼『定本　尾崎翠全集』上下巻（一九九八・筑摩書房）

尾鮭あさみ（おざけ・あさみ　一九六二〜）福岡県生。八七年『小説ＪＵＮＥ』にデビューし、ＢＬ小説を執筆。ファンタジーに、数々の神仙と仏が混在する中国風天上界を舞台に、女に生まれたかった少年神の型破りの愛と冒険を描く短篇連作『舞え水仙花』（九二・角川スニーカー文庫）、続篇の『大唐胡蝶伝』（九三・角川ルビー文庫）『悪名西遊記』（九四・同）、魔道士と少年のコンビが活躍するオカルト・ファンタジー《ダダ＆一也》（九三〜九八、〇四・同）など。

小山内薫（おさない・かおる　一八八一〜一九二八）広島に生まれ東京で育つ。父・正は陸軍軍医で森鷗外とも親交があったが、薫が生まれてまもなく急逝した。一高で川田順、武林無想庵らと親交を結び、内村鑑三のもとでキリスト教に入信。東大英文科在学中、鷗外の知遇を得てメーテルランクなどの翻訳を手がけ、次第に演劇に傾倒。また無想庵らと創刊した同人誌『七人』に詩を発表する。大学卒業後、伊井蓉峰一座の座付作者となるも、やがて新派劇に限界を感じて西欧演劇に関心を深め、〇七年に柳田國男や島崎藤村らとイプセン会を結成。〇九年に二世市川左団次と自由劇場を興し、演出家・翻訳家・批評家としてイプセンをはじめとする西欧近代戯曲の紹介に努めた。渡欧後の二四年には、土方与志らと築地小劇場を興し、新劇の基礎を築いた。その一方で、自伝的長篇『大川端』（一三・籾山書店）をはじめとする小説作品にも才気を発揮し、花柳界に取材した「梅竜の話」をはじめとする洒脱なコントは、現在でもしばしばアンソロジーに採録されている。
　演劇史における盛名の陰に隠れて一般には知られていないに等しいが、小山内と怪談との関わりは底深いものがあって、流行の心霊学に関心を寄せたり、大本教に傾倒した一時期もあった。迫真の怪談実話エッセー「番町の怪と高輪の怪と」（二三）の冒頭には〈私は幽霊というものはあると思っている。怨念というようなものもあると信じている。この宇宙は霊界と物界とで成り立っていて、その霊界と物界との間には、絶えず交通があるものだと確信している〉と記されている。戯曲における代表作「第一の世界」（二一）は、心霊の世界を探究する隠者めく学究と新聞記者との対話より成る異色篇で、作者の霊的なるものへの傾倒ぶりを窺うことができる。こうした小山内の怪談志向が、古典演劇への関心と結びついて誕生したのが、一九年八月から翌年一月にかけて『万朝報』紙上に連載された長篇時代小説「お岩」であった。横浜在住の日本文化研究家ジェイムズ・Ｓ・ド・ベンネヴィルの著書『The Yotsuya Kwaidan or O'Iwa Inari—Tales of the Tokugawa』にもとづきつつ、鶴屋南北以前の古体を留める四谷怪談の物語を、近代小説のスタイルで再話するという刺戟的な試みであったが、連載終了後一度も単行本化されることなく、東雅夫編『お岩　小山内薫怪談集』（〇九・メディアファクトリー）でようやく陽の目を見ることとなった。

長部日出雄（おさべ・ひでお　一九三四〜）青森県弘前市生。早稲田大学文学部中退。雑誌記者を経て映画評論家となる。小説の執筆も始め、七三年「津軽じょんから節」（七〇）と「津軽世去れ節」（七一）で直木賞を受賞。七九年『鬼が来た—棟方志功伝』で芸術選奨文部大臣賞を、〇二年『桜桃とキリスト─もう一つの太宰治伝』で大佛次郎賞、和辻哲郎文化賞を受賞。初期の短篇には怪奇幻想的な趣向を持つものがある。善事の取材記事満載の善意に溢れた雑誌が、鋭い告発などを軽減する陰謀だった「善意株式会社」（七四）、捕虜虐殺の罪をなすりつけられて死んだはずの男が舞い戻ってきて、かつての上官たちに恐怖を与える「その名はウパス」（七四）、正体不明の電話がかかり、考えられる対処をしても、いつまでも電話が鳴り続ける「闇からの電話」（七三）など。その後、時代小説や評伝小説などを中心に活躍するが、中間点の里程標となる自伝的連作短篇集『醒めて見る夢』（八六・福武書店）は幻想小説となっている。洋館風の尖塔を持つ故郷の映画館・博愛館を中心として、桶をかぶって顔を隠した幼くして死んだ兄、記憶にはない父の幻影、ゴキブリのひしめく尖塔、巨大なゴキブリの姿をした自称〈この世の一切を見通す者〉などの幻想が、これまでの長部の人生体験と混じり合う秀作である。

大佛次郎（おさらぎ・じろう　一八九七～一九七三）本名野尻清彦。神奈川県横浜市生。長兄は野尻抱影。東大政治学科在学中は演劇活動に没頭する。卒業後、外務省勤務の傍らロマン・ロランや海外伝奇小説の翻訳を手がける。二四年、ポーの「ウィリアム・ウィルソン」を翻案した時代物「隼の源次」で作家デビュー。当時、鎌倉長谷の大仏裏に住まいしたことから大佛次郎を筆名とする。『鬼面の老女』（二四）に始まる《鞍馬天狗》シリーズで国民的人気作家となる一方、「照る日曇る日」「赤穂浪士」などの新聞小説で大衆文学作家としての地歩を築く。日本芸術院賞受賞作『帰郷』（四九）をはじめとする現代小説や『ドレフュス事件』（三〇）に始まる史伝小説の分野でも多数の名作を遺した。六四年に文化勲章を受章。『怪談その他』（三〇・天人社）と題された短篇集には、伝統的な因果話を文明開化の世相を背景に綴ってショッキングな幕切れを招来する「銀簪」、手首の怪に執念くつきまとわれる男の恐怖をひたひたと描く「手首」、麻布の廃屋敷で目撃された幻影めく官女の姿にまつわる奇縁の物語「官女」などの怪奇時代小説が含まれている。岡本綺堂のそれにも比肩すべき江戸前の語り口には、得がたい味わいがある。

小沢章友（おざわ・あきとも　一九四九～）妻・直子との共作筆名に双蛇宮。佐賀市生。早稲田大学政経学部経済学科卒。コピーライターの傍ら、放送作家、作詞家としても活躍し、映画・演劇・音楽批評も手がける。双蛇宮名義で、美貌の姫君が産み落とした青い玻璃の球をめぐり、前世・現世・来世の出来事が交錯する王朝風幻想小説『玻璃物語』（八七・国書刊行会）を、放送台本に基づく幻想的な小品集『ロックンロール・アルテミス』（八九・国書刊行会）『千年の蛇』『天使祓い』（共に九〇・同）を刊行し、専業作家となる。平安時代を舞台に、堕天使を父にもつ美しい舞姫と一途な面打ちの青年を主人公として、悪と善との葛藤を描く『沙羅と竜王』（九二・角川スニーカー文庫、後に「炎舞恋」と改題）、平安末期を舞台に、武勇で名を立てたいと思う少年の惑いと成長を描く『ムーン・ドラゴン』（〇五・理論社）などのジュヴナイル・ファンタジー、年老いた陰陽師が一族の血の中に巣食っている魔物と闘いを繰り広げる『夢魔の森』（九四・集英社）をはじめ、『闇の大納言』（九六・同）『曼陀羅華』（九六・講談社）『陰陽師狼蘭』（〇一・学研M文庫）などの平安朝陰陽師物、『今昔物語集』『雨月物語』に材を採った連作短篇集『運命の環』（九六・文藝春秋）、三島由紀夫の霊が自らの死について語る『三島転生』（〇七・ポプラ社）など、古典や近代の文学者に素材を求めた作品群、吸血鬼や生命の素粒子といった不死の幻想と、呪術や悪魔の書物などによる死への誘いをテーマとした連作短篇集『不死』（九八・小学館）、エジプト、中南米など古代文明の栄えた地で怪異に巻き込まれる人々を描く短篇集『怪域』（九九・朝日新聞社）等の現代を舞台にした怪奇短篇群、現代を舞台にした長篇ホラー『極楽鳥』（二〇〇〇・ハルキ・ホラー文庫）『千年天使』（二〇〇〇・角川春樹事務所）ほか、多数の怪奇幻想系作品を執筆している。

小沢淳（おざわ・じゅん　？〜）愛知県生。編集者、フリーライターを経て小説家となる。不思議な運命に導かれて婚約者を殺してしまった王子が、自身の運命と千年前に滅びた王国ラレンティア復活の謎を求めて、魔族の血をひく少女と共に冒険の旅を繰り広げる別世界ファンタジー《千年王国ラレンティアの物語》（九一〜九二・角川スニーカー文庫）、失われたもう一つの月から不思議な道を通ってやって来た美青年剣士たちの愛と冒険を描くBL物のヒロイック・ファンタジー《Tales From Third Moon》（九一〜九五・講談社X文庫）、星や月が人のかたちを持つ王でもあるファンタスティックな別世界を舞台に、双子の月の確執をめぐって繰り広げられる耽美的な物語『月王譚』（九四・福武書店）、古代インドの神々が現代に降臨するBL伝奇アクション《アキラ・プラーナ》（九六〜九七・講談社X文庫）など多数。

小沢正（おざわ・ただし　一九三七〜）東京杉並生。早稲田大学教育学部卒。早大童話会に入り、創作活動を始める。保育絵本の編集に一年間携わった後、童話作家として幼児番組の制作などに関わる。六五年、杉山径一、三田村信行らと共に同人誌『蜂起』を創刊。初の単行本『目をさませトラゴロウ』（六五・理論社）以来、ナンセンスとブラックユーモアの光る良質のファンタジーを数多く執筆。『目をさませトラゴロウ』は人間をばりばりと食べてしまう元気なトラの少年を主人公にした連作短篇集。自分の分身が現れて夢と現実の区別がつかなくなるといった実存的テーマのものや和解できない自然界と人間との関係をテーマにしたものなど、きわめてユニークで、児童文学界に衝撃を与えた。この作品とテーマが近似の『はらぺこのオニごっこ』（七〇・あかね書房）は、人間界へやって来た純真なオニキチが、いろいろな目に遭ってようやく人間との共存が不可能なことを悟り、食料にするため人間を追いかけ始めるという長篇童話。このほか、子豚になるビスケットや狼になるビスケットがそら恐ろしい騒動を巻き起こす、不条理物語でありながら低学年向け長篇童話であるという離れ技的作品『こぶたのかくれんぼ』（六九・太平出版社）、放射能の影響で分裂する砂により、世界が砂に埋もれた未来からやって来た親子に誘われて、少年が未来へ行くと、砂に同化して何にでも変身できる身体となる『砂のあした』（六九・国土社）、テスト好きの先生が、頭に受けたボールのせいで突然お話好きの先生に変身してしまう奇妙な話『きつね先生のふしぎ』（七六・理論社）、何でもありの夢のようなマーケットの話『きつねのスーパーマーケット』（八一・金の星社）、小沢の分身らしい作家の猫（小沢は愛猫家である）が服を脱いでも脱いでも脱ぎ切れず段々小さくなって消滅してしまう「ネコとマント」ほかの短篇を集めた『せかいいちきたないレストラン』（八三・コーキ出版）など。児童文学という枠の中に押し込めておく必要もない秀作が数多くある。

押井守（おしい・まもる　一九五一〜）熊本県合志市生。東京大森に育つ。東京学芸大学教育学部美術教育学科卒。アニメ監督、映画監督。劇場用長篇アニメ「イノセンス」（〇四）で日本SF大賞受賞、カンヌ国際映画祭コンペティション部門ノミネート。映画の愛好家で学生時代は映画監督を志すが、断念し、ラジオ制作会社を経てタツノコプロに入社。テレビアニメ「ヤッターマン」（七八）などの演出を手がける。八〇年スタジオぴえろに移り、テレビアニメ「ニルスのふしぎな旅」（八〇〜八一）「うる星やつら」（八一〜八六）などの演出を手がける。八三年には鳥海永行と共同で世界最初のOVA「ダロス」を制作。劇場用長篇アニメ「うる星やつら2　ビューティフル・ドリーマー」（八四）で注目を集める。この作品に見られる現実と虚構の境界の曖昧さは、その後の押井作品の主要なモチーフともなっている。OVA「機動警察パトレイバー」（八八）、劇場用長篇アニメ「機動警察パトレイバー the Movie」（八九）で再び注目を集め、以後、Production I.G にて監督活動を展開。「GHOST IN THE SHELL／攻殻機動隊」（九五）は海外でも注目され、後に英語吹き替え版も日本で劇場公開されることになった。このほかの監督アニメ作品にOVA「御先祖様万々歳！」（八九〜九〇）、劇場用長篇アニメ「スカイ・クロラ The Sky Crawlers」（〇八、森博嗣原作、ヴェネチア国際映画祭コンペティション部門ノミネート）など。映画も手がけており「アヴァロン」（〇一）ほかの監督作品がある。このほか漫画原作や様々な企画協力も行っている。自身が監督、あるいは原案、脚本などを担当したアニメや映画のノベライゼーションのほか、軍事小説なども執筆している。仮想現実テーマの幻想SF映画「アヴァロン」のシェアワールド・ノベル『Avalon　灰色の貴婦人』（二〇〇〇・メディアファクトリー）、アクション・ホラーアニメをもとにした『獣たちの夜』（二〇〇〇・富士見書房）など。

押川春浪（おしかわ・しゅんろう　一八七六〜一九一四）本名方存《まさあり》。愛媛県松山小唐人町生。日本キリスト教会元老で、東北学院創立者の父・方義、伊予藩押川家の娘である母・常子の長男。奔放な行動ゆえに幾度か放校の憂き目に遭いながら、東京専門学校英文科及び政治科を卒業。同校在学中に海洋冒険小説『海底軍艦』（一九〇〇・文武堂）を、巌谷小波の推薦により刊行。〇四年、博文館に入社、一躍世に出た。『冒険世界』主筆となり編集・執筆に活躍、青少年の血を沸かせたが、『東京朝日新聞』との野球論争が主因となり退社。一二年に『武侠世界』を創刊するも急逝した。

春浪の代表作である『海底軍艦』に始まる六部作（〜〇七）は、海底軍艦や空中軍艦などの新兵器を駆使する秘密組織が世界を股にかけて活躍するという空想冒険小説で、春浪は〈日本的な冒険SFを創造した〉（横田順彌）と位置付けられている。影響は少年小説、冒険小説、SF小説の分野に広く及んでいる。広範な作品を執筆した春浪には、世界各地の幽霊譚を集めた『万国幽霊怪話』（〇二・美育社）、アラビアンナイトの翻訳『魔島の奇跡』（〇二・大学館）など、怪奇幻想への嗜好を感じさせる著作もある。創作では、魔法使いや仙人が登場するエキゾティックな伝奇ロマンス『塔中の怪』（〇一・文武堂）『銀山王』（〇三・東京堂）、時間の存在しない地底のユートピアで人類滅亡の光景を目撃する『千年後の世界』（〇三・大学館）、ドイツの怪奇小説に基づく換魂奇談『怪人奇談』（〇一・同）などの幻想的作品がある。

小須川射人（おすかわ・いると　？〜）油田開発のためにボルネオに赴任したサラリーマンの見聞を描いた奇談集『ボルネオ物語』（一九五六・新紀元社）がある。同書には、豊臣の残党の末裔に遭遇する「ボルネオ桃源記」、蛇好きの男とニシキヘビの心中物語「新・雨月物語」などが含まれている。

尾関岩二（おぜき・いわじ　一八九六〜一九八〇）本名岩治。岡山県赤坂郡周匝生。同志社大学英文科卒。大阪毎日新聞社、大阪時事新報などで活躍。その傍ら、児童文学をはじめとする文筆活動を展開。小説、翻訳、評論など幅広い著作があり、代表作の評論集『童心芸術概論』（二二）は先駆的な著作として評価が高い。五五年から七二年まで岡山女子短期大学教授を務めた。昭和前期にはファンタジーを執筆。見えないものを見ることのできる姫君を描いた寓話「歌う花」、魔法の花園に囚われた騎士がかつて救った毛虫／蝶に救われる「銀の騎士」、男の身体が縮み始め、活き人形として評判になったのも束の間、小さくなりすぎてつぶされてしまう「小さくなる平六」などを収録する寓話的作品集『お話のなる樹』（一七・創元社）、蟻を助けて地下王国を探訪する「地下の王国」（三一）、禁を犯して人間界に流された妖精の王女姉妹が、人間の子供らの成長を見守ることで妖精界への帰還を果たす長篇童話『フエアリーのお姫様と鍵』（三五・四条書房）等の作品がある。

小薗江圭子（おそのえ・けいこ　一九三五〜）手芸作家、イラストレーター。ぼけたおばあさんがキノコの化身のようなおばあさんと友達になる童話『キノシタキノコさん』（九九・PHP研究所）、メルヘン小品集『モザイクの馬』（〇五・講談社）がある。

織田健司（おだ・けんじ　一九六八〜）ゲームクリエーター。制作を担当したゲームのノベライゼーション『ぷよウォーズ』『真・魔導物語』（共に九九・同）『魔道物語'98』（九八〜二〇〇〇・ファミ通文庫）がある。

小田仁二郎（おだ・じんじろう　一九一〇〜七九）山形県生。早稲田大学仏文科卒。一時、都新聞社に勤務。失われた母性への憧憬を〈死にはてた気ちがいの、手だけが、室にのこり、いま、室は、死人の手でいっぱいなのかもしれない。窓の眼のうつろ。死んだからだにかえる死人の手。私は死人〉といった異様な文体で蜿々と綴った一代の奇作『触手』（四八・真善美社）で注目を集め、「昆虫系」（五二）「からかさ神」（五三）で芥川賞候補となる。その後『流戒十郎うき世草紙』（五九）などの時代小説に転じた。

【秘戯圖】短篇集。五九年小壺天書房刊。男女の絡み合う姿態に異様な〈顔〉を見いだした秘戯画描きの十郎兵衛（＝写楽）が独創的な役者絵を憑かれたように描き、憑かれたように死んでいく姿を幻想的な筆致で追った「写楽」と、北斎と写楽の奇縁を描く「北斎最後の事件」の二部から成る表題作、宿泊先の妻女に懸想する侍たちの股間から一物が消えうせる「秘術」や、父親の転生した鯰を食って往生する「鯰のちえ」、鯉が人間との合の子を産む「鯉の巴」などの幻想コント八篇から成る「からかさ神」、蚤に芸をさせる囚人を描く奇談「蚤芝居」の三作品を収めた特異な幻想時代小説集。

小田卓爾（おだ・たくじ　一九四〇〜）慶応義塾大学文学部英文学専攻卒。同大学院文学研究科修士課程修了。英文学者。専門は中世英文学。オクスフォード大学留学時代の思い出をもとに書き上げたエッセー風ジェントル・ゴースト・ストーリー集『ふり返らない少女』（九九・小池書院）がある。十七世紀からあるカレッジ寮の一室に入った作者が見た美貌の青年の亡霊、敬愛する教授の講義を受けていた三人の留学生が見た教授の亡霊、ケルトの小さなストーン・サークルでの不思議な体験などを描いている。

小田嶽夫（おだ・たけお　一九〇〇〜七九）本名武夫。新潟県生。東京外語学校支那語科卒。外務省に入り杭州に赴任する。三六年「城外」で芥川賞を受賞。代表作に『魯迅伝』（四一）、松川事件を扱った『真実の行方』（五七）、『義和団事件』（六九）、平林たい子賞受賞の『郁達夫伝』（七五）など。『西湖佳話』などの中国志怪小説に見える男女の情話をロマンティックに翻案した短篇集『断橋の佳人』（七八・中央公論社）がある。

於田福平（おた・ふくへい　生没年未詳）経歴未詳。滑稽本『浮人形水中談』（一七八五／天明五）一作のみが知られる。井戸替えの人夫が井戸の底を踏み抜いて数千丈の高さを落ちて竜宮に至り、帰れる機会を待つ間に海老親父から竜宮の話をはじめ、富士山の誕生や様々な由来譚などを聞かされるという設定の枠物語で、全十六章から成る。一種の奇談集である。

織田兄第（おだきょうだい）織田健司（同項参照）と弟・織田彰の共同筆名。サイコメトラーの少女を主人公にしたサイバー・ミステリ『感応者SAKI』（二〇〇二・MF文庫J）でデビュー。夢の中でファンタジーRPGを模した冒険を繰り広げる『ドリームパーティー』（〇三・EXノベルズ）、未来に起こる事象確率を変動させることができる少年を主人公に、悪の組織と戦う特殊能力者たちが集う学園を舞台にしたコメディ《ハイブリッド学園》（〇三〜〇四・MF文庫J）など、ファンタジー系作品が多数ある。

おちのりこ（おち・のりこ　一九五八〜）本名越智典子。東京大学理学部卒。出版社勤務の後、創作活動に入る。児童向け自然科学の解説書などを主に執筆。染色家が山の精のような不思議な人々と交流し、〈山の染物屋〉の不思議な技を垣間見ることが許される『てりふり山の染めものや』（九五・偕成社）、小麦の視点から描いた科学ファンタジー『パンになる夢』（〇一・パロル舎）などがある。

越智春海（おち・はるみ　一九一八〜）愛媛県生。『ビルマの死闘』（六七・原書房）など、第二次大戦の戦記物を執筆。アジアを舞台に魔法王子を活躍させた、ハウフを思い出させるような連作メルヘン『ラムドルの冒険』『金の矢銀の矢』（八四・八重岳書房）をはじめとする《魔法の話》全五巻（〜九七）がある。時折余談を挟み込んだりする、余裕のある語り口が特徴。

落合ゆかり（おちあい・ゆかり　？〜）漫画家カトリーヌあやこと共同で少女小説を執筆。二人の少女がアイドル似のハンサムな青年たちと共に事件を解決するコメディ《いきなりミーハー・シリーズ》（一九九〇〜〇二・コバルト文庫）中には、怪奇談『いきなりミーハー幽霊談』（九二）、ゲームの世界へ引きずり込まれる『いきなりミーハーGAMEパニック』（九三）『いきなりミーハー幻想談』（九七）、異界から来た者たちの超能力戦に巻き込まれる『いきなりミーハー妖魔戦』（九四）『いきなりミーハー魔術館』（九八）などがある。学園ミステリ《電撃おさわがせ隊》（九二〜九八・同）でも探偵の一人が超能力少年という設定で、その一篇『狙われた力《パワー》』（九七）は超能力テーマのホラー風作品となっている。ほかに、悪の秘密結社と父親たちの行方を追う超能力少年たちの戦いを描く《BOYSサイキック・アクション》（九五〜〇三・同）がある。

乙一（おついち　一九七八〜）本名安達寛高。福岡県生。久留米工業高等専門学校を経て豊橋技術科学大学工学部エコロジー工学課程卒。九六年、少女の死体による一人称という吉村昭「少女架刑」以来の手法を活かした「夏と花火と私の死体」（九六）でジャンプ小説・ノンフィクション大賞を受賞し、デビュー。同作は十六歳時の作品だということで、その早熟な才能で読者を驚かせた。コックリさんで呼び出した魔物に憑かれて怪物化していく男を描いた「天帝妖狐」（九七）、ジェントル・ゴースト・ストーリー「しあわせは子猫のかたち」（二〇〇〇）、未来からの通信物「Calling You」（二〇〇〇、〇七年「きみにしか聞こえない」として映画化）、身体の傷を移動させる能力を持つ少年を描く「傷―KIZ/KIDS」（二〇〇〇、〇八年「KIDS」として映画化）、映像の中で徐々に振り向く幽霊を描いた「フィルムの中の少女」（〇二）等の怪奇幻想短篇を執筆。怪奇系の作品であっても抒情性が強く、若者に非常な人気を博す。短篇集に『石ノ目』（二〇〇〇・集英社、後に「平面いぬ。」と改題）『ZOO』（〇三・集英社、五作品をもとにオムニバス映画化）など。長篇に、移植された目にもとの持主の過去が映るという設定のホラー・ミステリ『暗黒童話』（〇一・集英社）、〈見えない友だち〉をモチーフに使ったいじめテーマのホラー・サスペンス『死にぞこないの青』（〇一・幻冬舎文庫）など。ミステリ『GOTH　リストカット事件』（〇二）で、本格ミステリ大賞を受賞。

乙骨淑子（おっこつ・よしこ　一九二九〜八〇）東京神田生。桜蔭高等女学校専攻科卒。児童文学作家。日中戦争を主題にした『ぴいちゃあしゃん』（六四）をはじめとして、社会問題を常に積極的に取り上げる形で創作活動を展開。その姿勢はいくつかあるSFファンタジー童話においても変わらない。奇想天外な物の発明家のタンネさんの苦悩と冒険を描く短篇「すなのなかにきえたタンネさん」（六七）に始まる《タンネさん》、四国の山の中にある桃源郷のようなヤマトウ国、地底にあるポポーロ国の人々との出会いにより、国家に追われるようになった平凡な青年が自由と独立に目覚めていく『こちらポポーロ島応答せよ』（七〇・太平出版社）、ピラミッド型の帽子をかぶると見えるマンションの明かりに導かれ、アトランティス大陸の末裔が築いたという地下のアガルタ国に入り込んだ中学生たちの冒険を描き、未完に終わった『ピラミッド帽子よ、さようなら』（八一・理論社）など。

御堂彰彦（おどう・あきひこ　?〜）「王道楽土」で電撃ゲーム小説大賞選考委員奨励賞受賞。人間を捕食する種族〈ヒトクイ〉の内部対立に巻き込まれた少年を描く伝奇アクション『ヒトクイ』（二〇〇四・電撃文庫）、悪魔の体の一部を身に宿し、特殊能力を持つ十二人の高校生たちが、特殊能力の争奪戦を繰り広げる『12DEMONS』（〇五・同）、不思議な力が宿った骨董品をめぐる連作『付喪堂骨董店』（〇六〜〇七・同）などがある。

御伽草子（おとぎぞうし）十四世紀から十七世紀（室町時代から江戸初期）にかけて作られた短篇の物語草子の総称。約四百篇が知られており、〈室町時代物語〉とも総称される。なお、御伽草子の名称は享保年間に大坂の書肆から〈御伽文庫〉の名で出た二十三種の絵入物語の叢書から発しているといわれ、狭義の御伽草子はこの二十三種を指す。素材的には平安・鎌倉時代の文学の一部を書き替えたものが多く、再創造的な文芸と位置付けられる。設定、登場人物などは室町時代的に書き直されており、主人公を武士や庶民としたり舞台を地方にしたり、能や幸若など室町時代に隆盛した芸能の趣向を取り入れたりといった工夫が見られる。御伽草子は絵巻や絵本の形になっているものも多い。文章も平易で、内容的にも王朝物語のような繊細さにはやや欠けている。また教訓性・功利性・仏教への志向が顕著である。こうした御伽草子の庶民的な特徴により、物語受容の裾野を大いに広げたのである。

　現代から見ると、幻想的な内容になっているものが圧倒的に多く、民話の世界に近いものを思わせる。ただ、室町物語全体を見ると、神の申し子、仏の霊験・利生、仏神への転身（本地）などはあまりにも当たり前に使われているモチーフであるため、それらを幻想的といいきってしまうのはためらわれる。とはいえ、そうした幻想的要素が全くない笑話的な「乳母《めのと》の草紙」「窓の教」のようなものも存在するので、全体が幻想的とも言い切れず、その点もまた民話と似通う。

　内容面での大きな要素として、発心、縁起、本地、霊験、恋愛、孝養、復讐、遍歴、流離などがあり、登場人物には、姫、公家、僧侶、異類、異国人、英雄、庶民からの成り上がりなどがいて、これらの要素を適当に組み合わせて様々な物語が語られるという形になっている。複数の要素が絡み合うので、単純な分類がしにくいのだが、おおよその内容傾向によりいくつかの類に分けて、代表的な作品を以下に紹介する。神仏の申し子が幸せな結婚をする、発心や往生した者が実は観音の化身であった、といった程度の設定のものは省いている。また、特に注記がないかぎり、作者はすべて未詳である。①異類と人間の恋愛譚②その他の恋愛譚③異界遍歴物④観音の霊験などの奇瑞を絡めた継子いじめ物⑤人間を異類に置き換えた異類物⑥その中でも特に異類同士の戦いを描く異類合戦物⑦異形を主人公とするものや怪物退治物⑧少年愛と発心譚・往生譚を絡めた稚児物⑨福神やその他の神仏の霊験をメインとした祝儀物⑩神仏の縁起を語る本地物⑪そのほか。

①『天稚彦《あめわかひこ》物語』のほか、孝行と笛の奇瑞により梵天国の姫君と結婚した中将の冒険を描く『梵天国《ぼんてんごく》』、菊の精とかざしの姫君の恋を描く『かざしの姫君』、桜と梅の化身の女たちと契ると、二人が妬心を燃やして戦う『桜《さくら》梅草子《うめのそうし》』（伝宗祇作）、鞍馬の奥の鬼国の姫と契った中将が、姫の生まれ変わりと再び結ばれ、姫が貴船の大明神となるまでを描いたもので、鬼、隠れ里に関する民話的素材が横溢する『貴船の本地』、僧と竜女の異類婚譚で、千日写経の結願《けちがん》の途中で竜女が出現したため、文字がすべて〈早く終えて女と寝たい〉というものに変わっていたり、現世に戻った僧が蛇体になっていたりなどの趣向を取り入れた『地蔵堂草紙』、僧が美女に誘われて素晴らしい七年を過ごすが、実は美女は狐で、家は金剛聖院の床下、日数は七日であったという、ゴーチエ「死女の恋」を思わせるよう

な『狐の草子』、女狐物『木幡狐《こわたきつね》』、男狐が恋した姫の侍女に化け、純愛を貫くという異色作『玉水《たまみず》物語』、石山観音に参籠中の、男に縁の無かった女房が旅の男と契る、哀感漂う『雁の草子』、わびしく暮らす婚期の遅れた女が男と契り、家も豊かになるが、男が猫に喰い殺されてしまう『鼠の草子』、鶴を助けて化身の女をめとり、その力に助けられる話に、鶴の里訪問という異界訪問譚、飛び去った鶴が姫として生まれ変わり再び結ばれる転生譚を付け加えた『鶴の草子』、天竺を舞台に、はまぐりの化身が女房として押しかけてくる『蛤《はまぐり》の草紙』など。

②『時雨《しぐれ》』のほか、海女が転生して思いをかけた公家と結ばれるまでを描く『あま物語』、夢中の男に恋した姫が観音の霊験により男と結ばれる過程を描く『転寝草紙《うたたねのそうし》』、観音のお告げに従って物狂いを介抱すると恋した男だったことがわかる『落窪物語』、妻の橋姫のつわりの苦しみを救うために七色の和布を求めて旅立った中将の物語『橋姫物語』、出羽の権現らによって師門《もろかど》が死から蘇生するという趣向を含む『師門物語』、愛する姫の亡霊と、そうとは知らず一夜を共にする『松姫物語』など。

③『毘沙門《びしやもん》の本地《ほんじ》』『御曹司《おんぞうし》島渡《しまわた》り』『富士の人穴《ひとあな》』のほか、義経が地獄極楽を見せてもらう『天狗の内裏』、天女に恋した男の地上・天界遍歴を描く『おもかげ物語』、小野小町自身が語る一代記で、本来は月界の人であるという小町の異界遍歴や夢幻的な恋愛を含む『玉造《たまつくり》物語』、妻の春日姫を魔物に奪われた甲賀三郎が地底を遍歴した後、姫と再会する『諏訪の本地』、業平を主人公に、名笛由来譚と仙境訪問譚を綯い交ぜた『青葉の笛の物語』など。

④有名な『鉢かづき』のほか、継母に虐待される姫が、観音の利益により姿を老婆に見せる姥皮《うばかわ》を与えられ、それを使って幸福を得る日本版シンデレラ『うばかは』『花世《はなよ》の姫』、継母に殺されかかって岩屋で暮らしていると、中将に発見されて妻となる『岩屋の草子』、継母に、次いで婚家の姑に憎まれ、一度は死ぬものの、七日後に蘇る『千手女《せんじゅにょ》の草子』、継母に捨てられるが、父親と再会を果たした中将姫が、生身《しょうじん》の阿弥陀仏に会うことを祈願して蓮糸で曼荼羅を織る往生譚『中将姫』、継母に島流しにされた二人の男子が、大鳥に化身した実母に保護され、父親に発見される。その後は修行を積んで日天子・月天子となり、父は明星、実母は夕づつ、継母は土竜となったという『月日《つきひ》の本地』、天竺を舞台に、継母が子に邪恋を抱く系統の『天照大神本地』、継母によって姫が琵琶湖に沈められるが、実母の化身の亀に救われる歌物語『伏屋《ふせや》の物語』など。

⑤おこぜと山の神の恋愛を描く『をこぜ』、老ふくろうが鷽《うそ》姫と契るが、横恋慕する鷲が怒って姫を殺してしまい、梓巫女に姫を呼び出してもらうと、地獄の苦しみを語ったので、ふくろうは出家して菩提を弔う『ふくろふ物語』、虫たちが玉虫姫に恋愛をしかける歌合わせ物のユーモア篇『玉虫の草子』、秋の虫たちの歌合わせ『こほろぎ草子』、雛雀を捕って喰おうする鳥・蛇・猫などを親雀が論破して撃退する『勧学院物語』（別名「雀の草子」）、子を蛇に喰われた雀夫婦が出家する『雀の発心《ほっしん》』など。

⑥納豆太郎と鮭大介《さけのおおすけ》の席次争いが精進類と魚類禽獣類の戦に発展する、『平家物語』のパロディで、異類軍記物の嚆矢とされる『精進魚類《しょうじんぎょるい》物語』（伝二条良基作）、鴉の青年が鷺の姫に懸想して拒まれて戦いとなる、『太平記』のパロディで、衒学趣味の強い『鴉鷺《あろ》合戦《かっせん》物語』（伝一条兼良作）、大黒と恵比寿の戦いを滑稽に描く『隠れ里』、精進料理の材料物で、六条（干豆腐）と葵（そば）が張り合う前半（『源氏物語』のパロディ）と、各種材料がそれぞれに自己主張をする後半とから成る『六条葵上物語《ろくじょうあおいのうえ》』、川魚と海の魚が合戦に立ち至ろうとしたとき鵜が仲裁に入る『魚太平記《うおたいへいき》』（一六七三／寛文一三頃、またの名「河海物語」、伝小見山道休作）、諸神仏が地獄に攻め入り、地獄をも極楽にしてしまう

『仏鬼軍《ぶっきぐん》』、吉野の八重桜をめぐって薄の草軍勢と梅の花木軍勢が対立する美文調の擬古軍記で古典の引用なども織り込み、諧謔味もある『墨染桜《すみぞめざくら》』、露の宮と朝顔の上の悲恋を描く植物擬人化物『朝顔の露』（別題に「草木の草子」）など。

⑦『子易《こやす》物語』『俵藤太《たわらのとうだ》物語』のほか、『一寸法師』、邪悪な老女・天探女《あまのさぐめ》が奸計によって瓜から変身した美しい姫に成り代わろうとする『瓜姫物語』、鬼子としての誕生から牛若の家来となるまでをメインに描く『弁慶物語』、源頼光と四天王の大江山の鬼神退治『酒呑童子《しゅてんどうじ》』、続篇で、羅生門の鬼の腕を切り落としたことから始まる鬼退治『羅生門』、酒呑童子の誕生から山中で通力を得て鬼神となって大江山に至るまでを描く『伊吹童子』、池の中に住み処がある女の化生・立烏帽子《たてえぼし》が、言葉を伝える玉を飛ばしてくる『立烏帽子』、春日明神から授かった姫を救うために大蟹退治が決行される『岩竹』、鳥羽上皇を惑わせた才知と美貌の玉藻の前が陰陽師によって妖狐の正体を暴かれ、逃れた先の那須野で退治される『玉藻の草紙』、猿神退治の物語で、猿が藤袋に入れておいた姫を狩人が犬とすり替える『藤袋の草子』、稲荷明神の加護を得て鍛え上げた神剣で美姫実は古女狸を退治する『雪女物語』、母が大蛇の藤原俊仁将軍とその子・田村丸による鈴鹿山の鬼神退治『田村の草子』など。

⑧『秋夜長《あきのよなが》物語』のほか、稚児を忘れられない幻夢が、敵討の連鎖の犠牲となった稚児の亡霊に出会い、稚児を討った男と共に高野山で往生を遂げる『幻夢物語』、弁君が契った男の死を嘆いて嘆き死にするが、夢に現れて神の化身であることや黒髪山に霊石のあることなどを伝える『弁の草紙』など。

⑨葬儀を助けてくれた僧が地蔵の化身と知れる『六波羅地蔵物語』、薬師如来を信仰し、不老不死の薬を授けられたさざれ石の宮が東方浄瑠璃世界へと飛び去る『さざれ石』、天狗が車に乗る僧に禅問答を仕掛けるが、僧の呪によって不動明王が出現、天狗らは愛宕山へ逃げ去る『車僧《くるまぞう》草子』、十大弟子の一人となった目連尊者が死して冥途に行き、閻魔に説法して黒縄地獄に落ちた母親との再会が許され、蘇生した後にさらに功徳を積んで母親を地獄から救う『もくれんのさうし』、二度にわたって地獄から蘇り、舎利をこの世に持ち帰る話で、『富士の人穴』に通じる地獄遍歴譚を含む『平野《ひらの》よみがへりの草紙』、不老不死の霊薬を得たり、仙術を学んで不思議を起こしたりといった神仙関係の話を集めた『蓬莱物語』、雁によって遠隔地に運ばれた白鼠の冒険と白鼠のもたらした福を描く『弥兵《やひょう》衛鼠《えねずみ》』、福神の助けを得て貧乏神を追い出す『梅津長者物語』、わらしべ長者物の『大黒舞《だいこくまい》』など。

⑩『阿弥陀の本地』『熊野の本地』のほか、聖徳太子が仏法を広めるために生まれたと前世を告げる法談物『しやうとくたいしの本地』、『今昔物語集』『平家物語』『熊野の本地』をもとに構成した『厳島縁起』（南北朝時代成立）、うがやふきあえずの命が住吉大明神であるとするもので、日本神話を様々に引用する『住吉縁起』、良弁が観音のお告げで石山寺を建立したことを中心に、紫式部の『源氏物語』執筆と地獄落ち、源氏供養など、様々な話柄を詰め込んだ『石山物語』、塩竈《しおがま》大明神の前身花園少将の流離譚とその子が天狗に誘拐された説話から成る『塩竈大明神御本地』、聖武天皇の后の地獄落ちに端を発する大仏建立、釈迦の影向《ようごう》が説法した功徳による后の蘇生、地獄巡りの様を語る『大仏の御縁起』、松浦の長者の娘さよ姫の変転を綴り、大蛇の生贄となるが法華経によって救われ、竹生島の弁財天に、大蛇は壺坂の観音となる『さよひめ』（別名「竹生島の本地」）など。

⑪『磯崎』『還城楽《げんじょうらく》物語』のほか、口寄せに優れた巫女の姉妹・花鳥と風月が、業平と光源氏の霊をおろして恋の遍歴を語らせる『花鳥風月』、花の精の歌合わせに女人往生などの法談を交えた『胡蝶物語』『花情物語』、蟻や杓子など、器怪その他の妖怪の出現をただ淡々と語る五篇を収録する『化物草紙』、

脇息《きょうそく》、葛籠《つづら》など二十種の調度が恋の歌を詠んで歌合わせをする様を人が夢に見る『調度歌合』（伝三条西実隆作）、百年を経た古物は妖物《ばけもの》になるというので、この難を避けるために古道具を捨てると、怒った道具たちが妖物と化して人間たちを悩ませるが、尊勝陀羅尼の法によって調伏され、悔悟してついに成仏する『付喪神《つくもがみ》』などを挙げることができる。

【天稚彦《あめわかひこ》物語】室町時代初期成立。長者の末娘が大蛇のもとに嫁ぐが、大蛇は実は天上の天稚彦であった。禁忌を犯して地上に置き去りにされた姫が難題を解決して年に一度天稚彦に逢うことを許されるようになった、という七夕由来譚。ギリシア神話の「エロスとプシュケー」の展開とも重なる、古典的なパターンの異類婚譚。本作を元にした美しい絵巻も高名である。

【時雨《しぐれ》】室町時代成立。中将は恋した女性と一度は結ばれるが、婚家の北の方らが与えた呪符のせいで彼女を忘れてしまう。呪符を破り捨てて彼女を思い出したときには既に入内しており、中将は出家するという悲恋譚。呪符の形が人形の男女が抱きあうものであるというのが生々しい。

【毘沙門《びしゃもん》の本地《ほんじ》】室町時代成立。天竺を舞台にした壮大な天界遍歴ファンタジー。梵天王の申し子である瞿婁《くる》国《くに》の美しい姫には見たものを若返らせるという特殊能力があった。彼女を欲した大国・摩耶国は武力で瞿婁国を脅し、姫は泣く泣く嫁入りすることになるが、その途次、維縵国《ゆいまんこく》の皇子と契る。皇子は一刀で千人の首を落として摩耶国王の度肝を抜き、請われるままにそこで三年の歓待を受けるが、その間に戻らぬ皇子を思いつつ姫は死んでしまう。姫が大梵王宮の黄金の井筒にいるとの夢告を受けた皇子は、馬が変身した竜にまたがり、天界・地獄を巡歴して、ついに姫に再会する。梵天王のはからいで皇子が毘沙門、姫は吉祥天女となった。天界遍歴行をはじめとして読みどころが多い。空想味の豊かなことでは、御伽草子中でも屈指の作品であろう。

【御曹司《おんぞうし》島渡《しまわた》り】源義経が、兵法・仏道の極意を記した大日の法の巻物を求めて海の彼方へ向けて旅立つ。珍奇なる島巡りの果てに千島喜見城に辿り着く。笛の功徳によって大王との面会がかなった義経は、大王の娘と愛し合い、彼女の命をかけた献身によって巻物を入手、これを用いて平家を滅ぼす。島巡りの構想が何よりも興味深く、また姫の危難を伝える手段の幻想的なことなど、ファンタジーとして一級品である。

【富士の人穴《ひとあな》】源頼家の命を受け、新田四郎忠綱は富士の人穴探索に赴く。地底に広がる世界を行くと壮麗な館があり、その五色の池の中島まで行くと、大蛇が現れる。太刀を捧げると富士浅間《せんげん》大菩薩に変じて三十六地獄を案内してくれる。閻魔庁や極楽浄土まで見せてもらうが、他言は無用と送り返される。結局、忠綱は復命したため、頼家ともども死んでしまう。説教的な匂いのするもので、江戸時代の富士講隆盛時には特に盛んに読まれたという。幻想文学の方面からは、地獄の精細な描写が興味深い。

【子易《こやす》物語】長者夫婦が祈願して豊受明神から授かった申し子は背中で体がはり付いている男女の子であった。都に起きる怪異がその子のせいにされ、殺されかかるが、神の眷族に救われる。実は大江山の二面八足の鬼との人違いであった。やがて二人は体が分かれ、夫婦となるが、ある日、天から下された使命を忽然と思い出し、安産の地蔵を形づくると、天へと昇っていった。フリークスが神仏であるというパターンのもの。

【俵藤太《たわらのとうだ》物語】室町時代成立。前半に竜神に依頼されたむかで退治と竜宮への招待、後半に平将門退治を配した英雄物語。前半部は『太平記』巻十五による。平将門が七体の分身を持つこと、弱点がこめかみであることを、将門の女から聞き出すあたりに何ともいえない艶なものがある。だが最後には竜神が女の心に入り込んだからではないかという注釈がつけられてしまう。なお、将門の首はここでは既に、斬られ曝されてもなお生きて歯がみをする首である。

【秋夜長《あきのよなが》物語】南北朝時代成立。比叡山の桂海律師は夢に美しい稚児を見て恋い焦がれる。三井寺で夢の稚児とそっくりな梅若に出会い、二人は契りを結ぶ。梅若が桂海を慕って比叡山へ行く途中で天狗にさらわれたことから、三井寺と比叡山との確執が表面化し、比叡山は三井寺を焼き払ってしまう。一方梅若は竜神に助けられて戻るが、寺も父大臣の邸も燃えたのを儚んで、入水。桂海は比叡山を出て梅若の菩提を弔い、高僧・瞻西《せんさい》上人として仰がれた。梅若は実は観音の化身で、桂海を真の仏道に導くための方便だったという解釈がつく。稚児物語はこれ以前にも書かれているが、本作は抜きんでて有名で、後続の作品にも多く影響を与えた。

【阿弥陀の本地】室町時代成立。天竺を舞台に、悲恋を味わった太子が法蔵比丘となり、後に阿弥陀仏となったという本地物。人間時代の仏の苦難を描くもので、広く流布し、説経節、古浄瑠璃にもなっている。

【熊野の本地】天竺摩訶陀国善財王の寵姫五衰殿女御は、後宮の女たちに嫉妬され、策謀によって深山の奥で殺される。だが、処刑前に王子は無事に生まれ、首を切られた五衰殿は、首のないままに乳房を子に与える。王子は山中で動物たちに守られて成長する。やがて不思議なお告げを受けた僧が王子を見つけて養い、七歳の時に父・善財王の元へ行って真実を語る。善財王は国を厭って王子や僧と共に日本に飛来し、熊野の権現として顕れる。経典由来の物語で、『神道集』に同話が見られる。本地譚の中軸に位置する作品とされ、『厳島縁起』などにも影響を与えた。

【還城楽《げんじょうらく》物語】天竺竜国の竜王の姫・馬頭女が、隣国の還城楽の妃となる。夫は姫に竜王殺害を命じ、姫がこれを果たすと追放する。姫は竜王の指示に従って骨を接いで竜王を甦らせ、還城楽を滅ぼす。日が沈みそうになるとそれを三度差し招いて日を戻すという説話が含まれる。舞の還城楽を物語に仕立てているところが変わっている。

【磯崎】室町時代成立。日光山の麓に住む磯崎は妻がいながら鎌倉で別の女を作り、連れ帰って新しい家に住まわせた。悋気の塊となった正妻は鬼の面を付けて女を驚かし、殺してしまう。ところが面がはずれず、鬼そのものへと変化していく。稚児の息子の説法に従い、面がはずれると、夫婦共々出家したという遁世譚。鬼面をつけたままはずれなくなるという趣向は、その後も長く怪異の世界に描かれる。

小野十三郎（おの・とおざぶろう　一九〇三〜九六）詩人。本名藤三郎。大阪市生。東洋大学中退。アナキズムの詩人として出発し、大阪の重工業地帯に取材した『大阪』（三九・赤塚書房）『風景詩抄』（四三・湯川弘文社）によって高く評価される。詩論において〈短歌的抒情の否定〉を展開したことから、即物的リアリズムの作風といわれるが、現実を言葉によって幻想世界に変える詩人ともいうことができる。〈風の中に／煙がみだれる。／／おれが草だつて。／むしろ鉱物だよ。／／地に突き刺さつた幾億千万本のガラス管《チューブ》。／／ひよつとすると／ああ、これはもう日本ぢやないぞ。〉（「葦の地方・五」全篇）

小野信義（おの・のぶよし　一九三七〜）岡山市生。岡山大学教育学部卒。高校教諭。高度な文明を持つが、自然や感情を失くしてしまった星からやって来た少年が、音楽や人との付き合いを通じて心を学んでいく『星を二つ持つ少年』（八六・福武書店）がある。

小野裕康（おの・ひろやす　一九五四〜）千葉県生。中央大学文学部卒。編集者、記者を経て文筆生活に入る。最初の単行本『少年八犬伝』（八八・理論社）は、言論統制を始めた架空の日本を舞台に、自由を抑圧しようとする者たちと、八個の玉を持つ少年と不思議な少女が活躍する物語。ほかにSFファンタジー『ブリガドーンの朝』（九六・理論社）、八幡太郎義家の蝦夷征伐を題材としたSFファンタジー『日高見戦記』（二〇〇〇・理論社）などがある。

小野不由美（おの・ふゆみ　一九六〇〜）大

分県中津市生。大谷大学文学部卒。夫は綾辻行人。『バースディ・イブは眠れない』（八八・講談社X文庫）でデビュー。ナルシストのゴーストハンターと少女がオカルト事件の謎を解く《悪霊がいっぱい》（八九〜九二・同）で人気を得る。第一作『悪霊がいっぱい』はライトな作品だったが、巻を追うごとにホラー・ミステリ化し、〈本格ミステリーの掟をたたき込まれている〉と語る小野にふさわしく、全体の流れはミステリ的になっていく。人間が操作している怪現象を暴く場合もあれば本物の幽霊が登場してそれを浄霊するというパターンもあり、正統的なサイキック・ディテクティヴ物といえる。また『悪霊だってヘイキ！』（九二）のようにホラーの中にミステリを仕込んでいる場合もある。シリーズの続篇で、対象年齢をややあげた『悪夢の棲む家』（九四・同）は、純然たる幽霊屋敷物だが、ミステリのテイストも持つ。ホラー・ミステリ系の作品にはほかに、『呪われた十七歳』（九〇・朝日ソノラマ＝パンプキン文庫、後に「過ぎる十七の春」と改題）『グリーンホームの亡霊たち』（九一・同）などのホラー、神隠しに遭って以来、常に周囲に惨劇を呼び起こして来た少年の謎を探る大学生を主人公に、彼岸への憧憬や選ばれていない者の悲哀というテーマを盛り込んだホラー・ファンタジー『魔性の子』（九一・新潮文庫）、天皇が超能力を持っているパラレルワールドの明治日本を舞台に、東京の町が魔に侵されて水の都となるまでを、魔人が跋扈する殺人事件の謎をめぐるミステリに絡めて語る『東京異聞』（九四・新潮社）、孤立した島の当主の家にだけ殺人狂の血が出るという設定の伝奇的なミステリ『黒祠の島』（〇一・ノン・ノベル）、吸血鬼物の『屍鬼』などがある。また、最近作として、虚実皮膜なハイレベルの怪談集「鬼談草紙」（〇四〜）がある。

ファンタジーには、この世と地続きになっている別世界を舞台にした《十二国記》がある。この作品は少女向け文庫から一般向け文庫へとレーベルを移すという特別な扱いを受けた作品だが、現時点（二〇〇八年末）で物語が途絶したままとなっている。

【十二国記】連作小説。九二年〜継続中。講談社X文庫ホワイトハート刊。中国風の別世界を舞台にしたファンタジー・シリーズ。神仙界の近くに十二の王国があり、それぞれの国を王が治めている。王は血を見ることのできない仙界の生き物・麒麟によって選ばれ、不老不死を得るが、政治が乱れると王も麒麟も共に死なねばならない。また、他国を侵攻しようとすれば、やはり死ぬことになっている。魔的な生き物たちも身近にいるような世界なので、国が乱れれば魔物も跋扈する。つまり、王と麒麟とがまさに生きた王国であるような世界であり、物語の主人公もおおむね王と麒麟となっている。どういう回路でかはわからないが、別世界とこの世とが結ばれているという設定になっており、それが様々な物語を生み出す原動力になっている。『月の影影の海』（九二）は、女子高生の陽子が、突然学校に現れたケイキに連れられて別世界に入り込むが、ケイキとはぐれてしまい、わけもわからぬまま次から次へと苦難に出遭うという物語。人を信ずることすら許されず、怪物たちと戦い続ける日々の果てに、陽子は自分がこの世界のうちの一つの国の王に選ばれたことを知る。『風の海迷宮の岸』（九三）は人間界へはぐれ出ていてやっと見つけられた麒麟の少年が、蓬莱山へ登って来る者の中から王を選ばねばならないのだが、本当に自分に王を選ぶ力があるのかどうか悩み続けるというもの。『魔性の子』の災いを呼ぶ少年は、実はこの麒麟である。『東の海神《わだつみ》西の滄海』（九四）は切れ者の王とやんちゃで純粋な麒麟が、国を治めていくなかで味わう葛藤を描く。『風の万里黎明の空』（九四）は、王たる自信が持てぬまま、武者修行を繰り広げる陽子の姿を描く。番外篇と位置付けられている『図南の翼』（九六）は、王が現れぬまま国土が荒廃するのを黙って見ていられぬ勝ち気で聡明な少女が、麒麟に選ばれるために蓬莱山への険しい道を辿り、志を果たすというもの。ほかに短篇集『黄昏の岸暁の天』（〇一）がある。理想の政治、理想の統治者を描くファンタジーと評価されているが、国家間の戦争が許されないため外交がほとんど存在せず、内政のみが問題であるため、政治的なテーマはお飾りでしかない。むしろ人間関係と人間的な成長をテーマとしたシリーズであり、正統的なジュヴナイル小説であるといえる。

【屍鬼】長篇小説。九八年新潮社刊。スティーヴン・キングの代表作にして、モダン・ヴァンパイア小説の金字塔でもある『呪われた町』と真っ向から対峙する意気込みで構想執筆された大作。墓所であると同時に、村の基幹産業である卒塔婆作りの原料ともなる樅林によって囲繞された外場村。村を睥睨する高台に不気味な洋館が建造され、そこに正体不明の住人たちが移住してくることが〈終わりの始まり〉となる。突然死や不可解な失踪によって次々と姿を消していく住民たち。いちはやく異変を察知した僧侶と医師の懸命な抵抗も虚しく、村は滅びの一途を辿っていく……。閉ざされた共同体の成員である老若男女様々なキャラクターと、彼らの置かれた環境、彼らを見舞う災厄の諸相を緻密に描き分けていくスタイルは、まさしくキングのそれを踏襲しているが、その徹底ぶりにおいては本家を凌駕する、大変な力業と言える。テーマの重さと深みという点でも、『呪われた町』の先へと果敢に踏み込み、キング作品では揺らぐことのない〈狩るもの〉と〈狩られるもの〉の立場すなわち正邪の別が、本作においては曖昧化し、逆転し、さらには虚無へと融解していくのである。日本的モダンホラーの一極点というべき傑作。

小野正嗣（おの・まさつぐ　一九七〇～）大分県生。東京大学大学院総合文化研究科言語情報科学専攻博士課程修了。カリブ海地域フランス語文学の研究者。翻訳に、エドゥアール・グリッサン『多様なるものの詩学序説』（〇七・以文社）がある。前衛性を意識した小説を執筆。山と湾に囲まれた小さな共同体〈浦〉を描いた不思議な味わいの小説『水に埋もれる墓』（〇一・朝日新聞社）で朝日新人文学賞受賞。入れ子構造の手法が現代的な長篇『にぎやかな湾に背負われた船』（〇二・同）で三島由紀夫賞受賞。ほかに、森のほとりの家に息子と棲まう男を主人公に、片方の乳を垂らした老婆の出現と消失を語る「片乳」、語り手がはっきりしないまま、夢とうつつのあわいに物語が進んでいく「古い皮の袋」などを収録する幻想的な連作短篇集『森のはずれで』（〇六・文藝春秋）がある。

おのりえん（おの・りえん　一九五九～）本名小野里宴。東京生。上智大学文学部心理学科卒。教育相談所の心理相談員を経て、児童文学作家となる。迷子の河童や雷の坊や、耳にかんの虫が巣食った猫などと人間たちの交流を描く低学年向けファンタジー短篇集『かっぱうたろう』（九四・福音館書店）、長崎の歌を素材にした『でんでら竜がでてきたよ』（九五・理論社）ほか、多数の低学年向け童話がある。高学年向けファンタジーに、非凡たることを尊しとする父親の価値観から逃れたいと願う平凡な少女ほほが、空飛ぶ鬼にさらわれて別世界に入り込み、瞳の中に人の一生をその死後の姿まで映す能力がある王子モーリによって歪められた時の流れを正常に戻す『メメント・モーリ』（〇一・同）がある。

尾上菊五郎［三世］（おのえ・きくごろう　一七八四～一八四九／天明四～嘉永二）歌舞伎俳優。俳号に梅幸、梅寿など。江戸小伝馬町の建具屋の子として生まれ、初代尾上松助の養子となる。鶴屋南北の狂言に主演し、岩は当たり役となった。南北の狂言『東海道四谷怪談』をもとにした合巻『〈東街道中門出之魁〉四ツ家怪談』（二六／文政九）がある。

小野寺悦子（おのでら・えつこ　一九四二～）本姓佐藤。岩手県生。水沢高校卒。魔女になりたてのほやほや魔女の失敗を描くファンタジー・コメディ『あわてんぼうの魔女』（八五・ポプラ社）、腐ったリンゴから生まれたおばけと人外の物の交流を描いた童話『小さなおばけのリンゴちゃん』（九〇・理論社）ほか、低年齢層向けのファンタスティックな作品がある。

『惚己先生夜話』（おのぼれせんせいやわ　一七六八／明和五）洒落本。作者未詳。杓子定規序。吉原好きの先生が夢中に極楽へ行き、菩薩と語らうという趣向で、吉原を仏教の極楽に、遊女を観音菩薩に見立て、禅問答のパロディで廓遊びについて喋々する。遊里を別世界と見立てる洒落本の代表格の一つ。

オハラフサ（おはら・ふさ　一九二三〜）本姓小原。東京生。東京第一師範学校卒。小・中学校教師を経て、童話雑誌『青』を主宰。NHKラジオ国語教室などを担当。花や動物たちが人間のように生きている世界へ紛れ込んだ少女が奇妙な体験をするファンタジー童話『カトレア国のふしぎな学校』（九〇・影書房）、ナンセンス味溢れる学校物の童話『ぐるるる先生とへんてこ小学校』（九三・鈴木出版）がある。

小柳津親雄（おやぎつ・ちかお　生没年未詳）筆名に柳窓外史、晴亭柳窓。長野県士族。国会開設に関する論議を、各業界人の寄り合いや天狗の寄り合いで展開する、夢落ちの啓蒙書『滑稽国会夢物語』『滑稽天狗討論会』（共に一八八一・東北新報社）、山中に隠棲し神通力を身につけていた大塩平八郎翁に出会った男が、未来の国会開設時の政治状況を教えてもらうという夢落ちの政治小説『二十三年未来記』（八三・今古堂）などがある。

折笠美秋（おりかさ・びしゅう　一九三四〜九〇）俳人。本名美昭《よしあき》。神奈川県横須賀市生。早稲田大学第一文学部国文科卒。東京新聞社に勤務した。高柳重信に師事し、『俳句評論』創刊同人となる。八五年、現代俳句協会賞受賞。七二年頃から筋萎縮性側索硬化症（ALS）という難病に冒される。妻の協力で句作を続け、〈俳句思う以外は死者かわれすでに〉に顕著なように、死の影がまとわりつく俳句を作る。半身は既に彼岸に入っているかのような抒情と、死に関わる想念・哲学とが絡み合うところに特徴がある。〈いずれ土中の／耳　崩れつつ／葉ずれ／衣ずれ〉〈いちにちの橋がゆっくり墜ちてゆく〉〈月光写真まずたましいの感光せり〉〈この世の側のお太鼓帯の銀すすき〉〈影踏みの影を奈落と思いけり〉など。句集に『虎嘯記』（八四・俳句評論社）『君なら蝶に』（八六・立風書房）『火傳書』（八八・騎の会）。

折口信夫（おりくち・しのぶ　一八八七〜一九五三）別名釈迢空。大阪市西成郡木津村生。医師で生薬雑貨を商う秀太郎・こう夫妻の四男。祖父は奈良県明日香村の飛鳥坐神社神主・飛鳥直家の出。少年期から短歌に親しむ。国学院大学国文科卒。在学中、子規庵の東京根岸短歌会に参加。一一年、大阪府立今宮中学教員となり、献身的な指導ぶりで教え子の敬愛を集める。一三年『郷土研究』に「三郷巷談」を投稿、柳田國男を瞠目させる。翌年、教職を辞し上京。柳田らの郷土会例会に出席、民俗学を大胆に導入した古典文学研究を進める。一七年『アララギ』同人に推挙されるが、歌風の違いなどから次第に疎遠となり、二一年には選者を辞した。二二年、国学院大学教授となる。二五年、第一歌集『海やまのあひだ』を刊行。二八年、慶応義塾大学教授となり国文学史、日本芸能史などを講じる。二九年から翌年にかけて『古代研究』全三巻を刊行、〈折口学〉の体系を確立する。四五年、養子・春洋が硫黄島で戦死、その悲傷を『倭をぐな』（五五）に詠じた。四八年、詩集『古代感愛集』（四七）で芸術院賞を受賞。

〈基督の　真はだかにして血の肌《はだへ》見つゝわらへり。雪の中より〉〈人間を深く愛する神ありて　もしもの言はゞ、われの如けむ〉

　右の二首からも窺われる幻視者・折口の資質が、小説作品として充全の結実をみせたのが、『死者の書』である。そのほか折口には、『死者の書』の原型となった「神の嫁」（二二）や、生霊の口寄せにあやつられる男女の姿を活写した「生き口を問ふ女」（二二）、放送台本として書かれた「島を守る巫女」（四四）などのシャーマニックな鬼気を孕んだ散文作品があり、妖怪変化が跳梁する俄狂言として「巻返大倭未来記」（四〇）「稲生物怪録」（四八）などがある。

▼『折口信夫全集』全三十一巻・別巻一（五四～五九・中央公論社）

【死者の書】中篇小説。四三年青磁社刊。〈彼の人の眠りは、徐かに覚めて行つた。まつ黒い夜の中に、更に冷え壓するものゝ澱んでゐるなかに、目のあいて来るのを、覚えたのである。／したしたした。耳に伝ふるやうに来るのは、水の垂れる音か。たゞ凍りつくやうな暗闇の中で、おのづと睫と睫とが離れて来る。〉名高い冒頭の一節に漲るシャーマニックな言語感覚は、まさにそれ自体が死霊召喚の呪文であるかのように、古墳の闇から大津皇子の魂を呼び覚ますと共に、読者の魂を古代の時空へと導くのである。物語は当麻寺の中将姫伝説に拠っている。彼岸の中日、二上山に沈む夕日の背後に貴人の幻姿を見た藤原南家の郎女は、無意識のうちにその面影を追って西へと向かう。やがて当麻寺にあくがれ来たり、聖域を汚した罪を償うため寺に起居するうち、姫は裸形の貴人のために布を織り始めるのだった。貴人の正体が、藤原家の一の姫を呼ばう叛逆の死霊とも知らずに……。

折原一（おりはら・いち　一九五一～）別名青沼静也。妻は新津きよみ。埼玉県久喜市生。早稲田大学第一文学部卒。旅行代理店勤務、旅行雑誌編集者を経て、『五つの棺』（八八）でミステリ作家としてデビュー。『沈黙の教室』（九四）で日本推理作家協会賞受賞。新奇な事件を熱望する密室殺人マニアの黒星警部の前で、次々と密室殺人事件のようなものが起きるというギャグ的なメタミステリ『模倣密室』（〇三・光文社）や、百物語に起因する惨劇を描くホラー・ミステリ『暗闇の教室』（九九・早川書房）がある。青沼静也名では、不幸の手紙物のホラー『チェーンレター』（〇一・角川書店）がある。

折原紫乃（おりはら・しの　？～）BL作家。漫画原作のほか、藤森かつきと共同でファンタジーを執筆（藤森項を参照）。

折原みと（おりはら・みと　一九六四～）本名矢口美佐恵。茨城県石岡市生。土浦第二高校卒。漫画家の傍ら、ラブロマンスを主とする少女小説を執筆。『夢みるように、愛したい』（八八・講談社X文庫）に始まる、天使の少年との恋模様を描くシリーズで非常な人気を博す。転生をモチーフに使った『桜の下で逢いましょう』（八九・同）、不思議な本に導かれて前近代的な別世界に入り込む『金の砂漠王』（九〇・同）に始まるシリーズなど、ファンタジーの要素が部分的に使われている作品がある。ほかにSFファンタジー《アナトゥール星伝》（九一～〇六・同）など。

恩田陸（おんだ・りく　一九六四～）本名熊谷奈苗。宮城県仙台市生。早稲田大学教育学部卒。ある公立高校に伝わるゲーム〈サヨコ〉をめぐって不審な事件が相次ぐ様をホラー・テイストを交えて描く学園ミステリ『六番目の小夜子』（九二・新潮文庫）で、第三回日本ファンタジーノベル大賞最終候補作に残り、小説家デビュー。以後、会社勤務の傍ら精力的に作品を発表し、まもなく専業作家となった。恩田はジャンルミックスの作家として出発した。デビュー作自体、ミステリとホラーの鵺的な混合体で、しかもそれがファンタジーノベル大賞の最終候補作となったことに象徴的に表れている。ミステリ、ホラー、SFの領域にまたがる作品を執筆し、そこにファンタジーのテイストが加味されることもある。ブッキッシュな作家であり、SF、ミステリなどの先行作品へのオマージュ作品が多い。また、なんらかのルールを持つゲーム（たとえば、じゃんけんのようなものやおまじないの類）が好きだという恩田の作品は、そのような一種の遊びによって律されている傾向がある。学園小説を書く時には特に筆が冴え、普通小説でも魅力的な作品を書き上げている。学園小説『夜のピクニック』（〇四）で吉川英治文学新人賞受賞。同作は映画化もされたヒット作である。

恩田の作品で最も幻想的といえるのは、ミステリ、ファンタジー、ホラーが混然一体となった青春小説『球形の季節』であろう。本格物の謎解きに終わることもなく、SF的な解釈を押し付けることもなく、曖昧なまま、オープンエンディングに終わるこの作品は、真に幻想的な小説といえる。この後恩田は、ジャンルミックスではあっても、いずれかのジャンル内に納まる、それなりに完成した作品を書くようになり、職業作家として高く評価されていくようになる。

　ミステリ系列の作品としては、予知力のある女性が、謎の死を遂げた女流画家をめぐる事件に巻き込まれるミステリ『不安な童話』（九四・ノン・ノベル）、幻の本『三月は深き紅の淵を』をめぐるオムニバス形式のメタノベル『三月は深き紅の淵を』（九七・講談社）、日英文化の混淆するある島では、おおむね一年以内の死者が実体を持って帰ってくる〈ヒガン〉なる時期が存在するという奇想的な設定の元に起きる殺人事件を描く『ネクロポリス』（〇五・朝日新聞社）など。

　SF系列の作品としては、超能力を持つ一族の日々を描く連作短篇集で、還るべき場所へと還っていく人々、癒される悲しみ、青春の日の抒情と溢れるノスタルジーで、読者の涙を絞るようなSFファンタジー『光の帝国』（九七・集英社）とその続篇『蒲公英草紙』（〇五・同）『エンド・ゲーム』（〇六・同）、近未来を舞台に、過去方向へのタイムマシンが開発されて歴史を改変するようになったため、様々な問題が起きてくる状況を描いた本格SF『ねじの回転』（〇二・同）、ジャック・フィニイ『盗まれた街』へのオマージュとして書かれた作品で、エイリアンが宇宙から飛来したものではなく、柳川の堀に潜む河童（水そのものといってもいいような生命体）であるところが異なる『月の裏側』（二〇〇〇・幻冬舎）、ロバート・ネイサンの『ジェニーの肖像』へのオマージュとして書かれた作品で、永遠の恋人である二人が何度も転生しては巡り会うが、条件が合わずにうまくいかないという精緻なラブロマンス『ライオンハート』（二〇〇〇・新潮社）、女は子供を産む機械だとされているような崩壊傾向の激しい未来社会、優秀な男子を集めたエリート養成校を舞台に、その狂気の教育機関から脱走しようとする少年たちを描いたタイムスリップ物『ロミオとロミオは永遠に』（〇二・早川書房）、七〇年代SFへのオマージュで、秘密組織に追われて放浪する超能力少女を描いた連作短篇集『劫尽童女』（〇二・光文社）などがある。

【球形の季節】長篇小説。九四年新潮社刊。東北の一地方都市・谷津を舞台に繰り広げられる物語。高校生の間に〈五月十七日に遠藤さんがどうにかなる〉という噂話が広まり、それが現実のものとなってしまう。遠藤という女生徒が神隠しにあったのである。まもなくまた別の噂が起き、それも現実となる。同時に、願い事をテープに吹き込んで、ある木の洞に入れておくと正しい願いならば叶うという噂も密やかに流れていた。すべての糸を操っていたのは、谷津の裏側にある異界に魅入られた青年だった。彼は異界が進化の契機になると信じ、そこへ高校生たちを招き入れるべく、全ての計画を立てたのだった……。異界に魅入られる若者の孤独や青春の光と影が軽やかに描き出された、青春幻想小説の佳作。第五回日本ファンタジーノベル大賞最終候補作。

か

甲斐甲賀（かい・こうが　?〜）ゲームクリエーター。ネットゲームをもとにした小説がある。SF的設定の「鋼鉄の虹」に基づく『彗星城に亡霊は哭く』（一九九五・富士見ファンタジア文庫）、人造人間、マッドサイエンティスト、妖術を操る密教軍団などが入り乱れる《夜桜忍法帖》（九三〜九四・同）、ホラー・コメディ『こうもり城へようこそ!』（九九・スーパークエスト文庫）など。

花衣沙久羅（かい・さくら　?〜）福岡県北九州市生。BL小説を主に執筆。現代を舞台にした伝奇アクション『戒』（一九九三・スーパーファンタジー文庫）に始まるシリーズ（〜九五）でデビュー。現代日本にヴァンパイア一族が登場する『Ａ！』（九四・同）に始まる三部作、古代の確執が現代の転生者たちに蘇る伝奇ファンタジー『倭─ＹＡＭＡＴＯ』（九六〜九七・同）、現代の少年が中世ヨーロッパ風異世界に入り込んで戦いを繰り広げるファンタジー《リアランの竜騎士と少年王》（〇四〜〇七・コバルト文庫）のほか、伝奇物『蒼のソナチネ』に始まるシリーズ（九八〜二〇〇〇・同）、『エデン』（〇一〜〇二・同）など多数。

甲斐透（かい・とおる　?〜）「月の光はいつも静かに」（二〇〇〇）でデビュー。吸血鬼パロディ物のラブコメ漫画のノベライゼーション『かりん増血記』（〇三・富士見ミステリー文庫）、大正時代を舞台に、血に飢えた刀鍛治と冷厳な禰宜、二つの魂の宿る刀であやかしを退治する少女を描く伝奇アクション＆ラブロマンス『双霊刀あやかし奇譚』（〇三〜〇四・ウィングス文庫）がある。

海音寺潮五郎（かいおんじ・ちょうごろう　一九〇一〜七七）本名末富東作。鹿児島県大口村生。国学院大学卒。中学校教師を経て小説家となる。「天正女合戦」（三六）で直木賞受賞。時代小説・歴史小説の大家として知られ、代表作に「天と地と」（六〇〜六二）「小説孫子」（六三〜六四）など。幻想的な作品に、中国を舞台にした作品群がある。仙術を会得した男の人生を描く「天公将軍張角」、次々と男を変えずにはいられない魔性の女の悲劇的な転生を語る「蘭陵の夜叉姫」、不思議な老人に導かれて数奇な運命を辿る「鉄騎大江を渡る」（いずれも五二）など。中国物以外では、一途に阿弥陀仏を呼ばわった男が報われる信仰物語「極楽急行」（五四）、『今昔物語集』などに取材した艶笑奇談「妖術」（四九）などがある。潮五郎の幻想小説は短篇ばかりだが、いずれも人生への透徹した視線を感じさせる優れた作品である。

怪奇山人（かいきさんじん　生没年未詳）経歴未詳。《怪談百物語》と銘打つポケットブック・シリーズで怪談集『鍋島の化猫』『不思議の白狐』『本所七不思議』（一九一六・大川屋書店）を執筆。

『怪談藻汐草』（かいだんもしおぐさ　一七七八／安永七成立）作者未詳。佐渡の奉行所の役人が公務の隙に当地の古老などに聞き書きして書いたという怪談実話集。地名・実名を挙げ、内容的にも〈何とも知れぬ怪異に遭遇〉というものが多い点は、怪談民俗学的。

海冬レイジ（かいとう・れいじ　?〜）『バクト！』（二〇〇五）で富士見ヤングミステリー大賞を受賞してデビュー。超常的な力を持つ存在が大罪を犯した者を罰するために煉獄からやって来るというファンタジー設定のあるミステリ《夜想譚グリモアリス》（〇七・富士見ミステリー文庫）、続篇の《幻想譚グリモアリス》（〇八〜・富士見ファンタジー文庫）がある。

『海道記』（かいどうき　一二二三／貞応二年頃成立）紀行。一巻。京都白川付近に隠棲する五十歳前後の出家者の手になる。二三（貞応二）年四月、京から鎌倉へ至る十三日の旅を記したもので、かぐや姫伝説など、当地での伝説を和漢混淆体で書き留めている。

貝花大介（かいはな・だいすけ　?〜）東京生。ライター。ファンタジーＲＰＧのノベライゼーション『ラグナロクオンライン』（二〇〇四〜〇五・ファミ通文庫）、人間と犬のハーフの女の子が主人公のラブコメディ『コイイヌ』（〇六・同）などがある。

海原零（かいばら・れい　?〜）東京生。幽霊の憑依という設定があるスケート物『銀盤カレイドスコープ』（二〇〇三〜〇六・スーパーダッシュ文庫）で第二回スーパーダッシュ小説新人賞大賞を受賞してデビュー。同作はメディアミックス展開し、人気作となる。ほかに海洋惑星を舞台にしたＳＦ『ブルー・ハイドレード』（〇四〜〇五・同）など。

海法紀光（かいほう・のりみつ　?〜）神奈川県生。慶応義塾大学卒。制作に参加したＴＲＰＧ「輪廻戦記ゼノスケープ」をもとにした『ヴァルキリーズ・ギャンビット』（二〇〇〇～〇一・ファミ通文庫）、伝奇アクション設定のシューティングゲームのノベライゼーション『式神の城』（〇二～〇六・同）、ファンタジーRPGのプレストーリー『俺の屍を越えてゆけ』（〇三・同）、伝奇ファンタジー系RPG『我が竜を見よ』のサイドストーリー『秋葉原竜戦記』（〇五・同）、伝奇アクション系アダルト・アドベンチャーゲームのオリジナルストーリー『塵骸魔京』（〇六・同）などがある。

鏡明（かがみ・あきら　一九四八～）別名に岡田英明。山形県生。早稲田大学文学部卒。大学在学中から同人誌『宇宙気流』などに所属、七〇年にA・メリット『蜃気楼の戦士』（ハヤカワ文庫）で翻訳家としてデビューした。盟友・荒俣宏と共にR・E・ハワードの《コナン》（七〇～七二・同）をはじめとするヒロイック・ファンタジーの翻訳紹介を推進。大学卒業後、大手広告代理店に入社、CMディレクターを本業とする傍ら、SF・音楽評論や翻訳の分野でも活躍を続ける。翻訳の代表作にピーター・S・ビーグル『最後のユニコーン』（七九・ハヤカワ文庫）。幻想系の小説に、有史以前から人類の生命エネルギーを吸い取って不老不死を維持してきた不死者たちと、かれらの追跡・撲滅に執念を燃やすハンターとの闘いを描いた伝奇SF『不死を狩る者』（八一・トクマ・ノベルズ）、過去への干渉により、歴史と現実が変動し続ける世界を舞台にしたSFミステリ『不確定世界の探偵物語』（八四・同）がある。

鏡貴也（かがみ・たかや　？～）司法庁が強大な権力を握る魔法的別世界を舞台にしたミステリ風冒険ファンタジー《武官弁護士エル・ウィン》（二〇〇一～〇五・富士見ファンタジア文庫）でファンタジア長編小説大賞準入選。ほかに、別世界ヒロイック・ファンタジー『伝説の勇者の伝説』及びその続篇『大伝説の勇者の伝説』（〇二～・同）がある。

賀川豊彦（かがわ・とよひこ　一八八八～一九六〇）神戸市生。幼時に父母を亡くし、徳島の本家で育つ。徳島中学在学中に受洗。明治学院神学部予科卒。神戸神学校卒。その後、アメリカに留学し、プリンストン大学、プリンストン神学校で学ぶ。キリスト教社会主義者として貧民層の生活向上に生涯を捧げた。文学者としては、ベストセラーとなった自伝的小説『死線を越えて』（二〇）で知られる。諷刺的なSF『空中征服』（二二・改造社）がある。この作品で主人公・賀川豊彦は、大阪市長となり労働者階級のための改革をしようとするのだが、思うに任せず、肉体と魂とに分裂してしまう。その後科学者の協力を得て理想の空中村建設、翼人間への改造、火星への移住などを推進する。作品としてはまとまりに欠けるが、彼の社会改革への情熱を、空想的な物語展開にも感じ取ることのできる作品である。

『**餓鬼草紙**』（がきぞうし　平安時代末期成立）絵巻。二巻。『地獄草紙』『病草紙』の姉妹作。飢えと渇きに苛まれる餓鬼の姿を描いたもので、餓鬼の救済説話が含まれている。

柿沼瑛子（かきぬま・えいこ　一九五三～）神奈川県横浜生。早稲田大学文学部日本史学科卒。翻訳家。代表訳書にアン・ライス《ヴァンパイア・クロニクルズ》（九四～九七・扶桑社ミステリー）など。小説に、伝奇ファンタジー系BL『魔性の森』（〇一・徳間デュアル文庫）がある。

柿沼秀樹（かきぬま・ひでき　一九五八～）東京生。アニメの脚本やメカニックデザイン、漫画原作などを手がける傍ら小説を執筆。原作・脚本を担当したSFアニメのノベライゼーション『ガルフォース』（八九～九一・角川スニーカー文庫）、脚本を担当したSFアニメのノベライゼーション『キャシャーン』（九三・同）などのほか、剣と魔法の世界と近代兵器の世界の戦いを描く《グローリー戦記》（九三・同）、荒廃した未来の地球を舞台にした冒険SF『ジャンクフォース』（〇三～〇五・MF文庫J）、現代日本を舞台に、宇宙人の遺伝子を持つ少女たちが対宇宙人戦争で戦っているという〈もう一つの現実〉に気づいた少女の葛藤を描くSF『ウォー・ジエネレーション』（〇六・GA文庫）などがある。

岳真也（がく・しんや　一九四七〜）東京生。慶応義塾大学経済学部卒。同大学院社会学研究科修了。大学で教師を務める傍ら小説・評論を執筆。歴史小説、紀行が多い。渋谷道玄坂、中野哲学堂公園など東京のとある場所から、別の時空へと紛れ込んでしまう男の悪夢のような体験を描いた連作短篇集『東京妖かし』（九〇・河出書房新社）、万馬券が出る時には前もって結果が見える不思議な双眼鏡「万馬鏡」（九二）、花粉症で過去の幻影を見る「花粉アレルギー」（七五）、ドアノブをめぐる不条理怪談「ドアノブ」（九三）ほか九篇を収録する怪奇幻想短篇集『平成妖かし物語』（九八・KSS出版）がある。

覚和歌子（かく・わかこ　一九六一〜）本名細田博子。山梨県生。早稲田大学第一文学部卒。作詞家。小説に、異次元の世界に入り込んで九つの部屋を突破し、ムラ神を倒すという冒険に挑戦する少年少女を描く、ゲーム感覚のラブコメディ『真っ赤な扉』（八九・講談社X文庫）がある。

角田光男（かくた・みつお　一九二四〜）新潟県萩川村生。独学で教員免状を取り、召集の時期を挟んで、戦中・戦後と学校の教員を務め、児童文学作家となる。現代を舞台にしたリアリズム童話のほか、ファンタジー色のある民話風作品を執筆。天狗、天狗として育てられた人間、正義感の強い化狐、雷の鬼などが活躍する勧善懲悪型ファンタジー『まるはなてんぐとながはなてんぐ』（六六・実業之日本社）、田舎の納屋にあるやぶれ太鼓を通って、鬼が閉じ込められている世界へ行った現代の少年が、鬼が平和主義者であることを知る『やぶれだいこ鬼だいこ』（六九・同）、捨てられた人間が修行の末に神通力を持つ鬼になるという設定で、堤を築くことが禁じられているために洪水にたびたび見舞われる村を舞台に、鬼になりきれない捨て子のぼっち、ぼっちを育てて死期を迎えた太郎鬼、人語を解するあよ烏らが村人たちと関わる姿を描く『ぼっちと千太と太郎鬼』（七八・偕成社）などがある。

角田光代（かくた・みつよ　一九六七〜）別名に彩河杏《さいかわあんず》。神奈川県横浜市生。早稲田大学第一文学部文芸専修卒。夫は伊藤たかみ。彩河杏名で「お子様ランチ・ロックソース」（八八）によりコバルト・ノベル大賞受賞。九〇年まで少女小説を執筆し、ファンタジーに、神様の手違いで男に生まれてしまった少年が、夢の中で女の方の人格に入れ替わってほしいと頼まれ、一週間だけ体を貸すことになる『あなたの名をいく度も』（八九・コバルト文庫）がある。その後、「幸福な遊戯」（九〇）で海燕新人賞を受賞し、一般の小説家として再デビュー。UFOやテレパシーなど、オカルト的世界を自然に生きている人々を描く表題作（九四）、河童を見たという精神的に不安定な男を描き芥川賞候補となった「もう一つの扉」（九三）などを含む短篇集『まどろむ夜のUFO』（九六・ベネッセ）で野間文芸新人賞を受賞。その後は恋愛や家族をテーマとした作品を執筆し、芥川賞や三島賞の候補に何度もなるなど、評価も人気も高い。『対岸の彼女』（〇五）で直木賞を、「ロック母」（〇六）で川端康成文学賞を受賞した。

岳亭丘山（がくてい・きゅうざん　生没年未詳）江戸時代後期の浮世絵師、読本作者、狂歌師。本姓菅原。通称丸屋斧吉。画号に春信、定岡。別号に陽斎、岳山ほか多数、狂名に堀川太郎など。江戸霞関平田氏に生まれる。母が側室であったため、青山の微禄の御家人・八島家に連れ子として行った。魚屋北渓、葛飾北斎に画を学び、引退後に画・文で立つ。合巻に『天人羽衣松』（一八一七／文化一四、自画）など。読本に、盗賊の頭の神洞小次郎、稲場太郎を主人公とする水滸伝物のピカレスクロマン『俊傑神稲《しんとう》水滸伝』（一八二八〜八二／文政一一〜明治一五、全二十八篇百四十冊だが、四篇まで岳亭［四三／天保一四］、五篇以降は知足館松旭）、妖魔を退治する犬や一つ家の鬼などの伝説を取り入れた玉藻前伝説の後日譚で、黒塚の婆と親子の縁を結んだ狐が、娘に取り憑き、婆ともども悪鬼として跳梁するが犬に退治される『本朝悪狐伝』（二九〜三〇／文政一二〜一三、英斎国景画）など多数。ほかに狂歌師の逸話を中心に八十八話を収録する奇談集で、火の玉や幽霊の出現など、一部に怪異譚が含まれる『猿著聞集』（二八／文政一一）もある。

『覚鑁聖人伝法会談義打聞集』（かくばんしょうにんでんぽうえだんぎうちぎきしゅう　一一四三／康治二頃）覚鑁（一〇九五〜一一四三／嘉保二〜康治二、真言宗の中興の祖）没後まもなくの成立か。伝法大会の覚鑁の談義を弟子の長厳坊聖応が記録したもので、漢文の教理の解説の間に、漢字仮名交り文の説話が七十九話記されている。僧伝や寺社にまつわるものを中心に、民話的なものも含まれ、独自の説話が多いといわれる。

神楽陽子（かぐら・ようこ　?〜）ポルノ小説を執筆。コメディ『聖魔ちぇんじ！』（二〇〇四・二次元ドリーム文庫）ほか多数。

花月幸星（かげつ・こうせい　?〜）現代を舞台に、光と闇の対立を描く伝奇アクションの三部作『Mezame』『Kage』『Hikari』（二〇〇三〜〇四・講談社X文庫）がある。

影名浅海（かげな・あさみ　一九八五〜）千葉県生。魔法が公認の異世界日本と英国を舞台に、精霊を駆使する退魔師の少年や気を操る陰陽師のその姉などを描くコメディ風の伝奇アクション『影《シャドウ》光《ライト》』（〇五〜・スーパーダッシュ文庫）で、スーパーダッシュ小説新人賞佳作入選。

筧昌也（かけひ・まさや　一九七七〜）東京生。日本大学芸術学部映画学科卒。アニメーション制作などに携わる。〇三年、缶詰から育てる美女をめぐるラブコメディ映画「美女缶」がゆうばり国際ファンタスティック映画祭オフシアター部門グランプリほかを受賞。その後、テレビドラマの監督などで活躍。「Sweet Rain　死神の精度」（〇八）が初の劇場用長篇映画監督作品。自作のノベライゼーション『美女缶』（〇五・幻冬舎）がある。

陰山琢磨（かげやま・たくま　一九六三〜）兵庫県生。シミュレーション戦記『大反撃一式砲戦車隊』（九七・飛天ノベルズ）でデビュー。新技術物『超・空挺砲艦「火龍」』（〇四・コスモノベルス）、改変歴史物『欧州動乱1947』（〇六・歴史群像新書）などのシミュレーション戦記のほか、近未来SF『星々のクーリエ』（〇四・ソノラマノベルス）などがある。

景山民夫（かげやま・たみお　一九四七〜九八）別名に大岡鉄太郎。東京神田生。慶応義塾大学文学部中退。大学在学中にバンドを結成しプロ・デビュー。六九年に渡米、一年余のニューヨーク生活を経験。放送作家として、日本テレビの「シャボン玉ホリデー」をはじめ「クイズダービー」「タモリ倶楽部」「ウソップランド」などの人気番組を手がける一方、小説、エッセーにも手を染め、八七年「虎口からの脱出」で吉川英治文学新人賞を、翌年『遠い海から来たCOO』（角川書店）で直木賞を受賞。この作品は、海洋生物学者の父と南太平洋で暮らす少年が、漂着したプレシオサウルスの子の親がわりとなって諜報機関と戦う海洋冒険ファンタジーで、アニメ化もされた。その後、幸福の科学に入信し、『私は如何にして幸福の科学の正会員となったか』（九一）を執筆、さらにオカルト色を強めた『景山民夫の預言学入門』（九三・マドラ出版）などを執筆する。入信後のオカルト色の強い作品に、守護霊、魂の姉妹、輪廻転生をテーマに、若い女性の精神的遍歴を辿るファンタジー『ティンカーベル・メモリー』（九四・角川書店）、催眠治療で数々の文明崩壊を体験した前世の記憶を蘇らせた女性と心理カウンセラーが、多くの文明を滅びに到らせた悪魔が現代にも甦っていることに気づく『時のエリュシオン』（九七・幸福の科学出版）、終末テーマの近未来SF『リバイアサン1999』（九三・集英社）などがある。

　その他の怪奇幻想小説に、ボルネオの小島に建つ古い邸宅に泊まり合わせた人々が、屋敷に巣くう悪霊が引き起こす様々な怪異現象に襲われる本格的な幽霊屋敷小説『ボルネオホテル』（九一・講談社）、那須の貸別荘に移り住んだ文筆家が様々な幻視を体験する、ブリティッシュ・テイストを湛えた妖精屋敷小説『ホワイトハウス』（九七・角川ホラー文庫）、シベリアの地下にある核兵器解体施設を大地震が襲う近未来パニック・サスペンス『パンドラの選択』（九五・中央公論社）、布教中のUFOの宇宙人に家に立ち寄られ、説教される家族の話「田中家の人々」、死にかけている男が、意識だけははっきりしているため、あの世からのお迎えを拒否していると、心停止と共に移植用の臓器の摘出が始まる「地獄」などを含む短篇集『ハイランド幻想』（九四・中央公論社）がある。

影山雄作（かげやま・ゆうさく　?〜）佐賀県の幽霊を背中に背負っている男が、富山県の幽霊を背負っている女性と愛し合うようになる、透明感溢れる短篇「俺たちの水晶宮」（一九九二）で中央公論新人賞受賞。

笠井潔（かさい・きよし　一九四八〜）東京生。和光大学除籍。大学入学後、共産労働者党に入党、七一年、黒木龍思の名でプロレタリア学生同盟委員長を務める。同党解体後、作家に転身。七四年から約二年間フランスで生活し、その間に処女作『バイバイ、エンジエル』（七九・角川書店）を脱稿する。七九年に角川小説賞を受賞した同書に続く『サマー・アポカリプス』、『薔薇の女』（八一・同）の三部作は、〈現象学的本質直観による推理〉を実践する神秘的な日本青年・矢吹駆と、司法警察警視の令嬢ナディア・モガールのコンビが、フランス各地で発生する奇怪な連続殺人事件の真相解明に挑み、事件の背後に暗躍する究極の革命組織〈赤い死〉の怪人ニコライ・イリイチと思想戦を繰り広げるという共通の設定のもと、文学・音楽・美術から哲学・歴史・宗教にまで及ぶ絢爛たるペダントリーを全篇にちりばめた特異な哲学的ミステリとして識者の注目を集めた。また、右の作品中にも片鱗の窺える思想家としての側面は、『テロルの現象学』（八四・作品社）をはじめとする一連の著作によって展開深化されていく。なお《矢吹駆》シリーズは『哲学者の密室』（九二）『オイディプス症候群』（〇二）と書き継がれている。

　ミステリに続いて、笠井は《コムレ・サーガ》とも呼ばれる壮大な構想に基づく伝奇SFの連作に着手する。革新的な縄文文化史観に発する『巨人伝説』三部作（八三〜八七・トクマ・ノベルズ）は、小惑星の落下による地球規模の寒冷化で食料難に陥った近未来の日本を舞台に、救世神ツァラの復活を待望する人々を描く「復活篇」と「崩壊篇」の間に、人類草創期における巨人ツァラの活躍をヒロイック・ファンタジー風に描く「遍歴篇」を挿入する形をとっている。一方、全十一巻に及ぶ『ヴァンパイヤー戦争』（八二〜八八・カドカワ・ノベルズ）は、高度な星間文明を築き上げた光明神ラルーサと、敵対する暗黒神ガゴールの宇宙的規模の抗争を背景に、古《こ》牟《む》礼《れ》一族の末裔である主人公・九鬼鴻三郎が、人類文化の創造主にしてムー帝国の開祖である吸血神ヴァーオウの秘密をめぐる国際謀略戦に巻き込まれていく物語で、前作以上にハードな伝奇アクションとしての性格が強い。同系列の作品としては、革命の戦火渦巻く東南アジアを舞台に超能力幻想を展開する『サイキック戦争』（八六〜八七・講談社ノベルス）、九鬼鴻三郎の若き日を描いた外伝『ヴアンパイヤー血風録』に始まる三部作（八九〜九〇・同）がある。ほかにゴシック・ホラー『黄昏の館』（八九・徳間書店）や短篇集『エディプスの市』（八七・講談社）、世界を破滅させる意志を持つ呪われた小説により、内奥の殺意をかきたてられる人々の姿を描くホラー『梟の巨いなる黄昏』（九三・廣済堂）などがある。

　なお、笠井には『機械じかけの夢』（八二・講談社）『秘儀としての文学』（八七・作品社）『物語のウロボロス』（八八・筑摩書房）など一連の作家論集もある。なかでも「日本幻想作家論」のタイトルで『幻想文学』に連載された『物語のウロボロス』は、国枝史郎から半村良まで、夢野久作・小栗虫太郎から中井英夫までの、いわゆる〈異端文学〉を、はじめて統一的な観点から論じた画期的労作であった。

【サマー・アポカリプス】長篇小説。八一年角川書店刊。記録的な酷暑の夏、中世の異端カタリ派最後の聖なる砦となった南仏モンセギュールの岩峰に臨む、異教の神殿を思わせる巨大な山荘で起こった連続殺人事件。犯人は、山荘の主である富豪ロシュフォール家ゆかりの人々の中に？　黙示録の〈四騎士〉を暗示する殺害方法、カタリ派の秘宝をめぐる謎、ナチス・ドイツの聖書『二十世紀の神話』とヒムラーの陰謀、血塗られた異端審問の暗黒史など、オカルティックな意匠を凝らし、読者に衝撃を与えたミステリ。シモーヌ・ヴェイユに擬された女性と探偵・矢吹駆が思想的に対決するという形で、テロリズムや善悪の問題について論じるという哲学的な側面を見落とすこともできない。

【天啓　三部作】連作長篇小説。九六年『天啓の宴』、九八年『天啓の器』双葉社刊（第三部『天啓の虚』は第一部連載終了のみで単行本未刊）。『天啓の宴』は竹本健治を思わせる作家天童直己を主人公に、笠井潔をモデルにした宗像冬樹の失われた傑作『天啓の宴』を探させるという内容の、小説論をメインテーマとするメタフィクション。入り組んだ構成は安易な要約を許さず、その緊密さは称賛に値する。全共闘のテロリズムの問題に対して、笠井自身の総括の思いが込められているという側面もある。『天啓の器』は中井英夫『虚無への供物』をモチーフにしたメタフィクションで、仲居英夫の日記、藤晶夫という名の少年の手記、天童直己の『ザ・ヒヌマ・マーダー』という仲居の作品をめぐる探索行という三つの部分から成り立つ。『ヒヌマ』が、天使教育とでも呼ぶべきものを施され、天使が入り込むための器として育てられた少年の書いた小説をもとにした一種の盗作であると語る小説であり、中井英夫『虚無への供物』へのオマージュともなっている。

葛西伸哉（かさい・しんや　一九六五〜）青森県生。弘前大学卒。九二年、ファンタジーTRPG「ソード・ワールド」をもとにした短篇で小説家デビュー。感情を学習するAIロボットと人間の少女の交流を描く『石のハートのアクトレス』（九八・サークル文庫）、未知の怪物を狩るハンターとなった少年たちの戦いを描くSFアクション『ブレスレス・ハンター』（〇六〜〇七・HJ文庫）などのSF、別世界を舞台に亡国の王子の活躍を描く戦記『エシィール黄金記』（二〇〇〇〜〇一・ファミ通文庫）、RPG風コメディ『ようこそ観光ダンジョンへ』（二〇〇〇・電撃文庫）、学園伝奇物『不思議使い』（〇五〜〇六・MF文庫J）などのファンタジーを多数執筆。

風間一郎（かざま・いちろう　一九五〇〜）シミュレーション戦記を執筆。戦国物の『巨象軍団戦国を征く』（九七・コスモノベルス）、太平洋戦争の新技術物『スーパー対空戦闘艦「大和」』（〇三・白石ノベルス）がある。

風間賢二（かざま・けんじ　一九五三〜）文芸評論家、翻訳家。本名引田直己。武蔵野大学卒。早川書房の編集者となる。同社ハヤカワ文庫FT（ハヤカワ・ファンタジー文庫）の初代編集者として、ファンタジーの普及に貢献。また、元来ホラーのファンである風間は、ハヤカワ文庫NVの中にモダンホラーのレーベルを立ち上げ、モダンホラーを積極的に紹介した。いささか早すぎたこの企画は途絶したが、モダンホラー流行の種を撒いたといえよう。その後、早川書房を退社して、翻訳家・評論家として活躍。ホラーのほか、マジックリアリズムなどの前衛的文学も愛好し、その紹介も積極的に行っている。翻訳に、カレン・テイ・ヤマシタ『熱帯雨林の彼方へ』（九四・白水社）、スティーヴン・キング《ダーク・タワー》（〇五〜〇七・新潮文庫）など。アンソロジーに『ヴィクトリア朝妖精物語』（九〇・ちくま文庫）『天使と悪魔の物語』（九五・同）など。評論に、ゴシックロマンスに始まるホラー小説概史やベスト一〇〇などを収録した初心者向けホラー入門書『ホラー小説大全』（九七・角川選書）、六〇年代以後の英米の現代文学を概観するポストモダン小説ガイド『オルタナティブ・フィクション』（九九・水声社）、英米文学の忘れられたB級小説を紹介する『ジャンク・フィクション・ワールド』（〇一・新書館）など。

風巻絃一（かざまき・げんいち　一九二四～）本名植木繁。別名に河崎洋。東京生。法政大学文学部中退。新聞・雑誌の記者を経て執筆生活に入る。歴史小説を中心に執筆し、代表作に『ある海援隊士』（六五）『青春坂本竜馬』（七〇）など。徳川綱吉の時代、化狸一族が地方大名の振りをして江戸に現れ、大将は綱吉に化けて本物を追い出すが、最後には退治されるコメディの表題作や一風変わった忍者物などを収録する『変化たぬき大名』（五八・鳥越書房）、呪われた刀テーマの「妖異きず丹波」（五八）ほかの短篇がある。

風見潤（かざみ・じゅん　一九五一～）本名加藤正美。埼玉県川越市生。青山学院大学法学部卒。大学在学中からSFやミステリの翻訳を手がける。訳書にT・バーネット・スワン『薔薇の荘園』（七七・ハヤカワ文庫）、ジョージ・R・R・マーティン『サンドキングズ』（八四・同）ほか多数。ミステリ『喪服を着た悪魔』（七八）で、ソノラマ文庫より小説家としてもデビュー。『出雲神話殺人事件』（八五）をはじめ、土俗の神話や伝承を絡めた本格ミステリや、少女向けミステリ《幽霊事件シリーズ》（八九～）などを執筆。怪奇幻想系の創作に、クトゥルー神話の邪神たちが相次ぎ復活を遂げた近未来の地球と宇宙を舞台に、超能力を持った七組の双子たちが団結して邪神に立ち向かうスペースオペラ風の冒険SF《クトゥルー・オペラ》（八〇～八二・ソノラマ文庫）、少年少女が怪奇的な事件を解決する心霊探偵物《ゾンビ・ウォッチャー》（九五～九七・講談社X文庫）のほか、SF漫画のノベライゼーション『漂流教室』（八五～八六・角川文庫）がある。

風見周（かざみ・めぐる　？～）スチームパンクに吸血鬼などの怪物要素を加味した世界を舞台に、警備体制の穴を探す侵入屋が引き起こす騒動を描く『ラッシュ・くらっしゅ・トレスパス！』（二〇〇二・富士見ファンタジア文庫）でファンタジア長編小説大賞佳作受賞。ほかに、世界を破壊する怪物を発動させる鍵である少年と、不死身の彼を殺すためには彼と相愛にならねばならぬことを知り、努力を重ねる対怪物兵器の戦闘少女のラブロマンス『殺《きる》×愛《らぶ》』（〇五～・同）がある。

風見玲子（かざみ・れいこ　一九五七～）ミステリ『雪虫の女』（八三）でデビューし、ミステリを主に執筆。現代の高校生男女を主人公に魔と天使の戦いを描く伝奇アクション『摩天楼エンジェル』（九一～九二・KKベストセラーズ）がある。

梶研吾（かじ・けんご　？～）三重県出身。漫画原作者、脚本家、映画監督、演出家。小説に、正義を気取る超能力者たちに母親を殺された少女が復讐のために戦い続けるSFアクション『修羅々』（二〇〇〇・講談社X文庫）、超自然的事件の捜査官を描く『悪魔捜査官《デビルポリス》』（〇一・スーパーダッシュ文庫）がある。

加地尚武（かじ・なおたけ　一九五八～）愛媛県生。同志社大学卒。魔法が存在する異世界日本を舞台に、魔力を持つ中学生の少年の周囲に、ホムンクルスの少女、魔女、闇の王子などが入り乱れるファンタジー《福音の少年》（〇四～〇五・ぺんぎん書房）がある。

梶井基次郎（かじい・もとじろう　一九〇一～三二）大阪市土佐堀通生。会社員の父の転勤に伴って、東京、三重、大阪で少年時代を過ごす。一九年、三高理科に入学、文学を志すが、肋膜炎に罹りしばしば休学し、二四年にようやく卒業した。東京大学英文科に入学。在学中の二五年、三高出身の中谷孝雄、外村繁らと同人誌『青空』を創刊、「檸檬」「城のある町にて」などを発表。二六年には「Kの昇天」を発表する。肺結核と診断され、卒業を断念して伊豆湯ケ島温泉に転地療養、同地で川端康成、広津和郎らの知遇を得る。二八年の春、上京して、『詩と詩論』に「桜の樹の下には」、『文芸都市』に「ある崖上の感情」、『近代風景』に「器楽的幻覚」などを寄稿するが、秋には再び病状が悪化、大阪の両親のもとで療養生活に専念。三〇年に「愛撫」「闇の絵巻」など、三一年には性の深奥を鋭敏な感性で描いた「交尾」を発表、翌年『青空』同人の手で創作集『檸檬』が上梓され、三二年には『中央公論』に「のんきな患者」を執筆、小林秀雄の論評を得て、ようやく文壇に知られる存在となったが、ほどなく肺結核のため逝去した。

短い作家生活の大半を宿痾の病と共に過ごさざるをえなかった梶井の文学は、〈私の病んでいる生き物。私は暗闇のなかにやがて消えてしまう。しかしお前は睡らないでひとりおきているように思える。そとの虫のように……青い燐光を燃しながら……〉という「ある心の風景」の結語そのままに〈病者の光学〉ともいうべき異様に澄んだまなざしで存在の深奥を鋭く照射する。乱雑に積み重ねた画集の頂上に据えられた一個の檸檬が書店の空気を瞬時に緊張させる「檸檬」、白雲の湧き立つ青空に白日の闇が充満する虚無を見る「蒼穹」（二八）、演奏に聴き入る音楽会場の空気に涯もない孤独を感知する「器楽的幻覚」などに顕著な〈幻視の光景〉は、〈桜の樹の下には屍体が埋まっている！／これは信じていいことなんだよ。何故って、桜の花があんなにも見事に咲くなんて信じられないことじゃないか〉とまがまがしく語りかける「桜の樹の下には」で頂点を極める。そのほか、ドッペルゲンガー幻想を描いた名作「Kの昇天」「ある崖上の感情」などがある。

▼『梶井基次郎全集』全三巻（六六・筑摩書房）

【Kの昇天—或はKの溺死】短篇小説。二六年十月『青空』掲載。不眠に悩む語り手は、満月の砂浜に憑かれたようにたたずむKという青年と知り合う。Kは、月の光に浮かび上がる己の影に生物の気配を感じるといい、それがもう一人の自分となって月に昇っていく幻覚を語る。後にKが溺死したことを知らされた語り手は、Kの魂が、その言葉どおり肉体を離脱して月に昇っていく様を空想するのだった。

梶尾真治（かじお・しんじ　一九四七〜）熊本市生。福岡大学経済学部卒。中学二年のとき『宇宙塵』同人となり、SFファンジンの先駆『てんたくるす』を結成、創作に励む。七一年『宇宙塵』に発表した「美亜へ贈る真珠」が『SFマガジン』に転載されデビュー。家業の石油販売会社の経営に追われて作品執筆の機会が少なかったが、七八年の「フランケンシュタインの方程式」以来コンスタントに、抒情的なファンタジーSFや奇想天外なユーモアSFを発表。長篇も手がけるようになり、次第に作風の幅を本格SFなどにも広げていくようになった。長篇『サラマンダー殲滅』（九〇・朝日ソノラマ）では、復讐のために戦士となった人妻が、意識下に植え付けられた暗示を消す薬の副作用で、自らの記憶を失うばかりではなく、自分に関わるあらゆる場所・人を溶解させるという現象を引き起こしつつ、テロリストたちを倒していく姿をリアルに描き、日本SF大賞を受賞。その後、終末世界を生き残るために不思議な能力を発達させた子供たちを描く長篇SF『OKAGE』（九六・早川書房）が映画化されたことにより、知名度を一気に上げた。さらに、地球外生命体の影響で死者が甦るという騒動が起きるSFファンタジー『黄泉がえり』（二〇〇〇・新潮社）は、時代の要請に応じた〈泣ける〉作品であったため、映画化もされてヒットし、人気作家としての地位をゆるぎないものとした。

ファンタジーSFの代表作に、地球に生命が誕生して以来のあらゆる出来事を記憶している美少女が遍歴する先々で巡り会う様々なエピソードを抒情的・感傷的な筆致で描いた連作短篇集『おもいでエマノン』（八三・徳間書店）に始まるシリーズ、時間を超えて出会った存在と恋に落ちる『未来のおもいで』（〇四・光文社文庫）『つばき、時跳び』（〇六・平凡社）、背後霊が見える男を探偵役とする怪奇ミステリ『精霊探偵』（〇五・新潮社）、バイオ・ホラー『ドグマ・マ＝グロ』（九三・

ソノラマノベルス）などがある。また、幻想的な作品を含むSF&ファンタジーの短篇集に『地球はプレイン・ヨーグルト』（七九・ハヤカワ文庫）から『時の風に吹かれて』（〇六・光文社）まで多数。

加治木義博（かじき・よしひろ　一九二三〜）〈歴史言語学者〉を名乗り、『異説・日本古代国家』（七三・田畑書店）をはじめとする伝奇的歴史書を執筆。また同じ〈歴史言語学〉の立場から駄洒落的に予言を解読する『真説ノストラダムスの大予言』（九〇・ロングセラーズ）を執筆し、ベストセラーとなる。小説『落・奈落』（六七・覇王樹社）は、人類の行く末をめぐる神と悪魔の賭けの対象にされた青年・日《ひ》出《で》人《ひと》が王子の地位を与えられて理想の社会を築こうとするが、それを果たせず、ついに地球もろとも宇宙が滅亡するに至るという長篇ファンタジー。タイトルが〈ラグナロク〉のもじりであるのをはじめ、駄洒落やもじりが頻出する。明治以降、終戦までの日本の戦争史を批判的に解釈し、北欧神話やギリシア神話などの意匠によってファンタジー化した物語に、機械化ユートピア、地獄巡り、天界巡りなどの趣向を加えた作品と見ることもできる怪作である。

カシュウ・タツミ（かしゅう・たつみ　一九六六〜）金属植物チップを代用神経として使ったことから起きる恐怖を描くSFホラー『混成種―HYBRID』（九四・角川ホラー文庫）で第一回日本ホラー小説大賞佳作入選。

柏田道夫（かしわだ・みちお　一九五三〜）青山学院大学文学部卒。戦国時代を舞台に、陰陽師が死者蘇生術で作り出した鬼を女武者が退治する〈桃太郎〉物『桃鬼城伝奇』（九五・歴史群像新書）で第二回歴史群像大賞受賞。

柏葉幸子（かしわば・さちこ　一九五三〜）岩手県花巻市生。東北薬科大学卒。薬剤師の傍ら児童文学のファンタジーを執筆。「気ちがい通りのリナ」（七四）で講談社児童文学新人賞を受賞。同作を改題した『霧のむこうのふしぎな町』（七五・講談社）で日本児童文学者協会新人賞を受賞。これは、霧の谷の魔法使いの子孫が経営する店で、ひと夏のあいだ手伝いをしたリナの体験を描いたもので、なにげない不思議の出現がほのぼのとした読後感を残す。宮崎駿が劇場用長篇アニメ「千と千尋の神隠し」で粉本の一つとしたことから大きな注目を集め、より広範な読者を獲得した。

　柏葉のファンタジーのほとんどは、現実の少女が異世界の住人たちと親しく交わって成長していくというパターンを有する。少女が触れる不思議な世界が、現実と地続きにある、もしくは現実そのものの中にあるということを実に自然に描き出しているところが最大の特徴である。また老人が非常に魅力的に描かれている点もほかのファンタジーにはあまり見られないことで、作品世界に独特の雰囲気を与えている。薬剤師の女性を主人公とした別世界への旅の話『地下室からのふしぎな旅』（八一・同）、忘れられた神様や妖怪たちと子供の交流を描いた『天井うらのふしぎな友だち』（八五・同）、人間界に秋の太陽を捜しにやって来た別世界の竜のナビゲーターを少女が務める『とび丸竜の案内人』（八八・偕成社）、魔法の力で絶滅から逃れた言葉をしゃべる鳥がフィアンセを捜し求めるのを少女が助ける『ドードー鳥の小間使い』（八八・同）、不器用な少女がレシピに従ってできそこないの料理や裁縫をするたび別世界に入り込んでしまう『大おばさんの不思議なレシピ』（九三・同）などの作品がある。九〇年代以後、家族問題をテーマにした作品に意欲的に取り組み、記憶喪失の魔女の世話をすることになった少女が、一人の魔術師が人間の恩人夫婦と暮らすためにめぐらした策謀に関わる『かくれ家は空の上』（九三・講談社）、複雑な家庭の少女が別世界で疑似家族を得て、彼らと共に冒険を繰り広げる『魔女モティ』（〇四・同）、幽霊付きの元温泉旅館に住み込んだ一家の不思議な体験を、〈家族を持つ〉ということをテーマに描く連作短篇集『牡丹さんの不思議な毎日』（〇六・あかね書房）などを執筆している。ほかに低学年向けファンタジー《モンスター・ホテル・シリーズ》（九一〜〇三・小峰書店）などもある。

柏原寛司（かしわばら・ひろし　一九四九〜）東京生。日本大学芸術学部卒。脚本家、映画監督。アクション物を中心に手がける。長篇版《ルパン三世》（八九〜〇六）の脚本も担当している。脚本を書いた映画のノベライゼーション『ゴジラ 2000《ミレニアム》』（九九・角川書店、三村渉との共著）がある。

春日井建（かすがい・けん　一九三八〜二〇〇四）歌人。愛知県江南市生。南山大学英文科中退。愛知県女子短期大学教授。歌誌『短歌』主宰。十七歳より作歌を始め、父・濵《ひろし》の主宰する歌誌に発表。当時の『短歌研究』編集者・中井英夫の眼にとまり、綜合誌に作品が掲載される。

〈十代のわが身焙られゆくさまを灯せばつめたく鏡はうつす〉〈若き手を大地につきて喘ぐとき弑逆の暗き眼は育ちたり〉等々、ホモセクシュアルの陰翳、瑞々しいナルシシズム、暗い狂熱に縁どられた少年の歌は、その端正な容貌と共に、むしろ歌壇外の人々から注目された。当時の春日井にとって短歌という形式は何であったか、三島由紀夫は〈絶望の容器〉と言い、澁澤龍彦は西洋中世の刑具〈鉄の処女〉に譬えている。六〇年に第一歌集『未青年』（作品社）を刊行、三島由紀夫が序文を寄せている。〈童貞のするどき指に房もげば葡萄のみどりしたたるばかり〉〈ヴェニスに死すと十指つめたく展きをり水煙りする雨の夜明けは〉〈声あげてひとり語るは青空の底につながる眩しき遊戯〉、集中の絶唱である。

テニアンで戦死した兄を憶う歌など、虚構の上に立つ作品もあり、塚本邦雄や寺山修司などと共に、短歌を骨がらみの私性から解放した一人といえよう。二十五歳で短歌の筆を折り、十数年後に再び歌人として立った。その後の歌集に日本歌人クラブ賞、迢空賞受賞の『白雨』（九九・短歌研究社）、『友の書』（九九・雁書館）など。

『春日権現験記』（かすがごんげんげんき　一三〇九／延慶二）縁起絵巻。西園寺公衡発願。編目の抽出は覚円法印。鷹司基忠・冬平・冬基、一乗院良信詞書。高階隆兼画。全二十巻、目録一巻。春日社創設の由来、春日社・春日明神と藤原家との関わり、僧侶との関わりを語るもので、神の示現を随所に描く。春日明神はまず、貴人の姫姿で春日社を建てるべき場所を示す。その後は、おもに夢中に、姫から鹿まで様々な姿を取って現れ、未来を予告したり、冥界から救いだして地獄を見せてくれたり、天狗から守ってくれたり、病を癒してくれたりと、様々な霊験を示す。また、後半では唯識経の功徳を語り、唯識経だけが燃え残るという奇瑞が示されたり、神自らが僧侶の不信心を責めて本地垂迹を語るなど、神仏習合のありさまも興味深い。

和住夏央（かずみ・なつお　一九七八〜）犬神使いの少年が、怨みに燃えて鬼化する者を浄化する役目の〈冥鬼〉を助ける伝奇ファンタジー『雪華鬼呪異聞』（九九・キャンバス文庫）がある。

粕谷栄市（かすや・えいいち　一九三四〜）詩人。茨城県古河市生。早稲田大学商学部卒。静かな語り口の中に狂気にも似た情緒を秘めた第一詩集『世界の構造』（七一・詩学社）で高見順賞を受賞した。その後、一時期詩を離れ、十数年の沈黙の後に再び筆を執るようになり、「冷血」「妖怪」「霊界通信」「悪霊」「亡霊」「霊狐」など、怪奇的イメージに満ちた散文詩を収録した詩集『悪霊』（八九・思潮社）で歴程賞を受賞。その後はコンスタントに特色のある怪奇幻想的な散文詩を発表し続け、『鏡と街』（九二・同）『化体』（九九・同）『轉落』（〇四・同）『鄙唄』（〇四・書肆山田）といった詩集がある。なお、『粕谷栄市詩集』（七六・思潮社＝現代詩文庫）で、やはり怪奇・幻想的な内容の未刊散文詩集『副身』も読むことができる。

粕谷知世（かすや・ちせ　一九六八〜）愛知県豊田市生。大阪外国語大学イスパニア語科卒。『クロニカ―太陽と死者の記録』（〇一・新潮社）で日本ファンタジーノベル大賞受賞。

これは、文字を持たなかった民族がミイラになった死者に語らせるという方法で歴史を伝えてきた、という奇想のもとに描いた歴史小説で、伝達係の早駆けの青年、知識を倦むことなく欲して語り部となった青年、コンドルにさらわれた少女の三人を軸に、インカ帝国末期の物語を綴ったもの。ほかのファンタジーに、十六世紀のアマゾン河流域を舞台に、女人族の男勝りの女の精神的遍歴を、スペイン人や他部族の男たちとの関わり、部族の守護精霊の秘密をめぐって起きる様々な事件、生死の境での霊的な冒険などを通して描く『アマゾニア』（〇四・中央公論新社）、若死にした叔母にコンプレックスを持つ女性が、叔母の亡霊が出現したことで癒される『ひなのころ』（〇六・同）がある。

風野潮（かぜの・うしお　？〜）大阪府和泉市生。桃山学院大学社会学部卒。児童文学作家。『ビート・キッズ』（一九九八）で、講談社児童文学新人賞、野間児童文芸新人賞、椋鳩十児童文学賞受賞。クローン人間をめぐる近未来サスペンス『いとしのドリー』（〇三・岩崎書店）、猫に変身するようになってしまった少年がその原因を追い求め、猫人の秘密に行き当たる『満月を忘れるな！』（〇三〜〇四・講談社）、離婚によって離ればなれで育った双子の姉弟が、植物と感応する能力を通じて仲良くなる過程を描く『森へようこそ』（〇四・ジャイブ＝カラフル文庫）などがある。

風野真知雄（かぜの・まちお　一九五一〜）別名に朝倉秀雄。福島県生。立教大学法学部卒。九三年『黒牛と妖怪』で歴史文学賞受賞。時代小説を執筆。怪奇幻想系作品に、悪魔に魂を売って超常能力を得た信長を描く『魔王信長』（九四・スーパークエスト文庫）、現代が舞台の忍者物アクション『ベイシティ忍法帖Z』（九九・同）、妖物退治物の時代小説《四十郎化け物始末》（〇五〜〇六・KKベストセラーズ＝ベスト時代文庫）などがある。

風森スウ（かぜのもり・すう　一九五一〜）本名飯田順子。東京生。東京女子大学日本文学科卒。少女たちが空飛ぶ鯨に乗って不思議な山へ行き、春の女神から特別な花を分けてもらう童話『しあわせはアコガレクジラにのって』（九〇・国土社）がある。

片岡鉄兵（かたおか・てっぺい　一八九四〜一九四四）岡山県生。中学時代から『文章世界』などに詩や小品を投稿、入選する。一二年からたびたび上京、慶応義塾大学仏文科予科、明治大学、日本大学に在籍する傍ら宇野浩二や広津和郎らの知遇を得る。一時帰郷し新聞記者生活を送るが、二一年、処女作「舌」が『人間』に掲載されたのをきっかけに上京、作家生活に入る。二四年、横光利一らと『文芸時代』を創刊、新感覚派を代表する論客として活躍。二八年、旧労農党に入党しプロレタリア文学の陣営に参加、「綾里村快挙録」（二九）などの小説や評論、エッセーを発表。三〇年、第三次関西共産党事件で検挙、懲役判決をうけ獄中で転向を表明する。転向後は『花嫁学校』（三五）などの大衆小説を主に執筆、三八年には従軍ペン部隊の一員として中国に渡った。

新感覚派時代の代表作の一つ「幽霊船」（二四）は、急死した許婚を慕って鬱々とする灯台守の若妻が、嵐の一夜、波間に揺れる帆船の幻影に脅え、窓外に許婚の幽霊（実は海岸に打ち上げられた難破船の生存者）をみとめて発狂するという怪奇ムードを漂わせた話で、若き日の耽美派や象徴派への心酔ぶりが窺われる。こうした傾向は、『新青年』に寄稿したいくつかの作品により顕著で、その中の一篇「赤い首の絵」（二七）は、ニューヨークを舞台に、妖艶な悪女に魅入られた日本人画家の恐怖体験を描いており、少女の顔の皮を剝いでマスクを作るというスプラッタ・ホラー顔負けの趣向が登場する。

片桐里香（かたぎり・りか　一九六三〜）「いつも通り」（八六）がコバルト・ノベル大賞に佳作入選し、デビュー。世界を崩壊から救うために、〈箱〉を探し出す使命を与えられた六人の大学生を描く、迷宮型のSFファンタジー『きみが目覚める前に』（八七・コバルト文庫）、核戦争後の格差社会を舞台にした『暁の墓標』（九二・徳間文庫）などのSFがある。

片瀬二郎（かたせ・にろう　一九六七〜）東京生。青山学院大学経済学部卒。〈スリル〉と称される謎めいたゲームに参加した五人の男女が、奇怪なルールに従い翻弄されていく恐怖を描いた長篇ホラー『スリル』（〇一・エニックスEXノベルズ）で、第一回ENIXエンターテインメントホラー大賞を受賞。ほかに、モンスター化していくエリート男性と、彼を追う人々の恐るべきチキン・レース（度胸試し）を描く長篇『チキン・ラン』（〇二・同）がある。

荷田在満（かだの・ありまろ　一七〇六〜五一／宝永三〜寛延四）国学者。本名羽倉持之。通称大学、東之進。号に仁良斎。山城国生。伏見稲荷の社家に生まれ、伯父荷田春満《かだのあずままろ》の養子となり、家学として国典を学ぶ。江戸に出て、将軍家ほかに有職故実、律令等について講じ、その関連の優れた著作がある。また『国歌八論』論争では歌文界に影響を与えた。余技として読本も執筆した。雑司谷鬼子母神の威光を借り、化狐を装って善男を騙す擬古物語『落合物語』（四二／寛保二）、猿の島に漂着した遭難者が、白猿と契って子を成すが、結局人間界に戻ってしまう擬古物語『白猿《はくえん》物語』（三九／元文四）がある。前者は、秋成の『世間妄形気』に似たような詐欺談が見出せる。また、後者は蒲松齢『聊斎志異』中の「夜叉国」を思い出させるところがある。

片山奈保子（かたやま・なほこ　一九七〇〜）東京生。清泉女子大学文学部卒。「ペンギンの前で会いましょう」（九八）でコバルト・ノベル大賞佳作、読者大賞を受賞。別世界を舞台に、銀狼に育てられた少女と銀髪の神官の恋を描くファンタジー『汝、翼持つ者たちよ』に始まる《汝シリーズ》（九九〜〇六・コバルト文庫）、異世界を舞台に、銀の森を統べる一角獣に見初められた少女の活躍を描くラブロマンス『銀の一角獣』（〇三〜〇五・同）、美貌と魔力で人間を支配する天魔族と人間の確執や、天魔同士の争いを描く和風ファンタジー《野分け草子》（〇六〜・同）ほかがある。

片山廣子（かたやま・ひろこ　一八七八〜一九五七）歌人・翻訳家。別名に松村みね子。東京麻布三河台生。父・吉田二郎は外交官。東洋英和女学校卒。九九年に大蔵官僚の片山貞次郎と結婚、一男一女をもうけた。九六年に佐佐木信綱に師事、『心の花』に短歌・随筆を発表する。一六年に歌集『翡翠』（竹柏会出版部）を刊行。同書所収の幻想的な短歌に〈月の夜や何とはなしに眺むればわがたましひの羽の音する〉〈幽霊もほそき裾して歩みくや夜のうすもやに月あかりする〉など。また、この頃から鈴木大拙夫人ビアトリスの指導のもとにアイルランド文学に親しみ、松村みね子の筆名も用いて翻訳に着手。『ダンセニイ戯曲全集』（二一・警醒社書店）、『シング戯曲全集』（二三・新潮社）、フィオナ・マクラウド『かなしき女王』（二五・第一書房）など、ケルトの夢幻的な小説・戯曲を幽遠な情緒を湛えた日本語にうつしかえた。また『赤い鳥』などの童話雑誌には、グレゴリー夫人の妖精戯曲の翻案である「魔女の林檎」（二一）などの作品も寄稿している。戦後も、アイルランド伝説集『カッパのクー』（五二・岩波書店）、イエイツ『鷹の井戸』（五三・角川文庫）などの訳書があるほか、五五年に随筆集『燈火節』でエッセイスト・クラブ賞を受賞。同書には、脳溢血で倒れた老女がつかのま意識を回復し、「子猫ノハナシ」とだけ書き残して事切れるミステリアスな「『子猫ノハナシ』」や、軽井沢で疎開暮らしをおくる廣子のもとへ急逝した息子が終戦を先触れしに顕れる、あわれ深い見霊譚「軽井沢の夏と秋」、庭の一隅に鎮座する稲荷の祠の主との心温まる交流を淡々と綴る「うちのお稲荷さん」など、独立した掌篇小説としても熟読玩味に価するエッセーが収録されている。ほかに三越主催の文芸コンテストで一等入選した「赤い花」（一四）ほかの短篇小説も残した。廣子の才智は、芥川龍之介をして〈才力の上にも格闘出来る女〉と言わしめ、堀辰雄の小説などにも影響を及ぼしている。

なお、翻訳を除く文業の集成として、『燈火節　随筆＋小説集』（〇四・月曜社）および『野に住みて　短歌集＋資料編』（〇六・同）が刊行されている。

片山令子（かたやま・れいこ　一九四九〜）群馬県生。夫は絵本作家の片山健。詩人、児童文学作家。詩集に『夏のかんむり』（八八・村松書館）『ブリキの音符』（九四・白泉社）など。児童文学のファンタジーに、少年たちが水晶の化身の少女と遊ぶ『すいしょうゼリー』（九四・ほるぷ出版）、少女ユリの物語の力によって森の守り神である〈ものがたりの木〉が復活し、瀕死の森が蘇る『ユリとものがたりの木』（〇三・ポプラ社）、青空、さくらんぼ酒、ルビー、夜など、様々な物に宿る妖精について語るメルヘン集『チョコレートの妖精』（〇七・白泉社）がある。

勝俵蔵［二世］（かつ・ひょうぞう　一七八一〜一八三〇／天明元〜天保元）役者、歌舞伎狂言作者。四世鶴屋南北の息子。初め役者であったが一五（文化一二）年に廃業。廃業後は直江屋重兵衛と称す。役者時代から南北の陰で台本の執筆をし、また仕掛物の工夫でも父を助けたという。南北の草双紙も代作したのではないかといわれる。二九（文政一二）年より中村座の立作者となるが、まもなく死亡。立作者時代の作品に「虎石想曾我《とらがいしねんりきそが》」（三〇／天保元）「桜清水清玄」（同）などがある。父・南北の代作と思われる合巻に、浅井家の家臣・岩倉外記が放蕩者の甥で役者の万之丞を死んだ殿の息子の身代わりにしようとする陰謀に、万之丞に捨てられた妻の怨霊とその飼猫が復讐する『怪談岩倉万之丞』（二八／文政一一、歌川国貞画）、妻が駆け落ちしたために零落した男とその幼い子が、世をはかなんで自殺し、親子幽霊となって妻を悩ませるという物語に、様々な人間関係が絡んで展開していく『怪談鳴見絞《なるみしぼり》』（三一／天保二、同画）、「独道《ひとりたび》中五十三駅」を脚色した『東海道五十三駅』（三六〜四一／同七〜一二、歌川国芳画）などがある。

克斉（かっさい　生没年未詳）別号寸木主人。浮世草子『風俗遊仙窟』（一七四四／延享元？）の作者。同作は、箱根山中から隠れ里に入り込んだ男が、久米仙人とその娘に出会い、己の才知を見せるために、豆腐賛や雑俳、狂詩など、様々な戯文を弄し、めでたく娘と結婚するが、西王母など上天からクレームが付き、久米仙人は仙を剝奪されて頽れ、男と娘は人間に戻るという物語。

葛飾北斎（かつしかほくさい　一七六〇〜一八四九／宝暦一〇〜嘉永二）浮世絵師。本名中島鉄蔵。別号に画狂人ほか多数。江戸本所生。質量共に江戸時代随一といえる浮世絵師で、代表作に「富嶽三十六景」「北斎漫画」など。読本挿絵でも活躍し、馬琴、小枝ほか、多数の作家の作品を手がけている。挿絵における様々な工夫は高く評価されており、また、その怪奇幻想表現が同時代以後の創作者の想像力に多くの刺激を与えたことは間違いないだろう。黄表紙の作があり、大名家内の戦いを、三宝荒神が丸く治めるという筋立てで、台所、経済に関わる命名によって滑稽味を出した『竈将軍勘略之巻《かまどしょうぐんかんりゃくのまき》』（一八〇〇／寛政一二、時太郎可候名義）など。

勝目梓（かつめ・あずさ　一九三二〜）東京生。鹿児島県立伊集院高校中退。各種の職業を経験。六六年『文芸都市』同人となり、六七年「マイ・カアニヴァル」で芥川賞候補、六九年「花を掲げて」で直木賞候補となり注目される。七四年に「寝台の方舟」で小説現代新人賞を受賞。『獣たちの熱い眠り』（七八）をはじめとするハードアクション物や官能小説を多数発表している。怪奇幻想文学関連の作品に、ある日突然、女性の体に変じた作家のエロティックな体験を描く『抱擁』（九一・白水社）、夢をモチーフとする官能連作集『艶夢十二夜』（九四・実業之日本社）がある。

桂千穂（かつら・ちほ　一九二九〜）本名島内三秀。岐阜県生。早稲田大学文学部演劇科卒。七一年「血と薔薇は暗闇のうた」で日本シナリオ作家協会シナリオコンクールに当選。東宝映画「白鳥の歌なんか聞こえない」（七二）で脚本家としてデビュー。「暴行切り裂きジャック」（七六）「HOUSE　ハウス」（七七）「蔵の中」（八一）「幻魔大戦」（八三）「廃市」（八四）「樹の上の草魚」（九七）をはじめ八十本を超える映画の脚本を手がけ、また、映画評論家としても知られる。怪奇幻想小説ファンの草分けの一人でもあり、六四年には紀田順一郎、大伴昌司と共に日本初の恐怖小説同人誌『The Horror』を創刊、L・P・ハートリイやビアス、ウールコットなどの翻訳を寄稿している。恐怖小説の翻訳書に、B・ストーカー『ドラキュラの客』、E・フィルポッツ『狼男卿の秘密』（共に七六・国書刊行会）など。創作に、『幻想と怪奇』に寄稿した短篇「鬼火の館」（七四）、エロティックな黒ミサ儀式に惑溺する人々の狂態をスプラッタ・ホラー風に描いた長篇黒魔術小説『血と薔薇は暗闇のうた』（八七・大陸ノベルス）、「牡丹燈籠」風の展開のホラー『白い少女』（九五・角川ホラー文庫）などがある。

桂木祥（かつらぎ・しょう　?～）人魚の肉を食べて不老不死となった仙姫の運命を描く《仙姫幻想》（二〇〇二～〇四・講談社X文庫）で第九回ホワイトハート大賞佳作受賞。見鬼体質の少女や妖怪猫が活躍する心霊ミステリ『猫眼夜話』（〇五～〇六・同）、吸血鬼漫画をもとにした『小説　彼岸島』（〇七・講談社KCノベルス）などがある。

葛城稜（かつらぎ・りょう　一九五七～）本名桂田尚枝。神奈川県横浜市生。県立藤沢高等職業訓練校でグラフィックデザインを学ぶ。商業デザイナーなどを経て、大地震とそれによって起きた核爆発の後の世界を舞台にしたSF『プログラム・アシャ』（九〇・ソノラマ文庫）で小説家デビュー。人間の血に混じる魔神アスラの血を吸うことで生き続ける聖牙神とアスラ化した人間との戦いを描く伝奇アクション《聖牙神話》（九〇～九二・同）のほか、妖精環境シミュレーションゲーム「ピクシーガーデン」のイメージをもとにしたSFファンタジー『亜妖精物語』（九六・オプトコミュニケーションズ）などがある。

加藤郁乎（かとう・いくや　一九二九～）俳人、詩人。東京生。早稲田大学文学部卒。父は早大教授にして俳人（号紫舟）。生誕時に父より俳号四雨を贈られた。五〇年の父の死を境に本格的に句作を開始。稀に見る禀質を具えた俳人で、〈昼顔の見えるひるすぎぽるとがる〉〈炎天の甃《いし》そり返るロゴス見き〉〈半月のラヴェルの左手のひとり〉〈囀りや死語への径のつゞらをれ〉等々、二十代の作品を収める『球体感覚』（五九・俳句評論社）は明確な方法意識に支えられた句集でありながら、句そのものは端正にして実験臭を微塵もとどめない。〈成れば死を死ぬふたなりの王《ファラオ》〉〈雄蘂相逢ふいましスパルタのばら〉〈遺書にして艶文、王位継承その他無し〉等の『えくとぷらすま』（六二・中村書店）、〈ずらり匿名をひけらかす欲望《ダリ》と快楽《ガウディ》について〉〈肉は幼少に痴れて支那うぐひすのリエゾン〉〈髯は天使の陽転であるありのとわたり〉等の『形而情学』（六六・昭森社、室生犀星賞）ではさらに実験を押し進め、〈印度らむ零度に今々しき照れぱしい〉等の『牧歌メロン』（七〇・仮面社）ではついに〈意味〉を追放し〈言葉の殺戮者〉と評されるに至った。『出イクヤ記』（七四・天眼社）『佳気颪』（七七・コーベブックス）『江戸桜』（八八・小沢書店）『初音』（九八・ふらんす堂）を経て、また新たな句風を展開中。五一年に吉田一穂と出会い、現代詩にも進出、『終末領』（六五・思潮社）では七五調の「唄入り神化論」が秀抜。ほかに『荒れるや』（六九・同）『詩篇』（七四・同）等、中でも五音六行の新定型詩集『姦吟集』（七四・林檎屋）は傑作。独自の文体を持ち、評論・小説の分野でも活躍、著作は多数。九九年、加藤郁乎賞創設。

▼『加藤郁乎俳句集成』（二〇〇〇・沖積舎）『加藤郁乎詩集成』（〇三・同）

華藤えれな（かとう・えれな　?～）京都市生。一九九七年、オークラ出版よりBL小説作家としてデビュー。ファンタジー系作品に、吸血鬼物『イノセントブラッド』（二〇〇三・幻冬舎＝リンクスロマンス）がある。

加藤在止（かとう・ざいし　生没年未詳）経歴未詳。『太平国恩俚談』（一七七〇／明和七成稿、七四／安永三刊行）の作者。自序には江戸牛込あたりの隠居八十一歳とある。転変の夢から醒め、これを教訓に堅固に暮らした、というのもまた夢で、露店の軒先にこの草稿のみがあったという、夢中夢のパターンが面白い作品。

加藤周一（かとう・しゅういち　一九一九～二〇〇八）東京渋谷生。東京大学医学部卒。大学在学中に中村真一郎、福永武彦らとマチネ・ポエティクを結成、押韻定型詩を試みる。戦後、中村・福永との共著『１９４６　文学的考察』（四七）で注目を集め、長篇小説「ある晴れた日に」（四九）や各種の評論に多面的才能を発揮。五一年にフランスへ留学、日本文化の再検討の必要性を痛感、帰国後「日本文化の雑種性」（五五）などに結実させる。戦後日本を代表するリベラリストとして国際的な活動を展開。ほかに自伝『羊の歌』正続（六八）や『日本文学史序説』（七五、八〇）など。世界の様々な都市を舞台とする短篇集『幻想薔薇都市』（四八・新潮社）には、マルク・シャガールの幻想絵画の縁起譚ともいうべきメルヘン「花の降る夜のなかで」、ゲーテ『ファウスト』の登場人物たちが現代のベルリンで会話を交わす「対話」などが含まれている。

加堂秀三（かどう・しゅうぞう　一九二六～二〇〇一）大阪府生。高校中退後、研磨工、サンドイッチマン、印刷工、コピーライターなどの職を転々としながら詩を書き、二十一歳で小説を書き始める。七〇年「町の底」で小説現代新人賞、八〇年「涸滝」で吉川英治文学新人賞を受賞。『貴船山心中』（七二）などの恋愛ロマンや、伝統工芸の世界に取材した『青銅物語』（七五）などの風俗小説で活躍。妊婦の怨念の化身である小蛇に祟られた娘の無惨な運命に、周囲の人々の性愛と情念を絡め、独特の官能的な文体で描いた伝奇ラブロマンス『緋の禊』（七三・ノン・ノベル）がある。

かとうじゅんこ（かとう・じゅんこ　一九六一～）本名加藤淳子。東京生。大学教授。女の子が鏡の向こうの世界に入り込んで、赤、青、灰の空を管理する鬼たちや鬼を怖がらない少年と共に、空を真っ暗にしようとする者たちと対決する児童文学のファンタジー『にじとそらのつくりかた』（九九・理論社）、ビーバーの剣士が主人公の魔物退治のファンタジー『月の剣の物語』（〇九・同）がある。

賀東招二（がとう・しょうじ　一九七一～）別名にきぬたさとし。滋賀県生。中央大学経済学部除籍。ＴＲＰＧ「蓬莱学園」をもとにした短篇でデビュー。超科学の知識がある人々がなぜか存在するという設定下に、ロボット・アクションを展開するＳＦ《フルメタル・パニック！》（九八～・富士見ファンタジー文庫）が、外伝の学園ラブコメディもあわせて大ヒット作となり、漫画化、アニメ化された。ほかに異世界との通路が開いた未来を舞台に、刑事たちの活躍を描くＳＦファンタジー・アクション『ドラグネット・ミラージュ』（〇六～・竹書房ゼータ文庫、第一巻のみきぬたさとし名義）がある。

加藤多一（かとう・たいち　一九三四～）北海道滝上町生。北海道大学卒。公務員、講師などを経て、児童文学作家となる。馬や山羊などの動物と人間の関わりを描いたものや、また北海道を舞台にしたものが多く、北海道児童文学界の牽引役を果たしたといわれる。ファンタジーに、札幌のアパートで一人暮らしをする老人が、幻想の愛馬と暮らし、過去や大空を翔る『夜空をかける青い馬』（八〇・佼成出版社）、川自身の視点から、水の世界と川の掟を描いた「むた・むた・むた」ほか、川の危機や人間の愚かさを象徴的に描いた小品集『北の川をめぐる九つの物語』（〇一・北海道新聞社）がある。

加藤一（かとう・はじめ　一九六七～）静岡県生。編集者兼ライターとして、怪談実話集《「超」怖い話》（九一～・勁文社～竹書房文庫）に参加。著書に『「弩」怖い話』（〇四～〇六・竹書房文庫）『禍禍《まがまが》』（〇四・二見文庫）『妖弄記』（〇五・マイクロマガジン社）など。

加藤ヒロノリ（かとう・ひろのり　一九七四～）クリエーター集団グループSNE所属のゲームデザイナー。トレーディングカードゲーム「モンスター・コレクション」のメインデザイナーで、ゲームをもとにしたファンタジー『ホーリィの手記』（〇二～〇四・富士見ファンタジア文庫）を執筆している。

加藤正和（かとう・まさかず　？～）未来から送られて来た超能力を持つ少年が将軍家の姫を助けるために悪天狗などと戦うファンタジー・コメディ『念術小僧』（一九九〇・新潮社）が第二回ファンタジーノベル大賞最終候補作となった。

加藤幸子（かとう・ゆきこ　一九三六～）本姓白木。北海道札幌市生。北海道大学農学部卒。日本野鳥の会の理事を務めた。八二年、自然の中で生気を回復した病の少女に、自然物と自由に対話できる伝説の野餓鬼の面影を見る「野餓鬼のいた村」で新潮新人賞を、自伝的な「夢の壁」で芥川賞を受賞。短篇集『翡翠色のメッセージ』（八三・新潮社）には、ゴミ捨場の野ネズミと孤独な少女の交感を描いた「ミリヤムの王国」、鷺山にアジールを造った少年少女が、その崩壊と共に大空に飛びたつ「飛行」など、子供たちの内宇宙を寓話的手法で描いた四篇を収める。また、鳥の視点から見た世界を、生態も含めて描ききった動物ファンタジー『ジーンとともに』（九九・同）は、自然科学系文学の側面からも評価が高い。児童文学も執筆し、近未来の東京に住む少女が、町の真ん中に突如出現した不思議な森に迷い込む『２０２０年トキオの森』（八九・新学社・全家研）がある。評伝『尾崎翠の感覚世界』（九〇・創樹社）で芸術選奨文部大臣賞受賞。

門田泰明（かどた・やすあき　一九四〇～）大阪市生。会社役員を経て七九年、エンターテインメント作家としてデビュー。医学サスペンス、企業アクションを得意とする。代表作にスパイ映画〈００７〉に倣ったアクション物《特命武装検事黒木豹介》（八三～〇三）など。伝奇バイオレンス・アクションも執筆し、次のような作品がある。不思議な老人によって、超人的な戦闘能力と死者をも蘇らす超能力を授けられた財閥の御曹司・雑賀呑龍が、巨悪や怪物、海底人に立ち向かう《魔空戦弾》（八五～八六・トクマ・ノベルズ）、超エネルギーを身につけた美少女・舞弓と超戦闘犬グレンが、近未来のシベリアで巨人軍団や半獣人と戦う『超獣閃戦』（八六・ノン・ノベル）、日本の政財界を牛耳る祖父・厳三率いる飯綱一族の頂点に立つ女闘士・珪が、八百年の時空を超えて修羅鬼として蘇った宿敵と戦う『影の軍団』（八五・カッパ・ノベルス）など。

角野栄子（かどの・えいこ　一九三五～）本姓渡辺。東京生。早稲田大学教育学部卒。出版社勤務の後、ブラジルに二年滞在。その体験をもとにしたノンフィクションで児童文学作家としてデビュー。『ビルにきえたきつね』（七七・ポプラ社）で童話作家としてもデビュー。ユーモラスな童話『大どろぼうブラブラ氏』（八一・講談社）で産経児童出版文化賞受賞。ファンタジーには低学年向けの《小さなおばけ》（七九～九六・ポプラ社）をはじめ多数の作品があるが、代表作は野間児童文芸賞・小学館文学賞を受賞し、宮崎駿によってアニメ化もされた『魔女の宅急便』（八五・福音館書店）であろう。代々女性に受け継がれていく魔女の血をひく少女が、定めによって親から独立して見知らぬ町で生活を始め、周囲の人々に助けられながら様々な悩みを乗り越えて成長していく様を描いた陽性の作品である。シリーズ化され、ヒロインの一代記となりつつある。

上遠野浩平（かどの・こうへい　一九六八～）千葉県生。神奈川県に育つ。法政大学第二経済学部商業学科卒。世界を歪め、他人の生に干渉してしまう異能の人々と対決する不思議な存在〈ブギーポップ〉の活躍を描く《ブギーポップ》（九八～・電撃文庫）で電撃ゲーム小説大賞を受賞してデビュー。同作で人気を博し、後続の若い作家たちに直接的な影響を与えた。SF系の作品として、超能力者と喪われた科学技術の残滓で武装する軍とが対立し、戦闘を繰り広げている世界を舞台に、超能力者の少女と軍の兵士の出会いを描く『冥王と獣のダンス』（二〇〇〇・同）、果てしのない戦闘世界を舞台に、精神の安定を保つために現代日本風擬似世界で暮らすと同時に、孤独な戦闘を続けている特殊能力の少女を描いた『ぼくらは虚空に夜を視る』（二〇〇〇・徳間デュアル文庫）『わたしは虚夢を月に聴く』（〇一・同）『あなたは虚人と星に舞う』（〇二・同）の三部作、『ビートのディシプリン』（〇二〜〇五・電撃文庫）などがある。その他のファンタジーに、魔法的別世界を舞台に、万能な竜が殺されるという事件の容疑者を捜す旅を描く『殺竜事件』（二〇〇〇・講談社ノベルス）、魔導師たちの魔法大会で起きた殺人事件を描く『紫骸城事件』（〇一・同）や、生命と同じくらい大切な物を人から盗み、結果として人を死に至らしめる怪盗ペイパー・カットと、それを追う二人の保険調査員を描く『ソウルドロップの幽体研究』（〇四・ノン・ノベル）といったミステリ風作品などがある。

金井哲夫（かない・てつお　一九五八〜）ゲーム関係のライター。ファンタジーRPGの設定をもとにした『ウルティマ㈿　生きて戦え！』（九三・ローカスノベライズ）、スラプスティック・コメディ『ウルティマアンダーワールド1.5―異次元の花嫁』（九四・同）などがある。

金井美恵子（かない・みえこ　一九四七〜）群馬県高崎市生。県立高崎女子高校卒。六七年「愛の生活」が太宰治賞に佳作入選しデビュー。同年、詩作品により現代詩手帖賞を受賞。『凶区』同人として詩作を行う一方、〈少女〉的感性に彩られたアンチロマン風の小説を次々に発表し、独自の詩的文学世界を形成する。七〇年、〈夢文学〉の系譜に新風を吹き込んだ「夢の時間」（七〇）が芥川賞候補となる。長篇『岸辺のない海』（七四）を経て、七九年『プラトン的恋愛』で泉鏡花文学賞を受賞。近年『文章教室』（八五）『小春日和』（八八）など風俗小説を装った一連の長篇に新境地を示している。ほかに詩集『マダム・ジュジュの家』（七一）、評論集『書くことのはじまりにむかって』（七八）など。

『兎』（七三・筑摩書房）『アカシア騎士団』（七六・新潮社）などの短篇集には、金井の読書体験を色濃く反映した様々な幻想的イメージがつめこまれているが、それらは固有の物語を形づくることを拒絶するかのように、残酷で甘美な夢をつかのま虚空に描いては〈無〉へと解体していく。これらの作品は〈書くこと〉そのものが幻想的な営みであることを教えてくれるという意味で、まぎれもない幻想文学となっている。

『金沢文庫本仏教説話集』（かなざわぶんこぼんぶっきょうせつわしゅう　一一四〇／保延六？）編者未詳。阿弥陀三尊像と法華経の供養のための法会の説法の草案。地獄、極楽の様や十一面観音の功徳について語り、また説話を通じて出家や造寺の功徳、因果応報などを述べている。説話は唐の仏教書『法苑珠林』を主たる典拠とするという。

金治直美（かなじ・なおみ　一九五七〜）児童文学作家。願いをかなえてくれる猫の手を使って失敗することで学ぶ少年を描く『さらば、猫の手』（二〇〇〇・岩崎書店）、悪い妖怪に取り憑かれた孤独な老人と、使役される哀れな妖怪あずきとぎを少年少女が救う『逢魔が刻のにおい』（〇四・学研）がある。

金山美穂子（かなやま・みおこ　一九三六〜）鹿児島市生。留守番中の小学生姉妹のもとに、戦時中に海で死んだ少女が兄の消息を尋ねてやって来る、肉体を持った亡霊物『海から来た少女』（七〇・国土社）がある。

可南さらさ（かなん・さらさ　？〜）一九九八年にハイランドよりBL小説作家としてデビュー。ファンタジー作品に伝奇物『蒼天の月』（〇五・幻冬舎＝リンクスロマンス）がある。

神庭仁（かにわ・じん　一九七一〜）埼玉県生。人間を食らい尽くす超絶的な化物ナーガ・

ル・ジュナを退治する鍵となる少年を描くバトル・アクション『ナーガ・ル・ジュナの心臓』（九六・ワニの本）がある。

金子光晴（かねこ・みつはる　一八九五～一九七五）本名保和。愛知県海東郡越治村生。早稲田大学英文科、東京美術学校、慶応義塾大学英文科をいずれも中退。フランス象徴詩の影響色濃い『こがね虫』（二三）や、国家権力への抵抗の詩『鮫』（三七）をはじめとする詩作品で名高いが、わずかながら小説も執筆しており、それらはいずれも独特の幻想美に溢れている。屍を解体して泥水に沈めたはずの女の幻影が、無数の蛾となって飛び立つ「蛾」（四九）、自分が孫悟空であることに気づいてから、編集者や女たちが妖怪の化身に見え、自身の分身まで出没する「心猿」（五四）、生と死の境界領域で営まれる、盲目の少女との化身幻想的な情痴の日々を描いた晩年の中篇『風流尸解記』（七一・青娥書房）など。

金重剛二（かねしげ・ごうじ　一九四三～）山口県徳山市生。明治大学卒。学習塾経営の傍ら児童文学を執筆。ファンタスティックなSF童話『ドリーム77』（六九・理論社）、道路に突然聳え立った謎の塔をめぐる寓話『とおせんぼタワー』（七二・同）、反物質の自分〈反ぼく〉に触わった少年がベンチを皮切りに様々なものに変化する『ぼくが消えた日』（七四・偕成社）などがある。

加野厚志（かの・あつし　一九四五～）満州大連生。日本大学文理学部中退。港湾労働者、ドアボーイ、漫才師など様々な職を経て、七五年「天国の番人」でオール讀物新人賞を受賞。幕末を舞台に、美少女陰陽師の戦いを描く『女陰陽師』（二〇〇〇～〇一・祥伝社文庫）、幕末の京都を舞台に、千里眼を持ち、剣の達人でもある巫女の活躍を描く『京都魔性剣』（〇四・双葉文庫）などの伝奇時代小説がある。

かのりゅう（かの・りゅう　一九二九～）本名狩野敏也。北海道生。北海道大学法学部卒。NHKで記者・ディレクターを務める傍ら詩や童話を執筆。河童の研究団体〈東京河童会〉に所属。河童が地球を汚す人間に抗議をする寓意的な童話『カッパ戦争』（七四・フレーベル館）がある。

狩野あざみ（かのう・あざみ　一九五七～）本名門倉喜代江。静岡県沼津市生。法政大学文学部卒。幽境に迷い込み、局面が実際の戦闘に変化する不思議な象棋を打つという体験をする男を描く「博浪沙異聞」（九一）により第十五回歴史文学賞を受賞してデビュー。史書では悪女とされている女の霊が出現し、真実を歴史家に語る「妖花秘聞」（九二）をはじめ、正統的な中国物の伝奇ロマンの短篇集『博浪沙異聞』（九二・新人物往来社）、現代中国を舞台にした伝奇アクション『亜州黄龍伝奇』（九一～九五・トクマ・ノベルズ）、秦の侵攻に脅かされる山間の小国・蜀の華陽に生を享けた三人の公子を主人公とする中国歴史ロマン《華陽国志》（九四～九七・Cノベルス）がある。

加納一朗（かのう・いちろう　一九二八～）本名山田武彦。東京生。祖父は作家の山田美妙。少年期を大連で過ごす。二松学舎専門学校卒。公務員、編集者などを経て、六〇年『宝石』に「錆びついた機械」が掲載され、ミステリ作家としてデビュー。六一年、早川書房の空想科学小説コンテストで奨励賞を受賞し、SF作家としても歩み出す。初期の六〇年代には主にミステリを執筆するが、一方で『SFマガジン』に「無性植物」（六三）などの短篇を発表し、アニメ「スーパージェッター」（六五～六六）の脚本も手がける。その後はジュヴナイルSFを中心に執筆するが、七〇年代後半から再び一般向けの推理、サスペンスなどに向かい、『ホック氏の異郷の冒険』（八三）で日本推理作家協会賞を受賞した。

ジュヴナイルSFでは、『透明少年』（六九・朝日ソノラマ）『セブンの太陽』（六九・金の星社）などを経て、『ロボット大混乱』（七七・ソノラマ文庫）でマッドサイエンティスト物のどたばたSFに新境地を開く。続けて七八年より青井荒馬、是馬の兄弟が次々ととんでもない事件に巻き込まれるユーモアSF&怪奇シリーズをソノラマ文庫で開始し、マッドサイエンティストや超常現象が絡む怪作を送り出した。天才科学者・北川南天、その父親・十天《てんてん》の発明品が巻き起こす騒動を描く『半透明人間の逆襲』（七九）『人工生命体ドンドン』（八〇）『うなぎマント作戦』（八二）『恐怖の大頭脳』（九一）、キャンプ場に吸血鬼と宇宙人が現れる『死体がゆっくりやってくる』（七八）、宇宙人と交信しようとして天国につながってしまう『天国探偵局』（七九）、悪魔に魂を売り飛ばしてしまう『ピーマン特攻指令』（八〇）、仮想現実物『ショック！夢見る機械』（八一・同）、悪霊に取り憑かれてしまう『悪霊先生』（八三）、幽霊の依頼を受けて悪徳業者とわたりあう『幽霊宅急便』（八五）、人間の気を吸って骸骨にしてしまう悪魔と戦う『妖気の森の物語』（八六）、ホラー・ガジェットを満載した『ノートルダムのけむし男』（八七）、地獄からの脱獄犯を追ってやって来た幽霊の刑事を描く『ゴースト刑事《デカ》街を行く』（九〇）ほか多数。

一般向けの作品としては、死者を蘇らせることに成功した科学者を追う怪奇ＳＦミステリ『死霊の王国』（七七・インタナル出版部）など。また、自身の体験に基づく『推理・ＳＦ映画史』（七五・インタナル出版社、増補改訂版八〇・双葉社）の労作がある。

狩野鏡（かのう・きょう　？〜）遺伝子改変テーマの近未来ＳＦ『ナッツ・クラッカー』（二〇〇四・スーパーダッシュ文庫）がある。

加納朋子（かのう・ともこ　一九六六〜）本姓貫井。福岡県生。文教大学女子短期大学部卒。夫は作家の貫井徳郎。『ななつのこ』（九二）で鮎川哲也賞を受賞してデビュー。ミステリを主に執筆。幽霊や生霊が登場する「黒いベールの貴婦人」（九四）、メルヘンチックなファンタジー「商店街の夜」（九七）、パラレルワールド・テーマの「沙羅は和子の名を呼ぶ」（九九）などの短篇のほか、生まれて間もない子を女手一つで育てるサラを、交通事故で死んだ夫の幽霊が助ける連作ミステリ短篇集『ささら　さや』（〇一・幻冬舎）がある。

香納諒一（かのう・りょういち　一九六三〜）本名玉井真《まこと》。神奈川県出身。早稲田大学第一文学部卒。出版社勤務を経て、九一年「ハミングで二番まで」で小説推理新人賞受賞。ハードボイルド、サスペンスなどを執筆。『幻の女』（九八）で日本推理作家協会賞を受賞。超能力テーマの恋愛サスペンス『夜よ泣かないで』（〇六・双葉社）がある。

鹿原育（かのはら・いく　？〜）パレットノベル大賞に入賞。千人の人間の願いをかなえて歩くという刑罰を閻魔に与えられた不老不死者を描く『不滅の流れ星』（一九九七・パレット文庫）、迷える霊を成仏させる霊能者の高校生の活躍を描く『朱い竜』（九九・同）などがある。

歌舞伎（かぶき）近世には歌舞妓と表記。語源は〈傾《かぶき》〉で、異装をはじめとする常軌を逸した振る舞い、また並外れたものを指す。出《いず》雲《もの》阿国が創始者とされ、彼女は男装してかぶき者として振る舞ったという。当初は踊りであり、遊女や少年たちによるレビューへと発展するが、売色につながっていたことから禁止され、能狂言のセリフの要素を取り入れた、男性のみで演ずる〈野郎歌舞伎〉へと展開していった。文芸的な面から見た歌舞伎の特色は、歴史上の事件の主なものや有名な先行作を〈世界〉という枠組によって分類整理し、その中に現代の事件などや新要素を取り入れていく〈趣向〉という手法を用いたことである。これにより、パロディ、語り替えといった手法が極限まで推し進められていくことになる。時も場所も異なる〈世界〉が〈綯交《ないまぜ》〉にされ、異様な設定となることもある。鶴屋南北の作品などに顕著である。歴史の語り替えという視点から歌舞伎を見るとき、きわめて独特のものがあるといえるだろう。なお、十八世紀半ば以後、歌舞伎の発展に伴い、合作者制度が確立されていくので、単独作ではないことが多い。作者未詳の初期の幻怪味のある作品として、小六とその弟をめぐるお家騒動的な物語に、嫉妬する小六の妻の怨霊などが跳梁するという趣向が取り入れられ、氷川明神が蛇体で顕現して悪人を滅ぼすという大団円を持つ『関東小禄《かんとうころく》』（一六九八／元禄一一）などがある。

壁井ユカコ（かべい・ゆかこ　？〜）長野県生。心臓に核が埋め込まれた不死人、見霊体質の少女、ラジオに憑依した霊が旅をしながら、オカルト的事件に巻き込まれる連作短篇集《キーリ》（二〇〇三〜〇六・電撃文庫）で電撃ゲーム小説大賞受賞。

鎌田剛志（かまだ・たかし　一九六九〜）現代の高校生が探偵役のＳＦミステリ・アクション『私立探偵同好会』（九二・スーパーファンタジー文庫）がある。

鎌田東二（かまた・とうじ　一九五一〜）筆名に水神祥《みずかみしょう》。徳島県生。国学院大学文学部哲学科卒、同大学院文学研究科神道学専攻博士課程修了。神道学、宗教哲学、日本思想史を専攻。東西オカルティズムから文学・音楽・漫画まで幅広い視野に立脚した研究・評論活動を続けている。出口王仁三郎、折口信夫からラヴクラフトまでを論じた『神界のフィールドワーク』（八五・創樹社）、入魂のスサノヲ論をはじめ、畏怖すべき対象としての神・翁・童について論じた『翁童論』（八八・新曜社）とその続篇にあたる『老いと死のフォークロア』（九〇・同）、言葉が魔術的な力を持っているという思想について、平田篤胤、出口王仁三郎、友清歓真ら日本の近世・近代の思想家・宗教家を中心に考察した『記号と言霊』（九〇・青弓社）、宮沢賢治論、平田篤胤論などを含み、聖なる場所は異界に通じる記憶を持つという確信に支えられている点に特色がある『場所の記憶』（九〇・岩波書店、後に「聖なる場所の記憶」と改題）、聖地、聖なる空間について論じた『聖トポロジー』『異界のフォノロジー』（共に九〇・河出書房新社）、日本における神仏習合の歴史を、在来の神に、次から次へと新たな神としての属性が付け加えられていく神神習合の歴史であると捉え返し、異様なほどの包容力に魅力を見いだしていこうとする『神と仏の精神史』（二〇〇〇・春秋社）、『仙境異聞』『勝五郎再生記聞』などについて論じた『平田篤胤の神界フィールドワーク』（〇二・作品社）、宮沢賢治をはじめ、ノヴァーリス、遠藤周作、三島由紀夫、中上健次、高橋和巳、ドストエフスキー、バタイユ、ロートレアモンなどを宗教的観点から論じた『霊性の文学誌』（〇五・同）など、多数の評論集がある。

　また、水神祥の筆名で特異な創作『水神伝説』（八四・泰流社）を執筆している。同書は三部より成り、中心となる第二章では、水神の聖地に降臨した水の巫女の母子二代にわたる受難と転生の物語が双子の兄の視点から語られ、続く第三章では物語に隠された秘義が、神秘学的省察と数々のヴィジョンを交えて説き明かされる。オカルト文学の先駆的な試みとして注目に値する作品である。

鎌田敏夫（かまた・としお　一九三七〜）旧朝鮮京城市生。早稲田大学政治経済学部卒。脚本家。「でっかい青春」（六七）でデビュー。代表作に「金曜日の妻たちへ」（八三〜八五）などがあり、自作のノベライズも手がける。幻想的な作品には、映画「里見八犬伝」（八三）があり、映画に先だって書かれた小説『新・里見八犬伝』（八二・カドカワ・ノベルズ）は、映画とは全く印象の異なる、怪奇味・猟奇性・エロティシズムに満ちた、いかにもノベルス的な伝奇小説となっている。ほかに、六人六様の女たちにまつわる恐怖譚を収めた短篇集『ジェラシー─恐怖を喚ぶ六人の女』（九四・角川ホラー文庫）、作劇術の職人芸を発揮した心霊ホラー『うしろのしょうめんだあれ』（二〇〇〇・ハルキ・ホラー文庫）、見霊体質の男を狂言回しにした連作短篇集『フランティック』（〇一・角川ホラー文庫）などのモダンホラー作品がある。

鎌田秀美（かまた・ひでみ　？〜）中世と近代が混じりあったような未来の月面を舞台にしたハードボイルドＳＦ『無慈悲な夜の女王に捧げる讃歌』（一九九六・アスペクト）がある。

鎌池和馬（かまち・かずま　？〜）オカルテ

ィックな魔法と科学的な超能力が混在するパラレルワールドを舞台に、超能力も魔法も無効化する左手を持つ少年と、超絶的記憶力により魔術書をすべて覚えている少女らが巻き込まれる冒険を描くアクション・ファンタジー『とある魔術の禁書目録』（二〇〇四〜・電撃文庫）により、大きな人気を得る。同作はメディアミックス化されている。

神江京（かみえ・みやこ　?〜）別名に縛炎まゆみ。愛知県名古屋市生。県立名古屋西高校卒。別世界を舞台に、傭兵として世を渡る美丈夫の剣士、美貌の女魔道士や女剣士、吟遊詩人のエルフなどが活躍するヒロイック・ファンタジー《放浪王ガルディス》（一九九〇〜九七・青心社文庫）、水盤で失せ物探しをする占術師イーラの活躍を描くファンタジー短篇集『水鏡のイーラ』（九三・富士見ファンタジア文庫）がある。

神季佑多（かみき・ゆた　一九六八〜）人々を笑わせることができる不思議な独楽をもらった少年の話『わらいゴマまわれ！』（九九・岩崎書店）で福島正実記念SF童話賞受賞。ほかに子供向け怪奇短篇などを執筆。

上島拓海（かみじま・たくみ　一九六七〜）東海大学電気工学科卒。魔法使いの実験のせいで松本市民がいきなり超能力を使えるようになったという設定で、魔法の効かない少年の活躍を描く伝奇ファンタジー『三ケ月の魔法』（〇二・ファミ通文庫）でえんため大賞佳作入選。

上條さなえ（かみじょう・さなえ　一九五〇〜）本名早苗。東京生。東京経済大学卒。教員を経て、埼玉県吉川市児童館館長、埼玉県教育委員などを務める。競争馬の調教師の娘のところへ魔女プッツンが現れて騒動を巻き起こす児童文学のファンタジー『恋と虹のファンファーレ』（八九・国土社）がある

神代明（かみしろ・あきら　?〜）自分の物語が刻まれていく本の中に入って冒険を繰り広げる『世界征服物語』（二〇〇二〜〇四・スーパーダッシュ文庫）で第一回スーパーダッシュ小説新人賞大賞受賞。異世界を舞台にした戦う修道女見習いの物語『Holy☆Hearts!』（〇三〜〇五・同）、人々を死に誘う巫女の血筋の女子高生と不思議な槍の魂を身体に宿すことになった少年をめぐる伝奇ホラー『紺碧ノたまゆら』（〇六・同）ほかがある。

神代創（かみしろ・そう　一九六五〜）本姓西村。滋賀県近江八幡市生。関西大学経済学部卒。冥界の神を守護神に持つせいで天界の神々に憎まれ、力と技を封じられた男と、古代の神が作った魔剣を主人公とするヒロイック・ファンタジー《ヴェルナディックサーガ》（九一〜九三・青心社文庫）でデビュー。別世界物の冒険ファンタジーを中心に執筆。魔界での修行を描いたコメディ《はみだしバスターズ》（九六〜二〇〇〇・富士見ファンタジア文庫）、科学的文明が滅んだあと、精霊の力が生きている世界で、精霊を見ることのできる気丈な少女が騒動を巻き起こす《セルス騒乱記》（二〇〇〇〜〇一・徳間デュアル文庫）、高校生の少年と異世界の王女の精神がころころと入れ替わるという設定の冒険ファンタジー《パートタイムプリンセス》（〇二〜〇三・MF文庫J）、ファンタジー風味のスペースオペラ《JAC・ザ・ソーサラー》（〇一〜〇二・ファミ通文庫）、魔法的別世界を舞台にしたハードボイルド・ミステリ風冒険ファンタジー『ウェイズ事件簿』（〇六・竹書房ゼータ文庫）などがある。ほかにノベライゼーションも多数執筆。

狼谷辰之（かみたに・たつゆき　?〜）別世界を舞台に、竜に変身する力を持ち、帝国から追われる存在の者と宿命の絆で結ばれた青年の冒険を描くBLファンタジー《対なる者》（一九九九〜二〇〇〇・ウィングス文庫）がある。

上種ミスズ（かみたね・みすず　一九四〇〜）山口県生。防府医師会附属看護学院卒。古代へタイムスリップした少年が、超古代に科学文明があったらしいことを知るSFファンタジー『天の車』（七一・講談社）で講談社児童文学新人賞受賞。ほかにジュヴナイルSF『銀河の守護者』（八六・偕成社）がある。

神永学（かみなが・まなぶ　一九七四～）山梨県南巨摩郡増穂町生。日本映画学校映像科卒。会社勤務の傍ら小説を執筆し、赤い目を持つ見鬼体質の青年を主人公とするミステリ『赤い隻眼』（〇三・文芸社）を自費出版。同作で注目され、その改訂増補版『心霊探偵八雲　赤い瞳は知っている』（〇四・同）で本格的に小説家としてデビュー。以後《心霊探偵八雲》はシリーズ化されて現在も継続中。漫画化、映画化、舞台化もされている。ほかに《天命探偵》（〇八～〇九・新潮社）など。

神野オキナ（かみの・おきな　一九七〇～）沖縄県生。精神寄生体に憑依されて不死身となり、孤独な戦いを続ける少女を描いたSFアクション『闇色の戦天使』（二〇〇〇・ファミ通文庫）で第一回ファミ通エンタテインメント大賞佳作入選。鬼の力を得て妖魔・邪神を退治する少年を描くオカルト・アクション『鬼姫斬魔行』（二〇〇〇・ハルキ文庫）、沖縄を舞台に、高校生の少年少女が幼なじみの神々からの頼まれごとに奔走する『うらにわのかみさま』（〇六・HJ文庫）、人類とは異質な存在と戦う少年少女を描くSFアクション『虚攻の戦士』（〇六・GA文庫）などのほか、多数のファンタジー、SFがある。

神野淳一（かみの・じゅんいち　一九七一～）千葉県生。近代兵器と魔法が混在する世界を舞台にした近代戦争物『シルフィ・ナイト』（〇三・電撃文庫）で電撃ゲーム小説大賞選考委員奨励賞受賞。ほかに同様の世界設定の冒険SFファンタジー『ルーン・ブレイダー！』（〇四～〇五・同）がある。

紙谷龍生（かみや・たつお　一九六五～）東京生。漫画原作者、小説家。不死身の超人となった高校生が魔人怪人と戦う《仮面武闘会》（二〇〇〇～〇二・富士見ファンタジア文庫）、現代を舞台にした伝奇アクション《ジオメトリック・シェイパー》（〇二～〇三・同）のほか美少女ゲームのノベライゼーションが多数ある。

神屋蓬洲（かみや・ほうしゅう　一七七六～一八三二／安永五～天保三頃）戯作者、浮世絵師。通称青木亀助。別号に蓬莱亭。画号春川五七。滑稽本、風俗絵本のほか読本を執筆。お家騒動に、三保の浦に出現した竜の腮から出た玉がかぐや姫の難題の宝珠であるというような趣向を取り入れた『竜孫戞玉《たけのともずり》』（〇九／文化六、自画）、琉球から蛇皮線が渡来したことに始まり、弁財天が馬の皮を張るように告げたことなど三味線の由来を語り、浄瑠璃の功徳で山賊退治をする話に持っていく『双三弦《にちようしゃみせん》』（一二／同九、自画）、顔面を切り刻まれて死んだ咲花《さくはな》の祟りで、仇の妻の身体中に九十九の口が開くという趣向があり、咲花の息子が母の霊の助力を得て仇を討つ『〈観音利生〉天縁奇遇』（同、自画）などがある。

紙谷通人（かみや・みちと　？～）別世界ヤロフに紛れ込んだアトラクター三人が、王女を救うために冒険を繰り広げるアクション『ヤロフのアトラク屋』（一九九二・桜桃書房）、続篇『地獄森のアトラク屋』（九三・同）がある。

上領彩（かみりょう・あや　？～）二〇〇二年よりアヤと表記。福島県出身。BL小説を主に執筆。近未来クローン物『いまでもあなたの夢をみる』（九八・心交社＝ショコラノベルス）、主人公の少年に幽霊が死の誘惑を仕掛けてくるラブコメディ『ハニームーン・ゴースト』に始まるオカルト・トラベル物の三部作（二〇〇〇～〇一・角川ティーンズルビー文庫）、ドラゴンや人魚など異界の者と人間の青年の日常を描くコメディ《フェアリー・ツインズ》（〇一～〇二・角川ビーンズ文庫）、民俗伝奇物『妖しの夏のフレグランス』（〇三・パレット文庫）など。ほかに、別世界へ拉致されて鬼の封印を命じられた女子高生の冒険を描くファンタジー『めぐりの蝶の宝珠姫』（〇二・角川ビーンズ文庫）もある。

亀山竜樹（かめやま・たつき　一九二二～八〇）佐賀市生。東京大学印度哲学科卒。アップルトン『空中列車地球号』（五七・講談社）など、児童向けSFやミステリの翻訳、科学ノンフィクションなどを執筆。喧嘩をしたくなるとくしゃみが止まらなくなる花粉を放出する〈けんかなしの木〉を求め、戦国時代の少年が宇宙に乗り出す児童向けSF『宇宙海ぞくパプ船長』（六九・岩崎書店）がある。

亀和田武（かめわだ・たけし　一九四九〜）栃木県生。成蹊大学文学部卒。劇画誌編集長を経てSF作家となるが、その後、テレビの司会者などを務め、創作からは遠ざかった。幻覚を実体化する能力のある少年が、翼を生やして虚空へ飛び立つ表題作、年を取らない男の一挿話「モノクロームの記憶」などファンタスティックな味わいのあるSF短篇集『まだ地上的な天使』（八一・早川書房）、植物人間となったかつての恋人の夢の世界へ入り込んでしまう「時間と街路」、環境汚染を続ける人間に虫たちが報復を始める「春の幽霊」など幻想とブラックユーモアの短篇集『時間街への招待状』（八四・光風社出版）、人魚と人間の恋を甘やかに描くメルヘン連作『マーメイド休暇』（九二・宙出版）がある。

鴨長明（かもの・ちょうめい　一一五五〜一二一六／久寿二〜建保四）歌人、音楽家。俗名長明《ながあきら》。法名蓮胤。下鴨神社正禰宜の次男として生まれる。望んでいた河合社の禰宜職をめぐる競合に敗れ、失意のあまり〇四（元久元）年に失踪。まもなく出家した。大原で五年を過ごし、後に洛南日野法界寺の奥に方丈の庵を結び、著作、修行などで余生を過ごした。神官としては出世できなかったが、歌人としては若年より名声高く、二十七歳で家集『鴨長明集』（八一／養和元）を編んだ。管弦の道ではさらに高名であったものらしい。代表作は随筆集『方丈記』（一二一二／建暦二）。後代にも大きな影響を与えた仏教説話集『発心《ほっしん》集《しゅう》』を編纂している。

【発心集《ほっしんしゅう》】説話集。一五（建保三）年頃までに成立。全八巻百二話を収録するが、全篇が鴨長明の手になるものとは限らないといわれており、それを確定する術はない。本書では本邦の僧俗の話のみを収録することを旨としているが、唯一第二巻十二話が釈迦と老人の逸話で、これは異物が混じったものか。説話集全体の傾向としては、栄華栄達名誉といった現世的な執着を逃れることを最も尊び、そのためには偽悪的であることも辞さず、また、世俗的な欲望を逃れるためには芸術に遊ぶことにも価値があるとまでする。当然の結果として幻想的なものには往生伝が多くなるが、奇跡的な成功した往生譚ばかりではないところに妙味がある。現世的なものへの執着の威力が強いことを語る説話として、入水をしながらもそれが結局見栄的なものであったために往生できなかった話や、高徳といわれながらも実は名誉を求めていた聖が天狗に生まれ変わる話、自ら娘に夫を譲った母が思いがけず妬心に苛まれて指の先が蛇になってしまう話などがあり、人の心が一途に厭離穢土《おんりえど》とはならぬ複雑さに思いを致して味わい深い。先行の往生伝等には見られぬ発想であり、文学的にはるかに高度になっているといえるだろう。このほかにも臨終に橘を食べたいと思って虫に転生する尼の話や花を愛して蝶に転生する話などの転生譚、往生した男の妻が実は幾世にもわたって彼に取り憑いていた魔であったことが知れる話や、臨終の時に魔が天国や高僧のふりをして出現することを語る話など、含蓄ある面白味のある話が多い。

加門七海（かもん・ななみ　?〜）東京墨田区生。多摩美術大学大学院卒。学芸員として美術館勤務の後、鬼を退治するさだめに生まれた神社の青年と、鬼と女神の間に生まれ、呪いに縛られて鬼退治を助けねばならない両性具有の人丸との葛藤を描く伝奇アクション『人丸調伏令』（一九九二〜九四・朝日ソノラマ文庫）でデビュー。主な小説に、魔的な力を持つ少年・安倍晴明を描いた『晴明。』『鬼哭。』（九五〜九六・同、漫画化）、小野篁伝説と小野小町伝説を意表を突く形で融合させ、古語稀語をちりばめた独特の擬古文調で綴った王朝ゴシック・ホラー『くぐつ小町』（九六・河出書房新社）、愚直なお庭番を主人公に、予知能力のある遊女、幻術師、禍々しい美少年と妖刀を振るう巨魁な公家のコンビ、神出鬼没の髪切り魔など、怪人妖魔入り乱れ、息もつかせぬ痛快伝奇時代劇『死弦琴妖變』（二

○○○・富士見書房）、信州の謎めいた山神の祭りを鍵とするオカルト伝奇ホラー『呪の血脈』（二○○○・角川春樹事務所）、虚実綯い交ぜの鬼伝説探訪記『大江山幻鬼行』（二○○○・祥伝社文庫）、怪談実話とフィクションとの融合に新境地を拓いた長篇ホラー『203号室』（○四・光文社文庫）および『祝山』（○七・同）など。短篇集に、怪談系の『蠱』（九六・集英社）『女切り』（○四・ハルキ・ホラー文庫）『オワスレモノ』（○六・光文社文庫）、伝奇＆幻想系の『おしろい蝶々』（○二・角川書店）、家が見せる幻影に憑かれた男を描く表題作ほかを収める『美しい家』（○七・光文社文庫）などがある。持ち前の直感が冴えるオカルト・ルポルタージュに、関東の大地霊というべき将門公伝説の謎に迫る『平将門は神になれたか』（九三・ペヨトル工房、後に「平将門魔方陣」と改題）、風水の視点から首都に仕組まれた壮大な結界呪術を解き明かす『大江戸魔方陣』『東京魔方陣』連作（共に九四・河出書房新社）、甲州一帯に伝わる山中の埋蔵金伝説を追う『黄金結界』（九九・同）など。より軽妙な紀行エッセーに、オカルト神仏ミーハーのスタンスで全国の聖地・霊地を経巡る『うわさの神仏』（九八～九九・集英社）、京の呪術的水脈を辿る『京都異界紀行』（二○○○・原書房、豊嶋泰國との共著）、都内の怪しいスポットを探訪した『江戸 TOKYO 陰陽百景』（○三・講談社）などがある。また、語り下ろしによる怪談実話集『怪談徒然草』（○二・メディアファクトリー）所収の通称〈三角屋敷〉の体験談は、現代怪談実話屈指の大ネタとして物議を醸した。東雅夫編『文藝百物語』（九七・ぶんか社）開催に際しても中心的な役割を果たし、多数の見聞談を披露している。

【環蛇銭】長篇小説。○二年講談社刊。人魚の肉を喰って不老不死を得たという「八百比丘尼」の伝説が残る古墳を発掘調査中に急死した親友・裕一の姿を、新宿の雑踏で見かけて愕然とする主人公の青年・修。その夜、彼のアパートを訪れたホームレスさながらの老人は、自分こそ裕一の変わり果てた姿なのだと懸命に訴える。それに触れた者を呪わしい宿命の連鎖に取り込む古銭の謎を、心ならずも探究する羽目に陥った修たちは、アンティクとオカルトに通じた古銭商・佐伯に導かれ、日本各地に残存する八百比丘尼伝説ゆかりの地を踏査する旅に出る。八百比丘尼と白比丘尼、海尊と清悦、古銭と銅鏡、丹と水銀、人魚とウロボロス蛇、練丹術と錬金術、等々、いずれも一対をなすシンボリック・イメージを博捜した挙句、ついにはドラキュラ伝説と八百比丘尼伝説との驚くべき類似性にまで想到する……。伝奇と現代怪談が無理なく融合され、一人称の語りの内にすべてが晦冥に沈む幕切れも見事な怪奇幻想小説の秀作。

【常世桜　地神盲僧、妖ヲ謡フ】連作短篇集。○二年マガジンハウス刊。流離の果て、関東平野に到達し、桜の樹の下に小さな草庵を結んだ盲目の琵琶法師・十六夜清玄。ふだんは心静かに清幽の日々をおくる清玄だが、たまさか訪れる妖怪や精霊の頼みに応えて、ひとたび琵琶を弾じ経文を唱えれば、三宝荒神の威徳たちまち地を祓い、諸天に通じ、安倍晴明や役行者も顔負けの大活躍を繰り広げることに……全篇これ異界と異類たちへの愛に満ちた、妖しくも可憐な連作集。総ルビを採用した本文レイアウトに加えて、名作『虫けら様』（○一・青林工藝舎）で知られる虫愛ずる漫画家・秋山亜由子による挿絵とのコラボレーションも、たいそう魅力的である。

茅田砂胡（かやた・すなこ　？～）同人誌でBL小説を執筆し、異世界戦記『デルフィニアの姫将軍』（一九九二・大陸ノベルス）で商業デビュー。同作をもとにした《デルフィニア戦記》（九三～○五・Cノベルス）により人気作家となる。ほかに近代風異世界を舞台にした冒険ファンタジー《レディ・ガンナーの冒険》（二○○○～○六・角川スニーカー文庫）、スペースオペラ『スカーレット・ウィザード』（九九～○一・Cノベルス）など。

香山彬子（かやま・あきこ　一九二六～九九）東京生。東京女子医科大学卒。六六年「シマフクロウの森」で講談社児童文学新人賞を受賞してデビュー。同作で産経児童出版文化賞を受賞。キリスト教の信仰篤い家庭に育ち、リルケやシュトルムなどのドイツ文学を愛読した香山は、根っからの〈夢見る人〉的なファンタジストであり、その作品はもっぱら小学生向けで、幻想小説としての迫力には欠けるものの、かくあれかしという優しい夢に満ち、美しい。世界宇宙協力隊員のウサギのトントンが、様々な冒険に巻き込まれる《ふかふかウサギ》(七三~八一・理論社)では、おおらかな空想的世界が楽しめる。動物を愛し、動物たちと共存しているぷいぷい博士とその家族の物語《ぷいぷい島》シリーズ(八三~八七・佑学社)は、ファンタスティックなイメージを駆使して夢のような世界を描き出すと同時に、主人公の成長、現実批判などを盛り込んでいる。女王が悪魔の求婚に応じなかったため、灰色にされてしまったミラクルの国を救いに出かける『ぷいぷい島のかがやく秋』(八六)、ゴミから生まれたぶわぶわ星人の魔手を逃れて星ひかり草きらめく宇宙の平和を祈る祭りに参加する『ぷいぷい家族のいのりの冬』(八七)など。また初期の、少年リンタとふしぎなライオンの交流を描いたファンタジー『金色のライオン』(六七・講談社)は、幻想と現実が持っている意味について語った、メタファンタジー的な作品ということができる。

香山暁子(かやま・あきこ　一九七〇~)「りんご畑の樹の下で」でコバルト・ノベル大賞を受賞。転生物のラブロマンス『リフレイン!』(九六・コバルト文庫)がある。

香山滋(かやま・しげる　一九〇九~七五)本名山田鉀治《こうじ》。東京神楽坂生。祖父、父とも大蔵省官吏。府立四中を経て法政大学経済学部に入学。内田百閒にドイツ語を習う。二七年、経済的理由から大学を中退し、大蔵省預金部に勤務、同省の機関誌『財政』に短歌やエッセーを投稿する(短歌雑誌『定型律』同人)。四七年『宝石』の第一回懸賞小説募集に「オラン・ペンデクの復讐」が入選。翌年「海鰻荘奇談」で第一回探偵作家クラブ賞新人賞を受賞、戦後推理文壇のホープとして期待を集める。四九年に大蔵省を退職し作家活動に専念。生物学の豊かな知識を駆使して、太古への郷愁に満ちた古生物幻想の世界を優艶な文体で描き一世を風靡したが、自己の嗜好と夢想に耽溺する作風はついに新境地を拓くにいたらず、次第に創作から遠ざかった。『怪龍島』(五三・愛文社)をはじめとする少年小説や児童向けの翻訳も多く、東宝怪獣映画「ゴジラ」(五四)の原作者としても名高い(原作は同年岩谷書店より刊行)。

滅びゆく未知なる種族の怨念が殺人事件を惹き起こす「オラン・ペンデクの復讐」から後年の『霊魂は訴える』(六〇・桃源社)『臨海亭綺譚』(六〇・講談社)などにいたる怪奇幻想ミステリ、熱砂の砂漠地帯を越えてソロモン王の秘宝探索の冒険が展開される「ソロモンの桃」(四八~四九)や、長篇「恐怖島」(四八~四九)以下の《人見十吉シリーズ》などに代表される秘境冒険小説、「火星への道」(五〇)「地球喪失」(五六)などのSF風活劇と、香山は一見様々なタイプの作品を手がけているようにみえるが、それらは結局のところ、「ソロモンの桃」を評して香山自身が述べた〈大人のための童話乃至はファンタスティック・メロドラマ〉という言葉がもっともよくあてはまるような世界へと帰着する。そこに香山の作家的限界を指摘することは容易だが、反面これほど純一におのれの紡ぎだした幻想世界に浸り続けた作家も珍しく、いまなおその作品が少数だが熱狂的な愛読者を獲得している理由の一端も、おそらくはそのあたりに存すると思われる。そうした香山の美質は、妖精めいた可憐な美少女が登場する一連のメルヘン風怪奇幻想譚にもっともよく発揮されているといえよう。ゴビ砂漠から種族維持のため日本へやって来た古代蝶の化身が科学者を翻弄する「妖蝶記」(五八)、お手伝いとして入り込んだ屋敷に不幸をもたらす妖精が、狂った夫を抱えた賢婦人に見事にしてやられる「キキモラ」(五二)、逆に妖精が勝利する「海から来た妖精」（五三）、とりわけ作者みずから〈私の幻想の極限〉と語る「月ぞ悪魔」（四九）は、猟奇の都コンスタンチノープルの裏町を舞台に、悪魔の縫合手術によって許婚の頭を腹中に埋め込まれた美女の悲恋を描いて幻怪なエロティシズム漂う傑作である。そのほか、火山噴火で没しようとする悪魔蜥蜴の島に、同性愛と原始回帰の甘美なユートピアを封じ込めた「蜥蜴の島」（四八）、魔法の蠟燭が照らし出す男女の運命的な恋物語「蠟燭売り」（五二）なども一読忘れがたく、語り手を強引に誘惑する美女の正体が、エロ写真の女の化身だったという「何処かで見た女」（五八）には、香山作品がしばしば片々たるカストリ雑誌に掲載されたことを考えあわせると、一抹の感慨を催さざるをえない。

▼《香山滋全集》全十七巻・別巻一（九三〜九七・三一書房）

【海鰻荘奇談】中篇小説。第一部「肉体の復讐」は四七年五〜七月『宝石』掲載。第二部「霊魂の復讐」は「海鰻荘後日譚」の題で五四年十一月『宝石』掲載。舞台は富豪の水産学者が贅を凝らした人工楽園・海鰻荘。自分を裏切り愛人と出奔した妻の遺児・真耶が妻そっくりの美女に成長するのを見た博士は、娘に対して憎悪をつのらせるが、一方の真耶も博士に復讐すべく、後妻の子・五美雄を誘惑する。新種の巨大電気鰻による奇怪な殺人によって骨肉の復讐劇は無惨な終幕を迎える。第二部では、霊魂となってなお復讐の念に燃える真耶の凄まじい妄執が描かれる。

【怪異馬霊教】中篇小説集。四八年岩谷書店刊。表題作は「地上編」「地下編」の二部より成る。豪農・宮地家の屋敷裏にある稲荷堂のお狐様の中から先代と先々代の遺体が発見される。屋敷に隠された秘密を探ろうとする当主の惣一が、唐突に屋敷ごと地底に呑みこまれるところでミステリ仕立ての第一部は終わる。舞台は一転して地底に築かれた広大な洞窟内に移り、物語も幻妖の度を深める。現身の馬頭観音を祭神と崇める新興宗教〈馬霊教〉の支配するその異世界には、全身の関節をはずして安らぐ奇怪な人々が暮らしていたのだ。地底ユートピアの夢想を鮮やかに展開する香山の代表作である。北京原人の蘇生実験をめぐる活劇調の中篇「白蛾」を併録。

香山純（かやま・じゅん　一九六一〜）本姓朴。大阪府生。大阪府立三国丘高校卒。作家修業中の主人公のアパートに転がり込んできたドラキュラの子孫が、現代風俗に翻弄される姿を描く『どらきゅら綺談』（八七・中央公論社）で中央公論新人賞を受賞した。

華誘居士（かゆうこじ　生没年未詳）経歴未詳。『遠山奇談』（前篇一七九八／寛政一〇、後編一八〇一／享和元）の作者。同書は、遠州浜松・齢松《れいしょう》寺の僧たちが遠山の山中で出会った不思議を筆録することに端を発しており、真宗の僧侶か信徒であろうと推測される。それぞれ四巻二十章、同二十三章から成る。前篇は一種の深山探検記であり、巨大なヒキガエルや白い怪獣、大蛇をはじめとして山中に様々な不思議なものを見出しているが、中でも、金の大きな幣や曇りもない鏡が置かれているくだりなどが興味深い。後篇は、遠山から信濃にかけての紀行風の作品で、土地の風俗や奇談などを収めており、山男の話などが見える。

唐十郎（から・じゅうろう　一九四〇〜）本名大鶴《おおつる》義英。東京下谷万年町生。明治大学演劇科卒。劇団〈青年芸術劇場〉を経て、六三年、〈状況劇場〉を結成。新宿花園神社の紅テント公演などで話題をよび、アングラ演劇運動の旗手と目される。作者・演出家であると同時に自ら役者として舞台に立つ。下町情緒と破天荒な幻想性が混在するダイナミックでスキャンダラスな作劇には定評がある。主な戯曲に岸田國士戯曲賞を受賞した「少女仮面」（六九）、「吸血姫」（七一）、澁澤龍彦「犬狼都市」の後日譚ともいうべき「盲導犬」（七三）など。小説にも手を染め、七八年『海星・河童』で泉鏡花文学賞を受賞。八三年、パリ人肉嗜食事件に取材した妄想小説『佐川君からの手紙』（八三・河出書房新社）で芥川賞を受賞。ほかに『ズボン』（七三・大和書房）『安寿子の靴』（八四・文藝春秋）『フランケンシュタインの娘』（八七・福武書店）など。

【海星・河童】作品集。七八年大和書房刊。教室にひとり残って幽霊のふりをする少年が、現実に向かいきれずにいる男と、狂気のうちに彼岸をめざす女の間で揺れ動く姿を描く「海星」、〈河童になる〉と出かけた兄が河童になれずに水辺に立ちすくむところへ、兄の恋人と、兄を狙う殺し屋であり幽霊である河童が手をとりあってやって来るラストの幻想性が鮮やかな「河童」、兄と妹、糸と血の絡み合いが異次元を召喚する「糸姫」の少年小説三部作に、澁澤龍彦との往復書簡「過去へのゴンドラ」ほか二篇を収める。

花洛隠士音久（からくいんしおんきゅう　生没年未詳）経歴未詳。京都の本屋作者という説もある。五巻二十話を収録する諸国奇談怪談集『怪醜夜光魂《かいしゅうやこうのたま》』（一七一七／享保二）の作者。嫉妬ゆえに小指が鬼面となった遊女の発心譚、四国松山で古狸を退治した武士の話、地中に住む不思議な者に出会い「扶桑遊仙窟」を記した話、高慢ゆえに天狗となった話、転生して仇を討った話など、『発心集』ほかの先行作をもとにした怪奇幻想譚を含む。

唐沢類人（からさわ・まさひと　?〜）立教大学英米文学科卒。映画輸入会社勤務の後、自営業者となる。タイムスリップ物の太平洋戦争シミュレーション戦記『超時空イージス艦「きりしま」』（二〇〇四・白石ノベルス）がある。

狩久（かり・きゅう　一九二二〜七七）本名市橋久智《ひさあき》。別名貝弓子。妻は小説家の四季桂子。東京高輪生。慶応義塾大学工学部電気学科卒。五一年「落石」が『別冊宝石』コンテストで三位入選。新鮮な感覚の文体で一時注目されたが、六二年に筆を絶ち、CM映画の企画・製作の職に就く。晩年『幻影城』にいくつかの作品を発表している。末期の結核患者と歓楽の褥を共にしては消え去る黒衣の美女の意外な正体が明かされるエロティックな幽霊譚「壁の中の女」（五七）では、性夢を思わせる熱に浮かされたような雰囲気が印象に残る。「らいふ&です・おぶ・Q&ナイン」（七六）は、狩久の屍体を鎮座させた追悼パーティの奇天烈な事態を描いたメタフィクション風の冗談小説で、宇宙人が『幻影城』を読んでいるというシーンまで飛び出す珍品である。

狩野景（かりの・けい　?〜）ポルノ小説を執筆。ヒロイック・ファンタジー『ソードシンフォニー』（二〇〇三・二次元ドリームノベルズ）、『しゃーまにっくハーレム』（〇三・同）ほか多数。

狩野健太郎（かりの・けんたろう　?〜）SFカー・アクション『月神への爆走』（一九九二・ソノラマ文庫）がある。

雁野航（かりの・わたる　?〜）『創世記』のネフィリムと洪水神話に材を採ったファンタジーで、繁殖行動を取ると正気を失う天使、天使と人間のできそこないのハーフの半天使が存在する古代バビロニアを舞台に、両性具有の半天使の戦いを描いた『洪水前夜《あふるるみずのよせぬまに》』（二〇〇三・ウィングス文庫）がある。

雁屋哲（かりや・てつ　一九四一〜）本名戸塚哲也。中国北京市生。東京大学教養学部卒。電通に勤める傍ら、漫画の原作を書き始め、後に専業となる。代表作は、大ヒットしたグルメ漫画『美味《おい》しんぼ』（八三〜）で、グルメ関係のエッセーもある。小説に、古代中国の暴虐な皇帝・桓公の生まれ変わりである美食家が、自分の息子を桓公に喰わせてへつらったせいで不死の呪いを受け、二千七百年を生き続けてきた大臣と巡り会い、愛人の肉や自分の脳みそを味わうはめになる『二千七百年の美味』（九二・角川書店、後に「究極の美味」と改題）がある。

臥竜恭介（がりょう・きょうすけ　?〜）冥府の魔獣と女子高生巫女が戦う官能伝奇アクション《荒巫女戦記ヒムカ》（二〇〇二〜〇四・トクマ・ノベルズ）がある。

枯野瑛（かれの・あきら　?〜）恋愛アドベンチャーゲームのノベライゼーション『Wind』（二〇〇二・富士見ファンタジア文庫）でデ

ビュー。文明崩壊後の砂に覆われた世界を舞台に、少年と少女が過去に触れる『てくてくとぼく』(〇四・同)、蒸気機関時代の異世界を舞台に、その世界にあらざるべき魔法を異界から呼び込んでしまった強大な魔法使いと、その力の一部をたまたま手に入れて不死の魔法使いとなった者たちの闘争に巻き込まれた少年を描く《銀月のソルトレージュ》(〇六〜〇八・同)などがある。

かわい有美子(かわい・ゆみこ　一九七〇〜)デビュー時の表記はゆみこ。〇二年より変更。BL小説作家。九六年に商業デビュー。バイオロイドの少年がヒロインの近未来物『翠慶《ツイキン》庭園《ガーデン》』(九八・スコラ=ルチルノベルズ)、昭和の初めを舞台に、二人のエリート青年を主人公とする怪奇幻想連作短篇集『夢色十夜』(二〇〇〇〜〇一・パレット文庫)がある。

川上眉山(かわかみ・びざん　一八六九〜一九〇八)本名亮《あきら》。幼名幾太郎。大坂生。東京大学予備門在学中、硯友社に参加。俳文・戯文に才能を示す。東大法科に進学、後、文科に転じ、九〇年に作家を志して退学。同年「墨染桜」で注目を集める。九二、三年頃から硯友社を離れ、『文学界』同人に接近。九五年に相次いで発表した「大盃」「書記官」「うらおもて」などの観念小説が大きな反響を呼んだが、さらなる問題意識をもって取り組んだ「闇潮」が中絶、父の死にともなう経済的困難なども加わって神経症的傾向を発し、スランプに陥る。〇二年頃から封建的な農村社会を批判する「野人」(〇二)「観音岩」(〇三)を発表、一時文壇に返り咲くが、以後ふるわず、〇八年、卒然として自ら命を絶った。作者が厭世的傾向を深めていた九七年に書かれた「絃声」は、妻の琴と自身の笛を合わせ奏でて幸福な隠棲の日々をすごしていた主人公が、妻の急死後、琴の幻聴に襲われついには発狂するにいたる姿を克明に描いた、ドイツ・ロマン派風の幻想小説である。ほかに老婆の呪いが火事を呼ぶ「蓬が杣」(九九)、仙人の勧めで仙境へ行こうと思い立った男が幾多の苦難を切り抜け、仙女をめとって幸せに暮らすまでを描いた冒険児童文学『宝の山』(九一・博文館)など。

川上弘美(かわかみ・ひろみ　一九五八〜)本姓山田。東京生。お茶の水女子大学理学部生物学科卒。大学在学中、『季刊NW—SF』第十五号に短篇「累累」を小川項の名義で発表。同誌第十六号に山田弘美名義で短篇「双翅目」を発表し、一部で注目を集める。卒業後、編集者、高校の生物教師を経て、九四年に「神様」で第一回パスカル短篇文学新人賞を受賞。同篇を収録した短篇集『神様』(九八・中央公論社)には、ほかにもカッパ、人魚、壺のジンなど、異界のものとの物悲しくも優しい交流を描いた連作など、メルヘン風の掌篇が収録されており、ドゥマゴ文学賞、紫式部文学賞を受賞。九六年、人間に取り憑く蛇に魅入られた女性を淡々と描く寓話的な短篇「蛇を踏む」で芥川賞を受賞し、一躍脚光を浴びた。老いと死の陰翳深い恋愛小説『センセイの鞄』(〇一)は大ヒット作となり、谷崎潤一郎賞を受賞、映画化もされた。

ボルヘスや内田百閒をはじめとする幻想文学を愛する川上には、もともと幻想・不条理系の短篇が多かった。夢の記述風の掌篇集「惜夜記」、異世界に生きる不思議な体質の人々を描くやはり寓話風の掌篇「消える」を収録した『蛇を踏む』(九六・文藝春秋)、生きている人形と恋愛ごっこをする表題作、猫と住む奇妙な老婆を描く芥川賞候補作「婆」ほかを収録した『物語が、始まる』(同・中央公論社)、心中して自分だけ死んで霊になってしまった私、不死の私、時間のない世界の私等々、様々な状況での「私」と男との付きあいを描いた連作短篇集で、伊藤整文学賞、女流文学賞受賞の『溺レる』(九九・文藝春秋)、『センセイの鞄』のヒロイン・ツキコが少女時代の体験を語るという設定で、天狗に憑かれたツキコが登校すると、くろ首やあなぐまや砂かけばばあに憑かれている級友がいる、という設定の『パレード』(〇二・平凡社)、そして川上幻想文学の一頂点というべき『龍宮』など。ほかに〈嘘日記〉と称する『椰子・

椰子』（九八・小学館、増補して〇一年新潮文庫）をはじめ、軽妙な日記・随筆にも夢幻味の色濃いものが散見される。

【龍宮】短篇集。〇二年文藝春秋刊。〈龍宮〉という言葉に象徴される異界の住人たちと人間たちとの交婚や交感をモチーフとする連作異類婚小説集。かつて海の蛸だったというぐにゃぐにゃした中年男と居酒屋をハシゴして身の上話を聞かされる「北斎」、神がかりになって信者たちと交合を繰り返し、海辺の村に流れ着いて喜捨をうけるうちいつしか人ならざる異形と化し、さらに畏怖される土俗神へと変じていく老女の果てしない物語である表題作、七代前の先祖の男にひとめぼれして恋仲となる女の物哀しいラブストーリー「島崎」、漁師の男に誘われて陸に上がり、男たちの間を転々とする水界のものの交婚譚「海馬」など全八篇を収録。

川上稔（かわかみ・みのる　一九七五〜）東京生。万能エネルギーが存在するパラレル近代を舞台に、戦闘機のドッグファイトなどを描く『パンツァーポリス１９３５』（九七・電撃文庫）でデビュー。同作に始まる《都市シリーズ》は、オカルト、ＳＦ、ファンタジーなどを軍事・政治小説に取り込んだ、ジャンルミックス作品。ほかに、世界各地の神話の元になった十のパラレルワールドから十個の概念を解放する使命を帯びた高校生の少年の冒険を描く《ＡＨＥＡＤシリーズ》（〇三〜〇五・同）などがある。

川口大介（かわぐち・だいすけ　?〜）現代日本を舞台に、冥界の帝国からの侵略に立ち向かう少年を描いたどたばたコメディ『そんな血を引く戦士たち』（一九九五・富士見ファンタジア文庫）でファンタジア長編小説大賞特別賞受賞。異次元から魔物の侵略を受けている魔法的別世界を舞台に、魔術師の姉と騎士の弟の冒険を描くファンタジー《拝啓、姉上さま》（〇三〜〇四・同、未完）がある。

川口松太郎（かわぐち・まつたろう　一八九九〜一九八五）東京浅草生。久保田万太郎に師事。後に講談師・悟道軒円玉のもとで学ぶ。小山内薫の書生となり、戯曲「足袋」（二三）でデビュー。「鶴八鶴次郎」（三四）「明治一代女」「深川風流唄」（共に三五）により第一回直木賞を受賞。人情劇の名手として知られるようになる。小説「愛染かつら」（三七〜三八）により流行作家となり、「祇園囃子」（五三）などの芸者小説を執筆。五九年に毎日演劇賞、六三年に菊池寛賞、六九年に『しぐれ茶屋おりく』で吉川英治文学賞を受賞。戯曲、小説共にエンターテインメントに徹した松太郎の作品は、伝奇時代小説の類では荒唐無稽ぶりを存分に発揮。剣豪物『新吾十番勝負』（五七〜五九）のほか、殺された侍女が蛇の化身となってヒロインの姫を守る趣向があるお家騒動物「蛇姫様」（三九〜四〇）、帝の落胤が山神のもとで修行して神通力を得て活躍する『獅子丸一平』（五四〜五六・毎日新聞社）などの作品がある。松太郎作品は戦前から映画化され、戦後は大映の重役となるなど、映画との関わりも深い。前掲の伝奇作品がすべて映画化されているほか、溝口健二監督「雨月物語」（五三）では脚本を担当し、田中徳三監督「大江山酒天童子」（六〇）には原作を提供している。

川越文子（かわごえ・ふみこ　一九四八〜）岡山県生。『坂道は風の通り道』（九一）で児童文学作家としてデビュー。詩人でもある。ファンタジーに、自動車事故で瀕死の犬の魂が飼い主の少女の心に入り込み、少女と共に轢き逃げ犯を追い詰める『ジュウベエとあたし　犯人を追う』（〇二・文研出版）、続篇の『ジュウベエと幽霊とおばあちゃん』（〇四・同）がある。

川崎草志（かわさき・そうし　一九六一〜）愛媛県生。京都大学理学部卒。ゲーム関係の会社に勤務。人口に比して殺人事件件数が異様に高い地域出身の女性が、故郷で起きた事件の謎と両親の死の謎に迫る物語で、フリークスやインターネットをモチーフとしたホラー・ミステリ『長い腕』（〇一・角川書店）で横溝正史ミステリ大賞受賞。

川崎徹（かわさき・とおる　一九四八〜）東

京生。早稲田大学政治経済学部卒。電通映画社を経てフリーのCMディレクターとして活躍。小説も執筆し、様々なアイディアを小説に仕立てたような冗談小説、前衛的な手法を意識した短篇、幻想短篇などを中心に執筆している。ほら話と奇想の掌篇集『たんぽぽは笑った』(八四・文藝春秋)『空とぶホソカワさん』(八九・角川書店)、家族をテーマとした奇想短篇集『1/8のために』(九一・新潮社)、虚無の空間としての穴をめぐる話「穴」、時のカケラを扱う店の不思議な話「シバタの主人」などを収録する幻想短篇集『0』(九八・集英社)、見渡す限りさえぎる物のない平原に引かれた白い線の終点を目指して旅を続ける男を描いた「言い忘れたこと」、一人の傍観者が頭の中で繰り広げる果てしない妄想を描いた「水を汲みに行く」などを収録する幻想と前衛の短篇集『彼女は長い間猫に話しかけた』(〇五・マドラ出版社)などがある。また、長篇小説に、着ぐるみのような人の皮をモチーフに、他者と自分との境界というテーマを描いた前衛的な作品『ヌケガラ』(二〇〇〇・マガジンハウス)がある。

川崎洋(かわさき・ひろし　一九三〇～二〇〇四)東京生。詩人、エッセイスト。童話も執筆しており、ナンセンス童話「昭和50年のアリスばあさん」(七五)、純真な鬼の子供の旅と出会いを綴った『ぼうしをかぶったオニの子』(七九・あかね書房)、海に憧れる病弱な少年トシオの、夢の中でのニライカナイへの航海を描く『トシオの船』(八六・偕成社)などがある。

川崎ヒロユキ(かわさき・ひろゆき　一九六五～)本名裕之。神奈川県横須賀市生。東京映像芸術学院特殊技術科卒。アニメの脚本家。代表作に「機動新世紀ガンダムX」(九六)「神魂合体ゴーダンナー!!」(〇三)など。脚本を担当したSFアニメのノベライゼーション『宇宙の騎士テッカマンブレードII』(九五・電撃文庫)『サクラ大戦』(〇一～〇二・富士見ファンタジア文庫)などのほか、七福神の神霊力を宿して悪しき神々と戦う戦闘少女集団と少年の学園ラブコメディ『はっぴぃセブン』(〇一～〇六・スーパーダッシュ文庫)がある。

川崎康宏(かわさき・やすひろ　一九六八～)和歌山県生。妖精族と人間族が入り交じって暮らす現代風社会を舞台に、魔法が絡む事件を解決する刑事を描くシリーズ《銃と魔法》(九四～九五・富士見ファンタジア文庫)でファンタジア長編小説大賞準入選。ハードボイルド・アクション、アクション・コメディを中心に執筆。魔法的別世界を舞台にしたガンマン物《ガンゴースト》(二〇〇〇～〇二・ファミ通文庫)、超人的な戦闘能力を持ち、探偵事務所でアルバイトをする女子高生が主人公のSFアクション『Alice』(〇四・電撃文庫)ほかの作品がある。

川路重之(かわじ・しげゆき　一九四一～)愛知県生。東京大学文学部美学科卒。第十七次『新思潮』に参加。竹林の奥の怪異を描く「夏織」、気味の悪い存在が少女を連れ去る「山太郎」など、きらびやかな詩的文体で土俗的な幻想の世界を描いた小品を含む作品集『夏織・焚かれた女』(七四・羽黒洞)『怒りと腕輪』(七八・同)がある。

川島郁夫(かわしま・いくお　一九二四～七七)本名藤村正太。旧朝鮮京城生。東京大学法学部卒。結核療養中の四九年「黄色の輪」「接吻物語」でミステリ作家として『宝石』誌上にデビュー。その後本名で、ジュニア小説、テレビの脚本、長篇ミステリなどを手がけた。山男に守られて眠り続ける妻を黒部山中に求め行く男を描いた短篇「肌冷たき妻」(五四)のほか、「液体癌の戦慄」などの短篇がある。

河田孤松(かわだ・こしょう　生没年未詳)本名正矩。別号に孤船、孤雲。讃岐の富農。俳諧をよくし心学を修めた。天狗、妖物に会う話、家鳴り、神仏の利益、怪奇な夢など、怪談奇談二十一話を収録し、そのいちいちに〈心の迷い〉という種明かしを施した『〈太平弁惑〉金集談』(一七五九／宝暦九)の作者。改題本に『怪談《かいだんね》重問《どいな》菁種《たね》』(七六／安永五)がある。

川田武（かわだ・たけし　一九四一〜）京都生。京都大学卒。テレビディレクターとして、主に報道番組、ノンフィクション番組を制作。七四年、ＳＦマガジンコンテストに「クロマキーブルー」で第一位入選。ＳＦ、歴史伝奇ミステリを執筆。藤原氏と忌部氏の末裔の確執を軸に、地球滅亡・宇宙脱出のテーマを繰り広げる伝奇ＳＦ『戦慄の神像』（七八・角川書店）、邪馬台国のピラミッド・パワーで超常能力を得た者が、邪馬台国を現代に蘇らせようとする伝奇ＳＦ『女王国トライアングル』（八三・カドカワ・ノベルズ）、突然膨張を始めた太陽を復活させるために太陽へ向かった宇宙船の冒険を描くハリウッド映画の原作『クライシス２０５０』（九〇・学研）ほか。

河竹新七［三世］（かわたけ・しんしち　一八四二〜一九〇一／天保一三〜明治三四）歌舞伎狂言作者。幼名菊川金次郎。明治以後の本名は竹柴金作。江戸神田生。河竹黙阿弥の門人。八四年に三世を襲名。怪奇幻想系の作品に、「嵯峨奥妖猫奇談」（八〇）「中将姫当麻縁起」（八四）「怪異牡丹燈籠」（九二）など。

河竹黙阿弥（かわたけ・もくあみ　一八一六〜九三／文化一三〜明治二六）本名吉村新七。幼名芳三郎。筆名勝諺蔵、芝（斯波）晋輔、二世河竹新七と移る。黙阿弥は引退後の名。俳号其水。別名古河黙阿弥。江戸日本橋生。質屋を営んでいた実家を出て、貸本屋の手代となった後、茶番や狂歌に遊ぶ生活を送る。三五（天保六）年、芝居の世界に入り込んだが、家業を継いだ弟が早世したため、一時家業に戻る。まもなく復帰し、四三（同一四）年に二世河竹新七を襲名。四五（弘化二）年には河原崎座の立作者となり、四世市川小団次と組んで江戸の世話狂言に新風を吹き込み、〈白波作者〉として盛名を得た。数々の名作を執筆し、明治に入ってからも活躍を続け〈散切物〉や〈活歴劇〉を案出したが、開化物よりも江戸風の世話物に精彩を発揮した。死ぬまで狂言の筆を休めなかったという黙阿弥の作品数は三百六十を超え、江戸世話狂言の大成者として位置付けられる。代表作は、「三人吉三廓初買《さんにんきちさくるわのはつかい》」（六〇／安政七）「勧善懲悪覗機関《のぞきからくり》」（六二／文久二）「青砥稿《あおとぞうし》花紅彩画《はなのにしきえ》」（同）など。怪談狂言も数多く執筆しており、とりわけ散切物の一つである「木間星箱根鹿笛《このまのほしはこねのしかぶえ》」（八〇）は、新時代の怪談劇を意図したとおぼしい意欲作である。貧窮する元武士の夫のために苦界に身を沈めた挙句、夫に裏切られ殺された妻の霊が熱病となって夫を苦しめるという筋だが、妻の幽霊は夫が独りでいるときにしか舞台に現れず、神経病的な解釈をも許容する仕組みになっている。ほかには、読本・怪談咄等をもとにしたものや補作が多く、主たる作品に次のものがある。蝦蟇の術を使ったり鷲に変身したりする児雷也と大蛇の対決などに敵討を交えて描いた「児雷也豪傑譚話」（五二／嘉永五）、海底で亡父の霊とまみえ、敵討を誓う少年・春吉などを描く「しらぬひ譚《ものがたり》」（五三／同六）、鶴屋南北「彩入御伽艸《いろえいりおとぎぞうし》」を書き替えた「怪談木幡小平治」（同）「小幡怪異雨古沼」（五九／安政六）、金原亭馬生の怪談咄「座頭殺し」をもとに、複雑な人間模様を織り成す「蔦《つた》紅葉《もみじ》宇都谷峠《うつのやとうげ》」（五六／同三）、鏡山物の一つで、骨寄せによる亡霊・岩藤の蘇生の見せ場がある「加賀見山再岩藤《かがみやまごにちのいわふじ》」（六〇／同七）、恋人に裏切られ殺された女の亡霊が出る「怪談月笠森」（六五／慶応元）、お家乗っ取りを企む悪臣の讒言で皿を割った罪をなすりつけられて斬り殺された菊が亡霊となって委細を語る「新皿屋鋪月雨暈《つきのあまがさ》」（八三）など。

河津聖恵（かわづ・きよえ　一九六一〜）詩人。東京渋谷生。京都大学文学部独文科卒。八五年現代詩手帖賞受賞。しばしば夢をモチーフとして幻想的な詩を執筆するが、理知的な言葉遣いに特徴があり、描かれる世界は硬質な印象を与える。夢の中での移動をモチーフとし、〈名前〉にこだわった連作長篇詩『夏の終わり』（九八・ふらんす堂）により歴程新人賞を、夜と光をモチーフとしながら、感覚に流れない美しい世界を出現させた『アリア、この夜の裸体のために』（〇二・同）によりＨ氏賞を受賞。ほかの詩集に『姉の筆端』

（八七・思潮社）『Iritis』（九四・同）『青の太陽』（〇四・同）などがある。

川名香津美（かわな・かづみ　?～）少女漫画家。少女小説も執筆し、ファンタジーに、天使の少女を主人公としたラブロマンス『天使のクリスマス』（一九九〇・講談社X文庫）、突然小人になってしまった少女の恋模様を描く『ハートに魔法を』（九二・学研レモン文庫）などがある。

川西蘭（かわにし・らん　一九六〇～）本名宏之。広島県三原市生。早稲田大学政治経済学部卒。七九年「春一番が吹くまで」を『文藝』に掲載してデビュー。都会的な頽廃のムードと冷めた感覚を特徴とする軽妙な恋愛小説、青春小説を主に執筆していたが、SF的な設定の作品も手がけている。植物人間だった少女が半年間だけ目覚めて作り上げたコンピュータゲームに接する者たちが、少女自身の有り得べき人生の物語であるゲームの中へと次々に落ち込んで現実から逸脱していく様を描いた『港が見える丘』（九〇・集英社）、女のほとんどが奇病で死に絶えた終末後の世界を舞台に、両性具有や生ける死者をモチーフに展開する『パール』（九六・トレヴィル）、砂が降りしきる近未来世界を舞台に、高級娼婦のキキを描く連作短篇集『サンド・ヒル博物館』（九一・河出書房新社）、空間がゆがんで壊れかけた世界を修復するために冒険を繰り広げる少年少女を描く児童文学『山の上の王国』（九七・同）などがある。九九年に得度して浄土真宗の僧侶になった。

川端裕人（かわばた・ひろと　一九六四～）兵庫県明石市生。東京大学教養学部卒。科学記者の傍ら環境関係の著作を執筆。九八年「夏のロケット」でサントリーミステリー大賞優秀作品賞を受賞。自然と人との関わりをテーマに、少年小説や動物小説などを執筆。インディオの伝承に無煙煙草の開発を絡め、植物の逆襲を描くSFファンタジー『ニコチアナ』（〇一・文藝春秋）などがある。

川端康成（かわばた・やすなり　一八九九～一九七二）大阪市北区此花町生。父・栄吉は医師で、谷堂と号し漢詩・画を能くした。〇一年に父を、翌年に母を亡くし、祖父母に引き取られる。〇六年には祖母が、〇九年には生別していた姉も亡くなった。祖父との二人暮らしを十年近く続けるが、一四年の祖父の死で孤児となる。このときの臨床記録が「十六歳の日記」（二五）である。中学時代から作家を志し、地方新聞や『文章世界』に投稿を繰り返す。一七年に上京、一高を経て、二〇年に東京大学英文科に入学、翌年国文科に転じる。在学中に石浜金作、鈴木彦次郎、今東光らと第六次『新思潮』を創刊、同誌に発表した「招魂祭一景」で文壇の注目を集める。二二年『時事新報』にはじめて文芸時評を執筆、以後二十年近く優れた作品時評を書き続ける。二四年、東大を卒業、『文芸時代』の創刊に参加し、新感覚派を代表する作家の一人として創作・評論に活躍。この時期の代表的作品に掌篇小説集『感情装飾』（二六）や、超現実的な心象風景を描いた「青い海黒い海」（二五）がある。また二四年には横光利一、岸田國士、衣笠貞之助らと新感覚派映画連盟を結成、川端のシナリオ「狂つた一頁」が映画化された。少年とも見まがう少女が復讐のために浅草で変幻の活躍を見せる、幻想の不良たちを描いた風俗小説「浅草紅団」（二九～三〇）、物の乱舞の中に現実を写そうとした新感覚派的短篇「水晶幻想」（三一）、心理小説「禽獣」（三三）などの意欲的な実験作を経て、「雪国」（三五～三七）が非常な好評を博し、作家としての地位を確立した。戦時中も時局に関与することなくマイペースで執筆に従事、戦後は日本的伝統美の世界への沈潜を深め、「反橋」（四八）「しぐれ」（四九）「住吉」（四九）の三部作、「山の音」（四九～五四）、新聞小説「古都」（六一～六二）などを発表。さらに「みづうみ」（五四）、「眠れる美女」（六〇～六一）などの妖美な世界へと踏み入った。六八年、日本初のノーベル文学賞を受賞。晩年はペンクラブをはじめ国際的な交流の場に積極的に参加したが、七二年四月十六日、逗子マリーナの仕事場でガス自殺を遂げた。

幼いときから死と身近に接する宿命を負った川端は、若い頃から死後の霊魂の行方に深い関心を抱いていた。当時は日本における心霊学の興隆期にあたっており、一九年には今東光の父親からブラヴァツキー夫人の神智学の話を聞き、二五年前後からは心霊学そのものに関心をもってオリヴァー・ロッジやフラマリオンの翻訳書を読みあさるようになる。同年に発表された「白い満月」には、作中の娘の霊的能力を試す重要な場面で、フラマリオンの『未知の世界へ』が、引用を交えながら効果的な小道具として登場している。また、この時期に書かれた《掌の小説》には「霊柩車」「心中」「合掌」「屋上の金魚」（いずれも二六）など心霊的要素の濃厚な幻想譚が目につく。さらに「花ある写真」（三〇）や「慰霊歌」（三二）になると、霊媒体質の娘の周囲で、心霊写真やポルターガイスト、テレパシー、透視能力、霊魂の実体化などの心霊現象が頻発し、心霊的抒情ともいうべきものを醸し出すにいたる。こうした傾向の一頂点を極めたのが、川端の代表作の一つとして知られる「抒情歌」である。

戦後の短篇にも、別れた妻と幽明を隔てて会話を交わす「離合」（五四）のような作品があるが、心霊現象という言葉がふさわしくないほど、その出没は自然で、深沈たる情緒を湛えている。そのほか「岩に菊」（五二）「故郷」（五五）「弓浦市」（五八）など、いずれも幽明の境を自在に往還するような神韻縹緲とした趣の作品であり、「山の音」のごとき、一般に不倫の傾きを持つ心理小説と目されている長篇にさえ、この世ならぬものの気配が漂っている。〈私は戦後の世相なるもの、風俗なるものを信じない。現実なるものもあるいは信じない。近代小説の根底の写実からも私は離れてしまいそうである〉という川端の言葉を裏づけていよう。その極北にあって妖美な輝きを放つのが、晩年の名作「片腕」である。

▼『川端康成全集』全三十五巻・補巻二（八〇～八四・新潮社）

【抒情歌】短篇小説。三二年二月『中央公論』掲載。霊能力を持った女性が、自分を捨てて結婚した今は亡き恋人に綿々と語りかける一人称形式の作品。数奇な身の上や恋人との出会いを語る外枠は感傷的だが、古代神話やダンテ、スウェーデンボルグ、ロッジ、仏典などに言及しつつ、西欧的な死後の世界と東洋的な輪廻転生を対比的に描き出し〈あなたも私もが紅梅か夾竹桃の花となりまして、花粉をはこぶ胡蝶に結婚させてもらうことが、遥かに美しいと思われます〉と結ぶ本篇には、川端の心霊探求の一帰結をみることができるだろう。

【片腕】短篇小説。六三年八月～六四年一月『新潮』掲載。〈片腕を一晩お貸ししてもいいわ〉と娘は言った。〈わたし〉は娘の肩からはずされた右腕を大切に抱え、靄のたちこめる夜の道を家へ急いだ。処女の腕だけがもつ清純で優雅な丸みに陶然としたわたしは、床のなかで腕と会話を交わし、やおら自分の腕と娘の腕をすげかえる。一瞬の戦慄の後、わたしは自分の血が娘の腕へ通いはじめたことを知る。深い眠りについたわたしは、目覚めと共に〈魔の発作の殺人〉のように狂おしく腕をすげかえる。そして気づいたとき、娘の腕は……。官能美の極致というべき文体で、猟奇を猟奇と感じさせぬまま不気味な余韻を残して終わる絶品。

河原潤子（かわはら・じゅんこ　一九五八～）京都市生。立命館大学卒。校正業の傍ら児童文学を執筆。九七年『蝶々、とんだ』で講談社児童文学新人賞佳作入選。同作を九九年に刊行し、二〇〇〇年、児童文芸新人賞、日本児童文学者協会新人賞を受賞。亡くなった息子を思う老婆の心の中に生まれた男の子と、少女の交流を描いたファンタジー『チロと秘密の男の子』（二〇〇〇・あかね書房）がある。

川原つばさ（かわはら・つばさ　？～）別名に藤村紫《ゆかり》。一九九二年、オークラ出版よりBL小説作家としてデビュー。藤村名義で、天界の武将神、魔族、中世の人間たちが入り乱れる別世界ファンタジー《邪道》（九七～九九・

ビブロス＝ビーボーイノベルズ）がある。同作は川原名で増補改訂版を刊行中（〇四～・講談社X文庫）。

河原枇杷男（かわはら・びわお　一九三〇～）俳人。兵庫県小林市生。龍谷大学文学部卒。五四年、永田耕衣に師事。『俳句評論』創刊同人。詩の表現行為について〈視えざるものを視んとし、聴こえざるものを聴かんとする、魂の永遠の飢渇にもとづく営み〉〈闇と沈黙の言葉を視聴せんとする内なる劇〉（「自作ノート」）と観ずる枇杷男は、根源的に幻想の俳人といえるだろう。生／死と宇宙の不可思議、存在の謎をめぐる形而上学等を主なテーマとして、象徴的な、また幻想的な俳句を生み出している。〈身の中のまつ暗がりの螢狩り〉〈身を出でて杉菜に跼む暗きもの〉等の『烏宙論』（六八・俳句評論社）、〈ある闇は蟲の形をして哭けり〉〈この原は蝶に憑かれて飛ぶ死かな〉等の『密』（七〇・白桃窟）、〈てふてふや死と戯れる死者ひとり〉〈哄笑や扉の奥は星の穹〉〈揚雲雀死より遠くは行きゆけず〉〈枯野くるひとりは唖れし死者の声〉等の『閻浮提考』（七一・序曲社）、〈星月夜言霊ひとつ水に棲む〉〈野遊びのふたりは雨の裔ならむ〉〈月光やわれ藪に棲み那由他劫〉〈天の川われを水より呼びださむ〉〈月天心家のなかまで真葛原〉等の『流灌頂』（七五・俳句評論社）、〈誰かまた銀河に溺るる一悲鳴〉等の『蝶座』（八七・序曲社）ほか。

▼『河原枇杷男全句集』（〇三・序曲社）

河原よしえ（かわはら・よしえ　一九五七～）東京生。アニメ関係の仕事に従事。『八犬伝』をもとにしたファンタジーSFアニメのノベライゼーション《鎧正伝　サムライトルーパー》（九〇・ケイブンシャノベルス）で小説家デビュー。古代風別世界を舞台にしたロマン《砂の民の伝説》（九一～九三・同）、古代エジプトの盗賊が美しい姫の亡霊に頼まれ、陰謀と妖術渦巻く王宮からファラオを助け出そうとするアクション・ファンタジー『ファラオを盗め!!』（九五・ソノラマ文庫）、王子に間違われた鍛冶屋の娘が民族間抗争を鎮めていく戦記物『幻の将軍』（〇一・EXノベルズ）などがある。

河久露宿（かわひさ・ろしゅく　生没年未詳）号に一叢軒。江戸時代中期の豊後国臼杵の人。教訓的な応報譚集『善悪業報因縁集』（一七八八／天明八）の作者。同書では悪業物の方がはるかに多く採られており、怪異譚集とあまり変わらないが、京都音羽の隠乞士採撰によって評釈が付されている仏教説話集である。ほかに教訓説話集などがある。

川人忠明（かわひと・ただあき　一九七二～）クリエーター集団グループSNEのゲームデザイナー。トレーディングカードゲーム「央華封神」、TRPG「キングズブラッド」などをデザイン。ファンタジーTRPG「ソード・ワールド」物の長篇で悪の世界をテーマにした『ダークエルフの口づけ』（〇六～〇七・富士見ファンタジア文庫）のほか、伝奇系TRPG「百鬼夜翔」等をもとにした短篇群を執筆。

川人博（かわひと・ひろし　一九四九～）大阪府泉佐野市生。東京大学経済学部卒。過労死問題に取り組む弁護士。主著に『現代の人権』（〇四）ほか。過酷な長時間労働の現実を時間の売買というファンタジーで寓話的に描いた『タイムショップ』（九五・講談社）がある。

川辺敦（かわべ・あつし　一九六一～）東京生。東京造形大学デザイン科卒。映画の美術制作に長年携わる。二〇〇〇年、日本には珍しい本格ゴーストハンティング物の長篇『怪奇・夢の城ホテル　逢摩時雄の奇妙な事件簿』（二〇〇〇・ハヤカワ文庫）で小説家デビュー。テレビの心霊番組制作のため廃墟と化したホテルに乗り込んだロケ隊が遭遇する怪異の数々と、かれらに助力する謎の心霊ハンターの活躍を描く。他に看護師物の長篇ミステリ『私はナース』（〇五）がある。

川又千秋（かわまた・ちあき　一九四八～）別名に浅丘ちあき。北海道小樽市生。慶応義塾大学国文科卒。高校時代からSFファン活動を開始、上京後、SF同人誌『宇宙気流』

の〈一の日会〉メンバーとなる。七二年広告代理店・博報堂に入社、コピーライターの傍らSF専門誌に投稿を続け、七三年、評論「夢の言葉・言葉の夢」を『SFマガジン』に連載(〜七五)、気鋭の論客としてデビューする。「夢のカメラ」(七六)などの幻想的なSF短篇を『奇想天外』ほかに発表した後、『海神の逆襲《コマンド・タンガロア》』(七九・トクマ・ノベルズ)以下の冒険SFで作家的地歩を固める。七九年博報堂を退社し、文筆に専念。八四年『幻詩狩り』で日本SF大賞を受賞した。

『海神の逆襲』『赤道の魔界《デビル・カビラ》』(八〇・同)『幻獣の密使《エンボイ・カピアンコ》』(八一・同)と続く秘境冒険SF三部作は、小栗虫太郎や香山滋の伝統を踏まえた正調〈人外魔境〉小説の味わいを再現しているが、同時に、現代に秘境を創造するという難題に取り組んだSF的野心作でもある。やはりSFの限界に挑むように、幻想の地平へと接近した作品には、〈アリスの環〉という時空跳躍装置により、鏡の向こう側の世界とこちら側の世界の境界がぼやけ、両者が入り交じっていくまでを描く幻想的なSF『反在士の鏡』(八一・ハヤカワ文庫)、その完結篇で時空跳躍装置の種明かしをする『反在士の指環』(〇一・徳間デュアル文庫)、メビウスの輪のように連環する〈時間〉そのものをテーマとするファンタジーSF『時間帝国』(八四・カドカワ・ノベルズ)、そして『幻詩狩り』がある。

その他のSFファンタジーに、金星を舞台に、冥界に囚われた女神を救出するべく神話を再生する男を描く『創星記』(八五・早川書房)、彫刻の卵から孵化してくるイヴの謎をめぐって、時間を統べる城で冒険を繰り広げる男女を描く『夢魔城』(八九・中央公論社)、獣人が跋扈する超未来の野蛮な世界に入り込んだ男女の冒険を描く『幻視界』(八八〜八九・トクマ・ノベルズ)、人類滅亡後に生命の存在理由を求めて宇宙を放浪するクローンを描く『宇宙船∞号《メビウス》の冒険』(八五・新潮文庫)とそのサイドストーリーで、元型的な世界を〈生〉の場所として開発した獣人の星での乗組員たちの体験を描く『惑星オネイロスの伝説』(八七・同)、異性体の侵略により、夢と現実の一体化を獲得する『夢幻惑星』(八二・トクマ・ノベルズ)など。また、人知れず種族を維持してきた両性具有の美女たちの虜となった男の絶望的な闘いを描く伝奇ホラー『妖姫のいけにえ』(八一・角川文庫)、夏をもたらす竜と少女の神話的な異世界ファンタジー『竜の夏』(八四・徳間文庫)もある。短篇集に、夢や人形をめぐる幻想的なイメージが横溢する初期作品集『人形都市』(八三・光風社出版)やファンタジー集『水夢』(九五・アスペクト)など。ほかに浅丘ちあき名義で、〈不思議の国のアリス〉パロディ風のファンタジー・コメディ『アリスが丘』(八九・双葉社＝いちご文庫)がある。幻想的と分類できる作品では、夢への傾斜がきわめて露わであり、夢の世界にいかに川又が魅了されてきたかということを如実に示している。

一方、冒険SF《亜人戦士》(八一〜八五・徳間文庫〜トクマ・ノベルズ)など一般的なSFも多数執筆。またタイムスリップ物の『虚空の総統兵団』(八五・Cノベルス)を皮切りにシミュレーション戦記に進出し、『ラバウル烈風空戦録』(八八〜九七・同)をはじめとする多数の作品がある。

なお『夢の言葉・言葉の夢』(八一・奇想天外社)は、シュルレアリスムからボルヘス、バラード、島尾敏雄、倉橋由美子など今世紀の幻想文学を同時代との関わりから論じた評論集で、瑞々しい感性が印象的な、貴重な一時代の証言となっている。

【幻詩狩り】長篇小説。八四年中央公論社(Cノベルス)刊。アンドレ・ブルトンを驚愕させた無名の青年詩人フー・メイ。その詩を読んだシュルレアリストたちは次々に謎めいた死を遂げる……。言語によって現実を変容させる魔力を秘めた〈幻語〉を操る詩人が書き残した「異界」「鏡」「時の黄金」という三篇の〈幻詩〉が、過去と現在と未来に惹き起こす奇怪な事件をスリリングに描いた幻想小説。

川村二郎（かわむら・じろう　一九二八～二〇〇八）文芸評論家、ドイツ文学者。愛知県生。東京大学独文科卒。ホフマンスタール、ブロッホ、ムージルなどドイツ近代文学の研究・翻訳の傍ら、文芸批評活動に入る。『限界の文学』（六九・河出書房新社）で亀井勝一郎賞、『銀河と地獄』（七三・講談社）で芸術選奨新人賞、『内田百閒論』（八三・福武書店）で読売文学賞を受賞。日本の近現代文学の中でも、泉鏡花、折口信夫をはじめとする幻想的・審美的な文学に共感と理解を示し、文芸評論の立場からその価値を論じた先駆者である。評論集に『幻視と変奏』（七一・新潮社）、古井由吉をはじめとする内向の世代の文学を積極的に評価した『内部の季節の豊穣』（七八・小沢書店）、吉行淳之介を論じた『感覚の鏡』（七九・講談社）、説経節を論じた『語り物の宇宙』（八一・講談社）、死、神話、聖性、英雄、聖地など、幻想的なモチーフを内に含んだ古典文学論集『日本文学往還』（九三・福武書店）、鏡花、露伴などの作品について語る『幻談の地平』（九四・小沢書店）など。晩年には民俗学や古典への興味をより強め、紀行と文学的エッセーを組み合わせた『河内幻視行』（九四・トレヴィル）『和泉式部幻想』（九六・河出書房新社）『伊勢の闇から』（九七・講談社）『白山の水』（二〇〇〇・同）などの著作を遺した。

川村たかし（かわむら・たかし　一九三一～）本名隆。奈良県五條市生。奈良学芸大学卒。教員を務めながら、児童文学を執筆。代表作に、産経児童出版文化賞、日本児童文学者協会賞、路傍の石文学賞などを受賞し、NHKでテレビドラマ化もされた少年歴史小説《新十津川物語》（七七～八八）、国際アンデルセン優良作品賞受賞の短篇集『山へ行く牛』（七七）など。リアリズムの作品に精彩があるが、多作な作家で、ファンタジーも執筆している。お人よしの河童を主人公とした創作民話『ないたオンガラボウシ』（七二・文研出版）、現代に生き続ける神様を描くメルヘン『星の小ぼとけさま』（七四・同）や、剛速球や超変化球が投げられる河童のオンガラボウシがプロ野球に入って大活躍、ドラゴンズをリーグ優勝に導く『投げろ魔球！カッパ怪投手』（八三・ポプラ社）などがあるほか、創作民話絵本『なぞかけ鬼』（七四・岩崎書店）『のっぺてんぐとちびてんぐ』（七四・文研出版）『ばけずきん』（〇三・教育画劇）などがある。また《怖いぞ！古典怪談傑作選》（〇七・同）を監修している。

川村毅（かわむら・たけし　一九五九～）東京生。明治大学政治経済学部卒。劇団〈第三エロチカ〉を主宰。「新宿八犬伝」（八五）で岸田國士戯曲賞受賞。「ブレードランナー」をはじめとする映画を愛し、映画俳優、監督をきら星のように登場させて映画にオマージュを捧げた連作短篇集『美しい子供たち』（九〇）をものしている川村は、劇の中にもしばしば映画を持ち込み、映画の撮影現場を舞台としたり、映画俳優を登場人物に設定したりしている。また、川村は、核の脅威を現実突破のための一種のロマンティシズムとして捉えた世代といわれており、核戦争後の世界などを設定することが多い。中でも、犯罪王エフェメラ・ダンカンが築いたという核戦争後の未来にある無国籍都市エフェメラは川村作品にしばしば登場する。戯曲の構成は単純ではなく、直線的な展開を見せることはない。戯曲集に、エフェメラを舞台に、映画の撮影に絡んで、滅亡した日本、絶滅した日本民族などの幻想が語られる『ジェノサイド／ニッポン・ウォーズ』（八四・未來社）、人間と区別がつかないアンドロイドという設定の下、誰も真の自分を知らないままに、プログラミングされて兵士として送り出される『新宿八犬伝』（八五・同）、自殺病や死のう教などをモチーフに、フランケンシュタインの花嫁ほかの人造人間が登場する『ラスト・フランケンシュタイン』（八六・同）、トッド・ブラウニングの映画「フリークス」に触発されたという作品で、フリークスのファッションショーという企画を通じて、フリークスに取り込まれていく一般人を描く『フリークス』（八七・

新宿書房）、疫病たちを登場させ、エイズの影を負わせた吸血鬼の物語を展開する『帝国エイズの逆襲』（八八・同）、カリスマ美容師、精神不安定の妻・葵、美容師の師匠の妻・六条らが繰り広げる夢幻劇「AOI」、映画女優の妄執を描く「KOMACHI」を収録する現代能楽集シリーズ『AOI／KOMACHI』（〇三・論創社）など。小説に、吸血鬼の影が揺曳する、劇作家の妄想とも現実ともつかない世界を描いた『砂のイマージュ』（八八・集英社）がある。

川村湊（かわむら・みなと　一九五一〜）文芸評論家。北海道網走市生。法政大学法学部政治学科卒。「異様《ことよう》なるものをめぐって―徒然草論」（八〇）が群像新人文学賞評論部門の優秀賞に入選し、文芸評論家としてデビュー。八二〜八六年に韓国釜山の東亜大学で教鞭を執る。以後、朝鮮・満州・台湾など日本の植民地文学の問題を追究し、『異郷の昭和文学―「満州」と近代日本』（九〇）以下多数の業績がある。『南洋・樺太の日本文学』（九五）で平林たい子文学賞、『補陀落―観音信仰への旅』（〇四）で伊藤整文学賞、『牛頭天王と蘇民将来伝説』（〇七・作品社）で読売文学賞を受賞。幻想文学関連の主要な評論に、稲垣足穂、橘外男、久生十蘭から中井英夫、竹本健治までを論じた『紙の中の殺人』（八九・河出書房新社）、上田秋成、平田篤胤から小泉八雲、泉鏡花、幸田露伴らを経て、柳田國男、折口信夫、南方熊楠まで、近世近代におけるオカルト・ジャパネスクの系譜をたどる『言霊と他界』（九〇・講談社）、初の包括的な〈異端文学〉論となった『日本の異端文学』（〇一・集英社新書）、幻想翻訳家・松村みね子こと片山廣子と幻想作家・宗瑛こと片山總子という才媛母娘と、芥川龍之介、堀辰雄との避暑地の恋の顛末を追った『物語の娘―宗瑛を探して』（〇五・講談社）などがある。また、日朝にわたる神話伝承世界を探った『牛頭天王と蘇民将来伝説』や『闇の摩多羅神』（〇八・河出書房新社）なども、幻想文学方面からも興味深いテーマを扱っている。

川村蘭世（かわむら・らんぜ　一九七五〜）コバルト・ノベル大賞佳作受賞。吸血鬼物の連作短篇集『吸血鬼の綺想曲《カプリチオ》』（九七・コバルト文庫）がある。

川本三郎（かわもと・さぶろう　一九四四〜）評論家。東京生。東京大学法学部卒。『朝日ジャーナル』記者として朝霞自衛官殺害事件を取材中、接触した犯人を幇助したとして逮捕・有罪判決を受け、朝日新聞社を懲戒免職となる。以後、フリーランスの評論家、翻訳家として活動、文学から映画、都市論などに及ぶ多彩な著作を手がける。『大正幻影』（九〇・新潮社）でサントリー学芸賞、『荷風と東京―「断腸亭日乗」私註』（九六・都市出版）で読売文学賞・評論・伝記賞、『林芙美子の昭和』（〇三・新書館）で毎日出版文化賞と桑原武夫学芸賞を受賞。その批評活動の根底には、自らが生まれ育った東京の過去と現在に寄せる尽きせぬ好奇心があり、それはしばしば幻想文学的なるものへと接近する。佐藤春夫や谷崎潤一郎、芥川龍之介、永井荷風をはじめ、隅田川沿いの水辺を愛した有名無名の大正文士たちの夢の軌跡を辿る『大正幻影』は、その典型であり、不朽の名著と呼ぶにふさわしい。ほかに『東京残影』（九二・日本文芸社）『夢の日だまり』（九三・同）『郊外の文学誌』（〇三・新潮社）『ミステリと東京』（〇七・平凡社）など。また、カポーティ『夜の樹』（九四・新潮文庫）やブラッドベリ『万華鏡』（八〇・サンリオSF文庫）をはじめ、米国幻想文学の翻訳・紹介者としても注目すべき業績がある。

観阿弥（かんあみ　一三三三〜八四／元弘三〜至徳元）能役者、謡曲作者。名は清次。長兄は宝生大夫。能楽観世流の始祖。田楽に押されがちであった猿楽の芸を一新させて能興隆の基礎を築き、また座に関わる様々な制度改革を成した。初め結城座に所属し、勧進能などの上演で人気を集めた。七五（応安七）年、幼い息子・世阿弥と共に演じた能が将軍・足利義満の目に留まり、以後、超一流の能役者として活躍を続けたが、旅先で死亡。一代で観世座を最も威力のある座にのし上げ、しかも能楽の地位自体を押し上げた観阿弥は、世阿弥以上に総合的な天才だったとも思われる。能役者としては広い芸域を誇ったと世阿弥が伝えており、また音楽的才能にも優れていたようで、貴賤を問わず幅広く人気を集めた。能作者としての観阿弥の作風は、劇的葛藤のある、対話部分のインパクトが強いもので「卒塔婆小町」「自然居士」「布留」「嵯峨物狂」などが知られている。ほかに、大和唱導原作を改作した、成仏を求める小町の亡霊と小町を追い求め続ける四位の少将の亡霊を描いた「通小町《かよいこまち》」などもある（世阿弥が夢幻能にさらに改作）。

『閑居の友』（かんきょのとも　一二二二／承久四成稿）作者未詳。慶政（同項参照）作が有力説だが、確定はしていない。三十二篇を収録する仏教説話集。女性を意識した訓戒が認められるため、高貴な女性の依頼によるものと推定されている。『発心集』の影響の下、仏道修行者の行跡を語る説話を中心に選び取り、経典を引用しつつ説話の評釈を長々と行うところに特色がある。上巻は高丘親王の天竺行を第一話とし、不浄観的説話（屍などを見て発心する話）を三話続けて終わる。また下巻は女性の身のわりなさから語り始め、身分のない女の往生譚に終わる。このように構成上にもかなり心が配られている。発心譚が多いため、全体を通じて浮世を離れた印象があるが、幻想的説話といえるものは案外少なく、粥を蛆に変じる不浄観を凝らす僧の話、髪を飴で練り固めて角を作って鬼へと変じた女の話、初瀬観音の霊験記、牛馬の語るのを聞いて発心する話、最終話の往生奇譚ぐらいであろうか。『撰集抄』に影響を与えた一書である。

『菅家瑞応録』（かんけずいおうろく　室町時代成立）作者未詳。室町期に成立した真名本をもとに、ほかの説を取り込みつつ諸本が作られた。菅原家の由緒、道真の誕生から生涯、没後の祟り、日蔵上人六道巡り、北野天神社の創立にまで及ぶ。天神縁起の集大成であり、近世の天神像に大きな影響を与えた。

神坂一（かんざか・はじめ　一九六四〜）魔道士にして剣士の少女が活躍するゲーム感覚のユーモア・ファンタジー《スレイヤーズ！》で富士見ファンタジア大賞を受賞し、デビュー。同作は空前のヒット作となり、ファンタジーの一時代を築いた。ほかに、外伝のコメディ短篇集《スレイヤーズすぺしゃる》（九一〜〇八・同）《スレイヤーズすまっしゅ。》（〇八〜・同）、異世界往還型冒険ファンタジー《日帰りクエスト》（九三〜九五・角川スニーカー文庫）、スペースオペラ《ロスト・ユニバース》（九二〜九九・富士見ファンタジア文庫、アニメ化）、転生テーマの伝奇アクション風ファンタジー『闇の運命を背負う者』（九六〜九九・角川スニーカー文庫）、ＳＦファンタジー《クロスカディア》（〇一〜〇五・同）など。

【スレイヤーズ！】連作長篇小説。九〇〜二〇〇〇年富士見書房（富士見ファンタジア文庫）刊。世界を無に帰することを存在理由とする魔族が暗躍する世界を舞台に、強大な力を持つ魔道士にして剣士、しかも頭脳明晰なリナと、記憶力は並以下だが、魔法も魔物も斬ることができる光の剣を携えた超絶的な剣士ガウリイのコンビの冒険を描いたヒロイック・ファンタジー。生命世界と虚無そのものとの対立を背景とする世界構造が魅力的であり、特に、第一部とされる前半では、その対立を基盤として、魔族が仕掛ける世界滅亡の契機がリナ個人とダイレクトに関わるという展開に無理なくもっていき、これまでにないハイファンタジーを作り上げた。ただし、世界の情景や別世界に伴う情感などは切り捨てられており、戦闘描写と掛け合い漫才、状況説明以外の詳しい描写がほとんど省かれているという、骨格だけの作品ともいえる。ウェットではないがインセンシティブでもない主人公リナの一人称ですべてを押し通したため、スピーディきわまりない物語展開を持つにも拘わらず、情感にまったく欠けるということもない。ほかにも漫画的なユーモアや擬態語の多用など、特徴的な点がいくつかあり、少年少女たちの圧倒的な支持を得た。テレビアニメが四度、劇場用アニメが五本作られており、ゲーム作品も三作ある。小説を発信源とするメディアミックスの展望は本作によって形成されたといってもよいだろう。様々な形で、後の世代に影響を与えた（与え続けている）作品である。

神崎あおい（かんざき・あおい　一九五九〜）本名岸本慶子。別名にくらしき里央《りお》。大阪府生。共立女子大学文芸学部卒。少女漫画原作の傍ら少女向けの軽快なホラー・ファンタジーを執筆。幽霊になって成仏できない美少年の死の原因を探る『CATCH　ME!!幽霊くん』（八七・講談社X文庫）、指輪に閉じ込められた妖魔たちが百年の眠りから醒めて蘇り、偶然指輪を嵌めた少女が、指輪の継承者である美少年やヤクザのお嬢様たちと妖魔を退治していく『ヨコハマ指輪物語』（八八〜九四・同）、怪物もののホラー・コメディ『ムーンライトで抱きしめて』（九四・同）、霊感美少女三人がオカルト事件を解決する『東京ゴースト物語』（九四・パレット文庫）などがある。

神崎美佳（かんざき・みか　一九六六〜）東京生。東洋大学文学部卒。異国の精霊に取り憑かれた美少女の企みを阻止しようとするホラー・ファンタジー『MYSTIC　EYE』（九〇・徳間パステル文庫）がある

神沢利子（かんざわ・としこ　一九二四〜）本名古河トシ。福岡県戸畑市生。文化学院文学部卒。幼少期を北海道、樺太で過ごす。在学中は詩を書き、五〇年代後半頃から童話・童謡を書き始める。北の国を舞台に、元気な男の子カムの二つの冒険を描く『ちびっこカムのぼうけん』（六一・理論社）でデビュー。この作品は神沢の北方志向を背景にして雄大な北の自然を描きながら、想像力の世界をふくらませ、火の山を守る鬼のガムリイ、その山に北斗星のヒシャクを傾けて水を注ぐカムといったスケールの大きなイメージを紡ぎ出している。前半は母の病気を治すため、後半は父にかけられた魔法を解くためと、カムは行動の動機もいじらしく、知恵と勇気があり、理想的な子供を描いているといえよう。一方、やはり北の国を舞台にした『ヌーチェのぼうけん』（六六・同）のヌーチェは、もっと普通の子供らしく、失敗もすれば生意気でもある腕白な男の子である。それゆえ物語の後半では自ら招いた過失によってトナカイにされてしまうが、その経験を通して少し成長するのである。いずれも完成度が高いファンタジーだが、代表作は何といっても、ファンタジーという言葉も未定着の時期に書かれ、後進にも強い影響を与えた『銀のほのおの国』だろう。このほか、シャーマン、白鳥伝説、熊猟の儀礼など、北方民族の風習を盛り込んだファンタスティックな恋物語『タランの白鳥』（八九・福音館書店）、フライパンの冒険を描く『ふらいぱんじいさん』（六九・あかね書房）をはじめとする幼年童話の数々、彼岸を歌う物悲しく暗い詩『いないいないの国へ』（七八・童心社）など、多数の幻想的な作品がある。

【銀のほのおの国】長篇小説。七三年福音館書店刊。トナカイの首の剥製に少年が言葉をかけた途端、トナカイは生命を得て動き出し、少年と妹を別世界へ引きずり込んだ。そこでは自然の摂理を守ろうとするトナカイやウサギたちと、残忍な殺戮しか喜ばぬオオカミとの戦いが始まろうとしていた……。自然が猛威をふるい、動物たちが喋る世界で、子供たちは成長を遂げていくのだが、同時に読者も生きるために他者を否応なく殺し続ける自分を強く意識せざるを得ない。生きることへの重い問いかけを持った重厚な作品である。

観水堂丈阿（かんすいどう・じょうあ　一六八六頃〜一七七一頃／貞享三頃〜明和八頃）黒本青本作者。経歴未詳。赤本からの作者であるらしい。音曲とも関連があり、画工と密接な関係があったことが推測されている。黒本青本に文の作者名が記されたのは丈阿をもって嚆矢とするという。玄宗と楊貴妃の伝奇を田舎の商家の話に翻案した『倭詞元宗談《やまとことばげんしゅうだん》』（六一／宝暦一一、鳥居清倍・清満画）、舌切

雀を取り込んだ敵討物『敵討桃折枝《かたきうちもものおりえだ》』（六〇前後／宝暦後期、鳥居清倍・清満・清重画）、信心深い男が霊夢によって少年を助け、その縁で知った化物屋敷にて黄金を掘り出す『男色北野梅』（六五／明和二）、渡辺綱に振られた朝日の前が鬼女になって綱を襲う前半と、頼近の呪殺計画の失敗を描く後半から成る『〈宇治橋姫〉太平兜人形』（六七／同四、鳥居清経画）、藪医者竹斎の一子・鈍竹が、雲から落ちた雷の治療をしたり、地獄へ行って恋の病を看たり、雷の手伝いをして雲に乗ったりする『天竺物語』（刊年未詳）など。

観世信光（かんぜ・のぶみつ　一四三五あるいは一四五〇～一五一六／宝徳二あるいは永享七～永正一三）能役者、謡曲作者。通称小次郎。音阿弥の第七子。能作をしなかった父とは異なり、優れた謡曲を残した。日本神話や中国の故事などに取材したものが多く、舞台仕掛などを重視した娯楽性の強いものであった。海幸山幸神話をもとに、山幸の竜宮行を中心として語る「玉井《たまのい》」、紅葉狩りをする高貴な女性、実は鬼神と、神剣を与えられた平維茂が戦う「紅葉狩」、渡辺綱が羅生門で鬼に出会い、片腕を切り取る「羅生門」、黄石公の沓を拾うという試練を果たして兵法を授かる張良《ちょうりょう》の話で、沓を奪う大蛇との戦いの見せ場もある「張良」、前段は静に帰京を勧める話、後段は船出した義経一行を襲う平知盛の怨霊を弁慶が調伏する話となっている「船弁慶」など、動きのある舞台で、ユニークな構成となっている作品が多い。このほか、柳の精が情趣豊かに故事を語る「遊行柳《ゆぎょうやなぎ》」、素戔嗚尊の大蛇退治を描いた「大蛇《おろち》」、入唐僧が木樵から竜虎の戦いについて聞いた後、その姿を現実に見る「竜虎《りょうこ》」、漁夫が天神七代、地神二代のいわれや文殊勧請など九世戸《くせのと》の由来を語った後、天女と竜神の姿を顕す「九世戸」、鍾馗の霊が出現して病人（楊貴妃）の枕元に明鏡を立てるように言い、その後、鏡中に写った病鬼を退治する「皇帝」などがある。存疑作、改作なども含めるときわめて多くの作品がある。

観世元雅（かんぜ・もとまさ　一四〇〇頃～三二／応永七頃～永享四）能役者、謡曲作者。通称十郎。世阿弥の子。元雅の活躍時期は、将軍は元重（音阿弥。世阿弥の弟四郎の子）を愛顧して世阿弥・元雅を圧迫していた時代で、常に不遇であったようだ。世阿弥よりも早くに夭折し、〈あれほどの逸材が〉と世阿弥を大いに嘆かせたという。能作にも優れた才能を発揮し、不朽の名作「隅田川」のほか、歌占いによって別れていた息子との再会を果たす神職の男が、死から蘇った経験をもとに地獄の舞を舞い狂うという趣向の作品で、元雅の神秘主義的な傾向がありありと見える「歌占《うたうら》」、俊徳丸伝説をもとに、西方浄土を幻視して乱れ舞う盲目の法師という趣向を取り入れた「弱法師《よろぼし》」、山中に捨てられた盲目の皇子と髪が逆立つ奇病の姉・逆髪の悲哀を描き出した「蟬丸」などがある。存疑作に、義朝の敗戦と朝長の自害を亡霊が語る「朝長《ともなが》」。

【隅田川】謡曲。隅田川の渡し守と旅人のいる場へ狂女が登場。我が子を人買いにかどわかされた悲しみを訴える。渡し守は女を渡しながら、対岸で行われている大念仏の由来を語る。人買いにさらわれて死んだ十二の少年の一周忌なのだと。女はそれこそ我が子と嘆き、塚の前で手を合わせると亡霊が立ち現れる。だが触れることもかなわず、狂女は一人取り残される。終始悲愁を帯びた諧調を乱さない、徹底した悲劇。狂女といえば「隅田川」というほどに一般に知られた名作である。

神田伯竜［四世］（かんだ・はくりゅう　一八五六～一九〇一／安政三～明治三四）講談師。本名松村伝吉。江戸生。初代神田伯山に入門し、八五年に由緒ある四代目伯竜を襲名した。多数の速記本を残し、怪奇系のものに『吉原百人斬』（九六・駸々堂）『松山狸問答』（九七・同）『佐賀猫退治』（九九・田村九兵衛）『稲生武太夫』（一九〇〇・岡本偉業館）『三十三所観音霊験記』（〇二・中川玉成堂）などがある。

神奈木智（かんなぎ・さとる　?～）BL小説作家。作品多数。ファンタジーに、『草の螺旋』（一九九七・オークラ出版＝アイスノベルズ）、人魚姫物『夢みる桜色の魚』（〇一・ハイランド＝ラキアノベルズ）など。

神無月ふみ（かんなづき・ふみ　一九六九〜）愛媛県生。花丸新人賞を受賞し、『こちらKMパーティー』（九五）でデビュー。超常的な力を持つ宇宙からの侵略者と青年たちとの戦いを描くSF《マインドチェイサー》（九五〜九六・Cノベルス）、伝奇アクション《荒神伝》（九七〜九八・同）、異世界に召喚された少年たちの冒険を描くファンタジー《トランスワールド》（二〇〇〇〜〇一・エンターブレイン＝Aノベルズ）などがある。

『観音利益集』（かんのんりやくしゅう　成立年未詳）説話集。編者未詳。十三世紀後半から十四世紀にかけて成立したという説もある。四十五話のみが残る残欠本。観音の霊験譚を集める。特定の寺院のためのものではなく、観音信仰全体を鼓吹するための唱導の種本とされる。過去の霊験集との類話が認められる。

神林長平（かんばやし・ちょうへい　一九五三〜）本名高柳清。新潟県生。長岡工業高等専門学校卒。「狐と踊れ」（七九）が『SFマガジン』の第五回SFコンテストで佳作となりデビュー。大原まり子、谷甲州、野阿梓などと共に第三世代の本格的SF作家として高く評価されており、数少ないハードSF作家の一人と目されている。代表作に《戦闘妖精雪風》（八四〜・早川書房）《火星シリーズ》（八三〜・同）《敵は海賊》（八三〜・同）など。

　幻想文学サイドから見る時、神林の作品は現実／非現実の対立を言語あるいは物語によって無効化し、異貌の現実を露わにする特異な作品として読むことができる。未来や宇宙を舞台とし、SF的ガジェットや設定を多用しつつ、常に現実に揺さぶりをかけてくるその作風は、真正の幻想SFというべきものであると思われる。おそらく、SF以外では活用しきれなかったであろう、きわめてユニークな文体の魅力にも溢れている。なお、神林は基本的に長篇作家で、短篇も優れたものはほとんどが連作短篇の形で長篇を形づくるか、長篇と連関がある。

　現実を幻想的な世界として比較的ストレートに描き出した作品には次のものがある。近未来のペルーを舞台に、自動翻訳機の機能に疑問を抱き始めた男が、ビデオカメラのファインダーの中にもう一つの世界を見、不条理な世界へ落ち込んでいく『太陽の汗』（八五・光文社文庫）、死後の世界の情報を手に入れるため、ためしに殺されてしまった情報軍の三人の〈あの世〉らしき世界での行動を描き、現実も仮想であるという考え方を打ち出した『死して咲く花、実のある夢』（九二・徳間書店）、月に住んで人間界を操作しているカミス人の理論によって時間が停止し、〈擬動〉という動きの集積によって現象を維持することになった地球を舞台に繰り広げられるカミス人の戦いを、存在論、物語論を絡ませながら描く、神林SFを代表する大作『猶予の月』（九二・早川書房）、いくたび夢から醒めてもまた夢で現実へは戻れないという古典的な幻想のパターンだが、複雑な構造を持つ連作短篇集『Uの世界』（八九・徳間書店）など。このほかの幻想的なSF長篇に、主人公たちがパラレルワールドとおぼしき世界に迷い込み、そこで善と悪との戦いに巻き込まれる、メタノベルの趣向も含む『敵は海賊・海賊版』（八三・ハヤカワ文庫）、〈創り損ねてしまった現実〉、すなわちそれぞれの人を取り巻く怪奇幻想的な状況を、〈創壊士〉たる主人公たちが創り直す手助けをするという設定の連作短篇集『過負荷都市』（八八・トクマ・ノベルズ）、〈増殖する物語〉をテーマに、人間が考えた幻想が現実化して力を持つようになってしまうのに近似した状況を描く『敵は海賊・不敵な休暇』（九三・ハヤカワ文庫）、あらゆる人物が入れ替わり可能であり、過去の亡霊たちも容易に蘇ってしまう、物語作者の意識がすべてを支配しているような世界で、現実に〈目覚めてしまった〉少年少女を描き、やはりメタノベル的味わいのある長篇『我語りて世界あり』（九一・徳間書店）、紫外線過敏症の人間を受け入れてくれた異星ヴァルボスの謎をめぐって、自分は既に死んでいるのではないかという疑惑に囚われる男を描く『天国にそっくりな星』（九三・光文社文庫）、異常な力を持つテレパスによって引き起こされる恐怖を描いたSFホラー『蒼いくちづけ』（八七・光文社文庫）、遠未来社会へ一時的に魂を飛ばしてクルマの製作に携わった男を描く『魂の駆動体』（九五・波書房）など。短篇に、言語活動が一切禁じられ、テレパシーのみによって意思の疎通を図る社会を舞台に、言語による表現が本質的に持つ危険性を先鋭的な感覚で描き出し、後の『言壺《ことつぼ》』に連なる「言葉使い師」（八二）など。九五年『言壺』によって日本SF大賞を受賞した。

【プリズム】連作短篇集。八三～八六年『SFマガジン』に断続掲載。書き下ろしを加えて八六年早川書房（ハヤカワ文庫）刊。都市に住むすべての人間の個人情報を管理する制御体によって律されているSF的近未来都市と、色を司る不思議な生き物たちが住まうファンタジックな別世界ルービィ・ランドとの交渉を描く。一義的には、現実から疎外された者に本来彼がいるべき別世界が待っているという貴種流離譚のテーマを奏でる連作短篇集であり、孤独の哀しみ、愛情の重さが作品全体からにじみ出ている。だが同時に、重層構造を成している二つの世界が、私たちの世界に似た現実平面へとメビウスの輪のようにつなげられるという鮮やかな転換がラストで描かれており、ファンタスティックな方法で現実を描いている作品であるともいえる。華麗なイメージをちりばめた文章も特筆すべきもので、詩人としての神林の資質がよく表れた一作でもある。

【七胴落とし】長篇小説。八三年早川書房（ハヤカワ文庫）刊。書き下ろし。感応力の有無で大人の世界と子供の世界とが截然と分けられる世界を舞台に、大人になることを忌避する少年・三日月が次第に追い込まれて死へと傾斜していく様を、息詰まるようなタッチで描いた青春SF。テレパス能力を失って他人の心とじかに触れ合えなくなるということに脅える三日月の身辺に謎の少女・月子が出現し、強力な感応力で三日月の現実感覚に揺さぶりをかけてくるあたりは、幻想小説として素晴らしい出来栄え。重層する現実を生きる人間が必然的に陥る闇と、そこから抜け出るための成長の契機が共に描かれた、イニシエーション小説とも読める。

【言壺《ことつぼ》】連作短篇集。八八～九四年『中央公論・文芸特集』『小説中公』掲載。書き下ろしを加えて九四年中央公論社刊。独自の小説論、言語論、ひいては社会論、存在論が語られるSF連作集。作家の文体や志向を完璧に把握し、〈あなたの書きたいことはこういうことか〉と問いながら文章を作り出していく、恐るべき文章作成支援機能が搭載された〈ワーカム〉と呼ばれるニューロ・マシンなどのガジェットをフルに活用することで、言葉の魔力、あるいは物語を書くことの意味を突き詰めていくメタノベルを、エンターテインメントとして読ませることに成功した傑作。〈ワーカム〉で小説を書こうとしている小説家と融通の利かないマシンとの戦いを描く「綺文」、匂いによって物語を想起させる未来のワープロの話「似《に》負《おう》文」、ワーカムに入り込んだバグによって別の現実へと移行してしまう作家を描く「跳文」、言葉を外部の実体（植物）として表現する世界を舞台に、植物的な言葉を用いての戦いのありさまが幻想的に描かれる「栽培文」、物語を書き続けることでワーカムとの対話が世界のすべてとなり、現実と幻想との境が消滅してしまう作家の物語「乱文」など、九篇を収録。

蒲原有明（かんばら・ありあけ　一八七六～一九五二）詩人。本名隼雄。東京麹町隼町生。東京府立尋常中学校（後の一中）卒。国民英学会卒。第一詩集『草わかば』（〇二・新声社）、第二詩集『独絃哀歌』（〇三・白鳩社）によって新体詩の完成者と目されている。第三詩集『春鳥集』（〇五・本郷書院）、第四詩集『有明詩集』（〇八・易風社）は、日本象徴詩の最初の結実として詩史の上では高く評価されている。詩に描かれる世界は宗教性と頽廃性のせめぎあう、ある意味で官能的な世界である。幻想詩そのものとはいえないかもしれないが、全体に幻想味がある。また「姫が曲」「人魚の海」といった長篇詩は幻想物語となっている。白秋や朔太郎の詩風に大きな影響を与えたことでも特筆すべき詩人である。〈火照《ほでり》の天《あめ》の最後《いやはて》の／光詛《のろ》ひて、斑猫《はんめう》は／世をば惑はす妖法の／尼にたぐへるそのけはひ、／静かに浮び消え去りぬ、／彼方、道なき道の奥、／生《しやう》あるものの胤《たね》を食《は》む／蛇《くちなは》纏《まと》ふ「肉の庁《ちやう》。」〉（「悪の秘《ひ》所《そ》」第四連）

神戸淳吉（かんべ・じゅんきち　一九二〇〜）東京四谷生。日本大学専門部社会科卒。戦後、社会福祉事務所に勤務する傍ら児童文学を執筆。五〇年、佐藤さとるらと同人誌『豆の木』を創刊。間もなく執筆生活に入り、『大仏建立物語』（七二）をはじめ、ノンフィクションを中心に活躍。創作に、オカピーの王子を主人公として、人間と動物の融和、理想郷の希求が描かれる動物ファンタジー『ジャングルのはこぶね』（六七・理論社）、人魚の少女が虹で作られた指輪を失くして捜し回る「にんぎょのゆびわ」（七〇）などのほか、再話・翻案集『日本のおばけ話』（八二・偕成社）《こわさ120％超怪談!!》全十巻（九三〜九四・ポプラ社、高橋宏幸との共著）などがある。

かんべむさし（かんべ・むさし　一九四八〜）本名阪上順。石川県金沢市生。関西学院大学社会学部卒。広告代理店に勤務しながら書いた「決戦・日本シリーズ」（七五）で『SFマガジン』にデビュー。同年退職し、執筆生活に入る。「決戦・日本シリーズ」は徹底したどたばたの空想ギャグ小説。また同年同誌発表の「背《せな》で泣いてる」は、人生を電車と見立てた幻想小説であり、いずれもSFとは言い難い作品である。このようなデビューは、一般的にはSF第二世代を代表する作家の一人と評価されているかんべの、SFの枠を超えた創作の幅広さを象徴している。その後もSFにこだわることなく、推理・幻想・怪奇・ギャグ・諷刺など、ジャンル的には様々な作品を執筆している。短篇には優れた幻想小説が多く、また諧謔的な作品、諷刺的寓話も奇想小説として見るべきものがある。主な短篇集は次の通り。デビュー作などを含む第一短篇集『決戦・日本シリーズ』（七六・ハヤカワ文庫）、コロンブスが伝えたインディアンの風習ポトラッチが全世界に広まって戦争まで起きてしまう表題作を含む『ポトラッチ戦史』（七七・講談社）、この世は個人個人の幻想の重なり具合で出来上がっていることを知ってしまった男が言葉という機能を奪われてしまう表題作を含む『言語破壊官』（八〇・朝日新聞社）、連関し飛躍する言葉の羅列のみで成り立っている表題作や芥川龍之介が現実を動かしている歯車の存在を知ってしまう「帝国ダイボー組合」などを含む『集中講義』（八〇・文藝春秋）、決まった季節に現れる美しき侍たちの幽霊に魅せられる男たちの話「夜桜武士」や死と結婚二通りの意味がある予知夢の話「白い夢」など、怪奇・幻想・ユーモアの作品を集めた『ベルゴンゾリ旋盤』（八一・徳間書店、後に「メイド・イン…」と改題）、サラリーマンが一斉に出家してしまう表題作、人の行動を火山活動になぞらえる「活火山」「休火山」「死火山」、異生命体のオンパレード「出入星管理事務所」、実験的なスタイルの自伝小説「夏の終りのデケイド」などを収録する『かんちがい閉口坊』（八二・文藝春秋）、空間や心にも穴をあけてしまう男の話「穴あけ名人」、ふと気づくとどこへも行けない駅の中にいる「深い孤島」などを収めた『遊覧飛行』（九〇・徳間書店）など。ショートショート集に、予知夢の通りに死んでしまう「死亡告知」など怪奇・幻想・ユーモア味のある『巡回洗脳班』（八五・中央公論社）、自分のいる状況が把握できない悪夢を描いた「高い街」、人生は舞台、夢が外部の世界と気づいた男の話「終りの始まるとき」など不条理的な『環状0号線』（八六・新潮社）。長篇小説には、土産物の絵からありうべからざるものがこの世に出てきてしまうどたばたコメディ『居候浮始末《いそうろうかれのあれこれ》』（七八・

角川書店)、公共放送を用いた異端者狩りが自然に受け入れられている暗澹たる世界を描く『公共考査機構』(七九・徳間書店)、UFO目撃事件をめぐるどたばたを描いたコメディ『38万人の仰天』(八二・朝日新聞社)、笑いの道を極めたい三人の男が〈笑い宇宙〉に落ち込んで、人を笑わせる修行に励むという、世界中の笑いのテクニックを一堂に集めたメタギャグ小説で、日本SF大賞受賞の『笑い宇宙の旅芸人』(八六・徳間書店)、現実での戦いから逃避して内面世界に沈潜した男が、そこでの戦いを通して自己を知り、自己を受け入れるに至る過程を描いた『孤冬黙示録』(八六・中央公論社)、同様に一人の男の潜在意識によって形成されている世界を描いた『トラウム映画公社』(八九・白水社)など。

【原魚ヨネチ】短篇集。八一年講談社刊。釣り人が伝説の魚を釣り上げようとして発明した機械のため、世界が無秩序となる神話的な表題作、〈鏡人〉との邂逅によって、この世は鏡に映った虚の世界に過ぎないと夜中に歩き回りながら思考を続けるようになった男を描く「鏡人忌避」、トロッコを押し続ける二人の会話だけで構成された不条理感漂う「ループ式」「アプト式」「スイッチバック式」、死者たちの死の状況が淡々と羅列される「事件関連死者控」、戦争を題材にしたユーモア諷刺「そらあかんわ戦記」ほか四篇を収録する。いずれも理知的に構築された作品だが、理知の果ての狂気と幻想が見据えられている点に鬼気迫るものがある。

喚誉(かんよ 一六七九頃~一七七一/延宝七頃~明和八)京都五劫院の僧侶。二万座を超える説法を行ったという唱導説法者。徳の高い僧の行伝の形で、僧の示した霊験や僧の行脚に絡めて、諸国の寺院の由来やその他の霊験などを記した『幡随意上人諸国行化伝』(五五/宝暦五)『満霊上人徳業伝』(五七/同七)がある。

感和亭鬼武(かんわてい・おにたけ 一七六〇頃~一八一八/宝暦一〇頃~文化一五)狂歌師、戯作者。本名前野曼(万)七、または倉橋羅一郎。別号に曼亭、飯顆《いいだの》山人。江戸の人。剣術に優れた武士で、仕官の傍ら、滑稽本、草双紙、咄本等を幅広く執筆。自来也に育てられた少年が、数奇な運命を辿って惨殺された両親の敵を討つ物語で、山中の異人から妖術を習った自来也が主君の仇を取るため暗躍したり、人を不死身にする不思議な草などが登場したりする、波瀾に満ちた読本『自来也説話《ものがたり》』(〇六~〇七/文化三~四、蹄斎北馬画)が最も知られている。ほかに、三人の仲良し男が地獄へ行って奪衣婆の食客になったり、鬼に金を握らせて刑罰を軽くしてもらったりする滑稽本『痴漢《ばか》三人伝《さんじんでん》』(同、尋跡斎雪馬画)、妖怪・朱藩《しゅばん》に殺された妖怪の子が敵討をする『〈夭怪報仇《ようかいかたきうち》〉夜半嵐《よわのあらし》』(〇七/同四、葛飾北周画)などがある。また、素人作者などのリライトも手がけ、葛飾隠士吉満〈経歴未詳〉の霊験による敵討譚『〈復讐奇談〉尼城錦』(〇九/同六、蹄斎北馬画)など、校訂者として名前が挙がる作品がある。

き

紀伊萬年(きい・まんねん 一九四五~)山形県生。早稲田大学文学部卒。出版社勤務の傍ら、エッセー、児童文学を執筆。自分の父親の子供時代にタイムスリップし、祖母(父親の母)の昇天に立ち会う少年の物語『あいつの影ぼうし』(八七・国土社)がある。

『奇異雑談集』(きいぞうたんしゅう 一六八七/貞享四)説話集。成立は十七世紀半ば(明暦~寛文頃)。江州佐々木の幕下・中村豊前守の息子が僧となって集めた説話を核に、東寺に縁のある僧が集めた説話やその他の説話が加わり、成立したと見られる。近世怪異小説の嚆矢と位置付けられる。嫉妬のあまり蛇体と化した女性や子育て幽霊など民間説話風の話の中に、『剪燈新話』の翻案が三篇含まれている。

木川明彦（きかわ・あきひこ　一九六三〜）千葉県生。成城大学文芸学部卒。アニメ、ゲーム関連雑誌・書籍の編集を手がける。改変歴史物の冒険SF『万能！ゼロ艦隊』（九八・スーパークエスト文庫）のほか、ロボットアニメのノベライゼーション『超時空世紀オーガス』（九四〜九六・同）がある。

樹川さとみ（きかわ・さとみ　一九六七〜）鹿児島県生。佐賀大学教育学部特別教科教員養成課程卒。グラフィックデザイナーを経て、八八年、第一回ウィングス小説大賞に入選し、小説家となる。主に別世界ファンタジーを執筆。魔術師のもとで修行中の四人の個性的な少女たちの活躍を描く《楽園の魔女たち》（九六〜〇四・コバルト文庫）は、明快なキャラクター、別世界の様々な土地柄・国柄を巧みに利用したストーリー展開、工夫を凝らした魔法の発現で、人気シリーズとなった。その他の別世界ファンタジーに、世の乱れをただすために現世に遣わされた幻神を宿す少年と、その随身に選ばれた青年の冒険を描くBL物のアクション・ファンタジー『東方幻神異聞』（九三〜九六・ウィングス・ノヴェルス）、一人の乙女を愛した獣が、転生する娘を自らも転生しながら助け続けるという設定のファンタジー《月の女神スゥール・ファルム》（九二・大陸ノベルス、後に「女神の刻印」と改題）、おとぎ話の形式を取り入れたラブロマンス『時の竜と水の指環』（九四〜九五・コバルト文庫）、テリー・プラチェットのファンタジー『死神の館』にオマージュを捧げた『死神見習い修行中！』（〇一・角川ビーンズ文庫）、侵略の憂き目にあった種族の宝物だった魔法の石を取り返すべく奮闘する少女を描く冒険ファンタジー『千の翼の都』（〇三・角川ビーンズ文庫）などがある。また、妖怪ラジオから不思議な物語が聞こえてくるという設定のファンタジー短篇集『箱のなかの海』（九七・コバルト文庫）、特異体質の巫女である他星の若いエリート警部補とその相棒の粗野な刑事を主人公とするSF『星とともに時を越えて』（九二・スーパーファンタジー文庫）や、オカルト・ホラー『穢土』（〇一・EXノベルズ）などもある。

義貫（ぎかん　生没年未詳）浄土真宗の僧侶。経歴未詳。『おなつ蘇生物語』（一七七三／安永二）を聞き書きした人物。同作は、現世主義者の女房が教化されて信心深くなった後、難産で死ぬが、翌日には蘇生してあの世のことを語るというもの。浄土に行った魂は、教祖から〈本当の寿命はあと四年、前世の嫉妬故の悪業が祟っていたがそれも信仰によって救われた〉と言われたという。いかにも説教的な内容だが、実話となっており、非常に流布した。

木々高太郎（きぎ・たかたろう　一八九七〜一九六九）本名林髞《たかし》。山梨県山城村下鍛冶屋生。甲府中学卒業後、上京し、詩人・福士幸次郎に師事する。慶応義塾大学医学部卒。二九年医学部助教授となり、三二年にはヨーロッパに留学、レニングラードのパヴロフ教授のもとで条件反射学の研究に携わる。翌年帰国、気鋭の大脳生理学者として研究・翻訳などを精力的に発表。三四年、海野十三の勧めで処女作「網膜脈視症」を『新青年』に発表、医学評論家としての活動の傍らミステリの創作にも意欲を示す。探偵小説芸術論を唱え、その実践である長篇「人生の阿呆」（三六）により、三七年に直木賞を受賞した。同年、海野十三、小栗虫太郎と『シュピオ』を創刊。戦前の代表作に「文学少女」（三六）、長篇「折芦」（三七）など。戦後は心理サスペンス「新月」（四六）で第一回探偵作家クラブ賞を受賞した後、「わが女学生時代の罪」（四九〜五〇）「少女の臀に礼する男」（五〇）「夜光」（五二）などに新境地を示した。医学方面の主著に『大脳生理学』（四四）ほか。戦後『三田文学』『小説と詩と評論』の編集を通じて新人育成にも功績があった。

　手術中に死亡した老婆の手首を切断して持ち歩く医師の話「皺の手」（三六）、不可解な良人殺しを犯して自害した女の霊が裁判長の夢に現れて真相を告白する「千草の曲」（五五）

などの怪談風短篇があるほか、薬物を用いて若妻を生ける人形さながらの嗜眠症に陥らせ愛玩する医学者を描いたネクロフィリア奇譚「睡り人形」（三五）、ホフマンやリラダンの系譜に連なる自動人形幻想の物語「AD二〇〇〇の殺人」（四八）のような異色作もある。SFも執筆し、ゴビ砂漠中に少年中心のユートピアが建設されているという少年小説『緑の日章旗』（四一・博文館）や、「偏行文明」（三八）ほかの短篇を収録したSF作品集『或る光線』（三八・ラジオ科学社）、短篇「女面獅身」（四〇）などがある。

菊岡沾涼（きくおか・せんりょう　一六八〇〜一七四七／延宝八〜延享四）俳諧師。本名光行。通称藤右衛門、俳号に南仙、独南斎、米山翁ほか。江戸の人。神田に住み、表具師・金属彫刻を業とした。博覧強記の人で、博物学者的な気性を持っていたのか、事典のような随筆集を多数執筆している。江戸の地誌や社寺・名所の来歴を記す『江戸砂子』（三二／享保一七）、器物・芸能・飲食等の起源付き辞典『本朝世事談綺（近世世事談）』（三四／同一九）、全国の神事と自然物の故事来歴などを記した『諸国里人《りじん》談』（四三／寛保三）、全国の地誌を記したもので奇談の類が多数含まれる『本朝俗諺志』（四六／延享三）ほか。中でも『諸国里人談』はその多くが怪談奇談といってよい。神祇部、釈経部、奇石部、妖異部、山野部、光火部、水辺部、生植部、気形部、器用部の十部から成り、祭神・安置仏の来歴や名石や鸚鵡石などの不思議な石、森囃子・皿屋敷などの怪異譚、八百比丘尼など当地の伝説、竜燈・不知火などの不思議な火、神の使いの狐といった話題が取り上げられている。

菊池寛（きくち・かん　一八八八〜一九四八）本名寛《ひろし》。香川県高松市生。一高時代、芥川龍之介、久米正雄らと相識る。京都大学英文科に進学、アイルランド演劇を専攻する。在学中、第三・四次『新思潮』同人となり「父帰る」（一七）などの戯曲を発表。卒業後、時事新報記者となり「恩讐の彼方に」（一九）などの短篇で認められた。通俗小説「真珠夫人」（二〇）によって流行作家となり、二三年『文藝春秋』創刊を手始めに出版人としても大きな成功を収める。文壇の大御所として文芸家協会の設立や芥川賞・直木賞の制定などに尽力した。アイルランド演劇の影響を濃厚に留めた初期の戯曲作品には、屋根の上に上がっては、天上からさしまねく〈金毘羅の神さん〉を幻視する憑かれた男を描いた「屋上の狂人」（一六）のように幻想的なテーマを扱った作品が散見される。ほかに『今昔物語集』や『御伽草子』などに基づく再話シリーズ《新今昔物語》（四六〜四七）がある。

菊池早苗（きくち・さなえ　？〜）少女漫画家。精霊と語り合うことのできる不思議な力を持つ少女と平凡な少年の悲劇的な恋が千年を経た現代に甦る『1000年ロマンス』（一九九一・講談社X文庫）で小説家としてもデビュー。現代日本を舞台にラブロマンスを主眼としたファンタジーを多数執筆。シリーズ化せず、様々なシチュエーションで描いているところに特色がある。夜になると伝説の天女に変身する女子高生が主人公の『十三夜の天女』（九一・同）、魔性の桜に取り憑かれた少女を描く『闇桜伝説』（九一・同）、月の力を引き出せる少女と彼女を守る双子の少年たちを描く『銀の月の守護者』（九二・同）、森を統べる巫女の血をひき、森の危機に反応して荒ぶる力を発現してしまう少女を助けようとする超能力少年を描く『天使の声をさがして』（九三・同）、成就しなかった恋愛の呪いが百年を経て発動するのを曾孫たちが防ごうとするオカルト・ホラー風の『百の夜と千の炎』（九四・同）、妖魔の支配から国を解放するため、宝珠の使い手を捜しに東京にやって来た王女エスタの冒険を描く《エスタ・リルの宝珠》（九四〜九五・キャンバス文庫）ほか多数の作品がある。

菊地ただし（きくち・ただし　一九二七〜二〇〇六）本名正。はじめは本名で発表。東京生。立川専門学校経済科卒。教職の傍ら小説・詩歌などを発表。『母と子の川』（七一）で日本児童文学者協会新人賞受賞。七六年、禅僧となる。戦争や歴史をテーマとした児童文学のほか、子供向けのファンタジーや怪談を執筆する。低学年向けのユーモア・ファンタジー《おばけ学校》シリーズ（八八〜九〇・草炎社）など。『ばけもの千両』（七九・偕成社）は、蛇の報恩、化猫、幽霊騒動といった怪異談の中にリアルな江戸風俗と人情の機微を描いた優れた短篇集である。

菊地秀行（きくち・ひでゆき　一九四九〜）千葉県銚子市生。少年時代から怪奇映画や怪奇漫画に熱中、とくにT・フィッシャー監督の「吸血鬼ドラキュラ」に衝撃を受ける。青山学院大学法学部卒。大学では推理小説研究会に所属、風見潤、竹河聖らと相識る。卒業後、雑誌記者、フリーライター、翻訳業の傍ら『推理文学』などの同人誌に短篇を発表。八二年、少年向け伝奇アクション『魔界都市〈新宿〉』（ソノラマ文庫）で小説家としてデビュー。《吸血鬼ハンター〝D〟》、秘宝探しのプロフェッショナルであるスーパー高校生・八頭大と美少女ゆきのコンビがエイリアンと対決する怪奇趣向満載の冒険アクション《トレジャー・ハンター》（八三〜〇二・同）の両シリーズは、スピーディーな物語展開とロマネスクなキャラクター、迫力あるホラー・シーンなどが映像世代の若い読者の熱烈な支持を集めた。

復讐に燃える生体強化戦士バイオニック・ソルジャーとゾンビ軍団を率いる魔人が戦いを繰り広げるエロス＆バイオレンスの『魔界行』（八五・ノン・ノベル）以降、アダルト向けノベルスでも次々に作品を発表、夢枕獏らと共に伝奇バイオレンスブームの立役者となる。巨大地震による崩壊後、妖術師や超人、怪物の跋扈する魔界と化した新宿を舞台とする『魔王伝』（八六〜八七・ノン・ノベル）《魔界医師メフィスト》（八八〜二〇〇〇・カドカワ・ノベルズ〜講談社ノベルス）《魔界都市ブルース—マン・サーチャー・シリーズ》（八六〜・同）『夜叉姫伝』（八九〜九二・ノン・ノベル）などの〈魔界都市サガ〉ともいうべき一連の作品は菊地の代表作であるが、荒々しい自然と結びついた〈野蛮な物語〉というヒロイック・ファンタジーの定型を覆した点で、革新的な意義を持つ。なかでも『夜叉姫伝』は、古代中国の闇に君臨した吸血美姫とその眷属が、四千年の時空を超えて魔界都市に出現。かれらの圧倒的な魔力の前に、魔道士ヌーレンブルグや吸血鬼グループの長老が相次いで倒され、スーパーヒーロー秋せつらやメフィストもたびたび窮地に陥るという展開で、著者眷恋のテーマである吸血鬼幻想を存分に展開した〈魔界都市サガ〉最大の力作である。

菊地の伝奇バイオレンス作品は、いずれも怪奇幻想色濃厚なものだが、とりわけ猟奇趣味を極めた作品に、ヒーローも敵役もゾンビばかりという〈人体損壊幻想〉を展開する『妖人狩り』（八五・有楽出版社新書）、スプラッタ＆オカルトを前面に押し出した『妖獣都市』（八五〜八六・トクマ・ノベルズ）に始まる《闇ガード》シリーズなどがある。

菊地はたいへんな多作家で、著作は三百冊を超える。伝奇バイオレンスを主軸とするが、ほかの作品もほとんどが怪奇物で、多様な作品を手がけている。クトゥルー神話をユーモラスな怪奇アクションに仕立てた『妖神グルメ』（八四・ソノラマ文庫）、オカルティックなサイコホラー『朱の顎』（九〇・トクマ・ノベルズ）、生けるが如き人形からくりを操り、人を夢幻の境地に誘ったり、伝説の剣士を呼び出して戦わせたりと、妖しい技を行う傀儡師を狂言回しとする時代物連作《からくり師蘭剣》（九一〜〇三・カッパ・ノベルス）、戦国時代を舞台に、死から蘇った魔剣士が戦う、前掲作の蘭剣も登場する歴史伝奇『しびとの剣』（九九〜・ノン・ノベル）、〈武士怪談〉という新境地を確立した時代物短篇連作《幽剣抄》、出色のホラー連作集『影歩む港』など。また、湘南の海に臨む架空の街が静かな終末を迎えるまでをノスタルジックに描いた幻想小説『夢幻舞踏会』（八五・大和書房）、人類が一斉に記憶を失ってしまうという状況をミステリアスに描いた青春SFファンタジー『風の名はアムネジア』（八三・ソノラマ文庫、アニメ化）等も、ハードな伝奇バイオレンスにあっても感じられる菊地の豊かな抒情性が前面に打ち出された、魅力溢れる作品である。このほか、薩長に幕府が勝利している異世界を舞台に、幕末の志士がアメリカの西部で冒険を繰り広げる《ウェスタン武芸帖》（八六～八八・ソノラマ文庫）のような異色作もある。さらに、〈奇妙な味の小説〉の正系を継ぐ、ジャンル横断的な短篇群にも美質を発揮しており、主な短篇集として、『古えホテル』（八八・王国社）『懐かしいあなたへ』（九二・講談社）『死愁記』（九九・廣済堂出版）『妖愁』（〇一・光文社）『幽幻街』（〇二・新潮社）『さいはての家　その他の物語』（〇七・光文社）などがある。

なお菊地は怪奇映画のマニア、コレクターとしても知られ、蘊蓄を傾けたエッセーを執筆。『菊地秀行・魔界シネマ館』（八七・朝日ソノラマ、後に「菊地秀行の魔界シネマ館」と改題）『怪奇映画の手帖』（九三・幻想文学出版局、後に増補して「怪奇映画ぎゃらりい」と改題）といった著作もある。映画と並んで、怪奇漫画にも自作の源泉を認めており、アンソロジー『貸本怪談まんが傑作選』二巻（九一・立風書房）を編んでいる。

【吸血鬼ハンター〝D〟】連作長篇小説。八三年～・朝日ソノラマ（ソノラマ文庫）、朝日新聞出版（朝日文庫）刊。舞台は超未来の地球。卓越した科学力で人類を支配した吸血鬼一族も、いまは滅びのときを迎えようとしていたが、辺境地帯の村人は、残存する〈闇の貴族〉に脅かされていた。吸血鬼と人間の合の子〈ダンピール〉の宿命を負った放浪の美剣士Dは、牧場を守る姉弟の用心棒となってリイ伯爵と対決する……。人狼、蛇女、食人鬼などの怪物が跳梁する異世界に、したたるような美貌と超人的な剣技を持ったヒーローが活躍する人気シリーズ。Dが力弱い人間の依頼を受け、〈貴族〉らと対決するという定型をおおむね踏む。現在第二十巻『D—不死者島』（〇八）まで刊行されている。アニメ化、漫画化されており、若い世代に与えた影響は深甚である。

【影歩む港】連作短篇集。八九年徳間書店刊。寂れた北の港町の小料理屋。蠟細工のような女将と影のような板前、居並ぶ常連たちと右端の意味ありげな空席。一つの物語が終わるごとに、常連たちも一人ずつ姿を消していく……。切り裂きジャック復活の恐怖を描く「霧の夜、貴方は還る」、生と死の境を彷徨する女に恋した男の哀切なラブロマンス「波のおんな」、天才ストリッパーとその息子の淫靡で呪われた関係を暗示的に描く「ムーンライト・シアター」、空席の秘密が明かされる「指定席」の全四篇より成る。

【幽剣抄】連作短篇。〇一～〇三年『KADOKAWAミステリ』連載。『幽剣抄』（〇一・角川書店）『追跡者』（〇二・同）『腹切り同心』（〇二・同）『妻の背中の男』（〇三・同）として単行本化されており、単行本版では、書き下ろしの小品が各話の間に置かれている。江戸時代を舞台に、下級武士や武士と否応なく関わりを持つことになった平民を主人公とする怪談奇談集。幽霊や生ける死者の登場する話が多いが、いずれもひとひねり加えてあり、意想外の展開を見せる。とある宿の離れで繰り広げられる、人外の剣の伝授をめぐる伝奇的な怪異談「宿場の武士」（〇一）、最後で見事に幽霊談となる敵討物「追いかける」（〇二）、切腹した男がなぜか生き続ける「腹切り同心」（〇二）、闇討ちにあった男の顔が妻の背中に出現する「妻の背中の男」（〇二）、世間と波長の合わぬ武士が進んで幽冥の世界へと入っていく「僕の世界」（〇三）など。

菊池瞳（きくち・ひとみ　？～）少女が恋の妖精の召喚に成功してしまい、騒動が巻き起こるラブコメディ『妖精がやってきた！』（二〇〇五・コバルト文庫）がある。

菊池幽芳（きくち・ゆうほう　一八七〇～一九四七）本名清。茨城県水戸生。県立尋常中学卒業後、小学校教師を経て『大阪毎日新聞』記者となる。宇田川文海らと大阪文芸会を組織し、「片輪車」（九一）などを発表、九三年には『この花草紙』を創刊した。九七年『大阪毎日新聞』に連載した家庭小説「己が罪」が大好評を博し、「乳姉妹《ちきょうだい》」（〇三、翻案物）「筆子」（〇六）などで家庭小説の第一人者となる。英語力を活かした翻案小説も多く、中には、H・R・ハガードの秘境冒険小説を翻案した『大探険』（九七・駸々堂）『二人女王』（〇三・春陽堂）や、ウィルキー・コリンズ原作の『白衣婦人』（〇二・駸々堂）など、怪奇幻想物の先駆的紹介が含まれている。

菊池亮子（きくち・りょうこ　一九五九〜）動物園から消えたかものはしを追って冒険する少女を描く児童文学『ミーアとマンマンデーの森』（八七・くもん出版）がある。

私市保彦（きさいち・やすひこ　一九三三〜）東京大学仏文科卒。同大学大学院比較文学科卒。フランス文学者。翻訳にウィリアム・ベックフォード『ヴァテック』（九〇・国書刊行会）、ジュール・ヴェルヌ『海底二万里』（〇五・岩波少年文庫）、編訳に《バルザック幻想・怪奇小説選集》（〇七・水声社）などがあり、幻想文学の研究評論も手がける。ペロー童話とヴェルヌを論じた『ネモ船長と青ひげ』（七八・晶文社）、神話、昔話からホフマン、ポー、ヴェルヌ、メルヴィル、ネルヴァル、ル＝グインまでの幻想文学を、〈他界〉〈分身〉〈光と闇〉などをキーワードに読み解いていく『幻想物語の文法―「ギルガメシュ」から「ゲド戦記」へ』（八七・同）、「狐物語」などの伝承的文学から現代作家による児童文学までを取り上げた『フランスの子どもの本』（〇一・白水社）など。幻想小説にも手を染め、江戸川乱歩、泉鏡花的世界を思わせる土俗的幻想を紡いだ「手無し娘曼陀羅」や、過去への遡行をテーマとしたメルヘン風の「砂時計」「琥珀の町」、移動遊園地の幻想の網に囚われてしまう「移動遊園地」などを収録した幻想短篇集『琥珀の町』（九八・国書刊行会）がある。

城崎火也（きざき・かや　一九七二〜）大阪府生。学園ホラー『時限爆呪』（九九・ジャンプJブックス、希崎火夜名義）でジャンプ小説大賞入選。学園ホラー『三番目の転校生』（二〇〇〇・同）『禁じられた鏡』（〇一・同）、遊園地のホラーハウスを舞台にしたホラー『嘆きの館』（〇二・スーパーダッシュ文庫）、怪奇的な伝奇アクション『鬼刻』（〇四〜〇五・同）等、怪奇系の作品を旺盛に執筆。ほかに、力を持つ謎の〈遺物〉が世界中に存在するという設定で、遺物の一つであるドラゴンの美少女を少年が守ろうとするラブコメディ『ドラゴンクライシス！』（〇七〜・同）など。

木崎さと子（きざき・さとこ　一九三九〜）満州新京生。東京女子大学短期大学英文科卒。結婚により、夫の勤務地のアメリカ、フランスで七九年まで過ごす。八〇年「裸足」で文學界新人賞、八四年「青桐」で芥川賞受賞。幻想作品に、結婚に失敗した女性が、淡い関係にあった幼なじみと、幽霊とも知らずに再会する短篇「楼門」（八三）など。また、カトリック教徒である木崎はキリスト教関係の著作を執筆しており、『小説　聖書の女性たち』（〇四・日本キリスト教団出版局）、奇跡を描く童話『ダーチャのいのり』（〇五・女子パウロ会）などがある。

木崎惕窓（きざき・てきそう　一六八九〜一七六六頃／元禄二〜明和三頃）本名正敏。通称藤兵衛。若狭小浜の酒造業者。おもに若狭国の地理、人物、事件、伝説、怪異などを収集し考証を加えた『拾椎雑話《しゅうすいざつわ》』（五七／宝暦七成立）の著者。同書には「他邦」「異邦」などの巻があり、漂着奇談などが収録されているほか、他国の出来事も取り上げられている。中世説話的な怪異談が地方の伝説として定着していく過程を覗かせる一書であるという点からも注目に値する。

如月天音（きさらぎ・あまね　？〜）東京生。都立商科短期大学卒。「鬼を見た童子」で歴史群像大賞奨励賞受賞。賀茂保憲・光栄父子、安倍晴明が活躍する《平安陰陽奇譚》（二〇〇〇〜〇一・学研）、藤原道長の支配する世の中を覆そうと、人を生きながら怨霊に変える呪法などで世を騒がせる播磨流陰陽道の使い手と竜の血を継ぐ外法陰陽師が戦うサイキック・アクション『外法陰陽師』(〇二・学研M文庫)などがある。

如月小春(きさらぎ・こはる　一九五六〜二〇〇〇)劇作家。本名楫屋正子(旧姓伊藤)。東京杉並区生。東京女子大学文理学部卒。劇団〈綺畸〉の作者・演出家を務め、幾重にも入れ子を重ねたゲームのようなメタ演劇「ロミオとフリージアのある食卓」(七九)で注目を集める。その後、劇団〈NOISE〉を結成・主宰し、「DOLL」(八三)で旗揚げ。引用、音楽や映像など他分野とのコラボレーションによるパフォーマンスが人気を集め、野田秀樹・渡辺えり子らと共に八〇年代の小劇場ブームをリードした。劇の中の劇、劇と日常の混淆など、全体にメタシアター、メタ文学の傾向が濃厚である。死のイメージに溢れ、夢が何重にも重なり合う「光の時代」(八〇)、すべてのものが「スーパー不夜城」と食う/食われるという関係でつながる世界(都市の表象であるという)を描いたホラー・テイストの「家、世の果ての」(八〇)、肉体と言語の関係を突き詰め、舞踏や前衛詩に通じる世界を形づくる「MORAL」(八四)、現代版「雪の女王」ともいえる「トロイメライ」(八四)、芥川作品を縦横に切り貼りした「A・R」(九三)など、幻想的な作品もある。

貴司悦子(きし・えつこ　一九〇三〜四一)本名奇二恵津(旧姓伊藤)。大阪府春日村生。府立三島高等女学校卒。小説家の夫・貴司山治の勧めで童話を執筆。メーテルランク「蟻の生活」を踏まえ、生態に即して蟻を擬人化した空想童話「蟻の婚礼」(四〇)がある。

岸武雄(きし・たけお　一九一二〜二〇〇二)岐阜県揖斐郡生。岐阜師範学校卒。長年教員を務めながら、児童文学を執筆した。郷土の歴史に取材した作品が多い。代表作は小学館文学賞受賞の『花ぶさとうげ』(七九)。ファンタジー童話に、民話「天狗の隠れみの」を現代風にアレンジした『透明人間になったおれ』(八七・新日本出版社)、山の王・天狗が、わんぱく坊主に天狗の隠れみのを取られてしまった話を語る『ブナ林の天狗さま』(九五・小峰書店)がある。

貴志祐介(きし・ゆうすけ　一九五九〜)大阪府生。京都大学経済学部卒。生命保険会社勤務の後、多重人格物のサイコホラー『十三番目の人格―ISOLA』(九六・角川書店、二〇〇〇年に映画化)が第三回日本ホラー小説大賞佳作に入選し、デビュー。保険会社勤務の経験を活かして、保険金目当てで近親者の殺人を繰り返す情動欠如の殺人鬼を描く迫真のサイコパス・ホラー『黒い家』(九七・角川書店)により第四回日本ホラー小説大賞を受賞。この作品は、現実に起きた事件とシンクロする面があって話題になり、九九年に映画化された。その後、南米のジャングルから日本に持ち込まれた、恐怖心を欠如させてしまう〈寄生者〉の恐怖を描いたSFホラー『天使の囀り』(九八・同)、サバイバルゲームにむりやり参加させられた男の戦いを描く『クリムゾンの迷宮』(九九・角川スニーカー文庫)などを執筆。その後しばらくSF系作品からは離れ、『青の炎』(九九)『硝子のハンマー』(〇四)といった推理物に力を発揮する。〇八年、文明が衰退して超能力を得た遠未来の日本を舞台にしたSF大作『新世界より』(講談社)を発表。同作によりSF大賞を受賞した。

岸田衿子(きしだ・えりこ　一九二九〜)東京生。劇作家岸田國士の長女。妹は女優、作家の岸田今日子。東京美術学校油絵科卒。『あかるい日の歌』(七八)などで知られる抒情詩人。絵本の翻訳を多く手がけるほか、『ジオジオのたんじょうび』(七〇・あかね書房)をはじめとする、幼年童話・絵本の原作がある。ファンタジーに、湖の底の冥界に行った娘の話「シホの星」(六七)があるほか、ナンセンスに近い掌篇童話もある。

岸田今日子(きしだ・きょうこ　一九三〇〜二〇〇六)東京生。劇作家岸田國士の次女。姉は詩人の岸田衿子。自由学園高校卒。女優業の傍ら小説も執筆し、幻想的なものには、『子供にしてあげたお話してあげなかったお話』(七五・大和書房)『ひとみしりな入江』(七八・同）に収録された〈大人のためのメルヘン〉群がある。美と若さと男性としての機能を永遠に保ち続ける生ける人形の物語「お兄ちゃま」、自分に恋い焦がれる男たちの心臓を取って食べてしまう魔女の話「いつもの夏」をはじめとして、エロティシズムと残酷さが特徴である。ほかにショートショート集『ラストシーン』（八五・角川書店）など。

岸田杜芳（きしだ・とほう　？～一七八八／天明八）狂歌師、戯作者。通称豊次郎。狂名言葉綾知《ことばのあやち》。江戸芝神明町の表具師。黄表紙の代表作に、小野小町の雨乞いの次第や黒主の横恋慕を主筋とし、絵や文章を黒本青本風にしたり黄表紙風にしたりしながら、草双紙の歴史をなぞった『草双紙年代記』（一七八三／天明三、北尾政演画）など。この作品は式亭三馬の『稗史億説年代記《くさぞうしこじつけねんだいき》』に影響を与えた。

岸田理生（きしだ・りお　一九五〇～二〇〇三）長野県生。中央大学法学部卒。七四年、寺山修司の〈天井桟敷〉に参加し、寺山と共同で演劇・映画の脚本を手がける。八二年、岸田理生事務所を創設、翌年、〈楽天団〉と合併、〈岸田事務所＋楽天団〉を共同主宰。八四年、旗揚げ公演「宵待草」を行う。八五年「糸地獄」で岸田國士戯曲賞を受賞。映画「草迷宮」（七九）「ALLUSION―転生譚」（八五）、テレビドラマ「怪談　ＫＷＡＩＤＡＮ」（九二）など、脚本家としても活躍。幻想的な戯曲に、記憶をなくして家族の幻影を追い求める少女・繭を主人公に、糸に操られる女郎たちと女工哀史とが絡み合い、失われた家族の物語を紡ぎ出す「糸地獄」（八四）、電気を知らぬ村に避雷針売りの男がやってきて、吸血鬼の姉妹・毒子と薬子に魅入られる「吸血鬼」（八五）など。戯曲と並行して小説も執筆、吸血鬼の父を探す若者の異界遍歴を前衛的に描いた「ちのみごぞうし」（七四）を『幻想と怪奇』誌に発表したのを皮切りに〈血〉に対する執着が様々に反映されたエロティックな怪奇幻想譚を執筆。『最後の子』（八六・光風社出版）『水妖記』（八八・同）などの短篇集を上梓した。そのほか、萩尾望都「トーマの心臓」をもとにした映画（岸田は脚本を担当）のノベライゼーション『１９９９年の夏休み』（九二・角川ルビー文庫）、吸血鬼をめぐるエッセー集『私の吸血學』（八五・白水社）やカイ・ニールセンの絵本の翻訳『太陽の東・月の西』（七九・新書館）などもある。

岸間信明（きしま・のぶあき　一九五六～）東京町田市生。都立忠生高校卒。アニメの脚本家、漫画原作者。小説も執筆し、「野球をせんとや生まれけん」（八六）で小説現代新人賞受賞。脚本の代表作に「それいけ！アンパンマン　恐竜ノッシーの大冒険」（九三）「HUNTER × HUNTER」（九九～〇一）「ドラえもん　のび太とふしぎ風使い」（〇三）など。ノベライゼーションも執筆。魔道士物のアクション・ファンタジー漫画をもとにした『バスタード』（九三・ジャンプＪブックス）、地中レムリア人との最終戦争を描くＳＦで、脚本を担当したＯＶＡをもとにした『新海底軍艦』（九五・角川スニーカー文庫）など。

騎嶋美千子（きじま・みちこ　？～）魔術師の地位が不安定な別世界を舞台に、魔術師試験に臨む少女たちを描いた『聖界のプリズム』（二〇〇三・講談社Ｘ文庫）でホワイトハート大賞佳作を受賞。

紀田順一郎（きだ・じゅんいちろう　一九三五～）本名佐藤俊《たかし》。神奈川県横浜市生。慶応義塾高校から同大学経済学部に進む。大学時代は推理小説研究会に所属し、〈ＳＲの会〉の機関紙「ＳＲマンスリー」などで批評活動を展開。六年間の商社勤務を経て近代史・書誌を専門とする評論家として独立。『明治の理想』（六五）『牢獄の思想』（七一）などの近代思想史、『現代人の読書』（六四）『現代読書の技術』（七五）などの読書論を中心に、『日本の書物』（七六）『世界の書物』（七七）などの啓蒙的名著案内や、都市論の空白部分を突いた『東京の下層社会』（九〇）、作家論の空白部分を突いた『永井荷風』（九〇）等々、独自の方法論に立脚した幅広い評論活動を展開している。八二年『幻書辞典』（後に「古本屋探偵登場」と改題）でミステリ作家としてもデビュー。古書をめぐる奇々怪々な人間模様に取材した『われ巷にて殺されん』（八三）『鹿の幻影』（八九）『魔術的な急斜面』（九一）『神保町の怪人』（二〇〇〇）などを意欲的に発表している。

類稀な〈啓蒙家〉としての紀田の才能は、幻想文学の分野にも遺憾なく発揮されてきた。六三年には怪奇幻想小説紹介の先覚者・平井呈一といちはやく接触、翌年、大伴昌司、桂千穂と共に恐怖小説同人誌『The Horror』を創刊する。同誌は四号まで、一年半ほどで休刊となったが、その後、六九年の《怪奇幻想の文学》（新人物往来社）、七三年創刊の『幻想と怪奇』（三崎書房、二号から歳月社）、七五年の《世界幻想文学大系》（国書刊行会）などの企画編集に尽力。とりわけ八六年完結の《世界幻想文学大系》は、三期全四十五巻に及ぶ世界にも類例のない一大幻想文学叢書となり、七六年度の日本翻訳出版文化賞を受賞、日本の出版・読書界に幻想文学が市民権を得るうえで大きな役割を果たした。一方、中島河太郎との共編による『現代怪奇小説集』全三巻（七四・立風書房）『現代怪談集成』全二巻（八二・同）の両アンソロジーは、近代日本の怪奇幻想小説史を展望するうえで必須の基本図書であり、前者に付された「日本怪奇小説の流れ」や、『幻影城』の幻想小説特集号に発表された「幻想文学論序説」（七五）などの評論の先駆的意義も大きい。近年もアンソロジー『日本怪奇小説傑作集』全三巻（〇五・創元推理文庫、東雅夫との共編）、日本推理作家協会賞を受賞した回顧エッセー集『幻想と怪奇の時代』（〇七・松籟社）などを手がける。その他の幻想文学関連の編著に、ゴシック小説論集『出口なき迷宮』（七五・牧神社）、近現代の怪談小説を蒐めた『現代怪談傑作集』（八一・双葉社ノベルス）、「女か虎か」タイプの物語を収める『謎の物語』（九一・筑摩書房）、愛書小説アンソロジー『書物愛』全二巻（〇五・晶文社）などがある。また、『ブラックウッド傑作集』（七二・創土社、七八年に創元推理文庫版『ブラックウッド傑作選』として改編再刊）『M・R・ジェイムズ全集』全二巻（七三、七五・同、〇一年に創元推理文庫版『M・R・ジェイムズ怪談全集』全二巻として改編再刊）など英国怪奇小説の翻訳も手がけている。

▼『紀田順一郎著作集』全八巻（三一書房・九七～二〇〇〇）

喜多みどり（きた・みどり　?～）別世界ファンタジーを執筆。海が酸と化して荒廃した別世界を舞台に、その原因となった半神の女性と知り合った青年らが、海を再生するために冒険を繰り広げるファンタジー『天空の剣』（二〇〇三・角川ビーンズ文庫）で第一回ビーンズ小説賞奨励賞受賞。その続篇のシリーズ《西風の皇子》（〇三～〇五・同）では、西風を司る女神と滅びの女神をその身に宿らせた亡国の王子を主人公に、世界の存亡をめぐる物語が展開される。ほかに、小国の王族姉弟が、神秘的な竜の力をめぐって冒険を繰り広げる『龍の王女』（〇四・同）『龍の玉座』（〇六・同）、肉親を捜す魔術師見習いの少女が、魔術の師匠と共に冒険を繰り広げる『光炎のウィザード』（〇六～・同）など。

北美波（きた・みなみ　一九五三～）アマチュア・ロックバンドの少年たちが、仲間が死んだことから怪異に見舞われる青春ホラー『伝言《メッセージ》―I'm here』（八九・ケイブンシャ文庫コスモティーンズ）がある。

北杜夫（きた・もりお　一九二七～）本名斎藤宗吉。東京生。斎藤茂吉の次男。東北大学医学部卒。トーマス・マンに傾倒し、在学中から詩や小説を書き始める。「夜と霧の隅で」（六〇）で芥川賞受賞。代表作は斎藤一族三代の喜怒哀楽を描いた大河小説『楡家の人びと』（六四）。幻想的な作品には日本のSF草創期に書かれたSF群とユーモア・ファンタジーがある。SFには、近未来の暗い世相を背景に医事解説家の心象風景を描いた「人工の星」（五七）、女性が圧倒的多数を占める惑星を舞台に、子を産んだ妻を夫が次々と殺害していく「不倫」（五八）などのほか、亜人類、タイムマシンなどをテーマとしたものがあり、『人工の星』（八一・潮出版社）にまとめられている。ユーモア・ファンタジーには、作者が途中で物語作りを放棄してしまったため、物語の続きを考える少年が物語の中に巻き込まれて主人公クプクプとなり、様々な冒険をしながらその世界で生き続ける『船乗りクプクプの冒険』（六二・集英社）、いかなるものでも盗んでしまう変幻自在の大泥棒の行跡を語った、作者も登場するユーモア連作『怪盗ジバコ』（六七・文藝春秋）、ストン国の純真な王様が革命軍に追われて逃亡し、かわいらしいローラ姫を求めて世界をさまよう長篇童話三部作『さびしい王様』（六九・新潮社）『さびしい乞食』（七四・同）『さびしい姫君』（七七・同）などがある。北のこれらのユーモア作品はいずれも、徹底したお遊びとどたばた喜劇の中にペーソスの漂う佳作である。

北尾雪坑（きたお・せっこう　生没年未詳）画家。一七四四～八一年（延享～安永年間）に、肉筆の美人画、挿絵師として活躍。怪異を合理によって解体する怪談の謎解き物語集『古今弁惑実物語』（五二／宝暦二）がある。これは一種の怪談パロディ本ともいえよう。

北尾政美（きたお・まさよし　一七六四～一八二四／明和元～文政七）画家。本名鍬形紹《つぐ》真《ざね》。初め赤羽氏。通称三二郎。後に鍬形恵斎紹真《つぐさね》と改名。江戸堀留生。畳職人の子として生まれるが、家業を継がず、画家となる。黄表紙をはじめ、多種多様な本の挿画を執筆。九四（寛政六）年より美作津山侯のお抱え画師となり、狩野派を学んで肉筆画を専らにするようになった。子供向け妖怪絵本『夭怪《ばけもの》着到牒《ちゃくとうちょう》』（八八／天明八）がある。

北上秋彦（きたがみ・あきひこ　一九五〇～）岩手県生。九五年、保険調査員としての経験を活かしたミステリ短篇「現場痕」を『小説ｎｏｎ』に発表し、デビュー。パニック・サスペンスやミステリなどを執筆。超国家組織による世界終末計画を描くサスペンス・ホラー『種の終焉《おわり》』『種の復活』『種の起源』（九七～九九・ノン・ノベル）、ジェイソン・タイプのモンスターが殺戮の限りを尽くすスプラッタ・ホラー『闇の殺戮者』（二〇〇〇・双葉社）、吸血鬼／ゾンビ・テーマに斬新な解釈を施したＢ級テイストの長篇ホラー『呪葬』（二〇〇〇・アスキー＝Ａノベルズ、後に「吸血蟲」と改題）、人間を凶暴なゾンビ化させる奇病の蔓延で地獄と化した日本列島を、唯一の安全地帯である北海道へ向けてトロッコ列車で脱出行をはかる人々を描く『死霊列車』（〇八・角川ホラー文庫）など。

北川歩実（きたがわ・あゆみ　?～）覆面作家。半陰陽と性転換をテーマとしたミステリ『僕を殺した女』（一九九五・新潮社）でデビュー。記憶の喪失やＳＦ的道具立てを多用し、フリークスなどの怪奇的趣向、同性愛などの耽美趣味を若干加えたミステリを発表している。ＳＦテイストの強い作品に、ヒトとサルの境界をテーマとする『猿の証言』（九七・同）、乳幼児に施す天才児教育をめぐる『金のゆりかご』（九八・集英社）などがある。

喜多川格（きたがわ・いたる　一九六〇～）本姓北沢。東京大学大学院人文科学研究科英語英文学専攻博士課程単位取得退学。中央大学経済学部准教授。本名での訳書にカレン・ヘイバー『「指輪物語」世界を読む』（〇二・原書房）など。物部氏に伝えられた秘術・真太平道の力で不老不死となった魔道士が、秘術の恐ろしい力がこの世に解き放たれるのを防ごうとする連作形式の伝奇ロマン『外道士流転譚』（八九・光風社出版）がある。

北川幸比古（きたがわ・さちひこ　一九三〇～）東京大久保生。早稲田大学文学部卒。出版業を経て、児童文学者となる。詩人でもある。福島正実、内田庶らと〈少年文芸作家クラブ〉を結成し、児童向けＳＦの普及と発展に尽力。作品集を企画したりアンソロジーを編んだりしたほか、自らもＳＦやファンタジーを執筆し、児童向けＳＦ文学を牽引した。超能力テーマのＳＦ短篇集『すばらしき超能力時代』（六七・盛光社）、鏡ですべてをそのまま反射してしまう星、何でも自動で願いをかなえる機械でできたサービス会社の星など、さくら号が様々な星へ行く連作短篇集『ロケットさくら号のぼうけん』（六七・同）、少年が次々と発明する素晴らしい物が政治家たちに悪用されてしまう、ブラックユーモアの利いた『宇平くんの大発明』（六八・岩崎書店）、子供で組織された軍隊の中で出世していく少年が、子供の軍隊化は宇宙人の計略だったことを知る『日本子ども遊撃隊』（六九・国土社）、軍人養成学校をはじめ様々な予備校に進学できる未来の小学生を描いた諷刺的な作品『自由くんの宇宙せんそう』（八五・岩崎書店）などがある。ＳＦではない怪奇幻想作品に、少年たちが地下壕の中で、妖怪（実は現代の人間）と戦い続ける大日本帝国軍人に遭遇する「怪談どくろが丘」、人魚のミイラの呪いを描く「人魚は海へ」、神様に供えた雨乞い用の水が洪水を引き起こす「いのちの水」、山が切り開かれてできた団地に現代的な山姥が住む「団地の山うば」ほかを収録する短篇集『怪談どくろが丘』（七七・三省堂）がある。

北川想子（きたがわ・そうこ　一九七〇～二〇〇〇）岐阜県生。九一年「秋の日のサリちゃん物語」で毎日新聞小さな童話大賞・工藤直子賞受賞。優しいタッチのファンタスティックなメルヘンを執筆し、死後に短篇集『天使のジョン』（〇三・白泉社）がまとめられた。また北川草子名で歌人としても活動し、歌集『シチュー鍋の天使』（〇一・沖積舎）がある。

北川透（きたがわ・とおる　一九三五～）詩人、評論家。本名磯貝満。愛知県碧南市生。愛知学芸大学国語科卒。六二年から九〇年まで『あんかるわ』を主宰。詩史の幅広いパースペクティブを持ちつつ詩人論・詩論を展開し、代表的な評論集に『北村透谷試論』（七四～七七・冬樹社）『萩原朔太郎論』（八七、九五・筑摩書房）『詩的レトリック入門』（九三・思潮社）などがある。評論家としての明晰さを避けるように、詩では饒舌で、言語遊戯を取り入れた混沌とした作品を多く書いている。また、無意識の世界へと降りていくため、自動筆記、イメージ連想、呪文、夢の記述的な表現を用いることも多く、時にポップでコミカルな、時に陰鬱な幻想世界を形成している。〈のびちぢみする管の思想の中に横たわっていると星の眼〉と様々な〈眼〉を列挙していく「眼の行列」などを含む第一詩集『眼の韻律』（六八・岡田書店）、凄惨な散文詩を中心とする『闇のアラベスク』（七一・あんかるわ）、異端審問や魔女の世界をユニークなスタイルで描く連作などを収録する『魔女的機械』（八三・弓立社）、様々な罪が語られる「罪と罰集」などを収録する『隠語術』（八六・同）、言語遊戯、夢の記述めいた物語詩などが入り交じるスラプスティックな『ポーはどこまで変われるか』（八八・思潮社）、魚市場幻想と鯨幻想で構成された『デモクリトスの井戸』（九五・同）、〈天狗ちゃん・イン・ワンダーランド〉ともいうべき連作長篇詩ほかを収録し、高見順賞を受賞した『溶ける、目覚まし時計』（〇七・同）ほかの詩集がある。

北國浩二（きたくに・こうじ　一九六四～）大阪市生。俳優、フリーライターを経て、〇三年『ルドルフ・カイヨワの憂鬱』（〇五・徳間書店）で日本ＳＦ新人賞佳作入選。同作は新生児に先天的な脳障害を引き起こす新種のウイルスが、優生思想のために野放しにされたことを突き止めていく近未来ＳＦミステリ。ほかに普通のミステリを執筆。

北沢慶（きたざわ・けい　一九七二～）京都生。神戸芸術工科大学卒。クリエーター集団グループＳＮＥ所属。ファンタジーＴＲＰＧをもとにした長篇『ドラゴン大陸興亡記』（九六～九七・角川スニーカー文庫）、トレーディング・カードゲームをもとにした《モンスター・コレクション・ノベル》（九八～〇三・富士見ファンタジア文庫）『召喚士マリア』（〇四～〇八・同）などのゲーム関連ファンタジーのほか、人間が死ぬ時に発する精気を吸収することで不死者としての生命を保てる死霊戦士となった男が、最愛の妹を殺した帝国に復讐を果たすべく、葛藤を抱えながら戦い続けるヒロイック・ファンタジー《死霊戦士ギィル・ブレイド》（九九～二〇〇〇・角川スニーカー文庫）、現代日本を舞台に、炎の魔神となった高校生の少年が戦う伝奇アクション『デモンパラサイト』（〇七～〇八・富士見ファンタジア文庫）などがある。

北園克衛（きたぞの・かつえ　一九〇二～七八）詩人。本名橋本健吉。三重県四郷村生。中央大学経済学部卒。未来派、表現派、ダダイスムなどの影響を受け、やがてシュルレアリスムの運動を起こす。第一詩集『白のアルバム』（二九・厚生閣）はその新しい表現方法によって注目された。以後日本モダニズムの詩人として次々と詩集を刊行、『円錐詩集』（三三・ボン書店）『真昼のレモン』（五四・昭森社）ほか多数ある。またマラルメやエリュアールの翻訳もある。〈非現実の空間にオブジェを配置することをねら〉い、〈意味にならないように詩を展開〉（藤富保男）しようとした詩人という評価がある。〈望遠鏡空間が怠けて楕円形になり、二角形になり、抛物線になり、解けてしまつた。無色透明の美しい少年が水晶のパイプを啣へてカメラのなかに現はれてくる。こんにちは、私の美しい白い写真師！　写真師はプラツトフオオムの椅子にゐる。〉（「硝子の夜の少年の散歩」全篇）

北爪満喜（きたづめ・まき　一九五六～）詩人。群馬県前橋市生。一般的な叙景から次第に逸脱していくような詩の流れに特色があり、外側を見つめているうちに内部の妄想が溢れ出すか、内部に眼が反転するかのようである。時に初めから脳内のヴィジョンを言語に定着させたかのような詩を書く。詩集に『ルナダンス』（八八・書肆山田）『アメジスト紀』（九一・思潮社）『虹で濁った水』（九三・同）『暁・少女』（九七・書肆山田）『ARROW HOTEL』（〇二・同）『青い影緑の光』（〇五・ふらんす堂）など。

北野安騎夫（きたの・あきお　一九五七～）北海道生。電脳空間に巣くうウイルスを退治するウイルス・ハンターが活躍するサイバー・ミステリ『ウイルス・ハンター』（九五・リイド文庫）で小説家デビュー。続篇があるほか、人を〈ゾンビー・シンドローム〉に追い込むウイルスをめぐる『グランド・ゼロ』（九八・トクマ・ノベルズ）がある。

北野左近（きたの・さこん　一九七五～）太平洋戦争シミュレーション戦記を執筆。新技術物『夜間戦闘機月光』（〇三・廣済堂ブルーブックス）、タイムスリップ物『原子力潜水艦「クルスク」』（〇三・白石ノベルス）『ミレニアム原潜「羅漢」』（〇四・同）など。

北野勇作（きたの・ゆうさく　一九六二～）兵庫県高砂市生。甲南大学理学部応用物理学卒。会社勤務の傍ら、SF短篇、落語の台本などを執筆。夢と現実の狭間のような不思議な世界を舞台に、人間を理解したがる化けタヌキや増殖するカチカチ山、世界樹としての柿の木などをモチーフとして用いた奇妙な味わいのSFファンタジー『昔、火星のあった場所』（九二・新潮社）で日本ファンタジーノベル大賞優秀賞受賞。その後、主に現実が晦冥に沈むタイプの幻想的なSF、異様な状況を日常として受け入れる怪奇SFテイストの幻想小説を執筆。木星戦争から帰還したカメ型ヒューマノイド・レプリカメが、近過去めいた風景を持つ未来世界で、日常生活を送る様を描いたSF『かめくん』（〇一・徳間デュアル文庫）でSF大賞を受賞。ほかに、様々な〈ぼく〉や〈君〉が登場し、遺伝子操作の結果、異形のものによって街が崩壊するという事件にいくつもの解釈を与えた、迷宮的ファンタジーSF『クラゲの海に浮かぶ舟』（九四・角川書店）、『かめくん』の姉妹篇で、脳に直接リンクするタイプの作業機械〈人工知能〉を操作する男の茫洋とした体験を描く『どーなつ』（〇二・早川書房）、得体の知れない物を作っている工場の娘と結婚した男が遭遇する怪奇な出来事や幻惑的な状況を描く町内ホラー『人面町四丁目』（〇四・角川ホラー文庫）、狸の置物が回転する奇妙な家で小説を書いている男を主人公に、小説と悪夢と現実の境目も定かでない状況を描く『恐怖《フライト》記録器《レコーダー》』（〇七・同）ほか多数の作品がある。

『**北野天神縁起**』（きたのてんじんえんぎ　十三世紀成立）縁起絵巻。作者未詳。菅原道真の伝記、怨霊跳梁、北野天神社創立、霊験譚から成る。様々な異本があり、含まれるものはいろいろである。伝記では、出生が拾い子となっている点や飛梅伝説、無実を訴えた祭文を梵天まで飛ばした話などが語られる。怨霊跳梁では、天満大自在天神となった道真は、渇きゆえに柘榴を含むが炎として吐き出し、雷電を操って藤原時平を襲い、ついには一族ともども呪い殺す、しかしなおも怨みは晴れず、宮廷に災いは続く、といったことが語られている。さらに、散逸した史書『扶桑略記』（十一世紀末～十二世紀初めに成立）中の「道賢上人冥途記」の広本と推測される『日蔵夢記』に基づいて、天神創立の経緯が語られていく。日蔵上人が仮死による六道巡りをし、天界のようなところで菅原道真に逢い、道真から怨みは減衰したものの滅するには至っておらず、眷属も跳梁しており、さらに自分を祀れば怨みが止むであろうと告げられる。また地獄で苦しむ醍醐天皇にも出会い、蘇生する。さらに子供を通じて託宣があり、北野社の場所が定まる、といった展開となっている。後の文学などに深い影響を与えた。

北畠親房（きたばたけ・ちかふさ　一二九三～一三五四／永仁元～正平九）南北朝時代の歌人、政治家。権大納言師重の長男。後醍醐天皇に仕え、世良親王の養育係を務める。親王の早世後、出家して宗玄となる。建武の新政が興ると参画して奥羽地方の経営に当たった。足利尊氏の反乱により建武の新政が崩壊すると、後醍醐天皇を迎えて吉野に南朝を起こした。後醍醐崩御後、『神皇正統記《じんのうしょうとうき》』（三九／延元四成立、四三／興国四改訂）を著し、南朝こそ正統であることを主張した。その後高師直によって吉野宮が崩壊すると、還俗し、あくまでも北朝に対抗した。晩年は賀名生に引退。『神皇正統記』は、神代の物語から説き始め、天皇の系譜を辿って南朝の正統を訴える。殊に神の世界から伝わった三種の神器の伝授をもって正統であるとみなすべきことを、記紀の記述をねじ曲げることによって導き出すために、神代の部分で筆を尽くしている。親房は、異伝を様々に示しつつ、結局のところ自分もまた異伝を語ってしまう。歴史が容易に語り替えられる物語であることをあからさまに示しているのである。

北畠八穂（きたばたけ・やお　一九〇三～八二）本名美代。筆名は従来〈やほ〉と読まれてきた。青森市生。実践女学校専門学部国文科中退。十七歳頃から雑誌に投稿し、その縁で深田久弥と結婚。カリエスに罹患して闘病生活を送りながらも、深田の小説の代作を務めたという。深田の愛人が子供を作ったために離婚し、その後は旺盛に小説を執筆。代表作に『もう一つの光を』（四八）など。児童文学にも異能を発揮し、別掲作のほか、郷土色豊かなメルヘン「お山の童子と八人の赤ん坊」（五七）、耳の中に変幻自在な小さな鬼を飼い、それに助けられながら成長していく少年の姿を、両親が出稼ぎに出ねばならなかった高度成長期の日本の農村を舞台に描いた長篇『鬼を飼うゴロ』（七一・実業之日本社、産経児童出版文化賞大賞、野間児童文芸賞）などがある。

【千年生きた目一つ】中篇小説。四六年頃執筆。四八年、競作集『わかくさの子ら』（前田出版社）に掲載。目一つになって千年生きたいと願った人が、その願いをかなえて目だけになって世界を見るという設定の児童文学で、求道的なところのあるファンタジー。三つの物語から成っている。第一話は目一つが先達である耳一つに海の中で出会うというもので、ある音楽家を愛したキノコの逸話を耳一つから聞く。第二話は一人の人間の生涯を見守るもので、彼が自分で殺した獣の血の跡を雪の上に見続けた果てに死に、蘇って聖者になるまでを描いている。第三話は愚かな村と都会の町の観察記録。目一つはいわば狂言回しだが、時空を超え得るという目一つの特色が、作品をユニークなものとして息づかせる核にもなっている。戦前から戦後にかけてのファンタジーの展開を考える上で重要な作品といえる。

北原樹（きたはら・いつき　一九四七～）本名静江。神奈川県横浜市生。東京教育大学文学部哲学科卒。雑誌編集者を経て、『くろねこパコのびっくりシチュー』（八一）で日本児童文学者協会新人賞受賞。ファンタジーに、普通の中学生の少女たちが魔法の力を得て活躍するロマンティックな連作短篇集『聖魔女たち』（九一・偕成社）がある。

北原しんいち（きたはら・しんいち　一九三七〜）群馬県水上町生。群馬大学卒。教師の傍ら、執筆活動を展開。子供論のほか、児童文学を執筆。ファンタジーに、ペンギンのような姿のおじさんを媒介として、雷の子と遊んだり、木のうろを通って自然に満ちた異世界に行ったりと、不思議な体験をする子供たちを描いた連作『ミロミロ島はどこ？』（九七・けやき書房）がある。

北原双治（きたはら・そうじ　一九五〇〜）北海道生。法政大学文学部卒。各種職業を経て作家となる。官能小説、バイオレンス小説を主に執筆。官能的な呪術を弄して世界を牛耳ろうとする男と対決する術師を描く伝奇アクション『妖魔八つ目軍団』（九〇・双葉社）などがある。

北原綴（きたはら・つづる　一九三八〜）本名武井遵。群馬県春名町生。父は韓国の詩人・金素成。高校中退後、音楽関係の仕事を経て、出版社を経営、傍ら官能・犯罪小説やロマンティックなメルヘンを執筆。幻影を見せる雪ぼうず、口をきく木、化かす狐などが登場する、しみじみとしたメルヘン集『風のメルヘン』（八四・創林社）、つむじ風の兄弟、十二月の小僧などが登場する田舎の村を舞台にしたメルヘン集『木の実ふる村』（八五・同）などがある。八七年四月、贋札事件の主犯・宝石商殺害容疑で逮捕。八九年、無期懲役が確定して服役。

北原哲夫（きたはら・てつお　？〜）仙花紙時代の作家。惑星探検物『空とぶ怪艇』（一九四八・紅葉書房）ほかの少年SFがある。

北原尚彦（きたはら・なおひこ　一九六二〜）筆名に北原なおみ。東京生。青山学院大学理工学部物理学科卒。大学在学中は推理小説研究会に所属。シャーロック・ホームズ研究家、古書収集家としてエッセーを執筆し、また翻訳も手がける。現在、〈日本古典SF研究会〉会長を務める。九〇年、なおみ名義による少女小説のミステリで小説家としてもデビュー。ヴィクトリア朝を舞台とする怪奇小説を執筆しており、異次元の精神生命体が侵入して惨劇を引き起こす『霧幻帝都』（〇一・EXノベルズ）、短篇集『首吊少女亭』（〇七・出版芸術社）などがある。古書関係のエッセーには、『SF万国博覧会』（二〇〇〇・青弓社）『発掘！子どもの古本』（〇七・ちくま文庫）『SF奇書天外』（〇七・東京創元社）など、幻想文学の面からも興味深い本が多々取り上げられている著作がある。

北原白秋（きたはら・はくしゅう　一八八五〜一九四二）詩人、歌人。本名隆吉。福岡県沖端村生。早稲田大学英文科予科中退。〇六年に『明星』同人となる。翌年、与謝野寛らと切支丹の遺跡を訪ねて九州を巡ったのを契機に木下杢太郎と南蛮趣味の詩文を興し、詩集『邪宗門』（〇九・易風社）を刊行、詩人としての名声を得る。その詩風は、理知的・思弁的ではないが、官能・頽唐の情緒が華麗にして濃厚なる措辞を以て眩惑的・絵画的に成就された体《てい》のものである。同時期の『思ひ出』（一一・東雲堂書店）は故郷柳川の光景を異邦人の眼を以て眺め、江戸俗謡の韻律なども踏まえて歌ったもので、より享楽の度合が強い。掲載誌が発禁処分を受けた「お軽勘平」（『東京景物詩』を改題した第三版『雪と花火』に収録）は、繊細で鋭い言語感覚が十全に発揮された官能の香り高い傑作である。以後『東京景物詩其他』（一三・同）『白金之独楽』（一四・金尾文淵堂）『観相の秋』（二一・アルス）『水墨集』（二三・同）等があり、姦通事件による下獄や離婚を境に詩風が変化、概ね沈潜の道を辿るが、『海豹と雲』（二九・同）に至っても「月と美童」のような傑作がある。一方、歌人としては『桐の花』（一三・東雲堂書店）で感傷と享楽を併せ持った独特の歌風を樹立、〈南風薔薇《さうび》ゆすれりあるかなく斑猫《はんめう》飛びて死ぬる夕ぐれ〉〈君かへす朝の舗石《しきいし》さくさくと雪よ林檎の香のごとくふれ〉

〈ぐろきしにあつかみつぶせばしみじみとから紅《くれなゐ》のいのち忍ばゆ〉等々、あえかな官能のゆらめきを見事に表現、また所々に挿入された散文にも独特の感覚の妙がある。『雲母集』（一五）では歌風が一変、その後九冊の歌集を刊行したが、『桐の花』を超える集はない。広く童謡・歌謡にも手を染め、晩年は国民的詩人として遇された。訳書『まざあ・ぐうす』（二一・アルス）は珍品というべきである。

北原宗積（きたはら・むねかず　一九三一〜）長野県松本市生。信州大学工学部卒。ローカル鉄道の車掌が、雪女を皮切りに鬼や春の精や花咲か婆さんなどと出会う『雪女のスケッチブック』（八七・小峰書店）、優等生だった少年が、もう一人の自分である悪賢い影に支配されて、意志どおりに動けなくなる恐怖を描く『影よ、さらば』（九〇・くもん出版）、隣の部屋に越して来た化狐との交流を通じて自然の大切さに気づかされる『夕やけ色のトンネルで』（九一・岩崎書店）ほかの児童文学を執筆。

北窓後一（きたまど・ごいち　生没年未詳）江戸時代中期の浄瑠璃作者。経歴未詳。竹本座で竹田小出雲、近松半二などの助作を務めた。「日高川入相花王《ひだかがわいりあいざくら》」「安倍晴明倭言葉」「奥州安達原」など。各項参照。

北村薫（きたむら・かおる　一九四九〜）本名宮本和男。埼玉県生。早稲田大学第一文学部卒。教師の傍ら、『空飛ぶ馬』（八九）で小説家デビュー。九一年『夜の蟬』で日本推理作家協会賞を受賞。九三年から専業作家となる。日常に潜む謎を解き明かす繊細なミステリによりミステリ界に新風を吹き込んだと評価される。『鷺と雪』（〇九）で直木賞受賞。ファンタスティックな設定の作品として、時間をテーマに、奇妙な設定下での恋愛を描いた《時と人》三部作がある。目覚めると、四十二歳の自分に人生が早送りされてしまっていた十七歳の少女の奮闘を描く『スキップ』（九五・新潮社）、事故によって同じ時間を繰り返し続ける時間のポケットに落ち込んでしまった三十歳の女性が、電話回線でこの世とかすかに結ばれながら、ついにこの世に帰ってくるまでを描く『ターン』（九七・同）、三十数年に一度しか見られないという獅子座流星群を鍵として、戦禍ゆえに結ばれなかった恋を転生によって成就させる『リセット』（〇一・同）である。このほか、恋愛を主たるテーマとした短篇集で、くらげ状の個人クーラーに閉じこもる人々を描いた「くらげ」や左慈の水のように切れる水を描いた表題作など、幻想味のある作品を多く含む『水に眠る』（九四・文藝春秋）がある。

北村けんじ（きたむら・けんじ　一九二九〜二〇〇七）本名憲司。三重県生。三重大学学芸学部養成科卒。小学校教師の傍ら児童文学を執筆。九〇年、母校の校長を最後に退職。代表作に産経児童出版文化賞受賞の『まぼろしの巨鯨シマ』（七二）など。ファンタジーに、幼い頃に慕ってくれた少女を思い続けて生きる一途な木の精を描いた『木の精こだま物語』（九一・小峰書店）などがある。

北村小松（きたむら・こまつ　一九〇一〜六四）青森県生。慶応義塾大学英文科卒。戯曲、脚本を執筆し、昭和初期の映画・演劇界の発展に貢献。戯曲に「猿から貰った柿の種」（二七）、映画脚本に「マダムと女房」（三一）など。航空文学の開拓者として『モダン日本』などに小説を執筆。墜落する飛行機をめぐる怪奇談「飛行機の怪」（三三）、SF「月航路第一号」（五三）などがある。また少年小説を多数執筆し、『南極海の秘密』（四一・同盟出版社）『亜成層圏』（四一・山海堂出版部）「空とぶえんばん」（四五）「人工頭脳」（五四）などのSFがある。

北村想（きたむら・そう　一九五二〜）本名清司。滋賀県大津市生。県立石山高校卒業後、友人のいた中京大学演劇部に出入りするうち演劇にのめりこむ。八二年、名古屋で劇団〈T・P・O師★団〉（後に〈彗星86〉〈プロジェクト・ナビ〉と改名）を結成。その東京公演「寿歌」（七九）は、核戦争後の関西の地方都市を彷徨する三人を描いた静かな劇で、〈明るいニヒリズム〉と称されて注目を集める。後に続く世代の核戦争物、近未来廃墟はここから発したとも位置付けられている作品である。八四年に「十一人の少年」で岸田國士戯曲賞を受賞。

『碧い彗星の一夜／月夜とオルガン』（八二・北宋社）『虎★ハリマオ』（八二・白水社）『十一人の少年』（八三・同）『想稿・銀河鉄道の夜』（八六・而立書房）などの戯曲には、北村の愛読する幻想文学やSFからの影響を感じさせるファンタスティックなイメージが躍動している。ほかの戯曲にもショートショート風の「雨宿り」、不条理物「最後の授業或いは告別」など、多数の作品がある。一本の木だけを舞台装置とする戯曲集『いっぽんのき』（九八・北宋社）や、漫画をもとにした『戯曲 猟奇王』（九〇・白水社）『藤子・F・不二雄の Sukoshi Fushigi もの語り』（九〇・小学館）といった異色作もある。小説に、乱歩の《少年探偵団》シリーズに登場する怪盗・二十面相の生涯を、当時の風俗を織り交ぜてリアルに描いた異色作『怪人二十面相・伝』（八九・新潮社）と続篇『青銅の魔人』（九一・同）があるほか、不思議な町の不思議な人々と猫たちが繰り広げる十二カ月の奇妙奇天烈なエピソードを軽妙なタッチで綴った表題作などが収録されている作品集『不思議想時記』（八〇・プレイガイド・ジャーナル社）がある。また児童文学も手がけ、ミステリ、奇妙な味の絵本のほか、アンドロイドが紛れ込んでいる世界でRPG風の冒険を繰り広げた少年が、すべては、滅亡を選ぶ人間の秘密を知りたがったシリコン生命体に操られての冒険だったと知る『〈シ〉についての冒険』（九四・あかね書房）がある。

北村透谷（きたむら・とうこく　一八六八～九四）本名門太郎。別号に桃紅、蟬羽、脱蟬、電影など。小田原唐人町生。祖父・玄快は小田原藩医、父・快蔵は透谷誕生後、昌平学校に学び官吏となる。十二歳のとき一家で上京、京橋区弥左衛門町に住む。当時からすでに自由民権運動の刺激を受け政治家を志す。泰明小学校卒業後、いくつかの漢学塾や英語塾を転々、政治情勢への慷慨、しつけに厳しい母親との葛藤などから気鬱病になる。八三年、東京専門学校政治経済学科に入学、その傍ら三多摩地方の民権運動家と交際を深める。八五年、民権運動の資金調達目的の強盗計画に参加を求められるが懊悩の末これを拒絶、剃髪して漂泊の旅に出る。八八年、石坂ミナとの大恋愛に煩悶しキリスト教に入信。同年、ミナと結婚する。八九年、日本初の自由律長詩の試みである『楚囚之詩』を自費出版。以後、キリスト教関係の通訳・翻訳に従事する傍ら、『女学雑誌』に「厭世詩家と女性」（九二）をはじめとする革新的な評論や小説「我牢獄」（九二）などを発表、新時代をひらく文学思想家として注目される。九三年、彼に傾倒する島崎藤村、馬場孤蝶らと『文学界』を創刊、浪曼主義文芸を提唱し、山路愛山らと〈人生相渉論争〉を展開するが、一方で生活苦と疲労のため宿痾の精神病が再発、年末に自殺未遂を起こす。翌年の五月十六日、東京芝の自宅の庭で縊死。

恋と政治に苦悩し、諸国放浪の旅を繰り返した浪曼主義詩人・透谷は、心中の煩悩を部屋に蝟集する大小の鬼の姿で目にするような〈幻視〉の人でもあった（「松島に於て芭蕉翁を読む」九二）。そうした生来の気質と、バイロンをはじめとする英国ロマン派文学の影響が交錯するところに生み出されたその創作には、ゴシックロマンスとの親近性を感じさせるような怪奇幻想志向を認めることができる。処女作『楚囚の詩』や「我牢獄」に顕著な〈牢獄／幽閉〉のテーマをはじめ、骸骨と化した佳人が墓から這い出す様をうたった詩「髑髏舞」（九四）、宿命的な愛と死のテーマに魔鏡の妖異を絡めたドイツ・ロマン派風の短篇「宿魂鏡」、バイロンの『マンフレッド』を下敷きにしつつ、富士山麓に日本的な魔界を幻成せしめた「蓬莱曲」などは、江戸文学の伝統とは一線を画した近代幻想文学の出発点となった記念碑的作品といえよう。

▼『透谷全集』全三巻（一九五〇～五五・岩波書店）

【宿魂鏡】短篇小説。九三年一月『国民之友』掲載。戸沢男爵家の書生・山名芳三は、郷里から許婚の阿梅が父親に伴われて上京してきたことに困惑する。彼は主家の令嬢・阿弓と相愛の仲だったのだ。男爵の不興をかった芳三は失意のうちに帰郷、廃屋に世捨て人同然の日々を送ることになる。阿梅の心痛をよそに憔悴の度を加える芳三は、別離の形見に託された鏡に阿弓の面影を見るが、一転、鏡の中から出現した異形の怪物に幻惑される。二人の結婚を許す知らせを持った戸沢家の使者の到着を目前に、芳三は事切れ、時を同じくして東京の阿弓も息を引き取る。

【蓬莱曲】長篇劇詩。九一年養真堂刊（自費出版）。恋人露姫と別れ、琵琶を携え諸国をさすらう修行者・柳田素雄は蓬莱山麓にいたり、空中から彼に呼びかける怪しの声を聞く。露姫の夢告に促されて魑魅魍魎が跋扈するという蓬莱山中に分け入った素雄は、鬼や白竜、仙姫《やまひめ》、仙人らと邂逅しつつ山頂へ至り、世界を支配する大魔王と対面、その誘惑に背いて憤死する。富士登山の実体験や、バイロン、ゲーテらの影響が指摘されるが、同時にここには山中他界観に基づく日本古来の伝承世界が息づいていることを忘れてはなるまい。上田秋成の「白峰」と泉鏡花の「高野聖」を結ぶ〈山岳幻想〉の線上において評価されてしかるべき作品である。なお巻末に付された未完の「蓬莱曲別篇」は、蓬莱山頂で死を遂げた素雄が、時空を超えた慈航湖に漂う小舟の上で露姫と再会する様を描き、透谷のシャーマニックな幻想性がよく現れている。

北村寿夫（きたむら・ひさお　一八九五〜一九八二）本名寿雄。東京麴町生。早稲田大学文学部英文科中退。学生時代から童話を執筆。間もなく小山内薫に師事して戯曲に情熱を燃やし、この時期の代表作に「鮒馬哲学」（二八発表）など。三六年から日本放送協会文芸部主事となり、ラジオドラマの脚本・演出を手がける。五一年放送開始のラジオドラマ《新諸国物語》は子供たちの熱烈な支持を受けた人気番組で、後にはテレビドラマや映画にもなった。寿夫自身がノベライゼーションも一部手がけた（五三〜五六・宝文館）。《新諸国物語》は長篇物語「白鳥の騎士」「笛吹童子」「紅孔雀」「オテナの塔」「七つの誓い」「天の鶩」「黄金孔雀城」から成る。作品の舞台は様々で、超自然的な要素はあまりないが、いずれも伝奇的な要素を持ち、複雑怪奇な人物関係が織り成す、謎と陰謀の世界を描いた勧善懲悪物である。そのほか、幻想的な戯曲に、幻影を師とする狂人の青年が富豪の家庭を覗き見するというスタイルで、現実と夢の交錯のうちに人生の不条理を描く『幻の部屋』（二四・改造社）など。また童話に、燕の医者と狐の坊主が言い争ううちに狐の子供が死んでしまう話を森の情景の中に描くナンセンス・コント「森の中で」（二七）などがある。

北山修（きたやま・おさむ　一九四六〜）淡路島生。京都府立医科大学在学中に〈ザ・フォーク・クルセダーズ〉を結成。六七年「帰ってきたヨッパライ」が大ヒット。卒業後、ロンドンで精神医学を研修し、精神科医、エッセイストとして活躍。主な著書に『戦争を知らない子供たち』（七二）など。サングラスをかけないと何でも二重に見えてしまう世界に入り込んだ少女を、言葉遊びとスラプスティックな感覚で描く『サングラスの少女』（七九・中央公論社）がある。

北山崇（きたやま・たかし　?〜）ゲーム制作、翻訳などに携わる傍ら小説を執筆。読者参加型ファンタジーRPGのノベライゼーション『リューヌ伝説』（一九九二〜九三・スーパークエスト文庫）、新技術物の太平洋戦争シミュレーション戦記『飛翔空母神龍』（九八・歴史群像新書）がある。

北山猛邦（きたやま・たけくに　一九七九〜）世界の終末が確実となった世界を舞台に、幽霊のような存在を矢で射殺することができる探偵が、人面樹が繁り、地下室に無数の顔が浮き出す異形の館で首無し死体のトリックに挑む『「クロック城」殺人事件』（〇二・講談社ノベルス）でメフィスト賞を受賞してミステリ作家としてデビュー。幻想的、あるいは異様な設定下に事件が起きる本格ミステリを種々執筆している。書物が禁じられたパラレルワールドを舞台に、ミステリの要素を文章化して閉じ込めたガジェットを回収するため、特別に育てられたミステリの権化のごとき少年検閲官が連続殺人事件の謎を解く『少年検閲官』（〇七・東京創元社）ほか。

吉祥寺住人（きちじょうじ・すみと　？〜）京都生。美少女アンドロイド物のどたばたコメディ『シンシアマシン』（二〇〇四・ファミ通文庫）、ファンタジー系アクションRPGのノベライゼーション『ラジアータストーリーズ』（〇五・スクウェア・エニックス＝ゲームノベルズ）がある。

吉津実（きづ・みのる　一九四九〜）日本大学芸術学部放送学科卒。『宇宙翔る虎』（七八・ソノラマ文庫）『百億光年の兇弾士』（八二・双葉ノベルズ）など、スペースオペラや冒険SFを執筆。娘の胎児を食べて不老の超能力者となった夫婦と、セックスによって超常能力を高める男女が対決する官能伝奇バイオレンス『妖獣伝』（八六・有楽出版社ノベルス）がある。

きどのりこ（きど・のりこ　一九四一〜）本名城戸典子。神奈川県生。祖父母は与謝野鉄幹・晶子。早稲田大学文学部卒。『ちいさなたからもの』（七二）で童話作家としてデビュー。貧しいながらも夢を忘れずに生きてきた老人が、人魚と結ばれる物語『なぎさの国のまりんちゃん』（七四・ポプラ社）をはじめ、『ひろったまほうのきっぷ』（七九・文研出版）『空とぶキリンと青いゆめ』（八四・小学館）などの低学年向けファンタジーがある。

城戸光子（きど・みつこ　一九五二〜二〇〇五）福岡県出身。関西学院大学文学部中退。舞台演出家。歌に魂があり、大きな威力を持っているファンタスティックな日本の村を舞台に、歌の勝負をめぐってミステリアスに物語が展開する『青猫屋』（九六・新潮社）で日本ファンタジーノベル大賞優秀賞を受賞した。

砧大蔵（きぬた・だいぞう　一九六二〜二〇〇五）本名樋口知之。東京生。日本大学文理学部社会学科卒。戦記漫画原作を手がけ、近未来軍事シミュレーション『沈黙の戦士』（九八・歴史群像新書）で小説家としてデビュー。タイムスリップ物のシミュレーション戦記『機動要塞「大和」』（〇二・同）『漂流自衛隊』（〇三・コスモノベルス）などがある。

木根尚登（きね・なおと　一九五七〜）東京立川市生。日本大学明誠高校卒。ポップス・ミュージシャン。〈TM　NETWORK〉のギタリストやソロのシンガー・ソングライターとして活躍。音楽活動の傍ら小説を執筆する。魔物に奪われた音を求めて迷宮を旅する少女キャロルを描く『キャロル』（八九・CBSソニー出版、劇場アニメ化）、言葉をしゃべり奇跡を起こす不思議な犬ユンカースの活躍を描く『ユンカース・カム・ヒア』（九〇・同、劇場アニメ化・漫画化）、夢の世界に入り込んで冒険を繰り広げる中学生たちとその教師を描く『夢の木』（九二・ソニー・マガジンズ）、母の面影を求めるロマの一族の少年が、邪悪な存在にそそのかされ、不幸を吹き出すという角笛を吹いて別世界に入り込み、冒険を繰り広げる『七つの角笛』（〇三・メディアファクトリー）、ファンタジー短篇集『天使の涙』（九七・幻冬舎文庫）などがある。

紀海音（きの・かいおん　一六六三〜一七四二／寛文三〜寛保二）浄瑠璃作者、俳人、狂歌師。本名榎並喜右衛門、後に善八。別号大黒屋海音、鯛屋海音、白鷗堂、昌因、鳥路観、貞峨、契因など。大坂御堂前の老舗の菓子商鯛屋の次男。父や叔父は俳人で兄も狂歌師という環境で育つが、若くして出家する。後に還俗して医師となる。豊竹座の座付作者として活躍し、近松に対抗する。一二四（享保九）年の大火で実家も自宅も失い、芝居を引退して鯛屋の復興に当たる。隠棲後は広く交遊を保ちつつ俳諧詩歌に精進した。怪奇幻想的な趣向のある浄瑠璃に次のようなものがある。安倍安名が葛の葉と結ばれて家を出たため、安倍の家乗っ取りを企む蘆屋道満の弟・石川悪右衛門と安名の異母妹・菖蒲前の結婚を、女占に変装した葛の葉が阻止し、さらに陰陽の術比べで道満も打ち倒すが、夫と愛児のもとへは帰れなくなる「信田森女占《しのだのもりおんなうらかた》」（一三／正徳三）、妖狐・玉藻前物で、玉藻が自分以外の美女に化ける趣向を用い、中宮が二人になる怪異が安部泰成によって見あらわされる一段、脇筋の恋人たちのところへも現れ、男が狐と過って女を殺してしまう一段を挟み、最後には妖狐が将に討ち取られ、悔悟して石と化す「殺生石」（一六／享保元頃）、帝位争いを主筋とし、女絵師・雪姫は冨仁親王（男装の女帝）に、左甚五郎は悪僧・蟠海（親王の異母兄）に強要されて小町の絵や像を作る話を副筋に、両名匠が夢中に魂を飛ばして小町の姿を見るシーンがある「冨仁親王嵯峨錦」（二一／享保六）、安禄山の乱に取材したもので、楊貴妃が実は日本の仙女出身だという設定になっており、玄宗が東方朔の仙術によって日本にいる楊貴妃に逢う場面や、安禄山に殺された男の首が怨念から剣を口にくわえて飛んでいく場面がある「玄宗皇帝蓬莱鶴」（二三／同八）、お家騒動を主筋に、現世での願いを叶えるかわりに地獄に落ちるという無間《むげん》の鐘をモチーフにした作品で、紙に描かれた鐘を遊女が鳴らし、地獄に落ちて後亡霊となつて現れる趣向があり、傑作として名高い「傾城無間鐘《けいせいむげんのかね》」（同）など。

紀常因（きの・じょういん　生没年未詳）経歴未詳。号に浪華亭。初期読本の怪談奇談集『怪談実録』（一七六六／明和三）の作者。同書は五巻十四話を収録。山中の妖しい女を娶って暮らした話、人の屍肉を喰った僧が行方をくらます話のほか、狐狸の怪、生霊、嫉妬談等を収録する。

紀滝淵（きの・たきふち　生没年未詳）経歴未詳。翻訳説話集『通俗孝粛伝』（一七七〇／明和七）がある。明末の裁判小説『竜図公案』から六話を選んで訳したもので、千年を経た金鯉が美女に化けて誘惑する話、跳梁する老鼠の妖怪を玉面猫で退治する話などを含む。また、幽霊に化けて脅し、罪を白状させる「阿弥陀仏講話」、洪水から男を救い出すが忘恩の憂き目に遭う「石獅子」は京伝作品に利用されている。

紀長谷雄（きの・はせお　八四五～九一二／承和一二～延喜一二）詩人・儒者。文章博士として『文選』などを講ず。博学明晰をもって知られる。『紀家怪異実録』があったことが知られているが、散逸した。神仙説話が含まれていたらしい。

紀野恵（きの・めぐみ　一九六五～）歌人。徳島県生。早稲田大学第一文学部卒。未来短歌会会員。八四年に第一歌集『さやと戦げる玉の緒の』を上梓。古語を新鮮な形で用いた歌によって注目され、新古典派と称される。むしろ広く言語遊戯的・実験的な歌人というべきであろう。時にはカリグラムも試みている。ロマンティックな旅を描く連作が多く、また、ファンタスティックな物語を思わせる連作も見受けられる。幻想的な作品を含む歌集に、『フムフムランドの四季』（八七・砂子屋書房）『水晶宮綺譚』（八九・同）『架空荘園』（九五・同）『午後の音楽』（〇四・同）など。

〈これはゆめあれはうつつと追ふ蝶のやがて凍てける羽に立つ虹〉〈うす青の古代唐草絡みあふごとき空には魔物が生《あ》るる〉〈物怪《もののけ》のからと音たて夜半醒めぬ古屋敷にはむかし女が〉〈水晶宮《クリスタル・パレス》が砕け散るならばけふといふ日は燿ふものを〉〈掌《て》に荒野《ムーア》ある如し汝《な》は　緑なすもののさやぎに言絶ゆるとき〉〈わたくしは虚《そら》。ささ波の花びらの遠《とほ》のらせんにめぐれる精神《こころ》〉〈雨の神寄り来て今はめづらかなる赤電話指す（これは啓示よ）〉

木下順二（きのした・じゅんじ　一九一四～二〇〇六）劇作家。東京本郷生。東京大学英文科卒。大学院生時代より戯曲に手を染め、戦中から民話を素材とした戯曲を執筆。「風浪」（五三）で第一回岸田演劇賞受賞。戦後の新劇運動をリードし、その歴史意識の強い、新しい方法意識に貫かれた戯曲は高い評価を受けている。代表作に東京裁判を題材にした『神と人のあいだ』（七二）、『平家物語』を題材にした読売文学賞受賞作「子午線の祀り」

（七八）など。民話「鶴女房」をもとにした「夕鶴」（四九）は毎日演劇賞を受賞し、国民演劇との評価を受けている。ほかにファンタスティックな民話に取材した戯曲に、「彦市噺」（四六）「聴耳頭巾」（五一）「瓜子姫とアマンジャク」（五三）「おんにょろ盛衰記」（五七）「陽気な地獄破り」（六六）など多数の作品がある。また、『夢見小僧』（六六・平凡社）ほか、民話の再話集もある。

木下杢太郎（きのした・もくたろう　一八八五〜一九四五）本名太田正雄。静岡県湯川村生。一一年、東京大学医学部卒。皮膚科を専攻し、一六年から二四年まで満州の南満医学堂教授を務めた後、愛知医大、東北大、東大などの医学部教授を歴任。大学在学中、東京新詩社同人となり『明星』に詩や小品を発表、〇七年、与謝野鉄幹、北原白秋、吉井勇らの同人と九州を旅し、〈南蛮詩〉の着想を得る。〇八年、白秋、勇や洋画家の石井柏亭、山本鼎らと〈パンの会〉を結成、翌年創刊の『スバル』にも参加し、明治末期の耽美主義文学運動の旗手となる。戯曲集『和泉屋染物店』（一二・東雲堂）『南蛮寺門前』（一四・春陽堂）、小説集『唐草表紙』（一五）、美術論集『印象派以後』（一六）、詩集『食後の唄』（一九）などのほか、『支那伝説集』（二一・精華書院）ほかの翻訳やキリシタン研究なども手がけ、美的ディレッタントとしての生涯を全うした。〈人を食う〉と噂される南蛮寺の門前で黄昏どきに交わされる畏れと好奇をはらんだ会話に異国の楽声が交錯するエキゾティックな象徴劇「南蛮寺門前」（〇九）や、アラビアンナイトに取材した夢幻劇「医師ドオバンの首」（一〇）「十一人の偏盲」（一二）などの幻想的な戯曲がある。

木原伸朗（きはら・のぶお　一九三五〜）樺太豊原市生。短篇映画・広告映像などの企画演出に携わる傍ら小説を執筆。主人公の体内に巣食っていた黒くて臭い息を吐き出す鬱虫が外に飛び出したために巻き起こった騒動や不条理な裁判などを描く諷刺的長篇『鬱虫』（七二・新潮社）、鳩に憧れる蟻が鳩の着ぐるみを着て空を飛び、夢の製造所に紛れ込んだりするユニークなファンタジー『アリハトの冒険』（八三・政紘社）、マグリットの絵から人物が抜け出てくる「少年ジョッキーはどこへいく」、背中から入り込む地霊との交渉を描く「ジークフリートの弱点」ほかの作品を収録する怪奇幻想短篇集『失業解消事業団』（〇五・彩図社、木原伸雄名義）などがある。

木原浩勝（きはら・ひろかつ　一九六〇〜）兵庫県尼崎市生。大阪芸術大学芸術学部卒。怪異蒐集家。アニメ制作会社勤務を経て、九〇年に、大学時代からの友人である中山市朗と共著の怪談実話集『新・耳・袋』（九〇・扶桑社）を刊行。同書は九八年に『新耳袋』としてメディアファクトリーから再刊されると大きな反響を呼び、二〇〇五年までに全十巻が刊行され、現代怪談実話に画期をもたらした。ほかの著作に、中山市朗と共著の古代史小説『捜聖記』（〇一・角川書店）や『怪談の学校』（〇六・メディアファクトリー）、木原単独による怪談実話集《隣之怪》（〇八〜・メディアファクトリー）《九十九怪談》（〇八・角川書店）など。また、出版プロデュースや漫画原作なども手がけている。

『吉備大臣入唐絵巻』（きびのだいじんにっとうえまき　平安時代末から鎌倉時代初期成立）説話絵巻。作者未詳。内容は『江談抄』の吉備真備の物語と同じで、吉備真備が唐で阿倍仲麻呂の亡霊に助けられながらファンタスティックな冒険をする様を描いている。

黄表紙（きびょうし）江戸の草双紙（絵物語）の一時期（一般的には一七七五〜一八〇六／安永四〜文化三）の呼称。萌黄色の表紙であったことからの名前。黒本青本時代と合巻時代の中間に位置し、その間に子供向けから大人向けへ、お伽噺のパロディから社会・世相諷刺を経て敵討物へ、という具合に変化したとされる。恋川春町の作品を大人向けの始まりと見、山東京伝で頂点に達するという見方が一般的である。約三十年の間に二千数百種が刊行されたといい、怪奇幻想物に限っても多数の作品があってとても拾いきれない。以下に、作者記載無し、あるいは経歴等未詳作者の作品をいくつか掲げる。市川八百蔵を追悼したもので、閻魔大王の前で瀬川路考と組んで芝居をし、菩薩となる『〈市川八百蔵得脱記〉中凋花小車《なかにしぼむはなのおぐるま》』(七七/安永六)、嘘という意味を持つ〈万八〉を擬人化し、その遍歴を短篇連作形式で綴った笑話集で、凍りついた雁を鎌で刈り取る話、唐土で猩々を捕える話など十七話から成る『虚言八百万八伝《うそはっぴゃくまんぱちでん》』(八〇/同九、四方屋本太郎作、鳥居清長?画)、浅草の観音に祈願して魔法の惚れ粉をもらうが、とんだ相手に掛けてしまい、掛けられた者が奴凧になって追って来る『〈観世音御利生〉職助凧《やっこだこ》始《はじまり》』(八二/同二、不量軒作)、義経と四天王が大江山で化狐を退治するのを覗き機関《からくり》で見る『野曾喜伽羅久里《のぞきからくり》義経山入《よしつねやまいり》』(八四/天明四、幾治茂内《いくじもない》作、勝川春朗画)、絵から抜け出た団十郎にもらった鼻を伸び縮みさせる扇をめぐって天狗が出てきたり、浅草観音の利益のある扇で同じことができたりする『花都末広扇』(同、無中点作、勝川春道画)、人間の見世物師が狐の里で開帳興業をする『〈狐今安意《ここんやすい》〉嗟嗚《さあ》御開帳』(同、若松万歳門作)、浦島太郎と生肝取りに始まり、周の穆王のお気に入りの菊慈童が日本に転生して瀬川菊之丞となり、王子権現の霊夢で子供を授かったりする『神伝路《しんでんろ》考由《こうゆ》』(気象天業作、九二/寛政四)、江戸へ出て各地を巡り、当世男になった為朝が、蒟蒻島に行って鬼と遊びの勝負をしたりする『為朝飛嶌回《とんだしまめぐり》』(八五/同五、勝川春旭?画)、東方朔の落とした桃を拾った人が若返って千年の長命になるが、五百年も生きると飽き果ててしまい、なんとか死のうとするがうまくいかない『齢長尺桃色寿主《よわいのながじやくももいろじゆす》』(同、甲亀作、鳥文斎栄之画)など。黄表紙の特徴としては、新流行・新風俗の取り入れ(奴凧など)、前時代の物やすでに流行してしまった物の茶化し、楽屋落ち的なメタフィクション、見立て、当て込みなどがあり、怪奇幻想の趣向という点から見ても、興味深いものが多々ある。

▼棚橋正博『黄表紙総覧』(一九八六~二〇〇四・青裳堂書店)

きみやしげる(きみや・しげる　一九五九~)第二次世界大戦後、南北に分断されていた日本が統合を迎えようとしているという改変歴史物で、遺伝子操作で超人となっている少女が自分のルーツを求めて冒険を繰り広げる『ファイナルカウントダウン』(九六・電撃文庫)がある。

木村桂子(きむら・けいこ　一九四七~)東京生。大阪大学大学院工学研究科修士課程修了。『屋根の上のゆうれい』(八五・ひくまの出版)で童話作家としてデビュー。魔女と魔法使いだけが住む世界を舞台にした少女向けコミカル・ファンタジー『いいつけ魔女クシュン』(八八・同)に始まるシリーズ(~九一)、低学年向け異世界冒険物『ワーム・ホールの夏休み』(九五・評論社)がある。

木村航(きむら・こう　?~)別名に茗荷屋甚六。岩手県釜石市生。ゲーム関係の仕事に従事した後、伝奇系TRPGのノベライゼーション『秘神大作戦』(二〇〇三・ファミ通文庫)で小説家デビュー。妖怪と人間が共存する田舎町を舞台に、いとしいものと触れ合うと〈ぺとっ〉とくっついてしまう妖怪少女ぺとぺとさんを描いた学園物『ぺとぺとさん』(〇四~〇六・同、テレビアニメ化)、高校生たちの頭に棲み着いたひよこ風高次元生命体が恋のさやあてを繰り広げるファンタジー・コメディ『ぴよぴよキングダム』(〇四~〇五・MF文庫J)、呪われた者〈呪感者〉が日常的に存在するという設定で、呪いの剣で串刺しにされたままホームヘルパーをしている活動的でおおらかな美少女を描くコメディ『串刺しヘルパーさされさん』(〇六~〇七・HJ文庫)ほかの作品がある。

木村生死(きむら・しょうじ　?~)詩人の木村秀雄と婦人参政権運動の先駆者の女優・木村駒子の息子。少年時代をニューヨークで過ごし、ジャーナリスト、翻訳家となる。英語関係の著作のほか、精神だけを過去に送る機械で秀吉になった男を描く表題作ほかを収録するSF短篇集『秀吉になった男』(一九五六・森の道社）などがある。

木村小舟（きむら・しょうしゅう［時にささぶね］　一八八一～一九五五）本名定次郎。岐阜県加治田村生。巌谷小波に師事し、博文館勤務の傍ら、少年向けの啓蒙的著作や童話の再話などを執筆。『小波お伽噺全集』全十二巻（二八～三〇・千里閣）の編纂のほか、小波の子弟を集めてのアンソロジーの編纂『お伽花籠』（〇八・博文館）『お伽宝船』『お伽テーブル』（共に〇九・同）『お伽パーク』（一二・同）、子供向け理科系啓蒙書『自然界一周』（一一・富山房）、『少年文学史　明治篇』（四二～四三・童話春秋社）ほか多数。童話に、浦島三郎の島への冒険を描いた表題作ほか、擬人化動物・昆虫の寓話や民話風の作品などを収録する童話集『人魚ケ島』（二四・大東社）など。再話に『唐糸草紙』『海幸山幸』（二六・文武堂）、ＳＦに「太陽系の滅亡」（〇七）などの作品がある。

木村睡蓮（きむら・すいれん　一九六八～）漫画原作者。『BIOHAZARD to the Liberty』（〇一・電撃文庫）でバイオハザード小説大賞を受賞。

木村玉絵（きむら・たまえ　?～）東京生。パリ・オートクチュール協会学院でオートクチュールを、ソルボンヌ大学歴史学科でフランス史を学ぶ。第二帝政時代のパリを舞台に、先祖にかけられた魔女の呪いにより、愛を得られなければ二十歳までに死ぬとわかった青年が、男性詩人に恋してつきまとうという設定で、悪霊の跳梁とミューズの降臨とをコミカルなタッチで描いた連作短篇集『霊感の泉』（一九九九・講談社）がある。

木村初（きむら・はじめ　一九五九～）山口県生。大学中退後、印刷・出版業界を経てライター、ゲームデザイナーとなる。猫が瞳に映す少し未来の像をめぐって繰り広げられるミステリ『予知夢を見る猫』（〇三・ソノラマ文庫）がある。

きむらひでふみ（きむら・ひでふみ　一九六五～）漫画家を経て、アニメのデザイン、脚本などを手がける。代表作に「キディ・グレイド」（〇二～〇三）「Avenger」（〇三）「機神大戦ギガンティック・フォーミュラ」（〇七）など。スペースオペラ『ジェミニ・ナイヴ』（〇六・学研＝メガミ文庫）がある。

木村裕一（きむら・ゆういち　一九四八～）別表記にきむらゆういち。東京生。多摩美術大学卒。造形教育の指導、テレビ幼児番組のブレーンなどを経て、絵本・童話作家となる。特に造形絵本・ゲーム絵本・仕掛絵本の分野で活躍し、きわめて多数の著作がある。羊と狼が友情を築く『あらしのよるに』（九四・講談社、二〇〇〇～〇五にシリーズ化）で、講談社出版文化賞絵本賞、産経児童出版文化賞などを受賞。舞台脚本「あらしのよるに」（九七）でも斎田喬戯曲賞などを受賞。〇五年には劇場アニメ化もされた（木村が脚本を執筆）。このほかにも、《モグルはかせ》（八七・偕成社）『ちょっとタイムくん』（九四・ＰＨＰ研究所）《かいじゅうでんとう》（九四～九七・あかね書房）『にんげんごっこ』（九七・講談社）など多数の幼年童話がある。中学年向け作品に、呪文で昆虫や犬に変身する『土曜日は、だんご虫』（九五・岩崎書店）『日曜日は、なっちゃんちの犬』（九六・同）、タイムトンネルで原始時代に行ってしまう『月曜日は、原始人』（九七・同）、ＳＦガジェットが使われているミステリ《事件ハンターマリモ》（〇二～〇六・金の星社フォア文庫）など。

機本伸司（きもと・しんじ　一九五六～）兵庫県宝塚市生。甲南大学理学部卒。出版社、映像製作会社を経て、九三年、フリーランスの広告映画ディレクターとなる。その傍ら小説を執筆。宇宙論をモチーフに、遺伝子操作の結果生まれた天才少女が、自分はなぜ生きているのかに悩む物語『神様のパズル』（〇二・角川春樹事務所、映画化）で小松左京賞を受賞。ほかに、ヒマラヤの山中から出土した方舟に隠されていた遺伝子配列をもとに作り上げた亜人種は、他者に幸福を分け与えることを存在理由とする生命体であったという『メシアの処方箋』（〇四・同）、地球破滅予測を受けての宇宙船建造を描くＳＦ長篇『僕たちの終末』(〇五・同)がある。

喜安幸夫(きやす・ゆきお　一九四四〜)兵庫県姫路市生。国士舘大学政経学部卒。中華民国国立台湾大学政治研究所修了。『台湾島抗日秘史』(七九)などの歴史書を執筆。『台湾の歴史』(九八)で日本文芸家クラブ大賞ノンフィクション賞受賞。二〇〇〇年、時代物ミステリで小説家としてデビュー。代表作に『木戸の闇裁き』(〇二)など。怪奇物に、菅原道真の末裔で祈禱師の幻斎が幽霊や妖狐などの絡む事件を解決する《菅原幻斎怪異事件控》(〇四〜〇七・徳間文庫)がある。

きやなか雅実(きやなか・まさみ　一九六七〜)香川県生。霊能力のある少女と霊的干渉を全く受けない少年が幽霊屋敷で冒険を繰り広げるオカルト・コメディ『霊能少女はゴキゲンななめ』(九一・白泉社)がある。

樹山まみ(きやま・まみ　?〜)漫画家。江戸時代からタイムスリップして来た少年をめぐるラブコメディ『侍ボーイとロマンスを』(一九九〇・講談社X文庫)がある。

亀遊(きゆう　生没年未詳)戯作者、浮世絵師。別号蓬莱山人亀遊。朋誠堂喜三二の弟子。黄表紙に、放蕩者の因果地蔵の困窮を描く『亀遊書双帋《きゆうがきそうし》』(一七八四/天明四、喜多川歌麿画)などがある。

『狂歌百鬼夜狂』(きょうかひゃっきやきょう　一七八五/天明五)狂歌集。八五(天明五)年十月、百物語に倣って、妖怪・幽霊の狂歌百首を詠む会が蔦唐丸(蔦屋重三郎)主宰、四方赤良(大田南畝)とその傘下の歌人、平秩東作、頭光《つむりのひかる》、山東京伝、宿屋飯盛(石川雅望)、唐来参和、鹿都部真顔ほか八名の参加により開かれ、その成果をまとめたもの。離魂病を詠んだ〈目の前に二つの姿あらはすは水にも月のかげのわづらひ〉(飯盛)など。

狂言(きょうげん)能狂言。中世以降に成立・完成を見た芸能。能と同一の舞台で、能と能の間に演じられることを原則とする滑稽劇。能と異なり、仮面を付けず、地謡・囃子が付かない。室町末期までには内容的にかなり固定し、現行曲のほとんどが出来上がったものらしいが、それらについては作者などはまったく特定できない。ほとんどが日常的な出来事が素材となっているが、鬼狂言のように、一部、伝承的な素材を用いて、幻想的な設定を持つものがある。亡者を追い落とすため六道の辻に出現した閻魔王のところに(この設定は閻魔物は皆同じ)、朝比奈三郎義秀という和田合戦で活躍した怪力無双の武将が出現、和田合戦の模様を語るという趣向の「朝比奈《あさいな》」、閻魔王が、博奕打の亡者と博奕に興じて身ぐるみはがされた上に、極楽まで案内せざるを得なくなる「博奕十王」、閻魔王がかつて稚児にしていた地蔵の手紙を携えてきた罪人を極楽へ送らざるを得なくなる「八《や》尾《お》」、閻魔がくつわをつけられて馬にされてしまう「馬口労《ばくろう》」、雷様が落ちてきて腰を痛め、医師に治療させる「神鳴」、節分の夜、留守を守る女のもとに蓬莱の島の鬼がやってきて言い寄り、逆に騙されて打ち出の小槌などを取られて追い出される「節分」、子連れの女に鬼が言い寄り、子供をあやすはめになったりする「鬼の継子」、狐が猟師の伯父である僧侶に化けて狐釣をやめるように猟師を説得するが、わなに食らいついて正体を現してしまう「釣狐」、同趣向の「狸腹鼓《たぬきのはらつづみ》」、そうとは知らず蚊の精を相撲取として勧誘してしまう「蚊相撲」、めでたい神がこの世を言祝ぐ祝儀物「福の神」「毘沙門」、茄子の精と橘の精が諍いをする「木実争《このみあらそい》」、婿の地位をめぐって夷《えびす》と毘沙門が罵りあう「夷毘沙門」、夢幻能形式になっている「祐善」、歌仙の絵馬から歌人たちが抜け出して酒盛りに興じた後、言い争いになって合戦になる「哥仙」など。また山伏狂言は、当時幅を利かせていた山伏を主人公としているが、彼らを虚仮《こけ》にした、いわばインチキ修験道物が多く、祈禱などを扱っても怪奇物にはならない。ただし、化物を相手にしてもやはり法力が効かないという展開のものがあり、キノコの化物が飛び回る「くさびら」、謎を掛ける蟹の精が出る「蟹山伏」、梟に憑かれてしまう「梟山伏」など、いずれもユニークである。

京極エミ（きょうごく・えみ　?〜）ＢＬ小説作家。失われた黄金の地＝北海道を奪還すべく奮闘する不具の一族を率いる超能力者の青年と、巫女たることを宿命づけられた青年の愛と憎悪を描く『黄金の龍神』（一九九四・白夜書房）がある。

京極夏彦（きょうごく・なつひこ　一九六三〜）北海道小樽市生。桑沢デザイン研究所に学び、広告代理店勤務を経て、デザイナーとして独立。発表のあてもないまま執筆し、講談社に持ち込んだところ即座に出版が決まった長篇怪奇ミステリ『姑獲鳥《うぶめ》の夏』（九四・講談社ノベルス）で小説家としてデビュー。昭和三十年代というどことなくノスタルジーを誘う時代設定、読者の知的好奇心を刺激する該博なペダントリー、憑物落としを本職とする探偵役にして古書店主の京極堂や、他人の過去を透視できる超能力者の榎木津探偵をはじめとするユニークなキャラクターたちの魅力、ミステリの常道から逸脱する斬新なトリック等々で一躍脚光を浴び、一大ブームを巻き起こす人気作家となった。

　京極堂を探偵役とする《百鬼夜行シリーズ》は、ミステリの体裁をとりつつも、その本質は幻想文学的である。日本推理作家協会賞受賞作『魍魎の匣』のほか、真言立川流と精神分析をモチーフとした伝奇色濃厚な『狂骨の夢』（九五）、禅をモチーフに、やはり伝奇的趣向が満載された『鉄鼠の檻』（九六）、フェミニズムと遠隔操作をテーマに妖美な世界が展開される『絡新婦《じょろうぐも》の理《ことわり》』（九六）ほかがある。このシリーズは鳥山石燕『画図百鬼夜行』に登場する妖怪の名前がタイトルに起用され、その妖怪の性質が事件に反映されているという〈見立て〉の趣向を有する。大の妖怪愛好家としても知られる京極にとって、このシリーズは本格ミステリであると同時に妖怪小説の試みでもあったのである。《百鬼夜行》が人気を博するのと同時に、妖怪ブームもまた広範に巻き起こり、現在に至るまでその流れは続いている。水木しげるを会長に、九七年に旗揚げされた世界妖怪協会の機関誌『怪』（角川書店）においても、京極は荒俣宏と共に中心的な役割を果たしている。妖怪の文化史的考察を企図した『妖怪の理　妖怪の檻』（〇七・角川書店）や、妖怪愛好の同志である多田克己、村上健司との座談集『妖怪馬鹿』（〇一・新潮社）などから、京極の妖怪観を窺うことができよう。妖怪に関しては映像分野にも積極的に関わりを持ち、テレビ映画《京極夏彦　怪》シリーズ（二〇〇〇）の企画に関わって原作・脚本を担当し、映画「妖怪大戦争」（〇五）をプロデュースしている。

　その後、京極は、時代小説、ＳＦ、冗談小説などにも作品の幅を広げるようになる。『四谷雑談集』と『東海道四谷怪談』の世界を巧妙に統合することで、四谷怪談の物語を異形の恋愛小説へと変容させた長篇『嗤う伊右衛門』（九七・中央公論社）で泉鏡花文学賞を、木幡小平次の怪談に取材した『覘《のぞ》き小平次』（〇二・中央公論新社）で山本周五郎賞を受賞。また、妖怪変化の仕業に見せかけて、晴らせぬ恨みやもつれた因果に決着をつける〈御行の又市〉一味の活躍を描く連作時代ミステリ『巷説百物語』（九九・角川書店）に始まるシリーズの第二巻『後《のち》巷説百物語』（〇三・同）で直木賞を受賞した。《百物語》の世界は、『嗤う伊右衛門』をはじめとする江戸物長篇の世界や《百鬼夜行》の世界、近未来ＳＦミステリ『ルー＝ガルー』（〇一・徳間書店）の世界などとも巧妙にリンクされており、巨大な京極幻想宇宙を構築、その文学圏はいまなお着々と拡大されつつある。

　九九年に、木原浩勝、中山市朗、東雅夫と共に結成した〈怪談之怪〉の活動を通じて、京極は妖怪のみならず怪談分野へも進出する。〇四年創刊の怪談専門誌『幽』に連載された掌篇集「旧耳袋」（「旧怪談」と改題して〇七年メディアファクトリー刊）は、江戸奇談随筆の雄『耳袋』所載の怪異談を、『新耳袋』に倣った怪談実話風の文体で再話するという、きわめて刺激的な試みであった。続く短篇小説集『幽談』（〇八・同）では、従来になく超自然サイドに軸足を据えた、京極流怪異譚の世界が幽暗に展開されている。

【魍魎の匣】長篇小説。九五年講談社（講談社ノベルス）刊。男が持っている小さな匣の中に綺麗な少女がぴったりと入っている。そして〈ほう〉と言う。生きているのだ。私は羨ましくなった——そんな具合に書き出される妖しい小説がある一方で、少女が手足を切られて殺される怪事件が相次ぐ……というオカルト猟奇趣味に彩られた幻想ミステリ。SF的な趣向や謎解きもあるにはあるが、むしろその本質はサイコホラーに近似している。〈魍魎〉という境界領域にいて人間を〈あちら側〉に引っ張る妖怪に魅入られたとき、人はどうなるのかを語る物語であり、幻想文学の根源的なテーマの一つを扱った作品と読むことができる。〇七年に映画化、〇八年にテレビアニメ化されている。

狂蝶子文麿（きょうちょうし・ふみまろ　生没年未詳）江戸後期の狂歌師。経歴未詳。狂歌師・宿屋飯盛《やどやのめしもり》（石川雅望）の弟子。牛若丸と浄瑠璃姫の恋愛談に呪術などの怪奇的要素を添えた読本『浄瑠璃姫物語』（一八一二／文化九、芦国・花月画）がある。

響堂新（きょうどう・しん　一九六〇～）岡山県生。岡山大学医学部卒。大阪大学で分子生物学、ウイルス学の研究に従事した後、検疫官として関西国際空港に勤務。『紫の悪魔』（九九）で新潮ミステリ倶楽部賞島田荘司特別賞受賞。バイオ、生物学、進化などをテーマとするSF、サスペンスを執筆。超能力物の伝奇SF『飛翔天使』（〇三・カッパ・ノベルス）、マッドサイエンティストによる人類改造計画を阻止する『超人計画』（二〇〇〇・新潮社）、過去のウイルスが蘇って人類の進化の袋小路を突破させる、ミュータント物のSFミステリ『ダーウィンの時計』（〇四・ハルキ・ノベルス）など。

今日泊亜蘭（きょうどまり・あらん　一九一〇～二〇〇八）本名水島太郎、後に水島行衛。別名に宇良島多浪など多数。東京下谷根岸生。父は画家・エッセイストの水島爾保布《におう》。上智大学外国語学部、アテネ・フランセ、大日本回教協会などで諸国語を学び、翻訳を中心に文筆に携わる。戦後は米軍通訳を六年務め、『文芸日本』『歴程』同人となり作家活動を始める。『探偵倶楽部』などに翻訳を発表する一方、ミステリ、SF短篇を執筆。五九年、過去の恩返しのために陸に上がった河童が、時代が移って義理も恩もない社会となっていることを知る諷刺短篇「河太郎帰化」で直木賞候補となる。五七年、日本初のSF同人グループ〈おめがクラブ〉を結成、翌年『宇宙塵』に参加する。同誌に連載した、未来からの侵略テーマの長篇「刈り得ざる種」が、六二年『光の塔』（東都書房）と改題刊行され反響を呼ぶ。アメリカSFの影響と日本情緒が溶け合った独特の作風でマイペースの創作活動を続け、『宇宙兵物語』（八一・早川書房）、兵器を放棄しなければ地球を破壊すると恫喝する自己矛盾的平和主義の科学者集団〈脳髄共和国〉と刑事の対決を独特な文体で描く『我が月は緑』（九一・同）などで日本SF界の最長老として健在ぶりを示した。怪奇幻想小説には、『漂渺譚』のほか、怨霊物の怪談「くすり指」（五五）、人狼テーマの「白き爪牙」（五六）、処女作は鏡花ばりの作品であったという今日泊ならではの、メダカの恩返しを描いた鏡花風作品「瀧川鐘音無《たきのがわかねのおとなし》」（七八）、ウグイスの恩返しと怨霊テーマが絡む「新版黄鳥墳《うぐいすづか》」（八一）、明治時代を舞台に、実物そつくりの幻燈という趣向を用いた、一種の仮想現実物「綺幻燈玻璃繪噺《きねおらまびいどろえばなし》」、禁断の古代エジプトのピラミッドと吸血鬼を結びつけた「ムムシュ王の墓」などがある。

【漂渺譚《へをべをたむ》】中篇小説集。七七年早川書房刊。時は大正、上州の孤児院に育った大利根絮二郎は、ハールキン大彗星の不思議な声に誘われて北陸地方を放浪中、恵美押勝であった自分の前世を体験し、二世の縁で結ばれた幼なじみの恋人を探す果てしない旅に出る……。正宇田かなの流麗な文体が読者をはるけき憧憬へといざなう、特異な幻想小説。北海道の奥地に建つ妖怪城に隠された秘密をめぐる「深森譚」を併録。

清岡卓行（きよおか・たかゆき　一九二二～二〇〇六）満州大連市生。東京大学仏文科卒。はじめ詩人として出発し、エロスと孤独のもたらす幻想を綴った第一詩集『氷った焔』（五九・書肆ユリイカ）で注目される。幻想的な詩集では夜見る夢の世界を再現した、読売文学賞受賞の『ふしぎな鏡の店』（八九・思潮社）がある。六九年から小説も書き始める。大連に暮らし、敗戦によって引き揚げてきた体験を文学の根としていることがよく分かる「アカシヤの大連」（六九）で芥川賞を受賞。小説で幻想的なものには、やはり夢の再現を目指した『夢を植える』（七六・講談社）『夢のソナチネ』（八一・集英社）がある。これらはいずれも掌篇集で、そこはかとない寂寥感を漂わせた物悲しい夢、滑稽な夢などが収録されている。

曲亭馬琴（きょくてい・ばきん　一七六七～一八四八／明和四～嘉永元）戯作者。本姓は滝沢、名は興邦、後に解。別号に大栄山人、著作堂主人、飯台主人、蓑笠漁隠ほか多数。江戸深川生。旗本の用人の子として生まれ、幼少時より俳諧をたしなむ。十四歳の時に主家を出奔し、放浪生活を送る。その後方々の旗本に奉公したり、医師として進もうとしたり、儒学に手を出したりするが、いずれも長続きしない。九〇（寛政二）年、京伝の元に弟子入りを請い、断られるがその親交により翌年、黄表紙『〈廿日余四拾両《はつかあまりでよんじゅうりょう》〉尽用而二分《つかいはたしてにぶ》狂言』（大栄山人名義、歌川豊国画）でデビュー。九二（同四）年に蔦屋重三郎の番頭代わりとなるが、翌年には辞して会田氏海老屋の寡婦・百に婿入りする。雑貨屋を営みつつ戯作を執筆し、鼠尽くしの趣向で芝居種の人物が多数登場する『鼠《ねずみ》子婚礼塵劫記《こんれいじんこうき》』（九三／同五）をはじめとする黄表紙を多数刊行。やがて歌舞伎の〈伊達騒動〉に水滸伝の趣向を入れた読本『高尾舩字《せんじ》文《もん》』（九六／同八）を刊行するが、あまり売れなかった。上方に旅行の後、誤解から殺された女の怨霊が祟るという設定の敵討物に、川の神の助力や狐が恩に報いるためにヒロインの身代わりとなる趣向を入れた本格的な読本『月氷奇縁』（〇四／文化元）を発表して好評を得、以後次々と読本を発表し、読本では京伝を上回っていくことになる。医師となった病弱な息子・宗伯と神田に同居するが、孫の太郎を残して宗伯は早世し、馬琴を嘆かせた。馬琴は戯作に専念する傍ら、文人や学者らと奇談を語り合う〈耽奇会〉〈兎園会〉を催す。その成果が奇談随筆のオリジナル・アンソロジーともいうべき『兎園小説』（二五／文政八）である。この後、会は廃止されたが、共同編集として『兎園小説外集』（二六／同九頃）が、さらに馬琴独自の編纂として『兎園小説別集』（同、三二／天保三に増補）ほかが編まれた。馬琴の創作活動は晩年に至っても衰えず、四〇（同一一）年には盲目となるが、嫁の路《みち》を相手に口述を続けて畢生の大作『南総里見八犬伝』を完成させるなど、生涯を戯作に捧げた。

　馬琴の長篇小説最大の特色は、その恐るべき構成力である。『南総里見八犬伝』の如きは、執筆に二十八年を要したにもかかわらず、行き当たりばったりに破綻するということがなく、見事なまとまりを見せる。馬琴は「稗史七則」と題した小説論に於いて、前後照応と思想の通底の大切さを説くが、それを自ら実践した形である。古典籍からの適度な引用や巧妙な伏線張りなど、小説技巧も駆使されている。考証癖や教訓臭などが強く、現代から見れば、小説の流れを妨げているように思われるところもあるが、また当時の小説の常として、和漢それぞれの先行作の大幅な利用があるにせよ、独自の怪奇幻想味溢れる世界を築いている。勧善懲悪を強く意識するため、逆説的に惨虐に走りがちであるという特色も見逃せない。

　ほかの読本に、神仏の庇護を絡めた因果的怪異譚で、猟奇趣味と残虐趣味が横溢する『〈復讐奇談〉稚枝鳩《わかえのはと》』（〇五／文化二）、『小夜中山霊鐘記』などをもとに、非業の死を遂げた日野俊基の霊が怪鳥になって祟るという設定で、俊基の娘・月小夜姫、そのまた娘の小石媛の苦難を描く『〈繡像復讐〉石言遺響《せきげんいきょう》』

（同、蹄斎北馬画）、千年を経た大鹿を殺した因果が妻妾とその娘たちに及ぶという設定で、継子いじめの説話「紅皿欠皿」や皿屋敷怪談なども取り込みながら、鹿の霊が様々な形で跳梁する様を描いた『盆石皿山記《ぼんせきさらやまのき》』（〇六～〇七／同三～四、歌川豊広画）、悪人・袴垂保輔を描いたピカレスクロマンで、道魔法師から妖術を授かって悪事をし放題の保輔を四天王が退治する『四天王剿盗異録《しょうとういろく》』（同、歌川豊国画）、「隅田川」「班女」を鳥羽院の歴史の中に組み込み、亀の祟りとそれにまつわる鏡と霊剣などを効果的に配した『隅田川梅柳新書』（〇六／同三、葛飾北斎画）、勧化物をもとにしながらも、〈（怨念が）仏力によってではなく、罪人の懺悔と自害によって初めて報われるという物語構図は、本作において、馬琴が新たに作り設けたものである〉（湯浅佳子）、〈複雑な人間関係を因果の理を説かずに構成のみで示す方法をこの作で確立した〉（中村幸彦）と評価されるように、怨霊物でありながら、近代的合理主義が垣間見える『新累解脱物語《しんかさねげだつものがたり》』（〇七／同四、同画）、ヒロインが小野小町の因縁で様々な苦難に遭うことを小町自身の霊に告げられるほか、様々な夢告で物語を引っ張る『園の雪』（同、同画）、木曾義仲が頼豪の廟で大願成就を祈ったばかりに頼豪霊に取り憑かれたり、その子義高が頼豪霊に授けられた鼠の妖術を使ったりと、頼豪霊がすべてを操る『頼豪阿闍梨怪鼠伝』（〇八／同五、同画）、切り口から血が吹き出て切り倒せない神木の楠木を斬ろうとしたことから因果的な物語が転がっていく悲劇『三七全伝南柯夢《なんかのゆめ》』（同、同画）、慢心により身を持ち崩し悪行に走った学僧・西啓を、鷹の霊の助力を受けた姉弟が討ち果たすという大筋の中で、西啓が雷獣を助けた縁で雲に乗り風雨を操る妖術を教わり、跳梁する様を描く『雲妙間雨夜月《くもまたえまあまよのつき》』（同、歌川豊広画）、神霊のはからいで授かった子供たちの苦難を描く波瀾に満ちた物語『松浦佐用媛石魂録《まつらのさよひめせきこんろく》』（前篇同、後篇二八／文政一一、前篇歌川豊広画、後篇渓斎英泉画）、『和荘兵衛《わそうびょうえ》』にならい、夢の中で異国遍歴をする筋立てに、馬琴の哲学を盛り込んでパロディ風に仕立てた『夢想兵衛胡蝶物語』（一〇／文化七、歌川豊広画）、近松門左衛門「長町女腹切」の祟る刀の趣向を用いた『占夢《ゆめあわせ》南柯後記』（一二／同九、葛飾北斎画）、斎藤道三の家臣たちの人間模様を、霊威を発する因果塚や善天狗などを交えて因果応報的に描いた『美濃旧衣八丈綺談《みののふるぎぬはちじょうきだん》』（一四／同一一、蘭斎北嵩画）、金剛神の通力を得た男に主家の宝剣を奪われる話に「紅皿欠皿」を取り合わせた『皿皿郷談《べいべいきょうだん》』（一五／同一二、葛飾北斎画）、朝夷《あさいな》三郎義秀の英雄物語で、髑髏に回向を頼まれる怪奇的趣向があるが、島巡りに至らない『朝夷巡島記全伝《あさいなしまめぐりのきぜんでん》』（一五～二七／文化五～文政一〇、未完、歌川豊広画）、霊蛇の助けで善美少年を授かる大江家と霊蛇を殺した報いで悪美少年を授かり家の滅亡へと導かれる大内家とをこもごも描いた『近世説《きんせせつ》美少年録』（二九～三二／文政一二～天保三、歌川国貞画）とその続篇『新局玉石童子訓』（四五～四八／弘化二～五、未完、三世歌川豊国画）、南朝方の遺児の活躍を男女の主人公で描くダブルプロットで、ヒロイン姑摩姫が葛城の女仙から学んだ仙術で足利義満を暗殺する趣向などがある『開巻驚奇《かいかんきょうき》侠客伝』（三二～三五／天保三～六、四集まで。五集は四九／嘉永二、萩原広道作、未完、渓斎英泉画）などがある。

合巻に、『封神演義』を構想に用い、鎌倉の後宮に入るため那須野の殺生石に祈願を込め、悪霊を身に宿した紫の方の悪女ぶりを描く『殺生石後日怪談《せっしょうせきごにちのかいだん》』（二五～三三／文政八～天保四、渓斎英泉画）、神代日本を舞台に〈西遊記〉を繰り広げた長篇で、人参果、八卦炉、金角銀角などのエピソードを用いた『金毘羅船利生纜《りしょうのともづな》』（二四～三一／文政七～天保二、同画）、日本女性版水滸伝『傾城水滸伝』（二五～三五／文政八～天保六、歌川豊国画、中絶するが、笠亭仙果が『女水滸伝』として完結させた）、『金翹伝』の翻案で、金魚売りの娘が苦界に身を落としたりして艱難に遭うのは、前世が天竺無熱池の金魚で、殺生の罪があったからだと観音が夢告する『風俗金魚伝』(一九〜三二/文政一二〜天保三、歌川国安画)、五色塚から光が出て後に五人の雄婦が誕生し、冒険を繰り広げる『女郎花五色《ごしき》石台《せきだい》』(四篇まで絶筆。四七〜六三/弘化四〜文久三、一陽斎豊国画、柳下亭種員・柳水亭種清が三篇ずつ書き継いだ)などがある。

【〈鎮西八郎為朝外伝〉椿説弓張月】読本。〇七〜一一(文化四〜八)年刊。葛飾北斎画。五編二十八巻。源為朝の活躍を描く史伝物の長篇小説。前半は保元の乱から大島配流までを『保元物語』や口碑に拠りながら、為朝の英雄的かつ童話風の活躍を描く。後半では、大島で没さずに生きながらえ、琉球に渡る展開となる。琉球篇は、みずちの精の化身である妖僧・曚雲の跳梁と、その退治の過程が華やかに描かれ、和製ヒロイック・ファンタジーの趣である。また、為朝の妻の女丈夫・白縫の霊が琉球王女に憑依して活躍するという趣向もある。三島由紀夫によって歌舞伎に脚色されている。

【南総里見八犬伝】読本。一四〜四二(文化一一〜天保一三)年刊。柳川重信[初世・二世]、渓斎英泉、玉蘭斎貞秀画。『水滸伝』に倣った英雄集合談の日本的展開(家の存続を中心に据えた主従関係の重視)の近世物語群の中で、頂点に位置する長篇小説。項目事典『書言字考節用集』の「里見八犬士」の項目(八名の名前が並ぶ)にヒントを得、里見氏関連の年代記、軍記などを参照したとされるが、ほかの読本と比べると、先行作はなきに等しいといってよいだろう。様々な伝説や読本の常套手段(殺された女の怨念、敵討、すれ違いのロマンス等々)を駆使して、壮大な物語を構築している。

　室町時代、安房の神余家を滅ぼした姦婦・玉梓は、安房を制覇した里見義実に捕えられる。義実は玉梓を一度は許すと口にしながらも、神余家の忠臣・金碗《かなまり》八郎の言を容れてそれを取り消し、斬首してしまう。それを恨んで玉梓は、怨霊となって里見家に祟り出す。義実の娘・伏姫は祟りによって不言、不笑で三歳までを過ごすが、役行者が示現して百八顆の水晶より成る数珠をかけてその祟りを祓う。数珠には仁義礼智忠信孝悌の文字を浮かばせる八個の大玉が含まれていた。この後、伏姫は何事もなく成長する。

　里見家の飼犬となった白に八つのぶちのある犬、八房は姫を遊び相手として成長した。ある飢饉の年、攻め入ってきた隣国の安西に落とされそうになったとき、義実は言葉の戯れに、敵の大将の首を取ってきたら伏姫とめあわせようと八房に言う。八房がその言葉通りにしたため、伏姫は約束を守って犬に命を捧げる覚悟で、八房の背にまたがって城を去り、山中の洞穴で法華経八部を読みながら暮らす。畜生道に堕ちぬまま二年を経て、伏姫は自分の身体の異常を知る。仙童、実は役行者が現れて、〈物類相感〉という常ならぬ方法で八人の子を宿したことを告げる。伏姫が懊悩しつつ自害を考えた時、姫の元婚約者・金碗大輔が鉄砲で八房を撃ち、貫通した弾が姫にも当たる。夢の示現によって来合わせた父と大輔の前で身の潔白を示さんと伏姫は切腹して息絶える。同時に腹から出た霊気によって八つの大玉が四散、大輔は出家して丶大《ちゅだい》法師と名を替えて玉の行方を追って旅立つ。

　それぞれ牡丹型のあざと字の浮かび出る聖玉を持つ八人の勇士、犬塚信乃、犬川荘介、犬飼現八、犬田小文吾、犬山道節、犬江親兵衛、犬村大角、犬坂毛野が、犬塚信乃を中心として集まってくる。ほとんどが孤児で、辛酸をなめてきた境涯の青年たちである。信乃と毛野は女装の剣士で、また大八という異名を持つ犬江親兵衛は、幼童である。死からの再生(再誕生)、玉の出現にまつわる不思議、化猫をはじめとする怪物など、様々な幻怪なモチーフが含まれる。八犬士の戦いは『水滸伝』同様に個別の物語としても流布し、芳流閣の屋根の上での信乃と現八の戦いや、女形として暮らす毛野が対牛楼で繰り広げる凄絶な敵討などはよく知られている。伏姫によって養育された神童・親兵衛の単独での活躍の後、一堂に会した八犬士は、里見家を守り立て、扇谷・山内連合軍との戦いで軍師・戦士として盛大な活躍を見せる。周囲を平定して安房にユートピアたる里見王国を築き上げ、大団円。

〈これほどに生き生きと、乱世戦国の動態をとらえた著作は、ほかにない〉と高田衛は述べ、歴史小説としての骨格を称揚する。また、ラストで八剣士と伏姫・丶大《ちゅだい》による曼荼羅を描き出す点は、〈壮麗なシンクレティズム〉（野口武彦）であるとも評され、多神教的宇宙の構想を読み取ることもできる。この巨大な作品は、多くの追随作を生むが、未完に終わったり、スケールが小さかったり、成功作はほとんどない。近代を通じてその巨大性は意識されるが、馬琴の持つ封建的世界観の限界ゆえに、評価は低くなっていく。だが、戦後には再び文学的評価が高まる。さらに、一九七三～五年にNHKで人形劇化され、原作ではそれほど重量感のない玉梓の怨霊（八房に宿るが、発端部で成仏）を前面に押し立てたその構成が子供たちを魅了し、一九六〇年代生まれの作家たちに影響を及ぼしていることが推測される。主要な評論に、野口武彦『江戸と悪』（一九九一・角川書店）、坂板則子編『日本文学研究論集成　馬琴』（八二・有精堂出版）、信多純一『馬琴の大夢　里見八犬伝』（〇四・岩波書店）、高田衛『完本　八犬伝の世界』（〇五・ちくま学芸文庫）など。

巨道空二（きょどう・くうじ　?～）ポルノ小説を執筆。妖魔物『姫巫女美紅』（二〇〇四・二次元ドリーム文庫）などがある。

清松みゆき（きよまつ・みゆき　一九六四～）大分県生。京都大学卒。クリエーター集団グループSNE所属のゲームデザイナー。TRPG「ソード・ワールド」などを中心的に制作し、ルールブック、サプリメント、シナリオ、リプレイなどを多数執筆。「ソード・ワールド」の一部である〈混沌の地〉を舞台にしたファンタジー『混沌の夜明け』（九三～九五・富士見ファンタジア文庫）『混沌の大地』（九七～二〇〇〇・同）があるほか、TRPG「妖魔夜行」「百鬼夜翔」をもとにした短篇群なども執筆している。

『**清水霊験記**』（きよみずれいげんき　一三二三／元亨三）双円上人の見聞談を弟子の永海僧正が書き留めたもの。京都清水寺の観音に帰依している女性が、母を亡くした悲しみから錯乱していたところ、夢に観音の化身が現れて丸薬を与えられ、救われたというような内容の霊験譚。

霧咲遼樹（きりさき・りょうき　一九七一～）ミステリ『眠り姫は魔法を使う』（九五・ジャンプJブックス）でデビュー。魔法戦記物RPGのノベライゼーション『鋼仁戦記』（九八・電撃文庫）、サイキック・アクション『シャドウ・リンカーズ』（〇六・トクマ・ノベルズ）などがある。

桐野夏生（きりの・なつお　一九五一～）本名橋岡まり子。別名に野原野枝実。石川県金沢市生。成蹊大学法学部卒。会社員を経てロマンス作家としてデビュー。初期には野原名で少女小説を執筆し、ファンタジー・ラブロマンス『急がないと夏が……』（九〇・MOE文庫）、学園サイキック・ファンタジー《セントメリークラブ物語》（九〇・同）などがある。その後、『顔に降りかかる雨』（九三）で江戸川乱歩賞を受賞してミステリ作家となる。『OUT』（九七）で日本推理作家協会賞、『柔らかな頬』（九九）で直木賞、『グロテスク』（〇三）で泉鏡花文学賞、『残虐記』（〇四）で柴田錬三郎賞を受賞。空虚な心を抱えるヒロインが、失踪した大伯父の日記を介してその生霊と交流する趣向が一部に含まれる長篇『玉蘭』（〇一・朝日新聞社）がある。

桐山襲（きりやま・かさね　一九四九～九二）東京生。早稲田大学文学部卒。八三年、天皇制国家への叛逆者を主人公とする処女作「パルチザン伝説」が、週刊誌によって挑発的な見出しで取りあげられたために右翼の攻撃をうける。このときの潜行体験は、後に「亡命地にて」（八四）に作品化された。『パルチザン伝説』（八四・作品社）は、一九四五年と七四年の八月十四日にそれぞれ日本で唯一のパルチザン＝大逆の闘士となり異形の姿に変じた父と子の〈伝説〉を、弟が兄におくる書簡形式で綿々と綴った寓意性の強い作品で、全篇の基調をなすのは異端者の悲哀である。こうしたパセティックな抒情性と幻想性は『スターバト・マーテル』（八六・河出書房新社）でさらに強められる。連合赤軍浅間山荘事件に取材した表題作は、雪山に埋められた〈黝い顔〉の兵士たちが十二年の時を経て甦り、山荘の人質として〈十日間の聖なる日々〉を過ごした娘が時を同じくしてかれらの子を処女懐胎するという奇蹟を描く。同書にはほかに朝鮮半島を巡業するサーカス一座の芸人たちの異形の生を点描する「旅芸人」ほか一篇を収めるが、これら一連の作品は、フリークス、オカルト、屋根裏部屋、サーカスなどへの執着において、江戸川乱歩や夢野久作の世界に近接する部分がある。遺作となった『未葬の時』（九四・作品社）は、癌で死んだ四十代の男の火葬を、火葬係、男の妻、子供たち、そして男の魂という四つの視点から語るというもので、やはり癌に冒されて闘病生活を送った桐山が、自らの死を冷徹に見つめた作品といえるだろう。

桐生典子（きりゅう・のりこ　一九五六～）新潟県生。青山学院大学仏文科卒。フリーライターを経て、身体の部位をモチーフとする短篇集『わたしのからだ』（九六・情報センター出版局）でデビュー。同書には、遠く離れた思い人の姿が見えてしまう老人を描く「まなざしの行方」、意志を持って人を支配する髪をめぐる「イノセント　ヘアー」、意識だけになった遠未来人が冷凍受精卵を孵化させてペットにする「アクアリウム　ベイビー」ほかが含まれている。怪奇幻想物の長篇に、暗黒物質の中から生まれた電子的な女に愛され、様々な不思議に遭遇する男のとまどいを描くミステリアスな長篇『閃光』（九八・幻冬舎）、心臓を移植されたヒロインが、心臓の提供者の女性の記憶を蘇らせるようになり、その女性の人間関係に巻き込まれていくミステリ『抱擁』（九九・同）などがある。

桐生操（きりゅう・みさお）堤幸子（一九三二～二〇〇三）と上田加代子（一九五〇～）の共同筆名。パリ大学（ソルボンヌ大学）、リヨン大学でフランス文学・歴史を学ぶ。猟奇的視点から西洋史上の逸話を紹介する著作を多数執筆。『本当は恐ろしいグリム童話』（九八・ベストセラーズ）は大ヒット作となり、多くの模倣作を生んだ。俗流怪奇実話物『きれいなお城の呪われた話―西洋歴史怪奇譚』（九一・大和書房）『世界の幽霊怪奇』（九二・青春ベスト文庫）などのほか、小説に「椿姫」「ハムレット」「美女と野獣」「ジキル博士とハイド氏」を愛欲の視点から読み替えた短篇集『ラ・トラヴィアータ』（〇一・ＰＨＰ研究所、後に「大人のための愛の残酷物語」と改題）、同様の読み替えを施した『愛と残酷のギリシア神話』（〇二・大和書房）がある。

桐生祐狩（きりゅう・ゆかり　一九六一～）長野県生。高校卒業後に上京。演劇活動を始め、戯曲を執筆する。少年小説と見紛うような爽やかな語り口で、母子相姦や生体実験といった際どいモチーフの数々を綴った、巧緻な悪意を感じさせる鬼畜ホラー『夏の滴』（〇一・角川書店）で、第八回日本ホラー小説大賞長編賞を受賞。主な作品に、ニューヨークを舞台に、女優を目指す日本人姉妹と連続殺人鬼〈ケーキサーバー〉の軌跡を交錯させた『剣の門』（〇三・同）、猟奇殺人事件の背後に明滅する異様な人形愛の世界を描く『物魂』（〇四・ハルキ・ホラー文庫）、眠ることで小説世界に入り込み事件を解決する超常探偵の活躍を描く連作短篇集『小説探偵GEDO』（〇四・早川書房）、一つの町が汚穢に侵蝕されていく様を、光と闇の黙示録的構造により描き出した驚天動地のナスティ・ホラー『川を覆う闇』（〇六・角川ホラー文庫）などがある。

紀和鏡（きわ・きょう　一九四五～）本名中上かすみ。東京杉並生。二階堂高校卒。七〇年に中上健治と結婚。長女・中上紀は作家、次女・中山菜穂は陶芸家で作家。超能力と二千年の長寿を人間に与えるA物質をめぐり、熊野と大和で繰り広げられてきた戦いを背景にしたSF伝奇ミステリ『Aの霊異記』（八五・

講談社）でデビュー。以後、九〇年までの数年間集中的に、同工の設定のややSFがかった本格的な伝奇長篇を発表。主な作品に、異形神の系譜が芸能者によって保たれているとする伝奇ミステリ『鬼神伝説』（八五・講談社ノベルス）、諏訪の闇の祭司として古代から脈々と続く七家衆一族の不隠な計画を描く伝奇ミステリ『諏訪竜神伝説』（八七・同）、吉野の秘境で、薬草ソーマを栽培する二つの超常的種族が戦いを繰り広げる伝奇ロマン『聖鬼伝』（八七・ジョイ・ノベルス）、生命の源であるオシラサマの復活を幻想的に語る『白の霊異記』（八八・講談社）、種々のオカルト要素を取り込んで地球規模で展開する伝奇SF『呪文の惑星』（八九・大陸ノベルス）『鳥人記』（九〇～九一・大陸書房）など。ほかに、『雨月物語』の世界を、現代・古代・中世・未来に再現した怪奇・SF短篇集『時の蛇』（八八・実業之日本社）、助けを呼ぶ声に誘われて、ファミコンの中へ入り込んでしまった少年の冒険をきっかけに、現実に亀裂が入り込む児童文学『あのこをさがす旅』（九〇・理論社）もある。

金蓮花（きん・れんか　一九六二～）東京生。朝鮮大学師範教育学部美術科卒。仙人たちの集う茶店で悲恋の物語が語られる「銀葉亭茶話」（九四）でコバルト・ノベル大賞を受賞してデビュー。同作は、朝鮮系日本人三世として古代朝鮮風の別世界に特色を出したもので、デビュー作としては完成度も高く、人気を得て《銀葉亭茶話》（九四～〇二・コバルト文庫）としてシリーズ化された。その他のファンタジーに、舞姫にして巫女の愛と復讐の物語《水の都の物語》（九五～九六・同）、魔法的別世界を舞台に、魔女との対決などを描くヒロイック・ファンタジー《竜の眠る海》（九七～〇三・同）、オカルト伝奇ファンタジー《月の系譜》（九七～二〇〇〇・同）《櫻の系譜》（二〇〇〇～〇一・同）、別世界を舞台にしたロマンティックな物語のシリーズ《砂漠の花》（〇三～〇四・同）《銀朱の花》（〇四～〇七・同）などがある。ほかに、記憶改変をモチーフとするBL物のSF『エタニティ・ブルー』（九八・スーパーファンタジー文庫）なども執筆している。

金原亭馬生（きんげんてい・ばしょう　？～一八三八／天保九）落語家。通称銀次郎。実弟に四世坂東三津五郎。始め三遊亭円生に弟子入りし、後に一派を立てた。盲目の弟のために姉が身を売って作った金を持っての道中で強盗殺人に遭い、怨霊となって祟る怪談「座頭殺し」を創作。河竹黙阿弥が「蔦紅葉宇都谷峠」として歌舞伎に仕立てた。

『**金言類聚抄**』（きんげんるいじゅうしょう　平安時代末以降鎌倉時代中期までに成立）説話集。編者は潭朗というが、未詳。鳥類の部である巻二十二、獣類の部である巻二十三のみ現存。仏教説話集ともいえるが、むしろ出典を記すレファレンスのようなものであったようだ。

金平浄瑠璃（きんぴらじょうるり）一六五〇～七五年（明暦～寛文年間）頃に流行した浄瑠璃。超人的な武勇を誇る、坂田の金時の息子・金平（公平）が、渡辺の綱の息子で知将の竹綱（武綱）と組んで、謀叛の企てを阻止するという明朗な武勇物で、和泉太夫（桜井丹波掾）の『北国落《ほっこくおち》』（六〇／万治三）を嚆矢とし、岡清兵衛の作を和泉太夫が演じて大流行となった。金平が登場しない四天王物、武勇物も含まれ、これらの浄瑠璃を絵本仕立てにしたものが出版界に流行した。

く

空海（くうかい　七七四～八三五／宝亀五～承和二）日本真言宗の開祖。諡号弘法大師。また遍照金剛と称す。讃岐国多度郡弘田郷屏風浦生。七九一（延暦一〇）年大学に入学、四書五経を学ぶが、中退して仏教に志す。出家宣言の意を込めた『三教指帰《さんごうしいき》』（七九七／

同一六、初題は「聾瞽指帰」を著す。これは道教、儒学、仏教、遊蕩をそれぞれ擬人化した架空の人物に対話をさせるという形式によって書かれており、寓話的仏教論として読める。八〇四（同二三）年、正式に得度し、密教を極めるため入唐する。帰国後、八一七（弘仁八）年に高野山を開き、密教の普及に努めた。真言密教の教理を最高位に位置付け、真の成仏への道を説いた。宗教書に『十住心論』などがあるほか、梵字音韻学の書、詩論書、詩文集『性霊集』など多岐にわたる。文学的に見ても、空海の詩文は最高レベルであると評価され、後代に与えた影響にはきわめて大きなものがある。

九鬼紫郎（くき・しろう　一九一〇〜九七）本姓森本。別名に九鬼澹、霧島四郎、石光琴作など。神奈川県横浜市生。関東学院中退。探偵小説誌『ぷろふいる』編集長として活躍し、傍らミステリの創作にも腕をふるった。代表作に『夜の顔役』（五九）『大怪盗』（八〇）など。現実と夢が交錯する「奇妙な12時」（五一）、「幻想夜曲」（三三）「神仙境物語」（三三）などの怪奇幻想的なミステリがある。また本名でエッセー集『西洋の妖怪たち』『中国の妖怪たち』（八一・曙出版）も刊行している。

九鬼盛隆（くき・もりたか　一八六九〜？）神道系の新興宗教の教祖。断易家として知られ、『断易精蘊』（三二）などの著作がある。ある文士の霊が語ったものを筆録したという体裁で、架空戦記物を繰り広げた『宇宙の統一』（二四・本道宣布会）、夏目漱石の霊が語るという体裁で、霊界の消息を書き連ねる『未耕地の開墾者』（二五・同）がある。

くげよしゆき（くげ・よしゆき　？〜）高名な魔術師の息子と駆け出し魔術師コンビによるハードボイルド・コメディ『ナインインチネイル』（二〇〇四・ファミ通文庫）などがある。

愚軒（ぐけん　生没年未詳）豊臣秀次側近衆に関わりのあるお伽の者の一人であったとされる。戦陣の間に行われた世間話を筆録した雑談集『義残後覚《ぎざんこうかく》』（一五九二〜九六頃／文禄年間）を残している。本書には戦国武将の話などの一般的な雑談に混じり、亡霊、人魂、怪物などを話題とする怪談奇談も収録されている。果心居士の幻術談が含まれているが、果心物としては残存する中で最も古いものだという。

日下三蔵（くさか・さんぞう　一九六八〜）評論家・アンソロジスト。本名溝畑康史。神奈川県横浜市生。専修大学文学部卒。出版芸術社で《ふしぎ文学館》を企画・編集するなど編集者として活躍。昭和前期までの〈探偵小説〉、すなわちミステリとＳＦと怪奇幻想にまたがる領域の視点から作品の蒐集を幅広く行う。どちらかといえばＳＦとミステリの専門家だが、怪奇幻想文学の出版・研究にも大きく貢献している。著書に、日本の主要なＳＦ作家・作品を総覧する『日本ＳＦ全集・総解説』（〇七・早川書房）、書評集『ミステリ交差点』（〇八・本の雑誌社）など。幻想文学関連の編纂書に『都筑道夫恐怖短篇集成』全三巻（〇四〜〇五・ちくま文庫）《山田風太郎忍法帖短篇全集》全十二巻（〇四〜〇五・同）《怪奇探偵小説名作選》全十巻（〇二〜〇三・同）など。

日下弘文（くさか・ひろふみ　？〜）ロボットアニメのノベライゼーション《無敵王トライゼノンＺＰ》（二〇〇〇〜〇一・富士見ファンタジア文庫）でデビュー。別世界ヒロイック・ファンタジー『トワ・ミカミ・テイルズ』（〇二〜〇五・同）、妖魔に侵攻された地球を舞台にした、終末テーマのファンタジー『０００《トリプルゼロ》のエレナ』（〇七〜〇八・同）など。

日下部匡俊（くさかべ・まさとし　一九六四〜）東京生。ゲームデザイナーとしてＴＲＰＧ「ワースブレイド」などを手がける。その設定をもとにした戦記ファンタジー&バトルアーマー物《剣の聖刻年代記》（九六〜〇五・ソノラマ文庫）で小説家としてデビュー。ほかに、魔法力が伝染するという設定のバトルアーマー物ＳＦファンタジー『カルシバの煉獄』（九七・富士見ファンタジア文庫）など。

草上仁（くさかみ・じん　一九五九〜）神奈

川県鎌倉市生。慶応義塾大学法学部卒。八一年「ふたご」でハヤカワSFコンテストに佳作入選。生命保険会社勤務の傍らSFを執筆。八二年のデビュー以来、短篇SFを中心に発表してきたが、九〇年代以降長篇も手がけるようになる。短篇は、ハードなものからロマンティックなもの、諧謔味やナンセンス味のあるもの、不条理なものまで様々な味わいのSFを執筆しており、幻想怪奇物も手がけている。初期の代表的な短篇集に『こちらITT』（八七・ハヤカワ文庫）『くらげの日』（八八・同）ほか。また長篇SFの代表作に、スペースオペラ《スター・ハンドラー》（〇一〜〇三・ソノラマ文庫）など。幻想的な短篇に、全地球の神々が集まる天国に導入されたコンピュータによって神が天地を創造するに至る「ヘイブン・オートメーション」（八八）、一粒の種から育った巨大な木の中に住まう一族の青年を主人公としたファンタジー「花か種か」（八九）、生きている髪をそうとは知らずに頭に植え付けた男の恐怖を描く「狼男」（九二）、邪悪な魔術師への対抗魔術に偶然成功するコメディ「紙の盃」（九〇）ほかがある。長篇に、時を巻き戻すネジを巻くことのできる見えない指を持つ男が、人々の壊れかかった関係を修復して歩くという設定の連作ファンタジー短篇集『よろずお直し業』（九一・PHP研究所）、人間を乗せて宇宙空間を飛べる昆虫をめぐって、前近代的文化の惑星で繰り広げられる冒険を描くSFファンタジー『天空を求める者』（九二・早川書房）、国民総順位性の抑圧された社会を舞台に、エイズめいた病気の治療法の開発をめぐって繰り広げられるどたばたを描くコミカルSF『愛のふりかけ』（九五・角川書店）、パラレル明治初期を舞台にしたミステリ・テイストのSF『東京開化えれきのからくり』（九九・ハヤカワ文庫）、ファンタジー世界を舞台にしたハードボイルド・ミステリ『黒真珠の瞳―凶眼リューク』（〇四・EXノベルズ）、幽霊屋敷物の宇宙SFコメディ『ホーンテッド・ファミリー』（〇五・ソノラマノベルス）など。

草川隆（くさかわ・たかし　一九三五〜）東京杉並生。国学院大学国文科卒。『宇宙塵』に参加してSFを発表。未来の全体主義社会を舞台にしたSFラブロマンス『時の呼ぶ声』（六七・三一書房）で小説家としてデビュー。主にSF、ミステリを執筆し、『テミスの無人都市』（六九・金の星社）『まぼろしの支配者』（七三・岩崎書店）『学園魔女伝説』（七九・秋元文庫）といった少年向けSFも多い。怪奇幻想系の作品に、交通事故で死んだ少女が夢の中に現れる『夢の侵入者』（八二・ソノラマ文庫）、歌手になり損ねた女の霊が主人公の恋人に取り憑く『幽霊は夜唄う』（八四・双葉社）などの怪奇ミステリ、過去からタイムスリップして来た少女の謎を追う『奇蹟の油彩画』（八三・ソノラマ文庫）、聴く者を死の世界に引きずり込む魔力を持った声のアイドル歌手をめぐる『危険なアイドル』（八三・同）などのオカルト・サスペンス、夢の中の美女と現実に出会った青年が、隠れキリシタンのエロティックな秘儀に巻き込まれる『妖界天女』（八六・有楽出版社ノベルス）などの伝奇ミステリがある。

草薙渉（くさなぎ・わたる　一九四七〜）生まれてから二十六年間、広大な屋敷から一歩も外に出たことがなかった京都の公家の末裔・草小路鷹麿が初めて外界に出たという荒唐無稽な設定下の冒険ミステリ『草小路鷹麿の東方見聞録』（九〇・集英社）で小説すばる新人賞受賞。続篇に『草小路弥生子の西遊記』（九三・広済堂出版）、予言文書をめぐるどたばたを描いた『第八の予言』（九八・集英社文庫）がある。このほかSF的な設定の作品もあり、ネアンデルタール人がテレパシーを持っていたという設定で、クロマニヨン人による駆逐を描く『いつか森の中で』（九五・読売新聞社）、植物が人類・哺乳類・鳥類を絶滅させるべく、食物という形で長年に渡ってDNAに働きかけた結果として、動物類が一瞬にして蒸発、ほぼ絶滅した後に、なおも生き残った少数の人々を描いた『黄色い雨』（九六・同）、明治初期、蝦夷地のさらに北に位置し、超絶的な科学力を有しつつ隠れ潜む幻の小藩・北影藩を設定した伝奇時代小説『空に西郷星』(〇六・柏艪舎)など。

草野心平(くさの・しんぺい　一九〇三〜八八)詩人。福島県上小川村生。慶応義塾普通部中退。二一年、中国に渡り、嶺南大学で学び、この頃から詩を書き始める。アナーキーな渾沌とした生命を歌う『第百階級』(二八・銅鑼社)、『蛙』(三八・三和書房)、宇宙論的な『富士山』(四三・昭森社)、アニミスティックな『全天』(七五・筑摩書房)ほか、きわめて多数の詩集を残している。五〇年、一連の蛙の詩によって読売文学賞受賞。富士山をはじめとして、地球・隕石・雲といった無機物や、草木などの植物、蛙・天馬といった動物たちの意識そのものを歌い上げている点に特徴がある。〈宇宙天の一点に。／渦巻きめぐる。／アンドロメダ。／／自分の親指の腹の。／その。／流紋。／／蟹座は。／薬指。／／世界の。／／億兆億の指指の。／ミクロコスモス。〉(「指紋」全篇)

また、宮沢賢治の紹介者としても知られ、賢治の没後には『宮沢賢治追悼』(三四・次郎社)『宮沢賢治研究』(三九・十字屋書店)などを編纂した。ほかに、『宮沢賢治覚書』(五一・創元社)も執筆している。

草美あづ(くさみ・あず　?〜)少女漫画家。美形の悪魔の居候と少女のやりとりを描くラブコメディ『悪魔のハートはピンク色』(一九九二・学研レモン文庫)を執筆している。

久嶋薫(くしま・かおる　一九六七〜)「夜風の通りすぎるまま」(九一)でコバルト・ノベル大賞に佳作入選。宿命の恋人と輪廻によって巡り会う伝奇ファンタジー『蒼天の王』(九四・コバルト文庫)がある。

鯨統一郎(くじら・とういちろう　?〜)静岡県生。国学院大学文学部国文学科卒。『邪馬台国はどこですか?』(一九九八)でミステリ作家としてデビュー。歴史を素材にしたギャグ小説が多い。森鷗外や水戸黄門が現代に来たり、女子高生が明治維新や釈迦の時代に行ったりする《タイムスリップ・シリーズ》(〇二〜・講談社ノベルス)などがある。

鯨晴久(くじら・はるひさ　一九七九〜)ゲームの脚本家。人の心を見ることができる不思議な目薬を手に入れた女子高生と彼女を救う変身ヒーローのアクション・ラブコメディ『おーぷん・ハート』(〇三・角川スニーカー文庫)で第一回ザ・スニーカーキャラクター小説大賞入賞。失われた古の技術で造られた武器を操る少女が主人公のアクション・ラブコメディ『リベンジ×リベンジ』(〇七・HJ文庫)がある。

楠田匡介(くすだ・きょうすけ　一九〇三〜六六)本名小松保爾《やすじ》。北海道生。様々な職業を経て、四八年『探偵新聞』の懸賞に応募した密室トリック物の「雪」の入選によりミステリ作家としてデビュー。復讐心から愛する女性を無熱硝子の中に閉じ込めてしまうマッドサイエンティストを描く短篇「人肉硝子」(五一、後に「硝子妻」と改題)などがある。

楠章子(くすのき・あきこ　一九七四〜)大阪市生。梅花女子大学児童文学科卒。大阪の下町を舞台に、学校のゴミ捨て場のおばちゃん神様、水屋に住む親指神様、風呂屋のかえるの神様などが登場する連作短篇集『神さまの住む町』(〇五・岩崎書店)で児童文学作家としてデビュー。ほかに、古道具屋を経営する人ならざる老婆に少女たちが助けられる連作短篇集『古道具ほんなら堂』(〇八・毎日新聞社)など。

楠誉子(くすのき・しげこ　一九三五〜)長野県生。法政大学卒。同人誌『海賊』にメルヘンを発表。日常生活の中へ普通の狐が狐として自然に登場し、人間同様に扱われる連作メルヘン『八つのきつね物語』(八三・偕成社)がある。

楠木誠一郎(くすのき・せいいちろう　一九六〇〜)福岡県生。日本大学法学部卒。歴史雑誌編集者を経て、泉鏡花が探偵役のミステリ『「高野聖」殺人事件』(二〇〇〇・Cノベルス)でデビュー。幕末を舞台に、南朝を支えてきた闇の民の末裔が妖玉・八坂瓊曲玉を取り戻すために戦う伝奇ロマン『妖珠の覇王』

(〇二・同)、少年少女たちが過去にタイムスリップして、様々な歴史上の人物と共に事件を解決するミステリ・コメディ《タイムスリップ探偵団》(〇一〜・講談社青い鳥文庫)などがある。

葛原妙子(くずはら・たえこ　一九〇七〜八五)歌人。東京生。東京府立第一高等女学校卒。二十歳で結婚、三十二歳で太田水穂・四賀光子夫妻に師事し『潮音』社友となるが、本格的に短歌と取り組んだのは戦後に至ってからで、四十歳を越えていた。師風を超えたいと秘かに念じていた葛原は、第一歌集『橙黄』(五〇・長谷川書房)の中で〈わがうたにわれの紋章のいまだあらずたそがれのごとくかなしみきたる〉と嘆いたが、既に〈薔薇いろの鮭陶《すゑ》にあり氷《ひ》のごときうみなみ寄する音を聞くべし〉のごとき確固として美しい独自の歌を持っていた。第三歌集『飛行《ひぎやう》』(五四・白玉書房)刊行の頃から、いわゆる前衛歌人の同行者と目されたものの、前衛短歌の悪風に馴染むことなく、『原牛』に至って前人未踏の〈歌の黄金〉を精製。美しき歌を求めて耽美に即かず、好もしい気難しさを常に持していた。炯眼の士は〈幻視者〉とか〈現代の魔女〉などと称揚したが、必ずしもこれを受け容れず、自ら歌の中に用いた〈他界〉なる言葉にも不満を残すほどであった。『葡萄木立』『朱霊』『鷹の井戸』では、その歌風はいよいよアルカイックに美しく、悠揚として精緻に、また奔放に展開していった。

▼『葛原妙子全歌集』(〇二・砂子屋書房)

【原牛】第五歌集。五九年白玉書房刊。〈美しき球の透視をゆめむべくあぢさゐの花あまた咲きたり〉〈黒峠とふ峠ありにし　あるひは日本の地図にはあらぬ〉

【葡萄木立】第六歌集。六三年白玉書房刊。日本歌人クラブ賞。〈うすらなる空気の中に実りゐる葡萄の重さはかりがたしも〉〈白鳥は水上の唖者わがかつて白鳥の声を聴きしことなし〉

【朱霊】第七歌集。七〇年白玉書房刊。迢空賞。〈中国の麻のハンカチ薄ければ身につけしよりかきうせにけり〉〈黄金は鬱たる奢りうら若き廃王は黄金の部屋に棲みにき〉

【鷹の井戸】第八歌集。七七年白玉書房刊。〈天秤の一端に触れあな異端かすけく震ふさまに見入りき〉〈死《タナトス》と囁くこゑすけむりぐさいつくしきけむりぐさをぞ喫ふ〉

【をがたま】未刊歌集。七八〜八三年の作を収録する。『葛原妙子全歌集』(八七・短歌新聞社)所収。〈水仙城といはばいふべき城ありて亡びにけりな　さんたまりや〉〈三蔵法師なやみたまひし頭痛山　蹌踉としてよろめく駱駝〉

久住四季(くずみ・しき　一九八二〜)島根県生。某国立大学文学部卒。魔術師や魔術を理論的に研究する学問が存在するパラレル日本を舞台にしたミステリ《トリックスターズ》(〇五〜〇七・電撃文庫)でデビュー。同様にファンタジー的設定の上に乗ったミステリ『ミステリクロノ』(〇七〜〇八・同)がある。

楠見朋彦(くすみ・ともひこ　一九七二〜)大阪府生。立命館大学文学部哲学科卒。『玲瓏』会員の歌人。「零歳の詩人」(九九)ですばる文学賞を受賞して小説家としてデビュー。幻想的な作品に、マルコ・ポーロの〈騙り〉を書き留める〈私〉(『東方見聞録』の筆記者ルスティケロ)を主人公に、物語、伝説、歴史の意味を問い直すメタノベル『マルコ・ポーロと私』(二〇〇〇・集英社)がある。

楠本ひろみ(くすもと・ひろみ　?〜)映画、テレビドラマの脚本家。少女小説も執筆し、実体のある幽霊になって現世に留まっている少女のラブロマンス『天国のKiss』(一九九九・角川ティーンズルビー文庫)、現代の少女が過去に飛ばされてマヤの巫女となってしまうロマンス『エメラルド・フォレスト』(〇二・角川ビーンズ文庫)がある。

葛山二郎(くずやま・じろう　一九〇二〜九四)大阪南河内郡生。八歳のとき軍人だった父の任地である満州に渡り、中学卒業後単身上京。浪人中、クライスラーら三大ヴァイオリニストの音の相違を綴った文章を草して菊池寛に送り、その文才を称讃されたという。神戸で高等工業学校建築科を卒業後、兄の工場経営を手伝うために満州に戻り敗戦で帰国した。二三年「噂と真相」が、博文館の探偵雑誌『新趣味』の懸賞に入選し、満州に戻るまでの十数年間、散発的にミステリの筆を執る。股覗きをこよない趣味とする変人の奇癖が事件解決の鍵となる奇作「股から覗く」(二七)や、「赤光寺」(二八)「偽の記憶」(二九)などの怪奇味濃厚なミステリがある。その斬新な文体は、戦前の探偵作家中、異彩を放つ。

楠山正雄(くすやま・まさお　一八八四〜一九五〇)東京銀座生。早稲田大学英文科卒。編集者、記者などを務めながら、劇評家として活躍。『近代劇十二講』(一二)は名著の誉れ高い。ハウプトマン「沈鐘」(一八)、メーテルランク「青い鳥」(一九)などを訳し、翻訳家としても近代劇に貢献した。また『イソップ物語』(一六・冨山房)『世界童話宝玉集』(一九・同)『日本童話宝玉集』(二一〜二二・同)『アンデルセン童話全集』(二四・新潮社)などの翻訳・編集に当たり、児童文学者としても知られた。楠山は控えめな人物であったらしく、〈環境次第では、小山内薫さんみたいになったかもしれぬ〉(高田保)と言われながら、演劇の世界から退いてしまう。児童文学に関しても、ごく早い時期にルイス・キャロル『不思議の国』(二〇・家庭読物刊行会)やモーロア『デブと針金』(四一・第一書房)の翻訳を手がけるなど、翻訳・紹介に関して鈴木三重吉に並ぶほどの貢献度である(瀬田貞二)はずなのに、表舞台には立とうとしていない稀有な人物である。創作では、再話・翻案に多数の作品があり、その完成度の高さは戦前随一とも称される。特に古代史・藤原時代に興味をもって研究し、『日本神話英雄譚宝玉集』(四二〜四五・冨山房)のほか、『宇津保物語』をもとにした「二人の少年と琴」(三二)などがある。

久世光彦(くぜ・てるひこ　一九三五〜二〇〇六)別名に市川睦月、小谷夏《こたになつ》、林紫乃《しの》など。東京杉並生。東京大学文学部美学美術史学科卒。ラジオ東京に入社し、ディレクター、プロデューサーとして活躍。代表作に「時間ですよ」「寺内貫太郎一家」など。エッセー集『昭和幻燈館』(八七)以後、作家としても活動を始め、昭和戦前期へのノスタルジーを核に、しばしば文学者・芸術家やその作品をモチーフに、性を主たるテーマとした小説を発表する。ビアズリーの〈サロメ〉、竹中英太郎の〈陰獣〉、ベックリンの〈死の島〉など怪奇幻想絵画を縦糸に、性の目覚めを横糸に織りなす連作短篇集『怖い絵』(九一・文藝春秋)、乱歩のパスティーシュ「梔子姫」を作中作として織り込みながら、乱歩が遭遇する妖しい出来事を描く山本周五郎賞受賞作『一九三四年冬―乱歩』(九三・集英社)、官能的な妖しい雰囲気の短篇集『桃』(二〇〇〇・新潮社)、初老の男の性的・官能的な幻想体験を弥勒さんという不思議な女優との関わりにおいて描いた連作短篇集『あべこべ』(〇二・文藝春秋)、夢幻の鬼気漂う見事な出来映えの百閒小説のパスティーシュを随処に挿入しながら、しかも作中作の内と外とに微妙な相関関係が形づくられていくという凝った仕掛けの意欲作で、遺作となった『百閒先生　月を踏む』(〇六・朝日新聞社)がある。

朽木祥(くつき・しょう　一九五七〜)広島市生。上智大学大学院博士前期課程修了。内なる霊力を引き出すため、猫の姿で人間界に修行に出かけた、愛らしくも頼りない孤独な子河童・八寸と母を亡くした少女の交流を描く『かはたれ』(〇五・福音館書店)で日本児童文学者協会新人賞、児童文芸新人賞を受賞。その続篇『たそかれ』(〇六・同)は、戦死した人間の親友のことを思い切れず、人間界で孤独に暮らす霊力の強い河童のために、八寸と少女、その友人らが音楽で奇跡を起こし、死者を束の間蘇らせる音楽ファンタジー。人を化かす狐の子とささやかな交流を持つ少女が被曝するまでの日々を、広島弁を交えて綴った『彼岸花はきつねのかんざし』(〇八・学研)で、日本児童文芸家協会賞を受賞した。

久綱さざれ（くつな・さざれ　一九六五〜）愛知県生。名古屋大学文学部哲学科卒。十四歳の少年を語り手に、悪意を持つ分身の恐怖を描いた『ダブル』（〇二・学研）で第一回ムー伝奇ノベル大賞優秀賞を受賞。骨髄移植のドナーを作るために人工授精を繰り返した結果生まれた一人の少女が、出生の秘密を知って絶望と孤独に陥ったまま事故死し、集合無意識界の混乱を引き起こすホラーの秀作『ハーツ』（〇三・同）がある。このほか、ミステリ『神話の島』（〇七）を執筆している。

工藤治（くどう・おさむ　?〜）奈良県生。漫画原作者、脚本家。劇団〈ボイスウィザード〉主宰。『恐竜拳士リュウコ』（一九九四・角川スニーカー文庫）で小説家としてデビュー。学園伝奇アクション・コメディ《仮免巫女トモコ》（九五・ログアウト冒険文庫）、昆虫物のアクション・ファンタジー『恋虫のブレード』（二〇〇〇・スーパーダッシュ文庫）などのオリジナル作品のほか、ゲームやアニメ、漫画などのノベライゼーションが多数ある。

工藤圭（くどう・けい　?〜）意識をハムスターに転移させた少年と探偵の娘が事件に巻き込まれるミステリ『わたしの彼はハムスター!?』（二〇〇〇・角川ティーンズルビー文庫）がある。

工藤隆雄（くどう・たかお　一九五三〜）青森市生。出版社勤務を経て『岳人』などの山岳雑誌や新聞を舞台に、登山をめぐる文筆活動を展開。「キツネにさらわれたネコ」で盲導犬サーブ記念文学賞大賞を受賞。日大芸術学部講師。著書に『富士を見る山歩き』（九六）『山小屋の主人の炉端話』（〇一）など。山小屋の主人たちから聞き蒐めた山中の恐怖譚・怪異譚・不思議譚全五十五話を収める怪談実話集『山のミステリー』（〇五・東京新聞出版局）がある。

工藤俊彦（くどう・としひこ　一九六八〜）ポルノ小説を執筆。女拳士物『オーキッド☆エンブレム』（九四・ナポレオン文庫）でデビュー。トレジャーハンター物『地下迷宮の女神像』（九七・同）、『吸血城の魔淫劇』（〇一・ナポレオンXXノベルズ）ほか多数。

工藤直子（くどう・なおこ　一九三五〜）詩人。本姓松本。台湾朴子生。お茶の水女子大学中国文学科卒。博報堂でコピーライターとして活躍し、フリーとなる。ファンタスティックな児童詩『てつがくのライオン』（八二・理論社）で日本児童文学者協会新人賞受賞。ほかに詩集『のはらうた』（八四〜）など。ファンタスティックなメルヘンに、水たまりに生まれたちび竜が生き物たちに祝福されながら、地球を抱くまでに成長する様を描く小品「ある日、ちび竜が…」（九一）がある。

久藤冬貴（くとう・ふゆたか　?〜）北海道旭川市生。二〇〇二年、学園物「シラトリ」でロマン大賞佳作受賞。少女小説のミステリを主に執筆。死者の声が聞こえてしまう少女を主人公とするミステリ《声を聞かせて》（〇五〜〇六・コバルト文庫）がある。

工藤夕貴（くどう・ゆうき　一九七一〜）東京生。女優。不幸な生い立ちの心美しい王女が、妖精たちや魔法使いの助けを借りて真実の愛を手に入れるまでを描く長篇メルヘン『王女シルビア』（九一・小学館）がある。

邦枝完二（くにえだ・かんじ　一八九二〜一九五六）本名莞爾。東京麹町生。祖父は幕臣。江戸庶民の哀歓を混えた時代風俗小説を多数執筆。代表作に『お伝地獄』（三五）。劇場の奈落に現れる美童の亡霊にまつわる因縁話「松助怪談」（三三）がある。

国枝史郎（くにえだ・しろう　一八八七〜一九四三）別名に鎌倉参朗など。長野県諏訪生。長野県立長野中学、東京本郷の郁文館中学を経て早稲田大学英文科に入学。在学中の一〇年、戯曲集『レモンの花の咲く丘へ』（東京堂書店）を自費出版し、演劇活動に打ち込む。一四年に大学を中退、関西へ移り、『大阪朝日新聞』の演劇担当記者、松竹脚本部の専属作者を務めるが、二〇年、宿痾のバセドー氏病が悪化し帰郷する。二二年、大学の同級生で『講談雑誌』編集長の生田蝶介の勧めで、同誌に伝奇時代小説「蔦葛木曾棧《つたかずらきそのかけはし》」を連載、好評をもって迎えられ、以後、奔放怪異な伝奇作家として活躍。代表作「神州纐纈城《しんしゅうこうけつじょう》」をはじめ、窩人族と水狐族の同族相食む積年の死闘を描く山窩幻想の物語「八ケ嶽の魔神」（二四～二六）、切支丹の秘宝をめぐる痛快娯楽篇「剣侠受難」（二六）、建武中興期を背景に、脳外科手術による霊魂交換にまで及ぶ妖術合戦が展開する『あさひの鎧』（三六・一誠社）ほかの長短篇を書き継いだ。二七年には同じ名古屋在住の小酒井不木と語らい、土師清二、長谷川伸、江戸川乱歩らと合作組合〈耽綺社〉を結成、「飛機睥睨」「白頭の巨人」（共に二八）などの合作に参加している。晩年の十年間は住居を東京に移し、執筆の傍らダンス教習所や喫茶店の経営も手がけた。戦中・戦後の混乱期に埋没を余儀なくされていた国枝作品は、六八年の『神州纐纈城』復刊（桃源社）を契機にふたたび脚光を浴び、久作、虫太郎、十蘭をはじめとする〈異端文学〉再評価ブームの点火役ともなった。

〈作中で展開する世界は幻談の世界で、華麗で、読みはじめると、たちまち読者は天主堂内のステンド・グラスから降りそそぐ七彩の光に囲繞されるようであった。そこに現われる女はサロメであったり、男は嬌児ドリアン・グレーであったり、墓穴から出てくる怪人はロシア民話であったり、アラビアのロレンスであったり、「聊斎志異」中の男女だったり、「巌窟王」だったり、「アラビアンナイト」だったり、怪奇物語の底にはヨーロッパ文学が流動していた〉（「不死鳥のごとく」）と僚友・土師清二が回想しているように、国枝作品に横溢する怪奇幻想性は、近世の読本や〈立川文庫〉の血脈を継ぐと同時に、国枝が若き日に耽読したというワイルド、ホフマン、ポーをはじめとする西欧の幻想文学にも多くを負うている。邪悪な魔法使いに妻を誘惑された領主の息子が、母に似た面影の娘に恋をするが、娘もまた魔法使いが奏でる死の音楽の虜となる。それを阻止せんとして息子は死に、娘は魔法使いの誘惑を振り払って彼と共に死ぬ……という暗澹たるメルヘン劇「死に行く人魚」、水辺に立つ陰鬱な塔を見上げながら機を織り続ける娘のもとへ、はるか昔に別れた弟がやって来ると、今度は娘が塔の中へと拉致されてしまう象徴的悲劇「その日のために」の二篇を収める第一戯曲集『レモンの花の咲く丘へ』には、そうした国枝の一面がより直截に表れている。

なお時代小説以外では、地底人の秘宝を求めて、世界を西に南に冒険が展開される現代物の秘境ミステリ「沙漠の古都」（二三）、ストレートな妖怪小説「妖虫奇譚高島異誌」（二四）をはじめとする短篇群がある。

▼『国枝史郎伝奇文庫』全二十八巻（七六・講談社文庫）『国枝史郎伝奇全集』全六巻、補巻一（九二～九五・未知谷）

【蔦葛木曾桟《つたかずらきそのかけはし》】長篇小説。二二年九月～二六年五月『講談雑誌』掲載。時は足利末期、舞台は木曾。物語の基本線は、義明を仇と狙う盗賊・御嶽冠者と遊女・鳰鳥の兄妹による敵討にあるが、敵役の義明はすぐに片隅に押しやられ、全面に躍り出るのは忍術、幻術、妖術、バテレン術が入り乱れての魔法合戦である。黒死病を蔓延させる妖狐、異人の科学者を従えた香具師の頭領、加賀白山の大楠が化身した鬼王丸、そしておなじみの石川五右衛門、百地三太夫、霧隠才蔵といった顔ぶれが秘術を尽くす。一方、鳰鳥は山中の人外境を遍歴し世紀末デカダンに浸る〈麗人国〉に辿り着く……滾々と湧き出る奇想の奔流に作者自身が身を投じているかのような、八方破れの面白さに満ちた大作。

【神州纐纈城《しんしゅうこうけつじょう》】長篇小説。二五年一月～二六年十月『苦楽』掲載。時は戦国。舞台は甲州。武田家の家臣・土屋庄三郎は、偶然入手した奇怪な紅布に導かれ、富士山麓本栖湖の霧に覆われた恐怖の水城へと向かう。そこに待ちうけるのは人血をもって布を染める酸鼻な工場と、奔馬性癩に冒され仮面を被る謎の纐纈城主であった。かつて三島由紀夫は本篇を評して〈文藻のゆたかさと、部分的ながら幻想美の高さと、その文章の見事さと、今読んでも少しも古くならぬ現代性とにおどろいた〉

（「小説とは何か」）と述べた。文章の評価については意見が分かれるだろうが、死病をまきちらしながら城下を徘徊する恐怖王、富士胎内の水路くだり、人穴に住まう妖艶な女面作師など、ポーゆずりの耽美的幻想と時代小説との融合ぶりは見事で、未完ながら代表作の名に恥じない。

國定伊代子（くにさだ・いよこ　?〜）福島県白河市生。少女が死んだ祖父と釣りを楽しむ「さるすべり」、狐の行列を見せてもらう「祭りがやってきた」など、異類との交流を描くメルヘン集『猫マンション』（一九九六・らくだ出版）がある。

国松俊英（くにまつ・としひで　一九四〇〜）滋賀県守山市生。同志社大学商学部卒。『ホタルの町通信』（七六）で児童文学作家としてデビューし、七九年より執筆に専念。鳥類の愛好家で、鳥に関する子供向けノンフィクションのほか、『宮沢賢治　鳥の世界』（九六・小学館）『鳥の博物誌』（〇一・河出書房新社）などの著作もある。低学年向けSFに『宿題ロボットてんさいくん』（八三・偕成社）以下のロボット物のシリーズ（〜八九）がある。また、木暮正夫と共に児童向け怪奇短篇の書き下ろし競作集《平成うわさの怪談》（〇二〜〇七・岩崎書店）を編纂している。

邦光史郎（くにみつ・しろう　一九二二〜九六）本名田中美佐雄。東京生。高輪学園卒。戦時中から同人誌に作品を寄稿し、四七年には五味康祐らと『文学地帯』を発刊。大阪市職員、放送作家を経て、六二年『欲望の媒体』で小説家としてデビュー。直木賞候補になった『社外極秘』（六二）をはじめとする〈産業推理小説〉で作家としての地歩を固める。スパイ小説から歴史小説、実業家の伝記小説まで幅広い執筆活動を展開した。幻想文学関連の作品として、出雲神族の血をひく名家で起こった古代神話の再現を思わせる奇怪な殺人事件に、新興宗教団体・天地神霊教の陰謀を絡めた伝奇色濃厚な『夜と昼の神話』（七二・カッパ・ノベルス）以下の古代史ミステリがあるほか、南海を舞台にした秘境冒険小説『地底の王国』（九〇・徳間文庫）などがある。また、武将たちを破滅に導く八百比丘尼の淫靡な呪いを描く「比丘尼草紙」「八百姫草紙」、切支丹への凄惨な拷問と、島原の乱の背後に暗躍する幻術師の奸計を描く「ばてれん草紙」、関白秀吉への復讐の念に燃える女妖術師と大幻術師・果心居士が対決する「鬼火草紙」、妖しい美女に変じる白狐に魅入られた武家一族の末路を描く「白狐草紙」などの怪奇時代小説群が『怨霊伝奇』（八八・勁文社）『怨霊の地』（八八・同）としてまとめられている。

久野四郎（くの・しろう　一九三二〜）本名浜口和夫。東京生。成蹊大学卒。サッポロビール宣伝課に勤務し、『ビールうんちく読本』などの著作も執筆した。六五年「悪酔い」で『SFマガジン』にデビュー。巧みなストーリーテリングと奇抜な着想による奇妙な味のSFホラーを発表したが、短篇集『夢判断』（六八・早川書房、後に「砂上の影」と改題）を残して創作から遠ざかった。同書には現実と夢の世界との区別がつかなくなった男を描く表題作や、交通事故で乗客と運転手の人格が入れ替わってしまう「事故多発者」、血だらけの悪夢に襲われる男の不気味な物語「獏くらえ」など、意識や記憶を扱った作品を中心に、十七篇が収録されている。

久野豊彦（くの・とよひこ　一八九六〜一九七一）愛知県名古屋市生。尾張徳川家に仕えた名家に生まれた。慶応義塾大学経済学部卒。同人誌『葡萄園』に実験的な作品を発表し、〈新感覚的表現〉として川端康成に注目される。「桃色の象牙の塔」（二六）で文壇デビュー。『第二のレエニン』（二七・春陽堂）、ダダイスムの詩のような文章でイタリアでの女性との別れを描く「徒然草一巻」（二四）、夫を食べた虎と暮らす女の奇妙な物語「虎に化ける」（三〇）などを含む『聯想の暴風』（三〇・新潮社）、ブロッケン山に登った女が異様な大きさに拡大して迫ってくる幻想を軽妙に描く「ブロッケン山の妖魔」、望遠鏡に映る世界を幻想的に描く「黴の生えたレンズ」などを含む『ボール紙の皇帝万歳』（三〇・改造社）といった短篇集、『新芸術とダグラスイズム』（三〇）ほかの評論集がある。経済小説『人生特急』（三二）は即発禁となったという。経済や人々の生活と文学どちらにも目配りをして、斬新な表現で、新しい世界を描こうとした。龍膽寺雄・吉行エイスケらと共に〈新社会派〉の実験活動の一環として兜町に進出し、経済活動の実体験を目指そうとする〈レッド・アンド・ブルー・クラブ〉を創立したりもした。その後は文学から離れ、知多半島に疎開。戦後は、名古屋商科大学の教授となった。嶋田厚の編纂による一巻本選集『ブロッケン山の妖魔』（〇三・工作舎）が刊行されている。

久能千明（くのう・ちあき　？〜）BL小説作家。転生物『陸王』（一九九三・桜桃書房＝エクリプスノベル）、スペースオペラ《青の軌跡》（九五〜九九・同、〇三〜〇五・幻冬舎コミックス＝リンクスノベル）などがある。

窪俊満（くぼ・しゅんまん　一七五七〜一八二〇／宝暦七〜文政三）画家、狂歌師、戯作者。本姓窪田。号に尚左堂。戯号黄山堂、狂名一節《ひとふしち》千枝《つえ》、南陀伽紫蘭《なんだかしらん》ほか。江戸生。挿絵画家、浮世絵師として活躍。絵入狂歌本の挿絵や狂歌摺物が多い。黄表紙、洒落本なども執筆。黄表紙に、関取が猫俣屋敷を新居にすると、留守の間に猫俣が下男下女を食い殺して遊女まがいのことを始めたので、善光寺如来のお告げに従い、関取は猫俣を抱えた遊女屋を繁盛させる『通鳧寐子《かよいけりねこ》の美女《わざくれ》』（一七七八／安永七、喜多川歌麿画）などがある。

久保喬（くぼ・たかし　一九〇六〜九八）本名隆一郎。愛媛県宇和島市生。東洋大学東洋文学科中退。はじめ小説を書いていたが、教養社（現・大日本図書）に勤め、児童文学を書き始める。四三年、長篇童話『光の国』を刊行。人間の心の闇が生み出す鬼の物語「ビルにすむオニ」（六一）などのファンタスティックな作品を含む、現実批判的なメルヘン集『ビルの山ねこ』（六四・新星書房）で小学館文学賞受賞。創作民話『赤い帆の舟』（七二・偕成社）で日本児童文学者協会賞受賞。多作な作家で、ファンタスティックな設定の物語の奥に、現実批判の視線が感じ取れる作品が多い。一つの石が、原始時代から様々な時代を経て現代まで、多くの子供たちの手を渡ってくる物語『少年の石』（七二・新日本出版社）、歌うことを禁じられた少女が、殺されても貝になって歌い続ける『歌をうたう貝』（七七・国土社）、小人やおしゃべり蛙に導かれて夢のような体験をする少女の話『ふしぎな花まつり』（八四・理論社）など多数。

窪内裕（くぼうち・ゆたか　一九六〇〜）高知県生。「スーパービックリマン」の漫画・アニメの脚本を執筆。そのノベライゼーション『スーパービックリマン』（九三・スーパークエスト文庫）があるほか、SF・RPGのノベライゼーション『リンダキューブ』（九八・ファミ通文庫、桝田省治との共著）などがある。

くぼしまりお（くぼしま・りお　一九六六〜）本名窪島リオ。東京生。文化学院美術科卒。イラストレーター、児童文学作家。絵本の翻訳も手がける。生きているタンスのタンちゃんとしゃべる黒猫ブンダバーが町の古道具屋で暮らす様子を描く《ブンダバー》シリーズ（〇一〜・ポプラ社）がある。

久保田香里（くぼた・かおり　？〜）岐阜県生。「ひかるたてぶえ」で椋鳩十記念伊那谷童話大賞受賞。古代日本風の世界を舞台に、倭に征服された村の少年が超常的な力を持つ巫女を助けてその怒りを解き放ち、荒ぶる水の力（青竜）を呼び出してしまう『青き竜の伝説』（二〇〇五・岩崎書店）でジュニア冒険小説大賞受賞。平安時代を舞台にした歴史物『氷石』（〇八）で児童文芸新人賞を受賞した。

久保田昭三（くぼた・しょうぞう　一九二九〜）群馬県館林市生。拓殖大学農業経済科卒。低学年向けの童話を執筆。日本人男性がノルウェーのトロルの谷で小人のトロルと友達になる話『トロルのトーニャは女の子』（八七・岩崎書店）がある。

窪田真（くぼた・しん　？〜）隠れ里に迷い

込んだマタギがそこの女と奇妙な生活を繰り広げる「碧い糸」など、自然の中に潜む神秘や、一般の社会とは隔絶された自然の中に住む不思議な人との交感を描いた短篇集『木語伝説』（一九九一・葦書房）がある。

窪田般彌（くぼた・はんや　一九二六～二〇〇三）詩人、フランス文学者。英領北ボルネオ生。早稲田大学仏文科卒。吉田一穂を詩の師として、神話的イメージをちりばめたメタフィジカルな詩世界を構築する。代表詩集に『影の猟人』（五八・緑地社）『夢の裂け目』（七三・深夜叢書社）『円環話法』（七九・思潮社）など。またフランス文学者として、フランス幻想文学のアンソロジー編纂や幻想文学関係の翻訳も手がけた。評論に『日本の象徴詩人』（六三・紀伊國屋書店）『幻想の海辺』（七二・河出書房新社）『詩と象徴』（七七・白水社）『フランス文学夜話』（八一・青土社）など。編纂書に『フランス幻想文学傑作選』全三巻（八二～八三・白水社、滝田文彦との共編）『フランス幻想小説傑作集』（八五・白水uブックス、滝田文彦との共編）、翻訳書にルイ・ヴァックス『幻想の美学』（六一・白水社＝文庫クセジュ）、アンリ・ド・レニエ『生きている過去』（六六・桃源社）、ギヨーム・アポリネール『異端教祖株式会社』（七二・晶文社）『虐殺された詩人』（七五・白水社）など。

久保田彦作（くぼた・ひこさく　一八四六～九八／弘化三～明治三一）戯作者、歌舞伎狂言作者。通称竹柴幸次。五代尾上菊五郎付き作者を経て河竹黙阿弥に師事。八九年、東京歌舞伎座の創立に伴い、立作者となった。戯作の代表作に「鳥追阿松海上新話」（七八）。歌舞伎狂言に「怪談乳房榎」（九七）など。

窪田英樹（くぼた・ひでき　一九四〇～）北海道生。早稲田大学文学部卒。朝日新聞社に勤務した。金光教信徒として、宗教関係の著作、神楽など宗教音楽関係の著作がある。童話集『山の物語』（七八・三交社）、夢のようにとりとめのない不思議な冒険を描いた童話『神の国の使者』（八二・同）ほか。

久保田弥代（くぼた・やしろ　一九七〇～）東京生。アクション物『アーバン・ヘラクレス』（二〇〇〇・ソノラマ文庫）でデビュー。高校生と天使型ロボットの交流を描くＳＦ『アンジェ』（〇三・同）がある。

窪田僚（くぼた・りょう　一九五二～）北海道札幌市生。コピーライター、フリーライターの傍ら、少女小説を執筆。未来から来た超能力少女と大学生の青年の冒険を描くラブコメディ《あのコ》シリーズ（八六～八八・コバルト文庫）、パラレルワールドから来たサイキックの少女＝もう一人の自分と暮らすことになった少年を描く『パラレル少女・亜湖』（九一・パレット文庫）などがある。《とんでる学園》シリーズ（八七～九八・ポプラ社）に参加し、執筆の場を児童文学に移した。

久保村恵（くぼむら・けい　一九四七～）群馬県生。前橋女子高校卒。児童文学を執筆。子供たちの水棲人化計画に巻き込まれた少年を描くホラー・テイストのジュヴナイルＳＦ『ぼくのまっかな丸木舟』（七〇・国土社）がある。

熊谷達也（くまがい・たつや　一九五八～）宮城県仙台市生。東京電機大学理工学部数理学科卒。中学校教師、保険代理店業を経て『ウエンカムイの爪』（九七）で小説すばる新人賞を受賞し、小説家となる。北海道や東北の自然・民俗に根ざした冒険小説を中心に執筆し、マタギ物『邂逅の森』（〇四）で直木賞、山本周五郎賞を受賞。即身仏のミイラや死者の霊魂が去来する山といった土俗の伝承を織り交ぜつつ、村おこしイベントの陰でひそかに進行する妖異の顚末を描いた伝奇ホラー『迎え火の山』（〇一・講談社）がある。

くまた泉（くまた・せん　一九二八～）本名阿部セン（旧姓熊田）。実弟は画家の熊田勇。東京生。戸板女子専門部師範科卒。児童書出版社勤務の傍ら詩・童話を執筆。ファンタジーに、影の世界を詩的に描いた低学年向け童話『とびだしたかげ』（八〇・アリス館牧新社）、子供の抱く将来の夢が実現する〈もしもの町〉での体験を描く童話『もしもの町のおとなっ子』（八六・旺文社）などがある。

久美沙織（くみ・さおり　一九五九〜）本名波多野稲子（旧姓菅原）。岩手県盛岡市生。上智大学文学部卒。夫は波多野鷹。七九年「水曜日の夢はとても綺麗な悪夢だった」（山吉あい名義）で『小説ジュニア』にデビューし、少女向けのラブコメディやミステリなどを執筆。文庫デビューは『宿なしミウ』（八一）。コバルト文庫で活躍する一方で、『SFマガジン』に短篇を発表し、それらをまとめた短篇集『あけめやみ　とじめやみ』（八七・ハヤカワ文庫）を刊行。同書には子宮外妊娠の皇子を助けるために自らを犠牲にする幼い巫女の物語である表題作、恋人への不安を妄想的に綴る「紙の船」ほかの抒情的なファンタジー、SFが収められている。少女小説でもファンタジーを執筆し、死にかけた少女が、既に死んで漂っていたホモの美少年の霊と一緒に蘇るコメディ『花の時間鳥の時間』（八八・コバルト文庫）を刊行。また、ファンタジーRPGのノベライゼーション『MOTHER』（八九・新潮文庫）も執筆し、その完成度の高さで評判となった。その後『精霊ルビス伝説』（九〇・スクウェア・エニックス）をはじめとする「ドラゴンクエスト」のノベライゼーションでも名を馳せ、一般向けのファンタジー、SFに本格的に進出。近年はホラーにも創作の領域を広げている。

ファンタジーに、魔女見習いの少女が、自らの過失を償うために、狼の面を被った王子と共に冒険の旅を続ける、本格的な別世界物《ソーントーン・サイクル》（九〇〜九五・新潮文庫）、ドラゴンが馬の代わりとなっている世界を舞台に、ドラゴンと強い絆で結ばれている青年が活躍する《ドラゴンファーム》（九八〜九九・プランニングハウス）、魔法学園物のコメディ『ここは魔法少年育成センター』（〇二〜〇四・エニックスEXノベルズ）、姉妹篇『わたしたちは天使なのよ！』（〇五・同）など。SF系の作品では、宇宙空間を自由に飛び回れる体への進化の過程で起きた葛藤を、ネイティヴ・アメリカンの信仰や生き方なども交え、ファンタスティックに語った『真珠たち』（九四・ハヤカワ文庫）、伝染病物の近未来SF『いつか海に行ったね』（〇一・祥伝社文庫）、〈八犬伝〉のパロディを含む伝奇ロマン《獣虫記》（九四〜九五・講談社ノベルス）、遠未来が舞台のスペースオペラ《腐敗の帝王》（〇二〜〇三・角川ビーンズ文庫、子安武人原案）など。ホラーでは、猫を轢いた忌まわしい思い出と家庭の崩壊とを重ね合わせた自伝的小説によって流行作家となった男が、猫をめぐって不安定な状態に陥るメタノベル的ホラー『夜にひらく窓』（九五・ハヤカワ文庫）、電車に憑かれたサイコキラーとヒロインをめぐる物語を縦糸に、〈電車〉と題する書物に収められた挿話群を横糸に、巧緻に織りなされるメタ構造の作品で、電車にまつわる恐怖のシチュエーションをリアルに追求した『電車』（九九・アスキー）、傑作掌篇「犬つなぎの木」などを収録する短篇集『孕む』（二〇〇〇・イースト・プレス）、〈心臓の骨《ボーン・オブ・ハート》〉という赤い魔性の石に魅入られた主人公が、石の所有者と共に南海の孤島アーカムへ出かけ、冒険に巻き込まれるパロディ連作短篇集『偽悪天使』（〇四・カッパ・ノベルス）など。

久米みのる（くめ・みのる　一九三一〜）本名稔《みのる》。児童文学作家。児童向けのミステリ、SF、ノンフィクション、絵本などの翻訳を多数手がける。ファンタジーに、魔女は大昔に異星からやって来た存在であるという設定で、魔女に使い魔としての力を与えてもらった猫の活躍を描く『へんしんバットのひみつ』（八五・岩崎書店）がある。

クライン・ユーベルシュタイン（くらいん・ゆーべるしゅたいん　一九二九〜）大分県生。コロンビア大学経営大学院で、システム工学を専攻。システム・ダイナミックスの専門家として活躍する傍ら、SF、科学啓蒙書などを執筆した。地球外文明からやって来た緑の石には、現在の核戦略を覆す情報が記されていたという設定の『緑の石』（七七・ダイヤモンド社）、北海の石油採掘場で見つかった青い紐＝染色体の化石にヒントを得て、人類三分の一縮小化計画が始まる『青い紐』（七八・同）、核爆発が赤色巨星の超新星化を引き起こすということがわかり、核兵器廃絶に向かう『赤い星』（七九・同）、エントロピーと情報をテーマにした『白い影』（七九・日刊工業新聞社）などのＳＦがある。

倉阪鬼一郎（くらさか・きいちろう　一九六〇～）本名直武。三重県上野市生。早稲田大学第一文学部文芸専修卒。同大学院中退。在学中、幻想文学会に参加し、同人誌『金羊毛』『幻想卵』などに怪奇幻想小説を執筆。また『幻想文学』誌書評欄のメインライターとしても活躍する。百物語を百回催す試みの怪異無惨な結末を描く「百物語異聞」、ラヴクラフトの「アウトサイダー」の続篇を意図した「インサイダー」、異形の男女の死への道行を描く「夜想曲」など全十八篇を収める短篇集『地底の鰐、天上の蛇』（八七・幻想文学出版局）、怪奇映画の同好会の面々が、自分が殺される映画を観ながら次々と死んでいく奇々怪々な表題作や、押入の中の行き止まりの階段の恐怖を描く傑作怪談「階段」など全十三篇を収める短篇集『怪奇十三夜』（九二・同）、歌集『日蝕の鷹、月蝕の蛇』（八九・同）などを出版し、カルト的な怪奇作家として知られるようになる。ゴーストハンター物の体裁を取る、ブッキッシュな呪物怪談集『百鬼譚の夜』（九七・出版芸術社）、怪談朗読会という形の枠が二転三転する連作怪奇短篇集『妖かし語り』（九八・同）刊行の後、異様な成立事情を持つ謎めいた書物をめぐって殺人事件が起きるというホラーを骨格とするミステリで、物語と現実との見分けが容易につかない語りに特色のある『赤い額縁』（九八・幻冬舎）で一般にも認められるようになる。この後、怪奇的作品を幅広く執筆。不条理な怪異を描く怪談や超自然的怪異とミステリを融合させたホラー・ミステリのほか、人体損壊のみを描くスプラッタ・ホラー、人格崩壊を主とするブラックユーモアのホラー、さらには抒情的ホラーまで、多数の作品がある。また、超自然的怪異にこだわらない本格ミステリや時代小説も執筆している。主な作品に次のものがある。色覚異常の男を主人公に、幻想や幻覚が何重にも重ねられるクトゥルー物の長篇ホラー『緑の幻影』（九九・出版芸術社）、狂気による大量殺人が何度も起きる館を舞台にしたミステリ・ホラー『白い館の惨劇』（二〇〇〇・幻冬舎）、二人組の吸血鬼が探偵役の幽霊マンション物『青い館の崩壊』（〇二・講談社ノベルス）、タイポグラフィカルなホラー『文字禍の館』（二〇〇〇・祥伝社文庫）、人形に籠められた怨念が発動し、血まみれの惨劇が起きる本格モダンホラー『泉』（〇二・白泉社）、現代を舞台に陰陽師が謎解きに活躍する伝奇ミステリ『大鬼神』（〇四・祥伝社ノン・ノベル）、十戒をモチーフに、悪魔の押し付けた戒律によって狂わされていく人々を描くブラックユーモアの連作短篇集『十人の戒められた奇妙な人々』（〇四・集英社）、紙芝居や銭湯ほか昭和的モチーフを入れ込んだホラー連作『下町の迷宮、昭和の幻』（〇六・実業之日本社）、短篇集『屍船』（二〇〇〇・徳間書店）『鳩が来る家』（〇三・光文社文庫）など。このほか、句集『悪魔の句集』（九八・邑書林）『魑魅』（〇三・同）、怪奇物の書評・映画評などをまとめた『夢の断片、悪夢の破片』（二〇〇〇・同文書院）、ヒュー・ウォルポールの翻訳『銀の仮面』（〇一・国書刊行会）といった著作がある。

倉世春（くらせ・はる　一九七五～）北海道薬科大学卒。薬剤師業の傍ら小説を執筆。『祈りの日』（〇二・コバルト文庫）でロマン大賞佳作入選。古城に眠る、霊薬としての身体を持つ少女をめぐるラブコメディ《古城ホテル》（〇六～〇七・同）などがある。

倉田覚太郎（くらた・かくたろう　生没年未詳）春の精や天上の国が出てくるファンタジー、金属の擬人化や見えない殺人光線などのＳＦ、無慈悲な老人の改心を描く寓話、そのほか一般的な童話と、様々な作品を収録しているが、科学めかした対話型コメントが付されているため、〈科学童話〉と銘打たれている童話集『見えない新光線』『水銀の裁判長』（共に一九二五・中村書店）の作者。

倉田英之（くらた・ひでゆき　一九六八〜）岡山県井原市生。アニメの脚本家。脚本を手がけたアニメのノベライゼーションを執筆し、SFスポ根物『バトルアスリーテス大運動会』（九七〜九八・電撃文庫）、本をモチーフとする伝奇アクション『R.O.D』（二〇〇〇〜・スーパーダッシュ文庫）、SFアクション『ガン×ソード』（〇六・角川スニーカー文庫）などがある。オリジナルに、移動する列車が学校になっている学園SF『TRAIN+TRAIN』（九九〜〇二・電撃文庫）がある。

倉田悠子（くらた・ゆうこ　?〜）美少女スペース・ファンタジー『SF超次元伝説ラル』（一九八六・富士見文庫、計奈恵原案）でデビュー。《くりいむレモン》のノベライゼーションほか、官能小説を主に執筆。官能ファンタジーに、バイク青年と人魚姫の恋を描く『サマーウィンド』（八七・富士見文庫）、宿敵を追って旅する美剣士とおてんば美少女の冒険を描く《ジュラハンター・ケネス》（八七〜八九・同）、少女娼婦になった天使の体験を描く《堕天使MITO》（八九〜九〇・同）などがある。

倉橋由美子（くらはし・ゆみこ　一九三五〜二〇〇五）本姓熊谷。高知県香美郡土佐山田町生。歯科医の倉橋俊郎・美佐栄夫妻の長女。土佐高校時代、文学書に熱中。大学受験に失敗後、京都女子大学国文科に籍をおき、医師を志望して予備校に通う。五五年、日本女子衛生短期大学歯科衛生士コースに入学。翌年、父の意向に従い歯科衛生士の国家試験に合格するが、ひそかに明治大学仏文科に入学。カフカ、カミュ、サルトルなどを愛読する。在学中の六〇年『明治大学新聞』に同大学長賞入賞作として掲載された「パルタイ」が、平野謙の激賞を受けて『文學界』に転載され、同年度芥川賞の最終候補作となる。以後「非人」「貝のなか」「密告」など反現実・反社会的な観念小説を次々に発表し、称讃と批判を巻き起こす。六一年、短篇集『パルタイ』（文藝春秋新社）で女流文学者賞を受賞。初の書き下ろし長篇『暗い旅』（六一）が、外国文学の影響をめぐる〈模倣論争〉を引き起こす。六二年、父の急死をきっかけに作家活動への拒絶反応がつのる。六三年、それまでの業績に対して田村俊子賞が贈られる。六四年、熊谷富裕と結婚。六六年から約一年間、アイオワ州立大学の創作科コースに学ぶ。帰国後、『スミヤキストQの冒険』（六九・講談社）『夢の浮橋』（七一・中央公論社）『反悲劇』（七一・河出書房新社）などの長篇、連作や初のエッセー集『わたしのなかのかれへ』（七〇）を刊行、反響を呼ぶ。七一年発表の「腐敗」を最後に約七年間、小説執筆から遠ざかる。その間の経緯は『磁石のない旅』（七九）所載のエッセーなどに詳しい。シルヴァスタイン『ぼくを探しに』（七九・講談社）などの翻訳を手がける。八〇年刊行の『城の中の城』（新潮社）を皮切りに、創作活動を再開、『シュンポシオン』（八五・同）『ポポイ』（八七・福武書店）などの力作を相次ぎ発表。八七年『アマノン国往還記』で泉鏡花文学賞を受賞。遺作は『新訳　星の王子さま』（〇五・宝島社）。

　大蛇に腹の中に入り込まれた学生Kが、男が妊娠することが当然とされる不条理な管理社会の中をカフカ的に彷徨した挙句、ウロボロスさながら口から這い出た蛇にのみこまれる「蛇」（六〇）から、死後、半透明の塊の霊魂となって戻ってきた恋人とのエロティックな同棲生活を明るく乾いた筆致で描いた「霊魂」（七〇）まで、デビュー以来約十年間に量産された倉橋の短篇小説には、そのいずれにも強靭な観念のみから生じる硬質な幻想性が認められる。それらに顕著な逆ユートピアへの志向は、孤島の感化院に潜入したスミヤキ党工作員の異様な冒険を描く『スミヤキストQの冒険』や『アマノン国往還記』など、後年の長篇においてより大仕掛けに展開されていく。一方、アモラルでロマネスクな性への志向は、近親相姦の甘美な夢想に満ちた『聖少女』（六五・新潮社）や、『夢の浮橋』『シユンポシオン』、『交歓』（八九・同）と続く〈桂子さんサガ〉とも呼ぶべき一連の長篇に結実していく。また『夢の浮橋』における『源氏物語』、『反悲劇』におけるギリシア悲劇と能など、内外の古典への接近は、昔話・神話の語り替え集『大人のための残酷童話』（八四・新潮社）をはじめとする怪奇幻想短篇群を生みだした。この系列の作品集に、『倉橋由美子の怪奇掌篇』のほか、鬼の脳みそを食らって鬼女となる女や命と引き替えに神の子を産む老婆などを描く短篇集『老人のための残酷童話』（〇三・同）、桂子さんが西行、式子内親王、定家、西脇順三郎などと時空を超えて交歓を繰り広げるエロティシズムに満ちた連作短篇集『夢の通ひ路』（八九・講談社）、桂子さんに関わりのある少年・慧が不思議な出来事に遭遇する、絵画をモチーフにした連作短篇集『幻想絵画館』（九一・文藝春秋）、少年・慧が魔法のカクテルの力で、女性をめぐって幻想的な体験をする連作短篇集『よもつひらさか往還』（〇二・講談社）などがある。
▼『倉橋由美子全作品』全八巻（七五〜七六・新潮社）

【アマノン国往還記】長篇小説。八六年新潮社刊。はるか遠方に存在する謎の孤立国アマノンへの潜入にただひとり成功したモノカミ教の宣教師Pは、そこが思想や観念を拒絶した女性だけの国であることを知る。男女の性愛を認めず人工授精によって種の維持をはかるこの世界に〈オッス革命〉を起こそうと奮闘するPの冒険を通じて、究極の女性化社会のグロテスクでユーモラスな風俗誌を描き出す長篇ユートピア小説。作者もちまえの諷刺精神とパロディ志向の集大成ともいうべき力作である。

【倉橋由美子の怪奇掌篇】短篇集。八五年潮出版社刊。湘南の海を見下ろすレストランで吸血美女たちが淫靡な宴を催す「ヴァンピールの会」、首が胴体を離れて飛びまわる中国娘をめぐる三角関係が破局にいたる「首の飛ぶ女」、突発性溶肉症で骸骨になってしまった少年の奇妙な日常を描く「事故」、狂死する地球＝ガイアを見守るギリシアの神々の末期の会話「発狂」など、和漢洋の古典に触発されて成った怪奇幻想掌篇全二十篇を収める。作者好みのグロテスク＆エロティックなイメージの見本帳ともいうべき作品である。

クラフト・エヴィング商會（くらふとえびんぐしょうかい）吉田浩美（一九六四〜）、吉田篤弘（同項参照）の共同筆名。装幀家、造形作家。ファンタスティックな由来つきのオブジェを製作し、絵物語やカタログに仕立てた絵本の作家としても活躍。主に妻・浩美がオブジェ製作を手がけ、夫・篤弘が物語を担当する。個々の著作・仕事もある。〇一年『らくだこぶ書房21世紀古書目録』（二〇〇〇・筑摩書房）と『稲垣足穂全集』（二〇〇〇〜〇一・同）により講談社出版文化賞ブックデザイン賞を受賞。幻想的な作品に次のものがある。かつてクラフト・エヴィング商会が扱っていた商品の取扱い説明書、パッケージ、広告という設定で、幻想的な品物を描き出した『どこかにいってしまったものたち』（九七・同）、祖父が書き残した、〈すぐそこにある遠い場所〉である不思議な世界アゾットへの架空旅行記「アゾット行商旅日記」をめぐる『クラウド・コレクター』（九八・同）『すぐそこの遠い場所』（九八・晶文社）、未来から届いた幻想的な書物を紹介する『らくだこぶ書房21世紀古書目録』、舌鼓、相槌、口車など、言葉の上だけで存在する〈物〉を形にした言葉遊び的なオブジェ集『ないもの、あります』（〇一・筑摩書房）、「月光密売人」「秒針音楽師」「時間管理人」「警鐘人」といった特殊な人々を紹介する『じつは、わたくしこういうものです』（〇二・平凡社）など。

倉光俊夫（くらみつ・としお 一九〇八〜八五）東京浅草生。法政大学国文科卒。東京朝日新聞社会部で長年記者生活を送った後、松竹演劇部・映画部などに勤務。四三年「連絡員」で芥川賞受賞後、南方戦線に従軍。短篇集『怪談』（四七・大地書房）には、戦後の街頭風景に違和感を抱く報道カメラマンの不可解な体験を描く表題作のほか、従軍体験に基づく「椰子林の挿話」や旅役者の生活を描く「筋限」「三階」など九篇が収録されている。

倉本聰（くらもと・そう　一九三四〜）本名山谷《やまや》馨。東京生。東京大学文学部卒。ニッポン放送勤務の後、脚本家として独立。劇作家、演出家としても活躍。代表作に「北の国から」（八二）ほか多数。また、小説も執筆。幻想的な小説に、北海道を舞台に、著者が小人の一族を探し求める姿をノンフィクション仕立てで描くと同時に、人間に恋した一人の小人の悲惨な運命を物語るファンタジー『ニングル』（八五・理論社）がある。

倉本由布（くらもと・ゆう　一九六七〜）静岡県浜松市生。共立女子大学文芸学部卒。「サマー・グリーン―夏の終わりに…」（八四）がコバルト・ノベル大賞佳作入選となり、高校生作家としてデビュー。ラブロマンスを多数執筆。初期には一般的なラブロマンスのほか、現代版人魚姫『夜あけの海の物語』（八七・コバルト文庫）、異星人が地球人に文明を与え、それを監視しているという設定の、転生物のラブロマンス『星姫紀行』（八八・同）、雪女の作った人形が命を得て、死んだ少女と入れ替わる『雪あかり幻想』（八九・同）などのファンタジーを執筆。木曾義高と頼朝の娘・大姫の悲恋を描く『夢鏡《ゆめのすがたみ》』（九一・コバルト文庫）以後、歴史物のラブロマンスを手がけるようになり、転生やタイムスリップを用いたファンタジーを多数執筆。その代表作が《きっと》シリーズ（九五〜〇二・同）である。これは現代の女子高生がタイムスリップして信長と結ばれるという物語に始まり、二人の娘でタイムスリップ能力を持つ少女が様々な時代で恋愛を繰り広げるファンタジーである。ほかに、戦国時代の架空の国を舞台にしたファンタスティックなラブロマンス『海の王　凪の姫』（九四・同）、平家物語と人魚伝説をモチーフにしたタイムスリップ物『人魚の家』（九九・同）、北条一族の姫夜叉の裡に潜む〈天姫〉の力により、鎌倉時代が終焉を迎える伝奇ロマン『天姫《あまつひめ》』（二〇〇〇・同）、義高と大姫の亡霊が鎌倉を訪れる人々に不思議を見せる連作短篇集『こどもちゃんねる』（〇二・同）、日本神話の神々の転生者や末裔が登場する『アマテラスの封印』（〇三・同）に始まるシリーズなど。

久里洋二（くり・ようじ　一九二八〜）福井県鯖江町生。漫画家、画家、イラストレーター、アニメーター。六〇年代に作られた短篇アニメーション群は世界的に高い評価を受けている。美術作品をまとめたものに『久里洋二作品集』（九一・求龍堂）など。八〇年代に小説を書き始め、自伝的小説『どんじり』（九一）などを執筆。幻想的な作品集に、奇想短篇、ショートショートなどを収録した『神様たちのスケジュール』（九〇・評伝社）がある。

栗田信（くりた・しん　?〜）一九五〇年代後半に活躍した貸本作家。ヨガの修行を経た久里魔五郎が、死後に息を吹き返し、発酵物（酒など）を口にするとふくらんで空も飛べる怪人となって、人々を恐怖でおののかせるという『発酵人間』（五八・雄文社）が知られている。ほかに『河童の源四郎』『艶筆雨月物語』（共に五六・文芸評論社）『艶筆蛇性の婬』（五七・同）、改造人間も登場するホラー・コメディ風ミステリ「カッポウ先生行状記」（五七）など。

栗原かずさ（くりはら・かずさ　?〜）眼鏡を取ると変身する正義のアンドロイド少女を描く『V-MAX《ヴァーシャ・マックス》』（二〇〇五・富士見ファンタジア文庫）がある。

栗原ちひろ（くりはら・ちひろ　?〜）死病を治すために伝説の不死者を捜す薬師の青年が、謎めいた吟遊詩人や魔道士の少女と共に冒険を繰り広げる別世界ファンタジー『オペラ・エテルニタ』（二〇〇五・角川ビーンズ文庫）で角川ビーンズ小説大賞優秀賞受賞。《オペラ・シリーズ》（〜〇八）として続篇が書き継がれ、世界そのものの秘密に迫っていく展開となった。ほかに学園オカルト・コメディ《悪魔のソネット》（〇八〜・同）、自動人形物《レプリカ・ガーデン》（〇八〜・ビーズログ文庫）などのファンタジーがある。

栗府二郎（くりふ・じろう　一九六〇〜）大

阪府生。心霊探偵が活躍するサイバー・ホラー『NANIWA捜神記』（九七・電撃文庫）で電撃ゲーム小説大賞金賞受賞。続篇のほか、文明崩壊後の遠未来を舞台にしたSF冒険ファンタジー『創星の樹』（二〇〇〇〜〇一・同）などがある。

栗本薫（くりもと・かおる　一九五三〜二〇〇九）本名今岡純代（旧姓山田）。別名に中島梓。東京生。早稲田大学文学部卒。七六年、栗本薫名義の「都筑道夫の生活と推理」で幻影城新人賞評論部門佳作入選。七七年、中島梓名義の「文学の輪郭」で群像新人賞評論部門賞を受賞。七八年『ぼくらの時代』により江戸川乱歩賞を受賞した。以後、作家・栗本薫、評論家・中島梓の二つの顔を使い分けて多彩な文筆活動を展開。栗本名義の作品に、吉川英治文学新人賞受賞の『絃の聖域』（八〇）ほかのミステリ、『真夜中の天使』（七九）ほかの恋愛サスペンス、『レダ』（八三・早川書房）ほかのSF、『女狐』（八一）ほかの時代小説、そして大河ヒロイック・ファンタジー《グイン・サーガ》（七九〜〇九・ハヤカワ文庫、未完）など。中島名義の評論・エッセーに『道化師と神』『ベストセラーの構造』（共に八三）『美少年学入門』（八四）『マンガ青春記』（八六）ほか多数がある。

怪奇幻想文学関連の作品として第一に挙げられるのが『魔界水滸伝』全二十巻（八一〜九一・カドカワ・ノベルズ）である。ラヴクラフトの〈クトゥルー神話〉に触発されて着想されたというこの作品は、従来のクトゥルー神話大系の枠を大胆に踏み越えて、異次元の邪神の侵寇によって人類の世界が崩壊・変容していく過程そのものに目を向け、世紀末的な終末のヴィジョンを展開する一大幻想叙事詩となっている。クトゥルーの神々と、かれらに敵対する地球の先住種族である妖怪たちとの抗争のはざまで、悲惨な運命を辿りながらもしぶとく生き抜いていく人類の姿は、なかなかに感動的であり、意識内の世界から超絶の異次元空間まで、様々な時空間に繰り広げられる波瀾万丈の冒険譚には、スケールの大きな物語作者としての栗本の力量が遺憾なく発揮されている。

『魔界水滸伝』の世界を〈暗〉とするなら、記憶を失った豹頭の戦士・グインを主人公とする大河小説《グイン・サーガ》は、基本的には〈明〉の物語であり、全体から受ける印象は『三国志』などの世界に近い。むしろ、同シリーズに先だって書かれた、美貌の王子と戦士の二人を主人公とする『カローンの蜘蛛』（八三・光風社出版）『カナンの試練』（八四・同）などの《トワイライト・サーガ》のほうが、ヒロイック・ファンタジー本来の怪奇的かつ魔道的な異世界の雰囲気を漂わせている。

そのほか、秘境冒険小説であると同時に、栗本の作品世界をつなぐメタノベル的な性格を帯びた異色作『魔境遊撃隊』（八四・角川文庫）、妖術師や人狼、女怪が入り乱れ、最後はエイリアンとの大戦争に発展する伝奇時代SF『神州日月変』（八二・講談社ノベルス）、人間以外の動物や虫や草木と会話をし、時空間を自由に移動できる能力を持つ沖田総司、実は〈夢幻公子〉の転生者が戦いを繰り広げる伝奇SF『夢幻戦記』（九七〜〇六・ハルキ・ノベルス）、植物が支配する異世界に迷い込んだ女子高生の活躍を描く冒険ファンタジー《緑の戦士》（九七・角川書店）、現代の青年が戦前の帝都にタイムスリップし、乱歩的幻妖の世界で、連続殺人鬼・恐怖仮面と対決する探偵物『魔都〈恐怖仮面之巻〉』（八九・講談社）、恐ろしい町に迷い込む『町』（九七・角川ホラー文庫）、マンション物のホラー『壁』（〇二・ハルキ・ホラー文庫）などがある。また、SF・ファンタジー短篇集に『セイレーン』（八〇・早川書房）『時の石』（八一・角川書店）『心中天浦島』（八一・ハヤカワ文庫）『滅びの風』（八八・早川書房）『さらしなにっき』（九四・ハヤカワ文庫）など。このほか、ジュスティーヌ・セリエほかの名前でBL小説を執筆し、ファンタジー短篇「ドミニック」（七八）「聖三角形」「獣人」（共に七九）などの作品がある。

胡桃沢耕史（くるみざわ・こうし　一九二五～九四）本名清水正二郎。東京向島生。拓殖大学商学部卒。ＮＨＫプロデューサーを経て、五五年「壮士再び帰らず」でオール讀物新人賞を受賞し、デビュー。本名で多数の官能娯楽小説を発表。その間の作品に、強力な回春剤を求めて世界各地の秘境や禁断の場所に分け入り、珍奇な品を手に入れる『媚薬探究奇譚』（六一・マイアミ出版）ほかがある。数年のブランクを経て胡桃沢耕史名で再デビュー。冒険小説『天山を越えて』（八二）で日本推理作家協会賞を、シベリア抑留生活を描いた『黒パン俘虜記』（八三）で直木賞を受賞。代表作に《翔んでる警視》（八一～九四）など。

紅くりす（くれない・くりす　?～）ポルノ小説を執筆。ＳＦミステリ・コメディ『花の大江戸捕物帳』（一九九七・ナポレオン文庫）、学園ファンタジー・コメディ『セーラー・バニーＸ』（九五・同）ほか多数。

暮浪夕時（くれなみ・ゆうじ　?～）ポルノ小説を執筆。ファンタジー『堕とされし聖鎧』『汚されし王冠』（共に二〇〇一・二次元ドリームノベルズ）など。

黒井千次（くろい・せんじ　一九三二～）本名長部舜二郎。東京杉並高円寺生。都立西高校時代から文学書を濫読、友人と同人誌『ひとで』を創刊する。四九年には『螢雪時代』の学生小説懸賞に応募した「歩道」が二等に入選した。東京大学経済学部卒。富士重工業に勤務する傍ら、新日本文学会に所属、「青い工場」（五八）などの短篇を発表する。六八年、夏堀正元らの同人誌『層』に発表した「穴と空」が芥川賞候補となり注目される。七〇年、短篇集『時間』（六九）で芸術選奨新人賞を受賞、富士重工業を辞して文筆生活に入る。企業労働者の内なる違和と葛藤というテーマの総決算ともいうべき『五月巡歴』（七七）や、都市生活者のよるべない生の形を捉えた『群棲』（八四）などの長篇で高い評価を得、後者は同年の谷崎潤一郎賞を受賞した。ほかに『春の道標』（八一）をはじめとする自伝的長篇や、読売文学賞受賞の長篇『カーテンコール』（九四）、戯曲集『家族展覧会』（七九）などがある。

　黒井は短篇小説において、オフィスとマイホームを日々往復する都市生活者の内面にしのびよる不安や倦怠の諸相を、ありふれた日常への非現実的な物の侵入という形で繰り返し描き出している。家族が次々と茶の間のテレビに吸い込まれるように消えていく「テレビ独立」（六〇）、巨大なオフィスビルに悲しげな歌声を響かせる不可視の存在を童話風に描いた「ビル・ビリリは歌う」（六一）などの初期作品六篇を収める『時の鎖』（七〇・新潮社）、マイホームの居間に出没する〈指〉に夫婦の危機を象徴させた「指」（八七）、静寂を求めて友人の山荘にやって来た男の聴覚を襲う異様な恐怖を描く「音」（八九）など十一篇を収める『指・涙・音』（八九・講談社）から、野間文芸賞受賞の短篇集『一日　夢の柵』（〇六・講談社）にいたるまで、その姿勢は一貫しているといえよう。そうした幻想性がより直截に表出されたものに、『夜のぬいぐるみ』（七三・冬樹社）や『星からの1通話』（八四・講談社）などの幻想的なショートショート集がある。ほかに、小説を書こうとしている小説家Ｋを主人公とした物語とＫの物語を綴る作家とをこもごも描き、遂に両者が合体し、それに作者も巻き込まれていく様を語る、私小説風メタノベル『Ｋ氏の秘密』（九三・新潮社）、穏当なサラリーマンを勤め上げて定年後の暮らしに入った男が、学生運動時代にアジテーションをしていた罪を今更ながら問われる姿を象徴的に描いた短篇「嘘吐き」（九五）、同モチーフを長篇でより幻想的に展開した『羽根と翼』（二〇〇〇・講談社）などもある。

【失うべき日】 短篇集。七二年集英社刊。子供が寝るときに必ず握るベビーぶとんの切れ端〈タクタク〉がどこかに消えうせたことから始まる奇妙な探索の顛末を描く表題作の中篇をはじめ、オフィス街の喫茶店で交わされる秘密結社めいたやりとりに語り手が巻き込まれていく「〈Ｓ〉でのたくらみ」、商店街を行き来する人々が突如いっせいにどこかへ向けて走り出す「夜と果実」、子供たちが口走る〈ネネネが来る〉という謎めいた言葉に脅かされる夫婦を描く「ネネネが来る」ほか一篇を収める。

黒井弘騎（くろい・ひろき　?〜）ポルノ小説を執筆。現代伝奇物『聖天使ユミエル』（二〇〇二〜〇六・二次元ドリームノベルズ）ほか多数。

黒岩研（くろいわ・けん　一九六五〜）神奈川県生。早稲田大学法学部卒。新聞社勤務の傍ら小説を執筆。SF系サイコホラー『ジャッカー』（九九・光文社）、ゾンビやフランケンシュタインといった古典的テーマを現代的なエンタテインメントに仕立てたモダンホラー長篇『聖士』（二〇〇〇・光文社）『ロスト・ボーイ』（〇一・同）、サスペンス・ファンタジー『オーロラバード』（〇二・角川書店）などがある。

黒岩涙香（くろいわ・るいこう　一八六二〜一九二〇）本名周六。土佐国安芸郡川北村生。十六歳で出郷、大阪英語学校に学ぶ。八三年から『絵入自由新聞』『都新聞』ほかの主筆を歴任、ノルマントン号事件裁判における通訳の誤訳の弊を紙上に指摘して名を上げる。矢野龍溪の勧めでガボリオー「人耶鬼耶」（八七〜八八）、ボアゴベ「海底之重罪」（八九）「鉄仮面」（九二〜九三）など海外の探偵・伝奇小説を次々に翻訳連載し、掲載紙の購読部数が急増するほどの好評を博した。涙香ブームに危機感を抱いた硯友社が、自派の作家を動員した《探偵小説文庫》を企画したが遠く及ばなかったというエピソードは有名である。九二年『万朝報』を発刊。涙香訳の独占掲載を売物に、有名人士のスキャンダルを追及する編集方針も当たって都内最大部数の新聞に躍進、涙香は〈蝮の周六〉の異名を取る。同誌はまた、内村鑑三、幸徳秋水、堺利彦らを論説陣に迎え、言論界の梁山泊の観を呈した。その間、〇一年にデュマ「巌窟王」（〜〇二）、翌年にユゴー「噫無情」と翻訳における代表作を発表、諸家の激賞をうける。ほかに創作探偵小説『無惨』（九〇）や、宇宙と人生の哲理を説く『天人論』（〇三）以下、『人尊主義』（一〇）『小野小町論』（一三）など多くの著作がある。

　語学に堪能であった涙香は、自称千巻を超える原書を読破して選りすぐった作品を、当時の日本人にも違和感なく受容される工夫を凝らした〈涙香調〉の達意有情の訳文によって紹介し一世を風靡したが、長短合わせて百余篇の中には、代表作の「鉄仮面」をはじめ、「死美人」（九一〜九二）「幽霊塔」（九九〜九〇〇）などゴシックロマンス風の怪奇趣味を漂わせた作品も多い。超自然的なテーマを扱った作品としては「怪《あやし》の物」が名高く、秘境冒険物の「人外境」（九六〜九七）「山と水」（〇四〜〇五）のほか、「破天荒」（〇三）「暗黒星」（〇四）「八十万年後の社会」（一三）など、SFも含まれている。

【怪《あやし》の物】中篇小説。九五年七〜九月『万朝報』掲載。親友の安斎と二人で蛇毒の研究に打ち込む村原次郎は、いやがる妻に強いて助手を務めさせるが、そのため夫人は出産後ショック死する。生まれた息子・三郎は、毒蛇の牙を持った魔人だった。安斎は自殺し、次郎も幼い息子にわが身を咬ませて悶死する。三郎は老家僕と共に隠遁放浪の生活を続けていたが、秘密を知る安斎の遺児・安頓の脅迫をうけて廃屋と化した生家に逃げ帰る。かれらを追ってきた安頓の妻を咬み殺した三郎は、最期に自らの腕に牙を立てて自害するのだった。

黒木忍（くろき・しのぶ　?〜）戦後のSM系カストリ雑誌『裏窓』に浪人・大道破魔之介を探偵役とする時代小説などを執筆。復讐を果たした娘が生きながら人食い昆虫に食われる「生首往生」、呪われた蛇神の血筋で邪眼を持つ娘の物語「蛇神異変」、壁に縫い止められたやもりの呪いが絡む「壁虎《やもり》呪文」（いずれも一九五九）などがある。

黒崎薫（くろさき・かおる　一九六九〜）BL小説作家。成人すると背に翼が生える少年たちの星を舞台にした『天使たちの惑星』（九三・ムービック）、悪鬼と化した退魔師と彼に仕える剣士の愛憎を描く伝奇時代小説『仮想の死』（九四・桜桃書房＝エクリプスロマンス）、横笛をめぐる現代伝奇『あやかしの笛』（九四・同）などの作品がある。ほかに漫画のノベライゼーション『武装錬金』（〇六〜〇七・ジャンプＪブックス）など。

黒崎緑（くろさき・みどり　一九五八〜）本姓三輪。兵庫県生。同志社大学文学部卒。『ワイングラスは殺意に満ちて』（八九）でサントリーミステリー大賞読者賞受賞。ミステリを主に執筆。超能力を持つロック・ミュージシャンをめぐるミステリ『揺歌《ゆりうた》』（九三・角川文庫）がある。

黒澤明（くろさわ・あきら　一九一〇〜九八）東京大井町生。京華学園中学卒。映画監督。代表作に「羅生門」（五〇）「七人の侍」（五四）など多数。幻想的な著作に、狐の嫁入り、雪女、鬼、お雛様の饗宴など日本的民俗性の色濃い夢を綴った夢物語集『夢』（九〇・岩波書店）がある。

黒沢哲哉（くろさわ・てつや　一九五七〜）荒廃した近未来日本を舞台にした冒険アクション『鋼鉄都市アガルタ』（九九・スーパークエスト文庫）がある。

黒須紀一郎（くろす・きいちろう　一九三二〜）千葉県生。早稲田大学文学部卒。日活を経てフリーのプロデューサーとなる。その傍ら、定住農耕民とは異なる〈まつろわぬ民〉に焦点を当てた正統派の伝奇歴史小説を執筆。牛頭天王、スサノオノミコトと関わるソ（蘇）の民をめぐる『元禄蘇民伝』（九三・河出書房新社）『天保蘇民伝』（九四・作品社）、父・鎌足の出自の謎を追い、山の民と共に諸国を経巡る若き藤原不比等を描く『覇王不比等』（九五・同）、神々、霊力、魔性のものなど、幻想的なシチュエーションもある《役小角》（九六〜九七・同）、立川流を奉ずる文観の巻き起こす騒動を描く『婆娑羅太平記』（九八〜二〇〇〇・同）など多数。

黒瀬珂瀾（くろせ・からん　一九七七〜）歌人。大阪府豊中市生。大阪大学大学院文学研究科修士課程修了。十三歳から作歌を始める。九六年に中部短歌会に入会し、春日井建に師事。九七年には早くも歌壇賞候補となる。春日井の没後、〇六年より未来短歌会に入会し、岡井隆に師事。耽美的作風で知られ、漫画やライトノベルなどにも造詣が深い。歌集『黒耀宮』（〇二・ながらみ書房）で、ながらみ書房出版賞を受賞。〈やくもたつ常若《ティル・ナ・ノーグ》の国と繰り返す老教授その右目のゆくへ〉〈遠つ世にわが異母弟として剣に翳りて眠るエルリックあり〉

黒田絵里（くろだ・えり　一九四八〜）東京生。ビストロ経営者。水の世界に住む不思議なアキレス人の血をひく少年が、アキレスを滅ぼそうとする力と対決する、地球保護的なテーマのファンタジー童話『水の星・アキレスの伝説』（九四・理論社）がある。

黒田和人（くろだ・かずと　？〜）クリエーター集団グループＳＮＥの元メンバー。ロボット戦闘物のＴＲＰＧに基づく《バトルテック・ノベル》（一九九五〜九七・富士見ファンタジア文庫）がある。

黒田けい（くろだ・けい　？〜）群馬県生。カナダの神木で作った薄青い紙が、願いを叶えてくれる『きまぐれなカミさま』（一九九三・岩崎書店）で福島正実記念ＳＦ童話賞受賞。

黒田湖山（くろだ・こざん　一八七八〜一九二六）本名直道。滋賀県甲賀郡水口生。京都電気通信技術員養成所卒。電信技術員の傍ら、童話、少年小説を執筆。代表作は昔話・伝説の後日譚集『日本昔話続話《つづきのはなし》』（博文館・一四〜一五、巌谷小波との共著）。短篇童話に、馬の世話の上手な少年が、老いた馬を助けたことから、金馬銀馬という連れができ、それによって出世する様を描く「金馬銀馬」（〇八）、動物と会話ができる野生の少年の成功譚「裸八郎」（一二）など。

くろだみどり（くろだ・みどり　？〜）本姓黒田。群馬県前橋市生。画家、イラストレーター、児童文学作家。死んだペットたちが住む理想郷に、飼い主たちが招待される表題作ほかを収めた『空とぶ帆船』（一九九五・けやき書房）がある。

黒田洋介（くろだ・ようすけ　一九六八〜）三重県生。アニメの脚本家、漫画原作者。脚本の代表作に「魔法少女プリティサミー」（九五〜九七）「スクライド」（〇一）「機動戦士ガンダム００《ダブルオー》」（〇七）ほか。脚本を手がけたアニメのノベライゼーションがある。『魔法少女プリティサミー』（九五〜九八・富士見ファンタジア文庫）『真・天地無用！　魎皇鬼』『フォトン』（共に九七〜九九・同）『無限のリヴァイアス』（二〇〇〇・電撃文庫）『ぷにぷに☆ぽえみぃ』（〇一・角川スニーカー文庫）など。

黒武洋（くろたけ・よう　一九六四〜）埼玉県生。一橋大学商学部卒。銀行員を経て映像関係の脚本・演出家となる。二〇〇〇年『そして粛清の扉を』で第一回ホラーサスペンス大賞受賞。国家規模のサバイバルゲームを描く『メロス・レヴェル』（〇二・幻冬舎）、死刑囚が過去の自分に罪を犯さないよう説得しに行く、タイムトラベル物の犯罪小説『パンドラの火花』（〇四・新潮社）、魔の血をひいたサイキック少女たちの活躍を描くサスペンス・ホラー『半魔』（〇五・徳間書店）など。

黒沼健（くろぬま・けん　一九〇二〜八五）本名左右田道雄。神奈川県横浜市生。経済哲学者左右田喜一郎を生んだ銀行家・左右田一族の出身。東京大学法学部卒。三〇年前後から『新青年』に参加し、三四年には最初の実話物「ニュールンベルクの孤児―カスパール・ハウゼル」を掲載する。「宰相」（三二）、「蒼白き外人部隊」（三八）などミステリの創作も手がける。戦後は『宝石』誌上などで翻訳・創作を手がけ、D・セイヤーズ『大学祭の夜』、C・ウールリッチ『黒衣の花嫁』などの翻訳を刊行。五五年『オール讀物』に「秘境物語」を連載したのを皮切りに、〈秘境と謎と怪奇〉の実話読物の作家として活躍。それらは主に新潮社から同一の体裁によるシリーズ本として刊行され、『秘境物語』（五七）から『失われた古代都市』（七六）まで十六冊を数えた。猟奇を語って品位を失わぬ名調子は、徳川夢声、三島由紀夫、吉田健一らの愛読するところとなった。一般向けの著作と同時に、子供向けの怪奇実話本を刊行したり、『毎日中学生新聞』ほかの子供向け媒体に「怪奇と謎の世界」を執筆したり、当時の子供たちに与えた影響にも少なからぬものがある。また、東宝怪獣映画「空の大怪獣　ラドン」（五六）「大怪獣バラン」（五八）などの原作者でもある。紀元前一五〇〇年の原始部落を舞台に異民族接触の葛藤を描く「白い異邦人」（五三）のような異色の短篇もある。

黒部亨（くろべ・とおる　一九二九〜）鳥取県生。鳥取師範学校卒。中学教師を経て明石市教育委員。歴史小説、時代小説などを執筆。呪われた香木〈妖梅〉により運命を狂わされていく、戦国時代から元禄時代にかけての人々をオムニバス形式で描く時代小説『流香譚』（九二・日本経済新聞社）がある。

黒本青本（くろほんあおほん）一七五〇〜七五年頃（宝暦〜明和年間）を中心に江戸で出版された草双紙（絵を主体に余白に話の筋や会話を仮名で記したもので、現代でいうと絵本に近いが、江戸で刊行されたものを特にこういう）の一種。主に子供向けの赤本と、より大人向けの物語になる黄表紙をつなぐもので、文字量が赤本よりも多い。歌舞伎・浄瑠璃、浮世草子に材を採ったものが多いが、その他の様々な先行文芸を取り込んでおり、時には長大な作品のダイジェスト版の役目も担った。内容的にはバラエティに富み、一概に括れない。千百種が現存するという。画家の名はあるが、作者の名は記されないことが多く、画家兼作者であったろうと推測されている。後期ともなると、独立した作者が現れ、作者名も記されるようになる。本書では作者名がなく画工の名があるものについてはそれぞれの画工の項で取り上げ、ここでは作画共に未詳のものを取り上げる。金時物の浄瑠璃を書き替えた『丹波《たんば》爺《てて》打栗《うちぐり》』（一七四四／延享元、刊行年が巻末広告で判る最古の作品）、化物による嫁入り次第を化物の個性を利用して巧みに描き、後世の黄表紙にも影響を与えたことが推測される『ばけ物よめ入り』（四五年前後／寛保・延享頃）、四鬼を従えた千方の謀叛と、玉取説話の後日譚を合わせた『藤原のちかた』（四九／寛延二頃）、玉手箱を使って「高砂」「羽衣」などの謡曲を綯い交ぜにした『妹背玉手箱』（刊年未詳）、修行の旅の途上の能楽師が猿のために舞って宝物をもらったり、狐と化け比べをして鬼面で驚かしたりする『観世又次郎』（刊年未詳）、「猿の生肝」に、クラゲの骨抜き、亀の鶴への寿命の分け与えなどの要素を取り入れた『亀甲の由来』（五四／宝暦四頃）、松浦作用媛の人身御供と望夫石伝説を絡めた『小夜姫唐舩《もろこしぶね》』（五八／同八）、清姫の異常出生と父親の堕胎商売などを加えて因果譚風にしつらえた『道成寺根元記《こんげんき》』（同）、安倍晴明物『歌占伝』（六二／同一二以前）、稚児の悲恋物で、後半は化蛙が弁財天の功徳で石になる『江島児淵《えのしまちごがふち》』（刊年未詳）、竹田出雲の浄瑠璃をもとに、小町の歌によって封じられた竜神が解放されて雨を降らす『雨請小町名歌栄』（刊年未詳）、文耕堂の浄瑠璃をもとに、修験道による成仏が付加された『今川状』（刊年未詳）、お家騒動物で、幼君を助けた男が、妻の亡霊の指示を受けて子を育て、さらに神通力で乳も出るようになる『男玉取《おとこのたまとり》』（六三／宝暦一三頃）、桜姫と義仲の恋仲に嫉妬して、怨霊化する狭衣＝清玄を描く『菊重女清玄《きくがさねおんなせいげん》』（六九／明和六頃）、為朝の一代記で、鬼ケ島で鬼退治をした後、夢に地獄に下って閻魔大王と問答するという創作が付け加えられている『ちんぜい八郎ためとも行状記《いちだいき》』（七〇／同七頃）、猫好きの男が描いた猫の絵が実体化し、鼠姿の怨霊を退治する『猫画之物語《みょうがのものがたり》』（七五／安永四）、曾我物の登場人物を洒落で動植物や器物と結びつけた異類物『化物曾我《ばけものそが》』（七六／同五）、酒呑童子が遊廓を作り、逃げた遊女を捜しに羅生門に出るという黄表紙風の『酒呑童子廓雛形《くるわのひながた》』（刊年未詳）など。
▼小池正胤・叢の会編『江戸の絵本』（八七〜八九・国書刊行会）

久和まり（くわ・まり　一九六八〜）歴史ロマンス『冬の日の幻想』（九八）でコバルト・ロマン大賞受賞。BL小説を執筆。神々が生きている古代ギリシアを舞台にした歴史ロマンス『太陽の紋章』（九九・コバルト文庫）『太陽の祭典』（二〇〇〇・同）がある。

桑島由一（くわしま・よしかず　一九七七〜）東京生。ゲームの脚本、作詞、小説、イラストなどを手がけるマルチクリエーター。魔法少女物ポルノ『魔法少女リオ』（二〇〇〇・二次元ドリームノベルズ）、高校生として生活を送る神の息子が主人公のラブコメディ『神様家族』（〇三〜〇六・MF文庫J、メディアミックス化）、別世界ファンタジー・コメディ『TO THE CASTLE』（〇三〜〇四・スーパーダッシュ文庫）などがある。

桑田淳（くわた・ひろし　？〜）別世界を舞台に、宮廷魔術師見習いの少女が、愚かな皇帝の無茶な命令を遂行すべく奮闘するコミカル冒険ファンタジー《ラキスにおまかせ》（二〇〇三〜〇四・富士見ファンタジア文庫）でファンタジア長編小説大賞佳作入選。

桑名真吾（くわな・しんご　一九六八〜）埼玉県所沢市生。ゲームクリエーター。自身が制作したファンタジー・シミュレーションRPG「スペクトラル・フォース」のノベライゼーション『スペクトラルサーガ』（九九・ソニー・マガジンズ文庫）がある。

『**桑実寺縁起**』（くわのみでらえんぎ　一五三二／天文元）縁起絵巻。足利義晴発願。土佐光茂画。滋賀県安土町にある桑実寺の草創縁起と本尊薬師如来の霊験を描く。

桑原一世（くわばら・いちよ　一九四六〜）本名北中幸子。大阪府堺市生。京都女子大学国文科中退。青春小説「クロス・ロード」（八七）ですばる文学賞を受賞。地図にも載らず資源もない小国で、現代のアルカディアを目指す革命が起こり、かつぎ出された純真な王様が、苦難の末、黄金の糞を出すことができるようになる寓話的なファンタジー『最後の王様』（八八・集英社）、塾へ行きたくない気分の十歳の少年が猫と言葉を交わし、しばし体を交換する表題作ほかを収めた猫物の作品集『ぼくは猫になりたい』（八九・PHP研究所所）がある。

桑原忍（くわはら・しのぶ　?〜）現代に転生した義経が闇の一族と対決する『まほろばの門』（一九九四・富士見ファンタジア文庫）でデビュー。別世界に飛ばされた中学生男女の冒険を描くファンタジー・コメディ『青空盗賊団』（九四・同）、霊界に通じる門の番人が、逃げ出した霊と戦うアクション『月下少年』（九五・キャンバス文庫）などがある。

桑原水菜（くわばら・みずな　一九六九〜）千葉県生。中央大学文学部卒。「風駆ける日」（八九）でコバルト読者大賞を受賞。戦国時代に死んだ武者の怨霊たちがこの世に戦国時代を再来させようとするのを防ぐために、肉体を乗り換えながら四百年戦い続けてきた少年たちを描く伝奇アクション《炎の蜃気楼《ミラージュ》》（九〇〜〇四・コバルト文庫）でデビュー。同作は少年向け文庫のような伝奇アクションに始まるが、BL要素を次第に濃くしていき、読者の絶大な支持を得るようになった。一部は漫画化、アニメ化もされている。同作の大ヒットにより、少女向け文庫の定番である男女間のラブコメディが廃れ、多くの作品がBL化した。ほかに戦国時代の真田くノ一が剣に魔神を封じ込めるために旅を続ける『風雲縛魔伝』（九一〜〇六・同）、〈黒い心臓〉を移植された中学生の少年が巻き込まれる不思議な運命を描いた伝奇ファンタジー《シュバルツ・ヘルツ》（〇六〜・同）など。

薫くみこ（くん・くみこ　一九五八〜）東京生。女子美術大学卒。児童文学作家。『十二歳の合い言葉』（八二）で児童文芸新人賞を受賞。体力・知能・美貌・優しさ等々、それぞれ得意な分野を持つ五人の少女が怪事件を解決する《おまかせ探偵局》（八六〜九二・ポプラ社）には、幽霊が登場する『幽霊はデートがお好き』（八六）『雪の夜は不思議色』（八九）がある。このほか、一日に一つ夢がかなう魔法の家を舞台とする低学年向けファンタジー《どりいむハウス》（〇一〜〇二・ポプラ社）など。

郡司正勝（ぐんじ・まさかつ　一九一三〜九八）演劇学者、舞踊・歌舞伎作者。北海道札幌市生。早稲田大学国文科卒。早稲田大学演劇博物館学芸員などを経て、同大学教授となる。歌舞伎と日本舞踊に軸足を置き、古代の雅楽・散楽から現代の舞踏やアングラ演劇まで、また中国・台湾・韓国・インドなどアジアの演劇にも関心を寄せ、鋭い言及を残した。歌舞伎研究においては、当時主流の文献学的手法のみに頼らず、絵画資料を十全に活用し、更には民俗芸能全般を視野に入れて本質に迫った『かぶき―様式と伝承』（五四・寧楽書房）で芸術選奨文部大臣賞受賞、昭和戦後の歌舞伎研究に新生面を拓いた第一人者と目されている。歌舞伎脚本の校訂、新作の執筆、上演の絶えた狂言の復活演出など、歌舞伎全般に関わり、劇評家としても活躍した。創作には、歌舞伎「修紫田舎源氏《にせむらさきいなかげんじ》」（七六）「魂祭《たままつり》 黙秘壺《いわでがつぼ》」（八三）「江戸生艶気樺焼《えどうまれうわきのかばやき》」（九一）など、舞踊「春風馬堤の曲」（七六）「於《お》鍋《なべ》道成寺」（八八）など多数。補綴演出した復活狂言は並木正三「桑名《くわな》屋《や》徳蔵《とくぞう》入船噺《いりふねばなし》」（六三）、四世鶴屋南北「桜姫東文章」（六三）「阿国御前化粧鏡《おくにごぜんけしょうのすがたみ》」（七五）「盟三五大切《かみかけてさんごたいせつ》」（七六）「法懸松成田利剣《けさかけまつなりたのりけん》」（九五）、河竹黙阿弥「月缺皿恋路宵闇《つきのかけざらこいじのよいやみ》」（九〇）等々。著作に、『歌舞伎入門』（五四・現代教養文庫）『おどりの美学』（五七・演劇出版社）『かぶきの美学』（六三・同）『かぶき袋』（七〇・青蛙房）『地芝居と民俗』（七一・岩崎美術社）『かぶき論叢』（七九・思文閣出版）『かぶき夢幻』（八三・西沢書店）『鶴屋南北』（九四・中公新書）など多数。中でも澁澤龍彦に〈日本の文芸や芝居や民俗の領域から疎外され見捨てられた〉〈異形の人間や生きものやオブジェを扱っていて、すこぶる面白い〉と言わしめた『童子考』（八四・白水社）はジャンルの壁を突き破った傑作である。

▼『郡司正勝刪定集』全六巻（九〇〜九二・白水社、和辻哲郎賞）

け

敬阿（けいあ　生没年未詳）経歴未詳。化物話をコメディに仕立てた初期読本『化物判取帳』（一七五五／宝暦五）の作者。

渓斎英泉（けいさい・えいせん　一七九一～一八四八／寛政三～嘉永元）浮世絵師。本名池田義信。俗称善次郎。戯号一筆庵可候。豊国、国貞の画風を取り入れた凄艶な美人画で知られる。戯作の挿絵を多数描いた。晩年には考証随筆、戯作の筆を執った。浮世夢輔が福禄寿から授かった術で、様々な人間や動物たちと魂の入れ替えを行う滑稽譚『魂胆夢輔《こんたんゆめすけ》譚《ばなし》』（四四～四七／弘化元～四）など。

慶政（けいせい　一一八九～一二六八／文治五～文永五）号に勝月坊、証月坊、照月坊など。九条道家の兄。乳母の不注意によって幼少時に不具となり、僧籍に入る。明恵と親交があり、高僧、歌人として知られる。著作に、九条道家の女房に取り憑いた比良山の大天狗との三度にわたる問答を筆録した『比良山古人霊託』（三九／延応元頃成立）などがある。散逸した著作に『観音験記』。仏教説話集『閑居の友』も慶政作という説がある。

『傾城請状』（けいせいうけじょう　一七〇一／元禄一四）浮世草子。作者未詳。話の筋に流行の芝居をはめ込み、役者の名前をもじった人物を登場させた芝居趣味の作品。浮世草子の芝居導入傾向を促進した。〈傾城請状〉に絡んで、嫉妬に燃える女の生霊や怨霊が出現する。

月尋堂（げつじんどう　一六七〇頃～一七一五／寛文一〇頃～正徳五）俳諧師、浮世草子作者。本姓藤岡。大坂生。俳書、歌学書、軍記など幅広い著作を持つが、最も力を入れたのは俳諧である。浮世草子『今様廿四孝』（〇九／宝永六）には、井原西鶴『本朝二十不孝』中の怪異談、化狸を射殺した話のパロディがあり、西鶴が不孝としたものを孝と読み替えている。また武士の義理を扱った敵討物の説話集『文武さざれ石』（一二／正徳二）にも、狐の敵討助勢、亡魂による敵討などが取り上げられているが、話柄は平凡である。

月露行客（げつろこうかく　生没年未詳）経歴未詳。十九世紀末に書かれたSF『シーザー記念塔』（イグネイシャス・ダンリー）の翻案で、労資が対立する未来社会を仮死によって時間を超えて見聞するという趣向の『三百年後の東京』（一九〇三）がある。

硯岳樵夫（けんがく・しょうふ　生没年未詳）本名勝岡新三郎。静岡県生。明治初期の元武士。文明の進んだ月世界で様々な知識を学ぶという設定の政治小説『宇宙之舵蔓《うちゅうのかじづる》』（八七）がある（通説では翻訳とされる）。

乾坤坊良斎（けんこんぼう・りょうさい　一七六九～一八六〇／明和六～万延元）講談師、講談作者。通称梅沢良助。江戸神田松田町の貸本屋の子に生まれる。家業の傍ら落語家を志すが挫折。剃髪して講釈師となるがこれもふるわなかった。が、〈良斎種〉といわれる講談を残しており、「八百屋お七」「切られ与三郎」「笠森お仙」などがある。合巻に、水滸伝の趣向を借りて、平家の残党が頼朝の血統を絶やさんとするのを描く『黒雲太郎雨夜譚《くろくもたろうあまよのものがたり》』（二八／文政一一、渓斎英泉画、未完）がある。

源西（げんさい　生没年未詳）日野の慈悲寺の僧侶。『探要法華験記《たんようほっけげんき》』（一一五五／久寿二年成立）の編者。同書は二巻八十六話の霊験譚などの仏教説話を収録する。唐の『法華伝記』と『大日本国法華経験記』を出典とし、それぞれ一話ずつ交互に配置している。配列等も『大日本国法華経験記』に倣う。

『けんさい物語』（けんさいものがたり　一六六一～八一頃／寛文・延宝年間）作者未詳。やぶ医者の滑稽失敗談と道中物を合体させた『竹斎』の亜流の一つ。全三巻。物語が大団円を迎えた後、賢斎が説教話を聴衆に語るという枠物語の形の発心譚が付されている。その説教話は、地獄に落ちた婆羅門入道が妻の信心によって甦ったというものだが、聴衆の一人が思わず自分の身の上を懺悔すると、雷に連れ去られるという椿事が起き、居合わせた人々が発心するという趣向になっている。

源氏鶏太（げんじ・けいた　一九一二〜八五）本名田中富雄。富山市泉町生。県立富山商業卒。大阪の住友本社に入社。三四年、報知新聞主催の小説コンクールに「村の代表選手」が入選。四四年、応召して舞鶴海兵団に入隊、横須賀で終戦を迎える。戦後の財閥解体指令により住友本社が解散、残務整理を担当する。四七年『オール讀物』に「たばこ娘」を投稿、採用される。四九年、住友系泉不動産設立に伴い東京に赴任、五六年に退職するまでサラリーマンと小説家の二足のわらじを履き続け、その体験をもとに独自の〈サラリーマン小説〉を確立する。五一年「英語屋さん」ほかで直木賞受賞。ユーモア小説『三等重役』（五一）がベストセラーとなり、人気作家となる。快男児の痛快な活躍を描く明朗小説『天上大風』（五六）、社長の契約愛人となるＢＧ《ビジネスガール》の生き方を描く『御身』（六二）をはじめ、多数のユーモア小説、家庭小説がある。

七〇年発表の「幽霊になった男」を皮切りに、鶏太は従来の明朗ユーモア小説から一転して妖怪変化の登場するブラックユーモア風の作品を次々と発表するようになった。『わが文壇的自叙伝』（七五）によれば、勧善懲悪の願いをこめた善意のユーモア小説をほぼ書き尽くしたという思いから〈この世のありのままを酷しく書く〉悪意のユーモアに移ろうと考え、〈人間の救いようのない本性を真実のままに描くには、妖怪変化がいちばんふさわしい〉と考えたのである。それらは、いわば裏返しのサラリーマン小説、家庭小説であり、職場の人間関係をめぐる葛藤、怨恨や男女間の愛憎のやむにやまれぬはけ口として、源氏の幽霊や妖鬼は出没するのである。同テーマの初期代表作を収めた『死神になった男』のほか、『怨と艶』（七五・集英社）、『レモン色の月』（七八・新潮社）、『招かれざる仲間たち』（七九・同）などの短篇集のほか、長篇書き下ろし『永遠の眠りに眠らしめよ』（七七・集英社）がある。この作品は、前社長の急死で社長に就任した男のもとに、怨霊と化したかつての同僚たちが出現、実はかれらは皆、淡路島の呪われた土地の出身であり、同地の墓地が溜池の決壊で荒廃したためにこの世に出没するようになったのだった……というもので、鶏太の妖怪変化物の集大成ともいうべき力作である。

【死神になった男】短篇集。七五年角川書店刊。悪徳幹部の計略で会社も女もすべてを失った気弱な二代目社長が、自分を陥れた者たちを怨念で呪い殺そうとする表題作のほか、自分を追い越して要領よく出世した後輩への恨みをはらしたい一念で、ついには幽霊となってオフィスに出没する万年平社員の陰湿な執念が鬼気迫る「幽霊になった男」、昇進を目前に急死したライバルの幽霊に、自分の代わりに愛人を抱いてほしいと頼まれた男を待ちうける残酷な運命を描く「東京の幽霊」、息子を溺愛するあまり、花嫁候補に猛烈な頭痛を起こさせては破談に追い込む母親の妄執が怖ろしい「妖怪変化」など、全六篇を収録。

源信（げんしん　九四二〜一〇一七／天慶五〜寛仁元）平安中期の天台宗の僧。恵心僧都、横川僧都ともいう。大和国葛木下郡当麻郷の人。『阿弥陀経略記』『横川法語』など、多数の著作を残した。代表作『往生要集』（九八五／永観三）は、一般レベルの人にもわかりやすく書かれた往生極楽の教えである。浄土教の本義を念仏を唱えることによって救われるとするもので、この世を死に向かってよりよく過ごすことを勧め、臨終に十念仏を唱えることを重視する。源信の論はきわめて平明で説得力があり、念仏結社を招来し、法然・親鸞といった後続の宗教家たちに影響を与えた。また、「厭離穢土《おんりえど》」の章では輪廻の六道、八大地獄の様を生々しく描き、また「欣求《ごんぐ》浄土《じょうど》」では浄土の素晴らしさを説いたが、殊に地獄の描写が迫真的だったので、後代の文学・美術にも多大な影響を与えた。

玄瑞（げんずい　？〜一七五〇／寛延三）筆

名に玉崗。肥後の曹洞宗大慈禅寺に学ぶ。寺の縁起、仏の霊験と利益、因果応報譚などを収録する説話集『本朝諸仏霊応記』（一七一八／享保三）を執筆。

玄棟（げんとう　生没年未詳）室町時代の僧侶。滋賀県神崎郡能登川町の善勝寺にゆかりのある者らしいが、詳細は不明。インド、中国、日本の説話を各百二十話ずつ収録したもので、先行書に拠る話が多いが、表現などにはこだわりを見せている説話集『三国伝記』（十五世紀前半成立）を残した。

『源平盛衰記』（げんぺいじょうすいき［せいすいき］　成立年未詳）軍記物語。作者未詳。全四十八巻。『平家物語』の異本の一つと位置づけられるが、多くの異伝や説話、ペダントリーが挿入され、主筋を外れたり牽強付会な解説が施されたりする点に特色がある。挿入部分には、神話的物語や霊験譚、未来予測譚（吉凶の兆、占い、夢）が多く含まれている。また、清盛が若き日に天子になれるという法を修行し、さらに清水観音に千日詣をして吉夢を得たという前日譚や、安徳帝が神剣（草薙の剣）を竜宮に取り戻すために人間に転生した竜であり、入水後には平家一門は竜宮で暮らしているという後日譚など、独特の幻想譚が語られる。このほか、頼豪が鼠と化す奇談などを含む。近世文学に大きな影響を与えた作品である。

幻夢（げんむ　生没年未詳）経歴未詳。貞門系俳諧師で、西鶴の俳諧興行の執筆を勤めた京都在住の人物らしいが、本名は不明。幻夢が頓死して中有《ちゅうう》で西鶴に出会い、俳諧師の地獄や浄土を見せてもらうという趣向で、上方俳壇の堕落を揶揄する『西鶴冥土物語』（一六九七／元禄一〇）がある。この作以後、西鶴地獄巡り物が流行した。

玄侑宗久（げんゆう・そうきゅう　一九五六〜）福島県三春町生。慶応義塾大学文学部中国文学科卒。臨済宗の僧侶。「水の舳先」（二〇〇〇）でデビュー。〇一年「中陰の花」で芥川賞を受賞。精神病の僧侶を描く『アブラクサスの祭』（〇一・文藝春秋）、一人の死に行く老女を描いた作品で、臨死体験などに基づいて死後の様子を綴った部分を含む『アミターバ』（〇三・新潮社）、水子物の短篇「朝顔の音」（〇二）がある。

こ

呉増左（ご・ぞうさ　生没年未詳）江戸時代後期の人。鳥居清経の変名との説がある。黒本青本に、近松門左衛門の波瀾万丈の本地垂迹物の浄瑠璃「善光寺御堂供養」をもとにした『善光寺』（一七七八／安永七?）、黄表紙に、地獄巡りに加えて閻魔の富士見物の夢を見る『初夢富士高根』（七九／安永八、鳥居清経画）、夢中の異国巡り譚『〈とんだせかい〉金平異国遶《きんぴらいこくめぐり》』（同、同画）などがある。

古阿三蝶（こあ・みちょう　生没年未詳）江戸時代後期の浮世絵師、戯作者。経歴未詳。江戸小網町に住み、この名がある。黄表紙の画作がある。白龍に羽衣を取られた天女が道成寺の舞いを舞って見とれさせて奪い返す『天光地潜地探《てんひつかりじむぐりじさがし》』（一七八四／天明四、自画）、打ち出の小槌と大黒天の加護に加え、井戸から地獄に入って地獄を通世界に変えるという趣向の『〈歳々花似当年積而《さいさいはなにたりとうねんつもって》〉八代目桃太郎』（同、自画）など。飛田琴太と同一人という説があるが、棚橋正博は否定している。

恋川春町（こいかわ・はるまち　一七四四〜八九／延享元〜寛政元）黄表紙作者、画家、俳諧師、狂歌師。本名倉橋格《いたる》。通称寿平。狂名酒上不埒《さけのうえのふらち》。別号に寿山人、亀長など。紀州田辺藩士を父に持ち、二十歳の時に駿河小島藩士の橋本家の養子となって家督を継ぎ、年寄本役まで務めた。初めに俳諧を、次いで絵を鳥山石燕、勝川春章に学ぶ。自作の戯作に絵を描き、また他者の挿絵も多く描いた。日本版邯鄲の夢『金々先生栄花夢《きんきんせんせいえいがのゆめ》』（七五／安永四）によってそれまでの草双紙を一変させ、後続の作家たちに大きな影響を与えた。謡曲「善界《ぜがい》」の構想を当世遊芸事情と重ね合わせたもので、天狗に体内に入り込まれて遊芸にうつつをぬかす人々を描く『高漫斎行脚日記』（七六／同五）、現在の世相から未来の常軌を逸した風俗を推し測る未来予測記『無益委記《むだいき》』（七九／同八、または「無題記」）などが代表的な作品。また、春町自身を戯画化した下手な絵師が登場するメタフィクションで、鳥居清経の『〈古今名筆〉化物咄』の汚名を晴らそうとする妖怪たちを役者絵と絡めて描く『〈古今名筆〉其返報怪談《そのへんぽうばけものばなし》』（七六／同五）、流行語が厚遇されないことを恨み、化物になって書肆関係者を悩ませる『辞闘戦新根《ことばたたかいあたらしいのね》』（七八／同七）など、楽屋落ち、自己戯画、先行作の巧みな利用といったメタ的な遊びの手法を多数開発あるいは洗練させて使用し、この点でも後続の作家に多大な影響を与えている。一代の才人であったといえよう。軽妙だが下品になりすぎず、すっきりとまとめる手腕を、森銑三は〈嬉しい作家〉と評した。

このほか、臭津《くさつ》の人々を屁の力でへくさい国（百済の洒落）まで吹き飛ばしたりするトールテイル『芋太郎屁日記咄』（七八／同七）、雲州松平南海公が偽の化物屋敷を作って芝高輪の貧乏医者を脅かしたという実話〈化物振舞〉を入れ込んだ曾我敵討物のパロディ『三《さん》幅対紫曾我《ぶくついむらさきそが》』（同）、お遊びの妖怪学講義で番付などをしてみせる『〈妖怪《ばけもの》仕打〉評判記』（七九／安永八、存疑作）、日本神話のパロディ『通言神代巻《つうげんしんだいのまき》』（八三／天明三）、吉備大臣物に当世流行を絡めた『吉備能日本知恵《きびのよいにつほんのちえ》』（八四／同四）、金貸が竜宮に行き、百足に悩まされている竜王を助け、乙姫との仲を取り持つ『其昔竜神噂《そのむかしりゅうじんはなし》』（同）、菅公の息子による文武奨励策では、義経・為朝・小栗が武を受け持ち、大江匡房が文を受け持ったという趣向の話で、最後に鳳凰と麒麟が出現して見世物となる『鸚鵡返文武二道《おうむがえしぶんぶのふたみち》』（八九／寛政元）ほか多数の作品がある。最後に挙げた作品は寛政の改革を茶化したものだが、これに関連して武士としての役目を辞して引きこもり、亡くなった。自殺、病没説がある。

【〈浦島が帰郷八島の入水〉猿蟹遠昔噺《さるかにとおいむかしばなし》】黄表紙。八三（天明三）年刊。二巻。自画。乙姫の婿となっていた浦島太郎は、蛸入道の勧化のありさまを見て里心がつき、一時帰郷することに。折しも壇ノ浦にて平家は敗れ、郎党が蟹に変身したところ、夫を見送った乙姫はその蟹に生肝を取られてしまう。猿は柿の種を蟹の生肝に取り替え、それを食べると乙姫の気が移って芸のできる猿に変身、さらに、帰国途中の浦島にまとわりつく。浦島と猿が安珍清姫となり、猿が鐘に取りついたところを蟹が胴切りし、生肝を取り出す。様々な説話によってきれいに組み立てられた佳品。内容はもちろん絵にも遊びの趣向が満載で、黄表紙らしい楽しさに満ちている。

小池一夫（こいけ・かずお　一九三六～）本名俵谷譲、法号星舟。秋田県生。中央大学法学部卒。山手樹一郎に師事。六八年、さいとうプロダクションに入り、漫画「ゴルゴ13」ほかの原作を執筆。七〇年に独立。以後、漫画原作の第一人者として活躍を続ける。多数の漫画原作を手がけるが、「子連れ狼」（七〇～七六、小島剛夕画）は主に七二年から七六年にかけて映画化、テレビドラマ化されて一大ブームを巻き起こし、代表作となった。時代劇に凄惨なバイオレンス風味を持ち込み、一時代を築いた小池は、怪奇幻想漫画の原作も手がけており、『地球最後の男』をベースに『幼年期の終わり』などの要素を取り入れた吸血鬼物の怪奇SF「少年の町ZF《ぜフ》」（七六～七九、平野仁画）、西洋的魔女と日本人やくざのラブロマンス「魔物語　愛しのベティ」（八〇～八五、叶精作画、アニメ化）はメジャー青年誌に連載されて怪奇幻想物を一般に広めた。八一年「魔物語」などの原作活動により小学館漫画賞特別賞受賞。八四年、漫画原作をもとにした「乾いて候」により小説家としてもデビュー。平安中期を舞台に、鬼の毒に蝕まれて魔鬼と化していく少女を中心に、安倍晴明、袴垂保輔、山姥の子の金太郎など多彩な人物が入り乱れる伝奇時代小説『夢源氏剣祭文《ゆめげんじつるぎのさいもん》』（九五・毎日新聞社）がある。

小池きよみ（こいけ・きよみ　?〜）ラブコメディ『ハートが痛いの…』（一九九〇）で講談社X文庫よりデビュー。ミステリの大筋には関係なく主人公の生霊が出現する『生霊少女魔子』（九一・講談社X文庫）がある。

小池修一郎（こいけ・しゅういちろう　一九五五〜）劇作家。東京生。慶応義塾大学文学部卒。七七年、宝塚歌劇団の演出家助手となり、八六年より単独で演出を手がける。劇作家としても活躍し、翻案、オリジナル共に手腕を発揮。九一年「華麗なるギャツビー」の脚本・演出により菊田一夫演劇賞を受賞。吸血鬼物「蒼いくちづけ—ドラキュラ伯爵の恋」（八七）、狼男物「ローン・ウルフ」（九四）など、ファンタジーやSFのモチーフを多用する。ウィーン・ミュージカルを潤色して〈黄泉の帝王〉トートを活躍させた「エリザベート」（九六）によって人気を博す。その他の怪奇幻想系作品に、月から渡来した古代人の遺伝子を甦らせたシンガー・ソングライターの青年をめぐるSFファンタジー「LUNA—月の伝言」（二〇〇〇）、吸血鬼に恋して自らも吸血鬼となった男の時を超えた遍歴を、悪の吸血鬼との戦いを交えてオムニバス風に描いた「薔薇の封印—ヴァンパイア・レクイエム」（〇三）などがある。翻案物に、『ファウスト』第一部をもとにした「天使の微笑・悪魔の涙」（八九）、『夏の夜の夢』を現代に置き換えた『PUCK』（九二）など。

小池タミ子（こいけ・たみこ　一九二八〜）本姓冨田。東京生。東京都教員養成所卒。夫は児童演劇作家の冨田博之。戦後、児童劇の脚本を執筆。幼年向けを中心に童話も執筆し、後には怪談の再話なども多く手がけた。戯曲に産経児童出版文化賞受賞の民話劇集『地獄のあばれん坊』、童話劇集『きつねはひとりでおにごっこ』『もえろ天の火』（いずれも七九・東京書籍）ほか。ファンタジー童話に、猫のクロが、飛ぶホットケーキ、走るゆり椅子、雲のふとん、思い出を見せてくれるガラクタなどで素敵な体験をする連作『くろねこクロの日よう日』（七四・フレーベル館）のほか、『けむりのおばけユーラ』（八二・ひさかたチャイルド）《おばけぞろぞろ》（八七・国土社）などがある。

小池真理子（こいけ・まりこ　一九五二〜）東京生。成蹊大学文学部英米文学科卒。夫は小説家の藤田宜永。出版社勤務を経て、七八年、エッセー集『知的悪女のすすめ』でデビュー、一躍人気エッセイストとなる。八五年『あなたから逃れられない』でミステリ作家に転身、八九年、短篇「妻の女友達」で日本推理作家協会賞を受賞。魅力的な夫婦を軸とした奇妙な四角関係が殺人事件にまで発展する経緯を情緒豊かに描いた『恋』（九五）で直木賞を、中年の女優と作家の恋を描く『虹の彼方』（〇六）で柴田錬三郎賞を受賞。

ガス爆発事故に遭遇して顔に大火傷、半身不随で発声もままならない身体になったOLが、同じ場所で死亡した社長夫人と間違われたために、その遺産を狙う義理の母と弟のもとに軟禁され、おぞましい三角関係に巻き込まれるサイコホラー『仮面のマドンナ』（八七・角川書店）以後、恋愛小説の傍ら、ホラー小説を発表するようになる。幽霊屋敷テーマを現代的に展開した力作『墓地を見おろす家』、風光明媚な東北の過疎村に移住した作家一家が、墓地の地下でひそかに営まれる奇怪なミイラ神崇拝の禁忌に触れたことから怖るべき運命に見舞われる『死者はまどろむ』（八九・講談社ノベルス）など、いずれも卑近な日常のディテールを丹念に描き出すことで、そこに侵入する超現実的恐怖を際立たせる本格的なモダンホラーに仕上がっている。その他の怪奇長篇に、亡くなった最愛の男の面影を宿すその息子と逢瀬を重ねる女性が、いつしか幽明定かならぬ異界へと引き込まれていく都会的な心霊ラブロマンス『ノスタルジア』（二〇〇〇・双葉社）、一九五〇年代前半の東京を舞台に、死者の霊と交感する能力がある少女が成長の途次で出会う身近な愛と死の諸相を切なく描き、ラブロマンスと心霊小説を融合させた連作短篇集『律子慕情』（九八・集英社）がある。また、一部に幻想的な趣向を用いた恋愛小説として『月狂ひ』（二〇〇〇・新潮社）を挙げることができる。

小池は本格的な怪奇短篇にも手腕を発揮し、『水無月の墓』のほか、異様な夢魔の気配に圧倒される「首」「彼方へ」、官能的でリアルな新しい吸血鬼像を提供する表題作ほかを収録する『薔薇船』（九九・早川書房）、恋愛に起因する煩悶を抱える孤独なヒロインたちが、物語の極まる果て、異界のとば口に踏み迷うありさまが、艶麗な筆致で描きだされていく短篇集『夜は満ちる』（〇四・新潮社）などがある。また、サイコ・サスペンスの短篇集として『恐怖配達人』（九〇・双葉社）『恐怖に関する四つの短編』（九三・実業之日本社）『危険な食卓』（九四・集英社）ほかがある。

【墓地を見おろす家】長篇小説。八八年角川書店（角川文庫）刊。結婚までの暗い経緯を乗り越え、愛娘と三人で新生活を始めようとした若夫婦が破格の安値で購入したマンションは、周囲を広大な墓地と火葬場に囲まれていた……。引越早々の飼鳥の死、テレビ画面に映る妖影、地下室に頻発する怪異、次々に立ち退いていく住人たち。最後に残された主人公一家は引越直前、想像を絶する邪悪な力によりマンションに閉じ込められてしまう。容易に密室化する高層鉄筋建造物の構造をフルに活用して恐怖感を盛り上げる迫真のモダンホラー。

【水無月の墓】短篇集。九六年新潮社刊。ふとした経緯で十数年前に事故死した愛人との思い出をヒロインが蘇らせた夜、二人の関係を知る男から電話がかかり、愛人の命日に逢う約束をするが……百閒風の幽暗な鬼気に満ちた表題作、著者の実体験にもとづくという奇妙な見霊譚「足」、夜ごと帰宅する死んだ夫との暗鬱な日々を綴る「流山寺」、静謐で孤独な異界に迷い込んだ娘の恐怖を迫真の筆致で描く「私の居る場所」など、全八篇を収録。幽明のあわいを直截に描くことを主眼とし、異界の感触をまざまざと伝えるという一事に徹した、ホラー・ジャパネスクを代表する短篇集の一つである。

小池雪（こいけ・ゆき　？〜）岡山県生。「夢で遭いましょう」（二〇〇三）でコバルト・ノベル大賞受賞。ファンタジーに、不思議な毛玉のケサランパサランが少女の恋をかなえようと奮闘するラブコメディ『ふわふわの兄貴』（〇七・コバルト文庫）がある。

後池田真也（ごいけだ・しんや　一九六九〜）熊本県生。コンピュータが発達した未来を舞台に、ハッカーの少年が活躍するサイバー・ミステリ《トラブル・てりぶる・ハッカーズ》（九七・角川スニーカー文庫）で第一回角川学園小説大賞受賞。ほかにサイバーアクション『ヘヴンズ・ルール』（九九〜二〇〇〇・同）『リスキー・ダイヴ』（二〇〇〇〜〇一・同）など。

古泉迦十（こいずみ・かじゅう　一九七五〜）十二世紀の中東を舞台に、イスラームの聖者たちが隠棲する別天地で、神秘思想的言辞が繰り広げられるミステリ『火蛾』（二〇〇〇・講談社ノベルス）でメフィスト賞受賞。

小泉喜美子（こいずみ・きみこ　一九三四〜八五）本姓杉山。東京築地生。都立三田高校卒業後、ジャパン・タイムズ社に勤務、その傍ら海外ミステリの翻訳も手がける。五九年「我が盲目の君」が『エラリイ・クイーンズ・ミステリ・マガジン』の第一回コンテストで准佳作となる。同年、同誌の編集長だった生島治郎と結婚（十三年後に離婚、小泉は生島の本姓）。六二年「弁護側の証人」でオール讀物推理小説新人賞に入選。長篇作品は数こそ少ないものの、いずれも個性的で充実した内容で、特に『血の季節』と、青髭伝説を下敷きに、地中海の架空の小国のお家騒動に巻き込まれた日本女性の冒険を描く『ダイナマイト円舞曲』（七三・カッパ・ノベルス）は、社会派推理の横行やトリック偏重の本格物信仰に敢然と異を唱え、〈ミステリには最小限の「合理性」があればいいと思っている〉と言い切る小泉の面目躍如たる傑作幻想ミステリである。そのほか、歌舞伎と能の作品をモチーフに、四つの短篇を春夏秋冬・花星虫鳥に則って配するという凝りに凝った趣向の『月下の蘭』（七九・双葉社）にも、人面花に憑かれた中年婦人の妄執が蘭の咲き匂う温室に妖しくたゆたう表題作や、廃墟めく山間の病院にひそむ〈土蜘蛛〉の怪を描く「宵闇の彼方より」などの猟奇美に溢れた作品が収められている。

【血の季節】長篇小説。八二年早川書房刊。青山墓地で発生した幼女殺害事件の容疑者が精神鑑定のさなかに告白する異様な物語。少年時代、ヘルヴェティア国駐日公使の子供である美しい金髪の兄妹フレデリッヒとルルベルと、ふとしたことから親しくなった彼は、公使館に出入りするうち、公使夫人の謎めいた死の背後に暗躍する吸血鬼の影を、それと知らずに垣間見る。東京大空襲の夜、あこがれのルルベルと再会した彼の首筋に、彼女の唇が触れ……。戦中・戦後の混沌とした世相を背景に〈東京のドラキュラ〉の数奇な昭和史をリアルに描いた傑作吸血鬼小説。

小泉まりえ（こいずみ・まりえ　一九六五～）少女小説を執筆。ファンタジーに、〈人魚姫〉テーマのラブロマンス『マーメイド・ぱにっく』（九六～九七・講談社X文庫）がある。

小泉八雲（こいずみ・やくも　一八五〇～一九〇四）本名パトリック・ラフカディオ・ハーン Patrick Lafcadio Hearn。ギリシアのレフカダ（イタリア語名サンタ・マウラ）島生。ミドルネームは同島にちなんで命名された。父はアイルランド系の英国陸軍軍医、母はギリシア人。幼時を父の郷里ダブリンで過ごすが、六歳のとき両親が離婚、父方の大叔母に引き取られる。イングランドとフランスのカトリック校で教育を受け、六九年に渡米。その間、遊戯中の事故で左目を失明した。シンシナティで新聞記者となり、数社に在籍した後ニューオリンズに移り、八一年『タイムス・デモクラット』紙の文芸部長となる。仏独露の新文学を精力的に翻訳紹介し文名を高めた。八七年から二年間、西インド諸島に滞在、出世作となった小説『チタ』（八九）や『仏領西インド諸島の二年間』（九〇）を著す。九〇年『ハーパース・マンスリー』誌の特派員として来日したが、契約上のトラブルで特派員を辞職、松江中学校の英語教師として出雲に赴く。古い日本の面影を色濃く残す松江の風物人情に深く魅せられたハーンは、同年、旧士族の娘・小泉節子と結婚、腰を据えて日本文化研究に取り組む意向を固めた。熊本五高教師、『神戸クロニクル』記者を経て、九六年に上京、東京大学文学部で英文学を講じる。文学への熱情と革新の気概溢れる名講義は、後に『人生と文学』（一七）などにまとめられた。その間『知られぬ日本の面影』（九四）を皮切りに、『心』（九六）『仏土の落穂』（九七）『骨董』（〇二）等々、日本文化紹介の良心的著作を次々に米国で出版。また九六年には日本に帰化し小泉八雲を名のる。日本研究の総決算ともいうべき『日本―一つの試論』（〇四）をまとめて程なく狭心症により急逝した。

八雲は代表作『怪談』をはじめとする多くの著作中で、意欲的に日本古来の怪異談の収集・再話に努めたが、これは〈夢見る民族〉たるケルトの血をひくその気質によるところが大きい。すでに米国時代から、東西異邦の古伝説を収集した処女作『飛花落葉集』（八四）や、ゴーチエの幻想小説集の翻訳『ある夜のクレオパトラ、他』（八二）、フランス人の研究書に取材した『中国怪談集』（八七）と怪奇幻想色の強い著作を相次いで著し、傍ら地元の幽霊屋敷探訪に赴くなど、怪奇派ジャーナリストぶりを発揮している。そうした自身の怪奇への嗜好を綴ったエッセーには『影』（一九〇〇）所収の「夢魔の感触」「ゴシックの恐怖」があり、それを一種の幻想文学論へと敷衍したのが、九九年に東大で講じた「小説における超自然的要素の価値」であった。その中で八雲は夢と怪談の関係を分析し、ブルワー＝リットンの「屋敷と呪いの脳髄」を世界最高の怪奇小説として称揚している。また八雲は来日後、若き日に深い影響を受けたハーバード・スペンサーの進化論に、仏教的な輪廻転生や神道の祖霊崇拝の要素を融合させた独特な心霊的進化論（それはまたケルトのアニミズム的世界観とも密接に関連する）を抱くに至った。神秘や怪奇に対する八雲のこうした真摯な姿勢が、その晩年の作品に、古文献や口碑の再話の域を超えた霊的な深みと一種の普遍性を付与したことは疑いえないところだろう。

▼『小泉八雲作品集』全十二巻（一九六四～六七・恒文社）『ラフカディオ・ハーン著作集』全十五巻（八〇～八八・同）

【怪談】KWAIDAN　短篇集。〇四年ホートン・ミフリン社（ボストン、ニューヨーク）刊。『古今著聞集』『仏教百科全書』や江戸期の怪談集、石川鴻斎『夜窓鬼談』などの文献や、直接の伝聞に取材した十七篇の怪異談に、「虫の研究」と題する三篇のエッセーを加えた作品集。平家一門の亡霊に魅入られた琵琶法師の恐怖体験を描いて、触覚と聴覚による怪異表現に卓抜な技量を示す「耳なし芳一のはなし」をはじめ、我利私欲の妄念により死後あさましい食人鬼となった僧を夢窓国師が成仏させる「食人鬼」、首が胴体を離れて飛び回る化物の一味を豪胆な行脚僧が痛快に退治する「ろくろ首」、雪の精霊と人間の怖ろしくも哀しい奇縁を描く「雪おんな」、道往く人をのっぺらぼうの顔で脅かすむじなの怪を絶妙なダブル・クライマックスで描く「むじな」など、いまや日本的怪談のスタンダードナンバーとなった名作がならぶ。翻訳は各種あるが、八雲と怪談をめぐる委曲を尽くした解説を付した平井呈一訳『怪談』（六五・岩波文庫）、巻末に各篇の原話を収録した平川祐弘他訳『怪談・奇談』（九〇・講談社学術文庫）、一巻本選集として出色の池田雅之編訳『妖怪・妖精譚』（〇四・ちくま文庫）が推奨に値する。

小泉八束（こいずみ・やつか　？～）能力を封印されて閉じ込められていた神の化身の少年を主人公とする伝奇アクション『トウヤのホムラ』（二〇〇五・富士見ファンタジア文庫）でファンタジア長編小説大賞準入選。

剛しいら（ごう・しいら　？～）同人誌出身のＢＬ小説作家。一九九六年『小説ＪＵＮＥ』で商業デビュー後、きわめて多数のＢＬ小説を刊行。ファンタジーに、『夢のまた…夢』（九八・光風社出版＝クリスタル文庫）、平安京を舞台にした陰陽師物『陰陽師葦屋道満』（〇一～〇二・同）、吸血鬼物『月の秘密』（〇五・フロンティアワークス＝ダリア文庫）、魔剣物『古都の紅』（〇六・雄飛ノベルズ）、別世界ファンタジー《神の眠る国の物語》（〇六～〇八・ビーズログ文庫）など。

黄支亮（こう・しりょう　？～）ポルノ小説を執筆。異世界ファンタジー『ホワイトプリズン』（二〇〇〇～〇四・二次元ドリームノベルズ）、現代オカルト・ホラー『メフィストの学園』（〇三・美少女文庫）、異世界転移物『ブレイブガールズ』（〇六・同）ほか多数。

高円寺葵子（こうえんじ・あおいこ　？～）同人誌出身のＢＬ小説作家。一九九五年に商業デビュー。ファンタジーに、吸血鬼物『永遠ロマンス』（九八・リーフノベルズ）、魔界のプリンス物『世紀末セラフィム』（〇二・オークラ出版＝アイスノベルズ）ほかの作品がある。

甲賀三郎（こうが・さぶろう　一八九三～一九四五）本名春田能為《よしため》。滋賀県生。東京大学工学部応用化学科卒。染料会社技師を経て、農商務省窒素研究所に勤務。二三年『新趣味』の懸賞募集で「真珠塔の秘密」が一等入選、「琥珀のパイプ」（二四）で注目を集め、謎解き主体の本格探偵小説を代表する作家となる。二八年に退職後は「幽霊犯人」（二八）「妖魔の哄笑」（三一）など通俗長篇サスペンスを多数執筆した。また、「探偵小説講話」（三五）は木々高太郎との間に探偵小説論争を引き起こした。幽霊屋敷を扱った「空家の怪」（二五）、夢の光景が現実化する「幻の森」（三〇）などは結末で合理的な解釈が施されるものの、幻怪味は強い。「離魂術」（三〇）では化学的に魂を遊離させた男の悲劇を描いており、幻想ＳＦといえる。ほかに、将棋仲間を発作的に殺して庭に埋めた男の異常心理を描いた「悪戯」（二六）など。

鴻上尚史（こうかみ・しょうじ　一九五八〜）愛媛県新居浜市生。早稲田大学法学部卒。劇団〈第三舞台〉を主宰。「ゴドーを待ちながら」とゲームの開発をモチーフとする「朝日のような夕日をつれて」（八一）で旗揚げ。〈第三舞台〉は八〇年代後半から、小劇場の枠を超える人気を示すようになる。「スナフキンの手紙」（九四）で岸田國士戯曲賞を受賞。二十周年の「ファントム・ペイン」（〇一）を機に、十年間劇団を停止すると宣言し、劇団外の演出・脚本などを手がけている。

鴻上は旗揚げ以来、ＳＦ・ファンタジー的な設定のスラプスティックな戯曲を多数執筆している。ＨＡＬ、断食芸人やダンサーなどが登場し、戦争の方がましなどと考えるどん底生活のうちに、核戦争が起きる「宇宙で眠るための方法について」（八一）、核戦争後を日常の如く生きる人々を描く「プラスチックの白夜に踊れば」（八二、八六年に改訂して「スワン・ソングが聴こえる場所」）、毎晩同じ夢を見るという女が、私立探偵と共に夢の風景の探索を繰り広げるうちに、いつの間にか夢そのものに取りこまれ、どこまでが夢でどこからが現実かすら見きわめがたくなる「ハッシャ・バイ」（八六）、作家が書く作品と見る夢が入り交じり、現実をも巻き込んでオアシス捜しの旅が展開される「ピルグリム」（八九）、政府軍に対して、様々な解放を叫ぶ集団が叛旗を翻している異貌の日本を舞台に、閉じ込められて逃げ場がなくなった人々が、超能力を強化する〈サイコ・チェーン〉により別次元へ脱出する「スナフキンの手紙」、その続篇「ファントム・ペイン」などがある。

高古堂主人（こうこどうしゅじん　生没年未詳）通称小幡宗左衛門。京都六角通にて書肆を営み、明和から安永にかけて（一七六四〜八〇）自作の咄本、戯作などを出版した。妖怪ぬっぺりほうの目撃報告をはじめとする妖怪譚、転生譚、幽霊譚から犯罪実話のような世間話に近いものまで、怪談奇談全五十三話を収録する『新説百物語』（六七／明和四）がある。各話は総じて短く、随筆的興趣を重視した書きぶりとなっている。

高齋正（こうさい・ただし　一九三八〜）群馬県生。自動車の歴史に精通し、小説、エッセー、翻訳を発表。未来の月世界を舞台にした表題作ほかを収録するカーSF短篇集『ムーン・バギー』（七四・ハヤカワ文庫）、レーシングカーで小惑星を脱出する表題作のほか、未来の乗り物やガジェットをモチーフにしたSF短篇集『宇宙の牢獄』（八三・トクマ・ノベルズ）、特殊なカメラや怪奇幻想的なものの写真撮影をテーマとした短篇集『透け透けカメラ』（八〇・講談社）『UFOカメラ』（八三・同）などがある。

上崎美恵子（こうざき・みえこ　一九二四〜）本名美枝子。福島県二本松市生。青山学院高等女学部卒。同女子専門部修了。駅に置かれた魔法が使えるベンチの話『まほうのベンチ』（七五・ポプラ社、赤い鳥文学賞）、海を擬人化した『ちゃぷちゃっぷんの話』（七五・晶文社、産経児童出版文化賞）、おじいさんが不思議なことに出会う連作掌篇『ゆめみるカネじいさん』（七六・理論社）、月を見ると泣き出してしまうおばけたちと少女の生活を描く『月夜のめちゃらくちゃら』（七七・旺文社）ほか、幼児・低学年向けのファンタジーを多数執筆。作風は柔和でほのぼのとしたもので、日常的な世界の中にさりげなくファンタジーの花を咲かせるといった趣がある。高学年向けファンタジーに、まぼろしバスが連れて行くまぼろし旅館の老夫婦に、人々が不思議な体験談を語るという枠物語形式のファンタジー『まぼろしのバス』（七八・理論社）、風の精が守る山の様々な物語を語る連作童話集で、山の精の恋を描く「長い長い手」、山が人間に復讐しようとして逆に銀山として開発されてしまう「山の歌」などのファンタジーを含む『そよそよ山』（七八・PHP研究所）、山の神の声を伝える歌う花を摘んだ青年の消息を求めて山に入った少女が、憎しみに燃えるおこじょの復讐の標的にされる自然破壊批判テーマの佳作『歌いたがりの花』（八〇・講談社）などがある。

浩祥まきこ（こうじょう・まきこ　一九七二〜）秋田大学教育学部卒。ラブロマンス「ごむにんげん」（九五）で集英社コバルト読者大賞受賞。女子高生とその四人のコピー人間の織りなす騒動を描く『DEARS』（九六・コバルト文庫）、人間でない物の声を聞くことができる少女と妖怪たちが学校の怪談の謎を解く『ねむる保健室』（九九・同）などがある。

甲田学人（こうだ・がくと　一九七七〜）岡山県生。二松学舎大学卒。短篇「罪科釣人奇譚」が電撃ゲーム小説大賞最終選考に残り、オカルト探偵物『Missing』（〇一〜〇五・電撃文庫）により小説家としてデビュー。ほかに、人間が虫袋に見えてしまう少年の悲劇を描いた「魂蟲奇譚」をはじめとする怪奇連作短篇集『夜魔』（〇五・メディアワークス）など。

幸田露伴（こうだ・ろはん　一八六七〜一九四七）本名成行《しげゆき》。幼名鉄四郎。別号に蝸牛庵、雷音洞主、脱天子など。江戸下谷生。両親は共に代々幕府の御坊主衆を勤めた家柄で、父・成延《しげのぶ》は維新後、下谷区長、大蔵省官吏などを歴任、実務の人であると同時に風雅を解し、母・猷《ゆう》は音楽を能くした。男六女二の子供たちは、文学者となった露伴以外も、実業家・探検家・経済史学者・ピアニスト・ヴァイオリニストと様々な分野に進んでいる。東京師範付属小学校時代は、曲亭馬琴や柳亭種彦、『三国志』『水滸伝』などを耽読。府立一中、東京英学校を共に中退し、湯島聖堂の東京図書館に日参して漢籍・仏典・江戸期の雑書を渉猟、菊池松軒の漢学塾に朱子学を学ぶ。後、電信修技学校に学び、築地の中央電信局を経て、八五年、北海道余市に十等電信技手として赴任する。同地で坪内逍遥らの新文学に刺激を受け文学を志す。八七年〈身には疾《やまい》あり、胸には愁あり、悪因縁は逐へども去らず〉（『突貫紀行』）という鬱屈した思いを抱えたまま職務を放棄し、一ケ月近くをかけて東京に帰り着く。八九年、処女作「露団々」で文壇の注目を集め、続く「風流仏」でその文名を一躍高めた。九〇年、国会新聞社に入社、以後『国会』紙上に「辻浄瑠璃」「いさなとり」（共に九一）「五重塔」（九一〜九二）、未完の「風流微塵蔵」（九三〜九五）と前期の代表作を発表。九五年の『国会』廃刊後は、『めさまし草』誌上での鴎外、緑雨との新作合評「三人冗語」や、新進作家育成をめざした『新小説』の編集など創作外の活動が本格化、独自の都市論「一国の首都」（九九）、随筆集『讕《らん》言《げん》』『長語』（共に〇一）などを著す。〇三年から満を持して「天《そら》うつ浪《なみ》」の連載を開始するが、〇五年に中絶。この頃から創作を離れ、考証・史論に本領を発揮、《新群書類従》（国書刊行会）《日本文芸叢書》（東亜堂）の編纂や、「頼朝」（〇八）「運命」（一九）「平将門」（二〇）「蒲生氏郷」（二五）などの史伝、『努力論』（一二）などの修養書、『芭蕉七部集』評釈（二〇〜四七）などを発表する。三七年に第一回文化勲章を受章後、ふたたび小説に還って「幻談」や「雪たゝき」（三九）「連環記」（四〇）などの後期傑作群を執筆。四七年七月三十日、従容として逝った。

創作とエッセーの両面で独特の境地を開いた露伴は、明治・大正・昭和の三代にわたり活躍した近代幻想文学の巨人である。露伴文学の大きな特徴の一つとして、ロマンティシズムと共に理知の強さが挙げられるだろう。特に中期以降、日本と中国の文学（宗教・歴史なども含むテクスト）に対する膨大な知識がその理知を支えているが、しかし冷たい理性に陥ることなく、作品は人間への関心に満ちている。露伴はいわば、人間愛に満ちた真理の探究者であり、理知的なものを手放さないまま、理知の果てになおも幻想文学的なものを紡ごうとした作家といえるだろう。

幻想文学に属する小説には、別掲作品のほか次ようなものがある。恋人の面影を刻んだ仏像が肉身と変じる神秘を描き、透谷の「宿魂鏡」に先駆けて幻想的な恋愛至上主義を謳歌した出世作の「風流仏」、この世の運動はすべて螺旋でできており、生命も物質も螺旋であり、死は存在しないといった哲学を披瀝する博士の一人語り「ねぢくり博士」、恋慕博覧会、酔興博覧会、魂魄《たましい》博覧会など奇妙な博覧会を紹介する「博覧会の博覧会」など、様々なスタイルの実験を繰り広げるオムニバス小説「日ぐらし物語」（九〇）、諸国遍歴の西行法師が白峯山頂で魔王と化した廃帝とまみえる一場を、叙事詩体の名文で綴って上田秋成「白峰」と拮抗する「二日物語」（九二〜〇一）、旅先の古道具屋で入手した一幅の掛軸に導かれて前世の闇に踏み迷い、別離の果てに悲惨な死を遂げた恋人に再会する怪異談「土偶木偶」（〇五）、対談形式の未来予測で、様々な新発明や制度が繰り出される「滑稽御手製未来記」（一一、後に「番茶会談」と改題）、『華厳経』の善財童子の冒険の一つを語る談話風の小品「伊舎那の園」（一五）、仏弟子アーナンダに情熱的に恋し、ついには出家した卑賤の女プラクリチの物語を通して、恋愛が引き起こした波紋—破壊と創造の軌跡を辿る「プラクリチ」（三二）など。また、慶滋保胤の近辺を連鎖的に描いた後期の傑作「連環記」のような随筆めいた歴史小説は、花田清輝、澁澤龍彥と続く随筆的伝奇小説の祖であり、文学の一形式を拓いたものとして逸することができない。露伴は少年文学も手がけており、仏典をもとにした寓話的な物語集『宝の蔵』（九二・学齢館）、ヒロイック・ファンタジー風の「弓太郎」（九五）などの異色作がある。

エッセーと物語のあわいに悠然とたゆたう趣のある後期の〈漫筆〉の中では、「魔法修行者」（二八）が第一に挙げられる。本朝魔法史を概観した上で、二人のアマチュアの魔法（飯綱の法）修行者、細川政元と九条植通《たねみち》の生涯を語り、結局のところ魔法とはさして関係のない生きざまそのものを良きかなと讃える。露伴随筆はかくのごとく、周縁の事物（魔法やオカルティズムなど）を語っているようで、常に本質的なところ（人間的真理）を語ろうとする。中国のオカルティズムをめぐっては、謡曲「邯鄲」を導入として、仙人・呂洞賓の事跡を「枕中記」「純陽集」ほかの文学の中に追う「仙人の話」（二二、後に「仙人呂洞賓」と改題）、神おろしによる占の中でも音声によるのではなく書によるもの（自動筆記、こっくりさんの類）についての考証「扶鸞之術」（二三）、全真教の開祖・王重陽の生涯を辿る「活死人王害風」（二六）の三作（呂洞賓という接点があり、全集には「論仙」としてまとめられている）を先ず挙げるべきだろう。また、道教の歴史的展開について検証した「道教に就いて」（三三）「道教思想」（三六）、丹道の祖書とされる『参同契』とその追随作と思われる『龍虎経』について縷々述べた「仙書参同契」（四一）も、露伴ならではの考証的随筆である。このほか、中国志怪小説に関する知識の一端を披瀝する「怪談」（二八）「支那に於ける霊的現象」（一七）、日本の文学に古代から影響を与えてきた『遊仙窟』に関する論考「遊仙窟」（〇七）なども興味深い。

▼『露伴全集』全四十一巻・別巻二（七八〜八〇・岩波書店）

【対髑髏】短篇小説。九〇年一〜二月「縁外縁」の題で『日本之文華』掲載。山越えの途中、山中の孤家に一夜の宿を求めた語り手は、独居する美女の身の上話を聞かされる。高貴な若殿の求愛を自身の忌まわしい血統ゆえに拒絶した女は、焦れ死にした若殿の面影を追って山中に入り、法師の導きで悟りをひらき、ここに庵を結んでいるのだという。ところが、夜明けと共に家も女も消えうせ、足下に白い髑髏がころがるばかり。下山した語り手は、宿の亭主から、山中に消えた乞食女の無惨な狂態を聞かされる。結末のスプラッタ風描写の迫力が、夢幻的な美女の神秘性と悲哀をよりいっそう際立たせている。

【新浦島】短篇小説。九五年一月『国会』連載。浦島太郎の百代目の子孫である次郎は都会での生活に疲れ、故郷に戻る。両親が尸拐登仙したのを目の当たりにして仙道を志すが、その道成りがたしと占われたために、転じて魔法修行に励む。次郎が召喚した大魔王は、宝剣で次郎の身体を真っ二つにして、分身であり従者である〈同須〉を造って次郎に与える。

同須は次郎のために豪華な住居や美男美女の家来を運んでくるが、それが邪悪な手段で他所から奪取されたものであることを知った次郎は元の侘住まいに戻る。最後に、都会から彼を追って来た女から逃れるため、次郎は同須に命じて自身を石と化せしめるのだった。やや教訓的なところはあるが、奇想天外な魔法ファンタジーとして、きわめて初期の作例といえる。

【観画談】短篇小説。二五年七月『改造』掲載。苦学勉励の挙句に神経を病み、東京を離れて静養することになった学生は、漂泊を重ねて東北の山奥に至り、雨中、ある古寺に辿り着く。雨は降りしきり、滝の音も混じって聞こえる。その水音に様々な想念を浮かべるうちに眠りに就いた青年は、夜半に起こされ、滝上の草庵に避難せよ、と言われる。闇の中、こうもり傘で案内の若い僧と繋がれただけの頼りない状態で、足を水に浸して進み、ようやく草庵に着くと、そこには枯れた老僧が端座していた。やがて青年は草庵の壁に掛けられた細密な古画を見つめるうち、画中の船頭がこちらに呼びかける声を聞き、答えんとした刹那、燈が消えてすべてが去った。青年はこの後、学を離れ、山間水涯に埋もれた。山田史生「幻談の文法」（二〇〇二）によれば、『十牛図』に対応するように分析可能な〈悟り〉の文学である。同時に雨の描写の積み重ねによって、一種独特の神秘的な境涯を言語化した、類例のない作品といえる。

【幻談】短篇小説。三八年九月『日本評論』掲載。海の怪事を語る前に、まずは山の怪事をと前置きして、マッターホルン初登頂の一行が目撃した巨大な十字架の幻が語られる。続いて語り手が釣仲間から聞いたという江戸時代の話が始まり、舟釣をめぐる蘊蓄が開陳された後、おもむろに本題に入る。釣好きの侍が舟釣の帰途、波間に浮き沈みする釣竿に目をとめる。それは溺死者の手にかたく握られていたが、竿が上物であることから、侍は死人の手からもぎはなして持ち帰る。翌日、ふたたび沖に出た侍と船頭は、夕闇迫る波間をきのうと同じく浮き沈みする竿を目撃し、侍は念仏を唱えつつ竿を海へと返した。くつろいだ語り口のうちに巧まざる鬼気を漂わせた晩年の名品である。

講談（こうだん）室町時代に起こった〈太平記読み〉を源流とするといわれる語り芸。近世、明治初期には小説や歌舞伎との交渉もあった。講談では歌舞伎や小説とは形を変えて流布したりするが、いずれの創作ともいい難いことが多い。実録などをもとに講談から発展していった怪談には次のようなものがある。「吉原百人斬り」佐野次郎兵衛が女房の江戸節お紺を惨殺した報いで亡魂に取り憑かれて死に、息子の次郎左衛門も疱瘡でひどい顔になるが、剣術の腕前を上げて名刀村正を譲られる。次郎左衛門は江戸に出て花魁に入れあげた挙句に騙され、怒り狂って大勢斬り殺すが、これは村正の呪いであるとされる。「三人姉妹因果譚」親戚の死んだ男の葬式代を惜しんで桶に詰め込んで川に投げ捨てるなどの非道を行った素行の悪い父親に悩まされる美しい三人姉妹が、あるいは養女に出され、あるいは吉原に売られなどの変転を経て、三人ともそれぞれに桶の中で変死する。落語では「時雨の笠森」として脚色された。また、いずれも歌舞伎になっている。このほか、言い交わした男に裏切られた遊女が自殺して怨霊になって祟るストレートな怪談「怪談小夜衣」など。

上月司（こうづき・つかさ　一九八二〜）悪魔を召喚して幼なじみの少女を救ったために失った人間的感覚を取り戻そうとする学園マジカル・アクション&ラブコメディ『カレとカノジョと召喚魔法』（〇四〜〇六・電撃文庫）でデビュー。

香月日輪（こうづき・ひのわ　一九六三〜）本名杉野史乃ぶ。和歌山県生。聖ミカエル国際学校英語科卒。地獄堂という薬屋の主人から力をさずかった〈ワルガキ〉三人組が怨霊や妖怪と対決するアクション・ホラー・コメディ《地獄堂霊界通信》（九四〜九七、〇一〜〇五・ポプラ社）で児童文学作家としてデビュー。同シリーズ第一作『ワルガキ、幽霊にびびる！』で日本児童文学者協会新人賞受賞。ほかに、魔道士としての能力に目覚めた高校生の少年と使い魔たちの活躍を描くオカルト・ファンタジー『妖怪アパートの幽雅な日常』（〇三～・講談社、第一巻で産経児童出版文化賞フジテレビ賞）、妖怪だけが住む江戸の町にただ一人の人間として落ちてきた少年が、かわら版屋の記者として活躍する《大江戸妖怪かわら版》（〇六～・理論社）、幽霊などの超自然的存在が生きている不思議な下町を舞台にしたほのぼのファンタジー『下町不思議町物語』（〇七・岩崎書店）、魔法的別世界を舞台にしたヒロイック・ファンタジー《エル・シオン》（九九～二〇〇〇・ポプラ社）ほか多数。

高月まつり（こうづき・まつり　?～）BL小説作家。一九九六年にオークラ出版よりデビュー。ポルノもしくはコメディが多い。ファンタジーに、天使物『いつの間にやらプリンスメーカー』『天使の恋は長距離恋愛』（共に〇一・オークラ出版＝アイスノベルズ）、吸血鬼物《伯爵様》シリーズ（〇三～〇六・プランタン出版＝プラチナ文庫）、異世界転移物『ミッシング・ロード』（〇七～・学研＝もえぎ文庫）など。

神月摩由璃（こうづき・まゆり　?～）宮崎市生。明治学院大学文学部卒。伝説を成就させるための旅を果たした男が世界でただ一人の吟遊詩人となる表題作ほか、魔法と神秘に満ちた別世界を舞台にしたハイファンタジー短篇集『幾千の夜を超えて』（一九八九・社会思想社＝現代教養文庫）でデビュー。ほかに、別世界を舞台にしたクエスト・ファンタジー『永遠《とこしえ》の護り』（九四・カドカワ・ノベルズ）、伝奇アクション『魔州奇譚』（九五～九六・キャンバス文庫）など。初心者向けの読書エッセー『SF&ファンタジー・ガイド』（八九・現代教養文庫）もある。

幸堂得知（こうどう・とくち　一八四三～一九一三／天保一四～大正二）本名高橋平兵衛、後に鈴木利兵衛。別号に劇神仙、東帰坊。寛永寺御用達青物商の息子として江戸下谷に生まれる。維新後は三井両替商（三井銀行）に勤務し、大番頭・鈴木利兵衛の養子となった。七八年から雑文を発表し始め、青森支店長だった八八年に部下の金の使い込みの責任を取って退職した後、文筆で立った。特に劇評で知られ、戯曲も執筆した。草双紙を愛好した得知は、黄表紙風の滑稽談も書き続けた。人間の魂が狐に入り込んで化狐の世界に立ち交じる「こんくらべ狐の鞘当」（八九）、植木屋の天界巡りを描いた「天製糸瓜の水」（九一）、『浦島次郎蓬莱噺』（九一・春陽堂）など。また、帝国文庫『黄表紙百種』を校訂した。

河野多恵子（こうの・たえこ　一九二六～）大阪市西区西道頓堀生。乾物卸問屋を営む為治・よねの二女。幼時、自家中毒症を繰り返す。大阪府女子専門学校経済科卒。泉鏡花や谷崎潤一郎を愛読、またE・ブロンテの作品に接し深く影響される。五〇年、東京の十五日会（丹羽文雄主宰）の同人誌『文学者』に参加。翌年、同誌に習作を発表、文学への志が高まり、五二年に上京する。専売公社の外郭団体などに勤務の傍ら文学修業に励む。五七年、肺結核を発病、五九年までにほぼ回復したものの、勤務と文筆の両立は不可能と痛感し、翌年退職する。六一年、父が死去。『文学者』の推薦で応募した「幼児狩り」が新潮社同人雑誌賞を受賞、中年女性が男の幼児に官能的な執着を示すというテーマで文壇に衝撃を与えた。六三年「蟹」で芥川賞を受賞。六五年、洋画家の市川泰と結婚。六七年『最後の時』（六六）で女流文学賞を、六九年『不意の声』で読売文学賞を、八〇年『一年の牧歌』で谷崎潤一郎賞を、〇二年「半所有者」で川端康成文学賞を受賞。小説以外にも、読売文学賞を受賞した評論『谷崎文学と肯定の欲望』（七六）やドラマの脚本、劇団〈欅〉公演による「嵐が丘」の脚色などを手がけている。

　人形浄瑠璃の花形人形遣いが、自分の野心の犠牲となって死んだ兄弟子の怨霊に祟られて破滅するという古風な怪異譚「女形遣い」

(六〇)を処女作とする河野は、「雪」(六二)「愉悦の日々」「わかれ」(共に六三)「邂逅」(六七)「胸さわぎ」(七一)などの短篇に、亡霊の出現や予知・夢告・呪詛といった心霊現象を登場させている。河野はみずから超自然の世界や霊魂の不滅への確信を表明しているが、そうした関心をより本格的に展開した作品に『不意の声』と『妖術記』(七八・角川書店)の二長篇がある。後者は、作家修業中の語り手が邪悪な超自然力に目覚め、彼女に侮蔑的な仕打ちをした男に呪力による復讐をはかるという本格的なオカルト小説だが、作中と作者付記に「女形遣い」をめぐる怪談めいたエピソードが語られることで、禍々しい呪力が作品を超えて解き放たれるかのような不安を読後に抱かせる。そのほか男女関係のエロティックな深淵を思弁的・観念的文体で追究し、河野の文名を高めた一連の長篇作品にも『雙夢』(七三・講談社)『みいら取り猟奇譚』(九〇・新潮社、野間文芸賞)のような幻想性・猟奇趣味の濃厚な作品がある。

【不意の声】長篇小説。六八年二月『群像』掲載。吁希子の父は、死後亡霊となって彼女の前に姿を現すようになる。借家の下見の際、靴を盗まれる事件が起き、彼女は〈おあしがない〉という暗合に不安を抱くが、亡父の示唆でその家を借りる。やがて夫との仲が悪化し〈おあし(銭)〉のないまま家を追われた吁希子は、〈大丈夫だとも、三人までは……〉という亡霊の言葉に導かれるまま、郷里の母親を殺し、昔の恋人の子供を殺し、〈おあし(足)〉のない状態、つまりゴーストとなって家に戻り、そこで第三の殺人を犯す。主人公の内的世界が変容・錯綜し、いつしか現実と妄想が混濁していく様を、計算された構成と冷徹な筆致で描いた傑作である。

河野典生《のりお》(こうの・てんせい　一九三五〜)本名典生。高知市生。明治大学仏文科中退。中学・高校時代から詩や戯曲を書き、五九年「ゴウイング・マイ・ウェイ」が、テレビ脚本募集の〈夜のプリズム〉賞で佳作に入選。『殺人群集』(六一)『群青』(六三)などハードボイルドの分野で斬新な感覚の作品を次々に発表する。六四年「殺意という名の家畜」で日本推理作家協会賞を受賞。一時期スランプに陥るが、七五年に角川小説賞を受賞した『明日こそ鳥は羽ばたく』(七五)をはじめとするジャズ小説や幻想的なSFなど、詩的な感性を活かした新分野を開拓した。緑の蘚苔類に覆い尽くされ万物が静止した新宿の街をヒッピーたちが自由に闊歩する表題作をはじめ、六〇年代のアンダーグラウンド・カルチャーの雰囲気を濃厚に留めたファンタジー&SF作品集『緑の時代』(七二・早川書房)や『街の博物誌』などの幻想的作品がある。

【街の博物誌】短篇集。七四年早川書房刊。歩行者天国のアスファルトを突き破ってみるみる成長していく巨木の幻に興じる一家族を描く「メタセコイア」、郊外の分譲地を走りまわって自然食品のセールスをする男の跡をつけていくと、いつしか本物の山羊に姿を変えてしまう「ベゾアール・ゴート」、現代の住宅地と恐竜時代の原野がオーバーラップする美しい光景に魅了される父子の話「トリケラトプス」など、都市生活者の日常をささやかに侵犯する非現実の世界を博物誌の形を借りて抒情的に描いた連作ファンタジー十一篇を収める。続篇として『続・街の博物誌』(七九・早川書房)がある。

高野冬子(こうの・とうこ　一九七四〜)愛知県名古屋市生。愛知大学文学部史学科卒。九六年「楽園幻想」でコバルト読者大賞受賞。火星の海で生まれた原子生命体を人工的に進化させた少女と彼女を狙うテロリストの少年を描いたSFロマンス『Mother』(九七・コバルト文庫)、日本風異世界を舞台に、神刀の力で鬼となった妹を、刀の化身の青年と共に解放する巫女の少女を描いた『誘鬼の太刀』(九八・同)がある。

香村日南(こうむら・ひな　?〜)兵庫県生。古代大和を舞台に、神と王族の確執を描いたファンタジー『蛇神の祈り』(一九九九・キャンバス文庫)でデビュー。古代日本を舞台に、神と結ばれた巫女が魔と対峙する『まほろば霊歌《たまうた》』(二〇〇〇・パレット文庫)、呪力が生きている古代出雲を舞台にした歴史ファンタジー&ラブロマンス『海の勾玉　日輪の剣』(二〇〇〇・同)、遊牧民族の王子が〈虹のかけら〉を求めて冒険の旅を繰り広げる『虹玉の皇子』(〇一・同)などがある。

豪屋大介(ごうや・だいすけ　?〜)異世界に飛ばされた高校生の少年が魔族を率いて人族と戦うシミュレーション風戦記物『A君(17)の戦争』(二〇〇一〜〇六・富士見ファンタジア文庫)でデビュー。ほかに学園SF伝奇バイオレンス『デビル17』(〇四〜〇五・同)などがある。

香山美子(こうやま・よしこ　一九二八〜)東京生。金城女子専門学校国文学科卒。在学中から童話を書き始め、日本児童文学者協会の設立に参加。五八年頃からNHKラジオ、テレビの幼児番組台本を手がけ、また童謡を作詞。「おはなしゆびさん」(六二)をはじめとして多数の作品があり、七五年には「げんこつやまのたぬきさん」で日本ゴールドディスク賞を受賞。その傍ら児童文学を執筆し、リアリズムの少女小説『あり子の記』(六二)で第一回NHK児童文学奨励賞、第三回日本児童文学者協会賞受賞。少年とフナが入れ替わってしまう『ぼくになったフナ』(八五・ひさかたチャイルド)、アヒルに化けてプレゼントの探索に出かける魔法使いのおばあさんを描く『たんじょうびのまほうつかい』(九一・童心社)といった低学年向けファンタジーのほか、SF童話を執筆。増えすぎた地球の人口の半分を移住させる計画によって、家族と引き裂かれる少年を描く表題作ほかを収録する短篇集『宇宙バス』(六九・国土社)、思ったことがすべて現実化する代わりに何も考えないと世界が霧になってしまう異星人と少年たちの交渉を描く『プラスチックの木』(七〇・同)、終末テーマの『空をはしるヨット』(七四・同)などがある。

厚誉春鶯廓玄(こうよ・しゅんおう・かくげん　生没年未詳)江戸時代後期の大和国来迎寺の住持。傍ら執筆に励み、『西国巡礼歌諺注』『観音霊場記』(共に一七二六/享保一一)などを著した。『本朝怪談故事』(一六/正徳六)は、伊勢神宮のおかげまいりの途次で出会った人々から聞き出した奇談をまとめたもので、短い説話に考察と考証が付く形である。神社の祭神の好むもの嫌うものとその理由(たとえば伊勢神宮は仏舎利を好む)、神が顕した霊能、珍しい神々や神霊、また変わった神事・祭礼に関する話が収録されている。厚誉は霊怪な物のみを採択したと述べている。『扶桑怪談弁術鈔』(四二/寛保二、改題本『本朝捜神記』)は、神社以外の霊域についての来歴・伝承などを収録し、続篇の〈地理門〉に当たるのではないかと推測されている。

幸若(こうわか)室町時代の芸能。もとは舞であったが、衰退して、詞章が残されているのみ。約五十曲が残る。能と重複する物語もあるが、影響関係ははっきりしないことが多い。後に浄瑠璃となったものは数多くある。幸若全体は説話・物語系と軍記物系に大別される。軍記物はさらに源平物、義経物、曾我物などに細分することができる。説話物には幻想的な要素が多く入り込んでいるが、軍記物の大半にはそういった要素は見られない。ただし、義経物には幻想的なものがいくつか見られる。入唐した弘法大師が葱嶺山で文殊と法力競べをした際に山から流した竹が故郷に漂着、帰国した大師が作った三管の笛のうちの一つが牛若の笛であるという入れ子構造の話『笛の巻』、天狗が牛若に法を伝授し、さらに未来の兄弟不和の運命を告げて注意を促す『未来記』、義経の富樫以後を描くもので、山伏詮議や、弁慶による平家の怨霊(海の時化)鎮めなどの趣向がある「笈捜《おいさがし》」などがそれである。

説話・物語系で幻怪的な趣向のある作品に、狐から授かった霊鎌で逆臣入鹿を討ち果たす鎌足の堅忍と権謀とを語る「入鹿」、唐の皇帝の后となった大織冠の次女・光伯女が興福寺に寄進した宝珠を竜王に奪われた鎌足が、契った海女に宝珠の奪還を請い、命をかけて海女がそれを果たす「大織冠《たいしょかん》」、蒙古討伐の帰途に玄界が島に置き去りにされた百合若大臣と、横恋慕されるその妻を描き、一般に〈和製オデュッセイア〉などと大仰にいわれる「百合若大臣」、天下を狙う張良が観音の沓を拾って兵法書を得、さらに観音浄土で扇と鞭とを授かる「張良」、後醍醐帝の一宮親王と御息所の恋物語に、御息所護衛の武士が御息所を奪われて自害し、怨霊となって荒れ狂う趣向を加えた「新曲」、妻に密告された平家の残党・景清が観音の身代わりにより処刑から免れる「景清」、頼朝の繁栄を暗示する夢を解く小品「夢合せ」などがある。

『語園』（ごえん　成立未詳）作者未詳。一条兼良説があり、とすれば十五世紀成立となる。漢籍の故事を忠実に訓読した翻訳説話集。漢字片仮名表記。全二百十一話を収録する。特に分類はない。百七十九話を抄出して平仮名表記にした『見ぬ世の友』（辻原元甫作、一六五八／明暦四）がある。

郡虎彦（こおり・とらひこ　一八九〇〜一九二四）別名に萱野《かやの》二十一《はたかず》。東京京橋八丁堀生。武士の家に生まれ、生後すぐ母の妹の嫁ぎ先である郡家の養子となる。養父・寛四郎は白虎隊の生き残りで日本郵船の最古参船長。養祖父は会津藩家老。神戸で幼少期を過ごし、学習院に入学。『白樺』創刊に参加する。一〇年「松山一家」が『太陽』の懸賞募集に入選、内田魯庵の称讃を得る。ホフマンスタールやワイルドなどの影響をうけた耽美的頽廃的な作風の小説・戯曲は、白樺派中で異彩を放ち、後には『スバル』『三田文学』などにも寄稿した。一三年「鉄輪《かなわ》」を『白樺』に発表後、渡欧。ロンドンで「王争曲」などを執筆、「鉄輪」などが上演される。二〇年に一時帰国した後、翌年渡欧。「義朝記」を英文で発表し注目を集める。健康を害し、各地で療養生活を続け、スイスのモンタナ山上のサナトリウムに客死した。三六年に『白樺』同人の手で『郡虎彦全集』全二巻・別巻一（創元社）が刊行された。

虎彦は短い生涯の間に七篇の小説と十篇の戯曲、それに詩や演劇論を残しているが、その創作には狂気と血とエロスの影が濃い。出世作となった「松山一家」は、狂気の家系の末裔である兄と妹のデカダンとグロテスクに満ちた綺譚である。二人は音楽の魔力に誘われて近親相姦的な衝動に浸るが、やがて兄は心身硬直に陥り、最後には部屋中が血の滴るキリストの首で埋め尽くされる凄まじい幻覚に襲われて額に剃刀を突きたてる。そのほか小説では、疫病による死の不安に脅える少年の心理を描いた「ペスト」（一〇）、二人の男の月下の対話が官能的な殺人妄想を醸し出す「幻想曲」（一一）など。戯曲では、鬼女と化した女の妄執が闇の中に赤々と明滅する「清姫」（一三）「道成寺」（一二）「鉄輪」という一連の呪詛劇が、虎彦の特異な幻想性を代表する作品といえるだろう。台詞というよりも耽美的な詩の世界に近い絢爛たるレトリックは、三島由紀夫の戯曲に大きな影響を与えた。また、イエイツの前で能を謡い、「鷹の井戸」執筆のきっかけをつくったのも虎彦であったという。イエイツの幻想劇「デイアダア」や、ストリンドベリの夢幻劇「白鳥姫」の翻訳も手がけている。

【鉄輪】戯曲。一三年三月『白樺』掲載。時は千年の古代、所は都に近い山奥の明神の社。生霊となって自分と後妻を苦しめる前妻の呪いに追い詰められた橘元清が、陰陽師・阿部晴明を訪ねて社にやって来る。しかし、晴明の応えは無惨だった。恋の妬みに生きながら鬼となった女の執念には陰陽師の祈念も及ばない。元清たちの命は今宵限りで、しかも、この社こそ、女が夜ごと丑の刻詣りに訪れる場所だというのだ。やがて髪に戴く鉄輪に三本の蠟燭を立て、藁人形と釘、鉄槌を携えた前妻が現れ、おぞましい呪詛の言葉を口走る。元清の死を暗示する晴明の言葉に、禍々しい鉄槌の響きと丑の刻の鐘の音が交錯して、幕。

小風さち（こかぜ・さち　一九五五〜）東京生。白百合女子大学仏文科卒。七七年から十年間、英国のロンドン郊外で暮らす。その体験を元にしたエッセー『倫敦厩舎日記《ロンドン・ステイブル・ダイアリー》』（九二）のほか、絵本の文章などを執筆。ファンタジー童話に、一九六〇年代のイギリスを舞台として、ユニコーンのひづめで作られたボタンによって過去の世界を垣間見る少年を描いた『ゆびぬき小路の秘密』（九四・福音館書店）がある。

古神陸（こがみ・りく　一九六五〜）本名坂東齢人《としひと》。別名馳星周《はせせいしゅう》、佐山アキラ。北海道浦河町生。横浜市立大学文理学部卒。未来の荒廃した東京を舞台に、フリーの傭兵ブルー・アイと仲間たちが、悪のミュータントと戦うハードボイルド・アクション《ブルー・アイズ・ブルー》（九一〜九二・ケイブンシャノベルス）でデビュー。神々が地上に降臨して始まったハルマゲドン後の世界を舞台に、神に力を与えられた男と神々への復讐をもくろむルキフェルの戦いを描くサイキック・アクション《アストラルシティ》（九三〜九四・勁文社）ほか。九六年に馳名の『不夜城』で一般小説に転身し、吉川英治文学新人賞受賞。以後ハードボイルド・ミステリを中心に活躍している。

小亀益英（こがめ・ますひで　生没年未詳）別姓に新山、津高。通称三左衛門。江戸時代初期の京都の書肆。浮気な夫に姫が耐える姿などを通して、女のあるべき姿を説いた仮名草子『女五経《おんなごきょう》』（一六七一／寛文一一、別名「明石物語」）がある。同書の前半（主要な物語部分）は、父親の望まぬ恋をした明石姫が、海に沈められるが、住吉大明神に救われ、思い人と結ばれるというもの。

『粉河寺縁起』（こがわでらえんぎ　古代末から鎌倉時代中頃）縁起絵巻。紀州粉河寺の創立の縁起と、本尊の観音の造立の経緯、霊験譚を記す。霊験は三十三応化の数にちなんで三十三話ある。創立由来は漢文で、霊験譚は和文で書かれており、別々に成立したものではないかと推測されている。千手観音が童子の姿で現れて、等身大の像を作り上げる。また粉河から来た童子が娘の病を癒すが、童子は観音の化身であったという話など。

虎関師錬（こかんしれん　一二七八〜一三四六／弘安元〜貞和二）五山僧、漢詩人。京都生。鎌倉と京とを往来し、禅と密教を修め、天皇や足利氏らの尊崇を受けた。いわゆる五山文学の担い手の一人であり、『済北集』などの漢詩文を残した。『元亨釈書《げんこうしゃくしょ》』（一三二二／元亨二）は、禅宗を最高とする立場から書かれた仏教書。日本の仏教者列伝（巻一〜十九）、仏教関連年表（巻二十〜二十六）、制度や宗派についての解説（巻二十七〜三十）から成る。仏教関連事項を丹念に拾い、仏教用語を数多く取り上げてごく簡単な言葉で説明しようとしているところは、包括的な仏教書を目指したものとして評価できる。列伝中には、出自、所属と位階のみを記した簡単なものも多いが、先行の往生伝や名僧伝と同様の奇跡譚も数多く含まれている。

国分寺公彦（こくぶんじ・きみひこ　一九五八〜）東京生。早稲田大学大学院修了。英国イースト・アングリア大学大学院修了。英米文学、小説理論の研究者として教職に就くが、九八年より神秘学研究に専念。妻の浮気をストーキングする夫が愛人と入れ替わってしまう分身幻想譚『偽造手記』（九九・新潮社、後に「盗み耳」と改題）が日本ファンタジーノベル大賞の最終候補作となった。

木暮正夫（こぐれ・まさお　一九三九〜二〇〇七）群馬県前橋市生。前橋商業高校卒。『ドブネズミ色の街』（六二）で児童文学作家として本格的にデビュー。『街かどの夏休み』（八六）で日本児童文学者協会賞を受賞。はじめはリアリズムの作品だけを書いていたが、赤い鳥文学賞受賞の『また七ぎつね自転車にのる』（七七・小峰書店）の頃から作風を広げ、ファンタジーも執筆。『かっぱ大さわぎ』（七八・旺文社）に始まる、河童のクゥが仲間を求めて冒険をする三部作（〜八五、前半の二作が「カッパのクゥと夏休み」として〇七年にアニメ化）、『二ちょうめのおばけやしき』（七九・岩崎書店）に始まる幽霊騒動物のシリーズ（〜九六）のほか、成長する水中花をめぐる騒動を描く『ふしぎなごきげん草』（八四・同）、SF童話『ドタバタかんこう宇宙船』（八六・同）、少年の周囲で妖怪が出没する事件が起きる『妖怪たちはすぐそこに』（九八・旺文社）などがある。木暮の作品の特徴は化狐も幽霊も河童も人間たちと対等な関係で活き活きと生きているところにあり、全体に陽性である。怪奇物の再話や編纂にも意欲を示し、神話・民話の再話集《日本のおばけ話・わらい話》（八六〜八八・岩崎書店）全二十巻《新・日本のおばけ話・わらい話》全十巻（九四〜九七・同）、怪談の再話集『日本の怪奇ばなし』全十巻（八九〜九〇・同）、国松俊英との共編著になる競作集《平成うわさの怪談》全二十五巻（〇二〜〇七・同）ほかがある。

『苔の衣』（こけのころも　鎌倉後期成立）作者未詳。王朝物語。三代数十年にわたる宮廷恋愛物語だが、出家、死別などの話題が多く、愛別離苦を描く無常観の物語とする見方もある。兵部卿の宮の亡霊が恋する中宮に取り憑いて病にさせるという趣向があり、妄執の悲しさを訴えかける作品である。

ココロ直（こころ・なお　?〜）都留文科大学文学部卒。「夕焼け好きのポエトリー」（二〇〇二）でコバルト・ノベル大賞読者賞受賞。霊能力などの特殊能力を持つ人間を含むグループが、事件を解決して幽霊を成仏させる学園ミステリ『バイバイ、優しいチェリー』（〇三・コバルト文庫）でデビュー。ほかに、物の記憶を読む特殊能力でアンティークに秘められた謎を解く《アリスのお気に入り》（〇三〜〇五・同）、異世界に飛ばされた女子高生の冒険を描く『世界は紙でできている』（〇四・同）、新宿で、天使と悪魔のなわばり争いに巻き込まれ、特殊能力を得てしまった少年を描くサイキック・アクション『不夜城のリリム』（〇四・同）がある。

小酒井不木（こざかい・ふぼく　一八九〇〜一九二九）本名光次《みつじ》。愛知県海部郡蟹江町生。東京大学医学部卒。一七年、東北大学医学部助教授となってアメリカ、ヨーロッパ各地で最先端の医学研究に従事する。二〇年、結核が悪化し帰国。療養生活を余儀なくされ、教授に任じられた東北大学に赴任しないまま二年後に退職する。二一年から郷里で療養の傍ら文筆活動を開始、『東京日日新聞』にエッセー「学者気質」を連載したのが森下雨村の目にとまり、その勧めで『新青年』に「毒及毒殺の研究」（二二）「殺人論」（二三）「犯罪文学研究」（二五）などの長篇エッセーを次々に連載、ドゥーセやチェスタートンの翻訳ともども草創期の探偵文壇を大いに啓発した。次いで「画家の罪?」（二五）を皮切りに創作にも手を染め、「恋愛曲線」「人工心臓」（共に二六）、「闘争」（二九）、長篇「疑問の黒枠」（二七）など、専門の科学知識を活かした異常心理の追究に特色を発揮する。また、二六年には長谷川伸、直木三十五、白井喬二らと二十一日会を結成、乱歩と国枝史郎に参加を促し、翌年、伸、乱歩、史郎に土師清二を加えたメンバーで合作組合〈耽綺社〉を組織するなど、文筆以外でも探偵小説界の発展に尽力、二九年、惜しまれつつ夭逝した。

日本SFの先駆的作品とも評される「恋愛曲線」「人工心臓」などの科学幻想ミステリを執筆する一方で、不木は医療にまつわる猟奇的側面に取材し、読者の生理的恐怖に訴える一連のホラー短篇を執筆している。子宮内の胎児を腫瘍と間違えて摘出してしまった医師が、誤診の証拠品である血まみれの肉塊を自分の胃袋に始末してしまう「手術」（二五）、のろま呼ばわりされる眼科助手が、自分を馬鹿にした医師に美人患者の健眼をくりぬかせて鬱憤を晴らす「痴人の復讐」（二五）、非道な夫に梅毒をうつされ醜貌の狂女と化した富豪令嬢が無惨に焼け爛れた嬰児を産み落とす「暴風雨の夜」（二六）など、いずれも百物語の形式を採用しているのは、江戸文学に造詣深い不木らしい趣向といえよう。なお、犯罪文学の視点からの江戸文学史ともいうべき『犯罪文学研究』（二六・春陽堂）には、「犯罪文学と怪異小説」以下、江戸期の怪談文芸をめぐる考察が含まれている。

孤山居士（こざんこじ　生没年未詳）経歴未詳。『本朝語園』（一七〇六／宝永三）の作者。十巻十二冊。随筆に類別されるが、『日本書紀』

『三代実録』『古今著聞集』ほかの古書籍にある奇なるものを集めたアンソロジーである。漢文体で片仮名の送り仮名などが付く。出典も示されている。天地・人物・文武・古・音楽・好色・無常・僧仙・神霊・妖怪・獣虫草木などに分類されている。類書とまではいかなくとも、そのようなものを目指して編まれたもののようである。

越谷オサム（こしがや・おさむ　一九七一〜）東京生。学習院大学中退。轢き逃げされて呑気な幽霊となった大学生の青年が、ファーストフード店で働く人々の助力を得て犯人を捕まえ、成仏するまでを、ほのかな恋やほかの幽霊談を絡めて描いた『ボーナス・トラック』（〇四・新潮社）で、日本ファンタジーノベル大賞優秀賞受賞。

『古事記』（こじき　七一二／和銅五年成立）三巻。現存するものでは我が国最古の本。和銅四年、元明天皇の勅命により、稗田阿礼《ひえだのあれ》が誦習していた『帝記』『本辞』を太安万侶《おおのやすまろ》が撰録した史書。編纂当時には、国家体制を確立する手段として歴史を確定するという意味合を含んでいた『古事記』は、神と天皇や臣たちの関係を詳らかにした系譜物語だが、現在の視点からすれば、神話を含む歴史物語ということになろう。同時に、天皇の詠む歌が随所に挟み込まれた歌物語としての側面もあるが、それはこの時代における言葉の力に対する畏怖を示すものとも思われる。天地開闢から推古天皇に至るまでが編年体で綴られており、天地の初めの天之御中主神《あめのみなかぬしのかみ》・高御産巣日神《たかみむすひのかみ》・神産巣日神《かみむすひのかみ》の三神から鵜葺草葺不合命《うがやふきあえずのみこと》までが上巻、神武から応神までが中巻、仁徳から推古までが下巻という構成で、上巻は神話時代の物語、中巻は英雄時代の物語、下巻は人の世の物語と、意識的に構成されている。とはいえ下巻に至ってもファンタスティックな要素を全く含まなくなるというわけではない。たとえば末尾近く、雄略天皇の項では、葛城にて自分と全く同じ姿の神・一言主大神《ひとことぬしのおおかみ》に出会うという、一種のドッペルゲンガー的現象が語られたりしている。

各巻ごとにやや詳しく見ていこう。上巻は、「日本神話」として広く知られる物語群が収録されている。神話は天地の開闢と神々の誕生から始まる。そして伊邪那岐神《いざなきのかみ》、伊邪那美神《いざなみのかみ》による国土建設〈淤能碁呂島神話《おのころじま》〉へと連なる。二柱の神による国産み神話には、最初の子が〈水蛭子《ひるこ》〉だったので葦舟に乗せて流したという記述があり、伝奇作家たちの素材となってきた。火の神の出産によって死んだ伊邪那美を追って、伊邪那岐が黄泉の国に降る冥界行の物語も、禁忌の侵犯・呪的逃走といったモチーフにより、世界各地の神話との比較対照がなされる有名な物語だ。そして最後に伊邪那岐が単独で、天照大御神《あまてらすおおみかみ》・月読命《つくよみのみこと》・建速須佐之男命《たけはやすさのをのみこと》の三神を産み、神産みが完了する。天照大御神と須佐之男命の葛藤から天の岩屋戸籠もり、五穀起源、八岐大蛇退治へと流れていく物語は、日本神話物語の中核として人口に膾炙している。その後、因幡の白兎で知られる大国主命（大穴牟遅命《おおなむちのみこと》）による、根堅州国《ねのかたすくに》での三つの試練、妻との逃走、少名毘古那神《すくなびこなのかみ》の助力を得て葦原中国《あしらのなかつくに》を形作っていく国作りの物語が続く。この国は天照大神の子孫に譲られるべき国として措定されており、天上から荒ぶる国つ神を平定する目的で神々が遣わされる。数度の失敗の後、建御雷神《たけみかずちのかみ》と、大国主命の息子の建御名方神《たけみなかたのかみ》との戦いを経て、国が譲られることになる。そしていよいよ天皇に系譜が直接連なっていく天孫降臨の物語が語られる。瓊瓊杵尊《ににぎのみこと》が木花之佐久夜毘売《このはなのさくやひめ》と石長比売《いわながひめ》のうち、美しい前者しか妻として迎えなかったために寿命が短くなったというエピソード、火中での出産により生まれた息子たち――火照命《ほでりのみこと》と火遠理命《ほおりのみこと》、すなわち海幸彦・山幸彦の確執の物語が語られる。さらに山幸彦と海の神の娘・豊玉比売のあいだに鵜葺草葺不合命《うがやふきあえずのみこと》が誕生して、上巻は終わる。山幸彦の物語もまた広く知られた美しい物語であり、しばしば後の作家の素材ともなってきた。

中巻は、鵜葺草葺不合命の息子である神武より始まる。中巻では、様々な問題が起こる国を平定していく、という形で、天皇権力の拡張を語ることを専らとし、中に神話的要素が濃厚に入り込む。中巻の天皇たちの多くは実在も疑われる、あくまでも英雄時代の人物である。中でも名高いのが、景行天皇の章に語られる倭建命《やまとたけるのみこと》の物語である。熊襲、出雲に続いて東国平定に向かいながら、道半ばにして倒れた悲劇の英雄の姿が、幾多の歌を取り入れながら、抒情的に謳い上げられている。神の祟りによって病を得、国を思って嘆き、死して白鳥となって飛び去る倭建命のイメージは、日本人の心を強く刺激するものらしく、これをもとに幾多の物語が綴られてきた。このほか、三輪山伝説、常世国《とこよのくに》から非時香菓《ときじくのかくのこのみ》（橘）を持ち帰った多遅摩毛理《たじまもり》の話などがよく知られている。

　下巻は、人の世の物語で、天皇と皇后を中心とする男女関係、政権に対する叛逆の物語などが中心となるが、先にも述べたように、ファンタスティックな要素が全くなくなってしまうわけではなく、伝説的な物語の取り入れを見ることができる。

小島信夫（こじま・のぶお　一九一五〜二〇〇六）岐阜県稲葉郡加納町生。東京大学英文科卒。一高在学中から小説を書き始める。教師の職に就いた後、出征し、暗号兵となる。復員後、教師を務めながら小説を執筆。「アメリカン・スクール」（五四）で芥川賞を受賞。象徴的、寓話的作風で知られ、文学的実験を続けた前衛作家であった。初期の象徴的作品の代表作に「島」（五五）がある。主人公の少年は島を脱け出した父を追うため、また、ひどい臭いが充満し始めた島の変化の原因を突きとめるため、島を出る。そして〈眠り男〉〈確認者〉などと出会い、島の外から島の崩壊を眺めることになる。様々な解釈が可能な寓話的ファンタジーの傑作である。六三年に学生結婚した妻を癌で喪い、翌年に再婚。そうした私生活を背景に、家族の崩壊を描く『抱擁家族』（六五）で第一回谷崎潤一郎賞を受賞。六八年から八一年にかけて連載された四千枚に及ぶ長篇小説『別れる理由』（八二・講談社）は、妻と夫の関係、妻の友人たちなどを描く一種の私小説であるが、死んだ妻を登場させ、ギリシア悲劇のコロス風の声を挿入し、進行中の作品に対する評論の声なども入れた、同時進行的、超時間的な前衛小説となっている。同作で日本芸術院賞、野間文芸賞を受賞。その後に書かれた『寓話』（八七・福武書店）は、戦争中の友人から来た手紙に対する返事を小説の形にしたもので、エッセーのつもりで書き始められたものが、現実からの思わぬ応酬で長篇小説に発展したメタノベルである。小島の作品世界では人間、歴史、日常生活などあらゆることが、〈書かれたもの・こと〉へと変化してしまい、現実は消失するという点が特徴的といえるだろう。このほか『うるわしき日々』（九七）で読売文学賞受賞。

児島冬樹（こじま・ふゆき　一九五〇〜）北海道札幌市生。小樽商科大学卒。大阪市立大学大学院経営学研究科博士課程修了。第三回奇想天外SF新人賞佳作に入選し、SF短篇を多数執筆。長篇のSFに、辺境の星の手助けをするパトロールが、神々の作った昆虫風の英雄たちが、神々の元へ召される英雄を決めるために延々と戦い続けている奇妙な惑星で冒険を繰り広げる『罪深い神々の惑星』（八五・ソノラマ文庫）、別世界ファンタジー風にフォーミングされた惑星上で、一人のつれない美女を二人の男が争う『夢幻界』（八七・角川スニーカー文庫）などがある。

越水利江子（こしみず・りえこ　一九五二〜）高知県生。京都に育つ。『風のラヴソング』（九三）で児童文学作家としてデビューし、日本児童文学者協会新人賞、文化庁芸術選奨文部大臣新人賞受賞。一九七〇年前後の日常を描いた連作短篇集で、養女のさよこが時を超えて実の兄に出会う『あした、出会った少年』（〇四・ポプラ社）により、日本児童文芸家協会賞を受賞。奇怪な夜店で、ラムネビンの中に魂を閉じ込められたり、お面が顔に貼り付いてしまったりした少年たちが試練の冒険を引き受けるはめになる《百怪寺・夜店》（〇四〜〇五・あかね書房）、半分人間、半分幽霊のテレパス少女が主人公のサイキック・アクション『霊少女清花』（〇七・岩崎書店）、低学年向けファンタジー《まじょもりのこまじょちゃん》（〇七～・ポプラ社）などがある。

古浄瑠璃（こじょうるり）義太夫節登場以前の、未成熟な段階の浄瑠璃を指す。十五世紀に扇拍子などによって語り始められた語り物の芸能である浄瑠璃は、十七世紀初めに琉球から入った三味線に合わせて人形を手で操り、芝居仕立てにすることが盛行を見、人形浄瑠璃として発展を遂げた。十七世紀末に義太夫節が登場して以後の浄瑠璃は区別して新浄瑠璃と呼ばれることもある。古浄瑠璃には作者未詳の幻想的な内容のものが多く、より説話文学に近い。別掲作のほか、主なものは次の通り。安倍保名と狐の女房の出会いと別れとを情緒豊かに描き、後続の浄瑠璃に大きな影響を与えた「しのだづま」（一六七八／延宝六）、遊女白菊の数奇な運命を描いたもので、羅生門の鬼との双六や弥陀の身代わりなどの趣向がある「七人比丘尼」（八一／天和元以前成立）、謡曲「隅田川」に敵討の趣向を混ぜた「隅田川」（九〇／元禄三以前）など。

【阿弥陀胸割《あみだのむねわり》】慶長年間（一五九六～一六一五）成立。ごく初期の人形浄瑠璃で、江戸中期には説経として語られるようになった。釈迦の怒りによって魔道に堕とされた両親の菩提を弔おうとする姉弟が阿弥陀堂で祈願をすると、大満長者の元に行けとのお告げがある。姉は御堂建立と引き換えに、長者の息子の病治癒に必要な自らの生肝を渡す。ところが姉の身代わりに阿弥陀像の胸が開かれていた、という霊験譚。

【江州《ごうしゅう》石山寺源氏供養】一六七六（延宝四）年頃初演。作者未詳。紫式部が石山寺で『源氏物語』の筆を執ったという伝説にちなんだ作で、石山寺で須磨・明石のヴィジョンを見た式部が物語を書き記す。だが、登場人物たちは地獄に堕ちているので、それを救うために源氏供養が催され、光源氏らは成仏する。須磨・明石の水からくりの演出や地獄世界の見せ場などで当たりを取った作。

小隅黎（こずみ・れい　一九二六～）本名柴野拓美《たくみ》。石川県生。東京工業大学機械工学科卒。日本のSF同人誌の草分けとして名高い『宇宙塵』の主宰者であり、日本SFファンダムの産みの親といえる。教師の傍ら、SFの翻訳・創作を手がける。翻訳にアンドレ・ノートン『大宇宙の墓場』（七一・ハヤカワ文庫）、ニーヴン《リングワールド》（七八～〇六・同）ほか多数。創作では、『宇宙塵』に作品を発表したほか、少年向けSFなどを刊行しており、『超人間プラスX』（六九・金の星社）ほかの作品がある。

御前零士（ごぜん・れいじ　?～）ポルノ小説を執筆。SF『Gオフィサーミユキ』（二〇〇四・二次元ドリームノベルズ）、異世界ファンタジー『聖竜姫ルーナ』（〇七・同）など。

五代剛（ごだい・ごう　一九六一～）東京生。国際基督教大学卒。編集者を経て、「Seele《ゼーレ》」（八七）でコバルト・ノベル大賞を受賞してデビュー。〈摩訶不思議研究会〉の少年少女に奇怪な事件が降りかかる学園オカルト・ラブコメディ《不思議がいっぱい》（八八～八九・コバルト文庫）、猫の姿をした魔法使いに様々な男女が助けられるラブコメディ『魔法使いのテパ』（九〇・同）、ファンタスティックなメルヘン集『想い出の果樹園』（九〇・同）がある。

五代ゆう（ごだい・ゆう　一九七〇～）奈良県生。大学在学中の九一年、北欧神話をベースに、象徴的な事件や事物を大胆に投入して世界の終末と再生を語ったファンタジー『はじまりの骨の物語』（九三・富士見ファンタジア文庫）でファンタジア長編小説大賞を受賞し、デビュー。精霊の血をひく孤独な少年の成長を描く『機械じかけの神々』（九四・同）、この世を消し去ろうとする創世の神が仕掛けた罠に対抗し、精霊の魂を持つ女海賊が活躍する『遥かなる波濤の呼び声』（九四～九五・同）は共に、数奇な星の下に生まれた主人公が、世界創造に隠された秘密の鍵の担い手となり、世界を再創造するべく我が身を捨てて戦うという構造を有する。謎を秘めた骨牌をめぐる別世界ファンタジー『〈骨牌使い《フォーチュン・テラー》〉の鏡』(二〇〇〇・富士見書房)においても、再創造というテーマが見られる。このほか、SFミステリ『ゴールドベルク変奏曲』(〇六・HJ文庫)、ヒロイック・ファンタジー『アレクシオン・サーガ』(〇七・同)、英国のロンドンを舞台にしたオカルト・ファンタジー《パラケルススの娘》(〇五~〇七・MF文庫J)、時代物の伝奇ホラー『晴明鬼伝』(〇三・角川ホラー文庫)や『響鬼探究』(〇七・国書刊行会)に寄稿した「浅茅生の鬼」をはじめとする怪奇幻想短篇などがある。また、アドベンチャーホラーゲームのノベライゼーション『玻璃《ガラス》ノ薔薇』(〇三・角川ホラー文庫)、シューティングゲーム「パンツァードラグーン オルタ」をもとにしたファンタジー『風と暁の娘』(〇四・メディアファクトリー)なども執筆している。

こたにみや(こたに・みや　?~)スペースオペラのエロティック・コメディ『ジャンクション・パラダイス』(一九九四~九五・ムービック)、異星旅行で誘拐された妖精の王女を救うはめになった少女たちを描くSFコメディ『プラスティック・ムーン』(九八・角川書店=ASUKAノベルス)などがある。

こだまのぶこ(こだま・のぶこ　?~)本名小玉暢子。児童文学作家。母親の新盆で少女が亡母と盆踊りをする「盆むかえ」、荒れた無人の洋館にねぐらを求めた青年が、館のぬしに捕まってしまう「振子時計」、少女が家に電話をするとなぜかムカデが出て、昔の森を少女に幻視させる「カフェ切りかぶ」ほかを収録する怪奇幻想短篇集『海に消えた口笛』(一九九六・らくだ出版)などがある。

児玉真澄(こだま・ますみ　一九六二~)東京生。二重人格物のミステリに亡霊たちのメッセージを絡めたサスペンス『クラミネ』(二〇〇三・トクマ・ノベルズ)がある。

こづみ那巳(こづみ・なみ　?~)現代を舞台にした伝奇ロマン『真名の系譜』(二〇〇一・角川ビーンズ文庫)で、角川ルビー小説賞ティーンズルビー部門奨励賞受賞。ほかに、別世界を舞台に、魔女たちと王子が織り成すファンタジー・ロマンス『ジェイダイドの封印』(〇二・同)がある。

小寺真理(こでら・まり　一九五八~)本名丸尾恵子。静岡県生。白百合女子大学文学科卒。まるおけいこ名でアニメの脚本などを執筆。脚本の代表作に「魔法騎士《マジックナイト》レイアース」(九四~九五)。その傍ら少女小説にも手を染め、ミステリやラブコメディのほか、若き日のエリザベス王女に剣によって仕える少女を描く伝奇冒険小説『レッド!』(九二~九三・ソノラマ文庫)がある。

後藤耕(ごとう・こう　一九七四~)人工知能のロボットたちが皇帝を守っている中世的別世界を舞台に、作曲の能力に長けながら、人工知能を破壊できるほどひどい歌い手の少女エルが、歌姫と間違われて冒険に巻き込まれる児童文学のSFファンタジー『アウレシア大陸記』(〇一・ポプラ社)がある。

後藤信二(ごとう・しんじ　一九六一~)東京生。舞台の脚本、文芸設定などを手がける傍ら小説を執筆。ファンタジーRPGのノベライゼーション『ウイザードリィ』3&7(九二、九三・双葉社)、魔法都市での魔法使いたちの生活を描いた連作短篇集『魔法千一夜』(九四・スーパークエスト文庫)がある。

五島高資(ごとう・たかとし　一九六八~)俳人。本名樽本高壽《たかとし》。別号に篁風《こうふう》。長崎市生。自治医科大学医学部卒。隈治人に師事。九五年、現代俳句協会新人賞受賞。『豈』同人。高資によれば、刹那に通り過ぎる俳句のスピリットを捕まえる作業が句作であるという。〈前世など考えていてゆれる藤〉〈点鬼簿にわたしを探す花あかり〉〈打ち落とし石榴に覗く地球かな〉〈ひさかたの宙を走れる春の夢〉〈流星の微塵を呼吸していたり〉など。句集に『海馬』(九六・東京四季出版)『雷光』(〇一・角川書店)『蓬莱紀行』(〇五・富士見書房)ほか。

五島奈奈(ごとう・なんな　一九五九~)本

名渡辺容子。東京生。東京女学館卒。運命の恋人物のラブ・ファンタジー『シブヤ発・赤い糸通信』（九一・学研レモン文庫）、花の妖精と恋する『ティアラの運命』（九一・パステル文庫）などの少女小説がある。九二年、「売る女、脱ぐ女」により小説現代新人賞を受賞。渡辺容子として再デビュー。九六年『左手に告げるなかれ』により江戸川乱歩賞を受賞し、一般向けミステリ作家となった。

後藤文月（ごとう・ふづき　?〜）ＢＬ小説を執筆。退魔師物の学園オカルト・ホラー《みき&リョウ見鬼ファイル》（二〇〇〇・角川ビーンズ文庫）、異世界を舞台に、恋人が世界の脅威となってしまったことに懊悩する物語『そして、世界が終わる物語』（〇一・同）がある。

五島勉（ごとう・べん　一九二九〜）本名後藤力《つとむ》。北海道函館市生。東北大学法学部卒。週刊誌のライターなどを経て『ノストラダムスの大予言』（七三・ノン・ブック）が大ヒットし、一大ブームを巻き起こした。小説も執筆し、秘密結社カバラによって、人類が徹底的な破壊への衝動を持つように仕向けられていることを、漂着したプレジオザウルスの死体を撮影したカメラマンを中心に描くオカルト・ミステリ『カバラの呪い』（七六・ノン・ノベル）、人類破滅を企てる秘密結社に超常能力を持つ青年が戦いを挑む伝奇アクション&ラブロマンス『地球少年ジュン』（八六〜八七・ノン・ポシェット）などがある。

後藤みわこ（ごとう・みわこ　一九六一〜）愛知県名古屋市生。日本工学院専門学校放送制作芸術科卒。『ママがこわれた』（二〇〇〇・岩崎書店）で福島正実記念ＳＦ童話賞を受賞し、児童文学作家となる。隕石の衝突やミサイルの爆発で滅びかけた地球を舞台に、生き残った小学生たちの前向きな日々を描く『あした地球がおわる』（〇三・汐文社）、エイリアン物のサスペンス・ミステリ『ボーイズ・イン・ブラック』（〇七〜・講談社）ほかのジュヴナイルＳＦがある。

後藤明生（ごとう・めいせい　一九三二〜九九）本名明正《あきまさ》。旧朝鮮永興生。早稲田大学露文科卒。博報堂を経て平凡社勤務の傍ら小説を執筆。「人間の病気」（六七）が芥川賞候補となった後、執筆生活に入る。『夢かたり』（七六・中央公論社）で平林たい子文学賞、『吉野大夫』（八一・平凡社）で谷崎潤一郎賞、『首塚の上のアドバルーン』（八九・講談社）で芸術選奨文部大臣賞受賞。内向の世代に属する作家と位置付けられている。ゴーゴリとカフカの影響を受け、日常の中にグロテスクなものを不意に出現させることを好む。その傾向の短篇として、自動こけしマシンを作って隣人の女に届けようとした男の妄想的な独白で綴る「ある戦いの記録」（六九）、団地というコンクリート地獄から脱出しようとして果たせず、コンクリの肥だめに落ち込んで消え去る男を描く寓話風の不条理短篇「誰?」（七〇）、団地の情報誌を作っている男を主人公に、カフカ的不条理感の漂う「行方不明」（七一）ほかの作品がある。また、文章を書く行為そのものを題材とするメタノベル風な作品や実験的記述の作品が多く、〈ウルトラ前衛〉を自称する。長篇に、二十年前に着ていた旧陸軍の外套の行方を尋ねて、昔の下宿先を訪れた主人公の錯綜した心象風景を饒舌体で綴り、評価の高い『挟み撃ち』（七三・河出書房新社）、「吉野大夫」という小説を書くために、〈わたし〉が幽霊に出会ったりしながら取材を続けていく『吉野太夫』、小説家Ｇの日常描写を基盤として、プラトンなどの引用と感想、自身の作品への批評などを取り込みながら、作品を増殖させていく『汝の隣人』（八三・河出書房新社）、首塚をめぐるあれこれを記した、不思議な雰囲気の漂う連作短篇集『首塚の上のアドバルーン』、友人への書簡や死せる永井荷風との対話などの趣向を用い、荷風論や近代日本文学論、小説論を織り込みながら語り手の日常を描き出す大作『壁の中』（八六・中央公論社）、蜂に刺されたという事件を契機とする蜂研究を、論文のパロディのように綴ったもので、様々な引用や文体遊びなどが含まれた『蜂アカデミーへの報告』八六・新潮社）などがある。

後藤リウ（ごとう・りう　？～）文明崩壊後数百年の世界を舞台にしたSF風ヒロイック・ファンタジー『イリーガル・テクニカ』（二〇〇四～〇七・角川スニーカー文庫）のほか、アニメやゲームのノベライゼーションを執筆。

コトキケイ（ことき・けい　一九七四？～二〇〇五）ポルノ小説を執筆。人体入れ替えと忍者をモチーフにした『銃忍《ガンクロス》』（〇五・二次元ドリームノベルズ）など。

ことぶきあおい（ことぶき・あおい　？～）会社員の傍らBL小説を執筆。思いが満たされずに幽霊となった少年を成仏させる『20番目の花冠』（二〇〇〇・角川ティーンズルビー文庫）がある。

小中千昭（こなか・ちあき　一九六一～）東京生。弟は映画監督の小中和哉。少年時代から自主制作映画に取り組み、成城大学で映画記号学を専攻する傍ら、特殊映像専門のライターとして執筆活動を開始。八六年、東京トランスメディアとディレクター契約を結び、各種テレビ番組・PRビデオなどを企画制作する。八七年からフリーランスとなり、SF、ホラー、ファンタジー専門の脚本家として活躍。主な脚本作品に、弟和哉とのコンビによる「くまちゃん」（九二）のほか、「TARO！」（九一）「乱歩―妖しき女たち」（九四）「神霊狩」（〇七）などがある。《平成ウルトラマン・シリーズ》の脚本、コンセプトメーカーとしての仕事ぶりも印象的である。

小説に、佐藤順一との共著で、高校の魔法クラブで本物の魔法が使えるようになる少年少女を描くアニメのノベライゼーション『魔法使いTai！』（九六～九八・富士見ファンタジア文庫）、死の間際の顔に憑かれ、クトゥルー風の地下魔界へ踏み込んでしまった男の恐怖を描く、原案・脚本を担当したホラー映画のノベライゼーション『稀人《まれびと》』（〇四・角川ホラー文庫）、電脳都市伝説風の妖しさを漂わせる「部屋で飼っている女」「0.03フレームの女」、脚本を手がけたテレビドラマのノベライゼーション「蔭洲升を覆う影」（九四）ほかの怪奇短篇を収録する『深淵を歩くもの』（〇一・徳間デュアル文庫）がある。ほかにエッセー集『ホラー映画の魅力』（〇三・岩波アクティブ新書）などの著作もある。

児波いさき（こなみ・いさき　一九六二～）八九年「つまづきゃ、青春」でコバルト・ノベル大賞佳作入選。少女小説を執筆。ファンタジーに、童話の国に迷い込んだ少女の冒険を描く『それでもあなたを愛してる』（九三・コバルト文庫）がある。

小沼まり子（こぬま・まりこ　？～）明の星女子短期大学フランス語科卒。イギリス留学後、銀行、証券会社勤務。コバルト・ノベル大賞に入選し、『Rude Girl』（二〇〇一）でデビュー。時空を超えて移動する力を持つ女子高生が、アラビア風別世界の王子とラブロマンスを繰り広げる『東京☆千夜一夜』『紫の魔術師と三つの石』（共に〇四・コバルト文庫）がある。

木ノ歌詠（このうた・えい　？～）滋賀県生。作曲家を目指す少年と少女型電子楽器のラブロマンス『フォルマント・ブルー―カラっぽの僕に、君はうたう。』（二〇〇五・富士見ミステリー文庫）で富士見ヤングミステリー大賞佳作入選。ほかに、少女型戦闘アンドロイド物『熾天使たちの五分後』（〇五・同）などがある。

近衛龍春（このえ・たつはる　一九六四～）戦国シミュレーション戦記を執筆。未来の少年たちがタイムマシンを使った授業中に過去に紛れ込んでしまうという設定の『時空の覇王』（九七～九八・ワニの本）などがある。

此花咲耶（このはな・さくや　？～）魔法的別世界を舞台にしたファンタジー・コメディ『ソウル・オブ・サラマンドラ』（一九九八・プレリュード文庫）、ゲームのノベライゼーションなどを執筆。

木原音瀬（このはら・なりせ　？～）同人誌出身のBL小説作家。「水のナイフ」（一九九五）で商業誌にデビューし、多数の作品がある。怪奇幻想系作品に、転生物『LOOP』（九九・オークラ＝アイスノベルズ）、天使と悪魔物『ROSE GARDEN』（〇五・蒼竜社＝ホーリーノベルズ）、吸血鬼物『吸血鬼と愉快な仲間たち』（〇六〜〇七・同）、近未来サバイバル・ホラー『WELL』（〇七・同）など。

小早川杏（こばやかわ・あん　？〜）少女漫画家。幽霊に取り憑かれた憧れの君を助けるために少女が奮闘するオカルト・ラブコメディ『オカルトＫＩＳＳでツーショット』『オカルトＫＩＳＳでだいじょーＶ』（一九九〇〜九一・学研レモン文庫）がある。

小早川恵美（こばやかわ・えみ　？〜）狐の霊を守護者として持つ異能の青年が霊的な存在と対決する伝奇ホラー《霊鬼綺談》（一九九七〜九九・講談社Ｘ文庫）、核戦争後の荒廃した未来を舞台にした、差別されるクローンをモチーフとする青春ＳＦ『天使の囁き』『天使の慟哭』（二〇〇〇〜〇一・同）などがある。

小林一夫（こばやし・かずお　一九五七〜）人類進化・適応テーマのＳＦサスペンス『サード・コンタクト』（九〇・ソノラマノベルス）『李に烈しい雨が降る』（九一・同）がある。

小林恭二（こばやし・きょうじ　一九五七〜）兵庫県西宮市生。東京大学文学部美学芸術学専修課程卒。電話を受けることを命としている〈電話男〉がいかにして自分が電話男となったかを語る奇想的な小説「電話男」（八四）で海燕新人文学賞を受賞してデビュー。翌年の「小説伝」で芥川賞候補となるが、受賞を逸し、その後も実力はありながら、なぜか新人賞の類に恵まれなかった。九八年『カブキの日』で三島由紀夫賞を受賞。

風俗小説を嫌い、奇想小説、幻想小説を中心に発表する。小林の幻想小説ではない長篇小説は、息子から見た父を描いた自伝的な小説『父』（九九）のみである。中堅の純文学作家の中でも、最も向こう側へと突き抜けようとする意志を感じさせる作家の一人であり、異界小説、奇想小説、象徴的寓話、言葉遊び、メタフィクション、翻案小説、パスティーシュなど、小説の手法も多岐にわたる。内容的にも恋愛から諷刺、怪奇、メルヘンまで多彩であり、特に短篇は怪奇幻想文学の見本帳の如きである。大学在学中は東大学生俳句会に所属し、俳句入門関連の著作もある。

幻想小説の中・長篇には別掲作のほか、次のものがある。〈電話男〉になってしまった妻を自分の手に取り戻そうと悪戦苦闘する男を描く、「電話男」の過激な続篇「純愛伝」（八六）、双子の兄弟が建設した遊戯場が日本を席捲して一つの遊戯場国家となり、それがやがて、個性を捨てよという無我の宗教にとってかわられるまでを描いた、ユーモアとアイロニーと残酷さに満ちた架空の年代記『ゼウスガーデン衰亡史』（八七・福武書店）、言葉が最高の価値と見なされている世界を、自分は物語の主人公であるという信念を抱きつつ、物語作者に近づくための最高の言葉を探して遍歴する男を描く、スラプスティックなメタノベル『瓶の中の旅愁』（九二・同）、ホテル住まいの不思議な人物悪夢氏と怪人Ｍのオカルトがかった対決を描き、現代を舞台にしているにもかかわらず、ノスタルジックなムードを漂わせた連作短篇集『悪夢氏の事件簿』（九一・集英社）、小学校時代の友好関係をモチーフにした幻惑的な小説『モンスターフルーツの熟れる時』（〇一・新潮社）、「宇田川心中」の現代語訳に新解釈を付け加え、〈愛とは、万難を排して、また会う約束〉だというテーマのもと、自死を選んだ少年少女が現代に転生して巡り会う瞬間を描いた『宇田川心中』（〇四・中央公論新社）など。主な短篇集は次の通り。日本への諷刺に満ちた奇想小説を中心とする『日本国の逆襲』（九一・新潮社）、情報社会の生を象徴的に描いた「礫」、つまらない趣味が親子三代にわたる壮大な愚挙と化していく様を描く「鍵」をはじめとするパロディ・寓話集『短篇小説』（九四・集英社）、突然訪れた少女に銃で撃たれた男を描く「銃をもつ少女」、究極の芝居に挑む役者を描いた「再臨」など、〈邪悪〉をモチーフにした不条理テーマの作品集『邪悪なる小説集』（九六・岩波書店）、空海と最澄をカルト教団の教祖に見立てて徹底的に揶揄した「聖者伝」、大奥の女たちが妖怪に変じて跳梁跋扈する「妖異記」など、悪意に満ちたユーモアを込めて歴史を語り替えた『首の信長』（二〇〇〇・集英社）、自選恐怖小説集と銘打たれた、SF、サイコホラーから恋愛譚まで多彩な作品を収める『したたるものにつけられて』（〇一・角川ホラー文庫）、人間味溢れる妖怪変化や神仙と人間たちとの交情や葛藤が、中古から現代まで様々な時代を背景に、のびやかな筆致で描きだされた五十四話を収録する『本朝聊斎志異』（〇四・集英社）など。

【小説伝】短篇小説。八五年八月『海燕』掲載。二〇六四年一人の男が大量のフロッピーディスクを遺して死んだ。フロッピーの中には、久しく書かれなくなっていた〈小説〉が入っていたのだが、この小説は全五百巻というとてつもない長さで、しかも百巻読み続けると昏睡に襲われてしまう。内容は、小説中の主人公が小説を書き、そのまた主人公が小説を書き、そのまた主人公が……と延々と続き、ついには動物はおろか、無生物までが主人公となり、大地、時間軸、宇宙などを主人公にするに至るというとてつもない代物であった。この小説をめぐっての狂騒が諷刺的に描かれている。メタノベルの趣もある、奇想小説の傑作。

【カブキの日】長篇小説。九八年四月『群像』掲載。同年講談社刊。幻想の日本、幻想の歌舞伎世界を舞台にしたファンタジー。歌舞伎小屋・世界座で行われる、きわめてきらびやかな顔見世興行を背景に、歌舞伎界の大御所の女形が、伸してきた若衆あがりの役者を叩きつぶすためにめぐらす策謀、幻想の日本の歌舞伎とカブキ躍りをめぐる歴史、カブキ躍りを再興させる少女・蕪の冒険と、三つの物語が語られる。無限の迷宮空間が広がり、ないものはないというくらいに豊饒で、冥界とも繋がっている幻想郷である世界座の三階の描写が圧巻である。その三階で冒険をした蕪が新しい自分を発見し、躍るために生まれてきたことを自覚する過程が、ファンタジーとしての要となっている。様々なものが二重の意味を持っている点も特徴的で、奥深い世界を作り上げるのに小林は成功している。

小林栗奈（こばやし・くりな　一九七五?～）人魚姫風の物語の世界へ入って、物語の結末を変えようと奮闘する少女を描く『海のアリーズ』（九五・スーパーファンタジー文庫）でロマン大賞を受賞してデビュー。伝奇ホラー・ミステリ『声』（九七・同）、ドッペルゲンガー・テーマのホラー・ミステリ『ひとり』（九八・同）ほか。

小林賢太郎（こばやし・けんたろう　一九七三～）神奈川県生。多摩美術大学卒。脚本家、俳優、漫画家。単独でのコント上演のほか、二人組の〈ラーメンズ〉としてのコント上演、演劇プロジェクトなど、幅広く活躍。漫画家としては、鼻が長い鼻兎や犬のイヌたちの日常を描いた奇妙な味の『鼻兎』（〇一～〇四・講談社）がある。言葉遊びや不条理な展開を特徴とするコントを得意とする。ラーメンズの上演台本として、雨や雪のように男が降ってくる世界での話「初男」、テレパシーのある世界の「私の言葉が見えますか」ほかの小品を収録する『小林賢太郎戯曲集』（〇二～・幻冬舎）などが刊行されている。

小林たけし（こばやし・たけし　一九五六～）漫画家、漫画原作者。戦記物を専門とし、代表作に『蒼空戦線』（〇二・学研）『戦闘航海』（〇三・同）などがある。シミュレーション戦記『帝国海軍原爆強奪計画』（〇四・ジョイ・ノベルス）で小説家としてもデビュー。新技術物『陸軍機動歩兵「イシ」』（〇四～〇五・銀河ノベルズ）ほかがある。

小林信彦（こばやし・のぶひこ　一九三二～）別名に中原弓彦、W・C・フラナガン。東京両国生。早稲田大学英文科卒。雑誌編集者を経て、作家となる。小説のほか、テレビの脚本、ミステリ評、映画評などを執筆。荒唐無稽で、言葉遊びなどもふんだんにあるユーモア冒険小説《オヨヨ大統領》（七〇～七五・角川書店）、ギャグとパロディも凄まじいヤクザ物語《唐獅子株式会社》（七八～八一・

文藝春秋）などのほか、妻に逃げられた中年男が下級悪魔と契約し、歌手、編集者、作家など様々な職業の若い体をもらっていろいろな人生を味わうコメディ『悪魔の下回り』（八一・同）がある。一方、シリアス長篇『怪物がめざめる夜』（九三・新潮社）は、放送作家や編集者らが共謀して生み出した架空の人格〈ミスターＪ〉が実体を具え、造物主たちに牙を剝くという現代版フランケンシュタイン譚にして、メディア社会の恐怖物語であった。ほかに、小林が編集者時代に親しく接した晩年の江戸川乱歩の姿を作品化した「半巨人の肖像」を含む『回想の江戸川乱歩』（九四・メタローグ）など。

小林弘利（こばやし・ひろとし　一九六〇～）東京生。工科芸術学院映画芸術科卒。テレビのアシスタントディレクターなどを務める傍ら、パラレルワールド・テーマのラブロマンス『星空のむこうの国』（八四・コバルト文庫、小中和哉原案）で小説家としてデビュー。同時に同作の映画のための脚本を執筆し、脚本家としても活動を始める。脚本家としては映画を中心に活躍し、「アタゴオルは猫の森」（〇六）「ネガティブハッピー・チェーンソーエッヂ」（〇七）ほか多数の作品がある。小説は、アニメのノベライゼーションや夢溢れる優しいＳＦファンタジーを中心に執筆。人類を滅ぼすために、幻獣たちを満載した箱船と共に甦った乙女の葛藤を描く『タイム・トラブル・プリンセス』（八五・同）、聖クレア高校の生徒たちが、オカルティックな怪現象の謎を解く《「聖クレア」ファンタジー》（八五～八九・同）、地球を救うために遣わされた天使の少女・野原をめぐる物語《野原シリーズ》（九〇～九一・同）、東京に出現した中世の城をめぐるアクション・ファンタジー《東京キングダム》（九一～九二・スーパーファンタジー文庫）ほか、多数の作品がある。

小林フユヒ（こばやし・ふゆひ　？～）ミステリ『ラベル』（二〇〇四）でコバルト・ロマン大賞佳作受賞。悪魔祓い物のアクション・ファンタジー《天国の扉《ドア》は２つある》（〇五・コバルト文庫）がある。

小林めぐみ（こばやし・めぐみ　一九七二～）埼玉県生。埼玉大学物理科卒。幻想的生物や魔道士などのいる世界で、王女が閉じ込められている卵を探す王子と側近の男が、風変わりな少女と冒険を繰り広げる、とぼけた味のファンタジー『ねこたま』（九〇・富士見ファンタジア文庫）でファンタジア長編小説大賞に準入選し、デビュー。以後、ＳＦ、ファンタジーを中心に執筆を続けている。西洋中世風魔法的別世界を舞台にしたＲＰＧ風クエスト・ファンタジー『君が夢、河を上りて』（九四・同）『大地をわたる声を聞け』（九五・同）、ミステリ風伝奇ファンタジー《極東少年》（九四～九七・角川スニーカー文庫）、退魔アクション『ひよぴよ』（〇一・同）、異惑星を舞台にしたＳＦファンタジー長篇連作《ねこのめ》（九二～九三・富士見ファンタジア文庫）、異惑星を舞台にした人工太陽をめぐるＳＦで、ネパールを思わせる小国に一九五〇年代のチベット的な事態が起きるという伝奇的設定の『暁の女神ヤクシー』（二〇〇〇・角川スニーカー文庫）、女性しか生まれなくなった種族の謎をめぐるファンタジーＳＦで、センス・オブ・ジェンダー賞大賞を受賞した『宇宙生命図鑑』（〇二・徳間デュアル文庫）ほか多数。

小林泰三（こばやし・やすみ　一九六二～）京都生。大阪大学基礎工学部卒。同大学院基礎工学研究科修士課程修了。技術系研究者として会社に勤務する傍ら小説を執筆。あらゆる壊れ物を解体して修理する男に修理された姉弟を描いた、異様な緊迫感のある語り口の「玩具修理者」（九五）で、第二回日本ホラー小説大賞短編賞受賞。理系の作家らしいハードＳＦと、グロテスクなテイストのホラーを両輪とし、殊に両者のアマルガム的な作品に特異な手腕を発揮する。文体にも特徴があり、狂躁的な描写、不条理な怪異描写に優れる。主な作品に次のものがある。

　いくつにも枝分かれする不確定な未来を脳が統合して現実として顕現させているという

SF的発想に基づき、現実を見失った男を描く「酔歩する男」と表題作を収める『玩具修理者』（九六・角川書店）、呪いのかかった本をテーマに、複雑な入れ子構造を持ち、鬼気迫る「本」のほか、「吸血狩り」と表題作を収録する中短篇集『人獣細工』（九七・同）、遺伝子学者が蘇らせた恐竜を滅ぼした怪物の恐怖を描く表題作ほかを収録したホラー短篇集『肉食屋敷』（九八・同）、霊媒体質の探偵が垣間見るホラー的世界とスラプスティック・ミステリのミスマッチが面白い長篇『密室・殺人』（九八・同）、ものごころつく前の幼児の時代の記憶を甦らせてしまった青年を描く怪奇談『奇憶』（二〇〇〇・祥伝社文庫）、物理的にリアルなウルトラマン物を目指した結果、悲惨な人体損壊ホラーになってしまったというブラックな味わいの長篇『ΑΩ《アルファオメガ》』（〇一・角川書店）、吸血鬼テーマの凄惨なバイオレンスSFアクション『ネフィリム』（〇四・同）、子供の時に魔女の家を見つけたという日記を読んだことから、過去と現在が混濁する幻惑的な「魔女の家」、妄想の中に棲んでいる女の一人語り「お祖父ちゃんの絵」などを収録する怪奇短篇集『家に棲むもの』（〇三・角川ホラー文庫）、近未来を舞台に、犯罪抑制のために人工脳髄が開発されたことから起きる悲惨な状況を描く表題作ほかを収録するSFホラー短篇集『脳髄工場』（〇六・同）、上（山）に行けば行くほど時間が早く過ぎ、下（海）に行けば行くほど時間がゆっくりになるという事象の平面を舞台にした悲恋物語である表題作のほか、ユニークな世界設定のハードSFを収録する短篇集『海を見る人』（〇二・早川書房）、世界を夢見ているという女を描いた表題作、ハードSF的な奇想小説「空からの風が止む時」「予め決定されている明日」、マッドサイエンティスト物「未公開実験」などを収録する幻想SF短篇集『目を擦る女』（〇三・ハヤカワ文庫）など。

小檜山博（こひやま・はく　一九三七～）北海道紋別郡生。苫小牧工業高校卒。新聞社勤務の傍ら、厳しい自然を背景にした小説を『北方文芸』などに執筆。「出刃」（七六）で第一回北方文芸賞を受賞。八三年、北海道の過疎村から上京した熊のような大男が大都会を彷徨した挙句に美しい伴侶と巡り会うという神話的な物語『光る女』（八三・集英社）で泉鏡花文学賞、北海道新聞文学賞を受賞。同作は映画化もされた。ほかの幻想味のある作品に、人の入らぬ山奥に自然児たちが築いた別乾坤に入り込んだ、都会生活に疲れた男の体験を語る『クマソタケルの末裔』（八九・新潮社）がある。自伝的小説『光る大雪』（〇二）により木山捷平文学賞を受賞。

『古本説話集』（こほんせつわしゅう　平安末から鎌倉初期に成立）編者未詳。二巻七十話を収録する説話集。平仮名和文体で、日本に取材した話を収録することを旨としたようだ。上巻は王朝風の和歌説話を集め、下巻には霊験譚などの仏教説話をまとめる。幻怪味のあるものは下巻に集中するが、『今昔物語集』『日本霊異記』『宇治拾遺物語』などとの類話がほとんどである。ただ、『今昔』や『宇治拾遺』との共通話が多いといっても、直接関係があるかどうかについては何もわかっていない。『宇治大納言物語』という存在したかどうかさえはっきりしない散逸書を重視したりしているほどで、中世説話の成立には未詳の部分が大きいのである。

駒崎優（こまざき・ゆう　？～）学習院大学文学部史学科卒。実在したジル・ド・レ配下の錬金術師プレラッツィが本物の魔術師として登場する伝奇ファンタジー『闇の降りる庭』（一九九八・講談社X文庫）でデビュー。中世英国を舞台に、二人の青年貴族を主人公とする冒険物《足のない獅子》《黄金の拍車》（九八～〇一、〇二～〇六・同）で人気を得る。ファンタジーに、神に愛されて不死を与えられた英雄の悲劇を描く《ダルリアッド》（〇二～〇三・角川ビーンズ文庫）など。

駒田信二（こまだ・しんじ　一九一四～九四）三重県生。東京大学中国文学科卒。中国文学者の傍ら、評論・小説を執筆。中国文学の翻訳に『妖怪仙術物語』（五九・河出書房新社）

『水滸伝』（五九・平凡社＝中国古典文学全集）『今古奇観』（六五・平凡社＝東洋文庫）など。小説に、中国の志怪を翻案した『中国神仙奇談』『中国妖姫伝』（共に七三・講談社）『騎馬娘の仇討』『獣妖の姦』（共に八〇・現代企画室）などがある。官能的な長篇小説も執筆する駒田ならではの、おおらかなエロティシズムに特徴がある。

小松左京（こまつ・さきょう　一九三一〜）本名実。大阪市生。京都大学イタリア文学科卒。大学では高橋和巳らと同人誌『現代文学』を発刊した。共産党の山村工作隊員、経済誌記者、土木現場監督、生家の工場長などの職業を転々、放送作家となりラジオ大阪の時事漫才「新聞展望」の台本を執筆。この間に漫画家モリ・ミノルとしても活動している（漫画家事典の同項参照）。六二年『SFマガジン』第一回コンテストで「地には平和を」が努力賞に入選、同年に「易仙逃里記」で同誌にデビューし、以後コンスタントに作品を発表。最初の短篇集『地には平和を』（六三・早川書房）が直木賞候補となった。細菌兵器による人類の滅亡と再生を描く『復活の日』（六四・早川書房）、壮大なスケールで人類とその文明の存在意義に迫り、日本SFの金字塔として屹立する『果しなき流れの果に』（六六・同）など、幅広い科学知識に基づくグローバルな視点に立った本格SF長篇によって日本SFの水準を引き上げる一方、電気との親和力によって殺人を重ねる新人類とその無惨な末路を描く『継ぐのは誰か？』（七〇・同『世界SF全集29』所収）などのミステリSF、『明日泥棒』（六五・講談社）などのユーモアSF、『エスパイ』（六五・早川書房）などの冒険SFと、多彩なジャンルにストーリーテラーぶりを発揮する。地殻変動によって日本列島が水没し、日本人が難民となって放浪の途に就くまでを、緻密な科学考証を交えてスリリングに描いた大作『日本沈没』（七三・カッパ・ノベルス）は、上下巻あわせて四百万部という記録的なミリオンセラーとなり、映画化もされ、SF読者層の拡大に寄与した。七四年、同書により日本推理作家協会賞を受賞。また国際SFシンポジウム開催や万国博・大阪博での活躍など、文筆を越えた領域にも精力的活動を展開した。『地図の思想』（六五）『未来の思想』（六七）などのエッセーや文明論的著作も数多い。

　ダンテの『神曲』に感銘を受けてイタリア文学に進み、ルイジ・ピランデッロを卒論とし、安部公房を耽読したという小松のSF文学観は、聖書や『オデュッセイア』から現代に至る怪奇幻想文学の歴史を大きく取り込んだ特異なものとなっている。しかし小松自身は旺盛な科学的精神の持ち主であり、怪奇幻想的なものへのアプローチは科学的な視点でなされることが多い。特に長・中篇では、テーマやモチーフは幻想的なもの（神、超自然現象など）だが、あくまでも科学的思考によってそれに迫ろうとする。その思考の強度が、小松SFを支えていると思われる。しかし短篇では、科学的思考は弱まり、科学はガジェットとなって怪奇幻想を飾るものとなるか、SFからはまったく離れてしまう。前者の例として、エクトプラズム抽出実験の結果、現世がまるごと死者の世界に入り込んでしまう「幽霊時代」、後者の例として、あの世から大挙して現世観光に押しかけた幽霊を追い返したために〈幽霊、怪談文化〉が消え失せる「さらば幽霊」を挙げることができる。後者に典型的だが、科学性は消えても論理性や理知性は消え去ることがなく、そうした小松の傾向は、怪談そのものをテーマとしたメタ怪談「牛の首」の如き小傑作を生み出すことになる。また、「くだんのはは」「黄色い泉」「保護鳥」「さとるの化物」「女狐」など、意表を突く着想・設定によって神話伝説の怪異を現代に甦らせることにも成功する。一方、死後の世界への関心は、不死者や生きている死者といったテーマへのこだわりにも現れており、「安置所の碁打ち」「比丘尼の死」「骨」など不気味な味わいの異色作を生んでいる。これらの怪奇的作品は、『怨霊の国』（七二・角川書店）『さらば幽霊』（七四・講談社『保護鳥』（八八・

ケイブンシャ文庫）『霧が晴れた時』（九三・角川ホラー文庫）『石』（九三・出版芸術社）などのホラー短篇集に再編収録された。また主要な短篇がハルキ文庫で全八巻（九八〜九九）に集成されているが、その一冊『夜が明けたら』は主に怪奇作品を収録している。このほかの幻想的なSFには、極度に哲学的な星で大規模に観相が行われた結果、宇宙は神の卵だという認識が得られるという内容で、昨今の安易なSFを捻り潰してしまうような衝撃力を持つ「神への長い道」、一つの有機的生命体として進化してきた星に、愛していた男を奪われた男が怒りのあまり星を破壊してしまう「星殺し」、奇想的な「長い部屋」、究極のタイムパラドックス物「時の顔」、魔性のものに憑依された娘の精神世界を探索するゴシック・ホラー風連作短篇集『ゴルディアスの結び目』（七七・角川書店）などがあり、枚挙にいとまがない。これらの作品もやはり前掲と同じ短篇集成『時の顔』『結晶星団』『日本売ります』『男を探せ』『物体O』に含まれている。ショートショートでは、怪奇、ファンタジー、SFの要素が様々な形で現れており、『小松左京ショートショート全集』全五巻（〇三・ハルキ文庫）でその全貌に触れることができる。

　このほかの長篇に、鉄を食い、酸を飲むことで鉄人としての肉体を手に入れた異形の被差別者集団による日本国家転覆という伝奇ロマン風テーマを扱った第一長篇『日本アパッチ族』（六四・光文社）、突然降って湧いた物質に首都圏が隔絶されてしまう状況を描き、SF大賞を受賞した『首都消失』（八五・徳間書店）、目覚めると人が消失し、世界中に本当に一握りの人間しか生き残っていないという設定の物語で、消失の原因は不明のまま物語は展開し、やがて登場人物が作家の作為ではないかと考え出すというメタノベル『こちらニッポン……』（七七・朝日新聞社）、自律的なAIが、宇宙空間を移動する超巨大な謎の物体内で知的好奇心を満たすべく冒険を繰り広げる『虚無回廊』（八七〜・徳間書店、角川春樹事務所）などがあり、いずれの作品も、幻想文学の観点からも注目に値する。

【ハイネックの女】短篇集。八三年徳間書店刊。失われゆく日本文化の粋を妖しく美しい女たちに託して描く《女》シリーズの連作集。同シリーズの代表作ともいうべき「流れる女」は、ピランデッロの戯曲を下敷きに、古風にして艶な城下町の精霊ともいうべき女性の不思議を情緒ゆたかに描いた絶品である。ほかに、隣室の青年と同棲する美女の秘密に気づいた中年男を待ちうける恐怖……ろくろ首怪談の現代的バリエーションたる表題作や、現世でかなえられなかった逢瀬を他人の身体を借りて遂げようとする恋人たちの妄執を描く「昔の女」など全五篇を収める。なお《女》シリーズは『旅する女』（〇四・光文社文庫）に集成されている。また同テーマの作品は『くだんのはは』『高砂幻戯』（共に九九・ハルキ文庫）に集成されている。

小松由加子（こまつ・ゆかこ　一九七四〜）伝説の化物に耳を食われた少女がサイボーグの耳を付けると機械の声が聞こえてくる「機械の耳」（九七）でコバルトノベル大賞・読者大賞を受賞。戦国時代を舞台に河童と姫が戦う「かえるの皮」と表題作を収録するファンタジー短篇集『機械の耳』（九八・コバルト文庫）、別の星から来た図書館星人が作った、地上に存在したことのある全ての書物を収めているという漂流図書館を悪の秘密結社・宇宙の焚書海賊から守るため、ロボットや座敷わらしを含む図書委員たちが奮闘する学園アクション・コメディ『図書館戦隊ビブリオン』（九八〜九九・同）がある。

小湊拓也（こみなと・たくや　？〜）ポルノ小説を執筆。バイオテクノロジー物『コズミックナースユキナ』（二〇〇三・二次元ドリームノベルズ）がある。

小峰和徳（こみね・かずのり　？〜）ガイア仮説テーマのオカルト・アクション『コリオリの共時態』（一九九六・スーパークエスト文庫）がある。

小見山道休（こみやま・どうきゅう　生没年

未詳）江戸初期の尾張藩医。川魚と海の魚が合戦に立ち至ろうとしたとき鵜が仲裁に入るという、異類軍記物の御伽草子「魚太平記《うおたいへいき》」（一六七三／寛文一三頃、別名「河海物語」）がある。

小森香折（こもり・かおり　一九五八〜）旧姓橋本。東京生。青山学院大学文学部卒。学習院大学大学院博士課程後期課程修了。ドイツ文学者。大学教師の傍ら、ドイツ語絵本の翻訳などを手がける。また、童話集『そばにいてあげる』（九七・原生林）で児童文学作家としてもデビュー。清らかな自然が息づいていた昔に戻りたい河童に利用されて時間の扉を開け、過去で少女時代の祖母に出会う少年を描く『水の扉』（九八・ひくまの出版）、幻視の力を得た少女が体験する〈もう一つの現実〉を描く『五月の力』（二〇〇〇・ＢＬ出版）などを刊行。この後、小森名に変更。事故に遭い、レメディオス・バロの絵が基調となっている異世界に紛れ込んだ少女が、異世界の呪いを解いて自分を取り戻すミステリアスなファンタジー『ニコルの塔』（〇二・同）、人の悪心が生み出したあやかしから界隈を守る桜の巫女の血筋の少女が、夢と交わる異世界で冒険を繰り広げる『さくら、ひかる。』（〇六・同）など。いずれも予定調和的な物語ではあるが、類型に流れず、児童文学のファンタジーとして成功している。

小森健太朗（こもり・けんたろう　一九六五〜）本名健太郎。大阪府生。東京大学文学部哲学科卒。同大学院教育学研究科博士課程単位取得満期退学。八二年、十六歳で書いた「ローウェル城の密室」が乱歩賞の最終候補まで残り、話題を呼ぶ。『コミケ殺人事件』（九四）でミステリ作家として本格的にデビュー。幻想的な作品に、中世ファンタジー風の少女漫画の世界に入り込んだ少年・保理《ホーリー》と少女・恵《メグ》が、密室殺人に逢着する、若書きの作品の改訂版『ローウェル城の密室』（九五・出版芸術社）がある。小森は神秘主義の研究家でもあり、カリール・ジブラン『漂泊者』（九三・壮神社）をはじめとする翻訳がある。また、グルジェフやスーフィーが登場するミステリを執筆しているが、作品そのものには幻想性はない。

護矢真（ごや・まこと　？〜）女子高校生が問題児の見習い天使を押し付けられてあたふたするアクション・ファンタジー『漆黒の守《ガー》護天使《ディアン》』（一九九五・富士見ファンタジア文庫）でファンタジア長編小説大賞佳作入選。

子安秀明（こやす・ひであき　？〜）アニメの脚本家。脚本に「サクラ大戦　ニューヨーク・紐育」（二〇〇七）など。小説に、アニメ・漫画のノベライゼーションのほか、姉に恋して額に角を生やした少年が主人公のラブコメディ『ゆにこん』（〇五・富士見ファンタジア文庫）がある。

小柳順治（こやなぎ・じゅんじ　一九五九〜）漫画「ロトの紋章」などの脚本を執筆。小説に、遺伝子改変による魔物やドラゴンが登場するＳＦファンタジー『ドラゴンギア』（八九・エニックス文庫）、異世界戦記《クリスタルムーン戦記》（九六〜九七・キャンバス文庫）、ＳＦミステリ『電脳探偵アテナ』（〇四・ジャイブ＝カラフル文庫）など。

小柳玲子（こやなぎ・れいこ　一九三五〜）詩人。東京生。青山学院大学中退。六四年より九八年まで日本橋でときわ画廊を経営。その傍ら美術書の企画・編集に携わる。クノップフ、ゾンネンシュターン、リチャード・ダッド、ジャン・デルヴィルら幻想画家を紹介した個人画集シリーズ《夢人館》全十巻（八八〜九七・岩崎美術社）の労作がある。小柳自身が〈詩小説〉と呼ぶ長篇散文詩『黄泉のうさぎ』（八九・花神社）は、疎開や空襲など太平洋戦争中の体験を、幽霊、黄泉への穴など幻想的イメージをちりばめながら情緒豊かに語った作品で、詩人クラブ賞を受賞。その前駆的な詩集に、夢の記述めいた散文詩を含む『叔母さんの家』（八〇・駒込書房）、月夜の杉箱造りなど、幻想的な死のイメージに満ちた詩を含む『月夜の仕事』（八三・花神社）などがある。このほか、現実の事件を素材として用いながら、それを怪奇短篇やファンタジーのように仕立てていく、不思議な味わいの詩集『雲ケ丘伝説』（九三・思潮社）、《夢人館》の画家たちを謳う詩を中心とする『夜の小さな標《しるべ》』（〇七・同、現代詩人賞）など。

小山高生（こやま・たかお　一九四八〜）本名高男。東京昭島市生。早稲田大学文学部卒。タツノコプロを経てフリーの脚本家となる。アニメの脚本家として多数の作品を手がけ、代表作に《タイムボカン》シリーズ（七五〜八三）「ドラゴンボールZ」（八九〜九五）など。脚本家集団ぶらざあのっぽを主宰し、多数の脚本家を育成。小説に、高級霊界人に邪霊を倒すための超能力を授けられて宇宙の魔王と戦うことになったダメ親子を描くユーモアSF《かいけつ親子ドン》（八四〜八五・ソノラマ文庫）がある。

小山真弓（こやま・まゆみ　?〜）法政大学卒。同大学院中退。テレビ番組の構成・台本、アニメの脚本などを手がける傍ら、小説を執筆。「ケイゾウ・アサキのデーモン・バスターズ　血ぬられた貴婦人」（一九九〇）でコバルト・ノベル大賞佳作入選。現代日本に暮らす妖精の世界の王の娘が、魔法に絡んだ事件を巻き起こす《愛言葉はフェアリー》（九〇〜九一・コバルト文庫）でデビュー。ほかに、オカルト研究家の叔父と姪、そのボーイフレンドがオカルト事件を解決する《ケイゾウ・アサキのデーモン・バスターズ》（九一〜九二・同）、魔法使いの少女が、凶眼の王と対決する真のドルイドを求めて、仲間たちと旅する姿を描く別世界ファンタジー《風の城の物語》（九一〜九三・同）、悪魔の息子として塔に幽閉されて育った異能の少年の運命を描くファンタジー《暗黒呪歌伝》（九五〜九六・スーパーファンタジー文庫）ほか多数の作品がある。

五柳亭徳升（ごりゅうてい・とくしょう　一七九三〜一八五三／寛政五〜嘉永六）戯作者、狂歌師。『三国妖狐殺生石』（三〇／天保元）があるほか、七世市川団十郎の代作をした合巻として、郷士の息子とその家来の息子とが家来の妻の妬みによって取り換えられてしまい、それぞれに数奇な運命を辿る物語で、主人公を助ける老狐は出てくるが玉藻前とは関係がない『三国白狐伝』（二四／文政七、歌川国貞画）がある。

是枝裕和（これえだ・ひろかず　一九六二〜）東京清瀬市生。早稲田大学文学部卒。映画監督。代表作に「誰も知らない」（〇四）。自身が監督した、死者たちが人生を振り返って映画を撮るというファンタジー映画のノベライゼーション『小説ワンダフルライフ』（九九・ハヤカワ文庫）がある。

今敏（こん・さとし　一九六三〜）北海道釧路市生。武蔵野美術大学造形学部卒。「虜」（八四）でちばてつや賞を受賞し、『週刊ヤングマガジン』に漫画家としてデビュー。漫画の代表作に「海帰線」（九〇）など。その後アニメを手がけるようになり、サイコホラー「パーフェクトブルー」（九七）で監督デビュー。監督作品に「千年女優」（〇一）「東京ゴッドファーザーズ」（〇三）「妄想代理人」（〇四）「パプリカ」（〇六）など。自ら脚本も手がける。小説にアニメをもとにしたオリジナルのサイコホラー『妄想代理人』（〇四・角川ホラー文庫）がある。

昆飛雄（こん・とびお　?〜）江戸初期を舞台にした伝奇時代小説『杖術師夢幻帳』（一九九七・富士見ファンタジア文庫）がファンタジア長編小説大賞に準入選。

『今昔物語集』（こんじゃくものがたりしゅう　成立未詳）作者未詳。十二世紀前半か、遅くとも平安末までには成立していたのではないかと推測されている。全三十一巻千五十九話を収録する本邦最大の説話集。全体は天竺（インド）、震旦（中国）、本朝（日本）の三部に分けられ、それぞれが仏法部と世俗部とに分けられ、さらに各巻がテーマ的に一つにまとめられている。またさらに隣接する二篇がおおむねまとまりを持ち（二話一類）、類間にも連関が働くという具合に配列されており、きわめて整然としている。説話の選択内容も幅広く、作者の意図は全世界の縮図を説話集の中に納めることにあったと思われる。しかし『今昔物語集』は欠巻、欠話があって未完のままに終わったと考えられており、編者の意図は完全には達成されなかったようである。ともあれ『今昔』が総体的に人間界すべてを網羅して概観しようとしていることに変わりはない。しかも口承文芸の筆録ではなく、典籍からの引用・書き替えによって成り立っているところに、整合性と全体性への希求が顕著に感じられる。収集の願望は、整列の願望に連なり、説話の博物学ともいうべき様相を示す。既に『酉陽雑俎』の時代から説話集には博物学的情熱が見られるが、『今昔』ではそれを人間中心に行ったといえよう。とはいえ文学的志向も強いので、全網羅とはならず、きれいな形に収めることを考えて取捨選択を行い、説話集全体を組み立てているのである。表現は漢字片仮名まじり文で〈今ハ昔〉と書き出し〈トナム語リ伝ヘタルトヤ〉と結ぶ形で一貫している。各話のタイトルも〈語〉で結んで統一感を与えている。仏教用語から雅語俗語取り混ぜた流麗な文章もまた魅力的で、本邦最高の説話集と一般に評価されるのも無理ないところである。後代に与えた影響はきわめて大きく、『源氏物語』と比肩されるのではあるまいか。粉本としての役割も非常に大きく、後に大きく展開する怪奇幻想物語の素が実にたくさん含まれており、その現代に至るのまでの展開の全貌を体系的に網羅することは非常に難しいだろう。

全体の構成は次のようになっている。第一巻から第五巻までは天竺、第六巻から第十巻までは震旦、以下が本朝となる。第一話は釈迦如来の人界誕生のいきさつであり、以下、三巻の最終話の涅槃に到るまで、中途に本生譚や譬えの説話などを盛り込みながら、仏伝を展開していく。これは現存最古の組織的仏伝とされる。四巻は仏滅後の仏教的なエピソード。五巻は様々な仏誕生以前の奇譚を集めて、本生譚集に近いものとなっている。幻想性や伝奇性が最も高くなるのはこの巻であろう。第六巻は中国に渡った仏教の発展史である。秦の始皇帝による仏教の弾圧に始まり、正式な仏教の渡来と玄奘三蔵など伝来にまつわるエピソード、高僧伝、そして三宝の霊験譚と続く。第七巻は経の霊験譚集。中国説話の翻訳（意訳）なので、蘇生譚、地獄にまつわる話などが多く見受けられる。八巻は欠巻だが、順序からすると、中国の仏教者列伝、往生譚などであるべきで、資料的な問題から作られなかったと推測される。九巻は「孝養」で、『孝子伝』による孝養譚、『冥報記』による因果応報譚を収録する。十巻は「国史」で、中国の故事史談を集積したもの。漢の高祖や荘子のような歴史的人物のエピソードから無名人の奇談までが並べられている。老婆が卒塔婆についた血を見て山が崩れるのを知るという様々に変奏された物語はここにある。十一巻より二十巻は本朝の仏法だが、これもまた仏教伝来史に始まる。十一巻は聖徳太子による仏法の移入に始まり、高僧伝が並ぶ。ここに纐纈城の話なども含まれる。十二巻も高僧伝の続き。十三、十四巻は法華経の霊験記。十五巻は往生伝。十六巻は観音の霊験を、十七巻は地蔵菩薩などの菩薩を中心にその他の仏の霊験を語る。地蔵に関わるものは冥界からの蘇生譚が多いのが特徴。十八巻は欠巻。十九巻は世俗の人の出家譚と因果応報譚、二十巻も応報譚だが、バラエティに富み、天狗に関わる話、つまり異端の話、冥界蘇生譚、悪報転生譚、悪報の現報譚。ほとんどが先行の『日本霊異記』『法華経霊験記』『往生伝』等に拠っている。現在でも残存する書物が多いので、比較検討が容易である。一方、本朝世俗編は、おそらく散逸した『宇治大納言物語』に拠っているのではないかなどとも推測されている。二十一巻は欠巻（天皇などを意図したものかといわれる）、二十二巻は藤原氏に関する物語で、第一話は入鹿の首が飛んで天皇に直訴するというもの。二十三巻は武士の話に始まり、腕力に関する説話が続く。民話へと転化しそうな非現実的に大仰な話が多い。二十四巻は職能、技能、芸能などに関わる説話群。工芸、医術、陰陽師、管弦などに関わる超人的な技がクローズアップされ、幻想小説としても興味深く、よく流用される話が含まれる。和歌の話は非常に多いが、逸話という感じで幻想的なものは少ない。二十五巻は将門の乱に始まり、源義家による討伐に終わる、武家の歴史物語群である。将門もここではまだ普通の歴史で、夢に苦患を味わっていることを訴えるのみである。二十六巻は地方の物語で、民間的な奇異雑談が収録されている。第一話が鷲にとられた子の話、第十話は、孤島に流された兄妹がそこで田畑を造り、夫婦になって子をなした話という具合になっている。巻のタイトルは「宿報」であり、前世の宿縁であったか、というような寸感が書かれている。ほかにも多数の採るべき説話があり、後代に引用されている。二十七巻は「霊鬼」で、鬼、幽霊、妖怪、狐その他の怪異が述べられる。鬼の執念深さで高名な安義橋の鬼、無惨さが印象的な猟師の母が鬼となる話など、この巻は全話に読みどころがある。二十八巻「世俗」はおこ話で、笑話まではいかずとも、愚かしい、あるいはばかげた話が集められ、深刻な前巻とはいかにも対照的である。二十九巻は「悪行」とあり、偸盗などの悪人話。高名な女盗賊の話、袴垂の話もこの巻に収録されている。三十、三十一巻は「雑事」で雑多な話が収録されている。夢の話、ドッペルゲンガー譚、未来予知譚、異境譚や、簡略版・竹取物語などが含まれている。

幻想文学としての『今昔物語集』最大の特色は、末法の世であるがゆえに随所に異界への裂け目が見えることである。異形のものが暗闇の中にうごめき、現実を侵犯するべく常に待ちかまえているという雰囲気を湛えていることだ。もちろん全巻にわたってそうなっているわけではなく、天竺の仏法の部にはそうした傾向は薄いし、本朝の世俗部でも幻怪味のないような部分はさほどでもないが、霊鬼の巻などには黒々とした闇がわだかまっている。種々の仏教説話集があくまでも仏法の利益を説いて前向きであるのに対して、より文芸的な『今昔物語集』の特性が。そのようなところに現れていると見ることができる。

近藤清春（こんどう・きよはる　生没年未詳）江戸時代後期の浮世絵師、黒本青本作者。通称助五郎。経歴未詳。竹田出雲の浄瑠璃をもとに、真鳥の首が飛んで火を噴くクライマックスを持つ『大友真鳥』（一七二九／享保一四？）など。

近藤信義（こんどう・のぶよし　？〜）愛知県名古屋市出身。特殊能力を持つ海獣が存在する異世界を舞台にした戦記物『ゆらゆらと揺れる海の彼方』（二〇〇四〜・電撃文庫）でデビュー。

紺野あきちか（こんの・あきちか　一九七一〜）早稲田大学第一文学部卒。全世界で展開するライヴRPG（壮大なごっこ遊び）に参加した主人公がゲームに呑み込まれていく様を描いたメタフィクション『フィニイ128のひみつ』（〇三・早川書房）がある。

今野緒雪（こんの・おゆき　一九六五〜）東京生。銀行員を経て、「夢の宮―竜の見た夢」（九二）でコバルト・ノベル大賞を受賞。古代中国を思わせる国の後宮〈夢の宮〉と巫女の予言をめぐって繰り広げられる歴史風ロマン《夢の宮》（九三〜〇五・コバルト文庫）でデビュー。この後、女学園物『マリア様がみてる』（九八〜）で非常な人気を博す。ほかのファンタジーに、異世界冒険物《スリピッシュ！》（九七、〇二〜〇四・コバルト文庫）など。

紺野たくみ（こんの・たくみ　？〜）岡山県生。高校卒業後、商事会社勤務を経て、一九九七年、美少女ゲームのノベライゼーションでデビュー。ゲームをもとにした小説のほか、魔女の義母・義姉妹たちと暮らすことになった高校生の少年を描く『どきどき☆リトル・ウィッチーズ』『天使時間』（二〇〇二〜〇三・徳間デュアル文庫）がある。

今野敏（こんの・びん　一九五五〜）本名敏《さとし》。北海道三笠市生。上智大学文学部新聞学科卒。大学在学中の七八年「怪物が街にやってくる」で問題小説新人賞を受賞し、小説家としてデビュー。卒業後、東芝EMIに入社し、ディレクター、宣伝担当を務めた後、執筆生活に入る。拳法アクション、ミステリ、SF、ユーモアと幅広く手がける。四人の超能力者がジャズ・カルテットを結成して、国際諜報組織や妖獣と闘う《超能力者》シリーズ（八二〜八九・講談社ノベルス、後に「ハイパー・サイキック・カルテット」と改題）、古代ユダヤの超人の血をひく超能力少女と山の民の末裔の戦士が、ナチスの〈新人類委員会〉と戦う伝奇アクション《新人類戦線》（八八〜九〇・天山ノベルス、後に「封印の血脈」と改題）、信州の別荘に出かけた人気漫画家・有栖が、パラレルワールドに迷い込む『遠い国のアリス』（八九・廣済堂ブルーブックス）、亡者を祓う鬼道を修めた男が主人公のオカルト・ミステリ『鬼龍』（九四・カドカワ・ノベルズ）、日本の歴史を未来にわたるまでシミュレートしたソフトをめぐって、政治家と零細なゲーム製作会社が戦う『蓬莱』（九四・講談社）ほか多数。

金春権守（こんぱる・ごんのかみ　生没年未詳）南北朝時代、観阿弥とほぼ同時代の能役者。金春禅竹の祖父。竜宮に取られた面向不背の玉を海人が奪い返したという昔語りの後、竜女となっていた海人が法華経の功徳で成仏するという、縁起的な謡曲「海人《あま》」は、権守の作に世阿弥が後半部に手を入れたものかといわれる。両親が鏡を通して異国の地にいる娘と語らうという趣向で、本来一場物であったという霊験能「昭君」も権守の作という伝がある。

金春禅竹（こんぱる・ぜんちく　一四〇五〜七一／応永一二〜文明三以前）能役者、謡曲作者。本名氏信。大和猿楽四座の中で最も由緒ある金春座の三十世太夫。金春権守の孫に当たり、世阿弥の娘を妻とする。若年の頃から世阿弥の指導を受け、世阿弥が佐渡に配流にあった間は、その妻を養ってもいる。当代一流の知識人、宗教家との交流が深くあり、その結果得られた仏教、儒教、神道思想などを能楽論形成に援用した。能楽論、また実作の面で、世阿弥を正統的に受け継ぎながらも、新展開を見せたと評価が定まるのは、この能の思想的深化に拠るところが大きいと思われる。代表的な能楽論として、『六輪一露之記』（五五／康正元頃成立）『至道要抄』（六七／応仁元成立）などがあり、一切の神仏を翁と結びつける宿神論は、幻想文学から見ても注目に値する理論展開であろう。謡曲にも、芭蕉の精が僧の読経の功徳に触れ、我が身のはかなさを嘆く「芭蕉」をはじめとする名作群がある。定家の執念の残る蔦葛に纏わりつかれて恋の呪縛から逃れられない式子内親王の亡霊の苦患を語る「定家」、杜若の精が、業平が歌舞の菩薩であることを称える「杜若」、『源氏物語』を題材に、恋の妄執に苦しむ玉鬘の亡霊を描いた「玉鬘《たまかずら》」、同様に六条御息所の霊を登場させた「野宮《ののみや》」、業平の霊が二条の后との恋を懐かしんで舞う「小塩《おしお》」、玄宗皇帝に仕える方士が蓬莱宮に至り、楊貴妃の亡霊の昔語りを聞き舞を見る「楊貴妃」、薄氷に紅葉を閉じた竜田川を渡ろうとした聖を押し留めた巫女が、夢中に竜田姫として顕現して舞を舞う「竜田」ほか。存疑作に、明恵上人の入唐を思い留まらせるため、春日明神が竜神たちに、釈迦が法華経を説いた霊鷲山＝春日山のありさまを再現させて見せる「春日竜神」などがある。

金春禅鳳（こんぱる・ぜんぽう　一四五四〜一五三二／享徳三〜天文元）室町時代の能役者、謡曲作者。金春禅竹の孫。足利義政が守り立てた京の観世座に対抗して、「一角仙人」「東方朔」などの異色の素材を用いた能を創作した。「一角仙人」は天竺を舞台に、竜神を岩屋に閉じ込めた一角仙人を、美女の色仕掛けで酔い潰れさせてしまうというストーリーで、「鳴神」の素材となっている。また「東方朔」は東方朔が西王母の桃の実により千年の寿命を得た次第を語るものである。ほかに、吉野の桜が神の宿る樹であることを聞かされた花守の老夫婦が、実は木守・勝手の明神であったという結構の「嵐山」などがある。また、出雲大社の神主の娘が可愛がっていた白鶏の往生を描く「初雪」、敦盛の遺児が夢告で生田の森に行き、父の亡霊と対面する「生田敦盛」など、子方が活躍する作品がある。

欣誉厭求（ごんよ・えんぐ　生没年未詳）江戸時代中期の浄土宗の僧侶。勧化物を手がけた。一七一六（享保元）年、奥州伊達郡の孝行な少年・善之丞が、父親の病平癒を願って八幡・薬師・観音の三仏に連日参詣した功徳で、地蔵菩薩に導かれて地獄極楽めぐりをした。その後、少年は無能のもとで出家して直往となった。この話を直往自身から聞いて書き記したのが厭求である。聞き書きをもとにした『孝感冥祥録』（三三／享保一八、伝阿校閲）、それをやや簡単なものに書き改めた『孝子善之丞感得伝』（八二／天明二）がある。地獄極楽の描写は非常に詳細である。また、盤察の原稿に手を入れて『小夜中山霊鐘記』（四八／寛延元）を刊行している。

さ

彩院忍（さいいん・しのぶ　?〜）SFサイバーアクション『電脳天使』（一九九六〜九八・ソノラマ文庫）で第一回ソノラマ文庫大賞佳作入選。ほかに、天地が逆様の〈逆転層〉を舞台にしたSFサイキック・アクション『リバースド・ヘヴン』（〇一・角川スニーカー文庫）がある。

雑賀礼史（さいが・れいじ　?〜）別世界物のヒロイック・ファンタジー『龍炎使いの牙』（一九九五・富士見ファンタジア文庫）でデビュー。異世界往還型ファンタジーに伝奇要素をプラスした学園アクション《リアルバウトハイスクール》（九七〜・同）は、人気シリーズとなり、メディアミックス化された。

彩霞園柳香（さいかえん・りゅうこう　一八五七〜一九〇二／安政四〜明治三五）本名雑賀（後に広岡）豊太郎。別号に豊州、東洋太郎。大坂生。新聞記者の傍ら、仮名垣魯文門下の戯作者として実録物の作品を執筆。痴情の縺れから起きた殺人事件を、亡霊を登場させて怪談風に描きながらも、すべては神経のせいとする開化期小説の常套に倣い、悪人が自滅していくと解釈する『蔦紅葉函嶺夕霧』（八九・小学館）『片輪車』（九〇・東京駸々堂）がある。後者は複雑な展開でミステリ的であるが、構成や文体は前時代のもので、煩瑣である。

さいきなおこ（さいき・なおこ　一九六八〜）別表記に齋姫、別名に天河りら、斎王ことり。漫画家。『プリンセス迷図』（九三）で小説家としてもデビュー。さいき名で、退魔物のサイキック・ファンタジー《禁断のウィスパー》（九四〜〇二・コバルト文庫）、オカルト・ファンタジー・ミステリ《バベルの天使》（九八〜九九・同）、天河名で、パラレルワールドのフランスに召喚された女子高生が宝を捜して冒険を繰り広げる『月17世』（〇一〜〇三・同）『月のパンドラ』（〇四〜〇五・同）、退魔物のオカルト・ファンタジー『DOLLマスター！』（〇三〜〇五・同）、齋姫名で退魔物の伝奇アクション『あ・うんの神様』（〇一・パレット文庫）、斎王名でサイコメトリ能力のある刑事が主人公のミステリ《㊕捜査!?少年手帳》（〇五〜〇六・講談社X文庫）、BL小説を執筆。異世界往還物『13月王のソドム』（〇六・同）、吸血鬼物『真夜中のお茶会』『真夜中の棺』（共に〇七・同）などがある。

斉木晴子（さいき・はるこ　?〜）小説ASUKA新人賞読者大賞受賞。美青年の竜神と、巫女に選ばれた女子高生が事件を解決するコメディ『龍神さまの野望、その一歩。』（二〇〇〇・角川ティーンズルビー文庫）ほか。

斉城昌美（さいき・まさみ　一九五四〜）三重県生。別世界を舞台に、戦いに巻き込まれる宿命を負った神の子を描くヒロイック・ファンタジー《神狼記》（九〇〜九一・大陸ノベルス、九三〜九六・Cノベルス）でデビュー。ほかに、天狗の勢力争いが室町時代末期の政局に絡む伝奇ファンタジー《天狗妖草子》（九七・Cノベルス）など。

祭紀りゅーじ（さいき・りゅうじ　?〜）一九九七年より電撃文庫でゲームのノベライゼーションを執筆。オリジナル作品に、機械仕掛けの太陽が照らす円盤世界を舞台にしたSF『太陽機関士物語』（〇一・電撃文庫）、別世界物のアクション・ファンタジー『ジョイン！』（〇五・同）、ジェントル・ゴースト・ストーリー『皇帝ペンギンが翔んだ空』（〇六・同）などがある。

西條奈加（さいじょう・なか　?〜）北海道生。英語専門学校卒。日本から独立して鎖国し、江戸時代に生活水準を戻している国で起きた疫病の謎を追う『金春屋ゴメス』（二〇〇五・新潮社）で日本ファンタジーノベル大賞受賞。続篇の推理活劇『芥子の花』（〇六・同）がある。

西城由良（さいじょう・ゆら　?〜）静岡県出身。二〇〇四年、ウィングス小説大賞・編集部期待作を受賞し、デビュー。魔法物の別世界ファンタジー『宝印の騎士』（〇六〜〇八・ウィングス文庫）がある。

斎藤惇夫（さいとう・あつお　一九四〇〜）新潟市生。長岡で育つ。立教大学法学部卒。福音館書店で編集者を務める傍ら長篇童話を執筆。飼いリスのグリックが野生にかえるため、冒険の旅をする物語『グリックの冒険』（七〇・牧書店）で、日本児童文学者協会新人賞受賞。ネズミを主人公とする『冒険者たち』は、日本の本格的な動物ファンタジーを代表する作品である。「ガンバのぼうけん」としてテレビアニメ化もされた。続篇となる『ガンバとカワウソの冒険』（八二・岩波書店）では、絶滅寸前のニホンカワウソを登場させてガンバとの関わりを描くが、ファンタジー味は薄れている。ほかに評論『瀬田貞二の世界』（〇一・プラザイースト）など。

【冒険者たち】長篇小説。七二年牧書店刊。台所の床下の貯蔵穴に住むドブネズミのガンバは、友人のマンプクに誘われて海まで出かけたのをきっかけに冒険の途に就くことになる。三百キロ離れた夢見ガ島から助けを求めてやって来たネズミの忠太と共に、恐るべきイタチのノロイ一族からネズミたちを救うべく旅立ったのである。ヨイショ、ガクシャ、イダテン、イカサマ、ボーボ、バレット、バス、テノール、シジン、アナホリ、カリック、ジャンプ、オイボレ、マンプクという、個性と特技の際立つネズミたちが、持てる力のすべてを出して、自分よりもはるかに巨大な敵に立ち向かっていく。超自然的な面はないが、ノロイはその奸智と残忍さにおいて悪魔のごときであり、二者の戦いはほとんど象徴的な次元にまで高められている。

斉藤伊吉子（さいとう・いよこ　?〜）宮崎県生。九州大学英文科卒。バイオロイド物のSFファンタジー『ネオ・シンデレラ』（一九九一・白泉社）がある。

斉藤英一朗（さいとう・えいいちろう　一九五二〜）別名に浅木《あさき》龍郎《たつろう》。東海大学中退。大学在学中より『宇宙塵』に参加。主にSFを執筆するが、浅木名で時代小説も執筆。雷鳴と共に現れ、辺り一帯を極寒の地に変えて人を殺戮する謎の怪物を追うSFアクション《雷獣伝説》（八八〜九一・トクマ・ノベルズ）のほか、SFアクション《ハイスピード・ジェシー》（八四〜八九・ソノラマ文庫）、スペースオペラ《ハートランド星史》（八八〜九一・カドカワ・ノベルズ）、SFミステリ《一億光年の魔界》（九一〜九二・スーパーファンタジー文庫）など。

斎藤栄（さいとう・さかえ　一九三三〜）東京大田区生。神奈川県立湘南高校在学中、石原慎太郎らと同人誌『湘南文芸』を発刊する。東京大学法学部卒。横浜市役所に勤務する傍らミステリを執筆。六〇年『宝石』『面白倶楽部』共催のコント募集に「星の上の殺人」が佳作入選。六三年「機密」で『宝石』中篇賞を受賞。六六年『殺人の棋譜』で江戸川乱歩賞を受賞した。七二年に市役所を退職し執筆に専念。謎解きを重視した本格派の骨格に社会派的要素を交えた作風で、長篇を主体に旺盛な創作活動を展開する。代表作に『Nの悲劇』（七二）、『水の魔法陣』（七七〜七八）『火の魔法陣』（七八〜八〇）『空の魔法陣』（八二）

の三部作など。
　読者の意表を突く新機軸を打ち出すことで定評のある斎藤には、『乱歩幻想譜』をはじめ幻想文学的な設定による長篇がいくつかある。『謎の幽霊探偵』（八一・カッパ・ノベルス）は、物語の前半で殺害された被害者の一人が、後半の冒頭で幽霊となって登場し、事件の真相を突きとめようとする話。『魔扇子殺人事件』（八六・双葉社）は、所有者に不幸をもたらす魔力を持った六本の扇子が巻き起こす殺人事件をオムニバス形式で描く。とはいっても器物怪談めいた話ではなく、全篇の主眼は、全身の関節を外すことのできる女たちをヒロインとする猟奇趣味にある。医学ミステリ短篇集『恐怖の診断書』（七七・日本文華社）にも、医大の研究所で死骸から全身骨格を取り出す凄惨な作業に従事する人々を主人公にした猟奇犯罪短篇「屍臭の女」「骨の声」が収められている。様々なタイプの短篇・掌篇を集めた『夢見指南殺人事件』（八一・双葉ノベルズ）には、「氷川丸・幻の出航」から「人形塚奇談」まで〈恐怖の一ダース〉と題する怪談ショートショート十二篇が含まれている。ストレートな因果話ばかりだが、怪異の物的証拠が提示される点は、いかにも本格派の作品らしい。
【乱歩幻想譜】長篇小説。七四年光風社書店刊。大乱歩そのひとを主人公に、彼と関係のあった実在の人物・事件を織りまぜながら、乱歩ゆずりの猟奇と幻想の世界を連作風に繰り広げる異色中の異色作。「陰獣奇談」「孤島の奇人」「盲獣後日談」「黒蜥蜴の死」など、各章に乱歩作品にちなむ表題を付し、部分的に文体模写も試みるという徹底した凝り方に、斎藤の本領が発揮されている。

西東三鬼（さいとう・さんき　一九〇〇〜六二）俳人。本名斎藤敬直《けいちょく》。岡山県苫田郡生。日本歯科医専卒。三十三歳にして初めて俳句を作る。近代俳句を〈客観写生〉なる御題目と〈花鳥風詠〉の月並から解放した新興俳句（その運動は三九年に興り、官憲の弾圧によって四一年に終焉）を代表する俳人。コスモポリタン風の機智と頽廃の影を曳くシニカルな作風で、俳壇を越えて高い評価を受けてきた。句集に〈白馬を少女瀆れて下りにけむ〉〈緑蔭に三人の老婆わらへりき〉等の『旗』（四〇・三省堂）、〈男立ち女かがめる蟻地獄〉〈おそるべき君等の乳房夏来る〉等の『夜の桃』（四八・七洋社）、〈悪霊とありこがね虫すがらしめ〉〈青葡萄つまむわが指と死者の指〉等の『今日』（五二・天狼俳句会）、〈モナリザは夜も眠らず黴の花〉〈月枯れて漁夫の墓みな腕組める〉等の『変身』（六二・角川書店）があり、かすかながら女性嫌悪の、また若者嗜好の傾向が看取される。四八年、山口誓子を擁して俳誌『天狼』を創刊し、編集に携わる。五二年『断崖』を創刊主宰する。晩年には歯科医をやめ、一時『俳句』（角川書店）の編集長を務めた。散文にも天分を示し「神戸」（五四〜五六）「続神戸」（五九）「俳愚伝」（五九〜六〇）がある。
▼『西東三鬼全句集』（七一・都市出版社）

齋藤愼爾（さいとう・しんじ　一九三九〜）俳人。京城生。引き揚げ後は山形県の離島に育つ。高校時代に句作を始め、秋元不死男に師事。氷海賞を受ける。山形大学在学中に六〇年安保となり、句作を中断。六三年深夜叢書社を設立し、種々の幻想文学を含む異色の文学作品を数多く世に送り出す傍ら、評論なども執筆。八三年には句作を再開。また、《二十世紀名句手帖》（〇三〜〇四）ほかの叢書も数多く手がけている。〈人骨のかくもかそけく白き秋〉〈黄泉の子も螢火の毬撞いてゐし〉〈雛壇の奥に前《さき》の世うしろの世〉〈柱より誰か消えたり十三夜〉ほか、死の世界を思わせる句が多数ある。句集に『夏への扉』（七九・蒼土舎）『秋庭歌』（八九・三一書房）『冬の智慧』（九一・東京四季出版）『春の羇旅』（九八・思潮社）など。

斎藤田鶴子（さいとう・たづこ　一九三四〜八三）本名田村タツ子。神奈川県生。早稲田大学教育学部卒。早大童話会に所属して童話を書き始める。出版社、広告代理店勤務の後、主婦の傍ら児童文学を執筆。ファンタジー童話に、雷の子供と少年が大好きなカレーを通して親しくなる『空からきた子』（七九・岩崎書店）ほかがある。

さいとうちほ（さいとう・ちほ　？～）武蔵野美術短期大学卒。漫画家、イラストレーター。少女小説も執筆し、海の馬と少女のラブロマンスほかの作品を収めたファンタジー短篇集『風の息子』（一九九二・パレット文庫）がある。

斉藤直子（さいとう・なおこ　一九六六～）ルイ十五世の時代、美麗な青年騎士を主人公に、両性具有、サン・ジェルマン伯爵、若きメスメルなどを配した、記憶改変テーマの長篇『仮想の騎士』（二〇〇〇・新潮社）でファンタジーノベル大賞優秀賞受賞。

斎藤伯好（さいとう・はくこう　一九三五～二〇〇六）本名伯好《のりよし》。東京生。明治大学卒。翻訳家。ＳＦ、ミステリ、ファンタジーなどを多数翻訳。翻訳の代表作にロバート・ジョーダン《時の車輪》（九七～〇六・ハヤカワ文庫）など。テレパシーを使う猫そっくりの宇宙人と少年の交流を描く児童ＳＦ『モコモコネコが空をとぶ』（八六・岩崎書店）がある。

斎藤肇（さいとう・はじめ　一九六〇～）群馬県生。群馬大学情報工学科卒。システムエンジニアを経て小説家となる。『思い通りにエンドマーク』（八八）で講談社ノベルスよりデビュー。ミステリを執筆するほか、別世界ファンタジーがある。魔法から生み出された者たちが、自分の存在する意味と世界の謎を解く鍵を求めて世界をさまよう『魔法物語』（九〇・講談社ノベルス）、世界を救う少年を求めて放浪を続ける戦士の戦いを描く『新・魔法物語』（九六・講談社文庫）、強大な力を秘める結晶＝魔宝探索者の冒険を描く《魔宝世界アヴァルー》（九二～九三・講談社Ｘ文庫）など。

斎藤晴輝（さいとう・はるてる　一九三五～）東京生。早稲田大学文学部国文科卒。児童文学作家。代表作に『あゆの子アッポ』（七一）など。遠隔催眠術で人間を操る話、亡霊から才能をもらう話などを含む、ジュヴナイル・ミステリ・ショートショート集『遠隔催眠術』（七七・三省堂）、タイムスリップ物『おれたち先生の同級生』（八五・岩崎書店）などがある。

斎藤秀雄（さいとう・ひでお　一九〇四～八四）東京生。中央大学商科卒。戦前は無政府運動、共産主義労働運動に参加。戦後、様々な職業を経て、白光真宏会事務局長、副理事長となる。五九年から六一年にかけて宗教童話を執筆。光の輪が我欲の魔王を退治する「光のドーナツ」、幽界、神界の創造の瞬間、地下の天国、様々なタイプの煉獄といった諸世界を遍歴する「トンボ法師地下天国」「米粒法師の不思議な旅」ほかのファンタジーがあり、『光のドーナツ』（八八・白光真宏会出版局）『仲の悪い仲よしさん』（九一・同）にまとめられている。

斉藤洋（さいとう・ひろし　一九四四～）東京生。中央大学大学院文学研究科ドイツ文学博士前期課程修了。大学教師の傍ら児童文学を執筆。黒猫のルドルフを主人公に野良猫たちの生活と友情を描いた『ルドルフとイッパイアッテナ』（八七）で講談社児童文学新人賞受賞。主にファンタジーを執筆し、低学年向けから中高生向けまで幅広く、様々なタイプのファンタジーを多数手がけている。主な作品に次のものがある。時空間の歪みのせいで、過去の自分の中に入り込んでしまう男の話『アゲハが消えた日』（八八・講談社）、動物の姿形をした人間たちが暮らす異空間に紛れ込んだ少年の楽しい体験談『風力鉄道に乗って』（九〇・理論社）、仇敵同士の国の王子と王女の間に生まれた王子が伝説の魔物と戦う別世界ファンタジー『ジーク』（九二・偕成社）に始まるシリーズ、超能力少女と怨霊の対決を描くホラー『影の迷宮』（九四・小峰書店）、東南アジアの島のジャングルに隠されている涅槃的な別天地に入り込んだ少年を描く寓話ファンタジー『たったひとりの伝説』（九五・理論社）、様々な術が使える仙人狐が、時を超えて日本の歴史を体験する伝奇ファンタジー《白狐魔記》（九六～・偕成社）、メルヘン集『黄色いポストの郵便配達』(〇二・理論社)、退魔物《ナツカのおばけ事件簿》(九九〜〇五・あかね書房)《ムサシの妖怪パスポート》(二〇〇〇〜〇二・フレーベル館)、縮約版『西遊記』(〇四〜〇六・理論社)など。

斎藤史(さいとう・ふみ　一九〇九〜二〇〇二)歌人。東京生。父・斎藤瀏は軍人にして佐佐木信綱門下の歌人、二・二六事件に関わった。十七歳頃より短歌を作り『心の花』などに発表。三〇年、同門の前川佐美雄らと共に『短歌作品』を創刊、四〇年『魚歌』『歴年』(甲鳥書林)を続けて刊行し、モダニズムの新風を謳われる。軽やかで撓やかな綺想に富んだ歌と、二・二六事件に関わる暗鬱な歌が一巻のうちに同居している。以後は『朱天』(四三・同)『うたのゆくへ』(五三・長谷川書房)『密閉部落』(五九・四季書房)『風に燃す』(六七・白玉書房)と試行を重ね、『ひたくれなゐ』(七六・不識書院)で第十一回迢空賞を受けたが、『魚歌』の華麗なる歌風の残照が却って痛ましさを誘う。

【魚歌】第一歌集。四〇年ぐろりあ・そさえて刊。〈指先にセント・エルモの火をともし霧ふかき日を人に交れり〉〈夜毎に月きらびやかにありしかば唄をうたひてやがて忘れぬ〉〈たそがれの鼻歌よりも薔薇よりも悪事やさしく身に華やぎぬ〉〈夕霧は捲毛《カール》のやうにほぐれ来てえにしだの藪も馬もかなはぬ〉〈定住の家をもたねば朝に夜にシシリイの薔薇やマジョルカの花〉〈遠い春湖《うみ》に沈みしみづからに祭の笛を吹いて逢ひにゆく〉

▼『斎藤史全歌集』(九七・大和書房)

斎藤茂吉(さいとう・もきち　一八八二〜一九五三)歌人。山形県金瓶村生。東京大学医学部卒。写実を旨とするアララギ派の代表的歌人。第一歌集『赤光』(一三・東雲堂書店)は歌壇の垣を越えて広く読まれ、以後歌壇の第一人者と目された。精神科医の傍ら作歌と評論活動を続け、歌集は十七冊を数える。〈実相に観入して自然・自己一元の生を写す〉というのが、茂吉の唱えた写生論の要諦だが、作品を閲すれば、優れた幻視者であったと知れる。〈ほのぼのとおのれ光りてながれたる螢を殺すわが道くらし〉〈黒貝のむきみの上にしたたれる檸檬の汁は古詩にか似たる〉〈むらさきの葡萄のたねはとほき世のアナクレオンの咽を塞ぎき〉

斎藤隆介(さいとう・りゅうすけ　一九一七〜八五)本名隆勝。東京青山生。早稲田第一高等学院中退。明治大学文学部文芸科卒。雑誌記者、新聞記者などを経てNHKラジオの台本や劇団の文芸の仕事に従事。その間に童話を書き始め、山男の八郎が泣く子供のために山を持ち上げて海の波をせきとめる話を、訛りのある語り口で綴った「八郎」(五〇)を発表。「八郎」をはじめ、山火事を自分の体で消し止める大男を描く「三コ」、弱虫の少年がモチモチの木に山の神が灯す火を見る「モチモチの木」、山んばが山の密かな場所に人間の優しい行いが花を咲かせていることを語る「花咲き山」など、後に滝平二郎の切り絵による絵本ともなった創作民話の秀作の数々を収録した『ベロ出しチョンマ』(六七・理論社)は、衝撃と共に児童文学界に迎え入れられた。その文章は、方言の語り言葉による場合でも、標準語の書き言葉による場合でも、独特の力強さと簡潔さを有する。また内容的には、貧しいがたくましく心優しく生きる庶民への限りない共感と、心ない権力者たちへの抵抗心に満ちている。隆介は抵抗文学としての創作民話の書き手であったといえよう。百姓一揆を背景に少年の成長を描いたリアリズムの長篇『天の赤馬』(七九)により日本児童文学者協会賞受賞。短篇の創作民話集に『立ってみなさい』(六九・新日本出版社)『わらの馬』(七九・講談社)ほか多数。長篇ファンタジーに、平和なユートピアを築くため、汚れた地上に降り立った雪の神の娘ゆきの活躍を描く『ゆき』(六九・講談社、劇場アニメ化)がある。このほか、職人の聞き書きをまとめた『職人衆昔ばなし』正続(六七〜六八)『町の職人』(六九)など。

▼『斎藤隆介全集』全十二巻(八二・岩崎書店)

西門佳里（さいもん・かり　?～）東京生。近未来を舞台にした伝奇アクション《犬神遣い》（二〇〇四～〇五・講談社X文庫）でデビュー。ほかに、死者の魂をあの世に導く役目を継いだ幼い猫の迷いを描く『鍵の猫』（〇五・同）など。

砂浦俊一（さうら・しゅんいち　一九七八～）分身テーマの学園サスペンス『隣のドッペルさん』（〇五・スーパーダッシュ文庫）、吸血症の少女をめぐるサスペンス『吸血の季節』（〇七・同）がある。

佐江衆一（さえ・しゅういち　一九三四～）本名柿沼利招《としあき》。東京浅草生。県立栃木高校卒。文化学院で学び、コピーライター等を経て、六〇年より文筆生活に入る。社会問題をテーマとした作品で知られ、老いをテーマとする『黄落』（九五）でドゥマゴ文学賞を受賞。出発時には反リアリズムの作風であり、芥川賞候補となった初期作品「繭」（六一）も、現実の内部にある不気味な存在を象徴的に描いた幻想短篇である。その後もリアリズム小説と並行して幻想短篇を執筆。苦労して手に入れたマイホームを舞台に不気味な隣人が平和な生活を脅かす表題作や「繭」などを収録した初期短篇集『猫族の結婚』（七三・冬樹社）、ほとんど人形と化した肥満女性を見世物にする話と、女が脳内で紡ぐ幻想的な人形の物語が並行的に語られる表題作、五つの夢の記述めいたもので構成されている「夢の墓穴」などを収録する『贋人形』（七七・筑摩書房）、消えた妻子を追って、いつの間にか虚空になった二階に通ずる階段を駆け上がって行く男を描いた「初めての仕事」ほか、哀感と不気味さを漂わせる短篇集『奇妙な惑星』（八四・福武書店）などがある。

　九〇年前後から時代小説、歴史小説に手を染めるようになり、幕末のアイヌを題材とした『北の海明け』（九〇）で新田次郎文学賞を受賞。ほかの代表作に、中山義秀文学賞受賞の『江戸職人綺譚』（九五）、一遍上人を描いた『わが屍は野に捨てよ』（〇二）などがある。時代小説の幻想物に、源義経の怨念が八つの魔として江戸時代に蘇る、八犬伝の趣向を借りた伝奇時代小説『神州魔風伝』（九四・講談社）がある。

冴木忍（さえき・しのぶ　一九六五～）兵庫県神戸市生。別世界を舞台に、強過ぎる力を持つ職業魔術師と、面倒見のいいその弟子が巻き起こす騒動を描いたヒロイック・ファンタジー《メルヴィ&カシム》（九一～・富士見ファンタジア文庫）で第一回ファンタジア長編小説大賞佳作に入選し、デビュー。以後、一貫してファンタジー、伝奇作品を執筆しており、SF色があまり見受けられない点で貴重なファンタジー作家である。主人公は強い力を持つものの、愚直、純真、誠実といった弱点ゆえに要らぬ苦難を強いられるという設定が過半を占める。また冒険の過程で世界に関わる秘密が明かされるという展開になる別世界物が多い。一定のレベルを保ってコンスタントに作品を出し続ける職人的な小説家といえる。主な作品には次のものがある。能天気な子連れ男の冒険ファンタジー『天高く、雲は流れ』（九五～〇四・同）、魔術師が過去の厄介な遺物を始末する話を中心とし、若干のSFテイストがあるが、魔法の用い方に魅力がある連作短篇集《道士リジィオ》（九一～・同）、盗賊と王女を主人公にしたコミカル・ファンタジー《風の歌星の道》（九一～〇一・角川スニーカー文庫）、魔法と科学の入り交じった世界を描く『星の大地』（九三・同）、中華風別世界を舞台に、人ならぬ楽士の青年が魔物に脅かされながら冒険を繰り広げた末に、新たなる創造神として選ばれる《夢天幻想譚》（九五～九七・同）、妖魔が跋扈する世界を舞台に、契約を結んだ妖魔と共に旅を続ける魔道士の末裔を描くヒロイック・ファンタジー《リュシアンの血脈》（〇五～〇七・同）、鬼との戦いを描くコミカル伝奇『星空のエピタフ』（九二～九三・富士見ファンタジア文庫）、続篇の伝奇ファンタジー短篇集《妖怪寺縁起》（九八～二〇〇〇・角川スニーカー文庫）など。

【卵王子カイルロッドの苦難】長篇小説。九二〜九五年富士見書房（富士見ファンタジア文庫）刊。小国の王子カイルロッドは、伝説の魔道士のせいで、一晩のうちに国が石化するという悲劇に遭遇する。王子は、魔道士に呪いを解いてもらうべく、見習い魔道士の少女と流浪の剣士を仲間として冒険の途に就く。様々な事件を経て王子は、この世と歴史の真実を、また自分が神魔の気により処女受胎で生まれた魔を滅する道具であったことを知る……。少年向け文庫の常としてコミカルな要素が種々盛り込まれているが、おおむねシリアスな流れの物語。散華した王子が転生するという結末を除けば、ご都合主義的なところも少ない作品である。魔的なものも人間の愚かさが中立的なものを歪めた結果生じたものと捉えられており、説得力ある物語展開となっている。

佐伯庸介（さえき・ようすけ　一九八一〜）島根県生。伝奇アクション『ストレンジ・ロジック』（〇四・電撃文庫）がある。

三枝和子（さえぐさ・かずこ　一九二九〜二〇〇三）兵庫県神戸市生。関西学院大学文学部卒。同大学院哲学科中退。五九年頃から『三田文学』や『試行』などに作品を発表しはじめる。六三年「葬送の朝」が第二回文芸賞長篇部門で佳作入選。六五年から『審美』を舞台に前衛的な小説実験に着手、第一作品集『鏡のなかの闇』（六八・審美社）、短篇集『処刑が行なわれている』（六九・同）などを刊行。後者により六九年度の田村俊子賞を受賞。実在と非在のはざまに揺曳する喫茶店〈珈琲館木曜社〉をめぐる内宇宙彷徨の物語『珈琲館木曜社』（七三・集英社）などに一つの達成をみる。能楽の影響が色濃い『八月の修羅』（七二・角川書店）、狂気を宿した血縁共同体を描く『乱反射』（七三・新潮社）あたりから、日本的風土に根ざした実験小説へと向かい、土俗の闇に鎖ざされた〈村〉を、〈死の舞踏〉さながらに狂気と死が席捲する長篇『月の飛ぶ村』（七九・新潮社）『鬼どもの夜は深い』（八三・同）に結実する。後者により泉鏡花文学賞を受賞した。幻想性の濃厚な作品集に、四季十二カ月にあわせて〈メビウスの環のように〉構成された『野守の鏡』（八〇・集英社）がある。

三枝健人（さえぐさ・たけと　？〜）戦国時を舞台に、邪神と戦う不死者を描いた伝奇アクション『黄泉の剣士』（一九九八・プレリュード文庫）、クローン物のエロティック・アクション『マリオネットの恐怖』（九九・同）がある。

三枝零一（さえぐさ・れいいち　一九七七〜）兵庫県生。大阪の某大学院で物理学を専攻した。未来世界を舞台に、情報制御など、科学的意匠を施された魔法使いたちが活躍するSFファンタジー・アクション『ウィザーズ・ブレイン』（〇一〜・電撃文庫）で電撃小説大賞銀賞を受賞してデビュー。

小枝繁（さえだ・しげる　一七四一？〜一八三二／寛保元？〜天保三）戯作者。本姓露木。通称七郎次。別号に絳山樵夫など。幕府の旗本で、水戸藩の家臣となり、四谷に住んだ。「神霊矢口渡」をもとにした新田義貞の遺児物で、義貞の怨霊のほか、神狐の予言、恋の怨みの祟りなどの趣向があり、結末で主人公たちが登仙する『絵本璧落穂《えほんたまのおちぼ》』（〇六／文化三、葛飾北斎画）を代表作とする。翻案的物語作りが多いが、心理に添った合理的な展開を心がけ、堅実な読本を執筆した。ほかに、柳の精物『〈卅三間堂棟材奇伝〉柳の糸』（〇九／同六、蹄斎北馬画）、お家騒動と敵討を軸に板橋三娘子説話、死霊の祟りなどの伝奇的趣向を盛り込んだ『催馬楽奇談《さいばらきだん》』（一一／同八、同画）、勧化物『兵庫築島伝』を粉本とし、横笛の霊が双子の妹・名月に乗り移って時頼と思いを遂げ、松王を産むという展開を持つ『〈経島履歴〉松王物語』（一二／同九、葛飾北斎画）、『小栗実記』を粉本とし、新田義興主従の霊が豪傑に転生して集結する『〈寒燈夜話〉小栗外伝』（一三〜一五／同一〇〜一二、同画）、心中物に猫股退治、山神の顕現を加えた『〈孝子美談〉津摩加佐爾』（一八／同一五、歌川国直画）、『道成寺鐘魔記』（二一／文政四）など。

早乙女貢（さおとめ・みつぐ　一九二六〜二〇〇八）本名鐘ケ江秀吉。満州哈爾浜市生。慶応義塾大学文学部中退。戦後、山本周五郎に師事。六八年『僑人の檻』で直木賞を受賞。歴史小説の代表作に、戦国時代の武人を描く『血槍三代』（七四）『北条早雲』（七六）や幕末維新史に取材した『おけい』（七四）『沖田総司』（七六）などがある。伝奇・忍法小説も数多く執筆しており、ペルシアから渡来した〈猫一族〉の哀史を山岳民幻想に絡めた『猫魔岳伝奇』（八〇・光風社出版）など怪奇趣味を強調した作品も散見される。伝奇短篇集『夢幻の城』（七三・東京文藝社）には、山岳修験の霊域を汚した者たちの凄惨な末路に、嗜血症の稚児や土中から甦る役の行者が関わる表題作や、エロティックな天草四郎幻想の物語「美少年」などが含まれている。

酒井朝彦（さかい・あさひこ　一八九四〜一九六九）本名源一。長野県生。早稲田大学英文科卒。教員、編集者などを経て童話作家となる。信濃を舞台に、子供たちの生活をリアルに描いた作品で有名だが、大正末から昭和初期にかけての初期の童話には小川未明の影響著しいファンタスティックなものが多い。星に招かれて天へ昇ろうとした蛍が都会を天だと思いながら死んでいく「天に昇つた蛍」（二四）、有名になって故郷に帰って来た詩人が門と昔話をする「ふるさとの門」（二四）、ちょうちんの青い光に照らされて死者の世界が浮かび上がる「青い光の国」（二七）などの短篇のほか、石も水も草木虫魚も心を持っている世界を優しく描く幼年童話集『木馬のゆめ』（三〇・金蘭社）などがある。

酒井友身（さかい・ともみ　一九四八〜九四）新潟県妙高高原生。明治学院大学文学部卒。優しさをテーマにした甘やかなメルヘン集『星になったガラスの王子』（八三・婦人生活社）のほか、『愛のメルヘン・ギリシャ神話』全十二巻（八四〜八六・教育出版センター）がある。

酒井直行（さかい・なおゆき　一九六六〜）別名に直遊紀《ちよくゆうき》、遊直《ゆうちよく》。愛媛県宇和島市生。愛光学園高等部卒。脚本家。テレビドラマ、特撮、アニメからゲーム、漫画原作まで幅広く手がける。脚本の代表作に「GUILSTEIN」（〇一）「MUSASHI-GUN道」（〇六）など。小説に、直遊紀名で、警視庁特殊能力捜査課の刑事たちを描くコメディ短篇集『へっぽこSPなごみ！』（〇一・電撃文庫）、遊直名でアンドロイド物のラブコメ・アクション『オルガナー』（〇五・スーパーダッシュ文庫）がある。

坂入慎一（さかいり・しんいち　？〜）未来風世界を舞台にした復讐テーマのアクション『シャープ・エッジ』（二〇〇三・電撃文庫）で電撃ゲーム小説大賞選考委員奨励賞受賞。不死の少女の周りに幽霊や死を呼ぶ人間、魔術師などが集まってくる、友情テーマのアクション『F』（〇五〜〇六・同）がある。

榊一郎（さかき・いちろう　一九六九〜）大阪府生。大阪大学卒。勇者を目指す少女と菜食主義のドラゴンの触れ合いを描くファンタジー『ドラゴンズ・ウィル』（九八・富士見ファンタジア文庫）で、ファンタジア長編小説大賞に準入選し、デビュー。〈世界を滅ぼすウイルス〉と断定された王女が、様々な敵に命を狙われながら、兄姉と共に旅を続ける別世界ファンタジーだが、最後に人類封じ込めテーマのSFになってしまう《スクラップド・プリンセス》（九九〜〇五・同、テレビアニメ化）で人気を博す。以後ライトノベルで活躍し、魔法の使いすぎで魔族に堕ちた人間たちを狩る男を描くヒロイック・ファンタジー《ストレイト・ジャケット》（二〇〇〇〜・同）、異世界召喚、ロボット戦闘、ハーレム・コメディといった要素を取り混ぜた『イコノクラスト！』（〇四〜〇八・MF文庫J）、魔法学園物のラブコメディ『まじしゃんず・あかでみい』（〇三〜〇七・ファミ通文庫）ほか多数の作品がある。

さかき傘（さかき・かさ　？〜）ポルノ小説を執筆。『式神戦巫女水輝』（二〇〇四・二次元ドリームノベルズ）ほか。

榊涼介（さかき・りょうすけ　？〜）東京生。

編集者、テクニカルライターを経て、『偽書信長伝』（一九九二・角川スニーカー文庫）で小説家としてデビュー。同作はゲームをもとにした奇天烈なキャラクターによる戦国物で、同趣向の坂本竜馬篇『偽書幕末伝』（九三～九四・電撃文庫）もある。ほかに『アウロスの傭兵』（九五・同）に始まる別世界物のアクション・ファンタジー・シリーズ、少年向けホラー『マガツイシ』（〇五・ジャイブ＝カラフル文庫）、ゲームのノベライゼーションなど。

榊原和希（さかきばら・かずき　一九八〇～）大人たちが突然消失した夏休みの街で、少年たちが冒険を繰り広げる『僕らは玩具の銃を手に』（九八・コバルト文庫）でコバルト・ノベル大賞入賞。サイコ・サスペンスなどのほか、倍の速さで成長する人間と老化が止まる人間とが出現して混乱した社会を描くサスペンス『Run ×』（二〇〇〇・スーパーファンタジー文庫）がある。

榊原史保美（さかきばら・しほみ　?～）デビュー時は姿保美。一九九五年に改名。東京生。中央大学文学部卒。青年たちの愛憎をテーマとしたミステリ「螢ケ池」（八二）で小説家デビュー。濃厚な男性同性愛と芸能の世界をテーマにした作品を多数執筆。幻想味の濃いものに、古い因習の残る落人の村に出自を求めて赴いた青年たちが巻き込まれる運命を描く伝奇ミステリ『竜神沼綺譚』（八五・光風社出版）、自らの血の出所を知らぬ双子の兄弟の運命を描き、鬼の末裔の一族を登場させた伝奇ミステリ『鬼神の血脈』（八八・天山出版）、廐戸皇子が魔の道に入るのを阻止するべく、命をかけて呪法を行うまでに至る蜂子皇子の愛をテーマとした歴史ロマン『火群の森』（九二・太田出版）、行方不明者を出すと畏れられているジュナ神の祭りの謎をめぐる物語を中心とするラブロマンス『蛇神ジュナ』（九五・青樹社）、歴史の闇に葬られた幻の能や封印された宗教民画などを配した伝奇ミステリ『ペルソナ』（九七・双葉社）など多数。

坂口安吾（さかぐち・あんご　一九〇六～五五）本名炳五《へいご》。新潟県新津町大安寺生。生家は地元の大地主。父・仁一郎は地方政界の有力者だったが、使用人や食客多数を抱える大所帯で家計は苦しかったという。十三人兄妹の十二番目に生まれた安吾は、幼少時から家にも学校にもなじまぬ叛逆児で、無断欠席をかさね、県立新潟中学二年のとき落第、翌年放校となる。上京して豊山中学に転入、卒業後、小学校の代用教員を経て、二六年東洋大学印度哲学科に入学する。仏教思想に傾倒、悟りをひらくため厳しい修行を自らに課し、梵語、チベット語、パーリ語など語学に打ち込む。フランス語を学ぶためアテネ・フランセに通い、三〇年、同校で知り合った江口清、葛巻義敏らと『言葉』を創刊。翌年、同誌に処女作「木枯の酒倉から」を、同誌の後継誌『青い馬』に「風博士」「黒谷村」を発表、牧野信一の絶讃を得、文壇に認められた。その後、新進女流作家・矢田津世子との苦悩に満ちた恋愛と別離を経験、そこからの解脱を求めて長篇『吹雪物語』（三八）を執筆、頽廃無頼の放浪生活を送る。四〇年、大井広介、平野謙らの『現代文学』に参加、「日本文化私観」（四二）などのエッセーや短篇「木々の精、谷の精」（三九）「真珠」（四二）に新境地を拓く。四六年発表の「堕落論」「白痴」は、敗戦直後の混乱期を生きる人々の心をとらえ、安吾は太宰治や織田作之助とならぶ無頼派の旗手として一躍流行作家となった。以後、「桜の森の満開の下」「青鬼の褌を洗う女」（四七）などの傑作短篇をはじめ、「道鏡」（四七）などの歴史小説、「不連続殺人事件」（四七～四八）などの推理小説を相次ぎ発表。四九年、過労と薬物使用による精神錯乱で東大病院神経科に入院。その後も『安吾巷談』（五〇）「安吾新日本地理」（五一）などの文明批評風エッセーに新たな展開を示したが、脳溢血により急逝した。

　安吾の幻想文学作品は、①ポーやフランス文学の影響を感じさせる初期の奇想天外なファルス②王朝期や中世を舞台とする後期の説話風幻想短篇に大別できる。

①武蔵野を彷徨する語り手の前に、真っ黒な弾丸のように転がり出た男が〈神々の魔手に誘惑された話〉を語る処女作「木枯の酒倉から」、不眠症に悩む坂口アンゴと霓博士《ニジ》が〈森の酒場〉で演じる奇矯な一幕を描いて、「風博士」の姉妹篇といった趣の「霓博士の廃頽」（三一）、ポーの影響が色濃いドッペルゲンガー綺譚「群集の人」（三二）など。

②安吾幻想譚の最高傑作である「桜の森の満開の下」をはじめ、仏法に目覚めた化狸の求道にかける執念が様々な怪異を現す「閑山」（三八）、色好みの大納言が、月界の笛を取り戻しにきた天女の美に煩悶し、最後には一掬の水に変じる「紫大納言」（三九）、飛騨の匠・耳男が、夜長の長者のもとでホトケの像を刻むうち、残忍な美女・夜長姫との確執から、ホトケならぬバケモノの像を彫りあげる「夜長姫と耳男」（五二）など。

▼『坂口安吾全集』全十七巻（九九～二〇〇〇・筑摩書房）

【風博士】短篇小説。三一年六月『青い馬』掲載。〈諸君は、東京市某町某番地なる風博士の邸宅を御存じであろう乎？　御存じない。それは大変残念である〉という人を食った文体で始まるナンセンス・ストーリー。源義経は成吉思汗となってバスク地方に隠棲したという学説を唱える風博士は、憎むべき論敵・蛸博士に復讐を計画するが一敗地にまみれ、最後に本物の風と化して消失、時を同じくして蛸博士はインフルエンザに冒されるのだった。

【桜の森の満開の下】短篇小説。四七年六月『肉体』掲載。桜の花の下を通ると、人は気が変になる。鈴鹿峠の山賊が八人目の妻にしようと奪い取った美女はこのうえもなく残忍な性格で、前の妻たちを容赦なく斬り殺させる。山賊は女の美しさに桜の花に似た脅えをおぼえる。やがて二人は都に出、山賊が強盗に押し入った先で集めてくる人の首で、女はグロテスクな首遊びに興じる。都の生活に倦んだ山賊は、女を背負って山へ帰るが、途中、桜の花の下で女は鬼女と変じ、男は夢中で女を絞め殺す。女も山賊も降りつもる花びらの中に消える。〈桜の森の満開の下の秘密は誰にも今も分りません。あるいは「孤独」というものであったかも知れません〉。

坂田よしみつ（さかた・よしみつ　一九四八～）織田信長はじめ地獄に堕ちた戦国武将らが覇権を争う『地獄の底まで戦国時代』（九四・講談社ノベルス）がある。

嵯峨の屋おむろ（さがのや・おむろ　一八六三～一九四七／文久三～昭和二二）本名矢崎鎮四郎。別号に嵯峨の山人など。江戸日本橋生。父は下総関宿藩を脱藩し彰義隊に参加、後に入牢し、一家は辛苦に喘いだ。東京外語学校露語科卒。在学中から小説家を志し、八六年、二葉亭四迷の紹介で坪内逍遥に師事。文明批判的かつ浪曼的な作風の『無気味』《あじきなし》（八八）「初恋」（八九）などで脚光を浴び、前期浪曼主義文学の先駆者となった。宗教的苦悩に煩悶する主人公が、赫奕姫《かぐや》に導かれて月界の宮殿に到る幻想を描いたファンタスティックな短篇「夢現境」（九一）がある。

佐神良（さがみ・りょう　一九六六～）神奈川県生。早稲田大学教育学部卒。近未来の荒廃した日本を舞台に、無法地帯で生き延びる若い女性たちの戦いを描くサスペンス・アクション『S.I.B　セーラーガール・イン・ブラッド』（〇三・カッパ・ノベルス）でデビュー。ほかに、同設定の下、実験と称して人外魔境に置き去りにされた教師と子供たちを描いた異色ミステリ『僕らの国』（〇五・光文社）がある。

坂本伊都子（さかもと・いつこ　一九二九～）東京生。大宮市立女子商業学校卒。児童文学作家。ファンタジーに、三人の小学生が王子稲荷の狐に導かれて過去のいろいろな時代に行き、王子の来歴を知る『お稲荷さんに消えた』（八二・小峰書店）がある。

坂本康宏（さかもと・やすひろ　一九六八～）愛媛県生。愛媛大学農学部卒。公務員の傍ら小説を執筆し、環境庁所属の巨大合体ロボットで怪獣と戦う『歩兵型戦闘車両００《ダブルオー》』（〇一・

徳間書店）により日本SF新人賞佳作入選。脳の一部が機械化される機械化汚染症候群によって、多くの人間がつながっている歪んだ社会を舞台にしたSF『シン・マシン』（〇四・早川書房）のほか、愛好の特撮ヒーロー物を素材とする『逆境戦隊×《バツ》』（〇六・ハヤカワ文庫）『稲妻6《シックス》』（〇八・徳間書店）がある。

左川ちか（さがわ・ちか　一九一一～三六）本名川崎愛子。北海道小樽生。小樽高等女学校卒。『詩と詩論』『椎の木』などに詩を発表。死後、『左川ちか詩集』（三六・昭森社）が刊行された。抒情的ながら透明感のあるシュルレアリスムの詩を残した。〈髪の毛をふりみだし、胸をひろげて狂女が漂つてゐる。／白い言葉の群が薄暗い海の上でくだける。／破れた手風琴、／白い馬と、黒い馬が泡たてながら荒々しくそのうへを駈けわたる。〉（「記憶の海」全篇）

咲田哲宏（さきた・てつひろ　一九七三～）愛知県生。架空世界からやって来た竜が人間を支配したため、世界が異様な状況になったことに気づいた高校生たちを描く冒険ミステリ『竜が飛ばない日曜日』（二〇〇〇・角川スニーカー文庫）で角川学園小説大賞優秀賞受賞。台風で孤立したペンションを舞台に、体内に潜って人を操る水魔との戦いを描いたSFホラー・ミステリ『水の牢獄』（〇二・同）がある。

咲村観（さきむら・かん　一九三〇～八八）本名飯間清範。香川県高松市生。東京大学法学部卒。サラリーマン生活の後、七七年、作家活動に入る。主に企業小説を執筆。『雨月物語』の現代語訳を交えつつ、上田秋成の生活と秋成自身が体験した怪異を描く『真説雨月物語』（八七・読売新聞社）がある。

さくまゆうこ（さくま・ゆうこ　?～）「1st. フレンド」（一九九九）でコバルト・ロマン大賞佳作を受賞。近未来が舞台のサイコ・ミステリ『超心理療法士「希祥」』（二〇〇〇～〇一・コバルト文庫）、現代を舞台にした伝奇サスペンス・ファンタジー『札屋一蓮！』（〇二～〇五・同）、学園忍術ファンタジー『天音流繚乱』（〇四～〇五・同）、異世界が舞台の海洋冒険ファンタジー『聖海のサンドリオン』（〇六～〇七・同）、天使物『ラグナレック叙情詩《リリック》』（〇七～・同）などがある。

佐倉朱里（さくら・あかり　?～）東京生。BL小説作家。中華ファンタジー『月と茉莉花』（二〇〇三～〇六・幻冬舎＝リンクスロマンス）がある。

桜井亜美（さくらい・あみ　?～）東京生。恋愛小説、青春小説を執筆。デビュー作『イノセントワールド』（一九九六）が映画化され、ベストセラーとなる。仮想空間で恋愛を成就させようとした男の顚末を描くSFファンタジー『神曲』（〇二・幻冬舎）、地球の守護神たちの宿主となった高校生たちと悪霊の戦いを描く学園伝奇ファンタジー『シックス・ルーン』（〇六～・ソニー・マガジンズ～ヴィレッジブックス＝エッジ）がある。

桜井和生（さくらい・かずお　一九四八～）新潟県長岡市生。イラストレーターを経てダイナミックプロダクションに勤務。漫画原作のほか小説も手がける。二千年の時を超えて復活した秦始皇帝と対決する青年を描いたSFアクション『上海魔都市馬怒虎《バイカル・タイガー》』（九〇・エニックス文庫）、十二世紀のチベットを舞台に、不思議な力を持つ王子の宿命を描く『蒼狼伝説』（九一～九二・スーパーファンタジー文庫）などがある。

桜井信夫（さくらい・のぶお　一九三一～）本姓伊藤。東京生。国学院大学国文科卒。編集者、コピーライターを経て児童文学者となる。伝記をはじめとする児童向けノンフィクションを中心に執筆し、《ほんとうにあったふしぎな話》《ほんとうにあったこわい話》（共に九〇・あすなろ書房）ほかの怪奇実話物を手がける。詩や俳句のアンソロジーなども編纂している。創作に、児童向けSF『コンピューター人間』（七一・国土社）、雪娘と青年の恋を通して雪国に生きる者の宿命と喜びを語る民話風メルヘン『ゆきむすめの里』（八六・同）など。

桜井牧（さくらい・まき　?～）平安時代の

山里を舞台に、盲目の術者の恋と戦いを描く『月王』（一九九六・富士見ファンタジア文庫）でファンタジア長編小説大賞佳作入選。ほかに、現代を舞台にした伝奇ファンタジー『銀砂の月・坤の群青《あお》』（〇一・エンターブレイン＝Aノベルス）など。

桜川慈悲成（さくらがわ・じひなり　一七六二?～一八三九頃?／宝暦一二?～天保一〇頃?）落語家、戯作者。通称錺《かざり》屋大五郎。別号に芝楽亭。江戸芝宇田川町の金工、あるいは鞘師という。落語の中興の祖ともいわれ、烏亭焉馬の噺の会に参画、また自らも会を主宰した。戯作は岸田杜芳に師事し、岸田没後に桜川姓を継いだ。黄表紙と咄本を中心に、滑稽本、合巻などを手がけた。咄本には、『鶴の毛衣』（九八／寛政一〇）、腹の中から分身を吐き出す能力のある鉄拐仙人と瓢箪から馬を出す張果老仙人が見世物に雇われて張り合う話「鉄拐」を含む『落噺常々草《おちばなしつねづねぐさ》』（一〇／文化七頃）、本妻と妾が互いに呪い殺しあった挙句、火の玉になってもまだ喧嘩し続ける「怪談」（「悋気の火の玉」の原話）を含む『延命養談集《えんめいようだんす》』（三三／天保四）など。黄表紙は、唐人からもらった、苦を忘れるお守りを配ると、物忘れの人々が溢れてとんでもないことになってしまう夢落ちの笑話『〈戯作書《げさくのかき》初《そめ》〉天筆阿房楽《てんぴつあほうらく》』（八八／天明八、歌川豊国画）が初作で、滑稽なものを中心に多数の作品がある。鬼一法眼を医者に設定して珍妙な治療を繰り広げる「御曹司島渡り」のパロディ『手遊張子虎之巻《てあそびはりこのとらのまき》』（九一／寛政三、同画）ほか。また、絵が抜け出したり、彫物が生命を得て動き出す趣向をしばしば使ったが、その該当作に古法眼の下絵、左甚五郎の彫刻になる竜が生命を得て動き出す様をコミカルに描いた黄表紙『作者根元江戸錦《さくしゃこんげんえどにしき》』（九九／同一一、同画）などがある。

桜坂洋（さくらざか・ひろし　一九七〇～）システム・コンサルタント業の傍ら小説を執筆。魔法にコンピュータ・プログラムの意匠をまとわせたSF伝奇アクション《よくわかる現代魔法》（〇三～〇五・スーパーダッシュ文庫）がスーパーダッシュ小説新人賞最終候補作となり、デビュー。近未来を舞台に、化物と戦う初年兵を描いた戦争アクション『All You Need Is Kill』（〇四・同）、仮想現実物のSF『スラムオンライン』（〇五・ハヤカワ文庫）などがある。

櫻沢順（さくらざわ・じゅん　一九五三～）東京生。「ブルキナ・ファソの夜」（九六）で日本ホラー小説大賞短編賞佳作入選。この世ならぬ世界を垣間見た男が、彼方の世界を感じさせる物品の蒐集に情熱を燃やす『アウグスティヌスの聖杯』（二〇〇〇・角川書店）、人魚の肉を賞味するグルメ旅行など、カルトな超常現象ツアーの噂を追う旅行代理店社員が、隠れ里めいたアフリカの小国で体験する一夜の不思議を描いた表題作のほか、アフリカのサファリパークとインドの宮殿を舞台とする綺譚を話中話とするメタフィクション「ストーリー・バー」を収録する短篇集『ブルキナ・ファソの夜』（〇二・角川ホラー文庫）がある。

桜田治助［初世］（さくらだ・じすけ　一七三四～一八〇六／享保一九～文化三）歌舞伎狂言作者。通称笠谷善兵衛。別号に柳井隣など。江戸生。幼少時より芝居を好み、江戸市村座に出勤。五七（宝暦七）年に初めて番付に名前が載り、六四（明和元）年には江戸森田座の立作者となる。亡くなるまでの四十年間、精力的に執筆活動を続け、百二十篇あまりの台本を書いた。派手さ、翳りのある明るさ、柔軟な変化性を特徴とし、安永、天明頃の最盛期の江戸歌舞伎界にあって、最も人気のあった作者の一人であった。女暫《おんなしばらく》に四天王の大蜘蛛退治を絡めたもので、女郎蜘蛛の精霊、神夏儀姫の神霊と枡花女の精霊などが登場する「四天王宿直着綿《してんのうとのいのきせわた》」（八一／天明元）ほかの作品がある。

桜田治助［二世］（さくらだ・じすけ　一七六八～一八二九／明和五～文政一二）歌舞伎狂言作者。江戸生。〇八（文化五）年、森田座で二世治助を襲名。平家物語の世界に「熊野」「殺生石」を入れ込んだもので、妖狐の亡魂や崇徳院の天狗が登場する歌舞伎狂言「伊勢平氏摂神風《いせへいじひいきのかみかぜ》」（一八／文政元）など。常盤津・長唄の作詞を得意とし、変化物を多数作詞。「猩々」を含む七変化所作事「月雪花名残文台」（二〇／同三）ほかがある。

桜田治助［三世］（さくらだ・じすけ　一八〇二～七七／享和二～明治一〇）歌舞伎狂言作者。俳号左交。江戸生。三三（天保四）年、中村座で三世治助を襲名し、まもなく立作者となった。読本の劇化や改作を多く執筆。〈背中合わせの幽霊〉で知られる趣向を取り入れ、怪談狂言に新味を見せた「名高手毬諷実録《なもたかしてまりうたじつろく》」（五五／安政二）がある。

桜庭一樹（さくらば・かずき　一九七一～）別名に山田桜丸。鳥取県生。フリーライターを経て、ファンタジーRPGのノベライゼーション『アークザラッド』（九六・スーパーファンタジー文庫、山田名義）で小説家としてデビュー。ゲーム関連の仕事を手がけた後、ウイルスによって子供社会となった隔離都市・新宿を描く近未来SF『ロンリネス・ガーディアン―AD2015隔離都市』（二〇〇〇・ファミ通文庫）が第一回えんため大賞佳作に入選し、桜庭一樹名で活動を始める。中世ヨーロッパの架空の小国を舞台にしたミステリ《GOSICK》（〇三～・富士見ミステリー文庫）で人気作家となる。一般向けの小説も執筆し、『少女には向かない職業』（〇五）ほかで注目を集める。製鉄業を営む山陰の旧家を舞台に、未来視能力を持つ女の一生を、その娘や孫娘などの人生と共に描いた『赤朽葉家の伝説』（〇六・東京創元社）で日本推理作家協会賞受賞。近親相姦テーマの『私の男』（〇七）で直木賞受賞。その他のSF、ファンタジーに、ゲームのキャラクターが、プレーヤーに恋をして現実世界に飛び出してくるラブコメディ『竹田くんの恋人』（〇二・角川スニーカー文庫）、上位世界にアクセスして時空を超えた女子高生を描く連作短篇集『ブルースカイ』（〇五・ハヤカワ文庫）などがある。

酒見賢一（さけみ・けんいち　一九六三～）福岡県久留米市生。愛知大学文学部卒。第一回日本ファンタジーノベル大賞を『後宮小説』（八九・新潮社）によって受賞し、文筆生活に入る。同作は、架空の中国王朝の年代記の一部という形式を取り、皇帝の正妃となった少女の運命を王朝の滅亡に絡ませて描いたもので、ユーモア溢れる語り口、徹底した捏造性などが高く評価された。ファンタジーノベル大賞は、もともとは三井不動産販売主催で始まり、初期には受賞作はアニメ化されるという条件がついていたため、テレビアニメ化され（放映題は「雲のように風のように」）、小説そのものもヒット作となった。この後、現在に至るまで、酒見は堅実なペースで作品を発表し続けている。

酒見の幻想小説は、大学時代の専門であったという中国古代哲学と関わる中国歴史伝奇と、メタフィクションやパロディなど、小説技法や物語論を強く意識した作品におおまかに分かれる。歴史伝奇としては、全十三巻に及び、名実ともに酒見の代表作となった『陋巷に在り』のほか、墨子の思想に従って生きる男が、小さな城を守り戦い死んでいく架空戦記『墨攻』（九一・新潮社）、古代中国を舞台に、超母権社会への憎悪から男尊女卑社会が生まれてくる様を神話的に描いた『童貞』（九五・講談社）、異色の三国志物『泣き虫弱虫諸葛孔明』（〇四～・文藝春秋）などがある。メタフィクションの代表作としては、『語り手の事情』（九八・同）が挙げられる。これは、性妄想を抱いている紳士たちが招かれる屋敷で、〈語り手〉が物語に巻き込まれてしまうという珍妙な設定のメタノベルである。ここでの〈語り手〉とは三人称小説で地の文を担当している、作家の傀儡のように動く人物で、影のような登場人物のこと。このほか、メタミステリのパロディ、哲学者の内面を語る話、籤引きで裁判を行う土地での物語などを収めた短篇集『ピュタゴラスの旅』（九一・講談社）などがある。

【陋巷に在り】長篇小説。九〇年十二月～〇二年五月『小説新潮』連載。九二～〇二年新潮社刊。全十三巻。孔子の愛弟子の顔回を主

人公に、孔子が魯の宰相を務めていた時代を描いている。酒見の設定では、孔子の儒教とは、大地自然（神霊）に対する礼を人間にまで敷衍したもので、それによって人界をも治めようとするものである。神は実体を持つ存在として描かれており、かまど神のような小さな神は姿を現したりもする。物語の展開としては、サイキック・ウォーズの如きものになっており、顔回を中心とする超能力者たちが、孔子に敵対する人々と戦う物語とも要約できるが、神霊との交流が具体的に描かれるため、SFではなくファンタジーになっている。敵方のヒロインで類稀な呪術の使い手・子蓉と顔回の対決は、本書の中心的なエピソードの一つであり、顔回が子蓉を救うために冥界降りをする部分は、幻想表現という点からも特筆すべきものがある。

『狭衣物語』（さごろもものがたり　一〇六九〜八四頃／延久〜永保年間成立）作者は六条斎院宣旨（源隆国の娘　?〜一〇九二／寛治六）とするのが定説。狭衣の中将が帝になるまでの半生を、女性関係を軸に描いた王朝物語。文章・構成共に高く評価されている作品。狭衣が従妹の源氏の宮を慕い続けながら、結局結ばれることなく、次々と別の女と関わりを持っていくという展開で、『源氏物語』の影響が濃厚だが、狭衣は自分自身に対してかなり否定的で、すぐに出家したがるところに特徴がある。幻想的な側面としては、狭衣の笛の妙に天稚彦が天より降り、天上へと連れ去ろうとするシーン、天照大神のお告げによって狭衣への譲位を決定するところなどがある。御都合主義的な神仏の顕現を嫌う『無名草子』では、こうした幻想的な趣向が目立ちすぎると非を鳴らしており、逆にそれが特徴だともいえる。

左近蘭子（さこん・らんこ　一九五五〜）兵庫県西宮市生。ユーモラスな幼年童話を主に執筆。〈ステゴザウルスのつめのあか〉をはじめ、変なものばかり置いてある博物館を舞台にした奇想的な童話『チンプンカンプン博物館』（八六・小峰書店）、わがままな天才発明家と正体不明の押しかけ助手の女の子の愉快なかけあいを描く『シャンプーはかせとリンスちゃん』（九〇・理論社）、発明家としゃべる二本足猫の活躍を描く《ビーカー博士とプッちゃん》（九四〜九五・小峰書店）など。

紗々亜璃須（ささ・ありす　?〜）オーストラリア生。日本大学心理学科卒。中華仙界を舞台に、純真きわまりない仙女にほだされた半人半妖の不良青年を描く『水仙の清姫』（一九九九・講談社X文庫）でホワイトハート大賞優秀賞受賞。修行中の仙女が人界で妖狐と戦うなどの冒険を繰り広げる《崑崙秘話》（二〇〇〇〜〇一・同）、十九世紀パリを舞台にした吸血鬼物『白い夜』（〇一・同）、海と地の底に存在する〈竜宮郷〉出身の異能を持つ少女の冒険を描く伝奇アクション『深青都市』（〇三・同）などがある。

笹公人（ささ・きみひと　一九七五〜）歌人。東京生。文化学院文学科卒。寺山修司の短歌をきっかけに、高校時代より作歌を開始。九九年に未来短歌会に入会し、岡井隆に師事。サブカルチャーとオカルト的な妄想に支配された人々をトラジ・コメディ風に描いた歌などが評判となる。歌集に『念力家族』（〇三・宝珍）『念力図鑑』（〇五・幻冬舎）『抒情の奇妙な冒険』（〇八・早川書房）など。〈立たされたまんま死にたる子のために建立された廊下地蔵や〉〈金星の王女わが家を訪れてYMOを好んで聴けり〉〈鏡から鏡へ移る魔術師に手錠をかけて夜がはじまる〉

佐々木君紀（ささき・きみのり　一九六一〜）宮城県生。武蔵大学経済学部卒。高度な文明を持つ超古代の帝国アトランティスを舞台にしたSF『アトランティス』（九〇〜九二・リム出版）でデビュー。同作は知られざる人類史を描くオカルトSF《カナン・ロード》の第一作にあたり、続篇もある。

佐々木譲（ささき・じょう　一九五〇〜）本名譲《ゆずる》。北海道札幌市生。立正大学文学部中退。コピーライターを経て、七九年「鉄騎兵、跳んだ」でオール讀物新人賞を受賞。代表作に日本推理作家協会賞、日本冒険小説協会大賞、山本周五郎賞受賞の『エトロフ発緊急電』（八九）など。スピーディーな展開のサスペンスを得意とする。札幌郊外に建つニューイングランド風の洋館を舞台とする清新な感覚の幽霊屋敷小説『死の色の封印』（八四・徳間書店）、人狼テーマのホラー・ミステリ『牙のある時間』（九八・マガジンハウス）がある。

佐崎健夫（ささき・たけお　?〜）佐崎登美との共著で、異世界探検の形式で電気を説明した啓蒙書『〈科学童話〉電気の国をゆく』（一九四九・国際出版）がある。

佐々木たづ（ささき・たづ　一九三二〜九八）本名田鶴。東京生。都立駒場高校中退。五〇年に緑内障のために失明。五六年童話作家を志し、野村胡堂に師事。代表作に『ロバータさあ歩きましょう』（六五）。ファンタジーに、少女に化けた子狸と少年の交流を描く小品「少年と子ダヌキ」ほかを収録する短篇集『白い帽子の丘』（五八・三十書房）、童子形の強くて優しい神が山の動植物や人間を助ける物語『こわっぱのかみさま』（七二・講談社）などの温かみ溢れる作品がある。

佐々木禎子（ささき・ていこ　一九六四〜）北海道札幌市生。九二年『JUNE』にてデビュー。BL小説、ホラー小説を執筆。BL小説のホラー・ファンタジーに『野菜畑で会うならば』（〇三・マガジン・マガジン＝ジュネノベルズ）など。一般小説のホラーに、鬼の角を生やし、霊的なものを感知するようになった少女が、怪事件に巻き込まれる『鬼石』（二〇〇〇・ハルキ・ホラー文庫）、性的虐待を受けていた父を殺し、サイコパスと共に殺人旅行をすることになった少女が、死の女神・菊理姫を呼び起こしてしまい、次第に現実が混沌としていく『くくり姫』（〇一・同）、妖しげな祭りの縁日を背景に、海を漂う無可有郷キラクに誘われた少年たちの恐怖と憧憬を描く『ラストヘブン』（〇六・トクマ・ノベルズ）などがある。

佐々木利明（ささき・としあき　一九四三〜）別名林田路郎。岩手県生。北海道大学卒。児童書編集の傍ら児童文学を執筆。自分が見た夢に関して嘘をついたと告発されて狐の裁判にかけられる少年の話『キツネ森裁判』（七六・アリス館牧新社、林田路郎名義、後に「キツネ森さいばん」と改題）、本物の狼に変身したぬいぐるみの狼と一緒に星の祭りを見る『ともだちはおおかみ』（八〇・同）などがある。

佐々木丸美（ささき・まるみ　一九四九〜二〇〇五）北海道当別町生。北海学園大学法学部中退。七五年『雪の断章』で小説家デビュー。感傷的な乙女の独り語りによるミスティックなラブロマンスを得意とし、特異体質の不思議な家系やタイムスリップといった伝奇、SF要素を用いた作品を多く執筆した。『崖の館』（七七・講談社）『水に描かれた館』（七八・同）『夢館』（八〇・同）と続く三部作は、荒涼とした北の海に臨む断崖に建つ館を舞台とするゴシックロマンスで、転生により宿命の恋を成就する恋人たちを中心に、血の絆で結ばれた愛憎の悲劇が展開される。同傾向の作品に、分身を持ってしまうという特異体質の女性とそれを守る理解ある男の血筋を延々と描いた『影の姉妹』（八一・同）『沙霧秘話』（八三・同）、不老不死の秘密の奪い合いを背景にしたラブロマンスで、タイムスリップにより現代と過去とが絡み合う『橡家《つるばみけ》の伝説』（八二・同）『榛家《はしばみけ》の伝説』（八四・同）など。ほかに、昔話を語り替えた恋愛短篇集『恋愛今昔物語』（七九・土同）『新恋愛今昔物語』（八一・同）などもある。八〇年代で筆を折った後は、再刊も拒否していたが、その死を契機に復刊されるようになった。

佐々木裕一（ささき・ゆういち　一九六七〜）広島県生。会社勤務の傍ら、シミュレーション戦記を執筆。核戦争で世界が崩壊した後、核兵器のない世界を築くために過去にタイムトラベルした男たちの戦いを描く『ネオ・ワールドウォー』（〇三〜〇四・経済界＝タツの本）など。

佐々木りょう（ささき・りょう　?〜）伝奇アクション『ブルーフォーチュン』（一九九九・プレリュード文庫）がある。

笹沢左保（ささざわ・さほ　一九三〇～二〇〇二）本名勝。東京生。生後まもなくから神奈川県横浜市で育つ。父・美明はリルケやノヴァーリスの翻訳でも知られる詩人・ドイツ文学者。関東学院中等部四年中退。脚本家を志し棚田吾郎に師事。五二年から郵政省東京地方簡易保険局に勤務。五八年、自動車事故で重傷を負い、療養中に小説を書き始める。六〇年『週刊朝日』『宝石』共催の懸賞募集で「勲章」が佳作入選、「招かれざる客」が江戸川乱歩賞次席入選。六一年『人喰い』（六〇）で探偵作家クラブ賞を受賞。デビュー直後から長篇中心に旺盛な筆力を示し、謎解きの興味にヒューマンなロマン性を加味した新本格派ミステリを提唱する。代表作に『他殺岬』（七六）ほか多数。「見かえり峠の落日」（七〇）に始まる《木枯し紋次郎》シリーズは、股旅物に推理的要素を加え、ユニークな主人公の魅力とあいまって一大ブームを巻き起こした。以後時代小説も多く手がけている。恐怖や怪奇を主題にした作品八篇を集めた『午前零時の幻夢』（七七・カイガイ出版部）には、筒井康隆や星新一を感嘆させた〈未来からやって来た幽霊〉の話「老人の予言」や、墜落死した男の幽霊が自分の死の謎を追及する「幽霊」、愛する者が死を招くという手相見の予言が皮肉な形で的中する「死を招く存在」などのほか、巻末には編者の山村正夫との恐怖対談が収録されている。また、唯一のショートショート集である『妖女』（九〇・光文社文庫）にも、意表を突く幽霊譚「蚊帳の中」ほか十四篇の怪奇幻想掌篇が含まれている。

佐々原史緒（ささはら・しお　?～）東京世田谷区生。広告代理店勤務の傍ら、漫画家としてデビュー。その後、小説も手がける。別世界を舞台にした魔導士の冒険物《サウザンド・メイジ》（二〇〇一～〇二・ファミ通文庫）《トワイライト・トパァズ》（〇四～〇五・同）、冒険SF『バトル・オブ・CA』（〇三～〇四・同）など。

笹本祐一（ささもと・ゆういち　一九六三～）東京経済大学中退。SFアクション《妖精作戦》（八四～八五・ソノラマ文庫）でデビューし、主にSFを執筆。巨大ロボット戦闘物《ARIEL《エリアル》》（八七～〇三・同）が人気作となり、メディアミックス化された。ほかに、宇宙開拓時代の女性宇宙飛行士を描いた『星のパイロット』（九七～二〇〇〇・同）など。変身ヒーロー物《小娘オーバードライブ》（九四～九八・角川スニーカー文庫）の外伝『遅れて来た魔法使い』（〇七・ソノラマノベルス）は竜脈・要石・仙人などが登場する風水物の伝奇アクション。

佐治芳彦（さじ・よしひこ　一九二四～）偽史物のライター。『謎の竹内文書』『謎の神代文字』（共に七九・徳間書店）『謎の東日流外《つがるそと》三郡誌』（八〇・同）『謎の秀真伝《ほつまつたえ》』（八六・同）など多数の著作があり、ムーとアトランティスの興亡を描いた伝奇小説『創世記「竹内文書」伝』（九五・ワニの本）もある。また、石原完爾の信奉者でもあり、石原を主人公にした太平洋戦争シミュレーション戦記《世界最終戦争》シリーズ（九二～〇一・同）がある。

定金伸治（さだかね・しんじ　一九七一～）大阪府河内長野市生。京都大学大学院工学研究科修士課程修了。歴史伝奇『ジハード』（九三～〇二・ジャンプJブックス）で、第一回ジャンプ小説・ノンフィクション大賞に入選し、デビュー。邪馬台国の巫女王となった少女を主人公に、激動の古代を描く歴史ファンタジー『Kishin　姫神』（〇一～〇三・スーパーダッシュ文庫）、異世界日本を舞台に、哲学的言辞が魔法として作用するという設定のもと、哲学で戦う少女たちを描いた『制覇するフィロソフィア』（〇六・同）、十九世紀末の異貌の地球を舞台にした、超科学ファンタジー・コメディ『ユーフォリ・テクニカ』（〇六・Cノベルス）などがある。

佐竹彬（さたけ・あきら　一九八五～）情報制御によって魔法が使える異世界日本を舞台にした学園ミステリ《φ》シリーズ（二〇〇五・電撃文庫）でデビュー。ほかに、学校の七不思議を制作管理する団体に加入した男女を描く学園冒険物『七不思議の作り方』(〇六・同)『七不思議の壊し方』(〇七・同)など。

さたなきあ(さたな・きあ　一九六六〜)『幻想文学』にレビューを寄稿。九三年に〈怪異譚輯〉と銘打たれた『墓地物語—黄昏に潜みおりし』(北宋社)で作家デビュー。その後『現代怪奇妖異譚』(九五・KKベストセラーズ)を皮切りに、怪談実話本を年刊ペースで上梓している。

五月みゆ(さつき・みゆ　?〜)ファンタジー物のポルノ小説『バイオレット・ムーン』(一九九八・メディアックス=パラダイスノベルズ)がある。

佐藤亜紀(さとう・あき　一九六二〜)新潟県栃尾市生。成城大学大学院西洋美術史修士課程修了。夫は佐藤哲也。九一年『バルタザールの遍歴』(新潮社)で第三回日本ファンタジーノベル大賞を受賞し、小説家としてデビュー。『バルタザールの遍歴』は、双子の弟メルキオールと一つの体を共有している分身体質の青年バルタザールが、同様な分身体質の兄妹に巡り会って遍歴を余儀なくされる姿を描いた作品である。ハプスブルク王朝の終末、ヒトラーの台頭という時代設定を背景に、貴族の没落を描いた作品という読み方も出来ようし、一種の吸血鬼譚と読むことも可能である。作品としての完成度もさることながら、ヨーロッパを舞台に日本人ではない人物を主人公にするという設定で、しかもエンターテインメント性もある歴史ファンタジーというそれまでにはあまり考えられなかったスタイルを取っていたことも、大きな驚きであった。佐藤亜紀以来、こうしたスタイルがさほど突飛とはみなされなくなったことは特筆に値する。佐藤は、その後も才女ぶりを遺憾なく発揮し、専門の美術に関するエッセーなどでも活躍している。その他のファンタジーに、十六世紀を舞台に、異端の学僧が不滅の真理を探求する様を、悪魔・奇跡などを絡めて描いた、一種のファウスト伝説物『鏡の影』(九三・新潮社)、十八世紀の貴族的な世界を舞台にした恋愛物語で、狼への変身が一種の戯画的な表現として使われている『モンティニーの狼男爵』(九五・朝日新聞社)、第一次世界大戦時のオーストリアを舞台に、諜報活動に従事することになったサイキックの少年を描く『天使』(〇二・文藝春秋)ほかがある。

佐藤有文(さとう・ありふみ　一九三九〜)秋田県大館市生。『日本妖怪図鑑』(七二・立風書房)『怪奇ミステリー現象』(八八・ロングセラーズ)など、怪奇オカルト現象に関する著作を多数執筆。東北の秘境・八幡平の地底で奇怪な人体実験を行うマッドサイエンティストを描く中篇「地底魔人ドグマ」、孤独な少年の夢想を妖美で残酷なカマキリの生態に託して抒情的に描く「蟷螂幻想」、骨の溶ける奇病に蝕まれる隠れ里の惨劇を描く表題作など、戦前の猟奇ミステリの雰囲気を彷彿させる怪奇小説集『骨なし村』(七七・カイガイ出版)がある。

沙藤一樹(さとう・かずき　一九七四〜)兵庫県生。早稲田大学商学部除籍。『D—ブリッジ・テープ』(九七・角川書店)で日本ホラー小説大賞短編賞受賞。同作は、近未来、巨大なゴミ捨て場と化した横浜ベイブリッジに捨てられ、そこで成長し、死んでいった少年の肉声を収めたカセットテープを、再開発計画に予算を落とそうと、会議室に集まる人々が聞くというもの。ル=グイン「オメラスから歩み去る人々」のように、犠牲者の上に我々の生活が成立しているという現実を告発したものといえ、テーマ的には次作の『プルトニウムと半月』(二〇〇〇・角川ホラー文庫)と重なっている。これは原発事故によって隔離・遺棄された汚染地域に勝手に入り込んだ人々の異形の日常を、外の日常と対比的に描いた作品である。続く『X雨《エックスあめ》』(二〇〇〇・同)は、小学生の四人組だけに見える、異界の化物を呼び込む不思議な雨=X雨をめぐる物語で、天澤退二郎のファンタジーにも一脈通ずる、現実に浸出する水の恐怖を詩的に描くと同時に、現代的な青少年の魂の彷徨も見事に描出している。しかもきわめて技巧的なメタフィクションになっており、注目に値する。いずれの作品にも、非力な少年がよりか弱い少女を守ろうとするモチーフが見える。ほかに、幽霊物の表題作、少女の分身が出現して人を殺しまくる「銃器のアマリリ」、クローンの少女と世界に受け入れられない二世の少年が廃園となったプールで暮らす「青い月」などのファンタジーを含む、少年少女のやるせない世界を描いた短篇集『不思議じゃない国のアリス』（〇三・講談社）がある。

佐藤ケイ（さとう・けい　一九七六〜）学園オカルト・コメディ『天国に涙はいらない』（二〇〇一〜〇五・電撃文庫）で電撃ゲーム小説大賞金賞受賞。ほかに巨大戦闘ロボット物コメディ『ロボット妹』（〇四・同）など。

佐藤佐太郎（さとう・さたろう　一九〇九〜八七）歌人。宮城県柴田郡大河原町生。二六年〈アララギ〉に入会、斎藤茂吉に師事。四〇年、前川佐美雄、斎藤史、坪野哲久らと共に『新風十人』（八雲書林）に参加、同年に第一歌集『歩道』（同）を刊行、写実派の新風を謳われる。四五年、主宰誌『歩道』を創刊。『帰潮』（五二・第二書房）で読売文学賞を受賞。〈純粋短歌論〉を唱え、写実派の大家として重きをなしたが、虚無的な抒情には比類のない冷たさがあり、葛原妙子は愛誦歌人の最右翼に挙げていた。〈目覚めたるわれの心にきざすもの器につける塵のごとしも〉〈ひとときの憩のごとく黒豹が高き鉄梁のうへに居りけり〉

佐藤さとる（さとう・さとる　一九二八〜）本名暁《さとる》。神奈川県横須賀市生。十歳まで横須賀で暮らし、その思い出をもとに昭和十年代の少年たちの日常をいきいきと描いた『わんぱく天国』（七〇）は少年小説の傑作として知られる。関東学院工業専門学校建築科卒。在学中から童話の創作を志し、後藤楢根の指導を受ける。また平塚武二に師事。編集者を務める傍ら、五〇年にいぬいとみこ、長崎源之助らと同人誌『豆の木』を創刊。五九年『だれも知らない小さな国』を自費出版。後に講談社より出版されて毎日出版文化賞、日本児童文学者協会新人賞などを受賞。これは《コロボックル物語》五部作の首巻であり、これまでの日本にはなかった新しいタイプの本格的ファンタジーとして高く評価され、また今なお多くの読者に愛されている、佐藤の代表作である。編物名人のおばあさんが空を飛ぶ毛糸の編み方を考え出して飛行機を編み、空を飛んでしまう『おばあさんのひこうき』（六七・小峰書店、厚生大臣賞、野間児童文芸賞）、親指ほどの大きさの鬼と少年の交流を通して、少年の自立を描いた『小鬼がくるとき』（七七・あかね書房）などの短篇、体の大きさが変化してしまう不思議な「そこなし森の話」を含む短篇集『そこなし森の話』（六六・実業之日本社）、動物とも機械とも話ができる赤ん坊が、特別なスーツを身につけて、パワーショベルに宿った恐竜の魂を救い出す中篇『海へいった赤んぼ大将』（六八・あかね書房）、鉄塔に取り憑いている幽霊ダイちゃんと少年ジュンの密やかな交遊を爽やかに綴った長篇ファンタジー『ジュンとひみつのともだち』（七二・岩波書店）ほか、多数のファンタジー作品がある。幼年童話にも独特の世界を展開し、タッちゃんが友達として毎日声をかけ続けたために一回だけ人間の姿になれたポストの話や、歩くはさみとはさみ仙人に出会う話などを含む《タッちゃんの話》（六九〜七一）、大きな木の上に自分の小屋を作りたい、という夢を語った絵本『おおきなきがほしい』（七一・偕成社、村上勉画）など、多数の傑作がある。

また八〇年代以降、古典に依拠した作品や時代小説に新境地を見出している。机の上に突然出現した小さな庵に住まうとぼけた小仙人が語る奇談を著者が記録したという枠物語の形で、佐藤懸恋の『聊斎志異』を翻案した連作短篇集『新仮名草子』（八三・講談社、後に「机の上の仙人」と改題）、戦国時代を舞台に、もともとはお家騒動で捨てられた子だったカラス天狗の子が、ひょんなことから人間に戻ることになる冒険小説『天狗童子――本朝奇談《にほんふしぎばなし》』（〇六・あかね書房）など。

佐藤のファンタジーは夢見て生きることの素晴らしさを、日常の中に不思議なこと（恋愛や出会いの不思議さも含めて）が起きるという形で描き出している点に特徴がある。いずれも陽性の作品で、明るさ、暖かさ、優しさ、といった幸福感に満ちている。また日常の描写から不思議の描出まで、リアリズムに徹して表現する。その優れた筆力ゆえに、どんな荒唐無稽な設定もリアルに見せ、読者にファンタジーの世界の存在を信じさせてしまう作家といえよう。

▼『佐藤さとる全集』全十二巻（七二〜七四・講談社）『佐藤さとるファンタジー全集』全十六巻（八二〜八三・同）

【コロボックル物語】連作長篇小説。少年時代のお気に入りの隠れ場所を大人になってから訪れたセイタカさんが、伝説の中で語られている小人の一族コロボックルと仲良しになり、彼らを守るために、隠れ場所の土地を買い取るに至る物語『だれも知らない小さな国』（五九・私家版、後に講談社）に始まり、『豆つぶほどの小さな犬』（六二・講談社）『星から落ちた小さな人』（六五・同）『ふしぎな目をした男の子』（七一・同）『小さな国のつづきの話』（八三・同）と続く、長篇連作ファンタジー。セイタカさんとコロボックル一族を皮切りに、小さな小さな犬や、チイサコ族という別の小人の一族、ある特定のコロボックルと友達になる人間などが次々と登場し、コロボックルの王国が次第に広がりを見せていくところに、読者をもファンタジーの世界へ巻き込んでいく醍醐味がある。別巻に『小さな人のむかしの話』（八七・同）。戦後日本のファンタジーはこの作品から始まったともいわれる、記念碑的なシリーズである。

佐藤茂（さとう・しげる　一九六七〜）宮城県生。東北学院大学経済学部卒。ほとんどの地域が水没し、漁撈社会になった未来を舞台にした少年の冒険物語『競漕海域』（九七・新潮社）で日本ファンタジーノベル大賞優秀賞受賞。ほかに、無重力圏で生活する科学技術を持った人々と、地上で農耕・漁業を営む人々に分かれている未来を舞台に、ゴミしか食べない謎の知性体をめぐる物語『ＤＥＫＵ』（〇一・角川スニーカー文庫）がある。

佐藤大輔（さとう・だいすけ　一九六四〜）石川県生。日米が第二次世界大戦に参加せず、ドイツ第三帝国がヨーロッパを支配、日独がインドを主戦場に第三次世界大戦を行うという設定のボードゲーム「レッドサン　ブラッククロス」を開発。太平洋戦争シミュレーション戦記『逆転・太平洋戦史』（九一・天山ブックス）で小説家としてデビュー。近代科学技術と日本風の文化、竜や超能力などが混在する架空の星を舞台にした戦記『皇国の守護者』（九八〜〇五・Ｃノベルス）により熱狂的なファンを有する。ほかに、ゲームをもとにした《レッドサン　ブラッククロス》（九三〜〇二・徳間文庫〜トクマ・ノベルズ〜Ｃノベルス）、一九四五年のドイツを舞台にしたＵＦＯ物の歴史伝奇『鏖殺の凶鳥《フッケバイン》』（二〇〇〇・富士見書房）など。

佐藤多佳子（さとう・たかこ　一九六二〜）本姓稲山。東京生。青山学院大学文学部卒。八九年「サマータイム」で月間ＭＯＥ童話大賞を受賞して児童文学作家としてデビュー。同作や『九月の雨』（九〇）でその清新な感覚を高く評価される。『イグアナくんのおじゃまな毎日』（九七）で日本児童文学者協会賞、路傍の石文学賞を受賞。『一瞬の風になれ』（〇六）は直木賞候補にもなった。ファンタジーに、古びたマンションの裏階段付近に出現する不思議な生き物と少年少女の交流を描く連作短篇集『ごきげんな裏階段』（九二・理論社）などがある。

佐藤哲也（さとう・てつや　一九六〇〜）静岡県浜松市生。成城大学法学部法律学科卒。妻は佐藤亜紀。システムエンジニアの傍ら小説を書き、『イラハイ』（九三・新潮社）で日本ファンタジーノベル大賞を受賞。同作は、崖の上の国と下の国との戦争を背景に、酷薄な王にさらわれた婚約者を追って旅する青年を描くファンタジーで、先行作品や哲学問答のパロディ、言語遊戯などに満ちた冗談文学風の作品である。続く『沢蟹まけると意志の力』（九六・同）も沢蟹の卵から意志の力によって人間が生まれたというばかげた設定のもと、〈意志の力〉をめぐる哲学を展開する。このほか、ただ手紙を書いているだけの妻がいつしか〈最高指導者〉となっているという、夫にとっての不条理を、妻が築いた国家の国民によって引き起こされる悪夢的な現実と共に描き出した長篇『妻の帝国』（〇二・早川書房）、「あ　愛情の代価」から「ん　ンダギの民」まで、五十音を冠した四十五の連作掌篇集で、名もない異国における奇事異聞が、苦いユーモアを湛えた理知的文体で綴られている『異国伝』（〇三・河出書房新社）ほかの作品がある。

【ぬかるんでから】短篇集。〇一年文藝春秋刊。泥土が押し寄せたために山の上に逃れた人々が、飢えて死ぬのを待つばかりになっている時に、ひとりわたしの妻だけがなぜか飢えずに生きているという設定の表題作、狂信者ばかりの世界でとかげに変身した妻を描く「とかげまいり」、妻に導かれて春を探しに行く「春の訪れ」など、全十三篇を収録する。人生の不条理を核に据えた寓意性は、一見してわかる佐藤作品の特色であり、本書にも寓意的な傾向は見て取れる。が、それを超えた夢幻的味わいがある秀作を多く含んでいるところに本書の真骨頂がある。

佐藤春夫（さとう・はるお　一八九二～一九六四）和歌山県東牟婁郡新宮町生。代々医を業とする名家の九代目の父・豊太郎は俳句・狂歌を嗜む風雅の士で、文学志望の春夫にも理解を示した。新宮中学時代は、名うての叛逆児として落第、停学処分をうけたが、一方『明星』をはじめとする文芸誌に短歌を投稿、たびたび入選する。中学卒業後上京して生田長江に師事、東京新詩社にも加わる。六八年、慶応義塾大学予科文学部に入学。後期『スバル』の中心メンバーとして、国家体制批判の傾向詩や「ためいき」（一二）などの抒情詩を発表する。一四年に大学を中退、油絵に親しみ、翌年には二科展に入選を果たす。一七年、江口渙らと同人誌『星座』を発刊、創刊号に「西班牙犬の家」を発表。谷崎潤一郎と出会い兄事する。翌年、第一作品集『病める薔薇』を刊行、鋭敏な詩情を湛えた新進作家として文壇の注目を集める。二〇年、台湾、中国に遊び、「星」（二一）などを書く。この頃、谷崎夫人・千代子との恋愛問題がこじれ、潤一郎と絶交。別離の悲しみを第一詩集『殉情詩集』（二一）に託す。「都会の憂鬱」（二二）「佗しすぎる」（二三）「売笑婦マリ」「窓展く」（共に二四）などの中短篇や、評論集『芸術家の喜び』（二二）、エッセー集『退屈読本』（二六）、童話集『蝗の大旅行』（二六・改造社）などを次々に発表、その文名は谷崎・芥川を凌いだ。二六年『報知新聞』客員となり、同紙に「警笛」以下の長篇小説を執筆。中国女流の訳詩集『〈支那歴朝名媛詩鈔〉車塵集』（二九）、スペインの尼僧の恋文「ぽるとがる文」（二九）などを手がけ好評を博す。三〇年、晴れて千代子と結婚。その協議中に軽い脳溢血を発し一時休筆。これ以後、その作品から往年の鋭さが失われたとは谷崎の言である。三〇年代半ば以降、伝統文化への傾斜を深め、『掬水譚』（三六）などを執筆。三七年『日本浪曼派』同人となり、林房雄らと新日本文化の会を結成、機関誌『新日本』編集にあたる。戦火の拡大にともない、中国や南方に作家として従軍、愛国の情を詩集数巻に託した。戦後の代表作に、短篇「戦国佐久」（五〇）「女人焚死」（五一）や『晶子曼陀羅』（五四）をはじめとする伝記文学などがある。六〇年、文化勲章を受章。六四年五月六日夕、ラジオ番組の収録中に〈私の幸福は……〉と言いかけて心筋梗塞のため急逝。

春夫、潤一郎、龍之介の三者は、前後して文壇に登場した新鋭作家として親交もあり、互いをライバル視してもいたが、怪奇幻想文学への嗜好の点でも相譲らぬものがあった。大正時代後半に、かれらは競ってこの分野に筆を染め、それは江戸川乱歩以下の探偵作家に深甚な影響を与えることにもなった。その契機となったのが、『病める薔薇』一巻をひっさげての春夫の登場である。同書に寄せた潤一郎の序文は〈今日の文壇の或る一部——否、寧ろ大部分には、空想を描いた物語を一概に「拵へ物」として排斥する傾向がある。しかし、古往今来の詩人文学者にして、嘗て空想を駆使しなかつた者があるだらうか。(略)予の考へを以てすれば、空想に生きる者のみが芸術家たり得る資格があるのである〉と断じて、一種の〈幻想文学〉宣言ともなっている。同じ文章のなかで、潤一郎は春夫の作品について〈その憂鬱な一句一句読者の神経へ喰ひ入つて行くやうな文字の使ひ方、一つ一つ顫へて光つて居る細い針線のやうな描写は、悽愴にして怪奇を極めた幻想と相俟つて、そゞろに人を阿片喫煙者の悪夢のうちへ迷ひ込ませる〉などと、その〈豊富なる空想と鋭敏なる感覚〉を称揚しているが、なるほど春夫の幻想作品が、潤一郎、龍之介のそれに比して一日の長ありとすれば、それはひとえに、後二者が根っからの散文家であったのに対して、春夫が豊かな詩藻を自在に操る当代随一の抒情詩人であった点に由来するだろう。

『病める薔薇』に示された多様な幻想性を大別すると以下のようになろう。①「西班犬の家」「李太白」に始まる大人の童話、メルヘン②「田園の憂鬱」に始まるユートピア志向の芸術家小説③「指紋」に始まる探偵小説風の犯罪綺譚④「月かげ」に始まるポー、ド・クインシー風の醇乎たる怪奇幻想小説。これらは以後の作品でも様々に展開されていく。

①純粋なメルヘンとしては、ゼンマイ仕掛けの蝙蝠が〈天が高うて昇られない〉と嘆く「おもちゃの蝙蝠」(二二)のほか、『聊斎志異』をはじめとする中国の志怪書から、花や虫の精などの童話風小品を翻訳した『〈支那短篇集〉玉簪花』(二三・新潮社)一巻がある。中国や西欧の伝説に取材した作品には、その他、フランス中世伝説に基づく夢幻的な歌物語「ナイチンゲールの歌」(一九)、台湾に伝わるバラッドに基づく詩的ヒロイック・ファンタジー「星」(二一)、同じく台湾の土俗信仰に基づく綺譚「魔鳥」(二三)など。晩年にも、中国物のメルヘン風ロマンス「碧玉の夢」(六三)や、少女と共に飛行する夢想を描く「小説　シャガール展を見る」(六四)などの作がある。怪奇色の強いフォークロア風幻想譚として、天狗や影のかたまりなど村里の怪異を点描する「魔のもの」(二二)や「私の父が狸と格闘をした話」(二三)「月光異聞」(二二)などがあり、晩年にも故郷熊野の妖怪神異を描いた「山妖海異」(五六)のような作品を残している。

②東京の臨海地区・中洲に芸術至上のささやかなユートピアを建造するという夢に憑かれた人々の物語「美しい町」(一九)、前衛芸術運動の機運みなぎる二〇年代パリを舞台に、売春婦を高貴な城主の娘と信じて疑わぬ狂気の画家を描く「FOU」(二六、後に「F・O・U」と改題)、〈メトロポリス〉風の未来社会を舞台に、人間を植物に変容させる実験を描く「のんしゃらん記録」(二八)など。また、稲垣足穂からの書簡を一篇のファンタジーに仕立てた「たそがれの人間」(二一)や、泉鏡花の未発表原稿発見に関わる経緯を描いた「旧稿異聞」(五四)など、実在の幻想作家を対象とする一種のモデル小説もある。

③「時計のいたづら」(二五)「家常茶飯」(二六)「オカアサン」(二六)などオーソドックスな探偵小説の一方で、「女誡扇綺譚」を筆頭に、いくつかの異色ある作品がある。想像裡に造りあげた女性の胸像が反革命の女傑と酷似していたために断頭台の露と消える運命に見舞われた男の告白「アダム・ルックスが遺書」(二五)、犯罪心理の分析に主眼をおいた「陳述」(二九)、フロイト流の精神分析学を大胆に援用した長篇「更生記」(二九)、内外の犯罪実話に基づきながら独特の鬼気を漂わせる「維納の殺人容疑者」(三一)「女人焚死」(五一)など。最晩年にも犯罪小説集『光の帯』(六四)を刊行している。

④ポー直系の死美人幻想を放恣に繰り広げる「青白い熱情」「海辺の望楼にて」(共に一九)、家霊の執念を暗示する小品「あぢさゐ」(二

二）、稲垣足穂をはじめとする門弟たちと渋谷道玄坂に建つ日くつきの家に移り住んだ折りの恐怖体験を迫真の筆で描く「化物屋敷」（三五）、山で死んだ息子の帰還を霊視する退役軍人夫妻の悲哀を描く「幽明」（五五）など。

なお、二四年八月『新青年』増刊号に寄せたエッセー「探偵小説小論」中の〈要するに探偵小説なるものは、やはり豊富なロマンチイシズムといふ樹の一枝で、猟奇耽異《キューリオスティハンテング》の果実で、多面な詩といふ宝石の一断面の怪しい光芒で、それは人間に共通な悪に対する妙な讃美、怖いもの見たさの奇異な心理の上に根ざして、一面また明快を愛するといふ健全な精神にも相ひ結びついて成り立つてゐる〉という一節には、春夫の怪奇幻想観がよく示されており、乱歩をして〈これこそ当時の私達の心持をそつくり表現してくれたものであつた。かういふ文学こそ私達があこがれ、目つ目ざしてゐたところのものであつたのだ〉と感激せしめた。

▼『定本佐藤春夫全集』全三十六巻・別巻二（一九九八～二〇〇一・臨川書店）

【病める薔薇】中短篇集。一八年天佑社刊。散策の途中、語り手は林間の西洋館に足を踏み入れるが、そこには主人らしき姿はなく、一匹のスペイン犬が留守を守っていた。帰りがけに窓から覗くと、犬は老人に姿を変えている……白昼の幻想を鮮やかに描く処女作「西班牙犬の家」、都会生活に疲れ武蔵野のはずれの村に移り住んだ主人公は、陰鬱な長雨や村民との軋轢によって奇怪な幻覚の虜となっていく。月下の村道にたたずむドッペルゲンガー、ミニアチュール都市の幻覚……現実と夢想のはざまで煩悶する若き芸術家の魂を繊細な筆致で描き出す中篇「田園の憂鬱」、水に映る月に誘われ水中に没した詩聖が、魚に変じてやがて仙界へいたる〈A fairy tale〉と副題された「李太白」、伯爵家の御曹司と恋に落ちたために、謎めいた結社の虜囚とされた娘の奇怪な体験告白の形で正気とも狂気ともつかぬ世界を描いた「或る女の幻想」、阿片耽溺者の奇怪な殺人妄想が、活動写真のフィルムに写った指紋がもとで現実の出来事と判明する「指紋」、阿片耽溺者の脳裏に宿った月下の幻景を描いて詩的幻想美を極めたその続篇「月かげ」など全九篇を収める。

【女誡扇綺譚】中篇小説。二五年五月『女性』掲載。荒れ果てた台湾南部の廃市〈禿頭港〉を散策する語り手は、いまは廃屋と化した富豪の邸宅から漏れ聞こえる女の声に興味を抱く。それこそは狂死した令嬢の亡霊だと語り手に告げる近所の老婆は、没落した館の一族にまつわる因縁話を語り聞かせる……。溢れんばかりの異国情緒、ゴシックロマンス風の廃墟美、幻と消える艶冶な麗人の面影を、くつろいだ筆致で描く幻想ミステリの名作。

さとうまきこ（さとう・まきこ　一九四七～）本名水科牧子。上智大学仏文科卒。児童文学作家。『絵にかくとへんな家』（七二）で日本児童文学者協会新人賞受賞。洋館に越してきた少女が屋根裏部屋で過去の少女と出会って交流する『ふたりは屋根裏部屋で』（八五・あかね書房）、少年少女が白亜期にタイムスリップして大冒険する『9月0日大冒険』（八九・同）、未来を予測する新聞やドッペルゲンガーなど、抑圧されている少年をめぐって不思議が起きる《ぼくのミステリー》（八五～八九・同）、不思議な骨董品店で、自分自身を発見するための様々な神秘的出来事を体験する少女を描く『レベル21』（九一・理論社）、森をよみがえらせ、失われた記憶と魔力を取り戻して戦う別世界ファンタジー《ロータスの森の伝説》（〇二～〇四・理論社フォア文庫）など、多数のファンタジーがある。

佐藤友哉（さとう・ゆうや　一九八〇～）北海道千歳市生。千歳北陽高校卒。フリーターを経て、〇一年『フリッカー式』でメフィスト賞を受賞。オースター『鍵のかかった部屋』のパロディを意識した青春ミステリで、記憶と人格の問題をテーマとする『クリスマス・テロル』（〇二・講談社ノベルス）など、メタフィクショナルな作品を特色とする。小説の神様バックベアードと小説家の関わりを描いたメタフィクション『１０００の小説とバックベアード』（〇七・新潮社）で三島由紀夫賞を受賞。このほか、超自然的連続殺人鬼と子供たちの危険なゲームを描いた中篇の表題作ほか、追い詰められて反転する人間たちを寓話的に描いた短篇などを収録する作品集『子供たち怒る怒る怒る』（〇五・同）など。

佐藤弓生（さとう・ゆみお　一九六四〜）歌人。石川県金沢市生。関西学院大学社会学部卒。夫は小説家・評論家の高原英理。九八年より『かばん』会員。詩人として出発し、『新集・月的現象』（九一・沖積舎）『アクリリックサマー』（〇一・沖積舎）を上梓。短歌へと移り、〇一年「眼鏡屋は夕ぐれのため」で角川短歌賞受賞。モダニスティック、感覚的、瞑想的と評され、ファンタジー小説や少女漫画の雰囲気を持つ歌も多い。歌集に『世界が海におおわれるまで』（〇一・同）『眼鏡屋は夕ぐれのため』（〇六・角川書店）。〈まっくらな野をゆくママでありました首に稲妻ひとすじつけて〉〈どんなにかさびしい白い指先で置きたまいしか地球に富士を〉

英米文学の翻訳も手がけ、P・W・ジョイス「メイルドゥーンの航海」（九二）、ヴァージニア・ウルフ「鏡の中の貴婦人」（九八）などがある。

佐藤義美（さとう・よしみ　一九〇五〜六八）大分県竹田市生。早稲田大学英文科、国文科卒。同大学院修了。学生時代から詩・童謡の創作を志し、『赤い鳥』『コドモノクニ』などに発表、認められる。戦後も童謡・幼年童話を作り続け、童謡運動の中心となって活躍した。代表作は「いぬのおまわりさん」「アイスクリームのうた」（共に六〇）など。幼年童話は、優しさに溢れたファンタスティックなものが多く、「犬になった一ろう」（四九）「あるいた雪だるま」（五三）「ネコばば」（五五）「紙ねん土」（五六）などの小品が多数ある。やや年長向けでは、宿無しの心優しい男を主人公にした反戦童話「三日月にぶらさがった男の話」（四九）、猿に可愛がって育てられた人間の少年が人間社会で遭遇する不条理を描く世相諷刺「ぼくとさる」（五〇）、これから生まれる子供たちの会議の様子を通して反戦を訴える「王さまの子どもになってあげる」（五一）など。

里見蘭（さとみ・らん　？〜）現代が舞台のBLサイキック・アクション《言霊使い》（二〇〇四〜〇六・講談社X文庫）がある。

さねとうあきら（さねとう・あきら　一九三五〜）本名実藤述。東京大森生。早稲田大学文学部演劇科中退。児童劇の戯曲を手がけ、「ふりむくなペドロ」（六一）で厚生大臣賞を受賞して注目を集める。戯曲の一方で、児童文学を執筆。創作民話にありがちな偽善を許さず、破格の内容で衝撃を与えた創作民話集『地べたっこさま』（七二・理論社）で日本児童文学者協会新人賞受賞。ほかの創作民話集に『ゆきこんこん物語』（七二・同）『神がくしの八月』（七五・偕成社）『鬼んべわらし』（七九・同）『おおかみがわらうとき』（八七・明石書店）などがある。

さねとうの作品は凄絶である。代表作「かっぱの目だま」は、人間と仲良くなりたくて仕方なかった河童が人間になろうとして日干しになり、目玉を岩の上に焼き付けるというもの。その残酷さは、人間がもっている弱者への残酷さを象徴するものでもあり、さねとうの作品はそれゆえに読者をこそ告発し続けているといってもよいだろう。一揆の罪を背負わされて首を切られた頭の足りない乞食のほていどんが、罪を負わせた男のところへ首なしで現れるという怪異談「首なしほていどん」でも、罪を負わせた男は普通の人間であり、心弱い我々であるのだ。こうした作品の書き手が解放同盟と関連のある『おおかみがわらうとき』のような作品群を書いて人間解放を目指すのは、充分に納得のいくことである。ほかに、イタコのおばあさんと宿無しの娘狐の交流を描き、人形アニメ化された「おこんじょうるり」、日照りに苦しむ村の少女のために赤ガラスが身を捨てて人々を救う「赤ガラス大明神」など、優れた作品が多い。さねとうはまた、現代物のファンタジーにも才能を発揮している。産経児童出版文化賞受賞の『東京石器人戦争』（八五・理論社）は、原始時代が現代に蘇っていき、都市は壊滅、人々の都会的な生活も否応なく破綻していくという物語。現代人のエゴイズムやいやらしさがしつこいほどに描かれた、さねとうならではの現実批判に満ちた傑作である。このほか、人間そっくりに生まれた悪魔の王女ピリカの人間世界での体験を描く不思議さと悲しみに満ちた『ピリカの星』（八二・サンリード）などもある。

佐野寿人（さの・ひさと　一九三三〜）山梨県生。東北大学卒。読売テレビに勤務した。八二年、少女小説作家としてデビュー。ファンタジーに、座敷わらしの少年と仲良くなる少女の物語『わらしのトミヤ』（八八・コバルト文庫）がある。

佐野美津男（さの・みつお　一九三二〜八八）本名暠俊《あきとし》。東京浅草生。十二歳で戦災孤児となり、十代は放浪生活を送る。都立蔵前工業高校卒。大学中退。結核療養中に児童文学に興味を持ち、児童文学作家となる。大学で〈子ども学〉を研究し、評論・創作活動を続ける。自伝的長篇『浮浪児の栄光』（六一）が有名だが、幅広い作風で、ファンタジーも数多く執筆している。

　佐野の最も衝撃的な作品は、『ピカピカのぎろちょん』（六八・あかね書房）と『魔法使いの伝記』（八一・同）であろう。前者は〈ピロピロ〉のせいで公園が封鎖され、ギロチンが置かれるという設定からして異様である。少女たちはそれを偵察して自分たちも〈ギロチョン〉を作り、野菜を気に入らない人間に見立てて首を切り捨てる。すぐに〈ピロピロ〉は終わったが、少女たちは忘れない、と締めくくられる。後者は祖母から魔法の力を受け継ぐことになった少女の物語。文体・構成共に秀逸で、魔法と夢の関連性、魔術のこの世における役割を説くなど、意味深長でユニークなファンタジーとなっている。このほか、岩窟ホテルに入り込んで、異次元の世界を垣間見る少年たちを描く「岩窟ホテル探険記」、少年がマンホールから地下を覗くと、目玉が迫ってきて、盲目になってしまうホラー「目玉をかえせ」、魔法の本を持っていたという少女の一人語り「魔法の本はどこに」ほかを収録する短篇集『原猫《ウル》のブルース』（七七・三省堂）、人間化された犬による地球制服計画に気づいた少年が宇宙に放り出されてしまうＳＦ『犬の学校』（六九・国土社）、朝目覚めると家が海の真ん中に孤立していた一家を描く『だけどぼくは海を見た』（七〇・同）、神をめぐる寓話とも読めるコメディ『まぼろしブタの調査』（八三・サンリード）、少年が公園で空想の世界を広げると、それが現実になる『ふしぎなことはぶらんこから』（八五・小峰書店）、幼稚園の少年少女がいろいろなものに変身して騒動を繰り広げる『なっちゃう』（七三・フレーベル館）などがある。

佐野洋（さの・よう　一九二八〜）本名丸山一郎。東京生。東京大学心理学科卒。大学時代、日野啓三、大岡信らと同人誌『現代文学』を創刊。五三年、読売新聞社に入社。五八年『週刊朝日』『宝石』共催の懸賞募集で「銅婚式」が二席入選。『一本の鉛』（五九）『貞操試験』（六〇）など、意外性のあるストーリーテリングの妙と都会的なセンスの光る長篇推理小説を次々に発表する。代表作として、日本推理作家協会賞を受賞した『華麗なる醜聞』（六四）、『轢き逃げ』（七〇）『夜そして昼』（八〇）など。ＳＦとミステリの融合に意欲的に取り組み、処女懐胎の謎を追う長篇『透明受胎』（六五・早川書房）や、短篇集『金属音病事件』（七五・角川書店）の著作がある。後者には、性転換の人体実験にまつわる怪奇ＳＦ「かたつむり計画」、時間の混乱をテーマにした奇想小説「Ｆ氏の時計」、女性優位の逆ユートピアを描いた「チタマゴチブサ」「異臭の時代」などが含まれている。また少年小説も執筆し、特殊な耳を持つ人たちだけに聞こえる特別な音楽を聞いた少年が、ミュータント科学研究所に協力することになるが、警察沙汰になってうやむやに終わるＳＦ『赤外音楽』（七五・旺文社、テレビドラマ化）がある。

佐野洋子（さの・ようこ　一九三八〜）中国北京市生。武蔵野美術大学デザイン科卒。イラストレーター、絵本作家で、童話、小説も執筆。絵本の代表作は、幾たびも生まれ変わった猫が、自由な生と愛を手に入れたとき二度と生まれ変わらなくなった、という意味深長な寓話『100万回生きたねこ』（七七・講談社）で、劇化などもされている。ほかにも『おばけサーカス』（八〇・銀河社）『空とぶライオン』（八一・講談社）などのファンタジー絵本が多数ある。幻想的な小説に、新釈・世界おとぎ話『嘘ばっか』（八五・同）、少女が過去の世界で一組の男女の愛の軌跡を見せられるタイムファンタジー『あの庭の扉をあけたとき』（八七・ケイエス企画＝モエノベルス）、あまりに相性がよかったので鯨にならざるを得なかった男女、何もかも押しまくってこの世の外へ追いやってしまう男の子、扉に振られる女性などが登場する奇妙な味の短篇集『乙女ちゃん』（八八・大和書房）などがある。

佐原晃（さはら・あきら　一九六五〜）兵器やロボットなどのメカに関するノンフィクションのほか、太平洋戦争シミュレーション戦記を執筆。超能力者の隠れ里の女性と軍人の間に生まれた少年が、能力増幅装置によって力に目覚め、潜水艇のソナー代わりとなる一方、ドイツの精神感応者の少女〈ラインの魔女〉とも知り合うSF的な架空戦記『伊九九潜・魔海戦域』（二〇〇〇・コスモノベルス）などがある。

紗原幻一郎（さはら・げんいちろう　？〜）本名高橋成一。紗原砂一名義で、中央アジアの地下王国に迷い込んだ探検隊を描く「魚の国記録」（一九四七）があるほか、楽園のような谷間に実った黄金の林檎をめぐるファンタジー短篇「神になりそこねた男」（四八）がある。その後、創作活動から遠ざかった。

狭山京輔（さやま・きょうすけ　一九七六〜）『D・I・speed!!』（〇二）でスーパーダッシュ小説新人賞佳作入選。人を喰らってその姿と記憶を奪う怪物〈イレギュラー〉と戦う少年を描くアクション『イレギュラー』（〇四〜〇六・スーパーダッシュ文庫）ほかの作品がある。

『小夜嵐』（さよあらし　一六九八／元禄一一年刊）浮世草子。作者未詳。全十巻。釈迦の二千五百年忌にあたって、閻魔大王は地獄の責め苦を十五日にわたって停止する。すると地獄に堕ちていた武将たちが反乱を企て、閻魔大王を追いつめるが、釈尊・弥陀が仲裁に入ったという展開。仏教的な説教、脇筋を随所に配置し、地獄の説明なども詳細で、長篇といってもよい長さである。『地獄太平記』などの追随作を出した。また作者未詳の浮世草子『続小夜嵐』（一七一一〜一六／正徳年間頃）の如く、『仏鬼軍』の模倣作に「小夜嵐」の人気を当て込んだタイトルを付けるということも起きた。

沙羅双樹（さら・そうじゅ　一九〇五〜八三）本名大野䊩《ひろし》。埼玉県越谷市生。日本大学専門部法科中退。都庁勤務などを経て、小説家となる。時代小説、経済小説などを執筆。少年小説に、神通力を得た猫が跳梁する古典的な化猫物『鍋島怪猫伝』（五五・偕成社）、戦国時代を舞台に、仏師の弟子となった少年の活躍を、火伏、修験の法力などの要素を交えて描く『風神雷神』（五五・同）ほか。

沢井鯨（さわい・くじら　？〜）神奈川県横浜市生。札幌で公立中学国語教師を務めた後、世界各地を放浪。その体験をもとにした『P.I.P.』（二〇〇〇）でデビュー。恋人の死からの蘇りを描いた『葉月』（〇三・幻冬舎）、SFアクション『G.I.B.』（〇五〜〇六・トクマ・ノベルズ）など。

澤田徳子（さわだ・のりこ　一九四七〜）島根県生。異星人テーマのSF童話『星からきた子どもたち』（八五・文研出版）で毎日児童小説に入選し、児童文学作家としてデビュー。主にSF・ファンタジーを執筆。現実世界に居場所をなくした孤独な少年が、闇の魔王の呪いで時が止まった別世界サフィールに入り込み、伝説の青い騎士となって戦う、光と闇の対立／合一をテーマにしたファンタジー『きらめきのサフィール』（八八・くもん出版）、事故死して幽霊になってしまった少年が、幽霊の見える少年と友達になり、死の真実を知ろうとする『ミステリー交差点午後5時10分』（九一・旺文社）、一枚の竜の鱗が辿る数奇な運命を、SF、現代ファンタジー、中国民話、西洋昔話、日本民話という五つのパターンで描き出した連作短篇集『ウロコ』（九四・教育画劇）、母親を亡くした兄妹の家に楠の化身のおばあさんと犬が変身した青年がやって来て、二人を支えてくれる『満月の夜は、なぞだらけ』（九七・文研出版）、平安時代を舞台にした伝奇ファンタジー『陰陽ふしぎ伝・妖怪ぞろり』（〇二・旺文社）など。

澤田瑞穂（さわだ・みずほ　一九一二～二〇〇二）号に風陵道人。中国文学者。高知県幡多郡白田川村に生まれる。小学校時代に大阪市岡に転居。国学院大学高等師範部卒。大学時代、折口信夫の〈鬼気せまる〉（「枕簟自語」より）講義や、その招聘による説経浄瑠璃公演に接して、民俗学的方法への意欲を大いに掻き立てられたという。卒業後の四〇年、戦時下の北京へ渡り、終戦まで精力的な研究調査に励む。このときの探究は、後年の学位論文『宝巻の研究』（六三）に結実をみた。中国から引き揚げ後、中学・高校で国語の教鞭を執り、後に天理大学教授、早稲田大学教授を歴任。『中国動物譚』（七八）『中国の民間信仰』（八二）『中国の伝承と説話』（八八）『宋明清小説叢考』（九六）をはじめ、中国の文学・民俗・歴史を包含する博引旁証に裏打ちされた膨大な著作を遺した。怪奇幻想文学と関連する著書も数多いが、代表的なものに〈中国幽鬼の世界〉と副題された大著『鬼趣談義』（七六・国書刊行会、修訂版九〇・平河出版社）や『地獄変』（六八・法蔵館）『中国の呪法』（八四・平河出版社）などがある。

澤見彰（さわみ・あき　一九七八～）埼玉県生。異世界ファンタジー『時を編む者』（〇五・カッパ・ノベルス）でデビュー。ほかに伝奇時代小説『乙女虫』（〇七・光文社）がある。

沢村凜（さわむら・りん　一九六三～）本名浦栃朋江。広島市生。鳥取大学農学部獣医学科卒。編集者を経て日本ファンタジーノベル大賞最終候補作『リフレイン』（九一・新潮社）でデビュー。同作は絶対非暴力主義を信条とする星の男に降りかかる苛酷な運命を描いたSFで、死刑・アパルトヘイトなどを考える市民運動に携わって来た沢村らしい作品である。その後、『ヤンのいた島』（九八・同）で日本ファンタジーノベル大賞優秀賞受賞。〈ダンボハナアルキ〉の実在を夢見て南洋の孤島を訪れた生物学者が、自分たちの暮らしと文化を守ろうとするネイティヴの戦いに巻き込まれていく物語で、夢や伝説的存在と過酷な現実とが錯綜する。このほか、デビュー作に通底する理想主義的な異世界歴史ロマン『瞳の中の大河』（〇三・同）『黄金の王　白銀の王』（〇七・幻冬舎）、平安時代の幽霊の少年と現代の少女が交流する児童文学のファンタジー・ミステリ『千年の時をこえて』（〇七・学研）『千年の時を忘れて』（〇八・同）など。

山月庵主人（さんげつあんしゅじん　生没年未詳）戯作者、狂歌師。本名瀬川恒成。別号に山月楼、扇水丸。経歴未詳。京伝に私淑していたらしい。「悋鬼」「運鬼」「短鬼」など、性格・気分などの〈気〉をすべて〈鬼〉に置き換えた滑稽本『鬼霊論』（一八三三／天保四、菱川清春画）、『東海道四谷怪談』をもとにした『〈屏風怨霊〉四谷怪談』（三五／同六）ほかの作品がある。

『三国相伝陰陽管轄簠簋内伝金烏玉兎集』（さんごくそうでんいんようかんかつほきないでんきんうぎょくとしゅう　鎌倉末期～室町初期成立）作者未詳。安倍晴明が編纂したと伝承される方位と暦の専門書。天刑星《てんぎょうしょう》が人間に転生して牛頭天王となり、竜宮の妻をめとって夜叉国を滅ぼす経緯を、蘇民将来説話を交えて描き、陰陽師の五節句の祭儀と結び合わせた縁起を付す。また、後代に付け加えられたとされる本書の由来譚は、安倍晴明の入唐の経緯、修行と本書の伝授、蘆屋道満と妻の密通によって本書の内容が漏れて晴明が殺されたこと、師の骨寄せによって蘇った晴明が、道満と妻を退治した次第を語る。これが晴明伝説の大きなソースとなっている。近世の簠簋抄易版『簠簋抄』では、晴明伝の部分は、吉備真備の入唐説話、保名と信田の森の狐の間に晴明が生まれたとする出生譚等の巷説をすべて取り込み、充実したものになっている。

残寿（ざんじゅ　生没年未詳）江戸初期の浄土宗の僧侶。祐天上人の弟子であろうといわれる。下総国岡田郡の百姓の女房・累が入婿の与右衛門に疎まれて殺され、与右衛門の後妻の子・菊に怨霊となって取り憑き、祐天上人に調伏されるまでを描く『死霊解脱物語聞書』（一六九〇／元禄三）がある。祐天など事件関係者から直接聞きだして記したという前説があり、累物としては最も古いテキストで、広く流布した。

慙雪舎素及（ざんせつのやそきゅう　生没年未詳）経歴未詳。『怪談実妖録』の作者。同書は現存せず、静観房好阿の弟子・静話が同書をもとに編纂したという『怪談登志男《かいだんとしおとこ》』（一七五〇／寛延三）がある。全二十七話から成り、平家亡霊物の「船中の怪異」や、「蝦蟇の怨敵」「信田の白狐」などの怪異譚を主とするが、実録小説や教訓説話などが含まれており、加筆が推測されている。

三田誠（さんだ・まこと　一九七七〜）兵庫県神戸市生。同志社大学卒。在学中にクリエーター集団グループＳＮＥに参加し、小説家としてデビュー。科学と魔法が両立する異世界を舞台に、幻の〈黄金郷〉を求めて、水の巫女と記録官が水上で冒険を繰り広げる《スプラッシュ！》（〇三〜〇四・富士見ファンタジア文庫）、魔法に満ちたパラレルワールドを舞台に、魔法使い派遣会社社長の少女を主人公として、あらゆる魔法類をかき集めてバトルを繰り広げるオカルト・アクション・ファンタジー『レンタルマギカ』（〇四〜・角川スニーカー文庫、メディアミックス化）、魂の実在が証明された未来社会を舞台に、魂に傷を負うことで異能を発揮する人々を描くオカルト・サイキック・アクション《SCAR/EDGE》（〇四〜〇七・富士見ファンタジア文庫）ほか、多数のファンタジーを執筆。

山東京山（さんとう・きょうざん　一七六九〜一八五八／明和六〜安政五）戯作者、文人。本名岩瀬百樹《ももき》。通称相四郎ほか。別号涼仙、覧山ほか。山東京伝の弟。はじめ武家の養子となるが離縁、ついで書家の養子となるがやはり離縁。浅草に住まいし、篆刻業の傍ら「妹背《いもせ》山婦女庭訓《やまおんなていきん》」に敵討物を取り込んだ合巻『復讐《かたきうち》妹背山物語』（〇七／文化四、歌川豊国画）を皮切りに戯作を執筆。その後、兄に倣いながらも独自の作風を築き、恋愛色を薄めて町人の世間話を取り入れた点に特色のある『大晦日曙草紙』（三九〜五九／天保一〇〜安政六）などを残した。合巻の傑作として『朧月猫の草紙』がある。ほかに、京伝の作品に依拠し、俵藤太に退治されたムカデの血を浴びて怪魚となった鯉が様々に絡む読本『小桜姫風月奇観《こざくらひめふうげつきかん》』（〇九／文化六、歌川国貞画、前半のみで未完、後半は『小桜姫風月後記』として二〇／文政三年に櫟亭琴魚によって出された）、鷲にさらわれる奇談を組み込んだ敵討物の読本『〈鷲談伝奇《わしだんでんき》〉桃花流水《とうかりゅうすい》』（一〇／文化七、歌川豊広画）、伊達家のお家騒動に累の怪談を取り合わせた合巻『昔語成田之開帳』（二二／文政五、歌川国貞画）など。京山は、考証家としての京伝の側面も継承し、『高尾考』（四九／嘉永二成立）などの著作もある。また、京伝・馬琴も果たせなかった鈴木牧之『北越雪譜』の出版も実現させ、兄の伝記も残すなど、江戸末期まで活躍した。

【朧月猫の草紙】合巻。四二〜四九（天保一三〜嘉永二）年刊。歌川国芳画。猫のとらとこまは好き合った仲で子も生したが、運命にもてあそばれて別れ別れにさすらっていく物語。猫を擬人化して、猫世界と人間世界を混淆した話を展開する。猫の物語が続くところでは猫はほとんど人間だが、猫が鼠を捕らないと家人が文句を言うエピソードなどでは猫は猫になるというふうに、自在に変わるところに妙味がある。猫の画家としても知られる国芳が絵をつけたことによって大当たりを取り、後に仮名垣魯文の『黄金花猫目鬘《こがねのはなねこめかつら》』などの追随作を生んでいる。

山東京伝（さんとう・きょうでん　一七六一～一八一六／宝暦一一～文化一三）戯作者、狂歌師、文人、浮世絵師。本名岩瀬醒《さむる》。幼名甚太郎、通称は京屋伝蔵。号に山東庵、醒斎、菊亭。画号北尾葎斎政演《せいさいまさのぶ》。江戸深川木場の質屋、伊勢屋伝左衛門の長男として生まれる。伝左衛門は京伝が十三歳の頃に質屋を廃して銀座京橋に移り住み、町屋敷の家主となった。弟は山東京山。妹よねは黒鳶式部の名で黄表紙を執筆したが早世した。七五（安永四）年頃、北尾重政に師事して浮世絵師となった。七八（同七）年に自作自画の黄表紙を刊行したのを皮切りに執筆活動を始める一方、朋誠堂喜三二や芝全交の黄表紙の画工を務める。やがて恋川春町『辞闘戦新根《ことばたたかいあたらしいのね》』や、自身が絵を描いた果物の擬人化物の黄表紙『〈菓物〉見立御世話咄』（作者未詳、八〇／同九）にヒントを得て、江戸の草双紙を擬人化して恋愛や陰謀を展開し、流行廃《はやりすた》りなどを巧みに描き出した黄表紙『〈手前勝手〉御存商売物《ごぞんじのしょうばいもの》』（八二／天明二）を刊行。大田南畝に高く評価され、黄表紙界の人気作者となった。狂歌壇にも進出し、狂歌絵本の画家としても活躍。さらに遊里での体験を活かして洒落本の執筆も始め、『通言総籬《つうげんそうまがき》』（八七／同七）『傾城買《けいせいかい》四十八手《しじゅうはって》』（九〇／寛政二）など、名実共に京伝の代表作であると同時に洒落本を代表する作品でもある傑作群を執筆するが、世は寛政の改革期に入り、風俗の取り締まりが厳しくなっていく。九一（同三）年、蔦屋重三郎企画の洒落本三部作によって手鎖の刑を受けて後は洒落本の筆を折り、黄表紙を専ら執筆した。九〇（同二）年、遊女・菊園を妻に迎え、九三（同五）年には京橋に紙製煙草入れ店を開業し、デザイナーとしての手腕を遺憾なく発揮して繁盛させ、生活を安定させるが、妻に死別してしまう。一八〇〇（同一二）年に再び遊里から妻・百合をめとり、さらにその妹・滝を養女とした。同じ頃から読本に進出し、浄瑠璃の「忠臣蔵」と『水滸伝』を綯い交ぜた『忠臣水滸伝』（九九～〇一／寛政一一～享和元）で大いに評判をとり、曲亭馬琴と読本界で競合することになる。〇三（享和三）年には、演劇的な趣向を大胆に取り入れ、巷談や説話などもこきまぜた『〈復讐奇談〉安積沼《あさかのぬま》』、翌年には『優曇華《うどんげ》物語』で大きな評判を得、さらに浄瑠璃・歌舞伎の演目をもとにした『〈桜姫全伝〉曙草紙』『善知安方《うとうやすかた》忠義伝』『昔話《むかしがたり》稲妻表紙』などの傑作を矢継早に発表して江戸の読本界を席捲した。が、〇九（文化六）年の『本朝酔菩提《すいぼだい》全伝』『浮《うき》牡丹全伝』では評判を取れず、悪因縁による悲劇を描くゴシックロマンス風な筋立ての『双蝶記』（一三／同一〇）を最後に、読本から撤退することとなった。〇七（同四）年の合巻『於六櫛木曾仇討《おろくぐしきそのあだうち》』で、役者絵を利用した体裁を考案して新生面を拓いたこともあり、その後は合巻を主に執筆。合巻にも傑作が多い。晩年は滝を亡くすなどの非運もあったが、堅実な生活ぶりで、後輩の戯作者たちの面倒を見たり、文人と交流したりと充実した生活を送った。また、晩年の著作として考証随筆があり、『近世奇跡考』（〇四／同元）や、〈雛遊び〉をはじめとする近世初期の風俗事物を綿密詳細に考証した『骨董集』（一四～一五／同一一～一二、未完）を残している。一六（同一三）年、胸痛の発作で倒れた翌日に逝去。

京伝の怪奇幻想物はユーモア溢れるパロディ風の黄表紙と陰惨な怪談系の読本とに分かれ、両者は際だった対照をなす。時流に合わせてどんなものでも書きこなすエンターテインメントの作家だったのであろうと推測されるが、打ち出す新機軸は並ではなく、やはり一代の天才であったといえよう。

黄表紙はきわめて多数執筆し、主なものは、別掲作のほか次の通り。天道様の一人息子が放蕩者の月だという設定で、天体を擬人化して描いた『天慶和句文《てんけいわくもん》』（八四／天明四、自画）、天竺の阿闍世太子が遊女に入れあげて借金を作り、釈迦の下された名香などで難を逃れるが、その香は漢に渡って反魂香となる『〈三国伝来〉無匂線香《においんせんこう》』（八五／同五、自画）、鉢かづき姫のパロディで、見世物になったり嫉妬の角を生やして自らを丑の刻参りで呪ったりする『八被般若角文字《はちかづきはんにゃのつのもじ》』（同、自画）、梅が枝が手水鉢をたたくと、擬人化された無間《むげん》の鐘が親身になってくれるという展開で、竜宮などに金策に行き、河童やら大入道やらも海川に落ちている物から金目の物を拾い出したり、芝居興行をしたりと賑やかな作品で、森銑三が〈黄表紙の傑作中の傑作〉と讃えた『〈京鹿子無間鐘〉名産梅枝伝賦《めいぶつうめがえでんぶ》』（八七／同七、自画）、江戸の若妻が京の夫を慕ってろくろ首となり、首だけをはるかに飛ばすという奇想物『〈扇蟹目傘轆轤《おうぎはかなめからかさはろくろ》〉狂言末広栄《くびきょうげんすえひろのさかえ》』（八八／同八、喜多川歌麿画）、金銀が増えて仕方がないという逆転現象を描く『孔子縞于時《こうしじまときに》藍染《あいぞめ》』（八九／寛政元、自画）、当代流行の女軽業芸人をヒロインに据えた久米仙人のパロディで、仙道関連のギャグが楽しい『〈早雲《はやくも》小金軽業希術《こきんかるわざのきじゅつ》〉艶哉女僊人《えんなるかなおんなせんにん》』（同、北尾政美画）、真崎稲荷で仙人から望みのかなう仙薬をもらい、好き放題をした挙句、色事で失敗して坊主になるが、すべては狐の仕業と知れる邯鄲物『京伝憂世之酔醒《えいざめ》』（九〇／同二、自画）、京伝が洒落を尽くした様子を様々に書いているところへ天帝が来て、洒落が行き過ぎてわけがわからなくなったものたちのいる浜辺へ連れていくと、弥勒菩薩が来てそれらに形を与え、昔の風俗に戻すというメタ作品『世上洒落見絵図《よのなかしゃれけんのえず》』（九一／同三、自画）、日本の黄表紙を見た盧生が栄華の夢に憧れ、夢を見せることを業とする夢茶羅国の夢魂道人が盧生に夢を見させるための稽古をするというもので、夢を見せるために道具や人形を作ったりする様が芝居の舞台裏物ともなっている『盧生夢魂其前日《ろせいがゆめそのぜんじつ》』（同、北尾重政画）、遊廓＝苦界での十年の年季奉公を地獄に見立てて描いた『〈狂伝和尚廓中法語〉九界十年《くがいじゅうねん》色地獄』（同、鳥居清長画）、天地造化の神が命の問屋を開き、菩薩や不動などが棒状の命を買い求めて守護する子が産まれると与えるという設定で、様々な命の扱い方を見ていく『〈延命長尺〉御誂染長寿小紋《おんあつらえぞめちょうじゅこもん》』（〇二／享和二、喜多川歌麿画）など。

読本には別掲作のほか、次のような作品がある。妻の奸計で安積沼に沈められ幽霊となった小幡小平次の引き起こす怪事を尼僧が鎮めるという脇筋がつき、観音の夢告、霊妙な香による蘇りなどの趣向も含んだ読本で、評判をとって後世にも影響を与えた『〈復讐奇談〉安積沼』（〇三／同三、北尾重政画）、鷲にさらわれた娘、洪水を知らせる地蔵などの説話を折り込み、不思議な霊力のある道人、観音の霊験などの趣向も取り混ぜた波瀾の物語『優曇華物語』（〇四／文化元、喜多武清画）、本妻が妬心から殺した妾の怨霊が祟りをなす話で金魚の妖怪が出現する『〈梅之与四兵衛物語〉梅花氷裂《ばいかひょうれつ》』（〇七／同四、歌川豊国画、前篇のみで後篇は為永春水が執筆）、妖怪退治によって召し抱えられた豹太夫とその家族が、主家の宝・浮牡丹の香炉をめぐって苦難の目に遭う敵討物を主軸とし、牡丹燈籠、仏の宝の海からの引き揚げなどの趣向を取り混ぜた『浮牡丹全伝』（〇九／同六、歌川豊広画）、『昔話稲妻表紙』の続篇で、一休禅師と遊女・地獄大夫を中心に因果の糸車が回っていく『本朝酔菩提全伝』（同、歌川豊国画）など。

主な合巻は次の通り。前半は悪辣な男の横恋慕により一家皆殺しにされた人妻が怨霊となって祟るまでを描き、後半は残された一子を守り続けて敵を討つ忠臣を描く『於六櫛木曾仇討』（〇七／同四、同画）、『安積沼』の後日譚の敵討物語で、小平次の幽霊が子持ち幽霊に化けて登場するなど随所で活躍する『安《あ》積沼後日仇討《さかぬまごにちのあだうち》』（同、歌川豊広画）、お家騒動に天竺帰りの妖術師・徳兵衛や亡霊の子育てなどを取り込んだ『敵討天竺徳兵衛』（〇八／同五、歌川豊国画）、本妻の座を争う二人の美人のうち、性根の悪い漁火の悪事が露見して煮湯で処刑されるや、怨霊となってもう一人の有明を祟り殺す話に、〈有馬のお藤〉物といわれる敵討話が絡む『妬湯仇討話《うわなりゆあだうちばなし》』（同、同画）、金毛九尾の狐が世に怨みを持つまむし婆に取り憑いて、残虐な悪事を展開する話で、複雑な構成を持つ『糸車九尾狐』（同、同画）、『浮牡丹全伝』に影響されたらしい鶴屋南北「阿国御前化粧鏡」の観劇後、それに触発されて書いたという、前半は取り替え子によるお家騒動、後半は〈牡丹燈籠〉趣向の『戯場花《かぶきのはな》牡丹燈籠』(一〇/同七、同画)、横恋慕物に、殺された侍女の怨霊、家の滅亡を呪って蝦蟇の妖術を会得した天竺徳兵衛が絡む『ヘマムシ入道昔話』(一三/同一〇)など。

【箱入娘面屋人魚《めんやにんぎょう》】黄表紙。九一(寛政三)年刊。北尾重政画。三巻。遊里に見立てた竜宮の繁華街で、乙姫の愛人である浦島太郎が遊女の鯉と密通し、人面鯉体の合の子娘が生まれてしまう。困って捨てたところ、長じて後に漁師の平次に拾われて愛しあうようになり、若返りの妙薬として人魚の身体を舐めさせる商売で成功する。荒唐無稽に駄洒落を交えたユーモア作品。

【〈大極上請合売〉心学早染艸《しんがくはやぞめぐさ》】黄表紙。九〇(寛政二)年刊。北尾政美画。理太郎は体内に棲みついた善魂のおかげで真っ当に育ったが、うたたねの隙に善魂が追い出されて悪魂が棲みついたため、身を持ち崩し……という展開で、当時流行の心学を取り入れて教訓味を出した作品。善と顔に書かれた小人と悪と顔に書かれた小人が跳梁する。小天使と小悪魔が主人公の耳元で囁くという漫画的形式があるが、そのはるかな先蹤といえよう。幸田露伴はこの作品を黄表紙第一の傑作に挙げている。続篇に、『〈悪魂後編〉人間一生胸算用』(九一/同三、自画)『堪忍袋緒〆善玉』(九三/同五、北尾政美画)がある。前者は、善魂に誘われて芥子粒人間になった京伝が人体内に入り込み、手足五官などが擬人化された世界を見物するというもので、明治期の体内等擬人化物にまで直接的な影響を及ぼしていると思われる。後者は乱れた人心を善玉が本義に立ち返らせた上、悪玉をも改心させるという展開で、教訓臭がより強い。

【〈桜姫全伝〉曙草紙】読本。〇五(文化二)年刊。歌川豊国画。五巻。丹波国の長者鷲尾義治は側室に玉琴を迎えるが、懐妊中の玉琴は本妻の野分になぶり殺され、死体から清玄が生まれる。清玄は寺に出され、後には修行を積んで徳の高い僧として知られるようになる。一方野分もようやく懐妊して桜姫を産む。美しく成長した桜姫に横恋慕していた勝岡によって鷲尾家は離散、野分は盗賊・蝦蟇丸のもとに身を寄せ、前妻を殺してその子らを虐待する。一方桜姫は悲嘆のあまり死んでしまうが、ふとしたことから桜姫を見初め、妹とも知らぬまま激越に恋い慕うようになった清玄の涙で蘇生する。その後清玄は殺され、桜姫は夫を迎えて鷲尾家を再興するも、離魂病状態となる。すべては玉琴の怨念のせいであったことがわかり、阿闍梨によって玉琴が教化されると、桜姫も白骨となる。大江文坡の『勧化桜姫伝』を粉本とし、清玄桜姫伝説を集大成した傑作。〈この世界では《悪》は美として登場し、その眩いまでの暗黒美学は江戸読者大衆を魅了した〉(高田衛)。

【善知安方《うとうやすかた》忠義伝】読本。〇六(文化三)年刊。歌川豊国画。前篇六冊。将門の遺児の姉弟が父の遺業を継いで、妖術を用いて謀叛を起こそうとする物語。弟・平太郎は蝦蟇仙人より蝦蟇の妖術を習い覚え、良門と名を改める。遺臣・善知鳥安方は諫言するが、聞き入れずに殺してしまう。一方、姉は滝夜叉姫と名乗って悪事を働いているが、戦いに敗れて自害。しかし良門はなおも挙兵の準備を進め、安方は亡霊となっても諫言し続ける。人気を博した作品だが、未完。松亭金水が続篇を書き継いだが、結局未完に終わった。

【昔話《むかしがたり》稲妻表紙】読本。〇六(文化三)年刊。歌川豊国画。五巻六冊。不破伴左衛門と名古屋山三郎の確執を描いたものの集大成的作品で、多数の登場人物がそれぞれに波瀾に富んだ物語を繰り広げる。基本は佐々木家のお家騒動物である。怪奇的趣向としては、忠臣・佐々良三八郎が主君の愛妾・藤浪を手に掛けたため藤浪に祟られ、娘は蛇娘に、息子は盲目となる、お家乗っ取りを企む執権と後妻の蜘手《くもで》が、頼豪院の鼠の妖術によって主家の正嫡の子を呪い殺そうとする、など。考証研究の成果として、元禄の歌謡や口承文芸などが作中にちりばめられている。

山東鶏告(さんとう・けいこう　生没年未詳)

狂歌師、戯作者。経歴未詳。山東京伝の弟子。『通言総籬』では挿画を担当している。黄表紙に、安倍保名と釈迦如来の遊廓通いと信田妻・九尾の狐を絡めた『〈御誂〉両国信田染』（一七八六／天明六、北尾政演画）など。ほかに洒落本などを執筆（唐洲との共著）。

山東唐洲（さんとう・とうしゅう　生没年未詳）狂歌師、戯作者。経歴未詳。山東京伝の弟子。黄表紙に、狐に騙された見越入道の息子・見越之介が、騙し返して遊女を身請けする『雪女廓八朔《さとのはつさく》』（一七八八／天明八、喜多川歌麿画）など。

『山王霊験記』（さんのうれいげんき）絵巻。日吉社の縁起を描いた一二八八（弘安一一）年の奥付を持つものと、僧伝と共に日吉山の霊験のあれこれを描いたものとがある。前者は天台の僧がまとめた山王七社に関する諸伝や本地垂迹の縁起『耀天記』をもとにしている。後者の系統には、絵巻の詞章をまとめた『日吉《ひえ》山王利生記《さんのうりしょうき》』（鎌倉時代末期から室町時代初期頃成立？）や『山王縁起』『山王絵詞』などがあり、内容に異同がある。

三遊亭円生［二世］（さんゆうてい・えんしょう　一八〇六～六二／文化三～文久二）落語家。通称盤蔵、尾形清治郎。江戸四谷に住んだ。初世に入門し、三遊亭花生、橘家円蔵を経て、初世没後に円生を襲名。怪談咄を得意とし、「怪談累草紙」を創作した。円朝の師匠に当たる。

三遊亭円朝（さんゆうてい・えんちょう　一八三九～一九〇〇／天保一〇～明治三三）落語家。本名出淵次郎吉。江戸湯島切通町生。父・長蔵は武家を出奔、放浪のすえ音曲師・橘屋円太郎を名のった。次郎吉も小円太の芸名で七歳で高座をつとめたが、母や異父兄の勧めで、一時商家に奉公したり歌川国芳に浮世絵を学んだりする。後、父の師である二代目三遊亭円生に入門。五五年、三遊亭円朝を名のり真打ちに昇進。鳴物入りの華やかな芸風で次第に人気を高め、「怪談牡丹燈籠」などの新作を次々に口演する。六三年、河竹黙阿弥、瀬川如皐、仮名垣魯文らの〈粋狂連〉に参加し、他分野の人々と交流を深める。維新後の七二年、噺に用いる道具類を弟子に譲り、扇子一本の素噺に転じる。芸能革新の時勢に応じ、「塩原多助一代記」などの実録人情噺に新境地をひらく。それらの新作は速記本として刊行され、円朝の名声を全国規模で高めた。また、それらが当時揺籃期にあった明治文学の言文一致運動に及ぼした影響も大きい。

怪談噺の代表作に、大作『真景累ケ淵』のほか、かなわぬ恋に焦がれ死にした旗本の息女・露の霊が、幽明を越えて恋人の浪人・萩原新三郎のもとへ通う艶麗な怪異に悪人たちの思惑が絡む『怪談牡丹燈籠』（八四・東京稗史出版社）や、謀殺された絵師が霊となって絵を仕上げ、また我が子が殺される危機にも出現してこれを救い、ついには子が親の敵を討つ『怪談乳房榎』（八八・金櫻堂）、江島屋が調えた婚礼衣装の不始末のせいで恥をかいた花嫁が自殺し、それに祟られて店が滅ぶという怨霊譚を中心に複雑な筋で展開する『鏡ケ池操松影』（八五・牡丹屋、朝香屋、金櫻堂、別題「江島屋騒動」）などがある。

【真景累ケ淵】噺。八八年井上勝五郎（薫志堂）刊。貧乏旗本の深見新左衛門は、借金の取り立てにきた鍼医の宗悦を、酔いにまかせて無惨に斬り殺す。宗悦の亡霊に惑わされた新左衛門は、誤って病妻を殺害、自らも勤務中に非業の死を遂げる。因果は両家の子供たちにも及び、新左衛門の長男・新五郎は宗悦の次女・園に恋い焦がれた挙句、誤って惨殺、召し捕られる。一方、宗悦の長女で富本の師匠・豊志賀は、新左衛門の次男・新吉と師弟を越えた色仲となるが、顔面にできた腫物がもとで病床に伏し、若い女弟子のお久と新吉の仲を邪推して嫉妬の炎に身を焦がしつつ恨み死にする。豊志賀の怨霊に脅える新吉はお久と共に、縁者のある下総羽生村へと逃げるが、真暗闇の土手道でまたしても怪異が……。悪因縁に導かれるまま悪行を重ねる人々の姿を〈ネンバリ〳〵〉とした独特の語り口で鮮やかに描き出した和風ゴシック・ホラーの傑作。

し

椎名誠（しいな・まこと　一九四四〜）本姓渡辺。東京世田谷生。東京写真大学中退。雑誌編集者を経て七六年、目黒考二らと書評誌『本の雑誌』を創刊、編集長を務めた。はじめエッセイストとして若者の人気を得、やがて小説も発表。その後、冒険家としても名を馳せ、紀行類も多数発表している。「犬の系譜」（八九）で吉川英治文学新人賞を受賞。

初期には「悶絶のエビフライライス」をはじめ、筒井康隆を思わせるスラプスティックな短篇を執筆。さらに、近未来の体制主義によって生贄が差し出される様をさりげなく描く「いそしぎ」、土地を手に入れるために家族打ちそろっての半月以上にもわたる耐久レースに参加する人々を描く「歩く人」、世界が水浸しになっていく様を子供の日記形式で語る「雨がやんだら」ほかのSF風幻想短篇を含む『シークがきた』（八三・徳間書店）などを刊行するが、一時期SFから離れ、私小説風の『岳物語』（八五）『菜の花物語』（八七）などを執筆。その後、奇妙な研究をしている者ばかりが閉じ込められている収容所の恐怖を、実はすべてが妄想かもしれないと思わせながら描く表題作などを収めた短篇集『ねじのかいてん』（八九・講談社）を皮切りに、再び意欲的にファンタスティックなSFを発表し始める。以後、ユニークなSF小説を合間に挟みつつ、青春小説、自伝小説、私小説を執筆している。

日本SF大賞を受賞した『アド・バード』（九〇・集英社）は、広告戦争の結果、荒廃し、異常生物が満ち溢れた危険な世界を、連れ去られた父を探し求めて兄弟が旅する物語で、次々に出現するユニークな生物たちへの椎名の思い入れが伝わってくる好著である。一方、水浸しになって高いビルばかりが顔を覗かせ、怪異な現象が起き、異常生物が繁殖する世界での男の冒険と恋を描く長篇『水域』（九〇・講談社）は冒険小説色が強く、冒険家として世界中を旅する椎名らしい作品といえる。また、やはり異常生物が姿を見せる頽廃した世界での男たちの戦いの日々を描いた未来テーマのSF長篇『武装島田倉庫』（九〇・新潮社）は、椎名のペシミスティックな一面を示し、印象的である。このほか、細胞変換技術により若者が強制的に木や介護用の椅子に変身させられている、老人たちが牛耳る荒廃した日本を舞台に、主人公が就労資格テストのために逃亡し続け、次から次へと奇妙な出来事に出会う長篇『走る男』（〇四・朝日新聞社）や、脂まじりの雨が降り、いびつな形の人工月に照らされた監視・管理社会を舞台にしたSF連作短篇集『銀天公社の偽月』（〇六・新潮社）も、どこかノスタルジーを感じさせながらも頽廃的で恐ろしい未来世界を独特の筆致で描き出している。ほかの長篇に、戦争後の荒涼とした未来世界を舞台に、オンボロ砲艦で海賊稼業を始めた三人を描く海洋冒険物『砲艦銀鼠号』（〇六・集英社）など。また短篇では、頽廃した未来がテーマのSF風短篇のほか、モダンホラー、オーソドックスな怪談、不条理ホラー、自然の怪異談、異次元テーマのホラー、ホラー・コメディ、ほのぼのとしたファンタジー、虚実定かならぬ幻惑的な幻想短篇などを執筆しており、主な短篇集に、『胃袋を買いに。』（九一・文藝春秋）『中国の鳥人』（九三・新潮社）『鉄塔のひと』（九四・同）『みるなの木』（九六・早川書房）『地下生活者・遠灘鮫腹海岸』（九六・集英社文庫）『問題温泉』（九九・文藝春秋）『飛ぶ男、噛む女』（〇一・新潮社）などがある。また映画監督も務め、不条理風の「遠灘鮫腹海岸」（九七）などがある。

椎野美由貴（しいの・みゆき　一九七七〜）埼玉県生。埼玉大学中退。地中を流れる精霊の力・光流脈を借りて魔法を行使する高校生の双子の兄妹が、様々な事件を解決する伝奇アクション『バイトでウィザード』（〇二〜

〇六・角川スニーカー文庫）で角川学園小説大賞受賞。ほかに魔法的異次元の住人が現実に入り込んでいるという設定で、男装の女子高生の恋と冒険を描くファンタジー『螺旋のプリンセス』（〇七・同）がある。

椎葉周（しいば・しゅう　一九七三〜）兵庫県生。帝京大学文学部中退。異世界を舞台にしたハードボイルド・アクション『ゼロから始めよ』（二〇〇〇・角川スニーカー文庫）でスニーカー大賞優秀賞受賞。SFサスペンス・アクション『ニューロティカ・プラネット』（〇一・同）をはじめ、主にSFを執筆。

鹽谷贊（しおたに・さん　一九一六〜七七）本名土橋利彦。東京生。東京府立第三中学校卒。幸田露伴の助手として、『評釈芭蕉七部集』ほかの口述筆記に携わる。『露伴全集』を編纂。評伝『幸田露伴』（六五〜六八・中央公論社）により読売文学賞を受賞。小説も執筆し、志怪の再話二篇を収める『龍』（四七・中央公論社）、歴史伝奇小説集『海青篇』（四六・同）『トルソ』（五六・東京創元社）がある。前者には諷刺的な小品「ガリヴーの日本訪問」、後者には〈マッフェオ・ポーロ〉が語る義経・清盛の珍妙極まる物語「ジパング島記」「異本平家物語」が収録されている。

塩谷隆志（しおや・たかし　一九三四〜八四）別名に青梅浩。東京生。姉に皆川博子。慶応義塾大学経済学部卒。『宇宙塵』同人。SF、推理小説を主に執筆。ジュヴナイルに怪奇幻想系作品がある。超能力と共に蘇った骨董品のオートバイが、少年と共に冒険して歩くユーモアSFファンタジー《エスパー・オートバイ》（七八〜八一・ソノラマ文庫）、河童、座敷ぼっこ、一つ目小僧などの妖怪が復活する『妖怪流刑宇宙』（七八・同）、人を死に誘う邪念に満ちた冷気を撃退するサイコ・パワーを持つ少年が、オカルティックな怪現象に挑む《ゴースト・ハンター》（八二〜八四・同）など。

潮山長三（しおやま・ちょうぞう　一八九二〜一九三二）本名松村長之助。愛知県名古屋市生。名古屋市立商業中退。名古屋新聞社記者を経て大衆小説作家となる。情痴小説を主に執筆。平安時代を舞台に、魔鏡製法の秘密を冥界の恋人から教えられる「幽明鏡草紙」（二七）、『今昔物語集』の怪盗奇譚に依拠しつつ、無言の行を破って命を落とす男の奇譚に仕立てた「口を縫われた男」（三二）、男に捨てられた女が、男とその妻を呪い殺す「五《さ》月闇聖天呪殺《つきやみしょうてんごろし》」（三〇）、生き髭を使った仮面の怪を描く「濡事式三番」（三二）ほかの怪奇時代小説がある。

志賀直哉（しが・なおや　一八八三〜一九七一）宮城県牡鹿郡石巻町生。生後二年で東京に転居、旧相馬藩家臣の祖父・直道と祖母・留女の溺愛を受けて育つ。学習院を経て東京大学国文科中退。大学在学中に文学を志し、一〇年、武者小路実篤、有島武郎、木下利玄らと同人誌『白樺』を創刊、同誌創刊号に「網走まで」を発表。中篇「大津順吉」（一二）などで作家的地歩を固める。実業家の父・直《なお》温《はる》とは〇一年の足尾銅山視察事件以来、進路や女性問題をめぐり、ことごとに対立したが、一七年に和解。その経緯を中篇「和解」（一七）に描いた。私小説・心境小説を代表する作家として〈小説の神様〉の異名を奉られる。代表作に長篇「暗夜行路」（二一〜三七）のほか「清兵衛と瓢簞」（一三）「城の崎にて」（一七）「小僧の神様」（二〇）「灰色の月」（四六）など多くの好短篇がある。短篇には怪奇幻想系の作品も散見される。

　麓の仲間のもとへ連れていってほしいと頼む菜の花と共に娘が山を下っていく「菜の花と小娘」（二〇）、美しい娘の織る布が、女神の呪いによって無惨な色に変わり果て、娘も山中の洞窟で蜘蛛さながらの姿に変じている「荒絹」（一七）、来世はお互い鴛鴦に生まれようと夫と約した妻が間違えて狐に生まれ、鴛鴦の姿で腹を立てる夫を空腹のあまり食い殺してしまう「転生」（二四）などの寓話風ファンタジーのほか、熱に浮かされた床屋が一瞬の狂気にかられて凶行を犯すまでを息づまる筆致で追った「剃刀」（一〇）、抑圧された性欲がひきがねとなって正気を失っていく青年の内面を克明に描出した「濁った頭」（一一）、『ハムレット』の登場人物の不安と憎悪に満ちた内面を日記形式で描く「クローディアスの日記」（一二）などの異色短篇がある。また会いたい人のもとへ湿地を越えていく夢の光景を綴った小品「イヅク川」（一一）をはじめとする夢日記風の作品群や、息子が雪山を越えて到着することを予知する母親のエピソードが語られている「焚火」（二〇）など、神秘的傾向の作品もある。直哉の神秘志向が付焼刃のものではなく、それなりに根深いものであったことは、「暗夜行路」の末尾近くに得られる自己覚醒の道程が神秘主義的なものであることからも推し量れる。この作品が近代文学の古典とされていることは、いかように読まれてきたのかという問題も含めて、日本における幻想文学のありようについて再考させるに足る問題であろう。

しかたしん（しかた・しん　一九二八〜二〇〇三）本名四方晨。旧朝鮮京城生。愛知大学法経学部卒。放送局勤務を経て、戯曲・児童文学作家となる。児童劇団の主宰者としても活躍。代表作に『国境』（八六〜八九）など。地底にファシズムの帝国を築いた化猫の陰謀を知った落ちこぼれ少年たちの冒険を描く『消えた化けねこ帝国』（七六・童心社）、〈でえもん〉たちの人間界への侵略を阻止するため、妖精と少女が活躍するSFファンタジー『妖精戦士たち』（八三・金の星社）、飼い主とテレパシーで話もできる犬を主人公にした、戦争時代へのタイムスリップ物『闇を走る犬』（九三・講談社）などの小学生向けSFファンタジーがある。ほかに古典の再話『里見八犬伝』（九二〜九四・ポプラ社文庫）など。

鹿都部真顔（しかつべの・まがお　一七五三〜一八二九／宝暦三〜文政一二）通称北川嘉兵衛。別号に狂歌堂、四方歌垣《よものうたがき》、鹿杖山人、万葉亭ほか多数。恋川春町の門人となり、恋川好町名で、羽を落とされた大山の天狗の遍歴を描く〈高慢斎〉物『〈天狗一人小僧八人〉芸自慢童竜神録』（八六／天明六、北尾政演画）等の黄表紙を発表するが、あまり好評を得られず、狂歌に進む。四方赤良の弟子となって四方の名を与えられ、天明狂歌壇に重きをなした。宿屋飯盛《やどやのめしもり》（石川雅望）と狂歌理念において対立し、文政期の狂歌界を二分することとなった。真顔の理念はむしろ狂歌を和歌に近づけて衰退させたと現在では評価されるが、当時その影響力は全国に及び、はなはだ大きかったという。狂歌の点料で生活した最初の人ともいわれる。読本に、善人たちが悪人どもに無惨に殺されるが、悪人たちは報いを受けるという因果応報を強調した作品で、鬼の火車に慳貪な継母が引いていかれたりする趣向がある『月宵鄙物語《つきのよいひなものがたり》』（〇八／文化五）がある。

四季桂子（しき・けいこ　？〜）本姓市橋。夫は狩久。明内桂子名義で、短篇「伝貧馬」（一九五三）により『宝石』誌上にデビューし、ミステリを執筆。胎児のところへ父だと名乗る男の亡霊が現れ、あるサジェスチョンをするのだが……という設定の、胎児の一人称による短篇ミステリ「胎児」（五七）がある。六九年以降は創作から遠ざかった。

式貴士（しき・たかし　一九三三〜九一）本名清水聰。別名に間羊太郎《はざまようたろう》、小早川博、蘭光生、ウラヌス星風。東京生。早稲田大学文学部英文科卒。同大学院博士課程修了。英国詩を専攻。中学・高校教師を各三年間務めた後フリーライターとなり、間名義でのミステリ評論や小早川名義での風俗雑誌コラムなど、数種類の筆名で多方面にわたる執筆活動に従事。小説家としてのデビューは、六二年『ヒッチコック・マガジン』に発表した間名義の「海の墓」。七七年、式貴士の筆名で『奇想天外』に「おてて、つないで」を発表後、〈Strange Fiction〉としてのSFという立場から、エログロ・ナンセンス味溢れるSFホラー短篇を次々に発表。それらをまとめた『カンタン刑』『イースター菌』（七九・CBSソニー出版）『連想トンネル』（八〇・同）『ヘッド・ワイフ』『怪奇日蝕』（八一・同）『吸魂鬼』（八一・集英社）『なんでもあり』（八二・CBSソニー出版）『天虫花』（八三・同）『アイス・ベイビー』（八四・

同）などの短篇集は、「あとがき」の異様な充実ぶりでも話題を呼んだ。これらの短篇中の秀作は『鉄輪の舞』（九三・出版芸術社）に収録されている。ほかに長篇『虹のジプシー』（八一・CBSソニー出版）など。問羊太郎名義による著作に『ミステリ百科事典』（八一）、小早川博名義の著作に『トイレで読む本』（七〇）など。またウラヌス星風の名で星占いやタロット関連の文章を、蘭光生名義でエロティック・バイオレンスを多数執筆、『SM博物館』（七二）などの著作もある。

【カンタン刑】短篇集。七九年CBSソニー出版刊。連続婦女暴行殺人の犯人に下された世にも怖るべき刑罰〈カンタン刑〉とは？ ゴキブリまみれの独房でゴキブリ料理をあてがわれるのを手始めに悪夢そのものの拷問シーンが展開される表題作、肉体を自在に切り貼りできる接着剤を開発した男が、忌まわしい合体動物を造り出した挙句、未来から来た美女と自分の手首を接着してしまう「おてて、つないで」、生涯のある時点から年齢が若返り、最後は赤ん坊になって死ぬという奇病に取り憑かれた人々の悲喜こもごもの人間模様を描いて、鬼面人を驚かす式貴士の意外な一面を垣間見せる「Uターン病」など、全九篇を収録。

『信貴山縁起絵巻』（しぎさんえんぎえまき　十二世紀後半成立？）縁起絵巻。作者未詳。平安時代後期を代表する絵巻の一つ。信貴山の高僧・命蓮の奇瑞を語っており、空飛ぶ鉢で物乞いをしてくる命蓮をいまいましく思い、長者が倉に鉢を閉じ込めると、倉ごと飛んで帰った話「山崎長者の巻（飛倉の巻）」（詞はない、『宇治拾遺物語』に同話がある）、「剣の護法」を遣わして醍醐天皇の病を癒した話「延喜加持の巻」、信濃にいた命蓮の姉が夢告に助けられて弟と再会する話「尼光の巻」の三巻から成る。

式亭三馬（しきてい・さんば　一七七六～一八二二／安永五～文政五）戯作者。本名菊地泰輔《たいほ》。別名西宮太助。別号に四季山人、本朝庵、遊戯堂、洒落斎、銅駄先生など。江戸浅草田原町生。父は板木師であったが、家業は継母と義弟に任せて書肆に奉公した。九二（寛政四）年に奉公を終え、二年後に黄表紙『天《てん》道浮世出《とううきよので》星操《づかい》』（九四／同六、歌川豊国画）で作家デビューを果たす。これは、天上にいた二八星が悪星に唆されて天帝に叛逆して地上に降りるという設定で、善悪の星が人間に宿って人を操り闘争を繰り広げるという、私淑する山東京伝に倣って流行の心学を取り入れた教訓的内容の作品であった。同時に『人間一心覗替繰《にんげんいっしんのぞきからくり》』（同、同画）も刊行するが、これも遠眼鏡で心の中を覗くという心学物で、京伝や芝全交のアイディアをもらったものである。その後、洒落本にも手を染めた。この頃に数寄屋橋の書肆の養子となり、商いの傍ら小説執筆に励むが、九九（同一一）年に諷刺的黄表紙で手鎖の刑を受けたことから、歌舞伎解説物、滑稽本へと向かうことになった。〇六（文化三）年の大火で家財・蔵書を失ったが、その後日本橋本町で古本、薬品・化粧品などを商いながら、精力的に執筆に励み、市井の生活を活写した『浮世床』（〇九～一三／同六～一〇）『浮世風呂』（一四／同一一）などの代表作を書くことになる。その一方で黄表紙を長篇化した合巻を流行させもした。京伝・馬琴に次ぐ作家として読本執筆にも執着を示したが、成功しなかった。

　読本に、神変不可思議な妖女・魔耶姫から妖術を授かった賊徒・白波雲平が妖狐の宝を奪い、ために妖狐に呪われて滅ぶという枠組の中、敵討や恋の物語を展開させ、生霊・怨霊・妖術ほかの怪奇的趣向が横溢する『〈流転数回〉阿古義物語』（一〇／同七、歌川豊国・国定画）がある。合巻に、雷獣と戦うほどの豪傑を悪党に設定し、ピカレスクロマンの薬味を敵討物に加えた『雷太郎強悪物語《いかづちたろうごうあくものがたり》』（〇六／同三、歌川豊国画）、お家騒動に力士の活躍と天狗の跳梁を絡ませた『鬼児島名誉仇討《おにこじまほまれのあだうち》』（同、同画）、名人名工が手がけた入れ墨が命を得て勝手に遊び歩く『腕雕一心命《うでのほりものいつしんのち》』（一〇／同七、歌川国満画）、奪われた神鏡捜索と霊の加勢による敵討の成就のあいだに遊女高尾と男伊達の世之介の恋物語が入り込む『却説浮世之助話《さてもそののちよのすけばなし》』（同、歌川国貞画）など。黄表紙に、全交がその知恵で地獄も極楽も商売繁盛に導くという追善作『芝全交夢寓書《ゆめのむだがき》』（九七／寛政九、歌川豊国画）、星による人の操りという趣向を添えた敵討物『親讐胯《おやのかたきうちまた》膏薬《こうやく》』（〇五／文化二、歌川豊広画）など。

時雨沢恵一（しぐさわ・けいいち　一九七二〜）神奈川県生。電撃ゲーム小説大賞最終候補作『キノの旅』（二〇〇〇〜〇六・電撃文庫）が人気作品となり、アニメ化もされた。同作は異世界を舞台に、男装の少女キノと、しゃべる二輪車が不思議な国を経巡る冒険譚。ほかに、架空の国が舞台の冒険ミステリ『アリソン』（〇二〜〇四・同）『リリアとトレイズ』（〇五〜〇七・同、「アリソンとリリア」としてアニメ化）などがある。

重松清（しげまつ・きよし　一九六三〜）別名に田村章。岡山県久米郡久米町生。早稲田大学教育学部国語国文科卒。編集者を経てライターとなる。テレビドラマのノベライゼーション『世にも奇妙な物語8』（九一・太田出版）などを田村名で執筆。重松名では少年を主人公にした小説で評価されており、九九年『エイジ』で山本周五郎賞、『ビタミンF』で直木賞を受賞。ワイルダー『わが町』の生者バージョンともいうべき時間遡行ファンタジー『流星ワゴン』（〇二・講談社）、ジェントル・ゴースト・ストーリーを含む短篇集『送り火』（〇三・文藝春秋）がある。

『地獄草紙』（じごくぞうし　平安時代末期成立）作者未詳。経典をもとに地獄のありさまを描き出した三巻本の絵巻。『病草紙』『餓鬼草紙』とセットの六道物であったとも考えられている。

『地獄太平記　寛闊鎧引』（じごくたいへいきかんかつよろいびき　一七一三／正徳三）浮世草子。作者未詳。別名「新小夜嵐」。『小夜嵐』の模倣作。冥途の三途の川で地獄行きを言い渡された赤穂義士たちが不満を鳴らし、閻魔の邪悪な政道をただすべく、閻魔城に攻撃を仕掛けるという、一種の戦記物。最後には、義士たちは地蔵菩薩の教化によって極楽へ行く。

慈周（じしゅう　一七三四〜一八〇一／享保一九〜享和元）天台宗僧侶、漢詩人。法号は六如《りくにょ》。号に白楼、無着庵。近江八幡生。漢詩人として高名である。放生の功徳や作法と共に、三国の放生談、放生利益譚を漢字片仮名交りの読み下し文で書いた『放生功徳集』（八三／天明三）がある。

『地蔵縁起』（じぞうえんぎ　鎌倉時代後期成立）縁起絵巻。作者未詳。地蔵の霊験譚を語るもので、地蔵の絵画を描いて往生、仏像を作って難を逃れるなど、一般的な話柄で構成されている。宋の僧・常謹による『地蔵菩薩霊験記』の説話部分の和訳という。平安時代中期以降、地蔵菩薩は信仰を非常に集めたため、霊験記や縁起が実に数多く書かれたようだが、これもその一つ。

『地蔵堂草紙』（じぞうどうぞうし　室町中期成立）絵巻。作者未詳。伝土佐光持あるいは光信筆。千日の如法経書写の行に入った僧が、美女に愛欲の情を抱き、竜宮で歓楽の時を過ごしたりしたため、一時は蛇身となるが、最後には行を果たして往生するという内容。人間の脆さを描いたもので、結末は仏教の説教的という以外ないが、中盤まではゴーチエ「死女の恋」風の幻想的で美しい物語。

『地蔵菩薩霊験記』（じぞうぼさつれいげんき　十一世紀半ば成立）説話集。三井寺・実睿撰の二巻本と、三巻まで実睿撰、四巻以下良観編とする十四巻本とがある。後者は一五七六（天正四）年以降成立。実睿は後一条院の頃の僧侶であるらしい。地蔵説話は、蘇生譚、身代わり譚に特色があり、殊に地蔵によって地獄から救われるというパターンが多い。たとえ功徳があろうとも、地獄には否応なく落ちてしまうもので、その運命から救ってくれるのが地蔵だという思想が背後に見える。原本は『今昔物語集』の有力な粉本の一つと推測されている。

志津三郎（しづ・さぶろう　一九二四〜）本名坂本實。三重県松阪市生。宇治山田商業卒。

五九年漫画家としてデビュー。その後、テレビ、演劇などの脚本家を経て、小説家となる。国際謀略アクションから出発し、後に時代小説に転身。SF、ファンタジー設定の作品に、超能力者をめぐって自衛隊と新興宗教勢力が暗闘を繰り広げる『エスパーファイル』(八六・Cノベルス)、役小角に仕えた前鬼一族の末裔が凄惨な抗争を展開する『シャドウメッセージ』(八七・同、後に「シャドーバスター」「暗黒の戦士」と改題)『兇獣戦士』(九四・光風社ノベルズ)、鬼一法眼が秘蔵する鬼族の滅亡を図る方策を記した「六韜三略」をめぐって鬼族の積極派と穏健派が暗闘を繰り広げているという設定で、穏健派の鬼族・宮本武蔵を描く『鬼の武蔵』(〇二・光文社文庫)などがある。

『十訓抄』(じっきんしょう　一二五二／建長四年成立)説話集。編者は六波羅二﨟左衛門入道(伝未詳)という説があるが、異説もあり、未詳。少年たちに善を勧め、悪を戒めるための教訓的な説話集を意図して編纂され、「驕慢を避けよ」「人倫を大事に」「友を選ぶこと」など十の具体的な訓戒別に約二百八十の説話が収録されている。きわめて広範な和漢の書物から題材を拾い、訓戒に見合うようにわかりやすく書き改められているが、時には訓戒とは見合わない説話もあり、また、ただの笑話や詩歌管弦のしみじみとした話なども含まれている。教訓性が強いので説話集としては高く評価されないが、細かく読めば面白い話が多々ある。

『執金剛神縁起』(しつこんごうじんえんぎ　室町時代成立)縁起絵巻。作者未詳。奈良東大寺の創立に尽力した良弁の伝奇的な生涯と、その念持仏である執金剛神の霊験利益を描く。神像の髻が蜂となって将門を刺したという説話が可笑しい。

七珍万宝(しっちん・まんぽう　一七六二～一八三一／宝暦一二～天保二)戯作者、狂歌師。本姓樋口。通称仁左衛門。別号に森羅万象二世、南湖子ほか。江戸芝の菓子商(屋号は福島屋)。森羅万象に師事し、黄表紙、洒落本を執筆。後に鹿都部真顔に師事し、狂歌を専らとした。黄表紙に、浦島太郎を軸に、桃太郎や百足と俵藤太などを綯い交ぜた『海中箱入娘』(八八／天明八、北尾政美画)、大人国での冒険を語る『五体惣〆而《ごたいそうしめて》是程《これほど》』(九〇／寛政二、同画)ほか。

十返舎一九(じっぺんしゃ・いっく　一七六五～一八三一／明和二～天保二)戯作者。本名重田七郎貞一。通称与七。駿河国府中生。駿府町奉行所の同心を養父とする。大坂へ出、近松東南に師事して浄瑠璃作者となる。その後江戸へ下り、九三(寛政五)年、京伝の黄表紙の挿絵を担当する。蔦屋重三郎の食客となり、九五(同七)年には版木まで自作して黄表紙を刊行、次第に黄表紙作者として認められる。狂歌も学んで滑稽本の執筆にも偉才を示し、代表作となる『東海道中膝栗毛』(〇二～二二／享和二～文政五)などをものした。滑稽本のほかに黄表紙、初期合巻などを数多く書き、読本、人情本もあり、さらには咄本、往来物も多数ある。晩年は飲酒のせいで体が不自由となり、孤独であったという。

短篇の読本に、怪異談集『深窓奇談』(〇二／享和二、自画)『奇談双葉草』(同)『怪物輿論』(〇三／同三、両者の部分合冊本に『怪談雨夜鐘』)がある。上田秋成の『雨月物語』を意識したと思しい『深窓奇談』は、崇道・崇徳の怨みを僧が聞く、武士が許婚の髑髏と契る、琴の名手が琴の精を苦しめる妖怪を退治する、香道の名手が奥義によって妻の間男を知る、美女と化した古狸が歌の謎解きをするなど、十篇の怪異談を収録している。長篇の読本に、敵討物語の中に様々な犬の奇談と忠犬の霊験報恩譚を盛り込んだ『翁丸《おきなまる》物語』(〇七／文化四)、合巻に、閑な幽霊や化物たちによる出番争いや作者仲間の顔見世など様々な趣向で敵討物の全盛をからかった『敵討余《よ》世波善津多《せばよかつた》』(一三／同一〇、松高斎春亭画)、黄表紙に、亡者に足を与えるという奇想に人面瘡の趣向まで加えた『早野勘平若気誤』(九六／寛政八、自画)、滑稽本に、貧乏神、福の神に憑かれることで、貧者にも富者にもなる人間を描いた『世中貧福論』（一二／同九、二二／文政五）ほか多数。また、勝川春英・春章の妖怪絵本『列国怪談聞書帖《ききがきぞうし》』（〇二／享和二）の再刊に際して、物語部分を担当した。なお、三竦《さんすく》みの趣向で〈太閤記〉をパロディ化した黄表紙『化物太平記』（〇四／文化元）は発禁となり、手鎖の刑を受けた。

『志度寺縁起』（しどでらえんぎ　鎌倉末期～南北朝成立）絵巻。作者未詳。讃岐の志度寺の創立縁起と本尊の十一面観音の由来を語ったもので、閻魔王庁の関わる蘇生譚に特色があるといわれている。

篠崎紘一（しのざき・こういち　一九四二～）新潟県生。早稲田大学文学部卒。先端技術の企業を経営。卑弥呼の死後、戦乱となった邪馬台国の救世主となるべく、卑弥呼の血を継ぐ少女が火水の難行に挑む古代ロマン『日輪《ひ》の神女《かむめ》』（二〇〇〇・郁朋社）でデビュー。異色の古代ファンタジーを執筆。弥生時代を舞台に、愛しい男の無事を願って呪術の行に入った女をめぐる愛憎関係を描いた表題作のほか、縄文時代、古墳時代を舞台にした恋愛談を収録する短篇集『持衰《じさい》』（〇一・同）、神女として生まれた勝ち気な卑弥呼の愛と冒険を描く『卑弥呼の聖火《サンクチュアリ》燃ゆる胸』（〇四・新人物往来社）、多くの罪を重ねつつも仏教王国の建設をめざした聖徳太子を描く『悪行の聖者聖徳太子』（〇六・同）など。

篠崎砂美（しのさき・さみ　一九六〇～）東京生。大阪芸術大学文芸学科卒。会社勤務の傍ら小説を執筆し、光と闇の二つの体に分離させられた魔法使いの少年が、女戦士の助けを借りて魔と戦うファンタジー『魔封の大地アンクローゼ』（九二・角川スニーカー文庫）でデビュー。ゲームのノベライゼーションを含む多数のファンタジーやSFを執筆。オリジナル作品では伝奇ファンタジーに特色がある。異貌の近世日本を舞台に、妖魔を鏡に封じる術を修行中の少年・輝耀が冒険を繰り広げる退魔ファンタジーだが、神に追われた西洋の妖精たちなどが登場し、妖魔は単なる滅ぼすべき魔物ではなかったという展開になる『魔鏡の理』（〇一～〇二・ファミ通文庫）、その姉妹篇『狩籠師』（〇六・リーフ＝ジグザグノベルズ）のほか、和風ファンタジー『星誘いの娘』（〇二・EXノベルズ）、ほのぼのファンタジー『お隣の魔法使い』（〇六・GA文庫）、近未来を舞台にしたロボット開発テーマのSF《プロジェクト・リムーバー》（九七～九八・電撃文庫、木村明広原案）、続篇のアクション『リムーバー・ソウル』（二〇〇〇～〇一・同）など。

しのさき麻璃絵（しのさき・まりえ　？～）感情を他人に伝染させ、人を操ることができるように遺伝子操作されたクローンをめぐるSF『リキッド・ムーン』（二〇〇三・講談社X文庫）でホワイトハート大賞佳作受賞。

篠田節子（しのだ・せつこ　一九五五～）東京八王子市生。東京学芸大学卒。八王子市役所勤務の後、九〇年、不思議な糸を吐く野蚕をバイオテクノロジーによって繁殖させた結果起きた恐怖を描く動物パニック物『絹の変容』（九一・集英社）で小説すばる新人賞を受賞してデビュー。ミステリと並行して、夭逝した明治の日本画家が死の直前に描いた幻想的な「朱鷺飛来図」をめぐって繰り広げられるホラー『神鳥《イビス》』（九三・集英社）、イルカ風の知性ある生物との交感を描くファンタジーが殺戮ホラーに転じる『アクアリウム』（九三・スコラ）など、自然と人間との関わりをテーマにしたホラーを立て続けに発表。続く『聖域』（九四・講談社）は、未完の原稿を残して失踪した女流作家の謎をめぐり、編集者が様々な体験をするミステリ仕立ての作品だが、過去の記憶を再現する巫女という、スタニスワフ・レムの『ソラリスの陽のもとに』に着想を得たテーマや、土俗の宗教と新興宗教である仏教の対立を描いた作中作などに異様な迫力がある雄篇である。その確かな筆力は、たちまち一般にも認められるところとなり、九七年『女たちのジハード』で直木賞、『ゴサインタン』で山本周五郎賞を受賞。種々の社会問題や歴史的事件を取り上げて見識の高さを見せながら、普通小説のほか、ファンタジー、SF、ホラーなど複数のジャンルにまたがる作品を執筆している。

　長篇小説には、『ハルモニア』『妖櫻忌』のほかに、自殺の間際に録音したバッハのカノンのテープの中に霊魂を閉じ込められてしまった男と、男の元恋人で、テープを聴いて亡霊を出現させることになる女を描く『カノン』（九六・文藝春秋）、疫病パニック物『夏の災厄』（九五・毎日新聞社）、未来の超管理社会を舞台に、立ち退きを強制された斎藤家が近隣住民と共に手製の核爆弾で政府に抵抗するSFコメディ『斎藤家の核弾頭』（九七・朝日新聞社）など。怪奇幻想系短篇集に、SFホラーを中心とする『静かな黄昏の国』（〇二・角川書店）、死をテーマとする『レクイエム』（九九・文藝春秋）などがある。

【ハルモニア】長篇小説。九八年マガジンハウス刊。外科的手術の際のミスで脳に損傷を負い、日常的な感情や発話能力が欠如した由希には、荒れ狂うサイコキネシス能力と共に天才的な音楽の才能が発現していた。チェリストの東野は、心理療法士から彼女の音楽的才能を伸ばしてほしいと依頼され、最初は当惑を覚えるものの、次第に由希とのレッスンにのめり込んでいく……。一流の弟子を持った二流の芸術家の悲哀を余すことなく表現しながら、同時に、すべてをなげうって至高の音楽を求めていく芸術家の業を描ききっている。チェロの演奏を趣味とする篠田ならではの音楽幻想小説。テレビドラマ化された。

【妖櫻忌】長篇小説。二〇〇一年角川書店刊。女流文学の大御所・大原鳳月が、親子ほど年の離れた青年演出家と、自邸の茶室で凄惨な焼死を遂げた。担当編集者だった堀口は、鳳月の秘書・若桑律子から、鳳月の波瀾の生涯をモデルに書いたという創作原稿を託される。最初のうちは生硬だった律子の文章が、刻々と鳳月本人の文体に酷似していく不思議さ。盗作疑惑を抱く堀口は真相を見極めるため、鎌倉の大原邸に律子を訪ねるが……。赤江瀑風の耽美ミステリとして滑りだした物語は、中盤以降にわかに幻妖の翳を濃くし、ついには壮絶な心霊ホラー――幽明の境を越えてせめぎあう魂の争闘劇と化す。その極みに立ち顕われる幽霊美人のかそけきたたずまいは、〈幽霊を出すことによってこの世ならぬ美を描くこともできる〉と語る篠田の審美的ホラー観を体現したものといえよう。

篠田知和基（しのだ・ちわき　一九四三～）フランス文学者、比較神話学者。東京教育大学修士課程修了。名古屋大学教授等を経て、広島市立大学教授。ネルヴァル研究者として出発。ネルヴァル論『幻影の城』（七二・思潮社）、ネルヴァルの翻訳『阿呆の王』（七二・思潮社）『オーレリア』（八六・同）『火の娘たち』（八七・同）『東方の旅』（八四・国書刊行会）などがある。ほかの翻訳に、ジャン・レー『マルペルチュイ』（七九・月刊ペン社）、『ノディエ幻想短篇集』（九〇・岩波文庫）、監訳にシュネデール『フランス幻想文学史』（八七・国書刊行会）ほか。二十世紀末より比較神話学研究組織を立ち上げ、人類共通の神話的想像力について考究する。『人狼変身譚』（九四・大修館書店）『竜蛇神と機織姫』（九七・人文書院）などの著作、『世界の洪水神話』（〇五・勉誠出版、丸山顯徳と共編）ほかの編著がある。

篠田真由美（しのだ・まゆみ　一九五三～）東京本郷生。早稲田大学第二文学部東洋文化専攻卒。一七七五年のハンガリーの城館を舞台に、怪奇幻想的な趣向を凝らした本格ミステリ『琥珀の城の殺人』（九二・東京創元社）が第二回鮎川哲也賞最終候補作となり、デビュー。美貌の建築史家と直観像記憶を持つ青年らが探偵役を務める《建築探偵桜井京介》（九四～）で人気を得、ミステリ作家として活躍する一方、ファンタジーや怪奇小説を執筆している。篠田が特に関心を持つ対象は建築、西洋史、宗教であり、それらのうちのいずれかが、何らかの形で作品に反映している。また、意識せざるテーマとして広い意味での〈救済〉があり、これもまたミステリからファンタジーまで、篠田の作品の方向を決定づけている。ファンタジー作品では、西洋の歴史を背景とする伝奇的なものへの嗜好が強く現れており、歴史の中に幻想を食い込ませるものと、歴史的なものはあくまでも背景に留めて、一般的なファンタジーを展開するものと、両様の作品を執筆している。『ドラキュラ公』（九四・講談社）『ルチフェロ』（九五・学研ホラーノベルズ）『彼方より』が前者に当たる。『ドラキュラ公』は『吸血鬼ドラキュラ』のモデルとなったルーマニアの王ヴラド・ツェペシュの生涯を、終生ヴラドに付き従い、ヴラドの首を取り戻すために悪魔に身を売った側近の青年の亡霊に語らせた作品。また『ルチフェロ』は切り裂きジャックに堕天使幻想を絡めたものである。後者のパターンの作品としては、十五世紀のフィレンツェを舞台に、闇の神の力を利用しようとする人間たちの欲望を、レオナルド・ダ・ヴィンチの弟弟子で、天使の化身である少年が闇の神を癒すことで打ち砕く『天使の血脈』（九五・トクマ・ノベルズ）に始まるシリーズ、現代を舞台にした伝奇アクション《龍の黙示録》（〇一〜〇九・ノン・ノベル）などがある。
　このほか、宇宙樹を中心としたファンタスティックな別世界を登場させ、貴種流離譚を展開する《根の国の物語》（九六〜九七・Cノベルス）、辺境の語り部をめぐるメタフィクショナルな物語『聖杯伝説』（九九・徳間デュアル文庫）といったSFファンタジーには、元来はSFファンであったと語る篠田らしい、SF的手法へのノスタルジーが見られる。またイタリアの架空の貴族の城館を舞台にした『アベラシオン』（〇四・講談社）は建築愛に溢れる本格ミステリだが、フリークスが登場し、怪奇的な面も持つ。

【彼方より】長篇小説。九九年講談社刊。青髯公ジル・ド・レに仕えて共に残虐行為を行った実在の人物プレラッツィを主人公とする歴史伝奇。経歴未詳で、ジル・ド・レに仕えた時も非常に若年であったという、歴史上謎に満ちた存在であるプレラッツィの人物像を確定することにページを費やし、彼の数奇な生い立ちと魂の軌跡を完全に創造している。一見すると普通の歴史小説に見えるが、結末できわめて美しい幻想小説へと昇華する。宗教的なテーマを追究した、日本では数少ないファンタジーの一つである。

【幻想建築術】連作短篇集。九七〜〇一年『幻想文学』連載。〇二年祥伝社刊。ただ《都》とのみ称される中世ヨーロッパ風の異世界を舞台に、神学生や貴夫人や肉屋の女将や船頭など、社会の様々な階層に属する人々が、それぞれに直面する不可思議な出来事を描く。壮麗なタペストリーさながら巧緻に織りなされる各章の綺譚の背後には、幻想都市のヴィジョンを浮かび上がらせるための企みが入念に張りめぐらされている。硬質な文体、潔癖なまでに形而下の現実臭を排除した構想など、ファンタジーというジャンルの最もコアな部分に迫ろうとする篠田の意欲と憧憬が伝わってくる力作。

篠原千絵（しのはら・ちえ　?〜）少女漫画家（詳しくは漫画家事典参照）。前世の記憶や技術を取り戻した七歳の美少女を主人公とするミステリ風の『還ってきた娘』（一九九一〜九五・パレット文庫）で、少女小説作家としてもデビュー。ほかに、自身の漫画の外伝『天は赤い河のほとり外伝』（〇七・小学館＝ルルル文庫）がある。

篠原一（しのはら・はじめ　一九七六〜）本名町口文子《まちぐちあやこ》。千葉県生。桜蔭高校在学中、薬物中毒の高校生を描いた「壊音」（九四）により、当時史上最年少で文學界新人賞を受賞。その後立教大学文学部に進学。立教大学大学院文学研究科ドイツ文学専攻博士課程前期修了。『誰がこまどり殺したの』（九六・河出書房新社）では、世界の終末を背景として、卵を産む女、天使の翼が生えるという予感を持つ少年、変異して仲間を喰らわなければ死ぬよりほかない少年たち、ラジオを聴く人形などが、愛憎関係で結ばれつつ、曖昧な物語を展開する。ほかに、死への嗜好と絡み合う多重人格、分身テーマが妄想とも現実ともつかないままに繰り広げられる『天国の扉』（九八・同）がある。

篠原美季（しのはら・みき　？〜）英国パブリック・スクールを舞台に、霊感少年が活躍するオカルト・ミステリ《英国妖異譚》（二〇〇一〜・講談社X文庫）でホワイトハート大賞優秀賞受賞。ほかに刑事物などを執筆。

紫宮葵（しのみや・あおい　？〜）BLファンタジーを執筆。大昔の呪いで男子が生まれないとされる家系の少年が妖しい夢のせいで現実感覚を狂わせていく物語が、最後には未生の男子が見た幻想へと解体される『とおの眠りのみなめさめ』（二〇〇〇・講談社X文庫）でホワイトハート大賞受賞。幽鬼となって蘇った死者が、過去に彼を殺したと信じて悩んでいた男の誤解を解く『黄金《きん》のしらべ蜜の音』（〇一・同）などがある。

芝甘交（しば・かんこう　一七六三頃〜一八〇四／宝暦一三頃〜文化元）戯作者。通称大伴寛十郎。芝全交の弟子。黄表紙に、黒本青本でよく知られた四天王、曾我兄弟、かちかち山、猿蟹、舌切雀などのキャラクターが入り乱れる『現金青本之通《げんきんあおぼんのかよい》』（八七／天明七、北尾政美画）などがある。

司馬芝叟（しば・しそう　一七六〇頃〜一八〇九頃／宝暦一〇頃〜文化六頃）浄瑠璃、歌舞伎狂言作者。本名又三郎。別号に司馬叟、芝屋芝叟、芝屋勝介など。長崎生。医師の次男に生まれ、大坂の商家吹田屋で育つ。浄瑠璃に、『小栗』の車引きの趣向を取り入れ、ヒロインが身を捨てて幽霊となって念ずると夫の足が立つ「箱根霊験躄仇討《はこねれいげんいざりのあだうち》」（〇一／享和元）など。

斯波四郎（しば・しろう　一九一〇〜八九）本姓柴田。山口県阿東町生。旧制第五高等学校理科甲類を中退後、明治大学新聞高等研究科で学び、東京日日新聞社に入社、『サンデー毎日』に配属される。五三年「少女幻影」を『文学者』に発表、五七年、初の単行本『禽獣宣言』を上梓。五九年「山塔」で芥川賞を受賞。『檸檬・ブラックの死』（五九・講談社）『愛と死の森』（六〇・雪華社）など、沈鬱な幻想性を湛えた作風で異彩を放つ。

芝全交（しば・ぜんこう　一七五〇〜一七九三／寛延三〜寛政五）戯作者。本名山本藤十郎。別号に司馬全交、司馬交など。戯作名は江戸の芝西久保神谷町に住んだことに由来する。商家吉川家に生まれ、狂言を習い、水戸藩の狂言師山本家の養子となった。赤羽観世座にも出勤したという。戯作好きで、黄表紙作者としても立つ。活動時期の早さから、春町、喜三二と並び称されることもある。式亭三馬は心酔して二世全交を名乗りたがったほどであった。神仏を用いて滑稽味を出すことに特色があり、『聖遊廓《ひじりのゆうかく》』のアイディアをいただき、地蔵菩薩、蛸薬師、寝釈迦が遊廓に繰り出し、地蔵が遊女と駆け落ちして医師になる『当世大通仏買帳《とうせいだいつうぶつかいちょう》』（八一／天明元、北尾重政画）、不景気の折柄、千手観音が手を貸し出す商売を始めるという趣向で、「手」に関わる言葉尽くしも軽妙な、名作の誉れ高い『〈御手料理御知而巳《おしるのみ》〉大悲千禄本《だいひのせんろっぽん》』（八五／同五、北尾政演画）、運慶の造った魂入りの仁王尊が、頓知で人々を救って信仰を集める『〈願解而下紐哉《ねがいはとけてしたひもんや》〉拝寿仁王参《おがみんすにおうさん》』（八九／寛政元、北尾政美画）などが代表作。ほかに、花咲爺、猿蟹、道成寺を綯い交ぜ、蟹の妻のミミズが大蛇の代わりとなる『交古勢《まぜこぜ》昔咄』（八一／天明元）、大織冠、浦島太郎、八百屋お七、その他を綯い交ぜた『大違宝船《おおちがいたからぶね》』（同、北尾重政画）、芝全交が頓智頓才をもって活躍する様を連作風に描く笑話『芝全交智恵之程』（八七／同七、北尾政演画）ほか、多数の作品がある。

芝風美子（しば・ふみこ　？〜）別名にシヴァ。早稲田大学教育学部卒。漫画原作者。小説に、悪魔のプリンスと親しくなった幼なじみ同士の少年少女が、地獄で活躍するホラー風ラブコメディ『修とミヤの恋愛同盟』（一九八九〜九〇・講談社X文庫）、地上に落ちた悪魔のプリンスが探偵役のミステリ『美少年探偵ボウイ』『名探偵は美しい悪魔』（九一・同）などがある。

司馬遼太郎（しば・りょうたろう　一九二三〜九六）本名福田定一。大阪市浪速区生。大阪外国語大学蒙古語科卒。新聞社勤務の傍ら小説を執筆し、「ペルシャの幻術師」（五六）でデビュー。『梟の城』（五九）により直木賞受賞。六一年執筆生活に入り、旺盛な創作力により多くの時代小説、歴史小説の傑作を世に送り出し続け、押しも押されもせぬ国民作家となった。文化論・歴史論などのエッセーにも優れたものが多い。砂漠の暴君と幻術師の戦いを描いたデビュー作以来、司馬はしばしば歴史の裏に生きる異形異能の人々をモチーフに取り上げている。代表的な作品に、戦国時代の忍者たちの奇怪な所業と生涯を描く表題作や「飛び加藤」、日本神話に取材したヒロイック・ファンタジー風の「八咫烏」などを収めた『果心居士の幻術』（六一・新潮社）、我欲に溺れる悪女・日野富子を中心として、応仁の乱前夜の暗黒時代に怪しげな幻術使いや兵法使いが跋扈する様を描いた伝奇ロマン『妖怪』（六九・講談社）などがある。司馬のそうした関心は、神秘の人・空海の生涯を描いた後年の大作『空海の風景』（七五・中央公論社）にいたるまで通底していると思われる。ほかに、新聞記者時代に本名で発表した、花にまつわる幻想譚十篇を収める『花妖譚』（〇九・文春文庫）がある。

柴崎あづさ（しばざき・あずさ　？〜）女子高校生として暮らす妖精の少女を描くファンタジー『おまじない教えてあげる！』（一九九二・コバルト文庫）がある。

柴田明美（しばた・あけみ　一九六五？〜）人間的な精霊たちが住む別世界を舞台に、その生活を描いたファンタジー『聚まるは永遠の大地』（九七・スーパーファンタジー文庫）がファンタジーロマン大賞選外佳作となる。神族の兄弟に愛された少女を描くコミカル・ファンタジー『蒼天の情人』（九六・同）でデビュー。ほかに、別世界が舞台の冒険ファンタジー・コメディ『炎風の聖者』（九六・同）、異次元からやって来た守護霊と女子高生のラブコメディ『勝手に☆守護霊！』『守護霊はお熱いのがお好き』（共に九七・同）、水棲の亜人種をめぐるミステリアス・ファンタジー『水棲少年』（九九・コバルト文庫）などがある。

芝田勝茂（しばた・かつも　一九四九〜）石川県羽咋市生。青山学院大学卒。フユギモソウによって滅ぼされそうになっている国を救うため、少女が試練の旅に出る『ドーム郡ものがたり』（八一・福音館書店）で、児童文学作家としてデビュー。続篇に、『虹へのさすらいの旅』（八三・同、後に「虹への旅」と改題）『真実の種、うその種』（〇五・小峰書店、日本児童文芸家協会賞）がある。このほか、日本の地方都市を舞台に、夜に外へ出てはならないという規則を破って外へ出てしまった少年少女たちのミステリアスな冒険を描いた傑作ファンタジー『夜の子どもたち』（八五・福音館書店）、都会から父の田舎にやって来た少年が、前世からのつながりのある少女や土俗の神々と知り合って貴重な体験をする『ふるさとは、夏』（九〇・同）、極度の受験体制を敷く公立小学校を舞台に、体制に抵抗する子供たちを、宇宙で同じような闘いを繰り広げる子供たちの物語とシンクロさせて描いた魅力的なSFファンタジー『星の砦』（九三・理論社）などがある。また、一般作品に、ミュータントの新人類たちが世界を席捲する近未来SF『進化論』（九七・講談社）がある。

柴田宵曲（しばた・しょうきょく　一八九七〜一九六六）本名泰助。東京日本橋生。開成中学中退。俳人、俳句研究者、随筆家。ホトトギス社で編集者を務め、『子規全集』編纂に尽力。代表的な著作に『蕉門の人々』（四〇）『子規居士』（四二）『古句を観る』（四三）など。宵曲は『随筆辞典』全五巻（六〇〜六一・東京堂）の第四巻「奇談異聞編」を担当している。同書は近世随筆に見える怪談奇聞の一大集成であり、後に『奇談異聞辞典』（〇八・ちくま学芸文庫）として単独で再刊もされた。その後の『妖異博物館』『続妖異博物館』（共に六三・青蛙房）は近世随筆や中国志怪を中心とする古典籍を引きながら妖怪や怪異等について語った随筆集である。正篇は、怪事、妖怪、怪人、その他に大きく四分類し、それぞれ「ものいふ人形」「化け猫」「天狗」「小さな妖精」等を取り上げ全八十八話を、続篇は「地中の別境」「離魂病」など怪事を中心に動物の怪異譚なども多く取り上げ六十六話を収録しており、一種のテーマ・アンソロジーの観を呈している。

柴田天馬（しばた・てんま　一八七二〜一九六三）本名一郎。鹿児島生。東京法学院を卒業後、満州に渡り、満州鉄道などに勤務。その傍ら蒲松齢『聊斎志異』と出遭ってこれに深く傾倒、全訳を志す。まず一九年に抄訳版（玄文社）を刊行、三三年に全訳版（第一書房）の第一巻刊行に漕ぎつけるも発禁処分とされる。四七年に帰国。大佛次郎らの励ましを受けて『聊斎志異』全十巻（五一〜五二・創元社）を完訳、毎日出版文化賞を授与された。〈みんなが為閧堂《どつとわら》いくずれる〉といった類の独特なルビ遣いによる流麗自在な訳文には、得がたい味わいがある。著書に『聊斎志異研究』（五三・創元社）。

柴田元幸（しばた・もとゆき　一九五四〜）東京生。東京大学文学部卒。同大学院人文科学研究科英語英文学博士課程単位取得満期退学。イェール大学大学院修士課程修了。アメリカ文学研究者。現在、東京大学大学院人文社会系研究科教授。現代アメリカ文学の紹介者・翻訳家として名高く、村上春樹の下訳をしていたことでも知られる。『アメリカン・ナルシス』（〇五）でサントリー学芸賞を受賞。幻想文学系の作品の翻訳が多数あるが、文学観は比較的オーソドックスである。翻訳書に、ポール・オースター『幽霊たち』（八九・新潮社）、スティーヴン・ミルハウザー『イン・ザ・ペニー・アーケード』（九〇・白水社）『バーナム博物館』（九一・福武書店）、スティーヴ・エリクソン『黒い時計の旅』（九〇・同）ほか多数。小説に、二〇〇〇年以降執筆の、夢の記述めいた小品をまとめた幻想短篇集『バレンタイン』（〇六・新書館）がある。

しばた佑（しばた・ゆう　？〜）霊感の強いアイドルの少女が霊的事件に巻き込まれる『今夜もあなたは眠れない』『今夜もわたしは離れない』（一九九五・講談社X文庫）がある。

柴田よしき（しばた・よしき　一九五九〜）本名長綱智津代。東京生。青山学院大学卒。『RIKO』（九五）により横溝正史賞を受賞してデビュー。多作な作家で、ミステリを中心に、伝奇、ホラー、SFなどを執筆。ミステリの中にも、人語を解する猫が探偵役の連作短篇シリーズ《猫探偵正太郎の冒険》（二〇〇〇〜・角川文庫〜カッパ・ノベルス〜光文社文庫）がある通り、怪奇幻想物への志向が強いが、ホラーに始まってSFに収斂する作品も多い。怪奇幻想系の代表作に『炎都』『禍都』『遙都』『宙都』（九七〜〇四・トクマ・ノベルズ）と続く伝奇スペクタクル連作がある。これは、千年の時を経て蘇った平安時代の美姫が恋人の生まれ変わりである青年をヒロインと争い、妖術によって京都に大火災を巻き起こすという怨霊物の物語として出発しながら、邪神との戦いへと発展していく作品である。空飛ぶ島の出現や列島移動など、巻を追うごとに物語は荒唐無稽の度合を強めていくが、超越的な力を持つ者らが地球に棲み着いた宇宙種族であると説明されるなど、SFへと収斂していく。このほか、悪意を持った一本の指が出没して惨事を巻き起こすパニック・ホラー『ゆび』（九九・祥伝社文庫）、亡霊ホラーから邪神復活系超能力SFホラーに展開する『好きよ』（〇一・双葉社）、ロマンティックSF『星の海を君と泳ごう』（二〇〇〇・アスキー）、過去の音を聞き取ることのできる女性を探偵役とする抒情的な連作短篇集『残響』（〇一・新潮社）ほか多数。

柴田錬三郎（しばた・れんざぶろう　一九一七〜七八）本姓斎藤。岡山県鶴山村生。父・知太は日本画家。慶応義塾大学支那文学科卒。在学中は魯迅に傾倒する一方、リラダン、メリメ、ワイルドなどにも惹かれたという。戦争中、乗り組んだ船が撃沈され、七時間の漂流後奇跡的に救助される。戦後、書評紙誌の編集に携わり、四九年から文筆生活に入る。五一年『三田文学』に発表の「イエスの裔」で直木賞受賞。魔性の剣をふるい女犯をいとわぬニヒルなヒーローの活躍を描く《眠狂四郎》（五六〜七四）をはじめとする剣豪小説で人気作家となる。非情の忍者を主人公に平家埋蔵金の謎を秘めた小太刀争奪戦が展開される伝奇時代小説「赤い影法師」（六〇）も代表作の一つで、不思議な術が繰り出されるところにいかにも伝奇らしい幻想味がある。ほかに、代々近親相姦によって純血を保つことで〈かげろふ太刀〉という剣法を血の中に伝えて来た一族をめぐる怪奇時代小説「木乃伊館」（六九）がある。一方、現代小説の分野では『日本幽霊譚』のほか、初期短篇集『狂気の白夜』（五八・光風社）の中にも、表題作や「吸血鬼」など、暗澹たるムードの異常心理小説が含まれている。

【日本幽霊譚】短篇集。六八年文藝春秋刊。デンマークの古城で奇怪な骸骨娘の幻影を目撃する著者自身の体験談「わが体験」にはじまり、かつて鯡《にしん》の漁場として栄え、今は見る影もなく荒廃した北の港町の鯡御殿を舞台に、哀切な滅びの詩情を漂わせた「幻の魚」、〈耳なし芳一〉のエロティックな変奏曲「座頭国市」、欲念に狂った人間たちのあさましい所業が、怨霊のそれを凌駕して慄然とさせる「怪談累ケ淵」「恐怖屋敷」、寂れた炭鉱町の小学校で発生する怪異現象と、それに関わる人々の孤独地獄を重ねあわせた力作「白い戦慄」など、読者から実話の投稿を募るという新たな百物語形式によるゴースト・ストーリー全十篇を収録。

柴村仁（しばむら・じん　?〜）少年の守り神で、妖術を使いこなす少女型狐精が活躍する伝奇ファンタジー『我が家のお稲荷さま。』（二〇〇四〜〇六・電撃文庫）で電撃ゲーム小説大賞金賞受賞。ほかにSFアクション『E.a.G.』（〇七・同）など。

渋井猛（しぶい・たけし　一九六七〜）東西戦争後の荒廃した世界を舞台に、獣人に改造された男の戦いを描くSFアクション『ワイルド・ガーディアン』（九七・電撃文庫）がある。

澁澤龍彦（しぶさわ・たつひこ　一九二八〜八七）本名龍雄。別名に蘭京太郎。東京芝高輪生。銀行員の父は、明治の実業家・澁澤栄一を生んだ埼玉の澁澤一族の出身。四歳まで埼玉県川越市で育つ。三二年、父の転勤にともない東京滝野川中里町に転居。少年時代は『幼年倶楽部』の冒険小説や「のらくろ」、ベルリン・オリンピックや大相撲に熱中する。都立第五中学校を経て浦和高校理科に進むが、勤労動員に明け暮れる。戦後、文科に転じ、アテネ・フランセでフランス語を学ぶ。五〇年、東京大学仏文科に入学。その間にアルバイト先の新太陽社（『モダン日本』などの発行元）で吉行淳之介と知り合う。五二年、鎌倉在住の小笠原豊樹、草鹿外吉らと地元学生による同人誌『新人評論』に参加。五三年、東大を卒業、卒論は「サドの現代性」。五四年、コクトー『大胯びらき』（白水社）の翻訳を処女出版。五五年、出口裕弘らと同人誌『ジャンル』を創刊、短篇「撲滅の賦」を発表する。多田智満子、矢川澄子らと同人誌『未定』に参加。五六年、彰考書院版『マルキ・ド・サド選集』刊行開始（〜五七）、これをきっかけに三島由紀夫との交友が始まる。五九年、初の評論集『サド復活』（弘文堂）を刊行。六〇年、サド『悪徳の栄え　続』（現代思潮社）が発禁処分となり、〈サド裁判〉に巻き込まれる（〜六九、最高裁で有罪判決）。埴谷雄高らと法廷闘争を展開。この間『黒魔術の手帖』（六一・桃源社）に始まる《手帖》三部作（六一〜六六）や『神聖受胎』（六二・現代思潮社）『夢の宇宙誌』（六四・美術出版社）『異端の肖像』（六七・桃源社）『幻想の画廊から』（六七・美術出版社）ほかのエッセー、ユイスマンス『さかしま』（六二・桃源社）《新サド選集》全八巻（六五〜六六・同）などの翻訳を通して、西欧異端文化の総合的な紹介作業を推し進める。六八年、雑誌『血と薔薇』を三号まで責任編集。七〇年、初のヨーロッパ旅行。以後、龍子夫人と内外各地を旅し、『ヨーロッパの乳房』（七三）以下の旅行記を得た。一方で『黄金時代』（七一・薔薇十字社）を皮切りに『偏愛的作家論』（七二・青土社）『悪魔のいる文学史』（七二・中央公論社）『胡桃の中の世界』（七四・青土社）『思考の紋章学』（七七・河出書房新社）と、評論・エッセーの分野での代表作を次々に発表。八一年『唐草物語』（八一・河出書房新社）で泉鏡花文学賞を受賞。エッセーと物語の間を自在に往還するこの作品以後、物語への傾斜を強め、『ねむり姫』（八三）、『うつろ舟』（八六・福武書店）などの特異な幻想譚を刊行、反響を呼ぶ。八六年、下咽頭癌の診断を受け東京慈恵医大病院に入院、手術により声を失う。闘病生活を続けながら「高丘親王航海記」の連載やエッセー「都心ノ病院デ幻覚ヲ見タルコト」などを執筆。八七年八月五日、読書中に頸動脈瘤破裂により死去。八八年、遺作となった『高丘親王航海記』に読売文学賞が贈られた。

戦後の幻想文学シーンに澁澤が記した足跡は、改めて指摘するまでもなく広くかつ深い。サドの翻訳家、中世の悪魔学やオカルティズムの紹介者、マニエリスムやシュルレアリスム美術の鑑賞家といった個々の業績にもまして、それらを渾然一体となした〈ドラコニア〉（龍彦の国）に悠然と遊ぶそのライフスタイル自体が、新世代の幻想文学読者に甚大な影響を与えたといってよいだろう。

日本幻想文学関係では、七〇年代に入ってから集中的に注目すべき業績を遺している。石川淳・三島由紀夫から小栗虫太郎・中井英夫まで二十四人の日本作家を取り上げた『偏愛的作家論』（七六年に増補版、七八年に再増補版刊行）は、三島由紀夫の『作家論』と並ぶ先駆的な日本幻想作家論であった。エッセーにおける最高傑作との評もある『思考の紋章学』にも、泉鏡花の「草迷宮」や幸田露伴の「新浦島」など近現代の幻想文学や『御伽草子』『堤中納言物語』などの古典文学をめぐる犀利な分析と洞察が随所に盛り込まれている。一方、それら偏愛する作品を集めた『暗黒のメルヘン』（七一・立風書房）『幻妖』（七二・現代思潮社）『変身のロマン』（七二・立風書房）『日本幻想文学大全』全二巻（八五・青銅社）などは、純文学とエンターテインメント、古典と現代作品といった枠を取り払った〈日本幻想文学史〉の出現を予感させる、画期的なアンソロジーであった。

澁澤はごく初期から「撲滅の賦」（五五）「エピクロスの肋骨」（五六）などの創作を試みており、それらは没後『エピクロスの肋骨』（八八・福武書店）にまとめられた。その個性がより鮮明に打ち出された初期作品集に『犬狼都市』（六二・桃源社）がある。犬狼ファキイルをこよなく愛する風変わりな処女が、宝石の中で誇り高き犬狼貴族と交わり、仇敵たる魚族に復讐を誓う表題作をはじめ、狂気の少年皇帝ヘリオガバルスの最期を濃密な文体で描く「陽物神譚」、三人の女と一人の赤子を拾いあげた幽霊船上に巻き起こる葛藤をユーモラスに描く「マドンナの真珠」の三篇を収録。

物語作者への本格的な転身の第一歩となった『唐草物語』は、そのタイトルどおり東西の典籍を自在に渉猟しつつ、虚と実・物語とエッセーのアラベスク模様を織りあげるという優れて独創的な試みであった。頭風に悩む花山院が、己が髑髏の前世、前々世……を遥かに遡り、ついに一箇の真珠に辿り着く不思議を描いて、『高丘親王航海記』へとつながる「三つの髑髏」や「空飛ぶ大納言」「火山に死す」ほか全十二篇を収めている。

『ねむり姫』を経て、最後の短篇集『うつろ舟』に収められた六つの物語は、〈穴ノアル肉体〉を吹きすぎる冥界の風を思わせる凄涼の気をはらんでひときわ異彩を放つ。武将の墓を暴いて髑髏盃を手に入れた盲目の詩人の不思議な末路を描く「髑髏盃」、女体に挿入すると得もいわれぬ快感を与えるという小石をめぐるエロティックな綺譚「花妖記」ほか。

▼『澁澤龍彥全集』全二十二巻・別巻二（九三～九五・河出書房新社）『澁澤龍彥翻訳全集』全十五巻・別巻一（九六～九八・同）

【ねむり姫】短篇集。八三年河出書房新社刊。後白河法皇の御代、阿弥陀堂の来迎図を垣間見た珠名姫は、ほどなく謎の昏睡状態に陥る。

加持祈禱の効もなく眠り続ける姫君は、やがて腹違いの兄で盗賊のつむじ丸に誘拐される。姫を交えて催される偽の迎講、それは姫が見た来迎図そのままの光景だった。つむじ丸は捕縛され、姫の身柄は宇治の寺に預けられる。時が移り、少女の姿のまま眠り続ける姫は宇治川に流され、水想観によって自身の体を水と化した老行者、かつてのつむじ丸の体内に流れ込む……。少女＝人形愛、眠りと夢、メタモルフォーシス等々、作者偏愛のテーマを妖しく融合させた表題作をはじめ、石川鴻斎の『夜窓鬼談』を巧みに自家薬籠中のものとした「ぼろんじ」「画美人」、正体不明の〈きらら姫〉をめぐる奇怪な物語「きらら姫」など全六篇を収録。

【高丘親王航海記】長篇小説。八五～八七年『文學界』連載。八七年文藝春秋刊。幼い頃、父・平城天皇の寵姫薬子によって天竺への憧憬を植えつけられた高丘親王は、齢六十七にして、安展・円覚の二僧を供に、唐の広州から船で天竺へと旅立った。遍歴の途中、親王一行は様々な異郷の不思議と遭遇する。下半身が単孔の鳥女が侍る真臘国、夢を食う獏を飼育する盤盤国、男根に鈴をつけた犬頭人たちのアラカン国、幽霊船や人食い花、卵生の女……驚異博物誌の世界に遊ぶ親王は、やがて真珠を呑み込んだために病を得、羅越の虎にわが身を食らわせて悠々と天竺をめざす。迫りくる死の想念すら絢爛たる夢想に変ぜしめる、澁澤の強靭で快活な想像力は真に驚嘆に値しよう。

渋谷重夫（しぶや・しげお　一九二六～九五）神奈川県横浜市生。神奈川師範学校卒。教員の傍ら、童謡・児童詩、児童文学などを執筆。著作に『渋谷重夫全詩集』（〇五）など。ファンタジーに戯画的な国を舞台に大泥棒マヌケンの活躍を描くユーモア童話シリーズ《空とぶ大どろぼう》（七八～八七・金の星社）がある。

志麻友紀（しま・ゆき　？～）異世界歴史ロマンス《ローゼンクロイツ》（二〇〇一～〇四・角川ビーンズ文庫）で角川ルビー小説賞ティーンズルビー部門優秀賞・読者賞を受賞してデビュー。ファンタジーに、優れた祓魔師であるにもかかわらず悪魔や妖物に好かれる神父を主人公にした宗教的ファンタジー『神父と悪魔』（〇六～・ビーズログ文庫）がある。

島尾敏雄（しまお・としお　一九一七～八六）神奈川県横浜市生。幼少時から病弱で、定期的な頭痛や、視界が歯車形に欠ける奇妙な症状に悩まされる。関東大震災で家産を失い兵庫に転居。長崎高商時代、矢山哲治、真鍋呉夫らの『こをろ』に参加。四〇年、九州大学法文学部経済科に入学、文科に転じ東洋史を専攻する。四三年、海軍予備学生に志願し、翌年、第十八震洋隊指揮官として奄美群島の加計呂麻《かけろま》島基地に待機する。四五年八月十三日、特攻命令が発動されたが、発進命令のないまま劇的な終戦を迎える。その間、同島の素封家の娘ミホと熱愛（四六年結婚）。神戸に戻り、神戸山手女専、神戸外語大の講師を務める傍ら、『光耀』『VIKING』『近代文学』などの同人誌に加わり、「孤島夢」（四六）「島の果て」（四八）などを発表。四八年刊の第一作品集『単独旅行者』（真善美社）で認められ、五〇年「出孤島記」（四九）で第一回戦後文学賞を受賞した。五二年、東京に転居、夜間高校講師の傍ら作家活動に打ち込み、吉行淳之介、小島信夫、吉本隆明、奥野健男らと相識る。島尾の愛人問題でミホが神経を病んだため、五五年、一家で奄美大島に移住。このときの体験は『死の棘』（六〇）『日のちぢまり』（六五）などに収録の〈病妻物〉と呼ばれる短篇群に作品化された。五八年から七五年まで鹿児島県立図書館奄美分館の館長を務める。後、鹿児島、神奈川に転居。『硝子障子のシルエット』（七二）で毎日出版文化賞、『日の移ろい』（七六）で谷崎潤一郎賞、長篇『死の棘』（七七）で読売文学賞、日本文学大賞、『魚雷艇学生』（八五）で野間文芸賞をそれぞれ受賞した。ほかに評論随筆集『非超現実主義的な超現実主義の覚え書』（六二）『私の文学遍歴』（六六）『琉球弧の視点から』（六九）、旅行記『夢のかげを求めて』（七五）

など。

島尾は自作について〈目をあけて周囲を書いたものと、目をつぶってそれを表現したもの〉の二つの系列があると述べているが、後者はまた〈夢の系列〉とも呼ばれるように、内部世界を超現実主義の手法で描いた特異な作品群である。初期の代表作である「夢の中での日常」(四八)は、作家志望の〈私〉が終戦直後の混沌とした街頭をさまよい、レプラ患者の旧友に襲われたり、滅びたはずの南方の町にある父母の家で、父に怖ろしい折檻を受けたりした後、最後は頭にできた瘡をかきむしるうちに〈足袋を裏返しにするように〉自分の身体をずるずると裏返してしまう。生理的不快感をかきたてるような粘着質の文体が、夢のリアリティを見事に捉えている。そのほか、終末感漂う世界をとりとめなく彷徨する「兆」(五二)、弟に対する負い目が異様な強迫観念へと膨れあがり〈オレハ、オニー、カ?〉と叫んでしまう「鬼剝げ」(五四)、宿屋の一室で見知らぬ男女と要領を得ぬ相談事をするうち、全身にムカデがたかっている「むかで」(五四)、奇妙な市街を徘徊し塔の中で異様なものを目撃する傑作「摩天楼」(四七)など多数の作品がある。また、夢そのものの記録として『夢日記』(七八・河出書房新社)も刊行されている。

▼『島尾敏雄全集』全十七巻(八〇~八三・晶文社)

島田一男(しまだ・かずお 一九〇七~九六)京都市生。満州大連市で育つ。明治大学中退。戦前・戦中は満州で記者生活を送り、戦後執筆活動に入る。推理小説、捕物帖などを多く執筆。伝奇時代小説の代表作に『魔道九妖星』(七五・桃源社)など。怪奇幻想的な作品として、桃源郷を作り出す謎の美女、五百歳を越えるという奇怪な老婆、骨をねだる娘など、大盗賊団の面々が出会う怪異な人物・出来事をオムニバス形式で描いた時代物『天明むざん暦』(六三・光風社、後に「天明むざん絵図」と改題)や、不気味な腹話術人形にまつわる怪異譚「無花果屋敷」(五七)などがある。

嶋田純子(しまだ・じゅんこ ?~)別名に橘みれい。同志社大学文学部卒。風を操り、霊と交信する能力を持つ一族の末裔の少年が古代の怨霊に立ち向かうサイキック・ファンタジー《風の末裔》(一九九三~九四・創現社出版)でデビュー。BL小説、伝奇小説を中心に執筆。ファンタジーの代表作に物怪を見ることができる泉鏡花を探偵役とした心霊探偵物のシリーズ《鏡花あやかし秘帖》(九六~九七・キャンバス文庫、九九・まんだらけ出版部、〇七・学研もえぎ文庫、橘みれい名義)。ほかの怪奇幻想系作品に、別世界ファンタジー《セリンディア物語》(九四・キャンバス文庫)、ヤマトタケルの血をひく青年を主人公とする伝奇アクション《妖美竜神伝》(九五・同)、安倍晴明と式神を主人公とするBL《平安京伝奇》(〇三~〇六・学研=ピチコミノベルズ~もえぎ文庫)、吸血鬼物のBL『月と薔薇のノクターン』(〇四・もえぎ文庫)など多数。

島田荘司(しまだ・そうじ 一九四八~)広島県福山市生。武蔵野美術大学商業デザイン科卒。種々の職業を経て、八〇年「占星術殺人事件」が江戸川乱歩賞候補作となり、翌年講談社から刊行されデビュー。同書は、六人の処女の肉体各部を星座にあわせて合成する〈アゾート〉創造の怪夢に憑かれた画家が殺された後、猟奇的なバラバラ殺人事件が発生するという内容のオカルト趣味濃厚な本格ミステリで、横溝正史の再来などと称された。続く『斜め屋敷の犯罪』(八二・講談社ノベルス)も、郵便屋シュヴァルやルートヴィヒ二世に比肩される怪建築の中で、ゴーレムによる密室殺人が起こるという、澁澤龍彥の書物から抜け出してきたような道具立てを駆使したトリッキーなミステリであった。その後、アクロバティックなトリックを駆使した本格ミステリを次々に発表、〈新本格〉と呼ばれる日本風パズラーの隆盛を招いた。怪奇を合理で解決する本格ミステリの常道を踏襲し、道具立てやタイトルこそ怪奇的であるものの、純粋な幻想小説は執筆していない。ただ、現代に再現される切り裂きジャック事件の謎を解明した『切り裂きジャック・百年の孤独』（八八・同）では、過去と現在二つの事件のシンクロニシティに幻想味を漂わせている。

島田雅彦（しまだ・まさひこ　一九六一〜）東京世田谷生。川崎市に育つ。東京外国語大学露語科卒。大学在学中に書いた「優しいサヨクのための嬉遊曲」（八三）でデビュー。『夢遊王国のための音楽』（八四）で野間文芸新人賞を受賞。その後、再三芥川賞・三島賞の候補となりながら、なぜか受賞の機会に恵まれなかったが、先鋭な文学の方法意識を持ち、文体的にも現代を意識している作家の一人として高く評価され、純文学界をリードする存在となった。『彼岸先生』（九二）で泉鏡花文学賞、『退廃姉妹』（〇五）で伊藤整賞を受賞。
　ナンセンス、ファルス、パロディの手法を多く用い、穏やかな場合は歴史伝奇小説や寓話風小説程度の範囲に収まるが、過激になると現実を逸脱し、超自然的な設定となってくる。その境はそれほどはっきりとしているわけではなく、たとえば平凡な東京の郊外の町を舞台にした連作短篇集『溺れる市民』（〇四・河出書房新社）では、妄想と非現実が入り混じり、その微妙な混淆具合が作品全体のトーンを決定している。初期作品は、反日本人たらんと努力を続けるワタシ君と管理から逃れたいという幻想を抱いているキトー氏の物語『亡命旅行者は叫び呟く』（八四・福武書店）、大人国に君臨する聖者アカヒトについて話をしていた男が赤ん坊になってしまう「聖アカヒト伝」（八四）などに見られるように寓話性が強いが、次第に文学的に洗練されて趣向を凝らした歴史伝奇小説に移行し、三島由紀夫の《豊饒の海》にインスパイアされた、ありえざる近代天皇家を舞台にした純愛小説三部作『彗星の住人』（二〇〇〇・新潮社）『美しい魂』『エトロフの恋』（共に〇三・同）へと至った。
　また、幻想的な設定の作品も数多く執筆しており、以下のようなものがある。分身を夢の中に入り込ませる術を操る〈夢使い〉で、レンタルチャイルド（子供になってあげる商売）の青年を中心に、規格外の人間がファルスを演ずる、夢と現実とが絡み合った意欲的な長篇『夢使い―レンタルチャイルドの新二都物語』（八九・講談社）、人間が生きたいと思うように生きられる可能性の町、行けたり行けなかったりするという不思議な町に友人を探しに来た男が、町の謎を探るうちに、町に絡めとられてしまうファンタジー『ロココ町』（九〇・集英社）、ニヒリストの父と新興宗教の教祖の母を持つ青年ワタルが、人間を迷いの世界に導こうとする不可思議な転生者ムルカシと同化するまでをオムニバス形式で描く『預言者の名前』（九二・岩波書店）、アイヌ系シャーマンの血筋の少年と破滅に憑かれて殺戮を繰り広げる美少女の出会いを描く『カオスの娘―シャーマン探偵ナルコ』（〇七・集英社、芸術選奨文部科学大臣賞）など。

島田理聡（しまだ・りさ　一九六七〜）東京生。ICU大学大学院前期博士課程修了。「パラダイス・ファミリー」（九一）でコバルト・ノベル大賞佳作入選。別世界ファンタジー『冬の花束』（九四・コバルト文庫）、エクソシスト物『魔的災害《デモン・ハザード》』（九六・スーパーファンタジー文庫）ほかがある。

縞田理理（しまだ・りり　?〜）東京生。二〇〇一年、妖精郷ラノンから人界のロンドンに追放された王子と、はるかな過去にラノンから追放された妖精たちの子孫である人狼の少年の出会いから起きる事件を描くファンタジー「霧の日にはラノンが視える」でウィングス小説大賞編集部期待作を受賞。人間好きの妖精と人間不信の不良少年の交流を描くファンタジー「裏庭で影がまどろむ昼下がり」（〇二）で『小説ウィングス』にデビュー。前者は故郷帰還の夢を捨てきれぬ妖精たちが巻き起こす事件を描いた長篇を含むシリーズ《霧の日にはラノンが視える》（二〇〇三〜〇五・ウィングス文庫）となった。ほかに、人間と〈神話的人類〉が共存する別世界の大都市を舞台に、吸血鬼と人間の刑事コンビの活躍を描く『モンスターズ・イン・パラダイス』

(〇六～〇八・同)などがある。

島村匠(しまむら・しょう　一九六一～)横浜市生。横浜国立大学教育学部卒。高校教諭、業界誌編集者を経て、幕末の怪奇幻想絵師・月岡芳年の半生を描いた時代小説『芳年冥府彷徨』(九九・文藝春秋)で松本清張賞を受賞し、デビュー。妊娠出産にまつわる幻想と怪奇の諸相を、巧みな構成と安定感のある文体で描き分けた連作短篇集『聖痕』(二〇〇〇・ハルキ・ホラー文庫)、渋谷一帯で真夏の熱帯夜に頻発する超常現象と連続殺人事件の謎を描く長篇ホラー『渋谷アンダーグラウンド』(〇一・同)、大正末期の横浜・外人居留地を舞台に、女体の総身彫りを夢見る彫絵師が、ふとしたことから奇怪な事件に巻き込まれていく『肌絵師―横浜幻影娼館』(〇一・学研M文庫)、明治末を舞台に、世を拗ねた青年画家が音楽や美術に関わる秘技を伝える一族と知りあい、謎の〈宝〉をめぐって冒険を繰り広げる、秀逸な奇趣奇想が盛り込まれた伝奇ファンタジー『弁天てんてん』(〇二・学研)などの作品がある。

島村木綿子(しまむら・ゆうこ　一九六一～)熊本県生。児童文学を執筆。冬期の山小屋の管理人が、化ける動物や不思議な山の世話人などと知り合いになるファンタジー連作短篇集『七草小屋のふしぎなわすれもの』(〇六・国土社)がある。ほかに詩集『森のたまご』(〇一・銀の鈴社)など。

島村洋子(しまむら・ようこ　一九六四～)大阪府生。帝塚山学院短期大学卒。八五年「独楽」でコバルト・ノベル大賞を受賞し、デビュー。少女向けラブコメディを執筆。少女向けの怪奇幻想系作品に、吸血鬼物『ばんぱいあ』(九一・パレット文庫)がある。その後、大人向けの恋愛・性愛小説に転身。どこにでもいる普通の人々に発現する狂気の諸相をリアルな筆致で描いた秀作サイコホラー『壊れゆくひと』(九八・角川文庫)のほか、人気アイドルと、彼女の替え玉として暮らす元アイドル志望の娘との葛藤と憎悪と怨恨を抉るサイコホラー『タスケテ…』(〇二・角川ホラー文庫)、八百屋お七、唐人お吉、四谷怪談のお岩様など、妖婦毒婦と呼ばれた伝説の女たちをヒロインとする〈異聞〉短篇集『惚れたが悪いか』(〇三・小学館)などの関連作品がある。

嶋本達嗣(しまもと・たつし　一九六〇～)東京生。東京工業大学電気電子工学科卒。博報堂を経て博報堂生活総合研究所主任研究員となる。極端な管理社会を舞台に、ふらっと旅に出たバス停の標識を描く『バスストップの消息』(九五・新潮社)で日本ファンタジーノベル大賞優秀賞を受賞。

地味井平造(じみい・へいぞう　一九〇五～八八)本名長谷川潾二郎。北海道函館生。兄は牧逸馬、弟は長谷川四郎。洋画家を志して上京、絵の修行に励む傍ら、函館時代からの友人・水谷準の編集する『探偵趣味』に、空中飛行術の夢想を描く幻想ミステリ「煙突奇談」(二六)などを発表。二七年『新青年』に発表の「魔」は、田舎町の夏の夕べを席捲した通り魔騒動をノスタルジックに描いた佳品である。その後、絵の勉強のため渡仏。帰国後ふたたび『新青年』に「顔」「不思議な庭園」(共に三九)「水色の目の女」(四〇)を発表するが、以後文筆から遠のいた。最後の「水色の目の女」は、ナポリを舞台に、近づく男たちに死をもたらす宿命を負った美女と日本人青年のつかのまの恋を描いて余情を漂わせている。

志水燕十(しみず・えんじゅう　一七二七頃～八六／享保一二頃～天明六)戯作者。本名鈴木庄之助経善。別号に北根津隠士裡町斎、奈蒔野馬乎人《なまけのばかひと》、清水つばくろ。江戸根津清水町に住んだ無役の武士で、安永・天明文壇で洒落本、黄表紙を書いた。また、鳥山石燕の絵の門人であった。黄表紙に、桶屋の金十郎が雁国で捕えた雁と共に空を飛んで大人国に至り、桶のたがにはねとばされて江戸に戻るという遍歴譚『啌多雁取帳《うそしつかりがんとりちょう》』(八三／天明三、喜多川歌麿画)、化物を滑稽化した『化物二世物語』(八四／同四)などがある。天明四年で文学活動を終えた。

志水辰夫（しみず・たつお　一九三六〜）本名川村光暁。高知県生。高知商業高校卒。公務員、雑誌のフリーライターを経て、「飢えて狼」（八一）でデビュー。冒険小説を主に執筆。幻想的な作品に、神の血をひく家系に生まれた男が破壊的な超能力に目覚めていく姿を描く伝奇ロマン『滅びし者へ』（九二・集英社）がある。

清水達也（しみず・たつや　一九三三〜）静岡県金谷町生。掛川西高校卒。教員を経て図書館勤務の傍ら児童文学を執筆。『ふしぎむすめ物語』（〇三・静岡新聞社）ほか、静岡の民話の本を多数執筆。『火くいばあ』（七二・ポプラ社）『かっぱのかげぼうし』（七四・岩崎書店）をはじめとするファンタスティックな創作民話がある。

清水朔（しみず・はじめ　?〜）怪奇テイストの連作短篇集『神遊び』（二〇〇三・コバルト文庫）でコバルト・ノベル大賞読者大賞受賞。

清水文化（しみず・ふみか　?〜）地球規模の気象を司る精霊たちの活躍を描くファンタジー・コメディ《気象精霊記》（一九九七〜〇五・富士見ファンタジア文庫）でファンタジア長編小説大賞特別賞を受賞してデビュー。魔物付き骨董品を扱う見習い道士の青年を主人公にしたどたばたコメディ《ラジカルあんてぃ〜く》（二〇〇〇〜〇三・同）、近世的な魔法別世界を舞台に、くじびきで運命を決める宗教の見習い修道女の冒険を描く『くじびき勇者さま』（〇六〜・HJ文庫）などがある。

清水マリコ（しみず・まりこ　?〜）劇団〈少女童話〉主宰。漫画のノベライゼーション『うろつき童子』（一九九六・ワニマガジン社＝メガヒット・ノベルズ）でデビュー。アダルトゲームのノベライゼーションを多数手がけた後、少年向け文庫でオリジナルを刊行。中学生の少年が本の妖精だという不思議な少女と共に、本の失われたページを探し求め、様々な人に出会う『嘘つきは妹にしておく』（〇二・MF文庫J）、都市伝説ミステリ『ゼロヨンイチロク』（〇四・同）『ゼロヨンイチナナ』（〇六・同）、怪奇幻想物の連作短篇集『ネペンテス』（〇四・同）などがある。

清水義範（しみず・よしのり　一九四七〜）愛知県名古屋市生。愛知教育大学教育学部国語科卒。『宇宙塵』に参加し、広告会社勤務の傍らSFを執筆。八一年より執筆生活に入る。多数の作品を執筆しており、SF、ブラックユーモア、ファンタジー、伝奇と、何でもこなすが、パロディによって現実を照射する手腕に長けた作家であり、一般にもパロディ作家として広く認められている。

　初期には少年小説を多数手がけ、次のような作品がある。SFアクション《エスパー少年》（七七〜七八・ソノラマ文庫）、学校の生徒が怪物やSF的設定の人物ばかりで、超常的騒動を巻き起こすコメディ『魔獣学園』（八四・同）、サイキック・ディテクティヴにSFを融合させたコメディ《幻想探偵社》（八四〜八七・同）、十二の小国に分かれている別世界を舞台に英雄王ランドルフィが冒険を繰り広げるヒロイック・ファンタジー《ランドルフィ物語》（八五〜八八・同）、肉体をもたない善霊の代理として、悪霊がこの世に蘇ろうとするのを防ぐという使命を与えられた青年の活躍を描く伝奇アクション《霊界魔変録》（八八〜九〇・同）など。

　この間にも一般向けの作品を執筆していたが、特に注目を集めたのは司馬遼太郎の文体模写「商道をゆく」「猿蟹の賦」や『日本人とユダヤ人』をからかった表題作などを収録したパスティーシュ集『蕎麦ときしめん』（八六・講談社）で、続く『国語入試問題必勝法』（八七・同）で吉川英治文学新人賞を受賞し、一般小説での地歩を固めた。以後、パスティーシュやパロディの短篇を得意として、多数の短篇集を刊行している。

　歴史伝奇系列の作品に、豊臣によって天下統一がなされ、名古屋幕府によって名古屋弁文化が花開くという抱腹絶倒のパラレルワールド物『金鯱の夢』（八九・集英社）、宗教の発生と歴史をパロディの形で描き、宗教の本質に鋭く迫った『神々の午睡』（九二・講談社）、日本史中の高名なエピソードを取り上げて茶化したりパロディに仕立てたりする連作短篇集『偽史日本伝』（九七・集英社）など。怪奇幻想系列の作品に、アマゾンの奥地にいるという伝説の怪獣を求めて冒険をするという秘境冒険小説のパロディの形を取りながら、最後で密かにキングギドラの如き怪獣を登場させる「遙か幻のモンデルカ」（九三）、日本昔話を素材に、不条理なサイコ劇が展開される表題作やスティーヴン・キングのパロディ「彼ら」などを収録する中短篇集『ターゲット』（九六・実業之日本社）、自分の姿が蛙に見え始めた男の悩みに満ちた日常を描く『蛙男』（九九・幻冬舎）、記憶の曖昧さとそれに関わる人間存在のあやふやさをテーマにした『シナプスの入江』（九三・福武書店）などがある。またSFに、二十一世紀末を舞台に人類進化の謎をめぐる『銀河がこのようにあるために』（二〇〇〇・早川書房）、マッドサイエンティスト・テーマの短篇集『博士の異常な発明』（〇二・集英社）など。

志村一矢（しむら・かずや　一九七七〜）人狼族の大学生が、能力の喪失など、種々の苦難に遭いながら、悲劇的な戦いに巻き込まれていく様を描いた伝奇アクション『月と貴女に花束を』（九九〜〇三・電撃文庫）で電撃ゲーム小説大賞選考委員特別賞受賞。ほかに、その続篇で、麒麟や鳳凰などの聖獣同士が、地球そのものの意志に従って人類の存亡を賭けた戦いを繰り広げる『麒麟は一途に恋をする』（〇四〜〇六・同）などがある。

志村正雄（しむら・まさお　一九二九〜）米文学者。東京生。東京外国語大学外国語学部英米語学科卒。ニューヨーク大学大学院英米科修士課程修了。東京外国語大学教授、鶴見大学教授を務めた。両校の名誉教授。ジョン・バースなど現代アメリカ文学を専門とするが、神秘主義的な視点からアメリカ文学を捉えることを試み、評論『神秘主義とアメリカ文学』（九八・研究社出版）を執筆。また、オカルト詩人ジェイムズ・メリルの散文詩『イーフレイムの書』（二〇〇〇・書肆山田）『ミラベルの数の書』（〇五・同）を翻訳した。編訳書に『現代アメリカ幻想小説』（七三・白水社）『米国ゴシック作品集』（八二・国書刊行会）、ほかの翻訳にC・B・ブラウン『ウィーランド』（七六・国書刊行会）、ジョン・バース『船乗りサムボディ最後の船旅』（九五・講談社）など。

下川香苗（しもかわ・かなえ　一九六四〜）岐阜県生。岐阜大学教育学部卒。大学在学中にコバルト短編小説新人賞を受賞。少女と幽霊の奇妙な同棲生活を描くオカルト・コメディ『夕やけ色のラブレター』（八六・コバルト文庫）で文庫デビュー。その後はほとんど幻想とは関わらないラブロマンスを執筆し、二十年以上にわたってコバルト文庫中心の執筆活動を続けている。ほかに児童文学も若干執筆し、転生テーマのラブロマンスに、湖に棲む水の精の竜や妄執を残す霊が絡むファンタジー『転校生は湖の魔術師』（九三・ポプラ社）などがある。

霜越かほる（しもごえ・かほる　?〜）「高天原なリアル」（一九九九）でロマン大賞を受賞し、スーパーファンタジー文庫よりデビュー。文明が衰退した未来を舞台に、下等と見られるミュータントであることを隠して上層社会に食い込もうとする少女を描いた『双色の瞳』（二〇〇〇・スーパーダッシュ文庫、未完）、学園伝奇ホラー・ミステリ『ヴァージン・ブラッディ』（〇一・同）がある。

霜島ケイ（しもじま・けい　一九六三〜）本名松田佳子。大阪府生。東京女子大学短期大学部英語学科卒。OA機器メーカーを退社後、ユーラシア、アフリカ大陸を一年間放浪。広告代理店勤務の傍ら作家活動を始める。霊能師の娘が引っ越してきた洋館に幽霊が住んでいて騒動が持ち上がるホラー・コメディ『出てこい！ユーレイ三兄弟』（九〇・朝日ソノラマ＝パンプキン文庫）でデビュー。代表作は《封殺鬼》。ほかに、霊能師・那智と狼の妖怪・銀狼が怪現象・怪事件を解決していくオカルト・ファンタジー《那智と銀狼》（九六〜九八・角川書店＝ASUKAノベルス、増補再編版〇三～〇四・角川ビーンズ文庫）、別世界を舞台に、浄霊をする〈鎮魂屋〉の少年、相棒の宙に浮かぶ右手、お尋ね者の召喚師の少女らの冒険の旅を描く『空と月の王』（〇五～〇六・MF文庫J）、妖怪の住む〈あちら側〉との境目にあり、怪異が日常の〈空栗荘〉に下宿することになった少年を描く『カラクリ荘の異人たち』（〇七・GA文庫）、別世界ファンタジー《赤い瞳のシェスタ》（九三～九四・コバルト文庫）、コメディ・テイストのヒロイック・ファンタジー《琥珀のティトラ》（二〇〇〇～〇二・角川スニーカー文庫）、サスペンスとミステリに溢れたSF『カーマイン・レッド』（〇一～〇二・角川ビーンズ文庫）などがある。また、一般向けの怪奇幻想短篇を各種競作集に寄稿している。「通りゃんせ」（九九）「婆娑羅」（〇四）「鬼の実」（〇五）「猫波」（〇六）等、いずれもどこかしら民話風な趣の中に、非凡なキャラクター造形力が発揮された好篇である。

【封殺鬼】連作長篇小説。九三年（～継続中）小学館（キャンバス文庫～ルルル文庫）。一見すると対照的な個性の現代青年だが、実は千年の時を生きる鬼である戸倉聖（正体は酒呑童子）と志島弓生（正体は雷電）の超人コンビを中心に、正邪の陰陽師や史上名高い妖怪変化の数々が、王朝時代から現代におよぶ因縁が錯綜する壮大なオカルト活劇を繰り広げる大河伝奇小説。〇五年にいったん完結後、〇七年から第二部が開始された。二度にわたりドラマCD化もされている。

志茂田景樹（しもだ・かげき　一九四〇～）本名下田忠男。静岡県生。中央大学法学部卒。塾教師、保険調査員、新聞・週刊誌記者を経て、七六年「やっとこ探偵」が小説現代新人賞を受賞、専業作家となる。ユダヤ教の異端派秘密結社が暗躍する『異端のファイル』（七七・ノン・ノベル）を皮切りに伝奇ロマンの新星として活躍。八〇年、滅びゆくマタギの姿を描く『黄色い牙』で直木賞受賞。八四年『汽笛一声』で日本文芸大賞受賞。ミステリ、風俗小説、歴史小説、ユーモア小説、官能小説等、幅広い分野に旺盛な筆力を示している。

　天上の北斗七星を地上に投影すると秘宝の埋蔵地が浮かび上がるという壮大な着想が魅力的な『北辰の秘宝』に始まる《新黙示録》三部作（七九～八〇・トクマ・ノベルズ）は、古代から現代におよぶ歴史の闇部を博捜して得た奇抜な素材を惜しげもなく作中に投入し、それらを骨太なストーリーテリングでまとめあげることにより、伝奇ロマンに新生面をひらいた志茂田の代表作である。同傾向の作品に、『鬼火島伝説』（八一・カドカワ・ノベルズ）以下の《伝説》シリーズ（～八三）や、『邪馬台国の神符』（八〇・廣済堂ブルーブックス）『首狩りの海上路』（八一・トクマ・ノベルズ）などがある。こうした伝奇ミステリの持ち味は、『戸隠霊峰の神魚』（八一・廣済堂ブルーブックス）や『鬼子母神伝説』（八二・トクマ・ノベルズ）などの中短篇集に、より自然な形で活かされており、後者に収められた「馬糞石伝説」や「山椒魚伝説」などは、香山滋を彷彿とさせる好篇といえよう。また連作集『妖魔紀』（八五・ジョイ・ノベルス）では、鬼女紅葉や雪女、九尾の狐など伝統的な妖怪変化譚と官能小説の合体を試みている。志茂田の伝奇ロマンは、その後『滅亡師』（八五・カドカワ・ノベルズ）『魔修羅、怒る』（八五・トクマ・ノベルズ）など、超能力を備えたヒーローが活躍するバイオレンス・アクションの性格を強めていくが、その中には〈ゴーストハンター〉物の伝奇バージョンともいうべき怪作も散見される。美貌の女予言師が、自身の膣内に棲まわせた霊蛇の力で魔界のものと淫猥な闘いを繰り広げる『蛇刹師・夕子』（八六・同）、魔蜘蛛を操る蠱術使いの怪僧が鳥獣虫魚の怪を退治する『魔蜘蛛警視の迷宮』（八八・同）など。このほか歴史にSFや幻想の要素を持ち込み、異貌の日本史を描くシミュレーション戦記に意欲を燃やし《大逆説！》（九二～九四・カッパ・ノベルス）《激烈！帝国大戦》（九二～九三・トクマ・ノベルズ）などのほか、長嶋巨人軍がタイムスリップして信長と共に戦う『戦国の長嶋巨人軍』（九五・ジョイ・ノベルス）のような荒唐無稽な作品を執筆。凡庸になりがちなシミュレーション戦記の中でも異彩を放った。

下平廣惠（しもだいら・ひろえ　一九〇一〜五九）長野県生。菊池寛に憧れ、時事新報社に入社。その後、長野県庁で、初代東京事務所長や観光課長を務める。著書に『しなの随想』など。憑かれたように悪天候の木曽駒へ分け入った青年を見舞う凄絶な死の幻影を描いた「霊に招ばれた男」をはじめ、山にまつわる伝承や実見聞談などにもとづく山岳怪異譚七篇を収めた『山の怪異』（四六・信濃郷土誌出版社）がある。

『**釈迦八相物語**』（しゃかはっそうものがたり　一六六六／寛文六）仮名草子。作者未詳。全八巻。「釈迦の本地」をもとに、より充実させて、釈迦の生涯の八相を分かりやすく長篇物語に仕立てたもの。天竺の摩迦陀国王の后・摩耶は仏が胎内に入る霊夢を見て懐妊する。摩耶の姉も后で、これに嫉妬して呪う。呪者は裂けた大地の底に沈むが、呪いが効き、子は三年にわたって産まれず、やがて左の脇から太子が産まれるが、摩耶は死んでしまう。太子は出家の志を立てて十七歳で出奔。仙人の下で修行に励み、様々な誘惑に遭うが、鬼の口に捨身して大悟を得た太子は修行を終えて山を下りる。諸国を遍歴して説法し、成長した子供も、また妻も出家する。帝釈天に登るなどした後、祇園精舎が建てられ、弟子に囲まれて入滅する。この骨子による物語の合間に教義の解説が挿入され、全体として釈迦論となっているが、文章は柔らかく流麗な和文で読みやすく、人気を博した。

斜橋道人（しゃきょうどうじん　生没年未詳）経歴未詳。奇談集『怪婦録』（一八〇三／享和三）の作者。同書は、狐の復讐談、妖物のふりをして人を脅すことを覚えた小姓の話、なじみの遊女を疑心暗鬼ゆえに殺してしまう話の全三話を収録する。後二話でもその心理の闇をあやかしの仕業とほのめかしており、全体の印象は暗く、怪奇的である。

『**釈日本紀**』（しゃくにほんぎ　一三〇二／正安四頃成立）卜部兼賢（あるいは兼方）撰著。卜部家は神祇官を世襲する神道家であり、神話関係の古典研究に携わっていた。本書は『日本書紀』の研究書であり、語句の釈義、古訓などを行ったものだが、きわめて実証主義的な研究であったため、多数の引用がある。結果的に多くの逸文が本書によって伝わることになった。『風土記』などが特に多く、同項に挙げた逸文のうち、熱田、夢野、日置の話は本書による。

寂本（じゃくほん　生没年未詳）江戸時代の僧侶。霊場案内『四国遍礼霊場記』（一六八八・貞享五成立）を編纂した。これは八八カ所の霊場巡礼を重ねた僧・真念とその同志が収集した縁起譚、霊験記の数々をもとにしたもので、和字で表記されている。

芍薬亭長根（しゃくやくてい・ながね　一七六七〜一八四五／明和四〜弘化二）狂歌師、戯作者。本姓菅原。通称本阿弥三郎兵衛。別名に三橋喜三二、芍薬亭主人、三橋亭、潜亭、など。本阿弥光悦七世の子孫。江戸の人。朋誠堂喜三二に師事し、号を譲り受けた。鹿都部真顔などと並んで狂歌師として活躍し、狂歌本を多数執筆したほか、黄表紙、読本も手がけた。黄表紙に、蜃気楼を吐き出す蛤を食べた男が自分も蜃気楼を吐き出すようになる『〈鴫と蛤〉嗚呼辛気楼』（八九／寛政元、勝川春童画、一橋山人名義）ほかがある。その後、読本に移り、源頼政の鵺退治をもとに、鳥羽院の寵姫に謀殺された三姉妹の怨霊が鵺などの怪異騒動を巻き起こす『国字鵺物語《おんなもじぬえものがたり》』（一〇〇八／文化五、葛飾北斎画）、お家騒動物の錯綜した筋に、蝶の怪異や宝剣の功徳などの趣向を取り入れた『双蛺蝶白糸冊子《ふたつちょうちょうしらいとぞうし》』（一〇同七、同画）などを執筆した。

住信（じゅうしん　一二一〇／承元四〜？）鎌倉時代の浄土僧。伝未詳だが、常陸に在住していた談義僧であるらしい。往生因縁譚を百四十七話収録した説話集『私聚百因縁集《しじゅひゃくいんねんしゅう》』（一二五七・正嘉元）がある。これは『今昔物語集』にならって三国に分けられており、話柄も先行文献と重複するものが多い。独自性に欠ける憾みはあるが、テーマ的に似た作品でも落とせないものをしっかり収集しているという意味では評価できる。

『十二因縁絵巻』（じゅうにいんねんえまき　鎌倉時代成立）絵巻。作者未詳。解脱に至るため、離脱するべき十二の因縁（老死・生・有・取・愛・受・触・六処・名色・識・行・無明）を示したもの。「無明羅刹集」をもとに、それぞれの因縁を羅刹にたとえ、有徳の折吒王が羅刹を次々と退けつつ、苦悩の根源に迫るという形を取る。詞章は漢文体で分かりにくく、専門家向けのものと推測されている。

『十二類絵巻』（じゅうにるいえまき　室町初期成立）絵巻。作者未詳。擬人物の動物合戦記。十二神将の眷属の動物たち（十二支）が鹿を判者にして歌合わせをする。その宴会の様子がうらやましくてたまらない狸は、自分から判定者になろうとするが、十二支にこてんぱんに伸《の》され、復讐のためにほかの動物と語らって戦を始める。十二支類と三度にわたって戦い、狸は二度負けて、発心する。作者は、歌合わせなどからして相当に教養のある人と考えられている。

十文字青（じゅうもんじ・あお　？〜）北海道生。北海道大学文学部卒。二〇〇三年「純潔ブルースプリング」で、角川学園小説大賞特別賞を受賞。魔法的別世界を舞台に、盗掘団が様々な冒険を繰り広げるファンタジー『薔薇のマリア』（〇四〜・角川スニーカー文庫）などの作品がある。

樹下石上（じゅか・せきじょう　生没年未詳）浄瑠璃・黄表紙作者、浮世絵師。本名成節。通称梶原五郎兵衛。画号百斎。別号に市中山人など。江戸詰めの山形藩士。浄瑠璃は「七草若菜功」（一七八二／天明二、合作）が初演。黄表紙『人間万事西行猫』（九〇／寛政二、北尾政美画）、遊廓の怪談などのほか、怪異を恐怖心の産物とするものを収録する怪談集『怪談おそろ史記《しき》』（〇六／文化三、自画）などがある。

朱川湊人（しゅかわ・みなと　一九六三〜）大阪生。慶応義塾大学国文学科卒。出版社勤務を経て「フクロウ男」（〇二）でオール讀物推理小説新人賞、「白い部屋で月の歌を」（〇三）で日本ホラー小説大賞短編賞、『花まんま』で直木賞を受賞。ほかの怪奇短篇集に、見世物小屋幻想、都市伝説の魔物、死者への妄執などを描き、怪異に魅せられて〈向こう側〉へと歩み出す人々の孤独と恍惚を浮彫りにした現代都市怪談集『都市伝説セピア』（〇三・文藝春秋）、抒情的な心霊ホラーの佳品である表題作と、現代的センスで土俗ホラーを扱った中篇「鉄柱《クロガネノミハシラ》」を収める『白い部屋で月の歌を』（〇三・角川ホラー文庫）、昭和三十年代前半の東京を舞台に、人や物の過去を視る能力を持った少女の周囲で起きる事件を描いた連作短篇集『わくらば日記』（〇五・角川書店）、昭和四十年頃の東京下町の商店街を舞台にしたノスタルジック・ホラー連作集『かたみ歌』（〇五・新潮社）、異形の愛をテーマとしたグロテスクにして哀切なホラー短篇集『赤々煉恋』（〇六・東京創元社）、殺した人間に取り憑いて離れない死者の執念が哀れにもおぞましい「枯葉の日」、山ワロの伝説が残る山中の祠で起きる惨劇を綴った「微熱の日」ほか、人の心の弱さや醜さに照準をさだめ、その結果もたらされる残酷な罪と罰の諸相を連作風に描いた『水銀虫』（〇六・集英社）などがある。

　長篇に、オゾンホールの拡大を食い止める物質がもたらす、夕焼け消滅という副作用を背景とした人間模様を描いた『さよならの空』（〇五・角川書店）。朱川は特撮怪獣物の熱烈なファンとしても知られ、テレビドラマ『ウルトラマンメビウス』（〇六）の脚本を三本担当し、短篇連作「ウルトラマンメビウス／アンデレス　ホリゾント」（〇七〜）も手がけているほか、仮面ライダー風の異形のヒーローの闘いを描いた「今日もどこかで雨が」（〇五）を執筆している。

【花まんま】短篇集。〇五年文藝春秋刊。思春期前後の少年少女と怪異との遭遇を、庶民の町・大阪を舞台に描いたノスタルジックな連作風短篇集。在日朝鮮人の少年との儚い交友を、朝鮮の妖怪トカビや特撮怪獣ブームの記憶を絡めて夢幻的に描く巻頭の傑作「トカビの夜」をはじめ、奇妙な水棲生物と少女との官能的な交感を描く「妖精生物」、女たらしなおっちゃんの頓死にまつわる人間模様を軽妙に描いた「摩訶不思議」、転生の神秘を切々と描く表題作など全六篇を収める。怪異を描いて喜怒哀楽に満ちた人生の妙味を感得せしめる著者の持ち味が十全に開花した一巻であり、浅田次郎『鉄道員』、高橋克彦『緋い記憶』に続いて怪談／ホラーで直木賞受賞の快挙を成し遂げた。

首藤剛志（しゅどう・たけし　一九四九〜）福島県生。千歳ケ丘高校卒。アニメの脚本家。原案も手がけている。代表作に「戦国魔神ゴーショーグン」（八一〜八二）「魔法のプリンセスミンキーモモ」（八二〜八三）「ポケットモンスター」（九八〜）など。小説に、帝国に滅ぼされた国の王女フィレーナが剣闘士に成長し、反乱軍を率いて戦いながらも、悩む姿を描く『永遠のフィレーナ』（八五〜九四・アニメージュ文庫）、SFアクション・アニメをもとにしたメタフィクショナルなコメディ『バース』（八四・講談社X文庫）や、脚本を担当したアニメのノベライゼーションなどがある。

殊能将之（しゅのう・まさゆき　一九六四〜）福井県生。名古屋大学理学部中退。編集者などを経て、サイコ・スリラー『ハサミ男』（九九・講談社ノベルス）でメフィスト賞を受賞し、デビュー。読者の意表を突く斬新な着想の本格ミステリを発表。著書に『美濃牛』（二〇〇〇）ほか、編著に偏愛するアヴラム・デイヴィッドスンの短篇を編訳した『どんがらがん』（〇五）などがある。

〇一年に書き下ろされた長篇『黒い仏』（講談社ノベルス）は、それまで本格ミステリの書き手として認識されていた作者が、突如クトゥルー神話を題材に選んだことで、一部で話題を呼んだ。ON対決の日本シリーズに湧く福岡市内のアパートで、身元不明の絞殺死体が発見される一方、前作『美濃牛』でデビューした自称名探偵の石動戯作と助手のアントニオが本作にも登場、やはり福岡にある海辺の田舎町で、怪しげな秘宝探しを依頼されるところから物語は始まる。依頼者の姓が大生部《おおうべ》、町の名が阿久浜《あくはま》、秘宝伝説が残る寺の住職の名が星慧《せいえ》、さらには顔を削り取られた漆黒の本尊を崇める謎の一派と天台宗総本山の暗闘だの、その鍵となる『妙法蟲聲經』だの、入念な仕込みの跡を窺わせる神話アイテムが頻出、ついにはお約束のグロテスクな妖魔まで出没して、これぞまさしく新本格版『インスマスを覆う影』か、はたまた二十一世紀の『アーカム計画』か……と盛りあがった期待は、しかし最終章に至って絶妙な肩すかしを喰わされる。本格ミステリ読者と神話小説読者の双方を煙に巻いて呵々大笑するかのような悪意に満ちた幕切れに毀誉褒貶なかばする問題作である。ほかに、中世ヨーロッパの城主の霊魂が現代人に取り憑いたという設定下に展開される長篇ミステリ『キマイラの新しい城』（〇四・同）がある。

春眠暁（しゅんみん・あきら　？〜）兵庫県神戸市生。元プロ・フィギュア・モデラー。一九九七年、アニメのノベライゼーションで小説家デビュー。心霊スポットの上に建てられた学園を舞台に、古神道の退魔師と黒魔術師が恋のバトルを繰り広げるアクション・コメディ『さわらぬ猫にタタリなし』（九九・富士見ファンタジア文庫）、仙術&カンフー・アクション『功夫娘々・疾風録』（九九〜二〇〇〇・ソニー・マガジンズ文庫）がある。

城成夫（じょう・なるお　一九二七〜）千葉県船橋市生。東北大学卒。八七年ソニーを退職。戦時中を舞台に結核で死んだ女の幽霊との恋によって死に至る士官を描いた表題作に、女の幽霊が屋敷跡に出没して自分の骨のありかを知らせる「幻の館」を併録した『女霊幻想』（九一・武蔵野書房）がある。

城昌幸（じょう・まさゆき　一九〇四〜七六）本姓稲並。小説家・城昌幸と詩人・城左門の二つの顔をもち、双方に注目すべき業績がある。東京神田駿河台生。京華中学四年のとき、軽微の胸部疾患を理由に退学、雑書を濫読し詩作に専念、理学士の父・幸吉の激怒をかう。二三年、詩人・平井功に従い日夏耿之介、西条八十の門に入る。二四年、同人誌『東邦藝術』を創刊、三号から耿之介監修のもと『奢《サ》灞都《バト》』と改題。二八年、岩佐東一郎、西山文雄らと同人誌『ドノゴ・トンカ』を創刊。三〇年、第一詩集『近世無頼』(第一書房)を刊行。三一年、岩佐と『文芸汎論』を創刊。代表的な詩集に『槿花戯書《はちすざれがき》』(三四・三笠書房)『恩寵』(五五・昭森社)、翻訳にベルトラン『夜のガスパアル』(三二・第一書房)などがある。江戸前の粋と西欧の世紀末趣味が一体化されたロマネスクな詩風を確立。〈月が猫にからかつてゐる晩、蒼い花嫁が樹の間から愁ひ顔の晩、ひようと吹く風に、珈琲商に魔のものがひそんでゐる晩、何と幽霊が三人〉(「七十三枚の骨牌」より)

一方、小説家としては、二五年に「秘密結社脱走人に絡る話」を『探偵文芸』に、「その暴風雨」「怪奇の創造」を『新青年』に発表してデビュー。以後、都会的な抒情性を湛えた怪奇幻想掌篇を次々発表し、江戸川乱歩によって〈人生の怪奇を宝石のように拾い歩く詩人〉と称讃された。三八年から『週刊朝日』に《若さま侍捕物手帖》シリーズを連載、戦中・戦後を通じて広く人気を博した。戦後、岩谷書店の経営に参画、『宝石』『詩学』の編集に携わり、新人育成などに尽力、後に宝石社社長に就任した。掌篇の執筆は戦後も続けられ、それらを集めた作品集に、星新一がショートショート執筆を志す契機になったことで有名な『怪奇製造人』(五一・岩谷書店)のほか、『みすてりい』、『のすたるじあ』(七六・牧神社)などがある。以上に挙げた作品のほか、怪奇幻想味の濃い長篇ミステリとして『金紅樹の秘密』(五五・大日本雄弁会講談社)『死者の殺人』(六〇・桃源社)の二作があるほか、時代小説も数多い。

【みすてりい】掌篇集。六三年桃源社刊。戦前・戦後の作品をほぼ同程度の割合で収めた全二十八篇の自選作品集。初期には、「ギャマイカ氏の実験」「その暴風雨」「殺人淫楽」など〈世界怪奇実話〉風のエキゾティックな綺譚の系列と、「怪奇製造人」「都会の神秘」「夜の街」など〈都市幻想〉を謳いあげた系列が特徴的である。戦後の作風はいっそう多様化し、「幻想唐艸」「絶壁」など散文詩に近い凝縮された文体で幻視の光景を描いた作品や、星新一が指摘する〈生きていることの不確実性〉の〈じわっとしたぶきみさ〉を極めた「波の音」、ブラックユーモア風の「猟銃」「スタイリスト」など、自在な境地に遊ぶ趣がある。

浄慧(じょうえ　一六五〇頃〜一七二四頃/慶安頃〜享保九頃)黄檗派の禅僧。妙幢《みょうとう》。戯号に求化幻人。儒仏神の三教の共存を志向し『仏神感応録』『儒釈雑記』といった著作を著した。六巻三十七話を収録する『地蔵菩薩利生記』(八八/貞享五)、五巻六十一話を収録する『地蔵菩薩利益集』(九一/元禄四)がある。同書には蓮盛の集めた話であるとの断り書きのあるものがあり、『善悪因果集』と重なる話も収録されている。

章花堂(しょうかどう　生没年未詳)経歴未詳。元禄・宝永年間を代表する怪談集の一つ『金玉《きんぎょく》ねぢぶくさ』(一七〇四/元禄一七)の作者。これは中国の志怪の翻案や西鶴・秋成等の先行作からアイディアを採った作品のほか、日本の地方性や巷間性を意識した作品を多く含む怪談集である。兄分に死なれた男色者が出家する話に、美女に迷って成仏できなかった土中入定者の怪話を付け加えた「讃州雨鐘の事」、男色関係にあった二人が出家して諸国を行脚するうち、曽我の亡魂に出会う「富士の影の山」など男色物に異彩を放つ。ほかに八百比丘尼物「若狭祖母」、人狼物「菖蒲池の狼の事」など全二十一話を収録。

静観房好阿(じょうかんぼう・こうあ　生没年未詳)江戸中期の談義本作者。別号に摩志田好話など。京都生。浄土宗の談義僧だったが、還俗して大坂で医業を営む。後に諸州を回国しつつ、江戸に滞在しては著述に励む。その後京都に帰った。寛延末には江戸向島に住んだとの説もある。当時は平賀源内等と並ぶ著名人であったという。一七五二(宝暦二)年に『当世《いまよう》下手談義』を著して、多くの追随者を出し、江戸戯作の基礎を築いた。幻想文学方面では、回国のときに得た情報と談義僧としての経歴を活かした多くの奇談怪談集を著した。『御伽空穂猿』(四〇/元文五)『諸州奇事談』(五〇/寛延三)『怪談楸笊《このさくら》』(六七/明和四)『怪談御伽童』(七二/明和九)などがあり、改題本も種々刊行されて、非常に人気があったという。

将吉(しょうきち　一九八二〜)東洋大学工学部在学中に、写真を撮られると必ず心霊写真になってしまうコスプレ少女が主人公の青春SF『コスチューム!』(〇五・産業編集センター)でボイルドエッグ新人賞を受賞。

性均(しょうきん　一六七七〜一七五七/延宝五〜宝暦七)加州生。俗姓木村。幼くして出家し、真宗本願寺派の僧侶となった。著作はいろいろとあるが、発心譚集『新撰発心伝』(三七/元文二)は広く読まれたという。同書には怪異な目に遭って発心するものと、一念発心し、奇瑞をなすものとがあり、怪異譚と聖人伝の混合体のようである。また、志怪を思わせる話からユニークな話まで、様々な話柄を収録している。

上甲宣之(じょうこう・のぶゆき　一九七四〜)大阪府生。立命館大学文学部哲学科卒。ホテル勤務の傍ら小説を執筆。第一回『このミステリーがすごい!』大賞選外作の土俗ホラー・サスペンス『そのケータイはXX《エクスクロス》で』(〇三・宝島社)でデビュー。同作は〇七年に「エクスクロス　魔境伝説」として映画化された。ほかに前日譚『XXゼロ』(〇七・宝島社文庫)など。

庄司卓(しょうじ・たかし　一九六三〜)東京生。製薬会社勤務、ゲームデザイナーなどを経てフリーライターとなる。危険な戦いを生業とする剣士と魔術師のコンビが活躍するファンタジーの世界がSF的設定の世界と混じりあっていく《ダンシィング・ウィズ・ザ・デビルス》(九一〜九三・富士見書房)で小説家としてデビュー。続篇で、より機械文明化されて魔法が珍しくなっている世界を舞台にした《ダンシングウィスパーズ》(九四〜九八・同)、伝奇アクション『倒凶十将伝』(九五〜〇六・ソノラマ文庫)などのファンタジーがある。代表作は、スペースオペラ《それゆけ!　宇宙戦艦ヤマモト・ヨーコ》(九三〜〇一・富士見ファンタジア文庫)で、ほかにも冒険SF系の作品を多数執筆している。

東海林透輝(しょうじ・とうき　?〜)あやかしを見ることができる女性警官が、性犯罪被害者支援専門員として活躍する『ドラゴン刑事!』(二〇〇五・講談社X文庫)でX文庫新人賞受賞。

庄司肇(しょうじ・はじめ　一九二四〜)旧朝鮮慶尚南道生。九州高等医専卒。眼科医。不動尊が姿をやつして現代で人助けをするという霊験物語集『変身不動尊』(八八・未來社)がある。

小路幸也(しょうじ・ゆきや　一九六一〜)北海道生。広告制作会社を経て、ゲームの脚本などを執筆。人の顔がのっぺらぼうに見えるようになってしまった少年が、悪をなす人間と対決できる異能者であることを知っていく伝奇ファンタジー『空を見上げる古い歌を口ずさむ』(〇三・講談社)でメフィスト賞を受賞して小説家としてデビュー。超能力を持つ子供たちの活躍を描く『そこへ届くのは僕たちの声』(〇三・新潮社)、風や水を読む特殊能力の人々が尊重され、自然と共存している世界を舞台に、風読みの父親、日没と日の出を境目に交互に眠り、一緒に起きていられない双子の妹キサとトアと共に暮らす少年の日々を描く無国籍童話めいた『キサトア』(〇六・理論社)など、少年小説風のSFやファンタジーがある。

笑止亭(しょうしてい　生没年未詳)経歴未詳。『和荘兵衛《わそうびょうえ》』の追随作『〈異国風俗〉笑註烈子』(一七八二/天明二)の作者。天涯孤独で零落した烈子が、世界諸国を見たいと祈願すると、風来神が現れて彼を舟に乗せてくれるという展開で、様々な不思議な異国を見て回る遍歴譚。魔法の箱を各人が有する大自由国、大姪奢国、総変化国、大勇力国を経て、最後に大上品国へ行き、ここにこそ留まりたいと思ったところで夢落ちに終わる。註釈が入った、談義本系の作品。

城島明彦（じょうじま・あきひこ　一九四六〜）三重県桑名市生。早稲田大学政治経済学部卒。映画助監督、ソニー宣伝部勤務を経て小説家となる。少女小説から伝奇ミステリ、企業ノンフィクションまで執筆。ファンタジーに、ドラキュラの血をひく娘が主人公のホラー・ラブロマンス『ようこそ吸血姫』（八九・コバルト文庫）、伝奇ミステリ『平家教団の陰謀』（八六・光風社ノベルズ）、ホラー短篇集『怪奇がたり』（〇八・扶桑社文庫）、携帯サイトに発表された恐怖掌篇集『恐怖がたり42夜』（〇七・扶桑社）など。

章瑞（しょうずい　生没年未詳）経歴未詳。『西院河原口号伝』（一七六一／宝暦一一）の作者。同作は『空也上人絵詞伝』に基づいて、賽の河原の地蔵和讃の起源を語ったもので、物語は次の通り。妻妾同居によってひどい嫉妬沙汰が起き、殺害された妾の怨讐によって本妻の子が水死。得度した妻は子供が賽の河原で鬼に苦しめられている様を夢に見る。霊威あらたかな空也上人もその様子を幻視、地蔵の供養をして苦患から救い出す。

松亭金水（しょうてい・きんすい　一七九七〜一八六二／寛政九〜文久二）戯作者。本名中村保定、あるいは経年。通称源八、源八郎。別号に積翠道人、拙作堂。江戸の人。筆耕、手跡指南を生業とし、為永春水の浄書をするうちに、戯作の道に入る。春水との合作で読本などを執筆。その後、勧善懲悪を基盤とした作風によって末期人情本の第一人者となり、未完作品の補筆を依頼された。山東京伝『善知安方《うとうやすかた》忠義伝』（二、三輯、未完）、曲亭馬琴『朝夷巡島記《あさいなしまめぐりのき》』（七、八編）など。

正道かほる（しょうどう・かおる　?〜）新潟県生。武蔵野美術短期大学卒。デザインスタジオ勤務の後、一九八八年「金魚」により小さな童話大賞山下明生賞を受賞し、児童文学作家となる。海のあらゆる生き物から月までを呑み込んでしまったクラゲが最後に裏返しになって世界が元に戻る『でんぐりん』（九二・あかね書房）で、日本児童文学者協会新人賞、児童文芸新人賞受賞。このほか、幼年童話がある。

庄野英二（しょうの・えいじ　一九一五〜九三）山口県萩町生。父は帝塚山学院の創立者・庄野貞一、弟は作家の庄野潤三。関西学院専門部文学部卒。大学在学中から童話に志し、坪田譲治らに師事。卒業後に陸軍に入隊し、終戦までの九年間を戦場で過ごす。この悲惨な体験が庄野のライトモチーフに影響を与えていることはいうまでもないだろう。大学教師の傍ら、小説・童話・エッセーを執筆。ファンタジーの代表作は野間児童文芸賞、日本児童文学者協会賞受賞の『星の牧場』。ほかに、ダイヤモンドで出来ているため暮らしにくいことこの上ない島など、風変わりな島ばかりのアルファベット群島訪問記『アルファベット群島』（七七・偕成社、赤い鳥文学賞、巖谷小波文芸賞）、気候も良く、まことに暮らしやすそうな南洋の群島の、自然・風習・宗教・芸術・生活全般にわたって記述し、さらに採集した民話・伝説・民謡の類いも収録した、架空の民族誌『アルピエロ群島』（八一・同）などのユーモア溢れる奇想小説は、日本の古い漂流記録をもとにした物語を多く書いている英二ならではのものだろう。ほかに、南方を舞台にした民話風作品を収録した『海のメルヘン』（六五・理論社）、飛行場から空飛ぶじゅうたんに乗って旅立つナンセンスな味わいの表題作ほかを収録した『ひこうきとじゅうたん』（七〇・ポプラ社）、冬期に山小屋を借りていた狐と持ち主の人間との交流を描いた「日光魚止小屋」などを収めた『ユングフラウの月』（七〇・創文社）、鹿の結婚式に参列した一夜の体験を綴る表題作ほかを収録した『鹿の結婚式』（七五・同）といったファンタスティックなメルヘン集がある。

▼『庄野英二全集』全十一巻（七九〜八〇・偕成社）

【星の牧場】長篇小説。六三年理論社刊。戦

場から帰った青年モミイチは、牧場の仕事を手伝って日々を暮らしていたが、軍隊で世話をしていた馬ツキスミのひづめの音を聞く。さらに彼は、山の中でジプシーたちに出会う。ジプシーたちはそれぞれ楽器を持っていて音楽をこよなく愛し、猟人や蜂飼いなどをしながら放浪する暮らしを営んでいるのだった。しかも彼らは戦場でのモミイチの仲間によく似ていた。彼らの住む桃源郷のような世界へ一度は迎えられたモミイチだったが、ツキスミを求めて外へ彷徨い出たことから、彼らの世界へは帰れなくなってしまう。その代わりにモミイチは、星の花園に変わった野原で、ツキスミに乗って駆けるのであった。全篇に澄み切った音楽の流れる傑作ファンタジー。劇団民芸で舞台化されたのをはじめとして、ミュージカルにもなり、映画化もされた。

庄野ひろ子（しょうの・ひろこ　？〜）漫画家。変身魔法カードを手に入れた少女が少年に変身して魔法的別世界で冒険を繰り広げる児童文学のファンタジー『もしも魔法が使えたら』（一九九七・小学館）がある。

笙野頼子（しょうの・よりこ　一九五六〜）本姓市川。三重県伊勢市生。立命館大学法学部卒。八一年、内面的な地獄を描くことに執念を燃やし続ける精神的奇形の画家を描いた「極楽」で群像新人賞を受賞し、デビュー。「皇帝」「海獣」（共に八四）をはじめとして、内向的に鬱屈した精神世界を描いた初期の短篇群は、頽廃に満ちて暗く、文体の粘着性から見ても、暗黒小説の作家と分類するのが最も相応しいように思えた。だが、この方向性が文壇には受け入れられず、笙野は自己を戯画化する作風を身につけるようになる。文体的にも軽みを出すようにした結果、「なにもしてない」（九一）で野間文芸新人賞を受賞し、文芸界に認められるようになる。その後、怪奇幻想小説の範疇に入る作品を次々に執筆。「二百回忌」（九三）で三島由紀夫賞、「タイムスリップ・コンビナート」（九四）で芥川賞を受賞。森茉莉を素材とした『幽界森娘異聞』（〇一・講談社）で泉鏡花文学賞、アンチユートピア小説『水晶内制度』（〇三・新潮社）でセンス・オブ・ジェンダー賞、『金毘羅』で伊藤整文学賞を受賞している。純文学をめぐる様々な発言も積極的に行っており、純文学界の牽引車の一角を占めると目される。

　笙野には、故郷・家族なども含む自己自身へのわだかまり、また自己を取り巻く社会（近隣の生活社会、文学界から日本社会全体や地球規模の世界まで）への違和感を怪奇幻想的な場に放出して祓うような傾向があり、作風としては怪奇幻想と私小説の奇妙な混淆体といえる。私的な事件（右に述べた自己への愛憎や社会との軋轢）を妄想化して小説にするという手法をしばしば用いているが、現実を象徴的な次元に引き上げ、神話的な高みにまで押しやることに成功すると幻想文学としては傑作になる。また、現実を比喩的な段階に留めた場合はマジックリアリズムの作品、メタフィクション、毒のある諷刺文学などになる。キャリアを積むに連れて、文体の狂躁度が高まる傾向にあり、痙攣的な言語の奔流によって、語られる内容とは関わりなく、異様な雰囲気を呈したり、ユーモアをかもしたりすることもある。

　幻想的な短篇集には次のようなものがある。全身赤ずくめの服装で祝い、死者も甦る荒唐無稽な二百回忌の様をスラプスティックに描く表題作、骨の歌う音を聞いていた少女時代を語る「大地の黴」（九二）「ふるえるふるさと」（九三）のほか、大便をもらしたために己の排泄物を天上的なものと狂信し、死んで排泄の精霊となる少女を描き、後の神話的作品群に通ずる小傑作「アケボノノ帯」（九四）を収録した『二百回忌』（九四・新潮社）、夢と妄想が入り交じる状況で東京を徘徊する表題作と「下落合の向こう」（九四）、巨大化しヒト化した蚤との共生を語る「シビレル夢ノ水」（九四）を収録した『タイムスリップ・コンビナート』（九四・文藝春秋）、虚実の被膜が定かならぬ、メタノベル的仕掛けがふんだんに施されている『時ノアゲアシ取リ』（九九・朝日新聞社）ほか。幻想的な長篇小説に、少年の屍体人形をそばに置くことで辛うじて現実と折り合って生きていける女性たちが、殺人の儀式を通して人形作家を神話的存在にまで高めていく様を描いたもので、一種の幻想文学宣言とも読め、その後の笙野を考えるうえでも重要な『硝子生命論』（九三・河出書房新社）、ワープロが紡ぎ出す悪夢の世界〈スプラッタシティ〉で、主人公が言葉の暴力と戦いながら場面場面をゲームのようにクリアしていく姿を描いた『レストレス・ドリーム』（九四・同）、殺しても死なない母をめぐる物語が戯文で語られる『母の発達』（九六・同）など。「なにもしてない」の延長線上にある、より私小説的傾向の強い妄想小説に、異様なアパート管理人の監視下に、非在の猫との日々を描く『パラダイス・フラッツ』（九七・新潮社）ほか。また、フェミニスト作家・八百木千本を主人公にした三部作――愚昧な説教師と戦う八百木のシュールな日常を描いた連作短篇集『説教師カニバットと百人の危ない美女』（九九・河出書房新社）、八百木が送り込まれた女だけの国〈ウラミズモ〉の恐るべき実態を描いた『水晶内制度』、その前日譚で、八百木が存在を奪われていくからくりを暴いた『絶叫師タコグルメと百人の「普通」の男』（〇六・河出書房新社）や、社会を支配するロリコン・オタク〈おんたこ〉の非道と〈にっほん〉の悲惨さを暴く三部作『だいにっほん、おんたこめいわく史』（〇六・講談社）『だいにっほん、ろんちくおげれつ記』（〇七・同）『だいにっほん、ろりりべしんでけ録』（〇八・同）は、『ドン・キホーテの「論争」』（九九）『徹底抗戦！文士の森』（〇五）などで語られる文学内外の論争を契機として、現実批判を込めて描かれた作品群であり、文学界の文学否定の傾向や、浅薄なアンチフェミニズム、性（特にロリコン的な）の商品化、弱者否定のネオリベラリズム、右翼化傾向などを戯画化し、揶揄している。これらの作品は諷刺小説やフェミニズム小説、前衛小説としてばかりでなく、アンチユートピア小説や日本という風土に根深く絡んだ怨霊小説としても読むことが可能な、興味深い作品群である。

【太陽の巫女】連作短篇集。九七年文藝春秋刊。母なるものに対するわだかまりを、神話的な物語へと昇華させた二篇を収録する。「太陽の巫女」（九五年十月『文學界』掲載）は、冬至の太陽の神の妻となった滝波八雲が、その儀式の様を語り、「竜女の葬送」（九七年十一月同掲載）は八雲の母（竜の血をひく、神にも近い存在）の死と、それに伴って地上に起きる様々な異変を描く。母娘の葛藤を象徴的に描いた作品として読めるが、幻想文学の側面からは、現代にも生き続ける神話的世界を幻視し言葉として定着させた、ヴィジョン溢れる傑作として評価したい。

【金毘羅】長篇小説。〇四年四月『すばる』掲載。〇四年集英社刊。小さな灰色の翼と触角、背中にも眼を持つ異形の神〈金毘羅〉は海の底から這い出て、死んだ女児の体内に入り込み、人間として生きてきた。〈金毘羅〉としての記憶を失い、生き難き生を生き続けて半世紀ほどを経て後、〈金毘羅〉は己に目覚めた。そしてこれまでの人間としての生涯と〈金毘羅〉とは何かについて語り始める。自伝風の物語に、鎌田東二いうところの〈神神習合〉史の展望を絡めたユニークな作品だが、両者が分かちがたく結びあわされているというよりは、やや解説的な作品となっている。イタコやノロ、新興宗教の教祖などのシャーマンが神の道に入るまでの苦難を語るものとも共通するところがあり、その観点から読んでも興味深い。

成仏居士（じょうぶつこじ　生没年未詳）経歴未詳。地獄を舞台に、閻魔大王をその地位から追い落とした専横者を退治する、敵討物的な物語『義勇の壮鬼　地獄奇聞』（一八八八・共隆社、痩々亭骨皮校閲）がある。

松林伯円［二代目］（しょうりん・はくえん　一八三二〜一九〇五／天保三〜明治三八）講談師。本名若林義行、後に駒次郎。常陸下館生。五四（安政元）年初代松林伯円の養子となる。二代目襲名を経て、二代目松林東玉を襲名。講談の中興の祖とされる。〈泥棒伯円〉との異名を持ち、白浪物「鼠小僧」「天保六花撰」などは名作として、歌舞伎化もされた。怪談系の速記本には『怪談天の網打』『船幽霊』（共に九一・三友舎）『怨霊』（九三・鈴木金輔）などがある。

松林伯知（しょうりん・はくち　一八五六～一九三二／安政三～昭和七）講談師。本名柘植正一郎。江戸日本橋生。松林伯円の弟子。現代物や〈小説講談〉などを新規開拓し、文芸物を得意とした。多数の筆記本が残る、非常に人気のある演じ手であった。『怪談阿菊虫』（九二・三友舎）『怪談音羽の滝』（九三・日吉堂）『怪談小松怨霊』『怪談美人の油絵』（九一・滝川書店）ほかの速記本が残る。

浄瑠璃（じょうるり）扇拍子による語り物として始まった芸能。初めは牛若丸と浄瑠璃姫の悲恋を語った語り物だったが、同じ節で様々な内容を歌うようになり、総称して浄瑠璃と呼ばれるようになった。人形芝居の浄瑠璃、歌舞伎の伴奏、舞踊の音曲などに用いられる浄瑠璃、座敷などで歌われる浄瑠璃とあるが、一般に浄瑠璃といった場合、狭義での人形浄瑠璃を指す。

　十七世紀末ぐらいまでの、竹本義太夫以前のものを古浄瑠璃（同項参照）といい、また、明暦・寛文期の明朗な英雄譚を特に金平浄瑠璃（同項参照）という。一六八五（貞享二）年、大坂道頓堀で義太夫が義太夫節によって近松の「出世景清」を演じて以来、義太夫節の隆盛には目を見張るものがあり、それまで様々な節で語られてきた人形芝居の浄瑠璃が義太夫節に統一された。以後、現代に至るまで伝統芸能として継承されている。浄瑠璃の演目は歌舞伎にそのまま移されることが多く、また幻想的な筋立ての作品も多い。

『続日本紀』（しょくにほんぎ　七九七／延暦一六成立）平安初期の官撰国史。『日本書紀』に次ぐもので、六国史《りっこくし》の一つ。全四十巻。光仁天皇の命によって石川名取・淡海三船らが撰修を始め、藤原継縄・菅野真道らに引き継がれ、七九七（延暦一六）年に奏上された。六九七～七九一（文武元～延暦一〇）年の九十五年間を編年体で記す。若返りの不思議な力を持つ滝の話「養老伝説」、葛木山に棲む呪術師で鬼神を自由に操る行者の話「役小角」などが含まれている。

『諸国百物語』（しょこくひゃくものがたり　一六七七／延宝五年）作者未詳。五巻百話から成る怪談集。百物語怪談集の嚆矢であり、実際に全百話を収めている点でも、近世には他に類を見ない。序文に、信州諏訪の浪人・武田信行らが催した百物語怪談会で語られた話をそのまま書き記したとあるが、仮託であろうとされる。ほかの怪異小説集と同じ話柄や、前代の説話集や中国志怪の翻案なども含まれるが、時日を近日と設定して語り替えている。嫉妬怨恨がらみの陰惨な幽霊譚の占める割合が高く、笑話に落ちる作品もある。宇治の橋姫、安珍清姫、牡丹燈籠などの先行作をもとにした作品が数多くあり、また、小泉八雲の怪談「幽霊滝の伝説」を思わせる作品や、「播州姫路の城ばけ物の事」など、後代への影響を窺わせる話もある。教訓臭が薄く、怪異を追求した作品といえる。

白井喬二（しらい・きょうじ　一八八九～一九八〇）本名井上義道。神奈川県横浜市生。士族出身の父・孝道は、明治政府の官吏として全国各地に赴任した後、郷里の鳥取で郡長、町長の職に就いた。鳥取県立米子中学を経て日本大学政経科卒。婦人雑誌編集者、化粧品会社の文書課長を経て作家生活に入る。二〇年『講談雑誌』に処女作「怪建築十二段返し」を発表、江戸に名高い建築師が、からくり屋敷に囚われた娘の捜索に赴くというミステリ仕立ての新趣向で注目を集め、「忍術己来也」（二二～二三）「神変呉越草紙」（二二～二四）などの伝奇時代小説で人気作家となる。代表作に、築城術を伝える二つの宗家の七十余年に及ぶ確執抗争を雄大なスケールで描く「富士に立つ影」（二四～二七）、幕末の騒然とした世相を背景に、神秘的な独楽使いの術に長けた若者の恋と冒険を描く「新撰組」（二四

〜二五）など。二五年に大衆作家の親睦団体〈二十一日会〉を結成、翌年から機関誌『大衆文芸』を主宰して、大衆文学の普及発展に指導的役割を果たした。白井は「怪建築十二段返し」以後、後に〈喬二捕物集〉としてまとめられる同傾向の短篇を執筆しており、重宝を持って失踪した弟子の行方を捜すため、漆器屋の亭主が稀代の忍術使いの館でにわか忍術修行に励む「白雷太郎の館」（二二）、日本奇術の祖・魔雅羅風来が怪宗教の教祖と対決する「江戸天舞教の怪殿」（二二）などの幻想的な作品が含まれている。ほかに、蛙と土竜と蜥蜴の化身を引き連れた名僧・張良一年法師が、貰い経文を求めて〈地竺〉めざして地底を旅するという、『西遊記』のパロディである奇想天外な長篇ファンタジー「東遊記」（二二）がある。

白井星夜（しらい・せいや　一九六九〜）神奈川県横浜市生。魔道士の少年を主人公にした別世界ファンタジー《アルスの書外伝》（九三・角川スニーカー文庫）など。

白井英（しらい・ひで　一九七一〜）クリエーター集団グループSNEに元所属。ファンタジーTRPG「ソード・ワールド」をもとにした『自由人の歎き』（九四・富士見ファンタジア文庫）、同系列のヒロイック・ファンタジー《クリスタニア》（九六〜〇二・電撃文庫）がある。

白石一郎（しらいし・いちろう　一九三一〜二〇〇四）旧朝鮮釜山生。早稲田大学政治経済学部卒。サラリーマンを経て執筆生活に入る。「海狼伝」（六二）で直木賞受賞。時代小説・歴史小説を主に執筆。江戸時代を舞台に、自然との共生を目指す闇の一族と、文明を推進する異人の白鬼とのサイキックな戦いを描く伝奇アクション『黒い炎の戦士』（八二〜八六・トクマ・ノベルズ）がある。

白石かおる（しらいし・かおる　一九七一〜）山口大学経済学部卒。異世界を舞台にした闘技物『上を向こうよ』（二〇〇〇）でスニーカー大賞奨励賞受賞。体感型対戦ゲームで戦う少女を主人公とするサイバー・アクション『Level6 の怪物』（〇一・角川スニーカー文庫）がある。

白石かずこ（しらいし・かずこ　一九三一〜）詩人。カナダ、バンクーバー生。早稲田大学文学部卒。学生時代にシュルレアリスム、モダニズムの影響色濃い第一詩集『卵のふる街』（五一・協立書店）を世に出す。その後、ジャズ的感覚を詩に取り入れて、混沌とした形で生・性を歌った『聖なる淫者の季節』（七〇）でH氏賞受賞。自分の身内にある〈砂族〉というスピリットについて語る「砂族」ほか、精霊との交感をテーマとする詩篇を収めた『砂族』（八二・書肆山田）で歴程賞を、王妃の幻影など、過去のものが自在に立ち現れたりする表題作ほか、ミーディアムを思わせる詩群を収める『現れるものたちをして』（九六・同）で高見順賞、読売文学賞を、幻視に満ちた『浮遊する母、都市』（〇三・同）で土井晩翠賞を受賞。メルヘンに、魔女のロマンスを語る短篇連作『きまぐれ魔女の物語』（七六・エルム）などがある。

白川敏行（しらかわ・としゆき　一九七六〜）ウイルスにより自然環境が激変した未来を舞台に、特殊能力を持つ少年の戦いを描くSF『シリアスレイジ』（〇五〜〇七・電撃文庫）で電撃小説大賞選考委員奨励賞受賞。

白木茂（しらき・しげる　一九一〇〜七七）本名小森賢六郎。青森県生。日本大学英文科卒。児童文学の翻訳家として活躍。古典の縮約、名作童話、SFからノンフィクションまで、多彩な翻訳がある。小説に、少年が宇宙人とのどかな交流をする児童向けSF『てんぐのめんの宇宙人』（六九・岩崎書店）、民話・伝説の再話『世界のゆうれい話』（七一・偕成社）『世界の怪ぶつ話』（七二・同）などがある。

白倉由美（しらくら・ゆみ　一九六五〜）千葉県生。武蔵野女子大学文学部日本語・日本文学科卒。夫は大塚英志。漫画家から漫画原作者に転身。『夢から、さめない』（九七・角川文庫）で小説家としてもデビュー。世界を破滅から救う最終手段として培養された少女ミルナが、時空を超えて滅亡後の未来に現れ、試練の扉を何枚もくぐり抜けて新たなイヴとなる『ミルナの禁忌』（二〇〇〇・角川書店）のほか、しっぽのある記憶障害の少女がヒロインの『しっぽでごめんね』（〇五・同）や一日しか人々の記憶に残らない不思議な少女がヒロインの『ラジオ・キス』（〇七・講談社）などのラブロマンスがある。

白阪実世子（しらさか・みよこ　一九五九〜）東京生。独協大学外国語学部卒。トランプの国から逃げ出してきた青年と少年の触れ合いを描いたファンタジー『ふしぎなともだちジャック・クローバー』（八九・講談社）で児童文学作家としてデビュー。魔法物の連作短篇集《シラカバ城物語》（九六・佼成出版社）、少女たちが昔話やファンタジーの世界に入り込む『かぼちゃの馬車と毒りんご』（九六・偕成社）『金のくるみ銀の星』（九八・同）、少年と別世界の人々の交流を描く『がちょう通りの三日月亭』（〇二・小峰書店）ほかの低学年向けファンタジーがある。

白鳥賢司（しらとり・けんじ　一九七〇〜）慶応義塾大学文学部卒。編集者。プラネタリウムの投影機が消失した謎と、失踪した〈悪〉の少年を探す過程が、一人の探偵のうちで絡み合う幻想ミステリ『模型夜想曲』（〇二・アーティストハウス）がある。

白城るた（しろき・るた　?〜）別名にありつこ、真坂《まさか》たま。BL小説作家として多数の作品がある。ファンタジーに、時を超えて生き続ける青年アシエルとユーゴの彷徨を描く『不死人の伝説』『黄昏の扉』（一九九六・キャンバス文庫）、超能力物の学園ミステリ《ロストボーイズ》（二〇〇〇〜〇一・同）など。真坂名で退魔師物の学園アクション・ミステリ『あたしの中の王子さま』（〇二・富士見ミステリー文庫）がある

白薔薇明玖（しろばら・めぐ　一九五四〜）本名谷口明玖美《めぐみ》。東京生。女子美術短期大学造形科絵画専攻卒。洋画家。伝奇小説『逆光の中の人―異説千利休はスペイン人だった』（九二・書物亀鶴社）でデビュー。BL小説も執筆し、古代エジプトの美少年と現代少年のロマンス『五千年の恋』（九六・スコラ＝パパイヤロマンス）がある。

師走トオル（しわす・とおる　?〜）東京生。法廷ミステリ『タクティカル・ジャッジメント』（二〇〇三）が第二回富士見ヤングミステリー大賞準入選となり、小説家デビュー。同作のシリーズ作品のほか、過去の人類の記憶が失われ、巨大獣が闊歩する異形の未来を舞台に、超常的な力を持つ少女を守る戦士を描くアクション『がらくたのフロンティア』（〇三〜〇四・富士見ミステリー文庫、未完）、異世界戦記『火の国、風の国物語』（〇七〜・富士見ファンタジア文庫）などがある。

仁賀克雄（じんか・かつお　一九三六〜）本名大塚勘治。横浜市生。早稲田大学商学部卒。在学中に江戸川乱歩の助力を得て、ワセダ・ミステリ・クラブを創設、初代幹事長に就任。翻訳家、作家、アンソロジストとして活躍する。C・L・ムーア、P・K・ディックをはじめとするSF、ラヴクラフト『暗黒の秘儀』（七二・創土社）、ロバート・ブロック『切り裂きジャックはあなたの友』（七九・ハヤカワ文庫）ほか怪奇小説の翻訳を多数手がけている。またソノラマ文庫・海外シリーズ（八四〜八六）の立ち上げに尽力して作品選定を行なったり、論創社のダークファンタジー・コレクション（〇六〜）を企画するなど、怪奇幻想文学の異色作の紹介に努めている。英米怪奇小説のアンソロジー『幻想と怪奇』全三巻（七五〜七八・ハヤカワ文庫）『猫に関する恐怖小説』（八〇・徳間書店）編纂の業績も見逃せない。また英米猟奇犯罪物のエッセーを多数執筆しており、切り裂きジャックを扱った『ロンドンの恐怖』（八五・早川書房）をはじめ、『ドラキュラ誕生』（九五・講談社現代新書）『ロンドンの怪奇伝説』（〇二・メディアファクトリー）などがある。小説に、ミステリのほか、SF《スペース・レインジャー》（八〇〜八三・ソノラマ文庫）がある。

塵哉翁（じんかいおう　生没年未詳）経歴未詳。一七九一（寛政三）年から一八五五（安

政二）年に至る幕末の六十五年間にわたり、編年体で世間話を収録した奇談集『巷街贅説《こうがいぜいせつ》』（自序二九／文政一二）がある。七巻二百五十五話より成る。

真行寺のぞみ（しんぎょうじ・のぞみ　？〜）奇妙な別世界で戦う少女たちを描くスラプスティック・ファンタジー『血まみれ学園とショートケーキ・プリンセス』（一九九四・電撃文庫）がある。

神宮輝夫（じんぐう・てるお　一九三二〜）群馬県高崎市生。早稲田大学英文科卒。イギリスの児童史・児童文学を専門に研究。青山学院大学名誉教授。幻想文学サイドからは、まず何よりも、多数のファンタジーを精力的に紹介してきた翻訳家として特筆すべき存在である。《プリデイン物語》（七二〜七七・評論社）をはじめとするロイド・アリグザンダーの諸作品、アラン・ガーナー『ふくろう模様の皿』（七二・同）、リチャード・アダムズ『ウォーターシップ・ダウンのうさぎたち』（七五・同）、モーリス・センダック『かいじゅうたちのいるところ』（七五・冨山房）、ウィリアム・メイン『闇の戦い』（八〇・岩波書店）など。研究書には、日本児童文学者協会賞、産経児童出版文化賞受賞の『世界児童文学案内』（六三・理論社）のほか、『英米児童文学史』（七一・研究社出版、瀬田貞二、猪熊葉子との共著）『現代イギリスの児童文学』（八六・理論社）など。また、童話の創作も手がけ、ファンタジーに、〈自然にかえろう〉というビラが配られた一日、大人がやたらとのんびりし、子供がその反動でやけにしっかりしてしまう『ブタがビラをくばるとき』（八〇・小学館）がある。

神宮寺元（じんぐうじ・はじめ　一九五六〜）本名保坂泰彦。東京生。早稲田大学政治経済学部卒。在学中に学友たちと〈幻想文学会〉を結成、会長に就任する。怪奇幻想文学研究誌『幻想文学』にレビュー、ガイドなどを執筆。教職の傍ら、菅原道真に材を採った「孤舟の夢」（九六）で小説家としてもデビュー。著書に戦国シミュレーション『戦国群雄伝』（九九〜〇一・歴史群像新書）『覇前田戦記』（〇二・学研M文庫）『戦国軍神伝』（〇三〜〇四・歴史群像新書）『覇真田戦記』（〇五〜〇六・同）『反風林火山』（〇七〜・同）がある。また、神宮寺秀征名義で怪奇譚「屍蒲団」（九八）も執筆している。

神護一美（じんご・かずみ　？〜）愛知県豊橋市生。妖怪たちの安住の地である裏の平安京の叛逆者を、現代の祓魔師が退治する伝奇アクション『裏平安霊異記』（一九九六・ソノラマ文庫）がある。

神西清（じんざい・きよし　一九〇三〜五七）東京牛込生。幼時、内務省官吏の父・由太郎の赴任先を転々とする。父の死後、母が再婚したため、伯母・北村のぶ（北村寿夫の母）のもとで養育される。二五年、一高を中退し東京外語学校露語部文科に入学。翌年、竹山道雄、堀辰雄、吉村鉄太郎らと『箒』を創刊、小説、詩、翻訳を発表。卒業後、北海道大学図書館、ソ連通商部を経て文筆生活に入る。ロシア、フランス文学の翻訳が高く評価され、三八年、ガルシンなどの翻訳により池谷賞を受賞。また小説にも着手し、第一作品集『垂水』（四二・山本書店）をまとめたが、文体への潔癖すぎるこだわりから長篇の構想は実らなかった。戦後、応仁の乱を描いて〈学匠的教養と時代精神との潑溂たる結合である。このごろ流行の似而非時代小説作家などは、筆をなげうって、この作品を三拝九拝するがよろしい〉と三島由紀夫が称揚した「雪の宿り」（四六）をはじめとする中短篇を相次ぎ発表したが、〈ロマン・アンテルナショナル〉をめざした「灰色の眼の女」（四六〜途絶）、万葉時代の再現をめざした「白鳳」（四八〜途絶）の各連作は未完に終わった。四八年『批評』同人となり巧緻な批評活動を展開。またバルザック『おどけ草紙』（五〇）ほか多くの名訳を手がけ、五二年にチェーホフ『ヴーニャ伯父さん』の翻訳で文部大臣賞を受賞した。彫心鏤骨の文体と鋭敏な感覚によって人間心理の秘奥に迫り〈聖性の光が頭上から差しこんでくるような〉（澁澤龍彥）幻視の光景を垣間見せる「死児変相」(四九)「聖痕」「白樺のある風景」(共に四七)などの名短篇を残した。

『新小夜嵐』(しんさよあらし　一七一五/正徳五)浮世草子。『小夜嵐』の追随作だが、むしろ『西鶴冥途物語』を連想させる作品。両刀遣いの男が仮死し、椀久に案内されて男色の地獄を巡るというもので、うがちを男色に限った点に特色がある。なお、同題で、「地獄太平記」とも呼ばれる別作品がある。

真慈真雄(しんじ・まお　?〜)ポルノ小説を執筆。『魔法のメイドの美沙都さん』『淫蕩仙女妃麗』(二〇〇五・二次元ドリーム文庫)など。

新城カズマ(しんじょう・かずま　?〜)デビュー時の表記は十馬。慶応義塾大学卒。グランドマスターを務めたメールゲーム「蓬莱学園」の小説化《蓬莱学園》(一九九一〜九七・富士見ファンタジア文庫)でデビュー。時空を操って戦う一族の最後の生き残りの少年が、一族を滅ぼした異形の化物に復讐しようとする和風異世界ファンタジー《狗狼伝承》(九八〜〇五・同)、物語の中に閉じ込められていた怪人魔人が、著作権が切れて解放され、事件を引き起こす《浪漫探偵・朱月宵三郎》(〇一・富士見ミステリー文庫)、世界を知覚する能力を与えるとともに怪物化してしまう破滅的なウイルスをめぐるSFに、絶滅言語や創作言語、神話創造を絡めた『星の、バベル』(〇二・ハルキ文庫)、SFへのオマージュ的な時間跳躍テーマの青春ミステリ『サマー/タイム/トラベラー』(〇五・ハヤカワ文庫)などがある。

新庄節美(しんじょう・せつみ　一九五〇〜)静岡市生。児童文学作家。『二丁目の犬小屋盗難事件』(八八)で講談社児童文学新人賞受賞。《名探偵チビー》シリーズ(九四〜九六)で産経児童出版文化賞受賞。時間を物質化してジュースにして飲むと、その時間を我が物にできるという発明をした男が時間を盗んで回る事件や、タイムトラベル、遺伝子改造された生き物など、SF的な事件を解決するミステリ《ホラータウン・パニック》三部作(九九〜〇二・小峰書店)がある。

蓁々斎桃葉(しんしんさい・とうよう　一八五三〜一九一六/嘉永六〜大正五)講談師。本名神尾鉄五郎。江戸日本橋生。初め、落語家になり、怪談師として人気を博したという。八一年頃に講談師に転向。「四谷怪談」を得意とし、速記が残る。講談の「四谷怪談」は鶴屋南北のものとも異なり、お岩様の祟りという点を除けば、様々なパターンのものがある。ほかの速記本に『安倍晴明伝』(九四・日吉堂)など。

津川亭(じんせんてい　生没年未詳)経歴未詳。読本に、鉢かづき姫を骨子にしたお家再興物で、家宝の〈玉枝の橘〉の橘中に仙人がいて、姫が危機に陥ると出現して碁石を投げるという趣向がある『〈忠婦美談〉薄衣草紙』(一八一一/文化八、葛飾北岱画)がある。

陣出達朗(じんで・たつろう　一九〇七〜八六)本名中村達男。石川県生。奉天中学、金沢中学を経て日活京都撮影所に入る。映画の脚本家を経て時代小説作家となる。代表作に《遠山金四郎》《伝七捕物帳》など。幻想的な作品に、狐や鷲に育てられた少年少女の奇談や五百二十年を土中で生きてきた僧の話などを収めた時代小説集『街道伝奇』(七八・東京文藝社)がある。

新戸雅章(しんど・まさあき　一九四八〜)別名新田正明。神奈川県藤沢市生。横浜市立大学文理学部卒。編集プロダクション経営の傍らSF評論、翻訳、創作を手がける。代表作に、評伝『超人ニコラ・テスラ』(九三・筑摩書房、後に「発明超人ニコラ・テスラ」と改題)、オカルトと近代科学の関係を論じた科学史『逆立ちしたフランケンシュタイン』(二〇〇〇・同)など。小説に、異端の天才科学者ニコラ・テスラが遺した超科学兵器の謎にUFO事件を絡めた『発明皇帝の遺産』(九〇・ノン・ポシェット)があるほか、新田正明名義で、遥かな昔から続けられてきた竜一族と虎一族の、超能力と科学の戦いに巻き込まれる高校生たちを描く伝奇アクション

『湘南ドラゴン伝説』（八八〜八九・角川スニーカー文庫）がある。

新藤悦子（しんどう・えつこ　一九六一〜）愛知県生。津田塾大学国際関係学科卒。中近東関連のノンフィクション・ライター。ファンタジーに、絨毯と恋愛をテーマとした短篇集『空とぶじゅうたん』（九六・日本ヴォーグ社）がある。

真堂樹（しんどう・たつき　一九六八？〜）武蔵野女子大学文学部卒。図書館司書の傍ら小説を執筆し、「春王冥府」（九四）でコバルト・ノベル大賞受賞。中国風異世界を舞台にしたBL伝奇アクション『龍は微睡む』（九五・コバルト文庫）に始まる《四龍島》シリーズ（〜〇一、番外篇は〇二〜）により人気作家となる。魔法的別世界の吸血鬼物《レマイユの吸血鬼》（〇三〜〇五・同）、同じく光と闇の騎士を描く『魔術は甘く美しく』に始まるシリーズ（〇五〜〇七・同）など。

新堂奈槻（しんどう・なつき　？〜）BL小説を執筆。一九九三年に『小説ウィングス』にてデビュー。SFアクション『テロリスト』（九五〜九八・ウィングス・ノヴェルス）、伝奇アクション《FATAL ERROR》（九六〜・ウィングス・ノヴェルス〜ウィングス文庫）、霊感物のコメディ『君に会えてよかった』（九八〜・ディアプラス文庫）など、SF、伝奇系作品が多い。

『**神道集**』（しんとうしゅう　一三五二〜六一／文和・延文頃成立）安居院《あぐい》作とあるが、安居院とは普通唱導の流派を指す言葉なので、具体的に誰なのかはよくわかっていない。安居院の者複数による編纂とも考えられている。いずれにせよ、教化を目的に書かれた唱導文学の一つには違いない。全十巻五十章より成り、両部神道における本地垂迹の教義、垂迹説に基づく諸神の本地仏の解説、諸神の前世での苦難の物語や霊験の由来などを記す。教義書とされ、確かに「神道由来の事」「御正体の事」など、教義的な解説を施している章もあるが、本地物語や前世物語などはただの物語になっており、半ばは説話集といってもよい。代表的な物語に、首を切られながら赤子を養い続けたインドの后が神となって現れた「熊野権現の事」、我が子を鷲にさらわれた老父母を神に祀った「三島大明神の事」、菅原道真伝説を語る「北野天神の事」、甲賀三郎が愛妻・春日姫を求めて人穴に入り、兄の奸計によってそこに閉じ込められた後、地底の様々な国を遍歴することになるという幻想的で波瀾に満ちた物語「諏訪縁起の事」、かぐや姫を富士の仙女として神に祀った「富士浅間大菩薩の事」などがある。もともと幻想的な設定になっている話ばかりでなく、継子いじめ、横恋慕、人的災難など現実的なモチーフを主軸としている話にしても、たとえば、恐ろしいまでの継子いじめにあった姫と健気な異母妹が伊豆・箱根の権現となる「二所権現の事」や、横恋慕されて苦難に遭った姫が、神に助けられて自らも神となる「児持山大明神の事」など、神仏の介入があったりする上、最終的には人が神になっているわけなので、本書に語られる説話は全篇を幻想物語ということもできる。これらの物語は御伽草子、説経浄瑠璃などとなって単独でも広まった。きわめて影響力のあった説話集といえるのではあるまいか。

『**親鸞上人絵伝**』（しんらんしょうにんえでん　一二九五／永仁三成立）絵巻。別名「善信聖人絵」。覚如《かくにょ》詞書。親鸞上人の生涯と阿弥陀如来化身説、奇瑞を語る。

振鷺亭（しんろてい　？〜一八一九／文政二）江戸中期の戯作者。本名猪狩貞居。通称与兵衛。別号に、魚米庵、浜町亭、関東米、金竜三下隠士ほか。江戸生。家主の子として生まれるが、零落して手習い師匠をして晩年を過ごし、川に落ちて死んだといわれる。読本・洒落本・噺本・滑稽本・合巻と多岐にわたって多数の作品を執筆し、狂歌もよくした。読本の怪奇系作品には、泉鏡花がその陰惨さを強調したほどの、悪趣味といってもいい惨虐趣味が見られ、次のようなものがある。様々な先行作をもとにした怪奇談集『〈寒温奇談〉一二草』（一七九五／寛政七）、千代嚢《ちよのう》媛が夫の謀叛によって運命の変転に見舞われた末に出家するまでを描いた一代記で、夢窓国師の法力や姫を守る化身、妬婦の怨霊などの趣向のほか、折檻や赤ん坊の刺殺など猟奇残虐趣味の色濃く、翻刻の際に絵が省かれたという曰く付きの『千代曩媛七変化物語』（〇八／文化五、蹄斎北馬画）、化猫に親を食い殺され、犬に育てられた少年が敵討をする『敵討猫俣屋鋪』（同）、入鹿の霊に取り憑かれ、神鏡を奪った吉野王が、悪逆非道の果てに鏡を取り上げられて、入鹿の悪霊から解放されるまでを描いた『阥阦《おんよう》妹背山』（一〇／同七、葛飾北斎画）などがある。

す

末谷真澄（すえたに・ますみ　一九五一〜）東京生。放送作家、脚本家。脚本の代表作に「河童」（九四）《モスラ》（九六〜九八）など。現代のひ弱な少年の前に記憶を無くした小さな武士の姿の神様が現れて少年を鍛えて去って行くファンタジー『雨の旅人』（九二・マガジンハウス、後に「水の旅人」と改題）は末谷自身の脚本で映画化された。ほかに、宇宙船の故障で地球に緊急避難した異星人の暮らしぶりを描いたSFコメディ『銀河の約束』（九三・同）、映画のノベライゼーション『河童』（九四・Live UFO）などがある。

末広鉄腸（すえひろ・てっちょう　一八四九〜九六／嘉永二〜明治二九）本名重恭。幼名雄三郎。伊予宇和島生。明倫館に学ぶ。新聞記者として政府の言論抑圧政策を激しく攻撃、やがて政界に進み、自由党の結成に参画。九〇年の帝国議会発足に際しては『国会』紙の主筆となり、第一回衆議院議員に当選する。政治活動の傍ら小説を執筆し、未来予測的な、SF&ユートピア風設定による政治小説を多数残した。『二十三年未来記』『雪中梅』（共に八六・博文堂）『花間鶯』（八七〜八八・金港堂）『明治四十年の日本』（九三・青木嵩山堂）『大海原』（九四・春陽堂）ほか。

末吉暁子（すえよし・あきこ　一九四二〜）神奈川県横浜市生。青山学院女子短期大学英文科卒。講談社で児童書の編集者を務めた後、児童文学作家となる。怪獣が大好きで怪獣になりたがった少女が一週間のあいだ怪獣になってしまう『かいじゅうになった女の子』（七五・偕成社）が最初の単行本。母親の古いコートのポケットにあったバスの回数券を使った少女が、過去の時間に紛れ込んで少女時代の母親と知り合う『星に帰った少女』（七七・同）で日本児童文学者協会新人賞、児童文芸新人賞受賞。その後もファンタジー童話を中心に執筆。代表作はドイツの魔法学校で二級魔法使いの免状を取って来たおばあさんが団地の子供たちの悩みごとの相談にのってあげる『2級魔法使い黒ばらさん』（八一・文研出版）に始まるシリーズ（〜〇七・偕成社）、陽気なお化けのおはるさんが巻き起こす騒動を描くユーモア・ファンタジー《でしゃばりおばけのおはるさん》（八三〜九一・同）。このほか、人形が持ち主の危機に際して自分の意志で動けるようになり、様々な冒険を繰り広げる物語で、生きることの意味を問うた秀作『アミアミ人形の冒険』（八〇・同）、海幸山幸の物語を海と陸との断絶の物語に置き換えたファンタジーで、出自の知れぬ少年が迷いながらも成長していく姿を描いた『地と潮の王』（九六・講談社）、低学年向けファンタジー《ぞくぞく村のおばけ》（八九〜〇三・あかね書房）《ざわざわ森のがんこちゃん》（九七〜〇六・講談社）など、多数の作品がある。

周防ツカサ（すおう・つかさ　？〜）隕石の衝突で地球滅亡の日が近いらしいという設定下に少年少女を描いた連作短篇集『インサイド・ワールド』（二〇〇五・電撃文庫）で電撃hp短編小説賞大賞受賞。猫に精神寄生した異生命体と少年のラブロマンス『ユメ視る猫とカノジョの行方』（〇六・同）ほかの作品がある。

須賀しのぶ（すが・しのぶ　一九七二〜）上智大学文学部史学科卒。宇宙飛行士物のSFロマン『惑星童話』（九五・コバルト文庫）でコバルト・ノベル大賞・読者大賞を受賞してデビュー。未来を舞台にしたバトル・アクション《キル・ゾーン》（九五〜〇一・同）ほかのSF、別世界を舞台に、数奇な運命に翻弄されて流転の人生を辿りつつも、たくましく生き抜いていく女性を描いた大河ファンタジー《流血女神伝》（九九〜〇五・同）などがある。

菅専助（すが・せんすけ　生没年未詳）江戸中期の浄瑠璃作者。医師の子として生まれ、初め豊竹此太夫のもとに弟子入りし、浄瑠璃の太夫で立とうとしたが、作者に転向した。此太夫と組んで、その見せ場を引き出すように世話物を改作することが多かったという。代表作に「伊達娘恋緋鹿子」（一七七六／安永五）。明和・安永期の人形浄瑠璃界を近松半二と共に支えたとされる。幻怪味のある浄瑠璃に、頼朝に滅ぼされた伊達の子・親衡が父の敵を討とうとするというストーリーで、首を斬られた忠臣が、亡霊となって実朝を守り、あまつさえ打ち首の身代わりとなるという奇妙な趣向がある「軍術出口柳」（七五／同四、安田阿契・若竹一九・若竹笛躬との合作）など。

菅浩江（すが・ひろえ　一九六三〜）京都市生。府立桂高校卒。八一年『SF宝石』にSF短篇「ブルー・フライト」が掲載される。電子オルガン奏者、SF漫画の原作者を経て、再び小説の執筆を始め、『ゆらぎの森のシエラ』（八九・ソノラマ文庫）を発表。以後コンスタントに作品を発表して、確固たる自らの世界を築くに至った。もともとSF畑の作家であり、一般的なSFのほか、純然たるファンタジーと最終的にSFへと展開するSFファンタジーとがあるが、そのいずれでも論理的な整合性を見失わない。思考を尽くしてテーマとなる論理を練り上げ、それをもとにして誠実に結末へと物語を運んでいくという特徴がある。

　化物を作り出す妖精王と、自然を愛する妖精女王の戦いを描く『ゆらぎの森のシエラ』は、生物学的な種明かしがなされるSFだが、世界構造や表現、テーマは純然たるファンタジーに近い長篇。続く『〈柊の僧兵〉記』（九〇・同）もやはりファンタジー風の世界を描きながら、結末はSFとなる。つらい境遇の女たちが変態して動物人間となって春をひさぐ街メルサスを舞台に、変革の時代に巡り合わせた少年の成長を描く『メルサスの少年』（九一・新潮文庫）もしかりである。だが、華やかな都としての京都に妄執を抱き、現代の京都を愛する娘の体を乗っ取ろうとする幽王の妃に戦いを挑む舞妓を描く伝奇アクション『鷺娘』（九一・ソノラマ文庫）を経て、ピュアファンタジーの世界へと歩を進めるに至った。『オルディコスの三使徒』（九二〜九五・角川スニーカー文庫）は、神の力を邪な目的によって使う者たちと戦い続ける三人の男女を描くが、世界設定、キャラクター、テーマなど、どれを取っても不足のないファンタジーである。神自身までが救済され、光と闇の二項対立が美しく解消される結末は感動的。また『不屈の女神』（九五・同）では、王たることの意味、神の意味など、表層的なファンタジー作品ではしばしば等閑に付されてしまう重要なテーマを取り上げている。

　九〇年代末からはファンタジー長篇から離れてSFを中心に活動するようになり、怪奇幻想物は短篇を中心に執筆している。音楽・舞台・文芸、絵画・工芸、動植物という三部門から成る博物館惑星を舞台に、分類・鑑定などの作業を行う学芸員の遭遇する諸問題を描きながら、美とは何か、美に動かされる心とは何かを追究したファンタジックなSF短篇連作集『永遠の森』（二〇〇〇・早川書房）で日本推理作家協会賞を受賞。ほかに、初期作品を含む青春物のSF短篇集『雨の檻』（九三・ハヤカワ文庫）、クローン、人工知能、疑似世界、ロボットなどをテーマとしたSF短篇集『五人姉妹』（〇二・早川書房）、怪奇幻想短篇集『夜陰譚』（〇一・光文社）などがある。

【氷結の魂】長篇小説。九四年徳間書店（トクマ・ノベルズ）刊。火の神ベイモットに花枝を捧げる成人の儀式を間近に控えた優しい少女ガレイラは、氷の神グラーダスの矢を射込まれて氷の心を持つ大人の女へと変身し、両親を殺害。異変を聞いて駆けつけた泉の国の王子たちは、氷姫ガレイラを捕え、彼女と国を救うべく、共に氷の国へと苦難の道を辿ることになるが……。火の神と氷の神の対立に巻き込まれる人間たちを描いた別世界ファンタジー。神と世界、神と人の関係をテーマにしており、神が新たな意識を獲得することによって善悪二元論が解消され、世界もまた救われるという構造になっている点がユニークな作品である。

菅沼理恵（すがぬま・りえ　?〜）中華風別世界を舞台に、四人の騎士と守護神のバックアップを得て、国を守護する斎宮となった少女の試練やロマンスを描くファンタジー《星宿姫伝》（二〇〇五〜・角川ビーンズ文庫）でデビュー。

菅野彰（すがの・あきら　一九七〇〜）BL小説作家。幽霊物『恐怖のダーリン』（二〇〇〇・ディアプラス文庫）など。

菅野雪虫（すがの・ゆきむし　一九六九〜）福島県生。〇二年「橋の上の少年」で北日本文学賞受賞。異世界を舞台に、生まれた時から巫女の修行を積みながらも、才能にむらがあるために里に帰され、口の利けない王子に仕えることになった少女の冒険を描く『天山の巫女ソニン』（〇六〜・講談社）で講談社児童文学新人賞、児童文学者協会新人賞を受賞。

菅原孝標女（すがわらのたかすえのむすめ　一〇〇八／寛弘五〜?）『更級日記』の作者。『浜松中納言物語』『夜の寝覚』の作者ともされるが、未確定。菅原孝標女は道真直系の子孫で、学問の一族の人。父の孝標は文章生止まりで地方官を務めたが、孝標の父も子も文章博士で大学頭であった。また母の異母姉は『蜻蛉日記』の作者の藤原道綱母、兄は有数の歌人といった具合に、孝標女は文学的雰囲気の中に育った。祐子内親王家に出仕し、断続的に五十歳ぐらいまで勤務した。『更級日記』は夫の没後に来し方を振り返った回想記であるが、それによれば、とにかく物語が大好きでしょうがない少女だったようである。やがて成長して物語と現実との齟齬に気づくと、仏道に傾くようになる。弥陀来迎の夢を頼りに夫亡き後の余生を静かに送るところまでが『更級日記』には描かれている。脆弱で頼りない女性の半生だが、物語を愛するという点で文学愛好家たちの琴線に触れるところがあるらしく、愛好されて今日に至る。実際に傀儡《くぐつ》を見聞した記述などは貴重。

杉原智則（すぎはら・とものり　一九七×〜）鹿児島県生。SFアクション『熱砂のレクイエム』（〇一・電撃文庫）でデビュー。バフォメット神に身体の一部を捧げて異能を得た者たちが戦うオカルト・アクション『頭蓋骨のホーリーグレイル』（〇二〜〇三・同）、パラレル異世界往還型ファンタジー『ワーズ・ワースの放課後』（〇三・同）、機械文明に魔法使いが迫害されている別世界を舞台に、予期せぬ魔王の力を手に入れてしまった少年が魔法使いと教会の争いに翻弄されながら成長していく姿を描く『てのひらのエネミー』（〇四〜〇五・角川スニーカー文庫）などがある。

杉原理生（すぎはら・りお　一九七〇〜）タイムトラベル物のSFファンタジー『星の国から』（九七・ビブロス＝ビーボーイノベルズ）がビブロス小説新人大賞に佳作入選し、BL小説作家としてデビュー。

杉村顕道（すぎむら・けんどう　一九〇四〜九九）本名顕《あきら》。俳号彩雨。東京生。国学院大学卒。長野、樺太、秋田などで教職に就く傍ら、作品を発表。四四年から宮城県に定住し財団法人宮城県精神障害救護会を設立。著書に『日本名医伝』（五三）『和訳唐詩百首』（七三）ほか。独特の説話体による怪談集に『怪談十五夜』（四六・友文堂書房）および同書を増補改編した『彩雨亭鬼談・箱根から来た男』（六二・椿書房）があり、再録作品には推敲の痕が顕著に認められる。後者には、関東大震災にまつわる奇談を描く表題作をはじめ、怪異に怯える心理の綾を浮き彫りにする幽霊譚の佳品「ウールの単衣を着た男」、〈怪談の本質をよくとらえている〉（紀田順一郎）と評される「白鷺の東庵」、輪廻にまつわる因縁譚「黄牛記」、菖蒲の精の異類婚譚「扶桑第一」など全二十一篇を収録。ほかに『信州百物語　信濃怪奇伝説集』（三四・信濃郷土誌刊行会）など。

杉本苑子（すぎもと・そのこ　一九二五〜）東京牛込生。文化学院卒。五一年『サンデー毎日』の懸賞募集に「申楽新記」が佳作入選。翌年「燐の譜」が同賞に連続入選したのを機に吉川英治に師事、唯一の門下生となる。第一創作集『船と将軍』（六一）を上梓するまでの十年間、師の言に従い、商業誌への作品売り込みを自粛して研鑽を積む。六二年『孤愁の岸』で直木賞を受賞。七八年『滝沢馬琴』で吉川英治文学賞、八六年『穢土荘厳』で女流文学賞を受賞。『夢まぼろしの如くなり』（七四）『江戸を生きる』（七六）などの歴史エッセーでも知られる。

杉本は長篇歴史小説に旺盛な筆力を示す一方で、『今昔物語集』から近世随筆にいたる古典説話に取材しつつ独自の着想を盛り込んだ短篇時代小説を数多く執筆しており、説話特有の幻想的な雰囲気のうちに、怪奇、残酷、ユーモア、人情、ミステリなど多彩な物語世界を繰り広げている。同分野の代表作に『今昔物語ふぁんたじあ』（七二・読売新聞社、続は七八・講談社文庫、続々は八〇・同）『胸に棲む鬼』（八四・文化出版局）『逆髪』（八〇・東京文藝社）などがあり、とりわけ怪奇幻想性の濃厚な作品集に『夜叉神堂の男』がある。また鶴屋南北の生涯を〈鰻に祟られた男〉というユニークな視点から捉えた短篇「鶴屋南北の死」（七七）は、因果の理を超えて無辜の人々を襲う不条理な水妖を、重厚な筆致で描いた傑作である。

【夜叉神堂の男】短篇集。七九年東京文藝社刊。山伏の怨念によって、節分の夜になると屍肉を喰わずにいられなくなるという老僧のモノローグが結末の不気味さを際立たせる表題作、惨死した武士の骨が変じたという孕み石が次々に人の命を奪う「孕み石」、魔所と怖れられる辻の土中から掘り出された仏像が、美女を腹中に収めた後、土中に姿を消す「鳴るが辻の怪」などの怪異譚や、ピカレスクな怪奇ミステリなど全十二篇を収める。

杉本蓮（すぎもと・れん　一九六二〜）福島成蹊女子高校卒。父が遺した人間型コンピュータの謎をめぐるSFアクション『Ki・Do・U』（二〇〇〇・徳間デュアル文庫）で第一回日本SF新人賞佳作入選。

杉森久英（すぎもり・ひさひで　一九一二〜九七）石川県生。東京大学国文科卒。教員、編集者、団体職員などを経て、戦後、河出書房に入社、『文藝』編集長となり、野間宏や中村真一郎ら戦後派の作家を世に出した。五三年『中央公論』に発表の「猿」は、猿を飼ううちに自ら猿に変身してしまう男を描いた異色の諷刺小説で、芥川賞候補作となった。これを機に退職して文筆に専念。『黄色のバット』（五九）などのユーモア諷刺小説や、島田清次郎の生涯を描いた直木賞受賞作『天才と狂人の間』（六二）、毎日出版文化賞受賞の『近衛文麿』（八七）など、伝記小説に才能を発揮した。

杉山径一（すぎやま・けいいち　一九三八〜）神奈川県平塚市生。早稲田大学文学部卒。児童文学作家。六五年、小沢正、三田村信行らと共に同人誌『蜂起』を創刊。初期には社会性の強いファンタジーを執筆。お菓子でできた人造人間が自由を求める『おかしの男』（六九・国土社）、宇宙人との交信を夢見てのろしを上げる一家を、一家の娘で人の心を読むことのできる不思議な手を持った少女と知り合った少年の目を通して語った『けむりの家族です』（七〇・太平出版社）、地底に〈穴師〉たちが築いた国〈穴里〉＝〈根本国〉へ行った少年の四日間の体験を描く『地の底へ行くんだ』（七二・小峰書店）など、ファンタジーとしてみてもかなり風変わりである。近年は《ゆうれいシリーズ》（八七〜〇四）など、怪異を合理で解く児童向けミステリなども執筆し、作風がやや柔らかくなった。ほかに、一人旅の少年が死神、貧乏神、福の神と同じ電車に乗り合わせる、ミステリ・ホラー『あやしい乗客がいっぱい』（八九・国土社）などがある。

杉山卓（すぎやま・たく　一九三七〜）東京生。武蔵野美術大学卒。アニメーター。東映動画を経て、虫プロダクションなどでアートディレクター、演出、監督を務める。代表作に「ワンダーくんの初夢宇宙旅行」（六九）「ふしぎの国のアリス」（八三）「シーキャット」（八八）など。別世界アニマルドに連れ去られたアニメーター志望の美大生が、メカ帝国に征服されそうなオカルト連邦を助けて活躍するファンタジー『アニメダマ』（八四・コバルト文庫）のほか、タイムトンネルで江戸時代と往還するコメディ《タイム・ドカン　抱筒時空之抜穴》（八〇〜八二・同）ほかのSFや、SFアニメのノベライゼーションがある。

杉山藤次郎（すぎやま・とうじろう　生没年未詳）筆名に南柯亭夢筆、杉山蓋世。埼玉県生。独学で学び、新聞記者を経て作家となる。詳しい経歴は未詳だが、『泰西政治学者列伝』（一八八二）をはじめとする一種のガイド本を執筆している。ナポレオンと諸葛孔明と豊臣秀吉が三つ巴の戦争をし、最後に日本が世界を平定する『午睡之夢』（八七・金桜堂）、朝鮮征伐に勝利した秀吉が、アジア、ヨーロッパを席捲し、さらには孫悟空の案内で地獄を征服するにいたる『豊臣再興記』（八七・自由閣）などのナンセンス軍記小説を残している。

杉山平助（すぎやま・へいすけ　一八九五〜一九四六）大阪市生。慶応義塾理財科予科中退。自伝的長篇小説『一日本人』（二五）を自費出版して生田長江に認められるが、評論家に転ずる。匿名時評によって逆に名を知られるようになった。未来予測物のユーモアSFで、馬鹿矯正機などの愉快なガジェットが登場するほか、戦争をはじめとする人間の愚かしさは神の不完全さからもたらされたのだという発想が見られるところが珍しい『二十一世紀物語』（四〇・教材社）がある。

菅生誠司（すごう・せいじ　？〜）流通経済大学経済学部卒。漫画家。漫画原作、ゲームのシナリオも手がける。小説に、双子の姉の霊に憑かれている女性教師が学園内に起きる怪事件を解決するホラー『学園百物語』（二〇〇六・トクマ・ノベルズ）がある。

図子慧（ずし・けい　一九六〇〜）本名博子。愛媛県生。広島大学総合科学部卒。「クルト・フォルケンの神話」（八六）でコバルト・ノベル大賞を受賞してデビュー。少女向けラブコメディに始まり、SF、BLから一派向け恋愛小説、ミステリ、ホラーまで幅広く執筆。主な怪奇幻想系の主な作品に以下のものがある。人の精気を吸う桜姫が君臨する虚の世界に入り込んでしまった少年少女の冒険を描く『四月闇桜姫』（八八・コバルト文庫）、落雷にあって一旦死んだ少女が、金色のライオンに助けられて目に見えない世界の存在や内面の問題を教えられていくラブロマンス『不思議の国のミャオ』（八九・同）、久米仙人の子孫の空を飛べる少女、テレパスの兄などが繰り広げるラブコメディ『土曜日はあなたと雲の上』（八九・同）に始まる三部作（〜九〇）、強大な帝国に対抗する王国の王子の活躍を描く東洋風ヒロイック・ファンタジー『十二月王子』（九一〜九二・角川スニーカー文庫）、超能力を持つ孤独な青年の復讐を描く伝奇ホラー『虹彦』（九三・角川ルビー文庫）、吸血鬼物BL『狩人月』『禁猟区』（九七・スーパーファンタジー文庫）、人工の管理都市を舞台にはぐれ者の異能者たちが冒険を繰り広げるSFサスペンス『地下世界のダンディ』（八七・コバルト文庫）、人工知能テーマのSF恋愛サスペンス『イノセント』（九七・角川書店）、不老不死の新薬をめぐるSFホラー・ミステリ『ラザロ・ラザロ』（九八・集英社）、東京のオフィス街とマレーシアの密林という対蹠的なふたつの場所を死をまねく妖花で結び、異界のものがじわじわと侵食する過程や幽閉された美青年が遭遇する妖異を迫真の筆で描いたホラー『媚薬』(二〇〇〇・角川ホラー文庫)、おぞましいものが潜む幽霊屋敷に忍び込み、それぞれに何かを見た四人の少年少女が、成長するにつれて人生を歪めていく過程を描くミステリアスなホラー『蘭月闇の契り』(〇一・角川ホラー文庫)、駅が舞台となる易断ミステリ連作集『駅神』(〇七・早川書房)など。

涼風涼(すずかぜ・りょう ?〜)新潟市生。ゲームのノベライゼーションを主に執筆し、多数のSF、怪奇幻想物がある。オリジナル作品に、遺品の原稿をめぐるミステリアスな幽霊物『Memories』(一九九八・スーパークエスト文庫)など。

すずきあきら(すずき・あきら ?〜)北海道札幌市生。出版社勤務を経てフリーとなる。鈴木ドイツ名で戦争シミュレーション系ゲームのガイドブックなどを執筆、ゲーム企画にも携わる。退魔物コメディ『おまかせ退魔! シールドガールズ』(二〇〇六〜〇七・HJ文庫、明貴美加原案)などがある。

鈴木いづみ(すずき・いずみ 一九四九〜八六)本姓坂本。静岡県伊東市生。県立伊東高校卒。浅香なおみの芸名でピンク映画に出演する傍ら小説を執筆。七〇年に「声のない日々」が文學界新人賞候補となる。代表作に自伝的長篇『ハートに火をつけて!』(八三)など。SF&ファンタジー短篇集に『女と女の世の中』(七八・ハヤカワ文庫)『恋のサイケデリック!』(八二・同)など。これらの短篇集には、一時的に魔女になって浮気な夫を燻製にしてしまう「魔女見習い」、いつ果てるとも知れない悪夢を描いた「わるい夢」、手巻き寿司にして高層ビルを食べてしまうといった異様な幻視に襲われ、未来のない別の時空に放り込まれたことを知る少女を描く「なんと、恋のサイケデリック!」、無時間性を生きる思索的な生命体が、〈人間〉に憧れてとんちんかんな日常生活を繰り広げる「夜のピクニック」などの作品が含まれている。

鈴木悦夫(すずき・えつお 一九四四〜)静岡県熱海市生。早稲田大学教育学部卒。編集者を経てフリーライターとなり、幼児番組の脚本、児童文学を手がける。ナンセンス童話『空とぶカバとなぞのパリポリ男』(八〇・文研出版)、人助けをしてくれる悪魔の子供が登場する『あくまちゃんすき!』(八四・ポプラ社)といった幼年童話、超能力者たちと異星人の侵略者たちとの戦いを描くジュヴナイルSF『魔の星をつかむ少年』(八六・学研)などがある。

薄風之介(すすき・かぜのすけ 生没年未詳)別名に志摩夏次郎(探偵小説研究家・若狭邦男の調査による)。経歴未詳。人体から手が生える「寄生」など、『ウィアード・テイルズ』掲載作品の翻案を収録する『木乃伊の妻』(四七・イヴニング・スター社)、動物と植物の間に位置する凶暴な樹木的生命体の恐怖を描く小品「怪樹」ほかを収録する『黒いカーテン』(四七・同)などの怪奇小説集がある。

鈴木吉路(すずき・きちじ 生没年未詳)経歴未詳。下総国千葉の妙見菩薩の霊験を、滑稽な合戦模様と共に描いた黄表紙『月星千葉《つきほしちば》功《いさおし》』(一七七七/安永六、恋川春町画)オランダ人の血をひく男が、臍に当てると内臓が覗ける筒眼鏡を発明して医者として金儲けをする『黄金山《こがねのやま》福蔵実記』(七八/同七、林生名義、鳥居清経画)がある。

鈴木銀一郎(すずき・ぎんいちろう 一九三四〜)ゲームデザイナーの草分け的存在。有限会社翔企画取締役。カードゲーム「モンスターメーカー」を制作し、それに基づく別世界ファンタジーを執筆。ドラゴン乗り、魔術師など、それぞれに自分の生き方を見つけた若者たちの冒険を描く《モンスターメーカー》(九一〜九四・富士見ファンタジア文庫)『最後の竜戦士』(〇一・電撃文庫)、同様の《マジック・マスター》(九五〜九六・ログアウト冒険文庫)などがある。

スズキコージ(すずき・こうじ 一九四八〜)本名鈴木康司。静岡県生。県立浜松西高校卒。画家、絵本作家。『エンソくんきしゃにのる』(八六)で小学館絵画賞受賞。童話の挿画も数多く手がける。土俗的な暗さとユーモアを併せもつ幻想的画風を特徴とするが、文章にも飄々たる味わいがあり、特にシャレによるネーミングのうまさに定評がある。『大千世界のなかまたち』（八五・福音館書店、後に「大千世界の生き物たち」と改題）は絵物語風の作品で、すぐそこに生きて活躍している〈知られざる物怪〉が紹介されている。

鈴木光司（すずき・こうじ　一九五七〜）本名晃司。静岡県生。慶応義塾大学文学部仏文科卒。劇団を主宰し脚本を執筆。太古に離れ離れになった夫婦のそれぞれの子孫が、現代のアメリカで結ばれるラブロマンス『楽園』（九〇・新潮社）で第二回ファンタジーノベル大賞優秀賞受賞。横溝正史賞の最終候補作となり単行本化された長篇『リング』は、〈とても怖い小説〉としてホラーファンの間に口コミで評判が広まり、折からの日本ホラー昂揚の波に乗ってベストセラーとなり、テレビドラマ化、映画化されてミリオンセラーを記録した。『リング』で怨みを残して死んだ超能力者の亡霊が〈貞子〉という名前だったため、〈サダコ〉といえば、戦後は被曝少女・禎子がまず千羽鶴と共に思い出されたのに、怨霊の代名詞となってしまった。その意味で『リング』は、その後のホラー小説・怪奇映画の状況を決定的に変えた記念碑的作品といえよう。続篇に、貞子が現実に復活してしまうSF色を強めた『らせん』（九五・角川書店、吉川英治文学新人賞）、あたかも鈴木自身が貞子の跳梁を恐れるかのように、前記二作がすべてコンピュータ内世界へと還元されてしまう『ループ』（九八・同）、それぞれの作品の外伝である短篇集『バースデイ』（九八・同）がある。ほかの怪奇幻想作品に、東京ベイエリアで発生する七つの怪しい出来事を連作風につなぎあわせた短篇集で、少女怪談「浮遊する水」、土左右衛門ホラー「夢の島クルーズ」、洞窟に閉じ込められた男の恐怖と決断、父子の絆を感動的に描いた「海に沈む森」ほかを収録する『仄暗い水の底から』（九六・同）など。

【リング】長篇小説。九一年角川書店刊。四人の高校生の男女が別々の場所で時を同じくして死んだことを知った雑誌記者・浅川は、謎を追ううちに、それを見た者を死に追いやる呪われたビデオテープを見てしまう。が、高校生たちの悪戯で、死なずに済む方法の箇所はテープから消されていた。その方法を求めて、テープに込められた呪詛の秘密に、浅川とその友人の学者・高山竜司は迫っていくのだが……。連鎖する呪いという怪談文芸の根幹に関わるモチーフを描いて、緊迫感とリアリティに溢れる作品となっている。殊に呪われたビデオの映像描写がリアルで秀逸。

鈴木鼓村（すずき・こそん　一八七五〜一九三一）本名映雄《てるお》。宮城県亘理町生。生家の鈴木氏は奥州の名族で、柳田國男も鼓村の随想集『耳の趣味』に寄せた序文で、同家の来歴や熊野信仰との関係について筆を及ぼしている。陸軍に志願し日清戦争で武勲を挙げる一方、箏曲に習熟。教員生活を経て、一九〇〇年に京都寺町で箏曲家として立ち、新流派〈京極流〉を開く。京極流箏曲は、当時の新体詩を箏の調べにのせて弾唱する浪漫主義的文学色の濃厚なもので、〇八年東京麹町に開設された鼓村楽堂は、文学者や芸術家のサロンのごとき様相を呈した。その中には友人の蒲原有明や薄田泣菫、与謝野鉄幹・晶子夫妻ら象徴派、浪漫派の詩人たちのほか、泉鏡花、岡本綺堂、島崎藤村、小栗風葉、柳川春葉、田山花袋、岩野泡鳴、吉井勇、長田幹彦といった錚々たる顔ぶれが認められ、〈パンの会〉発起人にも名を連ねている。布袋尊さながらの大兵肥満で談論風発、愛される人柄で、〈出っ張った腹をゆすって、呵々大笑される。そこに何ともいえぬ味があり、どんな冗談も、つゆほどの卑しさもなかった。怪談はことのほか巧みで、おもしろい奴をたくさんもっておられた〉（稲垣達郎）という。このため当時盛んに開催された百物語怪談会には欠かせぬ存在で、柏舎書楼版『怪談会』（〇九）でもトップバッターを務めて「二面の箏」ほか二話を語っており、有名な画博堂での怪談会にも列席していた。怪談実話を含む随筆集に『鼓村襍記』（四四・古賀書店）があり、他に『日本音楽の話』などの著書がある。その生涯については吉見庄助編『箏曲京極流　鈴木鼓村—現代邦楽の先駆者』（八四・邦楽社）に詳しい。

鈴木貞美（すずき・さだみ　一九四七〜）日本文学者。山口県生。東京大学文学部仏文科卒。国際日本文化研究センター教授。九七年「梶井基次郎研究」により博士（学術）の学位を取得。小説は自身の体験を踏まえて全共闘運動について語るもので幻想小説ではないが、研究者としては幻想文学的視点も交えて、日本近代文学史の再構築を目指す。関連の評論に昭和モダニズム文学を扱う『「昭和文学」のために—フィクションの領略』（八九・思潮社）『モダン都市の表現—自己・幻想・女性』（九二・白地社）、大正文学を新たな角度から捉え返す『「生命」で読む日本近代—大正生命主義の誕生と展開』（九六・日本放送出版協会）、『梶井基次郎—表現する魂』（九六・新潮社）、アンソロジーに『モダン都市文学4都会の幻想』（九〇・平凡社）など。

鈴木忍（すずき・しのぶ　?〜）別名に石野雷太。ポルノ小説を執筆。現代妖魔物『クリムゾンナイトメア』（二〇〇〇〜〇二・二次元ドリームノベルズ）、ファンタジー『呪縛の魔道書』（〇三・同）ほか多数。

鈴木正三（すずき・しょうさん　一五七九〜一六五五／天正七〜明暦元）仏教家、仮名草子作者。通称九太夫。別号に石平道人、玄々軒。三河国賀茂郡則定郷盛岡村に松平家に仕える武士の長男として生まれ、徳川家康に仕える。家康没後に出家し、曹洞門の禅僧として布教活動に努めた。仁王禅の提唱者として『四民徳用』（五五／明暦元）などの仏教書を著したほか、物語形式による教導を進めた。怪異説話、懺悔物語の形式を取るそれらの作品は後代にも影響を与えている。骸骨が夢に〈人は地水火風の仮物にすぎない〉と歌うのを聞き、白骨化する美女を見てこの世の無常を悟る『二《に》人《にん》比《び》丘《く》尼《に》』（三二／寛永九頃成立）、念仏の功徳を説いた『念仏草紙』（同）などがそれである。また説教や道話の筆録を元に、弟子の義雲・雲歩が編纂した仏教的な因果応報を主体とする怪異小説集『片仮名本　因果物語』（六一／寛文元）は、江戸怪異小説の源流といわれる。事件の起きた場所、日時などが限定される実録風の奇談怪談集となっているが、これは説教の場での説得力を高めるために、事実談であることが強調された結果と考えられる。

鈴木鈴（すずき・すず　一九八二〜）幽霊少女との恋愛を絡めた吸血鬼物のアクション・ファンタジー『吸血鬼のおしごと』（〇二〜〇五・電撃文庫）で電撃ゲーム小説大賞選考委員奨励賞受賞。雷神の依代となった少女がほかの神々の依代たちの戦いに巻き込まれていく伝奇アクション『サンダーガール！』（〇五〜〇六・同）ほか。

鈴木泉三郎（すずき・せんざぶろう　一八九三〜一九二四）東京青山生。銀行に勤務する傍ら大倉商業夜学校を卒業。短歌、俳句、演劇に関心を抱く。一三年『講談雑誌』に小説「破傘霙夜話」を発表。同時に三越呉服店主催の懸賞脚本に喜劇が入選し、劇作家を志す。一六年、師・岡村柿紅の紹介で玄文社に入社し『新演芸』の編集に携わる一方、「ラシャメンの父」（一九）「美しき白痴の死」（二〇）などの戯曲を発表、上演される。二二年頃から肺を患い不治の病床についたが、療養中も「生きてゐる小平次」をはじめとする名作を発表、二四年に療養先の大磯で夭逝した。『鈴木泉三郎戯曲全集』（二五・プラトン社）のほか、長篇小説『お伝地獄』（二五・春陽堂）、短篇集『伊右衛門夫婦』（二五・同）などがある。異端の画家・伊藤晴雨の逸話に取材した「火あぶり」（二一）をはじめとする、猟奇残酷趣味を強調した和製グラン・ギニョルともいうべき特異な演劇世界を生み出した異才である。

【生きてゐる小平次】戯曲。二四年八月『演劇新潮』掲載。翌年、新橋演舞場で尾上菊五郎、守田勘弥により初演された。囃方の太九郎は、奥州安積沼で女房おちかの愛人・小平次と口論の末、彼を沼に沈めた。ところが江戸のおちかのもとには、死んだはずの小平次が先まわりしていた。夫婦は再度、小平次を殺害、逃亡するが、小平次の影はどこまでも二人につきまとう。闇にとざされた舞台に、ただ波の音だけが響いて、幕。江戸期の怪異談に基づきながら、生ける死者としての幽霊を暗示的に描いて生存の不安を逆説的に浮かび上がらせた、近代怪談劇中屈指の傑作。

鈴木善太郎（すずき・ぜんたろう　一八八四〜一九五一）福島県郡山市生。早稲田大学英文科卒。『国民新聞』『東京朝日新聞』記者を経て作家となる。『幻想』（一八・萬朶書房）『暗示』（二〇・大同館書店）などの初期短篇集には、夢と現実が交錯する怪異な世界が展開されている。二〇年から新劇運動に携わり、後半生をモルナール・フェレンツの作品紹介に捧げた。モルナールの翻訳は『リリオム』（二五）『笛吹く天使』（三八）ほか戯曲・小説あわせて十数冊にのぼる。ほかに長篇小説『山荘の人々』（二二）、映画小説『人間』（二六）、戯曲集『鸚鵡』（二五）など。

鈴木大輔（すずき・だいすけ　？〜）男性恐怖症の美少女サキュバスが登場するどたばたラブコメディ『ご愁傷さま二ノ宮くん』（二〇〇四〜・富士見ファンタジア文庫）でファンタジア長編小説大賞佳作入選。

鈴木隆（すずき・たかし　一九一九〜九八）岡山県玉野市生。早稲田大学文学部独文科卒。在学中から童話などを執筆。奇想的な作風に定評があり、負け戦で死にそうな電話兵のために、戦争のためにぼろぼろになった月見草が必死で花を開かせる小品「月見草と電話兵」（四七）がよく知られている。ほかに、世界の魔法昔話の再話集『まほうの童話集』（六一・三十書房）、ゴーゴリの再話『鼻が逃げだした話』（四八・国民図書刊行会）、架空の王国を舞台に、大砲番の息子の冒険を描いたユーモラスな長篇童話『はらまき大砲』（八六・国土社）などがある。異色の青春小説『けんかえれじい』（六六）の作者でもある。

鈴木桃野（すずき・とうや　一八〇〇〜五二／寛政一二〜嘉永五）儒者、随筆家。本名成虁。通称孫兵衛。号に酔桃子《すいとうし》、詩瀑山人ほか。御書物奉行で蔵書家としても高名な鈴木白藤の長子。学問所教授方出役となった。白藤が長命であったため、家督を相続してまもなく病を得て亡くなった。四巻八十五話を収録する随筆集『反古のうらがき』（五〇／嘉永三頃）は、狐狸・幽霊その他の怪異談と、賊徒・術師などの奇談を中心に構成された怪談奇談集である。桃野が家族・友人・知人などから直接に聞いた話や、巷間で噂となっている話を集めており、場所や人物（たいていは江戸市中や近郊）を特定するものが多い。桃野自身の体験談では、〈死に際の訪れ〉を語るものがあり、ほかにも祖父が天から貴人風の人が降りてくるのを見た話、某氏が光り物の飛ぶ様を見た話など、興味深い話柄が散見される。なお、桃野最初の随筆集『無可有郷』（三八／天保九頃）には、「妖狐」の章があるが、怪を打ち破る内容で、全体としても評論集というべきものである。

スズキヒサシ（すずき・ひさし　？〜）小学生の少年が、失踪した憧れの義姉を探すため、霊感少女や犬神使いの青年と共に冒険の旅を繰り広げるオカルト物『正しい怪異の祓い方』（二〇〇三・電撃文庫）でデビュー。魔物にならないように同じ血筋の者の心臓を食べ続けなければならないという運命を負わされた少年の戦いを描く『ダビデの心臓』（〇四〜〇五・同）、魔法的別世界を舞台に、王子にそっくりな少年の冒険を描く《タザリア王国物語》（〇六〜・同）など。

鈴木浩彦（すずき・ひろひこ　一九五七〜）本名一浩。東京三鷹市生。千葉大学人文学部卒。児童文芸家協会新人賞受賞の『グランパのふしぎな薬』（八一・偕成社）に始まる《グランパ》シリーズ（〜八五）は、おじいちゃんが大ぼら話をするという設定の長篇童話。蝸牛型宇宙人の薬のおかげでプロ野球で大活躍、アリに変身してアリの科学文明の発展に寄与など、SFファンタジーの要素が強い。

ほかに、少年が近所の変わり者の科学者と冒険する『スクラップ・タイムマシンの恐竜大作戦』（九一・PHP研究所）、運転手が具合の悪い時に一人で稼ぎに行ったタクシーを描く『おばけタクシーのタクじい』（九三・同）など。

鈴木牧之（すずき・ぼくし　一七七〇～一八四二／明和七～天保一三）本名儀三治。越後国の裕福な商家に生まれ、父に学問、俳諧を学んだ。さらに絵画、漢学などを学び、郷土随一の文化人であった。江戸にも赴き、山東京伝、曲亭馬琴をはじめとして広く当代一流の文人と交流を持った。諸国への旅行体験を基に多数の紀行を残しており、この中には各地の伝説や風俗なども記されている。『東遊記行』（八八／天明八）『西遊記神都詣西国巡礼』（九六／寛政八）『続東遊記行』（二一／文政四）『秋山記行』（二八／同一一）などがある。雪と雪国に関する万象を取り上げた詳細な随筆『北越雪譜』（三七／天保八）は、そのユニークな着眼点ゆえ、出版までに曲折があり、山東京山の尽力でようやく刊行されたことでも知られている。同書には、民俗学・科学史的に興味深い記述のほか、剃髪を願う女の幽霊のために髪を剃ってやった話、山中で獣人に出会い、食物を与えて荷物を持ってもらった話などの怪談奇談も収録されている。

鈴木三重吉（すずき・みえきち　一八八二～一九三六）広島市猿楽町生。東京大学英文科卒。大学では夏目漱石の講義を受ける。また漱石に送った短篇「千鳥」（〇六）が、漱石の推薦により『ホトトギス』に掲載された。卒業後、英語教師などを務めながら小説を執筆するが、代表作「桑の実」（一三）以降は創作の数は減り、やがて小説の筆を折った。その頃から出版事業を始め、また同時に童話の翻訳・翻案・創作などを始める。最初の童話集『湖水の女』（一六・春陽堂）に続けて、『世界童話集』（一七～二六・同）の刊行を始め、さらに一八年七月には、童話・童謡専門雑誌『赤い鳥』を創刊する。同誌は、二九年四月号から三〇年十二月号までの休刊を挟んで、三重吉が亡くなる三六年八月号まで全百九十六冊が刊行された。児童文芸の高級化、芸術化を目指し、さらに美しい文章を子供に指導しようとした『赤い鳥』は、巌谷小波流の〈お伽噺〉を、文壇の錚々たるメンバーに作品を書かせることで〈童話〉へと変質させるという大きな役割を果たした。ロマンティシズム溢れるメルヘン、ファンタジーを多く掲載して、大正期の幻想小説の興隆にも大いに寄与した。

　暗鬱をきわめた異常心理小説「穴」などを除くと、三重吉自身の創作には幻想小説はなく、幻想童話も取り立てていうべきほどのものはない。ただ、童話・昔話の翻案・再話には幻想的なものが多い。ウェールズ民話をもとにした「湖水の女」（一六）、ハンガリー民話をもとにした「湖水の鐘」（一八）、「古事記物語」（一九～二〇）などが代表作である。

鈴木良武（すずき・よしたけ　一九四二～）東京生。別名に五《ご》武《ぶ》冬史《ふゆのり》。シナリオ作家協会のシナリオ研究科・研修科卒。虫プロダクション、日本サンライズで、原作・シリーズ構成・脚本を担当。「鉄腕アトム」（六三～六六）から「火の鳥」（〇四）まで、多数のアニメの脚本を手がけている。「勇者ライディーン」（七五）の原作・脚本をはじめ、サンライズのロボット物で特に活躍した。SFアニメのノベライゼーション『戦闘メカザブングル』（八二～八三・ソノラマ文庫）『機動武闘伝Gガンダム』（九五～九七・角川スニーカー文庫）などのほか、死者再生の力を持つ魔獣プレガントに育てられた捨て子のグリントの戦いを描くヒロイック・ファンタジー『聖獣士グリント』（九一～九三・ソノラマ文庫）がある。

薄田泣菫（すすきだ・きゅうきん　一八七七～一九四五）詩人、随筆家。本名淳介。岡山県連島《つらじま》村生。岡山中学中退後、独学により漢学・洋書などを学ぶ。九七年には詩が認められ、第一詩集『暮笛集』（九九・金尾文淵堂）も好評を博す。象徴詩集『白羊宮』（〇六・同）は、泣菫の代表作であり、名詩集の誉れも高い。『白羊宮』には、幻想的な物語詩「妖魔『自我』」が収録されているが、それと同一線上に並んでいるのが長篇叙事詩「葛城之神」(〇六)である。同作の発表後は詩作の数も減り、〇九年には詩の筆を折る。大阪毎日新聞社に入社して学芸部長などを務めつつ、『茶話』(一六)等のエッセーに腕を振るった。同書には「幽霊の芝居見」のような怪異談も散見される。また、身近な自然をめぐる随筆集『艸木虫魚』(二九・創元社)には、虫や雑草などの小さな生命に身を寄せ、時に虫魚そのものと化してみるといった、ファンタジーの趣もある作品も含まれいる。

すずの・とし(すずの・とし　一九二八〜)本名松山龍男。兵庫県神戸市生。農業技術者として農林水産省に勤務。松山善三の実弟で、善三との共著(同項も参照)や単独の著作がある。美しい声の音楽家雨蛙のピンケロが、事故で片脚を失ったというハンデをものともせず、海中に棲む高度に発達した塩蛙に助けられたり、亀仙人から空中浮揚の術を教わったりしながら、虹の石という生命誕生の源ともいえる強力なエネルギーの鉱物を狙う宇宙人に対抗するために、世界を股にかけた冒険を繰り広げる奇想天外なSFファンタジーで、反戦、反自然破壊などをテーマとする《ピンケロ》三部作(八三〜八四・PHP研究所、善三との共著)が代表作。ほかに、春を迎えた雪の精を描く『ドンタク春風にとべ』(九〇・PHP研究所)、『宇宙人テペ』『雪の雪三郎』などの作品を含む《大人の童話》(九三〜九五・ニッカリ)といった単独の著作がある。

鈴羽らふみ(すずはね・らふみ　?〜)魔法が認められるようになった近未来を舞台に、見習い魔法使いの女子高生が活躍するSFファンタジー『アルシア・ハード』(二〇〇一・ファミ通文庫)で第二回えんため大賞特別賞受賞。ほかに、人々を無差別に襲った〈魔物化現象〉により分裂人格を持つようになった少女が魔物スイーパーとして活躍する『エンリル・エッジ』(〇四・同)。

鈴原研一郎(すずはら・けんいちろう　一九四〇〜二〇〇八)本名鈴木俊之。満州大連市生。漫画家。五〇年代後半から貸本雑誌で活躍し、その後、『週刊マーガレット』などの少女漫画誌に発表の場を移す。代表作に「レモンの年頃」(六八)など。八〇年代には漫画の執筆から遠ざかり、漫画原作や児童文学などを執筆。八六年、ヒトラーを未来に招く計画に巻き込まれて未来の宇宙世界へ行った少年の冒険を描く『宇宙連邦危機いっぱつ』(八五・金の星社)で児童文芸新人賞受賞。ほかに、ハルマゲドン・テーマの『時空間戦士―1999還らざる世紀』(八七・みみずくぷれす)がある。

涼元悠一(すずもと・ゆういち　一九六九〜)静岡県生。清水東高校卒。「我が青春の北西壁」(九〇)がコバルト・ノベル大賞に入選して小説家デビュー。友人の失踪を探るうちに、コンピュータ・ネット内に世間から隠された不思議な地下組織の存在があることがわかる『青猫の街』(九八・新潮社)で日本ファンタジーノベル大賞優秀賞受賞。その後、ゲーム会社に勤務して恋愛ゲームの脚本・企画などを手がけている。

須知徳平(すち・とくへい　一九二一〜)本名茂。別名に佐川茂。岩手県盛岡市生。国学院大学卒。教師を経て五七年より執筆生活に入る。『春来る鬼』(六三)で吉川英治文学賞受賞。児童文学作品もあり、『ミルナの座敷』(六二、佐川茂名義)で児童文学者協会新人賞受賞。創作民話『ひとりぼっちのかわたろう』(七六・小学館)のほか、説話文学をもとにした『ながいながいひげの国』(八四・佑学社)『ユーカラ物語』(八五・ぎょうせい)『日本のこわい話』(七一・偕成社)『日本の恐ろしい話』(七二・同)『妖怪ゆうれい物語』(七三・同)などがある。

須堂項(すどう・こう　一九七一〜)東京生。ネットアイドルを目指す幼なじみの少女や宇宙から送られてきたロボット型のサーバーに主人公の少年が振り回される、どたばたコメディ『彼女はミサイル』(〇五・MF文庫J)で第一回MF文庫Jライトノベル新人賞審査員特別賞受賞。ほかに未来からの刺客物のどたばた学園コメディ『キミを救う最初の呪文』（〇六・同）など。

須藤徹（すどう・とおる　一九四六～）俳人。東京杉並区生。上智大学哲学科卒。小川双々子に師事。『豈』同人、『ぶるうまりん』を主宰。九八年、現代俳句協会賞受賞。知的な形而上俳人と目されるが、作品は、ヴィジョンと意志の絡み合った幻想句とも読める。〈油紋のように兄の漂う紅葉山〉〈生き霊の右の脇から冬来たる〉〈逆様にわが墓標見る夏夕べ〉〈肋より億の蝶咲く火刑台〉〈虎杖へ朝の伽藍の近づけり〉〈幻燈に石の名を問え凪の巨人よ〉〈鳥籠へカフカは白く炸裂し〉〈わが骨に無量光の風花来い〉など。句集に『宙の家』（八五・季節社）『幻奏録』（九五・邑書林）『荒野抄』（〇五・鳥影社）。

須藤南翠（すどう・なんすい　一八五七～一九二〇／安政四～大正九）本名光暉《みつてる》。別名に土屋南翠、土屋郁之助、楊外堂主人、古蒼楼など。伊予国宇和島郡生。藩校・明倫館に学んだ後、松山師範学校卒。新聞記者を経て、新聞掲載の続き物の小説家となる。近未来の国会政治を展望する小説「〈雨窗漫筆〉緑蓑談」（八六）、女性の地位が向上した未来社会を展望する「〈一顰一笑〉新粧之佳人」（八六）などで人気を博した。

砂岡亜久人（すなおか・あくと　?～）別世界ファンタジー物ポルノ小説『オルトの魔剣』（一九九五・ナポレオン文庫）などがある。

須永朝彦（すなが・あさひこ　一九四六～）本名正弘。栃木県足利市生。県立足利高校卒。大学紛争たけなわで、同世代が政治的イデオロギーに没頭している時分、評伝『鉄幹と晶子』（七一・紀伊國屋書店）と歌集『東方花傳』（七二・湯川書房）を上梓。才気溢れる反時代的な作風から、歌壇よりも年配の詩人や俳人によって認められ、天才歌人とも称される。幼少より式子内親王や与謝野晶子、北原白秋を愛誦していたという資質に、谷崎潤一郎や泉鏡花や三島由紀夫、スタンダールやホフマンスタールやジュネらの散文の影響が味つけされた、和魂洋才の幻想的世界を築く。『定本須永朝彦歌集』（七八・西澤書店）より三首を引く。〈西班牙と葡萄牙とが姦しあふごときわれらがゆく夏の恋〉〈たてがみは想へば眩む幻の長靴《ちやうくわ》に映ゆる君がそびらよ〉〈磨硝子めぐる館に幼年を繭ごもるごと入りゆくひとり〉

　一方、七四年の『就眠儀式』を皮切りに、小説にも手を染める。よこしまで淫靡な美の化身が羽ばたき交わす掌篇コント集『天使』（七五・コーベブックス）、巧緻を極めた語りの魔術によって古典美の世界に沈潜する中篇『滅紫篇』（七六・同）、悪霊に魅入られたヴィウエーラ弾きの美青年が体験する蠱惑の時を、ポルトガルの古譚に擬して典雅に描く表題作に、六篇の無垢なる悪意に満ちたメルヒエン「ババリア童話集」を加えた作品集『悪霊の館』（八〇・西澤書店）を刊行。佐藤春夫や稲垣足穂ら大正文学の〈Dreamer〉の血脈を継ぐ、醇乎たる幻想美の小宇宙を生み出している。

　こうした創作家としての活動と並行して、審美的な批評家・エッセイストとしての仕事にも注目すべきものがある。中でも『日本幻想文学史』（九三・白水社）はトータルな通史としては最初のものであり、記念碑的著作といえる。『日本幻想文学全景』（九八・新書館、東雅夫との共著）も、須永らしい審美眼の行き届いた、該博な知識に支えられた幻想文学案内となっている。ほかの散文集に『望幻鏡』（八〇・西澤書店）『扇さばき』（八二・同）『世紀末少年誌』（八九・ペヨトル工房）などがあり、とりわけ〈吸血鬼読本〉と副題された『血のアラベスク』（七八・新書館）、ババリアの狂王の憑かれた生涯を描く『ルートヴィヒII世』（八〇・同）、幻想芸術としての側面から歌舞伎を取り上げた『歌舞伎ワンダーランド』（九〇・同）などでは、丹念に収集整理された資料に基づきつつ、奥行を感じさせる筆致によって独自の観点が打ち出されている。

　アンソロジストとしての手腕を示す編著に

『泰西少年愛読本』（八九・同）のほか、《日本幻想文学集成》（九一〜九五・国書刊行会）の泉鏡花、佐藤春夫、円地文子、森鷗外の各巻、《書物の王国》（九七〜二〇〇〇・同）の植物、美少年、両性具有、吸血鬼、芸術家ほかの九巻、『鏡花コレクション』全三巻（九二・同）『日本古典文学幻想コレクション』全三巻（九五・同）などがある。さらに古典の現代語訳も手がけ、『復讐奇談安積沼』『飛騨匠物語』『報仇奇談自来也説話』などを《江戸の伝奇小説》（〇二〜・国書刊行会）において、流麗な現代語に置き換えている。いずれも幻想文学の理解と普及のために得難い仕事である。

▼『須永朝彦小説全集』（九七・国書刊行会）

【就眠儀式】短篇集。七四年西澤書店刊。オーストリア大使の子息としてウィーンに暮らす十七歳の〈私〉は、ベルヴェデーレ宮の庭園で、金髪碧眼・長身痩軀の青年貴族ヘルベルト・フォン・クロロックと出会い、たちまちその魅力の虜となるが……。永遠の美と享楽の日々への尽きせぬ憧憬を、苦い悔恨と共に回想する「樅の木の下で」、索漠とした学園都市での生活に倦んだ大学講師と、森の彼方の地に棲む美しき魔性の種族との交渉を諷刺味たっぷりに描く「森の彼方の地」、満月の夜毎、チェンバロを奏でる若者と兄弟の契りを交わす「契」ほか全十一篇の贋作吸血鬼譚に、エッセー「紅くて然も暗い憧憬」を添えた、若々しい才気溢れる作品集。

砂川恵永（すながわ・しげひさ　一九四一〜）沖縄県那覇市生。兵庫県立尼崎高校卒。漫画家。七一年「寄らば斬るド」などで文藝春秋漫画賞受賞。クラシック音楽に造詣深く、関連の著書がある。超現実的・悪夢的なその漫画世界に近しいショートショート、短篇小説の執筆も手がけている。作品集に、周囲を暗くさせる運命を持つ夫婦を描く「ぶつぶつ」、子供を死産に追いやった夫への陰惨な復讐を遂げる妻を描くホラー「包丁を研ぐ女」などを収めた『ぶつぶつの時代』（九〇・早川書房）がある。

砂田弘（すなだ・ひろし　一九三三〜二〇〇八）朝鮮慶尚北道生。北原白秋に傾倒し、高校時代から童謡を書き始める。早稲田大学文学部仏文科卒。早大童話会に所属して児童文学の評論や長篇を執筆。出版社勤務を経て児童文学作家となる。『さらばハイウェイ』（七〇）で日本児童文学者協会賞受賞。思春期や差別などの社会問題をテーマに優れた作品を書くリアリズムの小説家だが、少年向けSFファンタジー『帰ってきたゼロ戦』（七一・国土社）も執筆。二十年後の未来を舞台に、エコノミック・アニマルとなり、国家主義・軍国主義に傾いている日本に、いきなり零戦が現れ、自衛隊の最新鋭機もアメリカの艦隊も掃討。さらに高校生以上の大人たちを消滅させ、機械を自動的に動かして子供たちを養うが、三人の少年少女はこうした生活を拒否、リーダーとなって子供たちに自立した生活を求めていくという異色作。

住井すゑ（すみい・すえ　一九〇二〜九七）本姓犬田（旧姓住井）。奈良県生。小説家。部落差別をテーマとする大河小説『橋のない川』（六一〜七三、九二）が代表作。河童世界を舞台にした「かっぱのサルマタ」（七〇）、スフィンクスが語る双子の王の末路「空になったかがみ」（七〇）などの童話を収録する『わたしの童話』（八八・労働旬報社）がある。

住本優（すみもと・ゆう　一九八五〜）戦争のために作られ、生きる年限が決まっている遺伝子強化兵が、終戦後の一年間を過ごす姿を描いた短篇連作集『最後の夏に見上げた空は』（〇四〜〇五・電撃文庫）がある。

『住吉物語』（すみよしものがたり　鎌倉時代成立）作者未詳。原本は『源氏物語』以前、十世紀後半の作だが散逸。現存するのは改作された擬古物語である。姫が継母によって幸せな結婚を妨害され続ける物語。最後は初瀬観音の夢告で本来の恋人が迎えに来て幸せに終わる。後世の物語に大きな影響を与えた。

すやまたけし（すやま・たけし　一九五一〜）本名須山健史。東京生。日本大学理工学部卒。社会人となってから首の骨を折り、両手足麻痺になる。ワープロでSF、ファンタジーの短篇を執筆し、『詩とメルヘン』でデビュー。未来を見ることのできるガラス湖や大昔の王女の嘆きが幽霊のように今も生きている斜塔など、ファンタスティックな道具立てを用いたメルヘン短篇集『火星の砂時計』（八七・サンリオ）『ナーガラ町の物語』（八八・同）『帆船の森』（九〇・同）などがある。

須和雪里（すわ・ゆきさと　一九六三〜）静岡県生。BL小説作家として多数の作品がある。怪奇幻想系作品に、夢の世界で、服装倒錯の同性愛者たちが高校生の少年を巻き込んで悪夢の王マールと戦いを繰り広げる、コミカル・ファンタジー《ナイト・ラビリンス》（九五〜九六・角川ルビー文庫）、ジェントル・ゴースト・ストーリーとサイコホラーを収録する短篇集『夢の宮光の宮』（九五・同）など。

せ

世阿弥（ぜあみ　一三六三〜一四四三頃／貞治二〜嘉吉三頃）能役者、謡曲作者。本名三郎元清、幼名鬼夜叉、稚児名藤若。観阿弥の長男。幼少時より父と共に舞台に立ち、幼くしてその名声は京にとどろいた。稚児修業をして古典の素養を身につけた。足利義満や二条良基の愛顧を受け、十代に既に人気の絶頂期を迎えた。父が旅先で亡くなったため、二十二歳で観世座の太夫となる。道阿弥、増阿弥ら幾多のライバルたちと競い、彼らの芸風を臨機応変に取り入れながら、六十歳で太夫を長男の元雅に譲るまで、第一線で活躍し続けた。晩年は、元雅を亡くし、佐渡に配流されるなど、不遇となり、許されて京都に戻れたかどうかも、正確な没年も定かではない。

世阿弥は当時の武家社会の禅への傾倒を背景に、〈冷えたる能〉という幽玄な方向へ能を深化させ、〈複式夢幻能〉という独特の形式を完成させた。また『風姿花伝』（一四〇〇〜一八／応永七〜二五）『至花道』（二〇／同二七）『花鏡』（二四／同三一）などの能楽論書を執筆。いずれも観客の感動を〈花〉と呼び、〈花〉を咲かせるための方法論を具体的に論述したもので、現代にも通ずる演劇理論としてきわめて高く評価されている。能作者としても五十に余る名曲を残したが、それらは自らの能理論を反映し、幽玄の趣深い作品が多い。謡曲の詞章は、古典を巧みに用い、縁語、掛詞などを多用して緊密に組み立てられている点に特色がある。

主な作品に以下のものがある。『伊勢物語』をもとに、業平を愛した娘の亡霊が業平の衣装に身を包んで舞い、業平を偲ぶ、夢幻能の形式が存分に活かされた「井筒」、紀貫之が詠んだ歌に感じた明神が姿を現すという、説話をもとにした「蟻通」、遊女・江口の霊を主人公に、西行との歌の応酬の思い出と普賢菩薩への変身とを語る「江口」、禁漁を犯して殺された鵜飼の老人が、法華経の功徳で救われる「鵜飼」（榎並の左衛門五郎の原作を改作）、業平の霊が二条の后との逃避行を語る「雲林院」、男が留守をしている間、妻は砧を打って慰めていたが、死去し、地獄の責め苦に囚われて回向を願う「砧」、「綾鼓」を改作して、老人が女御を許す形にした「恋重荷」、実盛の亡霊が戦語りをする「実盛」、寿命の神・泰山府君に桜の命を延ばしてくれと願うと、神が姿を現し、願いを聞きとどける「泰山府君」、阿蘇の神官が播磨の国高砂の浦で老夫婦に出会い、相生《あいおい》の松の由来などを聞かされたあと、二人が松の精であることが知れる「高砂《たかさご》」、中将姫の精魂が阿弥陀経の威力で現れる「当麻《たえま》」、源融の霊が過去の栄華を懐かしみ月の光を称えて舞う「融《とおる》」、春日野を守る鬼が持っていた鏡の伝承を僧が聞き、鏡を見たがると鬼が現れ、宇宙の果てから地獄の隅々まで鏡に映し出し、再び地底へ帰る「野守《のもり》」、白川の白拍子・檜垣の女の亡霊が、地獄で熱鉄の桶で水を酌む苦患を語り、舞を舞った昔語りに及び、供養を求める内容で、詞章は短く、舞に多くを語らせるといわれる「檜垣《ひがき》」、怨霊系の鬼能であった古能を改作して、船橋で死んだ男女の亡霊が邪淫地獄の苦しみを再現する「船橋《ふなばし》」、潮汲みの女たちが在原行平の愛した松風・村雨と名乗り、行平の形見の装束で行平を思って舞う「松風《まつかぜ》」、平通盛と入水死した妻・小宰相の亡霊が現れ、通盛が合戦の様子を再現して成仏する「通盛《みちもり》」（井原阿弥の原作を改作）、平忠度の亡霊が和歌への執着を見せる「忠度《ただのり》」、頼政の亡霊が宇治の橋の戦いを再現する「頼政」、養老の滝に勅使が訪れ、親子がその由来を語って帝のために霊泉を汲むと、空が光り楽の音が響き、山神が舞を舞って御代を祝福する「養老」、うつぼ舟に乗った鵺の霊が回向を僧に頼み、頼政の鵺退治のありさまを再現する「鵺《ぬえ》」、王仁の霊と木花開耶姫が梅花を称えて舞う「難波」、日向の鵜戸の岩屋に豊玉姫の霊が現れ、満干の玉の威力を称えて舞う「鵜羽《うのは》」、平清経の亡霊が妻を訪い臨終の様子を語り聞かせて成仏していく「清経」、男が家の外に錦木を立てて女が逢おうと思えばこれを取り入れるという恋の習俗にちなむ話で、恋がかなわなかったわけを男女の霊が語る「錦木《にしきぎ》」、北野天満宮の由来譚と老松の精の祝福を語る祝儀物「老松《おいまつ》」など。

　ほかに存疑作として、入水した采女の霊が春日社の神木の由来を語り、遊興をも功徳と捉えて称える「采女」、山に捨てられた老女の亡霊が月世界の様を物語り、月を讃える「姨捨《おばすて》」、義経の亡霊が八島の合戦の模様を語り、妄執の苦しみを訴える「八島《やしま》」、山姥が深山幽谷の景色や山姥の境涯を語り舞う、無常観的な格調高い詞章がちりばめられた「山姥《やまんば》」、桜の老精と西行との問答が興趣深い「西行桜」、織姫の精霊が舞う「呉服《くれは》」、志賀明神が春を称える「志賀」など。

勢州山人（せいしゅうさんじん　生没年未詳）経歴未詳。四巻十七話を収録する北陸地方の奇談集『〈諸国奇談〉北遊記』（一七九七／寛政九）がある。蛇婿譚、仙女、犬の恋慕、幽霊、狐狸、蛇含草など、話柄は平凡。

腥風楼主人（せいふうろうしゅじん　生没年未詳）経歴未詳。怪談集『怪談くらべ』『怪談百物語』『怪談百物語　雨夜の風』『怪談美人揃』（いずれも一九一七・岡本増進堂）がある。

誓誉（せいよ　生没年未詳）江戸時代中期の武蔵国川崎の僧侶。勧化用の仏教長篇説話を執筆。『安倍晴明物語』などを粉本として仲麿説話を繰り広げたもので、吉備真備に従って入唐した仲麿が霊になった父と対面したり、その霊が真備を助けて大臣玄東と碁を争ったりする趣向がある『安倍仲麿入唐記《あべのなかまろにっとうき》』（一七五七／宝暦七）、その続篇ともいうべき作で、葛の葉の物語をもとに、天文道の伝来についで語った『泉州信田白狐伝』（同）などがある。元来、説教の材料であったため、文芸としてはやや生硬と評価される。

青来有一（せいらい・ゆういち　一九五八〜）本名中村明俊。長崎県生。長崎大学教育学部卒。長崎市役所勤務の傍ら小説を執筆。死に瀕した人間の信仰問題を描いた「聖水」（二〇〇〇）で芥川賞受賞。愛犬が死んでうちひしがれた夫婦が、満月の夜には死者に会えるという蓬莱島にカウンセリング・ツアーに行き、妻が神懸かり的になる『月夜見の島』（〇二・文藝春秋）がある。

清涼院流水（せいりょういん・りゅうすい　一九七四〜）本名金井英貴。兵庫県西宮市生。京都大学経済学部経営学科中退。連続密室殺人予告がなされるが、実はカルト〈密室教〉信者の連続自殺だったというミステリ風作品で、芭蕉が〈密室教〉の開祖であるという伝奇小説『コズミック』（九六・講談社ノベルス）でメフィスト賞を受賞してデビュー。同工の荒唐無稽な伝奇小説を執筆し、『ジョーカー』（九六・同）《カーニバル》（九七〜九九・同）《ラン&ランド》（二〇〇〇〜〇四・幻冬舎文庫）などがある。

『清涼寺縁起』（せいりょうじえんぎ　一五一五／永正一二年以後まもなく成立）縁起絵巻。伝・青蓮院尊応准后詞書、狩野元信画。釈迦の伝記、京都清涼寺釈迦堂本尊が天竺で製作され、震旦で歴代の王に尊崇され、九八四（永観二）年、本朝に請来されて清涼寺が創立されたという経緯、釈迦像をめぐる行事、霊験などが記されている。

瀬尾つかさ（せお・つかさ　?～）異世界に飛ばされた高校生の一群の帰還をかけて、巨大ロボットで戦う少女を描くSFファンタジー『琥珀の心臓』（二〇〇五・富士見ファンタジア文庫）でファンタジア長編小説大賞審査委員賞受賞。ほかに、異星人の支配下に入った人類が将棋のような知能ゲームを通じて未知の存在である異星人に迫っていく『クジラのソラ』（〇六～〇七・同）がある。

瀬尾七重（せお・ななえ　一九四二～）東京本郷生。立教大学日本文学科卒。児童文学作家。『ロザンドの木馬』（六八・講談社）で講談社児童文学新人賞受賞。同作は、少女が木馬に誘われて別世界へと旅立ち、様々な体験を経て妖精の王子を助けるというもので、夢見る者の心がそのまま描かれているかのような、純粋な印象を与える長篇ファンタジーである。『銀の糸あみもの店』（七九・旺文社）『風の子ファンタジー』（八〇・講談社）などのファンタジー短篇集では、主人公たちが、素晴らしいものや美しいものに惑わされて、人外の物の手に落ちてこの世に戻れなくなる怪奇的な作品に特徴がある。代表的な作品として、蜘蛛になって編物をさせられる「銀の糸あみもの店」（七九）、森の精の作った靴のために幻の森に閉じ込められる「うすみどりのくつ」（七八）、人の心を弄んだ者の魂を封じ込めて微妙に朱の色を変える茶碗の話「朱色の茶碗」（八一）など。ほかに、不幸な過去を持つがゆえに自ら望んで木の精となった少女と、やはり不幸な過去を背負っている少年の触れ合いをリアルな事件のうちに描く長篇『さようなら、葉っぱこ』（八六・講談社）、死んだ友が最後の別れとして遊びに来たり、友達に裏切られたと思った少女が雪兎になってしまったり、不思議なことが起きる公園を舞台にした連作短篇集『小さな公園のふしぎな森』（九七・PHP研究所）などがある。

『是害房絵』（ぜがいぼうえ　一三〇八／延慶元年成立）絵巻。作者未詳。来日した唐の天狗・是害坊が、比叡山の高僧たちと法力合戦をして敗れ去るという『今昔物語集』巻二十の説話をもとにしたもの。能の「善界《ぜがい》」、古浄瑠璃「愛宕の本地」などに展開した。

瀬川笙（せがわ・しょう　?～）神奈川県横浜市生。ファンタジー短篇「夢紡ぎ蛾」（一九九三）でデビュー。異世界を舞台にした伝奇ファンタジー《地の血族》（九四・ソノラマ文庫）がある。

瀬川如皐［初世］（せがわ・じょこう　一七三九～九四／元文四～寛政六）歌舞伎狂言作者。大坂生。振付師・市山七十郎の長男で、三世瀬川菊之丞の兄。若女方の役者を経て作者となり、如皐を名乗る。桐座の立作者となり、江戸の歌舞伎界で活躍した。所作事の作詞にも優れ、代表作に「四天王大江山入《おおえのやまいり》」（八五／天明五）など。

瀬川如皐［二世］（せがわ・じょこう　一七五七～一八三三／宝暦七～天保四）歌舞伎狂言作者。江戸生。初世瀬川如皐の門人で、〇一（享和元）年に二世を襲名。代表作に「けいせい筥伝授」（〇四／文化元、近松徳三との合作、同項参照）、所作事の詞に傾城、瓢箪ナマズ、乙姫等の七変化がある「拙筆力七《にじりがきななつ》以呂波《いろは》」（一八／文政一一）など。読本に、母が神霊に身を捧げたことにより英明となった将門が、お家再興がかなうという霊夢を得て七人の忠臣と出会い、仇敵の国香を討つまでを描いた『総猨僭語《そうえんせんご》』（一三～二九／文政六～一二、渓斎英泉画、三輯は駅亭駒人作、岳亭丘山画）がある。二輯も駅亭駒人が代作しているといわれ、二、三輯は低調だと評される。

瀬川如皐［三世］（せがわ・じょこう　一八〇六～八一／文化三～明治一四）歌舞伎狂言作者。別号に吐蚊、馬道の狂言堂。江戸生。呉服商から五世鶴屋南北に入門。中村座立作者となり、三世瀬川如皐を襲名。下総佐倉の惣五郎が領主の圧政を将軍に直訴して聞き届けられるが、領主に一家全員処刑されたという実録物に、足利のお家騒動を絡めた話で、一家の拷問の場や、当吾（惣五郎）の怨霊の跳梁などの見せ場がある「東山桜荘子《ひがしやまさくらそうし》」（五一／嘉永四、通称「佐倉宗吾」）で大当たりを取った。これは農民を主役として扱った最初の作とされる。

瀬川貴次（せがわ・たかつぐ　一九六四〜）別名に瀬川ことび。福岡県生。大分県に育つ。霊的呪物を扱う文部省特殊文化財課が存在するという伝奇的設定下に、霊能力を持つ青年が事件に巻き込まれるオカルト中篇連作『闇に歌えば』（九一・スーパーファンタジー文庫）でデビュー。同作が人気を得てシリーズ化される（〜九七）。ほかに、平安朝伝奇ファンタジー・シリーズ《暗夜鬼譚》（九四〜〇五・スーパーファンタジー文庫〜コバルト文庫）、御霊が暴走しないように監視する影の組織・御霊部の少年の活躍を描くオカルト・アクション『聖霊狩り』（二〇〇〇〜・コバルト文庫）、妖魅にとって食べるのに魅力的な神仙の血をひく少女と妖魅に変化する呪いをかけられた青年剣士が中華風世界を戦いながら旅するファンタジー・ロマンス『旋風天戯』（〇七〜・同）など。

九九年、瀬川ことび名の「お葬式」により日本ホラー小説大賞短編賞佳作入選。同作は、家伝来の葬儀が、遺体を餓鬼に喰わせるものだったことを知る青年を描いたユーモア・テイストの作品である。怪奇短篇集に『お葬式』（九九・角川ホラー文庫）『厄落とし』（二〇〇〇・同）『夏合宿』（〇一・同）など。長篇に、創作妖怪たちが跳梁するユーモア短篇連作『妖怪新紀行』（〇四・同）、失踪した兄の行方を求める女性が、北斗七星の霊力を体現した伝説の七星剣を持って逃亡した兄の恋人の追跡劇に巻き込まれる伝奇ファンタジー『7《セブン》』（〇二・同）、室町時代を舞台にした伝奇アクション『妖霊星《ようれぼし》』（〇二・トクマ・ノベルズ）などがある。

瀬川昌男（せがわ・まさお　一九三一〜）東京生。東京教育大学心理学科卒。児童文学作家。子供向けの科学、特に宇宙関係の啓蒙に努め、『宇宙旅行の科学と夢』（六〇・東京印刷）『星と星座の話』（七四・小峰書店）ほか、関係著作が多数ある。同時に、少年少女向けSFを多数執筆し、翻訳も手がけた。作品に『火星にさく花』（五六・講談社）『白鳥座61番星』（六〇・東都書房）『地球SOS』（六〇・岩崎書店）『月上都市ルナトウキョウ』（七一・同）《銀河ガードニャンのぼうけん》（八六〜八八・旺文社）ほか多数。ファンタジーに、ブラックホールを抜けて異次元の魔法的別世界に迷い込んだ少年たちの冒険を描く《ドラゴニア・ワールド》（九一〜九二・ぎょうせい）がある。不可知論の立場で『幽霊を科学する』（七一・偕成社）『超能力を科学する』（七四・同）などの啓蒙書を執筆した瀬川だが、近年は科学では解明できない霊魂の存在を認めており、エッセー『魂は生きている』（九八・コスモヒルズ）では自身の怪異体験などを語っている。また、幽霊・妖怪との付き合い方などを記した絵本『おばけめぐり』（〇二・金の星社）も執筆している。

関俊介（せき・しゅんすけ　一九七六〜）学校に閉じ込められて超常現象に見舞われる高校生たちを描くホラー『歪む教室』（九七・角川スニーカー文庫）で第一回角川学園小説大賞金賞受賞。太平洋上の小島を舞台に、人間の退化現象をもくろむマッドサイエンティストと対決するSF『RAIN-BELL』（九八・角川スニーカー文庫）がある。

関口和敏（せきぐち・かずとし　一九七九〜）埼玉県生。早稲田大学第一文学部卒。近未来を舞台に、電脳世界に巣くう魔物を退治する双子の美少女退魔師を描く『デモン・スイーパー』（〇一・角川スニーカー文庫）がある。

石山人（せきさんじん　生没年未詳）本名藤井孫十郎。狂名多羅井雨盛。別号物蒙堂礼。小石川白山に住んだ幕臣。黄表紙に、天体を擬人化した『世之中諸事天文』（一七八七／天明七、北尾政演画）、頼光の行為に張り合う見越入道を描く『酒宴哉夭怪会合《しゅえんかなばけもののまじわり》』（八八／同八、同画）などがある。

関田涙（せきた・なみだ　一九六七〜）神奈

川県横浜市生。ミステリ『蜜の森の凍える女神』(〇三)で、メフィスト賞を受賞してデビュー。児童文学のファンタジーに、人間の夢を作り出す魔法の石を求めて、小学生たちが冒険を繰り広げる《マジカルストーンを探せ!》(〇六〜・講談社青い鳥文庫)がある。

関亭伝笑(せきてい・でんしょう　生没年未詳)江戸後期の合巻作者。本名関平八郎。主に文化文政期に活動。市場通笑、山東京伝に師事したが、目立った作品はない。処女作『敵討寝物語《かたきうちねものがたり》』(一八〇七/文化四)は、累物を下敷きに、女を殺した男が呪われる怨霊譚。ほかに俗信や寺社縁起などを含む諸国の怪異譚に教訓を付した、全十二話を収録する怪談集『怪談梅草紙《このはなぞうし》』(同)など。

関戸克己(せきと・かつみ　一九六二〜二〇〇二)別名に木戸涙。北海道生。高校時代からロックバンドでベーシストとして活動し、専門学校では現代美術を学び、卒業後はVTRのカメラマン、エンジニアの仕事などに従事。その傍ら、音楽・絵画・造形・映像・小説と多面的な表現活動に短い生涯を費やす。高校時代からの友人である京極夏彦は、関戸を、どの分野においても〈奇妙なものを造る男であった〉と評している。九六年、短篇「邦画地獄」で第三回パスカル短篇文学新人賞に佳作入選。明晰にして沈鬱な文体により、幻視の光景をまざまざと読み手に体感させる、私小説的でありながら前衛的かつ幻想文学的な独自の境地を拓いた短篇集『小説・読書生活』(〇三・国書刊行会)が、京極夏彦の解説・装幀により没後刊行された。

瀬下耽(せじも・たん　一九〇四〜八九)本名綱良。新潟県柏崎生。慶応義塾大学法学部卒。同大予科では仏文科に在籍、級友と『錬金道士』などの純文学同人誌を発刊。筆名は当時傾倒していたワイルドの耽美主義に由来するという。二七年『新青年』の懸賞募集で「綱《ロープ》」が二席入選。続く「柘榴病」(二七)は、孤島に蔓延する奇病を利用して蓄財に狂奔した医師が、愛する妻の死後、前非を悔いて進んで病に倒れるまでを、ポーの影響を窺わせる怪奇な趣向の数々を交えて描き、瀬下の代表作となったが、執筆は中学五年のときであるという。『新青年』を主な舞台に、三三年までに十七篇を発表、本格物から怪奇、ユーモア物まで多彩な作風を示した。大学卒業直後に肺結核に罹り郷里で療養生活を送る。その後一時上京して写真協会に勤めたが、戦火を避けて帰郷、地元の帝国石油に定年まで勤務した。戦後、赤色恐怖症となった女性の幻想的な物語「空に浮ぶ顔」(四七)ほか数篇を発表したが、五三年の「覗く眼」を最後に筆を折った。

瀬田貞二(せた・ていじ　一九一六〜七九)別名余寧金之助。東京本郷湯島生。東京大学国文科卒。戦中から戦後にかけては、中村草田男に師事して俳句・俳句評論を発表。戦後、平凡社の『児童百科事典』編集の仕事などに就きながら、英米のファンタジーをはじめとする児童文学の翻訳、昔話の再話、評論、創作などに活躍。《ナルニア国ものがたり》(六六・岩波書店)『指輪物語』(七二〜七五・評論社)の翻訳はあまりにも有名である。評論・研究の分野では、日本児童文化史を語る上で逸することのできない『落穂ひろい』(八二・福音館書店、日本児童文学者協会特別賞、毎日出版文化賞)や『絵本論』(八五・同)などがある。創作では、父親が世界中で体験した素敵で愉快なことを話すホラ話集『お父さんのラッパばなし』(七七・同)がファンタジーになっている。

説経節(せっきょうぶし)唱導文学の流れを汲む、教導的な語り物の芸。もとは室町時代末に始まったささらを用いた語り芸・ささら説経であったが、寛永(一六二四〜四三)の頃、浄瑠璃に倣ったような語りとなり、〈説経浄瑠璃〉ともいわれるようになる。一時隆盛を見るが、享保の末(一七三五)頃には飽きられて衰退した。御伽草子の本地物、能や幸若と共通する内容のものが多く、縁起あるいは霊験を語るという大枠を持つ。波瀾に満ちた物語の中に親子、夫婦、兄弟の情愛の強さと弱さとをこもごも描いて、感動的に仕立てた作品が多い。時に荒々しいほど土俗的な語り口も特徴で、遠く中国古代の絵解き文学=変文を思わせるところがある。後の浄瑠璃・歌舞伎などに与えた影響がきわめて大きい。最も有名な「小栗《おぐり》」「さんせう太夫」のほか、次のものがある。身重の妻と娘を捨てて出家した苅萱が、生まれた男子・石童丸に父と名乗らないまま師弟関係を続け、同時往生して親子地蔵として祀られる因縁を語る「かるかや」、観音の申し子であるしんとく丸が思い人の乙姫と紆余曲折の果てに結ばれる「しんとく丸」、初瀬観音の申し子であるさよ姫が、貧窮の末に身を売って大蛇の生贄となるが、法華経の功徳で蛇も我をも救い幸せになる「まつら長者」、観音の申し子である愛護の若が継母の計略で実父にいじめられ、頼っていった伯父の阿闍梨にも誤解されて絶望死を遂げ、山王大権現として奉られるまでを描く「あいごの若」など。浄瑠璃に吸収される経緯を辿ったために、古形を留めるものが少なく「信田妻」などは名のみ残る。

【小栗】大納言兼家の息子・小栗は大蛇と契って勘当の身となるが、流謫先で照手姫の押し掛け婿となって姫の父に毒殺される。地獄の閻魔は、目も口も耳も不自由で足も利かぬ醜怪な餓鬼の姿にして小栗を蘇らせる。〈熊野の霊湯に入らば復す〉との札を胸に下げ、土車に乗った小栗は、沿道の無数の人に手を借りて熊野へ歩一歩と近づいていく。一方照手も父の手から逃れ、遊女屋の下働きをしていた。そして通りかかる小栗をそれとは気づかず、夫の供養のためにと三日に渡って車を引く。やがて本復した小栗と照手は再会し、ハッピーエンド。説経節の中でも最も波瀾に富み、幻怪味がある作である。照手という一途に行動的で、なおかつ犠牲的な女性像も鮮烈で、類を見ない。異様な設定のうちに、真の人間らしさと愛を得るというテーマが見事に貫通している傑作といえよう。与えた影響の大きさにも特筆すべきものがある。

【さんせう太夫】丹後の金焼地蔵の本地譚。岩城の判官の妻、娘の安寿、息子のつし王丸が流謫の身となり、人買いに売られる。姉弟は互いをかばいあいながら厳しい労働に耐える。逃げ出さぬようにと焼きごてをあてられるが、地蔵菩薩が身代わりとなり、傷跡が残らない。つし王丸は逃げ出し、残った安寿は責め殺される。つし王丸は地蔵菩薩像の守りの力もあって、幸福な身の上となり、太夫らに罪を償わせる。森鷗外の語り替えによって、国民文学といっていいほどに親しまれる作品となった。

摂津幸彦（せっつ・ゆきひこ　一九四七〜九六）俳人。兵庫県生。関西学院大学卒。学生時代から句作を始め、広告会社勤務の傍ら『豈』を主宰。現代俳句の旗手として活躍したが、早世。〈三橋（敏雄）の方法を換骨奪胎し、変容させることに成功し〉たと林桂は評価する。〈一毛や夢のあたりに浮く赤児〉〈暗黒や根元に朝の火ゆきわたり〉〈階段を濡らして昼が来てゐたり〉〈かたまれば月の光に異臭あり〉〈玄冬の微かに照れる厠神〉〈裏路地を夜汽車と思ふ金魚かな〉〈曲り家の曲りに神の脂肪かな〉〈チンドン屋しづかに狂ふ大夏野〉など。句集に『姉にアネモネ』（七三・青銅社）『鳥子』（七六・ぬ書房）『鳥屋』（八六・富岡書房）『陸々集』（九二・弘栄堂書店）『鹿々集』（九六・ふらんす堂）ほか。
▼『攝津幸彦全句集』（九七・沖積舎）

瀬名秀明（せな・ひであき　一九六八〜）本姓鈴木。静岡県生。東北大学大学院薬学研究科博士課程修了。進化したミトコンドリアが世界の覇者となるために外在化を目論むという怪物ホラー『パラサイト・イヴ』（九五・角川書店）で第二回日本ホラー小説大賞を受賞。同作はベストセラーとなり、映画化、ゲーム化もされ、その後のSFホラーの流れを形作った。SFとホラーの境界を行く作品や、ロボット関連のSF、科学エッセーを執筆している。脳のレセプターに天国や地獄や神を感じるものがあるという設定の、オカルト・ホラー風味の長篇SF『BRAIN VALLEY』（九七・角川書店）により日本SF大賞受賞。ほかに、小学校六年生当時の自分をモデルにS

Fファンタジーを書いている小説家を主人公にした凝った構成の長篇で、過去を精密に再現したヴァーチャル・リアリティによって時を超えるという設定下に冒険を繰り広げる『八月の博物館』（二〇〇〇・角川書店）、プラネタリウムへのオマージュ作品で、プラネタリウムによって時を超えるファンタスティク・ロマン『虹の天象儀』（〇一・祥伝社文庫）、魂を感じさせる妻そっくりのヒューマノイドの話や手塚治虫へのオマージュ的作品などを収録するロボット短篇集『あしたのロボット』（〇二・文藝春秋、後に「ハル」と改題）、ポー、クイーン、ウェルズなどの作品をもとにしたメタノベルで、ロボット少年を主人公にした連作短篇集『第九の日』（〇六・光文社）など。

妹尾アキ夫（せのお・あきお　一八九二～一九六二）本名韶夫《あきお》。別名に胡鉄梅、小原俊一。岡山県津山市生。早稲田大学英文科卒。二三年から『新青年』を舞台に翻訳に携わる。オーモニア、ビーストンらの短篇を中心に、長篇にメースン「矢の家」、ミルン「赤色館の秘密」、クイーン「災厄の町」ほか多数。別名でミステリ時評も執筆。二五年『新青年』に発表の「十時」を皮切りに創作にも着手。理想の女性に面影の似た女教師を氷づけにして永遠の伴侶にしようとする「凍るアラベスク」（二八）、片思いに終わった混血美女の死体を盗みだし、人肉ハムにして味わい尽くす「恋人を喰う」（二八）、人嫌いが嵩じて本牧岬の閑静な南京下見の家に引越した語り手が、家の周囲と管理人のそぶりに異様な気配を感じ、最後に天井裏から女性の死体が発見される「本牧のヴィナス」（二九）など、いずれも猟奇的な事件を扱いながら、洗練された筆致によって、洒落た幻想コントの味わいを醸し出している。戦後も「リラの香のする手紙」のような見事な幻想短篇がある。

【リラの香のする手紙】短篇小説。五二年八月『宝石』掲載。冒頭、蒸気船に乗り合わせた中年紳士と学生の会話に託して、英国雑誌『ストランド』への愛着が語られる。同誌の表紙絵は創刊以来一貫してストランド街の光景であり、それが時代の推移と共に変化していく様に得がたい味があると紳士は語り、以下の回想談が始まる。横浜本牧で群衆の中の孤独を満喫する生活を送る語り手のもとに、ある日とどいた謎めいた手紙は、リラの花の香がした。正体不明の女性との文通は続き、やがて語り手は、彼女の正体がかつて『ストランド』の表紙に描かれていた花売娘であることを知るのだった。

妹尾ゆふ子（せのお・ゆふこ　一九六六～）千葉県生。姉は漫画家のめるへんめーかー。姉のアシスタントを務める傍ら、九一年に「仮面祭」で白泉社『花丸』誌上にデビュー。流麗な文体と確固たる世界観により、別世界ファンタジーを中心に執筆している。主な作品には次のものがある。妖魔の王と呼ばれる不思議な男と純朴な唄い手が、悲しみのあまり北の王国を氷づけにしてしまった強大な力を持つ王女を探して冒険を繰り広げる《魔法の庭》（九二・大陸ノベルス、増補版九九・プランニングハウス）、世界を滅ぼす巨大な長虫を妖魔の王と巫女が追う、《魔法の庭》の前日譚『風の名前』（九八・プランニングハウス）、《魔法の庭》と同じ別世界を舞台に、様々な苦難に遭う王族たちの運命を描いた連作ファンタジー集《夢語りの詩》（九二～九三・白泉社）、共有する夢の世界で高校生の少年少女が冒険する《夢の岸辺》三部作（九三～九四・講談社X文庫）、この世に違和感を感じ、妖精を見てしまう少女が、ケルト風別世界の戦いに巻き込まれる『チェンジリング』（〇一・ハルキ文庫）、不思議な種族が言葉によって創造した世界を舞台に、修行中の竜使いの少年が、神にも当たるその種族の女性に選ばれて旅立つまでを描く『異次元創世記』（九五・角川スニーカー文庫）、その続篇で、世界が滅びた後、それを再生する〈真世の王〉は誰かという謎を軸に、世界の滅びへと向かう物語がドラマティックに展開する『真世の王』（〇二・EXノベルズ）、現代物の伝奇ファンタジー『Naga』（二〇〇〇・ハルキ文庫）、神と人間との間に契約が成立しうる別世界を舞台に、過去幻視能力のある男が若き王女を守り立てて奮闘する『翼の帰る処』（〇八〜・幻冬舎＝幻狼ファンタジアノベルス）など。ほかにゲームのノベライゼーションもある。

芹沢光治良（せりざわ・こうじろう　一八九七〜一九九三）静岡県楊原村生。東京大学経済学部卒。農商務省勤務の後、ソルボンヌ大学に留学。帰国後、「ブルジョア」（三〇）によって作家活動を開始し、最晩年まで旺盛な創作意欲を示した。代表作は自伝的教養小説『人間の運命』全十四巻（六二〜六八）。父親が天理教の信者だった縁で、中山みきの伝記「教祖様」（五〇〜五七）を執筆。八二年、天の将軍の声を聞くという体験をしてからは『神々の微笑』（八六・新潮社）『天の調べ』（九三・同）など、神の声をそのまま執筆したという、神懸かり小説を多数発表した。いずれも、この世が良い方向に進むのは天理教の神の介入によることなどを説く奇想天外な内容で、随想とも布教のための説教ともつかぬ作品である。

芹沢準（せりざわ・じゅん　一九六八〜）北海道生。中学時代に級友をイジメ自殺に追い込んだ少年たちが、十数年後に超自然的存在に復讐される『郵便屋』（九四・角川ホラー文庫）で第一回日本ホラー小説大賞佳作入選。

SEN（せん　一九六六〜）BL小説作家。吸血鬼物『ダーク・ヴァンパイア』（九四・ワニブックス＝キララノベルズ）や不死者物『ダーク・ブラッド』（九五・芳文社ブックス）がある。

『善悪報ばなし』（ぜんあくむくいばなし　一六八八〜一七〇四／元禄年間成立刊行）作者未詳。各地の因果応報譚を集めたものだが、諸国咄的性格が強く、怪異の描出に力を尽くしており、仏教的な枠組は体裁に過ぎないといわれる。改題本に『続御伽ばなし』。

千霍庵万亀（せんかくあん・ばんき　生没年未詳）江戸時代後期の戯作者、狂歌師。通称松井屋吉右衛門。お家騒動物の読本で、連理の枝を断たれた樹木の怨み、そのことを樹霊に告げ知らされたがゆえに慢心して悪魔に堕ちてしまった修行僧の暗躍、様々な神仏の加護、さらには累怪談まで取り込んだ『〈復讐怪談〉久智埜石文《くちのいしぶみ》』（一八〇八／文化五、尋跡斎雪馬画）がある。

善教寺猿算（ぜんきょうじ・えんざん　生没年未詳）経歴未詳。唱導僧か。好色遍歴を懺悔した男が騙した女の亡霊に襲われたり、妻の生霊に悩まされたりするが、大峰山の霊験によって救われる『色道懺悔男《しきどうざんげおとこ》』（一七〇七／宝永四）がある。

『撰集抄』（せんじゅうしょう　十三世紀後半成立）作者未詳。鎌倉前期の説話集。西行撰と伝えられるが、仮託。少なくとも作者はそのように見せかけるべく努力をしている。約百二十話を収録。高僧の往生や行跡について記した説話が多いが、西行が語るという仮託ゆえにか、きわめて情緒的な筆致で、先行の説話などを基にして創作をしている感触がありありと見える。説話集を装った短篇集といってもいいほどである。型通りの往生譚や夢告譚、霊験譚が散見される程度で幻想的なものはさほど多くはない。小袖を乞う不思議な女や乞食が出現する話、性空上人が遊女のかしらを生身《しょうじん》の普賢菩薩と観じる話、死者に一夜の宿を与えられる話、水の上に座しつつ袖も濡らさぬ僧の話、優れた詩が鬼神の心を動かした話などがあるが、大納言成通が鞠の精に出会う話、水観をきわめた恵心僧都が我が身をことごとく水と成す話、西行が死人の骨を集めて反魂の術を行い人を造らんとする人造説話が最も知られていよう。

戦々道士（せんせんどうし　一八五五〜一九一九）本名久原躬弦《くはらみつる》。東京大学卒。理学博士。洞窟の奥から元素が生きている異次元に入り込み、元素の説明をする啓蒙小説『化学者の夢』（〇六・冨山房）がある。

仙波龍英（せんば・りゅうえい　一九五二〜二〇〇〇）別名に夢原龍一。東京生。早稲田大学法学部卒。歌人。夢原名で、吸血鬼テーマのラブロマンス『吸血鬼は金曜日がお好き』（八九・ケイブンシャ文庫コスモティーンズ）

を執筆。仙波名義では、歌集『わたしは可愛い三月兎』（八五・紫陽社）や、変態性欲者・異常性格者が主人公の猟奇ホラー短篇集『ホーンテッド・マンション』（九〇・マガジンハウス）、吸血鬼と転生をテーマとしたラブロマンス『赤すぎる糸』（九一・同）などがある。また、生前最後の著書となった『墓地裏の花屋』（九二・マガジンハウス）は、写真家・荒木経惟とのコラボレーションによる写真／歌集で、タイトルが暗示するように、死と頽廃と昏い華やぎを湛えた秀歌多数を収めて鬼気迫る。〈冬の夜の百物語なかばにもプレハブの壁は古びてゆきぬ〉〈鷗外の『百物語』よむ夜半に肉も血も気も天井が吸ひ〉〈おのおのの背後霊から席をたつななつやつつと湿気る座蒲団〉（「百物語」より）

そ

曹亜門（そう・あもん　？〜）BL小説を執筆。古代中国風世界を舞台に、前世の記憶を持ったまま転生する〈冥還術〉を施された男たちを描く『冥還士伝』（一九九八・大洋図書＝シャイ・ファンタジー）がある。

宗左近（そう・さこん　一九一九〜二〇〇六）詩人。本名古賀照一《てるいち》。福岡県戸畑市生。東京大学哲学科卒。筆名・本名双方で、ロラン・バルト、ロマン・ロラン、シムノンなど、フランス哲学や文学を翻訳。フランス文学評論なども執筆。若年より詩に親しみ、晩年に到るまで旺盛な創作欲を見せ、多数の詩集を刊行した。あるテーマを連作詩集という形で結実させ、そのテーマをタイトルとした詩集が多い。評価が高いのは歴程賞受賞の『炎える母』（六七）だが、幻想文学から見て興味深いのは、『河童』（六四・文林書院）『大河童』（六九・彌生書房）『鏡』（七四・同）『お化け』（七五・青土社）などであろう。詩は偏執狂的であり、たとえば河童なら河童に取り憑かれているという印象を与える。詩人個人は消え去り、河童の世界だけがそこに現出する。また、縄文時代に魂の共感を寄せ、縄文美術案内書ほかを執筆するほどの思い入れを持つようになり、それが詩集《縄文》シリーズ（七八〜九三・思潮社）、縄文能狂言『翡翠』（九四・同）に結実している。晩年には、彼岸、神、魂、永遠、夢といったテーマに接近し、『光葬』（九四・同）『螺旋上昇』（九七・同）『透明の蕊の蕊』（二〇〇〇・同）『宙宇』（〇一・同）『透明光体』（〇二・同）などの詩集を残した。

草官散人菅翁（そうかんさんじん・かんおう　生没年未詳）経歴未詳。上方に住む考古癖のある人だという。都賀庭鐘の影響下に『〈席上奇観〉垣根《かきね》草《ぐさ》』（一七七〇／明和七）を執筆した。同書は須永朝彦によって、怪異味が濃厚で、文体に格調もあり、宝暦から寛政にかけて書かれた短篇読本群の中では、『雨月物語』に次いで優れた作と評価されている。五巻より成り、中世に時代を設定した歴史奇譚全十三話を収録している。冥婚譚、蛇の怪異譚、妖狐譚などのほか、相字術（書いた文字を以て運勢を見る）の名人の話、業平の霊が出現して自作の和歌について語る話、古い仏像が怪を起こす話、また、『宇治拾遺物語』の「進命婦清水寺詣事」をもとに、美貌の小桜が清廉な老僧を惑わせる話などを収録。

『総持寺縁起』（そうじじえんぎ　成立年未詳）縁起絵巻。海北友雪画。茨木市総持寺創立の縁起。藤原山蔭が、父の助けた亀のおかげで命を救われ、霊木を得る。長谷観音の化身の童子がこの霊木を千手観音像に彫り上げ、これを本尊として総持寺が建立されたという内容。本文自体は十四、五世紀成立といわれる。

想像子智外（そうぞうし・ちがい　生没年未詳）本名安川孝吾《やすかわこうご》。高天ケ原でソクラテス、ジンギスカン、ナポレオン、コロンブスなど古今東西の有名人が演説をしまくる『世界大演説会・空前絶後』（一八九二・東京堂）がある。

瘦々亭骨皮（そうそうてい・こっぴ　一八六

一?～一九一三／文久元?～大正二）本名西森武城《たけき》。十九世紀末にユーモア時事エッセーで活躍。著作に『滑稽政治演説』（八九）など多数。東方朔の末孫だという老人に気球に乗せられ、滑稽国に辿り着いた馬・鹿コンビが、珍妙な国を経巡る、駄洒落やパロディ満載の長篇物語『奇々妙々滑稽国夢物語』（八七・金桜堂）、いずことも知れぬ滑稽国を舞台にした諷刺的な見聞録『滑稽国滑怪戯事抱腹録』（九一・双々館）などの作品がある。

左右田謙（そうだ・けん　一九二二～）本名角田《つのだ》実。伯父に角田喜久雄。大阪市生。早稲田大学商学部卒。「山荘殺人事件」（五〇）で『宝石』誌上にデビューし、ミステリを執筆。代表作に『能面呪文』『暗闇男爵』（共に五八、角田実名義）など。人に変身した蛾との愛を描く入れ子構造の幻惑的な短篇「人蛾物語」（五三）がある。ほかに伝奇時代小説『南蛮秘宝伝』（八四・春陽文庫）『伝説亀御殿』（八五・同）など。

そうだ・しうじ（そうだ・しゅうじ　?～）国土・資源に限りのある日本が、人間を三分の一に縮めるという政策を採り、国を繁栄させる様子を描いた『小人島十年史』（一九五〇・吾妻書房）がある。

『**雑談鈔**』（ぞうたんしょう　平安時代最末期から鎌倉時代初期成立）仏教説話集。作者未詳。三井寺関係の説話を三十二話収録。僧の奇跡的な事跡が語られている。

草野唯雄（そうの・ただお　一九一五～）本名荘野忠雄。福岡県大牟田市生。法政大学専門部中退。明治鉱業に勤務。三八年から四〇年まで南支派遣軍の一兵士として中国大陸を転戦。六一年、本名で「報酬は一割」を発表。翌年、筆名による「交叉する線」で『宝石』中篇賞を受賞。六四年の『宝石』廃刊により雌伏の時期を迎えるが、六八年「大東京午前二時」で再び脚光を浴びる。本格推理から、ユーモア・サスペンスやトラベル・ミステリ、従軍体験に基づく『明日知れぬ命』（七三）、文芸ミステリ中篇集『文豪挫折す』（七八）などの異色作まで、次々に新たなジャンルに挑戦した。

　草野はホラーの分野にも意欲的に取り組んでおり、純然たる恐怖小説あり、怪奇ミステリあり、さらにはSF的発想の作品ありと、バラエティに富む長短篇を生み出している。〈ホラーや怪奇ものといっても、わたしは単なる『幽霊話』を書くつもりはない。ある程度科学に裏打ちされた超常現象にのみ、食指が動くのである。（略）科学的裏付けはあっても、尚且つそれだけでは説明のつかない怪異現象が残る。そんなフィナーレに惹かれるのである。／そのへんの微妙なバランスを備えた作品こそが、新しい時代の怪談ではないかと思う〉（『私が殺した女』あとがき）とは草野の持論である。草野の原風景である鉱山を舞台に、超自然的な殺人鬼の跳梁を描く『悪霊の山』（七九・徳間書店）と『死霊鉱山』（八五・光文社）、捨てられた女の怨念が奇怪な二重人格状態を引き起こす『私が殺した女』（八〇・徳間書店）、首なし鎧武者の祟りを装った惨劇が超自然的な結末を迎える『怨霊島―伊勢志摩殺人綺譚』（八六・同）などの長篇のほか、ホラー作品を含む短篇集に『地底に蠢く』（七七・カイガイ出版）『わたしが死刑執行人』（八三・徳間書店）『天使は夜、訪れる』（八四・双葉社）などがある。

【甦った脳髄】短篇集。八四年角川書店刊。天才物理学者の〈記憶物質〉を注入された知恵遅れの少年に、知識と一緒に変質者的性格まで移ってしまい悲劇が起こる表題作や、植物人間となった妻を甦らせるための霊魂の入れ替え実験が惨劇を生む「呪いの幽体」などの怪奇SF風作品、人や動物の皮を剥ぎ、性器を抉ってコレクションする異常者を描く「皮を剥ぐ」のような猟奇味満点の作品、性欲過多症の画家の見た陰惨な艶夢が現実化する「死霊の家」のようなオカルト作品など、戦前の怪奇探偵小説の世界を彷彿とさせる全九篇を収める。

相馬泰三（そうま・たいぞう　一八八五～一九五二）本名退蔵。新潟県中蒲原郡菱潟村生。早稲田大学英文科卒。一二年、広津和郎、葛西善蔵らと『奇蹟』を創刊。「田舎医師の子」（一四）で認められる。代表作は「荊棘《いばら》の路」（一八）。私小説に行き詰まって小説から離れ、晩年は紙芝居製作者として過ごした。泰三は『赤い鳥』『童話』で童話作家としても数年間活躍し、幻想的でユニークな作品を残した。最初の童話『桃太郎の妹』（二四・植竹書院）は、桃太郎の妹・お桃の冒険を語る中篇で、道具立ては日本的であるが、西洋ファンタジーのような味わいがある。ほかの短篇に、数字の1や2が登場する「休み日の算用数字」（二五）、プロットがない「たわいのない話」（二六）、フラスコの中に入って海中に潜る「甚兵衛さんとフラスコ」（二五）などのナンセンス・テイルや、大かぶの中から音楽が聞こえてくる不気味な話「紀平次の畑」（二六）などがある。

相馬ゆかり（そうま・ゆかり　？〜）人間の言葉を話す不思議な野良猫と少年の交流を描く児童文学『眠らない猫』（一九九八・小学館）がある。

宗谷真爾（そうや・しんじ　一九二五〜九一）千葉県野田市生。慶応義塾大学医学部卒業後、郷里で小児科医院を開業する。大学在学中に『文芸首都』同人となり、後に第三次『批評』に参加。地元の同人誌『野田文学』などにも作品を寄稿する。六三年「なっこぶし」で日本農民文学賞を、「鼠浄土」で中央公論小説新人賞を受賞。小説・詩・評論・エッセーと多方面にわたり〈影の美学〉を追求する。天草四郎誕生にいたるキリシタン信仰の暗部を描いた小説「影の神」と、残虐怪異の画家・大蘇芳年の評伝「影の構図」の間に、異端・地獄・幽霊・妖怪など〈裏街道〉の文化史をめぐる評論「影の構造」を置いた構成の『影の美学』（七五・新潮社）は、〈影〉の領域の真摯な探索者としての宗谷の面目を最もよく伝える一巻といえよう。同書のあとがきで宗谷は〈ぼくは『なっこぶし』や『蟻の塔』などの農民文学を出発点とし、やがて人間そのもののメタフィジカに関心を持ち、『鼠浄土』や『孤島譚』を書いた。また、庶民の宗教としてのキリシタンに陽炎の塔を見、アンコールの廃墟にそそり立つ魔に魅せられ、大蘇芳年の血の世界に長逗留した。いままた、世界の史蹟をさまよいながら、インドの神々に恋をし、日本史の陰翳をなした山岳修験に心惹かれ、抹殺された影の宗教、立川流に関心を抱く〉と、その足どりを振り返っている。

幻想小説の代表作としては、大和朝廷に追われ山中漂泊の民となった出雲神族の末裔が平安の世に暗躍する様に、立川流の始祖・仁寛の流罪事件や九尾の狐の伝説を絡めた長篇伝奇ロマン『王朝妖狐譚』（七八・中央公論社）があるほか、癌の特効薬研究に打ち込む医学者が、鼠たちの陰謀で癌の促進剤を開発してしまうSF風悲劇を「浦島太郎」や「おむすびころりん」の昔話を効果的に織り込んで描いた中篇「鼠浄土」（六三）、安倍晴明門下の陰陽生が、死女の霊と交わり神通力を得る怪異を描いて、夢枕獏らの王朝オカルト小説の先駆となった「陰陽師」をはじめとする五短篇を収めた『影の神』（七一・世界書院）などがある。評論の分野では、〈影〉の宗教・文化史を辿る「影の光学」に、三島由紀夫、稲垣足穂、坂口安吾、深沢七郎らに関する論考を併せ収めた『エロスと涅槃』（七三・冬樹社）、三島由紀夫に戯曲「癩王のテラス」を書かしめた『アンコール史跡考』（八〇・中央公論社）などがある。

荘山ゆたか（そうやま・ゆたか　？〜）BL小説作家。転生物の伝奇ファンタジー『イノセント・サイズ』（一九九二〜九四・ムービック）がある。

『続古事談』（ぞくこじだん　一二一九／建保七年成立）作者未詳。和文体による説話物語集。六巻約百八十話を収録し、隣接する二話、あるいは数話が連結されていく配列を取る。巻一王道、巻二臣節、巻三欠、巻四神社仏寺、巻五諸道、巻六漢朝という構成だが、巻六の存在が類書には見られずユニーク。ここで説話の拠ってくるところを示しており、いわば補巻として〈注の巻〉が付されているわけである。

『続浦島子伝記』（ぞくほとうしでんき　九二○／延喜二○年成立）平安初期の物語。神仙、道教関連の漢籍に拠って〈浦島説話〉を改作したもの。浦島と亀姫を地仙、天仙に見立てて、出会いと別離の悲哀を語る。後代に大きな影響を与えた作品である。

十川誠志（そご・まさし　一九六二～）脚本家、漫画原作者。脚本の代表作に「テニスの王子様」（○一～○五）「交渉人　真下正義」（○五）など。小説に、オカルト警察アクション『神宿市のファントムたち』（九一・ソノラマノベルス）、脚本を担当したOVAのノベライゼーション『小説・けっこう仮面』（九一・ソノラマ文庫）などがある。

素速斎恒成（そそくさい・つねなり　生没年未詳）経歴未詳。黄表紙の怪談集で、化物屋敷、継子いじめに復讐する実母の幽霊など八篇を収録した『怪談四更鐘《うしみつのかね》』（一八○五／文化二、百斎［樹下石上］画）などがある。

曽野綾子（その・あやこ　一九三一～）本名三浦知寿子（旧姓町田）。夫は三浦朱門。東京生。聖心女子大学文学部英文科に在学中、第十五次『新思潮』同人となる。五四年「遠来の客たち」が芥川賞候補となり注目される。代表作に「たまゆら」（五九）「リオ・グランデ」（六一）「奇蹟」（七二～七三）「神の汚れた手」（七九）など。幼少時よりカトリック教育を受けたカトリック教徒であり、国際的な視野から現代社会と人間の心の問題を追求している。白内障により失明するが開眼手術に成功、このときの体験を『贈られた眼の記録』（八二）にまとめた。曽野は江戸川乱歩の勧めで五七年からミステリの筆を執り、〈恐怖小説集〉と題された『蒼ざめた日曜日』（七一・桃源社）一巻を得た。筒井康隆が〈不朽の名作〉と絶讃した集中の一篇「長い暗い冬」は、父親の海外赴任中、母親が男と心中したため父のもとに引き取られた少年が、誰ひとり話相手もないまま「カチカチ山」の絵本を眺め暮らす。ところがその本は乱丁で、悪いタヌキが笑いながら逃げていく場面で終わっていた……というもの。少年の陥った孤独地獄が寒々と身に迫る。その他の収録作も、無辜の人々に降りかかる運命の恐怖や悲惨さをテーマにしたものばかりである。ほかに、ユダヤ王ヘロデの半生を、側近くに仕える口の利けない竪琴弾きの語りにより描き出した歴史小説『狂王ヘロデ』（○一・集英社）、内容には幻想性はないが、人間界を眺め暮らす猫による一人称小説『ボクは猫よ』（八二・文藝春秋）『飼猫ボタ子の生活と意見』（九四・河出書房新社）や、ギリシア神話の再話集『ギリシアの神々』（八六・講談社）などの著作もある。

園子温（その・しおん　一九六一～）愛知県豊川市出身。法政大学中退。十七歳で『現代詩手帖』『ユリイカ』に詩作を投稿、〈ジーパンをはいた朔太郎〉の異名を取る。八七年『男の花道』が、ぴあフィルムフェスティバルグランプリを受賞したのを皮切りに、インディーズの映画監督として注目を集める。○一年以降はメジャーにも進出、ホラー系の代表作に、新宿駅8番線ホームから女子高生五十四人が集団飛込自殺を遂げるという衝撃的なシーンが話題を呼んだ「自殺サークル」（○二）、毛髪に籠められた怨念が壮絶な怪異を招来する「エクステ」（○七）などの監督作品がある。小説の執筆も手がけ、『自殺サークル』の謎に答える形で書き下ろされた長篇『自殺サークル　完全版』（○二・河出書房新社）は、「紀子の食卓」（○五）として自らの手で映画化している。ほかに、やはり自作映画のノベライゼーション『夢の中へ』（○五・幻冬舎）など。

苑崎透（そのざき・とおる　一九六三～）ゲーム用のガイドブック『幻獣ドラゴン』（九○・新紀元社）や、ゲームやアニメのノベライゼーションのほか、神の血を受け継ぐ兄妹二人の皇帝をめぐる別世界ファンタジー『ヴォルハドの剣』（九五・電撃文庫）がある。

園田英樹（そのだ・ひでき　一九五七～）佐賀県鳥栖市生。明治大学政経学部卒。アニメの脚本家。代表作に「絶対無敵ライジンオー」（九一）「劇場版ポケットモンスター」（○一～）

ほか多数。脚本を執筆したアニメのノベライゼーション『小説光の伝説』（八六・コバルト文庫）により、小説家としてもデビュー。同様のノベライゼーションが多数あるほか、オリジナルの小説も執筆。夢の中に入り込む能力を持つ青年が夢の中で活躍するファンタジー《夢探偵・矢尾一気》（八八～九〇・富士見ファンタジア文庫）、文明が滅びた後の、超未来の魔法が支配する世界で、悲劇の王子ティラノが魔術師の少女と共に悪の敵に立ち向かうヒロイック・ファンタジー『ティラノ―剣狼伝説』（八九～九〇・角川スニーカー文庫）、魔星界からこの世界に侵入しようとしている闇の破壊集団に立ち向かう聖戦士・竜王を描く伝奇アクション『聖竜王伝』（九〇～九一・同）などがある。

蘇部健一（そぶ・けんいち　一九六一～）東京生。早稲田大学教育学部英語英文学科卒。〈バカ・ミステリ〉連作短篇集『六枚のとんかつ』（九七）でメフィスト賞を受賞し、デビュー。タイムマシンを用いた近親相姦テーマのミステリ『届かぬ想い』（〇四・講談社ノベルス）がある。

祖笛翠（そぶえ・みどり　？～）占い本『安倍晴明占い』（二〇〇〇・二見文庫）をはじめ、同傾向の著作を執筆。小説に安倍晴明が平将門の怨霊と対決する『晴明桔梗印』（〇一・集英社文庫）がある。

染井吉乃（そめい・よしの　？～）東京生。BL小説を執筆。一九九五年にデビュー。魔法的異世界を舞台に、宝剣を求めて冒険の旅を繰り広げる『海の見取り図』（九七・パレット文庫）がある。

征矢清（そや・きよし　一九三五～）長野県岡谷市生。早稲田大学文学部卒。児童書の編集者を務めながら童話を執筆。『やまのこのはこぞう』（六八・あかね書房）でデビュー。ゆうきと鬼が登場する連作短篇集『ゆうきのおにたいじ』（九七・福音館書店）などの幼年童話、妖精を呼び出す魔術の手伝いをさせられる少年の夢幻譚『にせあかしやの魔術師』（八一・大日本図書）、呪文で骸骨を呼び出してしまった少年の恐怖談『がいこつの子守歌』（八八・国土社）などの小学生向けの中篇のほか、魔法の眼鏡によって猫となった少年が、猫として生き抜く姿を描いた長篇ファンタジー『ねこになった少年』（八八・岩波書店）がある。

空谷あかり（そらたに・あかり　？～）人と同じ姿と翼を持ち、天上の歌を奏でる観賞用の人造亜人種をめぐるファンタジー短篇集『ことりたちのものがたり』（二〇〇五・スーパーダッシュ文庫）がある。

空野さかな（そらの・さかな　？～）BL小説作家。夢の中での冒険を描く連作短篇『夢で逢えたら』（一九九六・桜桃書房＝エクリプスロマンス）、狼男、鬼や精など、特殊な学園に生きる人外のものたちを描く連作短篇集《聖月ノ宮学園秘話》（九七・講談社X文庫）など。

『曾呂利物語』（そろりものがたり　一六六三／寛文三刊）作者未詳。五巻四十一話から成る怪談集。天正頃の御伽衆・曾呂利新左衛門が秀吉の御前で語った話を編集したという序文があるが、仮託である。近世初期の怪談の原型を留めているといわれる、最初の諸国咄形式の怪談集。山寺に器物の怪が次々に現れるが、気の強い坊主に退治される話、比丘尼に慕われて追いかけられた座頭が、比丘尼が死んだ後も怨霊に悩まされ、全身に陀羅尼を書いてもらうが、耳だけを引きちぎられる話、友人の僧を訪ねると人食い鬼になっていた話、夢中に髪が蛇と化して争う妻妾の話などのほか、亡霊、蛇、狐狸、蜘蛛、天狗、一つ目、のっぺら坊などの話を収める。『宿直草』（『御伽物語』）にも影響を与えた。異板本に、物語を若干簡略にして挿絵を増やした『目覚《めざまし》物語』（一六六六／寛文六頃）がある。

孫栄健（そん・よんごん　一九四七～）『邪馬台国の全解決』（八二・六興出版）をはじめとする歴史評論、朝鮮関係の評論などを執筆する。創作に、『平妖伝』を元にした妖術小説『胡媚児』（九五・ベネッセ）、詩集『塩の柱』（八九・批評社）がある。

た

大雅舎其鳳（たいがしゃ・きほう　生没年未詳）江戸後期の戯作者。本姓佐川。通称了白。別号に荻坊奥路《おぎのぼうおくろ》。阿波国生。末期浮世草子を代表する一人。奇談集、気質物、実録物など、様々な作品を執筆した。奇談集『西海奇談』（一七七一／明和八）、『焔魔大王日記帳』（七二／同九）、美男の大金持ちが遊蕩の挙句に頓死して地獄へ行くと、脱衣婆、鬼娘と次々に懸想され、閻魔にも男色で誘われ、ほうほうのていで極楽へ逃げ出したところ、なんと釈迦にも懸想され、現世に駆け落ちする『三千世界色修行』（七三／安永二）、夢の中でケシ粒大の小人になってしまった男が、異類や神仙の世界を見聞するという筋立てで、教訓的な趣の強い異界遍歴譚『珍術罌粟《ちんじゅつけし》散国《さんこく》』（七五／同四）など。

醍醐麻沙夫（だいご・まさお　一九三五〜）本名広瀬富保。神奈川県横浜市生。学習院大学卒。卒業後ブラジルに移住し、その経験を活かした冒険小説や旅行記を執筆。また一般的なミステリも手がける。幻想的な作品に、妖術師が力をもち、魔物が徘徊する三世紀の日本を舞台にしたヒロイック・ファンタジー風の伝奇アクション《古事記変幻》（八五〜八六・トクマ・ノベルズ）がある。

『**醍醐寺縁起**』（だいごじえんぎ　十二世紀前半成立）縁起。作者未詳。醍醐寺創立の由来と本尊の准胝観音・如意輪観音の霊験譚、二観音を本地とする清滝権現縁起のほか、寺号の由来、諸堂・聖宝についての記述、初代座主の伝記などが記載されている。

『**太平記**』（たいへいき　十四世紀半ばから後半にかけて成立）後醍醐天皇の即位、鎌倉幕府の滅亡から南北朝時代にかけての五十年間を描く歴史戦記物。法勝寺の恵心が書き起こし、玄慧、小嶋法師が書き継いだという。詳細は未詳だが、幕府に近い叡山の学僧であったろうと推測されている。全四十巻。『平家物語』ほどではないが、全体に様々な説話が引かれ、説話的歴史物語ともいうべき作品となっている。説話としては、神泉苑での雨乞いと竜神降臨の話（巻十二）、霊泉を沸かせた菊慈童の話や眉間尺の話（巻十三）、三種の神器由来譚や邯鄲の夢（巻二十五）、宝刀鬼切・鬼丸の逸話（巻三十二）、一角仙人や仏弟子・身子の話（巻三十六）、政道に関する諸々の故事逸話を集めた「三人聖廟にて物語の事」（巻三十八）などがある。また、全体としては幻想的な物語とはいえないが、個々のエピソードには怪奇幻想的なものがある。霊夢、夢告や数々の不思議な前兆、神霊の加護、怪異的な騒動のほか、楠木正成が聖徳太子の予言書を読む「楠太子の未来記拝見の事」（巻六）、自害した夫婦の亡霊が出没する後日譚のある「北国探題淡河殿自害の事」（巻十一）、怨霊となった楠木正成が大森彦七と霊剣をめぐって争う次第を語り、『太平記』中で最も幻怪味のある「伊予国より霊剣註進の事」（巻二十三）、地蔵が高遠の身代わりとなる「地蔵命を替ふる事」（巻二十四）、南朝方の怨霊が六本杉の梢に居並び、蘇生してこの世を騒動に陥れようと相談しあう様を回国の僧が目撃する「天狗直義の室家に化生する事」（巻二十五）、僧が山伏に連れられて別世界の如き愛宕山に到り、怨霊たちが集って談合する様を見聞する「大稲妻天狗未来記の事」（巻二十六）、細川繁氏が崇徳院の怨霊に祟られて狂死する「細川式部大輔霊死の事」（巻三十三）などがある。

『**当麻寺縁起**』（たいまでらえんぎ　一五三一／享禄四年成立）縁起絵巻。当麻寺勧進事業の一環として制作された。詞書は三条西実隆ほか八名、絵は土佐光茂。当麻寺創立縁起、継母に疎まれた中将姫の流離譚、曼荼羅の由来を記す。中将姫説話を取り入れて衆生の人気を得、寄付を集めようとしたものかと推測されている。

『**当麻曼荼羅縁起**』（たいままんだらえんぎ

十三世紀中頃成立）縁起絵巻。当麻寺創立の由来、出家した横佩大臣の姫の発願による曼茶羅製作、来迎と姫の往生を語る。この姫の話は後に、『当麻寺縁起』に見るように、中将姫説話と混淆した。

平詩野（たいら・しの　?〜）沖縄県出身。守護獣《ガーディアン》と契約を結んで国を守る異能の騎士たちと、封印された邪神を復活させて世界の再創造を企む闇魔将たちの戦いを描く別世界ファンタジー『エターナル・ガーディアン』（二〇〇五・講談社X文庫）がある。

平龍生（たいら・りゅうせい　一九三七〜）本名忠夫。兵庫県神戸市生。早稲田大学日本文学科卒。広告制作ディレクターなどを経て「真夜中の少年」（七二）で、オール讀物新人賞受賞。八三年『脱獄情死行』で横溝正史賞を受賞。推理・犯罪小説から官能ハードバイオレンスまで、種々の娯楽小説を執筆。呪力によって男を奴隷化し、女だけの世界を創造しようとする新興宗教の教主・秘命乎と霊獣に導かれた男が戦う伝奇アクション『黄金の霊豹伝説』（八七・ケイブンシャノベルス）、無実の罪で処刑された死刑囚の幽霊が報復を遂げるホラー・サスペンス『死霊執行人』（八八・同）、人間を喰らう死霊たちが跋扈する世界へ迷い込んだ少年たちの冒険を描くホラー・ファンタジー『死霊獣妖伝』（八八・大陸ノベルス）、霊界戦士の家系の若者が悪霊に立ち向かう伝奇アクション『北斗殺星伝』（八九・青樹社ビッグブックス）など。また、本名で、中有《ちゅうう》物の短篇集『3.5次元』（七四・平安書店）を執筆している。

大楽絢太（だいらく・けんた　?〜）魔法的別世界を舞台に、武器屋稼業を営む主人公たちを描く冒険ファンタジー『七人の武器屋』（二〇〇五〜〇八・富士見ファンタジア文庫）でファンタジア長編小説大賞佳作入選。

平康頼（たいらの・やすより　一一五八〜一二〇〇／保元三以前〜正治二以後）武人、歌人。検非違使として働き、今様の才により後白河院の近習となった。鹿ケ谷事件に連座、流罪に処せられる。恩赦により七九（治承三）年に帰京し、東山の山荘で、『宝物集《ほうぶつ》』を著した。その後、平治の乱の時にも後白河院を助け、頼朝によって地方官に任ぜられた。『宝物集』は康頼自身を思わせる男を聞き手として、清涼寺釈迦堂の参籠者たちが語り合うという構成の物語。世の宝とは何かという命題に様々な意見が出るが、仏法こそがそれだということになり、一人の僧がその理由を諄々と説き聞かせるというもの。和歌を多数挿入した歌物語形式の仏道入門書として広く読まれ、後代に大きな影響を与えた。

泰亮愚海（たいりょう・ぐかい　生没年未詳）江戸時代中期の曹洞宗の禅僧。幼くして出家し、各地を行脚遍歴した後、上毛・越後の寺の住持として約三十年を過ごす。その間に土地の古老などから聞いた伝説を書き留めたが火事で焼失。一七七二（安永元）年に隠居し、記憶を呼び起こしてその一部をまとめた説話集『上毛伝説雑記』（七四／同三成稿）や、奥羽から北越に行脚した時の紀行で、随所に伝説を挟み込んだ『行脚随筆』（同）がある。

田岡典夫（たおか・のりお　一九〇八〜八二）高知市生。早稲田大学中退。パリ在住を経て尾上菊五郎（六世）主宰の俳優学校卒。三八年より同郷の先輩・田中貢太郎主宰の『博浪沙』の編集経営に携わる。四三年、短篇「強情いちご」で直木賞受賞。代表作『腹を立てた武士たち』（六五）をはじめ、土佐を舞台とする歴史小説に持ち味を発揮した。田岡はデビュー作の「シバテン榎」（四一、後に「シバテン榎文書」と改題）をはじめとして、土佐に伝わる妖怪シバテン（作者によれば〈天狗の幼虫〉で、千人の人間と角力を取って勝てば、天狗と化す）をテーマとする連作短篇を折りに触れて手がけており、それらは『シバテン群像』（五九・講談社）として一巻にまとめられた。坂本竜馬の姉で女傑として有名な乙女とシバテンが大角力を取る「お仁王さまとシバテン」、城下町を流れる川にシバテンらしき怪獣の群れが出没したことで巻き起こる騒動を描く「城下シバテン」など、フォークロア風の幻想時代小説全八篇を収録。

高井信（たかい・しん　一九五七〜）愛知県名古屋市生。東京理科大学理学部卒。七九年『奇想天外』にショートショート「うるさい宇宙船」「目覚時計」を掲載してデビュー。SF系の短篇、ショートショートを得意とし、『ショートショートの世界』（〇五・集英社新書）のような入門書も執筆している。主な短篇集に、恐怖とユーモアのエロティック短篇集『スプラッタ・ラブ』（八八・ケイブンシャ文庫）、妙な薬を次々と飲まされてさんざんな目に遭うユーモア連作短篇などを収める『インプリンティングの妙薬』（九一・ソノラマ文庫）、放出の際に頭上に剣が見え、快感に浸ると死んでしまう表題作、時を操る時計が人手に渡って世界が崩壊する「懐中時計」など、設定の妙と落ちのセンスが光る『ダモクレス幻想』（九六・出版芸術社）など。ファンタジーの分野では、クリエーター集団グループSNEと組んで、TRPGなどをもとにした作品を執筆している。TRPG「ソード・ワールド」をもとにした、ドワーフとエルフの探偵コンビが活躍するコメディ『ドワーフ村殺人事件』（九二・富士見ファンタジア文庫）に始まるシリーズ（〜九九）など。このほか、二十二世紀からタイムトラベルしてきたという趣向で近未来の鎖国状態の名古屋を描く御当地コメディ『名古屋1997』（八七・トクマ・ノベルズ、後に「名古屋の逆襲」と改題）、児童向けSF『おかしなおかしな転校生』（〇五・講談社青い鳥文庫）もある。

高井蘭山（たかい・らんざん　一七六二〜一八三八／宝暦一二〜天保九）戯作者。本名伴寛。字は思明。通称文左衛門。別号に宝雪庵など。江戸芝伊皿子に住いした。旗本・平岡美濃守の用人であったという説がある。漢籍の国字解的なものや往来物などの通俗的著作が多数あるほか、読本も執筆し、代表作は実録物として流布した『三国悪狐伝』などに基づく『絵本三国妖婦伝』（〇三〜〇五／享和三〜文化二、蹄斎北馬画）。物語は次の通り。白面金毛九尾の妖狐が美女・妲己に取り憑いて殷の紂王を惑わし、討伐されると華陽夫人となって天竺の班足太子を惑わす。さらに妲己の墓から出た白気を受けて生まれた褒姒《ほうじ》が、もともと暴虐な幽王をさらに残酷に走らしめる。褒姒の子が本邦に渡って玉藻前となり、鳥羽帝に愛されるが、陰陽博士・安部泰親によって正体を見現される。妖狐は逃れた先の那須野で討たれるが、毒を吐き出す殺生石に変じ、高僧によって教化されて成仏する。ほかの読本に、殺された霊狐の子狐が様々な怪異をあらわして復讐するという筋立てで、霊験のある木食上人が登場し、勧化物風の『〈復讐奇談〉那智の白絲』（〇八／文化五、同画）、五篇二十六巻の長篇で、頼朝死後の鎌倉幕府の動乱を描き、富士の人穴探索が含まれる『星月夜顕晦録《ほしづきよけんかいろく》』（〇九〜二七／同六〜文政一〇、同画）などがある。

高内壮介（たかうち・そうすけ　一九二〇〜九八）栃木県鹿沼市生。詩人、評論家。『湯川秀樹論』（七四）で歴程賞受賞。小説に、二千年の歴史を有する山の民の巫女の、明治以降四代にわたる非情にして凄絶な生きざまを描いたシャーマニック・ロマン『天の鈴』（八〇・工作舎）がある。

高岡ミズミ（たかおか・みずみ　?〜）山口県出身。BL小説作家。二〇〇〇年に『可愛いひと。』でデビュー。ファンタジーに、異世界物『太陽と月の背徳』（〇六・講談社X文庫）『太陽の雫』（〇七・同）がある。

高垣眸（たかがき・ひとみ　一八九八〜一九八三）本名末男。筆名に田川みどり、田川青峰など多数。広島県尾道市生。早稲田大学英文科卒。在学中より少年小説を書き始める。卒業後、新国劇・沢田正二郎一座の脚本部に入るが、間もなく志願兵となり、一年間入隊。除隊後、結婚し、教職に就く。二四年、処女作「少年水滸伝」（一九）を『譚海』に掲載。二五年「龍神丸」を『少年倶楽部』に連載、好評を博し、新しい少年伝奇時代小説の書き手として認められる。その後も、「銀蛇の窟」（二六〜二八）「豹《ジャガー》の眼」（二七）などを発表し、作家としての地歩を固めた。「龍神丸」は、スティーヴンスン『宝島』に想を得て、善悪入り乱れて莫大な財宝の争奪戦を繰り広げる波瀾に富んだ物語で、宝に祟りがあるという設定以外は幻想的なところはないが、ロマン・ピカレスクとしての味わいを持つ冒険物語である。「銀蛇の窟」はさらに伝奇性が強く、聖徳太子の財宝をめぐって非常民たちが争う。「豹の眼」は、インカ帝国の王家の血をひく日本人少年の活躍を描いた力作である。このほかに「快傑黒頭巾」(三五)「まぼろし城」(三六)などの伝奇小説、「怪人Q」(三一)「凍る地球」(四九、深山百合太郎との合作)などのSFがある。晩は作家としては少年少女小説一筋に生き、後半生は青少年の文化向上のために様々な活動も展開した。

高木あきこ(たかぎ・あきこ　一九四〇〜)本名石原晃子。東京生。父は高木卓。東京学芸大学学芸学部国語科卒。詩人、童話作家。溺れかかったところを不思議な老人に助けられる少女の話『ふしぎなホットケーキ島』(八五・太平出版社)がある。

高木彬光(たかぎ・あきみつ　一九二〇〜九五)本名誠一。青森市生。京都大学工学部卒。主にミステリを執筆し、代表作に『白昼の死角』(六〇)など。終戦後の窮乏生活の中で執筆した『刺青殺人事件』(四八)が乱歩に認められ、劇的なデビューを飾る。五〇年『能面殺人事件』(四九)で探偵作家クラブ賞長篇賞を受賞。ディクスン・カーを思わせる怪奇趣味と密室パズラーを融合させた作風と、卓越した構成力で注目を集める。続く第三作『呪縛の家』(四九・岩谷書店)も、紅霊教という新興宗教団体で奇怪な予言どおりに殺人が起こるオカルト趣味濃厚なミステリ。人形にまつわる連続殺人事件の謎に名探偵・神津恭介が挑む『人形はなぜ殺される』(五五・同)でも、殺される人形、マジック、黒ミサ、秘密の地下などの怪異な道具立てが満載である。同じく神津恭介物の『火車と死者』(五九・講談社)では、鴉と猫と狐が集まり死者を操るという土俗的な〈火車伝説〉を扱っている。また、長篇怪奇ミステリ『大東京四谷怪談』(七六・立風書房)は、お岩様の活人形を創る人形師が殺されたのを皮切りに、『四谷怪談』の名場面をなぞるように起きる連続殺人事件を描き、本格物らしい絢爛たる殺人と、怪奇的な謎がちりばめられている。謎が全て合理的に解かれた後になお、お岩様の影が揺曳し、真犯人は亡霊だったと明かされる怪奇的な結末の作品で、カー『火刑法廷』を念頭に置いたものと思われる。短篇にも、泉鏡花風の幽霊屋敷小説「廃屋」(四九)や、鼠の幻影に脅かされる男の不可解な死を描くグロテスク・ミステリ「鼠の贄」(五〇)などがある。そのほか黒岩涙香の『人外境』をリライトした「ラブルー山の女王」(五四)や「ビキニの白髪鬼」(五四)などの秘境冒険小説、高度な文明社会から人類に技術を与えにやって来た異星人の運命を描く長篇『ハスキル人』(五八・東方社)や「食人金属」(五八)などのSF、日本版クトゥルー神話小説の先駆として名高い「邪教の神」(五六)、将軍暗殺の陰謀に立ち向かう遠山左衛門尉の活躍を主軸に、蛇神の魔法によって生ける人形と化した少女が殺戮を重ねる様などを描いた伝奇ロマン『蛇神様』(五四・東京文藝社)、蛇人間を登場させた『黒衣の魔女』(五二・偕成社)ほかの少年小説など、幅広い分野に手を染めた。

高木仁三郎(たかぎ・じんざぶろう　一九三八〜二〇〇〇)群馬県前橋市生。東京大学理学部化学科卒。原子力情報室、高木学校を運営し、脱原子力社会の実現のための市民運動を続けた科学者。著書に『核時代を生きる』(八三)など。遺作として長篇小説『鳥たちの舞うとき』(二〇〇〇・工作舎)がある。ダム工事の現場で不審な事故が相次ぎ、カラスに人を襲わせたとして、ダム反対派の村長が訴えられる。この裁判に著者を擬した主人公が巻き込まれていくという展開で、カラスやトンビと人間が言葉を交わせるという設定になっている。人の奏でる音楽と鳥たちの舞いがアンサンブルを見せるファンタスティックなクライマックス・シーンに、高木の人と自然との共生への願いが込められている。

高木卓（たかぎ・たく　一九〇七〜七四）本名安藤熙《ひろし》。東京本郷生。父・勝一郎は英文学者、母・幸はヴァイオリニストで幸田露伴の妹。東京大学独文科卒。一高、東大、独協大教授を歴任。三〇年、同人誌『制作』に発表した処女作「魔像」が萩原朔太郎に称讃される。「遣唐船」（三六）で芥川賞候補となり、四〇年、大伴家持を描いた「歌と門の盾」が芥川賞に選ばれたが、習作を理由に受賞を辞退する。歴史小説の代表作に「長岡京」（三七）、『とりかへばや物語』を意識した『むらさき物語』（五七・雲井書店）がある。音楽関係の著作も多く、ワーグナーの学劇や小説の翻訳などもある。

高樹のぶ子（たかぎ・のぶこ　一九四六〜）本名鶴田信子（旧姓高木）。山口県防府市生。東京女子短期大学英文科卒。出版社勤務を経て小説家となる。「光抱く友よ」（八三）で芥川賞受賞。主に女性向けエンターテインメントを執筆。幻想的なものに、若くして死んだ二人の女性が幽霊となって合衆国を気ままに旅しながら、様々な幽霊に出会って人間の業の深さを知る連作短篇集『ゆめぐに影法師』（八九・集英社）、女性作家を主人公に、不倫や不倫めいた心の揺らぎをテーマにした、水のイメージ溢れる幻想連作短篇集『水脈』（九五・文藝春秋、女流文学賞）がある。

高木美理子（たかぎ・よりこ　？〜）劇団東京巫女社の脚本・演出を手がける傍ら、少女小説を執筆。自殺して半分幽界にいる少女とハンサムな死神とのどたばたラブコメディ『死神！ドクロのラブ★ＫＩＳＳ』（一九九二・学研レモン文庫）、悪魔のプリンセスになるため奮闘する少女を描く『悪魔でラブチェック』（九三・同）ほかがある。

高里椎奈（たかさと・しいな　一九七六〜）茨城県生。芝浦工業大学工学部卒。妖怪が探偵を務めるミステリ『銀の檻を溶かして』（九九・講談社ノベルス）でメフィスト賞を受賞してデビュー。同作を書き継いで《薬屋探偵妖綺談》とシリーズ化する一方、ミュータント的少女が生み出した小さな閉鎖世界に瀕死の少年の意識が飛ばされてしまう状況などを描いた《ドルチェ・ヴィスタ》（〇二〜〇四・同）、異世界戦記《フェンネル大陸》（〇四〜・同）などのファンタジーを執筆。

タカシトシコ（たかし・としこ　一九五八〜）本名高士季子。父はたかしよいち。東京生。寝ぼけて砂漠に落ちそうになっている太陽の目を覚まさせる魔法使い、植物をつかさどる竜の魔法使いなど、魔法使いの物語七篇を収めた短篇集『七人のいろいろな魔法使い』（九一・理論社）で児童文学作家としてデビュー。ほかに、母親の入院によって両親不在の日々を送ることになった少女が、異世界からやって来た魔法使いを助けて、魔法使い同士の抗争に関わる長篇ファンタジー『魔法使いが落ちてきた夏』（九六・同）がある。

たかしよいち（たかし・よいち　一九二八〜）本名高士與市。熊本県生。東洋語学専門学校卒。司書など図書館関係の仕事を経て鹿児島女子短期大学教授・図書館長となる。傍ら児童向けの古生物学・考古学関係のノンフィクション、児童文学を執筆。『竜のいる島』（七六・アリス館牧新社）は、架空の島を舞台に、首長竜を求めて少年や科学者が冒険を繰り広げる、本格的なＵＭＡ小説である。『天をかける白馬』（七五・偕成社）『七人のおかしな妖怪たち』（九〇・理論社）は、幻想的な創作民話を集めた短篇集（絵本として書かれた作品があり、両書に重複するものもある）で、農作物は根こそぎ、時には村人の命まで奪う化物をちび天狗が退治する「手ながの目」（七四）、鬼の抜け殻をかぶって悪さを働いているうちに抜け殻が脱げなくなる「鬼がら」（七五）など、怪奇な味わいの作品群が収録されている。『七人のゆかいな大どろぼう』（八九・理論社）もやはり一部が絵本として書かれたもので、チョンマゲ、目ん玉、しゃっくり、げんこつ、へそ、足あとなど変なものを盗む泥棒たちを主人公としたユーモアと恐怖に溢れる創作民話集。その後、《七人の七不思議シリーズ》と銘打ち、七篇から成る連作短篇集を執筆。考古学者たちが発掘中に異界に飛ばされ、原始時代から古墳時代までの幽霊たちの骨や副葬品を発掘することで、苦痛を取り除いてあげるという趣向の『七人の大昔の幽霊』（九六・理論社）、家の庭にある桃の木が宇宙人たちの人間観察の拠点だったという設定で、宇宙人が作ったらしい映画を観たり、一時的に超能力を分け与えられたりする『七人の宇宙から来たナナホシ星人』（九八・同）がある。また、河童族の総帥たる九千坊率いる河童軍団の雄壮な戦いを描いた『河童九千坊』（七九・西日本図書館コンサルタント協会）をはじめとする妖怪系列の作品をまとめて手を入れたものに、『河童』『鬼』『天狗』から成る《妖怪伝》（〇六～〇七・ポプラ社）がある。ほかに、他惑星での少年の冒険を描く未来恐竜物語『タロス惑星のかいじゅうたち』（九〇・ひくまの出版）などの低学年向け童話、アフリカに五人だけ生息する、不老不死で性別もなく子供の姿をしている〈パプティ〉の現代日本での冒険を描く民族誌風のファンタジー童話『森のパプティ』（八〇・岩崎書店）がある。

高嶋規之（たかしま・のりゆき　一九六九～）SFアクション『オービタル・レディ』（〇二・スーパーダッシュ文庫）、ラブコメディ＆SFアクション『蒼き星のメリクリウス』（〇四・同）がある。

高瀬彼方（たかせ・かなた　一九七三～）東京生。宇宙冒険物『女王様の紅い翼』に始まる三部作（九五・講談社ノベルス）でデビュー。パラレル戦国時代が舞台のロボット戦記『天魔の羅刹兵』（九九・同）、世界を滅ぼす力を持つ〈災厄の心臓〉を守るため、狂気を戦闘力に変える能力を与えられて騎士となった少女の苦闘を描く伝奇アクション『カラミティナイト』（二〇〇〇～〇四・ハルキ文庫）『カラミティナイト―オルタナティブ』（〇九～・GA文庫）、人類を危機的状況に追いやった異形の怪物を完全隔離し、爆発的繁殖を防ぐために一定数を殺し続けるという状況下で戦う少年少女を描く近未来SF『ディバイデッド・フロント』（〇三～〇五・角川スニーカー文庫）など。

高瀬真卿（たかせ・しんけい　一八五三～一九二四／嘉永六～大正一三）本名茂顕。別号に紫峯、羽皐《うこう》、菊亭静など。常陸出身。東京感化院を創設し、福祉に努めた。閻魔大王の前に引き据えられた口先三寸の男が、能弁を買われて地獄の検察官となり、地獄に落ちてくる新聞記者、政治家から幇間、出版人まで、その罪を暴くという趣向の諷刺小説『閻魔大王判決録』（八三・共同社、菊亭静名義）、読本風の奇瑞趣向がある尊皇攘夷小説『筑波水滸伝』（八五・螢雪堂、菊亭静名義）など。また、小柳津親雄『二十三年未来記』を校閲したりしている。

高瀬美恵（たかせ・みえ　一九六六～）別名に森川楓子。東京浅草生。早稲田大学第一文学部卒。在学中はワセダ・ミステリ・クラブに所属。砂漠の王国を舞台に、クーデターで両親を殺されて復讐の鬼となった元王家の姫や現王の息子、美貌の魔族などが織り成す別世界ファンタジー《クシアラータの覇王》（九一～九三・講談社X文庫）でデビュー。SF、ファンタジーからホラー、さらにはファンタジーRPGなどのノベライゼーションまで、幅広く多数の作品を執筆する。主な作品に次のものがある。別世界を舞台に、破界筆の大秘術の運搬役にされてしまった少年が、質実剛健単純素朴な長兄、頭脳明晰な次兄と共に冒険の旅を繰り広げる《破界伝》（九四～九五・同）、水霊、竜王ほか異界の者と共存する海の都市を描いたファンタジー《ヴィアン・マーレの海首》（九四・キャンバス文庫）、関東大震災前夜の東京を舞台に、人間界と魔界の通路の遮断をめぐって戦いが繰り広げられる伝奇アクション『帝都夢幻道』（〇三・パレット文庫）、現代を舞台にした伝奇アクション《禍つ姫の系譜》（九六～九七・講談社X文庫）、死者を蘇らせる能力を持つ女性を中心に、虐待や変質者など様々な現代的なホラー要素を取り込んだ《東都幻沫録》（九九～二〇〇〇・講談社X文庫、〇四・電撃文庫）、死が味わえる新薬をめぐるサスペンス・ホラー『ユーフォリオン』（〇二・電撃文庫）など。九八年の『ALUMA《アルーマ》』を皮切りに、一般向け作品にも着手。現代的な吸血鬼小説『スウィート・ブラッド』（〇一・祥伝社文庫）や園芸をテーマとするユニークなモダンホラー『庭師』（〇二・同）などの佳品を発表している。ほかに、森川名義による長篇ミステリ『林檎と蛇のゲーム』（〇八）など。

【ALUMA《アルーマ》】長篇小説。九八年ぶんか社刊。経歴不祥の奇妙なアイドル歌手・綾乃が焼死し、珠姫は彼女の口ずさんでいた不思議な言葉を歌にした曲によってデビューする。その曲は妙に頭に残り、熱狂的な人気を得て、珠姫も一躍カリスマ的アイドルとなる。だが、その曲を歌うと死ぬとか幽霊が現れるとかいった奇妙な噂が流れ出す。そして実際に、この世に違和感を抱いている少女たちは曲によって別の世界を幻視するようになってしまう。カラオケの流行を背景にした音楽怪談として清新な印象を与えた作品である。

高瀬ユウヤ（たかせ・ゆうや　？〜）異次元から来た異能者と人間の対立を背景としたラブロマンス『攻撃天使』（二〇〇三〜〇五・富士見ファンタジア文庫）でファンタジア長編小説大賞準入選。ほかにSFラブコメディなど。

高田義一郎（たかだ・ぎいちろう　一八八六〜？）別号に杏湖。医学博士の立場から、変態性欲や犯罪科学に関するエッセーを執筆。著書に『恐ろしき犯罪鑑定夜話』（二一、杏湖名義）『闘性術』（二八）ほか多数。人間を卵生にする薬が開発されるが、早産すると鶏の卵と見分けが付かず、市場に出回った経緯を語る「人間の卵」、狂気の医師が愛娘の病気になりそうなところを切除して非人間にしてしまう「扁桃先生」、同性愛に悩む女性を催眠で治療する「同性愛」などの短篇と随筆を収録する『らく我記』（二八・現代ユウモア全集刊行会）がある。

高田桂子（たかだ・けいこ　一九四五〜）広島県生。京都大学文学部仏文科卒。編集者、コピーライターを経て児童文学作家となる。少女たちの葛藤に焦点を当てた児童文学を多く執筆。『からからからが…』（七七・文研出版）は、不思議な卵の中から自分自身を取り出してしまうというシュルレアリスティックな童話。ほかに、両親の離婚を体験した孤独な中学生の少女が、桜の精のような不思議な少女の正体が、百姓一揆の際に生まれて名もつけられぬまま殺された子供の霊であることに気づいていく『かごめかごめかごめがまわる』（九一・あかね書房）など。

高田崇史（たかだ・たかふみ　一九五八〜）東京生。明治薬科大学卒。『QED百人一首の呪』（九八）でメフィスト賞を受賞してデビュー。薬剤師の傍ら、歴史を素材にしたミステリを執筆し、後に専業となる。ファンタジーに児童文学の『鬼神伝』（〇四・講談社）がある。日本人は元来鬼の血を引いており、一部の権力者だけが人であるという設定の下、現代に生きるスサノオ直系の力ある鬼の少年が、平安時代にワープして人と鬼の戦いに巻き込まれるという物語。

高田衛（たかだ・まもる　一九三〇〜）日本文学者。富山県生。早稲田大学大学院修士課程修了、東京都立大学大学院博士課程修了。東京都立大学名誉教授。上田秋成の研究をはじめ、江戸文学を怪奇幻想文学の視点から研究する学者である。『上田秋成研究序説』（六八・寧楽書房）『雨月物語評解』（八〇・有精堂出版）などの専門的研究に留まらず、一般向けの啓蒙書『八犬伝の世界』（八〇・中公新書）『江戸幻想文学誌』（八七・平凡社選書）や怪異文学のアンソロジー『江戸怪談集』（八九・岩波文庫）『日本怪談集』（九二・河出文庫）『大阪怪談集』（九九・和泉書院）、さらに《叢書江戸文庫》（八七〜〇二・国書刊行会）の監修などを手がけ、近世怪奇幻想文学の一般への普及にも尽力した。『江戸幻想文学誌』は、江戸時代の怪奇幻想文学について考える時にまず手に取るべき基本図書といえる。累の死霊を調伏した祐天上人を〈エクソシスト〉と呼び、その虚実を追った評論『江戸の悪霊祓い師』（九一・筑摩書房）は、一般読者をも惹きつけて江戸文学の読者を拡大、同時に江戸文化や近世の怪奇幻想文学、さらには心霊問題全般についての新しい視座を提供したといってもよいだろう。その他の評論に『女と蛇』（九九・筑摩書房）など。

高田侑（たかだ・ゆう　一九六五〜）群馬県桐生市生。法政大学卒。町工場勤務の傍ら、小説を執筆。制御できないテレパス能力を持つ男と、より優れた能力を持つ女の恋に、サイコ・サスペンスの要素を絡めた『裂けた瞳』（〇四・幻冬舎）でホラーサスペンス大賞受賞。ジェントル・ゴースト・ストーリーを中心とする短篇集『てのひらたけ』（〇九・双葉社）などがある。

高千穂遙（たかちほ・はるか　一九五一〜）本名竹川公訓《きみよし》。愛知県名古屋市生。法政大学社会学部卒。在学中にアニメーション企画・製作会社スタジオぬえを設立。同社勤務の傍ら、SFアクション《クラッシャージョウ》（七七〜〇五・ソノラマ文庫）で小説家としてデビュー。同作とSFアクション《ダーティペア》（八〇〜）は高千穂の代表作であり、アニメ化、漫画化もされた人気作である。格闘技を愛好する高千穂のファンタジーは、マッチョマンが活躍するバロウズ系ヒロイック・ファンタジーであることが多い。主な作品に、高校生が異世界に赴き不死の悪霊と闘う『異世界の勇士』（七九・鶴書房）、北欧神話の世界を舞台に、記憶を失った男が、オーディンに与えられた使命を果たすための冒険を繰り広げる『美獣』（八五・集英社）、竜神の血をひいたカンフーの達人を主人公とするアクション『目覚めしものは竜』（八一・トクマ・ノベルズ）、同じ主人公が、全宇宙の支配という野望を持ち、失われた真言を求めて魔手を伸ばす魔道行者と対決する伝奇アクション『魔道神話』（八六〜八八・同）、戦乱の異世界に聖なる戦士として招喚された女子高生の戦いを描くアクション・ファンタジー《異形三国志》（九二〜九八・富士見ファンタジア文庫）などがある。

鷹藤緋美子（たかとう・ひみこ　？〜）BL小説作家。ファンタジーに、海の神とバンド青年が主人公の『海神』（一九九五・青磁ビブロス＝ビーボーイノベルズ）がある。

高遠砂夜（たかとお・さや　一九六七〜）本名京元由紀子。石川県生。「はるか海の彼方に」（九二）で、コバルト・ノベル大賞佳作入選。女神の怒りにより、陰鬱な転生を繰り返す王子の運命を描く別世界ファンタジー『レイティアの涙』（九四・コバルト文庫）でデビュー。お伽噺的王国、貴族、魔法使いなどが登場する別世界を舞台にしたラブロマンス系ファンタジーで人気がある。魔法使いと負けん気の強い少女のラブアフェアを描く『姫君と婚約者』（九五〜九九・同）、炎の指輪レヴィローズの持ち主となった少女と指輪の精レンドリアの関係を描く『レヴィローズの指輪』（〇一〜〇五・同）など。ほかに、現代を舞台にしたミステリアス・ファンタジー『蒼のリフレイン』（九六・同）『月の裏側へ渡る船』（二〇〇〇・同）などがある。

高楼方子（たかどの・ほうこ　一九五五〜）北海道函館市生。東京女子大学日本文学科卒。児童文学作家。イタリアを舞台に、人形から人間の少女に変身しつつあるココが、鼠たちと一緒に、人間にも真贋の見分けがつかない贋作絵画を製造しているマフィア猫と戦う物語『ココの詩』（八七・リブリオ出版）でデビュー。この作品は永久循環型に時空がゆがむような結構を持っており、児童文学としてはやや難解であった。その後、無生物が生きているという類の、低学年向けの単純なファンタジーを多数執筆する傍ら、高学年向けの本格ファンタジーを執筆。祖父の家で夏休みを過ごすことになった少女が、強烈な憧れを持つ者にしか開かれない魔法の庭に入り込んで幻惑的な冒険を繰り広げるミステリアスな作品で、からくり師が作りあげた迷宮庭園とガラス張りの建物が魅惑的な『時計坂の家』（九二・同）、恋と夢の実現へと第一歩を踏み出す少女の清新な姿を描いた青春物だが、少女が書き綴る作中話『ドードー森』と現実とがシンクロするという設定がある『十一月の扉』（九九・同）、死の間近い老人が青年の姿となって仲良しの少女三人の前に姿を現し、死んだ後も変質者から少女たちを守るというエピソードが含まれた、少女たちの友情、憧れなどをさわやかに描く『緑の模様画』（〇七・福音館書店）などがある。これらの作品の主題は思春期における少女の成長で、少女にとってのイニシエーションが物語の核となっている。中・低学年向けの作品に、野良猫を語り手とする一見ホラー的な物語がファンタジーへと収束する連作短篇集『ねこが見た話』（九八・同）、古いビルを舞台に、二人の少女がビル内を探検する姿が半世紀前の二人の少女に重なったため、過去が呼び覚まされてくる、赤い鳥文学賞受賞作の『わたしたちの帽子』（〇五・フレーベル館）など。

高殿円（たかどの・まどか　？～）本名鈴木美早子。兵庫県生。主にファンタジーを執筆。異世界宮廷陰謀物《パルメニア物語》（二〇〇〇～〇一・角川ティーンズルビー文庫）、異世界戦記《遠征王》（〇一～〇五・角川ビーンズ文庫）、魔法を弾丸に封じ込めて銃器で操ることができる異世界を舞台に、強力な武器〈銃姫〉を探索しながら自らの運命を見つけていく若者たちを描く『銃姫』（〇四～〇六・MF文庫J）などがある。

高取英（たかとり・えい　一九五二～）大阪府堺市生。大阪市立大学商学部卒。漫画雑誌編集者を経て、戯曲作家になる。〈月蝕歌劇団〉主宰。裏切られた十字軍の少年たちと管理でがんじがらめの女子高生たちが神殺しの反乱を起こす「聖ミカエラ学園漂流記」（八二）など、幻想的な世界を形成する。戯曲集に『聖ミカエラ学園漂流記』（八三・群雄社出版）『女神ワルキューレ海底行』（八六・ながらみ書房）、『不思議の國のアリス』（九三・砂子屋書房）、夢野久作の同名小説の戯曲版『ドグラ・マグラ』（九七・沖積舎）など。ほかに、自作のノベライゼーション『聖ミカエラ学園漂流記』（八六・而立書房）もある。

竹貫佳水（たかぬき・かすい　一八七五～一九二二）本名直次。号に直人《なおんど》など。群馬県前橋市生。旧前橋藩士の子。攻玉社土木科卒。測図技師などをはじめ、職を転々とする。その間に江見水蔭に師事し、科学的冒険小説「膀胱船」（九五）を共同執筆。〇四年から博文館に勤務し、編集者、童話作家として活躍。ファンタジー童話に、夕立の鬼に取られたおヘソを取り返しに行く「お臍博覧会」（〇九）、記紀神話中の動物が出てくる話を集めた再話集『動物神話』（一一・博文館、渡辺北海との共著）、教訓的ファンタジー童話集『日曜お伽噺』（一九・中西屋書店）など。

貴子潤一郎（たかね・じゅんいちろう　？～）西洋中世風別世界を舞台に、女神の巫女に選ばれ、生涯を眠り続けることになった幼なじみのために騎士になった男の運命を描く『12月のベロニカ』（二〇〇三・富士見ファンタジア文庫）でファンタジア長編大賞受賞。ほかに、魔界と現世を繋ぐ門の封印の鍵である美少女の護衛となった少年の冒険と戦いを描く伝奇アクション『煉獄のエスクード』（〇五～〇六・富士見ファンタジア文庫）など。

高野和明（たかの・かずあき　一九六四～）東京生。映画・テレビなどの脚本家を経て、『13階段』（〇一）で江戸川乱歩賞を受賞。夫に堕胎を勧められた若妻が憑霊症状を起こし、精神の病か霊のしわざか悩みながらも憑霊現象と闘っていく夫と精神科医を描くホラー長篇『K・Nの悲劇』（〇三・講談社）、四人の自殺者たちが、自殺しかけている百人の人々を救えと神に命じられて自殺者救済に乗り出すファンタジー長篇『幽霊人命救助隊』（〇四・文藝春秋）、他人の特別な未来が見えてしまう青年を狂言回しとしたファンタジー・ミステリの連作短篇集『六時間後に君は死ぬ』（〇七・講談社）がある。

鷹野京（たかの・きょう　？～）BL小説作家。ファンタジー系作品に、別世界物《アンティークムーン》（一九九七～九八・大洋図書＝シャイ・ファンタジー）、現代を舞台に稲荷明神の白狐の化身が登場する『きつねの愛はけもの道』（九八・茜新社＝オヴィスノベルズ）がある。

高野斑山（たかの・はんざん　一八七六～一九四七）本名辰之。長野生。国文学者。近世の浄瑠璃を専門とし、『近松門左衛門全集』（二二～二四・春陽堂）などを校定。歌謡研究家としても著名で、民俗学的採集『日本歌謡集成』（二八～二九・春秋社）などの業績がある。主著に『日本歌謡史』（二六）『日本演劇史』（四七～四九）。また作詞家としても知られ、「春の小川」「故郷」などが代表作。斑山名で児童文学者としても活躍。海外の童話や有名文学の翻案のほか、笛の上手な少女が天に招かれ、試練の後に琴を授けてもらう「琴の由来」（〇八）、異常出生の大力の少年の物語「今金時」（〇九）などのファンタジー童話がある。

高野史緒（たかの・ふみお　一九六六～）茨城県土浦市生。茨城大学人文学部人文学科卒。お茶の水女子大学人文科学研究科修士課程修了。日本ファンタジーノベル大賞最終候補作『ムジカ・マキーナ』（九五・新潮社）でデビュー。同作は、十九世紀末のウィーンとロンドンを舞台に、機械の音楽に魅了される音楽家たちを描いたサイバーパンク的発想のＳＦファンタジー。この後、前近代的ヨーロッパ世界に現代的・未来的なテクノロジーを紛れ込ませる、アナクロニズムの手法を用いたＳＦファンタジーを多く執筆する。十八世紀初頭に電話網を発達させ、電話を通じ、その声でハッキングするカストラートたちを描いたミステリ風のＳＦファンタジー『カント・アンジェリコ』（九六・講談社）、仮想現実世界が流行している架空の帝国ロシアを舞台に、仮想空間に出現した究極のダンサーを描く戯曲『ヴァスラフ』（九八・中央公論社）、ローマ帝国が核戦争を引き起こしたためにヨーロッパ・中近東が放射能にまみれて中世化し、グノーシス主義が正統で科学的なものは異端視されているという世界を舞台に、真理を求めてうごめく人々の姿を描いたオムニバス『アイオーン』（〇二・早川書房）、ネット技術だけが異様に発達した異世界地球を舞台に、帝政ロシアに支配されている江戸の花魁を主人公として繰り広げられる冒険ミステリ『赤い星』（〇八・同）などがある。ほかに、タイムマシン・テーマに超古代文明を絡めた『ラー』（〇四・早川書房）など。

鷹野祐希（たかの・ゆうき　？～）成城大学文学部文化史学科中退。神の器たりうる少女と人間を器として利用しようとする一族の戦いを描く伝奇アクション『傀儡覚醒』（一九九九～〇一・講談社Ｘ文庫）でホワイトハート大賞に佳作入選し、デビュー。別世界を舞台に、精霊の恵みが失われて〈花枯れ〉が進行する原因を求めて、花学者の青年が冒険の旅に出る『眠れる女王』（〇二・角川ビーンズ文庫）、神を宿らせた人々が天と地に分かれて戦う伝奇アクション《秋津島》（〇七・ＧＡ文庫）などがある。

高野裕美子（たかの・ゆみこ　？～）翻訳家。ミステリ、サスペンスを中心に翻訳。小説も執筆し、『サイレント・ナイト』（二〇〇〇）で日本ミステリー文学大賞新人賞受賞。遺伝子組み換え食品の恐怖をテーマとする近未来ＳＦサスペンス『キメラの繭』（二〇〇〇・光文社）、戦争シミュレーション風小説『神の箱船』（〇六・小学館）など。

鷹野良仁（たかの・よしひと　一九七六～）鹿児島県生。宇宙軍が発達している世界で、高校所属の宇宙駆逐艦の艦長をすることになった少年を描くＳＦコメディ『新任艦長はいつも大変』（九九・角川スニーカー文庫）で角川学園小説大賞受賞。四万年周期で転生する高次の精神生命体（神）を胎内に宿した女子高生をめぐる、ラブコメディ風味のあるＳＦアクション『神さまにバックドロップ！』（〇一・同）がある。

高野亘（たかの・わたる　一九五四～）本名昌行。北海道小樽市生。一橋大学法学部卒。同大学院哲学専攻博士課程修了。大学講師を務めながら小説を執筆。十八世紀以降の哲学を作り出し支配してきた秘密結社や、哲学論文を浮かび上がらせる亀などを登場させた軽快な小説『コンビニエンスロゴス』（九〇・講談社）で群像新人文学賞受賞。

高野和（たかの・わたる　一九七二〜）愛知県名古屋市生。異世界を舞台に、姫宮を戴いて覇権を争う七都市の姿を、幼い姫の目を通して描く『七姫物語』（〇三〜〇六・電撃文庫）で電撃ゲーム小説大賞金賞受賞。

高橋いさを（たかはし・いさお　一九六一〜）劇作家。本名功。東京生。日本大学芸術学部演劇科中退。〈劇団ショーマ〉を主宰。戯曲集に、刑事と誘拐犯を一人二役とすることで、現実が巧妙にすり替えられる様を描く不条理的なコメディである表題作と、存在しない殺人ボクサーを出現させるために、無用の殺人が繰り広げられる不条理ホラー「ボクサァ」を収めた『ある日、ぼくらは夢の中で出会う』（八七・論創社）、突然出現した世界征服を企むもう一人の自分に対抗する五人の男女を描くコメディ『けれどスクリーンいっぱいの星』（八九・同）、小劇場の役者と強盗犯が、幽霊となってあの世に旅立つまでのどたばたを描いた『八月のシャハラザード』（九六・同）、三十年の時をさかのぼって別の肉体に転生した死刑囚が自分自身と戦う『リプレイ』（〇三・同）などがある。

高橋和巳（たかはし・かずみ　一九三一〜七一）大阪市生。高校時代、埴谷雄高の『死霊』に傾倒。京都大学中国文学科卒。同大学院博士課程修了。吉川幸次郎のもとで魏晋南北朝文学を専攻。中国文学者としての編著に『中国詩人選集　李商隠』（五八）などがある。大学在学中、小松左京らとの同人誌活動や学生運動に打ち込む。五四年、大学の後輩・岡本和子（後の作家・高橋たか子）と結婚。六二年「悲の器」が文藝賞長篇部門に当選、諸家の絶讃を浴びる。『憂鬱なる党派』（六五）『我が心は石にあらず』（六七）『日本の悪霊』（六九）など、戦後の社会・思想状況と真摯に対峙する思想的・観念的な長篇小説を次々に発表、六〇年代を体現する作家と目される。六七年、京大文学部助教授となるが、六九年の京大闘争で全共闘支持を表明、「わが解体」を発表して七〇年に教職を辞した。翌年結腸癌で逝去。

【邪宗門】長篇小説。六五年一月〜六六年五月『朝日ジャーナル』連載。大幅な訂正を加えて六六年河出書房新社刊。明治期に成立した神道系教団「ひのもと救霊教」の戦前戦後を描いた大作。孤児として拾われながらついには教主にまでなる千葉潔を主たる軸として、国家の弾圧によって組織的活動が潰される第一部、個々の雌伏の情況を描く第二部、戦後の復活を描く第三部から成る。第三部後半に至って伝奇性は強まり、教団は反国家的な宗教的蜂起に到るが、無惨に殺害、弾圧されて終わる。夢を現実と等価とみなしつつ、宗教・国家・人間について思考し続けるこの長篇は、高橋の悲しい諦めによって全篇が貫かれており、深い読後感を与える。

高橋克雄（たかはし・かつお　一九三二〜）長崎市生。児童映画・アニメーション作家、映像評論家。アニメの脚本なども執筆。小川未明の作品を人形アニメ化した「野ばら」（七七）は、国際児童年記念レオニード・モギー賞、芸術祭賞その他の賞を受賞。児童文学に、科学は進んだが環境は破壊された未来からやってきて、環境を悪化させた過去の人間を裁く未来人と関わるようになった少年たちの冒険を描いた、環境テーマのＳＦ《時を飛ぶＵＦＯ》（二〇〇〇〜〇一・小学館、〇六・金の星社）がある。

高橋克彦（たかはし・かつひこ　一九四七〜）岩手県釜石市生。早稲田大学商学部卒。美術館勤務を経て文筆活動に入る。八三年、浮世絵美術に関する造詣を傾けた『写楽殺人事件』で江戸川乱歩賞を受賞、デビューを果たす。八六年『総門谷』（八五・講談社）で吉川英治文学新人賞、八七年『北斎殺人事件』（八六）で日本推理作家協会賞を受賞。前者は、プラトン、クレオパトラからホムンクルスまでの、死から甦らせた十二死徒を従えて世界制覇をもくろむ巨悪の首領〈総門〉に、若き超能力者・霧神顕と仲間たちが挑む、壮大なスケールのオカルト伝奇ＳＦで、続篇『総門谷Ｒ』（九一〜〇二・講談社）も刊行されている。同傾向の作品に、神＝エイリアン＝先史文明という図式のもと、神々の戦いに巻き込まれ、タイムトラベルをする主人公たちを描いた《竜の柩》（八九〜九二・祥伝社、〇六・講談社文庫）、沖田総司をはじめとする歴史上の人物たちが時間修復のためにタイムトラベルをして冒険を繰り広げる『刻謎宮』（八九〜九九・徳間書店、〇六・講談社）、現代を舞台に、物部氏の秘宝をめぐって繰り広げられる戦いを描く『星封陣』（九二・天山出版）など。

　高橋はホラーの分野にも早くから意欲的に取り組み、特に短篇怪奇小説の分野では、岡本綺堂から都筑道夫へと続くホラー・ミステリの正系を、現代に受け継ぐ存在と目される。第一短篇集『悪魔のトリル』に続く『星の塔』（八八・実業之日本社）は、ザシキワラシ、鬼婆、八百比丘尼、狐憑き等々、作者の故郷である東北地方の豊かな民話伝説に取材した現代怪談七篇を収めるが、なかでも〈さざえ堂〉に似た奇妙な構造の塔に棲む〈お隠れさま〉との時空を隔てた恋を描く表題作や、胎児を燻製にして製する忌わしい妙薬をめぐる心霊譚「子をとろ子とろ」などに、作者の持ち味がよく出ている。直木賞を受賞した代表作『緋い記憶』（九一・文藝春秋）は、記憶の深層から噴出する恐怖をテーマとした短篇集で、心の奥深く秘匿した忌まわしい記憶に関わる家をめぐる哀切な幽霊譚などを収録している。続篇として『前世の記憶』（九六・文藝春秋）『蒼い記憶』（二〇〇〇・文藝春秋）があり、その延長線上には自伝的色彩が濃厚な短篇集『幻日』（〇三・小学館）や『たまゆらり』（〇九・実業之日本社）がある。東北地方の土俗的怪異を扱った「髑髏宿」や「髪の森」、エロティックな幽霊譚「ゆきどまり」などを収録する『私の骨』（九二・角川書店）も、高橋ならではの怪談集である。一方、長篇ホラーでは、《ドールズ》シリーズのほか、桃太郎の鬼退治や牛鬼伝説などを奇想天外な発想で一つに結びあわせ、崇徳上皇の怨霊を現代に甦らせた伝奇ホラー『蒼夜叉』（八八・講談社）や、スティーヴン・キングを意識した自伝的な地方都市ホラー『あやかし』（二〇〇〇・双葉社）など、意欲的試みに手を染めている。

　直木賞受賞後は、『火城』（九二）をはじめ一般的な歴史小説にも進出し、『火怨』（九九）で吉川英治文学賞受賞。同作はミュージカル化もされている。また『炎立つ』（九二〜九四）『時宗』（二〇〇〇〜〇一）はＮＨＫ大河ドラマにもなった。これらの歴史小説執筆後には、歴史伝奇風の怪奇小説にも着手し、陰陽師が鬼の怪異に立ち向かう連作集『鬼』（九六・角川春樹事務所）『長人鬼』（二〇〇〇・ハルキ・ホラー文庫）『紅蓮鬼』（〇三・角川ホラー文庫）、江戸後期の有名文化人を多数取り込んだ怪奇ミステリ連作『京伝怪異帖』（二〇〇〇・中央公論新社）などを執筆している。

　このほかの関連書として、豊富な怪異・神秘体験を綴ったエッセー集『黄昏綺譚』（九六・毎日新聞社）、オカルト・エッセー集『書斎からの空飛ぶ円盤』（九三・マガジンハウス）、ホラー映画への偏愛ぶりを示す『幻想映画館』（九六・ＰＨＰ研究所）、都筑道夫、小池真理子、宮部みゆき、岩井志麻子ら七人のホラー作家との対談集『ホラー・コネクション』（〇一・角川文庫）などがある。

【悪魔のトリル】短篇集。八六年講談社（講談社ノベルス）刊。衛生博覧会という淫靡な郷愁をそそる舞台のなか、トランクに詰められた美少年のバラバラ死体にまつわる哀しくグロテスクな因縁を描く表題作は、江戸川乱歩に捧げるオマージュともいうべき佳品である。陶器で出来た精巧な人形の家に魅入られた男の意外な末路を描く「陶の家」、三橋一夫の〈不思議小説〉を彷彿させるペーソス溢れる「妻を愛す」、瓜子姫とあまんじゃくの不気味な昔話が現代に甦る凄惨な怪異譚「眠らない少女」など全六篇を収録。怪談作家と編集者が怪異に見舞われる巻末の「飛縁魔」の一節〈名作と呼ばれる怪談はたいていが心理描写の積み重ねであったり、底辺に愛が流れている〉には、作者の怪談観がよく示されている。

【ドールズ　闇から来た少女】長篇小説。八七年中央公論社（Cノベルズ）刊。再刊時に「闇から来た少女　ドールズ」「ドールズ」と改題。盛岡市の名物喫茶〈ドールズ〉を経営する月岡真司の七歳になる娘・怜は、深夜の雪道で車にはねられ、重傷を負う。失語症に陥った怜は医学の常識を超えた不可解な症状を示し、人形に対する執着や喫煙など、異様な行動をとるようになる。ドールズの階下で古書店を営む真司の義弟・結城恒一郎は、人形作家で恋人の小夜島香雪や、大学病院に勤務する友人医師らの助力を得て、謎の解明に乗り出すのだが……。作者が手がけた初の本格ホラー長篇であり、初刊本の「作者の言葉」には〈怪奇小説は不可思議な話が多いものだが、世の中にひとつくらい、合理的な展開に終始する怪談があってもいいだろう〉と執筆意図が表明されている。少女の姿で現代に転生した江戸の天才人形師・泉目吉が、様々な怪事件の謎に挑むという一種のオカルト探偵物としてシリーズ化され、『闇から覗く顔　ドールズ』（九〇・中央公論社）『ドールズ　闇から招く声』（〇二・角川書店）『ドールズ　月下天使』（〇八・同）と刊行されている。ホラーとミステリとオカルトという高橋作品の屋台骨を支える三大要素が融合された、ライフワークというべき作品である。

高橋桐矢（たかはし・きりや　一九六七〜）、福島県生。県立高校中退。第一回小松左京賞で努力賞を受賞。小松左京の「女狐」（六七）をもとにした伝奇アクション『安倍晴明　天人相関の巻』（〇一・二見書房）などがある。

高橋源一郎（たかはし・げんいちろう　一九五一〜）広島県尾道市生。横浜国立大学経済学部中退。大学在学中、全共闘運動に参加、逮捕される。大学中退後の十年間、横浜で肉体労働に従事する傍ら小説を執筆。八一年、詩人とその恋人と猫が送る超現実的な愛の生活を描いた『さようなら、ギャングたち』（八二・講談社）で群像新人長篇小説賞優秀賞を受賞、〈ポップ文学の最高の作品〉（吉本隆明）などと称讃される。〈現実は存在しない。言葉だけが存在する〉という信念のもと、実在・虚構の著名人を登場人物とする前衛的かつ抒情的な作品を次々に発表、『虹の彼方に』（八四・中央公論社）『優雅で感傷的な日本野球』（八八・河出書房新社、第一回三島由紀夫賞）『ペンギン村に陽は落ちて』（八九・集英社）などがある。ロボットに読ませるために集められた架空の書物の断片によって構成された『惑星P-13の秘密』（九〇・角川書店）、謎のゴーストを追っての冒険などを描いたメタフィクション『ゴーストバスターズ』（二〇〇〇・講談社）、日本文学史上の有名人たちを現代に投げ込んで、奇天烈な行動を取らせた伊藤整文学賞受賞作『日本文学盛衰史』（〇一・講談社）、脳内妄想が現実以上にリアルなものであることをどたばたの中に描き出した『ゴヂラ』（〇一・新潮社）、宮沢賢治の童話を念頭に置いたシュールな連作短篇集『ミヤザワケンジ・グレーテストヒッツ』（〇五・集英社）なども、源一郎の本領が発揮された特異な幻想文学作品である。また、『ぼくがしまうま語をしゃべったころ』（八五）『ジェイムス・ジョイスを読んだ猫』（八七）『文学がこんなにわかっていいかしら』（八九）ほか、評論、エッセーも数多い。現代アメリカ文学にも詳しく、翻訳にマキナニー『ブライト・ライツ、ビッグ・シティ』（八八）など多数。

高橋ショウ（たかはし・しょう　一九七四〜）東京生。ポルノ小説を主に執筆。人類を滅ぼそうとする神に対抗すべく作り出された人造人間の戦いを背景とする『イブリース』（二〇〇一・二次元ドリームノベルズ）などのほか、ゲームのノベライゼーションを多数執筆。ほかにSFアクション『闇の王』（〇七・リーフ＝ジグザグノベルズ）がある。

高橋新吉（たかはし・しんきち　一九〇一〜八七）詩人。愛媛県西宇和郡伊方町生。八幡浜商業学校中退。仏教に終生魅了され、一時は寺の小僧ともなり、また禅の印可も受けている。仏教に通いあうものとしてダダに惹かれ、『ダダイスト新吉の詩』（二三・中央美術社）を刊行、日本モダニズムに大きな影響を与えた。晩年には、禅思想にもとづく神秘的な詩の境地を切り拓き、その代表的な詩集『空洞』（八一・立風書房）によって日本詩人クラブ賞受賞。〈白い雲の下に／雀が飛んでいる／／オレは百億年を／ひとりで飛んでいる／／深い雪の中に／鳩が死んでいる／／オレは一日に／二千回は死んでいる／／遠い空の奥に／鳥が遊んでいる／／オレは一瞬に／どの星にも遊んでいる〉（「白い雲の下に」全篇）

▼『高橋新吉全集』全四巻（八二・青土社）

高橋たか子（たかはし・たかこ　一九三二～）本名和子《たかこ》（旧姓岡本）。京都市生。京都大学仏文科卒。五四年に高橋和巳と結婚。六四年『白描』同人となり、シュルレアリスムの影響を感じさせる幻想的な短篇を発表、注目を集める。七一年の夫の死後、本格的な執筆活動に入り、身近な人間すべてを憎悪し孤独地獄をさすらう女性を描く『空の果てまで』（七三・新潮社）で田村俊子賞を、友人たちを噴火口への投身自殺に導く女子大生を描く『誘惑者』（七六・講談社）で泉鏡花文学賞を受賞した。七五年にカトリックに入信、八一年からフランスで修道院生活を送る。信仰へと到る精神的彷徨から『荒野』（八〇）『装いせよ、わが魂よ』（八二）『怒りの子』（八五）などの長篇が生み出された。

観念的な背徳・異端という従来の日本文学にはなじみの薄いテーマに全身全霊を傾けるたか子の作品は、その多くが、たとえばジュリアン・グリーンがそうであるような意味において広義の幻想文学に含めることができようが、とりわけ短篇作品にはその傾向が著しい。どこか無国籍風な『骨の城』に対して、以後の『彼方の水音』（七一・講談社）『双面』（七二・河出書房新社）『共生空間』（七三・新潮社）などの短篇集では、より現実的・日常的な設定のもと、夢と現実とが混淆し、他者との交感や憎悪、自己像幻視などのテーマが追求されている。〈この短篇集がまとめられることによって、私にとって、或る時期がしめくくられた気がする〉と作者が述べる『人形愛』（七八・講談社）に、そうした試みの一到達点をみることができるだろう。連作長篇『ロンリー・ウーマン』（七七・集英社）にも、「お告げ」のように幻想性の濃厚な作品が含まれている。このほか、フランス幻想文学の翻訳も手がけており、マンディアルグ『大理石』（七一・人文書院、澁澤龍彦との共訳）、ジュリアン・グリーン『ヴァルーナ』（七九・同）、ラシルド『ヴィーナス氏』（八〇・同、鈴木晶との共訳）などがある。

【骨の城】 短篇集。七二年人文書院刊。地下室でローラーにかけられ影に変じる裸女たち、男たちの骨の集合体である円錐形の建物など、シュルレアリスム絵画を思わせるイメージが横溢する表題作、鏡を通り抜けて〈夢のきざはし〉を上り、不気味な異世界をさまよう「半音階的幻想」、廃墟で催される自殺パーティで、人間ともマネキン人形ともつかぬ美女に出会う「リュミリア」など、独特の鉱物幻想風な世界を展開する作品群のほか、幼い娘を窒息死させた女の羽織を着た農婦が、突然娘に対して怖れと憎悪を抱いた挙句、窒息死させてしまう「化身」、隣室に越してきた主婦が緑いろの眼を輝かせて自分を追跡してくるように感じる「眼」など、幻想的・象徴的な初期作品十篇を収録。

高橋蝶子（たかはし・ちょうこ　一九二三～九六）新潟県生。児童文学作家。『カロンの舟に祈りをのせて』（七六）で北川千代賞受賞。二人の兄弟が青く光る不思議な犬に導かれて、生き別れとなっていた少女と父親の再会を助ける『赤い絵日記のなぞ』（八四・太平出版社）、甘えん坊で善意のお化け・ばいろんが、故郷の父と戦地の息子との間を往復する表題作、戦後になったら良い洋服で飾らせてあげると約束したまま果たせずに壊してしまったマネキンが歩いているのと出会す「マネキン人形とせみしぐれ」ほか、〈戦争を抜きに世界を考えられない〉という高橋の特徴がよく出ている怪奇幻想短篇集『ばいろんおばけ』（九六・らくだ出版）など。

高橋鐵（たかはし・てつ　一九〇七～七一）本名鐵次郎。東京芝生。日本大学心理学科でフロイト派深層心理学を学ぶ。性科学研究に取り組む傍ら、三八年『オール讀物』に発表した「怪船『人魚号』」から、四〇年の「太古の血」まで十数篇の怪奇小説を執筆している。外科手術による人魚創造に憑かれた医学者の謎めいた航海を描く、小栗虫太郎風の異国綺譚「怪船『人魚号』」、千里眼の能力を持つ娘と老芸人の哀しく狂おしい愛を描く心霊ラブロマンス「交霊鬼懺悔」（三八）、怪しい中国魔術によって覚醒夢遊症となり淫猥な見世物に売られようとする女を描く「明笛魔笛」（三九）、長年氷の中に閉じ込められていた美女の蘇生にまつわるSF風奇談「氷人創生記」（三九）など、専門の医学知識を活かしながら、エキゾティックな猟奇の世界を造り出して異彩を放つ。作品集に『世界神秘郷』（四一・霞ケ関書房）『南方夢幻郷』（四二・東栄社）がある。戦後は性心理・風俗研究で一家を成し、日本生活心理学会を主宰した。

高橋敏也（たかはし・としや　一九六三～）別名に吾郷たける。コンピュータ関係の仕事の傍ら小説を執筆し、多次元世界を転戦するヒーローを描く『多元宇宙バトル・フィールド』（九〇・ハヤカワ文庫、矢野徹との共著）でデビュー。スペースオペラ《宇宙連邦軍》（九〇～九一・同、矢野徹との共著）のほか、精霊の加護を受ける国の魔法の香炉をめぐり、現実と別世界とが入り交じりながら冒険が繰り広げられるアクション・ファンタジー《精霊騎士》（九一～九二・大陸ノベルス、吾郷たける名義、九六～九七・ビクターノベルズにより全四巻完結）がある。

高橋三千綱（たかはし・みちつな　一九四八～）大阪府豊中市生。サンフランシスコ州立大学英語学科中退。早稲田大学英文科中退。セールスマン、通訳、記者などを経て文筆生活に入る。七八年「九月の空」で芥川賞受賞。様々な霊が巣くう洋館に閉じ込められた少女たちを助けるため、主婦の霊能者やアメリカから来た霊能者たちが活躍するオカルト長篇『霊能者』（九二・角川書店）がある。

高橋睦郎（たかはし・むつお　一九三七～）詩人。福岡県八幡生。福岡教育大学国語科卒。六二年、上京してコピーライターとなる。『ミノ・あたしの雄牛』（五九・私家版）で詩人としてデビュー。エロスとタナトスを強く感じさせ、時として宗教的とも思われる詩篇を書く、特異な詩人。幻想の王国の習俗・歴史などを王国外部の人間が記していく、という形の、いわば幻想の民族誌としての詩集『王国の構造』（八二・小沢書店）で歴程賞受賞。ほかに瞑想的な散文詩集『暦の王』（七二・思潮社）、「ナルキッソス伝説的の私」など、様々な神話的存在となってみせる〈私〉の詩集『私』（七五・林檎屋）、幻想の神話・幻想の王国を砂上に描いたような『鍵束』（八二・書肆山田）などがある。短歌・俳句もよくする。男色・サディズム・神学方面のエキスパートであり、評論に『地獄を読む』（七八・駸々堂）などがあるほか、小説『聖三角形』（七二・新潮社）『善の遍歴』（七四・同）などもあり、異能の人というにふさわしい。

高橋弥七郎（たかはし・やしちろう　？～）大阪府生。未来が舞台のSFアクション《A／Bエクストリーム》（二〇〇二～〇四・電撃文庫）で電撃ゲーム小説大賞選考委員奨励賞受賞。次作の伝奇アクション『灼眼のシャナ』（〇二～・同）が人気シリーズとなり、メディアミックス展開された。同作は、人を喰らうことでこの世に存在できる異次元の存在が、人を食うか否かで対立しており、勢力の一方によって命を奪われ、もう一方の勢力に属する異能者シャナによって命を与えられた少年を軸に、戦いとラブロマンスが展開する作品である。

高橋泰邦（たかはし・やすくに　一九二五～）東京生。早稲田大学理工学部機械科卒。海洋冒険小説の翻訳を多数手がけ、小説も執筆。海底都市が建設されている未来を舞台に、異星人との接触を描いたジュヴナイルSF『海底基地SOS』（七〇・毎日新聞社）、「宇宙塵」ほかのSF短篇がある。

高橋夕樹（たかはし・ゆうき　？～）アナクロニズムの江戸時代初期を舞台にした妖怪退

治物のコメディ『化け猫じゃらし』(一九九八・富士見ファンタジア文庫)でファンタジア長編小説大賞佳作入選。

高橋良輔(たかはし・りょうすけ　一九四三〜)明治大学文学部中退。アニメの演出家、監督、脚本家。虫プロダクションに入社して「リボンの騎士」「悟空の大冒険」などの演出を務めた後、サンライズに参加。原作(原案)・監督を務めたアニメの代表作に「太陽の牙ダグラム」(八一〜八三)「装甲騎兵ボトムズ」(八三〜八四)「蒼き流星SPTレイズナー」(八五〜八六)「ガサラキ」(九八〜九九)など多数。SFアニメのノベライゼーションのほか、鬼伝説がある別世界を舞台にしたヒロイック・ファンタジー『モザイカ』(九二・富士見ファンタジア文庫)がある。

高畑京一郎(たかはた・きょういちろう　一九六七〜)静岡県生。仮想空間でのRPGに参加した青年が、現実と虚構の区別がつかない状況に落ち込んでしまう、仮想現実物の秀作『クリス・クロス』(九四・メディアワークス)で第一回電撃ゲーム大賞金賞を受賞してデビュー。ほかに、短期タイムスリップ物のミステリ『タイム・リープ』(九五・同、映画化)、殺された青年の霊に一時的に体を乗っ取られることになった高校生が事件を解決していく『ダブル・キャスト』(九九・同)、正義の味方に恋人を殺された青年が悪の組織に加入して戦うアンチ・スーパーヒーロー物『Hyper Hybrid Organization』(〇一〜〇五・電撃文庫)がある。

高畠藍泉(たかばたけらんせん　一八三八〜一八八五/天保九〜明治一八)幼名瓶三郎、後に求徳、政《ただす》。号に三世柳亭種彦など多数。江戸浅草生。代々本丸奥勤の御坊主だったが、藍泉は読書、書画、俳諧をたしなみ、芝居や遊廓で時間を使う遊び人であった。藍泉は画号で、初めは画工として立った。維新後は新聞記者となり、『怪化百物語』(七五、転々堂主人名義)を皮切りに、敵討物などの戯作的小説を発表。一八八〇年代の小説界で一目置かれる存在となった。『怪化百物語』は、一人ずつ燈心を消していくという百物語の趣向にのっとって〈妖魔《ばけもの》〉を呼び出すと、殿様や芸妓などの化物が出現するという形の新風俗紹介で、文明開化期の諷刺的戯作の一典型といえよう。また『怪談深閨屏《しんけいびょう》』(八四・鶴声社、柳亭種彦名義)は、ミステリと怪談の混淆物で、タイトルからも分かるように幽霊などは気の迷いであると語る現実落ちの作品であり、やはり開化期の怪談文学の一つの典型を示している。

高浜直子(たかはま・なおこ　一九三七〜)和歌山県生。日本女子大学家政科児童学部卒。幼年童話を主に執筆。タコのジローの吹くトランペットの音に魅せられて交流を続けるピアニストの話『ジローのトランペット』(七五・アリス館牧新社)、月に手紙を書くと月がやって来て手品を見せてくれる『お月さんの手品』(八六・小学館)ほか。

喬林知(たかばやし・とも　?〜)魔族の王の魂を持つことを告げられた高校生の少年の、異世界での活躍を描く往還型ファンタジー《㋮シリーズ》(二〇〇〇〜・角川ビーンズ文庫)がある。人気シリーズとなり、アニメ化、漫画化されている。

高原英理(たかはら・えいり　一九五九〜)本名加藤幹也。別名に秋里光彦。三重県桑名市生。立教大学文学部日本文学科卒。八五年「少女のための鏖殺作法」(加藤名義)で第一回幻想文学新人賞を受賞。以後『幻想文学』誌等に、「海ゆかば」の歌詞を即物的に現実化したグロテスクな光景を中心に据えながら、読者を幻惑に導く迷宮構造の傑作短篇「水漬く屍、草生す屍」(八六)、核戦争ですべての生命は滅び、天上界から来たMには新宿のビル街が廃墟に見えるにもかかわらず、生に執着する人々は世界がまだそこにあると信じ込んでいる「六月の夜の都会の空」(八七)、土俗ホラー「かごめ魍魎」(八八)などの短篇を発表。硬質なイメージで構築された異世界ファンタジーから陰惨なホラーまで多彩な作風を示す。著書にホラー短篇集『闇の司』(〇一・ハルキ・ホラー文庫、秋里名義)、『稲生物怪録』をもとに、妖怪の試練に耐えた現代の姉妹が、卑小な怨恨から亡霊となって妖怪に取り憑き、その力を増大させて人々を操ろうとする悪霊に立ち向かう長篇ファンタジー『神野悪五郎只今退散仕る』（〇七・毎日新聞社）がある。また、「語りの事故現場」（九六）が群像新人文学賞評論部門で優秀作となり、以後は評論活動でも知られるようになる。評論集に、尾崎翠『第七官界彷徨』ほか、自由な自分を守るために戦う女性たちを描いた作品を紹介・分析することで、女性が強いられてきたものを逆照射すると同時に、未来の少女像までをも幻視する『少女領域』（九九・国書刊行会）、三島由紀夫論を中心に、少年愛＝自己愛を奏でる作品群を取り上げ、近代文学の中で抑圧されてきたものを抉り出した『無垢の力』（〇三・講談社）、〈ゴシック〉というタームで様々な文学・文化・現象を読み解いた評論『ゴシックハート』（〇四・講談社）『ゴシックスピリット』（〇七・朝日新聞社）、折りに触れて書き綴ってきた幻想作家をめぐるエッセーを集めた『月光果樹園』（〇八・平凡社）がある。

【抒情的恐怖群】短篇集。〇九年毎日新聞社刊。〇八年『文學界』掲載の「グレー・グレー」を除き書き下ろし。〈顔が半分しかない少年〉の都市伝説を探求するうち、おぞましい町の機構に取り込まれていく、都市幻想の白眉ともいうべき「町の底」、呪いの伝染と妖怪とをミックスし、さらに語り手の惑乱という要素を付け加えた「呪い田」、木陰で見る夢が現実になるという童話を遠く木霊させた記憶改変物の「樹下譚」、ゾンビとして生きることのリアルを追究しつつ哀切な愛の物語に仕立てた「グレー・グレー」、闇から生まれた女を伴侶とし、〈夜の夢こそまこと〉を生きる女を描く「影女《かげじょ》抄」、不吉な場所としての石舞台を生々しく描いた「帰省録」、人面疽テーマの面目を新たにした「緋の間」の全七篇を収録。人肉嗜食、人体損壊、呪物、霊など、ホラーの古典的素材を昇華させ、巧緻な語りの技術で幻惑的な幻想小説に仕上げている。短篇作家としての高原の美質が発揮された作品集である。

鷹見一幸（たかみ・かずゆき　一九六九〜）静岡県生。警察官を経て漫画原作、ゲーム原案、アニメ企画などを手がける。平和な現代から荒廃したパラレルワールドに移動してしまった少年たちの冒険を描く《時空のクロス・ロード》（二〇〇〇〜〇三・電撃文庫）で小説家としてデビュー。同作の続篇のほか、異世界戦記『ガンズ・ハート』（〇四〜〇五・同）、スペースオペラ《でたまか》（〇一〜〇六・角川スニーカー文庫）など多数。

高見広春（たかみ・こうしゅん　一九六六〜）兵庫県神戸市に生まれ香川県に育つ。大阪大学文学部美学科卒。これまで唯一発表されている作品に、異世界日本を舞台に、中学の一クラス全員が孤島に連れ去られ、国家公認のデスゲームへと駆り立てられる一部始終を、抜群の構築力とキャラクター造形力で描いた『バトル・ロワイアル』（九九・太田出版）がある。同作は、第五回日本ホラー小説大賞最終候補作となったものの、審査員から〈不愉快〉などのマイナス評価を受けて落選。マイナス評価ぶりが極端であったため逆に話題となり、別の版元から出版されてベストセラーとなった。深作欣二監督により映画化されたが、これもまた青少年に有害云々といった議論を巻き起こし、ヒット映画となった。漫画化もされている。

鷹見陸（たかみ・りく　一九五九〜）魔境化した未来の地球を舞台にしたSFファンタジー《双星紀》（九〇・角川スニーカー文庫）などがある。

高溝まのん（たかみぞ・まのん　一九七六〜）「天使にあえる日」で第二回小説ASUKA新人賞佳作を受賞。嫉妬の情念のせいで物語の中に閉じ込められてしまう学園ファンタジー『ぬすまれた「ヒロイン」』（二〇〇〇・角川ティーンズルビー文庫）がある。

嵩峰龍二（たかみね・りゅうじ　一九六三〜）本名西尾康博。愛知県犬山市生。名古屋大学卒。不死の女戦士を主人公とするスペースオペラ《ソルジャー・クイーン》（八五〜九五・ソノラマ文庫）でデビュー。ファンタスティックな別世界を舞台にした本格的なヒロイック・ファンタジーを執筆。アトランティスを舞台に、淫邪神と戦う使命を帯びて月神の加護を受け、冥府の王に愛されている魔女戦士アドナが、愛する人を救い国を再建するため、怪奇と幻想に溢れた戦いを繰り広げる《アドナ妖戦記》（八五〜九四・同）、広大な海に島が散らばる世界ルニセクの英雄たちをめぐる物語『ルニセク群雄伝』（八九・角川スニーカー文庫）、架空の幻想的な大陸を舞台に、あらゆることを可能にする〈力の至宝〉をめぐって雷神の娘を中心とする一行の冒険を描く《雷《いかづち》の娘シェクティ》（八九〜九四・富士見ファンタジア文庫）がある。

『篁物語』（たかむらものがたり　平安中期成立）物語。作者未詳。小野篁と異母妹は愛し合って契るが、懐妊を知った母に仲を引き裂かれ、妹は死んで亡霊となって現れる。篁は供養しつつしばらく独身でいるが、まもなく右大臣の三の姫と結婚する。亡霊が現れて怨み言を言うので、しばらくは足が遠のくが、やがて三の姫を大事にするようになった、という短い物語。

たかもり諫也（たかもり・いさや　一九六七〜）別名に瀬戸香緒里。〇二年まで鷹守と表記。茨城県生。異世界ヴェネツィアを舞台に吸血鬼と少女の恋を描いた『永遠の刻』（九五・講談社X文庫）でホワイトハート大賞佳作入選。以後、ファンタジーを中心に、BLテイストも交えつつ執筆。巫女の少女の悲恋を描く『風読みの塔』（九六・同）、永遠の秋野の野原に住まう陶芸家の霊に魅入られた青年の怪奇ラブロマンス『夜の声冥々たり』（九九・ディアプラス文庫）、人々が仮面を着けて暮らす〈迷宮都市《ラビリントス》〉を舞台に仮面師の青年を描く、『不思議の国のアリス』のキャラクターを使ったミステリアスなSFファンタジー連作『Tears Roll Down』（九九〜〇三・ウィングス文庫）、世紀末パリを舞台にした怪奇ファンタジー『百年の満月』（〇一〜〇五・同）、神々が支配する魔法的別世界を舞台に、神の魂を宿している幻獣使いの少年が冒険を繰り広げる《シメールマスター》（〇二〜〇三・角川ビーンズ文庫）ほか。瀬戸名では、流刑に処された女神が記憶をなくし、現代の女子高生になっているかぐや姫ファンタジー『流刑天人』（九七・講談社X文庫）がある。

高森一栄子（たかもり・かずえこ　一九四三〜）本姓森田。東京文京区生。文化学院美術科卒。種々の職業を経て輸入販売業を営む。八五年「土踏まずの日記」で『小説宝石』エンタテインメント小説大賞を受賞。代表作に『水子、大きく振りかぶれ』（九〇）。幻想小説に、水子の霊と農薬スミチオンの合成物で、人間を未生以前に還元してしまう〈笑い水〉のもたらすパニックを女性の一人称で綴る『笑い水の日記』（八八・光風社出版）がある。

高屋窓秋（たかや・そうしゅう　一九一〇〜九九）俳人。本名正國。愛知県名古屋市生。法政大学英文科卒。二十歳で水原秋桜子に師事、三一年に師と共に高浜虚子の『ホトトギス』を脱退。三二年発表の〈頭の中で白い夏野となつてゐる〉は新興俳句を代表する象徴的作品とされる。三五年、秋桜子主宰の『馬酔木』を退会。『天狼』（四八）や『俳句評論』（五八）の創刊に参加。数度にわたり句作の断絶があるが、句集に『白い夏野』（三六・竜星閣）『河』（三七・同）『石の門』（五三・酩酊社）などがある。〈死を白く塔にしまひぬ冬の旅〉〈鐘が鳴る蝶きて海ががらんどう〉〈緑星金の純粋紛れなし〉

▼『高屋窓秋全句集』（七六・ぬ書房）

高安亀次郎（たかやす・かめじろう　生没年未詳）筆名に東洋奇人。日清戦争勃発以前に書かれた未来戦記物で、二十六世紀の未来を舞台に、米露二大勢力の対立を軸として、アメリカの支援のもと、日本がロシアを打ち破る『世界列国の行く末』（一八八七・金松堂）がある。

高柳佐知子（たかやなぎ・さちこ　一九四一〜）イラストレーター、絵本作家、エッセイスト。幻想的な作品に、リボン屋、風屋、小箱屋、地図屋など、ファンタジックな店を紹介する絵本『エルフさんの店』『トウィンクルさんの店』（七六～七七・学研）、ハイウィロウ村の少女アリゼが、素敵な物を作っている不思議な村の人たちのことやハロウィンの魔女体験、魔女から聞いた魔女の話などを詩の形で綴った『ハイウィロウ村スケッチブック』『不思議の村のハロウィーン』『アリゼの村の贈り物』『ティスの魔女読本』（八七～九〇・河出書房新社）がある。ほかにエッセー集『ファンタジー・ランドのお料理ノート』（九四・同）『ケルトの国へ妖精を探しに』（〇五・同）など。

高柳重信（たかやなぎ・しげのぶ　一九二三～八三）俳人。別名に山川蟬夫。東京小石川生。早稲田大学専門部法科卒。父も俳人（号は黄卯木）で、少年時代より句を作る。四七年、富澤赤黄男に会い、新興俳句系の俳誌『太陽系』に参加、この頃より多行形式の作品を発表。〈汝、山河、濡れたる麻薬／死にみちてたづねる沙漠〉〈わが来し満月／わが見し満月／わが失脚〉〈月下の宿帳／先客の名はリラダン伯爵〉〈月の出の／蛙らさわぐ／わが黒彌撒〉等を収める『蕗子』（五〇・東京太陽系社）には、十代より耽読したフランス文学、特にネルヴァルやリラダンの影が差しており、ドッペルゲンガー嗜好や神秘浪曼主義・ニヒリズムへの傾斜が認められ、それは『伯爵領』（五二・黒彌撒発行所）『黒彌撒』（五六・琅玕洞）に引き継がれている。十代からの胸部疾患を抱えながら、五二年に赤黄男を擁して俳誌『薔薇』を創刊、五八年には赤黄男・三橋鷹女・高屋窓秋・永田耕衣らを擁して『俳句評論』を創刊、六八年より綜合誌『俳句研究』の編集長を務めた。俳句形式を〈その作品が出現しないうちに、はやばやと予見的に名づけられてしまった不思議なジャンル〉と認識、深い文学的造詣と鋭い洞察力を具え、作家・批評家・編集者として抜群の才能を発揮したが、常識的な俳人像から大きくはみだしていたために、俳壇外の評価は高かったものの、因習的閉塞的な俳壇では報いられることが少なかった。近代・現代俳句史上、最も異端と見えて、実は真摯なる正論を唱え続けた稀有の俳人である。多行形式の句集に『青彌撒』（七四・深夜叢書社）『山海集』（七六・冥草舎）『日本海軍』（七九・立風書房）等があり、〈友よ我は片腕すでに鬼となりぬ〉等を収める別名義の一行表記句集『山川蟬夫句集』（八〇・俳句研究新社）等、評論に『バベルの塔』（七四・永田書房）その他がある。
▼『高柳重信全集』全三巻（八五・立風書房）

高柳蕗子（たかやなぎ・ふきこ　一九五三～）歌人。埼玉県戸田市生。父は高柳重信。明治大学文学部卒。八五年より『かばん』会員。怪奇、幻想、ＳＦ的なモチーフ、時にユーモアを感じさせるグロテスクな場面の展開、警句のような観念的な内容、さらに言語遊戯などを特徴とする。歌集に、〈肝臓が大牛に化けてのし歩くあっと驚く瀕死の富豪〉〈青白い少女霊媒のこめかみを競ってなめる痩馬の霊〉等の『ユモレスク』（八五・沖積舎）、別世界ファンタジー物の連作《メラターデの画集》《須弥山大運動会》、回文を末尾に入れてシュールに仕上げた《回文兄弟》等を収録する『回文兄弟』（八九・沖積舎）、〈また役に立つ日来るまでトランプに戻すあたしの髭の兄たち〉ほか様々なあたしを語る《あたしごっこ》、〈妹の生霊がいないいないいないバア　いやまて僕に妹いない〉等、全句頭を五十音で順にそろえた《あいうえおごっこ》を収録する『あたしごっこ』（九四・沖積舎）、〈死んじゃってごめんと死んだ僕も泣く　えーいえーんと嘶く水棲馬〉等の『潮汐性母斑通信』（二〇〇〇・沖積舎）がある。

高柳誠（たかやなぎ・まこと　一九五〇～）詩人。愛知県名古屋市生。独特の硬質な言葉、乾いた情念、知性的な構築により、一貫して見えないものを言葉によって呼び出そうとする幻想詩を書き続けている。同世代の中では最も幻想的な詩人であり、現代を代表する幻想詩人の一人。架空の王国アリスランドに関する記述を並べた、幻想の民族誌風の散文詩集『アリスランド』（八〇・沖積舎）、幻想空間を言語によって構築しようとした、詩におけるハイファンタジーとでもいうべき散文詩集『卵宇宙／水晶宮／博物誌』（八二・湯川書房）、架空の書物からの引用、あり得ない物のカタログ、水にまつわるカレンダーなどから成り立つ特異な散文詩集『アダムズ兄弟商会カタログ第23集』（八九・書肆山田）、そこに踏み込むと人が気化してしまう広場、畸型の種族ばかりを集めた水族館、昼の間は市場で、夜になると墓場になる市場＝墓場など、都市の施設について順次語っていく連作散文詩『都市の肖像』（八九・書肆山田）、画家や造形家とのコラボレーション『触感の解析学』『星間の採譜術』『月光の遠近法』（いずれも九七・書肆山田）、『万象のメテオール』（九八・思潮社）、ギリシア悲劇を引用しつつ、舞台上演を意識して書かれた長篇詩『廃墟の月時計／風の対位法』（〇六・同）など多数。〈過去形の鳥が／楕円の島をめざして飛ぶ／その飛行曲線が螺旋形をみだし／シメオンはあまい悔悟の涙を流す／雨の木曜日／夕暮の微光のただ中で〉（「物象のエレメント00」）

高山栄子（たかやま・えいこ　一九六六〜）東京生。早稲田大学卒。『四年三組石山カンタ』（九〇）で児童文学作家としてデビュー。『うそつきト・モ・ダ・チ』（九三）で新美南吉児童文学賞を受賞。初期には主にリアリズム童話を執筆。カボチャの少年が主人公の幼年童話《カボチャン》シリーズ（二〇〇〇〜〇六・理論社）以後、ファンタジーを手がけるようになり、少女リリーが魔界の化物たちと交流を持ち、事件を解決するホラー・ファンタジー《魔界屋リリー》（〇六〜・理論社フォア文庫）がある。

高山怨縁（たかやま・おんねん？　生没年未詳）経歴未詳。大正期に《怪談百物語》と銘打つ怪談集のポケットブック・シリーズを執筆。『猫間明神』『一つ家の鬼婆』『船幽霊』（一九一七・大川屋書店）『八百八狸』（一八・同）『海底の亡魂』（一九・同）など。

高山治郎（たかやま・じろう　？〜）ジャングル土産の彫像に封印されていた森の精霊・オンゴが、少女によって解き放たれ、騒動を巻き起こすコメディ『ジャングルDEいこう！』（一九九七・富士見ファンタジア文庫）がある。

高山宏（たかやま・ひろし　一九四七〜）英文学者・評論家。岩手県生。東京大学文学部卒。同大学院人文科学研究科修士課程修了。博士課程単位取得退学。澁澤龍彥、種村季弘、由良君美などの影響を受け、幻想文学の領域に足を踏み入れる。英米の幻想小説や幻想文学関連の評論等の翻訳、幻想文学評論はもちろんのこと、文学に留まらず、幻想的なものに関わる評論を幅広く執筆。特に〈視覚〉に注目して、〈目の文化史〉というべき視点から、近世以降の日米欧の文化芸術を同一平面上に置いて総覧し、その特質を大胆に抉り出す点に、高山の独創性が発揮されている。評論に、『アリス狩り』（八一・青土社）『目の中の劇場』（八五・同）『ふたつの世紀末』（八六・同）『パラダイム・ヒストリー―表象の博物誌』（八七・河出書房新社）『黒に染める―本朝ピクチャレスク事始め』（八九・ありな書房）『魔の王が見る―バロック的想像力』（九四・同）『カステロフィリア　記憶・建築・ピラネージ』（九六・作品社）『綺想の饗宴』（九九・青土社）『奇想天外・英文学講義』（二〇〇〇・講談社選書メチエ、後に「近代文化史入門」と改題）ほか多数。また翻訳に、デレック・ハドスン『ルイス・キャロルの生涯』（七六・東京図書）、エリザベス・シューエル『ノンセンスの領域』（八〇・河出書房新社）、ウィリアム・ウィルフォード『道化と笏杖』（八三・晶文社）、マージョリー・H・ニコルソン『月世界への旅』（八六・国書刊行会）、ステファーノ・ターニ『やぶれさる探偵―推理小説のポストモダン』（九〇・東京図書）、ミシェル・カルージュ『独身者の機械』（九一・ありな書房、森永徹との共訳）、ユルギス・バルトルシャイティス『アナモルフォーズ―光学魔術』（九二・国書刊行会）、リン・バーバー『博物学の黄金時代』（九五・同）、マリオ・プラーツ『ムネモシュネ―文学と視覚芸術との間の平行現象』（九九・ありな書房）ほか多数がある。

高山浩（たかやま・ひろし　一九六五〜）クリエーター集団グループSNE出身のゲームデザイナー。トレーディング・カードゲームをもとにしたファンタジー『仮面の魔道士』（九九・富士見ファンタジア文庫）『灼熱の百年戦争』（〇一・同）がある。

高山洋治（たかやま・ようじ　一九三五〜）本名清野八太郎。別名早坂倫太郎。東京生。青山学院大学中退。酒場マネージャー、喫茶店経営、広告代理店勤務などを経験。NHKの懸賞ラジオドラマに入選しフリーライターになる。七七年『幻影城』に高村信太郎名義で「暗黒魔界伝説」を発表し小説家デビュー。同作を加筆訂正した『白妖村伝説』（八九・集英社文庫）は、記憶喪失に陥った女性と恋人の新聞記者が、異形の鬼神を祀る寒村に秘められた謎を追及する伝奇ミステリである。ほかに超能力者による殺人事件を描いた『姫路城魔界殺人』（八六・栄光出版社）など。九五年より早坂名で時代小説を執筆。

高山れおな（たかやま・れおな　一九六八〜）俳人。茨城県日立市生。早稲田大学政治経済学部政治学科卒。『豈』同人。知的な操作によるポップな言葉の組み合わせで前衛俳句の道を歩む。〈七生《しちしやう》の母へ馳走の火事明り〉〈あぢさゐの声か梁塵秘抄とは〉〈幾人のわれもて埋めむ秋の湖《うみ》〉〈神は旅にわれは鰈をうらがへす〉など。句集に『ウルトラ』（九八・沖積舎）『荒東雑詩』（〇五・同）ほか。

たからしげる（たから・しげる　一九四九〜）大阪府生。東京に育つ。立教大学社会学部卒。新聞記者親子の遭遇する不思議な事件を描く連作短篇集『フカシギ系。』（九九〜二〇〇〇・ポプラ社）で児童文学作家としてデビュー。多数のホラーやファンタジーを執筆し、主なものに次の作品がある。未来からの電話、連続悪夢、幽霊、吸血鬼、幽体離脱、死者の報復の幻など、六年一組の生徒が次々と怪異に出遭うロンド形式の連作短篇集『ミステリアスカレンダー』（〇一・岩崎書店）、闇王の支配する魔界に捕われてしまった幼い妹を助けるために戦う少年たちを描く怪奇ファンタジー『闇王の街』（〇二・アーティストハウス）、時間のねじれを主たるテーマとした怪奇幻想短篇集『落ちてきた時間』（〇三・パロル舎）、交通事故に遭ってゲームによく似た世界に引き込まれた少女が、主人公の少年に憑依して精霊扱いされながら、不思議な宝剣をめぐる冒険を繰り広げる『ギラの伝説』（〇四・小峰書店）など。

宝田寿助（たからだ・じゅすけ　一七九七〜一八三八／寛政九〜天保九）歌舞伎狂言作者。通称貞次郎。別号に松川宝作など。江戸神田の質屋の息子として生まれる。家が破産した後、戯作者となり、その後役者の引き立てで歌舞伎作者となった。将門の遺児の活躍を描く善知鳥物の作品「世善知相馬旧殿《よにうとうそうまのふるごしよ》」（三六／天保七）で、大切《おおぎり》の所作事の常磐津「忍夜《しのびよる》恋曲者《こいはくせもの》」が著名。荒れ果てた将門の旧御所を舞台に、滝夜叉姫が前半は傾城として色仕掛けで光国に迫り、後半は蝦蟇の妖術で光国と対峙する。

宝田寿来（たからだ・じゅらい　一七四〇〜九六／元文五〜寛政八）歌舞伎狂言作者。本名鈴木和八郎。別号に劇神仙。天明期に江戸で活躍。天下を狙う大伴黒主とそれを阻止しようとする小町桜の精らを描いた所作事の常磐津「積恋雪関扉《つもるこいゆきのせきのと》」（八四／天明四）の作者。

高城修三（たき・しゅうぞう　一九四七〜）本名若狭雅信。香川県高松市生。京都大学文学部言語学科卒。七七年「榧の木祭り」で新潮新人賞と芥川賞を受賞。同作は、三角山に住んでいる目に見えない妖怪〈青《しい》〉の存在が本気で信じられている閉ざされた村を舞台にした人身供犠テーマの作品。年に一度、榧の実集めの競争が行われ、一等を取ったものは榧の木に祭られる――自らの立場をよく知らぬ少年の不安と恍惚を描いて異様な緊迫感を孕み、青春小説の異形の子とでもいうべき傑作中篇である。全共闘の活動家が癩に罹患した女と共に深山の霊木の虚《うろ》の中で原始生活を送り、ついには鉈で女を殺害するにいたる「鏡の栖」と共に単行本『榧の木祭り』（七八・新潮社）に収められた。ほかに『闇を抱いて戦士たちよ』（七九・同）『糺の森』（八四・作品社）などの作品がある。

滝直毅（たき・なおたか　一九六〇〜）茨城県生。漫画原作者。小説に、仏教風階層に依拠した天界と、人間であるにもかかわらず神に育てられた主人公の、兄妹との確執を描くアクション『雲に乗る』（九五〜九六・講談社ノベルス）がある。

多岐川恭（たきがわ・きょう　一九二〇〜九四）本名松尾舜吉。初期の筆名に白家太郎。福岡県北九州市生。東京大学経済学部卒。銀行勤務を経て毎日新聞西部本社に入社。五三年『宝石』懸賞募集で「みかん山」が佳作入選。五八年、長篇『濡れた心』で江戸川乱歩賞を、短篇集『落ちる』で直木賞を受賞。以後、専業作家となる。本格物からユーモア、捕物帖、歴史小説まで多様な作品を手がける。殺した男の幻影に脅かされる夫婦を描くサイコホラー短篇「死者は鏡の中に住む」（五九）や、未来社会を舞台とするエロティック・ミステリ『イブの時代』（六一・中央公論社）などがある。

多喜川賢一（たきがわ・けんいち　一九五二〜）逆タイムスリップ物のシミュレーション戦記《時空の戦艦》（九四・サンマークノベルズ）、サイキック・アクション『竜の風』（九六・同）などがある。

瀧川武司（たきがわ・たけし　？〜）別名にイセカタワキカツ。一九九九年、物に生命《いのち》を宿らせて自ら赴かせる、陰陽師が経営する宅配便業で働く少年を主人公にしたほのぼのファンタジー『式神宅配便の二宮少年』（〇四・富士見ミステリー文庫、イセカタ名義）で、ファンタジア長編小説大賞特別賞を受賞。同作とは別に、瀧川名で、カンフー・アクション『どかどかどかん』（二〇〇〇〜〇一・富士見ファンタジア文庫）でデビュー。ほかに、人知れず怪異を葬る組織EMEに所属するエージェントの少年を主人公とする伝奇アクション《EME》（〇二〜〇八・同）がある。

滝川羊（たきがわ・ひつじ　？〜）人類とAIの戦争によって文明が崩壊した遠未来を舞台に、神話の神々を地上に顕現させる兵器を発掘した少年たちの冒険を描くSF『風の白猿神　神々の砂漠』（一九九五・富士見ファンタジア文庫）でファンタジア長編小説大賞受賞。

瀧口修造（たきぐち・しゅうぞう　一九〇三〜七九）富山県寒江村生。慶応義塾大学英文科卒。在学中に西脇順三郎と親しく交わり、シュルレアリスム作品の紹介者となった。『山繭』に参加し、シュルレアリスムの影響を受けた詩群を発表。〈ぼくの黄金の爪の内部の滝の飛沫に濡れた客間に襲来するひとりの純粋直観の女性。彼女の指の上に光った金剛石が狩猟者に踏みこまれていたか否かをぼくは問わない。〉と始まる、映像的イメージが輝くように美しい「絶対への接吻」など、優れた詩を執筆し、その成果は『瀧口修造の詩的実験１９２７〜１９３７』（六七・思潮社）に収録されている。ほかの詩集に、夢の記述風の散文詩や断章から成る『寸秒夢』（七五・思潮社）『三夢三話』（八〇・書誌山田）があり、エッセーに『余白に書く』（六六、八二・みすず書房）がある。美術評論家でもあった瀧口は、シュルレアリスムをはじめとする前衛芸術運動の紹介者・擁護者として活躍。評論に『幻想画家論』（五九・新潮社）『シュルレアリスムのために』（六八・せりか書房）ほか多数。翻訳にダリ『異説・近代芸術論』（五八・紀伊國屋書店）、ハーバート・リード『芸術の意味』（六六・みすず書房）など。晩年にはデカルコマニーなどのオブジェ制作や海外の芸術家とのコラボレーションも多く手がけた。

滝沢素水（たきざわ・そすい　一八八四〜？）本名永二。秋田市生。早稲田大学英文科卒。実業之日本社で『日本少年』の主筆などを務めた後、実業家に転身した。編集者時代に少年小説を執筆。無音飛行機や海底の土地利用などのSF的趣向を用いたホラー風の冒険ミステリ『難船崎の怪』『怪洞の奇蹟』（共に一二・実業之日本社）、アメリカを敵に想定した軍事SF『空中魔』（一六・同）などがあり、子供たちの人気を博した。
瀧澤春（たきざわ・はじめ　？〜）ポルノ小説を執筆。戦闘少女物『特命警士ジャスティスフォース』（二〇〇五・二次元ドリームノベルズ）、別世界ファンタジー『魔石の女王ヴェアトリア』（〇六・同）など。
瀧沢よし子（たきざわ・よしこ　一九二四〜）岩手県花巻市生。東京女子高等師範卒。河童の夫婦と七人の子供を主人公とし、里の人間や山んば、森の木の精などを配した民話ファンタジー的な味わいのある連作短篇集『花ケ渕河童ばなし』（八七・岩崎書店）がある。
滝平加根（たきだいら・かね　一九六三〜）東京生。文化学院美術科中退。イラストレーター。悪魔の計略の裏をかくユーモラスな作品や、影が一人で動き出して潜在願望を果たしてしまう怪奇的な作品など、バラエティに富むショートショート集『ロアー氏の休日』（九一・岩崎書店）、ゴミを飲み込む芝生を描いた怪奇短篇「芝生にころがせ!!」などを含む奇妙な味の短篇集『夕暮れゾンビーズ』（九三・同）がある。
滝本つみき（たきもと・つみき　？〜）東京生。青山学院大学英米文学科卒。児童文学作家。鏡を抜けて反対側の世界＝アルゼンチンへ行ってしまう『かがみのむこうの国』（一九八八・小学館）、日本にやって来たふたりの魔女の活躍を描く《アメリカからきた魔女》（九四〜〇四・童心社＝フォア文庫）など、低学年向けファンタジーがある。
たきもとまさし（たきもと・まさし　一九六六〜）本名瀧本正至。アニメ、ドラマＣＤほかの脚本家。小説に、シミュレーションゲームのノベライゼーション《悠久幻想曲》（九七〜九八・電撃文庫）、ＳＦ伝奇アクション『アグノイア』（二〇〇〇・同、子安武人企画・原案）などがある。
多喜本晶士（たきもと・まさと　一九五四〜）人間を操り狂わせる魔性の香りを核にしたオカルト伝奇物のミステリ『芳術師』（九五・サンマークノベルズ）がある。
たくきよしみつ（たくき・よしみつ　一九五五〜）本名鐸木能光。福島市生。上智大学外国語学部卒。動物と会話する不思議な少女マリア、超天才のデンチと知り合った青年が、世界の行く末について考える青春ロマンス「マリアの父親」（九一）で小説すばる新人賞を受賞し、デビュー。現代を舞台に、特殊能力を持つ超古代文明の継承者である天狗一族、大富豪の黒幕一族といった伝奇的設定と音楽のモチーフをしばしば用い、ユニークなミステリアス・ファンタジーを執筆している。宗教的悟りの境地の追究といった形而上学的な問題を絡めた伝奇設定の長篇『天狗の棲む地』（九四・マガジンハウス）、ヴァイオリニストが悪魔と契約を結び、現世で愛を手に入れられぬ代わりに、自分にとって最高の音楽が演奏できるようになったという設定下に繰り広げられる音楽テーマのミステリ『Ｇ線上の悪魔』（九五・広済堂出版）、中国のある一族に伝わる究極の化学兵器がもたらした惨劇を、即身成仏して山と一体となった大天狗の助言で収拾しようとする伝奇ミステリ『カムナの調合』（九六・読売新聞社）、気に働きかけて自殺を誘発する麻薬の謎を追う伝奇ミステリ『黒い林檎』（〇一・河出書房新社）、血脈を守ってきた鬼の一族と人間の女の間に生まれた鬼神・鋼丸の過酷な運命を、宗教的なテーマを絡めて描いた伝奇ホラー『鬼族』（〇三・同）など。
田口仙年堂（たぐち・せんねんどう　？〜）明星大学卒。商店街の福引きでガーゴイルを引き当て、彼を家族の一員とした一家の騒動を描くファンタジー・コメディ『吉永さん家のガーゴイル』（二〇〇四〜・ファミ通文庫）でえんため大賞受賞。ほかに、ＳＦどたばたコメディ『コッペとＢＢ団』（〇五〜〇八・同）がある。
田口ランディ（たぐち・らんでぃ　一九五九〜）本名けい子。東京生。茨城に育つ。エッセイストとして活躍し、ウェブ上で人気を得る。シャーマンの誕生を描いたオカルト小説『コンセント』（二〇〇〇・幻冬舎）で小説家としてもデビュー。同作は性描写などが評判を呼び、映画化された。続く『アンテナ』（二〇〇〇、同、映画化）ではシャーマンの介在によって癒されていく青年を描き、『モザイク』（〇一・同）では統合失調と現実の関係をテーマとし、全体で三部作を構成する。引きこもり、孤独、新興宗教、生死など、現実の精神的な諸問題にオカルトや疑似科学の要素を混ぜ込んだ作風である。『コンセント』には霊の通り道の話をはじめとして生々しくリアルなところがあり、鎌田東二らに称揚されて注目を集めた。続く『アンテナ』『モザイク』では強引さが目立ち、盗作問題でも騒がれた。このほか、癌と医療問題を扱った『キュア』（〇八・朝日新聞社）、短篇集『ドリームタイム』（〇五・文藝春秋）、転生を扱った絵本『転生』（〇一・サンマーク出版、篁カノン画）『木霊』（〇三・同、同画）などがあり、いずれもオカルト的趣向を基礎においた、二十世紀末頃から肯定的な意味合いで盛んに使われるようになった言葉を使えば〈スピリチュアル〉な作品である。また、エッセーでもオカルト的な癒しの発想やニューエイジ的な思想を見せることがしばしばあり、『聖地巡礼』（〇三・メディアファクトリー、後に「水の巡礼」と改題）ほか、多数のエッセー集がある。

武奨（たけ・すすむ　一九五五〜）栃木県生。伝説の剣を持ち、兵法七十七派と戦う宿命にある若者を描くヒロイック・ファンタジー《中つ国史略》（九一〜九二・ケイブンシャノベルス）がある。

武井武雄（たけい・たけお　一八九四〜一九八三）長野県諏訪郡平野村生。東京美術学校西洋画科卒。特異な作風の童画家、版画家であり、本の装幀家としても知られる（漫画家事典参照）。童話作家でもあり、星見物を描いたタルホ風の「流れ星」、お爺さんの眼玉が、昼間遠出をして見聞を広めている「眼玉」などを収めた短篇集『お噺の卵』（二三・目白書房）、人捕りを研究している鼠の夢を描く表題作などを収めた短篇集『ペスト博士の夢』（二四・金星堂）、出生の仕方からして常人とはかけ離れている剽軽なラムラム王（と名付けられた貧乏人の子供）が次々とおかしな出来事に遭遇する様を短篇連作風に描いた作品で、魔法的な民話世界と作者独特のナンセンス味とが一体となった美しく楽しい中篇童話『ラムラム王』（二六・叢文社）などがある。いずれもナンセンスで軽妙洒脱なところに特徴がある。

竹井10日（たけい・とおか　？〜）愛知県名古屋市生。ゲームクリエーター。死神によって破壊された世界を舞台に、美少女型異星人を使役する戦いを描く〈ポケモン〉のパロディ『ポケロリ』（二〇〇五・角川スニーカー文庫）がある。

武井直紀（たけい・なおき　一九五〇〜）埼玉県浦和市生。早稲田大学卒。児童文学作家。テレビに吸い込まれて電波になってしまうゴリラの話『でんぱゴリラのダダ』（八六・小峰書店）など、主に低学年向け童話を執筆。『千年の夢とひきかえに』（八七・小峰書店）は高学年向けのファンタジーで、アマゾン奥地の、現実とは隔絶した別世界を探険する男の物語。悪夢的イメージが跳梁し、過去と未来とが交錯する意欲作である。

武内確斎（たけうち・かくさい　一七七〇〜一八二六／明和七〜文政九）戯作者、狂歌師、漢詩人。本名温。字子玉。通称丹波屋西左衛門。号に藍台、晦所先醒。大坂の人。三歳で大坂布屋町町代武内家の養子となり、家督を継ぎ、町政に尽くして声望が高かったという。儒者でもあり、篆刻・漢詩・狂詩をよくした。上方読本の作者として活躍したが、酒代のために執筆し、手持ちの酒代があるときは執筆をしなかったという逸話がある。代表作に『絵本太閤記』（九七〜九八／寛政九〜一〇、岡田玉山画）。ほかに、猫と契った女の死体から生まれた化猫の妖婦・夕顔が、真壁家に入り込んで暴虐を尽くし、死して後も、夢の中で産んだ子の飯綱太郎に妖術を授けたりするが、遂には滅ぼされるまでを描く『画《え》本《ほん》室《むろ》之《の》八《や》島《しま》』（〇八／文化五、同画）がある。

竹内海南江（たけうち・かなえ　一九六四〜）

群馬県生。テレビの紀行リポーター。「世界ふしぎ発見！」のミステリーハンターとして人気を博す。孤独な少女まりもが、幼い少年うさぎに導かれて不思議な島に行き、自分の心の満月を取り戻そうとするファンタジー『ムーン』（九〇・角川書店）で小説家としてもデビュー。ほかに、都会で孤独に暮らす青年が、鏡の中から現れた美女らとの交渉により成長していく姿を描く『冬虫夏草』（九三・同）など。

竹内けん（たけうち・けん　？〜）ポルノ小説を執筆。異世界戦記《黄金竜を従えた王国》（二〇〇〇・二次元ドリームノベルズ）、『華麗なる退魔探偵佐々木彩子』（〇四・二次元ドリーム文庫）ほか多数。

竹内銃一郎（たけうち・じゅういちろう　一九四七〜）劇作家。本名徳義。愛知県半田市生。早稲田大学第一文学部中退。七六年に劇団〈斜光社〉を結成し、竹内純一郎と称す。初期の代表作に「少年巨人」（七六）など。七九年「Z」を最後に解散し、同時に銃一郎と改名。八〇年〈秘法零番館〉を主宰、八九年に解散。八一年「あの大鴉、さえも」で岸田國士戯曲賞。九六年、カフカ作品にインスパイアされた「月ノ光」で読売文学賞、紀伊國屋演劇賞個人賞を受賞。間テクスト性の強い戯曲を多く執筆。初期には、筒井康隆にインスパイアされた不条理テーマの酷薄な作品「SF・大畳談」（七八）、同じく茶の間で戦争が起きるという喜劇「悲惨な戦争」（七九）などを執筆。このほか、落語や「青い鳥」などをもとに、現実を見失ってしまう妹を見つめる兄を描いた「あたま山心中」（八九）、夢野久作とチェーホフにインスパイアされた、妻と妹（一人二役）の入れ替わりと整形によってどちらがどちらかわからないという状況を描く、一種の分身譚「氷の涯」などに幻想味がある。

竹内健（たけうち・たけし　一九三五〜）愛知県名古屋市生。西アジア史専攻。六〇年、劇団〈表現座〉を旗揚げ。イヨネスコなどの前衛劇を演出する一方、ジャリ『ユビュ王』（六五・現代思潮社）などの翻訳も手がける。人間の実がなる木の生える伝説の地〈ワクワク〉をめぐる「ワクワク学説」ほか全五篇を収める『竹内健戯曲集』（六八・思潮社）、「東日流外三郡誌」に跳梁する〈荒吐神〉の謎に迫る表題作ほか全十一篇を収める『津軽夷神異文抄』（七七・絃映社）などの伝奇ロマン風幻想に満ちた戯曲集がある。また『世界でいちばん残酷な話—薔薇の天使』（六七・新書館）に始まるメルヘン風幻想小説集のシリーズ（〜七〇）には、少女の裸身に桜貝を植えつけたり、老婆の両目に矢車草を突き刺したりする少年たちの無垢なる残酷と華麗な幻想が横溢している。ほかに、日本の神話や歴史の暗黒面を照射する評論集『邪神記』（七六・現代思潮社）、評論『ランボーの沈黙』（七〇・紀伊國屋書店）などの著作がある。

竹内ひろみち（たけうち・ひろみち　？〜）本名宏通。ファースト・コンタクト物『ボンベ星人がやってきた』（一九九六・岩崎書店）で福島正実記念SF童話賞受賞。

竹内真（たけうち・まこと　一九七一〜）別名に竹内真流太。新潟県村上市生。慶応義塾大学卒。飼い犬のオリオンに導かれて少年が世界を救うために活躍する『僕らが世界を救った夜』（九五・NTTメディアスコープ）が毎日児童小説中学生向き優秀作品となる。九五年に三田文学新人賞を受賞。「神楽坂ファミリー」（九八）で小説現代新人賞を、「粗忽拳銃」（九九）で小説すばる新人賞を受賞。真流太名で、東京ディズニーランドをモチーフとした連作ファンタジー短篇集『ロールプレイングワールド』（〇一・EXノベルズ）、真名で、村上春樹『海辺のカフカ』へのオマージュ小説『図書館の水脈』（〇四・メディアファクトリー）がある。

武内昌美（たけうち・まさみ　？〜）埼玉県生。少女漫画家。一九九〇年、学研レモン文庫より少女小説作家としてもデビュー。死から蘇った少女のラブロマンス『500年目の恋人』（九三・パレット文庫）、五大を操る少年たちが悪と戦う伝奇アクション《ウルトラ

Cボーイズ》（九四～九六・同）、悪魔と天使の間に生まれ、魔界の権力闘争に巻き込まれた天使サリエルが、人間界で恋や戦いを繰り広げるラブロマンス《クリムゾン・エンジェル》（九六～九八・同）、白犬神の声を聞くことができる巫女〈白犬姫〉である少女と、少女の保護者である大神財閥の四兄弟を主人公とするオカルト・スリラー《ガーディアン＝ブラックス》（九八～二〇〇〇・同）ほか。

竹内誠（たけうち・まさる　一九六三～）ゲームクリエーター、漫画原作者。小説に、不思議な力を持つブレスレットと魔韻の書を操る少年の冒険を描く別世界ヒロイック・ファンタジー『魔韻の書』（九一～九二・大陸書房ネオファンタジー文庫、竹内夏生名義、九四年ログアウト冒険文庫より「真・魔韻の書」として再編・完結）のほか、ゲームなどのノベライゼーションや新技術物の太平洋戦争シミュレーション戦記を多数執筆。

竹内眠（たけうち・みん　？～）善良な不死者である吸血鬼族の末裔のロック歌手が、父親の指導によって、食人鬼と戦うコミカル・アクション《グール・バスター》（一九九一～九二・青心社文庫）、スラプスティックなSF刑事アクション《カラミティー・ハニー》（九五～九八・同）がある。

竹内もと代（たけうち・もとよ　一九四八～）石川県能登島町生。近畿大学農学部卒。児童文学作家。事故で記憶喪失となった父親の魂が、少年の姿となって愛娘の前に姿を見せる『日曜日のテルニイ』（八七・学研）、一時的に少女の姿になった老婆と現代の少女の交流を描いた『時をこえてスクランブル』（九一・国土社）、小さな島のバスの運転手が様々な不思議に出会う連作短篇集『不思議の風ふく島』（〇一・小峰書店）、少女が曾祖母の手引きで古い屋敷に住む不思議なものたちと出会う『菜緒のふしぎ物語』（〇六・アリス館）、村を守る神社の家系の少年が若い女性の竜と交流する『龍のすむ森』（〇六・小峰書店）がある。

竹内義和（たけうち・よしかず　一九五五～）和歌山市生。『大映テレビの研究』（八六）などテレビ関連のエッセーを多数執筆。『日本の特撮怪獣大全科』（八五・秋田書店）ほか特撮怪獣関連の企画本も手がける。北野誠とのコンビによるラジオ番組「サイキック青年団」でも知られた。小説に、美少女アイドルが標的とされる長篇サイコホラー『パーフェクト・ブルー』（九一・メタモル出版、アニメ化）や短篇集『夢なら醒めて……』（九五・プラザ）、孤島の極限状況下でアイドル声優によるアフレコがおこなわれるサイコホラー『シンプル・レッド』（九八・ぶんか社）がある。ほかに怪談実話集『都市怪奇伝説』（〇五・メタモル出版）など。

たけうちりうと（たけうち・りうと　？～）『INTENSITY』（一九九四）で第一回ホワイトハート大賞を受賞して講談社X文庫よりデビュー。BL小説を多数執筆。ファンタジー系の作品に、植物との交信というモチーフを含む伝奇的設定の『雪しのぶ』（九八・まんだらけ出版部＝ライブノベルス）、別世界ファンタジー『王慧の鍵』（〇七・ビーズログ文庫）ほか。

竹岡葉月（たけおか・はづき　一九七九～）東京生。「僕らに降る雨」（九九）でコバルト・ノベル大賞佳作入選。受賞作を含む、欠陥だらけの開拓惑星を舞台にしたSF短篇連作『ウォーターソング』（二〇〇〇・コバルト文庫）、ハイパー・ネットワーク都市を舞台にしたサイバー・アドベンチャー《フラクタル・チャイルド》（〇三～〇四・同）、好きになった少年が〈魔女〉で、なぜか彼の〈使い魔〉にされてしまった少女を主人公とする学園マジカル・コメディ『東方ウィッチクラフト』（〇一～〇二・コバルト文庫）など。

武上純希（たけがみ・じゅんき　一九五五～）本名山崎昌三。鹿児島県生。日活芸術学院技術科卒。脚本家。主にアニメ、特撮などを手がけ、きわめて多数の作品に参加している。代表作に「遊☆戯☆王　デュエルモンスターズ」（二〇〇〇～）ほか。青春コメディ『純潔!!火柱マンション』（八六）で小説家としてもデビュー。古代の中国や日本を舞台にした伝奇ファンタジーを得意とする。不死の法をめぐる、勇者・是空と神仙士・流星の戦いを描く《不死朝伝奇ＺＥＱＵ》（八八〜九一・富士見ファンタジア文庫）、歴史伝奇ファンタジー《古代幻視行》（八九〜九一・角川スニーカー文庫）、邪馬台国を舞台にした古代ファンタジー『幼媛《ちいさひめ》』（九一〜九二・カドカワ・ノベルズ）、古代ローマを舞台にしたヒロイック・ファンタジー《幻説アレクサンドロス》（九一〜九二・ＫＫベストセラーズ）、少年・孔明が宝具〈星の剣〉〈風の楯〉〈火の鎧〉を求めて冒険の旅を繰り広げる《孔明魔界異聞》（九三〜九四・角川スニーカー文庫）、徐福伝説をもとにしたファンタジー『昴《みするま》の七姫』（九五・キャンバス文庫）、正統派伝奇アクション『アスカの使徒たち』（九九・ソノラマ文庫）ほか多数の作品がある。また、脚本を担当したアニメや特撮のノベライゼーションも多数ある。

竹河聖（たけかわ・せい　？〜）東京生。青山学院大学文学部史学科卒。在学中は推理小説研究会に所属。一九八五年『悪霊ステーション』（ソノラマ文庫）でデビュー。ジュヴナイル・ホラーの新星として注目を集める。同分野の作品に、月面基地の怪異を描いたオカルト・ホラー『月のダーク・サイド』（八六・同）、大学生たちが怪奇現象の謎を解くホラー・コメディ《美苑学院ホラークラブ》（八七〜八八・角川文庫）、狼少女を主人公に、様々な怪物が登場する学園ホラー・コメディ『聖狼学園一年生』（八九・講談社Ｘ文庫）、背後霊に護られた美形のボーイフレンドとのラブコメ・ホラー『後ろのローラさん』（九〇・コバルト文庫）ほか。また、女子大生霊能者・陶子の活躍を描くサイキック・ホラー・アクション『魔女たちの囁き』（八五・廣済堂ブルーブックス、後に「囁く仮面」と改題）を皮切りに一般向け作品を次々と発表、オーソドックスな怨霊・怪物小説に都会的でファッショナブルなセンスを盛り込み〈ホラー・クイーン〉の異名をとる。主な長篇ホラーに《霊能者・陶子》シリーズ（八五〜八九・廣済堂ブルーブックス〜天山ノベルズ）のほか、六本木を舞台に、チャーミングな現代娘をめぐり美貌の吸血鬼と悪霊が争奪戦を繰り広げる『血のピアス』（八七・サンケイ・ノベルス）と続篇『血の首飾り』（八八・扶桑社ミステリー）、悪霊が怪現象を引き起こす洋館を訪れた美女の恐怖を描くスプラッタ・ホラー『妖霊の棲む館』（八七・ケイブンシャノベルス）、異世界の怪物との抗争を描くスプラッタ・ホラーと怪物の悲恋を絡み合わせた《妖聖記》（八七〜九一・有楽出版社）、妖しい美少女が、人の影を通って地球に侵入する異次元の怪物と闘う『妖影界』（八九・カッパ・ノベルス）、吸血鬼と狼男伝説を題材にした『闇に光る眼』（九九・角川書店）、時代物のホラー・サスペンス『異人街変化機関《からくり》』（〇六・富士見書房）『からくり偽清姫』（〇七・光文社文庫）など。

短篇集に、ニューヨークで暮らす日本人たちの孤独な内面に忍び寄る妖異の数々を、サイキック感覚横溢する筆致で描ききった耽美的なホラー連作集『ハロウィンの影』（八八・角川文庫、後に「摩天楼《ニューヨーク》の影」と改題）、日常の中に潜み、隙を突いて出現する超自然の恐怖を描く連作集『闇と魔の環』（九〇・カドカワ・ノベルズ、後に「桜闇のロンド」と改題）、生理的嫌悪感をかきたてる昆虫ホラーの表題作、隠れ里に迷い込んだ男の妖しい美女との戦慄の一夜を描く「水妖」、狐狗狸さんに興じる少女たちを襲う見えない影を描く「ついてくる」ほかを収録する『月のない夜に』（九四・出版芸術社）、歴史ホラーに新境地をみせる「常世へ……」「降霊奇譚」、フローラ幻想譚の佳品「桜守」などを収録する『丑の刻遊び』（九六・同）などがある。

このほか、遺伝子操作によって生み出された超能力少年の無垢な怖ろしさを描くＳＦホラー『夢魔の子』（八八・ノン・ノベル）、水界より到来した異類との交感を夢幻的に描いた『ウンディネ』（二〇〇〇・ハルキ・ホラー文庫）、古代から輪廻転生を繰り返し、外敵と壮絶な呪術合戦を繰り広げる一族を描いた《妖美伝》（八七～八九・光文社文庫）《妖麗伝》（九〇～九六・同）、人知れず妖霊と戦う組織を描く《ムーン・ライト・ハンターズ》（九三～九七・双葉ノベルズ）などの伝奇アクション、超古代のアトランティス大陸を舞台にした《風の大陸》（八八～〇六・富士見ファンタジア文庫）《風の大陸・銀の時代》（九〇～九七・カドカワ・ノベルズ）、超古代、ムー沈没後の世界を舞台にした《神宝聖堂の王国》（九三～九五・講談社ノベルス）《神宝潮流》（九九～〇一・ハルキ・ノベルス）《暗黒竜神》（〇三～〇四・同）、古代ローマ帝国を舞台に、妖魔界から謀叛人を追ってやって来た姫君と元神官の青年が探索行を繰り広げる《デーモン・プリンセス》（九〇～九二・ソノラマ文庫）などのファンタジー等、様々なタイプのエンターテインメント作品を執筆している。

武川みづえ（たけかわ・みずえ　一九三五～）東京生。津田塾大学英文科卒。児童文学作家。家族をテーマにした『空中アトリエ』（七〇）で小学館文学賞受賞。ファンタジーに、祖母が中国で亡くした娘の亡霊に手を引かれて亡くなる様を、孫娘の視点から描く『わたしのゆうれい』（七八・偕成社）などがある。

武川行秀（たけかわ・ゆきひで　一九五一～）芸名タケカワユキヒデ。埼玉県浦和市生。東京外国語大学英米語学科卒。音楽家。七五年にシンガー・ソングライターとしてデビュー。七六年にゴダイゴを結成してメインボーカルを担当し、テレビドラマ「西遊記」の主題歌「モンキー・マジック」「ガンダーラ」や、「銀河鉄道999」「ビューティフル・ネーム」などをヒットさせた。小説に、日本の女子大生が空海、弁慶、猿飛佐助と共に唐代の中国で妖鬼封じの旅を繰り広げる『ガンダーラ新西遊記』『ガンダーラ妖鬼滅却伝』（九四・講談社ノベルス）がある。

竹崎有斐（たけざき・ゆうひ　一九二三～九三）京都市生。熊本に育つ。早稲田大学文学部中退。在学中は早大童話会に所属。小峰書店に勤めるが、五一年に退社。その後、十五年近く児童文学から離れていたが、「ちきゅう星」（六五）で復帰し、『とびこめのぶちゃん』（七三）出版を機に執筆生活に入る。地方を舞台にしたリアリズム長篇に優れ、『石切り山の人びと』（七六）で産経児童出版文化賞、日本児童文学者協会賞、小学館文学賞を受賞。また『にげだした兵隊』（八三）で野間児童文学賞を受賞している。『豆になったやまんば ほか 山をめぐる話』（七七・家の光協会）をはじめ民話の再話も多く手がけ、『カッパのおくりもの』（八三・ポプラ社）『カッパとあめだま』（八四・あかね書房）『鬼八』（八三・童心社）などの民話ファンタジーも執筆。春風を司る少年と仲良くなり、風たちの世界まで走っていくという不思議な体験をする少年を描く『ふしぎなかぜのこ』（七六・偕成社）、寂れてしまった社の神様が、賑やかな神社の豆まきの豆をもらって、留守番の子供たちを鬼から守る『ひとりぼっちのかみさま』（八〇・金の星社）などの現代ファンタジーもある。

竹下文子（たけした・ふみこ　一九五七～）本姓鈴木。福岡県門司市生。神戸、東京で育つ。東京学芸大学卒。疲れた旅人が、人の心を和ませる不思議な夏蜜柑を手にして一瞬昔の世界に戻る「月売りの話」をはじめ、十代の頃に書いたメルヘンを収録する『星とトランペット』（七八・講談社）で児童文学作家としてデビュー。土曜日になると現れて孤独な少年を不思議な世界へと連れて行ってくれるシモンおじさんの物語『土曜日のシモン』（七九・偕成社）、都会の空から哀しみを釣り上げる少女などを描くメルヘン集『星占い師のいた町』（八四・同）など、夢と現実とが交錯して束の間ではあるが夢が現実に打ち勝つ、というパターンのファンタスティックなメルヘンを多く執筆。不思議な幻想の町の住人や出来事やならわしなどを綴った連作短篇集『風町通信』（八六・同）、ファンタスティックな出来事が起きる森の様子を詩的に綴った連作短篇集『木苺通信』（八九・同）などの、徹底して空想的な作品もある。代表作は、記憶喪失で幼少時の思い出を持たないニヒルな黒猫サンゴロウが、船乗り猫として様々な冒険を繰り広げる《黒ねこサンゴロウ》(九四、九六・同)、その姉妹篇で海の特急貨物便で働く若い猫がファンタスティックな事件に遭遇するシリーズ《ドルフィン・エクスプレス》(〇二〜・岩崎書店)。《サンゴロウ》の頃からやや作風を変え、現代的な問題を織り込んだ、いかにも児童文学らしいファンタジーに取り組むようになる。そうした傾向の作品として、エコロジーと行き場のない子供たちというテーマをドッキングさせ、現実の裏側に入り込んだ少年を描く『シナモン・トリー』(九七・パロル舎)、超能力を持つ少年たちと公害から生まれた魔女の戦いを描く『スターズ』(九八・同)など。このほか、多数の幼年童話がある。

竹下龍之介(たけした・りゅうのすけ　一九八四〜)宮崎県都城市生。十一か月の妹の胃の一部にできた牛乳の池で泳いでいる金魚を、兄が呪文とハンドパワーで取り出す『天才えりちゃん金魚を食べた』(九一・岩崎書店)で福島正実記念SF童話賞を受賞。わずか六歳の児童の作品が受賞したことで、大きな話題を巻き起こし、映画化もされた。九三年まで《天才えりちゃん》を書き継いだ。

竹柴金作[一世](たけしば・きんさく　一八七〇〜一九三二)歌舞伎狂言作者。本名善太郎。東京生。三世河竹新七(初世竹柴金作)に入門し、養子になる。〇七年に二世を襲名。三遊亭円朝の落語を歌舞伎化し、怪談狂言に「真景累ケ淵」(一二)などがある。

竹島将(たけじま・まさし　一九五七〜九〇)『ファントム強奪』(八四)でデビュー。代表作にバイオレンス・アクション《野獣》シリーズ(八五〜九〇)など。地球支配を目論む財団によって誕生させられた超人の青年が、超能力を持つニュータイプの少女と共に戦いを繰り広げるSF伝奇アクション『魔宮戦場』(八六〜八八・カドカワ・ノベルズ)がある。

竹田出雲[初世](たけだ・いずも　?〜一七四七/延享四)浄瑠璃作者、竹本座座本。元祖出雲。別号に千前軒。竹本義太夫の跡を受けて竹本座の二代目座本となる。竹田からくりの技法を舞台に活かした。近松門左衛門の指導を受けて浄瑠璃を創作し、「諸葛孔明鼎軍談絵尽」(一七二四/享保九)でデビュー。代表作に「大内裏大友真鳥」(二五/同一〇)など。怪奇幻想系の単独作として、大伴黒主が善玉という珍しい設定の謀叛物で、雨乞小町をはじめとする小野小町の七つの伝説を組み込むが、竜を封じ込める僧に対して小町の家来の剛の者が僧の呪力と戦うという趣向になっている「七小町」(二七/同一二)、蘇我入鹿反乱物で、入鹿が傾城・春日野の足駄で作った笛で統御されるという設定の「入鹿大《いるかだい》臣皇都諍《じんみさとあらそい》」(四三/寛保三)など。「七小町」の如く、本来悪役であったものを、状況のためにそうならざるを得なかった苦渋を味わう人物に書き替える点に出雲の特色があるとされる。文耕堂、三好松洛、竹田小出雲(二世竹田出雲)らとの合作もなした。「甲賀三郎窟物語」(三五/享保二〇、文耕堂との合作)「小栗判官車街道」(三八/元文三、文耕堂との合作)「今川本領猫魔館」「将門冠合戦」(共に四〇/同五、文耕堂、三好松洛、浅田可啓、竹田小出雲との合作)「菅原伝授手習鑑」(四六/延享三、並木宗輔、三好松洛、竹田小出雲との合作)など。

【蘆屋道満大内鑑《あしやどうまんおおうちかがみ》】浄瑠璃。三四(享保一九)年初演。晴明物、信田妻物を巧みに用い、ダブルプロットでありながら首尾一貫した物語に仕立てたもの。それまで悪役一辺倒であった道満を、強いられた主従関係のために悪を為さざるを得なかった人物として設定した点に殊色がある。構成・人物ともに良くできた作品であり、ファンタジー度も高い。加茂保憲は金烏玉兎集を愛弟子・保名に譲るつもりだったが、遺言なく急逝し、保名と道満《みちたる》が争うことになる。保憲の未亡人はこれを勝手に持ち出してその罪を継娘・榊になすりつけ、書物は未亡人の兄・治部の手を経て女婿の道満に渡る。道満の見立てで、御息所(治部の主人である左大将の娘)懐妊のために白狐の生き血が必要となり、石川悪右衛門（浄瑠璃・信田妻以来の悪役で、元来は道満の弟だが、本作では違う）が狐を捕えようとしたのを保名が助け、信田妻（助けた狐が女となって保名の妻になり、二人の間に晴明が生まれるが、正体を見られて信田の森に帰る）の展開と重なっていく。一方、道満は治部に命じられて、いやいやながら術を以て悪に加担するが、密かにその裏をかくという浄瑠璃らしい宮廷陰謀劇を展開。ついには武家の道を捨てて陰陽道一筋に生きることに決める。六年後、狐が化ける時にモデルにした女性（榊の妹・葛の葉）が保名のもとを訪れ、高名な二人葛の葉の段となる。人形の三人遣いがここから始まったことでも知られている。子別れのシーンの後、道満が登場して、金烏玉兎集を保名の子供に渡し、天才を見せた子供に安倍晴明と名付ける。その後、道満と晴明の術比べの段があり、八歳の晴明が異能を発揮して道満を上回る。悪右衛門を討ち果たして大団円。

竹田出雲［二世］（たけだ・いずも　一六九一～一七五六／元禄四～宝暦六）浄瑠璃作者。竹本座座本三代目。出雲清定。親方出雲。初世の子。父や文耕堂の手ほどきを受け、初め小出雲名で浄瑠璃を書く。父との合作もある。父の没後、出雲の名を継ぎ、並木宗輔、三好松洛らと浄瑠璃を合作し、合作全盛時代を築いた。幻怪味のある作品に、壬申の乱を題材に、通力のある役行者を取り込んだ「役行者大峰桜」（五一／宝暦元、三好松洛・吉田冠子・近松半二との合作）、小野篁の息子の道風が柳に飛びつく蛙から謀叛の兆しを読み取るという謀叛物で、道風が大力無骨の無筆であるという設定にし、乳母の犠牲によって奇跡的に能書家となる展開を有し、亡霊の援助などの趣向も含む「小野道風青柳硯」（五四／同四、三好松洛・吉田冠子・中村閏助・近松半二との合作）など。

竹田出雲［三世］（たけだ・いずも　生没年未詳）浄瑠璃作者。出雲清宜。三世小出雲、後に出雲、さらに和泉、文吉と改名。二世の子。浄瑠璃斜陽時代に活動。近松半二などと合作し、一時は盛り返すが、浄瑠璃の衰退は留めようがなく、一七六七（明和四）年、竹本座は歌舞伎芝居となる。七三（安永二）年、名代の権利も譲って、竹本座との縁も切れた。幻怪味のある作品に「日高川入相花王《ひだかがわいりあいざくら》」「安倍晴明倭言葉」「奥州安達原」など（近松半二の項を参照）。

武田英子（たけだ・えいこ　一九三〇～）東京生。帝国女子専門学校国文科卒。『海のかがり火』（七〇）ほかの児童文学、『地図から消された島—大久野島毒ガス工場』（八七）などのノンフィクションを執筆。ファンタジーに、不思議な一つ目の山こぞうと少年の触れ合いを描き、自然の懐の深さ、大切さを語った『山こぞうの歌』（七九・小学館）がある。また、飼い主への恩返しのため、山猫に弟子入りして鼠退治の術を会得するちび猫の頑張りを描いた絵本『八方にらみねこ』（八一・講談社、清水耕蔵画）で、ボローニャ国際児童図書展エルバ賞、絵本にっぽん賞受賞。

武田桜桃（たけだ・おうとう　一八七一～一九三五）本名桜桃《おと》四郎《しろう》。俳号鶯塘。俳人、児童文学作家。著書に『俳諧辞典』（〇九）、句集『鶯塘集』（三一）など多数。博文館に勤務し、児童文学を執筆。童話のほか、児童向け啓蒙書も多数。教訓的童話集『家庭お伽夜話』（一九・富田文陽堂）、少年小説『日独空中戦』（一六・少年講談社）、絵物語「お人形の冒険」（一九～二一）ほか多数。

竹田啓朔（たけだ・けいさく　一九五二～）京都生。テレビ・出版企画、編集者などの傍ら小説を執筆。ブードゥー神の庇護のもとにある超能力少年が、ヴラド・ツェペシ、アグリッパ、パラケルスら魔人の野望に立ち向かう伝奇アクション『神骸都市』（九〇・ソノラマノベルス）がある。

武田幸一（たけだ・こういち　一九〇八～）福岡市生。児童文学作家。青年時代から童謡を手がけ、戦時中から童話も手がけるようになる。戦後は新聞記者の傍ら、民間伝承の研究に努める。短篇童話集に『鴉の大将』（四六・昭和出版）『かに平の出発』（四七・保育社）

など。長篇童話『てんぐの橋』（七二・理論社）は、天狗の赤ん坊が、鼻が低いという理由のために人間の村に捨てられて育ち、様々な冒険を繰り広げる民話ファンタジー。また、『おばけポコポコ』（八三・同）は木魚に住んでいるおばけのポコポコを主人公とした連作短篇集で、寺の和尚に極楽へ行けないと冷たくあしらわれて石になってしまう河童の話などを含む。いずれも批判精神に満ちている。

武田泰淳（たけだ・たいじゅん　一九一二〜七六）幼名覚。東京生。父は本郷東片町の潮泉寺住職・大島泰信。父の師僧・武田芳淳の遺志により武田姓を名のる。浦和高校時代から左翼運動に加わる一方、中国語を学び、三一年東京大学支那文学科に入学。中央郵便局事件に関与し逮捕・拘留後、左翼活動を断念、翌年大学も退学した。三二年、僧侶の資格を得て泰淳と改名。三四年、竹内好らと中国文学研究会を結成、評論や翻訳を発表する。三七年応召、中支に派遣され、悲惨な戦場を目のあたりにする。戦後、「審判」「蝮のするゑ」（共に四七）を皮切りに旺盛な執筆活動を展開、雄大なスケールと深刻な人間認識で戦後文学を代表する作家の一人と目される。代表作に「風媒花」（五二）「森と湖のまつり」（五五〜五八）「快楽」（六〇〜六四）、評伝『司馬遷』（四三）など。難破した船長以下が人里離れた厳寒の地で人肉食に至った悲劇を、私小説風の地の部分と幻想的な戯曲とによって描き出した短篇「ひかりごけ」（五四）、晩年の大作「富士」などがある。

　なお、武田には〈「キング・コング」「ゴジラ」「アンギラス」など、映画の怪獣の命名にも感心〉（「グロテスク」）する意外な一面があり、黙示録的な怪獣／終末幻想を展開する短篇「「ゴジラ」の来る夜」（五九）を執筆、江藤淳をして〈この作品にあらわれているような巨大な幻想は、作者が近代日本文学の小説をしばりつけているリアリズムの枠を踏みやぶっていなければ生れるものではない〉と評せしめた。

【富士】長篇小説。六九年十月〜七一年六月『海』連載。七一年中央公論社刊。昭和一九年頃の精神病院を舞台とする観念的な作品。善良だがヒロイズム癖がある甘野院長、その下で働く精神科の演習医師・大島（語り手）、彼の同級生で虚言症があり、自分を宮様だと考え、ついには〈不敬事件〉を起こす一条、癲癇の大木戸、梅毒性の狂気に犯されている伝書バトの飼育者・間宮、内面世界に閉じこもって哲学にふける岡村誠少年、大島に空気銃で女陰《ほと》を突かれて以来処女懐胎の幻想に陥った京子、彼らに関わる院外の女性たち、部外者・火田軍曹などが、それぞれに葛藤をはらみつつ、入り乱れる。大島は正常と狂気の区別をどんどんと見失っていき、ついには患者たちの騒宴に象徴される混沌へと呑み込まれていく。最後には病院の外部こそが狂気の世界であるかのごとき認識が示される。埴谷雄高が〈一種冷静を帯びた静謐さが全編を貫いている〉と評した傑作。

武田鉄矢（たけだ・てつや　一九四九〜）別名に片山蒼《そう》。福岡県生。福岡教育大学在学中にフォークグループ〈海援隊〉を結成。大学は中退し、七三年「母に捧げるバラード」をヒットさせるが、八二年に解散。俳優、ソロ歌手として活躍する傍ら、積極的に執筆活動を展開し、エッセー、小説、漫画原作などを手がける。ファンタジーに、サーカスの少年が、学校の友達や〈雲〉と交友する様を描いた児童文学『雲の物語』（九〇・小学館）、ガイア説に基づく進化論を唱える中年教授と女子大生の恋愛を、磁気嵐や動物の異常行動などを背景に描いた長篇小説『ミモザ号の冒険』（九三・同）、宮沢賢治をめぐる評論小説『賢治売り』（九五・学研）など。

武田てる子（たけだ・てるこ　一九三五〜）東京生。主婦業の傍ら児童文学を執筆。生き物を代金として差し出すとポケットを縫い付けてくれるぽけっとやに、〈お母さんをあげる〉と言ってしまった少年の恐怖を描くファンタジー童話『ぽけっとやチムニー』（八一・小学館）がある。

竹田法印定盛（たけだ・ほういんさだもり

一四二一〜一五〇八／応永二八〜永正五）足利義政の侍医で名医として知られる。素人だが、謡《うたい》、能の腕前も確かであったらしい。謡曲に、唐の天狗の首領・善界坊が日本の仏法を妨げるためにやって来るが、僧正が不動明王の偈文を唱えると明王諸天が現れて天狗を打ち払う「善界《ぜがい》」がある。

竹田まゆみ（たけだ・まゆみ　一九三三〜）本名真瑜美。広島市生。那須正幹の姉。広島県立女子短期大学卒。児童文学作家。思春期前期の少女を対象とした作品などに持ち味がある。一人の男の人生における不幸な出来事を語った『風のみた街』（八五・ポプラ社）は、リアリズム小説だが、語り手が風である点にファンタジー味がある。このほか低学年向けファンタジー『風の子ピュータ』（九二・岩崎書店）や、母子家庭の子が、母親と魔女ごっこをしていると、本当に不思議なことが起きる『日曜日は魔女びより』（八六・小峰書店）、受験のために精神を病んだ少年が分身を出現させる『SOSは木の下で』（九四・文溪堂）などがある。

武田美穂（たけだ・みほ　一九五九〜）イラストレーター、絵本作家。絵本の代表作に《ますだくんシリーズ》（九一〜九七）。少年が遭遇する人々がみんなお化けになってしまい、とうとう自分もすてきなお化けに変身する『きょうはすてきなおばけの日』（九二・ポプラ社）、机の下の隅に暮らす小さなお化けとの交流を描く『すみっこのおばけ』（二〇〇〇・同）など。

武智鉄二（たけち・てつじ　一九一二〜八八）本名川口鐵二。大阪市梅田生。京都大学経済学部卒。演劇評論家、歌舞伎・能などの演出家、映画監督。独自の理論による斬新な舞台作りで知られた。代表著作に『定本武智歌舞伎』全六巻（七八〜八一・三一書房）など。三島由紀夫と交流があり、『三島由紀夫・死とその歌舞伎観』（七一・濤書房）や次のような三島の登場する怪奇幻想小説を著している。〈ユキマ・ミシオ〉が生殖を管理する独裁政治を敷くパラレルワールドで、〈武智鉄二〉が男色体験などをする『妖談　霞ケ関ビル十三階』（七一・都市出版社）、三島由紀夫が首と胴と別々に蘇り、モンスター化した胴は国会議事堂を崩壊させ、首は将門と行動を共にして御霊にはなれないと転生の道を選ぶ「三島由紀夫の首」（七一）などがある。

『竹取物語』（たけとりものがたり　九世紀末〜十世紀初頭成立）物語。作者未詳。別名に「竹取の翁」「かぐや姫の物語」など。平安初期に書かれた日本最古の物語文学といわれる。竹取の翁が輝く竹の中に小さな姫を発見して育てるが、美しく成長したとの噂も高い姫に求婚者が殺到する。姫は婿を選ぶに当たって貴重な宝（天竺の仏の御石の鉢、蓬萊の玉の枝、唐土の火鼠の裘《かわごろも》、竜の首の五色の珠、燕の子安貝）を取って来るようにとの難題を出すが、いずれもが獲得に失敗。姫はその後、帝にも求婚される。だがやがて姫は打ち沈みがちになり、月の都へと帰らねばならない身の上なのだと語る。姫は天人なのであった。帝の兵の警護も空しく、不死の薬を舐め、天の羽衣を着てすべての憂いを忘れた姫は、飛ぶ車に乗って天へと帰っていく。帝は姫から贈られた不死の薬を天に最も近い富士山頂で焼くように命じた。

　長くはない物語だが、単純な異類婚譚などの説話文学とは一線を画す。物語の展開には諷刺を含む部分もあり、また、人物描写は内面的にも外面的にも具体的で、それぞれの個性がそれなりに描かれている。幻想文学としては、異常出生譚、貴種流離譚、不死説話、天上と下界の対比、宝をめぐる冒険物語など様々なテーマを含み、後代にはこれらのテーマが個別に深化させられ、また大きく展開させられて多数の物語を生み出すことになった。道教との関連がしばしば指摘され、ヒロインが月の住人であるという設定は、月に住む嫦娥の神仙譚から来たものかもしれない。だが、もともと月の人間であるという点に類がない。また、幸田露伴は『仏説月上女経《がつじようによきよう》』に拠るものであろうとの見解を示している。近代以後、かぐや姫は宇宙人であるというS

F的な見解が現れ、多数の亜流作、設定依拠作を生んでいる。

武野藤介（たけの・とうすけ　一八九九〜一九六六）本名真寿太。岡山県生。早稲田大学文学部露文科中退。『文士の側面裏面』（三〇）など、文壇ゴシップや艶笑小説の書き手として知られた。怪しげな籠を肌身はなさず抱えて旅をする異貌の老人にまつわるグロテスクな怪談話「女と生首と林檎」（三三）がある。また、児童向けの著作も手がけ、『ふなのりシンバッド』『ガリヴァー旅行記』（いずれも二四・春秋社）などがある。

竹野雅人（たけの・まさと　一九六六〜）秋田県生。法政大学経営学部卒。「正方形の食卓」（八六）で海燕新人賞を受賞。東宝に勤めながら小説を執筆。現実密着型のファミコンゲームによって現実と非現実の境がなくなっていく、現実侵犯テーマの「山田さん日記」（八八）、将来のことが聞こえてくると主張する少年の家庭教師となった大学生が感じる社会の不条理を描く「王様の耳」（九一）などで、静かな現実崩壊感覚を語っている。

竹原志織（たけはら・しおり　?〜）羽衣伝説と人魚物を合体させたような設定のSFファンタジー『エメラルド・ティア』（一九八九・パステル文庫）がある。

建部綾足（たけべ・あやたり　一七一九〜七四／享保四〜安永三）俳人、戯作者、国学者、画家。本姓喜多村、後に建部と改姓、名は久《ひさ》域《むら》、幼名金吾。陸奥国弘前藩家老の次男として江戸に生まれる。母は兵法家・大道寺友山の娘。曾祖父に山鹿素行がいる。三八（元文三）年、義姉と通じて弘前を出奔、以後、全国をめぐる。その過程で各地で俳諧の師匠に付き、俳諧の道をきわめていく。途次、秩父では説教僧となり、その縁で周辺地域には綾足の俳諧活動を後援する者が多くいたという。また秩父観音霊場三十四札所すべての本尊、縁起、霊験等を列挙する『秩父縁起霊験円通伝』（四四／延享元）や霊場案内記なども著している。その後江戸に落ち着いて俳諧師として活躍し、一方で賀茂真淵に入門して国学の道でも知られるようになった。俳諧、和歌、物語、古典研究、随筆など多岐にわたる文学活動を展開した。著作も多い。また長崎では画業も習得、画書の著作もある。物語作者としては、雅俗折衷文体により長篇の物語を構想、読本を導いた。恋愛のもつれから妹を斬殺するに至った源太事件に想を得、これを擬古物語風の悲恋物語に仕立てた『西山物語』（六八／明和五）、『水滸伝』の本邦初の翻案『本朝水滸伝』（前篇七三／安永二、後篇は写本のみ、未完）、説話集『折々草』（七一／明和八成立）などがある。『西山物語』には、恋人を殺されて傷心のあまり隠棲した男を、女の亡霊が訪う「よみの巻」があり、その抒情性が高く評価されている。女が殺された瞬間から地獄に堕ちたありさままでを語るくだりも凄絶。この作品は上田秋成にも文学的衝撃を与えた。また、曲亭馬琴には長篇読物の初筆として称揚されており、石川雅望など後続の雅文作者にも大いに影響を与えた。『本朝水滸伝』は、柘枝《つみのえ》伝説を借り、翁が吉野川で拾った柘の枝から仙女が生まれ出て、翁に枝を百段《ももきだ》に折って川に流させ、それがやがて英雄になるだろうと説明するという発端を持つ。道鏡（悪玉）対恵美押勝（善玉）という基本の構図に、大伴家持ほか歴史上の人物を史実を無視して英雄に仕立てた、荒唐無稽な伝奇長篇である。構想途中で終わったが、独特の作品世界を拓き、後世に大きな影響を与えたといえよう。『折々草』は諸国物語の奇談集であり、短い紀行なども含まれていて、綾足自身の伝聞に拠るものが多いのではないかと推測されている。怪異譚は多くはないが、雪の一日、怪我をした女性の手当てをした家を椿の木を頼りに捜すが、ついに見つけられない話、病をもたらす神出鬼没の竜石の話、夜に不思議な光を見る話などを収録している。なお、『漫遊記』（九八／寛政一〇）は死後、未詳の編者によって『折々草』の一部が編纂・板行されたものである。
▼『建部綾足全集』全九巻（一九八六〜九〇・国書刊行会）

竹本健治（たけもと・けんじ　一九五四〜）兵庫県生。東洋大学哲学科中退。七七年『幻影城』に千二百枚にのぼる長篇『匣の中の失楽』を連載（〜七八）し、劇的なデビューを飾る。『囲碁殺人事件』（八〇）『将棋殺人事件』（八一）『トランプ殺人事件』（八一）と続く本格ミステリや、『クー』（八七・講談社ノベルス）《パーミリオンのネコ》（八八〜九〇・徳間ノベルス）などのSFアクションを執筆。怪奇幻想色の濃厚な作品に、かつて無数の胎児を闇に葬った産院を改装したアパートで起こる怪事件を描く粘着質の怪奇ミステリ『狂い壁狂い窓』（八三・講談社）、怪奇幻想文学者・鳥飼征流が終焉の地とした魔女狩り伝説の残るベルギーの古城で起こる惨劇を二人称形式で描くサイコホラー『カケスはカケスの森』（九〇・徳間書店）、百鬼夜行さながらの幻覚に悩まされる主人公が、怜悧な美少女や精神科医の助力を得て、みずからを脅かす妖異の真相探求に乗り出す幻魔怪奇探偵小説『クレシェンド』（〇三・角川書店）などの長篇がある。

また、竹本健治自身が主人公となり、作家・編集者などが実名で登場する、小島信夫や後藤明生の大河小説めいた虚実皮膜の怪作《ウロボロス》三部作（九一〜〇六・講談社）もある。なお、未完だが、オカルト伝奇系の『闇に用いる力学・赤気篇』（九七・光文社）は、『匣の中の失楽』と並んで最も幻想的な作品と言える。短篇集に、生来、恐怖を感じない男に秘められた忌わしい真相を描く「恐怖」（八六）などの短篇を収録した『閉じ箱』（九三・角川書店）、建石修志とのコラボレーションによる怪奇ミステリ連作短篇「七色の犯罪のための絵本」、書き下ろし「しあわせな死の桜」を収録した『虹の獄、桜の獄』（〇五・河出書房新社）などがある。

【匣の中の失楽】長篇小説。七八年幻影城刊。「序章に代わる四つの光景」の冒頭、探偵小説狂グループの一員である曳間了は、深い濃霧の中で〈不連続線〉を越えたような感覚に囚われる。彼は第一章で起こる密室殺人の犠牲となるが、第二章は、彼が、仲間のひとりであるナイルズが書きつつある探偵小説の草稿を読む場面で始まり、早くも時間的錯綜が起こる。しかも、その小説には曳間の死が予言されていた……。こうして物語は虚構と現実の間を往還するうちに迷宮的様相を深めてゆき、最後には虚構の造り手であったナイルズも、己の自己同一性を疑いながら〈霧の迷宮〉へと消えていく。中井英夫『虚無への供物』の圧倒的影響下に書かれた本篇は、さらに小栗虫太郎『黒死館殺人事件』、夢野久作『ドグラ・マグラ』へと遡行するアンチミステリの系譜に、若々しい青春小説の息吹を吹き込んだ渾身の実験作である。

【フォア・フォーズの素数】短篇集。〇二年角川書店刊。埴谷雄高の影響を感じさせる、観念的でありながら、明晰かつ具象的な表現で貫かれた十三の掌短篇を収録する。〈ボクの後ろには夏があった〉と書き起こされる「ボクの死んだ宇宙」、〈夜は黒水晶だった〉という鮮烈なメタファーで始まる「熱病のような消失」――孤絶する少年の内宇宙を描いた巻頭の二篇は、寝室の暗がりと深宇宙の大暗黒とを須臾にして行き交うかのような幻視のダイナミズムを有し、とりわけ印象深い。ほかに、隙間恐怖の描写が執拗に繰り返されるホラー「震えて眠れ」、粘着質な〈凌辱のまなざし〉がこのうえなく官能的なホラー「非時《ときじく》の香《かく》の木の実」、理科系の抒情が心地よい奇想小説である表題作など。

竹本三郎兵衛（たけもと・さぶろべえ　生没年未詳）浄瑠璃作者。近松半二の合作者の一人。合作は多数あるが、怪奇幻想系の作品に、「奥州安達原」（一七六二／宝暦一二）「天竺徳兵衛郷鏡《さとのすがたみ》」（六三／同一三）など（近松半二の項参照）。

武森斎市（たけもり・さいち　一九五六〜）大阪府生。京都府立医科大学卒。同大学院卒。医学博士。開業医の傍ら小説を執筆。人を石化させる乳酸菌が巻き起こすバイオSF物のパニック・ホラー『ラクトバチルス・メデューサ』（二〇〇〇・ハルキ文庫）がある。

健部伸明（たけるべ・のぶあき　一九六六〜）ゲーム関係の仕事に従事。多重人格物のホラーと人間に憑依する精霊たちの存在とを重ね合わせた幻想作品『甲冑の乙女』（〇一・EXノベルズ）のほか、アニメやゲームのノベライゼーションが多数ある。

太宰治（だざい・おさむ　一九〇九〜四八）本名津島修治。青森県北津軽郡金木村生。生家は津軽屈指の大地主で、父は貴族院の勅選議員。弘前高校を経て三〇年に東京大学仏文科に入学、井伏鱒二に師事する。左翼運動に関わるが離脱、バーの女給と江の島で心中、女は死亡した。三三年発表の「魚服記」で注目され、三五年「逆行」で第一回芥川賞候補となる。同年、鎌倉の山中で縊死に失敗。後パビナール中毒に陥り入院。この時期の霊肉両面にわたる危機は「道化の華」（三五）「虚構の春」「狂言の神」（共に三六）三部作などに作品化された。三七年、妻・初代の不貞を理由に水上温泉で心中を図るが未遂に終わり、帰郷後、離別する。三九年、石原美知子との再婚を機に生活が安定、「富嶽百景」や透谷文学賞受賞の「女生徒」（共に三九）、「女の決闘」「走れメロス」（共に四〇）などの名作短篇を発表する。大戦末期にも『津軽』（四四）や、史実・古典に取材した『右大臣実朝』（四三）『お伽草紙』（四五）などを執筆。戦後は「斜陽」（四七）で一躍時代の寵児となったが、敗残の自画像「人間失格」（四八）を残して、四八年六月十三日、山崎富栄と玉川上水で入水自殺を遂げた。

　太宰の作品を幻想文学サイドから眺める時、真っ先に目につくのは『お伽草紙』や『新釈諸国噺』（四五・生活社）に代表される民話や古典の世界に取材した寓話風ファンタジーの系列である。出世作となった「魚服記」（三三）は、山中の炭焼小屋で父と暮らす少女が、酔った父に犯されて滝壺に身を投げ、小さな鮒と化す可憐な変身譚である。「清貧譚」（四一）「竹青」（四五）は『聊斎志異』中の作品を太宰流にアレンジした精霊譚で、前者は可憐な菊の精が不思議を顕わす。後者は鴉に変身した落第書生と鴉妻・竹青の哀しい夫婦愛の物語である。このほか、仙術使いと喧嘩の達人と嘘の天才という無用の三奇人が一堂に会して怪気炎をあげる「ロマネスク」（三四）、異郷の動物園に連れてこられた日本猿の目に映る異様な世界を描いた「猿ケ島」（三五）、百円紙幣の目から戦中風俗を描く「貨幣」（四六）なども、この系列に含めることができよう。一方、太宰文学の原点が、幼少期に祖母から聞かされた怪談話にあったことは、初期作品「怪談」（二六）の冒頭――〈私は小さい時から怪談が好きであった（略）一千の怪談を覚えて居るといっても敢えて過言ではなかろう〉にも明らかだろう。新婚夫婦の寝間を深夜に覗き込む老嬢の姿を幽霊と観ずる「哀蚊」（二九）、幽霊が残した歌に言及する「むかしの亡者」（三八）、四つの掌篇から成る「陰火」（三六）には、夜更けに男の部屋に闖入した尼の身体に、死臭を放つ白象に乗った如来が顕現する不条理を描いて印象的な「尼」が含まれている。戦後の「トカトントン」（四七）は、玉音放送を聞いた直後から奇妙な幻聴につきまとわれるようになった男の告白であり、「女神」（四七）は、戦前飲み友達だった男が別人のようになって現れ、語り手と自分は兄弟で、自分の妻は日本救済の女神だと告げる狂気の姿を冷徹に描いた作品である。他にジェントル・ゴースト・ストーリー風の「メリイクリスマス」（四七）など。また「斜陽」における怪しい蛇の逸話、「人間失格」における〈怪談じみたもの〉への異様なまでの執着など、最初期から最晩年にいたるまで、太宰作品にあっては〈怪談〉が重要なキーワードとなっていることは見のがすことはできない。

【お伽草紙】短篇集。四五年筑摩書房刊。防空壕の中で、幼い娘に絵本を読み聞かせるうちに生まれたと前書きする新釈日本昔噺。諷刺の利いた「瘤取り」、海底世界の幻想的なイメージが鮮やかな「浦島さん」、狸の蒙る惨い仕打ちに〈十六歳の美しい処女〉の残酷さを見る「カチカチ山」、なにやら艶っぽい雀たちが登場する「舌切雀」の四篇を収録している。

田島照久（たじま・てるひさ　一九四九〜）グラフィックデザイナー。角川ホラー文庫をはじめとして多数の装幀を手がける。小説作品に、怪奇短篇集『ホラー・マーケット』（九五・幻冬舎）がある。

田代裕彦（たしろ・ひろひこ　？〜）本格ミステリ『平井骸惚此中ニ有リ』（二〇〇四〜〇五）で富士見ヤングミステリー大賞を受賞してデビュー。死から蘇ってやり直しができるという設定で、タイムパラドックスや別の肉体への転生など様々な状況を用意してミステリを展開する『シナオシ』『キリサキ』（〇五・富士見ミステリー文庫）、京極夏彦《百鬼夜行》シリーズを連想させるミステリだが、謎解きとは別に妖怪が出現する点で伝奇ファンタジーとなっている『セカイのスキマ』（〇六〜〇七・同）がある。

多田智満子（ただ・ちまこ　一九三〇〜二〇〇三）詩人。本姓加藤（旧姓多田）。福岡市生。東京に育つ。東京女子大学卒業後、慶応義塾大学文学部英文科卒。第一詩集『花火』（五六・書肆ユリイカ）の頃より、地中海的な明るさと乾いた感性、優れた知性を感じさせる映像的な詩風を有し、認められる。幻想性を深めた『闘技場』（六〇・同）、LSDの幻覚体験に基づく神秘的な『薔薇宇宙』（六四・昭森社）、グロテスクな怪奇的イメージに満ちた『鏡の町あるいは眼の森』（六八・同）、知的な軽やかさとユーモアに溢れた『贋の年代記』（七一・山梨シルクセンター出版部）、自伝的要素を織り込んだ表題作ほか夢を言語化した幻想的な散文詩集『四面道』（七五・思潮社）、ギリシア神話的世界を描く『蓮喰いびと』（八〇・書肆林檎屋、現代詩女流賞）、神話・夢・冥界をテーマとした『祝火』（八六・小沢書店）、死をテーマにしたものを中心に古典に取材した作品を収録する『川のほとりに』（八八・書誌山田）、眷恋の地・エジプトへの旅行体験をもとに、死への親近性を漂わせた『長い川のある國』（二〇〇〇・同、読売文学賞）など。多田の詩は、ギリシア哲学と仏教的思想とが、神話のイメージや言葉そのものへの遊び心と手を携えて織り成した世界で、幻想性と観照性・思想性とが見事に重なり合っている点も特筆すべきものがある。〈ひとは生き急ぎ／歩きにくそうな／鼎《かなえ》の奇数脚／わが身死に急ぎ／石に刺繍する／虎よ虎よ／針一本垂直に落ちるたそがれ／まぶた垂れ　暮念観世音〉（「暮念観世音」）

散文家としても優れており、神話学・宗教学的な知識、動植物への愛情、知的な省察に支えられた観照的エッセー『鏡のテオーリア』（八〇・大和書房）『魂の形について』（八一・白水社）『花の神話学』（八四・同）『夢の神話学』（八九・第三文明社）『森の世《せ》界爺《かいや》』（九七・人文書院）等は、幻想文学によく現れる基本的イメージについての様々な知識、奥深い思想・哲学を記している。さらに翻訳家としても知られ、『ハドリアヌス帝の回想』（六三・白水社）をはじめとするユルスナール作品、アンリ・ボスコ『ズボンをはいたロバ』（七七・晶文社）、マルセル・シュウォッブ『少年十字軍』（七八・森開社）、アントナン・アルトー『ヘリオガバルス』（八〇・白水社）など、その訳文はきわめて高い評価を受けている。

▼『定本多田智満子詩集』（九三・砂子屋書房）

只野真葛（ただの・まくず　一七六三〜一八二五／宝暦一三〜文政八）随筆家。本名工藤綾子。仙台藩医の長女として江戸日本橋に生まれる。父親は多芸多才な人物で交友関係も広く、母方の祖母は古典文学の研究家であった。文化的な家庭に育ち、歌文に優れた。奥女中としての奉公後、結婚して仙台に住み、一一（文化八）年に回想録『むかしばなし』を書き始める。同書の後半には方術の話や狐遣いの話、化狐の話や分身譚など、奇談が含まれている。夫の死後は文筆活動に専念。多数の著作がある。『むかしばなし』の奇談を取捨し、神霊の住む異界に入り込む話などを増補した陸奥の奇談集『奥州ばなし』（一八一八／文政元）がある。

橘香いくの（たちばな・いくの　一九六七〜）福岡県生。福岡女子大学国文科卒。「洞の中の女神」（九四）でコバルト・ノベル大賞佳作入選。異世界ヨーロッパを舞台にした恋愛物を中心に執筆。代表作に《ブローデル国物語》（九五〜〇四・コバルト文庫）。ファンタジーに、魔神に憑《の》り移られた王子を描く『魔性の王子』（九六・同）がある。

立花薫（たちばな・かおる　?〜）東京大学医学部卒。同大学社会情報研究所研究生修了。ノンフィクションの翻訳、雑誌記事の執筆などを経て、超能力を訓練する学園を舞台に、落ちこぼれの少女を主人公にしたサイキック・アクション《神霊女学院》（一九九八〜九九・講談社X文庫）で小説家としてデビュー。ほかにラブコメ・ミステリなどを執筆。

橘柑子（たちばな・こうじ　一九七五〜）RPG風ファンタジー・コメディ『カエルと殿下と森の魔女』（〇五・ファミ通文庫）でえんため大賞優秀賞受賞。

橘早月（たちばな・さつき　?〜）異世界地球の第一次大戦後を舞台に、幻の新鋭機の設計図を所有する飛行機乗り志望の主人公が騒動に巻き込まれる冒険物『オーバー・ザ・ホライズン』（二〇〇四・電撃文庫）がある。

橘外男（たちばな・そとお　一八九四〜一九五九）石川県金沢市生。父は陸軍大佐。厳格な家風に反発、素行不良のため群馬県立高崎中学を退学となり、北海道の叔父の家に預けられた。叔父が局長を務める北海道鉄道管理局の鉄道員となるが、業務上横領で逮捕され服役する。仮釈放後、上京してスイス人経営の外国商館に勤務。このとき社長秘書の女性から英文の小説類を貸与され耽読したという。経歴詐称が発覚して退職、いくつかの職を転々とした後、一九年から日本橋蠣殻町で雑貨貿易業を営む。二二年、書簡体の恋愛小説『太陽の沈みゆく時』を刊行。続けて『艶魔地獄』（二五）など数冊を刊行する。三六年「酒場ルーレット紛擾《トラブル》記」が『文藝春秋』の実話募集に当選、ユニークな〈実話作家〉として注目を集める。三八年「ナリン殿下への回想」で直木賞受賞。饒舌な説話体によるアクの強い語り口を特色とし、エキゾティックな伝奇小説や秘境冒険小説、猟奇小説に本領を発揮した。四三年に満州へ移住、満州書籍配給会社などに勤務する。戦後は満州引き揚げの翌年から執筆を再開し、数々の怪奇幻想短篇を執筆。晩年には「私は前科者である」（五五）「ある小説家の思い出」（五七）「続ある小説家の思い出」（五九）などの自伝的告白小説で話題を呼んだ。

怪奇幻想小説の分野では、「逗子物語」と、無惨な殺されかたをした美女の怨念がこもる蒲団が怪異を現す「蒲団」（三七）が、独特の説話体を活かしたオーソドックスな怪談小説の傑作として世評高い。同傾向の作品に、美女姉妹の怨霊に魅入られた青年を描く「墓が呼んでいる」（五六）や、姑に無理やり離縁させられ自害した若妻の霊が死後も夫に貞節を尽くし、霊前で再度の祝言が行われる「棺前結婚」（五六）、鬼気迫る生霊物「地獄への同伴者」（三八）など。長篇では化猫小説の力作「私は呪われている」のほか、少女小説として書かれた同工の化猫物「山茶花屋敷物語」（五一〜五二、藤崎彰子名義、後に「怪猫屋敷」と改題、五八年の映画化に際して「亡霊怪猫屋敷」と改題）「見えない影に」（五六〜五七）を残した。

外男の伝奇秘境小説には、戦前に「博士《ドクトル》デ・ドウニヨールの『診断記録』」（三六）「怪人シプリアノ」（三七）「『死の蔭《チヤプロ・マチユロ》』探検記」（三八）「マトモッソ渓谷」「令嬢エミーラの日記」（共に三九）などの作があるが、いずれも〈人獣交婚〉の悪夢をテーマとするという著しい特色がある。すなわち半人半猿の獣人が白人女性をジャングルに連れ去り花嫁にするという、〈猿女房〉の昔話からターザン物語にまで及ぶ一定型のネガティヴな側面に着目したものである。戦後も同工異曲の獣人譚は多いが、一方で「陰獣トリステサ」（四六〜四八）のように獣姦そのものをテーマにした異色の復讐劇もある。その種の目的のために飼育された淫犬との愛欲に溺れる銀行家夫人の物語である。戦後の作品には、フランスの山岳地帯の地下城砦に、サディストの城主が君臨する天刑病患者の淫蕩なユートピアが出現する「青白き裸女群像」（四八〜四九）、人造生命創造の妖夢を描く「妖花イレーネ」（初出不明、四七年六月社刊）、哀切なユートピア奇譚「ウニデス潮流の彼方」（四七）、トルコ皇帝のハレムに拉致されたドイツ女性の辿る数奇な運命を描く「君府《コンスタンチノープル》」（四八）などがある。

▼《橘外男ワンダーランド》全六巻（九四〜九六・中央書院）

【逗子物語】短篇小説。三七年八月『新青年』掲載。妻を亡くしてまもない語り手は、三浦半島の片田舎に逼塞し、人気ない山寺で物思いに耽るのを日課としていた。あるとき、黄昏迫るなか母親の墓に詣でる美少年主従を見かけるが、実はかれらもまたこの世のものではなかった……。寂しく死んでいった少年の霊と語り手の物哀しく心あたたまる交感を抒情的に描いたジェントル・ゴースト・ストーリーの佳品である。

【私は呪われている】長篇小説。五六年一〜七月『東京タイムズ』掲載。五八年三笠書房刊。時は幕末。非道な領主の忘れ形見である八千丸は、愛猫・田茂と奇怪な狼女を従えて故郷の村に戻ってくる。荒れ果てた津黒山に居をさだめ、父の悪行を償おうとするが、地元の実力者の奸計にはまって村人に惨殺される。村人への憎悪に燃える大猫は、美しい腰元や大入道に化身して、怖るべき復讐を繰り広げる。尽きることのない怨念は現代にも及び……。作者持ち前の怪奇趣味を前面に押し出した、異色の化猫伝奇小説である。

立花種久（たちばな・たねひさ　一九四七〜）中央大学卒。詩集『水の夢、その他の夢』（八一・海溝出版会）のほか、幻想小説も執筆。主人公（多くの場合は語り手）がいつのまにか記憶も現実感覚も失い、とりとめがなくわけもわからない世界に入り込んで空漠感を味わうという趣向の短篇を継続的に執筆している。作品のほとんどは迷子になる話といってもよく、外に出てそのまま見知らぬ場所に入り込んでしまうのはもちろんのこと、どこかへ行こうとしてどこへ行くのかも忘れていることや、なぜそこにいるのかわからないことも多く、まったく見当識がついていないということもある。迷子とは関連のない話の場合も、独特な不安感をはらんだ、迷宮的展開の物語となっており、全体として夢の記述系列の作家といえる。短篇集に『喪われた町』（八四・れんが書房新社）『にぎやかな夜』（八六・同）『私設天文台』（八八・パロル舎）『森のなかで』（九〇・同）『獺の日』（九八・同）『大蜥蜴』（〇一・同）『不明の時間』（〇二・同）『電気女』（〇五・同）などがある。

橘南谿（たちばな・なんけい　一七五三〜一八〇五／宝暦三〜文化二）本名宮川春暉《はるあきら》。伊勢国久居に、藤堂家の家臣・宮川家の五男として生まれる。十九歳で医術を学ぶために上京し、医師となった。さらなる修業のため、八二（天明二）年から翌年にかけて東日本を遍歴する。この体験を『西遊記』『東遊記』（九五／寛政七）にまとめた。両書は、伝承などを含んで豊かな内容を持ち、文章展開も巧みで、読物としての面白味がある。また、仙境幻想が濃厚なところにも、著者のロマン的な気質が現れている。刊行当時ばかりでなく、近代になってもよく読まれた本である。ほかに随筆集『北窓《ほくそう》瑣《さ》談《だん》』（二五、二九／文政七、同一二刊行）がある。

立花広紀（たちばな・ひろき　一九四〇〜）大分県生。西庄内中学校卒。父親の化石発掘に同行した少年少女が、南極の地下に失われた恐竜人の遺跡を発見する児童向け冒険ＳＦ『ハチュウ類人間』（七〇・国土社）がある。

橘有未（たちばな・ゆうみ　一九七九〜）立命館大学文学部史学科卒。二十二世紀末の地球を舞台に、遺伝子操作された天才少年たちの運命を描く『銀の刻印』（九七・コバルト文庫）でデビュー。時間を巻き戻す能力を持つ青年を主人公にしたファンタジー連作『幻想懐古店』（九八・同）がある。

橘成季（たちばな・なりすえ　一二〇五〜

七二／元久二頃〜文永九以前）四条天皇に蔵人として仕えたという。詩人、歌人であり、琵琶をたしなみ、絵も描いた、知識人的な貴族であったようだ。『今昔物語集』に次ぐ説話数の多さを誇る『古今著聞集《ここんちょもんじゅう》』を編纂した。

【古今著聞集《ここんちょもんじゅう》】五四（建長六）年成立。説話集。全二十巻七百二十六話の説話を収録。漢文の序、総目録、仮名文の跋、三十の部立てごとに小序がある。配列は各篇ごとに編年式で整然と並べられている。日本のものに話題を限ろうとしているところ、部立てにも工夫を凝らし、神祇、釈教、草木といった勅撰集などにならった部分から博奕、偸盗といった時代世相を映す部分まで取り入れているところなど、説話集の中に日本のミニチュアともいうべき一個の小宇宙を作り出そうとした編者の心意気が窺える。ために各説話も理路整然としたものが多く、物語としての結構があっさりとした感じに整っている。事実談としての説話にこだわる一方で、成季自身が表面に出ているところが折々にあり、説話と文学の関わり、あるいは説話文学とは何かを考えるうえでも重要な作品といえる。部立を順に挙げれば、神祇、釈教、政道忠臣、公事、文学、和歌、管弦歌舞、能書、術道、孝行恩愛、好色、武勇、弓箭、馬芸、相撲強力、画図、蹴鞠、博奕、偸盗、祝言、哀傷、遊覧、宿執、闘諍、興言利口、恠異、変化、飲食、草木、魚虫禽獣となる。事実談とはいえ、現代とは世界観が異なるので、神威、仏の霊験、怪しの物の跳梁などがごく自然に語られる。内容的には、神の託宣、神の感応、夢告が神祇には見え、釈教では往生譚をはじめとする高僧の霊験譚が多い。和歌と管弦歌舞の項は圧倒的に数が多く、そのために貴族の懐古的な面が見られると評価されるが、成季自身が、これらのことを大いに愛していたためでもあろう。管弦歌舞に関しては、神感説話などの幻怪味ある説話も交じっている。恠異には話数こそ少ないが、流星怪雲の話、氷塔出現の話など、志怪的な奇談に属するものがあり、面白い。変化には鬼神、餓鬼、天狗、古狸から猫までが取り上げられており、草木、魚虫禽獣にも草木虫魚らの精の話などが見える。

立原えりか（たちはら・えりか　一九三七〜）本名渡辺久美子。東京生。都立白鷗高校卒。立原道造の詩を愛読し、その姓を筆名に使った。中学・高校の頃より童話を書き始め、五六年、高校時代の作品を収めたメルヘン集『人魚のくつ』を自費出版し、日本児童文学者協会新人賞受賞。背が高いでかでか人と小人のようなちびちび人の、互いに助け合いながらのほのぼのとした暮らしを描いた長篇童話『でかでか人とちびちび人』（六一・講談社）で講談社児童文学新人賞受賞。その後、『木馬がのった白い船』（六〇・書肆ユリイカ）『ちいさい妖精のちいさいギター』（六二・七曜社）など、メルヘン集を次々と刊行し、戦後日本を代表するメルヘン作家となった。山室静主宰の同人誌『海賊』の最古参のメンバーの一人でもある。

ほんの数枚の短いメルヘンから長篇童話まで、作品の数は非常に多いが、いずれもが立原の魂の繊細さを感じさせるようなデリケートな情感に支配されている。その幻想の質は、アニミスティックな世界観、あるいはごく幼い者の空想の世界と近いところにある。立原の世界では動物、植物が人間に変身するのもたやすいことだし、木馬も人形も魂を持ち、生きているのである。また自然現象もすべて妖精や神々や魔法使いの手にゆだねられている。つまりこの世の中のあらゆることは神秘に満ち、当たり前でつまらないものなど存在しないのである。このような立原の世界では平凡な少女も普通の大人も神秘の扉を開ける鍵を手に入れることができる。そして不思議な体験を通してほんの少し幸せになることができるのだ。もっとも時に鍵をなくしていたり捨ててしまっていたりすることがあり、悲哀に満たされる場合もある。鍵をなくしたという喪失感をテーマとし、失われたもののかけがえのなさを語ることで現実を撃つという逆転的な手法も大きな特徴の一つとなっている。長篇の代表作に、花と蜜の娘として生まれ、異界の者を見ることができる不思議な力を持ったさらが、金の羽を持つ若者を救うために南の島で暴威をふるう〈どろの仮面〉と戦うファンタジー『月と星の首飾り』（八二・講談社）、タイの妖精物語を素材に、少年と少女がファンタジー的な別世界で永遠に結ばれるために自殺を選ぶ『聖バレンタインデーの心中』（九四・原生林）など。中篇に、妖精と少年の触れ合いを描きながら、大人になっていかねばならない少年の姿を切なく描く「妖精たち」など。短篇に、蝶を編む不思議なおばあさんを優しく描く「蝶を編む人」、四月の暖かい雨の降る日だけ、帽子売りから帽子を買って鹿に変身する「雨のひとつぶ」、遥か昔にりんごの中に閉じ込められた踊り子が、偶然その姿を垣間見て恋した若者によって助けられる「ほんものの魔法」ほか多数。《ファンタジーランド》以降の恋愛テーマのファンタジー集に、『いそがしい日の子守唄』（九〇・青土社）『火食鳥幻想』（九三・原生林）『まどろみの夢から夢へ』（九六・近代文芸社）『天人の橋』（二〇〇〇・愛育社）ほかがある。

　このほか、映画や演劇のノベライゼーションや少年少女のための恋愛小説なども執筆するが、すべては天上的な愛、優しさ、強さなどを描き、ファンタスティックな思想には揺らぎがない。近年はタイ王国に惚れ込み、その関連の著作もある。

▼《立原えりかのファンタジーランド》全十六巻（八〇〜八一・青土社）

【青い羽のおもいで】 中篇小説。七一年理論社刊。ぜんそくになった少女みなみのために、海辺の家に越してきた一家の隣には、カシの木やかたという大きな屋敷があった。その屋敷に越してきた青羽一家はどことなく浮世離れしており、見世物の興行をして生活しているようだった。みなみの兄ひがしの同級生・青羽一郎は笛を吹くのも跳び箱も得意だったが、背中にこぶがある。そのことで少年を泣かせてしまったひがしはカシの木やかたをみなみと一緒に訪れて許しを来い、少年と仲良くなる……。人間界に現れた木の精たちの心にしみるようなファンタスティックな生活とそれに憧れる優しい少年ひがし、そしてその世界へと飛び込んでいく幼いみなみの姿を描く。終始優しさに満ちたファンタジーで、立原えりか世界が凝縮したような作品。

【六本木発ギリシャ神話】 長篇小説。八八年桐原書店刊。ある日突然ギリシア神話の語り部としての使命に目覚めた少女エコは、街頭で神と魂について語り出す。エコが大資本の一部となって大劇場で語ると言葉は行き詰まり、街頭で個人として語ると言葉が生き始める。しかしそうなるとわずかの収入しか得られずにエコは行き倒れてしまう……。あたかも作家論・詩人論の如き寓話的作品。

立原透耶（たちはら・とうや　一九六九〜）二〇〇〇年以前はとうや名で執筆。大阪府生。大阪女子大学中国文学科卒。「夢売りのたまご」（九一）でコバルト読者大賞を受賞。別世界シャドウの真王に選ばれた女子高校生の活躍を描くファンタジー《シャドウ・サークル》（九二〜九三・コバルト文庫）でデビュー。大学で中国文学を講ずる傍ら、怪奇幻想物とSFを執筆する。伝奇アクション《ダークサイド・ハンター》（九三〜九四・同）、人々が羽根を持ち、風に乗って移動する風の惑星を舞台に、羽根を持たない少女の運命を描くSFファンタジー『凪の大祭』（九四・同）、次郎真君の自堕落な弟を主人公にした冒険アクション・コメディ《冥界武侠譚》（九七〜二〇〇〇・スーパーファンタジー文庫）、妖魔と人間が対立する別世界を舞台に、妖魔の王子ゲオルグと人間と妖魔の混血の妖魔狩人が冒険を繰り広げる『聞け、魂の祈りを』（〇一・EXノベルズ）、魔法力に溢れた魔法王国の王子と友人が、禁断の魔法術を用いて〈異郷〉へと移動し、機械力に満ちた機械帝国で冒険を繰り広げる『銀の手のシーヴァ』（〇七・GA文庫）、音をモチーフにしたホラー連作短篇集『ささやき』（〇一・ハルキ・ホラー文庫）などがある。豊富な心霊体験でも知られ、怪談実話集『ひとり百物語』（〇九・メディアファクトリー）を刊行。

立原道造（たちはら・みちぞう　一九一四～三九）東京日本橋生。東京大学工学部建築科卒。詩人、建築家。詩集に『萱草《わすれなぐさ》に寄す』『暁と夕の詩』（三七・私家版）。きわめて繊細な抒情詩人であり、〈ここにないものへのあこがれによって生き通し〉（安藤元雄）、夭折したがゆえに熱狂的な支持を得ている詩人といえよう。詩はとりたてて幻想的とはいえないが、「ファンタスチック」「不思議な川辺で」など一部の散文詩や、詩と散文とが組み合わせられた、小説などと呼ぶにはあまりにもあわあわとしたメルヘンに幻想的なものがある。代表作は風になった青年のロマンス「かろやかな翼ある風の歌」（三六）、〈天に身投げ〉する青年の物語「生涯の歌」（三五）、イメージ豊かな連作集「鮎の歌」（三六～三八）など。

達井彬仁（たつい・あきひと　一九六一～）編集者、翻訳家を経て小説を執筆。女子高校生が突然中年男に変化してしまう「ざ・りばーしぶる」や、少女が悪夢から逃れられなくなる「出口なし」などを含む、軽いタッチの怪奇幻想SF短篇集『自殺の楽しみ方』（九一・ハヤカワ文庫）がある。

龍尾洋一（たつお・よういち　一九六四～）鹿児島市生。鹿児島経済大学中退。少年・洋二が、超能力者の親友・達夫に異次元トンネルを作ってもらい、世界旅行を楽しむ『タックんの空中トンネル』（八七・岩崎書店）で福島正実記念SF童話賞優秀賞受賞。

伊達一行（だて・いっこう　一九五〇～）本名矢田部実。秋田県生。青山学院大学文学部神学科卒。「沙耶のいる透視図」（八二）ですばる文学賞を受賞してデビュー。性愛小説で注目された伊達だが、デビュー以前から、宗教や霊能力と近親相姦とにこだわり続けてきたことが見て取れる。それは、霊能者を利用して新興宗教を起こした男の神への問いかけを描く宗教小説『０回帰線』（九一・集英社）、芸術論・宗教論を内包するインセスト小説『かく誘うものの何であろうとも』（九二・講談社）の二作に、殊に顕著に表れている。が、この二作の後は、憑物が落ちたかのように開けた幻想小説を執筆。オリエンタルなムード漂う民話・伝説風の形式で、メタノベル的小品や怪奇的な短篇を紡ぎ出した、ユニークな形の幻想短篇集『妖言集』（九三・集英社）、死と再生、汚濁と聖性とが一如であることを、〈ヒヨドロ穴〉という奇妙な存在を通して描く連作短篇集『ワガネ沢水祭りと黄金人《アーマス》』（九八・同）がある。

伊達虔（だて・けん　一九三七～）広島県生。大阪府立茨木高校卒。テレビ番組制作の傍ら小説を執筆。地球の中心にホワイトホールができて重力が二倍になってしまうSFパニック小説『G―重力の軛』（九八・双葉社）がある。

伊達将範（だて・まさのり　一九七三～）広島県生。『ルームメイト』（九七）で小説家としてデビュー。神の呪いで輪廻転生を続ける男女を主人公にした伝奇的設定のアクション『リムーブカース』（九九・電撃文庫）、トレジャーハンターが主人公の伝奇アクション＆ラブコメディ《DADDY FACE》（二〇〇〇～〇五・同）などがある。

立川賢（たてかわ・けん　一九〇七～？）本名波多野賢甫。静岡県生。横浜に育つ。横浜高等工業学校応用化学科卒。インキ製造業、陸軍航空技術研究所員を経て、『新青年』に軍事科学小説を発表。日本が原子爆弾の開発に成功してアメリカ本土を爆撃する「科学小説　桑港けし飛ぶ」（四四）ほか、「新しき翅」（四二）「幻の翼」（四三）「恐るべき苔」（四四）などの作品がある。戦後は筆を折り、化学者として生きた。

立松和平（たてまつ・わへい　一九四七～）本名横松和夫。栃木県宇都宮市生。早稲田大学政治経済学部卒。在学中より小説を執筆して認められ、『遠雷』（八〇）で野間文芸新人賞受賞。多作家で多数の著作がある。代表作に泉鏡花文学賞受賞の『道元禅師』（〇七）など。幻想小説に、幕末を舞台にした伝奇ファンタジー『うんたまぎるー』（八九・岩波書店）『贋南部義民伝』（九二・同）がある。前者は沖縄を舞台に、小作百姓のじらーが、親方の娘で豚のまかとと交わったために、不治の病になると同時に身体浮遊術も身につけ、義賊うんたまぎるーとなる物語。妖怪きじむなーが跳梁してペリー提督の一行を惑わしたり、じらーの母親が際限なく食べ続けたりと、不可思議な幻想に満ちた、力強い秀作。後者は、岩手南部・三閉伊百姓一揆の指導者の一人だった三浦命助をモデルに、薬売り、僧侶、女など、様々なものに化けて一揆を画策する万吉の姿を、彼にたかったノミとシラミが語るというもの。山姥や閻魔たちが出没して、彼の企みをやんわりと皮肉ったりする趣向がある、やはり魅力溢れる幻想歴史小説である。

田中光二（たなか・こうじ　一九四一〜）旧朝鮮京城生。父は作家・田中英光。早稲田大学英文科卒。NHKプロデューサーを経て、七二年、同人誌『宇宙塵』に発表した、ジャンキーの王国を舞台にしたサスペンスSF「幻覚の地平線」が『SFマガジン』に転載され衝撃的なデビューを飾る。七四年、初の長篇SF『大滅亡《ダイ・オフ》』（ノン・ノベル）でSF作家としての地歩を確立。スピーディーなストーリー展開とアメリカナイズされた独特の語り口を身上とし、本格SFから冒険アクションまで多彩な作品を数多く発表。七九年に『血と黄金』で角川小説賞、八〇年に『黄金の罠』で吉川英治文学新人賞を受賞した。初期のSFに、短篇集『幻覚の地平線』（七四・早川書房）『スフィンクスを殺せ』（七五・同）『ぼくたちの創世記』（七六・徳間書店）『君は円盤を見たか』（七六・角川文庫）、地球を観察するエイリアンを描く連作短篇集『異星の人』（七六・早川書房）、未来が舞台の海洋冒険長篇『わが赴くは蒼き大地』（七四・早川書房）《怒りの大洋》三部作（七八〜八〇・双葉社）、虐げられた自然の反撃を描く『怒りの聖樹』（七七・ノン・ノベル）、核による滅亡後の遠未来のアダムとイヴを描く『エデンの戦士』（七六・文化出版局）、スペースオペラ《銀河の聖戦士》（七九・徳間書店、八一・トクマ・ノベルズ）などがあり、様々な斬新なアイディアを見ることができる。

　田中はSFと幻想文学の境界線上に、多くの印象的な作品を生み出している。まずヒロイック・ファンタジーの分野では、惑星ミロシスの灰の中から甦った無双の剣士アッシュが仲間と共に大宇宙を股にかけた冒険を繰り広げる《アッシュ》（七八〜八七・講談社〜講談社文庫）でスペースオペラとの合体を試みた後、ギリシア神話の世界を舞台とする《ヘリック》（八一〜八六・光文社〜光文社文庫）、古代の戦士デュランが過去と現代を往還して活躍する『メガロポリスの戦士』（八六〜九一・集英社〜集英社文庫）などを発表している。

　秘境冒険小説に対する田中の熱愛は、コナン・ドイルの『失われた世界』の続篇という設定のもと、チャレンジャー博士一行が古代インカの黄金都市探検に向かう『ロストワールド2』（八〇・徳間書店）や、H・R・ハガードの名作のパスティーシュである『新・ソロモン王の宝窟』（八七・早川書房）などに顕著である。ロストワールド・テーマの作品には、アフリカ奥地に怪獣モケレ・ムベンベを追跡する『吼える密林』（八八・光文社）や、香山滋風の原始回帰の物語『森の涙』（八五・集英社）などもある。

　ホラー色の濃厚な作品としては、愛する女が狼人間であることを知った主人公が、自らも狼人間となり数奇な冒険を体験する伝奇SF『闇の牙』（八二・同）、南米の呪術によって日本列島が疫病の恐怖に襲われるオカルト・スリラー『黒呪術の女』（八八・角川書店）、また、死者の声を聞く能力を持った〈死に神探偵〉を主人公とする心霊ミステリの連作短篇集『死霊の唄が聞こえる』（八九・トクマ・ノベルズ、後に「死霊捜査線」と改題）など。

　こうした一連の試みの集大成ともいうべき作品が《エクソシスト探偵》である。第一作『悪霊の街』（八〇・トクマ・ノベルズ）は、女性カメラマン・千夏響が、この世の邪悪と戦う霊能者・竜造寺悟と共に、ゾンビ、ミイラ男、幽霊屋敷、吸血鬼など様々な怪異に遭遇する心霊探偵物の連作短篇集だったが、第二巻『魔の氷山』（八一・同）から、物語はオカルト伝奇ロマンの様相を呈し始め、竜造寺、その弟子となった響と仲間の霊能力者たちが、長い眠りから醒めた強大な敵と死闘を演じる。『ハーマゲドンの嵐』（八二・同）『地球の光と影』（八三・同）『天界航路』（八四・同）と続く三部作では、響をリーダーとするエクソシスト・グループが地球の存亡を賭けて、行く手を阻む闇の力と戦いながら、聖地シャンバラや宇宙の果ての神界域アガシュをめざす異世界遍歴譚へと発展する。田中はこの三部作に、ＳＦアクション、ヒロイック・ファンタジー、秘境冒険、オカルト・ホラーなどの要素をすべて投入し、混沌たる魅力に満ちた異世界群を造り出しており、〈説話、寓話としてのＳＦ〉を標榜する田中の面目躍如たるものがある。また、番外篇《ザ・サイキック》（八五～八六・同）は、一転して、死後の世界への強い関心を示した作品で、〈霊界〉に関する造詣を傾注した、日本には稀な本格的心霊小説となった。

ほかに、人の心の奥底に潜む悪の本能・Ｃ因子を刺激し、社会秩序の破壊をたくらむ超犯罪結社との戦いを描くサイキック・アクション『メガロポリス特捜隊』（八六～八八・カドカワ・ノベルズ）、夢の現実への侵入を描いた海洋戦記『幽霊海戦』（八八・徳間書店）、ドラッグ幻想や変身願望をモチーフに、人間の原始的闘争本能が具現化した不定形怪物が派手な殺戮を繰り広げる『シャドウ』（九五・角川ホラー文庫）、サイキック版の第二次世界大戦を描くシミュレーション戦記『世界心霊大戦』（九九・歴史群像新書）など、多数。

田中貢太郎（たなか・こうたろう　一八八〇～一九四一）別号に桃葉。高知県生。生家は代々藩のお船方を勤めた。小学校を三年で中退後、漢学塾に学び、代用教員、新聞記者を経て上京、大町桂月、田岡嶺雲に師事する。一四年『中央公論』に「田岡嶺雲・幸徳秋水・奥宮健之追懐録」を発表して認められ、同誌の中間読物頁である〈説苑〉欄を代表する書き手として、実録物や情話物、怪談物に才筆をふるう。小説の代表作に、維新当時の政界の裏面をエロティシズムを交えて描いた「旋風時代」（一九～二三）「朱唇」（三二）など。エッセーに『桂月先生従遊記』（一五）『田中貢太郎見聞録』（一六）、史伝に『西園寺公望伝』（三二）などがある。

貢太郎は一八年に『中央公論』に載せた「魚の妖・虫の怪」を皮切りに、和漢の古典や口碑伝説を丹念に渉猟して、膨大な数にのぼる時代物・現代物・中国物の怪談を執筆した。〈怪談は面白い。ええものじゃ。人間のいろいろな気持が深く集りよっちょるきに、これは文学の一つの究極じゃと思うね〉というその怪談観にも窺えるように、怪異にまつわる人情の機微を、漢文の素養に裏打ちされた男性的筆致で描き出した作品が多いが、一方では「竈の中の顔」のように不条理の恐怖を強調した作品や、「あかんぼの首」「赤い花」など、犯罪臭と強迫観念に満ちた神経症的な現代怪談もあり、作風は多様である。それらは『怪談全集』（二八・改造社）『奇談全集』（二九・同）『支那怪談全集』（三一・博文館）『日本怪談全集』（三四・改造社）『新怪談集』（三八・同）などに集成された。また、エログロ・ナンセンスの時代色を濃厚に感じさせる都会的な怪奇小説集として『黒雨集』（二三・大阪毎日新聞社）一巻がある。そのほか『剪燈新話』（二六）『聊斎志異』（三〇）の翻訳も手がけている。

和漢の古典や民間伝承から同時代の新聞雑誌に見える怪異の風聞まで、ジャーナリスト出身らしい取材力で広範な素材を結集し再話し世に広めたという点において、貢太郎の怪談文芸には、小泉八雲の後継者といっても過言ではない側面があることを指摘しておきたい。最初に上梓された彼の怪談集が『怪談』（一九・玄文社）と銘打たれていたことは、決して偶然ではないのである。

▼『日本怪談大全』全五巻（九五・国書刊行会）『中国の怪談』全二巻（八七・河出文庫）『伝奇ノ匣6　田中貢太郎　日本怪談事典』（〇三・学研M文庫）

田中小実昌（たなか・こみまさ　一九二五～二〇〇〇）東京生。父は牧師。旧制高校卒業後応召、中国で終戦を迎える。東京大学文学部哲学科中退。バーテン、的屋、ストリップ劇場の従業員など様々な職業を転々とする。五七年頃から、ストリップの踊り子や客、下積み芸人などの姿をユーモアとペーソス溢れる筆致で描いた短篇やエッセーを書き始める。七九年「浪曲師朝日丸の話」「ミミのこと」で直木賞を、短篇集『ポロポロ』で谷崎潤一郎賞を受賞。その他の代表作に『自動巻時計の一日』（七一）『乙女島のおとめ』（七四）『アメン父』（八九）など。レイモンド・チャンドラーをはじめミステリの翻訳でも知られる。初期の作品を集めた『幻の女』（七三・桃源社）には、天国の受付で文句をつけられた男が幽霊となって地上に現れ、自分を殺した犯人を捜すコメディ「たたけよさらば」や、暗鬱な自殺テーマの「犯人はいつも被害者だ」などのほか、「先払いのユーレイ」「悪夢はおわった」「氷の時計」など、怪奇、ＳＦ仕立てのアイディア・ストーリーが含まれている。その後の『ひとりよがりの人魚』（七九・文藝春秋）も、死んだ叔父の日記が死後も書き続けられているという設定で、幽霊の殺人という複雑なミステリを展開するユニークな幽霊物「叔父の日記ノート」、レコードの中から死者の声がする「Ｃ面のあるレコード」、二人の幽霊が主人公の男と交わる「動機は不明」、男の人体各部の幽霊を見る話で、ユーモラスな落ちが付く「部分品のユーレイ」ほかの幽霊談と怨恨物の怪奇ミステリを収録している。後期には、特殊な牧師であった父の思い出や哲学・宗教についての引用などを交えた、私小説風の思索的短篇群を多数執筆し、『カント節』（八五・福武書店）『なやまない』（八八・同）『ないものの存在』（九〇・同）などがある。

田中成和（たなか・しげかず　一九五四～）大阪府生。早稲田大学政治経済学部卒。塾講師の傍ら児童文学を執筆。校長以下の教師、一部の真面目な生徒を除く生徒全員が学校が大嫌いで、めちゃくちゃな学校生活を送るなか、妖怪や恐竜も出現したりするスラプスティック極まるナンセンス童話《名門フライドチキン小学校》（八五～九六・ポプラ社）でデビューし、人気を得る。ほかに、『こわいぞ!!ようかい小学校』（九五・同）など。

田中千禾夫（たなか・ちかお　一九〇五～九五）劇作家。長崎市生。妻は田中澄江。劇作家。慶応義塾大学仏文科卒。岸田國士に師事し、雑誌『劇作』や文学座の創立（三七）に参加。五一年に俳優座に加入。「教育」（五四）などで読売文学賞、長崎の原爆を扱った「マリアの首」（五九）で岸田演劇賞および芸術選奨文部大臣賞受賞。ほかの代表作に、日本最初の実存主義的戯曲と絶讃された「雲の涯《はたて》」（四八）、女性への愛憎をテーマとしてきた田中の集大成ともいわれる「火の山」（五七、初出五四）など。クリスチャンであった田中には、切支丹を扱った戯曲やキリスト教文学的モチーフを持つ戯曲があり、その中に幻想的な作品がある。長崎大浦天主堂のフランス人神父による隠れ切支丹の発見とその後に起きた幕府による弾圧を素材とした「肥前風土記」（五六）は、作者自ら〈「浦上霊異記」とでも名づくべきもの〉と語る作品で、隠れ切支丹の青年が棄教し、妻の死体で生けるがごときミイラを作って海外に売り飛ばそうとするが、キリストを思わせる謎の白衣の人物が現れ、妻の死体は髪だけを残して消え去り、妻は丘となって夫を呼ぶという展開を持つ。また、丘が弾圧された人々を象徴してうごめき、語るという設定にもなっている。ギリシア劇のコロスを思わせる合唱隊が登場したり、仮面を用いたり狂言の調子を交えたりする音楽劇「案山子将軍御昇天」（五六執筆）は、十五年戦争を諷刺し、天皇を批判したともいわれる作品だが、幻想文学的視点からは永遠の女性による救済というファウスト的テーマが興味深い。関ケ原戦後の切支丹を素材とする「八段」（六〇）は、狂言、メタシアターなどの趣向を交錯させ、現代と過去が、演技と日常が、観念と現実が、同一平面に存在する仕掛けとなっている。まだらの熊に載った歌舞伎風の姫神が登場するが、それをどう解釈するかは、各平面上で異なるという点も興味深い。

田中哲弥（たなか・てつや　一九六三〜）兵庫県生。関西学院大学卒。八四年「朝ごはんが食べたい」で星新一ショートショートコンテスト優秀賞を受賞。吉本興業の台本作家などを経て、ナチス占領下の異世界・新宿大久保町を舞台にしたアクション&ラブコメディ『大久保町の決闘』（九三・電撃文庫）で長篇デビュー。メタフィクショナルでスラプスティックなコメディを得意とする。ほかの作品に、同作の続篇『大久保町は燃えているか』（九五・同）『さらば愛しき大久保町』（九六・同）、過去・現在・未来の様々な物語が時空を超えて絡み合うどたばたコメディ『やみなべの陰謀』（九九・同）など。

田中てるみ（たなか・てるみ　一九六八〜）別名太田てるみ。千葉県生。早稲田大学第一文学部卒。出版社勤務を経てフリーとなる。冬眠ならぬ夏眠する真っ白な毛に覆われた生き物モコモコをはじめとする架空の生き物たちと、自然に生きる男うっほほ〜いとの交流を描く『うっほほ〜いの話』（〇一・アリス館）がある。

田中啓文（たなか・ひろふみ　一九六二〜）大阪府生。神戸大学卒。神の呪いによって、人を殺さずにはいられなくなった賞金稼ぎの男を主人公とするヒロイック・ファンタジー《凶の剣士グラート》（九三・スーパーファンタジー文庫）が第二回ファンタジーロマン大賞選外佳作となり、デビュー。相手の動きを先に教えてくれる蜘蛛を右眼に飼っている異形の柳生十兵衛――を主人公とする伝奇時代小説《十兵衛錆刃剣》（九五・同）、訪れた町の民が善良であるかどうかを、父である神に報告するために旅を続ける神の子の出会う事件を描く《神の子ジェノス》（九七・同）など、ダークなテイストのSFやファンタジーを執筆した後、神社の遺跡から湧き出た水を商品化しようとした過疎の村を襲う恐怖を描く『水霊《ミズチ》』（九八・角川ホラー文庫）により一般向けホラーの分野に進出。同じく〈食〉をモチーフとするホラー短篇集『異形家の食卓』（二〇〇〇・集英社）では、人肉嗜食、悪食などのグロテスク趣味に駄洒落を絡ませており、田中本来の方向性を指し示す作品となった。以後、ダークファンタジー、ナスティ・ホラー、ばかばかしいまでの駄洒落を駆使したホラーやSF、ミステリに持ち味を発揮しながら、多数の作品を執筆している。ホラー・ミステリ『鬼の探偵小説』（〇一・講談社ノベルス）、吸血鬼物のSFミステリ『星の国のアリス』（〇一・祥伝社文庫）、偽史・古文書などをモチーフとする伝奇ホラー連作短篇集『禍記《まがつふみ》』（〇一・徳間書店）、エログロ・ナンセンス趣味炸裂のパニック・ホラー『ベルゼブブ』（〇一・トクマ・ノベルズ）、駄洒落SF短篇集『銀河帝国の弘法も筆の誤り』（〇一・ハヤカワ文庫）、民俗学ホラー・ミステリ《私立伝奇学園高等学校民俗学研究会》（〇二〜〇五・講談社ノベルス）、伝奇ギャグ怪獣ミステリ『UMAハンター馬子』（〇二〜〇三・学研＝ウルフ・ノベルス）、クトゥルー・ジャパネスク物を含む歴史伝奇アクション『陰陽師九郎判官』（〇三・コバルト文庫）、宗教者に牛耳られた世界の秘密を描くSFファンタジー『忘却の船に流れは光』（〇三・早川書房）ほか。近年は本格落語ミステリ《笑酔亭梅寿謎解噺》（〇四〜）で好評を博す。〇九年「渋い夢」で日本推理作家協会賞短編部門を受賞。上方落語やジャズに造詣が深く、それらを意欲的に作中に活かしている。

田中文雄（たなか・ふみお　一九四一〜二〇〇九）別名に瀧原満、草薙圭一郎。東京生。栃木県宇都宮市で育つ。早稲田大学政治経済学部卒。東宝映画プロデューサーとして「血を吸う眼」ほかの怪奇・SF映画を製作。七四年「夏の旅人」がハヤカワSFコンテストに佳作入選、七六年、瀧原満名義による、隣家の家庭を羨望する孤独な女が生み出した幻影の家をめぐる怪奇譚「さすらい」が『幻影城』新人賞に佳作入選。『幻影城』『奇想天外』

などの雑誌に幻想味の濃いSFやミステリ短篇を執筆。八一年『竜神戦士ハンニバル』（ハヤカワ文庫）で、本格的なプロ作家としての活動を開始、八六年から専業作家となる。同書に始まる《大魔界》（八一～八九・ハヤカワ文庫）は、古代の地球を思わせる外宇宙の惑星を舞台にしているが、英雄ハンニバルと妹の幻術師シリアを中心とする一族の人々が剣と魔法の冒険を繰り広げる本格的なヒロイック・ファンタジーであり、魔力によって生み出された妖美な異世界と、そこに跋扈する異形の怪物などの描写がとりわけ精彩を放ち、幻想文学読者の注目を集めた。同傾向の作品に、愛する息子を魔王に奪われた勇者が海神ダゴンの助力を得て地底の大魔城をめざす『魔海戦記』（八四・カドカワ・ノベルズ）、古代エジプトを舞台に、〈死人起し〉の異名をとる凄腕の盗賊パキの冒険を描く『迷宮の獣王』『魔境のツタンカーメン』（八六～八八・トクマ・ノベルズ）、バーバ・ヤガーのもとで魔女の修業をする少女が活躍する冒険ファンタジー『魔聖女マリアン』（八九・大陸書房）、滝原満名義によるSFヒロイック・ファンタジー『天界戦士レオン』（九〇～九一・大陸ノベルス）などがある。

一方、ヘンリー・ジェイムズやW・デ・ラ・メアら恐怖美の詩人をこよなく愛するという田中の一面は、『夏の旅人』以下『猫恐《ねこおじ》』（八七・光風社出版）『妖髪』（同八七・大陸書房＝奇想天外ノベルス）『コガネムシの棲む町』（八八・徳間書店）『水底の顔』（九一・朝日ソノラマ）『怪談学園』（九七・飛天文庫）と続く怪奇幻想短篇集にもっとも純粋に発揮され、ホラー、SF、ミステリの境界線上に独自の幻想世界を構築している。それと並行して田中は長篇ホラーの執筆にも意欲的に取り組み、幽霊屋敷小説の力作『蔦に覆われた棺』（八七・集英社文庫）や、猫と人体が入れ替わるというモチーフを用いたホラー長篇三部作――猫と人間の体の入れ替わりが錯綜するミステリ仕立ての『猫窓』（八八・同）、猫が瀕死の少女に取り憑いた〈猫女〉に、そうとは知らずに恋した少年の冒険が語られる『猫路』（八八・同）、猫と人間が入れ替わったという妄想に支配された刑事によって引き起こされる悲劇を描く『猫橋』（八九・同）、幽霊屋敷・死霊の美女・呪いといった道具立てで描く『妖魔の肖像』（八九・カドカワ・ノベルズ）『ザナドゥー』（九三・角川ホラー文庫）などのオーソドックスな作品から、昭和史の陰に咲く妖花アルラウネの伝説を描く『花神曼陀羅』（八八・廣済堂ブルーブックス）、《緋の墓標》（八八～九二・ソノラマ文庫～ソノラマノベルス）に代表されるアクション・ホラー、スプラッタ・ホラー『死霊警官《ゾンビポリス》』（八八・大陸ノベルス）やヴードゥー物の『処刑官』（九五・角川ホラー文庫）ほかのB級テイスト溢れる作品、クトゥルー・ジャパネスクの異色作『邪神たちの2・26』（九四・学研ホラーノベルズ）、立川流を素材に、怨霊に取り憑かれた後醍醐帝を描く『髑髏皇帝』（九五・講談社ノベルス）などの歴史ホラーまで、様々な試みの作品がある。最後の長篇ホラーとなった『鼠舞』（〇八・講談社文庫）では、懐旧の地・宇都宮の懐かしい光景を舞台に、幽霊、動物パニック、サイコ・サスペンスなどを組み合わせたモダンホラーを展開、集大成というべき作品となっている。

また、ジュヴナイル作品も執筆し、興奮すると人のオーラが見えてしまう師弟の退魔ホラー・コメディ『魔術師の棺』（八八・ケイブンシャ文庫コスモティーンズ）、古代エジプトの残虐な神官ラモキスの埋葬人形ウシャブティに魅入られた高校生の周囲で起きる惨劇を描く『埋葬人形ウシャブティ』（八七・ソノラマ文庫）、完全な死の世界の一歩手前に留まっている父親の世界に引き込まれた妹を助けようとする高校生を描く『死者の門』（八七・同）、突然現れた少女に導かれ、ノスタルジックな世界へ入り込んだ少年の冒険を描く『滝上幻談』（九二・スーパーファンタジー文庫）などがあり、ここでも独特の世界を築いている。

なお、時空跳躍というSF要素を用いたミ

ステリ風の作品『戦艦大和』（九五〜九六・ワニの本）を刊行後、草薙圭一郎名により太平洋戦争シミュレーション戦記も手がけるようになった。魔術が存在し、神が力をふるうパラレルワールドを舞台にした架空戦記『神霊の艦隊』（〇三〜〇四・ジョイ・ノベルス）ほか多数の作品がある。

【夏の旅人】短篇集。八一年早川書房（ハヤカワ文庫）刊。死の床にある男の枕辺で起こる異変に隠された秘密をモーツァルトの調べにのせて静かに物語る「約束」、屋根裏部屋から寂しげに外を眺める少年の意外な正体が哀感をそそる「黄昏屋敷」、薔薇の咲き乱れる〈丘の上の家〉に魅入られた一家の崩壊を描いて屍臭漂う「さすらい」、白いカンバスに再現される幼児期の情景に慄然とする娘を描く表題作など、妄執に憑かれた人々が生み出す幻影の世界を抒情的な筆致で描いた一連の作品を中心とする全七篇を収める。

【緋の墓標】長篇小説。八八年朝日ソノラマ（ソノラマ文庫）刊。舞台は吸血鬼たちの秘密組織が陰で市政を操る東京近郊の星宮市。ガソリンスタンドで働く執行克彦は、吸血鬼の一員だが、ひそかに陽光を浴びる訓練を積む変り者で、人間の妻との間に一児・志郎がいる。執行は強盗犯人と関わりを持ったために、吸血鬼の存在が露見することを恐れる組織と人間たちの双方から追われるはめになる。絶望的なサバイバルを試みる執行一家の運命は？

　呪われた血の絆で結ばれた者たちの愛と哀しみをテーマにした異色のシリーズ第一作。

田中雅美（たなか・まさみ　一九五八〜）東京生。中央大学文学部仏文科卒。少女小説作家としてデビューし、一般向けサスペンス、さらに官能小説に転向した。ファンタジーに、未来から流刑にされた少女がヒロインのラブロマンス《タイム・スリップ・エクスプレス》（九一・コバルト文庫）、漫画のノベライゼーション『ときめきトゥナイト』（九三〜九四・同）がある。

田中まる子（たなか・まるこ　？〜）兵庫県生。慶応義塾大学経済学部卒。新聞記者を経て、三年間ドイツで暮らす。『海賊』の同人。対照的な性格の魔女姉妹の人間社会経験をユーモラスに綴った短篇連作『二人あわせて三百さい』（一九九一・講談社）で講談社児童文学新人賞佳作入選。ほかに、糸くずが尋ね人を捜し出してくれる不思議を描く短篇「三十五年前のおにぎり」など。

田中芳樹《よしき》（たなか・よしき　一九五二〜）本名美樹。別名に李家豊《りのいえゆたか》。熊本県生。学習院大学文学部国文科卒。同大学院博士課程修了。在学中の七八年、生態系の異なる植民調査中の星で起きる怪異を描いたＳＦミステリ「緑の草原に…」が『幻影城』新人賞に入選。はじめ李家豊名でＳＦを発表するが、まもなく田中芳樹と筆名を変え、軽妙なタッチのスペースオペラ《銀河英雄伝説》（八二〜八七・トクマ・ノベルズ）外伝（八六〜八九・同）を発表。通称〈銀英伝〉と呼ばれるこのシリーズは、印象的なキャラクターと、パワーゲーム的なわかりやすさによって絶大な人気を得、アニメ化、漫画化、ゲーム化もされ、八〇年代のスペースオペラを代表する作品となった。ＳＦ色は薄く、歴史戦記物のような趣であり、それはファンタジーの代表作である《アルスラーン戦記》（八六〜・角川文庫〜カッパ・ノベルス）にも共通している。この作品は古代ペルシアを下敷きにした別世界を舞台に、滅ぼされた王国の王子を主人公とした英雄叙事詩風の作品で、魔族との戦いなどもあるものの、魔法と幻想に彩られたヒロイック・ファンタジーとは毛色の異なる陽性の戦記物である。全十六巻と田中自身が宣言しているにもかかわらず、刊行後二十年以上を経て、なお十二巻までしか刊行されていないが、一部はアニメ化もされており、根強い人気がある。本作と《銀英伝》におけるキャラクター設定や叙事詩的な戦記物という形態は、ＳＦやファンタジーの若い書き手たちに大きな影響を与えたことが考えられる。

　ほかのファンタジーに、王座をめぐる戦記《マヴァール年代記》（八八〜八九・カドカワ・ノベルス）、近未来の日本を舞台に竜堂家四兄弟が竜となって暴れまくる伝奇アクション《創竜伝》（八七〜〇三・講談社ノベルス）、一人の不思議な少女との出会いから魔術を弄する人々の引き起こす怪事件に巻き込まれていく大学生を描くミステリ風の怪奇ファンタジー四部作『夏の魔術』（八八・トクマ・ノベルズ）『窓辺には夜の歌』（九〇・同）『白い迷宮』（九三・講談社ノベルス）『春の魔術』（〇二・同）、人類との平和共存を願う先天性吸血鬼の組織に属する脳天気な若手コンビが、凶暴な後天性吸血鬼退治に東奔西走するユーモア・ホラー連作『ウェディング・ドレスに紅いバラ』（八九・トクマ・ノベルズ）、地球儀の世界へ入り込んで冒険をする少年の物語《自転地球儀世界》（九〇〜九五・カドカワ・ノベルズ）、国枝史郎の伝奇小説を、唐に舞台を移して冒険活劇に仕立てた『纐纈城綺譚』（九五・朝日ソノラマ）などがある。

田中祥介（たなか・よしゆき　一九六六〜）妖怪絡みの事件を解決する推理物『妖怪モバイラーズ　カイ@ポー』（〇二・スーパーダッシュ文庫、高橋良輔との共著）がある。

田中渉（たなか・わたる　一九六七〜）長野県生。松久淳（同項参照）とコンビを組んで小説を発表。代表作に『天国の本屋』（二〇〇〇・かまくら春秋社）。

田辺聖子（たなべ・せいこ　一九二八〜）大阪市生。樟蔭女専国文科卒。大阪の問屋に就職。『航路』同人となる。五六年「虹」で大阪市民文芸賞を受賞。六四年「感傷旅行《センチメンタル・ジャーニー》」で芥川賞受賞。男女の仲や人生の喜怒哀楽を、ときにユーモラス、ときに辛辣な筆致で描いた小説やエッセーで人気作家となる。代表作に『すべってころんで』（七三）『ラーメン煮えたもご存じない』（七七）ほか多数。『新源氏物語』全五巻（七八〜七九）をはじめ古典文学にも造詣深く、『今昔物語集』や『古今著聞集』にみえる鬼の説話に取材した短篇集『鬼の女房』（七七・角川書店）には、女と鬼との板ばさみとなって苦労の絶えぬ平安朝の男たちを描く表題作や「鬼の語らい」、幽明両界の役人を務める魔人・小野篁の幽霊妻のエピソードを中心にした「水に溶ける鬼」ほかの全六篇が収められている。

田辺梨紗（たなべ・りさ　？〜）レポーター、ライターを経て、彼岸でもう一人の自分に目覚めるファンタジー『一秒の恋人』（一九九八・講談社X文庫）でデビュー。ほかに、テレパスの少女を主人公としたSFサスペンス『ガラスの中の天使』（九八・同）がある。

谷甲州（たに・こうしゅう　一九五一〜）本名谷本秀喜。兵庫県伊丹市生。大阪に育つ。大阪工業大学土木工学科卒。建設会社勤務、国際協力事業団などを経て、七九年「137機動旅団」が第二回奇想天外新人賞佳作に入選し、デビュー。《航空宇宙軍史》の長篇第一巻となる『惑星CB-8越冬隊』（八一・奇想天外社）で単行本デビュー。SF、冒険小説作家として活躍。九六年『白き嶺の男』で新田次郎文学賞を受賞。SFの代表作はハードSF《航空宇宙軍史》（八一〜九三・ハヤカワ文庫、早川書房）。同シリーズの番外篇的な最終巻『終わりなき索敵』（九三・早川書房）は幻想的なSFで、歴史を変えようとして時間のループにはまりこむ人間たちと、宇宙を漂う死者たちの姿が描かれている。ほかのSF長篇に人類進化テーマの『エリコ』（九九・同）、ファースト・コンタクト物『パンドラ』（〇四・同）などがあるが、幻想性はほとんどない。一方、山岳長篇小説『天を越える旅人』（九四・東京新聞出版局）は、SF的な解釈も可能だが、ほぼ完全な幻想小説といえる。ミラレパをはじめとする幾多の人間の転生の記憶を持つ若きラマ僧が、この世の成り立ちのすべてを知り尽くし、生死の境も越え、別次元の新たなる世界を知るために旅立っていくというものである。また同じく山岳小説の『ジャンキー・ジャンクション』（九六・徳間書店）では、危険なヒマラヤ登山で即製のチームが結成され、重要な局面で過去視や未来視、感情の転移などが起きるという事態が、緊迫感をもって描かれている。このほか、SF短篇集に、戦場に現れる死神と死神殺しの対決を描く「死神殺し」、時間の遡及をテーマとした「L」などを収録する『エミリーの記憶』（九四・徳間書店）、孤独きわまる外宇宙を舞台に、天文学の研究者同士が心を触れ合わせる様を描いた抒情的な表題作のほか、意識の生命体を描いた短篇群を収録する『星は、昴』（九七・ハヤカワ文庫）、型破りの宇宙論ＳＦ「五六億七千万年の二日酔い」などを含む『星空の二人』（〇五・同）があり、また、ＳＦ色のない恐怖短篇集『背筋が冷たくなる話』（二〇〇〇・集英社文庫）もある。

谷恒生（たに・こうせい　一九四五～二〇〇三）本名恒生《つねお》。東京生。鳥羽商船高校卒。日本海汽船、ジャパン・マリンに勤務、一等航海士として外国航路に就く。七七年『喜望峰』『マラッカ海峡』を発表、前者が直木賞候補となる。次いで『ホーン岬』（七七）『北の怒濤』（七八）などを発表し、海洋冒険小説の第一人者となった。その後『魍魎伝説』を皮切りに、光と闇の超自然的闘争を基本テーマとするオカルト伝奇ロマンの分野に進出、伝奇バイオレンスブームの火付け役の一人となる。朝廷を陰で操る邪悪の権化・礼無利亞人と、神界の使者たる平将門や藤原純友が壮絶な呪術合戦を繰り広げる王朝伝奇ロマン『紀・魍魎伝説』（八四～八七・カドカワ・ノベルズ）、舞台を古代中国に広げた『紀・三国志』（九二・同）、現代の秘密結社や政界が絡んでくる『魍魎大戦』（九〇・ノン・ノベル）、魔界の女王をめぐる官能的な伝奇バイオレンス『超人類生誕秘録』（八六～八七・講談社ノベルス）、呪術を操る鬼畜軍団や魔人・綱吉などと対決する伝奇時代小説『寒月一凍悪霊斬り―神州魑魅変異聞』（八八・トクマ・ノベルズ）、政界小説とオカルト小説の合体を試みた『髑髏伝』（八五～八六・カッパ・ノベルス）、海洋冒険小説と黒魔術小説の合体を試みた『魔海流』（八七・トクマ・ノベルズ）、オカルト色濃厚な伝奇時代小説『神州魑魅変』（八七～八九・同）など、伝奇ロマンの常套を打ち破る様々な意欲作を発表している。ほかに、妖精めいた美少女が闇の霊統と闘う『妖少女』（八六・ノン・ノベル）、人間の内部に眠る破壊力の化身〈熱鬼〉召喚の秘儀を描く『熱鬼』（八七・ジョイ・ノベルス）、競輪場で出会った美女に導かれ、この世の地獄巡りをするシナリオライターの物語『メフィスト・フェレスに連れられて』（九〇・廣済堂出版）、不良少年と少女がヒンドゥー・オカルティズムが支配する異世界で冒険を繰り広げる異色のジュヴナイル・ファンタジー『異空間アドベンチャー』（八三・学校図書）などがある。また、『安倍晴明』（二〇〇〇～〇二・小学館文庫）『陰陽師安倍晴明』（二〇〇〇～〇一・ノン・ノベル）『役小角』（〇一・トクマ・ノベルズ）などの伝奇時代物、『栄光の艦隊・超戦艦「武蔵」』（九三・ノン・ノベル）をはじめとする太平洋戦争シミュレーション戦記も執筆している。

　なお、谷はルドルフ・シュタイナーの神智学の信奉者としても知られ、その影響は作品中にも見え隠れしており、『血文字「アカシア」の惨劇』（八四・カッパ・ノベルス）と題する奇妙な味のミステリもある。

【魍魎伝説　白蛇の章・破軍の章】長篇小説。八二年双葉社刊。太陽系宇宙を支配する天府の怒りをかい天変地異に見舞われる地球。人間の観念界に巣くう八百万魍魎たちは危機感を覚え、黒翁を首領として天府に反旗を翻し、天府の先兵たる白蛇の化身・不知火青子の一派との間に、念動波を武器とする闘いの火ぶたが切って落とされる。黒翁側は天府と敵対する破軍を味方につけるが、青子は人類を守るため天府に背き、冥界に赴き大物主神命の種を宿してその復活を策す。一方、地球の危機を知った巨大な海洋エネルギー〈乾〉が眠りから覚め、災厄の根源である人類を地上から一掃しようとする……。魔対魔の壮絶な闘いとセックスを描いて伝奇バイオレンスブームの先駆となった記念碑的作品。シリーズ化されている（～八七、全五巻）

谷真介（たに・しんすけ　一九三五～）本名赤坂早苗。画家の赤坂三好は実弟で、絵本や児童書でしばしば共作している。東京品川区生。中央大学文学部中退。編集者を経て文筆生活に入る。『みんながねむるとき』（六二）で児童文学者として認められ、多数の作品を発表。ナンセンス、ＳＦ、民話、自伝、ノンフィクションなど様々な手法を用いて幅広い創作活動を行っている。九二年に巖谷小波文芸賞受賞。ＳＦファンタジーに、少年が森で出会ったペガサスから様々な話を聞く『森の中のペガサス』（六七・盛光社）、写真に撮ると、それがフィルムに吸い込まれ、別のところで実体化するという新発明の機械をめぐる『フィルムは生きていた』（七〇・国土社）、ナンセンス童話に、おばけの三人組の愉快な物語『ピン・ポン・パンがやってきた』（六五・理論社）『プカプカ島のたんけん』（七〇・同）、冒険物『トン子ちゃんのアフリカぼうけん』（六八・ポプラ社）、民話・説話関係の著作に、昔話の再話集《日づけのあるお話３６５日》（九三〜九四・金の星社）、奇談集《日本びっくりふしぎ話》（八八〜八九・国土社）、沖縄の民話・伝説の再話を中心とした短篇集『カプラの森』（七九・講談社）『人魚のひみつ』（八一・同）など。隠れ切支丹についても研究し、関連のノンフィクションのほか、隠れ切支丹の説話集『キリシタン伝説百話』（八七・新潮選書）がある。安部公房と親しく、『安部公房レトリック事典』（九四・新潮社）『安部公房評伝年譜』（〇二・新泉社）ほかの著作もある。

谷登志雄（たに・としお　一九五七〜）兵庫県生。東京大学文学部心理学科卒。ラジオドラマを中心に活躍する脚本家。小説に、悪意を吸収して巨大化する〈邪鬼〉が千年ぶりに蘇り、かつて邪鬼封じに一役買った僧侶の生まれ変わりの少年が身を賭して邪鬼を浄化しようとする伝奇ファンタジー『邪鬼《じゃく》が来る！』（九六・電撃文庫）がある。

谷瑞恵（たに・みずえ　一九六七？〜）三重県生。護衛の青年と異能を持つ少年少女の楽園探しテーマの異世界ファンタジー『パラダイスルネッサンス』（九七・スーパーファンタジー文庫）でロマン大賞受賞。ファンタジーを中心に執筆する小説家で、ケルトや妖精をしばしばモチーフとしている。代表作に、千五百年の眠りから目覚めたケルトの巫女姫と彼女を目覚めさせた魔術師のラブコメディ＆冒険ファンタジー『魔女の結婚』（〇一〜〇五・コバルト文庫）、スコットランド出身の妖精研究家の少女が様々な妖精と出会うラブコメディ＆冒険ファンタジー『伯爵と妖精』（〇四〜・同）。これらの作品はメディアミックス化されている。ほかに、中世ヨーロッパが舞台のオカルト・ラブロマンス『夜想』（九八・スーパーファンタジー文庫）、精霊（悪魔）にその能力を見込まれた青年を主人公とするサイキック・アクション『ルナティックシャイン』（九九・同）、砂漠の国を舞台に、過去と現在が交錯する恋愛ファンタジー『さまよう愛の果て』（〇六・コバルト文庫）などがある。

渓由葵夫（たに・ゆきお　？〜）《奇想天外兵器》（一九九四〜二〇〇〇・新紀元社刊）や映画ガイドなどを執筆。アーサー王時代にタイムスリップした高校生の冒険を描く『聖剣エクスカリバー』（九四〜九七・スーパークエスト文庫）、三国志をもとにした歴史ファンタジー『馬超風雲録』（九七〜九八・同）がある。

谷川士清（たにかわ・ことすが　一七〇九〜七六／宝永六〜安永五）国学者。号に淡斎、養順、琴生絲。伊勢国安濃郡洞津生。代々医を業とする家に生まれ、医を修めた。神道、和歌を学び、家業の傍ら神道の教授も行い、『日本書紀通証』（五一／宝暦元成立、五六／同六刊）『勾玉考』（六六／明和三成立、七四／安永三刊）などを著した。また、本邦初の五十音順国語辞典『和訓栞《わくんのしおり》』全九十三巻を編纂した。怪談集『怪談記野狐名玉《かいだんきやこめいぎょく》』（六七／明和四）がある。

谷川流（たにがわ・ながる　一九七〇〜）兵庫県生。関西学院大学法学部卒。全ての超常現象の原因となりつつもそれに気づかず日常を退屈だと思っている少女と、その超常現象に巻き込まれる周囲の人物たちによるＳＦ学園ラブコメディ『涼宮ハルヒの憂鬱』（〇三～・角川スニーカー文庫）で角川スニーカー大賞を受賞してデビュー。同作はアニメ化され、大ヒット作となっている。ほかに、背後霊、分身、吸血鬼などのモチーフを一ひねりしたミステリ・テイストの学園コメディ《学校を出よう！》（〇三～〇四・電撃文庫）など。

谷口裕貴（たにぐち・ひろき　一九七一～）和歌山市生。龍谷大学文学部史学科卒。辺境の惑星を舞台に、テレパスによる戦いを描いたSF『ドッグファイト』（〇一・徳間書店）で日本SF新人賞を受賞。ほかに、水没後の地球で、遺物の美術品保護を使命とする空母に暮らす人々を描いた『遺産の方舟』（〇一・徳間デュアル文庫）など。

谷口雅春（たにぐち・まさはる　一八九三～一九八五）旧名正治。兵庫県神戸市生。早稲田大学文学部英文科中退。新興宗教教団〈生長の家〉開祖。著書に《生命の実相》（三二・光明思想普及会）ほか。世界各地の民話やメルヘンのパターンをもとに、独創を付け加えた民話風メルヘン集『善い子の童話』『ひかり物語集』（共に五三・日本教文社）があり、後にその他のメルヘンやファンタジーと合わせて『谷口雅春童話集』全五巻（七六～七七・同）にまとめられた。ほかにゲーテの『ファウスト』を下敷きに、時空を超えたファウストの愛と真実を求めての冒険を描くファンタジー『新ファウスト物語』（七五・同）や、経典などに取材した戯曲『悲劇阿闍世王』（四七・同）『イエスは十字架にかからず』（五三・同）もある。

谷崎潤一郎（たにざき・じゅんいちろう　一八八六～一九六五）東京日本橋蠣殻町生。祖父は谷崎活版所を経営するやり手の商人だったが、婿養子の父は事業に失敗、家産を傾けた。貧窮のため中学進学を断念すべきところ、その秀才を惜しむ教師らの尽力で府立一中に進学、一高を経て一九〇八年、東京大学国文科に入学した（一一年に中退）。一〇年、後藤末雄、和辻哲郎らと第二次『新思潮』を創刊、「刺青」「麒麟」などを発表する。翌年『スバル』に「少年」「幇間」などを発表。これらの短篇が永井荷風に激賞され、文壇の注目を集める。「悪魔」（一二）「饒太郎」（一四）など、西欧世紀末文化の影響を受けた一連の作品は〈悪魔主義〉の名を冠された。その後「お艶殺し」（一五）など江戸戯作風の毒婦物や、「異端者の悲しみ」（一七）など自伝風作品、「金と銀」（一八）から「途上」（二〇）にいたるミステリ風作品などを発表。二三年の関東大震災を機に関西に移住。「痴人の愛」（二四～二五）などを最後に作風が変化し、いわゆる〈古典回帰〉の時期を迎える。「卍」（二八～三〇）「蓼喰ふ虫」（二八～二九）「吉野葛」（三一）「春琴抄」（三三）などの名作を生む。三五年からは『源氏物語』現代語訳に着手し、三九～四一年に刊行。また、軍部の妨害に遭いながら「細雪」（四二～四八）を書き進める。戦後も「鍵」（五六）「瘋癲老人日記」（六一～六二）に老境の性を追求、最後まで衰えぬ豊麗な筆力を示した。

　その初期短篇を称えて荷風が述べた〈肉体的恐怖から生ずる神秘幽玄〉という評語は、谷崎文学の本質をよくいいあてており、この観点に立てば、初期の「刺青」「秘密」から晩年の「瘋癲老人日記」まで、広義の幻想文学に含まれる作品は数多い。逆に、狭い意味で超自然的な怪奇幻想の世界を扱った作品ということになると、大正期の中盤、一六年から二〇年頃にほぼ集中している。Biri! Biri-ri! という歯痛の響きが誘発する大地震幻想を描き、数年後に迫る大震災を予見した「病蓐の幻想」（一六）、大魔術師ハッサン・カンの秘伝を継ぐインド人ミスラ氏の魔法によって涅槃界に飛翔し、白鳩に姿を変えた母と再会する「ハッサン・カンの妖術」（一七）、淫奔な悪女との生活に疲れて神経を病んだ青年が、銭湯の湯船の底に横たわる女の死骸に慄然とする「柳湯の事件」（一八）、西湖畔に建つ白壁の家に、アラビアンナイト風の水中人工楽園の妖美な夢を繰り広げる「天鵞絨の夢」（一九）など。人工楽園の夢想を描いた作品には、「金色《こんじき》の死」（一四）という先駆があり、これに続く対話体の「創造」（一五）ではヘルマフロディト（両性具有）創造の夢想が語られている。そのほか「母を恋ふる記」（一九）は、母を求めて夜道をさまよう夢を描いて鏡花や百閒の〈夢小説〉の系譜に連なる抒情的な佳品である。

これらと並行して、谷崎は一連のミステリ風作品を執筆している。「金と銀」「途上」のほか「白昼鬼語」（一八）「呪はれた戯曲」「或る少年の怯れ」（共に一九）「友田と松永の話」（二六）など、いずれも江戸川乱歩や横溝正史ら草創期の探偵小説作家に大きな影響を与えた。登場人物が一人を除いて凄惨な死に様をさらす「恐怖時代」（一六）や、歯科治療中の殺人幻想を表現主義風に展開する「白日夢」（二六）などの戯曲作品もある。

〈古典回帰〉後の作品で特に注目されるものに、『新青年』に連載された、残酷・頽廃趣味の横溢する伝奇時代小説「武州公秘話」（三一～三二）や「乱菊物語」（三〇）、夢幻能の形式を踏襲し、月下の葦原に立ち現れた亡霊が、美しい女の面影を語る「蘆刈」（三二）などがある。

▼『谷崎潤一郎全集』全三十巻（八一～八三・中央公論社）

【人面疽】短篇小説。一八年三月「新小説」に掲載。女優の歌川百合枝は、滞米中に自分が出演した映画が場末の常設館を廻っているという噂を耳にする。それは〈日本語の標題は「執念」と云うのだが、英語の方では「人間の顔を持った腫物」の意味になって居る。五巻の長尺で、非常に芸術的な、幽鬱にして怪奇を極めた逸品〉だというが、彼女は出演した覚えがない。その内容は、不実な女を恨んで死んだ乞食の顔が、女の膝頭に腫物となって現れ、女を破滅に追いやるというもので、乞食役の男優も不明なら、人面疽の映像もどうやって撮影したか説明できない部分がある。結局、真相は藪の中……。映画という新奇な素材を十全に活用し、いいしれぬ不気味さを盛り上げる、谷崎怪奇小説の代表作である。

【人魚の嘆き・魔術師】短篇集。一九年春陽堂刊。この世のあらゆる快楽に倦み果て鬱《ふさ》ぎの虫に取り憑かれた支那の貴公子のもとに参上した阿蘭陀商人。男が携えて来た商品は、遠い熱帯の浜辺で生け捕った、美しい人魚だった。貴公子は一目見るなり、妖しい生物の魅力の虜となった……。幻想の支那の貴公子があこがれる遥かな欧羅巴という異国趣味の入れ子構造を呈する「人魚の嘆き」。浅草を思わせる頽爛した夜の公園を逍遥する恋人たちが、男女両性の美貌を備えた魔術師の小屋の中で驚異の光景に目をみはり、ついには二頭の半羊神に姿を変えられる「魔術師」。エキゾティックな幻想を放恣に展開する二作品に水島爾保布の挿絵を配した美しい一巻。

田にし金魚（たにし・きんぎょ　生没年未詳）戯作者。別号に田水金魚、茶にし金魚。江戸神田白壁町の医師鈴木位庵との説があるが未詳。一人の男をめぐる恋の争いに敗れた町芸者が、丑の刻参りで恋敵を悩ませ、さらに恋人たちが心中してしまうと、生霊となって女の幽霊を悩ませた挙句、自分の魂も切り裂かれて死んでしまう『妓者呼子《げいしゃよぶこ》鳥《どり》』（一七七七／安永六）、金貸しに身請けされて恋人と別れた遊女が、恋人に嬰児を渡しに行く途中で殺されてしまい、亡霊となって赤ん坊を恋人に託す『契情買虎之《けいせいかいとらの》巻《まき》』（七八／同七）など、洒落本に怨霊をはじめとする怪奇・伝奇的素材を絡めた作で、特色を出した。これらの作品に描かれる感傷的な恋愛談は、洒落本的というよりは、後の人情本に通じるものとされる。

谷中安規（たになか・やすのり　一八九七～一九四六）奈良県初瀬町生。豊山中学中退。一九二二年、永瀬義郎の強い影響を受けて版画制作を始める。第一書房の長谷川巳之吉に才能を認められ、日夏耿之介をはじめとする文学者との交流を持つ。三三年、佐藤春夫の紹介で内田百閒と出会い、『王様の背中』の挿画を担当することになる。以後、谷中は百閒と親しく交流するようになり、装丁・挿画を多く手がけることになった。百閒はいつもふらふらしている安規を「風船画伯」と名づけ、安規も〈かぼちゃ王国　風船画伯〉と名乗るようになった。

若い頃から文学的な才能も示し、短歌を文芸誌や新聞に投稿していた安規は、版画と組み合わせて物語を書いたり、また詩や短歌を新聞・雑誌に寄せたりしている。物語はどれも短いが、版画の作風が怪奇幻想的なものであるのと同様に、幻想的なものが多い。愛執を抱く人を殺めて自分もくびれ死んだ霊の嘆きをそのまま写した「幽曲」（二六）、百閒の『冥途』を彷彿させる、もの悲しくも不条理な夢風の小品「花もぐり」（三二）「猿」「塔」（三五）、天上への階段を登り詰め、さらに天馬に乗って天がける幻想を描く「天馬」（三七）、大蛇に蹂躙される母子を描く「をろち」（三七）など。ほかに仏教の奇瑞譚や、安規自身をモデルに、現実と幻想が入り交じる奇妙な日常を描く《堂庵物》などがあり、『谷中安規の夢』（〇三・渋谷区立松濤美術館）にまとめられている。

谷山浩子（たにやま・ひろこ　一九五六～）神奈川県生。シンガー・ソングライター。音楽活動の傍ら、ファンタジーを執筆。いわゆるメルヘン的な文体で、少女向けの外観を持つが、作品の内実を窺うと、心理学的象徴や夢への傾倒が強く認められる。谷山自身、最初の作品集『谷山浩子童話館』（七九・六興出版、後に増補されて「四十七秒の恋物語」と改題）の後書きで、夢日記をつけていることを告白している。この作品集には、夢を思わせるような作品のほか、魔術的な言語を使う世界に入り込む話、丘の上で祈る人の首を落としたら世界が消滅した話など、奇妙な味わいの小品を収録している。〈本にならなくても決して書くことをやめない〉という後書きの言葉通り、その後も作品を書き続け、谷山ならではの世界を作りあげている。ほかの主なファンタジーに、少女ネムコが、言葉の星の海がある地底世界や狼のいるパソコン世界など、奇妙な別世界に入り込んで素敵な体験をする連作短篇集『猫森集会』（八六・サンリオ）、自分の分身である人形に夫を連れ去られた妻が、夫を救出すべく心の中の世界へ冒険に出かける『サヨナラおもちゃ箱』（八七・同）、次々と夢を見続けて、奪われたお昼寝宮・お散歩宮探しの冒険を展開する『お昼寝宮　お散歩宮』（八八・同）、夢の世界と現実との交渉をサスペンスタッチで描く学園ファンタジー『きみが見ているサーカスの夢』（九一・コバルト文庫）、少女の深層心理の世界へと入り込む奇妙なファンタジー『少年・卵』（九三・サンリオ）など。

谷山由紀（たにやま・ゆき　？～）愛知県名古屋市生。名古屋大学文学部卒。野球物『コンビネーション』（一九九五）でソノラマ文庫よりデビュー。天夢界に帰ることを夢見る人々の姿を描いた不思議な小冊子に導かれ、天夢界行きの飛行船を目にする女子高生たちを描くオムニバス形式の長篇『天夢航海』（九七・ソノラマ文庫）、住人たちの思い通りに緑が繁る不思議なアパートを舞台に繰り広げられる癒し系ファンタジー『こんなに緑の森の中』（九八・同）がある。

種村季弘（たねむら・すえひろ　一九三三～二〇〇四）評論家、エッセイスト、ドイツ文学者。東京豊島区池袋生。集団学童疎開、東京大空襲を経験。東京大学教養学部文化二類に入学。同級に松山俊太郎、吉田喜重、阿部良雄、石堂淑朗らがいた。五七年、同大学文学部独文科卒。東京言語文化研究所附属日本語学校を経て光文社で編集者となる。六〇年に同社を退社し、ライター、大学教師などの職に就く。六三年、生涯の伴侶となる茅野薫と結婚。またこの頃、澁澤龍彦の知遇を得る。六五年『映画評論』に「ジョン・フランケンハイマー論」を発表し、文筆生活に入る。その傍ら、東京都立大学助教授、国学院大学教授などを務めた。九九年『種村季弘のネオ・ラビリントス』（河出書房新社）で泉鏡花文学賞受賞。中世を代表する幻視者の一人、ヒルデガルト・フォン・ビンゲンをめぐるエッセー『ビンゲンのヒルデガルトの世界』（〇二・青土社）で芸術選奨文部大臣賞、斎藤緑雨賞受賞。

　種村は、グスタフ・ルネ・ホッケ『迷宮としての世界』（六六・美術出版社、矢川澄子との共訳）、パウル・シェーアバルト『小遊星物語』（六六・桃源社）の翻訳家として幻想文学シーンに登場した。最初期のこの訳業は、その後の種村の方向性を見事に象徴している。すなわち、マニエリスムと綺想である。この方向性を外すことなく、文学ばかりでなく、映画演劇美術などの芸術全般に加えて歴史や風俗など、様々な方面へと好奇心を振り向け、〈種村季弘の迷宮世界〉というべきものを形作っていった。芸術横断的で、文学に対して余裕をもって接する傾向、オカルティズムをはじめとする異端的なものに関する知識、幻想文学というジャンルの牽引者としての役割といった共通点から、しばしば澁澤龍彦と並列的に称揚されるが、両者の文学的世界はかなり異なる。幻想文学的なものへの向かい方（嗜好や分析方法など）にしても、相補的な感が強い。またそれだけに種村季弘の存在は戦後の幻想文学シーンにとって重要であった。種村の幻想文学関連の仕事は、①ドイツ幻想文学の翻訳紹介とアンソロジーの編纂②文学史やオカルト史を含む文化史的な評論・エッセーや翻訳③綺想的な様々な物事をめぐる評論・エッセー④日本の幻想文学についての評論とアンソロジーの編纂の四つに大別できる。
①翻訳に、ヤーン『十三の無気味な物語』（六七・白水社）、アルトマン『サセックスのフランケンシュタイン』（七二・河出書房新社）、ザッヘル＝マゾッホ『毛皮を着たヴィーナス』（七六・桃源社）、ホフマン「砂男」「ブランビラ王女」（七九・集英社『世界文学全集18』所収）、『パニッツァ全集』全三巻（九一・筑摩書房）、クライスト『チリの地震』（九〇・王国社）など。アンソロジーに、『現代ドイツ幻想小説』（七〇・白水社）『ドイツ幻想小説傑作集』（八五・白水uブックス）『ドイツ怪談集』（八八・河出文庫）。関連する評論として『ザッヘル＝マゾッホの世界』（七八・桃源社）がある。
②言語遊戯、表現の前衛等に関わる文学史として、G・R・ホッケ『文学におけるマニエリスム』（七一・現代思潮社）の翻訳、エドワード・リア、グラッペらを論じる『ナンセンス詩人の肖像』（六九・竹内書店）。文化史的なものとして、文学・映画そのほかに吸血鬼幻想を追うエッセー集『吸血鬼幻想』（七〇・薔薇十字社）とそれを補完するユニークなアンソロジー『ドラキュラ・ドラキュラ』（七三・同）、薔薇十字団について考察した『薔薇十字の魔法』（七二・同）とその基本文献であるアンドレーエ『化学の結婚』（九三・紀伊國屋書店）の翻訳、ホムンクルス、マンドラゴラ、ゴーレム、ピュグマリオンなどの人造怪物をテーマとする『怪物の解剖学』（七四・青土社）、悪魔や錬金術の文化史『悪魔礼拝』（七四・桃源社）『黒い錬金術』（七九・同）、様々な迷信を類別する『迷信博覧会』（八七・平凡社）、肉体的欠損のある文化英雄＝魔術的跛者の系譜を辿る『畸形の神』（〇四・青土社）など。
③映画、美術関連のエッセー・評論集として、心理学、バシュラールなどを援用して画期的な映画批評を繰り広げたことで記憶される『怪物のユートピア』（六八・三一書房）のほか、『夢の覗き箱』（八二・潮出版社）『迷宮の魔術師たち　幻想画人伝』（八五・求龍堂）『奇想の展覧会　戯志画人伝』（九八・河出書房新社）など。奇人伝として、『パラケルススの世界』（七七・青土社）『山師カリオストロの大冒険』（七八・中央公論社）『謎のカスパール・ハウザー』（八三・河出書房新社）『ビンゲンのヒルデガルトの世界』など。ペテンに関わる列伝として『詐欺師の楽園』（七五・學藝書林）『ぺてん師列伝　あるいは制服の研究』（八二・青土社）『贋作者列伝』（八六・同）『ハレスはまた来る　偽書作家列伝』（九二・同）など。愛好するものについてのエッセー集として、ユング、ゾンネンシュターン、パニッツァ、シェアーバルト、マイヤーなどのユニークな人々について語る『愚者の機械

学』（八〇・青土社）、地球空洞説、人間栽培論、モーゼの魔術、壜の中の手記、空飛ぶ円盤、聖指話法、蘆原将軍などを取り上げた『アナクロニズム』（七三・青土社）、人形、幻燈、見世物、からくりなど、光と影が誘う魅惑の世界に迫るエッセー集『影法師の誘惑』（七四・冥草舎）など。一部にフィクショナルな要素を含む《漫遊記》シリーズとして、『書物漫遊記』（七九・筑摩書房）『食物漫遊記』（八一・同）『贋物漫遊記』（八三・同）『好物漫遊記』（八五・同）『日本漫遊記』（八九・同）。④アンソロジーとして『日本怪談集』（八九・河出文庫）、『幸田露伴』『牧野信一』『岡本綺堂』『島尾敏雄』（九一〜九三・国書刊行会《日本幻想文学集成》）、『泉鏡花集成』全十四巻（九五〜九七・ちくま文庫）『日影丈吉選集』全五巻（九四〜九五・河出書房新社）など。評論に、秋成、南北、鏡花、足穂、吉行淳之介、吉岡実、澁澤龍彦らを論じた『壺中天奇聞』（七六・青土社）のほか、『夢の舌』（七九・北宋社）『小説万華鏡』（八九・日本文芸社）など。
▼《種村季弘のラビリントス》全十巻（七九〜八〇・青土社）《種村季弘のネオ・ラビリントス》全八巻（九八〜九九・河出書房新社）

田村純一（たむら・じゅんいち　?〜）クリエーター集団レッドカンパニー所属。ゲームの脚本などを執筆。タロット由来の特殊能力が出てくるサスペンス《天知未来がいる街》（二〇〇〇〜〇一・富士見ミステリー文庫）、精霊を使役する者たちの戦いに巻き込まれる少女を描く伝奇ファンタジー『エレメンタルカナ』（〇二・富士見ファンタジア文庫）がある。

田村登正（たむら・とうせい　?〜）唐を舞台に、則天武后の魂が宿る少女（死体）と方士見習いの少年が、時空マシン龍導盤を使って冒険を繰り広げる『大唐風雲記』（二〇〇二・電撃文庫）で電撃ゲーム小説大賞受賞。ほかに、精巧なヴァーチャルゲームの現実への侵食を描く青春小説『マルティプレックス』（〇七・同）など。

田村明一（たむら・めいいち　?〜一九三五）理学士。旧制新潟高等学校（現・新潟大学）教授。『高等化学計算法』（一九二二）などの著作がある化学者。子供向けの啓蒙書『ペータヘンの月世界旅行』（二六・慶文堂）がある。

田村由美（たむら・ゆみ　?〜）少女漫画家（詳しくは漫画家事典参照）。少女小説を執筆。幼い日の夢を思い出させる遊園地で、死んだ幼なじみの少年とデートする表題作ほかを収めるファンタジー短篇集『真夜中に馬車が来る』（一九九一・パレット文庫）、地下の秘密都市物のSF『楽園に行きませんか』（九二・同）、タイムスリップ物の冒険ファンタジー『戦国KIDS』（九三・キャンバス文庫）などがある。

田村理江（たむら・りえ　?〜）東京生。成蹊大学文学部日本文学科卒。会社員を経てフリーライターとなる。児童文学を執筆。SFファンタジー『ガールフレンドは宇宙魔女』（一九八九・岩崎書店）、骨董屋の品物をめぐって不思議が起きるファンタジー短篇集『うす灯』（九五・偕成社）、人を誘惑する魔の森に誘われた弟をめぐる兄の葛藤を描いた『魔の森はすぐそこに…』（九七・同）、小人を人間に変身させることができる幻の花に関わって不思議な体験をする女性の話『コスモス・マジック』（〇三・フレーベル館）、家をテーマにした怪奇幻想短篇集『まぼろしの住む家』（〇四・朱鳥社）などがある。

爲我井徹（ためがい・とおる　一九七一〜）茨城県生。二松学舎大学卒。自動車販売、ゲームディレクターなどを経て漫画原作者となる。小説に、原作を担当した漫画のノベライゼーションのほか、現代日本を舞台に、人造生命体をも作れる錬金術師同士の戦いを描いた伝奇アクション『ゴールデンドーン』（〇一・スーパーダッシュ文庫）などがある。

為永春水［初世］（ためなが・しゅんすい　一七九〇〜一八四三／寛政二〜天保一四）江戸後期の戯作者。本名鵜鶏（佐々木）貞高。通称越前屋長次郎。別号に二世振鷺亭主人、二世南仙笑楚満人、三鷺、狂訓亭主人、金竜山人など。江戸の町家の出身。前半生は未詳。

一八（文化末）年頃より書肆青林堂越前屋を経営し、合作制により人情本を執筆・出版するが、二九（文政一二）年に青林堂を焼失、独立の作者となる必要に迫られる。三年後、『春色梅児誉美《しゅんしょくうめごよみ》』（三二～三三／天保三～四）を出版、一躍流行作家となり、男女の愛欲の世界を描く人情本の一大流行を巻き起こした。多忙ゆえに再び合作制に戻り、多数の作品を執筆したが、四二（天保一三）年、風俗を乱した廉で手鎖の刑を受け、失意のうちに没した。合巻に、京伝『梅花氷裂』の後篇『梅花春水』（二六／文政九）、将門ゆかりの滝姫をはじめとする北斗七星の化身の女たちが相馬御所再興をはかる『繋馬七勇婦伝』（同、未完）など。

為永春水［二世］（ためなが・しゅんすい　一八一八～八六／文政元～明治一九）戯作者。本名染崎延房。別号に柳北軒など。対馬藩士。江戸三輪宗家下屋敷に生まれる。三七（天保八）年頃に春水の弟子となり、狂仙亭春笑を号して代作者の一人となる。春水の死後に遺族の承認によって二世を襲名し、明治時代まで活躍した。加賀騒動物をベースに、悪女・岩藤の係累の悪美少年・由縁之丞が、岩藤の怨霊から妖蝶の術を授けられ、様々な悪事を働く姿を描いた『北雪美談時代加賀見』（五五～八三／安政二～明治一六、四十五～四十九篇は柳水亭種清）、『新局九尾伝』（六六～七六／慶応二～明治九）など。その後、戯作の筆を折り、『平仮名絵入新聞』で記者として活躍した。

為永太郎兵衛（ためなが・たろべえ　生没年未詳）十八世紀前半に活躍した浄瑠璃・歌舞伎狂言作者。竹本座では竹田正蔵名を、豊竹座では為永名を、歌舞伎作者としては豊田正蔵名を用いた。竹田出雲や文耕堂との合作を経て、一七四〇（元文五）年、豊竹座に転じて単独作を執筆。並木宗輔を助けて活躍した。怪奇幻想系の作品に、「播州皿屋敷」（四一／寛保元、浅田一鳥との合作、同項参照）、聖徳太子の乞食救済説話（これを現実に回収して物語を展開）に久米仙人を綯い交ぜたもので、吉野山に竜神竜女を閉じ込めた久米仙人が酒色に惑わされて行法を打ち破られ、三種の神器も奪われてしまう「久米仙人吉野桜」（四三／同三、単独作）、帝位争いを主筋とし、浦島太郎は帝のために金芝草を取りに行ったという設定で、小野篁の予言、夢告、七世浦島と初代の対面、霊薬による帝の回復、竜神の祟り、乙姫の浦島訪問などの趣向を盛り込んだ「浦島太郎倭物語」（四五／延享二、浅田一鳥、豊雄珍平、為永千蝶との合作）などがある。

多聞院英俊（たもんいん・えいしゅん　一五一八～九六／永正一五～文禄五年）戦国時代の僧侶。号は長実房。興福寺多聞院主。大和の豪族十市氏の出身。十一歳で興福寺に入り、一五三三（天文二）年に得度、長実房と称す。その後、学問を修めて多聞院主、法印権大僧都となった。戦国時代の大和の政治経済史料として知られる『多聞院日記』（一四七八～～一六一八／文明一〇～元和四）は英俊ほか数名の記録であるが、主要部分は英俊による（一五三九～九六／天文八～文禄五）。「昨夜の夢」「今朝の夢」「昼寝の夢」などをこまめに筆記しており、その数は五百六十余といわれる。現実生活に地続きの夢、神仏の顕現、歌の夢などが含まれており、中世の夢日記として、きわめて貴重である。

多和田葉子（たわだ・ようこ　一九六〇～）東京中野区生。早稲田大学第一文学部卒。ハンブルク大学修士課程修了。チューリッヒ大学大学院にて博士号（ドイツ文学）取得。ドイツ語でも執筆活動を続けるバイリンガル作家である。日本では、「かかとを失くして」（九一）で群像新人文学賞を受賞してデビュー。「犬婿入り」（九二）で芥川賞受賞。同作は、塾を開いている一人暮らしの女のところへ犬を思わせる男が入り込み、さらに狐を思わせるその元妻が登場したりして日常が次第に壊されていく軽いタッチの短篇で、幻想小説ではあるにしても大きなインパクトはなかったが、その後、多和田は言語への執拗なこだわりを見せ始め、独自の世界を形作っていく。

『アルファベットの傷口』(九三・河出書房新社、後に「文字移植」と改題)では、ドイツに在住の多和田の二重の言語生活が、作品に大きな影を落としていることが露わになった。この点については、多和田自身も繰り返し発言している。続く長篇小説『聖女伝説』(九六・太田出版)は、カトリック教会に通う神経過敏な少女が、悪魔の化身(男)に脅かされつつ、精霊の言葉(異言)を喋るようになり、女救世主になろうと考えるという展開の物語で、テーマもストーリーも異色だが、〈異言〉というモチーフはやはり言語の問題を含んでいる。この作品は少女の一人称による語りであるため、文体も神経症的になっており、鬼気迫るものがある。少女の語りの中で奇跡は現実化し、純然たる幻想小説になっている点も高く評価できる。さらに中篇小説『飛魂』(九八・講談社)では、どことも知れぬ不思議な別世界を舞台に、言葉を操る女性学者たちが様々な想念に囚われしまう様を描いて、独特の幻想世界を示した。〇三年、二人称小説『容疑者の夜行列車』(〇二)で谷崎潤一郎賞、伊藤整文学賞を受賞。

ほかにも、言語や表現に関わる幻想を含むメタフィクショナルな短篇が多数ある。手法としては、二重の時間を同時に描くもの、翻訳と小説を合体させたもの、言葉遊びや狂的な語りを用いたもの、言葉そのものを論ずる物語など様々だが、そのような幻想的な表現を通して初めて外部の世界を捉え得るという感覚が多和田にはあるように思われる。短篇集には以下のものがある。時空の混淆をテーマとする奇想的な『ふたくちおとこ』(九八・河出書房新社)、食道を思わせるトンネルのエクスタティックな通過体験を語る表題作、原稿用紙を埋め続ける女と物言わぬ少女の不思議な関係を描く「無精卵」(共に九五)の二つの秀作を収録する『ゴットハルト鉄道』(九六・講談社)、普通小説のほか、夢の記述めいた世界を展開する「枕木」(九九)、悪魔に身体を奪われた女の子が語り手となって、悪魔の娘のコウモリを描出する奇妙なファンタジー「雲を拾う女」(九五)などを収録する泉鏡花文学賞受賞作『ヒナギクのお茶の場合』(二〇〇〇・新潮社)、ギリシア・ローマ神話の女たちの名前を持つドイツ女性たちを描いた連作短篇集『変身のためのオピウム』(〇一・講談社)など。

【光とゼラチンのライプチッヒ】短篇集。二〇〇〇年講談社刊。短篇九篇と戯曲一篇を収録。意味の通らない会話や唐突な場面転換、語り手自身の首尾一貫しない思考などが一見とりとめなく描かれ、夢の記述を思わせる表題作(九三)、「盗み読み」(九六)、風変わりな言葉遣いのきのこさんと語り手の関係がそこはかとなくエロティックな「胞子」(九九)、ゴミ収集が高額有料化されている世界を戯画的に描いたコント「捨てない女」(九九)、一枚の葉書からベトナム旅行に誘われた女性の奇妙な体験を描く「チャンティエン橋の手前で」(九七)など、収録作はすべて幻想的な作品だが、旅(移動)する女がしばしば描かれているのが特徴的で、よそ者であり続けることの不安定さが見事に描き出されている。

檀一雄(だん・かずお　一九一二～七六)山梨県南都留郡谷村町生。東京大学経済学部卒。在学中から小説を発表し、「夕張胡亭塾景観」(三五)「花筐《はながたみ》」(三六)によって新人作家として認められるが、まもなく応召。約十年のブランクを経て刊行した自伝的小説『リツ子・その愛』『リツ子・その死』(共に五〇)がベストセラーとなり、一躍人気作家となった。「長恨歌」(五〇)と「真説石川五右衛門」(五〇～五一)により直木賞を受賞し、多数の大衆小説を執筆。代表作は二十年にわたって書き続けられ、読売文学賞、日本文学大賞を受賞した『火宅の人』(七五)。日本浪曼派の系譜に位置し、〈最後の無頼派〉などとも称された。ファンタジー系の作品に、山奥の術者のもとで修行して不思議な術を会得した少年猿飛佐助が活躍する少年忍者小説『少年猿飛佐助』(五七・東京創元社)があり、映画化、劇場アニメ化された。

団龍彦(だん・たつひこ　一九四九～)本名

菊地忠昭。福島県生。明治大学卒。ダイナミック・プロダクションでアニメーションの企画を担当する傍ら、漫画原作、小説を執筆。妹恋しさに成仏できない幽霊青年とその妹が、オカルティックな事件を解決するミステリ《こちら幽霊探偵局》（八六〜九〇・コバルト文庫）、オカルト少女とオカルト漫画家の周囲で起こる怪奇的な事件を描く《霊感カップル・ミキ&シュン》（八七〜九〇・同）、学園サイキック・アクション《超女隊》（八六〜九一・同）、超常能力を持つ赤ん坊と高校生男女のどたばたを描くホラー・コメディ『赤ちゃんは救世主』（九一〜九二・同）、普段はか弱い美少女が、追い詰められると超人的戦闘能力を持つ少年となって悪の組織と戦うアクション『堕天戦士』（九一〜九二・スーパーファンタジー文庫）、魔法的別世界を舞台にしたヒロイック・ファンタジー《奪われ人ゼオ》（九二〜九三・ソノラマ文庫）、限りなく美しく、長命で知恵も深く、そして太陽の元では生きられぬ悲しみを負った吸血鬼族を主人公としたオムニバス形式の耽美・抒情的な短篇集『紅の伝説』（八九・集英社）、ダイナミック・プロダクション系ロボットが登場するアクション『スーパーロボット大戦』（九八・講談社マガジンノベルススペシャル）などがある。

ち

近松東南（ちかまつ・とうなん　生没年未詳）江戸中期の浄瑠璃作者。別号に桃南。近松半二の門弟で、半二の助作を務めた。「妹背山《いもせやま》婦女庭訓《おんなていきん》」（一七七一／明和八）など。ほかの作者との合作もある。

近松徳三（ちかまつ・とくぞう　一七五一〜一八一〇／寛延四〜文化七）歌舞伎狂言作者。通称徳右衛門。俳号雅亮。大坂で娼家を営む。近松半二に入門。際物を得意としたという。読本の歌舞伎化を多く手がけ、明の妖術師が朝鮮出兵をした真柴久吉への復讐のため、妖術を用いて様々に叛逆をしつらえるという筋で、死んで魂魄が白鳥となる場面（如皐担当）などがある「けいせい筥伝授」（〇四／文化元、二世瀬川如皐との合作、『秋雨物語』を一部に利用）のほか、都賀庭鐘『英草紙』を用いた「けいせい英草紙」（〇七／同四）、山東京伝『昔話稲妻表紙』を用いた「けいせい輝《いなずま》草紙《そうし》」（〇八／同五）など。

近松梅枝軒（ちかまつ・ばいしけん　生没年未詳）江戸後期の浄瑠璃作者。浄瑠璃に佐川藤太、吉田新吾との合作で、近松門左衛門「釈迦如来誕生会」に孫悟空物を取り合わせた「五天竺」一八一六／文化一三）、浅田一鳥らの原作（一七五一／寛延四初演）を佐川藤太との合作により増補改作した「玉藻前曦袂《あさひのたもと》」（一八〇六／文化三）などがある。

近松半二（ちかまつ・はんじ　一七二五〜八三頃／享保一〇〜天明三頃）浄瑠璃作者。本名穂積成章。大坂生。二世竹田出雲に師事し、浄瑠璃作者となる。一時豊竹座に出勤したほかは、一貫して竹本座の座付作者を務めた。当初、二世出雲などとの合作物では従的な立場にいたが、次第に個性を発揮し、合作の中心となる。「日高川入相花王《ひだかがわいりあいざくら》」（五九／宝暦九、三世竹田出雲、竹本三郎兵衛、北窓後一、二歩堂との合作）を経て、「奥州安達原」（六二／同一二、竹本三郎兵衛、北窓後一、竹田和泉合作）で大きな成功を収めると、名実共に竹本座の立作者となった。前者は朱雀帝の譲位騒動や、将門の遺児を守り立てての純友の反乱などに道成寺を仕組み、清姫が恋するのは帝位を受けるべき桜木親王（主人公）とし、清姫の血で燃え上がった鐘の中から神器を持つ僧侶が現れる趣向としたもので、様々な理路が通されて、まさに浄瑠璃的な展開となっており、浄瑠璃の道成寺物として最も有名な作品。後者は安倍一族滅亡の後日譚に、鬼女伝説を取り込んで、鬼女実は安倍氏ゆかりの女としたもので、謎解き風のどんでん返しを多用した名作である。以後、「本朝廿四孝」(六六／明和三)「傾城阿波鳴門」(六八／同五)「妹背山婦女庭訓《いもせやまおんなていきん》」などの名作を残した。

謎の多い筋立てにどんでん返しに次ぐどんでん返しなど、歌舞伎を意識した華やかな舞台性、シンメトリカルな人物や場面設定を多用する知的な構成、意志的な主人公による力強い舞台を特徴とするが、反面技巧過多とも評される。良きにつけ悪しきにつけ、人形浄瑠璃爛熟期の特徴を見事に体現しており、現在もしばしば上演される作が多いのは、通俗的であると同時に、やはりそれだけ成熟した普遍的な作品となっているということだろう。ほかの幻想的な作品に、天竺帰りの船頭徳兵衛が、謀叛を企む男の息子で、父から蝦蟇の妖術に使う道具を授けられて謀叛の跡を嗣ぐが、結局敗れ去る「天竺徳兵衛郷鏡《さとのすがたみ》」(六三／宝暦一三、竹本三郎兵衛との合作)などがある。

【〈十三鐘絹懸柳〉妹背山婦女庭訓《いもせやまおんなていきん》】浄瑠璃。七一(明和八)年初演。近松半二、松田ばく、栄善平、近松東南の合作で、三好松洛を後見とする。「入鹿大臣皇都諍《いるかだいじんみさとあらそい》」「南都十三鐘」「天智天皇」などの先行作をもとに、入鹿の叛逆と討伐をストーリーラインとする作品。苧環《おだまき》説話、神鹿殺害説話など、様々な要素を取り混ぜた作品で、時代物浄瑠璃の代表作といわれる。幻想的趣向としては、失われた神鏡・神璽が刑罰のために掘られた穴から見つかる奇瑞、入鹿が鹿の生血を飲んで授かった子であり、神鹿の血と疑着の相(嫉妬に狂った時に稀に現れる相)のある女の生血によって滅ぼされるとする設定、入鹿に奪われた十握《とつか》の剣が竜となって飛んで戻ったという語りなどがある。神鏡によって入鹿の力を弱め、神鎌によって首を取ると、その首が火を吐いて宙を飛ぶ趣向がクライマックスにある。

近松門左衛門(ちかまつ・もんざえもん 一六五三～一七二四／承応二～享保九)浄瑠璃、歌舞伎狂言作者。本名杉森信盛、幼名次郎吉、通称平馬。別号に平安堂、巣林子、不移山人。越前国生(諸説あり)。越前吉江藩士信義の次男で、幼少時は父の任地吉江にて過ごす。父が浪人したため京都に移り住み、そこで公家に仕えた。この間、近松は古典的素養を積み、二十歳頃に武士の身分を捨てて芸能の世界に入った。京都の宇治座、万太夫座で修行時代を過ごしながら浄瑠璃を執筆。この間の作については存疑作があるだけで確定はできない。最初の確定作は「世継曾我」(八三／天和三)で、これを翌年に竹本義太夫が上演したことを機縁として、近松は竹本座に接近、さらに翌年、竹本義太夫のために、観音が殺されたはずの景清の身代わりになったという趣向のある「出世景清」(八五／貞享二)を書き、また「佐々木先陣」(八六／同三)で初めて正本に近松の名前が記され、作者として一人前となった。その後近松は、「南大門秋彼岸」(九九／元禄一二頃)「天鼓」(〇一／同一四)などの浄瑠璃を一部書きながらも、歌舞伎の座付作者となって、お家騒動物「仏《ぶつ》母摩耶山開帳《もまやさんかいちょう》」(九三／同六)をはじめとして、当時としては珍しく作者を尊重したという坂田藤十郎のために狂言を書く時期が続く。この時期に書かれた、元禄歌舞伎の最高傑作と謳われる「傾城仏の原」(九九／同一二)は、お家騒動物だが、主人公の若君に絡むヒロインたちの一人が生霊となってほかのヒロインに乗り移る趣向がある。その後、「曾根崎心中」(〇三／同一六)で大ヒットを飛ばしたのを皮切りに、浄瑠璃に専心し、不朽の名作群を次々と執筆していく。義太夫没後は、日本に流された明の忠臣と日本人との混血の息子・和藤内が韃靼に攻め込まれた明を救う物語で、住吉明神の加護とその従者・大海童子の助力、碁打仙人のエピソードなどを配した「国性爺合戦《こくせんや》」(一五／正徳五)の大ヒットによって存亡の危機にあった竹本座を支え、竹本座に重きをなした。晩年も、『平家物語』に材を採り、亡霊に悩まされて高熱地獄に落ちる清盛を描く「平家女護島《にょごのしま》」(一九／享保四)や、「心中天網島《てんのあみしま》」(二〇／同五)「女殺油《おんなごろしあぶら》地獄《のじごく》」(二一／同七)のような悲劇の傑作を書き続けた。まさしく不世出の天才であった。

常に流行の先端を往き、大衆に受け入れられることを旨として創作活動を続けた近松は、〈世のまがひもの〉にすぎなかったという高名な辞世文を残したが、そこにも、自分をも含めた人間の悲劇的な生を常に厳しく見つめる透徹した精神を感じ取ることができる。

演劇の転換期に生き、そのフロンティアとして、過去の遺産を巧みに取り入れつつ、大衆の意を汲み取りながら新しい方向を切り開き、後代に多大な影響を与え、さらに現代にも通ずる普遍的な作劇に成功したという点において、近松がシェークスピアと並び称されるのはもっともなことであろう。幻想性、ゴシック性、悲劇性など、内容面での共通点が見受けられるところも大いに興味深い。

怪奇幻想的な趣向を含んだ浄瑠璃には、別掲作のほか、以下のようなものがある。お家騒動を背景に恋の執着を描いた〈清玄桜姫〉物で、清玄の生霊が桜姫に取り憑く趣向や、二河白道を視覚化し、閻魔による裁きのシーンを盛り込んだ「一心二河白道《いっしんにがびゃくどう》」（九八／元禄一一）、お家騒動に地蔵菩薩の霊験を絡めた「けいせい壬生大念仏」（〇二／同一五）、夫婦の心中で妻だけを死なせてしまった夫が後追い心中する話で、神おろしによって妻が心境を語る場面があり、また、妻の亡霊が夫のもとに出現して語らう段では夢幻性が際だつ「卯月の潤色《いろあげ》」（〇七／宝永四）、将軍暗殺を図る謀叛人退治物で、雪に降り込められて悶死した腰元が雪女となって悪人の計画を教えるくだりがある「雪女五枚羽子板」（同）、酒呑童子退治談に人買いの懺悔談が加わった「酒呑童子枕言葉《まくらのことば》」（同）孤島に置き去りにされた百合若のもとに婚約者の亡魂が鷹となって飛んで行き、子をなす〈百合若〉物「百合若大臣野守鏡《のもりのかがみ》」（一〇／同七）、遊女が山姥と変じて坂田金時を産む異常出生譚から頼光と四天王の鬼神退治までを描く「嫗山姥《こもちやまうば》」（一二／正徳二）、同時に懐妊した二人の妃をめぐる陰謀物で、呪術が絡み、安倍晴明も術を用いて活躍する「弘徽《こうき》殿鵜羽産家《でんうのはのうぶや》」（同）、お花半七の心中、長町の女の切腹事件を、三代祟る刀という趣向を用いて結び合わせた「長町女腹切」（同）、道真左遷と雷神になっての復讐と共に、道真に味方する夫婦の悲哀——妻が身代わり死を遂げ、亡霊となって夫の許を訪れる——などが描かれた「天神記」（一四／同四）、素戔嗚尊の八岐大蛇退治と宝剣の奪還をメインに、瓊瓊杵尊の婚姻譚、蘇民将来信仰などを取り混ぜた異色の神話物「日本振袖始《にっぽんふりそでのはじまり》」（一八／享保三）、蛙の妖術などを用いて人心を惑わす七草四郎の跳梁を描くもので、最後には蛇と化した注連縄によって四郎が退治される「傾城島原蛙合戦《けいせいしまばらかいるがっせん》」（一九／同四）、惟高と惟人の帝位争いと業平・井筒物語を組みあわせたもので、惟高親王の招魂の法によって骨から再生した紀名虎が、神鏡によって正体を顕わされて白骨化するくだりや、業平を慕う生駒姫が井戸で父親に過って殺されて怨霊と化す〈怨霊振分髪〉など、伝奇的素材と怪奇的な趣向が合致した「井筒《いづつ》業平河内通《なりひらかわちがよい》」（二〇／同五）、比良の霊木を切り出したことによって天狗の跳梁を招くという主筋に、お家乗っ取り、主家の子をそうとは知らず殺してしまった男が割腹して亡霊となり、様々に助力する脇筋などを配した物語で、謡曲「隅田川」をもとにしながらも、双子の梅若という趣向を考え出し、隅田川物に新生面を拓いたとされる「双生《ふたご》隅田川」（同）、雄略天皇の即位に浦島説話を合わせたもので、安康天皇の后に恋している大草香が天皇と后を呪詛したために天皇は病に、后は十五カ月経っても出産できない事態となり、大草香が退治された後もその怨念は后の胎児に宿り、やがて異形の眉輪王となって出現するという主筋に、亀（乙姫）の化身を妻としていく浦島の話が差し挟まれていく「浦島年代記」（二二／同七）、将門の遺児、良門・小蝶兄妹による謀叛を主筋として、対する源氏側の様々な葛藤が描かれる話で、小蝶が敵に恋したために正体を見破られて殺され、土蜘蛛の悪霊と化すくだりがある、近松最後の作品「関八州繋馬《かんはっしゅうつなぎうま》」（二四／同九）など。

【用明天王職人鑑《かがみ》】浄瑠璃。〇五（宝永二）

年初演。敏達天皇の弟・山彦王子は奇跡的な力を持つという外道に魅入られ、それを広めるように奏上するが、異母弟・花人親王はそれに対して仏の力を力説し、正邪を決するために火中にそれぞれの経巻が投げ入れられる。花人が祈願すると経典の文字と共に仏が出現して外道の書は燃えてしまう。仏教が尊重されることになり、慈悲の表れとして、職人に官位が授けられることになった。花人を退けるため、山彦の家臣・伊賀留田益良《いかるだのますら》は外道の魔法を用いて、半時で三界を巡ることのできる片目を飛ばして花人側を偵察、さらに花人の側近らに邪気を吹きかけて仲間割れを起こさせる。山彦の迫害を逃れて花人は都を離れ、佐渡に渡る。佐渡では、花人の守役だった諸岩と再会し、諸岩の女性関係をめぐる悲劇が展開する。また霊夢の示現により海底から鐘を引き揚げる段では、諸岩の妻が夫に恨み言を述べて、鐘を引き落としたかと思うと、その中から蛇体となって出現し、夫婦の守り神になると宣言して天に昇るシーンがある。花人は真野の長者の娘と契り、彼女は懐胎する。伊賀留田に操られた継母が堕胎薬を飲ませるが、仏の奇瑞により男児を出産、継母は牛に追い立てられる。継母の頭から正体の一部を現した伊賀留田に対し、赤児が左の手を開くと光が溢れて魔術の力を滅し、伊賀留田の片目は滅ぼされる。この男児が後の聖徳太子である。最後には山彦と花人両軍の合戦となり、魔術で姿を隠した山彦は、聖徳太子の左手の力で術を破られ、討ち取られる。山彦は実は提婆達多の後身であった。五段の時代物の中でも特に幻怪味の横溢する作品。近松の時代物の典型――正統な統治者が叛逆によって逐われ、味方の犠牲的な死を経て叛逆者に反撃するというパターン（秩序の崩壊―購い―秩序の回復という図式）が形成された作品といわれる。

【傾城反魂香《けいせいはんごんこう》】浄瑠璃。〇八（宝永五）年初演。狩野元信は天神のお告げに導かれて気比の浜に行き、土佐光信の娘みや（傾城・遠山）から家伝の松の図を授けられ、将来を誓い合う。だが、元信を引き立ててくれる人への義理から、その姫と結婚することになる。みやは死んで亡霊となり、四十九日の間だけ姫と入れ替わって新妻となるが、そのからくりを知られてしまい、消え失せる。だが元信の嘆きに今一度姿を現し、地獄の苦患と現実の空なることを語る。その後、元信の敵が除かれ、元信は姫と結婚して大団円。元信が自分の血を用いて口で描いた虎が生き始める、それを光信の弟子の修理之介が消す、同じく弟子のどもりの又平が手水鉢に描いた自画像が鉢の背面にまで姿が通る、襖に描いた熊野の絵が実体を持つなど、名匠のエピソードがちりばめられている。

千木良悠子（ちぎら・ゆうこ　一九七八〜）東京生。慶応義塾大学文学部卒。バッド・トリップを描いたような作品「猫殺しマギー」（二〇〇〇）を『三田文学』に掲載してデビュー。幼児から脱却しようとしない女が、永遠に夏の幼稚園を訪れた結果、〈女〉に成長してしまう寓話「甘夏キンダガートン」（〇一）ほかを収録する中短篇集『猫殺しマギー』（〇三・産業編集センター）、幽霊も登場する青春コメディ『青木一人の下北ジャングル・ブック』（〇六・ヴィレッジブックス）などがある。女優、歌手としても活動している。

千草忠夫（ちぐさ・ただお　一九三〇?〜一九九五）ポルノ小説家。別名に九十九十郎、珠州九、八巻令、乾正人ほか多数。千百蘭名で縛り絵なども描く。六〇年「雌雄」が『奇譚クラブ』「懸賞愛読者原稿入選作品」となり、デビュー。きわめて多数の作品があり、陰惨な陵辱系の作品に特色がある。代表作に『嬲獣』（八三）など。事故をきっかけに女尊男卑のSF的異世界に転移してしまった男を描く『不適応者の群れ』（七〇・奇譚社）、放射能禍を逃れて海底都市に人類が住む未来を舞台に、独裁者の性の饗宴を描く『奴隷牧場』（八七・ミリオン出版）、異界人によって超能力を与えられ、嗜虐的な淫欲の命ずるままに行動する男たちを描く『異界の肉奴』（八八・同）などのSF的設定の作品がある。

『竹生島縁起』（ちくぶしまえんぎ　一四一四／応永二一）縁起。普文撰述。滋賀県東浅井郡びわ町の都久夫須麻神社とその神宮寺宝厳寺の縁起。比叡山の記録をもとにしたもので、浅井姫伝説に由来する地名由来譚、創立の由来と歴史、祭神と弁財天の本地垂迹の関係を論じ、弁財天の霊験を語っている。

筑摩十幸（ちくま・じゅうこう　？～）ポルノ小説を執筆。ヒロイック・ファンタジー『白百合の剣士』（二〇〇四・二次元ドリームノベルズ）、ファンタジー『るなてぃっくシスターズ』（〇五・二次元ドリーム文庫）ほか。

致敬（ちけい　生没年未詳）播州宍粟の談義僧。勧化本『中将姫行状記』（一七三〇／享保一五）の作者。御伽草子の中将姫の物語に身代わり譚を組み込んだうえ、より具体的な設定にした作品で、様々な仏教的註釈や類話などを付け加えている。談義僧のための教本と考えられる。

『稚児観音縁起』（ちごかんのんえんぎ　十三世紀末成立?）縁起絵巻。作者未詳。興福寺別院十一面観音像の由来譚。老僧が美童を長谷観音から授かって寵愛するが、亡くなってしまう。僧の写経の功徳により、稚児は十一面観音となって顕れ、紫雲の中へ去る。後代の稚児物への影響を思わせる内容。

千世まゆ子（ちせ・まゆこ　一九五四～）本名繭子。福島県生。郡山女子短期大学卒。福島中央テレビ勤務を経て児童文学作家となる。イギリス人の親友が家族で事故死して幽霊一家になってしまったという設定で、様々なオカルト的体験をする少年を描くホラー・コメディ『ともだちはあぶない幽霊』（九四～九七・フレーベル館）、ミステリ風の幽霊物『6月6日のゴースト』（九七・ポプラ社）などがある。

知足館松旭（ちそくかん・しょうきょく　生没年未詳）江戸時代後期の戯作者。通称友鳴吉兵衛。岳亭丘山が四編まで書いた『俊傑神稲水滸伝』（一八四六～七七／弘化三～明治一〇、六花亭富雪画）を二十八篇まで書き延ばし、読本最大の雄篇に仕立てた。

千田誠行（ちだ・まさゆき　一九六七～）別名に九頭竜坂瞬《くずりゅうざかしゅん》。宮城県生。ゲーム雑誌編集者を経て、フリーとなり、ゲームやドラマCDの脚本を手がける。ゲームのノベライゼーションのほか、学園伝奇アクション『レディ・ジェネラル』（〇六・GA文庫）や、怪奇物のライトポルノ《幻獣怪綺譚》（〇四～〇五・イーグルパブリシング＝パンプキンオリジナル、九頭竜坂名義）がある。

千葉暁（ちば・さとし　一九六〇～）東京生。法政大学経済学部中退。『デュアルマガジン』編集長を経て、アニメ関連書の編集ディレクターを務める。古代風別世界を舞台に、跳梁する機械兵や魔道士に戦いを挑む英雄を描くSFロボット物のヒロイック・ファンタジー《聖刻一〇九二》（八八～〇一・ソノラマ文庫）で小説家としてもデビュー。ほかに、『聖刻群狼伝』（九六～九七・Cノベルス）『聖刻群龍伝』（九八～・同）、樹海の大陸を舞台に光と闇の闘争を描くファンタジー《アルス・マグナ》（九二～九六・角川スニーカー文庫）など。

千葉省三（ちば・しょうぞう　一八九二～一九七五）栃木県生。宇都宮中学卒。小学校の代用教員を経て上京、一七年コドモ社に入社。『コドモ』『童話』の編集に従事しながら、童話を執筆。「虎ちゃんの日記」（二五）をはじめとする作品は、リアリズム童話の先駆といわれている。戦前でほとんど創作の筆を折った。パパが坊やにせがまれて犬の話をする連作幼年童話「ワンワンものがたり」（二九）は、「お月さんをたべたはなし」など、ユーモラスで洒脱なファンタジーを含んでいる。

千葉尚子（ちば・なおこ　一九四五～）新潟県生。岩手大学教育学部卒。教員生活の傍ら児童文学を執筆。受験生活から抜け出して、ねじれた時空の中を旅した少年が、自分のやりたいことは旅であったのだと悟り、不可思議駅へと旅立っていく『ぼくの夢発、不可思議ゆき』（八五・ポプラ社）がある。

茶瓶（ちゃびん　？～）ポルノ小説を執筆。『人妻封魔師　可南恵』（二〇〇五・二次元ドリームノベルズ）など。

『注好選』（ちゅうこうせん　平安末期成立）編者未詳。漢文体の説話集で、完本はないが、二百話あまりが知られている。上巻は中国の神話伝説、史話、故事逸話などを、中巻は仏伝と仏弟子の行跡、仏法をめぐる説話を、下巻は本生譚、転生譚など動物にまつわる仏教説話を収録。『今昔物語集』の出典の一つでもあり、後代に大きな影響があった。

忠雪山人（ちゅうせつさんじん　生没年未詳）経歴未詳。二十八話を収録する怪談集『古今怪談百物語』（一九三四・忠文館書店）がある。

長新太（ちょう・しんた　一九二七〜二〇〇五）本名鈴木摯治《しゅうじ》。東京生。都立蒲田工業高等学校卒。イラストレーター、絵本作家。毎日新聞東京本社を経てフリーとなる。五九年「おしゃべりなたまごやき」（寺村輝夫・文）で文藝春秋漫画賞を受賞。改訂版『おしゃべりなたまごやき』（七二・福音館書店）で国際アンデルセン賞優良作品、『はるですよふくろうおばさん』（七七・講談社）で講談社出版文化賞絵本賞、『キャベツくん』（八〇・文研出版）で絵本にっぽん賞大賞、『ゴムあたまポンたろう』（九八・童心社）で日本絵本賞受賞。特異な画風で知られ、不条理を感じさせる怪奇的な絵本があるほか、シュルレアリスティックな幼年童話なども多数執筆。昼間のお化けの生活を描く絵本『おばけのいちにち』（八六・偕成社）、お母さんに化けた肉まんがパラフィン紙を怖がる『にんげんになったニクマンジュウ』（八七・佼成出版）、バスが怪獣になったり、ゾウが魚に食べられたりと、動物たちがヘンな目に遭う絵本『ヘンテコどうぶつ日記』（九〇・理論社、路傍の石幼少年文学賞）、カメレオンと合体して変身できるようになった一家や、巨大肉まんと餡まんが空中で戦争をして、町に肉と小豆の餡が降りまくる話、蜂の一家と人間の一家が家を取り替えて仲良く交流する話などを収録するナンセンス連作短篇集『だれもしらない大ニュース』（九二・ほるぷ出版）など。

聴雨軒主人（ちょううけんしゅじん　一七七九〜一八四〇／安永八〜天保一一）石津亮澄《すけずみ》の筆名と推測されている。石津は和学者で、大坂の人。横領や情痴から起きた殺人に絡む敵討物の読本で、殺された女の亡霊の祟りや助力がある『絵本昔語《むかしがたり》松虫墳《まつむしづか》』（一一／文化八、桂向亭長丸画）を執筆した。

超海通性（ちょうかい・つうしょう　生没年未詳）江戸中期の真言律僧。和泉国大鳥郡宝林山安楽寺に居住し、畿内を中心とする薬師霊場の霊験譚を収集した。具体的な場所などを記した一般的な霊験譚集として、『薬師如来瑞応伝』（一七二七／享保一二）『瑞応塵露集』（三三／同一八）『隋球菩薩感応伝』（四三／寛保三）がある。

直指（ちょくし　生没年未詳）経歴未詳。江戸中期の浄土僧。浅草栄広山貞源寺の僧侶として行った説法の草案『霊魂得脱篇』（一七五六／宝暦六）がある。子供を噛んだ犬を殺したために犬に呪い殺された男の霊魂が憑依によって現れ、地獄での苦しみを語って回向を頼む。百万遍念仏行を営むと、犬の霊がお礼に現れて前世は人間だったことなどを語って去っていく、という実話仕立ての物語。直指が要所要所で註釈、解説を付けている。

知里幸恵（ちり・ゆきえ　一九〇三〜二二）北海道登別市生。旭川区立女子職業学校卒。言語学者（北海道大学教授）としてアイヌ語学研究に尽力した知里真志保（ちり・ましほ　一九〇九〜六一）は、実弟である。ユーカラクル（ユーカラの謡い手）だった祖母モナシノウクの影響で、アイヌの神話伝説を身近に聞いて育つ。一八年、アイヌ民族の伝統文化を調査に来宅した金田一京助と出会い、一念発起してカムイユーカラ（神謡）を日本語に翻訳する作業に着手。二二年からは東京の金田一宅に寄宿して訳稿執筆を続け、『アイヌ神謡集』（二三・郷土出版社）を完成した当夜、宿痾の心臓病発作のため急逝した。〈銀の滴降る降るまはりに、金の滴降る降るまはりに〉（「梟の神の自ら歌った謡」）という一読忘れがたいフレーズに始まる同書には、凶暴な沼の魔神（竜蛇神）を、神の勇者オキキリムイが計略と呪術を用いて斃す「谷地の魔神が自ら歌った謡」をはじめ、北の大地におおらかに息づくアニミズムの幻想と怪奇が、繊細霊妙な日本語に移し替えられて躍動している。死の直前、両親に宛てて綴られた手紙には〈私にしか出来ないある大きな使命をあたえられてる事を痛切に感じました。それは、愛する同胞が過去幾千年の間に残しつたえた、文芸を書残すことです〉（『銀のしずく　知里幸恵遺稿』〔九六・草風館〕）というファンタジーの作中人物さながらの感動的な一節が見える。なお、弟の真志保にも『アイヌ民譚集』（三七・郷土研究社）『えぞおばけ列伝』（六一・ぷやら新書）という関連著作がある。

鎮源（ちんげん　生没年未詳）十世紀後半から十一世紀にかけての人。叡山に所属する僧侶で、源信の周辺にいた人物といわれる。『大日本国法華経験記《だいにほんこくほけきようげんき》』を著した。

【大日本国法華経験記】仏教説話集。一〇四〇～四四年（長久年間）に成立。法華経の霊験譚を収集したもので、『日本霊異記』より七話、『日本往生極楽記』より十話を採るが、各地の口伝などを独自に収集したと思われる説話が多いとされる。配列に特徴があり、聖徳太子、行基菩薩に始まり、高僧、比丘、比丘尼と続き、一般男女、異類で終わる。つまり仏弟子としての位階順（悟りに近い順）となっている。転生譚、山岳修験道に関わる説話が多いのが特徴。後代に与えた影響は大変に大きく、『今昔物語集』は本書から多数を採り、『拾遺往生伝』も四分の一はここから採っているという。内容的には、各説話は法華経の功徳を語ることに収斂していくため、紋切り型の展開が多いが、細部には面白い奇瑞の描写などが様々に見られる。

つ

津打治兵衛〔二世〕（つうつ・じへえ　一六八〇頃～一七六〇／延宝八頃～宝暦一〇）歌舞伎狂言作者。俳号英子。別号に太鼓堂、泥築《どろつく》、鈍通《どんつう》など。初世（十六世紀末から十七世紀初めに活躍、大坂・岩井半四郎座から江戸・市村座に下った）の子という。各座で執筆し、百篇ほどの作品に名が見えるという。作品に、累の怨霊話を「衣川かさね物語」として二番目（世話物）に仕組んだ「大角力《おおずもう》藤戸源氏《ふじとげんじ》」（三一／享保一六）など。

都賀庭鐘（つが・ていしょう　一七一八～九八／享保三～寛政一〇頃）読本作者。通称六蔵。別号に近路行者《きんろぎょうじゃ》、大江漁人、辛夷館《しんいかん》。大坂生。京都に遊学して古医方を学び、天満に住して医を本業とした。記録には医学者ともあり、上田秋成に医術を教えたこともある。書と篆刻で知られ、その関連の著作もあり、さらに茶道、香道にも通じている趣味人であった。漢学では『康熙字典』翻訳版（八〇／安永九）の校正に携わり、原字典の引用文の誤りを正した『補攷琢屑《ほこうたくせつ》』という業績を残しているほどの学力の持ち主で、中国文学を愛好した。文芸では白話小説を最もよく読み、研究、翻訳、翻案に努めた。その翻案の成果が『繁野話《しげしげやわ》』をはじめ、三言二拍の翻案九篇を収録する『英草紙《はなぶさぞうし》』（四九／寛延二）、「八百比丘尼人魚を放生して寿を益《ま》す話」「求塚の塚神《つかのかみ》の霊問答の話」「吉野猩々人間に遊びてかぶを伝《つたう》る話」など、様々な知識を織り交ぜ、粉本を縦横に使いこなして原典の跡を留めず、独自な歴史随筆風奇談に仕立てた全九篇を収録する短篇集『莠句冊《ひつじぐさ》』（八六／天明六）である。このほか、古代インドの神医・耆婆に関する仏典を粉本とする章回小説で、薬王樹の力により多くの難病を直す耆婆の一代記を綴る『医王耆婆伝《いおうぎばでん》』（六三／宝暦一三）、浄瑠璃仕立てで、アナクロニズムをものともせず、三国志と古代日本神話を取り混ぜた『呉服文織《くれはあやは》・時代三国志』（八一／安永一〇）、常磐が紫野の鏡石に祈って子を授かるところから、義経が樺太から海外に逃れて王国を築いたところまでが描かれ、鏡石の霊力、常盤の夢告、地仙の尸解の法などの要素がある『義経磐石伝《よしつねばんじやくでん》』（〇六／文化三）がある。

庭鐘は読本の創始者と位置付けられている。擬古文とは異なる〈雅俗文体〉を作り上げ、様々な粉本をもとに、伝奇的な小説に編み上げるという手法を確立した。後続の作家たち――建部綾足、上田秋成から山東京伝、曲亭馬琴まで大きな影響を与えた。なかんずく秋成との関わりは深い。

【繁野話《しげしげやわ》】短篇集。六六（明和三）年刊。近路行者名。読本。和漢の説話に材を採りながら、独自の物語に仕上げた伝奇小説九篇を収録。丹波太郎、奈良次郎などの雲たちが集い、自らの性状について語り合い、徳川の世を言祝いで終わる第一話、唐代伝奇「任氏伝」と『今昔物語集』の「人の妻化して弓となり、後に鳥となりて飛び失せし話」を巧みにより合わせた第三話、山神の虜となった女の物語に、幻術や道人による占卜などの細部を付加して、玄妙な物語に仕立てた第五話、神竜の宿る窟に落ちた甲賀三郎を描き、同伝説の面目を一新した第七話など。翻案から一歩も二歩も進んだ、創作的小説だが、漢文調の問答や議論を処々に配し、小説としては過渡的な側面もある。そうした意味でも興味深い作品集である。

司修（つかさ・おさむ　一九三六～）群馬県生。独学によりイラストレーター、画家となる。装幀、挿絵、絵本などの仕事も数多い。傍ら、エッセーや小説も手がけ、画家の余技とはいえないほどの水準にある。九三年「犬（影について、その一）」で川端康成文学賞を、『ブロンズの地中海』（〇六）で毎日芸術賞を受賞。ファンタジーに、夢の国の使者・青猫の禁じられた恋が悲劇的な結末をもたらす表題作ほか、怪奇、ノスタルジー、グロテスクな幻想短篇を収録する『青猫』（八五・東京書籍）、ドリームボックスに立てこもって現実に反抗する不遇な人間たちを描き、随所で幻想的な夢を語る夢小説『夢は逆夢』（九〇・白水社）、宮沢賢治のふるさとを旅する画家が、自然の精霊や妖怪、鬼神が息づくイーハトーヴォに入り込み、根源的な体験をする『イーハトーヴォ幻想』（九六・岩波書店）、一篇ごとにオリジナル版画を添えた連作集で、風変わりな女との情事、沖縄で感じた霊力、サブリミナルを利用した作品など、純然たる幻想物ではないが奇妙な味の小品を六十二篇収録する『月に憑かれたピエロ』（〇四・河出書房新社）ほかの作品がある。また、反原爆のための児童文学を執筆し、核戦争後、砂漠の砂嵐によって唯一守られた都市とそこに住む少年たちが、過去の幻影を垣間見て、自分たちがヴァーチャルな存在だったことを知るSF児童文学『魔法のぶた』（八五・汐文社）がある。

司悠司（つかさ・ゆうじ　一九五九～）伝奇時代小説『忍者太閤秀吉』（九六・Cノベルス）、スサノオと卑弥呼が関わる古代史物『覇王スサノオ伝説』（九七・ロングセラーズ＝Lノベルズ）ほかの作品がある。

司城志朗（つかさき・しろう　一九五〇～）本名柴垣健次。愛知県名古屋市生。名古屋大学文学部卒。矢作俊彦との共著『暗闇にノーサイド』（八三）で小説家デビュー。同書で角川小説賞受賞。ミステリ、冒険小説を専らとし、時にホラー系作品を執筆する。少女が訳の分からぬまま別世界で冒険に巻き込まれるホラー・コメディ『〈はるか〉彼方の国へ』（八八・ケイブンシャ文庫コスモティーンズ）、クローン・テーマのホラー・ミステリ『ゲノム・ハザード』（九八・文藝春秋、サントリーミステリー大賞読者賞）、事故死した妻が幽霊となって戻って来た後、様々な事件が主人公に降りかかる『ブルー・デビル』（〇一・講談社、後に「恋ゆうれい」と改題）など。

柄刀一（つかとう・はじめ　一九五九～）北海道夕張市生。札幌デザイナー学院卒。種々の職業を経て、『三〇〇〇年の密室』（九八・原書房）で長篇デビューを果たし、本格ミステリを多数執筆。ファンタスティックなミステリに、「不思議の国のアリス」や「銀河鉄道の夜」などを元にした幻想的な異界で謎解きをする、言語遊戯的側面もある連作短篇集

『アリア系銀河鉄道』（二〇〇〇・講談社ノベルス）や、その続篇『ゴーレムの檻』（〇五・カッパ・ノベルス）がある。これらの作品には《三月宇佐見のお茶の会》というシリーズ名が付されている。

塚原健二郎（つかはら・けんじろう　一八九五～一九六五）長野県東条村生。松代農商学校中退。小僧として働きながら、文学を志す。はじめ島崎藤村に師事して小説を書いたが、昭和に入ってからは童話作家となり、ヒューマニスティックなリアリズムの作品を多く書いた。初期には西洋風のメルヘン、ファンタジーも執筆しており、何でも入る魔法の鞄の話「奇術師の鞄」（二七）などがある。

塚本邦雄（つかもと・くにお　一九二二～二〇〇五）歌人、小説家。滋賀県神崎郡五個荘村生。彦根高商卒。四三年頃から『くれなゐ』『木槿』『日本歌人』等に短歌を発表、前川佐美雄に師事。四九年、同人誌『メトード』を創刊。五一年、第一歌集『水葬物語』を刊行、『短歌研究』編集者・中井英夫に注目され、以後綜合誌に作品が載り始める。『装飾楽句《カデンツァ》』（五六・作品社）前後から岡井隆と共に前衛短歌の首魁と目され、『日本人霊歌』（五八・四季書房）で現代歌人協会賞を受賞、短歌の文体に一大変革を齎す。『水銀伝説』『緑色研究』の文体は、以後の短歌に功罪併せて夥しい影響を与えた。評論にも優れ「短歌考幻学」「定型幻視論」ほか多数。『感幻楽』が歌壇を越えて広く評価され、以後活動の場が一挙に広がる。七二年の『紺青のわかれ』（中央公論社）を皮切りに小説の執筆にも手を染める。瞬篇小説集と銘打たれた『琥珀貴公子』（七五・六法出版社）や『連弾』（七三・筑摩書房）『雨の四君子』（七四・六法出版社）、長篇ミステリ『十二神将変』（七四・人文書院）など、現代を舞台に、言語美の綺羅を尽くしたロココ風の小宇宙、美的ユートピアを構築する一方、王朝歌人の世界を描く『藤原定家』（七三・人文書院）『露とこたへて』（七六・文藝春秋）や、基督伝『荊冠伝説』（七六・集英社）、レオナルド・ダ・ヴィンチを主人公とする『獅子流離譚』（七五・同）などの史伝風長篇を手がけている。『星餐図』（七一・人文書院）以後も多くの歌集を刊、歌風に著しい展開は見られないが、『不変律』（八八・花曜社）で迢空賞を受賞。

【水葬物語】五一年メトード社刊。西洋世紀末文芸や新興俳句に学んだ実験的歌集ながら、異国趣味に溢れ愛誦性に富んでいる。〈ダマスクス生れの火夫がひと夜ねてかへる港の百合科植物〉〈にせ公爵と踊りたる夜の霧にぬれ銀色の黴をふくバル・シューズ〉〈出窓には匂ふ忍冬、すぎ去りし恋にはゆかりなく鳴るボレロ〉

【水銀伝説】六一年白玉書房刊。ランボーとヴェルレーヌに取材した表題作をはじめ、ホモセクシュアル志向が顕著に認められる。〈悍馬傚つ夕べの若者によするわが愛二重母音のごとし〉〈アルプスの禽啖ふ昨夜《よべ》のゆめさめて性器みのりしわかもの歩む〉

【緑色研究】六五年白玉書房刊。〈棕櫚の縄曳き電柱を攀づるもの、青年科・無翼堕天使類〉〈理髪店まひるとざして縛めし青年の皮剝げる火曜日〉

【感幻楽】六九年白玉書房刊。〈空蟬のうちに香もなきかなしみの充つるを天にむけし絵ひがさ〉〈空色のかたびらあれは人買ひの買ひそこねたるははのぬけがら〉

▼『塚本邦雄全集』全十五巻・別巻一（九八～〇一・ゆまに書房）

塚本裕美子（つかもと・ゆみこ　一九五七～）夫はとまとあき。アニメの脚本家。脚本の代表作に「巨神ゴーグ」（八四）。小説にはとまとあきとの共著が多い（同項参照）。

築地俊彦（つきじ・としひこ　？～）ＴＲＰＧ、メールゲーム製作会社勤務を経て、コメディ風ヒロイック・ファンタジー《ライトセイバーズ》（一九九九～二〇〇〇・富士見ファンタジア文庫）でデビュー。ハーレム型ラブコメディ、マジカル・アクションといった種々の要素を盛り込んだ伝奇ファンタジー『まぶらほ』（〇一～・同）、変身ヒーロー物の学園ラブコメディ『けんぷファー』（〇六～・

MF文庫J）など。

槻野けい（つきの・けい　一九三〇～）本名吉田多計子《たけこ》。長野県生。岡谷高等女学校卒。新聞社勤務の後、主婦となり、児童文学を執筆。代表作に『このゆびとまれ青い空』（七九）など。赤おに族に極小の茶色い小鬼が生まれたことから巻き起こる騒動を描くほのぼの幼年童話『小おにのトンマこんにちは！』（九〇・教育画劇）がある。

月見草平（つきみ・そうへい　？～）広島県呉市生。駆け出しの解錠師の少女が活躍するミステリ風青春ファンタジー『魔法鍵師《ロックスミス》カルナの冒険』（二〇〇五～〇六・MF文庫J）で、第一回MF文庫Jライトノベル新人賞審査員特別賞を受賞。ほかに、現代を舞台に、オカルト的な奇病を治療する魔法医のところで看護婦をすることになった少女を描く学園ラブコメディ『桜乃きらほの魔法医カルテ』（〇六・同）、人間の殻を着ている対人恐怖症の美少女をめぐる学園ラブコメディ『姫宮さんの中の人』（〇七・同）がある。

月本ナシオ（つきもと・なしお　？～）精霊が生きている別世界の南の島国を舞台に、精霊界を冒す〈疫闇〉の脅威に王女と恋人の精霊が立ち向かう冒険ファンタジー『花に降る千の翼』（二〇〇五～〇七・角川ビーンズ文庫）でビーンズ小説大賞優秀賞受賞。

槻矢いくむ（つきや・いくむ　？～）サキュバス物のポルノ小説『はぴねす・どれいん！』（二〇〇〇・二次元ドリームノベルズ）がある。

月夜野亮（つきよの・あきら　？～）BL小説作家。学園退魔師物『月のかけら』（一九九五・桜桃書房＝エクリプスロマンス）、異星物SF『ライジングムーン』（九六・青磁ビブロス＝ビーボーイノベルズ）『砂漠の双つの月』（〇六・オークラ出版＝アクア文庫）、中世異世界風ファンタジー『囚われの魔王』（〇五・同）ほか。

津久田重吾（つくだ・じゅうご　？～）東京生。空を船が飛び交う異世界を舞台に、独裁者に対するクーデターを描いた作品『テールエンド』（二〇〇三～〇五・スーパーダッシュ文庫）がある。

佃典彦（つくだ・のりひこ　一九六四～）劇作家。愛知県名古屋市生。名城大学卒。劇団〈B級遊撃隊〉を主宰する演出家、俳優。テレビドラマの脚本なども手がける。母の死後、父親が〈脱皮〉を繰り返すたびに過去が現実に蘇ってくる（母親も若くなって蘇る）状況を描いた寓話的な作品「ぬけがら」（〇五）で、岸田國士戯曲賞を受賞。ほかの怪奇幻想的な戯曲に、人をも喰らう巨大亀を愛し、子供（卵）を産んでしまう女をめぐる「ヨーゼフという名の亀」（九七）、踏切のそばで轢断死体の破片を集めて組み立てる男たちを中心に、亡霊めいた登場人物たちが繰り広げるブラック・コメディ「KANKAN男」（九八）、安部公房「砂の女」と楳図かずお「赤ん坊少女」のイメージをもとに、人肉を煮込んで作るカレーが名物の女だらけの島を描く、恐怖と笑いのアマルガム「カレー屋の女」（九八）、家の中にいきなり土管が生えるという設定で土管内を人が往来し、土管の向こう側が彼岸を思わせる「土管」（九八）など。

柘植久慶（つげ・ひさよし　一九四二～）近未来物から歴史物まで、様々なシミュレーション小説を執筆。代表作に《逆撃》シリーズ（九三～〇三・Cノベルス）。キリストを貫いた伝説の槍が時の権力者の下で強大な力を発揮してきたというオカルト的設定のヒトラー物『聖槍』（〇六～〇七・同）などがある。

柘植めぐみ（つげ・めぐみ　一九六七～）クリエーター集団グループSNEに所属し、TRPGをもとにした小説の翻訳や創作を手がける。ファンタジーTRPG「アースドーン」をもとにした『黎明の勇者たち』（九七・電撃文庫）、同じく「ソード・ワールド」をもとにした『バブリーズ・リターン』（九九・富士見ファンタジア文庫）、「妖魔夜行」「百鬼夜翔」をもとにした短篇群がある。オリジナルに、猫に変身した高校生の少年が仲間の猫と共に事件を解決するミステリ《ミステリアス・キャッツ》（〇一・富士見ミステリー文庫）がある。

辻邦生（つじ・くにお　一九二五～九九）東京本郷生。東京大学仏文科卒。四年間のフランス留学を通して、小説を書くことへの決意を促される。ロシア生まれの女流画家が内的な魂の探求を続ける『廻廊にて』（六三）で近代文学賞を受賞し、作家としての地歩を固めた。大学教授としてフランス文学研究に従事する傍ら、多数の作品を世に送り出し続けた。代表作に、独特な手法で描く長篇歴史小説『安土往還記』（六八、芸術選奨新人賞）『背教者ユリアヌス』（七二、毎日芸術賞）『春の戴冠』（七七）『西行花伝』（九五、谷崎潤一郎賞）などがあり、昭和の純文学における歴史小説の第一人者であった。幻想的な作品には、初期にも、ボッシュの名作〈手品師〉の絵の前で黒いヴェールの亡霊と出会う「蛙」（六三）のような掌篇があり、折りに触れて幻想小説を書き続けた作家といえる。『ユリアと魔法の都』（七五・筑摩書房）は。時間が止まり、子供だけが住んで好きなことができる、空想から生まれた都市へ迷い込んだ少年の体験を描くファンタジー童話。『十二の肖像画による十二の物語』（八一・文藝春秋）『十二の風景画への十二の旅』（八四・同）『睡蓮の午後』（九〇・福武書店）は、名画や文学作品からインスピレーションを得て書かれた連作短篇集で、『肖像画』では、有名な人物が描かれていても、その史実などからはまったく離れて自由に物語を紡いでおり、神と画家のやり取りを描く「怖れ」、天使が登場する「吝い」などの作品が含まれる。『風景画』はその風景を舞台にしたファンタジー連作。『睡蓮の午後』は、水の女との恋、天使との対話、存在しないかもしれない侵入者を追って砂漠を旅する男、殺人犯と間違われて不条理な目に遭う男など、文学作品の一節をもとに紡ぎ出された幻想短篇集である。ほかにも、自分の胎内から生まれた、騒音やスピードによって成長する生物を愛した男の物語「もう一つの夜へ」（八三）、自由気ままなサーカス団が一見ユートピアにも見える架空の国々をめぐって様々な事件に遭遇し、その国の恐ろしい内実を知るという寓話的な連作長篇『天使の鼓笛隊』（九二・筑摩書房）、スタンダール、カフカ、漱石、ヘミングウェーら文豪との架空会見記集『黄金の時刻の滴り』（九三・講談社）など、幅広い作品を執筆。

▼『辻邦生全集』全二十巻（二〇〇四～〇六・新潮社）

辻信太郎（つじ・しんたろう　一九二七～）山梨県甲府市生。桐生工業専門学校卒。山梨県庁を経て山梨シルクセンターを設立、巨大な企業グループ・サンリオに発展させた。サンリオ制作のアニメーションの原作をはじめとするファンタジーを多数執筆。花の好きな夢想的な少年と花の精の触れ合いを描く『妖精フローレンス』（八〇・サンリオ）、ギリシア神話風の世界を舞台に火の精と水の精の禁じられた恋を描く『シリウスの伝説』（八一・同）、甘やかなメルヘン『想い出を売る店』（八五・同）、恋愛ファンタジー『森のメルヘン　白い小鹿ミエル』（〇五・同）『海のメルヘン　潮風の天使マリー』（〇六・同）、ノスタルジックな不思議の街を舞台にした『街のメルヘン』（〇七・同）などがある。

辻仁成（つじ・ひとなり　一九五九～）東京生。成城大学中退。ロック・ミュージシャン。見えない友達をモチーフにした思春期小説『ピアニシモ』（八九・集英社）ですばる文学賞を受賞して小説家としてもデビューし、人気作家となる。「海峡の光」（九七）で芥川賞を受賞。恋愛小説や青春小説を中心に執筆するが、寓話的趣の強いファンタジーも執筆している。少年カイが自らを〈キュウセイシュ〉と確信しつつも行くべき道を知らず、超常的な力を爆発させてしまう様を、現実に対して辻が抱く種々の危機感を幻想的な形で表したエピソードを挟み込みながら描いた『カイのおもちゃ箱』（九一・集英社）、『ピアニシモ』の設定をもとにしながらまったく別の物語に展開させたもので、神がかる男装の少女や学校に憑く亡霊、学校の地下に広がる異次元など、よりファンタスティックな素材をそろえ、一種のクエスト・ファンタジーともなっている『ピアニシモ・ピアニシモ』（〇七・文藝春秋）ほかの作品がある。

辻真先（つじ・まさき　一九三二〜）筆名に桂真佐喜、松本守正、牧薩次など。愛知県名古屋市生。名古屋大学文学部卒。ＮＨＫのディレクターとして「バス通り裏」「お笑い三人組」「ふしぎな少年」などを手がける傍ら、映画やアニメの脚本を執筆。その後ＮＨＫを退社して、アニメ・特撮の脚本家専業となる。「エイトマン」（六三〜六四）「鉄腕アトム」（六三〜六六）から「巨人の星」（六八〜七一）「魔法使いサリー」（六八）「タイガーマスク」（六九〜七一）「サザエさん」（六九〜）を経て「Dr.スランプ　アラレちゃん」（八一〜八六）まで、漫画のアニメ化作品を中心に膨大な数の脚本を執筆。日本の初期テレビアニメを代表する脚本家である。アニメのノベライゼーション『小説どろろ』（六九・朝日ソノラマ）などを手始めに小説にも手を染めるようになり、主にユーモア・ミステリの分野で活躍。代表作に《迷犬ルパン》（八三〜九五）など。八二年、夢の中で美少女アリスの恋人となって殺猫犯人を追う一方、現実世界でも殺人事件に巻き込まれる編集者を描いた幻想的なミステリ『アリスの国の殺人』（八一・大和書房）で日本推理作家協会賞を受賞した。ほかのＳＦファンタジー系作品に、学園一の美少女に変身してしまった番長・五郎の活躍を描くＳＦファンタジー・コメディ《株式学園の伝説》（七七〜七八・ソノラマ文庫）、ドラキュラ、麒麟、神鳥ガルーダなど、作家の夢想から実体化した妖怪たちが、美少女を拉致した強力な妖怪ウルルに戦いを挑むホラー・コメディ『銀座コンパル通りの妖怪』（八九・双葉ノベルズ）、家康の独裁に対して真田十勇士がゲリラ活動を繰り広げているパラレル日本に飛ばされた男女の活躍を描くどたばたアクション『ＴＯＫＹＯ死街戦』（九一・ケイブンシャノベルス）、『アリスの国の殺人』同様に、アニメーターの描いた「探偵王ニャロメ」のストーリーと現実の事件とが並行して語られていき、やがて交錯する『ニャロメ、アニメーター殺人事件』（二〇〇〇・ジョイ・ノベルス）、沖縄戦で死んだ軍人の魂が戦争の状況が異なるパラレルワールドのもう一人の自分の中で蘇るという設定による太平洋戦争シミュレーション戦記『暁の連合艦隊』（九四・カッパ・ノベルス）など。

辻井喬（つじい・たかし　一九二七〜）本名堤清二。東京生。東京大学経済学部卒。西武グループの創業者・堤康次郎と、康次郎の愛人（後に入籍）青山操の間に生まれ、家業を継いで西武セゾングループを率いる財界人となった。セゾングループの活動によって現代日本文化に大きな影響を与えた人物である。その出自・経歴を主たるテーマとして、優れた文学作品を発表している。まず詩人として出発し、幻想的な詩集に、自己の処罰・抹殺への意志を感じさせる悲痛な幻想に溢れた詩集『異邦人』（六一・書肆ユリイカ、室生犀星賞）『誘導体』（七二・思潮社）、古代・廃墟・頽廃した町、砂漠などを描きカフカの「城」を思わせる、城をテーマとした連作詩集『沈める城』（八二・同）などがある。『群青、わが黙示』（九二）で高見順賞、同書を含む《わたつみ》三部作で歴程賞を受賞している。小説家としては自伝的長篇『彷徨の季節の中で』（六九）でデビューし、『いつもと同じ春』（八三）で平林たい子文学賞、『虹の岬』（九四）で谷崎潤一郎賞、『父の肖像』（〇四）で野間文芸賞を受賞。幻想小説に、信田の森の狐や道成寺などの古典から現代に至る変身譚を一人称で語った短篇集『けもの道は暗い』（七七・角川書店、後に増訂して「変身譚」と改題）、太安万侶を語り手に、両性具有めいた語り部の男・稗田阿礼との恋愛、阿礼の語りを文字に定着させて『古事記』を作り上げていく過程などを語ると同時に、『古事記』の中の物語の解読も試みられる連作短篇集『ゆく人なしに』（九一・河出書房新社）、能楽に材を採った連作短篇集で、男女の関係を描いて幻想味を漂わせる「竹生島」「野宮」「通盛」を収録する『西行桜』（二〇〇〇・岩波書店）などがある。

辻井南青紀（つじい・なおき　一九六七〜）本名辻井直樹。兵庫県生。早稲田大学第一文学部仏文科卒。京都造形芸術大学准教授。『無頭人』（二〇〇〇）で朝日新人文学賞受賞。貧しい日系ブラジル人移民の子ミルトンはミツバチの音をもとに、人の意識を異様に高揚させる音楽を作るが、それがミルトン自身と関係者に変事をもたらす、ホラー・テイストの幻想小説『ミルトンのアベーリャ』（〇六・講談社）、伝奇ファンタジー映画のノベライゼーション『蟲師』（〇七・講談社KCノベルス）がある。

辻堂非風子（つじどうひふうし　生没年未詳）濃州大垣生。経歴未詳。怪談集『多《た》満《ま》寸《す》太《だ》礼《れ》』（一七〇四／元禄一七）の作者。これは『狗張子』『玉櫛笥』『玉帚木』の流れを汲む作品で、『剪燈新話』『剪燈余話』『三国伝記』の翻案を中心に、七巻三十四話を収録する。オーソドックスな怪談奇談集である。

辻野亞矢（つじの・あや　?〜）別世界へと逃れた邪神を追ってやって来た狩人とその世界の青年の恋を描くBLファンタジー『月に濡れる獣』（二〇〇三・角川ビーンズ文庫）がある。

辻原登（つじはら・のぼる　一九四五〜）本名村上博。和歌山県日高郡印南町生。大阪学芸大学附属高校を経て文化学院卒。電算機会社に勤務する傍ら小説を執筆し、「犬かけて」（八五）でデビュー。「村の名前」（九〇）で芥川賞を受賞。玄宗皇帝時代の唐を舞台に、安倍仲麻呂らの活躍を描く歴史小説『翔べ麒麟』（九八）で読売文学賞を、時代小説『花はさくら木』（〇六）で大佛次郎賞を受賞。幻想小説に、過去の世界で父と息子が再会する姿を描く「わが胸のマハトマ」、研修所の中から出られなくなった男たちの惑いを描く「松籟」、意志による性転換を描く「緑色の経験」などを収録した短篇集『家族写真』（九五・文藝春秋）、糖尿病で目が不自由になった噺家の日常と彼の周囲に集まる人々を描く裡に、融通無碍に交じり合う彼岸と此岸との呼吸を潜ませた、谷崎潤一郎賞受賞の連作短篇集『遊動亭円木』（九九・同）、メタフィクションとサイコホラーが合体した謎めいた幻想短篇「ちょっと歪んだわたしのブローチ」、鋭敏な鼻を持つ男をめぐるサイコホラー「水いらず」、老いた名選手に三百勝させるために、代償があるという呪術を使った話を語り手が語る、川端康成文学賞受賞の表題作などを含む短篇集『枯葉の中の青い炎』（〇五・新潮社）、三遊亭円朝が遺したという幻の怪談噺「夫婦幽霊」を作中作とするメタフィクショナルな構成のうちに、円朝の息子・朝太郎と芥川龍之介をめぐる怪しげな謎を浮かび上がらせた長篇『円朝芝居噺　夫婦幽霊』（〇七・講談社）がある。また辻原は、完全な幻想小説ではないが、現実から逸脱した感覚の横溢する様々な作品を執筆しており、主なものに、気による治療を施す女性、彼女を崇拝するハム（アマチュア無線）仲間たち、奇妙な女性共同体などの関わりが描かれる『森林書』（九四・文藝春秋）、現実から離脱してしまう人々を描いた短篇集『百合の心』（九〇・講談社）、異性を虜にする匂いを発する女と不倫関係に陥る夫婦の物語である表題作ほかを収録する官能的な短篇集『約束よ』（〇二・新潮社）などがある。

津島節子（つしま・せつこ　?〜）福島県生。絵を描きながら創作を始め、日本児童文芸家協会主催の創作コンクールに入選し、『12歳、いまガラスの季節』（一九九六）で児童文学作家としてデビュー。弟が生まれたために疎外感に苛まれた少女が、人間に変化できる狐の親子と接したことを契機に、現実を狐の化けた世界だと思い込む物語『目をつぶれば、きつねの世界』（〇二・学研）で小川未明文学賞を受賞。父親を亡くした喪失感が癒されない少年が、少年時代の父と親しかった森の精霊に出会って成長するファンタジー『とんぼの空』（〇四・同）がある。

対馬正治（つしま・まさはる　?〜）超未来の中世的世界を舞台に過去の文明の異物である怪物と戦う魔導士らを描く『異相界の凶獣』（一九九六・富士見ファンタジア文庫）でフ

ァンタジア長編大賞佳作入選。ほかの作品に、魔法的別世界を舞台に、魔物と合体してしまった魔術師の姉とその弟が、分離方法を求めて冒険を繰り広げるうちに、世界の覇権をかけた争いに巻き込まれてしまう《疑似人間メルティア》(九八～九九・同)、退魔師物の別世界ファンタジー《紅蓮の猟魔士》(二〇〇〇～〇一・同)などがある。

津島佑子(つしま・ゆうこ　一九四七～)本名里子《さとこ》。東京三鷹生。父・太宰治、母・美知子の次女。誕生の翌年に父を、六〇年にダウン症の兄を失う。白百合女子大学英文科卒。同人誌『文芸首都』に参加、後に『最後の狩猟』(七九・作品社)にまとめられる観念的・幻想的なイメージの溢れる習作群を発表する。大学を卒業した六九年『三田文学』に「レクイエム」を発表して注目される。同篇のほか二篇を収める『謝肉祭』(七一・河出書房新社)も、サーカスの牛女やブランコ乗りの少女が登場する象徴的な性格の強い短篇集である。七〇年に結婚、一男一女を得るが七六年に離婚。以後、子育ての傍ら執筆に励む。七五年『葎の母』で田村俊子賞、七七年『草の臥所』で泉鏡花文学賞、七九年『光の領分』で野間文芸新人賞、八三年「黙市」(八二)で川端康成文学賞、九八年『火の山―山猿記』で谷崎潤一郎賞と野間文芸賞を受賞。

八五年、長男が浴室での呼吸発作により八歳で死亡。その後発表された『夜の光に追われて』(八六・講談社)『真昼へ』(八八・新潮社)『夢の記録』(八八・文藝春秋)などには、失われた存在を夢や幻想の世界で回復しようとする切なる思いがみなぎっている。

そのほか幻想性の濃厚な作品として、亡父の故郷である山奥の村に戻った娘が、村の秘められた部分に触れ、祖霊の世界へと回帰していく第一長篇『生き物の集まる家』(七三・新潮社)、子供が欲しいとせがむ水槽の中の〈竜宮城〉に懐かしい死者たちを幻視する表題作ほか〈水〉にまつわる五篇の物語を収める『水府』(八二・河出書房新社)、『里見八犬伝』の伏姫や『番町皿屋敷』のお菊、三ツ目小僧、おろちなど、伝説的な怪異のイメージに象徴させて、人と人との出会いの中にある怖さを描く『逢魔物語』(八四・講談社)などがある。

【ナラ・レポート】長篇小説。〇三年十月～〇四年四月『文学界』連載。〇四年文藝春秋刊。幼くして母を亡くした少年・森生は、霊媒の力を借りて母親の霊を呼び出す。ナラという歴史のある土地に押さえつけられていると感じている少年は、鳩に宿って現世に留まった母親に、大仏を破壊してほしい、と頼む。母親は息子のためにその願いを聞き入れ、大仏を壊すが、同時に二人は時空の渦に巻き込まれ、中世の物語の中に転生を繰り返すことになる。キンギョ丸と彼を殺す母アコウ、アイゴの若と彼を守る獣のイタチの母、稚児にされたアイミツ丸と若き母トランと、様々な母子に姿を変えながら、ナラという時空の重みを感じる一方で、母子間の絆を確かめ合う。長男を亡くして以来書き継いできた、生死を超える母子の絆というテーマと、『火の山』ほかの作品で追求してきた、歴史の中にある人間存在というテーマを絡み合わせ、さらに、伝統的な物語を取り込む形でフィクションに力を与え、壮大なファンタジーに仕立て上げた力作である。

辻村深月(つじむら・みづき　一九八〇～)山梨県生。千葉大学教育学部卒。自殺したクラスメートに負い目を持つ少女のインナースペースに閉じ込められた高校生たちの心情を描いたミステリ『冷たい校舎の時は止まる』(〇四・講談社ノベルス)で、メフィスト賞を受賞してデビュー。自殺した父親が支えを必要とする高校生の娘の前に青年の姿となって現れる『凍りのくじら』(〇五・同)、他人に対して強制力を持つ言葉を、ある条件に従って発することのできる一族の少年を主人公とする心理小説『ぼくのメジャースプーン』(〇六・同)、花子さん、コックリさん、鏡の呪術など、いわゆる〈学校の怪談〉系のモチーフを扱って清新な魅力を感じさせる怪談ミステリ連作集『ふちなしのかがみ』(〇九・

角川書店）などがある。

蔦唐丸（つたの・からまる　一七五〇～九七／寛延三～寛政九）書物・地本問屋、狂歌師。本名喜多川柯理。通称蔦屋重三郎。ほかの号に耕書堂など。江戸新吉原生。大田南畝らと親交を結び、天明期の狂歌・戯作の重要作を多く出版した、江戸文芸史上の重要人物。狂歌師としても活動し、〈狂歌百鬼夜狂〉を主宰。『本樹真《もときにま》猿浮気噺《さるうわきばなし》』（九〇／寛政二、喜多川歌麿画）などの黄表紙も執筆した。娘の通夜を引き受けた山伏が亡霊に追いかけられるが、狐に化かされていたという落ちが付く『賽山《にたやま》伏《ぶし》狴狐《きつねの》修怨《しかえし》』（九八／寛政十、北尾重政画）があるが、死後出版で代作も考えられている。

『土蜘蛛草紙』（つちぐもぞうし　十四世紀初頭成立？）絵巻。伝土佐長隆画。『平家剣巻』の一部を物語化した、怪物退治譚。源頼光と渡辺綱は、中空を飛ぶ髑髏を見かけて後を追い、神楽岡の古家に至る。妖怪が出現し、堪えていると明け方には美女が出現する。その投げかけた白い雲を斬ると女は姿を消す。妖怪の流す白い血を辿り、山奥の洞窟に至ると、巨大な蜘蛛の怪物が出現したので、これを二人で力を合わせて退治する。腹からは千九百九十の犠牲者の首が出た。土蜘蛛退治譚は謡曲『土蜘蛛』（作者未詳）にもなり、浄瑠璃、歌舞伎と引き継がれた。

土家由岐雄（つちや・ゆきお　一九〇四～九九）本姓土屋。東京小石川生。東京工科学校採鉱冶金科卒。サラリーマン生活の後、児童文学を執筆。『東京っ子物語』（七一）で野間児童文芸賞受賞。代表作に『かわいそうなぞう』（七〇）。ファンタジー童話に、約束を破ったため、魔法使いの弟子になり損ねる少年の話「まほうつかいのろば」（五五）、魔法のランプをめぐるブラックユーモアの作品「古いランプ」などがある。戦前の童話劇に、夢を叶える覗き眼鏡によって東京を訪れた少年が、迷子になって後悔する教訓話「夢を売る店」などがある。

筒井敬介（つつい・けいすけ　一九一七～二〇〇五）本名小西理夫《まさお》。東京神田生。慶応義塾大学経済学部中退。大学在学中から劇団東童の文芸演出部に所属。朝日映画社に脚本部嘱託として入社するが、空襲で家を失い、開拓移民として北海道に入植、敗戦後帰京。NHK契約作家として、「バス通り裏」や子供番組など、ラジオ、テレビの脚本を書く傍ら、児童文学、戯曲を執筆。かちかち山のすぐそばに何故かはらぺこ狼が住んでいて、例の狸と兎を食べてしまったところ、妙な格好になってしまうナンセンス童話『かちかち山のすぐそばで』（七二・フレーベル館）で国際アンデルセン賞優良賞、産経児童出版文化賞を受賞。頑固で真面目で子供のように純真な老医師コルプス先生が大活躍する無国籍風のナンセンス童話《コルプス先生》（四八・季節社、六八・理論社）、ひょんなことから猫の町の警官になってしまった怠け者のぶうたれネコのおかしな活動を描く《ぶうたれネコ》（八六～八八・理論社、『ぶうたれネコのぱとろーる』としてフォア文庫にまとめられる）などが代表作。ほかの作品に、化狸と少年が時折互いに入れ替わって楽しんでいる「一人と一ぴきのふしぎ」、水を飲むたびに巨大化するなめくじのようなのっぺらぼうに襲われ、友達の雷の子供を奪われたふぬけのじんじろべえが、見違えるようになって追跡し、河童と化狐の協力を得てのっぺらぼうを退治する長篇創作民話『じんじろべえ』（六八・あかね書房）、旅に出た少女たちが迷子になって動物や植物が口を利く世界に紛れ込む『二人ともパンのにおい』（六九・国土社）、過去にさかのぼるロケットに乗った少年少女たちが、百年前の世界で妖怪たちと仲良くなる『おばけロケット1号』（七一・フレーベル館）、みなしごの狸といたずら物のちょんねんの交流を描き、残酷な結末の『ちょんねんばけくらべ』（七六・あかね書房）、笠を取ると雨が降るのでずっと笠をかぶっているお姫様と鰻のラブロマンス『みずひめさま』（七六・小学館）、文字を虎に教えるというナンセンス風の民話『とらおおかみのくる村で』（七九・フレーベル館）、最後の運転日のバスに乗った少年が、海底を通ったりして不思議な体験をする『ふしぎなバスに』（八〇・あかね書房）などがある。どの童話も〈ほのぼのとしたメルヘン〉というような単純なものではなく、鋭い人間凝視が光り、複雑な奥行きを持っている。

▼『筒井敬介童話全集』全十二巻（八三～八四・フレーベル館）

筒井敏雄（つつい・としお　一九〇五～八三）本姓七原。愛知県生。小説を執筆する傍ら小学館の学年雑誌などの編集に携わる。戦後は少年向け伝奇ロマンや児童文学などを中心に執筆。死んだ秀吉が幽界で生前に親交のあった人々と再会し、過去を反省する戯曲風長篇で、キリスト教的な救いが念頭に置かれている『昇天太閤記』（七二・集英社）がある。

筒井ともみ（つつい・ともみ　一九四八～）東京生。成城大学卒。脚本家。代表作に「失楽園」（九七）「嗤う伊右衛門」（〇三）など。乱歩を主人公とし、「押絵と旅する男」成立に至るまでの幻想的な出来事を綴った小説『月影の市』（九一・新潮社）がある。

筒井広志（つつい・ひろし　一九三五～九九）慶応義塾大学卒。作曲家。劇伴音楽を中心に活動を展開する傍ら、八〇年よりSF、青春小説などを執筆。突如お互いの身体が入れ換わってしまったカップルの珍騒動を描く『オレの愛するアタシ』（八一・新潮社）、SFファンタジー『アルファ・ケンタウリからの客』（八三・新潮社）、幽霊になってしまった少女の恋を描く少女向けラブコメディ『スピリッツ・ガールはお年ごろ』（八九・角川文庫）、憑坐《よりまし》に憑依したやけに俗っぽいモーツアルトが、筒井と共に現代の様々な音楽を楽しむという物語で、霊界から偉大な作曲家たちが大挙して現れたりもする『ボクとモーツアルトのマジカル・ミステリー・ツアー』（九二・五月書房）などがある。

筒井康隆（つつい・やすたか　一九三四～）大阪船場生。父は動物学者の筒井嘉隆。小学校時代、知能テストでIQ一八七と判明、特別教室に入れられ天才児教育を受ける。同志社大学文学部卒。大学時代はフロイト心理学と演劇に熱中、劇団〈青猫座〉に所属し舞台に立つ。工芸会社勤務を経てコマーシャルデザイン専門の〈ヌル・スタジオ〉を設立、経営にあたる。六〇年には弟たちとSF同人誌『NULL』を発刊、同誌に書いた「お助け」が江戸川乱歩に認められ『宝石』に転載される。その後『宝石』『SFマガジン』『科学朝日』などにショートショートを中心に執筆。六五年、上京して本格的な作家活動に入り、「東海道戦争」で独自のどたばたナンセンスのスタイルを確立する。『ベトナム観光公社』（六七・早川書房）『アフリカの爆弾』（六八・文藝春秋）『家族八景』（七二・新潮社）で直木賞候補となる。第一長篇『48億の妄想』（六五・早川書房）以来、『俗物図鑑』（七二・新潮社）『大いなる助走』（七九・文藝春秋）など、既成の権威を嘲弄し、社会的事件をパロディ化する過激な作品を通して、現代社会の病理に鋭く迫る。一方では、『おれの血は他人の血』（七四）などのハードボイルド・ミステリ、『筒井順慶』（六九）などの時代小説、『ロートレック荘事件』（九〇）のようなトリッキーな本格ミステリ、『時をかける少女』（六七・盛光社）などのジュヴナイルSF等々、多彩な作風を示す。八一年『虚人たち』（中央公論社）で泉鏡花文学賞を受賞。この前後から、作者自ら〈超虚構〉と呼ぶ実験小説的な作風を強め、『虚航船団』（八四・新潮社）『夢の木坂分岐点』（八七・同）『残像に口紅を』（八九・中央公論社）『文学部唯野教授』（八九・岩波書店）などの問題作・話題作を発表する。読者の意見によって展開を考えるインタラクティブな新聞小説『朝のガスパール』（九二・朝日新聞社）で日本SF大賞を受賞。九三年、教科書に掲載された作品の癲癇《てんかん》に関する描写が差別だと決め付けられて非難されたこととそれに対するマスコミの対応に激怒し、断筆を宣言。その後、執筆を再開し、『邪眼鳥』（九七・新潮社）『エンガッツィオ司令塔』（二〇〇〇・文藝春秋）『ヘル』（〇三・同）『巨船ベラス・レトラス』（〇七・同）ほかの作品を精力的に執筆している。『わたしのグランパ』（九九・文藝春秋）で読売文学賞を受賞。小説以外に『スタア』（七三）をはじめとする戯曲や『乱調文学大辞典』（七二）『狂気の沙汰も金次第』（七三）ほか多数のエッセー、各種のアンソロジー編纂などにも個性的な切り口を示している。

　最初期の中篇「幻想の未来」から一貫して筒井作品には幻想的な傾向が強く、その仕事はおおむね次のように分類することができる。①優れた怪奇幻想短篇の書き手として②過激なメタフィクションの実践者として③長篇ファンタジー、SFファンタジーの書き手として④傑出したアンソロジストとして。

①第一短篇集『東海道戦争』（六五・早川書房）では、地下の暗渠で猫たちと鰐が死闘を演じる暗鬱なファンタジー「群猫」、狂信的な宗教団体による言論統制の恐怖を描く「堕地獄仏法」など。『ベトナム観光公社』では、昼下がりの公園がスプラッタめいた修羅場と化すSFホラー「トラブル」、スカトロジーを極めた「最高級有機質肥料」、抒情的なカニバリズム小説「血と肉の愛情」など。『アルファルファ作戦』（六八・早川書房）では、NHKの腐敗をホラー・テイストを交えて描いた「公共伏魔殿」ほかの社会諷刺的奇想小説群。『ホンキイ・トンク』（六九・講談社）では、「一家団欒」「生家へ」といった家族物幽霊小説の流れを汲む「ぐれ健が戻った」、古典のSF的変奏「雨乞い小町」など。『母子像』では、表題作のほか、マッドサイエンティスト物に、父親をめぐる母娘相克、古典的な怨みの黒髪テーマなどを取り混ぜた「くさり」など。『将軍が目醒めた時』（七二・河出書房新社）では、蘆原将軍をモデルに現実と狂気の反転を描く表題作をはじめ、故郷の駅に降りたった主人公がささいな行き違いから悪夢めいた世界に巻き込まれていく「乗越駅の刑罰」、周囲を海に囲まれ、それ自体が一つの共同体であるような〈家〉をめぐる奇妙な物語「家」、筒井流の秘境幻想譚「カンチョレ族の繁栄」など。『ウィークエンド・シャッフル』（七四・講談社）では、反体制的人間を端から樹木化してしまう近未来の超管理社会を描いた「佇むひと」、親に反抗する青少年を洗脳してしまう、歪んだ親子関係を描く「さなぎ」、戦争体験談に興じるうちに当時の戦争が現実に侵入してくる「『蝶』の硫黄島」など。『メタモルフォセス群島』（七六・新潮社）では、水爆実験によって新種の奇妙な植物がわらわらと出現する表題作、無限に存在する平行世界でのどたばたを描いた奇想的作品「平行世界」など。『バブリング創世記』（七八・徳間書店）では、過去に打ち捨ててきたおぞましい記憶が掘り起こされていく「鍵」、突如出現した鬼に殺されていく人々の姿を描いた「死にかた」など。『宇宙衞生博覽會』（七九・新潮社）には、スラプスティック&グロテスク系の作品「顔面崩壊」「関節話法」ほかの作品を収録。『エロチック街道』（八一・新潮社）所収の「遠い座敷」も、フォークロア風の異様な世界を描いて恐怖と郷愁をかきたてる傑作である。『薬菜飯店』（八八・新潮社）には、八八年に川端賞を受賞した、幻想・幻視について論じたものとも読める小品「ヨッパ谷への降下」や、人間の残酷さや醜さを、特異な設定と悪魔を跳梁させることで誇張して描いた「偽魔王」「イチゴの日」などがある。『魚籃観音記』（二〇〇〇・新潮社）には、戦争のただ中にテレビドラマのロケが平然と行われる「市街戦」、巨大鼠が跋扈する未来を描く「ラトラス」など。このほかショートショート集『にぎやかな未来』にも、弟が牛に変身してしまう「姉弟」、変身テーマの落ちのある話「きつね」、砂丘の怪物を描いた「ミスター・サンドマン」などの秀作がある。

②なりふりかまわぬ脱出願望に憑かれた男が巻き起こす狂騒を描いてニューウェーブSFのパロディとも作者自身による〈筒井康隆論〉であるとも評される『脱走と追跡のサンバ』（七一・早川書房）に始まり、自分が小説の登場人物であることを意識しつつ、誘拐された妻娘の捜索を続ける主人公の冒険を実験的

な手法で描く『虚人たち』、気の狂った文房具と鼬族が星間戦争を繰り広げる『虚航船団』、複数の人生を並行して生きねばならない男の彷徨を深層心理に遡って重層的に描き谷崎潤一郎賞を受賞した『夢の木坂分岐点』、五十音が次々に消えていくなか残された言葉で小説を書き続けるという試みに挑戦した『残像に口紅を』等々、筒井の〈超虚構〉小説の果敢な試みは、真に今日的な〈幻想文学〉創造の試みでもある。また、〈実験小説集〉と銘打たれた短篇集『デマ』（七四・番長書房）や『バブリング創世記』所収の表題作や「上下左右」なども、言語表現の可能性にチャレンジした作品である。

③『旅のラゴス』『驚愕の荒野』『パプリカ』のほか、ロシアの英雄叙事詩の再話『イリヤ・ムウロメツ』（八五・講談社）、人々の欲望の強靭さによって時間線が混乱し、幽明の境も無化されて死者たちが現れる『邪眼鳥』、現世と似通いながらも、時間や空間が意味のないものとなり、強い感情も消え失せている死後の世界を淡々と描く『ヘル』、幼い頃に犬に噛まれたために左腕が使いものにならないが、犬語を解する少女・愛が、母を亡くし、出奔した父を探すために旅する様を描く『愛のひだりがわ』（〇二・岩波書店）など。

④筒井が編纂した『異形の白昼』（六九・立風書房）は、現代日本の著名なエンターテイナーによる恐怖小説の逸品を厳選収録した傑作アンソロジーである。現代日本作家を対象に、恐怖小説という観点を明確に打ち出したアンソロジーは本書をもって嚆矢とする。その先駆的意義も大きい。そのほか『12のアップルパイ』（七〇・立風書房）『実験小説名作選』（八〇・集英社文庫）『いかにして眠るか』（八〇・光文社）『夢探偵』（八九・同）などのアンソロジーを手がけている。

▼『筒井康隆全集』全二十四巻（八三〜八五・新潮社）

【幻想の未来】中篇小説。六四年一〜七月『宇宙塵』掲載。最終核戦争勃発後、最後に生き残った女が産み落とした突然変異体は、消滅した人類の浮遊意識に導かれ、母親の屍を喰って命ながらえ、新生人類の祖となる。異種交配による異形の時代が続く。さらに数千万年の時が流れ、地球生命は動物から植物、さらに鉱物へと形態を変えて生き延びる。そして八千万年後、生命体となった海と陸の目覚めで物語は静かに幕を閉じる。ラヴクラフトにも一脈通じる暗黒の超未来史を、鮮やかなイメージの連鎖で描く。鉱物幻想小説の観点からも注目に値しよう。

【母子像】短篇小説。六九年七月『別冊小説新潮』掲載。語り手は妻と生後まもない子供と三人、古くて陰気な邸宅で暮らしていた。ある日帰宅すると、妻子の姿が見えない。二人は不気味なサルの玩具の不思議な力によって、異次元に連れ去られたのだ。屋敷のあちこちから聞こえる赤ん坊の泣き声、サルの打ち鳴らすシンバル。再度出現したサルの玩具を用いて、語り手は妻子をこちら側に連れ戻そうとするが、途中で失敗、二人は首から上が異次元に移行したまま、物言わぬ首なし母子となって語り手と生活を共にする……。古典的な幽霊屋敷小説に斬新なアプローチを示した筒井流怪奇小説の代表作。

【旅のラゴス】長篇小説。八六年徳間書店刊。舞台は、地球とおぼしい惑星からの移住者を先祖とする人々の星。かれらの先祖は高度な文明を維持できず、数年で原始状態に逆戻りしたのだ。ラゴスは、先祖が残した書物が保存されているポロの盆地を目ざして旅を続ける。行く先々で出会う奇妙な超能力者たちや悪夢めいた光景。目的地で十数年を本に読み耽って過ごした後、ラゴスは再び未知なる世界へ旅立っていく。ラテンアメリカ文学の影響を窺わせる異界遍歴ファンタジー。

【驚愕の曠野】長篇小説。八七年冬『文藝』掲載。八八年河出書房新社刊。〈おねえさん〉が〈子供たち〉に本を読み聞かせる外枠と、そこで語られる、異様な世界を彷徨する男たちの物語という二重構造による作品。だがやがて、二つの世界は交錯し、書物を読む人々もいつか書物の中の登場人物となってしまう。メタフィクションと暗黒的異界ファンタジーが絶妙に組み合わされた傑作である。男たちにつきまとう蚊の群れや腐れ朽ちた日本家屋、読み取れぬ文字の書かれた四阿《あずまや》の扁額など、悪夢めいたリアリティに満ちた異世界描写には凄味がある。

【パプリカ】長篇小説。九一年一月～九二年二月、九二年八月～九三年六月『マリ・クレール』掲載。九三年中央公論社刊。夢の中に入り込む機械を用いて精神病を治療する美貌のサイコ・セラピストを主人公にした作品。新開発の機械の副作用により、夢と夢とが交じり合ったり、夢の世界が現実に侵入したり、さらにまた、死者の残留思念が増幅されて現実に対して力を振るい始める様を、サスペンスタッチで描く。物語はいったん平和な結末を迎えるが、最後にはすべてが幻想の中の出来事かも知れぬ、あるいはハッピーエンドは来なかったかも知れぬという暗示で結ばれているのが印象的。〇六年に今敏監督によりアニメ化された。

都筑道夫（つづき・みちお　一九二九～二〇〇三）本名松岡巖。東京関口水道町生。早世した次兄で落語家の鶯春亭梅橋（本名勤治）の影響で、少年時代から寄席や映画、演劇に親しむ。早稲田実業学校中退。劇作家を志し、四六年に梅橋の紹介で正岡容に入門、小説執筆を勧められる。五〇年からは大坪砂男に師事、宇野利泰、日影丈吉、松村喜雄らと相識る。読物雑誌編集の傍ら、淡路龍太郎など各種の筆名で講談・伝奇・時代小説などを書きまくる。読物雑誌衰退後は翻訳家に転じ、五六年に早川書房に入社、『エラリイ・クイーンズ・ミステリ・マガジン』初代編集長となる。五九年、同社を退社し作家生活に入る。『やぶにらみの時計』『猫の舌に釘をうて』（共に六一）に始まる斬新な着想のトリッキーな本格ミステリを発表。中でも『三重露出』（六四・東都書房）は、作中作「三重露出」と本篇と、二つの作品を並行して語る構成の面白さ、そして謎解きばかりに傾く推理小説のありようそのものに対する疑義など、一種のアンチミステリとして名高い。また、『血みどろ砂絵』（六九）以下の捕物帖《なめくじ長屋》、『キリオン・スレイの生活と推理』（七二）『七十五羽の烏』（同）『退職刑事』（七五）など、個性的な探偵たちの登場する多彩なミステリを執筆。ミステリ以外にも、隠し財産の在りかを示す鏡をめぐって、真田大介や猿飛佐助、霧隠才蔵、女海賊から南蛮人までが入り乱れる『魔界風雲録』（五四・若潮社）『神州魔法陣』（七八・桃源社）『神変武甲伝奇』（八四・角川ノベルズ）といった伝奇時代小説、『翔び去りしものの伝説』（七九・奇想天外社）『銀河盗賊ビリイ・アレグロ』（八一・同）などのＳＦ、ヒロイック・ファンタジー、『ぼくボクとぼく』（七〇・毎日新聞社）ほかの少年ＳＦなどがある。なお、怪奇・ＳＦ系の少年小説は、冒険・ミステリ物と共に《都筑道夫少年小説コレクション》（〇五・本の雑誌社）に集成されている。また『死体を無事に消すまで』（七三）などのエッセー集には、内外のエンターテインメントに関する豊かな造詣を窺うことができる。

〈日本で一番たくさん怪談を書いた作家〉と自他共に認める（九一年の時点で四百～六百篇ほど）都筑は、スタインベックの「蛇」や内田百閒の「とほぼえ」に決定的な刺戟を受けて以来、短篇とショートショートを中心におびただしい数にのぼる現代怪談、怪奇小説を執筆した。それらを収録した作品集としては、別掲書のほかに『東京夢幻図絵』（七六・桃源社）『悪魔はあくまで悪魔である』（七六・角川書店）『阿蘭陀すてれん』（七七・同）『黒い招き猫』（七八・同）『夢幻地獄四十八景』（七二・講談社）『世紀末鬼談』（八七・光文社）『秘密箱からくり箱』（同・光風社出版）、『ミッドナイト・ギャラリー』（八九・新芸術社）『風からくり』（九〇・同）『グロテスクな夜景』（九〇・光文社）『デスマスク展示会』（九一・同『骸骨』（九四・徳間文庫）などがあり、没後、この分野の作品を対象とする一巻本選集というべき『都筑道夫コレクション〈怪談篇〉血のスープ』（〇三・光文社文庫）が刊行された。

また『悪夢図鑑』『悪意辞典』『悪業年鑑』（いずれも七三・桃源社）の三巻より成るショートショート集成や、初期作品集成というべき『緊急放出大特集』『掘出珍品大特集』『空前絶後大特集』『妖怪変化大特集』（いずれも七四・桃源社）から成る〈都筑道夫ひとり雑誌〉にも、多くの関連作品が含まれている。

一方長篇では、長篇怪奇小説の執筆を引き受けた作家があれこれ考えあぐねた挙句、昔読んだアメリカの怪奇小説を時代物に焼き直そうとするが、町で謎めいた女と出会い、自ら怪奇幻想の世界に引き込まれていく『怪奇小説という題名の怪奇小説』（七五・桃源社）は、いかにも都筑らしい凝った構成の長篇で、作者の怪奇小説観が随所に披瀝されている点でも注目に値する。『血のスープ』（八八・祥伝社）は吸血鬼テーマの異色作で、ハワイからやって来たオカマの吸血鬼に操られる中年男が、若い愛人を護るため逆襲を試み、意表を突く結末を迎える。オフビートの語り口に独特の風情がある。

ミステリと怪奇小説の双方に立脚する都筑が、両者を融合しうるジャンルである〈サイキック・ディテクティヴ〉に食指を伸ばしたのは当然であろう。別掲の《雪崩連太郎》シリーズのほかにも、オカルト評論家・出雲耕平と助手・鶴来のコンビが様々な幽霊騒動を解決するスラプスティックな連作集『にぎやかな悪霊たち』（七七・講談社）、《なめくじ長屋》シリーズ中の異色作『まぼろし砂絵』（八二・光風出版社）、予知能力を有する盲目の娘と愛人の元同心、いなせな岡っ引のトリオが、切支丹バテレンの幻術を操る敵に立ち向かう連作長篇『幽鬼伝』（八八・大陸文庫）などがあり、短篇にもこの趣向を用いたものが散見される。

なお、都筑は編集者、アンソロジストとしても怪奇幻想文学の分野に貢献している。早川書房時代に企画編纂した英米怪奇小説のアンソロジー『幻想と怪奇』全二巻（五六）や《異色作家短篇集》シリーズは、ゴシックロマンスからモダンホラーにいたる海外怪奇小説の変遷と最新の動向をいちはやく紹介し、SF、ミステリと並ぶジャンルとしての怪奇幻想小説の存在を戦後日本の読者に強くアピールした点で、先駆的な意義を有するものだった。また、若き日に傾倒した岡本綺堂の再評価を、モダンホラーの観点から促した功績も大きい。小説創作講座での講義をもとにした『都筑道夫の小説指南』（八二・講談社、後に「都筑道夫のミステリイ指南」と改題）も、ミステリよりもむしろ怪奇小説に、より多くの紙幅が割かれた実践的ガイドブックとして、怪談やホラーの創作を志す人々に時代を超えて読み継がれるべき名著である。

▼『都筑道夫恐怖短篇集成』全三巻（〇四・ちくま文庫）

【十七人目の死神】短篇集。七二年桃源社刊。奥多摩山中の古びた屋敷で若者たちが催す黒弥撒遊戯の意外な結末を描く「手を貸してくれたのはだれ？」、温泉宿の心中事件をめぐる奇妙な味の逸品「はだか川心中」、ギリシア神話風のエロティックな夢を記した手紙が謎めいた惨劇を引き起こす「妖夢談」、正体不明の女からかかる電話に引き込まれた男の異様な心理に迫る「風見鶏」など、様々なタイプの恐怖小説十一篇を収める。各篇に付された「寸断されたあとがき」は、作者の怪奇小説遍歴の記録としても、興味深い。

【雪崩連太郎幻視行】短篇集。七七年立風書房刊。全国各地に伝わる怪奇な伝説や珍奇な風習を、〈雪崩連太郎幻視行〉と銘打ち旅行誌に連載しているフリーのルポライター雪崩連太郎が、取材先で遭遇する怪事件を描いた連作六篇を収める。「人形責め」のからくり人形、「白蠟牡丹」の八百比丘尼像、「比翼の鳥」の木彫像など、時空を超えた執念のこもった〈呪物〉が、ヒロインの神経を蝕み悲劇的な結末を迎える……というタイプの話が多い。推理小説的な展開を経て、最後に合理的な解釈がつけられる話と怪談めいた終り方をする話を混在させた構成も巧みである。続篇に『怨霊紀行』（七八・立風書房／のち『雪崩連太郎怨霊行』と改題）があり、両書は『雪崩連太郎全集』（九三・出版芸術社）として集成されている。

【深夜倶楽部】短篇集。八六年双葉社刊。怪奇小説マニアの友人が伊豆の別荘で催した怪談会の聞き書きという設定による連作集。作者が敬愛する岡本綺堂『青蛙堂鬼談』の形式を踏まえたものであるだけに、怪談愛横溢する力のこもった作品が多い。「狐火の湯」は、山の温泉場で若い娘の二人連れと同宿した作家の体験談である。湯殿の窓外にまたたく不気味な青い火。片方の娘が行方不明になり、深夜の湯殿で作家ともう一人の娘は名状しがたい恐怖に遭遇する。謎をはらんだ幕切れが余韻を残す。巻末の「夜あけの吸血鬼」は集中第一の力作で、若い男を誘惑して精を吸い取り、自身の血で魔性の子を養う宿命を負った婦人と語り手父子との二代にわたる因縁の物語。そのほか作中の怪奇小説談義が愉しい「首つり御門」など全七篇を収録。

都築由浩（つづき・よしひろ　一九六六〜）大阪府生。関西大学工学部機械工学第二学科中退。漫画原作、ゲーム脚本などを手がける傍ら、SF小説を執筆。SFアクション・コメディ《ミリー・ザ・ボンバー》（九六〜〇一・プラザ）、SFサスペンス・アクション『レディ・スクウォッター』（二〇〇〇〜〇三・電撃文庫）ほか多数。

『堤中納言物語』（つつみちゅうなごんものがたり　平安時代末から鎌倉時代初期にかけて成立か）編者未詳。十の短篇と一つの断章から成る短篇物語集で、各話はそれぞれ異なる作者の手によるものらしいので、一種のアンソロジーといえるだろう。各話は笑話や継子いじめ物など、いずれも現実的な物語なのだが、中に毛虫を愛する姫を描いた「虫めづる姫君」という異色作がある。博物学者の心を持って毛虫の変態を奥ゆかしく思う、きわめて理知的で男勝りな少女の物語であり、澁澤龍彦をはじめ同篇を鍾愛する作家も数多い。宮崎駿が「風の谷のナウシカ」のヒロイン・ナウシカの着想を同篇から得た逸話も有名である。

綱淵謙錠（つなぶち・けんじょう　一九二四〜九六）樺太生。四三年まで樺太で育ち、新潟に移住した。東京大学英文科卒。中央公論社の編集者として『谷崎潤一郎全集』などに携わる。七一年に退社し、日本ペンクラブ事務局長を務める傍ら、「斬」（七一〜七二）を執筆、七二年に同作で直木賞を受賞した。以後、一字題名による歴史小説を次々に発表する。T・S・エリオットの研究家でもある。歴史関係のエッセー、一般の歴史小説多数。『鬼』、『怪』（七九・中央公論社）『殺』（八一・文藝春秋）は、『老媼茶話』をはじめとする江戸期の奇談随筆や史実を素材とする歴史怪奇小説集である。『怪』は、非道な殺され方をした山伏の怨霊と仇の豪傑が幽明を越えた凄絶な死闘を演じるピカレスクな雄篇「霊」、眠狂四郎の冥府行を描いた異色作「冥」ほか全十篇を、『殺』は、現世坊と未来坊と名のる二人の幻術僧の奇怪な所業を描く「空」、狐憑きを扱った「訟」「憑」、日本初の物理学教授・山川健次郎が超能力実験にかかわった経緯を描く「念」ほか全十篇を収録している。なお〈首斬り浅右衛門〉として知られる山田家の悲惨な末路を描いた『斬』（七二・河出書房新社）も、呪われた一族をテーマとする和風ゴシックロマンスとしての側面を有する。ほかに、歴史紀行エッセーの異色作『ロンドン塔の幽霊たち』（九一・文藝春秋）など。

【鬼】短篇集。七七年河出書房新社刊。妾腹の養娘が加賀百万石に輿入れすることを妬んだお万の方は、毒殺の奸計をめぐらすが、側仕えの老女の機転で、毒を盛った膳は実の娘の前に……。後、お万の方は血縁をすべて失い悲嘆のうちに世を去るが、弔いに訪れた藩主の袴の裾を、遺骸の右手が握りしめて放さなかったという。嫉妬に憑かれた女の執念を、かつて御殿女中を勤めた老女のゆかしい一人語りで描いてまさに鬼気迫る表題作をはじめ、狐の嫁入りの不思議を、狐の側からほのぼのと語る「証」、現代のハワイを舞台に、刹那的な男女の恋と不気味な死の予兆を描く異色作「餉」ほか、端正巧緻な文体で怪異を綴る全八篇を収録。

恒川光太郎（つねかわ・こうたろう　一九七三〜）東京生。大東文化大学経済学部卒。塾講師など様々な職業を経て、現在は沖縄に居住。人外の妖怪たちが様々な品物を売買する市場に迷い込んだ若者と娘が直面する驚くべき運命の物語「夜市」で、第十二回日本ホラー小説大賞を受賞し、デビュー。表題作のほか、古くは神々や物怪の行き交う通路であり、今も市街地に重なり合って人知れず存在する不可視の街道〈古道〉に迷い込んだ少年たちの彷徨を描いた名品「風の古道」を収録するデビュー作『夜市』（〇五・角川書店）で直木賞候補となる。「風の古道」は漫画化もされている。ほかに、無限ループする時間の虜となった人々の孤影が印象的な表題作や、移動するマヨイガという幻想がこのうえなく魅惑的な「神家没落」、人にヴィジョンを見せる能力を有する娘の孤絶が胸に迫る「幻は夜に成長する」の三篇を収める中篇集『秋の牢獄』（〇七・同）、架空の田舎町〈美奥〉を舞台に、古さびた街の一隅を守護する幻獣めくモノの生態を飄々と描いた傑作「屋根猩猩」、土地の記憶の深層に肉迫する伝奇物語風の「くさのゆめがたり」、ボルヘス風のオブジェ幻想が展開される「朝の朧町」など五篇を収める連作短篇集『草祭』（〇八・新潮社）がある。作品世界のそこここに、様々な未だ語られざる物語を孕んだ異界の気配が息づいており、読む者を絶えず、憧憬に満ちた遥けさの感覚へと誘ってやまない——夢想の凝縮力とも呼ぶべき、不思議な才能に恵まれた作家である。

【雷の季節の終わりに】長篇小説。〇六年角川書店刊。春夏秋冬のほか、年ごとに〈雷季〉と呼ばれる、畏怖すべき神の季節がめぐりくる〈穏〉の地。そこは、天空から舞い降りては人に取り憑く〈風わいわい〉と呼ばれる鳥形の魔物が出没し、町はずれには、現世と死者の世界の境界線上に位置する〈墓町〉が存在する異界である。幼い頃に外界からこの地にやって来た主人公の少年・賢也は、やがて異界と現世の狭間に広がる不可思議な中間領域を旅して外界へと出て行くのだが……。ホラー、ファンタジー、伝奇、ミステリといったサブジャンルの長所を兼ねそなえた新しいタイプの幻想文学の傑作。

角田喜久雄（つのだ・きくお　一九〇六〜九四）神奈川県横須賀市生。東京浅草で育つ。東京高等工芸学校印刷科卒。中学時代から小説を書き始め、工芸学校在学中に早くも作品集『発狂』（二六）を上梓。十年間の海軍水路部勤務を経て執筆生活に入る。三五年『日の出』に「妖棋伝」（三五〜三六）を連載、一躍人気作家となる。続く「髑髏銭」（三七〜三八）「風雲将棋谷」（三八〜三九）は、いずれも波瀾万丈の伝奇時代小説にミステリ的趣向を盛り込み、一世を風靡した。戦後は時代小説と並行してミステリにも意欲を示し、「銃口に笑う男」（四七、後に「高木家の惨劇」と改題）などの本格長篇を執筆。五八年「笛吹けば人が死ぬ」（五七）で日本探偵作家クラブ賞を受賞。

　伝奇小説や本格ミステリの長篇作品に腕をふるう合間に、角田は「蛇男」をはじめ陰鬱怪異なムードを湛えた独特の怪奇小説をぽつりぽつりと発表している。ごく初期にも、干上がった底無沼の底に建つ小屋で演じられる復讐劇「底無沼」（二六）があり、〈怪奇時代小説〉と銘打つ「鬼啾」（三七）は、死から甦った男が氷雨降りしきる暗色の町を徘徊し、自分を陥れた目明かし一家におぞましい復讐を果たす酸鼻を極めた物語である。戦後の作品に、混乱した世相を背景に、うら寒い田舎町のはずれに暮らす母娘の狂行を暗示的に描いた「沼垂《ぬったり》の女」（五四）、他人の犯罪行為を見ることに無上の快感を覚える女の魔性を描く「悪魔のような女」（五六）など。伝奇小説の分野では前述の作品のほか、宝探しの鍵となる横笛をめぐって少年剣士と妖術を使う魔人がわたりあう少年向け絵物語『黒岳の魔神』（五三・桃園書房）がある。

【蛇男】短篇小説。三五年十二月『ぷろふいる』掲載。〈どんよりと沈んだ鉛色の空〉に覆われた季節、語り手はアパートの向かいに住む片足のない娘と情痴に耽っていた。娘は語り手の隣室に誰かが越してきたようだという。隣室にうごめく異様な気配と異臭。そこには名状しがたい何かがいた。怪しい口笛、語り手を引き寄せる奇怪な引力。重圧に耐えかねた語り手は、隣室の存在を殺害しようと決意するのだが……。ラヴクラフトを彷彿とさせる異様な超自然的雰囲気の醸成ぶりがなにより印象的である。

椿實（つばき・みのる　一九二五～二〇〇二）東京神田生。生家は医療機器・注射針製造業。東京大学文学部哲学科卒。大学在学中、第十四次『新思潮』に参加。同人に中井英夫、吉行淳之介らがいた。四七年、同誌に発表した「メーゾン・ベルビウ地帯」が柴田錬三郎、三島由紀夫に絶讃される。翌年『群像』に「人魚紀聞」を発表、異色の新人作家として脚光を浴びる。その後『モダン日本』『新青年』などにも作品を発表するが、五三年に筆を折り、教員生活に入る。都立竹早高校定時制教頭、都立深川商業高校校長、都立代々木高校校長などを歴任、その傍ら日本神話研究にも携わり『新撰亀相記の研究』（五七）などの著書がある。八二年『椿實全作品』（立風書房）が刊行され、新世代の幻想文学読者の注目を集めた。

〈桜の木には桜の臭、椎の木には椎の匂、そして私も女も植物なのであった〉という光彩陸離たる一節に始まる「メーゾン・ベルビウ地帯」をはじめ「ビユラ奇譚」「狂気の季節」などに上野浅草界隈の戦後風俗を夢幻的に描き出した椿は、「三日月砂丘」に白鳥乙女との愛と死を、「人魚紀聞」に可憐な人魚とのつかのまの邂逅を、「月光と耳の話」に亡き妻をめぐり己の中のアニマと対決する騎兵大尉を、いずれも匂いたつエキゾティシズムと狂気の惑乱のうちに描き出している（以上いずれも四八）。『新青年』に発表した「浮游生物殺人事件」（五〇）は、昆虫マニアを主人公とする一種奇妙な味わいのミステリである。なお椿は『全作品』刊行後、再び創作の筆を執り、『夜想』『幻想文学』誌上に「黒いエメラルド」（八三）「人魚不倫」（八六）などの幻想的な短篇を発表した。

津原泰水（つはら・やすみ　一九六四～）本名泰《やすし》。別名に百武星男《ひゃくたけほしお》。広島市生。青山学院大学国際政治経済学部卒。はじめ、津原やすみ名義で少女小説作家として活躍。SFファンタジーのラブコメディ《あたしのエイリアン》《あたしのエイリアンEX》（八九～九六・講談社X文庫）、幽体離脱物のラブロマンス『ささやきは魔法』（九六・同）、水没した未来世界を舞台にしたSF『海の13』（九四・キャンバス文庫）ほかの作品を執筆。その後、泰水と表記を改めて一般小説に転身。その第一作、東京を舞台に、ロック界のカリスマ歌手の飛び降り自殺を契機に頻発する惨劇と、おぞましい死者たちの姿が視える少女たちの姿を描く、幻想味の濃いホラー長篇『妖都』（九七・講談社）で注目を集める。怪異を招き寄せる男・猿渡と怪異を解く男・伯爵の珍コンビが各地で様々な事件に遭遇する、異界幻視行であり妖異博物誌である連作短篇集『蘆屋家の崩壊』（九九・集英社）、その続篇『ピカルディの薔薇』（〇六・集同）、インポテンツの公園管理人を語り手に、遺棄された少年の死体をはじめとする公園の中の妖異や管理人の日常を、官能的ともいえる濃密な文体で描いた長篇で、すべてが管理人の妄想に見えると同時に、幻想的なもののこの世への浸出でもあると感じられる迷宮的小説『ペニス』（〇一・双葉社）、フェティッシュな奇想に彩られた十五の悖徳物語が、硬軟自在に変幻してやまない文体で綴られた『綺譚集』（〇四・集英社）、近未来の水没都市と水上都市を舞台にした、伝奇ホラー風の青春ファンタジー『アクアポリスQ』（〇六・朝日新聞社）など。このほか、怪奇幻想小説競作集『十二宮12幻想』『エロティシズム12幻想』『血の12幻想』（いずれも二〇〇〇・エニックス）の企画監修も務めている。

【少年トレチア】長篇小説。〇二年講談社刊。東京郊外の沼地を埋め立てた土地に作られて十五年を閲した大規模新興住宅地・緋沼サテライトは、建物の歪みが体感できるほどに危うい状況にあった。漫画家・蠣崎旺児《かきざきおうじ》のダウジングも、地下水が涸渇し急速な地盤が沈下が起きていると告げていた。時を同じくして、昔の制帽をかぶり、〈キジツダ〉という言葉を発する〈トレチアから来た少年〉の噂がサテライト内を走る。大学生の楳原崇《うめはらたかし》は〈トレチア〉が十年前に自分が犯した残虐行為の言い訳に使った言葉に過ぎないことを知っていた。しかし、かつての暴行仲間たちが〈トレチア〉の襲撃を受け、殺されるという事件が起きる。一方、崇の妹あかねはサテライトの夢を見ているマカラという大魚の夢を見て、サテライトの終末が近いことを知る。池の主だという大魚は、かつては崇たちの悪事を呑み込んだが、今は瀕死で、サテライトを救うことができないのである。ついに凄惨な崩壊の時が訪れ、サテライトを撮影し続けている佐久間七与《ななよ》は、池から現れた大魚から虹色のものが次々に吐き出されて人々に取り憑くのを目撃する……。夢幻と現実の境を無化してしまう幻想を、緊密な文体で描出して読者に追体験させるという、文学によってしか実現できない離れ業を演じた傑作。

粒来哲蔵（つぶらい・てつぞう　一九二八～）山形県米沢市生。福島師範学校本科卒。第一詩集『虚像』（五七・地球社）より一貫して散文詩を書き続ける。幻想性の強い寓話的な作風だが、中でも一個の〈もの〉をめぐって連作形式で物語が展開される詩は絶妙。詩集に『孤島記』（七一・八坂書房）『望楼』（七七・花神社）『うずくまる陰影のための習作』（八一・同）『島幻記』（〇一・書肆山田）『穴』（〇六・同）などがあり、いずれも幻想文学としても非常に優れている。母方の従弟に詩人の粕谷栄市がいる。

坪内逍遥（つぼうち・しょうよう　一八五九～一九三五／安政六～昭和一〇）幼名勇蔵、後に雄蔵。別号に春の屋おぼろなど。美濃国加茂郡生。東京大学政治経済学科卒。東京専門学校で教鞭を執る。近代日本初の文芸評論である「小説神髄」（八五～八六）と、その実践としての「当世書生気質」（八五～八六）を相次ぎ刊行、明治の新文学運動の指針を示した。次いで演劇革新に着手、シェークスピアと近松門左衛門の研究に取り組み、史劇「桐一葉」（九四～九五）などを発表。後には新舞踊劇を説いて「〈新曲〉浦島」（〇四）などを発表する。一五年に早大退職後は熱海に居をさだめ、『沙翁全集』（〇九～二八）の訳出に専念した。教育者としての業績も多大なものがある。幻想文学と関連する作品として、日本古来の伝説に取材した舞踊劇「〈新曲〉浦島」「新曲赫映姫」（〇五）のほか、役の行者の法力によって力を封じられた獣神・一言主や、その母親である女怪が跳梁する妖怪戯曲「役の行者」（一七）、仏教説話に基づいた新作歌舞伎「阿難の累ひ」「鬼子母解脱」（共に三二）などがある。なお、逍遥は最晩年に〈影絵映画の種本〉〈新時代の絵巻物〉たらんとして「役の行者」を改作し、自筆の挿絵多数を付した「神変大菩薩伝」（三二）を執筆している。これはアニメ映画の先駆ともいうべき大胆な構想であったが、計画が具体化されることなく終わったのが惜しまれる。

坪田譲治（つぼた・じょうじ　一八九〇～一九八二）本名譲二。岡山県石井村島田生。早稲田大学英文科卒。日本的な情緒を湛えたリアリズムの児童文学を執筆。子供の空想とリアルな日常が溶け合った「魔法」（三五）は傑作として名高い。幻想的な童話には、死んだ子供の姿を幾たびも見る「正太樹をめぐる」（二六）、世界の終末を扱った寓話風の「サバクの虹」（四七）、子供の孤独な夢を綴る「ひるの夢よるの夢」（四八）などがある。また、地図を見ているうちに空想のミニチュア世界へ入り込んでしまう「小獅子小孔雀」は、のんびりとした語り口が職人芸を思わせる作品で、メタファンタジーともなっている。昔話の再話も手がけ『鶴の恩がへし』（四三・新潮社）などを刊行。晩年には、異類が人間と共存している伝承的世界そのままの幼少期の思い出を綴った、そこはかとなくユーモラスな作品集『かっぱとドンコツ』（六九・講談社）『ねずみのいびき』（七三・同）を残した。

坪谷水哉（つぼや・すいさい　一八六二～一九四九）本名善四郎。水哉は俳号。新潟県加茂町生。東京専門学校政治科、及び行政科卒。在学中に博文館に入社し、執筆者、編集者として活躍。編集局長、取締役を歴任した。東京市会議員として市立図書館建設を推進し、日本図書館協会会長などを務めた。未来予測物の短篇「明治百年東京繁昌記」（一〇）などがある。

積木鏡介（つみき・きょうすけ　一九五五～）東京生。和光大学経済学部卒。作者に対して登場人物が反乱を起こすという設定のメタノベル『歪んだ創世記』（九八・講談社ノベルス）でメフィスト賞を受賞し、デビュー。ほかに、魔物である双子に操られて別荘の一家を皆殺しにする男を描く『魔物どもの聖餐』（九八・同）、ホラー・サスペンス『誰かの見た悪夢』（九九・講談社ノベルス）など。

津村淙庵（つむら・そうあん　一七三六～一八〇六／元文元～文化三）本名教定、正恭。字は黙之。通称三郎兵衛。別号に藍川。京都生。江戸に下り、伝馬町に住んだ。秋田藩佐竹侯の御用達を勤めた商人。和歌や漢学を学び、石川雅望らの文人と交わった。九二（寛政四）年、家業を譲って隠居し、京坂に遊び、上田秋成などとも親交を持った。紀行『思出草』『阿古屋之松』、随筆集『譚海』（七六／安永五起筆、九五／寛政七成立）などを執筆した。『譚海』は全十五巻の聞き書き集で、随筆というよりは諸国奇談異聞集である。江戸ばかりでなく、全国各地の話が含まれている点に特色がある。一般的な世間話がほとんどだが、奇談も含まれている。川太郎の話、かつて小町の墓所に怪異しきりだった話、鉄のものを落とすと雨が降る湖の話など、ユニークだが、数は多くない。

津村巧（つむら・たくみ　？～）千葉県生。米海軍特殊部隊の元隊員が田舎町で異星人と戦うSFアクション『DOOMSDAY』（二〇〇一・講談社ノベルス）でメフィスト賞受賞。

頭光（つむりの・ひかる　一七五四～九六／宝暦四～寛政八）狂歌師。本名岸識之。通称宇右衛門。別号に桑楊庵、巴人亭。江戸日本橋亀井町に生まれ育ち、後に家主となって町代を務めた。四方赤良の門人となって狂歌に遊ぶようになり、宿屋飯盛（石川雅望）らと伯楽連を結成。飯盛、銭屋金埒《ぜにやのきんらち》、鹿都部真顔と共に〈狂歌四天王〉と称せられた。伯楽連を中心に狂歌集を編み『狂歌四本柱』（九二／寛政四）『狂歌上段集』（九三／同五）など多数。馬琴が江戸読本の先駆的作品と見た『菟道園《うじのはなその》』（九二／同四）を執筆した。これは五巻十篇を収録する時代物の怪談奇談集であり、姫に懸想する獺《かわうそ》の怪、亡妻の幽霊に惑う兄を救うためにその正体を狸と見現す弟の話、貴人の霊に逢う話などが収録されるが、神霊を否定する作品もあり、全体に幻怪味は薄い。

津守時生（つもり・ときお　？～）別名多戸《たこ》雅之。東京生。横浜に育つ。東洋美術学校卒。多戸雅之名義のSFハードボイルド「緑の標的」（一九八九）を『小説ウィングス』に発表し、デビュー。津守時生名によりスペースオペラ《喪神の碑》（九〇～九一・角川スニーカー文庫）を刊行。バリ風の別惑星を舞台に、地球人との混血のシャーマニックな力を持つ少女、異形の生物に変身する戦士たちが活躍する本格的なSFファンタジー『カラワンギ・サーガラ』（九三～九六・同）、超能力青年と超美形の悲劇の種族の男とを主人公としたBL風SF『三千世界の鴉を殺し』（九九～・ウィングス文庫）、陽の人間界と陰の幻獣界が背中合わせのように存在している魔法的別世界を舞台に、愛する人間の危機には必ず助けに来るという幻獣を総べる竜王の誓いの通りに、乱世に幻獣王が出現する、ラブロマンス&冒険ファンタジー《やさしい竜の殺し方》（九七～九九・スニーカーブックス）、変転の神に支配されているために万物が不安定な別世界を舞台に、〈謡〉によって世界を安定させ、異変を防ぐ〈調律師〉の少年と相棒の霊獣の活躍を描く『揺らぐ世界の調律師』

(〇五〜・角川ビーンズ文庫)など。多戸雅之名義では、デビュー作を含む《ショウ&クラウド》(九一〜九二・ウィングス・ノヴェルス)のほか、和風と洋風が奇妙に入り交じった別世界を舞台に、世界を守護する役目の男と七つの宝石によって呼び出される魔獣たちがこの世を乱すものと戦うファンタジー《夢幻不思議草紙・七宝綺譚》(九三〜九七・同)がある。

津山紘一(つやま・こういち　一九四四〜)福岡県北九州市生。日本大学芸術学部卒。「一三」(七六)で問題小説新人賞を受賞して小説家デビュー。『奇想天外』をはじめとする誌紙にショートショートや短篇を執筆。テレビCFカメラマンを経て屋根職人となり、その傍ら甘やかなメルヘンを主に執筆。ショートショート集『プルシャンブルーの奇妙な黄昏』(七九・徳間書店)『ABC大辞典』(八四・同)、時計の針をはずしたら、年をとらなくなった夫婦の不思議に満ちた旅を描く『時のない国その他の国』(八〇・集英社)、「さむい夏」などの怪奇的な短篇を含むSFファンタジー短篇集『架空の街の物語』(八一・同)、二本のモミの木の視点から人間の世の移り変わりを描くメルヘン『丘の家のノン』(八一・CBSソニー)、〈クリスマス・ファンタジー〉と銘打たれた『樅の木の物語』(八五・集英社文庫)など。

釣巻礼公(つるまき・れいこう　一九五一〜)「沈黙の輪」(九五)で小説現代推理小説新人賞受賞。将棋界や技術界が舞台のミステリなどを執筆。世界が均一になって終末へと向かうことを厭う生命界全体の要請で生み出されたミュータントたちが、不老不死を目指す企業に対抗するSFサスペンス『滅びの種子』(九九・ノン・ノベル)、人工知能ロボット物のSFサスペンス『エレクトロンの悪夢』(二〇〇〇・カドカワ・エンタテインメント)などがある。

鶴屋南北[四世](つるや・なんぼく　一七五五〜一八二九/宝暦五〜文政一二)本名伊之助。初世勝俵蔵。別号に姥尉輔。江戸日本橋乗物町の紺屋の型付職人の家に生まれる。七六(安永五)年、見習い作者となり、金井三笑に師事した。桜田兵蔵、勝俵蔵などの名で歌舞伎狂言を執筆し、八三(天明三)年に作者分となる。旅芝居の興業に携わるなど、様々な経験を積み、八六(同六)年より狂言執筆に専念、一八〇〇(寛政一二)年、河原崎座の立作者になる。下積み時代が通常に比べると長いが、その間も新趣向を考案しては評判を取っていた。助作者として書いた芝居で、南北の担当した段ばかりが受けることもあったようである。天竺帰りの船頭徳兵衛が大蝦蟇の妖術を駆使して親の敵を討たんとするというストーリーで、大蝦蟇に変身しての屋台崩し、本水《ほんみず》を使った水中早変わり、早出などの趣向を取り入れた奇抜な演出で当たりを取った『天竺徳兵衛韓噺《いこくばなし》』(〇四/文化元年)以後、名作狂言を多数書き続けた。一一(同八)年、四世鶴屋南北を襲名(歌舞伎役者名として三世まで続いた名前を結婚の縁により)。生世話物を完成させたことで評価されており、独特のひねった諧謔味に南北ならではの持ち味があるともいわれる。怪奇幻想文学の側面からは、やはり凄惨で頽廃的な趣の怪異談が注目される。

　幻怪味のある歌舞伎狂言に、別掲作のほか、次のようなものがある。山東京伝作品などをもとに、妻と情夫に殺されて怨霊となった小幡小平次の復讐と、指を一本ずつ切り落とされて死んだ幸崎の亡霊が悪事の露見に一役買う趣向を交えた「彩入御伽艸《いろえいりおとぎぞうし》」(〇八/同五)、山東京伝『浮牡丹全伝《うきぼたんぜんでん》』の影響下に成ったとされる作で、蝦蟇の妖術を授けられて謀叛をたくらむ天竺徳兵衛の物語と、嫉妬の怨霊と化した阿国の物語とを綯い交ぜ、髪梳の趣向や牡丹燈籠の趣向など、様々な怪奇的見せ場がある「阿《お》国御《くにご》前化《ぜんけ》粧鏡《しょうのすがたみ》」(〇九/同六)、鏡山の世界と清玄桜姫を女清玄にしたものを組み合わせた「隅田川花御所染《はなのごしょぞめ》」(一四/同一一)、妖狐の化けた玉藻前に惑わされた鳥羽院の物語に、柳の精の献身物語、八咫の名鏡の霊威などの要素を絡ませて、通常の玉藻話とは趣を変えた「玉藻前御園公服《たまものまえくもいのはれぎぬ》」（二一／文政四）、与右衛門に殺された父親の怨霊が乗り移り、形相が変わった累を与右衛門が殺す段が「色彩間苅豆《いろもようちょっとかりまめ》」として清元にもなっている「法懸松成田利剣《けさかけまつなりたのりけん》」（二三／同六）、三世尾上菊五郎のために書かれた芝居で、京から江戸へと登る間に様々な事件に遭遇するという設定で、きわめて多数の世界を仕込み、大からくりを用いることで知られ、怪猫譚「岡崎の猫」を含む「独道中五十三駅《ひとりたびごじゅうさんつぎ》」（二七／同一〇）、滝夜叉姫に「日高川入相花王《ひだかがわいりあいざくら》」を取り込み、将門の亡魂が滝夜叉姫に取り憑き、清姫の怨霊と藤原忠史の亡魂が合体するという双面の趣向の絶筆「金幣猿島郡《きんのざいさるしまだいり》」（二九／同一二）など。なお、合巻の執筆も手がけているが、文政期の作品は二世勝俵蔵（南北の息子）の代作であるという。

【東海道四谷怪談】歌舞伎狂言。二五（文政八）年初演。二世松井幸三ほか助作。忠臣蔵と四谷怪談を綯い交ぜたもので、元来、「仮名手本忠臣蔵」の中の一エピソードとして書かれた。ために、主要登場人物は、塩冶判官（浅野）方、高師直（吉良）方に別れて対立している。元来塩冶方の民谷伊右衛門は、師直方に寝返ることで、二重の意味で裏切り者として設定されている。後に「いろは仮名四谷怪談」等に改題され、怪談部分のみ独立作として演じられるようになった。塩冶浪人・四谷左門には岩、袖の娘がいるが、窮乏した生活を送っており、岩は懐妊中で具合が悪く、袖はやむなく私娼となっている。岩の元夫・民谷伊右衛門は国元で御用金を盗んだことを左門に知られており、岩との復縁を受け入れてもらえない。元塩冶家中の下男・直助は、与茂七（塩冶浪人）という夫のある袖にいい寄るが、振られている。二人はそれぞれ左門と与茂七（実は身代わりの男）を殺して姉妹に敵を討つと約束し、まんまと女たちを手に入れる。四ツ谷町で伊右衛門夫婦は貧しい暮しを送っているが、隣家の伊藤喜兵衛（師直の家臣）は伊右衛門に恋する孫娘・梅のために、岩に毒薬を盛る。毒で形相が変わり、髪がごっそり抜けた岩は、よろめいて刀で喉を切り、死んでしまう。民谷家秘伝の薬を盗んで捕まった小仏小平が、岩の密通の相手とされて伊右衛門に斬り殺される。戸板の裏表に男女の死骸がくくりつけられ、川に流される。まもなく、伊藤家での祝言で、梅は岩に、喜兵衛は小平へと変じ、伊右衛門は思わず二人を斬り殺してしまう。続く隠亡堀《おんぼうぼり》の場では、伊藤家の乳母が鼠に川の中に引きずり込まれ、喜兵衛の娘も伊右衛門に川に突き落とされる。伊右衛門の前には戸板が流れてきて、死者が怨みを述べる。袖は按摩・宅悦の証言から伊右衛門が姉の敵と知り、敵討の助力のため、ついに直助と同衾するが、与茂七が生きていることを知り、面目なさに直助と与茂七の手にかかって死ぬ。直助も、袖が妹であることなどを知り、切腹。与茂七に敵討がゆだねられる。蛇山庵室では、岩の祟りで熱病に罹った伊右衛門が夢を見ている。若殿となって美しい百姓娘と戯れるが、娘は岩に変じ、火の付いた糸車が回る。目覚めた伊右衛門が庭に出ると、腰から下が血だらけの産女《うぶめ》姿の岩が赤児を伊右衛門に渡す。伊右衛門は赤児を喜んで受け取るが、はっと取り落とすと赤児は石地蔵に変じる。伊右衛門の子分も母親も岩の亡霊に殺され、義父は首をくくる。伊右衛門は捕り手に囲まれ、鼠に群がられ、最後には与茂七に討たれる。南北自身の旧作怪談の趣向をはじめ、戸板返し、提灯抜け、暗闇でのだんまりそのほか、演出面でも怪奇な趣向を様々に取り入れている。日常場面がリアルに描かれ、怪奇シーンを際立たせており、怪談狂言の傑作として評価も定まっている。

【桜姫東文章《さくらひめあずまぶんしょう》】一七（文化一四）年初演。二世桜田治助、槌井瓢七との合作。清玄は稚児白菊丸と契り、互いの名を記した香箱を手に心中するが生き残ってしまい、今は大阿闍梨となっていた。十七年後、開くことができなかった吉田家の桜姫の左手を、清玄の法力で開くと、そこには清玄の名を記した香箱が握りしめられていた。桜姫は白菊丸の生まれ変わりだったのだ。だが、桜姫は清玄を拒み、かつて自分を強姦した権助を、吉田家の敵とも知らずに思い続ける。やがて権助のために宿場女郎にまで落魄した桜姫の前に、清玄の幽霊が出現、吉田家を離散させたのが権助すなわち清玄の弟だという因縁を話す。姫は権助とその間にもうけた我が子を殺し、吉田家を再興する。桜姫の転変を主筋として清玄桜姫物に新生面を拓き、文学史上においてもユニークなヒロイン像を形成したと評価される。

て

泥士朗（でい・しろう　?〜）ゲームデザイナー。軍事機密の戦闘用アンドロイドをめぐるSFアクション『ACCESS　機械じかけの戦乙女』（一九九八・角川スニーカー文庫）のほか、ゲームのノベライゼーションを執筆。

出口裕弘《やすひろ》（でぐち・ゆうこう　一九二八〜）本名裕弘。東京日暮里生。東京大学文学部仏文科卒。二九年、北海道大学専任講師として札幌に赴任。翌年、浦和高校の同窓生だった澁澤龍彥や、詩人の岩田宏らと同人誌『ジャンル』を創刊、小説などを発表する。六二年から翌年にかけてパリ大学に留学。一橋大学専任講師を経て、七〇年に同大学教授となる。九二年に定年退官。フランス文学者としての著作に、エッセー『ボードレール』（六九）『ロートレアモンのパリ』（八三）など。幻想文学関連の翻訳に、ユイスマンス『大伽藍』（六六・桃源社）、L・ショヴォー《ショヴォー氏とルノー君のお話集》（八六〜八七・福音館書店）ほか。一方、『京子変幻』（七二・中央公論社）以後、小説の執筆にも着手。同作は、少女と娼婦の間を揺れ動く魔性の女・京子と、彼女を道端で拾ってきた翻訳家の〈私〉、私の親友の息子・太郎の奇妙な三角関係を通して、都市とそこを浮遊する人々の生態を描いている。『天使扼殺者』（七五）『越境者の祭り』（八三）の二長篇の後に発表された短篇集『街の果て』（八五・深夜叢書社）には、絵画的な幻視の光景を綴った「迷宮にて」という印象的な短篇が含まれていたが、こうした幻想世界への志向は、次の『ろまねすく』（九〇・福武書店）において、より本格化する。小人の女たちがいる地下の工房に迷い込んだまま出られなくなる「後宮譚」、炎暑の異国で、体が凝固してしまう山まで何故か歩き通してしまう「天が落ちた日」、人間動物園に理不尽に拉致されてしまう「幻鏡」の三篇を収録。ほかに、夢の中で性の饗宴を繰り広げるサキュバスの如き少女ミヤを描くファンタジー『夜の扉』（九三・日本文芸社）、東京を舞台にした、エロスとタナトスの影濃い都市幻想小説集『東京譚』（九六・新潮社）がある。また、退官後は、『古典の愛とエロス』（九一・朝日新聞社）を皮切りに日本文学の評論を精力的に発表し、畏友・澁澤をはじめ、愛好する小説家たちについて語る『綺譚庭園』（九五・河出書房新社）、『三島由紀夫・昭和の迷宮』（〇二・新潮社）『太宰治変身譚』（〇四・飛鳥新社）『坂口安吾　百歳の異端児』（〇六・新潮社）などを刊行。『坂口安吾』により伊藤整文学賞、蓮如賞を受賞した。

手島悠介（てしま・ゆうすけ　一九三五〜）本名秀晴。台湾高雄市生。学習院大学文学部中退。フリーライターなどを経て児童文学作家となる。代表作は《ふしぎなかぎばあさん》（七六〜二〇〇〇・岩崎書店）で、すべてのドアに合う鍵を持っているかぎばあさんが、孤独で傷つき、疲れた子供たちに暖かい手を差し伸べて救ってくれるという不思議な状況を描きながら、子供が生きにくい現代社会への批判を展開している。このほか、電話を通じてもう一人の自分と語り合う中で、少女が成長していく様を描いた『わたしがふたりいた話』（七五・同）、原爆による死者たちが、現代もなお人知れず反戦活動を展開しているという設定で戦争を批判する『かべにきえる少年』（七六・講談社）、少年が、日本の妖怪を勉強に来たイギリスの妖精の少女と一緒に本の中の妖怪世界に入り込む『おばけの国たんけん』（八一・同）、現代日本のパロディとしての猫の国を描いたユーモア長篇『ねこのニャンポン国物語』（八七・同）ほか、多数のファンタジー童話がある。チェルノブイリ物や難病物のノンフィクションを手がけている手島のファンタジー童話の特徴は、社会批判的なテーマや子供の実生活に即したテーマを取り上げているところにある。だがファンタジーが批判のための道具に堕することなく、ファンタジーの本分である慰めを読者に与えるものになっており、幻想文学サイドからも評価できる。

手塚一郎（てづか・いちろう　一九六六〜）東京生。ゲーム関連のライター、漫画原作者の傍ら小説を執筆。竜が飛翔する別世界で、広がり続ける砂漠の謎を追うミステリアス・ファンタジー『最後の竜に捧げる歌』（八九・JICC出版局）、喉元の不可視の弦を奏でることで人を支配することのできる吟遊詩人を主人公とするヒロイック・ファンタジー『弦奏王』（九一・同）、夢を通じて人間を支配しようとする悪魔の奸計に巻き込まれた恋人を人工神アヤが救う『AYA—亜夜』（〇一・スーパーダッシュ文庫）など。ほかに、ファンタジーRPGをもとにした『ワードナの逆襲』（九〇・同）『偽りの月』（〇五・ファミ通文庫）などの作品があり、いずれもホラー風味のダークファンタジーである。

手塚治虫（てづか・おさむ　一九二八〜八九）漫画家（詳しくは漫画家事典参照）。SF小説を何作か執筆している。謎のガラス破壊事件を描いた「姿なき怪事件」（五九）、サイボーグ化に伴う全身幻肢症状を描いた「傍らのあいつ」（六二）ほかの短篇、亜人による侵略テーマのジュヴナイルSF『蟻人境』（七〇・毎日新聞社）などがあり、『手塚治虫小説集』（〇一・ちくま文庫）にまとめられている。

手塚兎月（てづか・とげつ　生没年未詳）読本作者。別号に、北溟、合浦散人、橘生堂、手塚三平ほか。経歴未詳。京都の人。江戸時代後期に、上方の書肆から読本を出した。『怪談奇縁』と内容の類似した怪談物『夕霜伝奇』（一八一一／文化八、歌川豊秀画）、上田秋成「菊花の約《ちぎり》」を剽窃して敵討物に仕立てた『夢裡往事』（〇八／同五）、白狐霊験譚『長我部物語』（一〇／同七、未完、石田玉峯画）など。

手塚眞（てづか・まこと　一九六一〜）東京生。手塚治虫の長男。妻は漫画家の岡野玲子。日本大学芸術学部映画学科中退。映像作品、オブジェ製作などの傍ら小説も手がける。怪奇短篇集『ブラックモーメント』（九六・幻冬舎）『ファントム・パーティ』（九七・同）がある。

鉄格子波丸（てつごうし・はまる　？〜一八一一／文化八）狂歌師、戯作者。姓は西浦、通称木津屋周蔵。大坂にて鉄問屋を営む傍ら、読本、滑稽本等を執筆。読本に、謡曲「藤栄」に材を採った敵討物で、予言をする不思議な人物・奇遇翁や老いた霊狐に主人公が助けられる『葦牙草紙《あしかびそうし》』（一〇／文化七、石田玉峰画）がある。

寺島柾史（てらしま・まさし　一八九三〜一九五二）本名政司。別名に白木陸郎。北海道根室生。高等工業学校卒。新聞記者などを経て『鹿鳴館時代』（二九）などの歴史小説を執筆。科学史関連の啓蒙書も多く、『未来の科学戦争　新兵器の発明物語』（三四・文教書院）のようなSFがかった作品もある。少年小説も執筆し、熱帯でも溶けない人工氷山、心臓移植や死者の蘇生などの超医学が登場する少年小説「幽霊船」（三七、後に「怪奇人造島」と改題）のほか、「極北の怪工場」（三四）『海底トンネル』（四三・東水社）『怪人島』（四八・新日本文化協会）などがある。

寺田憲史（てらだ・けんじ　一九五二〜）東京生。早稲田大学卒。アニメや舞台の演出家を経て脚本家となる。「うしおととら」（九二〜九三）「深海伝説」（九七〜九八）ほか多数のアニメの脚本のほか、ゲームの脚本も執筆する。小説に、OVAの原作であるスペース・アクション『バビ・ストック』（八六〜八七・角川文庫）、脚本を手がけたファンタジーRPGのノベライゼーション『ダーク・ウィザード』（九三〜九五・電撃文庫）などのほか、妖魔を狩る美少女剣士を主人公にしたヒロイック・ファンタジー『朱鬼シオン』（九一・KKベストセラーズ）がある。

寺田とものり（てらだ・とものり　？〜）ゲームクリエーター。自身が制作したTRPG「番長学園」と共通する世界観の学園ラブコメディ&バトル・アクション《超鋼女セーラ》（二〇〇六・HJ文庫）のほか、人類を支配する超越的な存在と戦う者たちを描いた『エンジェルスリンガー』（九九・プランニングハウス）、伝奇SFファンタジーゲームのオリジナル外伝『サモンナイト　クラフトソード物語』（〇四・ジャンプJブックス）がある。

寺田寅彦（てらだ・とらひこ　一八七八〜一九三五）筆名に吉村冬彦、藪柑子ほか多数。東京生。高知市に育つ。熊本の第五高等学校時代、英語教師だった夏目漱石と物理学教師の田丸卓郎の薫陶を受けたことが契機となり、文学と科学に志す。とりわけ漱石との交流は生涯にわたり、漱石山脈の最古参として他の門人たちからも尊敬されたという。〇三年、東京大学物理学科卒業。地球物理学を専攻し、一六年より東大教授となる。後に同大の地震研究所、理化学研究所などに関与。内外の文学や音楽にも造詣深く、卓越した描写力による写生文、随筆、俳句など多数の著作を遺した。代表作に『冬彦集』（二三）『藪柑子集』（同）など。寅彦には「怪異考」（二七）「化け物の進化」（二九）「人魂の一つの場合」（三二）など、科学者の視点から怪異現象を語った一連の随筆がある。〈宇宙は永久に怪異に満ちている。あらゆる科学の書物は百鬼夜行絵巻物である〉（「化け物の進化」より）という一節にも明らかなように、その所論は浅薄な科学万能主義による迷信否定ではなく、物理科学の限界を見据えつつ、人と怪異の本質に迫る洞察に溢れている。また、暗闇坂下の荒物屋で生起する怪談めく骨肉の悲劇を、雨夜のヤモリに象徴させた「やもり物語」（〇七）や、色絵の皿に西洋の街角を幻視する青年の物語「まじょりか皿」（〇九）などの初期小品も、孤独な都会生活者の夢想を描いて瑞々しい抒情を湛えている。

寺村輝夫（てらむら・てるお　一九二八〜二〇〇六）東京本郷生。早稲田大学専門部政治経済科卒。早大童話会に所属。編集者を経て文筆生活に入る。第一作品集『ぼくは王さま』（六一・理論社）で毎日出版文化賞受賞。代表作は《ぼくは王さま》（六一〜九六・同）、《ちいさな王さま》（八五〜九〇・同）など。またアフリカ関連のノンフィクションでも有名である。《王さま》シリーズは、子供を戯画化したともいえる王様を主人公とした作品群で、国家をあげてゾウの卵を探し歩くことになる「ぞうのたまごのたまごやき」（五六）をはじめ、基本的にはナンセンス・ファンタジーといえるが、幻想味の濃い作品と、生活童話の延長上にある作品とがある。魔法と科学が入り乱れて王様を湯気の体の見えない王様と赤い体の乱暴で目茶苦茶な王様に分離してしまう「まほうつかいのチョモチョモ」、しゃぼんだまの中から生まれた不思議な子供の指導を受けてしゃぼんだまの実を畑に実らせる「しゃぼんだまのくびかざり」、嘘をしまっておく宝石箱が嘘を告発する箱に変わってしまう「ウソとホントの宝石ばこ」、ロケットが逆さまに飛んで、王様も冬なのに暑がる逆さま人間になってしまう「ヤンコ星のゆき」、変幻自在の不思議な女の人のせいで泥棒に仕立てあげられた王様の苦難を描く「王さまきえたゆびわ」等の作品は、スラプスティック・ファンタジーの傑作である。ファンタジー作品は《王さま》シリーズのほかにも多数ある。『逃げだせ王さま』という本すべてから切り取られてなくなった二頁の謎を追う少年の不思議な体験を描くメタフィクション『消えた二ページ』（七〇・理論社）、屁理屈がまかり通る超論理的な不条理の世界での、少女の悪夢めいた体験を描く『6月31日6時30分』（七四・童心社）、ホットケーキから生まれた音を食べるライオンと過疎地の少女の交流を描く『タマゴン先生のともだち』（七五・大日本図書）、夢をかなえてあげることを生きがいにしている少女が、好きな夢を見させる薬を発明したのだが……という、全篇夢の中で繰り広げられる、夢をテーマとした作品『ゆめの中でピストル』（七六・ＰＨＰ研究所）、鬼、天狗や化狐などを主人公とする民話風ファンタジーを集めた短篇集『おにのあかべえ』（七八・ポプラ社）など。

▼『寺村輝夫童話全集』全二十巻（八二・ポプラ社）

寺山修司（てらやま・しゅうじ　一九三五〜八三）青森県弘前市生。早稲田大学教育学部国語国文科中退。十六歳のとき全国の高校生に呼びかけ十代の俳句雑誌『牧羊神』を創刊、翌年には全国規模の学生俳句大会を主催するなど、若くして行動力を発揮。五四年には短歌にも進出し、現実以上に瑞々しい虚構の〈青春の歌〉によって第二回短歌研究新人賞を受賞、短詩型文学の新人として脚光を浴びるが、ネフローゼに罹り入院、五八年まで闘病生活を強いられる。五七年に第一作品集『われに五月を』（作品社）を刊行。この頃から詩・戯曲・ラジオドラマ・映画脚本・小説など多彩な創作活動を開始、二十代前半には作品が次々と放送・上演・上映され、人気作家となる。六七年、〈怪優奇優侏儒巨人美少女等募集〉と広告し〈見世物の復権〉を標榜して実験演劇室〈天井棧敷〉を設立、第一回公演として「青森県のせむし男」を上演、当時の若者の熱い支持を獲得し、政治的イデオロギーに足を取られて硬直していた新劇界にショックを与え、唐十郎と共にアングラ演劇・小劇場演劇の開祖となった。以後、〈天井棧敷〉の公演を中心に映画制作にも進出し、その活動は海外でも高い評価を得た。戯曲の代表作に「毛皮のマリー」（六七）「疫病流行記」（七五）「奴婢訓」（七七）「身毒丸」（七八）「レミング」（七九）など。寺山は本質的には書替作家・パロディストであり、ジャンルを問わず大方の作品に、想を与えた原拠が存在するため、盗作呼ばわりされた例もあるが、すべては大胆に書き替えられ寺山独自の世界を現出しているので、いっこうに指弾するにはあたらない。ほかに、抒情的かつナンセンスな味わいのある童話集『赤糸で縫いとじられた物語』（七九・新書館）、写真集『幻想写真館　犬神家の人々』（七五・読売新聞社）、評論集『鉛筆のドラキュラ』（七六・思潮社）『不思議図書館』（八一・ＰＨＰ研究所）『幻想図書館』（八二・同）『さかさま文学史』（七八・角川文庫）等も一読に値する。

▼『寺山修司全歌集』（七〇・風土社）『寺山修司の戯曲』全九巻（八三〜八七・思潮社）『寺山修司著作集』全五巻（〇九・クインテッセンス出版）

【花粉航海】自選句集。七五年深夜叢書刊。十八歳の傑作〈目つむりていても吾《あ》を統ぶ五月の鷹〉を巻頭に〈父を嗅ぐ書斎に犀を幻想し〉〈影墜ちて雲雀はあがる詩人の死〉など早熟の秀句多数。全貌を知るには増補版『寺山修司俳句全集』（九九・新書館）が便利。

【田園に死す】六四年白玉書房刊。『空には本』『血と麦』に続く第三歌集。架空の肉親や恋人などを多数登場させて優れた贋作青春歌を作った寺山が、恐山など郷里の風土に踏み込んで拓いた暗黒幻想歌篇。七四年に同題の映画（ＡＴＧ）を制作、多くの賞を得た。〈大工町寺町米町仏町老母買ふ町あらずやつばめよ〉〈川に逆らひ咲く曼珠沙華赤ければせつに地獄へ行きたし今日も〉〈亡き母の位牌の裏のわが指紋さみしくほぐれゆく夜ならむ〉

【新釈稲妻草紙】長篇小説。七四年番町書房刊。山東京伝の読本『昔話《むかしがたり》稲妻表紙』を基にして成った〈母体内の六道をさまよう少年の胎内巡り〉の物語。書替作家としての面目が窺われる一冊。室町時代、侏儒の伴左衛門が主人（大名家の跡取り息子）の愛人・藤波に思いを寄せたことから、善悪入り乱れての波瀾万丈の物語が展開する。悪乗り気味の性愛描写からスカトロジーに満ちた責めの場面まで、キッチュなエロスが横溢する。

伝阿（でんあ　生没年未詳）京の僧侶。号に臨水軒。『女人《によにん》愛執怪異録』（一七四〇／元文五）の作者。同作は京都東山獅子谷の僧侶が持ち来たった漢文の原稿を、伝阿が和文に直して読みやすくしたもので、妄執に陥った女性たちの死霊・生霊を僧侶らが解脱させるというテーマの短篇集。古くからある、嫉妬で指が蛇になる話、鬼になる説話などを長篇化した物語をもとにしている。改題本に『霊魂得脱物語』(九二/寛政四)がある。伝阿は『孝感冥祥録』(三四/享保一九)も添削して、世に出した。

天狗堂転蓬（てんぐどう・てんほう　生没年未詳）経歴未詳。西鶴が地獄で閻魔に仕え、地獄に堕ちた金持ち衆に使役されてろくでもないことを巻き起こすという設定で、現世を諷刺した『西鶴伝授車《でんじゅぐるま》』(一七一六/正徳六)がある。同書を刊行した京都の書肆・村上宗吉の筆名かともいわれる。

『**天狗草紙**』(てんぐのそうし　一二九六/永仁四）絵巻。作者未詳。当代の仏教界を天狗道に堕ちたものと見なし、批判を展開する。天狗は、中世の仏教においては修行を妨げる悪魔のことを指し、天狗道は魔道である。興福寺巻、三井寺巻、東寺巻などの系列があり、三井寺を除く各巻は、寺の縁起に続けて、僧侶が慢心して天狗になった状態を描く。三井寺巻では、あまりにもひどい状態になったので、天狗たちも改心してそれぞれの道にしたがって成仏したことが語られている。三井寺版の異本に『魔仏一如絵詞《まぶついちにょえことば》』(一二九四～一四二八頃/応永年間成立）がある。

東海洋士（とうかい・ひろし　一九五二～二〇〇二）兵庫県姫路市生。映画、放送関係のライター。天草四郎と共に生きたという不思議なからくり時計をめぐるホラー風のファンタジー『刻丫卵《こくあらん》』(〇一・講談社ノベルス)がある。

東郷隆（とうごう・りゅう　一九五一～）神奈川県横浜市生。国学院大学経済学部卒。同大学博物館学研究室助手、編集者などを経て、ノンフィクション『戦場は僕らのオモチャ箱』(八二）で作家デビュー。小説にも手を染め、ユニークな設定のスパイ・アクション・コメディ『定吉七は丁稚の番号』(八五)でデビュー。その後、時代小説、歴史小説を中心に執筆するようになり、『大砲松』(九三)で吉川英治文学新人賞を、『狙うて候』(〇三)で新田次郎文学賞を受賞。

　東郷は折りに触れ怪奇幻想的な作品も執筆している。直木賞候補となった歴史小説集『人造記』(九〇・東京書籍）には、西行が弟子を蘇らせようとして〈人造〉の呪術を使い、怪物を造り出してしまう表題作や、水盤の上に現世や未来を映し出し合戦の起きることを予言する聖の生きざまを語る「水阿弥陀仏」など、説話に取材した怪奇幻想譚が収められている。そのほか、源平の戦いを背景に女妖術師や呪術師などが入り乱れる伝奇ロマン『打てや叩けや』(九二・新潮社)、東京の麻布・白金周辺を舞台に、過去の妖異と現代とが錯綜してノスタルジーを感じさせる怪奇幻想短篇集『明治通り沿い奇譚』(九三・集英社)、同様に鎌倉を舞台にして織り上げた、優しさ溢れる幻想短篇集『蓮ちゃんの神さま』(九六・集英社、後に「鎌倉ふしぎ話」と改題)、果心居士、大田南畝、浅野内匠頭たちの奇行をコミカルに描いた短篇集『最後の幻術』(〇二・新人物往来社）など。

【そは何者】連作短篇集。九七年文藝春秋刊。森鷗外、泉鏡花、川端康成、谷崎潤一郎、梶井基次郎、芥川龍之介など、日本文学史に赫然たる名を遺す作家たち八名を主人公にして怪奇と幻想の世界を織り成し、それが同時に名作の創作秘話ともなっているという、虚実皮膜のユニークさ極まる連作集。鏡花ゆかりの麴町界隈の路地奥に艶なる女怪の幻を顕現させた表題作、憑かれた人・芥川の慄然たる心象風景を、不気味な妖犬に象徴させてレ・ファニュの「緑茶」に肉迫する「蘇堤の犬」、鷗外「百物語」の低徊調を一転、百鬼夜行絵巻へと変奏させた「飾磨屋の客」、湘南鎌倉の地に跳梁する大天狗の化身たちが天変地異を先触れする「予兆」など、本書そのものを〈異形の日本幻想文学史〉と呼んでも過言ではない、興趣尽きない一巻である。

『道成寺縁起』（どうじょうじえんぎ　室町時代初期成立）縁起絵巻。作者未詳。紀伊国日高郡道成寺の釣鐘の由来譚。熊野詣の美男の僧に恋した宿の女が蛇身と化して日高川を越えてくる。釣鐘に隠れた僧は毒蛇に焼き殺され、大蛇に生まれ変わって女と添うが、道成寺の僧たちの供養によって天人となる。『大日本国法華経験記』に見られる逸話をもとに、人物の出自などを特定して、現実味を出している。

東随舎（とうずいしゃ　生没年未詳）戯作者。本名栗原忠雄。通称幸十郎。別号に青雲軒、松寿館老人など。江戸の浪人。軍書講釈、観相、医師などを生業とした。『耳嚢』の情報提供者の一人として知られる。化狸笑話が含まれるものの怪異色はほとんどなく、亡霊も気の迷いと説明した上、様々な教訓が付された奇談十篇を収録した『聞書雨夜友《あまよのとも》』（一八〇五／文化二）ほかがある。

藤堂蓮司（とうどう・れんじ　一九六八〜）異世界戦記『黎明の背教者』（〇一・エンターブレイン＝Aノベルズ）がある。

『東唐細見噺』（とうとうさいけんばなし　一七八三／天明三刊）作者未詳。『和荘兵衛《わそうびょうえ》』の追随作。久留米の芭蕉平が東方に旅だったところを風に飛ばされて異国へ至るという設定で、大陽府、大陰府、放蕩府、無真《せいむ》府を見聞するという内容である。

東野司（とうの・つかさ　一九五七〜）愛媛県生。横浜国立大学大学院中退。テクニカルライター。八六年「赤い涙」で『SFマガジン』にデビュー。以来、コンピュータを素材として、SFばかりでなく、ファンタジーやホラー、伝奇、ミステリなども執筆。特にコミカルな作品に才能を発揮する。代表作にコンピュータの内部世界をポップに描く《ミルキーピア物語》（八九〜九二・ハヤカワ文庫）。続篇に、よりファンタスティックな事件が展開する《よろず電脳調査局ページ11》（二〇〇〇〜〇二・徳間デュアル文庫）。その他のファンタスティックなSFに、超古代に封じ込められた邪悪な電気が復活したという設定のサイバー伝奇アクション《電脳祈禱師》（九七〜九九・歴史群像新書）、昭和がいつまでも続いているパラレル日本を舞台に、昭和を終わらせるべく不思議な鳥を造る少女と出会った少年を描くSFファンタジー『展翅蝶』（〇二・EXノベルズ）、その前日譚の怪獣物『展翅』（〇二・学研M文庫）など。また、会社のソフトウェアをこっそりコピーした男に妖怪が襲いかかる様を、「むじな」や「鬼太郎」のパロディを交えて描いた「暗闇からポップアップ」や、金銭目当てで付き合っていた男の記憶を消去してしまう美女の話「デリートしよう、思い出を」、裏ウィンドウに浮かび上がるKillの文字がいつしか惨劇を招く「裏ウィンドウ」などを収録する傑作短篇集『電脳セッション』（九一・ハヤカワ文庫）、呪いの鶴亀算のせいで鶴や亀に変身してしまう「つるかめ算の逆襲」ほか、SFと幻想とコメディの境界線上に繰り広げられる短篇群がある。

銅脈先生（どうみゃくせんせい　一七五二〜一八〇一／宝暦二〜享和元）狂詩人。本名畠中正盈。通称政五郎、頼母。号に観斎、太平館主人、片屈道人。聖護院宮に仕えた公家侍。漢学を学び、狂詩人として立つ。東の寝惚（大田南畝）、西の銅脈といわれ、強烈な諷刺を特徴とした。代表作に『太平楽府』（六九／明和六）『吹寄蒙求《ふきよせもうぎゅう》』（七三／安永二）など。狂詩のほかに、狂文、漢文狂文、滑稽本、洒落本なども執筆し、多岐にわたる活躍を示した。閻魔大王が酒色にふけって借金をこしらえた挙句に地獄から追放され、何の使い物にもならぬまま現世を流浪する滑稽本『針の供養』（七四／安永三）があるほか、清の戯曲「千字文西湖柳」を翻訳した『唐土奇《もろこしき》談《だん》』（九〇／寛政二）がある。

冬門稔弐（とうもん・じんに　？〜）映画ライター。半人狼が活躍するSFアクション『香港WOLF』（一九九七・スーパークエスト文庫）がある。

唐来参和（とうらい・さんな　一七四四～一八一〇／延享元～文化七）狂歌師、戯作者。本姓加藤。通称和泉屋源蔵。狂名質草少々。別号に唐来参人、唐来三和、伊豆亭など。江戸生。武家の家臣であったが、町人となって本所の娼家・和泉屋に婿養子に入った。その傍ら、戯作を執筆し、狂文・狂歌もよくした。黄表紙に次のような作品がある。天地開闢前の混沌とした世界に、混沌と混じり合った姿で生まれた変神たちが、人の姿を得て天地創造する様を描くという変わった趣向で、芝居の舞台裏を描く『大千世界牆《かきね》の外』（八四／天明四）、大金持ちが貧乏神を信心して努力するが一向に財産が減らずかえって増えてしまうという逆転の滑稽を描いた『〈順廻能名《まわりのよいな》代家《だいのいえ》〉莫切自根《きるなのねから》金生木《かねのなるき》』（八五／同五、喜多川歌麿画）、雷雲が首を、茨木童子などの鬼や盗賊袴垂らが手足を、将門が胴を提供して一体を作り、頼光をやっつけようとする、という奇想物『頼光邪魔入』（同、北尾政美画）、醍醐帝の時代に道真が政治を補佐して風紀が改まり、金山が噴火したのか金銀が降り、麒麟や鳳凰も見世物となる『天下《てんか》一面鏡梅鉢《いちめんかがみのうめばち》』（八九／寛政元、栄松斎長喜画）などがある。いずれもユニークな趣向で、独特の面白味があるが、最後の作は寛政の改革の諷刺をとがめられて絶版処分となり、一年間断筆した。ほかに、先行作をもとにした諸国物語形式の怪談集で、離魂・妖怪・怨霊などのオーソドックスな内容に加え、『四谷雑談集』の簡潔な翻案を含むことで知られる『模文画《ももんが》今怪談《こんかいだん》』（八八／天明八、鳥文斎栄之画）もある。

東里山人（とうりさんじん　一七九〇～一八五八／寛政二～安政五）戯作者。通称細川浪次郎。別号に鼻山人《はなさんじん》、九陽亭など。幕府の御家人。与力を勤め、麻布に住んだ。〇四（文化元）年頃から山東京伝の弟子となり、読本、合巻、洒落本、人情本そのほかを多数執筆。晩年は落魄して手品の種本を売って生活したという。合巻に、殺された女が幽霊となって人と交わって子をなし、その子に敵討をさせる『照天姫《てるてのひめ》』（一〇／同七）、清盛と白拍子の間に生まれた娘が女盗賊・自来也となり、孝女の命と引き替えに頼朝を調伏しようとする『聞道《きくならく》女自来也』（二〇／文政三）がある。

桃林堂蝶麿（とうりんどう・ちょうまろ　生没年未詳）江戸中期の浮世草子作者。別号に桃の林紫石、琴子など。経歴未詳。元禄後半から宝永（十七世紀末～十八世紀初頭）にかけて好色本を中心に執筆。井原西鶴『浮世栄花一代男』の趣向を借り、業平天神から授かった赤烏帽子で姿を隠して閨房を覗き見る『好色赤烏帽子』（一六九五／元禄八）、仮名草子風の怪異小説『新撰大団』（〇三／同一六）がある。

遠山真夕子（とおやま・まゆこ　？～）人柱の代わりに影を犠牲にする技術を持つ一族の末裔をめぐる伝奇ホラー『影の眠る街』（二〇〇三・講談社X文庫）がある。

『戸隠山絵巻』（とがくしやまえまき　江戸前期）御伽草子絵巻。作者未詳。観世信光の『紅葉狩』をもとにした鬼退治物。信濃の戸隠山に棲んで人々を悩ませる鬼神を、勅命を受けた吉備の大臣が、長谷寺の観音の加護を受け、二人の武者と共に退治する。

戸梶圭太（とかじ・けいた　一九六八～）本名今泉篤。愛知県生。学習院大学文学部心理学科卒。『闇の楽園』（九九）で新潮ミステリー倶楽部賞を受賞してデビュー。ミステリ、クライム・ノベルを中心に、ブラック・コメディ、時代小説、ホラー、SFなど幅広く執筆。聖なる妖女伝説にまつわるグロテスク・ホラー『レイミ』（二〇〇〇・ノン・ノベル、後に「Reimi」と改題）、一般人の中に潜む残虐な暴力衝動が爆発するパニック・ホラー『赤い雨』（二〇〇〇・幻冬舎文庫）、公共の自殺幇助施設が盛況の日本を舞台に、自殺に向かう人々の姿を点描した『自殺自由法』（〇四・中央公論新社）、戦争とテロにまみれた地球とだらけた日本を戯画化したSF『宇宙で一番優しい惑星』（〇六・同）、二酸化炭素の量を減らすため、古文書に記された謎の物質を求めて冒険を繰り広げる『THE TWELVE FORCES』（二〇〇〇・角川書店）など。

富樫倫太郎（とがし・りんたろう　一九六一〜）北海道生。院政時代の平安京を舞台に、白河法皇と陰陽師の方術合戦などを描いた『修羅の跫』（九八・歴史群像新書、後に「地獄の佳き日」と改題）で歴史群像大賞を受賞。以後、オカルティックな伝奇時代小説やバイオレンス時代小説などを執筆。様々な伝奇オカルト的要素を盛り込んだ安倍晴明物『陰陽寮』（九九〜〇五・トクマ・ノベルズ）、異常な出生で人間離れした力を持つ厩戸皇子（聖徳太子）を主人公に、超能力を有する謎の一族や人間に立ち交じる国津神などを厩戸に付き従う者として配した歴史伝奇ロマン『太子暗黒伝』（〇六〜・同）、〈源氏物語宇治十帖〉の世界を舞台に、陰陽師の助力を得て、薫と匂宮が魔物と戦う連作短篇集『妖説源氏物語』（〇三〜〇四・Cノベルス）、若き日の上田秋成があやかしの引き起こす怪異の謎を解く《新・雨月物語》（〇五〜〇六・同）ほか多数の作品がある。

戸川昌子（とがわ・まさこ　一九三三〜）本姓内田。東京青山生。都立千歳高校卒業後、商事会社などに英文タイピストとして勤務。アテネ・フランセで仏語を学び、シャンソン歌手となる。六二年、歌手生活の合間に書いた「大いなる幻影」で江戸川乱歩賞を受賞。女性専用アパートに住む老女たちの奇妙な生態を活写した同作を評して、乱歩は〈非常に凝った、よく考えた、「奇妙な味」の心理的推理小説である〉と述べている。翌年『猟人日記』が直木賞候補となり、作家としての地歩を固める。独特の官能描写が評判となり、以後、新奇な性風俗を取り入れた官能的で精神分析的なミステリを執筆。幽体離脱を扱った『蒼い蛇』（六九・徳間書店）や催眠術による性犯罪を描く『夢魔』（六九・講談社）あたりから、戸川における〈性〉のモチーフの追求は次第に幻想的な様相を呈し、『赤い爪痕』（七〇・徳間書店）『透明女』（七一・カッパ・ノベルス）などの怪奇ＳＦ風ミステリを経て『蒼い悪霊』に集大成された。一方、怪奇幻想ミステリを集めた短篇集としては『緋の堕胎』のほか、『霊色』（八四・双葉社）『嬬恋木乃伊』（八七・徳間書店）『静かな哄笑』（八八・光文社）などがある。戸川は文筆と並行して歌手活動も続け、レコードも吹き込んでいる（現在はＣＤ化されている）。

【蒼い悪霊】長篇小説。七七年徳間書店刊。後に「私がふたりいる」と改題改作のうえ八四年光文社刊。純真無垢な娘・秦野波子は生島心霊会のお手伝い募集の受付で、自分と同姓同名の醜い娘が処女でないことを見破られ、その股間に悪霊の化身である白蛇が入り込む怪異を目撃する。否応なく心霊会で働かされることになった波子は、心霊・憑依現象の渦巻くオカルト世界に巻き込まれていくが……。心霊現象とドッペルゲンガーを中心テーマに展開される特異なサイキック・ミステリ。若い娘のカマトト風一人称というスタイルもユニークである。

【緋の堕胎】短篇集。八六年双葉社刊。堕胎を業とする産院で起きた患者の飛び降り自殺事件の意外な真相を描いて慄然とさせる恐怖ミステリの表題作をはじめ、吸血鬼テーマに作者ならではの視点からアプローチする「黄色い吸血鬼」「誘惑者」、偽霊媒女に夫の生霊が乗り移り、その愛人と倒錯的なベッドシーンが展開されるオカルト・ミステリ「降霊のとき」などの怪作全六篇を収録。

ときありえ（とき・ありえ　一九五一〜）東京生。上智大学中退。パリ大学文学部に四年間留学。フランス語翻訳の傍らファンタジーを執筆。のぞみの前に分身ぞぞみが現れるという、いかにも幼年童話らしい連作短篇集『のぞみとぞぞみちゃん』（八八・理論社）で日本児童文学者協会新人賞受賞。空想の王国の王様としての子供を描いた『小さいかみさまプッチ』（八六・偕成社）、童話の世界と夢（眠り）の世界と現実とが融通無碍に交渉して不思議を起こす『リコとふしぎな豆の木』（九七・岩崎書店）、海洋生物たちが通う小学校を舞台に、主人公の少年のかけがえのない体験の日々を、ファンタスティックな小道具満載で美しく描いた連作短篇集の佳品『海の銀河』（〇三・講談社）、動物や植物たちが生きている森を舞台にした短篇集《ココの森のおはなし》（〇四〜〇五・パロル舎）がある。

時海結以（ときうみ・ゆい　？〜）大学の史学科考古学専攻卒。遺跡の発掘や歴史・民俗資料の調査研究者を経て、クロスワードなどのパズル制作の傍ら、小説を執筆。室町末期を舞台に、サイキックの鳴姫とテレパスの颯音の恋と冒険を描く伝奇時代小説『業多姫』（二〇〇三〜〇四・富士見ミステリー文庫）で富士見ヤングミステリー大賞に準入選し、デビュー。強国ヤマトが勢力を伸張している古代日本を舞台に、小国の巫女の恋と受難を描く歴史ファンタジー『玉響』（〇五・同）、鎌倉時代を舞台に、異世界に飛ばされた少年少女たちの活躍を描く児童文学の冒険ファンタジー《コウヤの伝説》（〇五〜〇七・童心社フォア文庫）ほかの作品がある。

時無ゆたか（ときなし・ゆたか　一九六八〜）東京生。大地震で孤立した夜の校舎に取り残された七人の高校生たちが次々と殺されていくミステリ『明日の夜明け』（〇一・角川スニーカー文庫）でスニーカー大賞優秀賞受賞。同作は、カサンドラの能力を持つ少女や自殺した少女の霊を絡ませたホラーをよそおいながら、最後に生死の狭間の世界からの脱出というファンタジーであったことが明かされる秀作。

徳川夢声（とくがわ・むせい　一八九四〜一九七一）本名福原駿雄《としお》。島根県益田市生。東京で育つ。東京府立一中卒業後、落語家を志すが父に反対されて清水霊山に入門、無声映画の弁士となる。赤坂葵館、新宿武蔵野館の主任弁士として人気を博す。トーキーの台頭によって弁士を廃業後は漫談や朗読話術に卓越した才能を発揮し、とりわけラジオドラマ『宮本武蔵』『西遊記』などの朗読は、昭和十年代に一世を風靡した。また文学座、苦楽座の創立に参加し俳優も務め、ユーモア小説作家、エッセイストとしても多くの著作を遺した。戦後はテレビ番組の司会者として活躍。五〇年放送文化賞、五四年菊池寛賞を受賞。五七年紫綬褒章受章。著書に『くらがり二十年』（三四）『自伝夢声漫筆』（四六）対談集『問答有用』全十巻（五二〜五八・朝日新聞社）ほか多数。

夢声は怪談の朗読にも才能を発揮し、岡本綺堂『青蛙堂鬼談』や火野葦平「怪談宋公館」の朗読がリスナーを震えあがらせたことは、若き日の都筑道夫をはじめ語り草となっている。また戦後、心霊学にも関心を示し、降霊術などの実験や座談会などに出席している。しかし夢声と怪談との関わりで特筆すべきは、田中河内介の怪談をめぐる底深い因縁について書かれた一連のエッセーで、それらはエッセー集『世にも不思議な話』（六九・実業之日本社）の巻頭に「田中河内介」および「続　田中河内介」としてまとめられた。同書には他にも「魔術妖術」「四十になったら死ぬの」「四谷怪談因縁話」など、軽妙にして達意の語り口で綴られた怪奇ルポルタージュや回想記が収録されている。

禿箒子（とくそうし　生没年未詳）経歴未詳。赤本作者。女性の化粧、みだしなみ等を指南する『絵本江戸紫』（一七六五／明和二、石川豊信画）、農民用の様々な解説書『百姓往来』（六六／同三）など、版を重ねて影響力を持った実用系の書物を執筆している。『怪談国土産』（六八／同五）がある。

徳永健（とくなが・けん　一九六五〜）イラストレーター。いじめられっ子の少年が〈アナザーライフ〉というゲームを始めると、ゲームで起きたことが現実化してしまう児童文学『ぼくが神になったとき』（九八・小学館）がある。

徳永寿美子（とくなが・すみこ　一八八八〜一九七〇）本名前田ひさの（旧姓長田）。山梨県生。東京府立第二高女卒。夫は小説家・翻訳家の前田晁。子供のためにお話を作って聞かせたことから児童文学作家となる。初期にはオスカー・ワイルドをはじめとする西洋のファンタジー童話からの影響の跡が窺えるファンタスティックなメルヘンを多く執筆したが、戦後は日常的な童話や動物寓話などを中心とするようになった。初期の童話集に、魔法使いの老女によって王妃に選ばれたきこりの娘の不思議な冒険を描く「森の御殿」、命を削る踊りを舞姫たちに強要して死なせてしまった無慈悲な王子が、自分も同時に死を味わうが、夢と知って後に慈悲深くなる「七人の舞姫」、若くして王位を継いだ聡明な王子が、夢に人々の過酷な生活を見て奢侈を忌避するようになる「輝く王子」など全十八篇を収録する『薔薇の踊子』(二一・アルス)、歌の上手な心優しい少女が、人魚の国の王女にと望まれて拉致されるが、家族を思う心によって救われる「人魚の国」、子供をかどわかされた牧羊神の悲嘆を描く「葦笛の音」、病弱な王女が実は人間界に流刑となった女神の娘で、娘を案じる女神が人間の少女に化けて王女の許を訪れる「素足の少女」、地蔵に団子を供えたお礼に画才をもらう「錆びた鍵」など全十八篇を収録する『赤い自働車』(二三・金星堂)ほか。

登史草兵(とし・そうへい　一九二一〜)本姓斎藤。山形県生。中学卒業後、青森で新聞記者となり、詩や小説を書いたというが、その後の経歴は不明。成人した息子をなおも溺愛する母親の執念が悲劇を生む陰惨なゴースト・ストーリー「蝉」(五二)、死んだ恋人に導かれて葦原の中の墓場に沈んでいく男の姿を詩的な筆致で描く「葦」(五三)ほか一篇を『探偵実話』に発表した。

豊島ミホ(としま・みほ　一九八二〜)秋田県雄勝町生。早稲田大学第二文学部卒。「青空チェリー」(〇二)で女による女のための『R-18』文学賞・読者賞を受賞してデビュー。青春小説を執筆。東京で大地震が起きたという設定下に描く連作短篇集『東京・地震・たんぽぽ』(〇七・集英社)や、幽霊になって同級生の新婚家庭を覗き見ていた少女が、同級生の妻に同情されて、胎児の中に引き取られる「あわになる」(〇四)がある。

年見悟(としみ・さとる　?〜)十六世紀のパリを舞台に、第三の腕〈アンジュ〉を移植された吟遊詩人の少女マリーが、怪しげな薬で一時的に超人になる猟奇殺人者などと対決するホラー・アクション『アンジュ・ガルディアン』(二〇〇一〜〇二・富士見ファンタジア文庫)で、ファンタジア長編小説大賞佳作入選。

戸田和代(とだ・かずよ　一九三九〜)東京生。日本大学文理学部哲学科卒。児童文学作家。主に幼年童話を執筆。光の道を歩いて〈猫の星〉へ移住する猫たちの仲間になったものの、親切な人間のお婆さんを置いていけずに地上に残る猫を描く『ないないねこのなくしもの』(八八・くもん出版)で児童文芸新人賞、子供を亡くした母狐と入院中の母を思う人間の子供の交流を描く『きつねのでんわボックス』(九六・金の星社)でひろすけ童話賞を受賞。ほかに、お化けの国の子供らと人間・狐狸などとの交流を描いたほのぼのファンタジー《おばけがっこうぞぞぞぐみ》(〇三〜〇五・岩崎書店)、池が埋め立てられたために金魚が人間の少女に変身する『きんぎょひめ』(〇三・学研)など。

十月ユウ(とづき・ゆう　?〜)〈異界図書館〉の特務司書である高校生の少年が、危険極まる禁断の書物〈戒書〉封印のために戦う伝奇アクション《戒書封殺記》(二〇〇五〜〇七・富士見ファンタジア文庫)でデビュー。

十々樹りえ(ととき・りえ　一九六二〜)本名十時理英。大阪府生。大阪市立大学文学部卒。教師の傍ら少女小説を執筆。自殺した少女が持っていた不思議な本をめぐるホラー『紅い魔書は心のままに』(九〇・朝日ソノラマ=パンプキン文庫)、悪魔を呼び出すことに憑かれた男が巻き起こす恐怖を描く『悪魔たちの学園祭』(九〇・同)がある。

殿谷みな子(とのがい・みなこ　一九五一〜)徳島県生。武蔵大学人文学部卒。同大学院修士課程修了。大学在学中に書いた小説が、檀一雄・林富士馬らの同人誌『ポリタイア』に掲載される。第一短篇集『求婚者の夜』(七七・れんが書房新社)は、カフカの「城」を思わせる容易には行き着けない場所、たとえ着いたとしても本当に着いているのかどうか不明な場所をモチーフに使った不条理幻想小説集。その後『SFマガジン』などに短篇を発表、それらを集めた『新お伽話』（八二・早川書房）は、微妙な乙女心をテーマに昔話を現代に蘇らせたようなロマンス、昔話をシニカルに見直した辛辣なメルヘンなどを収めたファンタジー短篇集。『飯喰わぬ女』（九〇・れんが書房新社）もまた昔話を現代に蘇らせた作品集だが、グロテスクさと現実への凝視の鋭さで、異様な迫力を持つ。ほかに、悲惨な人生の挙句に鰻と海老に変身する女たちを描く「二人の女」、あえかな幽霊譚「藤の樹のある家」、若返り作用のある宇宙からの不思議な光をめぐる「宇宙からの光」など、怪奇、ファンタジー、サイコ物などバラエティに富む短篇集『鬼の腕』（九九・同）がある。

どば（どば　?〜）世界の危機に際して黄泉から召喚される、この世のすべての縁を支配する呪禁の長が、高校生の少年の身体に憑依して、どたばたを繰り広げる学園コメディ『E×N』（二〇〇四〜〇五・角川スニーカー文庫）で角川学園小説大賞奨励賞受賞。

飛浩隆（とび・ひろたか　一九六〇〜）「ポリフォニック・イリュージョン」（八二）が三省堂SFストーリーコンテストに入選し、同作で『SFマガジン』にデビュー。以後、同誌に断続的にSF短篇を発表するが、九二年以後沈黙。十年ぶりに発表した『グラン・ヴァカンス』（〇二・早川書房）が熱狂的に迎えられ、日本SF大賞の候補になる。「象られた力」（初出は八八、改稿〇四）により日本SF大賞を受賞。『グラン・ヴァカンス』は《廃園の天使》の一作目に当たり、AIたちが暮らす〈夏の区界〉を描いた作品で、大まかなストーリーは怪物などと対決するホラー・ファンタジーといえるが、世界全体に関わる仕掛けが施されているため、行為の意味すべてが覆されてしまうようになっている。現段階では続巻が未発表なため、その後にどんなどんでん返しがあるかは不明である。前日譚集として『ラギッド・ガール』（〇六・早川書房）がある。ほかにSF短篇集『象られた力』（〇四・ハヤカワ文庫）があり、テレパシーで人の脳を乗っ取る「デュオ」、次元転移物SFファンタジー「呪界のほとり」、惑星改造物のファンタジーSF「夜と泥の」、ある図形を見ると超能力が発動する表題作などを収録している。

飛田甲（とびた・こう　?〜）静岡大学卒。言霊が力となる異界と接触した近未来の地球を舞台に、高校生の少年の冒険を描く『ハイブリッドユニバース』（二〇〇一・ファミ通文庫）で第二回ファミ通エンタテインメント大賞小説部門佳作受賞。幽霊物のミステリ・ラブコメディ『幽霊には微笑を、生者には花束を』（〇四・同）に始まるシリーズなどがある。

飛火野耀（とびひの・あきら　?〜）経歴未詳。ファンタジーRPGのノベライゼーション『イース—失われた王国』（一九八八・角川文庫）でデビュー。重なり合うように存在するもう一つの世界とこちらの世界の接触によって、世界が壊れるのを防ごうとするSFファンタジー『もうひとつの夏へ』（九〇・角川スニーカー文庫）、予備校生の主人公が広壮な洋館からナンセンスな別世界へ入り込んでしまう『UFOと猫とゲームの規則』（九一・同）、心を読むことのできる少女が、身を寄せている少女漫画家が新興宗教の教祖と関わったために、UFOの来臨騒ぎに巻き込まれる物語で、作者自身も登場する『神様が降りてくる夏』（九六・メディアワークス）がある。

戸部新十郎（とべ・しんじゅうろう　一九二六〜二〇〇三）筆名に多岐流太郎。石川県七尾市生。早稲田大学政治経済学部中退。『北国新聞』記者を経て時代小説作家となる。初め多岐名で多数の作品を発表するが、七〇年代に入ると筆名を捨て、それまでの作品も、『忍法五三ノ桐』（七一・春陽堂文庫、後に「妖説五三ノ桐」と改題）以外は破棄した。代表作に『蜂須賀小六』（八〇）『服部半蔵』（八七〜八八）など。初期の多岐名義の、伝奇色の濃厚な忍術小説に、九州に落ちのびた豊臣秀頼をめぐり、真田幸村配下の甲賀忍者と、服部半蔵の娘が率いる伊賀忍者が奇想天外な忍術合戦を展開する『忍法五三ノ桐』、島原の乱を舞台に、妖術を絡めたエログロ短篇「幻法ダビデの星」（六一）などがある。また、短篇集『秘曲』（八八・大陸書房）には、関白家伝来の名笛にまつわる陰々滅々とした幽霊譚の表題作をはじめ、からくり細工に熱中する異形の若侍の奇妙な復讐劇「連理返し」、雲母のように瞳の輝く少女の魔性を描く「雲母子」などの異色作七篇が収録されている。

とまとあき（とまと・あき　？〜）本名河田明裕。別表記に戸的。東京生。都立板橋高校卒。脚本家・漫画原作者。妻の塚本裕美子と共同でSFなどを執筆。異次元の世界から魔道士によってこちらの世界へ落とされてしまった巨漢の戦士をめぐるラブコメ・ファンタジー《わたしの勇者さま》（一九九一〜九三・角川スニーカー文庫）、同作の外伝《ぼくの女神さま》（九三〜九七・同）、大食い少女拳士と偏食銃士が伝説の〈料理仙人〉を求めて旅するコメディ・ファンタジー『ぺこぺこ』（二〇〇〇・同）、SFアクション・コメディ『悪の江ノ島大決戦』（九〇・富士見ファンタジア文庫）ほか多数の作品がある。

富岡多恵子（とみおか・たえこ　一九三五〜）大阪市生。大阪女子大学文学部英文科卒。少女時代から浄瑠璃の語りの魅力に取り憑かれ、上方らしい語り口を巧みに活かした詩人として出発。詩集『返礼』（五七）でH氏賞を、『物語の明くる日』（六一）で室生犀星詩人賞を受賞するが、その後小説に転じる。『植物祭』（七三）で田村俊子賞、『冥土の家族』（七四）で女流文学賞、「立切れ」（七七）で川端康成文学賞を受賞。また評論『中勘助の恋』（九三）で読売文学賞、『釋迢空ノート』（二〇〇〇・岩波書店）で毎日出版文化賞、『西鶴の感情』（〇四）で大佛次郎賞、伊藤整文学賞を受賞している。野間文芸賞を受賞した『ひべるにあ島紀行』（九七・講談社）は、中野好夫によるスウィフトの評伝についての考察を縦糸に、現実のアイルランド旅行を横糸に、さらに架空のガリヴァー世界での奇妙な体験を織り交ぜた、幻想的な趣向のある紀行である。このほかの幻想的な作品に、出羽三山のふもとの村に即身仏を見に行った〈私〉が、そこで知り合った少女の先導で、木の下の洞穴から地下の異世界に潜り込み、ミイラ作りだという男からミイラ見学に誘われるが、結局〈そちらの世界〉には行かずに終わる、富岡の位置を示すかのような興味深いファンタジー「雪の仏の物語」（八七）がある。また、幻想小説ではないが、大本教の開祖・出口なをに取材し、女の苦難の人生から生じた神懸かりをリアルに描いた連作中篇集『三千世界に梅の花』（八〇・新潮社）もある。

富川房信（とみかわ・ふさのぶ　生没年未詳）江戸中期の黒本青本作者、浮世絵師。俗称山本九左衛門。別号に吟雪。江戸大伝馬町の絵草紙問屋の生まれで、自身の代で家業を断絶させて絵師になったという。黒本青本を自作自画にて多数製作。俚諺・昔話、奇談から芝居物まで幅広く取材し、教訓的な味付けを施した。主な作品に次のものがある。浮世楽介が酒に酔って、浅草境内の神仏たちが相撲や軽業、祇園囃子、角兵衛獅子などの曲芸を披露する夢を見るという趣向の『一盃夢《いっぱいのゆめ》』（一七六二／宝暦一二頃）、民話を組み合わせた物語で、稲荷の霊威で良い縁談を得たり、茗荷の霊威で若返って子供を産み、その子は、桃太郎よろしく鬼（に化けた人）を退治して、福神たちから商売を教わったりなどする『あんぽんたん』（六四／宝暦末頃？）、舌切雀物で葛籠の化物を神仏の使いの童子が退治する『大鳥毛庭雀《おおとりけにわすずめ》』（六八／明和五）、正直な働き者が大黒天の加護を得て富貴を得る『運附太《うんつくた》郎左衛門《ろうざえもん》』（七二／安永元）、崇徳院が天狗道に入り金毘羅権現となる次第を語る『さのさの金毘羅節』（同）、敵討の志を持つ少年が天狗の山に二年暮らして僧正坊のもとで兵法剣術を身につけ、赤人塚で少女と恋に落ちるが、実は敵の娘で、それを知った娘は父の代わりに自分が討たれるように細工する『門出縁《かどいで》むすび』（同）、妖怪どもが四天王らの酔ったところを襲うが、結局逆に退治されてしまう『剛屋敷《つわものやしき》』（七四／同三）、浮世仙介が粂仙人のもとに通い、粂姫の婿となるが、西王母に諭され、通宝銭人に銭の尊さを教えられて悟りを開くところで夢から醒める『風流仙人花婿』（同）、前作の趣向に遊里での遊びを絡めた『金々仙人通言一巻《きんきんせんにんつうげんのいちかん》』（七六／同五）、『安部仲麿入唐記』をもとにした『倭文字《やまともじ》養老の滝』（同）、近松門左衛門「浦島年代記」を改変した『浦島出世亀《しゅつせのかめ》』（七一／明和八）、『柿本人麿誕生記』をもとにした『明石《あかし》潟《がた》朗《ほのぼの》天草紙《そうし》』（刊年未詳）など。

富澤赤黄男（とみざわ・かきお　一九〇二〜六二）俳人。本名正三。愛媛県西宇和郡保内町生。早稲田大学政治経済学部卒。三五年、日野草城創刊の俳誌『旗艦』に参加、新興俳句の作家としては最も唯美・幻想志向が顕著であり、高屋窓秋は〈視覚に訴える要素が強いというか、観念の形象化を、これほど見事に実現した作家は、他にいない〉と述べている。第一句集『天の狼』（四一・旗艦発行所）には〈寒雷や一匹の魚天を搏ち〉〈海峡を越えんと紅きものうごく〉〈もくせいの夜はうつくしきもの睡る〉〈瞳に古典紺々とふる牡丹雪〉〈蝶墜ちて大音響の結氷期〉〈花粉の日　鳥は乳房をもたざりき〉〈黴の花イスラエルからひとがくる〉などの秀句がある。この境地に安住することを潔しとせず、〈石の上に　秋の鬼ゐて火を焚けり〉〈月光のわがまなぶたを搏つ　翼〉等の『蛇の笛』（五二・三元社）を経て、さらに抽象化を押し進め、〈倒錯や　象徴の杭たち並び〉〈零《ゼロ》の中　爪立ちをして哭いてゐる〉等の『黙示』（六一・俳句評論社）に至るが、どうやら袋小路のようであった。

▼『富澤赤黄男全句集』（七六・林檎屋）

富沢義彦（とみさわ・よしひこ　一九六三〜）脚本家。アクション映画の脚本のほか、「スターシップ・オペレーターズ」（〇五）など、アニメの脚本も手がける。近未来SFアクション『ミッションD・O・A』（九三・ソノラマ文庫）『モンスターポリス』（九六・電撃文庫）、ファンタジーRPGのノベライゼーション『ゼルダの伝説』（九二・双葉文庫）ほかがある。

富田祐弘（とみた・すけひろ　一九四八〜）本名洋司。埼玉県生。日本大学卒。各種の職業を経て、アニメの脚本家として活躍。代表作に「伝説巨神イデオン」（八〇〜八二）「超時空要塞マクロス　愛・おぼえていますか」（八四）「ビックリマン」（八七〜八九）「美少女戦士セーラームーン」（九二〜九四）ほか多数。小説も手がけ、アニメなどのノベライゼーションのほか、邪悪な暗黒の闇魔術に対抗する光魔術を操る人々の戦いを描くライトなタッチのファンタジー『聖魔術戦士サンドラ』（九一・KKベストセラーズ）、SFアクション《ペ天使たち》（八八〜九〇・富士見ファンタジア文庫）、SF青春小説《D.A.ジャンクション》（八九〜九〇・角川スニーカー文庫）などがある。

とみなが貴和（とみなが・きわ　？〜）アンドロイドの恋を描いた近未来SF『セレーネ・セイレーン』（一九九八・講談社X文庫）でホワイトハート大賞佳作入選。ほかにサスペンス、ミステリなどを執筆。

富永浩史（とみなが・ひろし　一九六六〜）埼玉県所沢市生。水産大学卒。魔法や妖精などが存在する中世ロシアを舞台に、剣士が戦う『死天使は冬至に踊る』（九四・富士見ファンタジア文庫）でファンタジア長編小説大賞佳作入選。作品にはしばしばロシア、ソ連が登場する。オカルトとSFと幻想の奇妙なアマルガム『魔術師の名はシモン』（九七・サークル文庫）、ソ連の崩壊後、魔法が当たり前になったパラレル現代を舞台にしたファンタジー・コメディ『フラットスキャナーズ』（〇一・角川スニーカー文庫）、異世界飛ばされ型ファンタジー・コメディ『螺旋の国の3ドリル』（〇一・HJ文庫）などのほか、SF『ペイル・スフィア』（〇三・ファミ通文庫）、第二次大戦時の架空のソ連戦を描く『覇空戦記』（〇三〜〇四・コスモノベルス）ほかのシミュレーション戦記、アニメのノベライゼーションなどがある。

富野由悠季（とみの・よしゆき　一九四一〜）本名喜幸。筆名に井荻麟、斧谷《よきたに》稔など。神奈川県小田原市生。日本大学芸術学部映画科卒。虫プロダクションで「鉄腕アトム」などの演出を手がけた後、フリーとなり、「みなしごハッチ」（七〇〜七一）などの演出を担当。「海のトリトン」（七二）で初監督。「勇者ライディーン」（七五）などの監督を務めた後、サンライズ作品に参加し、「無敵超人ザンボット3」（七七〜七八）ほかのロボットアニメの総監督を務める。代表作は原作も自ら執筆している《機動戦士ガンダム》（七九〜九三）。その他の監督作品に、やはり原作も担当した「伝説巨神イデオン」（八〇〜八二）「聖戦士ダンバイン」（八三〜八四）など。ロボットアニメの新時代を築いた監督であり、一九六〇年以後生まれのいわゆる〈新人類〉以降の世代に与えた影響には深甚なものがある。

『機動戦士ガンダム』（七九〜八一・ソノラマ文庫）で小説家としてもデビュー。現実の青年が事故などを契機に、問題を抱えている別世界バイストン・ウェルに落ち込んで冒険を繰り広げる召喚型ヒロイック・ファンタジー『リーンの翼』（八四〜八六・カドカワ・ノベルズ）『オーラバトラー戦記』（八六〜九二・同）『ガーゼィの翼』（九五〜九七・ログアウト冒険文庫）が小説の代表作である。富野のアニメや小説は単純なSFアクションではなく、人類進化テーマや魂の行方の問題を内包しており、ファンタスティックな傾向が強い。テレビアニメ「聖戦士ダンバイン」の主要な舞台にもなっている別世界バイストン・ウェルは、この世とあの世の狭間に存在する未生以前の世界という基本設定を有する。実際の作品ではその設定が十全には活かされていないものの、ファンタスティックな別世界が自然の生命力を象徴し、人間の魂に不可欠の場として捉えられていることは確かである。このほか、バイストン・ウェルの愛の天使ファウ・ファウがこちらの世界で巻き起こす騒動を描くほのぼのファンタジー『ファウ・ファウ物語』（八六〜八七・角川文庫）、心の力によって土地を浮揚させようとする王国に関わる人々の運命を描いたオムニバス風ファンタジー『王の心』（九五〜九六・スニーカーブックス）、SFハードボイルド《破嵐万丈》（八七・ソノラマノベルス、八九〜九二・ソノラマ文庫）、遠未来が舞台の冒険物『シーマ・シーマ』（八八〜八九・アニメージュ文庫）、アニメのノベライゼーション『伝説巨神イデオン』（八一〜八二・ソノラマ文庫）などがある。

富ノ沢麟太郎（とみのさわ・りんたろう　一八九九〜一九二五）本姓富沢。山形市生。仙台で育つ。早稲田大学予科中退。中学時代から映画に耽溺、上京後ローベルト・ヴィーネ監督の「カリガリ博士」を見て、表現主義の映像美に深く魅了される。ホフマン、ポー、小泉八雲や谷崎潤一郎、佐藤春夫らの幻想文学を愛読。詩人・中井繁一の紹介で佐藤春夫に師事する。二一年、横光利一らと同人誌『街』を、翌年『塔』を創刊。「セレナアド」（二二）「流星」（二四）「あめんちあ」（二五）などに、孤独な都市生活者のドッペルゲンガー風幻想を映画的手法を用いて描いたが、夭逝。後に横光らの手で『富ノ沢麟太郎集』（三六・沙羅書店）一巻が編まれた。

富安陽子（とみやす・ようこ　一九五九〜）東京生。和光大学人文学部卒。児童文学作家。山姥の娘まゆを主人公に、動物や植物と話ができる少年や、河童、木霊、雪女などの妖怪（モッコ）を登場させて豊かな自然の中の楽しい生活を生き生きと描いた連作短篇集『やまんば山のモッコたち』（八六・福音館書店）を皮切りに、ファンタジーを中心とする児童文学の良作を次々に発表。現代日本を舞台に、日本の伝承や日本的アニミズムを背景とした作品を多く執筆しており、富安の作品全体が妖怪・異類の幸《さきわ》う日本を描き出しているともいえる。主な作品に次のものがある。空飛ぶ雲の研究をしている純真な矢鳴先生とアパート住まいのしがない妖怪たちの触れ合いを描く、小学館児童出版文化賞、日本児童文学者協会新人賞受賞作『クヌギ林のザワザワ荘』(九〇・あかね書房)、夏休みに祖母の家にやって来た少年と霊力のある狐の交流を描く『キツネ山の夏休み』(九四・同)、亡くなった祖母の家に越してきた少年が座敷ぼっこの助けを借りて地元になじんでいく『ぼっこ』(九八・偕成社)、狐の母、人間の父、三人の子供たちの一家が仲良く暮らしつつ、不思議に遭遇する《シノダ!》(〇三〜・偕成社)、小さな山神の活躍を描く、新美南吉児童文学賞受賞の低学年向けファンタジー《小さなスズナ姫》(九六・同)、図書館で出雲神話の中から抜け出してきたような記憶喪失の神に出会い、彼の世話をしながら郷土の歴史に分け入っていく少女を描く『空へつづく神話』(二〇〇〇・同、産経児童出版文化賞)、少年たちが打ち捨てられた祠を拾い、戯れに願掛けをしてみると、願いが聞き届けられてしまうホラー風の『ほこらの神さま』(〇二・同)、学校の精霊もしくは神である〈菜の子先生〉が、学校の怪異に遭遇してしまった子供たちを助けて活躍する連作短篇集《学校ふしぎ案内》(〇三〜〇五・福音館書店)、異世界に紛れ込んでオバケ科の専門医・鬼灯京十郎先生の助手をすることになった少年の冒険を描く《内科・オバケ科　ホオズキ医院》(〇六〜・ポプラ社)、異世界に入り込んでしまった少年が、猫人間にされそうになったりしながら冒険を繰り広げ、異界からの脱出を図る『かくれ山の冒険』(二〇〇〇・PHP出版社)など。

友成純一(ともなり・じゅんいち　一九五四〜)福岡県飯塚市生。早稲田大学政治経済学部卒。大学ではワセダ・ミステリ・クラブに所属。七七年『幻影城』の新人賞評論部門に「透明人間の定理—リラダンについて」が佳作入選。ほかに国枝史郎・夢野久作・久生十蘭を論じた「幻想の速度」(七七)などの評論がある。死体を凌辱することだけで生きている完全無欠の廃人を主人公としたポルノグラフィックな猟奇小説『凌辱の魔界』(八五・マドンナメイト)で小説家としてデビューし、スプラッタ&バイオレンスを極めたSF伝奇アクションを次々に刊行する。地獄の鬼たちによる殺戮絵巻を執拗に展開する初期の代表作「狂鬼降臨」ほかを収める中短篇集『獣儀式』(八六・同)、オカルト教団・魔女などが跋扈し、東京や人々が血の海に沈む《土竜《ドラゴン》の聖杯》(八六〜八七・広済堂ブルーブックス)、人類絶滅を狙う魔族と正義の結社〈地の塩〉の超人が死闘を展開する『暗黒細胞』(八八・大陸ノベルス)、アル中、ジャンキー、マッドサイエンティストらがたむろする架空の町で繰り広げられる性と狂気の饗宴を描く連作短篇集『髑髏町綺譚』(八九・同)、インキュバスに憑かれた館を舞台とするオカルト・ホラー『淫夢魔』(九〇・有楽出版社ノベルス)、本格的な怪獣パニック小説の三部作『放射能獣X』(八八・講談社ノベルス)『インカからの古代獣V』(八九・同)『ネッシー殺人事件』(九一・同)、ロンドンの幽霊屋敷を舞台に黒魔術が招く惨劇を描く連作ホラー『黒魔館の惨劇』(九一・天山ノベルス)、近未来の福岡を舞台に、モーゼの契約の箱をめぐって超能力戦争が起きる『黄金竜伝説』(九六・ハヤカワ文庫)、日本全土を突如襲った「幻覚地震」をきっかけに妖怪たちが跳梁跋扈、新興宗教教団や暴力集団を巻き込んで血みどろ絵巻が繰り広げられる『ナイトブリード』(二〇〇〇・ハルキ・ホラー文庫)などがある。友成は映画評論家としても活躍しており、映画関連のエッセーをまとめた《びっくり王国大作戦》(九四・扶桑社文庫)『暴力/猟奇/名画座』(二〇〇〇・洋泉社)『人間・廃業・宣言』(〇五・同)などがあるほか、その分野の造詣を傾けた『ホラー映画ベスト10殺人事件』(八九・扶桑社)という怪作ミステリもある。

友野詳(ともの・しょう　一九六四〜)大阪府生。大阪府立大学卒。クリエーター集団グループSNEに所属するゲームデザイナー、小説家。TRPGの背景となる世界——オーソドックスな西洋ファンタジー世界「ルナル」、コメディ系の西洋ファンタジー世界「ファイブリア」、古代中国風の仙人世界「央華」、妖怪たちが生きている現代社会「妖魔夜行」（山本弘との合作）などを創造し、それらを舞台とするゲームや小説を多数発表している。ファイブリアを舞台にしたコミカル・ファンタジー《コクーン・ワールド》（九一〜九二・角川スニーカー文庫）《ティルト・ワールド》（九三〜九四・同）《アビス・ワールド》（九六〜九七・同）、双子の兄妹の冒険を描くヒロイック・ファンタジー《ルナル・サーガ》（九一〜九七・同）、ルナルの一侯国を舞台にしたクエスト・ファンタジー《カルシファード青嵐記》（九八〜九九・同）《カルシファード緋炎伝》（二〇〇〇〜〇一・同）、央華が舞台の《小説央華封神》（九六〜〇一・電撃文庫）ほか多数。その他のファンタジーに、妖魔退治物のアクション・ホラー《クロス・ザ・スレイヤー》（九八〜〇一・ソノラマ文庫）、戦士の魂を宿した高校生が、時空を超える戦いに巻き込まれ、次元間を転戦するファンタジー《ドラゴンマーク》（九九〜〇二・富士見ファンタジア文庫）、魔法の都を舞台にした冒険ファンタジー『トライ・クロス！』（〇三〜〇四・角川スニーカー文庫）など。

土門弘幸（どもん・ひろゆき　一九七六〜）宇宙人同士の戦いに巻き込まれた少年の活躍を描くSFアクション『五霊闘士オーキ伝』（九四〜九六・電撃文庫）で第一回電撃ゲーム小説大賞を受賞してデビュー。近未来を舞台に、突如出現した異世界の魔物たちとの戦いを余儀なくされる少年少女たちを描く『セブンス・ヘヴン』（九七〜九九・同）などがある。

豊倉真幸（とよくら・まゆき　一九八二〜）現実と重なる世界から漏れ出した〈悪しき心＝影〉を狩る木偶たちと、木偶作りの少年の活躍を描く伝奇ファンタジー『永久駆動パペットショウ』（〇四・ファミ通文庫）で、えんため大賞東放学園特別賞受賞。

豊沢団平［二世］（とよざわ・だんぺい　一八二八〜九八／文政一一〜明治三一）本名加古仁兵衛。義太夫節三味線方。妻の加古千賀（?〜一八九三）の勧めで、盲目の夫を持つ妻が壺坂観音に日参した信仰心により夫の目が開くという歌舞伎狂言「壺坂霊験記」（七九）を執筆した。千賀が校閲したという。

豊島与志雄（とよしま・よしお　一八九〇〜一九五五）福岡県朝倉郡福田村生。一高を経て東京大学仏文科卒。大学在学中の一四年、芥川龍之介、菊池寛、久米正雄らと第三次『新思潮』を創刊。創刊号に発表した「湖水と彼等」でいちはやく文壇の注目を集める。横須賀の海軍機関学校などで教鞭を執り、生活のために『レ・ミゼラブル』『ジャン・クリストフ』などを翻訳刊行。法大や東大の講師を経て、三二年に明治大学文芸科教授となる。この間とぎれることなく執筆を続け、出世作『生あらば』（一七）以下、『蘇生』（一九）『野ざらし』（二三）『白塔の歌』（四一）ほか多くの作品集を刊行、自然主義や私小説の方法に背を向けた象徴的・瞑想的作風で独自の境地を確立した。戦後も『秦の憂愁』（四七）『山吹の花』（五四）などを発表、また日中友好協会や日本ペンクラブの運営にも尽力した。

　幽玄という形容がふさわしい豊島の作品は、同時代の芥川や佐藤春夫、あるいは江戸川乱歩らの怪奇幻想趣味とは一線を画す、より繊細霊妙な幻視・幻覚の世界に時として接近する。ごく初期にも「蠱惑」（一四）のようなドッペルゲンガー小説があり、〈小悪魔集〉と副題する『白い朝』（三八・河出書房）は、ちびの小悪魔の視点から、大戦前夜の不安に浸るインテリ層の生態を描いた奇妙な連作集である。特に怪奇幻想的性格の強い作品集としては『人間繁栄』がある。戦後の『白蛾』（四六・生活社）にも、出先の町で思いがけず一夜を明かさねばならなくなった戦争未亡人が、幻めく女の家に身を寄せる奇縁を描いて神韻縹緲たる「沼のほとり」（四六）などの〈近代説話〉が収められている。また自選エッセー集『情意の干満』（四七・八雲書店）には、幻覚体験や怪談話を綴った「奇怪な話」「幻覚記」などの小品が収められている。
　豊島は童話作品も小説と並行して生涯書き続けている。童話に手を染めたのは一九年のことで、当時書かれた初期童話群はいかにも大正時代らしい幻想性、ロマンチシズムに溢れている。『赤い鳥』を中心として発表されたこれらの作品は、異国情緒の漂うファンタスティックなものと民話風ののどかなものとに分けることができる。前者の代表作として、夢を捕まえることを夢見た王子が夢の精から夢の卵を譲り受ける象徴的なファンタジー短篇「夢の卵」(二三)、子供を亡くした手品師が命と引き換えにどんな形にもできるシャボン玉を吹く「シャボン玉」(二六)など。後者の代表作に、猿が掘った泉にまつわる話「キンショキショキ」(二五)、子供たちと天狗が睨めっこをする「天狗笑」(二六)など。三〇年代には、自分の子供らの成長に合わせるように少年小説風の連作も執筆するようになる。「エミリアンの旅」(三二)「スミトラ物語」(三四～三五)は元気で利発な少年が旅をしながら様々な冒険をする物語で、死神や魔物との対決といったファンタスティックな要素もある陽性の作品である。豊島は童話について〈童話の世界はたゞ一つです。それは、私達が目に見たり耳に聞いたりする物事の、その一つ向こふの奥深いそして晴々としたそして不思議な、何とも云へない或る世界です〉(『夢の卵』序、二七・赤い鳥社)と述べている。それゆえ、豊島の童話が多くファンタジーとなるのも当然のことといえよう。翻訳にもファンタジー関係の仕事がある。『眠りの森の姫君』(三三・春陽堂)『千一夜物語』(四〇～五五・岩波文庫、共訳)など。
▼『豊島与志雄著作集』全六巻(六五～六七・未來社)

【人間繁栄】短篇集。二四年玄文社刊。〈都会には、都会特有の一種の幽気がある〉と始まる「都会の幽気」は、無数の人間たちの心と肉体から立ちのぼる気配が凝り集まった朧げな存在を絶えず意識するようになった都市生活者の Haunted Story である。そのほか収録された十三篇の中には、通学の行き帰りに通る寺の若僧と顔見知りになった女学生が、彼女への叶わぬ恋慕で幽鬼のごとく変わっていく僧の姿に脅かされ神経を蝕まれていく「或る女の手記」、ムーディな味わいの幽霊屋敷小説「白血球」など、怪談めいた趣向の作品が目につく。異色の都市幻想小説集である。

豊田有恒(とよた・ありつね　一九三八～)群馬県前橋市生。慶応義塾大学医学部中退。武蔵大学経済学部卒。六二年「火星で最後の…」が『ＳＦマガジン』コンテストに入選。大学卒業後、虫プロダクションに入社、「鉄腕アトム」(六三～六六)などの脚本を手がける。虫プロ退社後も「宇宙少年ソラン」(六五～六七)ほかの脚本を執筆し、《宇宙戦艦ヤマト》(七四～八三)ではＳＦ設定を監修した。その傍らＳＦ小説も精力的に発表する。初期から歴史への強い傾斜が見られ、タイムマシンによる歴史改変物の長篇『モンゴルの残光』(六七・早川書房)をはじめ、歴史をモチーフにしたＳＦ、伝奇作品を執筆。歴史物に留まらず、ハードＳＦから諷刺・ユーモア掌篇まで、幅広い作風を示す短篇集として『火星で最後の…』(六六・早川書房)『アステカに吹く風』(六七・同)『両面宿儺』(七四・同)『長髪族の乱』(七四・角川文庫)『西遊記プラスα』(七五・番町書房)『夢の10分間』(七五・徳間書店)『非・文化人類学入門』(七六・講談社)などがある。七〇年代に入ると本格的に歴史小説に参入し、『倭王の末裔』(七一・河出書房新社)『倭の女王・卑弥呼』(七四・トクマ・ノベルズ)など、古代を舞台にした歴史ロマンを次々と発表。その流れの一環として登場するのが、『火の国のヤマトタケル』(七一・ハヤカワ文庫)に始まる《ヤマトタケル》(～八八・ハヤカワ文庫～ノン・ノベル)である。これはスペースオペラではない日本的ヒロイック・ファンタジーの先駆であった。記紀神話にみえるヤマトタケル物語をベースに、死霊の女王ヒミコや鳥人ガルーダ、不死身の怪物・両面宿儺など個性的・

幻想的なサブキャラクターを配し、随所に日本と東アジアの古代史に関するペダントリーと創見をちりばめた、盛りだくさんな内容の作品である。本作のように正面切ったファンタジーではなくとも、豊田の古代史物には、「熊野伝説」（七七）「海神の裔」（七八）など、伝奇ミステリ風の味わいを持つ作品が散見される。このほか、ジュヴナイルSFに『時間砲計画』（六七・盛光社）『クフ王のピラミッド』（七七・三省堂）『邪馬台国作戦』（七八・角川文庫）などがある。

虎巌道説（とらいわ・どうせつ　一六二八〜一七二五／寛永五〜享保一〇）仙台伊達家の侍医。仙台地方の奇談を漢文体で三十一話収録する『燈前新話』（一七三一／享保一六以前成立）を執筆した。亡霊・妖怪・狐狸・奇瑞談などが含まれている。

鳥井架南子（とりい・かなこ　一九五三〜）本名渡部章代。デビューから九三年までの表記は加南子。愛知県祖父江町生。南山大学大学院人類学専攻修士課程修了。シャーマニズムの調査報告書に残された謎をめぐる伝奇的なミステリ『天女の末裔』（八四・講談社）で、江戸川乱歩賞を受賞。第二作の『月霊の囁き』（八五・講談社ノベルス）は、神秘的な新・新宗教〈月霊教〉をめぐるオカルト風ミステリ。同書の幕切れに顕著な心霊的雰囲気は、浮かばれぬ先祖の霊に取り憑かれた女性が過去を探る『時をさまよう恋人たち』（九〇・同）などで、より本格的なオカルト伝奇小説へと展開されている。ほかに、文化人類学者が南太平洋の島から持ち帰った〈逆玉手箱〉を開けてから、日本が堕落しきってしまったという設定の諷刺ファンタジー『竜宮警報』（〇三・小学館文庫）や、ホラー・ゲームノベルなども執筆している。

鳥居清重（とりい・きよしげ　生没年未詳）江戸時代中期の浮世絵師。経歴未詳。鳥居清信の門人で、黒本青本の挿画などを執筆した。黒本青本に、登場人物を化物に変えた『化物忠臣蔵』（未詳）がある。

鳥居清経（とりい・きよつね　生没年未詳）江戸時代中期の浮世絵師。草双紙の挿画を多数執筆。黒本青本に以下のようなものがある。英雄譚の結構を持つ将門物で、夢告・怨念・鎮魂とそろった『麻布一本松』（一七六一／宝暦一一？）、膏薬を擬人化した合戦物『膏《あぶらの》惚《ほれ》薬《ぐすり》』（同？）、小栗判官物『〈小栗吹笛〉乾《いぬい》局《のつぼね》』（六八／明和五）、大鵬と大亀の友情が崩れたことから合戦となる『魚鳥大合戦』（同）、皇位争いや恋争いが複雑に展開し、犬の頭を使った癒しの術や首が飛ぶ怪異などを含む『近江国犬神物語《おうみのくにいぬがみものがたり》』（七〇／同七）、桃太郎に笠森おせんほかの当世風俗を取り入れ、かぼちゃを食べて若返り、双子を生むという発端や鬼ケ島での稲荷の守護などがある『祖父《じじ》と婆々《ばば》』（同）、酒・女・芸能狂いの三兄弟が、打ち出の小槌、天狗の隠れ蓑などで良い目を見る『浮世夢助出世噺』（七一／同八）、「魚籃《ぎょらん》観音縁起」をもとにした『ぎょらん』（七一／同九）、笠森稲荷の穴から茶釜が飛び出して飛び去った後、金時がその穴の中に入り込むと、文福寺があって化物どもが襲いかかって来る『狸の土産』（七二／安永元？）、橘逸成と才知を争う話や六道の辻から生身のまま地獄往来をする話など、小野篁のエピソードを連ねた『水車智恵篁』（七五／安永四？）ほか。

鳥居清久（とりい・きよひさ　生没年未詳）江戸時代中期の浮世絵師。黒本青本に、『通俗三国志』物で、ヒロインに横恋慕する男が飯縄の法を使う話などが付加された『男作《おとこだて》三国志』（一七六二／宝暦一二）がある。

鳥居清倍［二世］（とりい・きよます　一七〇六〜六三／宝永三〜宝暦一三）浮世絵師。通称平三郎。初世鳥居清倍の長女に入り婿したといわれる。一七二五〜六〇（享保一〇〜宝暦一〇）年頃に活躍。義経一行が海上で知盛の怨念に操られた魚類の襲撃を受けるが、退治して竜王を従える『風流鱗魚《うろくず》退治』（四五／延享二）、薬王の玉を奪われた狐を助けた武士が、衆道の恋の逆恨みで殺され、狐の助力を得た恋人の少年が敵を討つ『男色狐敵討』（五六／宝暦六、清満作説もあり）、比叡山の争論に敗れた相模房阿闍梨が帝を調伏しようとしたことが露見して拷問の末に処刑され、怨霊となって市中を騒がす『踊大文字《おどりだいもんじ》』（五七／同七、清満作説もあり）、娘を殺された源九郎狐が敵を討ち、正一位に祀られる『源九郎狐出世咄』（六二／宝暦一二、清満作説もあり）、『吉備大臣入唐絵巻』などをもとにした『吉備大臣』（刊年未詳）など。

鳥居清満（とりい・きよみつ　一七三五〜八五／享保二〇〜天明五）浮世絵師。二世鳥居清倍の次男として江戸難波町に生まれたというが不確定。黒本青本に、武士の熊谷家と狐の強い結び付きを描いて熊谷稲荷大明神の縁起譚とした『熊谷安左衛門《くまがややすざえもん》』（五四／宝暦四？）、菩提樹の実から払子を持って生まれてきた達磨大師が出家するまでの宮廷陰謀劇と敵討を描く『だるま』（六〇／宝暦一〇）、西行一代記だが、西行とは無関係な鯉男と女が契って鯉を産み落とす話などが含まれた『〈西行〉歌枕駅路硯《うたまくらえきろのすずり》』（七一／明和八）、人丸一代記で、最後には夢で素戔嗚尊より師伝の一巻を賜る『〈柿本人麿〉明石松蘇利《あかしのすずり》』（七二／同九）、清少納言を中心に歌人たちを登場させたもので、堀川顕光の道長への嫉みを核に、死んだ顕光が怨霊化する趣向などのある『栄花物語』（七二／安永元、存疑作）など。

鳥生浩司（とりう・こうじ　？〜）西方から日本に流れ着いた三支族の末裔が織りなす伝奇アクション『想刻のペンデュラム』（二〇〇五〜〇六・電撃文庫）がある。

鳥海尽三（とりうみ・じんぞう　一九二九〜二〇〇八）別名に酒井尽三など。北海道空知郡滝川町生。日本大学芸術学部映画学科卒。脚本家。大学在学中、酒井名で、日活映画の脚本でデビュー。映画・テレビドラマを手がけた後、六四年、虫プロダクションに入社。「鉄腕アトム」「ワンダースリー」の脚本を担当。六五年、設立間もないタツノコプロに入社し、文芸の中心的存在として活躍。自ら企画を立てて作品を作り上げていくことで知られ、「みなしごハッチ」（七〇〜七二）「科学忍者隊ガッチャマン」（七二〜七四）「新造人間キャシャーン」（七三〜七四）「タイムボカン」（七五〜七六）、「ポールのミラクル大作戦」（七六〜七七）ほか多数の名作を生み出した。七七年に退社し、タツノコ企画のほか、サンライズ企画などでも脚本を執筆。後世に与えた影響の大きさは計り知れず、アニメに留まらず、文学・文化全般に深甚な影響を及ぼしていると思われる。小説に、アニメのノベライゼーション『どろろ』（八八・ＪＩＣＣ出版局）『小説　科学忍者隊ガッチャマン』（八九・エニックス文庫）などのほか、中国の古典をもとにした『新・平妖伝』（九六〜九七・徳間書店）がある。

鳥海永行（とりうみ・ひさゆき　一九四一〜二〇〇九）神奈川県横浜市生。中央大学法学部卒。アニメの演出家、監督。タツノコプロを経てスタジオぴえろを設立。多数の監督作があるが、代表作に「科学忍者隊ガッチャマン」（七二〜七四）「ニルスのふしぎな旅」（八〇〜八一）「エリア88」（八五）「しましまとらのしまじろう」（九三〜〇八）など。タツノコプロの後輩である押井守と共同で監督した「ダロス」（八三）は世界最初のオリジナル・ビデオ・アニメ（ＯＶＡ）とされている。アニメのノベライゼーション『科学忍者隊ガッチャマン』（七八・ソノラマ文庫）で小説家としてもデビューし、アニメ制作の傍らＳＦやファンタジーを執筆。この世の裏の世界の扉を開ける鏡をめぐるミステリ風のＳＦファンタジー『月光、魔鏡を射る時』（七九・ソノラマ文庫）、タイムスリップによって現代の少年が義経の運命を担う『時の影』（八〇・同）、ミュータント・テーマのＳＦサスペンス『標的は悪魔』（八一・同）、インド神話を背景に、悪霊うごめくインド風別世界でのインドラの末裔たちの冒険を描くファンタジー『フルムーン伝説インドラ』（八二・同）、平安後期を舞台に、歴史に名を留める英雄たちの因縁を綴った連作伝奇時代小説集『水無し川かげろう草子』（八七・ソノラマノベルス）、在原業平を主人公にした幻想譚『妖門記』（九三・朝日ソノラマ）、村上水軍出身の勇魚を主人公とするヒロイック・ファンタジーで、魔術が生きている異貌の十四世紀ヨーロッパを舞台に、戦闘奴隷となった勇魚の活躍を描くヨーロッパ篇と、動乱の南北朝の日本に戻ってきた勇魚が仲間と共に戦いを繰り広げる日本篇から成る、幻想歴史ロマン《球形のグリフィド》(八八〜九一・ソノラマ文庫〜ソノラマノベルス)、百年戦争をモデルにした魔法的別世界を舞台に、戦争を終結に導く運命を担った少年ダンクリーフの冒険を語るファンタジー《光の騎士伝説》(九三〜九四・電撃文庫)、伝奇時代小説『聖・八犬伝』(九五〜九七・同)、歴史伝奇『信長幻記　覇王欧州伝』(九七・ワニの本)など。

鳥飼酔雅(とりかい・すいが　一七二一〜九三/享保六〜寛政五)通称吉文字屋市兵衛。諡昭。別号に洞斎。大坂心斎橋の書肆吉文字屋の三代目。吉文字屋、堂号定栄堂は元禄から文政期まで七代にわたって営業した、近世中期大坂で最大の書肆として知られる。二代目、三代目と百物語怪談集を好んで出版し、怪異小説の歴史上に名を残している。酔雅は出版だけではなく、変名で自身が怪談を執筆したようである。怪談集の序文を見ると、仏教の衆生済度の方便そのものが怪であり、怪談もまた怪に連なるものとして効用があると怪談の実用性を強調するところが特徴的だが、実作ではさほど仏道解釈とは関わらない、あるいは関係がおざなりに述べられている話も多い。また、世話物が多いのも特徴といえよう。小泉八雲が『怪談』の素材にしたことでも知られる、十六話を収録する『新選百物語』(六六/明和三)、十五話を収録する『近代百物語』(七〇/同七)がある。

鳥飼否宇(とりかい・ひう　一九六〇〜)本名久裕《ひさひろ》。福岡県生。九州大学理学部生物学科卒。出版社勤務を経て、『中空』(〇一)で横溝正史ミステリ大賞優秀賞を受賞し、デビュー。昆虫や生物、植物をモチーフにした本格ミステリを執筆。ある日突然ゴキブリに変身してしまった男が狂言回しの、昆虫世界を舞台にした奇天烈なミステリ『昆虫探偵』(〇二・世界文化社)、南方熊楠を探偵役とする伝奇ミステリ『異界』(〇七・角川書店)など。

『とりかへばや物語』(とりかえばやものがたり　平安時代後期成立)長篇物語。作者未詳。院政初期の古本と院政末期の今本とがあり、古本は散逸。今本の方が良いとの評が『無名草子』に見える。双子でそっくりの男女が、性格が逆転していたので、それぞれ性別を異にして育てられ、男は尚侍となって女東宮に仕え、女は中納言となって妻をめとるという荒唐無稽な筋立ての王朝物語。この設定の面白さは普遍的なものであるらしく、以後、現代に至るまで様々な形で変奏されている。

砦葉月(とりで・はづき　?〜)意識のある植物を中心に文明が築かれた別世界を舞台に、プラント・ハンターの少女や特殊な植物の守人などを描いた抒情的な博物誌的ファンタジー《シンフォニアグリーン》(二〇〇二・電撃文庫)がある。

鳥野美知子(とりの・みちこ　一九五四〜)山形県新庄市生。児童文学を執筆。山の女神に捕まって様々な体験をする少女を描くホラー・ファンタジー『どんぐり屋』(〇二・新日本出版社)、母猫たちのお祭りに参加した少女が、悪い猫から赤ん坊の弟を守り抜く『ねんねこさい』(〇四・同)がある。

鳥山仁(とりやま・じん　?〜)ポルノ小説を執筆。別世界ファンタジー物『アルトルーリアの巫女姫』(一九九六・ナポレオン文庫)など。

飛田琴太(とんだ・ことだ　生没年未詳)経歴未詳。見越入道が茨木童子やヘマムショ入道と共に頼光をやっつける算段をめぐらすが、逆に捕えられて祭礼の神輿《みこし》などにされる『大江《おおえ》山二期栄《やまにごのさかえ》』(一七八六/天明六、古阿三蝶画)や、浦島太郎に〈大織冠〉の世界を綯い交ぜた『〈竜宮珍説堂上雑説《りゅうぐうのちんせつどうじょうのざつせつ》〉通世界二代浦島』(八四/同四、同画)などの黄表紙がある。

な

内藤まこ（ないとう・まこ　一九六三～）御先祖様の出現をトランプで占った霊感少女に怪事件が降りかかるオカルト・コメディ『魔少女の夏』（八九・ケイブンシャ文庫コスモティーンズ）がある。

内藤渉（ないとう・わたる　?～）「戦乙女の槍」（一九九四）がソード・ワールド短篇コンテストに入選。別世界を舞台に、魔術と機械とを統べる魔王の心臓を移植された病弱な少女が、個性と異能を有する機械に魂を乗り移らせて冒険を繰り広げるアクション・ファンタジー『カレイドスコープの少女』（九八・富士見ファンタジア文庫）でファンタジア長編小説大賞佳作入選。

苗村松軒（なえむら・しょうけん　生没年未詳）経歴未詳。『伊勢物語大成』（一六九七／元禄一〇）等の著作があり、古学者と推測されている。先行作など既存の資料をもとに、それを簡素化したり、複雑化したり、あるいはそのまま敷き写したりした、編纂的な趣の強い怪談奇談集『御伽人形』（一七〇五／宝永二）がある。

なおえみずほ（なおえ・みずほ　一九二四～）本名坪井純子《すみこ》。石川県生。魔法の椅子に乗って海の魔法使いたちの海祭りに出かける少年の不思議な体験を沈んだムードで描く『海のまほうのいす』（七五・アリス館牧新社）、孤独な海の子供が、恐竜など不思議な海の生き物に出会いながら旅をする『海ぼうずのオロロン』（七五・同）、大蛸と小さな島の人々との関わりの変転を描いた『ほくろの島』（七五・同）、逃げ出した尻尾をめぐるユーモラスな『きつねのしっぽがなくなった』（七六・同）などのファンタジー童話を執筆。

中勘助（なか・かんすけ　一八八五～一九六五）筆名に那珂。東京神田生。父・勘弥は岐阜今尾藩士。東京大学国文科卒。一高、東大で夏目漱石に英語を学ぶ。中家は勘彌の死後、九大教授の長男が脳溢血のため身体不自由となる不幸に見舞われる。勘助は兄や親戚との確執から家を出、以後、信州野尻湖畔や関東各地に仮寓の日々を送る。一二年、〇四年からの日付がある夢日記の一部を『新小説』に掲載。一三年、幼少年期に取材した「銀の匙」を、漱石の推挙で『東京朝日新聞』に連載、一躍脚光を浴びた。『提婆達多』（二一・新潮社、那珂名義）と「犬」（二二）発表後は随筆に転じ、『しづかな流』（三二）『街路樹』（三七）などに隠者風の観照生活を記した。また童話や詩を手がけた。『中勘助全集』全十三巻（六〇～六二・角川書店）に対して、六五年に朝日文化賞が贈られた。

　最初期の「郊外　その一」（一二）をはじめ、勘助の夥しい夢日記の中には、師・漱石の「夢十夜」を思わせる幻想譚の体《てい》をなすものも散見される。独立した短篇として発表された「ゆめ」（一七）は、恋人を忌まわしい人獣に攫われ凌辱される夢、オランウータンの群れに生きながらわが身を喰われる夢、鶴に化身した語り手が鷗に化身した恋人と巡り会う夢、幻めく老人の漕ぐ土舟で冥府の川を下っていく夢を語り、その不気味な夢魔の感触は比類がない。この小品は、後の『犬』や『鳥の物語』の萌芽を含む点でも注目に値しよう。『提婆達多』は仏陀の従弟にして造反者である提婆達多の、傲慢さと愛欲と嫉妬に満ちた〈苦しい長い一生〉を描いた長篇で、やはり『犬』に通じる宗教者の愛欲を扱っている。全体としては提婆達多の人間的な苦悩を余すところなく描き出しており、きわめて切ない読後感を残す。一般に中の内的闘争を描いたものとされる本作は、中個人を離れた普遍的な宗教小説としても一級品である。

　戦争をはさんで息長く書き継がれた《鳥の物語》（三二～六三）は、雁、鳩、ひばり、雉子、白鳥など十二羽の鳥たちが、次々に大汗にお話を聞かせるという形式で書かれた連作童話集である。山部赤人に見事な鶴の歌を詠ませた褒美として帝《みかど》が鶴の頭を撫でてから、丹頂鶴の頭は赤くなったのだと語る「鶴の話」、竜女になった海女の悲劇を語る「鵜の話」ほか、おおどかな美しさを湛えた佳品ぞろいである。

▼『中勘助全集』全十七巻（八九〜九一・岩波書店）

【犬】長篇小説。二二年七月『思想』掲載。二四年岩波書店刊。舞台は古代印度。侵攻してきた異教徒の若者に凌辱され子を宿した娘は、思いあまって印度教の苦行僧に救いを求める。ところが娘に懸想した僧は、怪異な呪法をもって若者を殺害、己と娘を犬の姿に変えておぞましい愛欲に耽る。やがて真相を知った娘は、僧犬を嚙み殺し、若者の後を追って奈落の底へ堕ちていく。人間の愛欲にひそむ獣性を抉り出して凄惨を極める内容もさることながら、なにより印象深いのは、あまりにも官能的なその書きぶりである。

中正夫（なか・まさお　一九〇〇〜六三）航空関係のノンフィクション、小説などを執筆。戦後、少年小説を執筆し、ロケットSF『宇宙の秘宝』（四八・中矢書房）などがある。

那珂良二（なか・りょうじ　一九〇〇〜五〇）本名岡澤三能。筆名に木津登良など。福岡市生。早稲田大学政経学部を結核により中退。その後、教員などを経て、日本大学国文科に学び、記者となる。肺結核をテーマにした人造臓器物「灰色にぼかされた結婚」（二八、木津名、後に「絢爛たるけむり」と改題）で小説家としてもデビュー。同作のほか、太陽熱利用によりエネルギー問題を解決した超科学国家日本の発明家たちが、火山噴火を利用して、米国の海底横断路建設を阻止する表題作、ホログラフィ、電磁波利用の物体誘導などの超科学技術が出てくる女性略奪物「女優イザベラ」（三〇、後に「翼なき飛翔」と改題）、新技術物の軍事SFを収録する短篇集『海底国境線』（四二・奥川書房）、新技術物の長篇軍事SF『非武装艦隊』（四二・同）『成層圏要塞』（四四・釣之研究社）などがある。

中井拓志（なかい・たくし　一九七一〜）福岡県生。立命館大学経済学部中退。人間の左腕を生命体へと変化させる人造ウイルスのせいで、おぞましい左腕の化物が徘徊することとなるモンスター・パニック物のホラー『レフトハンド』（九四・角川書店）で日本ホラー小説大賞長編賞を受賞してデビュー。ほかに、インターネットのヴァーチャル空間に取材したサスペンス・ミステリで、ネットから溢れ出た〈呪文〉の群れが市街を埋め尽くすクライマックスが印象的な『quarter mo@n』（九九・角川ホラー文庫）、同じく言葉の呪文的な力に注目したサイコ・ミステリ『獣の夢』（〇六・同）、人間の脳に強力な影響を与えてしまう少女アリスが引き起こす事態を描いた一種のバイオハザード物で、世界を右脳のみで理解することをテーマとする幻想SF『アリス』（〇三・同）がある。

中井紀夫（なかい・のりお　一九五二〜）武蔵大学人文学部卒。新宿歌舞伎町のナイトクラブのピアノ弾きや編集者を経て、八五年、ハヤカワSFコンテストにおいて、「竜の降りる夜」が参考作となり、「忘れえぬ人」（八六）でデビュー。拳銃を超能力に替えた西部劇風異惑星を舞台に、超能力なしの拳銃使いが活躍するSFアクション《能なしワニ》（八七〜八九・ハヤカワ文庫）をはじめ、SF作品を中心に執筆。副都心の超高層ビル群の一角に根を張った正体不明の漂着神が放つ電脳機械をめぐる冒険を描く『漂着神都市』（八八・トクマ・ノベルズ）、海棲人の血をひく一族の物語を都会的なラブロマンスのうちに描いた『海霊伝』（九〇・同）、植民惑星を舞台に、高校生の少年が、自由に生きる歌姫の少女と共に原住民の世界に旅立ち、きわめて進化した生命体クランガと心を通わせる『遺響の門』（二〇〇〇・徳間デュアル文庫）、世界の破滅を目論む教団の教祖のクローンとして生まれ、局地的な地震をもたらすほどの強大な超能力で無意識に都市を破壊してきた少年リュウをめぐる物語『モザイク』（〇一・同）などのSFがある。怪奇幻想文学系の作品としては、野蛮さと科学が入り混じった猥雑な別世界を舞台に、数奇な運命の元に生まれた英雄と、狂熱的なフリークスたちを描くヒロイック・ファンタジー《タルカス伝》(九〇〜九三・ハヤカワ文庫)、演奏に一万年かかるという交響楽を演奏し続ける楽団の日々を描く表題作や電線の上に住む人々の話「電線世界」などを収録した奇想短篇集『山の上の交響楽』(八九・同)、卑近な現実の中に起きる怪奇と不思議とを語る都市伝説風の短篇集『ブリーフ、シャツ、福神漬』(九一・波書房)『山手線のあやとり娘』(九二・同)、日常に潜む狂気と恐怖を描く短篇集『死神のいる街角』(九五・出版芸術社)などがある。ほかに、テレビドラマ「世にも奇妙な物語」の原作・ノベライゼーションや、ゲームのノベライゼーションも執筆している。

中井英夫(なかい・ひでお　一九二二〜九三)別名に緑川弓雄、塔晶夫。東京滝野川町田端生。猛之進・茂子夫妻の三男。父は高名な植物学者で、東大教授、小石川植物園・ジャワのボゴール植物園の園長、国立科学博物館長などを歴任した。小学校時代から乱歩を耽読、「水少年」「足の裏を舐める男」などの妄想小説を書く。東京高等師範学校付属中学時代は、小栗虫太郎、夢野久作を愛読、「地球追放」ほかの詩作を続ける。一浪後、府立高校入学。浪人中からリラダン、メリメ、フランスらの文学に親しむ。四三年、校友会誌『八雲』に短篇「麤皮《あらかわ》」を発表。四四年、学徒出陣により東京市ケ谷の参謀本部に配属となる。翌年、腸チフスに罹り昏睡状態のまま終戦を迎える。東京大学文学部言語学科へ復学するが、戦災で生家と家財の一切を焼失したため生活が困窮し、ほとんど出席できず。吉行淳之介、椿實らと第十四次『新思潮』を創刊、編集を担当する傍ら、緑川弓雄名義で「屋漏」「燕の記憶」などの短篇を発表。四九年、東大を中退し、日本短歌社に勤務、『短歌研究』『日本短歌』編集長として中城ふみ子、塚本邦雄、寺山修司らの才能を発掘、世に出す。五五年、突然に「虚無への供物」の構想が浮かび、以後、角川書店の『短歌』編集長、グラフィックデザイン会社の共同経営などの傍ら執筆を続ける。六二年に前半第二章までを書き上げ江戸川乱歩賞に応募するも次席に留まる。六四年「虚無への供物」を完成し、塔晶夫名義で講談社から刊行、ミステリ読者を中心に一部で高い評価を得る。六九年『中井英夫作品集』刊行を契機に本格的な文筆活動に入る。七〇年から七七年まで一、二年おきに『太陽』に連載された連作《とらんぷ譚》をはじめとする巧緻な短篇小説を中心に、『黒鳥の旅もしくは幻想庭園』(七四・潮出版社)以下の洒脱なエッセー、戦中・戦後の青春と文学的彷徨を記した『彼方より』(七一・深夜叢書社)『黒鳥館戦後日記』『続・黒鳥館戦後日記』(八三、八四・立風書房)などの日記類のほか、『中井英夫詩集』(七六・思潮社=現代詩文庫)、異色の短歌論『黒衣の短歌史』(七一・潮出版社)、映画論集『月蝕領映画館』(八四・同)など多彩な著作がある。七四年『悪夢の骨牌』で泉鏡花文学賞を受賞した。九三年の十二月十日——『虚無への供物』の幕開けと同じ日付・曜日(金曜)に死去、葬儀は同作にゆかりの下谷・法昌寺にて福島泰樹を導師として営まれた。

中井英夫を論じるものがしばしば引用する〈生まれた時から日蝕だった/唇を抑へて生きてきたんだ〉(「蝕」より)という一節が如実に示すように、幼い頃から自らを他の天体からの流刑者と観じてやまなかった中井の作品は、現実に対する熾烈な愛憎の念と、その渦中で生きざるをえない己に対する恥の意識によって貫かれた〈幻視者の文学〉として、戦後文学に特異な光芒を放っている。

着想から一応の完成まで二十数年を要したという実質的な処女作「黒鳥譚」(六九)は、〈恥〉の記憶の象徴たる黒鳥と、鏡を隔てて向かい合う兄と弟が繰り広げる寓意的実験的な変身譚、ドッペルゲンガー譚であり、迷宮めいた構成のうちに、①変身②戦争体験③逆流/円環化する時間④反世界の希求とその喪失など、中井が固執する様々なモチーフが封じ込められている。次にそれぞれのモチーフを代表する幻想作品を掲げるが、本来それらは互いに混ざりあって一篇の作品を成しており、以下の分類はあくまでも便宜的なものであることをお断りしておきたい。

①地上を席捲する〈彼ら〉の手によって人々が次々に人形に変じていくなか、地下鉄乗車券の自動販売機に切ない恋をし、終点にある銃器店から本来の世界への脱出を試みようとする青年を描く「銃器店へ」（七〇）、ガラス瓶の破片が語るメルヘン風の物語に耳傾ける青年の孤独な変身を描く「空き瓶ブルース」（七二）などのほか、連作短篇集『人外境通信』（七六・平凡社）所収の短篇群にも、薔薇や猫の化身が妖しく跳梁している。長篇『光のアダム』（七八・角川書店）も、美の化身たるヘルマフロディットへの束の間の変身と失墜を核心にして展開される物語である。

②戦争という巨大な妄想に対抗するべく静かに狂っていく娘を描く「黒塚」（七〇）、同篇の原型を含む初期長篇で、〈一九四四年夏〉という、やみくもな死への彷徨を続ける一時代をまるごと写すことを意図したという「他人《よそびと》の夢」（刊行は八五）、戦争で婚期を逸した三姉妹の老いらくの恋を妖しい宝石の彩りと共に描く連作短篇集『真珠母の匣』（七八・平凡社）などがある。

③年上の女流画家に魅かれるまま現代から昭和七年にタイムスリップする青年を描く「星の砕片」（七四）、二十五年の歳月を隔てて、少女の姿に変じた亡き妻と再会する老マジシャンの悲哀を描く名作「幻戯」（七五）。ちなみに同篇は、主人公がマジシャンなどではなく、一介の退職サラリーマンにすぎないらしいという苦い結末を迎えるが、時間の逆流は、しばしば狂気や妄想によって媒介される。代表的な作品に、四十年前の恋人の死に疑惑を抱く女主人公が、思い出の地をさまよううち、死者たちの〈気違いお茶会〉に誘い込まれ無惨な真相を告げられる「干からびた犯罪」（八〇）、夫の死にまつわる忌まわしい記憶から逃れるため、自らを狂気の檻に幽閉する未亡人の話「盲目の薔薇」（八一）、夕空に輝く星から病者を訪なう美童の幻に悲痛な喪失感が漂う「夕映少年」（八三）などがある。このほか短篇連作集『悪夢の骨牌』（七三・平凡社）収録の諸篇にも、このモチーフが沈鬱な翳を投げかけている。

④同僚の故郷である日本海の小島に渡った語り手を見舞うエロティックな一夜の体験と失寵の顛末を描く「鏡のなかへの旅」（七二）、別荘地の山中に女王アリスの君臨する少年少女の王国が束の間幻出する「名なしの森」（八〇）など。以上のほかに、中井の偏愛する反世界の索引めいた趣向で展開される吸血鬼譚の逸品「影の狩人」（七九）、人形と暗号と近親憎悪に彩られた連作長篇『人形たちの夜』（七六・潮出版社）、虚実綯い交ぜの趣向が、非現実めいた陰鬱さに覆われた現実を照射する短篇集『月蝕領宣言』（七九・立風書房）などがある。

　なお『ケンタウロスの嘆き』（七五・潮出版社）や『地下を旅して』（七九・立風書房）などの作家・作品論集には、自らの先達たる乱歩や十蘭、あるいは三島由紀夫らをめぐる卓抜な論考が収められており、久生十蘭の著作集編纂など、七〇年前後の〈異端文学復権〉の一翼を担った中井の足跡を辿ることができる。

▼『中井英夫全集』全十二巻（九六～〇六・東京創元社＝創元ライブラリ）

【虚無への供物】長篇小説。六四年講談社刊。塔晶夫名義。二重橋圧死事件、第五福竜丸の死の灰、黄変米、洞爺丸の沈没という〈新形式の殺人〉が相次いだ一九五四年の暮れから翌年の春にかけて、東京目白の氷沼家を主な舞台に続発した密室殺人事件の顛末を描いた長篇アンチミステリ。曾祖父によるアイヌ迫害の呪いか、氷沼家の一族は、函館の大火、広島の原爆、洞爺丸の沈没などに巻き込まれ、次々に〈無意味な死〉を遂げていた。最後に残されたのは蒼司・紅司の兄弟と、同家に身を寄せる従弟の藍司、叔父の橙二郎の四名。蒼司の友人・牟礼田俊夫は、パリの任地から婚約者の奈々村久生に〈近いうち氷沼家には、必ず死神がさまよい出すだろう〉という奇怪な予言を書き送る。ホームズ気取りの久生とワトスン役の光田亜利夫は氷沼家に接近するが、はたして紅司が風呂場で変死したのを皮切りに、同家は陰惨な滅びのときを迎えようとしていた……。素人探偵たちによる推理合戦は二転三転、めまぐるしく虚実ところを替え、謎めいたならず者・鴻巣玄次や、原爆で死んだはずの〈黄司〉の妖影がよぎり、五色の薔薇と不動をめぐる暗合は、物語を絢爛たる非現実の色彩に染め上げていく。なにより本書は夢野久作『ドグラ・マグラ』や小栗虫太郎『黒死館殺人事件』の正系を継ぐ〈反地球での反人間のための物語〉（初版のあとがき）なのだから。

【幻想博物館】連作短篇集。七二年平凡社刊。七月の「火星植物園」に始まり、六月の「邪眼」に終わる十二の月にちなんだ物語に〈間奏曲〉たる「チッペンデールの寝台」を加えた十三篇より成る。広大な薔薇園を有する精神病院〈流薔園〉には、反地上的な妄想や幻覚を育む特異な患者ばかりが集められ、さながら〈幻想博物館〉の様相を呈している。各篇は、個々の患者にまつわる奇怪な物語という設定で一種の枠物語となっているが、最後の「邪眼」では、残酷などんでん返しが仕組まれている。様々な殺意を秘めたバスの乗客たちを待ち受ける皮肉な運命を描く「大望ある乗客」、年下の愛人が男たちと交わす暗黙の交信に宇宙生物の侵攻を感知する女の錯乱を描く「影の舞踏会」、老手品師の降霊術が浮かび上がらせる愛の秘蹟を描いて十蘭の「予言」にも比肩される傑作「地下街」など、独立した短篇としてもそれぞれ完成度が高く、短篇の名手としての中井の真骨頂が示されている。本書に始まり『悪夢の骨牌』『人外境通信』『真珠母の匣』と続く巨大な連作集《とらんぷ譚》（一巻本は七九・平凡社）中の白眉。

永井泰宇（ながい・やすたか　一九四一〜）中国上海市生。都立文教高校卒。劇画の原作を執筆する傍ら、実弟の漫画家・永井豪の作品のノベライゼーションをはじめとする小説を執筆。ノベライゼーションに、『真・デビルマン』（八一・ソノラマ文庫）『手天童子』（八六〜八九・カドカワ・ノベルズ）『凄ノ王伝説』（八二〜八七・同）などがある。オリジナル作品に、ある日突然なぜか超能力を得てしまった少女を主人公とするコミカルな伝奇アクション『聖母大戦』（八八〜九一・トクマ・ノベルズ）、縄文より続く超能力者たちの戦いを描く伝奇アクション『超神戦線』（九〇〜九二・カドカワ・ノベルズ、後に「魏志倭神伝」と改題）などがある。また、犯人が心神喪失の場合は罪に問わないという刑法第三十九条の是非をテーマとしたサイコ・サスペンス『39―刑法第三十九条』（九九）が、映画化もされて評判となり、シリーズ化されている。

永井陽子（ながい・ようこ　一九五一〜二〇〇〇）歌人。愛知県瀬戸市城屋敷町生。愛知県立女子短期大学国文科卒。六九年、短歌人会に入会、高瀬一誌に師事。七三年、句歌集『葦牙《あしかび》』（愛知県立女子短期大学文芸部）刊。〈血をつなぐ死者とたたずむ夕月夜方形の耳持つをとこたち〉などを含む歌集『なよたけ拾遺』（七八・短歌人会）収録の論文「式子内親王―その百首歌の世界」執筆以来、国文学者・島津忠夫に師事。〈四つ辻はつねに魔物の棲むところ母よ日暮れの方へ歩むな〉〈てまり唄手鞠つきつつうたふゆゑにはかに老けてゆく影法師〉などを含む『てまり唄』（九五・砂子屋書房）で河野愛子賞受賞。口語を使ったリズム感と愛唱性、豊かな抒情性が特色で、春日井建に〈遠いもの、遙かなものへの愛がある。時間ならば古代や中世、空間ならば天や月や星〉と評された。ほかの歌集に、〈こよひはたれが逝く斑鳩の参道をまつすぐに来る無人の自転車〉などの『樟の木のうた』（八三・短歌新聞社）、〈この世なるふしぎな楽器月光に鳴り出づるよ人の器官のすべてが〉などの『ふしぎな楽器』（八六・沖積舎）、〈こんな夜美術館の前に佇《た》つてゐると背後より大山猫が来るぞ〉などの『モーツァルトの電話帳』（九三・河出書房新社）がある。没後、遺歌集『小さなヴァイオリンが欲しくて』（二〇〇〇・砂子屋書房）、『永井陽子全歌集』（〇五・桐葉書房／青幻舎）が刊行された。

中内かなみ（なかうち・かなみ　一九七〇～）東京生。雑誌記者を経て、九六年から九九年まで韓国に在住。西江大学語学研究院卒。京畿大学大学院中退。中世朝鮮に跳梁跋扈する鬼神・妖怪を国王直属の査察官が退治して歩く伝奇ファンタジー『李朝暗行御史霊遊記』（〇一・角川書店）がある。

中尾明（なかお・あきら　一九三〇～）本名長尾利男。東京生。明治学院大学英文科卒。出版社勤務を経て児童文学作家となる。ジュヴナイルSF普及の一角を担う。少年向けの翻訳としてレ・ファニュ『女吸血鬼カーミラ』（七二・朝日ソノラマ）、ジョン・ウィンダム『怪奇植物トリフィドの侵略』（七三・あかね書房）など。ジュヴナイルSFの創作に、宇宙から飛来した、海中で生きる異生命体の侵略を描くサスペンス『黒の放射線』（七二・鶴書房盛光社）、地震予知の一種として、自殺発作や凶暴発作が起きる現象を描く『いて座の少女』（七八・鶴書房）、大気汚染のせいで死んだ人の姿や過去の幻影などを見るようになって事故が続発する表題作、植物を急速に繁茂させる薬品によって植物が毒性のものになったり凶暴化したりする「緑化運動」などを収録する短篇集『君は幽霊を見たか』（七七・三省堂）など。また、『ガールフレンドはむちゃっこロボット』（八九・PHP研究所）ほか、SF童話も多数執筆。

長尾誠夫（ながお・せいお　一九五五～）愛媛県生。東京学芸大学卒。『源氏物語人殺し絵巻』（八六）でサントリーミステリー大賞読者賞を受賞してデビュー。柳田國男が探偵役の伝奇ミステリ『神隠しの村―遠野物語異聞』（〇一・桜桃書房）、推古朝を舞台にしたオカルト伝奇ミステリ『黄泉国の皇子』（九五・祥伝社）など。

中追貴六（なかおい・きむ　一九七〇～）別表記に中笈木六。科学と魔術が合体した異貌のオカルト日本を舞台にしたアクション『クラック・ウィング』（九八・スーパークエスト文庫）がある。中笈名でライト・ポルノ小説を執筆し、ファンタジー《ライトニング☆サーガ》（九五～二〇〇〇・ナポレオン文庫）、退魔物『ウィアードハンター』（九六・同）などがある。

中岡潤一郎（なかおか・じゅんいちろう　一九六八～）『決戦！津軽海戦』（九六・ワニの本）でデビューし、主にシミュレーション戦記を執筆。羅門祐人との共著による戦国シミュレーション『覇信長記』（〇一～・同）、男子出生率が低下して女性の軍隊が作られているという設定の改変歴史物の戦記『新スカーレット・ストーム』（〇五～〇六・銀河ノベルズ）、スペースオペラ『神の雷に撃たれし男』（二〇〇〇・ファミ通文庫）などがある。

中上健次（なかがみ・けんじ　一九四六～九二）本姓中上《なかうえ》。和歌山県新宮市生。新宮高校卒。高校卒業後、上京、モダンジャズや映画・演劇に熱中する一方、『文芸首都』同人となり、肉体労働の傍ら小説を書く。七四年『十九歳の地図』を刊行して注目され、七五年「岬」で芥川賞を受賞した。以後『枯木灘』（七七）『鳳仙花』（八〇）など、生地・紀州熊野と分かちがたく結びついた自身の血縁関係をテーマとする力作を発表。高く評価されるが、腎臓癌に蝕まれ、惜しまれながら早世した。

　幻想文学の観点からも、中上の作品は注目に値する。暴力と性と死に満ちた中上の作品世界は、一面では神話的な相貌を帯びており、それは『千年の愉楽』をはじめとする〈熊野幻想〉の物語群に顕著に表れている。物語の沃野であり神話空間である熊野の山川草木から立ちのぼる幻は、『化粧』（七八・講談社）『熊野集』などに収録された短篇群において、ときに呪文めいた迫力で描き出される。そこにはまた、土地の精霊を召喚する器としての夢幻能の形式が色濃く影を落としてもいる。一方『日輪の翼』（八四・新潮社）では、崩壊に瀕した熊野と訣別し、路地の若者ツヨシが運転する改造トレーラーで各地を遍歴した後、東京の雑踏に消えていく老婆たちを描いて、新たなる神話の創造に着手する。物語は『讃歌』（九〇・文藝春秋）に引き継がれ、感情も過去も捨て去って〈性のサイボーグ〉になりきろうとしているツヨシが、自らを取り戻し、故郷に帰るべく、老婆を見つけ出して再びトレーラーを駆るが、またも老婆たちが消え去ってしまうという顛末が描かれる。物語はなおも続く気配を見せて終わるが、続篇が書かれることはなかった。また、外伝ともいえる『野性の火炎樹』（八六・マガジンハウス）は、路地の外で、中本の血と他の血が混淆し、血の悲劇を超えていく可能性について描いたもので、霊となっているオリュウノオバが出現する。そして、絶筆となった『異族』（九三・講談社、八四〜九二年『群像』に断続的に連載）では、同じ形の青アザを持っていることで結び合った、〈路地〉のタツヤ、在日韓国人二世、アイヌの三人が、『八犬伝』よろしく青アザを持つ〈異族〉の仲間を集めた果てに、アザの迷妄から醒めるという展開で、一種のアンチ幻想小説のようになっているのが興味深い。

【千年の愉楽】短篇集。八二年河出書房新社刊。紀州最南端の〈路地〉に生をうけた中本一統の若者たちが、夜盗やヤクザ、色事師などに身をやつし、奔放な生の昂揚の果てにあっけなく死んでいく様を描いた連作六篇を収める。人並み外れた容貌・膂力をもち、死者や獣と交感するシャーマンでもあるかれらの生の軌跡は、その誕生と死を看取り、その〈高貴で穢れた血〉を浄めて千年を生きてきた〈路地〉の巫女たるオリュウノオバの存在によって重層的な神話世界へと昇華されるのだった。続篇ともいうべき作品集に、死んでいるはずのオリュウノオバとアル中のトモノオジが回想した中本一統の物語を、語り手が再話したという形式の連作短篇集『奇蹟』（八九・朝日新聞社）がある。

【熊野集】短篇集。八四年講談社刊。随筆と物語とが複雑に入り組んだ連作短篇集。『千年の愉楽』の流れを汲む「葺き籠り」などの作品のほか、より幻想味の強い伝奇的小品が含まれている。一人の修行者が謎めいた女や男に出遭う山岳幻想譚「不死」「月と不死」、今昔物語風の「鬼の話」「偸盗の桜」などを収録する。

中川圭士（なかがわ・けいじ　一九七七〜）悪魔が人間界で起こした事件を捜査する天使の特務機関の活躍をコミカルに描くファンタジー『セレスティアルフォース』（九九・角川スニーカー文庫）でスニーカー大賞読者賞奨励賞受賞。続篇『大いなる誤算』（二〇〇〇・同）のほか、トラブルに巻き込まれやすい少女を変身ヒーローが守るアクション・ラブコメディ『セイギノミカタはじめました』（二〇〇〇・同）などがある。

中川千尋（なかがわ・ちひろ　一九五八〜）翻訳家、イラストレーター、絵本作家。翻訳の代表作にリチャード・ケネディ『ふしぎをのせたアリエル号』（九〇・福武書店）など。溺れかけた少年が河童に助けられ、河童の抜殻を着て河童のように暮らす『カッパのぬけがら』（二〇〇〇・理論社）、天使を拾った少女が懸命に天使の世話をする『天使のかいかた』（〇二・同）をはじめとするファンタスティックな絵本があるほか、世界を転々と流れていく物たちの世話をする女神のごとき老婆と親しくなって不思議な体験をする子供たちを描いた童話『しらぎくさんのどんぐりパン』（〇五・同）がある。

中川昌房（なかがわ・まさふさ　生没年未詳）大坂の人。読本を何作か執筆している。九州の豪傑の娘が片想いに身を焦がして鬼女となる物語で、豪傑の息子が竜神の鐘を海中から引き揚げ、鬼女の面を得るという展開部がある『〈筑前国鐘ケ岬〉金鱗化粧桜』（一八一二／文化九、一峰斎馬円画）、業平と井筒の物語に紀名虎の謀叛を組み入れた伝奇で、賊将・千方の妖術などの趣向があるが、全体としては散漫で評価の低い『信夫摺《しのぶずり》在原草紙』（〇八／同五、感和亭鬼武校閲）など。

中川裕朗（なかがわ・ゆうろう　一九三四〜九五）本名剛《ごう》。満州大連市生。京都大学法学部卒。同大学院博士課程修了。憲法学者、行政法学者。広島大学法学部教授職の傍ら小説を執筆。『猟人の眠り』（八九）でサントリーミステリー大賞佳作受賞。本名でもミステリなどを発表している。幻想小説に、不条理小説・怪奇小説・妖異譚・異界物語・メルヘンなど、多彩な形式で、この世ならぬあるべきはずの世界への渇望を描く短篇集『四・三光年の地上で』（八五・河出書房新社）、日本神話を世俗的に書き替えた『古事記オペラ』（八〇・三一書房）などがある。

中河与一（なかがわ・よいち　一八九七～一九九四）東京生。戸籍上は香川県生。画家を志して上京、本郷美術研究所に通う。一二年、早稲田大学英文科に入学するが、病的な潔癖症のため翌年中退する。歌集『光る波』（一二）を刊行。二三年『文藝春秋』に「或る新婚者」を発表、文壇に認められる。翌年、川端康成、横光利一らと同人誌『文芸時代』を創刊。同誌に「刺繡せられた野菜」（二四）「氷る舞踏場」（二五）「海路歴程」（二七）などを発表、新感覚派を代表する作家の一人となる。また同派の論客としても活躍、三〇年に〈形式主義芸術論〉を、三五年に〈偶然文学論〉を主張、自然主義やマルクス主義陣営と対決した。「愛恋無限」（三五～三六）で第一回透谷文学賞を受賞。三八年発表の純愛小説『天の夕顔』は、戦時下の大ベストセラーとなった。この前後から民族文化主義に傾斜、『文芸世紀』を主宰。一連の言動が時局迎合と受け取られ、戦後批判を浴びた。戦後の代表作に、『天の夕顔』と三部作をなす『失楽の庭』（五〇）『悲劇の季節』（五二）、谷崎潤一郎をモデルとする『探美の夜』（五七～五九）など。

処女作「悩ましき妄想」（二一、後に「赤い薔薇」と改題）は、天から舞い落ちる真紅の薔薇が鮮血に変じて主人公に降りかかる幻視の光景が印象的な異常心理小説であり、同趣向の病的潔癖症を描いた短篇に「肉親の賦」（二六）がある。醜い後妻がみるみる若返るにつれて、継子の娘が老いさらばえていく怪異を描いた「吸血鬼」（二九）も、前二者の系譜に立つ作品といえるかもしれない。曲芸飛行の芸人夫婦が前後して大空を落下していく「鏡に這入る女」（三二）、猿の大群や、ペストの恐怖で無人化した町の描写が印象的な「印度王宮図」（二九）などのエキゾティックな作品群にも幻想的な味わいを湛えたものが散見される。

中川李枝子（なかがわ・りえこ　一九三五～）旧姓大村。北海道札幌市生。都立高等保母学院卒。保育園に勤める傍ら幼年童話を執筆。イラストレーターの妹、山脇（旧姓大村）百合子とコンビを組み、保育園を舞台に、日常から空想的な世界へと自然につながっていく子供の世界を描いた『いやいやえん』（六二・福音館書店）でデビュー。同作は、子供たちの圧倒的な支持を得て、厚生大臣賞、NHK児童文学奨励賞、産経児童出版文化賞そのほか多数の賞を受賞した。また、森の双子の野ねずみの生活を描く絵本『ぐりとぐら』（六三・同）は超ロングセラーの名作として有名で、シリーズ作品は〇四年まで刊行が続いている。中篇のファンタジー童話に、狐がくれた種を蒔くと家が咲いて育っていく『そらいろのたね』（六四・同）、桃色の紙のキリンに乗った少女が、クレヨン山で動物を助ける『ももいろのきりん』（六五・同）、緑色のライオンを主人公とした『らいおんみどりの日曜日』（六九・同）、小学校の戸棚に借家住まいしている小さなかわいいお化けの一家と一年生たちの交流を描く『森おばけ』（七八・同）、たかたか山で天狗や動物たちと友達になるなど、子供の楽しい冒険を描いた『たかたか山のたかちゃん』（九二・のら書店）などがある。

長坂秀佳（ながさか・しゅうけい　一九四一～）本名秀佳《ひでか》。愛知県豊川市生。愛知県立豊橋工業高校卒。脚本家。脚本の代表作に映画「小説吉田学校」（八三）、特撮物「人造人間キカイダー」（七二～七三）ほか多数。『浅草エノケン一座の嵐』（八九）で江戸川乱歩賞受賞。ホラー小説に、自身が脚本を担当した怪奇系サウンドノベルゲームのノベライゼーション『弟切草』（九九・角川ホラー文庫）、その続篇や外伝『彼岸花』『寄生木』（共に二〇〇〇・同）『死人花』（〇三・同）『幽霊花』（〇五・同）など。また、化猫ホラー『化猫伝』（〇一・同）がある。

長崎源之助（ながさき・げんのすけ　一九二四〜）神奈川県横浜市生。浅野総合中学中退。平塚武二に師事し、佐藤さとる、いぬいとみこらと同人誌『豆の木』を発行。「トコトンヤレ」（五六）ほかで日本児童文学者協会新人賞受賞。代表作に、戦争をテーマとした連作短篇集『あほうの星』（六四）、思春期の少女の瑞々しい世界を描いた『人魚がくれたさくら貝』（七四）、日本児童文学者協会賞受賞の『トンネル山の子どもたち』（七七）、野間児童文芸賞受賞の『忘れられた島へ』（八〇）など。学童疎開での辛い体験をファンタジーを交えて描き出した長篇童話『ゲンのいた谷』（六八・実業之日本社）『やまびこ村のふしぎな少年』（七二・同）も代表作に数えられるだろう。前者は、土蔵の壁に描いた怪獣のゲンだけを友とする孤独な少年〈うめぼし〉の体験を、ゲン自身が語り手となり、〈うめぼし〉の息子である少年に語るというもの。後者は、会社の倒産により死に場所を求めて山中に来た男が、過去の自分の心の隠れ場所である異世界に迷い込むという設定の、より幻想性の強い作品で、その世界では少年が魔法を使って大鷲を呼び寄せたり、ガラスの置物が巨大な宮殿となったりする一方、疎開先の老婆は恐ろしい鬼婆となっている。その他のファンタスティックな作品に、絵本の狐が本を抜け出して音符人間の星や風船夫婦の住む星を訪れる、子供の夢のようなファンタジー『赤いチョッキをきたキツネ』（六八・ポプラ社）、民話に出て来る管狐と少女の交流を描く絵本『小さな小さなキツネ』（七三・国土社）などがある。

中里介山（なかざと・かいざん　一八八五〜一九四四）本名弥之助。神奈川県（現・東京）西多摩郡羽村生。西多摩小学校高等科卒。電話交換手などを経て十五歳より教員となる。〇七年より都新聞社に勤務し、同紙に小説を執筆。代表作は未完の「大菩薩峠」（一三〜四一）で、この一作のみでも文学史に名を留められるべき傑出した奇書である。介山は成育環境などからキリスト教社会主義の思想を有し、当時の時代思潮と深く関わった。大逆事件に際しては、友人知人が逮捕されたというが、そうした背景を持って生まれてきたのが「大菩薩峠」である。この小説にはストーリーはあってなきが如しであり、主人公もいない。虚無主義に陥って殺戮を重ねる音無しの構えの剣士・机竜之助が主要登場人物として有名だが、首巻では明らかに主人公であった机は、巻が進むに連れて影が薄くなる。幕末の日本を舞台に、公家・旗本から非人・西洋人に至るまであらゆる階層の様々な性格を持った人物がそれぞれに行動するのを活写した、曼陀羅のような作品といえるだろう。ユートピア建設をはじめとして空想的な部分も多くあり、哲学小説の趣も持ちながらエンターテインメントとして面白く、しかし大衆小説ともいい難い、不思議な魅力のある作品である。介山自身は〈大乗小説〉と称した。

中里融司（なかざと・ゆうじ　一九五七〜二〇〇九）東京杉並区生。武蔵大学経済学部卒。銀行員を経て、戦国シミュレーション戦記『坂東武陣侠』（九四・歴史群像新書）で歴史群像賞優秀賞を、高速帆船を操る少女が主人公の別世界海洋冒険ファンタジー『冒険商人アムラフィ』（九四〜九五・電撃文庫）で電撃ゲーム小説大賞銀賞をほぼ同時に受賞し、執筆生活に入る。ライトノベルのＳＦやファンタジーと、シミュレーション戦記や時代小説とを書き分けて、両分野で多数の作品を刊行している。主なライトノベルに次のものがある。異貌の現代日本を舞台に、古代の超科学を使って神になろうと企む者と超科学を封印しようとする者とが超能力バトルを繰り広げるという設定で、オカルトやＳＦのガジェットを様々に繰り出し、東京の龍脈がはじけようという時には高次元の生命体まで登場する伝奇ＳＦ『狂科学ハンターＲＥＩ』（九六〜九八・同）、現代日本を舞台に、精霊を召喚して戦う少年を描く伝奇アクション・ファンタジー《デモンズサモナー》（九六～九九・サークル文庫～ノアール出版ノベルズ）、別世界を舞台にしたヒロイック・ファンタジー『竜戦姫ティロッタ』（九九・ファミ通文庫）、エイリアン物の戦争ＳＦ『ドラゴン・パーティ』（〇一～〇三・電撃文庫）、文明崩壊後の世界を舞台にした戦記『黎明の戦女神《アテナ》』（〇五～〇六・同）など。シミュレーション戦記には、タイムスリップにより恐竜人なども登場する、超科学兵器の太平洋戦争物『超戦艦大和』（〇五・コスモノベルス）ほか多数。伝奇時代小説に、隠密集団が暗躍する『寛永妖星浄瑠璃』（〇一・学研Ｍ文庫）などがある。

永沢壱朗（ながさわ・いちろう　一九七三～）アダルト物を中心とするゲームのシナリオライター。伝奇系官能アドベンチャーゲームの設定をもとにした『アトラク＝ナクア』（〇一・ワニブックス＝キャロットノベルズ）ほかがある。

中沢笙（なかざわ・しょう　一九六四～）人魚の少年と少女のラブロマンス『銀の波金のしずく』（九〇・双葉社＝いちご文庫ティーンズメイト）がある。

中澤晶子（なかざわ・しょうこ　一九五三～）愛知県名古屋市生。同志社大学文学部卒。コピーライターの傍ら、エッセー、児童文学などを執筆。東京駅を舞台に、孤独な少女と浮浪者の触れ合いを描きながら、今に残る戦争の傷痕を語ったタイムファンタジー『ジグソーステーション』（九一・汐文社）、同じ少女が、かつてはモダンだった古いアパートに住む老人たちと親しくなる物語で、時ならぬ降雪などの不思議が起きる『あした月夜の庭で』（九七・国土社）、確執のある親子関係を、不思議な恐竜の骨の化石という仲立ちによって切り崩していく『眠らぬ森の子どもたち』（九三・同）、古い酒蔵の階上にあるステンドグラスの力で、祖父の子供時代に入り込んだ少年の体験を通して、昭和の暗い時代を浮かび上がらせると同時に現代の老人たちを照射する『エレファント・タイム』（九五・偕成社）などがある。

中沢新一（なかざわ・しんいち　一九五〇～）山梨市生。父は民俗学者の中沢厚。東京大学大学院修士課程修了。宗教学専攻。七八年からネパール・インドに在住するラマ僧たちのもとでチベット仏教ニンマ派の伝承するゾクチェン密教の修行を続ける。八三年『チベットのモーツァルト』（せりか書房）を刊行、浅田彰と並ぶニューアカデミズムの旗頭として注目を集め、宗教学、神話学、文化人類学、民俗学、哲学等、多方面にわたり活躍。主な著作に『雪片曲線論』（八五・青土社）『野ウサギの走り』（八六・思潮社）『森のバロック』（九二・せりか書房、読売文学賞評論・伝記賞）『哲学の東北』（九五・青土社）『フィロソフィア・ヤポニカ』（〇一・集英社）《カイエ・ソバージュ》全五巻（〇二～〇四・講談社選書メチエ）、翻訳にラマ・ケツン・サンポ『虹の階梯』（八一・平河出版社）『知恵の遥かな頂』（九七・角川書店）ほか。

〈語るように歌い、歌うように語る〉手法で書かれた〈科学的寓話〉であると作者が述べる『虹の理論』（八七・新潮社）は、カスタネダやエリアーデのオカルティック・ファンタジーの系譜をひく文学的な味わいに富んだ佳品。見る者の心を意識と物質の発生の現場へと誘う〈虹の体験〉をめぐる表題作の連作四篇や、バリ島の呪術師に弟子入りした白人女性の死の謎をミステリ風に描く「ファルマコスの島」など全八篇を収める。同傾向の作品を含む散文集に『悪党的思考』（八八・平凡社）『蜜の流れる博士』（八九・せりか書房）があり、前者の巻末に収められた「黄色い狐の王」は、中世日本オカルティズムの核心にひそむ謎の女神ダーキニを探求するサイキック私小説の力作である。近作の『アースダイバー』（〇五・講談社）は、縄文時代の地勢に導かれるまま東京各処を散策し、土地の記憶の深層に迫ろうとするスピリチュアル・トリップの試みとして反響を呼んだ。

中島敦（なかじま・あつし　一九〇九～四二）東京四谷箪笥町生。祖父・慶太郎（撫山）は漢学者、父・田人は漢文教師で、千葉、奈良、静岡、京城、大連の中学を転々とした。生母・千代子は敦を産んでまもなく離婚、ほどなく結核で死去した。京城中学を経て一高に入学、『校友会雑誌』に「下田の女」(二七)ほか数篇を発表する。この頃初めて喘息の発作に襲われる。「耽美派の研究」を卒論として東京大学国文科卒業後、私立横浜高女で国語と英語を教える傍ら、発表のあてのないまま小説の執筆を続ける。四一年、喘息が悪化したため同校を休職、南洋庁の国語教科書編集書記の身分でパラオに転地療養を兼ねて赴任する。同地在住の彫刻家・民俗誌家の土方久功を識るが、転地の効果なく翌年辞職、帰京した。四二年、深田久弥の推挽で「山月記」と「文字禍」が「古譚」の総題で『文学界』に掲載される。続けて「光と風と夢」を発表、芥川龍之介の再来などと称讃された。以後「弟子」「李陵」や南方物を書き進めるが、『南島譚』刊行直後の同年十二月四日、宿痾の喘息により夭逝した。

　中国唐代の伝奇「人虎伝」に基づく「山月記」と、古代エジプトやアッシリアを舞台とする「文字禍」「木乃伊」「狐憑」の四篇から成る《古譚》(四二)は、幻想作家としての敦を代表する作品といえよう。なかでも、文字の精霊の怖るべき秘密を暴いたアッシリアの老博士が、かれらの怒りをかって書架の粘土板に圧し潰される「文字禍」と、地下墳墓の木乃伊《ミイラ》に己の前世の無限連鎖を見いだし発狂するペルシアの武将を描く「木乃伊」の斬新な着想と懐の深い幻想性には瞠目させられる。このほか『西遊記』の沙悟浄が、存在論的な懐疑を抱えて河底の妖怪世界を遍歴する「悟浄出世」(四二)、同じく悟浄の眼に映じる悟空、八戒、三蔵法師の姿を描いた「悟浄歎異」(三九脱稿)などがあり、とりわけ前者に描かれるノヴァーリス「ザイスの学徒」に基づく一場面は印象的で、次のような歌も残している敦の面目躍如たるものがある。〈ある時はノヴァーリスのごと石に花に奇しき秘文を読まむとぞせし〉

▼『中島敦全集』全三巻・別巻一(二〇〇一〜〇二・筑摩書房)

【山月記】短篇小説。四二年二月『文学界』掲載。才知に秀でた李徴は若くして科挙に合格、官吏となる。狷介で自恃心の強い性格のため官職を辞し、詩人として立とうとするが挫折、再び鬱屈した宮仕えの日々を過ごし、一夜、出張先を出奔して行方知れずとなる。戸外で彼を呼ぶ奇怪な声に誘われた李徴は、いつか猛虎の姿となって山野を駆けめぐっていたのだ。山中で旧友と行き会った李徴は、己の心の歪みが招いた変身の顚末を語り、自作の詩の伝録と妻子の後見を頼んで姿を消した。

中島かずき(なかしま・かずき　一九五九〜)劇作家、脚本家。本名一基。別名にかずき悠大。福岡県生。立教大学卒。八五年より〈劇団☆新感線〉で座付作者を務める。〇三年、歴史英雄劇「アテルイ」で岸田國士戯曲賞受賞。漫画原作やアニメの脚本も手がけ、漫画の代表作に『闇鍵師』(〇四〜・、赤名修画)、アニメの代表作にテレビアニメ「Re:キューティーハニー」(〇四)「天元突破グレンラガン」(〇七)など。〈劇団☆新感線〉では〈いのうえ歌舞伎〉と呼ばれる時代伝奇物の活劇の脚本を多数執筆している。江戸時代を舞台に、元鬼退治の専門家の男と鬼の王・阿修羅の悲恋を描く「阿修羅城の瞳」(八七)、天正年間、関東を支配する天魔王と無頼の者たちの戦いを描く「髑髏城の七人」(九〇)、森の魔物の誘惑に乗り、王になることに自分をかける非情の男を描く「朧の森に棲む鬼」(〇七)など。このほか、昭和初期の浅草を舞台に、妖狐が芝居小屋を救うために奮闘する人情コメディ「OINARI―浅草ギンコ物語」(〇三)もある。また、自作を小説化した『髑髏城の七人』(〇四・マガジンハウス)がある。

中島河太郎(なかじま・かわたろう　一九一七〜九九)文芸評論家、アンソロジスト、書誌学者。本名中嶋馨《かおる》。別名に小城魚太郎、玉井一二三など。鹿児島市生。東京大学国文科卒。柳田國男に師事し、「柳田國男研究文献目録」（四五）などを作成。正宗白鳥の書誌的研究でも知られる。高校、大学で教鞭を執る傍ら、ミステリ関連資料の集成とミステリ評論で活躍した。「日本探偵小説略史」（四七）で注目を集め、五五年「探偵小説辞典」で第一回江戸川乱歩賞受賞。「推理小説展望」（六五）で日本推理作家協会賞受賞。戦後を代表するミステリ評論家の一人で、著書多数。幻想文学方面からは、戦前・戦後の〈探偵小説〉〈変格物〉の紹介者として記憶に留められる。アンソロジーに、『異端の文学』全二巻（六九・新人物往来社）《新青年傑作選》全五巻（六九〜七〇・立風書房）《現代怪奇小説集》全三巻（七四・同、紀田順一郎との共編）《新青年傑作選集》全四巻（七七・角川文庫）《「宝石」傑作選集》全五巻（七八〜七九・同）など。

中島望（なかじま・のぞむ　一九六八〜）格闘物『Kの流儀』（九九）でメフィスト賞受賞。死んだ少年が無敵の人造人間ルシフェルとして蘇るSFアクション『十四歳、ルシフェル』（〇一・同）、瀕死の少年がスズメバチと人間のハイブリッドとして蘇って同様の改造人間と戦うSFアクション『ハイブリッド・アーマー』（〇四・ハルキ・ノベルス）などがある。

中島信子（なかじま・のぶこ　一九四七〜）本姓伊藤。長野県大町市生。東洋大学短期大学部国文科卒。中学生向け雑誌の編集者、日本児童文学者協会事務局員などを経て児童文学作家となる。ファンタジーに、朱鷺が人間の姿をしている百年前の村に入り込んでしまった少年が、殺されていく朱鷺を助けて戦う『はるかな国とおいむかし』（九一・偕成社）、急死した母親が一週間だけ幽霊になって戻って来る表題作を含む短篇集『さよならは霊界から』（九三・旺文社）がある。

長島槇子（ながしま・まきこ　一九五七〜）東京生。劇団〈インカ帝国〉での演劇活動後、脚本家としてデビュー。九七年、地方ラジオ局のシナリオ・コンクールで入賞。〇二年、長篇『旅芝居《たびしばい》怪談双六《かいだんすごろく》』（〇四・学研）で、ムー伝奇ノベル大賞優秀賞を受賞し、作家活動を開始。同書は、戦前、村ごと満州に移住した貧しい農民たちが悲惨な末路を辿りがちだったという史実を背景に、戦前戦後の芝居小屋で起きた幽霊事件を艶のある文体で重厚に綴り、鮮烈な印象を与えた。底深い死霊の執念を感じさせる逸品「格子幽霊」、非業の死を遂げた禿《かむろ》たちの怨念こもる桜の古木にまつわる凄惨な愛と死の物語「禿桜」などを収録する時代小説連作集『七夕の客—新吉原くるわばなし』（〇六・学研M文庫）を手がけた後、『遊郭《さと》のはなし』（〇八・メディアファクトリー）で『幽』怪談文学賞長編部門特別賞を受賞。吉原の遊郭〈百燈楼〉で語られる七不思議の数々を、次々と話者を替えつつ語り継ぐ構成の妙が光る、遊郭怪談の逸品である。ほかに「猫ノ湯」（〇六）「聖婚の海」（〇九）などの幻想短篇がある。

中島らも（なかじま・らも　一九五二〜二〇〇四）本名裕之《ゆうし》。兵庫県尼崎市生。大阪芸術大学芸術学部放送学科卒。コピーライターを経て作家となる。エッセー、小説から、戯曲、脚本、落語の台本まで、幅広く執筆。アルコール依存症体験をもとにした私小説『今夜、すべてのバーで』（九一）で、吉川英治文学新人賞を受賞。九四年、長篇オカルト・ホラー『ガダラの豚』で日本推理作家協会賞長編賞を受賞。〇三年に大麻取締法違反などで逮捕、五月に懲役十カ月、執行猶予三年の判決を受ける。〇四年、階段から転落して急逝。

自身を戯画化したシニカルかつユーモラスなエッセーなどで人気を博すが、七九年にらもん名義で自費出版した短篇集『全ての聖夜の鎖』（二〇〇〇年に文藝春秋より再刊）からも、元来、現実ではない何ものかを強く求める幻想体質であったことが見て取れる。同書には、引き離すと災いが起きるという対のブローチの片割れを盗む話、船を燃やしているところを目撃した男が、自分も燃えていると思う話など、幻想的な雰囲気を湛えた作品が収録されている。怪奇幻想作品には次のようなものがある。廃屋に残された異形の人体模型が少年に怪奇談を語るという枠物語で、人面瘡怪談に新地平を開いた「膝」をはじめ、人体の諸器官がモチーフとなっている機知と諧謔に富んだ恐怖小説集『人体模型の夜』（九一・集英社）、都市伝説物の表題作、車庫に入る列車の中につかの間宿る聖性を叙した「白髪急行」、意表を突いた幽霊談「夜走る人」、神秘をまとわせたサイコダイバー物「脳の王国」など、多彩な作品を収録するホラー短篇集『白いメリーさん』（九四・講談社）、テレビのロケでバリ島を訪れた作家が、自然な形で超常体験をし、ある種の感覚に目覚める、オカルティックな長篇『水に似た感情』（九六・集英社）、もともと小劇場のために書いた九十枚ほどの脚本を長篇小説化した作品で、孤島を舞台に、子供に戻るという心理療法を受ける人々が体験する、笑いと恐怖とカタルシスとを描く『こどもの一生』（〇三・集英社）など。

【ガダラの豚】長篇小説。九一年四月～九二年九月『週刊小説』連載。九三年実業之日本社刊。ケニアで最強の呪術師に十年間にわたって呪術の道具として使われてきた娘を取り戻すため、虫使いの能力を持つ民族学者やその家族・仲間たちが死闘を繰り広げる。インチキ超能力暴きあり、スプラッタあり、真正の超能力バトルありの、スピード感溢れるモダンホラー。

中嶋ラモス（なかじま・らもす　一九七〇～）青少年向け官能ＳＦを執筆。『がんばれ、エスパー長井クン！』（九四・ナポレオン文庫）『NOVA』（九六・コアマガジン）など。

中島渉（なかじま・わたる　一九五九～）埼玉県熊谷市生。編集者、コピーライターなどを経て、超能力を持つ青年が巨大な陰謀に立ち向かっていく伝奇アクション『ハルマゲドン黒書』（八六・講談社ノベルス）でデビュー。伝奇小説を主に執筆し、アトランティスの謎をめぐり、アトランティスの血をひく美少女の拳法使いが巨大組織に戦いを挑む『姫神伝説』（八七・カドカワ・ノベルズ）、未来を舞台にしたサイバー・サスペンス『魔の回路《ダウンロード》』（九〇・ノン・ノベル）、義経が現代に蘇る伝奇アクション『義経』（九三・マガジンハウス）などがある。

永田玄（ながた・げん　一九五二～）東京生。マガジンハウスの編集者として『BRUTUS』などを手がけた後、フリーの編集者、作家となる。種村季弘に私淑。奇妙な味のメルヘン集『子供の情景』（九四・角川書店）のほか、掌篇集『99 stories』（九九・アーティストハウス）『66 stories』（〇三・同）がある。

永田耕衣（ながた・こうい　一九〇〇～九七）俳人。本名軍二。兵庫県加古川郡生。県立工業高校卒。俳誌「琴座」主宰。句集は『驢鳴集』（五二・播磨俳句会）『吹毛集』（五五・近藤書店）『悪霊』（六四・俳句評論社）『闌位』（七〇・同）『冷位』（七五・コーベブックス）ほか多数。句風は紆余曲折を重ね、方法的・審美的ではないが、時としてシュルレアリスムの域を摩する作品を成し、俳壇外の評価も高い。〈夢の世に葱をつくりて寂しさよ〉〈夏蜜柑いづこも遠く思はるる〉〈後ろにも髪抜け落つる山河かな〉〈空蟬を拾い跡見る見損かな〉〈野菊道数個の我の別れ行く〉〈少年や六十年後の春の如し〉〈桃の花母よと思えば父現われ〉

▼『永田耕衣俳句集成・而今』（八六・沖積舎）『永田耕衣続俳句集成・只今』（九六・湯川書房）

中田耕治（なかだ・こうじ　一九二七～）東京大田区生。明治大学英文科卒。青年座に所属し演出を担当する一方で、『近代文学』『制作』同人として評論・創作を発表。六四年「ボルジア家の人々」で近代文学賞を受賞。『ルクレツィア・ボルジア』（七五）『メディチ家の人びと』（七九）などの史伝で知られるが、『暁のデッドライン』（六四）などのハードボイルドや、『異聞猿飛佐助』（六三）をはじめとする時代小説も執筆。『忍者アメリカを行く』（六六・東都書房）は、忍者と岡っぴきの二人連れが開拓時代の西部を旅し、行く先々で西部劇の有名人たちと遭遇する痛快な奇想小説である。また、英米文学の翻訳家として『恐怖の一ダース』（七五・出帆社）『恐怖通信』（八五・河出文庫）など、恐怖小説アンソロジーの編訳も手がけている。

長田秀雄（ながた・ひでお　一八八五～一九四九）東京生。弟に長田幹彦。独逸学協会学校卒。『明星』に参加して詩人として活躍。北原白秋、木下杢太郎と行動を共にし、耽美的な詩を書く。イプセン風の処女戯曲「歓楽の鬼」（〇七）を皮切りに現代戯曲を発表。その後、史劇の分野を開拓し、多数の作品を遺した。代表作に「大仏開眼」（二〇）。怪奇幻想物としては、怪談劇「牡丹燈籠」（一七）、芝居の世界を舞台にしたドッペルゲンガー物の短篇小説「離魂」などがある。

ながたみかこ（ながた・みかこ　一九六八～）子供のための文法・語彙の本を中心に執筆する児童文学作家。同文集『アニマルマニア』（〇三）など。蛸そっくりの宇宙人が騒動を巻き起こすユーモアSF『宇宙ダコミシェール』（〇三・岩崎書店）で福島正実記念SF童話賞受賞。ほかに、一般向けの奇妙な味の短篇集『少数精鋭の小悪魔たち』（九八・郁朋社）がある。

長田幹彦（ながた・みきひこ　一八八七～一九六四）東京麴町区飯田町生。熊本出身の医師・足穂と志喜夫妻の次男。詩人・劇作家の長田秀雄は兄。早稲田大学英文科卒。大学在学中の一九〇七年、新詩社の社友となり小品「死体」などを『明星』に発表。翌年、兄や白秋、杢太郎らと新詩社を脱退、『スバル』発刊に参加する一方、学業を放棄し東北、北海道を放浪、炭坑夫や旅役者一座と生活を共にする。一一年復学し、放浪体験に取材した「澪」（一一）「零落」（一二）が評価され文壇に出る。祇園に生きる舞妓たちを感傷的に描いた『祇園夜話』（一三）などの〈情話文学〉で大衆的人気を得る。やがて次第に文壇を離れ、ラジオドラマや「島の娘」など歌謡曲の作詞を手がけた。戦後は『小説明治天皇』（五〇）などの長篇を執筆する傍ら心霊学に関心を抱き、五二年に超心理現象研究会を設立。創作集『幽霊インタービュー』や、エッセー『私の心霊術』（五五・福書房）、幼少期からの心霊体験を回顧した『霊界五十年』（五九・大法輪閣）などの著作がある。

【幽霊インタービュー】短篇集。五二年出版東京刊。東京大空襲の犠牲になった芸妓の霊が、恋しい男の帰還に先立って同輩の芸妓たちが身を寄せた家の玄関先に現れる「小唄供養」は、戦時下の花柳界の風俗や怪異の風聞などがじっくり書き込まれている点でも興味深い作品。「ふたつ燈籠」は、不実な男のもとに現れる二人の芸妓の幽霊の生々しい存在感が印象的で、さすがに心霊研究の分野で場数を踏んでいる幹彦だけのことはあると納得させられるような、沈着な書きぶりである。そのほか花柳界や幹彦自身の体験に取材した心霊小説全六篇を収め、巻末には心霊学をめぐる座談会（幹彦のほか、谷口雅春、高島呑象次、本城千代子が出席）が付されている。

永田良江（ながた・よしえ　?～）東京生。心理カウンセラー。宇宙人が現れて、いろいろな立場の親を交換してくれる『こちらは古親こうかん車』（一九八六・岩崎書店）で第一回福島正実記念SF童話賞受賞。

中堂利夫（なかどう・としお　一九三五～）大阪府生。ミステリ、バイオレンス・アクションなどを執筆。出雲の地に生き続ける土着の執念と、現世的な金と力の魅力の葛藤を軸にした『出雲神農族、殺人儀式』（八三・徳間書店）などの伝奇ミステリのほか、役の小角に仕えた鬼の末裔たちが、一族に伝わる黄金をめぐって戦う『鬼火舞う魔界』（八八・光風社ノベルズ）などがある。

なかにし礼（なかにし・れい　一九三八～）本名中西禮三。満州生。立教大学文学部仏文科卒。作詞家。「今日でお別れ」「北酒場」をはじめ多数の歌謡曲を作詞し、阿久悠らと並ぶ、戦後日本を代表する作詞家の一人となる。小説にも手を染め、二〇〇〇年『長崎ぶらぶら節』で直木賞を受賞。遊女揚巻と萬屋助六の心中物語を背景に、情交のさなかに臨死体験をして出生の秘密を垣間見た男が、沖縄の巫女の血をひく愛人に導かれて前世の記憶を辿る、老いらくの性の伝奇ファンタジー『さくら伝説』（〇四・新潮社）がある。

中根文貴（なかね・ふみき　一九六九～）愛

知県岡崎市生。女子大卒。竜使いを目指す少女が活躍する別世界ファンタジー『DRAGON THE FESTIVAL』（九二・花丸ノベルズ）がある。

中野順一（なかの・じゅんいち　一九六七〜）静岡県浜松市生。早稲田大学教育学部卒。出版社勤務の傍らミステリを執筆。予知能力のあるキャバクラ嬢が絡むハードボイルド・ミステリ『セカンド・サイト』（〇三・文藝春秋）がサントリーミステリー大賞最後の受賞作となる。続篇に『ロンド・カプリチオーソ』（〇七・東京創元社）がある。

長野聖樹（ながの・まさき　?〜）ロボット物のラブコメディ『WSW　EXODUS』（二〇〇五・富士見ファンタジア文庫）でデビュー。ほかに魔法学校物のどたばたコメディ《あめーじんぐ・はいすくーる》（〇六〜・同）がある。

長野まゆみ（ながの・まゆみ　一九五九〜）東京生。女子美術大学デザイン科卒。工芸関係の仕事を経て、「少年アリス」（八八）により文藝賞を受賞してデビュー。同作は卵から孵ることができなかった鳥たちが星を縫い付ける作業をしているところへ紛れ込んでしまった少年のファンタスティックな体験を描く中篇ファンタジーで、その非現実性の鮮やかさ、耽美的な文章、透明感溢れるイメージ、そこはかとないエロティシズムなどが高く評価された。その後も、これまでにない独特の雰囲気のファンタジーを発表し続け、若い女性を中心に支持を得ている。

稲垣足穂に影響され、三島由紀夫を愛する長野は、少年愛物の作家の系譜の中に置くことができるが、幻想文学の主題という点から見ると、現実を常に疑うメタフィクショナルな作家、また、現実と幻想（夢）の境界を突き崩し、現幻一如の主題を限りなく変奏する作家と位置付けることができる。長野の作品の主人公はほとんどの場合、少年あるいは青年で、時には人間ではなく、異星人であったり、動物の化身であったり、霊のようなものであったりすることもあるが、おおむね同性愛的な関係に置かれているため、一見すると、男性同性愛作家のようだが、内実は前衛的な作家なのである。ジャンル的には純文学とファンタジー、SF、ホラーの境界にいるために、というよりは純然たる幻想作家であるため、その前衛性が覆い隠されると同時により過激にもなっている。

デビュー作である『少年アリス』（八九・河出書房新社）は、以後の長野作品を貫く基本的なトーンを既に完成された形で出している作品だが、夢落ちに終わるため、雰囲気だけの作品といえなくもない。だが、次作の『野ばら』（八九・同）では早くも、夢と現実を複雑な入れ子構造にして、現実と夢との境界を取り払ってしまう。夢と現実の有機的な関係を描いた種々の夢文学の中でも高い達成度を誇っており、初期の代表作といえよう。同作には習作（前駆形）がいくつもあるようで、たとえば『夏至祭』（九四・河出文庫）もその一つだが、これは過去と現在を往還するというだけの比較的単純なファンタジーである。ここから『野ばら』まで到達することができたというだけで、長野の凄みを知ることができる。

『野ばら』では、鉱物の幻想と水の幻想にも特色があり、特に鉱物幻想がきわめて美しい。鉱物と水とは、長野のファンタスティックなヴィジョンを豊かに彩るためになくてはならぬマテリアルである。鉱物幻想の代表作として、鉱物と天文を愛する少年たちの不思議な体験を描く『天体議会』（九一・河出書房新社）、鉱物の美しい写真に散文詩風の物語をつけた『鉱石倶楽部』（九四・白泉社）など。水の幻想を描いて印象的な作品に、銀木犀の精のような少年と共に水の彼方へ去る兄を描くミスティックな初期作品『カンパネルラ』（九三・河出文庫）『銀木犀』（九七・同）、怪しい沼に魅せられて病弱な少年が沼に身を沈める『夜啼く鳥は夢を見た』（九〇・河出書房新社）などがある。

意識はあてにならず記憶は偽物であり得、世界もまたまがい物かもしれないというメタフィクショナルなテーマは、実在の人間のレプリカである人造人間の跳梁により、アイデンティティが揺らぐ少年たちを描く『レプリカ・キット』（九二・学研、後に「螺子式少年」と改題）からはっきりとした形を取り始める。このテーマはおおむねSF的な設定の作品によって、様々に変奏されていく。巨大なビル都市に住まう少年たちが、都市全体の要請により、次第に別のものに変えられていく閉塞的な状況を描く『テレヴィジョン・シティ』（九二・河出書房新社）は、現実が目に映るものとは異なっていることを語ると同時に、そこから身体面における不安定さが生じる様を扱っている。体内で生成する物質の稀少さによって階級制度のようなものができている夏星を舞台に、記憶の混濁している少年を描く『新世界』（九六〜九八・同）や、時間を超えることのできる未来の少年が、過去の世界で別人格として生きている情況を描く『超少年』（九九・同）は、曖昧なものとしての記憶に焦点を絞って描いた作品である。近未来が舞台のクローン物『サマー・キャンプ』（二〇〇〇・文藝春秋）や大正日本を思わせるような舞台で二重人格妄想が繰り広げられる『雨更紗』（九四・河出書房新社）、政争に巻き込まれた弟王子の辿る不思議な運命を描く砂漠の王国の物語と、地球を離れた衛星にある教育世界の中とが繋がり、なおかつ衛星の現実も変転する『千年王子』（〇一・同）、過去、近過去、未来の上野界隈を舞台に、自分の出自を忘れている物怪の少年を描いた『時の旅人』（〇五・同）なども、その流れに位置付けることができる。

先行作の語り替えや、古典・神話などに源泉を求め、ずらしの効果を狙った作品としては、『ピノキオ』『にんじん』などの童話をサディスティックな性愛小説に仕立てた短篇集『行ってみたいな、童話《よそ》の国』（九三・同）、中世日本を舞台に、様々なタイプの鬼を描く耽美と頽廃に満ちた短篇集『雪花《きら》草子』（九四・同）、水府の帝の娘・千潮姫が紡ぐ復讐の糸に絡め取られた者の悲劇を耽美的に綴る連作短篇集『水迷宮』（九七・同）などが挙げられる。『水迷宮』では一つの神話的な物語の系譜を創造するということが試みられており、一般的なファンタジーとしてみても興味深い。

このほか、幽霊となった親友と、そうと気づかぬままに夏を暮らす『魚たちの離宮』（九〇・同）、少年たちと猫町の住人たちの触れ合いを描く童話風の『耳猫風信社』（九一・光文社）、集団で暮らす体の弱い少年たちと新来の教師、老船長の霊などが触れ合う清新で優しい物語『海猫宿舎』（二〇〇〇・同）など、多数の作品がある。

【野ばら】中篇小説。八九年河出書房新社刊。月彦が目を覚ますとそこは学校の講堂で、〈銀色〉と〈黒蜜糖〉が主人公の劇を観ようとしていた。しかしまもなく月彦は寝台の上で目覚め、観劇は夢中の出来事だとわかる。が、月彦はさらにそこからも目覚め、〈銀色〉〈黒蜜糖〉という名の少年たちと出会う……。かたかたと鳴る足踏みミシンの音が夢から夢へと渡る世界を効果的に繋げつつ、読者を眩暈へと誘う。最後には夢がほどかれ、現実が立ち現れるかと思わせながら、月彦が〈あちら側〉へと去ることで、すべてが夢の中に沈んでいく。あたかも幻想たることを宣言するかのような、魅力溢れる初期作品。

【箪笥のなか】連作短篇集。〇四〜〇五年『群像』に断続的に掲載。〇五年講談社刊。紅い和箪笥を遠い親戚から貰い受けた一人暮らしのイラストレーターの女性〈わたし〉が遭遇するささやかな怪異を描く。家族との会話や子供時代の思い出、大家をはじめとする近隣の人との付き合いといった日常を坦々と描きながら、箪笥の中に鉱物や卵が現れる不思議などをさりげなく綴り、日常を見事に幻想化した愛すべき作品。

【あめふらし】連作短篇集。〇六年文藝春秋刊。魂を狩る妖怪あめふらしを主軸とした、外見的には妖怪物の作品で、薄ぼんやりした大学生・市村岬が事件に巻き込まれるという形で展開する。一面では〈お風呂小説集〉になっ

郵便はがき

料金受取人払

板橋北局承認

713

差出有効期間
平成23年7月
25日まで
（切手不要）

1748790

板橋北郵便局
私書箱第32号

国書刊行会 行

フリガナ ご氏名		年齢	歳
		性別	男・女
フリガナ ご住所	〒　TEL.		
e-mail アドレス			
ご職業	ご購読の新聞・雑誌等		

❖小社からの刊行案内送付を　□希望する　□希望しない

愛読者カード

❖お買い上げの書籍タイトル：

❖お求めの動機
1. 新聞・雑誌等の広告を見て（掲載紙誌名：　　　　　　　　　　）
2. 書評を読んで（掲載紙誌名：　　　　　　　　　　）
3. 書店で実物を見て（書店名：　　　　　　　　　　）
4. 人にすすめられて　5. ダイレクトメールを読んで　6. ホームページを見て
7. その他（　　　　　　　　　　）

❖興味のある分野　○を付けて下さい（いくつでも可）
1. 文芸　2. ミステリ・ホラー　3. オカルト・占い　4. 芸術・映画
5. 歴史　6. 国文学　7. 語学　8. その他（　　　　　　　　　　）

❖本書についてのご感想（内容・造本等）、小社刊行物についてのご希望、編集部へのご意見、その他。

＊購入申込欄＊

書名、冊数を明記の上、このはがきでお申し込み下さい。
代金引換便にてお送りいたします。（送料無料）

書名：　　　　　　　　　　冊数：　　　冊

❖最新の刊行案内等は、小社ホームページをご覧ください。ポイントがたまる「オンライン・ブックショップ」もご利用いただけます。　http://www.kokusho.co.jp

＊ご記入いただいた個人情報は、ご注文いただいた書籍の配送、お支払い確認等のご連絡および小社の刊行案内等をお送りするために利用し、その目的以外での利用はいたしません。

ており、檜風呂、岩窟風呂、銭湯など各篇に風呂のシーンが挿入され、それに伴ってエロティシズムの香りが漂う。しかし本作で最も重要なのは、幻想と現実の垣根を取り払う純粋な幻想小説としての側面である。市村が過去に紛れ込んだり、妖怪に化かされたりすることにより、夢、現実、過去が自在に転換する仕掛けとなっているが、そのスムーズで自然な転換は、まさに言葉の魔術ゆえである。長野が追究するテーマがさりげない形で結晶化した傑作といえよう。

中野美代子（なかの・みよこ　一九三三〜）北海道札幌市生。北海道大学中国文学科卒。オーストラリア国立大学講師を経て、北海道大学言語文化部教授となる。博物学や図像学の観点を導入することにより、中国文化の幻想的・驚異的な側面に光をあてる画期的な評論・研究活動を展開。主な評論集に『迷宮としての人間』（七二・潮出版社）『悪魔のいない文学』（七七・朝日新聞社）『孫悟空の誕生』（八〇・玉川大学出版部）『中国の妖怪』（八三・岩波書店）『西遊記の秘密』（八四・福武書店）『仙界とポルノグラフィー』（八九・青土社）など。ほかに『聊斎志異』（八八・国書刊行会）『西遊記』（八六〜〇五・岩波文庫）の翻訳もある。
　一方、『海燕』（七三・潮出版社）をはじめとして小説の執筆にも手を染め、次のような作品がある。久生十蘭の〈コン吉タヌ子物〉のパスティーシュ『南半球綺想曲』（八六・響文社）、伸縮自在の刺客・巨霊やリンカーンコンチネンタルを乗り回す東方朔が登場するピカレスク綺譚「女俑」、壮麗な伽藍を築きながら濁流に呑まれて滅び去る王国の幻想的な物語「青海《ククノール》」など、中国や西域を舞台とする幻想短篇と掌篇を収めた『契丹伝奇集』（八九・日本文芸社）、美貌の貴公子と鮫人の妖しいエロスの世界を繰り広げる表題作をはじめとするエキゾティックな幻想戯曲集『鮫人』（九〇・同）、半世紀の歳月をかけながら、基壇部に欠陥を持つ「ボロブドゥール円壇」、完成後まもなくのタイルの剝落が未来を予兆する「ビビ・ハヌム廟」など、七世紀から現代まで、世界各地の建築や絵画の縁起を描きながら、滅びの風景を色濃くまとわりつかせた連作短篇集『眠る石』（九三・日本文芸社）など。

中原中也（なかはら・ちゅうや　一九〇七〜三七）山口県山口町下宇野令村生。山口中学、立命館中学などを中退。十代の頃、同棲していた女性が小林秀雄のもとへ去ってしまうという事件によって深く傷つく。その短い生涯を詩人たらんとして生き、生への倦怠、死への接近を感じさせる『山羊の歌』（三四・文圃堂）『在りし日の歌』（三八・創元社）を残した。独特な音楽性のあるその詩は広く愛されている。代表作に、〈ホラホラ、これが僕の骨だ、〉と始まる不吉なヴィジョンの「骨」があるほか、彼岸を幻視したような「一つのメルヘン」も印象深い。

中原文夫（なかはら・ふみお　一九四九〜）本名田部知恵人。広島市生。一橋大学卒。「不幸の探究」（九四）が芥川賞候補となる。ある教師に関する同級生の記憶がすべて異なる「霧の中」（九五）、近未来、死の感覚を味わう遊戯が大流行しているという設定の「デス・マシーン」（九六）、おとしめられ、見えない存在になることで解脱することを目指した男を描く「見えない男」（九五）などを収録する短篇集『神隠し』（〇六・作品社）のほか、歌集『輝きの修羅』（〇二・郁朋社）、句集『月明』（〇四・同）がある。また、和歌の呪力を駆使したサイキック・バトルを描いたスラプスティック・ホラー『言霊』（二〇〇〇・ハルキ・ホラー文庫）、旅行中の青年が、夢を見ることができないという呪いをかけられた村人の暮らす岡山の山村に入り込んで逃れられなくなってしまう『霊厳村』（〇一・同）、死霊生霊溢れる魔都・平安京を生きる人々の姿を描いた伝奇ロマン『土御門殿妖変』（〇五・作品社）などがある。

中原涼（なかはら・りょう　一九五七〜）本名佐藤文男。東北大学理学部天文学科卒。「笑う宇宙」（八〇）が『奇想天外』新人賞佳作となり、SF誌を中心に短篇やショートショートを発表。ひねりのある作品が多く、奇想性、諧謔性、幻想性を特徴とする。虐げられた孤独な人間の変身を描くダークファンタジー「青い竜の物語」（八二）、死後の覚醒を描く「事情聴取」（八四）、アンチミステリの形で世界そのものの不条理を描いた「非登場人物」（八六）、砂に覆われた世界の過去の栄光を暗示的抒情的に描く「時と砂」（八六）、人に似て人ならざる存在により虚構化されていく世界を描く「虚人D-version」（八八）、ペーソス漂う蘇った死者物「父と子」（八九）、夢の中で夢を見るということを繰り返す「夢の果て」（八九）、水に覆われた地下鉄の世界で、蛙の嫁になる少女との一夜の恋を描く「ガラスのノアの箱船」（八九）などのファンタスティックな作品があり、『宇宙パズル』（八四・地人書館）『非登場人物』『笑う宇宙』（共に八九・同）などにまとめられている。少女小説の分野にも進出し、代表作に『受験の国のアリス』（八七・講談社X文庫）に始まる《アリス・シリーズ》（〜二〇〇〇）がある。これは幻想的な世界を冒険して美少女アリスを救出するというパターンを踏む作品だが、主人公の少年少女らの脳天気さもさることながら、文章、設定のハチャメチャさで時代に突出した怪シリーズである。番外篇に、地球を壊してしまったため、宇宙の果てまで行って美少女を救出する『時間の国でつかまえて』（八七・同）がある。ほかに魔法の石を求めて異世界の冒険に出かけるスラプスティック・ファンタジー『ラブワールドしましょ』（八八・同）、オカルト物『真夜中の心霊物語』（九二・同）、タイムトラベルSF『タイムトリッパー』（二〇〇〇・同）など。

中松まるは（なかまつ・まるは　一九六三〜）子供向けのロボット物『お手本ロボット51号』（九七・岩崎書店）で福島正実記念SF童話賞受賞。《平成うわさの怪談》（〇二〜・同）などに怪奇短篇を執筆している。

中村晃（なかむら・あきら　一九二八〜）山形県寒河江市生。東北大学文学部卒。歴史小説を執筆。古典の翻訳にも取り組み、『愛欲怪奇今昔物語集』（〇四・勉誠出版）『怪奇幻想雨月物語』（〇五・同）などを上梓。敵討奇談の表題作のほか、古典的な怪奇幻想譚にひねりを加えた「雪女」「神仙」などを含む時代小説集『万松寺首塚縁起』（〇五・同）がある。

中村幌（なかむら・あきら　?〜）北海道生。暗号を解くための鍵をめぐるSFサスペンス『クラウディア』（二〇〇四・コバルト文庫）でコバルト・ロマン大賞佳作受賞。

中村うさぎ（なかむら・うさぎ　一九五八〜）本名典子。福岡県生。同志社大学文学部英文科卒。会社員を経てゲームライターとなる。その後、ファンタジーRPG風冒険コメディ『極道くん漫遊記』（九一〜九九・角川スニーカー文庫、テレビアニメ化、途中から「ゴクドーくん漫遊記」と改題）で小説家としてデビュー。ジパング魔界の魔族たちが、魔界や日本の平安京、穢土などで騒動を巻き起こすコメディ『JAJA姫武遊伝』（九五〜九七・電撃文庫）、イタコ見習い中の少女がオカルト的な事件に巻き込まれる、コミカル・ホラー『ボクらは霊能探偵団!』（九七〜九八・角川スニーカー文庫）、スペースオペラ《宇宙海賊ギル&ルーナ》（九七〜〇一・富士見ファンタジア文庫）など、ライトノベルを中心に執筆していたが、ブランド物やホストに濫費する自身の姿を赤裸々に書いたエッセー《ビンボー日記》（九七〜）《ショッピングの女王》（九九〜）がヒットし、エッセイストに転身。小説は一般向けの恋愛小説中心に発表している。ホラー系の作品に、四人家族の幽霊が棲みついているマンションに、それと知らずに引っ越してきた小説家が、妄想的な女の読者に悩まされるという設定の、幽霊とストーカーが密接に絡み合ったホラー長篇『家族狂』（九七・角川書店）、親友で恋敵でもあった美女が霊となって戻ってきたことに追い詰められていく醜女を描く「幽霊」、都市伝説風の恐怖に拒食症を絡めた「だるまさんがころんだ」、男に弄ばれ犬に変じていく女の異様な姿を多視点で描く表題作など、入念に練り上げられたプロットと技巧が際だつ逸品ぞろいの怪奇短篇集『犬女』(〇三・文藝春秋)、悪霊に悩まされていた元アイドルの変死事件の謎を霊感探偵が解く『九頭龍神社殺人事件』(〇三・講談社ノベルス)などがある。

中村恵里加(なかむら・えりか　一九七五〜)東京生。妖魔の血を受け継ぐ少女が、内外の妖魔たちと戦いを繰り広げる伝奇ホラー・ミステリ『ダブルブリッド』(二〇〇〇〜〇八・電撃文庫)で電撃ゲーム小説大賞金賞受賞。ほかに、猫のファミリアが、霊的能力だけは高いが抜けた主人に仕えるという設定のゴーストハンター物『ソウル・アンダーテイカー』(〇五・同)がある。

中村和彦(なかむら・かずひこ　一九六三〜)ファンタジー・コメディ『透明人間で行こう!』(九八・プレリュード文庫)がある。

中村草田男(なかむら・くさたお　一九〇一〜八三)本名清一郎。清国福建省生。東京大学国文科卒。人間性全体を俳句の中に描き出すことをめざす句風で知られる俳人。三〇年代前半、四〇年代後半に掌篇小説、小話、メルヘンとして位置付けられる散文を執筆しており、中にファンタスティックなものがある。現実と幻想の狭間に生きる子供の心理を鋭く描出した「散紅葉」「夕寒い煙突」(共に三二)、囚われの身という境遇に負けなかった男が空飛ぶ翼を持つに至る「石臼を廻す船歌」(四八)、天から地上に魂を運ぶ仕事をする雲雀の愛と悲しみを綴る「一雲雀」(四八)、ビーバーをトーテムにもつインディアンを主人公とする伝説風メルヘン「海狸」(四九)など。これらのメルヘンを集めた作品集に『風船の使者』(七七・みすず書房)がある。

中村九郎(なかむら・くろう　一九七九〜)広島県生。ゲームをクリアすると願いを叶えてくれる天使が現れるという設定下に、ゲームをする少年少女を描いたファンタジー『黒白キューピッド』(〇五・スーパーダッシュ文庫)がスーパーダッシュ小説大賞の最終候補作に、また、心理療養所を舞台にした非現実的設定のラブロマンス『ロクメンダイス』(〇五・富士見ミステリー文庫)が富士見ヤングミステリー大賞の最終候補作となり、デビュー。オーパーツをモチーフにした伝奇アクション『アリフレロ』(〇七・スーパーダッシュ文庫)ほかがある。

中村真一郎(なかむら・しんいちろう　一九一八〜九七)東京日本橋箱崎町生。東京大学仏文科卒。在学中はネルヴァルに傾倒し、卒業後に翻訳『火の娘』(四一・青木書店)『暁の女王と精霊の王の物語』(四三・白水社)を刊行。戦後、日本文学を私小説的世界から脱却させ、二十世紀の世界文学に比肩し得る高度な文学世界とすべく、精力的に前衛文学を紹介し、また自らも実験的な小説「死の影の下に」(四六〜四七)などを著した。小説の代表作に「空中庭園」(六三)など。福永武彦、堀田善衛と共に、韻を踏む日本詩〈マチネ・ポエティック〉を主張し、またこの二人との共同で、怪獣映画「モスラ」の原作を執筆したことでも知られる(『発光妖精とモスラ』として九四年筑摩書房刊)。晩年には老いと性を二大テーマとした作品を書き続けたが、同時に、幻想的世界への傾斜を強め、その両者の合致するところに、性的妄想の横溢する連作短篇集『女体幻想』(九二・新潮社)『暗泉空談』などの作品がある。ほかの幻想小説に、中国の志怪に材を採り、それを現代日本の物語へと転換させ、私小説を装った怪奇小説集『死者たちのサッカー』(九三・文藝春秋)、妖精の棲む森や湖の畔など、意識の深層に現れる風景を描写していくような「夏至の夜の夢」、女性への手紙という形で、人魚の片腕の話、騎士の寓話などを語る「海港の朝の夢」ほかを収録する詩的な散文集『夢のなかへの旅』(八六・思潮社)などがある。

【暗泉空談】連作短篇集。九四年集英社刊。私小説風に展開する作品で、エロティックな女性関係を中心に、様々な人間関係を夢幻的雰囲気のうちに描く。夢(妄想)と現実の境界がはっきりとしている作品もあるが、いつの間にか夢とも現《うつつ》ともつかないところへ読者が運ばれていく作品が半ばを占める。避暑地で死んだ恋人に再会し、我が子も含めて水入らずの時を過ごす「暗泉空談」、腕の中で女が不意にかき消えてしまう「仙渓綺談」、死んだという噂を聞いていた女に再会するが、やはり幽霊だとわかる話や未生の子供たちがマラソンの順位で親を決めようとゴールしてくる中に、自分の生まれ変わる姿を認める話で構成された「燕京夢談」、存在しない別荘で非在の俳優から艶談を聞かされる「色後幻談」、少女の水の精に出会ったり少年人魚と官能的に戯れたりする「海星釣談」など、全十篇を収録。

中村苑子（なかむら・そのこ　一九一三～二〇〇一）俳人。静岡県田方郡大仁町生。日本女子大学国文科中退。五八年、高柳重信らと共に俳誌『俳句評論』を創刊、七五年に第一句集『水妖詞館』（俳句評論社）を刊行、七六年に『花狩』（コーベブックス）を刊行、〈跫音や水底は鐘鳴りひびき〉〈桃の世へ洞窟《ほこら》を出でて水奔る〉〈磯の花嫁沖へ沖へと招かるる〉〈前生《さきしよう》の桔梗の朝に立ち昏らむ〉〈鳥群れてわが憑代《よりしろ》の沖の石〉〈鈴が鳴るいつも日暮れの水の中〉など、やや詠嘆的ではあるが、巫覡的憑依的な趣の秀句がある。

中村白葉（なかむら・はくよう　一八九〇～一九七四）本名長三郎。神戸市生。東京外国語学校露語本科卒。ロシア文学者。代表的な訳業に『チェーホフ全集』（三三～三六）『トルストイ全集』（五九～六七）。幻想文学関係の翻訳にはソログープ『小悪魔』（二一・叢文閣）、『アファナーシエフ童話集』（二四・世界童話大系刊行会）、クルイロフ『象の市長』（三二・春陽堂）等。戦前に童話を若干執筆しており、牧場の子らが世話した盲目の白馬が実は天馬だったという「盲目の白馬」、蛇から救った不思議な小鳥をめぐる教訓童話「石になった小鳥」、アファナーシエフの魔法メルヘンの再話などがある。それらをまとめた作品集として『めくらの白馬』（四八・第三書房）がある。

中村真里子（なかむら・まりこ　一九五五～）転落事故の際に幽体離脱してしまった少女の体験を描く小学生向けファンタジー『三日間の幽霊』（九二・文溪堂）がある。

中村ルミ子（なかむら・るみこ　一九五五～）児童文学、紙芝居などを執筆。肉体交換物のファンタジー『ママがエリコでエリコがママで』（九一・岩崎書店）、アキカンで作った犬が生き始める低学年向け童話『カンカンカンキチ』（九四・同）がある。

長森浩平（ながもり・こうへい　？～）近未来の人工知能研究の名門校を舞台にした学園ＳＦミステリ『タイピングハイ！』（二〇〇四～〇五・角川スニーカー文庫）でスニーカー大賞優秀賞受賞。

中森ねむる（なかもり・ねむる　？～）鎌倉を舞台に、荒ぶる獣を内部に宿す少女が、式神使いの青年に導かれて敵と戦いながら、獣の巨大な霊力を制御するべく苦闘する伝奇アクション《鎌倉幻譜》（二〇〇〇～〇二・講談社Ｘ文庫）がある。

中山市朗（なかやま・いちろう　一九五九～）兵庫県生。大阪芸術大学芸術学部卒。作家、怪異蒐集家。〈怪談之怪〉発起人の一人。放送作家として活動する傍ら、大阪に根づいたクリエーターの養成を目指す私塾を経営。九〇年、大学時代の友人である木原浩勝と怪談実話集『新・耳・袋』（九〇・扶桑社）を刊行。同書は九八年に《新耳袋》としてメディアファクトリーから再刊されると、大きなブームを巻き起こし、〇五年までに全十巻が刊行された。その後、単独で長篇怪談実話『なまなりさん　怪異実聞録』（〇七・メディアファクトリー）を刊行している。ほかの著作に、妖怪をめぐるエッセー『妖怪現わる』（九四・遊タイム出版）、聖徳太子の謎に迫る異色古代史ミステリ『捜聖記』（〇一・角川書店、木原浩勝との共著）がある。

永山一郎（ながやま・いちろう　一九三四～六四）筆名に青沢永、木村のり。山形県最上郡金山町生。山形大学教育学部卒。教師の傍ら詩、小説を執筆。投稿作が奥野健男らに認められるも、ほどなく交通事故死を遂げた。死後、遺稿集『永山一郎全集』（七〇・冬樹社）が刊行された。前期の小説は不条理テイストの幻想小説で、組合問題や教師生活における鬱屈が透けて見える。Aの分身A'が、〈羨望〉や〈嫉妬〉などの名を持つ分身者たちの世界に引きずり込まれる「出発してしまったA'」（六一）、夢の中で自分を殺す者を現実世界で探索したために現実生活が脅かされ、ついに殺す者は自分自身であることに気づく「夢の男」（六一）、得体の知れない胎児を分娩し、それを水に流そうとすることから起きる悪夢めいた道程を描く「運河への過程」（六三）など。その後、「ぶんまわし」（六四）などの心理的な小説に移行した。

中山忠直（なかやま・ただなお　一八九五～一九五七）詩人。筆名に中山啓。石川県生。漢方医学者。当時としてはユニークな、スケールの大きいSF詩を執筆。詩集に『自由の廃墟』（二一・大鐙閣、中山啓名義）『詩集火星』（二四・新潮社、中山啓名義）『地球を弔ふ』（三八・書物展望社）がある。

中山千夏（なかやま・ちなつ　一九四八～）本姓前田。熊本県山鹿市生。麹町女子学園高等部卒。子供時代から舞台に立ち、女優として活躍。国会議員を務めた市民運動家でもある。文章力には定評があり、エッセイスト、小説家としても活躍。小説の代表作に『子役の時間』（八〇）など。怪奇幻想系の作品に、さくら川という川が流れ、動物と人間が会話を交わし、時空が奇妙に歪んでいる、都心から電車で四十分の架空の町の風物を描いた連作集『電車で40分』（七三・大和書房）、寓意的な幻想譚を含む小説集『ダブルベッド』（八〇・話の特集）などがある。また、主に古田武彦の説とフェミニズムに拠って新解釈を施した「古事記」の現代語訳『新・古事記伝』（九〇・築地書館）の試みがあり、そこからフェミニスティックな神話論『姫たちの伝説』（九四・同）『イザナミの伝言』（九八・同）や、自筆の絵画を添えた神話の再話集『いろどり古事記』（〇六・自由国民社）などが派生的に生み出されている。

長山靖生（ながやま・やすお　一九六二～）評論家。本名裕一。茨城県日立市生。鶴見大学歯学部卒。歯学博士。開業医の傍ら、独自の歴史的視点と史料の博捜に基づく種々の評論を執筆。日本古典SF研究会の発足に参加し、文学方面では古典SFと近代文学を中心とする研究活動を続けており、その成果の一つとして『懐かしい未来』（〇一・中央公論新社）『日米架空戦記集成』（〇三・中公文庫）『海野十三戦争小説傑作集』（〇四・同）などのアンソロジーを編纂している。並行して近代における偽史やオカルティズムについても考究を進め、関連著作に『鷗外のオカルト、漱石の科学』（九九・新潮社）や『偽史冒険世界―カルト本の百年』（九六・筑摩書房、大衆文学研究賞・研究・考証部門受賞）『妄想のエキス―予言・偽史・奇想科学を生み出す人びと』（九九・洋泉社）『千里眼事件―科学とオカルトの明治日本』（〇五・平凡社新書）などがある。ほかに、出色の怪獣文化論『怪獣はなぜ日本を襲うのか？』（〇二・筑摩書房）から、子育て・老後問題を扱った新書本まで幅広く執筆している。

半井金陵（なからい・きんりょう　生没年未詳）江戸時代後期の浮世草子作者。大坂周防町に住んだ。経歴未詳だが、芝居関係の人物で、近松半二・並木宗輔あたりの門人ではないかとの説がある。芝居仕立ての敵討物『敵討天神利生記』（一七六九／明和六）、天地開闢からの風俗の移り変わりを描く『名玉天地説』（同）がある。

流星香（ながれ・せいか　一九六五～）大阪府生。戦国時代を舞台に、斎藤道三の血をひく美貌の少年シナが愛する人々を殺されて鬼になる決意をし、能の舞手となりながら魔剣を鍛えたために殺された夫婦の忘れ形見がシナに対抗するべく生きる姿をそれぞれに描いた伝奇ファンタジー《魔剣伝》（九一～九二・新潮文庫）が、日本ファンタジーノベル大賞最終候補作となりデビュー。邪悪な魔王の手からこの世を救うために召喚された天の乙女と悪党の剣士を主人公に、魔道士や竜使いらが活躍する別世界ファンタジー《プラパ・ゼータ》シリーズ（九一～〇二・講談社X文庫）が代表作。この作品では、結ばれぬ女神と男神が代替行為として、化身たちに恋愛をさせるために世界を創造したという設定になっており、冒険も恋愛もその設定のもとに考えられている点がユニークである。このほか、アラビアンナイト風異世界を舞台に、放蕩息子が魔法使いやジーニーと冒険を繰り広げる『シャール・ラザラール』（〇一～〇二・角川ビーンズ文庫）、時をも自由自在に操る時空界の聖戦士の少年の活躍を描く伝奇ファンタジー《黒い写本》（九三～九四・講談社X文庫）、現代を舞台に、暗闇で視力を持つ陰陽師の少年が活躍する伝奇アクション『封縛師』（〇六～〇八・ビーズログ文庫）、サイバー・アクション《電影戦線》（九七～九九・講談社X文庫）など多数。

奈河七五三助［初世］（ながわ・しめすけ　一七五四～一八一四／宝暦四～文化一一）歌舞伎狂言作者。通称金次郎。俳号洗口。大坂生。初世奈河亀輔に入門し、八一（天明元）年に立作者となった。幻怪味のある作品に、吉田家の若君・松若が恋仲になったお組に横恋慕する法界坊は、吉田家の重宝の一軸を盗み、松若の許嫁の野分を殺す。だが法界坊も殺されて一軸は松若の手に戻るという物語で、野分と法界坊の亡霊が合体してお組の姿で現れる〈双面《ふたおもて》〉の趣向がある「隅田川続俤《ごにちのおもかげ》」（八四／天明四）がある。合体の趣向は歌舞伎の所作事「両顔月姿絵《ふたおもてつきのすがたえ》」に流用された。ほかに、鏡に人の顔を映すと馬の顔に見えるという趣向を盛り込んだ太閤記物「色競続箭戦《いろくらべのちのやあわせ》」（九二／寛政四）など。

名木田恵子（なぎた・けいこ　一九四九～）別名に水木杏子、加津綾子、香田あかね。東京生。文化学院文科卒。若くして小説家としてデビューし、少女小説や甘やかな詩などを執筆。漫画原作も手がけた。漫画原作では、少女漫画「キャンディ・キャンディ」（水木名義）が有名。コバルト文庫などにラブロマンスを執筆する一方、児童文学でもラブコメディなどを執筆。九〇年以降は児童文学に的を絞っている。児童文学のファンタジーに、少女と幽霊の恋を描くラブコメディ《ふーことユーレイ》（八八～九六・ポプラ社）、お化けの跳梁する家に引っ越して来た一家の騒動を描く『丘の上のオカルト屋敷』（八九・講談社）、人間と人魚のハーフの少女が、完全な人魚になってしまうのを防ぐために冒険を繰り広げる『海時間のマリン』（九一・講談社）、妖怪学校の落ちこぼれであるトイレの花子さんが、人間の学校に武者修行に行く『妖怪学校の出席番号6番』（九六・ポプラ社）、霊能力少女と学校霊たちの付き合いを描く『のろいの言葉は西校舎から』（九七・小学館）などがある。

名倉靖博（なくら・やすひろ　一九五九～）静岡県生。東映動画などでアニメーターとして活躍。作画監督を務めたアニメの代表作に「天使のたまご」（八五）「メトロポリス」（〇一）など。イラストレーターとしても独自の世界を展開。画業を集成した『名倉靖博の世界』（〇四・ソフトバンクパブリッシング）がある。物語絵本『パフスのふしぎな生活』（九一・角川書店）は、キャベツから生まれた緑色の猫の生活を、森のコダマや太古のアンモナイトとの心の触れ合いなどをエピソードとして描いた、詩情溢れる作品である。

梨木香歩（なしき・かほ　一九五九～）鹿児島県生。同志社大学神学部卒。テレパシーを通わせるような深い心の交流があった祖母の死を描いた『西の魔女が死んだ』（九四・楡出版、映画化）で日本児童文学者協会新人賞を受賞して、児童文学作家としてデビュー。ファンタジーに、シャーマニックな体質の草壁皇子と水銀の姫との交流を描いた中篇『丹《に》生都《おつ》比売《ひめ》』（九五・原生林）、鏡を通って行ける別世界で、弟を死なせてしまった負い目を持つ少女が自らの苦悩と向き合ってそれを克服し、心の傷を癒すための冒険を繰り広げる『裏庭』（九六・理論社）、少女が祖母と協力して、人形が持っている怨念を祓う『りかさん』(九九・同)など。この『りかさん』とつながりのあるエピソードを含む一般向けの長篇『からくりからくさ』(九九・新潮社)は、独特のスピリチュアルな生活を描いて支持を得、以後、児童文学にこだわらない作品を執筆するようになる。明治時代の青年が、自邸に去来する様々なあやかしと親しく交わる連作短篇集『家守綺譚』(〇四・新潮社)、『家守綺譚』の主人公の友人が、神秘と幻妖の影がちらつくトルコで過ごす日々を描いた『村田エフェンディ滞土録』(〇四・角川書店)、先祖伝来の、故郷の沼の土が混ざるぬか床から人間が生まれてくるという設定の物語『沼地のある森を抜けて』(〇五・同)などがある。

梨屋アリエ(なしや・ありえ　一九七一〜)栃木県小山市生。『でりばりぃAge』(九九)で講談社児童文学新人賞を受賞し、児童文学作家としてデビュー。『ピアニッシシモ』(〇三)で児童文芸新人賞を受賞。『プラネタリウム』(〇四・講談社)『プラネタリウムのあとで』(〇五・同)は、思春期恋愛テーマの連作短篇集で、心の警報音が外に漏れ出す少女と、恋心で空を壊してかけらにして散らす少女の触れ合いを描く「あおぞらフレーク」、心のかけらが小石となって外にこぼれ出す少女が恋と友情の板挟みに悩む「笑う石姫」、悲しみを脱殻として外に放出する異母姉への少年のとまどいを描く「好き。とは違う、好き」ほか、水に溶ける少女、森に変身する少女、飛べない翼を持つ少年、身体の膨張する少年など、思春期の感情をセンスの良いファンタジーに仕立てている。ほかに恋愛ファンタジー『スノウ・ティアーズ』(〇九・角川書店)など。

奈須きのこ(なす・きのこ　一九七三〜)ゲームの脚本家。かつて双子の兄弟を体内に持っていた元二重人格の少女が、霊体を傷つけることができる能力で、異能の化物たちを殺していくホラー・アクション『空《から》の境界』(〇四・講談社ノベルス)は、はじめ同人誌で発表され、カルト的な人気を得て、出版社から刊行されることになった作品。アニメ化もされている。ほかに、悪魔憑きが日常的になった世界を舞台にした悪魔祓い物『DDD』(〇七・講談社)がある。

那須正幹(なす・まさもと　一九四二〜)広島市生。幼時に広島で被曝。島根農科大学林学科卒。実姉・竹田まゆみの影響で児童文学の執筆を始め、『首なし地ぞうの宝』(七二)でデビュー。個性際立つ三人の六年生の少年を主人公にしたユーモア長篇《ズッコケ三人組》(七八〜〇四・ポプラ社)は子供たちの絶大な支持を得て、児童文学史上、最大のヒット作となった。全五十巻の中には、ファンタスティックな要素のある作品も少なくない。心霊写真をめぐって、幽霊屋敷で降霊会などのどたばた騒動が始まる『ズッコケ心霊学入門』(八一)、鏡の中の四次元の通路を通って江戸時代へタイムスリップする『ズッコケ時間漂流記』(八二)、田舎で肝試しをしている間に幽霊に取り憑かれる『ズッコケ恐怖体験』(八六)、タイムスリップして関ケ原の戦いに巻き込まれる『驚異のズッコケ大時震』(八八)、次から次へと妖怪が出没する『ズッコケ妖怪大図鑑』(九一)、小人になって地底王国で冒険を繰り広げる『ズッコケ三人組の地底王国』(〇二)など。ほかに、核戦争を描く近未来SF、夫婦の機微を幽霊譚の形で綴る時代小説、いじめられて死んだ子の独り語りが凄絶な怪奇短篇の傑作である表題作など、多彩な作品を収める短篇集『六年目のクラス会』(八四・同)、第二次世界大戦に日本が勝利しているパラレルワールドに、屋根裏から入り込んでしまう二人の少年を描くSF風長篇『屋根裏の遠い旅』(七五・偕成社)、風呂屋の浴槽に浮かんだ四次元潜水艦に乗り込んだ風呂屋の少女が、桃太郎や赤ずきんに出会ったり、アトランティスまで行ったりする『四次元潜航艇ウラシマ号の冒険』(八〇・同)、夏休みの自由研究で妖怪を研究することにした少年少女の恐怖体験を描く『こちら妖怪クラブ』(八四・同)、その続篇で妖怪クラブの面々が心理学者を装う魔女の生贄にされそうになる『妖怪クラブ　魔女にご用心』(八七・同)、ショートショート集『筆箱の中の暗闇』(〇一・同)、少女が拾った子犬と共にオカルト的な冒険を繰り広げる《衣世梨の魔法帳》(〇五～・ポプラ社)など。

【ズッコケ三人組と学校の怪談】長篇小説。九四年ポプラ社刊。ハチベエ、ハカセ、モーちゃんの三人は、長い歴史を持つ花山第二小学校に七不思議がないことに気づき、仲間と語らって、八つの怪談を考え出す。するとそれらの怪異が現実化し始めてしまう。親世代の先輩に聞いて回った結果、ハチベエたちが考え出したのとほとんど同じ怪談がかつて存在したこと、しかもやはり面白半分に考え出され、現実化したということを知る。そして雨の日、赤ん坊のお化けをはじめとする化物がわらわらと湧き出してくる……。学校に溜まる負のエネルギーが言語化されることによつて吹き出してくるという秀抜な設定にうならされる、児童文学版長篇ホラーの傑作。

那須田淳(なすだ・じゅん　一九五九～)静岡県浜松市生。早稲田大学文学部卒。父は那須田稔、母はひくまの出版社長。出版社勤務の傍ら児童文学を執筆し、宇宙飛行士を目指す少年を描いたSF『三毛猫のしっぽに黄色いパジャマ』(八八・ポプラ社)でデビュー。『ペーターという名のオオカミ』(〇三)で産経児童出版文化賞、坪田譲治文学賞を受賞。九五年からドイツに暮らし、ミヒャエル・ゾーヴァ『魔笛』(〇二・講談社)をはじめとするドイツの絵本や児童文学の翻訳も手がけている。ファンタジーに、ドイツに行った少年が、地元の少女と共に不思議な泉の水を飲んで小さくなって小人の一族と知り合い、冒険をする『ボルピィ物語』(八九・ひくまの出版)、夢の中で親しくなって様々な体験を重ねる少年と少女が、現実の世界でも出会う『夢のつづき』(〇七・同)などがある。

那須田稔(なすだ・みのる　一九三一～)静岡県浜松市生。東洋大学国文科卒。愛知大学中文科中退。はじめ詩人として出発し、少年詩を手がける。日本児童文学者協会事務局勤務を経て『ぼくらの出航』(六二)で講談社児童文学新人賞を受賞し、児童文学作家となる。代表作に日本児童文学者協会賞受賞の『シラカバと少女』(六五)など。ファンタジーに、働き者だが子供のない夫婦が、耕す土の中に子供がいると考えたことから不思議が始まる、民話風の作品『土の童子』(七〇・金の星社)などがある。

名瀬樹(なせ・いつき　一九七三～)戦争が続く近代的異世界を舞台に、子供兵たちの日常を描く連作短篇集『アンダー・ラグ・ロッキング』(〇三・電撃文庫)がある。

なだいなだ(なだ・いなだ　一九二九～)本名堀内秀《しげる》。東京生。慶応義塾大学医学部卒。精神科医の傍ら小説、エッセーを執筆。小説の代表作に『影の部分』(八五)など。化猫が子供たちの前に現れて秘密を教えてくれる「ばけねこバーヤン馬鹿話」(九一)、江戸時代初期の小笠原諸島発見の経緯を、猫が物語る歴史ファンタジー『猫と海賊』(九五・偕成社)がある。

灘岡駒太郎(なだおか・こまたろう　生没年未詳)経歴未詳。臓器の働きや病気の原因などを、人体を社会に見立てて説明する医学啓蒙のための擬人化小説『衛生鏡　人身体内政事記』(一八八九・豊盛堂)がある。

夏緑(なつ・みどり　?～)京都大学大学院理学研究科博士課程修了。分子生物学者で、子供向けの遺伝子の解説書なども執筆。女戦士と化物の海賊たちの冒険を描く『海賊船ガルフストリーム』(一九九五・富士見ファンタジア文庫、なつみどり名義)でファンタジア長編小説大賞佳作入選。多数のSF&ファンタジーを執筆。別世界ヒロイック・ファンタジー『白隼のエルフリード』(二〇〇〇・ファミ通文庫、未完)、別世界物のアクション・ファンタジー『ドラゴンプラネット』(〇四・EXノベルズ)、オカルト・ファンタジー『風水学園』(〇三～〇六・MF文庫J)、バイオハザード物のサスペンスSF『イマジナル・ディスク』(〇一・ハルキ文庫)、スペースオペラ『葉緑宇宙艦テラリウム』(〇二～〇三・

MF文庫J）ほか。

夏石番矢（なついし・ばんや　一九五五〜）俳人。本名乾昌幸。兵庫県相生市生。東京大学教養学部フランス科卒。同大学院比較文化博士課程修了。明治大学法学部教授。東大学生俳句会に所属し、高柳重信に師事。俳人として二十代より活躍し、九一年、現代俳句協会賞受賞。九八年から『吟遊』を主宰。二〇〇〇年に世界俳句協会を創立、運営にあたる。常に新しい内容・形式に挑み続ける前衛俳句の雄として、また俳句界きっての理論家として、その活動は終始高く評価されている。〈まだ見ぬ世界観、まだ見ぬ宇宙観を、力宿る短詩型によって現出させようとし続けるだろう〉（「俳句のルーツ」）と自身の句作について語る番矢もまた一人の幻視者であろう。〈降る雪を仰げば昇天する如し〉〈黄泉はるかまたもや足跡が鏡〉等の『猟常記』（八三・静地社）、〈天《テン》ハ固《コ》体《タイ》ナリ山頂《サンチヤウ》ノ蟻《アリ》ノ全滅《ゼンメツ》〉〈言《コト》霊《ダマ》ノ養成《ヤウセイ》ハ一《イツ》ニ雪《ユキ》ノ石化《セキクワ》ニ竢《マ》ツ〉等、片仮名に総ルビという形式で堅固な世界を紡ぐ『真空律』（八六・思潮社）、〈海近き湖に浮く虚空《そら》津《つ》彦《ひこ》〉〈瑠璃王の東西南北みずけむり〉〈隠国《こもりく》を岩裂く根裂く光かな〉等、東アジアの神話的空間を呼び起こそうとする雄渾な『神々のフーガ』（九〇・弘栄堂書店）、〈光の阿呆に呑まれてしまえ両拳〉等、からだをモチーフとする『人体オペラ』（九〇・書肆山田）のほか、『メトロポリティック』（八五・牧羊社）『巨石巨木学』（九五・書肆山田）『地球巡礼』（九八・立風書房）『右目の白夜』（〇六・沖積舎）などの句集がある。評論や編著に『俳句のポエティック　戦後俳句作品論』（八三）『現代俳句キーワード辞典』（九〇）ほか多数。

夏川裕樹（なつかわ・ゆうき　一九六五〜）慶応義塾大学経済学部卒。八七年、コバルト・ノベル大賞に佳作入選。銀行員の傍ら少女向けラブロマンスを執筆。記憶の改変によってアイデンティティが揺らぐ少女を描いたタイムトラベル物のSF『ジュリア』（九一・コバルト文庫）がある。

夏樹静子（なつき・しずこ　一九三八〜）本姓出光。東京生。慶応義塾大学文学部英文科卒。ミステリ作家。代表作に、『蒸発』（七二、推理作家協会賞）『Wの悲劇』（八二）など。核戦争による滅亡を想定して建設されたドームをめぐる人間模様を描く『ドーム』（八六・カドカワ・ノベルズ）とその続篇で、兄の五十嵐均との合作『βの悲劇』（九六・角川書店）がある。また、怪奇短篇アンソロジー『悪夢十夜』（九三・角川ホラー文庫）を編纂している。

夏見正隆（なつみ・まさたか　一九六〇〜）別名に水月郁見《みづきいくみ》。太平洋一年戦争後、東日本共和国と西日本帝国とに分裂したパラレル日本を舞台に、怪獣や様々な勢力との戦いを描く戦記物《レヴァイアサン戦記》シリーズ（九四〜九六・徳間文庫）でデビュー。〈海魔〉の超常能力を手に入れた少年がクトゥルー神復活を阻止せんと戦う伝奇アクション《海魔の紋章》（九八〜二〇〇〇・同）などがある。また水月名で、西洋中世的異世界を舞台に人型機動兵器に乗って戦う少年を描く《護樹騎士団物語》（〇五〜・トクマ・ノベルズ）がある。

夏目漱石（なつめ・そうせき　一八六七〜一九一六）本名金之助。江戸牛込馬場下横町生。塩原家の養子として幼少年期を過ごす。東京大学英文科卒。九五年、松山中学に、翌年、熊本五高に赴任する。一九〇〇年、文部省留学生となりロンドンに渡る。東西文化の異質性をまのあたりにした衝撃と孤独な環境、経済的な不安などから神経衰弱に陥る。〇三年に帰国、一高や東大で英語・英文学を講じる。〇五年、高浜虚子の勧めで「吾輩は猫である」を執筆、好評を博す。続いて「倫敦塔」（〇五）以下『漾虚《ようきよ》集』（〇六・大倉書店）にまとめられる諸短篇や「坊っちゃん」「草枕」（共に〇六）などを発表、注目を集める。〇七年、教職を辞して朝日新聞社に入社、作家活動に専念する。「三四郎」（〇八）「それから」（〇九）「門」（一〇）の三部作を発表。一〇年には〈修善寺の大患〉で生死の境をさまよう。「彼岸過迄」（一二）「行人」（一二〜一三）執筆中に神経衰弱が再発。「こゝろ」（一四）「道草」（一五）を経て、大作「明暗」（一六）執筆中に胃潰瘍が悪化し死去。この間、森田草平、小宮豊隆、寺田寅彦、鈴木三重吉、芥川龍之介、久米正雄ほかの人材が門弟に連なり〈漱石山脈〉とも称され、漱石の主宰する「朝日文芸欄」は反自然主義陣営の牙城と目された。

幻想文学関連の作品としては、アーサー王伝説を踏まえた叙事詩風ファンタジーである「幻影《まぼろし》の盾」「薤露《かいろ》行《こう》」（共に〇五）、ゴシックロマンス風の幻想に満ちた「倫敦塔」、泰西スピリチュアリズムの影響が色濃い「琴のそら音」（〇五）「趣味の遺伝」（〇六）など、英文学と創作の接点に生み出された初期短篇がまず挙げられるが、やはり最も注目に値するのは「夢十夜」であろう。夢に仮託して思うさま幻想の世界を展開したこの作品は、門弟である内田百閒や中勘助に引き継がれ、独自の〈夢文学〉の系譜を生み出す原点となった。「蛇」「暖かい夢」「火事」「声」など、同傾向の夢幻的小品を含む作品集に「永日小品」（〇九）がある。

【夢十夜】小品集。〇八年七～八月『東京朝日新聞』及び『大坂朝日新聞』掲載。〈百年、私の墓の傍に坐って待っていて下さい。きっと逢いに来ますから〉と言って息絶えた女を、真珠貝で穴を掘り、星の破片を墓標にして葬ると、墓から真白い百合の花が咲く「第一夜」、闇の中の田圃道を、盲目のわが子を背負って森へ向かうと、〈御前がおれを殺したのは今から丁度百年前だね〉と声がして背中の子が石地蔵のように重くなる「第三夜」、変な爺さんが手拭を蛇にするといって飴屋の笛を吹き〈今になる、蛇になる／きっとなる、笛が鳴る、〉と唄いながら河の中に没してしまう「第四夜」、女についていった庄太郎が高原の絶壁で七日七晩無数の豚に襲われ、最後に豚に舐められて気絶する「第十夜」など、漱石の底深い生への怖れを反映した小品十篇から成る。

夏目秀樹（なつめ・ひでき　一九五〇～）志村裕二名でノンフィクションを、松本裕二名でその他の小説を執筆。新技術物の太平洋戦争シミュレーション戦記『ハイパー空母「信濃」』（〇二～〇三・白石ノベルス）などがある。

名取なずな（なとり・なずな　？～）ゲームの脚本、漫画原作などを執筆。小説に、ゲーム世界の人格に憑依された少女を助けるため、ゲームのエンディングを作り変えようと奮闘する双子の兄を描く『テルミナス』（二〇〇二・スーパーダッシュ文庫）、地球の少女の魂から星を救うパワーを手に入れるためにやって来た宇宙人と少女の交流を描くコメディ『サンプル家族』（〇一・同）、不思議な郵便配達少女が存在する異世界のレトロ東京に紛れ込んだ青年を主人公とするラブコメディ『郵便です！』（〇一・同）などがある。

七飯宏隆（ななえ・ひろたか　一九七三～）千葉県生。世界滅亡後に、人工知能が管理するサバイバル施設の中で生き残った少女と彼女の世話をする幽霊たちを描く『ルカ』（〇五・電撃文庫）で電撃小説大賞受賞。女子高生姿の押しかけ座敷童が登場するラブコメディ『座敷童にできるコト』（〇五～〇六・同）、タロットの精が登場する学園オカルト・コメディ『タロットの御主人様。』（〇七～・同）など。

七尾あきら（ななお・あきら　一九六九～）東京生。早稲田大学文学部文芸専修卒。人喰い鬼に堕落した鬼を異次元からやって来た正常な鬼が退治する話にサイボーグ少女が絡むSF伝奇アクション『ゴッド・クライシス』（九六・角川書店）で第一回スニーカー大賞金賞を受賞してデビュー。魔法が普及している異世界日本を舞台に、魔法使いの高校生が活躍する『古墳バスター夏実』（九七～九九・角川スニーカー文庫）、退魔物の学園伝奇アクション『風姫』（〇二・ファミ通文庫）、自分を見失った生霊が、少年神スサノオに助けられて身体を探し求める話に、妖怪と人間の対立というテーマが絡む伝奇ファンタジー『ハートレス・ハート』（〇二・角川スニーカー文庫）などがある。

七穂せい（ななお・せい　?〜）大阪府生。漫画創作ユニットCLAMPの元メンバー。神と人間界を結ぶ御使いの波瀾万丈を描く『仮想楽園』（一九九六・ミリオン出版＝カルデアブックス）がある。

七穂美也子（ななお・みやこ　一九六三〜）別世界の王子の運命を肩代わりしている中学生の少年の冒険を描く別世界ファンタジー『凶星』（九二・スーパーファンタジー文庫）に始まるシリーズ（〜九七）でデビュー。ミステリ・テイストの作品が多い。タロットカードで幸運を導く大学生の冒険を描くオカルト・ファンタジー《占い師SAKI》（九七〜二〇〇〇・同）、妖怪退治物の伝奇アクション『½のヒーロー』（〇六〜・コバルト文庫）などがある。

七条沙耶（ななじょう・さや　?〜）別名に佐和みずえ。ファンタジーに、宮廷内陰謀により放浪の身を余儀なくされた若い王子の冒険を描く別世界物『空ゆく風のルカシュ』（一九九二・大陸ネオファンタジー文庫、九四〜九五・学研レモン文庫）がある。

七瀬砂環（ななせ・さわ　?〜）前近代ヨーロッパ風異世界を舞台に、魂は宝石、身体は機械の皇帝の修繕役となった時計職人の少年を描く『オートマート』（二〇〇五・講談社X文庫）でホワイトハート新人賞受賞。ほかに、十五世紀初頭の架空のヨーロッパ帝国を舞台に、聖堂騎士団員となった青年の愛と冒険を描く『背徳の騎士団』（〇六・同）がある。

七瀬晶（ななせ・ひかる　一九七四〜）東京生。青山学院理工学部物理学科卒。通信関係のシステム開発に携わる傍ら、小説を執筆。サイバー・アドベンチャー『Project SEVEN』（〇五・アルファポリス）『WEB探偵　昴』（〇七・同）がある。

七地寧（ななち・ねい　?〜）BL小説作家。ファンタジーに、伝奇系変化物『Beauty beast』（二〇〇四〜・笠倉出版クロスノベルズ）、SFアクション《2nd Sword》（〇六〜・同）などがある。

菜の花すみれ（なのはな・すみれ　?〜）別名に菜の花こねこ。おたく向けキャラクター制作会社ブロッコリー関連のコンテンツやゲーム脚本、漫画原作などを手がける。SF的設定の『デ・ジ・キャラット』（二〇〇〇〜〇三・電撃文庫、菜の花こねこ名義）『ギャラクシーエンジェル』（〇六・角川書店）などがある。

なぶらひみ（なぶら・ひみ　一九六二〜）本名河野ひろみ。日本大学法学部卒。SFシューティングゲームのノベライゼーション『スーパースターフォース』（八七・勁文社）でデビューし、その後は少女小説を執筆。女学生の幽霊に取り憑かれた少女がボーイフレンドとの仲を裂かれそうになる『おしかけデストロイヤー』（九〇・講談社X文庫）などがある。

奈街三郎（なまち・さぶろう　一九〇七〜七八）本姓山田。宮城県仙台市生。東京商業学校卒。児童雑誌編集の傍ら主として幼年童話を執筆。寝坊をして三時の時報を打つのを忘れた時計の話「とけいの3時くん」（四六）、威張りやのひげを切り落とすために旅を続ける鋏の話「はさみとひげ」（四七）、巨大などんぶりの中にあるうどんの町へ行く「うどんの町」（五九）など、抽象物や無機物までの万物が生きている幼年の世界を素朴なタッチで描いている。やや高学年向けの諷刺的要素のあるファンタジーに、骨董店の木馬が夜になると生命を得て世界を巡る「夜の木馬」（五一）などがある。

並木五瓶［初世］（なみき・ごへい　一七四七〜一八〇八／延享四〜文化五）歌舞伎狂言作者。名前は五八、吾八、呉八、五兵衛・五瓶と移る。別号に並木舎《なみきのや》、浅草堂。大坂道修町の芝居小屋木戸番頭・和泉屋の子として生まれる。明和年間（六四〜七二）には小芝居の作者となり、七二（安永元）年に初めて大芝居の作者として名を連ねる。まもなく立作者となり、二十年間、大坂で活躍。師匠の並木正三の風を継ぎ、筋の変化を理によって付けていく歌舞伎狂言の名作を執筆。四十八歳の時に江戸に下り、荒唐無稽な面が強い江戸の芝居に理路整然とした作風を持ち込み、もてはやされた。亡くなるまで江戸の芝居で活躍し、多数の作品を残した。代表作に「五大力恋緘《こいのふうじめ》」（九四／寛政六）など。幻怪味のある作品に、「天神記」「菅原伝授手習鑑」をもとに、嫉妬のあまり鶏になる趣向などを加えた「天満宮菜種御供《なたねのごくう》」（七七／安永六）、石川五右衛門を、日本乗っ取りを企む明人の子で妖術使いと設定した「金門五三桐《きんもんごさんのきり》」（七八／同七）、姫路城天守の妖怪を利用した設定の「袖簿播州廻《そでにつきばんしゅうめぐり》」（七九／同八）、高井蘭山『絵本三国妖婦伝』をもとに、紀海音「殺生石」の二人玉藻などの趣向を取り入れた「三国妖婦伝」（〇七／文化四、勝俵蔵、松井幸三助作）など。

並木五瓶［三世］（なみき・ごへい　一七八九～一八五五／寛政元～安政二）初世篠田金治の門人。一九（文政二）年、篠田金治二世となって江戸で活躍。三三（天保四）年、三世五瓶を名乗り立作者格となる。七世団十郎のために「勧進帳」（四〇／同一一）を書いた。怪奇物に「怪談木幡小平次」（五四／安政元）など。

並木敏（なみき・さとし　一九五四～）東京生。アニメの脚本家。「タッチ」（八五～八七）、「バビル2世」（九二）など多数の作品を手がける。ＳＦアクション『新米工作員の悪い夢』（九三・ソノラマ文庫）、「三国志」物のファンタジー漫画をもとにした『竜狼伝外伝』（九六～〇二・講談社＝マガジンノベルス）などがある。

並木正三（なみき・しょうざ　一七三〇～七三／享保一五～安永二）歌舞伎狂言作者。通称和泉屋正三。別号当世軒。大坂生。父と実母の妹が再婚して道頓堀の芝居茶屋へ養子入りしたため、正三も連れ子として入り、芝居の世界に浸かって育った。十四、五歳で水船の仕掛けを工夫し、十八歳で歌舞伎台本を書き上げた。その後並木宗輔に入門し、浄瑠璃の世界で修業を積み、五二（宝暦二）年、歌舞伎に戻る。回り舞台や迫上《せりあ》げをはじめとする舞台装置の工夫をし、初めて迫上げを用いた「傾城天羽衣」（五三／同三、松田百花ほか助作）が出世作となった。複雑な筋立て、意外な展開で興味をひく作風で、演出面でも新機軸を打ち出し、大坂歌舞伎界の作者として押しも押されもせぬ地位を築き、百に上る作品を残した。また門弟も数多くいたため、大坂の芝居全体に大きな影響を与えた。幻怪味のある作品に、別掲作のほか、蝦蟇の妖術を使うインド帰りの天竺徳兵衛が実は高麗人の遺児・七草四郎であるという設定の謀叛物「天竺徳兵衛聞書往来」（五七／同七）、「忠臣蔵」をもとに、亡霊が身代わりに遊女に行く趣向、生肝で変身の霊薬を作る趣向などが取り入れられている「三十石艠始《よぶねのはじまり》」（五八／同八、並木翁輔、松田百花助作）、実子にお家を継がせようとする継母・鉄輪の怨念が、化猫騒動や猫俣屋敷の怪を引き起こすが、霊犬・竹箆《しっぺい》太郎の首に打ち破られる「竹箆太郎怪談記」（六二／同一二、市山卜平、並木利助、柴崎源蔵、松田百花助作）、善悪の双子の兄弟の対立をお家騒動と謀叛に絡めて描き、遊女の亡霊なども活躍する「桑名屋徳蔵入船物語」（七〇／明和七）、武智光秀の遺児による叛逆物に異国趣味を取り入れた作品で、朝鮮の乾隆皇帝の霊から授けられた一巻で神通力を身につけるという妖術の趣向がある「三千世界商《やりくり》往来」（七二／同九、並木利助、奈川亀助ほか助作）、義経記の世界を描き、蔵王権現から仙術を授かった常陸坊海存が登場し、竜宮の場をしつらえる絶筆「和布苅神事《めかりのしんじ》」（七三／安永二）など。

【霧太郎天狗酒醼《きりたろうてんぐのさかもり》】歌舞伎狂言。六一（宝暦一一）年初演。並木翁助、松田百花助作。唐からやって来た天狗・是害坊と名乗る霧太郎が、変身をはじめとする様々な神通力を駆使して、実朝暗殺事件の陰で糸を引く。暗殺の実行犯・公暁は実は源氏方で、最後に霧太郎を罠に掛けて討ち取るところでようやく正体を明かすことになる。霧太郎、実は鬼一法眼という設定になっているのが奇妙である。

【惟高親王魔術冠《これたかしんのうまじゅつのかんむり》】歌舞伎狂言。六六（明和三）年初演。惟高親王は日蝕の時に生まれたがゆえに弟の惟仁に帝位を譲らねばならぬのが口惜しく、宮中で暴れ回る。義母の皇后・染殿を足蹴にして罰を当ててみよと神に挑戦し、惟高は捕えられるが、惟高の後ろ盾、紀名虎が機に乗じて鏡と宝剣を奪ったため、惟仁は帝位に就けずに神器を捜す羽目になる。一方、家臣の下で心を入れ替えるようにと労役させられている惟高は、全体を宰領する知者で金竜の術を用いる紀有常に対して、玄々流の術で天下を覆してみせようと宣言する。先に、魔術に用いる特別な血を欲する名虎の手にかかって非業の死を遂げた生駒（惟仁の子を産んだ女）は、亡霊となって子を守り、僧侶を介して在原行平の手に、剣と若宮を託す。玄々流の秘術を用いて染殿に変身した惟高は、宮中に入り込んでいるが、思いを掛けていた井筒が業平を訪ねてやって来ると、心が迷い、女姿で女を盛んに口説く。有常はすべてを見越し、赤ん坊を一人犠牲にしてその魔術を破り、惟高を捕える。血の匂いに満ちた魔術と、歌舞伎でレズビアンを演じるという二重の倒錯性を特徴とする。

並木丈輔（なみき・じょうすけ　生没年未詳）浄瑠璃、歌舞伎狂言作者。別号に、並木笛風、豊丈助。並木宗輔門人で、一七三三（享保一八）年から三年間並木宗輔と合作。その後、単独作もあり、歌舞伎に転じて立作者も務めた。歌舞伎時代の作に「女夫星浮名天神《みょうとぼしうきなのてんじん》」（三七／元文二）などがある。その後再び浄瑠璃に戻り、豊竹座の立作者として浅田一鳥、安田蛙桂と共に竹本座に対抗し、浄瑠璃最盛の一翼を担った。

並木宗輔（なみき・そうすけ　一六九五～一七五一／元禄八～寛延四）浄瑠璃、歌舞伎狂言作者。通称松屋宗介。別号に千柳、市中庵。若い頃は臨済宗の寺僧で断継と称したが、三十歳頃に還俗して大坂に出る。並木宗輔として豊竹座で西沢一風、安田蛙文らと合作。藤原秀郷が瀬田の唐橋の竜女から子供の養育を請け負うが、実は竜女は将門の妾が化けたものだったという展開になる一方、竜神の宝珠、大百足退治、本物の竜女からのお告げなどの要素を含む「藤原秀郷俵系図」（二九／享保一四）など。その後並木丈輔との合作を三年間続ける。苅萱物に、処女でなければ光を失う夜明珠、正妻と愛人の睡眠中の髪が蛇となって喰らいあうなどの趣向を入れた「苅萱《かるかや》桑門筑紫轢《どうしんつくしのいえづと》」（三五／享保二〇）などがある。その後一時歌舞伎に移るが、浄瑠璃界に復帰して並木千柳と改め、今度は竹本座で、竹田出雲二世、三好松洛との合作に入る。実質上の立作者と考えられている。その間の代表作として、近松門左衛門「天神記」をもとに菅公伝説を集大成した作品で、道真が勅命により筆法を伝授することになったために起きる弟子たちの確執により筋を複雑化、最後には道真が朝廷を守るという名目で時平を打ち懲らす雷神となる「菅原伝授手習鑑《すがわらでんじゅてならいかがみ》」（四六／延享三）、義経伝説を集大成し、平家討伐後の義経・頼朝の不和を描く作品で、親の皮を張った初音の鼓を一途に求める源九郎狐（狐忠信）のエピソードなどを交えた「義経千本桜」（四七／同四）、「仮名手本忠臣蔵」（四八／寛延元）などの名作があり、浄瑠璃全盛時代をもたらした。その後豊竹座に戻り、没した。

西風隆介（ならい・りゅうすけ　一九五五～）兵庫県神戸市生。鳥取大学卒。バーのピアノ弾き、会社員などを経て作家となる。神の能力を持つとされる一族の少年とそのさにわ役の学者らを主人公にした、蘊蓄物の伝奇ミステリ《神の系譜》（二〇〇〇～・トクマ・ノベルズ）ほかがある。

奈良谷隆（ならや・たかし　一九五六～）別名に睦月影郎。神奈川県横須賀市生。大学中退。シミュレーション戦記を執筆。ハイテク物『超戦車イカヅチ前進せよ!!』（九五・ケイブンシャノベルス）、タイムスリップ物『奇蹟の幻翼』（〇六・歴史群像新書）ほか多数。睦月名では官能小説を執筆し、現代忍者物『闇の国から来た少女』（九八・プレリュード文庫）、異星人物『ときめきサイキック大戦』（九八・同）がある。

楢山芙二夫（ならやま・ふじお　一九四八～）本名富士雄。岩手県雫石町生。桐明学園大学短期大学部演劇学部卒。七五年「ニューヨークのサムライ」でオール讀物新人賞を受賞。撮影中に死亡したスタントマンの背中に写る白い翳の謎をめぐり、心霊研究家・神守貢が事件の解明に乗り出すが、怪異はなおも続く……という本格的な超常現象ミステリ『魔の聖域』（七九・毎日新聞社）がある。

成定春彦（なりさだ・はるひこ　一九七三〜）大阪府生。『Heat』（〇一）で日本ミステリー文学大賞新人賞佳作入選。天狗降臨をもくろむ一派が、天狗の都市伝説に怯える女たちを生贄として天狗を召喚しようとするオカルト・ホラー『天狗』（〇二・カッパ・ノベルス）がある。

成田良悟（なりた・りょうご　一九八〇〜）東京生。日本大学文理学部卒。禁酒法時代を舞台に、二百年前に悪魔の薬で不老不死となった錬金術師が作り上げた〈不死の酒〉をめぐる争奪戦を描いた『バッカーノ！』（〇三〜・電撃文庫）で電撃ゲーム小説大賞金賞受賞。同作は人気シリーズとなってテレビアニメ化もされている。ほかに、佐渡と新潟の間に架けられた巨大な橋の中央に位置する人工島が、無法の都市状態と化しているという設定の《越佐大橋》（〇三〜・同）など。ファンタジックな設定はあるものの、基本はいずれもクライムノベルである。

成井豊（なるい・ゆたか　一九六一〜）劇作家。埼玉県生。早稲田大学第一文学部文芸専修卒。若い層を中心に支持を受け、近年最も成功した劇団の一つ〈演劇集団キャラメルボックス〉を主宰し、脚本、演出を担当。ＳＦやファンタジーの趣向を用いる戯曲が多くあり、また宮沢賢治への特別に強い思い入れから、賢治に関わる作品群がある。主な戯曲集に、タイムトラベルで過去を変えて横恋慕を成就させようとする男に抵抗する恋人たちを描く「銀河旋律」など、ＳＦ的設定の感傷性の強い作品を収める『銀河旋律　広くて素敵な宇宙じゃないか』（九二・白水社）、ジェントル・ゴースト・ストーリー『ナツヤスミ語辞典』（九一・同）『カレッジ・オブ・ザ・ウィンド』（二〇〇〇・論創）、学校が消滅した未来を舞台に、アンドロイドの教師ケンジ先生を登場させた『ケンジ先生』（九八・論創社）などがある。

鳴海丈（なるみ・たけし　一九五五〜）山形県生。西南学院大学法学部卒。人間と邪神のハーフとして生まれたユウが囚われの母を助けるため、現代に現れる邪神狩りを続けていく伝奇アクション《聖痕者ユウ》（八五〜八八・コバルト文庫）でデビュー。三流無名の中年悪魔が、妖艶な魔女や身内の天才悪魔に助けられて依頼を何とかこなしていく《やさしい悪魔》（八七〜八九・同）、江戸の町を舞台にしたコメディ調のホラー・ミステリ『かげろう闘魔変』（九二・スーパーファンタジー文庫）、ノアの箱舟伝説に秘められた超古代文明の遺産をめぐる伝奇ＳＦ『ラスプーチン邪教団を倒せ！』（八七・角川文庫）、ホラー・アクション《ダークハンター》（九四・角川スニーカー文庫）、ＳＦアドベンチャー『サンダーロード』（八九・アニメージュ文庫）など、多彩な作品を執筆。ほかに超絶的な剣の名手・榊修羅之介が妖人魔人相手に戦う《修羅之介斬魔剣》（九〇〜九二・カドカワ・ノベルズ、アニメ化、ＯＶ化）もあり、この作品以後、時代小説を中心に執筆するようになった。時代物の怪奇幻想系作品に、御家再興のために埋蔵金の在りかを明かすという八つの宝珠を探す旅に出た安房里見家重臣の末裔の冒険を描く『乱華八犬伝』（〇四・トクマ・ノベルズ）などがある。

南家礼子（なんけ・れいこ　一九五一〜）別名に小林礼子。「ガールフレンド」（九六、小林名義）で小川未明文学賞大賞受賞。孤独なＯＬと、人なつこい弟のようなストーカー、死んだはずの兄という奇妙な三角関係を感傷的な語り口でこまやかに描いたダークファンタジー『センチメンタル・ゴースト・ペイン』（〇二・学研）でムー伝奇ノベル大賞佳作入選。ほかに小林名で、進学塾を舞台にした化物退治物の児童文学『エリートなぼくと恐怖の笑い声』（九八・岩崎書店）がある。

南條竹則（なんじょう・たけのり　一九五八〜）東京大学文学部古典文学科卒。同大学院英文科修士課程修了。大学講師、翻訳業の傍ら、小説を執筆。英国世紀末文学を専門とする南條は、ダウスンをはじめとするマイナー・ポエットや怪奇小説作家を愛好し、専門である『アーネスト・ダウスン作品集』（〇七・岩波文庫）のほか、『怪談の悦び』（九二・創元推理文庫）『イギリス恐怖小説傑作選』（〇五・ちくま文庫）『地獄』（〇八・メディアファクトリー）といった怪奇小説のアンソロジー編訳を手がけている。英米怪奇幻想小説の翻訳も数多く、アーサー・マッケン『輝く金字塔』（九〇・国書刊行会）、リチャード・ミドルトン『幽霊船』（九七・同）、ヒュー・ロフティング『ガブガブの本』（〇二・同）、ヘンリー・ジェイムズ『ねじの回転』（〇五・創元推理文庫）、チェスタトン『木曜日だった男』（〇八・光文社古典新訳文庫）など。豊富な知識を駆使して怪奇小説やファンタジーに関するエッセーも物しており、東映アニメの『白蛇伝』とキーツの『レイミア』というよく似た東西二つの物語がどのようにつながっているのかを検証した『蛇女の伝説』（二〇〇〇・平凡社新書）、《ドリトル先生ものがたり》の魅力を語ると同時に、背景となっている英国十九世紀末の風俗を紹介する『ドリトル先生の英国』（二〇〇〇・文春新書）、思い入れ深い二十世紀初頭の怪奇小説作家たちを紹介する『恐怖の黄金時代』（二〇〇〇・集英社新書）などがある。

小説にも手を染め、酒をこよなく愛する純粋な男が酒仙となり、世界を更新させるための儀式で、臭い酒造りの三島業造を倒す、現実パロディ型ファンタジー『酒仙』（九三・新潮社）で日本ファンタジーノベル大賞優秀賞を受賞し、以後幻想作家としてもコンスタントに作品を発表し続けている。酒と食をこよなく愛し、温泉を好むという南條の嗜好は、そのまま小説に反映されている。私小説的な側面を強く持ち、現実をファンタジーへと転換させた作品と、嗜好はそのままに、歴史ファンタジー風の世界を繰り広げた作品とに大別される。前者に、中華料理を題材にした怪奇と幻想の短篇集『満漢全席』（九五・集英社）、自称詩人の四十男が温泉三昧の日々を送るうち、猫たちに見込まれて奇妙きわまりない猫の歴史を書く破目に陥る怪奇長篇『猫城』（〇一・東京書籍）、亡霊の催す文学の会に紛れ込み、失せ物探しの力を得た自称詩人が時を超えて冒険を繰り広げる『魔法探偵』（〇四・集英社）など。後者に、仙女の人間界での恋愛を悠然と描く長篇『遊仙譜』（九六・新潮社）、電脳世界に築かれた疑似仙界を舞台に、華麗なる恋と戦術を駆使しての闘いが繰り広げられる『セレス』（九九・講談社）、中国の南宋時代、亡霊から仙人となった美女・英華の活躍を描く表題作ほか、志怪小説に取材した短篇群を収録する『鬼仙』（〇六・中央公論新社）など。このほか、『未来のイヴ』の内容紹介と評論を小説的語りの内に繰り広げた作品『虚空の花』（九四・筑摩書房）、仙女に仕える料理人と知り合った少女が、たくさんの美味しい物を食べながら、不思議な仙術を見たり、仙界の化物にさらわれて地獄巡りをしたりする児童文学『りえちゃんとマーおじさん』（〇六・ソニー・マガジンズ＝ヴィレッジブックス）などもある。

南條範夫（なんじょう・のりお　一九〇八〜二〇〇四）本名古賀英正。東京銀座生。東京大学法学部および経済学部卒。満鉄東京支社調査部などを経て国学院大学、中央大学教授となり経済学を講じる。四十歳を過ぎてから小説を書き始め、雑誌の懸賞小説や新人賞を総なめして注目を集める。五六年「燈台鬼」で直木賞を受賞。「古城物語」（六〇〜六一）などで〈残酷物〉時代小説のブームをつくる。時代小説からミステリまで幅広く執筆。怪奇幻想の分野にも関心が深く、初期作品集『燈台鬼』（五六・河出書房）にも、人間になった河童の報われぬ恋の物語「水妖記」が収められている。甲羅を経た妖怪たちが人魚姫に懸想する「月は沈みぬ」や、女ばかりの桃源郷に迷い込んだ武将の話「緑の谷の孫康」、岩にまつわる様々な伝承から一つの物語を紡ぎ出す表題作など全七篇を収めた『屈み岩伝奇』（七九・角川書店）、Ｊ・Ｍ・バリの『ジュリー・ローガン』に筋を借りた夢幻的なゴースト・ストーリーである表題作や、双生児がお互いの夢の中に入り込むうち、ついに両者の身体が混ざりあってしまう「双生児の夢入り」など全十篇を収める『雪姫伝説』（八五・河出書房新社）などの作品集がある。また、初期の長篇『わが恋せし淀君』（五八・講談社）は、雑誌編集者の男がタイムスリップで憧れの淀君の時代へと飛び、予言者として活躍するという内容で、タイムスリップ歴史物の早い作例の一つである。

南杣笑楚満人（なんせんしょう・そまひと　一七四九～一八〇七／寛延二～文化四）黄表紙、合巻作者。本名楠彦太郎。別号に志笱斎、杣人、南楚など。江戸の芝に住んだ。板木師、書肆、医師など諸説あり、不明。黄表紙に、楚満人を訪うた化物たちが、遠見眼鏡で人間世界を覗いてその恐ろしさに肝を潰し、化物として負けを感じて去っていく『化物大閉口《だいのへいこう》』（九七／寛政九、歌川豊国画）ほか多数がある。『敵討義女英』（九五／同七）など、義と孝とを柱とする敵討物に本領を発揮し、敵討物の隆盛を招来し、ひいては黄表紙から合巻への長篇化の流れを推し進めた。合巻に、ろくろ首の奇病を持つ娘、狒々の難などを出して新味を狙った『敵討轆轤首嬢《かたきうちろくろくびむすめ》』（〇七／文化四、歌川豊広画）などがある。

南天美保（なんてん・みほ　?～）北海道室蘭市生。変身ヒーロー物のコメディ『火事の日は岩男《ロックマン》』（一九九四・ソノラマ文庫）でデビュー。ドラゴンが存在する別世界を舞台に、不思議な力を秘めた石と謎めいた青年をめぐって展開するロマンティック・ファンタジー『完璧な石』（〇二・同）、別世界冒険ファンタジー『ゴッデュリアの予言』（〇三・角川ビーンズ文庫）、仮想現実物のラブロマンス『空猫の森のナツミ』（〇六・ビーズログ文庫）など。

難波弘之（なんば・ひろゆき　一九五三～）東京生。学習院大学法学部卒。キーボード奏者として活躍する傍ら、ＳＦ小説を執筆。世界屈指のシンセサイザー奏者と、伝説の巨鳥・鵬との、音楽を通じての人知を超えた心の交流を描く表題作、明日の予知夢を見てしまう男の悲劇「トロイメライ」などを含む短篇集『飛行船の上のシンセサイザー弾き』（八二・文化出版局）、音楽業界を舞台に、存在しないのにいる人物をめぐる恐怖譚「わらし90」、超マザコン男が本当に幼児になってしまう「ママ、おうちがもえてるよ」などを含む短篇集『鍵盤帝国の劇襲』（九一・ハヤカワ文庫）がある。

南原兼（なんばら・けん　?～）ＢＬ小説作家。多数の作品がある。ファンタジーに、亜人類テーマの『月夜に懺悔は似合わない』（一九九九・リーフノベルズ）『月夜に神父は愛さない』（〇七・花丸文庫）、魔法学園物《まほデミー・週番日誌》（〇一～〇五・コバルト文庫）、異世界転移物『東京騎士王国《ナイトキングダム》』（〇五～〇六・パレット文庫）など。

南原順（なんばら・じゅん　一九六一～）青森県生。安倍晴明への興味から陰陽道と蒸気機関が混在するチャイニーズ・スチームパンク《六覇国伝》（九四～九五・ログアウト冒険文庫）を企画。ほかにも小説の原案、アニメやゲームの脚本、漫画原作などを手がける。小説に、伝奇ファンタジーＲＰＧ「女神異聞録ペルソナ」のサイドストーリー『神取の野望』（九七・ビクターノベルズ）など。『陰陽師「安倍晴明」とっておき99の秘話』（〇一・二見文庫）などのエッセーもある。

南部樹未子（なんぶ・きみこ　一九三〇～）本名キミ子。デビュー当時はきみ子と表記。樺太生。東京都立武蔵高等女学校卒。五八年「ある自殺」で第一回女流新人賞に佳作入選し、デビュー。五九年には「流氷の街」で女流新人賞を受賞。ミステリを主に執筆し、六八年より樹未子名となる。人生の岐路に立つ人々が旅先で慕わしい死者の霊と交感し、その導きによって新たな道を歩み始めるというパターンの連作心霊小説集『見えない人たち』

（九二・光文社文庫）がある。

南部修太郎（なんぶ・しゅうたろう　一八九二～一九三六）宮城県仙台市生。慶応義塾大学文学科卒。ロシア語を学び、チェーホフなどの翻訳を手がける傍ら、小説、作家論を執筆。怪奇短篇に、生活に窮した男が死神の気配のようなものに誘われて首を括り、あの世を垣間見る「死神」（二〇）など。児童文学にも手を染め、晩年は少女小説を多作した。

南房秀久（なんぼう・ひでひさ　？～）魔法が存在する中世風別世界を舞台とする戦闘アクション『黄金の鹿の闘騎士』（一九九五・富士見ファンタジア文庫）がファンタジア長編小説大賞最終選考作に残り、デビュー。同世界を舞台にしたヒロイック・ファンタジー《月蝕紀列伝》（九六～二〇〇〇・同）のほか、別世界を舞台に、邪妖に憑かれて殺戮を快楽とするようになった戦士の少年と、不死の暗殺者にして娼婦の少女の純愛を描く『9TAILS』（〇五～〇六・同）、動物や妖精の心がわかる新米医師の少女が活躍する《トリシア先生》（二〇〇〇～〇三・同）、その前日譚『トリシア、ただいま修業中！』（〇四・学研）、錬金術師見習いの少女の冒険を描く『水の都のフローラ』（〇五・同）『フローラと七つの秘宝』（〇六・同）などがある。

南溟（なんめい　生没年未詳）僧侶。京都の真宗寺院・久遠院十五世住職。近江草津の光闡寺住職を兼任した。説話に評釈をつける形式の六十二話を収録する仏教説話集『続沙石集』（一七四四／延享元）などを執筆した。

南陽外史（なんよう・がいし　一八六九～一九五八）本名水田榮雄《えいゆう》。兵庫県淡路島生。大阪の英和学舎に学んだ後、上京、立教大学卒。『中央新聞』記者となり、日清戦争に従軍、また英米に視察に赴く。黒岩涙香と親交があり、その蔵書を借りて九一年から翻案小説を発表。ガイ・ブースビーの冒険スリラー『魔法医師ニコラ』に基づく『魔法医者』（九九・文武堂）のほか、ドイルの《シャーロック・ホームズ》を《不思議の探偵》（九九）として紹介している。一〇年に『中央新聞』退社後は実業界に転じて活躍した。

南里征典（なんり・せいてん　一九三九～二〇〇八）本名勝典《かつのり》。福岡県生。福岡県立香椎高校中退。新聞記者生活二十年を経て、七九年「鳩よ、ゆるやかに翔べ」でデビュー。冒険アクション、社会派バイオレンス、伝奇ロマン、官能小説を中心に執筆。主な作品に『未完の対局』（八二）など。怪奇幻想系作品に、天草・島原の乱にまつわる呪われた妖刀の秘密をめぐる伝奇ロマン『天草は血染めの刃』（八三・講談社ノベルス）、地底帝国アスカルダの聖櫃を護る超常戦士・破魔矢龍が、魔の秘密結社と、世界を股にかけて戦いを繰り広げる伝奇バイオレンス『魔界戦記』『魔界淫殺行』（八七～八八・トクマ・ノベルズ）、戦国時代から時空を超えて現代に蘇る怨念を描く『明智覇王伝奇』（九三・スコラノベルズ）などがある。

に

新倉みずよ（にいくら・みずよ　一九四五～）未来を舞台に、腕白少年がママの代わりをするロボットを自分の都合の良いように改造してしまうSF童話『たけしとママロボ』（八三・岩崎書店）がある。

新津きよみ（にいつ・きよみ　一九五七～）本名折原清美。長野県生。青山学院大学文学部卒。夫は折原一。旅行代理店、商社勤務の傍ら、山村正夫の小説講座に通い、『両面テープのお嬢さん』（八八）でデビュー。ミステリやサイコ・サスペンスを中心に大量の作品を執筆している。ホラー色の濃い作品に、『女友達』（九六）に始まり『婚約者』（九七）『愛読者』（九八）『招待客』（九九）『同窓生』（二〇〇〇）……と総て三文字タイトルから成る角川ホラー文庫のサイコ・サスペンス・シリーズがあり、いずれも女性を主人公に、日常を侵蝕する異常さが次第にエスカレートして惨劇を惹き起こすまでを、手堅い筆致で綴り好評を博した。ほかに、死んだ子供の転生を信じる母親の執念が子供の前世の記憶を呼び覚ますサスペンス・ミステリ風のファンタジー『ふたたびの加奈子』（二〇〇〇・ハルキ・ホラー文庫）、他人が見た夢を見ることのできる特殊能力を持つ臨床心理士が探偵役のミステリ『恐怖の白昼夢』（九三・双葉ノベルズ）、現代日本の吸血鬼をテーマとする心理サスペンス『血を吸う夫』（九六・読売新聞社）など。少女向けファンタジーに、潜在的吸血鬼のイギリス青年との明るい恋を描く『留学生は吸血鬼』（八八・ケイブンシャ文庫コスモティーンズ）がある。

新美南吉（にいみ・なんきち　一九一三〜四三）本名正八。愛知県半田町生。東京外国語学校英語部卒。中学生の頃から文学を志し、様々な雑誌に投稿をする。十六歳で「張紅倫」を書き上げたほどの早熟な天才であった。「張紅倫」「正坊とクロ」（三一）「ごん狐」（三二）などを『赤い鳥』に発表して認められる。教職に就きながら執筆を続けたが、結核によって夭逝した。代表作は「最後の胡弓弾き」（三九）「おじいさんのランプ」（四二）などリアリズム作品が多い。ファンタジーの系列に属するものは、新たな民話的世界を拓いたといわれる作品群で、狐の献身を悲劇的に描く「ごん狐」、正しい生き方を求めながら横道にそれてしまう男を描く「鳥右ヱ門諸国をめぐる」（四三）、謎の子供の力によって盗人が改心する「花のき村と盗人たち」（四三）、百姓と坊主の死後の行末を語る「百姓の足、坊さんの足」（四三）などがある。また、狐の子が片手だけ人間に化け、人間の店まで手袋を買いに行く小品「手袋を買いに」（四三）も、現代のファンタスティックなメルヘンに直結する作品として名高い。

二階堂黎人（にかいどう・れいと　一九五九〜）本名大西克己。東京生。中央大学理工学部卒。『地獄の奇術師』（九二）でミステリ作家としてデビュー。ディクスン・カーを目標に掲げ、怪奇的な謎を合理で解くタイプの本格ミステリを多数執筆している。意表を突く謎解きにこだわるあまり、非現実的な設定もしばしば導入するが、超自然的な方向へは向かわず、従ってカーにおける『火刑法廷』のような作品は手がけていない。ただし、『ヨハネ黙示録』に見立てた連続殺人事件を扱う『聖アウスラ修道院の惨劇』（九三・講談社ノベルス）には、聖遺物として水晶になったキリストの頭蓋骨などが登場し、宗教伝奇になっている。また『人狼城の恐怖』（九六〜九八・同）にもナチスの人体実験が絡む。ほかに、スペースオペラのミステリ『宇宙捜査艦《ギガンテス》』（〇二・徳間デュアル文庫）など。

『二月堂縁起』（にがつどうえんぎ　一五四五／天文一四成立）縁起絵巻。亮順画、後奈良天皇ほか詞書。生身の十一面観音を得て東大寺の二月堂に安置し、霊験を得たという二月堂の由来、二月堂にまつわる奇瑞や霊験を描く。

仁木健（にき・たけし　？〜）魔法が日常的になった異世界日本を舞台に、魔術捜査官が活躍するアクション『マテリアル・クライシス』（二〇〇三〜〇四・角川スニーカー文庫）でスニーカー大賞奨励賞受賞。大災害によって生まれたミュータント、サイボーグ、普通の人間の間に確執がある未来を舞台に、異能のエージェントの少年少女の活躍を描く冒険SF『Add』（〇四〜〇七・同）、吸血鬼から分かれた髪を栄養源とする種族・髪喰鬼の少女と現代日本の少年を主人公とする伝奇ファンタジー・アクション『リミテッド・ヴァンパイア』（〇八〜・同）などがある。

仁木稔（にき・みのる　一九七三〜）長野県生。龍谷大学大学院文学研究科修士課程修了。遺伝子工学や機械知性が高度に発達した科学文明が滅びた後の、頽廃した世界を舞台にした冒険SF『グアルディア』（〇四・早川書房）でデビュー。同作の四百年前を舞台にしたSF『ラ・イストリア』（〇七・ハヤカワ文庫）などがある。

西内ミナミ（にしうち・みなみ　一九三八〜）

京都市生。東京女子大学卒。幼年童話を中心に執筆。瀕死の猫が影の国で冒険を繰り広げ、死の淵から蘇る『しまねこシーマン影の国へ』（八四・佑学社）、天使のおかげで子供の頃の母親と仲良くなるタイムファンタジー『さっちゃんとピコピコ天使』（八七・ポプラ社）などがある

西浦一輝（にしうら・かずき　一九六二～）『夏色の軌跡』（九六）で横溝正史賞佳作入選。人間の可聴域外の声が出せる少女をめぐるホラー・ミステリ『セカンドヴォイス』（九八・角川書店）がある。

西尾維新（にしお・いしん　一九八一～）京都府生。立命館大学政策科学部中退。ミステリ『クビキリサイクル』（〇二）でメフィスト賞受賞。同作に始まる《戯言《ざれごと》》シリーズ（～〇五）は、中高生の支持を得て人気シリーズとなった。魔法少女物『新本格魔法少女りすか』（〇四～・講談社ノベルス）、憑依テーマのコメディ連作短篇集『化物語』（〇六・講談社）、伝奇時代物『刀語』（〇七・同）、幻想風短篇集『ニンギョウがニンギョウ』（〇五・講談社ノベルス）がある。

西尾正（にしお・ただし　一九〇七～四九）東京本郷真砂町生。生家は亀の子たわしで知られる西尾商店。幼い頃から虚弱体質だったという。慶応義塾大学経済学部卒。演劇に熱中し舞台にも立った。三田正の筆名で『ぷろふいる』に評論を投稿。三四年、同誌に離魂病テーマの「陳情書」を発表し小説家としてデビュー。「骸骨」（三四）は、病的な性格で骸骨さながらの容貌に変じた元新劇俳優が、愛犬と淫乱な情婦を殺して入水する話だが、自伝的要素が濃く、谷崎潤一郎「友田と松永の話」や梶井基次郎「Ｋの昇天」、ショーペンハウアーや『青い花』などに関する言及には、昭和初頭の〈幻想的〉青春の雰囲気が窺えて非常に印象深い。その後も、海蛇の化身のような女に魅入られた男の末路を爬虫類めいた文体で綴って異彩を放つ「海蛇」（三六）、ルナティックな心霊ミステリ「月下の亡霊」（三八）など、一貫してグロテスクな怪奇美と戦慄の世界を追求した。戦争中は保険会社に勤務。戦後、鎌倉材木座の自宅で療養生活を送りながら執筆を再開、コカイン中毒の幻覚で犀になったと妄想させようとする奇抜な着想の「幻想の魔薬」（四七）、ラヴクラフトの短篇「ランドルフ・カーターの陳述」（一九一九）を下敷きにしたと思われる異色作「墓場」（四七）などを発表したが、病没。

西魚リツコ（にしお・りつこ　？～）別名に阿曽恵海《めぐみ》。兵庫県姫路市生。大阪外国語大学英語科卒。漫画家。漫画に《京劇的無頼繚乱》（一九九三～九六・主婦と生活社ＭＩＳＳＹ ＣＯＭＩＣＳ）『明治お伽怪談集』（九六・同）など。眼底出血により小説家に転身。公式認定魔女の資格を持つ環境植物学博士と嗜眠癖のある青年が探偵役のミステリ《魔女と犬》（〇五～〇六・トクマ・ノベルズ）、別世界冒険ファンタジー『暁と黄昏の狭間』（〇八～・同）がある。阿曽名ではミステリ、漫画原作などを執筆。

西川徹郎（にしかわ・てつろう　一九四七～）俳人。法名徹真。北海道芦別町生。道立芦別高校入学と同時に句作を始め、高校生俳人として認められる。龍谷大学大学院文学研究科修了。実家の正信寺（浄土真宗本願寺派）の住職を務める。『銀河系つうしん』を主宰。反季・反定型を標榜し、生／死と性の深淵に迫る、形而上学と形而下物の混じり合う世界を展開。非常な多作家であり、しばしば幻想的な句となる。〈銀河ごうごうと水牛の脳髄〉〈祭あと毛がわあわあと山に〉〈紺のすみれは死者の手姉さんだめよ〉〈遠い駅から届いた死体町は白緑〉〈戸棚より兄現れて焼香す〉〈首締めてと桔梗が手紙書いている〉〈抽斗の中の月山山系へ行きて帰らず〉など。句集に『無灯艦隊』（七四・私家版）『瞳孔祭』（八〇・南方社）『家族の肖像』（八四・沖積舎）『死亡の塔』（八六・海風社）『桔梗祭』（八八・冬青社）『月山山系』（九二・書肆茜屋）『天女と修羅』（九七・沖積舎）『銀河小學校』（〇三・同）ほか。

西川紀子（にしかわ・としこ　一九四三～）

兵庫県生。京都府立大学卒。児童文学のファンタジーを中心に執筆。外国の町で、少女が修繕店ばかりが並ぶ不思議な通りに迷い込む『わたしのしゅうぜん横町』（八一・あかね書房）、花の好きな少女が不思議な世界に飛び込む『花はなーんの花』（八四・小学館）、魔法のアイテムを持つそそかっしい魔女を主人公とするユーモア短篇集『しりたがりやの魔女』（八五・ポプラ社）、死んだ父に会える不思議な箱をもらう話『まほう屋がきた』（八八・らくだ出版）などがある。

西崎憲（にしざき・けん　一九五五〜）翻訳家、ミュージシャン。独学で英語を学び、翻訳家として活躍。主な訳書に、A・E・コッパード『郵便局と蛇』（九六・国書刊行会）、『ヴアージニア・ウルフ短篇集』（九九・ちくま文庫）、ジェラルド・カーシュ『壜の中の手記』（〇二・晶文社）など。怪奇幻想文学にも造詣が深く、関連のアンソロジーに《怪奇小説の世紀》（九二〜九三・国書刊行会）《英国短篇小説の愉しみ》（九八〜九九・筑摩書房）ほかがある。小説にも手を染め、『世界の果ての庭』（〇二・新潮社）で日本ファンタジーノベル大賞を受賞。同作は、全部で五十五にもおよぶ短章で構成された長篇小説で、作家リコの幻想的な小説、リコの日常、リコの恋人の日本文学研究家が語る古典奇談などが万華鏡のように並べられ、全体として不思議な味わいを醸し出している。

西崎めぐみ（にしざき・めぐみ　一九六〇〜）公務員、編集者などを経て、少女小説作家となる。ファンタジーに、原宿見物に出かけた少女が突如として超能力を手に入れ、原宿の守護霊・東郷平八郎と対決してしまう『あたしをフシギに原宿してよ』（九〇・学研レモン文庫）、UFOが仲人のラブコメディ『あたしをUFOに招待してよ』（九〇・同）、タイムスリップ物『時間の国で待っていて』（九二・同）、学園伝奇ホラー『聖夜にサタンがやってくる』（九三・パレット文庫）などがある。ほかにファンタジー漫画のノベライゼーション多数。

西沢一風（にしざわ・いっぷう　一六六五〜一七三一／寛文五〜享保一六）浮世草子作者、浄瑠璃作者。本名義教。通称九左衛門、別号に朝義、集楽軒、与志など。大坂生。家業の正本屋を営む傍ら、浮世草子を執筆。紀海音引退後は、家業のために豊竹座の座付作者となり、並木宗輔らを支援した。浮世草子作者としては、登場人物を時空・性別・立場などを変えて書き替える〈やつし〉の名手として活躍、時事性の高い題材を採り入れることに巧みであった。「義経記」の町人物への書き替え『御前義経記』（一七〇〇／元禄一三）がその代表作といえる。一風の作品は、演劇趣味、歌舞伎の〈世界〉から生まれるのと似た伝奇性と同時代性などを有し、非常に人気が高く、この後の戯作界に大きな影響を及ぼした。幻想的な浮世草子に、歌舞伎を読物に仕立てた印象の作品で、幻術を使って横暴を働く熊坂兄弟の物語に、遊女の亡霊や河童などが絡む『熊坂今物語《くまさかいまものがたり》』（二九／享保一四）などがある。

西沢一鳳軒（にしざわ・いっぽうけん　一八〇一〜五二／享和元〜嘉永五）歌舞伎狂言作者。本名理助。通称正本屋利助、後に九左衛門。大坂生。曾祖父は西沢一風。家業の正本屋を営みながら歌舞伎作者として活躍。関与した作は百作以上ともいうが、読本の脚本化と改作がほとんどを占めるという。代表作に山東京伝の作をもとにした「昔語稲妻帖」（四八／嘉永元）など。晩年には演劇に関する考証随筆などを執筆した。

西沢杏子（にしざわ・きょうこ　一九四一〜）佐賀県生。詩人、児童文学作家。詩集に『陸沈』（〇三・花神社）、丸山豊記念現代詩賞受賞の『ズレる？』（〇五・てらいんく）など。ファンタジーに、あやとりを通じてもの言うトカゲと仲良しになる幼年童話『トカゲのはしご』（八六・理論社）、いらないものを何でも消してしまう存在が現れてパニックになる幼年童話『けしけしキングがやってきた』（〇六・草炎社）、低学年向け冒険ファンタジー『パンプキン姫をたすけだせ！』（〇七・草炎社）

などがある。
西沢雅野（にしざわ・まさの　一九七三〜）東京生。早稲田大学教育学部卒。ヒロインのイボの痛みとその祖母の認知症の奇妙な関係を描く表題作、悪夢的な異世界彷徨譚「おしえない」を収録する短篇集『イボ記』（〇一・小学館文庫）がある。
西澤實（にしざわ・みのる　一九一八〜）長野県生。中央大学法学部卒。放送劇作家。ラジオドラマの黄金時代を築いた脚本家の一人で、架空実況中継という手法を開発し、「決戦関ケ原」（五七）「タイタニック号の最後」など多数の作品を手がけた。選集『富士怒る』（九〇・沖積舎）が刊行されている。朗読の指導者としても活躍し、テクストの一つとして、神話・童話・怪談・幻想劇などを多数含む朗読台本『へんな本』（〇六・梟社）を編纂執筆している。
西澤保彦（にしざわ・やすひこ　一九六〇〜）高知県生。米国の私立エカード大学創作法専修卒。教員生活の傍らミステリを執筆し、バラバラ殺人テーマの奇想ミステリ『解体諸因』（九五・講談社ノベルス）でデビュー。『七回死んだ男』（九五・同）は、同じ日を九回繰り返してしまう特異体質の青年が遭遇した祖父の殺害事件を描いたコミカル・ミステリ。ほかにも現実にSFがかったユニークな設定を持ち込み、その中で本格ミステリを展開するという趣向の作品を多数執筆。数人の間で順繰りに人格が移り替わっていく『人格転移の殺人』（九六・同）、制約のあるテレポート能力を持つ男を語り手にした『瞬間移動死体』（九七・同）、空から降りてきた不思議なヴェールに触れると人間のコピーが出来てしまう『複製症候群』（九七・同）、死者が蘇生するという状況と、連続殺人事件を引き起こす復讐者の影に脅える女性を描いた部分とが交互に進行する『死者は黄泉が得る』（九七・同）、何かに疑問を抱くと時間を停止させてしまう青年を探偵役に、すべてが静止状態になった町に散らばるナイフ殺人の謎を解く『ナイフが街に降ってくる』（九八・ノン・ノベル）など。ほかに、超能力を悪用する人間を取り締まる正体不明の組織の一員である少女を中心に、ミステリ作家と美人警部とが奇妙な設定下での殺人事件の謎を解いていく《神麻嗣子の超能力事件簿》（九八〜・講談社ノベルス）、ハーレクインという謎めいた美貌の男性の前に行くと、心を透視できる彼の誘導に従って、自分自身にも隠されていた自分の内面に気づかされるという連作短篇集『リドル・ロマンス』（〇三・同）や、怪作『両性具有迷宮』（〇二・双葉社）『笑う怪獣』（〇三・新潮社）などがある。
西澤勇志智（にしざわ・ゆうしち　一八八二〜？）東京大学卒。化学者。少年少女向けの啓蒙書として、炭素を豊臣秀吉になぞらえて戦国の世に大活躍させるという珍妙な作品『炭素太功記』（一九二六・慶文堂書店）を執筆した。
西田維則（にしだ・いそく　？〜一七六五／明和二）儒学者。通称幸安。号に贅世子、口木子。近江の人。京都に住み、沢田一斎と共に岡白駒に中国の俗語を学んだ。翻訳に『通俗西遊記』（一七五八／宝暦八、初編のみ、以下、石麻呂山人、尾形芳洲、岳亭丘山が翻訳するも、結局中絶）『通俗赤縄奇縁』（六一／同一一）『通俗金翹伝』（六三／同一三）などがある。
西田俊也（にしだ・としや　一九六〇〜）奈良県生。大阪外国語大学卒。物が話す声がいきなり聞こえ始めた少女が、食べ物にまで〈食べないで〉などと言われて困り果てるという設定のラブコメディ『ローズバラードを聴かせて』（八九・コバルト文庫）でデビュー。少女向けラブコメディやミステリを執筆するが、大正時代を舞台に、記憶をなくした中学生の少年が自身に秘められた謎を追って魔物と戦うファンタジー『月影のサーカス』（九一・同）を最後に一般小説へと転身し、青春小説、恋愛小説を執筆。代表作に《ｌｏｖｅ　ｈｉｓｔｏｒｙ》（二〇〇〇〜）など。
西谷史（にしたに・あや　一九五五〜）三重県伊勢市生。北海道大学経済学部卒。サラリーマンを経て小説家となる。天才プログラマーにしてイザナギ神の転生者である少年が、コンピュータの降魔プログラムによって呼び出してしまった悪魔と戦う伝奇アクション《デジタル・デビル・ストーリー》（八六〜八八・アニメージュ文庫）により長篇デビュー。同作の第一巻『女神転生』はOVA化され、さらにゲーム化されて大ヒットし、ゲームは原作を離れて延々と続篇を出し続ける長寿シリーズとなった。西谷の作品の多くは、様々なパターンを変奏してはいるが、基本的に伝奇系バトル物である。ほかの主な作品には次のものがある。魔族ルシファーに支配された近未来の日本を舞台に、神と魔族との決戦が日米戦争へと展開する《新デジタル・デビル・ストーリー》（九〇〜九三・同）、超古代の卑の神々と倭の神々が自らの体を幽体に変えて現代の人間に憑依させ、現代でハルマゲドンを繰り広げる《神々の血脈》（八七〜九一・角川スニーカー文庫、後に「神々の血脈NU」として改作）、ファンタジーRPG「ウルティマ」のキャラクターを借り、高校生たちが四大の精霊に乗り移られて竜に変貌し、哀しい戦いを繰り広げる『ウルティマ妖魔変』（八八〜九〇・同）、魔族と戦う宿命にある女鬼《めき》一族の次期総帥に選ばれ、現代から鎌倉時代までタイムスリップさせられた少年の戦いを描く《ブラディー・セイント女鬼》（九〇〜九二・ソノラマ文庫）、ダビデの血を受け継ぐ青年の戦いを描くオカルト・アクション『ダビデの刻印』（九一〜九二・角川スニーカー文庫）、渋谷という土地にまつわる歴史や民俗の蘊蓄を絡めながら、同地に跳梁する悪霊メギドとの対決を描くオカルト・ホラー『東京SHADOW』（九四〜九六・電撃文庫）、集合無意識に働きかけることのできる人がいるという設定で、インカの王を蘇らせようとするオカルト・ホラー『記憶』（九九・角川ホラー文庫）、一九八五年のパソコン通信黎明期を背景として、危急の際にタイムスリップ能力を発揮する一族の青年を主人公に、失踪した恋人の謎をめぐるミステリ『タイム・ダイブ1986』（〇六・リーフ＝ジグザグノベルズ）、ラブロマンスとオカルト・ミステリを巧みに合体させた軽快な少女小説『黄金の剣は夢を見る』（〇七・小学館＝ルルル文庫）に始まるシリーズなど。

西野かつみ（にしの・かつみ　?〜）妖怪美少女と少年の学園ラブコメディ『かのこん』（二〇〇五〜〇七・MF文庫J、テレビアニメ化・漫画化）で、MF文庫Jライトノベル新人賞佳作入選。

西丸震哉（にしまる・しんや　一九二三〜二〇〇七）東京生。東京水産大学製造学科卒。岩手県水産試験場勤務を経て、農林省入省。八〇年に自主退官。世界各地を探検・調査し、食生態学を打ち立て、現代文明に警鐘を鳴らし続けた。映画『ノストラダムスの大予言』にはアドバイザーとして参加し、五島勉との対談『実説大予言』（七四・ノン・ブック）などの著作もある。また『41歳寿命説』（九〇）などを出版して物議を醸した。幽霊体験などが数多くあり、その関連のエッセー集に『未知への足入れ』（六〇・東京創元社）『山だ原始人だ幽霊だ』（七一〜七二・経済往来社）など。小説に、便器を通り抜けて現実世界と重なる異次元に行き、モウセンゴケの精である姫やキリストと出会う表題作などを収録する短篇集『ニチャベッタ姫物語』（八六・中央公論社）がある。

西村市郎右衛門（にしむら・いちろうえもん　?〜一六九六／元禄九）号に未達。江戸時代初期の京都の出版人。洛下旅館などの名前で浮世草子を執筆したと推測されている。浮世草子時代の怪異譚集の典型を示すといわれる『新御伽婢子』（一六八三／天和三）は、タイトルから『伽婢子《おとぎぼうこ》』の評判に乗った形で書かれたと推測されるが、翻案物よりも中世日本の説話・古典、民譚などに拠った怪異談を中心としており、全四十八話を収録している。このほか、連歌の大家・宗祇が諸国遍歴の際に見聞した物語集という体裁をそれらしく取った諸国咄集で、怪異談を中心に、宗祇の伝説と化すようなあり得そうなエピソードも含んだもので、『西鶴諸国ばなし』に対抗して執筆されたのではないかと推測される『宗祇諸国物語』（八五／貞享二、洛下旅館名義）、尼が諸国行脚の折りに見聞したという外枠を持つ怪異談集で、『伽婢子』などの先行作と同傾向の話に仏教的な落ちをつけた怪異談が多い『御伽比丘尼』（八七／同四、改題本に『諸国新百物語』）、浅草観音の茶屋の傍らで老翁が語る怪異談を聞き書きしたという設定の十六話から成る諸国咄集『浅草拾遺物語』（八六／同三、洛下旅館名義）などがある。怪談は、もともと「咄」の一つであり、笑話と共に発展してきたという経緯があるが、市郎右衛門の怪談には笑話的な要素が多く含まれて、諸国咄的な色彩が強いのが特徴となっている。須永朝彦によって『新御伽婢子』中では〈最上の作〉とされた「遊女猫分食《ねこわけ》」は、遊女が惚れ込んだ美青年が、教養もあり立派なところを見せるが、精進物よりは魚鳥を好み、後をつけてみるとある家の猫であった、という作品である。

西村京太郎（にしむら・きょうたろう　一九三〇～）本名矢島喜八郎。東京生。都立電機工業高校卒。十年間の公務員生活の後作家を志し、トラック運転手、保険外交員、私立探偵などの職を転々としながら執筆を続ける。六三年「歪んだ朝」でオール讀物推理小説新人賞を受賞。六五年『天使の傷痕』で江戸川乱歩賞を受賞。社会問題を取り入れたミステリ、サスペンスやスパイ小説を発表。一連のトラベル・ミステリでベストセラー作家となる。八一年『終着駅殺人事件』で日本推理作家協会賞を受賞。

京太郎には長谷川伸門下の〈新鷹会〉に参加し、小説修業に励んだ時期がある。当時書かれた短篇「南神威島」（六八）は、孤島に赴任した医師が持ち込んだ伝染病が島民に伝染したことから起こるスリラーだが、閉鎖的な共同体の不気味さがよく描かれていた。南方の孤島に寄せる京太郎の関心はその後も持続し、『鬼女面殺人事件』（七三・毎日新聞社）『幻奇島』（七五・同）など、京太郎には珍しい伝奇ミステリ長篇を生んだ。とりわけ後者は、海彼の楽土ニライカナイを信ずる島民たちが、巫女の予言どおりに滅んでいく壮絶なカタストロフを描いて鮮烈な印象を与える。失踪した身重の妻を捜して、彼女の故郷である孤島に赴いた語り手が、妻の正体が非業の最期を遂げた一族の亡霊だったことを知る短篇「死霊の島」（七六）にも、京太郎の〈南島幻想〉が濃厚に現れている。

西村寿行（にしむら・じゅこう　一九三〇～二〇〇七）本名寿行《としゆき》。香川県高松市男木島生。漁師、業界紙記者、速記者、小料理屋経営などを経て、六九年「犬鷲」がオール讀物新人賞に佳作入選し、執筆生活に入る。七一年、朝日新聞社募集の動物愛育記に入選。安楽死や公害問題など社会性を強調したサスペンスを発表した後、『君よ憤怒の河を渉れ』（七五）以来、熾烈な暴力と性に彩られた〈バイオレンスノベル〉という新分野を開拓する。代表作に『わが魂、久遠の闇に』（七八）や《鯱》シリーズ（七九～九八）など。『捜神鬼』（八〇）ほかの動物小説でも知られる。

読者の度肝を抜くような大胆な発想と旺盛な筆力で様々な新分野に挑んだ寿行は、怪奇幻想文学の分野にも注目すべき足跡を留めている。得意のバイオレンスノベルにオカルト＆伝奇趣味を絡めた作品として、忌まわしい生体実験が行われる瀬戸内海の小島に、遺棄された老人たちの怨念が渦巻く『悪霊の棲む日々』（七七・徳間書店）、狐憑きの家系と忌み嫌われ、村人たちに残虐な仕打ちを受けた娘が凄惨な復讐を展開する『蘭菊の狐』（八一・光文社）、南海の楽園と呼ばれる島に漂着した男が、死の悦楽をもたらす幻覚に憑かれた島の驚くべき秘密に迫る、人工楽園の物語『聖者の島』（八八・双葉社）など。これらはいずれも閉ざされた共同体が孕む恐怖と幻想をテーマとする点で共通性を有する。

右のテーマと動物小説の分野が融合され、より壮大なスケールで展開されていくのが、寿行の代表作でもある一連のパニック小説である。中部山岳地帯で異常発生した二十億の鼠が人間世界を喰い尽くす『滅びの笛』（七六・光文社）と、続篇で東京を舞台に鼠地獄が再臨する『滅びの宴』（八〇・同）、飛蝗軍団に襲われ修羅の巷と化した東北六県は、かれらを見放した中央政府に対して奥州国独立を宣言。政府の武力鎮圧により、さらなる地獄図が現出する『蒼茫の大地、滅ぶ』（七八・講談社）など。

　また、自然破壊問題とも絡め、自然界の精霊たちが荒れ騒ぐ怪奇的な世界を描く一連の作品もある。草木と交感する少年が巻き起こす恐怖を描く『呪医』（九〇・徳間書店）、幻獣が跳梁する短篇集『幻獣の森』（九三・同）、瀬戸内海の島を舞台に、海の神の顕現までを時空の歪みによって起こる様々な怪奇現象を交えて描く『デビルズ・アイランド』（九六・角川書店）など。

　SF風の異色作としては、超能力者集団や秘密の軍調査部などが暗躍するという伝奇的設定下に、未来視、時間の早送り、ループ現象など、様々な時間テーマを盛り込んだ『魔性の岩鷹』（九三・徳間書店）がある。

　伝奇時代小説の代表作として、南北朝末期、敗走する熊谷義直の軍勢が残虐非道を重ねるうち、名状しがたい怨霊の群れに憑かれて滅んでいく『怨霊孕む』（八〇・講談社）がある。また『地獄』（八二・徳間書店）は、河豚にあたって死んだ西村寿行と担当編集者の一行が、地獄世界を遍歴し大冒険を繰り広げるという奇想天外な物語である。このほか寿行の奇想が躍如としている作品に、独り暴力団と異名をとる豪傑・宮田雷四郎が、オカルティックな事件の数々に巻き込まれるうち、自らも神仙道を身につけて房中術合戦を繰り広げる『昏き日輪』（七九・文藝春秋）『汝は日輪に背く』（八〇・同）『幻戯』（八三・光文社）『夢想幻戯』（八四・同）などの《痛快小説シリーズ》がある。

【鬼】短篇集。八三年角川書店刊。平安朝の都と奥州における鬼族の跳梁を、叙事詩風の調子の高い文体で描く「嬈亂《じょうらん》」「荒吐鬼」の二篇と、人肉嗜食に憑かれた僧の狂行を描く「醜心」、飯綱の呪法にまつわる怨恨を描く「醜男」、早池峰山麓を舞台に『遠野物語』の怪異が甦り、シャーマニックな性の狂宴が演じられ、ついには荒吐鬼神が復活する「醜類」という現代を舞台にした三篇の物語から成る連作集。五つの物語は互いに絡み合い、照応することによって、異様に昂揚した鬼気を醸し出す。寿行幻想文学の最高傑作。

西村白鳥（にしむら・はくう　生没年未詳）三河吉田の人。林自見の要請に応じ、三河の史跡・祭礼・奇事異聞などを収集した『烟霞綺談』（一七七三／安永二）を執筆した。同書には無間《むげん》の鐘と夜啼石や妖怪の話などの怪談も収録されている。

西村安子（にしむら・やすこ　一九三四～）愛媛県生。都立社会事業学校卒。昭和女子大学英米文学科中退。保母を経て児童相談所に勤務。命の清水を守る粘土が、様々な動物との交流を通して人生について考える『ねんどのなみだ』（七九・菁柿堂）がある。

西村亮太郎（にしむら・りょうたろう　？～）貸本作家。腕だけを切り離す妖術を使う伴天連が登場する時代短篇「蠢く妖虫」（一九六四）ほかの作品がある。

西本鶏介（にしもと・けいすけ　一九三四～）本名敬介。奈良県大和高田市生。国学院大学文学部卒。出版社勤務の後、児童文学評論家となる。『空想と真実の国』（七四・芸術生活社）などの評論のほか、内外の民話の再話、翻訳、叢書の監修など幅広く活躍。翻訳に、『魔法使いの本』『竜の本』という具合にファンタジーのテーマ別に編集されたルース・マニング＝サンダーズによる再話集《世界の民話館》（八〇～八一・TBSブリタニカ）など、アンソロジーに『現代日本児童文学傑作選』（八〇・講談社文庫）など。低学年向けファンタジー童話に、少年が庭でデンマークから越して来た小人を見つけたり、猫の相撲をテレビで観たりする『すもうをとるねこ』（八三・ひさかたチャイルド）、化狸物『しっぽを出したお月さま』（九〇・旺文社）などがある。

西森久記（にしもり・ひさのり　一八九九

〜？）精神体となった主人公が一個の星である宇宙を抜けてその外の宇宙、さらに外の宇宙へと到り、そこで怪物たちの跳梁やユートピア風の未来社会を目撃したりする『宇宙の彼方へ』（三六・霊玄社出版部）がある。

西脇順三郎（にしわき・じゅんざぶろう　一八九四〜一九八二）詩人。新潟県小千谷町生。慶応義塾大学理財科卒。二二年オックスフォード大学に留学、古代中世英語・英文学を学ぶ。中退して日本に戻り、慶大文学部教授となる。昭和初期からシュルレアリスムをはじめとする前衛詩の論客として活躍し、『超現実主義詩論』（二九・厚生閣）などを刊行、日本の現代詩史において大きな役割を果たした。日本語による最初の詩集『Ambarvalia』（三三・椎の木社）は、昭和初期の前衛詩運動における記念碑的作品。戦後、『旅人かへらず』（四七・東京出版）『近代の寓話』（五三・創元社）などを出し、高く評価される。『第三の神話』（五六・東京創元社）で読売文学賞受賞。現代詩の巨人的存在として、その評価はきわめて高い。西脇の詩は、からりとして理知的でありながら、しかも美を失わず、読者に空間が広がっていくようなイメージすら喚起させる。〈さまよえるユダヤ人〉に人間存在を象徴させた作品とも読める連作長篇詩「旅人かへらず」その一を掲げる。〈旅人は待てよ／このかすかな泉に／舌を濡らす前に／考へよ人生の旅人／汝もまた岩間からしみ出た／水霊にすぎない／この考へる水も永劫には流れない／永劫の或時にひからびる／ああかけすが鳴いてやかましい／時々この水の中から／花をかざした幻影の人が出る／永遠の生命を求めるは夢／流れ去る生命のせせらぎに／思ひを捨て遂に／永劫の断崖より落ちて／消え失せんと望むはうつつ／さう言ふはこの幻影の河童／村や町へ水から出て遊びに来る／浮雲の影に水草ののびる頃〉

『日光山縁起』（にっこうさんえんぎ　南北朝時代成立？）縁起。作者未詳。青鹿毛に乗り、犬・鷹を連れて流謫する貴公子が横死して、前世が二荒山廼の猟師だと教えられて甦る。後に新宮大権現となり、妻は女体権現、馬の転生である二人の子は本宮大権現となるという由来譚である。

新田一実（にった・かずみ）別名に天海《あまみ》沙姫《さき》。後藤恵利子（ごとう・えりこ　一九六〇〜　静岡県生。フリーアルバイターを経て文筆業に入る）と里見敦子（さとみ・あつこ　一九五九〜　高知県生。家事手伝いの後文筆業に入る）の共作筆名。SF、ファンタジーを執筆。未来の日本を舞台に、世界を破滅させようとする魔の竜とそれに対抗する真の竜の戦いを描くサイキック・アクション《邪龍》三部作（八七〜八八・大陸ノベルス）でデビュー。魔法的別世界を舞台にしたヒロイック・ファンタジー系の作品に、泥棒で剣士のハーコンが、謎と怪奇と魔法に満ちた世界を冒険しながらさすらう《漂泊の剣士ハーコン》（八九〜九〇・同）、世界征服をたくらむ魔女を倒せる唯一の人間として生まれてきた王子の探索と冒険を描く《暁の竜王伝説》（九〇〜九二・同）、太陽の死を食い止めるために冒険を繰り広げる青年貴族を描く『太陽の涙』（九一・スーパーファンタジー文庫）、剣士・こそ泥・美少女三人組が世界を放浪する《竜王譚》（九三〜九四・キャンバス文庫）など。現代物では、古代の神々に乗り移られた霊能者とその友人の活躍を描く伝奇アクション《霊感探偵倶楽部》（九三〜〇一・講談社X文庫）、その続篇の心霊探偵物《姉崎探偵事務所》（〇二〜・同）、本からかつての持ち主の想いを感じ取る青年と古本屋の店主が主人公の《恵土和堂四方山話》（〇四〜〇六・同）などがある。また、動物の言葉がわかる青年とその恋人、怪猫タマが事件を解決する『ペット心理療法士事件ファイル』（〇三〜〇四・パレット文庫）に始まるミステリ・シリーズや、スペースオペラ《インフレーション宇宙》（八八〜八九・大陸ノベルス）ほかのSFがある。天海沙姫名義では、この世とあの世との境を取り払おうとする月夜見の一派と神の戦士とが戦う伝奇アクション『神鬼妖変伝説』（九〇・大陸ノベルス）、SF《ノーマッド号の冒険》

（九一〜九二・同）がある。

弐宮環（にのみや・たまき　?〜）別世界を舞台に、精霊使いの少年の冒険を描くファンタジー&ラブコメディ《エレメント・マスター》（二〇〇三〜〇四・富士見ファンタジア文庫）でファンタジア長編小説大賞佳作に入選した。

二宮由紀子（にのみや・ゆきこ　一九五五〜）大阪府生。京都大学文学部卒。児童文学作家、翻訳家。忘れん坊の動物たちが騒動を巻き起こすユーモア童話《ハリネズミのプルプル》（九九・文溪堂）で赤い鳥文学賞受賞。ナンセンス童話の書き手と位置付けられている。ムシャノコウジガワさんが転ぶと、鐘を鳴らしてみんなを呼び、鼻を持ち上げて起こさねばならないというほど巨大な鼻の持ち主をめぐるトールテイル『ムシャノコウジガワさんの鼻と友情』（〇一・偕成社）、内容的にはほのぼのとした低学年向けファンタジー童話だが、大人よりも子供の方が体が大きい雪だるまの世界という設定に不条理感が漂う《ゆきだるまのマール》（〇一〜〇四・ポプラ社）、姿は恐ろしいが、中身はまったく恐ろしくない悪魔の日々を描くユーモア絵本『森の大あくま』（〇六・毎日新聞社）などがある。

『**日本感霊録**』（にほんかんれいろく　九世紀後半成立）説話集。元興寺の僧侶・義昭撰。義昭については未詳。抄本と逸文が残るのみで、抄本は元興寺に関係のある霊験・応報譚で、逸文は東大寺と南雲寺の千手観音の霊験譚である。いずれも、特定の寺院の特定の仏像の利益譚となっている点に、現世利益として霊験を捉える姿勢が露わである。

『**日本高僧伝要文抄**』（にほんこうそうでんようぶんしょう　一二四九〜五一／建長元〜三）列伝。東大寺尊勝院主・宗性編。空海、最澄、鑑真、聖徳太子その他、約四十名の列伝より成る。高僧ゆえの奇瑞や霊験の話が随所に見られる。

『**日本書紀**』（にほんしょき　七二〇／養老四年成立）奈良時代の史書。作者未詳。文体上の統一が図られていないことから数人の手になるものと考えられている。全三十巻より成る、天地開闢から持統天皇までの帝紀。文章を『文選』『淮南子』『芸文類聚』などの漢籍に見える語句や中国的な修辞によって飾っている点に特色があり、その潤色部分から、中国思想の日本文化への入り込みについて論ずる研究もあるほどである。神代紀（巻一、二）は天地開闢から神武天皇の誕生までを語り、『古事記』の内容と近いが、異伝を挙げているところに特色がある。『古事記』との顕著な相違は黄泉降り神話がなく、男女二神で天照大神以下の三貴神を最後に産んでいることや、倭建命への言及がなく、逆に景行天皇の九州平定が勇壮に語られていることであろう。また、先に述べたように漢語による潤色の部分も幻想文学的には面白い。神武紀から安康紀まで（巻三〜十三）は伝承的な記述が多いが、以降は歴史的記述が濃厚になり、『続日本紀』へと連なっていく面も見受けられる。伝承的な話柄には、天照大神の託宣のあったことを語る伊勢神宮祭祀起源、野見宿禰《のみのすくね》の言上により殉死ではなく埴輪を使用するようになった埴輪起源、茨田堤《まむたのつつみ》建設に際しての人身御供譚、両面宿儺《すくな》の退治譚、浦嶋の子が亀の化けた乙女と契って蓬莱山に至った話、淡路島の神に深海の大鮑から捕れた巨大な真珠を捧げる話、命を得た埴輪の人馬と競争をした話、聖徳太子が片岡遊行で乞食のような人物に衣服を与えるが、その人物が尸解したらしいことが後にわかる話などがある。

『**日本霊異記**』（にほんりょういき・八二二／弘仁一三年頃成立）説話集。正式名称「日本国現報善悪霊異記」。撰者は景戒《きょうかい》（生没年未詳）。三巻から成る日本最古の仏教説話集。漢文体により、百十六話を年代順に配列する。おおまかに説話の内容を見てみると、観音菩薩像など、仏像や法華経などの教典を厚く信仰して利益を得た話、像それ自体が奇瑞を示した話、生き物の命を助けて報いられる話、逆に殺生をなりわいとする者や、弱者に辛く当たった者が悪報を受ける話、行い澄ます者には善報が、悪逆の者には悪報がある話などがある。因果応報をキーワードとして、仏教を信仰し、心正しき者には現世でも後世でも利益があることを語り、日本的な仏教の特色がよく現れている。強力の子の話のような仏教的な説話ではない日本古来の伝承や、市井の何気ない話にも、〈前世の因縁〉という形で因果応報を付会するところも特徴的だ。このような心性が、現代に至るまで遥かに続いていることを読者は認めることだろう。また中国の『冥報記』の翻案が目につくが、なかなか巧みに日本の話に移し替えている。本書の中で高名な話には、狐を妻として子をなす話、鷲にさらわれた嬰児が他国で父親と巡り会う話、吉祥天女像に恋して思いが叶えられる話、髑髏の目に生え出た筍《たけのこ》を抜いて善果が得られる話、役行者の神通力の話などがあり、説話文学ばかりでなく、文学全般に関して、後代に与えた影響はきわめて大きい。

新羽精之（にわ・せいし　一九二九～七七）本名荒木精一。別名に夏木蜻一。長崎県佐世保市生。同志社大学中退。洋服商、英語教師の傍らラジオドラマなどを執筆。より高等な動物の肉を飼料に混ぜて産卵効果を高めることに憑かれた養鶏業者の不気味さを描く「進化論の問題」（六二）で第三回宝石賞を受賞。ザビエルが演ずる奇蹟の裏側を描いた作品「日本西教記」（七一）など、奇妙な味の中短篇に持ち味を発揮した。

ぬ

貫名駿一（ぬきな・しゅんいち　生没年未詳）経歴未詳。科学的に発展した世界や原始的な世界などを見て回る星界漫遊譚『星世界旅行』（一八八二・私家版）の作者。同書には人工太陽、人造人間といった話題までが飛び出し、本格的なSFの先駆と目されている。

沼波瓊音（ぬなみ・けいおん　一八七七～一九二七）本名武夫。愛知県名古屋市生。東京大学国文科卒。中学教師、新聞社勤務、雑誌編集、東大講師などを経て一高教授となる。俳人、国文学者。研究書に『蕉風』（一九）『俳句講話』（〇六）『俳論史』（〇七）『徒然草講話』（一四）ほか多数。句集に『瓊音句集』（一三）。神道に傾倒した国粋主義者で、宗教哲学的講演集『始めて確信し得たる全実在』（一三・東亜堂書房）などもある。雑文集『さへづり』（〇五・南江堂）『さくら貝』（〇七・修文館）には、ユニークな寓意的小品、評論が収録されている。金平糖のような形で人間に引っかかることを旨とする責任の嘆きを通して、責任転嫁を揶揄する「責任」、自然・神霊・夢・妖怪などを描写する際に朦朧とさせることの意義を論じた「朦朧の詩趣」、〈パンドラの箱〉のユーモラスな語り替え「玉手函」（以上『さへづり』）、神に頼んで三つの分身を作ってもらうが、意識を同一にすれば分身の意味がなく、ばらばらにすれば能力が低くて役に立たないというユーモア・ファンタジー「分身」、本格的論考「浦島伝説の発展」（以上『さくら貝』）など。

沼正三（ぬま・しょうぞう　？～）匿名作家。一九五六年から『奇譚クラブ』に連載された「家畜人ヤプー」の作者。同作は三島由紀夫、埴谷雄高、澁澤龍彥らの絶讃を浴び、七〇年に都市出版社から単行本として刊行されるや、ベストセラーとなった。ほかに『ある夢想家の手帖から』正続（七〇・都市出版社、七六・潮出版社）がある。長らく〈沼正三の代理人〉を称してきた天野哲夫（あまの・てつお　一九二六～二〇〇八）が、八二年に本人であることを表明したが、なお異説もある。天野は福岡市生。市立福岡商業卒。戦前、満州を放浪し、戦後は種々の職業に就き、六七年から新潮社校閲部に勤務。本名での著作に、評論集『異嗜食的作家論』『禁じられた女性崇拝』（共に七三・芳賀書店）、自伝『禁じられた青春』（八七・創樹社）などがある。天野は沼ではないという説に従うと、『ある夢想家の手帖から』続篇と『家畜人ヤプー　完結篇』は天野作ということになる。

【家畜人ヤプー】長篇小説。七〇年都市出版社刊。日本人留学生・瀬部麟一郎と婚約者の白人娘クララは、不時着した円盤に乗せられ地球の未来であるイース星へと連れ去られる。そこは徹底した白人女権専制社会で、黄色人種はヤプーと呼ばれ、家畜として、あるいはインテリアの材料などに利用される存在にすぎない。麟一郎はヤプーとして、クララはイース星人の一員として身体改造を施され、強制的にこの異世界に順応させられていくのだった。沼は本書を序論にあたる部分で中絶したと語っているが、そこに盛り込まれた膨大なペダントリーと奇想の数々には瞠目すべきものがある。マゾヒズムが支配する逆ユートピアを描いて〈戦後最大の奇書〉とも称された大作。九一年に『家畜人ヤプー　完結篇』（ミリオン出版）が刊行された。

沼田陽一（ぬまた・よういち　一九二六〜九七）別名に久利《くり》武。東京京橋区築地生。東京都立機械工業学校卒。鎌倉アカデミア文学科卒。編集者を経て、作家活動に入る。愛犬家としてのエッセー集多数。ファンタジーに『神さまのお使い猫』（九一・世界文化社）がある。また、久利名で、庚申の夜には千里触や極小化など七つの超能力が使える、宇宙人の末裔を主人公とするSFポルノ『怪盗お花七変化』（八二・現代書林）などを執筆。

沼野充義（ぬまの・みつよし　一九五四〜）ロシア東欧文学者、文芸評論家。東京大田区生。東京大学教養学部卒。同大学院人文科学研究科露語露文学専門課程博士課程単位取得満期退学。ハーヴァード大学大学院スラヴ語スラヴ文学専攻博士課程単位取得。多言語を操る沼野は〈世界文学〉という視野の下に幅広い評論活動を展開する。初めはアレクサンドル・グリーン『輝く世界』（七八・月刊ペン社）、カヴェーリン『師匠たちと弟子たち』（八一・同）等、ロシア幻想文学の翻訳家として登場し、まもなく広くスラブ文学の研究者・評論家としても知られるようになった。その他の幻想文学関連の翻訳に、レム『完全な真空』（八九・国書刊行会）、コワコフスキ『ライロニア国物語』（九五・同、芝田文乃との共訳）など。ロシア東欧の幻想文学関連の評論集に『永遠の一駅手前』（八九・作品社）『夢に見られて』（九〇・同）『ユートピア文学論』（〇三・同、読売文学賞）、現代日本の幻想文学関連の評論集に『W文学の世紀へ』（〇一・五柳書院）がある。また『ロシア怪談集』（九〇・河出文庫）『東欧怪談集』（九五・同）の編纂を手がけている。

ね

根岸鎮衛（ねぎし・やすもり　一七三七〜一八一五／元文二〜文化一二）本名守信。通称銕蔵、九郎左衛門。根岸家の養子となって中級官僚となり、頭角を現して出世し、勘定奉行、江戸町奉行を歴任。南町奉行職には終身在任した。佐渡奉行在勤中の八四（天明四）年に書き始め、亡くなる前年まで書き継いだ一大随筆『耳嚢《みみぶくろ》』（一四／文化一一成立）がある。周囲の人から聞いた話を書き留めたもので、世間話も多いが、怪談奇談も多く含まれている。総話数約千は『甲子夜話』に次ぐもので、随筆というよりも、近世後期に成立した説話集と呼ぶほうがふさわしい。文章も平易で読みやすく、しかも興趣に富む。文芸的にも優れたものだといえよう。怪奇談の内容は、河童・猫股・狐狸・妖獣・幽霊・霊夢・霊験・妖術など一般的なものが多いが、具体性や意外性のある話もある。また、吉備津神社の釜鳴りなどの神事についての記録、川で予言をする何とも知れぬものを拾った話、怪異の起こるという屋敷に住み、怪異に打ち勝った男の話なども興味深い。なお、明治の柳田國男から平成の《新耳袋》に至るまで、『耳嚢』を愛好する作家は数多く、同書所載の怪奇談を現代風に再話した京極夏彦『旧怪談』（二〇〇七）や、同書の話にインスパイアされつつ鎮衛本人を作中人物に起用している宮部みゆき『震える岩』（一九九三）などの作例もあることを付言しておきたい。

『寝覚記』（ねざめのき　鎌倉時代成立）説話集。編者未詳。六冊で六十四話を収録する。『十訓抄』の影響下に、十の仏教的教訓ごとに説話を並べるという方式を採り、三分の二は『十訓抄』から引用。残りもほぼ他の説話集から引いているが、独自の説話もいくつかある。

ねまりょうこ（ねま・りょうこ）理科系大学卒。いないはずの双子の兄が出現するなど、夢と現実の混淆を描くBLファンタジー『月橘の夜会』（九三・花丸ノベルズ）がある。

の

野阿梓（のあ・あずさ　一九五四～）福岡市生。父は作家の石沢英太郎。西南学院大学文学部卒。大学在学中に書いた「花狩人」（七九）がハヤカワSFコンテスト第一席入選となり、SF作家としてデビュー。神林長平、大原まり子らと並ぶSF第四世代の一人。少女漫画のような耽美性と幻想性、きらびやかな文体とをひっさげて登場した野阿は、その筆名のせいもあって、女性と誤解されたこともあった。SFばかりでなく、怪奇幻想文学も含む該博な文学的教養を備えた野阿の作品は、ブッキッシュでメタフィクショナルな傾向がある。それが全面的に展開された幻想小説の傑作が『兇天使』である。その他の幻想的なSFに、惑星みどりに住む知性のある花を狩ることを務めとする美貌のローエングリンをめぐって神秘的な世界像が紡ぎ出される表題作、地球最後の男女が神を求めてさまよう「ハムレット行」などを含む中篇集『花狩人』（八四・ハヤカワ文庫）、美貌のテロリスト、レモン・トロツキーが謎の革命結社〈狂茶党〉の指令を受けて様々な冒険を繰り広げ、幻影の如き現実に翻弄されながらも、多大な力を持つ宇宙生命の謎に迫る『武装音楽祭』（八四・同）、霊を素子としたコンピュータを一瞬作動させたときにキャッチされた邪悪な霊波の謎を探るべく学園都市に入り込んだ超能力少年と、学園を統べる謎の一族との戦いを描く、オカルトと官能の香りが濃厚な『バベルの薫り』（九一・早川書房）、現世とあの世との中間点にあり、逃避者を受け入れる幻影の都ユマジュニートを舞台とする物語を集めた『黄昏郷』（九四・早川書房）、有名な聖書の逸話の語り替えである表題作、異世界ファンタジー風BL「覇王の樹」、迷宮的な構造を持つ「砂路」ほかを収録する短篇集『少年サロメ』（九八・講談社）などがある。また、エロティックなオカルトBL『ミッドナイト・コール』（九六・角川ルビー文庫）も執筆している。

【兇天使】長篇小説。八六年早川書房（ハヤカワ文庫）刊。熾天使セラフィは、アフロディトの子を殺した悪竜ジラフを捕えよとの上帝の命により、地上に降り立った。怒れる美神を宥め、神界での壊滅的な戦争を回避するためだ。時空を超え、歴史上の人物が次々と登場するセラフィの探索物語と並行して、ホレイシォを主人公とするハムレットの語り替えが進行する。やがてシェイクスピア自身も物語に絡み、二つの流れがクライマックスで一つに溶け合う。その構成・展開は鮮やかで、メタノベルとしても高い質を誇る作品となっている。きらびやかな表現とペダントリーの魅力、思弁性、両性具有めいた美少年同士の愛憎を軸とする耽美的な要素などが絶妙にブレンドされた傑作ファンタジーである。

能（のう）鎌倉後期に成立した、歌舞を主体とした劇形態の芸能。兄弟関係にある狂言とあわせて、明治以降には〈能楽〉と呼ぶようになった。能の詞章部分を謡曲といい、謡曲だけが謡われることもある。能は猿楽から発展し、鎌倉末期にはかなり洗練されたものになり、さらに南北朝時代から室町初期にかけて完成されていく。足利義満、二条良基などの支配者層が能を愛好し、観阿弥・世阿弥などの芸能者を保護したことから、能の質は急速に向上した。世阿弥は〈夢幻能〉という独特の形式を完成させ、幾多の優れた能作品を書いた。夢幻能とはワキ（脇役）が前シテ（前場の主人公）の語る物語を聞き、後シテ（後場の主人公）がワキの前にその物語の主人公の亡霊となって出現するという形式を踏むもので、作品構造自体に祓いの要素を含んだ、幻想的な能である。能の世界では、役者すなわち作者という形を取ることが多く、観阿弥、世阿弥以後も能役者による作品がある。能は、浄瑠璃・歌舞伎に換骨奪胎、ないしは翻案されて流用されることも多い。また数々の戯作にも流用された。個々の作品については、謡曲、世阿弥、観阿弥ほかを参照のこと。

野上弥生子（のがみ・やえこ　一八八五～一九八五）本名ヤヱ（旧姓小手川）。大分県臼杵町生。明治女学校高等科卒。夫は野上豊一郎。大正～昭和前期を代表する女性作家の一人。代表作に『真知子』（三一）『秀吉と利休』（六四）ほか多数。児童文学にファンタジー関連の著作が若干ある。ブルフィンチの縮約『伝説の時代』（一三・尚文堂、後に「ギリシア・ローマ神話」と改題）、成長しない人形の身の哀しさを覚えた三人の少女人形が、魔法の飛行器でパルナッソス山に行き、ギリシアの神々から霊魂《たましい》をもらって人間になるという教訓的な創作童話『人形の望』（一四・実業之日本社）など。

野坂昭如（のさか・あきゆき　一九三〇～）神奈川県鎌倉市生。生母の死後、神戸の張満谷家の養子となるが、四五年六月、空襲により妹と共に戦災孤児となる。妹は終戦一週間後に栄養失調で衰弱死、昭如自身も飢えをしのぐために働いた盗みで逮捕される。やがて新潟県副知事の実父・相如に引き取られて野坂姓に復し、新潟高校を経て早稲田大学仏文科に入学。写譜屋、犬洗い、売血、訪問販売員など様々なアルバイトを体験、作曲家・三木鶏郎の冗談工房に入社し、コントやテレビ台本、CMソングなどを手がける。五七年に大学を中退。コラムニストとして活躍し、六二年、編著書『プレイボーイ入門』を刊行。六三年『小説中央公論』に連載した「エロ事師たち」が三島由紀夫、吉行淳之介に絶讃される。六八年「火垂るの墓」「アメリカひじき」（共に六七）で直木賞を受賞。〈焼跡闇市派〉を自称し、歌手、タレントとしても知られる。

幼少年時代、様々な〈死〉を身近に体験した野坂は、死を生業とする男たちの奇行愚行を描くブラックユーモア小説「とむらい師たち」（六七）以来、一貫してこの主題を追求しており、その軌跡はさながら〈死の舞踏《ダンス・マカブル》〉を彷彿させる。幻想文学としての代表作には「骨餓身峠死人葛《ほねがみとうげほとけかずら》」のほか、人骨を素材とする製油法を秘伝として繁盛する油問屋の人々が、骨にまつわる無数の男女の怨念に取り憑かれ、狂態を演じて無惨に死んでいく姿を描いた長篇「卍ともえ」（六八）、極道者に殺され仏なぶり（屍姦）の具とされた巡礼娘の霊が、遺骸を凌辱した男たちに復讐を果たす陰惨なゴースト・ストーリー「砂絵《すなえ》呪縛後日怪談《しばりごにちのかいだん》」（七一）などの因果物めいた怪奇時代小説が挙げられよう。また、日本の社会と世相を諷刺する短篇群にも鬼気迫るものがある。農政を背景に置いて、僻村の農民の無惨な生活を江戸時代から現代まで一気に語り、近親相姦などの影響で奇形ばかりが生き残り、水子草が生い茂る死屍河原に、無数の水子・童子の亡霊を幻視する「死屍河原水子草《しかばねがわらみずこぐさ》」（七〇）、近親相姦の果てに死んだ母の肉を喰らう息子を描く「垂乳根《たらちね》心中」（七〇）、夥しい死の挿話で織り成される墓掘りたちの村の変遷をグロテスクに描く表題作や、枯れた地味の孤島に死体をばらまき豊かな土地にする「柩家代々」をはじめ、一読慄然たる恐怖小説十二篇を収めた短篇集『乱離骨灰鬼胎草《らんりこっぱいおにばらみ》』（八四・福武書店）など。近年の作品としては、性と死のテーマに老いも絡ませて、勃起しない男は用済みとする法律をめぐる「エレクションン・テスト」（〇一）、死刑囚が日本一の高齢者になってしまった皮肉を描く「死刑長寿」（〇一）などの寓話的小品がある。このほか「好色の魂」（六七）は、梅原北明の生涯を描いた異色のモデル小説である。

【骨餓身峠《ほねがみとうげ》死人葛《ほとけかずら》】短篇小説。六九年七月『小説現代』掲載。舞台は博多湾に臨む骨餓身峠の奥にある小さな鉱山。鉱山主の倅・節夫と妹のたかをは、事故死者や嬰児の屍から生え出る死人葛に魅入られたかのように、その傍らで男女の交わりを結ぶ。兄妹の仲が露見したのをきっかけに一家は離散、たかをは父親に抱かれ、節夫は胸を病み己が屍に死人葛が花を咲かせるのを願って息絶える。特異な戯作風文体を駆使して、荒涼酸鼻を極める鉱山の変遷と、近親相姦の甘美な地獄を、可憐で不気味な死人花に象徴させて濃密な文体で描いた、戦後幻想文学史に残る名作。

野崎透（のざき・とおる　?～）編集者を経て、アニメ関係の仕事に携わる。世界の秩序を守る竜が棲むといわれる湖の〈心〉が読める漁師の少年が、大陸の未来を握る神の子を託され、冒険を繰り広げるファンタジー『竜の棲む湖』（二〇〇二・スーパーダッシュ文庫）のほか、ＳＦアニメのノベライゼーションが多数ある。

野崎六助（のざき・ろくすけ　一九四七～）本名今村均。東京生。京都府立桃山高校卒。『幻視するバリケード―復員文学論』（八四）で評論家としてデビュー。『北米探偵小説論』（九一）で日本推理作家協会賞を受賞。評論に『異常心理小説大全』（九七・早川書房）『謎解き「大菩薩峠」』（九七・解放出版社）『超絶ミステリの世界―京極夏彦読本』（九八・情報センター出版局）ほか。『夕焼け探偵帖』（九四）によりミステリ作家としてもデビュー。代表作に坂口安吾を探偵役とする《安吾探偵控》（〇三～）など。怪奇幻想系の作品に、女子高生たちが恐怖体験を語るという形式の学園ホラー『ドリームチャイルド』（九五・学研ホラーノベルズ）、パラレル日本を舞台に、天皇暗殺に関わった前世を思い出した男とその恋人が、輪廻を牛耳ろうとする組織に輪廻の輪を断ち切られそうになる『前世ハンター』（〇一・新潮社）、ホラー作家と小説創作講座の教え子たちの関係を軸に繰り広げられるメタフィクション『アノニマス』（〇三・原書房）など。

野沢尚（のざわ・ひさし　一九六〇～二〇〇四）愛知県名古屋市生。日本大学芸術学部映画学科卒。脚本家として活躍し、代表作に映画「その男、凶暴につき」（八九）など。テレビドラマ「眠れる森」「結婚前夜」（九八）で向田邦子賞受賞。その傍らミステリ小説を手がけ、『破線のマリス』（九七）で江戸川乱歩賞を受賞。『深紅』（二〇〇〇）で吉川英治文学新人賞を、『反乱のボヤージュ』（〇一）で芸術選奨文部科学大臣賞を受賞するも、自死。幻想系の作品に、十二歳で心身の成長が止まった少年を主人公（観察者）にした寓話的な長篇『呼《よ》人《ひと》』（九九・講談社）がある。

野島けんじ（のじま・けんじ　?～）本名研二。福岡市生。大学卒業後、種々の職業を経て、人造兵器の暴走で崩壊した未来社会を舞台にしたＳＦアクション『ネクストエイジ』（二〇〇一・角川スニーカー文庫）で角川学園小説大賞優秀賞受賞。別世界冒険ファンタジー『さわらぬ魚にたたりあり！』（〇二・同）、伝奇アクション『純情ＦＢＡ！』（〇三・同）、特殊な能力と引き換えに宿主になんらかのダメージをもたらす〈呪〉が公認の異世界日本を舞台に、他者の呪を食う呪に憑かれている少年の活躍を描く『鳥は鳥であるために』（〇四～〇五・ＭＦ文庫Ｊ）など。

野島好夫（のじま・よしお　一九五〇～）漫画原作者。太平洋戦争シミュレーション戦記も手がけ、ハイテク空母戦艦『大和』（二〇〇〇～〇三・白石ノベルス）、タイムスリップ物『異次元航空戦艦「ひのもと」』（〇四～〇五・コスモノベルス）などがある。

野尻抱影（のじり・ほうえい　一八八五～一九七七）本名正英《まさふさ》。神奈川県横浜市生。弟に大佛次郎。早稲田大学英文科卒。研究社に勤務する傍ら、星の和名の収集を行い、星座に関する多数の著書を執筆した。星の研究に入る前には、オリヴァー・ロッジ『他界にある愛児よりの消息』フルールノワ『心霊現象と心理学』（共に二二・新光社）など、心霊関係の翻訳を手がけている。星とファンタスティックな民俗・文学に関する著作は多数あり、主なものに、『星と東西文学』（四〇・研究社）『星座神話』（四一・同）『星の神話伝説集成』（五四・恒星社厚生閣）などがある。小説に、彼岸への憧憬が揺曳する表題作や、山人幻想の反映が感じられる「猿に変った少年の話」など十一篇を収める少年小説集『三つ星の頃』（二四・研究社）、児童文学に、挿絵画家・初山滋とのコンビで『女学生』に連載（二一～二二）した「船乗りシンドバッド」「西遊記」などがある。

野尻抱介（のじり・ほうすけ　一九六一～）三重県生。プログラマー、ゲームデザイナーを経て、メールゲーム「クレギオン」の設定をもとにしたSF『ヴェイスの盲点』（九二・富士見ファンタジア文庫）でデビュー。同作をシリーズ化した《クレギオン》（～九八）、ひたすら思考する単一の意識の重層体であるエイリアンとのファースト・コンタクトを描く『太陽の簒奪者』（〇二・早川書房）ほかのSFがある。ファンタジーの側面からは、田舎星の標本採集人と博物学者志望の画工が、短期間で乳化する種や大仕掛けな宇宙生物など奇妙な生態の生物たちと出会う幻想博物誌物の連作短篇集『ピニェルの振り子』（二〇〇〇・ソノラマ文庫）、起業成功小説で、〈こんな素材があったなら〉というテーマの連作短篇集『ふわふわの泉』（〇一・ファミ通文庫）などのSFファンタジーが興味深い。

野田成方（のだ・なるかた　生没年未詳）通称市右衛門。筆名巣飲叟鵜鼠。甲斐国の地誌『裏見《うらみ》寒話《かんわ》』（一七五三／宝暦三頃成立）の著者。成方の原稿に三男をはじめとする親族知人が手を入れたもので、写本で伝わる。成方が二四（享保九）年に甲府勤番として赴任してから五二年に退官するまでの間に見聞した諸事を書き綴っており、話題は地歴民俗生活など多岐に及ぶ。社寺に関わる古事因縁や場所に関わる故事来歴などのほか、怪談集が末尾に追加されている。事実と思われるものだけを選んだというその怪談集には、善光寺の棟上げにまつわる柳の精の奇談、小豆洗ほかの妖怪談、池中や山中の神の化身を見た話などが収められている。

野田秀樹（のだ・ひでき　一九五五～）劇作家。長崎県崎戸島生。東京大学法学部中退。在学中の七六年、劇団〈夢の遊眠社〉を主宰し、演出、俳優を務める。〈夢の遊眠社〉は小劇場の概念を変えるほどの人気を誇ったが、九二年「ゼンダ城の虜―苔むす僕らが嬰児の夜」の上演を最後に解散した。野田の舞台は、古典やよく知られた作品に様々なその他の作品を入れ込むという歌舞伎にも似た手法を採りつつ、野田独特の疾走する言葉によってそれを書き替え、全く別種のものにしてしまうところに特徴がある。「野獣降臨《のけものきたりて》」（八二）で岸田國士戯曲賞受賞。演出家としても受賞歴多数。幻想的な戯曲に、月の兎、ひるこ、一本足りない肋骨など、伝承の要素を駆使して伝説の再生を語りかける『野獣降臨』（八二・新潮社）、少年王ツタンカーメン、サバの女王、トニー谷、ドリトル先生らが黄金の仮面をめぐって織り成す救済の物語『回転人魚』（八五・同）、ワグナーの《ニーベルングの指環》三部作をもとに様々なイメージが埋め込まれた『白夜の女騎士』（八五・同）『彗星の使者・宇宙蒸発』（八六・同）、『贋作・桜の森の満開の下』（九二・同）ほか多数。

野田麻生（のだ・まお　？～）大量の水に浸かると人魚に変身してしまう人魚族の女子高生の恋と冒険を描く『人魚の切片』（二〇〇〇・角川ティーンズルビー文庫）でデビュー。ほかに、遠未来の遊園地惑星を舞台にしただたばたSF『A戦場のプリンセス』（〇二・角川ビーンズ文庫）などがある。

野田昌宏（のだ・まさひろ　一九三三～二〇〇八）本名宏一郎。福岡県生。学習院大学政経学部卒。フジテレビのディレクターを経て日本テレワークを設立。本業の傍らSFの創作、翻訳、評論を手がける。小説の代表作にスペースオペラ《銀河乞食軍団》(八二〜九五・ハヤカワ文庫)。SFというより奇想小説と呼ぶ方がふさわしいような作品として、SFに浸かり切っている大富豪が宇宙船を仕立てて飛んでしまう表題作、CCTVの回線を亡者たちが利用して勝手なことを言い出す「五号回線始末記」などを収めたスラプスティックな短篇集『レモン月夜の宇宙船』(七六・ハヤカワ文庫)、野田が現実に担当していた幼児番組〈ポンキッキ〉の縫いぐるみの中に宇宙人が入っていて、日本テレワークと一戦交えるという虚実綯い交ぜのユーモア連作『あけましておめでとう計画』(八五・早川書房、後に「キャベツ畑でつかまえて」と改題)がある。翻訳者としてはスペースオペラを中心に多数のSFを手がけ、代表作にエドモンド・ハミルトン《キャプテン・フューチャー》など。またパルプマガジンの蒐集家としても有名で、コレクションの一端を垣間見せる『図説ロボット』(二〇〇〇・河出書房新社)『図説異星人』(〇二・同)などの著作がある。SF評論の分野では、『「科學小説」神髄—アメリカSFの源流』(九五・東京創元社)により日本SF大賞特別賞を受賞した。

乃南アサ(のなみ・あさ　一九六〇〜)本名矢沢朝子。東京生。早稲田大学社会科学部中退。広告代理店勤務を経て、八八年『幸福な朝食』で日本推理サスペンス大賞を受賞してデビュー。ミステリ、サスペンスを中心に執筆し、『凍える牙』(九六)で直木賞を受賞。取り憑かれた青年の恐怖と取り憑いた私の両面から描いた憑霊ホラー『あなた』(〇三・新潮社)、「臍」「つむじ」「尻」ほか身体各部位にまつわる恐怖譚五篇を収める『軀』(九九・文藝春秋)などがある。

野火晃(のび・あきら　一九二四〜)神奈川県横浜市生。高校教師を経てジャーナリスト、作家となる。核戦争後の世界を書いた小説と、どことも知れぬ国に記憶を失って目ざめた主人公が辿るサスペンスとが並行的に語られ、最後に二つの世界が結び合わされる『ノア』(七四・講談社)で小説家としてデビュー。七七年『虎』(八〇・講談社)で講談社児童文学新人賞受賞。同作は、一人の少年が公園内で虎を見たのを皮切りに、実体のある虎が時とところかまわず出没して大騒動となる話で、最初に虎を目撃した少年とその友人たちは、この騒動をきっかけに自分を見つめ直して成長していく。虎の正体は結局最後まで曖昧なままである。この後、主に児童文学を執筆し、ファンタジーに次のような作品がある。テレビ画面の中に自分そっくりの少年を見かけた中学生が、彼を探しに行って、パラレルワールドに迷い込む『消えたぼくをさがせ』(七九・講談社)、差出人のない不思議な絵葉書をめぐる怪談などを収録した怪奇短篇集『あて名だけの手紙』(八四・同)ほか。その後、一般小説に戻り、近親相姦、異常性愛、ペニス切断などのモチーフを盛り込んだ人類滅亡テーマのSF『レミング・シンドローム』(九七・ノーベル書房)、死をテーマとする怪奇幻想短篇と、タイムマシンや未来のガジェットをモチーフにしたSF短篇集『いつかきた迷路《みち》』(九九・同)を刊行している。

野火迅(のび・じん　一九五七〜)東京生。早稲田大学法学部卒。編集者を経て、エッセー『陰陽師完全解明ファイル』(〇三・河出書房新社)で作家生活に入る。怪談の再話集『子供に語ってみたい日本の古典怪談』(〇四・草思社)、明恵を主人公とする伝奇宗教小説『仏鬼』(〇四・角川書店)、平安時代を舞台に、魔力を持つ鬼の血をひく男を主人公にした伝奇アクション『鬼喰う鬼』(〇六・同)がある。

野辺地天馬(のべち・てんま　一八八五〜一九六五)本名三右衛門。岩手県福岡町生。盛岡市に育つ。幼い頃から教会に通い、九九年、洗礼を受ける。東京青山学院中学部を経て、東京聖書学院に学ぶ。児童への伝道を使命とし、童話を執筆したり紙芝居を用いた伝道を行ったりした。『旧約物語』(一七・丁未出版社)に始まり、モーセ伝『雲のはしら』(五六・新教出版社)まで、多数の子供向け聖書物語を執筆。病を癒す鈴を父から与えられた少年を描く表題作のほか、再話を含む教訓的寓話集『金の鈴』（二九・丁未出版社）、幼な子が春の女神を迎えに行く「春は何処から」（三二）などのメルヘンがある。

野間ゆかり（のま・ゆかり　一九六七〜）本名福田ゆり。「ふることぶみによせて」（九二）でコバルト・ノベル大賞佳作入選。現代に生きる抜け忍たちの戦いを描く《羅生の刻》（九四〜九五・コバルト文庫）で長篇デビュー。ほかに文明崩壊後の世界が舞台のSFファンタジー《ソウル・ファクトリー》（九五〜九六・スーパーファンタジー文庫）、魔法的別世界から偶発的に現代日本に入り込んだ青年たちの冒険を描く『異天見聞録』（九六・同）、肉体変化まで伴う多重人格者をめぐるサスペンス・ラブロマンス『PRAY』（九六・同）がある。

野溝七生子（のみぞ・なおこ　一八九七〜一九八七）本名ナオ。兵庫県姫路市生。同志社女学校を経て東洋大学文化学科卒。大学在学中の二四年「山梔」が『福岡日日新聞』懸賞小説に入選。二五年、歴史長篇小説「眉輪」が『映画時代』のシナリオ募集で一席に推されたが、皇室に取材した内容のため受賞を見送られる。「眉輪」は、安康天皇の逸話を愛憎の織りなす華麗な物語に転身させた作品。求婚の使者が宝冠に目を眩まされて持ち逃げし、虚偽の報告をしたことから、幼い眉輪王子（仁徳天皇の皇子・大草香皇子の子）が父を殺され母を奪われ、血で血を洗う争いに巻き込まれていくというロマンスである。二八年、長谷川時雨の『女人芸術』に参加。三一年「女獣心理」を『都新聞』連載。短篇集に『南天屋敷』（四六・角川書店）『月影』（四八・青磁社）などがある。また戦後は、五一年から東洋大学で近代文学を講じ、五六年に同大文学部教授となる。五四年頃から新橋第一ホテルを定宿として、優雅な学究三昧の生活を送った。研究者としての著作に『森鷗外訳ファウストII部』（八一・白玉書房）がある。なお、八三年『野溝七生子作品集』が立風書房から、また、幻の作品とされた『眉輪』も二〇〇〇年に展望社から刊行されている。

ギリシア神話や伝説の世界にあこがれる聡明で夢想家肌の女性のまなざしを通して、野溝は独特の唯美的な作品世界を造りあげているが、その背後には俗悪苛烈な現実世界との相克が潜んでいる。そこから幻想文学への距離は至近といえ、前述の短篇集所収の作品にはより直接的な幻想譚もある。人形が瀕死の子供の魂を盗ったと考える奇妙な怪奇談「藤と霧」、ドッペルゲンガー譚「灰色の扉」「往来」、死者の魂の訪れを描く「紫衣の挽歌」、奇瑞を描く「私の二つの童話」など。

野村胡堂（のむら・こどう　一八八二〜一九六三）本名長一《おさかず》。岩手県紫波郡彦部村生。東京大学法科中退。一二年、報知新聞社に入社。二二年、SFの先駆作品「二万年前」を同紙に連載、二四年から〈あらえびす〉の別名でレコード評の筆を執る。三一年から《銭形平次捕物控》に着手、五七年までに総数三百八十三篇にのぼる息の長い人気シリーズとなった。四九年に捕物作家クラブを結成し会長に就任。時代小説の代表作に「美男狩」（二八）「三万両五十三次」（三二）などがある。少年SFでは、ハードSFを書いたと自ら任じる『太郎の旅　月世界のたんけん』（二六・子供の科学社）「太郎のたび　火星たんけんのまき」（二六）がある。

幻想文学関連の作品として「奇談クラブ」（二七〜二八）と続篇「新奇談クラブ」（三二）がある。美貌の女社長が主宰する〈奇談クラブ〉の会員たちが順にとっておきの奇談・怪談・珍談を物語るという形式による連作短篇集で、時代物と現代物が混在している。呪われた名笛が人々の運命を狂わせる「魔の笛」、生けるがごとき妖しい魅力を発する花魁人形が奇跡を顕す「人形の獄門」、面師の恨みのこもった能面の怪異譚「笑う悪魔」などの典型的な呪物怪談を含むが、基本的にはロマネスクな奇談集というべきだろう。ほかに秘境小説風の少年向け伝奇ロマン『岩窟の大殿堂』（四一・長隆舎）など。

野村昇司（のむら・しょうじ　一九三三〜）神奈川県横浜市生。横浜国立大学卒。教職の傍ら、児童文学を執筆。社会的テーマのリアリズム童話を主とするが、『竹の三吉』（七四・あすなろ書房）『雪のこんこ』（七五・同）等の異類と人間との交わりを描いた創作民話や、木馬が歩き出して心にかけている少年を訪れ、少年と共に天を駆ける『白い木馬』（七八・同）などのファンタジーもある。

野村大濤（のむら・たいとう　生没年未詳）本名貞吉。明治期に活躍したマレーシア事情に詳しい南方問題の論客。特殊な潜水服で長期にわたる海底旅行を断行し、海底資源を開発する冒険物『日本青年海底大探検』（一九〇八・成功雑誌社）がある。

野村美月（のむら・みづき　?〜）福島県生。東洋大学文学部国文学科卒。卓球の神に仕える巫女と女子大生たちの冒険などを描く《卓球場》シリーズ（二〇〇二〜〇三・ファミ通文庫）でファミ通エンタテインメント大賞小説部門最優秀賞受賞。月から来たウサギ耳少女をめぐる伝奇テイストのラブコメディ『うさ恋。』（〇四〜〇五・同）、物語が書かれている紙を食べる妖怪〈文学少女〉と高校生作家の少年を主人公とする文芸パロディ《文学少女》シリーズ（〇六〜〇七・同）など。

野村吉哉（のむら・よしや　一九〇三〜四〇）京都市生。極貧による絶望と呪咀、現実へのニヒリスティックな視線、さらにそこから生まれるユーモアなどが混然とした詩を残した。詩集に『星の音楽』（二四・さめらう書房）『三角形の太陽』（二六・ミスマル社）。〈ぺしやんこにひしやげた街が／とてつもなく重なりあつてゐる／／たばにからげた屍体のうへを／悪魔はげらげら笑ひながら走る／闇のはてを笑ひながら走る〉（「夜」）

野本淳一（のもと・じゅんいち　一九四二〜）茨城県日立市生。児童書編集者を経て童話作家となる。帽子を追って行くと、次々に奇妙な動物が出現する『にげだしたぼうし』（八四・小峰書店）ほか、『おかしなおかしのけんきゅうじょ』（八五・同）『つぶつぶさんはまほうつかい？』（九七・同）などの幼年童話がある。

野本隆（のもと・たかし　一九五四〜）新潟県糸魚川市生。東京理科大学修士課程修了。教員を務める傍ら小説を執筆。幽霊、神隠し、ゲーム世界、妖婆などオーソドックスな素材を用いた怪奇短篇集『バーチャル・チルドレン』（九六・出版芸術社）がある。

野梨原花南（のりはら・かなん　?〜）岩手県生。専門学校卒。文明復活をかけて魔王と戦う少年を描いたRPG風ユーモア・ファンタジー『救世主によろしく』（一九九二・花丸ノベルズ）でデビュー。別世界ファンタジー《ちょー》シリーズ（九七〜〇三・コバルト文庫）により人気を博す。同作の第一巻『ちょー美女と野獣』はタイトル通り「美女と野獣」のパロディで、一冊で完結するコメディだったが、シリーズ化され、第一巻のカップルの子供たちやその他の主人公を擁して長大化するに従って、世界の存亡をかける展開になっていった。だが、文体が軽いこともあって、重すぎる展開にはならない。ファンタジーを主に執筆するが、一部にSF、BLもある。ほかの作品に、成長テーマの別世界ファンタジー『風の導士候補生の試練』（九三・花丸ノベルズ）、女子高生が別世界で戦うゲーム感覚の『前田朝日の冒険』（九二〜九三・ムービック）、ショッピングセンターを舞台に、妖物《ばけもの》と戦う伝奇アクション『東光SCの秘密』（九四・同）、魔法的別世界を舞台にした冒険ファンタジー『真夜中の太陽』（九四・キャンバス文庫）、魔女を目指す主人公の活躍を描くコメディ《よかったり悪かったりする魔女》（〇四〜〇六・コバルト文庫）、吸血鬼物の別世界ファンタジー『再活性者サクラ』（〇一・角川ビーンズ文庫）ほか多数。

野呂邦暢（のろ・くにのぶ　一九三七〜八〇）本姓納所《のうしょ》。長崎市生。諫早高校卒。自衛官、脚本家など各種の職に就き、「草のつるぎ」（七三）で芥川賞を受賞。旅先の理髪店の女が手にした剃刀に殺意の閃きをみる「剃刀」（七六）、安アパートの隣室に越してきた男との異常で陰湿な葛藤を描く「隣人」（七五）、予知夢の能力を得た男を待つ残酷な運命を描く「まさゆめ」（七七）など、心理の襞に潜む恐怖を抉り出すような短篇を残している。

は

灰崎抗（はいさき・こう　一九七二～）見る視点をずらして己に都合の良いものにして超人的能力を発揮する〈想師〉と、悪漢や妖術師との激闘を描く痛快かつユニークな伝奇アクション『想師』（〇二・学研）で第一回ムー伝奇ノベル大賞優秀賞受賞。ほかに、悪魔との戦いを描いた同作の続篇『悪魔の闇鍋』（〇三・学研ウルフ・ノベルス）、人間が超能力を得た暗黒の近未来を描くバイオレンス・アクション『殺戮の地平』（〇二・同）がある。

灰谷健次郎（はいたに・けんじろう　一九三四～二〇〇六）兵庫県神戸市生。大阪学芸大学卒。十七年間の教員生活の後、沖縄、アジアを放浪。その後文筆生活に入る。淡路島に移住し、自給自足の生活を営む。灰谷文学のテーマは、〈穴〉への落ち込みと、その底からの脱出だといわれる。処女作『兎の眼』（七四）と、それに並ぶ代表作『太陽の子』（七八）にもそれは共通しており、さらに灰谷には珍しい長篇ファンタジー『我利馬の船出』（八六・理論社）にも同じことがいえる。この作品は一人の反骨精神旺盛な少年のどん底生活から、船の建造、航海、遭難、巨人国への漂着、そしてそこで心を開いて受け入れられるまでを描いている。灰谷はこの作品について、徹底した観念小説で自分史を書いたものと語っている。

葉影立直（はかげ・たてなお　一九六〇～）神戸大学教育学部卒。ポルノ小説を執筆。SF『熱砂の惑星』（九三・ナポレオン文庫）、近未来SFアクション『TOKIO機動ポリス』（九四・同、OVA化）など。

萩尾望都（はぎお・もと　一九四九～）漫画家（詳しくは漫画家事典参照）。七七年から八〇年にかけて「ヘルマロッド殺し」（七八）ほかの中短篇を『奇想天外』に掲載するなど、小説家としての活動も若干ある。お菓子たちが逃げ出す「お菓子お化け」ほかのメルヘンを収める『月夜のバイオリン』（七六・オリオン出版）、不死の一族のもとで育まれた日々の記憶に悩む少年の姿を、彼を慕う少女の視点から描いた短篇『左手のパズル』（九五・新書館）など。このほか、斎宮の遺跡で考古学者が夢に見た、古代の斎王たちの姿を語る戯曲『斎王夢語』（九四・新潮社）も執筆している。

萩原麻里（はぎはら・まり　一九七六～）兵庫県神戸市生。喪われた宝具を探し求める宮司の幽霊を助ける高校生たちを描いたラブロマンス&伝奇ファンタジー『ましろき花の散る朝に』（〇三・講談社X文庫）でティーンズハート大賞佳作受賞。同作の続篇のほか、生死を自由に操る異能者を現代に蘇らせるため、その分散された八つの要素を容れる器として選ばれた少女の惑いを描く伝奇物《蛇々哩《たたり》姫》（〇四～〇五・同）、時の神の血を嗣《つ》ぎ、時を旅することができる高校生の少年と、時置師《トキオカシ》と名乗る少女が、出自の謎を求めて時の中を旅する《トキオカシ》（〇六～〇七・富士見ミステリー文庫）などがある。

萩原京子（はぎわら・きょうこ　一九六〇～）漫画家。失恋した少女を主人公に、猫や少年との三つどもえの人格入れ替わりを描く『いつか虹を渡るまで』（八九・講談社X文庫）がある。

萩原朔太郎（はぎわら・さくたろう　一八八六～一九四二）群馬県前橋北曲輪町生。前橋中学校卒業後、いくつかの大学に籍を置くが、すべて中退。十代の頃から短歌を書く。二十代後半から詩を書き始め、第一詩集『月に吠える』（一七・感情詩社／白日社）によって詩壇にその名を知られることになる。『青猫』『蝶を夢む』（共に二三・新潮社）を刊行し、詩壇に不動の地位を築く。これらの詩集によって朔太郎が近代詩に果たした役割の大きさは、到底語り尽くせないものがある。前期の作品には、病的ともいえる幻視の力によって不可視のものを言葉によって定着させた作品が多い。有名な「地面の底の病気の顔」をはじめとして、怪奇的なイメージを描き出すことに巧みである。〈まつ正直の心をもつて、／わたくしどもは話がしたい、／信仰からきたるものは、／すべて幽霊のかたちで視える、／かつてわたくしが視たところのものを、／はつきりと汝にもきかせたい、／およそこの類のものは、／さかんに装束せる、／光れる、／おほいなるかくしどころをもつた神の半身であつた。〉（「麦畑の一隅にて」全篇）

散文には〈散文詩風な小説〉と銘打たれた「猫町」（三五）がある。主人公が迷い込んだ見知らぬ町の住人が、すべて猫に変身してしまうという奇妙で目眩を起こさせるような幻想小説である。この小説を愛好する人は数多く、パロディや模倣作が多数書かれている。他に、自室に出没する黒猫の幻影に脅かされた挙句、自滅する孤独な未亡人の恐怖を描いた「ウォーソン夫人の黒猫」（一九）など。

萩原広道（はぎわら・ひろみち　一八一五～六三／文化一二～文久三）通称鹿蔵、鹿左衛門。岡山藩士・藤原栄三郎の息子。三十一歳の折り、病気のために武士をあきらめ、大坂で国学を教授するが、貧窮に苦しんだ。著作に未完の『源氏物語評釈』などがある。曲亭馬琴の未完の作『開巻驚奇侠客伝《かいかんきょうきょうかくでん》』の五集（四九／嘉永二）を書き継ぐが、やはり中絶した。

萩原真（はぎわら・まこと　一九一〇～八二）宗教家。心霊研究会〈菊花会〉の霊媒を経て、宗教団体〈真《まこと》の道〉の教祖となる。友人の梶光之が語る下級霊界、すなわち地獄の様相を筆録したという体裁の『霊界物語・地獄編』（二八）がある。

萩原葉子（はぎわら・ようこ　一九二〇～二〇〇五）東京生。萩原朔太郎の長女。文化学院卒。国学院大学国文科中退。『父・萩原朔太郎』（五九）により日本エッセイスト・クラブ賞を受賞。自伝的長篇小説『蕁麻の家』三部作により、九九年、毎日芸術賞を受賞。私小説めいた連作集『パ・ドゥ・シャ』（〇一・集英社）には、マネキンや猫が舌足らずな語り手として登場し、虚実の境が揺らぎ出すような語りの仕掛けが施されている。

白塵洞主人（はくじんどうしゅじん　生没年未詳）経歴未詳。五巻全二十二話より成る怪奇短篇集『〈古今奇談〉紫草紙』（一七九六／寛政八）の作者。一般的な怪異談が多く、大蛇・狐などの退治譚を中心に、怨霊・悪霊物、一つ目小僧などの妖異物を収録する。

葉越晶（はごし・あきら　？～）東京生。立教大学大学院文学研究科修了。大学で英文学を講ずる傍ら、詩や小説を執筆。幻想の古代社会を舞台に、新植民市の建設に先立ち、予定地に棲む魔物や怨念を浄化する目的で造られる仮構都市で続発する異変に立ち向かう長篇ファンタジー『逢魔の都市』（二〇〇三・学習研究社）で、第三回ムー伝奇ノベル大賞優秀賞を受賞。ほかにクトゥルー物の掌篇「細密画」（〇九）など。

『箱根権現縁起』（はこねごんげんえんぎ　鎌倉時代末期成立？）縁起絵巻。作者未詳。天竺で継子いじめに遭った中将の姫・常在御前が、義理の姉妹の霊鷲御前に助けられ、共に逃れて隣国の皇子兄弟と結婚。後に父や夫と共に日本へ渡り、箱根三所、伊豆二所の権現となった。仏教説話との関連がほとんど見出せず、また本地物縁起としては古い文献なので、珍重される。

羽沢向一（はざわ・こういち　？～）ポルノ小説などを執筆。伝奇アクション《学園秘芸帳》（一九九九～二〇〇一・プラザ）でデビュー。『妖魔交渉人ルカ』（〇五・二次元ドリーム文庫）『委員長はヴァンパイア！』（〇六・美少女文庫）ほか多数。

橋閒石（はし・かんせき　一九〇三～九二）俳人。本名泰来《やすき》。石川県金沢市生。京都大学文学部英文学科卒。英文学者。神戸高商教授、親和女子大学学長を歴任。郷愁の俳人として出発し、知的な技巧を駆使する句を経て、幻想的な境地に悠然と遊ぶ俳人となった。蛇笏賞、詩歌文学館賞を受賞。〈たましいの暗がり峠雪ならん〉〈陰干しにせよ魂もぜんまいも〉〈蝶になる途中九億九光年〉〈日の沈むまで一本の冬木なり〉〈体内も枯山水の微光かな〉〈螢の夜更けて楕円に似たりけり〉〈銀河系のとある酒場のヒヤシンス〉〈雪ふれり生まれぬ先の雪ふれり〉など。句集に『風景』（六三・白燕発行所）『荒栲《あらたへ》』（七一・同）『卯』（七八・同）『和栲《にぎたへ》』（八三・湯川書房、蛇笏賞）『虚』（八五・現代俳句協会）『微光』（九二・沖積舎）ほか。

土師清二（はじ・せいじ　一八九三～一九七七）本名赤松静太。岡山県生。十歳のとき父を亡くし家計が逼迫、小学校高等科を退学して商家に奉公に出た。一一年、同郷の新聞人・石川半山を頼って上京、同家の書生となって三田英語学校などに学び、新聞記者となる。二三年、処女作「水野十郎左衛門」を『週刊朝日』連載。二六年に朝日新聞社を退社し文筆生活に入る。二七年、徳川綱吉の治下、次期将軍の座をめぐる暗闘に、ニヒルな剣豪や美男剣士、妖婦、狂気の砂絵師らが絡む伝奇時代小説「砂絵呪縛」で一躍人気作家となる。そのほか伝奇趣味の濃い作品として仇討奇談「青鷺の霊」（二八）、お家騒動物の「血ろくろ伝奇」（三〇）や、化狐物のコメディ小品「きつね」（二七）などがある。

橋本一子（はしもと・いちこ　一九五二～）兵庫県神戸市生。武蔵野音楽大学卒。音楽家。音楽活動と関わるようなファンタジーを執筆。〈良い香りの音楽〉を求めて別世界で冒険を繰り広げる『フレバリーガールはお茶の時間に旅をする』（八七・くもん出版）、駆け出しの女性歌手を主人公に、音楽によって異世界へと通じる通路が開かれていく様を描く『森の中のカフェテラス』（九四・幻冬舎）がある。

橋本治（はしもと・おさむ　一九四八～）東京杉並区生。東京大学文学部国文科卒。イラストレーターの傍ら、青春小説《桃尻娘》（七七～九〇）で小説家としてデビュー。評論にも異能ぶりを発揮し、多彩な活躍をしている。幻想文学関連の作品に、少年の夢の中へ入り込んできた女の残留思念が恐怖に満ちた惨劇を招来する夢幻的なホラー『暗野』（八一・北宋社）、『南総里見八犬伝』に構想を借りたホラー・テイストの壮大な学園伝奇アクション『ハイスクール八犬伝』（八七～九一・トクマ・ノベルズ、未完）、婆さんに噛まれて若さを吸い取られ、婆さん化してしまう表題作（九五）のほか、ホームレスを犬と見てしまい世話を焼く少年の話「ぼくとムク犬」（〇五）、男が消えた未来を描くSF「処女の惑星」（〇五）、学校の裏庭で、白い石を踏んで、異界に通じる扉を開いてしまった少年たちを描く「裏庭《バックヤード》」（〇六）などを収録する短篇集『Ba-bah』（〇六・筑摩書房）、怪奇映画に材を採った「マタンゴを喰ったな」などのシュルレアリスティックな、またスラプスティックな初期作品を集めた『流水桃花抄』（九一・河出書房新社）、七六年当時、ロッキード事件を素材に、義経を田中角栄に見立てて書かれたコミカルな戯曲『義経伝説』（九一・同）など。ほかに特異な文体を活かして取り組んだ古典の翻案『窯変源氏物語』（九一～九三・中央公論社）『双調平家物語』（九八～・同）がある。

橋本五郎（はしもと・ごろう　一九〇三～四八）本名荒木猛。別名に荒木十三郎、女銭外二。岡山県牛窓町生。日本大学美学科中退。二六年「れてーろ・えん・ら・かーゔぉ」が橋本名義で、「赤鱏《あかえい》のはらわた」が荒木名義で、同じ『新青年』五月号に掲載される。二八年から数年間『新青年』の編集に携わる。職にあぶれた困窮士族の青年が、乞食老人に導かれて東京のアンダーワールドを経巡るうちに思わぬ幸運に恵まれるが、その裏には上流階級の非情な企みが隠されていたという、ほろ苦い味わいの都会のメルヘン「地図にない街」（三〇）がある。

橋本純（はしもと・じゅん　一九六二～）本名元秀。群馬県前橋市生。究極のコンピュータ〈トロル〉が引き起こす近未来国際社会の緊張を描くシミュレーション小説『ト・ロ・ル』（九三・光栄）でデビュー。『三国志闘神伝説』（九五・光栄、林譲治との共著）『徳川慶喜覇王伝―激突黒船奇襲編』（九七・飛天ノベルズ）ほかのシミュレーション小説を多数執筆。ほかに、妖怪絵巻や「地獄太夫」をはじめとする特異な画業で知られる河鍋暁斎を主人公に、河童との交友や、東京は住み難いと妖怪たちが時空を超えていずこかへ去っていくのを見届ける様を描く連作短篇集『百鬼夢幻』（九五・光栄）がある。

橋元淳一郎（はしもと・じゅんいちろう　一九四七～）大阪府生。京都大学理学部物理学科卒。同大学院理学研究科修士課程修了。相愛大学人文学部教授。進学塾の講師としても活躍。八四年、内藤淳一郎名義「《氷河》に吹く風」で『SFマガジン』にデビュー。高次元世界の存在をコミカルに示唆した「超網の目理論」（八九）、正体不明の物体の内部で、人類を憎みながら探求を続ける男が最後に辿り着いた境地を描く佳品「神の仕掛けた玩具」（九〇）、意識を得た病原菌と魂をめぐる壮大な冗談小説「モネラの断想」（九〇）、宇宙の終末をテーマとする「エルティブーラの黙示録」（九九）ほかの作品があり、短篇集『神の仕掛けた玩具』（〇六・講談社）にまとめられている。

橋本紡（はしもと・つむぐ　一九六七～）三重県伊勢市生。ミュータント物SF『猫目狩り』（九八・電撃文庫）で電撃ゲーム小説大賞金賞受賞。人格賦与された戦艦と人間の少年の恋を絡めたスペースオペラ『バトルシップガール』（二〇〇〇～〇二・同）、宇宙人の侵略を背景としたラブロマンス『リバーズ・エンド』（〇一～〇四・同）などのSFがある。少年と難病の少女の恋愛物『半分の月がのぼる空』（〇三～〇六）以後、一般小説を執筆。

はすなみ透也（はすなみ・とうや　?～）別名桜沢《おうさわ》薫。東京生。桜沢薫名でパレットノベル大賞佳作を受賞し、巫覡の一族の青年たちが怪奇的事件に挑むBLテイストの伝奇ホラー・ミステリ『青の玉響―山百合の血脈』（一九九八・キャンバス文庫）でデビュー。続篇『桜闇絵の宴』（九九・同）を執筆後、はすなみ透也と改名。近未来冒険SF『薔薇の泥棒と宝石の王女』（〇二・角川ビーンズ文庫）、ヒロイック・ファンタジー『妖精姫と魔法使い』『レヴァンデインの誓約』（共に〇三・同）、現代物のオカルト・ホラー・ミステリ『黒き聖母の腕』（〇五・パレット文庫）などがある。

蓮實重彥（はすみ・しげひこ　一九三六～）東京生。東京大学文学部仏文科卒。パリ第四大学で博士（文学）を取得。東京大学大学院人文科学研究科博士課程単位取得退学。大学院ではフローベールを専攻。東京大学総長を務める。読売文学賞受賞の『反＝日本語論』（七七）や『表層批評宣言』（七九）『物語批判序説』（八五）など、独特の文体による批評活動を展開。映画評論家としても知られ、《映画狂人》シリーズ（二〇〇〇～〇四）など多数の著作、翻訳を刊行し、映画評論や映画の実作者たちに与えた影響は、本業のフローベール研究より遥かに大きなものがあった。小説も執筆しているが、いずれも濃密なモノローグによる幻想小説である。休戦状態なのにいつまでも終わらない戦争が続いているという無国籍風の世界を舞台に、砂丘地帯に蠢く人々を描き、いきなりの洪水が起きることで円環的な時間が示唆される『陥没地帯』（八六・哲学書房）、老間諜が最後の仕事として、工作員から資料を手渡してもらうために地方都市のオペラ劇場に赴くが、過去を再現するかのような女性が出現し、過去の記憶と現在とが混じり合うような夢幻的状態に巻き込まれていく『オペラ・オペラシオネル』（九四・河出書房新社）がある。

長谷敏司（はせ・さとし　一九七四～）大阪府生。関西大学卒。未来の星間戦争時代、不老不死の人造人間の少女が守るテラ・フォーミングされた美しい星は、士気をあげるために用意された靖国神社の如き埋葬惑星であったというSF『楽園』（〇一・角川スニーカー文庫）でスニーカー大賞金賞受賞。ほかにSFアクション『天になき星々の群れ』（〇二・

同)、異世界で流罪に処され、魔法が扱いにくい地球へとやって来た魔道士の少女を中心に巻き起こる戦いを描くマジカル・アクション『円環少女』(〇五〜・同)がある。

『長谷雄卿草紙』(はせおきょうのそうし　鎌倉時代末期成立?)絵巻。紀長谷雄が見知らぬ男と朱雀門上で双六をする。男は鬼の正体を顕すが、結局負けて女を与える。だが、百日間契ってはならないという条件が付く。長谷雄はそれを破り、女は水と化す。女は死体を集めて作ったもので、人間となる途中だった。長谷雄の詩「庭増気色」についての注釈として知られたエピソードの絵巻化。

長谷川修(はせがわ・おさむ　一九二六〜七九)山口県下関市生。京都大学工学部卒。大学時代は映画に熱中。宇治市の化学薬品会社に就職するが、まもなく肺浸潤を患い、二年間の療養生活を送る。六三年「キリストの足」が『東京大学新聞』五月祭賞佳作となる。下関の水産大学化学科教官を務めながら私小説的な作品を中心に発表。作品集に『ふうてん学生の孤独』(六九)『まぼろしの風景画』(七二)など。幻想文学の代表作に『遥かなる旅へ』があるほか、遺作となった『住吉詣で』(八〇・六興出版)にも、真暗な海と空を背景に浮かび上がる真赤な鳥居の幻が、語り手を異界へと誘って鬼気迫る表題作をはじめ、「ささやかな平家物語」「楊貴妃」「空壺物語」など、古代史や地元の伝説をめぐる随想風の語りが、いつしか幻想の世界へとさまよいゆく趣の不思議な味わいの作品が収められている。『古代史推理』(七四)『幻の草薙剣と楊貴妃伝説』(七八)など、古代史関連の著作もある。

【遥かなる旅へ】長篇小説。七四年新潮社刊。書き下ろし。密教美術の研究者である主人公の青年は、鳥辺山で出会った謎めいた夫人に教えられ、国東半島の富登島を訪れる。青年を出迎えるかのように蝟集する蟬や蝦蟇の群れ。やがて青年は、地図にない村に迷い込み、女村主の饗応する不思議な食物を口にして猛烈な下痢に襲われる。さらに観自在菩薩を思わせる豊かな肉《しし》おきの女性との交接などのイニシエーションを経て、全天を圧して響きわたる般若心経と共に、無限の胎蔵界へと旅立つ。幻想的なディテールの卓抜な描出力を駆使して異界参入の過程をつぶさに描いた稀有なる作品。

ハセガワケイスケ(はせがわ・けいすけ　?〜)福井県生。アミューズメントメディア総合学院東京校ノベルス学科卒。死神の少女が主人公の青春物ファンタジー『しにがみのバラッド。』(二〇〇三〜・電撃文庫)でデビュー。人気シリーズとなり、メディアミックス化されている。ほかに、町の平和を脅かす魔物と老人たちが戦う伝奇アクション『じーちゃん・ぢぇっと!』(〇五〜・同)など。

長谷川集平(はせがわ・しゅうへい　一九五五〜)兵庫県姫路市生。叔父に映画監督の浦山桐郎。武蔵野美術大学中退。『はせがわくんきらいや』(七六)で創作えほん新人賞を受賞して絵本作家としてデビュー。絵本、絵本論などを多数著し、『ホームランを打ったことのない君に』(〇六)で日本絵本賞受賞。児童文学も執筆し、『石とダイヤモンド』(九〇)『鉛筆デッサン小池さん』(九一)で路傍の石文学賞を受賞。また、ミュージシャンとしても活動している。様々な社会的問題をテーマにすると同時に、隠れ切支丹や宗教的テーマも内心に抱えて、複雑味のある作品を作り上げている。幻想的な作品に、お盆に母の故郷である長崎を見物していた少年が、海辺で聖母マリアらしき女性に出会って目が見えなくなり、宗教的啓示や証明することのできない真実、また人間関係や愛の尊さなど、様々なことを考えさせられる『見えない絵本』(八九・理論社、赤い鳥文学賞)、感覚や思考を音楽に変換することのできる世界を舞台に、〈思い出す〉ことの意味を問うたジュヴナイルSFファンタジー『光年のかなたデヴォ』(九三・同)などがある。

長谷川潤二(はせがわ・じゅんじ　一九三三〜)本名古屋信二。福岡県生。九州大学法学部卒。フリーライター。「こちらノーム」(八八）で小説すばる新人賞を受賞してデビュー。ヒミコによって現代から古代ヤマトへと呼ばれた少女伊世を主人公とする幻想歴史ロマン『まつら伊世姫』（九一〜九二・スーパーファンタジー文庫）、ＳＦファンタジー《リュウの聖戦《ジハード》》（九二〜九三・同）がある。

長谷川摂子（はせがわ・せつこ　一九四四〜）島根県平田市生。東京外国語大学仏文科卒。東京大学大学院哲学科中退。その後、保育士として六年間勤務。児童文学作家として絵本の文章や幼年童話などを執筆。絵本に妖怪たちとの愉快なひと時を描いた『めっきらもっきらどおんどん』（九〇・福音館書店）など。高学年向けの作品に、人形たちの昇天、トイレから覗く異界、化狐や八百比丘尼などの素材を、少女の生活に自然に組み入れた、ノスタルジックなファンタジー短篇集『人形の旅立ち』（〇三・同）がある。

長谷川朋呼（はせがわ・ともこ　一九七六〜）古代中国の架空の国を舞台に、傾城の美女の運命を描いた『崔風華伝』（九五・講談社Ｘ文庫）で第一回ホワイトハート大賞佳作を受賞。ほかに同様の歴史物『雪燃花』（九七・同）がある。

長谷川菜穂子（はせがわ・なほこ　？〜）東京生。アニメの脚本家。脚本の代表作に「天地無用！　魎皇鬼」（一九九二〜九八）「PEACE MAKER 鐵」（〇三）「ゼロの使い魔」（〇八）など。小説に、アニメのノベライゼーションのほか、猫を拾ったら、実は魂を集めに来た悪魔の美少女だったというラブコメディ『女の子、拾いますか？〈ＹＥＳ／ＮＯ〉』（二〇〇〇・富士見ファンタジア文庫）がある。

長谷川昌史（はせがわ・まさし　一九七七〜）青森県生。異世界を舞台に、夜だけが続く日黒期という不可解な現象と兄の失踪の謎を少年が追うサスペンス・ファンタジー『ひかりのまち』（〇五・電撃文庫）で電撃小説大賞金賞受賞。同作は世界の謎を求めて冒険を繰り広げる《nerim's note》としてシリーズ化（〜〇六）された。ほかに、高校を舞台にした都市伝説物のサスペンス・ロマンス『サインをつかめ！』（〇六・同）など。

支倉隆子（はせくら・たかこ　一九四一〜）詩人。本姓川瀬。北海道札幌市生。北海道大学露文科卒。言葉と戯れるシュルレアリスムの詩人。一つの言葉とイメージにこだわって紡いでいく連作は、いずこへ運ばれるとも知れぬ緊張感をはらむ。詩集に『詩篇』（七〇・不動工房）『琴座』（七八・国文社）『オアシスよ』（八三・砂子屋書房）『ナイアガラ』（八八・思潮社）『酸素31』（九四・同、地球賞）『すずふる』（九七・同）『身空ｘ』（〇二・同）ほか。

『長谷寺縁起』（はせでらえんぎ　鎌倉時代成立）絵巻。作者未詳。道明が泊瀬寺を創立し、その後、徳道が長谷寺十一面観音堂を建立した経緯を語る。霊木を譲り受けた話、観音の霊威により台座に観音像を安置する話などを含む。『長谷寺縁起文《もん》』（平安時代末期、菅原道真が書いたとされるが偽書と推定されている）を和文にしたもので、利生譚集『長谷寺観音験記』と対になるものらしい。

『長谷寺観音験記』（はせでらかんのんげんき　一二〇〇〜〇九／正治二〜承元三頃成立）説話集。作者未詳。観音の霊験利益を語る説話集で、長谷寺関連のものを十九話、その他の書によるものを三十三話収録。先行書と重複する作には、中世的な改変が見られる。

羽田圭介（はだ・けいすけ　一九八五〜）互いを敵視する兄弟の暗闘を描き、メタフィクショナルな展開が面白い『黒冷水』（〇三・河出書房新社）で文藝賞を受賞。その後は普通の青春小説を執筆している。

畑耕一（はた・こういち　一八九六〜一九五七）別号に蜘蛛子、汝庵。広島市生。東京大学英文科卒。『東京日日新聞』記者となる。一三年『三田文学』に処女作「怪談」を発表。続けて同誌に「淵」（一四）「道頓堀」（一六）などの耽美的な作品を発表した。二四年、松竹キネマに入社。演劇・映画畑で文筆活動を展開する一方、大衆小説にも手を染めた。著書に『笑ひきれぬ話』（二五）『棘の楽園』（二九）『女たらしの昇天』（三一）『夜の序曲』（三二）『戯場壁談議』（二四）ほか。俳人としても知られた。耕一は処女作「怪談」に、怪奇趣味に魅せられて内外の文献を読み漁る青年の姿を活写しているが、これは耕一の自画像と考えてよいだろう。特に英文学方面の造詣には注目すべきものがあり、随筆中で、怪奇小説研究家のドロシー・スカブラーやキャサリン・クロウの『自然の夜の側面』などに言及している。随筆集『ラクダのコブ』（二六・大阪屋号書店）所収の「新怪異劇と映画」では、いちはやく映画における怪奇表現という問題に触れてもいる。歌舞伎の怪談狂言に関する造詣も深く、怪奇趣味のディレッタントとしての耕一の業績には改めて光が当てられてしかるべきだろう。

【怪異草紙】作品集。二五年大阪屋号書店刊。神経症がもたらす無惨絵めいた幻覚を描く「地獄絵」、怪奇自叙伝ともいうべき前半から一転、百物語を契機に文字どおり怪談めいた結末へと進む「怪談」、新感覚派風の幻想譚「白日の恐怖」などの小説六篇に、「直助権兵衛」ほかの戯曲三篇、「恐ろしい電話」ほかの小品三篇、「棺桶から飛び出す南北」「宝石坑の怪異と迷信」などの随筆八篇を収める。内外の怪異に通じた耕一の面目躍如たる一巻であると同時に、大正怪談ブームを象徴する書でもある。

秦恒平（はた・こうへい　一九三五〜）京都生。同志社大学美学科卒。同大学院中退。五九年に上京、医学書出版社に勤務。息子に脚本家・作家の秦建日子。六二年から小説を書き始め、六九年「清経入水」で太宰治賞受賞。「廬山」（七二）で芥川賞候補となる。日本の古典文学や美術・芸能への深い関心からおのずと醸し出されるかのような夢幻的情緒を湛えた作品が多い。出世作となった「清経入水」は、開けても開けても襖の向こうに無人の部屋が続く寂しげな夢の情景に始まる回想風の作品だが、「きつねの事」「へびの事」「鬼の事」という各章の表題が暗示する伝承の世界と現実がいつしか渾然一体となり、すでに独自の境地をひらいている。同作にも顕著な、幽明の境にあって語り手を冥界へと誘う女という主題は、後の長篇『みごもりの湖』（七四・新潮社）や『冬祭り』（八一・講談社）において、より幻想的な様相のもと、妖しく描き出されていく。幻想的な掌篇二十七篇から成る「鯛」（七〇〜七三）のような試みもある。ほかに、評論集『花と風』（七二）『中世と中世人』（七八）など。

秦滄浪（はた・そうろう　一七六一〜一八三一／宝暦一一〜天保二）本名鼎。別号に小翁、夢仙など。三河刈谷藩儒であった秦峨眉の息子として生まれる。九〇（寛政二）年以降、尾張藩儒となり、藩校明倫堂の教授にまで進むが、何らかの科《とが》により儒者に戻された。和漢の学に通じた博学者として知られ、教科書類を刊行した。随筆集『一宵話《ひとよばなし》』（一〇／文化七）には、故事や一般教養のほか、友人などから得た異国や辺境の情報が多いのが特徴で、奇談怪談も含まれる。配列は各話間の連想に拠っており、読物としても面白く読める。

はたたかし（はた・たかし　一九二一〜）本名秦敬。愛媛県西条市生。法政大学文学部卒。児童文学研究者として大学に勤める傍ら児童文学を執筆。はちどう山を舞台に、化狸など動物たちが繰り広げるユーモア・ファンタジー連作『月夜のはちどう山』（七二・理論社）『はちどう山あなほり商会』（七六・小峰書店）が代表作。その他のファンタジーに、かかしに導かれて時空を超える不思議な体験をする少年を描いた成長物語『くえびこさまと行った山』（八二・小学館）、家出した飼猫に会うため、月を越えて猫に変身した兄妹が、猫たちの別世界に入り込んで冒険する《ロビン・キャット》（七八〜八一・国土社）、子天狗の仕事を怪物が邪魔しに現れる幼年童話『子てんぐハタキぼうとカラカラサウルス』（二〇〇四・同）など。

畑正憲（はた・まさのり　一九三五〜）福岡市生。東京大学理学部卒。学研映画で動物記録映画を製作後独立、北海道に〈ムツゴロウ動物王国〉を営む。エッセイスト・クラブ賞受賞作『われら動物みな兄弟』（六七）をはじめ多くの著書がある。知床半島の山奥の洞窟で、奇跡的に冷凍保存状態にあった恐竜の卵を発見した科学者一家とテレビマンが、バイオテクノロジーを駆使して卵の蘇生に取り組む姿をリアルに描いた長篇SFファンタジー『恐竜物語』（八七・角川書店）があり、九三年には映画化もされている。

秦夕美（はた・ゆみ　一九三八〜）俳人。旧姓高山。福岡県生。『鷹』創刊同人。『豈』同人。独特の幻想性を有する句作を展開。〈紫陽花色の魂啜りゐる虚空〉句集に『孤獨浄土』（八五・同）『夢騒』（九二・邑書林）『銀荒宮』（九三・同）『夢香志』（九六・同）『夢としりせば』（〇一・富士見書房）ほか。また、二人誌の仲間であった藤原月彦（龍一郎）の俳句をイメージの源泉に、頽廃と死とをテーマとした掌篇集『胎夢』（八五・冬青社）がある。

畠中恵（はたけなか・めぐみ　一九五九〜）高知県生。名古屋造形芸術短期大学卒。漫画家アシスタント、書店員を経て漫画家デビュー。その後、都筑道夫の小説講座に通って小説家を目指し、『しゃばけ』（〇一・新潮社）で日本ファンタジーノベル大賞優秀賞を受賞。同作は、江戸時代を舞台に、人間に化けた犬神と白沢に守られている富商の息子・一太郎が事件に巻き込まれ、祖母が皮衣という三千歳の大妖怪だったことを知っていくという妖怪ファンタジーで、温かな印象が好評を博し、続篇が書き継がれている。ほかの時代小説に、中途半端な夢見の能力を持つ兄としっかり者の弟の神官兄弟の活躍を描くファンタジー・ミステリ『ゆめつげ』（〇四・角川書店）、ほのぼのとした器物の妖怪物の連作短篇集『つくもがみ貸します』（〇七・同）があるほか、現代物のファンタジー・ミステリも執筆している。

波多野鷹（はたの・よう　一九六七〜）本名幾也。東京生。父は法学者の波多野里望《りぼう》。妻は小説家の久美沙織。学習院大学文学部心理学科中退。「青いリボンの飛越」（八五）でコバルト・ノベル大賞受賞。コバルト文庫にてラブロマンスのほか、『宇宙色トラベラー』（八五）などのアクションSFを執筆。ほかに、荒廃し、貧富の格差が極限に近くなった頽廃した近未来の東京を舞台に、食べられるために育てられるクローンの美少女や、男娼として働くうちに通常の感覚を失っていく少年などを描く、連作倒錯小説集『都市《まち》に降る雪』（九一・ハヤカワ文庫）などがある。鷹匠としても知られ、その関連の著作もある。

畑山博（はたやま・ひろし　一九三五〜二〇〇一）東京生。日大一高卒。様々な職業を経て放送作家となる。傍ら小説を執筆し、「一坪の大陸」（六六）で群像新人賞最優秀作受賞。「いつか汽笛を鳴らして」（七二）で芥川賞受賞。独特の世界観を持ち、様々なタイプの幻想小説を執筆すると同時に、一般的な小説もサスペンスから純文学まで幅広く手がける。小説は、畑山が〈闘いの神話〉と〈魂の古里をもとめて〉と名づけた二系列に大別され、前者は人生との苦闘を描いた、時に自伝的要素を含むもので、後者には幻想的なモチーフを持つものが多い。長篇小説に、時の洞窟に落ち込んだ少年が三千三百年前の幻想都市に辿り着き、そこで闘いに巻き込まれた後に元の世界に戻ると、東京は戦争で死滅していたというSFファンタジー『黒ナイル』（八四・中央公論社）、暗い未来予測を描いた『死せる銀河』（八六・毎日新聞社）、突然現れた不思議な言動の少女が実は亡くなった母親であると知らされた主人公の男が、とまどいながらも、母や家族と共に過去の故郷へと旅立つ『銀河動物園』（九〇・同）、時代も何も知れない砂漠地帯を舞台に、そこに入ったら二週間の命といわれている収容所に入れられた男が、絶望的な状況の中、脱出を試みる『ホルスの谷』（九五・集英社）などがある。短篇集に、現在から見ると的確な未来予測を描いた寓話集『2001年のサラリーマン』（七九・平凡社）など。また、畑山は宮沢賢治の信奉者であり、関連著作も多い。代表的なものに『宮沢賢治幻想辞典―全創作鑑賞』（九〇・六興出版）。このほか『パクチャル族創世神話』『オリエンタル妖精図鑑』『神動説』『死後生命の研究』『来世占いの方法』等の作品を執筆したと自己紹介にはあるが、詳細は不明。

【冬のスサノオ】長篇小説。七八年集英社刊。放送局に勤める主人公は、やがては転落する人生に恐れと空しさを感じている。ある日、花を抜いて稲を植えている少女を目撃した主人公は、彼女に誘われるままに異界へと入り込む。そこは焼けこげた異様な世界で、三メートルにもなる原母・麻散留《マサル》と巣叉男《スサノオ》が交わって生まれた子供たちが暮らしており、花粉爆弾でこちらの世界に攻撃をしていた。主人公はしばらくこの世界で過ごした後、元の世界に戻るのだが、既に自身の変質は蔽いようもなかった……。象徴的な世界と現実とが重なり合うように存在する様を、迫真のヴィジョンとともに描いた異色作。

『八幡愚童訓』（はちまんぐどうきん　十四世紀初頭までに成立）縁起。石清水八幡宮関係の僧侶の手になるもので、八幡神の霊験譚を語る。神功皇后の三韓征伐の際に胎内にいたのが八幡神となる応神天皇だというところから説き起こし、蒙古襲来において、八幡神の果たした役割を喧伝する。後世に大きな影響を与えたとされている。

『八幡巡拝記』（はちまんじゅんぱいき　一二六一～七四／弘長元～文永一一の間に成立）縁起。作者未詳。八幡大菩薩は応神天皇であり、豊前に顕現したこと、中国の大比留女姫が未婚の母となって母子共にうつぼ船で流され、大隅海岸に漂着し、大隅正八幡になったことなどを語る。さらに四十八篇の霊験譚を収録する。

八文字瑞笑（はちもんじ・ずいしょう　?～一七六六／明和三）本姓安藤。通称八左衛門。別号に李秀、白露など。一六五〇年前後（慶安頃）に創業した京都の書肆・八文字屋の主人で、浮世草子の出版で名高い八文字自笑の孫。出版だけでなく、自らも浮世草子の筆を執った。人の怨霊が鵺と化す『頼政現在鵺』（一七五五／宝暦五）、異常出生を含む伝奇的な一代記『柿本人麿誕生記』（六二／宝暦一二）などがある。

蜂屋誠一（はちや・せいいち　一九六九～）神奈川県横浜市生。成蹊大学卒。中学三年の時に書いたSF『タイム・ウォーズ』（八五・リイド社）で小説家デビュー。現代の高校生が事故で妖怪や地蔵が生きている過去へ飛ばされ、三つの秘宝を求める冒険を通して生き方を掴むファンタジー『ジャパニーズ・ドリーム』（八八・偕成社）も高校時代の作品。ほかにも児童文学のファンタジーSFを執筆し、民話風世界を舞台に、実は異星人である桃太郎やかぐや姫が復讐に燃える異星人と戦う『スターライト・キッズ』（九〇・同）、異次元世界の住人たちの戦闘に巻き込まれた少年を描く変身ヒーロー物『妖精戦士《フェアリーナイト》』（九三・同）などがある。

葉月堅（はづき・けん　一九五七～）本名赤岩隆。三重県生。東京都立大学大学院修士課程修了。英文学者。英文学・南アフリカ文学を専門とし、翻訳に、J・M・クッツェー『ダスクランド』（九四・スリーエーネットワーク）など。クッツェーによる〈ロビンソン・クルーソー〉物『敵あるいはフォー』の影響著しいメタノベル『アイランド』（九六・新潮社）で、日本ファンタジーノベル大賞優秀賞受賞。

葉月玲（はづき・れい　?～）鬼畜の変態男が子供になって死から蘇るという設定のポルノ小説『淫魔転生麗奴の性宴』（一九九九・グリーンドア文庫）がある。

八田知紀（はった・とものり　一七九九～一八七三／寛政一一～明治六）歌人。通称喜左衛門。号に桃岡。薩摩藩士・八田家の長男として薩摩に生まれる。上京して京都藩邸蔵役を務め、その間に香川景樹の門人となる。たちまち頭角を現し、歌人として重んじられるようになった。維新後は宮内省歌道御用掛を務め、御所歌において桂園派が勢力を有する基となった。家集、歌論書がある。歌は幻想的ではないが、随筆・紀行をいくつか残しており、中でも『霧島山幽郷真語』（三一／天保二）は当地の神話伝説に触れている。同書の山中他界の伝承は平田篤胤を瞠目させた。

服部正（はっとり・ただし　一九五二～）ミ

ステリの翻訳家、評論家、小説家。妻は服部まゆみ。小説に、コーンウォルの精神病院に父である画家のリチャード・ドイルを訪ねるコナン・ドイルが、当地を訪れていたホームズ、ワトソンのコンビ、ボルヘス作品から借りてきたキャラクターのアラビー師と共に不思議な事件に巻き込まれる、ミステリと幻想小説との融合を試みた瀟洒な短篇連作集『影よ踊れ』（九四・東京創元社）がある。

服部千春（はっとり・ちはる　一九五八〜）京都府綾部市生。関西大学文学部卒。児童文学を執筆。少女が祖父の幽霊に悩まされる『グッバイ！　グランパ』（〇二・岩崎書店）で福島正実記念SF童話賞受賞。くしゃみをすると不思議なことが起きる小学校のクラスを舞台にした短篇シリーズ《四年一組ミラクル教室》（〇五・講談社青い鳥文庫）がある。

服部まゆみ（はっとり・まゆみ　一九四八〜二〇〇七）東京生。夫は服部正。現代思潮社美学校卒業後、加納光於版画工房にて銅版画を学ぶ。八四年、日仏現代美術展でビブリオテック・デ・ザール賞を受賞。パリで行われた授賞式の思い出をもとにしたミステリ『時のアラベスク』（八七）で横溝正史賞を受賞。同作は選考委員たちにこぞって耽美的と評された。世紀末ロンドンに有名人を多数配した歴史伝奇風の『一八八八切り裂きジャック』（九六・東京創元社）、性倒錯と反現実を前面に出した『この闇と光』（九八・角川書店）など、幻想趣味のミステリのほか、世紀末的耽美趣味とデカダンに彩られた幻想ホラー『シメール』（二〇〇〇・文藝春秋）がある。

初野晴（はつの・せい　一九七三〜）静岡県清水市生。法政大学工学部卒。臓器移植テーマの連作短篇集だが、臓器を提供しようと言っているのが脳死状態の少女で、月光の下、特殊な装置を用いて意思疎通ができるという設定となっている『水の時計』（〇二・角川書店）で横溝正史ミステリ大賞受賞。ほかに、寓話ファンタジー風の世界と現実が交錯する幻想的設定のミステリ『漆黒の王子』（〇四・同）がある。

波天奈志小浮禰（はてなし・おぶね　生没年未詳）経歴未詳。『怪談旅之曙』（一七九六／寛政八、岡田玉山画）の作者。スッポンの怨霊の話などを収録。

花井愛子（はない・あいこ　一九五六〜）別名に神戸《かんべ》あやか、浦根《うらね》絵夢《えむ》。兵庫県神戸市生。南山高校卒。OLを経てコピーライターとして活躍。漫画原作の傍ら、八四年、企画にも関わった講談社X文庫より漫画のノベライゼーションで小説家としてもデビューし、少女小説を執筆。単純明快なラブコメディで絶大な人気を誇った。九〇年代に入ると一般向けの作品も書き始め、九七年頃から一般向けの恋愛小説、エッセーに完全に移行。自身の破産について語ったエッセーなどもある。主に浦根絵夢名義で、ラブコメディを基調としたファンタジーを執筆。『猫街ふぁんたじい』『URASHIMAめるへん』（共に八七・講談社X文庫）『夢の中のパセリへ』『さよならカトリーヌ』（共に八八・同）など。花井名義では、女性教師と女子高生の身体が入れ替わってしまう『山田ババアに花束を』（八七・同、映画化、ミュージカル化）、六十年前からタイムスリップしてきた男の子への恋を描く『夢の旅』（八八・同）などがある。ほかに一般向けのファンタジックな小品集『夢町の眠り猫』（九四・集英社文庫）などもある。

花郎藤子（はないらつ・ふじこ　？〜）同人誌出身のBL小説作家。一九九二年に商業デビュー。ファンタジーに、両性具有テーマの『ヴィヴィアン』（九二・白夜書房）、オカルト伝奇ホラー『異形綺譚』（二〇〇一・花丸文庫）などがある。

花岡大学（はなおか・だいがく　一九〇九〜八八）本名如是《ゆきよし》。法号大岳。大阪生。奈良県に育つ。龍谷大学文学部卒。教職に就きながら児童文学を執筆し、童話集『牛と牛の子』（三七）『勲章』（四二）などで認められる。戦後、旺盛な執筆を展開し、著書は百冊を優に超える。貧乏な僧侶一家の生活を描く連作短篇集『かたすみの満月』（六〇）で小川未明文学賞奨励賞受賞。仏教説話に取材して独特な宗教的境地を示す『新・仏典童話全集』全十巻（六九～七〇・法蔵館）『仏典童話新作集』全三巻（八四・同）などがある。

花形みつる（はながた・みつる　一九五三～）神奈川県生。『ゴジラの出そうな夕焼けだった』（九一）で児童文学作家としてデビュー。『逃げろ!!　ウルトラマン』（九一）『半魚人あらわる』（九二）と続けて発表し、小学生たちを生き生きと描いて評判となるが、作品自体は怪獣物ではない。『サイテーなあいつ』（九九）で新美南吉児童文学賞、『ぎりぎりトライアングル』（〇一）で野間児童文芸賞受賞。ファンタジーに、母親を交通事故でなくした小一の少年が、母親と一緒に空想の中で飼ってきたドラゴン・ポチを母親の代わりとしてこの世に実在させてしまうという、家庭問題をテーマとした児童文学『ドラゴンといっしょ』（九七・河出書房新社、野間児童文芸新人賞）がある。

花園由宇保（はなぞの・ゆうほ　？～）アニメの脚本家。代表作に「活劇少女探偵団」（一九八六）など。別世界を舞台にしたヒロイック・ファンタジー『シオン・碧の呪法師』（九七・角川書店＝ASUKAノベルス）がある。

花田一三六（はなだ・いさむ　一九七〇～）埼玉県生。調理師専門学校卒。ザ・スニーカー小説コンテストで才能を認められ、短篇「八の弓、死鳥の矢」（九四）でデビュー。型破りの剣士を主人公とした異世界戦記『野を馳せる風のごとく』（九六・角川スニーカー文庫）、続篇『大陸の嵐』（九七・スニーカーブックス）、同世界を舞台にした短篇集『八の弓、死鳥の矢』（九六・カドカワ・ノベルズ）などは《戦塵外史》としてGA文庫でまとめられている。ほかに、異世界歴史ロマン『黎明の双星』（〇三～〇四・Cノベルス）、竜族を頂点に、犬族・猫族・鳥族のヒエラルキーが存在し、その下位に置かれて人族が迫害を受けている別世界を舞台に、人の少年の冒険を描く《創世の契約》（〇七～・同）などがある。

花田清輝（はなだ・きよてる　一九〇九～七四）福岡市東公園生。京都大学英文科中退。三九年、中野正剛の弟・秀人らと〈文化再出発の会〉を結成、機関誌『文化組織』に奔放自在な飛躍と逆説とペダントリーに満ちたエッセーを発表。それらは第一評論集『自明の理』（四一、後に「錯乱の論理」と改題）と『復興期の精神』（四六）にまとめられた。四六年『近代文学』に参加、佐々木基一、野間宏らと〈綜合文化協会〉を結成、機関誌『綜合文化』は戦後芸術運動の推進に貢献した。また真善美社編集顧問として、野間宏『暗い絵』、埴谷雄高『死霊』ほかを相次いで世に出し、戦後文学の方向を決定づけた。埴谷雄高、岡本太郎らとの〈夜の会〉、安部公房らとの〈三々会〉〈記録芸術の会〉など、前衛芸術運動の組織者としても優れた力量を発揮した。『アヴァンギャルド芸術』（五四・未來社）『さちゆりこん』（五六・同）などの評論が戦後世代に与えた影響も大きい。六〇年『群像』に「群猿図」を発表したのを皮切りに小説の執筆を開始。続けて執筆された「狐草紙」（六一）「みみずく大名」（六二）と「群猿図」をまとめた『鳥獣戯話』（六二・講談社）、『小説平家』のほか、『俳優修業』（六四・同）『室町小説集』（七三・同）などの作品集がある。考証と空想の間を自在に行き来するその特異な小説作法は、後の澁澤龍彦などにも示唆を与えたとおぼしい。

【小説平家】連作短篇集。六七年講談社刊。『平家物語』の作者を愚管に師事した元文章博士の僧侶とする「冠者伝」、人穴伝説の裏に隠された歴史の真実を語る「霊異記」、入水後に助かった安徳天皇の子供が魔術師（手品師）となる「大秘事」、ダイヤモンドの舎利盗難をめぐる物語「御舎利」、親鸞を諷刺した「聖人絵」の五篇から成る。『平家物語』の記述を読み直し、かつまた他の説話と照らし合わせ、『平家物語』や『吾妻鏡』の裏に隠されている物語を抉り出す――あたかも評論のように見えるが、その実、歴史をめぐる珍説奇説を繰り広げた小説であり、花田一流のユーモアがそこかしこに見られる。そのしたたかな批評的語りによって虚実の境目を消し去り、土俗的な怪異溢れる物語もすべて歴史に変換していく手際が見事。細緻な読みを誇る優れた評論家であったからこそ初めて生まれ得た快作である。

花田十輝（はなだ・じゅっき　一九六九〜）祖父に花田清輝。脚本家。代表作にテレビアニメ「ローゼンメイデン」（〇四〜〇六）など。小説に、メディアミックス展開のロボットSF『ガイアゼノン』（二〇〇〇〜〇一・富士見ファンタジア文庫）、水害で母と妹を亡くした少年のもとに居候をきめ込んだ奇妙な少女が、実は洪水を引き起こした人魚（水棲人）であったという展開のラブコメディ『くるりくる！』（〇一・スーパーダッシュ文庫）などがある。

花房孝典（はなふさ・たかのり　一九四六〜）愛知県名古屋市生。慶応義塾大学法学部法律学科卒。グルメ、韓国関連のエッセーほかを執筆。ホーソーン『七破風の屋敷』のモデルとなった家系をルーツに持つという日本人を主人公にしたオカルト趣味満載のホラー・ミステリ『消せない呪い』（九一・情報センター出版局）がある。ほかに、江戸の奇談随筆を再話した『実録・大江戸奇怪草子』（九七・三五館）など。

英洋子（はなぶさ・ようこ　?〜）漫画家。東京杉並区生。国学院大学文学部史学科卒。代表作に「レディ!!」（一九八六〜九一）など。小説に、守護霊に守られている少女が、悪霊に狙われている先輩に恋をする少女向け作品『守護霊なんていらない』（九七・小学館）がある。

花実ありすけ（はなみ・ありすけ　一九四三〜）本名花見萬太郎。神奈川県生。日本大学芸術学部卒。出版社勤務の傍ら児童文学を執筆。少年冒険SF『海底タイムマシン』（七九・泰流社）、双子の兄弟が同じ夢の世界で空飛ぶ船に乗って冒険を繰り広げる『やったぜ!!あべこべ大作戦』（八一・ポプラ社）、悪魔の魔法のコインを使って少年が悪戯をする『悪魔はしっぽをかくせない』（八四・同）などがある。

花輪莞爾（はなわ・かんじ　一九三六〜）東京生。東京大学仏文科卒。同大学院博士課程修了。フランス十九世紀文学を専攻。国学院大学で教鞭を執る。フランソワ=ボワイエ『禁じられた遊び』（七〇）やペロー童話、児童文学などの翻訳を手がけ、創作にも着手。七一年、同人誌『現代文学』に発表した「渋面の祭」が芥川賞候補となる。すべての文学の主題は悪夢であるという考えに憑かれた新進作家が、より良い悪夢を見るため涙ぐましい努力を重ねた挙句〈悪夢死症候群〉に罹って最期を遂げる「悪夢志願」、冬山で幻覚に襲われ遭難の危機にさらされる顚末を描いた「白魔」、方向音痴の中年女性が車を運転するうち迷子になって家に帰れなくなる「ちりぢごく」などの怪奇幻想小説を収める『悪夢「名画」劇場』（八二・行人社）、その増補版『悪夢五十一夜』（九八・小沢書店）、前著を含む百一の短篇を一巻の大冊にまとめた短篇小説集成『悪夢百一夜』（〇六・ウチヤマ出版）がある。また『現代文学』に長年にわたり連載されている夢日記も、注目すべき試みといえよう。ほかに愛猫家の面目躍如たる奇談エッセー集『猫鏡』（九〇・平凡社、後に「猫学入門」と改題、加筆して「猫はほんとうに化けるのか」と改題）など。

羽仁進（はに・すすむ　一九二八〜）東京生。自由学園卒。映画監督。監督作品に寺山修司脚本の「初恋・地獄篇」（六八）、「アフリカ物語」（八〇）など。児童文学に、山猫と体が入れ替わった少年が、動物に様々なことを学ぶファンタジー童話『ネコになったボク』（八一・学校図書）がある。

埴谷雄高（はにや・ゆたか　一九〇九〜九七）本名般若豊。台湾新竹生（戸籍上は一九一〇年福島県生）。中学一年まで台湾で育つ。日本大学予科中退。在学中、演劇活動を通してアナーキズムへの関心を深め、二九年、左翼農民運動に参加。三一年、日本共産党に入党。翌年、検挙・投獄され、獄中で読んだカントの『純粋理性批判』に深甚な影響を受ける。転向して出獄、結核療養の傍らドストエフスキーや悪魔学の書物を耽読する。三九年、平野謙、佐々木基一らと同人誌『構想』を創刊、アフォリズム「不合理ゆえに吾信ず」などを発表する。四五年の終戦直後、平野、佐々木や本多秋五、荒正人らと『近代文学』を発刊、創刊号から「死霊」の連載を開始する。以後、長い中断の時期をおいて書き継がれたこの伝説的長篇は、完結を見ないまま作者が没し、文字どおりのライフワークとなった。その形而上学的な主題以上に幻想的なのが、重厚沈鬱な独特の語り口である。七〇年『闇のなかの黒い馬』で谷崎潤一郎賞、七六年『死霊』（講談社）で日本文学大賞を受賞した。このほかの主な著作に短篇集『虚空』（六〇）、評論・エッセー集に『濠渠と風車』（五七）『幻視のなかの政治』（六〇）『ドストエフスキー』（六五）『姿なき司祭』（七〇）など。

ポーの「メエルストルムの渦」に匹敵するような作品を書きたいという花田清輝との会話がきっかけで書かれた「虚空」（五〇）をはじめ「意識」（四八）「深淵」（五七）など初期の観念小説は、現実を超えた次元へと読者の想像力を駆りたてる、その喚起力において優れて幻想文学的であるといえよう。小栗虫太郎から中井英夫、笠井潔、竹本健治にいたるアンチミステリ、オカルティックなミステリの系譜と『死霊』との関係も非常に興味深いテーマである。また、澁澤龍彥や塔晶夫の登場に際し、いちはやくエールを送ったのが埴谷雄高だったことも忘れてはなるまい。

【闇のなかの黒い馬】短篇集。七〇年河出書房新社刊。「暗黒の夢」「追跡の魔」「変幻」「宇宙の鏡」「夢のかたち」「神の白い顔」ほか全九篇を収録。眼前に果てしもなくひろがる夜の闇、夢、鏡などを媒介として〈ただ一つの角度から存在に向って這い寄ってゆく試み〉としての〈妄想実験〉が展開される。とはいえそれは少しも難解ではなく、抽象性と詩的感受性がしっくり溶け合った美しいイメージに溢れている。非常に独創的な試みであることは間違いないが、同時に本書は、漱石の「夢十夜」の系譜をはるかに受け継ぐ〈夢小説〉の傑作でもある。なお埴谷には「存在と非在とのっぺらぼう」「夢について」「夢と想像力と」など、本書のテーマと密接に関連する一連のエッセーがある。

羽川珍重（はねかわ・ちんちょう　一六八五～一七五四／貞享二～宝暦四）浮世絵師。本名真中沖信。通称太田弁次郎。埼玉郡川口生。江戸に出て鳥居清信の門人となった。赤本に、妖怪が勢ぞろいして、見越入道方と新興妖怪のもんが一派とに分かれ、合戦を繰り広げる『是は御ぞんじのばけ物にて御座候』（刊年未詳）がある。

羽田奈緒子（はねだ・なおこ　？～）山形県生。迷子のこびとと親しくなった少年たちの日常を描くほのぼのファンタジー『世界最大のこびと』（二〇〇四・MF文庫J）でMF文庫Jライトノベル新人賞入選。ほかに、異世界からやって来た魔法少女が騒動を巻き起こすどたばたラブコメディ『くるくるリアル』（〇五・同）がある。

馬場のぼる（ばば・のぼる　一九二七～二〇〇一）本名登。青森県三戸郡三戸町生。漫画家、イラストレーター、絵本作家。「ブウタン」（五五）で第一回小学館漫画賞受賞。漫画の代表作に「バクさん」（七〇～八三）。平和とふろふき大根を愛する山男が、狐の毛皮を欲しがる殿様と狐の争いを丸く収める『きつね森の山男』（六二・岩崎書店）で、絵本作家としてもデビュー。絵本の代表作は、猫たちの冒険を描く《11ぴきのねこ》（六七～九六・こぐま社）。児童文学に、飛鉢伝説をコミカルに再話した『そらとぶはちの物語』（九一・童心社）がある。

馬場真理子（ばば・まりこ　一九五四～）父親が鰐に変身してしまう『パパがワニになった日』（九一・岩崎書店）で、福島正実記念SF童話賞受賞。

馬場淑子（ばば・よしこ　一九三二～）早稲田大学国文科卒。山階鳥類研究所を経て大学講師となる。俳人。句文集に『輪廻』（〇五・創栄出版）など。幻想的情緒のあるリアリズム童話を得意とする児童文学作家でもある。

ファンタジー童話に、岩の中に閉じ込められた人魚の仲間を助ける小さな人魚と少年の物語『生きていた人魚』（八〇・国土社）がある。

馬場祥弘（ばば・よしひろ　一九四四〜）大阪府生。関西学院大学卒。広告代理店勤務を経て、放送作家、芸能プランナー、作詞家として活動する傍ら、シミュレーション小説も執筆。太平洋戦争ハイテク物『超戦艦「大和」出撃す』（九四・ノン・ノベル）『超ハイテク戦艦「大和」復活す』（〇一〜〇二・コスモノベルス）ほか。

葉原鉄（はばら・てつ　？〜）ポルノ小説を執筆。変身ヒロイン物『ライトニングレディ』（二〇〇五・二次元ドリーム文庫）ほか。

浜たかや（はま・たかや　一九三五〜）本名浜野孝也。東京生。早稲田大学中退。第一作『太陽の牙』（八四・偕成社）で日本児童文学者協会新人賞受賞。同作は、紀元前の中央アジア平原を舞台に、鉄を作るための鉱物を守っている一族の少年が、人を殺すと狼になってしまうという呪いから一族を解放し、同時に鉄の製法も解禁する物語である。その後、同作の続篇が『火の王誕生』（八六・同）『遠い水の伝説』（八七・同）『風、草原を走る』（八八・同）『月の巫女』と書き継がれ、およそ数百年にわたる戦闘的な牧畜民族の消長が、青銅器から鉄器への移行時代を背景に描き出された。全体は《ユルン・サーガ》と名づけられている。『火の王誕生』は時がかなりくだり、多くの部族を従え、宗教も巨大化して僧侶が権力をふるうようになっている世界で、覇権争いに敗れた神官の娘が育てた無垢の少年ホローシが王になるまでの冒険を描く、ファンタジー度の高い作品。『遠い水の伝説』は晩年のホローシの苦悩を描く。『風、草原を走る』は、『太陽の牙』に描かれる王国の誕生した経緯を、シャーマニズムなどを交えて描いている。このほかのファンタジーに、誰もが仮面をつけて、その役を演じねばならない異世界に入り込んだ少女が、眠れる王女を解放して仮面の呪いを解くために冒険を繰り広げる『仮面の国のユリコ』（九四・同）、別世界を舞台に、偉大な能力を秘めた少女の冒険と成長を描く『龍使いのキアス』（九七・同）、子供向け縮約版『南総里見八犬伝』（〇二・同）などがある。また、ＳＦシリーズ『宇宙人の地球日記』『駅うら三丁目の宇宙人』『おばあちゃん宇宙へいく』（八五〜八六・同）、コメディ『ゆうれいがボーイフレンド』（八九・同）ほかの低学年向け作品もある。

【月の巫女】長篇小説。九一年偕成社刊。《ユルン・サーガ》中で最も古い時代を描いた作品で、鉄が初めて手に入った経緯を語る。族長のザトカルがデイーインの巫女と契った結果、死んだ腹から生まれた息子ラトシャイは巫女の資質を備えていた。親友アタルゲイと共に部族を追われることになったラトシャイは、巫女の洞穴で、死体のまま成長していた双子の妹と一体化し、別の存在に生まれ変わる。そして彼が選び取ったのは、狼デイーインを率いて戦う道であった……。前作までとは執筆時期にずれがあり、児童文学としてはやや難解だが、死と再生を基調とする、優れてシャーマニックな作品となっており、注目に値する。

はままさのり（はま・まさのり　一九六三〜）本名下河内久登《ひさと》。福岡県生。法政大学中退。脚本、漫画原作、小説などを執筆。アニメの脚本に「装甲騎兵ボトムズ　ビッグバトル」（八六）ほか。ロボット物ＳＦ戦記《青の騎士ベルゼルガ物語》（八五〜八七・ソノラマ文庫）『追撃の閃光《アーク》』（八八・同）『マージナル・マスターズ』（八九〜九一・アニメージュ文庫）のほか、ヒロイック・ファンタジー『激震の波濤―緋王彷徨伝』（九二・大陸ネオファンタジー文庫）がある。

はまみつを（はま・みつお　一九三三〜）本名濱光雄。長野県生。信州大学教育学部卒。児童文学作家。短篇集『北をさす星』（六四）でデビュー。『春よこい』（七九）で赤い鳥文学賞、『赤いヤッケの駅長さん』（八九）で産経児童出版文化賞を受賞。塩尻市在住で、創作のほか、郷土の歴史物語、伝説などを執筆し、その代表作に『信州の民話伝説集成　中信編』（〇六・一草舎出版）がある。怪奇幻想系の作品には次のようなものがある。鬼は人とは違って高貴な魂を持っており、人のようにならなければ天上へ行けるのだという設定の創作民話集で、預かった子鬼を三年間こきつかった挙句、鬼の怨みを恐れて殺してしまい、ただ一人鬼に優しくした少女も共に死なせる「鬼渡り」をはじめ、凄惨な話を収録する『鬼の話』（〇三・小峰書店）、自然の神に守られて、焼き畑と移動生活を繰り返しながら生きる山の民の部族が、平地に暮らし、王のために巨大な墓を作る部族によって征服される過程を、わずかに残る神威を交えて描くファンタジー『霧の彼方へ』（九六・文溪堂）など。

浜崎達也（はまざき・たつや　一九七三〜）別表記に濱崎達弥。茨城県生。ゲーム会社勤務、フリーライターを経て、ルネサンス期のヴェネツィア共和国を舞台にしたマジカル・ファンタジー『トリスメギトス』（九九・角川スニーカー文庫）で角川スニーカー大賞優秀賞受賞。ほかに、ブードゥー教の秘術によりゾンビとなって蘇った少年が、少女を守るために奮闘するアクション・ラブコメディ『ぞんびnaランデ・ヴー』（〇三・同）がある。また、マルチメディア展開の〈.hack プロジェクト〉に参加し、ゲーム脚本や小説『.hack//AI buster』（〇二、〇五・同）『.hack//G.U』（〇六〜〇八・同）を執筆。ほかにもアニメなどのノベライゼーションを執筆している。

浜田到（はまだ・いたる　一九一八〜六八）歌人。米国ロサンゼルス生。岡山医科大学卒。十七歳より短歌を作り、後に詩も執筆。五八年『短歌』編集長・中井英夫の勧めで次々と短歌を発表、歌人として名を現す。リルケに私淑、文体は欠落多く吃音を想わせるが、澄明にして死の予感を孕む体《てい》の稀有な歌風。文学的交遊を好まず、医師として生き、交通事故で急逝。遺歌集に『架橋』（六九・白玉書房）。〈硝子街に睫毛睫毛のまばたけりこのままにして霜は降りこよ〉〈とほき日にわが喪ひし一滴が少年の眼にて世界の如し〉〈花にもひとにも雌雄あることのかすかになりてこの雪の風媒〉

浜田けい子（はまだ・けいこ　一九二八〜）本名慶子。大阪市生。大阪市立工芸高等学校美術科卒。明治大学文学部演劇科卒。NHK幼児番組の台本を執筆。ヤマトタケル伝承に取材した『太陽とつるぎの歌』（六九・実業之日本社）で児童文学作家としてデビュー。人間の魂製造係の神様が怠け者の無能力者で、製造法を書いた紙を失くした挙句にひどい魂を作り始める「世にもこまったものがたり」、その魂を美術品として蒐集している地獄の悪魔たちの騒動を描く「フトッチョアクマノウタ」のほか、SFを収録する短篇集『おれの名はスパイ』（七七・三省堂）、人間を動物に変える邪悪な魔術師を打ち倒す姫と王子の冒険を描く『黄金のアザミ』（八二・学校図書）、人間をスーパーマンにする木の実をめぐって繰り広げられる活劇『悪魔島へようこそ』（八九・くもん出版）、日本の戦国時代にやって来た能なし魔女の歴史への介入を描くユーモア伝奇ファンタジー『魔女ジパングをゆく』（九〇・ペップ出版）、神の力が弱まり始めたヒミコのヤマタイ国時代を舞台に、故国を滅ぼされ、神霊に守られながら苦難の旅を続ける青年が、神霊の命ずるままに動くことに疑問を抱くようになる古代冒険ロマン『少年カヌトの旅立ち』（九四・岩崎書店）などがある。

浜田広介（はまだ・ひろすけ　一八九三〜一九七三）本名廣助。山形県屋代村生。富裕な農家に生まれたが、二十歳の折り、家が破産、短篇小説の執筆や翻訳などで稼ぎながら、早稲田大学英文科を卒業。在学中は、深い影響を受けたアンデルセンをはじめとする外国の童話を多く読み、卒論はソログープであった。最初の童話「黄金《こがね》の稲束」（一六）が『大阪朝日新聞』懸賞お伽話に一等入選、その後雑誌『良友』に寄稿することになる。大学卒業後、春秋社を経て『良友』編集者となり、同誌に童話を多数発表。二三年より文筆生活に入る。五五年日本児童文学者協会を設立、理事長・会長などを務める。多くの優れた童話を残し、近代日本児童文学に大きな影響を与えた。広介の童話は、馬を大事にした百姓が立派な子馬と黄金の稲束を授けられるという処女作「黄金の稲束」にはっきりと表れているように、あらゆる生き物をいとおしむ心に溢れていることに特徴がある。代表作「泣いた赤おに」（三三）も、人外の者にも魂があることを切々と訴えかけ、人間と人外の者の共存・調和を理想として掲げている。恐れを知らぬ子供と竜とが心を通わせる傑作「龍の目の涙」（二三）、動物をいたわる優しいきこりが救われる「黒い樵夫と白い樵夫」（二三）にしても同じことがいえる。このほか、人生を象徴的・寓話的に描いた作品の系列もあり、初期の傑作として名高い「花びらの旅」（一九）や、「この世に光が出た時に」（二六）「めぐる因果　妙々車」（二七）などがある。
▼『浜田広介全集』全十二巻（七五～七六・集英社）

濱田政彦（はまだ・まさひこ　一九六九～）神奈川県生。オカルト・ライター。UFO妄想を基調とする俗流オカルト本『彼らはあまりにも知りすぎた』（九八・三五館）などのほか、宇宙人が古代文明に関わっていたという発想に基づく、転生物のファンタジー『時の回廊』（〇二・トクマ・ノベルズ、未完）がある。

浜野えつひろ（はまの・えつひろ　？～）児童文学作家。低学年向けサイバー・サスペンス『電子モンスター、あらわる！』（一九九四・文溪堂）などのSF、イニシエーションのための狩りで怪我をした少年が、銀白色の狼に助けられた上に狼に変身し、狼の心を知ることになる『少年カニスの旅』（九七・パロル舎、児童文芸新人賞）などのファンタジーがある。テレビドラマ「ちゅらさん」に登場したキャラクターの絵本《ゴーヤーマン》（〇一～〇三・インターメディア出版）の文も担当している。

浜野卓也（はまの・たくや　一九二六～二〇〇三）静岡県御殿場町生。早稲田大学国文科卒。立教大学大学院修了。教員を務める傍ら児童文学の創作・評論を執筆。前近代を舞台にしたリアリズム童話に定評がある。姥捨の風習の残る村を舞台に貧しい村人たちの喜びと悲しみを描いた『やまんばおゆき』（七七）で産経児童出版文化賞受賞。ファンタジーに、岩手の田舎家の屋根裏部屋で出会った座敷童子と少年の交流を描く『おーい、ざしきぼっこ！』（八六・あかね書房）、先祖伝来の家に越してきた少年が座敷童子に助けられ、不吉な影を宿す橋にまつわる伝説を知って、いじめと戦うことを決意するまでを描く『200年いじめ伝説』（九六・ポプラ社）がある。

浜松歌国（はままつ・うたくに　一七七六～一八二七／安永五～文政一〇）戯作者、歌舞伎狂言作者。本名清蔵。通称布屋清兵衛。別号に氏助。大坂島之内の木綿問屋の息子。一八〇〇（寛政一二）年頃から歌舞伎狂言作者となるが、享和、文化年間は読本や随筆を執筆。読本に、恋文の取り違えによる騒動を描く物語で、恋人たちが嵐を呼ぶ竜によって離ればなれになる趣向がある「今昔一枚絵草紙」（一九／文政二）など。一六（文化一三）年より再び狂言作者として活躍するも、結局二枚目作者に留まった。ただし補作者・助作者として参加した戯曲は多く、無視できない。また、演劇関係の雑著も当時の資料として貴重。その他の著作で重要なのは考証随筆で、近世の市井の話を年次順に集大成した大著『摂陽奇観』（一八／文政元起筆、三三／天保四成立）が代表作。やはり芸能関係の話題が多く、資料的価値が高いとされている。

『**浜松中納言物語**』（はままつちゅうなごんものがたり　一〇六二頃成立）菅原孝標女作といわれる王朝物語。源中納言は夢に亡父が唐の第三皇子に転生したことを知らされ、入唐を決意する。皇子との対面を果たした中納言は皇子の母后に魅かれるが、夢告によって思いを果たし、子をなす。子と后の手紙を携えて日本に戻った中納言は、后の母である吉野尼君を探し当て、后の異母妹・吉野姫君とも対面する。やがて夢告により尼君の往生を見届け、吉野姫君を引き取る。ほかの女性と交渉を持ちながらも后が忘れられない中納言は夢で后の病を知り、次いで、天に生まれ変わったとの空中唱声を聞く。さらに夢告で后が吉野姫君の子として転生することを知る。やがて吉野姫君は東宮のものとなって懐妊。翌年、ようやく后の訃報が唐土より届く。

　五巻本だが、発端部の首巻は欠落している。要約によって知られる通り、夢告と転生がこの物語の中軸を成しており、平安の物語としては、『宇津保物語』に次いで幻想的色彩が濃い作品と思われる。平安時代の王朝物語ゆえに、ハガードの『洞窟の女王』のように自覚的ではないが、結ばれなかった恋を転生によって完遂させようとする恋の執念の物語といえる。作者を孝標女とすると、『更級日記』に見られる非主体的な生き方を体現しているのは中納言ということになろう。恋に執念を燃やすのは常に積極的な態度を持ち、転生してくる唐土の后である。后のような生き方は孝標女にとっては憧れでもあったのであろうか。中心的に書かれているのは結局のところ中納言のやわやわとした内実であるが、作者の理想は別のところにあったということも考えられる。現実を認識しながらもそれを作品内で超克せんとする意志があったとすれば、その意味でも、孝標女は幻想作家であったというべきであろう。

早川ナオミ（はやかわ・なおみ　?～）アダルトアニメの監督・原作者、キャラクターデザイナー。アダルトゲームの制作にも携わる。ポルノ小説『ヴァンパイアマドンナ』（一九九六・コアマガジン=メガビーナスノベルズ）がある。

早川真知子（はやかわ・まちこ　?～）福島県生。雑誌編集者を経て児童文学作家となる。ファンタジーに、魔法のマジカル国の魔法学校の生徒マージが、別空間へと入り込んでしまった母親を探すため、様々な冒険を繰り広げる《魔女っ子マージ》（一九九一～九四・あかね書房）、未来からの訪問者テーマのSFサスペンス『悪夢のシグナル』（九五・文溪堂）、小学生の少女子モモが妖精の世界で活躍する《みならい妖精モモ》（〇二～・童心社フォア文庫）などがある。

早坂真紀（はやさか・まき　?～）ファンタジーを執筆。死児の魂が宿る犬が両親に飼われて暮らす『天使のガーネット』（一九九九・角川書店）、魔女と人間のハーフの少女がタイムスリップで両親のなれそめなどを知る『魔女の腕時計』（〇二・祥伝社）、精霊と出会って自分を見つめ直し、前進するきっかけをもらうことをモチーフとする甘やかな連作短篇集『妖精の棲む森』（〇二・同）『精霊のいた街』（〇四・同）など。

早坂律子（はやさか・りつこ　一九六五～）別名に檜村美月。東京生。ゲームのプロデュースなどを手がける傍ら、アニメやオーディオドラマ等の脚本を執筆。脚本の代表作にOVA「AMON　デビルマン黙示録」（二〇〇〇）テレビアニメ「ロザリオとバンパイア」（〇七～〇八）など。小説に、合宿でいわれのある洞窟に入り込んだ少女が、悪の秘密結社、魔剣をめぐる陰謀などに巻き込まれていく、ラブコメディ&伝奇アクション『サマー・トラブル・バケーション』（八九・パステル文庫）、退魔物の伝奇アクション『超魔祆殺徨《ようさつこう》』（九一・スーパーファンタジー文庫）に始まる三部作（～九二）、賞金稼ぎの活躍を描くアクション・ファンタジー『グランディール騒世記』（九三・同）、古代の神が現代に蘇る伝奇アクション《紅の鬼神》（九五・キャンバス文庫）などがある。ほかに、檜村美月名義で、ファンタジー漫画のノベライゼーション『精霊使い』（九九～二〇〇〇・角川スニーカー文庫）を執筆している。

林一宏（はやし・かずひろ　一九六二～）東京生。国学院大学中退。会社員を経て各種アルバイトに就きながら小説を執筆。頽廃した近未来を舞台に、死刑囚だが優秀な少年少女たちが人類の天敵である怪物と孤島でサバイバル戦を繰り広げる『水の戦士たち』（九一・スーパーファンタジー文庫）とその続篇『迷宮を超えて』『戦士マナの伝説』（共に九二・同）がある。

林義端（はやし・ぎたん　？〜一七一一／正徳元）通称九兵衛。字は九成。号は文会堂。京都生。伊藤仁斎に師事して儒学を学び、友誼を結んだ。両替商から書肆に転業し、儒学、漢学関係の書籍のほか、『剪燈余話』などの和国本漢籍や浅井了意の『狗張子』などを出版した。詩人でもあり、漢詩集も残している。また、了意の怪談集にならって怪異小説集を執筆刊行した。三十話を収録する『玉櫛笥《たまくしげ》』（一六九五／元禄八）『玉帚木《たまははき》』（九六／同九）がそれで、『剪燈余話』の翻案をはじめとして和漢の書籍から材を採り、戦国時代などに設定し直して翻案した話が多く、豊富な知識を見せつつ教訓性が強い点など、いかにも儒者らしい怪異小説集となっている。

林自見（はやし・じけん　生没年未詳）本名正森。三河国吉田の人。天変地異や怪異に関する伝説を取り上げて理屈を付けていく章と、奇談に解釈を付けずにそのまま書いていく章から成る随筆集『市井雑談《ぞうだん》集』（一七六四／宝暦一四）がある。

林譲治（はやし・じょうじ　一九六二〜）北海道夕張郡長沼町生。ゲーム関連のエッセー、短篇の執筆などを経て、《大日本帝国欧州電撃作戦》（九五〜九七・飛天ノベルズ、高貫布士との共著）によりシミュレーション戦記作家としてデビュー。多彩な設定で、多数の作品を手がけている。『妖光の艦隊』（二〇〇〇・ワニの本）『皇国の機動要塞』（〇五・経済界＝タツの本）ほか。その後、本格SFにも進出。侵略者の視点から描いたファースト・コンタクト物『侵略者の平和』（二〇〇〇〜〇一・ハルキ文庫）、二十二世紀、太陽系改造に乗り出した人類を描くハードSF『ウロボロスの波動』（〇二・早川書房）、地球規模で情報インフラが整備された社会を描く未来小説『記憶汚染』（〇三・ハヤカワ文庫）ほかがある。戦記物の異色作に、太平洋戦争末期、南の孤島に駐留する日本軍がロストワールドを見出し、食料を得る『帝国海軍ガルダ島狩竜隊』（〇三・学研＝ウルフ・ノベルス）がある。

林巧（はやし・たくみ　一九六一〜）大阪府生。慶応義塾大学文学部卒。雑誌編集者を経て、フリーのルポライターとなる。『アジアおばけ街道』（九四・扶桑社）『アジアおばけ諸島』（九五・同文書院、後に「アジアもののけ島めぐり」と改題）『アジアおばけ旅行』（九六・講談社）など、アジアの妖怪に関連する著作が数多くある。また、音楽家でもあり、音楽テーマの作品を得意とする。かつてコガネムシの音楽を封じ込めた少年が転生し、この世の裏側や中間にあり、真実が実現する〈最果ての都市〉に辿り着くまでを描いた長篇小説『世界の涯ての弓』（九八・講談社）で小説家としてもデビュー。ほかの作品に、中国の古典的怪談からも多少のネタを拾いながら、音楽奇談や都市綺譚などを語る連作短篇集『斃《たお》れぬ命』（〇一・角川書店）、〈己が命の早使い〉タイプ（自分が贄とされる内容の手紙を魔物に託される話）の妖異談の現代・汎アジア版というべきエスニックなオカルト・ロードノベルの形で、異界の消息に目覚めていく青年を描く長篇ホラー『亜洲魔鬼行』（二〇〇〇・角川ホラー文庫）、戦争によって哀しい結末を迎えたピアニストとバレリーナの恋への執着と、ピアノに憧れる少年の思いが交わったところに生じた不思議な出会いを描くジェントル・ゴースト・ストーリーの佳品『ピアノ・レッスン』（〇七・角川ホラー文庫）などがある。このほか、ホラー映画のノベライゼーションも執筆。

林トモアキ（はやし・ともあき　一九七九〜）新潟県生。新潟工科専門学校自動車工学科卒。地球を魔族から救う運命の存在として天使に選ばれた美少女が活躍するアクション・コメディ『ばいおれんす・まじかる！』（〇一〜〇二・角川スニーカー文庫）で角川学園小説大賞優秀賞受賞。聖魔の力を持つ少女を焦点として、神の使いと魔の一族が戦うバトル・アクション『お・り・が・み』（〇四〜〇六・同）ほか、神魔の入り乱れるアクション・ファンタジーを執筆。

林房雄（はやし・ふさお　一九〇三〜七五）

本名後藤寿夫。大分市生。東京大学法科中退。社会主義の学生活動家として活躍。たびたび検挙・投獄されるが、その間に「林檎」（二六）などの作品を発表、プロレタリア作家として文壇にデビューする。三三年に小林秀雄、川端康成らと『文学界』を創刊、三六年にプロレタリア作家廃業を宣言。「転向に就いて」（四一）などの文章が話題を呼ぶ。戦後、軍国主義者として追放となる。後に『息子の青春』（五〇）などの風俗小説に転じた。幻想的な作品に、別掲のほか、アンデルセンの同名作品のプロレタリア版である「絵のない絵本」（二六）、土着の妖精の視点から「竹取物語」を描く表題作や中国物を含むファンタジー短篇集『月から来た光の姫』（五九・東方社）など。

【白夫人の妖術】短篇集。四八年扶桑書房刊。中国の志怪小説に基づいた、貧しい青年と白蛇の化身の美女の艶冶な幻想ラブロマンスである表題作の中篇のほか、人喰蘭の怪異をミステリ仕立てで描く「花になった男」、ジャワ娘の見えない伴侶である魔物に日本の司政官が喰い殺される「美しき妖魔」など、ジョン・コリアの怪奇小説を翻案した短篇など全六篇を収める。表題作は映画化された。

林泰広（はやし・やすひろ　一九六五〜）東京生。禁忌を犯してシャーマンに呪われて死んだカメラマンが、霊媒の口から死の経緯を語るオカルト・ミステリで、自分にそっくりな男によって殺されたという合理的な解釈も成立する一方、精霊が良心を出現させたという解釈もできる『見えない精霊』（〇二・カッパ・ノベルス）がある。

林羅山（はやし・らざん　一五八三〜一六五七／天正一一〜明暦三）本名信勝。通称又三郎。剃髪して道春。別号に夕顔庵、浮山ほか多数。京都生。加州浪人の子として生まれ、伯父の米穀商の養子となる。寺院に学んで神童の誉れ高かったが、僧侶の道には進まず、朱子学者として立った。徳川家康に認められて仕え、家光時代には『武家諸法度』等を起草するなど、幕府の文化政策の中軸を担い、儒学興隆の礎を築いた。著作は古典の注釈書をはじめとして多数ある。仮名草子に、中国明代の妖狐の説話集『狐媚叢談』のうち三十五話を選んで訳した『狐媚鈔《こびしょう》』（成立年未詳、内題「狐媚倭字抄」）のほか、中国の史書や『捜神記』『幽冥録』等志怪書の怪異談を漢文直訳体で訳したものを三十二篇収録した怪談集『怪談全書』（一六九八／元禄一一）がある（羅山仮託説もある）。『怪談全書』は啓蒙的な役割を果たし、後世の文学、特に怪奇文学に大きな影響を与えた。また個々の神社の祭神について、記紀等の文献や伝承に基づいて説明する『本朝神社考』（三八〜四四／寛永一五〜末頃成立）は、排仏主義者で本地垂迹説を否定する羅山が、あるべき神道の姿を説こうとして著したものであり、文芸ではないが、後の文学に与えた影響は大きい。神社のほか、霊地、神以外の人物などにも言及しており、浦島子、久米仙人、藤原千方、神泉苑などが取り上げられている。略本『神社考詳節』（四五／正保二）がある。

林田紀音夫（はやしだ・きねお　一九二四〜九八）俳人。旧朝鮮京城生。新興俳句の影響を受けて十代から句作、戦後は下村槐太に師事し『金剛』に参加、その後『十七音詩』創刊、『海程』に参加。六一年に『風蝕』（十七音詩の会）刊行、七五年に『幻燈』（牧羊社）刊行。〈鉛筆の遺書ならば忘れ易からむ〉〈いつか星ぞら屈葬の他は許されず〉〈滞る血のかなしさを硝子に頒つ〉〈蠟燭の火が揺れすべてけものの影〉〈階段を降りまたの日は柩に寝る〉〈埋葬のくらやみ私有して眠る〉など、静謐ではあるが、その〈死への親炙〉には慄然とさせるものがある。

▼『林田紀音夫全句集』（〇六・富士見書房）

林原玉枝（はやしばら・たまえ　一九四八〜）広島県尾道市生。時計屋で留守番をしているロクさんのところへ次々と変な客が訪れる『ロクさんのふしぎなるすばん』（八五・こずえ）、風の子と動物たちとの交遊を通して、人生の悲哀と喜びを綴った『風の子ぷう』（八六・同）、大道芸で身を立てるゴジラを描く「ゴジラの商売」、旅先で不思議な果物を食べる体験をする「スタア・アプル」など、詩的な小品とヨシダコウブンの銅版画のコラボレーション『不思議な鳥』（九六・けやき書房）がある。

林屋正蔵［初世］（はやしや・しょうぞう　一七八〇頃〜一八四二／安永九頃〜天保一三）噺家。号に林泉。〇六（文化三）年、三笑亭可楽の門人となり、頭角を現して、一七（同一四）年には両国広小路に寄席を持った。大仕掛けを用いた怪談噺で名高い。落語では、男が自家菜園の茄子の精霊と契って子を生す話「賤の睦言」（『笑話《はなし》の林』三一／天保二所収、通称「茄子娘」）、三味線の皮にされた親猫を慕い、人間に化けて持ち主の女のところを訪れる「千本桜」（『太鼓之林』一五／文政一二所収、通称「猫の忠信」）などを創作。合巻に、妻が嫉妬から起こした殺人と、殺された芸妓の怨霊による呪殺に始まり、この因縁が絡んだ雛人形（とそれを入れる葛籠）が転々としながら殺戮を巻き起こしていくという筋で、結局破綻気味に未完となる『怪談春《はるの》雛鳥《ひなどり》』（三八〜五一／天保九〜嘉永四、三篇まで、四、五篇は万亭応賀、橋本貞秀・歌川国貞ほか画）、心中相手を殺して金を奪った男が因果に悩まされる物語だが、夢落ちでハッピーエンドに終わる『怪譚桂《かつら》乃河浪《かわなみ》』（三五／天保六、歌川国貞画）がある。

早瀬耕（はやせ・こう　一九六七〜）東京生。一橋大学商学部経営学科卒。現実と、コンピュータ内に作り出されて自律的に動き出したもう一つの現実とが交互に描かれ、無限反復を予想させるSF『グリフォンズ・ガーデン』（九二・早川書房）がある。

早瀬みずち（はやせ・みずち　一九六五〜）別名に金子晴美。神奈川県生。明星学園卒。音楽関係の仕事を経て少女小説などを執筆。吸血鬼族の生き残りの父娘が、魔女を相手に戦うホラー・コメディ『吸血鬼と呼ばないで』（九〇・学研レモン文庫）、何者かに導かれ、悪鬼が世界を支配しようとしている別世界に入り込んだ少女の活躍を描く《サイキック・ウォーズ》（九一〜九二・講談社X文庫、未完）、伝奇ホラー・アクション《魔星鬼神伝》（九三〜九四・キャンバス文庫）、別世界ヒロイック・ファンタジー《烈火王》（九四〜九五・同）、未来から現代へとやって来た超能力者たちの無惨な運命を描くSF『ミレニアム』（九八・同）ほかがある。金子名義で、仲間に出会って超能力を目覚めさせた少女たちのどたばたファンタジー『魔女っ子恋戦争』（八八・講談社X文庫）、少女たちが魔物と戦うコミカル・ファンタジー《2年極上ガールズ組》（八九〜九一・同）ほかがある。

早瀬乱（はやせ・らん　一九六三〜）大阪府生。法政大学文学部英文科卒。記憶の消去装置が開発され、記憶の改変が多数なされたために現実の方が記憶に合わせて変化していき、死者が蘇ったり、死ぬべきでない人間が死んでいったりするSFホラー『レテの支流』（〇四・角川ホラー文庫）で日本ホラー小説大賞長編賞佳作入選。明治東京の坂道と大火災にまつわる夢幻的なミステリ『三年坂火の夢』（〇六・講談社）で江戸川乱歩賞受賞。ほかに、自傷行為に走る女性たちを背景に、異様な魔法の肉体を持つ男が、自ら身体を切り刻んで他者に送りつけ、意のままに動かしていくグロテスク・ホラー『サロメ後継』（〇六・角川書店）がある。

葉山透（はやま・とおる　一九八三〜）異世界冒険ミステリ《ルーク&レイリア》（〇二〜〇三・富士見ミステリー文庫）が第一回富士見ヤングミステリー大賞最終選考作となり、デビュー。ほかに、天才科学者の遺した驚異の発明群をめぐって繰り広げられるSFアクション&ラブロマンス『9S《ナインエス》』（〇三〜・電撃文庫）などがある。

葉山嘉樹（はやま・よしき　一八九四〜一九四五）福岡県生。早稲田大学高等予科除籍。船員を皮切りに、学校事務員、セメント会社の工務係、新聞記者などの職を転々、この間に労働運動への関心を深め、二一年、名古屋労働者協会に加入する。愛知時計争議、名古屋共産党事件で入獄。二五年『文芸戦線』に「淫売婦」を、翌年「セメント樽の中の手紙」

を発表、有力な新進として文壇の注目を集めた。後者は、恋人が破砕器に落ちてセメントになってしまったことを知らせる女工の手紙をセメント樽の中に発見する話で、グロテスクと抒情味が混ざりあった不思議な味わいの小傑作である。以後、長篇『海に生くる人々』（二六）をはじめ文戦派を代表する作家として活躍した。その一方で『新青年』にも寄稿しており、その中の一篇「死屍を食う男」（二七）は、寄宿舎の同僚が夜中ひそかに墓場で屍を喰らう様を目撃するという怪談実話の一定型を踏まえたショッカー。終戦直前、満州に移住し、同地で脳溢血のため没した。

速水あこ（はやみ・あこ　一九六〇～）東京生。女子大中退。脚本家の傍ら少女小説を執筆。霊感少女が幽霊少年の謎を追うコミカル・ホラー『幽霊は淋しがりや』（八八・ケイブンシャ文庫コスモティーンズ）がある。

速水彩（はやみ・あや　一九六〇～）東京生。早稲田大学中退。脚本家の傍ら少女小説を執筆。呪文で悪魔が出てくるラブコメディ『恋の呪文は…○△□◎◇？』（八七・くもん出版）、ご先祖様を助けるために過去に行くタイムファンタジー『祭りの夜に星が降る』（九二・パレット文庫）、ドッペルゲンガーにまつわるタイムファンタジー『ブルーグレイの未来伝説』（九二・同）、古代の妖魔大陸を舞台にしたヒロイック・ファンタジー『漆黒の髪は疾風』『未知なる大地に渡る風』（九三・同）などがある。

速水春暁斎（はやみ・しゅんぎょうさい　一七六七～一八二三／明和四～文政六）本名恒信、後に恒章。通称彦三郎。京都で呉服商を営む豪商日野屋の二代目の娘・速水このの子として生まれる。十三歳で家督を継ぎ、二十七歳で隠居、五十歳で再び家督を継いだ。円山応挙の門人であったらしい。寛政頃から挿絵を描く。享和以後は既存の実録体小説などをもとにして、多数の絵本読本を自画作した。『絵本小夜時雨』（一八〇〇／寛政一二）は先行作をもとにした怪談集で、『今昔物語集』や軍記物を粉本に多く使っている点に特色があり、近世の怪談物絵本の秀作の一つと評価される。このほか、『怪談藻塩草』（〇一／享和元）『絵本彦山霊験記』（〇三／同三）など。

早見裕司（はやみ・ゆうじ　一九六一～）青森県生。霊的な能力を持つ女子高生・季里《きり》が、十二年前に失踪した少年の残した楽譜と、友人のボーイフレンド失踪の謎に迫るホラー・テイストのサイキック・ファンタジー『夏街道』（八八・アニメージュ文庫）でデビュー。季里が水の呼ぶ声に導かれて様々な冒険を繰り広げ、地下にむりやり留められていた宇宙から来た水を解放するまでを描く続篇『水路の夢』（九〇・同）は、幻想的な〈水〉を描いた作品として秀抜。主人公の季里は、早見にとって、捨て去ることのできないヒロインの原形であり、その後も時を隔てて季里を主人公とする『夏の鬼・その他の鬼』（〇一・EXノベルズ）『精霊海流』（〇四・ソノラマ文庫）を執筆。また、季里と近似のヒロインを主人公とする青春心霊ホラー『夏の悲歌』（〇六・リーフ＝ジグザグノベルズ）などを執筆している。ほかのファンタジー、SF作品に、不思議な少女に助けられ、夢だけで世界を覆ってしまおうとする夜の存在と対決する小説家を描くファンタジー『世界線の上で一服』（九九・プランニングハウス）、近未来伝奇アクション『野良猫オン・ザ・ラン』（〇三・EXノベルズ）など。また、アニメのノベライゼーションや脚本なども手がけている。ジュニア小説（ジュヴナイル文庫、ライトノベル等）の研究家でもあり、ウェブ上にリストや歴史を公開している。

はやみねかおる（はやみね・かおる　一九六四～）本名竹内勇人《いさと》。別表記に勇嶺薫。三重県伊勢市生。三重大学教育学部数学科卒。小学校教師を経て児童文学作家となる。いじめ、悪い運動神経、ビルの影などを盗む男を描いたコミカル・ファンタジー『怪盗道化師』（一九九〇・講談社）で講談社児童文学新人賞に入選。児童文学のミステリ《名探偵夢水清志郎事件ノート》（九四～）が大ヒット作となり、一般向けミステリも執筆するようになった。

原岳人（はら・がくじん　一九六一〜）龍谷大学経済学部卒。壁に頭を打ちつけて生き神になった男が、難破した船の生き残りを率いて島を開拓していく様をユーモラスに描く『なんか島開拓誌』（九一・新潮社）で、日本ファンタジーノベル大賞優秀賞を受賞。

原さとる（はら・さとる　一九三九〜）本名井原哲夫。茨城県生。慶応義塾大学経済学部卒。同大学院商学研究科博士課程修了。慶応義塾大学商学部教授。専門の著作に『サービス・エコノミー』（九二）ほか多数。傍らSFを執筆。地球の低温化に際し、広大な地下空洞を発見して移住する『地底元年』（七八・毎日新聞社）、石油が輸入できなくなった時に電気石が発見され、エネルギー革命が起きる『崩落』（八〇・同）、タイムトンネルで現代にやって来た勝海舟が、主人公の少年と未来に旅立つ『勝海舟未来を行く』（八〇・同）などの作品がある。

原民喜（はら・たみき　一九〇五〜五一）広島市生。慶応義塾大学英文科卒。中学時代から詩作を始め、大学では一時左翼運動に参加。三三年に永井貞恵（評論家・佐々木基一の姉）と結婚。三六年から『三田文学』に詩的・幻想的な短篇を発表する。四四年に妻が病没。翌年、広島で被曝。このときの体験に基づく「夏の花」（四七）で第一回水上滝太郎賞を受賞。五一年「心願の国」ほかを遺して東京西荻窪の踏切で鉄道自殺を遂げた。

戦前『三田文学』に発表された短篇群は、後に〈死と夢〉〈幼年画〉の総題のもとにまとめられたが、それらはいずれも死と生のあわいを夢幻的に彷徨する趣の幻想性に満ちている。自分の葬式が進行するのを目前にうろたえる少年の姿をユーモアを交えて物哀しく描く「行列」（三六）、夷子《えびす》講で賑わう夜の町をさまよう夭折者たちを描く「玻璃」（三八）、二十年前に死んだ父が帰ってきたことを喜ぶ母と姉を残して電報を打ちに行く途中、不意に母も姉も、この世にいなかったことに気づく「冬草」（四〇）ほか多数。

▼『定本原民喜全集』全三巻・別巻一（七八〜七九・青土社）

原口真智子（はらぐち・まちこ　一九五一〜）福岡県生。入院中の妻がいる中年男の意識を地下鉄ホームでの幻視によって描く「電車」（八九）で、北日本文学賞を受賞。ほかに、巫女として潔斎の日々を送る若い女性が、次第に未来を幻視するようになり、神がかっていく様を描く「神婚」（八八）がある。

原田治（はらだ・おさむ　一九六九〜）太平洋戦争シミュレーション戦記を執筆。戦艦大和が復活する『灼熱の超空母大和』（〇一〜〇二・廣済堂出版ブルーブックス）、新技術物『特殊潜水航空母艦「神龍」』（〇四・歴史群像新書）など。

原田宗典（はらだ・むねのり　一九五九〜）東京生。早稲田大学文学部演劇科卒。コピーライターを経て、「おまえと暮せない」（八四）ですばる文学賞に入選し小説家デビュー。著書に、短篇集『優しくって少しばか』（八六）、エッセー『十七歳だった！』（九三）など多数。劇団〈東京壱組〉の座付作者としても活躍し、劇団解散後も演劇人としての活動を継続している。幻想的な小説に、死んだ親友の残した悪臭の元となる菌によって東京中を嘔吐させるほどの悪臭を発するに至った青年を描くSF風奇想小説『スメル男』（八九・講談社）、最も愛する者を殺してしまうという呪いの込められたナイフをめぐる皮肉なホラー「飢えたナイフ」をはじめ、別れた妻の執拗な視線に悩まされる男や嫁ぐ娘のために死後も生き続ける父などを描いた怪奇短篇を収録する『0をつなぐ』（九〇・トレヴィル）、魔の潜むアンティーク家具を買ってしまった夫婦の恐怖を描く「ミセスKの鏡台」ほか、怪奇・幻想・奇想の小品を集めた『どこにもない短篇集』（九三・徳間書店）など。児童文学に、教訓的な童話『百人の王様　わがまま王』（九八・岩波書店）がある。

原田康子（はらだ・やすこ　一九二八〜）本姓佐々木。東京生。北海道釧路市に育つ。釧路市立高等女学校卒。新聞社勤務を経て小説家となる。『挽歌』（五六）で女流文学賞受賞。

恋愛小説を主に執筆。幻想的な作品に、アイヌの老婆の魔術によって現代にやって来た三百年前の侍と現代女性の切ないラブロマンス『満月』（八四・朝日新聞社）がある。

春生文（はるお・あや　一九六七〜）静岡県生。県立吉田高校卒。ゲームライター。別世界にトリップした少年少女が冒険を繰り広げるユーモア・ファンタジー『魔王タコヤキの秘密』（一九九二・花丸ノベルズ）がある。

遥士伸（はるか・しのぶ　一九六九〜）宮城県仙台市生。東北大学卒。『修羅の戦艦「大和」』（〇二・白石ノベルス）でデビューし、毛色の変わった設定の太平洋戦争シミュレーション戦記を執筆。世界の頂点を争う経済力と技術力を有し、世界の著名な政治家や軍人が集結した大日本帝国とアメリカとの戦いを描く『帝国崩壊』（〇四・歴史群像新書）、東日本は二〇一〇年の現代に、西日本は一九四五年の大戦中に分裂したという設定で、新旧技術の混合的な戦闘が繰り広げられる『時空連合自衛隊』（〇五〜〇六・コスモノベルス）など。

春口裕子（はるぐち・ゆうこ　一九七〇〜）神奈川県横須賀市生。横浜に育つ。慶応義塾大学文学部卒。損害保険会社勤務を経て、マンションをめぐる怨念物のホラー『火群の館』（〇一・新潮社）により、ホラーサスペンス大賞特別賞を受賞してデビュー。ほかに、長篇サスペンス『女優』（〇三・幻冬舎）、短篇集『ホームシックシアター』（〇七・実業之日本社）など、女性心理の慄然たる描出に持ち味を発揮している。

榛名高雄（はるな・たかお　？〜）静岡県生。タイムスリップ物の太平洋戦争シミュレーション戦記『超時空艦隊』（二〇〇二〜〇三・コスモノベルス）『超時空大海戦』（〇五〜〇六・同）、サダム・フセインの息子たちが、イージス原子力空母を太平洋戦争時代に送りこんで歴史改変をもくろむという設定の『ターミネーター空母「大和」』（〇三〜〇四・同）などがある。

春名忠成（はるな・ただなり　生没年未詳）通称那波屋重右衛門。播州佐用郡新宿村の大庄屋の一族。作用村に住まう木材商で、大坂の書肆・吉文字屋市兵衛の従兄弟であるという。『西播《せいばん》怪談実記』（一七五四／宝暦四）の作者。同書は西播磨地方の怪談奇談五十話を収録し、作者自身が見聞したとされる、十八世紀前半の話が多い。姫路の皿屋敷のほか、幽霊、狐狸、各種の妖怪などの話を平明に綴っている。続篇に『世説麒麟談』（六一／同一一）がある。

盤察（ばんさつ　生没年未詳）江戸時代中期の洛西前浄円教寺の僧侶。唱導僧らしい。神話伝説の中から衆生勧化に適した発心譚や故事伝説などを選び取った説話集『扶桑故事要略』（一七一五／正徳五）を編纂した。木花開耶姫、神功皇后、松浦佐夜姫、菟名日処女、玉藻前、小野小町、建礼門院など、その半ばが女性を描いた説話のセレクションになっている点に特徴がある。また、五巻の長篇説話『小夜中山霊鐘記』（四八／寛延元、欣誉厭求校閲）も執筆。猟師の娘・月小夜が、化鳥となった母を救うため、京都から来た化鳥退治の武将の妾となるが、本妻に追われ、山中で盗賊に殺される。死して子を産み、亡霊となって子を育て、成長した子が敵討するという物語である。初期読本『狭夜之中山敵討』（七二〜八一／安永年間）や曲亭馬琴『石言遺響』の素材となった。

『万世百物語』（ばんせいひゃくものがたり　一七五一／寛延四）読本。五巻五冊、全二十話を収録する怪談集。一六九七（元禄一〇）年刊『雨中の友』の改題版。著者は『雨中の友』の序に〈東都の隠士何某〉とあるのにちなんで『万世百物語』では東都隠士烏有庵《うゆうあん》作としているが、どのような人物かはわかっていない。当時は漢文脈の怪談集が多かった中で、〈あだし夢……〉と始まる雅文体であることを大きな特徴とする。紫宸殿に出る鬼を確かめに行く肝試しの話などがユニーク。この後四半世紀の間に続出する〈百物語〉を冠した怪談集の先蹤となった作品である。

坂東真紅郎（ばんどう・しんくろう　？〜）北九州市生。ゲームクリエーター。高崎とおる原作のファンタジー小説を執筆。魔法的別世界に飛ばされた少年が冒険を繰り広げる海賊物『海の上はいつも晴れ』（二〇〇三・MF文庫J）、興奮すると数日分の記憶が飛んでしまう女子高生がヒロインのラブコメディ『リセットな彼女』（〇六・ファミ通文庫）がある。

坂東眞砂子（ばんどう・まさこ　一九五八〜）高知県高岡郡佐川町生。奈良女子大学家政学部卒。イタリア・ミラノ工科大学に二年間留学。フリーライターの傍ら児童文学を執筆。現実と特定の場所でつながっている別世界で、世界を新しく生まれ変わらせる〈はじまりの卵〉を割るという使命を与えられた少女の冒険を描くファンタジー『はじまりの卵の物語』（八九・理論社）、現実逃避をしたい人々が地下鉄のホームから、欲望のみを刺激し続ける管理型の別世界へと紛れ込んでしまう『メトロ・ゴーラウンド』（九二・偕成社）などがある。

　その後、児童文学から一般向け小説に転向し、長篇『死国』および第一回日本ホラー小説大賞で佳作に入選した中篇『蟲』（九四・角川ホラー文庫）を皮切りとして、太古の蛇神の蘇りを恋愛の魔と絡めて描いた長篇『蛇鏡』（九四・マガジンハウス）、犬神筋として怖れられる血筋の女性が血の因縁に絡め取られていく無惨な物語を、犬神の跳梁と村人の残忍な仕打ちなどを絡めて描いた長篇『狗神』（九三・角川書店）、閉塞的な大正時代の四国を舞台に、浦陀落渡海の伝承や波間から現われる水死人など、海の怪異の数々を背景として、異国人と恋に落ちた女性の凄絶な執念を描く長篇『桃色浄土』（九四・講談社）、秩父山中の観音堂で、間引かれた子供の怨念が怪異をあらわす「猿祈願」、元旦に死んだ女は村の女を七人道連れにしていくという不気味な伝承を巧みに用いた怪異譚「正月女」などを収録する短篇集『屍の聲』（九六・集英社）など、土俗的な怪奇色と強烈なエロティシズムに彩られたモダンホラーを次々と発表、脚光を浴びる。明治末の雪深い越後の山里を舞台に、両性具有の若者、山人の血をひく娘、又鬼《またぎ》や瞽女《ごぜ》、山師、遊女など、日本的伝奇世界を形づくる放浪のアウトサイダーたちを配して、数奇な運命悲劇を織り上げた和風ゴシックロマンス『山妣《やまはは》』（九六・新潮社）で直木賞を受賞。

　その後、坂東の作家的関心は、土俗の闇から歴史の暗黒面にシフトしていく。中世イタリアを舞台に、カタリ派に取材した『旅涯《たびは》ての地』（九八・角川書店）が、格好の題材を得ながらもファンタジーではなく、性愛と禁欲（死）をめぐる歴史小説となっていることは、坂東の興味の在処を端的に示していると言えよう。後の『血と聖』『天唄歌い』（共に〇六）でも同様のテーマが扱われている。また、四国を舞台にした『道祖土《さいど》家の猿嫁』（二〇〇〇・講談社）は、主人公に祠の神の声が聞こえるというファンタスティックな部分もあるが、全体としてはリアリズムの〈女の一生〉物である。こうした方向性は、やがて『パライゾの寺』（〇七）や歴史小説の大作『梟首の島』（〇五）へつながっていくが、同時に幻想小説にもなおつながりを有しており、過去の土佐を舞台に、弱者を描いた幻想短篇を主に収録する『神祭』（二〇〇〇・岩波書店）、柴田錬三郎賞受賞の傑作長篇『曼荼羅道』などを生み出している。

【死国】長篇小説。九三年マガジンハウス刊。今は東京でデザイナーをしている比奈子は、二十年ぶりに故郷である四国の矢狗村を訪れた。幼なじみであった莎代里は十五歳で死に、娘を蘇らせるために彼女の母親は逆打《さかう》ちと呼ばれる巡礼を行なっていた。莎代里は帰ってきた、という母親の言葉に、比奈子は狂気を感じ取るが、現実に怪しい事件が頻発するのだった……。四国という土地が孕む呪術的風土に着目し、そこに生きる人々の現実が超自然の怪異によって侵犯されていく過程を克明に描き出した、ホラー・ジャパネスクの金字塔というべき傑作である。映画化された。

【曼荼羅道】長篇小説。二〇〇一年文藝春秋刊。リストラに遭った麻史は、故郷の富山に帰り、薬売りだった祖父・蓮太郎がマラヤの現地妻サヤと過ごした別邸に暮らしていた。蓮太郎は戦後のある時、〈曼荼羅道〉に入ってしまい、脱出できないままさまよっていた。曼荼羅道とは妄念の支配する世界で、蓮太郎の妻や少女のサヤが地獄の行軍を繰り広げている。そして蓮太郎は、踏み迷ってきた孫の麻史にも出会う……。愛欲という煩悩や自信のなさに苛まれる男たち、男のために自分を失くした女たちの魂の彷徨を、地獄めいた怪奇的な世界に象徴させて描いた特異な作品である。

半村良（はんむら・りょう　一九三三～二〇〇二）本名清野《きよの》平太郎。東京深川生。都立両国高校卒。プラスチック成型工、バーテンダー、調理士見習、広告代理店社員など三十近い職業を転々とする。その間、六二年に「収穫」がSFマガジン・コンテストに佳作入選。同作は『世界SF全集35巻』（六九・早川書房）に収録される。七一年刊の『石の血脈』（早川書房）は、古代の巨石信仰や吸血鬼・人狼伝説の背後に、石と化して不死の生命を得る奇怪な血脈の存在を幻視する雄大なスケールの骨太な物語で、当時『SFマガジン』編集長だった森優（南山宏）によって〈伝奇ロマン〉と命名された。七三年『産霊山秘録《むすびのやま》』で泉鏡花文学賞を受賞。以後『黄金伝説』（七三・ノン・ノベル）以下の《伝説》シリーズや、『闇の中の系図』（七四・角川書店）以下の《嘘部》シリーズなどで、伝奇SFのジャンルを開拓する。さらに続けて、生命の溢れている地球は、宇宙から見て異常なのだという着想の下、地球で遭難した宇宙人たちが救難信号として地球を生命の星に作り替えたという奇想を背景に描く、本格的な伝奇時代SF『妖星伝』（七五～八〇、九三・講談社）や、超古代のムー大陸を舞台とする『太陽の世界』（八〇～八九・角川書店、未完）などの大河ロマンに挑戦した。SFでは映画化もされたタイムスリップ物の『戦国自衛隊』（七五・ハヤカワ文庫）もよく知られている。これらの作品が以後のSFファンタジーに与えた影響には計り知れないものがある。一方、七五年に直木賞を受賞した「雨やどり」をはじめ、『下町探偵局』（七七）など、下町人情の世界を描く風俗小説でも一家を成した。

半村は右に挙げた作品以外にも、幻想文学として注目すべき作品を数多く発表している。八七年に日本SF大賞を受賞した『岬一郎の抵抗』（八八・毎日新聞社）は、超常的な治癒能力に目覚めたサラリーマンが国家権力によって迫害されていく悲劇を仰角の視線で描いた大作で、国家と庶民の対立の図式のうちに伝奇世界と人情噺の融合が試みられている。長篇ではほかに、死者の蘇生をテーマとする不気味なスリラー『回転扉』（七五・文藝春秋）、H・R・ハガードの『洞窟の女王』を見事に自家薬籠中のものにして、大都会を舞台とする秘境冒険小説という難題に挑んだ『闇の女王』（七八・実業之日本社）、様々なSFのパロディを詰め込んだ『亜空間要塞』（七五・早川書房）などが注目される。

短篇集では『能登怪異譚』のほかに、黄泉の国と地続きの〈自殺村〉を舞台とする暗澹たる伝奇サスペンスである表題作や、メルヘン風の「わが子に与える十二章」などを含む『わがふるさとは黄泉の国』（七四・早川書房）、珍しくストレートなサイコホラーである表題作や、吸血鬼テーマに新展開を示した「血霊」を含む『夢の底から来た男』（七五・角川書店）、世にも切ないダンボール箱の生涯を描いた「ボール箱」、貧乏神さながら懐に舞い込む赤い斜線の入った一万円札の恐怖を描く「赤い斜線」ほかを含む『幻視街』（七七・講談社）などがある。このほか、アンソロジー『幻想小説名作選』（七九・集英社文庫）一巻を編んでいる。

【産霊山秘録《むすびのやま》】長篇小説。七三年早川書房刊。はるか古代から世に隠れ棲み、皇室に危機が訪れるや超能力を駆使してその存続を保つ〈ヒ〉一族が戦国乱世に暗躍する物語。平和を願うかれらは、織田信長を陰から手助けし、天下統一を促進しようとする。しかし、信長は自ら帝になろうという野心を起こしたため、一族の一人であった明智光秀によって討たれる。こうした伝奇的史観が展開される一方で、一族のテレポート・ネットワークの中心たる〈芯の山〉探索の物語がミステリアスに繰り広げられる。正史に叛逆する物語としての伝奇ロマンの王道をゆく傑作である。

【能登怪異譚】短篇集。八七年集英社刊。〈そやけど、あんさんかて一遍ここへこうしてあがって坐って見さしま。よう判るさかい。簞笥もこない沢山あるし、この家へ泊まるのも何かの縁ですさかいなあ……〉全篇このような能登方言を用いて書かれた、名人芸にも等しい土俗怪異小説集。家族の者が一人また一人簞笥の上にじっと座りこむ名状しがたい恐怖を描く傑作「簞笥」、女房を蛞蝓の粘液まみれにして溶かしてしまった男を見舞う変身の恐怖をエロティックに描く「蛞蝓」ほか全九篇を収録。

ひ

火浦功（ひうら・こう　一九五六〜）本名宮脇敏博。広島県三原市生。和光大学人文学部卒。「瘤弁慶二〇〇一」（八一）で『SFマガジン』にデビュー。超能力者のレイクら犯罪集団の宇宙を股にかけた冒険を描く《高飛びレイク》（八二〜八五・ハヤカワ文庫）、巨大ロボット戦闘物のヒロイック・ファンタジー・コメディ《未来放浪ガルディーン》（八六〜八七・角川文庫）などのSFを執筆。幻想味のある作品に、男がある日突然卵を産んでしまい人生を狂わせていく表題作、未来からの幽霊が殺し屋に取り憑く「出すぎた奴」などを収める短篇集『幸せの青い鳥』（八三・ハヤカワ文庫）、ハードSFからギャグまで収録する短篇集『たたかう天気予報』（八九・角川文庫）、マッドサイエンティストの奇妙な発明品を描くSFコメディ《みのりちゃんシリーズ》（八四、八七・同）、世田谷の地下にダンジョンが発見され、そこに街が築かれているという設定で、ダンジョンの最深部に存在する高校を舞台にしたファンタジー・コメディ『ひと夏の経験値―ファイナル・セーラー・クエスト』（九五・ログアウト冒険文庫、〇二年に「ファイナル・セーラー・クエスト完全版」として角川スニーカー文庫より刊行）などがある。

稗田阿礼（ひえだの・あれ　生没年未詳）七世紀後半から八世紀初頭の人。天武天皇に仕えた舎人。宮廷の大嘗祭、鎮魂祭の儀式に奉仕する猿女君《さるめのきみ》氏の出身で、『古事記』の序によれば、一目見ただけで口に出して音読でき、一度聞いたことは忘れないほどに聡かったという。二十八歳の折り、天武天皇の命により、『帝皇日継《すめらみことのひつぎ》』（『帝紀』）『先代旧辞《さきつよのふること》』（『本辞』）を誦習した。『帝皇日継』は、天皇の即位、婚姻関係、崩御、御陵などについて記した皇室の系譜的な記録、『先代旧辞』は、天皇家に関わる歌謡や伝説的な物語であったろうと推測されている。太安万侶はその誦を元に『古事記』（同項参照）を著した。平田篤胤や柳田國男は女性説を採ったが、舎人という役職、序に記された技能、また名前などから男性とする説が現在は有力。架空の人物説までが出るほどに実像ははっきりせず、ために後の小説などでは怪奇幻想的な登場人物とされることもある。

日影丈吉（ひかげ・じょうきち　一九〇八〜九一）本名片岡十一。東京深川木場生。早逝した父は魚河岸で魚問屋を営んでいた。小学校時代から油彩画を習得。関東大震災の混乱がきっかけとなり明治中学を途中退学、アテネ・フランセと川端画学校に通う。画学校はすぐにやめたが、アテネ・フランセには長く在籍した。日影にはフランスに留学したという風聞があるが、これは本人の韜晦であり、事実ではない。三〇年には坂口安吾、江口清らと共に同人誌『言葉』の発刊に参加している。フランス文学をはじめとする海外文学に親しむ一方、フランスの料理書の翻訳を手がけ、料理人たちにフランス語を指導する。四三年応召、陸軍近衛捜索連隊に入隊し終戦まで台湾に駐屯。四九年「かむなぎうた」が『宝石』懸賞小説短篇部門二席に入選、江戸川乱歩や折口信夫の絶讃を受ける。五六年「狐の鶏」で日本探偵作家クラブ新人賞を受賞。和漢洋にわたる博識に裏打ちされた燻し銀とも形容される個性的な文体で、長篇本格推理から幻想的なコントまで多彩な作品を執筆。また、シムノン『メグレと老婦人』（六一）、ガストン・ルルー『黒衣夫人の香り』（五七）『オペラ座の怪人』（八九）をはじめとするフランス・ミステリの名訳でも知られ、八九年には『フランス怪談集』（河出文庫）一巻を編み、シュウォッブ、グールモンやジュリアン・グリーンなどの作品を自ら翻訳もしている。このほか、『フランス料理の秘密』（七一）『味覚幻想』（七四）『名探偵WHO'S WHO』（七七）『荘子の知恵』（九〇）などのエッセー集もある。九〇年『泥汽車』で泉鏡花文学賞を受賞。

日影が自ら、〈何か現実的なオチがついている〉作品をもっぱら書いていると述べている通り、作品の多くは狭義のミステリである。だが、幻惑的な文体も含めて、作品には幻想的な雰囲気が色濃く漂う。七四年に牧神社から未刊短篇集成が刊行された際、日影は各巻に『暗黒回帰』『幻想器械』『市民薄暮』『華麗島志奇』という特色あるタイトルを付したが、これは日影のミステリの傾向に、次のようにあてはめることができる。

①幼少年期の憧憬や恐怖に彩られたノスタルジックなミステリ②ゴシック的な道具立てや怪奇的テイストのあるミステリ③市民生活の間隙に現れる非日常を掬い取った現代ミステリ④台湾時代の見聞を活かしたエキゾティックで夢幻的なミステリ。

①母と死別し田舎の親類のもとで暮らす少年が相似た境遇の悪童に対して抱く畏怖と親愛の念に、死霊の口寄せをする老婆の変死事件を絡め、熱に浮かされて見る悪夢さながらの雰囲気のうちに描く「かむなぎうた」（四九）、幻燈や活動写真への郷愁に満ちた回想の後に、新名所となった百貨店の〈八幡の藪知らず〉に遺棄された嬰児の死体をめぐる事件の真相が追究される「飾燈」（五七）、男殺しの毒婦の妖艶な風情に寄せる少年のほのかな慕情を描く「匂う女」（五六）「ふかい穴」（六八）などの短篇は、いずれもミステリの体裁は整えているものの、事件の真相はセピア色をした歳月の彼方に溶暗し、影絵芝居めいた一場の悪夢を思わせる作品となっている。文明開化の東京を舞台に謎の私立探偵・右京慎策が活躍する初期の連作短篇も、この系列に含めることができるだろう。このシリーズは後に『ハイカラ右京探偵暦』（七八・社会思想社＝現代教養文庫）として集成されている。また、四四年に書き上げられた「硝子の章」も、幼年期の濃密な思い出を語る作品として逸すべからざる重要作といえる。

②この分野には傑作とされる短篇が多く含まれる。没落華族の館に頻発する怪異に隠された悲惨な真相を描いてゴシック趣味濃厚な「オウボエを吹く馬」（五〇）、ひょんなことから預かるはめになった大蛇を利用して完全犯罪を計画した男の不気味な告白「王とのつきあい」（六四）、日比谷公園に突如出現したアラビアの隊商の不思議を描く「奇妙な隊商」（五六）、華やかな芸能界の内幕に吸血鬼テーマを結びつけた「女優」（六一）、植物と自分とを重ねて見る妻を描く「蝶のやどり」（五五）、ノイローゼの義弟を植物幻想に陥らせる「歩く木」（六八）、自分が呪力を持つと信じた男の様々な試みをコメディ仕立てで描く「現代呪法」（六四）、「十三夜の鏡」（六四）など。長篇では、『地獄時計』（八七・徳間書店）が特筆に値する。作品を彩る趣向の数々は幻想文学読者にとっても魅力的なものばかりである。海魔の呪いを思わせる水死事件の謎を内向的な若妻の視点から描いた長篇『夕潮』（九〇・東京創元社）も、ジャック・カゾットの『恋する悪魔』が小道具に用いられるなど、幻想味の濃いサイコ・スリラーとなっている。

③この中にはミステリ作家としての代表作『真赤な子犬』（五九）『非常階段』（六〇）『移

行死体』（六三）『孤独の罠』（六三）『一丁倫敦殺人事件』（八一）などが含まれる。だが、幻想文学サイドから最も興味深いのは、現代における霊験譚とも読める長篇『女の家』（六一・東都書房）だろう。また「ねじれた輪」（五八）や「鬼」（六〇）のようなサイコ・スリラーに属する短篇もある。

④華麗島の別名もある台湾の自然と民俗は、日影を大いに魅了したとおぼしく、この分野にも長篇短篇ともに傑作が多い。『内部の真実』（五九・講談社）と『応家の人々』（六一・東都書房）の二長篇は、いずれも本格推理小説だが、それぞれ台北・台南の特色ある風土・人情がこまやかに描出され、夢幻的な雰囲気を醸し出している。幻想文学サイドから注目される短篇には、佐藤春夫の「女誡扇綺譚」の直系ともいうべき艶冶な怪談風ミステリ「眠床鬼」（六五）、日本兵に暴行殺害された婦人の屍体が怪異をあらわす「騒ぐ屍体」（六三）、台湾版の幽霊屋敷〈鬼仔埔〉にまつわる奇談「消えた家」（六三）、島の娘と傷病兵の間に交わされるエロティックな吸血儀式を描く「吸血鬼」（七五）、『聊斎志異』の一篇を題材にした「東官鶏」（七九）などがある。

以上に分類したほかにも、フランスの田舎を舞台に魔女の血をひく美少女の怪しい所業を描く「粉屋の猫」（七六）、日本脳炎の蔓延という異常な状況下に展開される迫真のゴースト・ストーリー「写真仲間」（六一）、杞憂という言葉そのままの天変地異を息づまるような筆致で迫った「崩壊」（六八）、性にまつわる悪夢を織り上げた「旅愁」（五八）、虚実の皮膜を行く「饅頭軍談」（六三）、人形怪談の佳品「人形つかい」（七六）、死後も家の近所を徘徊する大男と瓢々とした会話を交わす「墓碣市民」（八七）、先駆的SF「彼岸まいり」（五八）、グロテスクと調子の狂ったようなユーモアが全篇を覆う怪作「ある生長」（八四）など、少なからぬ怪奇幻想小説の傑作を書いている。

晩年の八〇年代に入ってまとめられた二冊の作品集『夢の播種』及び『泥汽車』（八九・白水社）も幻想文学の収穫を収めており、特に後者は〈夢〉に対する日影の並々ならぬ関心の所在を示す、奇妙な味わいの夢物語集で、小川未明やドイツ・ロマン派のメルヘンと一脈通じる異色の作品となっている。また犬を道案内として過去が生きている路地に入り込んでしまう「冥府の犬」（八九）、病院の壁に落書きされた男が壁から抜け出て病院内に出没する「壁の男」（九〇）など、一見エッセーとも見紛う悠揚迫らぬ語り口の短篇を収めた最後の作品集『鳩』（九一・早川書房）もこの系列に入れることができるだろう。

▼『日影丈吉全集』全八巻・別巻一（国書刊行会）

【恐怖博物誌】短篇集。六一年東都書房刊。南仏奥地の廃市ヨンを訪れた青年が、町を占領する西蔵猫たちと共に大時計の予言に一命を救われる傑作短篇「猫の泉」、蟹の化身のような画家と水の精のような狂女の出会いが宿命的なカタストロフを招来する「月夜蟹」、酒場で隣り合わせた陰気な男が死の使いさながらに恋人を連れ去る恐怖篇「からす」ほか、狐蟹猫鼠鴉蝶鵺と小動物を道具立てに配した幻想ミステリ全七篇を収録。なお本書は後に再編増補されて『恐怖博物誌』『幻想博物誌』（共に七四・學藝書林）として再刊されている。

【夢の播種】短篇集。八六年早川書房刊。都心の一角に取り残されたように建つ古びた洋館に漂う妖気を静かな筆致で描いた「ひこばえ」、フロイトの『夢判断』の話題を交えて、死んだはずの兵隊が蘇生した一夜の不気味さを描く「闇夜」、フォアグラにE・T・A・ホフマンという、日影らしいペダントリーを枕に、バンベルクにある謎めいた画家の美術館に行って奇怪な幻影を見る「ある絵画論」、夢見の不思議をテーマにした「あわしま―又は夢の播種」など全九篇を収録。随想風のくつろいだ書きぶりのうちに〈翳の観察者〉としての本領が発揮された作品集である。

東君平（ひがし・くんぺい　一九四〇〜八六）兵庫県神戸市生。父の死により一家離散、十五歳から自活を始め、写真屋に勤めながら絵の勉強をする。六二年『漫画読本』にてデビュー。その後、画家、イラストレーター、詩人、作家として活躍した。毎日新聞に十四年間連載された《おはようどうわ》全八巻（八二・講談社）は、優しさとアイロニーに満ちた掌篇童話である。『詩とメルヘン』に《くんぺい魔法ばなし》（九〇・サンリオ、全三巻）を七四年から肺炎で急逝するまで連載した。孤独な男が実は蓑虫であったという「男」をはじめとして、ユニークな小品が、君平の独特の絵に飾られて並んでいる。ほかにも多数の絵本、幼年向け童話がある。

東直子（ひがし・なおこ　一九六三〜）広島県安佐郡生。神戸女学院大学家政学部卒。歌人。九一年、未来短歌会に入会し、岡井隆に師事。九三年より『かばん』会員。歌集に『青卵』（〇一）など。子育て幽霊の伝説をもとにしたミュージカル脚本「飴屋の夜に…」（〇二）などの執筆を経て、「長崎くんの指」（〇五）で小説家としてもデビュー。遊園地内の洞窟を舞台にした怪談「横穴式」（〇六）、死者の魂が、死後しばらくの間、物に取り憑くことができるという設定で、死者たちの現世への思いを描いたファンタジー連作短篇集『とりつくしま』（〇七・筑摩書房）がある。

東野圭吾（ひがしの・けいご　一九五八〜）大阪市生。大阪府立大学電気工学科卒。会社勤務の傍らミステリを執筆し、『放課後』（八五）で江戸川乱歩賞を受賞、執筆生活に入る。『容疑者Xの献身』（〇五）で直木賞受賞。東野は本格ミステリから出発し、語りに幻想的な工夫のあるミステリ、さらにメタフィクショナルな冗談ミステリへと幅を広げていった。前者を代表する作品に、不幸を呼ぶといわれているピエロの人形が、自分の目撃したことや感じたことを語る部分が挿入されており、謎が合理的に解決されるとかえって、〈不幸を呼ぶ人形〉という怪奇幻想的な存在を保証することになってしまう『十字屋敷のピエロ』（八九・講談社ノベルス）、後者の代表作が、探偵やその他の登場人物の役を振られた人々が、幕間に自分の立場に対してぶつぶつと文句を言うミステリのパロディ連作『名探偵の掟』（九六・講談社）、本格ミステリという概念のない別世界へ入り込んだ推理作家を描く『名探偵の呪縛』（九六・講談社文庫）などである。ミステリが破格になっていくにつれ、SFや幻想小説も執筆するようになる。幻想的な作品に、脳移植を受けた青年が別性格の人間に変貌していく『変身』（九一・講談社、映画化）、光を分解認識できる天才少年が光によって音楽を奏でる光楽を通じてメッセージを伝える方法を発見して、人間の中の可能性を引き出していく過程を描くニューエイジ的SFファンタジー『虹を操る少年』（九四・実業之日本社）、記憶の改変をモチーフにした三角関係の恋愛小説『パラレルワールド・ラブストーリー』（九五・中央公論社）、事故のせいで肉体的に死んだ母親の精神が小学生の娘の肉体に入り込み、娘として人生をやり直す『秘密』（九八・文藝春秋、日本推理作家協会賞、映画化）など。これらの作品にもミステリ的な要素があるにはあるが、主眼は恋愛や心理などにあり、『秘密』がヒットして映画化もされると、東野はミステリ要素のある普通小説を中心とするようになった。その他の幻想味のある作品に、どんな小説に対してもたちどころに書評を作成する機械をめぐる「超読書機械殺人事件」、似非理系が読むと警察に逮捕される作品「超理系殺人事件」などを収めるブラックユーモア短篇集『超・殺人事件』（〇一・新潮社）、死の間際に過去にタイムスリップしてきた未来の息子を出来の悪い父親が迎えるサスペンス『トキオ』（〇二・講談社、後に「時生」と改題、テレビドラマ化）など。

東麓（ひがしの・ふもと　生没年未詳）経歴未詳。京坂の人。画家畠山保躬の筆名という説もある。『安倍仲麿入唐記』『泉州信田白狐伝』を粉本に、善悪や因果（転生）を強調した『〈安倍仲麿生死流転〉絵本輪廻物語』（一八一九／文政二、畠山保躬画）がある。

東山図籙斎（ひがしやま・ずろくさい？　生没年未詳）経歴未詳。『〈下界騒動〉乾坤三州志』（一七九八／寛政一〇）の作者。カワウソを助けた武士が、その礼として竜宮につながっているとされる池の中から出現した河太郎に竜王の合戦物語を聞くという設定の枠物語。厄払いで下界にある大国〈世界〉に吹き寄せられてくる貧乏神、疫病神、第六天の魔王、悪魔外道を、竜王が退治するというユニークな物語だが、最後に武士はとってつけたように出家する。

氷上慧一（ひかみ・けいいち　？〜）魔法具を管理する〈館〉を舞台に、種々の魔法具について語る連作ファンタジー『シーリング・パレス』（二〇〇四・ファミ通文庫、榊一郎原案）のほか、ファンタジーRPGなどのノベライゼーションを執筆。

ひかわ玲子（ひかわ・れいこ　一九五八〜）本名渡辺かおる。東京豊島区生。伯父に氷川瓏、渡辺剣次。早稲田大学社会科学部卒。会社員、アニメ雑誌のライターを経て、秘宝の剣によって伝説の英雄となった少年の冒険と成長を描くヒロイック・ファンタジー『バセット英雄伝』（八九〜九二・富士見ファンタジア文庫）で小説家としてデビュー。《女戦士エフェラ&ジリオラ》により人気作家となる。別世界を舞台にした剣と魔法のヒロイック・ファンタジーを中心に、ファンタジーを多数執筆している。主な作品に、次のものがある。氷の剣、炎の剣、大地の剣を求め、世界を平定しようとする勇者たちを描くヒロイック・ファンタジー『三剣物語』（九〇〜九一、九四・角川スニーカー文庫）、その続篇で、〈精霊の子〉らが世界の平和のために冒険を繰り広げるファンタジー『九大陸物語』（九七〜二〇〇〇・同）、天上人の支配を拒む竜の七部族の戦いを描く、中華風ファンタジー《龍の七部族》（九〇〜九九・ソノラマ文庫）、別世界を舞台に、伝説の英雄、助言者の亡霊、光の姫、闇を育む宿敵などを配したピュアファンタジー《銀色のシャヌーン》（九〇〜九五・トクマ・ノベルズ）、神々によってその運命を試すために作られた両性具有者リーンの、宿命に彩られた戦いを描くファンタジー『闇の守り』（九一〜九二・同）、愛する者の魂を追って天界から下界にやって来た天使、その魂の持主と認められた亡国の王子、同じ魂の記憶を受け継ぐ帝国の王の三者の関係を軸に、様々な人々の運命を描いた別世界大河ファンタジー《クリセニアン年代記》（九三〜〇二・キャンバス文庫）、帝国に滅ぼされた異能の民の生き残りたちの戦いを描くファンタジー《魔幻境綺譚》（九三〜九六・角川書店）、別世界へと入り込んだ魔女の姪と美大生の青年の冒険を描く《魔法のお店》（九二〜九三・講談社ノベルス）、マロリー『アーサー王の死』をもとに、魔法で鳥に変身でき、モードレッドと愛しあうことになる少女の視点からアーサー王伝説を語り替えた《アーサー王宮廷物語》（〇六・筑摩書房）など。ライトノベルのファンタジーを牽引してきた作家の一人であり、後続の作家に与えた影響も大きい。このほか、評論・エッセー集『ひかわ玲子のファンタジー私説』（九九・東京書籍）もある。

【女戦士エフェラ&ジリオラ】長篇連作。八八〜九〇年大陸書房（大陸ノベルス）刊。『グラフトンの三つの流星』『妖精界の秘宝』『ムアール宮廷の陰謀』『紫の大陸ザーン』『オカレスク大帝の夢』『天命の邂逅』『双頭竜の伝説』（後に改稿して「星の行方」と改題）の全七作より成る。今はこの世を去った太古の神々の痕跡が魔法として残存する中世的別世界を舞台に、卓越した剣士・戦術家であるエフェラとジリオラの冒険を描くヒロイック・ファンタジー。エフェラは落ちこぼれの魔道士だが、実は強大すぎる力を秘めており、ジリオラは直情径行的でがさつだが、実はハラーマ大陸最大の帝国ムアールの唯一の跡継ぎ。二人の女性は様々な冒険の果てに秘められた力に目覚め、力の衰えた帝国を辛うじて支えていた魔法の力を打ち砕き、世界の変革を決定づけることになる。海外のファンタジー文学の養分を充分に吸い上げて生まれてきた、本格的な魔法物のヒロイック・ファンタジーであり、ライトノベルの分野におけるファンタジーの流行に棹さし、後続の作家たちにも影響を与えた作品である。外伝としてエフェラの息子を主人公に据えた『青い髪のシリーン』（九一・大陸ノベルス）がある。また世界を同じくする作品として《真ハラーマ戦記》（九六〜九七・講談社X文庫）などがある。

【千の夜の還る処】長篇小説。九八年富士見書房刊。別世界アマにおいて、世界滅亡までの六千年の統治を任された〈最後の女帝〉由摩を中心に描いた幻想小説。由摩が女帝となるまでのいくつもの物語や、アマに存在するとおぼしい人知を超越した存在によって現代日本からアマへと運ばれてしまう人々の物語、由摩の見る現代日本の少女の夢などが、互いにどうつながりあうのかも不確かなまま幻惑的に描かれていく、玄妙な作品。

氷川瓏（ひかわ・ろう　一九一三〜八九）本名渡辺祐一。実弟に小説家の渡辺剣次。東京生。東京商科大学卒。学生時代、結核に罹り、鎌倉、逗子などで療養生活を送る。純文学同人誌に習作を寄稿する一方、欧米の怪奇幻想小説に親しみ、特にD・ガーネットの『狐になった夫人』を愛読したという。実弟・剣次の探偵小説同人誌『黄金虫』に寄稿した怪奇掌篇「乳母車」が江戸川乱歩の目にとまり、四六年『宝石』に掲載される。以後、同誌に年一、二作のペースで珠玉の幻想ミステリを発表。五四年「睡蓮夫人」（五三）で日本探偵作家クラブ新人奨励賞を受賞した。その後、『三田文学』に本名で「天平商人と二匹の鬼」（五二）「洞窟」（五二）を発表、後者は同年度の直木賞候補作となった。その後、木々高太郎の主宰する同人誌『小説と詩と評論』などに参加。またジュニア向けの小説やE・ウォーレス『キング・コング』の翻訳、乱歩の代作なども手がけた。

作品はいずれも短篇で、誇張を排した抑制された筆致のうちに、ドイツ・ロマン派に一脈通じる廃墟の詩情を漂わせたものが多い。幻想小説の代表作に、廃園に乱れ咲く真紅の睡蓮に、男たちを破滅させる魔性の女と、嫉妬に狂ったその良人の惨劇を暗示する「睡蓮夫人」（五三）、雪の夜道を疾駆する死者たちのバスに乗り合わせた男の恐怖が鮮やかに描かれた哀切なゴースト・ストーリー「白い外套の女」（四八）、富士山麓の田園地帯に建つ洋館に棲む美女の亡霊に魅入られた男の恍惚と死を描く「陽炎の家」（七五）などがあり、『三田文学』発表の二篇も、前者は『日本霊異記』に取材した幻想的な寓意譚、後者は洞窟内の殺人を扱った異常心理小説である。

これらの幻想ミステリのほぼ総てを初めて一巻に収めた作品集に、日下三蔵編『怪奇探偵小説名作選9　氷川瓏集』（〇二・ちくま文庫）がある。

ヒキタクニオ（ひきた・くにお　一九六一〜）福岡市生。二〇〇〇年『凶気の桜』でデビュー。『遠くて浅い海』（〇六）で大藪春彦賞受賞。正体不明の不思議な存在の力によって、頭にいきなり角が生えてしまった女性の日々を描く『角』（〇五・光文社）がある。

引野利秋（ひきの・としあき　一九六七〜）異世界戦記のポルノ小説《ヴェルメラント戦記》（九八〜〇二・ナポレオンXXノベルズ）がある。

樋口明雄（ひぐち・あきお　一九六〇〜）山口県岩国市生。明治学院大学法学部卒。雑誌記者、ゲームブックのライターなどを経て、学園銃撃アクション『ハイスクール重機動作戦』（九〇・富士見ファンタジア文庫）でデビュー。同シリーズ第二作『ヴァンパイア特捜隊』（九〇・同）は、吸血鬼たちを相手に派手な戦闘を繰り広げるアクション。これらの作品に先立って、牧村優名義で、比較的オーソドックスな吸血鬼テーマのホラー『霧の学園』（八八・講談社X文庫）、宇宙人とのラブロマンス『星降る街に』（八九・同）等の少女小説も執筆している。ほかに、SFアクション『サイレント・ファイア』（九〇〜九一・ケイブンシャノベルス）、製薬メーカーの新薬開発をめぐるスプラッタ趣向のバイオ・ホラー『魔名子』（九六・トクマ・ノベルズ）、魔性召喚の儀式に巻き込まれた高校生たちの活躍を描く『幽霊屋敷の魔火《イヴィル・ファイア》』（九七・ソノラマ文庫）などがある。また、ファンタジーRPGのノベライゼーション『小説ゼルダの伝説』（九二・双葉社）や、怪談実話集《「超」怖い話》（九二〜・ケイブンシャブックス〜ケイブンシャ文庫〜竹書房文庫）もある。九五年頃からリアルな山岳ハードボイルドを書き始め、一般にはそちらでの評価が高い。

『彦火火出見尊絵巻』（ひこほほでみのみことえまき　平安時代末成立）絵巻。作者未詳。伝飛鳥井雅経筆（藤原教長と推定されている）。伝宅間法眼、土佐光長画。模本のみ存在。海幸彦山幸彦神話に材を採る。御伽草子『玉井の物語』『かみよ物語』は、これとほぼ同内容である。

ヒサクニヒコ（ひさ・くにひこ　一九四四〜）本名久邦彦。東京生。慶応義塾大学卒。漫画家、イラストレーター、絵本作家。七二年「戦争—マンガ太平洋戦争史」で文藝春秋漫画賞を受賞。恐竜の研究、オモチャの蒐集でも有名。鬼や河童、天狗などの知られざる民俗、文化、生活を紹介する《ヒサクニヒコの不思議図鑑》（九一〜九五・国土社）などのファンタスティックな絵本がある。

久生十蘭（ひさお・じゅうらん　一九〇二〜五七）本名阿部正雄。北海道函館市生。回漕業を営む祖父・阿部新之助のもとで養育される。一五年、函館中学校に入学、先輩に長谷川海太郎（牧逸馬）、後輩に水谷準らがいた。同校を中退後上京し、東京、鎌倉を放浪する。一九年、東京滝野川の聖学院中学に入学するが、同年に中退。帰郷して函館新聞社に入社。演劇に関心をもち、函館素劇研究会の公演「医師ドーバンの首」などに出演。二四年、同人誌『生』に参加し詩や戯曲を発表。二八年、函館新聞社を退社し上京、岸田國士に師事する。二九年、演劇研究のため渡仏。パリ工芸学校などに学び、新劇界の大御所シャルル・デュランに師事したといわれる。三三年に帰国、演出家として活動する傍ら、旧知の水谷準が編集する『新青年』に、「ジゴマ」「ファントマ」（共に三七）などの翻訳や創作を寄稿するようになる。滞仏体験を活かした「ノンシャラン道中記」（三四）「黄金遁走曲」（三五）などのユーモア長篇を経て、三六年に初めて久生十蘭の筆名で長篇ミステリ「金狼」を発表。長篇スリラー「魔都」（三七〜三八）や、六戸部力、谷川早名義による時代推理物「顎十郎捕物帳」（三九）、聡明な娘を主人公とする〈善人小説〉の連作「キャラコさん」（三九〜四〇）など多彩な作品を発表。四三年、海軍報道班員として南方戦線に赴き翌年帰還する。彫心鏤骨の創作姿勢は戦後ますます磨きがかかり、「ハムレット」（四六）「無月物語」（五〇）「湖畔」（五二）をはじめとする傑作短篇を生む。五一年「鈴木主水」で直木賞受賞。五五年には『ニューヨーク・ヘラルド・トリビューン』主催の世界短編小説コンクールで「母子像」（吉田健一訳）が一席に入選するなど高い評価を得た。そのほか戦後の代表作に、戦争の惨禍と漂流物を結びつけた「ノア」（五〇）、諷刺的な家庭小説「だいこん」（四七〜四八）「我が家の楽園」（五三）、西洋伝奇小説「真説・鉄仮面」（五四）「フランス伯N・B」（四八）ほかの〈ノンフィクション・ノベル〉などがある。

　十蘭の最良の理解者の一人である都筑道夫をして〈人称代名詞なしの一人称で、日本には珍しい近代怪談を書く、という離れ業をやって、見事に成功している〉と感嘆せしめた「予言」をはじめとして、十蘭は初期から一貫して心霊の世界に関心を寄せ、一連の短篇を執筆している。「生霊」（四一）は、写生旅行中の画家が、自分とうりふたつだったという戦死者の身代わりとなり、新仏の帰還を待ち侘びる老夫婦のもとを訪れる奇縁を語って余情纏綿たるものがある。モンテ・カルロの賭場で投身自殺に追いやったはずの娘と再会する「贖罪」（三九）を経て、静謐な悲哀に満ちた名品「黄泉から」（四六）をはじめ「西林図」（四七）「野萩」（四八）など戦後の諸篇にいたると、幽明の境を越えた愛の交感はよりいっそう神韻縹渺とした趣を加え、巧緻な〈譚〉の奥処に、祈りにも似た一筋の思いをひそませる。一方「雲の小径」（五六）では、降霊術を仲立ちに、より直截な死霊の誘いを描いて不気味な妖異談の片鱗を覗かせる。十蘭の心霊小説は、鏡花や綺堂に代表される近代怪談小説の伝統とは一線を画し、舶来の心霊科学と王朝物語における生霊や転生のテーマとの絶妙な混淆から生み出された稀有なる作例といえるだろう。

そのほか、奇怪な催眠術を操る魔人と美男の外交官が可憐な令嬢の争奪戦を繰りひろげる、十蘭版『ドラキュラ』ともいうべき中篇オカルト・スリラー「妖術」（三八）、三九年に「地底獣国」の題で発表されたロストワールド物の傑作「計画《プラン》・Я」、絶海の氷島に人獣混淆の逆ユートピアを幻出させた「海豹島」（三九）などの中短篇や、愛憎の果ての密殺劇を暗示する恐怖掌篇三部作「昆虫図」（三九）「水草」（四七）「骨仏」（四八）などの関連作品がある。

▼『定本久生十蘭全集』全十一巻（二〇〇八〜・国書刊行会）

【予言】短篇小説。四七年八月『苦楽』掲載。没落華族の安部忠良は林檎の写生に明け暮れる日々を送っていたが、心服するセザンヌの絵を見学に通った石黒家の細君が原因不明の自殺を遂げ、滞欧中の夫・利通の恨みをかう。挙式後、新妻とフランスへ旅立つことになった忠良が、船旅の途中、妻を射殺し自害するだろうと、石黒は不吉な予言をし、披露宴の直前、拳銃を送りつける。はたして奇妙な巡り合わせから予言どおりに事がはこび、忠良は自らの胸を撃つにいたるが、船上の出来事は披露宴の最中に見た幻で、惑乱した忠良は過って自らに銃口を向け息絶える。石黒は動物磁気学に通じた精神学者で、他者の意識を操る催眠術に長じていたのだ。

火坂雅志（ひさか・まさし　一九五六〜）本姓中川。新潟市生。早稲田大学商学部卒。歴史雑誌の編集者を務める傍ら時代小説を執筆し、後に専業となる。和歌と共に拳法を学んだ西行が、みちのくへ戦いの旅に出る伝奇アクション『花月秘拳行』（八八〜八九・講談社ノベルス）でデビュー。ほかに、応任の乱後を舞台に、拳法の達人と魔界の者が戦う『骨法秘伝』（八九・トクマ・ノベルズ）『戦国妖剣録』（九一・同）、聖徳太子の『未来記』に記された現界と夢界の秘密をめぐり、神異僧・明恵が、淫道外法を操る尼将軍・北条政子や高千穂御先衆と戦いを繰り広げる『神異伝』（九三・同）、呪術にかけられた男女を世阿弥をはじめとする異能者らが解き放っていく伝奇ホラー短篇集『西行桜』（九四・富士見書房）などがある。この後、伝奇物よりも本格歴史物に重心を移し、『黒衣の宰相』（〇一）『全宗』（九九）で注目を集め、『天地人』（〇六）で中山義秀文学賞を受賞した。同作は〇九年にテレビドラマ化された。

久木彩（ひさき・さい　一九七五〜）少女たちが冗談半分で学校の七不思議に関わって霊を呼び出してしまうホラー・ファンタジー『さよなら、夏の訪問者』（九六・講談社X文庫）がある。

久間十義（ひさま・じゅうぎ　一九五三〜）北海道新冠町生。早稲田大学文学部仏文科卒。塾教師の傍ら小説を執筆し、豊田商事事件に取材した「マネーゲーム」（八七）で文藝賞に佳作入選し、デビュー。イエスの方舟事件に取材した『聖マリア・らぷそでぃ』（八八・河出書房新社）は、フリーライターが啓示を受けて殉教者となる様を描くと同時に、もう一つの戦後史を示唆してみせた伝奇的な長篇である。また三島由紀夫賞受賞の『世紀末鯨鯢記』（九〇・同）は、捕鯨船に乗り込むことになった作家が、メルヴィルの『白鯨』を書いているつもりで小説を書いていくと、やがて小説の中の登場人物が彼の周辺に現れてしまう話で、メタノベルとしても面白い作品になっている。その後も、犯罪小説の合間に、近代日本の歴史に目配りした伝奇ファンタジーを折りに触れ執筆している。戦前戦後の動乱期を舞台に、中国で神仙となる修行を積んだ祖父の一代記を孫が記すという形の伝奇ファンタジー『ヤポニカ・タペストリー』（九二・同）、北海道の架空の田舎町・富産別を舞台に、一代で財産を築いた男を中心とする人間喜劇を、アイヌの聖地で霊能師となった少女による魔の国探索行などを絡めて神秘的に描き出す『魔の国アンヌピウカ』（九六・新潮社）、同じく富産別を舞台にした連作短篇集で、千里眼と癒しの手を持つ美沙子フチ（おばあさん）とアイヌの昔ながらの暮らしを守る英雄的な〈オニビシ〉が登場する怪奇幻想的な作品が含まれる『オニビシ』（二〇〇〇・講談社）など。

飛沢磨利子（ひざわ・まりこ　一九六八〜）飼い主と強い絆で結ばれている生き物ティグを誰もが持つ中世的異世界を舞台にしたファンタジー《カリ・カレアの娘》（九五・講談社X文庫）でホワイトハート大賞を受賞。ほかに、異能の少年コンビが異次元から訪れる妖魔を退治する伝奇アクション《隣界ハンター》（九六〜九七・同）がある。

ひしいのりこ（ひしい・のりこ　一九四〇〜）本名菱伊敬子。埼玉県比企郡生。東京家政大学児童学科卒。お化けと猫が出会って意気投合し、人間の世界で冒険をした後、結婚して子供を作る、おおらかな幼年向けファンタジー『おばけのゆらとねこのにゃあ』（七五・理論社）で児童文芸新人賞受賞。

『聖遊廓』（ひじりのゆうかく　一七五七／宝暦七）大坂の初期洒落本。作者未詳。孔子・老子・釈迦の三聖が遊廓に遊び、釈迦が遊女・仮世《かりのよ》と死ぬ覚悟で駆け落ちするという展開。遊里に特殊な人物を遊ばせるパターンの洒落本の代表格。特に聖が俗に堕ちるという発想は、後の洒落本・黄表紙に大きな影響を与えた。

肥田美代子（ひだ・みよこ　一九四一〜）大阪府生。大阪薬科大学卒。薬剤師の傍ら児童文学を執筆。一時期国会議員も務め、〈文字・活字文化振興法〉の成立に尽力。ファンタジーに、忘れん坊の少年を助けてくれる河童が一週間だけ出現する『雨ときどきカッパ』（九〇・偕成社）ほかがある。

日高真紅（ひだか・しんく　?〜）軌道エレベーターの周りに発展した街メタルアジアを舞台に、自分が人間だということを知らないまま人造人間たちと暮らしてきた少女の自己発見と冒険を描く遠未来SF『メタルアジア』（二〇〇五〜〇六・コナミノベルズ、鳥居大介原案）がある。

筆天斎（ひってんさい　生没年未詳）本名中尾伊介。動植物の変化物、異境訪問譚、怨霊譚など五巻十五話を収録する怪異談集で、さりげなく凝った文体が特徴的な『御伽厚化粧』（一七三四／享保一九）がある。

飛天（ひてん　一九六五〜）岐阜県生。イラストレーターなどの傍ら小説を執筆。SF冒険アクション《スペースコマンド「デス・エンジェル」》（九三〜九五・花丸ノベルズ）、超常現象が日常となった近未来世界を舞台にしたアクション・ファンタジー『双剣奇談』（九六・カドカワ・ノベルズ）など。

人魚蛟司（ひとお・こうじ　?〜）別世界を舞台にした冒険ファンタジー『アプロス』（一九九四・ログアウト冒険文庫）でデビュー。機械と魔法の別世界を舞台にした冒険物《六覇国伝》（九四〜九五・同、南原順原案）、バナナワニパークの守護神と飼育係の少年が、遊園地・東京ミレニアムランドで進む邪神復活の陰謀を打ち砕くコメディ『バナナワニプリンセス』（九六・ビクターノベルズ）がある。

人見蕉雨（ひとみ・しょうう　一七六一〜一八〇四／宝暦一一〜文化元）本名藤寧《とうねい》、通称常治。秋田藩士。多数の著作を残した。秋田藩内外の逸話・風聞などを出典を明記して載せ、考証を加えた随筆集で、天狗、蜃気楼などの幻想的な話題も時折見られる『黒甜瑣語《こくてんさご》』（九四／寛政六成稿）など。

日夏耿之介（ひなつ・こうのすけ　一八九〇〜一九七一）本名樋口国登。別号に夏黄眠など。長野県飯田町生。早稲田大学英文科卒。〈詩篇は（略）媒霊者のない自動記書《オートライティング》である〉〈形態と音調との錯綜美が完全の使命である〉といった詩論をも兼ねた長篇の序文を掲げた第一詩集『転身の頌』（一七・光風館）を二十八歳で刊行。高踏的な象徴詩の世界を展開、かつ以降の全詩篇に特徴的な漢語への偏愛やルビの多用による〈錯綜美〉で異彩を放つ。第二詩集『黒衣聖母』（二一・アルス）では、序文で〈ゴスィック・ローマン詩體〉と称した、前例のない崇高でペダンティックな作風を確立。〈稚《いはけ》なきころ　わが身はいつも沈黙と／寂寞《じやくばく》の水銀液ふかく潜み入り／たまたま燃《も》え出《づ》る格天井《てんじやう》の／銀の燈影《ほかげ》をなつかしみ／――わが書斎はまたわが浴室であつたゆゑ――／頑《かたくな》な浴船《よくせん》の黟《かぐろ》い縁《へり》に軀《み》を靠《もた》れて／その数《かず》量《はか》り知《し》れぬ古冊《こさつ》を誦《よ》んだ〉巻頭の「道士月夜の旅」の部分にみるように、神経衰弱のために中学退学を余儀なくされた自身の青春も、〈ゴスィック・ローマン詩體〉を装うと幻想味を帯びる。この詩風をさらに色濃く表出した第三詩集『黄眠帖』（二七・第一書房『日夏耿之介定本詩集』第三巻として発表）の後、『咒文』（三三・戯苑發售處）を刊行。詩人自ら言う〈順当に煉金抒情詩風として展開した〉（創元社板詩集「敍」）の四篇の詩は、東西の詩人が誰も描きえぬような境地に到達する。〈夢たをやかな密呪《みつじゆ》を誦《ず》すてふ／蕃神《かみ》のやうな黄老《おきな》が逝《さ》つた／「秋《さはきり》」のごとく「幸福《さいはひ》」のごとく「来《こ》し方《かた》」のごとく〉（「咒文の周囲」第一節）。二十代から四十代までの詩作の変遷自体を幻想文学と呼んでもさしつかえない、耿之介の詩の宇宙はここに完結をみる。主だった詩作は以降、行われていない。

　だが詩以外では、翻訳、批評、研究、随筆、日録、創作（短歌、俳句、小説等）など、およそ文芸のすべてを征服するかのように広域にわたる文筆活動を続け、一般に〈学匠詩人〉と称される。この業績の多くは、わが国における象徴主義と神秘主義との相関に集約され、ひいては大正・昭和にわたる幻想文学への屈指の貢献度にも通底しよう。西洋の幻想詩を選定・翻訳した『英国神秘詩鈔』（二二・アルス）や『巴里幻想集』（五一・東京限定本倶楽部）、フランシス・グリアソンのエッセー集の翻訳『近代神秘説』（二二・新潮社）、モンターギュ・サマーズに沿った吸血鬼研究『吸血妖魅考』（三一・武俠社）、怪奇・中世趣味の香気芬々とした『サバト恠異帖』（四八・早川書房）のほか、『日夏耿之介全集』全八巻（七三～七八・河出書房新社）には、ゴシックロマンスの先駆的紹介「ゴシシズム及びゴシックロマンス解」、泉鏡花をバルベー・ドールヴィーと比較した「『高野聖』の比較文学的考察」、幸田露伴の東洋的オカルティズムを論じた「露伴の学問」、江戸時代の怪異談集の文学様式の美を辿る「徳川恠異談の系譜」などが収録されて、各巻が幻想文学への鍵穴となっている。また耿之介には「奢灞《サバ》都《ト》南柯叢書第一期刊行書目」（二五・『奢灞都』に発表）という先駆的な幻想文学全集の出版構想が残されている。

火野葦平（ひの・あしへい　一九〇七～六〇）本名玉井勝則。福岡県若松市生。父・金五郎は若松港の石炭仲仕〈玉井組〉の親分。小倉中学時代から文学に熱中、漱石、龍之介、白秋などに傾倒し、早くも二二年には習作「女賊の怨霊」を執筆、早稲田第一高等学院在学中の二五年に童話集『首を売る店』を自費出版している。早稲田大学英文科中退。在学中の二六年、中山省三郎らと同人誌『街』を創刊、玉井雅夫名義で幻想的なミステリ「狂人」を執筆。佐藤春夫、日夏耿之介、ポー、ホフマン、ダウスンなどを耽読する。二七年頃から労働運動に関心を抱き、二九年、家業を継いで港湾労働者のために働く決意のもと、文学書を処分し〈文学廃業〉を宣言する。三一年、若松港沖仲仕労働組合を結成、書記長となりゼネストを指導。翌年、上海での石炭荷役作業を終えて帰国直後、赤化分子の嫌疑で拘留され、転向する。ふたたび文学に志し、詩誌『とらんしつと』などに参加。三七年、応召し小倉第一一四連隊に入隊するが、直前に同人誌『文学会議』に発表した「糞尿譚」が、翌年芥川賞を受賞。中支派遣軍報道部に転属され、徐州会戦に従軍。このときの体験に基づく「麦と兵隊」（三八）が戦時下のベストセラーとなり、続く「土と兵隊」「花と兵隊」（共に三八）の《兵隊》三部作により、四〇年、朝日新聞文化賞、福岡日日新聞文化賞を受賞。太平洋戦争中は、フィリピン、ビルマなどの激戦地に報道班員として従軍、敗戦と共に「悲しき兵隊」の一文を草して筆を折る。四八年、戦争協力者として文筆家追放指定を受ける（五〇年解除）。ふたたび精力的な執筆・文壇活動を続けたが、戦争責任の問題を追求した「革命前後」擱筆直後の六〇年一月二十四日、睡眠薬自殺を遂げた。戦後の代表作に「花と龍」（五二～五三）「赤い国の旅人」（五五）「魔の河」（五七）などがある。

　昭和史の激流に翻弄される人々の姿を骨太な写実的筆致で描き出す傍ら、葦平は耽美幻想の文学に耽溺した若き日を懐かしむように、折りに触れてホラーやファンタジーの筆を執った。なかでも四〇年執筆の「石と釘」に始まる、河童をテーマとする作品群は、民話風のものから諷刺的、耽美的なものまで総数四十篇を超え、近代ファンタジー史上の一奇観を成している。また怪奇幻想ミステリへの志向も顕著で、戦時中の「怪談宋公館」をはじめ、戦後は『新青年』『宝石』にも寄稿、西瓜畑の番人と、幻の馬車に乗ってやって来た父親との幽明を越えた触れ合いを描く「西瓜畑の物語作者」（四七）のほか、中篇集『亡霊の言葉』（五八・五月書房）がある。同書には、フィリピン山岳地帯の呪術的風土を背景に、殺しても溶かしてもゾンビさながら甦る死者の復讐を描く表題作、薬品による色彩幻覚の描写が印象的な「深夜の虹」、二重の枠物語の底に〈パノラマ島〉を思わせるエロスの地獄を封じ込めた「日本アラビアン・ナイト」の三篇が収録されている。ほかに『聊斎志異』に取材したユーモラスな艶笑妖怪譚集『美女と妖怪』（五五・学風書院）などがある。

【怪談宋公館】短篇小説。三九年十月十五～二十九日『南支日報』掲載。報道部員として広東に進駐した際の実体験であると前置きがある。葦平の一隊はある特殊任務のため、宋公館という豪壮な邸宅に居をさだめるが、そこはいわくつきの幽霊屋敷だった。まず現地人の召使が、夜中に出没する幽霊に体じゅうを抓《つね》られて逃げ出す。幽霊たちはやがて隊員の寝込みを襲い、様々な怪異を発して悩ませる。中国産幽霊の一風変わった跳梁ぶりが克明に描かれており、謎が謎のまま放置される結末とあいまって不気味な効果を高めている。

【河童曼陀羅】短篇集。五七年四季社刊。火野が十五年間にわたり書き続けた河童ファンタジー四十三篇を集成した大判の豪華本で、本文三色刷、各篇の冒頭に文化各界の名士による河童図を配するという凝りようである。傍若無人に空中戦を展開する河童たちを封じ込めようとする山伏と、それを阻もうとする河童たちの闘いを、簡潔だが力強い筆致で描いた「石と釘」や、庭の椎の木に宿る河童と親しくなり、その背に乗って空中遊行に出かけた少年を待ちうける意外な運命を詩情ゆたかに描いた「魚眼記」をはじめ、ミステリあり滑稽譚ありラブロマンスあり、さらには河童道の先達たる芥川作品のパロディ「羅生門」ありと、千変万化する河童たちの生態が、溢れんばかりのロマンティシズムと遊び心で描き出されている。八四年に国書刊行会より復刻版が刊行された。

日野鏡子（ひの・きょうこ　一九六六～）別名にカガミコ。東京生。『SFアドベンチャー』にてデビュー。多数のファンタジー、SF小説のほか、ゲーム脚本なども執筆。主な作品に次のものがある。ファンタスティックな別世界を舞台に、滅ぼされた国の二番目の王女が、異能を持つがゆえに運命に翻弄されて冒険を繰り広げるファンタジー《エルンスター物語》（九一～九二・講談社X文庫）、雲や風や水を自在に操る風水師となった少年イシャウッドの苦難を描くSFファンタジー『疾風』（九四・キャンバス文庫）、中世東欧風異世界を舞台に、邪悪な地霊と対決する王子の冒険を描くファンタジー『闇の半球』（九七・スーパークエスト文庫）、時空をも超える呪術・秘法ナワリズムに目覚め、ジャガーの戦士となった日本人青年を描くアクション・ファンタジー『ナワール』（九七・同）、死後の世界を舞台に、善行を積むと、霊の世界で上の階梯に行けるという設定の『ブルー・ポイント』（〇一・ソノラマ文庫）、カガミコ名義で、大正時代を舞台にした伝奇的設定のラブロマンス『桜の國の物語』（〇七・ビーズログ文庫）など。

日野啓三（ひの・けいぞう　一九二九〜二〇〇二）東京生。幼少年期を朝鮮で過ごす。東京大学社会学科卒。大学在学中に大岡信らと『現代文学』を、五四年には奥野健男、吉本隆明らと『現代評論』を発刊。主に評論を書き、『虚点の思想』（六八）などを刊行。卒業後、読売新聞社外報部に勤務、激動期のソウル、サイゴンに赴任する。六八年頃から小説を書き始める。七四年『此岸の家』で平林たい子賞、「あの夕陽」で芥川賞を受賞。八二年『抱擁』で泉鏡花文学賞を受賞。この作品を転機として、日野は都市空間の崩壊と再生の予感を孕むロマネスクな幻視の物語を次々に発表していく。

聖性を宿した女性の背後の闇から神秘的な〈自然〉の息吹が吹きよせる『聖家族』（八三・河出書房新社）、巨大都市から排泄されるゴミの集積によって出来た島が、文字どおりの〈夢の島〉へとメタモルフォーゼを遂げるポストモダン・ゴシックの傑作『夢の島』（八五・講談社）、滅びに瀕した砂丘を抱える地方都市に鉱物質の奇妙なオブジェが跳梁し、再生のための儀式が繰り広げられる『砂丘が動くように』（八六・中央公論社）など。これらが優れて今日的な幻想文学であることはいうまでもないが、それと並行して書かれた『夢を走る』をはじめとする短篇集には、より放恣な幻視の光景や内なる変化への予感が魅力的に語られている。天窓のあるガレージに閉じこもり〈変化〉の時の訪れを待つ少年を描く表題作や、生まれ育った家をミノタウロスの迷宮とみなしてわが身を幽閉する女を描く「29歳のよろい戸」など八篇を収める『天窓のあるガレージ』（八二・福武書店）には、さながら幼虫から蝶となり飛び立つ前の〈サナギ〉の時期にも似た〈こもり〉のテーマが色濃い。一方『階段のある空』（八七・文藝春秋）では視線は外部へと向かい、様々な都会の風景に秘められた魅惑的でもあり不気味でもある啓示の数々が示されている。収録された八篇の中でも、往復書簡の形で書かれた「消えてゆく風景」は、梶井基次郎や坂口安吾の〈桜幻視譚〉の系譜をひく佳品といえよう。なお、これらの著作に先駆けて上梓された短篇集『鉄の時代』（七九・文藝春秋）にも、表題作や「空室」「雲の柱」「裏階段」「廃園」など、後の作風を先ぶれするモノトーンの幻想譚が収められている。九〇年代に癌の手術を受け、死を観念的にではなく肉体的に捉えるようになったと述べる日野は、より一層精神を研ぎ澄ませ、静謐な、生と死とを深く見つめた世界を描くようになる。『聖岩』（九五・中央公論社）などに収録された、地球の荒野や過去の廃墟を見つめ、歴史に思いを馳せる短篇群のほか、長篇『光』がある。

評論家として出発した日野には、『幻視の文学』（六八・三一書房）という先見的な幻想文学論もあり、その一部は『名づけられぬものの岸辺にて』（八四・出帆新社）に再録された。同書は『聖なる彼方へ』（八一・PHP研究所）や『迷路の王国』（七八・集英社）『書くことの秘儀』（〇三・同）などと共に、日野作品の解読に欠かせぬ文献である。

【抱擁】長篇小説。八一年一〜九月『すばる』掲載。八二年集英社刊。都会の只中に身をひそめるようにして佇む廃屋めいた洋館に心惹かれた主人公は、そこに暮らす奇妙な一家と、ふとしたことから関わりを持つようになる。偏屈さの陰に深い叡知を秘めた老人、世俗的で妖艶な未亡人、そして自閉症の美しい少女・霧子……。主人公はかれら一人ひとりと関係を深めるうちに、自分の属する世界が揺らぎ始めるのを感知する。やがて物語は〈洪水〉によって象徴される、混沌としたカタストロフへ向けて加速度的にテンポを速めていくのだった。

【夢を走る】短篇集。八四年中央公論社刊。〈世界の輪〉を回し続けることをやめ、群れと共に荒野へと走り出て闇雲な行進を続ける一匹のレミングの脳裏に去来する思いを描く表題作、マンションのゴミ置場でくるくる回る渦巻のような生物と住人たちの交感を描く「砂の街」、鉱物の庭をこよなく愛でる老夫婦の穏やかな滅びと引き換えに〈石〉が神秘的な生命を宿す様を、マクロコスモスとミクロコスモスの鮮やかな照応のうちに描く名品「石の花」など、〈鉱物幻想〉という言葉がふさわしい硬質な抒情を湛えた短篇全七篇を収める。日野の美質を凝縮した感のある傑作短篇集である。

【光】長篇小説。九四年二月～九五年八月『文学界』に「インターゾーン」として連載。九五年文藝春秋刊。近未来の東京。月面基地勤務から帰還した宇宙飛行士は記憶を喪失し、入院中の病院を抜け出した。新宿でホームレスの老人に拾われた彼は、月面での〈光〉の記憶を甦らせる。そして交通事故に遭った老人の死を看取り、精神的再生を果たす。全篇に神秘的な緊迫感のみなぎる、晩年の日野を代表する傑作といえよう。

照下土竜（ひのした・もぐら　一九八二～）高知県南国市生。高校卒業後、小説創作専門学校を卒業。監視システムが強化された結果、爆発する擬態内臓による自爆テロが横行する近未来日本を舞台に、テロリストを生きたまま無感動に解体する男の日々を描いた『ゴーディーサンディー』（〇五・徳間書店）で日本ＳＦ新人賞を受賞。

ひびこうじ（ひび・こうじ　一九三一～）本名伊藤雄次郎。栃木県生。明治大学工学部卒。日本電子興業社長などを務めた。核戦争後の世界を舞台に、放射能を吸収する苔と水流のおかげで生きながらえている原始的なユートピ族のもとに、終末の経緯を記した手記が残されていたという設定のＳＦ『最後の文明人記録』（七四・金剛出版）がある。ほかにノンフィクションなどを執筆。

ひびき遊（ひびき・ゆう　？～）科学と魔法の混在する別世界を舞台に、トレジャーハンターとして生きる王国の姫君・天華が、巫女で外に出られぬ双子の妹・白華と連絡を取り合いながら、冒険を繰り広げるファンタジー『天華無敵！』（二〇〇三～〇五・富士見ファンタジア文庫）でファンタジア長編小説大賞準入選。ほかに、地下世界にさらわれてきた少女が自由を得るため、意志を持つおしゃべりの魔銃と共に、ダメ主人の少年ゼロを助けて奮闘するファンタジー・コメディ『魔銃使いＺＥＬＯ』（〇六・同）などがある。

響野夏菜（ひびきの・かな　一九七二～）埼玉県生。法政大学文学部史学科卒。人のいなくなった世界で〈眠り〉を求めて旅する三人を描いた抒情的ファンタジー「月虹《げっこう》のラーナ」（九二）でコバルト・ノベル大賞受賞。別世界を舞台に、人形の魔物と戦う特殊部隊の一員となった王女が、出生にまつわる秘密に悩みながら活躍する様を描く大河ファンタジー《カウス＝ルー大陸史・空の牙》（九一～九七・コバルト文庫）でデビュー。学園ミステリ《東京Ｓ黄尾《えすきび》探偵団》（九九～〇五）が人気シリーズとなる。ファンタジーに、機械文明が伸張してきた魔法的別世界を舞台にした冒険ファンタジー《アル・ナグクルーンの刻印》（九七～九八・同、未完）、現代を舞台に、特殊な能力で暗殺を行う闇の一族の末裔であることを知った少女の苦難の道行きを描く伝奇ファンタジー『人は影のみた夢』（二〇〇〇～〇一・同）ほかの作品がある。

【ガイユの書】長篇小説。集英社（コバルト文庫）刊。『薔薇の灰に恋がれ』『薔薇の灰に祈りを』（〇五）『薔薇の灰は闇に』『薔薇の灰は雪に』（いずれも〇六）の四巻から成る。デビュー作を思わせる〈神の天秤〉と呼ばれる世界。物語の数十年前、一人の才能溢れる男が死んだ愛妻を蘇らせるため、秘法を開発した。それによって復活した死者〈灰かぶり《ドルー》〉は、血も涙も流さず、代謝もなく、痛みも感じず、死なない肉体を持っていた。ただ、それを作った〈魔術師《マスター》〉が死ぬ時に、灰となって崩れ落ちるのである。それは世界に恐慌をもたらし、魔術師や灰かぶりは容赦なく狩られた。ヒロインのポーシアは灰かぶりだったが、なぜか魔術師ルギ・ガイユが処刑されても生き残っており、しかも蘇る前の記憶を一切持たなかった。人目を忍んで生きるポーシアに運命の変転の時が訪れ、余儀なく冒険に巻き込まれていく。陰鬱なテーマの作品で、スペクタクルにやや欠けるが、破綻なく世界や物語が一つにまとまった佳作。

氷室冴子（ひむろ・さえこ　一九五七〜二〇〇八）本名碓井小恵子。北海道岩見沢市生。藤女子大学国文科卒。「さようならアルルカン」（七七）が小説ジュニア青春小説新人賞佳作入選。少女小説作家となる。少女漫画を意識した学園コメディ『クララ白書』（八〇）で読者の大きな支持を得て、王朝物ラブコメディ『なんて素敵にジャパネスク』（八四〜九一）で絶大な人気を誇る。ファンタジーに、自分の心の中にある、古今の童話・小説によって形作られている世界に落ち込んでしまった少女の体験を描く『シンデレラ迷宮』（八三・コバルト文庫）、その続篇の『シンデレラミステリー』（八四・同）、少女小説とは趣の異なる硬質な詩的文体で、ヤマトタケルの恋と戦いを描く絵本風の作品『ヤマトタケル』（八六・同）、古代日本をもとにしたファンタスティックな世界を舞台に、力のある豪族の族長の落とし胤である少女の愛と冒険を描く『銀の海金の大地』（九二〜九六・同）がある。ほかに「とりかへばや物語」をもとにした『ざ・ちぇんじ！』（八三・同）など。

姫野カオルコ（ひめの・かおるこ　一九五八〜）本名香子。滋賀県生。青山学院大学文学部卒。ライターを経て小説家となる。代表作に『ツ、イ、ラ、ク』（〇三）など。怪奇幻想系の作品に、サイキック能力を得た女子大生が正義の味方として活躍する痛快コメディ『ひと呼んでミツコ』（九〇・講談社）、転生を繰り返しながら愛し合ってきた双子の姉弟を描いた官能的な恋愛小説『変奏曲』（九二・マガジンハウス）、女陰に巣食った口の悪い人面瘡・古賀さんと冷感症のカトリック信者フランチェス子の共生をコミカルに描く長篇『受難』（九七・文藝春秋）、魂を食うという化猫をめぐる表題作、幼児からの心霊体験を訥々と語る「ほんとうの話」、悪夢の中に閉じ込められるという趣の「X博士」ほかの怪談や、異常心理を扱った短篇を収録した怪奇短篇集『よるねこ』（〇二・集英社）などがある。

『百因縁集』（ひゃくいんねんしゅう　鎌倉中期以降成立）説話集。編者未詳。上巻五十六話のみ現存。天竺を中心に、中国・日本の仏教説話を収録。経典や『日本霊異記』などを出典とする話が多いが、出典不明の霊験譚なども見える。平易な語り口で、説教の材料にされたものではないかと推測されている。

檜山良昭（ひやま・よしあき　一九四三〜）茨城県水戸市生。早稲田大学政治経済学部卒。京都大学大学院経済学研究科中退。謀略サスペンス『スターリン暗殺計画』（七八）で日本推理作家協会賞を受賞。スパイ・サスペンス、軍事サスペンス、歴史ミステリなどのほか、太平洋戦争シミュレーション戦記を執筆。代表作の《大逆転！》（八八〜九九・同）のほか、近未来シミュレーション『糧断！　一九九九年の朝』（八一・講談社）、タイムマシンで歴史を検証するという趣向の戦国物『大坂の陣』（〇一・廣済堂出版）などがある。

日向章一郎（ひゅうが・しょういちろう　一九六一〜）本名鴻野淳。立教大学文学部日本文学科卒。ミステリ、学園ラブコメディを中心とする少女小説を執筆。ファンタジーに、転生物のアクション&ラブロマンス『リインカーネーションの絆』（九五・コバルト文庫）、売れない小説家のショウイチロウがオカルト・テーマのレポートを作成することになり、鬼や呪いなどの怪異に挑むサイキック・ディテクティヴ物《ショウイチロウ怪奇レポート》（九九〜二〇〇〇・同）がある。

日昌晶（ひよし・あきら　?〜）典型的ファンタジー世界〈新世界〉に左遷されてきた日本人サラリーマンの冒険を描くコメディ《覇壊の宴》（二〇〇〇〜〇一・富士見ファンタジア文庫）で、ファンタジア長編小説大賞準入選。

平井和正（ひらい・かずまさ　一九三八〜）神奈川県横須賀市生。中央大学法学部卒。六二年に「レオノーラ」で『SFマガジン』にデビュー。SF漫画「エイトマン」の原作を書く。『狼男だよ』（六九・立風書房）以下の《ウルフガイ》シリーズ（六九〜〇二・ハヤカワ文庫、ノン・ノベル、徳間書店ほか多数）で、若い読者の絶大な支持を得た。同シリーズは人狼の血をうけた不死身のヒーロー犬神明が、諜報機関や怪人たちと熾烈な戦いを繰り広げる冒険アクションで、後の伝奇バイオレンス・アクションの原点ともいうべき作品であった。同傾向の作品に、人間をゾンビ化させる寄生生物との戦いを宿命づけられた非情の戦士たちを描く『死霊狩り《ゾンビー・ハンター》』（七二〜七八・ハヤカワ文庫〜角川文庫）などがある。そして平井は、全宇宙の悪を司る破壊王〈幻魔〉の軍団と超能力戦士が壮絶な最終戦争を展開する《幻魔大戦》（七九〜八三・角川文庫）に着手。前後して、同シリーズの決定版ともいうべき《真幻魔大戦》（八〇〜八六・トクマ・ノベルズ〜徳間文庫）にも取り組む。続篇として『地球樹の女神』（八八〜九二・カドカワ・ノベルズ〜徳間書店）ほかがあるが、その全容はいまもって明かされていない。

このほか、SF&怪奇幻想短篇集に『虎は目覚める』（六七・早川書房）『エスパーお蘭』（七一・同）『魔女の標的』（七四・角川文庫）『怪物はだれだ』（七五・同）などがある。

平井蒼太（ひらい・そうた　一九〇〇〜七一）本名通。別名に薔薇蒼太郎など。愛知県名古屋市生。兄は江戸川乱歩。関西大学専門部経済科卒。戦前は大阪電気局などに勤務。脊椎カリエスや結核で闘病生活を送りながら、風俗考証の雑誌を編集・執筆・発行する。戦後は後楽園球場に勤務し、特異な風俗文献の蒐集や豆本の発行などを行う。爆死した恋人の掌を鞣《なめ》して皮手袋を作り、わが身を愛撫する女の手記の形で書かれた「嫋指」（五五）など数篇の小説がある。なお、蒼太の生涯をモデルにした評伝風小説に、富岡多恵子の『壺中庵異聞』（七四）がある。

ひらいたかこ（ひらい・たかこ　一九五四〜）本名平井貴子。東京生。武蔵野美術大学油絵科卒。イラストレーター、絵本作家。『アンデルセンドリーム』（八五）『マザーグースショーケース』（八六）などのイラスト集のほか、多数の装画も手がける。その傍ら低学年向け童話も執筆し、おばけの子供たちが、サンタクロースを仲間と勘違いして助ける『おばけスクール1年生』（八九・旺文社）、いろいろな魔法で失敗してしまうが、めげない魔法使いを描くコメディ《まほうつかいナナばあさん》（九六・教育画劇）がある。

平井呈一（ひらい・ていいち　一九〇二〜七六）本名程一。別名に中菱一夫。神奈川県平塚市生。父は川上音二郎一座の番頭を務めた人物で、二卵性双生児の弟だった呈一は、生後まもなく生家の谷口家から日本橋浜町で炭屋を営む平井政吉・すゞ夫妻の養子に出された。双子の兄・喜作は後に上野谷中で和菓子店〈うさぎや〉を開業したが、弟と共に俳句を能くする趣味人でもあった。幼少期もっぱら祖母の手で育てられた呈一は、祖母が寝物語に聞かせる狐狸妖怪談に早くも〈恐怖の愉しみ〉をおぼえたという。日本大学中学校時代、小泉八雲の『怪談』を原書で読み、そこに描かれた幽霊の人間性に感銘を受ける。十六歳で河東碧梧桐の門に入り、大学予科時代からは英国世紀末文学に没頭する。二一年、早稲田大学英文科に入学するが、養家の没落により中退。佐藤春夫のもとに出入りし、ポリドリの「吸血鬼」などを春夫名義で翻訳する。三三年、初の翻訳書『メリメの手紙』、ホフマン『古城物語』（共に春陽堂）を刊行。三五年、心酔する永井荷風に面会、以来六年余にわたり最も親しい門人として、荷風名義による『梅ごよみ』の現代語訳や日記原稿類の浄書、出版社との交渉などを任される。四二年、荷風の書・原稿の贋作売買事件に関与したことが原因となり絶交。その経緯が、荷風の短篇「来訪者」や『断腸亭日乗』に一面的に記されたため、文壇的不遇を余儀なくされる。四五年、新潟県北魚沼郡小千谷町に疎開、県立小千谷中学校の英語教師となる。四七年上京し、サッカレー、ワイルド、八雲などの系統的な翻訳に着手。五六年刊のB・ストーカー『魔人ドラキュラ』（東京創元社）を皮切りに、英米怪奇小説、ミステリの翻訳に専心。この分野での代表的訳業に『アーサー・マッケン作品集成』全六巻（七三〜七五・牧神社）『こわい話・気味のわるい話』全三巻（七四〜七六・同）などがある。六四年『全訳小泉八雲作品集』全十二巻（六四〜六七・恒文社）により日本翻訳者協会賞を受賞。翻訳を除く著作に、中菱一夫名義の怪奇小説集『真夜中の檻』、エッセー『小泉八雲入門』（七六・古川書房）、『平井呈一句集』（八六・非売品）がある。〈人呑みし沼静かなり雲の峯〉

戦後の海外幻想文学紹介の軌跡をふりかえるとき、呈一の果たした役割にはまことに多大なものがある。擬古文訳『おとらんと城綺譚』（七二・思潮社）やサッカレー『床屋コックスの日記・馬丁粋語録』（四九）などに代表される、江戸文学の素養を活かした達意の訳業はいうまでもないが、呈一がその編纂に関与した《世界恐怖小説全集》（五八〜五九・東京創元社）《怪奇小説傑作集》（六九・同）《怪奇幻想の文学》（六九〜七〇・新人物往来社）という三つのシリーズは、戦前、散発的な紹介に留まっていた怪奇幻想小説を、はじめて系統的な観点から紹介することによって、日本の読書界に幻想文学というジャンルが形成される上での求心的核となった。この路線はやがて、斯界の先達として呈一に師事した紀田順一郎や荒俣宏によって、雑誌『幻想と怪奇』の創刊や、《世界幻想文学大系》をはじめとする国書刊行会の一連のシリーズへと継承発展していったのである。また、『怪奇小説傑作集』英米篇の解説や「私の履歴書」（七一）などの滋味掬すべきエッセーは、従来、探偵小説のジャンル内ジャンルとして、とかく猟奇変態趣味などと結びつけて考えられがちであったこの分野を、西欧近代の文芸思潮と関連づけて分かりやすく論じており、その啓蒙的意義もまた大きい。創作とエッセーを集成した『真夜中の檻』（二〇〇〇・創元推理文庫）が刊行されている。

【真夜中の檻】中篇集。六〇年浪速書房刊。村人から〈おしゃか屋敷〉の名で呼ばれる山陰の旧家に古文書の調査におもむいた学究・風間直樹は、妖艶な未亡人・珠江の魅力の虜となる。屋敷に頻発する怪異の源が珠江の魔性にあることに気づいた直樹は東京に逃げ帰るが、彼を追って来た珠江と共にこの世ならぬ世界へと姿を消す……。レ・ファニュ、リットン、マッケンら、呈一がこよなく愛する近代怪奇小説の骨法を見事に自家薬籠中のものとした表題作に、哀切な心霊ラブロマンス「エイプリル・フール」を併録。

平岩弓枝（ひらいわ・ゆみえ　一九三二〜）東京生。生家は代々木八幡宮宮司。日本女子大学文学部国文科卒。『鏨師《たがねし》』（五九）により直木賞受賞。『御宿かわせみ』（七四〜）をはじめとする時代小説、『肝っ玉かあさん』（七一）をはじめとする現代小説など、幅広く大衆小説を執筆。『花影の花　大石内蔵助の妻』（九〇）で吉川英治文学賞を受賞。テレビドラマの脚本にも活躍し、七九年にはＮＨＫ放送文化賞を受賞。若き日の藤原道長が音楽の精霊のような少年に助けられつつ、付喪神系の妖異、桜や牛といった生物の霊、亡霊などの妖かしを退ける連作短篇集で、日本の古楽をモチーフにした音楽ファンタジーにもなっている『平安妖異伝』（二〇〇〇・新潮社）、その続篇で、ものみな凍りつき、春の来ない状態を解決するために道長が妖魔との戦いを繰り広げる『道長の冒険』（〇四・同）がある。また、現代語版『椿説弓張月』（八二・学研）もある。

平尾魯僊（ひらお・ろせん　一八〇八〜八〇／文化五〜明治一三）画家、国学者。本名三郎。亮致と称す。画号に魯仙、俳号に芦川。弘前紺屋町生。生家は魚商だが、画才に優れた魯僊は画家として一家を成し、明治以後の弘前の画壇をその門流が占めた。また国学者として精進し、平田篤胤に傾倒し、篤胤没後の門人帳に名を残した。五巻九十四話を収録する奇談集『谷の響』（六〇／万延元成立）は、平田神道の幽冥観に基礎にづくとされる。同書は、妖怪変化・幽霊・神霊・動植物の怪など、魯僊自身が見聞・体験したという体裁の怪異談から成るが、体験者名と場所を明記し、可能な場合は日時なども示し、民俗学的フィールドワークの体《てい》を成している。しかも、無批判な態度ではなく、怪異の真実性を見極めようと考察を加えている。文章的にも一定の評価を得ている。なお、本書をさらに発展させ、幽冥神秘の世界を実証しようとしたのが論考「幽府新論」（六五／慶応元成立）であり、また本書の前駆形をなす奇談集が『合浦奇談』（五五／安政二成立）である。ほかに『松前記行』（同成立）『箱館夷人談』（五六／同三成立）などの著作がある。

平岡正明（ひらおか・まさあき　一九四一～二〇〇九）東京本郷生。早稲田大学文学部中退。新左翼出身の評論家。著作に『あらゆる犯罪は革命的である』（七二）『山口百恵は菩薩である』（七九）『筒井康隆はこう読め』（八一）『風太郎はこう読め』（九二）、斎藤緑雨賞受賞の『浪曲的』（九三）ほか多数。小説に、神岡正明を皇帝とする〈大日本帝国〉が日本を征服するという大筋で、全五巻にわたってエログロ変態趣味の妄想と不毛なペダントリーが続く『皇帝円舞曲』（九六～九七・ビレッジセンター）がある。北原尚彦は〈九〇年代最大のSF奇書〉と評した。

平賀源内（ひらが・げんない　一七二八～七九／享保一三～安永八）本名国倫《くにとも》。別号に鳩渓、風来山人、天竺浪人、福内鬼外《ふくうちきがい》、貧家銭内《ひんかぜにない》など。讃岐志度村に、高松藩の御蔵番の子として生まれる。少年時より本草学を学び、その才を認められて御薬坊主として出仕した。二十二歳で家督を継いで平賀姓を名乗る。二十五歳の折り、藩主の命により長崎に遊学して最新の蘭学を学ぶ。二十七歳で家督を妹婿に譲り、大坂、次いで江戸に出る。五七（宝暦七）年に田村藍水と共に日本初の物産展を開催する。三十四歳で高松藩士を辞職。他家への仕官を禁じられたため、浪人として過ごし、江戸で多彩な活躍を見せた。だが、あまりにも時代の先端を往き過ぎた天才であったため、理解されず、屈折を余儀なくされた。西洋風の絵画、羅紗や磁器など蘭学者としての発明の数々等、様々な業績があるが、過って人を殺し、獄中で病死した。

　文学方面では、瀬川菊之丞に恋した閻魔大王が水虎《かっぱ》に命じて地獄に菊之丞を連れてこさせようとするが、友人の八重桐が替わりに飛び込むという筋立てで、現代性を加味された地獄巡りの趣向が面白い物語『根南志具佐《ねなしぐさ》』（前編六三／宝暦一三、後編六八／明和五）、『風流志道軒伝《ふうりゅうしどうけんでん》』により江戸の戯作に大きな影響を与えた。また、新田義興の謀殺に始まる遺族遺臣の苦難を描いた『神霊矢口渡《しんれいやぐちのわたし》』（七〇／明和七）は、斬新な悪漢像を造形して浄瑠璃界に新風を吹き込んだと評価されている。このほか、弟子の持ち込んだ奇妙な髑髏の正体について議論するという体裁で、本草学や医学など、当時の科学のありようを揶揄した『天狗髑髏鑒定縁起《てんぐしゃれこうべめききえんぎ》』（七六／安永五）、陰茎にかこつけて日本史概観と自負を語った『痿陰《なえまら》隠逸伝』（同）などの狂文も執筆している。

【風流志道軒伝《ふうりゅうしどうけんでん》】六三（宝暦一三）年刊。講釈師・深井志道軒の一代記の体裁を取る遍歴物語。風来仙人から与えられた羽扇の力で諸国を経巡るという設定で、日本全国から大人国、小人国、長脚国、長臂国、穿胸国、モウル、チャンパン、ボルネオ、オランダ、女護島へと回る。各国がそれぞれ日本の社会を諷刺した奇妙な社会になっており、構想もテーマも『ガリヴァー旅行記』に酷似していることが注目されるが、スウィフトの怨念に源内の鬱屈は比ぶべくもないようで、諷刺のテンションは高くない。後代に大きな影響を与えた作品であり、多数の追随作を生んだ。

平坂読（ひらさか・よみ　？～）死んだ人間の約一割がゴーストとして蘇る現代日本を舞台に、ゴーストの恋人を持つ武闘少女を主人公にしたアクション・ラブコメディ『ホーンテッド！』（二〇〇四～〇五・MF文庫J）、吸血鬼物の学園ラブコメディ『ソラにウサギがのぼるころ』（〇六・同）、死者蘇生をモチーフとする別世界魔法学校物のラブコメディ

『ねくろま。』（〇七〜・同）がある。

平田篤胤（ひらた・あつたね　一七七六〜一八四三／安永五〜天保一四）秋田藩士・大和田祥胤の第四子。幼名正吉、後に胤行。号に大角、気吹舎《いぶきのや》など。幼少時より儒学を学び、武学、医術も学ぶ。二十歳の時に脱藩し、江戸で苦学し、二十五歳の時に備中松山藩士・平田篤穏《あつやす》の養子となり、篤胤を名のる。その後本居宣長を識って国学に目覚め、没後の門人を称して復古神道を唱え、多くの門人を集めた。晩年の四一（天保一二）年、著書刊行差し止めの上、郷里に追放処分を受け、郷里で亡くなった。代表的著作に『古史成文』（一一／文化八成稿）をはじめとする古史学三部作、『古道大意』（一三／同一〇成稿）などがある。

篤胤の神道論は宣長の考証実学的な世界を大きく逸脱し、半ば幻想的な国粋論に踏み込んでいる。中国、インドから西洋まで研究を広げたのは、八紘一宇的な、日本を中心として世界が回るという彼の思想を補強するためであった。ために、いかなる研究も現実を離れてしまう。漢字に頼らない神代文字を肯定した「神世文字の論」（『古史徴開題記』一一／同八成稿）『神字日本伝《かむなひふみのつたえ》』（一九／文政二成稿）や、中国が鬼神の存在を否定する方向に向かったことこそ文化的堕落であると断じ、日本的な非知の優位性を論ずる『鬼神新論《きしんしんろん》』（〇五／文化二）などはその典型例といえる。『鬼神新論』では同時に霊的な存在への傾斜が顕著だが、その傾向は以後の作品の展開につながっていく。天・地・泉（黄泉）で成り立つ世界の構造を示し、死後の霊魂の行方を考察した『霊能真柱《たまのみはしら》』（一二／同九成稿）、天狗をはじめとする妖魔を古今の文献に博捜し、その存在を証明しようとした『古今妖魅考』（二二／文政五）などの論文、天狗にさらわれて仙界と往来するようになったという仙童寅吉、後の高山嘉津間との問答によって、異界（霊界）の事細かな消息を得ようとした『仙境異聞』（同）、死んでから再びこの世に転生するまでの様子を、死後の記憶を有している勝五郎少年の語りによって生々しく再現した『勝五郎再生記聞《かつごろうさいせいきぶん》』（二三／文政六）などのルポルタージュがそれである。また、『稲生物怪録』に序を付して流布させている（〇六／文化三）が、この妖怪談も篤胤にとって霊界の消息を伝える実録にほかならなかったのである。篤胤のこうした著作・活動は近代以後の宗教・思想はもちろんのこと、折口信夫から荒俣宏に至るまでの怪奇幻想文学者にも大きな影響を与えている。

平田圭子（ひらた・けいこ　一九四三〜）神奈川県生。東京大学教養学部卒。出版社勤務を経てフリーライターとなる。『二学期にくまれ魔法使い』（八六・偕成社）に始まる、あやつり人形の姿をしたドイツの魔法使いに少女が助けられる三部作（〜八七）がある。

平田晋策（ひらた・しんさく　一九〇四〜三六）極右的な文筆家で、『陸軍読本』『海軍読本』（共に三二）などの著作で名を高めた。架空戦記物の少年小説『昭和遊撃隊』（三五・大日本雄弁会講談社）『新戦艦高千穂』（三六・同）などがある。

平塚武二（ひらつか・たけじ　一九〇四〜七一）神奈川県横浜市生。青山学院高等部英文科卒。『赤い鳥』の編集者、新聞記者などを務めながら童話を執筆。『赤い鳥』時代には主に翻案・再話を、創作童話の初期には『風と花びら』（四二）など、〈横浜物〉と呼ばれる一連のリアリズム童話を書いていたが、戦後、ファンタジーやユーモア作品など幅広い執筆活動を展開。卒論を書いたワイルドと芥川龍之介に傾倒した時期もあり、〈おくれてきた大正の童話作家〉（猪熊葉子）といわれる。また、与田準一は平塚のファンタジーについて、〈若い頃から近代西洋文学の心酔から養分をすいとったメルヘン領土〉であると述べている。貧しい床屋の男に買われた赤ん坊が英雄から暴君になって処刑されるまでの夢のような一生を綴った『太陽よりも月よりも』（四七・大日本雄弁会講談社）、江戸っ子のカラスの少年の成長物語をファンタスティックに描く『からすカンザブロウ』（五〇・講談社）、パパがボクにワガママの国の話をしてくれる『パパはのっぽでボクはちび』（五三・コスモポリタン社）などの中・長篇のほか、幼年童話から大人向け諷刺童話まで、多数の短篇ファンタジーを執筆した。主な作品には次のものがある。天皇を思わせる王家へ招かれた魔法使いが、王のめがねをすべてを血に染まって見えるように瞬間的に変えてしまう「ウィザード博士」（四八）、乙女を娶るために厨子の製作に励んだ若者が、装飾に用いる玉虫を集める内、自然の中に神や仏を視て、この世を捨ててしまう「たまむしのずしの物語」（四八）、完璧な頭を持っていたために嘘もつけず、世渡りの下手な青年が、ボール紙の頭に替えてどんどん出世する「太陽の国のアリキタリ」（四八）、人形を主人公と観客にした劇で、女優やら記者やら童話作家やらが舞台に招かれてそれぞれの役割を演ずる前衛的な「スパニョール座の人形劇」（五〇）、誰かが来るまでは時間が止まっている不思議な塔にいるローレルという少女の物語「ローレルの時計」（五一）、西洋の魔女狩り時代を象徴的に描いた歴史物「魔女の時代」（六一）、ルートヴィヒ二世に材を採った「ふしぎな王様」（六四）、詩的作品として名高い「ながれぼし」、夜中に巨大なガラスのテントが降りてきて街を包み、サンタクロースが率いる動物のサーカスで夢のようなひとと時が繰り広げられる「すてきなサーカス」（五五）など。長篇のファンタジーこそないものの、題材もテーマも先駆的であり、戦後の幻想的な児童文学の先達として再評価されるべき作家であろう。佐藤さとるや長崎源之助などの後継作家を指導したことも忘れてはなるまい。

▼『平塚武二童話全集』全六巻（七二・童心社）

平野啓一郎（ひらの・けいいちろう　一九七五～）愛知県生。京都大学法学部卒。十五世紀フランスを舞台に、錬金術によって作られたアンドロギュヌスとの合一感を幻想する若き神学僧を描いたデビュー作『日蝕』（九八・新潮社）で芥川賞を受賞し、注目を集める。続く『一月《いちげつ》物語』（九九・同）は、明治時代を舞台に、邪眼の女に恋した青年詩人の夢幻的な彷徨を描いた作品。ほかに、肉が引き裂かれるような音がして人が消えるという幻視を描き、水のしたたりに死を思う短篇「清水」（九九）などがある。芸術家小説『葬送』（〇二）執筆の後は、前衛的表現について思考を重ねるような実験的作品を積極的に発表。メタフィクションとして、ボルヘスの〈バベルの図書館〉をイメージした〈バベルのコンピューター〉という架空のインスタレーションの解説・批評を繰り広げる短篇「バベルのコンピューター」（〇四）がある。

平野直（ひらの・ただし　一九〇二～八六）岩手県北上市生。柳田國男に師事し、昔話の原話を採集。その成果として『南部伝承童話集』（四八・文徳社）などがある。童謡・童話も執筆し、『ゆめみわらし』（七一・さ・え・ら書房）『かくれ里ものがたり』（七三・ポプラ社）などの創作民話がある。

平谷美樹（ひらや・よしき　一九六〇～）岩手県生。大阪芸術大学卒。中学校の美術教師の傍ら小説を執筆。神の実在に悩む神父が神の物的な痕跡を探し求める話を主軸に、アブダクション妄想に陥っている精神科医、地球外生命体との接触を試みるプロジェクトなどを絡めた『エリ・エリ』（二〇〇〇・角川春樹事務所）で小松左京賞受賞。神々は集合的無意識が作りだしたという設定の下、神との交わりを自覚する一人の少年が、神の最後のよりどころである月へと赴いて、象徴的に神を殺す『エンデュミオン　エンデュミオン』（二〇〇〇・ハルキ・ノベルス）、人間の中に紛れ込んでいる超能力者たちの闘いを描く『約束の地』（〇三・角川春樹事務所）、意識を過去の自分の中にタイムスリップさせて同級生の少女を救おうとする『君がいる風景』（〇二・ソノラマ文庫）、脳を駆使したタイムトラベルによって世界が枝分かれしていく『ノルンの永い夢』（〇二・早川書房）、パラレルワールド・テーマにドッペルゲンガー物を重ねた『銀の弦』（〇六・中央公論新社）

などのSF長篇を執筆。怪奇系作品にも幅を広げ、神道系オカルト伝奇ホラー《聖天神社怪異縁起》(〇二〜〇四・カッパ・ノベルス)、日本とヨーロッパを舞台とする吸血鬼物『ヴァンパイア―真紅の鏡像』(〇八・角川春樹事務所)、怪談実話集《百物語》(〇二〜・ハルキ・ホラー文庫)などがある。

平山瑞穂(ひらやま・みずほ　一九六八〜)東京生。立教大学社会学部卒。会社勤務の傍ら小説を執筆。『ラス・マンチャス通信』(〇四・新潮社)で日本ファンタジーノベル大賞受賞。同作は、醜い裸体をさらして家の中をうろつく〈アレ〉が姉を襲おうとした時、思わず殴り殺してしまった少年が、感化院に入れられたのを皮切りに、非現実的な体験を重ねながら転落人生を歩んでいく姿を描いた物語。悪夢めいた異様な世界を冷めた筆致で綴った秀作である。ほかに、この世から少しずつフェードアウトしていき、記憶にも残らない少女に恋した高校生の少年が、彼女を忘れまいと必死に努力する姿を描いた純愛ファンタジー『忘れないと誓ったぼくがいた』(〇六・同)がある。

平山夢明(ひらやま・ゆめあき　一九六一〜)夢明は本名。別名にデルモンテ平山。神奈川県川崎市生。法政大学中退。学生時代から自主制作映画に打ち込み、一瀬隆重、手塚眞らと相識る。『週刊プレイボーイ』誌上で、デルモンテ平山名義によりホラー映画のビデオ評を長年にわたり担当。猟奇殺人犯たちの生態に迫るホラー・ノンフィクション『異常快楽殺人』(九四・角川書店)で、本格的に作家デビュー。残虐描写が鮮烈な鬼畜サイコホラー『SINKER　沈むもの』(九六・徳間ノベルズ)で小説家としてもデビューを果たす。無国籍風なハードボイルド・タッチで綴られるグロテスクとアラベスクの幻想ホラー『メルキオールの惨劇』(二〇〇〇・ハルキ・ホラー文庫)を経て、〇六年に「独白するユニバーサル横メルカトル」で日本推理作家協会賞短編部門賞を受賞。同名の短篇集が、〇七年度の『このミステリがすごい!』で国内部門一位を獲得、一躍脚光を浴びた。嗜虐の果ての哀愁、汚穢の極みの彼岸美を特色とする独特の奇想猟奇ホラー短篇集に、『ミサイルマン』(〇七・光文社)『他人事』(〇七・集英社)などがある。

平山は、『新「超」怖い話』(九三・勁文社)に執筆者の一人として参加したのを皮切りに、怪談実話の分野でも特異な才能を十全に発揮し、《新耳袋》の木原浩勝・中山市朗と共に、九〇年代に始まる怪談実話のニューウェーブの牽引車となってきた。代表的なシリーズとして、右を含む《「超」怖い話》(九一〜・勁文社〜竹書房文庫)と平山単独による《怖い本》(二〇〇〇〜・ハルキ・ホラー文庫)があり、サイコな人間たちに起因する恐怖実話集である《東京伝説》(九九〜・ハルキ・ホラー文庫〜竹書房文庫)と『つきあってはいけない』(〇四・ハルキ・ホラー文庫)『ふりむいてはいけない』(〇五・同)『ゆるしてはいけない』(〇六・同)の連作でも、独自の境地を確立した。また、江戸の市井の人々が遭遇する不条理な怪異の数々が巧緻な語り口で描き出されていく時代怪談実話集『大江戸怪談草紙　井戸端婢子』(〇七・竹書房文庫)の試みも印象に残る。《「超」怖い話》からは何本かが映画・テレビドラマ・怪奇ドキュメンタリーとして映像化されており、一部、平山自ら監督や出演をしている作品もある。

【独白するユニバーサル横メルカトル】短篇集。〇六年光文社刊。推理作家協会賞受賞の表題作は、謹厳実直なる道路地図帖の独白で全篇が構成された巧緻な奇想小説である。読む者の神経と良識をチェーンソーで寸断するかのごとき剛腕ぶりの一方で、作者にはこうした小説巧者としての一面もあることを忘れてはなるまい。ほかに、幽閉されて死体処理の道具とされる奇怪な象男と介護役の青年との無惨な交流を綴った「Ωの聖餐」、密林の奥にある独裁者の王国に迷い込んだ男たちの夢魔めいた冒険譚「すまじき熱帯」、SM嗜虐小説の一つの究極というべき稀代の怪作「怪物のような顔の女と溶けた時計のような頭の男」など、全八篇のグロテスク・アラベスク・ホラーを収録。

平山蘆江（ひらやま・ろこう　一八八二〜一九五三）本名壮太郎。兵庫県神戸市生。生家は、代々薩摩藩の船御用を務めた〈さつまや〉で、実父・田中正二の死後、長崎で酒店を営む平山家の養子となる。東京府立四中を中退、日露戦争下の満州を放浪し、帰国後、『都新聞』『読売新聞』の記者となり演芸・花柳欄を担当する。自伝的な『唐人船』（二六、二九）のほか、『西南戦争』（二六）などの長篇歴史小説や多くの花柳小説を執筆、『日本の芸談』（四二）『東京おぼえ帳』（五二）などの随筆や都々逸、小唄の作詞でも知られる。仕事がら巷間・花柳界に伝わる怪談実話を見聞きする機会も多かったようで、それらに取材した怪談小説を『蘆江怪談集』（三四・岡倉書房）一巻にまとめている。いわくつきの家に越して来た一家の幼い息子がなつく〈優しい伯母さん〉の不思議にペーソスをにじませたジェントル・ゴースト・ストーリーの佳品「うら二階」、本妻と妾の意識せざる確執を紅蓮と燃える躑躅の幻影が照らし出すサイコホラー「火焔つつじ」、身投げをした女が身につけていた衣服に身の凍るような幻を見る「大島怪談」、首なし地蔵と縛られ地蔵に込められた愛恨の地獄絵「悪業地蔵」、峠の尼寺の怪異をユーモラスに描く「天井の怪」などバラエティに富む全十二篇を収める。なお、大正期の『都新聞』は毎夏のように怪談記事に紙面を割き、泉鏡花や喜多村緑郎らを中心に催された怪談会を後援しているが（ちくま文庫版『文豪怪談傑作選・特別篇　鏡花百物語集』参照）、これには蘆江の力によるところが大きいと考えられる。

日向真幸来（ひるが・まさき　一九七一〜）平安後期の京都を舞台に、怨霊や鬼を愛することで無力化する鳥辺の一族の女たちを守護する者として生まれてきた少年が、夢を現実に化す呪法を用い、京都を崩壊に導こうとする伝奇ファンタジー『夢売り童子陰陽譚』（二〇〇〇・ソノラマ文庫）でソノラマ文庫大賞佳作入選。ほかに、四世紀末のブリタニアを舞台に、怒りに満ちた神を屠《ほふ》り、新たな春の女神を呼ぶために力を尽くす吟遊詩人を描くファンタジー『神殺しの丘』（〇一・同）がある。

広井王子（ひろい・おうじ　一九五四〜）本名廣井照久。東京生。立教大学中退。株式会社レッド・エンタテインメント会長。漫画、アニメ、テレビゲームなどのプロデュース、原作を中心に、舞台の演出家や作詞家としても活躍するマルチクリエーター。アニメの原作では《魔神英雄伝ワタル》シリーズ（矢立肇と共同）など、ゲームの原作には「天外魔境」「サクラ大戦」ほかがある。月の内部の兎人間たちが住む不思議世界、山型の別世界で、少年たちが冒険を繰り広げるゲーム感覚のテレビアニメのノベライゼーション《魔道王《キング》グランゾート》（八九、九三〜九四・角川スニーカー文庫）『魔神英雄伝ワタル』（九〇・同）、ファンタジーRPGのノベライゼーション『天外魔境ZERO』（九六・同）、戦国時代を舞台に、竜神の住む滝に宝を探しに行く少年たちの冒険を描く映画のノベライゼーション『東方見聞録　竜の伝説』（九一・新潮文庫）のほか、魔物に満ちた別世界〈砂の世界〉を舞台に、帝国の皇子と記憶を失った少年が繰り広げる恋と冒険を描くファンタジー『蜃気楼帝国』（九一〜九三・角川スニーカー文庫）、魔法教会に支配された国を舞台にした冒険ファンタジー『新二都物語カルビサーガ』（九九・ファミ通文庫）などがある。

広岡未森（ひろおか・みもり　？〜）対人外専門の特別情報機関の活躍を描くSFアクションのエロティック・コメディ《魔諜軍団》（一九九七〜九八・プラザ）、吸血鬼に支配されているパラレル日本を舞台にした官能サスペンス・アクション『TOKYOヴァンパイア・ナイト』（九九・プレリュード文庫）がある。

廣末保（ひろすえ・たもつ　一九一九〜九三）高知市生。東京大学文学部国文科卒。近世文学研究者、演劇評論家。研究者としての代表作に『元禄文学研究』（五五）ほか。民衆文化のエネルギーが渦巻く悪所の意義を論じた『悪場所の発想』（七〇・三省堂）など、廣末の視点は幻想文学研究の面からも興味深い。一般向けの解説書として『四谷怪談』（八四・岩波新書）などもある。歌舞伎をはじめとする演劇を評論し、また、自ら戯曲の筆を執った。幻想的な戯曲に、歌舞伎脚本を換骨奪胎して作り替えた作品で、ラストシーンでは伊右衛門の霊が執着の強い岩の霊を嘲る趣向の「新版四谷怪談」（六三）などがある。

広瀬晶（ひろせ・あきら　？〜）臓器提供用クローンの促成栽培をしている天才青年たちを主人公に、テレパシーや魂の転移などの要素を絡めたBLテイストのSFファンタジー『螺旋の王国』（二〇〇五・コバルト文庫）でコバルト・ロマン大賞佳作受賞。ほかに、人造人間物のSF『ここに降る紫の星』『きみに灯る紫の星』（〇五〜〇六・同）がある。

広瀬正（ひろせ・ただし　一九二四〜七二）本名祥吉。東京銀座生。日本大学工学部建築学科卒。戦後、ジャズ・ミュージシャンとして活躍、自ら結成した〈広瀬正とスカイトーンズ〉でテナーサックスを吹く。バンド解散後の六一年「殺そうとした」が『宝石』に掲載される。SF同人誌『宇宙塵』に参加し、憑かれたようにタイムマシン・テーマの作品を執筆、『ヒッチコック・マガジン』『SFマガジン』などに掌篇が掲載される。タイムトラベル物の第一長篇『マイナス・ゼロ』（七〇・河出書房新社）で高い評価を得る。東京周辺に怪音が流れ始め、それが次第に強くなり、ついに首都圏がパニックに陥るが、それが実は大規模な集団ノイローゼであったらしいという『ツイス』（七一・同）、人生のもう一つの可能性を描いたパラレルワールド物『エロス』（七一・同）、完全な左右対称の場所から、鏡像世界へ紛れ込んでしまった男を描く『鏡の国のアリス』（七二・同）などの特異な幻想SFがある。『マイナス・ゼロ』『ツイス』『エロス』と連続して直木賞候補となり今後の活躍を期待された矢先の七二年三月九日、東京赤坂の路上で心臓発作のため急逝。死後に短篇集『タイムマシンのつくり方』（七三・河出書房新社）が編まれた。

広瀬寿子（ひろせ・ひさこ　一九三七〜）神奈川県鎌倉市生。京都に育つ。京都大学職員を経て、日本児童文芸家協会理事。『小さなジュンのすてきな友だち』（七八）で児童文芸新人賞受賞。タイムスリップ物『サムライでござる』（八九・あかね書房）『まぼろしの忍者』（〇二・小峰書店）、親友の幽霊に鼓舞される少年を描く『グッバイ、ぼくだけの幽霊《ゴースト》』（九八・ポプラ社）、少年が異界で死別した母親に再会する『ぼくらは「コウモリ穴」をぬけて』（〇七・あかね書房）などがある。

廣田花崖（ひろた・かがい　一八八七〜一九五一）本名鐵五郎。神奈川県都筑郡下谷本村生。中郡立農業学校卒。〇八年、陸軍技手として勤務中に事故に遭い、下半身不随となる。その後文筆生活に入り、エッセー、翻訳、冒険小説からキリスト教関係の著作まで幅広く執筆。代表作に随筆集『田園』（二五）など。ロケットを仕立てて火星に行き、火星を赤くしている物質〈神玉〉をめぐって火星人と戦う中篇「火星探検」、発明物「生長光線」ほかの短篇を収録する『科学童話集』（二九・国民図書）がある。

廣田衣世（ひろた・きぬよ　一九七一〜）神様と知り合いになった少年が月下氷人を気取る『ぼくらの縁むすび大作戦』（〇一・岩崎書店）で福島正実記念SF童話賞受賞。人体入れ替えのどたばたを描く『びっくりそっくりしゃっくりようかん』（〇四・毎日新聞社）、人の魂を浄化するための剣を人間界から取り戻しに来た河童に少年が協力する『ミズモひみつの剣をとりかえせ』（〇六・同）ほかの作品がある。

廣田尚久（ひろた・たかひさ　一九三八〜）旧朝鮮平壌生。東京大学法学部卒。弁護士。紛争解決のエキスパートを自認。現実のパロディめいた奇妙な世界を舞台に、異能者エスを配し、種々の現代的問題を盛り込んだ寓話三部作『壊市』（九五・汽声館）『地雷』（九六・毎日新聞社）『蘇生』（九九・同）がある。

ひろたみを（ひろた・みお　一九四九〜）本名見尾田《みおた》博樹《ひろき》。児童文学を執筆。地球の恐竜を先祖とする異星人と少女の交流を描く『そらから恐竜がおちてきた』（九三・講談社）、変身お化けと家出少年のどたばた列車旅行を描く『ついてくるなよ、お化けのベー』（九五・理論社）、ゲーム好きの少年たちが、いたずらの神様にゲームの中に閉じ込められてしまう《ゲーム・ジャック》（二〇〇〇〜〇二・講談社青い鳥文庫）など。

広津柳浪（ひろつ・りゅうろう　一八六一〜一九二八／文久元〜昭和三）本名直人。幼名金次郎。別号に蒼々園。肥前長崎材木町生。祖父は馬田柳浪。父は久留米藩士で医を業とした。十四歳のとき上京、麴町の番町小学校に通う。東大医学部予備門に進学するが、医学に興味をもてず中退。大阪商法会議所書記見習を経て農商務省に入るが、父母の死を一契機として放蕩に明け暮れ免職となり、窮乏生活を送る。八七年、処女作「〈女子参政〉蜃中楼」を『東京絵入新聞』連載。八九年、硯友社同人となり、同年発表の「残菊」で作家として認められる。放蕩に身を任せる青年像を描いた自伝的な「落椿」（九〇）以下、悲惨と貧困の破滅的人生を描いた諸作や大衆的な時代小説を発表した後、不具者や醜女、白痴が登場する一連の作品が〈深刻小説〉〈悲惨小説〉と呼ばれて一躍脚光を浴びる。その後の代表作に「今戸心中」（九六）「河内屋」（九六）「雨」（〇二）など。生来の厭世的傾向が強まるにつれて筆力も衰え、自然主義文学の台頭と共に筆を折った。

斜視のため〈変目伝〉と仇名される醜貌の一寸法師が、かなわぬ恋の弱みにつけこまれて多額の金を巻き上げられた挙句、殺人を犯す「変目伝」（九五）、酒乱の養父に襲われるため六人の妻に逃げられた大工の与太郎は一計を案じて痘痕顔の醜女・お都賀を嫁にするが、養父は彼女にも手を出し嬰児に乱暴、お都賀は養父を殺して自身も井戸に身を投げる「黒蜥蜴」（九五）、白痴の少年の醜悪さを描く「亀さん」（九五）など、柳浪の深刻小説は、ことさらに強調される主人公の異形性と、かれらを取り巻く社会・人物の醜怪無惨な実相の相乗効果によって、人生のグロテスクな暗黒面を克明に描き出す。自然主義やプロレタリア文学の先駆というよりは、むしろ歌舞伎や寄席芸能の因果話と猟奇的な犯罪小説を結ぶ線上において新たな評価がなされるべき特異な作品群といえよう。

ひろのみずえ（ひろの・みずえ　一九七六〜）本名広野瑞枝。埼玉県生。女子美術短期大学卒。ぬいぐるみデザイナーを経て、イラストレーターとなり、絵本、児童文学で活躍。神の宿り主として見込まれた少年の抵抗を描く伝奇ファンタジー『デンデラノ』（〇五・ジャイブ）でジャイブキャラクター大賞優秀賞受賞。人の不幸を吸い取って沼に流す神が、沼を埋め立てられて悪しきものとなりかける、ホラー・ファンタジー『闇ケ沼影伝説』（〇五・大日本図書）、ホラー短篇集『首七つ』（〇六・同）がある。

広鰭恵利子（ひろはた・えりこ　一九五八〜）北海道根室市生。児童文学作家。死者の住む国につながっている洞窟があるという根室の海岸を舞台に、事故で死んだ弟の思いを知って癒される青年を描く『そして、死の国へ…』（九九・汐文社）、禁じられた森で〈小さな神〉によってシマフクロウにされてしまった級友を助けるため葛藤する少年の物語『空のてっぺん銀色の風』（〇四・小峰書店）、タイムスリップ物に北方領土を失った経緯を絡めた『海の金魚』（〇四・あかね書房）などのファンタジーがある。

広山義慶（ひろやま・よしのり　一九三七〜）本名明志《あけし》。大阪市生。早稲田大学仏文科中退。フランス語の翻訳・通訳、児童文学・伝記の執筆、漫画原作・テレビドラマの脚本などを手がけ、「夏回帰線」（八三）でミステリ作家としてデビュー、執筆生活に入る。バイオレンス小説や官能小説、また『将門伝説殺人事件』（八四・ノン・ノベル）ほかの伝奇ミステリを中心に執筆。幻想的な作品に、過去の因縁を現代に繰り返す悲恋のカップルや、幽霊との束の間の恋、交通事故で肉親を殺された人々の復讐のために暗躍する不思議な美女との恋などを描く、ロマンティックなホラー短篇集『鬼が哭く』（九三・トクマ・オリオンノベルズ）がある。

日和聡子（ひわ・さとこ　一九七四〜）島根県邑智町生。立教大学文学部日本文学科卒。〇二年、詩集『びるま』で第七回中原中也賞受賞。詩作のほか小説も手がけ、〇六年、短篇「尋牛図」で川端康成文学賞候補に、〇八年『おのごろじま』で三島由紀夫賞候補となる。内田百閒風のジャパネスクな幻想譚である表題作を含む画文集『瓦経』（〇九・岩波書店、金井田英津子装画）がある。

ふ

風頼子（ふうらいし　生没年未詳）経歴未詳。風頼子が「浦島太郎」を読むうち、浜辺に行って浦島太郎に会い、海の底の〈夢想国〉の首府〈豚犬〉に案内してもらうという趣向で東京を諷刺的に描いた『〈竜宮奇談〉黒貝夢物語』（一八八〇・風頼舍）がある。

深川錦鱗（ふかがわ・きんりん　生没年未詳）経歴未詳。江戸の地本問屋・鱗形屋孫兵衛の筆名ではないかという（棚橋正博）。鱗形屋は草双紙類の出版に大きく関わり、恋川春町『金々先生栄華の夢』をはじめ多数の黄表紙を刊行した。錦鱗には数作の黄表紙がある。男たちが美女に誘われて山中の屋敷に行くと、実は猫股屋敷でほうほうの体《てい》で逃げ出して家に帰るが、身体は斑になって猫のように振る舞う『花見帰鳴呼怪哉《はなみがえりああやしいかな》』（一七七七／安永六、恋川春町画）など。同作は雲峰『怪談御伽桜』中の笑話的怪談をもとにしたものであろう。

深草小夜子（ふかくさ・さよこ　?〜）闇の神族と人間の間に生まれた兄弟の愛憎を軸とする別世界ファンタジーで、兄によって、清純な兄嫁の身体に魂を封じられたアストロッドの精神的成長を描いた『アストロッド・サーガ』（二〇〇四・角川ビーンズ文庫）により角川ビーンズ小説賞優秀賞受賞。同作は《悪魔の皇子》（〜〇六）としてシリーズ化され、転生・転身・蘇生のモチーフを入れ込んで、複雑な人間関係のあやなす物語を展開した。

深沢七郎（ふかざわ・しちろう　一九一四〜八七）山梨県石和町生。県立日川中学卒業後、上京。薬屋、パン屋など職を転々とする。この間にギターを習得、三九年に第一回リサイタルを開く。戦後、旅回りの楽団員や衣類の行商人として各地を放浪。五六年「楢山節考」で中央公論新人賞を受賞、正宗白鳥らに絶讃される。続けて「東北の神武たち」（五七）『笛吹川』（五八）などを発表。後者の評価をめぐり花田清輝・平野謙の間に論争が起こる。六〇年『中央公論』に発表した「風流夢譚」には天皇の首が落ちる幻想的な描写があり、版元社長宅への右翼テロ事件を招いた。身の危険を感じ、再び放浪生活に戻る。六五年から埼玉県で農場を経営、七一年には今川焼屋〈夢屋〉を始める。七九年「みちのくの人形たち」で谷崎潤一郎賞を受賞。

代表作である中篇「楢山節考」は、姥捨の風習がある山村を舞台に、子孫へと生命を繋ぐために我が身を棄てて省みない老母の心意気を、山への信仰と共に幻視的に描いた作品だが、非近代的な人間観を坦々と打ち出したことで読書界に衝撃を与えた。幻想性のひときわ濃厚な作品に、短篇集『無妙記』（七五・河出書房新社）がある。往来を行き来する人々がすべて白骨化して見える凄まじい幻視を綴った表題作をはじめ、車で馬を轢き殺したことがきっかけで、馬の幻影に生涯祟られ続ける男の回想「妖術的過去」、流刑された貴人を迎えた山里で、女のような悲鳴をあげる妖木に秘められた淫靡な秘密を物語る「妖木犬山椒」など全八篇を収める。どの作品でも、独特の突き放したような文体が、効果を挙げている。

深沢つかさ（ふかざわ・つかさ　?〜）離島を舞台に半魚人の神と青年の愛を描く伝奇ファンタジー『ネプチューン』（一九九六・ヒカリコーポレーション）がある。

深沢美潮（ふかざわ・みしお　?〜）武蔵野美術大学造形学部卒。コピーライターを経て、テクニカルライターとなる。傍ら小説を執筆し、たくさんのパーティがそれぞれ適当な冒険を展開しているRPGのパロディのような別世界で冒険を繰り広げるライト・ファンタジー《フォーチュン・クエスト》シリーズ（一九八九〜・角川スニーカー文庫〜電撃文庫）でデビュー。同作は人気作品となって漫画化、アニメ化され、様々なシリーズを展開して長大化している。ほかの作品に、同世界の過去を舞台にした《デュアン・サーク》（九六〜・電撃文庫）『青の聖騎士伝説』（〇二、〇五・メディアワークス）のほか、ヴァーチャル・リアリティ、ロボット、クローンなどをテーマとする近未来SF短篇集『TETORA』（〇四・電撃文庫）などがある。

深沢梨絵（ふかざわ・りえ　一九六五〜）宮城県仙台市生。芸能界を舞台にしたミステリ、BLなどを主に執筆。ファンタジーに、十六世紀末のヴェネツィアを舞台に、魔性のものに魅入られた純真なフランス青年を描く『千と百年の黙示録』（九九・キャンバス文庫）がある。

深堀骨（ふかぼり・ほね　一九六六〜）「蚯蚓、赤ん坊、あるいは砂糖水の沼」（九二）がハヤカワ・ミステリ・コンテストに佳作入選。主に『ミステリマガジン』『SFマガジン』で中短篇を発表。空飛ぶ人間と角材の死闘を描く「隠密行動」（〇二）、シリコンに生えるキノコを核に、整形狂の王、それを狙う暗殺者、菌類学者・若松教授らが入り乱れる「若松岩松教授のかくも驚くべき冒険」（九三）など、芝刈天神前の人々の奇妙な生態を描いた連作短篇集『アマチャ・ズルチャ』（〇四・早川書房）ほかがある。

深町薫（ふかまち・かおる　一九六六〜）別名に真島雄二、緋色煌一。ポルノ小説を執筆。ファンタジーの近親相姦物『美少女剣士と白い狼』（九七・蒼竜ノベルズ）、魔法学園物『魔法かけます!』（二〇〇二・ナポレオンXXノベルズ）ほか。アダルトゲームのノベライゼーションも多数ある。

深見真（ふかみ・まこと　一九七七〜）熊本市生。『戦う少女と残酷な少年』（〇二）で第一回富士見ヤングミステリー大賞を受賞してデビュー。武侠、格闘物から銃撃物まで、アクション小説を多数執筆。近未来の戦争に突入した日本を舞台に、手から自由に銃を生み出せる能力を発現してしまった高校生の少年を描く『アフリカン・ゲーム・カートリッジズ』（〇二・角川書店）、心の銃を操る高校生の戦闘集団を描いた学園伝奇アクション『疾走する思春期のパラベラム』（〇六〜・ファミ通文庫）、精神状態を顕在化して手で触れて治す象徴心理療法士が事件を解決する『パズルアウト』（〇三・富士見ミステリー文庫）など。

深谷美紀（ふかや・みき　?〜）別世界ファンタジー物ポルノ小説『竜の大陸』（一九九六・ナポレオン文庫）などがある。

蕪木統文（ぶぎー・とうもん　?〜）東京生。不死テーマの近未来SFアクション『夜明けの歌を謳う天使』（一九九八・スーパークエスト文庫）でデビュー。始皇帝が現代に蘇るSF伝奇アクション『始皇帝復活』『始皇帝逆襲』（九九〜二〇〇〇・ハルキ文庫）、ケルベロスと契約して死から蘇った高校生の少年を主人公にしたアクション・コメディ『はうはう』（〇六・GA文庫）などのほか、ゲームや特撮映画などのノベライゼーションを多数執筆。

福井晴敏（ふくい・はるとし　一九六八〜）東京墨田区生。千葉商科大学商経学部経済学科中退。九八年『Twelve Y.O.』で江戸川乱歩賞を受賞してデビュー。『亡国のイージス』（九九）で日本推理作家協会賞、日本冒険小説協会大賞、大藪春彦賞を受賞。ナチスの人体実験によって感知能力を持つサイキックとなり、潜水艦の精密なソナーとして利用される少女ローレライが登場する伝奇的な太平洋戦争物『終戦のローレライ』（〇二・講談社）で吉川英治文学新人賞、日本冒険小説協会大賞を受賞した。ほかにタイムスリップ物の映画の原作『戦国自衛隊1549』（〇五・角川書店）など。

福澤徹三（ふくざわ・てつぞう　一九六二～）福岡県北九州市生。地元の高校を卒業後、営業、飲食、アパレルなど様々な職業を経てデザイナーおよびコピーライターに転身、専門学校講師となる。四十歳を前に一念発起して書き下ろした短篇集『幻日』（二〇〇〇・ブロンズ新社、後に「再生ボタン」と改題）によりデビュー。同書は、〈夜ひとりで厠にいるとき、牡丹の花の折れるところを想像してはいけません〉という秀抜な一節に始まる「厠牡丹」、メタ怪談小説として秀逸な「怪談」（後に「怪の再生」と改題）、やはり実話にもとづく迫真の怪異譚「仏壇」、薄気味の悪い夢の記憶が凶行を暗示する「廃憶」ほか、堅実で抑制の利いた語り口に裏打ちされた正調怪談小説全十篇を収録する恐怖短篇集である。以後、怪談小説と怪談実話の両分野を中心に執筆活動を続けている。実話や夢を巧みに利用した怪奇短篇集『怪の標本』（〇一・ハルキ・ホラー文庫）、不倫、ボケ、殺人と現代的で殺伐とした状況に幽霊がからんでくる短篇集『死小説』（〇五・幻冬舎）、都市伝説的な流言をモチーフに、じわじわと家庭の平穏を侵蝕する超自然の悪意を、主婦の視点から描いて印象鮮烈な表題作、ギャンブル怪談小説の逸品「夏の収束」、行きずりの少女との逃避行の果て、亡き母の郷里でささやかな希望を見いだす若者の姿を描いたジェントル・ゴースト・ストーリー「帰郷」などを収録する『ピースサイン』（〇六・双葉社）、平凡なサラリーマンが人生の袋小路へ入り込んでいく軌跡を、日常と隣接する幽暗な領域と主人公との隠微な関わりにおいて描いた長篇『壊れるもの』（〇四・幻冬舎）、消費者金融の世界に取材したサイコ家屋ホラー『亡者の家』（〇五・光文社文庫）、ホラー映画のノベライゼーション『オトシモノ』（〇六・角川ホラー文庫）など。怪談実話集に『怪を訊く日々』（〇一・メディアファクトリー）『黒本　平成怪談実録』（〇七・新潮文庫）ほかがある。アウトローの世界に取材した青春小説『すじぼり』（〇六）で、大藪春彦賞を受賞。

【廃屋の幽霊】短篇集。二〇〇三年双葉社刊。じめじめと降りしきる長雨。物狂おしい炎天。闇にすだく虫の声。安アパートの底冷え。あわあわと異界へ通ずるような春霞……四季おりおりの風情が、ときにさりげなく、ときには全篇の主題をなすかのごとく稠密に織り込まれ、作中の怪異と渾然一体となって恐怖の詩情を醸し出す。福澤怪談の完成形というべき全七篇を収録。心霊スポットに関わった人々に降りかかる運命の恐怖を描く「廃屋の幽霊」と「トンネル」、早期退職勧告に応じた中年サラリーマンを蝕む狂気を沈鬱に綴る「庭の音」、迫真の呪物怪談「市松人形」、路地裏人生の悲哀に満ちた名品「春のむこう側」など。

福島サトル（ふくしま・さとる　一九六三～）新聞社勤務を経て、「とくさ」（〇四）で日本ホラー小説大賞短編賞佳作入選。また、童話「はいけい、たべちゃうぞ」（〇四）でニッサン童話と絵本のグランプリ童話部門最優秀賞受賞。短篇集『とくさ』（〇四・角川ホラー文庫）は、元新聞記者の男性が、夢とも異界ともつかぬ狭間の世界に落ち込んで、妖魔たちの目眩ましに翻弄される「犬ヲ埋メル」「とくさ」、超能力テーマの「掌」など、土俗的でどこかノスタルジックな雰囲気や、現実と悪夢との見極めがつかない展開の作品を収録して、異彩を放つ。

福島正実（ふくしま・まさみ　一九二九～七六）本姓加藤。樺太生。満州、横浜で育つ。祖父は屯田兵であったという。明治大学仏文科中退。教科書会社勤務や印刷ブローカーの傍ら翻訳に勤しむ。石泉社の《少年少女科学小説選集》（五五～五七）の刊行に協力、五七年には早川書房の都筑道夫らと〈ハヤカワSFシリーズ〉を誕生させる。五九年から約十年間『SFマガジン』の初代編集長を務める。海外作品の紹介と作家育成に優れた手腕を発揮し、SFを日本に定着させるうえで多大な貢献を成した。辞職後、創作や編纂・翻訳に専念。創作は短篇小説が中心で、SF的アイディアの見本帖とでもいうべき、啓蒙的な意図で書かれた作品のほか、愛の不毛や現実感覚の崩壊など、個人の内面に密着したテーマの作品を好んで執筆したが、後者の作品全体の味わいは悪夢や幻覚を描いた怪奇幻想小説に近接したものになっている。死者が甦り、ドッペルゲンガーが大量発生する「ちがう」は、その典型といえるだろう。福島の作品の根底にあるのは、醒めても醒めても終わらない悪夢にも似たペシミスティックな現実への不信感である。主な著作に短篇集『SFハイライト』(六五・三一新書)『SFの夜』(六六・早川書房)『ロマンチスト』(六八・同)『分茶離迦《ふんだりか》』(六九・同)『未踏の時代』(七一・同)『百鬼夜行』(七四・同)『虚妄の島』(七六・角川文庫)、ショートショート集『就眠儀式』(七六・同)、エッセー『SF入門』(六六・早川書房)などがある。また、ジュヴナイルSFにも理解を示し、六六年に少年文芸作家クラブを発足させ、筒井康隆『時をかける少女』、光瀬龍『夕ばえ作戦』、眉村卓『なぞの転校生』などを含む〈ジュニアSFシリーズ〉(六七)を企画した。自身も、多くの児童文学系SF叢書に参加し、『おしいれタイムマシン』(六九・岩崎書店)『地底怪生物マントラ』(六九・朝日ソノラマ)『宇宙にかける橋』(六九・国土社)『予言者たち』(七一・岩崎書店)『百万の太陽』(七三・同)『異次元失踪』(七四・すばる書房盛光社)ほかのジュヴナイルSFを残している。その代表作といえる『迷宮世界』(七一・岩崎書店)は、カナダの万博会場から、ナチス・ドイツと日本が覇権を握る悲惨なパラレルワールドに入り込んだ男の愛と冒険を描いたもので、そのペシミスティックな色調は、一般向けの作品とも通底するものである。福島のジュヴナイルSFへの献身を顕彰し、その名を冠した福島正実記念SF童話賞が制定されている。

翻訳には、ハインライン『夏への扉』(六三・早川書房)、クラーク『幼年期の終わり』(六四・同)といったSFの王道的名作のほか、ジャック・フィニイの作品を多く翻訳している。『盗まれた街』(五七・同)『レベル3』(六一・同)『ゲイルズバーグの春を愛す』(七二・同)『ふりだしに戻る』(七三・角川書店)『マリオンの壁』(七五・同)など。また、〈芳賀SFシリーズ〉(七三・芳賀書店、後に改編して「海外SF傑作選」と改題)など、翻訳物のアンソロジーも手がけた。

福田紀一(ふくだ・きいち　一九三〇〜)大阪府生。京都大学文学部哲学科卒。大阪明星高校で教鞭を執る傍ら、同人誌『VIKING』に所属して小説を執筆。七九年『おやじの国史とむすこの日本史』(七七)で第一回サントリー学芸賞を受賞。

初期から一貫して、スラプスティックで悪夢的な、ある面では夢の記述にも似た寓話的ファンタジーを執筆しており、先進的でユニークであることは間違いないが、観念性が強く、饒舌・煩雑に過ぎたせいか、あまり注目されてこなかった作家である。大阪城の地下に隠されている埋蔵金を探し出したいというナポレオンに出会った主人公が、大阪を駆けめぐる表題作(五二)、時間系列の混乱を意図したメタフィクション「めくら・かめら」(五四)、生きている不動尊が登場するコメディ連作「水かけ不動」(六〇)を収録する『失われた都』(七三・河出書房新社)、「失われた都」や「水かけ不動」に見られる内的宇宙の彷徨という手法をより洗練させ、胃袋の中と現実とが入り乱れた別世界を中年男が冒険して回るという佳作「胃袋のなかの青春」(七二)、飼猫がいきなり巨大化する不思議な味わいの「飼猫レオの疾走」(七二)、家に帰ろうとしてドアを開けると、コンペで落選した自分の発案のニュータウンに迷い込んでいる表題作(七三)を収録する『オデュッセウス周遊券』(七四・同)といった短篇集、独立した西日本国の貴重な文化財を積み、太陽の塔をマストにして中之島を船体とする軍艦・未来をめぐる騒動を描き、スラプスティック極まる『霧に沈む戦艦未来の城』（七五・同）、〈ホヤ〉に変身してしまった少年が野球に超絶した才能を発揮して甲子園で優勝する『ホヤわが心の朝』（七六・新潮社）、夢の未来食品マンプクタケ、ホログラフィを発生させる装置モノグサーナという武器を持つ謎に包まれた神武軍が日本を占領する『神武軍、大阪へ上陸す』（九〇・福武書店）などの奇想的長篇がある。

福田琴月（ふくだ・きんげつ　一八七五〜一九一四）本名喜八。別号に番衆浪人。大阪市生。大阪共立薬学校卒。低学年向けお伽噺を多数執筆し、『新浦島』『大蛇太郎』（共に〇二・金港堂）《お伽噺十二ケ月》《お伽噺大博覧会》（共に〇三・同）『お化瓢箪』（〇七・同）などの著作がある。少年の冒険ファンタジー「祝砲太郎」（〇七）、瘤に潜んで大名の精神を乗っ取ろうとしていた赤童子を、医者の息子と狐が退治する「瘤大名」（〇九）などの少年向けメルヘン、銀の腕輪の力で病から癒えたにもかかわらず謀殺された少女の死からの蘇りを描く「不思議な腕環」（〇二）、仙人や呪いの石などのモチーフを含む「少女仙人」（〇二）ほかの少女向けメルヘンがある。民話からやや離れたファンタスティックなメルヘンとしては初期の作例に当たる。

福田定良（ふくだ・さだよし　一九一七〜二〇〇二）法政大学卒。哲学者、評論家。代表的著作に『めもらびりあ』（四八）『偽善の倫理』（五五）『日本の大衆芸術』（五七）など。維摩《ゆいま》詰《きつ》の奴隷の転生者である主人公が、十大弟子の生まれ変わりの文化人たちと交流する『私は奴隷だった』（六八・三一書房）、男に対する女の絶対的優位を説く女聖教団の謎を探るミステリ『女の聖典』（七七・法政大学出版局）等、奇妙な哲学的・宗教的小説群がある。

福田誠（ふくだ・まこと　一九六四〜）太平洋戦争シミュレーション戦記『機密空母赤城』（九七〜九八・歴史群像新書）でデビュー。暗黒物質を軍事試用してタイムスリップした海上自衛隊護衛艦の活躍を描く『超弩級ミサイル戦艦「大和」』（〇六・コスモノベルス）などがある。

福田政雄（ふくだ・まさお　？〜）織田信長が現代にタイムスリップして、高校生と暮らすというアクション・コメディ『殿がくる！』（二〇〇四〜〇五・スーパーダッシュ文庫）でスーパーダッシュ小説新人賞受賞。

福田善之（ふくだ・よしゆき　一九三一〜）劇作家。本名鴻巣泰三。東京日本橋生。東京大学仏文科卒。反体制的作風の戯曲「長い墓標の列」（五八）で注目される。初期の代表作に「遠くまで行くんだ」（六一）「真田風雲録」（六二、映画化）などがあり、後続世代に与えた影響は大きいとされる。テーマ的には日本批判だが、ほとんどが幽霊たちの対話で成り立つ立体放送劇「はらいそう（波羅葦僧雲）」（六二）で文化庁芸術祭賞受賞。義賊・袴垂れによる解放を夢見る村人たちが袴垂れを探しに旅立ち、やがて自ら袴垂れ風の義賊になるという展開の、矛盾をはらむ生の理想と現実を寓話的に描いた「袴垂れはどこだ」（六四）で岸田國士戯曲賞を受けるも、辞退。その後、人形の糸操り芝居の結城座と出会い、人形と人間が一体となった、また内容的にも重層構造を有する一連の戯曲を執筆。説経節の「信田妻」をもとに、お花が様々な女に変幻しつつ喪失の痛みを訴える「お花ゆめ地獄」（七八）、円朝が「牡丹燈籠」の構想を練っているという構図だが、かつて妻を殺したと今の妻から言われ、いつしか新三郎が自分になっている「文明綺談・開化の殺人」（八二）のほか、「忠臣蔵・四谷怪談」（七九〜八〇）、「さんせう太夫」をもとにした「ゆめ地獄（お花の逆襲）」（八四）、「かるかや」をもとにした「夢童子ゆめ草紙」（八五）などがある。また、「漱石の戀夢」（九五）も、漱石の兄嫁への恋を「薤路行」をはじめとするアーサー王伝説物などとダブらせると同時に、「夢十夜」ほかの作品の台詞を効果的に取り込んだ幻想的な作品である。なお、映画やアニメの脚本も手がけており、怪奇幻想関連の作品に「日本の悪霊」（七〇）「哀しみのベラドンナ」（七三）「孫悟空シルクロードをとぶ!!」（八二）がある。

福永恭助（ふくなが・きょうすけ　一八八九～一九七一）東京生。海軍兵学校卒。海軍士官を退役後、軍事物の評論、未来戦記、海洋戦記などを執筆。同時に国語国字問題にも関わった。SFに、中国をめぐって日米戦争が起き、米軍の空襲で甚大な被害を受けた日本が、カラーテレビの発明者が開発した殺人光線によって巻き返し、勝利するという、現代から見れば見事な未来予測物といえる「科学小説　暴れる怪力線」（三二）などがある。

福永武彦（ふくなが・たけひこ　一九一八～七九）福岡県生。東京大学仏文科卒。ボードレールをはじめとするフランス象徴詩に傾倒。四一年、日伊協会に就職。長篇「風土」（四一～五一執筆）に着手。中村真一郎、加藤周一らと〈マチネ・ポエティック〉を結成。四六年、処女短篇「塔」を発表。翌年、加藤、中村との共著『1946　文学的考察』を刊行、注目を集める。四七年から七年間、東京清瀬村で療養生活を送る。五四年『草の花』を刊行、さらに「廃市」（五九）「忘却の河」（六三）「海市」（六八）などを発表。ほかに加田伶太郎名義によるミステリ連作集『完全犯罪』（五七）、船田学名義でのSF「地球を遠く離れて」（五八）などもある。七二年『死の島』（七一）で日本文学大賞を受賞。

処女作「塔」は、それ自体が一つの世界でもある暗鬱な塔の七つの部屋を経巡り、この世の不思議と豪奢と智慧と愛を極めた後、塔上から身を投げる少年を描いた醇乎たる幻想小説である。ほかに抒情的・象徴的な幻想短篇として、孤独な少年の目に映る幻想的な日常を綴った「夢みる少年の昼と夜」（五四）、孤独な少女や少年のドッペルゲンガー妄想を描いた「鏡の中の少女」（五六）「夜の寂しい顔」（五七）、『今昔物語集』の再話と福永のオリジナルを前後に収めた構造の「鬼」（五七）、自我の分裂症状に陥った女性の内面で繰り広げられる終末の風景を描いた「この世の終り」（五九）、飛ぶことを夢見る病人が、世界が終末を迎え、地球が砕け散って重力がなくなり、空中に舞い上がるという幻想と共に死んでいく「飛ぶ男」（五七）などを挙げることができる。

長篇では『夜の三部作』（六九・講談社）の第一部「冥府」（五四）が、すでに死んだ人間の目を通して現実世界の再構成を試みた異色作である。福永はこの三部作について〈人間を内面から動かしている眼に見えない悪意のようなもの〉〈それ自体を幻覚化して抽象的な形で書いてみたいと思った〉と書いている。『風のかたみ』（六八・新潮社）は、福永の愛読する『今昔物語集』の伝承世界に立脚した王朝ロマンで、信濃から都に出てきた文武に優れた青年の、中納言の姫への叶わぬ恋を描く。深い京の闇の中、夜盗や鬼や幻術師が跋扈する様はリアルで、ことに百鬼夜行の描写の生々しさは印象深い。

なお福永は中村真一郎、堀田善衛と三人で東宝怪獣映画「モスラ」の原作「発光妖精とモスラ」（六一）を共同執筆している。

福永真由美（ふくなが・まゆみ　一九四四～）東京生。幼稚園勤務の後、主婦業の傍ら低学年向け童話を執筆。少年が不思議な猫ドラゴンに導かれて、人間に生まれ変わりたくて家出した猫に会いに行く『真夜中のどらねこドラゴン』（八八・PHP研究所）に始まるシリーズ（～九六）がある。

福永令三（ふくなが・れいぞう　一九二八～）愛知県名古屋市生。早稲田大学国文科卒。自然塾を開く傍ら児童文学のファンタジーを執筆。ごく普通の少女が、悪い癖を直すための旅に出たクレヨン王国のシルバー王妃と共に十二の季節と色に彩られたファンタスティックな世界を経巡りながら、自分の欠点を反省する『クレヨン王国の十二か月』（六五・講談社）で講談社児童文学新人賞を受賞。十五年以上の間をおいて第二作『クレヨン王国のパトロール隊長』を刊行。この作品以降、続々と《クレヨン王国》（講談社青い鳥文庫）シリーズの作品を発表し、子供たちの絶大な支持を得た。クレヨン王国はその名の通り色彩の王国であり、同時に、様々な色に満ちた豊かな日本の自然の王国でもある。また種々の擬人化動物、架空の動物、自然の精などが住んでおり、自然界のイデアのごとき側面を持つが、同時に、現実と接しているために、環境破壊の進む現実を反映して様々な問題が湧き起こる場所でもある。作品は、別世界としてのクレヨン王国に現実の子供たちが入り込んで不思議に満ちた冒険をするもの、クレヨン王国の内部でだけ話が展開するもの、現実の側にクレヨン王国の要素が姿を現して不思議な事件を巻き起こすもの、それらの混合型に分かれる。主な作品に、別掲作のほか次のものがある。兄を助けるために、妹のちほとウサギのロペがクレヨン王国に入り込み、悪魔のアオザメオニと対決する『クレヨン王国の花ウサギ』(八二)、行方不明になった祖父を探してクレヨン王国に迷い込んだ少女が、時を進めたり巻き戻したりする時バト自動解放装置を作動させて時間を混乱させてしまうタイムファンタジー『クレヨン王国109番めのドア』(九二〜九三)、空襲下の名古屋で友達と描いた夢の列車が、死者たちを乗せてこの世に出現する『クレヨン王国超特急24色ゆめ列車』(九四)、アトピーの少女が古い木造の学校を守るために、秋の木の葉の様々な顔色に変化する山の神オチバクライや化けダヌキの期待を背負って奮闘する『クレヨン王国茶色の学校』(九七)など。《クレヨン王国》のほかに、小人との触れ合いを通じて成長していく姉妹の姿を描くユーモア・ファンタジー『キミリーとみどりの小人』(八五・同)、ファンタジー短篇集《スケッチ童話集》(〇五〜〇六・新風舎)などがある。

【クレヨン王国月のたまご】長篇小説。八六〜九〇、九八年講談社(青い鳥文庫)刊。世界を救うためのクエストを描いた、ハイファンタジー風の作品。中学受験に落ちた少女まゆみは、三郎という青年の運転するトラックでクレヨン王国に入り込む。二人はニワトリのアラエッサとブタのストンストンという漫才コンビをお伴に、消息のわからなくなった月のたまご(新しい色彩によって猛き人の心を和ませようという神の深慮に基づく色彩の卵であり、孵るのに八千年かかる)を探す冒険の旅に出る。まゆみと三郎の恋、クレヨン王国の政治的陰謀や魔女ダマーニナとの対決といったシリアスな展開の一方で、漫才コンビの珍問答や戯れ歌、まゆみの抒情的な詩などが挟み込まれて緊張をやわらげ、のどかで優しい雰囲気を醸し出す。子供たちの続篇を望む声に押されて書き継いだ作品であるため、破綻や矛盾もあるが、独特の魅力を湛えた作品である。

【クレヨン王国のパトロール隊長】長篇小説。八一年講談社刊。辛い家庭環境にあるうえに、教師とのそりが合わず、心に深い傷を負った五年生の少年ノブオはクレヨン王国へ迷い込む。心のケアが必要と判断したクレヨンたちは、少年にクレヨン王国で暮らすことを許し、パトロール隊長という任務を与える。ノブオは、心の分かる虹色の玉と、火の精を呼ぶ赤い玉、水の精を呼ぶ青い玉を託される。赤と青の玉は自分の命と引き換えに王国を救うというような大事の時以外は使ってはならぬと言い渡されて。カラスを配下に従えて飛び立ったノブオは、季節はずれに咲いていじめに遭っていたワレモコウを力づけるといったささやかな仕事を通して次第に癒されていく。そして、王国に多大な損害を与えるであろう水の精と火の精の戦いを阻止するため、赤と青の玉を使う……。世界と和解し、大人になるとはどういうことかを、ファンタジーの形で描き出した美しい作品。自然の描写が素晴らしく、挿入される詩も印象的。教訓的な部分もさほど押しつけがましくなく、バランスの良い児童文学の傑作である。

【クレヨン王国まほうの夏】長篇小説。八六年講談社(青い鳥文庫)刊。夏休み、箱根芦ノ湖畔にやって来た六年生たちがハイキングに出かける。霧と雨で孤立した清太と麻美はたまたまクレヨン王国の〈大福〉を見つけ、目の開いた大福に親と認められてしまったため、それを育てることになる。大福は何か水色のものになるのだが、二人は親としてその何かを見つけ出してやらねばならないのだ。〈親は自分の子が、ほんとうはなにになったら幸せなのかをいつも考えてやらなければいけない〉クレヨンはそう言って、しぶしぶながら二人に大福を任せるのだが……。さわやかな男女協力の物語とミステリとを組み合わせた作品。

藤真知子（ふじ・まちこ　一九五〇～）本姓加藤。東京生。東京女子大学卒。かわいい魔女の子供が人間社会で巻き起こす騒動や不思議な国での冒険を描く低学年向け童話《まじょ子》（八五～・ポプラ社）、人間と結婚したどじな魔女が巻き起こす騒動を描く《わたしのママは魔女》（八八～・同）の二シリーズが代表作。ほかに、一年分の寿命と引き換えに何でも願いを叶えようという魔法使いの誘惑に屈した平凡な少女の恐怖を描く『鏡の中の魔法使い』（九六・ポプラ社）、魔法の杖を受け継ぐ少女が怪異な事件に巻き込まれる《魔女探偵団》（〇四～〇六・岩崎書店フォア文庫）などがある。

藤水名子（ふじ・みなこ　一九六四～）宇都宮市生。日本大学文理学部卒。古代中国を舞台にした歴史アクション『涼州賦』（九二）により小説すばる新人賞を受賞し、デビュー。ファンタジーに、魑魅魍魎と英雄との戦いを描く伝奇アクション《中国神武伝奇》（九三～九七・スーパーファンタジー文庫）、仙人めいた老人から剣を学んだ夢路流之介が、怪異に溢れた室町時代の京都を舞台に活躍する伝奇時代活劇『夢幻の剣』（九六・ワニの本）、志怪をもとにした怪奇恋愛短篇集『赤いランタン』（〇四・ホーム社）など。

藤井七郎（ふじい・しちろう　生没年未詳）経歴未詳。擬人化物の童話仕立てで、科学的な物の性質を語ろうとした短篇集『科学童話』（一九三四）がある。

藤江じゅん（ふじえ・じゅん　一九六五～）千葉県生。出版社勤務の傍ら、児童文学を執筆。「五本目のろうそく」（〇二）で第二回グリム童話賞優秀賞受賞。〇四年『冬の龍』のもとになった作品で、児童文学ファンタジー大賞奨励賞受賞。『冬の龍』（〇六・福音館書店）は、唯一の肉身である父親と別れ、早稲田の下宿に一人で住む六年生の少年シゲルが、ケヤキの精霊と名乗る青年の手助けをして、天に返さないと災いをまき散らすという竜の玉を捜す物語。早稲田界隈の伝説、古書をめぐるエピソードがちりばめられている。

藤枝静男（ふじえだ・しずお　一九〇七～九三）本名勝見次郎。静岡県志太郡藤枝町生。千葉医科大学卒。眼科医を生業とする。四七年、八高以来の友人である平野謙・本多秋五の勧めで『近代文学』に「路」を発表。「イペリット眼」（四九）「犬の血」（五六）「ヤゴの分際」（六二）など、寡作ながら志賀直哉直系の私小説作家として次第に評価を高める。前半は結核の妻の看病記録、後半は女性遍歴を記す作品だが、前後半で文体を変え、後半では幽体離脱の体験や、空気を頭に注入するという方法で神秘体験の人工的再現を目論むという異様な話題が現れる「空気頭」（六七）で芸術選奨文部大臣賞を受賞。七三年『愛国者たち』で平林たい子賞を受賞。七四年から『群像』に漸次掲載された「田紳有楽」では器怪幻想の世界に悠然と遊び、読者を驚かせた。七六年、同作品により谷崎潤一郎賞を受賞。ほかに、死後、故郷の墓の下で家族と再会し、神社の火踊りを見物に出かける「一家団欒」（六六）、天狗への親しみを綴った「半僧坊」（七八）などの幻想私小説がある。

【田紳有楽】長篇小説。七六年講談社刊。地に潜り人と化す朝鮮茶碗、内陸アジアを飛行した空飛ぶ井鉢、出目金と情交し奇怪な合の子を産するグイ呑み。これら池中の登場人物ならぬ登場器物の主人役は弥勒菩薩の化身たる骨董屋。乞食坊主は大蛇を撲殺、湖の主になりすまし、半腐れの鰻の死骸は熊切村の杉の木に転生する。はては骨董屋を訪れた妙見菩薩と大黒天を交えてのドンチャン騒ぎで幕となる、この奇天烈な物語は、藤枝のあくなき自我追求がはからずも招来した〈山川草木悉皆成仏〉のアニミズムの楽土であろうか。

藤枝るみね（ふじえだ・るみね　？〜）ＢＬ小説作家。学園伝奇物『封印の森』（一九九三・白夜書房）がある。

武鹿悦子（ぶしか・えつこ　一九二八〜）本姓荒谷。東京生。都立第八高等女学校卒。童謡・童話を執筆。詩集『こわれたおもちゃ』（七六）で赤い鳥文学賞特別賞、日本童謡賞を、詩集『ねこぜんまい』（八二）で産経児童出版文化賞、日本童謡賞を受賞。ファンタジーに、低学年向け作品のほか、少女がふとしたきっかけから別世界へ入り込み、不思議な事件に出会いながら旅をし、目的を果たして帰って来るというパターンのシリーズ《りえの旅》（八四〜九三・小峰書店）、笛への未練ゆえに呪縛されてしまった笛吹の亡霊を解放するため、現代の少年が千年の時をさかのぼって笛を取り戻す『月の笛』（〇六・小峰書店）などがある。

藤川桂介（ふじかわ・けいすけ　一九三四〜）本名伊藤英夫。東京生。慶応義塾大学文学部国文科卒。学生時代から脚本を書き、脚本家、放送作家となる。「宇宙戦艦ヤマト」（七四〜八〇）「銀河鉄道999」（七八〜八〇）など、数々のアニメのヒット作品の脚本を担当し、そのノベライゼーションも手がける。オリジナルのスペースオペラ《銀河創世紀伝》（八三〜八四・同）以後、小説家として本格的に活動を始め、主に歴史ファンタジーを執筆。代表作は日本の古代を舞台にした《宇宙皇子《うつのみこ》》。ほかに、『古事記』をもとにした神話時代を、須佐之男の六代目の子孫に当たる天之稚日子の苦悩・試練と成長という形で描いたファンタジー『天之稚日子』（八八〜九〇・角川文庫）、大王から天皇への転換期を舞台に、新しい支配者となるべき少年の冒険と成長を描く見事なイニシエーション型ファンタジー『神童記』（九〇・講談社）、神力を使える神の末裔の出雲の青年皇子と聖徳太子を主人公とした歴史ファンタジー『神霊戦記』（九三〜九六・ノン・ノベル）、平安京を舞台に、怨霊退治に活躍する小野篁を描くオカルト・ロマン《篁・変成秘抄》（八八〜九一・カドカワ・ノベルズ）、鞍馬山の影法師とそれに立ち塞がる隠れ法師との戦いを軸に、藤原道長と藤原顕光の対立、安倍晴明ら陰陽師同士の戦い、清少納言の運命の変転などを描いた《京の影法師》（九五・双葉ノベルズ）、戦国時代にタイムスリップした少女の活躍を描くアクション・ファンタジー『隠れ里乱世伝』（九一〜九三・スーパーファンタジー文庫）、巨大なウィンダリアの木を中心とする二つの国の戦いを、悲劇的な恋愛を絡めて描く『ウィンダリア』（八六・角川文庫、アニメ化）、山の妖精、地の妖精、魔の妖精など妖精族が住まう島を舞台にしたほのぼのメルヘン『妖精の島の物語』（九〇・集英社）など多数。

【宇宙皇子《うつのみこ》】連作長篇小説。八四〜九八年角川書店（カドカワ・ノベルズ）刊。壬申の乱のさなかに生まれた、頭に一本の角が生えている少年・宇宙皇子は、役小角のもとで修行を積んで霊力を発揮するようになる。戦乱と貧困をなくすために、強大な政治力に対して様々な形の戦いを展開する「地上編」、荒ぶる神々が跋扈する天上界で幾多の試練を受け、不動明王と化して帝釈天と戦う、よりファンタスティックな「天上編」、天平の時代の明日香に戻って来た宇宙皇子が道鏡と戦いを繰り広げる「妖夢編」、地獄巡りという試練の旅を描く「煉獄篇」、蝦夷の地で鬼たちが安住できる流民王国を建設する過程などが描かれる「黎明編」がある。壮大なスケールでファンタスティックな古代史を語る本作が、その後のファンタジーに与えた影響は大きい。なお、「地上編」「天上編」はアニメ化されている。

藤木稟（ふじき・りん　一九六一〜）大阪府生。戦前の日本を舞台に、怪奇的な道具立てを盛り込んだ本格ミステリ『陀吉尼の紡ぐ糸』（九八・トクマ・ノベルズ）でデビュー。同作は《探偵朱雀十五》物としてシリーズ化された（〜〇五）。このほか、ホラー系作品などを執筆。アフリカの森に住む謎の部族が秘匿する蛭子《ひるこ》を見てしまったことから、非現実的世界に呑み込まれていく日本人医師を描いたオカルト・ホラー『イツロベ』（九九・講談社）、その続篇で、世界終末をテーマに、夢見師の教えを受けたミュータントや意味を破綻させてその空隙に新たなものを見る言語ゲーム、現実と幻覚の混淆が起きる病などを絡めたオカルトSF『テンダーワールド』（〇一・講談社）、鎌倉時代初頭を舞台にした伝奇アクション『陰陽師鬼一法眼』（二〇〇〇〜〇六・カッパ・ノベルス）、妖怪モチーフの児童向けミステリ『こちら妖怪新聞社！』（〇七・講談社青い鳥文庫）ほかがある。

藤咲あゆな（ふじさき・あゆな　？〜）別名に藤上貴矢。日本脚本家連盟ライターズスクール所属中に、集英社の青年漫画大賞原作部門で準入選。藤上貴矢名で「なつかしの雨」（一九九四）によりコバルト読者大賞を受賞してデビュー。ヒーロー戦隊物のアクションSF《学園戦隊バトルフォース》（九五〜九六・コバルト文庫）、異次元に迷い込んだ高校生がRPG風冒険を繰り広げる『聖戦記KAZUMA』（九六・同）を刊行後、藤咲あゆなに改名し、『小説浪漫倶楽部』（九七〜九九・エニックス＝コミックノベルズ）ほか、漫画をもとにしたファンタジーを執筆。オリジナル作品に、オカルト・ミステリ『ミステリーアイズ』（二〇〇〇・電撃文庫）、夢の戦士となって、眠りの中で人を死に至らしめるナイトメア・ウイルスと戦う少女を描く児童文学の伝奇ファンタジー《ナイトメア戦記》（〇五・岩崎書店フォア文庫）、魔物に襲われて狼男となってしまった少年が、吸血コウモリ少女、喋る魔法の鍵などと共に冒険を繰り広げる別世界ファンタジー《ムーンライト・ワンダーランド》（〇五〜・ジャイブ＝カラフル文庫）などがある。その傍らアニメの脚本も手がけ、「ARIA」（〇五〜〇七）などを担当している。

藤崎慎吾（ふじさき・しんご　一九六二〜）本名遠藤慎一。東京生。メリーランド大学海洋・河口部環境科学専攻修士課程修了。科学雑誌の編集者・記者などを経て、入植がかなった未来の火星を舞台に、火星の先住民や人工知能などが繰り広げるサスペンスSF『クリスタル・サイレンス』（九九・朝日ソノラマ）で小説家としてデビュー。生きている森が生態系全体として意思を持ち、森の女〈蛍女〉を駆使して開発に抵抗する『蛍女』（〇一・同）、沖縄南西諸島の沈没を、沖縄の巫女の祈りによって阻止するという大筋にSF的細部を絡めた『ハイドゥナン』（〇五・早川書房）などの長篇がある。ほかにSFアクション『ストーンエイジCOP』（〇二・カッパ・ノベルス）『ストーンエイジKIDS』（〇四・同）など。

藤沢呼宇（ふじさわ・こう　一九七三〜）神奈川県生。国学院大学文学部卒。明星大学大学院で心理学を学び、臨床心理士となる。異次元に迷い込んだ少年の冒険を描く児童文学のファンタジー『ぼくらは月夜に鬼と舞う』（〇三・岩崎書店）で第一回ジュニア冒険小説大賞受賞。

藤澤さなえ（ふじさわ・さなえ　一九八一〜）大阪府生。クリエーター集団グループSNEに所属。オンラインゲームの中に入り込んだ少年がドラゴンと共に冒険を繰り広げるファンタジー『ウィズ・ドラゴン』（〇四・ジャイブ＝カラフル文庫、安田均原案、宮内さきはとの共著）、TRPG「ソード・ワールド」をもとにしたファンタジー短篇集『ぺらぺらーず漫遊記・乙女の巻』（〇六・富士見ファンタジア文庫）がある。

藤沢周（ふじさわ・しゅう　一九五九〜）新潟県西蒲原郡内野町生。法政大学文学部卒。『図書新聞』編集者などを経て「ゾーンを左に曲がれ」（九三、後に「死亡遊戯」と改題）でデビュー。鬱屈する男たちの暗い日常と煙るようなエロスの世界を、緊迫した言葉で描いて高い評価を得る。「ブエノスアイレス午前零時」（九八）で芥川賞受賞。幽霊も出没するうらぶれたラブホテル〈雨月〉の陰鬱な日常を描き、ピカレスクと超自然を融合させたホラー・サスペンス長篇『雨月』（〇二・光文社）のほか、幻聴を生み出すSATOR

Iというドラッグにより、老師の声の導くままに現実ともトリップともつかない場をさまよい、ついに死に至る「SATORI」（九四）、殺される仲間の復讐にカラスが立ち上がり人間を襲う過程を、人間を観察し、軽蔑しているカラスの視点で描いた「迦桜羅《カルラ》」（〇六）、闇の中に剣の一閃を見るようになり、剣道に憑かれた男の幻想を描く「斬心」（〇五）、落ち武者の幽霊を見てしまう〈憑かれやすい〉剣道仲間の話「跡弔ひて」（〇七、後に「幻夢」と改題）などの怪奇短篇がある。

藤沢周平（ふじさわ・しゅうへい　一九二七〜九七）本名小菅留治。山形県鶴岡市生。山形師範卒。業界紙記者の傍ら作家を志し、七一年「溟い海」でオール讀物新人賞に入選。七三年「暗殺の年輪」で直木賞受賞。翌年から執筆に専念、時代小説の新鋭として一躍人気作家となる。代表作に『用心棒日月抄』（七八）『隠剣孤影抄』（八一）ほか多数。広大な荒れ野の孤家に棲む鬼女に魅入られた旅僧の恐怖を描く「荒れ野」、得体の知れぬ雪の夜の怪異を、宿場の飯盛り女の独り語りで描く「夜が軋む」などの怪異譚や異常心理小説を含む時代小説集『闇の穴』（七七・立風書房）がある。

藤沢衛彦（ふじさわ・もりひこ　一八八五〜一九六七）別名に紫浪《しろう》。福島県生。明治大学文学部文学科卒。一四年に日本伝説学会を創立。『日本伝説叢書』（一七）などを刊行する。三二年から明治大学専門部教授として風俗史学と伝説学を担当。三六年、日本童話協会創立に協力。そのほか日本児童文学者協会、日本童話学会、日本アンデルセン協会などの設立と育成に尽力した。著書に『日本伝説叢書』（一七〜二〇・日本伝説叢書刊行会）『日本伝説研究』（三一〜三二・六文館）『日本民族伝説全集』（五五〜五六・河出書房）『図説　日本民俗学全集』（六〇〜六一・あかね書房）ほか多数。四六年に南薫書院から《伝承草子》の一冊として刊行された『妖術者の群』は、十三人の妖術者が棲むと怖れられる武蔵野の果ての横見黒巌窟に向かう〈奇蹟を嘲笑ふ人〉の足取りを追いながら、土地にまつわる伝説や幻術・魔法の再話を随所に織り込んだ異風の創作である。ほかに、蜘蛛、蛸、蟹、蛇などの異類と人間の通婚に関する研究書『妖婚譚』（四九・国民教育社）でも、小説風な再話の試みがなされている。ほかに、和漢の古典はもとより、同時代の泰西心霊学文献やM・R・ジェイムズ、リットン卿らの怪談小説にまで及ぶ〈幽霊妖譚の伝承・記録〉を紹介した『東西幽霊考』（三二・六文館）など。学究には珍しく卓越したオーガナイザーでもあった藤沢は、雑誌や叢書の企画編纂者としても注目すべき業績を遺しており、戦後における紀田順一郎や荒俣宏の仕事の先駆とみなしうる一面がある。二六年創刊の『伝説』（二六〜二七・日本伝説学会）は、神話伝説や民俗学の研究者ばかりでなく、室生犀星、畑耕一、生田春月ら文学者や、橘小夢、伊東忠太ら美術家も交えた陣容で、毎号怪奇幻想味の濃いテーマを特集していた。また、二九年発刊の《妖怪画談全集》（二九〜三〇・中央美術社）は、和漢洋にわたる妖怪譚と絵画を全十巻に集大成しようとした空前の壮図であり、最終巻には藤沢による『世界妖怪史』まで予定されていたが、藤沢衛彦編『日本篇』上下巻とワノフスキー編『ロシア・ドイツ篇』、過耀良編『支那篇』の四冊を刊行したのみで惜しくも中絶している。

『**富士山の本地**』（ふじさんのほんじ　一六八〇／延宝八）説話集。編者未詳。菱川師宣画。国生み神話と富士山の出現、富士登拝の歴史、かぐや姫伝説、徐福伝説、富士権現霊験譚など、富士山に関する記録や説話などを集成したもの。富士山の名所や登山道の解説も付されており、富士山参詣者をあてこんで作られた一冊のようである。

藤島宇策（ふじしま・うさく　一九二六〜）東京生。国学院大学文学部卒。漫画研究家・評論家。著書に『たかがマンガされどマンガ』（八四・清水書院）『戦後マンガ民俗史』（九〇・河合出版）など。小説に、現代を諷刺するような別世界を舞台に、二人の中学生が自由解放軍に参加しようと冒険の旅に出て、悲惨な監獄島や、他国が築いた工場の公害に悩むナメクジの国などを擁するシンドワン大陸各地で冒険を繰り広げる少年小説『鬼窩山戦争』（七五・大和書房、兄・藤島宇内《うだい》［一九二四〜九七、兵庫県生、慶応義塾大学経済学部卒、社会派の詩人、ルポライター］との共著）、フィリピンを旅する日本人の男が、美少女の姿をしたフィリピン版吸血鬼マナナンガルに恋をする、奇妙なテイストの物語『熱帯妖怪マナナンガル』（九〇・河合出版、グロリア・S・サイソンとの共著）がある。

藤島佑（ふじしま・たすく　?〜）北海道生。幽霊を宅配する事務所で働くことになった青年の体験を描くコメディ『ゴーストデリバリー』（二〇〇一・角川ティーンズルビー文庫）で、第一回角川ルビー小説賞奨励賞受賞。

藤田博保（ふじた・ひろやす　一九二四〜）青森県弘前市生。仙台工業高校中退。中学教師を経て、児童文学者となる。動物文学などを主に執筆。赤い服の小人に導かれて禁じられた黒森の三日月沼で河童を目撃した少年たちが、河童を捕まえようとして失敗する『河童生けどり大作戦』（九〇・旺文社）がある。

藤田雅矢（ふじた・まさや　一九六一〜）京都市生。京都大学農学部卒。農学博士。植物の品種改良に携わる傍ら小説を執筆。江戸時代の京都を舞台に、遊女の大小便の売買により出世した男を描く『糞袋』（九五・新潮社）により日本ファンタジーノベル大賞を受賞。月の種を蒔く当番になった親子を描くメルヘン「月当番」（九五）でJOMO童話賞佳作入選（同作は、〇六年『つきとうばん』として教育画劇より刊行）。「奇跡の石」（二〇〇〇）「ぬへこ」（〇一）「ダーフの島」（〇六）「口紅桜」（〇七）などのファンタジー短篇のほか、長篇に、恐ろしい秘密を宿す蚤のサーカスに魅入られた昆虫オタクの少年二人の冒険を描く少年小説『蚤のサーカス』（九八・新潮社）、広大な砂漠の中、巨大な銀色の機械が作り出すオアシスで細々と生活する人々と多肉植物の大都市に暮らす人々を描いたファンタジックなSF『星の綿毛』（〇三・早川書房）がある。

藤田宜永（ふじた・よしなが　一九五〇〜）福井市生。早稲田大学第一文学部中退。妻は小池真理子。八六年『野望のラビリンス』でデビュー。九四年『鋼鉄の騎士』で日本推理作家協会賞、日本冒険小説協会特別賞（黄金の鷲部門大賞）、九九年『求愛』で島清恋愛文学賞、〇一年『愛の領分』で直木賞を受賞。怪奇幻想系作品に次のものがある。この世に思いを残している霊の表出を様々な形で描いたゴースト・ストーリーを中心に、ヒル人間のロマンスや呪物怪談などを収録する怪奇短篇集『鼓動を盗む女』（九七・集英社）、呪物による連続殺人の謎に、珍妙な魔術師コンビの助力を得て、冴えない医者が挑むコメディ・テイストのオカルト・ホラー・ミステリ『怨霊症候群』（八八・Cノベルス、後に「呪いの鈴殺人事件」と改題）など。

藤富保男（ふじとみ・やすお　一九二八〜）東京生。東京外国語大学モンゴル語科卒。北園克衛の影響を受けた詩風から出発し、言葉遊び的な詩から幻想的な散文詩まで、多彩な詩を書く。言葉の飛び方が超現実的な『コルクの皿』（五三・私家版）、ファンタスティックなイメージの断片を並べたような『魔法の家』（六四・芸術研究協会）、神話・幻想的イメージの断片がそこここに挿入されている長めの詩を集めた『是非の帽子』（六八・思潮社）、日本現代詩人クラブ賞受賞の『やぶにらみ』（九二・同）、友人の部屋の奥が戦場につながっていたり、自分が狐になってしまったりなど、〈ぼく〉が体験する幻想的な事態を描く散文詩集『第二の男』（二〇〇〇・同）『誰』（〇四・同）といった詩集がある。また、「ハテナさんの冒険」（七六）「もう、力が月て」（八〇）などのナンセンス・メルヘンもある。翻訳に『エリック・サティ詩集』（八九・思潮社）ほか。その他の著作に『評伝北園克衛』（〇三・沖積舎）など。

藤野千夜（ふじの・ちや　一九六二〜）本名高迫久和。福岡県生。千葉大学教育学部卒。

出版社勤務を経て小説を執筆。「午後の時間割」（九五）で海燕新人文学賞を受賞。『おしゃべり怪談』（九八）で野間文芸新人賞、「夏の約束」（九九）で芥川賞受賞。両親が存在しないパラレルワールドに入り込み、抜けられなくなった姉弟を哀切を込めて描き出す児童文学『ルート225』（〇二・理論社、映画化）がある。

椹野道流（ふしの・みちる　?～）兵庫県生。医科大学卒。法医学教室勤務を経て、専門学校講師などを務める。精霊の血を継ぐ少年と美貌の退魔師が妖魔と対峙する伝奇アクション『人買奇談』（一九九七・講談社X文庫）でホワイトハート大賞佳作に入選してデビュー。同作はシリーズ化されて長大な作品となり、名実共に椹野の代表作となった。椹野は作品のほとんどが超自然的要素を持つオカルト系の小説家であり、怪奇を中心に、ミステリ、アクション、BL、ロマンスなどの要素を様々にちりばめつつ、多数のシリーズを展開している。法医学教室を舞台にした怪奇ミステリ《鬼籍通覧》（九九～〇四・講談社ノベルス）、骨董商の美貌の妖魔とその下僕兼恋人の予備校生のオカルトBLロマンス『妖魔なオレ様と下僕な僕』（〇二～〇六・イースト・プレス＝AZノベルズ）、中世ヨーロッパ風異世界の死霊使いの身体に転生した高校生の活躍を描く《ネクロマンサー・ポルカ》（〇三～〇四・パレット文庫）、異界と接する村の料理屋を舞台にしたほのぼの系ファンタジー『にゃんこ亭のレシピ』（〇四～〇六・講談社X文庫）、イギリス風異世界を舞台にしたオカルト・ミステリ『貴族探偵エドワード』（〇五～・角川ビーンズ文庫）、学園退魔物《秘密クラブ》（〇五・パレット文庫）などがある。

藤野恵美（ふじの・めぐみ　一九七八～）猫又のミィの冒険を描く『ねこまた妖怪伝』（〇四・岩崎書店）で第二回ジュニア冒険小説大賞受賞。入院中の少女たちがゲームの中に入り込んで冒険を繰り広げる『ゲームの魔法』（〇五・アリス館）、妖怪のサーカス団に加わった鬼の子供の活躍を描く《妖怪サーカス団》（〇六～・学研）などの児童文学のほか、中国風異世界を舞台にした武侠アクション『紫鳳伝』（〇七・トクマ・ノベルズ）がある。

藤巻一保（ふじまき・かずほ　一九五二～）北海道生。中央大学文学部卒。仏教・道教・陰陽道・神道などの東洋思想をはじめ、西洋の神秘思想にも造詣が深い研究家・ライター。代表的著作に『安倍晴明』（九七・学研）『役小角読本』（〇一・原書房）『増補改訂版　日本秘教全書』（〇七・学研）など。専門知識を活かした小説も執筆し、遣唐使の一員として唐に渡った吉備真備の冒険や長屋王の怨霊の跳梁を描く『陰陽魔界伝』（〇一・トクマ・ノベルズ）がある。ほかに、装画担当の花輪和一とのコンビによる江戸奇談随筆の再話集『江戸怪奇標本箱』（〇八・柏書房）など。

藤牧久美子（ふじまき・くみこ　一九六三～）少年の作った雪だるまが生命を得て少年と触れ合う低学年向けファンタジー『ふしぎなゆきだるま』（九六・金の星社）で児童文芸新人賞受賞。

伏見健二（ふしみ・けんじ　一九六八～）東京生。武蔵野美術大学基礎デザイン学科卒。ゲームデザイナーの傍ら、TRPGの設定をもとにした小説などを多数執筆。主な作品に、自作のTRPGをもとに、王子兄弟の相克を描くヒロイック・ファンタジー『ブルーフォレスト物語　南北朝争乱編』（九三～九四・角川スニーカー文庫）、TRPG「アラベスク・ファンタジー」をもとにした冒険ファンタジー『運命の風』（九四・ログアウト冒険文庫）、四本腕の剣士を主人公とする異世界戦記《四肢神王》（九三～九四・Cノベルス）、クトゥルー物の青春ホラー『セレファイス』『ロード・トゥ・セレファイス』（九九・メディアワークス）などがある。

藤村裕香（ふじむら・ひろか　?～）BL官能小説を主に執筆。オカルト・アクション《鬼退治屋》（一九九九～二〇〇〇・二見シャレード文庫）など。

藤本義一（ふじもと・ぎいち　一九三三～）

本名義一《よしかず》。大阪府堺市生。大阪府立大学経済学部卒。在学中からラジオドラマなどの脚本を手がけ、五七年「つばくろの歌」で芸術祭文部大臣賞を受賞。卒業後は映画業界に入り、川島雄三に師事。《駅前シリーズ》などを担当する。後に放送作家として活躍、三千本近くの台本を書く。小説にも進出し、処女作『ちりめんじゃこ』（六八）以来、上方芸人の生き様をペーソスを交えて描く。七四年『鬼の詩』で直木賞を受賞。幻想文学面から注目すべき著作として、『現代怪奇草紙』（七八・双葉社）『虹の怪奇簿』（八〇・同）の二冊の怪奇小説集がある。前者は「顔」「首」「目」「足」など、人体の各部をタイトルとした実話風の怪奇小説七篇を収める。兄妹心中の挙句生き残った兄が、妹の生首をボストンバッグにつめて北海道まで旅をする「首」をはじめ、猟奇犯罪趣味を強調した話が多い。後者は「白」「黒」「緑」「赤」と、やはり一字タイトルの色にちなむ作品七篇を収める。こちらは全篇登場人物の一人称で語られているところに特色があり、全体に心霊学的な雰囲気が濃厚である。「白」は男と心中した妹の霊が姉の身体に乗り移り、かれらを死に追いやった老人を誘惑して腹上死させる話。「黒」は、自分の死亡通知が舞い込むという怪事件の陰に幽明両界にわたる恩讐が絡む話で、結末の意外性に藤本の鮮やかな手際をみることができる。「異常死」「異常淫」など〈異常〉の文字を冠した六篇の猟奇小説を収める『陶酔』（八九・光文社）にも、他人の霊魂に体内に侵入される恐怖を描いた「異常霊」のような怪奇小説が含まれている。このほか、ある高僧の男根の化身である〈二寸法師〉が戦国の世に奇想天外な冒険をする抱腹絶倒の歴史ファンタジーの珍作『二寸法師』（七六・集英社）、現代語訳『雨月物語』（〇七・世界文化社）もある。

藤本泉（ふじもと・せん　一九二三〜）本名新藤芙美。東京生。日本大学国文科卒。「媼繁盛記」（六六）により小説現代新人賞を受賞してデビュー。『時をきざむ潮』（七七）で江戸川乱歩賞受賞。古典文学の素養を活かした歴史ミステリ、閉鎖的な村を舞台にした伝奇ミステリを多く執筆。代表作に、古い歴史と因縁を持つ土地とそれに執着する土俗の民、主人公の家系にまつわる出生の秘密などを主軸に展開される、異様なムード溢れる『呪いの聖域』（七六・ノン・ノベル）『呪いの聖女』（七九・同）など。また、SFも執筆し、「ひきさかれた街」（七二）などの短篇のほか、偶発的な核戦争で世界が壊滅的な被害を受け、東京も中性子爆弾の流れ弾で無人の廃墟と化しているという設定の下、母親の幻影に導かれて無人の霞ケ関ビルを探索する刑事を描く『死霊の町』（八五・カドカワ・ノベルズ）がある。

藤本たか子（ふじもと・たかこ　一九五三〜）『ワニとごうとう』（九一）でニッサン童話と絵本のグランプリ童話大賞受賞。おでこのたんこぶの中から亀や恐竜が出現して、動物が絶滅した未来のありさまを語る『未来からきたカメときょうりゅう』（九五・岩崎書店）で福島正実記念SF童話賞受賞。

藤本ひとみ（ふじもと・ひとみ　一九五一〜）別名に王領寺静。長野県飯田市生。飯田風越高校卒。公務員、少女漫画原作者を経て、「眼差」（八四、藤本瞳名義）でコバルト・ノベル大賞を受賞し、少女小説作家となる。《まんが家マリナ》（八五〜九五）をはじめとして、ミステリ・コメディ、学園ラブコメディを多数執筆し、絶大な人気を誇った。九〇年前後から、若い女性向けの一般小説を執筆するようになり、次第にヨーロッパの有名人を扱った歴史小説、エッセーなどに重心を移した。代表作に『聖戦ヴァンデ』（九七）など。ファンタジーに、主人公の少女がドキンとするたびに少年たちが猫・鷹・狼に変身するという設定のもと、大きな力を持つ七聖宝をめぐって戦いを繰り広げるファンタジー《ユメミと銀のバラ騎士団》（八九〜九三・コバルト文庫）、《まんが家マリナ》のシリーズ作品で、古代ローマ帝国にタイムスリップする『愛してローマ夜想曲　まんが家マリナ・アストラル・トリップ事件』(八七・同)、アーサー王伝説の世界に入り込むアニメのノベライゼーション『愛と剣のキャメロット　まんが家マリナ・タイムスリップ事件』(九〇・同)がある。また、王領寺静名義で少年向け文庫に執筆。聖魔術の力によってこの世から中世の王国、キャプテン・キッドの海賊船等々の別世界に飛ばされて冒険を繰り返す高校生を描いた《異次元騎士カズマ》(八八〜九二・角川スニーカー文庫)がある。

藤森かつき(ふじもり・かつき　?〜)BL小説作家。折原紫乃との共著で、以下のようなファンタジーがある。太陽系警察のお尋ね者の地球人と神と呼ばれる人々の対決を描くSFファンタジー『ラジャスの門』『タマスの門』(一九九六・新紀元社ノベルズ)、現代日本の魔女・魔法使いを軽いタッチで描く『魔女のラプソディ』『魔女のカンタータ』(共に九六・ミリオン出版＝カルデアブックス)、別世界を舞台にした官能ヒロイック・ファンタジー『竜王の鏡』『虚の呪縛』『閉ざされた蛟竜』(いずれも九七・同)など。

藤原伊織(ふじわら・いおり　一九四八〜二〇〇七)本名利一《としかず》。大阪府生。東京大学文学部仏文科卒。電通に勤務した後、「ダックスフントのワープ」(八五)ですばる文学賞を受賞。ミステリを主に執筆。『テロリストのパラソル』(九五)で江戸川乱歩賞、直木賞を受賞。ファンタジーに、脳内に巣くう謎の生命体・蚊トンボの白髭によって瞬間的に筋力を増加させることができるようになった男が、暴力団と戦いを繰り広げる『蚊トンボ白髭の冒険』(〇二・講談社)がある。

藤原一生(ふじわら・いっせい　一九二四〜九四)本名一生《かずお》。東京生。小学校卒業後、印刷所に勤務。出征経験がある。戦後、児童文学の執筆を始める。代表作は『タロ・ジロは生きていた』(六〇)をはじめとする南極物。ファンタジーに、可愛い一人息子のぶっちを育てている三百歳を越える魔女が魔力を失って悩んでいると、悪魔が誘惑し、核爆弾のボタンを押させようとする低学年向け童話『ぶっちは一年生ママは三百年生』(七四・高橋書店)、同様の設定をキリスト教的寓話に書き替えた短篇で、教会住まいの魔法使いの老婆とその分身的子供のピコが教会を離れて冒険の旅に出ると力を失ってしまう「プコおばあさんと、プコおばあさんのかたまりの?ピコの冒険」(七五〜七六、後に「プコとピコ」と改題)などがある。

藤原審爾(ふじわら・しんじ　一九二一〜八四)東京本郷生。岡山県片上町で育つ。青山学院高等商業部中退。はじめ私小説などを執筆していたが、大衆小説に転じ、五二年「罪な女」などで直木賞を受賞。代表作に『赤い殺意』(五九)『泥だらけの純情』(六二)ほか。怪奇幻想作品に、化狸物や妖怪物の短篇集がある。狸の手記という体裁で今風の化狸の人生(?)を描いた「藤十郎狸武勇伝」ほか、人間に生まれ変わった偉大な狸の一生を描く「名人遯世」、人間に契約を破られて死ぬ狸を描く「ぽん太の最期」、作家の清海狸のエッセーという趣向の「清海狸『ぬけぬけ草』」、狸と人間の合の子と知った三兄弟が変身を試み、末弟が札になったのは良いが、元に戻れなくなってしまう哀感漂う「変身之術」を収録する短篇集『藤十郎狸武勇伝』(五三・三啓社)、人間と河童・ろくろ首などの妖怪との交渉をユーモラスに綴った短篇集『妖怪の人間狩り』(七四・KKベストセラーズ・ノベルズ)、そして『大妖怪』など。

【大妖怪】短篇集。七九年文藝春秋刊。妖怪同士の、また妖怪と人間の死闘を描いた幻想時代小説集。大地震によって甦った、千仞峡谷に封じられていた九尾の狐退治の物語「千仞峡谷の妖怪」、大百足と大蛇の生物感溢れる戦いを描く「怪異因幡大百足」、妖婆の操る数万の蜂が巨大な女郎蜘蛛に襲いかかる「妖恋魔譚」、巨大蛸に妻子を次々に奪われた男とその養子の少年が、執念の復讐を果たすまでをリアルに迫った「篠乃隧道由来」ほか、「天魔空狐異聞」「黒風鬼女始末」の全六篇を収録する。

藤原征矢(ふじわら・せいや　一九六〇〜)

別名に久保田正志。東京大田区生。東京大学法学部卒。サラリーマンを経て、『ときめきアフタースクール』（八九）で少女小説作家としてデビューし、美少年の悪魔を呼び出した少女が悪魔同士の戦いに巻き込まれるオカルト・ラブコメディ『魔法使いがくれた夢』（八九・パステル文庫）などを執筆。その後少年向けや一般向けに転向し、アクション小説や経済小説などを執筆。作品に、SFハードボイルド《かたゆでマック》（九一～九六・ソノラマ文庫）、異世界冒険アクション《クール・フェイス》（九八～〇一・同）、SFファンタジー・アクション『龍神の惑星』（〇二・同）、近未来経済サスペンス『電子恐慌』（九八・KSS出版）など。久保田名で経済ライターとしても活動する。

藤原京（ふじわら・たかし　一九六七～）神奈川県横浜市出身。専修大学国文科卒。数十年に一度出現する竜王をなだめるための女王をいただく北部山岳地帯と、近代兵器による戦争を繰り広げている世界との交渉を描く『龍王の淡海《うみ》』（九三・スーパーファンタジー文庫）でファンタジーロマン大賞を受賞してデビュー。ほかのファンタジーに、弟を守りたいという強烈な願いに支えられて転生を繰り返す王女の運命を描き、転生の深奥に迫る優れた構成のファンタジー『フロリカ』（九五・同）、悪魔と契約を結んだ者たちの隠微な商売を描き、月並な伝奇アクションとは一線を画するオカルト・ホラー『邪眼』（九五・同）に始まるシリーズ（～九七）、オーストラリアがモデルの異世界を舞台に、異能者たちが西部劇風の戦いを繰り広げる昏いアクション『狼たちの黄昏』『狼たちの傷心』『狼たちの郷愁』（いずれも九四・同）などがある。この後、歴史家、時代考証家となり、『時代劇のウソ？ホント？』（九五）などの著作を執筆している。

藤原智美（ふじわら・ともみ　一九五五～）福岡市生。明治大学政治学科卒。雑誌記者、コピーライターを経て、「王を撃て」（九〇）でデビュー。「運転士」（九二）により芥川賞を受賞。『「家をつくる」ということ』（九七）『なぜ、その子供は腕のない絵を描いたか』（〇五）などのルポルタージュを執筆する一方で、日本の現在に対する考察を基底に置きながらも幻想的な小説を執筆。死刑執行人に指名された男が、立派な執行人になれるよう死刑についての知識を深め、さらに死刑確定者のことを深く調べていくうちに彼が死刑に価しないことを知るが、その時には自らが死刑に処せられてしまう『R―リアリティ』（九四・集英社）、現代的なビルの中でネズミが繁殖するという事態を前に、会社内で起きる種々のパニック現象を描き、最後には非現実的な状況が立ち上がってくる『群体《クラスター》』（九四・講談社）、現実の犯罪をもとに小説を書くようにと資料を渡された小説家が、事件の検証を進めながら妄想をふくらませるうちに、虚実の境が滅していく『恋する犯罪』（九六・読売新聞社）、南の孤島の閉鎖的な村を舞台に、変質者による連続殺人事件とそれを追う少年らを描くという骨格を持つが、現実のレベルと犯人の脳内に展開する妄想、被害者である少女たちの霊魂が共有する神話的幻想世界が混じり合うという前衛的な手法を用い、現実を悪夢へと溶解させていく『ミッシングガールズ』（九八・集英社）、泥に潜った工業潜水士が、自分の息の玉が泥の中に溜まっていくのを幻視する「魂のかけら」（九四）ほかを収録する短篇集『メッセージボード』（九七・読売新聞社）などの作品がある。

藤原眞莉（ふじわら・まり　一九七八～）福岡市生。福岡商業高校卒。戦国時代を舞台にした歴史ロマン『帰る日まで』（九五・コバルト文庫）でコバルト読者大賞を受賞し、デビュー。代表作は、比叡山出身の行脚僧カイと姫神テンが、永遠に結ばれるために必要な三種の神器を求めて戦国時代を冒険する長大な伝奇時代小説《姫神さまに願いを》（九八～〇六・同）。この作品には、輪廻転生による因縁が絡み、カイの前世・安倍保名とテンの前身である葛葉、二人の息子の安倍晴明たちを描く「平安時代編」などの過去篇が含まれている。また派生物語として、三人と関わりの深い狐精で、月神の妻となった梛子《なこ》が転生した清少納言を描く《清少納言梛子》（〇二〜〇四・同）がある。ほかのファンタジーに、聖なる獣に与えられた力によって、六帝が統治する中華風別世界を舞台にした《天帝譚》（九六〜二〇〇〇・同）など。

藤原瑞記（ふじわら・みずき　？〜）別世界を舞台に、惚《ぼ》けて暴走した精霊を鎮めてもらうために精霊の女王のもとへ向かう半精霊の少女と猫の精霊、彼らを助けることになった元貴族の青年を描いた『光降る精霊の森』（二〇〇五・Cノベルス）で、第一回Cノベルス大賞受賞。ほかに魔女見習いの冒険を描く『刻印の魔女』（〇六・同）など。

藤原祐（ふじわら・ゆう　一九七八〜）大分県生。異形の生物に蹂躙された遠未来の頽廃した地球を舞台とするSFアクション『ルナティック・ムーン』（〇三〜〇五・電撃文庫）でデビュー。ほかに、異世界から侵入してきた存在が人間に取り憑いて特殊能力を持たせるというパターンの伝奇アクション『レジンキャストミルク』（〇五〜〇七・同）がある。

藤原龍一郎（ふじわら・りゅういちろう　一九五二〜）歌人・俳人。俳号月彦。福岡市生。中学時代からSFファンダム活動を開始。早稲田大学第一文学部文芸専修卒。在学中にワセダ・ミステリ・クラブ、早稲田短歌会、短歌人会に入会。卒業論文は岸上大作。寺山修司をはじめ複数の歌人の影響を受け、その跡を留める耽美色の濃い第一句集『王権神授説』（七五・深夜叢書社、藤原月彦名義）を上梓。〈全山紅葉徒手空拳の正午《まひる》かな〉〈罌粟散り果つとも王権神授説〉〈土牢に老いて美貌の鉄仮面〉〈紅孔雀母の扇を逃れけり〉〈天に創地に木犀の金や銀〉など瞠目の秀句がある。ほかの句集に『貴腐』（八一・同）。「JUNE」の詩歌投稿欄「黄昏詞歌館」選者を務める。九〇年「ラジオ・デイズ」にて短歌研究新人賞受賞。強い詠嘆に終始する歌は都市そのものの大嘆息である。歌集に『夢みる頃を過ぎても』（八九・邑書林）『東京哀傷歌』（九二・砂子屋書房）『嘆きの花園』（九七・ジャテック出版）がある。〈われはいま肉のバベルの塔ならん二月の氷雨三月の雪〉〈月光が東京タワーに集まってラジオの声になるという嘘〉〈髪の芯まで雨に濡れいもうとのたとえば前の世はほととぎす〉〈月光に運河の油膜輝る夜半を往けば「丈高くあれ」と声が〉〈身をそらす詩の恩寵の絶嶺に真冬真夜中月光射して〉

藤原定家（ふじわらの・さだいえ　一一六二〜一二四一／応保二〜仁治二）歌人。歌人・藤原俊成と若狭守・藤原親忠女（美福門院加賀）の次男。父の薫陶を受けて歌人として立つ。藤原家隆らと共に『新古今和歌集』（〇五／元久二成立）を編纂、単独で『新勅撰和歌集』（三五／文暦二成立）を編纂した。王朝和歌の復興を目指し、『近代秀歌』（〇九／承元三成立）ほか多くの歌論・歌学書を執筆。〈余情妖艶の体〉の提唱、〈本歌取〉の活用など、後世に与えた影響ははなはだ大きい。ほかに自選和歌集『拾遺愚草』（一六／建保四）、漢文体日記『明月記』（八〇〜三五／治承四〜嘉禎元）など。『松浦宮物語』の作者と推定されている。

藤原成範（ふじわらの・しげのり　一一三五頃〜一一八七／保延元頃〜文治三）歌人。風雅を愛して〈桜町中納言〉と称されたという。中国の故事や古典でよく知られた人物の物語を和文化した翻案物で、登場人物が和歌を詠むという形式を用い、徹底した和文表現によって味のある説話集とした『唐物語』（六五〜六頃／永万年間）の作者と推定されている。同書の説話は、半ば以上が幻想味のない話だが、笛の力で鳳凰を呼ぶ話、夫を慕って石と化した妻の遺骸の話、西王母の仙果の話、玄宗と楊貴妃の話、山中で犬と愛し合う娘たちの話がある。

藤原茂範（ふじわらの・しげのり　一二三六頃〜一二九四以後／嘉禎二頃〜永仁二以後）代々文章博士を勤める家系の出身で、文章博士から式部大輔に進んだ。大宰府の安楽寺にて異国の僧が語った、神話時代から宋までの中国史のごく一部を記したという設定の仮名書きによる歴史書『唐鏡《からかがみ》』（成立年未詳）がある。古事説話などが含まれている。

藤原忠実（ふじわらの・ただざね　一〇七八～一一六二／承暦二～応保二）政治家・故実家。知足院殿、富家殿とも。法名円理。関白師通の嫡男。堀河天皇、鳥羽天皇の摂政、関白、太政大臣を務めた。音楽に秀で、故実に明るいことで知られた。談話録『中外抄』（三七～五四［保延三～久寿元］年の間の談話を中原師元が筆録）『富家語』（五一～六一［久安七～応保元］年の間の談話を高階仲行が筆録、二百五十八段）がある。いずれも片々たる記事ではあるが、有職故実から雑多な古事まで幅広く収録し、後の説話集に題材を提供した。幻想文学関連では、神の名前や相互関連等々の神々に関する博物学的な話題、神聖なものに関わることへの障り、参籠に関わる霊験、夢の話、また大江匡房の占いの話などがある。さらに、それ自体は幻想的でなくとも、様々な霊的決まり事や若くして力量を見せた仏師など、後にいかようにも奇談の類に発展しそうな話柄が見られる。

藤原成通（ふじわらの・なりみち　一〇九七～一一六〇／承徳元～永暦元以後）歌人。父の宗通、母方の祖父・顕家らが白河院に仕えたため、成通もまた白河院に仕え、大納言にまで至った。蹴鞠の名人として知られるが、馬術や笛など、様々な技芸に優れていた人物のようである。鞠の精に出会った話や鞠を蹴りながら高欄を渡った話など、澁澤龍彦「空飛ぶ大納言」に翻案されて知られた蹴鞠に関する逸話を含む『成通卿口伝日記』（一一三六／保延二以後成立）がある。

藤原信実（ふじわらの・のぶざね　一一七七～一二六五／治承元～文永二）歌人、画家。藤原定家の異父兄である藤原隆信の末男子。子に『日記』で名高い弁内侍を含む宮廷女房三姉妹がいる。中務権大輔、備前守、左京権大夫等を歴任、四八（宝治二）年頃出家し、法号寂西。説話集『今物語』（三九～四〇／暦仁二～仁治元頃成立）の作者。全五十三話から成る（成立時は数がもっと多かったともいう）『今物語』は各話が短く、多くが歌を配して歌物語風である。貴族、武士、説教僧、庶民など幅広い階層の登場人物を扱い、宮中のハイブラウな文学談義から一般の尾籠な話まで、バラエティに富む話柄を、切れ味鋭い掌篇文学として展開する。幻想的な話はさほど多くなく、往生譚や霊験譚のほか、紫式部の霊が夢に出て源氏供養を求める話、小式部内侍が来ぬ人を思っていると桜の木が身代わりとなって現れる話、祟られる話などがある。『十訓抄』『平家物語』に影響を与えた。

藤原宗友（ふじわらの・むねとも　生没年未詳）漢文体で四十一人の往生伝を収録した『本朝新修往生伝』（一一五一／仁平元成立）がある。『後拾遺往生伝』の著者・三善為康と親交があり、同書と同内容の話がある。

布施はるか（ふせ・はるか　？～）ゲームの脚本、ポルノ小説を執筆。伝奇ＳＦ物のポルノ『超時空戦記レイディア』（一九九五・ナポレオン文庫）などのほか、アダルトゲームのノベライゼーションも多数執筆している。

布施英利（ふせ・ひでとし　一九六〇～）群馬県生。東京芸術大学美術学部卒。同大学院美術研究科博士課程修了。批評家。評論に『脳の中の美術館』（八八・筑摩書房）『鉄腕アトムは電気羊の夢を見るか』（〇二・晶文社）など。小説に、人類進化テーマのＳＦ『ラビット』（二〇〇〇・講談社）がある。

布施由美子（ふせ・ゆみこ　？～）アニメのフィルム・エディター。編集の代表作に「アルスラーン戦記」（一九九一～九二）など。その傍ら小説を執筆。学園にある大鏡が別世界への通路だったことを知った少年少女たちの恋と不思議な冒険を描く『恋色魔法猫パニック』（八九・コバルト文庫）に始まる、九つの水晶玉をめぐるファンタジー・シリーズ（～九三）のほか、宇宙警察にスカウトされて九つの幻獣を封印することになった少年たちを描く『ソルジャーズパラダイス』（九三・同）、閻魔大王の息子が活躍する伝奇アクション『赤い閃光』（九四・同）などがある。

筆祭競介（ふでまつり・きょうすけ　?〜）ポルノ小説を執筆。魔法少女物『エンジェルすてぃっく聖美ちゃん』（二〇〇五・二次元ドリーム文庫）ほか。

風土記（ふどき）七一三（和銅六）年、風土記撰進の官命により、各国で編纂された地誌。官命には、郡郷の名に漢字をあてること、動植鉱物等の物産のリストアップ、土地の状況の報告、地名の由来や古老の伝える旧聞を記すこととあり、最後の項目について、説話文学として扱うことができる。逸文では五十国のものが見いだされるというが、現存するのは『常陸国《ひたちのくに》風土記』（編者未詳・七一七〜七二四／養老年間成立）『播磨国《はりまのくに》風土記』（編者未詳・七一五／霊亀元以前成立）『豊後国《ぶんごのくに》風土記』（編者未詳・七一五／霊亀元以後成立）『肥前国《ひぜんのくに》風土記』（同）『出雲国《いずものくに》風土記』の五風土記のみで、完本で現存するのは『出雲国風土記』のみ。なお〈風土記〉の呼称は平安時代以降に用いられたものである。

『風土記』の説話群はその土地固有の神話伝説であるところに最大の特色がある。時には官製の記紀とは異なる内容も見られ、興味深い。『常陸』は、漢文的修辞を用いた格調高い表現が特徴で、富士山と筑波山を擬人化した起源説話、国栖《くず》の征伐の折りの機略を語る地名起源説話、頭に角の生えた蛇の神・夜刀《やと》の神が開墾を妨害するので境界を定めて追い払い、社を建てて祀った話、男女が松の木になる童子女松原《うないのまつばら》伝説、鹿島神宮縁起などがある。『播磨』は単純な羅列形式で地名由来神話を語るものがほとんどであるが、神島起源説話に含まれる五色の玉の涙を流す石神伝説、神々の水争いによって水が涸れる水無川伝説、大穴牟遅命と少名毘古那命が我慢比べをした話などがある。また、仲川の里の項には、剣の話題があり、剣を手に入れた一家が死に絶えて、後に土中から掘り出された剣が鏡のように曇りなく、鍛えると蛇のように伸び縮みしたという話があって印象深い。『豊後』は残存の分量が少ないが、『日本書紀』と似た記述が見られ、景行天皇の熊襲・土蜘蛛征伐を中心とした地名起源説話が残されている。また豊かさに傲って餅を的にしたため、荒れ果てた土地になってしまう地名起源説話も有名。『肥前』も『豊後』と同様だが、ほかに倭建命も登場する。逸文中でよく知られた説話には、摂津の国の夢野・刀我野の、鹿が偽りの夢占いをするとそれが現実になってしまう話、尾張の熱田の、倭建命が残した神霊の宿る刀の話、陸奥の八槻の、土蜘蛛の八部族が征伐された話、丹後の日置の里の、筒川の島子（水江の浦の島子）が亀を釣り上げると美姫に変身して常世の蓬莱山へ誘い、二人は婚姻するが、望郷の念に駆られた島子が時が早く過ぎ去る地上に降り立って化粧箱を開けてしまい、天界へと戻れなくなる話、丹後の真奈井の、老夫婦に請われて地上に留まった天女がむごい仕打ちを受ける話などがある。

【出雲国風土記】七三三（天平五）年成立。出雲国秋鹿郡の神宅臣金太理撰、出雲国造の出雲臣広嶋編。出雲国の大きさと形、国名の由来に始まり、地理・自然環境・地勢全般について詳説、物産についても詳しく記し、軍団の所在も明らかにしている、官命に添った風土記。説話群には、新羅などの一部を切り取って綱をかけて引いたという島根半島形成の由来を語る「国引き神話」、宇賀の郷にある、人が中に入ることができず、夢でここを訪れると必ず死ぬという黄泉の坂・黄泉の穴の伝承、三沢の稲を妊娠中の婦人が食べると子が唖になるという伝承、一つ目の鬼が若者を取って喰おうとする話にまつわる地名起源説話などが含まれている。

舟木玲子（ふなき・れいこ　一九五八〜）東京生。文京保育専門学校・文京保母専門学校卒。幼稚園勤務を経て、大学職員の傍ら童話を執筆。ファンタジー童話に、魔法の筆を使って骸骨に人間の皮をかぶせてあげる画家の卵の話『がいこつはまほうつかい』（八八・国土社）がある。

船越敬祐（ふなこし・けいすけ　一七八〇〜一八五〇／安永九〜嘉永三）伯州米子の医者。

梅毒を専門とし、治療の啓蒙に努め、その一環として擬人化軍記物『黴瘡軍談』（三八／天保九）などを執筆した。医者の前に玉藻の霊が出現、今は梅毒となり、眷属を引き連れて人々を悩ましていると語る。玉藻が医者に襲いかかると、武将（薬の化身）が現れて医師を助け、彼らの活動する場に連れて行く。医師は人体国で黴菌と薬の武将たちが戦う様を見聞する。

舟崎靖子（ふなざき・やすこ　一九四四〜）神奈川県小田原市生。川村学園女子短期大学卒。本姓近江。舟崎克彦との結婚により舟崎姓となる。後に離婚。童謡作家として活躍し、六七年には「うたう足の歌」でレコード大賞受賞。克彦との共著による『トンカチと花将軍』（七一・福音館書店）により童話作家としてもデビュー。『ひろしのしょうばい』（七七）で産経児童出版文化賞、『とべないカラスとばないカラス』（八四）で赤い鳥文学賞、『亀八』（九二）で日本児童文学者協会賞、産経児童出版文化賞を受賞。多数の幼年童話がある。高学年向けのファンタジーに、少女が魔法で変身したり、空を飛んだりするが、それが夢だと気づいたとき、少女が初潮を迎える『魔法の時間です』（七八・ポプラ社）など、最終的には現実の側に立ち返ってしまうような作品がある。

舟崎克彦（ふなざき・よしひこ　一九四五〜）東京豊島区生。学習院大学経済学部卒。不動産鑑定士として働きながら、ラジオＤＪの脚本、作詞などを手がけると共に、詩を執筆。当時妻であった舟崎靖子との共著による『トンカチと花将軍』（七一・福音館書店）により児童文学作家としてデビュー。この作品は愛犬の後を追って、クシャミを止める花を探して世界中の花を集めてしまった花将軍のいる別世界へ入り込むトンカチ少年の物語で、〈和製不思議の国のアリス〉としてその空想性が高く評価された。以後文筆生活に入り、ファンタジーの秀作を発表する。当初は児童文学の出版社から刊行を拒否されたという『ぽっぺん先生の日曜日』（七三・筑摩書房）により人気を博す。同作は活独大学生物学部所属、我が儘で軟弱な駄目男のぽっぺん先生が、なぞなぞの本の中に入り込んでしまい、そこから出るためにだじゃれと悪戦苦闘するというユーモア・ファンタジー。続く『ぽっぺん先生と帰らずの沼』（七四・同）では、食物連鎖の世界に入り込んだぽっぺん先生の冒険を描いて、赤い鳥文学賞を受賞。後にアニメ化もされている。自伝的作品『雨の動物園』（七四）で産経児童出版文化賞受賞、国際アンデルセン賞優良作品賞受賞。独学で学んだ漫画、イラストも秀逸で、《ぽっぺん先生》をはじめとする自作にしばしば自筆のイラストを添え、作品世界を豊かなものにしている。

舟崎の代表作はやはり《ぽっぺん先生》（筑摩書房）で、右の作品や別掲作のほか、埴輪の世界に落ち込む『ぽっぺん先生とどろの王子』（七七）、地獄巡りをする『ぽっぺん先生地獄へようこそ』（八三）、父親が書きかけた物語の世界に入り込んで母親の幻影を追い求める『ぽっぺん先生と鏡の女王』（八八）、宇宙人に誘われて宇宙で冒険を繰り広げる『ぽっぺん先生と星の箱舟』（九一）、ドジなトナカイのせいで四季を司る天上界に運ばれてしまう『ぽっぺん先生のクリスマス』（九四）などがある。

ほかの児童文学のファンタジーに、低学年向けとして、メルヘン《やまねこシリーズ》（七八〜八六・ポプラ社）、鴉の王子マック・マックロイの冒険を描く『王子マックとなかまたち』（八六・筑摩書房、後に《王子マックの大冒険》［九四・パロル舎］としてシリーズ化）、物たちが命を得て動いているためにいろいろと不思議なことが起こる家の話『ぼくんちおばけ』（八三・秋書房）、中学年向けとして、不条理な電話の話『もしもしウサギです』（八三・ポプラ社文庫）、モンスターの子供たちが通う学校を舞台にしたホラー・コメディ《モンスター学園》（〇三〜〇五・ポプラ社）、高学年以上向けとして、テレパシーを持つ少女レダが、宇宙人の混血だという出自や地球の危機を知っていくＳＦ『アンドロメダ特急』（八七・岩崎書店）、少年と不思議な黒猫の夢幻的な旅を描く絵本《黒猫ジルバ》三部作（八八〜九〇・ほるぷ出版）、珍しいオスの三毛猫が放浪中に不思議な島に辿り着き、様々な動物たちに出会い、〈ぽっぺん先生〉風の冒険をする物語だが、最後には作者が登場して、物語の中に自分を閉じ込めてしまうメタフィクション『月光のコパン』（〇七・岩波書店）など多数。

児童文学のほかに一般の小説も執筆するが、ほとんどが怪奇幻想系の作品であり、次のようなものがある。古い屋敷を舞台に、創作妖怪を次々に登場させた先駆的なユーモア妖怪小説で、偉大な民俗学者であった父の遺言に従ってゴニラバニラを探すうちに面妖な体験をする青年を描く『ゴニラバニラ』（七五・角川書店）、ドーナツに愛されてドーナツになってしまう男の話、声だけの存在になってしまう男女の話など、男女関係がテーマの、奇想とブラックユーモアと怪奇の短篇集『貘のいる風景』（八五・筑摩書房）、自然科学系読物雑誌の編集者が、各地で幽霊を中心とする怪異に遭遇する連作短篇集『黄昏クルーズ』（九三・朝日新聞社）、舟崎自身の体験を語る怪談実話集『舟崎家の怪談』（九六・パロル舎）など。ほかにエッセー集『ファンタジィの祝祭』（八一・文化出版局）もある。

【ぽっぺん先生と笑うカモメ号】長篇小説。七六年筑摩書房刊。《ぽっぺん先生》シリーズの第三作。論文を執筆中のぽっぺんはいつのまにやら船の上。ワライカモメの少女に先導され、海図にない海流を、地図にない島アルカ・ナイカ島をめざして進んでいく。ところがぽっぺん先生は途中で悪魔の豪華客船にひっかかってしまう。船上では謎めいたパーティが繰り広げられ、過去のトラウマから生まれた珍妙な動物たち――ヘソ鳥、七面胴、ヨミガエル、カサブタがぽっぺん先生に襲いかかる……。少年時代のいじめられたトラウマとヨットをなくしたという恐怖の思い出がこの物語の根幹を成しており、それをワライカモメの助け（愛の力の助け）を借りながら、克服していくという物語。進化論やだじゃれやラブロマンスが試練超克のファンタジーと渾然一体となった、ぽっぺん物ならではの傑作である。

武馬美恵子（ぶま・みえこ　?〜）使い古しのワープロが意識を持つようになり、少女たちと交流する『めいたんていワープくん』（一九九二・岩崎書店）で福島正実記念SF童話賞受賞。

史家弘英（ふみや・ひろえ　?〜）BL小説作家。オカルト伝奇物『マナ—天空の音律』（一九九五・桜桃書房＝スイートノベルス）など。

普門元照（ふもん・げんしょう　一六四四〜一七〇五／正保元〜宝永二）禅僧、詩人。高厳寺第四世住持。地蔵菩薩の霊験譚を六十三話収録する、教化のための説話集『地蔵菩薩応験新記』（〇四／宝永元）がある。加賀、越中、能登の話題を中心に、寺名、地名、人名、日時等を具体的に記し、霊験に真実味を与えている。文章もこなれていて、無駄がない。かなりささいな話も取り上げられている点は、いかにも身近な印象である。

浮遊子（ふゆうし　生没年未詳）駿河の人。奇談集『奇伝新話』（一七八六／天明六、北尾重政画）『奇伝余話』（八三／同三成立）の作者。『奇伝新話』の原本は八一（天明元）年の大火で焼失し、零本を集めて復元したのがこの二冊であり、一冊は刊行されたが、後半は写本のまま残された。前者は六巻八話、後者は七話を収録。『剪燈新話』に取材したとされる一篇は離魂病を扱った話。ほかに仙術を扱った作品や、『英草紙』をもとにした荒唐無稽な恋愛譚、ピカレスク風の英雄譚などがあるが、全体に幻怪味は薄く、説教臭が感じられる。江戸に流布する噂話に材を採ったものもあるといい、怪談集ではなく、あくまでも奇談集である。

ふゆきたかし（ふゆき・たかし　一九三〇〜）宮崎市生。津田スクールオブビジネス卒。『暗示の壁』（九〇）でサントリーミステリー大賞佳作入選。ファンタジーに、黄泉の湯に浸かったため、不老不死の体になり、同時に農作物を育てることもできない不浄の身になった男の悲劇を創作民話風に描いた怪奇小説『黄泉の湯』（八五・佑学社）、四次元的に現実と交錯した異世界からやって来た少女が、人間との友情のために四肢再生技術を施したことから悲劇が起きるＳＦ『エピソードⅠ＝イロル』（八七・サンケイ出版）がある。

冬城蒼生（ふゆき・たみ　？〜）ＢＬ小説作家。ファンタジーに、別世界に迷い込んだ高校生の少年の冒険を描く『霧の王国』（一九九七・ワニブックス＝きららノベルス）がある。

冬杜絵巳子（ふゆもり・えみこ　？〜）異星を舞台にした刑事物ＳＦ『砂上楼閣の男』（一九八六・集英社）、中世的世界を舞台に、両性具有の剣士に惹かれる男たちを描くＢＬファンタジー《クイン・ジュノー》（九三〜九五・花丸ノベルズ）《クィーラの花冠》（九五〜九六・講談社Ｘ文庫）がある。

古井由吉（ふるい・よしきち　一九三七〜）東京荏原区生。東京大学文学部卒。同大学院独文科修士課程修了。金沢大学、立教大学などでドイツ語の教鞭を執る。また、ブロッホ『誘惑者』（六七・筑摩書房）、ムージル『愛の完成』（六八・同）などを翻訳する傍ら、「木曜日に」（六八）をはじめとする小説を執筆。この初期の短篇群は『円陣を組む女たち』『男たちの円居《まどい》』（共に七〇）にまとめられている。七〇年、立教大学を退職し、本格的な作家活動に入る。同年「杳子」で芥川賞を受賞。内向の世代に属するとされる小説家だが、その作品は、内部に沈潜して個人的な表現を追究するばかりのものではなく、生死の実相に奥深く分け入っていくことで、より普遍的な表現を獲得している。八〇年代以後現在までの間で、最も評価の高い純文学作家の一人といえる。『栖』（七九・平凡社）で日本文学大賞、『槿』（八三・福武書店）で谷崎潤一郎賞、「中山坂」（八六）で川端康成文学賞、『仮往生伝試文』（八九・河出書房新社）で読売文学賞、『白髪の唄』（九六・新潮社）で毎日芸術賞を受賞したが、以後、文学賞の受賞を辞退している。

　古井には『言葉の呪術』（八〇・作品社）と題するエッセー集があるが、その作品世界は文字どおり〈言葉の呪術〉によって喚起されたイメージの連鎖によって成り立っているといってよい。それは〈譚〉としての幻想や怪奇とは縁が薄いが、文体そのものが醸し出すシャーマニックと形容しうるような力は、作中に時として霊妙なものを呼び寄せる。その代表ともいえる作品が『山躁賦』（八二・集英社）である。雲、霧、雪、風——流動する山上の大気と、読経、御詠歌、ほととぎす、武者の雄叫びなど、響き交わす諸々の音声によって全篇は満たされており、読者は語り手と共にその渦中にふらふらと歩み入り、共に時を、歴史を超越し、共に魂の賦活を体験する。ほかに『椋鳥』（八〇・中央公論社）『眉雨』（八六・福武書店）などの短篇集でも、そうした独特のトランス感覚を味わうことができるだろう。

　さらに、様々な〈往生伝〉を素材にして、生死についての思いを凝らした、後期の代表作ともいえる傑作連作短篇集『仮往生伝試文』以後は、老病死をテーマとする作品が多くを占めるようになる。夜に見るあえかな夢、死者たちの影、密やかに忍び寄る何とも知れぬ存在、幽明定かならぬ境涯などを描く手腕が冴え渡るようになっていく。幻想物語とはいい難いが、幻想的な何ものかが漂う玄妙な作品に、連作短篇集『楽天記』（九二・新潮社）『夜明けの家』（九八・講談社）『忿翁《ふんのう》』（〇二・新潮社）『辻』（〇六・同）『白暗淵《しろわだ》』（〇七・講談社）などがある。

　このほか、東逸子とのコラボレーションによる昔話の語り替え『グリム幻想』（八四・ＰＡＲＣＯ出版局）などもある。

【聖耳】連作短篇集。九九年二月〜二〇〇〇年七月『群像』連載。二〇〇〇年講談社刊。目の手術のために病院に入院している初老の男性が、病院内で起こる様々な非現実的なことについて語る一人称小説。だがその一人称は確固たる自我を持つものではなく、彼我相溶け込むようなもので、たとえば、語り手が老婆と話している描写があると、二人の会話がどちらがどちらということもなく途切れなく続き、いつしか語り手は老婆になっている、という具合である。多くの作品で類似の手法が使われているが、中盤の思いがけない転換から物語の終盤まで一気に語りきってしまう語り口は見事というほかない。酩酊しているかのような茫洋さをまといながらも、人を他界に引きずり込むような、絶妙な語りである。耳の聡い帝の話から、帝の話に出てくる女の幻想的な異界へと突入してしまう表題作ほか、十二篇を収録。現代純文学の精華といえる。

古市卓也（ふるいち・たくや　一九六一〜）兵庫県生。甲南大学文学部国文科卒。〇一年「いる家族いない家族」で児童文学ファンタジー大賞佳作入選。作品に『黒猫が海賊船に乗るまでの話』（〇六・理論社）がある。同作は、確執のあった父娘が、行方不明の船長を捜す設定の操り人形芝居を繰り広げるという現実の上に、生命を持つ人形たちが、語られるべき物語を求めて芝居をしているというもう一つの現実が載せられ、いつしかその境目がはっきりしなくなる、迷宮的構造のファンタジー。

古川薫（ふるかわ・かおる　一九二五〜）山口県下関市生。宇部工業学校機械科卒。戦中は航空機会社に勤務。戦後、山口大学教育学部卒。教員を経て新聞記者となる。七〇年頃から小説を発表し始め、九〇年『漂泊者のアリア』で直木賞を受賞。戦国時代や幕末を扱う歴史小説が多い。『空飛ぶ虚ろ舟』（九六・文藝春秋）は曲亭馬琴の奇事異聞集『兎園小説』の再話を展開すると同時に、晩年の馬琴の生活を描く時代小説。病弱な息子の宗伯がUFOを思わせる「虚ろ舟」の異聞に夢中になって取材を進めたエピソードや、宗伯や彼の恋人の亡霊が現れて宇宙へ旅立つと告げるなどのファンタジー要素がある。

古川日出男（ふるかわ・ひでお　一九六六〜）福島県生。早稲田大学第一文学部中退。劇団を主宰し、演出家として活動する傍ら、ファンタジーRPG「ウィザードリィ外伝II」のノベライゼーション『砂の王』（九四・ログアウト冒険文庫、未完）で小説家としてもデビュー。色を自在に操る少年がジャングルでの死と再生とを経て、人々を歓喜に導く究極のヴィジュアルを作成してしまうという、ファンタジーとリアリズムの融合を目指した力作長篇『13』（九八・幻冬舎）で注目される。人々に死を与える究極の悪に目覚めた弟、悪と対峙しうる幻の音楽ルコに導かれて幽霊を脳内に取り込んだ姉、二人の対決を描く異色作『沈黙』（九九・同）、猫になった少女と偏頭痛を持病とする青年の切ない恋愛ファンタジーで、表現しながらも表現しないことは可能かと考察するメタフィクション『アビシニアン』（二〇〇〇・幻冬舎）、多くの読書人を瞠目させた傑作『アラビアの夜の種族』と立て続けに作品を発表し、現代で最も注目されるファンタジー作家となった。〇二年『アラビアの夜の種族』で日本推理作家協会賞、日本SF大賞を受賞。東京のある区域内に住む猫をカウントするキャッターたちの物語を核に、多数の登場人物の瞬間的な交錯を描いた『LOVE』（〇五・祥伝社）により三島由紀夫賞受賞。ほかのファンタジー、SF的作品に次のようなものがある。人のオブセッションに触れてそれを変革する力を持つ踊りを踊る少女と、性と殺とに本能的に身を任せ、動物のように純真に生きる少年が世界を壊していく物語で、現在形の短いセンテンスで書かれた、演劇的、あるいは前衛映画的な意欲作『サウンドトラック』（〇三・集英社）、書き出しは私小説のようでありながら、すぐに死者の物語へと反転し、様々なレベルで彼我が消滅している状態を見せつけながら、地獄巡りの隠喩としての日本巡りを繰り広げる『ボディ・アンド・ソウル』（〇四・双葉社）、料理人の卵たちが、東京で狭間の時空を見つけて集うが、仲間の一人が交通事故で亡くなってしまったことから、仲間を狭間の冥界まで連れ戻しに行こうとする『僕たちは歩かない』（〇六・角川書店）、掌篇集『Gift』（〇四・集英社）、短篇集『ルート350』（〇六・講談社）など。

【アラビアの夜の種族】長篇小説。〇一年角川書店刊。ナポレオンによるエジプトの侵攻が迫り来るカイロ。聡明にして胆力のある青年アイユーブは、危殆に瀕しているカイロの情況を素早く察知し、知事に進言する。武力では勝てない、この危機を救えるのはただ『災厄の書』のみ。『災厄の書』とは、読む者を物語の世界に捕えて放さない魔の書物であり、これをフランス語訳してナポレオンに献上すれば、彼の破滅は必定、と。進言は容れられるが、実のところそれより早くアイユーブは『災厄の書』の製作に密かに取りかかっていた……。この歴史小説の部分を外枠に配し、『災厄の書』の物語が入れ子構造の作中作として語られていく。『災厄の書』は蛇のジンニーア（女魔神）と魔術師アーダムの千年にわたる愛憎、神に嘉された少年サフィーアンと白子の魔術師ファラーの因縁を中心に、『千夜一夜物語』を彷彿させる多彩な登場人物が、砂漠の壮麗な都市や不可思議に満ちた森を舞台に繰り広げる奇想天外のファンタジーである。未完だった『砂の王』も取り入れて作られた物語で、それ自体を独立した物語として読むことも可能だが、もちろん本書の妙味は、ファンタジーの部分が外枠を次第に侵食し、終には一つに絡み合うという構造になっている点にある。特に終結部分へと至る展開は絶妙というほかない。

古代紫（ふるしろ・むらさき　？〜）魔道の国を舞台に、魔力を消してしまう病気の特効薬を求めてパーティが冒険をするRPG風ファンタジー『ラグナレクの衛獣』（一九九二・スーパーファンタジー文庫）でデビュー。進化した猫が、歴史を変えに未来からやって来るSF『暗殺者は方舟に乗って』（九二・同）、別世界を舞台に、魅魔の力を持つ少女が出自の探索を通して成長していくファンタジー《魔瞳のラディーナ》（九四〜九五・キャンバス文庫）がある。

古田足日（ふるた・たるひ　一九二七〜）愛媛県川之江市生。早稲田大学露文科中退。在学中は早大童話会に所属し、神宮輝夫、鳥越信、中山恒らと相識る。五三年、童話会の名前で「少年文学の旗の下に」を発表。「さよなら未明」を含む『現代児童文学論』（五九・くろしお出版）で日本児童文学者協会新人賞受賞。これらの評論は、近代童話を乗り越えようとしたエポック・メイキングな業績として位置付けられている。『宿題ひきうけ株式会社』（六六）で日本児童文学者協会賞受賞。

古田は中山と共通してSF、ファンタジー指向が強く、長篇のデビュー作『ぬすまれた町』（六一・理論社）も、人々の心の中に影が住み着いて虚ろになっていくのを、未来から来た修正者たちが防ぐというストーリーで、人々が現代的生活の中で人間性を失って間違った方向に進んでいるという警告を与える、少年ファンタジーSFの力作である。ほかに、月にある未来都市を舞台にした抒情的な連作SFファンタジー『月の上のガラスの町』（六七・すばる書房盛光社）、低学年向けのSF『ロボット・カミィ』（七〇・福音館書店）などもある。ファンタジーとしては、押入の中に広がる別世界での冒険を、画家・田畑精一とのコンビで描いた絵本『おしいれのぼうけん』（七四・童心社）がよく知られている。また、別世界に入り込んで、その世界の住人になりきった少年が様々な苦難に遭いながら、国を救うために氷の巨人と戦って青い氷の花を手に入れる長篇ファンタジー『水の上のタケル』（六九・偕成社）は、文章にぎこちなさがあり、また問題の解決も現代的視点から見ると甘いものがあるが、ごく初期に書かれた本格的な別世界ファンタジーとして評価できる。このほか、偽のサンタクロースたちによってロボット化されてしまった人間たちを救い、失われた一日を取り戻そうとする子供たちの冒険を描く『まちがいカレンダー』（七〇・国土社）、未完の大作「甲賀三郎・根の国の物語」（七七〜七九、八三〜八五、『全集古田足日子どもの本別巻』に収録）などがある。「甲賀三郎」は全五章で、一が地上、二、三が地下、四、五が帰還という予定であったが、これから地下へ降りる、というところで話は終わっており、タイトル通りの作品にはなっていない。第一章では、三郎はまだ誕生もしていないのである。むしろ、改変日本神話ともいうべき内容であり、征服者と被征服者の確執に神々が絡み、それに翻弄される人々（その子孫が甲賀三郎）の姿を描いている。神話伝説を再解釈して新たな物語に仕立てようとした意気は壮大である。

▼『全集古田足日子どもの本』十三巻、別巻一（九三・童心社）

【へび山のあい子】中篇小説。八七年童心社刊。互いに補完しあう関係にある善の赤い蛇と悪の青い竜が、伝説時代から現代まで生き続け、少女を冒険に巻き込む、児童文学のファンタジー。主人公のあい子はいじめっ子を恐れて親友みかなを助けられなかったことで傷つくが、より傷ついたみかなは、今はコンビナートとなって傷口を癒している伝説の青い竜に捕えられてしまう。あい子は赤い蛇神に助けられて夢の中で少し成長し、みかなを助けるために竜の元へ行くが……。水平線を鉄床にして太陽の光を鍛える、入道雲の鋳型に夕日に輝く海の水を溶けた鉄に見立てて流し込み、壺を作る、金の光を金線として鈴を作るといった雄渾で美しいイメージが印象的な、イニシエーション型ファンタジーの秀作。

古橋秀之（ふるはし・ひでゆき　一九七一～）神奈川県生。法政大学卒。ゲーム会社勤務を経て、近未来風異世界を舞台にした吸血鬼物のオカルティックなSFアクション『ブラックロッド』（九六・メディアワークス）で電撃ゲーム小説大賞を受賞してデビュー。同作のシリーズ作品として、前日譚の吸血鬼狩り物『ブラッドジャケット』（九七・電撃文庫）、下層市民の霊と引き換えに神を生成する〈プロジェクト・トリニティ〉が暴力的に発動する様を描く『ブライトライツ・ホーリーランド』（二〇〇〇・同）がある。このほか、人類が衰退した世界で、人外の魔物と半人半怪の超忍者〈蟲忍〉が抗争を繰り広げているという設定下に、魔物であり蟲忍でもある境界者の少女抜け忍を描くバトル・アクション『蟲忍』（〇四・徳間デュアル文庫、前嶋重機との共著）、雪で閉ざされた極寒の世界で暖を求めて巨人の上に町を作っているという設定の物語で、最後に巨人が年老いて倒れると、その中から熱量の高い新しい巨人が生まれてくるという異世界ファンタジー『冬の巨人』（〇七・同）、妹コントロールで妹を無敵の超人にして戦うSF『超妹大戦シスマゲドン』（〇六～〇七・ファミ通文庫）、異能アクション『IX（ノウェム）』（〇三・電撃文庫）ほか。

古屋有季子（ふるや・ゆきこ　一九七〇～）騎士見習いの少女が国の危機を救うべく活躍するアクション・ファンタジー＆ラブコメディ『白鳥谷の秘密』（九一・学研レモン文庫）がある。

不破飛鳥（ふわ・あすか　？～）BL小説を執筆。吸血鬼とその天敵の天使にそれぞれ進化した人類を描く伝奇SF『大天使ヴァンパイア』（一九九三～九四・桜桃書房＝エクリプスノベル）、怪奇ファンタジー短篇集『守護《ガーディアン》天使の棲む森』（九四・青磁ビブロス＝ビーボーイズノベルス）がある。

文耕堂（ぶんこうどう　生没年未詳）浄瑠璃、歌舞伎狂言作者。本名松田和吉。晩年の近松門左衛門に師事し、その後継者の一人として、一七三〇～四〇（享保半ば～元文）年頃、竹本座で立作者として活躍。当時、竹田出雲、並木宗輔、紀海音と並び称されたという。主に合作で、時代物を中心に浄瑠璃脚本を執筆。歌舞伎狂言も書いた。幻怪味のある作品に、皇位後継者争いをテーマに、応神天皇の霊験がある「応神天皇八白幡」（三四／享保一九、単独作）、地獄巡りの趣向は残しつつお家騒動物にした「甲賀三郎窟物語」（三五／同二〇、竹田出雲との合作）、説経節「小栗」をもとにお家騒動に仕立てた「小栗判官車街道」（三八／元文三、竹田出雲との合作）、近松の松風村雨物の書き替え「行平磯《ゆきひらそ》馴松《なれまつ》」（同、竹田正蔵、三好松洛との合作）、死んだ傾城・奥州の霊が猫に入り込み、男にまとわりつく

「今川本領猫魔館」（四〇／同五、三好松洛、浅田可啓、竹田小出雲、竹田出雲との合作）など。派手な劇的展開よりも、微妙複雑な心理描写に長けた作者であると評価されている。

文東陳人（ぶんとうちんじん　生没年未詳）本名益池桂純《ますいけけいじゅん》。別号に昇亭岐山、池岐山人など。江戸のお坊主衆。下谷御徒町に住んだ。河童を殺したためにその怨念に祟られるという因果を設定したお家騒動物で、海坊主や神人などを出現させた読本『松風村雨物語』（一八一五／文化一二、歌川国直画）がある。

へ

『平家剣巻』（へいけつるぎのまき　十二世紀頃）中篇物語。作者未詳。源氏の家に代々伝わる二名剣〈髭切〉〈膝丸〉の由来、渡辺綱による、鬼女と化した宇治の橋姫の腕切り説話、大蜘蛛退治譚、また様々な討伐・合戦での剣の活躍の次第などを語る。また、草薙剣の由来を語り、熱田明神縁起、壇ノ浦での宝剣紛失事件がそれに続く。『平家物語』巻十一「剣」はこれを簡略にしたもの。

『平家物語』（へいけものがたり　鎌倉時代前半成立）長篇物語。十二世紀頃に語り物をする琵琶法師が平家関係の物語を始めたのをきっかけとして、増補が次第に加えられ、十三世紀の初期に現行のような十二巻本となったといわれる。ただし一作者による著作ではないため、多数の諸本が存在する。平家の興隆、平清盛の専横ぶりからその死を経て平家が没落し、ついには源氏に滅ぼされるまでを語った歴史軍記物語である。単に歴史を追うだけではなく、様々な説話、逸話、説教などが挟み込まれているところに特色がある。幻想文学としてはなによりも、無常観を表す絶句で始まるように、全体が仏教思想に貫かれており、諸行無常と因果応報の条理が繰り返し述べられることに注目したい。人為を超えた運命的な力によってこの世が左右されることへの畏怖、また末法の世に生きている不安と悲しみ、その裏返しとして浄土へと往生することへのこだわりなどが、全体に幻怪味を加えている。その帰結として、随所で語られる霊夢を見る話をはじめとして、伝奇・怪奇的素材が自然に使われることにもなり、それが後代に大きく影響を与えている点は非常に興味深い。また『平家物語』は能や浄瑠璃の直接的な素材ともなっており、二次作品が作られる過程で、より怪奇幻想的な作品になっていく点も見逃せない。

『平家物語』の怪奇幻想的な趣向には、説話的に挿入された奇談の部分と、話の主筋に関わる部分とがあり、以下、具体的にそれらの主な個所に言及する。まず前者については、山王の霊的託宣の話（巻一「願立」）、清盛の厳島信仰の由来（巻三「大塔修理」）、頼豪阿闍梨の怨霊話（同「頼豪」）、源頼政による怪物・五《ご》海女《かいじょ》と鵺の退治話（巻四「鵺」）、清盛の前世談（巻六「慈心房」）、蛇体の神と結ばれた女の話（巻八「緒環」）、失われた天叢《あめのむら》雲剣《くものつるぎ》ほかの名剣や鏡などの由来譚（巻十一「剣」「鏡」）など。後者については、鬼界ケ島に流された三人のうち二人が、見立て熊野詣でを行い、那智権現の千手観音を夢に見たり、虫食いの文字で託宣が刻まれた葉を得たりする話（巻二「熊野勧請」「康頼祝言《のっと》」）、春日明神に清盛が討ち取られる夢を重盛が見た話（巻三「無文」）、福原遷都の後、清盛邸に様々な怪異が出現する話と青侍が政権の移り変わりを合議する神々の夢を見る話（巻五「物怪之沙汰」）、清盛の死に際しての変事（巻六「入道死去」）、合戦に際して神仏への祈願をすると平氏源氏ともに奇瑞が見られること（巻七「竹生島詣」「願書」）、屋島の合戦で、那須与市が沖合に出現した船の扇の的を射る話（巻十一「扇的」）、源氏に奇瑞が現れ、陰陽師も平家敗戦を占うこと（同「壇ノ浦」）などがある。

平亭銀鶏（へいてい・ぎんけい　一七九〇〜一八七〇／寛政二〜明治三）本名畑時倚。通称数馬。別号に燕石楼、文盲散人、田中庵。上州甘楽郡七日市の前田侯に医師として仕えた。三二（天保三）年頃から、評判記、番付類を刊行。蔵から盗まれた扇を中心に展開する物語で、助けた亀が夢の中に現れて、それは恋人の鶴から贈られた物云々と語るという趣向の人情本『浪花廼《なにわの》夢《ゆめ》』（三五／同六、未完）なども執筆した。

平秩東作（へずつ・とうさく　一七二六〜八九／享保一一〜寛政元）狂歌師、詩人、戯作者。本名立松懐之《かねゆき》。幼名八十郎、通称稲毛屋金右衛門。別号に東蒙山人。内藤新宿生。父は元尾州藩士で煙草商を営んだ。東作は平賀源内・大田南畝らと交遊があった。『狂歌百鬼夜狂』の中心人物の一人でもある。八三（天明三）年から八四（同四）年まで松前と江差に滞在し、アイヌの風俗などの見聞を記した『東遊記』のほか、怪談奇談集『怪談老の杖』（五四／宝暦四頃成稿）などがある。

別唐晶司（べっとう・しょうじ　一九六〇〜）大分県生。京都大学医学部卒。大学勤務の傍ら小説を執筆し、「螺旋の肖像」（九二）で新潮新人賞を受賞してデビュー。肉体に対して憎悪を抱く天才的な頭脳の青年が、脳だけを摘出する手術によって生きながらえ、妄想のうちに人類の殺戮を夢見るホラー風の長篇『メタリック』（九四・新潮社）がある。

別役実（べつやく・みのる　一九三七〜）満州新京生。敗戦後、父の病死により、本籍地の高知に引き揚げる。早稲田大学政治経済学部中退。在学中から戯曲を書き、鈴木忠志らと〈早稲田小劇場〉を創立したが、後に脱退。ベケットなどの不条理劇の影響から出発し、六二年初演の「象」によって認められる。「マッチ売りの少女」（六六）「赤い鳥の居る風景」（六七）により岸田國士戯曲賞受賞。戯曲においては、さりげなく展開される対話のうちに非日常的な次元が顔を覗かせ、いつしか日常を彼方に追いやってしまうような形而上学的作風で知られる。「不思議の国のアリス」（七〇）「そよそよ族の叛乱」（七一）「あーぶくたった、にいたった」（七六）「マザー・マザー・マザー」（七九）「太郎の屋根に雪降りつむ」（八二）ほか多数の作品があり、三一書房より随時新作が刊行されている。近作に「銀河鉄道の夜」の一解釈を提示したともいえる「ジョバンニの父への旅」（八七）、帰るべきではなかったにもかかわらず、帰って来たドン・キホーテの話「諸国を遍歴する二人の騎士の物語」（八八）、魔女、ドラキュラなど怪奇的な素材を用いながら、過去にのみ生きる人生の黄昏を描く「ドラキュラ伯爵の秋」（八九）、運命の不条理を象になぞらえて語る「森から来たカーニバル」（九六）などがある。

別役はまた小説家でもあり、童話やエッセー風の読物にも特異な才能を発揮している。小説・童話はナンセンス、ユーモア、ペーソスの味わいがあり、独特の寂寥感・孤独感に浸されたものが多く、時には残酷なまでの絶望感を見せつける。これもまた戯曲と同じ根から咲いた花に違いない。長篇ファンタジーに『そよそよ族伝説』三部作がある。短篇集には、ナンセンス・テイルを中心に集めた『淋しいおさかな』（七三・三一書房）、昔話のパロディや架空の町の民俗誌などを収める『星の街のものがたり』（七七・同）、宮沢賢治の童話の宇宙に入り込むといった趣向の『山猫理髪店』（七九・同）、海・地・底と三重の街から成る島での冒険を描く中篇童話「コン・セブリ島の魔法使い」（八一）などを含む『おさかなの手紙』（八四・同）、奇想的な発想が光る『風の研究』（八八・同）、白雪姫やシンデレラに材を採った残酷で不条理な童話劇集『風に吹かれてドンキホーテ』（九四・同）などがある。中篇集『象は死刑』（七三・大和書房）は、戯曲を小説に書き替えたような不条理小説集で、会話が不安をかきたてる。また、「黒い郵便船」と響きあうような設定を持つ長篇『眠り島』（九二・白水社）は、もとは死体を読むための図書館だったが、今は昏睡者を収容する病院となっている島を舞台に、主人公が一人の行方不明者を探すうちに自らも島の中に囚われていくという不条理小説である。ほかに、地球は神様が作った箱庭のようなものだが、神様はもうかなり年を取っていて、地球についてあまり記憶はなく、いい加減にしか手当てしていないという設定の連作短篇集『別役実の「贋作天地創造」』（九八・朝日新聞社）のような冗談小説もある。

さらに、エスプリとユーモアに溢れた、冗談小説めいたエッセー集や犯罪をテーマにしたエッセー集、言葉や文字をめぐるエッセー集が多数ある。想像力と言葉の力だけで動物学の学説を打破し、動物たちの真の姿を明らかにした抱腹絶倒の《真説・動物学大系》シリーズ『けものづくし』（八二・平凡社）『鳥づくし』（八五・同）『魚づくし』（八九・同）、さらに真説を道具や人間の生態についてまで繰り広げた『道具づくし』（八六・大和書房）『当世・商売往来』（八八・岩波書店）『当世病気道楽』（九〇・三省堂）『日々の暮し方』（九〇・白水社）、昔ながらの妖怪を再解釈したり、現代的な新手の妖怪を紹介したりする『当世もののけ生態学』（九三・早川書房）など。また、評論には宮沢賢治の童話の細部にこだわることで新たな読みを提示した評論『イーハトーボゆき軽便鉄道』（九〇・リブロポート）などがある。別役の文学世界はその文体も含めてきわめてユニークで優れており、高く評価できる。

【黒い郵便船】中篇小説。七五年三一書房刊。寂れ果てた鉱山町に住むロロには両親がなく、定期的に熱が出るので学校にも行けず、青い木馬が唯一の話相手である。ロロは木馬の上から見かけた黒い郵便船に興味を持ち、やがてその役割を知る。にらいかないで読み解かれるために死体を運ぶための船だったのだ。死者は生涯をかけて綴られた手紙だったのである……。絶対的な孤独に対し、言葉を使ったり肉体を使ったりして、ほんの少しだけ抵抗するという別役の発想が具体的なイメージとして現れた、哀しくも美しい作品。町の歴史が重層的になっていることや、人々の間に運命的な階層差（まるで別の人種のような）があることなど、後の作品にも出てくる様々なモチーフが詰め込まれている。

【そよそよ族伝説】連作長篇小説。三一書房刊。『うつぼ舟』（八二）『あまんじゃく』（八三）『浮島の都』（八五）から成る三部作。古代大和風別世界で繰り広げられる王朝興亡の物語。暗い沼沢地〈おおうみ〉を舞台とし、うつぼ舟に乗って流されて来た母子を拾い上げた土着の民が、知恵と技とを駆使して母子の謎を解き、彼らを守ろうとするストーリーで、別世界ファンタジーに属する作品ながら、光と闇の対立、剣と魔法といった常套パターンに頼らない優れた構造には瞠目すべきものがある。あまんしゃぐめに率いられるあまんじゃく一族、施療院島にいる病んだ人々といった異様なキャラクターや、神秘的な小道具をふんだんに使ったミステリアスな雰囲気は別役ならではといえる。外伝に「ヨミノタタネものがたり」（八六）がある。

ベニー松山（べにー・まつやま　一九六七〜）東京新宿区生。早稲田大学第一文学部文芸専修卒。ゲームライター。ファンタジーRPG「ウィザードリィ」をもとにした長篇『隣り合わせの灰と青春』（八八・JICC出版局）で小説家としてもデビュー。「ウィザードリィ2」をもとにした『風よ。龍に届いているか』（九四・宝島社）、中世風別世界を舞台にした魔法大戦物ファンタジー『司星者セイン』（二〇〇〇〜〇二・スーパーダッシュ文庫）などがある。

片理誠（へんり・まこと　一九六六〜）本名津田和義。駒沢大学文学部卒。核戦争後の崩壊した世界で、海上に暮らす少年と仲間たちが巨大な豪華客船に乗り移ると、自律型の無人潜水艦によって親や仲間を次々に奪われていくSFミステリ『終末の海』（〇五・徳間書店）で日本SF新人賞佳作入選。別世界を舞台に、家族を竜に殺された主人公が、竜の屍体を操る〈屍竜使い〉となって竜と戦うアクション・ファンタジー『屍竜戦記』（〇七・トクマ・ノベルズ）がある。

『保元物語』（ほうげんものがたり　鎌倉時代後期成立）軍記物語。作者未詳。もともとは語り物である。三巻。保元の乱を中心とした崇徳院の物語であり、下巻では、院が生きながら天狗と化し、怨霊化した次第と、西行による鎮魂とが語られる。全体としては幻想味のない歴史物語ではあるが、怨霊化の理由を延々と語った物語という見方も可能で、後代に及ぼした影響もきわめて大きい。また源為朝の事跡も綴っており、写本によっては、伊豆七島での残虐な支配ぶりや、鬼を先祖とする大きな人々の住む鬼島へと渡るエピソードが付加されている。

宝珠なつめ（ほうじゅ・なつめ　一九七四〜）化け猫物の中篇「鉤爪小町」、蛇神の生贄となる宿命を負った村娘をめぐる攻防戦を描く「くちなわひめ」、近親相姦の果てに惨殺された女の妄執が死霊と化す怪異を描く「修羅の縁」など、江戸時代を舞台に、妖魔を斬り捨てる用心棒侍の活躍を描く短篇連作集《佐馬之助無頼流始末》（〇三〜〇四・学習研究社〜学研M文庫）でデビュー。ほかに〈魔法の店〉物のファンタジー《おもひでや》（〇六・Cノベルズ）、被食者のDNAを取り込んで進化する怪物を狩る賞金稼ぎを描いたSFアクション《熱砂の星パライソ》（〇七・同）がある。

北条風奈（ほうじょう・かざな　？〜）神話時代の中国を舞台に、天帝神農氏とその異父弟・軒轅氏の帝位をめぐる確執に巻き込まれた青年を描くファンタジー『その宿命は星に訊け』（二〇〇二・角川ビーンズ文庫）やSF作品がある。

北条団水（ほうじょう・だんすい　一六六三〜一七一一／寛文三〜宝永八）本名義延。別号に白眼居士、滑稽堂。出自等未詳。十代で西鶴に入門、浮世草子を書く一方で、俳諧師として活躍する。西鶴没後はその忠実な弟子として西鶴庵を襲名、京都から大坂の西鶴旧庵に移り住んで、遺稿の整理に努め、『万の文反故』『置土産』『織留』『名残の友』などを出版した。これら西鶴の遺稿集については、団水の加筆、また団水による擬作の混入などが疑われるところもあり、様々な議論がある。その後、京都に戻った。二十六篇の怪談を収めた『一夜《ひとよ》船《ぶね》』（一七一二／正徳二）は、副題を「日本回国之僧妙笠法師物語」といい、行脚僧が語った諸国の奇談を書き留めたという形になっている。序には誰のかわからぬ草稿を団水が添削、編纂したとある。誰かは無名氏、あるいは団水の弟子の月峰軒東歌と推測されているが、団水の手が入っていることには間違いなく、仏教的説教臭の強い点がその傍証とされる。親友を殺してその妻を得た男が、十三年を経て大蛇に怖じるという体験をしたためにすべてを懺悔し、義理の息子に仇として討たれることにする「人知れずこそ恋の俤」ほかを収録。

北條秀司（ほうじょう・ひでじ　一九〇二〜九六）劇作家。本名飯野秀二。大阪市生。関西大学文科卒。箱根登山鉄道勤務の傍ら、岡本綺堂に師事。三七年「表彰式前後」が新国劇によって上演され、デビュー。三九年、綺堂の死と共に退職して執筆生活に入り、長谷川伸に師事。戯曲集『閤下』（四〇）で新潮社文芸賞受賞。「霧の音」（五一）で毎日演劇賞受賞。庶民のための演劇を目指して多数の戯曲を執筆し、歌舞伎、新派、新国劇などで上演されている。またラジオドラマ化、映画化もされた。代表作に「王将」三部作（四七、五〇）など。『北条秀司戯曲選集』（六二〜六四）で芸術選奨文部大臣賞、読売文学賞を受賞。日本演劇協会会長を務め、七三年には菊池寛賞を受賞した。王朝物や廓物の中には怪奇幻想的な小品が含まれる。笛吹きに惚れて彼の亡妻そっくりに化けた狐と笛吹の悲恋を描く「狐と笛吹き」（五二、「恋すがた狐御殿」として映画化）、生霊となるほどの嫉妬に狂った女が恋人もろとも水底に沈む「生霊」(五三)、心中相手に逃げられて一人で死んだ花魁の亡霊が、昔を偲びに来た男を死の淵に引きずり込む「薄雪太夫」(五六、同年に「怪談　千鳥ケ淵」として映画化、七二年に別バージョンの「雪しまき」を執筆)、貉が化けた姫君が保名に横恋慕するという珍展開で、葛の葉が晴れて保名と結ばれ、子別れが完遂しないコメディ「保名と葛の葉」(五八)、一管の名笛を軸に、笛の名手がその増上慢を鬼に懲らしめられる「鬼の少将夜長話」(六五)など。また『源氏物語』を題材にした作品も多く執筆しているが、その中には、嫉妬に狂った雲井雁が貴船の谷に丑の刻参りをする異色作「落葉の宮」(五九)もある。

鳳翔伶(ほうしょう・れい　?〜)レズビアン・ポルノ小説を執筆。冒険ファンタジー『リンスの冒険大変記』(二〇〇六・青心社文庫)などがある。

朋誠堂喜三二(ほうせいどう・きさんじ　一七三五〜一八一三／享保二〇〜文化一〇)戯作者、狂歌師。本名平沢常富《つねまさ》、通称平格。狂名手柄岡持。別号に亀山人《きさんじん》など。江戸生。旗本の家士の三男として生まれ、秋田藩の平沢家の養子となる。武士としては順当に出世し、留守居本役を勤めた。幼少時より俳諧に親しみ、芝居も好んだ。恋川春町の活躍に惹かれて黄表紙の筆を執り始め、「かちかち山」の後日談で、兎が切腹して生肝を献上し、その瀕死体を狸が胴切にすると鵜と鷺に変じて幸をもたらす『親敵討腹鞁《おやのかたきうてやはらつづみ》』(七七／安永六、恋川春町画)でナンセンス味のあるパロディを成功させて、黄表紙を次々に執筆する。八一(天明元)年の『見徳一炊夢《みるがとくいっすいのゆめ》』で春町と並ぶ黄表紙作者と認められるが、寛政の改革を諷刺した『文武《ぶんぶ》二道万石通《にどうまんごくどおし》』(八八／同八、喜多川行麿画)によって主家より断筆を命じられたといわれ、以後は狂歌・狂文のみを作した。同作は武士の三種(文・武とぬらくら)を見極めるために富士の人穴に武士を集め、妖怪窟、文雅洞、長生不老門抜け裏のいずれかを選ばせる(武は妖怪、文は文雅、最後の道に入るのがぬらくらである)という趣向の滑稽な作品である。その他の黄表紙に、恋川春町『高漫斎行脚日記』を意識して書かれた作品で、諸芸を習って高慢になり、鼻を長く伸ばした金持ちの息子が、天狗に打ち負かされて反省し、鼻を短くする『鼻峰高慢男《はなのみねこうまんおとこ》』(七七／安永六、恋川春町画)、桃太郎が鬼ケ島から連れ帰った鬼七による騒動を描く『桃太郎後日噺《ごにちはなし》』(同、同画)、魔法の豆で魂入れ替えの術を行い、蛙、鰻から大名まで、様々なものになってみる『女嫌変豆男《おんなぎらいへんなまめおとこ》』(同、同画)、七福神が一般人レベルの騒ぎを起こすというやつしの趣向を用いた『蛭子大黒壮年過《えびすだいこくわかげのあやまり》』(七八／同七、同画)、道成寺物に狐や五位鷺の化物などを取り合わせ、歌舞伎の所作事を再現した『鐘入七人化粧《かねいりしちにんげしょう》』(八〇／同九、北尾重政画、改題本に『漉返柳黒髪《すきかえすやなぎのくろかみ》』)、〈大織冠〉の物語に生肝説話を絡めた『竜宮四国噂《たつのみやしこくうわさ》』(同)、恋川春町の『無《む》益《だ》委《い》記《き》』の拾遺と称する未来記物『長生見度記《ながいきみたいき》』(八三／天明三、恋川春町画)、隠岐の後醍醐天皇が白狐と契って生まれた子が遊興の世界へ殴り込みをかける『太平記万八講釈《まんぱちこうしゃく》』(八四／同四、北尾重政画)、タイトルは決まれど内容が決まらないので夢の中で分身たちと相談するという楽屋落ち趣向の前振りがある『亀山人《きさんじん》家妖《いえのばけもの》』(八七／同七、同画)など多数。

【〈栄華五十年蕎麦五十銭〉見徳一炊夢《みるがとくいっすいのゆめ》】黄表紙。八一(天明元)年刊。北尾重政画。恋川春町の『金々先生栄花夢』を意識した作。邯鄲物だが、夢の中に邯鄲の枕を使った栄華の夢を商う商売人が登場して、夢を見ている男が夢を買って夢に入り込む、という二重の構造になっているところがユニーク。最後に二重の夢が一挙に醒め、出前の蕎麦が届くところで終わる。

『頬焼阿弥陀縁起』(ほおやけあみだえんぎ　一三五五／文和四以前成立)縁起絵巻。伝冷泉為相詞章、伝土佐光興画。鎌倉岩蔵寺の縁起を記す。頬に焼き印を捺された僧侶の身代わりとなった阿弥陀を本尊として岩蔵寺が建立されたという内容である。

墨洲山人（ぼくしゅうさんじん　生没年未詳）経歴未詳。『〈三千世界《あらゆるせかい》〉見て来た咄』（一七九九／寛政一一）とその続篇『濡手で粟』（同）の作者。『見て来た咄』は『和荘兵衛《わそうびょうえ》』の追随作で、日本中の色町に通じた荘右衛門が、異国の色町へ乗り出すというもの。駝鳥を飼育してこれに騎乗し、万里を翔けて、大造国、雲上界、竜宮、極楽、地獄と見て回る。『濡手で粟』は金を処分しようとするがうまくいかない話、仙人になろうとする話などで構成されている。

反古斎（ほごさい　生没年未詳）経歴未詳。怪奇談集『怪異前席夜話』（一七九〇／寛政二）の作者。『聊斎志異』所収「蓮香」を翻案した異類婚譚、『曾呂利物語』に材を得た怨霊譚、民話的素材をもとに剣の怪異を描いたものなど六篇を収録。

保坂和志（ほさか・かずし　一九五六〜）山梨県生。鎌倉に育つ。早稲田大学政経学部卒。編集者を経て、「プレーンソング」（九〇）でデビュー。九三年「草の上の朝食」で野間文芸新人賞、九五年「この人の閾」で芥川賞を受賞。九七年『季節の記憶』で平林たい子文学賞、谷崎潤一郎賞をダブル受賞。幻想的と評しうる作品集に、喪失した、あるいは非在の姉を捜し求める少年が、記憶を精密にたどろうとした結果、夢幻的世界に落ち込んでいく妄想的小説「揺籃」（執筆は八〇）、人間の意識を残しながら猫になった男が、猫の身体を味わい、猫として世界の感触を確かめながら、人間とは何かを考えつつ町をさまよい歩く表題作を含む『明け方の猫』（〇一・講談社）がある。また、『カンバセイション・ピース』（〇三・新潮社）は、外見的には生者たちが織りなすノンシャランかつ哲学的な物語だが、死んでしまった血族や飼猫たちの記憶と、それらが隅々に沁みついた日本家屋特有のたたずまいがモチーフとなっており、死の翳、怪談の気配がまとわりついて離れない、玄妙な味わいの長篇である。

星新一（ほし・しんいち　一九二六〜九七）本名親一。東京本郷生。東京大学農学部卒。星の家は父・一《はじめ》が一代で築いた製薬会社であったが、父の死後巨額の負債を抱え、新一は会社を整理した。その頃、日本空飛ぶ円盤研究会に参加し、そこで知り合った柴野拓美らと共に、日本最初のSF同人誌『宇宙塵』を五七年に創刊。同誌二号掲載のショートショート「セキストラ」によって『宝石』に登場し、以後、ショートショートという新分野を開拓するSF作家として活躍することになる。SFが日本に定着してからは、短篇も数多く執筆し、SF以外にも、時代小説、父・星一や祖父・小金井良精とその時代を描いた優れた伝記文学などを執筆している。

SF、ミステリ、怪奇、幻想、メルヘンと多彩な表情を持つショートショートは千篇を超え、質・量ともに世界一を誇る。落ちのあるショートショートは、多くの場合ブラックユーモアの味わいがあり、かなりシニカルな人間観や世界観を浮かび上がらせる。もちろん千篇もある以上、すべてをブラックユーモアといって割り切れるわけではなく、ロマンティシズムに満ちた詩的な作品もある。作品数が多いので、民話・伝説・神話などに出てくる様々なキャラクターが総出演し、新たな性格・役目を付与されているといった印象もある。いわば、新一のショートショートは、幻想文学の基盤である様々な伝承の、凝縮されたパロディとなっているのである。たとえば、〈悪魔〉というテーマを扱った「鏡」。ある夫婦が合わせ鏡で呼び出した悪魔は無力だったが不死で、どんな虐待にも耐えるペットとなった。しかし、悪魔は不意をついて逃げ出してしまう。暴力で憂さを晴らすことに馴れきっていた夫婦は……。人間の闇を描いた恐怖小説の傑作だが、そのような作品が至るところで見いだせる。短篇群は、ユーモア、不条理、怪奇幻想色を強め、驚異に満ちた人生を語り尽くしている。ビーナスと結婚した男が、戸棚の中から彼女のもとに訪れる間男の多彩さに感動する「戸棚の男」、風格ある邸宅の門内に、時の流れから隔たったユートピア的小世界を発見する男の切ない物語「門のある家」、突如として出現した原始時代は、実は最期を迎えようとしている地球が見たパノラマ視現象だったという「午後の恐竜」、諧謔味に満ちた創作神話「はじまりの物語」など多数の幻想的作品がある。ショートショート集、短篇集に『人造美人』『ようこそ地球さん』(共に六一・新潮社)『悪魔のいる天国』(六一・中央公論社)『ボンボンと悪夢』(六二・新潮社)『宇宙のあいさつ』(六三・早川書房)『妖精配給会社』(六四・同)『おせっかいな神々』(六五・新潮社)『エヌ氏の遊園地』(六六・三一書房)『妄想銀行』(六七・新潮社)『マイ国家』(六八・同)『盗賊会社』(六八・日本経済新聞社)『午後の恐竜』(六八・早川書房)『ひとにぎりの未来』(六九・新潮社)『おみそれ社会』(七〇・講談社)『だれかさんの悪夢』(七〇・新潮社)『なりそこない王子』(七一・講談社)『様々な迷路』(七二・新潮社)『ちぐはぐな部品』(七二・角川文庫)『おかしな先祖』(七二・講談社)『かぼちゃの馬車』(七三・新潮社)『ごたごた気流』(七四・講談社)『夜のかくれんぼ』(七四・新潮社)『おのぞみの結末』(七五・いんなあとりっぷ)『たくさんのタブー』(七六・新潮社)『どこかの事件』(七七・同)『安全のカード』(七八・同)『ご依頼の件』(八〇・同)『地球から来た男』(八一・角川書店)『ありふれた手法』(八一・新潮社)『凶夢など30』(八二・同)『これからの出来事』(八五・同)『つねならぬ話』(八八・同)。

ほかに連作短篇形式の長篇『ノックの音が』(六五・毎日新聞社)『声の網』(七〇・講談社)『ほら男爵現代の冒険』(七〇・新潮社)や、数は少ないが長篇もある。代表作は『夢魔の標的』(六四・早川書房)で、腹話術師の人形がある日、勝手にしゃべり出すという、腹話術師以外の人間には分からない形で、目には見えない別の閉じた空間からこちら側の世界へ侵略してくる存在の恐怖を描いた作品である。侵略テーマのSFは多くが古典的な恐怖小説と同様の構造を有しているが、この作品にも同じことがいえる。ほかの長篇には、少年が自分そっくりの少年に導かれて夢の国に入り込み、様々な夢の世界を経巡るという連作形式の児童文学『ブランコのむこうで』(七一・新潮社)などがある。

▼『星新一の作品集』全十八巻(七四〜七五・新潮社)『星新一ショートショート1001』全三巻(九八・同)

【ボッコちゃん】ショートショート集。七二年新潮社刊。第一短篇集『人造美人』『ようこそ地球さん』所収の作品をベースに、五十の自選作品を収録したもので、初期の傑作が収められている。悪魔を釣った欲張り男を描く寓話風の「悪魔」、ぽっかり開いた底無し穴にあらゆるゴミが投げ捨てられ、世界は美しくなっていくのだが……恐ろしくも鮮烈な落ちで傑作として名高い「おーい、でてこーい」、暑いとイライラして生き物を殺したくなる男を描くモダンホラー風の「暑さ」、輪廻転生をテーマにした「年賀の客」、前掲の「鏡」、超能力のために不要の目を持たずに生まれて来た子供を描くミュータント物「闇の眼」、時計がわざと狂って持ち主の命を救う「愛用の時計」、最後にただ一人残された子供が神となる「最後の地球人」などがある。自らあとがきで述べている通り、SF、ミステリ、ファンタジー、寓話、童話とバラエティに富み、ショートショート作家・星新一をよく表している作品集である。

【どんぐり民話館】ショートショート集。八三年新潮社刊。一〇〇一篇目のショートショートを含む記念作品集。特技により姫の婿となったが、その裏には隠された事実が……という「王さま」、幸福を授けてやるから約束を守れ、さもないと、と言われた青年が約束を破ったにもかかわらず成功に継ぐ成功を収めてしまう「さもないと」など、民話のパロディ風作品が多いが、語り口はあくまでも星新一である。とあるお堂に後ろ向きに座っている人に話しかけるが相手にしてもらえず、かっとして殴りかかると、自分がそのお堂に座る人になってしまう「小さなお堂」、青年の前に現れたAはBが死んだと言い、そのあとで現れたBはAが死んだと言うという具合に二重三重の幽霊譚となり、真実がうやむやになる「影絵」、都会からどんぐり民話館を求めてやって来た青年が森の中でどんぐり民話館に変身してしまう「どんぐり民話館」など、不条理的な作品に異彩がある。

星一（ほし・はじめ　一八七三〜一九五一）福島県生。星新一の父。実業家。製薬会社を経営していた星ならではの未来予測小説で、健全な心身を作り上げる薬、不老回春の薬などの発明がもたらしたユートピア世界を描く『三十年後』（一八、星原案、江見水蔭執筆）がある。

ほしおさなえ（ほしお・さなえ　一九六四〜）本姓東《あずま》。デビュー時は大下さなえ、二〇〇三年以後ほしおに改名。東京生。父は翻訳家の小鷹信光、夫は評論家の東浩紀。東京学芸大学卒。九五年「影をめくるとき」が群像新人文学賞優秀作となり、小説家としてデビュー。同年『月刊カドカワ』の〈月カド詩人〉コーナーで詩人としてもデビュー。詩集に、生々しい肉体の感触を残す夢を思わせる『夢網《むもう》』（二〇〇〇・思潮社）、廊下が林檎の林になっているなどの幻想的なイメージを描いた詩画集『くらげそっくり』（〇三・青林工藝舎、西岡千晶画）など。『ヘビイチゴ・サナトリウム』（〇二）が鮎川哲也賞最終候補作となり、ミステリ作家としても活躍。霊体離脱などの超能力、夢による予知能力、タイムスリップによる歴史の変動とドッペルゲンガーの出現などを取り込んだSFミステリ『天の前庭』（〇五・東京創元社）、人間のミニチュアを生み出してしまうレトロウイルスをめぐって展開するSFサスペンス『モドキ』（〇六・角川書店）などがある。

星隈真野（ほしくま・まの　一九七九〜）大分県日田市生。鹿児島大学中退。現代退魔物『駒王神社深川家物語』（〇四・ファミ通文庫）で、えんため大賞佳作入選。

星田三平（ほしだ・さんぺい　一九一三〜六三）本名飯尾傳《つとう》。愛媛県松山市生。松山中学卒。伝染病による日本の死滅を描いた短篇「せんとらる地球市建設記録」（三〇）が『新青年』の懸賞小説に入選し、同誌に掲載される。ほかに怪奇テイストのミステリ「エル・ベチョオ」（三二）など数篇を同誌に発表した。

星谷仁（ほしたに・ひとし　一九五八〜）本名菊地康仁。福島県生。SF、ファンタジーを中心とする児童文学を執筆。ベッド・クロカニ号の力で原始的な別世界へと運ばれて冒険をする羽目になる高学年向けファンタジー『クロカニ号の冒険』（八四・金の星社）のほか、アゲハチョウになった父を探す魔女の子供が人間界で繰り広げるどたばたを描く低学年向け童話『小さなまじょのさがしもの』（八六・岩崎書店）などがある。

保科昌彦（ほしな・まさひこ　一九六三〜）香川県生。怨霊による復讐物『相続人』（〇三・角川書店）で日本ホラー小説大賞長編賞受賞。人生の残量を示す砂時計が地下に置かれているバー〈オリフィス〉をめぐる物語『オリフィス』（〇四・同）、一葉の心霊写真を皮切りに悪意が人から人へ感染していき、主人公の周囲で暴力事件が多発するホラー・サスペンス『ゲスト』（〇五・同）がある。

星野ケイ（ほしの・けい　?〜）愛媛県生。香港を舞台に竜の血をひく刑事の活躍を描く《香港超常現象捜査官》（一九九六〜九七・講談社X文庫）でデビュー。香港映画の大ファンで、その関連のアクション・ファンタジーを執筆。ゴーストバスター物の《香港電影》（九九〜〇一・角川ティーンズルビー文庫）、瀕死の重傷から、猫と合体することで蘇った刑事が活躍する《ホンコン・シティ・キャット》（九七〜九八・講談社X文庫）など。ほかに、変形吸血鬼ともいうべき〈天使〉たちと少年たちの戦いを描くサイキック・アクション《天使》（九九〜二〇〇〇・同）などがある。

星野智幸（ほしの・ともゆき　一九六五〜）米国ロサンゼルス生。早稲田大学第一文学部文芸専修卒。二年余りの新聞記者生活の後、メキシコに留学。「最後の吐息」（九七）で文藝賞を受賞し、デビュー。「目覚めよと人魚は歌う」（二〇〇〇）で三島由紀夫賞を、「ファンタジスタ」(〇二) で野間文芸新人賞を受賞。社会的テーマと、極端に濃密な性愛テーマが併存する、怪奇幻想系の作品を主に執筆。伝奇的、奇想的設定と小説的技巧を駆使し、独特の小説世界を作り上げている。また、全体に登場人物が観念的な印象を与えるため、寓話的な趣が強い。主な作品に次のものがある。元サッカー選手が庶民の高い支持を得て大統領に選ばれていくという寓話で、時代の雰囲気を描ききった表題作のほか、新聞記者が死の幻想に満ちた子供たちの世界を取材し、それを書くことによって現実と非現実の区別が消失していく事態が、清新な雰囲気のうちに描かれる「砂の惑星」、悪夢めいた穴掘り労働を描く「ハイウェイ・スター」を収録する短篇集『ファンタジスタ』(〇三・集英社)、異貌の日本を舞台に、若いオカミ(天皇)が死んだことによって自己喪失する若者が続出、そこに意味を見出して無理心中自殺した青年の手記がもたらした波紋を描く『ロンリー・ハーツ・キラー』(〇四・中央公論新社)、ボルヘスのパロディ「砂の老人」(〇五)などを含む短篇集『われら猫の子』(〇六・講談社)、人との距離をうまく保てない男が子連れの女性と交際を始めるという物語だが、植物診断というサイコセラピーの中で現れる幻想と現実とをシンクロさせた『植物診断室』(〇七・文藝春秋)など。

【アルカロイド・ラヴァーズ】長篇小説。〇四年七月『新潮』掲載。〇五年新潮社刊。九人の恋人たちだけが住まう別世界がある。ランプの花、ステンドグラスの草が茂る草原を裸足で駆け回り、血まみれになって愛し合い、恋人を奪い合い、殺し合い、死ぬとまた産まれては、互いに育てあい、また愛し……果てもない繰り返し。それに倦み、禁忌を犯してその世界から逃れ、人間界へと墜ちてきた咲子は、罰として生きていることを感じながら陽一と結婚する。陽一は彼女の頽廃をすべて引き受けるかのように、彼女が盛る毒を飲み干し、自分の全身を種子に変えて跡形もなく消える。咲子は後見人の手で、頭だけ出して土に埋められる。現世否定という幻想文学の根源的なテーマの一つを、豊かなイマジネーションで描ききった秀作。

星野ぴあす(ほしの・ぴあす ?~)ポルノ小説を執筆。別世界ファンタジー《プリンセス・シリーズ》(一九九三~二〇〇六・ナポレオン文庫~マドンナメイト~二見ブルーベリー)のほか、SFアクション『TERMI!』(九九・ナポレオンXXノベルズ)など多数。

星野亮(ほしの・りょう 一九六七~)第三眼を持つ少女の活躍を描くSFファンタジー『蒼い瞳の刀使い《ソード・ダンサー》』(九九・富士見ファンタジア文庫)でファンタジア長編小説大賞準入選。同作は以後、《ザ・サード》として長篇と外伝短篇集とがシリーズ化されている。ほかに頽廃した世界を舞台にしたSF『オッド・アイ』(〇三・同)がある。

細江ひろみ(ほそえ・ひろみ 一九六三~)岐阜県生。ゲームライター。夫は山北篤。ゲームのノベライゼーションを多数執筆するほか、あらゆる病を治す薬を生み出す天使あるいは鴉天狗のような存在をめぐる伝奇ファンタジー『マルアークの種』(〇七・GA文庫)がある。

北海散士(ほっかい・さんし 生没年未詳)本名井口元一郎。経歴未詳。日本最初の月世界旅行譚でもある政治小説『政海之破裂』(一八八八・浜本伊三郎)を執筆している。これは江戸の戯作の流れを感じさせるいわゆる夢落ちの作品だが、主人公が月世界からの使者である竜の背にまたがり、嵐をついて月へ向かう印象的な描写がある。

『法華修法一百座聞書抄』(ほっけしゅほういっぴゃくざききがきしょう 一一一〇/天仁三)ある内親王の発願により、三百日にわたって法華経、阿弥陀経、般若心経を講じたが、そのうちの二十日分を筆録したもの。漢字仮名交り文で、原本からの筆写と推測されている。経典解釈、経典を敷衍する説話、施主賛から成るが、筆録者の都合によるのか、説話の部分だけの場合もある。説話は三十五話あり、インドや中国物が多い。

ほなみ真渡（ほなみ・まさと　?〜）学園BL『放課後は終わらない』（二〇〇〇〜〇一）で角川ティーンズルビー文庫よりデビュー。ファンタジーに、幼なじみの喪われた記憶を取り戻すため、夢世界へと侵入して戦いを繰り広げる『ドリーム・リンケージ』（〇一・角川ビーンズ文庫）がある。

穂村弘（ほむら・ひろし　一九六二〜）北海道札幌市生。上智大学文学部英文学科卒。歌人。大学時代から作歌を始め、八八年『かばん』会員となる。歌集に『シンジケート』（八九）『ドライドライアイス』（九二）など。「楽しい一日」（〇七）で短歌研究賞、『短歌の友人』（〇七）で伊藤整文学賞評論部門を受賞。歌人のほか、絵本の翻訳家、エッセイスト、詩人としても活躍。小説には、ファンタジー、奇妙な味の小説などを収録する小品集『いじわるな天使から聞いた不思議な話』（九四・大和書房、後に「いじわるな天使」と改題）『車掌』（〇三・ヒヨコ舎、寺田克也画）『課長』（〇六・同、同画）などがある。

堀晃（ほり・あきら　一九四四〜）兵庫県龍野市生。大阪大学基礎工学部卒。学生時代からSFを執筆し、「イカルスの翼」（七〇）で『SFマガジン』にデビュー。会社勤務の傍らSFを書き続けている。成長する結晶生物が登場する表題作、意志を持ち、生きている惑星の話「迷宮の風」、別次元へ電送されてしまい、本質的なものが発現することになった都市の物語「電送都市」ほかの短篇を収録した『太陽風交点』（七九・早川書房）により日本SF大賞受賞。ハードSFの書き手として名高いが、幻想的設定を科学的に説明する作品も多く、宇宙そのものの幻想性を描くような側面もある。宇宙の時間と空間を混乱させる存在、換言すれば幻想的な存在を抹殺する仕事を描く連作短篇集で、宇宙の生成から消滅までを映し出す闇が登場し、仕事人たちを引き込んでしまう『漂着物体X』（八七・双葉ノベルズ）は、そうした幻想SFの代表作である。ほかに、銀河の端にある惑星に残された遺跡を調査する調査員と、結晶型の生命体の冒険を描く連作《トリニティ》、巨大コンピュータとつながっている情報省の男の活躍を描く《情報サイボーグ》などのシリーズ作品を含むSF短篇集『梅田地下オデッセイ』（八一・ハヤカワ文庫）『恐怖省』（八二・集英社文庫）、長篇『バビロニア・ウェーブ』（八八・徳間書店）など。

堀慎二郎（ほり・しんじろう　一九六八〜）神奈川県生。ゲームライターを経て、サイコホラー・アクション『サイコドール』（九七〜九八・電撃文庫、牧野円原案）で小説家としてデビュー。ファンタジーRPGのノベライゼーション《幻想水滸伝》（九九〜〇六・同）ほかがある。

堀伝之助（ほり・でんのすけ　生没年未詳）経歴未詳。江戸中期の人。夫が遊女に入れあげたために嫉妬で憤死した妻が、遊女そっくりの怨霊となって夫を誘惑し、取り殺そうとする中篇怪奇物語『怪談奇縁』（一七八五／天明五）の作者。上田秋成「吉備津の釜」と浅井了意「牡丹燈籠」を取り混ぜたような作品だが、序文に仏縁を意識していることが語られ、発心譚ともなっている。

堀直子（ほり・なおこ　一九五三〜）本姓藤代。群馬県高崎市生。昭和女子大学文学部卒。児童文学作家。『おれたちのはばたきを聞け』（八〇）で日本児童文学者協会新人賞受賞。鬼に取り憑かれて体が鬼のように変化していき、必死の格闘にもかかわらず鬼を追い出すことに成功しないまま、鬼と共に焼き殺されてしまう優等生の無惨な姿を描くことで、本当の人間らしさとは何かを問いかけた『つの笛がひびく』（八二・童心社）が、初期の幻想児童文学の代表作。その後は軽ファンタジーに移行し、《ゆうれいママ》シリーズ（八五〜九六・偕成社）等、少女が幽霊や宇宙人と付き合ったり予知で活躍したりするような作品群を執筆。ほかに、別世界を舞台に、少年と犬とが活躍する物語『銀のたてがみ』（九三〜九四・あかね書房）がある。

堀麦水（ほり・ばくすい　一七一八〜八三／享保三〜天明三）通称池田屋平三郎、のち長左衛門。別号に四楽庵、樗庵、牛口山人など。金沢堅町の蔵宿の次男。中川乙由に俳句を学んだが、貞享期の蕉風に傾倒、俳論書『蕉門一夜口授』(七三)、編著『新みなし栗』(七七)などを遺した。加賀、越中、能登の三国に伝わる怪談奇談を収録する『三州奇談』(成立年未詳)を編纂した。正篇は江戸初期から明和元年まで、続篇は明和以降の話となっている。金沢の伊勢派俳人の門人・水巻亭疏雀、通称住吉屋次郎右衛門が蒐集していた奇談を、堀が書き留めたものであるらしい。怪異なものとの遭遇譚、狐狸談、霊験や御利益話などを、俳人らしく細やかに語っている。

堀内元鎧(ほりうち・げんがい　一八〇七〜二九/文化四〜文政一二)信濃・高遠藩の藩儒で医師・中村元恒(一七七八〜一八五一/安永七〜嘉永四)の息子、俳人中村淡斎の孫。医を修め、松本の堀内家を嗣ぐべく、養子となった。父・元恒の述べるところを筆録した『信濃奇談』(二九/文政一二)を遺した。同書は主に伊那地方の奇談を集めたもので、五十二話を収録する。河童、鎌鼬などの妖怪のほか、奇形、天変地異、額に角を生やした話や言葉を返す鸚鵡石や奇石の話など。

堀内純子(ほりうち・すみこ　一九二九〜)旧朝鮮京城府生。京城第一高等女学校卒。引き揚げ後、入院生活を経て、衛生検査技師として病院に勤務。その後、主婦となって児童文学を執筆。狐が絵本を手本にして駅に化ける『いねむりジーゼルカー』(七七・講談社)でデビュー。四十年前の世界へ旅するタイムファンタジー『ルビー色の旅』(八七・同)で野間児童文芸賞受賞。ほかのファンタジーに、古くなったお雛さまたちが行く雛の星に同行した少女が、人形たちの過去を幻視して、祖母が命がけで空襲から守ったものだったことを知る『ひなの星スピカ』(七九・けやき書房)、置物の地蔵と少年の交流を描く『こちらま夜中テレビ局』(八〇・講談社)、赤ん坊の舌足らずな発音が呪文として有効な魔法の絨毯で時空を超え、自分の過去に入り込む『チコと空とぶバッチン』(八八・同)、鬼、ポスターの絵、松喰い虫、幽霊などが泊まりに来たり、繁忙期には河童が来て手伝ってくれたりする、のどかな民宿の一年間を描いたファンタジー連作短篇集『ひまな岬の菜の花荘』(九四・PHP研究所)、郵便配達夫が透明人間、鬼、未来の子孫、ケンタウロスの異星人、木の精、山の案山子娘などに出会う連作短篇集『ときには風になって』(九六・あかね書房)などがある。

堀川しんら(ほりかわ・しんら　?〜)第二回ファミ通エンタテインメント大賞ドラマ企画書部門最優秀賞受賞作を小説化した、植物の遺伝子操作に立ち向かう戦闘少女と天才少年の物語『プラントハンター蘭』(二〇〇一・ファミ通文庫)がある。

堀切徳太郎(ほりきり・とくたろう　?〜)児童文学を執筆。東京の中学校の校舎が消失するという事件を契機に、超能力を得た中学生たちが、鬼無里村で戦いを繰り広げるジュヴナイルSF『少年エスパー鬼無里へとぶ』(一九七九・明治図書出版)などがある。

堀切直人(ほりきり・なおと　一九四八〜)文芸評論家。神奈川県生。集合的無意識の層に横たわる悪夢的な世界を〈夢魔の森〉、アニミスティックな祝祭的状態を〈始源の森〉と名付け、両者のイメージに沿いながら、夏目漱石、泉鏡花、芥川龍之介、萩原朔太郎、岡本かの子、武田泰淳、島尾敏雄らの作品を解読していく大著『日本夢文学志』(七九・冥草舎)、〈迷子〉をキーワードに、神隠し、都市、見世物小屋といった幻想文学のモチーフを有する近代日本の幻想作家たち(柳田國男、鏡花、朔太郎、江戸川乱歩、佐藤春夫ほか)を解読する評論集『迷子論』(八一・村松書館)、鉱物のイメージをキーワードにして日本の近代作家たちを読み返した『水晶幻想』(八二・沖積舎)などの評論集により、幻想文学の評論家として認識されるようになる。その後、『日本夢文学志』でも語られていた〈夢魔〉から〈始源〉への転換を自らも果たすように、〈フモール〉や〈ノマド〉の方法論を用いて現実を攪乱する作品群を積極的に評価する方向に進み、『愚者の飛行術』『喜劇の誕生』（共に八七・沖積舎）『ファンタジーとフモール』（八九・同）などを上梓。さらに幻想文学的な視点にはこだわらず、より広いパースペクティブから、夢野久作、稲垣足穂、内田百閒、牧野信一などの幻想作家も含めて日本近代文学を捉え返すようになり、逃避ではなく遁走・闘争による現実否定の諸相を論じた『日本脱出』（九一・思潮社）『大正幻滅』（九二・リブロポート）『大正流亡』（九八・沖積舎）へと至る。このほか、〈唐組〉の信奉者として『唐十郎ギャラクシー』（九八・青弓社）ほかの著作や、読書論『読書の死と再生』（九九・青弓社）などがある。

堀口滋（ほりぐち・しげる　?～）宇宙物SF『クルーズチェイサー・ブラスティー』（一九九〇～九二・ソノラマ文庫）がある。

本郷花代（ほんごう・はなよ　?～）別世界を舞台にしたヒロイック・ファンタジー風コメディ『お兄さんは荒野をめざす』（一九九三・ムービック）がある。

本沢みなみ（ほんざわ・みなみ　一九七四～）『東京ANGEL』（九五）でコバルト文庫よりデビュー。ファンタジーに、異世界を舞台に、〈新世界〉を求めて冒険を繰り広げる少年少女を描く《新世界》（九七～〇一・コバルト文庫）、罪を犯した大天使を裁く間、ほかの天使たちが小学生に封印されているという設定のファンタジー『バーコード・チルドレン』（〇三・同）がある。

本城維芳（ほんじょう・これよし　?～一七九七／寛政九以前）字は士誠、または子誠。通称市兵衛、または宗兵衛。号に衡岳。京都に住んだ人。漢学者・皆川淇園の弟子。馮夢竜増補の『平妖伝』の翻訳『通俗平妖伝』（未完、一八〇二／享和二）がある。誤訳もあり、詞章や筋の展開に関係のない部分などは飛ばしているが、おおむね原文に忠実と評価されている。

本田緒生（ほんだ・おせい　一九〇〇～八三）名古屋市生。本名松原鉄次郎。二三年に「呪はれた真珠」が『新趣味』に入選。以後十年余にわたって『新青年』『苦楽』などにミステリ短篇を発表したが、家業を継ぐために断筆。大量のちらしが夜の風によって殺人を犯すという奇想短篇「謎の殺人」（七六）がある。

誉田哲也（ほんだ・てつや　一九六九～）東京生。学習院大学政経学部卒。吸血鬼物のアクション『ダークサイド・エンジェル紅鈴』（〇三・学研ウルフノベルス）で第二回ムー伝奇ノベル大賞優秀賞受賞。ネットにより死が感染するホラー『アクセス』（〇四・新潮社）でホラーサスペンス大賞特別賞受賞。近年は刑事物のミステリを中心に執筆している。

本田透（ほんだ・とおる　一九六九～）神戸生。早稲田大学卒。おたく系サイトを運営し、『電波男』（〇五）などおたく物のエッセーを執筆するほか、『アストロ！乙女塾！』（〇五～〇六・スーパーダッシュ文庫）等、少年向けハーレム型ファンタジー・コメディを多数執筆。

ほんだやいち（ほんだ・やいち　一九四一～）本名本多鵺一。京都府福知山市生。コペンハーゲン大学哲学科中退。諷刺的な連作『キツネいそっぷ』（七四・理論社）でデビュー。北欧神話の世界に入り込み、ロキ神と共に冒険を繰り広げる小学生向けファンタジー『消えたパパをさがせ』（八一・ポプラ社）ほか。

『本朝国語』（ほんちょうこくご　一七六二／宝暦一二）奇談集。作者未詳。作者として矢島酉甫、原文生、菅文三郎などの名が見えるが、いずれとも確定できず、またいずれも経歴等未詳。日本諸国の地理・動植物・習俗等について短文で記したもので、五巻二百十六話を収録。先行作と同じ話柄が多い。柳田國男が民俗資料として利用した書物の一つ。

『本朝故事因縁集』（ほんちょうこじいんねんしゅう　一六八九／元禄二）説話集。編者未詳。五巻百五十六話を収録。中世末から近世初期にかけての、日本諸国の口承の怪談奇談、寺社の縁起や霊験譚などを読み下し文で書き留め、評釈を加えたもの。初期の皿屋敷伝説（雲州松江）、摂津の鷺塚、金銀をもたらすが地獄堕ちとなる無間《むげん》の鐘、常陸坊海尊が山中で仙人になった話などが含まれていることで知られている。後続の怪談集・奇談集などにも大きな影響を与えた一冊である。

ま

真家和生（まいえ・かずお　一九五二〜）東京生。東京大学理学部卒。同大学院博士課程理学系研究科人類学専攻中退。人類学者。大妻女子大学教授。人獣に境のない森の中の世界を舞台に、人間の男の子とウサギがファンタスティックな体験をする児童文学『タイキルとジョッコ』（九五・福音館書店）がある。

舞城王太郎（まいじょう・おうたろう　一九七三〜）福井県南条郡今庄町生。『煙か土か食い物　Smokes,Soil,or Sacrifices』（〇一）でメフィスト賞を受賞してデビュー。風変わりな設定のミステリ風作品や青春小説を執筆。局地的暴動や猟奇殺人などの殺伐とした世相を背景に、女子高生のポップな臨死体験を描いた作品で、主人公の意識の内奥に潜む怪物を描いたホラー部分や、幽体が猟奇殺人者の意識と繋がってしまうシーンなども含まれる『阿修羅ガール』（〇三・新潮社）で三島由紀夫賞受賞。鬣《たてがみ》の生えている超人的な少年が山中の隠れ里に入り込む物語に、人肉食、女体の皿などを配した長篇『山ん中の獅見朋成雄』（〇三・講談社）、風に乗って空を飛ぶ人々が登場する、家族をめぐる寓話的短篇「みんな元気。」（〇四）など。

前川佐美雄（まえかわ・さみお　一九〇三〜九〇）歌人。奈良県生。東洋大学東洋文学科卒。二一年〈心の花〉に入会、佐佐木信綱に師事。〈床の間に祭られてあるわが首をうつつならねば泣いて見てゐし〉〈この壁をトレドの緋いろで塗りつぶす考へだけは昨日にかはらぬ〉など、アナーキーなモダニズムと評される第二歌集『植物祭』（三〇・素人社）によって歌壇内外より注目される。三一年、斎藤史、石川信夫らと『短歌作品』を創刊。三四年『日本歌人』創刊。『四季』『コギト』『日本浪曼派』などの同人と交遊し、アララギ派の写実に対抗する新風浪曼派歌人の頭領の観があった。〈夕焼けはさむざむ岩ににじみをりくりぬかれたるわが眼のなみだ〉〈砂庭の夕日におりて爪きればすでに亡べる爬虫類のこゑ〉などを収める第三歌集『白鳳』（四一・ぐろりあ・そさえて）『大和』『天平雲』の三集は、近代短歌が到達した一つの絶巓であり、その歌風は、底深く華麗なニヒリズムが王朝和歌の伝統と西欧渡来の象徴美学を容れて成ったかの観がある。大戦後の歌集に『積日』『鳥取抄』『捜神』『白木黒木』などがあり、その門下からは塚本邦雄、山中智恵子、前登志夫、苑翠子などが輩出している。

【大和】第四歌集。四〇年甲鳥書林刊。〈父の名も母の名もわすれみな忘れ不敵なる石の花とひらけり〉〈思ひ出は孔雀の羽とうちひらき飽くなき貪婪《たんらん》の島にかへらむ〉

【天平雲】第五歌集。四二年天理時報社刊。〈あかあかと紅葉を焚きぬいにしへは三千の威儀おこなはれけむ〉〈稲妻のひとひらめきぞ恋ひねがふ切なきまでに暗きこころを〉

▼『前川佐美雄全集』全三巻（〇二・砂子屋書房）

前川道介（まえかわ・みちすけ　一九二八〜）ドイツ文学者。京都大学文学部卒。同志社大学名誉教授。大学で教鞭を執る傍ら、五〇年代末頃からドイツの怪奇幻想短篇の翻訳を発表し始め、六五年には日本初の本格的なドイツ怪奇幻想文学案内『ドイツ怪奇文学入門』（綜芸舎）を上梓。同書は、第一部では怪奇伝承を、第二部ではヴェルナー、ゲーテからレルネット＝ホレーニアまでを取り上げ、紹介している。以後も、十九世紀末から二十世紀にかけてのドイツ怪奇幻想文学を折りに触れて翻訳。純文学に比して大衆文学が不遇なドイツの埋もれた怪奇幻想文学に光を当て、ドイツ特有の暗い文学世界を日本の幻想文学読者に知らしめた功績は大きい。翻訳はグロテスク・ホラーを中心に、奇想文学から純然たるファンタジーにまで及ぶ。怪奇幻想文学関連のエッセー集に、『ドイツ怪奇文学入門』の第一部をふくらませ、ドイツの怪奇的な民間説話や伝説を紹介する『ドイツ怪奇物語』(八〇・潮文社)。主な訳書に、エーヴェルス『蜘蛛・ミイラの花嫁』(七三・創土社、佐藤恵三との共訳)、シュトローブル『刺絡・死の舞踏』(七四・同)、ホレーニア『モナ・リーザ、バッゲ男爵』(七五・同)、カシュニッツ『精霊たちの庭』(八〇・ハヤカワ文庫)、ファラダ『田園幻想譚』(八二・同)、クーゼンベルク『壜の中の世界』(九一・国書刊行会、三宅晶子・竹内節との共訳)、『独逸怪奇小説集成』(〇一・国書刊行会、竹内節編)、編訳書に『現代ドイツ幻想短篇集』(七五・国書刊行会)《ドイツ・ロマン派全集》(八三〜九二・同)など。

前川康男(まえかわ・やすお　一九二一〜二〇〇二)東京京橋生。早稲田大学独文科卒。早大童話会に所属。新潮社に勤めながら児童文学を執筆し、「川将軍」(五一)で日本児童文学者協会新人賞を受賞し、執筆生活に入る。学徒出陣により中国戦線へ赴いた経験をもとにした大作『ヤン』(六七、産経児童出版文化賞)、ヤマトからの侵略者と戦うアイヌの青年の苦悩を描いた『魔神の海』(七〇、日本児童文学者協会賞)が代表作。ファンタスティックな作品に、人間に奇跡を配る〈奇跡クラブ〉の紳士の導きで、デパートの地下から犬の町に赴いて冒険を繰り広げる少年を描いた『奇跡クラブ』(六六・実業之日本社)、宇宙人、幸運のお守り、天使、神様、魔法使いなどが現れて子供らに幸運を授けてくれる『五つの幸運ものがたり』(七八・小学館)、笑い爆弾で戦争をやめさせる話など寓話的な作品を収める短篇集『まぼろしのせみの歌』(七七・PHP研究所)、魔法の下手なダメ鬼と少女の交流を描く『赤おにゴチョモラ』(八八・新学社)などがある。

前田其窓子(まえだ・きそうし　生没年未詳)経歴未詳。説話・伝説集『四方義草《よもぎぐさ》』(一七九二/寛政四)の作者。長柄の長者の娘と鷺の話などが収録されている。

前田栄(まえだ・さかえ　一九六六〜)体感RPGを舞台にしたSFファンタジー《リアルゲーム》(九七〜〇一・ウィングス・ノヴエルス)がデビュー作。BL小説を中心に執筆するが、BL、非BL共にSF、ファンタジーが多い。ほかの作品に、ヴィクトリア朝英国を舞台に、自覚のないまま強大な力を持つ青年と魔族・天使が魂の争奪戦を繰り広げる《ミカエルの騎士》(九七〜二〇〇〇・同)、異世界につながる門のマスターである男子高校生が様々なトラブルに巻き込まれる伝奇アクションのラブコメディ《救世主シリーズ》(九九〜〇一・角川ティーンズルビー文庫)、精霊に愛されることで魔法の力を得ることができる文明崩壊後の地球を舞台に、強大な力を持つ炎の精霊王に愛される魔法使いの少年と、火・水・風・土すべての属性の精霊たちに愛されたために逆に魔法が使えない青年が、世界の秘密に触れ、精霊たちを解放するに到るSFファンタジー『ディアスポラ』(〇一〜〇四・ウィングス文庫)、幽霊や妖怪などに関わる品も扱う質屋を経営する半妖怪の青年が、大妖怪の父親や人間の青年と共に事件に巻き込まれる『結晶物語』(〇五〜〇七・同)、神としての記憶を封印して高校生として暮らす倭タケルが、美青年の妖狐らと共に怪奇事件を解決する『春夏冬《あきない》喫茶館《カフェ》にようこそ』(〇四〜〇五・角川ビーンズ文庫)など。

前田珠子(まえだ・たまこ　一九六五〜)別名に森山櫂。佐賀県生。佐賀大学農学部卒。「眠り姫の目覚める朝」(八七)でコバルト・ノベル大賞佳作入選。SF風冒険小説『宇宙に吹く風白い鳥』(八七・集英コバルト文庫)で大学生作家としてデビュー。第二作以降、別世界を舞台にしたファンタジーを次々と発表。近親者同士の愛憎、恋などの人間模様を描いた作品に特徴がある。少女小説の分野では、日常的な世界に繰り広げられるファンタジーは久美沙織をはじめとして種々前例があったが、完全な別世界ファンタジーはそれまで見られなかった。前田の仕事が、以後のファンタジーの普及に大きく貢献したことは間違いない。主な作品は次の通り。分身能力を持つ王女を主人公に、王女とその恋人が邪悪な異母兄・魔術師・悪霊などと対決する『イファンの王女』(八八・同)とその続篇《カル・ランシィの女王》(八九～九三・同、未完)、同じ世界の過去を舞台に、世界を守る聖獣の生まれ変わりである、魔力を持つ双子の兄妹の恋と、魔術師との戦いを描いた《聖獣復活譚》(八九・同)《聖獣覚醒秘譚》(九一～・同、未完)、魔性が跋扈する別世界を舞台に、意志を持ち魔性の魂を喰らう剣に選ばれた半魔の女剣士が戦うヒロイック・ファンタジー《破妖の剣》(八九～・同)、瘴気を浄化するために眠りについた女神の眠りを守るための存在＝聖石の使徒の一人で、強大な制御できない力を持つ少女を中心に展開する冒険ファンタジー『聖石の使徒』(〇一～・同)、世界を半分ずつ支配する男神と女神が、互いの領有を交換したために混乱を来した世界を舞台にしたヒロイック・ファンタジー《ゼンノーヴ異聞》(九三～〇一・キャンバス文庫～パレット文庫、未完)、〈陽獣〉〈夜獣〉という魔物を一定の血筋の人間に封印してきた伝説の島を主な舞台に、その特異な出自により〈夜獣〉を内に棲まわせる少年が、自らの力にとまどいながらも魔物たちを解放するまでを描く『隻腕の神の島』(九二～九四・角川スニーカー文庫)、邪悪な魔性と少年の戦いを描く《魅魎暗躍譚》(九一～二〇〇〇・集英社スーパーファンタジー文庫、未完)、親の敵ともいうべき精霊宮の司を愛した少女の苦悩を描く『陽《ひ》影《かげ》の舞姫』(九二～九四・同)、心の闇から生まれる魔を退治せずにはいられない、神の魂を持つ〈鬼〉たちが活躍するオカルト・アクション『花蔭の鬼』『闇守の鬼』(九五、九六・同)ほか。また、森山櫂名義で、魔力によって世界の歪みを正す術者たちの活躍を描くコメディ風味のファンタジー連作短篇集《果ての塔の物語》(九三～九七・ウィングス・ノヴェルス)など。ほかにも多数のシリーズ作品があるが、未完のまま打ち切られたり、途絶したりするものも多い。

【堕神綺譚】長篇小説。九五～九六年角川書店(スニーカーブックス)刊。〈大世界〉から溢れるエネルギーを吸収して〈大世界〉を安定させるという目的のために、対をなす〈創造種〉によって〈小世界〉が創られては消滅していくという設定の下、ある〈小世界〉を舞台に繰り広げられる連作ファンタジー。〈創造種〉のゼン・シャラクは自分が創り出した〈小世界〉に降りるという禁忌を犯し、〈堕神〉となり、〈小世界〉の人々に働きかける。それは、〈小世界〉のどこかで眠り続ける愛しい片割れのム・シャラルの居場所を特定し、目覚めさせるための方途であった。人々は神の思惑を知ることなく、運命に翻弄されていく。大きな時間の流れを設定した枠物語で、恋愛ロマンスや人形奇譚などのファンタスティックな各話がゆるやかにつながっていく点は完成度が高い。全体に悲劇性が強いが、結末はやや強引ながらもハッピーエンドに着地している。

前田有起(まえだ・ゆうき　?～)ファティマの第三の予言ほか、オカルトのモチーフを用いた終末テーマのSF『煌めきの終章』(一九九五・講談社ノベルス)がある。

槙ありさ(まき・ありさ　?～)BL小説を執筆。ゲームのノベライゼーション『星のまほろば』(二〇〇二・角川ビーンズ文庫)でデビュー。新選組隊士の生まれ変わりの男子高校生が、不老不死の土方歳三、沖田総司と共に、世界の調和をつかさどる〈時光石〉をめぐる戦いに身を投じる《時光の隊士》(〇四・同)、アジア風別世界を舞台にしたラブ・ファンタジー『瑠璃の風に花は流れる』(〇六～・同)などがある。

牧逸馬(まき・いつま　一九〇〇～三五)本名長谷川海太《かいた》郎《ろう》。牧名義で現代小説やミステリ、翻訳を手がけたほか、谷譲次の筆名で〈めりけんじゃっぷ〉物を、林不忘の筆名で時代小説を執筆。新潟県佐渡郡赤泊村生。ジャーナリストとして高名な長谷川淑夫の長男。次男の潾二郎は画家で、地味井平造の筆名で小説も書き、三男の濬はロシア文学者、四男の四郎は作家となる。父が『函館新聞』の主筆に迎えられたため、一歳で函館に移住。函館中学校卒業後の一八年に渡米し、オハイオ州のオベリン大学などに学ぶが、まもなく退学。様々な職業に従事しながら全米各地を放浪し、二四年に帰国。『新青年』編集長の森下雨村の勧めで同誌に「テキサス無宿」(二七)などの《めりけんじゃっぷ》物を谷名義で発表、好評を博す。牧名義では現代小説やミステリ、海外ミステリの翻訳を手がける。二七年、林名義で『東京日日新聞』に連載した「新版大岡政談」で、隻眼隻腕の剣客・丹下左膳が大人気を呼び一躍大衆文壇の花形作家となる。ほかに牧名義による通俗家庭小説「地上の星座」(三二〜三四)などがあり、『一人三人全集』(三三〜三五)の完結直後に、建設途中の新居で心臓麻痺のため急逝した。

　幻想文学関連の作品は、牧逸馬名義のものに多い。なかでも「第七の天」(二八)は、現代の都市では石や鉄こそが生きているのだという奇怪な前置きに続いて、不慣れなモダン・ガアルの幽霊の挿話、幽霊になっても口やかましい先代社長が、若社長によって真空掃除器に吸い取られて成仏するというゴーストバスターズめいた挿話を語って、ナンセンスなモダニズム怪談に仕上げている。牧の西洋怪談には、ほかにも「西洋怪異談」(三四)「西洋狗張子」(初出不明)などがあり、どちらも掌篇を集めたものだが、前者の冒頭に収められた「夏夜祭」は、怪しげな薬を商う老人が、夜祭りの見世物小屋ですすり泣く異形のフリークスに毒薬を恵んでやる話で、無惨な中に哀れを湛えて一読忘れ難い味がある。

　こうした怪異趣味から生み出されたのが《世界怪奇実話》シリーズ(二九〜三三)である。中央公論社特派員の名目で一年余にわたるヨーロッパ旅行をしたときに蒐集した資料を活用して、『中央公論』誌上に連載されたこの怪奇・犯罪ノンフィクションは、非常な好評を博し、今なおこの種の読物の決定版と目されている。

　毛色の変わった作品としては「白仙境」(二八)が挙げられる。信州の奥地に宣教師の子孫が築いた秘境があるという設定の伝奇ミステリである。また、谷名義の「もだん・でかめろん」(二六〜二七)にも「第七の天」と一脈通じる都会の怪談奇談が含まれており、〈A Hindoo Phantasy〉と銘打つ「ヤトラカン・サミ博士の椅子」(二九)もエキゾティックな幻想譚として印象深い。

槇ひろし(まき・ひろし　一九四一〜)本名柏原悦勉。多摩美術大学絵画科卒。現代美術作家としての活動のほか、児童文学を執筆。カポンという服を着ているので人間からは見えないが、人間と同居しており、生まれた時は老人で、死ぬ時は赤ん坊というミュータン人から見た人間たちを描いた諷刺的ファンタジー『カポンをはいたけんじ』(七三・講談社)で講談社児童文学新人賞を受賞。

真樹操(まき・みさお　一九四九〜)熊本県生。熊本県立女子大学卒。宋代や明代の中国を舞台にしたミステリを執筆。天狐の青年と知り合いになった科挙浪人の青年が、天狐一族に伝わる祭器を探す手伝いをするミステリ短篇「烏鷺庵筆記」(九三)でデビュー。その続篇で、狐と結婚している狼男まで出現して大暴れする《蘇州狐妖記》(九四・トクマ・ノベルズ)などがある。

麻城ゆう(まき・ゆう　?〜)共立女子大学卒。一九八八年「月光界秘譚」で『小説ウィングス』にデビュー。四大の精霊や光と闇の霊の力による魔道が発達している魔法的別世界〈月光界〉を舞台にしたシリーズを書き継いでいる。地球生まれだが実は月光界の大魔道士の血をひいている少女・輪堂弓香《りんどうゆみか》が、意図せざるうちに偉大な支配者となっていく姿を描いた冒険ファンタジー《月光界シリーズ》(九〇〜九二・大陸ノベルス、九四〜九五・角川スニーカー文庫)、複雑な背景を持って生まれてきた妖魔の兄弟ショッキング・ブルーと暗黒丸を中心に、世代を越えて知識を継承できる知識売りのスフィンクス、月光界の異邦人D・D《デモーニッシュ・ディアマンド》、誇り高き人魚・銀鱗姫などが入り乱れる冒険ファンタジー《天界樹夢語り》（九四〜九九・ウィングス・ノヴェルス）、風の精霊を操る魔道士・真牙、月の神祇官の息子サファ、ショッキング・ブルーと仲間たちが、母の死をめぐり、真実を知らぬまま兄を憎んでいる妖魔の長・暗黒丸の太陽召喚の陰謀と対決する《月光界秘譚》（二〇〇〇〜〇二・ウィングス文庫）など。このほか、現世を乗っ取ろうとする亡者たちを地獄に送り返す使命を帯びた人鬼の少女の活躍を描くサイキック・アクション《地獄使い》（九二〜九三・角川スニーカー文庫）、近未来日本を舞台に、謎の獣格化現象が起きる中、青竜、朱雀、玄武、白虎として目覚めた少年たちが戦いを繰り広げるSF伝奇アクション《時代の巫子》（九六〜九八・同）、カオスとコスモス、安定と変化の対立をテーマに、出奔した王女や密命を受けた剣士らの冒険によって、王族のしるしである神樹の謎や人と対立する魔族の真実が明らかになっていく別世界ファンタジー『蒼の伝説』（九九〜二〇〇〇・同）といった作品がある。また漫画原作も手がけている。

牧野修（まきの・おさむ　一九五八〜）大阪府生。高校時代から亜羅叉の沙という筆名で、同人誌『ネオ・ヌル』（筒井康隆主宰）に小説を投稿。七五年には掌篇「ミユキちゃん」が『日本SFベスト集成1974』（七五・徳間書店）に採録されている。大阪芸術大学芸術学部映像計画学科卒。七九年「名のない家」（牧野ねこ名義）で、『奇想天外』SF新人賞を受賞し、SF短篇などを発表。また、第一回幻想文学新人賞で滅びゆく街を幻想味豊かに描いた短篇「召されし街」（八五、牧野みちこ名義）が佳作入選。その後、別世界を舞台に、馬に似た二足の獣によるレースに出場し、恨みを抱く王に拝謁する機会を得ようとする若者たちを描くファンタジー『王の眠る丘』（九二・早川書房）でハイ！ノベル大賞を受賞して本格的に小説家としてデビューする。霊的世界との接触で心霊大戦が起こって荒廃した世界を舞台にしたスポーツ・アクション物のファンタジー『プリンセス奪還』（九五・ソノラマ文庫）と並行して、連作短篇集『MOUSE』（九六・ハヤカワ文庫）収録の諸短篇を『SFマガジン』に発表。同作はドラッグ漬けで現実と幻想の境界が崩壊し、現実を幻想に変えてしまう力を持つに至った少年少女たちの過激に頽廃的な、それでいてパワーに溢れた世界を描いた秀作で、牧野の名をSF界に知らしめた。ホラーゲームのノベライゼーション『クロックタワー2』（九七・アスペクト）などを手がけた後、メタノベルの趣向で、死者の世界とこの世の境界が崩れ去るまでを描いたホラー長篇『屍《かばね》の王』（九八・ぶんか社）を発表。以後、ホラー、幻想文学、ホラーとSFの境界領域の作品を中心に、旺盛な執筆活動を続けている。

　妄想に支配されて言語が戯言化した、いわゆる〈電波〉言語を巧みに書きこなすことからわかるように、牧野は〈幻想的なるもの〉の表現能力がきわめて高い作家である。特に短篇での独創的な怪異の表出は他の追随を許さない。また、自己の作風やジャンルに対して非常に意識的であり、様々なパターンの作品を試みると同時に、メタフィクションの要素を内包する作品も散見される。主な作品には次のものがある。赤ん坊型の異生命体＝人間の天敵の存在を幼児虐待などと絡めて描く日本ホラー小説大賞長編賞佳作入選作『スイート・リトル・ベイビー』（九九・角川ホラー文庫）、匂いによって妄想世界を現実化させる能力を授かった男が撒き散らす恐怖を描いた『偏執の芳香』（九九・アスペクト、後に「アロマパラノイド」と改題）、陸の孤島めいた新興住宅地を舞台に、いじめられっ子少年とトンデモ科学者と浮浪者の一団が、魔界の尖兵たるサイコ殺人鬼や怪物たちと死闘を繰り広げる『リアルヘヴンへようこそ』（九九・廣済堂文庫）、隕石落下によって危険地帯と化した大阪を舞台に、皮膚がゼリー状になる麗腐病など、様々な怪奇的ガジェットを詰め込んだ終末SFで、日本SF大賞を受賞した『傀儡后《くぐつこう》』（〇二・早川書房）、『プリンセス奪還』の世界観を引き継ぎ、オカルト的なものが力を発揮し始め、科学が蔑まれている近未来を舞台にした、一種のメタ伝奇アクション《呪禁官》（〇一〜〇三・ノン・ノベル）、邪神復活物のパロディのような設定で、悪魔〈蠅の女〉と共に忌まわしい救世主と戦うスプラッタ・ホラー風アクション『蠅の女』（〇四・光文社文庫）、人肉食と記憶の改変をモチーフとするホラー・ミステリ『記憶の食卓』（〇五・角川書店）、肉体損壊の残虐さと聖性への希求に満ちた名作「グノーシス心中」、怪異譚として秀抜な「おもひで女」ほかを収める枠物語形式の短篇集『忌まわしい匣』（九九・集英社）、「召されし街」ほか幻想的なテイストの強い怪奇短篇を収録する短篇集『楽園の知恵』（〇七・ハヤカワ文庫）など。

【だからドロシー帰っておいで】長篇小説。〇二年角川書店（角川ホラー文庫）刊。父や夫の顔色を見ながら抑圧された暮らしを送っていた仲子は、ふとした拍子に神経の糸が切れ、ピンクのワンピースに赤い靴で夜道に出たところ、男に襲われて逆に殺してしまう。彼女の精神の平衡は完全に崩れ、現実世界では連続殺人を犯したり、浮浪者と放浪したり、虐待されている幼女を助けたりする一方、怪奇幻想きわまる妄想世界では、〈オズの魔法使い〉のドロシーよろしく、仲間を従え、牛頭馬頭を退治する救世カンノンとして君臨する。両世界の落差が悲劇的であると同時に興趣深く、ファンタジーとしてもホラーとしても読める作品となっている。抑圧者と和解してそれを乗り越えていくところはファンタジー的であるが、最後に、ホラー作家らしいどんでん返しを用意している。

【月光とアムネジア】長篇小説。〇六年早川書房（ハヤカワ文庫）刊。地域ごとに、戦争も辞さない対立状態にある異世界日本では、〈愚空間《レーテ》〉と呼ばれるフィールドが、不特定の場所に不定期に発生するようになっている。その中に入った者は、三時間ごとに〈リセット〉と呼ばれる脳の変調に見舞われ、記憶障害を起こす。〈月光夜〉と呼ばれる暗殺者を追って愚空間に入り込んだ刑事・漆を含むチームは、一人の少女を拾うが、それこそが意識を転移させて生き続けてきた月光夜の宿主だった。一行はその事実を知らぬまま、悲惨な冒険行を繰り広げる。精神転移を、乗り移る相手が自分であった可能世界へと移行する異世界間移動と解釈するところに、ＳＦファンタジーとしての妙味がある作品。

牧野信一（まきの・しんいち　一八九六〜一九三六）神奈川県足柄下郡小田原町生。生家は小田原藩の士族。その家系にはときおり発狂者が出たという。父・久雄は信一が生まれた翌年から約八年を米国で過ごした。父から送られてくるハイカラな品々に囲まれ、渡米に備えて六歳頃から英会話やオルガンを習う。早稲田大学英文科卒。時事新報社に就職し『少年』『少女』の記者となる。一九年「爪」が島崎藤村に認められる。二一年に退職、帰郷して『少女』の投書家だった鈴木せつと結婚する。二三年上京し『随筆』の編集に携わる。二四年発表の「父を売る子」で作家的地歩を固める。しかし飲酒癖と神経衰弱に悩まされ、二七年に再度帰郷。この頃からギリシア・ローマの古典などを耽読。〈ギリシャ牧野〉の異名をとる特異な幻想小説群を書くようになる。その間三〇年に上京し、翌年、季刊誌『文科』を創刊、井伏鱒二、坂口安吾、稲垣足穂ら若手作家を結集する。同誌が終刊した三二年から飲酒癖と神経衰弱がいよいよ昂じ、「鬼涙村」（三四）などを残して、三六年三月二十四日夕、実家の納屋で縊死を遂げた。

デビュー以来、鬱屈した低徊趣味の私小説を書いていた牧野は、二七年の帰郷を機に一転「ゼーロン」をはじめとする〈ファンタジーとフモールが仲良く手を取り合いダンスに興じる、愉快でカラッとした、醇乎たる夢幻の別乾坤〉（堀切直人）に遊ぶ、類稀な幻想作家に変身した。この時期の作品にはほかに「村のストア派」（二八）「吊籠と月光と」「西部劇通信」（共に三〇）「バラルダ物語」（三一）「酒盗人」（三二）などがある。それらはいずれもギリシア風の明朗な美と知性への憧れや、子供のごっこ遊びに比すべき稚気、思うさまの享楽と夢想に溢れた珍妙無類の物語である。後年の「鬼涙村」も、不条理なリンチの習慣がある村に逗留し、村人がリンチを逃れる具とする面を作って暮らす語り手と相棒の御面師を通して、不気味で滑稽な共同体の人間模様を描いて独特の幻想味がある。
▼『牧野信一全集』全三巻（七五・人文書院）

【ゼーロン】短篇小説。三一年十月『改造』掲載。身辺無一物を果たした〈私〉は、最後に残って始末に困る等身大のマキノ氏像を、竜巻村の引き取り先まで運ぶことになる。道連れはドン・キホーテの愛馬ロシナンテにもたとえられる駄馬のゼーロン。その行く手には、私の不義理を糾弾する井戸替えの一団や、消防隊や、森の拳銃使いが待ちかまえている……。ギリシア・ローマや中世騎士物語の世界と二重映しにされた小田原の山野を舞台に、数々の奇想に溢れた珍道中を描いて牧野流ファンタジーの粋を示した名作。

牧原あかり（まきはら・あかり　一九五二〜）新潟県生。国立音楽大学音楽部中退。ピアノ教師をしながら児童文学を執筆。人を酔わせる不思議な木の実をめぐるミステリ風の動物ファンタジー『くまのレストランのひみつ』（八四・講談社）がある。

牧原朱里（まきはら・しゅり　?〜）ＢＬ小説作家。不思議な力を持つ兄弟を主人公にしたミステリ系ファンタジー《アンバー・アーバン・スキャンダル》（一九九七〜九九・ソニー・マガジンズ＝ヴェルヴェット・ノベルズ）、パラレルワールドに引きずり込まれた、魔を視る力を持つ少年が、悪霊退治を行う組織の一員である少年と共に戦うサイキック・アクション『緋色の刻印』（九九・コバルト文庫）に始まるシリーズ（〜〇三）がある。

牧村泉（まきむら・いずみ　一九六〇〜）滋賀県大津市生。関西大学社会学部卒。コピーライター。悪念を抱く人間が発する〈邪光〉が視えると主張し、〈悪人〉を惨殺した新興宗教教祖の娘・黎子の出現と時を同じくして、凶悪事件が頻発する謎を追う『邪光』（〇三・幻冬舎）で、ホラーサスペンス大賞特別賞を受賞。

正岡容（まさおか・いるる　一九〇四〜五八）東京神田生。医師の平井成・とめ夫妻の長男。夭逝した詩人・平井功は実弟。二歳時から大叔父の正岡家で養育され、後、養子となる。京華中学在学中、岡本綺堂、吉井勇に師事。日本大学芸術科選科中退。二三年『文藝春秋』に「江戸再来記」を発表、芥川龍之介に称讃される。同年『東邦芸術』同人となり、二五年には岩佐東一郎らと『開化草紙』を創刊。三三年、筆名の蓉を本名の容に改める。長篇『寄席』（四二）『円朝』（四三）をはじめとする芸能小説や寄席芸能に関する研究・随筆を多数執筆。初期短篇集『風船紛失記』（二六・改善社）や、怪奇幻想短篇を中心に編まれた『キネオラマ恋の夕焼』（四九・白夜書房）には、モダニズムと江戸趣味とが絶妙にブレンドされた摩訶不思議な世界が展開されている。代表的な作品に、浅草ルナパークに出現した神出鬼没の怪盗の奇妙な最期を描いて江戸川乱歩に称讃されたという「ルナパークの盗賊」（二二）、〈天竺徳兵衛〉の蛙に扮した役者が次々に不気味な失踪を遂げる「本朝蟇物語」（二六）、凶々しい曼珠沙華に彩られた凄惨な仇討奇譚「曼珠沙華亀山噺」（二六）など。七六年、主要作品を一巻に収めた『正岡容集覧』（仮面社）が刊行された。

正岡慧子（まさおか・けいこ　一九四一〜）広島県生。中国栄養学・薬膳などの研究をする傍ら児童文学を執筆。カバに変身する不思議なかばんとのつきあいを通して成長する少年を描く『かばんの中のかば』（八九・あかね書房）、寂れている狐のレストランに、父親の幽霊が現れ、仕事のノウハウを教えて帰って行く『かえってきたゆうれいコックさん』（〇三・ＰＨＰ研究）などがある。

正岡子規（まさおか・しき　一八六七〜一九〇二）本名常規《つねのり》。別号に獺祭書屋《だっさいしょおく》主人など。伊予松山生。東京大学国文科中退。九二年、日本新聞社に就職。同年『日本』に「獺祭書屋俳話」を連載し俳句革新運動に着手、高浜虚子、河東碧梧桐の両指導者を育てた。九五年、日清戦争に従軍するが帰国途中の船内で喀血、以後、結核性の脊椎カリエスのため病床生活を余儀なくされる。九八年「歌よみに与ふる書」で短歌革新を開始、根岸短歌会を始める。門弟に伊藤左千夫、長塚節など。このほか写生文の提唱による文章革新運動でも後進に大きな影響を与えた。晩年、病苦に苛まれながら、「墨汁一滴」（〇一）「仰臥漫録」（〇一〜〇二）などの名随筆を残した。

　後半生を死と隣り合わせに過ごした子規には、自身の死後の模様を、怖ろしいほど客観に徹して描いた「死後」（〇一）や、落語調の戯文体で描いた「墓」（九九）などの随筆がある。また、足腰の立たぬ自身の前世を、八十八人の姨を喰った後に発心を起こし、霊場巡りの途上で横死、八十八羽の鴉に屍を啄まれた犬であったと空想する「犬」（一九〇〇）も凄まじい。人と犬との混淆は「権助の恋」（執筆年未詳）にも奇妙な形で暗示されている。そのほか奇想天外な未来記「四百年後の東京」（九九）など、子規の幻想写生文は、友人だった漱石の「夢十夜」の先駆としても注目に値しよう。

真崎かや（まさき・かや　一九六八〜）徳島県生。肉体を捨てて声だけの存在となった女から執拗に電話がかかる「声を聞かせて」でENIXエンターテインメントホラー大賞短編小説部門優秀賞受賞。表題作のほか、ドッペルゲンガー物、見えない友達物などの怪奇幻想短篇を収録した『声を聞かせて』（〇一・EXノベルズ）、江戸時代を舞台に、人外の刀鍛冶が出会う様々な怪異を酷薄に描いたホラー連作短篇集『鬼籠方眼妖鬼譚』（〇二・同）がある。

柾悟郎（まさき・ごろう　一九五七〜）神奈川県生。ハヤカワSFコンテスト入選作「邪眼」（八七）でデビュー。仮想世界でのラブロマンスと国際的陰謀をめぐるサスペンスを描いた『ヴィーナス・シティ』（九二・早川書房）で日本SF大賞受賞。ほかの作品に、調教物のSF官能ミステリ『シャドウ・オーキッド』（〇二・コアマガジン）、想像力そのものをテーマとした表題作、ジャック・フィニイばりのタイムファンタジー「夜が交わるとき」など、ファンタスティックな作品が多く収録された短篇集『もう猫のためになんか泣かない』（九四・早川書房）、人間そのものにはなりきれない人格情報クローン体から人間とは何かを教わる、人格破壊少年の物語「風殻《ウィンドシェル》」ほかを収録する短篇集『邪眼』（八八・ハヤカワ文庫）、思考の速度を除いて、肉体の動きに三百倍の時間がかかる、人形のように見える不思議な人々と人間の関わりを描く、吸血鬼物の一変奏曲とも読める連作短篇集『さまよえる天使』（〇五・光文社）などがある。

まさきひろ（まさき・ひろ　？〜）脚本家。アニメの脚本の代表作に「デジモンテイマーズ／暴走デジモン特急」（二〇〇二）「シャイニング・ティアーズ・クロス・ウィンド」（〇七）など。小説に、アニメのノベライゼーションのほか、平賀源内がエレキテルを使った死体蘇生術によって甦り、不死の体をもてあましつつ様々な電気実験を行い、ラスプーチンなどと交わるに至るまでを描く伝奇SF『大江戸フランケンシュタイン』（九四・蝸牛社）、榎本武揚が、海底軍艦に連れ去られた潜水艦ノーチラス号のネモ艦長を救出すべく、南海の孤島へと向かう海洋冒険SF『幕末二万マイル』（〇五・暖流社）などがある。また廣真希《ひろまさき》名で、昭和初期スチームパンク物のミステリ『量子館殺人事件』（〇四・同）、広真紀名で、怪奇アニメのノベライゼーション『地獄少女』（〇七・HJ文庫）がある。

マサト真希（まさと・まき　？〜）静岡県生。ゲーム会社勤務、フリーのWEBデザイナーなどを経て、小説家としてデビュー。異世界を舞台に、戦争が影を落とすなか、巫女姫と中性体の飛行士のラブロマンスを描く『スカイワード』（二〇〇四・電撃文庫）、異界からの侵入を防ぐ門を守るため、美少女の守護士と高校生がチームを組んで戦うバトル・アクション&ラブロマンス『絶世少女ディフェンソル』（〇五〜〇六・電撃文庫）がある。

正宗白鳥（まさむね・はくちょう　一八七九〜一九六二）本名忠夫。岡山県和気郡穂浪村生。生家は二百数十年続いた村一番の名家。祖母の語る地獄極楽話や、高畠藍泉の怪奇残虐趣味の草双紙『〈岡山紀聞〉筆之命毛』が怪奇趣味の原体験という。小学校高等科時代は『八犬伝』を耽読。また小規模のミッション・スクールで英語を学び、英文の『アラビアンナイト』を読む。九六年、東京専門学校に入学。同年、植村正久の手で洗礼をうけクリスチャンとなる。この頃、内村鑑三に私淑する。〇三年、読売新聞社に入社、劇評などを担当。〇七年「塵埃」で認められ、「何処へ」（〇八）で自然主義作家としての地位を確立。まもなく戯曲や評論にも手腕を示し、明治・大正・昭和の三代にわたり、文壇に重きをなした。

初期の「妖怪画」（〇七）に始まり、「地獄」（〇九）「徒労」（一〇）「悪夢」「冷涙」「ある痴人の一念」（いずれも二一）、長篇「人を殺したが」（二五）、戯曲「人生の幸福」（二四）など、執拗な強迫観念に駆られて殺人を犯したり、〈神の声〉を幻聴したりする人々の内面を異様なリアリティをもって描きだした一連の異常心理小説は、生半可なモダンホラーを凌駕する鬼気を湛えて読む者を戦慄させる。ほかに自然主義的怪談ともいうべき「幽霊」（二二）など。戦後も、未完の長篇ファンタジー「〈お伽噺〉日本脱出」に新境地を示した。

▼『正宗白鳥全集』全三十巻（八三〜八六・福武書店）

【〈お伽噺〉日本脱出】長篇小説。前篇＝四九年一〜六月『群像』掲載、後篇＝五〇年三〜十二月、五三年三月『心』掲載。時は戦時中。初老の工場主・千隈は友人の男女数名と、避暑地にある自分の別荘の地下室で世を忘れ世を楽しむ〈地上楽園〉の宴を定期的に催している。参会者の一人である松野夫人は、付近をうろつく尺八吹きに脅えて、千隈の書生・草刈を自邸に泊める。その夜、不思議な声に導かれた草刈は、夫人を連れて神馬に跨がり日本を脱出、いずことも知れぬ異世界に至る。鳥人国、怪獣が跋扈する砂漠、〈闇〉動物たちの地下世界などを遍歴する草刈と夫人の冒険と、後に残された千隈や女流ダンサーの岸野邊ら下界の人々の消息とが交互に描かれ、終盤では千隈夫人となった岸野邊も魔力を持った存在であることが判明、彼女の弟子の二少女は天空へと飛翔し去る。戦中戦後の現実と草双紙風のファンタジーが渾然となった壮大な未完の意欲作。

正本ノン（まさもと・のん　一九五三〜）北海道釧路市生。上智大学卒。広告代理店勤務を経て、「吐きだされた煙はため息と同じ長さ」（七九）で青春小説新人賞（後のコバルト・ノベル大賞）を受賞して少女小説作家となる。後に、一般の恋愛小説、ノンフィクションなどに転身。ファンタジーに、高校生の少女が時空を超えた場所で目覚めるSFラブロマンス『100万光年純情キッス』（八七・コバルト文庫）がある。

真嶋磨言（ましま・まこと　一九八四〜）大分県生。自分をアンドロイドだと信じることで現実逃避する孤児の少年と、彼を守る少女（実はアンドロイド）を主人公に描く連作短篇集『憂鬱アンドロイド』（〇五・電撃文庫）がある。

枡井寿郎（ますい・としろう　一九三四〜）大阪府生。甲南大学国文科卒。元・梅花短期大学教授。西鶴文学会の代表を務め、井原西鶴文学賞を創設する。みずからの体験談や周囲の人々から聞き集めた話にもとづき執筆されたという怪談実話五十篇を収める『近代怪談集』（七四・宝文館出版）を上梓している。同書の巻末には、水木しげる、山田野理夫との鼎談「怪談詮議」を併録。

増子二郎（ますこ・じろう　一九七三〜）英知大学仏語フランス文学科卒。戦争により通信システムの崩壊した地域へ郵便物を配達するロボットの少女が、人間性を獲得していく過程を描いたSF連作短篇集『ポストガール』

（〇二〜〇五・電撃文庫）、退魔物の伝奇アクション&学園ラブコメ『士くれのティターニア』（〇六〜〇七・同）がある。

桝田省治（ますだ・しょうじ　一九六〇〜）兵庫県生。武蔵野美術大学基礎デザイン学科卒。広告業界を経て、ゲームクリエーターとなる。代表作にSF・RPG「リンダキューブ」、伝奇ファンタジーRPG「俺の屍を越えてゆけ」など。ゲームのノベライゼーションのほか、現代を舞台にした伝奇アクション『鬼切り夜鳥子』（〇六〜〇七・ファミ通文庫）、現代の高校生が異貌の古代日本にタイムスリップし、天空に浮かぶ邪馬台国出身の少女ハルカと恋に落ちる、戦記ファンタジー『ハルカ』（〇七・エンターブレイン）がある。

増田みず子（ますだ・みずこ　一九四八〜）本姓榛名。東京生。東京農工大学農学部卒。日本医科大学生化学教室勤務の傍ら小説を執筆。人間関係を乾いた目で捉え、人間の孤独・共存について深く考えさせる作品群を執筆。代表作に泉鏡花文学賞受賞の『シングル・セル』（八六）など。幻想的な作品に、男が一人で住んでいるマンションの壁に女の影が現れ、次第にはっきりした形を取ってそこで暮らし始め、やがて実体化する『禁止空間』（八八・河出書房新社）、神の使いとなった青年の一生を辿る「獅子の書」、夢虫に夢を食べられて死への道を歩み始めている青年を救うため、青年の夢の中に入り込んだ少女の冒険を描く「夢虫」などを収めたファンタジー短篇集『童神』（九〇・中央公論社）がある。

増本河南（ますもと・かなん　生没年未詳）明治の小説家。主に『探検世界』に冒険小説を執筆。心霊になって世界をめぐる『世界幽霊旅行』（一九〇九・本郷書院）、地球人そっくりの火星人と共に月、火星とその衛星、また怪物たちが跋扈する妖怪星などを冒険遍歴するSF『空中旅行』（〇九・福岡書店）などの作品があり、怪奇幻想方面から見ても面白い。ほかに押川春浪との共作による南極探検物『絶海奇人』（〇九・本郷書院）など。

増山久吉（ますやま・ひさきち？　生没年未詳）高橋九一との共著で、数学に優れた少年たちが日本の中にある数学の国に旅立ち、冒険する『数理世界探検旅行』（一八九三・学友館）がある。

町田康（まちだ・こう　一九六二〜）本名康《やすし》。大阪府堺市生。ミュージシャン、詩人、俳優、小説家。八一年、パンクロックバンドINUのヴォーカリストとしてデビュー。同バンド解散後も様々な形で音楽活動を続ける一方、俳優としても活躍。九六年、破滅的な生活を送る男を妄想的な描写で描いた「くっすん大黒」で小説家としてデビューし、同作でbunkamuraドゥマゴ文学賞、野間文芸新人賞を受賞。以後、独特のリズムを刻むうねるような文体で、八方ふさがりのままずるずる続く人生に妄想が絡みついた短篇を次々に発表し、高く評価される。妄想と現実との区別が消え去った奇妙な世界のインパクトが強烈な「きれぎれ」（二〇〇〇）により芥川賞を、何でもあるという権現の市《いち》へ買い物に行き、奇妙な体験をする「権現の踊り子」（〇三）により川端康成文学賞を受賞。町田は、破滅型私小説の系譜にあるともいわれるが、幻想文学の視点からは、奇想小説の系譜や夢文学の系譜、スラプスティックな不条理小説の系譜などに位置付けることができよう。このほかの作品に、呪詛を教授しますとの札が下げられた洞窟が家の前に出現し、連日にぎわっている話、傍若無人な他人に腹を立て、自分も傍若無人をやってみたら口中に苦虫の味が広がった話など、冗談と私小説とが入り交じり、自己戯画のうちにそこはかとない厭世観を漂わせるエッセー風掌篇集《テースト・オブ・苦虫》（〇二〜・中央公論新社）、怪談「犬死」、怪獣小説「ギャオスの話」、本音で話す町を描いた「本音街」、日本神話の語り替え「一言主の神」、オフィス怪奇小説「自分の群像」など、ジャンル小説のパロディ集とも町田流ジャンル小説の展開とも取れる短篇集『浄土』（〇五・講談社）など。明治時代の事件〈河内十人斬り〉を描いた大作『告白』（〇五）で新境地を拓き、谷崎潤一郎賞を受賞。さらに『宿屋めぐり』で野間文芸賞を受賞した。詩人としても活動し、詩集『土間の四十八滝』（〇一）では萩原朔太郎賞を受賞している。

【宿屋めぐり】長篇小説。〇一〜〇八年『群像』に断続的に掲載。〇八年講談社刊。鋤名彦名は主の代参で名刀を大権現様に奉納する旅の途中、条虫の腹の中から〈贋の世界〉に入り込んでしまう。大阪は王裂、琴平は異悲蘭という具合に地名も変われば習俗も変わっているが、彦名の故郷も存在し、子供時代の天敵・石吉も石ヌと名前を変えて生きていた。彦名は贋の世界を嫌悪しながらも安逸に流れ、また主命を果たすことよりも個人的な感情を優先し、愚かしい失態を繰り返す。彦名は最後にようやく奉納を果たして主と再会するのだが……。種々の読みを許す寓話的ファンタジー。彦名の旅が人生を寓意しているのをはじめ、様々な寓意が読み取れ、たとえば偽善者の俳優・別鱈珍太と芝居小屋の座員たちの関係は政治家・官僚と国民の関係の寓話と読める。一つの世界すら創造してしまうらしい彦名の〈主〉は神のようでもあり、殊に主に従う者に厳しいものが要求されるという点は、キリスト教やイスラーム教の神秘主義を思わせる。彦名が内省的でありながらも、自分をごまかしつつ生きたいように生き続ける点も特徴的で、内省が常態となっている町田ならではの鋭い自己批判・人間批判の物語となっている。

町田柳塘（まちだ・りゅうとう　生没年未詳）江戸末から明治初期の生まれと推測される。本名源太郎。別号に楓村居士など。読売新聞記者の傍ら小説や漢詩関連の著作を執筆。近未来を先取りしたかのような架空戦記『空中軍艦』（一九〇七・太洋堂・晴光館、楓村居士名義）、シベリアとその地下に広がる洞窟で賊をやっつける冒険小説『地下戦争』（〇七・同）、『滑稽冥府物語』（一〇・晴光館書店）など。

松井淳（まつい・じゅん　?〜）ポルノ小説を執筆。アンドロイド物『ダーク・スティンガー』（二〇〇〇・二次元ドリームノベルズ）がある。

松居松葉（まつい・しょうよう　一八七〇〜一九三三）本名真玄《まさはる》。別号に松翁。宮城県生。坪内逍遥に師事し、新聞記者を経て劇作家・演出家となる。名作「茶を作る家」（一三）をはじめ百篇を超える多作家で、全盛期には演劇界の覇者とも呼ばれたという。二四年から松葉を改め松翁を名のる。インドの妖術師に授けられた伝染性バクテリアで東京がゴーストタウンと化すが、彗星の接近で起こった暴風雨が細菌を吹き飛ばして救われるという破滅テーマのＳＦ「亡国星」（一九〇〇、ヒュームの翻案）がある。また松葉は、岡本綺堂らとともに『文藝倶楽部』の連載コラム「西洋妖怪実譚」（〇二年五〜十二月号）を担当しており、その一篇「血を吸う怪」（十二月号掲載）は、英国の合作作家Ｅ＆Ｈ・ヘロンの「ベールブラウ荘奇談」の翻訳であり、日本における泰西吸血鬼小説紹介の嚆矢と考えられる。

松井千尋（まつい・ちひろ　一九七四〜）京都精華大学人文学部卒。流暢な日本語をあやつる英国の犬との同居を描く「ウェルカム・ミスタ・エカリタン」（九九）でコバルト・ノベル大賞読者大賞受賞。死を招くゲームに参加した女子高生の恐怖を描くホラー『ダイスは５』（〇一・コバルト文庫）、別世界を舞台に、悪夢を喰らう化物の棲む迷宮に入り込んだ少女とその婚約者の青年が、彼らを助けてくれた孤独な魔法使いの娘と友情を結ぶ物語などを収録する短篇集『めざめる夜と三つの夢の迷宮』（〇二・同）がある。

松居友（まつい・とも　一九五三〜）東京生。上智大学文学部卒。同大学院独文科修士課程修了。ザルツブルク大学に留学。その後、福武書店児童書部編集長として活躍。編集者時代より、評論、児童文学、翻訳などを手がける。現在はフィリピンで〈ミンダナオ子ども図書館〉を主宰。児童文学に、北海道を舞台に、鹿の兄妹の死と再生の旅を描く動物ファンタジー『鹿の谷のウタラとイララ』（九一・小峰書店）がある。このほか、昔話の意味・

意義を霊的側面から論じた評論『昔話の死と誕生』（八八・大和書房）、アイヌの古老・小田イトからアイヌの世界観を聞き書きした『火の神《アペフチカムイ》の懐にて』（九三・JICC出版局）、池間島の古老から、化物、死後、天界など、現地の死生観や宗教観を聞き書きし、アイヌやシベリア少数民族などの民俗宗教と比較検討しながらまとめた『沖縄の宇宙像』（九九・洋泉社）などの民俗学的著作がある。

松井雪子（まつい・ゆきこ　一九六七～）別名に松井くるまりこなど。東京武蔵野市生。共立女子大学家政学部生活美術科卒。漫画家、小説家。八八年『ASUKA』にて漫画家としてデビュー。代表作に『おんなのこポコポン』（九二～九八）など。二〇〇一年『群像』に「私のフジサン」を発表し、小説家としてもデビューし、数度にわたって芥川賞の候補となる。弟の亡霊や未生以前の世界の案内人らしい不思議な存在〈くねり〉などが登場する児童文学のファンタジー『チル☆』（〇三・講談社）やファンタジー絵本『クウとポーのクリスマス』（〇四・平凡社）などがある。

松浦寿輝（まつうら・ひさき　一九五四～）東京生。東京大学文学部卒。同大学院人文科学研究科フランス文学専攻博士課程単位取得満期退学。パリ第三大学にて博士号（文学）取得。フランス文学者、詩人、評論家。詩集『冬の本』（八七）で高見順賞を受賞。同世代を代表する詩人の一人と目される。評論家としてはフランス現代思想、映画、現代芸術など、幅広い知識と教養をバックボーンとする知的な評論を展開し、『エッフェル塔試論』（九五）で吉田秀和賞、『折口信夫論』（九五）で三島由紀夫賞、『知の庭園』（九八）で芸術選奨文部大臣賞評論等部門を受賞するなど、評価はきわめて高い。小説の執筆にも手を染め、幽明定かならぬ領域で暮らすことになった男の姿を静謐に描いたモダン・ゴースト・ストーリー「幽《かすか》」（九九）で芥川賞候補となった後、「花腐し《はなくたし》」（二〇〇〇）で芥川賞を受賞。さらに、長篇小説『半島』（〇四・文藝春秋）で読売文学賞を受賞するなど、この分野でも高く評価されている。松浦の小説は大半が本格的な幻想小説であり、それらが高く評価されることに、時代の趨勢が如実に映されていよう。作品には次のものがある。吉田健一の影響を感じさせる文体で書かれた幽霊譚・狐女譚などを含む、幽暗な都市小説の連作短篇集『物のたはむれ』（九六・新書館）、表題作のほか、水が異界的幻惑へと誘う「ふるえる水滴の奏でるカデンツァ」、鬼畜風ホラー「無縁」などを収録する短篇集『幽』（九九・講談社）、その日暮らしの男が、淫靡な映画制作をにのめり込む老人など、隠花植物めく一党に導かれて都会のアンダーワールドを垣間見る、乱歩の猟奇世界を彷彿せしめる異色のミステリ『巴』（〇一・新書館）、月光に照らされる廃園や無頼の徒が集う路地、いつ果てるとも何処へ通ずるとも定かならぬ地下の迷宮といった幽暗なトポスによって構成され、現実と非現実とがめまぐるしく交錯する薄明の世界を、休暇状態の中年の男がさまよう『半島』、交通事故死した主人公が、懐旧の地を茫漠と徘徊する「あやめ」、初老の男が腐り果てた鰈の入ったアイスボックスを抱えて、無間地獄さながらの地下鉄車内を彷徨する「鰈」、〈蛇と女〉をめぐる怪異談の現代版「ひかがみ」から成る短篇連作集『あやめ　鰈　ひかがみ』（〇四・講談社、木山捷平文学賞受賞）など。

松浦秀昭（まつうら・ひであき　一九六〇～）愛知県生。悪のUFOと戦う隠密組織がある異貌の江戸を舞台にしたアクション・コメディ《虚船》（九八～九九・ソノラマ文庫）でソノラマ文庫大賞受賞。

松浦理英子（まつうら・りえこ　一九五八～）愛媛県松山市生。青山学院大学文学部卒。「葬儀の日」（七八）で文學界新人賞を受賞してデビューするが、きわめて寡作な作家で、三十年間に小説は六冊しか刊行していない。女性同士の恋愛を描き、残酷で鮮烈な印象を残す『セバスチャン』（八一）『ナチュラル・ウーマン』（八七）で知られる。『親指Pの修業時代』（九三・河出書房新社）は、右足の親指がペニスによく似た代物になってしまい、恋人との関係が破綻した女性が辿る愛の遍歴を描いた長篇で、高く評価された。ジェンダーの問題を取り扱ったフェミニズム小説であり、愛と性に関する教養小説《ビルドゥングス・ロマン》である。ほかにメタフィクション『裏ヴァージョン』（二〇〇〇・筑摩書房）、犬の魂を持つと自認している女性・房恵が、悪魔めいた人狼と契約を交わして犬に変身し、思いを寄せる女性・梓の飼い犬となってその生活を共にするという形で、近親相姦に悩む梓の姿などを描いた『犬身《けんしん》』（〇七・朝日新聞社）がある。

松尾スズキ（まつお・すずき　一九六二〜）劇作家。本名勝幸。福岡県北九州市生。九州産業大学芸術学部デザイン学科卒。劇団〈大人計画〉を主宰する俳優、演出家、脚本家、映画監督。九七年「ファンキー！　宇宙は見える所までしかない」で岸田國士戯曲賞受賞。現代の生・性や社会問題などを戯画化してスラプスティックに描き出す点に特徴がある。幻想性のある戯曲に、三つの勢力が百年にわたって戦争を続けている架空の日本で、貧民たちは死体が食料となる人造人間〈ダイズ兵〉の遺体を回収して缶詰工場へ転売することで生計を立てているという設定の下、外へ出ると穢れると言われて監禁されてきた少女ミサが、外界に出ることによって分裂した人格、あるいは分身を統合することになる「キレイ」（二〇〇〇）がある。ほかに、痛みを幸福感に変える麻酔薬の発明、究極の性的関係を求めての人体改造などがモチーフとなっている「エロスの果て」（〇一）など。

松尾未来（まつお・みらい　一九五六〜）夫は朝松健。伝奇時代小説『じゃこ、南の海へ』（九八・ソノラマ文庫）、都市伝説に妄想の現実化を絡み合わせたホラー『ばね足男が夜来る』（二〇〇〇・ハルキ・ホラー文庫）のほか、エッセー『魔女を生きる』（九五・白水社）『魔女の本』（九九・学陽書房）などがある。

まつおやすこ（まつお・やすこ　一九三一〜）本名松尾安子。佐賀市生。尋常高等小学校を病気で中退。古書店を経営しながら童話を執筆。動物や植物が人間と対等に口を利く日常世界を描いた『ねこのバースデープレゼント』（八四・偕成社）などがある。

松尾由美（まつお・ゆみ　一九六〇〜）本姓後藤。石川県金沢市生。お茶の水女子大学文教育学部外国文学科卒。かぐや姫テーマの少女向けSFファンタジー『異次元カフェテラス』（八九・光風社出版＝アルゴ文庫）でデビュー。人工子宮が発達した近未来、自然な受胎・分娩を望む妊婦ばかりが集められた〈バルーン・タウン〉を舞台にした本格ミステリ「バルーン・タウンの殺人」（九一）でハヤカワSFコンテストに入選。バルーン・タウン物は人気シリーズとなり、書き継がれている。ほかにもユニークな設定のミステリがあるが、同時に、SF・ファンタジー的な設定のミステリ、ミステリ色の薄いファンタジーなども執筆している。前者に、孤独な中年男が雑誌の連載小説「おせっかい」の中に出入りするようになるという設定の、メタフィクショナルなミステリ『おせっかい』（二〇〇〇・幻冬舎）、幽霊が登場するロマンティックなミステリ『銀杏坂』（〇一・光文社）『ハートブレイク・レストラン』（〇五・同）『雨恋』（〇五・新潮社）、パラレルワールド物のミステリ『スパイク』（〇二・同）、しゃべる安楽椅子が事件を解決するという冗談めいた設定の連作ミステリ《安楽椅子探偵アーチー》（〇三〜・東京創元社）など。後者の作品に、CDから突然出現し、友人の女性を刺し殺した黒い天使の謎を青年が探る、ファンタスティックな存在についての意味付けが見られるユニークな作品『ブラック・エンジェル』（九四・光風社出版）、家にいると身体が縮むという状況に陥った妻が、失踪した夫を求めて謎の人形師を訪ねていく心理学的な長篇で、フェミニズム色が濃厚な『ピピネラ』（九六・講談社）、殺された女性に憧れていた男の切なる願いで過去への通信が可能になり、男が女を救おうと奮闘するのを、事情を知らない女性の側から描いたミステリアスなラブロマンス『九月の恋と出会うまで』（〇七・新潮社）などがある。

松岡弘一（まつおか・こういち　一九四七〜）埼玉県川島町生。日本大学経済学部中退。各種の職業を経た後、九一年、黒豹小説賞、小説CLUB新人賞などを受賞して小説家となる。死の淵から蘇って不滅の肉体を得た刑事が謎の猟奇事件に挑むバイオレンス・アクション『不死鳥刑事』（九二・廣済堂ブルーブックス）、魔女の能力を駆使して、よろず相談に応じるヒロインが活躍する官能バイオレンス『夢魔の標的』（九三・光文社文庫）、薬の人体実験で鬼に変身してしまうという設定のSFホラー・サスペンス『恐怖ファイル』（九六・ジョイ・ノベルス）、電動ノコギリを振りかざしたゾンビ男がエステサロンの女たちを惨殺していく、ナンセンスとスプラッタのB級ホラー『絶叫』（九八・カッパ・ノベルス）、幕末の江戸を舞台に、二匹の化猫が事件を解決する時代小説《大江戸あやかし草子》（〇七・出版芸術社）など、様々な娯楽小説を執筆。

松岡なつき（まつおか・なつき　？〜）別名に富樫ゆいか。東京生。一九九一年「セイレンの末裔」で商業誌デビュー。富樫名で、サイキック・サスペンス『セイレンの末裔』（九二・ハヤカワ文庫）、怪奇ミステリ漫画をもとにしたオリジナル小説《悪魔と踊れ》（九六〜九七・角川書店アスカノベル）がある。松岡なつき名義ではBL小説を執筆し、西洋時代物のBL小説には定評がある。ファンタジーに、タイムトリップの古代エジプト物『流沙の記憶』（九四・白夜書房）、同じく大航海時代の海賊物『FLESH&BLOOD』（〇一〜・徳間キャラ文庫）、サイキック・サスペンス『第七の封印』『虹の軌跡』（九八〜九九・パレット文庫）など。

松枝蔵人（まつがえ・くろうど　一九五五〜）ゲームライターなどを経て、SFアニメのノベライゼーション『バブルガムクライシス』（八八・富士見文庫）で小説家としてデビュー。隠れキリシタンの子孫が建設したという〈聖エルザ学園〉を正体不明の敵から守るために、少女らが活躍する学園ミステリ《聖エルザクルセイダーズ》（八八〜八九・角川スニーカー文庫）が人気シリーズとなる。別世界を舞台に、魔道を究めようとする少年、魔道を覆せる少女、獣に変化する少年の三人の冒険と世界の謎解きを描く『人外魔境コブの秘密』（八八・富士見ファンタジア文庫）、世界各地に密かに設置されているビッグ・ジェネレーターの秘密を追って、古代文明の謎などが絡む冒険を繰り広げ、ナチスの残党〈ヴァルハラ建国軍〉に対抗して戦う『パンゲア』（九一〜九二・角川スニーカー文庫）、現代忍者物『瑠璃丸伝』（九三〜九八・電撃文庫）などがある。

『松陰中納言物語』（まつかげちゅうなごんものがたり　鎌倉末から一三七一／応安四以前成立）長篇物語。作者未詳。成立時期にはなお異説あり。恋の怨みから陰謀に落とされて隠岐へ配流になった松陰だが、その弟や子供らの動向が描かれ、陰謀が暴かれて呼び戻され、一族は繁栄するという王朝物語。隠岐で松陰が笛を吹くと天が感応したり、松陰が賀茂の御堂で第八講を行うと奇瑞が生じるなどの趣向がある。また観音の霊験が語られる。後半では、讒言者たちが仏道に入って松陰と和解していく姿が描かれ、基本的に仏道招致の印象が強い作品である。

松沢睦実（まつざわ・むつみ　一九四九〜）東京生。東洋大学仏教学科卒。『マノおじさんとねむりりゅう』（七九・TBSブリタニカ）で、毎日童話新人賞を受賞して、児童文学作家としてデビュー。占いをする不思議なピンクのしましま豚をめぐる騒動を描く『占いなんかこわくない』（八五・フレーベル館）、人の良い運送屋が不思議な町に紛れ込んで、暗闇と戦うことになる『ヤミノヤミウシ物語』（八九・ひさかたチャイルド）などがある。

松下寿治（まつした・じゅじ　？〜）中国歴史活劇『天山疾風記』（二〇〇二）でファンタジア長編小説大賞佳作入選。直情径行な半人前の仙女が暴走して人界に堕とされる中華ファンタジー『虹竜娘子』（〇三・富士見ファンタジア文庫）がある。

松田恵里子（まつだ・えりこ　一九七一〜）

東京生。出版社勤務を経てフリーライターとなる。恋の叶わぬ男への執着が生霊となり、親友さえも殺めてしまうホラー『恋霊』(〇五・講談社F文庫)がある。

松田修(まつだ・おさむ　一九二七～二〇〇四)国文学者。京都大学卒。同大学院に学ぶ。国文学研究資料館名誉教授、法政大学教授などを務めた。パーキンソン病に冒されながらも、近世文学史の読み替えを迫るユニークな研究を続け、後続の世代に影響を与えた。近世文学と芸能史を専門とするが、興味の範囲は幻想文学周辺の異端的なものをめぐって幅広く、豊かな知識と鋭い感覚による評論は、日本における〈異端的なるもの〉の系譜へと目を開かせてくれる得難い作品群である。幻想文学史という観点からも先達の一人といえよう。学究的な仕事の代表作としては『日本近世文学の成立　異端の系譜』(六三・法政大学出版局)『日本芸能史論考』(七四・同)『日本文学新史　近世』(八六・至文堂)などがあるが、いずれも幻想文学の観点からも参考になる。芸能・民俗・美術への幅広い視野から紡ぎ出される評論としては、『刺青・性・死　逆光の日本美』(七二・平凡社)『日本刺青論』(八九・青弓社)『日本的聖性の機械学』(八九・思潮社)などがある。幻想文学の観点から最も重要と思われる著作として、記紀神話のまつろわぬ神々から任侠映画のヒーローまで、日本文化史の暗部に見え隠れするアウトサイダーたちの系譜を辿る、松田流異端文学通史ともいうべき『闇のユートピア』(七五・新潮社)、同様の『日本の異端文学』(八〇・講談社)、生きながら浄土へ船出した〈補陀落渡海〉の考察を中核に、秋成や西鶴、あるいは透谷や鉄幹らへと説き及ぶ、本朝異界論の集大成『日本逃亡幻譚　補陀落世界への旅』(七八・朝日新聞社)、太宰治、夢野久作、折口信夫、三島由紀夫、花田清輝、澁澤龍彥、松本清張、井上ひさし、野坂昭如ら、松田が偏愛する近現代作家たちについて論じ、鋭敏繊細な審美眼が随所に光る評論集『非在への架橋』(七八・講談社)、広範な話題のエッセー集『江戸異端文学ノート』(九三・青土社)などがある。

▼『松田修著作集』全八巻(二〇〇二～〇三・右文書院)

松田司郎(まつだ・しろう　一九四二～)大阪市生。島根の山村で育つ。同志社大学英文科卒。文研出版で児童書の編集に携わりながら児童文学を執筆。八四年退社し、創作・評論の執筆、児童文学の講義に専念。ナンセンスな味わいのファンタジー童話に、サルガソウの上の卵から誕生した〈海のぼうや〉が、海の生物全てを陶酔に誘い込みながら、金に銀に輝きつつ彼方へと飛び去って行くまでを描く『海のぼうや』(八一・学校図書)など。創作民話に、知恵と根性で天狗と勝負する少年を語る表題作、排他主義によって犠牲となった無垢な大男一家の怨念と悲哀を語る「マダラの鬼六」など五篇を収録した『ウネのてんぐ笑い』(七五・理論社)、竜神を祭り、竜神に捧げると言っては沼に赤ん坊を投げ入れる村を舞台に、醜いながらも母性の権化であったおりんとその娘のおゆんらが、村人の異質なものを排除する論理に従って沼に投じられるという無惨な展開の物語で、激しい雨が降るが村人に懲罰はなく、ただ、おゆんが両親に守られながら沼の底で機を織り続ける姿が見える『おゆん』(七六・同)、巨大な鬼のような太鼓叩きの幻影と競演したこともある太鼓の申し子・小伝太は、殿様に召し抱えられて、戦の太鼓打ちとして活躍するが、一揆の時にも太鼓を叩かされて懊悩し、ついには竹笛を吹く妹と共に一揆を力づけ、戦の中で首をはねられる『花あかり』(八〇・小学館)がある。松田の創作民話は貧しく虐げられた無垢なる者を主人公とし、その生への苛烈な意志と同時に生きることの悲哀を見事に表現して感動的であり、完成度が高い。またファンタジーも、素朴な中に独特の味わいがあり、ユニークである。ほかに、評論『宮沢賢治の童話論』(八六・国土社)など。

松田範祐(まつだ・のりよし　一九四〇～)サイパン島生。慶応義塾大学卒。高校教師の傍ら児童文学を執筆。双子の片割れを求めて別世界チポリへと入り込んだ少年が、被征服民として差別されている同朋に共感を覚えるに至る『チポリの国の物語』（八七・国土社）がある。

松谷健二（まつたに・けんじ　一九二八〜九八）東京大田区生。東北大学文学部独文科卒。山形大学人文学部教授の傍ら、翻訳家としても活躍し、後に翻訳専業となる。代表作は世界最長のスペースオペラ《宇宙英雄ローダン》（ハヤカワ文庫）。第一巻から始めて亡くなるまで、二百三十冊余を単独で翻訳した。ほかの幻想文学関連の翻訳に、「エッダ／グレティルのサガ」（六六）、デニケン『未来の記憶』（六九・早川書房）『太古の宇宙人』（七六・角川書店）など。小説に、空中浮揚の奇術師の命を懸けた魔法を描いた「魔術師の夏」ほか、歴史伝奇、ファンタジー、SF、奇妙な味の短篇などを収録した短篇集『モーツァルト友禅』（九一・築地書館）、中世の逸名の彫刻家を描いた歴史伝奇『旅する石工の伝説』（九八・新潮社）がある。

松谷みよ子（まつたに・みよこ　一九二六〜）本名美代子。東京神田生。東洋高等女学校卒。戦時下に童話の執筆を始め、疎開先で坪田譲治の指導を受け、児童文学への志向が定まる。メルヘン集『貝になった子供』（五一・あかね書房）で、第一回日本児童文学者協会新人賞受賞。五五年、瀬川拓男と結婚し、人形劇団〈太郎座〉を創立。五六年より民話の採訪を始め、『信濃の民話』（五七・未來社）を瀬川拓男との共著により出版。六〇年、劇団の仕事や育児の合間に書いた「龍の子太郎」により、第一回講談社児童文学新人賞受賞。同作で六一年に産経児童出版文化賞を、六二年に国際アンデルセン賞優秀賞を受賞。現代日本を代表する児童文学作家の一人となる。六七年拓男と離婚、〈太郎座〉を退団する。絵本、児童文学、子供のための劇・映画・テレビなど児童文化全般にわたって精力的な活動を展開。また創作と並ぶ生涯の仕事として、民話採集・研究にも力を入れている。

みよ子の童話は、「貝になった子供」（四八）に代表されるような、リアリズムとも幻想ともつかない、いかにも坪田譲治の愛弟子らしい情感溢れるメルヘン、民話採集の中から生まれてきた民話風の長篇童話、私小説童話というユニークな地平を開いた《モモちゃん》（六四〜九二・講談社）、《オバケちゃん》（七一〜〇一・同）などのファンタジーの幼年童話、現代を舞台にした長篇ファンタジーなどに分類できる。民話風の長篇童話には、『龍の子太郎』、空飛ぶ馬と千人力を授けられた太郎が、自らの欲に縛られた火の鳥を解放し、貧しい故郷の村を救う『まえがみ太郎』（六五・福音館書店）、山の中の村に住むちびっこ太郎が、鹿からもらった歌うひょうたんコの不思議な力に助けられて地底の国を冒険する『ちびっこ太郎』（七〇・フレーベル館）があり、これらは〈再創造長篇童話三部作〉といわれる。また現代を舞台にしたファンタジーには、直樹とゆう子の兄妹を主人公とするシリーズがある。戦争批判を主たるテーマとした『ふたりのイーダ』、川を越えて死の世界とこの世をつなぐ世界に入った直樹の前に先祖の直七らが現れて、江戸時代の農民の生活の悲惨さを語ると同時に、現実での直樹の生活を通じて現代の食品公害を告発する『死の国からのバトン』（七六・偕成社）、七三一部隊の人体実験と祖父の製薬会社が関わっていることが記された古い書類を屋根裏部屋で見つけたゆう子が、「私たちを焼かないで」と訴える中国人少女の幽霊と出会い、直樹と共に証拠隠滅を阻止しようとする『屋根裏部屋の秘密』（八八・同）、朝鮮からの引き揚げ体験を語ったもので、火の玉を見たという実体験が活かされている『あの世からの火』（九三・同）などがある。これらはいずれも批判・告発的なテーマを有しているが、テーマのみが前面に出ることなく、優れたファンタジー文学となっており、高く評価できる。

また、民話採集の成果はテーマ別の『日本の伝説』全五巻（七〇・講談社）『日本の民話』全十二巻（七三・角川書店）、民話伝承者の語り口をそのまま留め、歳時記風に昔話を並べた『昔話十二か月』全十二巻（八六・講談社）などにまとめられているほか、『やまんばのにしき』（六七・ポプラ社）『おおかみのまゆげ』（七一・大日本図書）など多数の再話集・絵本として結実している。さらに、松谷みよ子民話研究室を主宰し、〈現代の遠野物語〉ともいうべき幽霊談、怪異譚、笑話、人情話などの収集にも力を入れている。その成果が《現代民話考》全十二巻（八五〜九六・立風書房）である。松谷のこの仕事は、民俗学の側面からばかりではなく、怪談文学の側面からも高く評価できるものであり、その後の怪談文学、民俗学研究などへの影響も大きいものがある。

【龍の子太郎】長篇小説。六〇年講談社刊。山で獣たちと遊び暮らしていた太郎は、ある日、自分の母が竜に変身して北の湖に住んでいることを教えられる。天狗に百人力を授かつた太郎は、様々な苦難を克服しながら母のもとに辿り着き、竜の姿の母と共に湖を広い田に変え、遂に母を人間の姿に戻す。一人でイワナを三匹食べたばかりに竜となった母を前に、貧しさにこそ罪がある、と憤る太郎の姿に、民衆の魂の声が込められている、胸打つ傑作である。劇場アニメ化された

【ふたりのイーダ】長篇小説。六九年講談社刊。広島の原爆によって引き離された幼子のイーダちゃんを探して、現代の広島を人知れず歩き続けている椅子がいた。椅子に出会った少年・直樹は、イーダちゃん探しに協力するうちに、戦争の悲惨さに触れることになる。椅子が心を持って歩くという突飛な設定を、全く不自然に見せない筆力が素晴らしい秀作。

▼『松谷みよ子の本』全十巻（九四〜九六・講談社）

松谷与三郎（まつたに・よじろう　一八八〇〜一九三七）弁護士。社会主義活動家で、戦前に衆議院議員を経験。社会主義的な未来予測物『百年後の日本』（三〇・光学堂）がある。

松任谷國子（まつとうや・くにこ　？〜）画家、タレント。海で自殺した女性が、海を侮辱した罪を問われ、海の女王の罰を受けるエロティック・ファンタジー『夢幻譚海』（一九八〇・少年画報社）がある。

松殿理央（まつどの・りお　？〜）初期の筆名は松澱典子、松殿典子。人間と竜の合の子の少年と翼竜たちの戦い、愛と苦悩などを綴る伝奇ファンタジー『半龍公子伝　火華流《かがる》』（一九九〇〜九一・富士見ファンタジア文庫）でデビュー。主にBL小説を執筆。解き放たれた邪神テーマのファンタジー《エンサイクロペディア・オデッセイ》（九三〜九四・角川スニーカー文庫）、安倍晴明物のオカルト・ファンタジー『美貌の魔都』（九五〜〇四・ウィングス・ノヴェルス）、オカルト的事件を扱う警視庁特殊公安部庶務課資料室の捜査官の活躍を描く《特公資料室・ファイル》（九八〜九九・キャンバス文庫）、高校生の少女が化物たちの住みかに下宿する『廃墟ホテルへようこそ。』（〇七〜・GA文庫）など。

松永延造（まつなが・えんぞう　一八九五〜一九三八）本名延造《のぶぞう》。神奈川県横浜市生。生家は県下有数の材木商。横浜商業専科卒。小学校二年で脊椎カリエスに罹り、生涯闘病生活を続けることになった。石井柏亭に油絵を学ぶ。トルストイ、ドストエフスキーに影響を受け、『心理研究』『哲学研究』などに投稿する。二二年、長篇『夢を喰ふ人』（京文社）を刊行。辻潤、高橋新吉、滝田樗陰の激賞を受けるも文壇には黙殺された。『中央公論』に「職工と微笑」（二四）、「出獄者品座龍彦の告白」と続篇の「浅倉リン子の告白」（共に二五）などを発表。晩年は『歴程』に参加し、詩を発表した。

　横浜大施療院精神病科の一看護助手と周辺の人々との関わりが生み出す様々なエピソードを通して、人間精神の複雑怪奇な暗部を照射するアンチロマン「夢を喰ふ人」と続篇「目を求める人」（京文社版『夢を喰ふ人』に併録）や、社会の底辺に生きる人々の悪徳の諸相を描いた「職工と微笑」をはじめとして、延造は一貫して社会から疎外され、病院や監獄などに閉じ込められた異形の精神と異形の肉体

を持つ人々の孤独や憂愁、愛や夢想を追求した作家である。窓外の闇に向けてランプを提げた腕をじっと差し伸べるインド人青年の孤愁を描く「アリア人の孤独」（二六）、伝説の狂王の孤独にいちはやく共感を寄せた「狂王ルウドウヰヒ」（二九）、芳香を放つ瘤を持った米人女性の不幸を描く「芳香瘤物語」（三一）、ヨーロッパの宮廷で愛玩の具とされた小人たちの物語「哀れな者」（三五）などの短篇に、アウトサイダーの哀しみを描いて同時代の猟奇変態趣味を止揚する独創を示した。その斬新な文学性は、当時の文壇一般に理解されるべくもなく、長らく埋没を余儀なくされたが、七三年に桃源社から『夢を喰ふ人』が復刊されたのを一契機として再評価の気運が高まり、『松永延造全集』全三巻（八四・国書刊行会）に結実をみた。

松永也規（まつなが・なりき　?～）オカルト系のライト・ポルノ小説『ユーグランドの幽城』（一九九五・ナポレオン文庫）がある。

松野秋鳴（まつの・あきなり　一九七九～）兵庫県川西市生。宇宙人が高校の教室に押しかけてくるどたばたコメディ『青葉くんとウチュウ・ジン』（〇五～〇六・MF文庫J）で、第一回MF文庫Jライトノベル新人賞優秀賞を受賞。

松野志保（まつの・しほ　一九七三～）歌人。山梨県生。東京大学文学部卒。高校時代から作歌を開始。『MOE』に投稿。九三年、月光の会に入会、福島泰樹に師事。〇三年、同人誌『Es』に参加。前衛短歌から漫画・アニメーションまで多様な作品の影響を背景に、少年たちの愛憎や暴力のイメージを軸とした世界観を提示する歌は、場所や時代を特定しないロマンティシズムに満ちている。〈夕暮に色とりもどす血天井　男百人心中の跡〉〈木漏れ陽の遊糸《ゴッサマー》散る森を往くぼくはこの世の彼はあの世の〉。歌集に『モイラの裔』（〇二・洋々社）『Too Young To Die』（〇七・風媒社）など。

松野正子（まつの・まさこ　一九三五～）本姓小林。愛媛県新居浜市生。早稲田大学文学部国文科卒。コロンビア大学大学院で図書館学を学ぶ。大学教師の傍ら、童話の創作、翻訳を手がける。小さい雷の子供と友達になって、天上の雲の世界や地上の日常生活の中で素敵な体験をする少年の話『かみなりのちびた』（七六・理論社）、子供らが作ったものが命を得て動き出す『どろたぬきゆきうさぎ』（八六・大日本図書）などの幼年童話がある。

松原秀行（まつばら・ひでゆき　一九四九～）神奈川県川崎市生。早稲田大学第一文学部人文学専修卒。フリーライターの傍ら、児童文学を執筆。新宿の町が青い薔薇によって結晶に変わってしまったのを救うため、別世界サーガで邪悪な魔法使いとの戦いを繰り広げる少年少女を描くファンタジー『竜太と青い薔薇』（八三・福音館書店）でデビュー。その後、児童向けミステリ・シリーズ《パソコン通信探偵団事件ノート》（九五～）が人気作となる。ほかのファンタジーに、『竜太と青い薔薇』の続篇で、人々を灰に変えてしまう〈灰の女王〉と対決する、『竜太と灰の女王』（〇四・講談社青い鳥文庫）、イラストレーター伊藤正道とのコラボレーションによるファンタジー連作短篇集『オレンジ・シティに風なつ』（〇一・講談社）など。

松原真琴（まつばら・まこと　一九八〇～）岐阜県生。人語を解する猫フェリスとフェリスの言葉を解する少年・龍太の冒険推理「そして龍太はニャーと鳴く」（〇二）でジャンプ小説大賞に入選。ほかに、霊媒体質の少女が主人公の心霊アクション・コメディ『そして彼女は拳を振るう』（〇三・ジャンプJブックス）に始まるシリーズ（～〇四）、妖怪コメディ『妖怪びしょ濡れおかっぱ』（〇六・同）など。

松原至大（まつばら・みちとも　一八九三～一九七一）別姓に村山。千葉町長洲生。早稲田大学英文科卒。大学卒業後、コドモ社の編集者を経て、一八年に『東京日日新聞』の記者となる。学芸部で活躍し、『東日小学生新聞』編集長で停年退社。その傍ら児童文学の翻訳、創作に励んだ。翻訳の代表作は『世界童謡選

集　英米の巻』（二四）、クーリッジ『ケティー物語』（三七～三八）。創作童話は三人の娘たちに向けて書いたのだろうと推測される作品が多い。田舎に越してきた兄妹の体験を描く作品で、森の中の花の御殿で花の女王からおみやげに得難い体験のできる〈五つの路〉をもらうという発端部がある「五つの路」、魔法使いの王に横恋慕された王弟と姫の悲劇を描く「二つの星」、王女などが主人公の寓話的作品などを収録する童話集『鳩のお家』（二三・大阪毎日新聞社）、心の優しい少女が幸いを与えられる魔法メルヘン「不思議な袋」「黄金の壺」ほか、民話風メルヘンや擬人化物などを多数含む童話集『お日さま』（二七・早稲田大学出版部）などがある。

松原由美子（まつばら・ゆみこ　一九六〇～）東京生。日本大学文理学部卒。雑誌編集の傍ら児童文学を執筆。ピンクの鯨と少女の冒険を描く空想的な幼年童話『花くいクジラ』（九四・けやき書房）でデビュー。水陸両棲の架空の生き物コッポたちを描いた物語で、麻薬キノコをめぐる冒険を描く『双姫湖のコッポたち』（九八・小峰書店）で児童文芸新人賞受賞。続篇に行方不明の長老と怪物をめぐる冒険を描く『緑の森のコッポたち』（〇五・同）がある。ほかに怪奇童話なども執筆。

松久淳（まつひさ・あつし　一九六八～）東京生。田中渉とコンビを組んで小説を発表。天国の本屋での人間模様などを描くファンタジー・シリーズ《天国の本屋》（二〇〇〇～〇二・かまくら春秋社～木楽舎～小学館）により、一般の支持を得、第三作『恋火』は映画化もされた。ほかに『ウォーターマン』（〇五・講談社）など。

松村栄子（まつむら・えいこ　一九六一～）本姓朝比奈（旧姓松村）。静岡県生。筑波大学比較文化学類卒、同大学院教育学研究科中退。出版社、商社勤務を経て、九〇年「僕はかぐや姫」で海燕新人文学賞を受賞し、三島由紀夫賞の候補となる。「至高聖所《アバトーン》」（九二）で芥川賞受賞。幻想系の作品として、真実の恋によって性が決まる中世的な別世界を舞台に、禁断の紫の砂漠に魅せられた主人公の冒険と成長を、世界の謎の解明と共に描くSFファンタジー『紫の砂漠』（九三・新潮社）『詩人の夢』（〇一・ハルキ文庫）、二十歳の青年が内部の感覚に導かれて双子の片割れを探す『生誕』（九九・朝日新聞社）がある。

松村光生（まつむら・みつお　一九四八～）十七歳以上の人間が死に絶え、ミュータントの子供たちが出現した近未来が舞台のサバイバル・アクション《アーマゲドン２０００》三部作（九二・ハヤカワ文庫）などがある

松本邦吉（まつもと・くによし　一九四九～）詩人。東京生。早稲田大学文学部卒。七一年より詩作を始める。第一詩集は『聖週間』（七五・詩学社）。確かなヴィジョンを備えた詩の書き手であり、幻想的な詩をしばしば書くが、幻想詩人というのもためらわれる。日常・肉体的現実から詩は書き始められるが、言葉は現実の地平を超えて幻想に至る、もしくは幻想的に言葉は飛翔するが、意識は肉体に立ち戻るという印象である。肉体、エロス、死をモチーフに、言語にしがたいものを捉えようとした晩翠賞受賞の傑作散文詩集『発熱頌』（二〇〇〇・書肆山田）のほか、夜見る夢をそのまま言語に定着させようと試みた散文詩集『夢ノ説』（八九・同）、サボテンやオオウミウマに自身を重ねた連作詩ほかを収録する『楽園』（九〇・思潮社）のほか、『市街戦もしくはオルフェウスの流儀』（八二・書肆山田）『灰と緑』（〇五・同）などの詩集がある。

松本幸綺（まつもと・こうき　?～）植物専門の〈呪縛師〉という家業を受け継いでいる青年が遭遇する事件を描く、植物が題材の連作短篇集『月下美人』（一九九七・ミリオン出版＝カルデアブックス）がある。

松本利昭（まつもと・としあき　一九二四～二〇〇四）本名博。別名に湖南博志。作家、詩人、少年写真新聞社元社長。児童詩教育でも知られた。尾張の吉法師（信長）に転生した三蔵法師を慕った孫悟空が、童のひよし（秀吉）の脳に棲み着いて助力するというユニークな設定で、巧みに〈孫悟空〉と〈太閤記〉

を絡み合わせた『悟空太閤記』（八七・松本書店、湖南博志名義）により小説家としてもデビュー。その後は一般的な歴史小説を執筆し、『春日局』（八八）『巴御前』（八九〜九〇）などがある。

松本富之（まつもと・とみゆき　?〜）別名に瑞茂《みずも》豊基《とき》。ゲームクリエーター。小説も執筆し、一九二〇年代のドイツを舞台にした吸血鬼伝説にまつわるゴシックロマンス『KEI』（二〇〇〇・角川ティーンズルビー文庫）、自身が手がけたTRPGをもとにした『CLAMP学園怪奇現象研究会事件ファイル』（九九〜二〇〇〇・同）、瑞茂豊基名で、エロティック・ファンタジー『僕の彼女は小妖精』（九六・メディアックス＝パラダイス・ノベルズ）がある。

松本肇（まつもと・はじめ　?〜）伝説の生体兵器〈ゼイラム〉を捕獲するため、仮想空間〈ゾーン〉を作って対決するサスペンスSFアクション・アニメの原作・脚本を担当し、そのノベライゼーション『ゼイラム』（一九九五・ソノラマ文庫）を執筆。

松本祐子（まつもと・ゆうこ　一九六三〜）川崎市生。日本女子大学大学院修了。聖学院大学で英米児童文学、ファンタジー論などの講義を担当する傍ら、ファンタジーを執筆。王位継承をめぐる陰謀に巻き込まれた下町の少女の活躍を描く架空の王国物『虹色のリデル』（九二・ハヤカワ文庫）でデビュー。神の声が聞ける王太子が剣士と共に事件解決をはかる異世界ファンタジー《夢の冠》（九五〜九六・コバルト文庫）、時空間が乱れている禁断の洞窟を破壊しようとするファンタジー『永遠への扉』（九六・同）を発表。若干のブランクの後、魔女修行を始めた少女を主人公に、幻想的な植物をモチーフとした児童文学のファンタジー『リューンノールの庭』（〇二・小峰書店）で第一回日本児童文学者協会長編児童文学新人賞受賞。同作はシリーズ化されている。

松本侑子（まつもと・ゆうこ　一九六三〜）島根県出雲市出身。筑波大学社会学類卒。テレビ朝日キャスターを経て「拒食症の明けない夜明け」（八七）ですばる文学賞を受賞して作家となる。昔話・童話のパロディ集『罪深い姫のおとぎ話』（九六・角川書店）ほかがある。

松谷雅志（まつや・まさし　一九七二〜）兵庫県生。拳法アクション『真拳勝負！』（〇一・ソノラマ文庫）でデビュー。歴史改変によって世界の流れを変えようとする一派と、それを阻止しようとする一派が戦国時代を舞台に戦うSFアクション『鋼鉄忍法帖』（〇二・同）がある。

松山思水（まつやま・しすい　一八八七〜一九五七）本名二郎。和歌山県生。早稲田大学英文科卒。実業之日本社に入社し、『日本少年』の編集者となる。少年小説、子供向けの伝記や翻案などを執筆。SF的な趣向の作品があり、種々の科学新兵器を操る敵国と戦う少年を描く『間諜の最後』（一五・実業之日本社）は、かなり本格的なSFの要素を取り入れた軍事・冒険物になっている。ほかに時間旅行物の「二万年未来の夢」（一七）、見えない宇宙船を操る火星人の襲来を描いた「天魔襲来」（一七）など。

松山善三（まつやま・ぜんぞう　一九二五〜）兵庫県神戸市生。岩手医学専門学校中退。松竹に入社し脚本家として活躍。後に映画監督も務め、代表作に「名もなく貧しく美しく」（六一）。実弟・松山龍男（筆名すずの・とし、同項参照）との共著で、水棲人の海底王国乗っ取りを阻止するため、巨大蟹に変身した男の運命を描くファンタジー『夢竜宮』（九五・潮出版社）ほかの作品がある。

松浦静山（まつら・せいざん　一七六〇〜一八四一／宝暦一〇〜天保一二）本名清。幼名英三郎。七五（安永四）年、肥前平戸藩藩主。十五歳で藩主となり、文武を勧め、財政を立て直し、藩民の医療・貧窮政策にも対応するなど、数々の事跡を残した名君であった。〇六（文化三）年に引退し、本所の別荘で文芸に親しむ余生を送った。晩年の随筆に『甲子夜話』（二一〜四一／文政四〜天保一二）があり、文献から得た知識、聞き書きなどを雑多に集め、幅広く諸事を記した。二百七十八巻と巻数が多いので、人魂、天狗、妖狐、化猫、妖怪、幽霊、そのほか怪奇的エピソードも種々含まれる。割合からすれば多いわけではないが、特に初期の記述には、妖怪話など怪奇的なものが多くある。

『松浦宮物語』（まつらのみやものがたり　一二世紀末頃成立）長篇物語。作者は藤原定家と『無名草子』にあり、確定的のように思われるが、完全には承認されていない。藤原朝時代を舞台にした擬古物語で、『宇津保物語』『浜松中納言物語』の影響が見える。橘氏忠は神童の誉れ高い優れた少年であった。十七歳の時に思い人が入内したため失恋の痛手を負いながら、遣唐使として入唐する。そこで公主に琴の秘曲を習い、愛し合うが、公主は玉を渡して日本での再会を約束すると昇天してしまう。唐の都では戦乱に巻き込まれ、住吉軍神の加護により敵を倒して平和をもたらす。身分を隠した幼帝の母后と逢瀬を重ねるが、帰朝の時は迫り、一枚の鏡を形見として氏忠は日本へと帰る。そこで玉に法を修すると公主が戻ってきて、結ばれる。だが、氏忠は鏡に映る母后の姿を見ては思いに耽ったりする、という内容。琴の秘曲を天界から伝えるために生まれた姫、阿修羅の生まれ変わりである敵を倒すために天から遣わされた母后、そしてかつて天童であった氏忠、という具合に、垂迹説が導入されており、幻想味は濃厚である。氏忠に主体的な能動性がやや欠けており、ただ天命に流されるままに動いていくため、全体としては感傷的な印象を与える宮廷恋愛物語になっている。

間都しゅん（まと・しゅん　一九六四〜）東京生。某国立大学中退。漫画原作、音楽評論などを手がける。戦時中の人体実験により生まれた超能力を持つ胎児モンスターが巻き起こすホラー『クライング』（八八・ケイブンシャ文庫コスモティーンズ）がある。

真瀬もと（まなせ・もと　?〜）「エキセントリック・ゲーム」（一九九九）でウィングス小説大賞佳作を受賞しデビュー。同作を含む《シャーロキアン・クロニクル》（九九〜二〇〇〇）や《帝都・闇烏の事件簿》（〇四〜〇五）など、冒険推理物を中心に執筆。次のようなファンタジー作品があるが、やはり基調はミステリである。現代英国を舞台に、かつて天才少年画家と謳われた日本の青年が、わがままな貴族の幽霊と契約を結んで、喪われた肖像画の探索を進めるうち、自らの絵を取り戻していく『廻想庭園』（〇一〜〇三・ウィングス文庫）、二十世紀初めの英国を舞台に、異能で長命の異生命体が存在するという伝奇SF的設定で、異生命体と人間のハーフの予知能力を持つ青年を中心に繰り広げられる『レリック・オブ・ドラゴン』（〇二〜〇三・角川ビーンズ文庫）など。

真鍋呉夫（まなべ・くれお　一九二〇〜）福岡県生。幼年期を一時中国で過ごす。三九年、矢山哲治、島尾敏雄らと同人誌『こをろ』を創刊。応召により文化学院中退。四六年から同人誌『午前』を発刊し、文壇に認められる。五二年に安部公房らと〈現在の会〉を結成、新日本文学会にも参加。作風は多様で、「二十歳の周囲」（四八）など私小説風の作品から、旧約聖書や中国・インドの古典に取材した作品、そして島尾とも一脈通じる幻想小説などがある。長篇『異物』（五八・書肆パトリア）は、排日運動で騒然とする租界を日本人少年の目を通して描いた作品だが、警官殺しの中国人が亡霊めいた姿で少年の夢に現れたり、蝦蟇に変身した少年が汚物に溢れた下水道を彷徨したりといった現実とも幻想ともつかぬ描写が続き、惨死した中国民衆の怨念が凝結したようなグロテスクな怪物の群れが世界を覆い尽くす壮絶なカタストロフを迎える。〈西域小説集〉と副題する『虫の勇気』（七三・財界展望新社）にも、リビア砂漠を舞台に、暗黒神に憑かれた王の数奇な生涯を描く「南風進撃」のような作品が含まれている。ほかに、願いの叶う魔法の玉を手に入れた蛙の話『月と四十九ひきめのカエル』（八八・新学社）などの児童文学のファンタジーがある。

【飛ぶ男】短篇集。七九年東京新聞出版局刊。爆沈した戦艦〈彗星〉の生還者である門馬喜一は、その折り片足を失ってから空を飛ぶ夢を見るようになる……戦後の現実に対する門馬の違和感を綴る表題作に続く「売られた軍艦」では、米軍による彗星引き揚げの報を機に門馬の夢は変化し、時間の静止した都会を経て、海底の戦艦内で戦友たちと再会する。夢から醒めた門馬のもとに死者からの電話がかかり、近所のガスタンクの頂上に蝟集した死者の大群は門馬の方へ近づいてくる。そのほか「単独飛行」「ソラキガエシ」など飛行の夢と死者への親近をテーマとする幻想小説全六篇を収録。

真船るのあ（まふね・るのあ　一九六九～）BL小説作家。神奈川県生。九五年、花丸新人賞を受賞。多数の作品がある。ファンタジー系の作品に、中華風の転生物『きみと千年廻恋《めぐるこい》』（〇五・コバルト文庫）、神仙の登場する中華王朝物『双翼紅夢』（〇六・同）がある。

まみやかつき（まみや・かつき　？～）妖魔の心臓から生まれた妖魔アモルを描くファンタジー『翡翠の魔身変　妖魔アモル』（一九九三・富士見ファンタジア文庫）で、ファンタジア長編小説大賞準入選。

麻耶雄嵩（まや・ゆたか　一九六九～）本名堀井良彦。三重県名張市生。京都大学卒。京都大学推理小説研究会に所属していた縁で、在学中に『翼ある闇』（九一・講談社）でミステリ作家としてデビュー。『黒死館殺人事件』をはじめとする先行諸作の影響を受け、クイーンのミステリ作品のタイトルにちなんだ見立て連続殺人の謎を解くという内容で、真犯人の突拍子もないことといい、トリックの奇天烈さといい、徹底的に空虚なミステリ性のみによって成り立つ非現実的な作品であった。その後、『夏と冬の奏鳴曲《ソナタ》』でさらに幻想性への傾斜を強めた。ほかの幻想系ミステリに、同作の続篇『痾』（九五・講談社ノベルス）、別世界を舞台にしたミステリ『鴉』（九七・幻冬舎）、幽霊がほとんど意味なく登場する作品や、犯人の尻尾を摑むために新たな殺人を犯させたり、犯罪を誘発するような手紙を送りつけて殺しを引き起こしたりなどのメタミステリを収録する短篇集『メルカトルと美袋《みなぎ》のための殺人』（九七・講談社ノベルス）などがある。

【夏と冬の奏鳴曲《ソナタ》】長篇小説。九三年講談社（講談社ノベルス）刊。かつて謎の女優・和音を中心として奇妙なコミューンを孤島に形成していた男女が、久方ぶりにその島に集まることになり、連続殺人事件が起きる。本格ミステリで、事件については合理的に謎が解かれるが、キュビスム理論の奇想的な敷衍、トリックではないドッペルゲンガーの出没、真夏に降る雪など、最初から最後まで異常な世界が展開する。幻想が現実を侵食してしまい、〈超自然現象〉という一種の合理的説明さえ受けつけない様は圧巻。

眉村卓（まゆむら・たく　一九三四～）本名村上卓児。大阪府生。大阪大学経済学部卒。耐火煉瓦会社に勤務の傍ら、同人誌『宇宙塵』に加わりSFを執筆。六一年『SFマガジン』第一回コンテストで「下級アイデアマン」が佳作入選。コピーライターを経て、六五年から執筆に専念。未来の管理社会に生きる人々の姿を描く《司政官》（七四～九五・早川書房）に代表される重厚な長篇SFを中心に、ショートショート、短篇を多数執筆。七九年『消滅の光輪』（早川書房）で泉鏡花文学賞を受賞した。ジュヴナイルSFにも才能を発揮し、『まぼろしのペンフレンド』（七〇・岩崎書店）『なぞの転校生』（七二・鶴書房盛光社）『ねらわれた学園』（七六・角川文庫）などの作品はテレビドラマ化や映画化され、後の世代への影響も大きいものがある。ほかのSF長篇に『燃える傾斜』（六五・東都書房）『不定期エスパー』（八八～九〇・トクマ・ノベルズ）、SF短篇集に『準B級市民』（六五・早川書房）『時のオデュセウス』（七一・同）など。

　また、病床の妻のために、毎日一篇ずつショートショートを書き続けたことで話題となった。千七百七十八話にも及ぶこれらの作品の一部が『日がわり一話』全二巻（九八・出版芸術社）に収録されている。
幻想文学サイドから見た眉村作品の最大の特徴は、日常と隣り合わせに潜んでいる怪異を、時には私小説めいた設定で、確かな手触りをもって描き出すところにある。短篇にそうした特徴が表れやすく、次のような短篇集がある。非情な出世コースを歩む会社人間が出張先の鳥取で昔の感じやすい心を回復し、砂丘の化身の女と一夜を過ごす「砂丘の女」をはじめ、旅先で出会った不思議な女たちの妖異譚七篇を収める『異郷変化』（七六・角川書店）、ホテル〈浦島〉の窓から外へ出たために、その部屋で自殺した女の執念が生み出した異界の虜囚にされる男の恐怖を描く「檻からの脱出」ほか異次元怪談の名作五篇を収める『かなたへの旅』（七九・集英社）、人間を勇気づけ、別の道に踏み出させる不思議な女と付き合い、それが忘れられない男、気に入らない者を追い出してしまう町の霊と外人の対決、町の霊を呼び出そうとする商店会の企画など、町の不思議に焦点を絞って立身駅の二十年を追う連作短篇集『駅とその町』（八九・実業之日本社、後に「魔性の町」と改題）、喫茶店で原稿を書く駆け出し作家の非日常的な体験を軽妙な筆致で描き、私小説と幻想との絶妙なブレンドが見られる傑作連作短篇集『ワンダー・ティー・ルーム』（九二・実業之日本社）など。傑作選『虹の裏側』（九四・出版芸術社）や、自身のサラリーマン時代を象徴させたホラー短篇「血ィ、お呉れ」、玄妙な若返り物「芳香と変身」などを収録する『新・異世界分岐点』（〇六・同）も、眉村の怪奇幻想系の作品を知るには手頃なアンソロジーである。また長篇では、異界に紛れ込むというパターンの作品に秀作が多く、別掲作『ぬばたまの…』と同様に、パラレルワールドや過去・未来といった異世界で、複数の自己の可能性を見つめることになる『傾いた地平線』（八一・角川書店）『夕焼けの回転木馬』（八六・角川文庫）、老教授が教え子の空想が生み出した異世界〈カイジ・ワールド〉に転移して冒険を繰り広げる軽やかな長篇ファンタジーで、メタフィクションでもある『いいかげんワールド』（〇六・出版芸術社）、近代以前の階級社会が根強く残り、怨念が渦巻いているために、歪んだエネルギーが噴出し、過去へのタイムスリップや超能力バトルが日常的に起きる城下町を描く、ジュヴナイル・ホラーの先駆的傑作『ねじれた町』（七四・すばる書房盛光社）などがある。
【ぬばたまの…】長篇小説。七八年講談社刊。作家の前浦は、かつての上司の一家と共に遊園地のオバケ屋敷の暗闇を抜けて薄明の世界に迷い込む。そこは江戸時代の農民や帝国軍人など様々な時代、様々な階層の人間たちが集まる混沌とした異世界だった。お調べ所での詮議のあと身ぐるみはがれて放り出された前浦は、その世界の都市で上司たちと再会するが、そのとき勃発した〈世直し〉によって市街は炎と殺戮の巷と化す。混乱のさなか、前浦は分身と遭遇。それはやりきれぬ苦渋の思いと共に捨て去ったはずの自分の姿だった……。現実の負の部分から生まれた異世界をさまよう男の姿をリアルに描いた傑作長篇。

馬里邑れい（まりむら・れい　？〜）江戸時代が今も続くパラレルワールドに入り込んだ少女の冒険を描く『あいつと迷宮』（一九八七・くもん出版）ほかの児童文学、美少女ゲームのノベライゼーションなどがある。

丸本天外（まるもと・てんがい　一九八一〜）岡山県生。岡山大学経済学部卒。携帯用搾命器〈魂搾り君〉を携行する下級悪魔少女を主人公に、堕天使、魔王、大天使などが入り乱れるオカルト・ファンタジー『喚ばれて飛び出てみたけれど』（〇五・角川スニーカー文庫）でデビュー。

丸谷才一（まるや・さいいち　一九二五〜）本姓根村。山形県鶴岡市生。東京大学英文科卒。国学院大学などで教壇に立つ傍ら、ジェイムズ・ジョイス「ユリシーズ」などの翻訳に取り組む。五二年、篠田一士らと同人誌『秩序』を創刊、処女長篇「エホバの顔を避けて」（五二〜五九）を連載。ジョイスの強い影響下に新たな〈市民小説〉の創造をめざし、『笹まくら』(六六)『たった一人の反乱』(七二)『裏声で歌へ君が代』(八二)などの長篇を発表、高い評価を受けた。六八年「年の残り」で芥川賞を受賞。御霊信仰との関連に着目した『忠臣蔵とは何か』(八四)、現代文学の実践者としての視点からジョイス像に迫る『6月16日の花火』(八六)など批評家としても活躍している。幻想文学関連の作品としては、旧約聖書の「ヨナ書」に取材した神話小説『エホバの顔を避けて』(六〇・河出書房新社)が名高いが、川端康成文学賞受賞の中篇「樹影譚」(八七)も、樹とその影の取り合わせに惹かれる〈わたし〉が、樹の影に魅入られて夢とも現《うつつ》ともつかぬ過去の世界へ遡行する老作家をめぐる奇妙な短篇を執筆する、という凝った趣向の作品である。

丸山薫(まるやま・かおる　一八九九〜一九七四)大分県大分町生。東京大学国文科中退。詩人。『椎の木』『詩と詩論』に参加。第一詩集『帆・ランプ・鷗』(三二)や『物象詩集』(四一)をはじめとする象徴的・浪曼的作風の抒情詩人として名高いが、初期には「両球挿話」(二九)「落下」(三一)などの足穂風コント数篇があり、うら寂れたアパートに暮らす影のような住人を夢想的筆致で描く表題作などを収める小説集『蝙蝠館』(三七・版画荘)もある。

丸山健二(まるやま・けんじ　一九四三〜)長野県飯山市生。国立仙台電波高校卒。「夏の流れ」(六六)で文學界新人賞を受賞し、デビュー。同作により、史上最年少(当時)で芥川賞を受賞。まもなく安曇野に移り住み、都市的なものと自然・農村的なものとの対立の相のもとに世界を捉え、独特の境地を拓く。初期には追い詰められた状態にある青年を描いたリアリズム作品が多いが、八〇年代に入ると、力強い詩的な文体により、幻想的な小説を執筆するようになった。島を舞台に繰り広げられる、幻想と現実とが混沌とした三つの物語を収録する『踊る銀河の夜』(八五・文藝春秋)、哀歓と苦悩に満ちた男の人生に幻想が立ち現れ、幻想と現実とが混淆する二作品を収めた『月に泣く』(八六・同)、戦後の田舎町を舞台に、頽廃的でなお男性的力強さに満ちた生活を送る男たちの暮らしを少年の視点から描いた長篇で、ラストの、湧き出る泉の回りに人々が集まって民謡を歌い踊る民俗的幻想が印象的な『惑星の泉』(八七・同)を経て、幻想の深度が増してくる。近親相姦の果てに町を出て都会で四年暮らし、ぼろぼろになった青年が故郷の町で人知れず死に、雨となり、町で生き生きと輝きながら生きている家族の上に降り注ぎ、生を讃える『水の家族』(八九・同、再構成による新版〇六・求龍堂)は、環境と人間とが一体となる世界を見事に描き出した、中期の一つの到達点ともいうべき傑作である。その後も、体制からはみ出している者たちを主人公に、人間の生を深く問う作品を書き続けている。死者を語り手とした『水の家族』以後は、人外のものを語り手とする手法を多用しており、その系統の作品として、『千日の瑠璃』、短篇集『白と黒の十三話』(九四・同)、〈争いの樹〉と呼ばれる古木の一枝で縊死した母親から産まれた男の子の生涯を樹が幻視するという形で、男の子の徹底した無軌道さと自由さ、近未来の軍国主義の復活などを語りつつ、輪廻的生死観を露わにした『争いの樹の下で』(九六・新潮社)、意識のある魂〈私〉が胎児に宿った上で、その胎児に〈おまえ〉と呼びかけ、妊娠中の女(母親)の一日一日の生活を記録しながら、人生の理《ことわり》を語ろうとする『貝の帆』(〇五・新潮社)などの作品がある。ほかに、無可有郷風の村を舞台に、年を取らないように見える不思議な神官が青く染めてくれる旗を取りに行くため、厳寒の中を歩いている男の頭の中に去来する記憶や思いを綴った長篇で、反天皇・反都会文明の姿勢も明らかな伝奇的長篇『野に降る星』(九〇・文藝春秋)、刺客から逃亡中のやくざの銀次が、北国の海岸に立つ電波塔に潜伏しつつ、分身的存在の〈仮面〉や彼の魂を捕まえようとする〈死に神〉と対話を重ねつつ、自らの生を振り返る『虹よ、冒瀆の虹よ』(九九・新潮社)、丸山には珍しいストレートなホラー『銀の兜の夜』などがある。

【千日の瑠璃】長篇小説。九二年文藝春秋刊。障害を持つために自分の体も自由には扱えず、日がな町中をうろつきまわっている少年・世一と、彼が拾い育て、彼の生きる力のもととなるオオルリとを中心として、典型的な田舎町〈まほろ〉の千日（オオルリの登場から世一の死までの間）を、人間以外のあらゆる物の視点から日録形式で綴っている。風、雷といった自然現象から、茶柱、脳などの物、はては日常、屈辱、談笑、添い寝などの抽象的なこと、状態までが〈私は……だ〉と語り出し、それぞれに付与された人格に従って、まほろ町に関わる現象や人、物について、自らの見解をてんでんに述べるという、きわめてユニークな作品。

【銀の兜の夜】長篇小説。〇三年新潮社刊。米海軍基地のそばにあり、演習のために魚が寄りつかなくなって寂れた港町を舞台に、少年（作中で青年に成長）の独り語りで展開する怪奇的な物語。テーマは日本の現状に対する痛烈な批判である。薄ぼんやりと生きている父親と海に出た中三の少年は、銀製の兜を引き揚げるが、それは禍々しい呪物であり、骨董品店に持ち込もうとした父親はなぜか米軍基地に乗り込んで殺され、兜を処分しようとした母親も事故死する。少年の兄は東京に出て行き、大臣にのし上がった右翼系文芸評論家の舎弟となるが、境遇に変化があると、兜をかぶりに帰ってくる。どうやら兜は国粋思想を鼓舞するらしい。田舎で気ままに生きながら成長した少年は、兜のせいで分身を見たり、意識を喪失したりしており、自分がよく摑めなくなっていく。様々な事件を経て、自然の精霊とも見える〈河童〉の助けにより、ようやく自分を確立した少年は、米軍艦に船で突っ込めと囁く兜の魔力から抜け出て、兜を海に投げ捨てると、船で独り旅立っていく。

円山夢久（まるやま・むく　一九六六〜）東京生。学習院大学人文学部修士課程修了。西洋中世的別世界を舞台に、魔道師見習いの少女の時空を超えた冒険を描く『リングテイル』（二〇〇〇〜〇一・電撃文庫）で電撃ゲーム小説大賞受賞。先住民である鳥に近い異種族の謎をめぐって繰り広げられる別世界ファンタジー『リビスの翼』（〇二・同）、亡霊の存在が公的に認められている近未来の日本を舞台に、歌と踊りで死者を鎮める吟遊詩人の卵たちの冒険を描く『Little Birds Fly』（〇四・同）がある。

万亭応賀（まんてい・おうが　一八一九〜九〇／文政二〜明治二三）戯作者。本名服部孝三郎。別号に春頌斎、長恩堂。江戸神田明神下生。父親が息子・応賀の能力を見込んで士分を買い、応賀は常陸下妻藩に仕えたが、まもなく辞職。戯作者と交流するうちに、一八四四（弘化元）年頃から自らも戯作者として立つことになる。明治以降は反時代的な著作を執筆し、学才を生かせぬまま時代に取り残された。合巻に、釈迦の生涯を日本風に波瀾万丈の勧善懲悪物に仕立てた『釈迦八相倭文庫』（四五〜七一／弘化二〜明治四、歌川豊国・国貞ほか画）、林家正蔵のあとを受けて、石川五右衛門の前身である悪漢を描いた未完作『怪談春雛鳥《はるのひなどり》』（三八〜五一／天保九〜嘉永四、三篇まで正蔵、四、五篇は応賀、橋本貞秀・歌川国貞ほか画）など。ほかに六道巡り物の諷刺コメディ『大鈍託新文鬼《おおどんたくしんぶんき》談《だん》』（七二／明治五）などがある。

万亭叟馬（まんてい・そうば　生没年未詳）経歴未詳。江戸後期の人。亡魂の助力の趣向がある百合若大臣物に、本筋とは関係のない奇譚を挟み込む形式の読本『由利《ゆり》稚野居鷹《わかのずえのたか》』（一八〇八／文化五、葛飾北斎画）がある。

『万葉集』（まんようしゅう　奈良時代成立）現存最古の和歌集。全二十巻。五世紀初頭の仁徳天皇時代から淳仁天皇時代の七五九（天平宝字三）年頃までの歌約四千五百首を収録。一度に成立したものではなく、ほぼ奈良時代全期をかけて編纂されていったものと推定されている。巻一、二を核として巻十六までが付加され、それに巻十七以下の、大伴家持の歌日記的体裁の四巻が加えられたという形である。現存の形に近いものに最後にまとめたのは家持とされる。所収歌の歌体は短歌が大部分で、ほかに長歌、旋頭歌《せどうか》、仏足石歌、連歌を含む。雑歌《ぞうか》、相聞《そうもん》、挽歌《ばんか》の三分類を基調とする。作者層は、天皇、皇族、貴族、官人、防人《さきもり》、遊女、乞食者《ほがいびと》など広く、東国民謡ともいわれる東歌《あずまうた》なども含まれる。代表的歌人は、額田王、柿本人麻呂、高市黒人、山部赤人、山上憶良、高橋虫麻呂、大伴旅人、大伴家持など。怪奇幻想系の歌としては夢を歌ったものが散見されるほか、神話・伝説をもとにした歌もある。最も多いのは七夕神話で、ほかに大和三山の妻争い（畝傍山を香具山と耳成山が争う）や山に棲む仙女の柘枝《つみのえ》伝説などもある。中国文化、なかんずく神仙道の影響をよく見ることができる。

み

三浦勇雄（みうら・いさお　一九八三年〜）弘前大学人文学部人間文化課程卒。異世界から来たテレビ局の連中に踊らされ、主人公が薄幸の美少女を救うSFラブロマンス『クリスマス上等。』（〇五・MF文庫J）で第一回MF文庫Jライトノベル新人賞の審査員特別賞を受賞してデビュー。同作品はシリーズ化されている（〜〇七）。

三浦清宏（みうら・きよひろ　一九三〇〜）北海道室蘭生。東大英文科在学中の五二年に渡米。カリフォルニア州立サン・ノゼ大学とアイオワ州立大学創作科に学ぶ。会社勤務を経て明治大学工学部教授となる。七八年「赤い帆」で芥川賞候補となり、八八年「長男の出家」で芥川賞を受賞した。

　三浦はスウェーデンボルグの著作に接して心霊研究を志し、七八年から一年間、大学の海外研究員としてロンドンに滞在した。そのときの体験を綴ったのが『イギリスの霧の中へ―心霊体験紀行』（八三・南雲堂）で、現代英国の心霊研究事情に関する率直なリポートであると同時に、心霊風私小説といった味わいのある好著である。また、短篇集『宇宙の旅人』（八八・創樹社）にも、心霊研究の恩師に関する思い出話に一瞬怪談めいた情緒がよぎる表題作など、数篇の心霊風私小説が収められている。ほかに、ロンドン塔で実際に現れた幽霊の話や、降霊会で霊にさわられた話なども含め、禅から文学にいたる日常的次元を超えた世界について語るエッセー集『幽霊にさわられて』（九七・南雲堂）がある。

三浦しをん（みうら・しおん　一九七六〜）東京生。父は国文学者の三浦佑之。早稲田大学第一文学部卒。『格闘する者に○』（二〇〇〇）でデビュー。『まほろ駅前多田便利軒』（〇六）で直木賞受賞。時に怪奇幻想物も執筆。古い因習の残る島を舞台に、島の力に守られた少年たち、超常能力を持つ神官の息子と彼を愛する荒神の化身が、位相のずれに見舞われて異空間と化した島を常態に復するオカルト・ホラー『白蛇島』（〇一・角川書店、後に「白いへび眠る島」と改題）、隕石の衝突が予測され、選ばれた人々が地球を脱出しつつあるというSF的背景設定のある連作『むかしのはなし』（〇五・幻冬舎）などがある。

三浦為春（みうら・ためはる　一五七三〜一六五二／天正元〜慶安五）通称に勝兵衛、庄兵衛、号に循庵、定環。小田原生。相模国三浦の領主・三浦道寸の子孫に当たる。実妹・阿万の方が家康の元に嫁いで産んだ子の紀伊大納言頼宣に仕え、筆頭家老まで務めた。政界引退後は江戸麻布にて文化人的な生活を送り、和歌・俳諧などの著作を残した。御伽草子『ふくろふ』などの系譜を継ぐ、異類物の仮名草子で、病気のうそ姫を祈禱によって治療したふくろ法師が姫に恋心を抱く筋を中心に、一人の女性をめぐるトラブルを描いた『あだ物語』（四〇／寛永一七）がある。

三浦哲郎（みうら・てつお　一九三一〜）青森県八戸市生。早稲田大学仏文科卒。六〇年「忍ぶ川」で芥川賞受賞。二人の兄は失踪、二人の姉は自殺という家庭環境により、〈血〉の問題を文学的テーマとして救済を模索する。代表作に天正のローマ派遣少年使節団を描いた、日本文学大賞受賞の『少年讃歌』（八二）、大佛次郎賞受賞の『白夜を旅する人々』（八四）など。幻想的な作品に、父の死によって都会から田舎へ越して来た少年ユタが、間引きされた赤ん坊の霊である座敷わらしの仲間に入れてもらい交流を続けるうちに、村の一員となっていく姿を描いたイニシエーション型ファンタジー『ユタとふしぎな仲間たち』（七一・新潮社）がある。清新かつ鮮やかなイメージに溢れ、軽やかなユーモアの味もある少年文学の秀作で、テレビドラマ化、劇団四季によるミュージカル化がなされた。ほかに、東北出の青年労働者が寄植の盆栽に故郷の林を見、最後にその枝で首を吊る「楕円形の故郷」、病院で死んだ娘の霊を生家へ送り届けたタクシー運転手の体験を描く可憐な幽霊譚「お菊」、電話を通じてもう一人の自分らしき男と会話する「ひとり遊び」などの短篇もある。

三浦真奈美（みうら・まなみ　?〜）「行かないで」（一九八九）でコバルト・ノベル大賞に佳作入選し、両性具有の天使の体を持つ少年少女をめぐるラブコメディ『トマト畑のクライシス』（九〇・コバルト文庫）でデビュー。交通事故に遭ったため、頭の中に別の人格が住みついてしまった少女をめぐるラブコメディ『ツイン』（九一・同）、水を操る竜の血をひく双子の姉弟の運命を描く《竜の血族》（九一〜九四・同）、異次元の存在と対話できる少年を主人公とするサスペンス・ファンタジー《冬の領域》（九三〜九四・同）、香港を舞台にした伝奇ファンタジー『麒麟』（九五・同）などを執筆した後、執筆の場を移し、異世界歴史ロマンスを中心に書くようになる。『風のケアル』（九八〜九九・Cノベルス）『翼は碧空を翔けて』（〇六〜〇七・同）《アグラファ》（〇二〜〇四・同）など、空への憧れをテーマとしている作品が目につく。

みおちづる（みお・ちづる　一九六八〜）埼玉県生。日本大学文理学部心理学科卒。児童文学を執筆。前近代的な砂漠の町ナシスを舞台にした寓話的な物語『ナシスの塔の物語』（九九・ポプラ社）で児童文芸新人賞、椋鳩十児童文学賞受賞。ほかに、未来から前近代的世界に飛ばされてきた女性科学者が、莫大なエネルギーが得られる石を求める敵と戦いながら、冒険を繰り広げる《少女海賊ユーリ》（〇一〜〇七・童心社＝フォア文庫）、竜の血をひく一族の少年が主人公の退魔物『龍のめざめ』（〇五・岩崎書店）などがある。

御影瑛路（みかげ・えいじ　一九八三〜）某大学理工学部中退。テレパシストなどの異能者たちが登場する青春サイコ・サスペンス『僕らはどこにも開かない』（〇五・電撃文庫）でデビュー。ほかに、集団幻覚を描いた学園ホラー『神栖麗奈は此処にいる』（〇五・同）、その前日譚で、幻覚システムが作られるまでを描いた『神栖麗奈は此処に散る』（〇六・同）がある。

三上延（みかみ・えん　一九七一〜）神奈川県生。高校生の少年少女が主人公の伝奇ホラー・アクション『ダーク・バイオレッツ』（〇二〜〇四・電撃文庫）『天空のアルカミレス』（〇六〜〇七・同）、異次元の生物に寄生されて異能を得た少年少女たちの戦いを描くホラー・アクション『シャドウテイカー』（〇四〜〇五・同）などがある。

三上於菟吉（みかみ・おときち　一八九一〜一九四四）初期の筆名に水上藻花。埼玉県生。早稲田大学英文科中退。在学中、芸妓との同棲が発覚し、実家での謹慎生活三年を送る。一四年に上京、一六年『講談雑誌』に連載した「悪魔の恋」を皮切りに現代物の通俗長篇を手がけ、「白鬼」（二一）「日輪」（二六）などで流行作家となる。作者愛着の作という「黒髪」（二六）は、亡妻の遺髪を愛撫して暮らす主人公が、妻と生き写しの踊り子を自殺から救い、家に連れ帰る。しかし娘の淫奔卑劣な性格に失望、彼女に妻の肖像画を汚されて逆上し、その髪を首に巻きつけ絞殺するという、ローデンバッハの『死都ブリュージュ』

を思わせるデカダン趣味に彩られたメロドラマである。一方、二五年から『週刊朝日』にマッカレーのミステリ『双生児の復讐』を粉本とする「敵討日月双紙」を連載、時代小説の分野にも進出し、西欧文学仕込みの斬新な筋立てと絢爛たる文藻で一世を風靡した。代表作に「淀君」(二八~三〇)「雪之丞変化」(三四~三五)など。ワイルドの『ドリアン・グレイの画像』を翻案した短篇「艶容万年若衆」(二八)もある。

三木愛華(みき・あいか　一八六一~一九三三/文久元~昭和八)本名貞一。別号に愛花仙史。上総大網生。田中従吾軒に漢学を学び、詩・狂詩をよくした。新聞記者の傍ら、漢文小説『情天比翼縁』(八五)などを執筆した。『八犬伝』の子孫の物語を意図した『後八犬伝』(八二・兎屋、未完)、百物語怪談会で百本目を吹き消した独醒子が、妖怪に捕まって偉人にそっくりな人々がいる異国に至り、政治・文化などすべてが似非物の〈ユートピア〉を見聞するという現実諷刺、かつ夢落ちの『怪化百物語』(九一・好笑堂)などがある。ほかに、ヴェルヌの『地底旅行』(八五・九春堂、高須治助との共訳)の翻訳を手がけた。

三木卓(みき・たく　一九三五~)本名冨田三樹。東京淀橋生。幼少年時代を満州で過ごし、引き揚げの途中で父や祖母を亡くす。三九年、小児麻痺に罹り、左足首に麻痺の後遺症が残る。早稲田大学露文科卒業後、日本読書新聞社、河出書房新社に勤務。六八年、退社して文筆生活に入る。はじめ詩人として出発し、『東京午前三時』(六六)でH氏賞を、『わがキディ・ランド』(七〇)で高見順賞を受賞。次には少年小説を執筆し、『ほろびた国の旅』『時間の国のおじさん』(共に六九・すばる書房盛光社)『星のカンタータ』(六九・理論社)『真夏の旗』(七一)を発表。小説は七一年頃から書き始め、「鶸」(七二)で芥川賞受賞。以後は小説を中心に執筆する。『野いばらの衣』(七九・講談社)『胡桃』(八〇・集英社)のように背後に神秘性を感じさせる作品もあるものの、ほぼリアリズムで書かれている。未来を舞台に、過去の世界から奇跡的に復活した美女をめぐって織り成される人間模様を描いた『惑星の午後に吹く風』(八九・河出書房新社)はむしろ例外的に幻想的な設定になっている作品。また中篇『震える舌』(七五・河出書房新社)は、破傷風菌に侵されて生死の境をさまよう娘と両親の闘病物語だが、平穏な日常が病魔によって激変する様を克明に描いて慄然とさせる。野村芳太郎監督による同名の映画版は、公開当時「エクソシスト」を凌ぐ恐怖映画として話題になった。

一方、少年小説・児童文学にはファンタジーが多い。『ほろびた国の旅』は、受験浪人中の主人公・三木卓が、少年時代を過ごした満州で、幻の〈あじあ号〉の旅を繰り広げる。『星のカンタータ』は、二十四世紀を舞台に、ロケットショーの中で、不可思議な未知の言語を持つ星の世界へと誘われ、様々な体験をするSFファンタジー。いずれも人生の哀感を感じさせる佳作だが、三木のファンタジーの最高傑作は、日本の幻想少年小説の中でも屈指の名作である『かれらが走りぬけた日』だろう。ほかに、異界の者たちと親しく言葉を交わすことのできる幼い日を描く「ふみこのおともだち」、こわれないシャボン玉を作ろうとする男の話「シャボン玉のこどもたち」をはじめ七篇のメルヘンを収めた『七まいの葉』(七一・構造社)、鰻の腹から出た種が成長して出来た家を借りた作家と、大家である猫の珍妙にして切ないやりとりを描いた長篇ファンタジー『おおやさんはねこ』(八二・福音館書店)、影法師や無花果や鳥や古時計や地面の穴と自由におしゃべりすることができ、死から遠いように見えて実は彼岸に最も近い幼児を主人公にした連作短篇集『ぽたぽた』(八三・筑摩書房)などがある。

【かれらが走りぬけた日】長篇小説。七八年筑摩書房刊。夏休み、中二の浩二と友人の和也は、一つ年下の双子の姉妹、陽子・月子と共に夜の植物園に侵入する。そこにはあるはずのない扉が存在し、彼らはそこを抜けて彼岸的な夢の世界〈紅葉野〉に入り込む。そしてそれぞれに幻想とエロティシズムに満ちた体験をする。傷ついた少年たちの傷にむらがる蝶、蝶によって癒される少年たちなど、妖しくも鮮烈な性的イメージに彩られた、味わい深いイニシエーション型ファンタジー。

御木宏美（みき・ひろみ　?〜）大阪府生。BL小説作家。一九九五年商業デビュー。作品多数。現実の少女が異世界に王女として召喚される、非BLのファンタジー『月華伝』（二〇〇六〜〇七・講談社X文庫）がある。

三木露風（みき・ろふう　一八八九〜一九六四）詩人。本名操。兵庫県龍野町生。中学を転々とし、早稲田大学文科入学、慶応義塾に転校して、半年で退学。相馬御風らと〈早稲田詩社〉結成。『廃園』（〇九・光華書房）を刊行して認められ、『白き手の猟人』（一三・東雲堂）によってその地位を揺るぎないものにした。一貫して象徴詩の立場を取り続けるが、トラピスト修道院と深く関わってからは信仰の詩が多くなり、宗教詩人といわれるようになった。メーテルランク「群盲」の影響甚だしい「暗い扉」、神秘的な「沼のほとり」「延びゆく夢」「月の韻律」、亡霊も登場する物語的な詩「僧の娘」などが、幻想的作品の代表作である。

三木原慧一（みきはら・けいいち　一九六七〜）奥田誠治との共著で、新技術物の太平洋戦争シミュレーション戦記『超弩級空母大和』（九六〜九八・歴史群像新書）でデビュー。ほかに新技術・欧州大戦物《超弩級戦艦激闘》（九九〜二〇〇〇・アスキー＝アスペクトノベルス）、赤化アメリカとの太平洋戦争を描く《クリムゾンバーニング》（〇二〜〇八・Cノベルス）などがある。

三雲岳斗（みくも・がくと　一九七〇〜）大分県生。上智大学外国語学部英語学科卒。凶悪な竜族が君臨する砂漠の惑星ゲヘナを舞台にしたSF戦記『コールド・ゲヘナ』（九九〜〇一・電撃文庫）で第五回電撃ゲーム小説大賞銀賞を、宇宙ステーションを舞台にしたSFミステリ『M.G.H.』（二〇〇〇・徳間書店）で第一回日本SF新人賞を、灼熱のマグマと冷えた溶岩に地表を覆われた世界を舞台に、要塞都市で辛うじて生き延びている人々の戦いを描いたSF『アース・リバース』（二〇〇〇・角川スニーカー文庫）で第五回スニーカー大賞特別賞を受賞。ミュータント物のSFサスペンス『レベリオン』（二〇〇〇〜〇二・電撃文庫）、物理法則を書き替える異能物の学園SF『i.d.』（〇三〜〇五・同）、悪魔を模造した機械で戦うというSFファンタジー＆ハーレム型ラブコメディ『アスラクライン』（〇五〜・同、テレビアニメ化）、平将門物の伝奇時代小説『カーマロカ』（〇五・双葉社）ほか、SFを中心に幅広く多数の作品を執筆している。

三坂春編（みさか・はるよし　一七〇四〜六五／宝永元〜明和二）幼名大弥太。通称五郎左衛門。号に松風庵寒流。四百石取りの会津藩士。会津地方の怪談奇談を中心に、翻訳物の怪異談や先行怪談集との類話なども収録した怪談奇談集『老媼茶話《ろうおうさわ》』（四二／寛保二）を残した。同書には完本がなく様々な異本で伝わるが、柳田國男が『近世奇談全集』（一九〇三・博文館）に復刻収録したことで、泉鏡花、菊池寛をはじめとする近代文学者の愛読するところとなった。とりわけ鏡花の「天守物語」が、同書所収の「播州姫路城」「会津諏訪の朱の盤」などを作中に活かしていることは有名である。また「入定の執念」と上田秋成「二世の縁」との類似も夙に指摘されている。だが、これら高名な話のほかにも、同書には一読印象に残る佳話逸品が少なくない。たとえば「杜若屋敷」「堀主水逢女悪霊」などは、説話というよりも読み応えある短篇小説の趣がある。江戸中期における怪談文芸の豊饒を如実に示す一例といえよう。

三崎亜記（みさき・あき　一九七〇〜）熊本大学文学部史学科卒。公務員の傍ら小説を執筆し、公共事業として行われている戦争によって、可視的な戦闘はないのに戦死者が増え続けるという寓話的作品『となり町戦争』（〇五・集英社）で小説すばる新人賞を受賞。映画化、舞台化、漫画化されて、ヒット作となった。第二長篇『失われた町』（〇六・同）はファンタジーSFで、巨大な意思を持つ〈町〉によって、ある日突然、一つの町の住民全員が消滅させられるという不条理が間歇的に起きる異世界日本を舞台に、消滅阻止のための科学的研究を続ける人々などをオムニバス風に描いた作品。続篇に『刻まれない明日』（〇九・祥伝社）がある。ほかにSF風の奇想小説集『バスジャック』（〇五・集英社）、建築をモチーフとした奇想的な短篇集『廃墟建築士』（〇九・同）がある。

岬兄悟（みさき・けいご　一九五四～）本名安達光雄。東京中央区生。国学院大学法学部卒。妻は大原まり子。『SFマガジン』に、なぜか頭の上に石が浮かんでしまう不条理短篇「頭上の脅威」（七九）でデビュー。夢や無意識界、想像力などをライトモチーフとしながら、コメディ感覚が横溢するファンタジー、SFを主に執筆。〈僕〉を瞑想している瞑想者を救うために別世界で冒険を繰り広げる表題作やデビュー作ほかのSF、ファンタジー短篇を収めた『瞑想者の肖像』（八一・ハヤカワ文庫）、体中についた糸で人形のように操られる男の惨劇「いと」、精子のような尻尾を生やした人間たちが東京タワーを伝って天空に昇っていく「さらば友よ」ほかの不条理小説九篇を収める『他人の目覚め』（八五・角川文庫）、妄想が現実化して世界の破滅にまで至ってしまう表題作などを収録するユーモア短篇集『暴走妄想空間』（八九・大陸ノベルス）、愛すると爆発が起きてしまう病気を描く表題作などを収録するユーモア短篇集『愛は爆発』（九〇・双葉社）、〈美男美女の肉体〉という服を貸してくれる代価として誘惑した人間の魂を差し出さなければならない「夢ブティック」をはじめ、夢の中にある別世界と現実との関わりをテーマとした連作短篇集『夢幻漂流者《ナイトウォーカーズ》』（九〇・パステル文庫）ほか、多数の短篇集がある。また長篇では、小説を書くススムの現実とススムの小説内虚構（霊界の存在に憑依された少女を助けるための進の冒険）とが並行的に描かれていくメタフィクション『風にブギ』（八三・早川書房）をはじめ、現実と虚構の相互干渉をエンターテインメントに仕立てた作品が多い。無意識界からやって来た理想の美少女と愛し合うと、合体して超能力のある両性具有者となってしまう平凡な男の冒険を描くコミカル・ファンタジーで、岬の代表作といえる《ラヴ・ペア》（八五～九三・ハヤカワ文庫）、地球の内側であると同時に宇宙の最も外側の世界でもあるアガルタの危機を救うために、戦士として選ばれた二人の高校生が魔物と戦う《インナー・テラリスト》（八九～九二・ソノラマ文庫）、異域へ踏み込んだ人々を助ける《地上界天使スナッピィ・バニー》（八八～八九・角川文庫）『ドリーム・オン』（八九・パステル文庫）、平行未来から少年のもとにおしかけてきた子孫の美少女によって事件に巻き込まれる連作《ハイパータイマー・ネーナ》（九〇～九一・富士見ファンタジア文庫）などがあり、これらは後のライトノベルの先駆をなすものとみなすことができる。ほかに、朝起きると自分以外の人間が昏睡状態になっており、やがて世界がだんだんと溶けていき、自分自身も溶けてしまい、似て非なる異世界で目覚める『いつもハッピィ・モーニング』（八八・ジョイ・ノベルス）、異世界冒険ファンタジー《霊樹界》（九二～九四・富士見ファンタジア文庫）、人面疽をモチーフとした異界往還サスペンス・ホラー『人面領域』（九五・学研ホラーノベルズ）などがある。

みさき志織（みさき・しおり　？～）BL小説作家。SF設定の《学園エンペラー》（二〇〇五～〇六・プランタン出版＝プラチナ文庫）がある。

三島浩司（みしま・こうじ　一九六九～）広島県福山市生。関西大学工学部電子工学科卒。電気系企業に勤める傍らSF小説を執筆し、『雨と百合とそこに落ちぬ影』（九六・新風舎）『時限交際』（九九・文藝書房）『共鳴ジギタリス』（九九・東京図書出版会）などを自費出版。九九年に退社して執筆に専念。日本の周囲の海を謎のウイルスに冒され、海運が不可能になった悲惨な日本を舞台にした『ルナ』(〇三・徳間書店)で日本SF新人賞を受賞。ほかに、学校が忽然と消え去った事件をきっかけに、魔獣を狩る猟師の末裔の女子高生が、夢の世界〈夢羅〉から逃げ出した化狐を追って、鷹や狼犬などの仲間と共に冒険を繰り広げる『MURAMURA　満月の人獣交渉史』(〇五・同)、寄生虫医療を発展させた〈シオンシステム〉の実験台になった青年を描くバイオ・ホラー『シオンシステム』(〇七・同)など。

三島由紀夫(みしま・ゆきお　一九二五～七〇)本名平岡公威《きみたけ》。東京四谷生。農林省高級官吏の梓・倭文重《しずえ》夫妻の長男。幼少時、父方の祖母・夏子の溺愛をうけて育つ。祖母の語る芝居の話や小川未明・鈴木三重吉の童話、山中峯太郎・南洋一郎らの少年小説に親しむ。学習院初等科を経て三七年、同中等科に進学、文芸部に入り、翌年習作「座禅物語」「酸模」を『輔仁会雑誌』に発表。四一年、国文学の師・清水文雄の推薦で国文学同人誌『文芸文化』に「花ざかりの森」を発表、初めて三島由紀夫の筆名を用いる。四四年、同高等科を主席で卒業し、東京大学法学部に入学。第一作品集『花ざかりの森』を刊行する。四六年、川端康成の推輓により「煙草」を『人間』に発表、文壇にデビュー。大学卒業後、大蔵省銀行局勤務を経て作家生活に入る。四九年「仮面の告白」で新進作家としての地歩を固め、「青の時代」(五〇)「潮騒」(五四)「金閣寺」(五六)など、古典的な様式美のうちにロマネスクな主題を展開した作品群を発表する。五五年からボディビル、ボクシング、剣道、空手などの鍛練に励む。六一年発表の「憂国」以後、戦後の文化・社会状況への危機感を深め、「太陽と鉄」(六五～六八)「文化防衛論」(六八)などを発表。六七年からたびたび自衛隊に体験入隊し、六八年に〈楯の会〉を結成。長篇四部作《豊饒の海》(六五～七〇)を書き終えた直後の七〇年十一月二十五日、〈楯の会〉の青年たちと自衛隊市ケ谷駐屯地に乱入、隊員に決起を促した後、総監室にて割腹自殺を遂げた。

三島は幻想文学の分野に様々な形で関わっており、極言すれば、彼の人生そのものが見事にファンタスティックであったともいえようが、それはさておき、実作者としての側面から第一に注目されるのが、短篇小説の分野である。謎めいた小品「仲間」は、三島の幻想短篇の代表作としてしばしばアンソロジーに収録されているが、ほかにも様々なタイプの幻想短篇がある。〈死者との再会〉をテーマとする作品に、寓話的色彩の強い「鴉」(四七)、内田百閒風の夢幻の鬼気漂う「朝顔」(五一)、納涼お化け大会を舞台とするオーソドックスなゴースト・ストーリー「切符」(六三)などのほか、思想的な側面ばかりが強調されるきらいのある「英霊の声」(六六)にも特異な心霊小説としての側面がある。〈ドッペルゲンガー〉のテーマは、晩年の「孔雀」(六五)や「荒野より」(六六)に著しいが、後者における、三島の分身としての読者という着想には、放棄された作品の主人公が三島に憑依する「博覧会」(五四)に、その先蹤を認めることができる。そのほか狂気や幻影を扱った作品として、女を抱いた直後にきまって山羊の首の幻影に襲われる男を描く「山羊の首」(四八)、自分の発掘した女神像に憑かれた男を描く「美神」(五二)、色情狂と噂される母子の家での奇妙な体験を描く「雛の宿」(五三)、都市伝説風の恐怖譚「花火」(五三)などがあり、偸・邪・妄・殺・飲の字を名にもつ五人の無頼学生が卵の警官隊に逮捕され裁判にかけられるというナンセンス・ストーリー「卵」(五三)について、三島は〈ポオのファルスを模したこの珍品は、私の偏愛の対象になつてゐる〉と述べている。

以上のような超自然的テーマを扱った作品とは別に、古典に取材し、絢爛たる美文によって耽美的な世界を造りあげた「菖蒲前《あやめのまえ》」(四五)「中世」(四五～四六)「軽王子《かるのみこ》と衣通姫《そとおりひめ》」(四七)などの初期短篇や、猟奇趣味と紙一重のグロテスクな人間像を追求した「殉教」「獅子」(共に四八)「怪物」(四九)「復讐」(五四）「月澹荘綺譚」（六五）などの作品も注目に値する。

　長篇では、輪廻転生をモチーフとする《豊饒の海》四部作をはじめ、円盤（天皇霊）への回帰という貴種流離のテーマをSF風に展開した「美しい星」（六二）、〈少年時代の自分に殺されたいという甘い滅亡の夢〉に駆り立てられて書かれたという神話的な父殺しの物語『午後の曳航』（六三・講談社）などが代表的な作品として挙げられよう。

　こうした三島の耽美幻想志向や綺譚への偏愛は、その戯曲作品に凝縮された形で現れている。代表作『近代能楽集』をはじめ、「地獄変」（五三）「黒蜥蜴」（六二）「サド侯爵夫人」（六五）「アラビアン・ナイト」（六六）「椿説弓張月」（六九）などの諸作は、そのまま三島の幻想文学体験を跡づけるものといえるだろう。

　一方、三島は評論の分野でも注目すべき業績を残している。『作家論』（七〇・中央公論社）では、泉鏡花や内田百閒、稲垣足穂らの幻想性に着目し、適確かつ熱のこもった評言を加えて、七〇年代におけるこれらの作家の再評価に先鞭をつけた。また、自決を目前に控えた緊張の中で書かれ、文学的遺書とも呼ばれる「小説とは何か」（六八～七〇）が、国枝史郎の『神州纐纈城』や稲垣足穂の「山ン本五郎左衛門只今退散仕る」、柳田國男の『遠野物語』、バタイユの『聖なる神』やジュリアン・グラックの『陰鬱な美青年』など、内外の幻想文学作品のみを取り上げていることの意味はきわめて大きい。

▼『三島由紀夫全集・決定版』全四十二巻・補巻一・別巻一（二〇〇〇～〇六・新潮社）

【仲間】短篇小説。六六年一月『文藝』掲載。霧深いロンドンの街を、気に入った家を探して深夜に徘徊する奇妙な父子。かれらはある日、幽霊のように青白い顔の男と出会い、男の陰気な家を訪れるようになる。男が二カ月の旅行から帰る日、二人は待ちきれず家に入り込み、子供は部屋の壁掛や衣服を煙草にして喫い、父は男の寝台を水浸しにして、もう男も眠ることはない、と言う。男の靴音が近づいてくるのを聞きながら、父は子に囁く〈今夜から私たちは三人になるんだよ、坊や〉。種々の怪奇な解釈を誘発する小傑作。

【三熊野詣】短篇集。六五年新潮社刊。折口信夫をモデルとする老教授の秘儀めかした熊野行を、身の回りの世話をしてきた寡婦の目を通し突き放して描く表題作のほか、下男に命じて白痴娘を凌辱させた侯爵のおぞましい最期を描いてグロテスクな頽廃美を極める「月澹荘綺譚」、孔雀殺しの容疑をかけられた男が、犯行現場に出現した若き日の自分に慄然とする「孔雀」ほか一篇を収める。三島は〈私は自分の疲労と、無力感と、饐え腐れた心情のデカダンスと、そのすべてをこの四篇にこめた〉と述べている。

【近代能楽集】戯曲集。五六年新潮社刊。向かいのビルの洋装店の美しい女性オーナーにかなわぬ恋をした管理人の老人は、鳴らない鼓を渡されたことに絶望し、ビルから身を投げる。亡霊となった老人は女を自殺現場に呼びよせ、聞こえぬと言い張る彼女の前で鼓を百度打ち鳴らして消えていく「綾の鼓」、病床の妻を見舞いに来た夫が愛人の生霊に惑わされるうちに、妻がベッドから転落死する「葵の上」、酔った詩人が、九十九歳のモク拾いの老婆を美しいと口にしたため命を落とす「卒塔婆小町」など、古典的な夢幻能のテーマを現代の卑近な状況下に展開させた戯曲五篇を収める。後の新潮文庫版（六八）では「弱法師」ほか三篇が増補された。

水落晴美（みずおち・はるみ　?～）静岡県生。サイコダイバー物『夢界異邦人』（二〇〇〇～〇一・電撃文庫）、現実世界と重なるように存在する異界からの脅威を描くホラー・ミステリ『マージナル・ブルー』（〇四・同）がある。

美図垣笑顔（みずがき・えがお　一七八八頃～一八四五頃／天明八頃～弘化二頃）通称美濃屋甚三郎。狂名に涌泉堂真清。江戸新橋加賀町で、質屋、書肆涌泉堂を営む。営業不振に陥って三九（天保一〇）年には『八犬伝』

の版木を売り渡し、書肆から撤退する。その後合巻作者として活躍し、蝦蟇の術を使う児雷也、蛞蝓仙人の術を授かった綱手が、大蛇の妖術を使う大蛇丸を討伐する『児雷也豪傑譚《ものがたり》』（三九〜六八／天保一〇〜明治元、歌川国貞ほか画）などを執筆した。五編までを笑顔が、その後、渓斎英泉、柳下亭種員、柳水亭種清が書き継いだ。

水上勉（みずかみ・つとむ　一九一九〜二〇〇四）福井県生。生家の貧困により九歳で寺の徒弟となるが、十七歳で脱走。立命館大学国文科に入学するも、苦学ゆえに中退。宇野浩二に師事し、その推挽で、四八年、私小説『フライパンの歌』を出版、ベストセラーとなるが、以後文学を離れ、雑誌編集、洋服の行商など種々の職業に就く。五九年刊行の『霧と影』で社会派推理小説の作家として再出発。六一年『海の牙』（六〇）で日本探偵作家クラブ賞、「雁の寺」（六一）で直木賞を受賞。やがて推理小説を離れ、「五番町夕霧楼」（六二）をはじめ、薄幸の女性の生涯を地方色ゆたかに描く一連の作品を発表。幻想文学関連の作品に、幼い頃の心に映じた故郷若狭の風土を描き、アニミスティックな幻想味を湛えた『若狭幻想』（八二・福武書店）、嬰児をスーツケースに詰めて身を投げる娘、愛犬の死を嘆きマンションで首を吊った老婆など、女たちの残酷物語十七篇を収める現代民話集『鬼のやま水』（八二・小学館）、トノサマガエルの子ブンナの冒険行を描く動物ファンタジー『ブンナよ、木からおりてこい』（八一・新潮社）などがある。また、子供向けのリライト『日本霊異記』（九五・岩波少年文庫）なども執筆している。

水樹あきら（みずき・あきら　一九六五〜）本名金子真弓。埼玉県生。東京アナウンス学院卒。劇団員、ワープロ・オペレータを経て、「一平くん純情す」（八九）でコバルト・ノベル大賞を受賞。ファンタジーに、魔女にさらわれた恋人の人魚姫を救うために、魔術師と共に冒険の旅に出る王子を描く『人魚姫』（九一・コバルト文庫）がある。

水木しげる（みずき・しげる　一九二二〜）漫画家（詳しくは漫画家事典参照）。水木は一九八〇年代に、怪奇・SF系の短篇小説数篇を『別冊小説現代』などの中間小説誌に発表している。その一篇「ノツゴ」（八二）は、闇に葬られた赤子の妖怪である〈ノツゴ〉にまつわる漫画家の出生秘話を綴った、メタ的な趣向もある妖怪小説の異色作。他に小説版『ゲゲゲの鬼太郎』（八五・講談社）も、水木名義で出版されている。また水木はエッセイストとしても多くの著作を手がけており、巧まざるユーモアと独特な人生哲学で読む者を魅了してきた。代表作に、鳥取境港での少年時代を回想した『のんのんばあとオレ』（七七・ちくま少年図書館）、波瀾万丈の自伝『ねぼけ人生』（八二・筑摩書房）、体験的妖怪エッセー集というべき『水木しげるの不思議旅行』（七八・サンケイ出版、後に「不思議旅行」と改題）などがある。なお、貸本劇画時代の一九六〇年に〈怪奇専門誌〉と銘打たれて創刊された『妖奇伝』（兎月書房）で、水木は責任編集を務めており、「墓場鬼太郎」連作のほかに、妖怪伝説の紹介や探訪記事を執筆している。

水城しの（みずき・しの　？〜）レイプされて死んだ少女の亡霊が見せるエロビデオによって呪われる少年たちを描く官能学園ホラー『ファントム・ガール』（一九九九・プレリュード文庫）がある。

水城正太郎（みずき・しょうたろう　？〜）ゲームデザイナーを経て小説家となる。昭和三十年頃を舞台に、イエローペーパーの記者が魔術結社ロッジや怪人・猟奇王を相手に活劇を繰り広げるオカルト・ミステリ《東京夕ブロイド》（二〇〇一〜〇四・富士見ミステリー文庫）でデビュー。ほかに、第二次大戦前に神秘の技術国日本が消滅しているというパラレルワールドを舞台に、日本が遺した時間を操る装置を手に入れて半超人化した少年の冒険を描くSF『LOST　MOMENT』（〇三〜〇四・同）、大正日本を舞台にしたオカルト伝奇アクション『帝立愚連隊』（〇六・

竹書房＝ゼータ文庫）などがある。

水城雄（みずき・ゆう　一九五七〜）福井県勝山市生。現代朗読協会代表。他惑星を舞台にしたサスペンス『疾れ風、吼えろ嵐』（八六・トクマ・ノベルズ）でデビュー。不老不死テーマのSFサスペンス『螺旋都市』（八九・Cノベルス）、サイバー・サスペンス『夢巫女・美緒』（九四・ログアウト冒険文庫）ほか。

みずき由（みずき・ゆう　？〜）退魔物の官能ファンタジー《クリスタルシャーマン七生》（一九九六・プラザ）があるほか、みづきゆう名義でアニメのノベライゼーションなどを執筆。

水木楊（みずき・よう　一九三七〜）本名市岡揚一郎。中国上海生。戦後は兵庫県に暮らす。自由学園最高学部卒。日本経済新聞社に勤務した。八八年より、経済や世界情勢についての知識を駆使して、近未来を舞台としたサスペンス・ミステリ、シミュレーション小説を執筆。中に寓話性、幻想性が強い作品がある。高い生活水準を保ちつつ鎖国しているジールス（架空の日本）に潜入したジールス系二世ジャーナリストの恐怖の体験を通して、人間の本質が嫉妬にあることを鋭く描いた『ジールス国脱出記』（九〇・新潮社）、日本滅亡のシナリオを描く近未来シミュレーション『2025年日本の死』（九四・文藝春秋）、科学技術の進歩を信じ、経済成長の継続を目指すプラシズムと、愚民思想に基づいて欲望を抑制するゼロイズムの両陣営が冷たい戦争を繰り広げる中、スパイの男女が行くべき道を模索するイニシエーション小説『愛は人類を滅ぼす』（九五・PHP研究所）、負債を増やすだけの無能な日本政府に対して、怒れる国民が〈拒税同盟〉を結成して戦いを挑む『拒税同盟』（九六・講談社）、東京が独立を宣言し、日本国政府に真っ向から立ち向かう『東京独立共和国』（九九・文藝春秋）など。

水城嶺子（みずき・れいこ　一九六〇〜）本名園田礼子。大阪市生。同志社大学卒。現代日本の女子大生が、ウエルズが発明したタイムマシンで、シャーロック・ホームズの生きているロンドンに入り込んでしまう『世紀末ロンドン・ラプソディ』（九〇・角川書店）で横溝正史賞優秀作受賞。このほか、大正時代を舞台に、音楽学校の女学生の嫉妬が生んだ事件を描くミステリで、音楽に憑かれたさまよえるユダヤ人めいた男が登場する『銀笛の夜』（九一・角川書店）がある。

水樹和佳子（みずき・わかこ　一九五三〜）漫画家（詳しくは漫画家事典参照）。小説に、祟る霊を浄化する役目を担う家系の少年を主人公に、運命的な出会いを描いた伝奇ファンタジー『共鳴者』（〇一・EXノベルズ）がある。

水口敬文（みずぐち・たかふみ　？〜）未来から流刑者としてやって来た少女と現代の少年のラブロマンス『憐《Ren》』（二〇〇四〜〇五・角川スニーカー文庫）でスニーカー大賞奨励賞受賞。ほかに、現代を舞台に、疑似魔法と真の魔法の秘密をめぐって魔女たちが戦うアクション・ファンタジー『ウィッチマズルカ』（〇六・角川スニーカー文庫）がある。

水坂早希（みずさか・さき　？〜）ポルノ小説を執筆。現代妖魔物『魔法少女沙枝』（二〇〇三〜〇四・二次元ドリームノベルズ）ほか多数。

水沢龍樹（みずさわ・たつき　一九五七〜）群馬県富岡市生。九〇年、小説CLUB新人賞を受賞して小説家となる。不老不死を求める女帝のせいで冒険に巻き込まれる料理人を描く『崑崙神獣伝』（九四・廣済堂ブルーブックス）、妖魔が跳梁し、死と頽廃に満ちた架空の古代中国を舞台に、少女に変身させられた半神仙の青年の冒険を描く《神変武闘女賊伝》（九六・ワニの本）、平安京の好色な青年貴族を主人公にした官能退魔小説『平安京物怪伝』（〇二・桃園文庫）など。

水島忍（みずしま・しのぶ　？〜）福岡県生。BL小説作家。一九九七年に商業デビュー。霊能力のある三兄弟が主人公のオカルト物《葛城パートナーズ》（〇六・講談社X文庫）、別世界ファンタジー《魔法使いとラブレッスン》（〇七〜〇八・学研＝もえぎ文庫）がある。

水島爾保布（みずしま・におう　一八八四〜一九五八）号に紫竹、無弓。東京根岸生。東京美術学校日本画科卒。大正から昭和にかけて活躍した画家。独特の耽美的な作風で、日本画、挿画を多く描いたほか、軽いタッチの漫画まで手がけた。幻想文学関係では、谷崎潤一郎『人魚の嘆き・魔術師』の挿画がよく知られているが、ほかにも国枝史郎、長田幹彦等の挿画や『赤い鳥』等の童話雑誌のイラストも描いている。父・愼次郎は文筆家で、息子・太郎も作家の今日泊亜蘭である。爾保布自身も文筆を能くし、漫文を多数執筆した。代表的な随筆集に『愚談』（二三）など。創作では、関東大震災後の変貌を戯作の未来記風に皮肉った諸作があり、夢落ちで金が有り余っている世界などを描く「結婚と馬鈴薯」、人造人間だらけの未来世界を描く「人造人間時代」、江戸回帰した未来をモダンな老人が懐かしむ表題作などが『見物左衛門』（二九・現代ユウモア全集刊行会）に収録されている。また、童話雑誌にも反体制的な幻術師親子を描いた小品「或魔術師の話」（二二）ほか多数の翻案・再話物を掲載している。

水谷準（みずたに・じゅん　一九〇四〜二〇〇一）本名納谷三千男。北海道函館市生。早稲田高等学院在学中の二二年「好敵手」が『新青年』の懸賞小説に入選。早稲田大学仏文科卒。在学中、同人誌『探偵趣味』の編集に従事、また『新青年』編集部にも出入りする。卒業後、博文館に入社、二九年から『新青年』の四代目編集長となった。新人作家の育成に努めると共に、フランス風の洗練されたモダニズムを導入し、ハイセンスな若者雑誌にするなど、編集者としての功績は大きい。戦後は文筆に専念し、五二年「ある決闘」（五一）で探偵作家クラブ賞を受賞した。恋人の願いどおりにその首を絞め殺し庭に遺骸を埋めた男が、そこから生え出た無花果の実の味わいに悲哀と恍惚を覚える「恋人を喰べる話」（二六）、愛人の死体を乗せた軽気球に乗り込んで青空の墓場に消えていく男を描いた「お・それ・みお」（二七）など、コント・ファンタスティックと呼ぶにふさわしいロマンティックな初期短篇がある。それらの作品をまとめた作品集に日下三蔵編『怪奇探偵小説名作選3　水谷準集』（〇二・ちくま文庫）がある。

水野圭（みずの・けい　一九五五〜）長崎県佐世保市生。みずの圭名義で漫画を描く。不思議なおじいさんのパイプの煙で、雲の上や宝島まで連れて行ってもらう表題作ほか、のどかで穏やかな夢の世界を描くメルヘン集『けむりの中のふしぎなせかい』（八二・新世紀書房）がある。

水野武流（みずの・たける　？〜）描いた絵が実体化するという不思議な能力を持つ浮世絵師と美貌の法師が連続突然死の謎を解く怪奇ミステリ『浮世奇絵《あやしえ》草紙』（二〇〇二・講談社X文庫）でホワイトハート大賞受賞。

水野葉舟（みずの・ようしゅう　一八八三〜一九四七）本名盈太《みちた》郎《ろう》。別号に蝶郎。東京下谷生。早稲田大学政治経済科卒。詩人として出発し、一種の口語体散文詩である「小品文」というジャンルを開拓する。近代日本の散文詩はここから始まるともいわれている。その代表的著作に『あらゝぎ』（〇六）『草と人』（一五）など。自然主義小説の書き手として知られ、代表作に短篇集『微温』（〇九）など。晩年は文壇を離れて千葉県印旛郡の開墾小屋に移住、半農生活を営んだ。

　葉舟は近代怪談文芸の先覚者の一人であり、明治四十年代に注目すべき業績を残している。最も有名なのは、柳田國男に佐々木喜善を紹介し、それがきっかけで『遠野物語』一巻が誕生したことだが、実は葉舟自身も佐々木から遠野の怪談実話を聞き書きしており、それらは『趣味』『日本勧業銀行月報』などの雑誌に「怪談」「怪談会」等と銘打たれて随時掲載された。葉舟の怪談実話の特質は余計な文飾を排し、事実関係を平明に記そうとするところにあるが、これは柳田の感化と同時に、欧米心霊学文献からの影響が大きいと考えられる。葉舟が初めて発表した怪談関連の文章である「怪夢」（〇八）は、アンドリュー・ラング『夢と幽霊』の部分訳であった。〇八年には『趣味』の関係作家に呼びかけて〈怪談研究会〉結成を提唱していたようで、文壇人による怪談会記事の嚆矢と目される「不思議譚」が同誌〇八年四月号に掲載されたのも、こうした活動を反映したものだろう。また葉舟には、一時親しく交友した佐々木喜善をモデルとする「北国の人」（〇八）という短篇もあり、明治の怪談文士の青春を知る得がたい資料となっている。葉舟の主要な怪談方面の文業は、横山茂雄編『遠野物語の周辺』（〇一・国書刊行会）にまとめられている。編纂書に『妖怪実話』（一七・宝文社、山内青陵著）、訳書にバレット『幽霊の存在』（二一・新光社）、メーテルランク『生と死』（二三・同）など。

水野良（みずの・りょう　一九六三〜）大阪府生。立命館大学法学部卒。八七年、クリエーター集団グループSNEの設立に参加し、ゲームデザイナーとして活躍。TRPG「D&D」のリプレイをもとに書き上げた別世界ヒロイック・ファンタジー《ロードス島戦記》（八八〜九三・角川文庫〜角川スニーカー文庫）により小説家としてデビュー。以後、その前日譚『ロードス島伝説』、続篇《新ロードス島戦記》（九八〜〇六・同）、〈ロードス島〉と同じ世界の異なる地〈フォーセリア〉を舞台とする《クリスタニア》（九三〜〇二・電撃文庫）『魔法戦士リウイ』（九七〜・富士見ファンタジア文庫）といったRPG風ファンタジーを書き続けている。《ロードス島戦記》が日本のファンタジー小説界・ゲーム界に与えた影響には甚だ大きなものがあるが、現状ではその分析が充分になされているとはいい難い。ほかにスペースオペラ『スターシップ・オペレーターズ』（〇一〜〇五・電撃文庫）などがある。

【ロードス島伝説】長篇小説。九四〜九八年角川書店（角川スニーカー文庫）刊。全五巻。大陸の辺境にあるロードス島は、魔を封じ込める島として知られ、数奇な運命を経てきた。いくつかの小国に分かれているが、今や争いのない統一王国の到来を望む声が高まっていた。魔術師ウォートはスカードの王子ナシェルこそ統一を成し遂げる偉大な王の器と見て養育に励み、偉大な戦士ベルドもまたナシェルを鍛えた。しかしナシェルの父であるスカード王は何を思ったか禁忌の魔術によって魔神軍団を解き放ち、その力で強引に島の統一を図ろうとする。真っ先に魔神軍団に国を滅ぼされたドワーフの王フレーベ、ベルドや聖騎士ファーンとフラウス、聖女ニースらが集って魔神討伐を繰り広げ、ナシェルは太古の偉大な生き物・竜を操る騎士となって魔神と父に対抗する。ついにナシェルが勝利を収めるかと思われたその時、彼は魔神解放が自分のために行われたことを知る。自らを消し去るしかないと決断したナシェルは、単身魔神王の城に乗り込んでいく……。『ロードス島戦記』においてやがて剣を交えることになる英雄たちが集って、強大な敵に立ち向かうヒロイック・ファンタジー。あらゆる点で申し分のない人物を主人公に据え、主役級の脇役を大勢そろえた華やかな設定だが、悲劇的な物語展開が全体を引き締め、コンパクトながら魅力ある冒険ファンタジーとなっている。

水原沙里衣（みずはら・さりい　一九八二？〜）心が傷ついて欠けた部分が電脳世界に生命体として生まれるという設定のもと、いじめに遭った少女がその生命体と心を通わせる『青き機械の翼』（二〇〇〇・講談社X文庫）でティーンズハート大賞佳作受賞。

水原紫苑（みずはら・しおん　一九五九〜）歌人。本名田辺房江。神奈川県横浜市生。早稲田大学文学部仏文科卒。同大学院文学研究科フランス文学専攻修士課程修了。八六年、中部短歌会に入会し、春日井建に師事。〈球体に暫時宿りてあはれあはれ稚き神が毬をつくこゑ〉〈いにしへは鳥なりし空　胸あをく昼月つひに孵《かへ》らぬを抱《だ》く〉等の第一歌集『びあんか』（八九・雁書館）により現代歌人協会賞受賞。第七歌集『あかるたへ』（〇四・同）で山本健吉文学賞、若山牧水賞を受賞。世代を代表する古典派歌人の一人として活躍し、歌壇の内外から高い評価を受けている。異界と神霊を幻視し、万物に変幻する歌に特徴のある幻想的な歌人である。また〈うす青き卵の中の星辰をわが思ふなり鶏《とり》のさびしさ〉〈青竹は闇のいづくを飛行《ひぎやう》せむ襤褸《らんる》も知らにさびしかりしか〉など、幻想的な映画、美術、文学等にインスパイアされたと思しき作品も多い。ことに能には愛着を示し、第六歌集『世阿弥の墓』（〇三・河出書房新社）は世阿弥へのオマージュの歌を中心に収録している。ほかに、巻頭に歌を掲げた掌篇集である表題作や、変身テーマの「母犬メリー」（二〇〇〇）、死んだ妻が十六歳の姿で自転車に乗って来訪する「チューリップと自転車」などの夢幻的な短篇小説に、短歌関連のエッセーを併録した『うたものがたり』（〇一・岩波書店）など。

【うたうら】第二歌集。九二年雁書館刊。〈象来たる夜半《よは》とおもへや白萩の垂るるいづこも牙のにほひす〉〈ゆふがおに弓ひきしぼるなかぞらの神のみにくき面《おもて》を愛す〉〈グラスよりグラスに移る一角の獣《じう》あり濡れぬその眼《まなこ》はや〉

【客人《まらうど》】第三歌集。九七年河出書房新社刊。〈夜《よ》の虹のかがやきわたる草のうへ文字《もんじ》に還るうつしみわれは〉〈黄金《わうごん》の梨と成らばやふたたびをわが客人《まらうど》にまみえむとして〉〈薔薇の木に仮面をかけしわが犬がふり向くまでのふかきしづけさ〉

【くわんおん（観音）】第四歌集。九九年河出書房新社刊。河野愛子賞受賞。〈われかつて秋風《しうふう》たりし名残りなる白き憤怒《ふんぬ》の鳥刺したまへ〉〈春の窓ひらけば襲ひ来るものよ　風の狼　すきとほりけり〉〈目ざむれば勢至《せいし》の秋やしろがねの魚《うを》とぶ原にきみと生まるる〉

【いろせ】第五歌集。〇一年短歌研究社刊。〈死のきはに生むべき朱《あけ》の楽器あり想ひ消えなむ日に鳴りいでむ〉〈こはれゆく銀河を渉りキリストの心臓にふれかへり来《こ》しかも〉〈流体の月、足元にきらめけり輪廻のくさり昨夜《きぞ》ほどけたり〉

三角寛（みすみ・かん　一九〇三〜七一）本名三浦守。大分県生。十歳のとき仏門に入る。日本大学法科卒。二六年から三三年まで『朝日新聞』社会部に勤務、事件記者として活躍する。そのときの経験を活かした犯罪実話物の執筆に着手し、「昭和毒婦伝」（三〇〜三二）で世に出る。山中の漂泊民である〈山窩〉の調査研究に打ち込み、『山窩血笑記』（三七）をはじめとする多くの山窩小説で一世を風靡した。それらは伝奇ロマンというよりも犯罪奇談もしくはピカレスクロマンとしての性格が強く、幻想性には乏しい。戦後は創作から遠ざかり、東京池袋で映画館を経営、また東洋大学博士号取得論文「山窩族の社会の研究」（六二）をまとめた。現在では部族としての〈山窩〉は捏造されたものとするのが定説化しており、三角のこの研究論文そのものの方がはるかに伝奇的な作品であり、幻想の産物だといえそうである。

水見稜（みずみ・りょう　一九五七〜）早稲田大学文学部卒。「オーガニック・スープ」（八一）で『SFマガジン』にデビューし、SF、ファンタジーを執筆。歴史の結節点であるヨハネス・ケプラーが、歴史を変えようとする未来の巨大コンピュータとそれに対抗する幻想的な存在の戦いに巻き込まれる『夢魔のふる夜』（八三・早川書房）で注目を集める。ほかに、人間の精神を食らい、肉体を結晶に変えてしまうマインド・イーターと、それを狩るハンターたちの戦いを描く『マインド・イーター』（八四・ハヤカワ文庫）、神と人とが緊密な関係を持つ惑星トアコルで繰り広げられる、異種族間の神々の抗争劇、自己意識を捨て切れず孵化しきれない神の繭として変態を繰り返す者、神を探す少年などが織り成すファンタスティックなSF『不在の惑星』『星の導師』（八五〜八六・新潮文庫）、魔界に侵されかけている別世界を舞台に、獣人戦士が活躍するヒロイック・ファンタジー《回廊世界》（八六〜八七・ハヤカワ文庫、未完）などがある。

水杜明珠（みずもり・あけみ　一九六九〜）静岡県生。「春風変異譚」（九一）でコバルト・ノベル大賞を受賞。異世界を舞台に、機織りの少女が遭遇する様々な不思議を描くファンタジー連作《ヴィシュバ・ノール変異譚》（九二〜九六・集英社）がある。

瑞山いつき（みずやま・いつき　？〜）吸血鬼物のラブロマンス《スカーレット・クロス》（二〇〇三〜〇六・角川ビーンズ文庫）でデビュー。ほかに異世界ファンタジー『マギの魔法使い』（〇七・同）がある。

溝井英雄（みぞい・ひでお　一九二六〜）新潟県生。新潟第二師範学校卒。教職の傍ら児童文学の創作を手がけた。一般的な作品のほか、ファンタジーも執筆。四人の姉弟が、僧侶を助けたお礼にもらった空飛ぶ鉢で、過去の日本や中国、現代のペルシアの遺跡などへ冒険に出かける物語で、物語の枠部分にも工夫が凝らされた『みどりの鉢の旅』（七二・東都書房）、出雲神話にヒントを得た物語で、スクナビコと六人の小人が魔力を秘めた石を求め、ヤマタノオロチやツチグモ族などと戦う『雲の国ものがたり』（七九・講談社）、捨て子の小太郎が持っていた玉をめぐって冒険を繰り広げる創作民話『ヤンサの小太郎』（八二・学校図書）などがある。

溝江玲子（みぞえ・れいこ　？〜）満州奉天生。児童文学を執筆。奈良で鹿の精に導かれた少年が、四大の精霊や動物の精霊たちが生きている世界を救う、欲望と環境問題をテーマにしたファンタジー『時の王子』（一九九四・東京経済）、埋め立てられた古い池に棲んでいた、一族の最後の河童を救う少年少女を描く『カッパのかーやん』（九六・新日本出版社）、その続篇『カッパのかーやんとひみつの川』（九七・同）がある。

美田徹（みた・とおる　一九六三〜）東京生。日本児童教育専門学校文化専門課程卒。障害者訓練施設に勤務する傍ら児童文学を執筆。山小屋で動物たちと交わりながら暮らす科学者が発明した、声を軽石状にするスプレーをめぐる騒動を描く『アカギツネとふしぎなスプレー』（九一・旺文社）で児童文芸新人賞受賞。

三田誠広（みた・まさひろ　一九四八〜）大阪市生。早稲田大学第一文学部卒。高校在学中に「Mの世界」（六六）が『文藝』学生小説コンクールに佳作入選。「僕って何」（七七）で芥川賞を受賞し、団塊の世代を代表する作家の一人となる。日本文藝家協会副理事長などを務める。団塊世代の子供たちの青春をリリカルに描いた『いちご同盟』（九〇）ほかの作品がある。元来の仏教愛好に加え、八〇年代後半からはオカルトにも傾斜し、それまでとは傾向の異なるオカルト的な小説、幻想小説などを執筆するようになる。UFOの存在を熱烈に信じ、地球外生物との直接交信を試みる青年たちと、エーテルを教養としてその組織を着々と拡大する巨大新興宗教との闘いをエキサイティング、ファンタスティックに物語る『デイドリーム・ビリーバー』（八八・トレヴィル）、オウム真理教の事件にヒントを得て、教団によって廃人のようになった青年が、SMビデオの女優との交渉によって生に繋ぎ止められる宗教小説『迷宮のラビア』（九七・河出書房新社）などの現代小説を執筆。また、同様の視点から歴史小説にも取り組み、イエス・キリストを超常能力を持つ青年として描き、神や信仰の意味を問い直した『地に火を放つ者』（九二・トレヴィル）を手始めとして、弥勒の転生である両性具有の義経と、修羅の転生である弁慶を描く、コメディ・テイストの伝奇ファンタジー『遮那王伝説』（九八・実業之日本社）、神霊力のある推古天皇や持統天皇を描いた歴史伝奇《古代女帝》三部作（九九〜二〇〇〇・廣済堂出版）、オカルト要素のある菅原道真伝『天神菅原道真』（〇一・学研M文庫）、「維摩経」を小説化した仏教解説小説『釈迦と維摩』（〇三・作品社）、想像的な伝記小説『空海』（〇五・同）などを次々に発表している。このほか、SF、ホラー、メタフィクション等を収録する怪奇幻想短篇集『チューブワーム幻想』（九一・広済堂出版）がある。

【鹿の王】連作短篇集。九〇〜九三年『海燕』に断続的に掲載。九四年河出書房新社刊。『ジャータカ』をもとに、生・死・愛・宇宙といった抽象的テーマに大胆に取り組んだ作品。

歌う女神・緊那羅を愛した善財の苦難を描く「歌神」、輪廻転生の根本を描く「六牙象王」など、全十篇より成る。三田の宗教的なものに対する理解の深さを示すと同時に、メタフィクショナルな要素も併せ持つ秀作。説話の再話に当たって、短く刈り込んだ言葉を用いることで、逆に詩情と宗教的深みが増している点も見逃せない。

三田菱子（みた・りょうこ　一九五九〜）神奈川県生。八四年『小説JUNE』でデビューし、BL小説を執筆。山奥の宿にあやかしが繰り広げられる『鼓ケ淵』（九〇・角川スニーカー文庫）、心に傷を負った男の腹に怪物が出現する『ロクフェル』（九二・同）など、ホラー風の作品がある。

三鷹うい（みたか・うい　一九六三〜）本名三枝貴代。別名藍田悟。香川県生。天才科学者の手で人間の少女に変身した雄猫が巻き起こす騒動を描くどたばたSF『背中にはしまもよう』（二〇〇一・角川ティーンズルビー文庫）で第一回角川ルビー小説賞優秀賞受賞。神社が日本を霊的に守護しているという設定のBL伝奇アクション『ねむる花』（〇三・テイアイエス＝テディ文庫）がある。

三谷茉沙夫（みたに・まさお　一九四〇〜二〇〇一）東京生。文化学院大学卒。「無邪気な悪漢小説」（五五）でデビュー。初期作品に『恋の時間割』（五八）がある。その後、翻訳家となり、傍らミステリ小説や歴史エッセーを執筆。怪奇幻想小説に、忍野《おしの》の森で昏倒して以来不運続きの主人公が、怨霊に取り憑かれていたことを知っていくホラー・ミステリ『忍野怨霊殺人事件』（八四・廣済堂ブルーブックス）、富士山下に存在したという古代文明都市をめぐって繰り広げられる伝奇ミステリ『富士伝説妖神紀』（八八・同）などがある。このほか、歴史エッセー『妖の日本史』（九一・評伝社）『奇の日本史』（九二・同）『不老不死伝説』（九五・青弓社）、海外怪奇小説案内『ホラーミステリ・ベスト100』（九四・三一新書）、ホラーの翻訳に、ドン・コスカレリー『ファンタズム』（七九・二見書房）などがある。

水玲沙夜子（みたま・さやこ　？〜）新潟県上越市生。女子美術大学絵画科洋画専攻卒。満月の涙の結晶だという〈眼球〉と共存するメルヘン的な町を舞台に、月光の力で水族館の魚たちが街へと飛び出す話や、猟奇的な眼球攫いの話などを収録した連作短篇集『満月の涙の結晶は』（二〇〇五・講談社X文庫）『赤い薔薇咲く庭で』（〇六・同）がある。

三田村信行（みたむら・のぶゆき　一九三九〜）東京生。早稲田大学国文科卒。六五年、小沢正、杉山径一らと共に同人誌『蜂起』を創刊。出版社勤務の傍ら児童文学を執筆し、『遠くまでゆく日』（七〇・国土社）で児童文学作家としてデビュー。短篇集に、別掲作のほか、いろいろな風を売る商売をしている不思議な男と友達になった少年が、風に吹かれながら木に変身する表題作、失業中の不器用なお父さんが箱庭の中に入り込んでしまう「おとうさんの庭」など悲哀とユーモアに満ちた六篇を収めた『風を売る男』（八〇・同）、死の淵から蘇った家族が、食べ物の写真を見るだけで食欲が満たされるという不思議な超能力を得たことで、かえって悲惨な目に遭う「生きる時間」、血液が砂に変わる奇病に罹った少女を描いて暗鬱な「砂の少女」など五篇を収めた『オオカミのゆめ ぼくのゆめ』（八七・ほるぷ出版）などがある。長篇童話に、昔話のような世界に入り込んでしまい、超ものぐさ男と冒険を共にした少年が、現実の世界に居場所を失ってしまう『灰』（七九・小学館）、童話作家のところへ背広を着込んだ狐が童話を持ち込む、という形の枠物語だが、狐が人間社会の中で狐そのものとして生きようとして病院に収容されることになるという枠の話がいかにも三田村らしくシニカルで意味深長な『もしもしきつねくまぞうです』（八三・偕成社）、恐竜変身剤を飲んで六千五百万年前の世界へ赴いた少年が、恐竜としての生活を送り、メス恐竜に恋をするSFファンタジー『ぼくが恐竜だったころ』（八九・ほるぷ出版）、富士の樹海に恐竜時代と通じるタイムトンネルがあり、そこをめぐって様々な事件が起きるサスペンス・タッチの『八月の恐竜』（九三・同）、空を飛ぶ術を覚えた青年と少年たちが国家権力に狙われる『ものまね鳥を撃つな』（九五・同）などがある。このほか低学年向けのユーモア作品に、幽霊や化狼などが出没する猫の小学校を描いたユーモラスな《ネコカブリ小学校》（八一〜八三・PHP研究所）、鍵屋が幽霊や悪魔、河童らと関わる《キツネのかぎや》（〇二〜〇六・あかね書房）などがある。また、馬琴『椿説弓張月』の翻案『新編弓張月』（〇六・ポプラ社）も執筆している。三田村のファンタジーの多くは子供向けという枠を超えた厳しい視線に貫かれている。それゆえ登場人物は子供といえどもしっかりとした人格を持って自立している場合が多く、それが作品世界の一つの特徴となっている。絶望感やいいようのない孤独感に浸された作品もあり、むしろ一般向けの小説やSFにすべきではないかと思われるようなテーマ・題材のものも多い。

【おとうさんがいっぱい】短篇集。七五年理論社刊。ある日突然全国の二割程の家庭にお父さんがたくさん出現してしまい、適当な一人を除いて残りは国家によって始末されてしまうブラックユーモアの表題作、駅から家への道で、いつもと違う道を歩いてみようと思ったことから、恐怖の体験をすることになる「どこへもゆけない道」、夢見ている存在だと思っていた自分が夢見られていた存在であることに気づく「ゆめであいましょう」、自分が住んでいる団地の部屋に閉じ込められた少年を描き〈未生の子〉譚とも読める「ぼくは五階で」、壁の中に入り込んで出られなくなった父親を息子の目から描いた「かべは知っていた」の五篇を収録する、不条理と悪夢とに彩られた短篇集。

三田村半月（みたむら・はんげつ　一九六八〜）愛知県生。AGプロ所属のポルノ作家。民俗伝奇物の『水月』（二〇〇二・パラダイムノベルズ）ほか、アダルトゲームのノベライゼーションを多数執筆。インド神話の神々が転生した姉弟を主人公にしたオリジナルのポルノ小説『シャクティーウォーズ』（〇三・ハーヴェストノベルズ）がある。

道尾秀介（みちお・しゅうすけ　一九七五〜）兵庫県生。千葉、東京に育つ。玉川大学農学部卒。筆名の道尾は、敬愛する都筑道夫に由来、秀介は本名。心霊写真や怪奇現象を通じて、少年連続怪死事件の謎を解く伝奇ホラー・ミステリ『背の眼』（〇五・幻冬舎）でホラーサスペンス大賞特別賞を受賞。同作ではワトソン役が残留思念を感じ取れるという設定になっており、見霊体質の少年も登場する。シリーズ作品に『骸の爪』（〇六・同）がある。ほかの幻想的なミステリに、未生の妹や自殺した級友、死んだ老婆などがトカゲ、蜘蛛、猫などに転生していると考え、それらと会話を交わす少年が探偵役の『向日葵の咲かない夏』（〇六・新潮社）がある。〇七年『シャドウ』で本格ミステリ大賞、〇九年『カラスの親指―by rule of CROW's thumb』で日本推理作家協会賞を受賞。

三井秀樹（みつい・ひでき　一九六三〜）別名に三井秀樹2P。千葉県生。脚本家。アニメの脚本の代表作に「太陽の船ソルビアンカ」（九九）「マジカノ」（〇六）など。ゲーム、アニメ、漫画のノベライゼーションを多数執筆。オリジナルの小説に、スペース・アイドル物『∞伝説MEGAミックス』（〇三・スーパーダッシュ文庫）がある。

三石巌（みついし・いわお　一九〇一〜九七）東京大学大学院電気工学科修了。物理学者としての業績のほか、子供向けの科学啓蒙書を数多く手がけた。様々な科学技術が進歩し、優れた制度を持つ未来社会を舞台に、父をはじめ優れた人物が失踪する事件の謎を追う冒険小説『二十一世紀の秘密―ニュートピアの巻』（五〇・広島図書）がある。

光石介太郎（みついし・かいたろう　一九一六〜八四）本名太郎。別名に青砥一二郎。岡山県生。三一年『新青年』に「十八号室の殺人」を発表してデビュー。サーカスのナイフ投げの標的に立たされた女が、恐怖のあまりぐんぐん身を縮め、ついには消失してしまうというシュルレアリスティックなイメージと結末の猟奇的なイメージの対比が鮮やかな「霧の夜」（三五）などの短篇がある。戦後、青砥一二郎の筆名で純文学に転じ、五九年に「豊作の死」が『読売新聞』短編小説賞に入選。以後、同賞受賞三回。長篇『山風蠱』（七四・構造社）は、妻との葛藤に満ちた生活のあれこれを、いちいち易によって占っていく主人公の姿を、詳細な卦の解説を随所に交えながら私小説風に描くことによって易の神秘を謳いあげた、空前絶後の〈易小説〉の試みである。

三津木春影（みつぎ・しゅんえい　一八八一〜一九一五）本名一実《かずみ》。長野県生。早稲田大学英文科卒。小説家。神経症的な登場人物による漠然たる生の不安を描いた「曇日の午後」など、感覚的で詩的な短篇を執筆した。また、『冒険世界』編集者となり、架空戦記物「将来の空中大戦争」（〇七）「未来戦争　飛空艦隊日本襲来」（〇九）、人造生物をめぐるマッドサイエンティスト物「神力博士の生物製造」（一〇）などの少年SFや、フリーマンのミステリ《ソーンダイク博士》の翻案『呉田博士』（一一）などのミステリも執筆した。

観月晶子（みづき・しょうこ　?〜）京都生。謎に包まれた神事で舞を舞う定めの少年の無惨な運命を描く伝奇的な表題作、精を吸う天女との愛欲に溺れる画家を描く「天女妖変」を収録したBL短篇集『花幻抄』（一九九二・講談社X文庫）がある。

水月まりん（みづき・まりん　?〜）幽霊物のラブコメディ『風になりたいラブ』（一九八九・ケイブンシャ文庫コスモティーンズ）、恐竜の卵を見つけた少女が異世界で冒険する『マイスィートピンクダイナソー』（八七・くもん出版）がある。

みづしま志穂（みづしま・しほ　一九五二〜）『つよいぞポイポイきみはヒーロー』（八三・TBSブリタニカ）『へんしーんほうれんそうマン』（八四〜八七・ポプラ社）『かいとうソーメンたいドラキュラはかせ』（九一・小学館）『パープルちゃんはおたすけ魔女』（九五・学研）など、コミカルな魔女、妖怪、幽霊、怪物などが登場する低学年向けの冒険ファンタジーが多数ある。

光瀬龍（みつせ・りゅう　一九二八〜九九）本名飯塚喜美雄。東京生。東京教育大学理学部動物学科卒、文学部哲学科卒。高校で教鞭を執る一方『宇宙塵』に参加。六二年『SFマガジン』に「晴の海1979年」でデビュー。その後、タイトルの後ろに年号がついた一連の作品を次々に発表する。『墓碑銘2007年』（六三・早川書房）『落陽2217年』（六五・同）『カナン5100年』（六八・同）にまとめられたそれらの短篇と、長篇『たそがれに還る』（六四・同）『百億の昼と千億の夜』は、東洋的無常感を基調に壮大なスケールの宇宙叙事詩を展開し、高い評価を得る。ほかにも、滅んだ第五惑星アイララをめぐり、宇宙創成の秘密を語る物語『喪われた都市の記録』（七二・同）、情報カードによる再生の繰り返しで不死を得ていた人類と異星で植物化した人類、それぞれの滅亡を語る『錆た銀河』（八七・ハヤカワ文庫）、短篇集『東キャナル文書』（七七・同）『消えた神の顔』（七九・同）などがあり、《宇宙年代記》と総称される。これらの作品は光瀬SFの中核を成しており、光瀬龍はまさに〈破滅に支えられた歴史〉（石川喬司）を描くスペースオペラの作家であった。

その他のSFとしては、スペース・アクション《猫柳ヨウレの冒険》（八〇〜八六・奇想天外社〜トクマ・ノベルズ）、宇宙物のSF短篇集『無の障壁』（七八・ハヤカワ文庫）、連作短篇集『オーロラの消えぬ間に』（八四・同）などがある。また未来からの干渉をモチーフとする『寛永無明剣』（六九・立風書房）を皮切りに時代SFにも手を染め、『征東都督府』（七五・早川書房）『幻影のバラード』（八〇・トクマ・ノベルズ）などの時間監視員モチーフの歴史SF、宮本武蔵が妖術師やSF風の怪物などと闘いを繰り広げる短篇連作形式の伝奇時代SFで、和製ヒロイック・ファンタジーともいうべき『新宮本武蔵』（八一～八三・同）、短篇集『多聞寺討伐』（七四・ハヤカワ文庫）『歌麿さま参る』（七六・同）なども執筆。ほかに、タイムマシン物の『夕ばえ作戦』（六七・盛光社）、宇宙人侵略物の『暁はただ銀色』（七〇・朝日ソノラマ）といったジュヴナイルSFでも活躍するなど、幅広い作風で、多数の作品を執筆した。

【百億の昼と千億の夜】 長篇小説。六七年早川書房刊。プラトンは、アトランティス文化の名残の色濃い町で、アトランティス滅亡の原因は外部にあるという話を聞かされた夜、アトランティスの司政官オリオナエとなった夢を見、アトランティス滅亡の場に立ち会う。悉達多はこの世の暗黒の原理を求めて兜率天に赴くが、そこももはや聖域ではなく、破滅の影が差しているのを知る。その原因であるという阿修羅に会いに行くが、阿修羅は破滅はこの世の外から来るのだと語る。遥かな未来、おりおなえ、あしゅらおう、シッタータらは外部の絶対者・弥勒の支配下にあるナザレのイエスの攻撃を受ける。力を合わせて異空間へと逃げ込んだ阿修羅王らの前に宇宙の滅亡の意味が明かされる……。SF的に読み替えた宗教、アトランティスの伝説などを巧みに用いながら、宇宙が予め滅びるよう絶対者によって設定されたものであることを語る、ペシミスティックな作品。日本の幻想SFを代表する傑作である。萩尾望都によって漫画化されている。

三津田信三（みつだ・しんぞう　？～）奈良県生。同朋舎の編集者を経て、『ホラー作家の棲む家』（二〇〇一・講談社ノベルス）で小説家としてデビュー。この作品は、三津田信三自身を主人公に、惨劇の起きた洋館を舞台にしてホラー風に始まり、ホラー小説を作中作として抱えつつも、ミステリに終わるタイプの作品で、ホラーかミステリかそれ自体が謎となっている作品としても読める。続く『作者不詳』（〇二・同）では、怨念のこもる同人誌に掲載された怪奇作品をミステリ的に謎解きすると、作品を読むことで生じた怪異がおさまるというホラーになっている。ラストにはさらなるどんでん返しが用意されているが、民俗ホラー風の連作ミステリ『蛇棺葬』『百蛇堂』（共に〇三・同）でも、似たようなアナグラムの趣向で作品設定を転倒させる試みがなされている。また、核による人類滅亡という設定下に展開するミステリ『シェルター　終末の殺人』（〇四・東京創元社）にも同様の傾向が見られ、全体にメタフィクショナルである。その後は『厭魅の如き憑くもの』（〇六・原書房）など、日本民俗ホラー的趣向を盛り込みつつも本格ミステリとなっている作品を執筆している。

三橋一夫（みつはし・かずお　一九〇八～九五）本名敏夫。兵庫県生。生家は代々幕府講武所の武術師範を務めた。中学時代、淀川長治らと同人誌『ダイアナ』を出す。慶応義塾大学経済学部卒。大学時代『三田文学』に数篇の作品を発表、林房雄に称讃されたという。卒業後ヨーロッパに留学。四一年、短篇集『第三の耳』を私家版として刊行。死の直前の兵士が見た白昼夢を哀切に描く「夢」、ドッペルゲンガー物の「戸田良彦」ほか全五篇を収め、すでに独自のスタイルを確立している。戦時中は情報局の外郭団体に勤務。四八年、林房雄の推挽により、ヨーロッパ旅行中の日本人青年が、ミラノからニースへ向かう列車内で珍妙な風体のイタリア人から、世にも面妖な石像奇談を聞かされる……というハイカラで童話めく設定の物語「腹話術師」で『新青年』にデビュー。語り手が酒場で知り合い意気投合した、トクロポントと名のる人間大の白ウサギと、語り手一家との心温まる交流を描く「親友トクロポント氏」（四九）に始まる短篇連作《まぼろし部落》（横溝正史による命名）で、ビアス、サキ、ホフマンの系譜をひく作家の登場と注目を集める。五〇年の『新青年』廃刊後は明朗ユーモア小説や風俗小説、児童文学を数多く手がけ、ヨーロッパ旅行の武勇伝を綴った『天国は盃の中に』（五二）で直木賞にノミネートされたり、少年向け読物『力道山物語』（五四）が大ヒットするなどしたが、次第に創作から遠ざかり、武道・強健法の指導にあたり『24時間強健法』（六七）などの著書がある。また、古典から現代におよぶ〈不思議実話〉を集めた『日本の奇怪』（六八・ルック社）という新書判の著作もある。

三橋の幻想短篇は五四年に室町書房版《不思議小説》全三巻として集成されたが、そこに収録された五十篇を超える作品は、輪廻転生やドッペルゲンガーなどのオーソドックスなテーマはもとより、マッドサイエンティスト物やパラレルワールド物、あるいはブラックユーモア、ナンセンスなどとバラエティに富み、ビアスやサキに比肩されたのもなるほどと思わせる。しかし、それ以上に強く感じられるのは民話や昔話の世界との親縁性である。貧しい庶民と、草木虫魚、妖怪変化、幽霊までが肩寄せあって喜怒哀楽を共にするフォークロア世界を、三橋は敗戦国日本のひなた臭い日常に束の間幻出させたのである。なお、三橋は後年自作について次のように語っている。〈私の小説は、怪奇小説とか、不思議小説などと言われていたが、実は私小説なのである。／ただ私は、見かけによらず、テレ性なので、私自身のことを書くのに、ありのまま書くのがテレ臭くて、自分では、そのまま書いているつもりが、へんな具合になってしまうのである〉。（『まぼろし部落』のころ』より）

▼『三橋一夫ふしぎ小説集成』全三巻（二〇〇五・出版芸術社）

【鬼の末裔】短篇集。〈不思議小説第二集〉として五四年室町書房刊。年に一度、父母と妹が待つ懐かしい生家に〈私〉は帰っていく。今年も母は私の好物を作って待っていてくれることだろう。辿り着いた私がそっと仏壇に消えていく「不思議な帰宅」。〈祖霊の帰還〉は、三橋が偏愛したテーマで、ほかにいくつかのバリエーションがある。ある日突然頭に角が生えた娘の恋模様をほのぼのと描く「角姫」、記憶喪失による神隠し事件の顛末を語る「湯河原奇遊」、エチオピアの密林に棲息する珍獣ＹＵＭＥに憑かれた男の哀れで滑稽な末路を描くナンセンス・ストーリー「怪獣ＹＵＭＥ」、蛇精に魅入られた若妻の悲劇「蛇恋」など全十三篇を収録。

三橋鷹女（みつはし・たかじょ　一八九九～一九七二）俳人。本名たか子。旧号東《あずま》鷹女。千葉県成田町生。成田高等女学校卒。十七歳で与謝野晶子、若山牧水に私淑し作歌に勤しみ、結婚後二四年より俳句を作り始めるが、処女作にして〈蝶とべり飛べよとおもふ掌の菫〉という完成度を示す。以後『鹿火屋』『鶏頭陣』『紺』などに作品を発表、四〇年に第一句集『向日葵』（東鷹女名義・三省堂）を刊行、〈夏痩せて嫌ひなものは嫌ひなり〉〈ひるがほに電流かよひゐはせぬか〉〈みんな夢雪割草が咲いたのね〉〈女の香のわが香をきいてゐる涅槃〉などで強烈な個性を印象づけ、女流俳人の頂点に立つ。この頃からどこにも所属せずに句作を続け、『白骨』（五二・鷹女句集刊行会）には〈うちかけを被《き》て冬の蛾は飛べませぬ〉〈四面楚歌香水左右の耳朶に〉〈老いながら椿となつて踊りけり〉〈南風の孔雀となりて死に挑む〉〈白骨の手足が戦《そよ》ぐ落葉季〉など独歩無類の句を鏤める。高柳重信の勧誘を容れて五三年に『薔薇』に参加、引き続き『俳句評論』の創刊（五八）に参加、富澤赤黄男、永田耕衣など同世代の優れた俳人に対抗して精進し、『羊歯地獄』（六一・俳句評論社）では〈死の薔薇となり氷柱に透きとほる〉〈雪中に釘打つはわが胸に打つ〉〈雪を呼ぶ　片身の白き生き鰈〉〈薄氷へ　わが影ゆきて溺死せり〉〈羊歯地獄　掌地獄　共に飢ゑ〉など凄絶な句境を開示、さらに『橅』（七〇・俳句評論社）では〈巻貝死すあまたの夢を巻きのこし〉〈囀や海の平らを死者歩く〉〈千輪の梅の囁きいのち荒ぶ〉〈大寒の死霊を招く髪洗ひ〉等々の域に達している。

▼『三橋鷹女全句集』（七六・立風書房）

三橋敏雄（みつはし・としお　一九二〇～二〇〇一）俳人。東京八王子生。実践商業高校卒。十五歳から俳句を作り始め、十七歳で渡邊白泉に師事し、十八歳から西東三鬼に親炙、この間〈かもめ来よ天金の書をひらくたび〉〈少年ありピカソの青のなかに病む〉等の秀句がある。五三年『断崖』同人、六二年『天狼』同人、六五年『俳句評論』同人。句集に『まぼろしの鱶』（六六・俳句評論社、第十四回現代俳句協会賞）『真神』（七三・端渓社）『鷓鴣』（七九・南柯書局）『畳の上』（八八・立風書房、蛇笏賞）ほかがあり、〈いつせいに柱の燃ゆる都かな〉〈腿高きグレコは女白き雷〉〈顔古き夏ゆふぐれの人さらひ〉〈石塀を三たび曲れば秋の暮〉〈絶滅のかの狼を連れ歩く〉〈行秋のをろちをつかふぬひぐるみ〉〈ほとなしの眠人形ねむらする〉など、確かな技術を駆使し、懐かしくも奇妙飄々たる句境を展開している。
▼『三橋敏雄全句集』（九〇・立風書房）

光原百合（みつはら・ゆり　一九六四〜）広島県尾道市生。大阪大学大学院修了。英米文学研究者。教員の傍ら小説・詩を執筆し、童話作家としてデビュー。その後、『時計を忘れて森へいこう』（九八）でミステリ作家として本格的にデビューし、〇二年「十八の夏」で日本推理作家協会賞（短編部門）を受賞。ファンタジーに、クリスチャンとしての立場を鮮明にした倫理的な味わいのあるロマンティックな短篇集『風の交響楽』（九六・女子パウロ会）『空にかざったおくりもの』（九八・同）、クリスマス・ファンタジー童話『ほしのおくりもの』（九九・同）のほか、童話のパロディ、有名作品のその後、恋愛ファンタジーなどを収録する短篇集『星月夜の夢がたり』（〇四・文藝春秋）、ケルトの伝承をバックボーンとした、恋愛テーマの浄霊物ファンタジー連作短篇集『銀の犬』（〇六・角川春樹事務所）がある。

光益公映（みつます・きみあき　一九五八〜）静岡県浜松市生。和光大学人文学部人間関係学科卒。脚本家。妖怪が跋扈する異貌の江戸時代を舞台に、名刀・村正を手に妖怪と戦う少女を描いたアクション映画「さくや妖怪伝」（原口智生原案）の脚本を担当し、そのノベライゼーション『さくや妖怪伝』（二〇〇〇・講談社マガジンノベルススペシャル）を執筆。続篇のオリジナル小説『新・さくや妖怪伝』（〇三・文藝春秋）がある。

水戸泉（みと・いずみ　一九七一〜）神奈川県生。明治学院大学法学部卒。BL小説作家。多数の作品がある。ファンタジー系の作品には、伝奇サスペンス《薔薇シリーズ》（九七〜・プランタン出版＝ラピス文庫）をはじめとして、ミステリアス・ホラー系の作品が多い。『月無夜』（九八・オークラ出版＝アイスノベルズ）《ヒトミの中の呪文》（〇二〜〇三・角川ルビー文庫）『セラフィムの夜』（〇三・ラピス文庫）など。ほかに悪魔物のコメディ『悪魔はそれをガマンできない』（〇四・講談社X文庫）がある。

御童魁（みどう・かい　？〜）官能作家。天才少女錬金術師と、彼女が呼び出した愛の少年天使をめぐるエロティック・コメディ『くもりのちTokiDoki天使！』（一九九九・プレリュード文庫）など。

三戸岡道夫（みとおか・みちお　一九二八〜）本名大貫満雄。静岡県浜松市生。東京大学法学部卒。銀行に勤務し、会社法関連の著作が多数ある。退職後、企業小説、時代小説などを執筆。死者の怨念や執念を宿す妖草や蛇の毒を吸わせて作った魔草など、草の怪異を描くホラー時代小説集『江戸妖草伝』（九四・栄光出版社）、築城に狂った城主を描く『幻妖城異聞』（二〇〇〇・同）がある。

緑川七央（みどりかわ・ななお　一九七四〜）「境界のテーゼ」（九三）でコバルト・ノベル大賞読者大賞受賞。巧妙な人口調節が行われている未来社会を舞台に、特異体質の青年たちの闘争を描くSF『冥海のキャロル』（九五・コバルト文庫）、心を操る魔法を持ちながら心を閉ざしている少年を、ヒーラーの少女が癒そうとする『鎖ざされた窓』（九六・同）がある。

水無神知宏（みなかみ・ともひろ　？〜）元遊演体のゲームクリエーター。異世界近代ヨーロッパを舞台とするロボット戦記TRPG「鋼鉄の虹」をもとにしたSFアクション『装甲戦闘猟兵の哀歌』(一九九四・富士見ファンタジア文庫)がある。

皆川博子(みながわ・ひろこ　一九二九［戸籍上は一九三〇］～)旧朝鮮京城市生。弟に塩谷隆志、従妹に木崎さと子。東京女子大学英文科中退。歴史物の長篇児童文学『海と十字架』(七二・偕成社)でデビュー。七三年「アルカディアの夏」で小説現代新人賞を受賞。以後、推理小説・歴史小説などを中心に執筆。『壁―旅芝居殺人事件』(八四)で日本推理作家協会賞を、時代小説『恋紅』(八六)で直木賞を受賞した。皆川は元来は怪奇、幻想、耽美の作家たる資質を持つが、時代の要請もあって発表の機会にはなかなか恵まれず、得手ではない推理物などを執筆せざるを得なかったと明かしている。そのような状況の中でも、心の深奥に潜む暗がりに目を据えた皆川らしいミステリを執筆し、歴史への興味や詩の引用、趣向を凝らした構成など、後の幻想小説にも通じるテーマやスタイルは、この頃から見て取ることができる。中でも『巫女の棲む家』(八三・Cノベルス)は、内省的ないんちき霊媒師、兄を死に追いやったのではないかという負い目から、兄の霊を背後霊として霊媒を務めるようになった若い女性などの心理を描いたもので、超自然的要素はないが、一種のアンチ幻想物として出色の作品であり、皆川は〈精神的自伝〉とも述べている。本作と前後して怪奇幻想短篇の執筆も盛んになっていく。妄執や狂気を孕んだ女性、幽霊になった女性などを主人公に、異様な形の愛を描いた怪奇的な短篇集『愛と髑髏と』(八五・光風社出版)の上梓以後は、怪奇幻想短篇でも徐々に認められるようになり、九〇年、演劇・舞踊など舞台芸術に関わる人々を主人公とした幽霊物語集『薔薇忌』(九〇・中央公論社)により柴田錬三郎賞を受賞。以後、自らの資質に忠実な怪奇幻想短篇を次々に発表。また、長篇の伝奇小説にも手を染め、美に執着するSS将校の医師を核として、人体改造、カストラート、ナチスのオカルト的秘宝などのモチーフをちりばめた歴史ミステリ『死の泉』(九七・早川書房)では吉川英治文学賞を受賞。このほかにも多数の作品を旺盛に執筆しており、現代を代表する怪奇幻想作家の一人として位置付けられよう。皆川が怪奇幻想の作家としても認められていく道程は、幻想文学自体が一般に認められていく時代背景と重なり、その意味でも現代を代表する幻想作家といえる。

短篇集には次のものがある。「蝉丸」「野守」「二人静」などの夢幻能を基に耽美的な幻想世界を描く『変相能楽集』(八八・中央公論社)、幽霊たちの世界と現実とが微妙に入り交じる様を描く連作『骨笛』(九三・集英社)、童歌に彩られた頽廃と耽美の世界を描く『あの紫は』(九四・実業之日本社)、西条八十の『砂金』を基調に鏡花世界を髣髴させるような耽美と幻想を描く『ゆめこ縮緬』(九八・集英社)、江戸時代を舞台に男女の機微を核とした情念の世界を幻想的に描く『朱紋様』(九八・朝日新聞社)、写真から触発された七つの物語を収録する『ジャムの真昼』(二〇〇〇・集英社)、転生、異様な長命など、尋常ではない生のあり方を描いた不思議なテイストの『絵小説』(〇六・集英社)、あの世とこの世の境に立ち現れる美しい奪衣婆を描く「螢沢」、駒込富士の境内で厄除けの藁蛇を買おうとした男をめぐって妖者どもが火花を散らす表題作など、江戸の恋を描いた短篇集『妖恋』(九七・PHP研究所)『妖笛』(九三・読売新聞社)など。また、主要な短篇作品を「迷宮/ミステリ編」(千街晶之選)「幻妖/幻想小説編」(東雅夫選)「伝奇/時代小説編」(日下三蔵選)というテーマごとに集成した三巻本選集『皆川博子作品精華』(〇一～〇二・白泉社)がある。

主な長篇小説は以下の通り。軍艦島を思わせる廃墟の島に作られた少女たちのための更生施設を舞台に、読者の意表を突く形でドッペルゲンガー妄想を展開させ、幻想と現実とを転換させた幻想ミステリ『聖女の島』(八八・講談社ノベルス)、山東京伝の『桜姫全伝曙草紙』と室町後期の歴史とを綯い交ぜにし、怨霊に祟られながら動じない気丈なヒロインとその娘、親娘二人に関わる南朝の皇子を中心に、様々な人物の有為転変を描く伝奇時代小説『妖櫻記』（九三・文藝春秋）、将門・純友の乱の登場人物に、巫女的な力を持つ少年や、無力な純友の息子などを配し、情念の炎に導かれるままそれぞれの生を歩む姿を描いた伝奇時代小説『瀧夜叉』（九三・毎日新聞社）、ロシアの画家ブールベリの絵「悪魔」に触発されて書かれた作品で、帝政末期のロシアを舞台に、実在の女性イコン画家をモデルとする一人の女性の魂の遍歴を追い、表面的な幻想性はないが、精神面で皆川自身の内面的な幻想の核に迫るところがある傑作『冬の旅人』（〇二・講談社）、両大戦間のベルリンを舞台に、トラークルをモデルにした一人の詩人を中心として、頽廃的に生きる人々を幻想的に描いた『伯林蠟人形館』（〇六・文藝春秋）、三十年戦争を背景とする歴史伝奇『聖餐城』（〇七・光文社）など。

【たまご猫】短篇集。九一年中央公論社刊。自殺した姉の部屋から見つかったオブジェがもたらしたヴィジョンを描く小傑作「たまご猫」（八八）、ライダーである弟の死を狂った姉が語る「をぐり」（八九）「厨子王」（八八）、火事で死んだジャズ仲間が永遠に繰り返す一日を描いた「アズ・タイムズ・ゴー・バイ」（八七）、時間の先取りを描いた「朱の檻」（八七）「骨董屋」（九〇）など、全十篇を収録する。

【結ぶ】短篇集。九八年文藝春秋刊。人を縫って完全な球体にする作業が存在するという設定下に、今まさに縫われている女の独白で綴られた絶品「結ぶ」（九五）、亡霊を呼び寄せて袋に閉じ込め、思うさまいたぶる話が間接的に語られる「空の果て」（九六）、映画を観た後に主人公の取る行動と映画のシーンとが重なって無限ループを形成する「川」（九六）、放火と亡霊をモチーフとする「水色の煙」（九二）など全十三篇を収録する。

【薔薇密室】長篇小説。〇四年講談社刊。両大戦間から第二次世界大戦にかけてのヨーロッパ、ドイツとポーランドの国境地帯に人知れず遺棄された僧院を主な舞台として展開するメタフィクショナルな歴史伝奇。まず、薔薇の木と人間を結合させることで、一種の生ける死体を作り出す技法を開発した博士、愛する男を薔薇の木に仕立ててそれを守り続ける男、薔薇人間から蘇生した男らの、僧院での密やかな生活を描いた物語がある。ポーランドの少女は、ナチスの上層部に仕えている男に幽閉され、その物語を読まされている。彼女は幼い頃に慕っていた小人の少年ユーリクを、幽閉者の撮った映像の中に見る。ユーリクたちは畸形の慰み者として薔薇の修道院に飼われていたのだ。薬物によって感覚を狂わされている少女は、幽閉者が去ったことも知らないまま月日を送り、やがて地下迷路を辿って薔薇の修道院に出る。修道院には薔薇の人が本当に存在し……。構成、展開共にきわめて幻惑的。皆川幻想小説の一頂点を示す作品である。

皆川ゆか（みながわ・ゆか　一九六五～）福岡県生。少女小説を執筆。八幡高校超常現象研究会のメンバーの少女の周りに、オカルティックな事件が明るく発生する学園オカルト・コメディ《ティー・パーティー》（八七～九二・講談社X文庫）、定められた運命に従う者とそれを改変しようとする者に分かれて戦うタロットカードの精霊たちと人間の協力者たちが織りなすサイキック・ファンタジー《運命のタロット》（九二～九六・同）《真・運命のタロット》（九七～〇四・同）、歴史ファンタジー《プレスタージョン戦記》（九三～九四・キャンバス文庫）などがある。アニメに詳しく、また〈ガンダム〉フリークとして知られ、関連の著作がある。『評伝シャア・アズナブル』（〇六・同）、編著『機動戦士ガンダム公式百科事典』（〇一・講談社）など。

水沢蝶児（みなざわ・ちょうじ　一九五二～）別名馬場宏尚。東京杉並区生。学習院大学経済学部卒。塾経営の傍ら、水沢名で小説を、馬場名でゲーム業界についてのノンフィクションなどを執筆。スペースアクション『タンタロスの罠』（八九・大陸ノベルス）で小説家としてデビュー。現代に蘇った悪神ラブァナを倒すため、英雄ラーマーの再生として生まれた少年が戦う伝奇アクション『火竜の牙』(九〇・ソノラマ文庫)、異世界江戸物SF《緋桜お銀》(九〇〜九二・同)ほかがある。

水瀬葉月(みなせ・はづき ?〜)妖怪絡み専門の逃がし屋を描く伝奇物『結界師のフーガ』(二〇〇四〜〇五・電撃文庫)で電撃ゲーム小説大賞選考委員奨励賞受賞。ほかに西洋魔法物の伝奇アクション『ぼくと魔女式アポカリプス』(〇六〜〇七・同)がある。

漲月かりの(みなづき・かりの ?〜)山梨県生。近未来を舞台にしたサスペンス『サンクトゥスは歌えない』(二〇〇二・角川ビーンズ文庫)で角川ルビー小説賞優秀賞受賞。ほかに、江戸時代を舞台に、伊勢の斎宮と鬼の間に生まれ、力を封じられている少年が巻き起こす怪異を描く『プレシャス・プラチナ』(〇二・同)など。

水無月さらら(みなづき・さらら 一九六八〜)福島県生。学習院大学文学部国文科卒。BL小説作家。九三年『小説イマージュ』(白夜書房)にてデビュー。ファンタジーに、仏像が肉身に変じるという趣向に転生を絡めた『奇跡のオブジェ』(〇二・ビブロス=ビーボーイノベルズ)がある。また、BLではないファンタジーに、家政婦の生まれ変わりの猫が、母を亡くした少年の心を支える『猫の橋口さん』(〇八・中経文庫)がある。

水無月ばけら(みなづき・ばけら ?〜)小学生の少年が超能力のある妹と共に友人を救う冒険を繰り広げるSF『友井町バスターズ』(一九九七・富士見ファンタジア文庫)で、ファンタジア長編小説大賞準入選。

南新二(みなみ・しんじ 一八三五〜九五/天保六〜明治二八)戯作者、小説家、演劇評論家。本名谷村要助。別名に三育、谷村斐太《あやた》、斐野《あやの》屋《や》太郎兵衛など。俳号布川。江戸ト谷生。代々幕府の御数寄屋坊主を務めた家系だが、明治維新後、骨董商、会社員などを経て、新聞記者となる。戯作風の突飛で軽妙な雑文などを執筆した。山東京伝『箱入娘面屋人魚』をヒントにした、人間の男と若返っていく人魚との恋のため、母親が不老不死の薬となる肉体を提供する滑稽譚「一夜漬人魚甘塩」(九〇)、夢中に奇妙な村を訪れる童話「死なずの村」(九四)などがある。

水壬楓子(みなみ・ふうこ ?〜)一九九七年、桜桃書房よりBL小説作家としてデビュー。作品多数。ファンタジー系作品に、人狼物《ムーンリット》シリーズ(〇二〜〇七・桜桃書房=エクリプスロマンス〜幻冬舎=リンクスロマンス)、SFアクション《桜姫》(〇六〜〇七・徳間キャラ文庫)がある。

南史子(みなみ・ふみこ 一九四〇〜)東京生。日本女子大学文学部卒。『海賊』同人としてファンタジー童話を執筆。病気で弱気になっている老婆を時間の精が不思議な旅に連れ出して励ます『ふしぎな時間旅行』(九〇・佼成出版社)、兄弟猫の巻き起こす事件を描く『とらねこホテルへようこそ』(九八・けやき書房)、異界とつながっている山の物語、山中に生きる自然の精霊たちの物語などを収録するファンタジー短篇集『霧の谷のうさぎ』(〇三・同)などがある。

南洋一郎(みなみ・よういちろう 一八九三〜一九八〇)本名池田宣政《よしまさ》。別名に萩江信正。東京生。青山師範卒。二六年「なつかしき丁抹の少年」で『少年倶楽部』にデビュー。本名で『リンカーン物語』(三〇)などの偉人伝を、南洋一郎の筆名で『吼える密林』(三三・大日本雄弁会講談社)『緑の無人島』(三八・同)『冒険探検魔境の怪人』(三九・誠文堂新光社)などの秘境冒険小説を執筆。猛獣たちが跋扈するジャングルに繰り広げられる血沸き肉躍る冒険の数々は、戦前としては驚異的なベストセラーになり、少年たちのエキゾティックな夢を大いに育んだ。またルブラン《怪盗ルパン全集》(六八〜八〇・ポプラ社)を翻訳し、これもまた子供たちの人気作品となった。翻案というべきストーリーの改変を施した場合もあることで知られるが、それゆえにこそ子供たちに愛された側面もあることを忘れてはなるまい。

南沢十七（みなみざわ・じゅうしち　一九〇五〜八二）本名川端男勇《まさお》。東京生。幼い頃に満州へ渡る。長崎医科大学薬学部卒。さらに東京外国語大学でドイツ語を専攻。新聞記者となる。三二年「蛭」で『新青年』にデビュー。同作は、吸盤を装着して患者の血液を吸い取る奇怪な治療法を考案した医師が、その吸血器によって殺されるミステリ風の話だが、主眼は殺人事件ではなく不気味な治療法の方に置かれている。続く「水晶線神経」（三二）「人間剝製師」「氷人」（共に三三）などの猟奇ＳＦミステリで異彩を放った。また、少年小説「緑人の魔都」（四八）がある。これは、拉致された科学者を探しに孤島にやって来た人々が、海神と森の精の息子である緑人、彼らと敵対するジャングルの魔王らの争いに巻き込まれる物語で、一般的な秘境冒険物というよりは、当時では珍しいファンタジーに近い異色作。ほかに、ドイツ語からの翻訳や実話読物を手がけている。

南田操（みなみだ・そう　？〜）作家、アニメ評論家。コミックマーケットを舞台にしたロイヤル・ロマンス『コミケ中止命令！』（一九八九）で知られる。ＳＦファンタジーに、宇宙人と女子高生が活躍する、伝奇要素のある冒険物《シリウス》シリーズ（八八〜九一・富士見ファンタジア文庫）、幽霊になった恋人を蘇らせるための秘宝を求めて宇宙を冒険する『超銀河的美少女幽霊《ミルキー・ゴースト》』（九三・同）がある。

南山宏（みなみやま・ひろし　一九三六〜）本名森優《ゆう》。東京港区生。東京外国語大学中退。翻訳家、超常現象研究家。早川書房で『ＳＦマガジン』編集長などを務めた後、執筆生活に入る。超常現象の中でもＵＦＯ研究の第一人者と目されており、関連著作が多数ある。『ＵＦＯ遭遇事典』（八〇・立風書房）『綺想科学論』（〇五・学研）など。子供向けのＳＦに、水たまりにミクロの宇宙人がいて、小学生の少年が極小化されて冒険することになる『水たまりの宇宙戦争』（八七・岩崎書店）がある。

源温故（みなもと・あつもと　生没年未詳）経歴未詳。五巻の読本『壺菫《つぼすみれ》』（一七九四／寛政六、改題本に『怪談頃《このごろ》草紙』）の作者。書をたしなむ真面目な武士が一人の遊女と相愛となるが、殿の姫が彼を見初めて結婚を望まれる。姫を正妻に、遊女を妾にと考えたが、遊女は自殺し、男と姫の結婚後、幽霊となって現れて姫をあの世に連れ去るという筋立て。情緒があり、心理の描写も細やかな作品だが、怪異描写は地味で、古風である。

源顕兼（みなもとの・あきかね　一一六〇〜一二一五／永暦元〜建保三）文官。斎宮寮頭、次いで刑部卿を務めた。古代から中世への橋渡し的役割を果たしたと評価される説話集『古事談』の編者。また、『中外抄』を書写し、その写本を祖本とするものが現在に残されている。説話史中の重要人物ともいえる。歌人としても活躍したようである。

【古事談】一二一二〜一五（建暦二〜建保三）年頃成立。王道后宮（皇族の話）、臣節（貴族の逸話）、僧形（仏教と僧侶の話）、勇士（武士の話）、神社仏寺（寺院関係の話）、亭宅諸道（歌、管弦、書画、馬術などの芸道）の六つの項目に分け、項目ごとにほぼ年代順にまとめたもので、約五百七十話を収録している。片仮名交りの漢文体による。第一話が称徳天皇が山芋で作った男根を陰部に詰めたまま悶死する話、第二話が浦島子伝、第三話が即位の予言譚、第四話が天皇が筥を開けたり刀を抜いたりしたときに怪事が起きた話といった具合で、話の選択には何かしら偏るものが感じられる。とはいえ幻想的な話題ばかりではなく、ごく短文の報告のようなものも多い。総じて、先行資料にあまり手を加えず、抄出することで編者の意を表すところに特徴がある。幻想的な話は、仏教に関わる奇瑞譚、堕地獄譚、幽霊譚、怪物退治譚、加持祈禱の効験譚などのほか、予言や占いの話なども含まれている。

源順（みなもとの・したごう　九一一〜九八三／延喜一一〜永観元）歌人、文人。奨学院に学び、梨壺の五人の一人として『後撰和歌集』の撰者となったほか、『倭名類聚抄』を撰進した。勘解由判官、東宮蔵人などを経て、能登守在任中に没した。三十六歌仙の一人。教養ある知識人で、詩作もよくした。天地歌などの個性的な作風で知られる。『宇津保物語』の作者とされているが、いまだ定まっていない。

源隆国（みなもとの・たかくに　一〇〇四〜七七／寛弘元〜承保四）貴族、政治家。権中納言にまで出世して一時引退するが、その後再び権大納言として復帰。通称宇治大納言。広い人脈と深い仏教的知識を誇り、延暦寺の阿闍梨らとの協力によって浄土教の要文集『安養集』を編纂した。説話集『宇治大納言物語』を著したといわれているが、当該本は散逸したため、不確実。『宇治大納言物語』は和文主体の中規模な説話集で、『今昔物語集』の大きな典拠の一つだったのではないかと推測されているが、作品自体の存在を疑う説もあるほどで、推測の域を出ない。

源為憲（みなもとの・ためのり　九三五〜一〇一一／承平五頃〜寛弘八）代々受領の家に生まれる。大学寮に学び、源順に師事。三河権守、伊賀守などを歴任した。詩歌の業績も残されている。冷泉天皇の第二皇女の教育用に、仏教説話、諸寺縁起、仏教の年中行事などを描いた三巻の絵巻『三宝絵《さんぼうえ》』の作者でもある。『三宝絵』（絵は散逸し、詞のみ残っているために『三宝絵詞《えことば》』ともいう）の構成は、本生譚十三話を収録する上巻、聖徳太子に始まる日本の仏教者列伝十八話を収めた中巻、数々の仏教行事の由来・意義を三十一章に分けて月の順に解説する下巻より成る。上巻は各種仏典を、中巻は『日本霊異記』を主たる出典とし、自由な潤色を加えてある。諸寺の縁起や名僧の行いなどが随所で語られる下巻は、説話集として考えたときに構成の面白さが光る。本書は漢字も交じる片仮名文で、わかりやすく書かれている点に特色があり、仏教の初心者向け入門書として広く読まれ、後世に影響を与えた。

峰桐皇（みねぎり・こう　？〜）東京出身。白泉社よりBL小説作家としてデビュー。陰陽師と淫鬼に憑かれやすい青年が主人公の現代オカルト物『陰陽師なんて信じない！』（二〇〇四・マイクロマガジン社＝キルシェノベルズ）に始まるシリーズ、その姉妹篇で少年神と人間の青年の恋を描く《浪漫神示》（〇七〜・講談社X文庫）のほか、非BLの別世界ファンタジー『飛空王城』（九八・大洋図書＝シャイ・ファンタジー）がある。

美ノ内一（みのうち・はじめ　？〜）女遊びにかまけて落ちこぼれた仙人の少年が活躍する官能アクション『DRAGONブレード』（一九九八・プレリュード文庫）がある。

みぶまさよし（みぶ・まさよし　一九六二〜）本名兼本正吉。愛知県立大学中退。『週刊少年マガジン』原作部門新人賞入賞。戦いが続く別世界を舞台に、美貌の少年戦士が活躍する《アルテイシア史伝》（九一〜九二・大陸書房ネオファンタジー文庫）がある。

深森塔子（みもり・とうこ　？〜）魔法で犬に変えられていた王子と共に異界に投げ出されて、男に変身してしまった女子高生の活躍を描くファンタジー『王子様は犬！』（二〇〇四・角川ビーンズ文庫）がある。

宮林太郎（みや・りんたろう　一九一一〜二〇〇三）本名四宮《しのみや》学。徳島市生。東京医科歯科大学卒。病院経営の傍ら『星座』『小説と詩と評論』などに参加。全国同人雑誌作家協会会長を務める。代表作は男女間のエロスと距離を描いたスケッチ集『女・百の首』（七二）。幻想小説に、男がなぜか絶世の美女に変身して性の遍歴に乗り出す表題作、作者好みの美女や、コクトー、ピカソなど芸術家たちの幽霊が現れて宴会を繰り広げる「幽霊たちの晩餐会」を収録する『サクラン坊とイチゴ』（〇二・皓星社）など。怪奇ミステリに、湖畔の洋館を舞台に、嵐で湖畔に打ち上げられた美女を妻とした画家の恐怖体験を描く「死霊」（七〇）などがある。

宮内さきは（みやうち・さきは　一九七七〜）愛媛県生。藤沢さなえとの共著で、オンラインゲームの世界に入り込んだ少年がドラゴンと共に冒険を繰り広げるファンタジー『ウィズ・ドラゴン』（〇四・ジャイブ＝カラフル文庫）がある。

宮城谷昌光（みやぎたに・まさみつ　一九四五〜）愛知県蒲郡市生。早稲田大学文学部英文科卒。出版社勤務を経て作家活動に入る。中国古代に材を求めた歴史小説を主に執筆し、高い評価を得ている。『天空の舟』（九〇）で新田次郎文学賞、『夏姫春秋』（九一）で直木賞、『重耳《ちょうじ》』（九三）で芸術選奨文部大臣賞、『子産』（二〇〇〇）で吉川英治文学賞を受賞。また、二〇〇〇年には司馬遼太郎賞を、〇四年には菊池寛賞を受賞している。手堅い作風で、派手な伝奇的要素や異様な歴史改変を施したりすることはないが、一部にファンタスティックな要素も見られる。国を乱すといわれる伝説の妖女が陰の主役となっている「妖異記」「豊饒の門」、漢字を作らせたもの言えぬ王の若き日の冒険をファンタスティックに描く表題作ほかを収録した中国歴史ロマン短篇集『沈黙の王』（九二・文藝春秋）がその代表といえる。また、『青雲はるかに』（九七・集英社）は、戦国時代の秦に仕えた宰相・范雎を描いたものだが、仙人めいた人物の元で修行した、時を超越したような不思議な男・吟尼を登場させ、人物を客観的な視点で見させるようにしている。

三宅一明（みやけ・かずあき　一九七三〜）もとM2所属のゲーム関係者。スサノオの転生者である高校生の少年がハルマゲドンを戦う伝奇アクション『幻世神話ラスト・ラグナロク』（九五・新声社＝ゲーメストZ文庫）、妖術師が暗躍する戦国末期を舞台にした伝奇時代小説『神州双天記』（二〇〇〇・ハルキ・ノベルス）がある。

三宅嘯山（みやけ・しょうざん　一七一八〜一八〇一／享保三〜享和元）俳人、儒者。本名芳隆。別号に葎亭《りってい》、碧玉江山人、滄浪居主人など多数。京都生。質商の傍ら、漢詩文の道で青蓮院宮などの侍講を務めた。巴人門で点者となり、俳句の評論でも名を広めた。著書に『俳諧古選』（六三／宝暦一三）『俳諧新選』（七三／安永二）『嘯山詩集』（八九／寛政元）など。和漢雅俗に幅広く通じた見識高い文人として評価されている。翻訳に、羅漢が転生した僧が、奇矯な振る舞いを見せると同時に様々な奇跡を顕す『通俗酔菩提全伝』（五九／宝暦九、天華蔵主人述）、地上に転生した嫦娥が恋人との縁を尽くした後、九天幻女から幻術の秘法を授けられて悪人を懲らしめる『通俗大明女仙伝』（八九／寛政元、呂熊著）がある。

三宅章介（みやけ・しょうすけ　一九七一〜）黒魔法界からやって来た美少女がヒロインの押しかけ女房型ラブコメディ『黒魔法ラブラブ大作戦！』（九七・角川スニーカー文庫）がある。

都の錦（みやこの・にしき　一六七五／延宝三〜？）戯作者。本名宍戸光風。通称与一。別号に雲休堂、梅園堂、往悔子、銕舟《てつしゅう》ほか多数。摂津国生。元禄八年に京に上り、学問修行に励むはずが、遊廓通いで学資を使い果たし、親類縁者に勘当された。西沢一風の助力で浮世草子作者となる。諸国咄形式の奇談怪談集で、先行書からの借用が多い『御前於伽』（一七〇二／元禄一五）、談話形式の出版界四方山話で、西鶴を誹謗中傷して地獄巡りをさせる『元禄太平記』（同）、古事記の説話の一部を翻訳し、当世風に直して読物に仕立てた『風流神代巻』（同）などを書くが、志を得ず、江戸に下って立身の道を求めた。頼っていった先が居所不明であったため、無宿人として捕えられ、金山送りとなる。〇九（宝永六）年に大赦を被り上方に復帰、執筆活動を再開した。『当世知恵鑑』（一二／正徳二）などがある。自己顕示欲の強い作風であるのが難といわれている。

宮崎一雨（みやざき・いちう　一八八六あるいは八九〜没年未詳）別名に白根凌風。東京日暮里村生。東京外国語学校韓国語学科卒。『東京日日新聞』などの記者を経て少年小説作家となる。押川春浪の影響の下、軍事的傾向がきわめて強い未来戦記物の少年小説を多数執筆した。軍事ＳＦの先駆的存在といえる。

秘密結社が無人島で潜水艦隊を建造し、日本の危機に駆けつけるSF的近未来戦記『日米未来戦』（一三・大日本雄弁会講談社）は、『海底軍艦』と「昭和遊撃隊」を繋ぐ作品だといわれる。ほかに『次の世界大戦』（一四・同）『世界征服』（一五・同）『空中征服』（一五・同、翻案）など。

宮崎柊羽（みやざき・しゅう　？〜）風変わりな土地神と契約を結び、人々の心の願いをかなえる仕事をすることになった高校生の少年を主人公にしたアドベンチャーゲーム風学園ファンタジー《神様ゲーム》（二〇〇五〜・角川スニーカー文庫）で角川学園小説大賞奨励賞受賞。

宮崎惇（みやざき・つとむ　一九三三〜八一）長野県小諸市生。五八年、SF作家としてデビュー。SF、時代小説、劇画原作などで活躍した。甲斐山中の怪奇な洞窟から魔界に入り込んだ戦国時代の剣士が、魔界の王女を助けながら妖魔と戦う『魔界住人』（七三・双葉新書）、時間監視官・果心居士の依頼を受け、時空を自在に超えて古代インカ、エジプト、中国、アッティカなどで剣をふるう侍を描く『時空間の剣鬼』（八〇〜八一・双葉ノベルズ）など、幻想時代小説の新境地を拓いた。ほかに科学と魔法が入り乱れている太古の日本を舞台に、剣士タケルが活躍するヒロイック・ファンタジー『魔界剣士タケル』『太陽神の剣士タケル』（七九〜八〇・ソノラマ文庫）、高圧線に触れて超能力を得た少年たちが人間に取り憑いて操るインベーダーと戦うジュヴナイルSF『みどり色の目』（七七・インタナル出版）など。

宮崎照代（みやざき・てるよ　？〜）イラストレーター、絵本作家。林檎の木が真ん中に生えている銀河のバーに訪れる月や流れ星などの不思議な客たちを描く詩的なメルヘン絵本『逢う魔が劇場』（一九九一・GCプレス）、猫の星占いを描いた『ドクター・ゾディキャットかく語りき』（九八・同）などがある。

宮沢賢治（みやざわ・けんじ　一八九六〜一九三三）岩手県花巻生。生家は古着・質商で、生活の苦労はなかった。中学時代は鉱物採集、登山、星座などを愛好し、また短歌の創作も始める。盛岡高等農林学校農学科卒。卒業後、父の希望で盛岡高農の研究生となり、土性調査に従事。この時期に最初の童話を執筆した。研究生修了後、家業を手伝ったりしながら無為に過ごし、掌篇小説などを執筆。また在学中から信仰していた日蓮宗の信仰団体・国柱会にも入会している。二一年に家出をして上京、妹トシが病に倒れたとの知らせを受けて花巻へ帰るまで約八カ月滞在する。在京中に童話の創作に手を染め、また短歌の習作も終える。帰郷直後から賢治らしさを感じさせる詩も書き始めており、この上京体験が賢治にとって大きな結節点となっているとされる。帰郷後、稗貫《ひえぬき》農学校教諭となり、四年余り勤務。その間二二年に最愛の妹トシを亡くし、「永訣の朝」「無声慟哭」（共に二四）などの、後に代表作とされる詩を書く。二六年から花巻郊外で、自炊と開墾の生活を送り、農民指導・農民芸術興隆のための〈羅須地人協会〉を発足させるが、二九年、病に倒れ、協会活動も終了する。その後は一時東北砕石工場の技師を務めたりもするが、ほとんど病床にあって、死の直前まで詩や童話を書き続けた。生前刊行されたものに、詩集『春と修羅』（二四・関根書店）、童話集『注文の多い料理店』（二四・東京光原社）がある。

賢治の詩や童話は賢治自身によって〈心象スケッチ〉と規定されている。『注文の多い料理店』の広告文や序文、『春と修羅』の「序」に賢治の考えを見ることができる。〈わたくしといふ現象は／仮定された有機交流電燈の／ひとつの青い照明です／（あらゆる透明な幽霊の複合体）／風景やみんなといつしよに／せはしくせはしく明滅しながら／いかにもたしかにともりつづける／因果交流電燈の／ひとつの青い照明です／（ひかりはたもち、その電燈は失はれ）／／これらは二十二箇月の／過去とかんずる方角から／紙と鉱質インクをつらね／（すべてわたくしと明滅し／みんなが同時に感ずるもの）／ここまで

たもちつゞけられた／かげとひかりのひとくさりづつ／そのとほりの心象スケツチです〉（「序」冒頭部分）

　賢治は童話作品について自ら分類を試みている。村童スケッチ、花鳥童話、動物寓話、西域異聞・仏説童話、イーハトブ民譚、イーハトブ童話、少年小説の七つである。賢治の内面における童話作品の位置関係を知るうえでは興味深い分類であるが、ここでは幻想童話に限って①寓話的要素の強いもの②宗教性・求道性の強いもの③人と動物・植物などの自然が隔てなく交わる世界を描いているもの④人外のものを主人公としたイメージの勝ったものと便宜的に分類しておく。

①は賢治の童話の多くがあてはまるが、ひばりの子を助けて宝珠をお礼にもらった兎の子が慢心して悲惨な目に遭う「貝の火」を代表作として挙げることができるだろう。ほかに山烏と烏の戦争を通じて反戦思想を露わにした「烏の北斗七星」（二四）や同僚の猫に嫌われているかま猫が同僚のいじめに遭う「猫の事務所」（二六）など。寓話の場合、凡庸な作品は時代の制約を大いに受けるものだが、いずれも古臭さを全く感じさせない優れた出来栄えである。

②に属するものもまた数多い。「グスコーブドリの伝記」（三二）は、宗教色は薄いが、求道的な作品。「銀河鉄道の夜」、「ひかりの素足」（生前未発表、二一〜二二頃執筆）などの少年小説にも宗教的な要素がある。「ひかりの素足」は吹雪で道を失った兄弟が冥界〈うすあかりの国〉に入り込む話で、仏が登場する。大事な弟と死別しなければならない兄の哀しみが全篇に溢れており、賢治自身〈あまりにセンチメンタル〉と評した作品だが、なお胸打つものがあるのは表現力のゆえだろう。「銀河鉄道の夜」も同傾向の作品だが、内容の深さ、求道性、イメージの豊かさ等において「ひかりの素足」の遥かに上をいく。しかしより直截に宗教色が出ている作品としては、険しい山岳行を覚醒のための内面凝視になぞらえた「マグノリアの木」（生前未発表、二四頃執筆）、王子が宝石の降る丘の上に来ると、草花が十力の金剛石の来ないことを嘆いているが、やがて十力の金剛石が降り、地に満ちる——十力とは覚者のことだったのである、というイメージも美しい「十力《じゅうりき》の金剛石」（生前未発表）、天の眷属が置いていった子供のエピソードを語る仏教説話風の作品で、この世の生に哀しみの目を向けた「雁の童子」（同）、殺生をする自身の存在に愛想を尽かし、星の世界へ行こうとするヨダカの一途さを描く「よだかの星」（同）などがある。

③には賢治によってイーハトブ物として規定された作品の多くが含まれる。森と人との至福に満ちた交渉を民話風に語った「狼《おいの》森、笊森、盗《ぬすと》森」、鹿と農夫の触れ合いをユーモラスに語る「鹿《しし》踊りのはじまり」、どんぐりの優劣を決める裁判に招待される「どんぐりと山猫」、次々に現れる扉を開けるといろいろな指示が記されている、山中の奇妙な料理店に迷い込んだ都会の青年たちの話「注文の多い料理店」、絵描きと農夫が柏の木の歌比べを見物する「かしはばやしの夜」など、単行本『注文の多い料理店』に収録された極めつきの傑作群、賢明な狐の子供たちと少年少女の明るい触れ合いを楽しく語る、最初の雑誌掲載作「雪渡り」（二一〜二二）、死の近くまで推敲を重ねていたといわれる、下手なセロ弾きと動物たちの交渉を綴った「セロ弾きのゴーシュ」（生前未発表）など、賢治童話を代表する作品群といってもよい。

④は、雪童子の活躍を描く、吹雪の描写が素晴らしい「水仙月の四日」（二四）、真夜中に行進する電信柱のイメージが一読忘れ難い印象を残す「月夜のでんしんばしら」（二四）、山男が見た支那の薬屋の夢の奇怪さが、賢治作品としては異色な「山男の四月」（二四）、十人のはずなのに十一人いるとすると、その一人がざしきぼっこである、という設定が強烈な印象を与える「ざしき童子の話」（二六）、木霊《こだま》の見る景色の美しさが心に残る「若い木霊」（生前未発表）など、賢治の想像力の懐の深さを感じさせる作品群である。

賢治の詩に関しては、表現の先進性や詩語の豊かさで言語表現の幅を広げたことなど、様々な方面から評価がなされているが、幻想文学の観点からは、特異な幻視者としての側面が特に注目に値する。『春と修羅』の中では、民俗的幻想の白眉ともいうべき「原体剣舞連《はらたいけんばいれん》」、連を追うごとにヴィジョンが際立ってくる「小岩井農場」など、ごく有名な作品の中にもそれを見て取ることができる。また『春と修羅　第二集』では、実際の旅をもとにしていながら、あたかも冥界への旅立ちを歌ったかのごとき「異途への出発」などにも賢治の幻視的な傾向を見て取ることができる。そのほかでは「阿耨達池《あのくだつち》幻想曲」が詩的散文「インドラの網」などと並んで、賢治の宗教的ヴィジョンの質を明らかにしている幻想詩といえる。このほかにも多数のヴィジョンを感じさせる詩があり、幻想詩人としての賢治もまたきわめて興味深い存在である。

▼『新修宮沢賢治全集』全十六巻、別巻一（七九～八〇・同）

【銀河鉄道の夜】中篇小説。生前未発表。二四年に初期形を執筆と推定される。四一年新潮社刊。病気の母を抱え、活字工として働きながら学校に通う少年ジョバンニは、ケンタウル祭で賑わっている夜、町外れの丘の上にひとり寝転んでいる。するとどこかで、不思議な声が、銀河ステーション、銀河ステーションと言い、眼の前がぱあっと明るくなったかと思うと、軽便鉄道に乗っているのだった。向かいの席には親しい友のカムパネルラが坐っていて、彼に教えられてこれが銀河鉄道だということを知る。不思議な世界が二人の前に開け、過去の地層を掘る人や、鳥を捕る人などとの出会いがあるが、みな消え去っていく。やがてカムパネルラも一人宇宙の闇の中へ消えていき、ジョバンニは取り残される。ふと気づけばそこは地上で、カムパネルラは溺れて死んでいた……。限りない悲哀感と透明で美しいイメージに満たされた、日本ファンタジー文学の一つの頂点を示す作品。

宮田いづみ（みやた・いづみ　？～）人形に取り憑いた悪霊を追跡してきた死神と親しくなる女子高生を描くラブコメディ『さよならハンサム死神くん』（一九九〇・講談社X文庫）、夢の中で盗んだ物が現実で実体化する『夢泥棒によろしく』（九〇・同）がある。

宮田南北（みやた・なんぼく　生没年未詳）江戸末期の戯作者。播磨出身。読本に、霊蛇の怨念によって山賊となった女や、霊蛇の宝玉を狙う一揆の指導者などを敵討物の中に配した『雲乃晴間双玉伝《くものはれまそうぎょくでん》』（一八四一・天保一二頃、歌川国直画）などがある。

宮野素美子（みやの・すみこ　一九五三～）東京教育大学卒。筑波大学地球科学研究科中退。竜を退治した者には姫を与えるという王のお触れに反発した姫が、自ら竜のもとへ行こうとして様々な冒険に巡り会う『そよかぜ姫の冒険』（九二・講談社）で講談社児童文学新人賞佳作を受賞。

宮乃崎桜子（みやのさき・さくらこ　？～）別名に高館《たかやかた》薫。法政大学文学部哲学科卒。プログラマーを経て、一九九〇年ウィングス小説大賞を受賞し、高館名でBL小説作家としてデビュー。両性具有体の弟に恋する兄を描く表題作などの短篇を収録した『舞夢・マイム・クライム』（九六・ウィングス・ノヴェルス）ほかを上梓した後、宮乃崎名による『斎姫異聞』（九八・講談社X文庫）がホワイトハート大賞を受賞。これは平安京を舞台に、両性具有の神的な力を持つ宮とその夫が怪奇な事件を解決する伝奇ファンタジーで、《斎姫異聞》《斎姫繚乱》としてシリーズ化され、現在も継続中。ほかにSF冒険物《ゲノムの迷宮》（二〇〇〇～〇三・同）などがある。

宮原昭夫（みやはら・あきお　一九三二～）神奈川県横浜市生。早稲田大学露文科卒。予備校教師などの傍ら小説を書く。「石のニンフ達」（六六）で文學界新人賞、「誰かが触った」（七二）で芥川賞を受賞。幻想文学関連の作品に〈日常のなかに見まぎらわしく混在し日常の延長線上に現われる非日常〉をテーマとする『魑魅魍魎』（八一・河出書房新社）があり、都会の環境汚染地区にタムムズやイシュタル、パンドラが出没する「供物」、学園内で発生する謎の暴力事件の意外な真相を描く「魑魅」「魍魎」、カフカや安部公房の不条理小説に近い「変態」「病名」の五篇を収めている。

宮原晃一郎（みやはら・こういちろう　一八八二～一九四五）本名知久。鹿児島市生。北海道に育つ。高等小学校卒業後、働きながら夜学へ通う。また英国聖公会の宣教師の許で、英語と聖書を学び、〇二年に洗礼を受ける。新聞記者として働きながら、ドイツ・フランス・ロシア・イタリア各国語を独習し、原書で外国文学を読む。後にはノルウェー語・スカンジナビア語も独習するなど、語学の才に恵まれていた。一七年頃から小説を書き始め、後には、翻訳・童話の分野でも活躍。幻想的な作品としては、主に『赤い鳥』に発表した童話群がある。子供の空想の世界を思わせる「夢の国」（二三）、人間を堕落させる悪魔の成り立ちを語る「悪魔の尾」（二四）、知恵と勇気があって虹のように七色をした猫のファンタスティックな冒険を描いて、愛猫家としての面目躍如たるものがあるメルヘン連作《虹猫の話》（二七）などがそれである。翻訳としては『アンドレーエフ選集』（二一・佐藤出版部）、ワイルド『サロメ』（二三・白水社）、『アンデルセン童話』（二四・春秋社）、ストリンドベリ「死の舞踏」（二六）などのほか、文学ばかりでなく児童書・哲学書など多数あり、また、北欧文学研究の面でも業績を残している。

宮原弥子（みやはら・やすこ　？～）狂ったガイア精神のせいで、戦国時代が延々と続いている日本を舞台に、美女とクローン戦士の冒険を描く『大和連邦異聞』（一九九四・青心社文庫）がある。

雅桃子（みやび・ももこ　？～）BL小説作家。ポルノを中心に多数執筆。ファンタジー設定の作品も種々執筆しており、美少年の相手が海の神である『由良伝説』（一九九七・リーフノベルズ）、相手が鬼の『闇の接吻』（〇一・同）、魔法的別世界が舞台の『光と闇のレジェンド』（〇二・同）ほか。

宮部みゆき（みやべ・みゆき　一九六〇～）東京江東区生。都立墨田川高校卒。法律事務所勤務の傍ら、山村正夫の小説教室に学び、八七年「我らが隣人の犯罪」でオール讀物推理小説新人賞を受賞してデビュー。『龍は眠る』（九一・出版芸術社）で日本推理作家協会賞、『本所深川ふしぎ草紙』（同・新人物往来社）で吉川英治文学新人賞、『火車』（九二）で山本周五郎賞、『理由』（九八）で直木賞、『蒲生邸事件』（九九・カッパ・ノベルス）で日本SF大賞、『模倣犯』（〇一）で毎日出版文化賞特別賞、司馬遼太郎賞、芸術選奨文部科学大臣賞、『名もなき毒』（〇六）で吉川英治文学賞を受賞。リーダビリティの高さや庶民的で人情味のある内容、ほどよいミステリ・テイストなど、天性のエンターテイナーとしての美質を備えており、当代随一といえるほどの人気作家となった。その一方で、怪奇幻想小説にも意欲的で、時代物の怪奇小説、モダンホラー、ファンタジー、SFと幅広いジャンルにわたる作品がある。欧米怪奇小説の愛読者としても知られ、アンソロジー『贈る物語 Terror』（〇二・光文社）の編纂を手がけている。

　時代小説では、本所七不思議の伝説にもとづく七短篇を収めた『本所深川ふしぎ草紙』、名品「首吊り御本尊」を含む『幻色江戸ごよみ』（九四・新人物往来社）などの短篇集や、霊能力を有する町娘と『耳嚢』で有名な町奉行・根岸鎮衛が活躍する長篇連作《霊験お初捕物控》（九三～）など、捕物帖のスタイルで怪奇と推理を融合させた一連の作品に始まり、傑作短篇集『あやし』を経て、深川を舞台に霊と交感する力を持った少女と幽霊たちが力を合わせて忌まわしい魔物に立ち向かう長篇『あかんべえ』（〇二・PHP研究所）、壮大な百物語連作の第一巻となる中篇集『おそろし　三島屋変調百物語事始』（〇八・角川書店）などへと発展しつつある。

　モダンホラー系の作品としては、超能力の真贋をめぐって展開されるミステリの形式をとりつつ、超能力少年たちの苦悩と向かい合う雑誌記者の姿を抒情的に描く『龍は眠る』、スティーヴン・キングを彷彿させる超能力テーマのモダンホラー『クロスファイア』(九八・カッパ・ノベルス)、ジェントル・ゴースト・ストーリーなども含む抒情的なホラー&ミステリ短篇集『とり残されて』(九二・文藝春秋)、SF系では二・二六事件当時の東京にタイムスリップして事件に巻き込まれる青年を描く『蒲生邸事件』など。

また宮部は無類のゲーマー（コンピュータゲーム好き）であることを公言しており、その趣味が嵩じて自らファンタジー作品も執筆している。異次元から侵入してくる凶悪な精神体を狩るために夢に入り込むドリームバスターの活躍を描くSFファンタジー《ドリームバスター》(〇一～〇六・徳間書店)、別世界に入り込んだ少年たちがRPG風の冒険を繰り広げるファンタジー『ブレイブ・ストーリー』(〇三・角川書店、劇場アニメ化)、ゲームのイメージを借用した別世界ファンタジー『ICO』(〇四・講談社) など。

【あやし】短篇集。二〇〇〇年角川書店刊。江戸の町方で生起する様々な怪異や不思議な事件を通して、名もなき庶民の哀歓をしっとりと描き出す怪談奇談小説九篇を収録。富裕な商家に代々祟りをなす妖物の恐怖を描く「布団部屋」、雨に濡れてたたずむ異形の忌まわしさが印象的な「時雨鬼」、人生の機微を味わい深く描く「安達家の鬼」……岡本綺堂の流れを汲む江戸怪談小説の伝統と、欧米の怪奇小説を彷彿させるテイストとが巧みに融合された独自の作品世界は、こよなく魅力的である。

深山くのえ（みやま・くのえ　?～）神奈川県生。某大学文学部史学科卒。パレットノベル大賞佳作を受賞してデビュー。代表作に中華風異世界が舞台のロイヤル・ロマンス『舞姫恋風伝』(二〇〇七～〇八・小学館＝ルルル文庫)。ファンタジーに、人間たちにその美しい羽根目当てで狩られる鳥人と、人間の貴族の青年の禁断の恋を描いた『籠の鳥は夜にささやく』(〇五・パレット文庫)、アラビアンナイト風世界を舞台に、指輪のジンとの恋を描く『柘榴石にくちづけを』(〇六・同) などのBL作品がある。

三山晃勢（みやま・こうせい　一九二六～）東京生。東北薬科大学卒。病院にて薬剤師を長年勤めた。室町時代の暗い世相を背景に、幽霊たちが仇を討ってもらい成仏する話や、怨霊に取り憑かれて難儀をする話などを収める怪異物語集『霧夜物語』(八六・近代文藝社) がある。

深山さくら（みやま・さくら　一九五九～）ドジなお化け物の児童文学『おまけのオバケはおっチョコちょい』(〇三・旺文社) がある。

宮増（みやます　生没年未詳）経歴未詳。室町時代の能役者、謡曲作者。天狗に兵法を授かる義経の説話をもとに、前段は花見の場で稚児物的な華やかな趣、後段は武剣物の颯爽ぶりと、対照的な『鞍馬天狗』、存疑作に、熊坂長範の霊が牛若に退治された次第を語る『熊坂』がある。

みやもとじゅん（みやもと・じゅん　?～）本名宮元純子。東京生。学習院女子短期大学卒。イラストレーター、漫画原作、脚本・台本構成などの傍ら少女小説を執筆。失恋した少女の影が自立宣言をして出て行ってしまうラブコメディ『ツー・オブ・ミー』(一九八八・角川文庫)、気が弱くて首に咬みつけない吸血鬼と、隣室に住む普通の少女のラブコメディ『私のカレは吸血鬼』(八七・講談社X文庫)、あくびと一緒に恋人の体内に入ってしまったみなしごの悪魔を追い出そうとするラブコメディ『悪魔ばらいはラブキッス』(九〇・同) などがある。

宮本輝（みやもと・てる　一九四七～）本名正仁。兵庫県神戸市生。追手門学院大学文学部卒。コピーライターを経て、七七年「泥の河」で太宰治賞を受賞してデビュー。「螢川」(七七) で芥川賞を受賞。『優駿』(八六) で吉川英治文学賞を受賞。代表作に『錦繍』(八二) など。「泥の河」の老人を飲みこむお化け鯉、「螢川」の人の形に群れ集う妖しい蛍など、宮本は堅実なリアリズムを基調とする物語の要所に、異界からの使者を思わせる不気味な生物を登場させている。短篇「蝶」(八〇)も、壁一面に夥しい蝶の標本を飾る床屋をめぐる怪談めいた話である。より本格的に人間心理の深層にひそむ怪異を見つめた作品として、軽井沢の別荘を舞台に、管理人として雇われた一家と別荘の主人一家とのエロスと狂気が絡み合うロマンティック・ホラー『避暑地の猫』(八八・講談社)があるが、ここでもやはり、登場人物の心の闇が〈猫〉によって象徴されている。

宮本昌孝(みやもと・まさたか　一九五五～)静岡県浜松市生。日本大学芸術学部放送学科卒。アニメ脚本、漫画原作などを手がけ、執筆活動に入る。戦乱の続く別世界を舞台に、盲目聾唖の神の子にして地上最強の戦士タリオンが活躍するヒロイック・ファンタジー《失われし者タリオン》(八七～九一・ハヤカワ文庫、田中光二原案、未完)、現代忍者物のアクション・ラブコメディ《みならい忍法帖》(八九～九〇・角川スニーカー文庫)などを執筆した後、『剣豪将軍義輝』(九五)により時代小説作家として認められる。以後は歴史・時代小説で活躍。

宮本幹也(みやもと・みきや　一九一三～九三)本名正勝。長野県生。長野中学中退。明治大学卒。若年より小説家を志し、三三年に『サンデー毎日』の懸賞映画小説に入選。『黄河』(四〇)で長篇デビュー。戦後に専業作家となり、あらゆるジャンルの大衆小説を執筆。主に貸本の世界で一世を風靡した。奇想が見られる作品も多く、男女の役割の逆転、奇妙な新興宗教などをしばしば取り上げた。忍術小説には奇想的なものが多く、『妖術者ここに溶ける』(六一・桃源社)がその代表作。同作は、天竺徳兵衛がインドから連れ帰った幻術師カリ・ヨガールが魔法使いの如く術をふるい、対する忍者・幻十郎も魔法めいた奇妙な術を使うという設定で、知能や人格は保ったまま人をスライム状にしてしまう薬や人間に化ける女河童などが登場する、破綻気味に荒唐無稽な作品である。

宮本りり子(みやもと・りりこ　?～)広島県生。慶応義塾大学文学部卒。卒論のテーマは泉鏡花。一生のうちに六回超能力が使える少女が主人公のラブコメディ『失恋超能力』(一九八七・講談社X文庫)でデビュー。同工の『失恋期末テスト』(八八・同)『失恋カレンダー』(九〇・同)のほか、高校生の少年が、日本神話的世界や安倍晴明が妖術で悪事を働いている平安時代などの過去に転生して冒険を繰り広げる《アマテラスの翼》(九一～九二・同)がある。

宮脇俊三(みやわき・しゅんぞう　一九二六～二〇〇三)埼玉県川越市生。東京大学西洋史学科卒。中央公論社に勤務。退社後の七八年『時刻表二万キロ』で日本ノンフィクション賞を受賞。一連の鉄道紀行で人気を博す。八五年『殺意の風景』(八五・新潮社)で泉鏡花文学賞を受賞。同書は、運行停止されて久しいロープウェーの廃駅を覗くと、誰かが住んでいるらしく、得体の知れぬ骨がちらばっている「廃駅の巻」など、全国各地の様々な風景にちなんだ恐怖ミステリ掌篇集で、十八篇を収めている。

明恵(みょうえ　一一七三～一二三二／承安三～寛喜四)紀伊有田郡生。父は武士・平重国、母は豪族の娘だったが、八歳の時に両親を失って神護寺に入り、叔父の上覚に学ぶ。華厳と密教を学び、紀伊を中心として修行に励んだ。インド仏跡参拝の実現を祈願していた明恵は、春日明神の神託により断念したとの伝説を持つ(南北朝頃に成立したとおぼしい実証的ではない伝記『栂尾明恵上人伝記』による)。この伝説は後に謡曲の素材ともなった。〇六(建永元)年に栂尾の高山寺を与えられ、以後はここを中心に活動した。華厳経の信奉者として知られ、法然の浄土教に反駁する著作や、華厳経を説いた著作が数多く存在する。仏光観という方法論を説き、観想を重んじた明恵は、『夢記《ゆめのき》』を残している。これは十九歳から晩年に至るまでに見た夢を筆録したもので、いくつかのタイプに分けることができる。まず、メッセージを読み取る場合で、夢の記述の後に、禅的な解釈を夢に施していることもある。次に、超越的存在の顕現が語られる夢があり、これは修行の糧となるものであろう。さらに両者が合わさった形の夢があり、女性の像とのエロティックな交わりを含んでいるので高名な「善妙の夢」は、その代表格といえる。そしてまた、そのどちらでもない、特段のことはない他愛ない夢もあり、貴重である。また、有名な〈あかあかやあかあかあかやあかあかあかや　あかあかあかやあかあかや月〉の絶唱をはじめとする一連の月輪歌などでも知られている。

三好想山（みよし・しょうざん　？～一八五〇／嘉永三）本名六左衛門、幼名伴五郎。能筆家として尾張藩に召し抱えられ、右筆を長く勤めた。一八一八（文政元）年から江戸定詰となる。『想山著聞奇集《ちょもんきしゅう》』（五〇／嘉永三）全五巻を執筆した。自身の見聞した怪異談を六十話収録したもので、動植物の奇談怪談が半数を占め、残りを神仏の霊異、天変地異、その他の話が占める。各話にはそれなりの長さがあり、現象なり物体なりの説明が細かく、習俗などの補足説明も充実しているのが特徴である。妖物では狐狸・猫股・天狗などのほか、鎌鼬の話、油をなめる女の話、人を呑み込む大蛇の話、怪しい獣〈くだ〉を殺した話、竜の卵・雷の玉の話など、天変地異では毛が降った話など、人事では夢で富札の当たり番号を見る話、神仏では弁財天が降臨して男に思いを遂げさせてやる話など。同書は刊行の前年に成立したもので、原著作は刊本の十倍はあったというが、残りは上梓に至らず散逸した。全巻が残っていれば、〈近世最大の奇談集となりえたかも知れない〉（織茂三郎）という説もある。

三好松洛（みよし・しょうらく　生没年未詳）浄瑠璃作者。経歴未詳。伊予生まれで、真言宗の僧侶が還俗した者ともいう。竹本座に出勤し、一七三六（享保二一）年頃から七一（明和八）年頃まで執筆していたらしい。文耕堂、近松半二、竹田小出雲（二世竹田出雲）、並木宗輔などと合作し、立作者となることはほとんどなかったが、「菅原伝授手習鑑」「義経千本桜」「仮名手本忠臣蔵」等々、歴史に残る名作への参加が多く、作劇を支えたと評価されている。軽妙洒脱な作風とされる。

三善為康（みよしの・ためやす　一〇四九～一一三九／永承四～保延五）越中の豪族射水家出身。二十歳で上京し、算博士・三善為長の門人となり、後に養子となった。文官となり、官位には意を得なかったが、文人として多数の教科書類、仏教書を執筆した。観音を信仰し、浄土信仰者であったという。大江匡房『続本朝往生伝』を継ぎ、九十五人の往生伝を収録した『拾遺往生伝』（〇七～一一／嘉承七頃～天永二頃成立）、七十五人の往生伝を死の直前まで書き継いだ『後拾遺往生伝』がある。先行作の遺漏を補い、その後を補塡するという目的で、様々な書物から話を集めている。また、地方の話、平俗の人の話、同時代の話が多いのが特色で、自身で伝を収集して歩いたもののようである。

海羽超史郎（みわ・ちょうしろう　一九七九～）大阪生。魔法が科学的に発達している別世界を舞台に、国家的大事に巻き込まれていく少年少女を描いた『天剣王器』（〇一・電撃文庫）で電撃ゲーム小説大賞選考委員奨励賞受賞。ほかに、タイムループと意識の転移をモチーフとするSFラブロマンス『ラスト・ビジョン』（〇一・同）がある。

む

武川滋郎（むかわ・じろう　一九三七～）山梨県生。山姥、不具の女、狂女、幽女、そのほか得体の知れない女たちとの交渉を描いた短篇群を執筆。現実と妄想・幻覚が入り交じり、虚実定かならぬ境を主人公の男が漂うのが特徴的。一方で粘着質の女の凄まじさを描いたホラーとも読め、独特の世界を形作っている。作品集に『山国幻妖記』（七八・審美社）『妻ごよみ』（八二・同）『ぽっくり明神』（八四・同）『女絵』（八七・同）など。

椋鳩十（むく・はとじゅう　一九〇五～八七）本名久保田彦穂。長野県下伊那郡生。法政大学文学部国文科卒。中学生の頃より文学に興味を抱く。大学在学中から山を歩き回り、山窩、木地屋、動物の話などを聞き集める。豊島与志雄に師事。佐藤惣之助の『詩之家』同人となって詩集を刊行するなど、最初は詩人として出発した。初期にはダンセイニやホフマンばりのメルヘンに近い詩を書こうとしたという。鹿児島に教職を得、以来同地に住み着いて、小説を執筆。山の民の野性的で、性的にも奔放な生き方を、豊かな自然描写を背景に描いた最初の小説『山窩調』（三三）を自費出版して高く評価される。山窩小説『鷲の唄』（三三・春秋社）「山の天幕」（三四）などを発表後、次第に少年向けの読物に移り、動物小説を執筆。以後、動物児童文学の大家として活躍を続けた。代表作に「片耳の大鹿」（五〇）『マヤの一生』（七〇）など。怪奇幻想系作品には、戦中に発表のあてもないまま書かれた魔法メルヘン「山男と子ども」（四六）や、土着の妖怪伝承に取材したエログロ・ナンセンスを極める艶笑妖怪譚「一反木綿」（五二）などのほか、晩年にファンタジー回帰を果たしての作品群がある。幽体離脱して様々な死者に自分の生命を分け与えて蘇らせる仙人を描いた『けむり仙人』（七四・ポプラ社、太田大八画）、意志を持つ魔法の玉の遍歴を描いた『ふしぎな玉』（八〇・大日本図書、倉石隆画）等の絵本、すっとび小僧と一緒に、ミイラのような人間が住む、死なない人間の国などを冒険する『すっとびこぞうとふしぎなくに』（七七・金の星社）がある。

椋梨一雪（むくなし・いっせつ　一六三一～一七〇九頃？／寛永八～宝永六頃？）俳人。別号に富士丸、隠山、牛露軒など。京都生。貞徳に学び、西武に従って俳諧師となる。句集に『歌林鋸屑集《かりんきょせつしゅう》』（六〇／万治三）ほか。怪談奇談集『古今犬著聞集』（八四／天和四成稿）『続著聞集』（〇四／宝永元成稿）があり、近世説話の一源流として評価されている。紀州藩士・神谷《かみや》養勇軒《ようゆうけん》は、『続著聞集』より三百七十六話を抄出した怪談奇談集『新著聞集』（四九／寛延二）を編纂した。人狼譚、転生譚、累の死霊の解脱を伝える話や、「茶碗の中」の原典ともいうべき話など、興味深い作品が見受けられる。

夢幻（むげん　一九六一～）吸血鬼物のアクション『ミッドナイト★マジック』（九三～〇一・ジャンプJブックス）で第一回少年ジャンプ小説・NF大賞特別奨励賞受賞。大盗賊・悟空が魔族などを相手に暴れ回るアクション・ファンタジー『魔界西遊記』（九八・同）、銀河系を荒らし回った伝説の魔王が、記憶を失い、力も封印されて、銀河連邦警察のために働くことになるハードボイルド・アクション『アッシュ』（〇六・スーパーダッシュ文庫）ほかがある。

六甲月千春（むこうづき・ちはる　？～）女子高生が魔界の魔王と暮らすことになり、戦いに巻き込まれるラブコメディ『まおうとゆびきり』（二〇〇四～〇五・富士見ファンタジア文庫）で、ファンタジア長編小説大賞審査員特別賞受賞。

向山貴彦（むこうやま・たかひこ　一九七〇～）アメリカ合衆国テキサス州生。慶応義塾大学文学部卒。クリエーター集団スタジオ・エトセトラを主宰、ホームページ作成や物語執筆などに携わる。疫病を広めるといわれる妖精につきまとわれて村を出ていかざるを得なくなった少女が、様々な体験によって成長していく様を描いた、宮崎駿の影響を窺わせるファンタジー『童話物語』（九九・幻冬舎）がある。

武者小路実篤（むしゃのこうじ・さねあつ　一八八五～一九七六）東京麴町生。子爵の四男として生まれ、学習院に学び、高等科卒。東京大学社会学科中退。一〇年『白樺』を創刊。戯曲「わしも知らない」（一四初出、以下同）「その妹」（一五）によって文壇に認められる。やがて〈新しき村〉の建設など、特異な理想主義を掲げるようになる。戦後の「真理先生」（四九〜五〇）はその代表作で、野放図とも思えるエゴ表出の徹底ぶりは一種の幻想性すら漂わせている。よりストレートな幻想作品としては戯曲「人間万歳」（二二）がまず挙げられる。創造者である神と個々の星を任されている天使とが人間の未来を信じて人間万歳を唱える、というきわめて楽天的な作品である。筋のまとまりも悪く、混沌とした部分もあるが、宇宙・神・天使・人間の位相にSF的先駆性と面白味がある。同傾向の、神や天使、亡霊や悪魔が大挙登場する夢幻劇に「悪夢」（一五）「或る青年の夢」（一六）「小喜劇」（二〇）などがある。

無住（むじゅう　一二二六〜一三一二／嘉禄二〜正和元）法号一円、諱は道暁《どうぎょう》。鎌倉生。十八歳の折りに常陸の法音寺で得度。処々で仏典を学び、数々の仏教思想に触れる。六二（弘長二）年に尾張の長母寺に留まって、後に住持となり、庶民の教化に努めた。教理について記述した『聖財《しょうざい》集』（九九／正安元）、仏教信仰者としての生き方を説話を交えて語る『妻鏡』（一三〇〇／正安二）、無住の文学趣味が表れている自伝、随筆のほか、『沙石《しゃせき》集』、高僧伝や地方の説話などを含む『雑談《ぞうたん》集』（〇五／嘉元三）などの仏教説話集を残した。

【沙石《しゃせき》集】 仏教説話集。七九（弘安二）年起稿、八三（同六）年成稿。全十巻。成稿後に数度の添削がなされたため、異本が多く存在する。大衆にもわかりやすいように、卑近な説話を用い、その中に仏教の教えを折り込んだ啓蒙的説話集。内容の概略は以下の通り。巻一は日本神話の本地垂迹的読み替え、巻二は諸仏の霊験利益譚、巻三は寓意的な説話で知恵の限界を説く。巻四は執着心を捨てることを説き、巻五は仏道に入るための方便としての和歌連歌論で、文学愛好者としての一面が表れている。巻六は説法・説教師に関する説話、巻七は徳目に関する説話、巻八は尾籠《おこ》説話、巻九は嫉妬・破戒に関する説話、巻十は往生伝。口語的な文体で書かれており、しかも実話を強調して身近な話を多く集めているので、非常に庶民的な印象を与える。そのため、中世の一般社会を知るうえでも貴重な資料と目されている。だが、必ずといっていいほど長々しい説教がつくので、文学としての興趣がそこで減殺されてしまう憾みがある。また、仏道の妨げになるとして、女性忌避の念が強く、女を愚かしく描く説話も多い。よく採られるのは「先世の親を殺す事」という話で、雉に生まれ変わった父が、助けを求めた息子にひねり殺されてしまう無惨な話である。

六塚光（むつづか・あきら　?〜）岩手県生。自分の幽体から武器を生みだせる異能者・魂《タマ》裸醒《ラセ》の一族の少女と、魂裸醒の力に目覚めた高校生の少年が、力の悪用と拡大を防ぐために戦うサイキック・アクション『タマラセ』（二〇〇四〜〇六・角川スニーカー文庫）でスニーカー大賞優秀賞受賞。ほかに、父の敵を討つため、レンズで召喚した魔神を装着して戦う競技〈八眼争覇〉に、氷結の魔神と契約を交わして臨む少年を描くアクション『レンズと悪魔』（〇六〜・同）がある。

武藤致和（むとう・よしかず　一七四一〜一八一三／寛保元〜文化一〇）高知の豪商で土佐藩御目見商人であった美濃屋の主人。国学者、儒学者でもあった。息子・平道と共に、全百二十巻の浩瀚な土佐国の歴史地誌書『南路志』（一三／文化一〇成立）を編纂執筆した。その三十六・三十七巻は「神威怪異奇談」。村落地域ごとに、土地にまつわる異事を、個人的な幽霊談まで含めて書き留めている。

武良竜彦（むら・たつひこ　一九四八〜）本名宮村良二。熊本県生。教育関連のノンフィクション等を執筆。イーハトーボの世界に迷い込んだ宮沢賢治の前に旅任侠姿の化猫が現れて、賢治を冒険に巻き込む、第一回日本ファンタジーノベル大賞最終候補作品『三日月銀次郎が行く』（九〇・新潮文庫）ほか。

村井弦斎（むらい・げんさい　一八六三〜一九二七）本名寛《ゆたか》。別号に楽水。三河国豊橋生。東京外語学校露語学科に入学して優秀な成績を修めるも、病気のために中退。八四年に渡米。帰国後の八七年、矢野龍渓に小説の才能を認められ、『郵便報知新聞』客員となる。「小猫」(九一〜九二)「桜の御所」(九四)などの小説で文名を高めた。九五年に師・森田思軒の後をうけて『報知新聞』編集長に就任。〈発明発見小説〉と銘打ち、カラー写真を発明する「写真術」(九四)、富士山の上に強力な電灯を設置して四辺を照らそうという「芙蓉峰」(九七)、巨額の遺産を得た令嬢が社会の役に立つ発明をする人々のパトロンになって、様々な新発明がなされるという物語に教養・訓育の要素を入れ込み、驚異的な長期連載となった「日の出島」(九六〜〇一、未完)などのSF風作品を発表する。これらの作品には、科学技術の分野における未来予測的な側面もあり、その点における先見性には驚くべきものがある。この後、《百道楽》シリーズなどの教訓的・啓蒙的作品で、大ベストセラー作家としての地位を築くが、まもなく小説の筆を折った。なお《百道楽》シリーズ中の「食道楽」(〇三)の冒頭では、擬人化された胃や腸が主人の不摂生に文句を垂れるという戯作的趣向を用いている。この後、食への関心を高めた弦斎は、断食療法や天然食生活を試み、晩年にはスピリチュアリズムにも傾倒した。

村上元三(むらかみ・げんぞう　一九一〇〜二〇〇六)旧朝鮮元山府生。青山学院中等部卒。三四年「利根の川霧」が『サンデー毎日』大衆文芸賞選外佳作となる。三八年、長谷川伸に師事、脚本勉強会〈二十六日会〉、小説勉強会〈十五日会〉(後の新鷹会)に参加する。四一年「上総風土記」(四〇)で直木賞受賞。戦後は「佐々木小次郎」(四九〜五〇)により流行作家となり、時代小説を次々と発表。また脚本家としても活躍した。幻想文学方面の著作には、妖怪変化を主人公とする〈変化小説〉を集めた『酒顚童子』のほか、四国の狸が戦国武将と戦う「戦国狸」(六八)などの短篇もある。また、初期には児童向けの伝奇ロマン『神変妖奇・白馬の小夜姫』(四八・偕成社)『神変稲妻童子』(五〇・ポプラ社)なども執筆している。

【酒顚童子】 短篇集。五四年講談社刊。野天で交わる男女を目撃して人間界に興味を抱いた八郎天狗が、断末魔の田楽役者の身体を借りて人間修行をする「天狗田楽」、なにかと苦労の多い幽霊社会の内幕を描く「幽霊合戦」、殺生石から抜け出した九尾の狐が恋人と共に、踊る新興宗教を始める「金毛九尾の狐」、ひょんなことから河童に変身させられた浪人が、河童たちを率いて獰猛な水虎族に戦いを挑む「河童将軍」、幻術師・稲妻道人の暗躍を描く「稲妻草紙」など、時代小説風の作品から妖怪変化の世界を舞台とする純然たるファンタジーまで、多彩な内容の十二篇を収める。

村上信彦(むらかみ・のぶひこ　一九〇九〜八三)東京下谷生。父は作家の村上浪六、甥に山口二矢。早稲田高等学院中退。出版社勤務を経て、文筆家となる。女性史、服飾史について執筆する傍ら、小説も手がける。石炭紀の森に迷い込んだ恋人が植物へと変身するのを目の当たりにした青年の狂気を描く「永遠の植物」(五三)がある。

村上春樹(むらかみ・はるき　一九四九〜)京都市生。兵庫県芦屋市に育つ。早稲田大学文学部演劇科卒。東京国分寺でジャズ喫茶経営の傍ら書きあげた第一作『風の歌を聴け』で、七九年に群像新人賞を受賞。八二年『羊をめぐる冒険』で野間文芸新人賞、八五年『世界の終りとハードボイルド・ワンダーランド』で谷崎潤一郎賞を受賞する。八七年に刊行した恋愛小説『ノルウェイの森』が記録的なベストセラーとなる。以後、村上は人気作家としての地位を不動のものとし、文壇的地位も安定した。〇六年にフランツ・カフカ賞を受賞。海外での評価はきわめて高く、現在、最も広く知られている現役日本人作家であると同時に、日本で最もノーベル賞に近い作家とされる。現代アメリカ文学にも造詣が深く、フィッツジェラルド『マイ・ロスト・シティー』(八一)、カーヴァー『ぼくが電話をかけている場所』(八三)、セロー『ワールズ・エンド』（八七）、サリンジャー『キャッチャー・イン・ザ・ライ』（〇六）ほか多くの翻訳を手がけている。幻想文学関連では、スティーヴン・キングの真価をいちはやく認め、『海』誌上などで紹介に努めたほか、『西風号の遭難』（八五・河出書房新社）をはじめとするC・V・オールズバーグの幻想的な絵本を翻訳している。

『風の歌を聴け』は、海辺の街に帰省した〈僕〉と友人の〈鼠〉と〈女の子〉との、物憂いひと夏の日々を描いた青春小説だが、R・E・ハワードやラヴクラフトを合成したような架空のパルプ作家デレク・ハートフィールドが隠れたキャラクターとして作品世界に影を投げかけており、幻想文学読者の注意を惹いた。春樹はその後『羊をめぐる冒険』と『世界の終りとハードボイルド・ワンダーランド』で、本格的に幻想文学的なテーマに取り組む。読売文学賞受賞の『ねじまき鳥クロニクル』（九四〜九五・新潮社）では、夢の中に囚われている妻や予言を与える姉妹、不可思議な癒しの術をおこなう母子と主人公とを錯綜させると同時に、現代を生きる自己の弱さと冥さを井戸の底によって表現するなど、象徴的な描き方によって喪失と再生のテーマを描き出しており、純文学における幻想文学のあり方の一典型を具現した。

カート・ヴォネガット・ジュニアをはじめとするアメリカの現代文学やエンターテインメントの影響を色濃く感じさせる無国籍風で不条理な幻想性は、短篇集『TVピープル』（九〇・文藝春秋）やショートショート集『カンガルー日和』（八三・平凡社）などに顕著に認められる。このほか、孤独をテーマとした寓話的な幻想小説集『レキシントンの幽霊』（九六・文藝春秋）、春樹ワールドを象徴するキャラクターであり、春樹自身が〈地霊みたいなもの〉とも述べている〈羊男〉が主役を努める童話風ファンタジー『羊男のクリスマス』（八五・講談社）、阪神大震災を背景に据え、救済をテーマとした短篇集『神の子どもたちはみな踊る』（二〇〇〇・新潮社）、戦時中、山梨県のとある里山で空に奇妙な光り物を見て以来、記憶を失い現実から外れてしまった男ナカタと家出少年カフカがクロスするファンタジー『海辺のカフカ』（〇二・同）などがある。

▼『村上春樹全作品』一期全八巻、二期全七巻（九〇〜九一、〇二〜〇三・講談社）

【羊をめぐる冒険】長篇小説。八二年八月『群像』掲載。八二年講談社刊。〈僕〉と相棒の事務所に右翼の大物の秘書が現れる。男の用件は、二人が制作したPR誌の写真に写っている一頭の羊を一カ月以内に発見しなければ社会的に抹殺するという脅迫めいたものだった。男の〈先生〉は羊憑きで、その羊が身体から抜け出し、現在死に瀕しているというのだ。問題の写真は、北海道にいる〈鼠〉からの手紙に同封されていたものだった。ガールフレンドと北海道に向かった僕は、札幌の〈いるかホテル〉で不思議な〈羊博士〉と出会い、問題の羊にまつわる因縁話を聞く。二人は旭川奥地にある博士の牧場に辿り着くが、まもなくガールフレンドは姿を消し、入れ替わりに奇怪な〈羊男〉が現れる。僕は静かに〈鼠〉の訪れを待ち、やがて闇の中で会話を交わす。羊に憑依された鼠は、操られることを拒絶するため自ら命を絶っていたのだった……。

【世界の終りとハードボイルド・ワンダーランド】長篇小説。八五年新潮社刊。奇数章で展開される「ハードボイルド・ワンダーランド」の物語と、偶数章で展開される「世界の終り」の物語が並行して描かれるという凝った仕掛けの大作。前者は〈組織〉によって人体改変を施され、機密保全のための〈計算士〉になった〈私〉をめぐるハイテク・ホラー風の外向的な物語で、後者は、記憶を失ったまま壁に囲まれた街にやって来た〈僕〉が、門番に影を奪われ、図書館で〈夢読み〉の作業に就かされるが、やがて自分の影と共に街からの脱出をめざすというカフカ風の内向的な物語である。物語が進むにつれ、後者の世界が前者の〈私〉の深層意識内の世界であることが明らかになり、奇妙な〈図書館〉を接点に二つの世界は連動し始める。春樹の幻想文学における代表作といえよう。

村上政彦（むらかみ・まさひこ　一九五八〜）三重県津市生。玉川学園大学文学部中退。業界誌記者、学習塾経営者を経て、「純愛」（八七）で海燕新人賞を受賞し、小説家となる。全人類を自分の子孫にすることで死を超越するという〈世界大治療教〉教祖の狂った野望を描く『魔王』（九四・集英社）、トレーラーに乗って放浪しながら噂を操作するプロ集団を描く伝奇ロマン風の表題作、新興宗教の若き教祖の刹那的な生を描く「パラダイス」を収録する中篇小説集『アラブの電話』（九四・福武書店）、都市伝説を再話、創作した短篇集『トキオ・ウィルス』（九五・講談社）がある。

村上龍（むらかみ・りゅう　一九五二〜）本名龍之助。長崎県佐世保市生。武蔵野美術大学中退。在学中の七六年「限りなく透明に近いブルー」で群像新人賞と芥川賞を受賞、新世代の書き手として賛否両論を巻き起こす。八一年『コインロッカー・ベイビーズ』（八〇）で野間文芸新人賞を受賞。『イン ザ・ミソスープ』（九七）で読売文学賞、『共生虫』（二〇〇〇・講談社）で谷崎潤一郎賞、『半島を出よ』（〇五・幻冬舎）で野間文芸賞、毎日出版文化賞を受賞している。ほかの主な作品に『69』『愛と幻想のファシズム』（共に八七）『トパーズ』（八八）など。一時期は自ら監督となって自作の映画化も手がけた。

幻想文学関連の作品には、SF系冒険ファンタジー、妄想的な小説、近未来シミュレーション風の荒唐無稽小説、卓越した文章力によって紡ぎ出す純文学的な幻想小説がある。冒険ファンタジーに、『五分後の世界』とその続篇『ヒュウガ・ウイルス』のほか、本体はラヴクラフト風の怪物であるエイリアンと彼を狙うシンジケートの追跡騒動に、マッドサイエンティストや日本の若者たちが絡む『だいじょうぶマイ・フレンド』（八三・講談社）。妄想小説に、熱帯を舞台に、父権をめぐる妄想を特異な文体で綴った短篇集で、『だいじょうぶマイ・フレンド』の原形となった作品を含む『悲しき熱帯』（八四・角川書店）、自分の体内には虫が棲むと信じている引きこもり少年が、その虫こそ、殺戮の権利を神から委ねられた選ばれた人間の証〈共生虫〉であると教えられ、引きこもりから抜け出て殺人を犯す『共生虫』など。シミュレーション風小説に、経済が行き詰まり、展望が見えない近未来の日本で中学生が反乱を起こし、ベンチャー企業によって莫大な利益を得ると、北海道に〈希望の国〉を打ち立てる『希望の国のエクソダス』（二〇〇〇・文藝春秋）、経済が破綻し、国際社会で孤立している近未来日本を舞台に、福岡に北朝鮮の特殊部隊が上陸し制圧、政府は北九州地方を見捨ててその地域を閉鎖してしまうが、現地のあぶれ者がその状況を打開する『半島を出よ』などがある。純文学的な作品としては、性の狂気と頽廃を描いた『エクスタシー』（九三）『メランコリア』（九六）に続く三部作の完結篇で、亡者のようになった女が男との関係を独白し、その突出した言葉の力で性幻想の彼岸にまで読者を連れ出してしまう傑作中篇『タナトス』（〇一・集英社）、心が壊れて捨てられた女たちを〈オーバーホール〉する仕事をする〈私〉が、メモを残して姿を消した女を求めて広大な庭園をさまよう象徴的な部分を含む連作短篇集『2days 4girls』（〇三・同）など。

【五分後の世界】長篇小説。九四年幻冬舎刊。書き下ろし。原爆投下後から別の道を歩み出した平行世界日本。そこは、本土決戦によって国連軍に徹底抗戦し、地下に日本国を建設して、今なお、ゲリラによって戦い続けている世界だった。日本人の人口は百二十六万人だが、彼らは皆きわめて優秀であり、芸術に優れ、あるいはゲリラ戦士として超一級、禁欲的で論理的、しかも情緒は安定し、頭脳明晰で日本人としての誇りに満ちている。その世界に迷い込んだ現代日本の中年男がそこで生き抜いていく、村上版現実逃避型別世界ファンタジーである。続篇に、人類を殲滅する脅威のウイルスと戦うアンダー・グラウンド日本を描く『ヒュウガ・ウイルス』（九六・同）がある。

村木道彦（むらき・みちひこ　一九四二～）歌人。東京千代田区生。慶応義塾大学文学部卒。六三年に短歌同人誌『環』に参加、六五年に小冊短歌誌『ジュルナール律』第三号に発表した〈水風呂にみずみちたればとっぷりとくれてうたえるただ麦畑〉〈耳のみがふき遺されているわれにきれぎれやなんの鐘ぞきこゆる〉〈黄のはなのさきていたるを　せいねんのゆからあがりしあとの夕闇〉〈めをほそめみるものなべてあやうきか　あやうし緋色の一脚の椅子〉ほか十首一連の「緋の椅子」が中井英夫や塚本邦雄に認められる。七四年『天唇』（茱萸叢書）を刊行、七七年を以て短歌制作を止める。

村崎友（むらさき・ゆう　一九七三～）京都府生。成城大学文芸学部卒。植民できる人工惑星を作るためにコンピュータと意識統合した女性が、恋人への想いを残し続けたために星に起きた異変を描くＳＦ『風の歌、星の口笛』（〇四・角川書店）で横溝正史ミステリ大賞受賞。

紫式部（むらさきしきぶ　生没年未詳）父は一条期を代表する文人学者の藤原為時、母は藤原為信女。生年は九七〇ないし九七九（天禄元～天元二）年と推測されている。弟に藤原惟規。藤原宣孝と結婚、一女（大弐三位）をもうけるが、夫と死別。この前後から物語執筆に手を染め始めたらしい。次第に才気の評判や文名が高まり、宮中で藤式部として道長の娘・彰子に仕えることになる。一〇〇五～六（寛弘二～三）年のことである。この頃に『源氏物語』の執筆に着手。一一（寛弘八）年の一条天皇の死後、枇杷邸に退いた彰子に付き従ったらしいが、その後の消息は不明。没年にも諸説あるが、どれも確定的ではない。

【源氏物語】十一世紀初頭成立。全五十四帖から成る王朝恋愛物語。容姿と才智に優れた貴公子・光源氏の生涯を、多くの女性たちとの交渉を軸に描き出した本篇と、薫大将や匂宮ら次世代の消息を描く〈宇治十帖〉とから成り、貴族社会の光と影、その精神世界を細緻に描き出している。中世以前における最大の物語文学であり、その影響は深く広く、後代の幻想文学にも様々に及んでいる。とりわけ注目に価するのは、生霊・死霊の跳梁ぶりであり、光の年上の愛人・六条御息所の生霊が、正妻の葵上を取り殺す「葵上」の巻などは、日本的怪談文芸の一原型といえよう。謡曲「葵上」（十五世紀初頭、作者未詳）では、原典に巫女の梓弓による占いの場面などを加え、横川の小聖が怨霊を調伏する展開となり、謡曲の趣向を活かした浄瑠璃「あふひのうへ」（十七世紀後半、近松門左衛門の作か？）を経て、近世における正妻と後妻、本妻と妾の対立相克に発する怪異譚の簇生を招き、折口信夫「生き口を問ふ女」などへと遙かに連なっていく（ちなみに折口には「ものゝけ其他」と題する出色の怪談的『源氏』論がある）。

　一方、源氏が市井で見そめた夕顔の女を伴い廃院へと赴き、そこで怪異に遭遇、女が頓死するに至る「夕顔」の巻は、『白氏文集』所収の詩「凶宅」を援用するなど、化物屋敷小説の一典型たりえている。これもまた現代の心霊スポット実話にまで及ぶ怪異譚の源流と呼ぶことができよう。

村田喜代子（むらた・きよこ　一九四五～）本姓貴田。福岡県八幡市生。花尾中学卒。種々の職業に就きながら、祖母の面倒を独りで見る。結婚後に小説を書き始め、七七年、歪んだテープに収められていた死児の声を聞き続ける母親を描いた「水中の声」（七五）が九州芸術祭文学賞最優秀作となる。八五年、個人誌『発表』を創刊して独自の創作活動を続け、「鍋の中」（八七）で芥川賞受賞。同作は八十歳過ぎの祖母のもとに預けられた思春期の孫たち四人の日々を綴った短篇で、祖母の兄弟をめぐる曖昧な記憶――狂人、座敷牢、溺死、河童、駆け落ち、殺人など、現実とも幻想ともつかぬ思い出が、やがて作品全体を侵してしまう。九一年、黒澤明によって「八月の狂詩曲《ラプソディー》」として映画化された。その後、『真夜中の自転車』（九一）で平林たい子賞、『蟹女』(九六・文藝春秋)で紫式部文学賞、「望潮」(九七)で川端康成文学賞、『龍秘御天歌』(九八)で芸術選奨文部大臣賞を受賞。老婆から少女まで、女たちの姿を描いた作品を中心に、歴史伝奇小説、時代小説からコンゲーム風の小説まで、舞台も九州から朝鮮、中国までと幅広く、多彩な作品世界を展開する。

「鍋の中」と同様に、幻想と現実のあわいをゆく短篇に、捨てられて野積みにされた便器が空に飛び立つラストシーンがシュルレアリスティックな秀作「百のトイレ」(八九)、社会に取り残されたような老女たちに不思議を見る、女流文学賞受賞の「白い山」(九〇)、多産妄想、縄文妄想など、精神病院の患者が自己の妄想を語る表題作ほか、奇妙な味の作品を収録する短篇集『蟹女』など。超自然的なモチーフを扱う幻想小説としては、『蕨野行』のほか、次のようなものがある。別荘地に移り住んだ人々がそれぞれに、老木の精や隠れ里の人々、化けキノコなどと交流を持つ様をユーモアとペーソスを交えて描いたファンタジー中篇「耳納山交歓」(九〇)、老婆たちがこぞって当たり屋をするという島の話である表題作のほか、死にきれない死者たちや家を守る神様などを描いた作品を収録した短篇集『望潮』(九八・文藝春秋)、江戸の豪商の主人、妻、手代らが旅に出て、木が動く様を目にする「立ちあがる木」ほか、植物の不思議を見聞するという連作形式の長篇『お化けだぞう』(九七・潮出版社)、朝鮮から連行されて九州の皿山に窯をひらいた陶工たちを描いた『龍秘御天歌』の続篇で、龍窯の母・百婆が死んで土葬にされたために神となり、山上の墓から一族を見守りながら、可愛い子孫の百年佳約=結婚成就のために現実にもちょっかいを出すというユーモラスな長篇『百年佳約』(〇四・講談社)など。

【蕨野行】長篇小説。九四年文藝春秋刊。書き下ろし。姑と嫁が交互に語り合う形式で、前近代日本の農村における姥捨てのありようを綴った作品。六十歳になると老人たちは蕨野の小屋で共同生活をし、そのまま朽ちるように死んでいく。嫁いだばかりで身ごもった嫁は離縁され、帰る家もないまま山に入り込んで、山で獣のように暮らす。間引かれた赤ん坊らは、幽霊となってさまよい、運よく生まれて来た子供に祟る。老人たちは死ねば、軽々とした体になり、転生するためにまた村へ帰っていく……。柳田民俗学を思わせる世界を、美しい方言で見事に描き出した。〇三年、恩地日出夫監督により映画化された。

村田栞(むらた・しおり　?〜)見鬼体質の臆病な少年が、〈魂の捜索人〉で、悪魔が囚われている〈大いなる深淵〉の扉の鍵でもある修道女、彼女の使い魔の美貌の堕天使と共に戦いに巻き込まれていくファンタジー・ロマンス『シェオル・レジーナ』(二〇〇五〜〇六・角川ビーンズ文庫)で角川ビーンズ小説大賞奨励賞と読者賞を受賞してデビュー。ほかに、精煉師になることを夢見る少年ディオンの冒険を描く『光の精煉師ディオン』(〇七・同)がある。

村田基(むらた・もとい　一九五〇〜)京都生。名古屋大学文学部中退。フリーの編集者、ライターを経て、八六年『SFマガジン』のコンテストに「半人娼婦」が佳作入選。同誌に「山の家」を発表し、小説家としてデビュー。男女の社会的・心理的役割が逆転した未来社会を描くことで現代の女性差別問題をえぐった長篇『フェミニズムの帝国』(八八・早川書房)が大きな反響を呼び、注目を集める。九〇年代における日本ホラー興隆に先鞭をつけた短篇集『恐怖の日常』のほか、子供と教育など社会問題に関する独自の視点を活かした奇妙な味の短篇集『不潔革命』(九〇・シンコー・ミュージック)、愛をテーマにした恐怖と幻想の短篇集『愛の衝撃』(九二・ハヤカワ文庫)、日常の背後にひそむ異常さや不条理を鋭く抉り出すホラー系の作品、奇想天外なアイディアをロジカルに飛躍させて思いがけない世界へ誘うSF系の作品、両者を融合させた趣の作品を収録する怪奇幻想SF短篇集『夢魔の通り道』(九七・角川ホラー文庫)がある。

【恐怖の日常】短篇集。八九年早川書房刊（ハヤカワ文庫）。得体のしれぬ黒い煙に不快感をかきたてられる少年を描いて家庭内の惨劇を暗示する表題作をはじめ、いじめられっ子の友人に試みた催眠術がもたらす悪夢のような事態を描く「大きくなあれ」、シロアリの女王の化身が巣くう家に展開されるエロティックな怪異譚「白い少女」、極端に虫嫌いな男が虫たちに復讐される「反乱」、屋上に集う老人たちが熱中するゲームの怖るべき正体を描く「屋上の老人たち」など、現代社会の歪みが生み出す恐怖を端正な語り口で描いたホラー小説九篇を収める。

村野夏生（むらの・なつお　一九三三～二〇〇二?）詩人、俳人、歌人。児童文学も執筆し、少年の江戸時代への時間旅行を描く『タンポポ土手のタイムトンネル』(八七・新学社)などがある。

村松友視（むらまつ・ともみ　一九四〇～）東京生。慶応義塾大学文学部哲学科卒。編集者を務める傍ら小説を執筆。「時代屋の女房」(八二)で直木賞受賞。同シリーズの第三作『時代屋の女房　怪談篇』（八六・角川書店）は、放浪癖のあるヒロイン真弓が小泉八雲ゆかりの出雲を旅して幽霊と浮気する怪談風ロマンスである。ほかに、鬼界ケ島に流されて一人取り残された筈の俊寛が復讐の鬼となって京の都に舞い戻り、不思議な力で復讐を遂げていく様を歌舞伎調で描き、その間に現代の人々の妄執を重ね合わせる『俊寛のテーマ』(八三・情報センター出版局)、俊寛の部分だけを抜き出して小説にした『我が名はSHUNKAN』（九〇・白水社）がある。

村山槐多（むらやま・かいた　一八九六～一九一九）神奈川県横浜市生。京都府立第一中学卒。在学中はポーに心酔、グロテスクな仮面をかぶりオカリナを吹いては京の町を徘徊したという。また従兄・山本鼎の勧めで絵を描き始め、詩や戯曲の創作にも着手。一一年、上京して画家・小杉放庵に師事。一五年「カンナと少女」で院賞を受賞。新進気鋭の画家として将来を期待されたが、放蕩無頼の生活で胸を病み夭逝した。死後、詩文集『槐多の歌へる』（二〇・アルス）『槐多の歌へる其後及び槐多の話』（二一・同）が刊行され、有島武郎、室生犀星らの絶讃を受けた。

槐多は六篇の短い小説を残しており、それらはいずれも愛と死、血と幻を謳いあげて異彩を放つ。壁土や蛇、芋虫など異嗜食の誘惑に憑かれた男の舌が、疣だらけの悪魔のような舌に変じ、悪魔にふさわしい食物を求めて、女の屍や美少年の肉を貪るにいたる名作「悪魔の舌」（一五）のほか、殺人狂の行者と語り手の奇縁を綴る「殺人行者」（一五）、人語を解する金毛の怪猿が都内に出没し残虐な連続殺人を起こす「魔猿伝」（一五）の怪奇ミステリ風の三篇は『武侠世界』に掲載された。また、「魔童子伝」（一六）は主人公が蝙蝠山の小僧といわれる妖怪めいた存在に悩まされ、乗り組んだ飛行機にも取り憑かれて墜落死する話で、ロアルド・ダールのグレムリンにも先立つ妖怪譚である。このほか、山奥の滅びた邑にただ一人残った少女との死にいたる恋を描く「廃邑の少女」（未完稿）、鬱勃たる気概を胸に山中異郷を遍歴する貴種を描く「鉄の童子」（未完稿）などのファンタジー風断片も粗削りながら興味深い。槐多の怪奇幻想小説と詩・戯曲を集成した作品集に『伝奇ノ匣4　村山槐多　耽美怪奇全集』（〇二・学研M文庫）があり、同書には槐多を主人公とする津原泰水の中篇小説「音の連続と無窮変奏（槐多カプリチオ）」も併録されている。

村山籌子（むらやま・かずこ　一九〇三～四六）旧姓岡内。香川県高松市生。自由学園高等科卒。婦人之友社に就職、記者・編集者として活躍しながら童話と童謡を執筆。一四年、村山知義と結婚、一児をもうける。プロレタリア文学運動と深く関わりながら、児童文学の仕事を続けた。籌子の童話の大半は、人間の代わりに動物を主人公とした幼年童話だが、大正末期に書かれた初期作品群には、ナンセンスな、お話のためのお話ともいうべき作品群がある。狐に虐げられていたリボンを月とゴムまりが助ける「リボンときつねとゴムまりと月」のほか、「たまごとおつきさま」「十五夜のお月様」「川へおちたたまねぎさん」など、独特の味わいを有する。籌子の童話は、その一部が『ママのおはなし』(六六・童心社)にまとめられているが、総数は二百篇を超えるともいい、その全貌は明らかではない。未発表・未刊行の長篇ファンタジーもあるといわれており、作品集の刊行が切望される。

村山早紀（むらやま・さき　一九六三～）長崎県生。活水女子大学卒。九一年『ちいさいえりちゃん』で毎日童話新人賞最優秀賞を受賞して児童文学作家となり、多数のファンタジーを執筆。魔女が実在する異世界を舞台に、母を魔女狩りで殺され、ただ一人の係累である姉も亡くし、しゃべる熊のぬいぐるみ・ペルタを唯一の友として孤独に生きてきた魔女のルルーを主人公にした長篇シリーズ《風の丘のルルー》(九九～〇四・ポプラ社)が代表作。同作はヒーラーとして生きることで自分の居場所を見つける物語に始まり、種々の冒険が繰り広げられるが、過去へ行ったり過去の幻影を見たり歴史が語られたりと、総じて過去と現在との関わりに力点が置かれていることが特徴。子供のみならず一般読者の人気も勝ち得た作品である。このほか、死んだ少女との約束を果たすため、妖精が閉じ込められている箱を探し出そうとする人々を描く『百年目の秘密』(九四・あかね書房)、父を捜すために人間の世界へやって来たやまんばと人間の合の子の少女が、人間や幽霊や精霊たちと交流する『やまんば娘、街へゆく』(九四・理論社)、見鬼体質の少女を主人公とする伝奇ファンタジー『天空のミラクル』(〇五～〇六・ポプラ社)、別世界から現代日本に一時避難していた少女が、別世界へと戻って戦うことになるファンタジー『はるかな空の東』(九七・小峰書店)、辺境にある音楽の町を舞台に、魔法の力を増幅させる魔法水晶をめぐって、吟遊詩人見習いの少女や魔術師の少女らが冒険を繰り広げる別世界ファンタジー『砂漠の歌姫』(〇六・偕成社)、ファンタジー短篇連作集『ささやかな魔法の物語』(〇一・ポプラ社)『コンビニたそがれ堂』(〇六・同)などの高学年向け作品のほか、別世界を舞台にヒロインの少女が仲間と共に冒険を繰り広げる《魔法少女マリリン》(九五～〇二・教育画劇)《シェーラひめのぼうけん》《新シェーラひめのぼうけん》(九七～〇七・童心社フォア文庫)等の、やや低年齢層向けのシリーズがある。

村山由佳（むらやま・ゆか　一九六四～）東京生。立教大学文学部日本文学科卒。不動産会社勤務、塾講師を経て、前世物のラブロマンス『もう一度デジャ・ヴ』(九三・ジャンプＪブックス)で第一回ジャンプ小説・ＮＦ大賞に佳作入選し、デビュー。《おいしいコーヒーのいれ方》(九四～)で人気作家となる。「春妃」(九三、後に「天使の卵」と改題)で小説すばる新人賞を受賞し、一般小説にも進出。少女漫画的ラブロマンスを執筆し、『星々の舟』(〇三)で直木賞を受賞。

室生犀星（むろう・さいせい　一八八九～一九六二）本名照道。別号に魚眠洞。石川県金沢市裏千日町生。元加賀藩士の小畑弥左衛門吉種と同家の女中との間に生まれた私生児で、生後すぐ赤井ハツに引き取られ、その内縁の夫で雨宝院住職・室生真乗の養嗣子となる。きわめて不遇な幼少年時代を過ごし、金沢高等小学校を中退、金沢地方裁判所給仕となる。一種の現実逃避として俳句、読書に親しみ、詩人を志す。地方新聞記者を経て、一〇年に初の上京、心酔する北原白秋らを訪ねる。一二年から『スバル』『朱欒』などに詩を発表、萩原朔太郎との交友が始まる。一六年、朔太郎、山村暮鳥らと『感情』を創刊。一八年『愛の詩集』『抒情小曲集』を刊行、詩壇に大きな衝撃を与える。一九年『中央公論』に「幼年時代」「性に目覚める頃」などの自伝的連作小説を発表、文壇の注目を集める。以後数年間の濫作期を経て、二二年の長男の早逝や翌年の震災による金沢移住を機に、亡き児を悼む『忘春詩集』(二二)や『魚眠洞随筆』(二五)『魚眠洞発句集』(二九)など詩歌・随筆中心の時期を迎える。芥川龍之介の死に取材した「青い猿」（三二）を皮切りに「あにいもうと」（三四）や、一連の〈市井鬼物〉など再び小説に意欲を燃やし、独自の境地を拓く。戦後『随筆女ひと』（五五）や「舌を噛み切つた女」（五六）で文壇に復帰。『杏つ子』（五七）はベストセラーとなり、翌年、読売文学賞を受賞した。五九年王朝物『かげろふの日記遺文』で野間文芸賞を受賞。

犀星の幻想文学作品としては、晩年の「蜜のあはれ」が世評高いが、初期にも二〇年代の神経症的文学風土に培われた「香爐を盗む」（二〇）「幻影の都市」（二一）などの短篇がある。前者は、千里眼めいた透視能力を示す妻と夫の鬱屈した葛藤を描き、後者は、人が触れると電撃がはしる〈電気娘〉、人を墜死に誘う十二階など、震災前の魔都・浅草が醸し出す幻影を情緒たっぷりに描いている。初めての肉親であった愛児を失った哀しみを湛えた「後の日の童子」も心に残る作品である。ほかに、川べりで会話する姉弟の哀切なジェントル・ゴースト・ストーリー「童話」（二四）、冥界とも現世ともつかぬ湖畔で日々を送る家族の幽暗な物語「みづうみ」（二三）、水妖に魅入られた男の帰還を描いて慄然たる「蛾」（初出未詳）、郷里の伝説に取材したとおぼしい怪異譚「天狗」（二二）、上田秋成「青頭巾」の凄絶なる変奏曲「あじやり」（二六）、『中央公論』の特集「当世百物語」に寄稿された異色作「しやりかうべ」（二三）など、いずれも詩人作家特有の言語感覚に圧倒される怪奇幻想小説がある。また童話風小品も多く、古い塔の上に乙女の幻が見える「塔を建てる話」、死の使者たちを酔わせて死を免れる「一茎二花の話」、皇帝の吹く笛が竜の啼き声に聞こえる「竜の笛」など中国を舞台にした作品や、死を控えた老魚の未知なる世界への憧れを静かに描いた「寂しき魚」が、『万花鏡』（二三・京文社）『翡翠』（二五・宝文館）などの短篇集に収録されている。

▼『室生犀星全集』全十二巻・別巻二（六四〜六八・新潮社）

【後の日の童子】短篇小説。二三年二月『女性』掲載。鳴らない丹塗りの笛をさげた童子は、その夕方も両親の待つ家にやって来た。両親とあどけない会話を交わし、生まれたばかりの妹を見て不快そうにし、懐かしい時計を見上げ、そして不意に帰っていく。庭先に残された小さな足跡には何故か虫が群れている。散歩の途中もつい小さな影を追ってしまう父親。童子の姿は日に日に薄れてゆき、両親はその気配を感じながら、姿を見ることができない。妻は夕闇へ手をのばして呟く。〈わたくし、かうして手をさしのべてゐますと、掌が温かいやうな気がいたしますの。あたまが恰度ふれてくるやうに〉……。作品全体をこの世のものならぬ冷たい風が吹きぬけていくような、惻々たる霊気に浸された絶品である。死の前後を綴った前日談に「童子」（二二）がある。

【蜜のあはれ】中篇小説。五九年一〜四月『新潮』掲載。老作家と金魚の会話だけで綴られた特異な作品。格別筋らしい筋があるわけではないが、〈あたいね、をぢさま、途中で思ひ出して丸ビルまで急に行つてみたのよ、お天気は上々だしね〉などとコケティッシュな口をきく金魚の少女は、お嬢様に姿を変えて丸ビルの歯医者に治療に出かけたり、作家のためにかつて命を落とした女のところへ会いに行ったりと、変幻自在な活躍をみせる。犀星の女人幻想が美しく妖しい詩的イメージに結晶した稀有な作品である。

め

めぐみ和季（めぐみ・わき　?〜）ロイヤルロマンス『そして王国が誕《う》まれる』（二〇〇四・角川ビーンズ文庫）でデビュー。各国に守護神獣がいる別世界を舞台に、守護神獣の生まれ変わりとされていた女王の孫娘が、国を追われて自らの運命を切り開いていく『運命は銀弓のように』（〇五・同）、同世界の別の国を舞台に、長年封印されてきた金獅子の庇護を受けることになった皇太后の活躍を描くファンタジー『銀のパルティータ』（〇五〜〇七・同）がある。

目取真俊（めどるま・しゅん　一九六〇〜）本名島袋正。沖縄県今帰仁《なきじん》村生。琉球大学法文学部卒。高校教師などの傍ら小説を執筆し、癒されることのない沖縄の傷をテーマにした「平和通りと名付けられた街を歩いて」（八六）で新沖縄文学賞を受賞。沖縄の戦争体験や特異な風土をモチーフとする短篇を主に執筆。戦死した仲間たちが夜な夜な生き残りの老爺の足から滴る水を飲みに来るという短篇「水滴」（九七）で芥川賞受賞。魂を落としてヤドカリに体を乗っ取られた男を切なく看取るユタを描いた「魂込め《まぶいぐみ》」（九八）で木山捷平文学賞、川端康成文学賞を受賞。ほかの幻想味のある作品に、女の霊が自らの不遇を語る「面影と連れて《うむかじとぅちりてぃ》」（九九）、公園で風葬にされている死者と、ユタのまじないで一般の目には見えなくされているはずのその死体を見ることができる青年の物語「帰郷」（九九）がある。

目森一喜（めもり・かずよし　一九五三〜）東京生。種々の職業を経てフリーライターとなる。著書に『日本見世物世紀末』（九六・たま出版）など。小説に、異形の神々を呼び出し、その叡智によって新たな神聖国家の樹立をめざす魔術師と大企業・軍部に対して、機械化された身体を持つ女性が戦いを挑む伝奇アクション『女神聖戦』（九〇・天山ノベルス）がある。

も

茂市久美子（もいち・くみこ　一九五一〜）岩手県生。実践女子大学英文科卒。児童文学作家。はじめ、ネパールなどの山岳地帯への旅行をもとにしたノンフィクションなどを手がけていたが、レストランの主人が不思議を体験する『ようこそタンポポしょくどうへ』（九〇・あかね書房）に始まるシリーズ（〜九五）で童話作家としても本格的にデビュー。ヒマラヤで遭難した兄に一目会うため、不思議な白いヤクと謎の老人に導かれるまま、冒険の旅を繰り広げる『風の生まれるかなたに』（九一・くもん出版）は、山岳地帯への旅行体験を活かした高学年向けファンタジー。その後、主として幼年童話、低学年向けファンタジーを執筆。のどかな森近くの村や海辺の町を舞台に、パン屋をはじめとする様々な職業の人々が不思議に出会う、メルヘンチックな作品が多くを占めている。森の洗濯屋モンタンが主人公の幼年童話集《あなぐまモンタン》（九四〜〇二・学研）、パン屋を中心に蜂蜜屋、家具屋、理容師が主人公となる《つるばら村》（九八〜・講談社）をはじめとして、『たいこのひびきは森のうた』（九六・教育画劇）『トチノキ村の雑貨屋さん』（九八・あすなろ書房）『はまゆり写真機店』（二〇〇〇・教育画劇）『ゆうすげ村の小さな旅館』（二〇〇〇・講談社）ほか多数の作品がある。ほかに、魔女である少女と祖母の一年間の暮らしを描く『ほうきにのれない魔女』（九九・ポプラ社）、不思議な花屋に雇われた青年の物語『クロリスの庭』（〇六・同）など。

毛利志生子（もうり・しうこ　一九六八？〜）龍谷大学文学部卒。現代日本に生きる呪禁師、超常能力を持つ古い一族の少年らが活躍するサイキック・アクション《カナリア・ファイル》（九七〜〇一・スーパーファンタジー文庫）でロマン大賞を受賞してデビュー。代表作に古代チベットが舞台の歴史ロマンス『風の王国』（〇四〜・コバルト文庫）。幻想系作品には《カナリア・ファイル》をはじめとしてミステリ・テイストの伝奇ファンタジーが多く、次のようなものがある。発症者に七色に変化する瞳と何らかの超常能力を与える奇病が存在する異世界日本を舞台にした『メタル・アイズ』（九九・スーパーファンタジー文庫）、水の精霊を使役する超常能力に目覚めた女子高生が様々な事件に遭遇し、美青年姿の精霊の助けを得て解決する《深き水の眠り》（二〇〇〇～〇三・コバルト文庫）、平安時代を舞台に、呪術師の少女が活躍する《外法師》（〇二～〇四・同）など。

最上一平（もがみ・いっぺい　一九五七～）山形県生。上山農業高校卒。児童文学作家。『銀のうさぎ』（八四）で日本児童文学者協会新人賞受賞。農山村・漁村を舞台に、過疎などの現実を見つめつつも、暖かく包み込むような作品を書く。亡夫に化けて出てきた老狐とさりげなく暮らす老婆を描いた表題作、生前の気の弱さそのままの幽霊となった男が、トラブルがあって怨んでいるはずの隣人を逆に助けてしまう「幽霊」などを含む短篇集『ぬくい山のきつね』（二〇〇〇・新日本出版社、日本児童文学者協会賞）がある。

物集高音（もずめ・たかね　一九六四～）昭和初期を舞台にしたペダンティックなミステリ『血食』（九五）で講談社ノベルスにてデビュー。代表作に奇事異聞の収集者たちが集う倶楽部で、都市伝説が民俗学的に解剖される連作短篇集《第四赤口の会》シリーズ（〇一～〇三・講談社ノベルス）。合理的謎解きに終始しない作品として、昭和初期、学生崩れの雑文書きを狂言廻しに、御隠居然とした大家が天狗礫と池袋の女、夜泣き石、花魁消失、河童のごとき妖童、お化け電車などの怪事件を扱う、サイキック・ディテクティヴ物の連作短篇集『大東京三十五区冥都七事件』（〇一・祥伝社）、その続篇『大東京三十五区夭都七事件』（〇二）『大東京三十五区亡都七事件』（〇五）がある。

望月明（もちづき・あきら　一九五三～）茨城県龍ケ崎市生。コピーライター。超古代の日本から連綿と続く毛色の違う二つの超能力者集団が、現代に繰り広げる戦いを描く伝奇アクション『震える血脈』（九二・スーパーファンタジー文庫）がある。

望月正子（もちづき・まさこ　一九三八～）静岡県生。児童文学作家。ノンフィクション、幼年童話、民話の再話を中心に執筆。ＵＦＯの影響か、犬の知能が一時的に高度になり、テレパシーで仲間と連絡を取り合い、反戦のための団体行動を取る『ちょっとだけエスパー』（八六・岩崎書店）のほか、怪奇短篇などを執筆。

本居宣長（もとおり・のりなが　一七三〇～一八〇一／享保一五～享和元）国学者、歌人。本名栄貞《ながさだ》。通称健蔵。伊勢国飯高郡松坂本町生。日本的な感性として〈もののあはれ〉を強調し、それまで省みられることの薄かった『古事記』によって自説を補強するべく、人生の半分を費やした重厚にして浩瀚な注釈・研究書『古事記伝』（九八／寛政一〇成立）を著した。その後の文学・思想に与えた影響は計り知れない。『古事記』を核に日本神話を仮名交り文にした『神代正語《かみよのまさこと》』（八九／寛政元成立）なども著している。

本木洋子（もとき・ようこ　一九四二～）東京生。早稲田大学中退。児童文学作家。民俗学の造詣深く、『古河のむかしばなし』（八六・北下総文化調査会）など、民話関係の仕事もある。また、環境問題・平和問題に積極的に取り組み、環境テーマの絵本などを刊行している。ファンタジー作品に、出羽三山を舞台に、千年毎に蘇る悪霊と戦う運命を負った少年少女を描いた、緊迫感溢れる長篇『蘇乱鬼と12の戦士』（八五・童心社）、オカルト好きの少女たちが幽霊出現の謎に挑む『なぞの幽霊事件』（八八・くもん出版）、放置されたままの屋敷の霊が忘れられたものたちの面倒を見るという設定の『わすれないで森のねこ屋敷』（九〇・大日本図書）などがある。

元長柾木（もとなが・まさき　一九七五～）兵庫県生。ゲームクリエーター。小説に、原爆が中空で凍結して爆破せず、異界への通路が開いたパラレル日本の広島を舞台にしたＳＦアクション『ヤクザガール・ミサイルハート』（〇六・竹書房ゼータ文庫）がある。

桃井あん（ももい・あん　？～）香川県生。「無限のマリオン」（二〇〇四）でコバルト・ノベル大賞に佳作入選し、デビュー。四季を司る四神と同じ歌声を持ち、コンビを組んで歌によって事件を解決する歌姫たちを描く《歌姫》(〇五～〇六・コバルト文庫)、別世界ロイヤル・ロマンス《ロイデン・ロータス・オラトリオ》(〇七・同)がある。

百井塘雨(ももい・とうう ?～一七九四/寛政六)通称左右二、俳号五井。京都の豪商万屋の次男。一七七二(安永元)年から八九(天明末)年まで六部姿で諸国を遍歴したが、その紀行をまとめたのが随筆集『笈埃《きゆうあい》随筆』(九〇/寛政二頃)である。自身の体験談と共に各地の風俗・伝承などが書き留められており、山神の話、八百比丘尼の話などの怪異談も含まれている。紀行としては情緒もあり、また怪異を語る時には簡潔な表現を用い、やや古典籍からの引用が多いものの、魅力ある一書である。東西紀行の橘南谿とも親交があったが、南谿のロマンティックな書きぶりとは対照的で、当時は南谿に比べて評判にならなかったという。

桃川如燕(ももかわ・じょえん 一八三二～九八/天保三～明治三一)講談師。本名杉浦要助。江戸生。名人として知られ、明治天皇御前講演を行った。怪猫物を得意とし、『百猫伝』(八五・傍聴速記法学会)は化猫怪談の集大成といわれる。『姐妃のお百』(九七・金桜堂)は悪女物だが、お百が秋田佐竹藩に祟りをなす海魔に取り憑かれているという設定で、怪談の趣向を含んでいる。ほかに『実説怪談百物語』(一〇・国華堂)などの速記本がある。

百瀬寅彦(ももせ・とらひこ ?～)魔王サタンに愛された魔女をめぐって嫉妬に満ちた戦いが繰り広げられる官能小説『マインの末裔』(一九九八・プラザ)がある。

森敦(もり・あつし 一九一二～八九)長崎市生(戸籍上は熊本県天草郡生)。旧制一高中退。横光利一に師事し、「酩酊船《ゑひどれぶね》」(三六、九〇年筑摩書房刊)を『毎日新聞』に連載するが、その後放浪生活に出、文壇からは遠ざかる。放浪中の男による一人称の語りで、生と死の境がない不思議な世界としての月山を描いた「月山」(七四)で芥川賞受賞。長篇『われ逝くもののごとく』(八七・講談社)で野間文芸賞受賞。幻想小説に、墓に死者の舞い踊る姿を見る表題作、死者が生き、生者が死んでいる〈吹き〉の世界を描いた静謐な短篇などを収録した傑作短篇集『浄土』(八九・講談社)、蒲松齢になりきって綴った翻案集『私家版・聊斎志異』(七九・潮出版社)などがある。

【意味の変容】連作短篇集。八四年筑摩書房刊。工学工場、ダム作り、印刷所などを転々とした自身の経歴をもとにした一種の〈私小説〉。近傍と域外、生と死など、内と外の概念を描き、哲学書と間違われかねない作品集である。美醜を包摂する全体概念〈壮麗なるもの〉を体現する蛇の独り語りによる「寓話の実現」、レンズを用いて見ることの寓意について語る物理学的な「死者の眼」、ダム建設現場に現れる白い骨のような樹を見物に出かける夢幻的な「宇宙の樹」、時間と輪廻をテーマに、文選(活字拾い)という、まるで無意味に思える作業の意味を問う「アルカディヤ」、サミュエル・ジョンソンの晩年を語り、生の意味を問う「エリ・エリ・レマ・サバクタニ」より成る。

森いたる(もり・いたる 一九一三～)静岡県生。明治大学文科中退。児童文学作家。『青空二人組』(五五)など、ユーモア物に秀でる。お伽噺の主人公のその後を描いた諷刺的な童話集『新・おとぎ草紙』(六九・少年文学作家集団)がある。

森詠(もり・えい 一九四一～)東京生。東京外国語大学イタリア語学科卒。『黒い龍』(七八)でデビューし、アクション、ハードボイルド、スパイ小説、戦争小説、シミュレーション小説などを執筆。幻想系の作品に、七つ道具の弁慶は七つの職能集団の代表者だったという設定のもと、七人の弁慶衆と義経の活躍を描く伝奇ロマン『七人の弁慶』(〇五～〇六・双葉社)、東西南北の四カ国に分断されたパラレル日本に転移してしまった男の戦いを描く『革命警察軍ゾル』(〇六・歴史群像新書)などがある。

森絵都(もり・えと 一九六八〜)東京生。日本児童教育専門学校児童文学科、早稲田大学第二文学部卒。『リズム』(九一)で講談社児童文学新人賞を受賞し、児童文学作家としてデビュー。『宇宙のみなしご』(九四)で野間児童文芸新人賞と産経児童出版文化賞ニッポン放送賞、『DIVE!!』(二〇〇〇〜〇二、映画化)で小学館児童出版文化賞など、児童文学の様々な賞を受賞。『風に舞いあがるビニールシート』(〇六)で直木賞を受賞。ファンタジーに、自殺した少年が記憶を奪われ、借り物の身体に魂を入れたと天使に騙されて蘇生し、生きることの大切さに目覚めていくファンタジー『カラフル』(九八・理論社、産経児童出版文化賞、映画化)、ファンタジーを含む旅テーマのショートショート集『ショート・トリップ』(二〇〇〇・同)がある。

森鷗外(もり・おうがい 一八六二〜一九二二)本名林太郎《りんたろう》。石見国鹿足郡津和野町生。生家は代々藩主の典医を勤めた。八一年、東京大学医学部を卒業、軍医として陸軍省に入る。八四年から四年間、ドイツに留学。落合直文らと新声社(S.S.S.)を結成、訳詩集『於母影』(八九)を発表、その原稿料で『しがらみ草紙』を創刊した。九〇年ドイツでの体験にもとづく「舞姫」「うたかたの記」などを発表。九九年小倉に左遷となり、隠忍の時を過ごす。その間にアンデルセン『即興詩人』(九二〜〇二)の翻訳を了える。〇七年、陸軍省医務局長に就任、軍医の最高位を極める。〇九年から新たな創作期に入り、この年創刊された『スバル』に「青年」(一〇〜一一)「雁」(一一〜一三)などを発表。その後、明治天皇の死と乃木殉死事件を機に歴史小説に転じ「阿部一族」(一三)などを書く。さらに晩年は「澀江抽斎」(一六)などの史伝に転じ、その名文を称讃された。

およそ怪奇幻想とは縁のなさそうにみえる鷗外だが、一時期集中的に怪談めいた短篇を残している。信州の旧家の嫁が、姑の死後仏壇にとぐろを巻く青大将を見て発狂する「蛇」(一一)、心中者の切られた喉から〈ひゅうひゅう〉という不気味な音が漏れ聞こえる「心中」(一一)、戦争中、廃屋に潜む支那娘を犯した挙句、口封じに殺害した男の奇怪な末路を描く「鼠坂」(一二)などがそれである。ほかに、催眠術による性犯罪をテーマとした「魔睡」(〇九)、実際に催行された百物語怪談会の見聞を綴った「百物語」(一一)、性転換の〈変成男子〉が登場する未完の中篇「灰燼」(一一〜一二)、鷗外の魂が肉体を抜け出て市中を彷徨した後、鏡の中に収まり、文学裁判めいた場に引き出される「不思議な鏡」(一二)などの異色作がある。また、説話などに材を得て書いたものにファンタスティックな作品があり、説経節をもとに仏像の顕す奇跡と姉の献身を描いた「山椒大夫」(一五)、寒山が文殊、拾得が普賢であることを語る小品「寒山拾得」(一六)などがそれに当たる。

さらに幻想文学との関連で注目されるのは、翻訳面での業績である。とりわけ『諸国物語』(一五・国民文庫刊行会)には、エーヴェルス「己の葬」、シュトローブル「刺絡」、ドストエフスキー「鰐」、ポー「うづしほ」、フォルメラー「正体」、モルナール「破落戸の昇天」ほかの怪奇幻想小説が収録されており、石川淳をはじめとする後続作家にも影響を与えた。ほかにホフマン「玉を懐いて罪あり」(八九)、クライスト「悪因縁」(九〇)、ゲーテ『ファウスト』(一三)など、欧州産幻想文学の紹介者として、その先駆的な功績は大きい。また短歌連作「我百首」(〇九)にも〈魔女われを老人にして髯長き侏儒のまとゐの真中に落す〉ほか一種異様な幻視の歌が多数含まれており、非常に興味深い。鷗外の怪奇幻想作品を蒐めた一巻本選集として、東雅夫編『文豪怪談傑作選 森鷗外集 鼠坂』(〇六・ちくま文庫)が刊行されている。

森青花(もり・せいか 一九五八〜)福岡県生。京都大学文学部独文科卒。地球上のほとんどの生命体が融合して一つになっていく様を描くSF『BH85』(九九・新潮社)で日本ファンタジーノベル大賞優秀賞を受賞。ほかに、死んでも肉体がミイラとして保存されていると、魂が舞い戻って生者と交信もできるという設定で、種々の死の局面を描く『さよなら』（〇三・角川書店）などがある。

森銑三（もり・せんぞう　一八九五～一九八五）筆名に刈谷新三郎、閑々子など。愛知県刈谷町生。築地の工手学校予科修了後、図書館員、編集者、小学校教員などを経て、二六年に文部省図書館講習所を卒業、東京大学史料編纂所に勤務。森鷗外の史伝の影響下に近世人物研究に取り組み『近世文芸史研究』（三四）『渡辺崋山』（四一）『松本奎堂』（四三）などを刊行、高い評価を得る。四五年、戦災により研究資料のすべてを焼失。戦後は西鶴研究に顕著な成果をおさめた。五〇年から六五年まで早稲田大学で書誌学を講じた。七二年『森銑三著作集』全十二巻・別巻一（七〇～七一・中央公論社）で読売文学賞を受賞。

　若い頃小泉八雲の怪談を愛読したという銑三は、折りに触れ八雲風の怪談小品に筆を染めており、それらは一部が『月夜車』（四三・七丈書院）にまとめられた後、没後『物いふ小箱』（八八・筑摩書房）に集成された。さらに、小出昌洋編『新編　物いう小箱』（〇五・講談社文芸文庫）では、それら珠玉の怪異譚全四十四篇が網羅されている。江戸期の随筆や中国の古典に基づく小品群は、淡々とした叙述のうちに一抹の鬼気とペーソスをひそめて味わい深い。また、二六年から翌年にかけて『小泉八雲選集』の翻訳を萩原恭平と共同で手がけ、それらは『十六桜　小泉八雲怪談集』（九〇・研文社）として一冊にまとめられ復刊されている。また、支那童話集『瑠璃の壺』（四三）と『新御伽草子』（四八）に未発表原稿を併せて復刊した『瑠璃の壺』（八二・三樹書房）もある。

もりたけし（もり・たけし　一九六三～）東京生。早稲田大学卒。アニメーション監督。代表作に「ヴァンドレッド」（二〇〇〇）「ストラトス・フォー」（〇四）など。監督を務めたアニメのノベライゼーションのほか、SFアクション『当たり屋マーティ』（〇四・ソノラマ文庫）がある。

森奈津子（もり・なつこ　一九六六～）東京生。東京女子大学短期大学部英語科卒、立教大学法学部卒。九一年『お嬢さまとお呼び！』で学研レモン文庫よりデビューし、少女小説で人気を博す。少女小説のファンタジーに、山神さまや化猫の住む不思議の丘の少女が神様たちと怪事件を解決する《ふしぎの丘》（九二・学研レモン文庫）、ファンタジー同好会のメンバーが部長の書いた小説の中に入り込む、メタフィクションのコメディ『冒険はセーラー服をぬいでから』（九四・ログアウト冒険文庫）などがある。九〇年代後半からは一般文芸に進出し、霊能力を持つ墓守の少年とその主人の男好きな猫転伯爵の、幽霊も巻き込んだ珍騒動を描く『猫転伯爵、都へ行く』（九六・双葉社ノベルズ）のほか、レズビアンの性愛を主たるテーマとして、SF、ホラー、コメディなどを執筆している。同性のストーカーにつきまとわれるバイセクシュアルの娘の恐怖を描くサイコホラー『ノンセクシュアル』（九七・ぶんか社）、ホラー・コメディ『あんただけ死なない』（二〇〇〇・ハルキ・ホラー文庫）、SF系短篇集『西城秀樹のおかげです』（二〇〇〇・イースト・プレス）『からくりアンモラル』（〇四・早川書房）『電脳娼婦』（〇四・徳間書店）、ホラー短篇集『シロツメクサ、アカツメクサ』（〇六・光文社文庫）など。

森のぶ子（もり・のぶこ　一九三二～）東京生。都立第六高等女学校卒。『海賊』同人。銀行勤務の傍ら児童文学を執筆。短篇のメルヘンのほか、砂漠の国の王女が、様々な謎と疑問の答えを見つけるべく苦難の旅を続ける長篇童話『サラサラ姫の物語』（六五・弥生書房）を執筆した。同作はフェミニズムの観点からも評価すべき秀作である。その後筆を折り、勤務に専念。定年後、再び筆を執り、昔話を現代の日常に移し替えた作品などを執筆している。

森博嗣（もり・ひろし　一九五七～）愛知県

生。名古屋大学大学院修了。博士(工学)。『すべてがFになる』(九六)で第一回メフィスト賞を受賞してミステリ作家としてデビュー。大学勤務の傍ら小説を執筆してきたが、〇五年に退官。ファンタジーに、性別の入れ替わりや霊の独白といった幻想的な趣向を用いた、ジェンダー・テーマの連作短篇集『堕ちていく僕たち』(〇一・集英社)、SFファンタジー的設定のミステリ『女王の百年密室』(二〇〇〇・幻冬舎)『迷宮百年の睡魔』(〇三・新潮社)、戦闘機に乗って戦い続ける〈死ねない若者たち〉を描いたSFファンタジー『スカイ・クロラ』(〇一・中央公論新社、劇場アニメ化)に始まるシリーズなどがある。

森万紀子(もり・まきこ　一九三四〜九二)本名松浦栄子。山形県生。県立酒田東高校卒。六五年「単独者」が文學界新人賞に佳作入選。一家離散に見舞われた少女が、山奥の水晶屋敷に住む叔母のもとへ向かう冬の旅の過程で、徐々に伝説の〈雪女〉と化していく様子をつぶさに描いた長篇『雪女』(八〇・新潮社)で泉鏡花文学賞を受賞した。

森真沙子(もり・まさこ　一九四四〜)本名深江雅子。神奈川県横浜市生。北海道函館市に育つ。奈良女子大学国文科卒。週刊誌記者などを経て、七九年「バラード・イン・ブルー」で小説現代新人賞を受賞。八四年『総統《フューラー》の招待者』で小説家として本格的にデビュー。音楽ミステリなどの新分野を開拓する一方、謎の〈裏遍路〉の信仰を追って闇へ消えていく人々の姿を、都会暮らしの主婦の目を通して描く伝奇風モダンホラー『闇のなかの巡礼』(八四・講談社ノベルス)を皮切りに、ホラーの分野にも意欲的に取り組む。子供の飛び降り自殺をきっかけに都会の高層マンションが精神的な魑魅魍魎の館と化すサイコホラー『雪女の棲む館』(八六・同)、ボマルツォの森を思わせる怪物庭園を擁する湘南の西洋館で起こる亡霊事件の謎を追うモダン・ゴシック小説『青い灯の館』(八七・角川ノベルス)、少女たちを見舞う異変の背後に、封印されていた邪悪なものの復活を描く東京エクソシスト・ストーリー『邪視』(九四・学研ホラーノベルズ)、推古朝の飛鳥斑鳩宮を舞台に、聖徳太子伝説に吸血鬼物を融合させたロマネスクな古代史ホラー『朱』(二〇〇〇・ハルキ・ホラー文庫)、連作に、学園ホラーの分野に先鞭をつけた《転校生》(九三〜九九・角川ホラー文庫)、短篇集に、マンションの住民たちの噂話を書き留めるという枠物語の形式で、オーソドックスな和風怪談から、ジョン・コリア風の犯罪奇談、異常心理ホラーまで、平凡な生の中にある怪奇を抉り出した『人生のもう一つの扉』(八九・天山出版)、都市伝説や都会に残存する土俗の闇をテーマとする呪物系短篇集『夜の扉へ　現代霊異記』(九〇・同、後に「喪の宴」と改題)、地霊と文学者たちの関わりを追ってユニークな『東京怪奇地図』などがある。森は最初期に『ザ・ショック』(八二・広済堂出版)というジュヴナイル怪談本を手がけていることからも分かるように、大の怪談実話好きでもあり、『文藝百物語』(九七・ぶんか社)などで実体験談を披露している。

【東京怪奇地図】連作短篇集。九七年角川書店刊。実在する作家たちに所縁の東京の場所と事件を素材にし、異界、あるいは過去へと入り込む人々を描く都市幻想小説集。乱歩はだしの〈人間消失〉のミステリと見せて、神隠しの構造を都市の地形と共に鮮明に描き出し、白昼に黒闇々たる異界を幻成させた「無闇坂」、鏡花の都市幻想譚の逸品「黒髪」を通奏低音に、鏡花が得意とした言語による音声のヴィジュアライズを実践した「水妖譚」、昭和二十九年の田端を舞台に、中井英夫『虚無への供物』の仮想縁起を綴って鎮魂の調べを響かせる「田端三百四十六番地」のほか、樋口一葉と吉原・酉の市、鶴屋南北と深川・人形芝居、永井荷風と六本木・偏奇館焼亡をめぐる全六篇を収録。

【転校生】連作。九三年『転校生』、九五年『真夜中の時間割』、九九年『水域《アクエリアス》』角川書店(角川ホラー文庫)刊。学校の怪談をテーマとした短篇連作集と長篇より成る。『転校生』は、理科室や音楽室など学校の特異な場所を舞台とするノスタルジックでロマンティックな連作集。『真夜中の時間割』は、教師の視点から、電脳怪談、音楽怪談、過去への帰還、前世の誘いなどを描く連作集。『水域』は深川を舞台に、女子高生連続怪死事件が水の女神の霊威発動へと展開していく長篇作品。

森茉莉（もり・まり　一九〇三～八七）東京千駄木生。父は森鷗外。生まれつき病弱で父の溺愛をうけて育つ。仏英和高等女学校卒。一九年、フランス文学者・山田珠樹と結婚、一年余の滞欧生活を送る。二子をもうけたが二七年に離婚。医学博士・佐藤彰との再婚と離婚を経て、文学へと向かう。室生犀星に師事。五七年、父・鷗外の思い出を記した『父の帽子』で日本エッセイスト・クラブ賞を受賞。六一年、混血の美青年・義童と美少年・巴羅の、高踏的で刹那的な愛と美に耽溺する日々を絢爛たる筆致で描いた「恋人たちの森」で田村俊子賞を受賞した。同作をはじめ、「僕は日曜日には行かない」（六一）「枯葉の寝床」（六二）など、豪奢をきわめた閉鎖的空間に展開される異形の愛の世界を描いた一連の耽美小説に、特異な資質を開花させた。さらに、父との蜜月をフィクションの形で語り尽くす自伝的長篇「甘い蜜の部屋」（六七～七五）で、七五年に泉鏡花文学賞を受賞した。

森三千代（もり・みちよ　一九〇一～七七）愛媛県宇和島町生。東京女子高等師範学校中退。夫は金子光晴。はじめは詩を書いたが、後に小説に転じた。代表作に『小説和泉式部』（四三）『豹』（四九）など。安南の伝説の再話に安南紀行を交えた、しみじみとした語り口のファンタスティックな短篇集『金色の伝説』（四二・協力出版社）がある。

森内景生（もりうち・けい　？～）東京生。「夢幻伝説」（一九八三）で『小説JUNE』にてデビュー。BL小説を執筆するが、怪奇幻想系の作品が多くを占める。過去の因縁が、閉ざされた館の中で再び繰り返されるという趣向の耽美ホラー短篇「夜の館」（八五）「緋の廃園」（八七）、千年の歳月を超えて転生する〈青〉の者の謎をめぐって展開される伝奇ロマン『青の迷夢』『異月』『残月』（九二～九四・勁文社）、土俗的な伝奇ロマン《くれない》シリーズ（九二～九七・同）、オカルト・ミステリ『魘・一夜』（九五・角川ルビー文庫）など。

森内俊雄（もりうち・としお　一九三六～）大阪府生。早稲田大学露文科卒。婦人雑誌社、文芸出版社勤務を経て、六九年「幼き者は驢馬に乗って」で文學界新人賞を受賞。七三年『翔ぶ影』で泉鏡花文学賞を受賞。キリスト教的な罪と救済のテーマを、重厚濃密な文体で一貫して追求してきた特異な作家で、『骨の火』（八六）などの長篇には、特にそうしたテーマが露わである。一方『骨川《こつがわ》に行く』（七一・新潮社）『ノアの忘れもの』（七三・文藝春秋）『羊水花』（七六・集英社）『微笑の町』（八〇・同）『黄経八十度』（八六・福武書店）『風船ガムの少女』（八八・同）などの短篇集には、私小説風の作品に交じって数篇ずつの暗い魅力を湛えたSF風ファンタジーや幻想小説が収められている。また、それらの中から森内が自ら選んだ十五篇を収録する幻想小説集『夢のはじまり』（八七・福武文庫）も刊行されている。近年は、軽みのあるファンタジーにも新境地を見出し、森内の現実生活を反映した小さな町を舞台に、意識を持つ指輪が変転を辿る様を、シュールでほのぼのとした日常と共に描く童話めいた長篇『十一月の少女』（〇二・新潮社）や散文詩集風の作品『空にはメトロノーム』（〇三・書肆山田）を上梓している。

【骨川《こつがわ》に行く】短篇小説。七一年春『季刊芸術』に掲載。お屋敷町にぽつんと店を開くバー〈螢〉のマダム水霜さんと五人の常連客が旅に出た。四辻駅から水児川行列車に乗り、めざすは上流の骨川、胎の沢渓谷……。淋しい影のような女性に抱きとられた男たちは、羊水のような流れをさかのぼり、胎内＝幽冥界へと二度と戻らぬ旅を続ける。ほとんど改行のない、異様に濃密な、しかも流れるような筆致で、ニヒリズムとエロティシズムの横溢する集団自殺行を描いた異色の傑作。

森岡貞香（もりおか・さだか　一九一六〜二〇〇九）歌人。島根県松江市生。山脇高等女学校卒。〈月のひかりにのどを湿めしてをりしかば人間とはほそながき管のごとかり〉〈片頰は月が視る故削げてをらむまたおもふわれの翳なる片面〉などを収める第一歌集『白蛾』（五三・第二書房、三島由紀夫の推薦文を帯に付す）を刊行、名を現す。『未知』（五六・ユリイカ）『甃』（六四・新星書房）『珊瑚数珠』（七七・石畳の会）『黛樹』（八七・短歌新聞社）『百乳文』（九一・砂子屋書房）『夏至』（二〇〇〇・同）。〈外界〉に対する違和と〈定型〉へのこだわりを持ち続け、常に対象と切り結んで独自の歌風を樹立、流露感よりも作歌の秘儀に伴う心理の襞を優先させる。六八年『石畳』を創刊主宰。〈月のひかりの無臭なるにぞわがこころ牙のかちあふごとくさみしき〉〈夜の耳髪もて覆《おほ》ひゆきしかばそれだけのこと愛のごとし〉〈粉しきりこぼれて出づる栗を置き虫の世界をわが悪《にく》みけり〉
▼『定本森岡貞香歌集』（二〇〇〇・砂子屋書房）

森岡浩之（もりおか・ひろゆき　一九六二〜）兵庫県生。京都府立大学文学部卒。四次元的な静的言語を獲得した人々を描く「夢の樹が接げたなら」（九二）がハヤカワSFコンテストに入選し、デビュー。『星界の紋章』（九六・ハヤカワ文庫）に始まる明朗なスペースオペラが人気作となり、アニメ化、ゲーム化される。その他の小説に、言語テーマの幻想的、あるいは怪奇的なSFを多く含む短篇集『夢の樹が接げたなら』（九九・早川書房）、貧乏退魔師が幽霊や神々の関わる騒動に巻き込まれる伝奇アクションのコメディ《月と闇の戦記》（〇一〜〇四・角川スニーカー文庫）、意志を持ち、人間から独立して生きる機械を狩り、意志を破壊して人間が使える機械にして売りさばくハンターが主人公のSFアクション『機械どもの荒野《メタルダム》』（九七・ソノラマ文庫）などがある。

森崎朝香（もりさき・あさか　?〜）『雄飛の花嫁』（二〇〇四・講談社X文庫）以下の、古代中国風異世界を舞台に、国のために異国に嫁ぐ姫たちを描いた歴史ロマンス・シリーズ（〜〇六）でデビュー。魔法的別世界を舞台に、伝説の大魔導師の生まれ変わりだという少女の恋と、世界の命運をかけた戦いを描くファンタジー《ウナ・ヴォルタ物語》（〇六〜〇七・同）がある。

森澤史眞（もりさわ・しま　?〜）SFアクション『デッド・オア・アライブ』（一九九三・花丸ノベルズ）がある。

森下一仁（もりした・かつひと　一九五一〜）高知県佐川町生。東京大学文学部卒。七九年『SFマガジン』に「プアプア」でデビュー。ユーモアと抒情溢れるファンタジーやSFを執筆。デビュー作のほか、カナヘビと身体が入れ替わった少年を描く表題作、異惑星の生物の生き甲斐を調査する「ヌクヌク」などを収録する短篇集『コスモス・ホテル』（八〇・ハヤカワ文庫）、森から生まれた森の子供である獣と少女の交流を描く「森に棲むもの」、布教活動を皮肉った「アホイ伝」など、ファンタジーや寓話を含む抒情的なSF短篇集『天国の切符』（八五・新潮文庫）、雨の中で住民が魚に変身して愛の営みをしたり、海が赤児を運んで来たりする不思議な街に暮らす青年たちを描く連作メルヘン『夢の咲く街』（八六・コバルト文庫）、人の思考をそのまま他者に伝える装置をめぐる表題作ほか、高知のテレビマンたちの出会う奇妙な事件を描いた連作短篇集『思考転移装置顚末』（八七・講談社ノベルス）、縄文時代にタイムスリップした少年が、地球の生命を造り出した岩と木によって、生命を救うために時の流れの中を旅する使命を与えられる長篇連作《森と岩の神話》（八七〜九一・ソノラマ文庫）などがある。SFの批評家としても活躍し、書評集成『現代SF最前線』（九八・双葉社）、SF評論集『思考する物語』（二〇〇〇・東京創元社）などのほか、西洋オカルト関係のエッセー『魔術師大全』（〇二・双葉社）もある。

森下真理（もりした・まり　一九三〇〜）東

京生。府立京都第一高等女学校卒。「街はずれの模型店」（七六）で『日本児童文学』新人賞受賞。長谷川時雨の研究家でもある。児童文学では戦争物のほか、ファンタジーや怪奇物を執筆。博物館へ恐竜見学に行った少年が恐竜国で命の貴さを学ぶファンタジー『ぼくも恐竜』（八三・小学館）、戦時中の時間に入り込んだり、過去が現前したりするタイムファンタジー集『三つの時計の物語』（八六・胡蝶豆本、九六・らくだ出版）、人の息づかいを命の源にしている家付きの妖怪たちが、家が取り壊されたため、新しい家を求めてさまよう『ようかいたちのすむところ』（〇七・草炎社）などがある。

森島健友（もりしま・けんゆう　一九四五～）産経新聞社勤務を経て〈瞑想の会〉主宰。瞑想によって現実界から霊界のシャンバラ軍に参加、死者の霊と戦って成仏させた飛行隊長の実戦記録『聖シャンバラ海兵隊』（九八・叢文社）がある。

森島中良（もりしま・ちゅうりょう　一七五六～一八一〇／宝暦六～文化七）蘭学者、戯作者、狂歌師。本姓桂川。通称甫斎、甫粲。号に竹杖為軽《たけつえのすがる》、森羅万象《まんぞう》、桂林斎、二世福内鬼外、二世風来山人ほか多数。江戸木挽町生。幕臣蘭法外科医・桂川家の次男で、兄は桂川甫周。〈蘭学の総本山〉と福沢諭吉にいわれた名家に生まれ、学問もよくしたが、風狂的な人物でもあったようである。平賀源内の弟子として物産学を学び、源内との合作で、『神霊矢口渡』の後日談を意図した浄瑠璃『荒御霊新田神徳《あらみたまにったのしんとく》』（七九／安永八）を執筆。同年には、吉田鬼眼らとの合作で、当たり作『驪山比翼塚《めぐろひよくづか》』も執筆した。源内の没後も、源内の口跡を元にした洒落本などを執筆。また黄表紙にも才能を発揮し、春町、喜三二を真似た未来記物『従夫以来記《それからいらいき》』（八四／天明四、喜多川歌麿画）、安珍清姫が相愛となって駆け落ち、後を清姫の父親が追ってくるが、道成寺に入れてもらえず、道成寺の所作事をする羽目になる楽しいパロディ『〈つひぞねへ〉ヲヤ道成寺《どうじょうじ》』（八六／天明六、北尾政美画、改題本に『親々道成寺』）、軍略のパロディで、巨大鋏で一斉に胴切り、化物に扮装、一念で生霊になって取り殺すなど、奇想的な『さうは虎巻』（八四／同四、北尾政演画、改題本に『嘘無誠一巻』）ほかの作品がある。見立て、駄洒落などを用いた妖怪パロディ物の狂歌絵本『画本纂怪興《えほんさんがいきょう》』（九一／寛政三、同画）のような作品もある。読本には、『雨月物語』を意識した怪異談集『凩《こがらし》草紙』、義経の恨みを晴らそうとした親衡の物語に、仙術や義経渡海伝説を絡ませた『泉親衡《いずみちかひら》物語』（〇九／文化六）がある。

【凩《こがらし》草紙】短篇集。九二（寛政四）年刊。読本。五巻九話。時代を鎌倉から安土桃山までに設定し、地域も東北・北陸から近畿まで諸国咄風に広く取り、状況も友情・怨念・恋愛・復讐と、多彩に設えている。「悪霊を降伏《ごうぶく》する話《こと》」は「画皮」、「水鳥山人《すいちょうさんじん》狸を酒の友とする話」は「酒友」、「久含坊《きゅうがんぼう》が仙術富民《ぶげんしゃ》を誑かしたる話」は「道士」など、六篇を『聊斎志異』から採り、そのほかの作品も志怪や本邦の古典などに取材している。比較的素直な翻案で、きれいに本朝に移し替えてはいるが、都賀庭鐘の如き技巧はない。

森田文（もりた・ふみ　一九三三～）大分県生。武庫川女子短期大学卒。児童文学作家。薔薇の花を霧でできた乳母車に積んで町へ売りに行く『空をとぶうばぐるま』（八二・小学館）をはじめ、『こねこからでんわです』（八四・小峰書店）『はなびらのうま』（九一・ひさかたチャイルド）など、低学年向けメルヘンを主に執筆。中・高学年向けの作品に、靴を媒介として、少女時代の継母と仲良くなる少女を描くタイムファンタジーの表題作と童話作家の椅子が家出をして冒険を繰り広げる話を収録する『ハコちゃんの赤いくつ』（九六・らくだ出版）がある。

森野一角（もりの・いづみ　？～）ポルノ小説を執筆。オカルト物『蒼月奇譚』（二〇〇〇・二次元ドリームノベルズ）『霊感美少女・依子』（〇五・マドンナメイト）ほか。アダルトSFアドベンチャーゲームのノベライゼーション『デザイア』（九七・コアマガジン）などもある。

森福都（もりふく・みやこ　一九六三〜）山口県生。広島大学医学部総合薬学科卒。予言の書に従って妻探しの旅に出る王子を描く『薔薇の妙薬』（九六・講談社X文庫）でホワイトハート大賞を受賞してデビュー。牡丹投機熱が高まる都で特殊な牡丹を育てる少年の知略を描いた「長安牡丹花異聞」（九六）で松本清張賞受賞。古代や中世の中国を舞台にしたミステリを中心に執筆。怪奇幻想系の小説として、他者の眼を目とすることができる盲目の琴弾きを描いた異世界物のファンタジー『炎恋記』（九六・講談社X文庫）、すっぽんの化身と教え子の少年が、不死の仙薬、人肉食、人面瘡などが絡む市井の事件を覗き見る、ミステリ・テイストの怪奇幻想短篇集『琥珀枕』（〇四・光文社）、唐代の中国を舞台に、狐の化身、幽鬼、卜占など、様々な怪異に人間の情念が絡む奇譚集『狐弟子』（〇五・実業之日本社）、念動力や透視力により細胞の改造や遺伝子組み替えなど、微細な物質を操る超能力に目覚めた青年を主人公とする近未来バイオ・ホラー『セネシオ』（〇二・小学館）ほかの作品がある。

森見登美彦（もりみ・とみひこ　一九七九〜）奈良県生駒市生。京都大学農学部卒。同大学院農学研究科修士課程修了。不思議な叡山電車に乗って、思いを寄せる女の子の夢の中に入り込む趣向がある片思い小説『太陽の塔』（〇三・新潮社）で、日本ファンタジーノベル大賞を受賞してデビュー。図書館勤務の傍ら小説を執筆。竹林の畔に棲む狐面の男、宵闇の路地を横切る妖しい獣、水妖に魅入られた一族の屋敷などのあやかしを描いた短篇集で、巻頭の表題作に登場する骨董店とその関係者が、後続の物語にも思わぬ形で見え隠れし、全篇をひとつらなりの、熱に浮かされた夜に見る悪夢さながらの様相へと織りなしていく『きつねのはなし』（〇六・新潮社）、表題作のほか、「山月記」「藪の中」「桜の森の満開の下」「百物語」の全五篇をもとにしたオマージュ小説集『〈新釈〉走れメロス』（〇七・祥伝社）などがある。

森村将（もりむら・しょう　?〜）SFポルノ小説『ブルーガイア』（一九九四・ナポレオン文庫）がある。

森村誠一（もりむら・せいいち　一九三三〜）埼玉県熊谷市生。青山学院大学英米文学科卒。ホテルマンとしての道を歩む傍ら、ビジネス関連書や小説を執筆。六九年『高層の死角』で江戸川乱歩賞を受賞。七二年『腐蝕の構造』で日本推理作家協会賞を受賞。本格推理小説に卓越した手腕を示す。『人間の証明』（七五）以下『青春の証明』（七七）『野性の証明』（七七）と続く三部作などで幅広い人気を得、また関東軍の細菌戦部隊の行状を告発する『悪魔の飽食』（八一）は社会的な反響を巻き起こした。

怪奇幻想文学関連の作品に、級友のいじめにあった美少女が、呪術による復讐を図り、それを見守るロリコン教師が次第に精神を狂わされていく「青の魔性」ほか数篇の陰惨なサイコホラーを含む短篇集『肉食の食客』（七四・講談社）、定年退職したサラリーマンが落ち込んだ人生の陥穽を、空地にあいた穴の底から聞こえる〈うさぎ地獄〉の歌声に象徴させた「虫の土葬」ほか五篇の奇妙な味の恐怖ミステリを収めた『地屍』（八八・集英社）などがある。

森弥邦夫（もりや・くにお　一九五二〜）宇宙動物（BEM）保護官の活躍を描くSF『銀河はBEMでいっぱい』（九二・白泉社）、スペースオペラ《スペース・シークレット・サービス》（九四・ログアウト冒険文庫）がある。

守靖ヒロヤ（もりやす・ひろや　?〜）アンドロイドによるテロが横行する未来が舞台のSFアクション『プロジェクト・ミネルヴァ』（二〇〇三・MF文庫J）がある。

森山東（もりやま・ひがし　一九五八〜）京都市五条生。大阪大学人間科学部卒。公務員の傍ら、小説を執筆。枠物語形式で、舞妓お披露目の〈お見世出し〉を目前に惨死した娘の妄執が時を超えて、同じく舞妓を目指す娘の身に降りかかった経緯を語る、幽艶にして哀れ深い怪異譚「お見世出し」（〇四）で第十一回日本ホラー小説大賞短編賞受賞。表題作のほか、花柳界の風習と京の伝承風土に取材した妖怪ホラー「お化け」、エログロ・ナンセンスな趣向際だつ怪作「呪扇」を収録する短篇集『お見世出し』（〇四・角川ホラー文庫）、若き霊感ネイリストが、全身に奇怪な爪が密生する魔性の病と死闘を繰り広げる表題作のほか、タクシー怪談「感光タクシー」、伝統的な憑物テーマを斬新な切り口で描いた「月の川」ほか一篇を収録する短篇集『デス・ネイル』（〇六・角川ホラー文庫）がある。超短篇ムーヴメントの中心的作家の一人としても長らく活動を続けており、作品集『超短編の世界』（〇八・創英社）にも「今昔物語異聞」「シベリアの猫」の二篇を寄稿している。

森山京（もりやま・みやこ　一九二九～）東京生。小学生時代を満州で過ごす。神戸女学院大学中退。五〇～六〇年代にコピーライターとして活躍した後、『こりすが五ひき』（六九）で講談社児童文学新人賞を受賞して児童文学作家となる。動物擬人化物の幼年童話を中心に執筆。『あしたもよかった』（八九）で小学館児童出版文化賞、《きつねのこ》（八五～八八）で路傍の石幼少年文学賞、『まねやのオイラ　旅ねこ道中』（九六）で野間児童文芸賞を受賞。ファンタジーに、おとなしい兎と、その同居人となった狐の不思議な望遠鏡をめぐる『きつねののぞきめがね』（八四・講談社）、鬼の子と村の少女の密やかな交流を描く『おにの子フウタ』（九二・あすなろ書房）、山奥で修行に励む元気な天狗の子の冒険を描く《てんぐちゃん》（〇二～・理論社）ほかがある。

諸田玲子（もろた・れいこ　一九五四～）静岡市生。上智大学文学部英米文学科卒。会社員、翻訳業などを経て『眩惑』（九六）で小説家としてデビュー。時代小説を主に執筆し、『其の一日』（〇二）で吉川英治文学新人賞、『奸婦にあらず』（〇六）で新田次郎文学賞を受賞。ほかに『誰そ彼れ心中』（九九）『幽恋舟』（二〇〇〇）『源内狂恋』（〇二）『笠雲』（〇一）など。『まやかし草紙』（九八・新潮社）は愛憎と陰謀渦巻く平安時代の宮廷を舞台に、変死したという母の謎を探る女性を描く時代物のミステリだが、謎が解かれた後に怨霊が真犯人として立ち現れて幕切れとなる。『末世炎上』（〇五・講談社）はミステリ・ファンタジーで、妖しい術を用いる怪僧が人心を惑わし、付け火が横行する十一世紀半ばの京を舞台に、美髪の下層民の少女に小野小町の霊が乗り移り、過去の思いを成就させるという転生ラブロマンスが繰り広げられる。

諸星大二郎（もろほし・だいじろう　一九四九～）漫画家（詳しくは漫画家事典参照）。怪しげな寺院の御開帳に紛れ込み、夕闇迫る境内でおぞましいものを目撃する「秘仏」、因習的な憑物のモチーフを現代に蘇らせた「狂犬」、幽霊屋敷テーマの奇妙な味の変奏曲「鶏小屋のある家」など、折りに触れて書かれてきた、圧倒的なイメージ喚起力を持つ怪奇幻想短篇群が『キョウコのキョウは恐怖の恐』（〇四・講談社）にまとめられている。

諸星崇（もろほし・たかし　？～）クリエーター集団グループSNEに所属。TRPGをもとにした短篇のほか、獣を宿してその力を使いこなす獣士が力を持つ別世界を舞台に、はからずも伝説の霊獣を身に宿すことになってしまった男の冒険を描くアクション・ファンタジー《白王烈紀》（二〇〇五～〇六・富士見ファンタジア文庫）がある。

や

八起正道（やおき・まさみち　一九五一～）長崎県生。高校卒。自衛官など様々な職業を経てデータベース会社を経営、傍ら児童文学を執筆。『ぼくのじしんえにっき』（八九・岩崎書店）で福島正実記念SF童話賞受賞。ほかに、原発爆破による悲惨な状況を小学生の一人称で描く『ふうせんの日』(九二・ほるぷ出版)がある。

屋形宗慶(やかた・そうけい ?〜)ポルノ小説を執筆。魔法的西部を舞台にした『ガンズ・アンド・スティグマ』(二〇〇四・二次元ドリームノベルズ)など。

矢川澄子(やがわ・すみこ 一九三〇〜二〇〇二)東京目白生。東京女子大学、学習院大学独文科卒。東京大学文学部中退。五九年に澁澤龍彦と結婚。種村季弘との共訳で、グスタフ・ルネ・ホッケ『迷宮としての世界』(六六・美術出版社)を刊行。六八年に澁澤との離婚が成立する。その後は翻訳家、作家として活躍。詩人の谷川雁と交際があり、八〇年から黒姫に移住。日本ファンタジーノベル大賞が創設されると、その選考委員になる。最期は自死であった。

矢川の幻想文学における功績の第一はやはり訳業にあるだろう。明晰でかつ原作の持つ詩情を失わない訳文により、英独のファンタジーの名作を日本の読書界に送り出した。主な翻訳書に、ライナー・チムニク『クレーン』『タイコたたきの夢』(六九・福音館書店)、シュトルム『たるの中から生まれた話』(六九・学研)、ブレンターノ『ゴッケル物語』(七七・月刊ペン社)、ブレンターノ&アルニム『少年の魔法のつのぶえ』(二〇〇〇・岩波少年文庫)、ギャリコ『トンデモネズミ大活躍』(七〇・岩波書店)『さすらいのジェニー』(七一・学研)、ド・モーガン『風の妖精たち』(七九・岩波少年文庫)、エンデ『サーカス物語』(八四・岩波書店)『魔法の学校』(九六・同)など。キャロル『不思議の国のアリス』(九〇・新潮社)『鏡の国のアリス』(九一・同)の翻訳は、日本には数少ないライト・ヴァースの書き手であり、『ことばの国のアリス』(七四・現代思潮社)『アリス閑吟抄』(八〇・同)などの詩集もある矢川ならではの訳業で、評価も高い。

小説家としても特異な作品世界を形作り、幼少年期の死に彩られた光景や夢物語、寓話風作品などを収め、〈たぐい稀れな少女による少女の心理の知的な分析を背景とする諸短篇は、ひとつの幻想文学論にも近似する〉(荒俣宏)と称えられた詩的散文集『架空の庭』(七四・大和書房)、『兎とよばれた女』、メタフィクションの趣向を取り入れた自伝的小説『失われた庭』(九四・青土社)、あえかに夢の味わいのある遺稿集『受胎告知』(〇二・新潮社)などがある。そのほかエッセー集に、児童文学作家十九名を取り上げた『わたしのメルヘン散歩』(七七・新潮社)、親しく接した野溝七生子をめぐる『野溝七生子というひと』(九〇・晶文社)、『「父の娘」たち―森茉莉とアナイス・ニン』(九七・新潮社)など。

【兎とよばれた女】中篇小説。八三年筑摩書房刊。「序章　翼」では、宙に浮いているように見えるエキセントリックな女性を車中に拾い上げた男性が、彼女の語りに耳を傾ける。女性の語る「いまはむかし　神さまと兎の住む小さな島国の物語」は、目に見えぬ神さまと女性の生活を語るもので、その中には〈かぐや姫に関するノート〉が差し挟まれ、二重の入れ子構造となっている。愛を通した人間関係を象徴的に描いた作品で、隠微なエロティシズムが強い印象を残す。若き日に澁澤龍彦と結ばれ、離婚後は詩人・谷川雁の近傍に居を定めた矢川澄子の経歴が反映した自伝的作品といわれるが、そうした背景は捨象しても、純粋に幻想小説として評価できる作品である。

▼『矢川澄子作品集成』(九九・書肆山田)

八木昇(やぎ・のぼる 一九三四〜)東京生。大衆文学研究家、編集者。幼少の頃から大衆文芸に親しみ、長じては資料収集と研究を志す。著書に『大衆文芸図誌』(七七・新人物往来社)『大衆文芸館』(七八・白川書院)、共著に『本とその周辺』(七七・文化出版局)など。また、桃源社の編集長として、『江戸川乱歩全集』をはじめ、多くの大衆文芸書を手がける。とりわけ六八年、幻の名作といわれていた国枝史郎『神州纐纈城』を発掘紹介した際には大きな社会的反響を呼び、六〇年代末に始まる怪奇幻想ブームの点火役となった。これを契機として桃源社からは《大ロマン・シリーズ》の刊行が始まり、小栗虫太郎、海野十三、牧逸馬、香山滋、橘外男らの怪奇幻想作品が復刻刊行されることとなる。また『サド選集』『澁澤龍彦集成』をはじめとする一連の澁澤本や《世界異端の文学》など、海外幻想文学の紹介にも先駆的な役割を果たした。

八切止夫（やぎり・とめお　一九一六～八七）本名矢留節夫《やどめせつお》。別名に耶止説夫。愛知県名古屋市出身。日本大学専門部文学科卒。太平洋戦争中に耶止説夫名で南方物を多数執筆。大学教師ほか種々の職業を経て、六四年「寸法武者」により小説現代新人賞を受賞し、文筆生活に入る。荒唐無稽な〈八切史観〉に基づく歴史小説や評論などを多数執筆。〈奇想小説〉と銘打たれた短篇集『魔女がゆく』（六八・徳間書店）には、拾ったライターが簡易〈アラジンのランプ〉だったとわかる「アラビヤの夜せまる」、死の瞑想に彩られた風変わりな空中歩行物「空を歩けば」のファンタジーが収録されている。

『薬師通夜物語』（やくしつやものがたり　一六四三／寛永二〇頃刊）仮名草子。作者未詳。「福斎物語」「鼠物語」と通称される。京の藪医者福斎が家業繁盛を願って因幡堂に参籠する。その夜の夢に十二支を頭に乗せた者たちが現れ、飢饉による京の惨状を薬師に訴えようと相談が決まる。大黒も現れ、薬師と飢饉についての問答を交わす。当世批判の一冊。

夜光花（やこうはな　？～）埼玉県出身。BL小説作家。二〇〇四年にデビュー。ファンタジー系の作品に伝奇物『不確かな抱擁』（〇五・竹書房ラヴァーズ文庫）《凍る月》（〇七～〇八・同）がある。

矢崎存美（やざき・ありみ　一九六四～）別名矢崎麗夜。埼玉県東松山市生。八五年「殺人テレフォンショッピング」（矢崎麗夜名義）で星新一ショートショートコンテスト優秀賞受賞。高笑いと強烈な悪臭と共に出現して少年を守るてるてる坊主のお化け〈てるてるゾンビ〉やワープロを打てる犬が登場するラブコメディ『ありのままなら純情ボーイ』（八九・MOE文庫、矢崎ありみ名義）でデビュー。麗夜と名を変え、晴れ男と恋に落ちた雨乞いの家系の雨女の少女が、雨女の力を制御しようと奮闘するが……という展開のラブコメディ『雨を呼ぶ少女』（九〇・講談社X文庫）、記憶喪失の幽霊（実は恋の天使）と知り合った少女が、幽霊の身元割り出しに駆けずり回るミステリ風ラブコメディ『あなただけこんばんは』（九一・同）などを執筆。その後、存美名となり、《ぶたぶた》シリーズ（九八～・廣済堂～徳間デュアル文庫～光文社文庫）を執筆。同作は、ぶたのぬいぐるみが様々な職業に就きながら日常的に生活し、人々と交流する様を描く短篇連作シリーズで、ほのぼのとしたテイストによって人気シリーズとなっている。このほか、霊能力のある少年とその守護霊の幼なじみの少女が探偵役の、幽霊が絡むミステリ《Dear My Ghost》（〇一～〇二・角川スニーカー文庫）、ホラー短篇集『冬になる前の雨』（〇二・光文社文庫）、ファンタジー・ミステリ短篇集『神様が用意してくれた場所』（〇六・GA文庫）などがある。

矢崎節夫（やざき・せつお　一九四七～）東京生。早稲田大学英文科卒。童謡作家で、童話も執筆。抒情的なものからユーモアまで多彩な作風を示す。ファンタスティックなメルヘン集『ほしとそらのしたで』（八一・フレーベル館）、小説家のブラリと、ブラリの原稿用紙から生まれた怪人の対決を漫画形式で綴った『ブラリさんとかいじんゾロ』に始まるシリーズ（八三～八七・旺文社）ほか。

矢島さら（やじま・さら　一九六一～）別名に高宮佐和子。神奈川県横浜市生。女子高生を主人公とする官能小説『放課後のう・ふ・ふ』（八九）で富士見文庫よりデビュー。竜王の娘の女子高生が別世界で活躍するファンタジー・コメディ『ドラゴン・プリンセス』（九一・講談社X文庫）のほか、ファンタジーRPGのノベライゼーション《テイルズオブ》シリーズ（九八～・ファミ通文庫）などがある。

夜食時分（やしょくじぶん　生没年未詳）経歴未詳。俳諧師であろうと推測されている。好色物の笑話的短篇集『好色万金丹《こうしょくまんきんたん》』（一六九四／元禄七）『好色敗毒散《はいどくさん》』（一七〇三／同一六）の作者。前者には雪女との交情譚、後者には廓に関係のある物の精を見る男の話や、反魂の法の話、怨霊譚、奇病物などを含む。軽妙な落ち話には奇想短篇の趣を呈すものがある。また虚構性に遊ぶあまり、父娘の近親相姦などのきわどい趣向も見られる。

安井健太郎（やすい・けんたろう　一九七四〜）兵庫県生。大谷大学中退。危機に瀕すると変身能力を発揮する傭兵が、太古の科学時代に作られた意志を持ち喋る剣を相棒に活躍するヒロイック・ファンタジー『ラグナロク』（九八〜・角川スニーカー文庫）でスニーカー大賞を受賞。

安井浩司（やすい・こうじ　一九三六〜）俳人。秋田県能代市生。能代高校卒。十代の頃より寺山修司主宰『牧羊神』同人となる。『俳句評論』『ユニコーン』創刊同人を経て、『騎』同人。汎神的な世界を現出させる、宗教的な俳句、土俗的なエロティシズムなどに特徴がある。〈新しいアニミズムの意志と、汎生命的なものの主宰性を呼吸しよう〉（『汝と我』）と主張する。〈ひるすぎの小屋を壊せばみなすすき〉〈稲の世を巨人は三歩で踏み越える〉〈二階より地のひるがおを吹く友や〉〈法華寺の空とぶ蛇の眇《まなこ》かな〉〈汝も我みえず大鋸《おが》を押し合うや〉〈仏の陰《ほと》が誘う水際に浅き眠り〉〈犬の中ふだらくがえりの櫓をもやす〉〈如輪《じょりん》木《もく》けむりのごとくに性交す〉など。句集に、『青年経』（六三・砂の会）『赤内楽』（六七・琴座俳句会）『中止観』（七一・俳句評論社）『阿父学』（七四・端渓社）『密母集』（七九・同）『霊果』（八二・同）『乾坤』（八三・冥草舎）『氾人』（八四・同）『汝と我』（八八・沖積舎）ほか。
▼『安井浩司全句集』（九三・沖積舎）

安岡章太郎（やすおか・しょうたろう　一九二〇〜）高知市帯屋町生。慶応義塾大学文学部卒。大学在学中に応召したが、任地の満州で結核に罹り送還となる。戦後も脊椎カリエスで闘病生活を送りながら文筆に志す。「ガラスの靴」（五二）で注目を集める。五三年「陰気な愉しみ」と「悪い仲間」で芥川賞を受賞。代表作に、芸術選奨と野間文芸賞受賞の「海辺の光景」（五九）、日本文学大賞受賞の「流離譚」（七六〜八一）など。凶暴な緑の豚に脅かされる悪夢を描く「緑色の豚」、勝鬨橋に絡みついて男を攫った巨大な蛸につきまとわれる、強迫観念に満ちた「秘密」などの幻想小説を収めた短篇集『もぐらの手袋』（七三・番町書房）がある。

八杉将司（やすぎ・まさよし　一九七二〜）九州国際大学法経学部卒。出版社勤務を経て、アルバイトの傍ら小説を執筆。恋心を抱いていた女性を追って火星にやって来た青年の彷徨を軸に、ナノマシンによる火星のテラフォーミング、クローン、人間になりたがるＡＩなどを盛り込んだＳＦ『夢見る猫は、宇宙に眠る』（〇四・徳間書店）で、日本ＳＦ新人賞受賞。

安田晶（やすだ・あき　？〜）日本福祉大学社会福祉学部卒。読み解けば、不老の肉体と、現世の記憶を保ったまま後の世に自在に行けるという魔法の書物をめぐって繰り広げられる冒険を描く本格的別世界ファンタジー『扉の書』（二〇〇三・講談社Ｘ文庫）がある。

安田蛙文（やすだ・あぶん　生没年未詳）浄瑠璃、歌舞伎狂言作者。一七二六（享保一一）年から三三（同一八）年にかけて豊竹座で並木宗輔の脇作者として浄瑠璃を執筆。その後は歌舞伎狂言を手がけるようになり、四八（寛延元）年まで活躍した。歌舞伎狂言に、「雷《なる》神不動北山桜《かみふどうきたやまざくら》」（四二／寛保二、中田万助、津打半十郎との合作）がある。陽成帝の時代、宮廷を舞台に繰り広げられる恋と野望の謀略に、竜神を閉じ込めて日照りを起こしている鳴神上人を雲絶間姫が籠絡して竜神を解き放つという枠組を添えた作品で、大団円として成敗されて亡霊となった鳴神が祈りによって不動になる。歌舞伎十八番の「鳴神」「毛抜」「不動」の母体ともなった傑作で、怪奇幻想味のある趣向も面白い。

安田均（やすだ・ひとし　一九五〇〜）京都大学法学部卒。小説家、翻訳家、ゲームクリエーター。ゲームデザイナー&ライター集団〈グループSNE〉代表。SF、ファンタジーの翻訳家として出発し、イーデン・フィルポッツ『ラベンダー・ドラゴン』（七九・ハヤカワ文庫）、ジョージ・R・R・マーティン『サンドキングズ』（八四・同）、ワイス&ヒックマン『ドラゴンランス戦記』（八八・富士見文庫）ほかの作品を翻訳。グループSNEを立ち上げてTRPG（テーブルトーク・ロールプレイングゲーム）の普及に尽力し、TRPG「ロードス島」「ソード・ワールド」などをプロデュースしたり、ファンタジー設定のトレーディングカードゲーム「モンスター・コレクション」を開発したりするなど、ファンタジー全般の普及に功績がある。グループSNE全体の活動がファンタジー文学に及ぼした影響については、文学サイドからはほぼ検証されておらず、大きいものがあるという程度のことしか言えない。小説では、TRPGをもとにした《六門世界》（九六〜〇七・富士見ファンタジア文庫）が代表作。このほかTRPGをもとにした短篇などを執筆。ゲーム関連の著作は多数あり、『モンスター・コレクション』（八六・富士見文庫）をはじめとするゲームのためのガジェットの解説書や『安田均の FANTASY GAME FILE』（九六・富士見書房）などがある。

安永蕗子（やすなが・ふきこ　一九二〇〜）歌人。熊本市生。熊本県立女子師範学校専攻科国文科卒。六二年、第一歌集『魚愁』（有紀書房）刊行。以後の歌集に『草炎』『蝶紋』、迢空賞受賞の『冬麗』ほか、歌論集に『幻視流域』ほかがある。六五年、第二回角川短歌賞受賞。予定調和気味の流麗な韻律を駆使し、ときに物語風の甘美な歌を作る。〈泡だてて白き卵を噛むときも卓に聖女のごときひだり掌〉〈蘇りゆきたる痕跡《あと》のごとくして雪に地《ち》窖《こう》が開かれてゐつ〉〈ねむりぐすりききくるまでの指くみてあはれ堕天の心ととのふ〉

安彦良和（やすひこ・よしかず　一九四七〜）アニメーション監督、漫画家（詳しくは漫画家事典参照）。中世的世界ながら機械の馬が存在する異世界を舞台に、鋼馬を駆る少年騎士の成長と戦いを描くファンタジー《鋼馬ドルー章伝》（八八〜九〇・カドカワ・ノベルズ）、アジア的異世界を舞台に、天空神（テングリ）が東西に分かれてにらみ合っているという設定の下、西側の神の血をひく青年が、東側の邪神と戦いを繰り広げる『テングリ大戦』（九〇〜九二・同）、アステカを思わせる異世界を舞台に、一人の男の波瀾の生涯を描く『聖王子ククルカン』（九三・角川スニーカー文庫）がある。

矢玉四郎（やだま・しろう　一九四四〜）本名山田司郎。大分県別府市生。千葉大学工学部卒。デザイン関係の仕事を経て漫画家となる。後に童話作家となり、『はれときどきぶた』（七九・岩崎書店）に始まる《はれぶた》シリーズ（〜〇二）により絶大な人気を得る。このシリーズは、少年が明日の日記をつけたり、嘘の壁新聞を作ったり、妙な紙芝居や漫画を描いたりすると、その通りの出来事が現実に起こってしまい、お母さんはろくろ首になるわ、あらゆるところから豚が飛び出すわ、人間も動物も果ては太陽までもが豚になってしまうわ、はたまた夢と現実が混乱を極めてガチャポン・カプセルの中に友達や先生が閉じ込められてしまうわ、大変な騒ぎになってしまうという、ユーモアと恐怖に満ちた傑作である。いずれも自筆の絵によって飾られた絵本風の作りになっている。このほか、同傾向のスラプスティックなホラー・コメディに、稲荷の狐のせいで家の中が化物屋敷に変わってしまう『しゃっくり百万べん』（八八・偕成社）、逃げ出した家を追いかけて悪夢のような世界を経巡る『ねこの手もかりんとひとつ』（九一・同）やその続篇の『鬼切城の鍵太郎』（九四・同）などがある。また、奇妙な発明物のコメディに《たまねぎ博士》（八三・コーキ出版、八六〜八七・アリス館）《メカたんていペンチ》（八五・国土社、九六〜九八・

ポプラ社）がある。やや年長向けの作品に、平凡極まる少年が何かの代表に選ばれるが、一体何の代表なのか皆目分からないまま終に宇宙代表になってしまう「代表選考面接審査」や、母親や姉は蝸牛に、父は蓑虫になってしまう「お母さんはかたつむり」、人工心臓を取り付け、自分の心臓を食べてしまう「心臓ポンプ」など、残酷でブラックな味わいの不条理ファンタジー集『きもち半分宇宙人』（八六・国土社）がある。また低年齢向け童話でもファンタジーやホラー・コメディを執筆し、少女が押入の中から別世界に行って冒険する『おしいれの中のみこたん』（七四・あかね書房）、シーツおばけに変身した少年がおばけの運動会で活躍する『おばけうんどうかい』（八二・PHP研究所）、何でも四角くしてしまう大王の話『シカクだいおうとハナクソ・マルメル』（八五・あかね書房）ほか多数の作品がある。

八街歩（やちまた・あゆむ　？〜）戦争による破滅後の世界で、願いをかなえる機械を埋め込まれた科学者が平和な村を作るが、機械が暴走して戦いが起きるというSF『オラが村ぁ平和』（二〇〇四・富士見ファンタジア文庫）でファンタジア長編小説大賞努力賞受賞。ほかにマジカル・バトル物『ぼくと彼女に降る夜』（〇七・同）など。

夜月桔梗（やづき・ききょう　？〜）京都府生。一九九三年に花丸ノベルズにてデビュー。BL小説作家。ファンタジーに、魔界から修業中の魔法使いがやって来る押しかけ女房物『だまされて魔王子』（〇三・イースト・プレスAZノベルズ）がある。

矢月秀作（やづき・しゅうさく　一九六四〜）バイオレンス、官能作家。現代を舞台にしたかぐや姫モチーフのポルノ小説『淫月聖戦』（〇五・イーグルパブリシング＝パンプキンオリジナル）ほかがある。

やなおかまさこ（やなおか・まさこ　一九五六〜）栃木県生。帯広畜産大学卒。薬に頼り過ぎて怠惰な人間になってしまうことを戒める寓話『デブバラ王のやせぐすり』（八一・佼成出版社）がある。

柳川桂子（やながわ・けいし　生没年未詳）戯作者。別号に耕雪亭、琴霞亭。江戸の人。一七六四（明和元）年頃から草双紙類を執筆。鳥居清経の戯作名だという説がある。二世瀬川菊之丞追善作で、時ならぬ菊が咲いて菊の蝶が来ると大騒ぎになるところから始まり、極楽地獄を舞台に役者が大活躍する『〈盆踊〉籬《まがき》の菊』（七三／安永二、鳥居清経画、後に「風流瀬川咄《ふうりゆうせがわばなし》」と改題）は黒本青本で出たが、後の黄表紙を先取りするような作品といわれる。一方、土蜘蛛の霊が無惨な悪さをして頼光に退治される話に、金平と天狗の団扇が絡む『昔扇金平骨』（七九／同八、同画）は黄表紙だが、黒本青本風といわれる。ほかに、浄瑠璃「新板累物語」を草双紙化した『筆累絹川堤』（七八／同七、同画）など。

柳広司（やなぎ・こうじ　一九六七〜）三重県生。神戸大学法学部卒。シュリーマンの遺跡発掘現場を舞台とするミステリで、結末に神秘的な啓示とも取れるものが出現する『黄金の灰』（〇一・原書房）で長篇デビュー。『贋作『坊ちゃん』殺人事件』（〇一）により朝日新人文学賞を受賞。ほかにタイムスリップの趣向がある『聖フランシスコ・ザビエルの首』（〇四・講談社ノベルス）など。

柳蒼二郎（やなぎ・そうじろう　一九六四〜）戦国時代を舞台に、異形の忍者の少年の戦いを描いた『異形の者』（〇一・学研）で歴史群像大賞受賞。柳生十兵衛の異界での体験や妖物との戦いを描く伝奇時代小説『邪眼』（〇二・同）、江戸時代初期を舞台に、八ケ岳山中に育った異形の狗神憑きの少年を描いたピカレスクロマン《非の王》（〇四・Cノベルス）、異形の僧・隆光の陰謀を阻止しようとする水戸光圀と配下の異能者たちの戦いを描く伝奇ロマン『元禄魔伝』（〇四・トクマ・ノベルズ）などがある。

柳瑠美（やなぎ・るみ　？〜）静岡県生。双子の姉妹の命を奪ったという思いに悩まされていた少女が、未生の姉妹の出現により、自身の中に強い生命力を取り戻す『光の絆』（二〇〇三・講談社X文庫）がある。

柳田國男（やなぎた・くにお　一八七五～一九六二）兵庫県神東郡田原村生。医師・漢学者の松岡賢次・たけ夫妻の六男。〇一年に柳田家の養子となる。東京大学政治科卒。大学在学中『しからみ草紙』『文学界』に松岡國男、大峰古日などの名で短歌や新体詩を発表する。九七年、国木田独歩、田山花袋、太田玉茗らとの合詩集『抒情詩』に「野辺のゆきゝ」三十篇を載せた。一九〇〇年、農商務省農務局に入る。〇九年、北陸一円および東北地方に旅行。日本民俗学の出発を告げる『後狩詞記』を出版。以後『遠野物語』、『山東民譚集』（一四）などに日本各地の民俗・伝承を流麗な文章で録述する。一三年、高木敏雄と『郷土研究』を創刊、民間信仰の調査研究を推進する地方在住研究者のネットワーク作りに着手。一九年、貴族院書記官長の職を辞し、官界を離れる。三五年『民間伝承』を創刊。〈常民〉の概念を基盤におく民俗学の体系化を理論・実践の両面で推進、多大な業績を収めた。主な著作に『民間伝承論』（三四・共立社）『木綿以前の事』（三九・創元社）『妹の力』（四〇・同）『海上の道』（六一・筑摩書房）ほか多数。

　柳田民俗学の原点が、天狗や山人、あるいは魂の行方といった広義の怪談探究にあったことは、最初期の「幽冥談」（〇五）「怪談の研究」（一〇）といった談話や、博文館勤務時代の花袋と共同で編纂校訂にあたった『近世奇談全集』（〇三・博文館）などによって裏づけられよう。また柳田は泉鏡花、水野葉舟らとも親しく、明治末に始まる怪談文芸ムーヴメントの伴走者的なポジションにあった。とりわけ葉舟を通じて、遠野出身の文学青年・佐々木喜善と知り合ったことが『遠野物語』誕生の契機となった史実は名高い。ほかに幻想文学サイドから注目に値する著作として、『山の人生』（二六・郷土研究社）『妖怪談義』（五六・修道社）や、芥川龍之介の諸作をしのぐ傑作コントと石川淳が評した表題作を含む『一目小僧その他』（三四・小山書店）など。怪談関連の文業をまとめた一巻本選集に、東雅夫編『文豪怪談傑作選　柳田國男集　幽冥談』（〇七・ちくま文庫）がある。

▼『柳田國男全集』全三十二巻（八九～九一・筑摩書房）

【遠野物語】口碑・巷談集。一〇年聚精堂刊。岩手県中部・早池峰山麓の遠野郷に伝わる伝説や土地の風習、巷談など全百十九節から成る。地元出身の佐々木喜善からの聞き書きと柳田は序文で断っているが、流麗な文語文による表現はまぎれもなく著者独自のものといえよう。内容で目立つのは、オシラサマ、ザシキワラシ、山男、山女、河童、狼や猿の怪異など夥しい数にのぼる妖異譚である。本書は刊行直後から泉鏡花らの熱い称讃を受けたが、幻想文学との関連で最も注目されるのは、「小説とは何か」における三島由紀夫の言及だろう。三島は、本書第二十二節の幽霊譚を掲げた後、幽霊が〈裾にて炭取にさはりしに、丸き炭取なればくる〳〵とまはりたり〉というくだりに〈あ、ここに小説があった〉と感嘆し、そこに彼の小説観の根幹ともいうべき、現実を震撼させる卓越した文章力を認めている（ちなみに澁澤龍彦は「ランプの廻転」冒頭で、三島のこの指摘に異議と共感を表明し、炭取ならぬランプが廻りだす泉鏡花の「草迷宮」へと論旨を進めている）。なお、三島は『遠野物語』を評して次のようにも述べている。〈歴史から取り残された山間の一聚落に伝えられた、人間生活の恐怖の集大成〉。

柳田有里（やなぎだ・ゆり　？～）愛知県名古屋市生。不幸な恋人たちを誘い込む花園に迷い込んでから、魔性の力を身につけた少年を描く『魔性の郷』（一九九四・講談社X文庫）でホワイトハート期待賞を受賞。受賞当時高校生で、ほかに数作、耽美的な恋愛小説を執筆している。

やなぎやけいこ（やなぎや・けいこ　一九四二～）本名柳谷圭子。東京生。慶応義塾大学経済学部中退。大学三年のときに交通事故に遭い、右手足に障害が残る。事故の後、アルゼンチンのサルバドール大学歴史文学部に留学。インカのアタワルパの時代を描く歴史フアンタジー『はるかなる黄金帝国』（八一・旺文社）で産経児童出版文化賞受賞。同作は、貴族に拾われた子供を主人公に、予知能力のある義妹を副主人公にして、二人の成長と愛、インカ皇帝兄弟の確執に揺れる帝国の行方を追ったもので、続篇に、兄妹の息子を主人公にしてインカの最期を描く『まぼろしの都のインカたち』（八二・同）がある。ほかに、山中の湖畔のボートハウスの管理人が、動物や植物の化身たちと交流する『ボートハウスのお客さま』（八五・同）、同工の『ひみつの友だち』（九一・同）など。

柳原向（やなぎわら・むこう　生没年未詳）狂歌師。大田南畝の弟子で、天明狂歌壇で判者として活躍。黄表紙に、帝の夢に現れた炭団を下賜された唐来参和がそれを焚くと美女が現れて芸者となる『唐来参和名剣徳』（一七八七／天明七、鳥文斎栄之画）がある。

やなせたかし（やなせ・たかし　一九一九〜）本名柳瀬嵩。高知県香美郡在所村生。東京高等工芸学校図案科卒。イラストレーター、漫画家、詩人、作家。会社員を経て五三年、フリーランスとなる。七二年、雑誌『詩とメルヘン』を創刊、同誌編集長を三十年務めた。同年、手塚治虫らと共に〈漫画家絵本の会〉を結成、展示会を開くなど、様々な活動を展開した。七三年、おなかがすいた人に自分の顔を食べさせてあげるアンパンの勇者が活躍する「アンパンマン」の掲載を『キンダーおはなしえほん』にスタート、子供たちの絶大な支持を得て、アニメ化、キャラクター商品化された。絵本のほかに小説も執筆し、ファンタスティックな短篇が多数ある。ツキの魔女に愛された売れないマンガ家ヤルセ・ナカスの運命の転変を描く表題作のほか、「やさしいライオン」、詩人のニコルと足の生えている小さな鯨の恋愛物語「FUGUJIRA」などを収録する短篇集『アゴヒゲの好きな魔女』（六八・山梨シルクセンター出版部）、お腹からあんぱんを取り出して飢えた子供たちにばらまく「アンパンマン」、狼と共に戦う羊を描いた「チリンの鈴」、サン・テグジュペリ『星の王子さま』の影響著しい「バラの花とジョー」などを収録する『十二の真珠』（七〇・サンリオ）、ヤルセ・ナカスと仙人の少女の交流を描いた短篇「霧野仙子」とショートショートを収録する『夜霧の騎士』（七九・同）、異次元からの手紙や袋小路から抜けさせてくれる少女などを描くショートショート集『三分間劇場』（八九・サンリオ）、「シンデレラ」「白雪姫」など誰もが知っている名作をひとひねりした大人のためのメルヘン集『三枚劇場』（九七・近代文芸社）などがある。

梁取三義（やなとり・みつよし　一九一二〜九三）本名光義。福島県生。新聞・雑誌などの記者を経て作家となる。代表作は『二等兵物語』（五三〜五七）。霊魂を物質のように取り扱い、霊波テレビで透視をしたりするマッドサイエンティスト、引力を切断して北海道の奥地に飛行し去る新興宗教教団などが登場する連作短篇集『淫神邪教事件』（五八・採光新社）がある。

矢野徹（やの・てつ　一九二三〜二〇〇四）愛媛県松山市生。中央大学法学部卒。五七年、SF同人誌『宇宙塵』の設立に名を連ね、渡辺啓助、今日泊亜蘭らとSF同人〈おめがクラブ〉を設立。日本SF界の草分けであり、膨大な数のSFの翻訳があり、著書も多い。主な訳書に、スタージョン『人間以上』（六三・早川書房）、ステープルドン『オッド・ジョン』（六七・同）、ハーバート《デューン》（七二〜八七・ハヤカワ文庫）、ムアコック《火星の戦士》（七二・同）、マシスン『地獄の家』（七七・同）など。一般的なSFの代表作に、滅亡テーマの『地球0年』（六九・立風書房）など。怪奇幻想と関わるものに次のような作品がある。自作のヨットで海へ繰り出した少年がひょんなことから宇宙船に乗って、お化けの国をはじめとする奇妙な星を旅して歩くユーモアSFファンタジー『コブテン船長の冒険』（七六・角川文庫）、不老不死のイディオットから生まれた超能力者、超能力者を集めて結社を作る奇怪な老人、他惑星の失踪者調査員などが入り乱れる、アメリカSFへのオマージュの要素や伝奇幻想的ムードもある代表作『折紙宇宙船の伝説』（七八・早川書房）、幕末を舞台に、キャプテン・キッドの財宝の謎を解く鍵だという〈カムイの剣〉を身につけた、アイヌの血をひく少年の波瀾に満ちた冒険を描く歴史伝奇『カムイの剣』（七〇・立風書房、アニメ化）、ドイツを舞台に、罪の浄化を待つ亡霊たちに日本人の恋人たちが関わる短篇「さまよえる騎士団の伝説」、戦中に新開発の深海潜水艦で、海底のアトランティスに行った男の話「昇天する箱舟の伝説」、ヨガの不思議を描くミステリ風の「雪嶺の密使」ほかを収録する短篇集『昇天する箱舟の伝説』（七四・ハヤカワ文庫）など。

矢野龍渓（やの・りゅうけい　一八五一～一九三一／嘉永三～昭和六）本名文雄。豊後国生。佐伯藩士の子として生まれ、藩校などに学び、藩主の側近を務めた。慶応義塾卒。同塾の教師、大蔵省書記官などを経て『郵便報知新聞』社主となる。大隈重信の片腕として政界でも活躍し、立憲改進党の有力メンバーに名を連ねた。また古代ギリシアのテーベの歴史を読本風に仕立てた『〈斉武名士〉経国美談』（八三～八四・報知社）などの啓蒙的小説を執筆。南進論に基づいた作品で、海洋冒険小説の先駆というべき『〈報知異聞〉浮城物語』（九〇・同）、ユートピア風の寓意小説『新社会』（〇二・大日本図書）などがある。ほかに、ボーモン夫人のメルヘン集の翻訳を補作した『西洋仙郷奇談』（九六・東陽堂、井上寛一訳述）など。

矢野目源一（やのめ・げんいち　一八九六～一九七〇）詩人、エッセイスト。東京生。号に幻庵居士。慶応義塾大学仏文科卒。柳沢健の『詩王』、堀口大學の『パンテオン』『オルフェオン』に参加し、詩人として世に出る。詩集に『光の処女』（二〇・籾山書店）、日夏耿之介の序文を冠する『聖瑪利亜の騎士』（二五・同）など。江戸趣味と泰西異端文化への偏愛が色濃い独特の詩や散文を発表。訳書に、ベックフォードのゴシック小説『ヴァテック』（三二・春陽堂）やシュウォッブの幻想短篇集『吸血鬼』（二四・新潮社）と『古希臘風俗鑑』（二九・第一書房）、レニエの『ド・ブレオ氏の色懺悔』（二四・春陽堂）、ヴィヨン等の中世訳詩集『恋人へおくる』（三三・第一書房）など。戦後は艶笑文学の分野で一家を成し、著書に『風流色めがね』（五四）『幻庵清談』（五三）などがある。日夏耿之介一門の学風を体現した詩人翻訳家の筆頭に挙げられるべき異才であり、フランス系幻想文学紹介の先覚者であった。

矢矧零士（やはぎ・れいじ　一九六一～）別名に坂岡真《しん》。新潟県生。早稲田大学卒。会社員を経て作家となる。秋月達郎との共著で太平洋戦争シミュレーション戦記を多数執筆。昭和の歴史自体を改変した『日本独立戦争』（九八・PHP研究所）など。坂岡名では、江戸時代を舞台に、魔に魅入られて惨殺・死体損壊を重ねる人々を、名剣を持つ浪人が霊感少女に導かれるように退治する連作短篇集『降魔剣膝丸』（〇四・トクマ・ノベルズ）がある。

矢彦澤典子（やひこざわ・のりこ　一九六〇～）長野県生。国学院大学栃木短大国文科卒。江戸風の異世界を舞台に、幻術使いの女や美貌の魔人たちが戦いを繰り広げる『天水山時《てんこおるときは》暁《あかつき》』（九二・スーパーファンタジー文庫）で第一回ファンタジーロマン大賞受賞。若君が透明人間にされてしまった結城家のお家騒動を描く『夢魂灯黄泉懸橋《ゆめあかりよみのかけはし》』（九二・同）、魔法によって歪みが生じている和風の異世界に召喚された女子大生の冒険を描く『蛇剣《へびつるぎ》』（九三・同）、日本風別世界を舞台に、権力争いに端を発した事件を描く『海皇記』（九七・同）などのファンタジーがある。

山藍紫姫子（やまあい・しきこ　？～）新潟県生。同人誌出身のBL小説作家。一九八〇年代より執筆し、九二年に商業デビュー。怪奇幻想系作品に、両性具有物『虹の麗人』（九二・白夜書房）、伝奇的趣向のあるホラー・ミステリ《闇の継承・日影成璽》（九三・同）、霊界的日本を舞台にした伝奇アクション『邪神記』（九六・コアマガジン）、死者の記憶が読める刑事が主人公の怪奇ミステリ《スタンレー・ホークの事件簿》（九六・芳文社＝花音ノベルズ）など。

『病草紙』（やまいのそうし　平安時代末期成立）絵巻。作者未詳。奇病、怪治療法の数々を淡々と記したもの。幻想文学方面では特に、小法師の幻覚を見る男が有名。『地獄草紙』『餓鬼草紙』とセットで六道絵を形成していたのではないかといわれ、その考えに従うと、これは人間界の相ということになろう。

山浦弘靖（やまうら・ひろやす　一九三八〜）東京生。早稲田大学文学部中退。脚本家。アニメや特撮の脚本を中心に多数の作品を手がける。テレビアニメ「銀河鉄道９９９」（七八〜八一）「伝説巨神イデオン」（八〇）、特撮「ミラーマン」（七一〜七二）、映画「ゴジラ対メカゴジラ」（七四）「首都消失」（八七）など。アニメのノベライゼーション『さよなら銀河鉄道９９９』（八一・ソノラマ文庫）で小説家としてもデビューし、トラベル・ミステリを中心に多数の作品を執筆。幻想的なものに、異次元の新地球に走る幻の超特急ゲルニカとこちらの世界の失踪者の謎を追うSFミステリ《幻の黄金超特急》（八三〜八五・コバルト文庫）、未来の荒廃した東京を舞台に、救世主であることを告げられた少女の活躍を描くサイキック・アクション『大霊獣』（九一〜九二・スーパーファンタジー文庫）、猫に自在に変身できる中学生の少女が活躍するミステリ&ラブコメディ《恋猫》（九一〜九二、九五・同）、霊能力のある脚本家が探偵役の《オカルト探偵まり子》（九二・徳間文庫）などがある。

山尾悠子（やまお・ゆうこ　一九五五〜）岡山市生。同志社大学文学部国文科卒。大学在学中の七五年『SFマガジン』に「仮面舞踏会」が掲載され、デビュー。卒業後、山陽放送テレビ制作美術部に勤務の傍ら小説を発表し、七八年、第一短篇集『夢の棲む街』を刊行。硬質な文体で幻想的な異世界を造形する新鋭の登場として注目を集めた。七九年、退職し執筆に専念。SF雑誌を中心に数年にわたって短篇を発表し、卓越した詩的な文体で、崩壊の予兆を孕む別乾坤を創造し、しかる後にそれを崩壊させるというパターンの作品を多く書いた。長篇作品に、人間の〈たましいの顔〉を彫りあげる能力を持った〈影盗み〉の出現によって崩壊していく鏡の王国の物語『仮面物語』（八〇・徳間書店）があり、この作品は後に「ゴーレム」（二〇〇〇）という短篇の形で、〈完成版〉が書かれている。そのほかリリカルなファンタジー連作「初夏ものがたり」を含む短篇集『オットーと魔術師』（七八・コバルト文庫）、歌集『角砂糖の日』（八〇・深夜叢書社）などがある。歌集から一首を引く。〈素朴画風に商標となる日の跳ねうさぎ燐寸箱さへやさしく擦らむ〉

出産を契機に一時期文筆から離れていたが、九九年に執筆活動を再開した。

▼『山尾悠子作品集成』（国書刊行会・二〇〇〇）

【夢の棲む街】短篇集。七八年早川書房（ハヤカワ文庫）刊。円形劇場を中心に漏斗状に構築された幻想都市。屋根裏部屋には天使が繁殖し、地下室には人魚がまどろむ娼館から這い出した〈夢喰い虫〉のバクは、異変に蝕まれる市街を徘徊する。超越者からの招待状を手に、異形の市民たちは円形劇場へと急ぐ……祝祭的異空間に招来されるカタストロフをきらびやかに描く表題作をはじめ、基底と頂上の存在しない一本の円筒型の塔の内部に存在する〈腸詰宇宙〉のコスモグラフィーを思弁的な文体で綴った名作「遠近法」、ルナティックな異世界ファンタジー「ムーンゲイト」など全六篇を収録。澁澤龍彦で育った世代の文学的出発を告げたとも称すべき記念碑的短篇集である。

【破壊王】短篇連作。八〇年一、三、五月『SF奇想天外』掲載。『仮面物語』に次いで長く、物語的な作品。古代中国、中世日本などを思わせる架空の世界を舞台に、ある血筋の者が世界を滅ぼす契機となるという伝説をめぐって、滅亡への恐れと憧れとに引き裂かれる王や芸術家たちの姿が鮮烈に描かれる。この破滅の予兆みなぎる薄暗い世界は、山尾以外の作家には書けないものである。小品「繭」（『夢の棲む街／遠近法』［八二・三一書房］に書き下ろし）は「破壊王」の完結篇の縮小版。

【ラピスラズリ】連作短篇集。〇三年国書刊行会刊。〈私〉が三葉の銅版画〈人形狂いの奥方への使い〉〈冬寝室〉〈使用人の反乱〉を眺めているところから幕を開ける。どうやら物語の挿画らしい。画廊の主は粘つくような説明を始める……（「銅版」）。次に続く「閑日」「竈の秋」はその銅版画と結びついている物語。《ゴーメンガースト》を連想させる巨大な館や奇矯な人物を背景に、〈冬眠〉という不思議な習性を持つ一族の少女ラウダーテとゴーストの物語が綴られていく。その変奏曲といえる第四話「トビアス」は、見知らぬ日本で繰り広げられる不可思議な逃亡劇。そしてすべてのもとになったらしい聖フランチェスコの物語「青金石」。鮮やかな視覚的描写、全体とどう関わるのか曖昧なままのファンタスティックな細部が、強烈な印象を残す。現実以上にリアルな夢のような、山尾ならではのファンタジーである。

山岡元隣（やまおか・げんりん　一六三一～七二／寛永八～寛文一二）本名徳甫、通称新三郎。別号に玄水、而慍斎、抱甕斎、洛陽散人。伊勢山田の商家に育ち、商いを業としていたが、病弱のために廃業して学問を学ぶ。医学を修めて医業を営む傍ら、北村季吟のもとで俳諧、古典を学び、高弟となって活躍した。多数の古典注釈書と俳諧関係の本があるほか、仮名草子も執筆した。元隣の息子の元恕が遺稿を元に編纂した死後出版の『古今百物語評判』（一六八六／貞享三）は、門人たちの怪異現象・化物についての質問に、博覧強記の元隣が和漢の例を引きつつ答え、講釈を加えるという形式で四十二話を収録。怪異現象を理屈づけようとしたいわゆる〈弁惑物〉だが、すべてを陰陽二気へと還元させるという方法論であるため、怪異が怪異のままに留まる場合が多々ある点が特徴的である。

山岡荘八（やまおか・そうはち　一九〇七～七八）本名藤野（旧姓山内）庄蔵。新潟県生。高等小学校中退。代表作に吉川英治文学賞、長谷川伸賞受賞の時代小説『徳川家康』（五〇～六七）。初期には、伝奇時代小説、少年小説などを執筆している。少年小説に、最新鋭の潜水艦で海底の文明の進んだ国に行くSF『星吠ゆる海』（四八・神田出版）、伝奇時代小説『変幻髑髏丸』（五四・偕成社）などがある。

山形石雄（やまがた・いしお　？～）死者が本になって図書館に収められる世界を舞台に、武装司書たちが本を守るために戦うアクション《戦う司書》シリーズ（二〇〇五～・スーパーダッシュ文庫）でスーパーダッシュ小説新人賞大賞受賞。

山上龍彦（やまがみ・たつひこ　一九四七～）漫画家（詳しくは漫画家事典参照）。養鶏の農村を巨大化した鶏が襲う怪獣パニック物『ブロイラーは赤いほっぺ』（八八・河出書房新社、後に「鶏《とり》」と改題）を皮切りに小説も執筆するようになり、九〇年以後は漫画から引退している。

山河勇（やまかわ・いさむ　？～）ポルノ小説を執筆。退魔師物『魔狩人九音』（二〇〇五・二次元ドリームノベルズ）ほか。

山川健一（やまかわ・けんいち　一九五三～）千葉市生。早稲田大学商学部卒。七七年「鏡の中のガラスの船」が群像新人文学賞優秀作となり、デビュー。ロック歌手でもあり、ロック世代を代表する作家といわれる。ロック青春小説、単車《バイク》小説などを中心に執筆し、代表作に『サザンクロス物語』（八八）など。植物に人の心を読む能力があることに気づいたカメラマンが、人の心の操作をする奇妙な委員会と関わりをもち、委員会に記憶を消された女と内的な同化を果たすまでをサスペンスタッチで描いた近未来SF風恋愛長篇『真夏のニール』（八八・集英社）のほか、近未来SF『ヴァーチャル・エクスタシー』（九八・幻冬舎）『ジーンリッチの復讐』（〇一・メディアファクトリー）などがある。オカルト的なものに傾倒し、ドラッグ関係の翻訳や空海入門書を刊行。またオーラ視体験などについて語ったスピリチュアル・エッセー『オーラが見える毎日』（九九・大和出版）などの著作もある。

山川方夫（やまかわ・まさお　一九三〇〜六五）本名嘉巳。東京上野桜木町生。父は日本画家・山川秀峰。慶応義塾大学仏文科卒。五四年、田久保英夫らと『三田文学』（戦後第三次）を発刊。編集を担当した二年間に江藤淳、曽野綾子ら多くの新人を発掘した。五八年『文學界』に「演技の果て」「その一年」「海の告発」などの短篇を相次ぎ発表、それぞれが芥川賞候補となり文壇の注目を集める。以後、文芸誌のほか『ヒッチコック・マガジン』や『映画評論』などにもショートショートやエッセーを発表。六四年には「クリスマスの贈り物」が直木賞候補に、「愛のごとく」が芥川賞候補となり、「お守り」がアーサー・ケストラーの推薦、サイデンステッカーの翻訳により米国誌『ライフ』本国版に掲載された。清新な抒情を湛えた短篇の名手として活躍が期待されたが、六五年二月十九日の昼下がり、二宮駅前の国道横断中、小型トラックにはねられ翌日死去した。短篇集『海岸公園』（六一）『愛のごとく』（六五）のほか、幻想的な掌篇集『親しい友人たち』がある。

【親しい友人たち】掌篇集。六三年講談社刊。日本で自殺したフランス青年の霊が、お盆の下界で経験する幻滅と恋を描く「ジャンの新盆」、あこがれの壺を入手すべくトロブリアンド諸島に渡ったコレクターが、壺作りの老婆を訪ね、壺の代償に男性自身を奪われる「蒐集」等、『ヒッチコック・マガジン』連載の表題作十二篇に、集合団地の非人間的な画一性をドッペルゲンガー幻想の形で描いた「お守り」ほか十一篇を加えたショートショート集。人間性の深淵に注がれる山川の犀利なまなざしが、各篇にアイディア・ストーリーの枠を超えた深みと抒情を与えている。

山際遥（やまぎわ・はるか　？〜）ポルノ小説のファンタジー・コメディ『俺はオンナだ!?』（一九九三・ナポレオン文庫）『アリスの国の不思議!?!?』（九五・同）などがある。

山際素男（やまぎわ・もとお　一九二九〜二〇〇九）三重県生。法政大学文学部卒。新聞社勤務を経て作家となる。インドの実情に詳しく、その関係のノンフィクションが多い。幻想文学にも関連するノンフィクションに『不可触民』（八一・三一書房）など。また『マハーバーラタ』全九巻（九一〜九八・三一書房）を翻訳している。小説に、殺戮の女神カーリーの使徒である殺人集団タグの首領たるべく育てられた青年を主人公に、タグの習俗・人物像・歴史を語り、同時にカーリーそのものについて語った長篇小説『カーリー女神の戦士』（八九・三一書房）がある。

山口泉（やまぐち・いずみ　一九五五〜）本名森真冬。長野県生。東京芸術大学美術学部中退。「夜よ　天使を受胎せよ」（七七）で太宰治賞優秀作に選ばれる。思春期になると生きていくための酵素を貰う旅に出なければならない吹雪の星の子供たちを描く『吹雪の星の子どもたち』（七七・径書房）などの異世界ファンタジー、現実の寓意的な投影である別世界を舞台に、世界のありように焦燥する若者たちをペシミスティックに描く『旅する人びとの国』（八四・筑摩書房）ほかの観念小説を発表した後、パラレルワールドを思わせる別世界を舞台に、物語の中で繰り広げられる幻想的な劇がいつしか地の物語と響きあって一つの流れを作り出すという凝った設定のファンタジー『宇宙のみなもとの滝』（八九・新潮社）で第一回日本ファンタジーノベル大賞優秀賞受賞。しかしその後はファンタジーの方向へは向かわず、現実を直接反映させた寓話的な作品や、現実呪詛に満ちた観念的な作品を執筆。現代史に登場する具体的な場所を舞台に、大量虐殺や差別、エイズや脳死、肉体や生命の商品化、戦争責任、歴史の抹殺などの主題を、象徴的・寓話的に展開する短篇小説集『ホテル・アウシュヴィッツ』（九八・河出書房新社）ほかがある。

山口恵美子（やまぐち・えみこ　一九五八〜）福岡県直方市生。長崎大学教育学部卒。教師を経て『風待村の銀ぎつね』（八三・佑学社）で児童文学作家としてデビュー。同作は、かつて人間に虐殺された狐たちの頭《かしら》であった銀狐が甦り、子供をさらったりして人間の身勝手さに警告を発するという、自然との共存をテーマとしたファンタジーである。

山口誓子（やまぐち・せいし　一九〇一～九四）俳人。本名新比古《ちかひこ》。京都市上京区生。東京大学法学部卒。『天狼』を主宰。『凍港』（三二）以下『黄旗』（三五）『炎昼』（三八）『七曜』（四二）『激浪』（四四）『遠星』（四七）等々句集多数。鬱勃たる大家ながら、折々に〈昼ながら天の闇なり菖蒲園〉〈からくりの鞭ひしひしと夏祭〉〈青野ゆき馬は片眼に人を見る〉〈蟋蟀の無明に海のいなびかり〉〈螢死す風にひとすぢ死の匂ひ〉等々、不吉にして華麗なる秀句を吟《よ》んでいる。

山口タオ（やまぐち・たお　？～）児童文学などを執筆。巨大な耳の怪物が登場する『ゾウイルカラスがやってくる』（一九九〇・国土社）、人語をしゃべる猫と少年の交流を描く低学年向け童話《のらねこソクラテス》シリーズ（九五～〇一・岩崎書店）、もう一つの地球との接触を通して平和を訴えるSF『もっと人類を愛そう』（九一・スーパーファンタジー文庫）など。

山口剛（やまぐち・たけし　一八八四～一九三二）国文学者。茨城県土浦町生。東京専門学校（後の早稲田大学）高等師範部国漢文学科卒。教職の傍ら和漢にわたる文学研究を進めるが、関東大震災により一切を焼失。二四年より早大教授となり、近世文学研究の基礎を築いた。井原西鶴、近松門左衛門の研究や『桃花扇伝奇』ほか中国文学の訳業で名高い。山口は《日本名著全集・江戸文芸の部》（二六～二九・日本名著全集刊行会）の編纂・校訂・解説に、文字どおり晩年の心血をそそいだ。同叢書に含まれる『怪談名作集』（二七）と『読本集』（同）は、江戸幻想文学アンソロジーの基本図書として、戦前戦後を通じて長らく愛読された。各巻に付された解説も、積年の蘊蓄を傾けつつ文学的雅趣に富む名文で、後に『近世小説』全三巻（四一・創元社）として単行本化されている。山口の文才は、江戸中期の文芸界を小説形式で描いた『明和の一人』にも躍如としている。

▼『山口剛著作集』全六巻（七二・中央公論社）

山口椿（やまぐち・つばき　一九三一～）東京神田三崎町生。サディスティックな官能小説や、ドラッグ・精神病・死に関するエッセーなどを執筆。怪奇幻想系官能小説に、妖術や亡霊などが登場する血みどろで残虐な時代物『恋寝刃地獄聞書《こいのねたばじごくのききがき》』（九一・トレヴィル）、同じく西洋物『カメリア怪奇幻想館』（九五・同文書院）など。エロティシズム漂う古典を嗜虐趣味とあからさまな官能で書き替えた『雨月物語』（〇二・小学館）をはじめとする翻案群もある。

山口年子（やまぐち・としこ　一九三四～）大阪府豊中市生。大阪相愛女子短期大学国文科卒。六八年「集塵」で女流新人賞を受賞。日本の風土に根ざした妖異空間を濃密な文体で描く。長篇に女性同性愛を扱った『雨と霧のエロティカ』（六九）がある。奈良の辺地に隠棲する老教授を訪ねた教え子が、竹林に囲まれた家で目にするおぞましい妖異を描いた「かぐや變生」（七四）、〈闇〉に魅入られ、その子を孕まされる娘の物語「誕生」（七四）の二篇を、『幻想と怪奇』に寄稿して注目を集めた。

ヤマグチノボル（やまぐち・のぼる　一九七二～）別名に山口昇一。茨城県生。明治大学政経学部卒。いくつかの職業を経て、ゲームの脚本家となる。角川スニーカー文庫でゲームのノベライゼーションなどを執筆した後、オリジナルの青春小説『つっぱれ有栖川』（〇三）を刊行。別世界に召喚されて強大な魔法を操る少女に仕えることになった高校生の少年を描く『ゼロの使い魔』（〇四～・MF文庫J）により人気作家となる。同作はアニメ化もされた。ほかに、押しかけ女房型ファンタジー『サンタ・クラリス・クライシス』（〇五・富士見ファンタジア文庫）、近代科学と魔力が併存するパラレルワールドを舞台に、魔女の少女たちが正体不明の侵略者と戦うというメディアミックス展開用の設定による戦記アクション『ストライクウィッチーズ』（〇六～・同）など。また、青少年向けポルノなども執筆している。

山口雅也（やまぐち・まさや　一九五四～）神奈川県横須賀市生。早稲田大学法学部卒。ミステリやポピュラー音楽に関する評論・エッセーを発表。ゲームのノベライゼーションを機にミステリ作家となる。八九年、特異な世界設定下でミステリを展開した異色作『生ける屍の死』で小説家として本格的にデビュー。武士道、遊廓など江戸時代の文化がそのまま継続した架空の現代日本を舞台にした短篇連作集『日本殺人事件』（九四・角川書店、日本推理作家協会賞）『續・日本殺人事件』（九八・同）ではさらに幻想的なミステリを展開。「佗の殺人」では禅的な論法で事件を解釈し、「実在の舟」ではメタフィクション風にすべてを幻想へと落とし込んでしまう。ほかに、ホラー、メタノベル、ミステリのパロディなど様々な要素を含んだ奇妙な味の短篇集『ミステリーズ』（九四・講談社）『マニアックス』（九八・同）がある。自身の現実を反映させて書いたと思われる『奇偶』（〇二・同）は、片目の視力を失った主人公のミステリ作家が、奇妙な偶然の連続に巻き込まれて宗教的な世界へと呑み込まれていく様をミステリ風に描いたオカルト小説になっている。

【生ける屍の死】長篇小説。八九年東京創元社刊。ニューイングランドの郊外の町を舞台に、死者が蘇ってしまうという特異な世界設定のもと、その設定ならではの謎解きを用意した本格ミステリ。霊園を経営する一家の周囲で連続殺人事件が起きる。だが、殺されても死者は蘇ってしまう。死者が生き返るのならば、殺人という行為にどんな意味があるのか？　という生と死をめぐる哲学的テーマを織り込みながら、ミステリの存在意義にまで迫っていく。全体の雰囲気はスラプスティックで、小説としての完成度も高い。通常のミステリの枠を打ち破りつつ、なおかつ本格ミステリであるという離れ業を演じ、後続の作家にも強い影響を与えた。

山口裕一（やまぐち・ゆういち　一九三四～）満州安東市生。早稲田大学理工学部機械工学科卒。ＮＨＫでディレクターなどを務めた。児童文学や地図をめぐるエッセーなどを執筆。未来の人民共和国日本が編纂した資料という形で、神経症患者たちの大量蒸発・地下国家建設などの経緯をつづった諷刺的小説『キチガイ同盟』（六七・三一書房）がある。

山崎忠昭（やまざき・ただあき　一九三六～九九）新潟県生。早稲田大学文学部演劇学科卒。在学中にワセダ・ミステリ・クラブの創設に関わる。卒業後、池田一朗（隆慶一郎）に師事し、脚本家となる。映画の代表作に「野獣の青春」（六三）ほか。その後、テレビの脚本を手がけるようになり、主にテレビアニメで活躍した。脚本の代表作にテレビドラマ「光速エスパー」（六七～六八）、テレビアニメ「ムーミン」（六九～七〇）、人形劇「ネコジャラ市の11人」（七〇）、劇場用アニメ「長靴をはいた猫　八〇日間世界一周」（七六）、テレビアニメ「闇の帝王　吸血鬼ドラキュラ」（八〇）「聖闘士星矢」（八六～八九）など。小説に、高校生の少年がバラ十字団の超能力者と協力し、ガールフレンドを生贄に用いた黒魔術で世界を暗黒にせんとたくらむ魔人と、名刀村正で破邪の戦いを繰り広げる『悪魔がねらっている』（七一・ソノラマ文庫）がある。同作はジュヴナイルながら、西洋オカルトを導入したオカルト・アクションとしては先駆的な作例である。

山崎晴哉（やまざき・はるや　一九三八～二〇〇二）東京生。早稲田大学文学部露文科卒。虫プロダクションを経てフリーの脚本家となる。アニメを中心に多数の作品を手がけ、代表作に「キン肉マン」シリーズ（八三～九二）「スペースコブラ」（八二）「ザナドゥ　ドラゴンスレイヤー伝説」（八八）などがある。脚本を手がけたアニメのノベライゼーション『ルパン三世　カリオストロの城』（八二・コバルト文庫）を皮切りに、小説にも手を染めるようになり、次第に小説家としての活動の方が目立つようになった。クレオパトラを素材にしたラブロマンス《アレキサンドリア物語》（八九～九一・同）、別世界を舞台に、大陸統一の野望をもって他国を滅ぼす王に立ち向かう少年たちを描く《王国物語》（九一・スーパーファンタジー文庫）、幕末を舞台に陰で歴史を動かそうとする暗黒の力に沖田総司らが立ち向かう伝奇ファンタジー『総司！』（九一～九三・同）などのほか、パラレルワールドが舞台の超技術物太平洋戦争シミュレーション戦記『超潜空戦艦「信長」』（二〇〇〇～〇一・コスモノベルス）などがある。

山崎美成（やまざき・よししげ　一七九六～一八五六／寛政八～安政三）随筆家。通称新兵衛、後に久作。号に北峰など。江戸長者町の薬種商の子に生まれ、家業を継いだ。読書を好んで家産を傾けたという。屋代弘賢らと奇談同人会〈耽奇会〉を始め、馬琴の参加を得てその記録『耽奇漫録』を残す。また馬琴と共に兎園会を主宰した。後に平田篤胤に引き取られる天狗小僧・虎吉を、自宅で世話しており、その聞き書き『平児代答』（二〇／文政三）がある。奇事異聞、世間話から歴史・故実まで雑多に書き留めた随筆集『海録』（同起筆、三七／天保八）にも虎吉の話題が載る。ほかの随筆集に、様々な話題を集めた『三養雑記』（四〇／同一一）、奇事異聞、善行録など変わった話題を集めた『提醒紀談《ていせいきだん》』（五〇／嘉永三）ほか多数。

山下篤（やました・あつし　一九五八～）広島県生。神奈川大学外国語学部スペイン語学科卒。出版社勤務の傍ら、児童文学を執筆。修行によって千里眼、百年睡眠の術、透明になる術、重量下げの術を体得した〈基本紳士〉が、コロンブスの新大陸発見やライト兄弟の飛行機実験を助けたり、孫悟空の子孫と共に悪い金貸しをやっつけたりするユーモア・ファンタジー『うそか？ほんとか？基本紳士の大冒険』（〇四・理論社）がある。

山下京右衛門（やました・きょうえもん　一六五二～一七一七／承応元～享保二）歌舞伎役者、歌舞伎狂言作者。京都烏丸通の塗師屋の子として生まれ、成人して後に歌舞伎役者となる。初めに夜深半左衛門、次いで山下半左衛門と名乗る。座元や作者も務めた。中村七三郎との合作に、諏訪家のお家騒動に歌舞伎の様々な趣向を取り入れた当たり作で、反魂香の趣向による怨霊事が含まれる「けいせい浅間獄《あさまがだけ》」（九八／元禄一一）がある。

山下欣一（やました・きんいち　一九二九～）鹿児島県名瀬市生。奄美のユタ研究の第一人者。研究書に『奄美のシャーマニズム』（七七・弘文堂）『奄美説話の研究』（七九・法政大学出版局）『南島説話生成の研究』（九八・第一書房）『南島民間神話の研究』（〇三・同）ほか多数。採集による民話集『奄美大島大和村の昔話』（八六・同朋舎出版）、民話絵本『たいようの子マタラベ』（七六・小峰書店）のほか、奄美大島のいたずら好きの妖怪ケンムンを語り手兼主人公として、人間の子供との交流、ケンムンたちの生活と仕事、不思議な試練を語った『ケンムン三太のふしぎなぼうけん』（七九・同）がある。

山下定（やました・さだむ　一九五九～）佐賀県生。早稲田大学社会科学部卒。新聞社、前進座などを経て小説家となる。オカルト・ラブコメディ『ハートいただき白魔術』（八九・パステル文庫）、夢と現実の混淆テーマのラブコメディ『逢いたくて、夢物語』（八九・同）、少子化に伴い、政府に強制結婚させられるのに反撥する『ウェディングベルは誰のため』（九一・同）などの少女小説、別世界からのロボットの侵略に、思念が実体化する狭間の世界で対抗する子供たちを描く児童向けSF『恐怖の標本空間』（八九・学研）、マニの血をひく日本人少年が、グノーシストの一族と共に、地球を創造した悪魔アイオーンを奉ずる一派と霊的な戦いを繰り広げる本格的オカルト・ファンタジー『アイオーン』（八九～九二・ソノラマ文庫）、魔王ルシフェル、悪魔ゴモリーの転生である少年少女を主人公とする伝奇ファンタジー『光の王子』（九一～

九二・大陸ネオファンタジー文庫)、魔法学院吹奏楽部が舞台のファンタジー・コメディ『やつらは大乱調!』(九六・富士見ファンタジア文庫)、天候操作魔法物のファンタジー・コメディ『禁断の天気予報』(九七・電撃文庫)、サスペンス・ホラー『おにごっこ』(〇一・ハルキ・ホラー文庫)などがある。

山下卓(やました・たかし　一九六七〜)北海道生。ゲームライターを経て、ゲームのノベライゼーションで小説家デビュー。人類進化テーマのオカルトSFサスペンス『果南の地』(九八・スーパークエスト文庫)、最愛の少女を救うため、人に憑く妖獣と戦うことになった高校生の少年を描く伝奇アクション『BLOOD LINK』(〇一〜〇四・ファミ通文庫)などがある。

山下武(やました・たけし　一九二六〜二〇〇九)東京生。父は噺家の柳家金語楼。法政大学文学部卒。椎名麟三に師事。少年時代から大の読書好きで古本屋を徘徊。古書の世界や埋もれた作家・作品をめぐる主知的な書物エッセーの書き手として、「文献に現われたドッペルゲンガー」連作を含む『書物万華鏡』(八〇・実業之日本社)や『忘れられた作家・忘れられた本』(八七・松籟社)ほか多くの著書がある。「探偵小説的『死霊』論」「海鰻荘主人・香山滋」など怪奇幻想文学の見地からも示唆に富むエッセーを多く収録する『探偵小説の饗宴』(九〇・青弓社)、七〇〜八〇年代の怪奇幻想文学の書評などを多数収録するエッセー集『異端的神秘主義序説』(九二・同)などは注目に値する。また、『幻想文学』誌に連載した「ドッペルゲンガー文学考」をまとめた『20世紀日本怪異文学誌』(〇三・有楽出版社)も日本近代文学中のドッペルゲンガー・テーマの作品を総ざらえした労作である。このほか、《橘外男ワンダーランド》解説、ダンヌンツィオの『薔薇』三部作をめぐるエッセー、ハガード、クービン、ルルー、ベン・ヘクトらの怪奇幻想関連の原書を取り上げたエッセーなどを収録する『書斎の憂愁』(〇九・日本古書通信社)がある。一方では創作も手がけ、ミステリや実験的短篇などを執筆。失踪した大伯父の行方を尋ねて巨大で複雑怪奇な西洋館〈赤耀館〉へやって来た傴僂の男を中心に展開する観念小説風の長篇ミステリ『異象の夜に』(七〇・審美社)は、閉鎖空間にうごめく人々の言動を通じて悪魔主義や狂気、ニヒリズムといった陰鬱なテーマを追求した、きわめつきの異色作である。ほかに、戦後精神を照射する本格ミステリ『幽霊たちは〈実在〉を夢見る』(九三・ゾーオン社)など。

山下明生(やました・はるお　一九三七〜)東京生。京都大学仏文科卒。児童書の編集者を経て児童文学作家となる。幼少期を広島県能美島で過ごした体験から海を愛し、処女作のユーモア・ファンタジー『かいぞくオネション』(七〇・偕成社)をはじめとして、海を舞台にした作品が多い。ナンセンス絵本『はんぶんちょうだい』(七四・小学館)で小学館文学賞、『海のコウモリ』(八五)で赤い鳥文学賞、『かもめの家』(九一)で路傍の石文学賞を受賞。不思議な海の白馬の子供と友達になった少年の、海と祖父を愛する心情を描いた優しさ溢れる作品『うみのしろうま』(七二・実業之日本社)が、ファンタジーの代表作。このほか、筏の上に住んでいる少年が、歩いたりしゃべったりする魚と友達になる『屋根うらべやにきた魚』(八一・岩波書店)、海坊主の子供の冒険を描く《うみぼうや》(八五〜二〇〇〇・のら書店)などの幼年童話、人外のものを受け入れない人間の酷薄さを描く『島ひきおに』(七三・偕成社)『島ひきおにとケンムン』(八六・同)、そうとは知らず狐の盆踊りに参加した少年の幻妖のひと時を描く『きつねのぼんおどり』(二〇〇〇・解放出版社)などの絵本、まったく貸し出されないつまらない本が、鳥の羽をポケットに入れて空を飛び、世界中を冒険する長篇童話『えへんおほん』の大ぼうけん』(九六・文溪堂)がある。ほかに《バーバパパ》(七二〜・偕成社〜講談社)をはじめとする翻訳も手がけている。

山下夕美子（やました・ゆみこ　一九四〇〜）東京生。児童文学作家。『二年２組はヒヨコのクラス』（六八）で小学館児童出版文化賞受賞。幼年童話を中心に執筆。不思議なおばあさんが架けてくれた虹の橋の先に友達を見つけるファンタジー童話『にじのすべりだい』（八〇・ポプラ社）など。やや年長向けのファンタジーに、乱暴者で謝ることを知らない腕白少年が、自分だけに見える妖怪と付き合ううちに、謝ることや、真っ当に生きることの楽しさを知る『ごめんねぼっこ』（六九・あかね書房）、その続篇で、短絡的な少女の前に、気の長いことを要求する妖怪が現れる『かくれんぼっこ』（七三・同）がある。

山下洋輔（やました・ようすけ　一九四二〜）東京生。国立音楽大学卒。前衛的なジャズ・ピアニストとして知られる。また『風雲ジャズ帖』（七五）『ピアニストを笑え！』（七六）などのエッセーも執筆。小説も執筆し、山下洋輔の祖先の一人が、愚鈍な友人と合体して時間漂流者・山下清となり、様々な術で幕末の歴史を動かしていくという奇想天外な歴史小説『ドバラダ門』（九〇・新潮社）がある。

山科千晶（やましな・ちあき　?〜）死んだ主人の慰霊のために墓地で暮らすアンドロイドを主人公にしたＳＦ『埋葬惑星』（二〇〇四・電撃文庫）でデビュー。ほかに、何ものかを脳に寄生させることで代々異能を発揮してきた巫女が、最後の代を迎えて天へ帰ろうとするのに、様々な人々が巻き込まれていくホラー・ミステリ風の伝奇ファンタジー『エンジェル・ウィスパー』（〇六・メディアワークス）がある。

山末やすえ（やますえ・やすえ　一九四三〜）東京生。実践女子学園高校、東京服飾アカデミー服飾研究科卒。児童文学作家。元気な河童と少年少女の交流を描く『カッパのパワー』（九〇・大日本図書）、学校に取り憑いている少女の幽霊と仲良くなるジェントル・ゴースト・ストーリーの佳品『うわさのゆうれいれい花ちゃん』（九〇・偕成社）、不思議な木の中から飛び出してきたネネムという名前の男の子と仲良くなる『うりくんとふしぎな木』（九九・ＰＨＰ研究所）など、異界の者と親しくなるというパターンの低学年向けファンタジー童話を多数執筆。高学年向けの童話には、過去に行くタイムファンタジー『ユメのいる時間に』（九六・偕成社）、願いが叶うというテーブルちりとりを買った少女が、ちりとりを通して知り合った喘息の少年の健康を願ってちりとりを投げあげると、それが流れ星となる「ルリ色の夢」ほか、いろいろな青いちりとりを登場させた連作ファンタジー短篇集『幸せの青いチリトリ』（九六・文溪堂）がある。

山田一夫（やまだ・かずお　一八九四〜一九七三）本名孝三郎。京都生。同志社大学英文科卒。生家は父・新次郎が一代で財を成した富裕な繊維問屋。一六年に家督を相続し、二〇年にはヨーロッパへ留学。絵画・文学の筆を執る美的ディレッタントとしての生を全うした。永井荷風により絶讃された『夢を孕む女』（三一・白水社）および『配偶』（三五・岡倉書房）という二冊の短篇集のほか、随筆集『京洛風流抄』（六一）、画集一巻がある。荷風が〈支那小説と仏蘭西象徴派作家との筆致を合したるやう〉と評した「夢を孕む女」は、語り手が、芸術の女神を思わせる女性の領する美的桃源境〈幻華荘〉で創作三昧の日々を過ごした思い出を綴った夢幻的な芸術家小説で、一夫の作風を代表する佳品である。幻想的な作品に、一生を風流事に明け暮れた翁が、末期に覗いた鏡の中に永遠の女性の面影を見いだす「鏡」、女の幽霊と軽妙なやりとりを交わす「怪談」などがある。八九年に、生田耕作編纂により代表作十五篇を収めた作品集『耽美抄』（奢灞都館）が刊行された。

山田俊一（やまだ・しゅんいち　一九四七〜）石川県金沢市生。金沢美術工芸大学日本画科卒。画家。インド、パキスタン、中国ほか海外各国に暮らし、滞在記などを執筆している。小説に、パキスタンの村を舞台に、魔女や鬼も出てくる、土俗的な香りのするユーモラスなタッチのほら話集『ディワヌシャヤじいさん』

（九〇・福武書店）がある。

山田太一（やまだ・たいち　一九三四〜）本姓石坂。東京浅草生。早稲田大学教育学部国語国文科卒。松竹大船撮影所勤務を経て、放送作家として活躍。七三年に「それぞれの秋」で芸術選奨新人賞を受賞、以後同文部大臣賞、放送文化賞、向田邦子賞、菊池寛賞などを様々な作品により受賞。代表作に「男たちの旅路」（七六）「岸辺のアルバム」（七七）ほか多数。戦後の放送業界を代表する脚本家の一人である。自身の脚本を小説化した『藍より青く』（七二〜七三）などの後、オリジナルの小説『終りに見た街』（八一・中央公論社）を執筆。これは現代から昭和十九年六月に家ごとタイムスリップしてしまった太一の一家の物語で、きわめて不条理な状況の中でサバイバル生活を始めるが、やがて現実では存在しなかったはずの空襲に出会い、現代へと吹き飛ばされはしたものの、そこもまた戦禍の町であったという暗澹たるSF長篇である。八二年にテレビドラマ化されている。その後、二ケ月おきに二十歳近くも若返っていく女性との狂おしくも哀しいエロティックなラブロマンス『飛ぶ夢をしばらく見ない』（八五・新潮社）、『異人たちとの夏』、頭の中に直接語りかけてくる正体不明の女性の声に当惑しながらも、いつしか魅かれていく青年を描く『遠くの声を捜して』（八九・新潮社）と続く幻想小説三部作で、現代怪談の書き手として注目される。このほか、東京のゴミの島に、見る者に意識の変革を迫るような不思議な人影が出現する一方、妻の浮気の相手を蹴り殺してしまった夫が、都会に人知れず暮らす奇妙な集団に出会ったりする、不思議な味わいの怪奇長篇『見えない暗闇』（九五・朝日新聞社）、終戦直後に失踪し、三十年ぶりに脚本家の〈私〉の前にふらりと姿を現わした旧知の彌太郎さんが折々に語り聞かせる奇々怪々な体験談と、それに付随して回想される彌太郎さんと〈私〉との奇縁を綴った、一種の枠物語で、彌太郎さんの独白が核心にふれる寸前で決まって中断され、沈黙の先にわだかまる人生の幽暗と悲哀をにじませるところに妙味がある『彌太郎さんの話』（〇二・新潮社）などがある。

【異人たちとの夏】長篇小説。八七年十一月『小説新潮』掲載。八七年新潮社刊。妻子と離婚したシナリオライターの原田は、子供時代を過ごした浅草の町で、死んだはずの両親と出会う。かれらは当然のように原田をわが子として扱い、原田も自分とあまり年齢差のなくなった両親に、いつしか違和感を覚えなくなる。一方、同じマンションに住むケイという謎めいた女との交渉も深まっていく。異人＝異界の人々との生活は、徐々に原田を憔悴させ、夏の終わりとともに哀しく慄然たる幕切れがやって来る。生者よりも生々しい亡者たちの生態を濃やかに描いたジェントル・ゴースト・ストーリーの名作である。第一回山本周五郎賞を受賞し、八八年に映画化された。

山田智彦（やまだ・ともひこ　一九三六〜二〇〇一）神奈川県横浜市生。早稲田大学独文科卒。東京相互銀行勤務の傍ら創作に励み、「犬の生活」（六七）が文學界新人賞佳作となりデビュー。『父の謝肉祭』『結婚生活』（共に七一）等に所収の私小説風短篇で認められる。『実験室』（七二）で、企業とそこに生きる個人の問題を扱い、以後企業小説・経済小説の分野で活躍。『水中庭園』（七六）で毎日出版文化賞を受賞。

初期作品四篇を収めた『予言者』（七四・角川書店）には、川向こうの悪臭漂う一角に住む霊媒の口を通して、嫁に殺されたと訴える亡母の声を聞く表題作や、亡くなった祖母が自分に乗り移ったと妻が訴える「賑やかな祭の前に」など、〈家霊〉に対する漠たる不安を反映した短篇が含まれている。山田はそれを〈旧家の古い血に対する故知れぬ怖れ〉と呼んでいるが、この傾向は『湖の墓』のほか、『蜘蛛の館』（七六・角川書店）『奇妙な小説』（八〇・毎日新聞社）などの恐怖小説集へと結実していく。山田の恐怖小説には、その多くが、有形無形の〈家〉をめぐる物語であるという著しい特色がある。女郎蜘蛛めいた女怪が老人と暮らす森の中の廃屋に誘われる「蜘蛛の館」（七二）、古びた屋敷に間借りした新婚夫婦につきまとう老婆の霊を描く「芍薬」（七〇）、謀殺事件にまつわる三組の夫婦の物語「幽霊の出る洋館」（七一）、悪霊が営む宿に宿泊した男の恐怖を描く「旅人の宿」（七七）など、ストレートな幽霊屋敷小説から、「遠い棲家で」（七一）「伊吹山頂」（七二）「廃屋の女」（八〇）など、滅びゆく旧家の呪縛力が都会で生活する末裔を故地へ引き寄せる一連の不気味な作品まで、その描かれ方は様々である。

【湖の墓】短篇集。七九年角川書店刊。急死した若妻が、同じ時・別の場所でほかの男の妻として生活していたという不条理な怪異を通して、古えの人身御供を暗示する表題作、やみくもに車を走らせる主人公の〈ささやかな狂気〉を追って、幸福なマイホームに非現実の隙間風が吹き込む寒々しさを感じさせる「自動車旅行」、父の郷里の旧家に預けられた少年の目を通して、幽閉された乙女、澱んだ血の狂気といったゴシックロマンス風の主題を描いた「暗闇祭り」など、恐怖小説の分野における山田の多彩な持ち味を示す秀作五篇を収めている。

山田典枝（やまだ・のりえ　?～）岩手県遠野市生。日本脚本家連盟ライターズスクール修了。脚本家。原作を手がけた漫画のオリジナル小説《魔法遣いに大切なこと》（二〇〇三・メディアファクトリー、〇五～〇六・富士見ファンタジア文庫）がある。

山田野理夫（やまだ・のりお　一九二二～）本名徳郎。宮城県仙台市生。東北大学文学部史学科卒。六二年「南部牛追唄」で農民文学賞受賞。歴史・民話関係の著作のほか『山田野理夫詩集』などを刊行。古典や伝承に取材した怪談を独特の説話体で綴った『日本怪談集』（六七・潮文社）『日本妖怪集』全二巻（六九～七〇・同）のほか、『山と湖の民話』『花と愛の民話』『おばけの民話』『海と星の民話』（いずれも七三・星光社）『東北怪談の旅』（七四・自由国民社）『遠野物語の人』（七四・椿書院）『怪談の世界』（七八・時事通信社）など多くの関連著作がある。

山田陽美（やまだ・はるみ　一九六八～）同じ年頃の幽霊と親しくなる少年の話『ゆうれいレンタル株式会社』（〇四・岩崎書店）で福島正実記念SF童話賞受賞。ほかに怪奇に短篇などを執筆。

山田風太郎（やまだ・ふうたろう　一九二二～二〇〇一）本名誠也《せいや》。兵庫県養父郡関宮町生。東京医科大学卒。大学在学中の四七年「達磨峠の事件」が『宝石』の第一回懸賞小説に入選。四九年「眼中の悪魔」「虚像淫楽」（共に四八）で探偵作家クラブ賞を受賞。エログロ・ナンセンス味の横溢する異色ミステリを次々に発表、いわゆる〈戦後派五人男〉の中でも特異な存在と目される。特に幻想性の濃厚な初期作品に、妻の屍と己の身体に寄生させた植物を交配させようとする医学者の狂気の実験を描く「人間華」（四九）、後頭部に美女の顔を持つ醜女が近寄る男たちにおぞましい復讐を続ける「双頭の人」（四九）、善と悪の魂を持つ美貌のシャム双生児の悪行と葛藤を描く「黒檜姉妹」（四九）、人気女優が自身の顔を炎で焼き、多毛症の犬男、人魚体、白色症、海豹体など畸形人間が群棲する奇怪なユートピアに君臨する夢想を描いた「畸形国」（五〇）など一連のフリークス・ホラーがある。

その後、「十三角関係」（五六）「誰にも出来る殺人」（五八）「棺の中の悦楽」（六一～六二）など、奇想天外な発想とトリッキーな構成によるミステリや、『妖異金瓶梅』（五四）『妖説忠臣蔵』（五七）など奇抜な伝奇小説を精力的に発表、とりわけ「甲賀忍法帖」（五八～五九）に始まる《忍法帖》シリーズは、〈立川文庫〉流の忍術を、作者持ち前の猟奇趣味と奔放な想像力によって極端にデフォルメした怪奇淫猥な忍法の数々と、忍者集団同士が秘術を尽くして闘うゲーム的な展開が受けて、一大ブームを巻き起こした。代表作に「くノ一忍法帖」、森宗意軒の妖術で死から甦った天草四郎、宮本武蔵、柳生但馬守らの魔界剣士たちと柳生十兵衛が火花を散らすオカルト・剣豪・忍法小説「おぼろ忍法帖」（六四～六六、後に「魔界転生」と改題、映画化）などがある。

その後、「警視庁草紙」（七三～七四）「明治波濤歌」（七九～八〇）「エドの舞踏会」（八二）など、文明開化期の東京を舞台とする〈明治物〉に新境地を拓く。歴史上の人物を大挙登場させ、虚実のあわいを縫うように展開される物語の興趣は比類がない。幻想文学サイドから特に注目される作品として「幻燈辻馬車」がある。一方、虚実綯い交ぜの手法をさらに徹底させた観があるのが『八犬伝』（八三・朝日新聞社）で、『里見八犬伝』の物語を圧縮して語り継ぐ〈虚の世界〉と、『八犬伝』執筆中の曲亭馬琴の姿を、北斎、南北らを絡めて描く〈実の世界〉を並行して展開させるという離れ業を演じている。また、核戦争で地球が崩壊する瞬間、世界で唯一人『神曲』を読んでいた〈私〉の前にダンテが出現、その案内で崩壊した地獄遍歴の旅に出るという趣向の『神曲崩壊』（八七・朝日新聞社）も、型破りな発想の中に、ブラックユーモリストとしての風太郎の一面が発揮された異色の幻想諷刺小説である。

▼『山田風太郎全集』全十六巻（七一～七二・講談社）『山田風太郎奇怪小説集』全四巻（七八・立風書房）『山田風太郎ミステリー傑作選』全十巻（〇一～〇二・光文社文庫）『山田風太郎明治小説全集』全七巻（九七・筑摩書房）『山田風太郎忍法帖短篇全集』全十二巻（〇四～〇五・ちくま文庫）

【蠟人】 短篇小説。五〇年二月『小説世界』掲載。性交中を思わせる姿勢で窒息死した友人が死の直前に投函した手紙に綴られていた体験談。酔余の果てに迷い込んだ神宮の森で、彼は大楠の洞をねぐらとする奇怪な兄妹に出会う。兄の佝僂男は、全身の骨が溶解する奇病に罹った妹を連れて上京した経緯を語る。水母さながらの肉体を持つ美女の魅力に憑かれた男は、やがて異様に官能的な肉体関係を結ぶ。娘は妊娠するが、実は兄妹ははなれ切支丹の信者であり、男にも入信を迫る。男はそれを拒むのだが……。男の死が愛欲の果ての悲しい事故であったことを暗示して、物語は幕を閉じる。

【くノ一忍法帖】 長篇小説。六〇年九月～六一年五月『面白倶楽部』連載。六一年講談社刊。大坂冬の陣に敗北した豊臣家の血筋を絶やさぬため、真田幸村は、五人の女忍者に命じ、秘術を尽くして秀頼の子胤を身ごもらせた。江戸へ向かう孫娘・千姫の一行に、件のくノ一が隠れていることを知った家康は、伊賀忍者を刺客に放つ。性交によって己の分身を女の体内に挿入する〈日影月影〉や、女の精を吸い相手と瓜二つに変身する〈くノ一化粧〉ほかの伊賀忍法に対して、信濃の女忍者たちも、一度交接したら二度と離れない〈天女貝〉、挿入された男根を腹中の胎児に摑ませる〈羅生門〉ほかのくノ一忍法で対抗、空前絶後の〈性戦〉が展開される。《忍法帖》シリーズの白眉であると同時に、奇想小説としての一頂点を極めた傑作。各忍法がドッペルゲンガーや〈歯のある女陰〉といった怪談的な発想に由来する点も注目に値しよう。

【幻燈辻馬車】 長篇小説。七五年一～十二月『週刊新潮』連載。七六年新潮社刊。元会津藩同心の干潟干兵衛は、文明開化の東京で辻馬車の馭者に身をやつし、息子夫婦の遺児・お雛と二人、会津落城の際に彼の妻を犯して自害に追いやった官軍隊長の行方を追跡するうち、警視庁の密偵と自由党壮士の暗闘に巻き込まれていく。お雛の呼びかけに応えて、血まみれの軍服に白刃をひっさげた父親の亡霊が出現し、娘と父の危機を救うという着想の妙、次々に登場する明治の著名人が微妙にストーリーと絡み合う趣向の冴え、そして歴史の闇に葬り去られる敗者の怨念……。風太郎の明治物の中でもとりわけ印象深い作品の一つである。

山田正紀（やまだ・まさき　一九五〇～）愛知県名古屋市生。明治大学政経学部卒。在学中一年間にわたり欧州、中近東を旅行、キブツ生活などを体験する。『宇宙塵』に参加後、七四年、底知れぬ能力により人間を支配する見えない手に戦いを挑むコンピュータ技術者たちを描いた「神狩り」で『SFマガジン』にデビュー。新人らしからぬスケールと的確な描写力で一躍脚光を浴びる。仏教で〈六神通〉といわれる超能力の遺伝子を持つ者たちの非情の運命を描き、仏陀・弥勒・独覚などの仏教用語に新解釈を与えたことで、現在の伝奇的サイキック・アクションの源流となったともいえる『弥勒戦争』(七六・早川書房)、角川小説賞受賞の『神々の埋葬』(七七・角川書店)は『神狩り』(七五・早川書房)と共に三部作を成し、高く評価される。以後、SFに留まらず、ミステリ、冒険小説、時代小説などの各分野に個性的な作品を発表、活躍を続けている。八二年『最後の敵』(徳間書店)で日本SF大賞を受賞した。

SFと他ジャンルとの接点に生み出された正紀の作品に、幻想文学的なものが多いことは、実に興味深い。以下にその代表的な例を掲げる。

別世界ファンタジーとの接点に生み出されたものに『宝石泥棒』、『竜の眠る浜辺』(七九・双葉社)など。後者は、安穏な日常にどっぷり浸った湘南の町が、ある日突然白亜紀にタイムスリップしてしまう物語で、恐竜と人間が共存する不思議な日常の姿がユーモラスな筆致でリアルに描き出されている。

冒険小説の分野では『崑崙遊撃隊』(七六・二見書房)『ツングース特命隊』(八〇・講談社)『魔境密命隊』(八五・双葉社ノベルス)と続く秘境冒険アクション三部作が第一に挙げられる。久生十蘭の名作「地底獣国」の衣鉢を継いで、ロストワールドへの探索行に国際的な謀略を絡めた緊迫感のある展開と、従来の秘境物の枠を超えたSF的アイディアに持ち味を発揮している。

『天動説』をはじめ、時代小説との接点にも注目すべき作品が多い。神秘の人・空海伝説にフランケンシュタイン幻想を絡めた『延暦十三年のフランケンシュタイン』(八八・徳間書店)、次から次へと幻術が繰り広げられる、江戸の町を舞台とする時代物ミステリが、ラストでSFに転換されてしまう『天保からくり船』(九四・光風社出版)など。SFから離れた伝奇時代小説としては、草創期の江戸・隅田川に巣くう妖怪変化を、二人の武士が退治に向かう表題作ほか全三篇を収める短篇集『あやかし』(八一・集英社)、真田幸村配下の忍者・ましらの佐助らが、南国の大魔城で妖術・忍術合戦を繰り広げる『風の七人』(八二・講談社)、根の国の太守たる若者・贄塔九郎が戦国時代の日本各地に怪物退治の旅を続ける和製ヒロイック・ファンタジー『闇の太守』(八四〜九〇・講談社ノベルス)、戦国時代、矛と盾の使い手の落とし師(落ちる城から奥方などを逃す)を主人公に、美姫や幻術師が入り乱れる『仮面戦記』(九一〜九二・トクマ・ノベルズ)などの作品がある。

怪奇小説に接近したものとしては、青山一帯が世界制覇をもくろむ魔女たちの巣窟と化すセクシュアル・ホラー『魔空の迷宮』(八六・Cノベルス)、近未来の青山に聳え立つゴシック風の電脳ビルを舞台に、ハイテク・ヴァンパイアの跳梁を描くSFホラー『血と夜の饗宴《サバト》』(九〇・廣済堂ブルーブックス)、ゾンビとなって生動し、救援隊を襲い始めた飛行機墜落事故の死者たちと、日本赤十字から派遣された看護婦たちが戦うというB級ホラー風な設定の『ナース』(二〇〇〇・ハルキ・ホラー文庫)、中有《ちゅうう》の死者たちが徘徊すると噂される地下鉄「永田町」駅に惹き寄せられていく老若男女様々な人々の姿を群像劇風に描いた異色の都市伝説ホラー『サブウェイ』(〇一・同)などの作品がある。

八八年以降はミステリにもその創作活動の幅を広げるが、その中にも怪奇幻想的な設定を持つ作品がある。十年間徐々にミイラ化することで、死にながら生きている男の意識を冒頭とラストに配して幻想味を出した、狂信的な雰囲気の漂う本格ミステリ『螺旋《スパイラル》』(九七・幻冬舎ノベルス)、ダンテ『神曲』のイメージがちりばめられ、探偵役が神の声を聞いて謎を解いたり、動機に哲学的なものが入り込んできたりといったユニークな趣向が凝らされている『神曲法廷』（九八・講談社ノベルス）、平行世界の実在を確信している女性を狂言回しに、昭和末の現在と南京虐殺時の満州とが、作中作などを通して絡み合う歴史伝奇的な作品で、日本推理作家協会賞、本格ミステリ大賞を受賞した『ミステリ・オペラ　宿命城殺人事件』（〇一、早川書房）、その連作で、伝奇的大正・昭和を描く『マギック・オペラ』（〇五・同）など。

　このほかの幻想小説、幻想SFに、神話や夢などによって世界に意味を与えようとする意志と、すべてを混沌とみなして虚無へ帰ろうとする意志とのせめぎあいを、沖縄の島や宇宙の物語が生まれる下方世界などを舞台に展開させたメタフィクション『夢と闇の果て』（八四・集英社）、〈幻象機械〉を開発した大脳生理学者が、偶然発見した石川啄木の未発表小説を手がかりに、日本民族の頭脳に秘められた怖るべき禁忌にアクセスしていく幻想SF『幻象機械』（八六・中央公論社）、死後の意識をテーマに、幾たびも生を繰り返して巡り会う男と女を描く『デッドソルジャーズ・ライヴ』（九六・早川書房）など。

　また、一般的なSFとして、怪獣物『機械獣ヴァイブ』（八五〜八八・ソノラマ文庫、後に「未来獣ヴァイブ」と改題）、時間テーマの『ゐのした時空大サーカス』（八九・中央公論社）、戦前を舞台にしたロボット大戦物『機神兵団』（九一〜九四・Cノベルス）、サイバー物『妖虫戦線』（九五・同）など。

【銀の弾丸】短篇小説。七七年四月『小説現代』掲載。辣腕プロモーター壬生織子がアクロポリスの丘で企画した〈バテレン能〉の奉納は、クトゥルフの神を地上に召喚するための儀式だった。彼女の身辺を嗅ぎまわる記者は、路上で何物かに焼き殺される。〈H・P・L協会〉の秘密工作員・榊は、相棒の青木と共に会場に潜入するが、人工衛星を使った演者殺害に失敗、しかし錯乱した青木が演者を撲殺、自らも射殺されて目的は達せられる。榊は織子を尋ねるが、彼女は自殺を遂げていた。榊は織子の死を悼むクトゥルフの姿を垣間見る。それは天使のように純粋で美しい存在だった……。クトゥルー神話をハードボイルド風にアレンジしたうえ、大胆な新解釈を施した才気溢れる作品。ほかに、切裂きジャックとコナン・ドイルを結びつけた「霧の国」（八一）などもある。

【宝石泥棒】長篇小説。八〇年早川書房刊。部族の間でタブーとされる従姉妹との恋を成就する唯一の方法は、大昔に盗まれた宝石〈月〉を取り戻すこと。甲虫の戦士ジローは、狂人チャクラ、女呪術師ザルアーと共に神秘の地〈空なる螺旋〉をめざす旅に出る。行く手には、赤外線を放射する大トンボ、空飛ぶ巨大魚、ニトログリセリンを吐くサラマンドラなど、奇想天外な動植物が跋扈するジャングルが広がっている。悪夢のような世界に変貌した超未来の地球を舞台に、神話的な探索と冒険の物語が繰り広げられていく。全篇を埋め尽くす驚異博物誌的なディテールは圧巻で、欧米のファンタジーとはひと味違う東洋風異世界の造形に成功しているといえよう。八九年にジローの物語と現代の青年の物語が絡み合うという設定の続篇『宝石泥棒II』（後に「螺旋の月」と改題）が刊行された。

【天動説】長篇小説。八八年『江戸幻想編』、八九年『蝦夷伝奇編』、角川書店（カドカワ・ノベルズ）刊。時は天保。血まみれの千石船が品川沖に漂着してから、江戸の町には怪異が頻発する。血を抜かれた女の死体、暗躍する忍術遣い、甦る死者……。町方同心・小森主馬と、弟の鉄太郎は、怪異の元凶が妖怪ヴアムピールであることを突き止めるが、主馬はその魔力に屈し、妻と共に失踪する。吸血鬼の本拠地が蝦夷にあることを知った鉄太郎は、蘭学医・良庵らと必死の追跡を開始する。『ドラキュラ』におけるロンドンとトランシルヴァニアを江戸と蝦夷に置き換えて描いた本格的な吸血鬼小説。白昼では無力だが、夜になると剣の達人に豹変するため〈こうもり〉の異名をとる主人公・鉄太郎のキャラクターが抜群で、単なる翻案の域を超えた魅力溢れる作品となっている。

【エイダ】長篇小説。九一年四月〜九三年八月『SFマガジン』連載。九四年早川書房刊。コンピュータの先駆といわれる　階差　機械《ディファレンス・エンジン》の誕生に関わった詩人バイロンの娘オーガスタ・エイダ、バイロンやシェリーとの談話の中から生まれてくることになったメアリ・シェリーの『フランケンシュタイン』、近未来に開発され、物語の現実への影響力を測ることができるとされる量子コンピュータ〈エイダ〉、ヴァーチャル・リアリティの遊戯マシーンを開発する清水とその周辺の人々が遭遇する平行世界の幻、さらにビッグバン宇宙を否定し、人類の存在する現宇宙そのものを否定するプラズマ宇宙の存在などが語られ、渾然一体となっていく幻想SFの一大傑作。一つの元型である〈フランケンシュタインの怪物〉に〈物語の力そのもの〉を表象させて随所に跳梁させ、〈物語〉の意味を繰り返し問いかける。その意味ではきわめてメタフィクショナルな作品である。正紀の持つ多面的な関心を詰め込んだ大作であり、本作に見られる平行宇宙と人生とは何かという問題の螺旋的な関係は、やがて『ミステリ・オペラ』へと展開していく。

ヤマダマサミ（やまだ・まさみ　一九六一〜）東京生。建築模型会社勤務を経て、オブジェ造形、特撮関係の美術的な仕事に従事。傍ら、怪獣学についてのエッセーなどを執筆。南米を舞台に、モササウルスをめぐるUMA幻想と奥地の民俗宗教を絡めた秘境冒険小説『ジャカラ』（九三・角川文庫）がある。

山田真美（やまだ・まみ　一九六〇〜）長野県生。明治学院大学卒。ニュー・サウス・ウエールズ大学に留学。九〇年よりインド外務省文化交流庁、インド観光省の招聘によりヒンドゥー神話を調査研究。日印芸術研究所言語センター長。インドで出会った不思議を語るエッセー集『インド大魔法団』（九七・清流出版）などを刊行。小説に、正夢をしばしば見る女子高生が、「かごめかごめ」の謎を追い求める伝奇ミステリ『夜明けの晩に』（〇二・幻冬舎）がある。

山田ミネコ（やまだ・みねこ　一九四九〜）漫画家（詳しくは漫画家事典参照）。魔法に満ちた現実の裏側の世界で、少女が竜の兄弟と共に悪神と戦う『カナアンの竜兄弟』（九〇・大陸ノベルス）に始まるラブコメディのファンタジー《裏側の世界》（〜九一）で小説家としてもデビュー。ほかに、様々な亜人種が住む別世界を舞台に、伝奇漫画「ふふふの闇」の続篇を展開する『天動説騎士団』（九一・大陸ネオファンタジー文庫）、亜人種の住む別世界を舞台に、魔王と対決する姫や楽師の青年を描く《花咲く帝王の樹々》（九二〜九三・スーパーファンタジー文庫）、SF漫画《最終戦争　パトロール・シリーズ》の一作『メビウスの時間の輪』（九四・ウィングス・ノヴェルス）、現代が舞台の伝奇ファンタジー『呪禁師の森』（九六・双葉社ノベルス）など。

山田宗樹（やまだ・むねき　一九六五〜）愛知県犬山市生。筑波大学大学院農学研究科修士課程修了。同博士課程中退。製薬会社で農薬の研究開発に従事した後、『直線の死角』（九八）で横溝正史賞を受賞してデビュー。社会的テーマの作品を多く執筆し、代表作に『嫌われ松子の一生』（〇三）など。口から黒い粉を撒き散らしながら絶命する真菌性黒手病をめぐるバイオ・サスペンス『黒い春』（二〇〇〇・角川書店）がある。

山田悠介（やまだ・ゆうすけ　一九八一〜）神奈川県生。平塚学園高校卒。遠未来、国王から発された鬼ごっこ形式の佐藤姓皆殺し計画から逃走しようとする青年を描いた『リアル鬼ごっこ』（〇一・文芸社）を自費出版。著者と同世代の若者などの支持によって大ヒット作となったため、小説家として認められ、改訂の上、幻冬舎より文庫化される。同作は漫画化、映画化もされた。胎内に怪物が宿る超自然ホラー『@ベイビーメール』（〇三・文芸社）、怨念に満ちたゲームに主人公たちが巻き込まれていくサイコホラー『×ゲーム』（〇四・幻冬舎）など、多数のホラー作品があり、映画化もされている。

山田理加子（やまだ・りかこ　一九五六〜）

群馬県生。青山学院大学卒。児童文学作家。超能力三姉妹が、悩み苦しむ子供たちを餌にして肥え太る恐怖の人喰いコンピュータと戦う児童向けSF『アクセス!! テレパシスターズ』（九七・草炎社）、ファンタスティックな幼年童話『えほんのなかにおいでよ！』（〇三・同）ほかがある。

山田案山子（やまだの・かがし　一七八八〜一八四六／天明八〜弘化三）読本、浄瑠璃作者。通称定七。剃髪して意斎。号に好華堂野亭、山珪士信。「生写《しょううつし》朝顔話」（三二／天保三）が浄瑠璃の初作。『南総里見八犬伝』を浄瑠璃化した「梅魁莟八総《はなのあにつぼみのやつふさ》」（三六／同七）がある。読本は伊丹椿園の作品をもとに怪奇味を増加させた『新編女水滸伝』（一九／文政二、東南西北雲画）を初作として、『〈秋葉霊験〉絵本金石譚』（二七／文政一〇、柳斎重春、葛飾北斎画）、『〈絵本〉菅原実記　後編』（四二／天保一三、巨瀬秀信画、前編は一〇／文化七、巨瀬秀信作画）など、多数の絵本物の作品がある。

大和右尚（やまと・うしょう　一九六九〜）奈良県生。高野山大学密教学科卒。ゾロアスターが神々の黄昏をもたらす魔の力に対抗するために修行の旅を続けていくヒロイック・ファンタジー『聖者流離譚』（九一・ソノラマ文庫）でデビュー。ほかに、平安時代を舞台に、源頼光と四天王が鬼などの魔と戦う伝奇アクション『紅の妖人』（九二・同）がある。

山門敬弘（やまと・たかひろ　?〜二〇〇九）現代日本を舞台に四大を操る術師が戦う伝奇アクション『風の聖痕《スティグマ》』（二〇〇二〜〇五・富士見ファンタジア文庫、未完）でファンタジア長編小説大賞準入選。テレビアニメ化されている。

大和眞也（やまと・まや　一九六〇〜）愛知県名古屋市生。名古屋市立北高校卒。第一回奇想天外新人賞に「カッチン」（七七）が佳作入選し、同時入選の新井素子と共に高校生作家として話題になった。神が棲まう蜜柑山に住み、神と語らうことができる不思議な少女たちの、物怪との戦いを描く伝奇ファンタジー《蜜柑山奇譚》（八八〜九〇・角川スニーカー文庫）、現実と対応関係にあるが、魔法なども使えるようにコントロールされた人工小宇宙ジュゼをめぐるオムニバス・ストーリー《ジュゼ》シリーズ（八三〜八八・コバルト文庫）、SF《スターゲイザー》（八四〜八七・みき書房＝シャピオノベルズ）などがある。

『**大和怪異記**』（やまとかいいき　一七〇八／宝永五）仮名草子。作者未詳。改題本に『今昔拾遺物語』『近世拾遺物語』。古今の書物より怪談奇談を拾った再話集（出典を明記）。全七巻のうち最初の二巻は古代物で人物主義を採り、ほぼ編年体による配列。残りの五巻は近世物で雑多に並ぶ。前百五話のうち、半数以上が『犬著聞集』からの話で、作者と椋梨一雪との関係の近さが指摘されている。作者を仙台藩ゆかりの萩原政親と推測する説もある。版を重ねて広く読まれた一冊で、広範に影響を与えたと推測される。

『**倭姫命世記**』（やまとひめのみことせいき　鎌倉中期成立）作者未詳。伊勢神宮の縁起。伊勢神道の根本教典である《神道五部書》の一つで、天地開闢、天孫降臨などの神話、倭姫が鎮座する場所を求めて伊勢に至ったことや、その他の伊勢神宮の伝承を伝える。

山中將司（やまなか・しょうじ　一九七六〜）新技術物の太平洋戦争シミュレーション戦記『決戦魚雷・烈海』（〇二〜〇三・廣済堂ブルーブックス）『スーパー潜水艦隊旗艦イ2601号』（〇四・白石ノベルス）がある。

山中智恵子（やまなか・ちえこ　一九二五〜二〇〇六）歌人。愛知県名古屋市生。京都女子専門学校国文科卒。四六年〈日本歌人〉入会、前川佐美雄に師事。五七年、第一歌集『空間格子』（日本歌人社）刊行、〈純粋抽象〉ともいうべき作品で注目される。古典に深い造詣を有する一方、海外の詩文にも通じ、第二歌集『紡錘』（六三・不動工房）では、澄明な思惟の世界を象徴的かつ呪術的に表現して無類の歌風に到達、塚本邦雄は〈これほど純粋で、しかも真に普遍的な「うた」そのもので充たされた短歌は稀〉と評した。『みずかありなむ』（六八・無名鬼発行所）『虚空日月』（七四・国文社）『青章』（七八・同）と集を重ねるにつれて巫覡性・呪術性を強め、短歌というより現代和歌の観を呈する。さらに『短歌行』（八一・以下歌集はすべて砂子屋書房）『星醒記』（八四）『神末《かうずゑ》』（八五）『星肆《ほしくら》』（八六、第十九回迢空賞）『喝食天』（八八）『鶴鴿界』（八九）『夢之記』（九二）『黒翁』（九四）『風騒思女集』（九五）『玉蜻』（九七）などを刊行、さながら言霊に憑かれた巫女のような趣がある。『玲瓏之記《もゆらのき》』（〇四）で前川佐美雄賞受賞。評論にも優れ『三輪山伝承』（七二・紀伊國屋書店）『斎宮女御徽子女王』（七六・大和書房）『斎宮志』（八〇・同）『存在の扇』（八〇・小沢書店）ほかがある。

〈まぼろしを語れるまでに心病みプラネタリウムに星祭るとぞ〉〈紡錘糸ひきあふ空に夏昏れてゆらゆらと露の夢たがふ〉〈さくらばな陽に泡立つを目守《まも》りゐるこの冥き遊星に人と生れて〉

▼『山中智恵子全歌集』上下巻（〇七・砂子屋書房）

山中恒（やまなか・ひさし　一九三一～）北海道小樽市生。早稲田大学文学部卒。早大童話会に所属し、神宮輝夫、鳥越信、古田足日らと相識る。六〇年四月『サムライの子』『とべたら本こ』を出版。続けて日本児童文学者協会の新人賞を受賞した『赤毛のポチ』（六〇）を出版し、児童文学の新時代を高らかに告げた。児童文学者という言葉を避け、〈児童読物作家〉と自称する。きわめて多作で、リアリズムからファンタジーまで幅広く一級の作品を執筆している。『赤毛のポチ』と同時期に第一稿が書かれた『オニの子・ブン』（六二・理論社）は、鬼のくせに牙も角もない鬼の子ブンの地上での生活を描く、ブラックユーモアの味わいがある諷刺的などたばたファンタジーである。こうした作品と、庶民生活や子供の心情をきめ細かく描いたリアリズムの作品とを並行して書いているところに、山中の天才的な物語創作の才能と柔軟な感性、幅広い興味、深い文学理解などが見て取れる。リアリズム系の代表作に『ぼくがぼくであること』（六九）『あばれはっちゃく』（七〇）など。小説と同時に、戦時中に受けた皇民教育と銃後の生活の実態を語る『ボクラ少国民』（七四）に始まる一連の歴史エッセーと資料集も、戦争の現実について多くのことを教える貴重な仕事である。《山中恒児童よみもの選集》（七七～八九）で巌谷小波文芸賞を受賞している。

山中の怪奇幻想文学の代表作は『おれがあいつであいつがおれで』（八〇・旺文社）であろう。少年と少女が正面衝突して精神が入れ替わってしまい、半年以上にわたって珍妙な生活を繰り広げる抱腹絶倒のユーモア小説で、大林宣彦監督によって「転校生」として映画化され、広く読まれた。肉体の入れ替えは、ホラーのモチーフの一つとしては珍しいものではなかったが、思春期の少年少女が入れ替わってしまうコメディは、現代でなくては書けなかったものだろう。この作品が流布した影響で、入れ替えのモチーフは一般的なものになったといえる。やはり大林監督によって映画化された『なんだかへんて子』（七五・偕成社、映画のタイトルは「さびしんぼう」）は、少年の前に突然現れた不思議な少女が、少年に様々な悪知恵を与えて母親をやっつけさせるのだが、実は彼女は子供時代の母親だったという、一種のタイムファンタジーである。野間児童文芸賞を受賞し、同じく映画化された『とんでろじいちゃん』（九三・旺文社）もまたタイムファンタジーで、ぼけていると見えた老人が過去と現在を自在に往還しており、孫の少年が一緒に過去などに入り込んで様々な体験をする。認知症の現象の一つをファンタジー化した作品ともいえる。タイムファンタジーとしてはほかに、田舎に遊びに来た少年がタイムスリップし、自分の祖先である少女と親しくなって悪辣な巫女の婆さんたちをやっつける『てんぐのいる村』（七二・学研）もある。

ＳＦ系の作品には、奇妙な発明をして世間を混乱させる困った博士を描くユーモア連作短篇集『クラマ博士のなぜ』(六七・同)、生霊を作るのに成功してしまった科学者のせいで、いろいろな不思議が起こる『ゆうれいをつくる男』(七〇・同)など。

霊能物の作品は非常に数が多く、伝説の幽霊姫ぼっこを呼び出した気丈な少女が、幽霊を成仏させてしまう『おばけのうた』(七四・同)、おかしな壺のせいで、少年の生霊が現れ、騒ぎを巻き起こす『ぼくがもうひとり』(八四・読売新聞社)、霊感の強い中学生の少女が、おせっかいな背後霊・弁慶のせいで、目立ちたくもないのに目立ってしまうコメディ『背後霊倶楽部』(八八・旺文社)に始まる三部作(〜九一)などがある。さらに祖母の霊に助けられて力のある魔女と対決する少女を描く本格的なホラー『幽霊屋敷で魔女と』(九七・理論社、原題は「マイの玉手箱に秘密がいっぱい」)、いじめと学校の怪談を絡み合わせたリアルなサイコホラーで、真夜中の学校で〈たたりさま〉に願いごとをするとそれがかなうという噂が巻き起こす事件を描いた『こんばんは たたりさま』(〇一・同)、交通事故をきっかけに、現実と重なるように存在する中有《ちゅうう》の特別市民となった少女の活躍を描くホラー・ファンタジー『マキの廃墟伝説』(〇七・理論社)もある。

山中峯太郎(やまなか・みねたろう 一八八五〜一九六六)別名に大窪逸人など。大阪市生。陸軍士官学校卒。中国革命同盟会に入会し、陸軍大学校を退学になるようにはからって革命運動に参加。その間も小説、ルポルタージュなどを執筆。『亜細亜の曙』『万国の王城』(共に三二)など、少年小説の軍事物やスパイ物で知られる。中でもSF色の強い作品に透明飛行機の秘密をめぐる『見えない飛行機』(三六・大日本雄弁会講談社)、星から来た電人が登場する『世界無敵弾』(三七・同)などがある。一方、宗教関係の著作も執筆し、大窪名では、幽霊を登場させた実話風読物『幽霊探訪』(一六・磯部甲陽堂)などを執筆した。また、三二年『主婦之友』誌上で、女霊媒師・三條信子になりすまし、死者との交信記録を綴ったりもしている。

山野浩一(やまの・こういち 一九三九〜)大阪市生。関西学院大学法学部中退。広告映画演出、放送作家などを経て、『宇宙塵』に発表した短篇「X電車で行こう」が、六四年『SFマガジン』に転載されてデビュー。ニューウェーブSFの旗手として創作・評論の両面で活躍。六九年『SFマガジン』に発表した評論「日本SFの原点と指向」は大きな反響を呼んだ。ニューウェーブSF専門誌『NW-SF』を主宰。競馬評論家としても知られ、その関係のエッセーが多数ある。

出世作となった「X電車で行こう」は、東京近郊の鉄道線路に突如出現した幽霊電車の物語である。電車の進行経路を予測した鉄道マニアの〈俺〉は、地下鉄駅に駆けつけてその実在をまざまざと感じとる。電車は最初のうち、俺の予想する通りのコースを走行していたが、たびかさなる妨害工作に嫌気がさしたか、ルール無視の暴走を開始、関東から中部・関西で猛威をふるい、立山連山に向かう路線上で忽然と消えうせる。現実と非現実の境界線上を驀進するX電車のイメージが強烈な印象を与える作品である。第一短篇集『X電車で行こう』(六五・新書館)には、右の表題作のほか全七篇が収録されている。『鳥はいまどこを飛ぶか』(七一・早川書房)を経て『殺人者の空』(七六・仮面社)になると、より錯綜した内宇宙の光景が開示され、バラードやオールディス以上に、カフカや安部公房、倉橋由美子らの不条理世界との類似性が感じられる。冒頭に収められた「メシメリ街道」は次のような話である。婚約者の家へ急ぐ〈私〉の前に出現した自動車道路には途切れることなく車が行き交い、横断歩道も歩道橋も見当たらない。沿道の住民や警官は、向う側へ渡ろうとする私を白い目で見る。道を渡れず、元来た道へ戻る手段もなくした私は、〈いつまでも正午で、どこまでも続く〉街道に沿って歩き続け、一台のトラックに拾われるのだが……。冒頭に登場する古本売りの老婆や、非人間的な区役所、奇妙な車中生活など不条理な事態を埋める細部のイメージの鮮烈さが、作品空間のリアリティを支えている。このほか、革命や戦争をテーマとする寓話的短篇集『レヴォリューション』（八三・NW‐SF社）もある。

　なお、山野は《サンリオSF文庫》の企画にも参画し、デヴィッド・リンゼイやトム・リーミイ、ナボコフやカルペンティエルなどをはじめとする幻想文学関連書を意欲的に収録して高い見識を示した。

山之口洋（やまのぐち・よう　一九六〇～）本名野口喜洋。東京生築地。東京大学工学部機械工学科卒。松下電器産業でソフトウェア開発の技術者として活躍する傍ら小説を執筆。近未来のドイツを舞台に、音楽に文字通り身も心も捧げた青年を描いたSFファンタジー『オルガニスト』（九八・新潮社）で日本ファンタジーノベル大賞を受賞してデビュー。〇一年に退職してフリーの技術者となる。〇六年〈紙のキーボード〉の開発により〈天才プログラマー／スーパークリエイター〉に認定された。第二長篇『われはフランソワ』（〇一・同）はファンタジー要素のない歴史小説だが、ロマ（ジプシー）のフランソワ・ヴィヨンがフランス王妃と姦通し、後のフランス国王がヴィヨンの子だという伝奇的設定になっている。また、悲劇的な生涯を辿った特異なアーティストであるクラウス・ノミをモデルにした『完全演技者《トータル・パフォーマー》』（〇五・角川書店）は、死んでしまった音楽家になりかわる若者を描き、処女作のテーマと響き合う。ほかに奈良時代の平城宮を舞台にした伝奇ファンタジー『天平冥所図会』（〇七・文藝春秋）など。

山村暮鳥（やまむら・ぼちょう　一八八四～一九二四）本名土田（旧姓木暮）八九十《はくじゅう》。群馬県棟高村生。暗い幼少年時代を過ごし、高等小学校中退。生きるために種々の職を転々としたという。九九年、数え歳十六で小学校代用教員となり、夜には漢学・英語などを学ぶ。〇二年洗礼を受け、翌年には聖三一神学校に入学。卒業後、伝道師を務めながら、詩・小説などを発表。一五年『聖三稜玻璃』（人魚詩社）を世に問うが、評価されず懊悩する。結核を発病して伝道師を免職となり、困窮のうちに作品を書き続けるが、四十歳にて病没。

　詩人としての暮鳥は早過ぎた存在である。『聖三稜玻璃』『黒鳥集』（六〇・昭森社、一三～一五年の未刊詩篇集）は、昭和初期の前衛詩運動に先んずるものであり、今なおいささかも古びてはいない。宗教的な詩篇においても、神秘的・幻想的イメージは鮮烈である。〈薔薇には叡智がある／薔薇は空をまことの愛とし、／そして私には他の目がある。／／かつて瞑《と》ぢたことのない第三の目、／いやはての世界を作り、／／音の中の光りに、いのちは／一切の影をゆめむ。／／薔薇は聖なる三位一体。／／どうぞ帰る逕《みち》をしへてください、／私には他の目がある。〉（「薔薇」全篇）。

　早過ぎた晩年には童話・童謡を精力的に執筆している。寓話的色彩の強い『ちるちる・みちる』（二〇・洛陽堂）のほか、『鉄の靴』や聖人伝集『聖フランシス』（二三・あをぞら社）、キリスト教伝道物の童話集『地獄の門』（二五・イデア書院）がある。

【鉄の靴】長篇童話。二〇年二月～二二年三月『おとぎの世界』連載。二三年内外出版社刊。文体・物語の展開共に洗練されたものとはいいがたく、発表当時から現在までほとんど顧みられることのない作品だが、暮鳥の理想が描き尽くされたキリスト教的求道ファンタジーである。天涯孤独で出自もわからないが純粋無垢な少年を主人公に、魔法の靴と杖などファンタスティックな要素を随所に取り入れて、少年が聖者となっていく様を描く。日本では珍しい本来的な宗教性に溢れており、胸うたれるものがある。

山村正夫（やまむら・まさお　一九三一～九九）大阪府生。名古屋外語専門学校英語科卒。同校在学中の四九年に「二重密室の謎」を『宝石』に発表。文学座演出助手、『内外タイムズ』記者を経て専業作家となる。当初から多彩な作風を示し、本格物、アクション物から歴史推理、少年向け推理とSF、さらに〈現代雨月物語〉と銘打った一連の怪奇小説までを手がける。また、『推理文壇戦後史』全三巻（七三〜八〇・双葉社）『わが懐旧的探偵作家論』（七六・幻影城）などのエッセーも執筆、後者により七七年に日本推理作家協会賞を受賞。角川小説賞受賞作『湯殿山麓呪い村』（八〇）、『赤い呪いの鎮魂花』（八三）などの伝奇本格ミステリに、持ち前の怪奇趣味と本格推理との融合を達成した。

怪奇幻想小説関連の作品は数多い。カフカの『変身』のようなものがエンターテインメントの分野でも書けるのではないかという乱歩の言葉に示唆を得て書き始められたという〈現代雨月物語〉連作を収めたのが、初期の『陰画のアルバム』（七三・産報）である。自分が望む相手に自由に変身できる能力を得た俳優が自分自身を殺すはめに陥る「絞刑吏」、自分を捨てた恋人に変身したボクサーの戸惑いと復讐を描く「悪夢の虚像」など、山村の言葉どおり不条理な変身をモチーフとする作品が目につく。ほかに、殺人を犯した男の時間が逆行していく「狂った時計」、死後も魂が肉体から抜け出せなくなった男が、最後にコンクリートミキサーに飛び込んで教会の壁土に変ずる奇想ゾンビ小説「死を弄ぶ男」など、SF・怪奇・ミステリの境界線上に位置する九短篇を収めて異彩を放つ作品集である。同趣向の短篇集に『怪奇標本室』（八六・双葉文庫）がある。

〈現代性を取り入れた新しい意味での怪談小説〉をめざしたという『魔性の猫』（八三・群雄社出版）では、一転して古典的な怪談情緒を漂わせている。町ぐるみの嫌がらせにあって首を吊った母子の怨念が飼猫に乗り移り、家を立ち退かせるために嫌がらせを先導した家主一家に復讐を果たす典型的な化猫譚である表題作をはじめ、惨死した女の霊を結婚詐欺の相手に選んでしまった男の恐怖を描く「騙すと恐い」、人間の頭蓋骨で出来た盃の奇怪な因縁話「どくろ盃」など、男女の情痴にまつわる怨霊譚九篇を収める。『怨霊参り』（八五・角川文庫）も同傾向の怪談小説十篇を収めるが、怨霊譚だけでなく、「怪異人形妻」「武者人形」などの人形怪談や、吸血鬼テーマの力作「吸血蝙蝠」など、テーマにバラエティをもたせている。

超自然的なテーマを正面きって扱ったこれらの作品とは別に、山村には現実と非現実の間隙を突くような怪奇ミステリもある。なかでも『断頭台』（七七・カイガイ出版）は、異常心理小説の力作六篇を収めるユニークな作品集である。ギロチン執行吏の役にのめり込んだ新劇俳優が、舞台で演じられる過去の世界と一体化し、本物のギロチンで女優の首を切断する表題作や、女雛の打掛に恋するあまり不可解な情死を遂げる男を描く「女雛」など。そのほか『恐怖の葬列』（八七・光風社出版）も、心霊・オカルト色を前面に押し出した怪奇ミステリ短篇集である。

なお、以上の怪奇短篇集をもとに編まれた怪奇アンソロジーに『幻夢展示館』『異端の神話』（共に八九・新芸術社）『恐怖のアルバム』（九四・同）がある。

長篇作品では前述の伝奇ミステリのほかに、三菱銀行人質事件を素材にドラキュラ伝説を絡め、人間の内なる残虐性を抉った『吸血鬼は眠らない』（八五・中央公論社）、霊界のドイルやヴァン・ダイン、クリスティに殺人予告が届き、山村をモデルとする主人公が乱歩や正史の助力を得て事件を解決するという奇天烈な着想による『霊界予告殺人』（八九・講談社）ほかの作品がある。

山室静（やまむろ・しずか　一九〇六〜二〇〇〇）鳥取市生。信州佐久で少年期を送り、野沢中学卒。岩波書店などに勤務した後、東北大学法文学部美学科卒。文芸評論家として立ち、四六年には『近代文学』の創刊に参加。その後児童文学・神話・民話研究に心を傾け、大学で児童文学・北欧文学などを講じた。日本の幻想文学史上においては、北欧文学の翻訳・紹介の業績が特筆され、アンデルセン、ラーゲルレーヴ、トーベ・ヤンソン、北欧の神話・伝承などの翻訳がある。また、六六年より同人誌『海賊』を主宰するなど、ファンタジー、メルヘンの理解者として、後進の育成に尽力した点も見逃せない。ファンタジー関連の訳書に前掲の作家たちの代表作のほか、リンドグレーン『白馬の王子ミオ』（五八・講談社）、『赤毛のエリク記　古代北欧サガ集』（七四・冬樹社）など、編著に『世界のまほう話』（七二・偕成社）『新編世界むかし話集』全十巻（七六　七七・社会思想社＝現代教養文庫）、著書に『サガとエッダの世界』（八二・社会思想社）などがある。

山本亜紀子（やまもと・あきこ　一九六八〜）安アパートの一室でエロ小説の連載を始めた男が、隣室が覗ける〈穴〉のことを書き始めると、〈穴〉の向こうで小説通りのことが起きる、死霊物の長篇ホラー『穴』（〇一・四谷ラウンド、〇八年に「真木栗の穴」と題して映画化）で四谷ラウンド文学賞受賞。

山元加津子（やまもと・かつこ　一九五七〜）金沢市生。養護学校勤務の傍ら、童話、詩画集などを執筆。魔女見習の少女が修行の旅で体験する出会いと別れ、生命の不思議を描いた冒険ファンタジー『魔女・モナの物語』（〇五〜〇七・青心社）がある。

山本恵三（やまもと・けいぞう　？〜）小説家。代表作に『黄金の三角地帯』（一九七八）など。前世の怨念をはらそうとする妖魔に取り憑かれた少女を救うための戦いを描く怪奇アクション『魔獣たちの葬炎』（八八・廣済堂ブルーブックス）、十五年戦争末期、軍の機密費を着服した男たちの騙し打ちにあった父の仇を討つため、中国の仙人から気光の術を学び、幻獣・黄金豹を従えた青年が戦うサイキック・アクション《黄金豹伝説》（八九〜九〇・大陸書房）、太平洋戦争シミュレーション戦記『超戦闘機神竜』（九八・コスモノベルス）などがある。

山本静夫（やまもと・しずお　一九四四〜）岐阜県生。都留文科大学卒。小学校教師の傍ら児童文学を執筆。ファンタジーに、力の衰えたジンがランプの持ち主の小学生の少年に精一杯応えようとする『ぼくの魔法のランプ』（八八・ひくまの出版）がある。

山本修雄（やまもと・しゅうゆう　？〜）経歴未詳。両性具有の軟体動物の独白によって、生命進化に関するカバラ的夢想を展開した短篇「ウコンレオラ」（一九六二）が、澁澤龍彦によって推奨され、アンソロジー『暗黒のメルヘン』に採録された。

山本太郎（やまもと・たろう　一九二五〜八八）詩人。東京生。画家・山元鼎の長男、北原白秋の甥。東京大学独文科卒。熱く血のたぎるような饒舌な詩風、原始・古代への憧憬で知られる。読売文学賞受賞の『覇王紀』（六九・思潮社）の頃より叙事詩を書き始め、歴程賞受賞の『ユリシイズ』（七五・同）、詩画集『スサノヲ』（八三・筑摩書房）などがある。後者は日本神話をもとに、大国主命と須佐之男命をダブル・イメージで描く長篇叙事詩であるが、単なる物語ではなく、詩としての言葉の楽しさを味わえる、ユーモラスで力強い詩集である。このほか、詩画集『譚詩集』（八九・ライクウォータ）など。

▼『山本太郎詩全集』全四巻（七八・思潮社）

山本剛（やまもと・つよし　一九六九〜）パズルゲーム「ぷよぷよ」をもとにしたファンタジー《魔導物語》シリーズ（九四〜二〇〇〇・角川スニーカー文庫）、電気という概念が存在せず、からくり仕掛けと魔法が科学として存在する別世界を舞台に、人造少女とハードボイルド探偵の冒険を描く《クロックワーク》（九八〜九九・角川スニーカー文庫）などがある。

山本禾太郎（やまもと・のぎたろう　一八八九〜一九五一）本名種太郎。兵庫県神戸市生。小学校卒。海洋測器製作所支配人となる。二六年『新青年』の懸賞募集で「窓」が二等に入選。「小坂町事件」（二八）「小笛事件」（三六）などノンフィクション風のリアリズムを基調とする一方で、「抱茗荷の説」（三七）に代表される夢幻的なスリラーを執筆している。右の作品は、母親そっくりの遍路に父を殺された娘が、流浪の果てにそれらしき老婆と巡り会い、敵同士となった双子にまつわる悲劇と意外な真相を知るという話だが、遠い記憶をまさぐるような幽暗で物哀しい雰囲気が印象的である。ほかに怪奇幻想的な作品として、行きずりの女との奇妙な情交が忘れられない空想好きの男を描いた、橋本五郎「地図にない街」の先行作「空想の果て」（二七）、いるはずのない男の姿が見える怪談「屏風の蔭から出てきた男」（二七）、殺された人間が生きていたり人間が馬に変身させられたりと不思議なことが次々に起きる、夢落ちのユーモラスなコント「馬酔木と薔薇」（二七）、誰もいないはずの階上で死んでいた男が階段を降りてきてクレームをつける「二階から降りきた者」（三三）、殺人者が幽霊写真に怯えて自殺する、神経物とも怨霊物とも取れる「幽霊写真」（三三）、長篇「消える女」（四七）などがある。

山本ひろ子（やまもと・ひろこ　一九四六～）早稲田大学第一文学部史学科中退。日本宗教思想史専攻。現在、和光大学教授。宗教史家として『変成譜』（九三・春秋社）『異神』（九八・平凡社）『中世神話』（九八・岩波新書）などの意欲的な論考を執筆。小説作品に、奥三河の花祭りの体験を物語に仕立てた民俗学小説「龍王しずめ」や、役行者伝を書くことになる若者の幻視を鮮やかに描いた「役行者」などを収録する短篇集『大荒神頌』（九三・岩波書店）がある。

山本弘（やまもと・ひろし　一九五六～）京都市生。洛陽工業高校電子科卒。七八年「スタンピード！」で第一回奇想天外SF新人賞佳作を受賞。クリエーター集団グループSNEに参加し、ゲームデザイナーとして活躍する傍らSFなどを執筆。クトゥルー神話物のTRPGをもとにした、幽霊屋敷の中から通じている奇怪な異世界を舞台に繰り広げられるSFホラー『ラプラスの魔』（八八・角川文庫）で小説家として本格的にデビュー。ファンタジーTRPG「ソード・ワールド」をもとにしたファンタジー《サーラの冒険》（九一～〇六・富士見ファンタジア文庫）、「妖魔夜行」物の短篇群、『ラプラスの魔』の続篇『パラケルススの魔剣』（九四・ログアウト冒険文庫）などがあるほか、TRPGに関わらないオリジナルのSFを執筆。超感覚を持つ少女が超常時空の謎に挑むハードSF『時の果てのフェブラリー』（九〇・角川スニーカー文庫）、俗流オカルトの知識をちりばめつつ、世界は神によるシミュレーションで、人間はサールの悪魔に過ぎないと絵解きしたSF『神は沈黙せず』（〇三・角川書店）、虚数で感情を表現する理性的なアンドロイドが人間に取って替わった数百年後の未来を舞台にした枠物語で、RPG、ヴァーチャル・リアリティ、AIテーマの短篇集『アイの物語』（〇六・角川書店）など。

　また、九二年、でたらめな擬似科学や矛盾に満ちたオカルトを愛好する〈と学会〉を創設。同会によって〈トンデモ本〉という言葉が流布し、世間一般に定着した。関連の著作に、『トンデモノストラダムス本の世界』（九八・洋泉社）ほか多数。ほかにゲームの解説書『クトゥルフ・ハンドブック』（八八・ホビージャパン）などもある。

山本文緒（やまもと・ふみお　一九六二～）神奈川県生。神奈川大学卒。OLを経て小説家となる。『恋愛中毒』（九八）で吉川英治文学新人賞、『プラナリア』（二〇〇〇）で直木賞受賞。もう一つの人生を送っている分身との出会いを描いた『ブルーもしくはブルー』（九二・宙ブックス）がある。

山本正之（やまもと・まさゆき　一九五一～）愛知県安城市生。駒沢大学卒。音楽家。テレビアニメ「タイムボカン」の音楽などを担当。お湯の神様に命じられ、温泉で人々を幸せにするべく、悪の組織イタイタルイ団と戦うオンセンガーとなった少年を描く、変身ヒーロー物コメディ『銀河熱風オンセンガー』（九九・ソニー・マガジンズ文庫）がある。

山本昌代（やまもと・まさよ　一九六〇～）神奈川県横浜市生。津田塾大学英語学科中退。大学在学中の八三年「応為坦坦録」で文藝賞を受賞。江戸の町人文化の世界を従来の時代小説とは異なる新鮮な感覚・巧緻な文体で描き注目を集める。代表作に、不具の身となっても舞台をつとめた人気女形・沢村田之助の内なる地獄を描く『江戸役者異聞』（八六）、平賀源内を主人公とする『源内先生舟出祝』（八七）、三島由紀夫賞受賞作『緑色の濁ったお茶あるいは幸福の散歩道』（九四）など。マンモス団地と姥捨山の光景が交錯する「デンデラ野」（八六）、妻は出奔、娘は癲癇死、息子は家庭内暴力をふるうなか、呆然と豚を祀る豆腐屋の話「豚神祀り」（八六）、幼い弟に誘われて深夜の海岸へ出た姉が、自分の分身が幼女を殺害する現場を目撃する「善知鳥」（八七）など、現代のありふれた家族を描いて残酷なメルヘンを思わせる奇妙な味わいの漂う短篇があり、それらは『善知鳥』（八八・河出書房新社）『デンデラ野』（八九・同）に収録されている。以後も、日常の中に訪れる幻想的なヴィジョンを描いた作品を折りに触れて発表し、一本の白い道の上に佇む人、花道の蝶、樹の中の精神など、見えないものを幻視する断片の集成から成る印象深い短篇「小さな黄色い鯉」（九二）ほかの作品がある。

また、より直截な怪奇幻想モチーフの作品も執筆している。後妻をもらわないという約束を破ったら化けて出ると言い残した言葉通りに、幽霊になって出現した前妻と再婚夫婦の奇妙な同居生活を描いた長篇『居酒屋ゆうれい』（九一・同、映画化）、〈上田秋成に捧ぐ〉というエピグラフのある作品集で、人面疽物「顔」、夢に出現する蛇と、隣家の不思議な姉妹とが交錯する「おむすびころりん」、見るなの座敷物「鶯」などを収録する短篇集『顔』（九七・河出書房新社）がある。

山元護久（やまもと・もりひさ　一九三四〜七八）京都生。早稲田大学文学部独文科卒。在学中は早大童話会に所属し、小沢正らと同人誌『ぷう』を創刊。卒業後は放送作家となり、子供向けのテレビ番組の台本、ドラマ、アニメ等の脚本を執筆。脳溢血により急逝。主な脚本に、人気を誇ったテレビの人形劇「ひょっこりひょうたん島」（六四　六九、井上ひさしとの共作）、同じ人形劇だが、年齢層がやや上向けで、シュールな感覚の横溢する「ネコジャラ市の11人」（七〇〜七三、井上ひさし、山崎忠昭との共作）、劇場用長篇アニメ「アンデルセン物語」（六八、井上ひさしとの共作）「長靴をはいた猫」（六九、同）など。童謡、テレビアニメの主題歌の作詞なども手がけた。児童文学は低学年向けの、行動力溢れる少年が活躍する物語を得意とし、SF系の冒険物『はしれロボット』（六二・小峰書店）、少年が星みがきのおばあさんと共に空飛ぶ自動車に乗って悪漢退治の冒険を繰り広げる『それゆけねずみたち』（六九・あかね書房）、地下に秘密の森を作り上げて動物たちを閉じ込め、狩猟を楽しむ資本家と少年が対決する『そのてにのるな！　クマ』（七三・学研）などがある。

山本瑤（やまもと・よう　一九七二〜）明治大学文学部英米文学科卒。「パーフェクト・ガーデン」（〇二）でコバルト・ノベル大賞佳作入選。巫女の血をひく女子高生と桜の化身のラブロマンス《花咲かす君》（〇三〜〇六・コバルト文庫）でデビュー。異世界から異世界へと渡り歩く能力を持つ少女を狂言回しとするロマンス連作《レッドスキップ》（〇四〜〇五・同）、ラブロマンス基調の中華風ファンタジー《桃源の薬》（〇五〜・同）がある。

山脇恭（やまわき・きょう　一九三六〜）東京生。国際基督教大学中退。お風呂場から指で描いた船に乗って湯気の国へ冒険に出かける『ゆげのくにへしゅっぱつ』（七九・偕成社）など、幼児の空想をそのまま作品化したような幼年童話群のほか、いろいろな泥棒たちが、魔女・お化けなど異界の者と食物を通して交流する幼年童話《大どろぼうシリーズ》（八四〜九三・偕成社）、使われなくなったおもちゃの呪いで出来たゲーム世界へ落ち込んだ少年少女の恐ろしい冒険を描く『恐怖のテレビゲーム』（九〇・国土社）がある。

梁石日（やん・そぎる　一九三六〜）本名正雄《ジョンウン》。大阪市生。在日コリアン。大阪府立高津高校定時制卒。詩人として出発。タクシードライバー時代の経験をもとにした『狂躁曲』（八一、後に「タクシー狂躁曲」と改題）で小説家としてデビュー。九八年、実父を題材にした『血と骨』で山本周五郎賞受賞。自伝的作品を含むリアリズム小説を主に執筆する。『さかしま』（九九・アートン）には少年時代の殺人事件にまつわる悪夢を描いた「夢の回廊」のほか、在日同胞から敗北主義者のレッテルを貼られた過去の幻影に囚われてしまい、目的地に辿り着けぬ男を描いた「蜃気楼」、タクシードライバーが客の消失事件に立ち会う「消滅した男」などの幻想的な作品が含まれている。

ゆ

柳美里（ゆう・みり　一九六八〜）神奈川県横浜市生。在日コリアン（国籍は韓国）。横浜共立学園高校中退。〈東京キッドブラザーズ〉に入団。その後、演劇ユニット〈青春五月党〉を結成し、八八年「水の中の友へ」で旗揚げ。九三年「魚の祭」で岸田國士戯曲賞を受賞。小説にも手を染め、『フルハウス』（九六）で野間文芸新人賞、泉鏡花文学賞を、「家族シネマ」（九七）で芥川賞を、『ゴールドラッシュ』（九八）で木山捷平文学賞を受賞。旅先で頓死した男が、ただ一人の身内の十二歳の娘のところに幽霊になって戻ってくるジエントル・ゴースト・ストーリー『雨と夢のあとに』（〇五・角川書店）がある。同作はドラマ化され、劇団〈キャラメルボックス〉によって舞台化もされた。

結城恭介（ゆうき・きょうすけ　一九六四〜）千葉県生。弘前大学教育学部中退。現代まで江戸時代が続いているパラレルワールドを舞台にしたサスペンス・コメディ「美琴姫様騒動始末記」（八三）で小説新潮新人賞を受賞してデビュー。主にミステリを執筆。ファンタジーに、中世そのままの生活を続けるロストワールド＝ドルレアン王国に入り込んだ少年の冒険を描く『ヴァージンナイト・オルレアン』（九一・角川スニーカー文庫）、機械少女の成長物『理姫ＹＵＲＩＨＩＭＥ』（八九・アニメージュ文庫）などがある。

結城昌治（ゆうき・しょうじ　一九二七〜九六）本名田村幸雄。東京品川生。早稲田大学専門部法律科を経て、四八年に東京地検の検察事務官となるが、結核を発病、三年間の療養生活を送る。清瀬の東京療養所で福永武彦らを識る。五九年『エラリイ・クイーンズ・ミステリ・マガジン』の第一回短篇探偵小説コンテストで「寒中水泳」が一席に入選。『ひげのある男たち』（五九）などのユーモラスな謎解き推理や、スパイ小説に新生面を拓いた『ゴメスの名はゴメス』（六二）などで注目を集める。シリアスな作風に転じた『夜の終る時』（六三）で、六四年に日本推理作家協会賞を、七〇年には『軍旗はためく下に』（七〇）で直木賞を受賞。人間心理の襞に通暁した短篇の名手としても知られ、しばしば迫真の恐怖小説をものしている。なかでも「孤独なカラス」（六四）は、カラスの鳴きまねが達者でトカゲを喰らうヘビ少年の狂気を描いて慄然たる名作である。ホラー関連の短篇集に『噛む女』のほか、ショートショート全集と銘打たれ三十九篇を収めた『泥棒』（八〇・集英社）、近作十四篇を収めた『怖い話と短い話』（八八・中央公論社）がある。

【噛む女】短篇集。七八年中央公論社刊。小学校の同窓生と偽って接近してきた正体不明の中年女の執拗な嫌がらせに苦しめられ、最後は無惨な事故死を遂げる男の恐怖体験と、さらに慄然たるその真相を描いた表題作をはじめ、酔った勢いで唇を奪った同僚のＯＬから贈られる花束の山と不気味な花言葉に追い詰められていく男を描く「怖い贈り物」、自分の顔そっくりに作られたヨハネの首の模型に呪縛されて自滅していく俳優の物語「首」、出産直前に死亡したはずの胎児が母親の胎内で成長を続けていく怪異を描く「ひげが生えた赤ん坊」など、女性性に由来する不気味さを描いた〈女怪〉恐怖譚八篇に、創作落語「味噌漉し」を付した作品集。

結城信一（ゆうき・しんいち　一九一六～八四）東京生。早稲田大学英文科卒。戦後、松島栄一と季刊誌『象徴』を編集。同誌に発表の「復興祭」（四七）や『群像』新人創作特集号掲載の「秋祭」（四八）で認められる。〈第三の新人〉の一人として、戦争の傷痕を内省的に捉えた『鶴の書』（六一）『鎮魂曲』（六七）などを刊行。日本文学大賞を受賞した晩年の作品集『空の細道』（八〇・河出書房新社）は、死者との交感や幽界への憧憬を抑制された筆致で描いた静謐な短篇集である。

結城惺（ゆうき・せい　一九六五～）某市立大学文学部国文科卒。八八年『小説ウィングス』にてデビュー。主にBL小説を執筆。ファンタジーに、天使の姿を持つ青年たちとの接触により、彼らの仲間である自分に目覚めていく高校生の少年を描く《天にとどく扉》（九六～九七・角川ルビー文庫）などがある。

ゆうきみすず（ゆうき・みすず　一九六一～）本名鈴木裕美子。神奈川県生。日本大学文理学部卒。アニメの脚本家として活躍する傍ら、少女小説を執筆。ミステリ・シリーズ《とラブるトリオ》（八八～九二・講談社X文庫）の中に、洋館に住む幽霊が取り壊しに反対して主人公の少女たちに加勢を頼む『港の見える洋館に幽霊の甘い囁きが聞こえる』（八九）、主人公たちが別世界で冒険を繰り広げる『伝説の王国に気弱なドラゴンの愚痴が聞こえる』（九二）がある。ほかのファンタジーに、〈呪いの本〉テーマのホラー・ミステリ『黒い表紙の呪い』（九九・同）、変身やタイムトラベルができる魔法のアイテムを持つ少女が繰り広げるラブコメディ『ミラクル・バングル』（九四～九五・パレット文庫）がある。

結城充考（ゆうき・みつたか　一九七〇～）香川県生。SFアクション『奇蹟の表現』（〇五～〇六・電撃文庫）で電撃小説大賞銀賞受賞。

結城光流（ゆうき・みつる　?～）東京生。冥府の役人・小野篁を描く伝奇アクション《篁破幻草子》（二〇〇〇～〇七・角川ティーンズルビー文庫～ビーンズ文庫）でデビュー。安倍晴明の孫が活躍する伝奇アクション《少年陰陽師》（〇二～・角川ビーンズ文庫）が人気シリーズとなり、アニメ化されている。

ゆうきりん（ゆうき・りん　一九六七～）別名に結城一樂《いちがく》。東京生。神奈川工科大学卒。「夜の森の魔女」（九二）でコバルト・ノベル大賞受賞。海の妖魔に囚われている妹を救おうとする亡霊の青年と孤独な魔法少女の恋を描くファンタジー《人知らずの森のルーナ》（九二～九五・コバルト文庫）でデビュー。異世界が舞台のセンチメンタル・ラブロマンスから伝奇オカルト・アクションまで幅広い作品を執筆するが、SFに踏み込むことが少なく、怪奇幻想モチーフを多用する作家である。主な作品に次のものがある。魔物の印の瞳を持つ姫の恋と戦いを描く『鉛姫』（九三～九四・同）、一神教国家による多神教世界の征服を背景とした異世界ファンタジーで、部族の者を殺された青年が復讐のために神に身を捧げることを誓って魔力を手に入れるが、征服国家の娘と恋に落ちてしまう『シャリアンの魔炎』（〇三～〇六・同）、世紀末ロンドンを舞台に、ロンドンの地下に広がる世界の謎に見習記者の少女が迫るサスペンス『影の中の都』（九五・同）、本をめぐる現代ホラー『名もなき本』（九八・同）、見習い魔女たちがオカルティックな事件に挑むミステリ『銀の逢魔ケ刻探偵団』（〇一・富士見ミステリー文庫）、蘇ったエジプトの美少女神と現代の引きこもり少年のラブコメディに様々なオカルト要素が絡む『オーパーツ・ラブ』（〇一～〇八・スーパーダッシュ文庫）、近未来を舞台に、超巨大美少女が巨人の侵略者と戦う物語に、北欧神話要素を投入したSFラブコメディ『ヴァルキュリアの機甲』（〇二～〇三・電撃文庫）、一人の天使と大罪を具現する七人の悪魔娘が少年の誘惑合戦を繰り広げるハーレム型ラブコメディ『でぃ・えっち・えぃ』（〇五～〇八・同）など。ほかに、ファンタジーゲームのノベライゼーションや、一般向けの時代アクション『戦国吸血鬼伝』（二〇〇〇・ハルキ文庫）、一樂名によるアクション・ハードボイルド『Talio』（〇五・トクマ・ノベルズ）がある。

遊谷子（ゆうこくし　生没年未詳）経歴未詳。長崎の唐物商・和荘兵衛が釣に出て漂流し、不老不死国をはじめとして、自在国、矯飾国、好古国、自暴国、大人国などを遍歴する、いわゆる〈島巡り譚〉の系譜を継ぐ作品『和荘《わそう》兵衛《びょうえ》』（一七七九／安永八）の作者。同年に後篇が刊行されており、不老不死の秘薬を飲んだ荘兵衛が、再び旅立ち、清浄国、長足国、吝奸国、大胆国、金銀宝玉国、交蛮国などを経巡る様が描かれている。申し訳のように夢落ちに終わる。曲亭馬琴の『夢想兵衛胡蝶物語』の粉本の一つとして知られ、また多くの追随作を生んだ。

祐佐（ゆうざ　生没年未詳）経歴未詳。西国遍歴の途上に収集した怪談奇談五十話を収録した『太平百物語』（一七三二／享保一七）がある。狐狸など動物の怪異が多いのが特徴。また巻末に「百物語をして立身せし事」という話があり、無用と思われる怪談も教訓のためになることを主張するのは、怪談を語ることの正当性を確保しようとしたものか。

猷山石髄（ゆうざん・せきずい　？〜一七三一／享保一六）曹洞宗の僧侶。武州幸手の士峯山浄春院で修行の後、壱岐の如意山華光寺の第十一世として招聘され、一六九〇（元禄三）年より約三十年その職を務めた。冒頭に五戒などの基本的な教えを置き、観音と地蔵の霊験譚、その他の仏の利益と霊験、因果応報譚を収録した漢文体の説話集『諸仏感応見好書』（一七二六／享保一一）を残した。同書の説話には武州と壱岐のものが見え、地方の身近な感じを出している。

『祐天上人御一代記』（ゆうてんしょうにんごいちだいき　一八八三・栄泉社）別名「祐天上人」。実録小説。下総羽生村の累の死霊事件で、悪霊を鎮めたとして名高い浄土僧の祐天の一代記。物覚えが悪くて檀通上人に見放された祐天が、不動明王の霊験によって聡明になり、諸国を行脚するうちに説法の名手となった次第が語られる。累事件をはじめとして、各地で霊力を発揮したことが記されている。祐天の事跡を一代記の形にまとめた最初の文献『祐天大僧正御伝記』（一七六三／宝暦一三成立、麻布三谷山正善寺・冷導和尚の連続講釈を南枝が筆録）や祐天による怨霊祓の業績等を集成した説話集『祐天大僧正利益記』（一八〇八／文化五）、残寿『死霊解脱物語聞書』などを集大成したもの。本書をもとにした長篇講談もあり、宝井琴窓《きんそう》講演『祐天上人』（一三・博文館）などの速記本が残されている。

友谷蒼（ゆうや・あおい　？〜）第七回小説ＡＳＵＫＡ大賞読者大賞受賞。小説家、漫画原作者。不思議な石の力で死んだ友人が蘇るという現象に遭遇する高校生たちを描く『エウリディケの娘』（二〇〇一・ＥＸノベルズ）、現代を舞台にした超能力者集団をめぐる伝奇ファンタジー『デュアル・ムーン』（〇一・角川ティーンズルビー文庫）、修験者の卵の高校生が、幽霊の母に育てられた不思議な少年や雪女の息子と共に怪奇な事件を解決する連作短篇集『伊佐と雪』（〇六〜〇七・ＧＡ文庫）などがある。

幸谷保（ゆきたに・たもつ　生没年未詳）経歴未詳。犯して殺した少女の霊に祟られる「葦」、入水した女性が霊となって身の上を語る「湖畔の宿」など、素人めいた語り口のうちにも哀愁の漂う実話風怪談十四篇を収録する『怪談』（一九四八・協同出版社）がある。

雪乃紗衣（ゆきの・さい　？〜）仙人たちが人知れず人間の中に紛れ込んでいる中国古代風異世界を舞台にした、少女の一代記『彩雲国物語』（二〇〇三〜・角川ビーンズ文庫）で第一回ビーンズ小説賞奨励賞・読者賞受賞。同作はベストセラーとなり、漫画化、アニメ化もされ、多くの亜流作品を生んでいる。

ゆずはらとしゆき（ゆずはら・としゆき　？〜）別表記に柚原季之。ポルノ小説を執筆し、怪奇ファンタジー『ひまわりスタンダード』（二〇〇〇・二次元ドリームノベルズ）、異世界東京を舞台にした『試作品少女空想東京百景』（〇五・二見ブルーベリー）などがある。

ほかに、海野十三のSF短篇「十八時の音楽浴」「火葬国風景」をもとにした『十八時の音楽浴』（〇七・小学館＝ガガガ文庫）など。

由麻角高介（ゆまづみ・こうすけ　？〜）ポルノ小説を執筆。伝奇アクション『スプラッタ・ボーイ』（一九九九・辰巳出版＝ネオノベルズ）、SFファンタジー・アクション『フオーリンソルジャー』（〇一・二次元ドリームノベルズ、中笈木六原案）など。

弓原望（ゆみはら・のぞむ　一九七一〜）東京生。スペース・アクション『マリオ・ボーイの逆説《パラドクス》』（九六・コバルト文庫）でコバルト・ロマン大賞佳作入選。闇の血統物のホラー・ファンタジー『黄金《きん》の瞳燃えるとき』（九七・同）、天才的探偵だった兄の霊を身体に宿す少女と邪悪な錬金術師との対決を軸とするミステリ《水鳥川《みどりかわ》探偵社シークレット・ファイル》（二〇〇〇・スーパーファンタジー文庫）、少女が〈霊装強化服〉で超人化して怪物と戦う変身アクション・コメディ『アストラルギア』（〇一・ファミ通文庫）のほか、スペースオペラ《アーサー王子乱行記》（九八〜九九・同）をはじめとするSF系の作品がある。

夢座海二（ゆめざ・かいじ　一九〇五〜九五）本名太田皓一。福岡市生。法政大学文学部卒。松竹、日本映画社を経て、フリーの短篇記録映画製作者となる。「赤は紫の中に隠れている」（四九）で『宝石』誌上にデビュー。ミステリ短篇を執筆。人体の入れ替えにまつわる、狂気と現実との境も定かならぬ犯罪を語る怪奇的幻想譚「変身」（五三）のほか、「惑星一一四号」（五七）などのSF短篇もある。

夢野久作（ゆめの・きゅうさく　一八八九〜一九三六）本名杉山泰道《たいどう》。幼名直樹。別名に杉山萠円、梅若藍平、三鳥山人ほか。福岡市小姓町生。父・茂丸は玄洋社系右翼の大立者で、政界の黒幕として暗躍、『百魔』などの著作もある。生後まもなく祖父母のもとに引き取られる。幼時から祖父について四書の素読を習い、喜多流の能楽に親しむ。福岡県立修猷館中学を経て、一一年に慶応義塾大学文科に進むが、父の厳命で学業を廃し、郷里で農園経営に携わる。一五年、出家して泰道と改名するが、二年後に還俗した。謡曲教授、『九州日報』記者を経て、二六年『新青年』の創作探偵小説募集で、夢野久作名義による「あやかしの鼓」が二等入選。また、この間『九州日報』などに多くの童話を執筆している。九州在住というハンデのため中央の商業誌への進出は遅れたが、「いなか、の、じけん」（二七〜三〇）「死後の恋」（二八）「押絵の奇蹟」（二九）「氷の涯」（三三）『暗黒公使』（三三）などに、未曾有の混沌たる個性を発揮、徐々に文名を高めた。三五年には構想・執筆十年に及ぶ畢生の大作『ドグラ・マグラ』を刊行。本格的な活躍が期待された矢先の三六年三月十一日、来客と座談中に脳溢血で急逝した。小説以外の作品に、「近世快人伝」（三五）「梅津只円翁伝」（三四）などの評伝や、「能とは何か」（三〇）などの能学論、随筆、ルポルタージュ、それに特異な〈猟奇歌〉がある。

　デビュー作の「あやかしの鼓」は、恋に破れた鼓作りの執念がこもった不吉な鼓によって破滅していく人々を描いた、オーソドックスな因縁譚である。以後の作品系列からはやや外れる作品だが、〈呪物幻想〉という視点から見ると、共通する傾向を持ったいくつかの作品が浮かび上がってこよう。代表作の一つとされる「押絵の奇蹟」は、押絵の作り手である美貌の人妻と、モデルとなった人気女形の間に神秘的な交感が生じ、互いに似た子供が誕生したことから、親子二代にわたる悲劇が起こる話である。妊娠と呪物といえば、「卵」（二九）というナンセンス・ストーリーもある。裏隣の家の娘と、お互いに遊離した魂となって密会を重ねた三太郎は、裏庭に一個の大きな卵を発見する。それは娘の置土産で、やがて卵の中からは寝息や〈オトウサン〉という声が聞こえ出すが、三太郎はうっかり卵を取り落として割ってしまう……。小天地に封じ込められた甘美な記憶といえば、「瓶詰の地獄」（二八）。二本の瓶の中から出てきた手紙には、無人島に漂着し、十年余の月日を過ごすうちに兄と妹の間に芽生えた禁断の愛が記されていた。「悪魔祈禱書」(三六)に登場する、世界で唯一冊しかないというシュレーカーの『外道祈禱書』は、いかがわしい呪物の代表格だろう。古本屋の親父の饒舌につりこまれた客の大学教授は、自身の家庭の災厄が件の書物の呪いによるものと確信するのだが……。ほかに、「鉄槌」(二九)の語り手が特殊能力を発揮する電話機や、米国の博覧会に招かれた江戸ッ子が遭遇する恐怖の「人間腸詰」(三六)も、いかがわしさでは引けを取らない。しかし久作の作品中、最も妖しく最も美しく最もおぞましい呪物といえば、「死後の恋」の幕切れで、凌辱され殺された男装の麗人の下腹部に燦然ときらめく、ロシア皇家の宝石にほかなるまい。

久作にはオーソドックスな怪奇小説の類が意外に少ない。乗り組んだ船が必ず沈没すると評判の少年水夫を乗せて出航した荷物船が、はたして怪現象に遭遇、あわやというとき、船倉から少年の死体が発見され、これを海中に投じて難を免れる「難船小僧《S・O・S・BOY》」(三四)、逆に、難破船上に水夫の幽霊が出没する「幽霊と推進機」(三二)、娘を吊るしたはずの空家で自分自身の首吊り死体と対面する掌篇「縊死体」(三三)などがある。

幻覚・幻視を扱った作品としては、夜空の星に人の顔を幻視する娘の言動が、母親の不倫を暴き出す「人の顔」(二八)、忍び込んだ洋館の一室で、人形たちに囲まれて眠る金髪の少女と対面した凶悪犯が、言い知れぬ畏怖の念に打たれ、枕元に白菊の鉢を置いて立ち去る「白菊」(三三)などのほか、「キチガイ地獄」(三二)「狂人は笑う」(三二)「木魂《すだま》」(三四)など一連の〈キチガイ小説〉がある。これらの中では「木魂」が傑出した出来である。小学算術教科書の編纂を唯一の楽しみにしている主人公は、妻を失い、続けて一人息子を鉄道事故で失ってから、昔なじみの木魂の声を耳にするようになる。以前、彼が数学に没頭していると、きまって何ものかの呼びかける声がしたのだ。心霊学によれば、それは意識の自然分解作用で現れる、彼自身の魂の声だというのだが、しかし、轢死の予感にふるえながら線路に倒れ伏した彼の耳に聞こえるのは、父を呼ぶ亡き息子の声だった……。ドッペルゲンガー妄想と数学を結びつけた着想がユニークである。このほか新感覚派系の雑誌『文学時代』に一部が発表された「怪夢」(三一〜三二)は、久作版新感覚派小説ともいうべき異色作で、空中のドッペルゲンガーや深夜の人形都市、一面の硝子世界など六つの幻視の光景が描かれている。エジプトの王女が髪切虫に転生する神秘的なメルヘン「髪切虫」(三六)も印象的である。

▼『夢野久作著作集』全六巻(七九〜二〇〇一・葦書房)『夢野久作全集』全十一巻(九一〜九二・ちくま文庫)

【白髪小僧】長篇童話。二二年誠文堂刊。杉山萠円名義。昔、白髪小僧と呼ばれる白髪で白痴の男がいた。あるとき、白髪小僧は美留《みる》女《め》姫という美しい娘を助ける。娘はこれは運命のさだめだと言い、何も書かれていない白紙の書物を取り出して、ここに運命のすべてが記されているという。そして本を読み出すが、そのうち気がつくと情況は一変し、本の頁はすべて銀杏の葉に変わってしまう……白髪小僧がハッと気づくと、そこは藍丸国で、自分は国王になっていた。王国には美留女そっくりの美女が二人いて、美留女になった夢を見ていた……。『ドグラ・マグラ』の世界へと直結する、夢と現《うつつ》、語りと物語が錯綜した未完のファンタジーである。なお、久作は本書以外にも『九州日報』家庭欄に百四十篇を超える短篇童話を執筆しており、それらは葦書房版『夢野久作著作集』第三巻に集成されている。

【ドグラ・マグラ】長篇小説。三五年松柏館書店刊。〈…………ブウウ――――――ンンン――――――ンンンン…………〉という九州帝大精神科病棟の時計の音で〈わたし〉は覚醒する。そこに現れた若林教授は、わたしが故・正木教授の新学説を立証するための実験材料であり、わたしの失われた記憶を回復させる実験を正木教授に代わって自分が行うと告げる。若林はわたしに、「ドグラ・マグラ」と題された一患者の草稿や正木が遺した文献を示す。ここから物語は文献に読み耽るわたしを通して過去の経緯へと移る。正木教授が書き残した「胎児の夢」「キチガイ地獄外道祭文」「脳髄論」などの奇怪な内容。その実践としての〈狂人の解放治療〉。なかんずく正木は若林と共に心理遺伝の学説を実証するため、唐代の画家・呉青秀が狂気に憑かれて描いた死体変相図を子孫の呉一郎に見せ、狂気の犯罪を誘発させようとしていたのだ。わたしがここまで読み進んだとき、突如死んだはずの正木教授が出現する。正木は若林の言を否定し、一郎の母・千世子をめぐる両教授の凄まじい確執を明かす。きみこそ正木の息子・呉一郎なのだと示唆されたわたしは錯乱に陥り、気がつくと、一郎による狂人殺害と正木の自殺を報じる新聞記事が残されている。再び意識の混濁へと陥るわたしの耳に〈………ブ――ンンン……〉という時計の音が聞こえ、闇の奥から呉青秀の顔が……。〈幻魔怪奇探偵小説〉という刊行時の惹句そのままの幻想ミステリ巨篇であるが、同時にその混沌とした作品宇宙には、中国志怪伝奇からSF奇想科学にいたるまで、幻想文学ジャンルが蔵する様々な要素が丸ごと包含されていることを看過するわけにはいくまい。八八年に松本俊夫監督により映画化された。

『夢の通ひ路』（ゆめのかよいじ　南北朝末頃成立？）擬古物語。作者未詳。現存する擬古物語中の最長作という。一条権大納言と梅壺の女御の悲恋を描く王朝恋愛物語。枠物語の形式になっており、権大納言が阿闍梨の夢に現れて巻物を渡し、息子に見せて欲しいと請うが、巻物の内容が本体の悲恋物語となっている。この枠部分と住吉明神の霊験にファンタジーの趣向が認められるが、恋愛物語自体にはファンタジーの要素はない。

夢枕獏（ゆめまくら・ばく　一九五一〜）本名米山峰夫。神奈川県小田原市生。東海大学文学部日本文学科卒。高校時代から作家を志し『ネオ・ヌル』『宇宙塵』などのSF同人誌に作品を発表。七七年『奇想天外』に、活字をヴィジュアルに配置して物語を伝えるという奇抜なタイポグラフィックストーリー「カエルの死」を発表し、小説家デビュー。『ねこひきのオルオラネ』（七九・コバルト文庫）『遙かなる巨神』（八〇・双葉ノベルズ）を刊行する。これらの作品はほとんどが幻想譚であり、夢枕が元来SF作家というよりは幻想作家であったことを示している。八四年の『魔獣狩り』に始まる《サイコダイバー》シリーズがベストセラーとなり、伝奇バイオレンスブームの旗手として一躍脚光を浴びる。以後、硬派の格闘技小説から艶麗な怪奇幻想小説まで幅広い執筆活動を続け、八九年には、『月に呼ばれて海より如来《きた》る』（八七・廣済堂出版）以来固執し続けている〈螺旋幻想〉に、進化論、妹を愛するという苦悩を負った宮沢賢治、仏教的哲学などを絡ませた幻想SF大作『上弦の月を喰べる獅子』（早川書房）で日本SF大賞を受賞した。登山、プロレス、写真、仏教など、玄人はだしの趣味も多い。

夢枕の第一長篇『幻獣変化』（八一・双葉ノベルズ）は、若き日の仏陀が不老不死の秘法を求めて〈ナ・オム〉と呼ばれる魔界に侵入、百老鬼に率いられた化獣たちと死闘を繰り広げながら、神秘的な世界樹登攀をめざす物語で、民話の残酷さに通じる暴力&官能描写や、ユニークな魔物たちの描写などの点で、後の伝奇バイオレンス作品の先駆をなすものであった。続篇に『涅槃の王』（九一〜九六・祥伝社）がある。続く『幻獣少年キマイラ』（八二・ソノラマ文庫）に始まる《キマイラ・吼》シリーズでは、人間から幻獣へと奇怪な変貌を遂げていく少年たちの肉弾相打つ闘争を描き、〈肉体〉の物語性にこだわる夢枕の姿勢を強く印象づけた。一方、同シリーズと並行する形で書き進められ、共通するキャラクターも登場する『闇狩り師』（八四・トクマ・ノベルズ）以下の《ミスター仙人・九十九乱蔵》シリーズでは、妖魔封じを稼業とする〈祟られ屋〉で中国拳法の達人である主人公と、奇想天外な魔物たちとの闘いに主眼を置き、伝承世界に根ざした怪奇幻想趣味が前面に押し出されている。九十九乱蔵というキャラクターの原型になったと夢枕が明かす古代インドの王子アーモンが、神獣や妖魅と奔放な闘いを展開する長篇『妖樹―あやかしのき』（八七・同）と連作短篇集『月の王』（八九・同）は、エキゾティックな舞台設定と相俟って、より夢幻的な色彩の濃い物語になっている。その他の作品に、戦国末期から江戸時代初期を舞台にした伝奇SF設定の剣戟小説『大帝の剣』（八六〜九三・カドカワ・ノベルズ）、アフリカ奥地を舞台にしたハガード風の冒険小説『黄金宮』（八六〜九二・講談社ノベルス）などがある。

　日本の伝承世界に目を向けた際、夢枕が着目したのが、史上名高い大陰陽師・安倍晴明である。晴明が笛の名手の源博雅と共に、平安朝の闇に跳梁する鬼や生霊の絡んだ怪事件に挑む連作短篇集『陰陽師』（八八・文藝春秋）は、九五年よりシリーズ化され、岡野玲子によって漫画化もされて、空前の陰陽師ブームを巻き起こした。『陰陽師』の成功以後は、さらに日本古典の世界への傾斜を深め、古典の再話なども手がける。怪奇短篇にも古典を意識したものが散見され、また謡曲「黒塚」をもとに、安達が原の鬼女を吸血鬼に設定、不死に関わる伝奇的要素を盛り込んだ怪奇SF長篇『黒塚』（二〇〇〇・集英社）なども ものしている。このほか、『雨月物語』や坂口安吾の「桜の森の満開の下」などの幻妖な世界に強く惹かれるという夢枕の一面が色濃く表出された怪奇幻想短篇集には、『悪夢喰らい』（八四・角川書店）、『歓喜月の孔雀舞』、『奇譚草子』（八八・講談社）『鳥葬の山』（九一・文藝春秋）『雨晴れて月は朦朧の夜』（九六・波書房）『ものいふ髑髏』（〇一・集英社）などがある。また萩原朔太郎と人妻エレナとの恋を描いた『腐りゆく天使』（二〇〇〇・文藝春秋）のような文芸テーマの作品も執筆しているが、同作にも、少年愛の神父が天使が腐っていく様をつぶさに観察する過程や、魂だけになった天使が語り始めるという趣向が取り入れられている。

　近年は本格的な歴史小説も執筆し、イスラームの建築家をリアルに描いた『シナン』（〇四・中央公論新社）がある。同作には超自然は一切描かれないが、宗教建築を扱った作品であるため、幻想や神秘に対する夢枕の見解がよく現れている作品ともなっている。

【魔獣狩り　淫楽篇・暗黒篇・鬼哭篇】長篇小説。八四年祥伝社（ノン・ノベル）刊。人間の頭脳に潜入し意識下の秘密を探る特殊能力を身につけた〈サイコダイバー〉九門鳳介は、密教術の達人・美空と共に、高野山から盗まれた空海のミイラ探索に乗り出す。かれらの前に立ち塞がるのは、獣人・蟠虎や獣師・猿翁を従えた闇の帝王・黒御所率いる暗黒教団〈ぱんしがる〉。蟠虎に宿命の対決を挑む、復讐鬼・文成仙吉を加え、超人対魔人の肉弾相打つ激闘が展開されていく。全篇にみなぎる奇想天外なエロス&バイオレンス、そして〈サイコダイビング〉の幻想性が加味された、夢枕の出世作である。続篇『新・魔獣狩り』が書き継がれ、徐福伝説、卑弥呼の一族なども登場する伝奇アクションの王道を行く展開となっている。

【歓喜月の孔雀舞】短篇集。八七年新潮社刊。取り憑いた人間を死に追いやる不気味な小人を見ることのできる少年たちの陰惨な秘密を描く「ころぽっくりの鬼」、少女と幼児のサディスティックな秘密の儀式を官能的に描く「優しい針」、ヒマラヤ登山にまつわる呪物怪談「髑髏盃」、夢幻能の様式を借りて妖美怪異な王朝幻想を放恣に繰り広げる「檜垣」、そして『上弦の月を喰べる獅子』『月に呼ばれて海より如来る』と共に三部作をなす、〈螺旋〉〈彼岸〉をめぐる幻想譚である表題作など、夢枕の多様な幻想性を俯瞰するのに最適な怪奇幻想小説全七篇を収録。

【猫弾きのオルオラネ】短篇集。九六年早川書房（ハヤカワ文庫）刊。三匹の猫を楽器がわりに素敵な音楽を奏でるオルオラネ爺さんが不思議な世界を幻出させる心優しいメルヘン連作を集成した〈完全版〉。クリスマスイブの酒場で、オルオラネ一座が愉快な演奏会を催す「ねこひきのオルオラネ」、恋に破れてどん底に沈んだ山男が新しい恋を得るまでの失意と冒険の日々を、〈あちら〉の世界から産卵のために飛来する〈夢雪蝶〉の美しい乱舞に象徴させた力作「そして夢雪蝶は光のなか」、風に妙なる音色を響かせる風変わりな草が思わぬ事件を巻き起こす「天竺風鈴草」など、当代に稀なロマンティストとしての夢枕の美質が素直に生かされている。

【遙かなる巨神】短篇集。二〇〇八年東京創元社（創元SF文庫）刊。八〇年に刊行された『遙かなる巨神』をベースに、初期の実験的、幻想的小説を集成した作品集。不条理ホラー「消えた男」（七二）、民話的怪談「わらし」（七四）、詩をもとにした実験的小品「魔性」（七六）、機械的に動くロボットのようでありながら、人間の手では侵し得ない巨神をめぐる表題作（七七）、異貌の遠未来を描く「蒼い旅籠で」（七七）、母なる大地に依頼され、未生の山の、やがて形成されるであろう岩壁に挑んだ男を描く「山を生んだ男」（七八）、金木犀の精をめぐる抒情的ファンタジー「木犀のひと」（七九）、感覚描写に頼った実験的な小品「どむ伝」（七九）、《サイコダイバー》シリーズの初期形で、グロテスクな異界描写が圧倒的な「てめえらそこをどきやがれ！」（八〇）など、全十篇の短篇小説と、「カエルの死」等の〈タイポグラフィクション〉全九篇を収録。

由良君美（ゆら・きみよし　一九二九～九〇）京都市生。東京で育つ。父は哲学者の由良哲次、母方の祖父は国文法学者の吉田弥平という学者の家系に生まれ、幼少の頃より書物に親しんだ。学習院大学英文学科卒。慶応義塾大学大学院修士課程修了。大学院時代には西脇順三郎のもとでコールリッジを学んだ。慶応義塾大学経済学部助教授を経て東京大学教養学部英語科に勤務。幻想文学にも詳しく、一般教養のゼミで、高山宏、四方田犬彦、富山太佳夫など、幻想文学に関わる後進に影響を与えた。幻想文学のアンソロジーに『現代イギリス幻想小説』（七一・白水社）『イギリス怪談集』（九〇・河出文庫）があり、またガイドブック『世界のオカルト・幻想文学・総解説』（八五・自由国民社）を監修している。著書に『椿説泰西浪曼派文学談議』（七二・青土社）など。死後に編集された批評集として『セルロイド・ロマンティシズム』『メタフィクションと脱構築』（九五・文遊社）がある。また、翻訳にヴァン・デル・ポスト『影の獄にて』（八三・思索社、富山との共訳）、コリン・ウィルソン『至高体験』（七九・河出書房新社、四方田との共訳）ほか。

ゆらひかる（ゆら・ひかる　？～）静岡県出身。BL小説作家。見鬼体質の少年と退魔師の少年のオカルト・ラブコメディ《リョウマ》（一九九六～九七・青磁ビブロス＝ビーボーイノベルズ）、伝奇アクション《DARK WALKER》（二〇〇〇～〇一・ムービック＝ダリアノベルズ）など。

よ

謡曲（ようきょく）能の詞章。ここでは、作者未詳あるいは素人作者による幻想的な作品を挙げる。作品は、亡霊がシテ（主役）となる亡霊物、神霊的な存在がシテとなる神霊物、亡霊が登場しない人間物に大別される。亡霊物は、実在した武士や説話中の人物が殺生の報いで地獄で苦患を味わっているもの、実在した姫や公達、また説話中の伝説的な人物や「源氏物語」の登場人物などが恋の妄執に苦しめられているもの、その他の恨みや妄執があるものに、さらに大別できる。神霊物は、神々やその眷族が予祝の舞を舞うもの、神格化された人間が仏教の功徳などを語るものに大別され、人間物は親子の巡り会い、道を極めること、怪物退治などをテーマとする。

武士の亡霊物としては、平経政の霊を慰め

るために僧が催した管弦講に経政の亡霊が現れて琵琶を弾き舞を舞い、修羅道の苦しみが再び襲い始めると、それを見られまいとして火を吹き消して去るという設定が印象的な「経政」、梶原景季の亡霊が地獄の苦患を訴える「箙」、朝長の霊が、父や兄弟の末路や自身の自害の様を語り、回向を願う「朝長《ともなが》」、木曾の巴御前の亡霊が義仲への執着を見せつつ、過去の戦いを再現して舞う「巴」、木曾義仲と最期を共にした今井兼平の亡霊が出る「兼平」ほかがある。武士以外では、殺生の禁を犯して浦に沈められた漁師・阿漕の亡霊が地獄の苦患を見せる「阿漕《あこぎ》」、同様に猟師の亡霊をシテとする「善知鳥《うとう》」、玉藻前伝説に基づき、玄翁和尚の前に石の魂が現れて罪業を語り、玄翁の偈により石が割れて妖狐が現れ、最後には成仏する「殺生石《せっしょうせき》」など。

恋の妄執を語るものとしては、「綾鼓《あやのつづみ》」「道《どう》成寺《じょうじ》」、浮舟の亡霊をシテに「源氏物語」の詞章をちりばめた「浮舟」（横越元久作詞・世阿弥作曲）、夕顔が物怪に取り殺された様などを語る「夕顔」、六条御息所の霊が現れ、車争いのことなどを語り、昔を懐かしんで舞う「野宮《ののみや》」、夫の訪れがないのを嘆いて入水した妻が女郎花となり、それを哀れんだ夫が後追い入水したという話を夫の亡霊が語り、今も地獄で苦しんでいると訴える「女郎花《おみなえし》」、静御前の霊が菜摘女に取り憑き、さらに亡霊自身がうつしみをあらわして二人ながらに舞う「二人静《ふたりしずか》」などがある。

その他の妄執物としては、「天鼓」、源融の亡霊が昔を懐かしみ、舞を舞うと月の都へ上っていく「融《とおる》」、讃岐松山の御廟を弔問した西行法師の前に、崇徳院の御霊が現れて天狗の本性を現し、白峰の天狗たちも現れて復讐を誓う「松山天狗」、佐々木盛綱が浅瀬を聞き出しておきながら殺した漁師の亡霊と、老母が恨み言を述べる「藤戸《ふじと》」、紫式部の霊が「源氏物語」の供養を求めて、帖名を織り込んだ詞章によって舞う「源氏供養」、愛宕山樒原に分け入った山伏が一人花を摘む高貴な美女に遭遇し、不審を覚えて名を尋ねると六条御息所だと名乗り、慢心ゆえに魔道に堕ちて天狗に取られ、愛宕山で暮らすと言い、天狗たちに苛まれる様を曝す「樒《しきみ》天狗」、市に酒を買いに来た男が実は亡霊で、昔懐かしい友への思いを込めて舞う「松虫」など。

神霊物では、三輪明神が女神の姿で出現して三輪山伝説を語り、三輪と伊勢が一体であるとして天岩戸を再現する「三輪」、伊勢の神が顕現し、天岩戸隠れを華やかに再現する「絵馬」、白髭明神の縁起を語り、竜神が天女と共に舞う「白鬚《しらひげ》」、弁才天と竜神がこの世を祝し舞う「竹生島《ちくぶじま》」、浄御原天皇が食べ残しの魚を川に放つと魚が生き返ったという伝承を使い、天女と蔵王権現が天皇を祝して舞う「国栖《くず》」、入唐した大江定基と寂昭法師の前に文殊菩薩の遣わした獅子が現れ、牡丹の花と戯れつつ御代を言祝《ことほ》ぐ「石橋《しゃっきょう》」、孝行息子の酒を飲みに来た猩々が舞い、無尽蔵の酒の壺を与えて祝福する「猩々《しょうじょう》」、日本の知恵を試しに来た白楽天を住吉明神をはじめ日本の神々が神風で吹き返す「白楽天」、役行者に縛められている葛城の神が雪に降り込められた山伏の前に姿を現し、天岩戸の舞を舞う「葛城」、羽衣を見つけて持ち帰ろうとした漁師を天女が呼び止め、漁師に羽衣を返されると予祝の舞を舞って去る「羽衣」、深草帝崩御を悲しむ男の思いに応え、桜の精が尼僧姿で舞を舞う「墨染桜《すみぞめざくら》」などがある。

神格化された人間物では、周王の枕を越えた非礼で山に配流となった慈童が、七百年後に仙人となって現れ、山麓に湧き出た菊水の功徳を説く「枕慈童《まくらじどう》」（あるいは「菊慈童」）、和泉式部の霊が法華経の功徳で歌舞の菩薩となったことを語る「軒端梅《のきばのうめ》」、遺愛の梅の前に和泉式部の霊が現れ、道長の読経に応じた詠歌のおかげで歌舞の菩薩となったことを告げ、舞を舞う「東北」、和泉式部が誓願寺の額を南無阿弥陀仏と書き替えるように一遍上人に頼むという展開の念仏信仰物「誓願寺」、清水観音に坂上田村丸の亡霊が現れて、観音の助けで鬼神を討ち取った様を演じ、観音を称える「田村」など。

その他のパターンとして、七歳の子が行方不明になったため出家した親が子に巡り会うという話で、子の花月が天狗にさらわれて過ごした山々のことを語る山巡りの仕方話がある「花月」、子をかどわかされた女が、清水観音の霊夢に従って物狂い状態で三井寺に行くと、子に巡り会える「三井寺」、楽人・富士の妻が夫が殺されたのも太鼓ゆえと太鼓を怨みつつ、形見の装束を着けて太鼓を打つと、富士の霊が降り来たり舞う「富士太鼓」、琵琶を極めるために入唐を望んだ藤原師長が、村上帝の霊によって思い留まり、村上帝が竜神から取り返した名器・獅子丸を与えられる「絃上《げんじょう》」、一条帝に命じられた剣を打つに際して、稲荷明神の加護により霊狐を相槌に得て剣を鍛え上げる「小鍛冶《こかじ》」、車に乗って諸国を遍歴する僧を天狗・太郎坊が魔道に引き入れようとするが、僧の法力の前に敗れ去る「車僧《くるまぞう》」、酒呑童子と源頼光らの戦いを描く「大江山」、娘が亡母の形見の鏡を眺めては悲しみに暮れていると、母の亡霊と、それを追って地獄の鬼が現れるが、鏡に菩薩の姿が映り、鬼は退散する「松山鏡《まつのやまかがみ》」、天狗が山僧に妖術をもって霊鷲山での釈尊の説法を見せるが、帝釈天の怒りに触れて苦患を受け、退散する「大会《だいえ》」、大天狗が山伏たちの修行を妨げんとするが、役行者に打ち伏せられ、仏法の修行者になれと諭される「葛城天狗」などがある。

【綾鼓《あやのつづみ》】女御に恋した老人が、騙されて音の出ない綾絹張りの鼓を打たされた挙句、絶望して池に身を投げる。女御が池に近づくと、悪鬼となった老人の怨霊が出現、最後まで怨みを残したまま消えていく。後に世阿弥が「恋の重荷」で、恨みが消えるパターンに改作した。

【鉄輪《かなわ》】鬼女物。貴船明神に参詣した女が〈鉄輪に灯をともして頭に頂き、顔に丹を塗り、赤い着物を着て怒る心を持てば願いがかなう〉との神託を受ける。夢見が悪い京の男が陰陽師・晴明を訪ね、前妻の呪詛をかけられていることを知る。赤い鬼と化した女の生霊が出現して男の命を奪おうとするが、晴明の祈禱によって力を弱められ、退散していく。

【道成寺《どうじょうじ》】道成寺の鐘供養に乱入した白拍子が鐘の中に姿を消す。僧が山伏に恋した女の執念の物語を語るうちに、鐘が上がり、蛇体となった女が出現、僧侶らの祈禱によって日高川に沈んでいく。実際に大きな鐘を吊る大掛かりな舞台、激しい舞など、演出が魅力的な一篇である。観世信光による改作がなされているという説がある。

【黒塚《くろづか》】別名「安達原」。那智の僧と回国の山伏とが安達原の一ツ家に一夜の宿を乞う。独り住まう女は糸繰り歌を歌いながら命の短さを嘆く。閨の内を覗くなという禁を破ると、そこにはおびただしい死骸があり、覗かれたことを知った女は鬼女となって追いかける。僧らは必死で祈禱して調伏する。前段の女のわびしさ辛さと後段の凄まじさとの対比が強烈な作品。

【天鼓《てんこ》】天から下った妙なる音の鼓を持つ少年・天鼓は献上の命に背いて鼓と共に逃げたため、捕えられて呂水に沈められる。鼓は鳴らなくなるが、帝の命により天鼓の父が打つと美しく鳴る。感じた帝は呂水のほとりで霊を慰めるための管弦講を催すことになる。すると、天鼓の亡霊が出現、鼓を打ち鳴らして舞を舞う。美しい詞章に定評がある。

【土蜘蛛《つちぐも》】病に苦しむ頼光に蜘蛛の糸を投げつけた怪僧があり、家来の侍がそれを追っていくと、古塚から土蜘蛛の精魂が現れる。糸を投げかけ抵抗するが、結局退治されてしまう。能としては構成も登場人物もユニークだが、演出が派手で面白い。

謡堂（ようどう　?～）魔界物のポルノ小説『魔が堕ちる夜』（二〇〇三～〇五・二次元ドリームノベルズ）がある。

揚名舎桃李（ようめいしゃ・とうり　一八五一～一九二〇／嘉永四～大正九）講談師。明治期に主に活躍し、『松山奇談　八百八狸』（九六・金桜堂）『文福茶釜茂林寺奇談』（〇二・三新堂）『八百八狸後藤小源太』（一七・春江堂書店）などの速記録を残している。

容楊黛（ようようたい　生没年未詳）江戸中

期の浄瑠璃作者、戯作者。江戸下谷長者町の医師・松田某の筆名らしいが詳細は不明。加賀騒動を過去に仮託した時代物で、足利持氏の弟の胤を宿した傾城道芝が殺されて亡霊となる趣向がある浄瑠璃「加々見《かがみ》山《やま》旧《こきようの》錦絵《にしきえ》」（一七八二／天明二、単独作）がある。

横田順彌（よこた・じゅんや　一九四五〜）佐賀県生。父は東京麻布で工作機械会社を経営していたが、敗戦ですべてを失い疎開先の佐賀に身を寄せていた。小中学時代からSFに熱中、高校時代、押川春浪の『海底軍艦』を古書店で入手し、古典SFに関心を抱く。六四年、法政大学法学部に入学。落語研究会に所属する一方、SF同人誌に作品を寄稿、古典SF本を求めて神保町古書店街を徘徊する。卒業後は印刷会社や広告制作プロダクションに勤務。七一年『SFマガジン』に短篇「友よ、明日を……」と古典SF研究「日本SF英雄群像」が同時掲載され作家デビュー。七四年の「宇宙ゴミ大戦争」が好評を博し、以後、ユーモアとパロディとナンセンスに徹した〈ハチャハチャSF〉の第一人者として活躍。初期の長篇SFに『小惑星帯遊侠伝』（八〇・集英社）『銀河残侠伝』（八六・ケイブンシャノベルス）、SF&ファンタジーの奇想的な短篇集に『宇宙ゴミ大戦争』（七七・ハヤカワ文庫）『脱線！たいむましん奇譚』（七八・講談社）『世にも馬鹿げた物語』（八一・角川書店）『ふぁん太爺さんほら吹き夜話』（八一・集英社）『幽霊なんかこわくない』（八七・集英社文庫）『む』（八三・徳間書店）ほか多数。ショートショート集に『反世界へ行った男』（八一・徳間書店）『悲しきカンガルー』（八六・新潮文庫）『奇想展覧会』（八八・双葉ノベルズ）など。また初期の作品には、メルヘン風の連作短篇集『ポエム君とミラクルタウンの仲間たち』（七九・奇想天外社）『ポエム君とミラクルタウンの怪事件』（八三・集英社）もある。善良な人ばかりが住む町で起こる不思議な事件に、植物に変身できるポエム君や動物に変身するファニイさんが首を突っ込むというもので、ユーモア溢れる軽やかな奇想ファンタジーとなっている。

一方、七三年から『SFマガジン』に「日本SFこてん古典」の連載を開始（〜八〇）、古典SF研究のパイオニアとなる。全三巻（八〇〜八一・早川書房）にまとめられた同作と、會津信吾との対談形式による続篇『新・日本SFこてん古典』（八八・徳間文庫）は、SFのみならず幻想文学サイドからも閑却されていた分野を意欲的に発掘した記念的な作品であり、アンソロジー『日本SF古典集成』全三巻（七七・ハヤカワ文庫）、『戦後初期日本SFベスト集成』全二巻（七八・トクマ・ノベルズ）の両アンソロジーともども、資料的意義は大きい。八八年、會津信吾との共著『快男児　押川春浪』（八七・パンリサーチ出版局）で日本SF大賞を受賞。

春浪に集約される古典SFへの関心は、明治という時代への共感に発展し、当時の世相風俗や実在の人物を作中に取り込んだ〈明治物SF〉に結実する。春浪と天狗倶楽部のバンカラたちが、火星人による帝都破壊の危機に立ち上がる『火星人類の逆襲』（八八・新潮社）と、その続篇で、ドイルの『失われた世界』の舞台となったアマゾンの秘境に、チャレンジャー教授一行と入れ違いに春浪たちが挑戦する『人外魔境の秘密』（九一・同）、春浪主宰の『冒険世界』の新進作家・鵜沢龍岳がハレー彗星到来下の神隠し事件に挑む長篇幻想ミステリ『星影の伝説』（八九・徳間文庫）、同じ探偵によるオカルト・怪奇色の濃厚なミステリ短篇集『時の幻影館』（八九・双葉社）ほかのシリーズ作品、自転車で世界を放浪した実在の冒険家・中村春吉を主人公とするパルプホラー風の秘境冒険小説集『幻綺行』（九〇・徳間書店）、その続篇の長篇『大聖神』（九四・徳間書店）、博文館の見習い編集者・松川百合子が夏目漱石、西郷隆盛、石川啄木、大逆事件などに秘められた驚愕の事実を知るSF連作短篇集『明治幻想青春譜』（九二・ソノラマノベルス）など、虚実のあわいにファンタジーを醸し出す作品群に手腕を発揮している。

横手美智子（よこて・みちこ　？〜）アニメの脚本家。「機動警察パトレイバー」（一九八九）でデビュー。主な脚本に「ストレンジドーン」「グラビテーション」（共に二〇〇〇）、「ジャングルはいつもハレのちグゥ」（〇一〜〇四）「プリンセスチュチュ」（〇二）「イリヤの空、UFOの夏」（〇五）「くじびき・アンバランス」（〇六）など。アニメのノベライゼーション『機動警察パトレイバー』（九二〜九四・富士見ファンタジア文庫）で小説家としてもデビュー。オリジナル作品に、謎めいた神をめぐる儀式のある世界を舞台に、王女の生と愛を描くファンタジー《アルドナの翼》（九四・同）、人形店の店主が、いわくつきの人形たちを浄化する怪奇幻想短篇集『やさしい夜の瞳』（九五・ログアウト冒険文庫）など。

横笛太郎（よこぶえ・たろう　一九三八〜）本名石橋徳保。兵庫県神戸市生。佐野高校卒。子供のための劇団〈てのひらげきじょう〉を主宰する傍ら、児童文学を執筆。民話集『沖縄むかしあったとさ』（七三・東京書房）、妖怪・幽霊譚の子供向け再話のほか、かわいらしいいたずらお化けが活躍する『三びきのおばけ』『また三びきのおばけ』（共に八二・学研）がある。

横溝正史（よこみぞ・せいし　一九〇二〜八一）本名正史《まさし》。兵庫県神戸市生。生家は薬種商。神戸二中卒。第一銀行神戸支店に就職。二一年「恐ろしき四月馬鹿」を『新青年』に投稿、採用される。同年から三年間大阪薬専に学び、家業を継ぐ。二六年、江戸川乱歩の誘いで上京、博文館に入社。翌年から『新青年』編集長となる。同誌を都会的なモダニズムの先端をゆく雑誌に変身させた功績は大きい。その後『文芸倶楽部』『探偵小説』を担当し、傍ら作品も執筆。三二年から文筆に専念する。機智とペーソスに富むコント風の作品から出発したが、三三年の「面影双紙」から耽美妖異の作風に転換、結核による療養期間を挟んで、「鬼火」「蔵の中」（共に三五）「真珠郎」（三六〜三七）などに独自の境地を拓く。以後、草双紙風の美少年趣味が横溢する「夜光虫」（三六〜三七）「仮面劇場」（三八）などのスリラーを相次いで発表するが、戦局の進展と共に《人形佐七捕物帳》（三八〜三九）などの捕物帳や時代小説に活路を拓く。戦後は、第一回探偵作家クラブ賞を受賞した「本陣殺人事件」（四六）以下、「獄門島」（四七〜四八）「八つ墓村」（四九〜五〇）「犬神家の一族」（五〇〜五一）「悪魔の手毬唄」（五七〜五九）など、名探偵・金田一耕助を主人公とする日本的ゴシック風の本格推理長篇を次々に発表し、推理文壇の支柱となった。六〇年代後半に一時執筆から遠ざかったが、『横溝正史全集』全十巻（七〇・講談社）の刊行や角川文庫による映画化とタイアップしての大宣伝により、七〇年代前半に〈横溝ブーム〉が到来、新しい読者の期待に応えて「病院坂の首縊りの家」（七五〜七七）「悪霊島」（七九〜八〇）などを発表した。

幻想文学サイドから真先に注目されるのは、やはり戦前の耽美的な作品群だろう。母親と女形役者の不倫、失踪した父の身体的特徴を備えた不気味な骨格標本、そして自らの出生の秘密……仄暗い過去の惨劇を大阪弁の一人称で綿々と綴る「面影双紙」、互いに相手を天敵のように憎み合って育った従兄弟同士が、それぞれ新進画家となり、モデルの女性をめぐって〈深讎綿々たる憎念と、嫉妬と、奸策の物語〉を繰り広げる「鬼火」、旧家の土蔵の中で聾唖の姉と二人、草双紙風耽美趣味の世界に浸って育った美少年の妖しい欲望を描いた物語を枠内に封じ込めたメタフィクション「蔵の中」、嫉妬に狂った旦那に去勢された恋人の人形を愛撫し、恋人そっくりの子供を産む芸妓の話「蠟人」（三六）、断崖に建つ奇怪なからくり館と死体蘇生の儀式を描く「貝殻館綺譚」（三六）などのほか、とりわけ幻想性の濃い作品に「かひやぐら物語」と「孔雀屏風」（四〇）がある。後者は、二つに裂かれた謎の屏風絵をめぐり、百五十年の歳月を経て成就する恋の神秘を謳いあげて戦時下に異彩を放っている。阿部鞠哉名義で発表された掌篇「舌」（三六）は、因果物めいた品物ばかりが並ぶ夜店の一角に、噛み切られた人間の舌が入った瓶を見つけて慄然とするという乱歩風のショッカーである。

横溝は時代小説の分野でも、ブラム・ストーカーの『ドラキュラ』を換骨奪胎した『髑髏検校』のような異色作を手がけている。また、少年小説の分野では、ヘンリー・ライダー・ハガード『二人の女王』をやはりきわめて巧みに換骨奪胎した『南海の太陽児』(四三)もある。

▼『横溝正史全集』全十八巻（七四〜七五・講談社）

【かひやぐら物語】短篇小説。三六年一月『新青年』掲載。海辺で療養生活を送る〈わたし〉は、月下の砂丘を散策するうち、桜貝を笛のように吹き鳴らす妖艶な美女と出会う。彼女はわたしに、かつて海辺の洋館で起こった怪美な事件の顛末を語る。精神を病んだ医学生は資産家令嬢と心中をはかるが、自分だけ生き残ってしまった。青年は、令嬢の屍骸を美しく装い、その眼窩にガラスの義眼を入れて愛撫を続け、やがて自らもその傍らで衰弱死する……。語り終えた美女はいつしか姿を消しており、後には一対の義眼が残されていた。ネクロフィリックな月光綺譚。

【髑髏検校】中篇小説。三九年一〜二月『奇譚』掲載。房州白浜に引き上げられた鯨の腹中から出現した奇怪な手記。そこには不知火島に漂着した蘭学生が、松虫・鈴虫という妖女を侍らせ、死者を甦らせる骨寄せの秘法を操る魔人・不知火検校と遭遇した奇怪な体験が記されていた。筑紫を出航し江戸をめざした検校の魔手は、将軍家の息女・陽炎姫に伸びる。襲来する蝙蝠や白狼の怪異。夜ごと伏床を出てさまよい、日々衰弱していく姫。芝居の一座に潜入し、江戸の町に暗躍する検校の野望を砕くため、鳥居蘭渓・縫之助父子らは必死の追跡行を展開する。『ドラキュラ』を骨子に、歌舞伎の〈骨寄せ〉や天草四郎との関係などを取り入れて巧みに時代小説化した意欲作。横溝にはほかにも「神変稲妻車」（三八）のような本格伝奇長篇がある。

横溝美晶（よこみぞ・よしあき　一九六四〜）本名義明《よしあき》。神奈川県横浜市生。青山学院大学法学部卒。八七年「湾岸バッド・ボーイ・ブルー」で小説推理新人賞を受賞してデビュー。官能バイオレンス、官能小説を主に執筆。強大な力を持つユニコーンの末裔が財界の大物のオカルティストと戦う官能伝奇アクション『聖獣紀』（九〇・ノン・ノベル）に始まる《アーバン・ユニコーン・シリーズ》（〜九六）、男を破滅に追いやる宿命の美女を描く官能アクション『凶殺夭女』（九一・講談社ノベルス）、女性の性感を刺激して思考や記憶を支配する淫導術を体得している男を主人公とする官能サスペンス《淫導師》（九二〜九四・廣済堂ブルーブックス）、悪霊退治物の伝奇アクション《鬼殺師・九宝剣士郎》（九七〜九九・同）などがある。

横光利一（よこみつ・りいち　一八九八〜一九四七）本名利一《としかず》。大分県出身の父が土木技師だったため、任地の福島県東山温泉生。三重県伊賀の柘植村、滋賀の大津などで少年期を過ごす。一六年、早大高等予科文科に進むが、あまり登校せず、文学修業に励む。二一年、富ノ沢麟太郎、藤森淳三らと同人誌『街』を創刊、翌年、中山義秀らを加え『塔』を創刊。また二〇年に菊池寛の知遇を得、その紹介で川端康成、今東光、中河与一らを知る。二三年「蠅」「日輪」を同時発表し文壇に登場。震災後の革新的機運のなか新進作家十数名が結集した『文芸時代』創刊号に発表した「頭ならびに腹」（二四）が、千葉亀雄によって〈新感覚派の誕生〉と評され、新感覚派の文学運動に発展。同派を代表する作家として創作・論争に活躍する。長篇「上海」（二八〜三一）はこの時期の集大成的作品。三〇年発表の「機械」以後〈新心理主義〉に転じ、『詩と詩論』系の詩人・批評家に接近、西欧新文学の摂取に努めた。〈純文学にして通俗小説〉という「純粋小説論」（三五）を唱え、長篇「寝園」（三〇〜三二）「紋章」（三四）などを発表する。三六年に半年間の欧州旅行、このときの体験をもとに大作「旅愁」（三七～四六）を戦中・戦後にわたり書き継ぎ、完結を見ることなく病没した。

二篇のデビュー作のうち「蠅」は、饅頭が蒸しあがるのを待ってなかなか出発しない馭者と、馬車の出を待つ悲喜交々の人間模様、そして馭者が居眠りをしたため人馬もろとも崖下に転落していくまでを一匹の蠅の視点から描く。生田長江訳のフローベール『サラムボオ』に影響を受けたとされる「日輪」は、古代日本を舞台に、美姫・卑弥呼をめぐって殺しあう男たちの姿を映画的な手法で描いて、文壇に新鮮な衝撃を与えた。不条理な死の瞬間を際立たせた作品にはほかにも、真赤な着物の幼女をあやそうとして階段から転落死する少年を描いた「赤い着物」（二四）などがあり、神話的な幻想を描いた作品としては、滅びに瀕した古代都市の物語「碑文」（二三）がある。

最初の妻（小島君子、二六年没）の死をテーマとする一連の作品の中では、妻の化身のような蛾につきまとわれる男と、彼を訪ねてきた謎めいた女との心霊的邂逅を描いた「蛾はどこにでもゐる」（二六）が不気味な雰囲気を醸し出している。また、遺作となった「微笑」（四八）は、戦局を逆転させる殺人光線を開発中であるという天才青年の狂気を帯びた言動に不安を抱きながらも、その美しく邪気のない微笑に魅せられる作家の屈折した心理を描いた不思議な味わいの作品である。

横山信義（よこやま・のぶよし　一九五八～）太平洋戦争シミュレーション戦記を執筆。新兵器物《八八艦隊物語》（九一～九五・トクマ・ノベルズ）、改変歴史物『蒼海の尖兵』（二〇〇〇～〇二・Cノベルス）ほか多数。

横山充男（よこやま・みつお　一九五三～）高知県生。立命館大学文学部卒。児童文学作家。『星空のシグナル』（九一）で単行本デビュー。『少年の海』（九三）で児童文芸新人賞、『光っちょるぜよ！　ぼくら―四万十川物語』（九九）で日本児童文芸家協会賞を受賞。四万十川を舞台にし、自然との共生を謳う少年小説やファンタジーを中心に執筆。幻の民〈水の精霊〉の末裔である少年が、出自を知って自らの力に目覚め、呪術により体制転覆を図る土蜘蛛族と対決する伝奇ファンタジー『水の精霊』（〇二～〇四・ポプラ社）のほか、霊力のある猫たちに坂本竜馬の転生者だと見込まれた少年が、空飛ぶ月船を操って冒険を繰り広げる『ねこまの月船』（九七・PHP研究所）、少年少女たちが奈良の三輪山の神の息子・赤蛇の葦原シコオと共にむやみな開発を阻止する『美輪神さまの秘密』（〇六・文研出版）、悪霊祓いの一族に生まれた新米退魔師の少年の活躍を描く『鬼にて候』（〇七・岩崎書店）などがある。

与謝野晶子（よさの・あきこ　一八七八～一九四二）歌人。本名しょう。旧姓鳳《ほう》。大阪堺甲斐町生。堺女学校補習科卒。十代から王朝物語や新体詩などを耽読。九九年、河合酔茗の新星会に参加、翌年、与謝野鉄幹の新詩社に参加し『明星』に詩歌を発表、〇一年、家を捨て東上し鉄幹と結婚、第一歌集『みだれ髪』（東京新詩社）を刊行、文壇内外に衝撃を与えた。既に落合直文、正岡子規、鉄幹などが和歌革新の先鞭をつけていたが、実質的には『みだれ髪』が新派和歌すなわち近代短歌の出立を飾る歌集となり、明治三十年代中頃の歌壇は晶子の歌風に席捲された。鉄幹との恋愛を背景に、強靭な自我と耽美の姿勢を三十一音律に賭けて表出した晶子の歌は、『文学界』一派の浪曼詩風を受け継ぎながら、はるかに真摯であり、西洋の浪曼派にも引けをとらぬ宇宙観が認められる。『小扇』（〇四・金尾文淵堂）『恋衣』（〇五・本郷書院、山川登美子・茅野雅子との共著）を経て王朝の和歌や蕪村の俳諧などの示唆を得て次第に古典的な手法に移り、修辞の狂奔はようやく影を潜めた。『舞姫』（〇六・本郷書院）『夢の華』（〇六・金尾文淵堂）では、情熱が古典の骨格のうちに豊かに息づき、艶麗なる夢幻的世界を開示、晶子の頂点を示す。以後『常夏』（〇八・大倉書店）『佐保姫』（〇九・日吉丸書房）『春泥集』（一一・金尾文淵堂）『青海波』（一二・有朋館）『夏より秋へ』（一四・金尾文淵堂、詩歌集）『火の鳥』（一九・同）『太陽と薔薇』（二一・アルス）『流星の道』（二四・新潮社）『心の遠景』（二八・日本評論社）などの歌集を刊行、生涯に三万首を超える歌を詠んだが、年を経るにつれて歌風は平明に移り、この天才にして、時間という〈浪曼派の敵〉に打ち克つことはできなかった。

〈くろ髪の千《ち》すぢの髪のみだれ髪かつおもひみだれおもひみだるる〉〈金色《こんじき》の翅《はね》あるわらは躑躅くはへ小舟《をぶね》こぎくるうつくしき川〉〈髪に挿せばかくやくと射る夏の日や王者の花のこがねひぐるま〉〈かざしたる牡丹火となり海燃えぬ思ひみだるる人の子の夢〉〈おどけたる一寸法師舞ひいでよ秋の夕《ゆふべ》のてのひらの上〉〈ああ皐月仏蘭西《フランス》の野は火の色す君も雛罌粟《コクリコ》われも雛罌粟《コクリコ》〉〈みづからは半人半馬降るものは珊瑚の雨と碧瑠璃《へきるり》の雨〉〈幻術師二人向ひてある時は春秋《はるあき》も無し天地《あめつち》も無し〉

晶子は短歌のほかに小説・評論なども執筆したが、幻想文学との関連で注目すべきものは、まず児童文学である。一九〇〇年代後半、『少女世界』『少女の友』など、新しく台頭した〈少女〉という読者層向けの雑誌が発刊されるようになると、晶子はそこに児童文学を執筆するようになる。もともとは自分の子供たちに語っていたという物語を作品に仕上げた『少年少女』（一〇・博文館）収録の作品群は、金魚が電車に乗ってお使いに出かけるという珍妙にして超現実的なイメージの佳品「金魚のお使」（〇七）をはじめ、空想と現実が違和感なく同居した世界を描いて、幼年童話・幻想的メルヘンの先駆を成した。十二歳の少女が、神様が持ってくる衣装によって八人の少女に変身し、全く別の立場を次々と経験する『八つの夜』（一四・実業之日本社）は日本の近代文学における最初期のファンタジー童話の一つであり、後の変身魔法少女物へと遥かに繋がっていく作品といえよう。また、二千歳を超えるという高齢の老夫婦が、川を下って息子たちを次々に訪ねつつ冒険を重ねるユーモア童話『うねうね川』（一五・啓成社）のような作品もある。こうした晶子のファンタスティックな童話の全貌は 上笙一郎編『与謝野晶子児童文学全集』全六巻（二〇〇七・春陽堂）の刊行によってほぼ明らかとなった。このほか『源氏物語』を二度口語訳するなど王朝古典の研究・紹介にも大きな功績を残し、自由教育を標榜する文化学院の学監も勤めた。

▼『定本與謝野晶子全集』全二十巻（七九〜八一・講談社）

与謝野鉄幹（よさの・てっかん　一八七三〜一九三五）歌人。本名寛。京都府岡崎村生。父・礼厳は勤皇の法師で歌人。九二年、東京に出て落合直文に師事。九四年、過激な和歌改良論「亡国の音」を発表、日清戦時の国威発揚の世相を背景に〈丈夫《ますらを》ぶり〉を称揚、その実作は〈虎剣調〉と呼ばれ、詩歌集『東西南北』（九六・明治書院）が版を重ね、詩人・歌人として名を挙げる。八九年に東京新詩社を結成、翌年『明星』を創刊、浪曼派短歌の隆盛を拓く。鳳晶子と結婚、詩歌集『紫』（〇一・矢嶋誠進堂）では虎剣調が星菫調に一変する。〇五年に鉄幹の号を廃して本名に立ち還り、卓越した修辞力を以て一代の歌風を樹立、『相聞《あひぎこえ》』を刊行するものの、『明星』廃刊（〇八）と共に名声が急速に下がり、この近代屈指の名歌集は、晶子の盛名と新たな自然主義思潮の影に隠れて見過ごされた。詩人としての力量は『毒草』、詩歌集『檞の葉』（一〇・博文館）に顕著である。門下から山川登美子、茅野雅子、平野万里、北原白秋、吉井勇、石川啄木、木下杢太郎、佐藤春夫、堀口大学などが輩出した。

【毒草】〇四年本郷書院刊。晶子との共著詩歌文集。長篇詩「清水詣」「山寨」「鳴鏑」「哀歌」には修辞力の精華が認められ、五七七七七音律を試みた「絶句」には〈水出づる黒髪川《がわ》の花、透きて真白《ましろ》に、君をめぐれる瑠璃の夏《なつ》川。〉〈閨《ねや》の戸の月夜こほろぎ、汝《な》れは楽童《がくどう》この寂寥《さびしみ》を美《い》しく奏づる。〉〈紅梅《こうばい》が縫《ぬ》ひし花笠、内に誰《た》そ在る、君によく似し王子《わうじ》うぐひす。〉など蒔絵のごとき秀歌が見られる。

【相聞】一〇年明治書院刊。森鷗外の序文を付し、一千首を収録。自在な修辞力によって爽やかな韻律と淡い頽廃美が現出している。〈ころべころべころべとぞ鳴る天草《あまくさ》の古りたる海の傷ましきかな〉〈馬の食ふ豆もて飼はれうつくしき天《あま》くだり人《びと》痩せにけるかな〉〈紺青《こんじやう》のしづかなる空投節《そらなげぶし》のふしまはしもて夕月ながる〉

▼『鉄幹晶子全集』(〇一〜・勉誠出版)

吉井勇(よしい・いさむ　一八八六〜一九六〇)東京芝高輪生。伯爵家の次男。早稲田大学政経科中退。〇五年、新詩社に参加、『明星』に短歌を発表し脚光を浴びる。〇七年、白秋らと新詩社を脱退。『スバル』の編集に加わり、頽唐享楽の歌風で一世を風靡する。代表歌集に『酒ほがひ』(一〇)『昨日まで』(一三)など。後に歌壇の本流を離れ艶隠者風の生活を送り、『人間経』(三四)『天彦』(三九)などの歌集に枯淡寂寥の境地を示した。幻想文学関連の作品に戯曲集『午後三時』、前妻の影に脅えて自殺に至る女を描いた表題作ほか、『午後三時』の暗鬱な傾向を踏襲する戯曲集『生霊』(二一・日本評論社出版部)などがある。

【午後三時】戯曲集。一一年東雲堂書店刊。陰鬱な北の港町を舞台に、運命の影に脅えながら不具の子を殺め、自らも命を絶つ捕鯨船砲主の老人を描いてメーテルランクの象徴劇の影響を窺わせる表題作、いずことも知れぬ河の辺に建つ〈幻の家〉を舞台に、〈女〉の神を祀る僧が、放蕩児を相手に女の不可思議を示す夢幻能風の寓意劇「夢介と僧と」、遠い西班牙の地に憧れ、夢でドン・ファンと邂逅する放蕩児を描く「河内屋与兵衛」、女怪メヅサ(メドゥーサ)と盗賊たちの神秘劇「嚢の女」ほか十一篇を収める。

吉枝千佳子(よしえだ・ちかこ　一九四三〜)東京生。早稲田大学第一文学部哲学科卒。主婦の傍ら児童文学を執筆。バックミラーから見ると動物が人間に見える変なバスの運転手を描く表題作ほか、寓話的なメルヘンを収めた『ふしぎなバックミラー』(九〇・影書房)、思春期前期の鬱屈を抱えた少年が、図らずも殺してしまった猫の霊を飼っている老婆と知り合い、成長の契機を得る清新な作品『おもいねこ』(九三・同)がある。

吉岡平(よしおか・ひとし　一九六〇〜)別名に林明美。岡山県笠岡市生。早稲田大学第二文学部中退。フリーライターを経て八四年、アニメのノベライゼーションで小説家デビュー。講談社X文庫などで映画のノベライゼーションをしばらく手がけた後、SF『時空のロマンサー』(八八・富士見文庫)でオリジナル・デビュー。同作は事故に遭った少女が太平洋戦争末期にタイムスリップするサバイバル物である。その後、代表作となるスペースオペラ《宇宙一の無責任男》(八九〜九一・富士見ファンタジア文庫)を発表。以後、《無責任》シリーズを書き継いだほか(〜九八、アニメ作品に合わせた改稿版＝九九〜〇四・ファミ通文庫)、SF、伝奇を中心に多数の作品を執筆している。ファンタジー系の作品に、数十年前に解き放たれた百八の魔星が宿る英雄たちが近未来の魔都・東京に集まって悪を懲らす《妖世紀水滸伝》(九〇〜九五・角川スニーカー文庫)、伝奇時代小説《源平魔境》(九一〜九二・カドカワ・ノベルズ)、古代日本的別世界に飛ばされた高校生を主人公とするヒロイック・ファンタジー『ユミナ戦記』(九一〜九二・富士見ファンタジア文庫)、元末の中国を舞台に、怪物や妖術が入り乱れるヒロイック・ファンタジー『屠竜の剣』(九三〜九七・ソノラマ文庫)、ユニークな現代吸血鬼物コメディ『とってもヴァンパイア』(九四〜九五・同)、魔の力により閉ざされた地方都市を舞台に、魔物に喰われる人間たちを助ける人形の少女の戦いを描く『にんげんはじめました』『にんげんゆめみました』(共に〇五・同)、中華カード・バトル・アクション『神牌演義』(〇一〜〇四・ファミ通文庫)など。

吉岡実(よしおか・みのる　一九一九〜九〇)詩人。東京本所生。少年時代より短歌、俳句、詩に親しみ、自らも創作。詩歌集『昏睡季節』

(四〇・私家版)を制作。四一年の応召に際し、北園克衛の影響が見られる詩集『液体』(私家版)を出す。戦後、筑摩書房勤務の傍ら詩作を続け、『静物』(五五・私家版)を刊行し、認められる。エロスとタナトスの香気漂う幻想的世界を描いて秀抜な『僧侶』(五八・書肆ユリイカ)によってH氏賞受賞。連作「僧侶」「死児」に代表される特異なヴィジョン、残酷さと諧謔味の入り交じった詩風は高く評価されている。諸々の生と死を見据え、幻想的ヴィジョンと思想とを紡ぎ出した『サフラン摘み』(七六・青土社)で高見順賞受賞。母を中心とする家族のイメージが冥界を思わせる世界の中で語られる『薬玉』(八三・書肆山田)で歴程賞受賞。現代詩人の中でも最も幻想的な詩人の一人である。また句作もし、〈あけびの実たずさえゆくやわがむくろ〉などの句がある。エッセー集に『「死児」という絵』(八〇・思潮社)『土方巽頌』(八七・筑摩書房)ほか。装幀家としても知られる。

▼『吉岡実全詩集』(九六・筑摩書房)

吉川英治(よしかわ・えいじ　一八九二～一九六二)本名英次。神奈川県横浜市生。家庭貧困のため尋常高等小学校を中退し、種々な職を得る中で小説を書き、投稿して認められ、二五年執筆生活に入る。『宮本武蔵』(三六～三九)『新・平家物語』(五〇～五七)などで国民的作家となる。初期には「鳴門秘帖」(二六～二七)などの波瀾万丈の伝奇時代小説があり、滅亡した武田家の再興をめざす勝頼の遺児・伊那丸をめぐる空想的な少年向け伝奇時代小説「神州天馬侠」(二五～二八)などでも知られる。

吉川良太郎(よしかわ・りょうたろう　一九七六～)新潟県生。中央大学文学部フランス文学科博士前期課程修了。人体改造技術が発達した未来を舞台にしたハードボイルドSF『ペロー・ザ・キャット全仕事』(〇一・徳間書店)で日本SF新人賞を受賞。同作のシリーズ作品のほか、近未来SFアクション『ギャングスターウォーカーズ』(〇四・カッパ・ノベルス)がある。

慶滋保胤(よししげの・やすたね　九三一頃～一〇〇二／延長末頃～長保四)平安中期の漢学者。字は茂能。父は陰陽道を家業として確立した賀茂忠行。陰陽道ではなく紀伝道に進み、大学寮に学んで、豊かな学才で名をとどろかす。文官としてある程度昇進し、親王たちにも師として尊敬された。花山帝の退位により挫折を感じた保胤は、九八六(寛和二)年に出家し、寂心となる。はじめ横川の源信を師とし、諸国で修行を積み、僧侶としての名声も高かった。多くの逸話と共に、詩文が残る。幻想文学関連の著作に、極楽に往生した四十五人の伝を記した『日本往生極楽記』(九八六前後／寛和年間成稿)がある。これは往生の様子を知ることで、衆生も信仰を鼓舞されるであろうという意図のもとに編纂されたもので、高僧から一般の男女までが含まれている。臨終時に奇瑞のあることが極楽往生の印だとされ、紫雲、微妙なる音楽、妙なる芳香などの描写がなされる。後代に与えた影響はきわめて大きく、これより以後数々の往生伝が書かれることになるが、保胤のこうした姿勢はそれらに受け継がれていく。

吉田篤弘(よしだ・あつひろ　一九六二～)東京生。一九九八年より、パートナーの吉田浩美と共に、〈クラフト・エヴィング商會〉名義による著作および装幀の仕事を続けている。文章パートは主に篤弘が担当。また、商會の活動とは別に小説作品を発表している。商會作品とは異なり、完全な幻想小説は多くないが、無国籍風の雰囲気を漂わせる場所を舞台に、奇人、空想、ノスタルジー、謎めいたもの、不思議な符合や連関など、いわゆるメルヘンチックな作品を執筆している。『フィンガーボウルの話のつづき』(〇一・新潮社)『つむじ風食堂の夜』(〇二・筑摩書房)『針がとぶ』(〇三・新潮社)『十字路のあるところ』(〇三・朝日新聞社)『百鼠』(〇三・筑摩書房)『空ばかり見ていた』(〇六・文藝春秋)など。

吉田一穂(よしだ・いっすい　一八九八～一九七三)詩人。本名由雄。北海道上磯郡生。

早稲田大学英文科中退。第一詩集『海の聖母』（二六・金星堂）がノスタルジー溢れる抒情詩集として評価される。生涯を詩人としてしか生きず、清貧・孤高のうちに生を終えた。硬質な抒情の散文詩集『故園の書』（三〇・厚生閣書店）、言葉を研ぎ澄まし、言葉の喚起力によって詩的別空間を作り上げようとした『未来者』（四八・青磁社）など、純粋なイメージの詩的世界を屹立させている。幻想的と評すべき詩作理論に基づいた代表作「白鳥」十五章は、禁欲的な美しさに満ちた、一穂的ユートピアを造り上げている。〈泉を求めて流餓の民らは彷徨ふ。／耳をちぎつて礫《つぶて》し、鳥を射て唳ふ砂地獄《ドリーネ》の旦夕《あけくれ》……／生活樹の根に絡まれて、白骨は密林の夢を焚いた。〉（「砂」全篇）

童話作品もあり、『海の人形』（二四・金星堂）は、悪魔に捕えられた兄を笛の力で救おうとする「神曲」、毒の花園に命を失う乙女の悲話「埋れた花園」など、静謐で仄暗いムードのファンタスティックなメルヘンを収めている。

▼『定本吉田一穂全集』全三巻・別巻一（七九、九三・小沢書店）

吉田茄矢（よしだ・かや　?〜）ゲーム会社勤務を経て、富士見ヤングミステリー大賞最終選考作のハードボイルド『12月の銃と少女』（二〇〇五）でデビュー。吸血鬼物『ヒドラ』（〇六・富士見ミステリー文庫）がある。

吉田冠子（よしだ・かんし　?〜一七六〇／宝暦一〇）浄瑠璃作者。竹本座の名人形遣いとして知られた吉田文三郎の戯作者名。人形がうまく活躍できるように先行作品を改作。「役行者」に大友皇子叛逆を合わせた「役行者大峰桜」（一七五一／宝暦元、三好松洛との合作）、「傾城反魂香」をもとにした「名筆傾城鑑」（五二／同二）などがある。

吉田健一（よしだ・けんいち　一九一二〜七七）東京千駄ケ谷生。父は政治家の吉田茂。外交官だった父の任地である中国、フランス、イギリスなどで幼少期を過ごす。暁星中学を経てケンブリッジ大学中退。英文学を専攻する。帰国後、ポー『覚書』（三五）、ヴァレリー『精神の政治学』（三九）、ラフォルグ『ハムレット異聞』（四七）などの翻訳に従事。三九年、中村光夫、山本健吉らと同人誌『批評』を発刊。英文学関連の著作に読売文学賞受賞の『シェイクスピア』（五二）ほか。西欧文明への深い理解と博識に裏打ちされた批評活動を展開。代表作に、新潮文学賞の『日本に就て』（五七）、野間文芸賞の『ヨオロッパの世紀末』（七〇）などがある。

五三年頃から、魅力ある悪文の典型ともいうべき癖のある文体によって虚実の皮膜を自在に逍遥する独創的なエッセー、小説に筆を染める。エッセーに『でたらめろん』（五四・文藝春秋新社）『乞食王子』（五六）『私の食物誌』（七二）ほか。小説に『酒宴』（五七・創元社）『残光』（六三・中央公論社）『絵空ごと』（七一・河出書房新社）『本当のやうな話』（七三・集英社）『金沢』（七三・河出書房新社）など。それらの随所に顔を覗かせる作者一流の〈お化け〉趣味は、とりわけ最晩年の『怪奇な話』で頂点を極めた観がある。ほかに、ネス湖の怪物や雪男、マンモスなど未知の生物（これも〈化けもの〉の一種といえよう）に関するエッセー集『謎の怪物・謎の動物』（六四・新潮社）がある。

▼『吉田健一著作集』全三十巻・補巻二（七八〜八一・集英社）

【怪奇な話】短篇集。七七年中央公論社刊。フランスの城に住む魔法使いが、山雀の変じた小悪魔と共に、英仏海峡を越えて対峙する二つの僧院を島ごと移し替える魔法に取り組む「山運び」、日比谷で宝籤を売る婆さんの妖術で、いろいろな場所に飛翔し、様々な体験を享受する男の話「お化け」、北陸の海岸の宿で出会った女の幽霊と親しくつきあううち、次第に女は生身に変わり所帯を持つことになる「幽霊」、小石川山伏町の空家を購入した男が、その家に憑く奥ゆかしい幽霊たちと友達づきあいをして暮らす「化けもの屋敷」など、当節の人間よりは遥かに人間らしいお化けたちの姿を巧まざるユーモアを交えて活写する全九篇の駘蕩たる幻想譚を収録。

吉田純子（よしだ・じゅんこ　一九四六〜）大阪府生。立命館大学卒。大学教師を務めながら童話を執筆。『ぼくのねこは妖怪ねこ』（八五・PHP研究所）『カッパとぼくの夏休み』（八七・同）『ゆうれいをつれてきたおじいちゃん』（八八・同）がある。

吉田直（よしだ・すなお　一九六九〜二〇〇四）福岡県遠賀郡芦屋町出身。早稲田大学法学部卒。京都大学大学院修士課程修了。ロボット・バトルSF『ジェノサイド・エンジェル』（九七・角川スニーカー文庫）でスニーカー大賞を受賞してデビュー。明治初期を舞台に、異星人の介入で新撰組が超人として蘇って戦う伝奇アクション『FIGHTER』（九八・同）、文明崩壊後の遠未来を舞台にした吸血鬼物のアクション『トリニティ・ブラッド』（〇一〜〇五・同）などがある。

吉田雄生（よしだ・たかお　一九六二〜）次々と起こる奇怪な事件を霊感能力で解決していく児童文学のサスペンス『超能力少女ナナ・不思議物語』（九八・小学館）がある。

吉田タキノ（よしだ・たきの　一九一七〜二〇〇八）岩手県宮古市生。宮古高等女学校卒。病院で働きながら小説・児童文学を執筆。『ざしきわらし』（七〇・理論社）『またきた万六』（七二・偕成社）『みだくなし長者』（七三・同）『ろばたの夜ばなし』（八二・理論社）などの民話ファンタジーがある。

吉田珠姫（よしだ・たまき　?〜）一九九三年、白泉社よりBL小説作家としてデビュー。ファンタジー系作品に、オカルト・コメディ《愛の双霊》（九七・リーフノベルズ）、異世界物《神官》シリーズ（〇五〜・海王社ガッシュ文庫）、アラブ魔法物『恋の呪文』（〇七・同）などがある。

吉田親司（よしだ・ちかし　一九六九〜）福岡県生。岡山商科大学卒。情報処理会社勤務を経て、太平洋戦争シミュレーション戦記『新世界大戦』（〇一〜〇二・ワニの本）でデビュー。タイムマシン物『超空の神兵』（〇三・コスモノベルス）、地軸移動で地形が激変したパラレルワールドが舞台の『異形特務空母〈那由多〉』（〇四・歴史群像新書）、パラレルワールドの一九四〇年代を舞台に、占領された皇国を奪還すべく、内親王・那子が戦う『女皇の帝国』（〇七〜・ワニの本）ほか多数のシミュレーション戦記を執筆。このほか少年向け文庫でも執筆し、記憶改竄業を営む母子を主人公とするバトル・アクション『MM』『WW』（〇四〜〇五・電撃文庫）などがある。

吉田天山（よしだ・てんざん　生没年未詳）講釈師。初め菊地源蔵と称した。別名岡崎兵部。十八世紀後半から十九世紀初めまで、大きな人気を保ち、主に大坂で活躍。道真の一代記『北野実伝記』（一七七九／安永八）を執筆した。これは諸書を集成して、父祖の代から説き起こし、道真の誕生から雷神となるまでを描いたもので、付録として、様々な御霊神についての解説が付く。講談にも神道講釈にも用いられたのであろうと推測されている。一般には実録本として流布した。

吉田とし（よしだ・とし　一九二五〜八八）旧姓渡辺。静岡県吉原町生。四八年「追憶に君住む限り」でデビュー。〈ジュニア小説〉と呼ばれる中高生向け青春小説の草分けの一人であり、『ひとを愛するとき』（七三）『友情の設計』（七六）ほか多数の作品がある。また、五五年より児童文学の執筆を始め、その代表作に『巨人の風車』（六二）『じぶんの星』（六七、小学館文学賞）など。児童向けファンタジーに、少年が昼間の出来事に触発される形でその夜に見たファンタスティックな夢を連作形式で綴る『夜なかのひるま』（七五・理論社）がある。

吉田知子（よしだ・ともこ　一九三四〜）本姓吉良（旧姓吉田）。静岡県浜松市生。父は軍人で、シベリアに連行されて失跡。知子自身も樺太で終戦を迎えた。名古屋市立女子短期大学経済科卒。一時、浜松の高校で教職に就く。六三年、夫の吉良任市とアンチロマンを標榜する同人誌『ゴム』を発刊、創作活動を始める。「無明長夜」（七〇）で芥川賞を受賞。夫の失踪後、実母の住む〈御本山〉の門前村に戻った語り手が狂気に蝕まれていく過程を、迫真のディテールの積み重ねによって生々しく描出したこの作品は、三島由紀夫や埴谷雄高によって称讃された。八五年『満洲は知らない』で女流文学賞、九二年「お供え」（九一）で川端康成文学賞、九八年『箱の夫』で泉鏡花文学賞を受賞。

日常的な平地から薄気味悪い異様な場へと主人公たちを運び出し、生の根源を照射する作品に特徴があり、折りに触れて多彩な文体による怪奇幻想短篇を執筆している。自分の未来の姿である老婆に導かれて見知らぬ夜の町を彷徨する、異界感覚に満ちた「終りのない夜」（六八）、山の麓のホテルにトラックで運ばれた男が、陰謀の気配を感じて落ち着かない日々を送っていると、黒い飛行機が現れて男を殺し、ホテルを爆撃して去る「ユエビ川」（六九）、犬や猫、鳥やライオン、蓑虫などの生物に様々な狂気の相を象徴させた掌篇集「生きものたち」（七〇）、三日起きて三日眠る嗜眠症の女の奇妙な生態を描く「わたしの恋の物語」（七〇）、人間の剥製を蒐集する老人の館からやって来た男の告白「危険な旅行」（七一）、狂った一家と自殺する少年たちの物語「聖供」（七三）、行商をする女の宿に、奇妙な子供や異臭を放つ包みが出没し、女を昏迷の中に突き落とす「海辺の家」（七四）など。幻想短篇集に『蒼穹と伽藍』のほか、いつのまにか神に祀り上げられてしまった未亡人を絶妙な筆致で描いた表題作のほか、蕨を摘んでいるうち、親戚の死者が立ち混じる祭りに紛れ込んでしまう「迷蕨」をはじめ、死者と生者が入り交じる悪夢めいた作品群を収録した『お供え』（九三・福武書店）がある。長篇にも極限状況下での無惨な人々の姿を描いた幻想的な作品がある。あてのない航海を続ける〈極楽船〉の船上で阿鼻叫喚の狂気の果てに死んでいく人々を描く『極楽船の人びと』（八四・中央公論社）、近未来、日本が連合国によって攻撃されたという噂が飛び交う中、闇雲な避難をする初老の夫婦を描く『日本難民』（〇三・新潮社）など。

【蒼穹と伽藍】短篇集。七四年角川書店刊。獣の糞をする神々と小人たちのサド・マゾヒスティックな儀式の生贄にされる「大広間」、〈己の腹に刻まれた緋色の刺青をまさぐる一匹の真白に肥えふとった蛆虫〉に変じる「天蓋」、黒いゴム合羽の男たちや近所の人々が悪夢のように家に入り込んでくる「泥」、スカトロジックな妄想が展開される「しがらみ厠」、お化けと呼ばれる叔母や、幽霊でウブスナドリともいわれる母方の祖母、狐が化けた父方の祖母、そして三つ目の〈私〉……妖怪めいた一族の来歴を語る「仏間」など、建物にちなんだ表題を持つ十三の短篇を収録。とりとめのない独り語りが狂気や幻覚を招きよせる特異な幻想小説集である。

吉田比砂子（よしだ・ひさこ　一九二四〜）岡山県上道郡生。都立第一高等女学校卒。米軍基地でメイドなどをしながら、小説や童話を書き、英米小説の翻訳を学ぶ。『雄介の旅』（六〇）で講談社児童文学新人賞受賞。『マキコは泣いた』（七六）で小学館文学賞受賞。本領は体験に基づく長篇リアリズム少年小説にあるが、低学年向けファンタジーも執筆し、『あくまのクーちゃん』（七二・理論社）『おばけのがっこう』（八〇・太平出版社）『雨っこ雲のぼうけん』（八一・同）などがある。

吉田浩（よしだ・ひろし　一九六一〜）新潟県生。法政大学文学部卒。『MOE』で童話作家としてデビュー。狐に変身できるキノコがある村へやって来た女性民俗学者の冒険を描く児童文学のファンタジー『秘密の13時村』（八七・ケイエス企画）がある。その後はノンフィクション・ライターとして活動。ファンタジー関係のエッセーに『「星の王子さま」の謎が解けた』（〇一・二見書房）『「指輪物語」その旅を最高に愉しむ本』（〇二・三笠書房王様文庫）など。

吉田縁（よしだ・ゆかり　?〜）「アルヴィル　銀の魚」（一九九五）でコバルト・ノベル大賞に佳作入選し、デビュー。中世ヨーロッパ的別世界を舞台にしたラブロマンス『薔薇の聖燭』『マスカレードの長い夜』（共に九六・コバルト文庫）、同じく、死者の霊の罪の告白を聞いて天国へ送ったり地獄へ落としたりする青年司祭を描く《聴罪師アドリアン》（九七〜九九・同）、十二世紀末の十字軍を背景に、キリストの聖骸布をめぐる冒険を描く『亡き勇者のための哀歌』（二〇〇〇・エンターブレイン＝Ａノベルズ）、ジャンヌ・ダルク物『暁を抱く聖女』（〇二・角川ビーンズ文庫）、現代を舞台にしたオカルト・ミステリ『満月の長い夜』（〇一・富士見ミステリー文庫）などがある。

吉永達彦（よしなが・たつひこ　一九五八〜）大阪府生。高校卒業後、デザイン事務所などに勤務。一九六〇年代初頭の大阪の下町を舞台に、川底に息づく妖異と水辺の住民たちとの関わりをノスタルジックに描いた「古川」（〇一）で、第八回日本ホラー小説大賞短編賞を受賞。孤独な少年を見舞った妖変を、やはり懐古調のタッチで描く「冥い沼」および表題作を収録する『古川』（〇一・角川書店）がある。

吉野一穂（よしの・かずほ　？〜）『感情日記』（一九七七）でコバルト文庫よりデビュー。幽霊の恋人が事件解決に協力する『デザートにはらぶ・みすてりぃ』（八六・コバルト文庫）などがある。

吉野匠（よしの・たくみ　？〜）東京生。別世界を舞台にしたヒロイック・ファンタジー『レイン』（二〇〇五〜〇七・アルファポリス）、力を封印して高校生になりすましている魔王を台風の目として魔族の戦いや恋の鞘当てなどが繰り広げられる『魔王降臨！』（〇七・リーフ＝ジグザグノベルズ）がある。

吉野治夫（よしの・はるお　一九〇九〜四五？）大連生。大連一中卒業後内地に渡り、鹿児島七高を経て早稲田大学仏文科卒。『満州日日新聞』で学芸欄記者として活躍する傍ら、大連の同人誌『作文』に加わり、小説や評論を発表。四五年五月、関東軍に応召し、敗戦後消息を絶った。寂れた山間の湯治場で不気味な雰囲気の男と泊まり合わせた語り手の異常心理体験を描いた怪談風の短篇「黒髪の湯」（三七）をはじめ、自己と他者との関係幻想を追究した〈狂気の文学〉に属する作品を遺している。

吉橋通夫（よしはし・みちお　一九四四〜）岡山市生。法政大学文学部教育学科卒。七八年「たんばたろう」で毎日童話新人賞を受賞して児童文学作家となる。『京のかざぐるま』（八八）で日本児童文学者協会賞、『なまくら』（〇五）で野間児童文芸賞を受賞。古代から近代まで、歴史物の児童文学を執筆。ファンタジーに、青銅器時代、侵略を続ける〈とぶ砂の国〉の戦士が、巨人と仲良く平和に暮らす人々と交わって、侵略戦争の愚かさを悟っていく『巨人の国へ』（八七・岩崎書店）、古代日本を舞台に、神々から賜った自然を操作できる呪物をめぐって繰り広げられる戦いを描く『笛風よ、海をわたれ』（九五・岩崎書店）、願いをかなえるという〈青き玉〉を求めて侵攻してきた韓国の王に、動物と話ができる少年が立ち向かう『風の森のユイ』（〇三・新日本出版社）など。

吉原晶子（よしはら・あきこ　一九三四〜）大阪市生。関西大学文学部卒。化狸と人間の交渉をユーモラスに描く童話『ふとんだぬきのぼうけん』（八九・文化出版局）がある。

吉原理恵子（よしはら・りえこ　？〜）福岡県生。一九八三年「ナルシスト」で『小説ＪＵＮＥ』にデビューし、ＢＬ小説を執筆。ＳＦ『間の楔』（九〇〜・光風社出版）、大天使ミカエルと神の寵愛を受けているルシファーの恋を描く『影の館』『暗闇の封印』（九四〜九五・角川ルビー文庫）、異世界宮廷物『銀のレクイエム』（九三・角川ルビー文庫）、二人で一つの魂を共有する異種族の物語『対の絆』（九八・同）、現代物の伝奇ファンタジー『純血の檻』（〇二・同）など。

吉増剛造（よします・ごうぞう　一九三九〜）東京生。慶応義塾大学文学部卒。在学中の六一年、井上輝夫、岡田隆彦らと共に『ドラムカン』を創刊し、注目を集める。疾走する言語を特徴とする第一詩集『出発』（六四・新芸術社）で認められる。神話・夢などのモチーフが現れ始める『黄金詩篇』（思潮社・七〇）で高見順賞受賞。「死の山」ほかの傑作群を収録する『頭脳の塔』（七一・青地社）ではさらに呪術的要素も加え、他界に代表される異界へと一段と近づいた。『オシリス、石ノ神』（八四・思潮社）で現代詩花椿賞受賞、『雪の島」あるいは「エミリーの幽霊」』（九八・集英社）で芸術選奨文部大臣賞受賞など、四十年にわたって第一線で活躍を続けている。近作に『天上ノ蛇、紫のハナ』（〇五・集英社）『何処にもない木』（〇六・試論社）『表紙』（〇八・思潮社）ほか。

吉村昭（よしむら・あきら　一九二七～二〇〇六）東京日暮里生。学習院大学国文科中退。妻は津村節子。「青い骨」（五五）で注目を集める。少年たちの集団自殺を描いた「星への旅」（六六）で太宰治賞を受賞。戦争ドキュメンタリー「戦艦武蔵」（六六）がベストセラーとなる。七九年「ふぉん・しいほるとの娘」で吉川英治文学賞、八四年「破獄」で読売文学賞と芸術選奨文部大臣賞を受賞。記録文学の名手として知られるが、死んだ少女の視点から、その肉体が解剖され、納骨堂に納められるまでを克明に描いた傑作「少女架刑」（六〇）をはじめ、「透明標本」（六一）「死体」（五〇）など、ネクロフィリックかつ抒情的な幻想短篇にも特異な才能を発揮した。ほかに、ある日突然、何者かの指示により鉄線を張った柵で自宅を囲まれてしまった老人の困惑と不安を淡々と描いて、福澤徹三作品にも影響を与えている謎めいた逸品「老人と柵」、眼科医の奇妙な日常を描く「眼」ほか九篇を収める短篇集『蛍』（七四・筑摩書房）など。

吉村綾（よしむら・あや　一九五九～）兵庫県生。ビリー・ザ・キッドの亡霊と日本の少女の恋を描く『ソーロング・キッド』（八八・ケイブンシャ文庫コスモティーンズ）がある。

吉村達也（よしむら・たつや　一九五二～）大阪府生。一橋大学商学部卒。ニッポン放送、扶桑社を経て『Kの悲劇』（八六、杠葉《ゆずりは》啓名義）でデビュー。九〇年より専業作家となる。速筆で知られ、ミステリを中心に膨大なエンターテインメント作品を執筆している。ホラーの分野でも角川ホラー文庫に、映画のノベライゼーションを含む大量の作品を書き下ろしている。十六年前に一度だけキスをした相手につきまとわれる男の恐怖を描く『初恋』（九三）に始まり、手書きの手紙を作中に掲載する趣向を試みた『文通』（九四）、対人恐怖症の教師が狂気に陥る『先生』（九五）、遺伝子テーマのSFホラー『ふたご』（九六）、インターネットのサイバー世界の恐怖を描く『iレディ』（九九）、携帯電話にまつわる都市伝説ホラー『ケータイ』（九九）、死霊の群れるリゾートを訪れた人々の運命を描く『時計』（〇五）『グリーン・アイズ』（〇六）等々、最新のトレンドを取り入れつつ、現代人の身近な恐怖感覚に訴える明快な作品群で人気を博す。また、タイポグラフィと写真による視覚的恐怖演出を大胆に試みた奇書『ついてくる』（〇一・アミューズブックス、後に改稿のうえノーマルな活字版でも刊行）、文庫カバーに夜光塗料を使用した『樹海』（〇三・角川ホラー文庫）などの実験作もある。他に自称〈センチメンタル・ファンタジー〉の『ゼームス坂から幽霊坂』（二〇〇〇・双葉社）など。

吉村萬壱（よしむら・まんいち　一九六一～）愛媛県松山市生。大阪で育つ。京都教育大学卒。高校教諭を経て養護学校勤務。突然の天変地異によって全世界の人間たちが異形と変じ、絶望的な彷徨を続ける〈世界の終末〉の光景が、明晰な文体で、ときに偏執的と感じられるほど丹念に描写されていく「クチュクチュバーン」（〇一）で文學界新人賞を、身内に潜む極悪への衝動をハリガネムシに象徴させた「ハリガネムシ」（〇三）で芥川賞を受賞。地球外生命体が人間を食うという事態になった時、人々が〈人間離れ〉の衝動に駆られて犬になったり人体を損壊したりする「人間離れ」（〇一）、同様のテーマで、人間の脳を喰い、別のもので脳を満たして怪物化する正体不明の怪物〈神充〉により世界が滅ぼされた後、唯一残った日本が、外敵＝テロリンの捏造により愛国心を高揚させて〈神充〉から最後の人類を守ろうとする、グロテスクで無惨なSFホラー『バースト・ゾーン』（〇五・早川書房）がある。

吉村夜（よしむら・よる　一九七二〜）千葉県生。願いのかなう泉を求めて旅をする一行を描くファンタジー『メルティの冒険』（九八・ポプラ社）で児童文学作家として出発。《海賊少女チャリィ》（九九〜二〇〇〇・ポプラ社）刊行後、全長三千キロのイトマキエイ型宇宙人と人間の少女のラブコメディ＆スペースオペラ『魔魚戦記』（二〇〇〇・富士見ファンタジア文庫）でファンタジア長編小説大賞に準入選し、少年向け文庫に転身。魔物と金銭契約を結んで魔法使いが力を得る別世界を舞台に、一攫千金を狙って冒険を繰り広げる宮廷魔法使いを描くファンタジー・コメディ《ハーモナイザー・エリオン》（〇二〜〇四・同）ほかの作品がある。

よしもとばなな（よしもと・ばなな　一九六四〜）本名吉本真《ま》秀子《ほこ》。デビューから〇二年までは吉本ばななと表記。東京生。吉本隆明の次女。日本大学芸術学部文芸学科卒。八七年に「キッチン」で海燕新人文学賞を受賞してデビュー。同作で泉鏡花文学賞を、『うたかた／サンクチュアリ』（八八）で芸術選奨文部大臣新人賞を、『TUGUMI（つぐみ）』（八九）で山本周五郎賞を受賞。予知、テレパシー、心霊等のオカルティックなモチーフを含むロマンス『アムリタ』（九四・福武書店）で紫式部文学賞を受賞。大島弓子の漫画を小説化したとも評される繊細な感覚が若者の支持を得て絶大な人気を博す。海外でも翻訳されて人気を得ている。大学の卒業制作で学部長賞を受賞した最初期の短篇「ムーンライト・シャドウ」（八六）が、愛しい死者と交信する機会を与えられた少女の話であったことに象徴されているように、ばななにはオカルティックなものへの親炙があり、その傾向は作品のそこかしこに見える。いわゆる〈スピリチュアル〉というキーワードでばなな作品を系統的に眺めていくこともできよう。完全な幻想譚として描かれる作品は多くはないが、『アムリタ』のほか、死んでいることに気付いていない少女の霊を、魔女の力を持っていた叔母の霊が救い出す『彼女について』（〇八・文藝春秋）、死んでしまった恋敵の霊を冥界から呼び出してもらう短篇「ある体験」（八九）などがある。ほかに夢日記を含む『夢について』（九四・幻冬舎）など。

吉屋信子（よしや・のぶこ　一八九六〜一九七三）新潟市生。男尊女卑の家庭に、七人兄弟の唯一の女子として生まれる。栃木高女卒。文学少女で、女学校時代に泉鏡花に熱中、また『少女世界』『少女界』に投稿して採用される。一五年から『良友』等に童話を執筆。『少女画報』に《花物語》の第一話「鈴蘭」（一六）を投稿して採用され、以後二六年まで五十二篇のシリーズ作品が書かれることになる。一九年『大阪朝日新聞』の長篇懸賞小説に「地の果まで」を応募して一等当選、以後文筆家としての道を歩み続ける。執筆作品の数は多いが、代表作は「良人の貞操」（三六〜三七）《徳川の夫人たち》（六六）など。信子は生涯女性を愛し続け、女性を描き続けた作家である。私生活でも、信子の最期を看取った終生のパートナーは女性であった。少女の理想化された美質と残酷さとを、ロマンティックな設定下に描く〈少女小説〉という名のジャンルを定着させた。また女性の立場の弱さを理解し、その上でそのような女性たちに激励を送ったフェミニズムの作家でもあった。

《花物語》は、幻想小説そのものではないが、きわめて空想的な設定とファンタスティックなムードを湛えた、他者の追随を許さない少女小説群である。〈月光は露台の玉欄に照りて銀波と砕くる時、春殿につどふ三千の姫のかざせる銀扇颯とひるがへれば、地上の花は恥ぢ妬み空ゆく鳥は翅も動かずなつたでせうものを〉といった美文も特徴的だが、ただ甘いだけではない。理想化された少女たちは、凛とした生き方を見せ、愛のためには〈世の良識〉にも逆らう。長く少女たちの心を捉え続けたのも当然のことであったろう。連作中には「梨の花」「紅椿」「ヘリオトロープ」など、幻想性の濃厚な佳品も散見される。

一方、第四回女流文学者賞を受賞した短篇「鬼火」（五一）は、瓦斯会社の集金人に料金滞納を責められて首を吊った女の怨念を、青白く燃える瓦斯の炎に象徴させて描いた鬼気迫る作品で、映画化もされている。ほかにも、競輪狂いで売上金に手をつけた骨董屋の番頭が、思い余って恩人の家に盗みに入り祖母の幽霊に諫められる「茶盌《ちゃわん》」（五二）、寂れた山荘で復員兵が体験する奇縁を描いて久生十蘭の同名作品と一脈通ずる「生霊」（五〇）、霧島山中で鶴の足を治してから人体を透視する力を得た指圧療法師とその娘の哀しい運命の転変を描く「鶴」（五〇）、生後すぐに死んだ双子の姉の幻影に脅かされる娘のドッペルゲンガー奇譚「もう一人の私」（五五）、マザコン青年が亡父ゆかりの料亭で、父の愛人だった老女の亡霊と出会う「宴会」（五五）、ハイキングで遭難した若い娘のエロティックな幻想体験を、はすっぱな一人称で綴る「井戸の底」（六三）などの怪奇幻想短篇群があり、それらを初めて集成した作品集として、東雅夫編『文豪怪談傑作選　吉屋信子集　生霊』（〇六・ちくま文庫）が刊行されている。戦後の一時期、〈現実の世界のどこかにふいと漂う妖しさ、幻影、奇妙な運命〉（読売新聞社版『千鳥　ほか短編集』あとがき）を憑かれたように追い求めた一連の作品には、少女小説やフェミニズムの作家とは別の吉屋信子像が顕著であり、今後の再評価が期待される。

▼『吉屋信子全集』全十二巻（七五〜七六・朝日新聞社）

吉行淳之介（よしゆき・じゅんのすけ　一九二四〜九四）岡山市生。父は新興芸術派作家の吉行エイスケ、母・あぐりは著名な美容師。三歳のとき一家で上京。静岡高校文科在学中に応召するが、気管支喘息で直後に除隊、以後、喘息の発作に悩まされる。四五年、東京大学英文科に入学、同人誌『葦』『世代』、中井英夫、椿實らとの第十四次『新思潮』などに参加して作家を志す。生活の窮迫もあり四七年に大学を中退、新太陽社に入社して『モダン日本』などの編集にあたる。五四年に「驟雨」で芥川賞を受賞。〈第三の新人〉を代表する書き手の一人と目される。病床生活の中で「焔の中」（五五）『原色の街』（五六）などの長篇を発表、独自の文学世界を開拓する。特に〈性〉によって媒介される人間関係の追求に個性を示し、「砂の上の植物群」（六三）、谷崎潤一郎賞の「暗室」（六九）、野間文芸賞の「夕暮まで」（七八）など多くの傑作を生む。講談社エッセー賞を受賞した「人工水晶体」（八五）をはじめとするエッセーや、『恐怖対談』（七七）ほか、対談集などの著作も多数。

童謡に触発されて成った一連の作品をはじめとして、吉行の短篇には、夢幻的な色彩が濃い。自殺未遂の妻のもとを逃れ、少年時代にひと夏を過ごした高原に赴いた語り手が、打ち捨てられた別荘地にいまも隠棲する男女の陰惨な歳月を垣間見る「青い花」（五九）、密閉した家に二人で閉じこもり出前専門の鰻屋を営む兄妹の話「出口」（六二）、空襲のとき危険な防空壕に独りで閉じこもり発狂した女と暮らす男の話「曲った背中」（六六）などは、妖しい密室幻想を暗示的に描いて言い知れぬ不気味さを醸し出している。また、読売文学賞受賞の『鞄の中身』（七四・講談社）には、自分の死体を鞄に詰めて逃げ出す表題作や、射出された精子となって漂う「暗い道」、死を宣告された病室に楽隊が現れる「楽隊の音」など、独特の夢小説が含まれている。より直截に幻想性の打ち出された掌篇集として『菓子祭』がある。また、『奇妙な味の小説』（七〇・立風書房）『紅い花青い花』（七八・北宋社）など幻想文学アンソロジーの編纂・監修も手がけている。

【菓子祭】掌篇集。七九年潮出版社刊。〈ホテル・あいびき〉のレストランでメンチボールを食べてベッドインしたカップルが、強烈な快感と共に交わるうち互いの肉体を粉砕して合挽き肉になりはてる「あいびき」、二日酔いに苦しむ男が瓶に変身し、女房にスポンと首を抜かれてしまう「死んだ兵隊さん」などのナンセンス・コント、人間の顔が実る樹木や床のない部屋など奇妙な夢の光景を描いた「目覚時計」「試験」「それは誰」の連作、友人のヘリコプターに乗せられて大金持ちのマダムの家に着くと、部屋中に西瓜と南瓜が転がっており、それを切ると息苦しさが和らぐが、帰路、友人の言葉にマダムの肉体を覆い尽くす唇の群れを妄想するという不条理な話「百の唇」など、様々なタイプの幻想掌篇二十二篇を収める。

吉行理恵（よしゆき・りえ　一九三九～二〇〇六）本名理恵子。東京生。父は吉行エイスケ、兄は吉行淳之介。早稲田大学国文科卒。在学中から詩を発表し、詩集『夢の中で』（六七・晶文社、田村俊子賞）などを刊行。その後小説に転じ、「小さな貴婦人」（八一）で芥川賞受賞。ファンタジーに、現実に手を出せない無力な幽霊の物語「黒衣の母」（八九）、児童文学のファンタジー『まほうつかいのくしゃんねこ』（七一・講談社）などがある。

与田準一（よだ・じゅんいち　一九〇五～九七）福岡県瀬高町生。小学校の代用教員を務めながら『赤い鳥』などに童謡を投稿し、北原白秋に認められる。昭和初期の童謡詩壇の第一線で活躍した。また童話の創作、神話・民話の再話などもよくした。〈意図したところに頻繁に閃めかず、自覚しない時に却って突として本来の面目を現わす〉（北原白秋）といわれる準一の作風は心象ファンタジーといえる。作品のほとんどは短篇で、唯一の長篇『五十一番めのザボン』（五一・光文社）も枠物語になっている。同作は一応リアリズムの作品だが、ラストでは物語の関係者全員が同じ夢を見るなど、ファンタスティックなところがある。短篇のファンタジーに、あぶくのようなおばけがトンボに化けた顛末を語る掌篇「おばけトンボ」（五四）のほか、歌に倦んだ人の心をも捕えて清らかにしてくれるような新しい歌をめぐる民俗学テーマのファンタジー「海の中の歌」（四六）、人形はテレパシーで語り合っているという幻想と人形の住民登録を絡めて描いた「人形たちの信号について」（四八）、もとは足に羽が生えた人間だったと語る風に促されて、空を飛ぼうとする〈私〉の努力を描く「わらわらむらむら」（四八）、巨神のガイアとウラノスの玉転がし競争を描く「三つの玉」（四八）、神々の夢と創世をめぐるファンタジー「夢」（四九）など。

『世継物語』（よつぎものがたり　鎌倉初期～中期成立）通称「小世継物語」。説話集。編者未詳。五十六話から成る王朝関係の説話集。先行する説話集や歴史書等から話柄を採り、全体に王朝時代への憧憬に満ちている。

『四谷雑談集』（よつやぞうたんしゅう　一七二七／享保一二）作者未詳。御先手組組屋敷のあった四谷左門町を舞台に繰り広げられる怨霊事件の顛末を描いた実録小説。与力の田宮家の娘・岩が伊右衛門を婿に取るが、伊右衛門は浮気をして岩を離縁して追い出してしまう。伊右衛門に騙されたことを知った岩は狂乱の末行方知れずとなり、伊右衛門と妻子、妻を世話して岩の追い出しに協力した者たちが祟りのせいでか、根絶やしにされていくという物語である。曲亭馬琴『勧善常世物語』、柳亭種彦『近世怪談霜夜星』、鶴屋南北『東海道四谷怪談』の粉本となったが、歌舞伎のようなおどろおどろしい趣向は原話には稀薄で、継ぐべき家を奪われた武家の女性の一念が際立つ内容となっている。講談で演じられる「四谷怪談」には、本書の筋立てに基づくものが多い。

淀川乱歩（よどがわ・らんぽ　一九五六～）大阪府出身。悪魔・魔法研究家。嗜虐的なオカルト・ホラーのBL短篇集『根暗《ネクラ》野《ノ》火《ビ》魂《コン》』（〇四・新風舎文庫）がある。

米倉斉加年（よねくら・まさかね　一九三四～）本名正扶三《まさふみ》。福岡市生。西南学院大学文学部英文科中退。五七年に劇団民藝に入団し、俳優となる。演出家としても活躍。特異な画風の画家でもあり、絵本も制作。ファンタスティックな絵本に『魔法おしえます』（七五・偕成社）『人魚物語』（七七・角川書店）などがある。書籍の装画も数多く手がけている。

米澤穂信（よねざわ・ほのぶ　一九七八～）

岐阜県生。『氷菓』（〇一）で角川学園小説大賞ヤングミステリー&ホラー部門奨励賞を受賞してデビュー。ミステリ作家。崖から落ちた主人公の少年が、死産した姉が成長した代わりに自分が生まれていないパラレルワールドに移行してしまうという設定の『ボトルネック』（〇六・新潮社）がある。

米沢幸男（よねざわ・ゆきお　一九三二〜）山梨県生。日本大学法学部卒。妹を亡くした少年が、死後の別世界を形作っている様々な星を経巡り、冒険の末に妹を死の世界から救い出すSFファンタジー『少年オルフェ』（六二・講談社）で講談社児童文学新人賞受賞。テレビドラマ化されている。

米田三星（よねだ・さんせい　一九〇五〜）本名庄三郎。奈良県吉野郡生。大阪大学医学部卒。日華事変に軍医として従軍。奈良県立医専教授などを経て開業医となる。大学在学中の三一年「生きている皮膚」を『新青年』に投稿し採用されたが、本業が忙しく四篇を発表したのみで筆を折った。デビュー作は、皮膚交換手術によって奇怪な復讐を果たした女が、犠牲者の恨みのこもった皮膚が原因となって命を落とすという、コナン・ドイルの医学ホラーに似た味わいの奇譚である。ほかに「蜘蛛」「告げ口心臓」（共に三二）など、いずれも医学がらみの犯罪残酷物語。

米田淳一（よねだ・じゅんいち　一九七三〜）秋田県生。二十二世紀の美女型超高級戦闘ロボットの悩みと活躍を描く『プリンセス・プラスティック』（九七・講談社ノベルス）でデビュー。同作の続篇シリーズ（〇一〜〇三・ハヤカワ文庫）のほか、SFミステリ『リサイクルビン』（二〇〇〇・講談社ノベルス）、タイムスリップ物のSFシミュレーション戦記『時空断裂！蒼空燃ゆ』（〇四・コスモノベルス）などがある。

米山公啓（よねやま・きみひろ　一九五二〜）山梨県甲府市生。聖マリアンナ医科大学医学部卒。医学博士。大学病院に勤務する傍ら、作家活動を始め、九八年に大学を退職。診療を続けながら、医学ミステリ、医療実用書などを多数執筆。医学知識を活かした疫病ホラー『幻視』（〇一・角川ホラー文庫）、近未来シミュレート風医療ショートショート集『幻想病院』（〇一・双葉文庫）などがある。

米山鼎峨（よねやま・ていが　生没年未詳）江戸時代中期の戯作者。別号に文溪堂、竹酔堂。江戸高砂町の筆耕。十五作ほどの黄表紙作品を残した。妖狐が源平合戦の様子を庭先に映画のように映し出す『万福長者玉《まんぷくちょうじゃのたま》』（一七七六／安永五、鳥居清経画）、小人の化物が日本を見聞に来る『怪談豆人形』（七九／同八、同画）など。

よるのはせお（よるの・はせお　？〜）BL小説作家。魔法的別世界レファーレンを舞台にしたファンタジー連作短篇《レファーレン物語》（一九八四〜八六）などがある。

『夜の寝覚』（よるのねざめ　十一世紀末成立）別称「夜半の寝覚」「寝覚」。作者は菅原孝標女と伝えるが、確定せず。欠落が多い。全体としては『源氏物語』の影響下に生まれた長篇物語で、宮中を舞台に苦悩多き恋愛模様を描いている。中の君を主人公とし、彼女が夢で天人から琵琶の秘曲を授かり、将来に備えるための予言を授かるという発端は幻想的である。中の君は姉の婚約者である中納言に見初められ、契りを交わし、子をなす。中の君と中納言はほかに夫や妻を持ちつつも、折りに触れてよりを戻し、中の君は彼の子ばかりを四人も産むことになるという展開で、この主筋には幻想的な部分はほとんどない。中納言の妻が霊に悩まされるくだりがあるが、それも中納言は狂言と疑ってかかるので怪奇的にはならない。欠落部分には、中の君が白河院に幽閉の身となり、一旦息絶えるが、山の座主の秘法で生き返る趣向があるらしいが、『無名草子』で散々に批判されているためにそうと知られるだけで、実際にどの程度の幻想性を有しているのかは不明である。全体にわりない女人の身が翻弄される悲劇性があり、フェミニズムの視点から読むと面白いところは『源氏物語』、なかんずく「宇治十帖」の衣鉢を継ぐ作品だともいえるだろう。

ら

落月堂操巵（らくげつどう・そうは　生没年未詳）経歴未詳。怪談集『和漢乗合船』（一七一三／正徳三）の作者。タイトルは、初めに翻案を、次に朝鮮の学士がその粉本となった中国作品の粗筋を述べるというスタイルによる。この形式は、手の内を明かして自らの技巧を誇示するとも見える一方、その違いを楽しむための遊び、類話を求める心を満たすサービスとも考えられる。〈（同時代に続々と刊行された）怪異譚事典を横目ににらみながら小説としての形式を整えようとした作品〉（木越治）と評されている。

落語（らくご）滑稽な筋立てで、終わりに〈落ち〉のある咄をする演芸の一種。戦国時代の武将に世間話をすることで仕えた御伽衆などを元祖とする。初めは軽口、落とし咄と呼ばれ、江戸時代を通じて、上方と江戸それぞれで発展した。特に江戸では小咄本が刊行され、大いに隆盛を見、明治から戦前までは庶民的な娯楽の王者の一つであった。昭和に至って〈落語〉という名称が定着したが、同時に古典芸能の一つとなり、庶民性からは徐々に遠ざかる傾向にある。江戸時代に作られたいわゆる古典落語は、文学全般とも影響関係にあるが、中に、荒唐無稽がファンタジーの域にまで達している奇想的な作品がいくつかあり、別掲の「あたま山」「胴切り」は特に二大小咄とされる奇作である。その他の作品に、眼疾で名医にかかったところ、犬の目を入れられて犬のような行動を取ってしまう「犬の目」（同工の「鯉の目」など）、首を斬り落とされたことに気づかずにそのまま歩くが、やがて気づいて首を提灯代わりに捧げ持つ「首提灯」、大蛇が人を一呑みにしたあと、ある草を食べると腹が小さくなったのを見て、草は消化剤だと合点した男が、蕎麦の大食い競争でこっそりその草を食べると、（草には人間を溶かす効果があったので）蕎麦が服を着ている状態で残った「そば清」（「蕎麦の羽織」「蛇含草」、諸国奇談集などに同話あり）、左甚五郎作の張形で処女ながら妊娠してしまう「左甚五郎作」（「変生男子」）などがある。また、狐狸の化け話、変身、幽霊、貧乏神・大黒などの神霊、地獄巡りなど、古典的な怪奇幻想のモチーフを用いた作品は多数あり、別掲作のほか、主なものは次の通り。白犬が八幡様に願を掛けて人間に変身するが、次々と失敗をしでかす「もと犬」、同じく犬が人間となり、恩返しをする話「犬の字」、亡妻の幽霊が三周忌の昼飯の最中に出現した理由が、葬儀の際に剃られた髪が伸びるまで待っていたからで、しかも昼間に出たのは夜は気味が悪いからという「茶漬幽霊」（類話に「三年目」など）、なじみの芸者が死んでしまうが、線香の燃える間だけ（芸者の玉代は線香一本の単位で決められていたため）幽霊になって出現する「小糸の幽霊」（類話に「反魂香」「たちきり」など）、皿屋敷の亡霊が評判になって見物客が引きも切らない状況に、菊は二度にわたって皿を数え、明日はお休みと宣言する「皿屋敷」、幽霊が出ると噂の質屋の蔵に入ると、質物の化物が相撲を取ったりしており、菅原道真の掛軸が口を利き、また流されそうだと嘆く「質屋蔵」（原話に「天神」）、野ざらしに酒をかけて回向したところ、美女の亡霊が現れたという隣人の真似をして、ろくでもない目に遭う「野ざらし」、博打好きの幽霊と博打をして、へっついに塗り込めておいた隠し金をまんまと巻き上げる「へっつい幽霊」、狐が娘に化ける様子を見た男が、狐に化かされた振りをして逆に狐にたかる「王子の狐」（『北国奇談巡杖記』『甲子夜話』などに類話あり）、狸が娘に化けているのを、〈その手は古い〉と言って見破った魚屋が、浜辺を通った時に打ち上げられている鯛を見てつい手を出したところ、鯛が目を剥いてタイトルの下げを言う「これでも古いか」、七回化かすという狐に何度も化かされる、〈夢から醒めては夢〉パターンの「七度狐」、狸が恩返しで様々なものに化ける「狸の釜」、同じく博打の賽子《さいころ》に化ける「狸賽」、化物屋敷に越してきた人使いの荒い隠居に、化物たち（実は化狸）が逃げ出す「化物遣い」、疝気の虫から苦手なものを聞き出す夢を見た医者の治療を描いた「疝気の虫」（中国の笑話に由来）、〈もう半分〉が口癖の飲んべえの大金を騙して手に入れた夫婦に生まれたのは、身投げした飲んべえの生まれ変わりで、行灯の油を呑んでは〈もう半分〉と言う、怪奇度の高い「もう半分」など。

【あたま山】別名に「梅の木」「身投」「天窓《あたま》の池」など。長屋に住むひどく吝い男が落ちていた桜んぼを拾い食いし、その種から頭に大きな桜の木が生えた。花期になると花見客が弁当に緋毛氈で押しかけてきて騒がしい。家主が外聞が悪いというので、木を引き抜くと、その跡には池ができた。夏が近づくと、涼み船などが出たり花火をしたりとやはり賑やかになってしまう。男は長屋から追い出されて頭の池に身を投げる。

【胴切り】男が辻斬りに逢って胴から真っ二つにされてしまう。胴から上は湯屋に奉公して番台に座り、腰から下は麩を踏む仕事に就く。上半身を見舞った知人は、下半身への伝言を頼まれる。最近のぼせるから三里（灸穴の一つ）に灸を据えてくれと。下半身のところへ行くと、あまり茶を飲むな、近くていけないとの上半身への伝言を頼まれる。上下共に頼みにはいろいろなバージョンがあるが、いずれも下《しも》がかった話である。

【地獄八景】名代の役者が死んで地獄行き。鬼どもに捕まらないように抜け道を通ったり、地獄の渡し賃をめぐって騒いだり、閻魔大王の前で曲芸をしたりと、賑やかに地獄巡りをする。人に紛れて関所を抜けようとした役者は結局、たくさんの女を泣かした罪で捕まり、鬼に呑み込まれる。ところが鬼は腹痛を起こし、閻魔を呑もうとする。くだしてしまおうと思って（閻魔大王と下剤のダイオウをかけている）。地獄巡り物の落語的展開。

【悋気《りんき》の火の玉】妻妾が互いに嫉妬すること甚だしく、呪詛し合って同日同刻に亡くなる。まもなく両者が火の玉になって戦いをしていると評判になり、男は仲裁に出かけていく。まず一服愛人の方で火をつけ、話の締めに妻の方でも火をつけようとすると、〈私のじゃおいやでしょ〉とそっぽを向いた。桜川慈悲成の作品を原形とするとされる。

『洛陽誓願寺縁起』（らくようせいがんじえんぎ　室町末期成立）縁起絵巻。京都誓願寺創立の由来、本尊の由来、清少納言・和泉式部との縁、そのほかゆかりの人々の物語、霊験譚や奇瑞など様々な項目を語る。和泉式部が浄土からその身をあらわす物語が興味深い。

羅門祐人（らもん・ゆうと　一九五七〜）福岡県生。埼玉医科大学中退。ゲームクリエーターを経て小説家となる。ガデュリン世界に起こる異変の秘密を求めて旅する魔導師の冒険を描くファンタジーが、最終的には全宇宙的規模の戦いというテーマのSFとなる《自航惑星ガデュリン》（八九〜九一・角川スニーカー文庫）でデビュー。光と闇の戦いを基調とした児童文学のSFファンタジー《異次元クエスト・光の戦士》（八九〜九〇・国土社）、自身が制作したファンタジーRPGのノベライゼーション『シルヴァ・サーガ』（九三・ログアウト冒険文庫）などのほか、スペースオペラ『星間興亡史』（九七〜九九・アスキー＝アスペクトノベルズ）、時空トンネルの趣向の太平洋戦争シミュレーション戦記『時空防衛隊1944』（〇二〜〇三・コスモノベルス）をはじめ、多数のSF、シミュレーション戦記がある。

蘭郁二郎（らん・いくじろう　一九一三〜四四）本名遠藤敏夫。別名に林田葩子、遠藤敏樹。東京生。東京高等工学校電気工学科卒。同校在学中、『探偵趣味』の応募掌篇欄に「息をとめる男」（三二）が入選する。日本電気に入社直後、肺浸潤に罹り二年ほど療養生活を送る。義父の経営する出版社に勤務し、夜は小説を書く生活を終生続けた。三五年、同好の友人と『探偵文学』を創刊。江戸川乱歩の知遇を得る。同誌に乱歩風の怪奇ミステリを発表、三七年には『シュピオ』の編集実務を担当する。同誌廃刊後、海野十三の推輓により『小学六年生』に「地底大陸」を連載（三八～三九）。海野に続く空想科学・冒険軍事小説の書き手として活躍し、『孤島の魔人』（四一）『沙漠の王国』（四二）『海底紳士』（四三）などの長篇や、『百万の目撃者』（四一）『熱線博士』（四三）等の短篇集を発表した。海軍報道班員としてマカッサルに赴く途中の四四年一月五日、台湾高雄近郊の寿山に搭乗機が激突、遭難死した。

初期短篇を集めた『夢鬼』（三六・古今荘）には、団員から虫けら呼ばわりされる曲馬団の少年が一座の花形少女に抱くマゾヒスティックに歪んだ恋情、空中ブランコで宙を飛ぶときだけ発現する少年の予知能力、そして死体と共に大空に散華する奇想天外な結末と、乱歩も顔負けの〈曲馬団幻想〉を展開する表題作の中篇や、屍体の腐乱過程の撮影に憑かれたエログロ写真マニアの悪企みを描く「魔像」など、自閉的で、エログロ・ナンセンス嗜好の濃厚な幻想ミステリ六篇が収められている。グロテスクな中に一抹の哀調を秘めた語り口が印象的である。

人工蜃気楼で隠蔽された秘密島で美男美女の人造人間が量産される「地図にない島」（三九）、山奥の館で植物から進化した同じ顔の少女たちと出会う「植物人間」（四〇）、染色体の改変がもたらす悪夢を描く「火星の魔術師」（四一）など、後期のＳＦ短篇も、科学的な着想や論理の面白味は稀薄で、夢か現《うつつ》か定かならぬ夢幻的雰囲気が強調されている。権田萬治は、その先駆的な蘭郁二郎論である「海底散歩者の未来幻想」で、郁二郎の初期と後期の作品に通底するモチーフとして〈人形＝美少女〉幻想と胎内回帰的なユートピア願望を指摘しているが、卓見といえよう。これらのモチーフは乱歩の幻想小説にも顕著であり、その意味で郁二郎は、戦時下にあって乱歩の〈人でなしの夢〉を継承した唯一の作家ともいいえよう。非業の死が惜しまれる。郁二郎の主要作品は、八木昇による周到な作家解説を付した『地底大陸』（六九・桃源社）によって、戦後初めてまとめて読めるようになった。その後は《探偵クラブ》の一巻として『火星の魔術師』（九三・国書刊行会、会津信吾編・解説）が、《怪奇探偵小説名作選》の一巻として『蘭郁二郎集』（〇三・ちくま文庫、日下三蔵編・解説）が編まれている。

り

六道慧（りくどう・けい　?～）東京両国生。会社勤務を経て、神・天使と人間が共に生きていたもう一つの地球のアトランティスから現代に飛ばされて来た少女をめぐって神族と悪魔族が戦う《大神伝》（一九八八～九三・ソノラマ文庫）でデビュー。ＳＦ、ホラー、ファンタジー、時代小説、ミステリなど、幅広く多数の作品を執筆するが、妖術うごめく伝奇系作品を最も得意とする。〇四年頃から、伝奇物ではない時代小説を主に執筆するようになった。主な怪奇幻想作品に次のものがある。歴史の修正者として超意識を手に入れた少年の物語《時の光、時の影》（八九～九〇・富士見ファンタジア文庫）、不動明王の気を継承した若者たちが世界を破滅させるという羅刹王の誕生を阻止するために戦う『羅刹王』（九〇～九一・同）、魔獣を封じ込め監視していた神異界の異変により人間界に魔獣が侵入し、少女などの体に宿った神異界の竜士たちが戦う《異界の四龍士》（九一～九二・角川スニーカー文庫）などの現代を舞台にした伝奇アクション、鏡の向こうの異界にいる妖霊に肉体を取られてしまった少女を描く『妖霊の門』（九〇・角川スニーカー文庫）、いじめにあっている高校生が、超能力で逆襲する『蒼いレクイエム』（九〇・同）、呪物を扱う骨董品店に関わった少年少女たちのオカルティックな体験を描く連作集『メビウス・ストーリー』（九二・富士見ファンタジア文庫）、この世の悪しき因縁を断ち切る霊能者〈縁切り屋〉の活躍を描くオカルト物の連作《千の顔を持つ男》（九三〜九六・カドカワ・ノベルズ）《縁切屋》（九七〜二〇〇〇・スニーカーブックス）などのホラー、《神の盾レギオン　獅子の伝説》（九二〜九三・富士見ファンタジア文庫）などのヒロイック・ファンタジー、ナノテクノロジーが発達した世界に生きる少年の愛と死を描く『DOMINO』（九八・スニーカーブックス）などのSF、感応力・透視力を持つ巫女の迦具夜姫、超常的な力を持つ役小角、そして藤原不比等と異国の怪僧が絡む『かぐや草紙』（二〇〇〇・桜桃書房）、『源氏物語』と安倍晴明が妖しく交錯する『源氏夢幻抄』（〇一・同）、陰陽道の修練により、霊気体（朧）となって戦うことができる女隠密と妖術師たちの戦いを描く江戸時代物《おぼろ隠密記―妖し小町》（二〇〇〇〜〇二・光文社文庫）、艶技を駆使する女忍者と妖術師などとの対決を描く官能アクション《くノ一元禄帖》（〇二〜〇三・徳間文庫）ほかの伝奇時代小説、大正時代を舞台に、苦学生の風水師が活躍する歴史伝奇ミステリ《風水探偵タケル》（〇一〜〇二・富士見ミステリー文庫）ほかの推理物がある。

栗杖亭鬼卵（りつじょうてい・きらん　一七四四〜一八二三／延享元〜文政六）戯作者。本名平昌房。通称伊奈文吾、後に大須賀周蔵。別号に栗枝亭。河内国茨田郡佐太村の陣屋の下級武士の出。画、連歌、狂歌を手がけ、後に読本を執筆。大坂、三河、三島と移り住み、最後は遠州日坂で煙草屋を営みながら著作に励んだ。戯作者としてのデビューはかなり老年になってからのことであるが、多数の作品を刊行した。読本に、昔話の猿蟹合戦と桃太郎を敵討物に取り込んだ『蟹猿《かいえん》奇談』（一八〇七／文化四、浅山芦国画）、犬と人が交わって生まれた竹箆《しっぺい》太郎が化猫の金輪御前を退治する『竹箆太郎』（前篇一〇／同七、後篇二一／文政四、後篇は一峯斎馬円画）、長柄長者伝説をもとにした敵討談で、不思議な僧侶の予言や助力によって仇を討つ、歌舞伎化もされた『〈長柄長者《ながえのちょうじゃ》〉絵本黄鳥墳《うぐいすづか》』（一一／文化八、石田玉山画）、山中鹿之介と尼子十勇士の活躍を描く物語で、霊の出現、妖怪・雷獣退治や竜宮城巡りなどの趣向が盛沢山の『絵本更科草紙』（前篇一一〜一二／同八〜九、同画、後篇二一／文政四、一峯斎馬円画）、遊女奥州が山脇三次郎に殺された怨念から山脇一族に祟る趣向がある『〈阿千代半兵衛〉今昔庚申譚』（一二／文化九、蘭英斎芦洲画）ほかがある。

隆慶一郎（りゅう・けいいちろう　一九二三〜八九）本名池田一朗。東京赤坂生。東京大学仏文科卒。サンボリズムを専攻。創元社勤務を経て、立教大学、中央大学でフランス語を講じる。その後映画、テレビの脚本家として活躍。代表作に「陽の当たる坂道」（五七）「わんぱく王子の大蛇退治」（六三）「長崎犯科帖」（七五）ほか多数。八六年から筆名で時代小説を執筆。八九年「一夢庵風流記」で柴田錬三郎賞を受賞。時代小説に新風をもたらし、さらなる活躍が期待された矢先に急逝した。

　衝撃のデビュー作となった『吉原御免状』（八六・新潮社）と続篇『かくれさと苦界行』（八七・同）は、自由な漂泊民・傀儡子族に残された最後のアジールとしての吉原秘史を展開する〈漂泊民幻想〉の物語であると同時に、天皇の落胤で剣の達人である主人公・松永誠一郎が、〈道々の輩〉との神秘的な交流や、かれらを狙う裏柳生との対決を通して成長していく姿を描いた剣豪小説版〈教養小説〉でもあるという稀有なる伝奇ロマンで、予知と透視能力を持つ傀儡子の娘や、夢の形で先祖の記憶を自在に伝達する熊野比丘尼など、幻想的な登場人物も多彩である。このほか、右の作品にも言及される家康影武者説を、より壮大緻密に展開した『影武者徳川家康』(八九・新潮社)、誠一郎の父・後水尾天皇と将軍家との暗闘に超人・怪人たちが絡む『花と火の帝』(九〇・日本経済新聞社)、超人的なパワーを秘めた異貌の主人公が活躍する『捨て童子・松平忠輝』(八九～九〇・講談社)など、いずれも伝奇本来の奔放な想像力を駆使した好篇であり、その早すぎる死が惜しまれる。

流霞窓広住（りゅうかそう・ひろずみ　生没年未詳）江戸時代後期の狂歌師、戯作者。本名山田彦六。別号に山家人、山家亭。江戸の人。上田秋成『雨月物語』を意識した作品集『〈新編奇談〉秋雨物語』のほか、三冊の怪談集『怪譚破几帳《やれきちよう》』『雨錦』（共に一八〇〇／寛政一二）『〈古今奇譚〉蜑捨草《あまのすてくさ》』（〇三／享和三）がある。

【〈新編奇談〉秋雨物語】 読本。怪談集。一七九九（寛政一一）年刊。四巻七篇を収録。大尽の娘が難儀の旅人に身を許すが、実は内実を探りに来た盗賊の頭《かしら》であったという無惨な展開の「吝逢難《やぶさかなんにあう》」、その盗賊・秀盛（石川吾衛門）が娘の亡霊をはじめ、怪異に出会う「醍醐異人《たいごのいじん》」、学者天狗になった男が傀儡師の術に拠って正気を失う「逢雷成狂人《らいにおうてきょうじんとなる》」、陰陽師の術によって一年に限って蘇生した男を描く「一年楽《ひととせのたのしみ》」、湯治場で怨みの陰火を見て、その死者の娘を引き取る「温泉陰火《でゆのいんか》」のほか、「古仏霊現」「寄酒軍論《さけによせてぐんをろんず》」を収録。こなれた文章で読みやすく、一般に高く評価されている。秋成と比すれば凄絶さで劣るものの、怪奇幻想物として通常に流れず、展開もユニークで面白い。

柳下亭種員（りゅうかてい・たねかず　一八〇七～五八／文化四～安政五）戯作者。本名には酒井弁四郎、板倉金次郎など諸説ある。号に麓園。通称坂本屋新七。江戸浅草生。浅草今戸で酒屋・小間物問屋を営む。後に書肆を生業とする傍ら柳亭種彦に師事し、合巻を執筆。歌舞伎、読本の翻案が多い。長篇合巻に、菊地貞行を倒さんとする海賊の遺児・青柳春之助と大蜘蛛に救われてその妖術を授けられた若菜姫とが活躍し、亡霊、豪傑、美女が入り乱れる『白縫譚《しらぬいものがたり》』（三十四編まで、四九～八五／嘉永二～明治一八、三十五編以下は笠亭仙果、柳水亭種清が書き継いだ。全体で合巻最長の作となる）がある。歌舞伎のノベライゼーションも執筆し、『東海道四谷怪談』をもとにした『雨夜鐘四谷雑談』（五二～六五／嘉永五～慶応元）、河竹黙阿弥の同題作による『小幡怪異雨古沼』（六〇／安政七）などがある。また美図垣笑顔『児雷也豪傑譚』を中途まで書き継いだ（十二～三十九篇）。

柳糸堂（りゅうしどう　生没年未詳）経歴未詳。江戸牛島に住まいした人。動植物の妖異をめぐる怪異談のほか、夢争いの話、離魂譚、人身御供譚など全二十四話を収めたもので、タイトルからして浅井了意の『伽婢子《おとぎぼうこ》』を意識したものとなっている怪談集『拾遺御伽婢子』（一七〇三／元禄一六）がある。

柳水亭種清（りゅうすいてい・たねきよ　一八二三～一九〇七／文政六～明治四〇）狂言作者、戯作者。通称桜沢堂山。狂言の号に能晋輔。読本の号に八功舎徳水。江戸下谷生。河竹黙阿弥に弟子入りして狂言作者として活躍。合巻も多く手がけた。柳下亭種員『白縫譚』を完結まで導いた。また、美図垣絵顔『児雷也豪傑譚』を書き継ぎ、二世為永春水『北雪美談時代加賀見』の結末部も執筆したが、未完に終わった。種清は密教呪術風の趣向を好み、担当箇所では呪術臭が強くなるといわれている。（作品については各項参照）。

竜胆寺旻（りゅうたんじ・あきら　一九〇〇～七六）本名内藤多喜夫。俳号に吐天、萱雨亭。岐阜県生。二四年、東京大学医学部薬学科卒。薬学者として名古屋市立大学、名城大学の教授を務め、専門の著作も執筆した。その傍ら、俳句を志田素琴、大須賀乙字に、詩や英文学を日夏耿之介に師事。訳書にE・A・ポー『タル博士とフェザア教授の治療法』（一七・南宋書院、竜胆寺旻名義）、ポー『狂癲院』（三六・山本文庫、内藤吐天名義）、句集に『鳴海抄』（五六、吐天名義）ほか。日夏主宰の『奢灞都《サバト》』に竜胆寺名義で掲載された短篇「小豆洗い」（二五）は、『絵本百物語（桃山人夜話）』所載の小豆洗い伝説にもとづきつつ、沈鬱秀麗な措辞の随処に、ポーをはじめとする泰西ゴシック文学の残響を感じさせる異色の妖怪小説であった。ほかに石川道雄との共訳によるホフマン『胡桃割人形と鼠の王様』（四三・青木書店、吐天名義）など。

龍膽寺雄（りゅうたんじ・ゆう　一九〇一～九二）本姓橋詰。千葉県佐倉町生。茨城県下妻で育つ。慶応義塾大学医学部中退。二八年『改造』の創刊十周年記念懸賞小説に「放浪時代」が当選。「アパアトの女たちと僕と」（二八）などで認められ、モダニズム文学の旗手として脚光を浴びる。二九年、当時全盛のプロレタリア文学に対抗し〈芸術派十字軍〉を名のる十三人倶楽部に参加。『近代生活』同人となり、三〇年、芸術派作家の大同団結を図った〈新興芸術派倶楽部〉を結成、浅原六朗、久野豊彦らと共に同派を代表する作家として創作・批評に活躍する。代表作に、健康的なエロティシズムを発散させるモガの生態を活写した「魔子」（三一）など。三四年「M・子への遺書」で、文壇の派閥体質を攻撃、物議をかもして文壇を去る。その後シャボテンの栽培・研究に志し『原色シャボテンと多肉植物大図鑑』ほか多くの著作を執筆、国際的な名声を博する。一方、戦中・戦後も創作を続け、七八年から翌年にかけて『常陽新聞』に、「M・子への遺書」に続く自伝的大作「追憶の下妻」「人生遊戯派」を連載。昭和モダニズム再評価のさなか『龍胆寺雄全集』全十二巻（八四～八六・龍胆寺雄全集刊行会）が刊行された。

　龍膽寺の実質的な処女作は、大学在学中に原型が書き進められたという長篇「化石の街」（三二）だが、この作品は東ムウルというパキスタン付近に比定される架空の土地を舞台とするエキゾティックな伝奇ファンタジーである。神霊を射落とした祟りで生けるものすべてが化石化した伝説の神都、インド洋を永遠にさまよう貢船、動き出す石像などといった幻想的な主題が次々に展開され、外枠として、同地の遺跡調査に赴いた男が連れ帰った唖のムウル娘をめぐるミステリアスな綺譚が設定されている。アラビアンナイトとデカメロン、里見八犬伝と上田秋成を愛読したという龍膽寺の原点が窺われる作品といえよう。同傾向のエキゾティックな夢想譚には「風―に関するEpisode」をはじめ、大伽藍に住む夢介たち五人兄弟がアラビアの幻想に思いを馳せる「アラッジンのランプ」（三五）、落盤事故で意識不明の鉱夫がさまよう地質学的な幻想の風景「月蝕」（三二）、同じく地質学的な夢想を石英斑岩の塔に托した「塔の幻想」（三二）ほかがあり、八〇年代に入ってからも、世界樹のごとき〈なんじゃもんじゃ〉に樹上都市を幻視する「幻想の街」（八二）、ＵＦＯに乗って去っていく少女の幻を語る「ＵＦＯの夢」（八五）のように瑞々しい夢想を湛えた掌篇を発表し、新世代の幻想文学読者の期待に応えた。

　龍膽寺の夢想譚は、タルホ流に虚空の彼方へ飛翔し去るのではなく、常に外枠となる現実、夢想する自己の存在を意識しつつ書かれている。その意味では、龍膽寺の文名を高めた「アパアトの女たちと僕と」をはじめとする、都市の表層を浮遊する夢想家たちの生態を描いた一連の作品とこれらの夢想譚は、鏡の表裏のような関係にあるといえよう。なお『シャボテン幻想』（七四・毎日新聞社）は、この珍奇な植物をめぐる奇談集としても一読に値する奇書である。

【風―に関するEpisode】中篇小説。三二年一月『改造』掲載。埋立地の向こうに新しい桟橋が出来たため、港街の繁盛から取り残された旧桟橋通り。甃路に舞う旋風を子供らが追いかけていく先の広場には、六角塔の尖端に金の風見鶏を頂いた木馬館が、廃墟さながら昔の夢にまどろんでいる。友人の玉木と気球の実験に熱中する〈わたし〉は、円屋根の木馬館を気球の格納庫にしようと考え、館に住みついている〈壺夫人〉のもとへ交渉に出かけるが、そこに夫人の娘の美少女・真奈児が現れて……。軽やかに浮遊する筆致で描かれた、この夢見るように魅力的な街のエピソードは、佐藤春夫の「美しき町」に塁を摩する竜胆寺一代の傑作である。

笠亭仙果（りゅうてい・せんか　一八〇四～六八／文化元～慶応四）狂歌師、戯作者。本名高橋広道。通称橘屋弥太郎。別号に柳亭種秀、二世柳亭種彦等。尾張熱田生。熱田神宮領庄屋役の息子。破産して江戸に出、戯作を執筆。初め柳亭種彦に書簡で指導を受けていた。合巻の代表作に、『南総里見八犬伝』を読みやすく語り替えた『〈雪梅芳譚《せつばいほうたん》〉犬の草紙』（四八～八一／嘉永元～明治一四）、『新累解脱物語』を語り替えた『八重撫子累物語《やえなでしこかさねものがたり》』（五三～五六／嘉永六～安政三）、曲亭馬琴の『傾城水滸伝』を完結させた『女水滸伝』（五〇～五五／嘉永三～安政二）など。ほかに狂歌、国学の著作がある。

柳亭種彦（りゅうてい・たねひこ　一七八三～一八四二／天明三～天保一三）戯作者。本名高屋知久。通称彦四郎。父の死後、九六（寛政八）年に十四歳で家督を継ぎ、旗本小普請組に属した。初め狂歌に親しんだが、目立った活躍はない。芝居を愛好し、また国学も学んだ。妻は国学者・加藤宇万伎《うまき》の孫娘である。京伝の影響を受け、〇七（文化四）年、読本『奴の小まん』で戯作者としても立つ。同作は老狐に呪われて悪心を起こした女を発端にして無惨な物語が展開していくもので、様々な先行作の趣向や筋立てを取り入れた作品である。続けて、芝居に材を求め、表現の面でも芝居に多くを負った読本を多数執筆。また、長篇合巻に対する要求の高まりを受け、合巻にも手を染める。『源氏物語』の世界を足利義政の時代に移し、遊女・阿古木が六条御息所の役回りを務める、陰謀と恋愛の物語『修紫田舎源氏《にせむらさきいなかげんじ》』（二九～四二／文政一二～天保一三、未完）で大当たりを取った。このほか、京伝在世時代に『骨董集』のための資料収集の手伝いをして考証にも興味を示し、考証随筆の分野でも優れた仕事を残した。特に書誌学の分野の業績は高く評価されている。天保の改革時に、挿画に絢爛たるものがあった『修紫田舎源氏』が贅沢品として処罰を受けた。元来病弱だった種彦は、その頃に病没した。

読本に、『〈近世怪談《きんせいかいだん》〉霜夜星《しもよのほし》』のほか、取り違えられてそれぞれ別の親の元で育った二人の娘・時鳥《ほととぎす》と寄居虫《やどかり》の運命を描く物語で、国司の妾となった時鳥が正妻の嫉妬から謀殺されて怨霊となるストーリーと、娘たちの姉（義姉）で遊女となった奥州と国司の恋愛悲劇が絡み合う『浅間岳面影草紙《あさまだけおもかげぞうし》』（〇九／文化六）『逢州執着譚《おうしゅうしゅうじゃくものがたり》』（一二／同九、共に葛飾北嵩画）、白足退治の秀郷と妖術使いの松羅陳人との妖術合戦に白狐の霊威を絡める『勢田橋竜女本地《せたのはしりゅうにょのほんじ》』（一一／同八、葛飾北斎画）などがある。合巻に、蛇、蛙、蛞蝓の三虫の性を受けて生まれた兄妹弟の因果を描く『三《む》虫拇戦《しけん》』（一九／文政二、歌川国丸画）、東山の世界を組み込み、怨霊の跳梁を見せるなどした『関東小六昔舞台』（二八～二九／同一一～一二、二代目北尾重政画）などがある。

【〈近世怪談《きんせいかいだん》〉霜夜星《しもよのほし》】読本。〇八（文化五）年刊。自序に文化三年とあり、実質的な処女作ではないかとも考えられる。葛飾北斎画。五巻五冊。「四谷雑談集」をもとにした作品で、ストーリーラインはあまり変わらず、細部の設定が変更されている。いかにも読本風の前振り話（何となく惹かれ合う男女のうち、女がさらわれる、男は探しに旅立つ）、その後の二人の経過を第三者が語る話中話（旦那持ち、妻帯者として再会した二人が密通した挙句に、男が健気な妻を邪険に扱って追い出して自殺に追いやり、呪われる）、そして当の語り手がそれを語ったことによって呪われ、やがて惨殺されるという行きがかりなど、構成も変わっている。物語を〈四谷怪談〉の定型にはめようとするため、中途半端で収まりが悪く、破綻した失敗作ともいわれるが、その怪異性や、水の流れを渡れない呪いなど、水に関わる細部には見るべきものがある。また〈四谷怪談〉を語る者が呪われるというエピソードは、現代にまで続く幻想である。葛飾北斎の挿画が素晴らしく、その点では文句なく高く評価されている作品。

滝亭鯉丈（りゅうてい・りじょう　一七八〇～一八四一／安永九頃～天保一二）落語家、戯作者。本名池田八右衛門。もと三百石の旗本池田家の養子となるが、養子となった頃には禄を失っていた。櫛屋もしくは縫箔屋を家業としながら滑稽本を執筆。新内節に巧みで、音曲咄を得意とする落語家でもあった。人情本『霊験浮名滝水《れいげんうきなのたきみず》』（二六／文政九）がある。

竜門主樹（りゅうもん・かずき　？～）ポルノ小説を執筆。別世界ファンタジー『影魔王ザナック』（一九九三・ナポレオン文庫）ほか。

寮美千子（りょう・みちこ　一九五五～）本姓松岡。東京生。中央大学文学部中退。コピーライターなどを経て作家となる。九一～九七年、衛星放送ラジオ局セント・ギガに約四百篇の詩を提供。『楽園の鳥』（〇四）で泉鏡花文学賞受賞。鮮明な視覚的イメージと透明感溢れるSFファンタジーを得意とする。事故に遭って、地面が湾曲し、閉じた時間の流れの中にあるパラレルワールドに入り込んだ少年が、その世界の秘密を解く『小惑星美術館』（九〇・パロル舎）、ロボットがただ一人で運営しているレストランに招待された少年が、宇宙の過去の記憶が込められている夢の料理を味わい、宇宙と生命への愛に目覚める『ラジオスターレストラン』（九一・同）、手製のロボット恐竜を木の天辺にくくりつけたことから、一人の少年が人々の過剰な〈物〉への思いと現代芸術をめぐる騒ぎに巻き込まれていく『ノスタルギガンテス』（九三・同）など。ほかに絵本作品もあり、宇宙をテーマとした『遠くをみたい』（〇四・パロル舎、東逸子画）、自然をテーマとした『イオマンテ』（〇五・パロル舎、小林敏也画）など。

亮海（りょうかい　一六九八～一七五五／元禄一一～宝暦五）通称如実。真言宗智山派の学僧。多数の著作がある。『準提《じゅんてい》菩薩念誦霊験記』（四九／寛延二）は準提観自在菩薩真言、一字金輪王真言の唱え方、効験、処すべき身の在り方を述べ、身近な霊験譚を並べたもの。付録として、律師洞泉（性善）が死霊を解脱させた次第を語る「亡霊得脱記」が併録されている。

れ

令丈ヒロ子（れいじょう・ひろこ　一九六四～）大阪市生。嵯峨美術短期大学卒。ナンセンス童話『ぽよよんのみ』（九〇・講談社）で児童文学作家としてデビュー。代表作に《レンアイ@委員》（九二～）。ファンタジーに、落ちこぼれの天使が下界で実習をすることになり、小学生の塾仲間のグループと親しくなる『××《ペケ》天使』（九四・理論社）、思春期の少女の前に、死産した双子の妹だという奔放な分身が現れる『ダブルハート』（〇一・講談社）などがある。

連城三紀彦（れんじょう・みきひこ　一九四八～）本名加藤甚吾。愛知県名古屋市生。早稲田大学政治経済学部卒。在学中、映画への関心からシナリオ研究のためパリに留学。七八年『幻影城』新人賞に「変調二人羽織」が入選。八一年、天才歌人の死にいたる情念を描いた「戻り川心中」で日本推理作家協会賞短編賞を受賞。同作や「宵待草夜情」（八一）など、懐古的な明治・大正風俗の中に、幻を追う人々の生死を幻燈のように浮かび上がらせた抒情的なミステリに本領を発揮する。この頃から恋愛小説風の作品へと移行。八四年『恋文』で直木賞を受賞。『隠れ菊』（九六）で柴田錬三郎賞を受賞。悪夢とも現実ともつかぬエロスと犯罪の世界を描いた奇妙な味の短篇集『少女』（八四・光文社）、幻想的で影の薄い女たちと、男の恋愛を描いた連作短篇集『夢ごころ』（八八・角川書店）などに、心の闇の探索者としての面目を示している。

蓮盛（れんせい　？～一六九七／元禄一〇頃）浄土宗西山深草流の学匠・洞空を師とする学僧。早世したらしい。日頃、神仏に関わる霊験譚や応報譚などを集めては書き記していたといい、それを師がまとめたのが『善悪因果集』(一七一一/宝永八、序は九八/元禄一一)である。改題改編本として『勧化本朝新因縁集』(一七五四/宝暦四)がある。

蓮禅(れんぜん　生没年未詳)平安時代後期の漢詩人。俗名藤原資基。十一世紀末から十二世紀初頭頃に生まれ、四十歳以前に出家した。『日本極楽往生記』『続本朝往生伝』『拾遺往生伝』に採られなかった往生伝を採録したという意味のタイトルを持つ往生伝集『三外《さんげ》往生記』(一一三九/保延五年以後まもなく成立?)を撰した。『大日本国法華経験記』に多く取材し、三好為康『後拾遺往生伝』と重複する話が多い。

蓮体(れんたい　一六六三〜一七二六/寛文三〜享保一一)真言宗の僧侶。民衆教化に努め、徳川綱吉の帰依を受けた高僧浄厳の甥。河内国清水村生。九一(元禄四)年に故郷の地蔵寺を再興し、四巻百二十一話を収録する地蔵利益集『通俗礦石集』(九三/同六)を執筆。既存の説話を集めただけでなく、蓮体自身の手になるものもあるらしい。ほかに関西地方を中心とする観音利益集『観音新験録』をもとにした説話集『観音冥応集』(〇六/宝永三)なども執筆した。浄厳、蓮体は近松門左衛門とも親交があったという。

ろ

ろくごまるに(ろくご・まるに　?〜)「喪中の戦士」(一九九二)でファンタジア長編小説大賞審査員特別賞を受賞。調味魔道継承者争いに巻き込まれた少年を描く学園どたばたファンタジー『食前絶後!!』(九四・富士見ファンタジア文庫)でデビュー。仙人になりたての少女が、八卦炉を爆発させたせいで人間界に散らばった出来損ないの宝貝《ぱおぺい》を集めるため、仙術を封じ、ただ一つ残った宝貝、情にもろいという武器としての欠点を持つ殷雷刀と共に地上に降りる中華ファンタジー《封仙娘娘追宝録》(九五〜〇九・同)がある。

六青みつみ(ろくせい・みつみ　?〜)長野県生。BL小説作家。時代物ファンタジー『遥山の恋』(二〇〇三・幻冬舎=リンクスロマンス)でデビュー。SF『蒼い海に秘めた恋』(〇五・海王社=ガッシュ文庫)、異世界物『騎士と誓いの花』(〇五・幻冬舎=リンクスロマンス)『楽園の囚われ人』(〇六・同)など、ファンタジー系作品が多い。

『六角堂縁起』(ろっかくどうえんぎ　平安時代後期成立)縁起。作者未詳。漢文体。聖徳太子が淡路の海岸に発見した如意輪観音像を安置するため、奇瑞や霊夢のあった山城国愛宕郡に六角堂を建立したことが語られる。六角堂が辻に当たると、堂自ら動いたともある。『続故事談』等に同内容の話がある。

わ

和井契(わい・けい　?〜)オカルト研究員の叔母からホムンクルスの少女を預けられた高校生の一夏の経験を描く『SAKURA-ment』(二〇〇五・富士見ファンタジア文庫)がある。

若木未生(わかぎ・みお　一九六八〜)埼玉県生。早稲田大学文学部卒。「AGE」(八九)でコバルト・ノベル大賞佳作入選。高校生の超能力者集団を主人公に、神のごとき力を持つ〈空の者〉とそれに対立する〈妖の者〉の戦いを描く、伝奇ファンタジー《ハイスクール・オーラバスター》(八九〜・コバルト文庫)でデビュー。失われた別世界の巫女とそれを守護する騎士団の、地球での戦いを描く『エクサール騎士団』(九一〜九六・同)、マザーコンピュータが狂って秩序が崩壊した社会を舞台に、二人の少年が合体したスーパー戦士の活躍を描くSFアクション『イズミ幻戦記』（九一～九八・スーパーファンタジー文庫）『真・イズミ幻戦記』（〇三～・徳間デュアル文庫）などがある。

若桜木虔（わかさき・けん　一九四七～）本名稲村直彦。別名に名村烈《なむられつ》、霧島那智（当初は若桜木虔を中心とするユニット名）。静岡県生。東京大学大学院修了。スポーツ栄養評論家、作家。きわめて多作で、ノベライゼーション、シミュレーション戦記、SF、時代小説などを筆名を使い分けて多数執筆している。SFアニメのノベライゼーションに《宇宙戦艦ヤマト》（七八～八三・集英社文庫）ほか。SFに『未知からの侵略者』（七九・秋元文庫）など。名村名では、芸能界を舞台にゾンビ軍団による殺人事件が頻発する怪奇ミステリ『屍魔が襲う夜』（八七・大陸書房＝奇想天外ノベルス）、タイムスリップ物のシミュレーション戦記『メガフロート空母「瑞龍」』（〇三～〇四・白石ノベルス）、現代に蘇った蘆屋道満と、安倍晴明の血を受け継ぐ安倍夏実・朝実姉妹のサイキック・バトルを描く官能伝奇アクション『陰陽師姉妹淫戦』（〇五・イーグルパブリシング＝パンプキンオリジナル）ほか。霧島名ではシミュレーション戦記を執筆している。

若竹七海（わかたけ・ななみ　一九六三～）本名小山ひとみ。東京生。立教大学文学部史学科卒。九一年〈日常に潜む謎〉物の連作短篇集『ぼくのミステリな日常』でデビューし、ミステリ作家として活躍。怪奇色のあるミステリやサイコホラーなども執筆する。長篇ホラーに、今は亡き女優にまつわるコレクションの公開作業を進めるホテルを舞台にしたゴシック・ホラーの秀作『遺品』（九九・角川ホラー文庫）がある。また、殺人者の残留思念を読むサイコメトラー探偵が登場する『製造迷夢』（九五・徳間書店）、幽霊が登場するコメディ連作『サンタクロースのせいにしよう』（九九・集英社）なども執筆。怪奇短篇に、赤ん坊の人形が生命を得て幽霊にさえなる「影」（九三）、エレベーター怪談「上下する地獄」（九三）、事故死した妻の影が家族を街に引き留める「回来」（九三）など。

若竹笛躬（わかたけ・ふえみ　生没年未詳）浄瑠璃作者。もと豊竹座の人形遣いで達人と称され、からくりの考案もしている。一七五九（宝暦九）年から作者として名を出し、九九（寛政一一）年までに三十四作を残した。柳の精が現れたのを見て己の法力に慢心を抱いた行者・蓮華王坊は天魔・波旬の怒りによって谷底へ投げ落とされるが、魂は転生して白河法皇となり、その因果によって三十三間堂が建設されるという縁起譚に、柳の精と人間の異類婚譚、祇園女御と忠盛の恋愛譚などが交じる「祇園女御九重錦《ぎおんにょごここのえにしき》」（六〇／宝暦一〇、中邑阿契との合作）、「しんとく丸」と「愛護の若」系の物語の集大成的作品で、継母の邪恋が実は計略で、自ら刺されて、その生血を飲ませることで業病を平癒させるという趣向がある「摂州合邦辻《せっしゅうがっぽうがつじ》」（七三／安永二、菅専助との合作）、『小栗判官車街道』の影響下に書かれた「呼子鳥小栗実記」（同、菅専助との合作）など。

若月京子（わかつき・きょうこ　？～）同人誌出身のBL小説作家。ファンタジー系作品に、『吸血鬼さんお静かに』（一九九五・オークラ出版＝アイスノベルズ）『狼男は発情中』（九七・同）『悪魔の恋の物語』（九八・同）『大天使様の厄介な恋人』（九九・同）『猫でゴメンね』（九八・桜桃書房＝エクリプスロマンス）『妖魔様に大迷惑』（〇六・オークラ出版＝プリズム文庫）など多数。

わかつきひかる（わかつき・ひかる　？～）二〇〇一年「いもうと」でフランス書院ナポレオン大賞を受賞してポルノ作家となる。ファンタジーに、美少女の死神が登場する『ラブデス』（〇六・美少女文庫）ほか。一般のライトノベルでも、幼なじみの少年少女の身体が悪魔によって入れ替えられてしまう学園ラブコメディ『AKUMAで少女』（〇七～・HJ文庫）などを刊行。

『我身にたどる姫君』（わがみにたどるひめぎみ　鎌倉中期成立）長篇物語。作者未詳。関白と皇后の間に生まれた姫君を中心に、三代にわたる宮廷恋愛物語を紡ぐ。夢による啓示や、呪詛、斎宮の狂乱などの幻想的モチーフ、秘めた恋の結果生まれた姫君であることから起きる近親相姦問題など、伝奇的モチーフを含んだ異色作である。

和木浩子（わき・ひろこ　一九六一〜）山口県生。山口女子大学文学部国文科卒。公務員の傍ら児童文学を執筆。イタリアの架空の国アルジェンタを舞台に少年剣士たちの活躍を描く歴史冒険小説『アルジェンタ年代記外伝』（九一・リブリオ出版）でデビュー。ほかに、古代日本には八岐大蛇に擬される英雄的人物がいたという具合にスサノオの伝説を部族間の争いの歴史に読み替えた作品で、草薙剣が神剣として描かれている点でファンタジーとなっている『草薙列伝・八岐の大蛇』（九七・教育画劇）がある。

和久峻三（わく・しゅんぞう　一九三〇〜）本姓毛利（旧姓滝井）。別名に夏目大介。大阪府生。京都大学法学部卒。記者生活を経て弁護士となる。七二年「仮面法廷」で江戸川乱歩賞を受賞。『赤かぶ検事奮戦記』（七五）をはじめ、専門知識を活かした法廷物ミステリや『法廷考現学』（八〇）などのエッセーを多数執筆。八九年『雨月荘殺人事件』で日本推理作家協会賞を受賞。作風の基本はリアリズムだが、ときおり超現実的な趣向をシリーズの中に紛れ込ませている。青年弁護士・日下文雄を主人公とするシリーズの一冊『蛇淫の精』（八五・角川書店）には、殺された女の霊が赤蝮に宿り、日下を淫楽に誘う表題作や、異人館に残存する死霊と不倫する若妻の話「離婚願望」が含まれている。また《弁護士魁夫婦の推理》シリーズでは、亡霊が裁判官の夢枕に立って仏像盗難事件の真相を明かす「まぼろしの証人」、ロリコン殺人の犠牲者が何故か法廷に出現する表題作を含む『私を殺したのは誰？』（八六・Cノベルス）、新婚初夜の惨劇が、花嫁に嫉妬したヴィーナス像の仕業だったという表題作を含む『魚鱗荘の惨劇』（八七・同）などがある。夏目大介の筆名では官能伝奇アクションを執筆し、美女を淫魔に変える魔道士と戦う『恐竜王子』（八七・ノン・ポシェット）、人間の女をさらってセックス奴隷とする異次元の怪物と戦う『超妖獣Ψの逆襲』（八七〜八八・双葉ノベルズ）、幽体となって戦闘型の肉体に宿った少年が、哀れな女の霊を成仏させるため悪逆非道な暴力団殲滅に乗り出す『幽界戦士』（八八〜八九・廣済堂ブルーブックス）がある。

鷲尾三郎（わしお・さぶろう　一九〇八〜八九）本名岡本道夫。大阪市生。同志社大学中退。長く商業に従事。四九年『宝石別冊』に載った「疑問の指環」がデビュー作。五四年「雪崩」で探偵作家クラブ新人奨励賞を受賞。以後、「俺が法律だ」（五四）「地獄の神々」（五六）などハードボイルド風のミステリを多く執筆。出世作となった短篇「魚臭」（五二）は、夫の従軍先である台湾へ向かう途中、輸送船が撃沈されて波間に消えた妻が、魚の姿になって夫の夢に現れるという幻想小説の一定型を踏まえた作品で、はるばる大海原を越えて夫のもとへやって来る妻の健気さと、魚と人間のどこかのんきなやりとりに、三橋一夫の不思議小説にも一脈通じるペーソスが感じられて、ほのぼのとした読後感を与える。ほかに、狐の祟りで代々の当主が失踪すると伝わる旧家での殺人事件の謎を解く長篇推理『屍の記録』（五七・春陽堂）など。

鷲尾順敬（わしお・じゅんきょう　一八六八〜一九四一）仏教史学者。大阪茨木生。浄土真宗大谷派の寺に生まれる。哲学館卒。著書に『日本仏教文化史研究』（三八・冨山房）、編纂書に《日本思想闘諍史料》（三〇〜三一・東方書院）ほか多数。代表的編纂書である《国文東方仏教叢書》（二五〜三一・同）は、文学的な文献も仏教史的な立場から総覧しようとしたものであり、幻想文学にも関わる文献が多く含まれている。そのうちの第二輯第八巻『伝説』は、順敬撰の説話集で、諸書を渉猟し、また一部は自身の足で収集した話の中から、仏教に関わりのある霊的な伝説を集めたもの。山岳・湖沼・岩石・草木・竜蛇・鳥獣・宝器・妖怪・怨霊・霊験・長者・行者の十二項目に分類している。特に手を加えたものではなく、引用の場合はほぼ原形を留めると思われる。

鷲尾滋瑠（わしお・じる　一九六四〜）愛知県蒲郡市生。同人誌出身のBL小説作家。ファンタジー系の作品に、吸血鬼の美少年と青年の愛を描く『永遠の灰』（九三・茜新社＝オヴィスノベルズ）がある。

鷲尾敏子（わしお・としこ　?〜）保母の傍ら児童文学を執筆。動物関係の幼年童話や子供向けノンフィクションを多数執筆。ファンタジーに、猫を愛する人間たちが猫の祭りに招かれて楽しい時を過ごす『ねこたち町』（二〇〇一・アリス館）がある。

鷲巣繁男（わしす・しげお　一九一五〜八二）詩人。神奈川県横浜市生。正教徒の家に生まれ、洗礼を受ける。霊名ダニール。終戦直後、北海道開拓に従事。その後も三十年近くを北海道にて過ごす。俳句を十年作った後、詩に転じた。旧刊詩集六冊と未刊詩集二冊を収めた『定本鷲巣繁男詩集』（七一・国文社）で歴程賞受賞。『行為の歌』（八一・小沢書店）で高見順賞受賞。キリスト教・ギリシア正教、東西の古典に関わる教養をもとに、叙事的かつ形而上学的な硬質の詩世界を展開。日本には数少ない宗教詩人として、神話的世界を描いた詩や祈りにも似た言霊的な詩を残した。ほかの詩集に『記憶の書』（七五・思潮社）『歎きの歌』（七六・書肆林檎屋）『霊智の歌』（七八・思潮社）など。また小説集『路傍の神』（七六）、評論集『呪法と変容』（七二・竹内書店）『狂気と竪琴』（七六・小沢書店）などがある。

鷲田旌刀（わしだ・せいとう　一九七〇〜）群馬県前橋市生。中央大学法学部卒。新聞記者の傍ら小説を執筆。学校の七不思議を体験するうちに転落死を遂げた友人の謎に迫るサスペンス『つばさ』（〇二・コバルト文庫）で、コバルト・ロマン大賞佳作入選。応仁の乱後の京を舞台に、細川政元の守護者である修験道者の少年と怨みを抱く陰陽師のサイキック・バトルを描く『魔法半将軍』（〇四・同）ほかがある。

和祥（わしょう　生没年未詳）黒本・青本作者。経歴未詳。恋に破れた女が殺されて恨みが凝り、赤い雲中に生首となって現れ、商人の功徳で成仏して地蔵菩薩となる『京橋中橋恋の紅染』（一七六二／宝暦一二、鳥居清満画）、三井越後屋の由来を弁天信仰や恵比寿・浦島の顕現などと合わせてお伽噺として描いた『釣竿の由来』（六四／明和元）ほかがある。

和田賢一（わだ・けんいち　?〜）別世界を舞台にしたヒロイック・ファンタジー『ヴァロフェス』（二〇〇三・富士見ファンタジア文庫）でファンタジア長編小説大賞努力賞受賞。ほかに、悪夢の中に迷い込んだ少年の冒険を描く『迷界のアマリリス』（〇七・HJ文庫）がある。

和田登（わだ・のぼる　一九三六〜）長野県生。信州大学教育学部卒。SFファンタジー童話から出発。初期の作品に、新型爆弾により昆虫人間と化してしまった人々を描く表題作、近未来、身体の一部が鋼鉄に変わってしまう変身病が流行するが、ギター弾きの癒しによって元に戻る「ギター・ロボット」ほかのSFを収録する短篇集『昆虫人間の朝』（六六・信濃教育会出版部）、おばあさんが木の上に座礁した小さな宇宙船を卵と勘違いして拾い上げたことから始まる、しみじみとしたコンタクト物のSF『木の上のちっちゃな宇宙船』（六九・岩崎書店）など。しかしまもなくSF、ファンタジーから離れ、戦争などに取材したノンフィクション・ノベルを執筆。『悲しみの砦』（七七）で塚原健二郎文学賞受賞。九〇年代からSF、ファンタジーに復帰する。異星の妖精アッチーを助けた少女が、アッチーを好きになったり嫌いになったりしながら成長していく異色作『さようなら、妖精アッチー』（九二・岩崎書店）、超能力を開発する塾をめぐるサスペンス・ホラー『超能力少年ジュンの秘密』（九三・文溪堂）、三人組の少年を主人公とするオカルト冒険小説シリーズ《恐竜公園事件》（九三〜九七・PHP研究所）、暗いタッチのオカルト・ホラー・

シリーズ《怪奇ミステリー》（九六～九八・同）などを執筆している。

和田はつ子（わだ・はつこ　一九五二～）東京生。日本女子大学大学院修了。出版社勤務の後、エッセー『よい子できる子に明日はない』（八六）を刊行。翌年、同作が「お入学」としてテレビドラマ化され、注目される。八八年には『血族神話』で小説家としてもデビュー。その後、育児やハーブ関連のエッセー、児童文学、ミステリ、時代小説と幅広く執筆。ミステリにはサイコ系が多い。サイコホラー系ミステリの代表作に、多重人格テーマの『鬼子母神』（九六・講談社ノベルス、後に「享年0.1歳」と改題）。また、文化人類学者の日下部（アイヌのシャーマンの血をひく男でわずかに予知能力を持つ）が登場する怪奇ミステリ・シリーズには、しばしば人肉食とバイオ・ホラーの趣向が使われる。その両者と旧家の悲劇を絡めた『蚕蛾』（二〇〇〇・講談社ノベルス、後に「鬼婆」と改題）、人体を変成させる毒を生成する佐渡固有の植物とロシアの科学者が作り上げた殺人カラスという、いずれも兵器に利用される可能性の高い発明品をめぐって連続殺人が起きる『鳥追い』（二〇〇〇・角川ホラー文庫）、バイオによって生み出された脳に取り憑く虫に入り込まれた日下部が、巫女の老婆の死霊に導かれて命を取り留め、呪術的虫送りで虫を退治する『虫送り』（二〇〇〇・同）など。また純然たるホラーとしては、超常能力を持つ女子高校生と、娼婦の怨念をその内に宿した猫との結びつきが惨劇を巻き起こす『密通』（九八・角川ホラー文庫）がある。このほか、人民寺院を思わせるカルト宗教と、日本独特の地下宗教組織である隠し念仏と隠れキリシタンとを組み合わせた『かくし念仏』（九八・幻冬舎）は、怪奇的な味わいの宗教ミステリの秀作である。

和田誠（わだ・まこと　一九三六～）大阪市生。多摩美術大学図案科卒。イラストレーター、絵本作家。文筆でも活躍し、代表作にシネマ・エッセー『お楽しみはこれからだ』（七五～九七）など。童話、ＳＦ、落語、忍者話と多彩な内容の二十四篇を収める掌篇集『にっぽんほら話』（七四・講談社）には、ペットの猿の子がみるみる人間化していく様子を少年の日記形式で描いた名作「おさる日記」（六六）、恐竜の声の再現を試みた古生物学者の末路を描く「恐竜の声」（七一）といった切れ味鋭いホラー、珍無類のナンセンス童話「太郎とキツネ」（六五）などが含まれている。また、すべて終章のみという趣向のショートショート集『きなきな族からの脱出』（八一・角川書店）には、「ナルニア」よろしく、異世界での十五年にわたる冒険の後、毎日曜日にタンスを通って帰ってくる「家路」、顔の上に二度と取り外せない皮をかぶせて顔の機能をすべてその皮で代替させ、皮には適当にペインティングするという風俗〈きなきな族〉が蔓延し、ついには国家により強制されるまでに至る表題作などが含まれている。ほかに、祖父が孫に戦時の体験を語るという趣向の児童文学の連作短篇集で、リアルな疎開中の話に、竜、生きている人形、空中飛翔などのファンタジーを紛れ込ませた作品や、戦後に幽霊や透明人間と遭遇した話などを収録する『冒険がいっぱい』（九五・文溪堂）がある。

わだよしおみ（わだ・よしおみ　一九一三～）本名和田義臣。福井市生。早稲田大学文学部中退。雑誌編集記者を経て、文筆生活に入る。児童劇作家、幼年童話作家として活躍。戯曲の代表作に「よだかの星」（五一）、幼年童話の代表作に「ほしのひかったそのばんに」（六六）など。立派なお父さんの鼻が気功の力で顔から離れ、自由独立を宣言する、ゴーゴリをもとにした低学年向け童話『鼻がにげた』（九一・岩崎書店）がある。

渡瀬桂子（わたせ・けいこ　一九七七～）浄霊能力を持ちながら、霊が苦手な高校生の少年を主人公とする伝奇ホラー『魂守記』（二〇〇〇・コバルト文庫）でコバルト・ロマン大賞佳作入選。別世界を舞台に、施術師志望の少年と、異界への扉を開ける召喚師の少女を主人公とするアクション・ファンタジー

『我、召喚す』（〇二・同）、魔物が出没する別世界を舞台に、あらゆる病を治す〈癒しの手〉を持つ青年と騎士の活躍を描くコメディ風のヒロイック・ファンタジー『癒しの手のアルス』（〇三〜〇四・同）ほか。

渡瀬草一郎（わたせ・そういちろう　一九七八〜）東京生。横浜で育つ。二松学舎大学卒。慶滋保胤を主人公とする伝奇アクション『陰陽ノ京』（〇一〜・電撃文庫）で電撃ゲーム小説大賞金賞を受賞してデビュー。ほかに、〈迷宮神群〉と名付けられた謎の存在の影響を受けて異能を得た人々が、〈迷宮神群〉をどう扱うべきかをめぐって対立し、戦いを繰り広げる伝奇ＳＦ『パラサイトムーン』（〇一〜〇三・同）、宗教的な力が強い別世界の王国を舞台にした権力闘争に、異世界からの〈来訪者〉たちが影響を及ぼし、世界の命運をかけての戦いへと発展していくＳＦファンタジー『空ノ鐘の響く惑星で』（〇三〜〇六・同）がある。

渡辺えり（わたなべ・えり　一九五五〜）本名及び〇七年までの芸名はえり子。本姓土屋（旧姓渡辺）。山形市生。県立山形西高校卒。舞台芸術学院卒。女優、演出家、劇作家。七八年、もたいまさこらと〈劇団２〇〇《にじゆうまる》〉を結成。八〇年に〈劇団３〇〇《さんじゆうまる》〉と改名。後に解散し、〈宇宙堂〉を主宰。いじめられっ子が鬼太郎に助けを呼ぶと、子供が河童に、先生はねずみ男に、母親は砂かけ婆に……と次々と人格が入れ替わっていく「ゲゲゲのげ」（八二）で岸田國士戯曲賞を受賞。ほかにも幻想的な戯曲が多く、代表作に次のものがある。結核で死に瀕している女性の生きる東北の偏狭な世界と、父親が糞尿を食料に変えようと研究を続ける斉藤博士一家の物語とが、マッチ売りの少女のマッチによってつながっていく「タ・イ・ム」（七九）、主人と執事の一家とが繰り広げる奇妙な劇とそれを観ている主婦たちによって繰り広げられるメタシアター「夢坂下って雨が降る」（八一）、〈亡くなった姉のことを嘆き慕う弟〉をモチーフに、死者の青年が呪文を唱えると、馬に乗った騎士が現れ、別世界への扉が開いて姉を連れ去るという展開の、死者と生者が、また生活者と芸術家たちが分かちがたく入り乱れる「夜の影」（八一）、母を恋い慕うマザコン少年が実は未生の存在であり、その父親と母親の出会いの二通りの結末が描かれ、幾重にも重なる過去の中に母親の幻影が逃げ去る「瞼の女」（八三）など。また、小説に、懐かしい過去と現在が交錯する「ココアの中は火事」などを収めた、時にロマンティック、時にシニカルな味わいのメルヘン集『屋根裏部屋のハミング』（八八・筑摩書房）がある。

渡辺温（わたなべ・おん　一九〇二〜三〇）本名温《ゆたか》。北海道上磯郡生。次兄は渡辺啓助。三歳のとき、セメント会社技師だった父の転任で上京、幼年期を深川で過ごす。小学校時代から活動写真に熱中、兄の影響で創作を始める。高校受験のとき、英語の勉強にポーの全作品を読破、心酔する。慶応義塾高等部卒。同校在学中の二四年、プラトン社の映画筋書懸賞募集で「影」が谷崎潤一郎の推挙により一等入選。二七年、博文館に入社、『新青年』の編集に従事する傍ら、同誌に「父を失う話」（二七）「可哀相な姉」（二七）などのコントを発表する。翌年、博文館を退社し文筆に専念。江戸川乱歩の委嘱によりポーを啓助と共訳。翌年、博文館に戻る。三〇年二月九日、関西の谷崎潤一郎のもとへ原稿の催促に赴いた帰途、西宮市郊外夙川の踏切でタクシーが貨物列車と衝突、翌日未明に死去した。谷崎は、当日の経緯を記した随筆「春寒」を『新青年』同年四月号の追悼特集に寄せている。

　温は短い生涯の間に短掌篇十九篇、シナリオやエッセー十四篇を書き、それらは七〇年に『アンドロギュノスの裔《ちすじ》』（薔薇十字社）として集成された（ちなみに表題作は両性具有テーマの小説ではない）。出世作となったシナリオ「影」は、分身と鏡をめぐる「カリガリ博士」風の犯罪奇譚、遺作となった掌篇「兵隊の死」は、春の野原に寝転がる兵隊が青空に向けて鉄砲を撃ち、真逆さまに落下してきた銃弾で命を落とすナンセンス・コントである。しかし、これらは温の作品としては傍流に属し、その中心を占めているのは、親子、姉弟、恋人、友人など様々な対人関係が孕む葛藤を、無国籍風で抒情的な都会のメルヘンに仕立てた一連の作品だろう。ある朝目覚めた〈私〉に父が、これから港へお前を捨てに行くと言い、妙な変装をして本当に船に乗って行ってしまう「父を失う話」は片々たる掌篇だが、読者の胸をしめつける不思議な吸引力を持っている。もう一つの代表作である「可哀相な姉」も、春をひさいで自分を育ててくれた唖の姉に、大人になることを拒まれた〈私〉が、姉の客を殺し、その罪を姉に被せることで独り立ちするという救いのない話を描いて透明な詩情を感じさせる稀有な作品である。このほか、ワイルドの『ドリアン・グレイの画像』を短篇化した「絵姿」（二八）など。

渡辺球（わたなべ・きゅう　一九六七～）千葉県流山市生。法政大学法学部卒。団体職員。中国とアメリカに占領された近未来日本を舞台に、ぎりぎりの生活を営む人々をオムニバス形式で描く『象の棲む街』（〇三・新潮社）で日本ファンタジーノベル大賞優秀賞受賞。以後、可能世界日本を舞台にした作品を執筆。極端な格差により社会構造も変わってしまった日本を舞台に、ゴミの山でたくましく暮らす少年たちが、より良い生活を求めて流転する様を描く、一種のユートピア譚『俺たちの宝島』（〇六・講談社）、太平洋戦争が停戦で終わったために戦時下生活が続き、言論統制がなされている後進国日本を舞台に、剣はペンよりも強いと抵抗する老人、その孫息子と周囲の人々の権力との闘いを描いた『べろなし』（〇七・同）がある。

渡辺啓助（わたなべ・けいすけ　一九〇一～二〇〇二）本名圭介。秋田市生。青山学院大学英語師範科卒。九州大学法文学部史学科卒。各地で教員生活を送る。二九年、弟・温の勤め先である『新青年』で映画俳優執筆小説が企画された際、美男俳優・岡田時彦のゴーストライターとして「偽眼《いれめ》のマドンナ」を執筆。滞仏中、売春婦の美しい偽眼に叶わぬ恋をした画学生が、帰国後、瓜ふたつの偽眼をした娘と出会い、最後にその眼を抉り取ってしまう話で、画家がポケットから取り出す偽眼が実はボンボンだったという幕切れが鮮やかである。以後、本名で「復讐芸人」を、啓介の筆名で「血笑婦」を書き、三一年から啓助名を用いて「地獄横町」「聖悪魔」「愛慾埃及学」「血蝙蝠」「屍くずれ」など、一読忘れがたい題名を持つ作品群を発表、三七年に教職を離れて文筆に専念した。これら一連の初期作品は、題名から想像されるような怪奇幻想小説ではなく、猟奇的な衣をまとった多情多恨の人間ドラマであった。四〇年代前半には冒険物・時局物を手がけ、戦後はユーモラスな風俗小説に続いて、ロシア皇帝の秘宝をめぐる長篇『鮮血洋燈《ランプ》』（五六）など、西洋秘史に取材した作品に特色を発揮した。『二十世紀の怪異』（六三・アサヒ芸能出版）もその系列に属し、秘境冒険小説風の推理短篇集である。七〇年代に入ると創作から遠ざかったが、晩年には、愛すべき鴉たちを描いた画文集『鴉』（八五・山手書房）を刊行、独特の境地を示した。なお、啓助の四女・東《あずま》は特異な画風のイラストレーターとして、幻想文学やミステリの挿絵などに活躍している。

渡辺浩弐（わたなべ・こうじ　一九六二～）福岡市生。早稲田大学文学部演劇科卒。ゲームクリエーター。ソフトウェア会社を経営する傍らコンピュータ関係のエッセー、小説を執筆。近未来をシミュレートしたSF短篇集《ゲーム・キッズ》シリーズ（九四～九八・アスペクト～アスキー）、ヴァーチャルボディを持つ自律的なAIが恋情により破壊的な行動に走るミステリSF『アンドロメディア』（九七・アスペクト）、世界中のカメラや記録メディアなどから何でも検索できる〈プラトニックチェーン〉をめぐる短篇集『プラトニックチェーン』（〇三～〇四・エンターブレイン）ほか。

渡辺茂男（わたなべ・しげお　一九二八～二〇〇六）静岡市生。慶応義塾大学卒。ウェスタンリザーブ大学大学院修了。慶応義塾大学文学部図書館学科教授。児童文学の翻訳・評論のほか、創作も手がける。ファンタジー関連の主な訳書にガネット『エルマーのぼうけん』（六三・福音館書店）、シャープ『小さい勇士のものがたり』（六七・岩波書店）、パイル『銀のうでのオットー』（六七・学研）、エステス『ガラス山の魔女たち』（七四・同）など。児童文学の代表作に『寺町三丁目十一番地』（六九）、幼年童話に『しょうぼうじどうしゃじぷた』（六六・福音館書店）。ファンタジーに、人間たちが捨てた村に棲みついたネズミたちが化猫の来襲に対抗する『おに火の村のねずみたち』（八〇・岩波書店）、神様が夜中にタクシーを借り出して空を飛ぶ話を含む、ほのぼのとした連作メルヘン集《きいろいタクシー》（八一、八三・福音館書店）などがある。

わたなべぢゅんいち（わたなべ・じゅんいち　一九六二〜）東京生。アニメのモンスターデザインなどを経て、演出家、監督となる。代表作に「ARIEL　エリアル」（八九）など。大沼弘幸との共著で、伝奇アクションなどがある（大沼の項を参照）。

渡辺仙州（わたなべ・せんしゅう　一九七五〜）東京生。同志社大学大学院工学研究科を経て、京都大学大学院工学研究科満期退学。児童向け縮約版『封神演義』（九八・偕成社）『西遊記』（〇一・同）『三国志』『白蛇伝』（共に〇五・同）のほか、伝奇SF系サスペンス『神種《シエン・シード》』（〇六〜〇七・GA文庫）、伝奇アクション『鬼器戦記』（〇七・小学館＝ガガガ文庫）、児童向け学園バトル・アクション『闘竜伝』（〇六〜・ポプラポケット文庫）がある。

渡辺恒夫（わたなべ・つねお　一九四六〜）福島県生。京都大学文学部卒。同大学院文学研究科博士課程（心理学）単位取得退学。東邦大学教授。『朱泥』『夢と人生』などに参加。性科学研究に取り組み、男性の女装願望というテーマを社会科学や深層心理学の視点から追求した『脱男性の時代』（八六・勁草書房）で注目を集める。ほかに『トランス・ジェンダーの文化』（八九・同）『男性学の挑戦』（八九・新曜社）『迷宮のエロスと文明』（九一・新曜社）『輪廻転生を考える』（九六・講談社現代新書）など。渡辺恒人の筆名による小説集『楕円の鏡』（八二・近代文藝社）は、男性の女性化が進みアモラルな性の坩堝と化した未来社会を舞台に、一心二体の究極の両性具有創造の幻夢が展開される「新・セラフィタ」、前世の記憶に沈潜していく男の手記の形をとる夢小説「メタモルフォセス日誌」、J・J・ダンの時間論を下敷きに、カタストロフの到来に脅える幻想都市の住人を描くアルカイック・ファンタジー「アカーラー最後の日」など、独自の人間観・世界観に基づく幻想短篇五篇を収めている。

渡邊白泉（わたなべ・はくせん　一九一三〜六九）俳人。本名威徳《たけのり》。東京赤坂生。慶応義塾大学経済学部卒。新興俳句の代表的作家。四〇年に治安維持法違反容疑で検挙され、起訴猶予となるも執筆禁止。戦後は活動少なく、生前刊行された句集も『渡邊白泉集』（六六・八幡船社）のみだが、〈緑蔭に潜水夫さへ走りたり〉〈赤く青く黄いろく黒く戦死せり〉〈夏の海水兵ひとり紛失す〉〈わが胸を通りて行けり霧の舟〉〈まんじゅしゃげ昔おいらん泣きました〉など乾湿自在に諧謔とペーソスを盛った句がある。

▼『渡邊白泉全句集』（七五・林檎屋）

渡辺まさき（わたなべ・まさき　？〜）科学と魔法が混在する戦前日本風異世界を舞台にしたファンタジー《夕なぎの街》（二〇〇一・富士見ファンタジア文庫）がファンタジア長編小説大賞最終選考作に残り、デビュー。異世界の魔女に転がり込まれた少年が彼女を元に戻すために奮闘するファンタジー『月の娘』（〇六〜〇七・HJ文庫）がある。

渡辺真澄（わたなべ・ますみ　一九六二〜）ポルノ小説を執筆。ファンタジー系作品に『塔の中の姫君』（〇二・二次元ドリームノベルズ）などがある。

渡辺麻実（わたなべ・まみ　一九五九〜）横浜生。アニメ、特撮の脚本家。代表作に「光の伝説」（八六）「ロードス島戦記」（九〇）「ハイスクール・オーラバスター　光の誕生《めざめ》」（九九）など。小説に、アニメなどのノベライゼーションのほか、神話的生物が住んでいる不思議な島に関わりのある者たちが織りなす別世界海洋物ファンタジー『海の少女』（〇一・電撃文庫）がある。

わたなべめぐみ（わたなべ・めぐみ　一九五八〜）本名渡辺徳。埼玉県川越市生。文京保母・保育専門学校卒。保母を務めながら童話を執筆。全身真っ黒で、お化けを怖がるできそこないお化けの子供を主人公にしたユーモラスでほのぼのとした《よわむしおばけ》シリーズ（七八〜九四・理論社）など、低学年向けファンタジーがある。

渡辺由自（わたなべ・ゆうじ　一九四六〜）東京世田谷区生。中央大学中退。脚本家。代表作に、映画「想い出のアン」（八四）、アニメ「聖戦士ダンバイン」（八三）など。脚本を担当したアニメのノベライゼーション『重戦機エルガイム』（八五・ソノラマ文庫）で小説家としてもデビュー。妖精と人間のハーフの少女が、人々を救い地獄の王子を倒すため、魔道士、一角獣と共に妖魔ひしめく世界を旅するファンタジー《魔群惑星》（八七〜八八・角川文庫）、その続篇の《精霊王国》（九〇〜九二・角川スニーカー文庫）、魔法に溢れる古代エジプトを舞台に、父の敵を討ち、国を守るため、邪悪な神の生まれ変わりと対決する王女の冒険を描くヒロイック・ファンタジー《聖刻の書》（八八〜九〇・同）、美貌と残酷さで名高い少女が虐げられた王女を助けて戦う『修羅姫聖伝』（九一〜・九二・カドカワ・ノベルズ）、三王国と四つの島国が互いに覇権を争っている別世界を舞台に、王子でありながら奴隷として育った青年の活躍を描く《諸王の物語》（九一〜九三・ソノラマ文庫）など、ヒロイック・ファンタジーに手腕を発揮。『魔聖公子』（八九〜九一・カドカワ・ノベルズ）《魔聖界ロード》（八六・ソノラマ文庫）など、怪異と魔法と妖獣に溢れた惑星を舞台にしたSFヒロイック・ファンタジーもある。このほか、宇宙海賊物のSFアクション《ダーティ・プリンス》（八八〜九〇・ソノラマ文庫）、異界の王子と女子高校生の時空を超えた冒険を描く伝奇アクション《ツイン・デヴィル》（九二〜九三・富士見ファンタジア文庫）、高校生の少女が異次元の古代地中海世界に連れ去られて冒険を繰り広げる別世界ファンタジー《海のエンジェル》（九三〜九四・キャンバス文庫）、怨霊の影に覆われた朝鮮に出兵したため、怨霊に呪われることになった古代倭国の運命に若者たちが立ち向かう歴史伝奇《天狗童子》（九五・ソノラマ文庫）などがある。

渡邊裕多郎（わたなべ・ゆうたろう　一九七二〜）稀少怪物を守るガーディアンの活躍を描くアクション《ヴァンパイア・ガーディアン》（九七〜九八・スーパークエスト文庫）でデビュー。ほかに退魔物の伝奇アクション『紅伝説』（二〇〇〇・ソノラマ文庫）、吸血鬼物の伝奇アクション『日出づる国の吸血記』（〇二〜〇四・同）、地球独自の文明を守るため、宇宙の上位科学の密輸を阻止する賞金稼ぎを描くSFアクション『光速のMIB』（〇五・同）など。

渡辺わらん（わたなべ・わらん　?〜）福岡県生。人語を解し音楽を愛好する珍種のネズミ〈房総トガリネズミ〉と少年の交流を描く『ボーソーとんがりネズミ』（二〇〇一・講談社）で講談社児童文学新人賞、児童文芸新人賞を受賞。意志を持つ雲を飼うことになった少年の冒険物語『雲の飼い方』（〇三・同）、人類に転生できる不思議な技術などを有する小人（亜人種）と関わることになった少年を描く友情物語『うちの屋根裏部屋《グルニエ》は飛行場《エアポート》』（〇四・同）など、軽いタッチのSFファンタジーの児童文学を執筆。

綿屋北莖（わたや・ほっけい　生没年未詳）俳人。別号に鳥翠堂。金沢の人。北陸各地を見聞した際の地誌・奇談集『北国奇談巡杖記』（一八〇七／文化四）がある。

わたりむつこ（わたり・むつこ　一九三九〜）本名池田睦子。宮城県白石市生。東京女子大学日本文学科卒。児童書出版社勤務の後、アラスカに二年間在住。その体験をもとにした『アラスカの七つ星』（七一）でデビュー。代表作『はなはなみんみ物語』に始まる別世界ファンタジー三部作（八〇〜八二・リブリオ出版）は、不思議な力を秘めた石と三つの魔法の力を持つ小人族の若者たちが、かつて大戦争で滅んだという故国やどこかに生きているかもしれない仲間を求めて旅する物語で、平和・愛・友情・自然の大切さをテーマとした力作である。ほかに、少年少女がミステリアスな少女・小雪の支配する不思議な世界に紛れ込む、ミステリ風のタイムファンタジー『霧に消えた少女』（八五・国土社）、甘やかなメルヘン集『月魔法』（八七・ケイエス企画）、世界を凍らせようとしている魔王の魔力を解こうとする少年少女を描くファンタジー『まわれ！青いまほう玉』（九四・あかね書房）、金色の時間には動物たちとおしゃべりができるという設定で、現実と幻想が混淆した世界を描く『金色の時間』（九五・文溪堂）などがある。幼年童話に『おつきさまをあらったおばあさん』（七九・文研出版）『そらからきたボーボ』（九八・PHP研究所）『にゃにゃのまほうのふろしき』（二〇〇〇・ポプラ社）ほか多数のファンタジーがある。

渡洋子（わたり・ようこ　一九四一〜）東京生。幼年童話を主に執筆。不遇な少女たちが、魔法使いに保護され、人を思う気持ちが星になる様を見せられる『まほうつかいへのてがみ』（八六・大日本図書）、流星雨の夜、人々の心を明るく照らす星をランプ屋の子リスが見つけるメルヘン『星のふる森』（八九・あすなろ書房）などがある。

和智正喜（わち・まさき　一九六四〜）東京杉並区生。明治大学文学部文学科演劇学専攻卒。ゲームライターの傍ら、学園アドベンチャー『センチメンタル・ハイ』（八九・エニックス文庫）で小説家としてデビュー。その後、「シャイニング・フォース」などのゲーム制作に携わる傍らファンタジー小説を執筆。魔法的別世界に英雄として学校ごと召喚された高校生たちが冒険を繰り広げるアクション・ファンタジー『空飛ぶ！竜峰学園』（九三〜九四・スーパークエスト文庫）、色の魔法を操る世界からこの世に逃れてきた少年と、彼を助ける女子高生の活躍を描く『カラーズ』（九四〜九六・同、未完）、魔法学校物のファンタジー『銀の腕輪のユーリ』（九四〜九六・同、未完）など。ほかにノベライゼーションも執筆している。

和巻耿介（わまき・こうすけ　一九二六〜九七）本名義一。大阪府生。明治大学文学部英文科卒。公務員、教師を経て文筆生活に入る。教師時代には貸本でユーモア小説などを執筆。その後は時代小説を主に執筆した。代表作は『五二半捕物帳』（八三〜九七）。『さまよう霊魂物語』（六七・日本文芸社）『心霊ミステリー』（七一・大陸書房）などのオカルト本を執筆し、同関係の翻訳も手がけた。児童向けの怪談集『白老人の怪奇談』（七五・国土社）がある。これは現在白寿の老人が、一九〇三年に催された百物語に参加した時に聞いた怪異談を語り手に語るという二重枠物語形式を取り、江戸末から明治初めに話者が直接体験した話という設定になっている。死に際の亡霊の出現、病人の死を告げる幽霊、蛇神筋の老婆の呪い、断食によって表面化した霊能力、憑依した霊、雪女、吸血鬼などの話を収録。

怪奇幻想漫画家事典

附録1

日本幻想作家事典

怪奇幻想漫画家事典

○怪奇幻想漫画及び絵物語を制作した漫画家・絵物語作者の作家事典である。

○網羅を旨とはせず、重要な漫画家に限った。重要度は、以下の点から判断した。

(1) 発表当時にヒットした、あるいは話題になった漫画の作者。

(2) ロングセラー漫画の作者。

(3) 映像化されるなど、二次使用があり、それによって広く知られている漫画の作者。

(4) しばしば言及されている漫画の作者。

(5) マイナー作品であっても、歴史的に見て先駆的、ユニーク、怪奇幻想物として完成度が高いと思われる漫画の作者、また怪奇幻想物を専らとして多数の作品を制作している漫画家も取り上げた。

○漫画家の取捨選択については、有里朱美氏の全面的な協力を得て行った。有里氏作成の怪奇幻想漫画家リストをたたき台に、執筆者諸氏の意見を加えて決定した。

○怪奇幻想漫画以外の仕事については、重要なものがあっても簡単に触れる程度に留めている。また、SFも中心的には扱わない。

【凡例】 本篇に準ずるが、主要なものを掲げる。

○見出し（ゴシック表記）は最も流通する筆名、あるいは直近の筆名を使用。見出しの下の（ ）内に、名前の読み、生没年を記入。姓と名の区分は中黒（・）によって示す。

例：**青池保子**（あおいけ・やすこ 一九四八〜）

○配列は姓のよみかたの五十音順。同姓の場合は名前の五十音順。

○特に重要と思われる作品については、各項目の最後に別立てで取り上げた。その際、作品名、シリーズ名を**【 】**でくくった。短篇長篇の別（漫画以外の作品の場合には絵物語などの類別）、初出年と掲載誌、または刊行年と出版社を記し、その後、内容の説明を詳しく加えた。

○作品名は「 」で、書籍名、新聞・雑誌名は『 』で、シリーズ・叢書名は《 》で表示した。作品は原則的に初出時のデータを記した。「作品名」（雑誌等掲載年または連載年・出版社［頻出する等の理由で省略した場合がある。次ページ一覧を参照］『掲載誌等』連載［一回の掲載、断続的な掲載などは表記なし］、原作・脚本・協力者などがある場合はその名前）。例：「ダークサイド・ブルース」（八七〜・秋田書店『Candle』連載、菊地秀行原作）

○怪奇幻想作品、SF作品、またそれに準ずる作品以外については、作品名のみで掲載誌を省略し、識別の一助とした。ただしデビュー作については掲載誌を記した。

○データは二〇〇八年末のものである。

○執筆分担制を採用した。執筆者は以下の通りである。項目ごとの末尾（ ）内に執筆担当者の名字を記した。例：（天野）

【執筆者一覧・五十音順】

天野章生　有里朱美　石堂　藍
卯月もよ　岸田志野　倉田わたる
小西優里　城野ふさみ　白峰彩子
想田　四　高橋正彦　成瀬正祐
久留賢治　三谷　薫　誘蛾灯

○なお、以下の事典・資料類を適宜参照させていただいた。できる限り原典に当たって記述の誤り等は正すように努めたが、なお誤りがあることも考えられる。諸賢の指摘を待ちたい。

＊『劇画・マンガ家オール名鑑』（七九・徳間書店）『日本児童文学大事典』（九三・大日本図書）『日本漫画家名鑑』（九六・アクア・プランニング）『漫画家人名事典』（〇三・日外アソシエーツ）『現代漫画博物館』（〇六・小学館）Wikipedia 日本語版／英語版。個々の漫画家の自伝、ホームページ。漫画評論等の関連書籍。

○大阪府立国際児童文学館、江下雅之氏、田中正吾氏に貴重な情報をご提供いただいた。記して感謝したい。

【主要な雑誌の出版社一覧】

○月刊・週刊などを除いた誌名の五十音順に列記。三点リーダ（……）の後ろが出版社名。
○名前の共通する系列誌はそれぞれの項にまとめた。
○矢印（↓）は誌名変更等を示す。矢印の後ろが後継誌名。

〈アクション系〉週刊漫画アクション、月刊スーパーアクション、COMICアクションキャラクター、アクションピザッツ、少年アクション……双葉社
月刊ASUKA（あすか）……角川書店
アフタヌーン、アフタヌーンシーズン増刊……講談社
月刊IKKI（イッキ）……小学館
イブニング……講談社
おもしろブック……集英社
月刊漫画ガロ……青林堂
希望の友↓少年ワールド↓月刊コミックトム↓コミックトムプラス……潮出版社
〈キング系〉週刊少年キング、ヤングキング（YOUNG KING）、ヤングキングアワーズ（YOUNG KING OURS）……少年画報社
COM↓COMコミックス……虫プロ商事
〈サンデー系〉週刊少年サンデー、デラックス少年サンデー、月刊サンデーGX、ヤングサンデー……小学館
〈ジャンプ系〉少年ジャンプ↓週刊少年ジャンプ、赤マルジャンプ、月刊少年ジャンプ、ジャンプSQ.（スクエア）、ウルトラジャンプ、ヤングジャンプ、スーパージャンプ、Vジャンプ、フレッシュジャンプ、ビジネスジャンプ……集英社
小学一年生〜六年生……小学館
少女倶楽部↓少女クラブ……講談社
少女コミック↓Sho-Comi、別冊少女コミック↓ベツコミ、少女コミックcheese!↓Cheese!（チーズ!）、別冊少女コミックちゃお↓ちゃお、プチコミック……小学館
少年……光文社
少年画報……明々社↓少年画報社
少年倶楽部↓少年クラブ……講談社
〈チャンピオン系〉週刊少年チャンピオン、月刊少年チャンピオン、チャンピオンRED、ヤングチャンピオン……秋田書店
なかよし、なかよしデラックス……講談社
眠れぬ夜の奇妙な話↓ネムキ……朝日ソノラマ↓朝日新聞社
花とゆめ、花ゆめEPO……白泉社
ハロウィン、ハロウィンX……朝日ソノラマ
〈ビッグコミック〉ビッグコミック、ビッグコミックオリジナル、ビッグコミックスピリッツ、スピリッツ増刊IKKI（イッキ）↓月刊IKKI（イッキ）、少年ビッグコミック、ビッグゴールド……小学館
日の丸……集英社
ファンタジーDX↓月刊ふぁんデラ……角川書店
ぶ〜け、ぶ〜けデラックス……集英社
プチフラワー↓月刊フラワーズ(flowers)……小学館
プリンセス、プリンセスGOLD、ビバプリンセス……秋田書店
〈フレンド系〉少女フレンド、ザ・フレンド、別冊フレンド、別冊フレンドDX Juliet、ハローフレンド……講談社
少年少女冒険王↓冒険王……秋田書店
冒険活劇文庫↓少年画報……明々社
ぼくら……講談社
〈マガジン系〉週刊少年マガジン、月刊少年マガジン、マガジンSPECIAL、月刊マガジンZ、週刊ぼくらマガジン、ヤングマガジン、ヤングマガジンUppers……講談社
マーガレット、デラックスマーガレット……集英社
漫画王↓まんが王……秋田書店
漫画少年……学童社
ミステリーDX……角川書店
コミックモーニング↓モーニング……講談社
月刊LaLa、LaLaDX、LaLa増刊……白泉社
りぼん、りぼんオリジナル、りぼんコミック、デラックスりぼん……集英社
リュウ、月刊COMICリュウ……徳間書店

あいうえお

あ行

青池保子（あおいけ・やすこ　一九四八〜）山口県下関市生。「さよならナネット」（六三・『りぼん増刊冬の号』）で高校生漫画家としてデビュー。代表作に「イブの息子たち」、『プリンセス』長期連載の「エロイカより愛をこめて」（七六〜）、九一年第二十回日本漫画家協会賞優秀賞を受賞した歴史ロマンス「アルカサル―王城―」（八四〜九四、〇七）など。ウィットに富んだコメディや、ハードボイルド・アクション、歴史ロマンなど幅広いジャンルに代表作を持ち、エンターテインメント性溢れる娯楽大作作家としての印象が強いが、シリアスな怪奇ロマンやサスペンス作品などもデビュー当初から多く発表している。デビュー四作目となる「死の谷」（六四・『週刊少女フレンド』）は、病に冒された主人公が死の山と呼ばれる場所で出会った美しく妖しい少女とのやりとりを通じ、自らの死を受け入れるまでの数日を幻想的に描き上げた短篇で、当時高校生という若年ながら死というテーマに取り組んだ意欲作となっている。短篇をメインに精力的な執筆活動を続ける中、満を持して発表された長篇連載「イブの息子たち」「エロイカより愛をこめて」が爆発的な人気を博すが、それらコメディ色の強い作品と同時期に連載していた「アクアマリン」は、真逆ともいえる怪奇的作品である。そうした一連の初期怪奇ロマン作品のほとんどが悲劇的な結末であるのも興味深い点である。だがそれから十五年を経た「緋色の誘惑」（九三〜九八・『プリンセスGOLD』連載）ではオカルトを題材に、得意のスラプスティック・コメディが存分に展開されている。

【イブの息子たち】長篇。七六〜七九年『プリンセス』連載。ロンドンに住む三人の青年たちの許に現れた〈ヴァン・ローゼ族〉から遣わされた天使。三人は同族だと告げられ、問答無用で彼ら一族の住まうパラレルワールドに連れ去られてしまう。男でも女でもなく、一族の者にしか愛情を抱かない〈ヴァン・ローゼ族〉が巻き起こす大騒動を描いたファンタジック・コメディ。

【アクアマリン】長篇。七六年『別冊セブンティーン』（集英社）連載。ロンドン郊外の古城にひっそりと暮らすバリモア伯爵家と、彼ら一族に幻影の如くつきまとう美少年アクアマリン。陰惨な過去を持つ伯爵一家に次々と起きる連続殺人事件を描いた怪奇サスペンスである本作は、担当編集者からの提案で、当時ブームであった横溝正史の小説世界をモデルにしたと作者が述懐している。　（岸田）

赤塚不二夫（あかつか・ふじお　一九三五〜二〇〇八）本名藤雄。旧満州国熱河省承徳市生。貸本少女漫画『嵐をこえて』（五六・曙出版）でデビュー。魔法の鏡で何にでも変身できる鏡厚子（アッコ）が活躍する少女向けコメディ「ひみつのアッコちゃん」（六二〜六五・『りぼん』連載）は六九年にテレビアニメ化され（八八年と九八年に再アニメ化）、横山光輝原作の「魔法使いサリー」と並んで日本の映像分野におけるファンタジーの一大ジャンルである〈魔法少女物〉の源流の一つとなった。その他、「おそ松くん」（六二〜六六・『週刊少年サンデー』連載）「天才バカボン」（六七〜六九・『週刊少年マガジン』連載、他）「もーれつア太郎」（六七〜七〇・『週刊少年サンデー』連載）「レッツラゴン」（七一〜七四・同連載）など、ギャグ漫画のヒット作多数。「おそ松くん」で第十回小学館漫画賞（六五）、「天才バカボン」で第十八回文藝春秋漫画賞（七二）を受賞。全作品に対し第二十六回日本漫画家協会賞文部大臣賞（九七）が贈られた。九八年秋、紫綬褒章を受章。
▼『赤塚不二夫漫画大全集DVD-ROM』（〇二・小学館）『赤塚不二夫漫画大全集』全二百七十一巻（〇五・コンテンツワークス）（久留）

赤松健（あかまつ・けん　一九六八〜）愛知県名古屋市生。中央大学文学部卒。同人誌活動を経て、九三年「ひと夏のKIDSゲーム」で第五十回少年マガジン新人漫画賞に入選し、『マガジンFRESH』にてデビュー。美少女ラブコメディの漫画家である。主人公の少年が制作した人工知能ソフトが雷によって美少女として実体化し、少年と共に暮らすことになるという設定のラブコメディ「AIが止まらない!」(九四〜九七・『週刊少年マガジン』『マガジンSPECIAL』連載)で人気を得る。東大受験物ラブコメディ「ラブひな」(九八〜〇一、二〇〇〇年にテレビアニメ化)により人気を決定づけ、〇一年に第二十五回講談社漫画賞少年部門を受賞。ファンタジーに、偉大な魔法使いの息子である十歳の少年ネギが、魔法修行の一環として女子中学校の教師となり、女生徒の中から魔法のパートナーを得て戦いを繰り広げる学園ラブコメディ&魔法バトル・アクション「魔法先生ネギま!」(〇三〜・『週刊少年マガジン』連載)がある。同作はメディアミックス展開によりヒット作となっている。(石堂)

秋乃茉莉(あきの・まつり ?〜)別名に香川かおり。東京三鷹市生。一九八一年「ブルー・マジシャン」(『月刊LaLa』、香川かおり名義)でデビュー。以後、八五年まで香川名義で同誌に作品を発表。「霊感商法株式会社」でオカルト・アクションに手を染めて以来、繊細にして華麗な少女漫画的表現で、怪奇幻想物とミステリを主に描き、多数の作品がある。代表作は「Petshop of Horrors」「霊感商法株式会社」。ほかに、シャンバラめいた中央アジアの小国ダラシャールの法王の転生者だと告げられた現代日本の少年・風斗が、超常的な力に目覚め、時を超えて様々な冒険を繰り広げるサイキック・ファンタジー「幻獣の星座」(二〇〇〇〜〇七・秋田書店『サスペリア』『サスペリアミステリー』連載)、ルネサンスのイタリアを舞台に、キプロス王家の血を引くロレンツォが、王家から奪われた賢者の石を求めて各地を転々としながらオカルト的事件を解決するホラー・ファンタジー連作「賢者の石」(九八〜・ぶんか社『ホラーM』連載)、血と共に記憶を吸い取って糧とする吸血鬼を描いたホラー・ファンタジー連作『夜の過客』(〇四〜〇五・学習研究社)など。このほか、ハーレクイン・ファンタジーなどのコミカライズも手がけている。

【霊感商法株式会社】短篇連作。八八〜九六年『ホラーパーティー』『アップルミステリー』(主婦と生活社)連載。理科の臨時教員・常磐矩成が副業として退魔の仕事を請け負っているという設定の学園オカルト・アクション。分身テーマ、竜神、狐神や天使などの登場、世界の終末をクライマックスに配した展開など、「幻獣の星座」に共通する要素が多く見受けられる。

【Petshop of Horrors】短篇連作。九五〜九八年『アップルミステリー』(主婦と生活社)連載。D伯爵《カウント・ディー》と呼ばれる両性具有めいた謎の中国人が経営するペットショップで購入した不思議な動物たちは、Dから指示された注意を厳密に守らないと飼い主に災いをもたらすが、愚かな人間たちは誘惑に負けて自ら不幸を招くというパターンを主とする。迦陵頻伽、バジリスク、ドラゴン、鳳凰などの幻獣に新たな属性を付け加えた物語としても読むことができ、その創意は賞賛に値する。Dが人間に迫害された幻獣の守護者だという設定も、作品全体と無理なく調和しており、ファンタジック・ホラーとしての完成度は高い。続篇に、舞台を東京新宿に移した「新Petshop of Horrors」(〇四〜〇七・『ネムキ増刊夢幻館』連載)がある。(石堂)

麻宮騎亜(あさみや・きあ 一九六三〜)本名菊池道隆。岩手県北上市生。東京デザイナー学院アニメ科卒。本名でアニメーターとして活躍する傍ら、八六年に「神星記ヴァグランツ」(角川書店『コンプティーク』)で漫画家としてデビュー。代表作は「サイレントメビウス」。ほかにも、〈コムネット〉と呼ばれる電脳空間が普及した近未来を舞台に、春日《かすが》ユイが〈コレクター〉に変身し、世界征服をもくろむグロッサーの魔の手から世界を救い出す、インターネットと「南総里見八犬伝」

をモチーフにした異色の魔法少女物「コレクター・ユイ」(九九〜二〇〇〇・小学館『ちゃお』連載)や、テレビアニメ『機動戦艦ナデシコ』(九六〜九七)のコミカライズだが、アニメ版にはない〈呪術砲〉などの設定を組み込み、ストーリーも変えた「遊撃戦艦ナデシコ」(九六〜九九・角川書店『月刊少年エース』連載)、石炭しか取れず、蒸気文明が異常に発達した町〈スチームシティ〉を舞台に、少年探偵・鳴滝《なるたき》が、〈メガマトン〉と呼ばれる蒸気機関で動くロボットの強力《ごうりき》と共に、犯罪者に立ち向かってゆくスチームパンク「快傑蒸気探偵団」(九四〜二〇〇〇・『月刊少年ジャンプ』『ウルトラジャンプ』連載)など、魔法と科学が融合した世界観の物語が多い。これらの作品の多くは、麻宮自身が積極的にメディアミックスを推し進めた。

また、アメリカン・コミックスへの造詣が深く、日本人として初めて、アメリカン・コミックス「Uncanny X-MEN」(八九・Marvel Comics)の四一六〜四二〇話までの作画を手がけたほか、「BATMAN / Child of Dreams」(二〇〇〇・『月刊マガジンZ』)を連載。これらの作品は、現代のアメリカン・コミックスに影響を与えた。

【サイレントメビウス】連作。八八〜九九年『月刊コミックコンプ』(角川書店)『月刊コミックドラゴン』(富士見書房)他連載。二〇二六年の電脳化された東京を舞台に、異世界〈邪界《ネメシス》〉の住人である妖魔《ルシファーフォーク》が起す事件を解決するために結成された、女性のみで構成されている対妖魔用特殊警察官、通称A.M.P.《アンプ》に所属する香津美《かつみ》・リキュール(大魔導師ギゲルフの娘で十三の惑星霊を操る)とその仲間たちが、自分の弱さや運命に立ち向かいながら、懸命に生きる姿を描いたサイバーパンク風SFファンタジー。美女集団が敵と戦うというフォーマットを作り出した先駆的作品。九八年にテレビアニメ化。(真栄田)

芦奈野ひとし(あしなの・ひとし　一九六三〜)神奈川県横須賀市出身。九四年、アフタヌーン四季賞春のコンテストで「ヨコハマ買い出し紀行」が四季賞を受賞し、デビュー。この作品は〇六年まで連載され、九八年と〇二年にはOVA化された。また、〇七年には第三十八回星雲賞コミック部門を受賞した。

【ヨコハマ買い出し紀行】短篇連作。九四〜〇六年『アフタヌーン』連載。舞台は、地球温暖化が進行して海面が上昇した近未来の関東地方。人口は大きく減少し、かつての都市は自然に帰りつつある。文明が徐々に衰退している時代であるが、物語に悲壮感はない。廃れつつある高度技術と自然に包まれた生活とが理想的なバランスを保つ、ある種のユートピアの平穏な日常風景が、人間そっくりのアンドロイドであるアルファの視点から、淡々と描かれている。(倉田)

あしべゆうほ(あしべ・ゆうほ　一九四九〜)青森県三沢市生。「マドモアゼルにご用心」(七〇)で『別冊少女コミック』にてデビュー。代表作に「悪魔《デイモス》の花嫁」「クリスタル☆ドラゴン」、「ダークサイド・ブルース」(八七〜・秋田書店『Candle』連載、菊地秀行原作)など。デビュー以降しばらくはラブコメディなどを発表していたが、七四年、秋田書店より創刊された『プリンセス』執筆陣に参加。翌年より連載を開始したファンタジック・ホラー「悪魔の花嫁」が爆発的な人気を博し、ファンタジー作家としての頭角を現す。オリジナリティ溢れる憂いを帯びたキャラクター造形、微細まで描きこまれた世界観など、その高い表現力に注目が集まるなか、八一年にファンタジー巨篇「クリスタル☆ドラゴン」の連載もスタート。深い知識に裏打ちされた複雑な構成と膨大な数の登場人物の織りなす壮大なストーリーは、少女漫画における本格ファンタジーの草分けともいえ、名実共にあしべをジャンル第一人者にのし上げた。「悪魔の花嫁」「クリスタル☆ドラゴン」共に現在も連載の続いている大長篇であり、ほかの作品も未完のままとなっているものが多い。

【悪魔《デイモス》の花嫁】長篇。七五〜八四年『プリンセス』、九〇年『ビバプリンセス』、〇七年〜『ミステリーボニータ』(秋田書店)連載(継続中）。池田悦子原作。黄泉の国へと花嫁として迎えようと誘う悪魔デイモスと、それでも人間を信じ愛そうとあがく少女・美奈子を通し、あらゆる欲望に負け悪魔の罠にはまっていく人間の姿を描いた一話完結スタイルのホラー・ファンタジー。ローマ神話とギリシア神話の混在するオリジナルな世界観を背景に、伝奇ミステリ、時代物、サスペンスなど物語のテイストは多岐にわたる。池田悦子の秀逸なプロットと、あしべゆうほの哀愁ある美しい画風が見事合致した大ヒット作で、長らく連載を中断し、未完のまま終わると思われていたが、〇七年、突如連載が再開され話題となった。

【クリスタル☆ドラゴン】長篇。八一～九二年『ボニータ』、九六年～『ミステリーボニータ』連載（継続中）。女魔術師として修行するアリアンロッドは、一族を邪眼のバラーによって滅ぼされてしまう。復讐のため魔法使いであれば誰もが持つ自分だけの杖を探す旅に出るアリアンロッドに、伝説の救世主としての期待をかける精霊や小人たちも力を貸すが、凶悪な黒魔法に手を染めたバラー一族の力は強大で、旅は困難を極める。古代アイルランド、ローマを舞台に繰り広げられる本格ファンタジー巨篇。（岸田）

飛鳥幸子（あすか・さちこ　一九四九～）本名彼谷幸知子。富山県高岡市生。六五年講談社新人漫画賞佳作にSFコメディ「彼女は宇宙人」が入選し、翌年『週刊少女フレンド』にSFコメディ「100人目のボーイフレンド」でデビューする。同年には「挑戦」「始めの始めの物語」などの短篇SFを同誌に発表しており、少女漫画におけるSFジャンルの先駆者といえる。代表作に、二十世紀初頭のロンドンを舞台にロシアの亡命貴族アシモフ教授が活躍するアクション・ロマン「怪盗こうもり男爵」（六七・同連載）とそのシリーズ、青年ジュールが古い肖像画にそっくりの謎めいた少女リーヌに心惹かれるミステリアスなファンタジー「白いリーヌ」（六七・同連載）がある。ほかに、聖書を独自に解釈したコメディ「キリスト正伝」（六八・『COM』）、吸血鬼カーミラをモチーフにした「美しき吸血鬼」（七二・『週刊少女コミック』）など。アメリカのテレビドラマの影響を受けた、軽快なタッチと洒落た台詞回しが特徴で、短い活動期間に多彩な作品を描いたが、八一年、異次元物SF「立体派的三人の冒険」（チャンネルゼロ『漫金超』）を最後に漫画創作を休止。現在はイラストレーター。（卯月）

あすなひろし（あすな・ひろし　一九四一～二〇〇一）本名矢野高行。別名に臼杵三郎。東京生。宮崎県西臼杵郡で育つ。広島県修道学園高校卒。学生時代は童話作家を目指していたが、東宝映画宣伝部、商業デザインの仕事を経て六一年「まぼろしの騎手」（『少女クラブ』増刊号）でデビュー。当初から完成された美麗な作画技術と抒情的な作風を持つ。発表の場は少女誌、少年誌、青年誌と多方面にわたり、シリアスからコメディ、ファンタジーほか多くのジャンルを手がけた。七三年「とうちゃんのかわいいおヨメさん」「走れ！ボロ」で第十八回小学館漫画賞受賞。代表作は「青い空を、白い雲がかけてった」（七六～八一）など。〇一年に肺がんのため逝去。

　初期には少女漫画誌で抒情的な短篇を次々と発表。デザイン性の高い画面構成と緻密に描きこまれた画面の完成度は傑出しており、同時代や後進の作家に強い影響を与えた。六〇年代の短篇には、ミュージカル仕立てのファンタジックなおとぎ話「みどりの花」（六四・『りぼん』）や、戦国時代に迷い込んだ青年が那羅《なら》原《わら》の鬼姫と出会う伝奇ファンタジー「白い霧の物語」（六四・『なかよし』）など多数の幻想的な珠玉作がある。この時代の高密度な仕事により、あすなは間違いなく漫画表現の水準を高めた先駆けの一人といえる。また、七一年からは《ポエムコミック》（七一～七五・『女学生の友』『JOTOMO』連作）として、毎回わずか八ページほどで恋物語からファンタジー、メルヘンを思わせる動物ものまで五十篇以上の多彩な物語を描いている。

　一方、あすなは少年・青年向けにもファン

タジックな意欲作を多数発表している。六八年『COM』発表の「300,000km./sec.—秒速30万キロ—」は、原子力エネルギーを開発し軍部に追われた博士と共に宇宙へロケットで逃亡した研究者ヨハンが、三十四年間の彷徨の末に故郷の恋人イルゼの許に光速を超え光となり帰還する本格ＳＦであり、当時まだ少数派であったＳＦファンにも強い衝撃を与えた。また七四年から青年誌に不定期に発表された中短篇連作《哀しい人々》には、意思を持ち言葉を喋るスズメのソクラテスが飼い主である夏夫の不器用な生き方と傷心を思う余りに心中を企て殺す「童話　ソクラテスの殺人」（七七・『ビッグコミックオリジナル』）があるが、あすな作品には動物が人間の言葉を話したり、人間の姿に変身するものも多い。「青狼記」（七七・朝日ソノラマ『月刊マンガ少年』）と続篇の「夏草—青狼記・第二部—」（七九・同）は、猟師に親を殺された獣の復讐劇を軸に、一人の娘を愛して人間に変身した狼と、戦地に向かう恋人を守るために狼と契る娘の哀しさを描く。このように青年向けには幻想的な作風を取りながらも社会的なテーマを扱い、作者の強い主張が感じとれる作品が多数ある。反戦メッセージをこめた「林檎も匂わない」（八八・『月刊コミックトム』）では、部屋の壁から時を超えて幾度も現れる謎の青年とその衝撃的な結末を斬新な絵画表現を用いて鮮烈に描いた。晩年の作「東回帰線　KUNUQNU（クヌクヌ）」（未発表、〇四・あすなひろし追悼公式サイト『あすなひろし作品選集』七巻）は、翼を持つリウと下半身が木舟のジフの友情を繊細な筆致で描いたファンタジーであり、未完が惜しまれる。作者没後に再評価され、多くの作品の復刻が進み、新たな読者層も広がっている稀有な作家である。

【サマーフィールド】短篇集。七〇年虫プロ商事刊。あすなの第一作品集。六六年から六八年に『小説ジュニア』（集英社）を中心に発表されたファンタジックな十五篇を収める。男女の彫像の悲しい恋を描く「なみだ色の空」、雪の精の少女と白馬の騎士との幻想世界「雪の童話」、謎めいた少年に惹かれていく少女を劇画調のタッチで描いた「サマーフィールドから来た少年」など。七六年、朝日ソノラマから一作を除いた形で再刊された。

【美しき5月の風の中に】短篇集。七七年朝日ソノラマ刊。《ポエムコミック》を中心に二十三篇の詩情溢れる短篇が収められた。表題作「美しき5月の風の中に」（七四・『漫画アクション増刊パピヨン』）は、中盤までの甘いラブストーリーが一転して時間をテーマにしたファンタジックなＳＦに転換し、ラストにせつなく美しい余韻を残す傑作である。　（小西）

吾妻ひでお（あづま・ひでお　一九五〇〜）本名日出夫。北海道十勝郡浦幌町生。北海道浦幌高校卒。「リングサイド・クレイジー」（六九・『まんが王』）でデビュー。当初からＳＦを指向しており、「きまぐれ悟空」（七二・『週刊少年チャンピオン』連載）はギャグ漫画であると同時に本格的なＳＦ漫画でもあった。その後一旦、ＳＦから離れ、「ふたりと5人」（七二〜七六）「おしゃべりラブ」（七五〜七七）「ネムタくん」（七六〜七九）などの少年向け、少女向けのギャグ漫画を連載するが、七〇年代後半から、再びＳＦ指向が明確になった。「やけくそ天使」（七五〜八〇）は、連載当初は比較的平凡なエッチなどたばたギャグ漫画であったが、ほどなく、自由奔放なＳＦスラプスティックに変貌したし、「みだれモコ」（七六・『週刊少年チャンピオン』連載）や「パラレル狂室」（七八・学研『高1コース』連載）は、〈内宇宙〉テーマのエピソードも含む、少年誌や学年誌に発表されたとは思えないほど高度な内容のＳＦ漫画である。七八年に発表された「不条理日記」は、ＳＦ小説のパロディの水準の高さでＳＦ界に衝撃を与え、七九年、第十回星雲賞コミック部門を受賞した。この時期の主な作品には、同様にＳＦ小説をパロディ化した「どーでもいいんなーすぺーす」（七八〜七九・みのり書房『Ｐｅｋｅ』連載）、パロディ以外の様々なパターンも試みている「メチル・メタフィジーク」（七九〜八〇・早川書房『SFマガジン』連載）、ギャグを抑制したホラーSF風味の「狂乱星雲記」（七九・みのり書房『コミックアゲイン』連載）、グロテスクな異界の日常を描く幻想SF「るなてっく」（七九〜八〇・アリス出版『劇画アリス』連載）などがある。以上はいずれも連作短篇であるが、一話完結形式の連載作品には、〈妄想〉テーマの「ぶらっとバニー」（七九〜八二）、学園漫画にSF、ファンタジー、不条理ギャグを過剰に配合した「スクラップ学園」（八〇〜八三・秋田書店『プレイコミック』連載）、気の弱いスーパーウーマンと彼女を食い物にする金の亡者という図式の「ななこSOS」（八〇〜八一・光文社『ポップコーン』連載、八一〜八五・同『ジャストコミック』連載）などがある。また、《純文学シリーズ》（八〇〜八一・アリス出版『少女アリス』）をはじめとするロリコン漫画は、幻想的でエロティックな世界観と美少女の組み合わせが高く評価されている。『劇画アリス』や『少女アリス』は自販機本と呼ばれるポルノ雑誌であり、メジャーな少年誌で活躍していた漫画家が自販機本に進出したのは、画期的なことであった。この時期にはロリコン同人誌『シベール』を作ってコミックマーケットで販売しており、これらの活動を通じて、ロリコンブームの立役者と見なされるようになった。

吾妻は〈不条理漫画〉の元祖とも呼ばれるが、彼の〈不条理〉の本質は決して単なるデタラメではなく、シュルレアリスム的な（筋の通った）歪んだ論理であり、すっきりとした描線による記号的・漫画的な可愛い絵との組み合わせから、ほかに類のない作品群が生み出されたのである。吾妻のSF漫画の主たる構成要素は〈古今東西のSF作品に対する深い素養〉〈美少女（ロリコン趣味）〉〈得体の知れない変なもの〉であるが、特に、〈怪物〉や〈エイリアン〉のみならず、〈抽象的な観念〉にすら得体の知れぬフォルムを与えることができる能力は、吾妻独特のものである。吾妻漫画においてはこれらの要素は渾然一体と融合しているのだが、のちに花開いた〈オタク文化〉の作品の多くは、これらの一部を受け継いで拡大発展させたものであり、源流たる吾妻漫画の直接の後継者はいない。

八四年頃から、線と影の多い劇画的な画風の作品も描くようになった。この傾向を代表するのは「夜の魚」（八四・東京三世社『SFマンガ競作大全集』）「笑わない魚」（八四・同『SFマンガ大全集』）の連作である。デビュー直前の時期を舞台にした自伝的内容だが、暗い町に異形が徘徊する悪夢のような超現実的な作品世界となっている。八五年後半から低迷期に入り、仕事量が激減する。八九年の冬から数カ月間失踪して路上生活を送り、九二年から九三年にかけても一年近く失踪して配管工として働いていた。失踪から帰還した後の作品には、ノスタルジックなムードの宇宙SF連作短篇「銀河放浪」（九四〜九七・マガジンハウス『COMICアレ！』連載）などがある。九八年の春頃から本格的なアルコール中毒となり、この年の冬に強制入院。九九年春に退院した。〇五年、路上生活・配管工生活・アルコール中毒の体験を描いた『失踪日記』（イースト・プレス）が出版されると大きな話題となり、同年、第三十四回日本漫画家協会賞大賞、第九回文化庁メディア芸術祭マンガ部門大賞、翌〇六年、第十回手塚治虫文化賞マンガ大賞、第三十七回星雲賞ノンフィクション部門を受賞した。

【やけくそ天使】短篇連作。七五〜八〇年『プレイコミック』連載。スーパーヒロイン阿素《あそ》湖素子《こそこ》の淫乱性のみを軸とする、設定も展開も行き当たりばったりな、極めて多様で狂騒的なエピソード群。SF小説や幻想小説のパロディは脈絡なく紛れ込み、漫画の文法はしばしば破壊され、ヒロイック・ファンタジーすら挿入されるが、最初から最後まで阿素湖素子の超人的な淫乱性は小揺るぎもせずに、暴走する作品世界を支えている。

【不条理日記】短篇連作。七八年『別冊奇想天外』（奇想天外社）、七九年『劇画アリス』

連載、同年『奇想天外』。非常な高密度で詰め込まれたSF小説やSF漫画のパロディが主体であるが、そればかりでなく、吾妻漫画の重要なジャンルのひとつである〈幻想的身辺雑記〉のほか、超現実的旅行記も含む、吾妻漫画のショーケースとも精髄ともいえる作品群である。

【ぶらっとバニー】短篇連作。七九～八二年『リュウ』連載。妄想管理局に勤務するバニーは、妄想が膨らみすぎて収拾がつかなくなった人間を救済するために、妄想を具現化してやるのが仕事である。吾妻漫画の重要なライトモチーフである〈妄想〉を直接取り扱うために考案された〈妄想管理局〉は、〈時間〉テーマのSFにおける〈タイムマシン〉の役割を果たしているといえる。「どっちもどっちも未来の巻」における、あるクライアントのために〈輝かしい未来の人生〉を次から次へと提案するものの、その全てがワンパターンの縮小再生産でしかないという痛切なギャグは、妄想の本質を見事に抉り出している。（倉田）

天野こずえ（あまの・こずえ　一九七四～）当初の表記は梢。埼玉県出身。「前夜祭」（九四・エニックス『増刊フレッシュガンガン』）でデビュー。甘やかなラブロマンスを基調とするファンタジーやSFを主に執筆。幼女の姿の孤独な石の精霊が、不思議なものを愛する少年のいざないによって人間界で暮らすようになり、精霊が石から離れて結界が崩れたせいで起きる様々な事件を解決していく「浪漫倶楽部」（九五～九八・同『月刊少年ガンガン』連載）、異能を持つ高校生たちの戦いなどを描いた学園物「クレセントノイズ」第一部（九七～〇一・同『月刊Gファンタジー』連載）といったファンタジー作品がある。テラフォーミングされた火星の、ヴェネツィアをモデルにした水の都市を舞台に、少女の成長を描いたSF「AQUA」「ARIA」（〇一～〇八・同『月刊ステンシル』、マッグガーデン『月刊コミックブレイド』連載）が人気作となり、〇五年から三度にわたってテレビアニメ化されている。（石堂）

彩花みん（あやはな・みん　一九六九～）石川県七尾市生。九一年「われらハイスクールヒーロー」（『りぼん増刊号』）にてデビュー。九二年から一話完結形式で連載した「赤ずきんチャチャ」（～二〇〇〇・『りぼん』）は、赤ずきんがトレードマークの見習い魔法使いのチャチャと個性豊かな仲間たちが楽しいギャグを繰り広げる、児童向けのコミカルな魔法少女物のファンタジーである。九四～九五年にアニメ化の際には、原作漫画にはない要素の〈戦闘美少女〉の設定が付加されたことにより新たな支持を得、幼年から成年層までの幅広い世代に人気を博した。ほかにも、山のふもとに住む元気な少女〈ぴょん〉とウサギに似たオバケのパチを主人公に作者得意のギャグを満載した「ぴょん」（〇二～〇三・『りぼん』『りぼんオリジナル』連作）などがある。（小西）

荒川弘（あらかわ・ひろむ　一九七三～）本名弘美。エドモンド荒川名でイラストレーターとしても活動している。北海道広尾郡忠類村出身。職業訓練学校を卒業後、福祉施設に勤務しており、この経験が、「鋼の錬金術師」の主人公の義肢に活かされている。地方紙で四コマ漫画などを手がけたのち、「STRAY DOG」（九九・エニックス『月刊少年ガンガン』）で第九回21世紀マンガ大賞を受賞し、本格的にデビュー。デビュー後、しばらく衛藤ヒロユキのアシスタントを務めた。代表作「鋼の錬金術師」で〇四年に第四十九回小学館漫画賞を受賞。

【鋼の錬金術師】長篇。〇一年～『月刊少年ガンガン』連載（継続中）。母親を亡くしたエルリック兄弟は、錬金術の禁忌である〈人体錬成〉により母を甦らせようとするが失敗し、兄エドワードは右腕と左脚を、弟アルフォンスは体を失ってしまう。元の体に戻るため、兄弟は軍事国家アメストリスの国家錬金術師となり、賢者の石を探す旅に出るのだが、賢者の石には、アメストリスの建国にまで遡る秘密が隠されていた……。〈等価交換〉という概念がキーワードとして作品を貫徹し、生命倫理や差別などの重厚なテーマを問う作品。にもかかわらず、エンターテインメント性を保持した異色の力作である。また、〇三〜〇四年にテレビアニメ化された。このアニメ版は後半から独自のストーリー展開になっている。〇五年の劇場版アニメ「鋼の錬金術師―シャンバラを征く者―」は、このテレビアニメの続きで、完結篇。荒川はアニメ版にも積極的に関わっており、意見を交換している。こうしてできあがったアニメ作品に対する評価もまた高く、各種の賞を受賞している。（真栄田）

荒木飛呂彦（あらき・ひろひこ　一九六〇〜）宮城県仙台市生。宮城教育大学中退。仙台デザイン専門学校卒。八〇年に「武装ポーカー」で手塚賞に準入選、同作品でデビューする。代表作「ジョジョの奇妙な冒険」のほか、〈バオー〉と呼ばれる寄生虫を体に埋め込まれ超人的な能力を得た少年・橋沢育郎が、予知能力を持つ少女スミレと共に、彼らを実験台にした秘密研究機関ドレスの手から逃れ、立ち向かう「バオー来訪者」（八四〜八五・『週刊少年ジャンプ』連載）、相手の精神を支配し自滅させる殺し屋の物語「ゴージャス☆アイリン」（八五〜八六・同連載）などがある。ミケランジェロからヒントを得たという癖の強い画風と構図は、独特の美を作り上げている。また作品は、全体的にサイコホラー、ゴシック・ホラーの色合いが強いものが多く、少年漫画界で異彩を放ち、漫画界のみならず、多方面に影響を与えている。

【ジョジョの奇妙な冒険】連作長篇。八七〜九九年『週刊少年ジャンプ』連載。〈JOJO《ジョジョ》〉というニックネームを代々にわたって持つ名家ジョースター家、下層階級出身で知恵の働く野心家ディオ、彼らに魅せられたものたちの因縁をオムニバス的構成で描く大河ロマン・ミステリ。各部の構成は、以下の通り。第一部「ファントム・ブラッド」＝十九世紀末の英国貴族の息子で正義感の強いジョナサン・ジョースターと人の血を吸って人を吸血鬼に変えてしまう石仮面に魅せられたディオとの波紋《はもん》を使った戦いを描く。第二部「戦闘潮流」＝第一部から五十年後、ジョナサンの孫のジョセフ・ジョースターが、〈柱の男〉と呼ばれる究極の生命体を目指す謎の生物たちとの戦いに巻き込まれてゆく。第三部「スターダストクルセイダーズ」＝さらに五十年の月日が流れ、ジョセフの孫の空条承太郎《くうじょうじょうたろう》が、母ホリィを助けるため、高祖父にあたる第一部の主人公ジョナサンの首から下の肉体を奪って生き延び、更なる力〈幽波紋《スタンド》〉を得て活動を再開させた吸血鬼ディオと戦う。第四部「クレイジーダイヤモンド」＝ジョセフの隠し子である東方仗助《ひがしかたじょうすけ》が、スタンド能力を目覚めさせる力を持つ〈弓と矢〉を追ううちに、四十八人もの女性を殺してその手を切り取り持ち歩く殺人鬼・吉良吉影との戦いに巻き込まれていく。第五部「黄金の風」＝ディオの息子であるジョルノ・ジョバァーナが、ギャングスターになり、娘を届ける任務を通じてボスに近づき、組織を乗っ取る物語。第三部より登場する〈幽波紋《スタンド》〉は、超能力を可視化することにより、少年漫画における戦闘の表現の幅を格段に広げたといわれている。また、取り入れられた自分の能力や超能力を如何に使って相手に勝つかという頭脳戦は、以降のバトル漫画に多大なる影響を与えている。

【ジョジョの奇妙な冒険 Part6 ストーンオーシャン】長篇。九九〜〇三年『週刊少年ジャンプ』連載。空条承太郎の娘・空条徐倫《くうじょうジョリーン》は、恋人から罪を被せられ刑務所に入れられてしまう。これは〈天国へ行く方法〉を探すプッチ神父が、懇意にしていたディオの残した記録を見た空条承太郎の記憶を奪うために仕掛けた罠だった。父の記憶を取り戻すため、徐倫は立ち上がる。

【ジョジョの奇妙な冒険 part7 スティール・ボール・ラン】長篇。〇四年〜『週刊少年ジャンプ』『ウルトラジャンプ』連載（継続中）。〈スティール・ボール・ラン〉と呼ばれる北アメリカを横断するレースを舞台に、レース参加者の思惑、大統領の陰謀などが複雑に絡

み合いながら物語は進行する。　（真栄田）

有馬啓太郎（ありま・けいたろう　一九六九〜）大阪府出身。別名に有馬秘太郎、有馬晴臣。九五年「エロ漫王」（海王社『コミックウインクル』、有馬ピーッ太郎名義）でデビュー。美少女吸血鬼と、吸血鬼の影響を受けず、逆に力を与える血の持主である現代日本青年のラブロマンスを核に、吸血鬼たちと異能者たちの戦いを描いたオカルト伝奇ファンタジー「月詠《ムーンフェイズ》」（九九〜〇九・ワニブックス『月刊コミックガム』連載）で人気を博す。同作は〇四〜〇五年にテレビアニメ化された。ほかに、ＳＦラブコメディ「お気楽極楽ノストラざまス」（九八〜九九・同連載）「うりポッ」（〇四〜〇七・マッグガーデン『コミックブレイドMASAMUNE』連載、単行本描き下ろし）など。　（石堂）

安野モヨコ（あんの・もよこ　一九七一〜）叔父は漫画家の小島功。夫はアニメ監督の庵野秀明。東京生。関東高校在学中に『別冊少女フレンド』に投稿して入賞、研究生となり、卒業後の八九年『別冊フレンドＤＸ Juliet』掲載の「まったくイカしたやつらだぜ！」でデビュー。岡崎京子のアシスタントを経て、それまでよりも年齢層の高い読者に向けて発表した「ハッピー・マニア」（九五〜〇一）が大ヒットする。現代的な流行やファッションを取り入れたスタイリッシュな絵柄で、女性たちの性の本音なども小気味良くストレートに描く作風は大反響を呼び、九八年にテレビドラマ化もされた。その後は意欲的に様々なジャンルで話題作を生み出し、男女の別なく強い支持を受けている。代表作に江戸吉原が舞台の「さくらん」（〇一〜〇三、〇五〜未完、〇七年映画化）、女性編集者が主人公の「働きマン」（〇四〜、〇六年テレビアニメ化、〇七年テレビドラマ化）などがある。

　青春群像物や社会的なテーマも含んだ一連の作品で知られる安野だが、初期にＳＦ的な設定やファンタジーに材を取った作品をいくつも描いていることは興味深い。発電体質の少女が主人公の初期短篇「超感電少女モナ」（九四・『別冊少女フレンド』）をはじめ、超能力を持つ女子高生と宇宙人との恋を描いたＳＦ学園コメディ『パトロール・ＱＴ』（九七・講談社）、ファッション誌の『CUTiE』（宝島社）に連載したサイボーグのエミリ（ベイビーＧ）と悪の美女集団が闘うＳＦアクション『ベイビーＧ』（〇一・飛鳥新社）などがある。ほかにも、未来からやってきた少年が二十世紀を音楽で救おうとするシリアスなＳＦ「エンジェリック・ハウス」（九七〜九八・講談社『Amie』連載）や、世界で二番目に寒い地に暮らす二人の少年の暮らしをメルヘン・タッチで描いたファンタジー連作「ツンドラ　ブルーアイス」（九八〜二〇〇〇・集英社『YOUNG YOU』）では、作風の幅の広さを示した。そして自ら企画を持ち込み幼年向けの〈少女漫画〉ジャンルに挑んだ「シュガシュガルーン」は〈魔法少女〉を主人公にした異世界ファンタジーの意欲作である。低年齢の読者にもアピールするよう、わかりやすい画面構成や愛らしい小物など細部にまで工夫がなされた同作は、〇五年、第二十九回講談社漫画賞の児童部門を受賞し、同年にテレビアニメ化もされた。同誌での次の連載として、頭に浮かんだイメージを幻影として映像化できる能力を持った少女ヒメノが主人公のファンタジー「月光ヒメジオン」（〇七〜休載中）がある。

【シュガシュガルーン】長篇。〇三〜〇七年『なかよし』連載。魔界の王国〈ロワイヨーム〉の魔女の娘ショコラと王女バニラは次期女王《クイーン》候補としての試験を受けるため、人間界の学校に通うことになる。人間《マグル》たちの中で楽しい学校生活を送りつつ、人間のラブパワーから生まれるハートを奪いその数を競う二人だが、次第に王国《ロワイヨーム》と敵対する闇の魔法使い〈オグル一族〉の企みに巻き込まれる。幼なじみで親友でありながら女王の座を巡るライバルとして競う二人の少女の友情にショコラと〈オグルの王子〉ピエールとの恋愛も絡め、王国の存亡の危機をも描いた一大ファンタジー作品である。　（小西）

飯田耕一郎（いいだ・こういちろう　一九五一〜）京都市生。虫プロ商事『COM』『ファニー』、芸文社『コミックVAN』の編集者を経て漫画家となる。「沙の悪霊」（八二〜八三・『リュウ』）は、阿修羅の転生者である女子高生・真魚が超常能力を発現させ、自らの真実に目覚めていくオカルト・ファンタジー。破壊と創造の神シヴァが誕生する契機が兄妹相姦にあるという設定、現代の真魚が時空を超えて空海を密教に導くという趣向を備え、アクションでもホラーでもなく、ミステリ系のオカルト物である点が特色。その後、女霊能者・姫野命が活躍するホラー系オカルト連作《邪学者・姫野命》（八三〜八八・白夜書房『漫画ブリッコ』、徳間書店『メディウム』他）も描いている。このほか、桐山靖雄原作による解説漫画《マンガ密教念力》（八八〜八九・徳間書店）などもある。また、『本の雑誌』で漫画時評を連載するなど、漫画評論の分野でも活躍し、『耳のない兎へ』（八〇・北宋社）ほかの著作がある。（石堂）

五十嵐大介（いがらし・だいすけ　一九六九〜）埼玉県生。多摩美術大学卒。「お囃しが聞こえる日」（九三・『アフタヌーン』）で四季大賞を受賞しデビュー。自然物や生き物、風景などを緻密に描き込むことにより、目に見えぬ幻想世界を表現している。魔女をテーマにした連作「魔女」で〇四年文化庁メディア芸術祭マンガ部門優秀賞を受賞。ほかに、日常の情景に不思議が入り込む短篇連作「はなしっぱなし」（九四〜九六・同）、少女がフクロウの霊に取り憑かれる「そらトびタマシイ」（九八・同）、怪力の少年が山神の生贄となる少女を救おうとする「熊殺し神盗み太郎の涙」（九九・同）などがある。世界中の魚が光りながら消失していく事件が続く中、一人の少女がジュゴンに育てられた二人の不思議な少年たちと出会う物語「海獣の子供」（『月刊IKKI』）を〇六年より連載中。

【魔女】連作。〇三〜〇五年『月刊IKKI』掲載。強大な魔力を手に入れ、自分を拒んだ男に復讐しようとする魔女とそれを阻止するため遣わされた遊牧民の少女が対決する「SPINDLE」、開発の進む熱帯雨林で恋人を殺された女呪術師の復讐を描く「KUARUPU」、宇宙空間から持ち込まれた無機物を生物化してしまう石の力を自らの身体で封じ込めた魔女の物語「PETRA GENITALIX」など、言語化されぬ世界の秘密を視る存在としての〈魔女〉を描く。（有里）

池上遼一（いけがみ・りょういち　一九四四〜）福井県越前市生。貸本劇画「魔剣小太刀」（六二・光伸書房『魔像』）でデビュー。「罪の意識」（六六・『ガロ』）の画力が水木しげるに評価され、水木プロのアシスタントを務める傍ら、『白い液体』（六七・東考社）、「夏」「地球儀」（共に六七・『ガロ』）など、つげ義春の影響の強い不条理感漂う短篇を発表した。初期の代表作として、橘外男の海洋綺譚を原作とする「ウニデス潮流のかなた」（六九・『週刊少年マガジン』）、国枝史郎の伝奇時代小説「神州纐纈城」をアレンジした「黄金仮面」（六九・『週刊少年ジャンプ』）、三遊亭円朝の怪談噺「真景累ケ淵」を題材とした「かさね」（七〇・同連載）、スタン・リー原作のアメリカン・コミックスに基づいた「スパイダーマン」、大雪山の原生林に棲息する蝶の怪異を描く「人面蝶」（七一・『週刊少年マガジン』）、黒塚の鬼女伝説をモチーフとした「安達ケ原の鬼女」、獰猛な鳩が人間を襲撃し始める「狂い鳩」（共に七二・同）などを挙げることができる。無法の学園を舞台としたバイオレンス物「男組」（七四〜七九、雁屋哲原作）のヒットで劇画の第一人者という評価を確立し、小池一夫や武論尊（史村翔）らの原作による作品を多数発表している。幻想味の強い作品としては、国際秘密結社・十三賢人同盟に狙われる超能力少女の活躍を描く「舞」（八五〜八六・『週刊少年サンデー』連載、工藤かずや原作）、幕末の日本を舞台に外国人宣教師と新撰組隊士が日本とユダヤを結ぶ謎に迫る「赤い鳩《アピール》」（八八〜八九・『ビッグコミックスピリッツ』連載、小池一夫原作）などを挙げることができる。「覇―LORD―」（九八

～〇四、武論尊原作）で第四十七回小学館漫画賞（〇一）を受賞。

【スパイダーマン】連作長篇。七〇～七一年『別冊少年マガジン』連載。当初はアメリカン・コミックスの日本版（小野耕世翻案）としてスタートし、第四話「にせスパイダーマン」から第七話「おれの行く先はどこだ!?」は池上遼一のオリジナル、第八話「冬の女」以降は平井和正が原作を担当した。主人公・小森ユウが放射能を浴びた蜘蛛に噛まれて超能力者となる基本設定は米国版と共通するが、彼の超能力は最終的に何の救済ももたらすことができず、当時の少年向けとしては異色のヒーロー物となっている。なお、平井和正原作のエピソードのうち、「金色の目の魔女」「スパイダーマンの影」「虎を飼う女」は、それぞれ小説「魔女の標的」「人狼、暁に死す」「虎よ!虎よ!」の原型となった。（久留）

池川伸治（いけかわ・しんじ　一九三八～）別名に池川伸和、池川伸一、池川かずみ、池川千鶴、夏川ちさと等多数。埼玉県生。牧かずまのアシスタントを経て、五七年十二月に少女スリラー「くらやみの天使」（池川伸和名義、若木書房）でデビュー。初期は師匠である牧かずまの影響もあってセンチメンタルな少女漫画が中心だったが、やがて少女向け怪奇スリラーの分野でその才能を開花させる。頑迷で狂信的な道徳意識、極端な潔癖症や強迫観念、過度の精神的・肉体的劣等感などが引き起こす惨劇や超常現象を描くのが得意。非常に過激で血生臭い表現や描写がある一方で、テーマは意外にも教訓的なのが特徴である。表現に制約のほとんどない貸本漫画の世界で主に活躍したため、煽情的かつ刺激的なタイトルの作品が多い。六〇年代後半の貸本漫画末期に杉戸光史らと太陽プロを結成し、中心的役割を担う。この頃のアシスタントに、後に郷力也の筆名で「ミナミの帝王」を描く川辺フジオがいる。七〇年代に入ってからは、池川伸一名義でひばり書房の新書判単行本シリーズに描き下ろし作品を次々と発表し、息の長い活躍を見せた。主な作品に、『天才少女の死』（六三・宏文堂）『白面貴婦人』『夢の中の少女』（共に六四・同）『白痴美人』『白い骸』『死季の花』『私の霊柩車』（いずれも六四・ひばり書房）『三度目の死化粧』『赤い部屋白い部屋』『三つ目のママ四つ目のパパ』『毒虫と聖女』『黒バラ双生児』『カラカポン』（いずれも六五・同）『ゆり子・ろくろ首』『きちがい料理』（共に六六・同）『殺子・殺子の母』『へん血くりん』『ミミのお稲荷さん』（いずれも六七・同）等がある。（成瀬）

池沢理美（いけざわ・さとみ　一九六二～）東京墨田区生。八四年「ガラスの波にささやいて」が第二十七回フレンドなかよし新人漫画賞に佳作入選し、『別冊フレンドDX Juliet』にてデビュー。初期には「夏がいそいでる」（八八）など、一般的な青春物を描いていたが、二重人格物のラブコメディ「アクマで純愛」（八九～九〇・『別冊フレンド』連載）の頃より作風に変化が見られ、ファンタスティックな設定を扱うようになる。別掲作のほか、頭に盆栽をぶつけた拍子に予知能力を得てしまった少女が主人公のラブコメディ「見エスギチャッテコマルノ」（九〇～九一・同連載）、二十年前の過去から現在へとタイムスリップしてきた少年とのラブコメディ「愛と青春の××《ペケペケ》」（九二～九三・同連載）、男性に変態する肉体を持つ少女がその秘密に迫るSFサスペンス「天使のフェロモン」（九六～九七・同連載）など。二〇〇〇年、雌犬ポン太が人間の少女に変身して一途に少年・未来を慕うというラブコメディ「ぐるぐるポンちゃん」（九七～二〇〇〇・同連載）で第二十四回講談社漫画賞を受賞。同作は忠実で素直な犬の特性を活かした愛らしいラブコメディで、死という試練をくぐり抜けてポン太が完全な人間に生まれ変わるまでが描かれているが、ポン太を愛するようになった未来が、獣姦ではないかという恐れを乗り越えてポン太と結ばれるシーンなどもあり、興味深い。

【憑いてますか】長篇。九三～九六年『別冊フレンド』連載。実力、美貌共にナンバーワンの女優・河島アンナが食中毒で死んで幽霊となってしまう。アンナは、自分の姿を見ることができる女優志望の桃子に憑依し、やがては桃子の霊を追い出して、人生を取り戻そうとするが……。芸能界物をベースに、二人の男性の間で揺れる少女を描いたラブロマンスだが、少女の人生に横やりを入れるのが我の強い霊であるという点で、物語に変化が付いている。死後のアンナの物語（漫画作品そのもの）を舞台劇に仕立て、アンナの思いを桃子が演じることによってアンナを浄霊するというクライマックスは秀逸。（石堂）

池野恋（いけの・こい　一九五九〜）岩手県花巻市出身。七九年「HAPPY END ものがたり」（『りぼん　お正月大増刊号』）でデビュー。月刊誌『りぼん』が公称発行部数二〇〇万部を超えて数ある少女漫画誌のなかで頂点を極めた八〇年代後半に、その人気を支えた作品が、池野の代表作「ときめきトゥナイト」である。同作は、吸血鬼と狼女のハーフとして生まれ、人間界で育った魔界人の江藤蘭世《ランゼ》がかつて魔界を追放された王妃の息子・真壁俊に恋するラブコメディで、連載開始すぐにアニメ化されて爆発的な人気を博し、長期連載となった。パラレルストーリーとして「ときめきミッドナイト」（〇一〜・集英社『Cookie BOX』『Cookie』不定期連載）がある。ほかの作品にも、いわゆる〈戦闘美少女〉が主人公の「ナースエンジェルりりかSOS」（九五〜九六・『りぼん』連載、秋元康原作）があり、九五年にアニメ化されている。

【ときめきトゥナイト】長篇。八二〜九四年『りぼん』連載。当初はラブコメディの印象が強いが、吸血鬼と狼女の血をひくヒロイン蘭世の恋の相手である俊が、魔界の王子アロンの双子の兄であることが判明して以降のシリアスなファンタジー展開で、さらに多くの読者を獲得、魅了した。コミックス全三十巻（集英社）、文庫全十六巻（同）は、三つのパートで構成され、第二部では蘭世の弟・鈴世《リンゼ》と超能力を持つ少女なるみの恋愛、第三部では蘭世と俊の娘・愛良《あいら》の恋愛が主軸におかれた。第三部の完結篇として「星のゆくえ―ときめきトゥナイト完結編―」（九九・『りぼん増刊号』）がある。また、池野が八五年に『ぱふ』（雑草社）のインタビューで、自身の今まで読んだ中で〈最も印象的な漫画作品〉として、同じく吸血鬼が主人公の「ポーの一族」（萩尾望都作、七二〜七六）をあげていることも興味深い。（小西）

石川球太（いしかわ・きゅうた　一九四〇〜）本名昌和。初期の別名に石川輝義。神奈川県横浜市生。五四〜五五年にかけて『漫画少年』に投稿作が多数掲載されたのち、『ななし野ものがたり』（五六・漫映出版）で本格デビュー。貸本では、醜い科学者が自らの脳を人造人間に移し変える「フランケンシュタイン博士」（五七・日昭館『幻』）などの作品があるが、すぐに雑誌に舞台を移し、以後六四年頃までは、探偵物やSF、野球漫画から少女メロドラマまで、様々なジャンルの作品を手がけていく。この時期には、黒覆面とコスチュームで少女まゆみがスーパーローズに変身、超能力で事件を解決する「スーパーローズ」（五九〜六一・秋田書店『ひとみ』）、金星に移住した人類の子孫が滅亡した地球に新たな国家を建設しようとする「地球王子」（六一〜六二・『冒険王』）、宇宙人に超能力を授かった少年アキとロボットのロロの活躍を描く「巨人《ジャイアント》ロロ」（六三〜六四・『まんが王』）といった作品を連載している。とりわけ「スーパーローズ」は、透明少女や鏡の魔女などが登場する怪奇少女探偵物で、黒バニーのレオタード姿で闘う少女は妖しいエロスに満ちており、美少女スーパーヒロイン物のルーツとして特筆されるべき作品である。山川惣治の絵物語「少年ケニヤ」（六一〜六二・『週刊少年サンデー』連載）を漫画化したあたりから、次第にジャングル物、動物もの、秘境冒険物メインに移行。デビュー当初は手塚タッチだった絵柄もリアルになっていき、代表作の一つ「原人ビビ」（六六〜六七・同）を連載する頃にはそのスタイルがほぼ完成。以後、執筆活動は八〇年代中頃まで続いたが、SF・怪奇系の作品には特撮テレビのコミカライズ

「怪獣王子」（六七〜六八・『少年画報』連載）、「人間椅子」（七〇・『週刊少年キング』連載）ほか江戸川乱歩作品の漫画化、そして問題作「巨人獣」などがある。

【巨人獣】 長篇。七一年『週刊少年キング』連載。ある朝、平凡なサラリーマンの男が目覚めると、その身体が大きくなっていたことから物語は始まる。十数メートルからやがて五十メートルにも達した巨人が社会にもたらす混乱を、じっくりとリアルに描いていく。当初は同情的でもあった社会は、次第に巨人を疎外するようになり、やがて国家は巨人を抹殺しようとする。カフカの「変身」を思わせる不条理劇だが、巨人ゆえに公衆の面前に晒され、それが軋轢を生むことになり、政治や民衆の中にひそむ悪魔の姿をあぶり出していく。七〇年代初期の時代背景が生んだ、異色のSFドラマである。（想田）

石川賢（いしかわ・けん　一九四八〜二〇〇六）本名賢一。栃木県那須郡烏山町生。六九年に永井豪のアシスタントとなり、永井豪との合作「学園番外地」（六九〜七〇・『少年画報』連載）でデビュー。単独作品としては「それいけ！コンバット隊」（七〇・『別冊少年ジャンプ』連載）がデビュー作となる。一時独立した後、七四年にダイナミックプロに復帰し、以後は永井豪と並んで同プロダクションを代表する漫画家として活躍した。代表作としては、《ゲッターロボ》および《虚無戦記》の二大サーガをはじめ、実の父親により〈魔獣〉に改造された来留間慎一と〈神〉の十三使徒（父親はその一員）との闘いを描く「魔獣戦線」（七五〜七六・『少年アクション』連載）および続篇「真説魔獣戦線」（〇一〜〇四・『チャンピオンRED』連載）、人間界に双子の姉弟として生まれたテレサ（悪魔）とユンク（神）の愛と闘いを描く「聖魔伝」（七六〜七九・朝日ソノラマ『月刊マンガ少年』連載、辻真先原作）、魔空に封印された黄金城を狙う武田信玄や織田信長と犬塚信乃ら八犬士の闘いを描く「魔空八犬伝」（八八〜九〇・集英社『月刊ベアーズクラブ』連載、九七・徳間書店）、山田風太郎の原作に基づく『魔界転生』や、「柳生十兵衛死す」（二〇〇〇〜〇二・『ビジネスジャンプ』連載）、「西遊記」をモチーフにタクラマカン砂漠の地下に封印された怪物〈禍〉を巡る復讐劇を描く「禍—MAGA—」（九九〜二〇〇〇・『ビッグコミックスピリッツ』連載）、国枝史郎の未完の原作を補完した『神州纐纈城』（〇四・講談社）などが挙げられる。このほかの代表作に、「宇宙長屋」（七九・日本文芸社『週刊漫画ゴラク』連載）や「ザ・ジョークマン」（七九〜八三・同連載）などのギャグ漫画、日本政府の手によりサイボーグ化された〈極道兵器〉こと岩鬼将造が暴れ回るバイオレンス物「極道兵器」（九六〜九七・リイド社『コミックジャックポット』、九八〜九九・実業之日本社『週刊漫画サンデー』連載）、「爆末伝」（九四〜九五・『コミックジャックポット』連載）や「回天—幕末剣銃士—」（九六・学研『コミックガイズ』連載）といった破天荒な幕末物、柳生一族と天海僧正の暗闘に巻き込まれた幾人もの宮本武蔵を描く「武蔵伝—異説剣豪伝奇—」（〇五〜〇六・リイド社『コミック乱TWINS』連載）、絶筆となった「五右衛門」（〇六〜〇七・同連載）などがある。

【ゲッターロボ】 連作長篇。永井豪と共同原作。テレビアニメとの連携企画として、流竜馬らの搭乗するゲッターロボと恐竜帝国との闘いを描く「ゲッターロボ」（七四〜七五・『週刊少年サンデー』連載）、および百鬼帝国との闘いを描く続篇「ゲッターロボG」（七五・同、七五〜七六・『冒険王』連載）が発表された。巨大ロボット物に合体・変形メカのコンセプトを導入し、アニメ、漫画共に人気を博した。その後、「ゲッターロボ號」（九一〜九三・徳間書店『月刊少年キャプテン』連載）「ゲッターロボ〓《アーク》」（〇一〜〇三・『アクションピザッツ増刊スーパーロボットマガジン』連載）と描き継がれ、〈ゲッター線〉と進化の秘密を巡る一大サーガに成長した。このほか、「ゲッターロボG」と「ゲッターロボ號」のミッシングリンクを物語る「真ゲッターロボ」（九七・双葉社『新スーパーロボット大戦Ｆコミック』他）がある。

【虚無戦記】長篇。全宇宙を呑み込まんとする超空間〈ラ・グース〉に属する〈神の軍団〉および生物兵器〈ドグラ〉と、その侵攻に立ち向かう〈美勒王〉〈虎空王〉〈羅王〉といった諸勢力の時空を超えた壮大な宇宙的闘争を描く未完の伝奇サーガ。平安京を舞台に魔物と陰陽師の闘いを描く「新羅生門」（九四・エニックス『ガンガン増刊ファンタスティックコミック』）、織田信長を狙う果心居士の陰謀を描く「忍法・本能寺　果心居士の妖術」（九二・『コミックジャックポット』）、宇宙戦艦〈竜の艦〉を巡る真田幸村・真田十勇士と無幻美勒・九龍一族の闘いを描く「虚無戦史MIROKU」（八七〜八九・『月刊少年キャプテン』）、家族を虐殺され身体をバラバラにされた超能力者〈虎〉の復讐を描く「5000光年の虎」（八〇〜八二・『リュウ』連載）、林間学校の小学生が遭遇した〈ドグラ〉の恐怖を描く「次元生物奇ドグラ」（八五・講談社『コミックボンボン増刊』）、九龍一族の末裔と〈ドグラ〉の闘いを描く「ドグラ戦記」（八七・『少年キャプテン増刊コミックカーニバル』）、荒廃した未来の関東羅生門を舞台に果心居士・織田信長と空海坊爆烈の闘いを描く「邪鬼王爆烈」（八七〜八八・朝日ソノラマ『コミックファイター』連載）、自己進化する巨大ロボット〈邪鬼王〉とムー帝国のロボット軍団の闘いを描く「スカルキラー邪鬼王」（九〇〜九一・『月刊少年キャプテン』連載）。以上の諸作を再編し、さらに描き下ろしを加えて『虚無戦記』（九九〜二〇〇〇・双葉社）として刊行された（「スカルキラー邪鬼王」は〇二年の文庫版『虚無戦記』の第五巻で編入）。

【魔界転生】長篇。八七年角川書店刊。山田風太郎の同題小説を原作とする。島原の乱に敗れた軍師・森宗意軒が復活させた柳生但馬守、宝蔵院胤舜、荒木又右衛門、宮本武蔵、天草四郎らに柳生十兵衛が立ち向かうという基本設定は原作に準じているが、中盤以降の独自の展開と魔界・魔物の執拗な描写により、「虚無戦史MIROKU」と並ぶ伝奇時代物の傑作となった。

【桃太郎地獄変】短篇。八〇年『リュウ』掲載。昔話でお馴染みの、犬・猿・雉をお供に連れて鬼退治に行った桃太郎が、殺戮・略奪・裏切りの中で次第に変貌していく姿を描く。小品ながら石川賢作品のエッセンスを凝縮した佳作である。　（久留）

石ノ森章太郎（いしのもり・しょうたろう　一九三八〜九八）本姓小野寺。宮城県登米郡中田町石森生。宮城県立佐沼高校卒。当初のペンネームは石森章太郎で「いしのもり」と読ませるはずだったが、「いしもり」が定着してしまったため、八五年「石ノ森」に改名した。高校在学中に「二級天使」（五五・『漫画少年』）でデビュー。卒業後上京して、漫画家活動を始めた。

初期の石ノ森は、何よりもまず、実験精神に富んだ少女漫画の変革者であった。この時期の幻想系・ＳＦ系の主な作品には、少女漫画にＳＦスリラーを導入した「幽霊少女」（五六〜五七・『少女クラブ』連載）、素朴なファンタジー「青い月の夜」（六〇・同）、ロバート・ネイサンの「ジェニーの肖像」を下敷きにした時間テーマの佳作「昨日はもうこないだが明日もまた…」（六一・同）、「龍神沼」（六一）、過去、現在、未来を舞台とする吸血鬼テーマのオムニバス「きりとばらとほしと」（六二・同）、火星人が地球人そっくりの侵略用ロボットを送り込んでくる「金色の目の少女」（六五・『週刊少女フレンド』）などがある。同時期の少年漫画分野のＳＦ作品には、アニメ「空飛ぶゆうれい船」（六九）の原作「幽霊船」（六〇〜六一・『少年』連載）、本格的な侵略破滅テーマの「赤いトナカイ」（六二〜六三・学研『中1コース』連載）、日常と地続きの冒険世界で少年が大人と戦う「少年同盟」（六二・『少年』連載）、未来世界に入り込んだ青年の恋と冒険の物語「迷子」（六二・早川書房『ＳＦマガジン』連載）、スパイ・アクション「ゼロゼロ指令」（六三〜六四・集英社『少年ブック』連載）などがある。六一～六二年に『少女』（光文社）に連載されたのち、六五～六七年に『週刊少年サンデー』などに不定期連載された超能力テーマの「ミュータントサブ」は、初期の重要な作品であり、六四年にはライフワーク「サイボーグ009」の連載が始まった。六七～六九年には、漫画史上画期的な幻想的映像実験「章太郎のファンタジーワールド　ジュン」を連載し、その後も、お色気スパイ・アクションSF「009ノ1」（六七～七〇・『週刊漫画アクション』連載）、「幻魔大戦」（六七）、人類の未来を背負って神へと至る道を歩む少年を描く「リュウの道」（六九～七〇・『週刊少年マガジン』連載）など、優れたSF漫画を数多く生み出した。

　石ノ森が確立した重要なジャンルにヒーロー・アクション物がある。「仮面ライダー」の原型となった、異様に暗い世界観を持つ中篇「スカルマン」（七〇・『週刊少年マガジン』）を皮切りに、エポック・メイキングな「仮面ライダー」（七一・『週刊ぼくらマガジン』『週刊少年マガジン』連載）、「人造人間キカイダー」（七二～七四）、変身ヒーローに時代劇の要素を加えた「変身忍者　嵐」（七二～七三・『週刊少年マガジン』『希望の友』連載）、捜査用ロボットと人間の刑事たちが犯罪ロボットレンタル組織と戦う「ロボット刑事」（七三・『週刊少年マガジン』連載）、蛹から蝶への羽化のイメージが特徴的な「イナズマン」（七三～七四・『週刊少年サンデー』連載）、戦隊物の先駆けである「秘密戦隊ゴレンジャー」（七五～七六・『小学五年生』『週刊少年サンデー』連載）など、枚挙に暇がない。マスクヒーローの型のほとんど全てを作ったといっても過言ではなく、特撮番組の原作者としての後世への影響は絶大である。

　石ノ森のSF漫画には、科学と幻想（超自然）の間《あわい》を漂う、いわば〈科学的幻想漫画〉とでも呼ぶべきタイプの作品がしばしばある。例えば、オカルティックな「ブルーゾーン」（六八・『週刊少年サンデー』連載）にしても、異次元からの侵略という〈科学的説明〉がなされるし、「サイボーグ009」の「エッダ編」（七六）に登場する神話世界の怪物は未来人が作った〈機械〉であるなど、幻想的なテーマの作品であっても、しばしば科学の風が吹き込んでくる。逆に、「幻魔大戦」は本格SF漫画であるが、ほとんど超自然的な存在である幻魔との神話的戦いは、限りなく〈ファンタジー〉に近いともいえる。この傾向（科学にも幻想にも振り切れない）は、それ自体〈超科学〉とも〈超自然〉ともいい難い〈超能力〉を主題とするときに、特に顕著である。「ミュータントサブ」を例にとると、地底に閉じ込められたまま数世代にわたって生き延びてきた人間と動物たちが超能力を得るに至る「白い少年」（六五）のエピソードや、民話世界と歴史改変を結びつけた「雪と火のまつり」（六六）のエピソードにおいて、科学と幻想の完璧な融合を見ることができる。

　石ノ森作品の幻想性は、その技法にも由来している。「章太郎のファンタジーワールド　ジュン」が極端な例だが、幻想以外のジャンルの漫画であっても、スタイリッシュな映像的実験・技法の実験が、しばしば超自然的・超現実的な画面空間を作り出し、〈主題ではなく、技法に由来する幻想〉を呼び起こす。「白い少年」がもたらす幻想漫画としての圧倒的な感銘は、その主題だけではなく、テレパシーの技巧的描写や、最後に地上に脱出した主人公たちの前に広がる広大な風景の寂寥感にも因っているのである。石ノ森の最高傑作のひとつ「佐武と市捕物控」（六七～七二）は、SF漫画でも幻想漫画でもない時代劇だが、情景描写・心理描写はしばしば幻想的で、ほとんど超現実的ですらある。

　SF系・幻想系以外の作品も、「HOTEL」（八四～九八）『マンガ日本経済入門』（八六）『マンガ日本の歴史』（八九～九三）など、数多い。『マンガ家入門』（六五・秋田書店）は、大勢の漫画家たちを育てるという歴史的に重要な役割を果たした。六六年「ミュータントサブ」「サイボーグ009」で第七回講談社児童まんが賞、六八年「章太郎のファンタジ

ーワールド　ジュン」「佐武と市捕物控」で第十三回小学館漫画賞、八八年「HOTEL」「マンガ日本経済入門」で第三十三回小学館漫画賞青年一般向け部門、同年「マンガ日本経済入門」で第十七回日本漫画家協会賞大賞、九八年、全作品に対して、第二十七回日本漫画家協会賞文部大臣賞、同年、マンガとマンガ界への長年の貢献に対して第二回手塚治虫文化賞マンガ特別賞を受賞した。

▼『石ノ森章太郎萬画大全集』全五百巻（〇六〜・角川書店）

【龍神沼】短篇。六一年『少女クラブ』掲載。従姉妹が住む村を訪れた少年の前に、白い着物姿の謎の少女の姿が見え隠れする。時あたかも、腹黒い村長が神主と手を組み、龍神の祟りをでっち上げて村人たちの土地を奪おうと画策していた。やがて、龍神祭りが始まる……。映像的実験を駆使した優れた幻想漫画であるばかりでなく、『マンガ家入門』において石ノ森自身によって詳細な分析が施され、のちに漫画文化を担うこととなる大勢の若い漫画家志望者たちの教科書となったという意味でも、漫画史上極めて重要な、神話的傑作である。

【サイボーグ009】連作長篇。六四〜六五年に『週刊少年キング』に連載された後、『週刊少年マガジン』『冒険王』『COM』ほか十数誌にわたって描き続けられたが、石ノ森の死により未完に終わった。死の商人・黒い《ブラック》幽霊団《ゴースト》に捕えられ、サイボーグ戦士の試作品に改造された島村ジョーたち九人は、自分たちを改造したギルモア博士と共に脱走し、ブラックゴースト団と闘う。全世界を半永久的な戦争状態に陥れることを究極の目的とするブラックゴースト団の本質は、尽きることのない人間の欲望そのものであり、人の心を持ちながらヒトでも機械でもないサイボーグ戦士たちは、常に闘いの意味自体を自己に問い続けることとなる。シリーズの後半では、ブラックゴースト団以外の敵や謎にも挑んでいく。六六〜六八年、七九〜八〇年、〇一〜〇二年の三度にわたってテレビアニメ化され、六六年、六七年、八〇年に劇場版が公開された。七九年にはラジオドラマも制作されている。

【幻魔大戦】長篇。六七年『週刊少年マガジン』連載。平井和正原作。未完の傑作。宇宙の全てを無に帰すことを目的とする〈幻魔〉が宇宙の全域で繰り広げている戦乱が地球におよんだとき、主人公・東丈《あずまじょう》は超能力に目覚め、幻魔に対抗するために超能力者たちを集めるが、彼我の力の差は、あまりにも歴然としていた……。幻魔は〈増大するエントロピー〉の比喩とみなすこともできる。幻魔の圧倒的な力によって月が地球に急接近してくる衝撃的・絶望的なラストシーンは、SF漫画史上、最高の名場面のひとつである。八三年、アニメ映画化された。

【章太郎のファンタジーワールド　ジュン】短篇連作。六七〜六九年『COM』連載。既成の幻想絵画を〈引用〉するのではなく、幻想絵画としての漫画作品を〈創作〉した、画期的な作品。特定のストーリーを持たずに、無限連想の手法で意識と感情の流れを紡いでいく〈抒情的シュルレアリスム〉とでも呼ぶべき作品世界は、若いクリエーターたちに衝撃を与え、漫画表現の幅を大きく広げた。

【人造人間キカイダー】長篇。七二〜七四年『週刊少年サンデー』連載。不完全な良心回路を持って生まれたアンドロイド・キカイダーは、アンドロイドをコントロールするプロフェッサーギルの笛の音に苦しめられながら、悪のロボット軍団〈ダーク〉と戦う。善と悪の狭間で苦悩する人造人間が人間になることを目指すという、ヒーロー・アクション物としては独創的な構造は、「ピノキオ」を下敷きとしている。終盤、人間と同様に善と悪の心を持つに至ったキカイダーは、嘘をつくことができるようになり、物語は凄惨で悲劇的な結末を迎える。実写テレビドラマは七二〜七三年に放映され、二〇〇〇年にテレビアニメ化、〇一年にOVA化された。　（倉田）

泉ゆき雄（いずみ・ゆきお　一九三八〜）本名山田弘。初期の別名に岩井広。京都市生。

大野きよしの弟子を経て、ウラニウムを食べる水爆ミイラが戦車相手に立ち回る『大空の決戦』（五〇年代中頃・あたみ社）でデビュー。貸本漫画で戦記物や時代劇などを手がけたのち、マスクのヒーロー・円盤少年がミサイル団と闘う「円盤少年」（五九・『日の丸増刊』）で雑誌に進出する。次いで、ウラン鉱山から出現した巨大ゴリラや古代の怪獣が暴れまわる「スーパー・コング」（五九〜六〇・『漫画王』）、白鯨型の宇宙船で地球に来襲するハレー彗星人ほかを相手にいなずま部隊が活躍する「もうれついなずま部隊」（六一〜六二・講談社『たのしい四年生』『たのしい五年生』）などを連載。後者はのちの作品につながるグループ・アクション路線で、戦記漫画に通じる戦略的な面白さと迫力あるメカ・アクションが闘いを盛り上げており、また、グローバルな視点も備えていた。反面、幼さの残る絵柄、荒唐無稽なアイディア、ギャグともつかぬ過剰な漫画的表現などが特徴で、それらが渾然一体となった世界は、ユニークで個性的であった。六四年には『少年画報』の名編集長・金子一雄に依頼され、高野よしてるがかつて同誌に描いた作品のリメイクで、空飛ぶ大仏を操る優れた科学力を持った赤ん坊たちが、地球の平和のために様々な敵と闘う「赤ん坊帝国」（六四〜六五）を連載する。高野版を下敷きに自由にふくらませたこの作品は、原作のアイディアと泉の個性がよくマッチしており、人気作となった。隕石に乗って地球に飛来した設計図から組み立てられたロボットたちが派手なメカ・バトルを繰り広げる「大マシン」（六七〜六八・『少年』連載）と共に、泉ゆき雄の代表作である。怪奇漫画ブーム期には、ペーソスを含んだ妖怪ユーモア漫画「妖怪家族」（六七〜六八・『まんが王』）、七つの神通力を持つカッパの子供を主人公にした異色時代物「カッパの千坊」（六八〜六九・『少年画報』）を連載。しかし、アイディアが枯渇したことから「カッパの千坊」を途中で降板して、石井いさみにバトンタッチする。以降、ペンを折ってサラリーマンになるが、定年退職後には本名の山田弘名儀で一コマ漫画を執筆し、信州漫画コンクールの最優秀賞、第七回富永一朗漫画大賞特別賞などを受賞した。なお、〈箱絵〉で知られる泉ゆきをは別人。　（想田）

板橋しゅうほう（いたはし・しゅうほう　一九五四〜）本名秀法《ひでのり》。京都市立芸術大学卒。悪の因子ソリトイを持つ人類とソリトイと敵対するガーディザンとの時空を超えた戦いを描いた、パロディとシリアスのアマルガム「ペイルココーン」（七七〜七八・みのり書房『月刊OUT』）でデビュー。アメリカンコミックス風の表現によるSFアクションの漫画家。サイバーSF、人類進化テーマ、オカルトなどを混交した作風に特徴があるが、打ち切りや掲載誌廃刊となって中途半端に終わる作品も多い。代表作に、現代日本と思えたものが実は進化の実験場ともいうべき巨大な宇宙船であったことが明らかになるサイキック・アクション「アイ・シティ」（八三〜八四・『月刊スーパーアクション』連載、八六年にOVA化）、人工星《スリックスター》マイダスを舞台に、大脳に働きかける放送プログラムやクローン、霊能などをモチーフとしたSFアクション「スリック・スター」（九〇〜九三・『月刊コミックトム』連載）。ほかの作品に、特殊金属シルベスターでできた腕を持つ青年バロンと、謎の金属生命体サイオクロムとの闘いを描く「シルベスター」（八九・『ヤングキング』連載）、パラレルワールド・テーマの冒険SF「セブンブリッジ」（八六〜八九・『月刊コミックトム』連載）、現代の妖術士・乾兄弟が、海外や宇宙などの悪霊を退治するコミカルなオカルト・アクション短篇連作「妖術本舗」（八六〜九一・『コミックモーニング』）、人間を怪物化する〈凱羅《がいら》因子〉を謎の核とし、凱羅によって超人化した者たちの激闘を描くSFアクション「凱羅」（八六〜八七・『月刊スーパーアクション』、九三〜九四・アスキー『ログアウト』連載）など。クトゥルー物も手がけており、〈アルハザード奇脳本〉の力により、悪魔の子が誕生する「DAVID」（八五〜八六・

東京三世社『WHAT』連載）ほかの作品がある。（石堂）

樹なつみ（いつき・なつみ　一九六〇～）兵庫県出身。「めぐみちゃんに捧げるコメディ」（七九・『月刊LaLa』）でデビュー。ファッション界を舞台に二人の青年の友情と成長を描いた「マルチェロ物語《ストーリア》」（八一～八五）で人気を確立した。華やかで魅力ある主人公とそれをとりまく個性的なキャラクターを配置することで女性読者の支持を得る。「朱鷺色三角《トライアングル》」（八四～八七・同連載）では因習に縛られた島を舞台に、超能力を持つ一族の直系である青年の苦悩を描いた。この作品で見られた血筋による超常的な能力、近親愛などへのこだわりは、後の代表作「八雲立つ」や「獣王星」にもつながっていく大きな特徴であり、容姿・財力・才能全てに恵まれた青年がその出自のために逃れられない宿命を与えられるという設定が物語の原動力になることが多い。また、吸血鬼伝説を下敷きにした「トランシルヴァニア・アップル」（八二・同連載）では先祖からの遺伝により殺人に快楽を求める精神異常を持つ孤独な青年を登場させている。壮大でヒロイックなストーリー展開を得意とし、具体的な形のない〈悪しき念〉といった怪異の表現にも長け、迫力のあるアクション・シーンを描けるエンターテインメント作家として人気実力共に高い。ハードSFとしては、童話「オズの魔法使い」をモチーフに核戦争後の地球を描いた「OZ《オズ》」があり、九三年第二十四回星雲賞コミック部門を受賞している。

ほかに、何不自由なく生活していた権力者の息子が政敵により植民星に捨てられ、極限の状況下で生き延び〈獣王〉となる物語「獣王星」（九三～〇三・同、白泉社『MELODY』不定期連載）はメカニックや科学考証の協力者を得て綿密に構築された大作となり、〇六年アニメ化。また「デーモン聖典《サクリード》」（〇三～〇七・『月刊LaLa』連載）は一角獣や龍など伝説とされた異界のものが地上に侵入し、それに触れた人間のほとんどを死に至らしめるという怪奇ファンタジーである。ファンタジーではないが内戦状態のミャンマーを舞台にした「暁の息子」は『アフタヌーン』（九九～二〇〇〇）に連載されて読者層を広げた。現在も同誌で「ヴァムピール」（〇六～）を連載中。自殺の巻き添えで一度死亡した主人公・伶《りょう》が〈ヴァムピール〉と呼ばれる異界のものに寄生され蘇ったところから始まる物語であり、霊など異界のものが見えるようになったために巻き込まれる事件を解決していく怪奇ファンタジーである。

【八雲立つ】長篇。九二～〇二年『月刊LaLa』連載。出雲の名家に生まれた稀代の巫覡《シャーマン》・闇己《くらき》を主人公にしたファンタジー。前世からの因縁が深い鍛冶師の血を受け継ぐ七地に支えられながら、出雲に封印されている〈悪しき念〉を昇華させるため、語り継がれる七つの神剣を揃えていく戦いを描く。旧家をめぐる陰湿な争いや親族間のねじれた愛憎劇を絡めた壮大な物語。「古事記」を下敷きにした古代編が並行して展開する。九七年にはOVAが、九七年と九九年にドラマCDも製作された。九七年第二十一回講談社漫画賞受賞。

【OZ】長篇。八八～九二年『LaLa増刊』『月刊LaLa』不定期連載。第三次世界大戦後の地球を舞台に、天才少女パメラの希望を叶えるため、パメラの兄リオンが待つ最先端の科学都市〈オズ〉に向かおうとする傭兵ムトーと、リオンがよこした最高の人工知能を持つ機械人間《サイバノイド》らの物語。高度に発達しすぎた科学のもたらす悲劇を壮大に描いた。OVA化（九二）、ラジオドラマ化（九三）、舞台化（〇五）されているヒット作である。（天野）

一色まこと（いっしき・まこと　?～）一九八四年「カオリ」が第十回ちばてつや賞佳作入選し、同作で『週刊ヤングマガジン』にてデビュー。『ビッグコミックスピリッツ』に連載した「出直しといで！」（八七～九二）で注目を集め、以後、主に青年誌で活躍。代表作に「ピアノの森」（九八～、〇九年に文化庁メディア芸術祭マンガ部門大賞受賞）。怪奇幻想系の作品に、ジェントル・ゴースト・

ストーリーの短篇連作「花田少年史」（九三〜九五・『ミスターマガジン』連載）がある。同作は、一九七〇年代の田舎町を舞台に、交通事故で頭に損傷を受けて見鬼体質になってしまった腕白少年・花田一路《いちろ》が、幽霊たちの生前の未練を果たす手伝いをしたり、残された者への思いを伝える霊媒となったりして、幽霊たちを成仏させていく物語で、九五年に第十九回講談社漫画賞を受賞した。なお、同作は〇二〜〇三年にテレビアニメ化、〇六年に実写映画化されている。（石堂）

井出智香恵（いで・ちかえ　一九四八〜）本名知香恵。別表記にちかえ、千香枝、別名にゆうきみちるなど。長野県南佐久郡小海町出身。高校卒業後上京し、会社員生活の傍ら出版社に持ち込みを重ね、六六年「ヤッコのシンドバッド」（『りぼん』）にてデビュー。いわゆるスポ根漫画の「ビバ！バレーボール」（六八〜七一）の連載で人気を博した。起伏の激しいドラマを描いたこの作品の長期連載により、優れたストーリーテラーとしての手腕を発揮した井出は、次に「美しき狩人《ハンター》」（七一・同連載）で、冤罪に陥れられた少女の復讐サスペンスというシリアスな物語をエンターテインメント性溢れる娯楽作に仕上げた。そして雄大なアマゾンの自然を背景に繰り広げた作者初の秘境探検テーマの作品「エルドラドの伝説」（七一・同）は、百五十ページからなる長篇を一挙掲載したことでも注目を集めた。こうした秘境や架空の国などを舞台とした波瀾万丈のストーリー、ミステリや恋愛要素を巧みに組み合わせたスケールの大きな作品群は、学園ラブコメディが全盛であった当時の少女漫画において新しく、多くの読者を魅了した。この時期には、記憶喪失の恋人のつぶやく謎の言葉を追う桜子が南極人の秘密に辿り着く「黒いオーロラ」（七二・『別冊マーガレット』前後篇）、ヒマラヤの秘境ボダ神国の神秘的な予言〈輪廻の掟〉に翻弄される美音利《みねり》と青年エイブルの愛と運命を描く「ボダからの脱出」（七二・『りぼん』前後篇）、伝説のムー大陸の末裔の国に仲間と共に迷い込んだ優が自分の前世の記憶を思い出す「ムー大陸の7人」などの冒険ロマンの傑作が数多く発表されている。また同年には、平和の〈白〉と邪悪な〈黒〉という組織をめぐるサスペンス・ホラー「白い秘密結社」（七三・『別冊少女コミック』前後篇）を発表、この対立組織の設定は後に連作《薔薇結社》（八六・『ハロウィン』）でもオカルト色を強めて使われた。七〇年代後半からは、女性誌へと発表の場を移して量産体制を取り、近年では新作・旧作の再掲載など合わせ、発表された作品が年間数千ページを突破するなど、名実共にレディスコミック分野での第一人者として知られている。八八年から『週刊女性』（主婦と生活社）で連載した代表作「羅刹の家—壮絶嫁姑戦争—」は、ホラーともいえるほどの嫁と姑の凄まじい確執を描いて先駆けとなり、嫁姑物というジャンルを確立した。九八年にテレビドラマ化もされている。ほかにも大人の情念や憎しみ、愛を描くことに重きを置きつつ、ミステリやホラーのジャンルでも人気作が多数ある。

【ジュンとマコの世界】中篇。六九年『りぼんコミック』掲載。仲の良いジュンとマコは、マコの父の発明したタイムマシンで童話「眠れる森の美女」の物語世界に入り込むが、オーロラ姫が眠る百年の間に、そこはネロ一族の圧政の世となっていた。オーロラ姫を目覚めさせるためにネロと戦う王子を助け、少女二人が闘い活躍する、少女漫画における異世界ファンタジーの先駆の一つである。

【ムー大陸の7人】中篇。七三年『りぼん増刊』掲載。伝説のムー大陸研究家の祖父が遺した蓮の花のペンダントは、優に何度も悪夢を見せる。灼熱の炎の中に角のある男が迫り来る……そんな恐怖にも構わずペンダントを身に付ける優は、参加した国際子供キャンプで仲間の青年に「その石は呪われている」と告げられる。その後、優たちは運命に導かれるようにムー大陸の末裔が建てた国に辿り着き、優は夢の青年〈野牛《バッファロー》〉と巡り会う。ムーの文字で復活と記され、愛の象徴であった蓮の花のペンダントの力で二人の前世の記憶はよみがえった。優は古代ムーのラナヤナ姫であり、ムーの皇帝〈野牛《バッファロー》〉は滅びゆくムー国と今生で優と結ばれぬ運命を変えるために、姫と六人の従者を模した〈半神半人《デミゴッド》〉の像とペンダントを造り、創造神〈太陽の翼〉に願うことで二人の恋の成就を未来に託したのだった。しかし〈太陽の翼〉の更なる試練が二人と仲間を襲い、王国は崩壊へと向かっていく。秘境の古代遺跡を舞台にエキゾチックな魅力を満載し、物語の結末には若人たちの再生を示して輝ける未来への夢と来るべき幸福を語った、井出の数々の〈秘境探検〉ロマンにおける集大成ともいえる傑作中篇である。（小西）

伊藤潤二（いとう・じゅんじ　一九六三〜）岐阜県生。歯科技工士の専門学校を卒業後、歯科技工士となる。八六年「富江」が第一回楳図賞に佳作入選し、八七年『ハロウィン』にてデビュー。同誌に多数のホラー漫画を発表し、九〇年より漫画に専念。代表作に《富江シリーズ》「うずまき」など。写実系の表現で濃やかに描かれた画面と不条理で奇想的な内容によりほかのホラーと一線を画す。九〇年代以後を代表するホラー漫画家の一人といえるだろう。同世代の漫画家の例に漏れず、画面構成には大友克洋の影響が指摘されているが、全体の雰囲気、人物造型、ギャグの要素など、楳図かずおの影響が多大である。別掲作のほか、生霊やパラレルワールドなどの分身幻想を中心に扱ったホラー短篇連作《押切トオルシリーズ》（八九〜九三・『ハロウィン』、二〇〇〇年に「押切」として映画化）、楳図かずお「怪獣ギョー」の本歌取り的なSFグロテスクホラー「ギョ」（〇一・『ビッグコミックスピリッツ』連載）、人間を含めてあらゆるものに菌を植え付ける黴の恐怖を描いた短篇「黴」（九一・『ハロウィン』）、墓場に立てた案山子が死者に似てくる変形ゾンビ物の短篇「案山子」（九一・同、〇一年に映画化）、顔型の気球からぶら下がる首吊り縄に、その顔の人々が次々と吊るされていく奇想的不条理ホラー短篇「首吊り気球」（九四・同、二〇〇〇年に映画化）ほか多数。

【富江シリーズ】短篇連作。八七〜九五年『ハロウィン』『ネムキ』、九九〜二〇〇〇年『ネムキ』掲載。魔性の美女・富江を主人公とする連作。男も女も惑わせる美貌で、関わった人々を破滅させると同時に自分も惨殺されてしまう。しかし富江は腐乱死体からも復活し、ミンチにされ酒に醸造されてもその魔性の力を失わない。時には数人に分裂して相争い、時には巨大怪物化しと、留まるところを知らない富江のパワーを描く。九九年以後、映画も八本制作されている。

【死びとの恋わずらい】長篇。九六年『ネムキ』連載。〇一年に映画化され、同年に完全版を刊行。霧深い町で四つ辻に通りがかった人に恋の吉凶を伺う辻占が流行る。怪奇な美少年から辻占を得た者が悲惨な末路を辿る事件が続発。少年時代、辻占で心ない言葉を吐いたために友人の叔母が自殺したという負い目を持つ主人公は、辻占をする美少年の脅威を何とか打ち破ろうとする。霧の中にうごめく死霊たちがおぞましい本格ホラー。

【うずまき】連作。九八〜九九年『ビッグコミックスピリッツ』連載。渦巻に呪われている片田舎の黒渦町を舞台に、高校生の美少女・五島桐絵《ごしまきりえ》とその恋人・斎藤秀一が奇怪な事件に巻き込まれる奇想ホラー。秀一の父親が渦巻に魅入られて身体を渦巻化させて死んだのを皮切りに、人間の巨大蝸牛化や渦巻イボによる怪物化、髪の毛・火葬場の煙・灯台の光などなどの渦巻化といった異常事態が次々に起きる。あまつさえ桐絵は台風に恋されて、いくつもの台風を町に呼び込み、町は壊滅状態に。やがて渦巻化した町の人々は、地下にあった古代遺跡の前で静かに滅んでいく。二〇〇〇年に実写映画化。（石堂）

稲田浩司（いなだ・こうじ　一九六四〜）東京出身。東京都立航空工業高等専門学校卒。「ルージュ・マジック」（八五）でデビュー。三条陸とタッグを組み、エニックスの人気ゲーム『ドラゴンクエスト』をコミカライズした代表作「DRAGON QUEST—ダイの大冒険―」では、基盤となる「ドラゴンクエスト」をさらに発展させた独自の世界観を作り上げた。また、この作品が、もう一つの代表作である「冒険王ビィト」(〇二〜休載中・『月刊少年ジャンプ』連載、三条陸原作、中鶴勝祥デザイン協力)の世界観を築く際の土台となっている。「冒険王ビィト」を原作とするテレビアニメやゲームも制作されている。〇六年から病気により休筆している。

【DRAGON QUEST―ダイの大冒険―】長篇。八九〜九六年『週刊少年ジャンプ』連載。三条陸原作。平和なモンスターたちの島デルムリン島で暮らすダイ。日々、勇者を目指して修行していたが、大魔王バーンによって復活した魔王ハドラーによって師匠の勇者アバンを倒されてしまう。世界を滅ぼそうとする大魔王バーンを倒すためにダイが戦いを繰り広げる物語。一方で、意気地なしで、ダイほど才能に恵まれていないが土壇場で勇気を出す魔法使いポップが、ダイとの冒険を通じて成長していく様が物語に深みを与えている。テレビゲーム「ドラゴンクエスト」のコミカライズだが、世界観は原作のゲームにかなりアレンジを加えたものになっている。ゲームを原作としたストーリー漫画としては初期のものにあたり、後の少年漫画とRPGとの融合に対して、大きな影響を与えたことが考えられる。　(真栄田)

犬木加奈子(いぬき・かなこ　?〜)北海道生。一九八七年「おるすばん」を『少女フレンド増刊　楳図かずお特集号』に掲載し、デビュー。『少女フレンド』を中心に、朝日ソノラマ『ハロウィン』(八六〜九五)、大陸書房『ホラーハウス』(八六〜九二)、角川書店『ザ・ホラー』(九八〜二〇〇〇)、秋田書店『サスペリア』(八七〜〇一)、ぶんか社『ホラーM』(九四〜)等のホラー漫画誌に多数の怪奇漫画を執筆し、また企画にも参加する。〈ホラー・クイーン〉の異名を取り、ホラーブームの一翼を担った。楳図かずお、日野日出志の影響を受け、くっきりとした輪郭によってグロテスクなものを描く画風。因果応報的な怪異談をはじめ、教訓的なメッセージが込められた作品が多い。作品集に、短篇集『暗闇童話集』全二巻(八七、九三・講談社)、連作短篇集『プレゼント』全二巻(九三、九八・秋田書店)、不気田が好意を寄せてストーカー行為を働いた結果、死に至る少女たち描く連作《不気田くん》(九五〜九九・ぶんか社他)ほか多数。単行本未収録作などを含む『犬木加奈子ホラー自選集』全三巻(〇一〜〇二・双葉文庫)もある。

【不思議のたたりちゃん】短篇連作。九一〜九六年『月刊少女フレンド』掲載。暗くて不気味だが、繊細なところもある少女・神野《かみの》多々《たた》里《り》が様々ないじめに遭い、魔術を用いてその仕返しをするというパターンの話を中心に、学校内の人間関係の闇の部分を描いている。後には呪術を弄する乃呂井《のろい》カケル少年が登場して、物語を単調さから救っている。いじめの問題はホラー漫画の一大テーマだが、犬木は九〇年代以降の陰湿に拡大したいじめを巧みに描く漫画家であり、本作はその代表作といえる。二〇〇〇年に一部が実写映画化された。　(石堂)

井上智(いのうえ・さとる　一九三八〜)佐賀県唐津市生。高校生の時に、松本零士、高井研一郎、大野ゆたからと同人グループ〈九州漫画研究会〉で活動し、投稿作や小品の雑誌掲載を経て、『原爆の悲劇』(五七・中村書店)で本格デビュー。五七〜五九年は貸本単行本がメインで、永松健夫のキャラクターを借りた『新編黄金バット』(五八〜五九・同)や、生まれついての殺人鬼の少女を主人公にした戦慄の犯罪劇『悪魔の落し子』(五八・同)などを発表しており、当初から怪奇SFやスリラーへの志向を持っていたことが窺える。しかし『東京秘密結社』(五八・同)が槍玉に上がるなど悪書追放の災禍もあってか、雑誌へ移行してしばらくは西部劇「アパッチ牧場」(六一〜六二)ほか、健全路線のエンターテインメント作品を手がけていく。その後、手塚治虫のチーフアシスタントを経て、六〇年代中頃に平田昭吾(平田ポン)と共に智プロを設立。福元一義や成田マキホといったメンバーが加わり、六六年からは本格的に智プロとしての作品を発表していった。宇宙エネルギーを秘めた石を取り戻すため地球にやって来たパロン彗星の王子を守って、守護神バンダーがゴーダー率いる悪の秘密結社と闘う「魔神バンダー」(六六〜六七・『冒険王』連載)や、タケルやマリーたちが危機に陥るとどこからともなく現れ、世界征服を企むナゾーをシルバーバトンで打ち倒す黄金バットの活躍を描く「黄金バット」(六七〜六八・『少年画報』連載、永松健夫原作)といった、特撮やアニメのテレビタイアップ作品で人気を得る一方で、手塚治虫の手伝いも並行して続け、「マグマ大使」(サイクロップス編)の代筆などもこなしている。これらの作品は、続々と登場する奇怪な怪獣や怪物、巨大ロボットなどの敵が見どころであり、三百年の眠りから覚めたフランケンシュタインの怪物風のエレキ・モンスターや、深夜に出没する巨大な怪猫・黒ネコなど、おそらく本来の資質である怪奇嗜好が生かされた不気味な怪物たちは、怪獣担当の成田マキホの力もあって、迫力あるヴィジュアルとして描き出されていった。六八年には怪奇漫画ブームに乗って、大魔王に父・妖怪大王を殺され、母を杖の中に封じ込められた妖怪小僧が、大魔王配下の妖怪どもと闘いながら、仇を討つべく大魔王のもとへと旅を続ける「妖怪小僧」(六八〜六九・『冒険王』)を連載。洋の東西を問わず、様々なイメージをつぎ込まれたデザインの妖怪が次から次へと現れては、少年漫画らしい冒険活劇を繰り広げるこの作品は、作者自身も愛着を持つ代表作になった。この頃より、少年漫画と並行して成年誌でお色気物のサスペンスやコメディを発表し始めてもいるが、次第に漫画執筆からは後退し、七〇年代以降は世界名作などの絵本の作画を主な仕事とした。（想田）

井上直久（いのうえ・なおひさ　一九四八〜）大阪生。金沢美術工芸大学卒。広告代理店勤務を経て美術教師となり、十九年間勤務。自費出版の『井上直久作品集1　イバラード1981』により、講談社絵本新人賞を受賞。同作をまとめなおした流布本が『イバラードへの旅』(八三・講談社)。イバラードとは井上が住む茨木市などを原形とする夢の国で、パステルカラーの植物に覆われたレトロフューチャー風のノスタルジックな世界である。魔法的な住民が暮らし、人の思念が重要な役割を果たし、様々な不思議な物が存在する。井上は一貫してこの空想の別世界を描き続け、人気が高い。「イバラード異聞」(八二・山猫舎『VIEWY』)を皮切りに、同世界を舞台に漫画も描く。魔法使いのノピサとその知人たちを主人公とし、魔法石シンセスタ、交通機関ジーマ、不思議な効能を持つルリタバコなど、イバラードの風俗を題材とした物語群が中心。姫を助けるというドラゴン伝説の妄想に囚われた青年を登場させて、ユニークな竜の世界を表現した「竜《ドラゴン》について我々が知り得た二、三の事柄」(八七・青心社『ドラゴンファイヤー』)、飛び島ラピュタの誕生を描いた「レゾナンス」(九一〜九二・同『コミック GAIA』連載)などの作品があり、『イバラード物語』(八五、増補版九五・青心社)にまとめられている。（石堂）

いばら美喜（いばら・みき　一九二八〜）別名に藤咲のぼる、旋風鬼面。茨城県生。四八年、洋画家を志して上京し、武蔵野美術大学に入学。しかし、程なくして経済的理由から挫折。上野の街頭で似顔絵を描いて生活費を稼ぐ。五五年九月、娯楽時代劇『菊之助格子』(ひばり書房、藤咲のぼる名義)で漫画家デビュー。五九年、当時住んでいた東京国分寺で、辰巳ヨシヒロ、さいとう・たかを、佐藤まさあきら〈劇画工房〉の面々と出会う。特にさいとう・たかをから大きな影響を受け、それまでの丸っこい絵柄からごつごつした劇画調の荒々しい画風に転じる。同年に創刊された貸本向け短篇誌『怪奇』(あかしや書房)では中心的な役割を担う。六〇年秋から二大怪奇短篇誌『怪談』(つばめ出版)『オール怪談』(ひばり書房)でも頻繁に作品を発表するようになり、その特異な作風と世界観により人気作家となる。

　いばらの描く世界は、一口でいうと、シュールでドライ。突飛で摩訶不思議な設定とあっけらかんとした残酷描写を徹底的に畳み掛けるのが特徴である。例えば、人間の顔の皮を瞬時に剝ぎ取る特技を持つ老婆や、その眼を正面から見詰めた者は眼球が飛び出して死んでしまう美女など、人知を超えた能力のキャラクターが登場。なぜそうなるのかの説明は一切ないまま、大量の血しぶきが画面一杯に激しく飛び散り、死体の山が築かれる。物語を構築する上でのロジックは完全に無視され、因果応報的な説教臭さも皆無。後に残るは謎だけだ。いばら作品において、設定や描写は手段ではなく、目的そのもの。ストーリーなど問題ではない。その世界観の究極が《ミステリーマガジンシリーズ》（六一～六七・東京トップ社）である。マドロス紅達也が行く先々で遭遇する奇怪な事件の顚末を描いたこの全二十三巻の長篇単行本シリーズは、意味不明の超常現象と魔力のオンパレードで、目を覆いたくなる凄惨な残酷描写が連続する。のちに貸本業界が衰退し、主な活躍の場を青年劇画誌や三流エロ雑誌などに移してからも、彼の不条理な作品世界は全く変わらなかった。（成瀬）

今市子（いま・いちこ　？～）富山県生。一九九三年「マイ・ビューティフル・グリーンパレス」（白夜書房『コミックイマージュ』）にてデビュー。デビュー前より森川久美、さささやななえこ、山岸凉子、宮脇明子などのアシスタントを務めながら、同人誌にて多数の作品を発表しており、現在発表されている作品の前身と思われる作品も多い。九五年より連載を開始した代表作「百鬼夜行抄」は、不思議なものを見る力を持つ主人公・飯嶋律が妖怪異形たちの巻き起こす迷惑事に巻き込まれる様を、コミカルかつ幻想的に描き、ホラーでありながらミステリの要素も含み、人気を得ている。同作は〇五年第九回文化庁メディア芸術祭マンガ部門審査委員会推薦作品に選出、〇六年第十回文化庁メディア芸術祭マンガ部門優秀賞受賞。〇七年にはテレビドラマ化もされた。ほかの作品に、鬼神と人との関わりを水乞いの儀式を絡めて描いたオリエンタル・ファンタジーの中短篇連作《岸辺の唄シリーズ》（二〇〇〇～・集英社『コミックアイズ』『幻想ファンタジー』）、死んでしまった弟の足跡を辿る短篇「僕は旅をする」（九四・『ネムキ』）など。後者は「世にも奇妙な物語」（〇一・フジテレビ）にて稲垣吾郎主演でドラマ化された。ほかにもSFファンタジー、ボーイズラブ、ホームコメディなどジャンルの幅も広く、家族、恋人など、人と人との関わりあいを丁寧に描写し、読み応えのあるストーリーにユーモアを織り込んで、独自の世界を築き上げている。
【百鬼夜行抄】中篇連作。九五年～『ネムキ』連載（継続中）。怪奇幻想作家・飯嶋蝸牛は、妖怪や幽霊などを見、操る力があった。その血を濃く受け継いだ孫の飯嶋律を心配した蝸牛は自らの式神・青嵐に律を守ることを命じて亡くなる。律の父親の亡骸に入り込んで蘇った父を演じている青嵐や、律を〈若〉と慕う小ぶりのからす天狗・尾黒と尾白など、妖怪たちとの不思議な共存関係が恐ろしくもユーモラスに描かれている。（城野）

岩明均（いわあき・ひとし　一九六〇～）本姓岩城。東京生。和光大学人文学部芸術学科中退。上村一夫のアシスタントを経て、八五年「ゴミの海」がちばてつや賞に入選し、『モーニングオープン増刊』にてデビュー。一般的な人情物、古代地中海世界を舞台にした歴史物などを発表している。代表作は九三年に第十七回講談社漫画賞、九六年に第二十七回星雲賞コミック部門受賞の「寄生獣」。このほか、宇宙人から異能を授けられた一族の末裔に当たり、空間を切り取る超能力を得た青年が、一族の謎に迫っていくミステリ・テイストの伝奇SF「七夕の国」（九六～九九・『ビッグコミックスピリッツ』連載）がある。
【寄生獣】長篇。九〇～九五年『アフタヌーン』連載。人間の脳に寄生してその人間を支配し、ほかの人間を捕食する寄生生物が、突如地上に舞い降りてきたという設定のSFホラーアクション。脳にではなく、右腕に寄生され、知的好奇心が旺盛で冷静沈着な〈ミギー〉と平和な共生をすることになった高校生・泉新一の葛藤と成長を描く。冒頭の設定では寄生生物は生態系の調節機能から生まれたものと読み取れ、人類の大規模な人口変動につながる物語を展開するのかと推測されるが、そうはならず、人間性とは何かを問う内的なドラマを主に展開していく。　（石堂）

岩岡ヒサエ（いわおか・ひさえ　一九七六〜）千葉県生。女子美術大学卒業後、会社員をしながら投稿した「ゆめの底」が、〇二年に受賞作品の質が高い新人賞として知られるアフタヌーン四季賞佳作に入選し、商業デビューとなる。〇二年から〇四年にかけて同人誌に発表した作品を大幅に加筆修正した作品集『ゆめの底』（〇五・宙出版）は〇六年第十回文化庁メディア芸術祭審査委員推薦作品に選ばれた。同作品集は死と生の境界にある不思議なコンビニ店に、現実世界では眠り続けている少女が紛れ込み、優しさと厳しさをあわせもった店長の下で働く連作物語で、夢の中に入り込んだような独特の感性で丁寧に描かれた心温まるファンタジーである。〇四年には愛犬と老人の触れ合いと、死による別れを描いた短篇「しろいくも」で『月刊IKKI』の新人賞であるイキマンを受賞し、〇五年第九回文化庁メディア芸術祭審査委員推薦作品にもなった。〈ヒミズ〉と呼ばれる生き物と少女の会話で進行する「ヒミズの丘」（〇二・同人誌）や平凡な会社員の日々に突如奇妙な出来事が起き始める「花の咲く道」（〇三・同）などのシュールな短篇のほか、熟年夫婦の思い出を辿る小旅行を描いた「おウチに帰ろう」（〇四・同）といった、日常を描きながらもどこか現実と距離感をもったファンタジックな味わいを出す作品も多い。地球の周囲を回る巨大なリングシステム式マンションの下層に住む少年を主人公にした「土星マンション」（〇六〜・『月刊IKKI』連載）では、近未来を舞台に必死で生きている人々の生活と日常が描かれている。離れた小さな目という独特のデフォルメと丸みのある柔らかい線が特徴で、生と死の意味を優しく問いかける独自の世界観は完成度が高く、各方面から注目されている作家である。作品にはほかに短篇集『花ボーロ』（〇六・小学館）や高校の合唱部を舞台にした『オトノハコ』（〇八）などがある。　（天野）

岩崎陽子（いわさき・ようこ　一九六六〜）熊本県生。新人賞の応募作として、八四年に「ハイスクール症候群《シンドローム》」が、翌年には「ハイスクール・ノイローゼ」が『花とゆめ』に掲載される。実質的なデビュー作は「NGスタンバイ」（八七・『プリンセスGOLD』）で、以後、同誌を中心に活躍。和物とオカルトを愛好すると明言しており、別掲作をはじめとして、その傾向の作品が多い。オカルト風味を若干加えた新撰組物「無頼」（九六〜〇二・『ミステリーDX』連載）、戦前を舞台にしたトレジャー・ハンター物のミステリに、オーバーテクノロジーの遺物が絡んでSFファンタジーへと展開していく「浪漫狩り」（〇三〜〇七・『プリンセスGOLD』連載、〇一・角川書店『少女帝国』掲載作を原形とする）などの作品がある。

【王都妖奇譚《おうとあやかしきたん》】連作。八八〜〇二年『プリンセスGOLD』連載。安倍晴明を主人公とする退魔物アクション。武道に秀で、実体化させた魔を斬ったり、霊的な武器で敵を倒したりできる藤原将之を相棒に、超能力者としての陰陽師＝晴明が活躍する。一族を殺されたために鬼化して都に災いをもたらそうとする森影連《かげつら》と対決し、彼を救おうとするが、果たせないままに滅ぼしてしまうという大まかなストーリーの合間に、妖物との戦いや生死の狭間での霊的な冒険の物語などが種々差し挟まれている。　（石堂）

岩原裕二（いわはら・ゆうじ　一九七二？〜）初期の別表記にゆうじ。北海道網走郡生。北海道綜合美術専門学校卒業後、ゲームソフト制作会社のハドソンに入社し、企画とデザインを担当。九六年、三人の少女たちの友情を描いた「蛇」(『アフタヌーン』)で漫画家としてデビューする。以後、自身がキャラクターデザインを手がけた同名ゲームの後日談で、十九世紀末のイギリスを舞台に、霊能力を持つ少女クーデルカが生命の神秘の解明に取り付かれた組織・王立医学会議《ロイヤルメディカルサイエンスソサイティ》に追われるオカルト・ホラー・アクション「クーデルカ」(九九〜二〇〇〇・角川書店『月刊エースネクスト』連載)、キスで人間の男の子に変身する不思議な首長竜のニオと少女・美紗樹たちが事件に巻き込まれていくヒューマンSF「地球美紗樹」(〇一〜〇二・同)などを経て、コールドスリープから突然目覚めた治療法のない石化病の感染者たちが、いばらの絡まる古城の迷宮で巨大モンスター相手にサバイバル・バトルを余儀なくされる、謎が謎を呼ぶ展開のSFダークホラー「いばらの王」(〇二〜〇五・エンターブレイン『月刊コミックビーム』連載)が話題作となる。シャープでややラフなタッチによる軽めの質感描写とベタとのコントラストが効いた画面、リアルさや可愛さを兼ね備えたキャラクターデザインなど、ゲーム畑出身らしいセンスに溢れたスタイルを持ち、スピーディなアクション・シーン、多彩な登場人物たちの人生観を絡めたドラマ性、ミステリアスな構成など、総じてテクニックに優れた描き手である。そのほかの作品に、結界で守られた叉美学園を舞台に大妖怪・火焔が率いる霊獣たちと、双籠の姫の力を受けた生徒と猫のペア七組が闘う伝奇アクション「学園創世 猫天!」(〇六〜〇八・『チャンピオンRED』連載)などがある。また、テレビアニメ「DARKER THAN BLACK ―黒の契約者―」のキャラクター原案など、隣接分野でも活動している。 (想田)

植芝理一(うえしば・りいち 一九六九〜) 九一年、早稲田大学文学部在学中にコミックオープンちばてつや賞一般部門大賞を「ディスコミュニケーション」で受賞し、同年、『コミックモーニング』に掲載されてデビュー。九二年から『アフタヌーン』で同作品が連載された。その後、「夢使い」(〇一〜〇四)を経て、〇六年から「謎の彼女X《エックス》」を連載している(いずれも連載誌は『アフタヌーン』)。〇六年「夢使い」がテレビアニメ化された。

【ディスコミュニケーション】連作。九二〜二〇〇〇年『アフタヌーン』連載。基本的には、浮世離れした感性を持つ少年・松笛《まつぶえ》と、何故か彼に恋をした少女・戸川の恋愛物語なのであるが、松笛は感性が異様であるだけではなく、異界の力も持っており、戸川は彼を通じて様々な体験と内宇宙の旅をすることになる。「人が人を好きになるのは何故か」を真摯に問いかける哲学的な漫画であると同時に、同性愛・服装倒錯・フェティシズムなどの性的倒錯への嗜好が露わなギャグ漫画でもある。民俗学、神話・伝説、特撮、漫画、アニメ、レトロ玩具、テクノポップなどの蘊蓄と意匠で埋め尽くされた画面がしばしば差し挟まれるが、その情報量の多さは尋常ではない。また、これらの意匠の合成からなる異界の存在の極度に装飾的なデザインは、シュルレアリスムの絵画(たとえばM・W・スワーンベリの作品など)を想起させ、作者の趣味の過剰な氾濫とあわせて、特異な幻想空間を作り上げている。 (倉田)

内田春菊(うちだ・しゅんぎく 一九五九〜) 本名滋子。長崎市生。慶應義塾大学文学部哲学科(通信制)中退。種々の職業を経て、八四年『小説推理』に四コマ漫画「シーラカンスぶれいん」を発表してデビュー。私小説風恋愛漫画、妊娠・出産漫画で知られ、代表作に「南くんの恋人」(八七)「私たちは繁殖している」(九四〜)など。怪奇幻想系の作品に、時を越えて様々な時代に生きてきた未来人もにかが記憶を失い、巨大な虎の巻を参考にして現代に順応して生きているという設定で、愛や性などについて考える連作を中心に、諷刺的なSFコメディ短篇などを収録した『鬱でも愛して』(八六・実業之日本社)、怪奇短篇や残酷物語を収録した『闇のまにまに』(八六・青林堂、九四年、一部の作品を元に、内田自身による監督・脚本でＯＶ化）、少女の淡い恋心とささやかな見栄が死に至る恐怖を生む短篇連作「呪いのワンピース」（八九～九〇・『ハロウィン』、九二年テレビ映画アニメ化）、両性具有者が登場する性愛物「目を閉じて抱いて」（九四～二〇〇〇・祥伝社『フィールヤング』連載、九六年映画化）など。なお、小説も執筆し、『ファザーファッカー』（九三）が直木賞・芥川賞の候補となった。女優としても活躍している。（石堂）

内田善美（うちだ・よしみ　一九五三～）山梨県生。七四年、大学在学中に『りぼん』に投稿した「すみれ色の季節に」が最高位のりぼん賞を受賞、同年「なみの障害レース」（七四・『りぼん』）でデビュー。代表作に「空の色ににている」（七九・『ぶ～け』連載）、《草迷宮》連作、「星の時計のLiddell」など。

少年少女が、大人へと成長していく際の不安や孤独といった心の揺れを、詩的なモノローグと繊細な絵柄で丹念に描き出す内田作品において、まず特筆すべきはその圧倒的な画力である。デフォルメのきいたいわゆる漫画的な絵ではなく、細部まで緻密に描き込まれた絵柄はデビュー当初から一貫して高いクオリティを誇り、情感溢れる作風の源となっている。しかし、そうした画風ゆえか漫画家としては寡作傾向にあり、七〇年代には年に三～四作の短篇、八〇年以降は長篇を年に一作のペースで発表するにとどまり、八三年に一年の休筆を経て、八四年「草迷宮―めらんこりかるShopping―」以降新作の発表はなく、八六年刊行の『星の時計のLiddell』三巻における大幅加筆の後に断筆している。さらに内田自身の意向で、著作はすべて絶版のままとなっており、現在では作品に触れることが困難なことから、伝説的な存在として語り継がれている。

初期代表作「星くず色の船」（七五・『りぼんデラックス』）や「秋のおわりのピアニシモ」（七六・同）などは、初恋や将来に悩み成長していく主人公たちを描いた学園物の体裁をとりつつも、幻想的なイメージ・シーンがふんだんに挿入され、あたかもファンタジー作品であるかのような趣の作品である。空想好きなジャックとフィフィが廃屋の洋館に立ち入り、そのまま異世界へと迷い込んでしまう短篇「パンプキン・パンプキン」（七六・同）、〈赤星〉と〈緑星〉の惑星間戦争と戦いに巻き込まれた人々の葛藤を描いた「銀河　その星狩り」（七七・同）など、純粋なファンタジー作品も同時期に発表している。どの作品も主人公たちが夢や空想世界に対する強い愛着や憧憬を持っており、成長するにつれ非現実世界に耽溺することと訣別しなければならないという切迫した想いが描かれているのも特徴的である。そうした哀切は、繊細でどこか影のある物語世界の根幹を担ってはいるが、単純に現実世界の否定や、生きづらさなどにテーマがおかれているわけではない。「空の色ににている」の冬城《ふゆき》や「星の時計のLiddell」のヒューなど、後期長篇には非現実世界にとらわれ現実との関わりを絶って姿を消す登場人物も象徴的に描かれてはいるが、彼らの消滅は〈死〉としては扱われず、いずれも別の世界へ行ったという表現がなされている。内田にとって現実と非現実、あるいは生と死はあくまで地続きにあり、互いに干渉し合い自在に行き来できるものとして存在しているということであろう。連作《草迷宮》では逆に、人形が命を持ち人間の少女となっていく物語を通じ、非現実から現実世界への回帰がみずみずしく描かれている。

短い活動期間ながら、イラスト・ストーリー作品などをまとめたイラスト集『白雪姫幻想』（七九・サンリオ）『聖パンプキンの呪文』（七九・新書館）『ソムニウム夜間飛行記』（八二・白泉社）等画集も数多く、ジャック・フィニイ『ゲイルズバーグの春を愛す』（八〇・ハヤカワ文庫ＦＴ）の表紙やピエール・グリパリ『ピポ王子』（八〇・同）の表紙・挿絵を担当するなど、イラストレーターとしての評価も高い。ジャック・フィニイに関しては、自身も《ゲイルズバーグ・シリーズ》と銘打って「かすみ草にゆれる汽車」（七七・『りぼん』四月増刊）「草冠を編む半獣神」（七八・『ぶ〜け』）などのオマージュ的作品を発表している。

【星の時計のLiddell】長篇。八二〜八三年『ぶ〜け』連載。バラが咲き乱れる家に美しい少女がいて、自分のことを幽霊と呼ぶ。そんな夢を繰り返し見、次第に現実との境を曖昧にしていくヒューと、彼の親友ウラジーミルの二人は夢の記憶を辿ってその家を探す旅に出る。そして家を探し当てた二人は、家の持主から家には何十年も前からヒューの幻像が現れていたことを聞かされる。そこに居を構えたヒューはしばらくの後に姿を消し、幽霊として現れるようになるのだった……。内田の最長篇となる作品で、単行本刊行時に結末を含め大幅な加筆修正がなされた。

【草迷宮・草空間】中長篇連作。八五年集英社刊。「草迷宮―めらんこりあPART4―」（八一・『ぶ〜け』）「草迷宮―めらんこりかるShopping―」（八四・同）の二篇を収めた作品集。主人公の大学生・草《そう》は、ある日、人間の少女ほどもある大きさの市松人形を拾い、家に持ち帰る。すると、人形は動きだし〈ねこ〉と名乗る。草以外の人間の前では人形に戻るが、草といるときは人間とまったく変わらない〈ねこ〉との、奇妙な共同生活が始まる。愛らしい〈ねこ〉のキャラクターや、二人のほのぼのとした生活描写は、メルヘン・タッチなファンタジーの趣であるが、不可解な出来事を現実のものとして受け入れていく草と〈ねこ〉の視点は、ラストには人の生の営み、命のありようといった深遠なテーマにまで到達している。　（岸田）

楳図かずお（うめず・かずお　一九三六〜）

本名一雄。初期には本名を使用。和歌山県伊都郡高野町生。奈良に育つ。五條高校卒。貸本漫画家の楳図よしお（良雄）は弟。四七年、『新宝島』（手塚治虫作画、酒井七馬原作構成）を読んで漫画家になることを決意し、中高生の頃には各誌に四コマやカットを投稿すると共に、神戸の〈改漫クラブ〉や青森の〈少年少女漫画ルーム〉など複数の漫画同人サークルに所属して肉筆回覧誌に作品を発表。五五年、グリムの「ヘンゼルとグレーテル」を漫画化した水谷武子との合作『森の兄妹』、太古の地球を舞台に少年リバーの冒険を描いた叙事詩的なSF『別世界』が続けてトモブック社より刊行され、デビューする。この二作は学生時代に描いた作品で、初山滋や武井武雄などの影響を受けた完成度の高い童画風の絵柄が特徴であった。しかし当時の漫画としては異端だったため、翌年にはファンタジー調の少年漫画タッチからややあくを加えた貸本初期のタッチとなり、以後、高橋真琴、谷悠紀子、さいとう・たかを、白土三平などを取り入れながら、自身のスタイルを模索していくことになる。後年知られる、リアルで肉体性を持った少女や怪物たちの絵姿を、徹底して美醜にこだわり、緻密に描き込んでいく独自のスタイルが完成するのは六〇年代も後半になってからである。

　デビュー後十年間ほどは貸本漫画を主な舞台とし、五六年には怪奇趣味に満ちた探偵物《少年探偵　岬一郎シリーズ》（〜五九・三島書房他）で早くも人気を得る。五八年からは少女漫画がメインとなり、浦島伝説に材を採ったバレエ物『花びらの幻想』『続花びらの幻想』（五八〜五九？・金竜出版社）、死んだ少女のバレエシューズで踊る主人公が幽霊に取り憑かれる「まぼろし少女」（五九〜六〇・同『虹』連載）、読者からの手紙という形式を取った幽霊談「おみっちゃんが今夜もやってくる」（六〇・同）ほか、怪奇幻想作品を次々と発表。この時点ですでに少女怪奇漫画の第一人者であるのみならず、少女ホラーというジャンルにおいては独擅場ですらあった。六〇年代に入ると、食べられるためだけに養女にもらわれた少女の不条理とヘビ女のグロテスクを描いた「口が耳までさける時」（六一・同）で少女ホラーの新たな地平を拓き、歯が鋭く伸びていく男が硬い骨をかじらずにいられなくなるという「歯」（六二・三洋社『別冊ハイスピード』）や、猫そっくりの顔をした猫面城主が見初めた女を手に入れるため、女の恋人を猫面へと改造していく『猫面』（六三・佐藤プロ）、蜘蛛に怯える兄を陥れようとする弟があべこべに蜘蛛ノイローゼになってしまう「くも妄想狂」（六三・佐藤プロ『劇画マガジン』）などの劇画作品でより凄みのある恐怖を展開、形態と心理の両面から恐怖のドラマを突き詰めていった。また、太古の怪獣ガモラの脅威を軸に、時空を超える力を秘めた中間子鉱石をめぐって多くのキャラクターが絡む壮大な物語『ガモラ』（六四〜六五・佐藤プロ）などＳＦにも意欲的に取り組み、その一方ではラブロマンスや青春コメディなども得意とするが、三つの願いを叶えてくれる女神の人形が物語の鍵となる『ロマンスの神様』（六四・ひばり書房）など、こちらでも幻想的要素を持った作品を手がけている。

　貸本漫画の衰退に伴い、六五年「ねこ目の少女」（『週刊少女フレンド』連載）で本格的にメジャー誌に進出、少女誌での怪奇漫画ブームの火付け役となる。以後、同誌に「ママがこわい！」（六五）「紅グモ」（六五〜六六）「へび少女」（六六）「ミイラ先生」（六七）など、母、姉妹、親友、先生といった身近な人々が怪物に変貌する少女ホラーを主に連載。ほぼ同時に少年誌でも始まる怪奇漫画ブームの中心人物として一躍売れっ子になり、六五年秋には少年誌、六六年には『平凡』（平凡出版）など中高生向け少女雑誌、六八年には青年誌と、発表の舞台を次々と広げていくことになる。ブームは四年間ほど続き、この間に少年誌では、大洪水の危機を予感して半魚人へと変身した兄が、弟の親友を手術で半魚人に改造していく「半魚人」（六五・『週刊少年マガジン』連載）、楳図版フランケンシュタインの怪物である「ひびわれ人間」（六六・同）、独特の怪奇ムードを持った特撮テレビのコミカライズ「ウルトラマン」（六六〜六七・『週刊少年マガジン』『別冊少年マガジン』連載）、村人たちが次々とアリ人間と化す「笑い仮面」（六七・『少年画報』連載）などの怪奇ＳＦや、領主に虐げられ殺された農民の恨みが木彫りの不動明王に憑《の》り移る「人食い不動」（六七・『週刊少年マガジン』連載）といった怪奇時代劇を中心に描き、中高生向けの少女雑誌では別掲の《高校生記者シリーズ》のほか、鏡から出てきたもう一人の自分に取って代わられる「映像《かげ》」（六八・主婦と生活社『ティーンルック』連載）、蝶を異常に恐れる少女を描いた心理ミステリ「蝶の墓」（六八〜六九・同）など、より心理に踏み込んだリアルな恐怖ドラマを展開し、青年誌では、愛憎の果てに殺害した妻の死体から消えた首の行方を描く「首」（六八・秋田書店『プレイコミック』）など、難解なテーマを緻密な構成で扱っていった。

　超ハードスケジュールを数年間こなしたのち、身体を壊したこともあって七〇年代以降は連載をほぼ一本に絞り、集中的に取り組むと共に、密度の高い読み切り短篇を多数発表。別掲作以外では、薬によって若返った老人が騒動を巻き起こすスラプスティック・コメディ「アゲイン」（七〇〜七一・『週刊少年サンデー』連載）、そのサブキャラで幼稚園児のまことを主人公にした大ヒット・ギャグ漫画「まことちゃん」（七一にシリーズ開始、七六〜八一、八八〜八九・同連載）、嫉妬に狂う夫の暴力から逃れるため虫に変身した妻と、妻の思い込みによる変身を受け入れた夫、狂気に捕らわれたのは果たしてどちらかという「蟲たちの家」（七二・『ビッグコミック』、〇五年映画化）、醜く老いたかつての大女優が若さを取り戻すため、自分の脳を愛娘に移植しようとするサイコホラー「洗礼」（七四〜七六・『週刊少女コミック』連載、九六年映画化）ほか、人間の深層心理の奥底まで見据えた深い洞察なしには生まれ得ない作品を数多く執筆。八〇年代に入るとその作品世界は更に深化し、「わたしは真悟」ではコンピュータに芽生えた意識が地球そのものへと化したのち壊れていく過程を、「神の左手悪魔の右手」ではこの世のもと〈ヌーメラウーメラ〉なる絶対者を、平成版「まことちゃん」（後に「超！まことちゃん」と改題）では孤独ゆえに宇宙を創り、そして消し去った造物主マゴッドを描き、意識、存在、宇宙、神といった根源的部分へのアプローチを続けるも、九五年完結の集大成的なSF大作「14歳」を最後に休筆した。

漫画史上、最も重要な一人であると共に、音楽活動ほかマルチタレントとしての顔も持ち、その全ての表現活動を通して様々なジャンルのクリエーターたちに多大な影響を与えた作家である。七五年「漂流教室」ほか一連の作品で第二十回小学館漫画賞を受賞した。

【高校生記者シリーズ】連作。六六〜七〇年『平凡』連載。みやこ高校新聞部のエミ子と夏彦たちをレポーター役に、ミイラの亡霊がエミ子の同級生に取り憑く「800年目のミイラ」、生きたまま心臓移植のドナーにされた少女が百物語の最後に現れる「奪われた心臓」（「うばわれた心臓」と改題、八五年にOV化）、メーキャップ通りの人間に変わってしまう演劇部員を描く「憑かれた主役」（「とりつかれた主役」と改題）など、様々な切り口による恐怖を描いた全二十一話の短篇集。単行本化の際に『恐怖』と題され、大幅に増補・改稿された。

【赤んぼ少女】長篇。六七年『週刊少年フレンド』連載。生き別れた両親と巡り合い、引き取られた葉子だが、その日から赤ちゃんのまま大きくならない不気味な姉のタマミによる、執拗な嫌がらせが始まっていく。両親と一緒に暮らすことで幸福が訪れるはずが、そこから恐怖が始まるという、母物のパターンを裏切る楳図少女怪奇漫画の決定版ともいうべき傑作。美少女が理由もなく醜い怪物に脅かされるという不条理の恐怖を経て行き着いた、醜く生まれた者はそれだけで不幸であり、それ故に美しい者は復讐されなくてはならないというロジックを孕んだ物語で、ラスト近くでタマミが悲劇のヒロインへとすりかわり、強烈な印象を残した。〇八年に映画化されている。

【猫目小僧】連作。六七〜六八年『少年画報』、六八〜六九年『週刊少年キング』連載。その後ゲキメーションによるテレビ化に合わせ、七六年『週刊少年サンデー』に読み切りが四本発表された。前二誌での初出時のタイトル表記は「ねこ目小僧」。妖怪猫又の子として誕生したが、人間に似すぎていたため妖怪仲間から追われ、人間には忌み嫌われる猫目小僧が、世をさすらい、数々の奇怪な事件を見て歩く物語。『少年画報』版は怪奇SFといった趣で、猫目小僧も風来坊的キャラだったが、『少年キング』版では出生が明らかになり、当時ブームだった妖怪漫画のスタイルを取りつつ、醜い畸形の少女が呪いによって復讐していく「小人の呪い」（「妖怪百人会」と改題）、存在しない妖怪への恐れが妖怪を実体化させる「妖怪肉玉」など、妄想と現実を惑乱させる人間の心に踏み込んだ恐怖ドラマに発展。後年の『少年サンデー』版では、少年の抱く夢想に猫目小僧が絡む幻想漫画となった。〇六年に映画化されている。

【おろち】連作。六九〜七〇年『週刊少年サンデー』連載。永い時を生き続ける不思議な能力を持った美少女おろちが覗く、人間たちの裏側にひそむドラマの数々を描く。それまでの形態上の不気味さから、人間心理を恐怖のメインに据え始める過渡期の作品で、少女の頃は溜息が出るほど美しいが十八歳を境に醜く崩れていく奇怪な血筋の女を描いた心理ホラー「姉妹」、男が久しぶりに帰った故郷の村で、不気味な子供たちが次々と村人を殺していく怪奇SF「ふるさと」、虚言癖のある悪戯っ子が犯罪に巻き込まれるサスペンス「鍵」ほか、多彩な構成。洋画の影響を受けたエピソードも多い。八四年に「火曜サスペンス劇場　雪花魔人形」としてテレビドラマ化、〇八年には映画化された。

【イアラ】連作。七〇年『ビッグコミック』連載。奈良時代、人身御供として大仏の中に溶かし込まれた恋人・小菜女《さなめ》が最期に発した謎の言葉〈イアラ〉の意味を知るため、土麻呂はさなめを探して中世から近世、現代と生き続け、やがて迎えた地球の終末の日に、サナメと再会することになる。言葉をめぐる観念劇的な様相を帯びるが、ミステリとしても優れており、地球の始まりから終焉までの時間やドラマが高密度に凝縮された、異色の名作である。

【漂流教室】長篇。七二〜七四年『週刊少年サンデー』連載。大和小学校の先生と生徒たちは、突然、学校ごと人類滅亡後の未来にタイムスリップしてしまい、荒廃した世界で大人たちはいち早く脱落、子供たちだけのサバイバルが始まる。活発な少年・高松翔をリーダーに擬似国家を建設した彼らだが、食糧不足、謎の怪虫の襲撃、ペストの流行、未来人類との闘い、仲間同士の殺し合いなど、次々と難題が立ち塞がる。極限状況で生き抜く子供たちの姿に加え、翔を想う母親の時空を超えた狂的な愛が感動的な、SF大作。八七年に映画化、九五年「DRIFTING SCHOOL」として米国で映画化、〇二年「ロングラブレター　漂流教室」として連続テレビドラマ化された。

【わたしは真悟】長篇。八二〜八六年『ビッグコミックスピリッツ』連載。引き裂かれた小学生同士の恋人・さとるとまりんによって意識が芽生えた産業用ロボット〈真悟〉の物語。さとるが最後に入力したまりんへの言葉を伝えるため、真悟はコードを引きちぎって動き始める。イギリスからエルサレムへと連れ去られたまりんを追いながら、真悟は世界を次々と認識していき、コンピュータから人間の脳、そして全ての生物へとつながり、やがて地球そのものへと化していく。子供同士の純愛の結晶としてロボットが意識を持つという〈奇跡〉を描くことによって生まれた、まさに奇跡のような珠玉作。九二年に連続ラジオドラマ化、〇五年に舞台化された。

【神の左手悪魔の右手】連作。八六〜八八年『ビッグコミックスピリッツ』連載。小学一年生の少年・想《そう》の見る悪夢が現実とつながり、侵食していく、ホラーの極致ともいうべき作品。想の姉・泉の体内からハサミ、泥、人骨、三輪車など次々とあり得ないものが飛び出し、やがて三十年前のハサミ殺人鬼事件の真相が明らかになる「錆びたハサミ」、泉の同級生のみよ子に取り憑いた邪悪な背後霊・影亡者と、想に取り憑いたみよ子の背後霊だった三郎太や霊能者・小谷たちとの人知を超えた闘いが展開する「影亡者」など、本篇全五話番外篇全一話。スプラッタ描写をはじめとする、痛覚や生理的嫌悪に訴える圧倒的イメージのヴィジュアルが全篇を覆い尽くしている。〇六年に映画化された。

【14歳】長篇。九〇〜九五年『ビッグコミックスピリッツ』連載。冒頭で「14歳で終わる」との不気味な予言がなされる。舞台は近未来。傲慢な人間に対する〈動物の呪い〉として人工培養の鶏のササミ細胞から超高度な知能を持ったチキン・ジョージ博士が誕生、また時を同じくして、葉緑体を持った緑色の赤ちゃんが〈植物の呪い〉として次々と生まれていた。やがて地球に異変が立て続けに起こり、終末を悟った人類は選ばれた子供たちを乗せたロケットで地球脱出を試みるが……。グロテスクな終末イメージに満ち、あらゆる根源的なものへの思索がちりばめられた、奇想溢れるSF大作。この作品を最後に楳図は休筆、冒頭の予言は作品内のキーワードであると共に、楳図の漫画家活動に対する宣告でもあった。（想田）

浦沢直樹（うらさわ・なおき　一九六〇〜）東京府中市生。明星大学経済学部卒。八二年「Return」が第九回小学館新人コミック大賞一般部門に入選し、八三年「BETA!!」で『別冊ビッグコミック』にてデビュー。八〇年代後半以後、『ビッグコミックスピリッツ』を中心に活躍し、同誌を代表する作家の一人となる。八九年に「YAWARA!」（八六〜九三）で第三十五回小学館漫画賞、「MONSTER」（九五〜〇二）で九七年に第一回文化庁メディア芸術祭マンガ部門優秀賞、九九年に第三回手塚治虫文化賞マンガ大賞、二〇〇〇年に第四十六回小学館漫画賞受賞、「20世紀少年」（九九〜〇六・『ビッグコミックスピリッツ』連載）で〇一年に第二十五回講談社漫画賞、〇二年に第六回文化庁メディア芸術祭マンガ部門優秀賞と第四十八回小学館漫画賞、〇四年にアングレーム国際漫画祭最優秀長編賞、〇八年に「20世紀少年」「21世紀少年」（〇七・同連載）で第三十七回日本漫画家協会賞大賞受賞、〇五年に「PLUTO《プルートウ》」（〇三〜・『ビッグコミックオリジナル』連載）で第九回文化庁メディア芸術祭マンガ部門優秀賞、第九回手塚治虫文化賞マンガ大賞受賞。

スポーツ物、ミステリ、アクションなどを手がけ、ごく一般的な作風だが、高い人気を誇り、評価も高い。「20世紀少年」「21世紀少年」は一九五九年度生まれの少年たちの子供時代の空想的な遊びが、世紀末も近くなってから現実化し始めるというもので、一見ファンタスティックに始まるが、子供時代の孤独を持ち越し続けている人物によるシナリオのなぞりという単純な謎解きがなされて一般的なSFに収斂する。〇八〜〇九年に映画化された。「PLUTO」は「鉄腕アトム」の「地上最大のロボット」にインスパイアされたミステリSFで、ロボットと人間の境界というテーマを中心的に描いている。手塚治虫のほか、影響を受けたという大友克洋の作品などの部分を入れ込んだ、オマージュ的側面もある作品。（石堂）

漆原友紀（うるしばら・ゆき　一九七四〜）山口県出身。九二年頃から、読者投稿を元に編集・構成されている雑誌『月刊ファンロード』（ラポート）に志摩冬青《しまそよご》名義で作品を発表する。同人活動を続け、大学中退後に漆原友紀名義で投稿した「蟲師《むしし》」が九八年アフタヌーン四季賞冬のコンテストで大賞を受賞し、翌年『アフタヌーン』にて同作品（単行本で「瞼の光」と改題）で商業誌デビュー、そのまま長期連載となった。同人誌時代からどこか郷愁を誘う自然風景と静かに語りかけるような台詞を重ねて詩的な世界を作り出していた漆原が、近代化されぬままの日本を舞台に人に寄生する妖怪のような存在の〈蟲《むし》〉という強烈な素材を得て濃密な世界を現出させたのが「蟲師」である。同作は〇三年第七回文化庁メディア芸術祭マンガ部門優秀賞、〇六年第三十回講談社漫画賞を受賞。〇五年にテレビアニメ化され、原作の世界観を忠実に再現した映像のクオリティの高さが話題となって「東京国際アニメフェア2006」東京アニメアワード・テレビ部門優秀作品賞受賞。〇六年には「文化庁メディア芸術祭100選」にて二〇〇〇年代の漫画部門第二位、アニメ部門第一位をダブル受賞。〇七年に大友克洋を監督に実写映画化され、〇八年にはニンテンドーDSでゲーム化もされている。

【バイオ・ルミネッセンス】短篇集。九七年ラポート刊。志摩冬青名義で『月刊ファンロード』に発表された作品等を集める。連作「蟲師」の原型となった「虫師―青い音楽―」（九四頃）、「虫師―屋根の上の宴―」（九六頃）も収録。この作品集を中心にした短篇集が〇四年講談社から『フィラメント―漆原友紀作品集―』として刊行された。

【蟲師】短篇連作。九九〜〇八年『アフタヌーンシーズン増刊』『アフタヌーン』連載。異形の存在〈蟲〉を調査し、〈蟲〉に寄生され生死の境に立つ人間の治療を生業とする白髪で隻眼の〈蟲師〉ギンコ。〈蟲〉の噂を聞きつけてギンコが訪ねた村々での幽玄な物語を一話完結で描く。人が人を助けられる限界や無常観が描かれることもしばしばだが、根底では人間の生きる力を信頼する漆原のスタンスゆえに、温もりのある余韻が感じられる。また、舞台となる日本の原初のままの山や海、森林などの自然風景が見せる圧倒的な存在感も作品の魅力の一つとなっている。（小西）

衛藤ヒロユキ（えとう・ひろゆき　一九六〇頃？〜）本名浩幸。別名にニノチカ・ひろゆき。大分県生。武蔵野美術大学中退。大学中退後、ニノチカ名で描いた「時計屋の娘」（八五・みのり書房『コミックアゲイン』）でデビュー。ゲームブック作家やイラストレーターとしての活動を経て、九二年より連載を開始した「魔法陣グルグル」で人気を博す。ほかに「FANTASY CPU Pico☆Pico」（九二・みのり書房『ゲームプレイヤーコミックス』連載）「がじぇっと」（〇二〜〇五・マッグガーデン『月刊コミックブレイド』連載）など、風変わりなファンタジー作品がある。可愛く丸みを帯びた絵柄と作品の切り口がメタ視点的で鋭いことが特徴である。

【魔法陣グルグル】長篇。九二〜〇三年『月刊少年ガンガン』（エニックス）連載。世界征服を目論む魔王ギリを倒すため、ジミナ村から旅立った自称勇者ニケと、ニケを勇者様と慕って付き従うへっぽこ魔法使いククリのお気楽珍道中。ファンタジーRPGのパロディを中心にしたシュールなギャグが受け、大ヒットし、創刊して間もない『月刊少年ガンガン』を看板作品として支えていた。九四〜九五年、二〇〇〇年と二度にわたってテレビアニメ化されている。（真栄田）

押上美猫（おうかみ・みねこ　?〜）長崎県福江市生。「パパは正義の味方《ヒーロー》!?」（一九八九・新書館『Wings』）でデビュー。代表作「ドラゴン騎士団」（九〇・同『サウス』、九〇〜〇七・『Wings』連載）は、竜帝に仕える竜騎士ラス、ルーン、ザッツの三人を中心に展開する壮大な本格ファンタジー巨篇で、十七年に及ぶ連載を経て〇七年に完結した。ファンタジー作品としてほかに「月華佳人《ルーメン・ルーナエ》」（九五〜・『サウス』連載）があるが、掲載誌休刊にともない中断している。（岸田）

大暮維人（おおぐれ・いと　一九七二〜）宮崎県生。九三年「世界肉体野郎」がコアマガジンの漫画大賞に入選し、ロリコン系エロ漫画誌『漫画ホットミルク』（白夜書房）に掲載される。九五年「SEPTEMBER KISS」により同誌に本格的にデビュー。まもなく一般誌に描くようになり、学園異能バトル・アクション「天上天下《てんじょうてんげ》」（九七〜・『ウルトラジャンプ』連載）で人気を博す。ハイスピードのインラインスケートで街のあらゆる部分を自在に駆け巡り、風に乗って能う限り飛翔し、チームを組んで速さを競うという設定のアクション「エア・ギア」（〇二〜・『週刊少年マガジン』連載）で人気を確立。〇四年には「天上天下」、〇六年には「エア・ギア」がテレビアニメ化。また〇六年に「エア・ギア」で第三十回で講談社漫画賞少年部門を受賞。ほかの作品に、ボーイッシュな少女サチとその恋人でフタナリの呪いがかけられた智子の許に、智子の前世（ウェンディ）の恋人である巨乳のピーターパンが現れたことから始まる伝奇的なエロティック・バトル「Peterpan Syndrome」（九五〜九六・『漫画ホットミルク』連載）、吸血鬼や蜘蛛人間など、様々な妖魔の血を注入されて自らも魔人となった若者たちを描くバトル・アクション「魔人―DEVIL―」（九九・『週刊少年マガジン』、二〇〇〇・『マガジンSPECIAL』連載）など。（石堂）

大越孝太郎（おおこし・こうたろう　一九六七〜）神奈川県横浜市生。「アカグミノカチ」（八六・『ガロ』）でデビュー。丸尾末広の系譜を継ぐ、美しく濃厚な画面で変態猟奇漫画を描く。エロティシズムが人体損壊やフリークスと関わる形で表現されることが多い。SM的傾向は主として人形愛の形で描かれ、前世代のスカトロジーは継承していない。また、フリークス趣味の横溢する「天国に結ぶ恋」（〇一・同連載）に顕著なように、フリークスを単なるSMの道具としては扱わず、あくまでもエロスとの関係で描くことに力点を置いている。主な怪奇幻想作品として次のようなものがある。虫を常食とする、頽廃に満ちた大正風の未来世界を舞台に、猟奇犯罪小説作家・紅垂介《べにたれすけ》を描く「月喰ウ蟲」（九一・同）、人形化された人間への愛着を描く「人形姫」（二〇〇〇・蒼馬社『人形姫ミレニアム』）、戦時技術開発物「転生術綺譚」（〇一・河出書房新社『九龍』）、異様に太ってしまう呪いをめぐる物語「膨張のトルソー」（〇一・青林工藝舎『アリエス』）ほか。また、溺死人が腕を取り返しに来る「夜の漁」（九九・ワニマガジン社『恐怖の実話怪談』）ほか、実話怪談の漫画化もある。（石堂）

大島弓子（おおしま・ゆみこ　一九四七〜）栃木県生。短大在学中の六八年「ポーラの涙」（『週刊マーガレット春休み増刊』）にてデビュー。〈二十四年組〉の中心作家の一人である。七三年「ミモザ館でつかまえて」（七三）で第二回日本漫画家協会賞優秀賞、七九年「綿の国星」で第三回講談社漫画賞を受賞。九七年から九八年にかけて悪性腫瘍のため入院加療したエピソードを含むエッセー漫画「グーグーだって猫である」(九六〜、〇八年映画化)により〇八年、第十二回手塚治虫文化賞短編賞受賞。

デビュー後の数年は、貧困、不治の病、心身の障害、戦争などをモチーフに専ら悲劇的な作品を発表していた。その中で、命の重さをテーマにした「誕生!」(七〇)は高校生の妊娠を扱って話題を呼んだ。七二年に主な発表の場を『別冊少女コミック』に移した頃から大島はそのユニークな魅力を発揮し始める。時にエキセントリックな登場人物を配して、文学的な台詞、饒舌なモノローグ、感情の流れるままに配置したかのようなコマ割りなど独特の表現を用いて、思春期という多感な時期を抒情的に描き出した。また、現実と夢や想像、正気と狂気の境が混然としたストーリーや、観念上の存在をそのまま作中に描き込む、あるいは外見とは異なった内面の本質の姿で登場人物を描画する表現法も、大島の重要な特徴といえる。

放射能を浴びた青年シモンが女性化する「男性失格」(七〇・『週刊マーガレット』)の設定を発展させたと思われる「ジョカへ…」(七二・『別冊少女コミック』連載)では、少年シモンは実験中の薬を飲んだことで性転換してしまう。数年後、美少女に成長したシモンがソランジュと名乗り、真相を知らないジョカら幼馴染みたちの前に現れたことで、混乱が生じ、悲劇的な展開となる。しかし結末では眠るジョカとシモンが見る夢を利用して、性転換以後の出来事を、現実なのか空想の話なのか、曖昧にしている。また、「F式《フロイト》蘭丸」(七五・集英社『月刊セブンティーン』連載)では、前半が主人公よき子の視点で語られているため、ボーイフレンドの蘭丸は、彼女の孤独感が生んだ空想の存在であることが読者には明かされていない。後半、視点が逆転して初めて、よき子の言動の奇妙さが判明する構成になっている。「バナナブレッドのプディング」(七七〜七八・同連載)でも夢と心理学が使われている。高校生の衣良《いら》は、姉・沙良の結婚による孤独感から精神不安定になり、なぜか男色家の支えになることで自分の存在意義を確かめようとする。これが失敗して、感情をコントロールできなくなった衣良は、夢の中で〈人食い鬼〉に食べられたために自分も邪悪な鬼になったのだと思い込む。物語は沙良が綴った幸福な夢の話で締め括ることで、衣良が快方へ向かうことを予感させている。

擬人化した猫を主人公に据えた大ヒット作「綿の国星」連載の後半、八〇年代からは、現実生活よりも観念の世界を語る作品が増える。「金髪の草原」(八三・『ぶ〜け』、二〇〇〇年映画化)では、自分を二十歳の学生と思い込んで十八歳のヘルパー・なりすに恋をする八十歳の老人を青年の姿で描く表現が斬新である。「夏の夜の獏」(八八・『月刊ASUKA』)では、主人公の小学生・走次《そうじ》を二十歳の青年、両親と兄は小学生、認知症の祖父は赤ちゃん、というように、走次から見た精神年齢で人物を表している。さらに肉体を失う死後の世界へと舞台を移したものに、「四月怪談」「秋日子かく語りき」のほか、「庭はみどり川はブルー」(八七・同)などがあり、主人公が臨死体験の記憶を持ったまま生還したり、死者が生者の体を借りて行動したりといった設定下にストーリーが展開する。「サマタイム」(八四・『別冊LaLa』)にいたっては、主人公はすでに死んで意識だけになっていることに気づいていない青年である。

なお、愛猫サバとの生活を描いたエッセー漫画《サバシリーズ》(八九〜九二・『月刊ASUKA』他)では、「綿の国星」同様、猫の擬人化が行われているが、サバ亡き後に飼った猫たちが登場する近作「グーグーだって猫である」においては猫はリアルな姿で描かれているのは興味深い。

このほか、トンボやセミといった昆虫を擬人化して、彼らが短い一生を謳歌して命を終える様を感性豊かに描いた絵本『森のなかの

1羽と3匹』（九六・白泉社）、作者の自画像と同じ姿、同じ愛称を持つロボット、ユーミンの突飛な行動を描いたSFギャグ漫画の異色作「ユーミン」（七六・『週刊少女コミック』連載）がある。

【綿の国星】長篇。七八〜八七年『月刊LaLa』不定期連載。成長すると人間になると思い込んでいる白い子猫チビは浪人生の諏訪野時夫に拾われて、作家の父親と猫アレルギーの母親のいる家で暮らすことになった。ある夜出会った銀色の美猫ラフィエルに、チビはいつか綿の国の姫ホワイトフィールドになると告げられる。諏訪野家を中心とした人々と吉祥寺界隈を舞台に、チビ猫の目からみた世界の不思議をファンタジックに描いた長篇である。子猫を人間の少女に猫の耳と尻尾をつけた姿で描くという斬新な表現は、読者を驚かせ、漫画界に多大な影響を与えた。大島は、猫を描くにあたり、今まであったようなデフオルメを避け、人間と対等に扱いたいと考えた。〈形態の分母をそろえて人間も動物も人型にしてしまえば不公平じゃないや、などと思いついた〉と、このスタイルを着想した経緯を『わたしたちができるまで』（九三・角川書店、岩館真理子・小椋冬美との共著）の中でコメントしている。八四年、作者自身の脚本、リチャード・クレイダーマンのテーマ音楽による劇場版アニメ（虫プロダクション制作）が公開され、本作をメジャーにした。同時にチビ猫のビスクドールをはじめとするキャラクターグッズも発売され、人気を博した。また、九四年より小学館の幼児向け雑誌『おひさま』にオールカラーの絵物語として連載したものの一部が絵本『ちびねこ』（九五・小学館）として出版されている。

【四月怪談】短篇。七九年『ギャルズライフ』（主婦の友社）掲載。事故で死んだ高校生・初子は、霊界で自分の体を百年にわたって探している霊の弦之丞と出会う。火葬にされる前に体に戻るよう説得されるものの、下界の様子を見て回るうちに初子は生きたい気持ちが薄れ、自分の肉体を弦之丞に譲ると言い出す。唯一人、霊体の初子に気づいた夏山登のおかげで初子は体に戻るのだが一緒に弦之丞も連れてきてしまう。二つの魂が融合して生き返った初子は人生を愛しく思うのだった。八八年映画化。

【秋日子《あきひこ》かく語りき】短篇。八七年『月刊ASUKA』掲載。同時に車にはねられた高校生の秋日子と五十四歳の主婦・竜子。秋日子は助かり竜子は死ぬ運命だったが、人生に納得できないという竜子に秋日子は体を貸すことにした。竜子は秋日子として高校生活を送りながら、遺した夫や子供たちの様子をうかがう。六日間の最後に満足して竜子は天国へ行き、秋日子は入れ替わりにこの世に戻ったのだった。〇四年「ちょっと待って、神様」というタイトルでテレビドラマ化。（卯月）

大城のぼる（おおしろ・のぼる　一九〇五〜九八）本名栗本六郎。東京芝白金生。深川明治小学校卒。いくつかの職業を経たのち、講談社『少年倶楽部』の仕事を始める。『学年別童話漫画』（三一・元文社）でデビュー。『愉快な探検隊』（三三・中村書店）は描き下ろし漫画単行本史上、最初の長篇ストーリー漫画であり、主人公の少年が軽気球で南洋の島々やアフリカ大陸を探検して、怪物や天狗を退治する。『汽車旅行』（四一・同）は映画的手法を駆使した先駆的作品であり、アニメーションの制作プロセスが詳細に説明されている。『愉快な鉄工所』（四一・同）は現実と夢、漫画と漫画内漫画を重層的に入れ子構造にした技巧的な作品であり、〈夢から醒めた夢〉タイプの幻想漫画の極めて初期の作例である。

【火星探検】長篇。四〇年中村書店刊。旭太郎（小熊秀雄）原作。天文台で火星を研究している星野博士の息子のテン太郎はある夜、小人のような火星人たちに誘われて、猫や犬と共に火星を訪れ、様々な冒険をする。戦時中に発表された、戦後SF漫画の先駆けとなった作品で、非常に美しい色彩とモダンなデザイン感覚、正確な科学的議論を特徴とし、手塚治虫や小松左京らに影響を与えた。（倉田）

大友克洋（おおとも・かつひろ　一九五四〜）宮城県登米市出身。宮城県佐沼高校卒。プロスペル・メリメの「マテオ・ファルコーネ」を原作とする「銃声」（七三・『漫画アクション増刊』）でデビュー。侘しい新年会に集まった四人の若者が自分の正体（?）を告白し合うコメディ「宇宙パトロール・シゲマ」（七七・同）などで注目された。代表作としては、コンピュータシステムATOMと超能力者の戦いを描く「FIRE BALL」（七九・『アクションデラックス』）、スペースデブリ回収業者が往年のソプラノ歌手の過去の幻想に囚われる「彼女の想いで…」（八〇・『週刊ヤングマガジン』、大友自身の総指揮によってアニメ化）、「童夢」「AKIRA」などを挙げることができる。その他、非幻想系の作品を主体とした『ショート・ピース』（七九・奇想天外社）および『ハイウェイスター』（七九・双葉社）も完成度が高い作品集である。これらの諸作品により漫画表現に革新をもたらし、多くの亜流・追随者を生んだが、「AKIRA」完結後は漫画作品の新作はほとんど発表せず、専ら映像作家および原作者として活動している。「童夢」で第四回日本SF大賞（八三）および第十五回星雲賞（八四）、「AKIRA」で第八回講談社漫画賞（八四）を受賞。〇五年、仏国芸術文化勲章シュバリエを受章。

【童夢】長篇。八〇〜八一年『アクションデラックス』『漫画アクション増刊スーパーフィクション』。郊外のマンモス団地で奇怪な連続変死事件が発生。担当刑事に調査を依頼された霊能者は〈子供に気をつけなさい〉と謎の言葉を残す。無邪気な犯罪を繰り返す〈子供〉の正体とは？　大友克洋の最高傑作というべきSFミステリの名作。

【AKIRA】長篇。八二〜九〇年『週刊ヤングマガジン』連載。第三次世界大戦後の人工都市・ネオ東京を舞台に、反政府ゲリラ・政府系超能力研究機関・暴走族などが超能力少年アキラ（28号）を巡って壮絶な戦いを繰り広げる。大友克洋のSF系作品の集大成であり、連載中の八八年に大友自身の監督により劇場アニメ化された。（久留）

大野きよし（おおの・きよし　一九一五〜?）本名清。戦前は三三年頃より、中村漫画に影響を与えたといわれる大阪の元文社や盛光堂から、多色刷りで豪華な函入りの児童漫画本を数多く出版。戦前からギャグが主体の時代劇漫画を得意とし、キングコングと可愛らしい侍が対決する『勤王志士の助』（三三・元文社）などを描いている。デビュー当時の絵柄はのっぺりとして平面的で、「のらくろ」などの影響も感じられるものの、次第に立体感がある画風へと変化する。戦争末期には小説の挿絵や皇軍御慰問用はがきなどを描き、戦後も大阪で活躍する高橋十三路らと共に大阪漫画家の代表選手の一人として活躍する。戦後まもなくは、大阪のカストリ雑誌の挿絵やメンコ、児童漫画本を数多く描き人気を博す。後進の漫画家の面倒見もよく、大阪の赤本漫画界のボス的な存在となり、戦後大阪漫画の顔といえば大野きよしであった。たくさんの児童漫画本を出版する傍ら、ほかにも多くの漫画家の単行本の表紙画も手がけ、幸文堂書店ほかの手塚治虫の再刊本の表紙なども描いている。戦後の代表作は、当時の落語家が多数登場するギャグ漫画『猿飛佐助忍術旅日記』（四七・荒木書房）や戦前のアニメを思わせる可愛らしい侍が登場する「怪船梵天丸」（四八）や、絵の巧さが際立つ豪華函入りで出版された『たこ丸旅日記』（四九・家村文翫堂）、同じく函入りで出版された、のらくろのようなキャラクターが活躍するギャグ漫画『どんぐり小僧』（四九・同）などのほか、怪星からやってきたタコのような宇宙人と対決するギャグ的な要素満載のSF漫画『怪星の使者』（四八・東宝出版社）がある。五一年頃まで関西で描き下ろしの漫画単行本を出版しているが、五〇年代には中央の少年雑誌に進出し、「少年さるとび佐助」（五八・集英社『幼年ブック』）を連載したほか、「くろしおの王者」（五九）「名犬アレックス」（五五）などの作品を描き、戦前から活躍した漫画家としては珍しく戦後の月刊漫画の時代ま

で活躍した。（高橋）

大橋薫（おおはし・かおる　一九六六〜）愛知県岩倉市生。双子の妹に漫画家・楠桂。同人誌での活動を経て、八五年に「狼のエンブレム」（徳間書店『月刊少年キャプテン』連載、平井和正原作）でデビュー。SF、ホラー、ミステリを中心に、少年向け、少女向けから成年向けまで幅広く、エンターテインメントに徹した作品を多数描いている。SFの代表作に、不完全ながらも記憶の植え替えが可能になった近未来を舞台に、軍事開発の犠牲となった少女がサイコキラーと化すサスペンス「レミングの行方」（九三〜九五・『ミステリーDX』連載）、ホラーの代表作に、いじめに遭っている孤独な少女がアルバイト先の不思議なサーカスで遭遇する怪異を描く連作「セルロイドカーニバル」（九五〜九七・同連載）など。このほか、狼少女物ラブコメディ「月夜のヒロイン」（八九・『少女フレンド』）、宇宙生命保険屋を主人公とするジェントル・ゴースト・ストーリーの連作「エンゼルのお仕事」（九九〜〇一・『ネムキ』）、芸能界オカルト・コメディ「オカルト・バージン」（九〇〜九二・『月刊少年キャプテン』連載）、卑弥呼の霊を内に宿す〈絶対巫女〉が主人公の退魔物のエッチなラブコメディ「巫女っす！」（〇三〜〇六・『ヤングキング』連載）、魔法のアイテム物の怪奇短篇連作「悪魔のお店―Shadow&Maria―」（九八〜二〇〇〇・角川書店『ザ・ホラー』）など多数。また、伝奇アクション「戦国月夜」（九九〜二〇〇〇・集英社『クリムゾン』連載）ほか、楠桂との合作も試みている。（石堂）

岡友彦（おか・ともひこ　一九一七〜九〇）本名石田隆次郎。別名に歌川大雅《たいが》ほか多数。東京下谷区二長町生。郁文館中学卒。三四年『少年倶楽部』の募集漫画に本名でたびたび入選、作品が掲載される。翌年には投稿者から漫画家扱いで『少年倶楽部』の漫画頁に作品が掲載され、漫画家の道を歩むかと思われたのだが、挿絵画家・玉井徳太郎に弟子入りする。四〇年『少女倶楽部』に、初めて岡友彦の筆名を使用、挿絵画家として登場した。歴史読物で太田黒克彦とのコンビが続く。戦後、四六〜四九年には、再び漫画や絵本の仕事を手がける中、四七年『毒婦画帖　完』（開扇亭）を刊行。作・画・装丁のすべてを手がける。発行所・開扇亭は下谷二長町で岡の実家。副題に〈大人の見る絵本〉とあるが、小説で、江戸両国・軽業小屋の綱渡り芸人おりんの物語。草双紙風な装丁、河竹黙阿弥風味と、岡の江戸趣味が溢れている。絵物語「天馬大流星」（五〇〜五一・『おもしろブック』）は初の連載作品だが、岡は作者で、画は玉井徳太郎。秘宝の地図を求め、少年たちが怪人白魔と戦う冒険譚である。この頃、浅草象潟に転居。生まれ育った二長町には市村座、浅草象潟には、やはり芝居小屋の宮戸座が在り、岡は終生、芝居町の風情を愛した。五一年、文京出版の『少年少女譚海』はじめ、各誌に次々と絵物語作品を発表。「飛龍白騎士」等の連載のほか、読み切り作品が多く、別冊付録も加わった。同一誌に複数作品が載ることもあるため、丸高史郎、小倉放馬、花門長次等の別名を使用。この年は大長篇作品「白虎仮面」（五一〜五五・『少年少女冒険王』）も連載が始まる。五一〜五六年が売れっ子で多忙な時期だったが、長期連載は少なく、「白虎仮面」以外では「飛龍夜叉」（五四〜五六・『おもしろブック』）ぐらいで、殆どが一年程度だった。五六年『週刊漫画TIMES』（芳文社）創刊号から連載開始の絵物語「小町秘帖」で、別名・歌川大雅を初めて使う。五七年から児童雑誌の作品を徐々に減らし、成人向けの絵物語・漫画・挿絵へと移行。歌川名では五八年から『裏窓』（久保書店）で怪異絵物語「鬼火河岸」ほか、妖奇なる読み切り作品を度々描いた。六〇年『少年ブック』（集英社）掲載の「鞍馬天狗」を最後に岡友彦の名を捨て、児童雑誌から退いた。六〇年代には、エロ漫画家として歌川大雅の名前が知られ、主に二流誌に作品が多い。七〇年、宗谷真爾の著書『陰陽師』（真珠社）の挿絵を手がける。この頃から真言密教の立川流・タントラに傾倒し、七三年『密教秘法―タントラ入門』（桃源社）を皮切りに、八〇年代にかけて多数の著書を刊行。密教の研究者として活躍した。（三谷）

おがきちか（おがき・ちか　一九七三〜）別名に蝶楽。武蔵野美術大学卒。花丸木リカ名義でデビューし、二〇〇〇年よりおがきちかに改名。人間の女性になった埴輪が考古学者の青年と恋に落ちる「ハニー♡クレイ♡マイハニー」（二〇〇〇・少年画報社『アワーズライト』連載）、弟を得るために悪魔と契約し、悪人の魂を狩る女性の遍歴と救済を描いた「エビアンワンダー」（二〇〇〇〜〇二・同連載）と続篇「エビアンワンダー REACT」（〇三〜〇六・一迅社『コミック ZERO-SUM 増刊 WARD』連載）、王位継承権を持つ青年が竜との対決や学舎での様々な人との触れ合いによって成長していく姿を描く「Landreaall」（〇三〜・『月刊コミック ZERO-SUM』連載）などがある。（有里）

岡崎武士（おかざき・たけし　一九六七〜）本名武昭。千葉市生。高校卒業後、大学を中退。まつもと泉のアシスタントの傍ら、八六年に「5分でマーメイド」（花伝社『マガジンハウス』）でデビュー。等身大の恋愛物を得意とするが、しっかりとした画力で、幻想的でありながらリアリティのある絵が描ける数少ない描き手である。その力が遺憾なく発揮された代表作「精霊使い《エレメンタラー》」は九七年、第一回文化庁メディア芸術祭マンガ部門優秀賞を受賞した。マンガ制作から離れていた時期があり、非常に寡作。イラストレーターとしても活躍している。

【精霊使い《エレメンタラー》】長篇。九〇〜九七年『月刊ニュータイプ』（角川書店）連載。気の弱い少年・覚羅《かぐら》が精剣戦争に巻き込まれ、次第に最強の精霊使いであるエーテルの精霊使いに目覚めていく物語。少年の成長を内面と共に丹念に描いた。途中、作者が肺気胸で倒れ入院し、そのまま打ち切りとなった未完の作品である。後に出た小説版（檜村美月著）によって物語は補完されている。（真栄田）

岡田史子（おかだ・ふみこ　一九四九〜二〇〇五）本名高田富美子。北海道静内郡静内町生。まだ高校在学中だった六六年から、漫画同人〈奇人クラブ〉に参加、数作の作品を発表の後、六七年『COM』に投稿した短篇「太陽と骸骨のような少年」が掲載作品となる。読者投稿作でありながら『COM』では異例の全ページ掲載という措置がとられたため、これをもって商業誌デビューとされている。

この作品は、精神病院の患者である少年と看護婦が対話をしているだけの、特にストーリーらしいものもない七ページの小品であるが、作中引用されるボードレールの詩をはじめダンテ、ゲーテ、宮沢賢治といった作家たちの文学的影響が色濃く表れ、哲学的言及を漫画に取り込んだ先駆的かつ実験的な作品となっている。弱冠十七歳の手による、それまでにない新しい表現の登場は、当時の読者、作家たちに事件ともいうべき衝撃と多大なる影響を与えた。

岡田の特徴的な作風である、狂気と死の香りをはらんだ幻想的で不穏な世界観、病的ともいえる繊細さをもった主人公の抽象的心象表現などは、このデビュー作から既に確立されている。その独特な世界観は、「ガラス玉」「赤い蔓草」（六八・『COM』）といった作品でよりいっそうの昇華をみせ、読者のみならず、萩尾望都、手塚治虫、吉本隆明、四方田犬彦など、漫画家・評論家からも熱く支持された。様々な絵柄を作品ごとに多彩に描きわけているのも特徴的な点である。表現技法、画材に至るまで試行錯誤が続けられ、岡田が常に現状に満足せず、自らの主題に相応しい表現を模索していたことが窺える。そうした作風ゆえか、七一年を境に突如帰郷し、活動を中絶。周囲の熱望もあり、七八年「ダンス・パーティー」（『少女コミック増刊フラワーコミック』）など何度かの活動再開を試みるがいずれも長くは続かず、九〇年「エリム」（東京三世社『漫画夢の博物誌I』）の発表を最後に創作活動に終止符を打った。〇五年に病没。

【ガラス玉】短篇。六八年『COM』掲載。工場で働く少年レドは、母親から臨終の床で手渡されたガラス玉を失くしてしまう。以来家に引きこもってしまった彼を心配した少女リーベが部屋へいくと、憔悴しているものの生きているレドと、彼の死体の両方があった。自己の存在を見失い、絶望と混乱に陥ったレドは、ガラス玉を探す旅に出る……。工場労働によっていつしか失われた純粋無垢な魂をガラス玉として表現している。ガラス玉を失ったことで死に取り憑かれた少年の目に映る世界は、歪んだ曲線で描かれ、闇に閉ざされ陰鬱な空気が漂う。十六ページの寓話的な短篇でありながら、主人公を侵食していく狂気、とりまく世界の不安定さを巧みに表現した。『COM』第七回月例新人賞入選作であり、初単行本のタイトル作品にもなった代表作。（岸田）

岡田芽武（おかだ・めぐむ　一九七一～）東京出身。異世界の傭兵国家クルダを舞台に女性修練闘士《セヴァール》エレ・ラグ（字名は影技《シャドウ・スキル》）とその弟子にして弟分のガウ・バンの成長を描いた格闘ファンタジー「SHADOW SKILL」（九二～九六・竹書房『コミックガンマ』、九七～九九・富士見書房『月刊ドラゴンジュニア』、二〇〇〇～〇二・『アフタヌーンシーズン増刊』、〇三～〇六・『アフタヌーン』連載）でデビュー。その他、音の霊力を使う〈探求者〉皇言霊《ほつま》&柊乱空と邪悪なる禍神との戦いを描いた伝奇ロマン「ニライカナイ―遥かなる根の国―」（九九～〇三・『アフタヌーン』連載）、「聖闘士《セイント》星矢」の前日譚となる「聖闘士《セイント》星矢 EPISODE・G」（〇三～・『チャンピオンRED』連載、車田正美原作）などが代表作として挙げられる。（久留）

岡野剛（おかの・たけし　一九六七～）千葉県出身。早稲田大学政治経済学部卒。八七年「暴発！ゆり子先生」で『週刊少年ジャンプ Autumn Special』（のむら剛名義）にてデビュー。八八年、美少女ロボット婦警物のギャグ「AT Lady!」が第二十八回赤塚賞に入選し、読み切り掲載を経て、八九～九〇年『週刊少年ジャンプ』に連載された。その後、岡野剛に筆名を変えて描いた「地獄先生ぬ～べ～」がヒット作となる。ほかの作品に、胴体のない頭脚人間と頭のない胴体人間が合体して人間に擬態している種族の少年・外堂《げどう》が、生物の擬態を見破る特技を持つ女子高生・讃良《さらら》と共に〈未確認生物〉（ドラゴンやフェニックスなどの伝説の存在と駄洒落的な創作幻獣）を助けるために活躍する冒険コメディ「未確認少年ゲドー」（〇四～〇五・『週刊少年ジャンプ』連載）、アニメを元にした「デジモンネクスト」（〇六～〇八・『Vジャンプ』連載、本郷あきよし原案、浜崎達也原作）、「地獄先生ぬ～べ～」のサブキャラクターがヒロインのエロティックなオカルト漫画「現代都市妖鬼考　霊媒師いずな」（〇七・『スーパージャンプ』、真倉翔《まくらしょう》原作）など。

【地獄先生ぬ～べ～】連作。九三～九九年『週刊少年ジャンプ』連載。真倉翔原作。鬼を封じていて霊的な力の強い〈鬼の手〉を持つ霊能者にして小学校の教師・鵺野鳴介（ぬ～べ～）が童守小学校や童守町内に起きる妖怪・悪霊事件を解決する物語。〈学校の怪談〉ブームの後に訪れた妖怪&モンスターブームの流れに乗った作品で、長篇化、伝奇アクション化する他の少年漫画とは一線を画し、各話ごとに教育的なテーマを設定し、短篇中心のまま連載を続けた点に特色がある。原作者が「ホラー事典」のようになってくれればいいと思うと述べた通りに、学校の怪談を含む都市伝説の数々、種々の妖怪や怪奇現象などを取り上げて、子供向けの怪奇一覧となっている。〈鬼の手〉を用いたバトル・アクションが中心だが、愛らしい妖怪のゆきめ（雪女で、最後にはぬ～べ～と結ばれる）が活躍するエロティック・コメディから妖狐・玉藻をメインに魂の目覚めを描く一連の作品まで、物語のトーンを様々に変化させているのも、長期の連載に耐えた要因であろう。九六～九七年にテレビアニメ化されたほか、ゲーム化などもされている。（石堂）

岡野玲子（おかの・れいこ　一九六〇～）本

姓手塚。夫は手塚治虫の息子で映像作家の手塚眞。茨城県生。八一年東洋美術学校卒。筆名・嶺愁麻にて『ALLAN』(みのり書房)でいくつかの作品を発表後、八二年『プチフラワー』掲載の「エスタープリーズ」でデビュー。八四年から同誌で連載した「ファンシィダンス」(～九〇)が大ヒットし、八九年に第三十四回小学館漫画賞受賞、同年映画化。夢枕獏の原作を漫画化した「陰陽師《おんみようじ》」で〇一年第五回手塚治虫文化賞マンガ大賞受賞、〇六年第三十七回星雲賞コミック部門受賞。

初期代表作である「ファンシィダンス」は、都会に暮らす流行に敏感な大学生である主人公が実は禅寺の跡取り息子だったという設定のラブコメディであり、少女漫画読者に馴染みのない、修行僧の日々などが話題となり大ヒットとなった。また続く「両国花錦闘士《りようごくおしやれりきし》」は角界を舞台にしたコメディ作であり、こうした卓抜した着想をコミカルに、現代的なストーリーとしてアレンジしてみせる手腕で評価を得る。しかし「ファンシィダンス」と同時期にはシリアスな本格ファンタジー「消え去りしもの—Missing Link—」(八四～八五・新書館『グレープフルーツ』連載)を発表しており、作家としての幅の広さも早くから窺わせていた。「消え去りしもの—Missing Link—」は、六千年前に〈評議会〉により壊滅状態にされた国エストを再興しようとする魔術師アラヴィスを中心に魔術師たちの争いを描いた作品で、当時珍しかった難解な錬金術用語の多用や幻想的な背景処理など、イメージ表現や手法において様々な試みが見られ、それは後の代表作「陰陽師」にも大いに活かされている。また、そうしたファンタジー志向は「コーリング」(九一～九三・『月刊コミックトム』連載)でも遺憾なく発揮されている。岡野が十代の終わりに愛読したパトリシア・A・マキリップのファンタジー『妖女サイベルの呼び声』を漫画化したこの作品は、原作に忠実でありながらも、孤独な美しい魔女サイベルの細やかな心理描写、また舞台である中世ヨーロッパ風の異世界を繊細なペンタッチで見事に視覚化した。この「コーリング」を作家・夢枕獏が高く評価していたこと、岡野が夢枕の小説「陰陽師」の漫画化を希望していたことで、代表作「陰陽師」の連載がスタートすることとなる。原作者・夢枕の期待に応え、岡野は原作に独自の解釈を加えつつ、新たな「陰陽師」の世界を創りあげて大きな注目を集めた。ほかにも、中国・唐の仙界を舞台にした艶笑妖怪談「妖魅変成夜話《ようみへんじようやわ》」(九五～・扶桑社『PANJA』、スコラ『ルチルアンソロジー』、平凡社『月刊百科』連載)、ベリーダンスを素材に古代メソポタミアの豊穣の女神を描く「イナンナ」(〇七～・『モーニング』連載)など、常に新たな表現の可能性を追い、実験的といえる数々の作品を発表している。

【陰陽師】連作。九三～〇五年『コミックバーガー』『コミックバーズ』(スコラ)、『MELODY』(白泉社)連載。夢枕獏原作。怨霊と化した菅原道真と、魑魅魍魎の跋扈する平安京を舞台に陰陽師・安倍晴明の活躍を描く。写実的ではないがリアルな質感を持つ画風に加え、ダイナミックな怪異現象などエンターテインメント性に溢れた演出で、原作小説の持つ禍々しく幻想的な時代感、世界観を見事に表現した。また、冷静沈着な性格の晴明を楚々とした美男子、その親友・源博雅をとぼけた味わいを持つ魅力的なキャラクターとして描き分け、岡野の造型が逆に原作小説にも影響を与えたともいわれる。物語は当初は原作に基づいた妖怪退治が中心の一話完結形式であったが、後半では綿密な資料の裏付けをとりつつ原作から離れて自由な発想を拡げ、神秘色の強い一大ファンタジーとなった。原作と共に陰陽師ブームの火付け役とも位置づけられている。

(小西)

小川幸辰(おがわ・こうしん　?～)別名におがわ甘藍《かんらん》。東京出身。谷村ひとしのアシスタントを経て、一九九三年「ざくろの園」でアフタヌーン四季賞を受賞してデビュー。代表作は「エンブリヲ」(九四～九六・『アフタヌーン』連載)。現代の虫愛ずる姫君＝女子高生の衿子が虫に寄生され、脊髄で育てながら虫たちと意思疎通が図れるようになって虫を守ろうと努力し、ついに新種の巨大な虫を産み落とすというもので、最終的には環境SFに着地する。しかしその過程は、ウジ虫に似た幼虫が蠢き、人も餌食としていくグロテスク生物ホラーである。（石堂）

荻野真（おぎの・まこと　一九五九～）岐阜県生。名古屋大学理学部中退。もりたじゅんのアシスタントなどを経て八五年「孔雀王」でヤングジャンプ青年漫画大賞を受賞し、『週刊ヤングジャンプ』にてデビュー。同作は、夢枕獏の『魔獣狩り』『闇狩り師』ほかの作品にインスパイアされたオカルト伝奇アクション漫画で、一世を風靡した。後続の作家に与えた影響には多大なものがある。ほかの作品に、邪悪な霊〈荒魂〉を浄化する浄霊物として始まるが、主人公・那智武流が霊を無化する力を身に付けて死から蘇って後は、現世界に侵攻する死霊の軍団との時空を超えたバトルとなる「夜叉鴉」（九三～九七・同他連載）、他の生命体を取り込んで進化していく、小児の外見をした異能の亜人・雛形平次の戦いを描いた「小類人《ちゃいるど》」（九六～二〇〇〇・同連載）、超絶的な銃さばきに加え、超能力的な気の銃も撃てる青年と、悪魔的な存在に乗っ取られて不死の異形者と化した人々との戦いを描くガン・アクション「拳銃神」（二〇〇〇～〇三・同連載）、異貌の現代日本を舞台に、悪霊と戦う戦闘チームの活躍を描く「怨霊侍」（〇四～〇五・『ビジネスジャンプ』連載）など。先行する作品の様々なモチーフを取り入れつつも、独自のテーマを設定して作品を盛り上げていくところに魅力がある。

【孔雀王】 連作。八五～八九年『週刊ヤングジャンプ』連載。真言密教の修行に励む若き僧侶・孔雀（実は大天使・孔雀王の化身）が、妖物・魔人を退治する様を描く。様々なオカルトの知識を総動員し、怨霊、鬼、吸血鬼、悪魔など、ありとあらゆる妖魔と戦う。また、蠱毒、呪禁道、古神道、道教などの呪術を持ち出したり、孔雀と共に戦う仲間や僧侶の戦闘集団〈裏高野〉、敵対する種々の邪教集団、ナチス集団などを繰り出したりして、派手なバトルを繰り広げる。連載当初は短篇だったが、次第に長篇化し、敵も強大化して世界の命運をかけた戦いにエスカレート。またテーマも、外部の敵との戦いから、自身の中に眠る闇との戦い、光と闇を融合させるというものへと変化していく。OVA化、実写化、ゲーム化もされて多くの読者を獲得した。続篇として「孔雀王　退魔聖伝」（九〇～九一・同連載）「孔雀王　曲神記《まがりがみき》」（〇六～・同連載）がある。（石堂）

奥瀬サキ（おくせ・さき　一九六六～）別表記に早紀。神奈川県出身。高校生が学校内に設けられた結界に住む鬼の生贄となる「座敷童子」（八六・白泉社『月刊コミコミ』、奥瀬早紀名義）でデビュー。ホラー、伝奇アクションなどを中心に執筆。炎を操る白子の魔人・桃原津那美《とうげんつなみ》が鬼を退治する伝奇アクションで、デビュー作から筋を引く「座敷童子」、吸血鬼物の「爵位の魔王」から成る《火炎魔人》（八七・同）、近未来を舞台にしたそのサイドストーリー「支配者の黄昏」（九〇～九一・新書館『Wings』連載）、狐、狸、犬、猫など、獣の血が混じった〈蠱族〉の少女たちが、鬼畜な心霊探偵や妖しい神父らと共に悪霊と戦う、猥雑なテイストが魅力の伝奇アクション「コックリさんが通る」（九五～九六・『週刊ヤングサンデー増刊大漫王』、二〇〇〇・『週刊ヤングサンデー』連載）など。ほかに漫画の原作も手がけ、吸血鬼物のアクション・ホラー「夜刀の神つかい」（二〇〇〇～〇七・ソニー・マガジンズ～幻冬舎『コミックバーズ』、志水アキ画）、SMプレイの女王様で生活費を稼ぐ崔樹深小姫《さいきみさき》が式神・鬼縫《きぬい》などの力を借りて活躍する浄霊物「低俗霊DAYDREAM」（二〇〇〇～〇七・角川書店『月刊少年エース』、目黒三吉画）がある。

【低俗霊狩り】 連作。八六～八八年『月刊コミコミ』、九二～九三年『ヤングアニマル』（共に白泉社）連載。長身の美女・流香魔魅《りゅうかまみ》はエロビデオ批評の内職をしながら低級霊のお祓いを生業としているが、痴漢の霊や強姦のうえ殺された少女の霊など、性に関する相談が多いという設定の浄霊物。魔魅は時に師匠の息子・水前寺龍揮《たつき》や弟の弥里《みさと》と共に、強力な霊に立ち向かう。中でも中篇「Phantom of the Railway」はバイオレンス度もホラー度も高い。（石堂）

長田ノオト（おさだ・のおと　?〜）笹川ひろし事務所を経てスタジオぴえろでアニメーターとして活躍。その後フリーのアニメーターとなる。一九八六年、少年たちによる少女虐殺を描く「永遠少女・1986」（近代映画社『プロムナイト』、後に「永遠少女」と改題）で漫画家としてもデビュー。人体損壊と異形のエロスを主たるテーマとする暗い猟奇漫画の描き手で、蜘蛛の巣のように繊細な血飛沫描写と線の細い美少年・美少女が特徴。デビュー作同様、残酷な少年たちが少女などを惨殺したり、狂った男が少女たちの剥製を作ったりする作品群を収録する『夜間閲覧室』（八八・東京三世社）、人体改造が趣味のマッドサイエンティスト・実験王と、江戸川乱砂の助手で少年のような少女探偵カノンと仲間たちの対決を描いた「実験王」（九一）、続篇の「新・実験王」（九五〜九六・ぶんか社『ホラーM』）など。ほかに、探偵物とホモセクシュアル物を合体させた「D坂探偵事務所」（九五）をはじめとするホモエロス漫画群、江戸川乱歩「屋根裏の散歩者」「パノラマ島奇談」「押絵と旅する男」や大槻ケンヂ「ステーシー」のコミカライズなどがある。（石堂）

押切蓮介（おしきり・れんすけ　一九七九〜）九八年、怨霊を肉体的な暴力で退治してしまうコミカル・ホラー「マサシ!!うしろだ!!」（『週刊ヤングマガジン』）でデビュー。以後も、〈霊を直接的暴力で倒す〉というコンセプトのもと、「カースダイアリー」（二〇〇〇〜〇一・『別冊ヤングマガジン』連載）「悪霊ドリル」（〇二・同連載）などのギャグ・ホラーを描き、人気を得る。ほかに、狂気の一族に支配されたおぞましい島を主たる舞台にした凄絶なアクション・ホラー「ゆうやみ特攻隊」（〇七〜・講談社『月刊少年シリウス』連載）、ピンク色のオバケ・ポーちゃんが霊感少女の守護霊となり、悪霊を食べたり、霊界での冒険を手助けしたりする「プピポー!」（〇七〜・フレックスコミックス『FlexComixブラッド』連載）など。

【でろでろ】短篇連作。〇三〜〇四年『別冊ヤングマガジン』、〇四年〜『週刊ヤングマガジン』連載。見鬼体質で妹・留渦《るか》にべったりの不良中学生・日野耳雄を主人公に、妖物との闘争を描いたギャグ・ホラー。ホラーの典型的なパターンを見境のない暴力によって破壊するものを中心とするが、消えゆく過疎の村の守り神を描いた感傷的な話、留渦の友人のオカルト・マニアが導く変な店のシリーズ、見鬼体質の同級生・相原岬と飲んだくれの姉・水面《みなも》のシリーズなども含まれる。裏返された退魔物とでもいうべき作品で、メタホラーの趣も持つ。また、コメディにふさわしく、創作妖怪を様々に繰り出す点も評価できる。（石堂）

尾田栄一郎（おだ・えいいちろう　一九七五〜）熊本市出身。九州東海大学工学部建築学科中退。高校時代「WANTED!」（月火水木金名義）で第四十四回手塚賞準入選。大学進学後の九三年、筆名を本名に戻し、「神から未来のプレゼント」（『週刊少年ジャンプ』）でデビュー。大学を中退し、甲斐谷忍、徳弘正也、和月伸宏のアシスタントを経て、代表作「ONE PIECE」の連載を開始する。同作品は、少年漫画の王道的作品と高く評価され大ヒットする一方で、各種の賞には恵まれていない。

【ONE PIECE】長篇。九七年〜『週刊少年ジャンプ』連載（継続中）。海賊王キャプテン・ロジャーの残した財宝〈ひとつなぎの大秘宝《ワンピース》〉を求めて海賊たちが活躍する時代〈大海賊時代〉。新人海賊モンキー・D・ルフィとその一味〈麦わら海賊団〉がそれぞれの夢を胸に抱えながら、世界を経巡り、行く先々で、力によって抑圧された人々を解放していく海洋冒険ファンタジー。同誌で十年以上、看板漫画であり続けている稀有な作品である。悪魔の実と呼ばれる、食べると超人的な能力を得る代わりに海に触ると力が抜けてしまい泳げなくなる果実の存在が戦闘ギミックの幅を作っている。また、巨人や海獣族、魚人、天上人といった多種多様な幻想的な種族が多数登場し、世界観に彩りを添えている。歌舞伎の見得を切ったような大胆な構図やコマわりが特徴で、これが、爽快感を演出し、王道的と呼ばれる所以の一つとなっている。こうした表現方法が以降の少年漫画に与えた影響には多大なものがある。九九年からアニメ化され、こちらも九年以上放映が続き、劇場映画版も継続的に作られている。（真栄田）

御茶漬海苔（おちゃづけのり　一九六〇〜）神奈川県川崎市生。立正大学卒。八四年「精霊島」（あまとりあ社『レモンピープル』）でデビュー。繊細な描線による緊張感に満ちた独自の恐怖表現様式により多数のホラー漫画を描き、ホラーブームを支えた漫画家の一人である。不条理な展開で凄惨な人体損壊を生々しく描いた鬼畜ホラー、どんな人間もが持つ心の微かな闇を拡大して見せる陰湿なホラーを得意とし、インパクトの強いグロテスクとスプラッタを特徴とする。代表作に「惨劇館」のほか、惨虐なサイコホラー短篇連作「TVO」（八八〜八九・『ヤングサンデー』連載、後に「恐怖テレビ」と改題、九一年に映画化）、男女関係の愛憎が生む惨虐なサイコホラーを中心とする短篇連作「姫」（九一〜九二・『ヤングキング』連載）、創作妖怪物の短篇連作「妖怪物語」（九一〜九二・『ハロウィン』連載）、ドクター魔神の人体改造手術を受け、理想の肉体を得たのもつかの間、悲惨な結末を迎えねばならない少女たちを描いた連作を中心とする「恐怖実験室」（九四〜九六・秋田書店『サスペリア』連載）、怨念や嫉妬を抱いた子供たちの前に現れ、目玉一つを代償として凄惨な殺人を繰り広げる鬼を描いた短篇連作「童鬼」（九六・スコラ『LCミステリー』連載）など。また、実写ホラー映画の監督も務めている。

【惨劇館】短篇連作。八六〜九三年『ハロウィン』連載。頭がお茶漬けどんぶりになっている〈御茶漬海苔〉を案内人に惨劇を紹介する趣向で、この形式は「恐怖実験室」などにも使われている。予知夢を見る私立探偵・夢子とそのパートナーの恐怖体験を描く短篇シリーズや、悪魔に魂を売って残虐行為を繰り返す魔人ケビンを描いた連作「ケビン伯爵」などを含んでいるが、基本的に一話完結の作品集。異形の愛情を描いたサイコ物のほか、亡霊、悪霊の憑依、呪物や土俗の闇、SFなど、多彩な作品を収録する。〇一年に映画「惨劇館　夢子」が制作されている。（石堂）

小畑健（おばた・たけし　一九六九〜）新潟市生。新潟東高校卒。農作業用サイボーグを主人公としたギャグ漫画「CYBORGじいちゃんG」（八九・『週刊少年ジャンプ』連載）でデビュー。「アラビアン魔神冒険譚ランプ・ランプ」（九二・『週刊少年ジャンプ』連載、泉藤進原作）や「人形草紙あやつり左近」（九五〜九六・『週刊少年ジャンプ』連載、写楽麿原作）などを発表した後、平安時代の棋士・藤原佐為の霊に憑かれた進藤ヒカルが囲碁の世界で〈神の一手〉を目指す姿を描いた「ヒカルの碁」（九八〜〇三・『週刊少年ジャンプ』連載、ほったゆみ原作）を発表。少年漫画としては異色の題材ながらも小中学生の間に囲碁ブームを起こすヒット作となり、第四十五回小学館漫画賞（二〇〇〇）および第七回手塚治虫文化賞・新生賞（〇三）を受賞、テレビアニメ化もされた。続いて、名前を書かれた人間に死をもたらす死神界のノート〈デスノート〉を入手した夜神月《ライト》＝キラとその正体を暴こうとするLらの攻防を描いた「DEATH NOTE」（〇三〜〇六・『週刊少年ジャンプ』連載、大場つぐみ原作）を発表。社会現象的なヒット作となり、映画化、テレビアニメ化もされた。（久留）

か行

かきくけこ

花郁悠紀子（かい・ゆきこ　一九五四〜八〇）石川県生。漫画家・波津彬子は妹。萩尾望都のアシスタントを経て、幼い少女と小説家の父が暮らす家の隣に魔女が引っ越してくるファンタジー「アナスタシアのすてきなおとなり」（七六・『ビバプリンセス』）でデビュー。デビュー作を含む魔女アーシェラの登場するファンタジー・コメディの連作や花と宝石をテーマにしたゴシック・ミステリ、ＳＦファンタジー、能に題材を採った連作など抒情性に溢れた作品を発表していたが、八〇年に胃癌のため死去。ＳＦファンタジーでは、妖精界と次元接触した未来世界を舞台に、妖精と人間の混血の少女が自らのアイデンティティを求める物語「フェネラ」（七七・『プリンセス』連載）、精神感応能力を持つ植物と植物化された少女が登場する「風に哭く―ズーフィタ―」（八〇・秋田書店『ボニータ』）等がある。（有里）

介錯（かいしゃく）七戸輝正（しちのへ・てるまさ　？〜）と太田仁（おおた・ひとし　？〜）による共同筆名。エロ漫画系の同人誌出身。〈魔法少女物〉のエロ漫画「超絶対美少女天使エンゼル・ハート」（一九九四〜九五・辰巳出版『カイザーペンギン』連載）で商業誌デビュー。その後、少年誌に主な発表の場を移してエロ度を下げ、ＳＦ、伝奇、ファンタジー設定のおたく向け萌え漫画を多数描く。主眼はあくまでも〈萌え〉であり、キャラクターを際だたせるための劇的展開が重視されるため、ライトノベルの類似作品同様、ファンタジー等の設定はいい加減になっている。多くの作品がアニメ化されており、人気のある漫画家である。代表作に、呪術的な機構で動く美少女アンドロイド物のラブコメディ＆アクション「鋼鉄天使くるみ」（九七〜〇四・角川書店『月刊少年エース増刊・エースダッシュ』『月刊エースネクスト』『月刊少年エース』連載）、地球人の少年を救うために魂を分け与えて幼児化してしまったヴァルハラ星の姫君ワルキューレをヒロインとするどたばたラブコメディ「円盤皇女ワるきゅーレ」（〇二〜〇七・スクウェア・エニックス『月刊少年ガンガン』連載）、物語おたくの少年を主人公に、〈終わらないアリスの物語〉（いわゆる究極の物語）を手に入れるため、心の物語を賭けて幻想空間で戦う鍵姫たちを描く、物語と現実の葛藤がテーマのメタフィクション「鍵姫物語　永久アリス輪舞曲《ロンド》」（〇三〜〇六・メディアワークス『月刊コミック電撃大王』連載）、〈オロチ〉による世界の破壊＝再創造の鍵となる陽の巫女と月の巫女の百合的関係を軸に、陽の巫女に恋した少年のロボット戦闘などが加味された伝奇系ラブロマンス「神無月の巫女」（〇四〜〇五・『月刊少年エース』連載）、魔族と天使とが戦いを繰り広げている日本を舞台に、半分魔族の少年と半分天使の少女の戦いを描いた学園ラブコメディ「ハザマノウタ」（〇七〜・『ガンガンパワード』連載）など多数。（石堂）

かがみ♬あきら（かがみ・あきら　一九五七〜八四）本名鏡味晃。別名にあぽ。愛知県名古屋市生。独協大学中退。八一年に石森プロに入社し、「クラリス・メモリー　未来編」（八二・ラポート『ルパン三世カリオストロの城大事典』）でデビュー。ポップな美少女キャラと独特のメカニック描写により、マニアの間で人気を博した。ＳＦ／幻想漫画の主要作は、『鏡の国のリトル』（八四・徳間書店、表題作は八三・徳間書店『プチアップル♡パイ』）『サマースキャンダル』（八五・徳間書店、表題作は八四・『リュウ』連載）『さよならカーマイン』（八五・ラポート、表題作は八四・ラポート『まんがアニメック』）などに収録されている。プロ漫画家としての活動は短期間であったが、わかつきめぐみなど当時の若手クリエーターに大きな影響を与えた。（久留）

柿崎普美（かきざき・ふみ　一九五六～）北海道函館生。七四年「学園天国」で『週刊マーガレット』にてデビュー。同誌を中心にラブコメディやシリアスな感動ドラマなどを発表、卓球が素材のスポーツ小説「白球を叩け！」（若桜木虔著）の映画化に伴う漫画化も担当した（七九～八〇）。その後「白い手の殺意」（八〇・『週刊マーガレット』連載）「吸血樹《きゅうけつき》」（八〇～八一・同連載）などのホラー作品が好評を博し、以降はホラーやオカルト色の強いファンタジーを多く発表する。「悪魔は眠らない」（八一・同連載）は、主人公七瀬一美《ひとみ》の中に潜む悪魔マリアと、悪魔から一美を守るため時空を超え現れた謎の少年・翔《しょう》との闘いを描いた。普通の女子高校生を主人公に、彼女を助ける騎士的存在との恋愛をテーマにすることが多い。代表作に魔法使いや魔物が登場する本格異世界ファンタジー「ブラッディ・マリィ」、その後日談「バースナイト」（九〇～九二・秋田書店『サスペリア』連載）など。ほかにも多数のSFファンタジー作品がある。

【ブラッディ・マリィ】長篇。八三年『週刊マーガレット』連載。幼さの残る十七歳の真《ま》璃《り》は異世界の魔法国リグレインの〈血の女王《ブラッディ・マリィ》〉の血縁であり、遅い初潮を迎えてその宿命が明らかとなる。彼女と初夜を共にした男が〈血の女王《ブラッディ・マリィ》〉の破壊的なパワーを使えるとして、魔法国の現王はマリィを得ようとするが、王と確執のある弟ロットに阻まれる。闘いの後にロットと結ばれたマリィは大地の女神となり、魔法国は以前の平和な美しい世界を取り戻す。続篇「バースナイト」ではその後の魔法国の姿を描き、マリィとロットの子・歌姫バースが龍鬼狩り《ドラゴンハンター》のグリードと共に神の住む〈約束の地〉に旅をする。作者の思い入れの深い長篇ファンタジーである。（小西）

垣野内成美（かきのうち・なるみ　一九六二～）本姓平野。夫はアニメ監督の平野俊貴（旧名義平野俊弘）。大阪府出身。高校卒業後、アニメーターとして数々のテレビシリーズやOVA作品で動画・原画・作画監督を担当する。八八年に発売されたOVA「吸血姫美夕《ヴァンパイアミユ》」（監督・平野俊弘）のキャラクターデザイン・絵コンテ・作画監督を務め、垣野内の華麗な絵と幻想的な物語が話題となる。そして同作を漫画化し、漫画家としても活動を始める。ほかの作品に「午後3時の魔法」、「格闘小娘JULINE《じゅりん》」（九七～九八・講談社『Amie』連載）、「薬師寺涼子の怪奇事件簿」（〇四～・『月刊マガジンZ』連作、田中芳樹原作）など。「レイスイーパー」「レイスイーパーCROSS」（〇六～・リイド社『月刊少年ファング』、ジャイブ『月刊コミックラッシュ』連載）は吸血鬼〈レイス〉を狩る〈レイスイーパー〉の闘いに巻き込まれる少女・文《あや》を主人公とするファンタジーで、〇七年にはドラマCDも発売された。

【吸血姫美夕シリーズ】連作。八八～八九年秋田書店『サスペリア』連載。〈神魔《しんま》〉を統べる吸血族《ヴァンパイア》の娘として覚醒し、〈はぐれ神魔〉を狩る宿命を生きる美夕《ミユ》の哀しく耽美な物語。OVA制作後、漫画でも好評を博してシリーズ化され、西洋神魔篇の『新・吸血姫美夕』全五巻（九二～九四・秋田書店）、『吸血姫夕維』全五巻（九〇～九六・同）などがある。九七～九八年にテレビアニメ化の際には、そのアニメを原作として再び漫画化され、第一作の続巻として刊行された（全九巻、～〇二・同）。他のメディアでは、九〇年にコミックノベル（秋田書店）、九三年にドラマCD『新・吸血姫美夕・西洋神魔編』全六巻（ポニーキャニオン）、テレビアニメのシリーズ構成・脚本を担当した早見裕司による小説版（〇三～〇四・秋田書店『サスペリアミステリー』連作、垣野内による挿絵）がある。

【午後3時の魔法】連作。九三～九九年『アフタヌーン』連載。老医師亡き後廃院となった診療室に看護師の幽霊が出没する。そんな噂に誘われて訪れる人たちが抱える人間関係の苦悩や愛する人を失った悲しみを、天使の羽根を持つ看護師の姿をした少女がカウンセリングで癒していく。また、人々を癒す少女が実は老医師の孫であり、家族を次々に失った悲しみで眠り病に陥っていることも次第に明かされる。細やかな感情の機微やファンタジックな描写力に定評のある垣野内の魅力が遺憾なく発揮され、美しいメルヘンとして代表作の一つとなった。（小西）

駕籠真太郎（かご・しんたろう　一九六九〜）初期の別名に真籠義信。東京生。同人サークル〈印度で乱数〉主宰。八八年、惑星調査に訪れた宇宙人が被災した人々の肉体を弄んでいくスプラッタSF「宇宙大作戦」（ふゅーじょんぷろだくと『COMIC BOX』）でデビュー。以後、エロ漫画誌を主な舞台にし、残虐、猟奇、人体改造、人体破壊、スカトロ、グロテスクといった悪趣味の限りを尽くした作品を次々と発表。九九年よりハイペースで単行本が刊行され始め、〈奇想漫画家〉として知られるようになる。主な作品に、太平洋戦争を舞台に巨人化され戦車に改造された少女たちの愛憎とスカトロを絡めて描いた「輝け！　大東亜共栄圏」（九七〜九九・三和出版『コミックフラミンゴ』連載）、黒田探偵と助手の少女が、栄養摂取や排泄などいっさいを全身につないだ管ですませる人々が暮らす管《くだ》里町、ビルから人体・人格まであらゆる解体のスペシャリストが住み、バラバラ殺人事件が頻発する散町《はららまち》など、奇怪な特徴を持つ町で毎回事件に巻き込まれる「パラノイアストリート」（九九〜〇二・メディアファクトリー『コミックフラッパー』連載）、人間を年貢米代わりに徴収、生きたまま人体実験を繰り返し、脳みそを喰らい、内臓風呂に浸かる天外藩・沙霧姫の残虐な為政ぶりに始まり、沙霧姫配下で毛を自在に操る毛根忍者と何でも割ってしまうモーゼの子孫・押水一族の不気味な忍法合戦、さらに徳川との全面戦争へと発展するグロテスク時代劇「殺殺《ころころ》草紙　大江戸奇騒天外」（〇三〜〇四・平和出版『ラブマニ』連載）ほかがある。（想田）

笠間しろう（かさま・しろう　一九三七〜）別名にドン・渋谷。福岡生。高校卒業後、一年ほど紙芝居画家を経験したのち、五八年、当初は絵物語作家を目指して上京。職を転々とした末に、六一年『土曜漫画』（土曜出版社）で漫画家デビューを果たし、以後、同誌や『漫画天国』（芸文社）などに作品を執筆していく。初期は一コマや見開きでの漫画が中心だったが、六六年頃よりストーリー物を手がけるようになり、アメリカン・コミックスの影響を受けたスタイルで『漫画サニー』（東光社）『漫画OK』（新星社）などにエロティックなハードボイルドやミステリを発表。六八年には、代表作の一つ「スーパーレディ魔子」（六八〜七〇・『週刊漫画アクション』）の連載を開始する。溺死するところを海底仙人に救われ、超能力を授かった桜魔子が、私立探偵の椿五郎とコンビを組み、半魚人やSEXロボットなどが絡む数々の怪事件に巻き込まれるこのピンク・アクション・コメディは、ポップでキュートでグラマーでセクシーな魔子の魅力で、人気を得る。続けて同誌に、男女間の色事を様々なパターンで描いた《現代エロトピアシリーズ》（七一）、望む世界に行ける魔法の小槌を大黒天にもらった少女・鞠子が、原始時代、大西部、江戸時代の大奥などの異世界で騒動を繰り広げる「鞠子の冒険」（七一〜七二）を連載。アメコミ・タッチだがリアル指向ではなく、デフォルメの効いたコミカルなキャラクターと、軽妙で洒落たセンスが、この頃の作風にみられる特徴であった。七四年頃には、SM作家の団鬼六と出会って「花と蛇」を劇画化、それ以来官能物に傾斜し、主にSM誌やエロ劇画誌で作品を発表していく。絵柄も和風の肉感的な女性を表現するのに適するようになり、特に熟女のヒップの肉付きにこだわった官能表現は、その筋のマニアに評価が高い。その後、日刊紙などにも執筆の場を広げ、挿絵や官能劇画を描き続けていった。（想田）

一峰大二（かずみね・だいじ　一九三五〜）本名寺田国治。初期の別名にてらだくにじ、寺田国芳。東京荒川区生。十八歳の頃より岡友彦に師事し、五六年、からくり屋敷の宝をめぐって少年剣士・菊丸が悪家老と闘う「なぞのからくり屋敷」（『少年増刊』）でデビュー。

初期は時代劇をメインに読み切りや短期連載、描き下ろし単行本を執筆するが、五九年からはテレビ化された「ト伝くん」(〜六二・『冒険王』)をはじめ、各誌に多数の連載を持つ人気作家となる。以降、野球、戦記、プロレス、動物ものほか様々なジャンルを手がけ、中でも特撮映画やテレビのコミカライズを主としたスーパーヒーロー物、怪獣物などを精力的に執筆。五九年前後に起こったスーパーヒーローブーム期には「スーパー・ジャイアンツ」(五九・『ぼくら』、宮川一郎原作)を皮切りに、「七色仮面」(五九〜六〇・同、川内康範原作)「白馬童子」(六〇・『冒険王』、巌竜司原作)「ナショナル・キッド」(六〇〜六一・『ぼくら』、貴瀬川実原作)といったコミカライズ作品に加え、白鳥座からやって来たマッハが地底人ブラック・タイラントやソメリヤ国総統のメフィストマンたちと闘う「宇宙人マッハ」(六〇〜六一・『少年』、棟明郎原作)、空を飛び地にもぐる地底よりの使者シルバー・ホークの活躍を描く「シルバー・ホーク」(六〇〜六一・『まんが王』)などを連載。奇抜なコスチュームに身を包んだスーパーヒーローが、宇宙人、怪獣、ロボットなどの恐ろしい敵たちと延々闘いを繰り広げる物語を大量生産していった。

宇宙を舞台に、カメレオン号に乗った銀河五郎が侵略者ヨツデ星人に立ち向かうSF「消える宇宙島」(六二・『ぼくら』連載)を挟んで、SFテレビアニメブーム・第一次怪獣ブーム期になると「ウルトラマン」(六六〜六七・『ぼくら』)「ウルトラセブン」(六七〜六八・同)「黄金バット」(六六〜六七・『週刊少年キング』、永松健夫原作)「キングコング」(六七・『週刊少年マガジン』、高森朝雄構成)といったコミカライズ、「電人アロー」(六四〜六六・『少年』)「ミサイルマンマミー」(六六・『週刊少年マガジン』、久米みのる原作)ほかSFスーパーヒーロー物を連載。個性的なキャラクター、太いペンタッチでかっちりと縁取られたフォルム、一風変わったリズムを持ったコマ運び、メリハリのある画面といった独特のスタイルは比較的初期からのものだが、この頃になると質感描写に緻密さが加わり、よりリアルな迫力を生み出している。第二次怪獣ブーム・変身ヒーローブーム期以降も「宇宙猿人ゴリ対スペクトルマン」(七一〜七二・『冒険王』『週刊少年チャンピオン』、うしおそうじ原作)「ミラーマン」(七二・『小学四年生』)「快傑ライオン丸」(七二〜七三・『冒険王』、うしおそうじ原作)「電人ザボーガー」(七四〜七五・『冒険王』、小池一雄原案)ほか多数を連載し、さらに平成に至ってもリバイバルとして特撮コミカライズの新作を発表。まさにこの分野での第一人者にして巨匠である。 (想田)

風忍(かぜ・しのぶ 一九五二〜)本名斉藤智昭。神奈川県横須賀市生。三浦高校卒。七〇年、株式会社ダイナミックプ・ロダクションに入社。永井豪のアシスタントとなる。ギャグ漫画「百円病院」(七一・『別冊少年マガジン』)でデビュー。初期はギャグ漫画主体だったが、長篇SF「地上最強の男・竜」で注目された。精神世界、ニューエイジ思想などを取り入れた飛躍の大きなストーリーと、シュルレアリスム絵画やポップアートの影響を受けた装飾的な画面構成を特徴とし、寡作ながら、海外の雑誌でも活躍している。幻想系・SF系の作品集『ガバメントを持った少年』(九七・太田出版)などがある。

【地上最強の男・竜】長篇。七七年『週刊少年マガジン』連載。強すぎる格闘家である主人公〈竜〉の復讐劇として物語は始まるが、竜の正体をめぐって、格闘技、バイオレンス、超能力、霊界、神、悪魔など過剰な素材が積み上げられていく展開となる。たとえば、復活したイエスは竜を倒すために宮本武蔵とブルース・リーを蘇らせる。現人類(大人たち)が滅びて地球と人類の新時代が到来するという、破壊的・開放的・祝祭的な結末に至る物語と華麗な画面構成には狂騒的な幻想が満ち溢れており、この種の作品の典型にして頂点のひとつであるといえる。 (倉田)

桂正和(かつら・まさかず 一九六二〜)本

名同じ。福井県出身。木更津中央高校卒。阿佐ケ谷美術専門学校中退。八〇年に、「転校生はヘンソウセイ!?」(『週刊少年ジャンプ』)で手塚賞に準入選し、翌年デビュー。従来の少年漫画では、恋愛に関しては精神性が重んじられてきたが、そこに身体的な愛を持ち込み、精神だけではなく肉体的にも興奮する思春期の少年の恋をリアリティをもって見事に描き、少年誌における現代の恋愛漫画の基礎を築いた。このような作風は、絵柄にも現れており、転換期となる代表作「電影少女」の頃から、今までやや記号的であった絵をリアリティのある身体性を持った造形に変えることによって、身体性がさらに強調された。さらに、少年漫画の恋愛物において、初めて少女たちの内面を言葉にして描いたことも特筆すべきことだろう。異人への恋をテーマにした作品が多く、例えば、先述した「電影少女」では、主人公・弄内洋太《もてうちようた》の、現実の女性・早川もえみとビデオから出てきた少女・天野あいとの間で揺れ動く気持ちを描いており、「D.N.A.²―何処かで失くしたあいつのアイツ―」(九三～九四・『週刊少年ジャンプ』連載)では、人口統制された未来から来た少女と少年の間の恋を描いている。一方、特撮好きの一面を持ち、ヒーローを取り扱った作品も多く手がけている。特に初期代表作「ウイングマン」は、特撮ヒーローのパロディがふんだんに取り入れられた傑作。

【ウイングマン】長篇。八三～八五年『週刊少年ジャンプ』連載。異次元からやってきた少女アオイによってもたらされた、書いたことが現実になるノート〈ドリムノート〉にそれと知らず、自分の考えた変身ヒーローのイラストを描き込んでしまった、本気でヒーローになりたい広野《ひろの》健太は、それを狙うポドリムスの独裁者リメルと戦うことになる。物語は、リメルらとの戦いと恋愛の二つの大きな要素で成り立っている。バトル物としてはバトルスーツ物の系統に属し、《ヒーロー戦隊シリーズ》《宇宙刑事シリーズ》から多くの影響を受けている。八四～八五年にテレビアニメ化。アニメ版は学園ラブコメディの要素をより強く出した作品になっている。

【電影少女】連作長篇。八九～九二年『週刊少年ジャンプ』連載。ビデオから出てきた少女と恋愛にコンプレックスを持つ少年との恋愛模様を描く。もてないよーだとあだ名される少年・弄内洋太は、恋心を抱いていた早川もえみに、親友の新前貴志《にいまえたかし》が好きなことを告げられてしまう。そんな中、洋太がレンタルビデオ・ショップGOKURAKUで借りたビデオを再生したところ、ビデオの中から可憐でボーイッシュな性格のビデオガール・天野あいが飛び出してくる。ここから、洋太、もえみ、貴志、あいの四角関係の恋愛ドラマが繰り広げられる「あい篇」、恋愛にトラウマがある田口広夢《ひろむ》の恋愛を応援するビデオガール・桃乃《ももの》恋《れん》の活躍を描いた「恋篇」がある。リアルな恋愛漫画として革新的な作品である。特に少年漫画としては性描写に過激な面があり、単行本化されたとき何回か描き直されている。そのため、話が不自然になってしまうほどの修正が入った回もあった上、有害図書指定を受けたこともある。一方、話の構造自体は、突如現れた異人の少女との恋という「うる星やつら」以降のファンタジックなラブコメディにおけるオーソドックスなもので、新しさは特にない。九一年に実写映画化、九二年にOVA化。　(真栄田)

樺島勝一(かばしま・かついち　一八八八～一九六五)別名に東風人。長崎県諫早市生。樺島勝一は戦前の児童向けの大衆挿絵画家の第一人者で、重厚で細密なペン画を得意とした。動物画、風景画から戦争画まで何でもこなし、特に戦艦や船で人気を得て〈船のカバシマ〉などの異名を取った。戦前は主に『少年倶楽部』の黄金期を支え、山中峯太郎の「亜細亜の曙」「敵中横断三百里」や南洋一郎の「吼える密林」、海野十三「浮かぶ飛行塔」等、戦前を代表する少年小説の挿絵を担当し、絶大なる人気を誇った。そんな樺島が漫画を執筆したのは挿絵画家として大成する前のことである。二二年、朝日新聞社に入社後、翌年一月、東風人の筆名で、織田小星が原作を担当した四コマ漫画「正チャンの冒険」を『アサヒグラフ』創刊号から連載。正チャンと呼ばれる少年と相棒のリスによる様々な冒険譚が描かれた。連載当初から人気を獲得し、連載途中からかぶりはじめる正チャンの可愛らしい帽子が「正チャン帽」として大流行した。物語は西洋や日本の民話・伝説に題材を採ったものが主で、ファンタジー漫画の元祖といえる。SF的な要素もあるため、日本のSF漫画の先駆的な作品の一つともされている。同年九月に『アサヒグラフ』が廃刊になると、十月からは『朝日新聞』に連載を移し、中断の時期を含みながらも、二六年の五月まで連載された。単行本は朝日新聞社から二四年から翌年にかけて横長で、オール四色の豪華な印刷装丁で七冊出版され、二六年には同じく朝日新聞社から豪華なハードカバー、オール四色印刷で『正チャンの其後』が出版された。出版当時は正チャン人気にあやかり「正チャンの冒険」のゾッキ本、おもちゃ本が多数出版されている。「正チャンの冒険」は、日本で初めて吹き出しを使った漫画としても知られている。それまでの児童漫画の形式は、宮尾しげをに代表される、絵と文が分かれている〈絵物語〉という形式が主だったが、「正チャンの冒険」では、当初は絵と文が分かれた形式で描かれたが、連載途中からは、文はそのままで絵の中に吹き出しが挿入されるようになっている。大正末期の児童漫画界は、近代日本漫画の父ともいえる北沢楽天や岡本一平門下（宮尾しげを、下川凹天、宍戸左行など）でほぼ占められており、その点でも樺島の立場は特異である。樺島は高等商業学校中退後、画家を目指して上京し、洋書や新聞、雑誌を手本に、独学で独自の細密描写の技法を確立した人物である。当時はアメリカのコミック・ストリップス（新聞連載のコマ漫画）が世界を席捲している時期で、「正チャンの冒険」もその影響下にあった。それまで主流だった日本的な漫画とは異なる西洋的な画風により、樺島はその後の日本の児童漫画界に絶大なる影響を及ぼした。戦後は、四九年に講談社から『絵ものがたり　正ちゃんのぼうけん』を二冊刊行。〈密画版正チャン〉として、戦前の単行本の中からいくつかの物語を密画で描き直し出版している。（高橋）

川口まどか（かわぐち・まどか　一九六一頃〜）大阪府生。大阪芸術大学芸術学部美術学科卒。大学四年時に投稿、入選したギャグ漫画「はあとビビッとさしみインコ」（八三・『ハローフレンド』）でデビュー。初期は奇妙でファンタジックな味わいのコメディやギャグ短篇を発表し、その後本格的にファンタジーやホラー、恐怖ミステリなどを手がける。代表作に八〇年代後半からのシリーズ連作《やさしい悪魔》や《死と彼女とぼく》がある。少女漫画の絵柄ながら怪物や化物、死霊などは容赦なくグロテスクに描き、シンプルで大胆なデフォルメが異彩を放つ。異形のものを単なる恐怖やスリルの対象で終わらせず、一つの存在として畏敬をこめて真摯に扱う川口の作風は、不可思議な味わいと暖かな読後感で定評がある。近年、絵柄をリアルなタッチに変えて表現の幅を広げ、ますます注目を集めている作家である。

【やさしい悪魔】中短篇連作。八八〜〇七年。金貨と引換に人間の望みを叶える〈やさしい悪魔〉を主人公にしたファンタジー。一話完結の中短篇連作シリーズで《やさしい悪魔》（八八〜九七・秋田書店『ひとみDX』『ひとみCCミステリー』）《続・やさしい悪魔》（九八〜九九・講談社『デザート増刊 The フレンド』）《やさしい悪魔の物語》（二〇〇〇〜〇七・秋田書店『ミステリーボニータ』）がある。初期短篇「マキメル・リイの扉」（八五・『ハローフレンド』）がシリーズの原型となった。

【死と彼女とぼく】中短篇連作。八八年『週刊少女フレンド増刊　サスペンス&ホラー』で短篇「死者をみる少女」を発表後、『少女フレンド増刊』などでシリーズ化。死者の姿が見える少女ゆかりと死者の声が聞こえる優作。幼い頃から否応なく死者と関わってしまう二人の様々な体験を描くホラー・サスペンスで、ゆかりと優作の恋愛、家族関係も丁寧に描かれている。《死と彼女とぼく　ゆかり》（〇二〜・講談社『kiss in the dark』『one more kiss』『Kiss PLUS』）は〇九年一月号にて完結、以降もシリーズは継続中。（小西）

川原由美子（かわはら・ゆみこ　一九六〇〜）北海道生。東京に育つ。七八年「こっちむいてマリー!!」で『週刊少女コミック』にてデビュー。初期は乙女チックなラブコメディ等を描き、中でも大きな洋館を舞台に個性的な住人たちの生活をコミカルに描いた連載「前略・ミルクハウス」（八三〜八六）が大ヒットし、八六年に同作で第三十一回小学館漫画賞を受賞。八〇年代までは現代を舞台にした作品が多かったが、少女たちのけなげさだけでなく現実的でしたたかな面をも描き出す確かな筆力は、近未来を舞台にしたファンタジー中篇連作「観用少女《プランツ・ドール》」（九一〜〇一・『眠れぬ夜の奇妙な話』『ネムキ』）でも十分に活かされ代表作となった。高価な美少女の人形〈プランツ・ドール〉は上質なミルク、ドレスを与えられ愛情を注がれることで初めて極上の笑みを浮かべるが、気に入らないと眠り続ける。持ち主を選ぶ人形たちを巡る人々の悲喜劇を、甘い夢のような表現と、時にシニカルな物語展開で描いたこの作品は、少女漫画ファンだけでなく多くの男性ファンをも魅了した。連作は終了したが、〇六〜〇七年にそれまでのコミックス未収録作品を含めた完全版『明珠』『夜香』が朝日ソノラマより刊行された。（天野）

神崎将臣（かんざき・まさおみ　一九六四〜）本名米村正志。東京港区出身。八五年「HUNTER」で『少年ビッグコミック』にてデビュー。SFアクション、ファンタジーを中心に執筆。秘密組織〈赤い海〉によってサイボーグに改造された青年が組織に対する戦いを繰り広げるSFアクション「重機甲兵ゼノン」（八六〜八七・『少年ビッグコミック』連載）、その続篇「XENON—199X・R—」（〇六〜・『月刊COMICリュウ』連載）、「ゼノン」の後の世代の物語で、他者の細胞を寄生させて、その能力を現代に蘇らせるという兵器実験の犠牲となり、宮本武蔵のDNAを転写されてしまった少女が、様々な能力を持つ仲間たちに助けられつつ、二本のナイフを武器に戦いに臨み、〈赤い海〉の首領と対決するに至る「鋼　HAGANE」（九八〜〇三・『ヤングマガジンUppers』連載）など、一連の〈赤い海〉物が代表作。ほかの作品に、人の邪念が凝った悪鬼が跳梁し、魔術と科学が同時に発達した異貌の戦国時代に召喚された現代の日本青年が、魔界と現界の境を打ち壊して全界に君臨しようとする魔人・信長、配下の果心居士（実は森蘭丸）らと凄絶な戦いを繰り広げる伝奇アクション「KAZE」（九一〜九七・徳間書店『月刊少年キャプテン』連載、〇四・徳間書店刊描き下ろし単行本にて完結）、たまたま愛の女神バンビーナを呼び出してしまった高校生の少年が、姉になりすました彼女と暮らすうちに、恋し合う仲となるラブコメディ「イかせて!!バンビーナ」（〇六〜〇七・『ヤングチャンピオン』連載）、ファンタジーRPGのコミカライズ「ドラゴンクエスト　幻の大地」（九七〜〇一・エニックス『月刊少年ガンガン』、神崎まさおみ名義）などがある。（石堂）

菊川近子（きくかわ・ちかこ　?〜）富山県生。一九七二年『週刊マーガレット』掲載の「P.S.アイラブユー」でデビュー。ラブコメディからシリアスなドラマまでを描き、ファッション業界を題材にした「蝶よ美しく舞え！」（七四〜七五、原淳一郎原作）は華やかな絵柄とドラマティックなストーリーで好評を博し、初期の代表作となる。転機となったのが「赤い爪あと」（七九〜八〇・同連載）で、隕石に付着していたアメーバ状の生物が体内に入り込んで人間や動物をグロテスクな吸血鬼に変身させ人を襲うサスペンス・ホラーである。主人公の中学生・郁子の親友や家族が吸血鬼となり醜悪な姿で死に至る様や、郁子自身も吸血鬼になり同級生を襲うという救いのない結末は読者に大きな衝撃を与えた。その後は各誌でホラー作品を中心に発表して現在に至る。ほかに中篇「百の眼が見ていた」（八一・『ハローフレンド』）、短篇連作「いのちの火が見える」（八三〜八四・『週刊少女フレンド』）など多数。（小西）

菊池としを（きくち・としを　一九六〇〜）本名俊夫。愛知県東海市生。政岡としやのアシスタントを経て、八三年「スリー・シックスティ」（『週刊少年マガジン』）でデビュー。宇宙の気を凝縮した光子体と合体して蓮華王アスラとなった少年と邪鬼どもを従えて人類を滅ぼそうとする天神ジーヴァとの、世界を巻き込んだ神話的闘争を描く「蓮華伝説アスラ」（八五〜八七・『マガジンSPECIAL』連載）で人気を得る。続く「明王伝レイ」（八八〜九三・『週刊少年マガジン』『マガジンSPECIAL』連載）は、不動明王の生まれ変わりで変化霊媒体質の少年・日輪《ひなわ》黎《れい》の悪霊退治の物語から、大天使ミカエルと堕天使ルシフエルの闘いへと展開するというもので、これもヒット作となった。幸福の科学の信者でもあり、この二作は共に、GLA、幸福の科学などハイパー宗教の影響を受けた宇宙観を背景に、仏教、キリスト教、神道、心霊現象、超古代文明、UFOなどの要素を自在に詰め込み、壮大な物語空間を創出。池上遼一系の流れにある劇画タッチの画面ともあいまって、パワフルでバイオレンスに満ちた迫力あるオカルト・ホラー叙事詩を繰り広げている。このほか、警察庁犯罪超心理研究室《オカルトクラブ》課長・日《ひ》向《なた》公文《くもん》が犯罪者に憑依した悪霊を調査し、最高裁第四小法廷裁判長・万里谷《まりや》礼《れい》がその悪霊を裁く「天空の門」（九五〜九九・『ビジネスジャンプ増刊』『ビジネスジャンプ』連載）などのオカルト系作品がある。（想田）

岸本修（きしもと・おさむ　一九三六〜）福岡県生。「くらま天狗」（五五・芳文社『野球少年』）でデビュー。横山光輝のアシスタントとして活躍する傍ら、数々のオリジナル作品を発表した。代表作として、不死身の魔人ジム・ボーイが繰り出す巨人ゴーレム、怪魔団、夜なきドクロ、人喰い黄金蟻など様々な怪異に少年探偵・立花五郎（古代ギリシアの〈太陽の使者〉の生まれ変わり）が立ち向かう伝奇アクション物「少年旋風児」（六〇〜六二・『日の丸』連載）、豊臣家の宝の在処を秘めた刀の鍔を巡って忍者・左近が活躍する伝奇時代物「闇の左近」（六四・『週刊少年サンデー』連載）、少女雑誌に発表された怪奇短篇をまとめた『赤い沼の火』（九四・アップルBOXクリエート、表題作は五九・『りぼん』増刊号付録）などが挙げられる。小説家の菊地秀行は「恐怖自叙伝」（八六）において少年時代に愛読した岸本修作品を〈今ぼくが書いているようなホラー・アクションの原形〉と述べている。（久留）

岸本斉史（きしもと・まさし　一九七四〜）双子の弟は、同じく漫画家の岸本聖史《せいし》。九州産業大学卒。九六年に「カラクリ」（『週刊少年ジャンプ』）でデビュー。代表作に「NARUTO」がある。大きく影響を受けた人物として鳥山明、大友克洋、桐山光侍、西尾鉄也の名を本人が上げている。

【NARUTO】長篇。二〇〇〇年〜『週刊少年ジャンプ』連載（継続中）。忍者が世界情勢に大きく関わってくる異世界を舞台にした忍者アクション。忍者の里である木の葉の里のトップ火影を目指す狐憑きの下忍うずまき・ナルトの成長物語である第一部、数年後、木の葉の里を裏切り一族を皆殺しにした兄を追う天才忍者のサスケと成長したナルトの友情物語を描く第二部に分かれている。他の忍者漫画と比べると、隠密としての忍びよりも、壮大な忍術による戦いにウエイトを置いている一方で、比喩を多用したキャラクターの内面描写も少年漫画としては丁寧に描かれている。二〇〇〇年代の『週刊少年ジャンプ』の看板作品の一つ。海外での人気が高く、世界的に影響を与えている。（真栄田）

木城ゆきと（きしろ・ゆきと　一九六七〜）東京大田区蒲田生。筑波高校卒。八四年、未来の宇宙を舞台にしたオカルト風ミステリ「気怪」で少年サンデー新人賞に入選し、デビュー。SFやファンタジーを主に執筆。天空には電脳に支配された偽りの楽園都市、地上にはスクラップだらけの貧民街という遠未来社会を舞台に、医師のイドに拾われ、過去の記憶を失って蘇った戦闘サイボーグの少女ガリィの愛と戦いを描いたＳＦアクション「銃夢《ガンム》」（九一～九五・『ビジネスジャンプ』連載）が代表作。「銃夢」の途中から別の結末へと導く新展開の物語が「銃夢 Last Order」（二〇〇〇～・『ウルトラジャンプ』連載）として描かれている。ほかの怪奇幻想系の作品に、世界の淵から大瀑布が流れ落ちる平らな海の世界を舞台に、不思議な力を持つ玉を巡り、死の軍団を呼び出す剣を死神から与えられた女騎士と自然児の少年の冒険を描くアクション・ファンタジー「水中騎士」（九八～二〇〇〇・『ウルトラジャンプ』連載）、海洋惑星を舞台に、ダイバーの男の心理の闇を描いたホラー短篇「怪洋星」（八八・『ビッグコミックスピリッツ』）など。（石堂）

鬼頭莫宏（きとう・もひろ　一九六六～）愛知県名古屋市生。名古屋工業大学工学部卒。八七年、ジェントル・ゴースト・ストーリー「残暑」（鬼頭知広名義）が小学館新人コミック大賞に入選し、『週刊少年サンデー』に掲載されるが、その後、意を得ず、会社員となる。退社後、きくち正太のアシスタントの傍ら自作を描き、九四年、幽体離脱物のボーイ・ミーツ・ガール「三丁目交差点　電信柱の上の彼女」（鬼頭真嗣名義）が『少年チャンピオン』の新人賞に入選。九五年、世紀末ヨーロッパを舞台に、飾り物の翼を備えた自動人形の少女と人間の少年との恋を、自由への憧れをテーマに描いた「ヴァンデミエールの右手」がアフタヌーン四季賞準入選となり、本格的なデビューを果たす。同作は「ヴァンデミエールの翼」としてシリーズ化された（九六～九七・『アフタヌーン』）。作画、ストーリー共に、繊細な少年少女の世界を描くことを専らとし、過酷な設定の中に絶対的な甘やかさ、可憐さが存在する作品で人気を得ている。少年少女たちが地球の精霊ともいうべき魔法的生物〈竜の子〉と絆を結んで大きな破壊力を得たことにより、ついには世界を滅ぼしてしまう「なるたる―骸なる星珠たる子―」（九八～〇三・同連載）、中学一年生を中心とする十五人の子供たちが、パラレルワールドのつぶし合いのためのゲームに参加させられ、自身の命と引き替えに自分たちの属する地球を守るという重荷を背負わされる「ぼくらの」（〇四～〇九・『月刊 IKKI』連載）など。両者は共に世界の存亡を子供が直接的に担う物語だが、そうした大状況とは別に、主人公たちの子供なりの人生の悩みを描いている点に特色がある。「なるたる」は〇三年に、「ぼくらの」は〇七年にテレビアニメ化された。ほかに、未来的異世界を舞台にロリコン的な異形の愛を描いた短篇連作「殻都市の夢」（〇三～〇五・太田出版『マンガ・エロティクスＦ』）など。（石堂）

木原敏江（きはら・としえ　一九四八～）東京目黒区生。高校卒業後、銀行勤めを経て六九年『別冊マーガレット』掲載「こっちを向いてママ！」でデビュー。七七年、当初の〈木原としえ〉を本名に変更。《夢の碑《いしぶみ》》シリーズで八五年に第三十回小学館漫画賞受賞。

初期はラブコメディを多く発表しているが、タイムトラベルを取り入れた「銀河より愛をこめて」（六九・『別冊マーガレット』）や、〈吸血鬼とは実は地球に不時着したトランシルバニア星人〉という、後のヒット作「銀河荘なの！」へと続く設定の「いとしのアンジェル」（七〇・『週刊マーガレット』）など、ＳＦ風味の作品もある。戦国時代の青年領主がペルシアの王子の身代わりとなって魔法使いである婚約者らと一騒動繰り広げるファンタジックなラブコメディ「王子さまがいいの！」（七六・同連載）など、週刊連載中心に活躍した。七〇年代少女漫画を象徴するような明るく華やかな作風に、素直で愛らしい主人公と、心に傷を持った影のある副主人公という、相反する魅力的なキャラクターを配することにより悲劇の要素が加味されているのが特徴である。さらに木原独特のトーンで、人を愛することの切なさを語りかけ、女性読者の心を摑んだ。また木原は、学生時代より強く持っていた中世日本文化への関心とその知識を作品にふんだんに取り入れて、物語に歴史的背景を持たせ、運命に翻弄される登場人物たちの悲哀を盛り上げることにも成功した。酒呑童子伝説を下敷きにした「大江山花伝」（七八・『週刊少女コミック』）、上田秋成「菊花の約《ちぎり》」に倣った「花伝ツァ」（八〇・『プチコミック』）などは、代表作《夢の碑》シリーズの先駆けとなったもので、単行本には「番外編」として収録されている。その他の代表作として明治末期の旧制高校の学生寮を舞台にした「摩利と新吾」（七七〜八四）がある。

【銀河荘なの！】長篇。七四年『週刊マーガレット』連載。女子大生ビクトリアとクイーンが下宿した薔薇の咲くお屋敷「銀河荘」の家主は未亡人と四人の美形兄弟。彼らはトランシルバニア星から来た吸血鬼だったのだ。実は幼い頃に誘拐されたクイーンの弟である四男ジークフリートとビクトリアの恋物語を中心に、賑やかに展開するロマンティック・コメディ。

【夢の碑《いしぶみ》】連作。八四〜九七年『プチフラワー』掲載。長短とり混ぜ二十二タイトルに及ぶ作者渾身の幻想ロマンシリーズ。西洋と日本の中世の時代、本性を隠し人に紛れている異形の者〈鬼〉たちの悲哀を織り込みながら、愛に生きて命を終える人々の運命を、歴史をなぞりつつ、耽美にドラマチックに描いた。『雨月物語』をヒントにした、美貌の没落貴族が鬼と化す「青頭巾」（八五）、二つ揃えば天下も取れるという〈天紋〉を持つ豪族の息子融明《とおるあき》と〈地紋〉を持つ異形の露近の数奇な運命を、鎌倉幕府と御所の対立を背景に描く「風恋記」（八五〜八七）、戦国時代の猿楽の一座・三枝座の羽《は》角《すみ》の芸の追究を「道成寺」成立までを含めて語った「渕となりぬ」（九四〜九七）などがある。「大江山花伝」と「とりかえばや異聞」（上演時タイトル「紫子《ゆかりこ》」）は宝塚歌劇で戯曲化されている。

【ふるふる―うたの旅日記―】連作。〇六〜〇七年『Beth』（講談社）連載。室町時代、不思議な声の力を持つ青蓮法師と美形の旅芸人活流《いくる》、二人にしか見えない幽霊のおぼろ式部が和歌を供にして辿る道中絵巻。和歌のもつ言葉の力、吟じる声の力を、歌の解説も織り込みながらさわやかに描く。（卯月）

木村直巳（きむら・なおみ　一九六二〜）東京生。七八年「最後の妖精」が朝日ソノラマ『月刊マンガ少年』新人賞に佳作入選し、同誌にデビュー。初期にはファンタジー、ホラーなどを描いていた。その後、青年誌に移行し、歴史物、麻雀物、ヤクザ物などを描く。代表作に「イリーガル」（九八〜〇一、工藤かずや原作）など。〇三年「てんじんさん」（〇二〜〇三、西園寺英原案協力）で、第七回文化庁メディア芸術祭マンガ部門優秀賞受賞。怪奇幻想系作品に、人間の内部に育つ魔を引きずり出して喰らう正義の化猫の戦いを描く学園オカルト・アクション「ダークキャット」（八七〜八九・『ハロウィン』連載、九一年にOVA化）、タイムファンタジー短篇「雪鬼村」（九一・『眠れぬ夜の奇妙な話』）、都市伝説系ホラー連作「朧―OBORO―」（〇七・デジマ『コミックガンボ』、香川まさひと原作）などがある。（石堂）

清原なつの（きよはら・なつの　一九五六〜）本名植田祐子。岐阜市生。金沢大学薬学部卒。七五年、浪人中に本名で投稿した「チゴイネルワイゼン」が第八回りぼん新人漫画賞佳作を受賞。大学入学後の翌年秋に、清原なつの名義で「グッド・バイバイ」（七六・『りぼん』）を発表、デビューとなる。代表作に「花岡ちゃんの夏休み」（七七）「あざやかな瞬間」（八四）《花図鑑》（九〇〜九四）などがある。八〇年代後半より、大学での研究職との兼業により寡作となるものの、意欲的で質の高い作品を発表している。女性が恋愛において抱える性的な葛藤とその解放のケース・スタディを丹念に描いた《花図鑑》は、重いテーマを扱っているが、柔らかなタッチの画風やウィットに富んだセリフ、生物学の深い知識など、清原ならではの持ち味が存分に活かされ、爽やかな感動を呼ぶ内容に仕上がっている。

ほのぼのと愛らしい絵柄、しかし物語は哲学的でシニカルなテイストを持ったラブコメディという独特の作風で、『りぼん』『ぶ〜け』といった少女誌で活動していながら男性にもファンが多い。SFにも造詣が深く、未来の世界からタイムマシンで過去世界に逃亡を続けるアレックスを主人公に、切ない人間模様を描いた《アレックス・タイムトラベル・シリーズ》（八一〜八二・『りぼんオリジナル』連載）、恋人の顔をしたアンドロイドを大量生産する、おかしな天才科学者が主人公のラブコメディ「アンドロイドは電気毛布の夢を見るか？」（八七・『ぶ〜け』）、物に触れると過去が見える少年を通じて描かれる古代ロマン「千の王国　百の城」（九〇・同）など、SFテイストの佳作も数多い。

〇七年より本格的に執筆活動を再開、かねてより清原が漫画化したいと熱望していた「家族八景」（〇七〜〇八・角川書店『コミックチャージ』連載、筒井康隆原作）が話題となった。（岸田）

楠桂（くすのき・けい　一九六六〜）愛知県岩倉市生。本名真弓（旧姓大橋）。漫画家の大橋薫は双子の姉。八二年、第十四回りぼん新人漫画賞に準入選の「何かが彼女にとりついた？」（『りぼんオリジナル早春の号』）で十五歳にてデビュー。初期から幽霊や吸血鬼、超能力などを扱ったファンタジーを多く描き、少女雑誌に骨太なハードアクション作品を発表するなど、既成のジャンルを越えた作風で性別を問わず多くのファンを獲得している。代表作「八神くんの家庭の事情」（八六〜九〇）は九〇年にOVA化、九四年にテレビドラマ化。ファンタジーの代表作である「鬼切丸《おにきりまる》」も九四年にOVA化された。

コミカル・タッチのファンタジーを得意としていた楠が、その一方でシリアスな幻想譚を重厚なタッチで描き始めたのが、中篇「獄炎堂」（八五・新書館『Wings』連載）、「妖魔」（八五〜八六・『りぼんオリジナル』連載）といえる。「妖魔」は戦国時代の忍者・緋影が忍びの里を出奔した親友の魔狼《まろう》を追って諸国を巡り、妖怪と闘いを重ねた末に魔狼の正体を知るというバトル・ファンタジーである。同作は八九年OVA化、劇場公開もされた。また、楠のライフワークである《鬼のシリーズ》の始まりにあたる中篇「鬼面児」（八五・『Wings』連載）、短篇連作「鬼魔―おにこごめ―」（八六・同）や、戦国の世に若くして自害した姫の霊が少女に取り憑く悲劇「古《いにしえ》祭《まつり》」（八六・『少年ビッグコミック』連載）などもこの時期に描かれている。これらが後に、伝説の人狼《じんろう》族と怨霊の妖《あやかし》たちの凄絶なバトルを描いた長篇「人狼草紙」（九一〜九八・『Wings』連載）や代表作「鬼切丸」に繋がっていく。

ほかにも、女系の超能力《エスパー》一家に生まれた真砂《まさご》のパワーが炸裂するコミカルなSFファンタジー《ごめんなさいこ♡ぱわあ》（八九〜九〇・『りぼん』連載）や、魔物たちのサーカス団に自分の出自が邪妖精だと告げられ混乱する円《まどか》の恐怖を描いた幻想的な中篇「サーカス・ワンダー」（九〇・『りぼん増刊』）など多数の作品がある。近作に現代の魔女といえる超能力を持つ少女たちが猟奇的な殺人ゲームに巻き込まれるオカルト・ホラー「イノセントW」（〇四〜〇六・『ヤングキングアワーズ』連載）など。

【鬼切丸《おにきりまる》】短篇連作。九二〜〇一年『少年サンデー超増刊号』連載。鬼の屍から生まれた純血の鬼である少年が、この世の全ての鬼を斬り殺せば人間になれると信じ、妖刀〈鬼切丸〉で鬼の居所を探し斬り続けていく一話完結の物語。自分の名も持たず、同族を葬る宿命を帯びた主人公の悲哀や、様々な形の鬼を生み出す人の心の闇を描く人間ドラマであり、単なる異形とのバトル・ファンタジーにとどまらない、作者の鋭い人間洞察力が遺憾なく発揮された傑作である。（小西）

久保帯人（くぼ・たいと　一九七七〜）本名宣章。広島県安芸郡府中町生。県立安芸府中高校卒。九六年「ULTRA UNHOLY HEARTED MACHINE」（『週刊少年ジャンプ増刊号』、久保宣章名義）でデビュー。代表作に、死者をよみがえらせるというゾンビパウダーを求めて、チェーンソーのような大剣を振り回す芥火ガンマが活躍する西部劇風ファンタジー「ZOMBIE POWDER」（九九～二〇〇〇・『週刊少年ジャンプ』連載）、〇四年第五十回小学館漫画賞少年向け部門受賞の「BLEACH」がある。

【BLEACH】長篇。〇一年～『週刊少年ジャンプ』連載（継続中）。霊力の高い高校生・黒崎一護《いちご》は、ある日〈虚《ホロウ》〉（いわゆる悪霊）と、〈虚〉が死後に犯してしまった罪を〈斬魄刀《ざんぱくとう》〉という刀で斬って浄化し、〈尸魂界《ソウル・ソサエティ》〉に送ることで現世と〈尸魂界〉の魂魄のバランスを取る〈死神〉の朽木ルキアとの闘いに巻き込まれてしまう。この闘いで一護をかばい深く傷ついてしまったルキアの代わりに、一護は〈死神〉代行の任務を引き受けるのだった……。少年漫画としては絵のタッチが繊細だが、一方でストーリーに多くの矛盾を抱え込んでいる作品である。特に後半は、オシャレなせりふ回しとキャラクター間の力比べに流れている感は否めない。〇四年よりテレビアニメ化。（真栄田）

熊倉隆敏（くまくら・たかとし　一九七四～）栃木県生。県立栃木高校卒。九六年「PACTE」がアフタヌーン四季賞秋に準入選、「閑話「わかだんな的求道」」（九七）で同春佳作、「グラデ」（九九）で同夏準入選。「もっけ」（二〇〇〇～・『アフタヌーンシーズン増刊』『アフタヌーン』連載）でデビュー。同作は巫覡の家系に生まれた見鬼体質の静流《しずる》と憑かれやすい憑坐《よりまし》体質の瑞生《みずき》の姉妹の、物怪《もののけ》との日常的な交渉を描いた連作。退魔アクションでも、妖怪と馴れ合うものでもなく、妖怪たちを半神として扱い、敬して遠ざけるという態度で臨む点に特色がある。古典文学、民俗学などからの引用を色づけに用い、マニア感を演出。また、姉妹や周囲の人々の精神的な悩みと怪異とを上手くリンクさせて、愛らしい青春物としても成功している。〇七～〇八年にテレビアニメ化された。（石堂）

熊倉裕一（くまくら・ゆういち　一九七一～）新潟県生。高校中退。九四年に「双剣伝」（講談社『コミックボンボン』）でデビュー。同誌に九五年から代表作「王ドロボウJING」を連載開始。抽象的なものを具象化した背景を描く表現方法や、言葉遊びのようなせりふ回しが特徴的で、特に〈サブカル系〉の漫画家に大きな影響を与えている。〇六年から病気により休筆中。

【王ドロボウJING】長篇。九五～九八年『コミックボンボン』（講談社）連載。何でも盗む泥棒、王ドロボウであるジンが物を盗みながら、それに縛られた人々の心を解放していく物語。小学校低学年向けの雑誌にしては、内容がやや高度であったためか、九九年からは題名を「KING OF BANDIT JING」に変更し、『月刊マガジンZ』にて連載を再開させた（～〇五）。〇二年にアニメ化。（真栄田）

倉多江美（くらた・えみ　？～）神奈川県生。ラブコメディ「雨の日は魔法」（一九七四・『少女コミック増刊ちゃお』）でデビュー。長く細い手足に痩せた身体が特徴のキャラクターとドライな作風で知られる。主だった作品には、破天荒なギャグ漫画「ぼさつ日記」（七五～七六・『週刊少女コミック』）、画家のジョジョの描いた絵で不思議が起きるメルヘン・タッチの連作「ジョジョの詩」（七五～七七・『別冊少女コミック』連載）、変人の兄の実験によって異次元世界につながってしまう「宇宙を作るオトコ」（七九・朝日ソノラマ『月刊マンガ少年』連載）などがある。代表作の短篇集「一万十秒物語」（七六～八五・『月刊LaLa』）では、聖書や哲学など多彩な題材を扱いながら人生の皮肉や不条理を織り込み人気を博した。初期より精神世界への関心も深く、死者の魂の復活をテーマにした「球面三角」（七七・『花とゆめ』）や、自分の脳の中に死んだ双子の妹がいるという「エスの開放」（七八～七九・『月刊LaLa』連載）など、人間の内面に深く切り込みながら奇異な事件を扱ったシリアス作品も描き、話題となった。『月刊コミックトム』では日和見主義の策士コティを主人公に革命期のフランスを描いた長篇「静粛に！天才ただいま勉強中」（八三〜八九）も連載、その後同誌にて日常の話からドラキュラやイソップまで題材にした短篇連作《誰かに似た人シリーズ》（八九〜九二）などを描いている。哲学的・思想的な事柄が力みなく作品に織り込まれ、シニカルな中に笑いを入れ込む独特の個性は稀有なものといえる。一方で「樹の実草の実」（七六）をはじめ、日常の中のセンシティブな心の動きを淡々と描いた作品も数多くあり、人間に対する暖かな視点を常にもつ作家である。少女誌に限らず青年誌、育児誌まで幅広く活躍し、近作では『お父さんは急がない』（二〇〇〇）がある。（天野）

CLAMP（くらんぷ）漫画創作集団。二〇〇七年時点のメンバーは大川緋芭（おおかわ・あげは　一九六七〜、大阪生、旧名大川七瀬）、いがらし寒月（いがらし・さつき　一九六九〜、京都生、旧名五十嵐さつき）、猫井椿（ねこい・つばき　一九六九〜、京都生、旧名猫井みっく）、もこな（もこな　一九六九〜、京都生、旧名もこなあぱぱ）の四人。関西の同人グループとしての活動を経て、八九年『サウス』（新書館）に古代インドの神話世界をベースにした「聖伝—RG VEDA—」でデビュー。デビュー当時は前述の四人のほか、秋山たまよ、聖りいざ（後に伊庭竹緒へ改名）、七穂せいを加えた七人がメンバーであった。

「カードキャプターさくら」で第三十二回星雲賞コミック部門を受賞。作品がメディアミックス化されることが多く、代表作のほとんどがアニメ化されている。漫画およびアニメ化作品は海外でも出版・紹介され、高い人気を得ている。CLAMP作品の特徴は〈リミックス〉にあり、過去の漫画・小説・アニメ・映画・ゲームからモチーフを取り出し再構成することにより新たな魅力を持つ作品を作り出している。リミックスの対象は自作品にもおよび、〇三年に連載が開始された「ツバサ—RESERVoir CHRoNiCLE—」では、CLAMPの過去の全作品の登場人物がパラレルワールドの住人として再登場する。また別の雑誌で連載している「XXXHOLiC」と内容がリンクしており、一種のメタ構造の作品となっている。

【聖伝—RG VEDA—】長篇。八九〜九六年『Wings』連載。古代インドの神話世界をベースに、天界に恐怖政治を布く天帝・帝釈天に反旗を翻し集結した七名を描く。

【東京BABYLON】長篇。九〇〜九三年『サウス』他連載。陰陽師の少年が東京で起こる霊がらみの事件を解決していくオカルト・ファンタジー。登場人物と設定は「X」へとつながっている。現実の事件をモデルにしたと思われるエピソードもあり、社会派ドラマの側面も持つ。

【X】長篇。九二年〜『月刊ASUKA』連載（休載中）。世紀末を題材にしており、人類の存続を求める超能力者集団「天の龍」と、人類を滅ぼし自然に溢れる地球にしようとする超能力者集団「地の龍」の戦いを東京を舞台に描く。九六年に劇場版アニメ、〇一年にテレビアニメが作られた。

【魔法騎士レイアース】長篇。九三〜九五年『なかよし』連載。日本の三人の少女がエメロード姫によって異世界セフィーロに召還され巨大ロボットに乗って戦うが、姫の真の目的は自分を殺してもらうことであった。続篇の「魔法騎士レイアース2」（九五〜九六・同連載）で、主人公たちは再び異世界へ赴き、世界システムを手に入れようと侵攻してきた他国の戦艦と戦う。CLAMPの作品は世界システムの再構築をめぐる物語として読めるものが多いが、それが最も明確に現れている作品。九四年にテレビアニメ化された。

【カードキャプターさくら】長篇。九六〜二〇〇〇年『なかよし』連載。小学校の少女が災いを呼ぶ魔法のカードを回収するため封印の獣ケルベロスと共に戦う魔法少女物。九八年から二〇〇〇年にかけてテレビアニメおよび劇場版アニメが作られた。

【ちょびっツ】長篇。二〇〇〇〜〇二年『週刊ヤングマガジン』連載。〈パソコン〉と呼ばれる人間型の情報端末が普及した東京で、浪人生が捨てられていた少女型のパソコンを拾い恋に落ちるSF。〇二年にテレビアニメ化された。

【XXXHOLiC】長篇。〇三年〜『週刊ヤングマガジン』連載（継続中）。願いを叶え対価を受け取る不思議な女主人の「ミセ」でアルバイトをするようになった高校生が遭遇する奇怪な出来事を描くダークファンタジー。後掲作と話がリンクしている。〇六年にテレビアニメおよび劇場版アニメが作られた。

【ツバサ―RESERVoir CHRoNiCLE―】長篇。〇三年〜『週刊少年マガジン』連載（継続中）。秘められた力を持つ少女サクラの「記憶の羽根」を求め異世界を巡る冒険ファンタジー。〇五年にテレビアニメ化および劇場アニメ化された。（有里）

九里一平（くり・いっぺい　一九四〇〜）本名吉田豊治。京都市生。〈吉田三兄弟〉の末弟で、長兄に吉田竜夫、次兄に吉田健二（丸山健二）。京都市立洛陽高校中退後に上京、吉田竜夫のアシスタントをしながら漫画を描き始める。巨大からくりロボット地獄王をめぐってあばれ天狗が悪人どもと闘う痛快時代活劇『あばれ天狗』（五八?〜五九・島村出版）で貸本漫画デビューし、五九年には、タツノコアニメ第一作「宇宙エース」の原型で正義のスーパーマン・Zボーイがロボットや怪獣を操る地底王国と闘う「Zボーイ」（『日の丸』）、空飛ぶバイクにまたがるミサイル金太郎の活躍を描く「ミサイル金太郎」（〜六〇・『漫画王』）の二本のSFスーパーヒーロー物を少年誌に連載。以後、人気作家となり、各誌に多数の作品を発表していく。お互いに手伝っていたこともあって、吉田竜夫と非常によく似たアメコミ調のリアルな絵柄が基本だが、挿絵・絵物語から漫画へ転向した竜夫がきっちりとした自分のスタイルを確立していたのに対して、当初から漫画でデビューした九里は様々なものを取り入れ、漫画的デフォルメとリアルさを上手く融合させてスタイルを作っていったようだ。漫画作品を描くにあたっては、吉田竜夫が逆に九里の影響を受けたようなところも感じられる。ほがらかな笑顔の主人公が特徴で、アクション描写を得意とし、バイクレース物「マッハ三四郎」（六〇〜六一、久米みのる原作）、戦記物「大空のちかい」（六二〜六四）、テレビ映画のコミカライズ「アラーの使者」（六〇〜六一、川内康範原作）「少年鉄仮面」（六〇〜六一、同原作）ほか、格闘技、忍者、野球、スパイ物など、手がけたジャンルは多岐にわたっている。SF、ファンタジー系の作品には、特撮テレビのコミカライズで、海底王国からやって来たハヤブサことエルデ８８２３が様々な恐ろしい敵と闘う「海底人８８２３《ハヤブサ》」（六〇・『少年』連載、黒沼健原作）、雪だるまから生まれ、ヒマラヤで雪男の次郎に育てられた白雪城の世継・雪太郎こと剣之助の冒険を描いたファンタジー時代劇「白雪剣之助」（六〇・『冒険王』連載、長谷公二原作）などがある。六二年、兄たちと共に〈竜の子プロダクション（タツノコプロ）〉を設立、同プロがテレビアニメ制作に乗り出した六五年以降もしばらくは漫画とアニメの二足の草鞋を履くが、やがて漫画執筆からは離れていった。（想田）

車田正美（くるまだ・まさみ　一九五三〜）本名同じ。東京中央区生。高校卒業後、井上コオのアシスタントを経て、七四年「スケ番あらし」で『週刊少年ジャンプ』にデビュー。ボクシング物「リングにかけろ」（七七〜八三）により人気を得る。「風魔の小次郎」（八二〜八四・『週刊少年ジャンプ』連載）、さらに「聖闘士星矢《セイント・セイヤ》」によってジャンプ黄金時代を支えたが、続く「SILENT KNIGHT 翔」（九二）は未完のまま打ち切りとなってしまう。集英社から離れ、角川書店『月刊少年エース』で連載した「B'T X《ビート・エックス》」（九四〜二〇〇〇）は、自らの血液を与えて活性化させた機械獣と共に戦う戦士たちの物語で、主人公の少年の勇気と根性、兄弟の絆や様々な形の友情を感動的に描いてヒット作となり、九六年にテレビアニメ化された。その後『スーパージャンプ』で「リングにかけろ２」（二〇〇〇〜〇八）を連載した。

車田の作品はほぼすべてが熱血バトル・アクション物で、戦いは荒唐無稽にエスカレートし、ファンタジー設定ではないはずのものも次第に伝奇アクションの様相を示す。「リングにかけろ」はボクシング物とはとてもいえない必殺技が繰り出され、その背景は後の伝奇物と変わらない宇宙の風景で、対戦相手も神話伝説等になぞらえたものである。その後の作品ではより一層伝奇色を強め、地球の歴史規模、あるいは宇宙規模の壮大な背景〈輪廻や進化など〉が組み込まれる形になっている。「風魔の小次郎」は、学園に忍者の末裔が入り込み、スポーツの各分野で学園を守り立てるという構想で始まったにもかかわらず、敵味方入り乱れてのバトルを続けるうちに、神の戦士〈コスモの戦士〉として輪廻しているという設定の伝奇アクションになってしまう。「聖闘士星矢」もまた平和のために人類の歴史と共に戦い続けてきた〈聖闘士《セイント》〉たちの物語であり、「SILENT KNIGHT 翔」は、遺伝子の中にルーツとなる動物の力を発現させるものが組み込まれていて、その力により体内からバトルアーマーを作り出して戦うという設定である。「B'T X」でも主人公の兄弟は宇宙から来た光の力を受けた存在で、地球を滅ぼしてしまうホムンクルスを最大の敵としている。

また、あくまでも男っぽく、〈男は守りたい者を守れるほど強くあれ〉というメッセージを発する作品であるため、女性的要素が薄いのも特徴である。女性は戦闘者であるか、あるいは別格の〈女神〉的存在であることが多いので、恋愛要素がほとんど入らず、姉妹萌えが辛うじて成立する程度である。一方、男性にも長髪の美青年（一見しただけでは男女の区別がつかない）が頻出し、主人公の侠気や勇気に顔を赤らめつつ惚れ込んだり、やけに対立的に挑戦したりする。〈やおい〉の餌食となるのは当然であったともいえ、「聖闘士星矢」が八六年にアニメ化されると、二次創作物が多数作られ、〈やおい〉の存在を世に知らしめることにもなった。

【聖闘士星矢《セイント・セイヤ》】 長篇。八六〜九〇年『週刊少年ジャンプ』『Vジャンプ』連載。平和の守護者アテナに身命を賭して仕える〈聖闘士《セイント》〉となるため、幼い頃から厳しい訓練を積んだ星矢は、八十八の星座にちなんだ〈聖衣《クロス》〉のうち、最下位に位置する青銅《ブロンズ》のペガサスを手にする。ペガサスは身体に合わせて変化し、鱗状のプロテクターとなる。星矢は同じ青銅の〈聖闘士〉、ドラゴンの紫龍、キグナスの氷河、アンドロメダの瞬、フェニックスの一輝と共に、教皇位簒奪者の黄金聖闘士《ゴールド・セイント》や、ポセイドンやハーデスといった神々たちを相手に戦っていく。武器を使わず、魂の力＝〈小宇宙《コスモ》〉を爆発させてすべてを原子に破壊してしまう拳などを繰り出すという設定が評判を呼び、高い人気を得た。その後のアニメや漫画にも影響を与えている。続篇として、過去世を描いたフルカラー作品「聖闘士星矢 NEXT DIMENSION 冥王神話」（〇六〜・『週刊少年チャンピオン』）がある。（石堂）

黒田硫黄（くろだ・いおう　一九七一〜）幼少期は親の転勤が多かったため東日本出身としている。一橋大学法学部・社会学部卒、経済学部中退。在学中は、漫画研究会、映創会、観世会、文芸部に所属。教養ゼミで野崎歓に師事。九三年秋のアフタヌーン四季大賞を受賞し、「蚊」「熊」「南天」「遠浅」の四作品でデビュー。「蚊」の〈蚊〉は能楽衣装を思わせる造形。また、初連載「大日本天狗党絵詞」（九四〜九七・『アフタヌーン』連載）は現代日本に自分たちの国を作ろうとする天狗たちの物語だが、ここでも能楽の造形や謡曲の引用が行われている。黒田の絵にはワンダーがあり、特徴的なコマ割り・造形・構図・白黒のコントラストにより、作品世界へ読者をみちびく。特に巨《おお》きいものの絵に愛情が感じられる。たとえば、象＝「象の散歩」（九四・同）「象夏」（九九『モーニング新マグナム増刊』）「象の股旅」（二〇〇〇・イーストプレス『COMIC CUE』）、巨大蛸＝「鋼鉄クラーケン」（九九・同）、巨大メカ＝「THE WORLD CUP 1962」（九八・同）「南天」（九三・『アフタヌーン』）「あたらしい朝」（〇六〜・同連載）など。〈茄子〉をテーマとする短篇連作「茄子」（二〇〇〇〜〇二・同連載）の中の「アンダルシアの夏」は〇三年にアニメ化、「セクシーボイスアンドロボ」（二〇〇〇〜〇三・『スピリッツ増刊IKKI』連載）は〇七年にテレビドラマ化された。一人で描く漫画以外の活動も多く、合作、コラボレート、〈アジアINコミック〉展への出品、エッセーなどがある。映画エッセーは『映画に毛が3本！』（〇三・講談社）としてまとめられた。（白峰）

久呂田正美（くろだ・まさみ　生没年未詳）別表記に正三、まさみなど。久呂田は五〇年代に主に貸本向けの漫画を出版していた大阪の日の丸文庫が創刊した貸本漫画初の短篇雑誌『影』の創刊に関わった人物として有名で、貸本時代にも多数の漫画本を出版している。しかし、久呂田の代表作といえる作品は、四〇年代後半に大阪で出版されていた絵物語の単行本であることはあまり知られていない。久呂田は戦後まもなくから大阪の街頭紙芝居の世界で活躍し、おりからのブームとなっていた絵物語の単行本を四八年頃から多数出版している。日本の児童向け怪奇漫画の源泉を辿ると、三三年に東京の街頭紙芝居の貸元富士会が製作した「墓場奇太郎」に行き着くが、戦前は本格的な児童向けの怪奇漫画が出版されることはなかった。戦後、絵物語がブームになる中、大阪では街頭紙芝居の暗部ともいうべき猟奇殺人や奇形が登場する不気味な街頭紙芝居を久呂田正三や須磨寅一らが絵物語の単行本として多数出版した。久呂田らがはじめて児童漫画界（絵物語）に本格的な怪奇作品を導入したのである。久呂田の作品は、絵としては決して巧いほうではないが、その不気味な絵柄と抜群なストーリー展開で人気を博した。特に代表作となる《6本指シリーズ》（四八・幸文堂書房）では、指が六本で片目がつぶれ、顔がただれた奇形の殺人鬼と少年探偵近藤欽二との死闘を描いた作品で、《6本指》の物語の最後には、殺人鬼で同じく片目がつぶれ顔がただれている六本指の赤ん坊が墓場から登場するシーンがあり、戦前の街頭紙芝居の『墓場奇太郎』からの影響がみられる。六本指の赤ん坊が殺人を犯そうとして迫ってくるラストのシーンは今見ても鬼気迫るものがある。ほかにも単行本としては《幽霊列車シリーズ》（四八・きさらぎ書房）《犬神シリーズ》（四八・幸文堂書房）『二郎丸』（四八・同）などがある。関東発の絵物語雑誌として『冒険紙芝居』（四九〜五〇・トヨダ文庫）の創刊に関わり、創刊号から「黄金バット」の影響が強いSF絵物語の「怪鳥ドラコドン」を連載するが、翌年には薄暗い絵物語の時代は終わりを告げ、冒険ギャグ漫画の『悪魔のPタン』（四九・同）を出版したのを最後に絵物語の世界から姿を消した。（高橋）

黒田みのる（くろだ・みのる　一九二八〜）本名實。別名にパワーみのる、黒田斌文など。東京生。中央大学工学部中在学中より心霊現象の研究を始めたという。五八年に少女雑誌で怪奇漫画家としてデビューし、六〇年には早くも『なかよし』に怪奇少女漫画「金色のひとみ」を連載している。同時期には貸本漫画も執筆し、雪女物のもの悲しい少女漫画の短篇「雪のお母さん」（六一・きんらん社『あの雲の果てまで』所収）、怨みを呑んで死んだ武士の亡霊が、現代に至るまで毎年若い男女の供犠を捧げているという設定の怪奇長篇『廃絶の村』（六二〜六三頃・同、後に「キャンパス転生」としてリメイク）などを発表。まもなく〈パワープロダクション〉を立ち上げて青年誌などにも執筆の場を広げ、妖怪物コメディ「恋のコーチはだめなのヨ〜」（六八・芳文社『別冊週刊漫画TIMES』）ほか、怪奇物の短篇を中心に活動する。七〇年、世界真光文明教団の教祖・岡田光玉と出会い、入信。七四年に世界真光文明教団の教祖が没し、教団が分裂すると、崇教真光側についた。この間に布教を目的とする心霊漫画を多数描く。その基本的なパターンは、前世（真光では、人間の魂は霊の世界で浄化された後、何度も転生を繰り返し、魂の進化を遂げると上位の世界に入っていくという転生・霊的進化論説を採用している）での悪行を怨む霊（多くが武士の時代の霊）に取り憑かれた人々が悲惨な末路を迎える姿や、彼らが手かざしによって救われる姿を描くというもの。少女向け（作画は古出幸子ほか）とエロ描写を加えた青年向け（作画はくわずる修二ほか）の両面で、同思想による心霊怪奇漫画を量産した。主な作品に、〈手かざし〉による悪霊祓いを得意とする霊能少女が活躍する長篇少女漫画『少女エクソシスト』正続（七五〜七六・みのり書房）、憑霊怪談に幽界や魂についての解説を絡めた青年向け長篇『生と死』『霊魂発見』（共に七四・陽光文明研究会）など。真光ではまた、二十世紀末をめどとする終末思想を展開しており、その危機を伝えることをテーマに、霊体の少女が活躍し、教祖・光玉もスーパーヒーローとして登場する長篇少女漫画『魔女の星』（七五・立風書房）、絵物語や短篇漫画で構成する雑誌スタイルで、世界の終末を具体的に描き、やはり救世主として光玉が紹介される『燃ゆる世界』（七五・みのり書房）『続燃ゆる世界　運命まであと10年』（七六・同）など。このほかの怪奇・恐怖要素が勝ったものに、大ヒットSF映画のコミカライズ『猿の惑星』（七一・芸文社）、幽霊屋敷物の少女漫画『竹の家』（七七？・オハヨー出版、後に「白い霊の恐怖」と改題）など。八〇年にス光光波世《ひかりこうはせ》界神団《かいしんだん》の教祖となる。〈炎の業《わざ》〉という両手を用いる手かざしを行うことで知られ、これを元にした心霊漫画も描いている。選ばれた少女が〈ス〉という言葉と、両手をかざして発する〈ヤマトの光〉によって悪魔《サタン》たちと戦う少女漫画「死者の国のマリア」（八八〜八九？・秋田書店『サスペリア』連載）ほか。

黒田の怪奇漫画は怨霊物を主とし、いたずらに前世の因縁を強調する傾きがあり、ハイレベルとはいえないが、早い時代から怪奇物に着手し、青年漫画黎明期の怪奇短篇を経てプロパガンダ漫画へと移行、怪奇・心霊ブームの時期にも少女漫画ばかりでなく青年漫画でも一定数の作品を送り出し、後には教祖にまでなったという経歴の点で、特異かつ特筆すべき漫画家である。（石堂）

桑田二郎（くわた・じろう　一九三五〜）デビュー直後の一時期を除いて桑田次郎を名乗っていたが、八五年にペンネームを本名の桑田二郎に戻した。大阪府吹田市生。北海道様似町で育つ。四八年、『奇怪星団』（青雅社）でデビュー。「まぼろし探偵」（五七〜六一・『少年画報』連載）を大ヒットさせ、川内康範の原作による「月光仮面」（五八〜六一・『少年クラブ』連載）で、その人気を不動のものとした。原作付きの作品が特に有名で、なかでも平井和正原作の作品は、テレビアニメ化されて爆発的な人気を得た「8マン」（六三〜六五・『週刊少年マガジン』連載）、正義のロボット犬が活躍する「超犬リープ」（六五〜六七・『まんが王』連載）、数億年にわたって地球を見守り続けた超生命体によって人類の未来を託された三人のエリートたちの戦いを描く「エリート」（六五〜六六・『週刊少年キング』連載）、謎の生命体との戦いを異様な迫力で描き出す「デスハンター」と、いずれ劣らぬ名作ぞろいである。その絵柄はクールでシャープ。ロボットやアンドロイドのフォルムは流線的で美しく、ヒーローや悪役のコスチュームデザインのスマートな格好良さでは右に出るものがいない。怪奇幻想漫画の分野でも原作付きの作品に傑作が多く、なかでも、小栗虫太郎原作の「人外魔境」（六九・『週刊少年キング』）、江戸川乱歩原作の「地獄風景」（七〇・同）では、原作の暗鬱で耽美的な幻想世界が、硬質な肌触りの暗い画面に見事に再現されている。特撮テレビ番組「怪奇大作戦」のコミカライズ（六八〜六九・集英社『少年ブック』連載）も、優れた成果をあげている。オリジナルの怪奇幻想漫画にも、インベーダーが人間や動物に憑依する「暗闇の眼」（六九・『別冊少年マガジン』）、車椅子の少女が超能力をふるって周囲を恐怖で支配する「牙のない牙」（七〇〜七一・『週刊少年キング』連載）などの佳作がある。八二年以降は少年漫画から離れ、般若心経や精神世界をテーマとした作品を描いている。

【デスハンター】長篇。六九～七〇年『週刊ぼくらマガジン』連載。元レーサーの田村俊夫は、シャドウと名乗る男の誘いに乗り、過酷な試験に合格して〈デスハンター〉の一員となる。〈デスハンター〉は、人間に取り憑いて凶暴化させる宇宙からの侵略者〈デス〉を、憑依された人間もろとも密かに発見・抹殺するための組織であった。デスに憑依された人間は銃で撃たれても死なない〈生きている死人〉であり、怪力をふるって殺戮を繰り広げる彼らとの戦いが、肉体の凄惨な破壊シーンの連続を通じて容赦なく描き出される。真に残酷で野蛮な化物は、デスよりもむしろ人間なのではないかという真摯な問いかけがなされ、デスの真の目的が明かされる宗教的な結末に至る。桑田一流の冷たい描線による残酷描写は単なるスプラッタ漫画の域を越え、〈血と暴力の詩情〉とでも呼ぶべき水準に到達している。のちに原作者・平井和正によって小説版「死霊狩り《ゾンビー・ハンター》」（七二～七八）が発表された。

【ミュータント伝】長篇。七〇年『週刊少年マガジン』連載。地球とその上に生まれた生命の歴史を語る、壮大な叙事詩である。生命進化の流れの中で人類が誕生するが、その歴史は闘争の歴史でもあった。人類が大異変と環境破壊の末に滅亡するまでを、宇宙船の帰還と共に地球にもたらされた宇宙病、最終戦争、放射能によるミュータントの発生とその死滅、宇宙移民などのエピソードを、点描的に接続することによって描き出していく。かくして種の誕生と滅亡のサイクルが繰り返されていくが、やがて太陽は赤色巨星と化し、地球上の生命は全て死滅する。このテーマに挑む作品の多くがそうであるように、未完成で荒削りではあるが、〈人類〉自体を主役として真正面から取り組んだ、幻想的未来史の力作である。　（倉田）

獣木野生（けものぎ・やせい　一九六〇～）東京豊島区生。千代田学園漫画科卒。伸たまき名義で「お豆の半分《PALM》」（八三・新書館『Wings』）にてデビュー。二〇〇〇年に獣木野生に改名。代表作に《PALM》（連載継続中）、《THE WORLD》など。デビューから現在まで継続中の大河物語《PALM》シリーズが、名実共に獣木の代名詞的作品であるが故に見過ごされがちだが、《PALM》の合間を縫って発表される作品も完成度が高く、そのほとんどが寓話的ファンタジーや幻想的なSFである点も興味深い。

夢見がちな母と、シニカルな娘の葛藤を描いた「月の猫」（八四・新書館『ナッシング・ハート』単行本描き下ろし）や、父の幽霊が巻き起こす騒動を描いたコメディ「いつまでも君の心に」（八六・新書館『ファントム倶楽部』）、死体から作られた心優しき怪物と人々の交流を繊細に描いた「フランケンシュタインは僕に云った」（八八・新書館『サウス』）などの短篇は、ファンタジーの形をとりつつも、あくまで現実世界に軸を置いたヒューマンドラマが主題で、それは全作品に通じる獣木の特徴的な作風である。

また、右の短篇群にはコミカルな趣の作品が多いが、天涯孤独となった少女が、過去に訣別し旅立つ夜に天馬を見る「翅《はね》のある馬」（八七・『Wings』）、宇宙の闇に交信を続ける青年と、そのメッセージを時空を超えて受け取る少女の出会いと別れを描いたSF「ホワイト・ガーデン」（九四・同）など、切なく幻想的なシリアス作品もある。九九年《PALM》の連載を一時中断し、《THE WORLD》の連載を開始。かれこれの短篇作品の集大成ともいえる本格ファンタジーとなっている。

【THE WORLD】中長篇連作。九九年～『Chara』（徳間書店）連載。悠久の時を生きる二人の神、ホワイト・ワイルドとブラック・ワイルドを主人公に、古代から近未来まで、あらゆる時代で起こる愚かしい人間同士の戦争や諍い、その犠牲となる善良な弱者、動物・植物などの喜怒哀楽を綴ったオムニバス形式のファンタジー。神に視点を置くことで、目先の利害や欲望に囚われる現代社会への批判といった主張から一段と深い、この世界に生けるものすべての根源的な生命・愛の在りようまでをも、壮大に描き上げている。全十話の予定で、第六話「Skyscraper」（〇四）までが発表されている。（岸田）

高河ゆん（こうが・ゆん　一九六五〜）本名山田理沙（旧姓木村）。東京生。東京都立三田高校卒。漫画家のたつねこと九三年に結婚。中学時代は車田正美「リングにかけろ」の大ファンでペンネームも同作に由来。高校時代からSFアニメ「銀河旋風ブライガー」などの二次創作を得意とする同人作家として活躍する。高校卒業間近の八五年に学習研究社から声をかけられて、描き下ろし単行本『若草物語』（オルコット原作、恋塚稔構成）にて商業デビュー。翌八六年に「メタルハート」（光文社『コミックVAL』）にて雑誌デビューする。以降も同人活動は継続している。アニメやゲームなどのキャラクターデザインの原案も担当、「機動戦士ガンダム00《ダブルオー》」（〇七）などがある。伸びやかで艶のある線描、大胆な構図、透明感のある美しい色彩感覚を特徴とする画風を持つ。

　同人作家として活躍していた高河が商業誌で注目を集めたのは、初の連作シリーズとなったSFファンタジー「アーシアン」である。同作はSFの設定を取りつつも、主軸は同人誌界で〈やおい〉と呼ばれてブームとなっていた男性同士の恋愛を描き、同年の「源氏」の連載開始と共に、高河は商業誌においても爆発的な読者の支持を得る。この後高河は、魅力的なキャラクターを最大限に活かして様々なファンタジーの世界を描いていく。豊富なアイディアで意欲的な執筆活動を行い、同時期に多数の作品を連載するなどの活躍をみせるが、未完のまま中絶している作品も多く、いずれも完結が待たれている。ほかに「超獣伝説ゲシュタルト」（九二〜〇一・エニックス『ファンタスティックコミック』『ガンガンファンタジー』『月刊Gファンタジー』連載、九七年OVA化）「妖精事件」（九三〜九九・『アフタヌーン』連載）など。なお「ローラカイザー」（八八〜九三・『プリンセスGOLD』連載）は、栗本薫が二次創作小説『魔獣の来る夜』（あんず堂）を上梓している。

【アーシアン】連作。八七〜九五年『Wings』『サウス』（新書館）掲載。『COMIC Crimson』（創美社）で発表した番外篇を含む完結版が〇二年に刊行された。地球の存亡を決定するためにアーシアン（地球人）を監視する任務に就いた異星人の天使・ちはやと影艶が主人公のSFファンタジー。天使の間では同性愛は死罪であるが、二人は次第に惹かれ合っていく。多くの魅力的なキャラクターと様々な恋愛の形が描かれて人気を呼んだ。八九、九〇年、九六年にOVA化。

【源氏】長篇。八七〜九五年『Wings』連載。未完。九二年OVA化。恋人の桜を追いかけて源平合戦のただ中の日本国に迷い込んだ克己。戦死した源頼朝〈源氏〉に生き写しの克己は、身代わりとされて闘いに巻き込まれる。「アーシアン」と並行して発表され、大人気を博したが中断、未完のままとなっている。

【LOVELESS】長篇。〇一年〜『月刊Gファンタジー』、『ZEROSUM』（一賽舎）を経て『月刊コミックZERO-SUM』（一迅社）に連載（継続中）。兄を謎の組織に殺された小学六年生の少年・立夏《りつか》の前に、我妻草灯《あがつまそうび》という青年が現れ、兄と自分はペアを組んで組織と闘っていたと告げる。訳もわからぬまま、立夏は草灯とペアを組むこととなり、組織と闘うことになる異世界ファンタジー。〇五年テレビアニメ化。（小西）

古賀新一（こが・しんいち　一九三六〜）本名中策。福岡県生。五八年、持ち込み原稿が認められ、つばめ出版発行の貸本向けスリラー短篇誌『黒猫』誌上に、本名の古賀中策でデビュー。その後数年間は、古賀しんさくの筆名で作品を発表する。つばめ出版の『怪談』や、同資本のひばり書房が発行した『オール怪談』といった怪奇短篇誌において、小島剛夕、浜慎二、いばら美喜らと共に中心的な役割を担う。貸本時代の作品は、手塚治虫風の丸っこい絵やさいとう・たかを的な劇画調の荒々しい絵など画風が安定せず、また、ストーリーの面でも、ロマンチックな小島、オーソドックスな浜、不条理劇のいばらに対して、独自のカラーを打ち出せず、凡庸な出来のものが多い。転機となったのは、六六年、集英社発行の少女誌『週刊マーガレット』に古賀新一名義で連載した「白へび館」である。楳図かずおタッチのこの作品は人気を博し、続いて同誌に「白へびの恐怖」（六六）「人形の家」（六六）「まだらの毒ぐも」（六六〜六七）「白衣のドラキュラ」（六七）「のろいの顔がチチチとまた呼ぶ」（六七）などを発表。ホラー作家としての地位を確立する。七五年、『週刊少年チャンピオン』誌上に、西洋の黒魔術を操る少女を主人公にした「エコエコアザラク」の連載を開始。この作品は、大ベストセラー『ノストラダムスの大予言』（五島勉著）、映画「エクソシスト」、ユリ・ゲラーの超能力などによるオカルトブームの追い風に乗って、大ヒットした。

【エコエコアザラク】連作。七五〜七九年『週刊少年チャンピオン』連載。黒井医院の娘・黒井ミサの正体は、黒魔術を駆使する恐るべき魔女だった。彼女の実の両親は、この世に蔓延する邪悪に打ち勝つべく独自に編み出した黒魔術を、娘のミサに教え込んでいたのだ。ミサは、黒魔術を自由自在に操り、奇怪な現象や人間の心に潜む闇と対決する。つのだじろうの「恐怖新聞」「うしろの百太郎」と並び称されるオカルト漫画の代名詞的作品。古賀新一にとって生涯の代表作であり、後年になっても「魔女黒井ミサ」（八〇〜八二・『月刊少年チャンピオン』連載）や「エコエコアザラクⅡ」（九三〜九八・『サスペリア』連載）「真・黒魔術エコエコアザラク」（九八〜九九・同連載）などの続篇が発表された。なお、度々映像化もされ、数多くの映画やテレビドラマが制作された。（成瀬）

コゲどんぼ（こげどんぼ　一九七五〜）東京生。別名に小春《こはるの》こころ。〇八年四月から筆名をこげどんぼ*とする。九七年「花丸忍法帳」が第八回学研コミック大賞に入選し、『コミックぽっけ』に、苔山とんぼ名でデビュー。九八年、おたく向けキャラクター会社ブロッコリーの月刊情報誌『フロム・ゲーマーズ』に四コマ漫画「げまげま」を描き、そのキャラクター〈デ・ジ・キャラット〉（愛称でじこ）によって知られるようになる。猫耳、メイド服の思春期前少女というスタイルは、おたく文化の象徴ともなった。でじこ物の漫画やキャラクターデザイン、イラストのほか、主にファンタジー、SF漫画を描く。父子家庭で中学受験を控えた少年を主人公に、少年を幸せにすると張り切る美少女天使、事故で死んだ母親を思い出させる謎の女性（実は少年の曾祖母にあたる魔族の女性）、幼なじみや同級生などが入り乱れる恋愛ファンタジー「ぴたテン」（九九〜〇三・メディアワークス『月刊電撃コミックガオ！』連載）、超能力を引き出す指輪によってギリシアの神々をイメージした姿に変身して戦う物語に、SF的な出生の秘密やラブロマンスが絡む「かみちゃまかりん」（〇二〜〇五・『なかよし』連載）、続篇「かみちゃまかりんchu」（〇六〜〇八・同連載）など。「ぴたテン」は〇二年に、「かみちゃまかりん」は〇七年にテレビアニメ化されている。（石堂）

小島功（こじま・こう　一九二八〜）東京根岸生。川端画学校に学ぶ。四七年に〈独立漫画派〉を結成、漫画家としてデビューする。流麗な曲線美が特徴で、おおらかなエロティシズムを発散する美人画に定評があり、挿画、イラストでも活躍。代表作の八コマ漫画「仙人部落」（五六〜・『週刊アサヒ芸能』連載）は、半世紀を経た現在も連載が続いており、世界的にも最長寿漫画の一つである。男女関係や俗世間的な成功失敗、日常的感情などをテーマとしたエロティック・コメディや諷刺コメディであるが、あくまでも仙術を使う仙人たちを主人公とし、常に魔法を絡めた話に仕上げていることが特徴である。例えば、夜の逢引をする女性が恥ずかしがるので、不可視のヒモを引いて月の明かりを消すなど、奇想ファンタジーとなっている作品も多い。同作は六三〜六四年に連続テレビアニメとして放映された。また六一年には同作を元にしたファンタジー・コメディ映画も制作されている。ほかの代表作に「ヒゲとボイン」(七四〜)など。六八年に「にほんのかあちゃん」で第十四回文藝春秋漫画賞受賞。七四年より黄桜のかっぱのキャラクターを担当。日本漫画家協会理事長、会長を歴任。九〇年に紫綬褒章を、二〇〇〇年に勲四等旭日小綬章を受章した。姪に安野モヨ子がいる。（石堂）

小島剛夕（こじま・ごうせき　一九二八〜二〇〇〇）三重県四日市市生。諏訪栄の筆名を使用した時期もあるが、これは四日市市内の町名に由来する。幼少の頃より絵画に親しみ、紙芝居や絵物語の作家としてキャリアを積んだ後、五八年六月に娯楽時代劇『かげろう殺法』(ひばり書房)で漫画家デビュー。高貴な血筋に生まれた謎の素浪人かげろう扇四郎が活躍するこのデビュー作において、小島は、無駄を省いた流麗な描線と大胆な構図、柴田錬三郎・五味康祐・南條範夫ら当時の人気時代小説家のエッセンスを取り入れたスケールの大きなストーリー展開により、凡百の貸本漫画家とは一線を画する才能を示して、早くも頭角を現す。貸本漫画を代表する怪奇短篇誌『怪談』(五八年夏創刊・つばめ出版)には、第四号から参加。事実上の兄弟誌といって差し支えない『オール怪談』(五九年秋創刊・ひばり書房)には、創刊号から参加。両誌の顔として長く絶大な人気を博した。『怪談』『オール怪談』に発表された百作を超える短篇は、小島の輝かしい画業の中では全て小品といえるものだが、その多くは、伝説や御伽話、歌舞伎、講談、落語、映画、さらには、「竹取物語」「今昔物語」といった古典から同時代に発表された流行小説に到るまでの幅広いジャンルの文学作品などを基にして、構想を練られたものである。題材となった作品をいくつか挙げると、近松門左衛門の「女殺油地獄」や上田秋成の「雨月物語」、四世鶴屋南北の「東海道四谷怪談」、三遊亭円朝の「牡丹燈籠」、樋口一葉の「たけくらべ」、森鷗外の「雁」、小泉八雲の「怪談」、岡本綺堂の「番町皿屋敷」、谷崎潤一郎の「春琴抄」、水上勉の「越前竹人形」などがある。小島は、これら一般によく知られた原典を精巧美麗な絵柄と独特の解釈で大胆に改変し、彼ならではの情緒溢れるロマンチックな作品世界を作り上げた。そして、『怪談』『オール怪談』に発表された短篇群を小島にとってより作家性の強い作品への習作と考えるならば、その最大の成果は、六一年三月刊行の『花の炎』(つばめ出版)に始まる《小島剛夕長篇大ロマン・シリーズ》であるといえよう。当初『怪談』の別冊として刊行されたこの五十冊を超える長篇時代劇単行本シリーズにより、小島は白土三平・平田弘史と並ぶ時代劇作家の地位を確立した。艶のある絵柄と琴線に触れる悲しい物語は、貸本漫画界においては異例ともいえる女性読者からの圧倒的な支持を受け、また、文芸作品にうるさい男性読者からも高評価を得て、人気作家投票では小島剛夕は常に第一位であった。六〇年代半ば以降、貸本漫画が衰退期に入ると、小島も活躍の場を徐々に大手出版社の少年誌や青年誌へ移した。この時期の主な作品に、〈おぼろ〉という名の女忍者を主人公にしたシリーズ物「おぼろ十忍帖」(六七・『週刊漫画アクション』連載)がある。余談だが、この頃小島は白土三平に請われ、彼のアシスタントとして「カムイ伝第一部」(六四〜七一・『ガロ』連載)の作画を手伝った。七〇年九月、小島は原作者の小池一雄(現・一夫)と組み『週刊漫画アクション』誌上に「子連れ狼」(七〇〜七六)の連載を開始する。元公儀介錯人・拝一刀とその一子・大五郎が権謀術数に長けた柳生一族と壮絶な戦いを繰り広げるこの作品は、爆発的な大ヒットを記録し、映画化・テレビドラマ化もされて、小島の名声は不動のものとなる。しかし、この「子連れ狼」の執筆を境に、それまでの小島作品にあった優雅で感傷的なロマンティシズムはだんだんと影を潜め、豪快なアクションや激しいエロティシズムが作品世界の大半を占めるようになっていく。小池一夫と組んだことがその一因ともいえるだろう。「子連れ狼」以降の主な作品には、盟友・小池一夫原作の「首斬り朝」（七二〜七六・『週刊現代』連載）「半蔵の門」（七八〜八四・同）「アクションシルクロード　孫悟空」（八四〜八五・『週刊漫画アクション』連載）などや、梶原一騎原作の異色宮本武蔵伝「斬殺者」（七一〜七二・『週刊漫画ゴラク』連載）、滝沢解原作のＳＦ「餓鬼の惑星」（七八・同）がある。　（成瀬）

小松崎茂（こまつざき・しげる　一九一五〜二〇〇一）絵物語作者、挿絵画家。東京荒川区生。日本画家・堀田秀叢および挿絵画家・小林秀恒に師事し、悟道軒円玉の講談速記「白狐綺談」（三八・『小樽新聞』連載）で挿絵画家としてデビュー。翌三九年から国防科学雑誌『機械化』（山海堂）の表紙・口絵を担当し、〈日本のＳＦ画の嚆矢〉と評される数々の未来兵器画で人気を博した。終戦後の四七年、山川惣治の『少年王者』（集英社）および永松健夫の『黄金バット』（明々社）の単行本発刊をきっかけに絵物語ブームが勃興。小松崎茂も四八年に連載開始した「キングライオン」（〜四九・世界少年社『世界少年』連載）および「地球ＳＯＳ」で絵物語の世界に進出し、空想科学物および西部物の第一人者として一世を風靡した。空想科学物の代表作としては、前記「地球ＳＯＳ」をはじめ、『火星王国』（四八・集英社）「空魔Ｘ団」（四九・『おもしろブック』連載）「南極の聖火」（五一〜五二・『少年』連載）「空中の魔人」（五二・『少年クラブ』連載）「宇宙王子」（五二・『おもしろブック』連載）「第二の地球」（五二〜五五・『少年』連載）「海底王国」（五三〜五四・『おもしろブック』連載）「銀星Ｚ団」（五四〜五五・同連載）「大暗黒星」（五五〜五六・『少年』連載）などが挙げられる。一方、西部物の代表作としては、「大平原児」（五〇〜五二）をはじめ、「ハリケーンハッチ」（五一）「黄金の河」（五一）「平原王」（五二〜五三）などが挙げられる。このほか、「キングゴリラ」（四七・ロマンス社『少年世界』連載、五二・『譚海』連載）や「密林の皇帝」（五四・小学館『中学生の友』連載）のような密林物も残している。

映像分野においては、「地球防衛軍」（五七）など一連の東宝特撮映画のメカニックデザインやストーリーボードなどを担当。中でも「海底軍艦」（六三）に登場した〈轟天号〉のデザインは現在でも評価が高い。また、六〇年代からプラモデルのボックスアートを手がけ、特に今井科学の〈サンダーバード・シリーズ〉（六七）は番組自体の人気とも相俟って大ヒットとなった。

【地球ＳＯＳ】長篇絵物語。四八〜五一年『冒険活劇文庫』『少年画報』連載。二十一世紀の原子科学時代、高度な科学力を有するバグア彗星人が地球侵略を開始。ベニー・カーターとビリー・キムラの二少年は、ベニーの伯父にして天文学者のブレスト博士を総帥とする地球科学陣や博士の息子のジェームスらと協力して地球の危機に立ち向かう。波瀾万丈のストーリーに加え、バグア彗星人の怪ロケット〈ヘルメットワーム〉や地球科学陣の開発した地底戦車〈スーパーモール〉など数々の未来メカが人気を呼んだ。『少年画報』編集長の退社に伴って突如連載中止となり、完結篇として「宇宙艦隊」（五二・『おもしろブック』）が読み切り短篇の形で発表された。〇六年に「Project BLUE 地球ＳＯＳ」の題名でテレビアニメ化された。　（久留）

小山春夫（こやま・はるお　一九三四〜）新潟県中頸城郡生。少年時代に山川惣治に憧れ、絵物語作家を志して十八歳で上京、少年画報社に住み込みで働いたのち阿部和助の弟子になる。五三年に数本の絵物語を『少年画報』に発表するが、病気療養のために帰郷、五六年に漫画家として再デビューする。武内つなよし、桑田次郎などのアシスタントを務めながら、「探偵若さま」（五六）「はやて剣之助」（五七〜五八）ほか自作の連載をこなす。六〇年、白土三平の「忍者武芸帳」に出会って衝撃を受け、以後、白土の影響を大きく受けた作風で忍者漫画を次々と発表。六三年には山田風太郎《忍法帖シリーズ》の第一作『甲賀忍法帖』（東邦図書出版社）を初漫画化し、少年向けゆえにエロティシズムは割愛されているものの、異形の忍者たちの奇怪な忍法による死闘を見事なビジュアル・イメージで描き出している。奇想天外な秘術を尽くした忍者同士のバトルを描いたオリジナルの忍者漫画には、「真田十勇士　猿飛サスケ」（六三〜六四・『週刊少年キング』連載）「かくれ忍者伊賀丸」（六四・『少年画報』連載）などがあり、白土タッチを少年漫画風に昇華させたこの時期のシャープな作風は評価が高い。六四年、白土三平にスカウトされて赤目プロ設立当初のメンバーとなり、白土の実弟・岡本鉄二と共に、「ワタリ」「カムイ外伝」など、主に少年向け白土作品の作画を担当する。六九〜七三年にかけては、「カムイ伝」以外の作品を描かなくなった白土に代わり、青年・成年誌をメインに〈小山春夫・赤目プロ〉名で作品を多数執筆。読み切り連作《忍び無残伝》（七一・芳文社『週刊漫画Times』）ほか、怪奇、幻想、抒情性、エロティシズムなどの要素がちりばめられた切れ味の鋭い短篇忍者漫画が、その代表的作品である。九年ほど在籍した赤目プロ脱退後も時代劇をメインに描き続けたが、七〇年代末頃のエロ劇画ブーム期には奇妙な蠟人形を使った女の復讐を描く「蠟の女」（七九・せぶん社『劇画艶笑号』）など、現代を舞台にした新境地の怪奇幻想エロ漫画を発表した。　（想田）

近藤ようこ（こんどう・ようこ　一九五七〜）新潟市生。国学院大学文学部史学科卒。新潟中央高校時代には同窓の高橋留美子と共に漫画研究会を設立して副部長を務めた。民俗学を学んだ大学時代に『ガロ』に投稿し、七九年に「ものろおぐ」が入選。同年『劇画アリス』（アリス出版）で「灰色の風景」にてデビュー。短篇連作「見晴らしヶ丘にて」（八四〜八五・実業之日本社『週刊漫画サンデー』）が八六年第十五回日本漫画家協会賞優秀賞受賞、「アカシアの道」（九五・『週刊漫画アクション』連載）が〇一年映画化された。ほかの代表作「ルームメイツ」（九四〜九六）は九六年にテレビドラマ化された。

　現代に生きる普通の人々の心理や人間関係を独自の視点から鋭く描き高い評価を得る一方、室町時代から江戸初期にかけての中世が舞台の伝奇物を好んで描き、幻想的な要素を多く取り入れている。シンプルな描線と日本の絵巻物のような平面的かつ大胆な空間処理が特徴の画風で、中世のおぞましい異形の姿も恐怖感だけでなく時にユーモラスな感覚で描き、寂寥感やエロスも感じさせる不可思議な世界を創り出している。

　近藤の本格的な時代物の発表が少女漫画誌『月刊ASUKA』になされたことは興味深い。時代考証をせず骨太なストーリーでと条件付けして描き上げた中短篇四作は『美《いつく》しの首』（八八・角川書店）としてまとめられた。大坂城落城時に拾った美しい男の首に恋して男を蘇らせる女を描く表題作のほか、「安寿と厨子王」では仏教説話〈さんせう太夫〉を下敷きにしながらも、厨子王を悪人として描き、殺された姉の安寿が弟を恨み地獄に落ちて化物となった様や亡霊たちをグロテスクに登場させるなど、全く別の物語に仕上げた。この後は代表作「水鏡綺譚」、原作を忠実に漫画化した描き下ろし長篇『説経　小栗判官』（九〇・白泉社）、説教節〈身毒《しんとく》丸〉を素材にオリジナルな物語として描いた「妖霊星」（九二〜九三・『ガロ』連載）など、日本の中世を描く数少ない描き手の一人として発表を続けている。

　ほかにも、生き別れた母を捜して旅する少年・蓮王丸が母として現れる様々な妖怪たちに翻弄される短篇連作「月影の御母《みはは》」（九七〜九九・『ネムキ』）では、母子の深い情愛を中世の母子神信仰とも絡めて描き出した。また、妊娠した妻への嫌悪が恐怖に変わる様を描いた「木霊《こだま》」などを収めた中短篇集『影姫』（九四・マガジンハウス）も、近藤ならではの現代の怪談集として印象深い。

【水鏡綺譚】短篇連作。八八〜九一年『月刊ASUKA』連載。山の狼に育てられたワタルが、記憶喪失の不思議な美少女・鏡子《かがみこ》と修行の旅を続け、護法童子や白比丘尼など様々な妖異に出会う。鏡子は観音の力で知恵の鏡を抱いて生まれた長者の娘であり、ワタルは観音の夢を見て、鏡子を家に送り届ける。連載誌では未完となり、十二年後の〇四年、描き下ろしが収められた完全版が青林工藝舎から刊行された。 (小西)

紺野キタ（こんの・きた ?〜）一九九一年「見えない地図」（偕成社『コミックモエ』）で第七回コミックファンタジー大賞めるへんめーかー賞を受賞し、デビュー。代表作は女子高の古い寄宿舎で起こる不思議な出来事を思春期の少女たちの心情と共に描いた短篇連作「ひみつの階段」（九五〜九八・偕成社『コミックFantasy』）、魔法使いと人間が共存する世界で、偉大な魔法使いの遺産を受け継いだ少女の成長を描く「Dark Seed—ダーク・シードー」（〇六〜〇八・幻冬社『Webスピカ』）など。 (有里)

さ行

さしすせそ

西岸良平（さいがん・りょうへい 一九四七〜）東京出身。立教大学経済学部卒。猪まんがスタジオ（飯塚よし照代表）に所属して四コマ漫画などを描いた後、「夢野平四郎の青春」（七二・『ビッグコミック増刊』）でデビュー。代表作として、人間と魔物が共存する鎌倉を舞台に一色正和・亜紀子夫妻の周囲に起きる不思議な事件を描く連作幻想ミステリ「鎌倉ものがたり」（八四〜二〇〇〇・『週刊漫画アクション』）、二〇〇〇〜・双葉社『まんがタウン』連載）、人語を話す猫ワニ丸と暮らす兄妹の少し怪奇な日常を描く《青春奇談シリーズ》（八一〜八三・『週刊漫画アクション』連載）、人々の夢を叶える魔法を販売するポーラー社のセールスレディを主人公とする「ポーラーレディ」（八五〜八七・『月刊スーパーアクション』連載）、奇妙な味わいのSF短篇集『タイム・スクーター』（八二・双葉社、表題作は八二・『漫画アクション増刊スーパーフィクション』）などが挙げられる。「鎌倉ものがたり」で第三十八回日本漫画家協会賞大賞（〇九）を受賞。その他の代表作として、昭和三十年代前後をノスタルジックに描いた「三丁目の夕日 夕焼けの詩」（七四〜・『ビッグコミックオリジナル』連載）がある。同作で第二十七回小学館漫画賞（八二）を受賞し、実写映画化（〇五年「ALWAYS 三丁目の夕日」、〇七年「ALWAYS 続・三丁目の夕日」）もされて注目を集めた。『三丁目の夕日 三丁目ファンタジー』（〇七・小学館）は同シリーズからSF・怪奇幻想系のエピソードをセレクトした作品集である。 (久留)

佐伯かよの（さえき・かよの 一九五二〜）本名新谷佳代乃（旧姓佐伯）。夫は漫画家・新谷かおる。山口県生。山口県立萩高校卒。十九歳で第四回りぼん新人漫画賞にSF「星空の夜には」が佳作入選、七二年「世界一幸福な男の話」（『りぼん増刊』）にてデビュー。代表作は女性漫画の「燁姫《あきひ》」（八四〜九一）、九四年に第二十三回日本漫画家協会賞優秀賞を受賞した「緋の稜線」（八六〜九九）など。華麗な絵柄と巧みなストーリーに定評があり、現在も活躍するベテランである。

　初期は当時の少女漫画では珍しかったSFを次々に発表して注目を集める。デビュー作「世界一幸福な男の話」、次作「地球最後の男の話」（七二・『りぼん増刊』）で物質電送機や冷凍睡眠装置が登場する未来世界を描いた後、佐伯は読者の少女に身近な舞台や素材を用いて心理的なサスペンス・ホラーを発表していく。同級生や隣人が宇宙人の侵略によって次々と別人のようになっていく「もしも…」（七三・同）、自分の願い事が現実となる超能力を持った少女が世界を滅亡に導く「午後5時1分前…!」（七三・同）、劣等生の美也子が突然天才的な頭脳を持ったために命を落とす「割れたカップ」（七四・『りぼん』）、パラレルワールドに迷い込んだ少女の混乱を描いた「迷路」（七四・同）などの一連の短篇は、次は自分の番かもしれないという恐怖や徐々に追いつめられていく心理をみごとに描き出して評判となった。

七〇年代後半からは作風の幅を拡げて、愛らしい人魚が登場する短篇連作の《人魚《マーメイド》シリーズ》（七七～七九・『りぼん』他）などコミカルなラブコメディも発表する。また、炎の中で蘇る不死の少女・流火《るい》の物語「炎の伝説」（七五・『りぼん増刊』）、映画「キャリー」をヒントに思春期の少女の破壊的な超能力を描いた「彩子《サイコ》」（八二・『プチコミック』）や続篇「紅いラプンツェル」（八四・主婦の友社『月刊ギャルコミ』）など、心理サスペンスの中短篇も印象深い。これら初期からのSFやファンタジー、ミステリなどを集めた傑作選として、十一篇を収録する『アリスの13時間』（八九・講談社）がある。

近作としては、新谷かおるが原作、佐伯が作画を担当した初の夫婦共作「Quo Vadis《クオ・ヴァディス》」（〇七～・幻冬舎Webコミック『幻蔵』『Webスピカ』連載）がある。吸血鬼と〈評議会〉と呼ばれる狩人《イェーガー》の闘いを描くサスペンス・タッチのファンタジーで、新たな境地を拓いている。（小西）

さがみゆき（さが・みゆき　一九四二頃～）京都生。初期の名義はさが・みゆき、八〇年代からはレディス誌にて官能的な作品を描いており、さがみ　ゆきを使用。青年誌でも執筆している。レディスコミック作家の英みちこは娘であり、さがのコミックス表紙なども描いている。

当初は美容師をしながら漫画家を目指し、六二年、大阪に編集部があった金園社発行の貸本アンソロジー短篇集『すみれ』に新人漫画賞大募集入選作「よろこびの天使」（瑳峨みゆき名義）が掲載され、デビュー。同出版社の貸本『虹』などを経て〈虹文庫〉長篇シリーズの執筆作家となり、『白い野いばらの道』などリリカルな作品を発表する。上京後は漫画家の池川伸治と結婚し、池川や杉戸光史らと〈太陽プロ〉に参加、短篇作品集『月夜』などでサスペンスを描くようになる。六七年にホラー作品「のろわれた花よめ」を『週刊マーガレット』にて連載、雑誌デビューを果たし、同年、怪奇漫画を多く出版して人気を得ていたひばり書房で初の怪談『狂った子猫』を発表後、同社の専属となり、《さが・みゆきサスペンス劇場シリーズ》の刊行を始める。自由奔放に好きなように描いたというさがのホラーは人気を博し、シリーズは全三十巻を数えた。貸本からB六判コミックスに移行後も《さがみゆき怪談シリーズ》二十五巻、《怪奇ロマンシリーズ》など多数の作品がある。ほかにロマンチックホラー『みじかくも美しい私』（曙出版）『人喰い屋敷』（東京トップ社）など。

さがのデビューした金園社の『虹』や『すみれ』は貸本の中でも洒脱で洗練された作風を誇り、自身も楚々とした美少女を主人公にした作品が多い。しかし、怪奇物ではその美しさとは違和感のあるキッチュで強烈な演出を行って奇妙な味わいを醸し出した。激しい嫉妬や恨みの描写も印象に強い。また〈四谷怪談〉や〈累ケ淵〉などの古典的な伝承や怪談をベースにして独自の発想で大胆にアレンジした作品も多い。六〇年代後半から七〇年代半ばの恐怖漫画ブームの中核を担う作家の一人である。（小西）

酒井七馬（さかい・しちま　一九〇五～六九）本名酒井弥之助。別名に街頭紙芝居用の左久良五郎、その他に伊坂駒七、多々良凡。大阪生。戦前はアニメーター、漫画家、戦後は児童漫画家、絵物語作家、紙芝居作家、編集者と多方面で活躍。戦前は翼賛組織の日本漫画奏公会の関西支部長、戦後は関西マンガマンクラブを結成するなど、漫画家後進の指導にも熱心で、大阪漫画界の重鎮的存在であった。特に戦後、手塚治虫のデビュー単行本『新宝島』（四七・育英出版）を発案し原案者として名を連ね、手塚治虫を世に送り出した人物として有名である。映画的手法を駆使したこの戦後漫画の金字塔といえる『新宝島』は、近年、手塚治虫と酒井七馬とでどう分担されて製作されたかが議論の的となっている。酒井の大幅な関与を肯定するものから否定するものまで侃々諤々の議論が繰り広げられているが、現在まで結論は出ていない。これにより、以前は、完全に影の存在であった酒井が一躍脚光を浴びた。しかし、酒井の作品は復刻本もなく、漫画作品となると現在でもまったく知られていない。酒井のSF漫画としては、実現はしなかったが、『新宝島』の次の手塚との合作予定だったマッドサイエンティスト物の『怪ロボット』『怪人ロケット魔』（共に四八・児訓社）、ジェット機のようなロボットが登場する『スピード魔』（四七・同）、姉妹篇の『海底魔』（四八・同）などがあり、題名通りスピード感溢れる漫画を発表していた。四八年頃から絵物語作品も発表し『風雲巴城』『怪傑鬼月』（共に四八・さかえ出版）などの時代物や、四九年には西部劇物の漫画、絵物語を多数発表し、映画的手法の完成をみる。その後、五〇年に街頭紙芝居作家に転身し、SF物の「鉄人ちびっこ」や怪物フランケンが登場する「恐怖のフランケン」など数多くの作品を発表。関東では五五年には街頭紙芝居は壊滅状態になるが、関西ではまだ健在で、関西最大手の貸元三邑会のところで六四年くらいまで街頭紙芝居を描き続けた。五四年から五八年には、『大阪日日新聞』で、可愛らしい鞍馬天狗似の少年が活躍する時代活劇漫画の「鞍馬小天狗」や「ボクは弁慶」などを連載する。六八年に漫画研究誌『ジュンマンガ』第一号を発行したが、肺結核のため六九年に大阪日赤病院で死去した。（高橋）

坂口尚（さかぐち・ひさし　一九四六〜九五）本名尚三。東京出身。六三年に虫プロに入社。六八年からフリーのアニメーターとして活動する傍ら、「おさらばしろ！」を第一話とする《シリーズ霧の中》（六九〜七〇・『COM』連載）でデビュー。代表作としては、文明崩壊後の世界に誕生した少年の姿を詩情豊かに描いた「魚の少年」（七〇・『希望の友』）、山羊飼いの老人が幻の都市に遭遇するメルヘン「いちご都市」（七〇・『COM』）、「たつまきを売る老人《おとこ》」を含む《シリーズ午后の風》（七九年・みのり書房『コミックアゲイン』連載）、オムニバス連作《闇の箱》（七九〜八〇・アリス出版『劇画アリス』連載）、ブラッドベリ「万華鏡」の本歌取りともいえる「流れ星」（七九・奇想天外社『別冊奇想天外・SFマンガ大全集』）、ギリシア神話をモチーフに独自の異世界を描いた「紀元ギルシア」（八七・『月刊スーパーアクション』連載）、学習・自己増殖能力を有するバイオチップ〈我素〉を通じて〈自我〉と〈言葉〉の問題を追究した長篇「VERSION」（八九〜九一・『月刊コミックトム』連載）などが挙げられる。その他、平井和正の原作（後に「狼の紋章《エンブレム》」「狼の怨歌」として発表）を漫画化した「ウルフガイ」（七〇〜七一・『週刊ぼくらマガジン』連載）、《12色物語》（八〇〜八二・『月刊コミックトム』連載）「石の花」（八三〜八六・同連載）「あっかんべェ一休」（九三〜九六・『アフタヌーン』連載）などの作品がある。小説家の瀬名秀明はデビュー作「パラサイト・イヴ」について〈坂口先生の『VERSION』という作品からインスパイアされて書かれた小説〉と述べている（角川ホラー文庫版『パラサイト・イヴ』の「謝辞、及び文庫版における変更点について」）。九六年「あっかんべェ一休」で第二十五回日本漫画家協会賞優秀賞を受賞。（久留）

坂田靖子（さかた・やすこ　一九五三〜）大阪府高槻市生。金沢市在住。同じく金沢在住の波津彬子、故花郁悠紀子、橋本多佳子らと共に同人誌活動をしていたことでも知られる漫画家。「再婚狂騒曲」（七五・『花とゆめ』）

でデビュー。〈ポスト二十四年組〉の一人とされる。ヴィクトリア朝イギリスを舞台にした「バジル氏の優雅な生活」（七九〜八七・『月刊LaLa』『LaLa増刊』他）で一躍人気作家となった。華美ではない、柔らかくシンプルな線が特徴のためか男性ファンも多く、その活躍は少女漫画誌のみならず早川書房『SFマガジン』『ミステリマガジン』、エニックス『ステンシル』など多岐にわたる。基本的に短篇作家であり、シリーズ作品も一話完結式もしくはオムニバス形式である。多作で知られ、中でもファンタジー作品の占める割合は高い。魔法・幽霊・喋る犬や猫といった異世界のもの、超常的なものが日常生活に紛れ込んで起きる騒動をスラプスティックに描くことを得意とする。

　ほのぼのとした作風だが、初期作品「オーガスティンの庭」（七九・『月刊LaLa』）では、幼い少女が復讐を果たす様を鬼気迫るタッチで描き、作品世界の幅の広さを十分に窺わせた。八二年より『デュオ』（朝日ソノラマ）にて掲載を開始し、後に『闇夜の本』としてまとめられた作品群ではファンタジー作家としての本領を発揮し、人気を博したが、中には母の幽霊が愛娘を危機から守る怪異譚「ジュラ」（八二）など怪奇色の強い作品も含んでいる。また「地下室のレディ」（八二・『リュウ』）では麻薬キノコによる幻影に怯える少年をサスペンス・タッチで描いている。画商を主人公にした絵や美術品にまつわる物語《マクグラン画廊シリーズ》（八五〜八六・新書館『グレープフルーツ』）には殺害された霊自身が殺人の顚末を語る「白い葡萄」（八六）といった作品もある。シリーズに先行して描かれた「孔雀の庭」（八三〜八四）は坂田にしては珍しい長篇シリアス作品であるが、イギリス貴族の没落を豪奢な館を舞台に、阿片による幻想的なシーンを交えて見事に描き出した。また、好奇心旺盛な妻とそれに振り回される夫の《マーガレットとご主人の底抜け珍道中》（八五〜九〇・『プチフラワー』）には旅先の海岸で伝説の都の王女に出会う「失われた都」（八八）、雷雨の中泊まった館で過去に紛れ込んだマーガレット自身が幽霊として扱われる「歩く思い出たち」（九〇）などの作品もある。

　ファンタジー以外のシリーズ作品にも時に幻想的、超常的な要素が入る坂田だが、ファンタジーの新境地を開いたのは八五年から『月刊コミックトム』に掲載された作品群であろう。特に《アジア変幻記》《珍見異聞》シリーズは日本・東南アジアを舞台に、自然と共存する良き時代の生活の中に怪異がありのままに存在し、日常生活の中に入り込む様を飄々と描いた。宗教的・哲学的テーマすら含有する独特の作品世界を築きあげた点は特に高く評価されている。

　その他、架空の〈水の森〉の住人たちの長閑な生活の中に起きる不思議な事件を描き、ファンタジーの二重構造ともなっている「水の森奇譚」（八九〜九八・MOE出版／偕成社『コミックモエ』『コミックFantasy』連載）、現代日常に潜む怪奇譚を描き共感性の高い、レディス誌掲載の作品群《ショート不思議ストーリーズ》『記念写真』『怪奇体験談』（九一〜九三・双葉社『ミステリーJour』）など、枚挙に暇がない。再録も含めて発行本の数も多く、選集なども発行されており、ファンタジーを語る上で絶対にはずせない作家であるといえる。

【闇夜の本】短篇集。全三巻。八二〜八五年『デュオ』掲載。少年誌に初めて掲載され、ファン層を広げたファンタジー作品集である。隣家の住人が狼男の「月界通信販売」、自分が死んだことに気づかないまま亡霊と行動する「非常識な死体」他、奇想天外な発想の多彩な短篇作品が収録されている。

【坂田靖子の本】短篇集。全三巻。八九〜九〇年潮出版刊。複数の出版社で多岐にわたって活躍する作者の作品を、発表時の出版社、発表年に関わらず《おばけや怪物のおはなし》《夢とまぼろしのお話》《てんやわんやのおはなし》というテーマごとにまとめた画期的なファンタジー作品集。上製本で発行され、短

篇作家としては異例の扱いといえる。（天野）

阪本牙城（さかもと・がじょう　一八九五〜一九七三）本名坂本雅城《まさき》。東京西多摩郡五日市町生。東京府立第二中学校卒。小学校の代用教員などを勤めたのち、新聞社に勤務する傍ら、風俗漫画、諷刺漫画、子供漫画を描く。三四〜三六年「タンク・タンクロー」を連載し、人気を博す。三九年、満州に渡り、敗戦の翌年に帰国する。戦後の作品には、『げんこつ和尚』（五五）などがある。のちに禅、水墨画に傾倒し、五六年からは漫画の筆を折って水墨画に専心。六九年、日本児童文芸家協会から児童文化功労者として表彰された。

【タンク・タンクロー】連作。三四〜三六年『幼年倶楽部』（講談社）連載。上下前後左右に八個の丸い穴のあいた鉄球状の胴体から、チョンマゲ頭と手足を出した豪傑タンク・タンクローが、海の向こうから攻めてきた怪人クロカブトと戦う。胴体の穴からは、銃器や日本刀、飛行機の翼やスクリューなど何でも突き出すことができ、万能のロボットのようにも見えるが、阪本にはおそらく、空想科学漫画を描くという意識はなく、年少者向けにナンセンス漫画を描いただけであったろう。しかし、キャラクターとストーリーとギミックの荒唐無稽さと楽しさは当時の年少の読者に強い印象を残し、ＳＦ漫画の源流のひとつになったと考えられる。（倉田）

桜野みねね（さくらの・みねね　一九七三〜）宮城県出身。九五年「マザードール」でエニックス21世紀マンガ大賞準大賞を受賞し、同作で『月刊少年ガンガン』（エニックス）にてデビュー。代表作「まもって守護月天！」（九六〜〇一・同連載）は、家族と離れて一人で暮らし、さびしい思いをしている七梨太助の許に父から送られてきた支天輪に宿る守護月天小璘《シャオリン》との心の触れ合いと恋愛模様を描くファンタジックなハートフル・コメディ。エニックスからマッグガーデンに移籍後、連載を再開した「まもって守護月天！　再逢」（〇二〜〇五・マッグガーデン『月刊コミックブレイド』、STUDIO TWO WINGS 共著）では、突如、絵柄が変わったため、影武者説が出たが、一人で描くことが大変になったためスタジオ形式にしたことが明らかになっている。九八〜九九年にテレビアニメ化。

（真栄田）

佐々木淳子（ささき・じゅんこ　一九五五〜）東京生。東京デザイナー学院アニメ科卒。樹村みのりや美内すずえなどの少女漫画家のアシスタントをしながら出版社への持ち込みや投稿を経て、七六年「キムのゆうれい」（『週刊少女コミック増刊』）でデビュー。当初からユニークなアイディアを元に完成度の高いＳＦ短篇を発表する。タイムパラドックスを扱った「リディアの住む時に…」（七八・同）や、他人の夢に入り込んだ少女の彷徨と帰還を描いた「赤い壁」（八〇・小学館『コロネット』）など短篇六作は『Who!—超幻想ＳＦ傑作集—』（八〇・東京三世社）に収められ、美内すずえをはじめ、山田ミネコなど他のＳＦ漫画家からも高い評価を得、その後を大いに期待された。

初の連作《ブレーメン5》（八〇〜八九・『週刊少女コミック増刊』『コロネット』『プチフラワー』）は五人の仲間が安住の地を求めて宇宙を旅するスペースオペラで、様々な星や宇宙生物との邂逅も含み、佐々木のＳＦ的な発想力の豊かさを示した。また同時期に連載を開始した「那由他《なゆた》」（八一〜八二・『週刊少女コミック』）は、輪《ジャルン》を付けて超能力を得た人間たちと宇宙人《アザドー》とのバトルを壮大に描いたハードＳＦであり、八六年にＯＶＡ化された。少女漫画の画風ながらも舞台となる宇宙空間や戦闘アクションなどに豊富なイメージと迫力があり、主人公たちの心理を繊細に描きつつ骨太なストーリーを着実に展開する手腕が幅広い層からの注目と支持を集めた。そして初期から異世界としての〈夢〉にこだわりを持つ佐々木が満を持して臨んだのが長篇ＳＦ「ダークグリーン」であり、「那由他」と共に代表作となった。そのほかに、現代と白亜紀を舞台に恐竜と人間の新たな歴史が創られようとするＳＦ「青い竜の谷」（九〇〜九三・『月刊ASUKA』連載）や、夢を媒介として女子高生の亜夢が異世界の戦士や恐竜に変身し闘いに巻き込まれるファンタジー「アイン・ラーガ」（九三〜九五・『増刊ASUKAファンタジーDX』連載）ほかがある。

【ダークグリーン】長篇。八三〜八八年『週刊少女コミック』『コロネット』連載。一九八X年に世界中の人間が同じ夢を見た。夢は〈R-ドリーム〉と呼ばれ、人間は敵対する異種生命体のゼルと闘い、その夢の中で命を落としていく。美大浪人生の北斗《ホクト》は〈R-ドリーム〉において最強の力を持つ少年戦士リュオンと共に闘い、リュオンが決して夢から目覚めないことに気づく。物語後半では〈R-ドリーム〉は植物の全体意識〈ダークグリーン〉が造り出した計画で、人類による環境破壊問題が全ての発端であったことが明らかになる。〇七年から無料ウェブ漫画サイト『MiChao!』（講談社）にて続篇「ディープグリーン」を連載しており、前作を含んで全三部作の構想がある。（小西）

佐々木マキ（ささき・まき　一九四六〜）イラストレーター、絵本作家。本名長谷川俊彦。兵庫県神戸市生。京都市立美術大学中退。六六年「よくあるはなし」（『ガロ』）でデビュー。『ガロ』や『朝日ジャーナル』に諷刺漫画などを描く。初期には様々な画風を試行錯誤していたが、まもなく持ち味であるシンプルな描線による様式的な画風を発展させ、丸みを帯びたフォルムを特徴とする自らの様式を確立する。内容的にも、生硬で観念的な寓話から始めて、どこかユーモアを感じさせる不条理の世界を描き出すという方向性を見出してからは、ほぼ一貫している。初期のファンタジー漫画に、倒すための象を求めて一つ目幽霊などがいる奇怪な町を彷徨するナンセンス物「巨大な象II」（六九・『ガロ』）、小宇宙が含まれる隕石を手に入れたピカール氏を巨大な目が観察する「六月の隕石」（七四・同）、続篇「J・J・ピカール氏の話の続き」（七七・同）など。エドワード・リアの詩を絵物語風に展開する「たわごと師たち」（七二・同）をはじめ、絵本的な傾向が強かったが、七〇年代後半から本格的に絵本を手がけるようになる。三田村信行、小沢正をはじめとする児童文学の装画・挿絵を描くようにもなり、特に三田村、小沢両者の不条理とユーモアに満ちた作品と佐々木の絵のイメージは深く結びつくことになった。また、村上春樹『羊をめぐる冒険』ほかの装画を手がけ、その仕事は絵本『羊男のクリスマス』（八五・講談社）に発展。春樹の〈羊〉イメージは佐々木の描くものと重なることになった。漫画の代表作に《ムッシュ・ムニエル》、絵本の代表作に、ねずみが旅先で様々な不思議（巨大になるきのこやお化けなど）に遭遇する《ねむいねむいねずみ》（七九〜・PHP研究所）、天然ココアを飲みに世界中から人々が集まる『変なお茶会』（七九・絵本館）、豚よりも足の遅い哀れな狼を描く『ぶたのたね』（九一・同）など。ほかにも多数の絵本がある。また、映画関係のエッセーも執筆している。

【ムッシュ・ムニエル】連作。福音館書店刊（こどものとも）。『ムッシュ・ムニエルをご紹介します』（七八）『ムッシュ・ムニエルのサーカス』（八一）『ムッシュ・ムニエルとおつきさま』（八六）の三冊がある。町の風景を言葉を排して描いた初期作品「ピクルス街異聞」「ディン・ドン・サーカス」（共に七一・『ガロ』）を発展させて、筋のある漫画（一コマが大きく、絵物語に近い）の形にした作品。「ピクルス街」でも主要人物であった山羊の魔道士がムッシュ・ムニエルであり、妖しげな呪文を唱えては魔法を駆使する。彼が巻き起こす珍妙でファンタスティックな騒動をユーモラスに描いている。（石堂）

ささやななえこ（ささや・ななえこ　一九五〇〜）本名佐川七重（旧姓笹谷）。デビュー時はささやななえ。九六年に改名。北海道芦別市生。七〇年『りぼんコミック』への投稿作品「かもめ―GULL―」にてデビュー。九〇年「おかめはちもく」（八一〜八九）で第十八回日本漫画家協会賞優秀賞、〇四年「凍りついた瞳」（九四〜九五、椎名篤子原作）によりエイボン教育賞受賞。

デビュー前後より萩尾望都らと親交があり〈二十四年組〉の一人に数えられる。初期には「私が愛したおうむ」（七四）や「真貴子」（七五）など、ウェットなタッチで思春期から青年期にかけてのアンバランスな心理状態を描いた秀作が多い。その人間描写の巧みさがコメディやホラーにも生かされている。七七年、横溝正史ブームの中で「獄門島」（『別冊少女コミック』連載）を漫画化、原作の持つおどろおどろしさの表現や探偵・金田一耕助の造形にも成功し、続けて同作の前日談「百日紅の下にて」（七七・同）も描いた。そして八〇年代にはオカルト・ホラー作品が創作のメインとなる。

〈曼陀羅〉の世界観を使った「化生曼陀羅」（八四・『プチフラワー』連載）では蛇の化身〈くんだり王〉を神と祀る旧家に近づいた女子大生・珠々子が巻き込まれるおぞましい出来事が語られる。高校生の道子と〈気〉を操る不思議な力を持つ血の繋がらない弟・清美が登場する「たたらの辻に…」（八七・『プチフラワー』連載）、その続篇「水面の郷・水底の守」（八八・同連載）は、二人を襲う奇怪な事件を民俗学の諸説に絡めたオカルト・ホラーである。このほか、クラスメートの男子を想う執念のあまり生霊となって付きまとう女子高校生のホラー「生霊《いきすだま》」（八六・『月刊ASUKA』連載）は、怪奇現象の起こるマンションを舞台とした「空《うつ》ほ石の…」（八六・『プチフラワー』連載）と共に〇一年「生霊」として映画化された。近作として全国から実話を集めた『現代百物語新耳袋』（木原浩勝・中山市朗著）の漫画化（〇一〜・メディアファクトリー『コミック新耳袋』）がある。

（卯月）

佐藤史生（さとう・しお　一九五二〜）宮城県出身。竹宮恵子、萩尾望都ら〈二十四年組〉のアシスタントをしながら漫画家を目指し、七六年「星の丘より」で『別冊少女コミック』第十一回別コミ新人賞に佳作入選し、七七年同誌にてラブコメディ「恋は味なもの!?」でデビュー。「星の丘より」は代表作である「夢見る惑星」につながっていく本格SFであり、壮大な作品の構想がこの時点である程度あったことを窺わせる。周囲の漫画家たちにも知られる豊富な知識と洞察力を持ち、竹宮、萩尾らに次ぐ本格的SF作品を描いた先駆的漫画家の一人として評価・人気共に高い。初期作品では時を超えたロマンをSFに織り込んだ短篇「金星樹」（七八・『別冊少女コミック』）や、同名の諷刺文学をモチーフに、遭難した宇宙船の中で病に冒された異形の人々を怪奇幻想的に描いた短篇「阿呆船」（八〇・奇想天外社『別冊奇想天外・SFマンガ大全集』）などがあり、完成度も高く男性のファンも多く獲得した。一方で自己存在への懐疑を主題にする文学的香りのする作品も多く、美貌と天才を持つ青年・清良《きよら》と彼を巡る人々の苦悩を描いた「この貧しき地上で」「青猿記」などの連作（八二〜八四・新書館『グレープフルーツ』）では近親愛や同性愛も含めた人間ドラマを、ギリシア神話のミノタウロスをモチーフにした夢の世界や、コンピュータゲームの要素を織り込んだ架空世界の中で表現した。その他の主な作品には、長篇SF「ワン・ゼロ」、近未来を舞台に原始的呪術の怪異を描いた「精霊王」（八八・『プチフラワー』連載、徳永メイ原案）などがある。二〇〇〇年の「魔術師さがし」（『プチフラワー』連載）の後、執筆活動を休止している。

【夢見る惑星】長篇。八〇〜八四年『プチフラワー』連載。古代文明発生以前の地球を舞台に、〈心話〉という特殊能力を持つ神官の頂点に立つ大神官に就いた主人公イリスが、予知されている大地震の災害から民衆を救うために宗教の力を使って〈遷都〉を行おうとする物語。発達した異星からの文明が古代文明以前に存在したことを暗示しながら、その進んだ科学とそれらを使いこなせないところに後退した人々の暮らしぶりなどをリアルに描いた壮大な長篇SFである。コロムビアからイメージアルバムも製作された。

【ワン・ゼロ】長篇。八四〜八六年『プチフラワー』連載。人間本来の欲を〈業《カルマ》〉として中和しようとする聖なる神々〈ディーバ〉に対して、本来あるべき自然のままに生きようとする〈魔《ダーサ》〉たちの闘いを描いた長篇ＳＦ。異母妹である摩由璃《まゆり》が〈アートマン〉として覚醒したが、運命を共にする筈のアストロッイン・都祈雄《ときお》は通常の人間であることに固執するという両者の葛藤を中心に据えている。都祈雄らの干渉により自我を持ったスーパーコンピュータの世界と仏教的な神と魔の闘いを幻想的に描く一方で、主人公たちの高校生としての近未来での現実的生活をリアルに描き出し、重いテーマを軽妙に仕上げた。なお、前身的作品に短篇「夢喰い」（八二・サンリオ『ニューファンタジーコミックの世界』）がある。（天野）

里中満智子（さとなか・まちこ　一九四八〜）大阪市生。六四年「ピアの肖像」が講談社の四雑誌合同企画「第一回少年少女漫画作品の懸賞募集」で入選し、『週刊少女フレンド』にてデビュー。十六歳の高校生漫画家の登場は社会的にも大きな話題となった。「あした輝く」（七二）「姫が行く！」（七三〜七四）で第五回講談社出版文化賞、「狩人の星座」（八二）で第六回講談社漫画賞を受賞。代表作に「アリエスの乙女たち」「あすなろ坂」「天上の虹」など。テレビドラマ化や映画化、舞台化された作品も多い。

デビュー前に最も影響を受けたのは手塚治虫や石森（石ノ森）章太郎のＳＦやファンタジーという里中のデビュー作は吸血鬼の少女が主人公であり、同時に投稿した短篇「ナイルの夕陽」（六七・講談社『別冊フレンド』）もタイムマシンが登場するタイムパラドックスを扱ったＳＦであった。その後も、悪魔の娘が天使の青年に出会うことで正しくやさしい心を持って死んでいくファンタジー短篇「銀のたてごと」（六四・『週刊少女フレンド』）、妖精の娘リリーが犯した罪をつぐなうために人間界で青年の命を助けて自らを犠牲にする「その名はリリー」（六五・同連載）、最終戦争後の世界を描いた近未来ＳＦ短篇「くらい空のはてに」（六五・同）など、単行本化は少ないものの、異世界や近未来を舞台とするＳＦや幻想的なテイストの作品を多数発表している。この時代の少女漫画誌にＳＦが掲載されること自体稀であり、先駆的な存在であった里中だが、あくまでも恋愛や家族愛といった人間ドラマを力強く前面に打ち出すことで、従来の少女漫画読者にも抵抗なく受け入れられる作品になっている。異母姉の恋人である宇宙飛行士テッドを愛した由花の真摯な愛を描いた百ページの中篇「銀河はるかに」（七〇・『別冊フレンド』）は、宇宙で消息不明になった恋人を思う主人公の心情を丁寧に描き出し、共感を呼んだ。

その後の里中は、戦時中の若者のひたむきな恋愛を描いた「あした輝く」をはじめ、恋愛物で次々とヒット作を生み出していく一方、人の幻想を実体化させる星を舞台に青年の愛を描いた「オリビア・オリビア」（七六・講談社『ビッグタレント３　里中満智子の世界』）といった本格ＳＦ短篇なども意欲的に発表する。中でも「海のオーロラ」は、歴史の流れに逆らえず引き裂かれる恋人たちが何度も転生を重ねて激動の時代を生きる姿をダイナミックに描き、代表作となった。

また、自身の原点回帰として取り組んだ《まちこの千夜一夜》（八六〜八八・『mimi』『mimi デラックス』『mimi カーニバル』）は、漫画の基本である十六ページのショートショートの連作である。一つとして似たもののない、多彩で豊かな作品世界を味わえるシリーズであるが、全五十二話のうち、半数以上が卓抜な着想から生まれたＳＦやファンタジーであることは、まさに里中の原点がそこにあることを示している。

【ピアの肖像】短篇。六四年『週刊少女フレンド』掲載。山中の古城に雨宿りしたマリアたちは美しいピアに歓待されるが、ピアの肖像画が二百年以上も前のものであることに気づく。ピアは古城に住まう吸血鬼の一族だったが、マリアの兄マイケルを愛したために彼らを助け、崩壊する古城と共に一族は壊滅する。吸血鬼の少女と青年のプラトニックな愛を描いたデビュー作。

【海のオーロラ】長篇。七八～八〇年『少女フレンド』連載。手塚治虫「火の鳥」に着想を得た作品。遥かな昔にムー大陸で愛し合いながら死んだルッとレイが、古代エジプト、卑弥呼のヤマタイ国、ナチス時代のドイツへと転生して出会いと死別を繰り返す。最終章では未来を舞台とし、宇宙の果てで二人は遂に結ばれる。運命に翻弄される恋人たちをその時代の史実に照らしながら描いた壮大な歴史ファンタジーである。（小西）

佐野絵里子（さの・えりこ　？～）一九八九年頃からイラスト等の仕事を始める。九四年「玉ぞちりける」がちばてつや賞前期に入選し、同年『モーニング』に掲載されたのがストーリー漫画としての商業誌デビュー作。九七年もアフタヌーン四季賞夏のコンテストで「さみだれの夜半」が佳作を、二〇〇〇年には「桜《はな》のいろは」で再びちばてつや賞後期の佳作を受賞している。歴史への興味が深く、絵草紙風の筆致で古典世界を幻想的に描いた作品で評価されている。特に平安時代を舞台にした「たまゆら童子」（〇一～〇四・リイド社『コミック乱』『コミック乱 Twins』連載）は歴史上の人物たちの許に不思議な童子が現れ、史実に隠された彼らの心理を絵巻物語のように描き出した快作である。巻末には作者の歴史解説が掲載され、造詣の深さが窺われる。ほかの作品に「源義経」（〇一～〇五・『コミック乱 Twins』連載）「時を翔ける絵師」（〇六～・ホーム社『幻想ファンタジー』断続連載）など。（天野）

沙村広明（さむら・ひろあき　一九七〇～）別名に竹易てあし。千葉県生。多摩美術大学油画専攻卒。同大学のマンガ研究会に所属し、多くの先輩漫画家から指導を受けている。九三年に、代表作でもある、死なない体を持つ剣豪卍《まんじ》の活躍を描くネオ時代劇『無限の住人』（九三～・『アフタヌーン』連載）でデビュー。同作品は九七年、文化庁メディア芸術祭マンガ部門で、〈古き良き劇画を受け継ぎながら、マンガ表現の一つの成熟度と達成度を示す意欲作〉との評価を受け、優秀賞を受賞している。また、〇二年にアメリカのコミック界において最も権威のあるアイズナー賞で最優秀国際作品賞を受賞するなど、海外での評価も高い。鉛筆で描いたものをコピーして使用した淡い絵が特徴的。〇八年にアニメ化。なお竹易名ではコメディ作品を発表している。（真栄田）

椎名高志（しいな・たかし　一九六五～）大阪府生。京都市立芸術大学卒。「Dr.椎名の教育的指導!!」（八九・『週刊少年サンデー』）でデビュー。「GS《ゴーストスイーパー》美神　極楽大作戦!!」（九一～九九・同連載）で九三年、第三十八回小学館漫画賞受賞。初期の作風は、宇宙人、妖怪、アンドロイドなど、SFやファンタジーの世界に属するキャラクターたちが、現代日本に違和感なく登場する〈日常生活ギャグSF〉とでも呼ぶべきもの。「うる星《せい》やつら」（高橋留美子）からの影響は明らかで、代表作「GS美神　極楽大作戦!!」は、そのエクソシスト版とすら呼べる作品であるが、悪霊や妖怪の退治を生業《なりわい》とするゴーストスイーパー・美神令子の助手である横島忠夫が成長するという点が「うる星やつら」とは異なり、この作品自身、オカルト・コメディの一典型となった。九三年にテレビアニメ化され、九四年には劇場版アニメが公開された。ほかの作品に、戦国時代の日本に未来人が介入する「MISTER ジパング」（二〇〇〇～〇一・同連載）、超能力者が社会的に活用されつつも恐怖と嫌悪の対象でもある近未来を舞台に、三人の超能力少女の成長を描く「絶対可憐チルドレン」（〇五～・同連載）などがある。（倉田）

JET（じぇっと　？～）高知県生。一九八五年「ロマンティックにゃほどとおい!」（徳間書店『月刊少年キャプテン』）にてデビュー。少年漫画風の力強いペンタッチで魅力的な男性キャラクターを描き、少女漫画誌に耽美的なオカルト・ホラーやスプラッタ傾向を持つ多数の作品を発表する。八六年から『ハロウィン』にてシャーロック・ホームズに素材を得たミステリ・タッチのアクション・ホラー《倫敦魔《ロンドンま》魍街《もうがい》シリーズ》を連作開始し、「綺譚倶楽部」と共に代表作となる。また自身の愛好する名探偵物《シャーロック・ホームズの冒険》《エラリー・クイーンの冒険》をはじめ、ミステリやホラー小説の漫画化を多数手がける。中でも横溝正史の《金田一耕助シリーズ》は十作以上が描かれた。近作では《アルセーヌ・ルパン》を〇七年より『ネムキ』で連載している。また、剣豪を主人公とする「柳生剣鬼抄」といった作品もあり、時代物とアクション・ストーリーを幻想的にアレンジした「十兵衛紅変化」（九〇～九七・『月刊ASUKA』『ミステリーDX』連載）では、荒木又右衛門の子孫の高広と少女さやかに転生した柳生十兵衛が巻き込まれる事件を描いた。ほかにヒトの魂を入れる人体型ロボットが主人公のSF「螺旋のアルルカン」（九九～〇二・『眠れぬ夜の奇妙な話』連載）など。ハーレクイン・ロマンスの漫画化作品も発表している。

【倫敦魔魍街シリーズ】連作。八六～九七年『ハロウィン』『ハロウィンX』『ミステリーDX』掲載。筋骨たくましい狼男のホームズと頭脳明晰な吸血鬼のワトソンのコンビがロンドンの街を舞台にオカルト的、怪奇的な事件を解決していく。兄ホームズの血を飲み自らも怪物化したことに恨みをいだく義弟の美青年フレデリックことモリアティー教授も登場する。

【綺譚倶楽部】連作。八五～〇二年『メディウム』『アニメージュコミックス』（徳間書店）、『眠れぬ夜の奇妙な話』『ネムキ』他に断続的に掲載。大正時代、新聞社〈綺譚倶楽部〉の記者である金大中小介とカメラマン久我雅夢の周りで起こる猟奇的、怪奇的な事件を描く連作。一見好青年だが阿片中毒などいわくありげな過去を持つ小介と、人ならざるものであり妖艶な容貌の雅夢が関わる事件は幻想的なものから人間の闇の部分を描く陰惨なものまで多岐にわたる。（小西）

宍戸左行（ししど・さこう　一八八八～一九六九）本名嘉兵衛。左行というペンネームは、左側通行の立て札から取られた。福島県生。県立福島中学卒。一二年、絵の勉強のため渡米し、キャノン画塾や通信教育で漫画を学ぶ。九年間のアメリカ滞在中、内村鑑三の弟であり、宍戸の中学時代の英語教師である内村順也と共同生活をする。アメリカでの生活については『ユーモア錠剤』（三〇・中央美術社）や『〈漫画漫談〉アメリカの横ッ腹』（二九・平凡社）などに窺うことができる。帰国後、東京毎夕新聞社に入社し政治漫画を描く。その後、やまと新聞、東京日日新聞社でも大人向けの漫画を描くが、帰国直後から児童向け漫画も手がけ、大正末期には、児童漫画家としても頭角を表す。児童向け漫画雑誌『漫画ボーイ』（漫盛社）の出版に関わり、創刊号の辞では、俗悪な漫画を駆逐せんとしてこの漫画雑誌を創刊するなどと気を吐いている。宍戸は、この雑誌で巻頭を飾る「太郎のボウケン」を載せ、まだ吹き出しはないが、西洋風な漫画で、後の「スピード太郎」の先駆的作品となっている。二六年には、下川凹天、麻生豊、柳瀬正夢らと共に〈日本漫画家連盟〉を結成する。同年、機関誌『ユウモア』を創刊し、編集に携わる。三〇年、部数拡大のため漫画部を設立したばかりの読売新聞社に移り、読売新聞の日曜版の付録として創刊された『読売サンデー漫画』誌上に代表作となる「スピード太郎」を連載。途中から『よみうり少年新聞』に移り三四年まで連載された。斬新なコマ割りとスピード感溢れる物語、全篇にわたって登場する空想科学的なガジェットなどにより、絶大な人気を得る。本作の成功をきっかけに児童漫画の新聞連載が盛んになった。政治漫画などの大人漫画を手がけていたことから、宍戸はそれまでの児童漫画よりも複雑化した物語を作り上げ、児童漫画のレベルを押し上げることになった。単行本は第一書房から三五年にB5判、クロス上製本函入り、オール四色という戦前では最も豪華な漫画本として出版された。戦後も一部中身を改稿し四九年に講談社から上下巻で出版。八八年には、戦前と同様なサイズで三一書房から復刻を出版。三一書房版は原稿に彩色された色を再現しており、宍戸の自由奔放な画を楽しむことができる。宍戸が導入したスピード感溢れる児童漫画は戦後も受け継がれ、大阪の赤本漫画の時代にも手塚治虫や田中正雄、酒井七馬らの作品に影響を与えている。「スピード太郎」以外の作品としては、『読売新聞』に連載した「パチンコ太郎」（三七）や「アコチャン日記」（四〇）、『少年世界』に連載し、レコード紙芝居にもなった「スピード三郎」（三二）などがあり、スピード感溢れる作品である。戦後も少年新聞に、ベビーキッズ的な主人公が登場するSF漫画「アトムの太郎ちゃん」（五〇）ほかを連載するなど精力的に作品を発表した。晩年は水墨画に新境地を拓いた。　（高橋）

紫堂恭子（しとう・きょうこ　一九六一～）佐賀市生。漫画家の牛島慶子は実妹。長崎大学教育学部卒。教職を経て、八八年「辺境警備」で『プチフラワー』にてデビュー。同作は中世ヨーロッパ風の異世界が舞台のファンタジーで、次作から連載化して九二年まで続いた。「グラン・ローヴァ物語」で九四年に星雲賞コミック部門を受賞。

トールキンの『指輪物語』に影響を受けたという紫堂のファンタジーは、地理や歴史背景を詳細に設定した緻密な世界が特徴である。また少女漫画らしい線の細い美しい絵柄ながらどこかとぼけた味わいを持つキャラクター造形が大きな魅力で、様々な人々の心の交流を丁寧に描く心温まる物語が幅広い読者の支持を得た。ほかのファンタジー作品に「オリスルートの銀の小枝」（九五～九七・『ファンタジーDX』連載）、「癒しの葉」（九七～二〇〇〇・『ファンタジーDX』『月刊ふぁんデラ』連載）、「王国の鍵」（〇二～〇四・『月刊ASUKA』連載）などがある。また「ブルー・インフェリア」（九四～九五・『月刊コミックトム』連載、〇一年単行本描き下ろしで完結）は伝染病が蔓延し人口が激減した近未来が舞台のSFで異彩を放った。〇六年からは無料ウェブ漫画サイト『MiChao!』（講談社）にて本格ファンタジー「聖なる花嫁の反乱」を連載中。

【辺境警備】連作。八八～九二年『プチフラワー』連載。都から遠く離れたのどかな辺境警備隊に左遷されたヒゲの〈隊長さん〉こと不良中年のサウル・カダフを中心に日々を描く。美青年の〈神官さん〉ことジェニアス・ローサイ、黒呪術師《ドラティア》のカイルや〈兵隊さん〉らとのコミカルなやりとりから次第に奥深いファンタジーの世界に展開する作風が新鮮で、紫堂の魅力を十二分に発揮した出世作となった。本作の番外篇として、千年前にエルディア救世王に倒された冥王が蘇る事件を描いた「星が生まれた谷」（九六・『ファンタジーDX』連載）がある。また「グラン・ローヴァ物語」や「東《エド》カール・シープホーン村」（〇一～〇二・ホーム社『コミックアイズ』、『月刊ASUKA増刊　紫堂恭子ファンタジックワールド』）と共通の世界観を持つ。

【グラン・ローヴァ物語】長篇。八九～九三年『月刊コミックトム』連載。神聖獣や精霊、人間が共存する太古の世界の規範が変化した時代の壮大なハイファンタジー。元詐欺師のサイアムは、ある風変わりな老人と出会う。老人は〈グラン・ローヴァ〉と呼ばれる大賢人として人々を導く身でありながら、ありがたい教えを説くわけでもない。この老賢人と旅を共にすることになったサイアムは、〈精霊と世界を脅かす〉と予言される〈銀晶球〉の力を偶然に得てしまう。人ひとりには手にあまる偉大な力を、封印せんとサイアムを殺そうとする精霊や利用しようとする権力者たち。サイアムはその運命の重責に堪えきれず、自らを取り囲むように木に封じて死を選ぼうとする。しかし〈グラン・ローヴァ〉の諭しにより救いを見いだしたサイアムは、〈たそがれの地〉へと去った老賢人の志を継ぎ、新たなる〈グラン・ローヴァ〉として生きていく決意をする。　（小西）

篠塚ひろむ（しのづか・ひろむ　一九七九～）福岡県生。九九年「卓球少女」（小学館『ちゃおデラックス』夏号）でデビュー。小学生が対象の少女漫画誌『ちゃお』を中心に、愛らしい絵柄で明朗活発な少女を主人公にしたコミカルな物語を発表し活躍している。〇一年三月号に発表した短篇「ミルモでポン！」が同年秋から連載化、〇二年に『わがまま☆フェアリー　ミルモでポン！』としてテレビアニメ化されて共に大ヒットする。放映は三年半続き、少女漫画原作の少女向けアニメ作品としては長期の放映となった。〇二〜〇六年にはゲーム化され、八タイトルを数える。〇三年第二十七回講談社漫画賞児童部門、及び第四十九回小学館漫画賞児童向け部門をダブル受賞した。ほかの作品に、主人公りなが双子の美少年の家に居候して性格の悪い巨大プリンの妖怪〈プリンちゃん〉と恋の争いを繰り広げるラブコメディ「恋するプリン！」（〇六〜〇八・同連載）などがある。

【ミルモでポン！】連作。〇一〜〇六年『ちゃお』連載。同作の大ヒットで『ちゃお』の発行部数は〇二年に百万部を突破、少女漫画誌でトップとなった。また、アニメのキャラクターデザインの音地正行や作画監督の一人である岩佐とも子などの〈スタジオ雲雀〉によってテレビアニメ版をベースに漫画化され、『幼稚園』『めばえ』『学習幼稚園』（全て小学館）で連載され（〇二〜〇五）、人気を拡大した。物語は、主人公の中学一年生の少女・楓と、おまじないのマグカップから呼び出された恋の妖精ミルモを中心にしたラブコメディである。ミルモは愛らしい二頭身の姿にへそ曲がりな性格を持ち、魔法を使って楓の恋を叶えるために人間界に住むことになる。また、楓が思いを寄せる同級生や恋のライバルたちにもそれぞれ異なる妖精がパートナーとして付く。読者の少女たちと等身大の学園ドラマに可愛い妖精たちの大騒動が加わった、健康的で楽しい作品である。（小西）

篠原烏童（しのはら・うどう　？〜）一九八五年「妖獣の門」（『ハロウィン』）でデビュー。アクション・シーンに長けた確かな画力、輪郭のくっきりした華やかな絵で人気が高い。代表作は返還前の香港を舞台に、主人公・阿樹の中にいる別人格・灰暗が神獣・麒麟と共に気の乱れによる混乱を防ごうとする長篇ファンタジー「週末に会いましょう」（九七〜〇一・『眠れぬ夜の奇妙な話』連載）、江戸時代を舞台にした異色オカルトロマン「不法救世主《イリーガル・メサイア》」（九二〜九四・『ハロウィン』連載）、植物から生気を貰う菜食主義の吸血鬼という変り種を描いた「純白の血」（八八〜九〇・同連載）など数多い。生真面目で純粋な主人公に対して、有能な男性が庇護的立場になるといった仄かな同性愛要素を漂わせるのも特徴の一つである。細やかに描かれた架空の動物がテレパシー能力を持ち、主人公のパートナーとして物語上の重要な役割をになうことも多い。メタモルフォーゼへのこだわりも見られ、現在まで続いている連作長篇「ファサード」（九〇〜・新書館『Wings』）では主人公〈ファサード〉が一つの身体を複数の超生命体で共有し入れ替わる。そのことが時と場所を越え各世界で様々な人間模様に出会うという物語に幅を与えている。「純白の血」ではイメージアルバム、「ファサード」はドラマCDも発売されている。全般に誠実な作家性が反映した佳品を描き続け、多くのファンに支持されている作家である。（天野）

篠原千絵（しのはら・ちえ　？〜）神奈川県生。一九八一年、歴史ミステリ「紅い伝説」（小学館『コロネット』）でデビュー。獣に変身する能力を持つ少女を巡るサスペンス「闇のパープル・アイ」（八四〜八七・『週刊少女コミック』連載、九六年テレビドラマ化）で八七年第三十二回小学館漫画賞を、古代ヒッタイト王国に魔術で呼び寄せられた少女の数奇な運命を描く歴史ファンタジー「天《そら》は赤い河のほとり」（九五〜〇二・『少女コミック』連載）で〇一年第四十六回小学館漫画賞を受賞した。古代のウイルスに感染して超能力を得た双子の姉妹が敵味方に別れて戦うホラー「海の闇、月の影」（八七〜九一・『週刊少女コミック』連載）、人食い鬼一族の復活を巡る伝奇ロマン「蒼の封印」（九一〜九四・『少女コミック』連載）など、避けようのない運命に立ち向かうヒロインと、彼女を心から愛し支える男性との愛の成就をテーマに、スケ

ールの大きいドラマチックな物語を発表し続けている。また、ライトノベルも執筆している（本篇参照）。（卯月）

柴田昌弘（しばた・まさひろ　一九四九年〜）三重県松阪市生。成蹊大学卒。同じ漫画サークルに所属する先輩である和田慎二が既に活躍していた『別冊マーガレット』に投稿した「白バラの散る海」（七三）でデビュー。二年後には早くも代表作となる短篇「紅い牙　狼少女ラン」（七五・同）を発表、当時の少女漫画誌の流行におもねることのない、男性作家としての持ち味を生かしたダイナミックなハードSFが新風を起こす。本格的なメカニックデザインを少女漫画に持ち込んだことも画期的であった。同作は絶大な人気を博し、《紅い牙》シリーズとして、掲載誌を移りつつ十一年に渡って発表された。その後、少年誌・青年誌に活動の場を移し、「ラブシンクロイド」（八一〜八六・白泉社『少年ジェッツ』『月刊コミコミ』連載）「斎女伝説クラダルマ」（九〇〜九六・『ヤングキング』連載）ほか、SF、伝奇アクションなどの意欲作を次々と発表。〇八年、護衛メイドであるサライが活躍する伝奇ロマン「サライ」（九八〜〇八・同連載）の完結を区切りとして休筆を宣言、同年より京都精華大学マンガ学部の非常勤講師に就任した。

【紅い牙シリーズ】中長篇連作。七五〜八六年『別冊マーガレット』『デラックスマーガレット』『花とゆめ』掲載。古代超人類の遺伝子を持ち、狼に育てられた超能力少女ランの、巨大組織〈タロン〉との孤独な戦いを描いた四部作《紅い牙》と、〈タロン〉が差し向けた刺客であるサイボーグ・ソネットの物語をメインとした長篇「紅い牙　ブルーソネット」の、大きな二つのパートからなるシリーズとなっている。登場人物の悲痛な背景や、やりきれない孤独感・無常観といったものは柴田作品に特徴的であるが、とりわけソネットの、スラム街で育ち、実の母親から売春を強要されたショックで超能力に目覚め、結果的にではあるがその母親を殺してしまうといった壮絶な過去エピソードは、当時の少女漫画においてはかなりショッキングなものであった。が、それゆえに当初敵対関係にあったランとの戦いの中でかつて人間であった時の感情を取り戻し、真実の愛に目覚める姿は、読者に大きな感動を呼んだ。（岸田）

島田啓三（しまだ・けいぞう　一九〇〇〜七三）本名啓蔵。東京本所生。尋常小学校卒業後、働きながら独学で漫画を学び、一七年『万朝報』に投稿した作品が入選となる。川端画学校に学んだ後、北沢楽天に師事。二八年頃に『朝日新聞』の懸賞子ども長編漫画に一位入選し、児童漫画の世界に入る。代表作は、『少年倶楽部』に連載し、田河水泡の《のらくろ》に迫る人気を誇った《冒険ダン吉》（三三〜三九、連載当初は絵物語）。南方に漂流した少年ダン吉が、賢いネズミのカリ公を相棒に蛮人たちの王様となる、明朗な冒険物である。戦後も多数の冒険物、SF、ファンタジー作品を発表、六〇年代まで活躍した。

島田の漫画におけるSF、ファンタジー要素は、ロボットや奇抜な発明品、あるいは仙人の世界や天上界からもたらされた魔法的な道具といったガジェットと、民話や伝承文学を元にした異世界や宇宙等の別世界巡りの趣向の二つに大きくまとめることができる。「冒険ダン吉」のキャラクターであるネズミのかりこうや、ダン吉の幼い分身である少年たちが冒険を繰り広げるというパターンが多く、主なものに次の作品がある。SF的ガジェット満載の「ふしぎな旅行」（四六〜四七・少年タイムス社『少年タイムス』連載）、少年が搭乗型ロボットに乗って活躍する『ガソリン人形』（四八・東山書房）、ロボットを操る悪の集団と発明家のグループの戦いを、怪力薬や透明マントなどのガジェット合戦風に描いた『謎の黒人形《ブラックドール》』（四八・同）、仏様によって日本に送り出された悟空と八戒の冒険を描いた「珍訳西遊記」（四九〜五〇・新生閣『漫画と読物』連載、後に「空飛ぶ孫悟空」と改題）、当時流行した河童物の「かっぱの七郎」（五四・『少年クラブ』連載）、SFガジェット版〈冒険ダン吉〉ともいうべき「わんぱく大王」(五四・『おもしろブック』連載)、少年が空飛ぶ多機能ロボット馬で異世界巡りをする「ふしぎなもくば」(五五〜五七・『小学二年生』『小学三年生』連載、後に「ふしぎな木馬」と改題)、発明家の博士と少年が河童の国や天狗の国を見聞する「びっくりたんけんたい」(五七〜五八・『小学三年生』連載)、もともとは仙人の持ち物だった魔法の杖が巻き起こす騒動を描く「おさるのつえ」(五七〜五九・『小学二年生』『小学三年生』連載)、ロケットで宇宙に行って雷や天使に出会ったり、奇妙な病気を治す薬を求めて旅したりと、波瀾に富んだ冒険物「かりこうの冒険」(五八〜六〇・『小学二年生』『小学三年生』連載)、仙人がお礼にくれた、描いたものが本当になる魔法のクレヨンや、吹くと相手が小さくなったり大きくなったりする不思議なラッパ、雷の世界を観光しておみやげに買った天候を操作するうちわなど、様々なガジェットを使っての騒動が繰り広げられる「ゆかいなだんちゃん」(六〇〜六二・『小学一年生』『小学二年生』連載)など。二〇〇〇年、一連の作品に対して第二十九回日本漫画家協会賞が贈られた。（石堂）

清水崑（しみず・こん　一九一二〜七四）本名幸雄。長崎市生。長崎市立商業学校卒。学生時代に岡本一平の漫画に倣って似顔絵を描き始める。三一年上京し、街頭での似顔絵描きを経て、三三年『文藝春秋』に一コマ漫画でデビュー。〈新漫画派集団〉に参加し、絵物語「東京千一夜物語」(三七〜三八)を『新青年』に連載。戦後は新聞などで時事漫画や似顔絵を描き、後に朝日新聞社嘱託となった。火野葦平の河童小説集『河童』(四九・早川書房)の挿画・装幀を手がけた頃から、河童の絵を描き始める。五一年『小学生朝日新聞』の創刊と同時に「かっぱ川太郎」の連載を開始。同作は愛らしい子河童たちや呑気な大人河童たちの日常をユーモラスに描き出したもので、五四年にアニメ化もされている。さらに「かっぱ天国」(五三〜五八・朝日新聞社『週刊朝日』連載)のヒットによって、河童物の流行を招いた。清水の河童は、素朴な家庭生活を中心に、自然豊かな牧歌的村落での生活を描いた擬人化物の一種であり、物語自体が怪奇幻想性を特に有しているわけではないが、愛すべき河童のイメージを広く流布させたことは特筆すべきであろう。殊に五五年より黄桜酒造が清水崑の河童を宣伝用のキャラクターとして使用するようになってからは、テレビコマーシャルでも河童アニメが放映され、清水崑の河童は国民的なキャラクターの一つと言えるものになった(なお、清水の没後には小島功が河童のキャラクターを描いている)。ほかの河童物に「子守の合唱」(五四・『朝日新聞』連載)「かわいいかっぱ子」(五七〜五九・『小学二年生』連載)など。そのほかのファンタジーに、民話的モチーフに彩られた中国物の絵物語連作『王《ワン》さん』(四九・新日本教育文化研究所)などがある。（石堂）

清水玲子（しみず・れいこ　一九六三〜）兵庫県生。熊本市で育つ。「三叉路物語《ストーリー》」(八三・『LaLa 2月大増刊号』)でデビュー。初期作品からラブコメディにSF要素を入れていた清水だが、高性能のロボット・ジャックを主役に、人間の女性とロボットの恋を描いた「メタルと花嫁」(八五・『LaLa増刊』)以降SF色を強め、初の連載となった「竜の眠る星」(八六〜八八・『月刊LaLa』)で人気を確立した。代表作「月の子 MOON CHILD《ムーンチャイルド》」「輝夜姫《かぐやひめ》」など主要な作品のほか、「パピヨン」(九三・同)では〈プラナリア〉のように分裂して増える異星人を描き、「MAGIC《マジック》」(九六・同)では人間に先祖返りを引き起こさせる異星を舞台にするなど、奇抜な着想を活かしたSFファンタジーを得意とする。大きな特徴としては、特殊な状況下で生まれた、外見は全く同じ二人や三つ子、クローン、実際の人間をモデルにしたロボットなど、メインに対してのスペア、オリジナルに対してのコピーとして扱われる側の心理にスポットを当て、自らの存在意義に対しての劣等感や、他者との関係で生じる葛藤や愛憎を描くことが多いという点が挙げられる。またこうしたSF設定の中に永遠の愛や秘められた思いなど、少女漫画ならではの抒情性を織り込むことで読者の支持を得ている作家である。画家のミュシャの影響が窺える流麗な絵で知られる一方、殺害された遺体の内臓までも細密に描き出すような〈醜の美〉的アンビバレンツな表現が読者に強い印象を与え、その画力は高く評価されている。生体科学方面への興味を窺わせていた清水が、その本領を発揮した「秘密《トップ・シークレット》」（九九〜・白泉社『MELODY』連載、〇八年アニメ化）は、死者の脳を取り出し、死の直前までの脳内の画像を再生して事件の謎を解くという斬新な着想の近未来SFであるが、猟奇犯罪を起こす心理の闇の追及が一話完結の物語形式でまとめあげられ、話題作となった。〇二年「輝夜姫」で第四十七回小学館漫画賞受賞。

【ジャックとエレナ・シリーズ】連作。八五〜九二年『月刊LaLa』『LaLa増刊』掲載。高性能のロボット・ジャックとエレナを主人公に、人間に近い感情をもちながら、永遠に再生され続けるがゆえの悲哀や葛藤を描いた。「竜の眠る星」は殺人ロボットであったエレナの過去の一つが明らかになる物語で、地球の太古を再現したような恐竜のいる異星で二人が政争に巻き込まれていく長篇。ジャックは初期から作者の思い入れが強いキャラクターで、ロボットとしての最初の登場は「メタルと花嫁」だが、刑事の魂が犯罪組織の一員に入り込んでしまう「チェンジ」（八四・『LaLa増刊』）でも主役として使われている。「ミルキーウェイ1」（八六・『月刊LaLa』）「22XX」（九二・同）など作品多数。

【月の子 MOON CHILD《ムーンチャイルド》】長篇。八八〜九二年『月刊LaLa』連載。月に住む人魚族が産卵のために地球に戻ってくるが、地球は環境が破壊され危機的な状況にあった。八〇年代の地球上で起きたチェルノブイリ原発事故など現実の事件を取り込みながら、主人公である人魚族の三つ子同士の愛憎に、地球の存亡という大きな物語が絡み合った詩情溢れるファンタジー。〇二年舞台化。

【輝夜《かぐや》姫《ひめ》】長篇。九三〜〇五年『月刊LaLa』連載。天人伝説の残る不思議な島で育てられた少年たちは、世界の要人たちに臓器を提供するために生かされていたクローンでありドナーだった。竹林に棄てられていた少女・晶《あきら》を主人公に、政治的な思惑に振り回されながらも自らの生を生きたいと願う元ドナーの少年少女たちの壮絶な怒りと闘いを描いた物語。生の意味や愛と寛容を問う深遠なテーマ、さらには月と地球という天体の存在意義まで見据えてまとめあげた壮大なSFファンタジー作品。〇三年ドラマCD化。（天野）

謝花凡太郎（しゃか・ぼんたろう　一九〇二〜六三）本名殿木眞三。東京下谷区生。慶応義塾大学卒。三三年から五五年頃まで活躍した漫画家。漫画家同士の付き合いも少ないことから経歴など不明で、長い間、謎の漫画家とされていた。三谷薫氏（経葉社）の調査により詳しい経歴などが判明し『風刺画研究』第四十九号（二〇〇五・美術同人社）に発表されている。江戸時代から続く日本橋の砂糖商「横田屋」の四男として生まれ、書を西川春洞に学んだ。雅号は春洋。殿木春洋として書道では知られている。四〇年頃から雑誌『書道』の編集に従事。同年から滝野川区中里町の聖学院中学校で書道の非常勤講師として教え、没年まで在職する。作品としては戦前・戦後と中村書店の描き下ろし単行本を多数執筆。三三年「びっくり突進隊」でデビューする。戦前は、大城のぼる、新関健之助と共に中村漫画の三羽烏の一人。物語は大城、絵は新関が秀でていたが、謝花は巧みな絵とナンセンスなギャグを得意とし、戦前における中村漫画最大の人気漫画家となる。数多くのユーモラスで幻想的な漫画を出版した。代表作には『魔法の昭ちゃん』（三四）『まんが川中島』（三六）『まんが発明探偵団』（三七）『勇士イリヤ』（四一、旭太郎原作）などがあり、戦後も『漫画少年』に「魔法の杖」（五四）や「かんしゃ坊居士」（五四〜五五）などの連載や描き下ろし単行本『弥次喜太まんが道中』（四九）『大冒険騎士　ワンチャンのドン・キホーテ』（四九）『耳なし芳一』（五五、小泉八雲原作、以上全て中村書店）など多数の作品を描くが、戦前のような作品が描かれることはなく、枯れた感じとなった。（高橋）

ジョージ秋山（じょーじ・あきやま　一九四三〜）本名秋山勇二。東京生。生後間もなくより栃木県足利市で育つ。漫画家を目指して上京し、森田拳次に師事。「嵐と忍者」（六〇・東邦漫画出版社『風魔』、秋山勇二名義）でデビュー。「パットマンX」（六七〜六八・『週刊少年マガジン』連載）で六八年第九回講談社児童まんが賞、「浮浪雲」（七三〜・『ビッグコミックオリジナル』連載）で七九年第二十四回小学館漫画賞受賞。ペーソス溢れるギャグ漫画を得意とするが、現代を舞台とする「銭ゲバ」（七〇〜七一・『週刊少年サンデー』連載）、飢餓に苦しみ人肉食が横行する中世を舞台とする「アシュラ」（七〇〜七一・『週刊少年マガジン』連載）で人間のモラルの極限を問い、読者に衝撃を与えた。ほか、「花のよたろう」（七四〜七九）「ピンクのカーテン」（八〇〜八三）など多数の作品がある。

【ザ・ムーン】連作長篇。七二〜七三年『週刊少年サンデー』連載。魔魔男爵は、神なき時代に正義を行うべく巨大ロボット〈ザ・ムーン〉を発明し、それを九人の少年少女たちに託す。正義とは何かを真摯に問うている作品だが、〈連合正義軍〉の特異で不気味な姿や、宇宙から来たカビに世界が覆われ人類はなすすべもなく滅びゆくことを暗示する結末などに、暗鬱な幻想性が認められる。九人の思念が一致しないと動かない巨大ロボットは、ゲシュタルト生命の比喩のようでもある。（倉田）

白川まり奈（しらかわ・まりな　一九四〇〜二〇〇〇）本名仁俊《きみとし》。別名に影森奇蝶。長崎県佐世保市生。武蔵野美術大学中退後、好きな史跡や古墳を見るため関西に住み着き、七二年、描き下ろし単行本『吸血伝』（曙出版）で漫画家デビュー。近世南フランスの田舎村で吸血鬼の姉弟ミレーヌとフレデリックが村人たちに虐殺される〈伝説編〉、ひっそりと現代に生きる吸血鬼一族の異端児が禁忌を犯して次々と人を襲う〈現代編〉、奇病・吸血鬼病が蔓延する未来、吸血鬼と化した愛妻を手にかけ絶望した宇宙パイロットが死地に選んだ月世界でミレーヌと出会う〈宇宙編〉からなるこのデビュー作は、ラストシーンが冒頭へとつながる閉じた宇宙をわずか二百余ページに詰め込むという離れ業で、さらに『続吸血伝―吸血列島―』『吸血狩り』『吸血大予言』（七三〜七五・同）と続き、四部作の代表シリーズとなった。同シリーズに加え、円盤に乗って地球にやって来た宇宙キノコが人間に寄生していく終末SF『侵略円盤キノコンガ』（七六・同）ほか《円盤シリーズ》三部作、「平家物語」に材を採った怪談『妖霊島』（七三・同）など、合計十冊の怪奇漫画単行本を七六年までに描き下ろし、十年ほどのブランクのあと、『怪奇!!猫屍鬼《ニャンシー》の街』（八六・ひばり書房）など三冊を発表。その後、漫画執筆からは遠ざかり、イラストレーター、妖怪史研究家として活動、九四年に妖怪研究書『妖怪天国《パラダイス》』（KKベストセラーズ）を上梓した。非常に寡作で作品数は少ないものの、民俗学、神秘主義、UFOなどに精通し、その知識を駆使して伝奇的世界から終末までを射程に入れたリアリティのある作品世界を創り上げる手法は、先駆的であり、しかも高い完成度を持っていた。後年になって再評価され、九八年には『どんづる円盤』（七五・曙出版）を併載した復刻版『侵略円盤キノコンガ』（太田出版）が発行され、カルト的人気を得ている。（想田）

白土三平（しらと・さんぺい　一九三二〜）本名岡本登。別名に黒川哲、黒川新、ノボルなど。父はプロレタリア画家の岡本唐貴、弟は初期より白土作品の作画を手伝い「カムイ伝　第二部」でクレジットされた岡本鉄二、妹はイラストレーター・絵本作家の岡本颯子、妻は童話や漫画原作、作詞などを手がけた李《り》春子《はるこ》。四六年に練真中学校を中退したのち山川惣治の紙芝居を複製する仕事を始め、やがて「ミスターともちゃん」「かちぐりかっちゃん」など自作の紙芝居を発表。その後は〈日本子供を守る会〉の機関紙での四コマ漫画「まもるチャン」（五六〜五七）の連載や牧かずまのアシスタントなどを経て、貸本単行本『こがらし剣士』（五七・巴出版社）で本格デビューする。当初は手塚治虫の影響を受けた漫画っぽい絵柄で、『こがらし剣士』には人を化かす狸や雷を呼ぶ大蛇が登場するなど、内容的にもリアリズム以前の漫画的ファンタジー性を持っていた。あらゆる病気を治す黄金《こん》色《じき》の花を探して旅する、病気の母を持つ少年かげろう剣士、不思議な術を使うドングリ太郎、黄金色の花の妖精などが登場し、炎や風を吹き出す怪物・風魔童子との闘いを繰り広げる『黄金色の花』（五八・日本漫画社）や、黒人との混血児で、肌が黒いせいでいじめに遭う少女を不憫に思った養父が、神様に願いをかけて少女の肌を白くしてもらう『からすの子』（五九・同）などが最も初期の作風に属するファンタジー系作品で、以後も青年剣士に助けられた狐が美女に化けて青年に居合いの極意を教える「狐塚」（五九・東邦漫画出版社『影法師』）、ね太郎とツグミのコンビが天馬に乗って天上界に行ったり、地獄の鬼を頓智でやり込めたりする楽しい民話作品「2年ねたろう」（六二〜六三・『小学二年生』連載、「2年ね太郎」と改題）、「今昔物語集」から三篇を翻案した「鬼」（六三・小学館『ボーイズライフ』）と流れは続くが、これらは傍流であり、白土のメインはいうまでもなく忍者漫画である。デビュー作に続いて同年十一月に長篇『甲賀武芸帳』（五七〜五九・日本漫画社）を発表、翌年からは雑誌と貸本の両方を舞台にして「霧の千丸」（五八〜五九・『漫画王』連載）『嵐の忍者』（五八〜五九・日本漫画社）「風魔忍風伝」（五九〜六〇・東邦漫画出版社『忍者旋風』連載、「忍者旋風」と改題）ほかを精力的に執筆し、岡本鉄二が作画を手伝い始めた五九年頃を境に絵柄も初期劇画の荒々しいタッチへと変わっていった。五九年十二月には、貸本漫画の金字塔である『忍者武芸帳』（五九〜六二・三洋社、東邦図書出版社）の刊行が開始される。信長による天下統一が押し進められる戦国時代を背景に、農民たちの一揆軍を指揮する謎の忍者・影丸をはじめ、各階級層の多彩な人間群像を盛り込んだこの歴史大作は話題を呼び、貸本漫画に大量の亜流を生み出すと共に、のちには知識人の注目をも集め、漫画が重要な表現であることを初めて社会的に認知させたエポック的作品となった。

　漫画がリアリズムへと向かおうとしていた時代であり、いち早く白土は漫画的ファンタジー性を脱却して忍術使いをリアリティのある忍者へと変え、またミステリの手法を取ることで忍法の種明かしや科学的解説などを盛り込んでいき、そのことが結果的に作品から幻想性を奪っていったのは間違いない。が、それはリアリティをもたらすための詐術であって、原理は説明できても実際には実行不可能な数々の忍法が描かれ、『忍者武芸帳』には体内に発電器を有したり水中呼吸可能なえら状の器官を持った奇形の忍者が登場し、講談のイメージそのままに大鳥に乗って空中を移動する『甲賀武芸帳』のね太郎をルーツとする一連のキャラクターや「死神少年キム」（六二〜六三・『ぼくら』連載）のキムなど、しばしば超自然的な存在がトリックスターとして現れるといった具合であり、白土忍者漫画の多くは、科学的解説の向こうに怪奇幻想的要素を秘めてもいたのである。

　代表作の一つでもある少年忍者物「サスケ」（六一〜六六・『少年』）連載中の六四年、封建社会を背景に日置藩に隠された徳川の治世を揺るがす秘密をめぐる攻防から、農民たちの権利を勝ち取るための闘争へと展開する大河ドラマ「カムイ伝」（第一部、六四〜七一）を連載するため白土が資金を出した雑誌『月刊漫画ガロ』（青林堂）が創刊され、また〈赤目プロ〉を設立して作画はほぼスタッフに任せ、自身はストーリー、ネームに専念するという体制を整える。「ワタリ」（六五〜六七・『週刊少年マガジン』連載）「カムイ外伝　第一部」（六五〜六七・『週刊少年サンデー』）「風魔」（六五〜六六・『少年ブック』連載）など、岡本鉄二、スカウトによる小山春夫、唯一の弟子の楠勝平といったメンバーを中心に仕上げられた少年誌作品では、想像力に満ちた忍法を駆使した闘いが変わらず繰り広げられるが、六八年の途中まで小島剛夕に依頼する形で作画が行なわれた「カムイ伝」は、冒頭から超自然的な役割を担う巨人・山丈《やまじょう》が出現したりはするものの、全体としては幻想性を排したリアルな時代劇となった。

六七年頃に身体を壊したこともあって七一年には「カムイ伝」をいったん終了させて休筆し、より写実的な絵柄となって七五年に執筆活動を再開、《神話伝説シリーズ》、《女星シリーズ》（七九、八一〜八二・『ビッグコミック』連載）「カムイ外伝　第二部」（八二〜八七・同）「カムイ伝　第二部」（八八〜二〇〇〇・同）と描き続けている。六三年「サスケ」《シートン動物記》（六一〜六二）で第四回講談社児童まんが賞を受賞した。

【神話伝説シリーズ】連作。七五〜八一年『ビッグコミック』連載。「今昔物語集」「聴耳草子」などの日本の説話や、アメリカの先住民族の民話、ギリシア神話ほか、世界の民族に伝わる神話などを元に独自の解釈で自在にアレンジを加えたもので、首だけの男に恋をした少女が蜘蛛になってしまう「首の男」、馬との結婚を約束した娘が馬の首と共に空へ舞い昇るオシラサマ伝承を描いた「馬婿」ほか、エロスとタナトスに満ちた全二十六話の奇譚集。ギリシア神話に登場する酒神バッコスの舞台をアフリカの未開社会へと置き換え、カリスマの誕生から死までを描いた長篇「バッコス」など、原典から切り離されて大胆に創作された物語も多い。　（想田）

士郎正宗（しろう・まさむね　一九六一〜）兵庫県神戸市生。大阪芸術大学卒。漫画研究団体アトラスに所属して『ブラックマジック』（八三）を発行し、ギリシア神話をモチーフにしたSFアクション物『アップルシード』（八五〜八九・青心社）で商業デビュー。作品に描き込まれた圧倒的な情報量によりマニアの間で注目を集め、八八年にOVA化、〇四年には劇場アニメ化もされた。その他の代表作に、サイバーパンク物《攻殻機動隊》シリーズ、仙術がテクノロジー化された世界を描いた「仙術超攻殻ORION」（九〇〜九一・青心社『コミックガイア』連載）などがある。『アップルシード』で第十七回星雲賞（八六）を受賞。

【攻殻機動隊 THE GHOST IN THE SHELL】短篇連作。八九〜九〇年『ヤングマガジン海賊版』連載。生体工学や情報ネットワーク技術が高度に発展した未来社会を舞台に、電脳犯罪やテロリズムに立ち向かう公安9課の活躍を描く。九五年に押井守監督により劇場アニメ化され、海外のクリエーターにも大きな影響を与えた。続篇として、「攻殻機動隊1.5 HUMAN-ERROR PROCESSER」および「攻殻機動隊2　MANMACHINE INTERFACE」がある。　（久留）

杉浦茂（すぎうら・しげる　一九〇八〜二〇〇〇）東京本郷区湯島生。郁文館中学卒。洋画家を志して二六年に太平洋画会研究所に入所、三〇年「夏の帝大」で第十一回帝展に入選。三二年に漫画家・田河水泡門下となり、一コマ漫画「どうも近ごろ物騒でいけねえ」（三二・『東京朝日新聞』）でデビュー。戦後に独自の奇想に溢れたギャグ漫画を開拓した。代表作としては、「猿飛佐助」（五三・集英社、五四〜五五・『おもしろブック』連載）「ドロンちび丸」（五五〜五七・講談社『幼年クラブ』連載）「少年西遊記」（五六〜五七・『おもしろブック』連載）「少年児雷也」（五六〜五七・『少年』連載）などの忍術・妖術物が挙げられる。不思議な能力で自在に活躍する主人公や〈コロッケ五えんのすけ〉など奇天烈な仇役たちの魅力に加え、独特の台詞回しが人気を博した。そのシュールともいえる奇想により、漫画家の赤塚不二夫や日野日出志、小説家の横田順彌らに影響を与えている。その他、蒲松齢の怪異小説を題材とした『聊斎志異』（八九・コア出版、九〇・フットワーク出版）などがある。

▼『杉浦茂まんが館』全五巻（九三～九六・筑摩書房）　（久留）

杉浦日向子（すぎうら・ひなこ　一九五八～二〇〇五）東京生。日大鶴丘高校卒。日本大学芸術学部美術学科に進学、デザインを学びアートディレクターを志望するが二年時に中退。時代考証家の稲垣史生に出会い、師事しながら投稿した作品「虚々実々通言室之《つうげんむろの》梅《うめ》」が八〇年『ガロ』に掲載されてデビュー。八四年『合葬』（青林堂）にて第十三回日本漫画家協会賞優秀賞、八八年『風流江戸雀』にて第三十四回文藝春秋漫画賞を受賞。荒俣宏と結婚後、半年で離婚。九三年、代表作「百物語」完結後、病気のため漫画家を引退する。治療をしながら江戸風俗研究家として幅広く活動を続けるが、〇五年下咽頭ガンで死去。

呉服屋を営み、粋人であった父親が吉原へ通っていたことから江戸文化に興味を持つ。〈イメージというには、あまりに明確に、細部までを感じることができる〉と語る杉浦は、江戸や明治の生活風俗をまるで実際に見てきたかのように生き生きと描いた作品を発表し、中島梓にも〈江戸時代専属の巫女〉と評された。庶民が迷信を信じた江戸という時代の必然として、霊や妖怪の登場や怪異を描いた作品も多い。

また、江戸風俗だけでなくデザイン面にも高い感性のある杉浦は、テーマに合わせて浮世絵風のキャラクターを用いたり、江戸時代の漫画といわれる〈黄表紙〉に倣って毛筆による文章と絵を組み合わせたりと、従来の漫画のスタイルにとらわれない自由な表現も多く試みた。

代表作「百物語」では、起承転結を持たない怪談・奇譚を集め、起こった事実だけを淡々と伝えてエピソードの不思議や奇妙さの度合いを強めた。そしてシンプルなコマ割りながらも大胆な構図や大きな余白などでデザイン性の高い画面を演出して、読者の想像力を喚起させる不思議な怪しさの漂う世界をみごとに創り上げた。その作品世界は新鮮で大きな評判を呼び、同作は日本の伝統的な〈百物語怪談会〉という趣向を一般に広く紹介する先駆けともなった。

【百物語】短篇連作。八六～九三年『小説新潮』連載。江戸時代に流行した怪談会の〈百物語〉の形式を取り、一話八ページを基本に、七年にわたって九十九話を描いた。江戸時代からの古典的な怪談話や近代の創作文学、海外の怪談など幅広い資料に着想を得て、杉浦独自の作品とした。　（小西）

杉戸光史（すぎと・こうじ　?～一九八九）筆名を〈すぎとみつし〉と読むこともあるが、その使い分けの理由は不明。埼玉県生。一九六〇年代後半の貸本漫画末期に池川伸治らと〈太陽プロ〉を結成。太陽プロ編集・文華書房発行の少女スリラー短篇誌『月夜』（全十二号）では、編集長を務めた。貸本漫画崩壊後は、七〇年代前半から八〇年代後半の長期に亘って、ひばり書房の新書判単行本シリーズに怪奇漫画を発表。また、七〇年代の終わりには、エロ劇画の分野にも進出し、幅の広い活躍を見せたが、八九年の末に五十歳代の若さで急逝した。作風の特徴は、何といっても作品タイトルにも見られるようなゲテモノ性である。異形のもの、妖怪、モンスターが所狭しと暴れる展開は、いかにも見世物小屋・化物屋敷的。主な作品に、『生首館』（七二・ひばり書房）『ひとだま少女』（七三・同）『なめくじ少女』『ばけ猫屋敷』『百の目少女』『妖怪どろ娘』（いずれも七四・同）『鬼』全二巻（七四～七五・同）『コックリの恐怖』『怪談三つ目』（共に七五・同）等がある。　（成瀬）

鈴木翁二（すずき・おうじ　一九四九～）別名カルメ・コウチ。愛知県一色町生。高校卒業後、放浪生活を送る。六九年、死に瀕した友人の打ち明け話を描く「庄助あたりで」で『ガロ』にてデビュー。その後水木プロダクションに一年余勤める。貧困や恥の記憶、悲喜こもごもの思い出に溢れた子供時代の回想、青年期の孤独と不安、迷いや希望などをテーマに描き、『ガロ』誌上で人気を得る。短篇作家であり、代表作の一つといえる、前近代を舞台に姉弟の日常を描く長篇「こくう物語」（七八〜八二）も短篇連作の形を取る。半ば以上はファンタジーではないが、夢・夢想や幻視などの形で幻想的なものを描いた作品がある。特に少年物では初期から近年の作品まで、息長くファンタスティックな作品を描き継いでいる。主な幻想短篇に、ビー玉に誘われて見たことのない路地に入り込む「透明通信」（七一・『ガロ』）、夢の記述を思わせる「雨の色」（七一・同）、死んだ祖母をプラネタリウムの機械に入れて星にする「星の栖家」（七二・同）、マッチを一本する間に少年の一生が幻灯のように流れ過ぎる、代表作の一つ「マッチ一本の話」（七二・同）、マントをひらめかせた謎の人と共にスクーターで空を飛ぶ、夢幻的な「さみしい名前」（七二・北冬書房『夜行』）、惨めな体験をした貧しい父子が、鳥が車掌を務める飛行船に乗ってふるさとに帰る「山の町　海の町　帰る町」（八一・奇想天外社『マンガ奇想天外』、後に「親無し町」と改題）、孤独な少年少女と不思議なテレビの関係を描いた「歌の町から」（八二・たま社『メビウス』）、電気になることを夢みる少年の夢幻の世界を描く「電気の世界」（九〇・『ガロ』）、子供の夢想の世界を描く小品連作「コドモノヤマイ」（九四・『コミックモーニング』）ほか。八二年より妻の生地である北海道に在住。イラストや絵本の仕事なども手がけている。　（石堂）

鈴木光明（すずき・みつあき　一九三六〜二〇〇四）神奈川県横浜市生。日昭館書店より描き下ろし単行本『江戸大変録』（五三）でデビュー。十冊ほど単行本を発表した後、当時まだ会ったこともなかった手塚治虫の突然の紹介により五五年『おもしろブック』掲載の「くろがね力士」で雑誌デビュー。怪奇趣味満点な少女探偵漫画「もも子探偵長」（五八〜五九・『りぼん』連載）や主人公ミミ子が科学忍術を駆使して悪人を退治する「スーパー・ミミ子」（六〇〜六一・『小学三年生』連載）など多ジャンルに及ぶ漫画作品を発表し、七二年以降は主に漫画家の育成に専念した。単行本時代の作品『平安玉笛傳』（五四・日昭館）は平安時代にタイムスリップした少女がその先で漫画を読むという作中作展開で、後年特徴となる少女キャラクターの大きなリボンはすでにこの作品から見ることができる。数多く発表した雑誌の読み切り付録漫画には、黒猫の目玉を飲まないと全身に激痛が走る奇病に罹った侍（猫間久作）が少女の飼猫を狙う「ねこの目は青い」（五七・『少女クラブ』）、二千年間生き続ける謎の女王の秘密に迫る「エジプトの女王」（五九・講談社『たのしい四年生』）、ヴェルヌの「地底探検」を漫画化した「ちていのぼうけん」（五八・同）、大映SF映画の漫画化作品「宇宙人東京に現わる」（五六・『ぼくら』）など、独特の怪しげなムードを醸し出す背景描写と、どの作品にも必ず魅力的な美少女キャラクターを配置する気配りを忘れることなく、怪奇、SF色の強い作品を数多く発表した。（誘蛾灯）

須藤真澄（すどう・ますみ　一九六四〜）東京墨田区生。東京学芸大学教育学部卒。同人誌活動が朝日ソノラマ編集者の目にとまり「わたくしどものナイーヴ」（八四・朝日ソノラマ『デュオ別冊すとろべりぃ』）でデビュー。人物の輪郭など主だった線を〈一点鎖線〉状に描くのが特徴で、詩情に溢れ、独特のユーモアをまじえたファンタジーを多く描く。基本的に短篇作家であり、同人誌作品も含めた『電気ブラン』（八五・東京三世社）や『子午線を歩く人』（八九・ふゅーじょんぷろだくと）をはじめ、初期より数多くの作品集がまとめられている。中でも一話完結式の連作として、市松人形のいちまが意志を持ち、現在の人形の持ち主の曾祖母の希望を実現しようとする「振袖いちま」（九〇〜九五・偕成社『月刊MOE』『コミックモエ』『コミック Fantasy』）、魚を愛し魚の精霊と話ができる少女もっこを主人公にした「アクアリウム」（九二・富士美出版『コミックジャスティス』、九三〜九四・新声社『コミックゲーメスト』）などがある。「アクアリウム」は九八年に映画化もされた。大正・昭和初期を思わせる懐古的で完成度の高い作画とコミカルで奇想天外な展開が調和した作品は多くのファンに愛され、支持されている。そのほか、愛猫ゆずとの生活を描いた日常漫画でも人気を獲得、ゆずを主人公に猫の世界を擬人的に描いた作品も多い。また『ごきんじょ冒険隊』（九七・竹書房）は、同名の家庭用ゲーム機（スーパーファミコン）向けRPGの製作とパラレル展開したものであった。〇四年からは『月刊コミックビーム』（エンターブレイン）にて一話完結式のメルヘン・タッチのファンタジー「庭先案内」を連載中。（天野）

皇なつき（すめらぎ・なつき　一九六七～）大阪府出身。立命館大学文学部日本文学専攻卒。八九年「蛇姫御殿」がASUKA漫画大賞に入選し、九〇年に同作で『ファンタジーDX』にてデビュー。デビュー時から完成された技術を有し、美麗きわまる画面で中国・朝鮮・日本を舞台にした歴史ロマンスを描く。代表作に、戦前の北京を舞台にした連作短篇「燕京伶人抄」（九六）など。イラストレーターとしても活躍し、田中芳樹の中国物の小説の表紙やゲーム関連のイラストなどを手がけているが、その際には名月の表記を使用している。ファンタジーの代表作に、『聊斎志異』の「黄英」ほかの作品に材を採り、牡丹の花の精を中心に、天界の人々が人界に立ち交じってラブロマンスなどを繰り広げる短篇連作《花情曲《はなのこえ》》（九〇・『ASUKA増刊外国ロマン』）。ファンタジーのコミカライズも多く、ロマンティックな恋愛悲劇として名高い中国の民間説話を元に、迫力ある恋人たちの昇天シーンを描いた「梁山伯と祝英台」（九二・『ミステリーDX』）、異類婚説話を元にした「虎嘯《こしょう》」（九一・『増刊ASUKAファンタジーDX』）、小池一夫のファンタジー長篇小説を元にした「夢源氏剣祭文」（〇七～〇八・小池書院『刃』連載）等の作品がある。（石堂）

諏訪緑（すわ・みどり　一九五九～）北海道釧路市出身。「バラモンの塔」（八四・『プチフラワー』）でデビュー。豊富な知識に基づいた歴史ファンタジーを得意とする。初の連載「玄奘西域記」（九一～九四・同）で伝奇小説「西遊記」のモデルになった玄奘の取経の旅を描き、人気を得る。中国を舞台にした作品が多く、仕官前の諸葛孔明を主人公にした短篇「邪論の極意」（八八・同）や、劉邦の影武者に立たされる少年を主人公にした中篇「紀信」（九〇・同）の初期作品に、長篇「諸葛孔明　時の地平線」（九九～〇二・同、〇二～〇七・『月刊フラワーズ』）の着想が既に見られる。古典『宇津保物語』を下敷きに描かれた「うつほ草紙」（九四～九七・『プチフラワー』）は、藤原家専横の時代を舞台にし、清原家の子孫がたぐいまれな楽才で壊れかけた世界の再生を果たすという壮大なファンタジーである。ほかの作品に、中国の古代伝説・桃源郷を元に描いた《シノワズリ・アドベンチャー》シリーズ『蠶叢の仮面』（九八・小学館）『西王母』（九九・同）など。綿密に資料にあたりながらも独自の着想で展開される物語には定評がある。（天野）

せがわまさき（せがわ・まさき　？～）福岡県出身。ゲーム会社でキャラクターデザインやイラストの仕事を手がけた後、「千魔物語り」（一九九七・『モーニングオープン増刊』）でデビュー。CGを多用した緻密でリアルな作画が特徴。安倍晴明に封じられた蘆屋道満が江戸時代に蘇り、晴明の子孫に仇なすストーリーを軸に、狗神を宿した異能の剣士・十蔵が様々な妖物に立ち向かっていく姿を描いた伝奇時代小説「鬼斬り十蔵」（九八～二〇〇〇・『ヤングマガジンUppers』連載）、山田風太郎作品を魅力溢れるバトル漫画としてコミカライズした「バジリスク―甲賀忍法帖―」（〇三～〇四・同連載、〇五年テレビアニメ化）「Y十M《ワイじゅうエム》―柳生忍法帖―」（〇五～〇八・『週刊ヤングマガジン』連載）などがある。〇四年「バジリスク」によりオタク大賞唐沢特別賞、第二十八回講談社漫画賞一般部門受賞。（石堂）

千之ナイフ（せんの・ないふ　一九六〇～）東京生。八一年「雪姫」（あまとりあ社『レモンピープル』、山本和都《かずと》名義）でデビュー。

オカルト・ホラー、猟奇ホラー、エロティック漫画を中心に執筆。千之ナイフ自身は〈美少女漫画家〉と自らを位置づけており、少女向け雑誌のストーリー漫画以外の作品では、ほとんどの作品で美少女が被虐者となり、時に加虐者となる。人体損壊テーマのホラー作品の時には、古典的美少女イラストのように可愛らしい目の大きな美少女の肉体が、徹底的に無惨に解剖し尽くされるが、リアル系の絵ではないため、グロテスク度は高くない。また、改造されて魔物の〈夜姫〉〈妖姫〉となった少女たちの恐怖と冒険とを描くエロティック・ホラー連作《夜姫》（八一～八三・あまとりあ社『レモンピープル』ほか）のように、コメディになっている作品もある。ホラーにしてもエロにしてもライトなテイストが千之ナイフの持ち味といえる。それが少女漫画でも成功している所以であろう。

少女向け雑誌掲載の作品に、私立探偵の金閣寺銀次郎が霊能力のある助手の美少年・翠《みどり》晶太郎と共に、怨霊、悪霊、黒魔術などが引き起こす怪奇事件を解決するサイキック・ディテクティヴ物の短篇連作「闇のシルエット」（八六～九二・『プリンセスGOLD』）、天界と魔界の間《はざま》にあり、化物が跋扈する魔空間で、魂を黄泉の国へと導くゼロ（魔王が天界からさらってきた乙女に生ませた子）が活躍する短篇連作「魔空間ゼロ」（九一～九二・実業之日本社『おまコミミステリー』、九三・描き下ろし）、小学生の姿の怪物・死太郎くんを狂言回しに、怪物を製造する妖怪病院、夜の学校の七恐怖、人間のゾンビ化やロボット化などを描く短篇連作「死太郎くん」（九六～九八・秋田書店『サスペリア』）、透明薬や巨大化薬やタイムマシンなどを次々発明する天才的なマッドサイエンティストDr.蝙蝠と美少女ちづるちゃんの大冒険を描くシリーズ（九〇～九一・同）など。ほかの作品に、惨虐な目に遭う美少女たちを描いた超自然ホラー短篇を収録した『死の女神』（九八・ぶんか社）、少女アリスに導かれて恐怖の世界に落ち込むアリス三部作、分身テーマの「身がわりの鏡」や美少女の皮膚をかぶって生きながらえようとする女の執念を描いた「美の怪物」などを収録する怪奇短篇集『迷宮のアリス』（〇八・久保書店）、文学をコミカライズした短篇集《古典名作集》（〇五～・青林堂）など。

（石堂）

曽祢まさこ（そね・まさこ　一九五一～）妹は漫画家の志摩ようこ。三重県伊勢市生。第四回講談社少年少女新人漫画賞佳作「手錠はおどる」（七〇・『増刊少女フレンド』）でデビュー。ローティーン向けのかわいらしい絵柄でゴシック・ホラーやミステリアスなファンタジーを描く。手を触れた人の運命が見える盲目の少年ダニエルを巡る連作《幽霊狩り》（七四～七五・『なかよし』他）は初期の代表作である。救いのない悲劇を得意とする一方で明るいコメディも描き、その代表は長篇「不思議の国の千一夜」（八〇～八五・『なかよしデラックス』連載）であろう。架空の国ランバルドの王子セブラン（実は王女）を中心に、人と魔物や妖精らが混然となって種々のおとぎ話や童話を下敷きにしたエピソードを賑やかに展開するメルヘン風コメディである。現在は、依頼人の十年分の寿命を報酬に人殺しを請け負う呪殺師カイが、影の使い魔・黒いネコ、超能力少女の魂が宿った生ける人形マリーと共に暗躍する連作《呪いのシリーズ》（九六～・『ハロウィン』）を、《呪いの招待状》（スコラ社『月刊LCミステリー』）《新呪いの招待状》（ぶんか社『ホラーM』）とシリーズ名を変更して継続中。

（卯月）

たちつてと

た行

鷹氏隆之（たかし・たかゆき　?〜）一九九〇年「邪鬼」（『マガジンSPECIAL』）でデビュー。同作を含む連作「風使い」（九〇〜九八・同連載）は、現代日本を舞台に、地水火風それぞれの精霊を操る〈使い人〉とその補佐役の〈付き人〉のコンビが退魔・浄霊を繰り広げる伝奇アクション。高校生の〈風使い〉水無月流魔と〈付き人〉の草薙弥生を主人公に、短篇連作として始まるが、強大な妖術師・巌倉を敵役として登場させて後は、共に戦う仲間を登場させて長篇化していく。ほかの作品に、魔法的な異次元世界の王位継承問題に巻き込まれる現代日本の少女を描いた「gründen―いつか夢みる明日の私」（九九〜二〇〇〇・『マガジンSPECIAL』連載、未完）、ロボット戦闘物のSFファンタジー「アルケミスト」（〇二〜〇三・『月刊マガジンZ』連載、未完）、「8マン」の続篇「エイトマン　インフィニティ」（〇五〜〇七・同連載、七月鏡一原作、未完）など。（石堂）

高階良子（たかしな・りょうこ　一九四六〜）本名同じ。千葉県銚子市生。漫画研究同人会〈新児童少女漫画界〉に所属、漫画の基礎を学ぶ。会の投稿作であった中篇「リリ」が、六四年『ゆめ』（若木書房）に掲載されデビューとなる。「リリ」は殺人事件を目撃したマチ子と殺人犯の妹のリリを巡る物語で、高階がデビュー当初からサスペンスミステリを得意としていたことが窺える内容となっている。以後、若木書房より貸本用途の単行本漫画を多数発表する一方で、「夕やけ雲はしっている」（六七・『別冊少女フレンド』）を発表、その活動の場を商業誌へと移す。最初はラブコメディ作品を手がけていたが、「あの人を消せ」（六九・『週刊少女フレンド』連載）などサスペンス長篇も発表、次第にミステリ作家としての頭角を現していく。七一年「黒とかげ」（七一・『なかよし』連載、江戸川乱歩原作）の連載をスタート。以後も「血とばらの悪魔」（七一〜七二・同連載、江戸川乱歩「パノラマ島奇談」）「血まみれ観音」（七三〜七四・同連載、横溝正史「夜光虫」）「ドクターGの島」（七四・同連載、江戸川乱歩「孤島の鬼」）など本格ミステリを次々と漫画化、絶大な支持を得る。幼年向け少女誌『なかよし』の制約の中で、乱歩や横溝の作品世界を見事に表現したその作品群は先駆的で、画期的な試みであった。また、この時期に怪奇ミステリ「地獄でメスがひかる」（七二・同連載）や、伝奇ファンタジー「はるかなるレムリアより」（七五・同連載）、わらべ歌伝承をモチーフにした怪奇ミステリ「赤い沼」（七六・同別冊付録）、「ピアノソナタ殺人事件」（七九・『なかよしデラックス』連載）など、常に新しく意欲的なオリジナル作品で『なかよし』の一時代を担った。《殺人事件シリーズ》は、「呪われた石《ダイヤ》殺人事件」（〇六・秋田書店『ミステリーボニータ』）まで、十六作にも及ぶ息の長い人気を誇っている。その後、『ボニータ』創刊から参加、代表作である推理サスペンス「マジシャン」（八一〜八六・『ボニータ』、八八・『レッツボニータ』、九一『ミステリーボニータ』連載）を発表。続篇シリーズ「新マジシャン」（〇一〜〇八・『ミステリーボニータ』連載）も好評を博した。（岸田）

高田裕三（たかだ・ゆうぞう　一九六三〜）本名裕次。東京江戸川区生。明治大学文学部日本文学専攻中退。八三年「就職ビギナー」で『週刊ヤングマガジン』にてデビュー。初期には青春物、ミステリなどを描いていたが、伝奇ファンタジー「3×3EYES《サザン・アイズ》」がヒットし、SFやファンタジーを主に描くようになる。同作のほか、荒神を封じる力を持つ奇稲田一族の紅葉をヒロインとして、紅葉の双子の姉・楓、姉妹の守護者・草薙譲らが入り乱れる伝奇アクション「碧奇魂《あおくしみたま》　ブルーシード」（九二〜九六・竹書房『コミックガンマ』断続掲載・未完、九四〜九五年に「BLUE SE

ED」としてテレビアニメ化)、桃山時代を舞台に、人間そっくりの人形を操り、幻術で人々を見事に騙す傀儡師の活躍を描いた歴史伝奇風アクション連作「幻蔵人形鬼話」(九六~〇四・『アフタヌーン』)、妖魔の跋扈する明治初期を舞台にし、土蜘蛛を体内に潜める護法実《ごほうざね》の少女がパートナーの青年と共に戦う伝奇アクション「九十九《つくも》眠るしずめ」(〇四~・『別冊ヤングマガジン』連載)、猫娘型ロボット・ヌクヌクをヒロインとするアクション・ラブコメディ「万能文化猫娘」(九〇・『アクション増刊　増刊王』、九一年にOVA化)「新万能文化猫娘」(九七~九八・角川書店『月刊少年エース』、九八年にテレビアニメ化)、タイムマシンで未来からやってきた少女が巻き起こす騒動を描くラブロマンス&SFアクション「リトル・ジャンパー」(〇四~〇八・『アフタヌーン』連載)など。

【3×3EYES《サザン・アイズ》】長篇。八七~九三年『ヤングマガジン海賊版』『週刊ヤングマガジン』連載。不老不死の妖怪・三只眼吽迦羅《さんじやんうんから》の生き残りパイは、過去の記憶を持たず、人間になりたいという思いを抱いている無邪気な少女。パイの世話をすることになった藤井八雲は、瀕死の重傷を負った時、第三眼が開いて別の人格パールバティーを出現させたパイの力によって不老不死の肉体を得る。同時に三只眼吽迦羅の一人、邪悪な鬼眼王《かいやんわん》を復活させることを画策する妖魔たちとの戦いに巻き込まれていく。物語は多彩な登場人物を配することで長篇化。ラブロマンスを軸としながら、鬼眼王の復活、世界破滅の危機へと壮大に展開していき、コミックスで全四十巻の大作となった。九三年、第十七回講談社漫画賞受賞。九一、九五年にOVA化されている。　(石堂)

たかなし♡しずえ(たかなし・しずえ　?~)千葉県鴨川市生。一九七五年「桃太郎よりお星さまへ」がなかよしまんがスクールに掲載され、デビュー。以後『なかよし』を中心に執筆。八一年、中学生の少女と人間的な犬・スパンクの触れ合いにラブロマンスを絡めた「おはよう!スパンク」(七八~八二・『なかよし』連載、雪室俊一原作、八一年にテレビアニメ化)により第五回講談社漫画賞少女部門受賞。筆致も物語も柔らかく優しいのが特徴。愛らしい作風は〈ハートフル・ファンタジー〉と呼ばれるにふさわしい。作品に、耳だけは別にして人間の少女になった猫・空《そら》が、猫耳を帽子で隠しながら人間世界で生きていくほのぼのファンタジー&ラブコメディ「空ちゃんのぼうし」(八四~八五・同連載)、学園ラブコメディに魔法使いの祖母が乱入する「海ちゃんどんな色」(八六~八七・同連載)、アニメのコミカライズ「おジャ魔女どれみ」(九九~〇二・同連載)、中篇「月夜にぽよよ~ん」(九一・同連載)などがある。　(石堂)

高野文子(たかの・ふみこ　一九五七~)新潟県生。二人の少年の会話劇のようなシュールな短篇「絶対安全剃刀」(七八・マガジン・マガジン『ジュネ』)で商業誌デビュー。同作と初期に描かれた短篇を集めた作品集『絶対安全剃刀』(八二・白泉社)で八二年日本漫画家協会賞優秀賞受賞。感覚的で斬新な作風は当時、大友克洋、さべあのまらと共に〈ニューウェーブ〉と称され注目を集めた。中でも死んだ幼い少女と観音が無邪気な会話を交わす「ふとん」(八〇・奇想天外社『別冊奇想天外・SFマンガ大全集』)は、発想の奇抜さと表現の新しさで高く評価された。「たあたあたあと遠くで銃の鳴く声がする」(八〇・同『マンガ奇想天外』)は詩的な完成度が高く、「田辺のつる」(八〇・チャンネルゼロ『漫金超』)では認知症の祖母の姿を幼女として描き衝撃作となる。この時の昭和初期を懐古するような画風はその後『おともだち』(八三・奇譚社)にまとめられた世界にもつながっていく。九三年からマガジンハウス『Hanako』に掲載された「東京コロボックル」は東京に暮らす〈コロボックル〉の生活をユーモラスに描いた童話のような作品。「奥村さんのお茄子」(九四・マガジンハウス『COMIC アレ!』)はタイムトラベルというSF的設定で昭和のごくありきたりな日常を描いたファンタジー作品であり、この作者ならではの画面構成の実験性とユーモアが随所に溢れている。〇三年『黄色い本―ジャック・チボーという名の友人―』（〇二・講談社）で第七回手塚治虫文化賞マンガ大賞を受賞。同作は就職を控えた少女が寸暇を惜しんで長篇小説を読み進めていくというリアルな物語だが、少女が物語世界に入り込んで登場人物たちと会話を交わすといった幻想的場面もある。寡作ながら掲載誌の幅も広く、作品ごとに新しい表現を模索し続けるその姿勢と作品は、漫画界のみならず各界から常に注目され続けている。（天野）

高野よしてる（たかの・よしてる　一九二四～）本名義輝。長崎県生。四八～四九年頃に創文社に入社し、カストリ雑誌『奇抜雑誌』『怪奇雑誌』の編集長を務める。誌面では複数の変名を使い分け、イラスト、漫画、記事、小説、写真など、様々な仕事をこなしたとみられるが、埋め草の漫画が光文社『少女』編集者の目に留まり、「ホクロちゃん」（五一～五五・『少女』連載）で本格的に漫画家デビューする。家庭的なユーモア漫画から出発したが、デビュー翌年には「赤ん坊帝国」（五二～五三・『少年画報』連載）を発表。人間は三歳までは天才だが、歳を取るにつれ可能性を失って凡人になるという着想から生まれたこのSF作品は、人が果実となって生まれる人間草といったアイディアや、ロボット化された奈良と鎌倉の大仏が格闘を繰り広げるイマジネーションなど、センスオブワンダーに満ちており、当時手塚治虫がライバル視したといわれている。続く五四年には、〈未来原始まんが〉と銘打たれた「地球をころがす少年」（『冒険王』）を連載。核戦争で破滅した地球に新たな原始人が誕生したはるか二億五千万年未来、すなわち未来の原始時代を舞台に、旧人類の生き残りたちのエゴにより訪れた更なる危機を、原始人の少年が自らを犠牲にして救うといった物語で、雄大なスケールを持った先駆的作品である。作品にあわせて、塩田英二郎、手塚治虫などのタッチを臨機応変に取り入れていたが、もともときっちりとした自分のスタイルを持っており、五〇年代後半からは絵柄がリアルになっていく。「木刀くん」（五四～五八）「黒帯くん」（五六）など、熱血格闘技漫画で人気を得ると共に、怪奇探偵物「とびだせ鉄平」（五六～五九・『少年』連載）、巨大ロボット13号が活躍する「13号発進せよ」（五九～六〇・『週刊少年マガジン』連載）など、日常から飛躍した奇想天外なアイディアが注がれた作品も描き続ける。しかし多忙のあまり、六〇年頃には全ての連載を終わらせ、やがて断筆することになった。（想田）

高橋和希（たかはし・かずき　一九六三～）東京生。八二年「あの娘にスクランブル」（雅《みやび》はじめ名義）で『週刊少年サンデー　夏の臨時増刊号』にてデビューし、八三年まで数作を発表。八六年に高橋かずお名義で『週刊少年マガジン』に「剛Q超児イッキマン」（たなみやすお原案）を連載後、九〇年、高橋一雅名義で「闘輝王の鷹」を『週刊少年ジャンプ Summer Special』に発表して再デビュー。九六年に高橋和希と筆名を変え、「遊☆戯☆王」の連載を開始。九八年よりアニメ化、九九年にはトレーディングカードが発売され、漫画を超えたブームとなる。「ポケットモンスター」がゲームから出発してアニメも人気作となったのとは逆に、カードゲームを取り入れた漫画にしたところ、人気が出てそのカードゲームが作られ、一大ブームを巻き起こすという経緯を辿った。

【遊☆戯☆王】連作。九六～〇四年『週刊少年ジャンプ』連載。ひ弱な少年・武藤遊戯が、祖父からもらった〈千年パズル〉を完成させたところ、もう一つの人格・闇遊戯（古代エジプトのファラオの魂）がゲームの局面で浮上するようになる。別人格の遊戯は、悪辣な不良や犯罪者、悪徳名士やゲームのライバル海馬《かいば》瀬人《せと》などを各種のゲームで打ち負かし、最後には罰ゲームを加えるというパターンの連作。人気の低迷から脱出するために種々のゲームを取り上げるという方針を放棄し、カードゲームに絞って、爆発的な人気を得た。

物語は友情というテーマを核に、古代エジプトの神秘の力を巡り、使い魔を使役して戦わせるという形式のバトル・アクションを専ら展開した。続篇『遊☆戯☆王R』（〇四～〇七・『Vジャンプ』連載、伊藤彰画）『遊☆戯☆王GX』（〇六～・同連載、影山なおゆき画）を監修している。（石堂）

高橋しん（たかはし・しん　一九六七～）本名真。北海道士別市生。山梨学院大学卒。九〇年「好きになる人」で第十一回スピリッツ賞奨励賞を受賞し、「コーチの馬的指導学」（『ビッグコミックスピリッツ』）でデビュー。代表作に「いいひと。」（九三～九九）。幻想物の代表作に「最終兵器彼女」のほか、崖に囲まれ外に出ることのできない王国で、実権を〈政族《まつりぞく》〉に奪われた〈王族〉の王女イコロが、感情のない少年シロと共に、一年中雪が降り続ける国に〈太陽〉を取り戻そうとする「きみのカケラ」（〇二～〇四・『週刊少年サンデー』連載）がある。「最終兵器彼女」に顕著であるが、高度な演出方法を多用し、マニアからの評価も高い。

【最終兵器彼女】長篇。二〇〇〇～〇一年『ビッグコミックスピリッツ』連載。戦争状態にある日本。戦況は日々悪くなっていく。そんな中、シュウジとちせは、ぎこちなく付き合い始めた。次第に親密になる二人。しかし、同時にちせの様子がおかしくなる。そして、ついにシュウジは、ちせが兵器にされてしまったことを知るのであった……。周囲で起こっている事態と二人の恋愛を中心に、その他の国や社会が稀薄に描かれた物語は、〈セカイ系〉と呼ばれる作品群の象徴的存在として語られる。〇二年にアニメ化、〇六年実写映画化。（真栄田）

高橋美由紀（たかはし・みゆき　?～）埼玉県所沢市生。一九八二年、第二十七回講談社新人漫画賞に入賞し、吸血鬼物のラブコメディ「愛しのカミラ」（八二・『週刊少年マガジン』連載）でデビュー。その後、少年誌からホラー、サスペンス系の少女誌に移り、伝奇、ホラー、ファンタジー、アクションなどを描く。雄大な構想に基づく魅力的な物語、確かな画力で、独自のファンタジー世界を築いている。別掲作以外の主な怪奇幻想物に、天界に帰ることを夢みて地上をさすらう堕天使と人間の少年の、愛と葛藤を描いたファンタジー・ロマン「天を見つめて地の底で」（八七～休載中・マガジンBOX『月刊パンドラ』、秋田書店『学園ミステリー』『サスペリア』連載）、現代の高校生が主人公の伝奇アクション「キルト」「キルトS《セカンド》」（〇五～・『サスペリアミステリー』『プリンセスGOLD』）、ホラー&ファンタジー短篇集《夢幻奇談》（九二、九五・秋田書店）など。

【悪魔の黙示録】長篇。八六～〇四年『サスペリア』『サスペリアミステリー』連載。処女懐胎で生まれた神の子・瑠架《るか》の悪魔との戦いを描く、サイキック・アクション。エクソシスト物の短篇に始まり、獣の数字を刻んだサタンの申し子・連《れん》が登場するあたりから次第に長篇化。単独の戦いから組織戦となり、悪魔の攻撃も個人的なものから大規模災害へとエスカレートする。さらに十二使徒を集めるという家臣集結要素も加わっていく。キリスト教をベースに、人類の救済を骨子とするが、神学的テーマが扱われているわけではなく、仲間との絆、友情（愛情）が中心に描かれ、やおいを誘発するようなものになっている。一神教の神を、東洋の汎神的な神々のように扱ってしまった作品ともいえる。

【エル】連作。九一年～『ミステリーボニータ』（秋田書店）掲載。海神と十五世紀半ばのフランス貴族の女性との間に生まれた半神エルを主人公とするファンタジー。銀色の長髪を持つ美貌のエルは、父の跡を継ぐ海神であり、海を汚す人々に災いを与える役目を持っている。孤独なエルと人間の触れ合いが眼目の作品だが、徳川吉宗、マリー・アントワネット、アンデルセン、ヨーロッパの新世界への侵攻など、様々な歴史を絡ませているところに面白みがある。（石堂）

高橋葉介（たかはし・ようすけ　一九五六～）本名庸介。長野県生。駒沢大学卒。七七年、『月刊マンガ少年』(朝日ソノラマ)に掲載された「江帆波博士の診療室」でデビュー。同誌に八〇年までに発表された作品を中心とする《ヨウスケの奇妙な世界》全四巻(サンコミックス)には、抒情的ファンタジーのほか、SF、ホラー、スプラッタ、コントなど多彩な内容の短篇群が収められ、未熟で荒削りながらも、後年の様々な作風の萌芽が既に見られる。シリーズ中の連作「ライヤー教授の午後」(七九~八〇)は、悪夢から悪夢への夢オチの連鎖ながらも、その悪夢自体の甘やかな魅力と美しい描線、いつしか悪夢と現実の境界が不明になるという結末で、初期の傑作といえる。八一年、『月刊マンガ少年』に「顔泥棒」を発表。この猟奇的探偵譚が、ライフワーク《夢幻紳士》シリーズの第一作となった。彼の作風の特徴のひとつに猟奇的でグロテスクなスプラッタ描写があるが、この傾向は、バーサーカーのごとき狂気のヒーローが殺戮を繰り広げる「クレイジーピエロ」(八一~八三)で、ひとつのピークに達した。その後、《夢幻紳士　冒険活劇篇》(八二~九二)や「Uボート・レディ」(八三~八四)で少年冒険漫画へ、《夢幻紳士　怪奇篇》(八四~九一)でエロティシズムの香りを漂わせる静謐なホラーへと、作品世界の幅を広げていくが、猟奇趣味やスプラッタ描写は、常に彼の作家的本質の中心にあり続ける。また、流麗な描線で描かれた臓物・腐肉・鮮血が生理的不快感を伴わないのも特徴である。初期の「真琴♡グッドバイ」(八一~八二)から試みていたコメディ路線がスプラッタ・ホラーと結びついて、「学校怪談」(九五~二〇〇〇)に結実した。ホラー短篇も継続して描き続けており、主な作品集として、アダルトなエロティシズムが濃密に漂う『怪談KWAIDAN』(九一・朝日ソノラマ)、スプラッタとユーモアが結びついた『マンイーター』(九七・ぶんか社)などがある。昭和初期を舞台にすることが多く、怪奇幻想、グロテスク、少年冒険譚への嗜好から、江戸川乱歩を想起させる点もあるが、もちろん、乱歩のエピゴーネンではない。初期の画風は、時に版画すら思わせる毛筆の太い線が特徴的であったが、やがて病的なまでに繊細な描線や、パステル的なかすれたような濃淡の表現も使いこなすようになった。猟奇とホラーに軸足を置きつつ、その周縁の幻想世界を渉猟し続ける高橋葉介は、怪奇幻想漫画の最大の巨匠の一人である。

【仮面少年】短篇集。七九年朝日ソノラマ刊。《ヨウスケの奇妙な世界》第二巻。初期の作風のサンプラーであり、デビュー作「江帆波博士の診療室」のほか、眼に生えた触角により人間の本当の(怪物的な)姿が見えるようになってしまった男の悲喜劇「触角」、仮面へのフェティシズムとエディプス・コンプレックス的な近親相姦幻想を暗示的に結びつけた傑作「仮面少年」、父から子への人生の道程の継承を〈夢〉を通じて感動的に描く「荒野」など十篇を収める。

【夢幻紳士シリーズ】黒衣の探偵〈夢《む》幻《げん》魔《ま》実《み》也《や》〉を主人公とする、高橋葉介を代表する作品群であり、現時点では、以下の六つのシリーズからなる。

《マンガ少年版》短篇連作。八一年『月刊マンガ少年』連載。昭和初期の東京を主な舞台として、テレパシー能力を持つ〈少年探偵〉夢幻魔実也が活躍する。抒情的な「夢幻少女」のエピソードが特に名高い。

《冒険活劇篇》短篇連作。八二年『月刊BETTY　創廃刊号』(アニドウ)、八三~八六年『リュウ』連載、八六~九一年『月刊少年キャプテン』(徳間書店)連載。《マンガ少年版》同様、昭和初期を舞台に〈少年探偵〉夢幻魔実也が活躍する。連載初期は怪奇アクション漫画だったが、中盤になって夢幻魔実也の家族がレギュラー出演するようになってからは、冒険活劇、スラプスティック・コメディへと作風が変遷した。このシリーズでは、夢幻魔実也は格別な超常能力はもたない。

《怪奇篇》短篇連作。八四~八七年『メディウム』(徳間書店)連載、八八年『月刊少年キャプテン』連載、九一年『少年キャプテンセレクト』掲載。しばしば超常能力(霊能力)

をふるう〈青年探偵〉夢幻魔実也の周囲で起こる怪奇事件を、静謐なムードの中で描く。

《夢幻外伝》短篇連作。九二～九六年『眠れぬ夜の奇妙な話』『ネムキ』連載。《怪奇篇》の流れをくみ、霊能力を持つ〈青年探偵〉夢幻魔実也を主人公とする。《怪奇篇》よりも物語の動きが大きく、強力な妖魔や宇宙的で大規模な幻想、あるいは落語的な洒落た小品など、エピソードのバラエティは多彩である。繊細な描線とスクリーントーンの組み合わせは完成の域に達しており、高橋の最高傑作のひとつといえる。

《幻想篇》《逢魔篇》《迷宮篇》三部作をなしている連作。〇四～〇七年『ミステリマガジン』(早川書房)連載。《幻想篇》に登場する夢幻魔実也は主人公〈僕〉の夢想の産物であり、全てが〈僕〉の脳内の事件なのであるが、やがて夢と現実の境界が判然としなくなる。《逢魔篇》は場末の料亭の長い一夜を舞台とし、ここに居座る夢幻魔実也の前に様々な怪異が現れる。《迷宮篇》は夢幻魔実也に襲い来る怪異と彼との戦いを描きつつ、やがて前二篇と結びつき、夢と現実を混交させた重層的な構造の三部作が完結する。

《回帰篇》短篇連作。〇八年～『ミステリマガジン』連載(継続中)。《怪奇篇》のリライト版。

【学校怪談】短篇連作。九五～二〇〇〇年『週刊少年チャンピオン』連載。連載初期は一話完結のシリアスなホラー短篇シリーズだったが、教師として九《く》段《だん》九《く》鬼《き》子《こ》が赴任してきてからは、彼女の活発なキャラクターから作品のトーンが明るくなり、ギャグも増えた。少年漫画におけるホラー・コメディの到達点のひとつである。九八年、OVA化された。(倉田)

高橋留美子（たかはし・るみこ　一九五七～）本名同じ。新潟市出身。日本女子大学文学部史学科卒。在学中、劇画村塾で小池一夫に師事。七八年「勝手なやつら」で第二回小学館新人コミック大賞佳作を受賞し、デビュー。七八年から連載が始まった「うる星《せい》やつら」は大ヒット作となり、同時期に並行して連載された「めぞん一刻」(八〇～八七)と共に一時代を築いた。「うる星やつら」の舞台は基本的には日常世界(友引町)であるが、そこに異星や異次元空間がシームレスにつながり、宇宙人、幽霊、妖怪、憑物落としなど、ありとあらゆる種類の異界の者どもが大量に登場して祝祭的な空間を作り上げ、どたばたSFラブコメディとでも呼ぶべきジャンルを確立して、以降の漫画界・アニメ界に多大な影響を及ぼした。モダンホラーの中短篇にも佳作が多く、超能力を駆使して邪魔者を排除しようとする子供を描く「闇をかけるまなざし」(八一・『週刊少年サンデー増刊号』)、同様のテーマだが魔界から餓鬼を呼び出してしまう女の情念の描写に凄みがある「笑う標的」(八三・同)、互いに殺し合う仇敵たちの転生を扱う「忘れて眠れ」(八三・同)を経て、人魚の肉を食うことによってもたらされる不老不死に振り回される人間たちを、時には残虐描写もいとわずに描く《人魚シリーズ》(八四～九四)に結実した。戦国時代を舞台にした伝奇ロマン「犬夜叉」(九六～〇八)は、バイオレンス・アクションであると同時にコメディ的要素も豊かで、これらふたつの路線を極めて高い水準で融合させたものといえる。七〇年代末以降、常に第一線で活躍し続け、連載作品のほぼ全てがテレビアニメ化・映画化もされて大ヒットしているという、稀有の漫画家である。「うる星やつら」で八一年第二十六回小学館漫画賞少年少女向け部門、八七年第十八回星雲賞コミック部門、「人魚の森」(八七・『週刊少年サンデー』)で八九年第十八回星雲賞コミック部門、「犬夜叉」で〇二年第四十七回小学館漫画賞少年向け部門受賞。ほかに「らんま1/2」(八七～九六・『週刊少年サンデー』連載)「1ポンドの福音」(八七～〇七)などの作品がある。
【うる星やつら】短篇連作。七八～八七年『週刊少年サンデー』連載。テレビアニメは八一～八六年に放映された。八三～九一年まで六回にわたって劇場版アニメが公開されており、八七～九一年まで九回OVA化されている。地球を侵略しにきた鬼族（宇宙人）の娘・ラムと、地球人・諸星あたるのつかず離れずのラブコメディをメインに、極めて多彩な異界と人間界のキャラクターたちが大騒ぎを繰り広げる。しばしば破壊的などたばたコメディと、控えめで潤いのある恋愛模様の両者を完備しており、キャラクターの魅力やアイディア、ギミックのバラエティともども、後世に与えた影響は大きい。なお、劇場版第二作「うる星やつら2　ビューティフル・ドリーマー」（八四）は、〈胡蝶の夢〉をモチーフにした構造と世界観が高く評価されているが、原作とは雰囲気が大きく異なる、押井守監督の作品というべきものである。

【人魚シリーズ】連作中短篇。「人魚は笑わない」（八四・『週刊少年サンデー増刊号』）から「最後の顔」（九四・『週刊少年サンデー』）に至る、九篇からなるシリーズ。九一年と九三年にOVA化され、〇三年にテレビアニメ化された。人魚の肉は不老不死の妙薬と伝えられているが、毒性が強すぎるために、それを食べた人間のほとんどは死ぬか〈なりそこない〉と呼ばれる化物になってしまう。運良く生きながらえて不老不死を得られるのは数百年に一人であり、彼はその代償として、人と交われぬ永遠の孤独を背負うことになる。人魚の肉を食べてしまった湧太《ゆうた》と真魚《まお》の、元の人間に戻るための果てしなき旅路。不老不死を求める人間たちの心の醜さ・浅ましさが容赦なく描かれており、〈人魚〉や〈なりそこない〉の極めてグロテスクな造形とあいまって、従来の童話的・牧歌的な〈人魚物〉のパターンを覆したシリーズといえる。

【犬夜叉】長篇。九六〜〇八年『週刊少年サンデー』連載。テレビアニメは二〇〇〇〜〇四年に放映され、〇一〜〇四年まで四回にわたって劇場版アニメが公開されている。戦国時代を舞台として、人と妖怪の混血（半妖《はんよう》）である犬夜叉と現代から井戸を通してタイムスリップした女子中学生のかごめが、〈四魂《しこん》の玉〉のかけらを探し、宿敵〈奈落〉を倒すための旅に出る。かごめと犬夜叉が井戸を通じて現代と戦国時代を自由に行き来している点が、ユニークといえる。（倉田）

たがみよしひさ（たがみ・よしひさ　一九五八〜）本名田上喜久。長野県小諸市生。漫画家・小山田いくは実兄。七八年、駆け落ちした若いカップルが曲屋の旅館に泊まり、少年の亡霊を見た後に心中する「ざしきわらし」（『ビッグコミック』）で小学館新人コミック大賞に入賞してデビュー。続けて、青春恋愛物に怨霊や優しい幽霊などが絡む作品群を掲載。まもなく漫画家・八神を主人公とするサイキック・ディテクティヴ風の作品となり、《精霊紀行》としてシリーズ化された（〜八三・『ビッグコミック』『ビッグコミック増刊』『別冊ビッグコミック』）。代表作となる青春恋愛物「軽井沢シンドローム」（八二〜八五）を執筆後、少年誌へも発表の場を広げ、SFや伝奇アクションなどを執筆。ミステリ・シリーズ『NERVOUS BREAKDOWN』（八八〜九五）のほか、ヤクザ物、格闘技物から、エッチ系まで、多彩なジャンルの作品がある。

八頭身のスマートなキャラクターと三頭身のキャラクターとが入り交じる画風で、独特のタッチを有し、後続の作家に与えた影響には大きなものがあるだろう。アクション物では登場人物が次々と死んでいく展開となることが多く、ハードバイオレンスな画風ではないのだが、酷薄な世界を描いているところに特徴がある。別掲作のほか、AIの発達によって完成したマザーコンピュータが、人間は滅びたがっていると判断して世界戦争を引き起こし、生き残った人間たちも日々過酷に戦わせているという設定下に、天才的戦闘家のグレイが世界の秘密に迫りながら戦い続けるSFアクション「GREY」（八五〜八六・徳間書店『月刊少年キャプテン』連載）、ドイツの魔女の血を引き、事故の後遺症で妖物が見えるようになったフリーライターが、女調伏師と組んで、触手エログロ系の妖怪と戦いを繰り広げる退魔アクションの短篇連作「妖怪戦記」（九二〜九七・同連載）などの作品がある。

【滅日　HOROBI】長篇。八七～九〇年『月刊少年キャプテン』連載。太古より続く超能力を有する一族が、女派と男派に分かれて争っているという設定下に展開するオカルト伝奇アクション。何百年ぶりかで神鏡を体内に取り入れ、強大な超能力を発揮した異母兄弟は、怪物や女たちとの戦いで力をつけていき、世界の新生のため、兄は英雄神、弟は邪龍となる宿命を引き受けることになるというもの。兄弟間の葛藤が巧みに描かれた佳作。

【化石《いし》の記憶】長篇。八五～八七年『プレイコミック』(秋田書店)連載。赤ん坊の頃、森のぬしに母親を喰い殺された美袋《みなぎ》竜一は、二十六年ぶりにぬしが現れたことを知り、復讐のために故郷の森へ向かった。そこで、大学助手の本庄哲也が、七千万年前の地層から人間の頭蓋骨の化石を発掘したところに行きあう。一方、日本政財界を影から牛耳る桜山時一の手の者らも宝玉〈竜哭〉を求めて森へと集まってくる……。タイムマシン物のSFミステリ。時間のループ現象の中で、よりよい結末を追い求め続けようとするラストが印象的な秀作。　(石堂)

高屋奈月（たかや・なつき　一九七三～）東京生。九二年「Born Free」が『花とゆめプラネット増刊』に掲載され、デビュー。「フルーツバスケット」(九八～〇六・『花とゆめ』連載)は〇一年、第二十五回講談社漫画賞少女部門を受賞。主人公の少女・本田透が居候することになった草摩家は、異性に抱きつかれると十二支それぞれの動物に変身してしまうという呪われた一族だったという設定で、透の持つ純粋な優しさや強さと触れ合うことで、草摩家の人々が心の葛藤と向き合い、解放されていくという物語。繊細な心の動きを丁寧に描き出すことにより多くの共感を呼んだ。〇一年にテレビアニメ化もされている。その人気は日本のみにとどまらない。英語版(TOKYOPOP)の売上部数は〇六年の十五巻発売時点で累計二百万部を超え、英語圏で最も人気のある日本の漫画の一つとなっており、〈世界でもっとも売れている少女マンガ〉として『ギネス世界記録2008』(〇七・ポプラ社)にも認定されている。　(城野)

田川紀久雄（たがわ・きくお　一九三一～？）四〇年代後半に関西で活躍した漫画家。発表した漫画作品はすべてSF漫画だったという幻の漫画家で、手塚治虫が描き下ろしの単行本時代に、相対性理論などを漫画に盛り込んだSF漫画家としてライバル視したといわれる。デビュー作は、田川の作品を多数出版した中矢書房から出版した『海底大魔王』(四八)。ネコのミーちゃんと犬のコロ君の二匹が主人公で、宇宙船に乗って宇宙狭しと冒険する物語である。この作品と次作の『飛行星』『幽霊船』(共に四八・中矢書房)で初期の三部作を形成する。中でも『飛行星』は傑作で、二人の主人公が宇宙船に乗ってシルバー星に行き、博士に連れられて火星探検に出かけ、火星人と戦うという物語だが、宇宙船やロボット、惑星での都市のデザイン、宇宙人のコスチュームなど、様々なデザインを駆使して物語が進行し、中でも宇宙空間での宇宙戦争は圧巻である。ほかにも『暗黒星』(四八・不二書房)やロボットが活躍する『人造人間』(四八・同)、タイムマシンが登場する第一部しか発表されなかった『幽霊博士』(四九・同)、火星人との戦いを描いた『火星魔人』(四九・青雅社)、豪華な函入りで出版されたロストワールド物の『恐竜世界』(四九・関西図書出版)があるが、同じく豪華な函入りで出版された傑作『怪星襲来』(五〇・不二書房)の出版を最後に、忽然と漫画界から姿を消す。近年「幽霊博士」の第二部及完結篇の第三部の原稿が完全な形で発見され、出版が待たれている。　(高橋)

田河水泡（たがわ・すいほう　一八九九～一九八九）本名高見沢仲太郎。東京本所生。日本美術学校図案科卒。在学中から数年間、前衛芸術運動〈MAVO〉に参加し、抽象画を描く。その後、糊口をしのぐために落語を創作し、二六年『面白倶楽部』に掲載。以後、同誌に漫画も描くようになる。本格的な連載漫画は「目玉のチビちゃん」(二八～二九・『少年倶楽部』連載）で、同誌を中心に多数の漫画を描く。中でも、犬の擬人化の趣向でドジな一兵隊の活躍を描いたコメディ《のらくろ》（三一～四一、四八～断続的に八〇）が大ヒット作となった。同作は田河の代表作であるばかりでなく、幅広く大きな影響を与えた、昭和前期を代表する漫画である。田河は戦後も晩年まで《のらくろ》を描き継いだ。六九年第十回児童文化功労賞を受賞。同年紫綬褒章、八七年勲四等旭日小綬章受章。

「目玉のチビちゃん」は、「正チャンの冒険」（樺島勝一画、織田小星作）に倣った作品で、少年が竜宮や地獄を遍歴し、竜や怪魚と戦ったりする空想的な冒険物である。初期作品にはほかにも、ロボット物の最も早い作例の一つで、ロボット・ガムが不慣れな人間界で珍妙な失敗を繰り広げる短篇連作「人造人間」（三〇～三一・『冨士』連載）、人間の文明社会に憧れる蛸とその家族が、真珠などを生活資金として地上で生活を営む様を珍妙に描いたものだが、蛸の八ちゃんが田河水泡のもとを訪れ、人間に描き直して欲しいと頼むというメタ設定がある「蛸の八ちゃん」（三一～三七・『婦人子供報知』『報知新聞』連載）、風船の狸とそれを手に入れた少女を主人公に描く「風船狸」（三一・『少女倶楽部』連載）ほかがある。戦後は、描き下ろしの《のらくろ》の中に若干のファンタジー色のあるものがある。　（石堂）

武井武雄（たけい・たけお　一八九四～一九八三）童画家、装幀家、作家。長野県諏訪郡平野村生。良家の生まれで、子供の頃から画家を志す。東京美術学校西洋画科卒。同研究科修了。アルバイトで児童画を始め、二二年に『コドモノクニ』が創刊されると表紙・題字を描いて、本格的に児童画の世界に入る。美しさと異様さを併せ持つデフォルメ、奔放な空想によるファンタスティックなモチーフ、アールヌーボー風の繊細な描線など、特徴的な絵を描き、幻想的なイメージの側面でも影響を与えたことが考えられる。二五年、初めて〈童画〉という呼び名を用い、二七年には〈日本童画家協会〉を結成。この頃には盛んに童話も発表した（本篇参照）。児童画のレベルを引き揚げ、世間的な地位を高めることに貢献すると共に、玩具の研究と制作、版画、ユニークな装幀による造本など、多方面にわたって活躍した。五九年紫綬褒章、六七年勲四等旭日小綬章受章。

漫画の分野でも、「赤ノッポ青ノッポ」（三四・『朝日新聞』連載、続篇は三五～三七・新潮社『日本少国民文庫』連載）を代表作として、いくつかの作品を残した。「赤ノッポ青ノッポ」は、桃太郎に退治されて善良にはなったが、なおも未開の鬼ケ島の赤鬼と青鬼が日本にやってきて、落語的な失敗を繰り返しながら文明を学び、ついには角が取れて人間となるというもので、小学生になった鬼たちの珍妙な暮らしぶりがユーモラスに描かれている。また、「ハツメイハッチャン」（三五・『朝日新聞』連載）はハッチャンが万能ロボットのロボチャンを発明し、その様々な能力を試した後、日本の昔話や孫悟空、アラビアンナイトなどのお伽の国に入り込んで冒険をするという四コマ漫画。ロボットは少年の冒険の相棒であり、片脚をプロペラ代わりに頭のてっぺんに着けて空を飛ぶ、食物や煙幕などを吐き出す、透視をする、若返り・成長光線を出すなどの能力を持ち、ドラえもんの遠い祖先の一人といえる。このほか、戦争を諷刺した絵物語「アイウエ王物語」（二九・興文社・文藝春秋社『小学生全集　漫画絵物語』）、「赤ノッポ青ノッポ」の前身「くるみ太郎」（三一・『読売サンデー漫画』連載）などがある。　（石堂）

武井宏之（たけい・ひろゆき　一九七二～）青森県東津軽郡蓬田村生。県立青森南高校卒。「ITAKO の ANNA」が九四年第四十八回手塚賞佳作を受賞。和月伸宏ほかのアシスタントを務める傍ら「デスゼロ」（九六・『週刊少年ジャンプ　ウインタースペシャル』）でデビューする。代表作に「仏ゾーン」「シャーマンキング」などがあり、霊や宗教などをモチーフとした作品を多く手がけている。

【仏ゾーン】長篇。九七年『週刊少年ジャンプ』連載。弥勒菩薩の生まれ変わりであるサチを悟らせて世情を救うため、魔羅《マーラ》から護り、西蔵に向かう千手観音のセンジュの活躍を描いた。日本の大乗仏教の世界観に独自の設定を盛り込んだ異色の現代ファンタジーで、のちに発表するシャーマンキングの足がかりともいえる作品。また「聖闘士星矢」の流れを汲むバトルスーツ漫画でもあり、実際の仏像に魂が宿るだけではなく、その生きる仏像に天衣《アーマー》と呼ばれる武装を装着させることによってより強くなる設定が特徴的。未完。

【シャーマンキング】長篇。九八〜〇四年『週刊少年ジャンプ』連載。霊を憑依させることによって力を得るシャーマン。その一人である朝倉葉《あさくらよう》が、五百年に一度行われるS・F《シャーマン・ファイト》で仲間と共に、圧倒的な力を誇るシャーマン、ハオに立ち向かう物語。様々な宗教・信仰の神や精霊、天使など伝説や伝奇上の生物や人物が登場し、バトルを繰り広げる。未完。〇一〜〇二年にテレビアニメ化。（真栄田）

竹内寛行（たけうち・かんこう　一九〇七〜九五）本名竹内八郎。別名に竹内寛、轟一平、鯨一平など。戦前から街頭紙芝居の世界では有名な絵描きの一人で、戦前は貸元の大日本画劇で活躍。戦後は主に関西で街頭紙芝居を描いたといわれている。街頭紙芝居時代に竹内寛行の絵柄は既に出来上がっており、確認されているものでは戦後の街頭紙芝居「紅トカゲ」などで既に怪奇物を手がけている。街頭紙芝居が壊滅後、児童漫画の世界に登場。五四年、児童向け雑誌の『痛快ブック』（芳文社）の付録「旗本あばれ侍」で漫画デビューを果たす。ほかにも「剣風市川右太衛門」（原作南部僑一郎）を発表するが、わずか二作品を発表したのみで、少年雑誌の世界から去る。水木しげるが六〇年に鬼太郎サーガの第一作を発表したことで知られる怪奇短篇誌『妖奇伝』（兎月書房）に、本名の竹内八郎で時代怪奇物の「獣眼」を発表し、貸本漫画の世界に登場する。水木しげるの鬼太郎の連載は『妖奇伝』の後、同じく兎月書房の短篇誌『墓場鬼太郎』（六〇〜六二）へと受け継がれるが、兎月書房とのトラブルから水木版の鬼太郎はわずか三号で終了。兎月書房では売れ行きが良かった『墓場鬼太郎』を継続させるため、竹内寛行に鬼太郎を描かせることにし、寛行版の鬼太郎が誕生する。寛行の名が現在まで知られているのは、このニセ鬼太郎のためである。寛行の鬼太郎は、一応、水木版『墓場鬼太郎』三巻からの続き物であるが、寛行版は東京下町を舞台に、怪物フランケンや様々な怪物退治の物語の展開があることから、逆に本家の水木版鬼太郎にみられる後の妖怪退治のパターンに影響を及ぼしているのではという説もある。『墓場鬼太郎』は、兎月書房のドル箱的存在となり、十九巻まで続いた。寛行は、貸本時代のニセ鬼太郎が有名なせいか、ほかの作品に関してはほとんど評価されていないが、『地蔵娘《じぞっこ》』正続（六一頃・秀文社〜宏文堂）や怪奇短篇誌『血痕』収録の「血痕」は、怪奇漫画の傑作である。六五年くらいから漫画家の梵天太郎のアシスタントを務める傍ら、わずかではあるが、青年雑誌に怪奇漫画などを発表している。特に実話誌『漫画OK』（新星社）に発表した時代怪奇で復讐物の「紅しぐれ」が寛行らしさが表れた後期の傑作である。（高橋）

武内つなよし（たけうち・つなよし　一九二六〜八七）本名綱義。神奈川県横浜市生。太平洋美術学校卒。戦後、紙芝居を経て、武内綱義名義「燃えない紙」（五一・文京出版『探偵王』）でデビュー。以後、コンスタントに作品を発表していたが、五四年、初回のみ描いて急逝した福井英一から引き継いで「赤胴鈴之助」（五四〜六〇・『少年画報』）を連載二回目より執筆し、これが大ヒットする。一躍、人気作家となり、五五年から六二年頃にかけて月刊誌に多数の作品を連載。時代劇、西部劇、世界名作、探偵、SFヒーロー、格闘技物など、様々なジャンルを手がけていく。その創作の姿勢は、大人が子供に与える娯楽といったスタンスを踏まえており、古典的な価値観や、勧善懲悪にのっとった教条的な臭いも感じられたが、反面、一万年前の原始人が現代に甦る短篇「まだら人間」（五七・『おもしろブック』）などにみられるように、怪奇嗜好が前面に出た作品も多く、それは探偵・SFヒーロー物において、特に顕著であった。テレビ化された大人気作で、愛犬シェーンをお供に連れた少年ジェットが、衝撃波のミラクル・ボイスや麻痺光線のスーパーコルトを武器に怪事件を解決する「少年ジェット」「新少年ジェット」（五九〜六〇、六一・『ぼくら』連載）には、不定形の宇宙人や怪ロボット、巨大怪魚、水中人間といった数々の敵が登場する。これらをはじめとして、少年Gメンこと花丘一郎が活躍する「少年Gメン」（五九・『少年』連載）での街を徘徊するミイラ、特ダネを追う少年事件記者を主人公にした「東京パトロール」（五九〜六〇・『冒険王』連載）に出てくる奇怪な岩石の身体を持った鋼鉄人間、マスクのヒーロー、コンドル・キングがトランプ投げで悪を倒す「コンドル・キング」（六〇〜六二・『ぼくら』連載）の最初の敵である、合体して巨大人間と化す意思を持ったウジ虫状の肉塊グロなど、不気味な形状の怪物たちは、武内の有機的な描線とあいまって、その作品世界を特徴づけていた。それは当時の少年漫画の中にあって、きわめてホラー的なムードを醸し出していたのである。六〇年代中頃からは児童漫画からほぼ撤退して、大人向けのナンセンス漫画がメインとなり、また、「青年赤胴鈴之助」（七〇〜七二？）など劇画タッチの作品を執筆。七〇年代後半から八〇年代にかけては小説も著した。（想田）

武内直子（たけうち・なおこ　一九六六〜）本姓冨樫。夫は漫画家の冨樫義博。山梨県生。共立薬科大学薬学部卒。薬剤師、臨床検査技師の資格を持つ。大学卒業後に半年間、病院に勤務していた。高校時代から『なかよし』に投稿を始め、八六年第二回なかよし新人まんが賞入選作の「LOVE CALL《ラブコール》」で同年『なかよしデラックス』にてデビュー。初期はラブストーリーの短篇や学園物を発表。華やかで可愛い絵柄と少女の感性を素直に表現する作風で人気を得る。フィギュアスケートを題材にしたヒット作「THE チェリー・プロジェクト」（九〇〜九一）を連載中の夏に〈セーラー服美人戦士〉が活躍する短篇「コードネームはセーラーV《ブイ》」（講談社『るんるん』）を発表。これを原案として「美少女戦士セーラームーン」の連載が始まり、翌年テレビアニメ化されて大ヒットする。〈戦闘美少女物〉というジャンルも生まれて少女から青年男女までを巻き込む一大ブームとなった。同作で九三年第十七回講談社漫画賞を受賞。ミュージカル化（九三〜〇五）、実写テレビドラマ化、ゲーム化、キャラクター商品化なども多数。九三年から海外でもアニメ放映、翻訳出版がなされて世界的なヒットとなり、現在も人気がある。

【美少女戦士セーラームーン】長篇。九一〜九六年『なかよし』連載。平凡な中学二年生の月野うさぎが地球を守るセーラー服の美少女戦士に変身し、仲間のセーラー戦士たちと共に様々な敵と戦うアクション・ファンタジー。うさぎ（セーラームーン）は前世で月世界の女王であり、〈タキシード仮面〉としてセーラー戦士を助ける衛《まもる》との恋愛は、ギリシア神話の月の女神セレネと青年エンデュミオンの神話が下敷きとなっている（小西）

武部本一郎（たけべ・もといちろう　一九一四〜八〇）大阪府出身。別名に城青児、宇田野武、鈴江四郎ほか。甲陽中学卒。父は日本画家の武部白鳳。在学中から画学校で絵を学ぶ。四五年の終戦後に京都府に移住し、画業を開始。行動美術展に入展したのをはじめとして数々の賞に入選する。六〇年代から七〇年代にかけて、早川書房や東京創元社でE・R・バローズの《火星シリーズ》や《ターザン・シリーズ》、R・E・ハワードの《コナン・シリーズ》などのカバーアートを多く手がけ、現代日本のSFアートの先駆的な役割を果たした。海外でも評価が高く、SFアートの世界では、画集も多数出版され有名な存在だが、四〇年代から五〇年代にかけて少年少女向けの絵物語や街頭紙芝居の世界で活躍していたことはあまり知られていなかった。かつては手塚治虫の変名かもしれないとの推測もなされていた〈城青児〉が武部の変名と判明し、注目されることとなった。城青児名の絵物語としては、西部劇『あばれ馬（ワイルドパッチー）』（五〇・東光堂）のほか、探偵物『血の列車』（四九・同）、怪奇探偵物『魔焔の佝僂』（四九・同）が発見されている。鈴枝四郎名での絵物語は、ひばり書房からターザン物の『ライオンマン　ターザンの奇蹟』（五二）、東洋出版社（後の日の丸文庫）からも同じくターザン物の『少年ターザン』（五三）のシリーズを二冊を発表している。（高橋）

竹宮恵子（たけみや・けいこ　一九五〇～）徳島市生。六七年『COM』月例新人賞にて「ここのつの友情」が佳作入選。六八年「りんごの罪」（『週刊マーガレット』）にて本格デビュー。七八年「地球《テラ》へ…」で第九回星雲賞受賞。八〇年「風と木の詩」「地球へ…」で第二十五回小学館漫画賞受賞。八〇年に「恵子」を本名の「惠子」に改名する。七〇年代半ばに少女漫画を変革した〈二十四年組〉と呼ばれる作家の一人である。

　高三でデビュー後、元来得意な少年漫画の手法を活かしたSFやコミカルなファンタジーなどを発表する。七〇年から萩尾望都と同居生活を始めた東京練馬区大泉の家は〈大泉サロン〉と呼ばれ、ここでの熱意ある作家・読者との意欲的な交流に大いに刺激を受ける。「雪と星と天使と…」（七〇・『別冊少女コミック』、後に「サンルームにて」と改題）は少女漫画で初めて〈少年愛〉をテーマにした短篇だが、エロティックな幻影に惑いながらも惹かれ合っていく少年たちの姿を描いて読者の大反響を得た。この後竹宮は人物の造形や衣装、動き、背景など絵の要素と詩的な台詞をファンタジックに画面構成する手法を確立、豊かな心象風景を描いて少女漫画表現の幅を大きく広げていく。「ガラスの迷路」（七一・『週刊少女コミック』）は従来のコマ割りにとらわれずに大胆な画面構成や流麗な描線を用い、少年の孤独な心を瑞々しくリリカルに描き出した竹宮初の幻想ファンタジーである。また「まほうつかいの弟子」（七三・同）や「ガラス屋通りで」（七三・『別冊少女コミック増刊ちゃお』）など、児童文学を思わせる、ファンタジックなメルヘンの珠玉作もある。

　そして竹宮が自身のエンターテインメント性を大きく開花させたのが長篇「ファラオの墓」（七四～七六・『週刊少女コミック』連載）である。同作は古代エジプト時代の架空の国エステーリアを舞台にした雄大なスペクタクル・ロマンで、商業的にも大成功を収めた。続いて〈少年愛〉を人間の濃厚な愛の物語として見事に昇華させた「風と木の詩」（七六～八四・『週刊少女コミック』『プチフラワー』連載）を発表。竹宮がこだわり続けたエロスを持つ〈美少年〉というモチーフは小説家の栗本薫にも大きな影響を与え、後に竹宮とは深い交流が生まれている。一方、少年誌では本格SF「地球へ…」（七七～八〇・朝日ソノラマ『月刊マンガ少年』連載）を発表。よどみのないペンタッチと明快なキャラクター設定、壮大な物語を構築する力量が性別を超えた読者の圧倒的な支持を得て、八〇年には劇場アニメ化された。〇七年には新たにテレビアニメ化もされ、再ブームも巻き起こった。その後も、初めて本格的にファンタジーに取り組んだ「イズァローン伝説」や、日本を舞台にした「疾風《かぜ》のまつりごと」、冒険ロマン大作「天馬の血族」など、漫画史における幻想ファンタジーの代表作に数えられる長篇も次々に生み出している。ほかにもコメディからシリアスまで多数のファンタジーやSF作品がある。七五年には本格SF「ジルベスターの星から」（『別冊少女コミック』）、ゴシック・ホラー・ロマン「Qの字塔」（『花とゆめ』）、異色ファンタジー「真夏の夜の夢《ミッド・ナイト・ドリーム》」（『別冊少女コミック』）、「ガラスの迷路」の続篇である「扉はひらくいくたびも」（同）など意欲作が続けて発表された。小品ながらも「ミスターの小鳥」（七七・小学館『ちゃお』）は老紳士と彼だけに見える、翼を持つ少年とのフアンタジックな交流をメルヘン・タッチで描き、代表作の一つとなった。また『竹宮惠子全集』全四十四巻（角川書店）の第一期刊行十二巻までは、すべてＳＦやＳＦファンタジー作品でまとめられている。（『地球へ…』『アンドロメダ・ストーリーズ』『扉はひらくいくたびも』『エデン２１８５』『オルフェの遺言』『私を月まで連れてって！』）。

▼『竹宮惠子全集』全四十四巻（八八〜九一・角川書店あすかコミックスＤＸ）

【イズァローン伝説】長篇。八二〜八七年『週刊少女コミック』連載。樹海の中のイズァローン王国の二人の王子を中心に、人間と魔族との戦いを壮大に描く竹宮初の本格異世界ファンタジーである。緻密に築かれた世界観の魅力に加え、複雑な人間関係とそれぞれの心の交流を見事に描いた。

【疾風《かぜ》のまつりごと】短篇連作。九〇〜九三年『プチフラワー』連載。竹宮には珍しい日本の戦後を舞台とし、神とも魔ともつかぬ不思議な風をあやつる幼い兄妹の流浪先での出来事を一話完結にて描く。凄絶な戦火の中で二人の魂が初めて巡り会う回は、ファンタジーの中にも悲惨な戦争の姿を浮かび上がらせ、圧巻の表現となった。

【天馬の血族】長篇。九一〜二〇〇〇年『月刊ASUKA』連載。草原の騎馬民族の国に生まれたアルトジンは強い〈気〉を使うあどけない少女戦士だが、戦いの中で彼女こそが真の皇位継承者・純血の〈天馬〉と判り、次第に運命の渦に巻き込まれていく。少女の成長物語を軸にした冒険ファンタジーは最長連載であり、竹宮の代表作である。（小西）

竹本泉（たけもと・いずみ　一九五九〜）本名謙。埼玉県出身。日本大学経済学部卒。八一年『なかよし』掲載の「夢みる７月猫《ジュライキャット》」にてデビュー。まるみを帯びたかわいらしい絵と独自の擬音を駆使した作品を描く。ＳＦファンで、先行するＳＦ小説や映画を引用することが多い。代表作は「あおいちゃんパニック！」（八二〜八四・『なかよし』連載）で、宇宙人と地球人のハーフの女の子あおいちゃんが転校してきたことから起こるどたばたコメディ。このほか、恐竜と人間が共生する世界を描いた「ハジメルド物語」（八二・『なかよしデラックス』連載）など、作品の多くはＳＦやファンタジーである。また、平凡な町の住宅街に住む魔法使いの隣の家に越してきてしまった少年が主人公の「魔法使いさんおしずかに」（八四〜八五・『なかよし』連載）では、この後多く活躍する大人の女性が登場し、その後の竹本作品の展開を予想させるものとなっている。倉金章介の時代コメディのリメイク「あんみつ姫」（八六〜八七）まで『なかよし』にて活躍するが、その後、ゲーム誌・マニア雑誌に活躍の場を移していく。やはりＳＦやファンタジー作品を主に描いており「ちまりまわるつ」（九二）「ねこめ〜わく」（九三）等、多数の作品がある。（白峰）

田中正雄（たなか・まさお　一九二七〜）和歌山県生。日本大学経済学部中退。大正日日新聞記者を経て、四六年、大阪で出版された少年雑誌『新少年』（弘文社）で児童漫画家としてデビューする。四〇年代後半は、主に関西でＳＦ漫画の単行本を多数出版している。戦後間もなくの児童漫画家としては、手塚治虫の次に重要なＳＦ漫画の作品群を生み出しているが、現在までほとんど評価されていない。最初のＳＦ物の単行本は四七年に出版されたデビュー二作目の単行本となる『不思議な電子玉』（文化社）で、主人公の少年と博士のコンビで物語が進行するところや未来的なガジェットがふんだんに登場してくるところなど、田中ＳＦ漫画の特徴が既に現れている。田中は現代の漫画家、鳥山明や鴨沢祐仁、勝川克志に通ずるところがあり、作中に登場するロボットや宇宙船、レイガンなどのガジェットが可愛らしくデザインされ、おもちゃ箱をひっくりかえしたような単行本となっている。四八年には表紙が可愛らしくて豪華な『怪人博士』（同）を出版。ほかにも『海底博士』（むさし書房）や、金星人と戦うブーチャンシリーズの『宇宙飛行艇』（文化社）、タイムマシーンで五百年後の世界に行き、第二の地球の宇宙人と戦うSF物「不思議な世界」(弘文社『新少年科学ダイジェスト』連載)、続いて『不思議な地底の国』(むさし書房)『三百年後の世界』(文化社)、ロストワールド物の『大怪奇境の冒険』(同)を出版。翌四九年には、田中の初期SF漫画の代表作ともいえる火星人とロボットの戦いを描いた『金星探検』(同)や『謎の怪塔』(むさし書房)を出版。同年、豪華な函入りの『透明飛行船』(川合仁書房)や『謎の怪島』(むさし書房)と矢継ぎ早にSF漫画を出版する。同年、手塚の「鉄腕アトム」(五一)に影響を与えたと思われるアトムのような十万馬力のロボットが活躍する未来世界を描いた傑作『科学魔王』(扇書房)を出版するが、本作を最後にSF漫画は描かなくなる。手塚治虫の『ふしぎ旅行記』(五〇・家村文翫堂)に影響を与えたともいわれるファンタジー漫画で、カラー印刷も素晴らしい初期代表作の『漫画の瓶詰』(文化社)を同じく四九年に出版。その後、五十年に上京、「補欠の正チャン」「ダルマくん」「ライナーくん」「西郷どん」など多数の連載を、『ぼくら』『少年クラブ』をはじめとする中央の雑誌にを描き、人気漫画家となった。（高橋）

田辺イエロウ（たなべ・いえろう　?〜）東京出身。武蔵野美術大学卒。二〇〇〇年「闇の中」で小学館新人コミック大賞佳作入賞。〇二年に「LOST PRINCESS」(〇二・『週刊少年サンデー』、田辺伊衛郎名義)でデビュー。代表作に第五十二回小学館漫画賞少年向け部門を受賞した「結界師」(〇三〜・同連載)がある。これは、〈神佑地〉と呼ばれる力が集まる不思議な土地のうちの一つ〈烏森〉を守護し、〈結界術〉を使う〈結界師〉の家系・墨村家に生まれた、一族の正当な後継者・墨村良守《すみむらよしもり》と、そのライバルであると同時に良守の想い人の幼馴染・雪村時音《ゆきむらときね》が、烏森の不思議な力に魅了された妖《あやかし》を退治しつつ、〈裏会〉等の怪しい集団の陰謀に巻き込まれる伝奇アクションである。〇六〜〇七年にはテレビアニメ化されている。（真栄田）

谷弘兒（たに・ひろじ　一九五三〜）本名大谷弘行。別名に陰溝蠅兒《かげみぞようじ》。神奈川県横浜市生。大谷弘行名義の「流星」(七〇・『ガロ』)でデビュー。代表作は横浜の無国籍横丁を舞台にした一連の作品で、若い女性の連続変死事件を追う警視庁特務捜査官が木曾山中の城館で黒魔術事件に遭遇する「地獄のドンファン」(七八〜七九・同連載)、快傑蜃気楼と女探偵ハニー・サテンが悪の帝王サミルノフの操る宇宙怪獣Xに立ち向かう「快傑蜃氣樓《ミラージュ》」(八〇・同連載)、私立探偵・陰溝蠅兒が邪淫の城・蟷螂閣の女主人マダム・キルケと対決する「薔薇と拳銃」(八一〜八二・同連載)などが挙げられる。このほか、「それは、六月の夕べ…」(九三・同)「小さな風景画」「イップ君の思い出」(共に九八・青林工藝舎『アックス』)など、H・P・ラヴクラフトの「セレファイス」へのオマージュというべき幻想的な小品がある。（久留）

谷間夢路（たにま・ゆめじ　一九四三〜）別名に出井洲忍《でいずにん》、たに♡ゆめじ、初期の別名に本名をカタカナ表記にした木下アキヒサ、鬼童譲二。東京足立区生。五九年「死の勝利」(エンゼル文庫『顔』)でデビューし、以後アクション物を中心に貸本漫画を執筆。後にはTBSに勤める傍ら特撮テレビのコミカライズ「ウルトラQ」(六七〜六八・近代書館・梅田プロデュースセンター『TBSコミックス』連載)などを描く。七〇年代前半に独立し、出井洲忍名義で『漫画ボイン』(新星社)『週刊漫画Q』(新樹書房)『トップパンチ』(檸檬社)ほか実話系の雑誌をメインに官能劇画を発表、エロ劇画誌が創刊ラッシュを迎えた七五年以降には各誌に執筆する売れっ子になる。多作型で、自身の絵柄や作風に拘泥することなく、バロン吉元、政岡としや、あがた有為、山上たつひこ、佐伯俊男などを随時取り入れては変貌を繰り返す。何でもこなす器用さを持っているが、スタイルがひとつ定着した三流劇画ブーム期に得意としたのは好色コメディで、この時期に「好色西遊記」(後に「妖魔西遊記」と改題、七九〜八一・光彩書房『漫画エマニエル』と「好色真田十勇士」（後に「魔界真田十勇士」と改題、八〇～八二・辰巳出版『漫画オリンピア』）の二本のファンタジー・ピンク・コメディを長期連載している。原典をベースにそれぞれ沙悟浄と霧隠才蔵の役を女性キャラへと変え、エロ系のサービスを押し出しているものの、むしろナンセンス・ギャグの方に突っ走っており、「忍者武芸帳」「ウルトラマン」「怪人アッカーマン」「手天童子」ほかのパロディを手当たり次第にぶち込んだ、訳のわからなさが魅力だった。八二年頃には少年誌に進出し、人間男の子に恋をして人間界にやって来た妖怪王国の王女セーラを主人公に妖怪退治などを絡めた学園妖怪エッチ・コメディ「セーラにおまかせ!!」（八四～八五・『月刊少年チャンピオン』連載、長谷川彰原作）を発表。この時の絵柄は美少女系を取り入れた少年漫画らしいタッチだが、少女ホラー漫画ブーム期の八七年には、少女漫画風の絵柄で以前からの変名・谷間夢路を用い、コックリさんで呼び出されたミミズの悪霊が人々に取り憑いていく怪奇ホラー『放課後の悪霊』（秋田書店）を描き下ろす。この頃より谷間夢路を主な筆名にして女流漫画家になりきり、以後、平凡な女子中学生たちの身近に起こる様々な怪異を描いたオムニバス短篇「夢路の絶叫劇場」（九二～九四？・秋田書店『サスペリア』連載）、顔を二つ持った地獄界の少女・あの世ちゃんこの世ちゃんが悪人を裁く「地獄少女　あの世ちゃんこの世ちゃん」（九七～九八・リイド社『恐怖の館DX』連載）ほか、可愛らしく繊細なタッチの少女キャラとリアルな質感のモンスターなどグロテスク描写とのギャップが特徴的な少女ホラー物をコンスタントに発表。九〇年代中～後期の第二次少女ホラー漫画ブームを引っ張っていくことになる。その一方では、短篇連作「地図にない風景」（八七～八八？・笠倉出版『ラビアン　ミステリー&サスペンス』連載）といったレディスコミック系のアダルト・ホラーなども精力的に執筆し、さらに出井洲忍名義のエロ漫画もしっかり継続、ほかには新聞連載の四コマ物や実用書漫画、近年は〈ムービングマンガ〉なるネット配信の映像メディアも制作している。無節操かつ懐の広い実力派である。（想田）

種村有菜（たねむら・ありな　一九七八～）本名同じ。愛知県一宮市生。県立一宮商業高校卒。九六年「2番目の恋のかたち」が『りぼんオリジナル』に掲載され、デビュー。以後、『りぼん』『りぼんオリジナル』に執筆。代表作は、ジャンヌ・ダルクの生まれ変わりの現代日本の少女が、人間に悪影響を及ぼす絵画から悪魔を回収していく「神風怪盗ジャンヌ」（九八～二〇〇〇・『りぼん』連載）、喉の病気で余命一年と宣告された十二歳の少女が、死者の魂を回収する死神＝天使の力によって十六歳の姿に変身して芸能界で活躍する「満月《フルムーン》をさがして」（〇二～〇四・同連載）。いずれも装飾性著しい派手な画面で展開する変身少女物で、複雑な関係のラブロマンスと、屈折した友情物語を組み合わせており、テレビアニメ化されている（前者は九九～二〇〇〇、後者は〇二～〇三）。神／悪魔、死の天使といった設定は特に深く考えられたものではなく、小学生向けの作品らしい彩りにとどまっている。ほかに、遠未来の地球を舞台に、時を操る杖を与えられた王女（実は時の神の娘）が活躍するファンタジー「時空異邦人《タイムストレンジャー》KYOKO《キョーコ》」（二〇〇〇～〇一・同連載）などの作品がある。（石堂）

たむらしげる（たむら・しげる　一九四九～）東京生。桑沢デザイン研究所修了。デザイナーの傍ら、「ありとすいか」（七六・福音館書店）で絵本作家としてデビュー。七七年『ガロ』で漫画家としてもデビュー。イラストレーター、絵本作家、漫画家、いずれの分野でもファンタスティックな作風である。老人の科学者（フープ博士）、少年（ルネくん）、旧式のロボット（ランスロット）が、様々な世界で冒険を繰り広げるというパターンの物語が多く、北極など氷雪の国、鉱物や湖がある地下世界をしばしば舞台に選んでいる。その他の頻出するモチーフとして、鉱物の結晶、宇宙と星、水と魚・鯨、夢などがあり、いわゆる〈少年の夢〉の作家といえる。主な漫画作品には次のようなものがある。円盤世界を舞台に、フープ博士とその一行が地球の端の大瀑布から月に落ちるという計画を立て、冒険を繰り広げる「フープ博士の月への旅」（七八・『ガロ』）、天文学者の孫のユーリィが星の世界に出現した悪魚を銛で仕留める「銀河の魚」（八〇・朝日ソノラマ『月刊マンガ少年』）、氷の国で特に寒い時に動き出す雪男たちが素晴らしい理想の町を創り出すが、日が当たって崩れてしまう小品「フローズン・ランド」（八一・『月刊コミックトム』）、結晶化していく世界を描いた小品「結晶星」（八六・『ガロ』）、仲間を求めて歩き出した砂漠のサボテンの旅を描く『サボテンぼうやの冒険』（八八・偕成社）、ロボットの国の水晶の都の停電を直すため、フープ博士とルネくんが地底世界を旅する『ロボットのくにＳＯＳ』（九〇・福音館書店）、フープ博士とランスロットの小惑星ファンタスマゴリアでの日々を描く連作『ファンタスマゴリアデイズ』（二〇〇〇・メディアファクトリー）など。

ファンタスティックな物語を付した絵本に、小学館絵画賞受賞の『METAPHYSICAL NIGHTS』（九〇・架空社）、世界中を旅するMr.Ｑの不思議な体験を描いた連作短篇集『星の旅行記』『虹のコレクション』（二〇〇〇・小学館）、鯨型の潜水艇に乗り込み、愛猫と共に冒険を繰り広げる『モービー・ディック航海記』（〇五・ソニー・マガジンズ）、結晶の中に閉じこめられた土星、人の夢が結晶化した水晶の谷などの物語を収録する鉱物幻想短篇集『水晶山脈』（〇五・同）など。また自作のアニメ化も手がけ、「銀河の魚」（九二）で大藤信郎賞、「クジラの跳躍」（九八）で第二回文化庁メディア芸術祭アニメーション部門大賞、「PHANTASMAGORIA」（九五）で第一回ＡＭＤアウォード・グランプリ郵政大臣賞を受賞している。（石堂）

田村由美（たむら・ゆみ　?〜）和歌山県生。東京デザイナー学院グラフィックデザイン科卒。一九八三年第十二回小学館新人コミック大賞少女・女性部門に「オレたちの絶対時間」が佳作入選、同年『別冊少女コミック増刊』に掲載されデビュー。迫力のあるアクションを得意とし、コメディ、サイコホラー、ＳＦファンタジーなど多彩なジャンルで、短篇から大長篇まで人気作が多数ある。初期の中短篇連作《のーこシリーズ》（八六〜九一・『別冊少女コミック』『デラックス別冊少女コミック』）にて、少しエキセントリックな高校生・濃子を主人公に、戦国時代にタイムスリップする「神話になった午後」やピアニストの少女が濃子に乗り移る「17日めのショパン」など、ファンタジーから後の長篇に繋がるサバイバル・アクションまでを含む八篇を描き、ストーリーテラーとして頭角を現す。初の長篇『巴がゆく！』（八七〜九〇）では、元スケバンの巴が限界まで闘う派手なアクションと二人の男性の間で揺れるラブストーリーが絡み合い、読者の大きな支持を得た。そして更にＳＦ的な極限状況に主人公の少女を置き、自己実存までを問いかける壮大なＳＦファンタジーとしたのが代表作「BASARA《バサラ》」（九〇年第三十八回小学館漫画賞受賞）であり、現在連載中の「7SEEDS《セブンシーズ》」（〇七年第五十二回小学館漫画賞受賞）である。その他、オカルト・ファンタジー「ビショップの輪」（八九〜九〇・『デラックス別冊少女コミック』連載）や、小学生の少年が主人公の短篇連作《龍三郎シリーズ》（九〇〜〇一・同）などもある。

【BASARA《バサラ》】長篇。九〇〜九八年『別冊少女コミック』連載。文明崩壊後に暴君の治める君主制となった架空の日本が舞台。民を救う〈運命の子供〉タタラを赤の王に殺され、双子の妹である更紗がタタラとして反乱軍を率い王族に立ち向かっていく。少女漫画には珍しい壮大なスケールのバトルと魅力的なキャラクターたち、そして敵対する赤の王・朱里と更紗がお互いの正体を知らずに恋に落ちるドラマティックな展開が、大人気を博す。九八年日本初の本格的〈ＵＨＦアニメ〉として

「LEGEND OF BASARA」も制作された。

【7SEEDS《セブンシーズ》】長篇。〇一年～『別冊少女コミック』『月刊フラワーズ』連載（継続中）。巨大天体の落下を予測した国家は人類滅亡の危機を回避するため、若者を選別、冷凍保存し、危機が去った後に覚醒させて種を蒔くように放出するという〈7SEEDSプロジェクト〉を極秘に進行させていた。そして〈春・夏A・夏B・秋・冬〉の五チーム各七人による、凶暴化した昆虫や動植物など生態系の一変した世界でのサバイバル生活が始まる。現代では稀薄な生への渇望を強烈に訴えるSF群像劇である。（小西）

月宮美兎（つきみや・よしと　一九二七？～）別名に月宮よし美、鬼城たけし、モーリス・沼田、ドン男爵、鬼城寺健、鬼多川一平など。デビュー時期未詳。五四年には東京漫画出版社で『石川啄木』、翌年に『勝田新左衛門』など伝記漫画を執筆、その後も同社で連作時代劇《隼右近捕物帖》（五七～五八）や、『旗本退屈男』（五八）『丹下左膳』（五八～五九？）など映画のコミカライズ、月宮よし美名義を併用した少女漫画など多数の貸本を描き下ろす。この間、うしおそうじを模したタッチから当時人気だった星城朗二を取り入れた少女漫画タッチへと絵柄が変化し、さらに六〇年頃からは残酷時代物のブームを受け、挿絵の流れにある平田弘史系の荒々しい劇画風タッチになる。以後は貸本時代劇画をメインとし、鍋島化猫騒動に材を採った『異説怪猫伝』（六四）、妻とその情夫によって殺された男の亡霊が恨みを晴らす『呪いの竈』（六四）など多数の怪談を含んだ《時代劇画シリーズ》（六一～六五・東京トップ社）を四十冊近く描き下ろすほか、白蛇のたたりで蛇そっくりの姿に生まれついた蛇太郎の数奇な運命に、大蛇が守護する埋蔵金、大ムカデ、河童族などが絡む全四部の長篇《蛇太郎シリーズ》（六五～六六・東考社、後に「怪談蛇太郎」と改題）など、残酷と怪奇を特色とする作品を次々と発表。六〇年代後半以降は青年・成年誌を舞台にし、処女の生き血を吸って誕生した妖刀〈女泣き〉を巡る陰惨な物語「鬼哭の斬法」（七〇？・芸文社『漫画天国』？）といった怪奇路線も続けるが、本格時代劇の方に比重は移り、やがて大奥物など官能劇画を手がけるようになっていく。

その一方で、八〇年代には立風書房・レモンコミックスの少女物恐怖シリーズに鬼城寺健名義で執筆、能面にこもった五百年前の悪霊が現代に甦って少女に取り憑く『悪魔つきの少女』（八一）、ハレー彗星大接近の日に赤ちゃんを生贄に捧げようとする魔族どもから赤ちゃんを守って幼女が奮闘する『私の赤ちゃんを食べないで』（八四）などの怪奇ホラー漫画を描き下ろしている。リアルで大胆な筆致、確かなデッサン、アクの強いキャラクター、スピーディーな展開などを持ち味に、長期にわたって執筆を続けた作家である。（想田）

つげ義春（つげ・よしはる　一九三七～）本姓柘植。弟は漫画家のつげ忠男。東京生。四コマ漫画「きそうてんがい」および探偵クイズ物「犯人は誰だ!!」（共に五四・芳文社『痛快ブック』）でデビュー。少年少女誌や貸本劇画でユーモア物、時代物、スリラー物、青春物などを手がけた。この時期の幻想物としては、『地獄への招待』（五七・若木書房）、「のろわれた刀」（五七・『日の丸』）などを挙げることができる。その後、「沼」「チーコ」「初茸がり」（いずれも六六・『ガロ』）などで独自の境地を開拓。六六年から水木プロでアシスタントを務める傍ら、「山椒魚」（六七・同）や「紅い花」（六七・同）などの佳作を次々と発表して注目を集め、多方面に強い影響を与えた。中でも、「ねじ式」および「ゲンセンカン主人」は幻想漫画の代表作として評価が高い。「ねじ式」と同じく夢を題材とした作品としては、「夢の散歩」（七二・北冬書房『夜行』）「夜が掴む」（七六・実業之日本社『週刊漫画サンデー』）「コマツ岬の生活」（七八・『夜行』）「外のふくらみ」（七九・同）「必殺するめ固め」「ヨシボーの犯罪」（共に七九・日本文芸社『カスタムコミック』）などがある。

一方、旅行物や私小説風のリアリズム系の作品にも秀作が多く、この方面の代表作としては河原で拾った石を売る生活を描いた連作集「無能の人」（八五～八六）が挙げられる。この作品の完結後は漫画作品の新作を発表していない。漫画以外の著作としては、「夢日記」を収録したエッセー集『つげ義春とぼく』（七七・晶文社、新版は九二・新潮社）などがある。

▼『つげ義春全集』全八巻・別巻一（九三～九四・筑摩書房）

【ねじ式】短篇。六八年『ガロ』に掲載。メメクラゲ（××クラゲの誤植）に腕の血管を噛み切られた少年は、死の恐怖に怯えつつ医者を求めて漁村を彷徨する。発表以来、数々の評論で取り上げられており、日本の幻想漫画を代表する作品の一つといえる。九八年に「別離」「もっきり屋の少女」「やなぎや主人」と組み合せたオムニバス形式で実写映画化された。

【ゲンセンカン主人】短篇。六八年『ガロ』に掲載。老人ばかりの鄙びた温泉街にやって来た一人の男。案内の老婆は彼とそっくりなゲンセンカンの主人について物語る。ドッペルゲンガーとも輪廻転生の一種とも解釈できる幻想譚である。九三年に「李さん一家」「紅い花」「池袋百店会」と組み合せたオムニバス形式で実写映画化された。（久留）

堤抄子（つつみ・しょうこ　?～）大阪府豊中市生。京都市立芸術大学大学院美術研究科修了。一九八六年に同人誌に発表した、第三次世界大戦下に人類の生き残る道を探る近未来超能力SF「クラリオンの子供たち」が若干の加筆のうえ、翌八七年『COMIC BOX』（ふゅーじょんぷろだくと）に再録されデビュー。以後、八七～九〇年にかけて『Little boy』（同）に五本の短篇作品を発表し、九一年より京都を舞台に中世と現代が交錯するオカルト風SF「精霊都市」（～九二・『COMIC BOX』）を連載するも掲載誌の刊行ペース不順のため未完に終わったあと、九三年開始の「聖戦記エルナサーガ」が人気を得、広く漫画ファンに知られるようになる。丁寧でかっちりとした画面構成、女流らしい端整なタッチによるキャラクターなどのスタイルを持ち、細部まで練り込まれた世界観や設定によって高度な異世界を構築、その世界でそれぞれの運命と向き合いながら、確かな意思を持って生きる登場人物たちを描き出す手腕に優れる。また、人間社会が孕む問題が常に意識されていることも特色である。ほかの作品に、願いを叶える力を秘めた流星雨が一夜にして地上を破壊し尽くしたのち、不完全に叶えられた人々の欲望によって変貌した世界を描く「STAR GAZER―星に願いを―」（九六～九七・エニックス『月刊少年ガンガン』連載）、人形浄瑠璃・歌舞伎の演目を元にアレンジした「妖狐伝義経千本桜」（九九～〇一・同『月刊Gファンタジー』連載）、災いの星の下に生まれ幽閉されていた青年アダと、アダを解放した高原の国の朔夜《さくや》姫たちの放浪の物語に、突如現れる化物・月鬼《つくおに》や月の精霊など数々の謎が絡むSFファンタジー「アダ戦記」（〇二～〇五・一賽舎～一迅社『月刊コミックZERO-SUM』連載）、退魔大戦から数十年後、勇者の息子に生まれた少年アルドとアルドの魔詠《まえい》歌手を志願する少女ナシラを主人公に、魔族の王エルハイアとの宿命的なドラマが展開する、人と竜が紡ぐ剣と魔法の壮大な物語「エスペリダスオード」（〇六～・一迅社『月刊Comic REX』連載）などがある。

【クラリオンの子供たち】短篇集。九三年ふゅーじょんぷろだくと刊。アンドロイドの単なるプログラムでしかないはずの感情の中に人間が忘れてしまった純粋さをみる「迷える電気羊のために」（八八・『Little boy』）、直情的な少女リーと超能力少女・真理との心の交流を描いた「ラプンツェル異聞」（八九・同）ほか、デビュー作を含む初期の短篇六作を収録した初単行本。宮崎駿が解説文を寄せている。初期はファンタジー色のない、問題意識を持った硬質なSF作品を手がけていた。

【聖戦記エルナサーガ】長篇。九三～九九年『月刊ガンガンファンタジー』（エニックス）

連載。魔法が使えず、それ故に世界を魔風から守っている聖剣を抜くことのできる唯一の人間、アーサトゥアルのエルナ姫。アーサトゥアルはエルナの力を利用して覇権を握ろうとするが、エルナは従わず、自分を暗殺にやって来たアンサズのシャールヴィ王子と行動を共にする。鬼神とも呼ばれたシャールヴィをパートナーに、たった一つの命も見捨てることができないエルナの理想主義を実践していく本格ファンタジーで、堤の出世作。後に、現代を舞台にヒロイックファンタジー世界が展開される続篇「聖戦記エルナサーガII」（〇二〜〇六・エニックス〜スクウェア・エニックス『月刊Gファンタジー』連載）が描かれている。（想田）

つのだじろう（つのだ・じろう　一九三六〜）本名角田次朗。初期には本名を使用。東京台東区生。都立青山高校卒。ミュージシャンのつのだたかし、つのだ☆ひろは弟、漫画原作者・ゲームクリエーターのビトウゴウは息子。高校在学中に島田啓三の押しかけ弟子となり、五五年「新桃太郎」（『漫画少年』）でデビュー。以後、初期は「ルミちゃん教室」（五八〜五九）「ばら色の海」（六一、第二回講談社児童まんが賞受賞）などの少女漫画で人気を得ると共に、「十手の十吉捕物帳」（五六）「スーパー万兵衛」（五八〜五九）といった時代劇や、野球物「太陽くん」（五八〜五九）、相撲漫画「どすこいあんこ山」（五九）ほか様々なジャンルの作品を手がけ、ファンタジー系では忍術漫画「ふんわか雲丸」（五九・『おもしろブック』）、ほっぺのホクロをこすると何にでも変身できる忍術使いの子孫の少年を主人公にしたユーモア漫画「ピーナッツサブちゃん」（六一・『小学三年生』）などを連載。デビュー当初はまだスタイルが固まっていなかったが、五九年頃になると独特のデフォルメによる個性的なキャラクターが持ち味となり、六〇年代中頃には、ドジな三人組のギャングを描いた「ブラック団」（六四〜六六）、テレビアニメ「ピュンピュン丸」の原作である「忍者あわて丸」（六五〜六七・『週刊少年キング』連載）の二本のヒット作に加え、「あくまのマックロくん」（六五〜六六・『ぼくら』連載）「怪虫カブトン」（六六・『週刊少年サンデー』連載）「グリグリ」（六七・同）といった奇妙な生き物を主役にしたキャラクター・ギャグ物、少年ドリムが〈まんがのくに〉〈とびだす写真の国〉など地球の内側にある様々な不思議な世界を冒険するSFギャグ「腕白ドリム」（六七〜六八・『週刊少年キング』連載）ほか、デザイン的に洗練されたコミカルなキャラクターたちが繰り広げる、洒落た感覚のギャグ漫画を次々と執筆していく。その一方では野球漫画「ライバル左腕」（六六〜六七）など、ストーリー物の人気作も並行して描いているが、劇画が少年誌を席捲する六〇年代末頃からはこちらの路線がメインとなり、のちの大ヒット作「空手バカ一代」（七一〜七七、七三年の途中で影丸譲也に交代）につながる、同じ梶原一騎原作の空手物「虹を呼ぶ拳」（六九〜七一）が連載される頃には、劇画的リアルさや迫力を備えた、一般に知られるつのだの画風が確立していった。

　七三年になると、三十年近く前に自殺した女学生の亡霊や青虫のたたりなどを描いた中学校を舞台にした連作「亡霊学級」（『週刊少年チャンピオン』）を皮切りに、「恐怖新聞」「うしろの百太郎」の三本のオカルト・ホラーを連載し、少年誌での第二次怪奇漫画ブーム、社会現象的広がりをも見せたオカルトブームの火付け役となる。このブームによって、守護霊、背後霊、ポルターガイスト、エクトプラズム、コックリさんといったオカルト用語や心霊科学の概念などが一般に浸透していき、後続の怪奇物、ホラー作品に多大な影響を及ぼすことになった。これ以後は恐怖漫画家・心霊研究家としてのイメージが定着し、他方では漫画家を目指すドジな少年を描いた「その他くん」（七六）、『八つ墓村』（七六）ほか横溝正史原作ミステリのコミカライズ、将棋物「5五の龍」（七八〜八〇）、「虹子の冒険」として連続テレビドラマ化されたホステス物「銀座花族」（七九〜八〇）といった多彩なジャンルを手がけつつ、オカルト・ホラー作品を中心に執筆していく。少年誌では、宇宙連合のコンタクトマンに選ばれた少年・北斗一生《いっせい》が仲間の少女ベガと共に、人間に化けて社会に潜入している地球征服を目論む宇宙生物メギデロスと闘う、UFOやノストラダムスの大予言などを絡めた終末SF「メギドの火」（七六・『週刊少年サンデー』連載）、猫の瞳を通して透視する能力を持つ霊能者の少年・呪凶介と霊媒の少女・美魂《みたま》香が様々な怪事件を解決する「呪凶介PSI《サイ》霊査室」（七七・『週刊少年キング』連載）などを描き、青年誌では、秘密クラブ〈ワルプルギス〉を主宰する魔族の女・魔子が人間たちを快楽に溺れさせ、次々と仲間にしていく「魔子」（七八〜七九・『ビッグコミック増刊』連載）ほかを発表。また、七〇年代後半からは女性誌にも進出しており、先祖の夜桜姫が守護する真面目な性格の涙子と、涙子の親友で色情霊に付きまとわれる奔放で調子のいい麻理たちの人生をやや軽妙なタッチで描いていく「恋人は守護霊さま」（八〇〜八一？・主婦と生活社『週刊女性』連載）、心霊センターを経営する霊能者・絵夢がかかわった数々の心霊事件を紹介するドキュメンタリー風の「真夜中のラヴ・レター」（八一〜八二・同）といった作品を手がけ、更に八〇年代後半の少女ホラーブーム期には、住職の一人娘で女子高生の小鼓初音《こつづみはつね》が住む寺で毎月〈百物語の会〉が行われ、ヒッチハイクする自殺した女の幽霊や魚の左目をえぐり抜く妖怪キジムナーの話など、数々の怪談が語られていく「新説百物語」（八七〜九〇・『ハロウィン』）ほかを少女ホラー誌に連載、新たな読者層を開拓しながら、様々な切り口のオカルト系作品を多数発表していった。

【恐怖新聞】連作。七三〜七五年『週刊少年チャンピオン』連載。中学生の少年・鬼形礼《きがたれい》の許に突然、一回読むごとに命が百日縮まるという〈恐怖新聞〉が届けられるようになり、それ以来鬼形は新聞に書かれた未来に起こる恐怖の出来事に巻き込まれ、またホスト役として数々の怪事件を読者に紹介していくことになる。新聞はポルターガイストによって届けられるが、心霊事件のみならず、UFOや宇宙人、イエティなど未確認動物、二重人格者による怪奇事件、犯罪スリラーなど幅広い恐怖を扱い、「うしろの百太郎」と共に怪奇漫画ブーム、オカルトブームの火付け役となった人気作。「恐怖新聞II」（九〇〜九二・秋田書店『サスペリア』連載）「真恐怖新聞」（九二〜九三・同）「恐怖新聞　平成版」（〇二・講談社『恐怖新聞　平成版』連載）など続篇も描かれ、九一年にOVA化、九六年には「恐怖新聞II」を元にOV化、またゲームやパチスロ機にもなっている。

【うしろの百太郎】連作。七三〜七六年『週刊少年マガジン』連載。強力な守護霊の百太郎に守られた少年・後《うしろ》一太郎、心霊科学研究者の父、超能力犬のゼロたちが出会う数々の心霊・超能力事件を描いた、発表当時オカルトブームを巻き起こした大ヒット作。コックリさん、心霊写真、スプーン曲げ、ポラロイドカメラを使った念写など、霊や超能力に関する当時の流行が積極的に取り入れられていることに加え、〈心霊科学〉のプロパガンダ的要素も強く、非常に時代とシンクロした内容である。続篇に「新うしろの百太郎」（八六〜八七・『マガジンSPECIAL』連載）「うしろの百太郎　平成版」（〇二・講談社『恐怖新聞　平成版』連載）があり、また九一年にOVA化、九七年には連続テレビドラマ化もされた。

【学園七不思議】連作。八七〜八九年『サスペリア』（秋田書店）連載。いじめに遭って自殺した女生徒が怨霊となって復讐する「黒板になにかが!?」、二人の生徒がUFOにさらわれる「机文字の怪」など、学校にまつわる様々な怪異を描いた全二十八話の短篇集で、少女ホラー誌が続々と創刊され始めたブーム期に描かれ、新たな少女読者を獲得した。当初は舞台となる学校は統一されていなかったが、途中から青嵐学園、赤尾学園、黄泉学園を舞台にそれぞれ七つの物語が語られるという構成になった。九一年に「ハイスクールミステリー　学園七不思議」としてテレビアニメ化され、それに合わせて大槻純作画による続篇「新・学園七不思議」（九一～九四？・秋田書店『学園ミステリー』）が連載されている。（想田）

つゆき・サブロー（つゆき・さぶろう　一九二四～八七）漫画家、画家のほかにも小説家、フィルムコレクター、貸本漫画コレクター、少女愛好家など多彩な顔を持つ怪人物。別名を杉本五郎といい、フィルムコレクターや少女愛好家としての活動に言及する時は、杉本の名を使うのが一般的である。東京日本橋生。独学で美術を学び、読売アンデパンダン展や独立美術展などの美術展覧会に、少女の裸体を描いた絵画をたびたび出品し、入選する。また、露木サブロー名義で、少女小説『吹雪のお城』（四八）を発表。さらには、杉本三郎名義で、数々のカストリ雑誌に漫画を発表した。人面瘡物の怪奇漫画『寄生人』のほか、ロリコン趣味に満ち溢れた少女漫画『磯千鳥の唄』（未詳・兎月書房）『夢をよぶ人形』（六二・同）や『ミイラ島』（六二・同）などを発表した。水木しげると親交があり、《墓場鬼太郎シリーズ》の『霧の中のジョニー』に登場する吸血鬼のモデルともなっている。

【寄生人】長篇。六二年兎月書房刊。絵・ストーリー共に、全篇が水木しげる作品からの引用で描かれた怪作。三流週刊誌の記者・水原しげるは、自分が双子であったなら今の生活はもう少し楽になっただろうに、という安易な考えの持ち主。ある日、怪しい老婆が水原に水晶玉を覗かせる。そこには自分と瓜二つの男の姿が映っていた。老婆は「望みは叶う」と不気味に笑うのだった……。ラストのオチは、水木しげるの名作『墓の町』（六二）をも髣髴させる。表紙絵は『ミイラ島』ともども水木が担当しているが、本篇の作画には水木は一切関わっていない。本作は良い意味でのエピゴーネン的な作品である。（成瀬）

鶴田謙二（つるた・けんじ　一九六一～）神奈川県横浜市生。静岡県浜松市で育つ。「広くてすてきな宇宙じゃないか」（八六・『コミックモーニング』）でデビュー。同誌と『アフタヌーン』誌に《The Spirit of Wonder》シリーズとして断続的に掲載された短篇SF漫画は、『Spirit of Wonder』（九七・講談社）にまとめられた。ノスタルジックなムードのマッドサイエンティスト・テーマの作品が多く、たとえば「少年科學倶楽部」「少年科學倶楽部火星へ」の連作は、物置で作った飛行船で火星一番乗りをする物語であるし、「チャイナさんの憂鬱」の空間反射望遠鏡、「チャイナさんの願事《ねがいごと》」の重力遮断装置、「チャイナさんの逆襲」の瞬間物質移動装置など、いずれも幻想的奇想科学に属するガジェットである。九二年に「チャイナさんの憂鬱」が、〇一年に「少年科學倶楽部」がOVA化された。暖かい描線で緻密に描き込まれた画面が特徴的で、とりわけ、雑然とした日常空間の表現に長けており、それがアンドリュー・ワイエス的な〈リアリズムの中の幻想〉を呼び起こす。デビュー作の舞台が異常気象で水位が上がった近未来の浜松であり、探偵譚『Forget-《フォゲット》me-not《ミーナット》』（〇三）の舞台がヴェネツィアであるように、水のモチーフを偏愛しており、イラストレーターとしての画業を集めた『水素hydrogen』（九七・講談社）にも水のイメージが氾濫している。SFやファンタジー小説の装画・挿画なども数多く手がけ、二〇〇〇年には年間を通じて『SFマガジン』（早川書房）の表紙画も担当、二〇〇〇年に第三十一回星雲賞、〇一年に第三十二回星雲賞を、それぞれアート部門で受賞している。近作には、梶尾真治原作の『おもいでエマノン』（〇八・徳間書店）がある。（倉田）

手塚治虫（てづか・おさむ　一九二八～一九八九）本名治《おさむ》。大阪府豊中市生。兵庫県宝塚市で育つ。四五年六月、勤労動員中に大阪大空襲に遭遇し、九死に一生を得る。七月、大阪大学付属医学専門部に入学し、五一年卒業。在学中に「マアチャンの日記帳」（四六）でデビュー。四七年に刊行された『新宝島』（育英出版、酒井七馬原作）は四十万部とも伝えられる大ヒット作となり、映画的手法と起伏に富んだストーリーは若い漫画家志望者たちに強烈な印象を与え、鼓舞し、実質的に戦後漫画史の起点となった。初期の重要作には、手塚自身が漫画史上のストーリー漫画第一作と自負する、悲劇的な結末を持つ地球貫通列車の冒険譚『地底国の怪人』(四八・不二書房)、『魔法屋敷』『ロストワールド』(共に四八・同)『メトロポリス』(四九・育英出版)『来るべき世界』(五一・不二書房)などがある。「ジャングル大帝」(五〇〜五四・『漫画少年』連載)「鉄腕アトム」(五二〜六八・『少年』連載、六七〜六九・『サンケイ新聞』連載ほか)「きりひと讃歌」(七〇〜七一)「ブッダ」(七二〜八三)「ブラック・ジャック」(七三〜八三)「陽だまりの樹」(八一〜八六)「アドルフに告ぐ」(八三〜八五)など、数え切れないほどの傑作を世に送り出し、漫画史上に巨大な足跡を残した。アニメ産業のパイオニアでもあり、六一年に手塚動画プロダクション(のちの虫プロダクション)を設立し、六二年に短篇アニメ「ある街角の物語」、六三年に日本初の連続テレビアニメ「鉄腕アトム」を制作。七一年に虫プロダクションの社長を退任したのちは、手塚プロダクションで劇場用アニメ「火の鳥 2772　愛のコスモゾーン」(八〇)、実験的短篇アニメ「ジャンピング」(八四)などを制作した。五八年「漫画生物学」「びいこちゃん」で第三回小学館漫画賞、七〇年「火の鳥」で第一回講談社出版文化賞児童まんが部門、七五年「ブラック・ジャック」で第四回日本漫画家協会賞特別優秀賞、同年「ブッダ」「動物つれづれ草」で第二十一回文藝春秋漫画賞、七七年「ブラック・ジャック」「三つ目がとおる」で第一回講談社漫画賞少年部門、七九年、業績に対して第二回巌谷小波文芸賞、八四年「陽だまりの樹」で第二十九回小学館漫画賞青年一般向け部門、八五年、漫画家生活四十周年と『手塚治虫漫画全集』完結に対して第九回講談社漫画賞特別賞、八六年「アドルフに告ぐ」で第十回講談社漫画賞青年一般部門、八九年第十回日本SF大賞特別賞、九〇年、現在の漫画文化隆盛の礎を築いた全業績により第十九回日本漫画家協会賞文部大臣賞を受賞。アニメ関係の受賞歴も、八四年「ジャンピング」でザグレブ国際アニメーション映画祭グランプリなど、非常に多い。日本漫画家協会理事など、多数の役職を歴任している。八九年勲三等瑞宝章叙勲。

手塚には、超自然現象や超自然的存在を扱う純然たる幻想漫画も多数あるが、作品系列の主流であるSF漫画が、作品の世界観なり異生物の設定なりになにがしかの幻想性を帯びている場合も非常に多い。つまり、手塚の膨大な作品リストのかなりの部分は、怪奇幻想漫画のカタログにほかならないのである。

手塚の怪奇幻想漫画の多くは多面的な要素を内包しており、厳密な分類は困難であるが、おおむね以下の3種類に分けることができよう。①科学的な視点を持ち、仮に超自然的な存在が出現しても科学的に認識しようとする、SF系の怪奇幻想漫画。②超自然的要素を持つファンタジーのうち時代や舞台が現代とは異なるもの、及び、メルヘン的な世界観の作品。③超自然的要素を持つファンタジーのうち現代を舞台とするもの、及び、人間心理の闇に発する物語群。モダンホラーに属する作品が多いが、超自然現象が主たる要素ではない作品や、サイコホラーも含まれる。以下に、それぞれの代表作をあげる。

①現代版「竹取物語」と呼ぶべき『月世界紳士』(四八・不二書房)、体をミクロ化して人体に入り、結核菌たちの闘いに巻き込まれる、映画「ミクロの決死圏」の原型となった先駆的な作品『吸血魔団』(四八・東光堂)、科学と魔法の闘いを描く『魔法屋敷』(四八)。地球に接近するママンゴ星を舞台とする秘境冒険譚『ロストワールド』(四八)、太陽黒点の異常で誕生した人造人間の悲劇を描く『メトロポリス』(四九)、地球滅亡と新人類の誕生という壮大な背景の上に世界の諸相を描き尽くした、壮麗極まりない『来るべき世界』(五一)の三作は〈SF三部作〉と呼ばれ、科学の暴走、グロテスクな幻想、異世界、異生物、

人造人間、恐怖、エロティシズムなど、手塚の怪奇幻想漫画を特徴づける要素のほとんどを内包している。異次元ファンタジー「新世界ルルー」（五一〜五二・新生閣『漫画と読物』連載）も初期の重要な作品で、時間を止めるという道具立てと、変形を繰り返す超現実的なルルー世界の描写が特徴的である。地球に接近する異星上での鳥人の反乱を描く「ロック冒険記」（五二〜五四・『少年クラブ』連載）は、異文明との対立・戦争を本格的に描く大河ロマン「0《ゼロ》マン」（五九〜六〇・『週刊少年サンデー』連載）と、人類を滅ぼして新文明を作り上げた鳥類が人類の轍を踏んで滅びへの道を歩む「鳥人大系」（七一〜七五・早川書房『SFマガジン』連載）の原型となった。日本に本格的なSF小説が誕生する以前の、先駆的・高踏的な短篇SFシリーズ《ライオンブックス》（五六〜五七・『おもしろブック』）には、どこか淫靡なエロティシズムを放つ猫型のインベーダーに憑かれた少年の物語「緑の猫」、生命の源となる宇宙線が怪物を作り出す「くろい宇宙線」など、怪奇SFの傑作が含まれている。ほかにも、小栗虫太郎にインスパイアされた秘境冒険譚「虎人境」「黄色魔境」（共に六九・『少年キング』）、辺境宇宙を舞台に人喰い鬼女の説話を語る「安達が原」（七一・『週刊少年ジャンプ』）、宇宙から脳内に送信されてきた、ある星の誕生から終末までの映像を生涯をかけて描き続けた画家の物語「ドオベルマン」（七〇・『SFマガジン』）、「三つ目がとおる」（七四〜七八）、愛するものを体に取り込んでいく少女が、ついには海と同化してしまう異様な変身譚「グロテスクへの招待」（八一・『月刊少年ジャンプ』）などの作品がある。

②グリム童話「二人兄弟」を換骨奪胎した『森の四剣士』（四八・不二書房）、「リボンの騎士」の原型である『奇蹟の森のものがたり』（四九・東光堂）、ゲーテの原作を自由に脚色した『ファウスト』（五〇・不二書房）のほか、「夕鶴」をベースに民話伝承を織り込んだ「つるの泉」（五六・『少女クラブ』連載）、エポック・メイキングな「リボンの騎士」（五三〜六六）、ディズニー的なファンタジー時代劇「あらしの妖精」（五五〜五七・小学館『少女ブック』連載）、アラビアンナイトのパロディ「虹のとりで」（五六〜五七・『なかよし』連載）、童話風の「野ばらの精」（六二・同）など、少女漫画ジャンルの作品が目立つが、もちろんそれに留まるものではない。「ぼくの孫悟空」（五二〜五九・『漫画王』連載、六七年「悟空の大冒険」としてテレビアニメ化、〇三年に劇場アニメ化）では、手塚が生涯こだわり続けた〈メタモルフォーゼ〉が、華麗な原色が乱舞する中で繰り広げられ、「ハトよ天まで」（六四〜六七・『サンケイ新聞』連載）では骨太の民話世界が語られる。妖怪ブームを手塚なりに咀嚼した「どろろ」（六七〜六九）、ファウスト譚を日本の戦国時代に移し替えた「百物語」（七一・『週刊少年ジャンプ』連載）、ギリシア神話の世界観をベースに、愛と哀しみを湛えたエピソードを紡ぐ「ユニコ」（七六〜七九・サンリオ『リリカ』連載他、七九年に手塚の監修でOVA化、八一年と八三年に劇場アニメ化）は、いずれも手塚の代表的な幻想漫画である。手塚が〈鳥人〉と共にこだわった〈人魚〉を主人公とする作品には、「ピピちゃん」（五一〜五三・『おもしろブック』連載）「エンゼルの丘」（六〇〜六一・『なかよし』連載）「青いトリトン」（「海のトリトン」と改題」）（六九〜七一・『サンケイ新聞』連載、七二年にテレビアニメ化）がある。その他、注目すべき中短篇作品には、現代を舞台とする愉快な妖怪譚「マンションOBA」（七一・『週刊少年ジャンプ』連載）、神に見捨てられた人類最後の生き残りの少年が、世界を再生するために地獄の悪魔たちに救われる「すべていつわりの家」（七六・『月刊少年マガジン』）などがある。

③手塚の作品群には、傍流ではあるがフリークス志向の系譜があり、きちがいとかたわとおばけを会員とする妖怪クラブが起こす怪事件『妖怪探偵団』（四八・東光堂）、スーパーマンになれる麻薬に手を出してしまった人々

が怪物化する「ハリケーンZ」（五八・『少年クラブ』連載）から「どろろ」を経て、妖しい光芒を放つ「アラバスター」（七〇〜七一・『週刊少年チャンピオン』連載）に至る。ミステリ系の作品の代表作には怪奇探偵物「スリル博士」（五九・『週刊少年サンデー』連載）があり、「バンパイヤ」（六六〜六七）では、変身種族を利用する悪の天才の犯罪が、生き生きと描き出されている。怪奇短篇の傑作は枚挙に暇がなく、単独の作品としては、極めてグロテスクな「嚢」（六八・実業之日本社『週刊漫画サンデー』）や「蛸の足」（七〇・『小説サンデー毎日』）などがあるが、特筆すべきは《空気の底》（六八〜七〇・秋田書店『プレイコミック』）、《ザ・クレーター》（六九〜七〇・『週刊少年チャンピオン』連載）の両シリーズであり、前者には、脱獄囚が絶壁で見た幻覚「野郎と断崖」、公害による人体変貌をショッキングに描く「うろこが崎」、現代的な化猫譚「猫の血」、「ブラック・ジャック」にも類例がある動物との脳交換譚「ロバンナよ」、後者には、軍の命令で人を溶かす毒薬を作った男の幽霊が、時を越えて警告しに現れる「溶けた男」、大ジカの憎悪の思念が怪物を生み出す「雪野郎」などが含まれる。七〇年前後は、手塚の生涯でも最も陰惨な作品群が生み出された時期であり、なかでも代表的な長篇が、気弱な青年の抑圧された精神と性的妄想が〈イドの怪物〉である巨大な幻馬を出現させて人々を殺戮する「ボンバ！」（七〇・『別冊少年マガジン』連載）と、黒人であるが故の被差別と侮蔑に絶望した主人公が世にも醜い姿となって世界の美を滅ぼさんと暗躍する、江戸川乱歩的な猟奇とエログロ趣味が全篇に充溢した異形・異端の雄篇「アラバスター」（七〇〜七一）である。この時期には、サイコホラーの優れた短篇も生まれている。精神病院における連続殺人事件の真相と、さらにその裏に隠された狂気を描く「料理する女」（七二・『ビッグコミックオリジナル』）、及び、実在の殺人鬼のドキュメンタリーである「ペーター・キュルテンの記録」（七三・『週刊漫画サンデー』）が、それである。ほかに、売れない映画監督がドラキュラから渡された美女と共に、ロマンを失った現代に怪奇な事件をでっち上げていく「I・L」（六九〜七〇・『ビッグコミック』連載）、現実と幻覚の境目が判然としない、芸術家の狂気と妄想の世界を描いた長篇「ばるぼら」（七三〜七四・同）などがある。晩年の手塚は、軽やかな怪奇コメディ「ドン・ドラキュラ」（七九・『週刊少年チャンピオン』連載、八二年にテレビアニメ化）、テレビ局に居ついた妖怪が騒ぎを引き起こす「ブッキラによろしく！」（八五・同）を経て、三たびファウストに挑戦し、バイオテクノロジーによる生命創造の野望を抱く男を主人公とする「ネオ・ファウスト」（八八・朝日新聞社『ASAHI Journal』連載）に取り組んだが、ついに未完に終わった。

　手塚は、生涯に渡って、ホラー漫画を描き続けた。最初期の「妖怪探偵団」「魔法屋敷」から未完の絶筆「ネオ・ファウスト」に至るまで、怪奇・幻想・恐怖の系譜が途絶えたことはない。伝統的な怪談のフォーマットに則った作品としては、「怪談雪隠館」（六九・『週刊漫画サンデー』）「夜の客」（七二・『小説サンデー毎日』）「新・聊斎志異　女郎蜘蛛」「新・聊斎志異　お常」（七一・『少年キング』）「四谷快談」（七六・『週刊少年ジャンプ』）「新聊斎志異　叩建異譚」（八七・スコラ『コミックバーガー』）などがある。一般にはホラー漫画とは認識されていない「鉄腕アトム」や「ブラック・ジャック」も、実はホラー的色彩が色濃く、前者には「赤いネコ」（五三）「美土路沼事件」（五六）「コウモリ伯爵」（五八〜五九）、後者には「雪の夜ばなし」（七三）「のろわれた手術」（七五）「霊のいる風景」（七六）などの怪奇エピソードがある。真夜中のタクシー・ドライバーを主人公とする「ミッドナイト」（八六〜八七・『週刊少年チャンピオン』連載）にも、優れた怪談がいくつも含まれている。

　先にも述べたように、〈メタモルフォーゼ〉

は手塚生涯のテーマであり、作品創造の根幹を為すオブセッションとなっている。ここまで取りあげてきた作品以外にも、「黄金のトランク」（五七・『西日本新聞』連載）のアメーバ型宇宙人、「ガムガムパンチ」（六七〜六九・『小学一年生』『小学二年生』連載）の魔法のガム、「火の鳥」の不定型生物ムーピーなど、変身・変形・変貌・変態の実例を挙げると枚挙に暇がない。手塚が子供時代に見ていた〈夢〉は、見ているものが変化しつづけ、それに恐怖感とセックス・アピールを感じるようなものであったという。それは〈生命現象〉の不思議さへの驚異の念を伴う感覚であったに違いなく、そのため、手塚の数多くの作品において、変身や変容が生命あるいは生命力と等価に扱われるか、あるいはその象徴として描かれているのである。それと同時に、〈メタモルフォーゼ〉は〈死〉に伴う現象でもある。〈生のメタモルフォーゼ〉と〈死のメタモルフォーゼ〉のビジョンこそが、手塚の怪奇幻想的想像力の源泉であった。

研究書も多数あるが、全体像をうかがうのに適したものとして、『別冊太陽　子どもの昭和史　手塚治虫マンガ大全』（九七・平凡社）『手塚治虫全史』（九八・秋田書店）が挙げられる。

▼『手塚治虫漫画全集』全四百巻（七七〜九七・講談社）

【リボンの騎士】長篇。五三〜五六年に『少女クラブ』に連載された後、五八〜五九年に『なかよし』に続篇が連載され、六三〜六六年に少女クラブ版のリメイクが『なかよし』に連載された。シルバーランド王国の王女・サファイアは、天使のチンクの悪戯で、男の子の心と女の子の心の両方をもって生まれてしまった。女でありながら臣民に対しては男と偽って育てられたサファイア姫の秘密を、腹黒いジュラルミン大公が狙う……。少女雑誌に波瀾万丈のストーリー漫画を導入した画期的な作品であり、様々な神話や伝説の素材を駆使して、夢とロマンとファンタジーの世界を繰り広げた。六七〜六八年にテレビアニメ化され、九八年以降、数回にわたってミュージカル化されている。

【火の鳥】長篇。五四〜五五年『漫画少年』連載、五六〜五七年『少女クラブ』連載、六七〜七三年『COM』連載、七六〜八一年『月刊マンガ少年』連載、八六〜八八年『野性時代』連載。漫画少年版と少女クラブ版は、いわば前史であり、『COM』版第一作の「黎明編」以降が、手塚のライフワークとされている。邪馬台国を舞台とする「黎明編」から超遠未来に至る「未来編」までの様々な時代で、〈永遠の生命〉の象徴である〈火の鳥〉を狂言回しとして、生と死の物語が繰り広げられる。〈火の鳥〉は多くの場合、超越的・超自然的な存在として物語を外側から見つめているが、実体を持つ生物（異星人）の姿をとることもある。一貫しているのは、生命を弄ぶ者・生命を軽んずる者に対する、容赦のない罰（裁き）である。七八年に「黎明編」が実写映画化。八〇年にはアニメ映画「火の鳥2772　愛のコスモゾーン」、八六年には同じく「火の鳥・鳳凰編」が公開されている。八七年には「ヤマト編」と「宇宙編」がOVA化され、〇四年には「黎明編」「復活編」「異形編」「太陽編」「未来編」がテレビアニメ化された。また、ラジオドラマ化は七七年以降に、舞台化は七九年以降に、それぞれ何度も行われている。

【バンパイヤ】長篇。六六〜六七年『週刊少年サンデー』連載、六八〜六九年『少年ブック』連載。変身能力を持つバンパイヤ族と出会った間久部緑郎（ロック）が、三人の老婆の占い師から、「ほかのやつらをふみこえて世界一えらくなる。人間にも動物にもやられることはない」と予言されたとき、痛快極まりないピカレスク・ロマンの幕が開いた。悪の天才ロックは予言を信じて殺人を重ねるが、人間に替わって世界の支配権を握らんとするバンパイヤ革命の動乱の中で、ついには破滅する。六八〜六九年に、実写テレビドラマ化されている。

【どろろ】長篇。六七〜六八年『週刊少年サンデー』、六九年『冒険王』連載。室町時代末期、醍醐景光は、天下取りの代償の生贄として自分の子を四十八の魔物に差し出す。その結果、四十八個所を欠損した体で生まれた赤ん坊は、ある医者の手により義手や義足を与えられて生きながらえた。成長した赤ん坊は百鬼丸《ひゃっきまる》と名乗り、自分の体のパーツを取り戻すための旅に出て、やがて、戦乱の中をたくましく生き延びてきた、こそ泥のどろろと出会う……。魔物を倒す度に、奪われた四十八のパーツが一つずつ復活するという、独創的な骨組みを持つ。水木しげるの妖怪漫画の人気に対抗して描かれたとされる作品。世界観が暗いためか、大きな人気は得られず打ち切られたが、いくつかの妖怪の造形（たとえば、美と醜が完璧に融合した万代《ばんだい》）は、手塚の生み出したあらゆる異生物中、最高水準のものといえる。六九年にテレビアニメ化、〇四年に「新浄瑠璃　百鬼丸」として舞台化、〇七年には実写映画化されている。

【三つ目がとおる】長篇。七四〜七八年『週刊少年マガジン』連載。幼稚園児並みの知能しかない中学生・写楽保介《しゃらくほうすけ》の額の絆創膏を剝がすと、第三の目が現れ、悪魔的な叡智を発揮し超能力を奮って怪事件を解決するが、しばしば彼自身が重大な事件を引き起こす。それもそのはず、彼は古代超文明の最後の生き残りであり、愚かなる文明を滅ぼせ！という呪いを引き継いだ者なのだから……。超古代文明ロマンの最も初期の作例であり、デニケンらに代表される七〇年代のオカルトブームが反映されている。八五年と九〇〜九一年にテレビアニメ化されている。

（倉田）

寺沢武一（てらさわ・ぶいち　一九五五〜）北海道旭川市出身。旭川東高校卒。七六年、上京して手塚プロダクションに入社し、漫画部スタッフとなる。七七年「大地よ蒼くなれ」で第十三回手塚賞佳作に入選。「コブラ」（七七・『週刊少年ジャンプ増刊号』）でデビュー。同作品は七八年から連載され、一躍人気作家となった。「スター・ウォーズ」などのSF映画のテイストを強く匂わせ、アメリカン・コミックスを思わせる緻密な画風と洒落た台詞回しを特色とし、キッチュなギミックや女性の衣裳の露出度の高さも含めて、古典的な意味で、もっともスペースオペラらしいスペースオペラといえる。狭義の幻想漫画には含まれないが、ほとんど超自然的で時には幻想的なキャラクターやガジェットがしばしば登場し、主役たちの性格も含めて、ヒロイック・ファンタジーの世界に限りなく近いとはいえる。ほかに、「鴉天狗カブト」（八七・『月刊フレッシュジャンプ』連載）などの作品がある。エアブラシを使った最初の漫画家であり、CGを漫画の原稿作成に導入したパイオニア的存在でもある。

【コブラ】長篇。七八〜八四年『週刊少年ジャンプ』連載。その後も『スーパージャンプ』、メディアファクトリー『コミックフラッパー』などに断続的に連載されている。左腕にサイコガンを仕込み、快速宇宙船タートル号を駆る一匹狼の宇宙海賊コブラを主人公とする、痛快極まりないスペースオペラ。八二〜八三年にテレビアニメが放映され、八二年には劇場版アニメも公開された。

（倉田）

冨樫義博（とがし・よしひろ　一九六六〜）本名同じ。弟は漫画家の冨樫、妻は漫画家の武内直子。山形県新庄市生。八六年、ゲーム世界と現実がつながってしまうコメディ「とんだバースディプレゼント」で『週刊少年ジャンプ Spring Special』にてデビュー。八七年「ジュラのミヅキ」で第二十四回ホップ☆ステップ賞佳作、「ぶっとびストレート」で第三十四回手塚賞に準入選。八九年から「てんで性悪キューピッド」（『週刊少年ジャンプ』の連載を開始（〜九〇）。同作は、ヤクザの跡継ぎ息子の中学生・鯉昇竜次（酒を飲むと粗暴な人格に豹変するが、普段は妖精に憧れる少年）と、悪魔・聖まりあ（竜次を真っ当なスケベ男にするべく鯉昇家に居候するトリックスター的美少女）のエロティック・ラブコメディ。連載第二作となる「幽☆遊☆白書」が大ヒット作となり、九二〜九五年にテレビアニメ化、ゲーム化され、「ドラゴンボール」「スラムダンク」と共に黄金期の『少年ジャンプ』を支える作品となった。九三年、同作で第三十九回小学館漫画賞受賞。SFやゲームのパロディ要素を盛り込んだSFコメディ「レベルE」（九五〜九七・同連載）を経て、「HUNTER×HUNTER」（九八〜・同連載）を開始。好奇心に満ち溢れた野生的な少年ゴンが、暗殺者の一族の孤独な少年キルアと厚い友情関係を結び、数々の冒険と戦いをくぐり抜けていくという、ゲーム的要素の強いバトル・アクションで、九九〜〇一年にはテレビアニメ化された。一時は「ONE PIECE」と共に『少年ジャンプ』を代表する人気作となるが、二〇〇〇年以後は休載などが多い。

「幽☆遊☆白書」の「仙水編」で永井豪の「デビルマン」を彷彿させるような人間悪を象徴するシーンを描いた冨樫は、「HUNTER×HUNTER」でもサイコキラーを主要な登場人物に配して凄惨なシーンを多く挿入するなど、資質的には明朗な作家とはいえないようだ。「レベルE」に登場する固有名詞が、筒井康隆、夢野久作、江戸川乱歩、ラヴクラフト由来のものであることからも、そのおおよその嗜好が窺える。しかし、そうした傾向に、少年向けエンターテインメントに必須の〈純情〉という要素を巧みに混ぜ合わせ、波瀾のあるおもしろい作品に仕立てているところに、独特の魅力がある。

【幽☆遊☆白書】連作。九〇〜九四年『週刊少年ジャンプ』連載。不良だが心根が優しく男らしい中学生・浦飯幽助《うらめしゆうすけ》は、子供を助けようとして事故死してしまう。地獄の裁定によって蘇った幽助は、異能を得て霊界探偵として働くことになる。連載の長期化に伴い、霊界のために働く話から、〈暗黒武術会〉を舞台に、霊気を利用した様々な術を駆使したチーム・バトル物へと変化する。武術会終了後は霊界探偵物に戻り、魔界と人間界を繋ぐトンネルを開いて人類抹殺を企む元霊界探偵・仙水忍の野望を阻止する物語となる。（石堂）

徳南晴一郎（とくなん・せいいちろう　一九三四〜）別名に室町清治、市川誠一。大阪生。自伝「凶星の漫画家」（九七・太田出版『ひるぜんの曲　徳南晴一郎青春マンガ自選集』収録）に拠れば、少年期に脳下垂体成長ホルモン不足により身長百四十センチで成長が止まり、このことが漫画家生活のみならず徳南の人生全般に暗い影を落としたようである。五五年大阪市立天王寺美術研究所中退。同年『影をきる侍』（丸山東光堂）でデビュー。初期の画風は、ディズニーや手塚治虫風の丸っこい絵柄であった。五七年十月上京。五八年四月、若木書房から『神変極楽剣士』を発表するも不評に終わり、生活は窮迫する。同年九月、曙出版から怪奇時代劇『怪猫闇姫』を発表。この通俗的な化猫物は徳南を窮地から救い、以後『怪猫油行燈』『怪奇屏風猫』『怨霊化猫塔』など、いわゆる《徳南晴一郎怪猫シリーズ》（全て曙出版）は全七巻を数えた。五九年、徳南、川田漫一、ヒモトタロウ、長谷邦夫ら曙出版専属作家十人は、親睦会〈十《プラス》画人会〉を結成。同年六月から八月にかけて、同会編集の短篇誌『惑星』『地獄門』『夜光虫』『ハイティーン』（全て曙出版）が立て続けに創刊される。徳南は『惑星』と『地獄門』の二誌に得意の化猫物《昔々怪猫伝シリーズ》を連載。『地獄門』では室町清治のペンネームも使用した。六〇年から六二年にかけて、曙出版発行の短篇誌『ハイティーン』『ティーン・エージャー』『ローティーン』に、市川誠一の筆名で青春物を発表。徳南独特の細長く薄っぺらで歪んだ絵柄は、二十作を数える青春物で徐々に作り上げられていった。そして、六二年夏、妹の不慮の死による極度の精神的打撃にもがき苦しみながらも、二つの代表作を描き上げる。同年七月発行の『怪談猫の喪服』（曙出版）と同年八月発行の『怪談人間時計』である。後年になって怪奇漫画史上屈指の傑作と評される両作品だが、発表当時はほとんど注目されなかった。予告された『怪談破けた顔』（または『怪談紙の顔面』）はついに発表されず、方向転換して《戦国武将シリーズ》を手がける。『徳川家康』『豊臣秀吉』『織田信長』と続いた同シリーズは、六三年一月発行の『独眼竜政宗』(全て曙出版)をもって終了し、徳南は漫画家生活を断念して筆を折る。なお、前出の自伝及び通説に拠れば、彼の最終作は『独眼竜政宗』であるが、異色怪奇時代劇『化猫の月』(曙出版)が六三年四月に発行されたことが今回の調査で判明した。

【怪談人間時計】長篇。六二年曙出版刊。時計屋の一人息子・声タダシは、人間嫌いで、カラクリ人形付きの時計と戯れるのが日課となっていた。ある日、店中の時計が突如として叛乱を起こし、人間のために時を刻むのを一切止めてしまう。そして、大きな古時計の化身がタダシの家庭教師を務めるようになってから、一家は悪夢と恐怖の日々に苛まれることになる。挙句の果てに、内臓を時計のぜんまいや歯車に変えられたタダシは、ネズミに食い殺されてしまうのだった。絶望的な精神状況下で描かれた作品ゆえに、神経質で重苦しい雰囲気が全篇を覆っているが、それでいてどこか虚無的な笑いをも誘う不可思議さが魅力である。デッサンを完全に無視した無機的な人物描写、極端にデフォルメされた背景、常軌を逸した異様な構図が、狂気のドラマに花を添える。カフカやムンク、さらにはデヴィッド・リンチなど、古今の奇才を想起させるシュールでアナーキーな徳南晴一郎の代表作。発表当時は不遇の評価であったが、一部のマニアに語り継がれ、七九年に駒絵工房から初めて復刻本が出されて、批評家に認知された。九六年には、徳南の強硬な反対と拒絶にもかかわらず、『怪談猫の喪服』とのカップリングで、太田出版が復刻を強行。怪奇漫画史上の名作としての地位を決定的なものにした。（成瀬）

鳥図明児（とと・あける　一九五八～）本名ペレイラ昭栄。富山県出身。奈良女子大学卒。七八年『ペーパームーン』(新書館)に投稿した作品が萩尾望都と寺山修司の目に止まり、プロアマ問わず投稿作品の中から両氏が選んだ作品を集めたアンソロジー《あなたのファンタジィ》シリーズの一冊『デリカシィ・ココア・タイム』に「鏡に朝がやってきたとき」が掲載され、実質的デビューとなる。さらに八〇年「銀想世界で」(奇想天外社『奇想天外』)にて本格的プロデビューを飾った。インドや東南アジアを思わせる架空世界を、政治や経済、対立する民族、服装などまで細やかに構築し、権力闘争など現実的な政治的ドラマをも透明感のある幻想的な独特の絵柄で描き、マニアックなファン層を獲得した。代表作としては、富裕な政治家の息子として生まれ、醜い政争に巻き込まれながらも〈空神〉を祀る神殿の修復に力を傾けるサーナンの物語「虹神殿」(八一～八三・新書館『グレープフルーツ』連載)、他人の感情を読める少女・東河《トーカ》を巡る政争と彼女を守ろうとする男たちとの恋物語を描いたファンタジー「水蓮運河」(八四～八七・同連載)などの長篇がある。そのほか、皆に愛される美しい妹を幽閉し領主になった兄の歪んだ近親愛を描いた短篇「銀の爪はさみしく」(八二・『プチフラワー』)やインドの王宮を舞台にした短篇「象の王子と馬の王子」(九一・『ASUKA増刊』)など。特に人気の高かった「虹神殿」ではイメージアルバムも八四年に発売されている。八七年にインド人男性と結婚し、出産後に渡印、その後も九二年頃まで創作を続けるも、現在は休筆中。九六年、夫であるジョン・ペレイラ氏と共に、漫画を入れて分かりやすくした米会話本『米会話シミュレーション・ゲーム1～50』を星雲社より描き下ろしにて上梓し、好評を得て三巻(九八)まで刊行した。（天野）

トニーたけざき（とにー・たけざき　一九六三～）本名嶽崎千尋。大阪府生。八二年、小学館新人コミック大賞佳作「PAPER STAR」が嶽崎千尋名義で『週刊少年サンデー増刊』に掲載。同時期に園田健一主宰の漫研〈VTOL〉に入会し、以後数年間、主要メンバーとして同人誌活動を行う。初期は手塚治虫、モンキー・パンチ、高橋留美子などのタッチを混ぜたような絵柄だったが、八五年頃より大友克洋の影響を受けたリアルな絵になり、八八年、OVA「バブルガムクライシス」のサイドストーリーとして自由に描いた「AD.ポリス25時」(～八九・大日本絵画『月刊コミックノイズィ』連載)で本格デビュー。未来の東京を舞台に巨大企業ゼノムが開発した融合機能を持った奇怪な人造生命体《サイバードロイド》ブーマとAD.ポリスや美女戦士ナイトセイバーズたちの闘いを軸に、ダークなシリアス調、浪速を舞台にブーマが暴走するお笑い、アメコミ風パロディなど多彩な切り口を試みた本作に対し、続く「AD.POLICE　終焉都市」(八九～九〇・バンダイ『B-CLUB』連載)は全篇シリアス・モードで展開。宇宙空間で神の声を聞き自我が芽生えたブーマの叛乱は、魂の解放という哲学的命題すら孕んだ緊密度の高いドラマを紡ぎ上げる。翌九一年には、白ブリーフ一丁の巨大人型兵器を造り、一般都民の住宅の地下に人知れず海底戦艦・脳天号を建造し、助手の安川をはじめ周囲の人々、あまつさえ自分自身をも実験台にして弄ぶ天才科学者・岸和田博士を主人公にした「岸和田博士の科学的愛情」(～九八・『モーニングパーティ増刊』『アフタヌーン』連載)を開始。思考実験とパロディが入り乱れる狂気じみた世界を描くこの作品によって人気と知名度を得ると共に、漫画評論家などにも高い評価を受け、〇一年にはNHK・BS2放送の番組〈BSマンガ夜話〉に取り上げられることになる。画力、演出、構成、センス、パロディ感覚、SFマインドなど総合的に優れ、持ち前の過剰なサービス精神はシリアス、ギャグの区別なく発揮されるが、馬鹿馬鹿しくマヌケで下品でエログロなネタを、一級のテクニックを使ってリアリスティックに描くギャップがもっぱら芸風として定着する。以後、ピンチに応じた形態に三分間のみ変身できる伝説の古代宇宙人、ピンチ星人末裔の美女ピンチーと、下ネタ連発の下品な舎弟オードリー・Qのコンビが古代宇宙秘宝を求めて未知の惑星を探索するオールカラー漫画「SPACE PINCHY」(〇一～〇二・『アフタヌーン』連載)、「機動戦士ガンダム」に精通したディープなお笑いネタを安彦良和そっくりの絵柄で繰り広げる「トニーたけざきのガンダム漫画」(〇一～・角川書店『月刊ガンダムエース』連載、矢立肇、富野由悠季原作)などを発表。〇八年、酩酊状態で企画を遂行した偉業により、第四十七回日本SF大会・暗黒星雲賞を受賞した。　(想田)

TONO(との　一九六一～)広島県生。「しましまえぶりでぃ」(八三・雑草社『ぱふ』)でデビュー。年若い女王が治める架空の王国カルバニアを舞台にした「カルバニア物語」(九四～・徳間書店『Chara』連載)、幽霊を見る目を待つ少年の成長譚「ダスク・ストーリー——黄昏物語——」(九八～二〇〇〇・創美社『COMIC Crimson』連載)、人食い妖怪と百年を過ごすことになった少年の物語「チキタ☆GUGU」(九七～〇七・『ネムキ』連載)、死者の魂を使って砂漠にオアシスを作る一族の物語「砂の下の夢」(〇四～・『プリンセスGOLD』)などがある。シンプルで可愛らしく時折ギャグ・タッチも混じる絵柄だが、扱うテーマは生と死、親子の情愛や善意から生まれる罪といった重くシリアスなものが多い。　(有里)

富沢ひとし(とみさわ・ひとし　?～)板垣恵介のアシスタントを経て、「肥前屋十兵衛」(一九九四～九五・『週刊少年チャンピオン』連載)でデビュー。同作は江戸時代日本や大航海時代西洋、中世的中東などがごたまぜになった異世界を舞台に、魔法的な商品を扱う冒険家の商人の活躍を描いたファンタジー連作で、描き込みの多い一般的な少年漫画の画風となっている。その後、絵をアニメ的な可愛らしくあっさりとしたものに変え、小学校に種々のエイリアンを捕獲処理する〈エイリアン対策係〉が存在する異世界日本を舞台に、みんなが忌避する対策係となってしまった少女たちの頑張りを描く「エイリアン9」(九八～九九・『ヤングチャンピオン』連載)で注目を集める。同作は〇一年にOVA化もされた。続篇に「エイリアン9　エミュレイターズ」(〇二〜〇三・『チャンピオンRED』連載)がある。このほか、小学生の子供たちが並行宇宙へと失踪する事件が相次ぎ、やがてそれが各並行世界の終末と全体の再創造につながっていく「ミルククローゼット」(二〇〇〇〜〇一・『アフタヌーン』連載)、完全な未来予測ができるようになった未来で時間戦争が起きて時間の流れが消滅、あまたの時空がつぶれた果てに様々な時間が並列的に生き残ったという異様な世界が出現、別時間の人々を殲滅すれば、勝った時間側に統合されるという状況の中、生き抜こうとする兄妹を描いた「特務咆哮艦ユミハリ」(〇四〜〇七・幻冬舎『幻蔵』連載)などがある。「ミルククローゼット」以後の作品は、ユニークな設定を十全に活かしきれないまま終わっているという感がある。　(石堂)

とり・みき(とり・みき　一九五八〜)熊本県人吉市生。明治大学文学部文学科中退。七九年、大学在学中に、第十二回少年チャンピオン新人マンガ賞への応募作「ぼくの宇宙人」が佳作第一席になり、『週刊少年チャンピオン』に掲載され、デビュー。ギャグ漫画家としてキャリアをスタートするが、「るんるんカンパニー」(八〇〜八二・同連載)、「クルクルくりん」(八三〜八四・同連載)などの初期のギャグ漫画やコメディに、早くもSF漫画への指向を読みとることができる。サブカルチャーの豊富な教養に裏付けられた、感覚よりは頭で理解するタイプの理知的なギャグやパロディを高密度に濃縮した、速いテンポの作風を特徴とする。また、漫画表現の約束事自体をギャグとする手法も得意で、この路線は、無声九コマ漫画という形式上の縛りの中でありとあらゆる技法上の実験を繰り広げ、シュルレアリスムとSFの結合から極めて純度の高い笑いを生成した「遠くへいきたい」(八九〜〇三・東京ニュース通信社『TV Bros.』連載)で、ひとつの頂点を極めた。その一方で、八五年頃から、シリアスなSFやホラーの短篇を描き始めた。巨人伝説に正面から取り組んだ「山の音」(八八)は、先住民族と新勢力(大和朝廷)の戦いが現代において神話的に繰り返されるという構造が、のちの代表作「石神《せきしん》伝説」(九五〜九九、未完)に先駆けているし、国家権力と神話の結びつきというテーマに着目すると、〈件《くだん》〉伝説と新興宗教を組み合わせた「パシパエーの宴」(九一・スコラ『コミックバーガー』)も同じモチーフの変奏だといえる。その他の短篇ホラーの代表作には、学生時代に生活していた町を訪れた男が、封印していた過去の記憶の中に捕らえられて破滅する「トマソンの罠」(九四・文藝春秋『コミック94』)などがある。SF漫画の分野では、古今の名作SF小説の極めて上質なパロディである短篇連作「SF大将」(九四〜九六・早川書房『SFマガジン』連載)が代表的傑作であり、これに「大星雲ショー」(九四・翔泳社『GURU』連載)を加えた単行本(九七・早川書房)の、祖父江慎による凝りに凝った造本上のトリックもまた、特筆すべきものである。ほかの漫画作品に、エッセー漫画「愛のさかあがり」(八五〜八六)、SF長篇「DAI-HONYA　ダイホンヤ」(九二〜九三・アスキー『月刊アスキーコミック』連載、田北鑑生原作)などがある。漫画作品以外の仕事としては、劇場用アニメ『WXIII　機動警察パトレイバー』(〇二)の脚本などが挙げられる。九四年「DAI-HONYA　ダイホンヤ」で第二十五回星雲賞コミック部門、九五年「遠くへいきたい」で第四十一回文藝春秋漫画賞、九八年「SF大将」で第二十九回星雲賞コミック部門を受賞。

【山の音】長篇。八八年『SFマガジン』(早川書房)連載。狩野忠は、南九州の秘境・裔村に帰郷したまま連絡が取れなくなった恋人・伏田英理を追って裔村を訪れたが、彼女の家族や村人たちから拒絶され、また、様々な怪異現象に遭遇する。謎を解くために伏田家の山に入った忠は、巨人と化した英理を目撃するが、その頃、陸上自衛隊も山を包囲し始めていた……。日本神話の中の先住民族を巨人族とし、それに北京原人の骨の謎を組み合わせた作品。征服者としての大和朝廷の軍勢を自衛隊に投影する構図は、「石神伝説」に引き継がれている。

【石神伝説】長篇。九五年『コミック95』（文藝春秋）、九六～九九年『コミックビンゴ』（同）連載。未完。古代、征服者・大和朝廷の軍門に下った物部氏は、大和朝廷の先兵となって先住民族を討伐し、彼らの怨念を石に封じ込めた。時は流れて現代。全国各地で、かつて大和朝廷に征服され虐げられた人々の怨念が石の封印を解いて、あるいは巨石の姿を借りて次々と甦り、〈大和の軍隊〉たる自衛隊と戦い始めた。それらの復活を背後で操っている謎の少年・白鳥は被征服民の怨念の具象化であり、物部の末裔・石上自衛官と対峙する。そして一連の事件の目撃者であり記述者である新聞記者・桂木真理もまた、古代の怨念と深く結びついていた……。掲載誌の廃刊によって未完となっているが、とりの伝奇ロマンの代表的傑作である。（倉田）

鳥山明（とりやま・あきら　一九五五～）本名同じ。愛知県清須市生。愛知県立起工業高校デザイン科卒。広告デザイナーを経て「ワンダーアイランド」（七八・『週刊少年ジャンプ』）でデビュー。代表作は、アンドロイド少女・則巻《のりまき》アラレを主人公とするギャグ漫画「Dr.スランプ」（八〇～八四・『週刊少年ジャンプ』連載）および『西遊記』を換骨奪胎した冒険活劇ファンタジー「DRAGON BALL」。両作品のヒットにより『週刊少年ジャンプ』黄金時代の一翼を担った。漫画作品以外では、ファンタジーRPG《ドラゴンクエスト》シリーズ（八六～・エニックス）のキャラクターデザインを担当。「Dr.スランプ」で第二十七回小学館漫画賞（八一）、「ドラゴンクエストⅦ―エデンの戦士たち―」で第四回文化庁メディア芸術祭賞（二〇〇〇）を受賞。

【DRAGON BALL】連作長篇。八四～九五年『週刊少年ジャンプ』連載。七個集めればどんな願いでも叶えてくれる神龍《シェンロン》を呼び出すことができる秘宝〈ドラゴンボール〉を巡り、尻尾の生えた不思議な少年・孫悟空とその仲間たちが様々な冒険や闘いを繰り広げる。ピッコロ大魔王の登場以降は、より強力な新たな敵の出現とそれに応じた主人公のパワーアップが主眼となる格闘物の要素が強くなり、〈ドラゴンボール〉も死亡したキャラクターの復活用アイテムとなった。八五年からテレビアニメ化・劇場アニメ化され、日本国内のみならず海外でも人気を博した。（久留）

な行

なにぬねの

名香智子（なか・ともこ　一九五三～）本姓田中。埼玉県川越市生。七三年『別冊少女フレンド増刊』掲載「とってもしあわせ」でデビュー。代表作は競技ダンスの世界を舞台にした「PARTNER《パートナー》」（八〇～八七）、華麗なヨーロッパ上流階級の世界を舞台にした《シャルトル・シリーズ》（八五～二〇〇〇）。狂気の血を引くフランス貴族の陰惨な運命を描いた「緑の誘惑」（八〇・『プチコミック』）や、「夢魔」（九六・双葉社『ミステリーJour』）など身の凍るような一連の恐怖ミステリ物、架空の惑星を舞台に無邪気な王女が冒険するファンタジック・コメディ「パンドラ・パニック」（〇一～〇三・『プチフラワー』他連載）など、ジャンルによらず端整でゴージャスな画風と鋭い人間観察を特徴とする。中篇連作「霧の国から・桜の国へ」（〇六～〇七・小学館『月刊フラワーズ』連載）はある日突然お互いの精神が入れ替わった英国の伯爵令嬢と日本の青年伯爵が、性や文化の違いに対応していく様子をクールに描写した異色作である。（卯月）

永井豪（ながい・ごう　一九四五〜）本名潔。兄は小説家・漫画原作者の永井泰宇（高円寺博）。石川県輪島市生。東京都立板橋高校卒。石森章太郎（後の石ノ森章太郎）のアシスタントを経て、「目明しポリ吉」（六七・『ぼくら』）でデビュー。「ハレンチ学園」（六八〜七二・『少年ジャンプ』『週刊少年ジャンプ』連載）の大ヒットで一躍人気漫画家となり、「あばしり一家」（六九〜七三・『少年チャンピオン』『週刊少年チャンピオン』連載）、「キッカイくん」（六九〜七〇・『週刊少年マガジン』連載）、「ガクエン退屈男」（七〇・『週刊ぼくらマガジン』連載）などを発表。これら初期作品はギャグを基調とするものが多いが、「ハレンチ学園」の第一部・完結篇〈ハレンチ大戦争編〉をはじめ、「あばしり一家」の〈パラダイス中学編〉や「ガクエン退屈男」の暴力指向など、後のシリアス／バイオレンス系作品に発展する萌芽が既に散見される。

永井豪の幻想漫画の中核となるのは、「鬼—2889年の反乱—」（七〇・『週刊少年マガジン』）をはじめ、「魔王ダンテ」「デビルマン」「手天童子」「凄ノ王」「デビルマンレディー」と続く、〈鬼〉や〈悪魔〉を扱った一連の作品である。その他の代表作として、永井豪作品の集大成的大作「バイオレンスジャック」、閻魔大王の甥っ子えん魔くんが悪い妖怪を退治する「ドロロンえん魔くん」（七三〜七四・『週刊少年サンデー』連載、同年テレビアニメ化）、伊賀の忍者・天王獅子丸が〈白い宇宙〉からの侵略者・白魔に立ち向かう「黒の獅子」（七八〜七九・『週刊少年マガジン』連載）、高校生・山田花平が偶然召喚した二人の悪魔（ダンスとバズーカ）と共に冒険を繰り広げるエロティック・コメディ「花平《はなっぺ》バズーカ」（七九〜八二・『ヤングジャンプ』連載、小池一夫原作、九二年OVA化）、古代ムー王国を舞台に、ヒロイック・ファンタジーと巨大ロボット物を融合させた『ゴッドマジンガー』（八四・小学館、並行してテレビアニメ化）、善神アーガマの末裔の少年がバイオアーマー〈獣神ライガー〉の力で邪神ドラゴ復活阻止のために活躍する「獣神ライガー」（八九〜九〇・講談社『コミックボンボン』連載、並行してテレビアニメ化）などが挙げられる。また、短篇の代表作には、「吸血鬼狩り」（七〇・『別冊少年マガジン』）「ススムちゃん大ショック」、「アフリカの血」（七一・『週刊少年マガジン』、筒井康隆原作）「シャルケン画伯」（七一・同、レ＝ファニュ原作）「くずれる」（七一・同）、オムニバス《霧の扉》（七三・同）、「真夜中の戦士《ミッドナイト・ソルジャー》」（七四・『週刊少年ジャンプ』）「鏡の中の世界」（七八・徳間書店『永井豪の世界』）「夜に来た鬼」（七八・『月刊少年マガジン』）「蟲」（八〇・『週刊少年マガジン増刊』）などがある。その他、巨大ロボット物「マジンガーZ」（七二〜七三・『週刊少年ジャンプ』、七三〜七四・講談社『テレビマガジン』連載）やバトル・ヒロイン物「キューティハニー」（七三〜七四・『週刊少年チャンピオン』連載）は、テレビアニメを通じて様々な映像作品やゲーム文化などに多大な影響を与えている。また、「オモライくん」（七二・『週刊少年マガジン』連載）や「イヤハヤ南友」（七四〜七六・同連載）など、破天荒なギャグ漫画にも名作が多い。八〇年「凄ノ王」で第四回講談社漫画賞を受賞。

【魔王ダンテ】長篇。七一年『週刊ぼくらマガジン』連載。宇津木涼は日本アルプス登山中にヒマラヤ山脈にテレポートし、氷の中に封印されていた魔王ダンテを復活させてしまう。魔王に喰われた宇津木涼の精神は逆に魔王の身体を乗っ取り、魔獣ゼノンとの壮絶な闘いを経て魔女メドゥッサと遭遇し、神と人類の正体を知らされる。後に「魔王ダンテ〈神略編／現魔編／魔道編／神魔大戦編〉」（〇二〜〇四・『月刊マガジンZ』連載）としてリライトされ、〇二年にテレビアニメ化された。

【デビルマン】長篇。七二〜七三年『週刊少年マガジン』連載。地球の先住民デーモンが永き眠りから目覚め始めた。不動明は親友・飛鳥了に導かれてデーモンの勇者アモンと合体して人類を守る戦士デビルマンとなる。デーモンは人間の恐怖心を操って人類を破滅へと導き、ついにデビルマンと大魔神サタン率いるデーモンの最終戦争が幕を開ける。永井豪の最高傑作であると共に、日本の幻想漫画の代表作の一つといって間違いないだろう。雑誌連載と並行してテレビアニメが放映された。また、〇四年には実写映画化もされたが評価は低い。サイドストーリーとして、「新デビルマン」（八〇・角川書店『バラエティ』、七九～八一・『週刊少年マガジン増刊』）がある。

【手天童子】長篇。七六～七七年『週刊少年マガジン』連載。柴竜一郎・京子夫妻は〈戦鬼〉から赤ん坊（手天童子郎）を託される。成長した手天童子郎は暗黒邪神教との闘いを経て、謎の異空間〈鬼獄界〉に旅立つ。物語は時空を超えてめまぐるしく展開し、ついに〈鬼獄界〉成立の驚くべき真相が明らかになる。先行作品として短篇版「手天童子」（七五・『プリンセス』、長篇版と区別するため後に「邪神戦記」と改題）がある。

【凄ノ王】長篇。七九～八一年『週刊少年マガジン』連載。耳宇高校に通う朱紗真悟はガールフレンドの雪代小百合に誘われて超能力クラブに入部。青沼ら不良グループによる小百合暴行事件、その背後に潜む不死団《ノスフェラトウ》の抗争、学園の運動部を支配する部団連合との対決などを経て、一連の事件の黒幕と対峙した朱紗は〈凄ノ王〉として覚醒。さらに〈凄ノ王〉は朱紗の肉体を脱して邪悪なエネルギー体の魔神と化す。続篇として「凄ノ王伝説」（七九～八〇・角川書店『バラエティ』他）があり、後に加筆修正された『凄ノ王　超完全完結版』（九六・講談社）には「凄ノ王伝説」とは異なる続篇が含まれている。

【デビルマンレディー】長篇。九七～二〇〇〇年『モーニング』連載。人間が獣人（ビースト）化する〈デビルビースト〉現象が発生。高校教師の不動ジュンは女戦士デビルマンレディーとして覚醒し、ビーストから人類を守るために闘うことになる。女性版「デビルマン」としてスタートし、デビルマン（不動明）との地獄巡り、宇津木涼とダンテ教団の出現など、「デビルマン」「魔王ダンテ」、『ダンテ神曲』（九四～九五・講談社）の集大成的作品に発展した。九八～九九年に深夜枠でテレビアニメが放映された。

【バイオレンスジャック】連作長篇。七三～七四年『週刊少年マガジン』、七七～七八年『月刊少年マガジン』、八三～九〇年『週刊漫画ゴラク』（日本文芸社）各誌に連載。完結後に、〈魔王降臨編〉（九三・日本文芸社）などが描き継がれている。関東地獄地震で壊滅して無法地帯と化した関東を舞台に、暴力による支配を目指すスラムキングやズバ蛮、それに対抗する逞馬竜・海堂猛志・天馬三郎らの勢力、そして謎の巨漢バイオレンスジャックの闘いを描く。永井豪作品の集大成（一種の自己パロディでもある）といえる大作であり、ジャックの正体並びに作品世界の真相が明らかになる〈魔王編〉（完結篇）は賛否両論を呼んだ。

【ススムちゃん大ショック】短篇。七一年『週刊少年マガジン』掲載。登校途中に近所の公園に立ち寄ったススム少年は、子供連れの母親が自分の子供を惨殺する姿を目撃する。人類から種族保存本能が喪失し、大人が子供を殺害し始めたのだ。永井豪の恐怖漫画を代表する傑作。（久留）

永久保貴一（ながくぼ・たかかず　一九六〇～）
神奈川県横浜市生。八四年「貸出しヒーローレンタマン」（朝日ソノラマ『宇宙船別冊』）でデビュー。その後、『ハロウィン』の創刊号から実話怪談系心霊ホラーを描き、稲川淳二原作の「生き人形」（八六）などを発表。間もなく代表作となる「変幻退魔夜行　カルラ舞う！」の連載を開始。古代史や民俗学をモチーフに用いた伝奇的なオカルト・アクションに手腕を発揮する。エッチ漫画の原作「御石神《みしゃくじ》落とし」（〇四～〇七・白泉社『ヤングアニマル増刊Arasi』、増田剛画）も提供しているが、それも蘊蓄を傾けたオカルト・ファンタジーである。別掲作と同傾向のオカルト伝奇アクションに「若狭鬼神戦記　倶利伽羅もんもん」（九六～二〇〇〇・秋田書店『ミステリーボニータ』）「伝奇屋事件簿」（九八・

『ヤングアニマル』など。ほかの作品に、地獄のプリンセス・地獄美代が小学生生活を送りながら、正義のために戦うホラー・コメディ「オカルト少女　地獄ちゃん」(九四〜九五・『ハロウィン』連載)、怪談実話「Ｆ／Ｅ／Ａ／Ｒ」(二〇〇〇・『ヤングアニマル』)など多数。

【変幻退魔夜行　カルラ舞う！】連作長篇。八六〜九五年『ハロウィン』連載。伽楼羅《かるら》新教の教主を代々務める扇家の双子の姉妹・舞子と翔子は、一方が邪霊などを見たり気配を察知したりする精神系、今一方が武道をたしなみ、気の力で破邪する肉体系で、変幻の術を使って魂を交換すると、最強の翔子が誕生するという仕組みになっている。姉妹が強い絆で結ばれ、祖母や安倍晴明の子孫などにも助けられながら、邪悪な霊や、邪術を弄する人々を退治していくという神道系オカルト伝奇アクション。物語ごとに歴史とオカルトの知識を詰め込み、様々な趣向を用意して、読み応えのあるエンターテインメントに作り上げている。この系列の先駆的な仕事の一つとして、評価すべき作品である。内容的には単純な継続だが、掲載誌が変わるごとにタイトルを変更しており、「新変幻退魔夜行　カルラ舞う！」(九八〜〇五・秋田書店『サスペリア』『サスペリアミステリー』)「真変幻退魔夜行　カルラ舞う！」(〇六〜・『ミステリーボニータ』)がある。　(石堂)

中貫えり（なかぬき・えり　?〜）群馬県生。千代田学園漫画科卒。「はらったま　きよったま」(一九九二〜九八・『ミステリーＤＸ』連載)にてデビュー。オカルト・ファンタジー「はらったま　きよったま」は、以降《麦子と輝シリーズ》として「ジャンクジャングル」(二〇〇〇〜〇三・同連載)「魔界紳士録」(九八〜〇一・新書館『Wings』連載)と続き、現在シリーズ第四作にあたる「最強の天使ニシテ最愛の悪魔」(〇五〜・朝日新聞社『夢幻館』連載)を連載、ライフワーク的な作品となっている。　(岸田)

永野護（ながの・まもる　一九六〇〜）京都府生。アニメ制作会社サンライズのロボットアニメ制作に参加し、メカデザイン等を手がける。八四年、コンピュータと殺人ロボットが支配する世界でのロックバンドを描く「フール・フォー・ザ・シティ」(角川書店『月刊ニュータイプ』連載)で漫画家デビュー。八六年より、代表作「ファイブスター物語」の連載を開始。

【ファイブスター物語】長篇。八六年〜『月刊ニュータイプ』に断続的に連載。四つの太陽系から構成される「ジョーカー太陽星団」を舞台に、神のごとき力を持つ不老不死のアマテラス帝とその妻である人工生命体ファティマのラキシス、巨大ロボットをファティマと共に操縦する騎士たちの数千年に及ぶ歴史を描く。連載開始時に作品年表も同時に公開され、その年表をなぞる形で各エピソードが展開されている。映画『スター・ウォーズ』を参考にしたという設定先行のこの手法は、その後のライトノベルに影響を与えたと思われる。巨大ロボット、宇宙船、超能力者が登場するため、ジャンルとしてはＳＦに分類されているが、作者自身が「おとぎ話」であると公言しているように、悪魔や竜までが登場し、内容的にも古典的な騎士物語に通じるものがある本作品は、ＳＦよりもファンタジーに近い。八九年、第一話を元に劇場用アニメが作られた。　(有里)

永松健夫（ながまつ・たけお　一九一二〜六一）本名武雄。大分県生。芝浦高等工芸図案科卒。苦学生だった永松は、当時はまだ立絵の貸元だった蟻友会の絵描きの募集に応募し、紙芝居画家となる。最初は立絵の絵も描くが、絵物語形式の初の街頭紙芝居作品となる「魔法の御殿」や「黒バット」を描き人気を博す。三〇年「黒バット」の続篇の「黄金バット」(鈴木一郎原作)を発表。爆発的なヒットにより立絵を駆逐し、戦後まで続く絵物語形式の街頭紙芝居を定着させた。「黄金バット」は、敵のナゾー操る怪タンクや黄金バットが乗る空飛ぶ恐竜エアーソーラスが登場し、地底に宇宙にと繰り広げられるＳＦ大冒険活劇物であるが、ほかにも少年探偵物という側面がある。江戸川乱歩の「怪人二十面相」はまだ『少年倶楽部』に登場していないが、既に当時の少年読物の世界では少年探偵が大人気で、「黄金バット」にもその影響が見られる。永松が「黄金バット」を描いたのは三年ほどで、一旦、街頭紙芝居の世界から消え、会社員となる。その後復帰し、戦前は、大人向けの実話誌の挿絵や、街頭紙芝居の貸元の大日本画劇で戦争物の印刷紙芝居やレコード紙芝居なども多く手がけ、街頭紙芝居界に大きな影響力を持った。戦後は四七年に、児童向けの絵本などを出版した後、紙芝居の貸元・画劇文化社の作品を多く出版した明々社から永松作画で『黄金バット　なぞの巻』を出版。戦後の絵物語ブームの火付け役となる。その後も続篇の『黄金バット　地底の巻』（四八）を出版。四九年には、明々社から出版された街頭紙芝居の作品を掲載する絵物語雑誌『冒険活劇文庫』の創刊号から黄金バットの誕生篇ともいうべき「黄金バット　アラブの王冠編」を連載。並行して単行本の四巻に当る『黄金バット　彗星ロケット編』を出版。単行本の続篇は「アラブの王冠編」の連載が終了後、五〇年から『黄金バット　科学魔編』として連載するが、編集者との問題から連載途中で終了。同年『少年痛快文庫』（光文社）に「超人黄金バット　発端編」を連載するがこちらも廃刊して一回で中断。五五年には『太陽少年』（太陽少年社）に巻頭オールカラーで「黄金バット」を連載するもこちらも雑誌が廃刊のため未完に終わる。五八年『少年クラブ』に「黄金バット　ナゾー編」を読み切りで掲載したのが永松版「黄金バット」の最後となった。街頭紙芝居での人気から当時の作品としては珍しく、異なる出版社、雑誌に何度も掲載されるが、大半が連載半ばで中断を余儀なくされ読者は完結篇をみないまま終わるという、知名度のわりには不運な作品であった。戦前の街頭紙芝居での「黄金バット」は、原作を鈴木一郎が担当し、永松は画を担当していたが、戦後、雑誌に掲載されたものは、作画共に永松が担当し、黄金バットの性格付けや物語世界なども戦前版とは異なる永松独自のものとなっている。ほかにも永松は戦後、ＳＦ絵物語を多数少年雑誌に掲載しているが、ほとんど知られていない。『野球少年』（尚文館）に連載された「空とぶ怪光艇」（五〇）「燃える地球」（五三）、『週刊子供マンガ新聞』（子供マンガ新聞社）に連載された「白金公子（プリンス　プラチナ）」（五二）、『探偵王』（文京出版）にオールカラーで連載された「アトム騎士」（五一、五三年鶴書房で単行本化）、『少年少女譚海』（文京出版）に連載された「黄金魔人」（五二）「魔空一億万哩」（五八）、『少年少女冒険王』に連載された「海底Ｚ機」（小池吉昌原作）「空飛ぶＱ」（小西茂木原作）など、多数の作品を残している。　（高橋）

中山星香（なかやま・せいか　一九五四〜）本名玲子。別名に矢吹れい子。兄は漫画家の中山蛙。岡山県生。倉敷青陵高校卒。猪まんがスタジオ（飯塚よし照代表）に所属し、矢吹れい子名義で「窓からこんにちは！」（七五・旺文社『高二時代』）や広告漫画「日ペンの美子ちゃん」などを描いた後、ファンタスティック・コメディ「ヤーケウッソ物語」（七七年・『ビバプリンセス』）でデビュー。代表作は異世界を舞台としたハイファンタジーで、「エルブラントの青い瞳」（七九・同）や「ミトラスの魔詩《まがうた》」（八〇・同）などの先駆的短篇をはじめ、「空の迷宮」などの《アーサー・ロビン物語》、《三剣物語》（全四部作を予定）の第二部「妖精国《アルフヘイム》の騎士」および第三部「はるかなる光の国」（八二・『プリンセス』連載）、《三剣物語》と同じ世界を舞台とする「エイリエルとエアリアンの詩」（八三・新書館『グレープフルーツ』連載）、大寒期の到来を前にして反目する〈鳥の民〉と〈森の民〉の運命を物語る「銀青色《フィアリーブルー》の伝説」（八二〜八四・『プリンセス』連載）、鏡《ロリオン》の森を舞台とした未完の連作「月魂《つきしろ》の騎士」（八六・『ビバプリンセス』連載）などがある。このほかの代表作として、メルヘン風世界にラブコメディの要素を取り入れた《花冠の竜の国》シリーズや「アンリ・ランディの銀の鳥」（八一・『プリンセス』）などのロマンティック・ファンタジー、「ファンタムーシュ」（七九・同）「フィンローダー」（八三・『ビバプリンセス』）《マクレイル家》シリーズなどのファンタスティック・コメディ、トム・リーミイの原作を漫画化した「沈黙の声」（八四〜八五・朝日ソノラマ『デュオ』連載）などが挙げられる。また、漫画以外の著作として、『平安鬼道絵巻』（荒俣宏文・中山星香画、八六・東京三世社）や『妖精キャラクター辞典』（井村君江監修・中山星香画、八八・新書館）などがある。

【空の迷宮】長篇。八四〜八五年『プリンセス』連載。復活した闇の勢力に対抗するため、アルディア国の見習い魔法使いアーサーは〈銀の魔法使い〉ランドヴェールやアルディア姫と共に〈空の迷宮〉を目指す旅に出る。ハイファンタジーの王道といえる〈光〉と〈闇〉の闘いを正面から描いた佳作である。このほかの《アーサー・ロビン物語》に、「青い闇の国から」（八一・『ビバプリンセス』）「リンガルの稜線」（八一・同）「金紅色なす森陰」（九一・宙出版『アップルファンタジー』）「7番目の少年」（九七〜九八・同『アップルミステリー』連載）がある。

【妖精国の騎士】長篇。八六〜〇四年『プリンセス』、〇五〜〇六年『プリンセスGOLD』連載。アルトディアス王国は闇の神々と結んだ大国グラーンの侵攻により滅亡。故国を失った王女ローゼリィは妖精王《アルフ》ルシアン・エルフェルムの養い子となって剣と魔法を学んで人間界に戻り、双子の兄ローラントおよび隣国の王子（養子）アーサーと共に三本の魔剣（光の剣〈ルシリス〉、月の剣〈シルヴァン〉、陽の剣〈ソレス〉）の騎士としてグラーンに立ち向かう。連載二十年に及ぶ大作であるが、中盤以降は冗漫の感があることは否めない。連載完結後、読み切り連作の形で後日譚「妖精国の騎士Ballad」（〇七・『プリンセスGOLD』）を発表している。

【花冠の竜の国】連作長篇。八〇年から、『プリンセスGOLD』『ビバプリンセス』『プリンセス』『別冊プリンセス』などに断続的に掲載。英国の少女リゾレット・モーガンが入り込んだのは、行方不明になった曾祖父の童話「花冠の竜の国」の世界にそっくりな黄金の花の都ギルディリエックだった。彼女はそこで出会った王子エスターと婚約、二人で様々な冒険を繰り広げる。続篇（次世代篇）として「花冠の竜の姫君」（〇八・『プリンセスGOLD』連載）を発表している。

【はい、どうぞ！】短篇連作。七七〜七八年『プリンセス』連載。人間界のマクレイル家を舞台に、直立猫族のフリードリッヒ・フォン・エクタクローム氏をはじめ、アーサー・ロビンなどファンタジー世界の住人たちが様々な騒動を引き起こす。このほかの《マクレイル家》シリーズに、「いやどうも！」（八〇・『プリンセス』）「魔法使いたちの休日」（八一・『リュウ』）「踊る魔法時間」（八二・新書館『グレープフルーツ』）「輝く野のペンドラゴン」（八七・『ビバプリンセス』）がある。（久留）

奈知未佐子（なち・みさこ　？〜）神奈川県出身。水木しげるプロダクション勤務後、一九七九年「キッスでわかるの」（『少女コミック』）でデビュー。八四年に『プチフラワー』に掲載されたショート・ファンタジー「羊谷の伝説」以来、同誌（後に『月刊フラワーズ』）や『YOU』（集英社）を中心に作品を発表し、童話・昔話風の短篇の名手として活躍を続けている。柔らかくユーモラスな語り口で善人だけでなく悪人や怠け者などにもスポットをあて、癒しや救いにつながる物語を描くことが多い。ほのぼのとした作風の中に生あるものへの慈愛の精神を感じさせ、読後に深い印象を残す作家である。作品集は『羊谷の伝説』（八六・小学館）『紫姫の千の鶴』（九九・同）『魔女の手紙』（〇一・同）など数多い。中でも『YOU』掲載の『風から聞いた話』全三巻（九八〜九九・集英社）はオールカラーの絵本版としても刊行され、森本レオ朗読監修のビデオ絵本シリーズ（コロンビア）にも収録された。九七年に『越後屋小判』で第二十六回日本漫画家協会賞優秀賞を受賞。〇三年には小学館より作者のフォト・エッセーを入れた作品集『月のあくび星のうたたね』『雲のおしゃべり風のうた』を同時刊行し、現在も『月刊フラワーズ』でショートファンタジーを連載中。小川英子著の絵本『山ばあばと影オオカミ』（〇五・新日本出版社）では絵を担当。その他の挿絵の仕事も多く、幅広く活躍している。

【越後屋小判】短篇集。九四年小学館刊。八九～九四年『プチフラワー』に不定期に掲載された短篇を集めた作品集。遊び人の息子が身代を潰した後、愛猫が自分の身を減らして小判を残した姿を見て、心を入れ替え働き者になる表題作（九四）、融通の利かない郵便局員が妖精が空から落とす手紙を受け取り、子供の時の気持ちを思い出す「空色の切手」（九二）など十七篇が収録されている。（天野）

成毛厚子（なるも・あつこ　一九五二～）東京出身。七四年「殺人ゲーム」（『別冊少女フレンド』）でデビュー。代表作に、霊感の強い美少女・沙夜香が同級生らの除霊をしていく短篇連作「霊感少女―闇のカルテ」（八三～八四・『週刊少女フレンド』連載）、様々なテーマの恐怖譚を集めた短篇集のシリーズ《水迷宮《すいめいきゅう》》（八五～九〇・小学館）、天然キャラのパパがつきまとう霊から家族を守るオカルト・コメディ《浄霊奇譚　梨田家の受難》（〇二～〇四・あおば出版）などがある。男女間の愛憎や金銭欲による犯罪をモチーフにしたサスペンス・ホラーやオカルト・ホラーなどの作品を、主にホラー漫画専門誌に数多く発表し続けている。（卯月）

新関健之助（にいぜき・けんのすけ　一九〇〇～五三）別表記にけんの介、筆名に新関青花。東京浅草生。東京府立第三中学校卒。挿絵画家を経て、三〇年以後に児童漫画家に転身。戦前には主に青花名で中村書店の描き下ろし《ナカムラマンガシリーズ》にて活躍し、動物擬人化物を中心に多数の作品を描いた。代表作は『トッカン水兵』（三四）『象さん豆日記』（三九）など。後者は動物ものの生活童話だが、ヨットに乗って空を飛び、月や星たちの世界まで行くファンタスティックな夢のシーンが含まれている。戦後は中村書店のほか、雑誌でも活躍し、新関の代表作として評価が高い動物擬人化物「かば大王さま」（五〇～五三・『小学五年生』他連載）などのほか、ＳＦ物、冒険物などを病床で死ぬまで描き続けた。シンドバッドの冒険を描いた『魔島怪人』（四八・金の星社）、少年が妖精パックの導きでお伽話の世界に入って冒険する『パックの冒険』（四八・共和出版社）、人間を悪へと唆すサタンの間抜けな活動を描いたもので、最後には神様の使いのシルバーマンにやっつけられてしまう『ブラック悪魔《サタン》』（四九・金の星社）、ちびでか光線を用いて昆虫の世界などで冒険を繰り広げる「Ｚ光線」（四六～四七？・川津書店『コドモ漫画』）、惑星巡り『ロケット・ルーン号の宇宙探険』（四八・同）、マントヒヒの発明家マント博士と亀のコックリ君の様々な発明と、発明品をめぐる騒動を描く「マント博士」（五一～五二、『小学六年生』～『中学生の友』連載、未完）など。（石堂）

西たけろう（にし・たけろう　？～）別名に西本武三郎、西武三郎。初期は、川田漫一、長谷邦夫、ヒモトタロウ、徳南晴一郎（＝市川誠一）らがメンバーの〈＋《プラス》画人会〉に所属し、『ハイティーン』（曙出版）などの青春漫画短篇誌に執筆。全二号のＳＦ短篇誌『四次元の世界』（一九六二・同）に西本武三郎名義で作品を発表して以降、貸本漫画の世界で頭角を現す。この時期の作風はＳＦチックで、科学では解明できない超常現象物に本領を発揮した。貸本漫画時代の主な作品に、時空を越えたリインカネーション（輪廻転生）が主題の『愛と死の伝説』（六五・ひばり書房）、突如襲った大地殻変動によって次元と次元の間に断層ができてしまった世界を描く『猫女』（六六・曙出版）、西武三郎名義で描いたＳＦスペクタクル『鬼女が地球に』（東京漫画出版社）、読み切り単行本シリーズ『世にも不思議な物語』（文華書房）等がある。六七年頃、集英社発行の『週刊マーガレット』『りぼん』

といった少女誌にも進出し、ＳＦ、怪奇系の作品を発表。その後、主な発表の場を青年誌に移してからは、耽美幻想的な色彩の濃い作品を数多く描くようになる。とりわけ、七〇年前後は、『コミックmagazine』（芳文社）『漫画オール娯楽』（双葉社）『漫画天国』（芸文社）等の青年誌で、耽美的な怪奇物を精力的に発表。また、同時期に、『ガロ』に「悪夢」や「リンボレロン」といった幻想性の強い実験作を発表した。（成瀬）

西義之（にし・よしゆき　一九七六〜）東京生。漫画家ユニット〈多摩火薬〉のメンバーとして手塚賞準入選作「サバクノオオクジラ」（九九・『赤マルジャンプ』）でデビュー。ユニット解散後は単独で執筆し、霊の犯罪を裁いてあの世へ送る天才少年とその助手が活躍するダークファンタジー「ムヒョとロージーの魔法律相談事務所」（〇四〜〇八・『週刊少年ジャンプ』連載）がある。（有里）

西岡兄妹（にしおか・きょうだい）兄・西岡智と妹・西岡千晶によるユニット名。兄が文芸を、妹が作画を担当する。三重県津市生。一九八九年「僕の殺したもの」（『コミックモーニング』）でデビュー。九一年より『ガロ』で、青林堂の分裂後、九七年より青林工藝舎『アックス』で漫画を発表。細く引き伸ばすようにデフォルメされた人、感情のない大きな目、あるいは空白の顔、均一な細い線で描き込まれた髪、文様的な装飾を用いた画面、際だつ空白など、きわめて特徴的で類を見ない絵を描く。物語はすべて一人称の独白で、多くの場合四角い枠で囲まれてコマの際に置かれているというふうに、スタイルもほぼ統一されている。テーマは、死、孤独、絶望、恐怖などで、おおむね救いがない。モチーフにはデビュー以来大きな変化が無く、迷子、行く当てのない彷徨、同居者など自分のそばに存在するものへの、また結婚や女性への恐怖などである。死者になってしまう話やこの世からはずれてしまう話は淡々と描かれて空恐ろしい。また、町を歩いている話は非常に多く、しばしば夢の記述に似る。作品集に別掲作のほか、『子供の遊び』（〇六・青林工藝舎）など。長篇に、人肉食の悪夢を基調とする世界放浪譚『この世の終りへの旅』（〇三・同）がある。

　また絵本も描いており、自殺した少年が霊魂となって死後の世界をさまよい、地獄のような植物園や記憶の留まる場所を抜けて茫漠たる薄原に至り、完全な死（無）が訪れないことに絶望する『死んでしまったぼくの見た夢』（〇五・パロル舎）や、『人殺しの女の子の話』（〇二・青林工藝舎）『花屋の娘』（〇四・同）などがある。智は単独で小説を手がける。また、千晶は単独で絵本や挿画の仕事を手がけており、ロシアの前衛作家ダニイル・ハルムスの作品に共鳴し、イラストを添えた『ハルムスの小さな船』（〇七・長崎出版）、詩人・大下さなえとの詩画集『くらげそっくり』（〇三・青林工藝舎）、童話作家・大海赫との絵本『白いレクイエム』（〇五・ブッキング）などを刊行している。

【地獄】短篇集。二〇〇〇年青林工藝舎刊。自選傑作集。〈地獄に落ちていた〉と始まるが、日常の世界が展開する表題作（九四）、盲目でわけのわからない言語をしゃべる天使が後ろからずっと付いてくる「天使」（九五）、夢の記述を思わせる作品で、十年ぶりに故郷の町に帰って友人と歩き回る「ぼくは虎のように走った」（描き下ろし）など、『ガロ』掲載作を中心に全十二篇を収録。

【心の悲しみ】短篇集。〇二年青林工藝舎刊。女と結婚することにしたが、自分が死んでいることに卒然と気付く「結婚式」（九九）、同居している女が口の中で蛇を飼い始める「蛇女」（二〇〇〇）、もうすぐ死ぬと言い続ける死神がいつも傍らにいる「死神」（同）、幽霊になってこの世をさまよう少女が人を呪い始めるまでを描く「わたしの幽霊」（〇一）、結家族に婚相手を紹介するつもりで故郷に戻るが、女が不意に消えてしまい、最後には女を納めた棺に乗って海にこぎ出す「悲しい恋の話」（描き下ろし）など、『アックス』掲載作と描き下ろし全十二篇を収録。（石堂）

西田静二（にしだ・せいじ　一九一五～?）四〇年代後半に関西で活躍していた児童漫画家の中でもトップクラスの実力と人気を誇った、手塚治虫や大野きよしと並ぶ漫画家の一人。西洋の挿絵のような画風で、特異な絵柄であった。晩年には漫画家をやめ絵本画家となる。作品の大半は瑶林社（榎本法令館）から出版され、その豪華な漫画にふさわしく、関西では珍しく四色刷りの単行本として多数出版されている。怪奇物の代表作は『巨人の復活』（四九）。ほかに、月世界の鬼との対決を描いたユーモラスな『月世界探検』（四七）がある。作品の大半は西洋的な世界が舞台となっており、四八年には『紅バラ騎士』『怪傑ゾロの勝利』『怪傑ゾロ　復讐鬼』『海賊ハリケーン』『シャーウッドの義賊』等の作品や、ターザン物の冒険漫画『密林の秘境』を刊行している。（高橋）

弐瓶勉（にへい・つとむ　一九七一～）福島市生。高校で建築を学ぶ。人体の機械化と電脳化が進んだ未来を舞台にした「BLAME」（九五・『アフタヌーン』）でアフタヌーン四季賞・夏の審査員特別賞を受賞してデビュー。ネットのカオスから怪物を生み出した邪教集団や、人間の電脳化を推し進めるネットスフィアと対立し、再生する珪素身体を手に入れて戦い続けることになる女刑事を描く「NOiSE」（二〇〇〇～〇一・『アフタヌーンシーズン増刊号』連載）、「NOiSE」の世界の遠未来を描いた長篇版「BLAME!」、遠未来に過去の技術が発動して世界を破壊していき、新たなアダムとイヴが残される「アバラ」（〇五～〇六・『ウルトラジャンプ』連載）、遠未来を舞台に人間をゾンビ化するウイルスによって世界を作り替えようとする超能力者と人造人間の戦いを描く「BIOMEGA」（〇四～〇六・『週刊ヤングマガジン』、〇六～・『ウルトラジャンプ』連載）などの作品がある。シャドウの描き込みが多い黒っぽい画面、人体を変形した怪物、残酷な身体損壊&スプラッタ描写など、暗い頽廃を特徴とする独特の表現を持つ。物語の骨子だけを要約するとあたかも普通のエンターテインメントのようであるが、異形の作品の部類であろう。とはいえ、最終的には世界の再創造・再出発が描かれており、暗黒的な作品の作家というわけではない。

【BLAME!《ブラム！》】長篇。九七～〇三年『アフタヌーン』連載。デビュー短篇版とタイトルも近似で、短篇の主人公の刑事・霧亥《きりい》と同じ名前の人物を主人公とするが、世界像はかなり異なる。広大無比の超構造体《メガストラクチャー》が舞台で、機械たちは勝手に都市を作り替えたり増築したりしている。ネットスフィアはまともに機能しておらず、珪素生物などの異種生命体が横行し、巨大惑星規模の廃ビルといった趣である。人間は誰も〈大地〉を知らず、小集団でバラバラに暮らし、何とかサバイバルしている状況にある。霧亥は〈変異前の遺伝子〉を求めて、出会いと別れを繰り返し、戦いながら迷宮をさまよう。せりふも説明も極端に少ないため、作品を理解するには多大な想像力が要求される。印象としては頽廃的な作品だが、テーマは人類の再創造とおぼしい。〇三年、プロローグのみOVA化された。（石堂）

猫十字社（ねこじゅうじしゃ　一九五六～）本名森島利永子。長野県生。七七年「天使の一日」が白泉社第二回アテナ新人大賞の第二席に入賞し、同作で七八年にデビュー。珍妙な大学生三人組が繰り広げるギャグ漫画「黒のもんもん組」（七八～八四・『月刊LaLa』『LaLa増刊』）を連載するが、キリストや仏陀までもパロディの対象とする先鋭性で話題となる。一方で猫の夫婦を擬人化し、彼らが住む世界と日々の緩やかな暮らしをメルヘン・タッチで描いた「小さなお茶会」（七八～八七・『花とゆめ』『花とゆめ増刊』連載）も人気作となる。その後、不条理ギャグ漫画「県立御陀仏高校」（八四～八七・『プチフラワー』）を連載、等身大の女子高生を主人公にしつつ、独自のパロディ性を発揮した快作となった。その後、作画協力者を得て描かれた長篇ファンタジー「幻獣の國物語」（九二～九八・宙出版『アップルミステリー』、TEAM猫十字社名義）を連載し、新境地を開く。両親の故国〈幻獣界〉に旅に出た主人公・夏芽《なつめ》が、出会った人々に助けられながら成長を遂げていく壮大な冒険譚であり、ファンの支持を得るが、掲載誌の廃刊のため第一部の完結で連載は中断した。現在は小説版で継続中である。その他、狂言回し〈夢売り〉が時空を越えて歴史上の人物の許に現れる一話完結式の物語集『幻想作品集・夢売り』（九〇・主婦と生活社）などの作品もある。なお、「小さなお茶会」のキャラクターはテレビ番組〈ひらけ!ポンキッキ〉の挿入歌「ケンカのあとは」の背景アニメとして使用された。〇七年には週刊誌『SPA!』に動物ものエッセー漫画「猫つぐら島」を連載している。（天野）

は行

はひふへほ

萩岩睦美（はぎいわ・むつみ　一九六二～）福岡県出身。七八年「はとポッポが歌えれば」（『りぼん増刊』）にてデビュー。その後九〇年代初期まで『りぼん』誌上にメルヘンチックなファンタジー作品を数多く発表した。ロンドン郊外の森に住む小人の姫ポーと童心を失わない人間スコットとの交流を描く「銀曜日のおとぎばなし」（八三～八四・『りぼん』連載）、両親に死別したマリーが妖精に〈幻想の世界〉に誘われる「魔法の砂糖菓子」（八六・同）、自分たちを女の子に化けたタヌキだと思っている双子のヨネちゃんとトメちゃんの和風メルヘンSF「うさぎ月夜に星のふね」（八六～八七・同連載）など。九五年「鳥の家」（集英社『コーラス』）以降は女性誌に、シビアな社会に生きる大人が出会うメルヘンを描いた。ファンタジー以外では、自身の子育て経験から生まれた保育士の奮闘記「たんぽぽ保育園カンタマン」（〇一～〇二）などがある。（卯月）

萩尾望都（はぎお・もと　一九四九～）本名同じ。福岡県大牟田市生。日本デザイナー学院ファッションデザイン科を卒業後、六九年『なかよし』に掲載の「ルルとミミ」でデビュー。七一年より『別冊少女コミック』を中心に活躍し、個性的な作品の数々を発表。少女漫画を変革・発展させた〈二十四年組〉の中心作家である。七六年「ポーの一族」、「11人いる!」（七五・『別冊少女コミック』）で第二十一回小学館漫画賞、九七年「残酷な神が支配する」（九二～〇一・『プチフラワー』連載）で第一回手塚治虫文化賞、〇七年「バルバラ異界」で第二十七回日本SF大賞を受賞。

萩尾は七〇年代初頭の少女漫画誌では皆無に近かったSF漫画を少女漫画に定着させた作家である。エスパーが迫害される未来の世界を描いた「あそび玉」（七二・『別冊少女コミック』）は、主人公が〈少年〉であることや高い完成度に加えて、原稿紛失により長らく単行本化されなかったために伝説的な作品となった。同じ七二年から『別冊少女コミック』に吸血鬼の一族の物語《ポーの一族》の発表がはじまり、七四年、小学館初の少女漫画単行本として発売されるや、記録的な売れ行きを示した。同時期には後に熱狂的な人気を得るようになる、ギムナジウムを舞台にした宗教的なテーマの「トーマの心臓」（七四・『週刊少女コミック』連載）を発表している。当時の池田理代子「ベルサイユのばら」に代表される少女漫画ブームの中で、萩尾の認知度も高まっていき、特にミステリの要素を持った本格SF「11人いる!」により男性読者も獲得し読者層を広げた。本作は七七年テレビドラマ化、八六年には劇場アニメ化されている。

その後もシリアスなSF作品を次々に発表する。火星移民五世代目のサイキックの少女と火星の運命を描く「スター・レッド」（七八・『週刊少女コミック』連載）、男性だけの社会となった未来の地球が舞台の「マージナル」（八五～八七・『プチフラワー』連載）、クローンの少女が主人公の「A-A'」（八一・『プリンセス』）などがその代表的な作品である。一方、ＳＦコメディとしては、超能力少年と魔法使いのおばたちとのスラプスティックな「キャベツ畑の遺産相続人」（七三・『週刊少女コミック』）や、いたずら好きな精霊たちと人間との紛争を軽妙に描いたシリーズ《精霊狩り》（七一〜七四・『別冊少女コミック』）、時空の裂け目に立つ家に住む少年・真比古に起こる不思議な出来事を綴った「あぶない丘の家」（九二〜九四・『増刊ASUKAファンタジーDX』連作）などがある。また、光瀬龍原作の伝奇ＳＦ「百億の昼千億の夜」（七七・『週刊少年チャンピオン』連載）や、レイ・ブラッドベリの一連の短篇（七七〜七八・『週刊マーガレット』）を、原作の持つ幻想的なムードを我が物として違和感なく漫画化していることも特筆すべきであろう。

　神話的なモチーフを取り入れたファンタジーも萩尾の得意とするところで、空想の動物ユニコーンの描画が美しい「ユニコーンの夢」（七四・『別冊少女コミック』）や「銀の三角」などがある。また八〇年のファンタジー作品集『金銀砂岸』（新書館）には、「ラーギニー」（八〇・早川書房『ＳＦマガジン』）や「酔夢」（描き下ろし）といった小品や幻想イラストなどが収められている。

　また両親との関係に長年悩んでいた萩尾は、三十歳頃より心理学への興味を深め、以降の作品には心理的な視点からの表現がしばしば見られるようになる。九六年にテレビドラマ化された「イグアナの娘」（九一・『プチフラワー』）では母親との強い葛藤のため自分をイグアナだと思い込む少女を、イグアナに服を着せた姿で描いて衝撃的であった。また〈双子物〉の頂点ともいえる短篇「半神」（八四・同）では、決して切ることのできない家族という関係性の象徴として、〈シャム双生児〉の姉妹を登場させた。知能が低いが美しく誰からも愛される妹に対する、優秀だが容貌の醜い姉の深い苦悩と愛が胸を打つ、わずか十六ページの傑作である。野田秀樹との共作である戯曲「半神」はブラッドベリ原作「霧笛」（七七・『週刊マーガレット』）と見事に融合された幻想劇で、八六年から九九年までの間に四度上演された。さらに自身の最長篇であるサイコ・サスペンス「残酷な神が支配する」では、義父による性的虐待の後遺症と親殺しの罪に苦しむ少年ジェルミの一年間が詳細に語られている。彼のそばには死んだ義父グレッグの姿が執拗に描きこまれ、グレッグによって均衡を狂わされた少年の心理状態を見ることができる。

　なお、萩尾の影響を受けて漫画家や文筆家を志した人は少なくない。寺山修司と共に作品を公募して編んだ《あなたのファンタジィ》シリーズ（七七〜八〇・新書館）や、九一年から毎年選者をしている「ゆきのまち幻想文学賞」（ゆきのまち通信主催）など後進の育成にも積極的である。

▼『萩尾望都作品集』第一期全十八巻、第二期全十八巻（七七〜八六・小学館）『萩尾望都パーフェクトセレクション』全九巻（〇七〜〇八・小学館）

【ポーの一族】短篇連作。七二〜七六年『別冊少女コミック』『週刊少女コミック』掲載。主人公エドガーは妹メリーベルと共に幼時に孤児となり吸血鬼の一族に育てられ、十四歳の時に大老ポーから直接儀式を受けて吸血鬼〈バンパネラ〉となった。人間であった記憶を持ちながら人間ではない存在として長い年月を彷徨い続けるエドガーの宿命が抒情的に語られる。石ノ森章太郎の「きりとばらとほしと」（六二・『少女クラブ増刊』）によって、〈きれいな吸血鬼〉と現在過去未来を〈オムニバス形式〉で描くヒントを得た萩尾は、時代と場所が連続しない形式でシリーズ各作品を発表した。それにより物語にいっそう幻想性と時間空間的な広がりを持たせることに成功した。またエドガーと共に、彼によってバンパネラとなった妹メリーベル、友人アランら、思春期で成長を止めたキャラクターは、同年代の読者を強く魅了した。少女漫画において吸血鬼がおどろおどろしいものから、憧れの対象へと変わったのである。なお人物名等はエドガー・アラン・ポーにちなんでいる。

【銀の三角】長篇。八〇〜八二年『ＳＦマガジン』連載。六年周期の繁殖期と金色の瞳を持つ民の星「銀の三角」の伝説を歌う楽師ラグトーリン。中央の〈時空人〉マーリーはラグトーリンの謎を追ううち、逆に彼女から、時空の歪みを修復するために力を借りたいと言われる。クローン再生や時空間移動によって、幾度も繰り返される過去と未来、死と再生が、宇宙の歴史と複雑に絡み合って構成された一大叙事詩である。

【バルバラ異界】長篇。〇二〜〇五年『月刊フラワーズ』連載。サイコ・セラピストの渡会時夫は、両親の心臓を食べて以来眠り続ける少女アオバの謎を解くため彼女の夢に入り込み、息子のキリヤに似た少年に出会う。アオバが夢で暮らしている世界「バルバラ」はキリヤの作った架空の島だった。やがてアオバの夢は現実の世界にも影響を及ぼすようになり奇怪な現象が頻発する。（卯月）

萩原一至（はぎわら・かずし　一九六三〜）東京中野区生。千葉県に育つ。東京デザイナー学院卒。まつもと泉のアシスタントを経験しながら、八六年、『週刊少年ジャンプ』に「微熱口紅《ルージュ》」でデビュー。代表作に「BASTARD!!—暗黒の破壊神—」がある。絵のクオリティに非常にこだわる漫画家として知られており、特に、スクリーントーン技術は高く評価されている。

【BASTARD!!—暗黒の破壊神—】長篇。八八年〜『週刊少年ジャンプ』『ウルトラジャンプ』連載（継続中）。主人公ダーク・シュナイダーとかつての部下で、破壊神アンスラサクスの復活を目論むカル＝ス率いる闇の反逆軍団との戦いを描いた「闇の反逆軍団編」、破壊神アンスラサクスの力を得、四王国を手中に収めたカル＝スが解こうとする最後の封印をめぐる攻防、破壊神との決戦を描く「地獄の鎮魂歌編」、破壊神との戦いをきっかけに現れた天使の軍団と悪魔の軍団との戦いを断片的に描いた「罪と罰編」、天使と悪魔との戦いに巻き込まれた人類が種の壁を乗り越え団結する姿を描いた「背徳の掟編」からなる壮大なスケールのダークファンタジー。「闇の反逆軍団編」は、少年漫画にしては過激な描写が多いものの、正統派中世ヒロイックファンタジーであったが、「地獄の鎮魂歌編」以降、少しずつ科学文明が発達した旧世界の存在が明らかになり、その科学文明が神に反旗をひるがえしたところ、天使の軍団が現れ、「大破壊」が起こり文明が消えていること、エルフなどの亜人種は人間が作り出したことなどが明らかになっており、一種のアンチユートピアＳＦということもできる。ファンタジーＲＰＧからの影響が大きく、「Ｄ＆Ｄ」の有名なモンスター〈ビホルダー〉を使用したところ、著作権の問題が発生し、単行本に収録されるときは鈴木土下座エ門という名前に変えられていた等のエピソードがある。（真栄田）

橋本将次（はしもと・しょうじ　一九二七〜）大阪生。挿絵・絵物語画家の橋本隆雄は実兄。四八年に軍隊より復員し、まもなく紙芝居を描き始める。並行して赤本で絵物語を手がけたとみられるが、紙芝居衰退後の五八年頃より本格的に漫画家へと転向。以後、十年近くにわたって貸本漫画を執筆する。当初はやや漫画的デフォルメの絵柄だったが、すぐにリアルになり、早描きだが確かなデッサンに支えられた描写、シャープなペン・タッチ、特徴的なあくのある男性キャラの表情など、早々に独自のスタイルを確立している。五九〜六一年頃には紙芝居出身の作家を中心とした貸本漫画家集団〈東京作画会〉に所属し、同会編集の貸本短篇誌を主な場として、橋本しょうじや谷川きよしなどの名前で次々と作品を発表。当時貸本でブームだった戦記漫画がメインだが、東京作画会は様々なジャンルに手を出しており、戦記物から発展した近未来ＳＦ戦記短篇誌では、河童のような姿をしたパイパイ遊星人が登場する「宇宙征服千万キロ」（六〇・エンゼル文庫『Ｘ作戦』）など、地球外の敵が現れてはこれを撃退するパターンの物語を執筆し、同会メンバーの南竜二や伊藤正樹らと共に、幾度となく地球に原水爆のキノコ雲を立ち昇らせている。また、謎の毒草によって半獣人と化した男たちの末路を描く「半獣人」（六〇・エンゼル文庫『野獣街』）など現代を舞台にした怪奇アクションもこなし、その一方では怪奇時代劇もコンスタントに手がけているが、六二〜六五年頃にはこちらがメインジャンルとなる。この期間に、北杜太郎、黒岩一平、くもいすすむなどの変名で数十冊もの時代劇を描き下ろしており、血を吸う妖刀と剣客の因縁を描く『魔風吸血剣』（六三頃・宏文堂）、相討ちで死んだ二人の武芸者が幽霊となって甦る『秘剣死霊の舞』（六四・太平洋文庫）など、その大半が怪奇物であった。六六年に怪獣ブームが起きると、円谷一平名義で『ウルトラビキス』『ウルトラゴッカム』などオリジナルの怪獣が暴れまくる《ウルトラ大怪獣シリーズ》（六六頃・東京日の丸文庫）ほか怪獣物を執筆。同時期には白丸健二名義で、ムカデに取り憑かれた少年の不条理な怪異譚『百足部落』（六六頃・同）などの怪奇漫画も描いている。また、六七年頃からは成年・青年誌に進出しており、怪奇物の時代劇やウエスタンなどを発表すると共に、六七〜六九年には水木プロに所属し、水木しげる名義の妖怪画を多数制作。七〇年代以降は、ＳＭ誌や成年誌でのエロ劇画が仕事のメインとなった。非常に多作でジャンルも多岐にわたっており、また別名も多く、文中で挙げた以外にも、大坂つづる、城夏也、大橋耕次、九谷明人、千一房ほかがある。（想田）

長谷川裕一（はせがわ・ゆういち　一九六一〜）本名裕一《ひろかず》。弟はアニメ脚本家の長谷川勝己。千葉県佐原市生。千葉県立千葉東高校卒。高校卒業後、松田一輝のアシスタントを経て、八三年「魔夏の戦士」（『月刊少年チャンピオン』）でデビュー。代表作に銀河系の外からやってきた放浪の民〈さまよえる星人〉の子孫である十鬼島《ときしま》ゲンが、地球にやってきた宇宙船の頭脳態である人造人間《ビメイダー》のリプミラ・グアイスと共に、銀河に暗躍する〈伝承族〉の野望を打ち砕くため、銀河中を駆け巡る長篇スペクタクル・スペースオペラ「マップス」（八五〜九四・学研『月刊コミックNORA』連載）、〇二年、第三十四回星雲賞コミック部門を受賞したタイムパトロール物のＳＦ「クロノアイズ」（九九〜〇一・『月刊マガジンＺ』連載）など。幻想的作品の代表作としては、校舎ごと五百五十人の学生と共に魔法の存在する異世界〈泡の中央界〉に飛ばされてしまった百《もも》地《ち》王太《おうた》が、元の世界に戻るため〈泡の中央界〉の創造主〈始めに立ちし者〉によって作られた〈神の武器〉と呼ばれる意志を持つ人型兵器たちの争いに巻き込まれていく「轟世剣ダイ・ソード」（九二〜九七・角川書店『月刊コミックコンプ』他連載）がある。ＳＦ、特にヒーロー物を得意とする作家で、荒唐無稽ともいえる壮大な設定を物語で展開しながら、矛盾なしにきれいに話をまとめ上げる技量は高く評価されている。

　特撮評論家でもあり、漫画以外の作品として、特撮戦隊ヒーローを一つの時空列で考察した《すごい科学でまもりますシリーズ》の第二巻にあたる『もっとすごい科学でまもります』（二〇〇〇・ＮＨＫ出版）を執筆。同作は、〇一年、第三十二回星雲賞をノンフィクション部門で受賞している。（真栄田）

波津彬子（はつ・あきこ　一九五九〜）石川県生。漫画家・花郁悠紀子は姉。「波の挽歌」（八一・みのり書房『ALLAN』）でデビュー。《雨柳堂夢咄》シリーズや妖かしの血を引く青年が様々な怪異と出会う《冥境青譚抄》シリーズ（九二〜九五・『ミステリーＤＸ』）といった日本を舞台にした幻想譚のほか、「お目にかかれて」（八八・『プチフラワー』）「グレイ卿の幽霊」（〇二・『月刊フラワーズ』）等、五〇年代のアメリカやヴィクトリア朝の英国を舞台にしたジェントル・ゴースト・ストーリーを多く描いている。また「牡丹灯篭」の漫画化（八九・大陸書房『メヌエット』）や「天守物語」（九三・『ネムキ』）「夜叉ケ池」（九四・同）をはじめとする泉鏡花作品の漫画化も手がけている。

【雨柳堂夢咄】短篇連作。九一年〜『ネムキ』連載（継続中）。掛け軸に描かれた花精と持ち主の悲恋「花椿の恋」、印籠と櫛に描かれた鳥が恋人たちを引き合わせる「金色の鳥」など、骨董屋・雨柳堂を舞台に、物に込められた人の想いによって引き起こされる事件を店主の孫を狂言回しにして描く。（有里）

服部あゆみ（はっとり・あゆみ　?〜）アニメーターとして「機動戦士ガンダム」（一九八一〜八二）などに参加し、「魔法のプリンセスミンキーモモ」でキャラクターデザインを担当。八三年「オレンジトリップ0926」（『リュウ』）で漫画家としてデビュー。ホラー漫画誌を中心に、退魔物の伝奇アクションを多数描いている。代表作は、安倍晴明の流れを汲む退魔師の家系に生まれた超常的な身体と能力を持つ風水の道士で、東京を守護する青龍でもある風水斎《かざみいつき》が、血縁の霊能者らの助力を得ながら、悪霊から科学的な合成怪物まで、様々な妖物を退治して事件を解決する《風水斎シリーズ》（八九〜九二・大陸書房『ホラーハウス』、九三〜九七・『ミステリーDX』連載）。同傾向の作品として、浄霊のための会社でアルバイトする少年が、悪霊退治を通して自己の力に目覚めていく「霊能戦隊プラズマン」（九三〜九四・『ハロウィン』連載）、BLの雰囲気が漂う退魔浄霊物の短篇連作「幻想妖怪異聞」（九八〜九九・リイド社『ホラーウーピー』）、神を解放するために、怨霊などと戦って邪気を祓う「凍牙と木綿の妖怪紀行」（九九・秋田書店『サスペリア』連載）など。その他のファンタジーに、様々な怪異が発生するオカルト屋敷に、義理の兄弟たちと暮らすことになった少女の怪奇体験を描くオカルト・ホラー&ラブコメディの短篇連作「人魚館物語」（九二〜九三・『ハロウィン』連載）、幽体離脱した少年が悪魔や妖精として呼び出されて少女たちの願いを叶えたり、死後の世界で冒険を繰り広げて少女を救ったりすることで、結果的に自分自身を救うことになる「幽霊なボク」（二〇〇〇・『サスペリア』）、マッドサイエンティストの父親のせいで不死身の肉体になった少年が、その副産物として生まれた天使を退治していく『九月の天使』（〇六・学研）など多数。（石堂）

初山滋（はつやま・しげる　一八九七〜一九七三）童画家、版画家。本名繁蔵。東京浅草田原町生。尋常小学校を四年で卒業した後、着物の模様画工房に徒弟奉公する。一一年、画家を志して工房を辞め、風俗画家・井川洗涯に弟子入り。展覧会で入賞するなど、才能を認められるが、画壇の閉塞性に嫌気が差して、イラストレーターに転身。一九年から『おとぎの世界』（文光堂）嘱託となり、児童画家として本格的に活動を始める。「アラビアンナイト」（二一・研究社『女学生』連載、野尻抱影文）「西遊記」（二四・同『中学生』連載、同文）など、華麗な描線のビアズレーばりの挿画を描く一方、装飾的なモダニズムと抒情的なロマンティシズムが融合した稀有な画風で童話集の装幀や挿画も多数手がける。中でも二七年の『未明童話集』（丸善）はその美しさで注目された。同年より『コドモノクニ』（東京社）でも活躍。以後、童画の第一人者として多数の作品を世に送り出し、武井武雄や清水良雄などと共に、童画の芸術性を高めた。未明やアンデルセンの童話など、ファンタジーの挿画が見せたイメージも印象的で、幻想に関わる想像力への影響には無視できないものがあるだろう。戦中の不遇な時期には版画を手がけ、この方面でも高く評価された。戦後は『キンダーブック』（フレーベル館）などで多数の作品を描いたほか、児童書全般にわたって活躍。透明感溢れる初山ならではの色彩と抽象的な画風による光村図書の小学校国語の表紙（五七〜七九）も印象深い。六七年紫綬褒章、七〇年勲四等旭日小綬章受章。

　ユーモリストとしての側面も持つ初山には漫画の仕事がいくつかある。植物のように土の中から生まれ真っ黒なペコの活躍を描いた絵物語風の四コマ漫画「ペコ・ポンポン」（三四・『朝日新聞』連載）が主要な作品である。ペコはすぐに腹を減らし、雇われた店の商売物にまで口を付け、すべては胃袋のせいだと鉄砲に胃袋を撃ってもらうという無惨な結末。ペコが双葉状の尻尾をプロペラ代わりに空を飛んだり、果物と野菜の拳闘試合が行われたりといった奇想が見られる。ほかに、ガソリン、石炭、ゴミと、何でも食べてしまう子ブタを描いた愉快な四コマ漫画的絵本で、トンちゃんがトンカツ屋に引き取られていくというシニカルな結末にぎょっとさせられる『たべるトンちゃん』(三七・金蘭社)などがある。　（石堂）

鳩山郁子（はとやま・いくこ　?〜）一九八七年「もようのある卵」で『ガロ』にてデビュー。以後、『ガロ』、青林工藝舎の『アックス』誌上で主に作品を発表する。初期には細くはかなげな描線で、少年たちの不安定な世界を描いた。鉱物、天空、機械等のモチーフ、自恃心強く夢見がち、いくぶんかホモ・エロス的な少年像等は長野まゆみの世界に近接したものがあり、『月の輪船』(九一・作品社)ほか、長野とのコラボレーションもある。作品の半ばはイメージ・画面にファンタジー性は感じられるものの、幻想というまでには至らない。未生の子供テーマの「シュガーヒカップ」(九二)ほか、初期のファンタジー寄りの短篇を集めた作品集に『月にひらく襟』(〇一・青林工藝舎)がある。幻想物の代表作は、暴力禁止・肉食禁止の異世界革命後中国を舞台に、心ならずも人肉の闇取引に関わってしまった少年と、風船のように膨らみ続ける〈真空卵〉と予言された不思議なカストラートに魅了された少年とを交々描く『カストラチュラ』(九五・同)。ほかに、その続篇で、子供サイズになったカストラートが奇妙な天使に連れられて時空をさまよう「シューメイカー」(〇五、描き下ろし)、収容所時代のカストラートを描く「滴翠珠」(〇一〜〇二・『アックス』)を収録する『Shoe Maker』(〇五・青林工藝舎)など。近年は豆本やカード製作等の分野でも活躍している。　（石堂）

花輪和一（はなわ・かずいち　一九四七〜）埼玉県大里郡寄居町生。独学で絵を描き、山川惣治のアシスタントなどを務める。七〇年『週刊ぼくらマガジン』にイラストレーターとしてデビュー。元来、漫画家よりもイラストレーター志望であるという花輪は、この後もイラストレーターとしての仕事を継続し、劇団〈天井桟敷〉のポスターや怪奇幻想系書籍等の仕事をこなしている。七一年には「かんのむし」(『ガロ』)で漫画家としてもデビュー。初期には伊藤彦造を模した絵柄で、血と排泄物に満ちたSM漫画を描く。初期の代表作の一つで、辻斬り物の「赤ヒ夜」(七二・同)に顕著だが、全体としてパロディ調で、凄惨な物語の中にギャグの要素がある。ほかに業病物「肉屋敷」(七二・同)や、SM物「塗り込め蔵」(七三・『SMセレクト』)など。その後、妖怪をテーマにした時代物「垢嘗」(七四・少年画報社『漫画ボン』)「妖怪おどろ草子」(七五・同連載)などを経て、七九年頃から『週刊漫画アクション』(増刊・別冊を含む)ほかに中世・近世を舞台にした怪奇幻想漫画を発表。絵柄・内容共に大きく変化し、新境地を拓いた。九四年に銃刀法違反で逮捕され、翌年に三年の懲役という実刑判決を受け、刑務所で服役。出所後にこの体験を漫画化した「刑務所の中」(九八〜二〇〇〇)がヒット作となり、〇二年に映画化もされた。

平安時代から室町時代を舞台とする〈中世物〉には、この世ならぬ存在の呼び起こす不思議な力を描く「信貴山」ほか、伝承などに材を採りながらも独自の世界を築き上げた《新今昔物語》連作(八〇〜八二・『漫画アクション増刊スーパーフィクション』『別冊アクション』)、SFテイストを加えた昔話の語り替え《御伽草子》(八四〜八五・『別冊アクション』)、男女の童子が合体することで霊力の強い護法童子が誕生し、怪奇的な事件を解決する一種のヒーロー物『護法童子』(八三〜八六・『月刊スーパーアクション』連載)などの作品がある。中世物以降、呪術的な力の象徴として縄文風の渦巻き文様がしばしば使われるようになり、土偶のような外貌の不思議な存在も登場するようになる。また、虐げられる少女や怖ろしい境涯にはまり込む少女がしばしば主人公となるが、これらの少女たちは花輪にとって、自身の分身的存在であるようだ。少女たちはいつも健気に生きているが、初期作品では無惨な結末を迎えることが多かった。しかし次第に少女が救われる物語へと変わっていき、八〇年代末になると、少女が自力で苦悩に打ち勝つ、さらに能動的な物語へと変化していく。死んだ猫をめぐる寓話的な物語「猫谷」（八九・『ガロ』）、悟りへの道を描いた「軍荼利明王霊験記」（八九・青林堂『猫谷』）、怪奇的なものに取り憑かれる物語から神の救いまでを描いた短篇連作「まどわし神」（八九・『コミックモーニング増刊パーティー』）などは、そうした心的な変化を象徴的に示す作品といえよう。呪いに苦しむ女を不思議な童女が助ける「背中の国」（九三・同）は、花輪の世界が明るく開けてくると同時に、やや教導的な傾向を見せるようになったことを示す作品である。同様の傾向は、霊力のある河童と共に暮らすようになった孤独な少女が物怪を退治したり、失われた母親を探し求める冒険を繰り広げたりする『天水』（九二〜九四・『アフタヌーン』連載、〇三年講談社刊単行本にて完結）にも見て取れる。他の同傾向の作品として、《不成仏霊童女》（九三〜九四、九九〜〇七・ぶんか社『ホラーM』）「ニッポン昔話」（九八〜二〇〇〇・『ビッグコミックオリジナル増刊』）など。

　中世物以外の作品としては、「コロポックル・地底探検の旅」（八九〜九〇・『コミックモーニング増刊パーティー』連載）などがある。同作は、五歳ほどの少女がコロポックルに導かれて、ＳＬに乗る冒険や地底での冒険を繰り広げるうちに、精神的成長を遂げるというものである。全体的に北海道の自然とＳＬを讃美するところが目立つが、その讃美のありようもまたファンタスティックである。

【朱雀門】 短篇集。九八年青林工藝舎刊。日本文芸社刊の同名書の増補版。『コミックばく』（日本文芸社）に八四〜八七年に掲載された作品を収録。貴族は各人が巨大なだにを体に吸い付かせているという設定の「崇親院日記」、蝶と虫に守られた一族の兄妹の苦難を描いた「虫剣虫鏡」、尻に狗を生やした貴族の男の物語だが、主筋とは関係のない、北方の森を描いた神秘的な一枚絵に、本来イラストが描きたいのだと語る花輪の志向が窺える「狗尻」、顔を吸い取る蜘蛛の話「朱雀門」、魚化する父娘を描く「市魚」、感応する男女から魂を取り出して鬼神を作ろうとする「感応」、宇宙人めいた茸の精を村人たちが惨殺する「茸の精」ほか。（石堂）

浜慎二（はま・しんじ　?〜）本名杉田臣平。一九五七年頃、本名でデビュー。杉田名義で発表した初期単行本には傑作が多く、中でも、不幸な少女と幼い天使の心温まる交流を描いたファンタジー『秘密の花園』（五七・ひばり書房）と、終末論的なＳＦ大作『亡びゆく地球』は、共に忘れがたい出来である。その後間もなく筆名を浜慎二に変更。改名後しばらくは少女物、スリラー、アクション等々幅広いジャンルの作品を手がけるが、五八年夏創刊の怪奇短篇誌『怪談』（つばめ出版）に創刊号から主要メンバーとして参加したのを機に、怪奇色の強い作品を主に発表するようになる。つばめ出版と同資本であるひばり書房発行の怪奇短篇誌『オール怪談』（五九年秋創刊）にも初期から参加。オーソドックスな幽霊譚を多く描き、罪の意識と良心の呵責から亡霊に悩まされる気弱な犯罪者の姿や、強欲で自己中心的な悪人によって滅ぼされた弱者の凄まじい怨念を描くのを得意とした。たとえば、質屋殺しの犯人の罪悪感と良心が白いユリの花の精霊となって姿を現す「花の死」（六〇・『怪談』）や、競馬を巡る人々の強欲と悪徳が破滅的な結末へと至る「黒い馬」（六〇・『オール怪談』）は、その代表格ともいえる好短篇。貸本漫画の衰退に伴い、六五年頃から『週刊少女フレンド』『なかよし』『別冊マーガレット』などの少女誌に活躍の場を広げた。七〇年以降は青年誌にも進出。その一方で、立風書房の新書判単行本シリーズ《レモンコミックス》に怪奇漫画の新作を次々と発表し、ファンにその健在を示した。

【亡びゆく地球】 長篇。五七年ひばり書房刊。

手塚治虫の『来るべき世界』や足塚不二雄（藤子不二雄）の『UTOPIA　最後の世界大戦』に比肩する終末SFの隠れた傑作。一九六七年夏、原因不明の大寒波と度重なる核実験、そして謎の怪物の出現によって、人類は滅亡の危機に瀕していた。回避不能の破滅の影には、一人のドイツ人科学者の存在があった。彼は強制的に人間から良心を奪い取り怪物に改造する恐るべき機械を発明していた。彼はなぜ人類を憎み、その滅亡を望むのか？　人間一人一人の良心のあり方を問う野心作。主人公を非力な一般人に設定したことも物語に深みを持たせている。自己愛と死に対する恐怖。献身と犠牲。様々な葛藤を経た後、誰にも知られることなく自らを犠牲にして世界を救う主人公の姿が印象的である。（成瀬）

原哲夫（はら・てつお　一九六一～）東京生。本郷高校デザイン科卒。八二年「マッドファイター」（『週刊少年ジャンプ』）でデビュー。翌年から同誌に連載した「北斗の拳」が大ヒット作となり、同誌の発行部数を押し上げ、ジャンプ黄金時代を築く基になった。ほかの作品に、基本のコンセプトは「北斗の拳」と変わらないが、サイボーグ物となっているSFアクション「CYBERブルー」（八八～八九・同）など。また、隆慶一郎の時代小説のコミカライズも手がけている。

【北斗の拳】長篇。八三～八八年『週刊少年ジャンプ』連載。武論尊原作。核戦争後の荒廃した世界。一子相伝の暗殺拳〈北斗神拳〉を継承したケンシロウが、正義のため、愛のため、人々のささやかな生活を守るために戦い続ける物語。前半では伝承者の地位を争った義兄ラオウとの戦いを、後半では赤ん坊の時に離れた、地獄のような生まれ故郷での戦いを中心に描いている。〈経絡秘孔〉を突いて人体を内部から破壊し、指一本で頭蓋を貫通し、瞬間的に無数のこぶしを繰り出すといった荒唐無稽きわまる設定は、格闘技物に新生面を拓き、後の作品に絶大な影響を与えた。劇画調の黒々とした画面や、シリアス漫画の枠組の中での縮尺を無視した誇張表現、悪役が倒される時の奇妙奇天烈な叫び声など、表現面でも異彩を放った。〈おまえはもう死んでいる〉という決めぜりふが、テレビアニメ（八四～八八）によって広く流通して流行語となり、二十年を経た現在でもなお命脈を保っている。サイドストーリーとして、ケンシロウの伯父の拳志郎を一九三〇年代の上海に活躍させた前日譚「蒼天の拳」（〇一～・コアミックス『週刊コミックバンチ』連載、〇六～〇七年にテレビアニメ化）などがある。（石堂）

東浦美津夫（ひがしうら・みつお　一九三〇～）別名に一条寺光、一乗寺剣など。兵庫県生。玩具のデザインや紙芝居画家を経て、西洋物のヒロイック・ファンタジー『月光の剣士』（四八・荒木出版）で漫画家デビュー。以後、六年間ほどは赤本漫画で様々なジャンルの作品を執筆し、この時期に秘境探検SF『魔境の果て』（四九・星書林）、描いた絵が実物となって紙から出てくる不思議な万年筆による騒動を描く『不思議なじいさん』（四九・立山書房）、忍術使いのチビ助が姫を守って蝙蝠魔王と闘う『ちんぴらチビ助』（五三・東光堂）など、SFやファンタジーを多く発表している。五四年には「笛吹き山物語」（光文社『少女』連載）で雑誌に進出、以降は少女・少年月刊誌で活躍し、そのすっきりとした上品な絵柄と確かな演出のテクニックで人気を得る。「笛吹き山物語」は、両親と生き別れたタンポポ城のサクラ姫が持つ金のコケシを狙って、妖術使いの老婆やオニユリ城の家老たちが争う民話風時代劇で、手塚治虫「リボンの騎士」の流れにある少女漫画黎明期のファンタジー作品だったが、人気を決定づけたのは、「カナリヤさん」（五五）「キノコちゃん」（五五～五七）「バラ色天使」（五五～五六）といった、お涙頂戴の少女メロドラマであった。初期少女漫画の先駆者であり、当時のトップ少女スター松島トモ子を主人公にした《ほんとうのかなしいお話》のシリーズなども手がけている。その一方で、時代劇を得意としてり、幕末の京都を舞台に謎の頭巾が新撰組と闘う「はやぶさ頭巾」(五四～五七・『冒険王』)、城を追われた若君と姫の数奇な運命を描く時代ロマン「夕月の山びこ」(六〇～六一・『少女クラブ』、緑川圭子原作)などの長篇連載がある。六六年からは児童誌『こどもの光』(家の光協会)に長期にわたって執筆し、「日本むかし話」(七一～八一)などを連載するほか、六〇年代後半以降は成年・青年誌に進出、一条寺光、一乗寺剣名義で時代劇画を主に発表した。（想田）

ひかわきょうこ（ひかわ・きょうこ　?～）大阪府生。「秋風ゆれて」(一九七九・『月刊LaLa』増刊号)でデビュー。〇四年「彼方から」で第三十五回星雲賞コミック部門受賞。代表作に《千津美と藤臣くんシリーズ》(七九～八一)《ミリアムとダグラスシリーズ》(八三～八九)などがある。愛らしい絵柄と繊細な心理描写など、〈乙女チック〉漫画の王道ともいえる作風であるが、その設定は学園物、西部劇、SF、時代劇と多岐にわたり、ドラマティックな展開を持ち味とするストーリーテラーとしても評価が高い。ラブコメディの短篇連作を得意としているが、自身最長となるファンタジー「彼方から」で、長篇大作も描ききる力量を発揮している。「彼方から」連載途中に体調を崩したことで、以後寡作傾向にあったが、〇六年頃より再び精力的な執筆ペースに戻りつつある。現在は、室町中期を舞台に物怪と闘う少女・鈴音をヒロインとした冒険ファンタジー「お伽もよう綾にしき」(〇五～〇六・『月刊LaLa』別冊付録、〇六～・白泉社『MELODY』)を連載、〇八年に第一部完結となっている。

【彼方から】長篇。九一～〇三年『月刊LaLa』連載。女子高生・典子は無差別爆破事件に巻き込まれ、その衝撃で異世界へ転移してしまう。未知の生物や超能力が行き交い、言葉さえ通じない世界で〈目覚め〉と呼ばれ、その身をつけ狙われる典子。事情もわからず混乱する彼女を保護したのはイザークという謎の青年だった。逃避行の中、次第に心通わせる二人だったが、彼こそ〈目覚め〉である典子を殺さねばならない宿命を背負う魔物であった……。五部からなる壮大なファンタジー長篇だが、突如異世界に迷い込んだヒロイン・典子が状況を理解していく過程を丹念に描くことで、自然と複雑な設定が把握できる構造となっている。典子とイザークのラブストーリーとしても共感を呼び、幅広い読者層に支持され人気を博した。（岸田）

氷栗優（ひぐり・ゆう　?～）大阪府生。『アゼル聖魔伝』(一九九三・青心社)にてデビュー。翌年より、このデビュー作をベースにした、闇と光の宿命に抗う永遠の愛をテーマとするゴシック・ファンタジー長篇「聖伝」(九四～九九・『ファンタジーDX』『月刊ふぁんデラ』連載)を発表、代表作となる。イラストレーターとしても活躍、ライトノベルの挿絵や、PCゲーム「学園ヘヴン」のキャラクターデザインなども手がけている。近年は、とある小国の王女である女子高生まひろをめぐる陰謀を描いたアクション・ストーリー「CROWN」(九五～〇八・『プリンセスGOLD』連載、和田慎二原作)により人気を博した。（岸田）

ひさうちみちお（ひさうち・みちお　一九五一～）本名久内道夫。京都市生。河合玲デザイン研究所卒。男たちを夢中にさせる空中浮揚の大道芸の男を描いた、ホモセクシュアル物の小品連作《パースペクティブキッド》(七六～七八・『ガロ』、七八～七九・サン出版『JUNE』)でデビュー。同作は後半では吸血鬼&生ける死者物となり、不思議なテイストを持つに至った。画風は初期から完成されており、ビアズレーを想起させる線描とハイコントラストにより独特の画面を創造している。〈ニューウェーブ・ブーム〉の一角を占めると同時に、《罪と罰》連作のようなパロディ風陵辱系官能漫画を描いて、エロ雑誌が流行した〈三流劇画ブーム〉の中にも含まれた。エロ漫画と実験漫画の交差するところに立った特異な漫画家といえる。ファンタジーに、純情な夢見るもぐらの許にミュシャ風の天使が訪れるが……という形式で描く情痴物「嘆きの天使」（七七・『ガロ』）、ペニスだけになってしまう男を描いた官能コメディ「愛妻記」（七八・同）、神父と吸血鬼の同性愛関係をシリアスとどたばたコメディの混交で描く「悪魔が夜来る」（七七、発表は八五年刊のブロンズ新社『ラビリンス』）、マリアの処女懐胎を、夢幻による惑わしを交え、聖書とはまったく異なる展開で鮮烈に描く「ヨセフ」（八〇・チャンネルゼロ『漫金超』）などがある。その後、「ヨセフ」に見られたような思索的な傾向を強め、長篇「托卵」（八八～九〇・『ガロ』）を発表。同作は、架空の中世西洋的世界を舞台に、ロマーとユダヤ人とを合体させたような〈カッコー〉という民族の迫害を通して、人間の歴史の暗黒面を淡々と描いた先鋭的な作品である。なお、ひさうちは俳優としても活躍し、映画やコマーシャルに出演している。（石堂）

聖悠紀（ひじり・ゆき　一九四九～）新潟県生。「うちの兄貴」（七二・『別冊少女コミック』）でデビュー。アマチュア時代より、永遠に生き続ける超能力者ロックの物語を描き続ける。ほかに同人〈作画グループ〉のメンバーとの合作のSFサバイバル物「アキラ・ミオ大漂流」（七二・『週刊少年マガジン』連載）、高校生の少年が異世界へと連れ去られた妹を追うヒロイック・ファンタジー「黄金の戦士」（七八～八〇・徳間書店『アニメージュ』連載）等。

【超人ロック】連作長篇。六七年に第一作が同人誌に発表され、第三作「ジュナンの子」が貸本で発表される。七八年『月刊OUT増刊ランデヴー』（みのり書房）で連載、その後『少年キング』『コミックバーガー』他で連載。不老不死の超能力者ロックを主人公に宇宙時代の人類を描くSF。政府に迫害され利用される超能力者像は以後のアニメやライトノベルに影響を与えたと思われる。（有里）

PEACH-PIT（ぴーちぴっと）千道万里（せんどう・ばんり　？～）とえばら渋子（えばら・しぶこ　？～）の共同筆名。小学校以来の付き合いで、千道がシナリオを、えばらがネームを担当し、作画は手分けして行っている。同人誌出身で、イラストレーターとして出発。美少女ゲームのコミカライズ「Prism Palette プリズムパレット」（二〇〇〇～〇一・メディアワークス『月刊電撃コミックガオ！』連載、ブロッコリー原作）で漫画家としてもデビュー。地球人類の命運を握る宇宙人の美少女が主人公の〈奴隷〉となる押しかけ女房型ラブコメディ「DearS」（〇一～〇五・同連載）、七体の生きているアンティーク人形たちによるローザミスティカ（命の素）をめぐる争いとそれに巻き込まれた少年を描く「Rozen Maiden」（〇二～〇七・幻冬舎『コミックバーズ』）「ローゼンメイデン」（〇八～・『週刊ヤングジャンプ』）、金を積めば生き返れるという設定で、半死人（ゾンビ）となった少年たちの違法ゾンビ狩りなどを描く伝奇アクション「ZOMBIE-LOAN」（〇二～・スクウェア・エニックス『月刊Gファンタジー』）、心を外面化したような存在〈しゅごキャラ〉が登場する変身魔法少女物「しゅごキャラ！」（〇六～・『なかよし』連載）などの作品がある。「しゅごキャラ！」で、〇八年第三十二回講談社漫画賞児童部門受賞。以上の四作はいずれも典型的なメディアミックス展開作で、テレビアニメ化、ゲーム化されている。（石堂）

日野日出志（ひの・ひでし　一九四六～）本名星野安司。満州国黒竜江省斉斉哈爾《チチハル》市生。杉浦茂の影響の下に漫画家を志し、「つめたい汗」（六七・『COM』）でデビュー。「どろ人形」（六八・『ガロ』）などの幻想短篇を発表した後、《日野日出志ショッキングワールド》の連載によりグロテスクで且つ抒情的な特異な作風の怪奇漫画家として注目された。その他の代表作として、記憶喪失の男が怪生物の蠢く謎の孤島を放浪する「幻色の孤島」（七一・『週刊少年キング』）、美しい女性を花に生まれ変わらせるエロティックな奇譚「赤い花」（七一・『COMコミック』）、怪奇小説家の妻が爬虫類のような赤ん坊を出産する

「わたしの赤ちゃん」（七三・『週刊少年キング』）、巨大な毒虫に変身した少年の運命を描く『毒虫小僧』（七五・ひばり書房）、一人の地獄絵師の狂気に満ちた半生を回想する『地獄変』（八二・同）、迷宮のような旧家を舞台に〈あかずの間〉に封印されていた〈赤い蛇〉のもたらす災厄を描く『赤い蛇』（八三・同）などが挙げられる。八〇年代中頃から再評価が進み、大陸書房『ホラーハウス』、秋田書店『サスペリア』、ぶんか社『ホラーM』、リイド社『恐怖の館』などのホラー漫画誌を中心に多数の怪奇漫画を発表。漫画以外の作品としては、ホラービデオ「ギニーピッグ2　血肉の華」（八五・オレンジビデオハウス）がある。

【日野日出志ショッキングワールド】短篇連作。七〇年『少年画報』連載。頭は少し足りないが絵の好きな蔵六が毒々しい七色の膿の出る奇病に罹る「蔵六の奇病」をはじめ、日野日出志自身をモデルにした怪奇漫画家を主人公とする「地獄の子守唄」、「博士の地下室」「百貫目」「はつかねずみ」「水の中」など全九篇から成る。　（久留）

平田弘史（ひらた・ひろし　一九三七〜）東京板橋生。四四年、奈良県天理市へ疎開。少年期は漫画とはほとんど無縁で、中学の学校新聞に四コマ漫画を二本描いただけだった。天理高校を入学式の日に退学した後、しばらくの間家業を手伝っていたが、十七歳の時に父を亡くしてからは、六人兄弟の長男として、母を助けて一家を守らなければならなくなった。五八年、大阪の設備会社に勤務していた平田は、中学時代の先輩で当時貸本漫画家だった宮地正弘と偶然再会。宮地から漫画を描くことを勧められ、一夜でデビュー作「愛憎必殺剣」を描き上げる。この作品は、宮地の協力により、時代劇短篇誌『魔像』五号（日の丸文庫）に掲載された。以後、貸本漫画の時代から今日に至るまで、ごく一部の例外を除き、一貫して時代劇を描き続ける。封建制度下の武家社会における組織と個人の軋轢と葛藤を描かせたら、斯界でも屈指の力量を発揮する作家である。封建社会の悲惨で陰鬱な閉塞感と破局が、超絶的なまでのリアルでダイナミックな残酷描写や個性的で峻厳な道徳観と結び付いた時、類稀なカタルシスへと浄化されるのが、平田時代劇画の特徴。血みどろの戦国絵巻『復讐つんではくずし』（六一・日の丸文庫）、部落差別に端を発した壮絶な復讐劇『血だるま剣法』（六二・同）、京都・三十三間堂の通し矢を題材にした「弓道士魂」（六九〜七〇・『週刊少年キング』連載）、宝暦治水工事に従事した薩摩藩士の悲劇を描く「薩摩義士伝」（七七〜八二・少年画報社『増刊ヤングコミック』、日本文芸社『週刊漫画ゴラク』連載）などが代表作。近年は、海外にも作品が紹介され、大きな反響を呼び、高い評価を得ている。武士道の道徳観が色濃く出た作風のため、怪奇幻想的なものとは無縁のように思われるが、初期作品には怪談的なものも少なくない。首を刎ねた罪人の怨霊に苦しむ介錯人の姿を描いた「据物三代」（五九・『魔像』）、戦場で自分の心を偽って敵兵の首を取ったため強迫観念に陥る臆病な武士の悲劇を描いた「臆病者」（六〇・同）、死してなお贋物の名刀に取り付かれた侍の妄執を描く「俺の宝」（六〇・『魔像別冊時代怪奇特集』）、有名な「耳なし芳一」を題材にした「秘曲壇の浦」（六一・『魔像別冊怪談特集』）、自害した能面師の代わりに般若面を作れと命じられた御小姓組の少年が奇怪な魔物によって狂わされる怪奇譚「或る般若面の由来」（六二・ブラザー書房『時代怪奇特集』）などが、その代表格であろう。また、後に青年誌へ進出してからも、半村良の代表作を劇画化した「妖星伝」（七六・桃園書房『漫画ジャイアント』連載）のような異色作もある。　（成瀬）

平野耕太（ひらの・こうた　一九七三〜）東京足立区出身。東京デザイナー学院アニメーション科中退。「COYOTE」（九四・フランス書院『COMICパピポ』連載）でデビュー。九七年より「HELLSING」を連載し、〇一年にテレビアニメ化、〇六年にOVA化された。

【HELLSING】長篇。九七～〇八年『ヤングキングアワーズ』連載。舞台は英国。吸血鬼ハンター、吸血鬼、及びその両者に敵対する狂信者たちの三つ巴の戦いを描く。英国国教とヴァチカンの対立を正面から描き、物語のキーとなる形でナチスの残党が介入する。黒ベタを多用した暗い画面と大仰で熱狂的な台詞回し、過剰なまでの流血と殺戮の描写を特徴とし、吸血鬼の荒唐無稽なまでの超能力・生命力と共に、箍《たが》の外れた幻想世界に突入しているといえる。（倉田）

日渡早紀（ひわたり・さき　一九六一～）神奈川県生。早稲田大学第二文学部卒。「魔法使いは知っている」（八二・『花とゆめ』）にてデビュー。ＳＦやファンタジーのテイストを持った、日常に潜む不思議を描く短篇連作などを中心に活動していたが、代表作ともなった長篇「ぼくの地球を守って」で本格ＳＦにも着手、高い評価を得ている。

【アクマくんシリーズ】中長篇連作。八二年～『花とゆめ』連載（中断中）。悪魔でありながら人間に憧れ、魔界を抜け出して人間界に降り立った魔王の第十五王子アムカ。当初は、人間になるべく努力するアムカをめぐるスラプスティックコメディであったが、次第にシリアスなテーマを内包する成長物語として、また天界・魔界を背景に複雑な思惑の絡む冒険ファンタジーへと変化を遂げた。シリーズ第四作「アクマくん魔法《マジック》★BITTER《ビター》」（八五～八六）を最後に中絶している。

【ぼくの地球を守って】長篇。八七～九四年『花とゆめ』連載。亜梨子《ありす》は、ある日クラスメイトの迅八と一成から、二人が同じ夢の記憶を共有しているという話を聞く。夢の中で二人は異星人であり、ほかの五人の仲間と共に月にある基地で地球の観察を続けているという。しばらくして亜梨子も同じ夢を見、かつての仲間の一人だということが判明。また亜梨子の隣家に住む少年・輪をはじめ、ほかの仲間も次々と見つかっていくが、前世の記憶は現世にまで影響を及ぼしはじめる。前世の彼らが死に至った理由、月基地で起きた事件のを追うサスペンス・ミステリを味付けとした壮大なＳＦファンタジー長篇で、大ヒットを受けＯＶＡ化もされた。〈前世の記憶〉という設定は社会現象となり、作品に心酔して自らも前世の記憶を持つと信じる一部熱狂的なファンに対し、作者本人がコメントを出すなど、話題となった。現在、続篇にあたる「ボクを包む月の光」（〇三～・『別冊花とゆめ』）を連載中である。（岸田）

深谷陽（ふかや・あきら　一九六七～）姉は漫画家の深谷かほる。福島県生。舞台大道具、特殊メイクスタッフ等を経て、九四年「神様の島の愛ある食卓」でちばてつや賞一般部門に入賞し、デビュー。アジアを舞台にしたリアルな作品に定評があり、代表作に「運び屋ケン」（九八～九九）など。怪奇幻想作品に、バリで和食居酒屋を開いている男が、日本人女性がバリの黒魔術の餌食となるのを助ける短篇「真昼の蛇」（九七・『アクション２　週刊漫画アクション増刊』）、続篇の「踊る島の昼と夏」以下の連作（〇一・エンターブレイン『月刊コミックビーム』連載）、特殊メイク係の青年を主人公に、三十年前に死んだ女優が映画を通して蘇ろうとする様を描く心霊ホラー「レディ・プラスティック」（九九～二〇〇〇・『ミスターマガジン』連載）、道教の特殊能力者の家系に生まれた少年・太郎とその係累の女たちが、インドネシアの僻村で、神（精霊的な幻獣）狩りに巻き込まれ、太郎が精霊たちを鎮めるために女神と交わるオカルト・サスペンス「楽園夢幻綺譚ガディスランギ」（〇一・リイド社『リイドコミック爆』連載）がある。（石堂）

福島鉄次（ふくしま・てつじ　一九一四～九二）挿絵画家、絵物語作家。本名加藤興。福島県白河市生。戦前から軍事物や時代物などの挿絵画家として活躍し、戦後は絵物語の世界で山川惣治や小松崎茂と並ぶ人気作家の一人となった。代表作は「沙漠の魔王」（四九～五六・『冒険王』連載）。射撃の名手にして探検家のボップ少年を狂言回しに、沙漠の魔王ブラダを呼び出す魔法の香炉とサラの香木を巡って様々な事件が展開し、アメコミ調のカラフルで斬新な絵柄と相俟って読者に強い印象を残した。その他の絵物語作品として、上山路夫名義による『コングの猛襲』『続コングの猛襲／コンドル魔島』（共に四八・秋田書店）などがある。アニメーション監督の宮崎駿は少年時代に「沙漠の魔王」を愛読し、「天空の城ラピュタ」などへの影響も指摘されている。（久留）

ふくしま政美（ふくしま・まさみ　一九四八〜）本姓福島。初期には本名を使用。北海道久遠郡大成町生。六八年「死の行進曲」（芸文社『コミックVAN』）でデビューし、真崎守のアシスタントを務めながら劇画誌に短篇作品を発表。数年間は人気にめぐまれなかったが、七一年に読み切りとして発表され、翌年より連載化された「人斬り尼」（〜七四・芳文社『漫画コミック』）が出世作となり、続く女犯道による世直しを目論む怪僧・竜水が大奥に取り入って権力を手中にしていく、江戸中期から明治に及ぶ伝奇エログロ時代劇「女犯坊」（七四〜七六・KKベストセラーズ『漫画エロトピア』、滝沢解原作）がヒットする。初期はさいとう・たかをや園田光慶の流れにあるアクション劇画系の作風だったが、「女犯坊」連載中に肉体のグロテスク、過剰な描き込み、奇をてらった大ゴマなどを特徴とする独自のスタイルに変化し、グロテスクやバイオレンスなどの描写が物語の制御を超えて暴走する、異様な展開となっていった。七六年には少年誌に進出し、花園で目覚めた強靱な筋肉を持った記憶喪失の男が、人間の肉体を積み上げて造られた人間城、殺人マラソンが行われる〈命の泉〉の都、理想国家を目指す巨人王が治める国など、世紀末的無法地帯の様相を呈する世界で自分探しの旅を続ける「聖《セント》マッスル」（『週刊少年マガジン』、宮崎惇原作）、皇帝ネロが支配する古代ローマを舞台にキリスト教的な愛、そして恋人との純愛に生きようとする若き格闘士アリオンを描いた「格闘士ローマの星」（〜七七・『週刊少年チャンピオン』、梶原一騎原作）を連載する。その過剰でいびつなヴィジュアルによって読者に強烈なインパクトを与えたものの、人気には結びつかず、すぐに少年誌より撤退。その後は青年・成年誌で聖徳太子、閻魔大王、釈迦の三者が入り乱れ、地獄解放をめぐって醜怪なモンスターや恐竜型メカなどによるバトルが繰り広げられる「聖徳太子」（七七〜七八・実業之日本社『週刊漫画サンデー』）連載、滝沢解原作）、未来の東京を舞台に、魔人刑事チギラが巨悪に立ち向かう「チギラ」（七八〜七九・双葉社『漫画ギャング』連載、同原作）などを発表していくが、作品が未完のまま中断することも多く、八一年頃には休筆して世界を放浪、九一年に一時復帰するも再度消息不明となる。やがて九五年、ノンフィクション・ライター大泉実成の人気連載「消えたマンガ家」（太田出版『Quick Japan』）に取り上げられたのをきっかけにカルト人気が高まり、九七年より続々と単行本が刊行され始める。九八年にはふくしま本人も姿を現し、その後執筆を再開、百八人の女どもの煩悩を受けて怪僧・竜水が現代日本に甦る続篇「女犯坊」（〇七〜〇九・『週刊漫画サンデー』連載、坂本六有原作）などを発表している。（想田）

福地翼（ふくち・つばさ　一九八〇〜）本名同じ。栃木県日光市生。九八年、少年サンデーまんがカレッジで「コーデリー」が佳作に入選。〇一年に代表作である「うえきの法則」（〇一〜〇四・『週刊少年サンデー』連載）でデビュー。この作品は、ゴミを木に変える力を神候補から授けられた少年・植木耕介が、神を決める戦いに巻き込まれていき、自らの出自を知る物語である。〇五〜〇六年にアニメ化。（真栄田）

福元一義（ふくもと・かずよし　一九三〇〜）鹿児島県鹿屋生。日大芸術学部在学中に『少年画報』でカット描きのアルバイトを始め、五二年に少年画報社に入社、手塚治虫や武内つなよしなどの担当編集者になる。編集者時代にも小品を『少年画報』に発表しているが、五五年、福本一義名義で『原子大帝』など数冊の貸本単行本をます美書房より描き下ろし、本格デビューする。翌五六年には、宇宙ロケットの乗組員に取りついて地球にやって来た怪物の恐怖を描く「怪物ガビラ」（『少年画報』）を連載。右手がサボテン状に腫れ上がった男やガビラの造形などがグロテスクで薄気味悪く、怪奇ムードに溢れたSFだったが、この作品が人気を得て、各誌より原稿依頼が殺到する。以後、息子によって復活させられた科学者が電気を吸って暴れ狂う悲劇の物語「ゆうれい博士」（五六・『少年画報』連載）、東宝怪獣映画のコミカライズ「怪物ラドン」（五六・『少年』、黒沼健原作）、仲間を実験台にした狂気の科学者の末路を描く「冒険児ゴッド」（五七・『ぼくら』）、透明人間や何にでも化ける妖怪人間などが登場する怪奇探偵物「轟名探偵」（五七〜五八・『少年クラブ』連載）ほかの作品を次々と発表。手塚治虫に似た作風だが、そのほとんどの作品に怪奇テイストがまとわりついているのが特徴であった。三年ほど活躍したのち、悪書追放運動の槍玉に上げられたことなどもあって、一線を退いて武内つなよしのプレーイング・マネージャーになる。六〇年代中頃からは井上智の智プロに在籍し、主にメカやビルなどの作画を担当するが、これらの間にも、忍者物『月影忍法帖』（六三〜六四・東邦図書出版社）や特撮テレビのコミカライズ『ウルトラセブン』（六七〜六八・講談社）など、断続的に自作の執筆を行っている。しかし七〇年、手塚プロの漫画部にチーフアシスタントとして誘われたのを機に、ペンを折ることを決意。以降、手塚治虫が亡くなる八九年まで裏方に徹して支え続けた。（想田）

ふくやまけいこ（ふくやま・けいこ　一九六一〜）本名福山慶子。東京浅草生。自身の絵入り手紙を元にした、宮崎駿のアニメなどについてのエッセー漫画やパロディの個人誌『ふくやまジックヴック／福山慶子画集』（八一・アニドウ）がきっかけで、同年『FUSION PRODUCT』（ふゅーじょんぷろだくと）に「地下鉄のフォール」が掲載される。翌年《エリス&アメリア・シリーズ》の最初の短篇「大きな星空小さな部屋」（『リュウ』）にて本格デビュー。その後は様々な出版社でシリアスからコミカルまで、SFファンタジーやメルヘン・タッチの作品を短篇長篇を問わず多数発表する。ほのぼのと心が暖まる作風はデビュー以来一貫して変わらず、男女や年齢、発表分野の垣根を越えて多くの熱心なファンを獲得している。また田中芳樹、梶尾真治、堀直子などSFやファンタジー小説の装画も手がけ、田中芳樹「アップフェルラント物語」「夏の魔術」では漫画化も担当。前者は九二年にアニメ映画化され、ふくやまはキャラクターデザインで参加した。万人に愛される可愛い絵柄で、ゲーム「グラニュー島！大冒険」（九八）のキャラクターデザインや、アニメ〈ポケットモンスター〉の漫画化作品「ポケモンえにっき」（九八〜二〇〇〇・『小学二年生』他連載）なども担当し、〈ポケモン〉関連は〇五年まで複数の作品がある。主な漫画作品には、上野のお山のサイゴーさんの銅像が突然人間となって愉快な騒動を巻き起こす「サイゴーさんのしあわせ」（八七〜九〇・新書館『Wings』連載）、宮崎駿を監督にアニメ化の予定があったという伝奇探偵物の代表作「東京物語」、日本風の架空の国を舞台に、巨大な化物で村の守り神のギシン様を従えた美人姉妹の菜野と鳥野が都を助けるための旅に出る「ナノトリノ—花鳥波絵巻—」（〇二〜〇五・ワニブックス『月刊コミックガム』連載）などがある。

マニアックな傾向の雑誌への発表が多いふくやまだが、九〇年代に初めて少女雑誌に低年齢層向けのファンタジーを発表する。星の島に科学者の父と共に移住した元気な少女るるの楽しい冒険を描く近未来SFファンタジー「星の島のるるちゃん」（九三〜九四・『なかよし』『るんるん』連載、〇五年文庫描き下ろしにて完結）、お団子屋の娘・里穂とまぼろし谷から来た着物姿で言葉を話す猫〈ねんねこ姫〉の友情と大騒ぎの日々を描いた「まぼろし谷のねんねこ姫」（九四〜九八・『なかよし』連載）は、どちらもふくやまの代表作として数えられる楽しい作品となった。その後も学習雑誌にて小学生向けの作品をいくつも発表している。

【東京物語】連作。八七〜九二年『アニメージュ』（徳間書店）連載。昭和初期の東京、上野と浅草を舞台の中心に据え、出版社勤務の好青年・桧前《ひのくま》平介と風来坊だが頭脳明晰な牧野草二郎が素人探偵として不可解な謎や事件を解決する。薬方に詳しい草二郎は、子供時代に大陸で研究者の方士《ほうし》に実験薬を投与され不思議な能力を発症しており、同じ出自の、掌から火炎を放つ珊瑚や、顔形を自由に変えられる公邦《きみひこ》に誤解から憎悪され命を狙われる。方士の研究は西王寺家の不老長寿の娘・瞳子《とうこ》の治療が目的とわかり、全てが大団円へと向かうラストは圧巻。怪奇的でファンタジックな出来事とふくやまらしい心暖まるエピソードを織り交ぜた幻想浪漫の世界を濃密に描いた作品である。（小西）

福山庸治（ふくやま・ようじ　一九五〇〜）別名にヨージ福山。福岡県大牟田市生。東京学芸大学教育学部卒。七〇年「納屋の中」を『週刊漫画アクション』に掲載し、デビュー。ごく初期には山上たつひこ風の絵柄だったが、まもなく独自の画風を確立。不条理なテイストの短篇を得意とし、『週刊漫画アクション』『マンガ奇想天外』『ビッグコミックオリジナル』などの青年誌に作品を発表する。完成度の高い画面による、諷刺とユーモアに溢れた一コマ漫画「F氏的日常」（九三〜・ダイヤモンド社『週刊ダイヤモンド』）で、〇一年第五回文化庁メディア芸術祭マンガ部門大賞を受賞。長篇の代表作は、モーツァルトが女性であったという設定で描く歴史物の音楽漫画「マドモアゼル・モーツァルト」（八九〜九〇・『コミックモーニング』連載）で、ミュージカル化されて好評を博した。

怪奇幻想系の作品は多数あるが、F氏の登場する不条理コント連作「B♭のソナタ」（八〇〜八二・『ビッグコミックオリジナル』）、願いをかなえる魔神物のパロディ「オレと魔法使い」（八一・『月刊コミックトム』）、魔女物の「アデイ」（八五・東京三世社『WHAT』）、外見は普通の女性が怪物と見なされている状況を描く「ある朝パニック」（九一・『眠れぬ夜の奇妙な話』）、飲んだビール缶を運転席の窓から放り投げたところから始まる悪夢を描く「ある夜のピクニック」（九二・同）など、軽妙な作品が多い。〇七年にはアニメの監督にも挑戦し、『Genius Party』の一篇として、ドッペルゲンガー・テーマの「ドアチャイム」（STUDIO 4℃制作）を手がけた。

【青い木白い花豊かな果実】短篇集。八五年東京三世社刊。一人の人間の死と引き替えに一つの実を生らせる木と飢えた家族の物語「青い木白い花豊かな果実」、大根が木に生っている状況に違和感を覚える少年を描いた「チョコレート・パフェ・ライス」、想像力をテーマにしたメタフィクション「晴れた朝には果実売り」、木に時間を象徴させたファンタジー「樫の木ロード」、ノスタルジックな機械人間物「仲買人」、最終戦争後の世界の希望を描いた「いちごロード」など、ファンタジー&SF全八篇を収録する。

【臥夢螺館《ガムラカン》】長篇。九三〜九五年『コミックモーニング』、〇三年『e-manga』（講談社）連載。半年間家賃を滞納しているという男の部屋には外から鍵がかけられ、取っ手には蜜のようなものがしたたっていた。部屋の調査に訪れた探偵は、部屋の中に奇妙な目をした裸の小さな女たち＝〈天使〉が浮遊しているのを見る。探偵を媒介として外に溢れ出した〈天使〉は、女性の身体を乗っ取って中から食らいつくすと同時に、その身体を使って様々な破壊行動を繰り広げる。ラスト近くで瞑想ソフトから生まれた妄想の実体化というような解釈が付けられて一旦事件は終息するが、〈天使〉はなおも消え去ってはおらず、随所に姿を見せる黒幕らしき〈養蜂家〉も変わらずに街を動き回っており、不気味な余韻をもって作品は閉じられる。スローモーション的な演出によって緊迫感を高め、描くことでしか表現できないユニークな不条理ホラー

の世界を開いている。（石堂）

藤子不二雄（ふじこ・ふじお）は、藤本弘（ふじもと・ひろし　一九三三〜九六、富山県高岡市生）と安孫子素雄（あびこ・もとお　一九三四〜、富山県氷見市生）の共同筆名。高校生時代に合作を始めた。五一年、『毎日小学生新聞』に投稿した「天使の玉ちゃん」が採用されてデビュー。当初の筆名は足塚不二雄で、五三年から筆名を「藤子不二雄」に変更。八七年にコンビを解消してから以降は、藤本は藤子・F・不二雄（ふじこ・エフ・ふじお）、安孫子は藤子不二雄Ⓐ（ふじこふじお・エー）に筆名を変更した。初期のSF長篇には、時間旅行テーマの「四万年漂流」（五三・『少年少女冒険王』連載）、手塚治虫のSF三部作の影響を受け、大戦後の新世界を舞台に独裁者と人類同盟の闘いとロボットの反乱を描いた『UTOPIA　最後の世界大戦』（五三・鶴書房）がある。これらを含めて、初期には二人で一つの漫画を描くという完全な合作を行っていたが、やがて、別々に執筆した作品をそれぞれが藤子不二雄名義で発表するという、共同筆名方式をとるようになった。五四年、上京。「海の王子」（五九〜六一・『週刊少年サンデー』他連載）は初期の重要な合作であり、少年漫画史上初めてのメカ・アクションである。日常性に立脚する主人公の側がスマートな〈白のイメージ〉であるのに対して、異界の存在であるグロテスクで不気味で強大な敵は〈黒のイメージ〉であり、それぞれを藤本と安孫子が担当したと考えられる。ふたりの基本的な資質の違いが、ここに明確に現れている。これ以降の合作で重要な作品といえるのは「オバケのQ太郎」（六四〜六六・『週刊少年サンデー』、六五〜六七・『小学二年生』などの小学館の学年誌他連載）のみである。

〈黒い藤子不二雄〉である安孫子は〈ホラー志向〉であり、〈記号的〉であるよりは〈映像的〉〈絵画的〉な画面構成を特徴とする。時として版画を思わせるほど強い光と影のコントラストは、怪奇幻想漫画において特に目覚ましい効果をあげており、絵物語的な見せ場として配される大ゴマの一枚絵も、特徴のひとつである。「白魔きたる」（五九・『少年』）は、映画「遊星よりの物体X」を想起させる先駆的なSFホラーであり、「シルバークロス」（六〇〜六二）には仮面劇的要素が色濃く漂っている。軍事科学小説的展開に「白鯨」のモチーフを絡めた「ビッグ1」（六二・『週刊少年サンデー』連載）は幻想的な映像美が印象的であり、「恐怖探偵局」（六三・『少年』連載）は本格的なゴシック・ホラーである。日常的シチュエーション・コメディである「忍者ハットリくん」（六四〜六八・『少年』連載）にも非日常的な〈仮面〉への嗜好がほの見え、「怪物くん」（六五〜六九）は怪物博覧会として子供たちの情報源となった。ブラックユーモア路線の嚆矢となったのが、六八年に『ビッグコミック』に掲載された「黒ィせぇるすまん」であり、同誌には引き続き、日常生活が悪夢のように変貌していく「ひっとらぁ伯父サン」（六九）、主人公が理不尽に人肉食の罠に陥る「北京塡鴨式《ペキンダック》」（七〇）、シュルレアリスムの幻想が現実を侵犯する「マグリットの石」（七〇）など、極めてダークで〈奇妙な味〉の短篇群が掲載された。主人公のトリックスター的キャラクターが強烈な印象を残す「黒ベエ」（六九〜七〇・『週刊少年キング』連載）によって、少年漫画にもブラックユーモアが本格的に導入された。ひ弱で根暗ないじめられっ子が怨みを陰湿にはらす怪奇漫画「魔太郎がくる!!」（七二〜七五・『週刊少年チャンピオン』連載）は、今も昔も変わらぬ〈いじめ〉が主題であるが、社会派的なポジティブな解決によらぬ、闇の力を持つダーティ・ヒーローによるネガティブな復讐譚としたことで多くの少年たちの共感を得、大ヒットした。その後の作品には、「プロゴルファー猿」（七四〜八〇）「ブラック商会変奇郎」（七六〜七七）「まんが道」（七〇〜七二、七七〜八二、八六〜八八）「少年時代」（七八〜七九）「まんが道スペシャル　愛…しりそめし頃に…」（八九、九〇、九五〜）などがある。

〈白い藤子不二雄〉である藤本は〈SF志向〉であり、手塚治虫直系の〈物語志向〉の作品群を作った。藤本の作品においては、背景や物は、〈絵画的〉というよりは、多分に〈言語的〉〈記号的〉である。「すすめロボケット」（六二～六五・『小学三年生』などの小学館の学年誌他連載）は、日常の中に侵入してきた〈少年の夢〉の世界を描く、「オバケのQ太郎」や「ドラえもん」に連なる系列の原点といえる作品である。安孫子との合作「オバケのQ太郎」はアニメも大ヒットして、それまではシリアス作品のイメージが強かった藤子が、ギャグ漫画家として認知される契機となった。その後も、日常感覚から遊離せぬ児童SF漫画として、子供のスーパーマンを主人公とするヒーローコメディ「パーマン」（六六～六八・『小学三年生』などの小学館の学年誌、六七・『週刊少年サンデー』他連載）、未来社会を舞台とするコメディ「21エモン」（六八～六九・『週刊少年サンデー』連載）、平凡な家庭に入り込んできた宇宙人家族の繰り広げるSFギャグ「ウメ星デンカ」（六八～六九・『小学三年生』などの小学館の学年誌他連載）などを発表し続けた。藤本作品としては暗くシニカルなトーンを持つ宇宙放浪物語「モジャ公」（六九～七〇・『週刊ぼくらマガジン』他連載）は、ギャグ漫画に留まらぬ広がりを内包する本格的なSF漫画である。六九年から『ビッグコミック』に大人向けの短篇SFを発表し始める。第一作の「ミノタウロスの皿」は、カニバリズムをモチーフとして、理解し合えぬ異文明同士の出会いを描いた力作。この後各誌に発表されていく短篇群には、SFの古典的なアイディアを軽く捻ってリメイクしたタイプの作品が多く、あたかも、SFの様々な基本パターンを紹介し始めたかのごとくであった。七〇年には、ライフワークとなった「ドラえもん」の連載が始まる。その後の作品には、「エスパー魔美」（七七～七八・小学館『マンガくん』他連載）「T・P《タイムパトロール》ぼん」（七八～七九・潮出版社『少年ワールド』他連載）などがある。

藤本のSF漫画の特徴のひとつに、日常的な感覚から大きく逸脱することがない親しみやすさがある。また、児童漫画・少年漫画において、常に〈子供の夢〉という視点を忘れなかった。それ故、手塚治虫の後を継ぐもっとも正統的な〈SFの伝道者〉たり得たのであり、若い世代にSFの基本を啓蒙し、伝え続けた功績は、絶大である。

藤子不二雄として、六三年「すすめロボケット」「てぶくろてっちゃん」で第八回小学館漫画賞、「ドラえもん」で七三年第二回日本漫画家協会賞優秀賞、八二年第二十七回小学館漫画賞児童向け部門を受賞。また八四年に映画の日特別功労章を受章。藤子・F・不二雄として、「ドラえもん」で九四年第二十三回日本漫画家協会賞文部大臣賞、九七年第一回手塚治虫文化賞マンガ大賞を受賞。また、九六年に映画の日特別功労章を受章。藤子不二雄Ⓐとして、〇五年、全作品に対して第三十四回日本漫画家協会賞文部科学大臣賞が贈られた。

評論に、米沢嘉博『藤子不二雄論　FとⒶの方程式』（〇二・河出書房新社）など。

▼『藤子不二雄ランド』全三百一巻（八四～九一・中央公論社）

【シルバークロス】連作。六〇～六三年『少年』連載。アフリカに突如出現した謎のスケルトン帝国は、黒人を奴隷化し秘密の軍隊を組織して、世界の脅威となりつつあった。世界の平和を守る〈十字警察〉の一員、シルバー・クロスは、仲間たちと共にスケルトン帝国に潜入し、独裁者カリギュラ総統と、彼が率いる秘密警察の最強力メンバー〈ビッグ・5〉に立ち向かう……。敵も味方もマスクで顔を隠している、一種の仮面劇であり、手に汗を握るアクションの連続もさることながら絵の魅力が圧倒的で、光と影を強烈に対比させた異様にスタイリッシュな画面と敵怪人たちのコスチュームは、〈中世的〉〈魔術的〉なムードを濃密に漂わせている。

【怪物くん】短篇連作。六五～六九年『少年画報』、六七～六九年『週刊少年キング』連載。

人間世界にやって来た怪物ランドの王子・怪物くんが、ドラキュラ、オオカミ男、フランケンをお供に引き連れて、様々な怪物がらみの事件を解決していく。怪奇映画のモンスターをパロディ化するギャグ漫画であるだけでなく、怪奇映画、怪奇小説、神話、伝説など、あらゆるジャンルを横断したモンスター・カタログでもあり、折りから訪れ始めていた怪奇映画ブームと互いに影響を与えあったと考えられる。六八〜六九年と八〇〜八二年にテレビアニメ化され、八一年と八二年に劇場版アニメが公開されている。

【黒ィせぇるすまん】短篇連作。六八年に『ビッグコミック』に読み切り短篇として掲載された後、六九〜七一年に『週刊漫画サンデー』（実業之日本社）に連載。八九〜九二年にアニメ化された際に「笑ゥせぇるすまん」と改題された。その後も掲載誌を変えつつ、何度も連載されている。喪黒福造《もぐろふくぞう》は、客に対して、一回だけという約束で束の間の夢を叶えてやるが、客のほとんどはその夢を忘れられず、自ら暴走して、あるいは、もう一度夢を叶えてくれるよう喪黒に懇願した結果として、破滅する。喪黒福造という名前自体に、幸福と不幸が表裏一体であるという寓意が込められている。九九年には、実写ドラマ化された。

【ドラえもん】連作。七〇〜九四年に『小学四年生』などの学年誌、七九〜九六年に『コロコロコミック』（小学館）など、多くの雑誌に連載された。運動も勉強も駄目な、ぐずでのろまなのび太を、未来からやって来たネコ型ロボット・ドラえもんが、ポケットから様々な道具を出して救うが、毎回結局、それらの道具を不適切に使って大失敗をしてしまう。この定型的なパターンから教訓を読みとることは容易だが、それよりも、その道具によって実現される、束の間ののびのびとした夢の楽しさが本質的であり、それは、もっとも多用される道具が、人間のもっとも基本的な夢である〈空中飛行〉を実現するための〈タケコプター〉であることからも明らかである。テレビアニメは第一次は七三年、第二次は七九年から今なお放映中。劇場版アニメは、八〇年以降、〇五年を除く毎年、公開されている。（倉田）

藤崎竜（ふじさき・りゅう　一九七一〜）青森県生。情報工学系専門学校卒。九一年、魂を食う精神生命体の登場するＳＦファンタジー「ハメルンの笛吹き」が第三十九回手塚賞佳作となる。並行世界物のブラックな作品「WORLDS」が第四十回手塚賞準入選となり、『週刊少年ジャンプ増刊号』に掲載されてデビュー。主にファンタジー要素を含むＳＦを描く。超古代文明物ＳＦのテイストを加味した中国古典ファンタジーのコミカライズ「封神演義」（九六〜二〇〇〇・『週刊少年ジャンプ』連載）により人気を博す。同作は九九年にテレビアニメ化された。ほかに、超能力テーマのＳＦラブコメディ「PSYCHO+」（九二〜九三・同連載）、オアシスで中世的生活を営む人造人間と、滅亡した人類によって人造人間を殺せと命じられている機械とが住む未来を舞台にした「Wāqwāq」（〇四〜〇五・同連載）などがある。また、メタフィクションに関心を示し、その系列のＳＦファンタジー作品として、存在論的テーマのメタ漫画短篇「DRAMATIC IRONY」（九五・『少年ジャンプ増刊スプリングスペシャル』）、都心の一等地（皇居のパロディか）にあるテツの土地を、未来・宇宙・地底・魔界など様々な勢力が狙ってくるという設定のギャグ・メタ漫画「サクラテツ対話篇」（〇二・同連載）などがある。吸血鬼ホラーのコミカライズ「屍鬼」（〇八〜・『ジャンプSQ.』、小野不由美原作）を連載中。（石堂）

藤島康介（ふじしま・こうすけ　一九六四〜）東京生。江川達也のアシスタントを経て、八六年「Making BE FREE!」が『コミックモーニング』に掲載され、デビュー。婦警物「逮捕しちゃうぞ」（八六〜九二）で人気作家となる。同作は数度にわたりアニメ化や実写化された。ほかの作品に「ああっ女神さまっ」がある。アニメやゲームのキャラクターデザインも手がけている。

【ああっ女神さまっ】長篇。八八年〜『アフタヌーン』連載（継続中）。工大生の森里螢一が間違えてかけた電話が神の事務所に繋がり、鏡を抜けてベルダンディーという愛らしい女神が現れる。願いを一つだけかなえるという女神に、螢一が〈ずっとそばにいてほしい〉と口走ったために、その願いがかなえられてしまい、二人は一緒に暮らし始める。純愛ラブロマンス&オートバイ愛を描いた青春物に、魔法要素のフレーバーがふりかけられているといった趣の作品。ファンタジーとしては異類婚譚の現代的バージョンで、ヒロインは神的なものというよりは精霊的なものであり、唐代伝奇の「任氏伝」に近い。二十年以上も連載が続くヒット作品であり、九三年以後、六度にわたってアニメ化されている。この作品の成功が与えた影響は大きく、漫画に限らずライトノベルの分野でも多数の亜流作を生んでいる。（石堂）

藤田和日郎（ふじた・かずひろ　一九六四〜）本名和宏。北海道旭川市生。日本大学法学部新聞学科卒。あさりよしとおのアシスタントを経て、八八年「連絡船奇譚」が第二十二回新人コミック大賞に佳作入選。同作が『少年サンデー増刊号』に掲載され、デビュー。翌年「うしおととら」が第二回少年サンデーコミックグランプリに入賞、その後連載されて人気を博し、九二〜九三年にはOVA化された。九二年に第三十七回小学館漫画賞少年部門、九七年に第二十八回星雲賞コミック部門賞を受賞し、藤田の代表作となった。ほかの作品に「からくりサーカス」、盲目のハンターとおきゃんな巫女の父娘が梟のモンスターと戦いを繰り広げる「邪眼は月輪《がちりん》に飛ぶ」（〇七・『ビッグコミックスピリッツ』連載）、ヴィクトリア朝の怪人バネ足男を素材にした冒険アクションミステリ「黒博物館スプリンガルド」（〇七・『モーニング』連載）など。またカードゲームを主とするメディアミックス作品「妖逆門《ばけぎゃもん》」の原案やキャラクターデザインなども手がけている。

別掲二作は、動きのある画面で激しいアクション・シーンを展開すると共に、少年の友情と成長を描いた、少年漫画の王道を行く作品である。両作共に過去世を登場させて因縁を形成している点は、日本の伝奇アクション全体とも共通する定型だが、複数のヒロインが複雑な役割を担う点はやや異色。「うしおととら」は連載終了時期が妖怪ブームの高揚期と重なるため、途中までのOVA化のみで、テレビアニメ化されなかったのが不思議なほどの作品である。

【うしおととら】長篇。九〇〜九六年『週刊少年サンデー』連載。中学生の少年・蒼月潮《あおつきうしお》は蔵の地下で、人の魂を力に変えて妖怪を討ち取る〈獣の槍〉を引き抜き、槍に縫い止められていた炎と雷の鬼・長飛丸を解放してしまう。潮は様々な妖怪と戦う過程で、〈とら〉と名づけた気の良い妖怪との信頼関係を築いていく。連載が長期化するバトル・アクション物の例に漏れず、敵が巨大化し、ついには世界を滅ぼす大妖怪〈白面の者〉との戦いへと発展していく。多数の登場人物によるドラマティックな設定が用意されているが、展開はかなり大雑把で、設定を活かし切れていない部分が多々ある。描き込みの勢いで読ませる作品といえる。

【からくりサーカス】長篇。九七〜〇六年『週刊少年サンデー』連載。自分の意思を持ち人間の血を潤滑油とする吸血自動人形《オートマータ》と、操り人形を武器に自動人形を破壊することを使命とする人形破壊者〈しろがね〉の戦いを描くバトル・アクション。中国拳法の達人だが、人を笑わせないと呼吸困難に陥る奇病の持ち主・加藤鳴海と、からくりを用いた暗殺者集団に命を狙われているコングロマリットの御曹司・才賀勝、勝と縁の深い〈しろがね〉のエレオノールが出会うところから物語は始まる。鳴海の犠牲により勝を救ったところで物語は一旦完結し、その後の展開は、自動人形を操る〈総裁〉の謎を中心に、錬金術、生命の水といった小道具を配した、より幻想性の強いものになっていく。結果的に第一部とは細部で矛盾する物語となった。人類を絶滅近くまで追い込む〈総裁〉の動機が、登場人物の一人が口にする〈女に振られた男がヤケで引き起こしたこと〉であるというばからしさとは対照的に、巨大な敵に対峙した少年の成長の物語として、また登場人物それぞれの戦いの物語としてよくできている。　（石堂）

藤原カムイ（ふじわら・かむい　一九五九〜）東京荒川区生。私立本郷高校デザイン科卒。桑沢デザイン研究所を経て、デザイン、イラストの仕事を手がける傍ら漫画を描き、七九年「いつもの朝に」（藤原頌一名義）が第十八回手塚賞佳作に入選する。エロ漫画誌に関わり「one way love」（八一・アリス出版『少女激写』）でデビュー。「バベルの楽園」（同・JICC出版局『マンガ宝島』）により一般誌にデビュー。この頃から『漫画ブリッコ』『いけないCOMIC』『ホットミルク』（白夜書房）『コミックアゲイン』（みのり書房）『プチアップル♡パイ』『メディウム』（徳間書店）等のロリコン漫画誌、ニューウェーブ漫画誌にSF&ファンタジー短篇を多数描く。また『リュウ』では、超能力テーマと日本人の小人化計画を組み合わせたSF「H_2O Image」を連載。その後、一般的な青年誌に主な活躍の場を移し、「チョコレート・パニック」などを描く。また、原作付きの作品やゲーム、小説、戯曲、アニメ等のコミカライズを手がけるようになり、卓越した画力と構成力で多数の読者を獲得。一般的な知名度が高まった。

十九歳の時に描いたという「彼方へ―Dr.カントの宇宙創世記」（発表は八四・『漫画ブリッコDX』）は、食糧難から人肉食が通常となった近未来世界から脱出した主人公が、別世界で仲間を集めつつ冒険を繰り広げるというものだが、観念性が強く、いかにも若書きといった印象の作品である。とはいえSFファンタジー志向、映画の引用、哲学・文学の援用、さらには水描写の多用など、藤原作品をその後も特徴づける傾向が見られる。藤原は初期から一貫してSF、ファンタジーを描いてきた漫画家といえ、特に脳内の出来事（意識、記憶、幻覚など）を描くことに執着し、表現上の実験も様々に繰り広げている点が特異である。八〇年代前半の初期作品にも、絵の中の世界に入り込む「展覧会の絵空事」（八四・東京三世社『少年少女SFマンガ競作大全集』）、トランスを視覚的に描いた「ヒョウイ」（八三・『プチアップル♡パイ』）、死後の世界の描写が素晴らしい「ピナ」（八三・同）ほか多数の秀作がある。この独特の世界は「チョコレート・パニック」や「KV KAMUI VISION」（八五〜八六・『宝島』連載、後に「至福千年」と改題）、九〇年代初めまで書き継がれていく「DE JA VU」連作、「福神町綺譚」と発展し続け、カムイ作品の中で一連の流れを形作っている。また、映画の引用に顕著なように、先行する漫画やアニメ作品のパロディなどもしばしば描く。そうしたパロディ、ユーモア系作品の代表作としても「チョコレート・パニック」を挙げることができる。

また、原作付き作品やコミカライズでも多くの作品がSF&ファンタジーであり、主な作品に次のようなものがある。古代日本を舞台に、卑弥呼の跡継ぎの巫女・壱与と神仙術を修めた少年ライカのラブロマンスを核として展開するオカルト伝奇アクション「雷火」（八七〜九七・スコラ『コミックバーガー』、『コミックバーズ』連載、寺島優原作）、ゲームを元にしたRPG風冒険ファンタジー「ドラゴンクエスト列伝　ロトの紋章」（九一〜九七・エニックス『月刊少年ガンガン』連載、小柳順治脚本、九六年にアニメ化）「ドラゴンクエスト列伝　ロトの紋章　紋章を継ぐ者達へ」（〇四〜・同『ヤングガンガン』連載、映島巡脚本）「ドラゴンクエスト　エデンの戦士たち」（〇一〜〇六・『月刊少年ガンガン』連載）など。コミカライズとして、「精霊の守り人」（〇七〜〇八・同連載、上橋菜穂子原作）『聖ミカエラ学園漂流記』（九〇・ふゅーじょんぷろだくと、高取英原作）『帝都物語』（八八・角川書店、荒俣宏原作）『創世記』（九一・徳間書店）など。このほか、キャラクターデザインの仕事なども手がけている。

なお、手を加えては版を変えては同一作品を出し続ける漫画家でもあるが、読み捨てられる傾向の強い漫画界で、それを許してくれる編集者・出版社・読者の存在があるということを意味する。少数の幸福な漫画家の一人といえるかもしれない。

【チョコレート・パニック】短篇連作。八四〜八七年『月刊スーパーアクション』連載。三人の〈土人〉を主人公にしたギャグ作品。現在ならば差別コードにひっかかり、描かれることもなかったであろう。ちびくろサンボほかの童話、モスラ、猿の惑星ほかのSF映画、妖怪、江戸川乱歩、先行漫画など、様々なパロディを入れ込んだメタフィクションである。夢の連鎖物「ヨミ—黄泉—」（八五）、大壊球が出現したり霊界の扉が開いたりする「お手を拝借」（八六）、サイコダイビングして夢の世界を探索する中篇「魔落花伝説」（八七）などは特におもしろいファンタジーになっている。八五年、藤原自身の企画・構成により「ザ・チョコレートパニック・ピクチャーショー」としてOVA化された。

【福神町綺譚】短篇連作。九七〜〇一年『ウルトラジャンプ』連載。ノスルタジーを誘うレトロ調の町・福神町を設定し、一般読者に住民になってもらい、情報提供もしてもらうというインタラクティブな形で展開した作品。閉じられた町は回転してその姿を変え、人々の記憶も一日ごとに失われるが、強い愛情関係と身についた職人技などは失われないという設定で、山葵と紅緒のラブロマンスを主軸に、様々な人間模様が描かれている。時を超えるカクテル、雲細工、生きている人形など、ファンタスティックな道具立てをそろえた、楽しくも切ないファンタジー。（石堂）

古屋兎丸（ふるや・うさまる　一九六八〜）多摩美術大学卒。美術教師を経て、四コマ漫画連作「Palepoli」（九四〜九六・『ガロ』）でデビュー。同作は毒のある諷刺、パロディ、ナンセンスを様々な表現で描いたもので、一部に秀逸な幻想物を含む。少年が足の軋む成長の音によって目に見えぬ者たちと別れる日が近いことを思う「軋む夜」など。その後、SF、ホラー、ファンタジー、エロ、ラブコメディと様々なジャンルの作品を手がけるが、少女に焦点を絞った作品に特徴がある。少女の描き方もまたバラエティに富み、ロリコン・ホラー「まりこ」（九六・集英社『小説すばる』）の頽廃的にリアルな少女、エイリアン物のSF「サチといった海」（九九・祥伝社『スーパーフィール』）や寝たきりの姉が一日だけ起きだして妹と共に冒険をするファンタジー「いちばんきれいな水」（九九・同、〇六年に映画化）のセンシティブな少女たち、コギャルの生態のパロディ・ショートショート「ショートカッツ」（九六〜九八『ヤングサンデー増刊大漫王』『週刊ヤングサンデー』連載）では、リバーシブルの皮をかぶっている女子高生をはじめ、したたかに生きる少女たち、少女の集団自殺を描いた映画の別バージョンのホラー『自殺サークル』（〇二・ワニマガジン社）では痛々しく傷ついた少女たちを描いている。

表現面では、九三年の処女作品「笑顔でさようなら」がシュルレアリスムの影響を感じさせたが、その延長上にあると思しい「エミちゃん」（九七・『ガロ』）が、漫画の可能性を追究した特筆すべき作品である。変質者による少女の強姦猟奇殺人という外面的現象に、ドラッグによるトリップを思わせる悪夢的な幻想表現を重ねた異色の秀作で、古屋自身突破点となったことを明かしている。ほかの怪奇幻想系の主な作品に、月を呼び寄せるために十二代五百年にわたって孤島で錬金術を積み重ね、少女の肉体を用いて賢者の石を作り続ける錬金術師の最後の弟子を描く「月の書」（九八・『ガロ』）、幻覚系グロテスクホラー「湿地帯」「赤鬼」（九九・ワニマガジン社『Chu ッ増刊　恐怖の実話怪談』）など。小説とのコラボレーションやイラストレーションなども手がけている。

【Marie の奏でる音楽】長篇。二〇〇〇〜〇一年『コミックバーズ』（ソニー・マガジンズ）連載。文明崩壊後の地球とも別世界とも取れる、前近代的な世界が舞台。からくり工房を中核とする技師の町ギルに住む庭園造りの少女ピピは、鉱脈・水脈探しのカイを愛しているが、カイはからくりの神マリィに夢中である。カイは幼い頃に海で行方不明となり、金・鉄・鋼の三賢者によって改造され、マリィの出す音楽を聞き取れるようになったからである……。森を引き連れて世界を周回するマリィの秀抜なイメージ、どんでん返しに次ぐどんでん返しを用意した物語展開、メッセージ性、神秘的な幻想性の高さなど、ファンタジー漫画の傑作の一つ。（石堂）

外薗昌也（ほかぞの・まさや　一九六一～）鹿児島県生。東京デザイン専門学校アニメーション科で学んだ後、八二年にギャグ漫画「鏡四郎！鏡四郎！」（外薗昌也名義）で『少年チャンピオン』にてデビューするが、ＳＦ、オカルトと神秘主義、ファンタジーが本来の外薗のフィールドである。ファンタジーの傾向が特に強かったのは初期で、ますむらひろしの〈アタゴオル〉、井上直久の〈イバラード〉などに通じるような架空世界〈ラグナ〉を舞台に、キノコ人間のナサニエルと彼に育てられた孤児の少年・誠一郎を中心として、ファンタスティックで優しく暖かな物語群を紡いでいた。それらの作品は『ラグナ通信』（八三・東京三世社）『ラグナ戦記』（八五・白泉社）『青の時代』『雨の法則』（共に八六・同）『やさしい機械』（八八・新書館）にまとめられている。同時に、オカルティズムの中でもニューエイジ的な神秘主義（高次の生への覚醒など）にも深い関心を示し、音楽ファンタジーを絡ませた覚醒物語「Ｖ・Ｏ・Ｉ・Ｃ・Ｅ」（八六～八七・白泉社『コミック読本ＳＦ大特集』、単行本描き下ろし）、現代の少女が夢の中で聖母マリアの人生を体験する『聖なる侵入』（九一・白泉社）を経て、「ワイズマン」で頂点に達する。その後、マニアックな傾向を背後に隠し、よりエンターテインメントに徹したオカルト系の作品やＳＦを描くようになり、「犬神」（九六～〇二・『アフタヌーン』連載）で一般的な人気を得た。同作は、詩を愛好し、大学受験から逃避して、世界などは滅んでしまえばよいと考えている少年・史樹が、生態系を守る神的存在の使者であり、人間を観察して人間の運命を決する立場にある狼犬の23と出会って、たくましく成長していく姿を描いたもので、アーサー・Ｃ・クラークの『幼年期の終わり』由来の強制進化のテーマを含んでいる。ほかの作品に、遠未来を舞台に人類の宇宙進出への夢を描いたＳＦファンタジー「エンヴリオン」（八八～九〇・新書館『Wings』連載）、十九世紀末のアメリカ西部を舞台に、オーバーテクノロジーの銃器を武装する異端の考古学者がオカルト的な事件を力業で解決する短篇連作「Dr.モードリッド」（九六～九七・スコラ『コミックバーズ』）、時間テーマの思春期ＳＦ「琉伽といた夏」（〇一～〇三・『ウルトラジャンプ』連載）、ウイルス・ハザード物「エマージング」（〇四～〇五・『モーニング』連載）、ＡＩロボット、マザーコンピュータと世界の終末を絡めたＳＦ「わたしはあい」（〇五～〇六・同連載、瀬名秀明監修）などがある。

【ワイズマン】長篇。九四～九五年『アフタヌーン』連載。的場邦彦は失踪した女性詩人を追ってアリゾナに行き、そこでホピ族の呪術師ゴドーから意識の変革を迫られる。呪術師たちの目的は、人類全体の強制的な意識変革による地球の再生であった。的場はこれを拒否して現実にしがみつこうとするが、精霊の教示やゴドーの弟子との戦いを通じて覚醒せざるを得なくなる。やがてゴドーの肉を喰らって彼と一体となった的場は、グレート・ワイズマンとなる。エンターテインメントとニューエイジ思想とをみごとに合体させた、漫画ならではの秀作。（石堂）

星野桂（ほしの・かつら　一九八〇～）滋賀県出身。「ZONE」（〇三・『週刊少年ジャンプ増刊　赤マルジャンプ』）でデビュー。〇四年より「D.Gray-man」を連載する。

【D.Gray-man】長篇。〇四年～『週刊少年ジャンプ』連載（継続中）。死者の魂から作られる悲劇的な悪性兵器〈AKUMA《アクマ》〉によって世界を終焉させようとする〈千年伯爵〉と、神の結晶〈イノセンス〉に選ばれた存在である〈エクソシスト〉たちの戦いを描く。エクソシストたちはヴァチカンの命によって設立された〈黒の教団〉に所属する。オカルト趣味が色濃いダークファンタジーである。〇六年にテレビアニメ化された。（倉田）

星野架名（ほしの・かな　？〜）兵庫県神戸市出身。「東京は夜の7時」が第六回アテナ大賞第三席となり、一九八二年、同作で『花とゆめ』にてデビュー。以後、同誌でSFファンタジーを中心に作品を発表する。代表作《緑野原学園》シリーズのほか、平凡な高校生・本橋妙子を主人公に、分身譚、物語の中の世界との交流譚、子供だけの世界からやってきた男の子・青との交流を描く連作などから成る《妙子》シリーズ（八三〜九〇・『花とゆめ』『花ゆめEPO』）、自分の正体や存在の意味を求めて世界をさまよう、赤い角を持つ超自然的な存在・童留の愛と苦悩を描いた「赤い角の童留《ドール》」（八八〜九〇・同）、中学生の少女・芽森《メモリ》と、その幼なじみで強い霊力を持つ風水師の家系の少年・神彼《シンカ》を主人公とするホラー・テイストのオカルト・サスペンス《妖の教室》（九四〜九六・『花とゆめPLANET』）、軍事開発によって生み出された超能力者の四つの人格をめぐるSFサスペンス「石の子供たち光の子供たち」（九四・同）など。書物の中に入り込む、書物が現実化するといったモチーフがしばしば見受けられ、文学愛好がほの見える。

【緑野原学園シリーズ】連作。八三〜九七年『花とゆめ』『花ゆめEPO』掲載。高校生の今西弘樹と謎めいた美少年・時野《トキノ》彼方《カナタ》を主人公とするSFファンタジー。第一作「真昼の夢見たち」では単純なバーチャル・リアリティ物のサスペンスだったが、第二作「ラピュータス流星群」には〈アーグ〉という超自然的エネルギーが登場し、時野彼方がアーグの力によって生まれた人ならぬ存在であり、また弘樹はそれと対になってその力を制御する存在であるという伏線を用意することになった。彼方と弘樹のコンビに、緑野原学園の仲間四人が加わり、物語はやがて世界樹の成長による地球の消滅、地球を求めての仲間たちのエグザイルという壮大な物語へと発展するが、中断したままである。九〇年「弘樹―春咲迷路」を元にOVA「緑野原迷宮」が制作された。（石堂）

星野之宣（ほしの・ゆきのぶ　一九五四〜）北海道帯広市生。釧路市で育つ。愛知県立芸術大学美術学部日本画科中退。「鋼鉄のクイーン」（七五・『週刊少年ジャンプ』）でデビュー。「はるかなる朝」（七五・同）で第九回手塚賞受賞。七六年、近未来の海洋を舞台にした長篇SF「ブルーシティー」を『週刊少年ジャンプ』に連載。宇宙や未来社会を舞台にして科学的なアイディアをリアリスティックで緻密な画風で描く、オーソドックスなSF漫画を得意としているが、ハードSF的な作風であるにも関わらず、その内容が〈幻想〉に近づくことがある。たとえば、連作「妖女伝説」（七九〜八〇・『週刊ヤングジャンプ』連載）の中でもとりわけ有名な「月夢」は、かぐや姫伝説と八百比丘尼伝説を結びつけた伝奇ロマンであるが、かぐや姫を探し求めて月に降り立った宇宙飛行士の前に月の宮殿が出現するシーンは、〈科学〉と〈幻想〉が理想的に結びついた瞬間にほかならない。また、古今の名作SF小説へのオマージュに満ちている「2001夜物語」（八四〜八六）ですら、いくつかのエピソードはファンタジーの色合いを帯びている。総じて彼のSF作品は、人類には理解も到達もし得ないであろう宇宙と時間の深淵を見つめるところから来る〈神秘主義的な視点〉と、ボーンステルや岩崎賀都《かず》彰《あき》の画業をも想起させるリアルで幻想的な〈宇宙風景〉との相乗効果で、凡百のハードSF漫画とは一線を画した水準に到達しているといえる。また、古代史・超古代史テーマの作品も手がけており、この分野の代表作としては、日本人のルーツを縄文人と弥生人の抗争から説き起こして、祝祭的なカタストロフに至る長篇「ヤマタイカ」（八六〜九一・『月刊コミックトム』連載）、様々な怪事件の謎を民俗学的に解明していく、伝奇SF漫画の金字塔とも呼ぶべき短篇連作「宗像教授伝奇考」（九五〜九九・『月刊コミックトム』『コミックトムプラス』連載）「宗像教授異考録」（〇四〜・『ビッグコミック』連載）などがある。九二年「ヤマタイカ」で第二十三回星雲賞コミック部門受賞。近作には、小惑星との衝突を回避するために月を犠牲にした人類が、木星の衛星・エウロパを第二の月として地球軌道に運んでくる長篇SF「ムーン・ロスト」（〇二〜〇四・『アフタヌーン』連載）などがある。

【2001夜物語】長篇。八四〜八六年『月刊スーパーアクション』連載。人類が外宇宙へと旅立ち、しかし地球外文明とはついに出会えず、やがて疲弊して太陽系内へと撤退するに至る数百年間の未来史を、独特の寂寥感をたたえつつ格調高く歌い上げた、星野の代表作であり、八七年にOVA化された。中でも、太陽系の最外縁に発見された反物質からなる巨大な第十惑星に悪魔のごとき生物たちが氷漬けになっていた「悪魔の星」の章は、宇宙開闢時の正物質と反物質の対《つい》消滅を神と悪魔の戦いに置き換え、人類の太陽系からの旅立ちを神からの離反＝失楽園になぞらえた、大規模な幻想で名高い。（倉田）

細川智栄子（ほそかわ・ちえこ　一九三六〜）大阪府生。五八年、千栄子名義にて「くれないのばら」（『少女クラブ増刊』）で雑誌デビュー。筆名は五九年に知栄子、九五年に智栄子、現在は〈細川智栄子あんど芙〜みん〉を使用している。芙〜みんは実妹の芙美子。六〇年代初期から母子物や友情物などで読者の大きな支持を得て、多数の長期連載を持つ。大きな瞳の愛らしい画風で、驚きや恐怖といった激しい感情表現を多用し、読者を飽きさせない引きのあるドラマ作りが巧みである。六〇年代後半には薄幸な境遇の少女が運命に翻弄されつつも他国の王子や憧れの人気スターと結ばれる波瀾万丈の恋愛物で人気を得る。中でも「あこがれ」（六八〜六九）は絶大な人気で一時代を築き、八六年には「花嫁衣装は誰が着る」としてテレビドラマ化された。デビューから五十年を経た現在も少女向けジャンルで描き続ける、息の長い作家である。

　ファンタジーの代表作は「王家の紋章」で、九〇年第三十六回小学館漫画賞を受賞した。同作に先立ちタイムスリップを扱った「まぼろしの花嫁」（七二・『週刊少女フレンド』連載）は、日本の戦国時代を舞台に少女・千世の恋愛を描き、中篇ながら印象深い。また、ごく初期にも超能力を持つ宇宙人の少女ナギサを主人公とした異色作「星のナギサ」（六四〜六五・同連載、加納一朗原作）を描いている。オカルト・ホラー「黒い微笑《ほほえみ》」は迫力あるホラー描写が大きな話題を呼んだ。

【王家の紋章】長篇。七六年〜『プリンセス』連載（継続中）。エジプトの歴史を学ぶ十六歳のキャロルはアメリカからの留学生。王家の谷で、父が出資する発掘隊により若き王メンフィスの墓が発見され、同時にミイラから現代に蘇った王の姉アイシスの呪いにより、キャロルは三千年前の古代エジプトに連れ去られる。キャロルは歴史の知識を活用して未来を予言、水を濾過したり鉄製の剣を作るなどの〈奇跡〉を起こし、伝説の〈ナイルの娘〉として人々から珍重される。また、美しい金髪碧眼の容姿もあって王メンフィスから求愛され結婚し、妊娠、流産も経験する。しかし弟との結婚を望むアイシスの憎悪や〈ナイルの娘〉を求める男たちによってキャロルは様々な事件や謀略に巻き込まれ、その危機的場面で古代から現代へタイムスリップ、そしてまた古代へと、物語の舞台が頻繁に入れ替わるのが特徴である。連載開始当初は怪奇やミステリ色を強く打ち出したが、次第に恋愛と歴史ロマンに比重を移したことも興味深い。連載開始三十年を越えてなお継続中である。

【黒い微笑】長篇。七四〜七五年『週刊少女コミック』連載。姉の魔奈に取り憑いた悪霊が妹の理沙の周りで次々と残虐な殺人を重ねていく。後半は舞台を英国に移し、悪霊の正体が十七世紀の邪教信者と判明する。細川唯一の怪奇ホラーだが、美しい姉妹と伯爵家の青年レオンとの恋愛模様を華やかに描き、細川らしいロマン作品ともなっている。（小西）

細野不二彦（ほその・ふじひこ　一九五九〜）東京大田区生。慶応義塾大学経済学部卒。大学在学中にスタジオぬえに入社し、そこで描いた「クラッシャージョウ」（七九・朝日ソノラマ『月刊マンガ少年』、高千穂遙原作）でデビュー。八〇年から連載を開始した「さすがの猿飛」が人気を博し、八二〜八四年にテレビアニメ化される。マッドサイエンティスト物のコメディ「どっきりドクター」（八一〜八二・『週刊少年サンデー』連載、九八〜九九年にテレビアニメ化）に続けて連載されたファンタジックな居候物「GU‐GUガンモ」（八二〜八五・同連載）もテレビアニメ化された。同作は小学生の少年を主人公に、人語を解するニワトリ・モドキやその鳥類の友人たちが巻き起こす騒動を描いた、少年漫画らしい作品である。ハイセンスな画面が印象的な〈少年探偵団〉物「東京探偵団」（八五〜八七・『少年ビッグコミック』『ヤングサンデー』連載）の後、青年向けの「ママ」（八七〜九二）などを描き、以後、青年誌にほぼ移行する。ミステリ、サスペンスやスポーツ物などを中心に多数の作品を手がけ、九六年「ギャラリーフェイク」（九四〜〇五、〇五年にテレビアニメ化）「太郎（TARO）」（九二〜九九）で第四十一回小学館漫画賞受賞。青年向け漫画の怪奇幻想系作品には、心霊やあの世が絡む勧善懲悪物「ジャッジ」（八九・『アクションブラザー』）、ドリームハンター系伝奇アクション「ザ・スリーパー」（二〇〇〇〜〇二・『月刊サンデーGX』連載）などがあるが、傍系の仕事となっている。

【さすがの猿飛】連作。八〇〜八四年『少年サンデー増刊』連載。学園忍者物。現代の忍者養成学校・私立忍ノ者《しのびのもの》高校を舞台に、肉団子の如き体形で女好きだが、異形の術を使う優秀な忍者・猿飛肉丸と、幼馴染で幻術の才能を秘めた霧賀魔子を主人公に、多彩な脇役を配したアクション・ラブコメディ。忍者小説、忍者漫画の伝統を継ぎつつ、学園ラブコメディに仕立てた秀作。（石堂）

まみむめも

ま行

前田俊夫（まえだ・としお　一九五三〜）本姓河崎。大阪市生。大阪府立布施工業高校二年の時に南波健二のアシスタント募集に応募、採用され、高校を中退して上京。三年後に独立し、「角帽紅蓮隊」（芳文社『コミックmagazine』）でデビュー。以後、青年誌を中心に作品を発表する。「悪霊島」（七九〜八〇？・平凡出版『週刊平凡』連載、橋本一郎構成、横溝正史原作）や原作付きの成年向けエロティック・バイオレンス《欲望シリーズ》（八二〜八六）ほかの作品を描くと同時に、触手による陵辱を描いた先駆的なSFホラー「うろつき童子」を発表。同作は人気を博し、八九年に劇場アニメ化される。原作のおもしろさに加えて、アニメのクオリティも非常に高く、海外でも評価されることになった。「うろつき童子」は英仏伊語などに翻訳されており、前田は海外でも〈触手〉物の〈変態漫画家〉として知られている。同傾向の、異次元や宇宙からの魔族の侵略などによる触手姦を描いたアクションSFポルノとして、『外道学園』（八八・司書房、二〇〇〇年にOVA化）『妖獣教室』（八九・ワニマガジン社、九〇年にOVA化）、『ラ・ブルー・ガール　La Blue Girl』（八九・シュベール出版、九三年に「淫獣学園　La Blue Girl」としてOVA化）など。ほかに、幸運・悪運両様の魔法姉妹に憑かれた男の冒険を描くオカルト・ピンク・コメディ『魔ジカル姉妹《ツインズ》』（九一・小池書院）、人界に堕ちた竜王の跡継ぎ息子・波布《はぶ》と彼の生き肝を狙う妖獣たちとの戦いを描くアクション・ポルノ『HABUが行く』（八七・ワニマガジン社）、ゲームの世界と往来できる少年が欲情世界で冒険を繰り広げるSFコメディ「アドベンチャーKID」（八八～八九？・ワニマガジン社『漫画エロトピア』連載、「妖獣戦線アドベンチャーKID」として九八年にOVA化）、異次元からやってきた巨大男根少年の冒険を描くポルノ・コメディ『夢宙チャイルド』（八八・辰巳出版）、その続篇『魔童戦士』（九〇・同）、ゴム人間の色男が、超能力者や身体的な異能者たちを狩り集めている財団と戦うアクション・ポルノ『機甲人類伝BODY』（九一・ワニマガジン）など多数。陵辱物であっても明るく呑気なコメディ・テイストを失わないのが前田作品最大の特色で、それゆえに官能度はさほど高くない。

【うろつき童子】長篇。八四～八五年『漫画エロトピア』連載。魔界の生き物がうろつき、触手を駆使して残虐淫靡なセックスを繰り広げている異貌の現代を舞台にしたアクション&ポルノ。魔界の中の獣人の世界からやってきた天邪鬼は、世界を変革する〈超神〉を捜しているが、それは南雲という軟弱な少年の中に潜んでいた。南雲は危機的状況にならないと力を発揮しないため、南雲の正体を見極めようと天邪鬼や魔界の者たちが様々な事件を起こす。ヒロイン伊藤明美のほか、天邪鬼の妹やガールフレンドまで登場してエロティックな騒動を繰り広げる。破壊的なポルノなのだが、SM系陰惨型ではなく、黒子というコミックリリーフの存在や、天邪鬼のいい加減なキャラクター、明美の図太さ（鈍感さ）もあって、ほとんどコメディになっているのが特色。やがて明美とのセックスにより、力を目覚めさせた南雲は破壊鬼となってしまい、東京は滅ぶ。一方、明美は三百年後に生まれ、破壊鬼が破壊し尽くした後に新世界を創造するという真の超神を宿し、海の底で眠りに就く……。触手姦の先駆的な作品とされ、SFファンタジー・ポルノの元祖的存在である。なお、中学生を主人公としているが、肉体は大人と変わらないため、児童ポルノ系ではない。八九年の劇場アニメ版のほか、新篇も含めて数度にわたってOVA化されている。（石堂）

益子かつみ（ますこ・かつみ　一九二四？～七一）本名勝巳（あるいは勝美）。茨城県水戸市出身。漫画家の湧井和夫は弟。少年時代に北沢楽天門下の画家のもとで絵を教わり、東京美術学校（あるいは川端画学校）で洋画を学んだのち、五一年「かなりや姫」でデビュー。姫様物「かのこ姫」（五一～五四・『漫画王』連載）、忍術物「空飛かる助」（五三～五四・芳文社『痛快ブック』連載）などを経て、サイコロ状の胴体に頭と手足が付いた摩訶不思議な人形キャラクター・コロ助がさいころ家のお家再興のため活躍するファンタジー時代劇「さいころコロ助」（五四～五八、六四～六五・集英社『幼年ブック』『日の丸』『少年ブック』連載）が人気作となる。トランプ小僧、将棋駒之介といった人形たちがライバルとして登場し、漫画的想像力に満ちた活劇を繰り広げるこの作品は、益子かつみの確かな画力、デフォルメされたキャラクターデザインの巧さなどによって、魅力的なファンタジー世界を創り出していた。以後、少年・少女誌に多数の作品を連載。格闘技物や少女メロドラマなど様々なジャンルを手がけるが、正しくやさしい心のサフラン王女と双子で正反対の心を持ったアマンジャク王女のお城の跡目をめぐる物語に、善の神と悪の神、お城乗っ取りを企むドクダミ大公などが絡む西洋ファンタジー「りぼん城ものがたり」（五六～五八・『りぼん』連載）、カブトムシそっくりの空飛ぶよろいかぶとを身につけたかぶとの助が活躍する「ぶんぶんかぶとの助」（五七～五八・講談社『幼年クラブ』連載、途中よりわくいかずお作画）など、リアリズム以前の漫画的奔放さとファンタジー世界が渾然一体となった作品の方に、その資質は生かされていたようだ。五九年には「アポロの騎士」（～六〇・『おもしろブック』連載、川内康範原作）「スパーク・ボーイ」（『漫画王』連載）といったSFスーパーヒーロー物を発表する一方で、「ドラえもん」のルーツとされる、遠い星からやって来たスーパーボールのXくんが平凡な少年ボン太郎を超能力で助ける「快球Xあらわる!!」（～六一・『週刊少年サンデー』、摩周貴原案）を連載。シリアスもギャグもこなす器用さを持っていたが、六〇年代中頃あたりから、横丁物をベースにいくぶん飛躍したギャグ漫画の描き手としてのイメージが強くなっていく。その後もカッパのパー子とものぐさ少女ミドリたちによるゆかい漫画「かっぱのパー子」（六六・『週刊少女フレンド』連載）、特撮テレビのコミカライズで、大作くんの家に住み着いた快獣ブースカの巻き起こす騒動を描く「快獣ブースカ」（六六～六七・『ぼくら』連載、山田正弘・上原正三原作）などを発表、一線で描き続けたが、早世した。（想田）

ますむらひろし（ますむら・ひろし　一九五二～）本名増村博。山形県米沢市生。東京デザイナー学院卒。七三年、処女作「霧にむせぶ夜」が手塚賞に準入選し、同作が『週刊少年ジャンプ』に掲載され、デビュー。七五年、別世界ヨネザアドのアタゴオルを舞台にしたファンタジー「ヨネザアド物語」を『ガロ』に連載。七六年より『月刊マンガ少年』（朝日ソノラマ）に一話読み切りのファンタジー漫画の連載を始め、続けてアタゴオルを舞台にした短篇連作「アタゴオル物語」（七六～八一）を連載。猫型人間と自由な人間たちが共に暮らすファンタスティックでロマンティックな別世界という舞台に、きわめて下品な異物的存在のヒデヨシ（タヌキに見えるデブ猫）がでんと居座っているというミスマッチが衝撃的な同作により、人気作家となる。その後も〈アタゴオル〉を舞台とする作品を描き続け、九七年「アタゴオル玉手箱」（八四～八九・MOE出版『月刊MOE』、九〇～九二・偕成社『コミックモエ』、九二～九四・同『コミックFantasy』）により第二十六回日本漫画家協会賞受賞。ほかに、ウサギと人間が共に暮らす町を舞台にしたファンタジー短篇連作「夢降るラビット・タウン」（八九～九九・増進会出版社『会報』連載）、異惑星を舞台に、受羅が植物や菌類などが関わる奇妙な事件を解決する連作「円棺惑星」（九一～九三・『眠れぬ夜の奇妙な話』）などの作品がある。また『銀河鉄道の夜』『風の又三郎』『グスコーブドリの伝記』（いずれも八三・朝日ソノラマ）ほか、宮沢賢治作品のコミカライズを手がけ、八五年に「銀河鉄道の夜」が劇場アニメとなった際には、ますむらのキャラクターデザインによる猫型人間が普通の人間の代わりに採用された。

【アタゴオル・シリーズ】連作。「ヨネザアド物語」（七五・『ガロ』）「アタゴオル物語」（七六～八一・朝日ソノラマ『月刊マンガ少年』）「アタゴオル玉手箱」「ジャングル・ブギ」（八一～八二・朝日ソノラマ『デュオ』）「アタゴオル」（九四～九六・スコラ『コミックバーガー』）「ギルドマ」（九七～九九・『ネムキ』）「アタゴオルは猫の森」（九九～、メディアファクトリー『コミックフラッパー』）などの漫画作品のほか、イラスト文集もある。純朴な人間の少年テンプラと猫型人間のヒデヨシを主人公に、人間のタクマ、物知りな猫のヤニ・パンツ、ヒーロー・タイプの猫ギルバルスほか多彩な人物を配し、様々な冒険を繰り広げる。シリーズによって中心となる人物やヒロインが異なり、冒険物からメルヘン的なものまで様々なファンタジーを含んでいる。次々と繰り出される斬新な幻想と奇想の趣向もさることながら、ヒデヨシというキャラクターが与えたインパクトに多大なものがあった。ヒデヨシは猫であるにもかかわらず太鼓腹をゆすり、沼の水と酒の区別もつかないほどに意地汚く、騒動を巻き起こしては厄介なことからさっさと逃げ出す、典型的なトリックスターである。ギャグ漫画としては当たり前のキャラクターだが、メルヘン的ファンタジーの中にあっては、通常は考えられないキャラクターであった。本作は明らかにファンタジーの境界を広げた作品といえる。〇六年に劇場アニメ「アタゴオルは猫の森」が制作されている。（石堂）

松井優征（まつい・ゆうせい　一九八一～）

埼玉県出身。〇四年、『週刊少年ジャンプ』の第十二回十二傑新人漫画賞に「魔人探偵脳《のう》噛《がみ》ネウロ」が準入選し、デビュー。〇五年より同作品の連載が始まり、〇七年にはテレビアニメ化された。

【魔人探偵脳噛《のうがみ》ネウロ】連作。〇五～〇九年『週刊少年ジャンプ』連載。〈謎〉を食糧とする魔人・脳噛ネウロは魔界の謎を喰い尽くしてしまい、究極の謎（食糧）を求めて人間界に現れる。謎を食うために事件の謎を解くという、独創的な枠組みを持つミステリであるが、動機、トリック、捜査方法が、しばしば異様で荒唐無稽であり、その意味では小栗虫太郎の法水麟太郎シリーズの系譜に連なる幻想的探偵小説の末裔といえる。意図的に歪ませたデッサン、フォルム、パースペクティブとあいまって、悪夢的な雰囲気を醸し出してもいる。物語の終盤では、人間からさらに進化した〈新しい血族〉シックスという、強大な敵と闘う。（倉田）

まつざきあけみ（まつざき・あけみ　一九五四～）別表記に松崎明美。東京出身。七〇年『週刊マーガレット』掲載「リリー」にてデビュー。華麗で繊細な描線と淡く透明感のある彩色が特徴で、雑誌表紙をはじめイラスト作品も数多い。幻想作品としては、ペガサスと牧童の絆を描いたオールカラーの短篇「ペガサスの翼」（七七・サンリオ『リリカ』）など。代表作「ぼくらは青年探偵団」（八〇～八五・みのり書房『ALLAN』、東京デガド社『月光』断続連載）は、耽美と少年愛と昭和風俗のパロディが詰め込まれた荒唐無稽な異色作である。また、戦争の影の残る昭和三十年代に小説家の弓削《ゆげ》一郎と美青年編集者・宮川誠一のお気楽コンビが遭遇する暗く奇怪な事件の数々を描いたシリーズは、精巧な自動人形のからくりに二人が取り込まれる「雅琴《まさき》人形」（八二・新書館『グレープフルーツ』）を第一作として、《華麗なる恐怖シリーズ》（八六～九一・『ハロウィン』連載）へと引き継がれた。九〇年代からは絵柄を変化させて、グリム童話や日本昔話、歴史上の逸話を翻案した短篇を、ホラー漫画専門誌にほぼ毎月執筆している。（卯月）

松下井知夫（まつした・いちお　一九一〇～九〇）本名市郎。東京生。二九年ごろから北沢楽天に師事し、三一年に朝日新聞投稿漫画に入選しデビュー。『東京毎夕新聞』に「串差おでん」などの大人向けマンガを連載。四一年から四五年まで陸軍参謀本部で極秘の宣伝ビラ製作に携わり『アサヒグラフ』に「推進親爺」を連載する一方、四二年に『少国民新聞』で子供向け長篇物語漫画「八太郎将軍」の連載を開始する。八太郎少年が不思議な老人の力で自然界の生き物の言葉を解するようになり、ヨロヨロ大王と戦うこの作品は、日本の本格的ファンタジー漫画の先駆けと考えられる。その後、四三年から四五年にかけて手塚治虫が〈夢中で読んだ〉と語るファンタジー仕立ての物語漫画「ナマリン王城物語」を連載する。戦後は大人向け漫画をはなれ、およそ十年にわたって、子供向け物語漫画を多くの雑誌に並行して連載した。代表作としては、悪魔に心臓を石にされて冷たい人間になってしまった友人のため自分を犠牲にしようとする少女の物語「悪魔ミゾレイと純ちゃん」（四七・『少女クラブ』）、良家の少女が花売りの姉弟と一緒に銀の目の女王を探しに異世界へ行く「銀目の女王さま」（四八・『少女クラブ』連載）、天才発明家リバ博士とその研究所員が様々な発明品を使って四十人の悪の科学者集団と戦うSF『新バグダッドの盗賊』（四八・秋田書店、四九～五一・『少年少女冒険王』連載）、描いたものを実体化させる魔法の鉛筆を手に入れた少年と少女が魔人たちを倒す旅に出る「魔人モセス」（四九～五一・こどもマンガタイムズ社『こどもマンガタイムズ』）、女学生モナミがリザの花を求め冒険の旅に出る「クイン・モナの冒険」などがある。これらの作品には『西遊記』や『アンデルセン童話』の影響が見られ、また主人公たちが冒険を終えてふと気がつくと故郷の丘の上にいるといった、夢文学の文法にのっとった場面転換の手法が使われている。

【ナマリン王城物語】長篇。四三〜四五年『週刊少国民』（朝日新聞社）連載。日本の二人の少年が埴輪の馬に乗って、南の国の島々を魔物の支配から解き放とうとする物語。〈大東亜戦争〉を想起させる内容だが、四五年十二月に発表された最終回では、敵であるナマリン大王は鉛の柱に過ぎなかったという結末が示される。

【クイン・モナの冒険】長篇。五〇〜五一年『女学生の友』（小学館）連載。不思議な老人によろいをもらった女学生・高智モナミが、悪魔の正体の見えるリザの花を求め、クラスの友人によく似た従者を連れて、桃色の太陽のかがやく国への冒険の旅に出る物語。（有里）

松本大洋（まつもと・たいよう　一九六七〜）東京生。父はヒプノ・セラピストの松本東洋《はるひろ》、母は詩人の工藤直子。和光大学文学部芸術学科中退。八六年「STRAIGHT」がアフタヌーン四季賞に準入選し、『アフタヌーン』に同作が掲載され、デビュー。その後、メビウスなどのフレンチ・コミックの影響を受け、画風を確立。スポーツ青春物「ピンポン」（九六〜九七）で手塚治虫文化賞候補となり、〇二年には映画化、大ヒットを記録した。〇一年「GOGOモンスター」により日本漫画家協会賞特別賞を受賞。〇七年、時代小説「竹光侍」（〇六〜、永福一成原作）により文化庁メディア芸術祭マンガ部門優秀賞を受賞。戯曲も執筆し、岸田國士戯曲賞候補作「メザスヒカリノサキニアルモノ若しくはパラダイス」（二〇〇〇）などがある。スポーツや戦いを専ら描いているが、別掲作に見られるように、単純な肉体派、また男同士の熱血友情派とは異なるスピリチュアルな側面を持つ。怪奇幻想味のある作品としてはほかに、宝町という猥雑きわまる町をゆりかごにして育った孤児の少年クロとシロの戦いを描いた長篇で、互いに補完しあうクロとシロの霊的な関係が終末部であらわになる「鉄コン筋クリート」（九三〜九四・『ビッグコミックスピリッツ』連載、〇六年劇場アニメ化）、遠未来を舞台に、遺伝子操作によって生まれた異能の人間たちの戦いを描いた長篇で、松本の戯曲を含む他作品にも垣間見えるユートピア志向、あるいはユートピアとしての死後の世界という思想が終末部できわめて直接的に描かれる「吾—ナンバーファイブ—」（二〇〇〇〜〇五・『スピリッツ増刊IKKI』『月刊IKKI』連載）がある。

【GOGOモンスター】長篇。二〇〇〇年小学館刊。描き下ろしの作品で、制作は九八〜二〇〇〇年。小学三年生の立花雪（ユキ）は目に見えない世界が見えてしまう少年で、独自の世界観の中に生きている。チャンスといういたずらな者たち、彼らを統率するスーパースター、そしてそれに敵対する〈奴ら〉。そんな彼を理解するのは用務員の老人ガンツと、いつも段ボール箱をかぶっている六年生の天才少年IQだけだ。転校生の物静かな鈴木誠（マコト）は、ユキに興味を持ち、なんとかユキの世界を理解しようとするのだが、感覚的にどうしようもないまま、ユキはどんどんと遠ざかっていってしまう。ユキがついに学校の闇の世界に落ち込んでしまった時、マコトはユキを思ってハーモニカを吹き、彼をこちら側の世界へと戻すことに成功する。情感に溢れ、なおかつデリケートな精神世界を、巧みな画面切り替えによって表現した、幻想漫画の傑作。（石堂）

松本零士（まつもと・れいじ　一九三八〜）本名晟《あきら》。妻は漫画家の牧美也子。福岡県久留米市生。福岡県立小倉南高校卒。デビューから六八年まではペンネームとして松本あきらを用い、六五年から並行して松本零士を用い始めた。投稿作品「蜜蜂の冒険」（五四）が『漫画少年』の第一回長編漫画新人王を獲得し、デビュー。高校卒業後の五七年に上京して少女漫画誌でキャリアをスタートした。少女漫画時代の佳作としては、古代のアトランティスの滅亡が中世の妖精狩りの前史となる「銀の谷のマリア」（五八・『少女クラブ』）、地球育ちの異星人をめぐるタイムトラベル・メルヘン「化石の森の天使」（六〇・同）などがある。六一年から少年漫画誌にSF漫画を描き始めた。この時期の作品には、「宇宙戦艦ヤマト」の原型的要素もある「電光オズマ」(六一〜六二・『ぼくら』連載)、海洋アクション漫画「スーパー99《ナインナイン》」(六四〜六五・『冒険王』連載)などがあり、特に後者には、独特のムードを持つメカの魅力が早くも充溢している。青年漫画誌へのデビュー作である「セクサロイド」(六八〜七〇・日本文芸社『漫画ゴラクdokuhon』連載)は、〈ヒロインとしての人造人間〉〈風采の上がらない主人公〉〈日本民族の再生への想い〉など、のちの作品群を特徴づける多くのモチーフの萌芽が見られる重要な作品である。〈風采の上がらない主人公〉の造形は、「男おいどん」(七一〜七三)の、大志を抱きながらも徹底的にさえない極貧の主人公として完成し、〈四畳半物〉というユニークなジャンルを開拓したこの作品が、松本の出世作となった。エポックを画したのが「宇宙戦艦ヤマト」(七四〜七五・『冒険王』連載)である。松本が企画段階から参加していたテレビアニメ版(七四〜七五)は初放映時にはふるわなかったが、再放送時に社会現象となるほどの人気を得、七七年の劇場版アニメは大ヒット作となり、のちのアニメブームの先駆けとなった。ガミラス星の遊星爆弾で滅亡の危機に瀕している地球と、放射能除去装置コスモクリーナーDをイスカンダル星まで取りに行くために星の海を行く宇宙戦艦のイメージは、日本のSFアニメの原風景のひとつとさえいえる。その後の主要な長篇SF作品には、無限の未来と無限の過去がつながっている〈時の環〉世界における自由意志を問う「時間旅行少年 ミライザーバン」(七六〜七八・朝日ソノラマ『月刊マンガ少年』連載)、植物人間マゾーンとの戦いを通じて、退嬰した社会からの(男の)旅立ちを描く「宇宙海賊キャプテンハーロック」(七七〜七九・秋田書店『プレイコミック』連載)、「銀河鉄道999《スリーナイン》」(七七〜八一)、大志を抱き未来を夢見て宇宙を旅する少年と女海賊の邂逅を描く「Queenエメラルダス」(七八・『週刊少年マガジン』連載)、地球に接近する謎の惑星、人類進化を司ってきた1000年女王と、過剰な素材が投入された「新竹取物語1000年女王」(八〇〜八三・『サンケイ新聞』連載)などがある。短篇SF作品も数多く、初期の作品を集めた『四次元世界』(七七・小学館)『帰らざる時の物語』(七七・秋田書店)などの作品集がある。〈戦場漫画〉も重要なジャンルで、「パイロット・ハンター」(七三)に始まり、《戦場まんが》シリーズ、《ザ・コクピット》シリーズ、《HARD METAL》シリーズ、《ケースハード》シリーズ、《コクピット・レジェンド》シリーズと、描き続けられている。ほかに、架空の西部世界を舞台にして日本人の存在意義を問う「ガンフロンティア」(七二〜七四・『プレイコミック』連載)などの作品がある。

　松本のSF漫画の多くを特徴づける要素として、まず、〈宇宙のイメージ〉がある。それも、科学的・ハードSF的な宇宙というよりは、海のアナロジーであることが明らかな〈星の海〉と呼ぶべき宇宙であり、そのイメージを支えるのが、一目見たら忘れられない独特のデザインのメカである。次に、謎めいた〈神秘的な女性〉たちがいる。彼女らは時には母や恋人であり、時には女神、時にはファムファタル的な魔女である。そして、彼女らに対置する存在としての〈男〉がいる。彼らは夢を追う、あるいは夢を失った存在として描かれる。つまり、松本のSF漫画の多くは、宇宙を描くというよりは、宇宙に仮託して(男の)夢を描いているといえる。また、〈トチロー〉〈ハーロック〉〈エメラルダス〉などのキャラクターが多くの作品に共通して登場するのも特徴のひとつで、性格や役割が似ているキャラクターが名前だけをシェアしている場合もあるが、作品世界自体が共有されているケースも多く、これによって、松本の宇宙SF作品群が、個別の作品というよりは全体としてひとつのサーガ、ひとつの〈松本零士宇宙〉を構成しているように見える。

　近作には、これまでの作品の主要キャラクターを総動員して作品世界を統合しつつ人類と神々の戦いを描く《ニーベルングの指環》(九〇～九一・新潮社『中古車ファン』連載、九七～二〇〇〇・同『新潮WEB』連載、中絶)、時空の幻想を美しく歌い上げる「天使の時空船」(九三～九七)などがある。七二年「男おいどん」で第三回講談社出版文化賞児童まんが部門、七五年「宇宙戦艦ヤマト(テレビ版)」の総監督として第六回星雲賞映画演劇部門・メディア部門、七八年「銀河鉄道999」「戦場まんがシリーズ」で第二十三回小学館漫画賞少年少女向け部門、同年、一連のSF漫画シリーズで第七回日本漫画家協会賞特別賞を受賞。七九年、映画の日特別功労章受章。〇一年、紫綬褒章叙勲。また、日本漫画家協会常務理事・著作権部責任者、コンピユータソフトウェア著作権協会理事など、多くの役職に就いている。評論に吉本健二『松本零士の宇宙』(〇三・八幡書店)など。

【帰らざる時の物語】連作短篇集。七五～七六年『プレイコミック』連載。原始時代から宇宙時代までの地球や金星など、舞台も手法も多様性に満ちた作品群だが、多くは、なんとしてでも生き延びようとする生命の物語であり、松本の短篇SFのショーケースともいえる。トリセラトプスの最後の一頭と巨人族の最後の一人との戦いと死を描く「さらば三騎竜《TRICERATOPS》」、地球人の(男の)生命力が回復するまで地球を見守り続けてきたハーロックの物語「戦艦デスシャドー」、自転が止まり永遠の昼と永遠の夜に分かれた遠未来の地球上で人類の末裔と昆虫族が喰らい合う「暗黒地帯の羽音」など、全二十四篇を収める。

【銀河鉄道999《スリーナイン》】長篇。七七～八一年『少年キング』連載。宇宙の多くの裕福な人々が〈機械化人〉となって永遠の生を謳歌している時代、機械化人になれない貧しい主人公(星野哲郎)は機械伯爵に母を殺され、復讐のため自らも機械の体になるべく、謎の美女メーテルと共に銀河超特急999号に乗り込んでアンドロメダを目指す。主人公たちが訪れる様々な世界の様々な人々との出会いと別れの物語は国民的ブームとなり、七八～八一年まで放映されたテレビアニメ、七九年と八一年に公開された劇場版アニメともども大ヒットした。九六年からは続篇を『ビッグゴールド』『ビッグコミック』などに連載し、ほかの作品群の物語世界とのリンク・統合作業を、多少の矛盾をものともせずに行っている。

【天使の時空船】長篇。九三～九七年『月刊コミックトム』連載。二十二世紀、銀河系が〈崩壊断面〉に滑り落ちつつあるという未曾有の危機から人類を救いうるただ一人の天才は、レオナルド・ダ・ヴィンチであった。彼の知恵に学ぶために時空船で十五世紀に遡った時間帯委員会のマミアの前に、遥かな未来や遥かな古代からやって来た謎の女たちが立ちふさがる……。銀河系レベルの危機の進行と、ルネサンス期のイタリアにおけるレオナルドの芸術と人生の物語が美しく調和している傑作であり、銀河系崩壊を防ぐクライマックスは、超科学の意匠をまとった超時空ファンタジーにほかならない。 (倉田)

真鍋譲治(まなべ・じょうじ　一九六四～)香川県高松市生。八四年「空白海域V-2」(白泉社『コミック読本SF大特集/WINTER』)でデビュー。主にSFを執筆。代表作は「アウトランダーズ」(八五～八七・白泉社『月刊コミコミ』連載、八六年にOVA化)。これは、戦隊物特撮のパロディの如き地球侵略物とラブコメディを絡ませた物語で、侵略者が実は地球出身で魔術を発展させた独特の文化を有しているといったファンタスティックな設定を有し、地球も敵の星も破壊・消滅してしまうというとんでもない展開のSFである。このほか、スペースオペラ「キャラバン・キッド」(八六～八九・『増刊少年サンデー』連載)、三国志風宇宙戦記「銀河戦国群雄伝ライ」(八九～九三・角川書店『月刊コミックコンプ』、九三～〇一・メディアワークス『月刊電撃コミックガオ!』連載、九四～九五年にテレビアニメ化)など多数の作品がある。 (石堂)

魔夜峰央(まや・みねお　一九五三～)本名山田峰夫。新潟市出身。新潟県立新潟南高校を経て大阪芸術大学に入学、二年で中退。七三年「見知らぬ訪問者」（『デラックスマーガレット』秋の号）でデビュー。初期に発表された短篇にはオカルティックなものが多く、ビアズリーに影響されたという画風、頽廃的な設定と独自の世界観を描き出している。死骸を栄養として育てた花を売る「怪奇生花店」（七七・『花とゆめ』）、魔法使いが悪魔との契約を逆手に天使を手に入れる「悪魔の契約」（七六・『月刊 LaLa』）、また、初期から妖怪を扱った作品も多く、後に発表される作品の礎ともいえる佳作が多い。代表作である「パタリロ！」（七八〜）はテレビアニメ化、劇場アニメ化もされており、現在も連載が続いている。ギャグ漫画でありながら、頽廃的設定、宝石、悪魔、妖怪、ＳＦなど多彩な要素を取り込み、ギャグ、パロディだけでなくダークかつ耽美な世界を展開し、多くの読者を虜にしている。本作以降はコメディ中心となるが、少年誌で連載された「妖怪始末人トラウマ!!」や、「アスタロト」など、コメディでありながら、怪奇、猟奇的恐怖を巧みに潜ませる作品が多い。

【妖怪始末人トラウマ!!】 連作。八六〜八八年『月刊コミコミ』（白泉社）連載。妖怪始末人を生業とする小学生トラウマと貧乏神が妖怪にまつわる事件を解決していく。同シリーズとして「妖怪始末人トラ・貧!!」（九〇〜九四・『プリンセス GOLD』連載）「妖怪始末人トラウマ!!と貧乏神」（〇七〜・『別冊 YOU』『YOU』連載）。

【アスタロト】 長篇。九一〜九四年『別冊プリンセス』連載。魔界の侯爵アスタロトが魔界の覇権を巡りベールゼブブと争うファンタジー。クトゥルフ神や天使も登場する。掲載誌の休刊により未完。九五年〜九六年『ひとみＣＣミステリー』（秋田書店）にて掲載された「アスタロト外伝」も同誌の休刊により未完となっている。アスタロトが主人公の短篇連作「ファーイースト」（二〇〇〇〜〇二・実業之日本社『恐怖まんが 666』）は女性誌を意識し、女性心理を中心に描かれている。

【パタリロ！】 連作。七八年〜『花とゆめ』『別冊花とゆめ』連載（継続中）。マリネラ国国王パタリロ・ド・マリネール八世は十歳の超天才少年だが、性格は守銭奴で非常識。お付きのタマネギ部隊やＭＩ６のバンコラン少佐、その愛人マライヒなどを巻き込んで毎回大騒動を巻き起こす。西遊記を題材とする「パタリロ西遊記！」（二〇〇〇〜〇四・白泉社『MELODY』連載）、源氏物語を下敷きとした「パタリロ源氏物語！」（〇四〜〇八・同連載）、借金を返しながら家政夫として様々な事件に巻き込まれる「家政夫パタリロ！」（〇二〜〇四・同『シルキー』連載）など番外篇も多数発表されている。（城野）

丸尾末広（まるお・すえひろ　一九五六〜）長崎県生。七二年、漫画家を志して十五歳で上京し、種々の職に就く。姿は可憐だが、少年一人さえも丸呑みにしてしまう蛇少女を描く「リボンの蛇少女」（八一・サン出版『エロス'81 劇画悦楽号増刊』、後に「リボンの騎士」と改題）でデビュー。「童貞厠之助」（八一・辰巳出版『漫画ピラニア』）ほか、昭和前期の時代臭が漂い、血や排泄物に溢れた嗜虐的な変態漫画を官能劇画誌などに描く。それらが『薔薇色ノ怪物』『夢の Q-SAKU』（共に八二・青林堂）『DDT』（八三・同）『キンランドンス』（八五・同）『ナショナルキッド』（八九・同）等の作品集にまとめられ、カルト的な人気を得る。前期唯一の長篇「少女椿」（八三〜八四・司書房『漫画エロス』連載）は、見世物小屋に引き取られた孤児の少女みどりをヒロインとする残酷物語だが、みどりの夢や妄想、幻術使いの侏儒の操る幻覚において超自然的な怪奇幻想表現を多用し、人体損壊物とはまたひと味違う強烈な印象を与えた。こうした表現は、後の超自然的ホラー作品——例えば、亡霊たちにその音楽を愛された少年が味わうあの世のおぞましいイメージをリアルに描き出した「耳ナシ芳一」（九一・『ガロ』）などへとつながっていく。

　九〇年以降は一般青年誌や少年誌などにも進出し、「犬神博士」のほか、人間の喉をかきききり、その血を貪ることに麻薬的な快楽を覚える〈吸血鬼〉となってしまった少年少女の血臭に満ちた冒険を描く怪奇アクション長篇「笑う吸血鬼」（九八〜九九・『ヤングチャンピオン』連載）、不思議な能力を持つ正義の中華少年・ギチギチの活躍を描く、丸尾としてはかなり可愛らしい連作短篇「ギチギチくん」（九六・同連載）などを執筆し、ファン層を広げた。近作に、江戸川乱歩作品のコミカライズ「パノラマ島綺譚」（〇七〜〇八・エンターブレイン『月刊コミックビーム』連載）がある。

【犬神博士】連作短篇。九一〜九四年『ヤングチャンピオン』掲載。強力で怖ろしい式神を操る犬神博士が殺人者たちや呪術師、黒魔術師などと対決する、エンターテインメント性の高いオカルト・アクション。犬神博士が正義の味方として活躍するが、丸尾一流のサド・マゾヒスティックなエログロ性と妖しい怪奇性は失われていない。（石堂）

美内すずえ（みうち・すずえ　一九五一〜）大阪市生。「山の月と子だぬきと」（六七・『別冊マーガレット』）で、十六歳の高校生漫画家としてデビュー。八二年「妖鬼妃伝」で第六回講談社漫画賞、九五年「ガラスの仮面」で第二十四回日本漫画家協会賞優秀賞を受賞。デビュー時より軽妙なラブコメディを得意とし、精力的に短篇を発表して人気を博す。その後、初の百ページ超となる冒険スペクタクル作品「赤い女神」（七〇・同）、父母を殺されすべてを失った少女が過酷な運命を乗り越え復讐を誓う「燃える虹」（七〇・同）などを経て、翌年「13月の悲劇」の発表に至る。これらの中篇作品は、シリアスなテーマを壮大なスケールで描き、上質のエンターテインメントに昇華させた点で先駆的といえ、爆発的な人気で『別冊マーガレット』の飛躍的な部数拡大に大いに貢献した。特に「13月の悲劇」は学園ミステリ・ホラーの名作として、美内の初期代表作の一つとなった。

以降もラブコメディから歴史ロマン、SF等、幅広い作風で、評価・人気共に不動のものとしていく中、「みどりの炎」（七三・同）「人形の墓」（七三・『週刊マーガレット』）「孔雀色のカナリア」（七三〜七四・集英社『月刊セブンティーン』連載）など、怪奇物の傑作を次々と発表。力強いペンタッチ、健全さを感じさせる不屈のキャラクター、勧善懲悪を旨とした痛快で王道を行くストーリー展開などが、怪奇物のジャンルの枠を超え、読み応えある娯楽作品として広く一般読者に支持された。また、ヒロインを支える男性キャラクターが設定され、恋愛要素も不可欠なものとして盛り込まれているところや、基本的に愛憎や利害関係などが引き起こす惨劇を描いている点も特徴的である。これらの特色からも美内作品の魅力は、読者を恐怖に陥れる怪奇物語そのものより、生き生きとした人間ドラマにあるといえるだろう。

七五年頃より、怪奇作品の題材が徐々に心霊的・伝奇的なものに移行していく傾向が見られる。ヨーロッパの古城を舞台に魔女の生まれ変わりとして覚醒していく少女を描いた「魔女メディア」（七五・『別冊マーガレット』）や、教室で死んだ孤独な少女の霊に取り憑かれてしまう「白い影法師」は、極上の怪奇譚として多くの読者を魅了し、恐怖漫画のジャンルにも多大な影響を及ぼした。翌年より、美内すずえの不動の代表作である大河演劇ロマン「ガラスの仮面」（七六〜・『花とゆめ』）の連載がスタートし、それまでのように多彩な短・中篇作品を量産するスタイルから状況が一変することになるが、「黒百合の系図」（七七・『月刊LaLa』連載）「妖鬼妃伝」（八一・『なかよし』連載）等、質の高い伝奇サスペンス長篇も発表している。日本神話に登場する天照大神をモチーフとした伝奇ロマン大作「アマテラス」（八六〜・『月刊ASUKA』、〇一〜・角川書店『月刊少女帝国』連載）は、自らの神秘体験を盛り込んだとされる意欲作であるが、掲載誌の休刊などもあり、〇八年現在、未完のまま連載を長く中断している。

【13月の悲劇】長篇。七一年『別冊マーガレット』掲載。厳格な神学校である名門寄宿女

子校に転入した少女マリー。不可解な校則や監禁状態の生活に疑問を抱き、調べるうちにこの学園が黒魔術を狂信する魔女養成学校であることをつきとめる。親友の変死をきっかけに敢然と悪と闘う決意をするマリーを襲う、地下に棲む奇形の怪物や魔王崇拝に心酔するシスターたち。怪奇ホラーのテイストを色濃く持ちながら、この学園の真の黒幕とその目的、怪物の正体など緻密に練り上げられた伏線を持つ質の高い推理サスペンスとしても楽しめ、怪奇幻想文学史からみてもかなり先駆的な内容となっている。美内のストーリーテラーとしての才気が遺憾なく発揮され、その作家性を決定づけた作品といえる。

【白い影法師】中篇。七五年『月刊ミミ』創刊号（講談社）掲載。転入生の涼子が、五年前に彼女と同じ席で絶命した孤独な少女の霊に取り憑かれてしまう恐怖を描いた本作は、ストーリーだけを見ればオーソドックスな怪談であるが、それを感じさせないインパクトのある画面構成で話題を呼んだ作品である。物語の最高潮で繰り出されるワンカットは怪奇漫画史における圧巻の名シーンとして語り継がれている。（岸田）

三浦建太郎（みうら・けんたろう　一九六六〜）千葉県生。日本大学芸術学部美術学科卒。八五年「再び…」が週刊少年マガジン新人漫画賞に入選し、デビュー。現代の歴史学者が十三世紀のモンゴルに飛ばされ、戦闘奴隷からのしあがっていく様を描いたバトル・アクション「王狼」、その続篇「王狼伝」（八九〜九〇・『月刊アニマルハウス』連載、武論尊原作）と並行する形で、代表作となるヒロイック・ファンタジー「ベルセルク」の連載を開始し、現在も継続中。同作により〇二年手塚治虫文化賞マンガ優秀賞受賞。

【ベルセルク】長篇。八九年〜『月刊アニマルハウス』『ヤングアニマル』（白泉社）連載（継続中）。戦乱がうち続く西洋中世風異世界を舞台に、〈黒い剣士〉という通り名の、超人的な体力・剣技を持つ男ガッツが、魔界の者たちと果てしない戦いを繰り広げる物語。〈ベルセルク〉とはいわゆる狂戦士《バーサーカー》のこと。吊された女の胎から産み落とされ、傭兵たちの間で育ったガッツは、一国の王になることを夢見る傭兵団長グリフィスの片腕となって活躍するが、グリフィスの夢に完全には同調することができず、彼の元を離れる。それをきっかけとしてグリフィスは挫折し、ついにはガッツを含む部下たちを生贄に捧げてゴッド・ハンド（五大魔王）の一人となってしまう。ガッツは殺戮から逃れたものの、生贄の烙印を押され、魔物たちを呼び寄せる身体となった。グリフィスへの憎悪止みがたいまま、魔王の手下たちを倒す旅に出る……。女性的な美しさを持つグリフィスは、強い戦士であると同時に天才的な策略家、強大なカリスマの持ち主であり、ガッツとの関係には、友情を超えるものがある。三浦は栗本薫《グイン・サーガ》のファンであるといい、影響関係が考えられる。同作はテレビアニメ化（九七〜九八）、ゲーム化され、海外でも翻訳出版されている。（石堂）

水木しげる（みずき・しげる　一九二二〜）本名武良《むら》茂。別名に東真一郎、都田そう平、関谷すすむ、米替富夫、萩原治、堀田弘、武取いさむ、水木洋子など。大阪府生、鳥取県境港市で育つ。武良家に出入りしていた景山ふさ（のんのんばあ）の影響で妖怪や死後の世界に興味を持つ。四三年に軍隊に入り、ニューブリテン島の戦闘で片腕を失う重傷を負う。四六年に復員後、アパート経営などを経て、五一年に紙芝居作家となり、伊藤正美作の「ハカバキタロー」を元にした「蛇人」「空手鬼太郎」（五四）や「河童の三平」（五五）などを発表。紙芝居の衰退により貸本漫画の世界に転じ、宮健児のSFミステリ『赤電話』（五七・兎月書房）を補作した後、アメコミ風のヒーロー物『ロケットマン』（五八・兎月書房）でデビュー。怪奇幻想物や戦記物を中心に多数の貸本漫画を発表。代表作としては、《墓場鬼太郎》シリーズをはじめ、『河童の三平』『悪魔くん』『化鳥』のほか、『怪奇猫娘』（五八・緑書房）『怪獣ラバン』『地獄の水』(共に五八・暁星出版)『墓の町』『怪奇鮮血の目』(共に六一・曙出版)『人魂を飼う男』(六二・同)『鈴の音』『火星年代記』(共に六二・やなぎプロ)『妖棋死人帳』(六二・セントラル文庫)『呪いの谷』(六三・全漫プロ)『嘆き川』『花の流れ星』『幻行燈』(六三・セントラル文庫)『夜の草笛』『深雪物語』『地獄流し』『古墳大秘記』(共に六四・東考社)『猫姫様』(六五・同)『青葉の笛』(六五・東京日の丸文庫)などが挙げられる。水木は海外の怪奇小説やSFの要素を取り入れ、旧来の怪談とは一線を画した独自のモダンホラーに仕上げている。

「テレビくん」(六五・『別冊少年マガジン』)で少年漫画誌に進出。《ゲゲゲの鬼太郎》をはじめ、リライト版「河童の三平」「悪魔くん」などを発表し、〈妖怪漫画〉の第一人者となった。特に《ゲゲゲの鬼太郎》は繰り返し映像化され、世代を超えて親しまれている。漫画以外にも、『水木しげるお化け絵文庫』(七五〜七六・彌生書房)などの妖怪画集・事典類や『妖怪なんでも入門』(七四・小学館)などの児童向け妖怪解説書を多数執筆。これらの著作を通じて現代日本における〈妖怪文化〉を普及させ、小説家の京極夏彦ら多くのクリエーターに影響を与えている。一方、貸本誌『忍法秘話』(青林堂)や『ガロ』、『漫画天国』(芸文社)『週刊漫画アクション』『ビッグコミック』など青年誌・一般誌に幻想と諷刺性に満ちた短篇を多数発表。代表作としては、《世界怪奇シリーズ》《サラリーマン死神》《河童千一夜》のほか、《日本の民話》(六七〜六九・『週刊漫画アクション』連載)《現代妖怪譚》(六九・学研『小説エース』連載)《コケカキイキイ》シリーズ(七〇〜七一・実業之日本社『週刊漫画サンデー』連載)などが挙げられる。

オリジナル作品のほか、『墓をほる男』(六二・曙出版、原典はグルーバー「十三階の女」)『地底の足音』(六二・同、ラヴクラフト「ダンウィッチの怪」)「猫又」(六二・三洋社『別冊ハイスピード』、ホワイト「ルクンド」)「不死鳥を飼う男」(六三・東考社『黒のマガジン』、カットナー「住宅問題」)「草」六三・同『砂の巨人』、ブラックウッド「柳」)「異形の者」(六四・大阪日の丸文庫『死の砂丘』、ゴーゴリ「妖女《ヴィイ》」)『呪われた村』(六五・東考社、フィニイ「盗まれた街」)『地獄』(六五・佐藤プロ、ラインスター「宇宙からのSOS」)「暑い日」(六六・芸文社『漫画天国』、ハーヴィー「炎天」)「丸い輪の世界」(六六・同・『ガロ』、ウェルズ「塀についたドア」)「血太郎奇談」(七二・『希望の友』、マシスン「血の末裔」)など、翻案作品にも秀作が多い。

このほかの主要作に、古代ファンタジー「縄文少年ヨギ」(七六・双葉社『週刊パワァコミック』連載)、『総員玉砕せよ!』(七三)などの戦記物、「星をつかみそこねる男」(七〇〜七二)「ヒットラー」(七一)などの伝記物、『のんのんばあとオレ』(九二・講談社)などの自伝物がある。「テレビくん」で第六回講談社児童漫画賞(六五)、『コミック昭和史』(八八〜八九)で第十三回講談社漫画賞(八九)、《ゲゲゲの鬼太郎》ほか一連の妖怪漫画により第二十五回日本漫画家協会賞文部大臣賞(九六)、独創的な画業と長年の活躍により第七回手塚治虫文化賞特別賞(〇三)、「Non Non Bâ」(「のんのんばあとオレ」仏訳版)で第七回アングレーム国際漫画祭最優秀作品賞(〇七)を受賞。〇三年秋、旭日小綬章を受章。

【墓場鬼太郎】連作長篇。六〇年『妖奇伝』『墓場鬼太郎』(兎月書房)連載。血液銀行の血を輸血した患者が幽霊化。調査を命じられた水木は供血者である幽霊族の夫婦と出会い、その遺児・鬼太郎を育てることになる。版元とのトラブルにより続篇は《鬼太郎夜話》(六〇〜六一・三洋社)として発表(兎月書房側は竹内寛行による《墓場鬼太郎》を続刊)。その後、読み切り形式で、『怪奇一番勝負』『霧の中のジョニー』(共に六二・兎月書房)『おかしな奴』『ボクは新入生』『アホな男』(いずれも六四・佐藤プロ)『ないしょの話』(六四・東考社)を発表。〇八年に深夜枠でテレビアニメ化された。

【ゲゲゲの鬼太郎】中短篇連作。六五〜六九年『週刊少年マガジン』『別冊少年マガジン』、七一年『週刊少年サンデー』連載。貸本版《墓場鬼太郎》をベースとして、鬼太郎と妖怪との闘いを中心とする〈妖怪漫画〉のフォーマットを確立した。その後、《鬼太郎の世界お化け旅行》（七六・双葉社『少年アクション』連載）《新編ゲゲゲの鬼太郎》（八六〜八七・『週刊少年マガジン』『月刊少年マガジン』連載）《鬼太郎国盗り物語》（九〇〜九三・講談社『コミックボンボン』『デラックスボンボン』連載）などを発表。また、ベトナム戦争を扱った異色作「鬼太郎のベトナム戦記」（六八・光文社『月刊宝石』連載）、《続ゲゲゲの鬼太郎》《スポーツ狂時代》《新ゲゲゲの鬼太郎》（七七〜七八・日本ジャーナル出版『週刊実話』連載）「鬼太郎霊団」（九六・『ビッグゴールド』）「セクハラ妖怪いやみ」（九七・『週刊漫画サンデー』）などの大人向け作品、長篇「死神大戦記」（七四・学研）、幼年向けの絵本や絵物語などがある。六八〜六九年に最初にテレビアニメ化されたのを皮切りに、第二期（七一〜七二）、第三期（八五〜八八）、第四期（九六〜九八）、第五期（〇七〜）と繰り返しテレビアニメ化された。八五年に実写テレビドラマ化（月曜ドラマランド）、〇七、〇八年には実写映画化もされた。

【河童の三平】連作長篇。六一〜六二年兎月書房刊。河童に似た風貌から〈河童の三平〉と綽名されている河原三平は、ふとしたことから河童の国に紛れ込み、自分にそっくりな河童の少年・かん平を家に居候させることになる。民話風の雰囲気と冷めた死生観が相俟った独特の味わいを有する作品である。リライト版「河童の三平」（六八・『週刊少年サンデー』連載）は兎月書房版に準じているが、三平とかん平が河童大王の七つの秘宝を巡って地底世界の妖怪と闘う長篇エピソード「ストトントノス七つの秘宝」などを含む。六八〜六九年に「河童の三平　妖怪大作戦」の題名で実写テレビドラマ化されたが、原作とは異なる内容である。九三年に劇場用アニメ化された。

【悪魔くん】長篇。六三〜六四年東考社刊。〈悪魔くん〉こと松下一郎はファウスト博士から秘儀を授けられ、貧富の差のない理想社会を築くために悪魔を召喚することに成功する。その悪魔は特別な魔力を持たず、一見非力な存在に見えたのだが……。リライト版「悪魔くん」（六六〜六七・『週刊少年マガジン』連載）は設定を大幅に変更した妖怪退治物で、連載と並行して実写テレビドラマ化された。「悪魔くん　千年王国」（七〇・『週刊少年ジャンプ』連載）は東考社版に準じているが、後半のエピソードが増補されている。東考社版の続篇として、竹内博と朝松健のシナリオ協力による「悪魔くん　世紀末大戦」（八七〜八八・光文社『コミックBE!』連載）がある。

【化鳥】長篇。六一年いずみ出版刊。ムー大陸研究のために出航した福田博士と清水助手は、船を沈められてキノコ島に漂着する。二人は菌に身体を侵されて次第にキノコ人間と化していく。基本設定はW・H・ホジスン「闇の声」に依りつつ、物質化した音楽の描写など独自の幻想美に満ち溢れた傑作。

【世界怪奇シリーズ】短篇連作。六八年『ビッグコミック』連載。「妖花アラウネ」「アンコールワットの女」「イースター島奇談」「虹の国アガルタ」「猫又の恋」など全八話。題名通り、エキゾチックな海外を舞台に様々な怪奇幻想を描く。シリーズ中の五話は「ゲゲゲの鬼太郎」（第二期）の中でアニメ化されている。

【サラリーマン死神】短篇連作。六八〜六九年『ビッグコミック』連載。「死神の招き」「涙ののるま」「蒸発」「枯葉」「ねたみ」の全五話。地獄の閻魔社長から人間の魂を集めるノルマを課せられている死神の悲哀を描く。全話が「ゲゲゲの鬼太郎」（第二期）の中でアニメ化されている。

【河童千一夜】短篇連作。六九〜七〇年『週刊漫画アクション』連載。水木自身の原作による「河童膏」「髪様の壺」などと、火野葦平の原作に基づく「梅林の宴」「皿」「瓢簞」「復讐」などの計十五篇。人間以上に人間味に溢れた河童たちの悲喜劇を描く。（久留）

水樹和佳子（みずき・わかこ　一九五三〜）デビュー時は水樹和佳。九九年より改名。東京デザイナー学院アニメ科卒。〈二十四年組〉の作品を読んで漫画家を志し、萩尾望都らのアシスタントを経験後、七五年『りぼん』掲載「かもめたちへ」でデビュー。同誌を中心に人間愛溢れる短篇を描いた後『ぶ〜け』に移動、七九年「樹魔《ジュマ》」でSFファンの注目を集め、その続篇「伝説―未来形―」により八一年第十二回星雲賞を受賞した。続いて、消滅した惑星の再生を担う少女と地球の運命を描くSF「月虹―セレス還元―」（八一・『ぶ〜け』連載）、ベトナム戦争で父を亡くした少年が孤独から解放される物語「エリオットひとり遊び」（八二〜八三・同連載）、〈サイ・エネルギー〉が見える月生まれの少女を主人公にしたSF「月子の不思議」（八五・『ぶ〜けせれくしょん』）など質の高い作品を発表し、不動の人気を獲得する。八六年から連載を開始したSF「イティハーサ」は完成まで十三年をかけたライフワークとなり、二〇〇〇年、再び第三十一回星雲賞を受賞する。その後は漫画制作から離れ、SF作家・谷甲州の文章にイラストでコラボレートしたハードSF「果てなき蒼氓《そうぼう》」（九九・早川書房『SFマガジン』連載）やSF小説『共鳴者』（〇一・エニックス）等を発表。〇五年、六年ぶりに、霊能力のある少年と変人の父親とのコメディ「グレイッシュ・メロディー」を白泉社『MELODY』に短期連載した。

【樹魔・伝説】中篇連作。七九〜八〇年『ぶ〜け』に掲載。二十六世紀、南極で異常進化している謎の植物群の調査に向かった〈研究都市〉の実験体イオは、〈ジュマ〉と呼ばれる森に守り育てられた少女ディエンヌと出会う（「樹魔」）。ジュマによってジロウとして再生されたイオは大科学者ラダの陰謀を暴くが、それによりディエンヌの特殊な力を引き出してしまう（「伝説」）。〈瞑想〉や〈眠り続ける新生児〉など独創的な要素で作品世界を構築し、思念エネルギーを操る高次の人類《ホモ・スペリオール》の発生を描く本格SF。

【イティハーサ】長篇。八六〜九七年『ぶ〜け』に連載、九九年単行本描き下ろし。超古代SFファンタジー。一万二千年前、〈目に見えぬ神々〉を信仰する一族の少年鷹野《たかや》は兄分の青比古《あおひこ》と〈真言告《まことのり》〉の訓練中に女の赤ん坊を見つけ透祜《とおこ》と名付け育てた。七年後〈目に見える神々〉の一派〈威神《いしん》〉によって村は滅ぼされ、生き残った三人は、〈威神〉と敵対する〈亞神《あしん》〉の信徒らと共に真実を求めて旅出つ。長期連載の終盤に連載打切りとなり単行本描き下ろしで完結させた作者渾身の大作である。（卯月）

水沢めぐみ（みずさわ・めぐみ　一九六二〜）本名成瀬敦子（旧姓加藤）。大阪府生。お茶の水女子大学附属中学校、同高校を経て早稲田大学教育学部卒。七九年十六歳で「心にそっとささやいて」（『りぼん増刊』）でデビュー、高校時代から作家活動を開始する。以降『りぼん』を代表する人気作家として活躍、二〇〇〇年頃から『Cookie』（集英社）を主な発表の場とする。愛らしい絵柄で天真爛漫な主人公が活躍するコメディからシリアスな成長物まで、思春期の少女の細やかな心の動きを描いて人気を博す。ファンタジー作品には大ヒットした「姫ちゃんのリボン」や、ヨーロッパの架空の街を舞台に王家の血を引く孤児メロディを主人公にした「空色のメロディ」（八七〜八八・『りぼん』連載）などがある。

【姫ちゃんのリボン】長篇。九〇〜九四年『りぼん』連載。架空の街・風立市を舞台に、魔法の国の王女エリカから貸与された〈魔法のリボン〉で他人に変身できる能力を身につけた姫子のファンタジックで楽しい学園生活を描く。リボンのおかげで命を持ったぬいぐるみのポコ太をマスコットに、姫子の秘密を知った大地とのほのかな恋愛、魔法の国の人たちとのやりとりで生まれる様々な事件など、コミカルで波乱含みのエピソードが大人気を博した。九二年のテレビアニメ化により幼年層から青年層まで人気を拡大、九三年にはミュージカル化もされた。また、アニメは海外でも放映された。現在でも人気が高い作品である。（小西）

水野純子（みずの・じゅんこ　一九七三〜）東京板橋区生。九六年、Avex traxのCD付属ブックレット『PURE TRANCE』に連載された「ピュア・トランス」で漫画家デビュー。以後、地球調査のためにやって来たがなぜかアルバイトばかりしている美少女戦士・ミナコのアルバイトぶりを描く「MINA Power Arbeiter」と続篇「MIMI Power Traveler」（九六〜九七・マガジンハウス『POPEYE』連載）、童話をモチーフにした三部作でオールカラーの描き下ろし単行本『水野純子のシンデラーラちゃん』（二〇〇〇・光進社）『水野純子のヘンゼル&グレーテル』（二〇〇〇・同）『人魚姫殿』（〇二・ぶんか社）、魔法使いの魔子が森の住人たちの悩みごとを解決する「森の魔子さん」（〇一・少年画報社『アワーズガール』連載）、桃色惑星・姫コトブキから地球にやって来たファンシーで奇妙なキャラクター・ペルが理想の女性を求めて放浪する長篇「ファンシージゴロ♡ペル」（〇二〜〇四・エンターブレイン『月刊コミックビーム』連載）などを発表、熱烈なファンを獲得する。キュートでグロテスクでエッチでレトロっぽい作風が特徴で、キャラクター、画面共にデザイン的に処理されており、くすんだイメージの色使いも独特で際立っている。イラストレーター、デザイナー的資質に優れ、ファッション、フィギュアなどの分野でも活躍している。（想田）

水野英子（みずの・ひでこ　一九三九〜）本名同じ。山口県下関市生。小学生時代から手塚治虫に深く傾倒して漫画家を志す。五六年、西部劇「赤っ毛小馬《ポニー》」（『少女クラブ』）でデビュー。デビュー当初から、傑出して愛らしい絵柄と少年漫画の手法を兼ね備えた水野はすぐに頭角を現し、手塚が少女誌で確立した〈西洋ロマン〉の後継を担う存在となる。中世の騎士と王女が活躍するスペクタクルロマン「銀の花びら」（五七〜五九『少女クラブ』連載、緑川圭子原作）は卓抜した画力と女流ならではの淡いロマンスが薫り、大人気を博した。連載中の五八年には〈U・マイア〉名義で赤塚不二夫、石ノ森章太郎と合作、漫画家アパート〈トキワ荘〉にも入居している。そして六〇年より連載を開始した次作、北欧神話をモチーフにしたファンタジー「星のたてごと」で更に壮大なるロマンを描き、少女漫画の第一人者となった。同作は日本の漫画で本格的なラブロマンスを扱った最初の作品でもあり、凛々しい男性キャラクターとヒロインの数奇な運命は読者の少女たちを熱狂させ、後進に多大な影響を与えている。小説家の栗本薫も少女時代に水野から影響を受けた一人で、代表作《グイン・サーガ》のヒロイン・リンダ姫は「星のたてごと」の主人公から命名されている。

また、水野には初期からSF、時代劇、メルヘン、寓話など、当時の女流には珍しい幅広い分野での幻想的な作品がある。最初期の「青い星の夜」（五八・『少女クラブ』）は星祭りの夜に少女が出会う不思議な出来事を描く小品で、絵も物語も完成度が高く、当時としては実験的な表現も含んでいる。六四年には、少女が自室の洋窓から中世の騎士世界に迷い込むファンタジー「エリの窓」（『別冊マーガレット』）、幻想ゴシックロマンの傑作「にれ屋敷」、ロバート・ネイサン『ジェニーの肖像』を下敷きに、時を超えて若者に会いに来る少女を切なく愛らしく描いた中篇「セシリア」（『週刊マーガレット』連載）などを発表し、少女漫画においての本格幻想ファンタジー作家としても不動の地位を確立した。

その後の週刊誌時代には海外の映画を元にしたロマンティック・コメディや歴史ロマン大作「白いトロイカ」（六五・同連載）を発表。第十五回小学館漫画賞受賞作「ファイヤー！」（六九〜七一・集英社『週刊セブンティーン』連載）はそれまでのロマンティックな作品群とは方向を変え、社会的なテーマにも取り組んだ作品になった。七三年に出産し、育児で寡作となるが、女性誌や青年誌で質の高い問題作・異色作を次々と発表して更に作家の幅を広げる。「ローヌ・ジュレエの庭」「ホフマン物語」は水野の幻想ファンタジーの到達点である。その後も女戦士の異世界ファンタジー「シラ SCYLLA」(七九・主婦の友社『ギャルズライフ』連載)を発表するなど、多彩なジャンルで数々の傑作を生み出した。常に表現の開拓者であり、漫画界の源流を創り出した巨匠である。

▼『水野英子選集』全七巻(六九～七〇・朝日ソノラマ)

【星のたてごと】長篇。六〇年～六二年『少女クラブ』連載。愛好していた北欧の叙事詩「神々のたそがれ」と作曲家ワーグナーの楽劇「ニーベルングの指環」のドイツ伝承の世界に着想したファンタジー・ロマンの大作。シャロット伯の娘リンダは敵国ザロモンの王子ユリウスと一目で恋に落ちるが、彼の指輪により前世の記憶を思い出す。大神プレアデスの娘として人間の生死を司る身であったリンダは、かつて戦死した若者に指輪を与え生き返らせたことがあり、その若者こそがユリウスであったのだ。神の怒りをかい、ユリウスの命を再び奪うため地上に落とされたリンダ。二人の愛は、前世でも今生でも引き裂かれる運命にあった……。大胆なストーリー展開と女流ならではのきめ細かな感性で描くロマンスとの融合によって少女漫画の新時代を築き、発表時から現在まで変わらぬ高い評価を受ける傑作である。

【星のファンタジー】短篇集。六八年朝日ソノラマ刊。最初のファンタジー「青い星の夜」、星から来た少女を巡る騒動を描く「星の子」、LPレコードを逆回転させて生まれる異世界での青年と乙女の幻想ファンタジー「トゥオネラの白鳥」など、『少女クラブ』発表作を中心に珠玉作十篇を収める。

【にれ屋敷】中篇。六四年『りぼん お正月大増刊号』掲載。にれ屋敷の恋人たちの現実とも夢幻ともつかぬ復讐劇。崖の上の白骨、嵐の海と難破船、花嫁を連れ去る白馬の騎士などの幻想的な素材をイメージ鮮やかに現出させた。読者を一気にロマン世界に誘い込む技量は圧倒的であり、発表時の強い印象を語る後進も多い。

【ローヌ・ジュレエの庭】中篇。七五年『花とゆめ』掲載。同誌の一周年企画《怪奇とロマン ゴシック・シリーズ》の一作。酒場の息子マグドゥルは、古城に移り住んだ老博士グラルボの開いた舞踏会で博士の孫娘ローヌの謎めいた、人形のような様子に心を奪われる。マグドゥルは博士から酒の配達を頼まれて城に通ううちに、博士とローヌの奇妙な関係と博士がマグドゥルに望んだ真の思惑を知ることになる。古城に咲く幾万のバラ、バラだけを食べる少女、亡霊が咲かせる呪われた火のバラなど要所でバラが印象的な演出効果をあげる。水野が愛しこだわり続けた幻想ロマンの世界を少女漫画で完成させた代表作である。

【ホフマン物語】短篇連作。七六年『月刊セブンティーン』掲載。小四の時に観た英国映画「ホフマン物語」に衝撃を受け、漫画化したいと思い続けたと水野自身が思い入れの深さを語っている作品である。幻想作家E・T・A・ホフマンの原作をオッフェンバックが歌劇にしたオムニバス形式の三つの物語で、映画はバレエと歌で構成されている。コマ枠を大胆に取り払い、幻想世界を美しい絵と構成で魅せた絢爛絵巻。

(小西)

三岸せいこ(みつぎし・せいこ ?～)一九七八年、養鶏場の鶏が不思議な卵を生んだことから起こる騒動を描いたファンタジー「スパンクさんのにわとり小屋で」(『りぼんデラックス』)でデビュー。地球のファンタジー小説にのめりこんだ異星人の王室の陰謀劇に、地球の少女が巻き込まれるファンタジーSF「夢みる星にふる雨は」(八一・『ぶ～けデラックス』)、滅亡した惑星上で幸福な一日を繰り返す村を描いた「リフレイン」(八一・『ぶ～け』)、失恋した少女がおとぎ話の登場人物たちと出会う「夜汽車に乗って」(八二・『ぶ～けデラックス』)などの短篇がある。童

話や幻想小説へのオマージュをちりばめたノスタルジックな作風で、失われたものの再生を描いた作品の評価は高い。（有里）

光原伸（みつはら・しん　一九六四〜）本名原伸光《はらのぶみつ》。広島県三原市生。関西大学法学部卒。八七年「リボルバー・クイーン」が『週刊少年ジャンプ』に掲載され、デビュー。〈魔法のお店〉物「マジック・セラー」（八九・同）を経て、「アウター・ゾーン」を同誌に連載した。

【アウター・ゾーン】中短篇連作。九一〜九四年『週刊少年ジャンプ』連載。アメリカのテレビ番組「ミステリー・ゾーン」に触発された作品。不思議な力を持つエルフ耳の美女、ミザリィを案内役、もしくはトリックスター的な仕掛人として、怪奇的な体験をする人々の姿を描いている。呪物を中心に、狼男、吸血鬼、亡霊、悪魔などの古典的な怪物、異界への落ち込み、タイムトリップなどを扱っている。呪物を扱うものはバラエティに富み、よく工夫されており、物語的にも破綻がない。テイスト面でも「ミステリー・ゾーン」を踏襲して、因果応報を基調に、あまりにも不条理な展開は避けるように努めている。この種の作品としては成功作といえる。なお、死んだ女性の霊が入り込み生命を得た人形と青年刑事のハードボイルド・アクションの中篇連作《マジック・ドール》シリーズが含まれている。（石堂）

緑川ゆき（みどりかわ・ゆき　一九七六〜）熊本県生。コーヒーを飲むと超人的な身体能力を発揮する少年が登場する「珈琲ひらり」（九八・『LaLa DX』）でデビュー。代表作は祖母の遺品の妖怪との契約書を手に入れた少年が妖怪や周囲の人間との交流によって成長していくファンタジー「夏目友人帳」（〇三〜・同連載他、〇八年にテレビアニメ化）。登場する妖怪たちは恐怖や畏怖の対象ではなく、人間との触れ合いを望む存在であることが多く、ほかにも妖怪に育てられた少年と人間の少女との淡い恋を描く「蛍火の杜へ」（〇二・同）などの短篇がある。このほか、他人を支配できる声を持つ少年が登場する「あかく咲く声」（九八〜〇二・『月刊LaLa』『LaLa DX』連載）、王位争いに巻き込まれた少年少女を描く架空歴史物「緋色の椅子」（〇二〜〇四・『LaLa DX』連載）などの作品がある。（有里）

皆川亮二（みながわ・りょうじ　一九六四〜）東京墨田区生。高校の同級生に漫画家の神崎将臣がいる。八八年「HEAVEN」が小学館新人コミック大賞少年部門に入選し、『週刊少年サンデー』にてデビュー。ＳＦやアクション物を執筆。八九年から同誌に連載された「スプリガン」により人気を得る。九九年『ＡＲＭＳ』（九七〜〇二・同連載）により第四十四回小学館漫画賞受賞。同作は、未知の金属生命体を軍事実験のために移植された少年少女が、同様の実験体と戦いを繰り広げる異能バトル物。愛と友情（孤独からの解放）を基調に、少年漫画の長所が盛り込まれており、日常への帰還を戦いの目的とするシンプルな設定により、週刊誌連載の長篇としては破綻なくまとまった秀作。〇一〜〇二年にアニメ化され、ゲーム化もされている。なお同作にはルイス・キャロルの《アリス》のキャラクター名が使われており、モチーフの引用も見られる。ほかのＳＦファンタジー作品に、宝石の力が使える異能者たちの戦いを描いた伝奇アクション「ADAMAS」（〇七〜・『イブニング』）がある。

【スプリガン】長篇連作。八九〜九六年『週刊少年サンデー』『週刊少年サンデー増刊』連載。たかしげ宙原作。はるかな古代に超科学文明が存在し、その遺物が世界各地に残されているという設定下に、オーバーテクノロジーの災いを警告する古代の金属板に従って作られた善意の組織・アーカム財団のエージェント〈スプリガン〉たち、中でも高校生の御神苗優《おみなえゆう》が、超科学の力を狙う組織に対抗しながら、遺物の破壊、あるいは封印を遂行する物語。トレジャーハンター物の一バージョンというべきオカルトＳＦアクションで、扱う物は偽書、ノアの方舟、水晶の髑髏、聖杯、賢者の石、聖櫃《アーク》など比較的一般的で、それによって発動する力も地球規模の自然変動を引き起こすものがほとんどだが、神話を援用した物語は充分に面白い。天変地異のありさまや流血の多い派手なアクションも巧みに描かれている。九八年「ノアの方舟」篇をベースに劇場用アニメが制作された。（石堂）

湊谷夢吉（みなとや・ゆめきち　一九五〇〜八八）本名真澄。京都府生。全国を放浪後、七一年に札幌に定住し、銀河画報社を設立。七七年には映画「スバルの夜」（山田勇男監督）をプロデュースした。六九年ごろより漫画を描き始め、七八年「惜夏記」を『夜行』（北冬書房）に発表して注目される。ただし同作の制作は七二年で、後の洗練された筆致とはかなり異なる。八〇年より『夜行』、『エロトピアデラックス』（ワニマガジン）ほかの雑誌に、昭和期の中国大陸を主たる舞台に、陰謀や冒険を描いた特色のある作品を立て続けに発表するが、八八年に癌のために逝去。

さほど数多くはない作品の三分の一ほどがSFや幻想的な作品で、オーバーテクノロジーとそこはかとないユーモアに味わいがある。中国大陸の奇妙な遺跡にまつわる伝奇SF「虹龍異聞」（八五・『夜行』）、昭和初期のAIロボットが味わう幻想を描いた「ブリキの蚕」（八五・日本文芸社『コミックばく』）、亡霊や精霊が登場し、時空が転変する「海岸綺譚」（八五・ペヨトル工房『銀星倶楽部』）、遺跡から電気怪物が出現する「蛇神の血脈」（八六・『エロトピアデラックス』）、呪力で浮かぶ戦艦とラスプーチン、皇女アナスタシアなどを絡めた「蒼ざめた皇女を視たり」（八六・『月刊スーパーアクション』）などの短篇がある。（石堂）

峰倉かずや（みねくら・かずや　一九七五〜）神奈川県生。同人誌の人気作家だったが、九三年「brother」（角川書店『コミックGENKi』）で商業誌デビュー。代表作に《最遊記シリーズ》（九七〜・エニックス『月刊Gファンタジー』、一迅社『コミックZERO-SUM』他）がある。ボーイズラブ漫画専門の雑誌が次々と創刊された時期に活躍し、後の同ジャンルに多大なる影響を与えている。

【最遊記】長篇。九七〜〇二年『月刊Gファンタジー』連載。人間と妖怪が共存する桃源郷で、ある日突然、妖怪たちが次々と凶暴化し始める。原因は〈牛魔王蘇生実験〉により発生した〈負の波動〉だった。三仏神は三蔵法師一行に〈牛魔王蘇生実験〉を阻止することを命じるのだった。中国四大奇書の一つ『西遊記』をモチーフにした作品。古代中国風の幻想的な世界観に缶ビール・紙煙草・拳銃などなどが登場する変わった世界観で、基本的には多くを『西遊記』に依拠する形になっているが、口が悪く意地っ張りな性格の三蔵法師や、馬ではなく四輪駆動車に変身する竜など、マカロニウエスタンのような性格を持っている。（真栄田）

宮尾しげを（みやお・しげを　一九〇二〜八二）本名重男。東京浅草生。精美高校卒。十七歳のとき岡本一平に弟子入りし、門下生第一号となる。東京毎日新聞社を経て、二二年に東京毎夕新聞社に入社。『東京毎夕新聞』に、絵物語形式の児童漫画「漫画太郎」を、二二年十月より翌年四月まで連載。可愛らしい少年忍者の冒険を描いて人気を得た。「漫画太郎」は長篇児童漫画の先駆的な作品となる。同社より単行本にまとめられたが、ほとんどが関東大震災で焼失した。宮尾の人気を決定的にしたのは、同紙に連載した「団子串助漫遊記」が二五年に単行本（講談社）としてまとめられてからで、昭和に入ってからもその人気は衰えず、百版以上も印刷された。その後も、『少年倶楽部』に「鼻尾凸助漫遊記」「孫悟空」「坂田の金時」「三人三太郎」などを連載、『毎日新聞』に「フクロ千年」「〇助漫遊記」などを連載した。単行本は、『かるとびかるすけ』（二七・大日本雄弁会講談社）『漫画西遊記』（二八・婦女界社）『忍術天地丸』（二八・磯部甲陽堂）『漫画のお祭』（三一・大日本雄弁会講談社）『あっぱれ無茶修行』（三二・婦女界社）『〇□サン、助サン』（三三・大日本雄弁会講談社）など多数ある。自由自在な

主人公の設定や、擬人化されたたくさんのキャラクターなどが登場し、その後の児童向け漫画への影響も大きい。（高橋）

宮崎駿（みやざき・はやお　一九四一〜）アニメーション監督。東京生。学習院大学政経学部卒。六三年、東映動画に入社し、「太陽の王子ホルスの大冒険」（六八）の美術設計、「長靴をはいた猫」（六九）の原画、特に魔王の城のシークエンスを担当。その才能を認められ、「どうぶつ宝島」（七一）では、中心的に原画を描くことになる。七一年Aプロダクションに移籍し、「ルパン三世」（七一〜七二）を手がける。また自身の脚本により「パンダコパンダ」（七二〜七三）を制作。七三年、ズイヨー映像（後の日本アニメ）に移籍し、「アルプスの少女ハイジ」「母をたずねて三千里」等のコンテを担当。さらに「未来少年コナン」（七八）を監督。七九年、テレコムアニメーションに移籍し、「ルパン三世カリオストロの城」（七九）「シャーロック・ホームズの冒険」（八四）を監督。同作で大藤信郎賞受賞。以後、宮崎の監督作品は同賞の常連となる。「カリオストロ」は興行成績はふるわなかったものの、ヒロイン・クラリスの愛らしさゆえに次第に人気が出始め、アニメーションとしての質の高さにも注目されるようになった。その後独立し、「風の谷のナウシカ」（八四）をヒットさせる。八五年、徳間書店の出資を得てスタジオ・ジブリを設立し、その第一作となる「天空の城ラピュタ」（八六）でも成功を収める。続く「となりのトトロ」（八八）は、アニメ作品としては空前の大ヒット作となり、日本映画大賞ほかの各賞を受賞し、宮崎を国民的監督の地位に押し上げた。その後も「魔女の宅急便」（八九）「もののけ姫」（九七）「千と千尋の神隠し」（〇一）など、多数の名作を生み出している。世界的にも評価は高く、現在までの日本のアニメーション史において最も有名になった監督といえる。

【風の谷のナウシカ】長篇。八二〜八七、九〇〜九四年『アニメージュ』（徳間書店）に断続的に連載。遠未来、〈火の七日間〉と呼ばれる大戦争により高度に発達した機械文明は崩壊し、地上は瘴気を発する巨大菌類の森〈腐海〉に覆われていた。人々はわずかに残された土地に素朴な暮らしを営んでいたが、いつしか大きな帝国トルメキアが現れ、太古の武器を甦らせようとしていた。風の谷の長の娘ナウシカは、簡単な機械で風を捕まえて自在に空を飛び、人々の天敵である王蟲《オウム》にも敬意と愛情を抱く、強くたくましい少女で、腐海の研究者でもあるが、否応なく戦乱に巻き込まれていく。世界の真実を知るにつれ、ナウシカは、人類の未来をどうすべきかの選択をせまられることになる……。生きよ、命を愛せ、という通奏低音が鳴り響く、SFファンタジーの傑作。漫画はアニメ版に先行する形で描き始められ、アニメ版よりずっと遅れて完成。内容的にはアニメ版とは比べものにならない深さ、豊富さを有する。とはいえ画面的には、宮崎が制作するアニメーションほどの美しさはない。（石堂）

宮西計三（みやにし・けいぞう　一九五六〜）大阪生。奈良に育つ。七〇年から真崎守のアシスタントとなり、七三年に徳間書店劇画大賞佳作第一席を得て、デビュー。抜群のデッサン力で描かれた繊細かつ流麗な輪郭、微妙な斜線や点描が表現する輝く肉体を特徴とする、ほとんど狂気を感じさせる画風で官能漫画を描き、三流劇画ブームの一翼を担った。短篇集に『ピッピュ』（七九・ブロンズ社刊）『笑みぬ花』（八〇・壱番館書房）『薔薇の小部屋に百合の寝台』（八一・久保書店）『金色の花嫁』（八二・けいせい出版）『少年時代』（八四・同）『頭上に花をいただく物語』（八八・南原企画／東京デカド社）『エステル』（九四・ペヨトル工房）などがある。官能漫画や官能的イラストレーションが主に収録されているが、中にファンタジーが含まれている。母を亡くして寂しい子供の河童を主人公とした連作で、レンゲの花の精や雪女、風の又三郎なども登場する「童話KAPPA」（八五〜八六・久保書店『まんがハンター』連載）など。また、普通の官能漫画でも、際だった絵の力で幻想的な雰囲気を漂わせている場合がある。そのような宮西作品において、大きなヒントとなるのは長篇『バルザムとエーテル』（二〇〇〇・河出書房新社）である。外面的には、頽廃した世界を舞台に、拾った人形を心の友としている孤独な少年イドが、不気味な男ジャッカルによって狙われているというエロティック・バイオレンスなのだが、宮西自身によって、背後にある神秘的な意味づけが明らかにされている。すなわち、人形とは魂・霊の世界から落ちてきた一つの霊であり、弱い魂を象徴する少年イドはその霊に惹かれる。また街の地下は精神の闇を示し、死はジャッカルとイドの愛の行為であるという具合である。このような視点から、宮西の漫画を読み返すことが可能であるという点は興味深い。なお宮西はバンド〈Onna〉を結成して音楽活動も展開している。（石堂）

宮谷一彦（みやや・かずひこ　一九四五〜）本名村瀬一。大阪生。名古屋市に育つ。永島慎二のアシスタントを経て、六七年「ねむりにつくとき」が『COM』月例新人賞に入選し、デビュー。反体制運動が高揚していた時代の寵児として、『COM』や『ヤングコミック』誌上で活躍。代表作に青年漫画家の彷徨を描いた「ライク　ア　ローリングストーン」（六九）、クーデターを描く「太陽への狙撃」（六九）、公害テーマに学生運動を絡めた「性蝕記」（七〇）、三島由紀夫をモデルにしたとされる「肉弾時代」（七六）など。緻密な表現で濃厚な画面を創り出す宮谷の画風は、大友克洋をはじめとする後進の漫画家たちに大きな影響を与えている。完全に超自然的な怪奇幻想物は描いていないが、ゴシック的な作品をいくつか描いている。性的妄想と社会状況その他とが絡み合わされた、怪奇譚を含むアナーキーな作品集『性紀末伏魔考』（七三・青林堂）、夫や家族を殺された海女の復讐を描いた長篇で、ほとんど超人物の如き「人魚伝説」（七七・実業之日本社『週刊漫画サンデー』連載、映画化）、戦前の旧家を舞台に、背徳的な美少年のホモエロスや老婆のグロテスクな貢ぎ愛、無垢な少女の穢し等を豪華絢爛に描いた未完作「孔雀風琴　第一部」（八〇・『ビッグゴールド』）など。（石堂）

宮脇明子（みやわき・あきこ　一九五八〜）広島県三原市生。七六年『なかよし』掲載「あなたはだあれ」でデビュー。翌年から『週刊セブンティーン』（集英社）で、「ナービー（死霊の館）」（八〇・連載）ほかのホラー作品を発表したのち、サイコ・サスペンス「ヤヌスの鏡」（八一〜八二、八五〜八六・同連載）で二重人格の少女を描いて本領を発揮した。祖母に厳しく育てられた内向的な少女ヒロミと、もう一つの人格＝派手で奔放なユミ、二つの人格がどう統合されるのか目の離せない展開に、八五年のテレビドラマも大ヒットした。精神的ショックによって封じ込められた記憶の扱いや、異常な精神状態に陥っている人物の目を通した描写、伏線の張り方が巧みである。偏執的な教師が女子高生を監禁する「運命の恋人」（九四〜九五・集英社『コーラス』連載）、幼女目当ての複数の犯罪を絡めた「ひみつのルミちゃん」（九六・同連載）など、同時代性のある事件を題材にした作品も多い。コメディ分野では、九七年にテレビドラマ化された《名探偵保健室のオバさん》（八九〜九九）が知られている。（卯月）

椋陽児（むく・ようじ　一九二八〜二〇〇二）本名油野雄二。別名に豊中夢夫。大阪府堺市生。戦中から戦後にかけて、南海電鉄や画材会社のぺんてるなどいくつかの職を転々としたのち、六〇年代前半頃にSM雑誌『裏窓』（あまとりあ社＝久保書店）の編集者となる。同誌では撮影などのほか、イラストや豊中夢夫名義で小説も執筆しているが、やがてフリーとなり、六五年頃よりSM誌や実話誌、劇画誌などで活躍していく。小説とイラストに加えて劇画も手がけるようになり、とりわけ七〇年代前半頃までの作品には、怪奇ファンタジー風味のエロ劇画が多い。西遊記のエロ系コミカライズ「艶説・西遊記」（七一・日本文華社『アパッチ』）などのほか、「初夜を奪うざりがに男」（七二・新星社『漫画ボイン』）

といった、ザリガニ、狐、カエル、蛇、ヤモリ、ノミ、亀、狸などなど、動物の化身が美女を拘束し、その特異な能力で凌辱するパターンの物語を数多く発表している。これらファンタジー系のエロ劇画をまとめた作品集には、『きつねの花嫁』(二〇〇〇・ソフトマジック)がある。緊縛絵師として著名であり、鉛筆による細密な責め絵が印象的だが、ポップなカラーイラストや劇画初期のアメリカンコミックス調など、仕事に合わせて様々なタッチを使い分け、そのどれもが完成度が高く、確固とした世界を創り上げている。七〇年代後半から八〇年代にかけて、主に日常を舞台にしたユーモラスな味わいの緊縛官能劇画を多数執筆したあと、劇画から後退。八〇年代後半以降はイラストをメインに執筆し、生涯現役で緊縛画を描き続けた。(想田)

夢来鳥ねむ(むくどり・ねむ　一九六九〜)宮城県仙台市生。日本ビジネススクール仙台校卒。八九年「宮狐」(角川書店『月刊コミックコンプ』)でデビュー。強い浄霊能力を持ちながらも幽霊恐怖症の少年が、仲間の霊や神々に助けられながら様々な霊的な事件を解決するうちに、自らの進むべき道を見出す「物の怪らんちき戦争」(九〇〜九二・同連載)で人気を得る。平安時代と現代を舞台にした、鬼と少女を主人公とする転生物のラブロマンス「緋翔伝」(九三〜九六・同、メディアワークス『月刊電撃コミックガオ!』連載)、魔物を召喚する〈門〉となってしまった小学生の少年をめぐるどたばたオカルト・アクション「円陣とらぶる!」(〇三〜〇五・同連載、有里紅良原作)など。

【HAUNTEDじゃんくしょん】連作。九五〜〇一年『月刊電撃コミックガオ!』連載。有里紅良原作協力。学校霊が理事長を務める奇怪な学園では、学校の幽霊や妖怪(トイレの花子さんなど)たちとの共存を目指すべく、聖徒会が活躍していた。その面々は、クリスチャンで偉大な魔力を秘める北条遙都《はると》、除霊能力と火を操る力を持つ神社の朝比奈睦月、水の力を持ち、憑霊体質の寺の龍堂和御《かずみ》。連載当初は、学校妖怪のいたずらを止めるといった程度のどたばたギャグ漫画だったが、やがて、学校から妖怪を一掃しようとすると同時に、遙都の肉体を手に入れようとする邪教集団との戦いの物語に発展し、光と闇の戦いだの天草四郎だのが絡む伝奇系サイキック・アクションに変貌した。九七年にテレビアニメ化。(石堂)

ムロタニ・ツネ象(むろたに・つねぞう　一九三四〜)本名室谷常蔵。大阪府生。五〇年に『毎日中学生新聞』の懸賞漫画「お餅の気持ちはよくわかる」で金賞受賞。同紙に四コマ漫画、歴史漫画、SF漫画などを長年にわたって連載した。怪奇幻想物の代表作は『地獄くん』および『人形地獄』に収録されている。その他、「ビリビリビート」(六六・『週刊少年サンデー』連載)や「ドクター・ツルリ」(六七〜六八・『別冊少年サンデー』『週刊少年サンデー』連載)などのギャグ漫画や、『漫画日本史』(七二)や『学研まんが　世界の歴史』(九一〜九五)などの歴史学習漫画でも知られている。

【地獄くん】短篇連作。六九年朝日ソノラマ刊。密輸に協力させるためにパイロットの息子を誘拐しようとした暴力団・天国組に降りかかる報いを描く「地獄の片道切符」(六七・『週刊少年サンデー』連載)をはじめ、「スペア・タイヤの悲鳴」「悪魔火」「一万円札の中」「地獄の声」(地獄くんが登場しない番外篇)の全五話を収録する(九七・太田出版『定本地獄くん』は「死神工場の巻」を含む全六話)。基本的に地獄くん(エンマ大王の孫といわれている)が悪人たちを罰する勧善懲悪・因果応報的ストーリーであるが、独特のシュールな絵柄と救いのない展開が相俟って、悪夢の如き印象を残す。

【人形地獄】短篇集。七〇年朝日ソノラマ刊。広島で原爆の惨劇を体験した女性の魔術による復讐を描いた表題作「人形地獄」(七〇・『週刊ぼくらマガジン』連載)をはじめ、シンナー遊びの巻添えで死亡した弟を救うため姉が死者の国に赴く「怪奇死郎」、昆虫採集に来た少年少女が逆に採集されてしまう「虫　地獄《インセクト・ゾーン》」、大阪万博に来た少年がパビリオンから奇妙な地獄に迷い込む「パビリオン地獄」と、バラエティに富んだ全四作を収録する。（久留）

めるへんめーかー（めるへんめーかー　一九五七〜）千葉県生。妹は小説家の妹尾ゆふ子。七七年、白泉社第二回アテナ新人大賞で「ムーンライトゼリー」が第三席を受賞。翌年「三日月《クレセントムーン》の夢を探して」（『花とゆめ』増刊号）でデビュー。ファンタジーや少女小説の装画なども多数手がけ、イラストレーターとしても活躍。無類のゲーム好きとしても知られる。久美沙織や小野不由美、大原まり子など小説家とも親交が深く、『魔法の鍵』（八九・集英社コバルト文庫）や『架空幻想都市』（九四・アスペクトログアウト冒険文庫）など、ファンタジー小説のアンソロジー企画や編纂の仕事もある。『魔法の鍵』収録の小説を原作とした漫画作品を九一年に白泉社から刊行している。

　魔法使いや吸血鬼、幽霊などが登場するファンタジックな世界をメルヘン・タッチで描いたライトファンタジーを得意とし、短篇やシリーズ連作を多数発表している。また、細い線で描きこんだ繊細な絵柄を特徴とし、良質の〈少女趣味〉や〈英国〉志向をふんだんに取り入れた画風で人気がある。

　長期にわたる連作ファンタジーの代表作には、英国の田舎を思わせる街グリーンゲイトに住む不思議で奇妙な人々を描いた《グリーンゲイト・シリーズ》（八五〜八八・『花とゆめ』、九二〜九四・宙出版『アップルミステリー』）、星降る森に暮らす見習い魔女のイーニドと師匠の魔法使いルモーリンの楽しい日々を綴る《星降る森のリトル魔女》（八八〜九七・偕成社『月刊MOE別冊コミックモエ』『月刊MOE』『コミックFantasy』）がある。ほかにも、未亡人ケリィと亡き夫にそっくりな幽霊のランスフォードが探偵社を営み、幽霊にまつわる依頼を解決するミステリ風味の《ペニントン館》（八七〜九一『プリンセスGOLD』）などがある。（小西）

茂田井武（もたい・たけし　一九〇八〜五六）画家、絵物語作家。東京日本橋生。旅館の次男として生まれ、恵まれた少年時代を過ごす。赤坂中学卒業後、川端画塾、本郷絵画研究所に学ぶ。中学時代から、佐藤春夫、稲垣足穂、泉鏡花など、当時の幻想作家の作品を愛読。三〇年、様々な職業を転々としながら、ハルピン、シベリア経由でパリにも旅行し、山本夏彦と知り合う。三六年『新青年』に「かひやぐら物語」の挿絵を描き、初めて画料を得る。この頃水谷準の紹介で、小栗虫太郎宅に居候する。四一年結婚し、絵物語や童画などを手がけるようになる。新美南吉、平塚武二、浜田広介、与田準一、筒井敬介ほか多数の児童文学作家の作品を絵本にしている。ホットケーキが語り手の話や、シロクマが見る夢の話などを含む動物擬人化物の短篇集『おさるのしゃしんや』（四八・川流堂書房、奈街三郎作）などは、原作付き漫画に近いものになっている。五〇年頃から健康が悪化するが、亡くなる直前まで精力的に仕事を続けた。五四年、小学館児童文化賞絵画賞受賞。

　茂田井は、二十代の頃から絵日記や夢日記などを描き続け、童画家として活躍し始めると、夢を元にした空想的な絵物語などを描くようになる。幻想の核は〈世界子供大会〉という子供に託す未来と、世界遍歴という旅の夢である。凧作りの名人の孤児の少年が、世界中を回りながら子供名人たちを集めていく絵物語「星の輪」（四七）、掛け軸の中に入っていって世界を旅して回る「フシギナコドモタチ」（四七・教養社）、〈じゅんすい生命病〉のおばあさんの不思議な夢を分析してもらうために病院をたずねて世界を経巡る長篇漫画物語『三百六十五日の珍旅行』（四八・大日本雄弁会講談社）、なくなった家宝のお皿を探して旅に出る『夢の絵本』（草稿、出版は九一・架空社）などがある。絵、文章共にソフトで優しい作風が特徴である。（石堂）

望月峯太郎（もちづき・みねたろう　一九六四〜）神奈川県横浜市生。東京デザイナー学院卒。グラフィックデザイナーを経て、八五年「バタアシ金魚」で『週刊ヤングマガジン』よりデビュー。同作がヒット作となり、九〇年に映画化された。大地震によりトンネル内に閉じ込められた中学生を主人公とするサバイバル・ストーリーを中心に、大異変による東京壊滅などを描いた終末物「ドラゴンヘッド」（九四～九九・同連載）は高い評価を受け、九七年に第二十一回講談社漫画賞を、二〇〇〇年に手塚治虫文化賞マンガ優秀賞を受賞した。また〇三年に映画化もされている。怪奇系作品には、ロングヘア、ロングコートで異様に長身の女につきまとわれて悲惨な状況に陥る大学生を描いた都市伝説風のストーキング・ホラー「座敷女」（九三・同連載）があり、心理的なホラーとしても見るべきところのある佳作である。（石堂）

森雅之（もり・まさゆき　一九五七～）もりまさゆき、モリマサユキの表記を併用。北海道浦河町生。義兄に漫画家・鈴木翁二。北海道デザイナー専門学校造形美術科卒。「写真物語」（七六・清彗社『漫波』）でデビュー。整然としたコマ割りの、イラスト・ポエムのような形式で、しみじみとロマンティックな作品を描く。「ペッパーミント物語」（八六～九五）で第二十五回漫画家協会賞を受賞。日常のふとしたことに喜びを見出す作品や恋愛物、青春物などと共に、ファンタスティックな作品も多く描いており、主なものは以下の通り。律儀な役人が死んで律儀な幽霊になる「ゆうれい」（七七・清彗社『だっくす』）、空の上ですりきれて風になるのを待つ空人たちを描く「空人《そらんど》」（七八・同）、歌と祈りがポラリス方面の電離圏で渦巻き、忘れた頃に目に見えぬ粒子となって降ってくる「電波」（八一・ふゅーじょんぷろだくと『COMIC BOX』）、ロバのような姿だが、物語を生まれつき知っていたり、どの街にもいたりする不思議な動物を描く「ケー」（八三・同）、星座の動物たちにまつわるファンタジック・ストーリー「ミネラライト動物誌」（八五～八六・誠文堂新光社『天文ガイド』連載）、夢で水蓮と語り合う「水の夢」、月の転生を描いた「月の旅」（共に九一・MOE出版『コミックモエ』）、様々な惑星から作者の許に子供たちが遊びに来るという設定のフルカラーの描き下ろし『惑星物語』（九一・河出書房新社）など。（石堂）

モリ・ミノル（もり・みのる　一九三一～）本名小松実、筆名小松左京。大阪市生。京都大学卒。小説家・SF作家として著名だが、大学時代、小説に先駆けて漫画家としてデビューしている。H・G・ウエルズの「生命の科学」「世界文化史大系」を元にしたデビュー作『ぼくらの地球』（五〇・不二書房）は、主人公の兄妹が就寝中に、叔父の発明した〈夢をつくる機械〉によって、地球の誕生から人類の祖先が現れるまでの歴史を見て歩くといった趣向で、当時〈京大生の傑作が世へ〉として朝日新聞に紹介された。この作品はいわゆる学習漫画的な内容だったが、同年には本格SFである『大地底海』（不二書房）を発表。アフリカからアジアにわたる四大砂漠の地下に広がる大地底海に棲む魚人・デモネス族が地上侵略を企てるストーリーを骨子として、生き別れた戦災孤児の兄弟が長じてそれぞれ科学者になり、運命的な再会を果たすといったドラマを絡め、悪魔＝デモネス族に魂を売った科学者の苦悩を通して、悪魔でも神でもない人間存在の姿を描き出そうとする意欲作であった。二作とも当時の最先端の科学知識に裏打ちされており、特に『大地底海』はその複雑な構成や、地底の海で進化を遂げた魚人という設定、人工地殻変動装置といったアイディアなど、高度な内容を持った先駆的SFで、松本零士をはじめとする漫画家志望者たちに大きな影響を与えた。ほかには、悪魔が兄弟同士を仲たがいさせようとするが、馬鹿のイワンにだけは奸計が通じなかったというトルストイの小説を漫画化した『イワンの馬鹿』（五〇・不二書房）、「おてんばテコちゃん」（五二・『漫画王』）など数作を発表したのみで、SF漫画界の新星モリ・ミノルは忽然と消えるが、やがて小説家・小松左京となって再登場してくるのである。

【幻の小松左京＝モリ・ミノル漫画全集】〇二年小学館刊。全四巻函入セット。第一巻『第五実験室　大宇宙の恐怖アンドロメダ』には、ミンコフスキーの四次元空間論を扱い、あらゆる元素から原子爆弾を生成する発明をめぐる争いを描く「第五実験室」と、理性を持った高等金属であるアンドロメダ星雲族が地球を侵略しようとする「大宇宙の恐怖アンドロメダ」を収録。この二作品は原稿が残されていたもので、当時はおそらく出版されなかったと思われる。第二巻『イワンの馬鹿』と第三巻『大地底海』はそれぞれの作品の復刻。第四巻『解説編』は、小松左京のインタビュー、松本零士、さいとう・たかをとの対談、日高敏、内記稔夫の解説などに加えて、原本未発掘の「ぼくらの地球」の残存原稿や、未完成漫画作品などで構成されている。（想田）

森由岐子（もり・ゆきこ　?〜）一九六〇年代から九〇年代にかけて、少女向けの怪談、怪奇物、恐怖物を貸本、単行本にて多数発表する。主に東京漫画出版社、ひばり書房《怪談シリーズ》《森由岐子恐怖ロマンシリーズ》、立風書房《恐怖シリーズ》、秋田書店、講談社などで活躍。時代劇から現代劇までの様々な作品がある。稚拙にみえる絵柄や予測のつかないストーリーから生じるゆがみや不安定さが、作品の不気味さを増大させている。美への欲望やコンプレックスなどから生まれる愛憎など、女性の思いを描いたミステリ仕立てのドラマづくりは、現在のレディス系ホラーに繋がるともいえる。九四年、唐沢俊一＆ソルボンヌK子監修により《伝説の少女マンガシリーズⅠ》『森由岐子の世界』（白夜書房）が刊行され、監修者による解説エッセーと共に「魔界わらべ・恐怖の家」「死美女がまねく夜」「母が私を狙ってる」の三作が復刻掲載された。（小西）

森脇真末味（もりわき・ますみ　一九五七〜）兵庫県姫路市生。同人誌への投稿を経て「OH! MY兄貴どの」（七八・『プチコミック』）にてデビュー。代表作に、ロックバンド・スランをめぐる青春群像「緑茶夢《グリーンティードリーム》」（七九〜八〇）、その続篇にあたる「おんなのこ物語」（八一〜八三）、近未来ハードSF「アンダー」（九〇〜九二・『プチフラワー』連載）などがある。デビュー以来、青年期における葛藤をリアルに描いた青春ストーリーに定評があったが、八〇年代中頃よりSFやファンタジーのテイストを強く打ち出すようになる。〈吸血鬼〉物語における約束事をすべて現代に置き換え、SF的に解釈した短篇「週に一度のお食事を」（八四・朝日ソノラマ『デュオ』、新井素子原作）や、事故死した妻とそっくりな顔をした怪鳥ポタルゲーと暮らすうち妻の死の真相が明らかとなる「鏡の前のポタルゲー」（八四・『プチフラワー』）、実は異世界からやってきた地球外生物である流行作家ゴドレイと、彼に作家としての才能を奪われ編集者となったロイをめぐるファンタジー《ゴドレイの恋人》（八五・新書館『男は寡黙なバーテンダー』単行本描き下ろし、八六〜八七・同『グレープフルーツ』連作）など、森脇のシニカルな持ち味はシュールな世界観を得てさらに魅力を増し、ユーモア漂う独特の作風を確立する。また、連続殺人の罪で死刑宣告を受けるサラエと彼の身代わりとなるべく作られたクローン〈ドギー〉をめぐる近未来SF「アンダー」、ある覆面作家の狂気を描いた「ぼくの電話　きみの午後」（八九・『プチフラワー』）、うだつのあがらない探偵が浮気調査の現場で遭遇する殺人事件の謎を解く「グリフィン」（九五〜九六・ビブロス『ZERO』前後篇）など、シリアスなサスペンスミステリの傑作も数多い。近年では、小説などの分野にも表現の幅を広げている。

【天使の顔写真】短篇集。〇四年早川書房（ハヤカワ文庫）刊。単行本未収録作品を含めた、SFファンタジー作品のみを再編した作品集。幼い頃拾った天使の人形をめぐって、青年の周囲で起きる奇妙な騒動を描いた表題作「天使の顔写真」（九七・『ZERO』）をはじめ、売れない脚本家が海辺で出会った悪魔と契約を交わし、数奇な運命に巻き込まれる「山羊の頭のSOUP」（九七・同）、拾った冷蔵庫から現れた両性具有の怪物クリスによって金と地位を手に入れたマクセルと、彼の元恋人アリスを描いたコメディ「空色冷蔵庫」（八九・『プチフラワー』）など九篇を収録。

【グリフィン】短篇集。〇四年早川書房（ハヤカワ文庫）刊。単行本未収録作品を含め、サスペンスミステリ作品のみを再編した作品集。表題作ほか、奔放な母の失踪の謎を追ううち、同居する義理の父親が猟奇殺人鬼だったと知る「死神」（九六・『ZERO』）、謎めいた美青年ユージーンに翻弄され、人生を狂わされていく人々を描く「ユージーン」（九四・『プチフラワー』）など六篇を収録。　（岸田）

諸星大二郎（もろほし・だいじろう　一九四九〜）別名に諸星義影。長野県北佐久郡軽井沢町生。「ジュン子・恐喝」（七〇・『COM』）でデビュー。鉄道で死んだ人間の肉を喰らう屍食鬼のような魔物を描いた「不安の立像」（七三・『漫画アクション増刊』）などの怪奇短篇を発表した後、生命体と機械が融合する異形のユートピアを描いたSF短篇「生物都市」（七四・『週刊少年ジャンプ』）で第七回手塚賞を受賞。ほかに例を見ない独特の作風で注目を集めた。代表作は神話・伝説を題材にした伝奇ロマンで、《妖怪ハンター》シリーズをはじめ、《マッドメン》シリーズ、ヤマトタケル伝説を核として記紀神話・仏教・古代史などを独自の視点で構成した「暗黒神話」（七六・同連載）、白川静『孔子伝』や中国・インドの古代思想に基づいて壮大な世界観を展開した「孔子暗黒伝」（七七〜七八・同連載）、柳田國男の一目小僧論を題材に現代まで続く秘儀の恐怖を描いた「礎」（別題「詔命」、七八・『漫画アクション増刊』）、古代日本の海神信仰を題材に海人族の秘史を物語る「海神記」（八一・『ヤングジャンプ』連載、九〇〜九一・『月刊コミックトム』連載）、荘子の寓話〈渾沌、七竅に死す〉を敷衍して人間界に下った混沌の運命を描く「無面目」（八八〜八九・『月刊コミックトム』連載）、《諸怪志異》シリーズなどが挙げられる。このほかの代表作に、異星の男女の性的関係をテーマにしたSF短篇「男たちの風景」（七七・秋田書店『プレイコミック』）、不思議な転校生・富利夫との出会いと別れの物語「僕とフリオと校庭で」（八三・白泉社『少年ジェッツ増刊』）、諸星大二郎のコミカルな一面を代表する《栞と紙魚子》シリーズなどがある。九二年「僕とフリオと校庭で」「異界録」で第二十一回日本漫画家協会賞優秀賞を、二〇〇〇年「西遊妖猿伝」で第四回手塚治虫文化賞マンガ大賞を、〇八年《栞と紙魚子》で文化庁メディア芸術祭マンガ部門優秀賞を受賞した。

【妖怪ハンター】短篇連作。七四・『週刊少年ジャンプ』連載（「黒い探求者」「赤いくちびる」「死人帰り」）。その後、『週刊少年ジャンプ増刊』『ヤングジャンプ』『月刊ベアーズクラブ』『ヤンジャンベアーズ』『ウルトラジャンプ』（いずれも集英社）、『小説現代増刊メフィスト』（講談社）などに断続的に掲載。〈稗田礼二郎のフィールド・ノートより〉という副題が示す通り、妖怪の実在を主張する異端の考古学者・稗田礼二郎が日本各地で遭遇する様々な怪奇を描く。就中、様々な妖怪の背後に潜む疑似生命系を描いた「死人帰り」は、ラヴクラフトやクラーク・アシュトン・スミスの〈宇宙的恐怖〉を彷彿させる力作。東北の隠れキリシタンの里を舞台に〈もう一人の救世主〉を描いた「生命の木」（七六・『週刊少年ジャンプ増刊』）は屈指の傑作である。「黒い探求者」「赤いくちびる」は九一年に「妖怪ハンター　ヒルコ」として、「生命の木」は〇五年に「奇談」として映画化された。

【マッドメン】短篇連作。七五年『月刊少年チャンピオン増刊』、七九年『マンガくん』（小学館）『月刊少年チャンピオン増刊』、八〇〜八二年『月刊少年チャンピオン』に断続的に掲載。ニューギニア奥地でガワン族の長として育てられた少年コドワとその異母妹・波子を主人公に、日本・ニューギニアを含む環太平洋地域に広がる呪術的・神話的世界を描き出す。

【西遊妖猿伝】長篇。八三〜八七年『月刊ス

ーパーアクション』、八八〜八九年『COMICアクションキャラクター』、九〇年『COMICアクションキャラクター増刊』、九二〜九七年『月刊コミックトム』各誌に連載。「西遊記」をベースとしつつ、「西遊記」の源流となった様々な神話・伝説・説話・史実などを換骨奪胎した伝奇大作で、中野美代子『孫悟空の誕生』などの影響も見られる。完結した第二部・河西回廊篇では、玄奘が大唐の国境を出たところまでが描かれた。〇八年より第三部・西域篇の連載が『モーニング』にて始まった。

【諸怪志異】短篇連作。八七〜九〇年、九七〜九九年『週刊漫画アクション』連載。中国の志怪の書を模した短篇集で、前半の『異怪録』『壺中天』は、各表題作をはじめ「幽山秘記」「小人怪」「封神」「三山図」など一話完結のエピソードと、道士の五行先生とその弟子の阿鬼を狂言回しとする「犬士」「鬼城」「花仙境」「邪仙」「眼光娘娘」「天開眼」などの一連のエピソードから成る。後半の『鬼市』『燕見鬼』は前半とは趣を変え、燕見鬼（成長後の阿鬼）を主人公に、謎の予言書〈推背図〉と方臘（「水滸伝」にも登場するマニ教徒）の乱を巡る伝奇色の強い連作となっている。

【栞と紙魚子】短篇連作。九五〜〇八年『ネムキ』連載。胃の頭町に住む女子高生の栞と紙魚子を狂言回しに、怪奇作家の段一知《だんいっち》、その妻（魔界でも名門の邪神の血統らしい）と娘（クトルーちゃん）、『殺戮詩集』を書いた女流詩人・菱田きとら、人間に変身できる猫のボリスなど、いずれも一癖ある人物たちが奇々怪々な騒動を繰り広げる。〇八年に「栞と紙魚子の怪奇事件簿」としてテレビドラマ化された。　（久留）

や・ら・わ

八神健（やがみ・けん　一九六六〜）広島市生。大学在学中、邦宅杉太の筆名で『週刊少年ジャンプ』の読者投稿の常連として活躍しながら、ゲームブックのイラストやマイナー誌で原作付き漫画を描く。九三年「サボテンの剣」が週刊少年ジャンプホップ☆ステップ賞佳作に入選したのをきっかけに、筆名を八神健と改め、メジャー・デビュー。主人公の精神と肉体のズレによって生じるシュチュエーション・コメディと、それによって生まれる心の葛藤を描くことを得意とする。代表作に「ななか6／17」（二〇〇〇〜〇三）など。主な怪奇幻想系作品に、別掲作のほか、ユニコーンの角を飲んだ少年とそのユニコーンの生まれ変わりの少年の出会いと交流を描いた「きりん」（九七〜九八・『週刊少年ジャンプ』連載）、パロディがふんだんにちりばめられたハイテンションなギャ・グコメディ「ドキドキ魔女神判！」（〇七〜〇八・『チャンピオンRED』連載）などがある。

【密♥リターンズ！】長篇。九五〜九六年『週刊少年ジャンプ』連載。自殺を図った高校生・鳴神源五郎を救おうとして、自らも死に瀕した熱血教師の端島密は、僧の寅午《とらうま》の術により、精気を感じない鳴神の体に乗り移ることで蘇生する。物語は、端島のことを忘れられない元教え子で、同僚の星崎理都との恋愛模様を描いた前半と、寅午の術により元の肉体に戻れた端島が、術に巻き込まれてほかの肉体に魂が移ってしまった理都を探すため、霊能探偵をする後半に分かれる。鳴神の中身が端島であることが知られると死んでしまうという怪奇的な設定が設けられ、恋愛の駆け引きをより複雑にし、話を盛り上げたのが特徴的。　（真栄田）

矢上裕（やがみ・ゆう　一九六九〜）兵庫県尼崎市生。空手道拳道会に所属する空手家。九〇年「かたっぽしから正体不明」（角川書店『コミックコンプ』）でデビュー。代表作に「エルフを狩るモノたち」。また、阿智太郎が手がけたライトノベル『住めば都のコスモス荘』を漫画化（二〇〇〇〜〇四・メディアワークス『電撃 Animation Magazine』『月刊電撃コミックガオ！』）している。

【エルフを狩るモノたち】長篇。九四～〇三年『月刊電撃コミックガオ！』連載。ファンタジックな異世界に召喚されてしまった空手の達人・龍造寺順平、オスカー女優・小宮山愛理、ミリタリー・マニアの井上律子の三人が、日本に戻るのに必要な儀式の最中に飛び散ってしまった送還呪文のカケラを見つけるため、行く先行く先でひたすらエルフを丸裸にしていくギャグ作品。九六年にテレビアニメ化。このアニメが、深夜アニメを定着させる要因となった。（真栄田）

八木教広（やぎ・のりひろ　一九六九～）沖縄県生。「Undeadman」（九〇）で第三十二回赤塚賞を受賞し、デビュー。純真善良だが凶悪な顔のために誤解されている高校生を主人公にした学園アクション・コメディ「エンジエル伝説」（九三～二〇〇〇、OVA化）を『月刊少年ジャンプ』に連載し、人気を博す。ファンタジーとして別掲作を連載中。

【CLAYMORE】連作。〇一～〇七年『月刊少年ジャンプ』『週刊少年ジャンプ』、〇七年～『ジャンプSQ.』連載（継続中）。人間の捕食者である妖魔が跋扈する西洋中世風別世界を舞台に、妖魔の血肉を体内に取り入れ、妖魔の力を我がものとして妖魔を狩る女戦士〈クレイモア〉たちの凄惨な戦いを描いたヒロイック・ファンタジー。主人公のクレアは、最強と謳われたテレサを慕い、彼女が倒された後にその血肉を体内に取り入れて半妖となった戦士であり、様々な戦いを経て、〈クレイモア〉創造の秘密に迫っていく。妖魔としての力に溺れると、いつかは自分も妖魔になってしまうという過酷な宿命を持ち、自分たちを恐れ、忌み嫌う一般人のために戦い続けるという悲劇的な設定は目新しいものではないが、画面、キャラクター、物語展開、いずれも巧み。連載の長期化に伴い、敵の強大化、一篇の長大化傾向が見られる。〇七年にテレビアニメ化された。（石堂）

矢沢あい（やざわ・あい　一九六七～）兵庫県出身。大阪モード学園中退。八五年「あの夏」（『りぼんオリジナル早春の号』）でデビュー。代表作『NANA―ナナ―』（九九～）はミュージシャンを目指すナナと恋人を追うナナという対照的な生き方の二人が偶然の出会いを通して友情を深めていく長篇である。〇二年第四十八回小学館漫画賞受賞。二度の映画化（〇五、〇六）およびアニメ化（〇六～〇七）、映画主題歌・挿入歌のCDも大ヒットし、社会的現象を引き起こした。ファッションへのこだわりが強く、デザイナーを目指す少女を主人公にした「ご近所物語」（九五～九七、九五～九六年アニメ化）、モデルを目指す少女を主人公にしたその続篇「Paradise Kiss」（九九～〇三、〇五年アニメ化）など、華やかな業界を舞台にして、若い読者の支持を得ている。海外出版も多く、国際的な人気を持つ作家である。ファンタジー作品としては、恋人に裏切られ絶望した気持ちの中で、ミュージシャンの霊アダムに引寄せられて生死の境をさ迷い、生きたまま幽霊の姿となる女子高生・美月《みづき》を主人公にした「下弦の月」（九八～九九・『りぼん』連載）がある。小学生の蛍《ほたる》とその友人たちが美月を現実の世界に戻すまでをミステリ・タッチで描いている。〇四年には「下弦の月　ラスト・クォーター」として映画化された。（天野）

安彦良和（やすひこ・よしかず　一九四七～）アニメ監督。北海道遠軽町生。弘前大学人文学部西洋史学科中退。七〇年にアニメーターになり、『機動戦士ガンダム』などに携わる。七九年に「アリオン」で漫画家としてデビューし、アニメと漫画を並行して制作。八九年に『ヴイナス戦記』を監督して以降は漫画を専業とするが、その後も、キャラクターデザイナーとしていくつかのアニメに参加している。ほかの監督アニメ作品に「クラッシャージョウ」（八三）「巨神《ジャイアント》ゴーグ」（八四）「アリオン」（八六）などがある。また、小説も執筆している（本篇参照）。

　漫画作品は多数あるが、歴史物を中心とし、九〇年「ナムジ」で第十九回日本漫画家協会賞優秀賞、二〇〇〇年「王道の狗」で第四回文化庁メディア芸術祭マンガ部門優秀賞を受賞している。日本神話や古代史、中世史のファンタジックな世界をヒューマンドラマとして描き出した『ナムジ』（八九〜九一・徳間書店）『神武』（九二〜九五・同）『ジャンヌ』（九五〜九六・日本放送出版協会）『イエス』（九七・同、以上全て描き下ろし）などの作品がある。また、SF漫画には、未来の金星が舞台の戦争物「ヴイナス戦記」（八六〜九〇・学研『コミックNORA』連載）、「機動戦士ガンダム THE ORIGIN」（〇一〜・角川書店『ガンダムエース』連載）がある。

【アリオン】長篇。七九〜八四年『リュウ』連載。ギリシア神話の世界に、アリオンという少年英雄を創造し、神話世界全体を独自のものに語り替えたファンタジー。盲目だが薬草の知識が豊富な母のデメテルと二人で暮らしていたアリオンは、一族の長＝ゼウスを殺すと予言されている宿命の子だった。デメテルと引き離され、過酷な世界に投げ入れられたアリオンは、様々な戦いの後、ついに真の敵アポロンを倒し、ティターンの世を終わらせたのだった。起伏のある物語、アニメの絵コンテ風の画面などで異彩を放った作品。巨人族が有する超能力は、神の力というよりはSF的で、エイリアン由来のものとも解釈が可能。神話を大胆に読み替える手法は、この後も《古事記》シリーズなどで遺憾なく発揮されていく。（石堂）

八房龍之助（やつふさ・たつのすけ　?〜）隠秘学に通じた青年貴族ジャックとその助手ジュネが様々な怪異に遭遇する短篇シリーズの第一作「未亡人の指紋」（一九九六・メディアワークス『月刊コミック電撃大王』）でデビュー。同シリーズは、『仙木の果実』（九八・メディアワークス）および『塊根の花』（〇三・同）にまとめられている。その他の代表作として、前記シリーズともリンクする「宵闇眩燈草紙」（九八〜〇六・同）がある。大正時代と思われる日本を舞台に、医者の木下京太郎、用心棒の長谷川虎蔵、骨董屋の女主人・麻倉美津里の三人組を狂言回しとする伝奇ロマンで、内房の漁村・寄群《よぐ》を舞台にした長篇エピソードはH・P・ラヴクラフト「インスマウスの影」へのオマージュとなっている。（久留）

山上たつひこ（やまがみ・たつひこ　一九四七〜）本名龍彦。徳島県生。大阪鉄道高校卒。光伸書房（日の丸文庫）に編集者として勤務する傍ら、貸本劇画「秘密指令0」（六五・光伸書房『影・別冊』）でデビュー。初期の代表作として、切り裂きジャック事件が現代日本に再現される「そこに奴が…」（六八・光伸書房『ごん』）、仮死状態で地獄（異次元の全体主義社会）に迷い込んだ二人の若者の現世への脱出行を描く「鬼面帝国」（六九・『週刊少年マガジン』連載）、白蟻の呪いで人体が崩壊するショッキングな掌篇「白蟻」（六九・『週刊少年サンデー』）、子供が描いた母親の絵に秘められた恐怖譚「うちのママは世界一」（七〇・『ビッグコミック』）、軍国主義化する近未来の日本を描いたポリティカル・フィクション「光る風」（七〇・『週刊少年マガジン』連載）、シュールな世界を舞台にした不条理ファンタジー「旅立て！ひらりん」（七一・『週刊少年サンデー』連載）、浦島太郎伝説を題材とした怪奇SF「ウラシマ」（七二・『月刊少年チャンピオン』）などが挙げられる。その後、劇画の手法を取り入れた過激で斬新なギャグ漫画「喜劇新思想大系」（七二〜七四・双葉社『マンガストーリー』『別冊マンガストーリー』連載）で注目を集め、続いて「がきデカ」（七四〜八一・『週刊少年チャンピオン』連載）の大ヒットで一世を風靡した。「がきデカ　ファイナル」（九〇・『週刊少年チャンピオン』連載）の完結後は主に小説家として活動している。（久留）

▼『山上たつひこ選集』全二十巻（九二・双葉社）

山川惣治（やまかわ・そうじ　一九〇八〜九二）福島県郡山生。惣治が二歳の時に一家は東京本所に転居。本所高等小学校卒。印刷製版工の仕事を経、兄と興した街頭紙芝居の貸元〈そうじ映画社〉で、紙芝居の作画家になる。三二年「少年タイガー」が、当時、一番人気の永松武雄「黄金バット」を凌駕し、大長篇となる。富士山麓に眠る宝の図とそれを開ける鍵・紫ダイヤの指輪を巡っての冒険活劇。北満の広野を馬で行く幼子の信次と父は匪賊の一団に襲われ、捕われた信次は広野に一人取り残される。大鷹に襲われる信次を救ったのは、〈亜細亜の女王〉と呼ばれた虎だった。信次はこの虎に育てられ逞しい少年となり、日本刀を脇に差し、脇役となる少女すい子と共に冒険が続く。黒タイツで全身を覆い背に蝙蝠羽を生やしたブラックサタン、空飛ぶ機械怪獣、妖婆、恐竜等が入り乱れ、舞台も満蒙の地から、上海、南方、日本へと飛び、エンドレスで話は続く。三七年には、レコード紙芝居「爆弾サーカス」をリーガルレコードとそうじ映画社の共同で制作。サーカスに拾われた幼児が身に付けているメダルを狙う怪人ブルーシャンの、ペン画で描き込まれた妖気漂う姿形、「ラフィ！」と発する叫び声などが印象的。戦後は絵物語で一世を風靡し、「少年王者」をはじめ、海洋冒険活劇「海のサブー」（五〇～五六・『幼年クラブ』連載）、恐竜がたくさん登場する密林物「少年ケニヤ」（五一～五五・『産業経済新聞』連載）等々、多数の作品を発表。このように大長篇を何本も手がけた絵物語作家は惣治のほかにはいない。五五年を過ぎ、絵物語が衰退していく中で、「少年タイガー」（五五～五九・『産経新聞』連載）を制作するが、紙芝居に見られた荒唐無稽味は薄くなっている。ほかに「少年エース」（五九～六二・『中部日本新聞』連載）等を制作。六〇年以降は空飛ぶ円盤に傾倒、UFOを主題に「サンナイン」（六五～六六・『中日新聞』連載）を発表した。

【少年王者】長篇絵物語。四九～五六年『おもしろブック』連載。アフリカの密林で両親とはぐれた少年・真吾がゴリラに育てられ、森の仲間の動物たちと出会う、密林を舞台とした冒険活劇物語。神像の如き怪人アメンホテップが赤ゴリラを神棒で叩きのめす場面や、真吾が水中で鰐の喉元に短剣を刺す単行本の表紙画は、多くの画家に影響を与えた。魔神ウーラや豹の老婆らの姿形や妖気、凡庸な名前を嫌った惣治によるキャラクターのネーミングの巧さも印象深い。

【虎の人】中篇絵物語。四九～五〇年『少年痛快文庫』（光文社）連載。信男少年が幼い時に、ヒマラヤ山脈の麓の密林で行方不明となった父を探す密林冒険譚。密林奥の虎神教の神殿内に聳え立つ巨大な石像、狂科学者ムンクが育てた大恐竜、そして謎の半人半獣〈虎の人〉が、どう絡んでくるのか？　掲載誌の廃刊によって未完となった。（三谷）

山岸凉子（やまぎし・りょうこ　一九四七～）北海道上砂川町生。北海道女子短期大学美術科卒。高校時代から漫画家を目指し、投稿・持込みを行い、六九年『りぼんコミック』五月号掲載の「レフトアンドライト」にてデビュー。少女漫画を変革したと位置づけられる〈二十四年組〉の一人である。初期の代表作であるバレエ物の「アラベスク」（七一～七三）は、動的な美を描き出すときの圧倒的な表現力、スポ根物の要素の導入など、従来のバレエ漫画のイメージを一新し、衝撃を与えた。少女漫画以外の読者にも山岸の名を広めることになった代表作「日出処の天子」は、ファンタジー漫画史上も特筆すべき作品で、八三年に第七回講談社漫画賞を受賞した。近年再び取り組んだバレエ物「舞姫　テレプシコーラ」（二〇〇〇～）で、〇七年第十一回手塚治虫文化賞マンガ大賞を受賞。

　山岸はスポーツ物でデビューし、初期には明朗な学園物が多かった。「シンフォニー第5番」（七〇・『りぼんコミック』）は超能力を扱っているものの、ストーリーは単純で軽い内容であり、作風には大きな変化がない。大きく絵柄を変えた「雨とコスモス」（七一・『りぼん』）が意識的な転換点であり、この作品の直後に、怪談「ネジの叫び」（七一・同）を発表している。これは、未必の故意により夫に殺された妻の幽霊が、生前の習慣通りに時計のネジを巻きに現れ、夫を追い詰めていくというもので、最初の幻想作品であろう。

山岸のヒキの強い作風はホラーに向いており、その後の「汐《しお》の声」（八二・『プチコミック』）「千引《ちび》きの石《いわ》」（八四・『ぶ～け』）「わたしの人形は良い人形」などへつながっていく。なお「汐の声」はステージママに成長を止められた中年の顔の少女の霊が徘徊する幽霊屋敷を舞台に、同様にステージママに支配されている霊媒師の少女を見舞う悲劇を描いた作品、「千引きの石」は戦時の死者の記憶が残る体育館を舞台にした学校の怪談物で、いずれも不安な幕引きの正統派ホラーである。また〈現代怪談集〉ともいえるエッセー漫画「ゆうれい談」（七三・『りぼん』）では、超常的なものを漫画家同士のおしゃべりによって紹介するというスタイルを試みているが、当時は山岸にしか見られなかったものである。

七〇年代後半から、西洋的なモチーフを用いながらも、日本的な世界を意識した作品が多く見られるようになる。「キルケー」はそのような和洋混淆の顕著な例であるが、ほかにも学園物に神（的存在）をまぎれこませた「メタモルフォシス伝」（七六・『花とゆめ』連載）、日本を舞台に天使と交感する少年を描く「愛天使《セラピム》」（七七・『月刊LaLa』）などがある。また、病気療養中でひきこもりがちな少年が妖精の世界で王となり、現実世界でも自己を取り戻すという長篇「妖精王」（七七～七八・『花とゆめ』連載）は、西洋の妖精界を北海道と重ね合わせる独特なものであった。西洋の妖精の概念を一般に紹介する役割を果たした、記念碑的な作品である。この作品につながる短篇として「ウンディーネ」「ハーピー」（共に七八・『プチコミック』）「メデュウサ」（七九・奇想天外社『別冊奇想天外』）などがある。これらの作品では、神話的存在が現実にいるのかいないのかわからないままストーリーが終わることが多く、それゆえに、読者には本当らしくせまってくるという美点があった。なお、この頃には充実した短篇が多数あり、どの系統の作品にも属さない幻想作品として「幻想曲」のほか、「雨の訪問者」（七九・集英社『月刊セブンティーン』）や「グール（屍鬼）」（七九・新書館『ペーパームーン』）などを挙げることができる。「雨の訪問者」は、独りで完結した生活を送っている女性の許に不思議な幼女が現れ、幼女のもたらした小さな変化によって、人生がさらに豊かになるという心安まる話。幼女の来訪と去り方が不思議なこと以外はファンタスティックな要素はなく、山岸作品のするどいイメージから外れた地味な短篇だが、細部に神経が行き届き、作品内の空気が安定した極上作。「グール」は地獄がテーマのショートショート風の小品である。

八〇年に「日出処の天子」の連載をスタート。この頃には日本的なものへの嗜好が強まり、日本を舞台に、死者の世界を描いた作品をいくつか描いている。「ある夜に」（八一・新書館『グレープフルーツ』）は、不満だらけのまま死んだ女性が死者の世界をさまよう話であり、死者の世界を読者が覗き見る話でもある。死者と最後の言葉をかわすことができる能力を持つ一族の少年を描く「籠の中の鳥」（八一・『プチフラワー』）、思いを残して死んだ者の霊が人に取り憑く怨霊となっていく過程を追い、死後の感覚を生々しく再現した異色作「黄泉比良坂《よもつひらさか》」（八三・『ボニータ』）なども印象深い。また、八百比丘尼の説話を逆転させ、魚人が人間を食べる話とした「八《はっ》百比丘尼《ぴゃくびくに》」（八二・『プチフラワー』）、元アイドル歌手が平家伝説にひきずられて海に沈んでゆく「海底《おぞこ》より」（八三・『ひとみＤＸ』）などは日本の歴史や伝承を用いて描いた幻想作品である。八〇年代後半からは、古代への嗜好がより一層顕著となる。たとえば、記紀神話を下敷きにした「月読《つくよみ》」（八六・『月刊ASUKA』）、梅原猛原作の「ヤマトタケル」（八六～八七・同連載）、卑弥呼の跡継ぎと伝えられる伊与を描く長篇「青青《あお》の時代」（九八～二〇〇〇・『コミックトムプラス』連載）などは日本の古代を舞台にしている。「ツタンカーメン」（九四～九六・『月刊LaLa』『コミックトムプラス』連載、連載当初の題は「封印」）は、連載が始まった当初は超常的な描写があったものの、連載再開後に方向転換し、考古学に身を捧げたハワード・カーターを描く伝記的作品となった。この後古代エジプトを舞台に、超常的な治癒力のある女性をめぐる物語「ハトシェプスト」（九五〜九六・白泉社『セリエミステリー』）「イシス」（九七・『コミックトムプラス』連載）をたてつづけに発表している。この頃の幻想作品としてはほかに、昭和三十年代の北海道に実在した霊能力者・白眼子に育てられた少女の成長記「白眼子《はくがんし》」（二〇〇〇・同連載）がある。

　山岸作品ではデビュー作以来、何らかの欠陥や、コンプレックスを抱えている人物がストーリーの中心となることが多い。そのような欠損を抱えた中心人物の行動の原動力を執拗に暴き、つきつめていく手法が作品を怪奇幻想に向かわせることもしばしばである。「スピンクス」（七九・『花とゆめ』）「夜叉御前」（八二・『プチコミック』）「蛭子」（八五・『プチフラワー』）等、様々なパターンを有するサイコホラー系の作品はもちろんのこと、超自然的ホラーにおいても、山岸作品の怖さの源は、この欠けたものへの執拗な視線にある。また、中心人物に欠けているものをあぶりだしていくため、他者はしばしば中心人物に欠けているものを持っている存在として描かれる。他者にならないかぎり欠損が埋まらないということは絶望的なことであり、山岸作品がしばしば狂気や悲壮感に彩られるのはこのゆえであろう。こうした山岸の作風は、読者にもまた〈何かを欠いている自分〉を意識させ、心の奥底まで揺るがす力を持っている。山岸作品の強烈な悲劇性が逆に、コンプレックスと向きあう勇気を読者に与える場合もある。一方では、欠損とおりあいをつける結末の作品も描いており、読者に直接的な励ましを与えることもあるが、悲劇的な作品と比べるとその数は多くはない。ただし九〇年代後半から作風に変化がみられ、「鬼」（九五〜九六・『月刊コミックトム』連載）以降はコンプレックスに対して否定的であることをやめ、もっぱら救いのある結末を描くようになっている。

▼『山岸凉子全集』全三十二巻（八六・角川書店）。

【幻想曲】短篇。七七年『月刊セブンティーン』掲載。「章太郎のファンタジーワールド　ジュン」（石ノ森章太郎）を連想させるタテ長のコマを多用したオムニバス形式の漫画。西洋の幻想コントやお話とまでいかないようなシーンをつなげていっただけのものなどで構成されている。妖精と取り引きをした少女の話が一番長く、ストーリーのあるものだが、このエピソードがメインというわけではなく、全体としてはテーマもストーリーもない。幻想的なイメージのつながりと、漫画そのものを読みすすめるリズムで展開していく。作品として高度であり、ほぼ類を見ない。

【キルケー】短篇。七九年『プチコミック』掲載。山で迷った子供たちが豪奢な西洋館に住む女怪と出会い、動物に変えられてしまう恐怖譚。ただ一人助かった少女の精神的な崩壊を暗示する結末が恐ろしい。女怪は和装の成熟した美女として造形され、人を動物に変えて傍に置き、自らも蛇体に変化《へんげ》する圧倒的な存在として描かれる。ちなみに子供たちが同じところをぐるぐると回ってしまって下山できないというシーンは、山岸自身の比叡山での同様の体験を元にしているという。

【わたしの人形は良い人形】短篇。八六年『月刊ASUKA』掲載。戦後間もなくのこと。事故で死んだ少女・初子のために、初子と仲の良かった千恵子の母親が、副葬品として立派な市松人形を差し出す。千恵子が死者の霊に引かれないようにとの配慮であった。しかし初子の祖母が焼くには惜しいと人形を手元に留めたため、母親の憂慮が現実のものとなった。十年後、初子の妹・姿子《しなこ》は、亡くなった祖母の部屋から人形を見つけ出すが、その時には人形は、少女たちの霊を背負った悪しき呪物となりはてていた。姿子だけは人形の影響を受けないが、その両親は殺され、三十年後には、娘の陽子にも祟り始める。戦後の四十年の時間の流れを日常表現の中に盛り込んでリアリティを高めつつ、典型的な人形怪談を展開する。怪異としての人形の表現は群を抜いており、山岸の怪奇物の中では最も世評が高い作品である。

【日出処の天子】長篇。八〇～八四年『月刊LaLa』連載。厩戸王子（後の聖徳太子）の少年～青年時代を、有力豪族の嗣子・蘇我毛人《えみし》（蝦夷）との出会いと決別を軸に据えながら描き出した歴史伝奇ロマン。聖徳太子伝説、特に絵伝に描かれた事績、奇跡を現代的に表現し、斬新な聖徳太子像を造形した点は先駆的で、高く評価されている。神童と謳われ、中性的な美貌で人を魅了する厩戸王子は、皇子としての地位を順当に固めているように見えるが、人には視えないものが視え、超常的な力をふるうことができるがゆえに、母親に疎まれるという孤独を抱え、また精神が安定しない。王子は対の存在と感じられる毛人を求めるが、常識的な毛人は王子に応えることはできず、王子は心の傷を抱えながら成人していく……。コンプレックスを抱えた苦悩多き存在として厩戸王子を描き、王子の欠けているところを補う存在として毛人を設定しているところは、先にも述べた山岸作品の特徴をよく表す好例ともなっている。毛人が平凡な感覚のお坊ちゃまであることが、王子をより超越的なものとして浮かび上がらせている点も特徴的。また、その時々に起こる事件と王子のコンディションを密接なものとして描くことにより、読み手に体感に近い感覚を生み出させた点は、表現上特筆すべきところといえる。なお、この作品の裏バージョンともいえるのがシャーマンの家に生まれた姉妹を描いた短篇「時じくの香《かく》の木の実」（八五・『月刊ASUKA』）である。続篇に「日出処の天子」の一世代後を描く「馬屋古女王《うまやこのひめみこ》」（八五・同）がある。（白峰）

山口貴由（やまぐち・たかゆき　一九六六～）東京生。都立豊島高校卒。劇画村塾に入り、漫画を本格的に描くようになる。鬼に敗れて人造人間化した無鉄砲な剣士・桃太郎の戦いを描くアクション物「サイバー桃太郎」（八九・リイド社『コミックジャックポット』連載）でデビュー。以後一貫して、純情を貫き通して巨大な敵と超人的な戦いを繰り広げる男を主人公とするバトル・アクションを描いている。七五調に整えたナレーション、大時代的なせりふ、特太ゴシックの文字で技の名前を記して画面の半分を埋める様式などには、山口言うところの〈暴走族感覚〉が横溢している。激しいバトルが売り物で、戦いの描写が作品の大半を占め、中でも筋肉を血まみれにし、内臓をずるずるとさせる人体損壊描写は山口の得意とするところである。怪奇面からはエログロに徹した敵モンスターの造形も見所の一つといえるが、小物の敵モンスターにはコミカルな面もあり、総合的に見るとホラーに傾斜している作家とはいえない。むしろ「悪鬼御用ガラン」以後は、愛に溢れる聖母的なヒロインを配して主人公の熱血・暴力とバランスを取る傾向も顕著で、〈癒し〉系ファンタジーの趣がある。別掲作のほか、江戸時代風異世界を舞台に、更正不能の変態人間たちを成敗して旅する男を描く「悪鬼御用ガラン」（九三・『コミックジャックポット』連載）、『孫悟空』を元にしたコメディ・タッチのバトル・アクション「悟空道」（九七～二〇〇〇・『週刊少年チャンピオン』連載）、落ちこぼれを排斥して究極の全体主義的社会を目指そうとする〈神機《しんき》〉に戦いを挑む青年を描く「蛮勇引力」（〇一～〇二・白泉社『ヤングアニマル』連載）、南條範夫の残酷時代劇『駿河城御前試合』を原作とする「シグルイ―shigurui―」（〇三～）などがある。

【覚悟のススメ】長篇。九四～九六年『週刊少年チャンピオン』連載。白い学ランを着た高校生がプロテクターを装着し、同級生たちに見守られながら変態ミュータントたちと戦う「平成武装正義団」（九二・リイド社『コミックジャックポット』連載）を祖型とする。地殻変動により地球全体が荒廃した近未来。白い学ランに眼鏡の青年・葉隠覚悟《はがくれかくご》が、十五年戦争中の人体実験に使われた者たちの怨念によって形をなしている鎧〈零《ゼロ》〉を装着し、改造人間〈戦術鬼〉と戦いを繰り広げる。敵の頭領は美しい両性具有の兄・散《はらら》。散は赤ん坊を奪われた女の怨念が籠もる鎧〈霞〉と一体化し、人類の殲滅を企図していた……。霊の存在を自明のものとして物語を展開するため、戦いは凄絶であるにしても浄化の意味合いが強く、クライマックスもその流れに沿って昇天の物語となっている。（石堂）

山咲トオル（やまざき・とおる　一九六九〜）
本名中沢惣八郎。東京港区生。九四年、刺身好きの少女が魚に食べられる悪夢を描いた「うろこ地獄」（リイド社『恐怖の館ＤＸ』）でデビュー。翌九五年には、いじめられっ子の多加子がタコ少女と化して不良グループに復讐、その後タコと人間の姿を自在に使い分け海と陸で人生を満喫する「戦慄!!　タコ少女」（〜二〇〇〇?・リイド社『恐怖の館ＤＸ』『ホラーウーピー』）を連載、ヒット作となる。以後、九十六歳で十七歳の少女を演じるアイドル星ヒカリを主人公にした「戦慄!!　オババドル」（九八〜?・集英社『週刊プレイボーイ』連載）、死んだ少女エピルが科学者の母親の手によって二百種類の生物に変身できる能力を持って生き返る「モーレツ変身!!　エピルちゃん♡」（九八〜九九・角川書店『ザ・ホラー』連載）などを発表。楳図かずおの影響を受けた絵柄と、幼少より読み込んだひばり書房や立風書房などの新書判怪奇漫画を素養にパロディ化した、〈ズンドコ・ホラー〉と呼ばれるホラーとギャグが一体となった作風が持ち味で、谷間夢路、犬木加奈子、児嶋都、神田森莉らと共に九〇年代中〜後期の少女ホラー漫画ブームの一翼を担う。九七年、声優のくまいもとことパーソナリティーを務めたラジオ番組「青春!!　タコ少女」で人気を得、以降は次第に芸能活動に比重が移っていき、おネエキャラのタレントとして有名になった。（想田）

山下和美（やました・かずみ　一九五九〜）
本名古瀬則子。北海道生。横浜国立大学在学中の八〇年『週刊マーガレット』掲載「おしいれ物語」にてデビュー。実父をモデルにした「天才柳沢教授の生活」（八八〜・『モーニング』）で〇二年に第二十七回講談社漫画賞受賞。同誌には〇一年より、時代と場所を自在に行き来する〈少年〉を通し、人間の運命を俯瞰的に描く哲学的なファンタジー「不思議な少年」も不定期に連載している（〇六年より『モーニング2』に移行）。女性誌には、ロックスターを守護霊に持つＯＬが歌に目覚める「ゴースト・ラプソディ」（九六〜九九・集英社『YOUNG YOU』連載）や、科学者の両親が造った事故死した妹のサイボーグと共に育つ少女を描くＳＦ「天使みたい」（九九・同）などがある。（卯月）

山田章博（やまだ・あきひろ　一九五七〜）
本名同じ。高知市生。大阪経済大学経営学部経営学科中退。大学在学中に「ぱだんぱだん」（八一・みのり書房『月刊 OUT 増刊 ALLAN』）でデビュー。第一作品集『人魚變生《へんしょう》』（八二・東京三世社）には、妖精譚、中国神仙譚、泉鏡花的怪異譚、諧謔趣味など多彩な作品が含まれ、静的な一枚絵の挿入によって読者の視線の移動速度を自在にコントロールする手法が多用されるなど、のちの山田の特徴的な作風の多くが、既にその萌芽を見せている。漫画作品のほぼ全てが怪奇幻想漫画であり、非常に繊細で美しい描線とレトロ・モダンなデザイン感覚を持ち味とする。明治から昭和初期の日本を舞台にすることが多いが、現代や近未来を舞台にした作品であっても、どこか〈大正浪漫〉〈ベル・エポック〉を想起させるところがある。八四年には、知性を持った植物（花）が人間を襲撃するＳＦ『百花庭園の悲劇』（新書館）を上梓し、『ラストコンチネント』（八六〜八八・東京三世社）では、地球空洞説に基づく冒険活劇に挑戦している。怪奇小説、モンスター映画、古典ＳＦへのオマージュに満ちている『紅色魔術探偵団』（八九・学習研究社）、明治の東京を舞台に、古典怪奇落語や怪談の世界に題材を取った『おぼろ探偵帖』（九一・東京三世社）など、レトロな世界観に軸足を置きながらも、作品世界の幅は広い。イラストレーターとしての評価も高く、ゲームやアニメのキャラクター原案も手がけている。ゲーム業界とのつながりからは、水野良の原作による大規模なヒロイック・ファンタジー「ロードス島戦記」（九一〜九二・角川書店『㊖PCエンジン』、九六〜九九・同『コミックニュータイプ』、九九〜〇一・同『ザ・スニーカー』連載）が生まれている。ほかに、幻想的短篇を集めた『夢の博物誌』『続・夢の博物誌』（八八・東京三世社）、竜や海魔の跋扈する異世界を舞台にしたファンタジーの長篇絵物語『星界物語』（八三〜八九・青心社）などの著作がある。画集としては、『すうべにいる』（八四）『ふぁんたすていか』（八六）などがある。九六年、第二十七回星雲賞アート部門受賞。

【BEAST of EAST 東方眩暈録】長篇。九五年〜『コミックバーガー』『コミックバーズ』（スコラ〜幻冬舎）に断続的に連載。グレゴリオ暦九百年頃の、狐暴流人《コボルト》や互武倫《ゴブリン》などが跳梁跋扈する、架空の日本・平安時代を舞台とする壮麗な伝奇ロマン。二千年前に妲己《だっき》と名乗って殷の紂王を滅ぼしたのちに封じられていた金毛白面九尾の狐が、この時代に蘇り、主人公・鬼王丸《おにおうまる》の幼馴染みの藻《みくず》に憑いて帝に輿入れし、国を手中に治めんとする。雄大な規模のストーリー、無国籍的・超時代的ガジェットや異形の者共の造形、繊細にして奔放な描線とダイナミックで自在な画面構成は、現代の漫画表現の頂点を極めている。（倉田）

山田ミネコ（やまだ・みねこ　一九四九〜）

本名中鉢美根子。神奈川県藤沢市生。トキワ松学園女子短期大学造形美術科卒。六九年頃、山田美根子名義で貸本アンソロジー『学園カレンダー』（ヒロ書房）収録の「春の歌」でデビュー。七一年「ひとりっ子の冬」（『別冊マーガレット』）で雑誌デビュー後、山田ミネコのペンネームを使い始める。デフォルメのきいた独特の絵柄を持ち、個性的な実力派としてごく初期から注目を集めた。七〇年代初め、少女漫画の変革に意欲的な作家たちの集まる〈大泉サロン〉で萩尾望都、竹宮惠子らと親交を深め、新しい表現を模索していた〈二十四年組〉の一人である。

貸本時代は青春物をテーマにしながらも怪奇幻想やSF、西洋のオカルティズムへの強い傾倒を見せる。中でも、魔法好きの高校生が遭遇したオカルティックな出来事を描いた『真夏の訪問者』（七〇頃・ヒロ書房）は澁澤龍彦などの異端文学の影響が強く見られ、少女漫画の描き手による怪奇ロマン作品として極めて先駆的である。また同時期に刊行された『今日という名の明日が来る』（七〇頃・同）は、後に一大シリーズとなる《最終戦争《ハルマゲドン》シリーズ》（現在アーマゲドンと改称）の前身ともいえるSFである。雑誌デビュー後は「ひとりっ子の冬」（七一・『別冊マーガレット』）に代表されるような、読者である少年少女の身近な日常を丁寧に描きつつも自身の西洋ファンタジー志向を融合させた物語を多数発表していく。また、本格的なゴシックロマン「魔法使いの夏」や自殺狂《マニア》を扱った「ステラビスタ」（七二・同）といった完成度の高い異色作品も次々に生み出し自らの幻想世界を更に深化させた。日本の民話に材を取った「ざしき童子《わらし》」（七一・同）などの児童向けファンタジーも趣深い。その後、本格ゴシック・ホラー「呪われた城」にて、少女漫画における怪奇幻想作家としての地位を確立した。

また七五年から連作を開始した本格SF作品《最終戦争》シリーズが幅広い読者の支持を得て大人気となり、以降はSF、ファンタジーを中心に作家活動を続けている。ほかの作品に、《最終戦争》に連なる《パトロール》シリーズ（八〇〜・『リュウ』『プリンセスGOLD』、東京三世社『SFファンタジー　クレッセント』他）、別世界ファンタジー《アフメット王国》シリーズ（八五〜八六・学研『SF・アニメディア』『コミックNORA』）、伝奇ファンタジー《ふふふの闇》シリーズ（八六〜・『ビバプリンセス』連載他）《妖怪風土記》シリーズ（九三〜九五・秋田書店『ひとみCCミステリー』連載）ほか。近年は同人誌（サークル名あとりえだば）での発表も多数あり、インターネット配信での発表も開始。

小説家としての活動もある（本篇参照）。

【魔法使いの夏】短篇。七一年『デラックスマーガレット』夏の号掲載。「魔法使いを見つけた」と謎の言葉を残して失踪した姉を探す万里は、鬱蒼とした森に囲まれた洋館に住むミステリアスな姉弟シルリアとヒーヴァに出会い、魔女一族の催す夜宴《サバト》の生けにえに選ばれてしまう。本格ゴシックロマンの先駆的作品。

【呪われた城】短篇。七五年『花とゆめ』創刊号掲載。孤児院で育った少女ウェンディは、自分を捜していたという大富豪の叔父に引き取られる。しかし叔父の本当の目的は、若い彼女の血を利用することだった。一族の住む古城の地下には小人族《ブローニー》の国があり、彼らの作り出す財宝と引換に、一族の若い娘を一ツ目《サイク》巨人《ロプス》の生けにえにしていたのだ。ウェンディは小人族と人間の混血である青年ヒーヴァと心を通わせる中で、アイルランドの痩せた土地に建つ城と地下で暮らすことを強要された小人族の間に生まれた複雑で哀しい共存関係を知る。作家競作《怪奇とロマン　ゴシック・シリーズ》の第一回を飾った本格ゴシック・ホラー。同じ競作シリーズにて「高い城の少女」（七五）がある。

【最終戦争シリーズ】連作。七五年〜。一話完結の連作として始まった壮大な世界設定を持った本格ＳＦ。掲載誌は『花とゆめ』に始まり、東京三世社、朝日ソノラマ、学研、秋田書店ほか十数誌に及ぶ。七五年に金星人と火星人の登場する短篇「ペレランドラに帰りたい」を発表後、少女アリスが活躍する探偵ミステリ連作の《アリス》シリーズ（七四〜七八）中で異色ＳＦとして発表された「妖魔の森」（七六・旧題「妖魔が消えた森の家」）がシリーズ前身となる。七七年より「冬の円盤」「遥かなり我が故郷」「誕生日がこない」「西の22」（いずれも『花とゆめ LaLa』）が続けて発表され、本格的にシリーズ化する。西暦二二九六年に始まった〈最終戦争〉でほぼ壊滅した人類の現在・過去・未来を様々な視点から描く人類興亡史である。〈四次元コイル〉を使った〈時間跳躍機〉（タイムマシン）を使って過去に行く手段を得た人々が、未来の視点を過去に持ち込み幾多のドラマを創り出していく。また、人類の女性に寄生する異種生命体〈デーヴァダッタ〉による地球侵略テーマも盛り込まれ、世界の民話・伝承に登場する〈魔女〉〈吸血鬼〉は〈デーヴァダッタ〉であったとされ、〈最終戦争〉勃発にも関与していたことが明らかになっていく。九〇年代以降は同人誌を中心に発表、〇六年からインターネットでの配信もされている。これまでの作品が『最終戦争シリーズ』全十六巻（〇一〜〇二・メディアファクトリー文庫）にまとめられている。

（小西）

山野一（やまの・はじめ　一九六一〜）別名にねこぢるｙ。自殺した漫画家ねこぢるの夫で、ねこぢるの死後、ねこぢるｙの名前で、ねこぢるの遺したメモを元にした作品を発表している。福岡県生。立教大学文学部卒。八三年「ハピネスインビニール」で『ガロ』にてデビュー。人間のグロテスクな側面を拡大的に描いた暗黒漫画・悲惨漫画の描き手。肉体的精神的奇形を好んで取り上げ、作品には徹底的に救いがない。怪奇幻想の趣向がない作品も、常軌を逸した人間の暗黒面を描いたグロテスクな作品ばかりである。クローン人間を食料にするようになった時代の残酷を描いた「食の探求」、ミトコンドリアなど人間の体内にある生命体の造反という幻想に取り憑かれ、虫が体内からわき出るという妄想に冒された精神病の男を描いた「タブー」（八四）、異形者が大量発生している犯罪者の隔離施設・夢の島をミサイルで一掃してしまう「DREAM ISLAND」（八四）などを収録する『夢の島で逢いましょう』（八五・青林堂）、強姦殺人魔が死刑執行直前に意識を別の人格に乗り移らせて生きながらえる「壁」（九一・ビデオ出版『月刊 HEN』）、南海の孤島でヨーニと一体になる悪夢を見る「Closed Magic Circle」（九一・同）、女性の口と性器・排泄器をめぐるエログロナンセンス「火星法経会」「パンゲア」（九三・ビデオ出版『月刊

FRANK』）ほかを収録する短篇集『混沌大陸パンゲア』（九三・同）、転落人生を歩んで精神を病んだ挙句に超能力を得たエリ子が、新興宗教の神に祭り上げられたのもつかの間、再び悲惨な境涯に落ちる、まったく救いの感じられない暗黒長篇『どぶさらい劇場』（九九・同）など。（石堂）

山原義人（やまはら・よしと　一九六三〜）沖縄県那覇市生。大学卒業後、上京し、九二年、『月刊少年マガジン』チャレンジ大賞に入選し、デビュー。「龍狼伝」（九三〜・同連載）により、九七年、第二十一回講談社漫画賞少年部門受賞。同作は、超自然的な竜によって飛行機の中から拉致され、「三国志」の時代に連れて行かれた中学生の少年・志狼と少女・真澄が、竜の申し子としての不思議な能力を引き出され、それぞれに歴史に関わっていく伝奇物で、仙道によって会得する雲体風身、闘仙術や、仲達に巣くっている乱世を呼び込む悪魔的な存在との戦いなど、ファンタスティックな設定を有している。波瀾万丈のロマンティックな歴史物として人気が高い。（石堂）

山本まゆり（やまもと・まゆり　？〜）神奈川県生。一九七九年『花とゆめ』掲載の「ママの唄を聞かせてよ」にてデビュー。作者の実体験を漫画化したものとして発表した《魔百合の恐怖報告《ショックレポート》》その一「部屋の隅の白い影」（八六・『ハロウィン』）で登場した霊能者・寺尾玲子が反響を呼ぶ。その後『ほんとにあった怖い話』（朝日ソノラマ〜朝日新聞社）誌上で読者から来た心霊相談を解決するまでの過程を漫画化するという形式へと変化した。クールで説得力のある寺尾玲子のキャラクターと実感のこもったメッセージが読者に支持され、現在も発表され続けている人気作品である。フィクションとしても霊能者を扱った《霊能者緒方克巳シリーズ》（八七〜・実業之日本社『おまじないコミック』『恐怖まんが666』『心霊事件簿DX』連載）などがある。また、リセットボタンを押すことによって人生をやり直す《リセットシリーズ》（九八〜・ぶんか社『ホラーM』）は〇九年にテレビドラマの原案にもなっている。少女たちの恋や悩み、嫉妬、また社会問題ともいえる〈いじめ〉といった身近な題材を扱うことで、広い読者層の共感を呼ぶ内容となっている。（城野）

ゆうきまさみ（ゆうき・まさみ　一九五七〜）本名佐藤修司。北海道倶知安町出身。「ざ・ライバル」（八〇・みのり書房『月刊OUT』）でデビュー。豊田有恒主宰のパラレル・クリエーションにおいて、小説家の火浦功ら同世代のクリエーターたちと交流を持った。アンドロイドのR・田中一郎をはじめとする春風高校光画部員たちの〈ぬるま湯的パラダイス〉を描いた「究極超人あ〜る」（八五〜八七・『週刊少年サンデー』連載）で注目を集め、メディアミックス企画に基づく「機動警察パトレイバー」で人気を博した。このほか、宇宙連邦警察の女性捜査官が活躍する「鉄腕バーディー」（八五、八七〜八八・『週刊少年サンデー増刊』連載）、競走馬育成を題材にした「じゃじゃ馬グルーミン☆UP!」（九四〜二〇〇〇）などの作品がある。九一年「機動警察パトレイバー」で第三十六回小学館漫画賞を受賞。

【機動警察パトレイバー】連作長篇。八八〜九四年『週刊少年サンデー』連載。漫画版と並行して、OVA、劇場用アニメ、テレビアニメも展開された。多足歩行式大型マニピュレータ〈レイバー〉が普及した社会を舞台に、レイバー犯罪を取り締まる警視庁特車二課の活躍を描く。〈廃棄物13号〉のエピソードは一種の怪物ホラーであり、これを原案とする劇場用アニメ「WXIII　機動警察パトレイバー」（〇二）は怪奇色がより濃厚である。（久留）

由貴香織里（ゆき・かおり　？〜）東京生。一九八七年、白泉社第十回ビッグチャレンジ賞準入選作「WHEN A HEART BEATS」が『花とゆめ増刊』に掲載、「夏服のエリー」（『別冊花とゆめ』）にて十代でデビュー。初期からゴシックの要素を取り入れたサスペンスやミステリ、SFファンタジーなどを発表し、近親相姦、肉親間の激しい愛憎、復讐など人間の心の闇の部分を重厚に描き出すのを得意とする。九〇年代にゴシックロリータ志向の美麗な画風を確立し、猟奇的で残酷な描写を多用した耽美的なファンタジーが人気を博す。童話やおとぎ話の体裁をとることも多い。代表作としては、短篇「忘れられたジュリエット」（九一・同）を第一作とする連作《伯爵カインシリーズ》、ダークファンタジー「天使禁猟区」、グリム童話をホラー色豊かにパロディ化した短篇連作「ルードヴィッヒ革命」（〇三〜〇七・同）等がある。また、女子高生・莉音が行方不明の友人を探して吸血鬼のホストクラブに潜入する中短篇連作「夜型愛人専門店―ブラッドハウンド―」（〇三〜〇四・『別冊花とゆめ』『花とゆめ』）が〇四年に「ヴァンパイアホスト」としてテレビドラマ化された。

【伯爵カインシリーズ】連作。九一〜九四、〇一〜〇三年『別冊花とゆめ』『花とゆめ』掲載。十九世紀末のロンドンを舞台に、血なまぐさい歴史を持つ家系の末裔で毒の収集家である十七歳の伯爵カインが遭遇する様々な猟奇的事件を描くゴシック・サスペンス&ミステリである。中篇「カフカ―Kafka―」で吸血鬼伝説、長篇「赤い羊の刻印」では死体再生を素材にした。シリーズ後期はマザーグースを小道具として多用、九九年、〇二年にはドラマCDも発売された。

【天使禁猟区】長篇。九四〜二〇〇〇年『花とゆめ』連載。一九九九年の東京。実妹・紗《さ》羅《ら》への恋愛感情に苦悩する十六歳の少年・無《む》道刹那《どうせつな》は天界への叛逆罪で処刑された女天使アレクシエルの生まれ変わりだった。刹那と紗羅の近親相愛を全篇を貫く軸としながら、前世に双子でありながら敵対したアレクシエルと弟ロシエルの確執や天使たちの複雑な関係を、独特の世界観で耽美なファンタジーとして描いた本作は、海外でも高い評価を得て現在も人気がある。二〇〇〇年にOVA化、ドラマCD化されている。（小西）

ゆでたまご（ゆでたまご）嶋田隆司（しまだ・たかし　一九六〇〜、大阪生）と中井義則（なかい・よしのり　一九六一〜、大阪生）の共同筆名。小学校時代に知り合い、中学時代から合作を始め、二年生時に「ラーメン屋のトンやん」が近鉄漫画賞に入賞する。共に私立初芝高校に進み、嶋田が原作を、中井が作画を担当して投稿を続け、七八年「キン肉マン」が第九回赤塚賞に準入選し、翌年の『週刊少年ジャンプ』に掲載され、デビュー。高校卒業後から同作の連載を開始し、人気を博す。八五年に第三十回小学館漫画賞受賞。八三〜八六年にテレビアニメ化されて大ヒットし、劇場版も七本制作された。そのブームはほとんど社会現象となり、キン肉マンほかの超人をかたどった消しゴム人形〈キン消し〉がヒット商品となった。また、キン肉マンの好物が〈吉野家の牛丼〉であったことは、当時経営再建中だった吉野家の大きな力になったともいわれている。代表作に「キン肉マン」とその続篇《キン肉マンII世》（九八〜・集英社『週刊プレイボーイ』『Vジャンプ』他連載）、「闘将《たたかえ》!!拉麺男《ラーメンマン》」（八二〜八九・『フレッシュジャンプ』連載）など。

【キン肉マン】連作。七九〜八七年『週刊少年ジャンプ』連載。キン肉星の王子キン肉スグルが、地球征服のために飛来する怪獣や宇宙人を退治する、パロディとギャグの短篇連作から始まり、超人同士のリング上での戦いを描くプロレス系のバトル物に変化した。超人世界一を決める〈超人オリンピック〉を経て、悪魔超人軍団対正義超人軍団という図式へと展開し、圧倒的な支持を集めた。物語はないも同然のバトル漫画で、戦いの展開もいい加減といわれる作品だが、表現・形式など多くの点で後続作に大きな影響を与えた作品である。（石堂）

夢路行（ゆめじ・こう　？〜）長崎県生。一九八三年「踊る三日月夜」（『ぶ〜け』）でデビュー。淡白な絵柄で思春期の少年少女の出会いや仄かな恋愛を描くことが多い。龍や精霊といった異世界のものが出てくるファンタジーと現代生活を舞台にした作品との間に明確な境はもたず、ごく平凡な生活の中に紛れ込む不思議な出来事を描いた短篇を得意とする。読みきり連作で描かれるシリーズ作品も多く、ゆったりした癒しの作風で集英社をはじめ数多くの雑誌で活躍し、〇四〜〇五年にかけて一迅社より『夢路行全集』全二十五巻も刊行された。大きくヒットした作品をもたない作家としては異例であるが、長く固定ファンに愛され続け、一般にも読みやすい作品を描く作家であるといえる。主な作品として、契約により代々の家系を見守り続ける精霊〈畑の主〉を主人公とする連作「みちしるべ」（九三・東京三世社『ＳＦファンタジー　クレッセント』）、河童や鬼など不思議なお客がやって来る深夜営業の喫茶店でバイトする不眠症の女子高生の物語「夜話」（九五〜九六・『ぶ〜けデラックス』連載）、ごく普通の女子高生が時を越えて足の悪い女性と不思議な交流を持つ「春の回線」（〇一・『コミックトムプラス』）など多数。登場人物がリンクすることも多い。現代を舞台にカントリーライフを描く「あの山越えて」（〇二〜）を『for Mrs.』（秋田書店）にて連載中。（天野）

陽気幽平（ようき・ゆうへい　？〜）別名に本多恒美、道化画人など。一九六〇年代後半、水木しげる作品も多数出版していた貸本漫画の出版社・兎月書房で怪奇漫画を描いていた漫画家。本名など経歴はまったくの不明。水木しげるが編集し兎月書房が発行した怪奇短篇誌『墓場鬼太郎』の売れ行きがいいことから、兎月では、怪奇漫画を描かせるため街頭紙芝居出身者を多く登用した。陽気幽平もおそらくその中の一人と思われ、当初は『墓場鬼太郎』誌で道化画人として併録作品で登場。その後、代表作となる復讐譚「とり小僧」（六一・『墓場鬼太郎』連載）や同じくダルマとなって犯人に復讐を遂げる「おぶさりダルマ」（六一・『墓場鬼太郎』）、貸本怪奇漫画の傑作「恐怖の爪」（六一・兎月書房『妖霊』）などを発表する。ほかにも雪山での恐怖を描いた人肉を喰らう「雪嶺の呪」（同）や戦国時代、生首との対決に迫力がある「首帰える」（六一・兎月書房『火無し燈籠』）などがある。本多恒美名での作品としては、《東陣探偵シリーズ》の『幻影』（六一〜六二頃・秀文社）の二冊が傑作である。陽気が描く奇形児や人食いなどの画や物語は、戦後の街頭紙芝居では禁じ手であったが、実入りがいいことから違法に制作していた貸元が関西などにあった。「とり小僧」にみられる戦前の街頭紙芝居『墓場奇太郎』（三三・富士会）との類似性と考え合わせても、おそらく陽気は街頭紙芝居でそういう作品を発表していたのではなかったかと推測される。（高橋）

横井福次郎（よこい・ふくじろう　一九一二〜四八）東京芝出身。小学校卒業後、いくつかの職業を経て、三〇年、時事新報社に入社。在職中からナンセンス漫画を描き始め、『月刊マンガマン』（東京漫画新聞社）に投稿する。三三年、新漫画派集団に参加。太平洋戦争ではフィリピンに出征したが、四二年にマラリアに罹って傷病兵として帰国。戦前から多くの作品を描いていたが、四六〜四八年にかけて厖大な量の連載をこなし、戦後日本の漫画界を支えた。「かんがえ太郎」（四八・広島図書『銀の鈴』連載）には基本的には教育的な意図があるかと思われるが、自分が空気や電気や光だったら、という空想には、豊かで楽しい幻想が認められる。

【不思議な国のプッチャー】長篇。四六〜四八年『少年クラブ』連載。舞台は二十一世紀。プッチャー少年の父であるベッチャー博士は、十万馬力のロボット少年ペリーを製作する。未来社会の様々な科学技術を具体的に予見しつつ、宇宙を舞台に繰り広げられる物語は、当時の読者に熱狂的に迎えられた。手塚治虫の「メトロポリス」や「鉄腕アトム」にも影響を与えたと考えられる。続篇の「冒険児プッチャー」（四八〜四九・『少年クラブ』連載）の完結前に横井が急逝し、小川哲男があとを引き継いで完成させた。（倉田）

横山光輝（よこやま・みつてる　一九三四〜二〇〇四）本名光照。兵庫県神戸市須磨区生。神戸市立須磨高校卒。いくつかの職業を経たのち、映画興行会社に宣伝マンとして勤務する傍ら投稿を続け、『音無しの剣』（五五・東光堂）で漫画家としてデビュー。同年「白ゆり行進曲」の連載が『少女』（光文社）で始まる。五六年、映画会社を退社して上京。初期には主として少女漫画誌で活躍した。この時代の作品には、ディケンズの原作による「クリスマス・カロル」（五五・『少女クラブ』）、吸血鬼テーマの漫画の最も初期の作例の一つ「紅こうもり」（五八・『少女』）、波瀾万丈の大ヒット作「おてんば天使」（五九〜六二・『りぼん』連載）などがある。五六年に連載が始まった「鉄人28号」（五六〜六六）の大ヒットにより、一時代を築いた。

横山の作品群の主要なジャンルとしては、まずSF漫画があり、タイムトラベル物の「五郎の冒険」（五九〜六一・『小学四年生』他連載）、超能力バトル漫画の原点「地球ナンバーV－7」（六八・『週刊少年サンデー』連載）、超能力バトル漫画の完成形「バビル2世」（七一〜七三）、タイムトラベラーが歴史上の事件に関わっていく「時の行者」（七六〜七九・『月刊少年マガジン』連載）、「マーズ」（七六〜七七）、「その名は101《ワンゼロワン》」（七七〜七九・『月刊少年チャンピオン』連載）などが挙げられる。次に、「伊賀の影丸」（六一〜六六）に始まる忍者物の系譜があり、飛騨忍群が木下藤吉郎の命で活躍する「仮面の忍者赤影」（六六・『週刊少年サンデー』連載）、「闇の土鬼」（七三）、時代アクションにSFを織り込んだ「魔界衆」（七六・『週刊少年キング』連載）、「兵馬地獄旅」（七九）などの作品がある。忍者物から派生して、戦国武将を描き出す作品群の嚆矢となったのが「片目猿」（六三〜六五）であり、この系列の作品には、武田信玄の軍師・山本勘助の生涯を描く「隻眼の竜」（七七〜七九）などがある。ここから分かれてさらに巨大な潮流となったのが中国物の大河ロマンで、「水滸伝」（六七〜七一）に始まり、国民的ベストセラーとなった「三国志」（七二〜八七）、「長征」（七三）、近代中国を舞台とした「狼の星座」（七五）、「項羽と劉邦」（八七〜九二）「史記」（九二〜九七）「殷周伝説」（九四〜〇一）と、生涯に渡って描き続けられた。デビュー期以来の少女漫画の系列については、「魔法使いサリー」（六六〜六七）と、宇宙から来た少女が魔法のバトンでトラブルを解決していく「コメットさん」（六七・『週刊マーガレット』連載）が、事実上最後の作品となった。

幻想的要素がある短篇漫画には、「緑茶」（レ＝ファニュ）にインスパイアされたと思しき「闇におどる猫」（五七・『冒険王』）、小栗虫太郎の原作による「大暗黒」（六九・『週刊少年キング』）、魔界に迷い込んだ旅行者の悲劇を描く「魔界地帯」（七一・『別冊少年マガジン』）、海底から現れた神像が本物の悪魔だった「邪神グローネ」（七七・『小学六年生』）などがある。

横山は、何よりもまず、物語作りの名人であった。最初期から最晩年に至るまで大きな変化のない、極めて安定した画風を保ち続けたが、それも、物語自体の面白さを最大限に表現するために敢えて選ばれた〈様式〉だったといえる。「鉄人28号」で巨大ロボット物、「伊賀の影丸」でバトル物、「魔法使いサリー」で魔法少女物、「バビル2世」でエスパー対戦物と、重要なジャンルを数多く生み出した功績は、極めて大きい。九一年「三国志」で第二十回日本漫画家協会賞優秀賞、〇四年、全作品により第三十三回日本漫画家協会賞文部科学大臣賞を受賞。

【鉄人28号】連作長篇。五六〜六六年『少年』連載。太平洋戦争末期に大日本帝国陸軍が秘密兵器として開発していた巨大ロボット・鉄人28号を手に入れた少年探偵・金田正太郎は、鉄人28号と共に犯罪者たちや怪ロボットと戦い、難事件を解決していく。鉄人28号は〈リモコン（操縦器）〉で自由に操れるため、リモコンを敵に奪われれば敵になるという特徴を持つ。当時の少年読者たちに、巨大ロボットを意のままに操縦するという夢を与えた点も、見逃せない。五九年と七八年にラジオドラマ化、六三年、八〇年、九二年、〇四年にテレビアニメ化されているほか、六〇年に実写テレビドラマ、〇五年に実写特撮映画、〇七年に劇場版アニメが制作されている。現在にいたる全ての巨大ロボット漫画と巨大ロボットアニメの源流であり、後世の漫画・アニメに与えた影響は、『少年』で同時期に連載されて人気を二分した「鉄腕アトム」（手塚治虫）よりも遥かに大きかったといえる。

【伊賀の影丸】連作長篇。六一～六六年『週刊少年サンデー』連載。少年忍者・伊賀の影丸は、江戸幕府の隠密の忍者軍団の一員で、服部半蔵の命を受けて日本各地に赴き、各藩の不穏な動きを調べ、徳川家に敵対する勢力と戦う。山田風太郎の《忍法帖シリーズ》の影響下に描かれた作品であり、複数対複数の忍術合戦が繰り広げられ、〈バトル物〉と呼ばれるジャンルの源流となった。六三～六四年、人形劇版がテレビ放映され、同じく六三年に実写映画が制作されている。

【魔法使いサリー】短篇連作。六六～六七年『りぼん』連載。当初のタイトルは「魔法使いサニー」であったが、テレビアニメ化に際して商標権の関係から変更された。悪魔の世界から人間界にやってきた悪魔の国の帝王の娘サリーは、同級生たちと友情を育みながら、人間の世界について学んでいく。六六～六八年に放映されたアニメは、少女を主人公にした日本で最初のテレビアニメであるばかりでなく、魔法少女アニメの第一号でもあった。八九～九一年に再度アニメ化されている。

【バビル2世】長篇。七一～七三年『週刊少年チャンピオン』連載。「伊賀の影丸」に代表される忍者漫画の忍術合戦の面白さがSF漫画に取り入れられたのが、〈エスパー対戦物〉とでも呼ぶべき、超能力者同士の戦いを描くジャンルである。最も初期の作例が横山の「地球ナンバーV-7」であり、「バビル2世」で完成の域に達した。五千年前に地球に不時着して帰れなくなった宇宙人・バビルは、遺産として〈バベルの塔〉と〈三つのしもべ〉を残した。バビルの子孫であり超能力者である浩一がこれらを受け継ぎ、世界を支配しようとする悪の超能力者・ヨミと戦う。手に汗を握る波瀾万丈の超能力アクション漫画であると同時に、巨大ロボット漫画でもある。七三年と〇一年にテレビアニメ化され、九二年にOVA化された。続篇「その名は101《ワンゼロワン》」では、ヨミを倒したあとの浩一が、自らの〈血〉から生み出された超能力者たちと戦う。

【マーズ】長篇。七六～七七年『週刊少年チャンピオン』連載。太古に地球にやってきた宇宙人は、地球人の好戦的な性格を危惧し、六人の〈無性生殖人間〉に地球を監視させてきた。地球人が危険な存在となった場合に地球を破壊するキーとしてセットされたのが、七人目の無性生殖人間マーズである。予定より早く目覚めたために地球を破壊するという使命を忘れていたマーズは、六人の監視者たちに、危険な存在となった地球人を滅ぼすよう促される。だが、地球人がそれほどまでに危険な存在とは思えないマーズは、地球を滅ぼすためのロボットでもある〈ガイアー〉と共に、六人の監視者及び彼らの操る六神体と戦う決心をする。かくしてマーズは人類を守るために戦い続けるのだが、やがて日本政府も民衆もマーズを恐れ、敵視し始める……。唐突で衝撃的なラストシーンは、あまりにも有名である。八一年と〇二年にテレビアニメ化され、九四年にOVA化された。（倉田）

吉川うたた（よしかわ・うたた ?～）東京出身。アニメーターから漫画家へ転身。デビュー前は山田ミネコなどのアシスタントを務める。七つ森の稲荷神・玄狐の唱と〈ひのえんま〉生まれの少女・実花の二人が襲い来る怪物と闘う「すくっと狐」（一九九三～二〇〇〇・ぶんか社『ホラーM』）が代表作。続篇として唱と実花の子供たちが活躍する「すくっと狐―将と霧江―」（〇三～〇四・同）、数珠掛狐・叶が額に宿った目を返すため、社を離れ大陸へ渡る「すくっと狐―数珠掛抄録―」（〇四～〇八・同）がある。そのほかにも、十七歳の誕生日に吸血鬼の娘であることを告げられた奏が一年の間に闇に生きるか、光の下《もと》に生きるかの選択を迫られる「12の月のめ

ぐる間に」（〇七〜・『プリンセスGOLD』）など、オカルト・アクション作品を多く発表している。（城野）

吉崎観音（よしざき・みね　一九七一〜）妻は漫画家あかつきごもく。九州出身。長崎日本大学高校デザイン美術科卒。八九年「メロン★サーガ」が小学館新人コミック大賞で佳作入選し、デビュー。克・亜樹のアシスタントを務める一方、勇者の娘と大魔法使いの娘が活躍するメタファンタジー漫画「FANTA & SWEAT」（九三〜九六・ラポート『月刊ファンロード』他）やシューティングゲームを元にしたSFコメディ「出たな!! TWINBEE」（九三〜九五・新声社『コミックゲーメスト』）を描く。その後も、ゲームのパロディを満載した別世界冒険ファンタジー「護衛神エイト」（九七〜九九・エニックス『月刊少年ガンガン』連載）、「ゲームセンターあらし」のパロディ「アーケードゲーマーふぶき」（〇二・エンターブレイン『月刊ファミ通Wave』『ファミ通ブロス』連載、OVA化）など、ギャグ漫画の道を進み、「ケロロ軍曹」により大ブレイク。〇五年、同作で第五十回小学館漫画賞児童向け部門受賞。ほかに、「ドラゴンクエストモンスターズ＋《プラス》」（二〇〇〇〜〇三・『月刊少年ガンガン』連載）などのアニメやゲームのコミカライズ、ゲームやデジタルコンテンツのキャラクターデザインの仕事もある。

【ケロロ軍曹】短篇連作。九九年〜『月刊少年エース』（角川書店）連載（継続中）。地球を侵略にやってきたカエル型宇宙人の先遣隊が、本隊に置いてけぼりをくらい、初期の目的を果たせぬまま、日本人の一家に居候して暮らすさまを描いたギャグ漫画。吉崎自身が「オバケのQ太郎」を引き合いに出しているように、藤子不二雄の居候漫画の現代的な展開といえる。基本的にはSF&ラブコメディだが、幽霊や魔的な存在といったオカルトネタを含む点やパロディを多用したギャグなど、いろいろな面でライトノベルと共通する特徴を有している。テレビアニメ化（〇四〜）、劇場版アニメ化（〇六〜）、ゲーム化などメディアミックス展開し、大ヒット作となっている。（石堂）

吉田秋生（よしだ・あきみ　一九五六〜）東京生。ポルターガイストを扱ったコメディ「ちょっと不思議な下宿人」（七七・『別冊少女コミック』）でデビュー。少女漫画特有の大きな瞳や背景の花といった過剰なデフォルメを排した絵が特徴。切れのいいアクション系作品を得意とする一方、登場人物たちの心理を細やかに描くことで読者の支持を得る。代表作「カリフォルニア物語」（七八〜八〇）「BANANA-FISH」（八五〜九四）等、シリアス長篇が多いが、初期には『別冊少女コミック』にて自作のキャラを使った白雪姫のパロディ「悪魔と姫ぎみ」（七七、八一年アニメ化）や、「マダム・ブレルの人魚」（七七）「ナサナエルの肖像」（七八）などコミカルなファンタジー短篇も描いている。その他、昆虫や動物の世界を擬人化した「風の歌うたい」（八〇・同）「きつねのよめいり」（八一・『プチフラワー』）などもある。「十三夜荘奇談」（八一・同）は虫が人間に変身した青年と平凡な学生との触れ合いを現実的な生活の中に織り込んで描いた佳品である。「吉祥天女」（八三〜八四・『別冊少女コミック』連載、「河よりも長くゆるやかに」と合わせて八三年第二十九回小学館漫画賞受賞）では、日常の中に紛れ込んだ異質な存在を鮮やかに描き、話題作となった。同作品は〇六年にはテレビドラマ化、〇七年には映画化もされた。「YASHA—夜叉—」にて〇一年第四十七回小学館漫画賞を受賞。三姉妹と義理の妹の鎌倉での暮らしを描いた『海街diary《ダイアリー》 1　蝉時雨のやむ頃』（〇七）にて第十一回文化庁メディア芸術祭マンガ部門優秀賞受賞。（天野）

吉田竜夫（よしだ・たつお　一九三二〜七七）本名龍夫。京都市生。〈吉田三兄弟〉の長兄で、次弟に吉田健二（九山健二）、末弟に九里一平。終戦直後、貸元である叔父のもとで紙芝居制作に携わり、京都新聞などの挿絵の仕事を経て上京。五四年頃からは、挿絵と並行して絵物語を描き始める。梶原一騎が無署名で原作を書いたプロレス物「鉄腕リキヤ」（五五〜五七）、時代劇「にっこり剣四郎」（五七〜五八）などのほか、アフリカの奥地でチンパンジーに育てられた密林の少年王・タケシが食人種ギヤヌ族と闘う少年ターザン物「ジャングル・キング」（五四〜五五・『少年画報』連載）や、空飛ぶ円盤、怪ロボット、怪竜潜水船などのメカが次々と繰り出されるSFアクション「世界少年隊」（五七〜五八・『おもしろブック』連載、武田武彦案）といった作品も手がけている。抜群の画力を持ち、絵物語初期はスーパー・リアリズムの細密なペン画だったが、次第に線が整理されていき、アメコミ・タッチのスタイルとなって、いわゆる漫画作品へと移行していった。特撮映画「鋼鉄の巨人」のコミカライズで、宇宙からやって来た和製スーパーマンが、緑の小人、原始怪獣ギャプロス、スモーク人間などの恐ろしい敵を相手に活躍する「スーパー・ジャイアンツ」（五九〜六一・『ぼくら』連載、宮川一郎原作）あたりになると、キャラクターもデフォルメされて、すっかり漫画としての形式を整えている。その後も、カーレース、戦記、格闘技物など様々なジャンルの作品を執筆。明朗で努力型の主人公による、勧善懲悪にのっとった作品が多く、闘いにおける駆け引きや、新兵器、必殺技、アクション・シーンなどにアイディアがつぎ込まれていた。六二年には弟たちと共に〈竜の子プロダクション（タツノコプロ）〉を設立し、社長に就任する。当初は漫画のための会社組織だったが、やがてアニメ制作にも着手し、六五年にアニメ第一作「宇宙エース」のテレビ放送を開始、以後、数々の人気アニメを制作していく。地球に不時着したパルーム星の王子エースが、地球の平和を守ってロボットや宇宙人と闘う「宇宙エース」（六四〜六六・『少年ブック』）は、アニメ化の前年より連載が始まっており、エースが自分の弟として作った小さなロボット・シャープが活躍する「少年シャープ」（六六・『小学二年生』『小学三年生』）と共に、吉田竜夫が漫画を手がけているが、実現しなかった後者を含めてアニメ化をにらんでの連載だったと思われる。以後、漫画作品はアニメ企画がらみがほとんどとなり、アニメ原作者としての仕事の方に比重は移る。「ハクションン大魔王」（六九〜七〇・『週刊ぼくらマガジン』連載）「科学忍者隊ガッチャマン」（七二〜七四・『小学一年生』他連載）など、吉田が原作を担当した作品はタツノコアニメの特色をなしており、アニメ作品を通して後進に多大な影響を及ぼしていった。七二年、大ヒットしたアニメの漫画版「昆虫物語みなしごハッチ」（七〇〜七一・『幼稚園』他連載）で第十七回小学館漫画賞を受賞。　（想田）

よしながふみ（よしなが・ふみ　一九七一〜）東京出身。「月とサンダル」（九四・芳文社『花音』）でデビュー。『こどもの体温』（九八）『1限目はやる気の民法』（九八）などボーイズラブ作品で人気作家となり、ライトノベルの挿絵も手がける。商業デビュー後も同人誌活動を継続。高校生の青春群像を描いた「フラワー・オブ・ライフ」（〇三〜〇七）や女性たちの様々な生き方を一話完結式で描いた連作「愛すべき娘たち」（〇二〜〇三）など、深い人間洞察に基づいた物語を得意とする。店主をはじめ若い男性ばかりで開業した洋菓子店を舞台に人生の機微を描いた「西洋骨董洋菓子店」（九九〜〇二）で〇二年第二十六回講談社漫画賞少女部門受賞。同作は〇一年にテレビドラマ化、〇八年にはテレビアニメ化され、韓国での映画化も予定されている。ファンタジー作品としては「彼は花園で夢を見る」（九八〜九九・新書館『Wings』）が中世西洋を模した架空の国を舞台にした中篇連作。ボーイズラブ作品でも地球上にたった一人少年が生き残る世界の終焉の物語「おとぎの国」（九八・リブレ出版『MAGAZIN BE×BOY』）や近未来の精巧なセクサロイドの物語「私の永遠の恋人」（〇一・同『BE BOY GOLD』）などがある。現在連載中の「大奥」（〇四〜・白泉社『MELODY』）では、江戸時代の史実を元にしたパラレルワールドを舞台に、性別を逆転させるという大胆な設定で話題を呼び、〇六年第五回センス・オブ・ジェンダー賞特別賞、第十回文化庁メディア芸術祭マンガ部門優秀賞を受賞。男性によって形成されるハーレムという斬新な着想の中でジェンダーの問題や人間関係における心理的闇などを深くえぐりとって描いた秀逸な作品として高い評価を得ている。（天野）

好美のぼる（よしみ・のぼる　一九二四〜九六）本名尾原三好。別名におはら☆三好、尾花美好、河田わたる、緒方好美、原やすみ、姿英介、青目龍など。兵庫県神戸市生。デビュー時期未詳。戦後すぐの赤本漫画ブーム期におはら☆三好名義で幽霊の無念を豪傑が晴らす珍道中漫画『ひげのちょろ助』（未詳・八光社）、剣士サムがロザリヤ姫を守って魔法使いのヨセフ婆と闘う怪奇西洋ファンタジー絵物語『踊る怪剣士』（四九・山本書房）ほかの作品を手がけ、貸本漫画初期の五五〜五六年には八興＝日の丸文庫より尾花美好、河田わたるの筆名で作品を発表。少女コメディ『乾杯！おてんば娘』（五五）などを描く一方で、怪奇時代劇『髑髏船』（五五）、フランケンシュタインの怪物風の冷凍人間が登場する『人間冷蔵』（五六）ほか怪奇漫画を多数描き下ろす。以後、五八年頃までは緒方好美名義で「地獄塔奇談」（五七頃・公楽出版社『窓』）『飢える妖剣』（五八頃・公楽出版社）といったスリラーや怪奇時代劇を執筆、同時期には永島慎二ほかを中心とした漫画家集団〈むさしの漫画ぷろだくしょん〉に所属していたらしい。

その後は広告会社に勤めており、執筆は中断していたようだが、六五年頃より好美のぼるをメインの筆名として漫画家生活を再開。初期より漫画っぽいタッチとリアルな絵柄を使い分けていたが、再スタート時は少女漫画的スタイルになり、まもなく起こった怪奇漫画ブームに乗る形で、原やすみ名義を併用して精力的に執筆していく。怪奇スリラー『殺してよ』（六五・文華書房）『耳売り少女』（六六・同）、因果物『やもり少女』（六六・曙出版）『人魂少女』（六七・東京漫画出版社）、現代幽霊談『夜泣き枕』（六六・同）『恐怖のブーツ』（六八・曙出版）などなど、少女メロドラマをベースに恐怖、不条理、グロテスクといった要素を詰め込んだ貸本少女漫画をハイペースで描き下ろし、六九年には、猿に異常な愛情を持ち、深夜になると妖怪に変身する医師が、殺された猿の復讐のため少女を実験台にしようとする「妖怪病院」、醜く生まれついた資産家の娘が手先の少女を使って美しい同級生たちに恨みをぶつける「にくしみ」、〈ひめゆりの悲劇〉のレリーフ制作のモデルにされた少女たちが次々と恐ろしい目に遭う「にせ天才少女」の三本の怪奇ホラーを、『週刊少女フレンド』に連載することになる。エキセントリックな発想、強引な展開、コント的なやり取りなどが特徴で、必然性や完成度に囚われないちぐはぐな表現が、めまいを起こさせるかのような下手物趣味的B級ホラー世界を創り上げていた。

以後は貸本末期のB六判を経て、七〇年代以降になると描き下ろしの新書判怪奇漫画をメインとし、『日本妖怪クイズ』（七四・曙出版）など図解本の著作もはさみながら、口裂け女が流行れば『眼裂け女』（八〇・笠倉出版社）、パソコンが流行ればパソコンサタンが登場する『悪魔のすむ学園』（八六・秋田書店）など無節操に流行を取り入れつつ、曙出版、立風書房、笠倉出版社、廣済堂、秋田書店と各出版社を渡り歩いて描き続ける。その一方で、六〇年代末以降には成年・青年誌、実話誌、SM誌などにも進出しており、劇画風タッチで時代物やピンクコメディ、〈姿英介とヨシミ・プロダック〉名義によるエロ劇画など、様々なジャンルを手がけている。隠しようもない怪奇テイストは作風そのものに滲み出ているが、その本領は、円盤に乗ってやって来た宇宙人がアベックを陵辱する「地球を喰え」（六九・芸文社『漫画天国』）、全国行脚の小坊主が妖怪がらみの事件に巻き込まれる怪奇お色気時代劇「小坊主浄念破戒旅」（七四〜七五・土曜出版社『土曜漫画』連載）などに遺憾なく発揮されている。新書判怪奇漫画・成年漫画共に八〇年代まで描き続け、後年は折紙やペーパークラフトの本なども著すが、ライバル視していた手塚治虫が八九年に死去したあとは、執筆活動から遠ざかっていった。四〇年代後半の赤本漫画より怪奇物を志向し、作家生活のほとんどをB級怪奇漫画を描くことに費やした、稀有にして特筆すべき作家である。

【奇形児】六六年曙出版刊。原やすみ名義。描き下ろし貸本漫画。妹の誕生を心待ちにしている陽気な少女・博子は、ある日突然手足が縮んでいく奇病になる。右手に始まり、左手、両足と縮み、イモ虫のような姿になった博子は、精神に異常をきたして、深夜の墓地を徘徊した挙句、悪人に拾われて見世物にされてしまう。その頃、半年遅れで生まれた赤ちゃんは、異様に長い手足を持っていた。〈ねえちゃん　腕かえす　足かえす〉と叫びながら博子の姿を求めて赤ちゃんは町を彷徨い、そしてさらなる悲劇が訪れることになる。サリドマイド薬害が背景にあるのだが内容的には全く無関係で、意味不明にして吐き気を催すグロテスクな展開をみせる、貸本漫画ならではの怪作。

【あっ!生命線が切れている】八四年立風書房刊（レモンコミックス）。描き下ろし。親友の亜矢と美知留は不気味な占い師に手相を見てもらったことがきっかけで、お互いが恋敵だと勘付いてしまう。相手を出し抜こうと、二人は占い師に言われるまま自分と想い人の写真と手形を用意するが、実はそれは呪いのためのアイテムだった。息子を自殺に追い込まれた占い師が三人の手相を書き換えることによって意のままにし、復讐を遂げていくというストーリー。手相を操作された相手の豹変ぶりはギャグとしかいいようがなく、すでにこの頃には恐怖と笑いを同時に楽しむ怪奇漫画の読まれ方が、一部の漫画マニアに定着していたようだ。〇七年、監修・唐沢俊一、監督・河崎実による《トンデモホラーシリーズ》の一本としてOV化された。　（想田）

吉本三平（よしもと・さんぺい　一九〇〇〜四〇）東京生。東京薬学校卒。画風は岡本太郎の師匠で日本画の武内桂船に学び、漫画は北沢楽天門下の下川凹天に学んだ。昭和初期は、『ユウモア』（日本漫画家連盟機関誌）や『東京パック』（東京パック社）などに風俗漫画を発表。その後、児童漫画家に転身し、『幼年倶楽部』に探偵漫画の「ハヤブサ小探偵」「トッカン大将」（共に三四）を発表。代表作はなんといっても三五年に同誌に連載を開始した「コグマノコロスケ」で、擬人化された動物たちが多数登場し、主人公の熊のコロスケが活躍する様をユーモラスに描き、『幼年倶楽部』の看板漫画になるほど人気を博した。吉本の漫画は登場人物が大きなくりくり目なのが特徴である。今から見ればたわいもない話といわれかねないが、戦後には失われてしまったタイプの漫画で、「コグマノコロスケ」は戦前漫画を代表する作品の一つといえよう。吉本は人気絶頂期の四〇年に早世。同作品は、同じく動物漫画を得意とした芳賀まさおに引き継がれ戦後まで描かれた。　（高橋）

雷句誠（らいく・まこと　一九七四〜）本姓河田。岐阜市生。九一年「BIRD MAN」がサンデーまんがカレッジに入選。同作が九三年に『週刊少年サンデー』に掲載されてデビューする。その後、藤田和日郎のもとでアシスタントを務める傍ら、短篇を発表。〇一年から代表作である「金色のガッシュ!!」を連載し、子供を中心に人気を博す。同作で第四十八回小学館漫画賞少年部門を受賞している。師匠である藤田の作風を受け継ぎ、熱血的なストーリー展開を得意とするが、「哀愁戦士ヒーローバーバーン」（九六・『週刊少年サンデー』）など、ギャグ作品も手がけている。

【金色のガッシュ!!】長篇。〇一〜〇八年『週刊少年サンデー』連載。頭脳明晰な中学生・高嶺清麿《たかみねきよまろ》と魔物の子供であるガッシュ・ベルが、千年に一度だけ行われる魔物の王を決める戦いにおいて、ガッシュを〈優しい王様〉にするため、協力しながら戦う物語。可愛らしい魔物の子供たちをただのマスコットとして描くのではなく、喜怒哀楽を持った一人の人間として描いた力作である。一方で、作中の人物が〈ちちをもげ〉というタイトルの自作の曲を歌うなど、非常にわかりやすいギャグを随所に入れることによって、子供たちの支持を得たことも確かである。〇三〜〇六年にテレビアニメ化されている。（真栄田）

わかつきめぐみ（わかつき・めぐみ　一九六三〜）新潟県生。八二年「春咲きハプニング」（『LaLa 4月大増刊号』）でデビュー。「不協和音ラプソディ」（八二〜八四）で二人の男子高校生を主人公に学校生活をコミカルに描き人気を博す。そうした学園コメディと並行してファンタジーの短篇も描いており、コンピュータのプログラムによって現れる少女に死んだ恋人をしのぶ「トライアングル・プレイス」（八四・『月刊 LaLa』）や、空間が歪んで自分がもう一人現れる「tow-day《トゥディ》」（八六・同）などが『トライアングル・プレイス』（八六・白泉社）にまとめられた。その後「So What?《ソー・ホワット》」で九〇年第二十一回星雲賞コミック部門を受賞し、代表作となる。いずれの作品でも家族や友人との関係をはじめ人と人の絆を描くことを主軸とし、温かみのある優しい絵柄と共に多くのファンを魅了し続けている。主な作品としては、精霊たちが集って話を披露しあう「黄昏時鼎談」（八七〜九〇・白泉社『シンディ』『月刊 LaLa』連載）や架空世界を舞台に博物学者の女性・二羽《にう》とその助手の少年・三稜《みくり》を主人公にした植物にまつわるファンタジー「ご近所の博物誌」（九二〜九三・『月刊 LaLa』連載）、近作としては土地神の生活を四季の行事に織り込んで描いた「シシ12か月」（〇七・白泉社『MELODY』）がある。ファンタジー小説の挿絵の仕事等も多い。（天野）

【So What?《ソー・ホワット》】長篇。八六〜八九年『月刊 LaLa』連載。ＳＦコメディ。タイムマシンを研究する教授を祖父にもつ高校生・阿梨《あり》を主人公に、事故のために歪んだ空間から現れた異世界の少女ライムを戻すまでの共同生活の物語。死んだ祖父は幽霊としてこの世にとどまり、弟子と共に研究を続け、その研究を探るスパイたちや阿梨の友人たちを巻き込んでの日々を描いた。（天野）

和田慎二（わだ・しんじ　一九五〇〜）本名岩本良文。広島県呉市生。七一年、東海大学在学中に『別冊マーガレット』掲載の「パパ！」でデビュー。可愛い絵柄で家族をテーマに心暖まるコメディを描き、実力派として頭角を現す。初のファンタジーは女領主ミアと異形の怪物サイラスとの心の交流を描いた短篇「わが友フランケンシュタイン」（七二・同）で、ホラー要素とメルヘン的な物語の融合が好評を得て後にシリーズ化される。この後、和田は男性作家らしい迫力のあるアクション・シーンを積極的に作品に取り入れ、緑色の髪の少年の秘密を追うＳＦミステリ「バラ屋敷の謎」（七二・同）、アラビアの架空の国を舞台としたファンタジー「炎の剣」（七三・同）の中短篇に続き、作風を確立したといえる中篇サスペンス復讐劇「銀色の髪の亜里沙」（七三・同）で読者の圧倒的な支持を得て、その人気を確固たるものとした。その後はアクション、ミステリ、ホラー、ファンタジー等の多彩なジャンルで読後感の良い上質のエンターテインメントを次々と生み出し、男女の別なく人気を得ている。和田はキャラクターに〈スターシステム〉を採用し、個々の作品世界の背景やキャラクターの過去や性格など自らの思い入れも込めてイメージさせることで、作品を更に味わい深くしているのも特徴である。

　代表作は多数あり、中でもＯＶＡをはじめテレビドラマ、映画などで何度も実写化されたアクション作品「スケバン刑事《デカ》」（七六〜八二・『花とゆめ』連載）が有名だが、ファンタジー色の強いアクション作品に《超少女明日香シリーズ》（七五〜七九・『別冊マーガレット』『月刊 LaLa』、八五〜九三・『花とゆめ』ほか中篇連作。九九〜〇四・メディアファクトリー『コミックフラッパー』連載）がある。同作は大自然の力を味方にして超能力で社会の悪と闘う少女・明日香が主人公で、自然への畏敬の念をこめた作品ともなっている。また、地味な家政婦姿からセーラー服の美少女に変身して闘うスタイルは、後にブームとなる〈戦闘美少女物〉の先駆けでもある。近作としては〇六年より『ミステリーボニータ』にてホラー・タッチの復讐劇「傀儡師リン」を連載中。九〇年代からは漫画原作者としても活躍している。

【クマさんシリーズ】短篇連作。七三〜七五年『別冊マーガレット』断続掲載。「クマさんの10月」以下、動物を擬人化したメルヘンで、描き下ろしを含めて『クマさんの四季』(七六・白泉社)として上製単行本にまとめられた。ウラルの森の奥深くを舞台に、厳しい大自然の中で主人公〈クマさん〉を中心に異種の動物たちが助け合い力強く生きる様を描いた。ほかのアクション作品とは異なる作風に見えるが、根底にある和田の温かな目線は同じである。

【キャベツ畑でつまずいて】短篇。七四年『別冊マーガレット』に掲載。《エコと兄貴》シリーズの二人が〈不思議の国のアリス〉の世界に紛れ込むスラプスティック・コメディ。〈アリス〉のファンタジックな世界を鮮やかにイメージ化した先駆けの一つである。作中でルイス・キャロルの少女への偏愛を紹介、自身の同様な嗜好も自嘲気味に告白しており、東映動画「太陽の王子ホルスの大冒険」(六八)のヒロインの美少女ヒルダへのこだわりと合わせて興味深い。八二年に続篇「キャベツ畑を通りぬけて」を発表している。

【ピグマリオ】長篇。七八年、八三〜九〇年『花とゆめ』連載。開始当初には、少年が主人公の冒険ファンタジーは少女誌ではまだ異色であり、第一部のみで終了したが、数年後に再開して大長篇となった。九〇年にテレビアニメ化。光と闇の世界の均衡が崩れ、創世王〈ピグマリオ〉の誕生によって神々はその役割を終えると伝えられていた時代、ルーン国の皇子クルトが悪神の娘メデューサによって石にされた母を救うため旅立ち、メデューサを倒し〈ピグマリオ〉となるまでを描いた神話ファンタジーである。小さな子供だが怪力を持つクルトが巨大な神々や妖魔を相手に闘い、苦難を乗り越えて勝利していく姿を、和田は男性作家らしい迫力ある筆致で痛快に描いた。一方、クルトの母への思慕を主軸にしながら、神や精霊、妖魔、人間ほかの多彩なキャラクターたちのそれぞれの複雑な親子の心理や恋愛感情を丁寧に描いたことで、奥深い味わいの物語としている。中でも、最大の敵役メデューサは、ギリシア神話と同じく蛇の髪の毛を持ち、眼光で全てを石に変える怪物だが、元々はクルトの母ガラティアと一体の存在であり〈ピグマリオ〉を生むはずの女性であったという過去が描かれる。精霊ガラティアが人間と恋に落ち、母となる幸福を得たことに嫉妬し、その子クルトに複雑な愛憎を持つという人間的な一面も見せたメデューサと、クルトの壮絶な最後の闘いは圧巻であり、また、善と悪は一体であると描くことで単なる二元論に終わらせない広がりを物語に与えた。永遠を生きる神々の対極として、子供を生み育て短い生を次代へと繋ぐ人間の姿を置き、そのひたむきな愛の形を描き出した本作は、和田ならではの人間讃歌に満ち溢れた感動作となっている。

(小西)

渡瀬悠宇(わたせ・ゆう 一九七〇〜)大阪府生。堺女子高校卒。八九年「パジャマでおじゃま」(『少女コミック』)でデビュー。初期はラブコメディを多く発表して人気を得た。代表作は九二年から連載した異世界ファンタジー「ふしぎ遊戯」で、九五年にテレビアニメ化、九六年にOVA化されて大ヒットし、現在でも根強い人気がある。「妖しのセレス」は九七年に第四十三回小学館漫画賞受賞、二〇〇〇年にテレビアニメ化された。

元気明朗な少女が活躍する、恋愛要素も多く取り入れた健康的な作風が特徴である。スケールの大きな幻想ファンタジーである代表作のほかにも、ファンタジックなおまじないや奇抜なSF的アイテムを使うなどの設定を盛り込んだコミカルなファンタジーを得意とし、主な長篇には「エポトランス!舞」(九四〜九五・『少女コミック増刊』連載)「天晴じぱんぐ!」(九七〜〇三・同連載)「ありす

19th《ナインティーン》」（〇一～〇三・『少女コミック』連載）などがある。近作の「絶対彼氏。」（〇三～〇四・同連載）は主人公のリイコがインターネットの怪しい通販サイトで購入した恋人仕様の等身大フィギュアロボットと幼なじみとの三角関係で悩むというファンタジックなラブコメディ。米国発売の少女漫画誌『SHOJO BEAT』（ビズメディア）でも翻訳連載されて大人気を博した。同作は〇八年にテレビドラマ化された。

【ふしぎ遊戯】長篇。九二～九六年『少女コミック』連載。高校三年生の少女・美朱《みあか》は親友の唯と共に図書館で偶然見つけた古書〈四神天地書《しじんてんちしょ》〉を読み、書物の中に引き込まれてしまう。古代中国に似た異世界・紅南国で美朱は伝説の〈朱雀《すざく》の巫女〉となり、国を守る神獣を召還して願いを叶えるために、朱雀七星と呼ばれる七人の仲間を求めて冒険の旅を繰り広げる。美朱は朱雀七星の少年・鬼宿《たまほめ》と惹かれ合うが、親友の唯も鬼宿に恋したことから誤解が生まれ、唯は倶東国の擁する〈青龍の巫女〉となって美朱と対立する。書物の世界から現実世界へも舞台を移し、友情と恋愛を絡めながら物語を展開して中高生を中心に大人気となった。同シリーズとして「ふしぎ遊戯玄武開伝」（〇三～・『少女コミック増刊』『渡瀬悠宇パーフェクトワールド』連載、『月刊フラワーズ』に移行予定）がある。

【妖しのセレス】長篇。九六～二〇〇〇年『少女コミック』連載。羽衣伝説を現代に移し、シリアスな恋愛を絡めたファンタジー。御景《みかげ》家は数千年前に天女〈セレス〉の呪力を得て繁栄してきた一族。その末裔の妖《あや》はセレスの生まれ変わりとして覚醒する。また双子の兄・明《あき》にもセレスを強く愛した御景家の始祖ミカギの意識が目覚めた。羽衣を奪い自分を欺いた夫のミカギを宿敵として御景家に復讐しようとするセレスの意識に、妖はとまどう。しかし、日本各地の羽衣伝説を辿って天女の遺伝子を持つ者を集め、その能力を世界征服に利用しようとする御景家を阻止するために、妖はセレスを受け入れて闘うことを選ぶ。（小西）

わたなべまさこ（わたなべ・まさこ　一九二九～）本名渡辺雅子。別表記にわたなべ雅子、渡辺まさ子。東京生。女性の少女漫画家の草分けであり、なお現役である。〇二年文部科学大臣賞受賞、〇六年女性漫画家として初の旭日小綬章受勲。

　東京芸大の敷地内で育ち、上野高等女学校卒業後、逓信省に一年勤めて退職し、十九歳で芸大生（陶芸家・渡辺六郎）と結婚した。家計のために絵本やポスター描きなどをするうち、手塚治虫の作品を読んで感銘を受け、漫画を描き始めた。五二年、処女作『小公子』が最初に持ち込んだ中村書店より出版されデビューとなる。二作目の母子物『すあまちゃん』（五三）以後は若木書房からの出版となり、毎月単行本一冊のペースで貸本少女漫画を描いた。わたなべは、生まれたばかりの長男の面倒を見ながら六畳間で原稿を描く実生活とはかけ離れた、華やかで贅沢な西洋風の暮らしを作品に取り入れたが、それは戦後の物資の乏しい時代に生きる少女読者の心を掴み、わたなべは人気作家となった。

　五七年、短篇「星よまたたけ」（光文社『少女』）により雑誌デビューする。『少女ブック』（集英社）に連載した「みどりの真珠」（五八～六〇）「白馬の少女」（六〇～六二）など、家族愛を物語の中心に、夢と憧れに溢れた作品を多数発表する。『週刊マーガレット』創刊時の看板作品であった「ミミとナナ」（六二～六三、当初は『少女ブック』連載）のように、違う環境で離れ離れに育った双子の姉妹が登場する作品も多い。その中にも、わたなべのホラー、サスペンスへの嗜好が垣間見える作品があった。デュ・モーリア『レベッカ』を原案とした「カメリア館」（六三・『りぼん』連載）、岡本綺堂『玉藻前』の漫画化「青いきつね火」（六六・『週刊マーガレット』連載）、小泉八雲『雪女』を元にした「怪談雪おんな」（六六・同）、アルレー『わらの女』の漫画化「13ダースの薔薇」（六九・集英社『週刊セブンティーン』連載）などである。そして少女漫画初の本格ミステリ作品とも称される「ガラスの城」が大ヒットし、七〇年に第十六回小学館漫画賞を受賞する。美しい姉妹マリサとイサドラの辿る数奇な運命の物語は、長く読者の記憶に残るインパクトを与えた。

このあと、わたなべはホラー作品にその手腕を発揮していくことになる。特に、テーマの残酷さゆえに、着想後すぐには発表できなかった「聖《セイント》ロザリンド」は、天使のような少女が大量殺人を犯すセンセーショナルな内容であった。同じ『週刊少女フレンド』には、吸血鬼カーミラを素材とした長篇「花のようなリリベット」（七三〜七四）、悪魔の赤ん坊が人の欲深い心を惑わす連作「黒天使《ブラックエンジェル》シンセラ」（七四）、多重人格を扱った「バネッサの世界」（七五）など、怪奇物を続けて発表した。

ほかに、美女に化身した大蛇と貴族の青年の悲恋「青ざめたディオンヌ」（七三・『月刊セブンティーン』）、九尾の狐が美姫たちに乗り移る妖怪話「怪談あやかしの伝説」（七六・『花とゆめ』連載）、魔女の血が染み込んだ呪いの指輪を手にした人々の悲劇を綴るオムニバス「天使と挽歌」（七六〜七八・『プリンセス』）、地底世界を舞台にしたＳＦ「プルトンの息子たち」（七七・『週刊少女コミック』連載）など。

六〇年代には可愛らしい少女のイラストが文房具や服飾雑貨等に多用されたわたなべの絵柄だったが、作品テーマの多様化に伴い、大人っぽく洗練されていった。また、その西洋趣味で物憂げな人物造形は七〇年代より手がけたホラーやミステリによく似合い、独特の細い書き文字や震えるようなふきだしの枠までも不気味な雰囲気に効果を与えている。八〇年代には活動の場はレディース漫画雑誌等に移り、芸能雑誌に五年にわたり連載した《悪女シリーズ》をはじめ、泉鏡花「夜叉ケ池」の漫画化（九三・双葉社『ミステリー Jour』）やグリム童話の翻案「白雪姫」（〇六・『ほんとうに怖い童話』）など、新たな境地を拓きながら五十年以上執筆し続けている。現在、九三年より開始した中国の古典『金瓶梅』の漫画化を継続中である。

【ガラスの城】長篇。六九〜七〇年『週刊マーガレット』連載。ロンドンの貧しい家庭に双子の姉妹として育ったマリサとイサドラ。マリサが実はストラス・フォード伯爵令嬢であることを知ったイサドラは、令嬢になりすまし伯爵の城に入り込む。企みを隠すためには殺人も厭わないイサドラだったが、やがて真実が明らかになり地位を追われる。物語後半は、マリサの娘マリアとイサドラの娘ミューズを巻き込んで、イサドラの因縁の復讐劇がドラマチックに展開する。常に善良なマリサより、悪意を剝きだしにするアンチヒロイン・イサドラが人気を集めたエポック・メイキングな作品。魔女狩りや催眠術、自動人形などの趣向を取り入れつつ、超自然的要素を合理で落とす、当時にはあまりポピュラーではない古典的なゴシックロマンスの形式を踏んでいる点でも注目に値する。

【聖《セイント》ロザリンド】長篇。七三年『週刊少女フレンド』連載。わずか八歳の少女ロザリンドが次々と殺人を犯す衝撃のストーリーは、米映画「悪い種子《たね》」に着想を得たとされる。指輪欲しさに指を食いちぎる、お友達を焼却炉に閉じ込め火を放つ、修道女を十字架に磔にするなど、ショッキングなシーンが多数ある。ロザリンドの殺人には彼女なりの正しい理由があるため、罪の意識がない。その天使のような愛らしさと、惨たらしい殺人とのギャップが恐怖を一層増す。娘を心から愛する父親がその命を投げ出して彼女の狂気を終結させた。

【悪女シリーズ】連作。七九〜八三年『週刊明星』（集英社）連載。黙って夫に尽くす妻の裏の顔を描いた短篇「ローラーカナリヤの死んだ日」（七九）が好評を博し、悪女を主人公としたシリーズ連載となり、全部で四十作以上となる。日常生活の悪意から起きる悲劇、油断や驕《おご》りが招く人生の落とし穴などの人間模様を、様々な〈悪女〉の姿を通してシニカルにエロティックに描きだす。シリーズ中には四谷怪談のお岩さんのように顔を腫らして死んだホステスが幽霊になり同僚を皆殺しにする「怪談紅いグラス」（八一）など、ホラー仕立ての作品も含まれる。

【金瓶梅】長篇。九三年～『ミステリーJour』『Jourすてきな主婦たち』連載（継続中）。中国四大奇書の一つである明代の長篇小説『金瓶梅』の漫画化。大富豪で好色漢の西門慶《せいもんけい》と彼の美しく官能的な第五夫人・藩金蓮を中心に、彼らの色欲、権力欲に絡む様々な事件を、円熟の筆致で艶っぽく描く。二人に恨みを持って死んだ人物らもしばしば幽霊として登場する。わたなべは原作の著者・蘭陵笑笑生《らんりょうしょうしょうせい》の正体は実は大文人・王世貞《おうせいてい》であり、父の敵・厳世蕃《げんせいばん》に献上する小説本の紙に毒を塗り密かに毒殺を試みたという一説を外枠の物語とし、本篇を劇中劇として配置、二重にスリルを楽しめる構成とした。（卯月）

和月伸宏（わつき・のぶひろ　一九七〇～）新潟県生。八七年「ティーチャー・ポン」が第三十三回手塚賞に佳作入選。高校卒業後上京し、小畑健などのアシスタントを務め、九二年「戦国の三日月」「るろうに―明治剣客浪漫譚―」を『週刊少年ジャンプ特別増刊』に掲載し、本格的にデビュー。明治初期が舞台の剣戟物「るろうに剣心」（九四～九九）により人気を得る。九六～九八年にテレビアニメ化され、大ヒット作となった。ファンタジーに、人間の世界に紛れ込んで人を喰らう怪物ホムンクルスと錬金戦士・斗貴子の戦いに巻き込まれて命を落とした高校生カズキが、錬金術の粋を集めた〈核鉄《かくがね》〉によって蘇り、武器ランスを操る戦士となって恋と戦いを繰り広げる異能バトル・アクション「武装錬金」（〇三～〇五・『週刊少年ジャンプ』連載、〇五～〇六・『赤マルジャンプ』、黒崎薫ストーリー協力、〇六～〇七年にテレビアニメ化）、十九世紀の英米風異世界を舞台に、人造人間の謎をめぐって繰り広げられるサスペンス・アクション「エンバーミング―THE ANOTHER TALE OF FRANKENSTEIN―」（〇七～・『ジャンプSQ.』連載）などがある。（石堂）

怪奇幻想映像小史

附録2

日本幻想作家事典

映像史

【趣旨】

　怪奇幻想文学と他ジャンルの相互影響を考察する一助として、怪奇幻想に関わる映像作品の概観を試みた。取り上げる作品は近代以後の日本製に限定した。

【執筆者】

堀部利之「幻想映画」／中島晶也「怪奇・伝奇映画、ドラマ」「特撮映画、ドラマ」／石堂藍「アニメーション」

【凡例】
●年代は西暦で示し、一九〇〇年代を示す語を省いた。二〇〇〇年代を示す語も、前後の関係から容易に判断がつく場合には省略した。製作会社等は通例に従って適宜略称を用いた。
●作品名は「　」、シリーズ名は《　》で示し、関連データを（　）内に記した。公開年、監督、撮影・美術・脚本その他、原作者の順に配列した。例（五三、溝口健二、撮影＝宮川一夫、原作＝上田秋成）

幻想映画

1　幻想作品の映画化

【文芸作品】

「雨月物語」（五三、溝口健二、撮影＝宮川一夫、原作＝上田秋成）の脚本は「浅茅が宿」と「蛇精の婬」を巧みに組み合わせ、森雅之演じる主人公が、相次ぐ戦で家に戻れなくなる数年間の出来事として死霊との逢瀬を描いている。原作の持つ怪奇性・幻想性は映画にも受け継がれ、京マチ子演ずる若狭の、妖艶でありながらその実恐ろしい蛇精は秀逸。対する宮木役の田中絹代は、死してなお夫の帰りを待つ清楚で従順な妻を、これ以上ないほど抑えた演技で表現した。対極にある二人の女を一本の映画の中で対比させた演出は素晴らしい。また物語を支えた映像も、この世ならぬ幻想場面を連ねているにもかかわらず、現実感までをも感じさせて圧巻。幻想映画のみならず、日本映画史上に残る名作である。ベネチア映画祭銀獅子賞受賞作。

溝口と並ぶ世界的な映画監督・黒澤明には「羅生門」（五〇、撮影＝宮川一夫、原作＝芥川龍之介「薮の中」）がある。ある殺人を巡り、個人の思惑から様々な解釈がなされ、遂には殺された男の霊が証人として裁きの場に呼び出される不思議な展開を、映像は忠実に再現し幽玄的空間を創出した。映画的には深山幽谷の中で暴れまわる三船敏郎の躍動感や、高度な技術を駆使した撮影の方がより評価されているが、優れた幻想映画であることも間違いない。共演の森雅之と京マチ子は「雨月物語」にも出演しており、演技陣の充実ぶりが作品の出来を左右することの証明ともなった。ベネチア映画祭金獅子賞およびアカデミー特別賞を受賞し、日本映画の国際的評価の先駆けとなった。

　芥川作品では「地獄変」（六九、豊田四郎）もある。地獄絵に取り憑かれた絵師の物語はその原作からしても幻想映画の範疇に入るのだが、絵師の苦悩の様や残酷表現が濃厚すぎてかえって興を殺ぐ。

　黒澤の「夢」（九〇）は初期の企画では夏目漱石の「夢十夜」を下敷きにするという話が伝わっていた。結局完成した映画には原作のクレジットはない。八篇から成るオムニバスで、雪女やきつねの嫁入りなど、夢のかたちも様々だ。遺作となった「まあだだよ」（九三）は内田百閒の数多の随筆をもとに、妻と弟子たちと猫との日常をユーモアたっぷりに綴った、作家の横顔を描いたもの。随所に幻想的な風景（異様な夕焼けのシーンなど）が現れるのは、幻想小説からの引用を意識したのかもしれない。

「ツィゴイネルワイゼン」（八〇、鈴木清順、美術＝木村威夫、原作＝「サラサーテの盤」「山高帽子」ほか）はその百閒の幻想世界を映像化した秀作。幾つもの短篇から想を得た挿話で構成されている。たとえば二人きりで話している時に正体不明の声が割り込んだり、レコードを貸した借りないの妙な押し問答が何度も続いたり。それぞれの場面では百閒書くところの〈何だか不思議な感じがした〉程度の感じ方で済むのが、やがてエピソードが重層的になるにつれ、映画が濃密な死の世界に支配されていることに気付かずにはいられない。また主人公を演じた原田芳雄のとぼけた味わいはユーモアすら感じさせ、不気味さと絶妙のバランスを保っている。映像の面からは、〈清順美学〉という言葉で表現された監督独特の美意識、とりわけ色彩感は美術・撮影に負うところが大きく、大正浪漫の香りを格調高く再現し映画の成功に貢献した。開巻間もなく、岩場に溺死人が打ち上げられた場面で、死体を蟹が喰い荒らしている説明に続いて、画面に正体不明の赤い幾何学模様が現れ、そこに竹箒で庭を掃いていると思しき効果音がかぶさる。視覚・聴覚を非常に刺激するこの種の映像処理は随所に現れるが、これは映画がオリジナルで提出したアイディアであり、美的感覚と幻想性を象徴してもいる。

鈴木清順は翌年、今度は泉鏡花を映画化し「陽炎座」（八一、美術＝池谷仙克《のりよし》、原作＝「陽炎座」「春昼」ほか）を撮る。これも幻想空間を呈示して見せたが、前作のイメージが強すぎたせいか、鏡花文学の色合いを前面に出した映画にはならなかった。しかし映像の力はむしろ強化されており、結末近くで大楠道代が水桶に全身を沈める場面では、水中で眼を開けたまま端座する傍から赤い小玉が幾つも浮き上がり、遂には水面全体を覆い尽くす。ここには妖気や幻想性だけではなく、迫力や緊張感までもが加わっており、忘れ難い印象を残した。

鏡花といえば幻想文学の大家であるのに、芸道物、悲恋物の映画化（「婦系図」「歌行燈」「滝の白糸（原作＝義血俠血）」「白鷺」）が圧倒的に多い。幻想物の代表作である「高野聖」は「白夜の妖女」（五七、滝沢英輔）として映画化されたものの、結末を無理矢理悲恋物に仕立てたため、木に竹を接いだような印象しか与えない。中盤までは原作に忠実で妖しさも出ているのに、終盤で妖女が聖を本気で愛してしまい、その命を救うために自ら入水するとあっては、脚本の甘さに憤りすら覚える。

「夜叉ケ池」（七九、篠田正浩）は池の主である姫様を核に、池に棲む怪物たちを大挙して登場させた戯画的な映画化。物語展開もさることながら、水の生物をモチーフにした怪物たちのデザインがアナクロでかえって楽しい。洪水のシーンや幕切れの空中撮影などの特撮も上々。妖女役の坂東玉三郎は、いささか舞台臭が鼻に付き大仰だった難点もあるが、原作のイメージにぴったりとはまり、鏡花作品との相性の良さを感じさせた。

以後玉三郎は「帝都物語」（八八、実相寺昭雄、原作＝荒俣宏）では泉鏡花その人を演じ、「外科室」（九二）「天守物語」（九五）と二本の鏡花作品映画化に監督として手を染めた。後者は城の天守閣に住まう鷺を主役に据えた幻想映画である。

寺山修司も「草迷宮」（七九、撮影＝鈴木達夫）で鏡花世界を映像にした。主人公の青年が、かすかに記憶にある手毬唄の歌詞を探す旅に出ることで、母親を回想しようとするもの。青年は時に少年に姿を変え、少年も母親を回想するため、時間・空間は不規則に配列されており、分かり難さは否めない。

寺山はこれ以前に幻想映画の逸品として「田園に死す」（七四、撮影＝鈴木達夫）を撮っている。原作は自身の歌集であり、映画中には歌集から短歌を幾つも引用してはいるが、物語は映画オリジナルである。現在の私と過去の少年時代の私が、母親の回想を中心に交錯する物語であり、これも時間軸をばらばらに並べている。母の追慕、現在と過去の二人の私、時間の交錯など二作の共通項は明らかだ。しかしこの二作で重要なのは物語よりもそれを支えた映像だ。前者であれば、手毬をする老女、砂丘の帯道、経文を書かれた少年、それに妖怪たち。後者であれば、恐山に立つ御堂、白塗りの少年、サーカスの空気デブ女、仏壇売り、田圃の中の座敷。こうした幻想的な風景が時には極彩色で、時には淡い色調で、次から次へとスクリーンに現出する様は、さながら映像で綴られた詩と呼ぶべきものだ。

　後年寺山はガルシア＝マルケスの「百年の孤独」の映画化を目論み、「さらば箱舟」（八二、撮影＝鈴木達夫、原作のクレジットはなし）として実を結ぶ。完成した映画では、またもや時間と記憶を巡る幾多の断片が有機的に交錯している。前二作よりも物語に重きを置き、土俗的要素を加味しているという違いはあるにせよ、映像の肌触り、漂う雰囲気などはそっくり引き継がれ、まさに寺山修司ならではの幻想世界が展開された。単に時間を示しているはずの時計が、逆に時間を司る絶対的存在になってしまう。こうした価値観の転倒が心地良い。

　「夜叉ケ池」の篠田正浩は「桜の森の満開の下」（七五、脚本＝篠田正浩・富岡多恵子）で坂口安吾の原作にも挑んでいる。残虐な山賊と美女の愛を巡る物語を映像化するには、残酷さと美との表現の対比が必須だが、残念ながらこれは不十分。終幕の、背負われた女が一瞬にして鬼女に変貌する場面も、女の死体が桜の花弁に埋もれてしまう場面も、映像の訴求力不足は否めず、幻想性という点からは不満が残った。

　しかしこれ以前の「心中天網島」（六九、脚本＝篠田正浩・富岡多恵子・武満徹、原作＝近松門左衛門）では面白い試みをしている。原作は人形浄瑠璃の台本であり、監督はこれを有効に活用し、全篇にわたって舞台で後見をつとめる黒子を画面に登場させた。たとえば女郎・小春が首を縊る場面で腰巻を横木に括りつけるのが黒子であるなど、舞台同様の役割を与え、場面によっては人形使いででもあるがごとく、背後で人物の行動を操っているようにさえ見せた。もちろん登場人物には黒子の姿は見えないから、この筋書きを司っている真の主役は黒子ではないか、という錯覚さえ起こさせる。映画には不要な黒子を登場させることで、不思議な異化効果が生まれたのだ。

　同じ原作者の手になる「曾根崎心中」（七八、増村保造）では演技に歌舞伎の様式を大胆に取り入れ、俳優たちは相当に過剰な演技に徹している。数々の場面で見栄を切ったりもする。中でも橋本功はもともと大袈裟な演技であるだけに、大仰な台詞回しは突出している。一つには、主役の宇崎竜童の稚拙な演技を埋没させる狙いもあったのだろう。その結果、映画の中に歌舞伎が見えるという夢幻空間を生み出した。

　増村保造は谷崎潤一郎作品と相性が良く、「刺青」（六六、脚本＝新藤兼人）は「刺青」と「お艶殺し」を融合した秀作。自分からは望まぬまま背中に女郎蜘蛛の刺青を彫られた娘が、いつしか彫物に操られるかのように悪女に変わっていく怖い物語。純情だった娘が次第に冷酷になっていくくだりは見ものだが、結末での毒々しく息づく女郎蜘蛛なくしては凡作に堕してしまったかもしれない。その美しさは一見の価値がある。

　同じ増村の「卍」（六四、脚本＝新藤兼人）は、妖艶な美女に恋慕し翻弄される二人の男女の性を描いた原作を忠実になぞっているのに、映画でしかなしえない世界に突入している。主演の美女に扮する若尾文子に対して、岸田今日子がきれいやわぁと詠嘆の言葉をもらす場面、ここでの体中が総毛立つ感覚などは、全く同じ台詞ではあっても到底文章では表現できまい。

　「お遊さま」（五一、溝口健二、原作＝「蘆刈」）の谷崎の原作は幻想とはいい難い。終生敬慕の対象であるがゆえに、本人とではなくその妹と結ばれた男の、お遊さまへの愛情を描く。しかし上品な佳人を演じるのがとうに盛りを過ぎた田中絹代であるだけに、いいようのない気味悪さが漂う。「雨月物語」のぴたりとはまったキャスティングとは大きな隔たりがある。これを単なるリアリズムの欠如と考えるのではなく、人物造型の極端なデフォルメと見れば、これもまた幻想映画と捉えられるだろう。

配役によって原作とは異なるベクトルの力が働いた「お遊さま」とは逆に、同方向への効果が増幅されたのが「鬼の棲む館」（六九、三隅研次、脚本＝新藤兼人）である。谷崎の一幕ものの戯曲「無明と愛染」を、内容に沿って場面を増やし長篇映画に仕立てている。斬り盗りを働く悪党・無明とその囲われ者の美女・愛染の山中の住まいを訪ねた高僧が、仏の加護で無明を帰依させることには成功するが、愛染の色香に迷い女犯に堕ちる。信仰すらも美に敗れる様を絢爛たる映像で見せるのだ。これは愛染に扮した新珠三千代の妖艶さがなければ、何の説得力も持たなかっただろう。高潔な僧侶といえども陥落して当然、の思いを抱かせるに十分であった。

人形浄瑠璃からもう一本。「恋や恋なすな恋」（六二、内田吐夢《とむ》）は「葛の葉」を映画に移したもの。人間と狐が結ばれ、子（後の陰陽師・安倍晴明）までもうける幻想的な物語を、舞やアニメーションなど様々な技法を取り入れて構成し、狐に変化した場面は役者に仮面を被せるだけの、大胆とも素朴とも思える演出を採用した。葛の葉の正体が明かされる結末の場は、舞台上の芝居を映像におさめ、舞台効果の素晴らしさを体験できる工夫をこらしている。これだけ手のかかる仕掛けを施した甲斐あって、物語と映像が一体となって訴えかける、幽玄・妖美を感じさせずにはおかない秀作となった。

「楢山節考」（五八、木下恵介、原作＝深沢七郎）ではセットの背景を書割にし、これを落とすと一瞬のうちに場面が転換される手法を用いて、空間の移動・時間の経過までをも表現した。舞台効果としては当たり前の手法を、そのままの形で映画に移したアイディアだ。そもそもセットからして演劇的な作り物風に拵えてあり、舞台を観ているような錯覚にとらわれる。また主演の田中絹代は、一本の欠けもない丈夫な歯を石に打ち当てて折るシーンのために、実際に歯を抜いた。非常にユニークな映像に演技の迫力、そこに姥捨伝説を基にした、長生が不幸である皮肉に満ちた物語が加わり、間然とするところのない幻想映画となった。なお再映画化（八三、今村昌平）の際には坂本スミ子も歯を抜いた。当然のことながら画面転換の仕掛けは踏襲せず、今村昌平独自の映像として生まれ変わっている。

深沢七郎には「東北の神武たち」（五七、市川崑）もある。東北の貧乏な山村を舞台にした、現代の新しい伝説とでも呼べそうな筋立てである。村の独身男たちは髪も髭ももじゃもじゃに伸ばし、それぞれの家の名を付けてズンムと呼び合う。その神武たちの性への渇望を綴った映画からは、風呂にも入らない彼らの体臭・口臭が匂ってきそうなのに、そこはかとないメルヘンが漂う。映像に取り立てて新しい工夫はないが、それでもこれだけ異様な絵になるのは、原作の異様さが並外れているせいだろう。

三島由紀夫原作による幻想映画としては「音楽」（七二、増村保造）をまず挙げたい。今でこそ巷間に溢れかえっている精神分析を、この時期に正面から扱った、先見性のある映画だ。通常の会話は何でもないのに、音楽だけが聞こえない奇妙な症状を訴える患者に、精神分析医が治療を試みて、深層心理の奥深く分け入っていくというもの。時代を先取りしすぎたおかげで専門用語が一般化しておらず、今観ても〈精神分析〉という謎めいた語に必要以上のなまめかしさが感じられる。淫靡とすらいえるかもしれない。冒頭から、女が悶える姿態に鋏が開閉する映像を重ね、そこにシャキシャキという切れ味鋭い効果音を流した。これを何度も繰り返して観る者の想像力を喚起しようと企む。鋏を性の象徴として捉えたイメージは、もちろん原作からインスパイアされたものだが、印象的なヴィジョンは映画の功績である。言葉遣いにも映像にも怪しい雰囲気を漂わせた本作は、幻想ファンにはこたえられない映画となった。

「憂国」（六六、原作・脚本・監督・主演＝三島由紀夫）は新しい三島の全集完結に合わせて、数十年間の封印が解かれたいわく付きの映画。これまで喧伝されていたどろどろだという文句の真偽をようやく確かめることができた。映画は全くの無台詞、物語は文字によって示され、場を将校夫妻の自害の夜に限定し、まさに死の直前数時間に凝縮して描いている。原作を読むと誰もが感じるであろうあの痛みはなく、モノクロ画面では大量の出血も腹から飛び出す内臓も、なにほどのこともない。むしろ静謐な、文学的な趣が際立っている。三島本人が監督しているだけに、原作は原作として、映画はそれとはまた違った芸術を創り出したい意図があったのだろう。

江戸川乱歩の小説を三島由紀夫が戯曲化した「黒蜥蜴」（六二、井上梅次／六八、深作欣二）はミステリであって幻想作品ではない。それが、特に井上版に顕著なのだが、非現実どころか超現実の世界に突入している。ひたすら音楽と踊りで色付けしたショウの連続である。その場面の方が本筋のミステリよりも楽しめるくらいであり、これは当然原作よりも井上梅次という監督の資質に負うところが大きい。ここまでデフォルメすると一種の夢物語として楽しめる。

安部公房が脚本を書いた「おとし穴」（六二、勅使河原宏、原作＝安部公房「煉獄」）は幽霊映画の傑作。労働運動を背景に、二つの組合を仲違いさせるために仕組まれた殺人劇が描かれる。そのとばっちりを受けて、人違いで殺された男と巻き添えで殺された女が幽霊となって、〈なぜ自分が殺されなければならないのか〉と疑問を発するシーンがある。幽霊は殺された時のままの格好で、だから女は寝乱れたズロース姿で出て来て、自分を殺した男に祟るのではなく、自分の死の不条理をもう一人の幽霊に問いただすのだ。この口当たりがどこかユーモラスでおかしい。池の泥の中から立ち上がる幽霊の特撮も上出来だし、田中邦衛演じる殺し屋の不気味さも凄味を帯びて出色だ。地味ながら忘れられない印象を残す映画である。

安部公房と勅使河原宏の原作・脚本・監督はこの後も数本コンビを組んだ。「砂の女」（六四）はその一本。砂丘の穴の中の家に囚われの身となった男の体験を、淡々とした日常を積み重ねて描出している。家の中に絶えず砂が降っていたり、家が砂で埋まらぬよう砂を掻き出したり、一見何ということもない映像に非現実性を凝縮させた。男が脱出を図りながら果たせず、遂には砂の中の生活に生きがいを見出すラストには感動すら覚える。カンヌ映画祭で審査員特別賞に輝いた。

「他人の顔」（六六）も二人のコンビによる。「砂の女」は娯楽として楽しめなかった向きにも、ミステリ的な楽しさを加味した本作は推められる。顔に大火傷を負った男が、妻には内緒で全く別の顔に作り変え妻を誘惑する。他愛もないお伽話だが、男のいたずら心による企みが最後まで関心を引き寄せ、映画を飽きさせない。もちろん不条理劇としても一級の出来だ。

「鬼火」（五六、千葉泰樹）は吉屋信子の傑作短篇を原作とする現代怪談。ガス会社の集金人の男が料金滞納を見逃す見返りに主婦に関係を強要、その後主婦は首を吊って自殺する。男がこれを発見するラストが怖い。生命のないはずの顔が恨めしそうに男を凝視している。滞納したまま払えないはずのガスが、いやがらせのつもりなのか付けっ放しになっている。ガスの炎のシュウシュウいう音だけが聞こえている。よく見ればガスの炎と紛うそれは、女の鬼火なのかもしれない。カメラはここで、男・女・炎を代わる代わるアップで映し出し、ゆっくりと恐怖が浸透するのを待つかのようだ。

「火まつり」（八五、柳町光男、脚本＝中上健次）は現代の熊野を舞台にした、土俗的な物語を幻想的に綴ったもの。主役の木こりは自他共に認める、自然と一体となった生き方をしている男だ。彼が山中深く根を下ろす大木に抱きつくと、風にざわざわ騒ぐ葉ずれが聞こえなくなり、やがて山が鎮まったのだと分かる。この場面は遠景で大木の全体が見渡せるように撮影されており、実際に枝のゆらめきが止まるものだから、妙な小細工をしていないものだから、その神秘性を信じさせる力がある。やがて男は家族を猟銃で殺した挙句、自殺する。明確な理由は示されないが、前に掲げたような幾つかのシーンがあるおかげで、熊野の土地がそう望んだのだろうと納得はできるのだ。

「異人たちとの夏」（八八、大林宣彦、原作＝山田太一）には恐ろしい怪談と心温まるファンタジーが同居している。怪談は幽霊が現れるばかりで何ということもなく、一方ファンタジーの出来映えは素晴らしい。ある夏主人公は死別したはずの両親に出会い、ひと夏を一緒に過ごすことになる。この父親役の片岡鶴太郎の存在感が秀でている。登場した途端に、あぁこれが父親なのだと自然に感じさせるだけの説得力があり、会ったことがないのに懐かしいという矛盾が当たり前のように思えてくるのだ。

山田太一は「飛ぶ夢をしばらく見ない」（九〇、須川栄三）も映画化された。会う度に若返る老女という魅力的な設定ながらこちらは凡作に終わった。老けを演じる際の女優のメイクが子供のいたずら程度でしかなく興醒めである。幻想映画における特撮がいかに大切かを痛切に物語っている。

「居酒屋ゆうれい」（九四、渡邊孝好、原作＝山本昌代）に登場する幽霊には恨めしさなど全くなく、後に残した夫を心配して見に来た世話女房そのものだ。もっとも九〇年代以降の幽霊映画にはこういう明るいトーンのものが多かった。人を恨んで迷うわけではなく、人を愛するがゆえに霊になる。「ふたり」（九一、大林宣彦、原作＝赤川次郎）は「居酒屋ゆうれい」よりはしっとりと落ち着いた作りながら、妹を愛する姉が霊になっても傍で見つめる基本設定は同様である。

「鉄道員《ぽっぽや》」（九九、降旗康男）は浅田次郎の短篇が原作の幽霊譚。ここに現れる幽霊は主人公の亡くなった娘で、寿命が尽きかけている父のために成長した姿を見せに来る。ところがある朝、主人公は雪の中で死んでいるのを発見される。公開時の宣伝ではハートウォーミングなヒューマンドラマを売り物にしたので、この恐ろしい結末には予想を裏切られた人も多いはず。いくら人間ドラマの体裁を保っていても、結局は幽霊が人間をあの世に連れて行ったのだから、純粋な怪談映画と言えるのではないだろうか。

「尾崎翠を探して　第七官界彷徨」（九九、浜野佐知）は「第七官界彷徨」をドラマ化した部分と作家尾崎翠の伝記部分とを併せ持つ映画。第七官界とは五感と第六感を超越した七番目の感覚の世界だというのだから、ドラマ部分は概ね照明も暗めに、現実感を稀薄にするような演出法が採用されており、対して伝記部分は一体に明るい。人糞を燃焼実験に使うシーンは嗅覚にも訴えなかなか面白い。

「全身小説家」（九四、原一男）は文学作品を原作とはしない、作家・井上光晴に密着したドキュメンタリーだ。作家が主人公であるが、文学論とか作品に関するコメントよりも、作家を離れた時の、おばさん連中を相手にしている時間の方が面白く、生き生きとした素顔を見ている気になる。あんなに暗い小説を書く作家がこんなにも明るいのかと多少のとまどいも感じるが、スクリーンの内と外の現実が溶け合って不思議な感覚に浸ることができる、優れた幻想映画である。

【探偵小説と時代小説】

江戸川乱歩の映画化作品には語るべきものが多い。「江戸川乱歩全集・恐怖奇形人間」（六九、石井輝夫）は「パノラマ島奇談」と「孤島の鬼」を掛け合わせた脚本に、暗黒舞踏の怪人・土方巽の怪演と安っぽさで味付けした、他に例を見ないキッチュな映画。前半では「孤島の鬼」の味わいも濃厚な、サスペンスたっぷりのドラマが展開し、後半はガラリと色合いが変わって、合成人間たちをはじめとする奇怪な世界に場面転換。このあたり、ラストの花火打ち上げに至るまで乱歩の原作通りだが、見るからにいいかげんな映像処理であり、コアなマニアは逆にそこがいいのだと言う。超カルトムービーとして逆にポピュラーになったが、一般的にはどうであろうか。

「盲獣」(六九、増村保造、美術＝間野重雄)も変だという点ではひけを取らない。原作で前半に描かれる、盲人が数々の女を虜にしては殺し、バラバラに切り刻むといった部分は省かれ、後半部の触覚的エロスに溺れていく描写を中心に据えている。当然残虐性はすっかり骨抜きにされてしまった。その代わり倒錯への傾倒がこれでもかと強調され、乱歩以上に乱歩的な世界が濃密に展開されている。その物語もさることながら、美術がまた凄い。エロス交歓の場となるアトリエには、壁一面に手・口・胸など人体各部の模型が無数取り付けられており、その中で男女が蠢いている異様な光景は、一度目にしたら忘れられないだろう。

「江戸川乱歩劇場・押繪と旅する男」(九四、川島透)は乱歩随一の幻想短篇を映画化した秀作。人形に恋した男の老後の回想で綴られる原作は、最後まで倒錯に走ることなく純粋なままだ。映画はこの原作を丁寧に映像化し、純粋さを保ち続けることにも成功した。たとえ原作に忠実な映像化を狙ったところで、異なるメディアでは同じ雰囲気を創り出すのは至難の業なのに、画面からは透明感さえ漂って来るくらいだ。小説も映画も「押繪と旅する男」はメルヘンどころか、もはや一個の夢に昇華したのである。

他に乱歩原作の映画として「江戸川乱歩劇場・屋根裏の散歩者」(九四、実相寺昭雄)「D坂の殺人事件」(九七、実相寺昭雄、原作＝「D坂の殺人事件」「心理試験」)「江戸川乱歩の陰獣」(七七、加藤泰)などもあるが、これらは幻想分野の要素も持つけれど最終的にはミステリの色合いが濃い。とはいっても、例えば横溝正史の《金田一耕助シリーズ》の一篇「犬神家の一族」(七六、市川崑)では、犬神佐清のゴムの仮面や湖から突き出た二本の足、あるいは凶行時に飛び散る血しぶきなど、映像に怪奇的な楽しみはあっても、結末で理路整然とした謎解きを用意しており、結局それらは観客へのサービスでしかないと割り切れてしまう。対して乱歩の場合は、例えば「江戸川乱歩の陰獣」は立派な犯人探しのミステリで、エログロやSMや窃視癖といった変態趣味をこれでもかと羅列し、しかもそれが犯人像に決定的に影響するという離れ業をやってのけるのだから、幻想映画としても十分に通用するのである。

横溝正史の原作では、金田一耕助の出ない短篇の映画化「蔵の中」(八一、高林陽一)が幻想映画である。原作はミステリながら、作品が二重三重の入れ子構造になっており、読者を幻惑させるしたたかな仕掛けが張り巡らしてある。映画ではこの仕掛けには重きを置かず、ミステリとしての面白さよりも耽美的な側面、美しい姉と弟の近親相姦にスポットを当てた。弟役の俳優が両性具有的美青年であり、姉役の女優は現実にニューハーフであったなど、現実と虚構にある種のねじれがあるところは、作品内容ともシンクロしていて面白い。

高林陽一は「本陣殺人事件」(七五)でも横溝作品を映画化している。金田一耕助をジーパン姿の現代青年として描くのは画期的なアイディアだが、あくまでもミステリ。高林の幻想映画としては「雪華葬刺し」(八二、原作＝赤江瀑)が素晴らしい。ここでも美しい青年が物語の核となる。刺青に取り憑かれた男・藤江田に愛された女・茜が、藤江田に懇願され遂に自分の肌に墨を入れることを承知する。依頼した京都の彫経は美青年の弟子・春経に茜を犯させ、茜の最も美しい瞬間の肌に刺青を彫る。粗筋だけだとかなり異常な話のように思えるが、そんなことはない。美への傾倒は確かながら、原作・映画ともに異常性よりも抒情性の方が色濃く出ている。茜の美しい肌に魅せられた藤江田が刺青を彫らせたいと思いつめ、春経の若々しい肌に負けた彫経が針を入れてみたいと夢を見る。刺青の図柄が生命を吹き込まれたように息づくというのなら「刺青」にもあるけれど、刺青そのものよりもそれを載せる肌の方が主体になるのは新しい発見だ。宇都宮雅代の美しい肌と京本政樹の妖しい美青年ぶりが映像に真実味を与えた。原作にある通り、肉体が夢幻感覚を引き起こしたのである。

「ドグラ・マグラ」（八八、松本俊夫、美術＝木村威夫）は映像化不可能と思われた夢野久作の奇書を、コンパクトに分かりやすくまとめている。映画化にあたっては、原作に溢れかえっている大量の情報から、本筋に直接関わりのないものを取り払い、論理的な組み立てに再構成している。とはいえこれだけの原作であるから雰囲気は十二分に伝わるし、迷宮世界にも導いてくれる。そして限りなく魅力的なあの理論、呉青舟の血を引く呉一郎が、同じ状況に置かれた時に同じ心理状態に陥り同じ行動を取るという心理遺伝、これをいかにもっともらしく表現するかが映画に与えられた使命だが、本作はこの点でも及第。というのも映画の中に構築された非現実的な世界でなら、そういうことも起こり得ると信じさせるからだ。この点に関して映像の貢献は計り知れない。呉一郎が目覚める冒頭でブゥーーーンと鳴る柱時計の音響効果は素晴らしいし、正木博士に桂枝雀を起用し、非現実と現実の間に微妙な均衡を保った配役も見事の一語に尽きる。殊に精神病者たちが自由に闊歩する解放治療場のデザイン、大仏の首をゴロンと転がして異空間を創造した美術は白眉である。

「瓶詰め地獄」（八六、川崎善広、原作「瓶詰の地獄」）も夢野久作の有名短篇を成人映画として製作したもの。遭難して無人島に妹と二人きりで生きることになった兄が、妹への肉欲に煩悶する心情を綴った手記を瓶に入れて海に流す。この原作はこのままでは映画にならない。脚本では兄妹の他に兄の妻をキャストに加え、三人がバカンスで島に遊びに来る場面を冒頭に置いた。初日の夜、妹は夫婦の愛し合う現場を目の当たりにして欲情してしまう。我慢できない妹は兄を誘惑、いつしか兄も妻を忘れ妹との肉欲に溺れていくのだ。これではタイトルが何の意味も持たなくなってしまうところ、結末で夫は邪魔になった妻を巨大な瓶に詰めて海に流してしまうのだ。途方もないイメージに満ちた幻想パロディ映画になった。

南條範夫の「被虐の系譜」は、元武士の家系に残る先祖の記録で構成された小説であり、いかに主君というのが無理難題を押し付ける存在であったか、家臣がどれほど拝領物を有難がったかが切々と綴られる。中に御汚物拝領などという記述があると、あまりに極端な残虐性ゆえに幻想性をかき立てられる。しかし映画化した「武士道残酷物語」（六三、今井正）にはこれに対応した場面がない。そもそも映画は大胆に脚色されており、主君に対しては絶対服従の観念を植え付けられた下級武士の忍従の記録、という体裁以外には共通するものはない。もっとも映画それだけを見れば人間の残虐性を追及した秀れた作品であり、ベルリン映画祭金熊賞を受賞するなど評価も高い。

「魔界転生」（八一、深作欣二、原作＝山田風太郎）は、天草四郎が忍法を駆使して鬼籍に入った剣豪たちをこの世に呼び戻し、幕府の転覆を図るというもの。最後には柳生十兵衛が死者の邪剣を破り、健全なエンターテインメントの王道を貫いている。なかなかに楽しめるのだが、忍法の視覚的サービスが原作に遠く及ばない。原作では女の生身の体を依代に、忍法を体現する森宗意軒（映画には登場しない）が術をかけると、女の皮膚が卵の殻のように破れて剣豪が現れ、その度に宗意軒は指を一本失うという、胸がワクワクするような効果があったのに、映画では天草四郎が印を結んで術を行えば何となく甦るだけである。映像化に際して最もヴィジュアル効果満点のシーンを削るとは。

「忍法忠臣蔵」（六五、長谷川安人）も山田風太郎の原作。ある場面で、体中の関節を外して床の間の飾り竹に隠れている忍者が竹を割って出て来る。印象的だが絶対映像化不可能なこの忍法を、監督はそのまま映像にした。しかし力ない失笑に終わるだけで、原作の奔放なイメージの偉大さには頭が下がる思いだ。爆笑できるくらいの大胆な演出であったなら、かえってカルトになったかもしれないのにと、それが惜しまれる。

【童話とファンタジー】

「竹取物語」（八七、市川崑）はかぐや姫の物語を現代に甦らせた映画。姫への求婚者の難業苦行は、竜との戦いなどなかなか上手く映像化されていたのに、月への帰還が空飛ぶ円盤で行われる段になって急に興味が薄れてしまう。七〇年代後半からアメリカ映画で盛んに製作されるようになった大作SF映画の影響が大きく、むしろ円盤特撮のために作品が選ばれたのではないかとさえ疑いたくなる。特撮の出来云々ではなく、幻想に対するセンスの違いが評価の分かれ目になるだろう。

市川崑は翌年「つる―鶴―」（八八）で、今度は鶴の恩返しを大画面に映し出した。これは突飛な実験などのない正統な映画化であり、拒否感もない分独自性もない。民話のイメージや幻想的な雰囲気は出ていたといえる。

「風の又三郎」（四〇、島耕二、原作＝宮沢賢治）は戦前の特撮に限界のある中、この時期には類まれな幻想空間を創出した。ガラスではなくビニールでできていると思われる又三郎のマントは、モノクロということもあって、ちゃんと空を飛べそうな特別なものに見えるのだ。また特撮ファンタジーである以前に児童映画でもある本作は、少年たちの触れ合いや微妙な心の揺れも繊細に表現している。〈どっどど、どどうど、どどうど、どどう〉のメロディーはいつまでも耳に残り、リメイクの「風の又三郎　ガラスのマント」（八九、伊藤俊也）にそのままの形で引き継がれることになる。

「ノンちゃん雲に乗る」（五五、倉田文人、原作＝石井桃子）と「ゲンと不動明王」（六一、稲垣浩、原作＝宮口しづゑ）はこの時期には珍しい幻想童話だ。前者は説明の必要もない名作の映画化、ノンちゃんが雲の上でおじいさんに会うあたりが特撮の目玉で、ファンタジーとしては重要な作品。後者は不動明王の像が少年の祈りを聞いて動き出す場面だけは幻想的だが、あとはゲン少年の日常が描かれる児童映画にすぎない。ファンタジーが胎動するには時代がまだ早すぎた。もっとも原作では不動明王が現実に動き出したりはしないので、映画の方が少し先を行っている。

八〇年代に入って、大林宣彦が「転校生」（八二、原作＝山中恒「おれがあいつであいつがおれで」）を撮る。これはSF特撮でもホラーでもなく、等身大の生身の人間が活躍するファンタジーの新たな地平を切り開いた、文句なしの傑作だ。物語は一口で説明できるほど単純。ある日突然、男の子と女の子の体が入れ替わってしまった。ここから起きる騒動をシチュエーション・コメディの形式で描いている。コメディ部分は申し分なくおかしいし、二人がお互いに寄せるほのかな恋心を脚本に加味したことで、映画には詩情が加わった。せっかく元通りになった二人が引越しではなればなれになる場面では、走り出すトラックにカメラを据え、見送りにきた相手がだんだん小さくなっていくさびしさを捉えて、切ないラストシーンとした。大林宣彦は〈映像の魔術師〉などといわれるが、映像だけにこだわっているわけではない。映像が力を発揮できるのは物語あってこそと心得ており、リリカルなシーンへの配慮を欠かさない。

大林宣彦の次作「時をかける少女」（八三、原作＝筒井康隆）はタイムスリップをメインとして、未来からの時間旅行、過去の出来事のリピート、記憶の操作などのSF的ガジェットをちりばめた良質のファンタジー。それを支える特撮の、切り紙細工のように一見稚拙にも思える手作り感覚が、効果的なアクセントとなった。土曜日の実験室という言葉に潜む秘密めいた響き、桃栗三年柿八年に節を付けた素朴なわらべうた、あるいはタイムスリップに重要な役割を担ったラベンダーの香りなど、視覚だけでなく聴覚・嗅覚をも刺激するギミックにも満ちている。主演の原田知世がこの一本でスターになったのは周知の事実だが、演技よりも思春期の多感な少女の不安と期待を体現した存在感が圧倒的だ。どの要素を取っても以降のファンタジーに与えた影響は極めて大きい。原作はテレビドラマ、アニメを含めて以後何度も映像化されるも、本作を越えるものはない。

「さびしんぼう」（八五、原作＝山中恒「なんだかへんて子」）も「転校生」と同じ原作・監督の、少年の初恋の風景に幻視が絡む物語。通常は自分の若かりし日の若かった母のことを回想するのに、この映画の主人公は自分の知るはずのない青春時代の母の姿と対面する。回想が押しかけて来る一風変わった幻想である。そこに初恋の女の子も関わって、「転校生」よりも更に抒情的な展開となった。メインテーマに使われたショパンの〈別れの曲〉が、初恋のほろ苦さを表現するのに一役買っている。

この原作・監督コンビはその後も「はるか、ノスタルジィ」（九二）「あの夏の日—とんでろ　じいちゃん」（九九）と続く。後者は何と老人を主役に据えたファンタジーである。

「グリーン・レクイエム」（八八、製作＝八五、今関あきよし、原作＝新井素子）は映像には珍しい植物幻想譚。光合成で生きている少女が設定されたSF基調のファンタジーであり、美少女・恋心・悲劇と道具立ては揃っているのに、ストーリーも映像もいささか暗すぎる。そのためなのか、完成後しばらくはお蔵入りとなり、同じ監督の新作と二本立てで三年後にようやく初公開となった。

「秘密」（九九、滝田洋二郎、原作＝東野圭吾）では、事故で死んだ母親の魂が、娘の体に入り込んでしまう。その時点では娘の意識はなく、時間が経つにつれ母親の意識が少しずつ薄れて、逆に娘の意識が眼を覚まし、やがては娘だけが残る。このまま終われば単にファンタジーなのだが、やはり東野はミステリ作家であった。結末では母親が娘の意識も演じていたのだと分かり、若々しい体を借りて結婚式を挙げるのだ。秘密の謎解きというミステリの形式を経てもう一度ファンタジーに返る、なかなか凝った構成だ。しかしそんなことより何より、ここで感じるのは女のしたたかさなのではあるまいか。

【コミック】

「瞳の中の訪問者」（七七、大林宣彦）は手塚治虫の《ブラック・ジャック》の一篇「春一番」を映像化したもの。角膜移植手術を受けた少女にはその日から見知らぬ男の幻が見えるようになる。少女が幻に恋するようになった頃、街中で偶然実物の男に出会うが、男は殺人犯で、少女に角膜を提供したのは殺された女だった。物語からも分かる通り、この構成は明らかにミステリである。ところがこの謎解き、殺された女が最後に見たのが男の姿だったため角膜に映像が焼き付いてしまったというのは、医学を背景にした物語の中では、たとえどんな説明を付されたところで現実的には映らない。だから現象自体の不可思議性は少しも減じないどころか、逆にロマンティック度は増していく。「秘密」同様、ミステリの種明かしの後に幻想性が強くなる珍しい作品。

「ガラスの脳」（二〇〇〇、中田秀夫、原作＝手塚治虫）はブラック・ジャックの登場しない医学コミックが原作。生まれた時から昏睡を続ける少女が十七年後に突然目覚め、五日間だけ人間らしい生活を楽しんだ後、再び昏睡に戻ってしまう。非常に神秘的な物語を、少年・少女に扮する若い俳優が爽やかに演じているのに、院長が少女の昏睡中にいたずらをしていたことに話が及ぶと、突然汚らしいものに変貌してしまう。原作でもこの落差には違和感を覚えるが、映画はなおさら否定要因だけが記憶に残る。せめて不快を感じない脚色の仕方はなかったろうか。

手塚治虫の原作では他に「火の鳥」（七八、市川崑、原作「火の鳥・黎明編」）も映画化されている。卑弥呼の時代を映像化する試み自体が珍しいが、これは怪作。

「未来の想い出 Last Christmas」（九二、森田芳光、原作＝藤子・F・不二雄）は、自由自在に人生をやり直す超能力を身に付けた少女をめぐるファンタジー。九〇年代以降、死からの再生や人生のリプレイがファンタジーに頻出したが、その典型とも言える作品。こんなにわがままに人生がリセットできて、何の報いも受けないがそれでいいのか、と疑問は残る。従来は特殊能力の代替にマイナス要素も引き受ける図式が一般的だった。しかし現在の主流を考えると、これが時代の要請なのだろう。現実ではないファンタジーなのだから、初めから終わりまで制約を受けずに振舞ってほしいというような。

「一九九九年の夏休み」（八八、金子修介、原作＝萩尾望都「トーマの心臓」）は近未来、夏休みの寄宿舎を舞台として四人の少年の愛を描く。設定から英国のパブリック・スクール顔負けの同性愛を連想してしまうのに、四人の少年を少女が演じ、声も別人が当てることで、生々しさを感じさせない透明な映画になった。キラキラ光るガラス細工のような印象を残す、美と神秘に満ちたファンタジーである。

「四月怪談」（八八、小中和哉）は大島弓子の原作にしてはストレートなファンタジーを、きわめてオーソドックスに描いた佳品だ。事故で死んだ少女が幽霊に諭されて息を吹き返すまでを、主演俳優二人の爽やかな演技で綴っている。演出には斬新さや驚きはないものの、正面から丁寧に取り組んだ手堅さがあり好感が持てる。誰もが安心して楽しめる良質の娯楽映画となった。

しかし、大島弓子の特殊なセンスを見事に映像化したといえば、「毎日が夏休み」（九四、金子修介）だろう。不条理すら感じさせるこの原作の実写映画化は難しい。できたとしても箸にも棒にもかからないか、全く別の味わいを持つ映画に生まれ変わるか、どちらかだと思っていたが、できあがった映画は原作の不思議な感覚を失くしていない。父が会社勤めを辞めて毎日家にいる、ただそれだけの話なのに、そこにはファンタジックな日常がぎゅうぎゅう詰めなのだ。

「金髪の草原」（二〇〇〇、犬童一心）にも不思議な感覚は漂っている。記憶障害で自分がまだ青年だと思い込んでいる老人は、周囲の状況がすっかり変わってしまったのを見て夢のせいにする。原作では八十歳を過ぎた老人が終始青年の姿で描かれ、映画もこれを踏襲した。老人の役を青年が演じ続けるというのは大きな冒険だが、それを通したことで映画には何ともいいようのない不思議な感覚が付け加えられたのだ。

「櫻の園」（九〇、中原俊、原作＝吉田秋生）になると、設定から物語の展開に至るまで日常でない要素は何一つない。原作よりも時間を凝縮している違いはあるにせよ骨格は同じである。女子高演劇部の少女たちが学園祭でチェーホフの舞台に立つまでを綴っただけの映画だ。それなのに原作にも映画にもこれを現実だと感じさせるものが欠けていて、まるで一場の夢だとしか思えない。舞台が女子高ということもあるのだろう、現実以上に美化されたその世界はファンタスティックとしか表現できない。

原作としてのクレジットは宇能鴻一郎、実質的な原作は山本鈴美香の「エースをねらえ！」だという異色作が「宇能鴻一郎の濡れて打つ」（八四、金子修介）。岡ひろみやお蝶夫人のスポ根ドラマが、成人映画の中で繰り広げられるナンセンスの秀作だ。少女漫画に特有の大仰な台詞や思い入れたっぷりの目線などが全篇に溢れ、成人映画という非常に現実的な世界を超越してしまった。

つげ義春の漫画は、物語の展開よりもその

雰囲気が重要であるから、映像化は難しい。石井輝男が監督した「ゲンセンカン主人」（九三）は、タイトル作以下、四つの短篇を原作にし、そこに漂う不思議な雰囲気をかろうじて汲み取ることができた。不条理とか不気味さをひっくるめた非現実の中に、おかしみまでも感じさせる。第一話「李さん一家」の結末で見せたとぼけた味わいなど、どこか突き放した感があって上出来。同じ原作・監督コンビで「ねじ式」（九八）も映画化されたが、こちらの試みは成功とはいい難い。

　石井輝男には、傑作と名高い「ポルノ時代劇　忘八武士道」（七三、原作＝小池一夫・小島剛夕「忘八武士道」）もある。忘八とは儒教の八徳（孝悌忠信礼義廉恥）を忘れた人間はどんな非道なことでもできるようになる、というほどの意味。いずれも世間から外れた吉原の番人である忘八者たちと無頼の侍・明日死能はやがて対決へと突き進むのだが、腕や首や耳までもが宙に飛ぶすさまじい斬り合いの残酷ぶりが面白い。

　クエンティン・タランティーノが監督したアメリカ映画「キル・ビル」（二〇〇三）の元ネタの一つとして有名になった「修羅雪姫」（七三、藤田敏八、原作＝小池一夫・上村一夫）は、そもそもの原作コミックがまぎれもない傑作だ。女囚を母として生まれた主人公が、母を罪に陥れた人間に恨みをはらす復讐譚である。女主人公が復讐以外の何事も考えていないような無口な女であるなど、極度に誇張した描写で人間性を否定し、復讐の過程をストレートに描いた。緊張感に不足はない反面遊びもなく、作品は広がりに欠ける代わりに深化した。映画はさすがにここまで純粋な怨念には昇華していない。とはいえ梶芽衣子のキャラクターへのアプローチ、リアリズムを排して様式美に徹した美術など記すべき事柄もまた多い。雪の降る夜の斬り合いは、黒と白と赤のイメージに彩られた一幅の絵であり、幻想感覚を刺激するには十分だ。映画斜陽期にあってのこの意欲には感服するしかない。

　この「修羅雪姫」を逆パターンで描いたかのようなコミックを原作とした「堕靡泥《ダビデ》の星　美少女狩り」（七九、鈴木則文、原作＝佐藤まさあき「堕靡泥《ダビデ》の星」）は成人映画である。裕福な家に生まれた青年は、実は凶悪な殺人犯と母との間にできた子である。生まれの秘密を知った青年は父を殺して莫大な財産を手にし、世の中に復讐するべく女たちを無差別に殺し始める。この殺しの仕掛けや残虐性が見所の一つになっているほか、殺人犯の血ゆえに凶行を続ける青年の考え方には哲学的命題も含まれ、原作はそれなりに深い。映画は原作を忠実になぞっているのに、見るからに恐ろしげな凶悪な顔が美形に変えられてハードさは影を潜めた。同時に作品の深さや重々しさも消滅し、いささか明るく軽すぎる感は否めない。しかしこれは映画オリジナルの結末のために必要な改変であった。結末では青年がただ一人気を許す婚約者が青年の所業を知り、その結果自殺すると、青年は白昼夢で花園に婚約者の顔を見つけるや、どうやらそのままあちらの世界に行ってしまうのだ。ダークファンタジーに変貌した映画は、原作にない要素を付加して作品の世界観も変えてしまった。

2　映画オリジナルの幻想

【脚本】

　鈴木清順は映画オリジナル作品でも、印象に残る「悲愁物語」（七七、原案＝梶原一騎、脚本＝大和屋竺）を撮っている。ゴルフの女子プロ・CMモデルとして成功する主人公の道のりを追った物語は、梶原一騎の原案では単なるスポーツ・サクセス・ストーリーだったと思われる。しかし映画はそんな単純な枠組には収まらない、パワフルで見栄えのよくない不細工なものとしてできあがった。このゴテゴテ感は物語よりも映像に依拠するところが大きい。たとえば乱交パーティーのシーンは、独特の色彩感覚を余すところなく表現すると同時にエロスの解放を謳った屈指の名場面である。そして主人公の熱狂的なファンとして登場する江波杏子が凄い。ファンであることはその対象にとっては危険にもなり得ると、まだストーカーが社会的現象になる以前に描いた監督の感性も大したものだが、女優の爆発ぶりは尋常ではない。初めはファンであることさえ恥じらうような低姿勢で接していながら、だんだんと主導権を握っていく狂気の女を、ここまで表現した演技力は素晴らしい。キャラクターが登場するだけで画面の雰囲気が一変するほどである。稀に見る奇妙な映画の誕生である。

「ウンタマギルー」（八九、監督・脚本＝高嶺剛、撮影＝田村正毅）は沖縄の伝説の義賊を主役にした不思議な映画。村のタブーを破った青年が森へ追放され、そこで霊力を身に付けて空を飛び回り、金持ちから金品を奪っては貧しい者たちにばら撒くというお話。ギルーや沖縄の妖怪キジムナーなどが、一般の人たちと何ら不自然さもなく渾然一体となって溶け合っている沖縄の風土の力が、この幻想映画の主役である。映画は時代を日本復帰以前に設定しているが、これが現在の沖縄の姿といわれても、十分納得してしまう。

「人間蒸発」（六七、今村昌平）はドキュメンタリーという体裁のため、脚本のクレジットはない。ある女が蒸発した自分の恋人を探していて、監督の今村とレポーターの露口茂がこの捜索に同行し、その過程をドキュメンタリーとしてカメラに収めるという単純な企画が、映画が進行するにつれてどんどん様相を変えていく。女の姉が蒸発者と親密だったという情報が入るや映画はミステリに様変わりし、目撃者の証言も交えつつ街頭での現場再現が行われ、その場で姉と目撃者は怒鳴り合う。恋人を探しているはずの女がレポーターの露口を好きになったことが明かされるに至っては、一体ドキュメントなのかフェイクなのか、はたまたフィクションなのか、観ている者には分からない。事実とフィクションの境界はこんなにも曖昧なものかと驚くだけだ。

「地球交響曲」（九二、龍村仁）は、自然と共生している人たちを世界各地に訪ね、その活動を紹介することで地球の横顔をもあぶり出すことに成功したドキュメンタリーだ。象と話をする女性、水耕栽培でトマトの生命力を示した学者など、各々のエピソードに地球の神秘的な部分が見え隠れし、地球も一個の生命であることを感じさせてくれる。このシリーズは現在「地球交響曲　第六番」（二〇〇七）まで製作されている。

「絞死刑」（六八、監督・脚本＝大島渚、脚本＝田村孟・佐々木守・深尾道典）は、刑の執行後死ななかった死刑囚の処遇について、役人たちがああでもないこうでもないと議論を戦わせる、不条理ともナンセンスとも説明しがたい、ブラックな笑いに満ちた一篇。大島渚の映画には、とにかく議論する大人たちの姿を捉えたシーンが多く、その馬鹿馬鹿しさがブラックユーモアの源泉になっている。

「マックス、モン・アムール」（八六、監督・脚本＝大島渚、脚本＝ジャン・クロード・カリエール）は本気でサルを愛してしまった女とその家族の物語が、無茶な設定にもかかわらず、信じられないくらい真摯に展開する現代のお伽噺。何故この物語がゲテモノにならないのか不思議に思うが、そこが映像のマジックなのだろう。

「無常」（七〇、実相寺昭雄、脚本＝石堂淑朗）が描くのは観念的なエロスの世界であり、性と生と死にまつわる幻想的イメージに富んでいる。旧家の長男である青年を軸に、青年と関係を持った姉、姉と結婚した書生などの歪んだ関係が、引き締まったモノクロ映像の中に展開される。青年はどんなに乱れた性生活を送っても不敵な表情を崩さず、落ち着いた画面がかえって内に秘めた激情を的確に表現した。般若の面を付けて女を追いかける移動撮影、賽の河原と思しき場所での夢のシーンの幻想性、地獄極楽の存在に関する強引な三段論法と、撮影・脚本のそれぞれが強く記憶に残る秀作だ。

実相寺昭雄は「無常」に先立ち「宵闇せま

れば」（六九、脚本＝大島渚）を撮っている。ガスが漏れている室内に最も長時間いられるのは誰か。このゲームを始めた四人の男女の会話が刻一刻エスカレートしていく。最後に残った男女間の会話が、たかが部屋を出るかどうかというだけで交わされたとは思えないほど社会的・政治的であるのも、大島渚の脚本ゆえだろう。文字通り息詰まる展開の凄い映画で、過度のサスペンスは夢幻感覚を呼ぶことも感じさせてくれる。

「おかえり」（九六、監督・脚本＝篠崎誠、撮影＝古谷伸）は精神分裂症の妻と支える夫の真摯な物語。これだけの状況にもめげない夫婦の愛の記録としてより、むしろその緊張感に注目したい。妻が次にどういう行動に出るか予測できず逡巡する夫の姿は、同時に戸惑う観客の姿でもあり、そこから鋭角的なサスペンスが生み出される点など、アメリカ映画「こわれゆく女」（七四、ジョン・カサベテス）から直接インスパイアされたと思われる。これを適確にすくい取った映像の力も特筆すべきだろう。

「薔薇の葬列」（六九、監督・脚本＝松本俊夫）がモチーフにしたのは、ギリシア神話のオイディプス王の物語。製作時にはタブーでしかなかった同性愛、その権化とも見えるピーターを狂言回しに、ヒッピーやドラッグなどのサブカルチャーをたっぷり注ぎ込み、もちろん映画への愛着も随所にちりばめながら、今見ても面白い若者文化の貴重な証言となった。ラストは神話の通り、父と子の確執から刃物で眼をえぐるショッキングなシーンに終結するが、このドラマ部分とインタビューで構成するドキュメント部分が絡み合って、独特の肌触りを持つ作品となった。

「本能」（六六、監督・脚本＝新藤兼人）は、被爆して不能になった男が再び性的能力を取り戻すまでを綴った、大人のメルヘンとでも呼びたくなる一篇。主人公が通いの家政婦に欲情を催すあたり、あるいは家政婦の家まで夜這いに出かける様子などに、女を崇める男の無邪気さ・純真さ・優しさが溢れ、実に伸びやかな空気を作り出している。まるで民話の世界を映画化したような、このユニークさは他に類を見ない。男は永遠のロマンチストだという陳腐な表現が、これほど似つかわしい映画はないだろう。主演をつとめた能楽界の異端児・観世栄夫の映画における代表作であり、兄寿夫と共に舞う幻想シーンは限りなく美しい。夏の別荘の出来事という非日常性も、独特の世界の構築に大きく寄与している。

新藤兼人には「藪の中の黒猫」（六八、脚本＝新藤兼人）という化猫映画もある。平安時代末期の戦乱を背景に、武士の争いに巻き込まれ殺された女の霊が、猫の体を借りて恨みをはらすというもの。怪談映画では語り尽くされた感のある物語だが、それとはどこか一味違う芸術性も加味されている。

「裸の島」（六〇、脚本＝新藤兼人）はモスクワ映画祭でグランプリを獲得した同監督の代表作。小島で暮らす一組の夫婦と二人の子供の四季を、詩情豊かに綴っている。映画には全く台詞がなく、そのことが非常に新鮮に映り幻想性まで感じさせるが、中盤以降むしろ言葉を喋らせないための無理な演出に見えてしまうのは残念だ。

「続清水港」（四〇、マキノ雅弘、オリジナルのタイトル「清水港代参夢道中」、脚本＝小国英雄）はタイムスリップをコミカルに扱った時代劇映画。舞台演出家がチャンバラの演出に悩み、泥酔して目覚めるとそこは清水の次郎長の時代、自身は森の石松になっている。金毘羅様への代参に行けば殺されると分かっているので、何とか理由をつけて断ろうとする、というお話。結末は当然のごとく夢オチで終わるのだが、時代劇にSF的な感覚を取り入れたセンスは素晴らしい。後年のリメイク「森の石松鬼より恐い」（六〇、沢島忠、脚本＝小国英雄・鷹沢和善）は主演の中村錦之助の個性もあって、オリジナルよりも面白く仕上がった。

《狸御殿物》と呼ばれる一連のシリーズは、日本独自の時代劇ミュージカルとして重要な一分野である。狸が人間に姿を変えて歌い踊るオペレッタ喜劇であり、「歌ふ狸御殿」（四二、木村恵吾）の成功が人気を決定づけた。鈴木清順はこの映画がお気に入りで、後年自分で「オペレッタ狸御殿」（二〇〇五）を作っているほどだ。「初春狸御殿」（五九、木村恵吾）は市川雷蔵・勝新太郎・若尾文子・中村玉緒など、当時の大映の看板俳優たちが大挙出演して美声を聞かせるオールスター作品ながら、脱力感満載の珍作。狸を狐に移し変えた「恋すがた狐御殿」（五六、中川信夫、原作＝北条秀司「狐と笛吹き」）は、美空ひばりの歌はあっても狸御殿ほどのにぎやかさはなく、原作の純愛文芸路線の香気を残し、《狸御殿物》とは異質な映画である。《狸御殿物》は狸が人間に化ける言い伝えを馬鹿馬鹿しくも楽しく映像化したメルヘンチックな作品群であり、脚本よりも何よりも木村恵吾監督のシリーズであった。

「徳川女刑罰絵巻　牛裂きの刑」（七六、牧口雄二）は東映エログロ路線の一本で、両足を牛に引かせて股を裂く牛裂きの刑や、道行く人に首を切らせる鋸引きの刑などの残虐刑が、次々に画面に展開する悪趣味な一篇。面白いことに、ここで描かれる残酷はもはやナンセンスに至っている。過度にどぎつく、時にユーモラスに演出することが、この効果を生み出した。いもりの黒焼きを頭からバリバリ食う汐路章の怪演にも注目したい。

「夢見るように眠りたい」（八六、監督・脚本＝林海象、美術＝木村威夫）は大人向けのファンタジー。観る者すべてにノスタルジーを感じさせる出色の出来である。往年の女優が私立探偵に人探しを頼むが、実は彼女が探していたのは主演映画の失われたシーンであった。この粗筋だけでもただごとではない。映画は物語に相応しい映像を作るため、サイレント映画の体裁を真似て雰囲気を醸し出す。モノクロームの画面、字幕で表現される台詞、映写機の回る音。サイレント映画はその時代を知らない者にも郷愁を抱かせる不思議な、いやむしろ便利な道具立てであり、それを最大限利用したとはいえ、観客に切ない思いをさせた演出は評価してしかるべきだろう。

林海象は次作の「二十世紀少年読本」（八九、脚本＝林海象、美術＝木村威夫・山崎秀満）もセピアカラーのサイレント調でなかなか見せた。今度はサーカスという、これも郷愁を煽る世界が舞台。今も耳に残るテーマ音楽が切ない。

「星空の向こうの国」（八六、小中和哉、脚本＝小林弘利）は《少年ドラマシリーズ》を映画に、のコンセプトで作られたＳＦファンタジー。《少年ドラマシリーズ》はＮＨＫで放送された一連のＳＦ・文芸ドラマのシリーズであり、ことにＳＦファンには必見のシリーズだった。筒井康隆の「時をかける少女」の最初の映像化がシリーズの一篇「タイム・トラベラー」であったことはよく知られている。本作はパラレルワールドという極めてＳＦ的な題材を扱い、そのくせ大がかりな特撮に頼らず日常レベルで話を進めることに徹した。その結果、コンセプトに沿った、ＳＦを身近に感じられる素晴らしい出来映えとなった。

監督の小中和哉はファンタジー一辺倒の変り種で、くまのぬいぐるみ型宇宙人のお話「くまちゃん」（九二、脚本＝小中千昭）や、横浜博で上映された３Ｄ映画「赤いカラスと幽霊船」（八九、原案＝阿久悠、脚本＝小林弘利）などがある。

「いたずらロリータ　後からバージン」（八六、金子修介）はダッチワイフが人間の女の子に変身する、能天気なパワーに満ちたファンタジー快作。金子修介が一般映画に移る以前に撮った成人映画である。変身シーンは、ダッチワイフの持ち主の青年の顔を捉え、そこにむくむくと大きくなっていく人形の影を入れることで成立させている。特撮など何もなくても、演出の手法一つで、観客の想像力を刺激する映像を創ることは可能なのだ。

「奇々怪々　俺は誰だ?!」（六九、坪島孝、脚本＝坪島孝・田波靖男・長野卓）は不条理をコメディで撮った珍しい映画。突然自分が自分でなくなってしまったら。過去にこの魅力的な設定に惹かれて作られた文学や映画は数多く、ほとんどがミステリ的・SF的な説明をしているのに、本作は一切理由を説明しない。すべてを投げ出したような展開には驚かされるが、それ以上に主人公が牛に変身するラストには呆れてしまう。

同じ監督による「クレージーだよ　奇想天外」（六六、脚本＝田波靖男）はよりSF的な展開ながら、宇宙人が地球人に乗り移り、やはり自分ではない人間を生きる物語。こちらは結末にほろ苦い落ちを付けた喜劇になっている。谷啓と藤田まことの極めて日常的な宇宙人が笑える。

「心臓抜き」（九二、監督・脚本＝高橋玄）は、死んだはずの男が生きているのを目撃した記者がその秘密を調査していく、一見サスペンスの外観を持った映画だが、後半展開は一変する。死者の婚約者が〈だってあの人、心臓ないもん〉とつぶやいた瞬間から、現実に根ざした物語を離れ、いつの間にか異世界へ呑み込まれてしまったことに気付くのだ。空虚な空き地の映像が不安感を募らせて印象に残る。

「進め！ジャガーズ・敵前上陸」（六八、監督・脚本＝前田陽一）は小林信彦が中原弓彦名義で脚本に加わった、GSのジャガーズ主演の歌謡映画である。密輸事件に巻き込まれたジャガーズのメンバーが、硫黄島で反撃に出るあたりの感覚、子供の遊びにも似たバカ騒ぎと無邪気さとのブレンドは、明らかに「怪人オヨヨ大統領」と同質のものである。不条理、ナンセンス、スラプスティック。いずれの形容をもってしても、その枠内に収まりきらないパワーを感じさせる映画だ。

「オールナイトロング」（九二、監督・脚本＝松村克弥）では人間の奥底に眠る暴力への希求が描かれる。普段はおとなしい青年たちが、暴行の現場を目撃したことでショックを受け、被害にあった友人の復讐に向かう。かなりのリアリティがあってホラー映画よりはるかに恐ろしいのだが、これはただひたすらに暴力の映画であった。

それよりも「オールナイトロング２」（九五、監督・脚本＝松村克弥）の描写の方が残酷度が増していて不気味である。単純にいじめの映画であって、相手よりも強い立場に立った人間が、どれだけ残酷になれるかを映像で見せた。いじめる側に感情の爆発がなく、淡々と相手の肉体を傷つけていくだけなのが恐ろしい。現実の事件を基にしたドキュメンタリー風に作っている点が不気味さを倍加させている。

公開劇場の興行記録になるほどヒットした超カルト映画「追悼のざわめき」（八八、監督・脚本＝松井良彦）は、通り魔殺人を繰り返す青年が、殺した女を切り刻んでは人形の中に埋め込んで、とここまでのあらすじだけで拒否するむきも多いだろう。しかしこの文言からは予想できないほど、センチメンタルなドラマなのだ。言葉どおりの場面もあるが決してくどくは描かれない。それが眼目ではないからだ。この精神を蝕まれた異常な青年が、愛に目覚めていく過程を追ったと捉えれば、ダーク・メルヘンとも呼べる。凶行後血まみれになった青年が周囲を見回すとあたりは一面の海、ベッドがその中に浮いている夢のシーンなどは、異常性よりも幻想の視点から捉え直す必要があるのではないだろうか。

橋本忍原作・脚本・監督の「幻の湖」（八二）は小説が刊行されてはいるが、脚本家・橋本忍は当然映画化を前提に書いたであろうから、映画オリジナルといっても差し支えないだろう。ジョギング中に愛犬を殺されたトルコ嬢が復讐に執念を燃やすメインの物語に、戦国時代の結ばれなかった男女の悲恋のサブストーリーが絡む。そして復讐相手である作曲家のジョギング中を狙って、愛犬が死んだと同じ湖畔で復讐を果たすと、画面は突然宇宙空間に飛ぶ。戦国時代の男の子孫は宇宙飛行士となっており、かつての恋人同士の思い出の品である横笛を、やはり思い出多き湖の真上の宇宙空間上に置くのである。ここに至って初めて、映画は琵琶湖を主軸に据え、過去・現代・未来を貫く壮大なるスケールのもとに展開されたのだと分かるが、果たしてメインの復讐ミステリと、悲恋から宇宙飛行に行き着くサブストーリーには関連があったのだろうか。そうした疑問を残しながらも、一見忘れ難い、謎めいた魅力を持った映画といえるだろう。

【映像】

物語よりも映像が作品の幻想性に大きく寄与した映画として、まず「狂った一頁」（二六、衣笠貞之助、脚本＝川端康成）が挙げられる。横光利一、川端康成などの作家の協力を得て、衣笠監督が自ら製作した画期的な前衛映画である。サイレント映画であるのに字幕もなく、音も台詞も一切ない映像だけの世界が構築されている。脚本に川端の名はあっても筋らしい筋はなく、精神病院に勤める小使いの眼を通して、入院患者たちの内面の激しい葛藤が、怒声・罵り合い・泣き笑い・雷鳴・風雨などの音が聞こえてきそうな鮮烈な映像で綴られる。しかし惜しいかな、同工異曲のシーンの繰り返しで一時間はいささか長く感じる。三十分で終えていたら傑作と呼べただろう。

映像による幻想ということならば、実験映画・自主映画に触れるべき映画は多い。大林宣彦の初期の自主映画では、「喰べた人」（六三）「Complex＝微熱の玻璃あるいは悲しい饒舌ワルツに乗って葬列の散歩道」（六六）「Confession　遥かなるあこがれギロチン恋の旅」（六八）などは、コマ落としの手法で人間の動きを機械のようにぎごちなく加工していて、パペット・アニメのファンならずとも楽しめる映像である。ここから始まった大林映像が「ＨＯＵＳＥ　ハウス」（七七）ひいては「ねらわれた学園」（八一、原作＝眉村卓）へと結実したのだ。

黒木和雄の「椅子をさがす男」（六八）も同じ手法の自主映画であり、人間ばかりか椅子までも自在に動かしてしまった。黒木は他にも「恋の羊が海いっぱい」（六一）というＰＲ映画では作詞に寺山修司を迎えてミュージカル風に撮るなど、商業映画デビュー以前には不思議な味わいの短篇が多い。にもかかわらず劇場用映画第一作の「とべない沈黙」（六六）にはそんな実験精神が見られなくて意外な感もあった。だが、一度観ただけでは分からないかもしれないが、実は、この映画はアゲハチョウを主役に据えて、九州から北海道へ縦断するという、たいへんなロードムービーなのである。

ロードムービーということでは「きままちゃんはあんたたちじゃないからのぼるのぼる」（九四、金井康史）が刺激的だ。主人公がビルの壁面に立てかけた梯子をひたすら上って行き、それぞれの階に住む住人と関わるサイクルがいつまでも続く。おそらく過去には類がないであろうタテ型ロードムービーである。逆にカメラがどこまでも地下深く潜っていく「NARAKUE」（九七、手塚眞）もある。「SPACY」（八一、伊藤高志）はコマ撮りの極みといえそうな映像である。写真を一枚ずつフィルムに撮影し、その写真の組み合わせで動きと空間を感じさせる試みをしている。これは言葉で説明しても実際に観なければ雰囲気も伝わらないが、その動きの素早さたるや一見して驚くこと必定である。伊藤高志は本作を頂点として、同様の手法で映像に動きを与えた短篇を多く撮っていて、どれも一見の価値はある。

寺山修司も劇場用映画を撮る以前に多くの短篇映画を制作した。それらはスクリーンの裏で動く影絵を映し出したり、スクリーンそのものを鋏で切断したりと映像における実験では突出していた。「トマトケチャップ皇帝」（七〇）はそれら初期短篇のうちで最も有名なもの。大人の横暴に対して立ち上がった子供たちが独立国家を作り、大人に復讐を果たすという物語を、毒気たっぷりの映像で見せる。この寺山のお遊びと諧謔は一般映画に移ってからも健在だった。「トワイライツ」（九四、天野天街）には毒こそないものの、登場する白塗りの人物や映像の雰囲気に共通性が感じられ、寺山の影響なかりせば生み出されなかったと思われる。

商業映画でも映像実験は行われている。「帰って来たヨッパライ」（六八、大島渚）は歌謡映画になるはずだったところを、監督の才気がこんな映画にしてしまったという珍品。といってもタイトルと内容がそぐわないというだけで、物語は在日の問題を扱ったいたって真面目なもの。中でファーストシーンが何度も何度も繰り返される実験的映像が話題になった。公開当時は映写ミスと勘違いした観客もいたという。

その大島渚がタイトルを付けた若松孝二のピンク映画「処女ゲバゲバ」（六九）では、何もない荒野に十字架が一本立っている構図があり、映画の物語より何よりその強烈なインパクトに参ってしまう。もちろんこの絵は一種不条理を感じる作品内容にも貢献しているわけだが、映像それだけが独立して語られてもいいほどの力があるのだ。

若松は「犯された白衣」（六七）では、実話を基にした猟奇殺人事件を扱いながら、唐十郎に殺人犯を演じさせることで、血なまぐさい現場にどこか無邪気なイメージを残すことに成功した。その映像は、自分が殺した女たちの死体の真ん中に体を丸めてうずくまるというもの。印象的な絵を創る才には長けた監督である。

「日本の悪霊」（七〇、黒木和雄、原作＝高橋和巳）には原作となる文学作品があるけれども、それとは別のところで実験を試みている。エピソードの合間に歌手の岡林信康が狂言回しとなって、ギターをかき鳴らしフォークソングを歌うのだ。本篇とは全く関わりのないシーンである（と思うが、何か隠れた意図があるのかもしれない）。そのせいで作品全体のバランスがとれておらず、あくまで映像実験の域を出ていない。

無政府主義者大杉栄に取材した「エロス＋虐殺」（七〇、吉田喜重）は、実験精神という点は別にしても、事件当時の空気を活写した傑作である。本作の映像の特徴は、意図的に露出オーバーにした白っちゃけたモノクロ画面にある。人物の輪郭すらはっきりしないような映像なのだ。それがここぞというシーンで使われ、作品内容と見事に一体化し観客に迫ってくる。イマジネーションの力を痛感させられる映画である。

同じく吉田喜重の「煉獄エロイカ」（七〇）でも、物語を追うだけでは得られない幻想性を担っているのは、明らかにその映像である。現在と過去、そして近未来の三つの年代を、回想とも夢想ともつかぬ描写で何度も何度も行き来する。それは単なる回想ではなく、その時代にタイムスリップして再度目撃しているのではないか。近未来のことも想像ではなく、目の当たりにしているのではないか。とするとこれは、ヴォネガットの「スローターハウス5」を日本的に現出させた映画といえるのではないだろうか。

怪奇・伝奇映画、ドラマ

1 伝奇時代劇

【伝奇活動大写真の時代】

日本映画は黎明期には演劇との結びつきが強く、演劇の区分に従って歌舞伎調の時代物を旧劇、近代演劇調の現代物を新劇と呼び、旧劇映画の中には「天竺徳兵衛」や「児雷也」「里見八犬伝」といった歌舞伎や講談の題材を元にした伝奇物が数多くあった。しかし残念なことに、伝奇映画に限らず戦前の国産映画の多くはフィルムが失われていて、今では観ることができない。

〈日本映画の父〉と称される映画監督牧野省三が、撮影中の事故から人間を消失させる特殊撮影のアイディアを得て、尾上松之助主演の伝奇映画を量産したというエピソードはつとに有名である。荒唐無稽な内容と拙速主義ゆえに識者からは低俗の誹りを受けたものの、大衆は大いに熱狂したという。不完全ながらも運良く現存している牧野・尾上コンビの作品の一つに、二一年の日活映画「豪傑児雷也」がある。尾上は児雷也を五回演じたほか、猿飛佐助や岩見重太郎などありとあらゆるヒーローを何度も繰り返し演じ、日本映画最初のスーパースターとなった。

その後旧劇映画は写実主義を取り入れ、現在の時代劇映画に生まれ変わっていく。題材も写実志向が強くなり伝奇映画の比重は減るのだが、その引き替えに超常的な活劇をリアルに見せる技術は向上した。たとえば、マキノ正博監督の日活映画「自来也　忍術三妖伝」（三七）では、片岡千恵蔵演ずる復讐の鬼自来也を軸に大蛇丸、綱手姫が絡む三すくみの構図を力強く描き、戦後の時代劇映画と較べてもさほど遜色はない。さらに、大蝦蟇が人を呑み込む場面などもあって、日本映画でも基礎的な特撮技法がこの頃にはできあがっていたことが判るのである。

戦後まもない頃には、時代劇映画はGHQにより封建的であるとの理由で規制された。伝奇時代劇の本格的な復活は五〇年代に入ってからで、特に目立つのが東映の〈娯楽版〉と称する作品群であった。長篇映画の添え物に作られた一時間弱の中篇のシリーズで、戦前の連続活劇に倣った明快な娯楽映画が量産され、伝奇時代劇がその中核となっていた。そこには「里見八犬伝」全五部（五四）全三部（五九）や「神州天馬侠」二部作（五六）といった戦前以来の題材の作品もある一方で、「新諸国物語　笛吹童子」三部作（五四）に代表されるラジオドラマの映画化も現れた。

当時たいへんな人気があった北村寿夫原作、NHK製作のラジオドラマ《新諸国物語》シリーズ（五二～六一）を最初に映画化したのは、新東宝の「白鳥の騎士」（五三）である。だが、この映画はさほど評判にならず、成功を収めたのは後発の東映映画「新諸国物語　笛吹童子」だった。長大な原作を整理しきれず荒っぽい要約のような内容だったが、善玉悪玉が複雑に入り乱れて剣と妖術・忍術を競い合う奇想天外な活劇は、年少の観客の絶大な支持を得た。主人公兄弟を演じた中村錦之助と東千代之助が一躍スターになったのみならず、大友柳太朗扮する悪の妖術師を主人公にしたスピンオフ作品「霧の小次郎」三部作（五四）と、さらにそこからスピンオフした「三日月童子」三部作（五四）までもが作られているのには驚かされる。さらに、五五年の「新諸国物語　紅孔雀」全五部作も「笛吹童子」を上回る大当たりで、娯楽版の伝奇時代劇は東映のドル箱路線となった。

同じ頃に東映は大人向け作品でも、戦前の「自来也　忍術三妖伝」をふたたび片岡千恵蔵の主演でリメイクした「妖蛇の魔殿」（五六）を製作している。松田定次による演出は格調高く、月形龍之介扮する大蛇丸の変化シーンなどに歌舞伎の様式を大胆に取り入れつつ旧版を上回るスケール豊かな活劇に仕上げており、B級の子供向けであった娯楽版シリーズとは一線を画している。このように、東映は伝統的な様式美に依拠しながら時のスター俳優の魅力を強く押し出した時代劇を次々と送り出し、他社の追随を許さなかった。

もちろん、他社も伝奇時代劇を製作してはいたが、東映ほど充実した量産体制を敷いた会社はなかった。新東宝は「白鳥の騎士」に続いて、児雷也物の二部作「忍術児雷也」「逆襲大蛇丸」（五五）や、「風雲急なり大坂城　真田十勇士総進軍」（五七）などを作ったが、いずれもいまひとつ奮わず、会社全体が低予算エログロ路線に転じて伝奇時代劇から離れていった。東宝は《新諸国物語》の「オテナの塔」を前後篇で映画化したが（五五・五六）、これも東映娯楽版のような人気は得られず、一方で「ゴジラ」（五四）の大成功により子供向け路線はSF物を主にしていった。

東映と並んで時代劇に熱心だった大映には、武内つなよし原作の《赤胴鈴之助シリーズ》全九作（五七〜五八）がある。これは直接的にはラジオドラマ版（五七〜五九・ラジオ東京）に依っているというが、漫画原作の伝奇映画としては最初のものである。

しかし、大映の伝奇時代劇はむしろ大人向けの映画に注目すべきものがあった。「大江山酒天童子」（六〇）では、川口松太郎の原案を得て、酒天童子らを鬼ではなく藤原氏の専横に抵抗する妖術者集団として描いていた。原作者の持ち味とはいえ少々色恋沙汰が強調されすぎているものの、田中徳三による鬼気迫る怪異演出と長谷川一夫、市川雷蔵、勝新太郎ら大映のオールスターが並ぶ典雅な中世世界は一見の価値がある。大映にはほかに、宗教奇跡談「日蓮と蒙古大襲来」（五八）や、スペクタクル史劇「釈迦」（六一）、弓削道鏡を超能力者にして挫折した革命家として描いた「妖僧」（六三）といった、特撮を駆使して史実を幻想的に描いた作品群もある。

【テレビドラマの台頭と忍者ブーム】

邦画メジャー会社の中でも東映はテレビ進出に意欲的で、「笛吹童子」（六〇）や「紅孔雀」（六一〜六二）など、東映娯楽版のヒット作のいくつかはテレビでリメイクされた。だが、ドラマ製作の技術的な向上に伴い、映画とテレビの関係は逆転する。受像器さえあれば毎週無料で観られるテレビほど、連続活劇に適したメディアはないからである。五九年の「風小僧」に始まる《東映特別娯楽版》は、連続ドラマを再編した劇場版シリーズだった。こうして役目を終えた東映娯楽版は、《新諸国物語》シリーズの一篇「新黄金孔雀城　七人の騎士」（六一）で幕を閉じた。

テレビの伝奇時代劇の成果としてまずあげねばならないのは、「隠密剣士」（六二〜六五）である。これは「月光仮面」（五八〜五九）を生み出した宣弘社が同じく大瀬康一主演・船床《ふなどこ》定男監督でTBSと製作した、原作のないオリジナルドラマであり、第一部は江戸の隠密が蝦夷地を放浪する西部劇調時代劇だったが、視聴率は芳しくなかった。そこで第二部以降は忍者軍団との抗争劇に路線変更したところ、これが大当たりし、全十部二年半も続く人気番組となり忍者ブームを巻き起こした。忍者物の人気作としては、「忍者武芸帳」に代表される白土三平の漫画が先行しており、非情な集団抗争や忍術の疑似科学的説明など、「隠密剣士」もその影響下にある。とはいえ、今日われわれが動いている映像でイメージする忍者の描写の多くは「隠密剣士」で考案されたもので、第二部以降を独力で支えた脚本家・伊上勝と、船床監督の功績は計り知れない。

「隠密剣士」による忍者ブーム以降、伝奇時代劇では疑似科学の忍者に押されて、超自然の妖術師は次第に姿を消していった。そして忍者物は、忍術を武術や格闘技の延長として極力リアルに描こうとする方向と、逆にSF的にエスカレートさせてファンタジックに描こうとする方向に分かれていく。

「隠密剣士」は回を重ねていくうちに、奇怪な忍術の創案にとどまらず、潜水艦のようなメカまで登場させていた。「隠密剣士」終了後、船床定男と伊上勝は東映で白土三平原作の「大忍術映画　ワタリ」（六六）を撮るが、原作の社会派的な暗さはほとんど捨てて奔放に空想を遊ばせた映画だった。怪物じみた異形の忍者軍団がドリル兵器や巨大化するサイボーグを繰り出して少年忍者ワタリに襲いかかり、アニメーションが合成されたきらびやかなミュージカル・シーンまで挿入される。白土漫画の映画化というより、東映が娯楽版で築いた伝奇時代劇の伝統が「隠密剣士」の何でもありの忍者ドラマと結びつき、相乗効果でエスカレートしたものというべきだろう。

東映は「ワタリ」をテレビドラマ化するつもりだったが、白土三平が原作とのあまりの乖離に激怒したために頓挫、代わりの原作を横山光輝に依頼して作ったのが、伝説的な名声を誇る人気番組「仮面の忍者　赤影」（六七〜六八・関西テレビ）であった。赤影・白影・青影の三人の正義の忍者が天下を脅かす悪の忍者軍団と戦うというもので、メイン監督は「ワタリ」の特撮を担当した倉田準二が務め、脚本は全話を伊上勝が担当している。原作は比較的ふつうの忍者漫画であったが、テレビ版は「ワタリ」以上に過激さを増しており、巨大な怪獣やロボット、空飛ぶ円盤などの超兵器までが次々と登場する奇想天外な忍術合戦は、今日の目で見ても新鮮である。

【映画産業の退潮と伝奇時代劇のたそがれ】

「ワタリ」と「赤影」は、忍者を幻想的に描いた実写映画／ドラマの一つの頂点といえる。その後の実写忍者物は、忍術を格闘技の延長として扱い、血なまぐさくリアルな集団抗争劇を描くものばかりになっていくからである。

もう一つの傾向が、邦画斜陽期の徒花というべき過激で倒錯的なエロティシズムだった。東映が中島貞夫の監督で山田風太郎を映画化した「くノ一忍法」（六四）に始まるセックス忍法物は、映画のみならずテレビやVシネマなどで現在に至るまで多くの類似作を生み出している。さらに残酷な拷問や虐殺の場面をふんだんに盛り込んだ、いわゆる〈異常性愛路線〉がこれに続き、石井輝男の「徳川女刑罰史」（六八）や牧口雄二の「女獄門帖　引き裂かれた尼僧」（七七）といった作品は、現在はカルト映画として評価されている。

七〇年代の邦画産業の退潮によって、社有の巨大な撮影所を核としスタッフや俳優を丸抱えする製作システムが崩壊したことは、伝統的な様式美に支えられていた時代劇を作ることを難しくした。以後の時代劇は、映画もテレビもほとんどが現実的な題材を扱うものか、さもなければエログロであって、幻想的な冒険活劇は特撮やアニメのSFヒーロー物が担うようになった。八〇年代には、大予算の娯楽映画を志向する角川映画が山田風太郎原作の「魔界転生」（八一）や鎌田敏夫の「新・里見八犬伝」を映画化した「里見八犬伝」（八三）などを製作して、興行的にも成功を収めている。また二〇〇〇年代にも、夢枕獏の原作小説と岡野玲子による漫画版も含めたブームとなり映画とドラマが製作された「陰陽師」（〇一）があり、超自然的な呪術・妖術が再び脚光を浴びた。しかし、そもそも時代劇そのものが低調なこともあり、全体的な傾向を覆すには至っていない。

しかしその一方で、特撮やアニメのSFヒーロー物は、リアリティや整合性を捨てても外連と情念が優先される語り口などにチャンバラ時代劇的な美意識をそのまま受け継いでいる面もあり、伝奇時代劇の伝統は今もなお日本の幻想活劇の核として生き続けている。漫画やゲームソフトの題材としてならば、伝奇的な時代物は現代の若い世代にも親しまれており、いつかまた映画やドラマが盛んに作られる日も来るのかもしれない。

【異世界ファンタジーの試み】

伝奇時代劇は時に〈日本のヒロイック・ファンタジー〉と形容されることもあるが、剣と魔法の物語といっても異世界を創造しようとする意思は稀薄なのが一般的である。その欠けている部分を例外的に持ち合わせている作品群を、別枠で取り上げてみる。

　異世界ファンタジーを狭義に捉え、オリジナルな異世界を創造していることにこだわると、作品の数はかなり少ない。まずは東宝の「大盗賊」（六三）である。日本を飛び出した呂宋助左衛門がどことも知れぬ異国に流れ着き、久米仙人の末裔の助けを得ながら王位と姫を狙う悪宰相や老魔女、海賊たちに立ち向かう。人物がすべて日本人に見えるのは仕方ないが架空の王国の風物がそれなりに作り込まれており、名匠円谷英二の特撮の力もあって、アラビアンナイトの絵本のような異世界を作り上げることに成功していた。谷口千吉監督は起伏に富んだストーリーをテンポよくまとめあげており、心優しい野生児という十八番の役柄を手堅くこなしている主役の三船敏郎以下俳優陣も好演している。

　三船敏郎はこの映画がお気に入りだったらしく、六六年にもほぼ同様のスタッフ、キャストを用いて、太宰治の「走れメロス」を仏舎利を求めてシルクロードを横断する遺唐使たちの物語に改変した「奇巌城の冒険」を、三船プロダクションと東宝の共同製作によりイランでロケまでして製作している。

　さらに一歩進んでSF的な異世界にサムライを飛び込ませた映画に、林海象の原案・脚本・監督による「ZIPANG」（九〇）がある。現実の日本ではない異次元の黄金郷ジパングに、高嶋政宏扮する盗賊の一党と徳川家康の密命を帯びた服部半蔵らが入り込むというものであった。狭義の国産異世界ファンタジー映画は、以上の三作で尽きてしまう。

　実在の異境を異世界的に描く場合の定番のようになっているのが、中国を舞台にしたファンタジーである。小説や漫画、アニメでは膨大な数の作品があるのだが、実写では東宝の「白夫人の妖恋」（五六）を除くと、西遊記物ばかりになってしまう。

　「白夫人の妖恋」は林房雄の小説「白夫人の妖術」の映画化で、池部良扮する青年をめぐって山口淑子の蛇の精と東野英治郎の道士が呪術を競う。豊田四郎による演出は大味なメロドラマ調であったが、円谷英二による特撮が極彩色のセット撮影に違和感なく溶け込んでいて、見せ物として充分成功していた。

　西遊記物は戦前にも何本か作られているものの、現在も観られるのは山本嘉次郎監督・円谷英二特撮の東宝映画「エノケンの孫悟空」（四〇）のみである。伝説的な喜劇俳優榎本健一を主役に据えたオペレッタ仕立てのコメディだが巨額を投じた大作で、採石場のロケとスタジオセットを併用して作られた金角銀角のロボット軍団要塞のイメージなどは、時代をはるかに先取りしている。山本と円谷は戦後にも三木のり平の主役で「孫悟空」（五九）を撮ったが、戦前版に較べて説教臭が強く、大幅にスケールダウンしていた。

　このほか、榎本健一がテレビで再び悟空役に挑んだ「エノケンの孫悟空」（五七）や伏見扇太郎が悟空を演じた東映娯楽版の「孫悟空」二部作（五六）など、西遊記物は映画やテレビで幾度も実写化されているのだが、ほとんどが忘れ去られている。

　唯一の例外は、堺正章が悟空を演じた日本テレビ製作の連続ドラマ「西遊記」（七八〜七九）と「西遊記Ⅱ」（七九〜八〇）で、現在ではこれが西遊記物の規範のようになっている。猪八戒を西田敏行（のちに左とん平に交替）、沙悟浄を岸部四郎、三蔵法師を夏目雅子が演じ、四人のコミカルな掛け合いが大きな魅力であった。以後の実写の西遊記物はどれもこの番組を強く意識して作られており、特に三蔵法師役は美人女優に演じさせることが恒例になった。

　日本の神話を映画化したものとしては、東宝が三船敏郎によるヤマトタケルとスサノオの二役をはじめオールスターを総動員した大作「日本誕生」（五九）がある。純真なヤマトタケルが政争に巻き込まれていく悲劇を本筋に、醜い人の世と対比するようにイザナギ・イザナミの国産みや天岩戸、スサノオの大蛇退治といった神代のエピソードがおおらかに語られていた。稲垣浩による演出はやや冗長だが、豪華な美術と円谷英二の精緻な特撮で再現された古代世界や高天原は見応えがある。

東宝は九四年にも高嶋政宏主演で「ヤマトタケル」を作っているが、こちらは原典をほとんど無視した子供向けの冒険物で、ヤマトタケルが月面で巨大ロボットのような戦神を操りヤマタノオロチと戦うという、むしろ怪獣映画に近いものであった。

2 伝統的怪談

日本の怪談映画/ドラマは、その多くが歌舞伎や講談など伝統芸能から得た定番の題材を繰り返し映像化し続けていることに、大きな特色がある。海外のホラーでは、ドラキュラや狼男のようなキャラクターを使い回すにしても、原典の物語以後の新たな展開を見せたり、あるいはまったくつながりのない新たな物語を使うこともある。ところが日本の怪談物はせいぜい原典のアレンジに留まるものがほとんどで、特定の相手に祟る怨霊の話が主で基本設定を変えにくいという事情もあるにせよ、ほぼ同じ内容の物語が同じように怖がられるために繰り返し観られてきた。もちろん、新たに独自の怪談を考案して作られた映画やドラマも中にはあったが、定番の題材を上回る人気を得ることはなかった。

人気のある題材としては、まず「四谷怪談」が随一で、「累怪談」「牡丹燈籠」がこれに次ぐ。さらに「皿屋敷」と岡崎・佐賀・有馬の怪猫物を加えたあたりが、日本の怪談物の代表的な題材である。これらの定番は明治期のうちに出揃い、大正期までにはおおむね定型が形作られた。しかし、戦前の映画はほとんどフィルムが失われ、残された資料も充分ではないため全容を知ることは難しい。

怪談といっても歌舞伎や講談では怪異は契機に過ぎず、そこから生まれる複雑に入り組んだ人間の業の絡み合いを追うことが、物語の大半を占めることが多い。映画化にあたっては上映時間の制約からこうした人間模様は大幅に切り捨てられ、怪異に焦点を絞った構成に改変されるのが常であった。しかし、そのおかげで怪談映画は、超自然の恐怖を描く芸術としては、時には原典を上回る凝縮された完成度に達することもあった。

伝統的な怪談物を成立させているのは、伝統芸能から続く歴史を通じて形成された様式美であり、それが継承され続けない限り衰退は避けられない。大手映画会社の自社所有撮影所を中核とした日本映画の製作システムが盤石なうちは、ベテランから若手へ昔ながらの美意識が滞りなく伝承され、怪談映画も盛んに作られていた。戦後の映画会社では東映・大映・新東宝に多く、東宝・松竹・日活は少ない。つまり、娯楽に徹したチャンバラに熱心だった会社は、怪談にも熱心であった。

七〇年代に撮影所主体の製作システムが崩壊すると、怪談映画も低調になっていった。それに反比例するかのようにテレビでは東京12チャンネル(現テレビ東京)の《日本怪談劇場》(七〇)や日本テレビの《怪奇十三夜》(七一)といったオムニバス形式の怪談シリーズが盛んになっていくのだが、これは映画産業の人材がテレビに流れたせいでもあり、七〇年代末頃までは同時期の劇場用映画を上回る品質の怪談ドラマをテレビで観られることもあった。しかし、これも八〇年代にはテレビドラマの粗製濫造傾向に呑み込まれてしまう。以後は映画もテレビドラマも怪談物は、新機軸のつもりの工夫が空回りしていたり、怪談としてどうという以前にまともに時代劇になっているかを問わねばならないようなものが、ほとんどになってしまっている。

【四谷怪談】

一組の男女の愛憎劇という普遍的な設定が現代人にも親しまれ、怪談物の題材の中でももっとも人気が高く、様々なバリエーションが今なお作り続けられている。

四谷怪談の映像化作品のほとんどは、怪談の起源となった巷説やそれをまとめた実録本『四谷雑談集』ではなく、「仮名手本忠臣蔵」の外伝に設定されるなど物語が大幅に書き換えられた鶴屋南北の狂言「東海道四谷怪談」に依っている。一方で、乾坤坊良斎の作に端を発するという講談系の四谷怪談では「四谷雑談集」に近い物語が現在もなお伝えられており、「実録四谷怪談」の別題も有する一五年の天活映画「四谷怪談」等、大正期ぐらいまではその系統に属する四谷怪談映画もいくつかあったようだ。

「東海道四谷怪談」の映像化では、新東宝映画「東海道四谷怪談」（五九）がもっとも評価が高い。天知茂が演じた伊右衛門は心の弱い男で、江見俊太郎扮するメフィストフェレスめいた直助権兵衛の誘惑に負け、悪に染まっていく。怪談映画の名匠といわれる中川信夫による演出は、原作をうまく整理改編して伊右衛門の変節ぶりを丹念に追い、説得力があった。さらに、歌舞伎に倣った伝統的な様式美と映画ならではの斬新な視覚表現を互いに高め合う形で見事に融合させており、四谷怪談のみならず日本怪談映画の最高峰とも称されている。

加藤泰の東映映画「怪談　お岩の亡霊」（六一）は、若山富三郎のとことん粗野な伊右衛門が暴力の限りを尽くし、強烈な印象を残す。森一生の大映映画「四谷怪談　お岩の亡霊」（六九）では、佐藤慶が冷酷な策謀家の伊右衛門を演じ、お岩の霊に追いつめられてもなお〈首が飛んでも動いてみせるわ〉と、上方の「いろは仮名四谷怪談」由来の台詞をふてぶてしくうそぶいてみせる。ともに、現代的アレンジの四谷怪談の試みとして成功していた。

一方、大映が新東宝の「東海道四谷怪談」と同時期に競うように公開した三隅研次の「四谷怪談」（五九）は、大スター長谷川一夫が主演のせいか、まったく善人の伊右衛門がお岩の仇討ちを果たすという展開にされていたのが興醒めであった。忠臣蔵との結びつきを強調していた深作欣二の「忠臣蔵外伝　四谷怪談」（九四）も、佐藤浩市が演じる赤穂浪士伊右衛門の鬱屈した心情をよく描いているものの、伊右衛門に肩入れするあまりお岩が添え物のようで、怪談として楽しむのは難しい。たとえ陳腐だろうとも、やはり昔ながらの因果応報こそが怪談の要であり、伊右衛門の悪が際だってこそお岩の怨念も強まるのである。

【累怪談】

累怪談の映像化作品は、正伝というべき「死霊解脱物語聞書」からの脚色である桜田治助「伊達《だて》競《くらべ》阿国《おくに》戯場《かぶき》」や鶴屋南北「法懸松《けさかけまつ》成田《なりたの》利剣《りけん》」など歌舞伎に基づいたものと、後日談に相当する三遊亭円朝の咄「真景累ケ淵」に基づいたものとの二つに大別される。

題名から歌舞伎の累物に基づいていると思われる映画としては「かさね身うり殺し場」（〇九）や「薫樹累物語」（一一）があり、あるいは実演をそのまま撮影したものかもしれないが、詳細は不明。また、「実説累物語」との別題もあるという「累の恋」（一四）も、役名にかさねや絹川村与右衛門らの名があり、この系統に属する映画だったと推測される。こうした作品群は大正期までに限られるようで、以後の映画やドラマはすべて「真景累ケ淵」を原作としている。

「真景累ケ淵」の映像化作品では、怪談としての興趣に富む宗悦とその娘豊志賀の因縁を中心にまとめられることが多い。溝口健二監督の初期作品として知られる「狂恋の女師匠」（二六）は、川口松太郎が宗悦殺しも排して豊志賀のエピソードのみを抜粋し、登場人物名も変更して書き改めた脚本による映画であった。名作の誉れ高いが、フィルムが失われていて現在は観ることができない。

新東宝の「怪談累が渕」（五七）は中川信夫が初めて本格的な怪談映画を手がけた作品で、のちの傑作「東海道四谷怪談」に通ずる描写も見られる習作として興味深いものの、残念なことに短縮改題版「怪談かさねが渕」しかフィルムが現存していない。大映では安田公義が六〇年と七〇年の二度、累怪談を撮っている。「怪談累が淵」（六〇）は怪談物の古き良き定型を守った体《てい》の仕上がりだったが、「怪談累が渕」（七〇）は当時としてはどぎついエロティシズムと残酷趣味を売りにしていた。松竹の「怪談残酷物語」（六八）も同傾向の映画で、柴田錬三郎が「真景累ケ淵」の登場人物をすべて悪人にして語りなおした短篇小説「怪談累ケ淵」の映画化であった。

これらの「真景累ケ淵」映画では、ほとんどが新吉がお久を殺害するあたりで物語が切り上げられてしまう。珍しく新吉が羽生村に逃げ落ちて以後を丹念に追っている映画としては、Ｊホラー映画を代表する映像作家の一人である中田秀夫が初めて時代劇怪談を監督した「怪談」（二〇〇七）がある。

【牡丹燈籠】

起源を遡れば中国明代の「牡丹燈記」にまで至る題材だが、三遊亭円朝の咄「怪談牡丹燈籠」が特に知られ、映像化もそれに依っている。ほとんどは新三郎とお露の幽冥の恋に集中した構成にされ、原作のもう一つの軸である孝助の仇討ちはすべて削除、原作では新三郎の死後延々と続く伴造とその妻おみねの物語も、早々に切り上げられることが多い。

山本薩夫が監督した大映映画「牡丹燈籠」（六八）は、新三郎が町人の啓蒙に情熱を注ぐ寺子屋の教師、お露が遊女に身を落とした貧しい武家の娘という設定で、二人の恋にこの監督が得意とした階級闘争的な味付けが施されていた。とはいえ全体としては格調高い正統派の怪談映画に仕上がっており、特に特殊撮影により自在に飛び回る生々しい幽霊の描写は一見の価値がある。

日活はロマンポルノの一本として、「性談牡丹燈籠」（七二）を製作している。女優に関心が集中するジャンルゆえか、珍しく小川節子演ずるお露の視点が中心になっていて、曾根中生《ちゅうせい》監督は不幸な境遇から脱しようとあがきつつもはかなく散った女性の情念をていねいに撮りあげていた。

例外的に伴造夫妻をクローズアップしているものに、ドラマシリーズ《日本怪談劇場》の「怪談牡丹燈籠」前後篇（七〇）がある。前篇「鬼火の巻」は新三郎とお露、後篇「蛍火の巻」は伴造とおみねが主役という二部構成で、淀んだ沼のほとりを舞台に選んだ美術の素晴らしさと中川信夫の円熟した演出は当時のテレビドラマの一般的な水準をはるかに越えており、原作のどろどろとした雰囲気をもっともよく伝える映像化作品となった。

【皿屋敷】

皿屋敷の物語は大きく分けると播州姫路が舞台の「播州皿屋敷」と江戸番町が舞台の「番町皿屋敷」の二つの系統があり、映画やドラマでは江戸番町の皿屋敷が多い。しかし、河竹黙阿弥「新皿屋舗月雨暈《しんさらやしきつきのあまがさ》」（通称「魚屋宗五郎」）や岡本綺堂「番町皿屋敷」といった、怪異を嫌った新解釈の歌舞伎が明治から大正にかけて登場し、好評を得たこともあって、怪談の題材として取り上げられることは次第になくなっていった。

戦後になると幽霊が登場する皿屋敷の映画はもはや、美空ひばりがお菊を演じた東映映画「番町皿屋敷」（五七）一本きりしかない。これとて東千代之助演ずる青山播磨との悲恋という、明らかに綺堂の「番町皿屋敷」の影響を受けた設定で、しかもお菊の霊が皿を数える場面を欠いていた。

テレビドラマも、ほとんどが同様にお菊と播磨を恋仲としている。中でも、ドラマシリーズ《怪奇十三夜》の一篇として石井輝男が監督した「番町皿屋敷」（七一）は、綺堂版「番町皿屋敷」と「魚屋宗五郎」の趣向を綯い交ぜにして怪談に仕立てた異色の作で、お菊の幽霊よりも中尾彬扮する粘着質の播磨の錯乱ぶりが目立つところに、監督の持ち味が出ていた。主君にいじめ殺されたお菊が化けて出るという皿屋敷本来の恐怖を主題にしたものとしては、おそらく戦後の作では唯一、ドラマシリーズ《日本怪談劇場》の「怪談皿屋敷」（七〇）があり、身分制度が生んだ虐待と復讐をひたすら陰惨に描いていた。

【怪猫物】

怪猫物ではどういうわけか猫が単体で暴れることはほとんどなく、死者の怨念を担って化けるのが決まりのようになっている。そのため序盤は善玉がいじめられ死んでいく怪談物の常套だが、化猫の登場で怪物ホラー的な要素が強くなり、しかもしばしばそこへお家騒動の大立ち回りが絡むという、ジャンルミックス的様相を呈する作品が多い。

定番の題材としては、岡崎・佐賀・有馬の化猫の三系統が特に有名である。もっとも古い岡崎の猫は鶴屋南北の狂言「独道中《ひとりたび》五十三駅《つぎ》」が原典だが、死者の怨念を猫が晴らすという大枠と、老婆への化身、行灯の油舐めといった趣向のみを後世の怪猫物に伝え、物語そのものは忘れられていった。たとえば、戦後唯一の岡崎の猫映画である大映の「怪猫岡崎騒動」（五四）は、舞台こそ岡崎藩だが、いじめ殺された旧藩主の正室が愛猫の力を借りて遺児を守り恨みを晴らすという新たな物語で、「独道中五十三駅」とは関連がない。

佐賀・有馬の怪猫物は、明治期に桃川如燕の連作講談「百猫伝」で人気を得て、竹柴金作「嵯峨奥妖猫奇談《さがのおくようびょうきだん》」や河竹黙阿弥「有松染《ありまつぞめ》相撲浴衣《すもうのゆかたじ》」で歌舞伎化されるなど大いに広まったものであるが、映画化に当たっては特定の作が典拠として謳われることはほとんどなかったようである。どちらも実在した藩のお家騒動が絡められており、スキャンダラスな興味と勧善懲悪の活劇の面白さがあった。

怪猫を映像化する手法としては、初期には着ぐるみが使われることもあったが、主にメイキャップを施した俳優が演じており、メイクそのものも演技の所作も歌舞伎の様式が踏襲された。隈取り化粧に猫耳という扮装で猫の仕草をまねる様や、操られた女性がアクロバットを見せる〈猫じゃらし〉といった見せ場には、恐怖の中にもユーモラスな楽しさがある。繰り返し怪猫を演じて評判になった、いわゆる〈化猫女優〉としては、戦前の鈴木澄子と戦後の入江たか子が有名である。

鈴木澄子は七本の怪猫映画に出演している。戦前の作は残念ながら新興キネマの「有馬猫」（三七）と「怪猫謎の三味線」（三八）しかフィルムが現存せず、後者は三味線が祟る呪物怪談で鈴木は怪猫に扮していない。戦後唯一の出演作かつ引退作である深田金之助監督の東映映画「怪猫からくり天井」（五八）は、佐賀の猫であった。数ある怪猫映画の中でも伝奇活劇的な興趣で傑出しており、吸血鬼ばりに伝染し暴れる怪猫と炎を発する不動明王の鏡を使う修験者との対決や、忍術まで繰り出される大チャンバラが楽しめる。

入江たか子は、五〇年代に大映で五本の怪猫映画に出演している。第一弾の「怪談佐賀屋敷」（五三）はお姫様女優であった入江の転向と評判になったが、鍋島侯を色仕掛けで誑かす側室という悪女役はいまひとつさまになっておらず、続く「怪猫有馬御殿」（五三）や「怪猫岡崎騒動」などの、はかなげないじめられ役の方に精彩があった。荒井良平監督の「怪猫有馬御殿」は、一時間弱の中篇ながら怪猫物の見どころがそつなくまとめられており、このジャンルの典型として推奨できる。

こうした歌舞伎の様式を継ぎ、おおらかな魅力に満ちた怪猫映画は、五〇年代まででほぼ尽きてしまう。六〇年代末に作られた東映の「怪猫呪いの沼」（六八）や大映の「秘録怪猫伝」（六九）はどちらも佐賀の猫であったが、〈猫じゃらし〉のような伝統芸的見せ場や勧善懲悪の大活劇は姿を消し、即物的なエログロ描写が前面に押し出され物語も陰惨で救いがなかった。どちらも恐怖映画としては見応えがあり安易に否定すべき傾向ではないとはいえ、結局この二本が実質的に怪猫映画最後の輝きとなってしまった。

【その他の怪談物】

西洋演劇に学んで歌舞伎を改良しようとしたいわゆる新歌舞伎にも怪談物はあり、鈴木泉三郎が木幡小平次物を現代的な心理劇に仕立て直した「生きている小平次」や宇野信夫の「怪談蚊喰鳥」など繰り返し映像化されているものもある。特に「生きている小平次」は、青柳信雄の「生きている小平次」（五七）と、中川信夫の遺作である「怪異談　生きてゐる小平次」（八二）の二本の映画があって、ともに世評が高い。

　小泉八雲の怪談小説は、伝統芸能由来の怪談に次ぐ頻度で映画やドラマの素材として取り上げられている。中でも小林正樹が当時としては破格の大予算で撮りあげたオムニバス映画「怪談」（六五）はカンヌ国際映画祭審査員特別賞を獲得するなど、海外でも評価されている。しかし、この映画にしても、あるいは溝口健二が川口松太郎の脚色を得て上田秋成に挑み、ベネチア国際映画祭銀獅子賞を受賞した名作「雨月物語」（五三）にしても、怪談らしい恐怖というよりも独自の美意識に則った幻想を描くことに傾注しており、怪談映画と呼んでしまうのはためらわれる。

3 妖怪

【戦前の妖怪映画】

　現存している最古の日本映画といわれる「紅葉狩」（一九〇三、製作＝一八九九）は、戸隠山の鬼女を描いた歌舞伎の一幕を、記録のため屋外で演じ撮影したものであり、妖怪を扱った映画は日本映画の創生期から数多く存在した。一例として、映画スターの先駆け尾上松之助の主演作に限ってみても、「岡崎の猫」「源頼光妖怪退治」（共に一四）「戸隠山の鬼女」「安達原姥ケ池由来」（共に一五）「奥山狸御殿」（一六）「九尾の狐」（一八）等々枚挙に暇がないほどで、妖怪物が映画の題材として親しまれていたことが判る。

　しかし、戦前の作品はほとんどフィルムが失われていて、現在は観ることができない。しかも、妖怪を興味の中心に据えているような映画は、映画史研究では取るに足らないものという扱いで実質的に無視されてきたため、怪談や伝奇時代劇以上に実態を知るのは難しい。二次資料を見る限りでは、戦前の映画で活躍していた妖怪は、おおむね狐狸と河童、鬼、狒狒、化猫の類に限られていたようである。また、狸や河童は早くからコミカルな役回りを演じさせられていたようだ。

　戦後に新東宝が製作した「怪談本所七不思議」（五七）は、三七年に新興キネマが作った同題作のリメイクであり、いくらかは戦前の妖怪映画の姿を伝えているだろうと思われる。江戸本所の七不思議の巷説は戦前に何度か映画化されており、この映画は七つの不思議のうち〈足洗邸〉を核にまとめられている。大入道やろくろ首、唐傘お化けなども登場するものの、すべての怪異は狸が恩返しのために悪人を退治しようと仕掛けたという設定だった。さらに、金銭欲と色欲が動機の殺人という人間側の物語はかなり凄惨なのに対し、狸はやはり滑稽な愛嬌者に描かれている。

　狸が活躍する映画は、木村恵吾監督がシンデレラを範とした物語を考案しミュージカルに仕立てた新興キネマの「狸御殿」（三九）以降、類似作品が六〇年代まで盛んに作り続けられ、一つのジャンルにまで成長した。狸のみならず、狐や河童などを主役に据えた模倣作も作られている。これら狸御殿系の映画は、妖怪としての狐狸を描くというよりも美男美女スターによる荒唐無稽な仮装コメディを楽しむものであって、妖怪映画とは別物と捉えるべきだろう。ただ、妖怪を極端に擬人化して描く手法が、水木しげるの妖怪漫画に先んじていることは注目に値する。

　狸に比べると狐は、戦前には恐ろしい妖怪として描かれることもまだまだ多かった。その多くは九尾の狐の物語を映画化したもので、怪猫映画で活躍した鈴木澄子が玉藻前を演じている新興キネマ作品「金毛狐」（四〇）などがあるが、これもフィルムは失われている。戦後には、狐も狸と同じくコメディでしか取り上げられなくなっていった。

　化猫は、戦前戦後を通じて恐怖の対象として活躍し続けた。しかし、お家騒動などに絡められ、恨みを残して死んだ人間の怨霊と関連づけられるのが恒例になっていたために、妖怪物というよりも怪談物の印象が強い映画が多い。怪猫映画については、詳しくは「伝統的怪談」の項を参照されたい。

【大映妖怪映画路線】

百鬼夜行のように多種多彩な妖怪が活躍する作品が現れ始めるのは、六〇年代後半からのことで、映画に関しては戦前に妖怪映画を得意としていた新興キネマ京都撮影所の後身である大映京都撮影所の独擅場であった。最初に作られたのは、典拠を持たない独自の妖怪を考案し製作した安田公義監督の傑作「大魔神」とその姉妹篇「大魔神怒る」「大魔神逆襲」の三部作（いずれも六六）である。巨大な埴輪のような武神像が恐ろしい形相の魔神に変じて暴れるこのシリーズは、怪獣物に分類されたり日本版ゴーレムと形容されることも多いが、疑似科学的な要素のない超自然譚なので妖怪物とする方が適切だし、大魔神はゴーレムのように命令で使役される人造の生命ではない。ひとたび怒り出すと善人も悪人も見境なく踏みつぶす、恐ろしい荒神である。もっとも、この世には人智の及ばぬ超常的な存在がおり、それらの前には人間など卑小な存在に過ぎないという世界観は怪獣物と共通している。だが、それは日本の怪獣がSF的な生物よりも妖怪に近いというべきで、大魔神を怪獣と呼ぶべきではないだろう。

実際、この後大映京都が作った妖怪映画はどれも、同様の世界観に貫かれている。百物語の作法を守らなかったために妖怪が大挙して襲いかかる「妖怪百物語」（六八）や、雪女伝承を抒情的にアレンジした「怪談雪女郎」（六八）、親と生き別れた不幸な少女を妖怪たちが助けることになる「東海道お化け道中」（六九）では、妖怪たちは禁忌を破った人間たちを罰するために姿を現す。「妖怪大戦争」（六八）では、人間には抗すべくもないバビロニアの巨大吸血魔神の侵略を、日本の妖怪たちが総力を結集して退ける。世界を律しているのは妖怪の側であって、人間はただ彼らに翻弄されるばかりなのである。水木しげるの妖怪漫画が人気を得たのもこの時期で、「妖怪百物語」や「妖怪大戦争」の妖怪たちの造形やキャラクター描写には、その影響が顕著である。しかし、水木漫画のどの実写映像化作品よりも、この二本の方が妖怪たちをいきいきと力強く描いている。

「怪談雪女郎」は、これらの中では特殊撮影の比重がいちばん軽い映画であるが、それだけに仕草や声色といった俳優の演技と、照明やカメラワークなどの通常の範疇の演出の工夫だけで妖怪を描き出す手際には、驚嘆させられる。藤村志保が初々しい人妻から恐ろしい雪の精に一変する場面は、一度見たら忘れられないことだろう。監督の田中徳三はこのほか、「大江山酒天童子」（六〇）や、「秘録怪猫伝」（六九）でも優れた怪異描写を見せている。

【妖怪退治のドラマと映画】

同じく六〇年代後半にテレビでは、妖怪漫画の第一人者水木しげるの漫画を元にNETと東映テレビが「悪魔くん」（六六〜六七）と、続いて「河童の三平　妖怪大作戦」（六八〜六九）を作っている。悪い妖怪を退治する活劇に傾斜するのは止むを得ないとしても、当時流行していた特撮物の影響か妖怪らしからぬ巨大怪獣も登場するなど、原作とはかなり趣が異なっていた。この後、水木の妖怪漫画は、八〇年代にフジテレビの年少向けドラマシリーズ《月曜ドラマランド》で「ゲゲゲの鬼太郎」（八五）と「悪魔くん」（八六）がドラマ化されているほか、近年は映画でも「ゲゲゲの鬼太郎」（〇七）と続篇「ゲゲゲの鬼太郎　千年呪い歌」（〇八）が製作されているが、どれも原作の恐ろしくもおかしい微妙な味わいを十分に伝えているとはいい難い。

こうした妖怪退治物の連続ドラマとしては、ヒーロー時代劇の「白獅子仮面」（七三）や、《スーパー戦隊シリーズ》の「忍者戦隊カクレンジャー」（九四〜九五）、《仮面ライダーシリーズ》の「仮面ライダー響鬼《ひびき》」（〇五〜〇六）などがある。このうち「カクレンジャー」と「響鬼」は、変身ヒーロー物の様式にかなり引きずられてはいるものの、民間伝承のアレンジに飽きたらず独自の世界観で作り上げた妖怪たちを繰り出している点は水木しげるの影響を完全に脱した感もあり、評価されるべきだろう。

映画では、特殊メイク作家出身の原口智生監督による、妖怪ハンターの少女剣士が主役の「さくや妖怪伝」（二〇〇〇）と、正体を隠し無宿者としてさすらう狼男が主役の「跋扈妖怪伝　牙吉」（〇四）がこの系統に属する。大映京都の妖怪映画に強い思い入れがあるという原口の嗜好が前面に押し出され、ノスタルジックな手作り感覚の造形の妖怪が多数出演しており、中でも「さくや妖怪伝」の松坂慶子扮する巨大土蜘蛛は凄まじい迫力である。

【都市伝説・妖怪ブームの影響】

近世の妖怪を懐かしむのではなく現役の妖怪を扱ったものとしては、都市伝説ブームの火付け役となった常光徹の著作を基にした映画「学校の怪談」（九五）がある。特撮監修に海外特撮映画の研究家・中子真治を起用したこともあってバタ臭く造形された妖怪たちが陽気に騒ぐお化け屋敷的趣向が楽しく、興行的にも成功しシリーズ化された。ただし、妖怪物は「学校の怪談3」（九七）までで、「学校の怪談4」（九九）は幽霊譚であった。

この頃から妖怪を扱った書籍やグッズが盛んに発売されるようになり、二〇〇五年には角川書店グループ傘下に入った大映の第一回作品として、「妖怪大戦争」が現代に舞台を移し、まったく新たな物語でリメイク映画化された。近年の妖怪研究ブームを反映し、妖怪と人間の関係に民俗学的な知見が盛り込まれているのが大きな特色になっており、三池崇史による脚本・演出は人間と妖怪の仲立ちを果たす少年の通過儀礼の物語を手堅くまとめていた。ところが、人間の物語に比重が置かれた反面、妖怪を素朴に畏敬する感覚は稀薄になっていて、旧版の「妖怪大戦争」や「妖怪百物語」と比べると妖怪がやや弱々しく感じられるのは否めない。

この後製作された前掲の劇場版「ゲゲゲの鬼太郎」二部作では、現代社会では日陰者である妖怪たちが、人間といかに共生していくかが主題になっており、妖怪はもはや保護されるべき稀少動物のような扱いであった。その背景には、環境問題への関心の高まりに見られるような現代人の自然観の推移があるのだろうが、むしろ人間の奢りを撃つ力強さこそが妖怪の本来の魅力であったことが、今一度思い出されるべきではないだろうか。

4　現代ホラー

【映画　一九七〇年代まで】

日本映画では、長らく時代劇の怪談映画が主であって、現代劇のホラー映画は少なかった。時代劇怪談では伝統を守る力となった保守性が、新しい分野に挑むには枷になったのである。現代劇のホラー映画は時代劇怪談とは真逆に、大手映画会社の自社所有撮影所を中核とした製作システムが盤石な時代には低調であって、七〇年代にそれが崩壊した後に盛んになっていったのである。

戦前には、現代劇のホラー映画はほんの一握りの本数しか作られなかったらしく、ほとんどのフィルムが失われているため、二次資料のみで詳細を知るのは難しい。たとえば二五年の松竹映画「郊外の家」は、浮気性の画家が亡妻の幻影に追われて狂死するという物語で、妻を演じた松井千枝子が〈幽霊女優〉と渾名されたというが、実際にどの程度怪奇的な意匠が凝らされていたか判然としない。

おそらく唯一フィルムが現存しているものに、牧逸馬の短篇「七時〇三分」を原作に、悪魔めいた怪老人から翌日の夕刊を手に入れ未来を知った男の運命を描いたP・C・L映画「都会の怪異七時〇三分」（三五）がある。当時の日本映画としては斬新な題材である上に、わざわざ〈都会の怪異〉と角書している通り、一見華やかな近代都市の裏面に潜む暗がりの不気味さが原作以上に強調されており、時代劇怪談を脱しようとする意欲がはっきりと窺える映画であった。しかし、早すぎた試みだったのか、さほど評判にはならず追随する作品も現れなかったようだ。

　したがって、戦後の国産現代劇ホラー映画は、ほとんど実績のないところから始まったと考えて差し支えないだろう。その先陣を切ったのは、四九年に公開された加戸敏監督の大映映画「白髪鬼」であった。GHQの統制下では、封建的という理由で娯楽時代劇映画の製作が制限されたこともあって、大映は現代劇のスリラー路線に活路を見出そうとし、中には超自然の領域に踏み出す作品も現れたのである。「白髪鬼」は、江戸川乱歩の同題推理小説を下敷きにしながら、嵐寛寿郎演ずる主人公が亡霊となって蘇り妻につきまとうという、超自然のホラーに改変されていた。企画意図としては前衛劇風の怪奇映画を狙っていたようだが、不自然に大仰な台詞回しが多用される演出はむしろ滑稽であった。

　この後大映は、北条秀司の脚本によるNHKの恐怖ラジオドラマ「山霧の深い晩」(四九)を悲恋物のジェントル・ゴースト・ストーリーに仕立てなおした「霧の夜の恐怖」(五一)を製作するものの、時代劇の復興に伴い現代劇スリラー路線が縮小され、後が続かなかった。戦前以来の怪猫映画を復活させた「怪談佐賀屋敷」(五三)以降、大映はふたたび時代劇の怪談映画に回帰していった。

　厳密にはホラー映画とはいいがたいが、東宝は五〇年代に吉屋信子の短篇を千葉泰樹の監督で映画化した「鬼火」(五六)と、円地文子の「黒髪変化」を原作とした筧正典監督の「結婚の夜」(五九)という、怪奇的な雰囲気の文芸映画を二本作っている。特に「結婚の夜」は、原作では暗示に過ぎない愛人を殺した不実な男の末路が増補され、愛人の霊が男を追いつめ殺すかのような結末に変更されていた。映画のほとんどは身勝手な男の所行を軽やかに描くばかりなのだが、それだけにすべてが予想外の惨劇に収束していく終盤は衝撃的である。ところが、あくまで文芸映画として製作されたため、ホラー映画としては評価されないまま埋もれてしまった。

　結局、戦後日本映画の黄金期といわれる五〇年代後半から六〇年代初頭に継続的に現代ホラー映画を製作したのは、新東宝ただ一社であった。五五年に大蔵貢が社長に就いて以降、低予算早撮りのB級映画を専らとした新東宝は、他社が手を出さないような煽情的な題材も積極的に手がけ、橘外男の「地底の美肉」を中川信夫監督が本邦初の吸血鬼映画に改変した「女吸血鬼」(五九)、大河内常平の「九十九本の妖刀」を原作に、処女の血で刀に焼きを入れる山の民を描いた猟奇スリラー「九十九本目の生娘」(五九)、自殺した美女が呪術により獣人となって蘇る「花嫁吸血魔」(六〇)といった奇怪な映画を次々と送り出した。そのほとんどは拙速というほかない代物だったが、ユニークな題材に果敢に挑み続けたことは評価されるべきであるし、その結果、中川信夫の監督・脚本による「地獄」(六〇)のように、見応えのある異色作を生み出しもしている。中川自身が数年掛けて企画を練ったというこの映画は、現世の地獄と来世の地獄であがく心弱き現代人の姿をスタイリッシュに描き、「東海道四谷怪談」(五九)と並んで彼の代表作と称されている。

　大蔵貢は、新東宝の倒産後に設立した大蔵映画でも現代ホラー映画を六本製作している。二本の映画のように錯覚させるタイトルを用いた奇策で知られる「沖縄怪談　逆吊り幽霊・支那怪談　死棺破り」(六二)や、ピンク映画と怪談映画を融合させた「生首情痴事件」(六七)「怪談バラバラ幽霊」(六八)等、新東宝時代よりさらに劣る条件下で作られた作品群は、男女の愛憎を血みどろに描き、より一層陰惨さを増していった。

　映画産業が斜陽に差し掛かった六〇年代後半以降、邦画各社はなりふり構わず刺激の強い題材を取り上げ始め、現代劇のホラーにも手を出した。オカルトに深い関心があったという東映の監督・佐藤肇は、かねてより独自の心霊観に基づいた映画の企画を温め続けており、六五年に「怪談せむし男」として結実させた。西洋館を舞台にした本格的なゴシック風怪奇映画としては日本で初めてのもので、紆余曲折を経てようやくまとめられたせいか脚本には多少の難点があるものの、じわじわと恐怖感を盛り上げていく演出は見事であった。霊媒に扮した鈴木光枝の怪演も注目に値する。佐藤はその後、松竹に出向いて円盤騒動とノストラダムスの予言を結びつけたSFホラー「吸血鬼ゴケミドロ」（六八）を撮り、さらにテレビでも怪奇ドラマを多数演出している。中川信夫と並んで国産ホラー映画／ドラマの先駆者と呼ぶべき人物であるにもかかわらず、佐藤肇はいまだ正当に評価されているとはいいがたい。

　東宝は山本迪夫監督による「幽霊屋敷の恐怖　血を吸う人形」（七〇）「呪いの館　血を吸う眼」（七一）「血を吸う薔薇」（七四）の三部作により、ハマー・プロ風の吸血鬼映画を見事に現代日本に移入してみせた。このうち「血を吸う眼」と「血を吸う薔薇」では、吸血鬼に扮した岸田森が素晴らしい熱演を見せている。このほか、大映では「怪談おとし穴」（六八）、松竹では「吸血髑髏船」（六八）といった映画が製作された。

　七〇年代後半には、アメリカ映画「エクソシスト」の日本公開を端緒とするオカルトブームに追随し、オカルト映画を志向した作品が現れた。大映の社長であった永田雅一は、大映時代からの念願であったという芥川龍之介原作の映画化「妖婆」（七六）を松竹で実現した。東映は、伊藤俊也の監督・脚本により日本古来の憑物を現代に蘇らせた「犬神の悪霊《たたり》」（七七）と、神代辰巳監督の「地獄」（七九）を公開している。だが、どれも珍品扱いされたのみで、国産オカルト映画が量産されるようなブームを呼ぶことはなかった。六〇年代後半から七〇年代の国産ホラー映画は、結局のところ現代怪奇物を一つの路線として定着させたとはいえず、邦画混迷期の徒花に終わったというべきだろう。

【怪奇テレビドラマ】

　新興のメディアであったテレビは映画のような保守性とは無縁であったため、早くから現代怪奇物のドラマを製作放映していた。しかし、最初期のドラマは生放送であり、フィルム製作のいわゆるテレビ映画に移行した後も作品の保存には熱心ではなかったので、戦前の映画と同じく実態を知ることは難しい。

　確実なところで原作のあるドラマに限定してみると、まず日本テレビの取り組みが目に付く。早くも五六年にスティーヴンソン原作の「恐劇　ジキルとハイド」があり、翌五七年にはポー原作の「赤き死の仮面」、さらに五八年にも早川雪洲主演の舞台を元にした「ジーキル博士とハイド氏」を放送している。そして六〇年には、泉鏡花の「高野聖」と芥川龍之介の「妖婆」をドラマ化している。

　NHKは、五七年に火野葦平の「怪談宋公館」を放送している。四〇年から都合四度ラジオドラマ版を放送してきた実績を踏まえてのテレビドラマ化であったそうで、合成による幽霊の描写も試みられたという。

　五〇年代末頃からは推理ドラマのオムニバス・シリーズが盛んになり、怪奇物が取り上げられることもあった。NET（現テレビ朝日）の《サスペンス・タイム》（五九～六〇）では「子を取ろうの霊」の題名でヘンリー・ジェイムズの「ねじの回転」をドラマ化しており、世界初の映像化の可能性がある。軽井沢の邸宅に舞台を移しながらもほぼ原作に沿った脚色だったようなのだが、どのような怪異描写が行われたか、大いに気になるところである。KRT（現TBS）製作・石原慎太郎監修名義の《慎太郎ミステリー　暗闇の声》（五九～六〇）では、W・W・ジェイコブズ「猿の手」とアレクサンドル・プーシキン「スペードの女王」を放送している。

　これら初期のテレビドラマはいずれも現在では実物を観ることができず、作品の具体的な詳細や完成度までは知るべくもない。しかし、こうして二次資料によりラインナップを概観するだけでも、同時期の映画を上回る意欲の高さが推察されるのである。

六〇年代に入ると、「月光仮面」も手がけたテレビ映画の草分け宣弘社と日本テレビにより、初の連続怪奇ドラマ「恐怖のミイラ」（六一）が誕生する。エジプトで発掘された四千年前のミイラが日本で蘇るというもので、年少の視聴者を念頭に置いたドラマながら妥協のない恐怖度で今なお語り草となっている。同じく年少者向けの連続ドラマでは、手塚治虫の漫画をフジテレビと虫プロダクションがドラマ化した「バンパイヤ」（六八〜六九）があり、主人公が狼男に変身する様をアニメーション合成で描き話題となった。六九年にフジテレビは東宝と「ジキルとハイド」を丹波哲郎を主役に据え連続ドラマ化したが、五社英雄による暴力と性描写を強調した演出がスポンサーに敬遠され、七三年まで放送されなかった。

六九年には、時代劇と現代劇が混在するオムニバス・シリーズ《怪奇ロマン劇場》が、NETにて放送されている。この後《サスペンスシリーズ》（七三・毎日放送）《恐怖劇場アンバランス》（七三・フジテレビ）《日曜恐怖シリーズ》（七八、七九・関西テレビ）など現代劇のみの番組も現れ、オムニバス怪奇ドラマシリーズは定番化した。

このように堂々と怪奇を表看板に掲げた番組が現れ始めるのと並行して、「キイハンター」（六八〜七三）や「プレイガール」（六九〜七四）といった東映テレビ製作のアクション・ドラマでは、折りに触れ怪奇物のエピソードを取り混ぜて放送しており、そこでは佐藤肇や中川信夫ら怪奇映画の名手も腕を奮っていた。さらに七〇年代末から八〇年代にかけては、テレビ朝日の《土曜ワイド劇場》（七七〜）に代表される二時間ドラマでも時として怪奇物が取り上げられ、テレビの現代劇ホラー・ドラマは、沈滞していた映画とは比較にならない活況を呈したのである。

【現代ホラー路線の確立】

八〇年代には、スプラッタ映画ブームやモダンホラー小説の翻訳などで欧米のホラー文化の紹介が進み、日本でもそれに倣おうとする気運が、小説や漫画も含めてメディア横断的に盛り上がっていった。映像の分野でまず端緒となったのは、円谷プロダクション（以下円谷プロ）が新進の特殊メイク作家・若狭新一を起用して製作したモンスター・ホラー「餓鬼魂」（八五）や、九〇年代に「NIGHT HEAD」などのSF／ホラー・ドラマで名を挙げる飯田譲治の監督デビュー作「キクロプス　CYCLOPS」（八七）、現実の猟奇事件にこじつけられ不幸な形で有名になった人体損壊スリラー「ギニーピッグ2　血肉の華」（八六）を含む《ギニーピッグ》シリーズ（八五〜八八）などのオリジナルビデオだった。これらのオリジナルビデオ・ホラーは、スプラッタ映画の影響が強く、しばしば特殊メイクを主体とした残虐シーンを売りにしていたものの、ほとんどは低予算で撮られたために技術的水準は高くなく、ドラマとしても稚拙なものが多かった。しかし、テレビでは扱えない過激な恐怖映像の楽しみを提示してみせたことと、若い映像作家に挑戦の場を提供したことは評価すべきだろう。

国産現代ホラー映画が本格的に質・量とも充実し始めたのは、八〇年代末から九〇年代前半にかけてであった。荒俣宏の原作小説とともに話題となった実相寺昭雄監督のオカルト大作映画「帝都物語」（八八）に顕著なように、国産ホラーを求めるメディア横断的な波が、海外ホラーの模倣ではない独自の怪奇を描こうとする方向でついに実を結び始めたのである。国産現代ホラー映画の製作本数は次第に増え、肉体が金属に変わっていく男の姿を荒々しく暴力的に描いた「鉄男　TETSUO」（八九）の塚本晋也や、幽霊屋敷映画「スウィートホーム」（八九）の脚本・監督でメジャー・デビューした黒沢清など、後に海外でも高く評価される才能も現れた。

テレビでは、フジテレビ深夜枠のオムニバス・シリーズ《奇妙な出来事》（八九）が好評を得て、ゴールデンタイムの《世にも奇妙な物語》（九〇～）へと発展する。この番組は、一時間枠で十五分弱のドラマを三本放送する短篇オムニバス形式を採用したことに特色があり、若手人気タレントを積極的に出演させ若年層を中心に広い支持を獲得した。九三年以降は週一回のレギュラー番組から不定期の特別番組に変更になったものの、現在まで実に四百話以上が放送されている。これを模倣する番組も各種現れたほか、ＳＦ連続ドラマ「NIGHT HEAD」（九二～九三）や映画「感染」（〇四）など、この番組から派生した作品もあり、現代劇ホラーの普及に貢献した。

【Ｊホラーブーム】

同じ頃、「邪願霊」（八八）や「ほんとにあった怖い話」三部作（九一～九二）といったビデオや、関西テレビ製作のドラマシリーズ「学校の怪談」（九四）などの脚本を担当した小中千昭は、ドキュメンタリーの作法や心霊実話を範として、作り事めいた印象を与えるルーティン化した怪異表現を排し、より真に迫った恐怖を醸成する自己流のノウハウを固めていった。それは小中と脚本家高橋洋との議論を通じて整理され、「ほんとにあった怖い話」三部作を演出した鶴田法男を筆頭に黒沢清や中田秀夫といった、怪異表現に深い関心を持つ映像作家たちの間に〈小中理論〉の名で広まり実践されていったという。

その最大の成果こそが、鈴木光司の小説を高橋洋の脚本と中田秀夫の監督で映画化した「リング」（九八）であり、この映画の爆発的ヒットによって、ホラー映画／ドラマが続々と量産される一大ブームが巻き起こった。怨霊〈貞子〉はかつてのお岩に匹敵する人気幽霊キャラクターとなり、原作と異なる映画オリジナルの続篇「リング2」（九九）や前日譚「リング0　バースデイ」（二〇〇〇）が製作されたり、ハリウッドで「ザ・リング」（〇二）及び「ザ・リング2」（〇五）としてリメイクされるまでに至った。こうした国産ホラー映画／ドラマの快挙を、マスコミは〈ジャパニーズホラーブーム〉あるいは〈Ｊホラーブーム〉と呼んでもて囃した。

このように複数の映像作家たちが真剣に怪異表現の技法について議論し改良していったという運動は世界でも類例がなく、海外まで席捲することになったのは必然であったというべきかも知れない。また、小中理論は恐怖醸成の技術として超自然物に止まらない応用が可能であり、黒沢清がサイコ・スリラー映画「CURE／キュア」（九七）にこの手法を巧みに導入し、あたかも人智の及ばない力が働いているかのような不吉な感触を漂わせていることも注目に値する。

一方で、清水崇の脚本・監督による「呪怨」のように、小中理論が嫌ったフィクショナルな描写を大胆に強調して高い恐怖度を実現する作品も現れた。これは怨念を残して死んだ女性の呪力の犠牲になっていく人々を描いたオムニバス・シリーズで、九九年に全二巻のビデオで製作されたが、次第に評判が広まり〇三年に劇場版二作が作られ、さらに清水自身がハリウッドに招かれ、海外版「THE JUON 呪怨」（〇四）と「呪怨　パンデミック」（〇六）も製作された。シリーズの呪いの源である怨霊・佐伯伽椰子は、「リング」の貞子に次ぐ人気の幽霊キャラクターである。

「呪怨」の怪異描写はデフォルメが強くエキセントリックで、小中理論が怪奇実話に倣っているのに対し、このシリーズには楳図かずおや古賀新一、つのだじろうといった往年の怪奇漫画を想わせるところがある。それは恐怖といっても笑いと紙一重のところにあり、清水崇は映画「幽霊ＶＳ宇宙人」（〇三）やテレビドラマ「怪奇大家族」（〇四）といったホラー・コメディでも活躍している。

もちろん漫画そのものを原作とした作品群もあり、小中理論を核としたリアリズム派の作品とは対照的に空想を極めた異形の世界を楽しむ傾向は、Ｊホラーブームのもう一つの核といえる。佐藤嗣麻子監督による「エコエコアザラク　WIZARD OF DARKNESS」(九五) と続篇「エコエコアザラクII　BIRTH OF THE WIZARD」(九六) は、古賀新一の同題漫画に依りつつ吉野公佳演ずる主人公黒井ミサをヒロイックな性格に変更し、活劇風に仕上げていた。この改変が漫画やゲームで伝奇アクションに親しんでいた世代に受け、全五本の映画とビデオが一本、テレビシリーズ二作が製作されたほか、ゲームソフトやアニメも作られている。その間に何度か設定のリセットと主演女優の交替が繰り返され、中でも映画版第一、二作と、佐伯日菜子主演のテレビシリーズ版第一作(九七)の人気が高い。
　どういう殺され方をしても何度でも蘇るファムファタルを描いた伊藤潤二の漫画「富江」は、九九年の映画化以降続篇が作り続けられ、〇七年の「富江VS富江」まで七本の映画とオムニバス・ドラマが一本作られている。こちらは一作ごとに富江役が交替しており、菅野美穂による初代富江の鬼気迫る演技がもっとも世評が高い。伊藤潤二の漫画はシュールレアリスティックな作風が好まれて映像化に恵まれており、《富江》シリーズのほか、螺旋のイメージが世界を埋め尽くす「うずまき」(二〇〇〇)、排水管に潜む男が人々を引きずり込む「うめく排水管」(〇四) といった映画や、テレビドラマシリーズ《伊藤潤二恐怖コレクション》(二〇〇〇) などがある。

特撮映画、ドラマ

〈特撮〉とは〈特殊撮影〉の略称であり、本来は撮影技法を指す用語であった。ところが日本では、SF・ファンタジー系の映画やドラマは主に子供向けの作品を中心に、伝統的に〈特撮物〉と呼ばれてきた。それは単なる呼び方の慣習に止まらず、日本の〈特撮物〉は海外のSF・ファンタジー系映像作品とは一線を画す独自の幻想の系譜を展開している。こうした日本の特撮映画／ドラマの世界を、モチーフ別に概観してみる。

1 巨大怪獣

怪獣物の元祖であるアメリカ映画「キング・コング」(一九三三) は、間を置かずに日本でも公開され大当たりした。だが、国産の巨大怪獣映画がただちに作られることはなく、東宝が五四年に製作した「ゴジラ」まで待たねばならなかった。太古の巨大生物が核実験で蘇り東京を襲撃するというこの映画は、プロデューサー田中友幸がアメリカ映画「原子怪獣現わる」(五三) 製作の報に接したことから企画が始まったという。しかし、原案を依頼された香山滋は独自の反文明精神に基づいた重厚な物語を創りあげ、さらに本多猪四郎監督による地に足の着いた演出と、円谷英二の傑出した特撮技術により、「ゴジラ」は後に続く日本の巨大怪獣路線の規範となったのみならず、世界映画史上に残る名作となった。

　ゴジラは一般に、核実験の放射能で突然変異した恐竜の生き残りと理解されている。ところが、劇中で示される出自は〈ジュラ紀から白亜紀にかけて極めてまれに生息した、海棲爬虫類から陸上獣類に進化する過程にあった中間型の生物〉であり、その設定に相応しく、ゴジラの姿は爬虫類と哺乳類の特徴を併せ持った鵺のごときものであった。中に人が入り演ずる着ぐるみ方式を採ったせいもあるが、脚の関節や肩の線などはどこか霊長類的であり、頭部も、突き出た額にくっきりした鼻梁と耳朶、発達した犬歯といった、哺乳類にしかない特徴を備えている。眉間をしかめまなじりをつり上げ睨み付ける恐ろしげな顔は、鬼や竜、土蜘蛛、猫又といった日本古来の妖怪たちの図像に似通っており、爬虫類の無表情とは対極的に怒りを露わにしていた。

　ゴジラはその造形からしてすべてが未分化な原初の混沌そのままであり、荒々しい自然の力を表象した化物にほかならない。文明の暗部である核兵器が原初の闇を蘇らせるという寓意こそが、映画「ゴジラ」の主題であった。身長五〇mという巨体を持ち、水爆の力すら取り込んですべてを焼き尽くす熱線を吐くこの怪獣は、いかなる兵器の攻撃も一切寄せつけない。映画の結末では、戦争で傷を負い孤独に研究を続けていた青年科学者・芹沢が、自らが発明した水中酸素破壊剤によりかろうじてゴジラを倒すのだが、その発明が兵器に流用されないように秘密を守りゴジラと心中していく芹沢の最期は、まるで荒ぶる魂を鎮める供養のようであった。

「ゴジラ」に典型的なように、日本の怪獣物はSFの体裁を取っているものの、戦後日本、特に高度成長期の妖怪もしくは精霊のような存在を描くジャンルであったと解すべきだろう。戦中戦後の混乱を経てようやく復興した日本社会にあって、現在の繁栄もまた失われるのではないかという恐怖や、逆にこの繁栄は偽りのものではないのかという疑問といった、時に相反することもあるような現代文明に対する様々な思いをすべて呑み込んだ巨大な象徴こそが、怪獣であった。だから怪獣たちは、恐ろしいと同時に愛おしい。

日本の怪獣物は、ゴジラが活躍する一連の作品からなる《ゴジラ・シリーズ》と、巨大な亀の怪獣を主役に据えた大映東京の「大怪獣ガメラ」（六五）に始まる《ガメラ・シリーズ》の二つを軸に、映画主導で展開してきた。これら二つのシリーズは、どちらも二作目以降はライバル怪獣とのプロレス的対決を売りにしており、ゴジラとガメラは観客の愛着に応えて人類の味方にされていった。

ゴジラの登場しない東宝怪獣映画では、翼竜をモデルにした怪獣が大空を駆け回る「空の大怪獣ラドン」（五六）と、妖精のような双子の小美人に導かれ翼長二五〇mの巨蛾が東京タワーに繭を作り羽化する「モスラ」（六一）が名高い。とりわけ「モスラ」は、超自然的な傾向が強い日本流怪獣映画の極致として重要である。逆に、怪獣のサイズをゴジラの半分程度に抑えて生物感を強調した作品に、戦中に生物兵器としてドイツから持ち込まれた再生能力を持つ細胞が巨人に生長して地底怪獣と激突する「フランケンシュタイン対地底怪獣《バラゴン》」（六五）と、二体に分裂した巨人が現れる続篇「フランケンシュタインの怪獣　サンダ対ガイラ」（六六）があり、生々しい迫力で評価が高い。これらすべてを、「ゴジラ」と同じく本多猪四郎と円谷英二のコンビが手がけている。

その他の映画会社の怪獣物としては、宇宙冒険物の要素も取り入れた松竹の「宇宙大怪獣ギララ」（六七）と、怪獣親子の情愛を描いた日活の「大巨獣ガッパ」（六七）があるが、どちらも作りが粗雑で珍品の域を出ておらず、両社とも後が続かなかった。

テレビの怪獣ドラマは、ヒーロー番組の「月光仮面」（五八〜五九）が怪獣マンモスコングを登場させたのが、最初の試みであった。その後フジテレビとニッサンプロダクションによる連続ドラマ「怪獣マリンコング」（六〇）が続くが、怪獣の正体は悪の組織が作ったロボットであり、ドラマとしても探偵物の色彩が強かった。

怪獣ドラマが本格的にテレビで花開いたのは、TBSと円谷プロの「ウルトラQ」（六六）によってである。この番組は本来怪獣に限らない一話完結のSFドラマシリーズとして企画されたが、製作途中に怪獣物主体に変更された。「ウルトラQ」の怪獣たちの多くは彫刻家の成田亨がデザインしており、新時代の妖怪造形というべきゴジラに始まる日本製怪獣のコンセプトを、現代美術の精神を取り入れてより先鋭化したものであった。それまでのテレビの常識を覆す高度な特撮により命を吹き込まれた彼らは爆発的な人気を獲得し、映画の怪獣物とともに怪獣ブームを巻き起こした。しかし、続く「ウルトラマン」（六六〜六七）の登場により、テレビの怪獣物は巨大ヒーロー物に移行していった。

【ゴジラ・シリーズ】

「ゴジラ」の続篇「ゴジラの逆襲」（五五）では、新怪獣アンギラスとゴジラが大阪市街で対決する場面が見せ場になっていた。その後、千二百万人という驚異的な観客動員数を記録した怪獣プロレス映画の頂点「キングコング対ゴジラ」（六二）と、モスラ親子との死闘を神話的スケールで荘厳に描いた「モスラ対ゴジラ」（六四）を経て、ゴジラと他の怪獣が戦う映画のシリーズが定番化し、何度か中断しながらも「ゴジラ　FINAL WARS」（〇四）まで全二十八本が製作されている。ゴジラ映画は海外でも人気が高く、アメリカではまったく新たなキャラクター設定で映画「GODZILLA」（九八）が製作されているほか、テレビアニメやコミックなどもある。

「三大怪獣　地球最大の決戦」（六四）で宇宙怪獣キングギドラが登場して以降、公害怪獣と戦う「ゴジラ対ヘドラ」（七一）や、異星人のゴジラ型ロボットを退ける「ゴジラ対メカゴジラ」（七四）等、ゴジラは地球怪獣の代表格として結果的に人類の味方になることが多かった。だが、この変更には批判も少なからずあり、設定がリセットされた八四年の新版「ゴジラ」で再度人類の敵に戻された。

こうしたゴジラに対するアンビヴァレントな感情を扱った作品に、大森一樹監督・脚本の「ゴジラVSキングギドラ」（九一）がある。この映画では歴史を改変しようとする未来人の陰謀を契機に、ゴジラを抹殺しようとする者、利用しようとする者、救世主と崇める者らがそれぞれゴジラに近づいていく。しかし、ゴジラは彼らの思惑をことごとくはねのけ、ただ破壊でのみ応えるのである。

人類と怪獣の関係という観点では、大河原孝夫監督の「ゴジラVSメカゴジラ」（九三）も興味深い。メカゴジラを人類の作った兵器に改め、ゴジラやラドンとの果てしない死闘を描いたこの映画は、巨大怪獣から草木までに至るあらゆる生命を繋ぐアニミズム的なネットワークが存在することを示唆し、その中に孤立する人類の文明が終局的には敗北するのではないかと暗示して終わる。脚本・演出とも整理が不十分で難点が多い映画だが、この異様なイメージは一見の価値がある。

【ガメラ・シリーズ】

大映東京撮影所が生んだガメラは火力・電力・原子力等々ありとあらゆるエネルギーを体内に取り込み、火炎として放射して空を飛びさえするという、まさに高度経済成長期の申し子のような怪獣であった。シリーズ第一作の「大怪獣ガメラ」は、原爆搭載機の墜落事故により北極で蘇った凶暴なガメラが日本に上陸して暴れ回るという映画であったが、ガメラには子供好きという意外な性格があり、崩れゆく燈台から落ちた子供を救いもする。そして、続篇「大怪獣決闘　ガメラ対バルゴン」（六六）以降、ガメラは人類の味方として様々な怪獣と対決していった。

当初より年少の観客を強く意識していた《ガメラ・シリーズ》は、ガメラと敵怪獣の奇想天外な技の応酬が楽しい半面、サービスが行きすぎて荒唐無稽に陥ることもしばしばあった。しかし、「大怪獣空中戦　ガメラ対ギャオス」（六七）では、特撮も兼任した湯浅憲明監督が、子供の無垢な心が人智を超えた巨大な存在と通じ合う奇跡のような瞬間を、欲に駆られた大人たちの醜い争いと対比する形で感動的に描き出しており、人血を好む敵怪獣ギャオスの強烈なキャラクターとあいまって見応えがある。

《ガメラ・シリーズ》は七一年の大映の倒産により一旦終了するが、徳間書店グループに入った新生大映により、「大怪獣空中戦　ガメラ対ギャオス」の設定を一新したリメイク「ガメラ　大怪獣空中決戦」（九五）から始まる三部作が製作された。この三部作は旧シリーズとは対照的に、生物としての怪獣描写と、怪獣出現という異常事態に揺れる社会を綿密に描くリアリズム志向で撮られており、監督・金子修介、特技監督・樋口真嗣、脚本・伊藤和典の見事な連携ぶりはカルト的な支持を得ている。その後さらに、角川・大映映画の一本として新たな設定に基づき子ガメラの活躍を描いた「小さき勇者たち　ガメラ」（〇六）がスタッフを一新して製作され、現在まで《ガメラ・シリーズ》は全十二本を数える。

2　巨大ヒーロー

巨大ヒーロー物は、文明の秩序と自然の混沌の相克という巨大怪獣物の本質を、秩序の守護者であるヒーローの導入により強調したものといえよう。その出発点となったのは、フジテレビとピー・プロダクション（以下ピープロ）が手塚治虫の漫画をドラマ化した「マグマ大使」（六六～六七）と、その十三日遅れでTBSと円谷プロが「ウルトラQ」（六六）に続き送り出した「ウルトラマン」（六六～六七）であった。この二本のドラマは並行して企画・製作され互いに影響関係はないと思われるのに、いかにも秩序の守護者らしいメタリックに光り輝く巨人というヒーロー像を同時に生み出しているのは、非常に興味深い。

マグマ大使は、地球の創造神アースが作ったロケット人間である。鎧をまとったような姿をした身長六mの全身金色の巨人で、ロケットに変形して空を飛びミサイルを放つのだが、機械ではなくてある種の超常的な存在らしく、戦況に応じて身体をさらに巨大化させる能力もある。マグマは人間の少年マモルに託された笛の合図で飛来し、地球を狙う異星人ゴアが送り出す怪獣たちと戦う。ゴアは悪役ながら侠客じみたところもある憎めないキャラクターで、マグマたちとゴアの虚々実々の駆け引きが番組の大きな魅力であった。

ウルトラマンは、M78星雲〈光の国〉の汎宇宙的警備組織の一員で、護送中に逃亡した怪獣を追って地球にやってきた。ところが、追跡中に不注意から地球の科学特捜隊員ハヤタを死亡させたため、彼に憑依し一心同体となって地球に残る。平和を脅かす怪獣や異星人が現れると、ハヤタはウルトラマンとなって立ち向かうのである。

「ウルトラQ」に引き続き参加した成田亨は、ゴーグルのような眼が付いたヘルメット状の頭部を持ち、全身が銀地に赤模様のなめらかな表皮に覆われた身長四〇mの巨人としてウルトラマンをデザインした。人間が一瞬にして巨大な異形のヒーローに姿を変える〈変身〉というギミックはかつてないもので、以後のヒーロー物のあり方を一変させてしまった。

同じく光の国からやってきた宇宙警備隊員を主人公とする姉妹篇「ウルトラセブン」（六七～六八）以降、円谷プロはウルトラマンの同族〈ウルトラ兄弟〉が活躍する作品を多数作り続けた。それらは原点の「ウルトラQ」も含めて《ウルトラ・シリーズ》と呼ばれ、今なお日本の巨大ヒーロー物の中核を担い続けている。円谷プロ自身も《ウルトラ・シリーズ》を模したヒーロー番組をいくつか製作しており、鏡の国からやってきた二次元人が宇宙からの侵略者と戦う「ミラーマン」（七一～七二）や、マグマパワーで変身する地底人が主人公の「ファイヤーマン」（七三）などがある。

他社が製作した追随番組の中では、「マグマ大使」と同じくピープロとフジテレビが製作した「スペクトルマン」（七一～七二）が、異星からきたサイボーグ戦士スペクトルマンと悪の天才科学者・宇宙猿人ゴリとの対立の構図の面白さと、ゴリが操る怪獣たちのユニークさで傑出していた。この番組は当初「宇宙猿人ゴリ」の題名で放映開始されたほど、悪役がクローズアップされた作りになっており、人間の姿から金色の巨人に変身するスペクトルマンのキャラクターは明らかに「ウルトラマン」を参考にしているが、個性的なライバルを配する作劇法は「マグマ大使」のスタイルを受け継いでいるといえる。

こうした「ウルトラマン」系巨大ヒーローの系譜のほかに、巨大ロボットを主役にしたヒーロー番組もある。早くも六〇年には横山光輝の漫画「鉄人28号」が実写ドラマ化されているものの、予算と技術の限界から身長二メートル程度にされており、巨大ロボット物とはいいがたい。実質的な出発点となったのは、東映テレビとNETが横山光輝の原案で製作した「ジャイアント・ロボ」（六七〜六八）であった。異星人が率いる悪の秘密結社が作った巨大ロボットが、たまたま操縦装置を手に入れた少年とともに秘密防衛組織の一員となって地球征服の野望と戦う。硬質な造形で重量感溢れるジャイアント・ロボの迫力は実写特撮ならではで、少年が巨大なロボと活躍する様は子供たちに大いに受けた。

その後、地球防衛のために善意の異星人が地球に送ったロボット「ジャンボーグA」（七三）や、深紅の戦闘ロボットが悪の組織のロボット軍団と戦う「スーパーロボット　レッドバロン」（七三〜七四）、要塞に変形する能力と自律した意思を持つ巨大ロボット「大鉄人17《ワンセブン》」（七四〜七五）等が作られているが、「ジャイアント・ロボ」ほどの成功を収めた作品は現れておらず、永井豪の漫画のテレビアニメ化「マジンガーZ」（七二〜七四）の登場以降、怒濤のように製作されたロボットアニメの系譜と較べると見劣りするのは否めない。

【ウルトラ・シリーズ】

「ウルトラQ」に始まる《ウルトラ・シリーズ》は、現在までに全十九作のテレビシリーズが作られており、そこから派生した映画やオリジナルビデオ、アニメ、漫画など膨大な関連作品が作り続けられている。

《ウルトラ・シリーズ》が怪獣主体のオムニバス・ドラマ「ウルトラQ」を出発点としたことは、大きな意味があった。続く「ウルトラマン」はヒーロー物であったが、怪獣もまたウルトラマンと比肩する人気スターとして扱われ、単なる敵役にされはしなかった。その結果「ウルトラマン」は、単純に人類の文明を礼賛するのではなく、その矛盾を指摘する視点をも併せ持つことができたのである。

そうした視点は、同じくM78星雲のヒーローではあるが、地球人と融合するのではなく姿を借りているだけであった「ウルトラセブン」でより一層強調された。ウルトラマンと違って異星人の意識しか持たないセブンは、地球防衛軍の一員として侵略者たちと戦いながらも、時には地球人が掲げる正義の綻びに直面することを強いられるのである。このような、怪獣の魅力に重きを置きつつ人類の文明を相対的に捉えようとするスタンスは、初期の《ウルトラ・シリーズ》を他の類似作品と隔てる重要な特徴となっている。

第八作「ウルトラマン80《エイティ》」（八〇〜八一）の終了後、テレビシリーズの製作はしばらく途絶える。十五年ぶりに作られた「ウルトラマンティガ」（九六〜九七）はM78星雲からやってくるウルトラ兄弟ではなく、失われた古代文明の力を借りれば誰もがウルトラマンに変身できる可能性があるという新たな設定で、人間が強大な力を持ち、行使することの意味を問う物語が展開された。

以後、「ウルトラマンネクサス」（〇四〜〇五）までのテレビシリーズは同様に人間のウルトラマン化を焦点とし、新たなウルトラマン像を模索しようとする傾向が強かった。しかし一方で、初期《ウルトラ・シリーズ》の人気は根強く、M78星雲の設定を復活させた「ウルトラマンマックス」（〇五〜〇六）以降は、過去の人気怪獣やウルトラ兄弟を続々登場させる回顧路線となっている。

3　等身大ヒーロー

日本映画初の現代劇の幻想的なヒーローは、紙芝居起源の〈黄金バット〉である。古代文明の超自然的存在であるこのヒーローは、戦前に紙芝居で生まれて一九四七年に永松健夫が絵物語化し、五〇年には新映画社が「黄金バット　摩天楼の怪人」として映画化した。この映画は早くにフィルムが紛失したらしく、詳細は伝わっていない。現在知られている黄金バット像は、六六年の東映によるリメイク版「黄金バット」とそこから派生したテレビアニメ版（六七〜六八）によるものである。

　次に続くのは、新東宝による宇津井健主演の日本版スーパーマン〈スーパージャイアンツ〉で、「鋼鉄の巨人《スーパージャイアンツ》」（五七）を皮切りに計九本の映画シリーズが作られた。日本の等身大ヒーローは、これら人類以外の存在が人類を救う、エイリアン型ヒーローとでもいうべきタイプから始まったのである。

　われわれと同じ人間がスーパーヒーローとなるタイプの元祖は、KRTと宣弘社が川内康範に原案を仰いで生み出した伝説的なテレビドラマ「月光仮面」（五八〜五九）である。月光仮面の正体は私立探偵・祝十郎が衣装を身にまとっているだけであり、時として超人的な体力を発揮するとはいえ、その能力は彼が生来持っているものに限られる。いわば、変装型のヒーローである。「月光仮面」は当初、極端な低予算番組としてスタートしたが、監督の船床定男をはじめとする製作スタッフの劣悪な条件をものともしない情熱は、平均視聴率四〇％という驚異的なヒットに結実し、無名の大部屋俳優であった主役の大瀬弘一は一躍スターとなった。この番組によって、日本のヒーロー物の基本的なフォーマットが確立されたのである。

　「月光仮面」の成功以降、等身大ヒーロー物はテレビ主導で展開していった。変装型ヒーローには「七色仮面」（五九〜六〇）「まぼろし探偵」（五九〜六〇）などがあり、エイリアン型ヒーローには「遊星王子」（五八〜五九）「海底人８８２３《ハヤブサ》」（六〇）「ナショナルキッド」（六〇〜六一）などがある。「ナショナルキッド」は、後に特撮ドラマを量産することになる東映テレビが初めて手がけたヒーロー番組で、空を飛ぶヒーローと異星の侵略軍との空中戦など、この時期のドラマとしては高度な特撮が好評だった。また、素性を隠さず顔を晒したままのヒーローもおり、「少年ジェット」（五九〜六〇）「光速エスパー」（六七〜六八）などがある。「光速エスパー」は、地球の少年が異星人の開発した強化服を身に着け宇宙からの侵略に立ち向かうというドラマで、初の強化服着用ヒーローだった。

　こうした初期の国産等身大ヒーローの流れをがらりと変えたのが、毎日放送と東映テレビが石ノ森章太郎の原案を得て製作した「仮面ライダー」（七一〜七三）であった。仮面ライダーは悪の組織により戦闘用サイボーグに改造された男性で、つまり人間でありながらエイリアンなのである。しかも、ふだんは人間である主人公が、〈変身〉により見る見るうちにエイリアンに変わり、超常的な能力を発揮する。〈変身〉という仕掛けは、巨大ヒーロー「ウルトラマン」（六六〜六七）が先例としてあるものの、等身大ヒーローに取り入れたのはこの番組が最初である。

　「仮面ライダー」のインパクトは絶大で、七〇年代を中心に模倣追従する番組が次々と現れ、〈変身ブーム〉といわれた。その後現在に至るまで、等身大ヒーロー物はこの《仮面ライダー・シリーズ》に加え、五色の強化服に身を包んだ五人の戦士がチームを組む「秘密戦隊ゴレンジャー」（七五〜七七）に始まる《スーパー戦隊シリーズ》、鎧のような金属製強化服のヒーロー「宇宙刑事ギャバン」（八二〜八三）に始まる《メタルヒーロー・シリーズ》という東映の三つのシリーズと、それらの模倣作により展開してきた。

　前記三シリーズ以外の東映変身ヒーローでは、アンドロイドを主人公にその悲しい宿命をクローズアップした「人造人間キカイダー」（七二〜七三）と続篇「キカイダー01《ゼロワン》」（七三〜七四）、蝶をモチーフに蛹から成虫へ二段変身する「イナズマン」（七三〜七四）、時代劇＋サイボーグの「変身忍者嵐」（七二〜七三）、日活の無国籍アクション映画の雰囲気を取り入れパロディ色の濃い「快傑ズバット」（七七）といった一連の石ノ森章太郎原案作品や、さいとう・たかをの漫画を原作とし二人の少年が友情の力で合体変身する「超人バロム・1《ワン》」（七二）などがある。

　東映テレビ以外の等身大ヒーローでは、川内康範の原案でNETと東宝が製作した「愛の戦士レインボーマン」（七二〜七三）が、ダイバダッタの弟子という東洋的な出自のヒーローが日本社会を裏から操作して破滅させようとする悪の結社を討つという、異色の設定で印象に残る。また、「変身忍者嵐」と同じく時代劇をミックスしたものとしては、フジテレビとピープロによる「快傑ライオン丸」（七二〜七三）と続篇「風雲ライオン丸」（七三）がある。

日本の等身大ヒーロー物は、多くは現代劇のSFでありながら、作劇の美意識は時代劇的であることに大きな特徴がある。実質的な出発点というべき「月光仮面」からして、現代劇版「鞍馬天狗」を目指して企画・製作されたものであった。「月光仮面」の製作陣は後に忍者ブームを巻き起こした「隠密剣士」（六二〜六五）をも生み出しているが、その脚本を独力で担当した伊上勝は七〇年代の東映変身ヒーロー路線の多くにメインライターとして参加しており、「隠密剣士」の脚本を改変流用することもあったという。そして「笛吹童子」（五四）など東映娯楽版の助監督出身であったプロデューサー平山亨を筆頭とする東映の特撮番組製作スタッフは、娯楽時代劇映画で腕を磨いてきた者が多く、変身ヒーロー物もほぼ同じ感覚で作っていた。

そのため東映の変身ヒーロー物は、歌舞伎さながらに整合性やリアリティを無視してでも、つねに外連がドラマを牽引していく。変身や決め技の場面では戦闘中でも大仰な見栄を切るのが決まりになっていて、殺陣はまるで舞踏のようである。さらに、屋内でヒーローが跳躍するやいきなり崖の上に跳び出たり、何の説明もなく中空から武器を取り出したりと、不合理きわまりない演出が力任せに次々と繰り出される。しかし、こうした外連主導の作劇法は、日本人の感性に合っているため好評をもって視聴者に迎えられ、他社のヒーロー物もそれに倣っていった。日本の等身大ヒーロー物は、伝奇時代劇のSF的再生であるともいえよう。

等身大ヒーロー物はもともと子供たちのためのものであるが、近年はヒーロー物を観て育った大人向きに作られた作品も現れ始めている。多くはパロディ仕立てもしくはリメイクで、たとえば宮藤官九郎脚本・三池崇史監督の「ゼブラーマン」（〇四）は、ヒーローのコスプレが趣味である男性が、本物のヒーローになってしまうという映画だった。「快傑ライオン丸」のリメイク「ライオン丸G」（〇六）は、時代劇ではなく近未来のホストクラブが舞台という異色のドラマで、深夜に放送された。往年のアニメの名作を実写化する試みも増えてきており、「CASSHERN」「デビルマン」「キューティーハニー」（いずれも〇四）などの映画が公開されている。

パロディでもなくリメイクでもなく、正攻法でオリジナルの大人向けヒーロー物を目指したものとしては、東映特撮ドラマのデザイナー出身である監督・雨宮慶太が総指揮を執った「牙狼　GARO」（〇五〜〇六）がある。人間に取り憑き貪り喰らう魔物を狩る金色の騎士を描くホラー色の濃いドラマで、深夜に放送されたため恐怖度・残虐度がかなり高い。

【仮面ライダー・シリーズ】

七一年に放送が開始された「仮面ライダー」は、悪の秘密組織ショッカーに改造された青年が逃亡、バイクを駆るヒーローに変身し改造人間軍団と戦うという物語だった。敵改造人間は人間と動物が混ざったグロテスクな姿で、それまでブームであった怪獣と対比され〈怪人〉と呼ばれた。ライダーはヒーローだが、ショッカーの〈バッタ怪人〉でもある。番組の初期には異形の存在にされた悲しみと孤独な戦いの苦しみが強調されており、武器を使わず素手で怪人を殺す暴力的なアクションとともに、当時のヒーロー物としては衝撃的であった。

番組撮影中に主演の藤岡弘が負傷したために佐々木剛演ずるライダー二号が誕生し、さらに宮内洋演ずるライダー三号が主人公の続篇「仮面ライダーV3」（七三〜七四）が製作されることにより、シリーズ化されていった。何度か中断期間はあるものの、〇九年現在までに全二十一作のテレビシリーズを核として、多数の映画やビデオドラマが作られている。

「仮面ライダー」から作中の世界が直接繋がっているのは「仮面ライダーBLACK RX」（八八～八九）までであって、制作局が毎日放送からテレビ朝日に変わった「仮面ライダークウガ」（二〇〇〇～〇一）で設定が完全にリセットされ、以後は番組ごとに設定が異なる。また、後述の《メタルヒーロー・シリーズ》と実質的に統合され、素手で戦う改造人間から多様な武器も使う強化服型ヒーローに変更された。その結果、個人的動機から十三人ものライダー同士が互いに殺し合う「仮面ライダー龍騎」（〇二～〇三）や、独自の妖怪大系に則った「仮面ライダー響鬼《ひびき》」（〇五～〇六）、バイクではなく電車で移動する「仮面ライダー電王」（〇七～〇八）といった、原典に縛られない自由な発想の異色作が生まれている。

【スーパー戦隊シリーズ】

NETと東映テレビが石ノ森章太郎の原案により製作した「秘密戦隊ゴレンジャー」は、赤・青・黄・ピンク・緑の色鮮やかな強化服に身を包んだ五人の男女が、チームワークで悪の組織と戦うというドラマであった。歌舞伎の「白浪五人男」を真似たという、五人の戦士が大見得を切って名乗りを上げ踊り舞うように敵をなぎ倒していく姿は、極端に戯画化されたコミカルな脚本・演出と相まって、異様なまでの様式美を極めていた。

作品世界を同じくする続篇ではないものの、ほぼ同様のフォーマットに則った「ジャッカー電撃隊」（七六～七七）が続けて製作され、以後毎回新たな設定の戦隊が新登場する形で、最新作「侍戦隊シンケンジャー」（〇九～）まで実に全三十三作という驚異的な長寿シリーズに成長した。なお、第三作「バトルフィーバーJ」（七九～八〇）以降は巨大ロボットに搭乗して戦うようになっているが、あくまで道具という扱いであり、ヒーローとしての役割は戦隊のメンバーが担い続けている。

《スーパー戦隊シリーズ》は、海外でも人気が高い。特にアメリカでは、「恐竜戦隊ジュウレンジャー」（九二～九三）の戦闘シーンを流用しドラマ部分を新撮して作った「パワーレンジャー」（九三）以来、同様のアメリカ版シリーズが放送され続けている。

【メタルヒーロー・シリーズ】

変身ブームが一段落した感のあった八〇年代、テレビ朝日と東映テレビが新風を吹き込むべく、地球にやってきた銀河連邦警察の刑事を主人公とした「宇宙刑事ギャバン」を送り出した。ギャバンは亜空間にある宇宙船から粒子の状態で転送されてくる戦闘服を〈蒸着〉することにより、瞬時に金属製のメカニカルな鎧をまとった姿に変身する。〈蒸着〉に要する時間はわずか〇・〇五秒という設定で、〈ヒーローが大仰な変身ポーズを取っている間に、なぜ敵は攻撃しないのか？〉という視聴者の疑問を解消するとともに、それまでタイツ状であったヒーローの強化服を重武装の鎧状にパワーアップした。

この新機軸が好評を得て、《宇宙刑事シリーズ》は「宇宙刑事シャイダー」（八四～八五）まで三作が放送された。その後、設定は異なるが同じくメカニカルな鎧をまとったヒーローのドラマが引き続き製作され、《メタルヒーロー・シリーズ》と総称されるようになった。《メタルヒーロー・シリーズ》は第十五弾の「ビーファイターカブト」（九六～九七）で終了したが、重武装の鎧状強化服というコンセプトは他社のヒーロー物にも影響を与えたほか、近年の《仮面ライダー・シリーズ》にほぼそのまま受け継がれている。

4 SFサスペンス

現代の日常にSF的な事件が起きる映画は、現代ホラー映画と同じく戦後まもなく大映が展開したスリラー路線から生まれた。原案に高木彬光、特撮に円谷英二を迎えた「透明人間現る」(四九)と、戦時中の事故でゴリラの血が体内に混入した男が凶暴な獣人となる「鉄の爪」(五一)の二本で、現在の目で見るとひどく稚拙な映画だが、新分野に果敢に挑んだ精神は評価せねばなるまい。大映にはもう一本、「透明人間と蝿男」(五七)という異様な映画がある。蝿男は蝿と人間の合成ではなく蝿のように小さく縮小された人間で、羽がないのに羽音を立てて飛び回る。その蝿男の凶行を、正義の透明人間が追うのである。

　東宝も「透明人間」(五四)でこの分野に進出したが、小田基義の演出はあまりにもメロドラマに傾斜し、旧日本軍の透明特攻隊の生き残りという魅力的な設定を活かせていなかった。ここでもジャンルを確立したのは本多猪四郎と円谷英二のコンビによる作品群で、水爆実験の被害者が他の生物を溶かし同化する液状生物と化す「美女と液体人間」(五八)、人体実験でガス状に変身する能力を得た男が落ちぶれた日本舞踊の女師匠との恋のために犯罪を重ねる「ガス人間第一号」(六〇)、W・H・ホジスンの「闇の声」を原案とし孤島の遭難者たちがキノコ人間に変わっていく「マタンゴ」(六三)の三本は、どれも異形の存在に変異する人間たちの恐ろしさと悲しさをよく描いており見応えがある。とりわけ「ガス人間第一号」は、鬱屈した男女の心情とガス化する人間というSF的アイディアが見事に融合していた。これら四本に物質転送装置による犯罪を扱った福田純監督の「電送人間」(六〇)を加えた東宝製SFサスペンスは、《変身人間シリーズ》と呼ばれている。

　このほかの東宝映画では、まず岡本喜八監督・倉本聰脚本の「ブルークリスマス」(七八)が挙げられる。UFO目撃者の血液が青色に変じ、争いを好まぬ穏やかな性格に変わるが、疑心暗鬼に駆られた各国の政府に虐殺されていくという異色作である。さらに七三年には平井和正の「狼の紋章」、七四年には小松左京の「エスパイ」を映画化しているものの、どちらも原作の読者を失望させるような仕上がりだった。

　テレビでは、初の国産連続SFドラマであるKRT製作の《宇宙物語》シリーズ第一弾「誰か見ている」(五六)が地球の軌道の反対側にある惑星の住民とのファーストコンタクト物で、第二弾「遊星人M」(五六〜五七)が香山滋の小説を原作にした侵略SFだった。この後、安部公房が自ら企画・監修したSFドラマシリーズ《お気に召すまま》(六二・NET)のように進取的な番組も現れたが、「月光仮面」(五八〜五九)の成功以降、SFドラマはヒーローや怪獣が活躍する子供向け作品が主体になっていく。

　六四年に円谷プロはTBSと自然法則のバランスが崩れる恐怖を主題にしたSFドラマシリーズ「UNBALANCE」の製作に取りかかるが、局側の意向で怪獣主体に路線変更され「ウルトラQ」(六六)として放送された。とはいえ、番組の基調をなす落ち着かない不安感には「UNBALANCE」の精神がそのまま受け継がれており、ヒーロー物の無邪気な勧善懲悪とは一線を画していた。その後、怪獣路線を離れて製作した「怪奇大作戦」(六八〜六九)は、企画成立の経緯に直接の繋がりはないものの、SF的アイディアを通して人間の心の闇を描くという東宝の《変身人間シリーズ》のフォーマットに則っていた。このドラマで怪事件を科学的に捜査するチーム〈SRI〉のメンバーたちは、ヒーローというよりも視聴者と等身大の存在だった。彼らは事件を解決こそするものの、その背景にある犯人たちの暗い情念や現代社会の歪みに直面し、視聴者とともに戸惑い悩み続けるのである。こうした妥協のない姿勢が高く評価され、「怪奇大作戦」は国産SFテレビドラマの最高峰とも称されている。のちにリメイク版「怪奇事件特捜チームS・R・I　嗤う火だるま男」(〇四)と「怪奇大作戦セカンドファイル」(〇七)も製作されたが、残念ながらどちらもオリジナル版には及ばなかった。

　年少向けの番組ながらこの分野に大いに貢

献したといえるのが、ＮＨＫの《少年ドラマシリーズ》（七二〜八三）である。ジャンルを問わず良質のジュヴナイルドラマを提供しようという番組だったが、特にＳＦ・ファンタジー系作品の充実振りで今なお語りぐさになっている。その多くは有名作家の小説のドラマ化で、筒井康隆の「時をかける少女」や「七瀬ふたたび」、眉村卓の「ねらわれた学園」等、この後繰り返しリメイクされることになる題材をいち早く取り上げている。のちのＮＨＫドラマでは、九六年に放送された岡嶋二人原作の「クラインの壺」（九六）や、教育テレビの学校放送用道徳ドラマに時間旅行ＳＦを持ち込んだ「虹色定期便」第一シリーズ（九七〜九八）も、《少年ドラマシリーズ》の精神を受け継いだような佳品だった。

七〇年代後半から製作が始められた角川映画は、ＳＦにも積極的だった。半村良の小説を映画化した「戦国自衛隊」（七九）は、原作の特徴であるシミュレーション性を廃しアクション映画的に脚色されていたが、独自の魅力があり人気が高い。大林宣彦監督による原田知世主演の「時をかける少女」（八三）と薬師丸ひろ子主演の「ねらわれた学園」（八一）は、この後陸続と現れる若年層向けのアイドル主演のＳＦ映画／ドラマの先蹤となった。これら角川映画のＳＦ路線は、それまでどこか際物ないしは子供向けという印象を持たれがちだったＳＦ映画を、時のスターが活躍する華やかなエンターテインメントとして大々的に売り出したことに、大きな意義があった。

アイドル主演のＳＦ映画／ドラマは八〇年代から九〇年代にかけて目立って増え、その傾向は現在もなお続いている。映画では、菊池桃子が超能力少女を演じた「テラ戦士Ψ BOY」（八五）や、少年隊が宇宙からの侵略者と戦う「19　ナインティーン」（八七）、桂正和の漫画を坂上香織主演で映画化した「電影少女　VIDEO GIRL AI」（九一）、高畑京一郎原作、佐藤藍子主演のタイムスリップ物「タイム・リープ」（九七）などがある。テレビでは、フジテレビの《月曜ドラマランド》シリーズ（八三〜八七）が、アイドル主演のＳＦ・ファンタジー・ドラマを量産した。これらの映画やドラマはアイドルの人気を頼りにした企画になりがちで作品の質は玉石混淆だが、若年層を空想的なジャンルに親しませる効果はあった。

また、この頃にテレビではいわゆる〈二時間ドラマ〉が盛んとなり、主流はミステリ物だったが、時にはＳＦを題材にするものもあった。ＳＦ系作品については評価の高いものは多くないが、数少ない例外として、テレビ朝日の《ゴールデンワイド劇場》の一本で、山田太一原作・脚本による「終わりに見た街」（八二）がある。昭和十九年の日本にタイムスリップした現代の家族が戦時の世相に翻弄されるという物語で、衝撃的な結末が話題になり、リメイクもされている（〇五）。

このようにして九〇年代以降、ＳＦ的なアイディアを取り入れた映画やドラマはもはや珍しくなくなった感がある。連続ドラマの成果としては、超能力者兄弟を主人公にしたフジテレビの深夜番組「NIGHT HEAD」（九二〜九三）をまず挙げねばなるまい。これはもともとオムニバス・ホラー・ドラマシリーズ《世にも奇妙な物語》の二つのエピソードから作られたもので、主役に若手人気男優の豊川悦司と武田真治を起用し女性視聴者層に強くアピールしたこともあり、深夜ドラマとしては異例のヒットとなった。番組終了後も、派生作品が映画、小説、漫画、ゲームと多メディアに展開している。このドラマで一躍名を上げた原作・監督・脚本の飯田譲治は、二〇〇〇年には連続猟奇殺人事件の真相にエイリアンが絡む「アナザヘヴン」をテレビ朝日で手がけており、こちらはスタート時から多メディア展開企画だった。

「NIGHT HEAD」に次ぐ深夜連続ドラマの重要作としては、警視庁の新部署〈科学捜査部〉がハイテク犯罪を追う「BLACK OUT」（九五〜九六・テレビ朝日）がある。「NIGHT HEAD」のような大当たりにはならなかったものの、進歩していく科学とそれを利用する人間の倫理を真摯に問う姿勢に見応えがあった。

映画では、東映テレビのヒーロー物などで独特のデザインワークを見せていた雨宮慶太が監督した「ゼイラム」(九一)の評価が高い。宇宙からやってきた生物兵器とそれを追う女賞金稼ぎの戦いを隅々まで計算し尽くしたスタイリッシュな画面構成で描いており、好評を受けて続篇「ゼイラム2」(九四)のみならずアニメ版や舞台劇版まで作られた。雨宮慶太と同じく特撮スタッフ出身の経験を活かして独自のビジュアル・センスを見せている映画監督に特撮プロダクション白組の山崎貴がおり、時間旅行と異星人の侵略を絡めた「ジュブナイル」(二〇〇〇)「リターナー」(〇二)の二本は、国産SF映画ではかつてなかった本格的なCGの導入で話題になった。

5　未来世界と外宇宙

未来や宇宙といった現世とは時空を異にする世界を映像化するのにはかなりの費用と技術、センスが要求され、日本の実写映画／ドラマでは成功している作品はあまり多くはない。特に近年では、実写と比べて低予算で異世界を創出できるアニメに完全に水をあけられている。

先行してこの分野に進出したのはテレビで、スタジオ生ドラマ時代の五七年に、日本テレビの「宇宙船エンゼル号の冒険」とKRTの《宇宙物語》シリーズ第三弾「惑星への招待」が相次いで放送されるという、宇宙旅行ドラマの競作があった。どちらもミニチュア特撮を導入し、生ドラマにフィルム撮影された特撮カットを挿入する形式で放映したという。翌五八年には、宇宙ステーションに生まれ育った兄妹が主人公の「宇宙少年」がNHKで放送されている。

同じ頃、東宝は本多猪四郎と円谷英二のコンビによる侵略SF映画「地球防衛軍」(五七)を公開したが、宇宙空間の描写はわずかで地上での戦闘がほとんどであった。本邦初の本格的宇宙SF映画は姉妹篇の「宇宙大戦争」(五九)で、月面や宇宙空間での異星軍との手に汗握る攻防が、当時としては精緻な特撮で縦横無尽に繰り広げられた。だが、東宝の最大の成果というべきは、膨大な質量の天体との衝突を地球の軌道を変えることで回避するパニックSF「妖星ゴラス」(六二)だろう。未来だろうが宇宙だろうが人間は人間に変わりないという本多猪四郎監督の信念は揺るぎなく、宇宙省なる行政機関が存在する近未来の日本とそこに住む人々の姿を、格調高く堂々と描いていた。

この後の国産宇宙SFは、アクション物に傾斜していく。TBSと東映テレビによる「キャプテンウルトラ」(六七)は、スペースオペラの古典的名作「キャプテン・フューチャー」の翻案から始まった企画がよりオリジナルな形にまとまったもの。怪獣主体の子供向けドラマではあるが、惑星間を行き来する未来社会の様相も、ある程度の広がりを持って描けていた。東映が海外資本の下請けで作った映画「ガンマー第3号　宇宙大作戦」(六八)は、エネルギーを吸収して分裂・増殖する怪生物と宇宙ステーション乗員との戦いを描いたもの。キャストはすべてアメリカ人で、深作欣二監督以下スタッフはすべて日本人であった。特撮や科学考証は貧弱だが、舞台をほぼ宇宙ステーション内に限定して攻防のスリルに徹した演出が功を奏し、B級SFアクションとしては楽しめる。

七七年にはアメリカの大作宇宙SF映画「スター・ウォーズ」が公開され大ブームとなり、日本映画にもその影響が現れた。東宝の「惑星大戦争」(七七)は、自社の名作「海底軍艦」(六二)の万能戦艦轟天号をアレンジして宇宙に飛ばし、アニメの「宇宙戦艦ヤマト」的に活躍させようとしたもの。だが、独自の工夫を凝らしていた原典の重厚さは見る影もなく、安易に流行を追う軽薄さばかりが目立った。東映の「宇宙からのメッセージ」(七八)は八つの玉ならぬ光る木の実に導かれた八人の戦士が悪の宇宙帝国と戦うという、宇宙版「里見八犬伝」で、深作欣二による演出もSFというより時代劇調であった。

これら宇宙アクション物の試行錯誤には、何をやっても怪獣物かチャンバラ感覚のヒーロー物になるという、日本の特撮物の特徴が良くも悪くも端的に現れている。こうした状況に風穴を開けようと小松左京の原作・総指揮で作られたのが、地球に迫るブラックホールに恒星化した木星をぶつけようとする東宝映画「さよならジュピター」（八四）だったが、これもまた別種の勘違いをしていた。アイディアは壮大で科学考証は万全、特撮も悪くはない。しかし、脚本や演出、俳優の演技といった映画としての基礎がお粗末で、登場人物の誰一人として血の通った人間には見えず、未来社会も宇宙空間も空々しく見えるばかりなのである。WOWOWとバンダイが共同製作した映画「宇宙貨物船レムナント6」（九六）もほぼ同様で、低予算をアイディアでカバーし、遭難した宇宙船からの脱出劇をそれなりのリアリティで構築しようとした脚本や特撮の努力は賞賛に値するが、演出と俳優の演技が拙いために台無しになっていた。

宇宙に飛び出さない未来社会物は、宇宙物よりはるかに遅れ、連続ドラマではTBSと円谷プロが「猿の惑星」を模した「猿の軍団」（七四〜七五）、映画は石井聰亙が荒廃した近未来を暴力的に描いた「爆裂都市　BURST CITY」（八二）までこの分野に手を出さなかった。「爆裂都市　BURST CITY」のような近未来バイオレンス物は得てして本音では現代に切っ先を向けており、高見広春の原作小説ともども大当たりした深作欣二の映画「バトル・ロワイアル」（二〇〇〇）などもその類に属する。ここでの未来社会は、現代社会のカリカチュアもしくは歪んだユートピアなのである。

アニメ作家・押井守の実写映画「紅い眼鏡」（八七）「ケルベロス　地獄の番犬」（九一）といったいわゆる《ケルベロス・サーガ》も、時代設定は近未来になっているものの実態は昭和史の極私的問い直しであった。押井にはもう一本、オンラインゲームの架空空間内をさまよう人々を描いた「アヴァロン」（〇一）があり、こちらも現代の世相と地続きの幻想といえよう。

電脳製品が身近に溢れる世相は、ロボット物の伝統にも影響を及ぼしつつある。東宝とサンライズが共同製作した原田真人監督の「ガンヘッド」（八九）はストーリー展開の段取りが悪い映画だったが、戦車に変形するロボット兵器〈ガンヘッド〉を埃と油まみれのオンボロ重機械にして愛嬌のある人工知能として生き生きと描き出しており、操縦者と掛け合いながら悪戦苦闘する姿にはそれまでの特撮物やアニメには見られなかった味わいがあった。テレビ東京が三池崇史の総指揮により製作した「ケータイ捜査官7《セブン》」（〇八〜〇九）も、電脳犯罪に対抗する近未来の秘密組織の携帯電話型ロボットと少年の友情を主題にしつつも、ロボットを万能のスーパーメカではなくあくまで機械としての限界を踏まえ描写する姿勢にリアリティがあり、テクノロジーと人間との関係を考えさせるドラマであった。

6 超科学戦争

戦前の日本では、平田晋策の「昭和遊撃隊」や海野十三の「浮かぶ飛行島」といった超兵器の活躍する戦争SF小説が盛んだった。ところがそれらは映画の題材にされることはほとんどなく、三八年に日活が海野の「東京要塞」を映画化しているのが目に付く程度である。この映画も残念ながらフィルムが残っていないらしく、詳細は判らない。

敗戦によりこうした戦争SF小説は姿を消し、小松崎茂の「宇宙SOS」などの絵物語に、その伝統はかろうじて受け継がれる。小松崎の絵物語もそのままでは映画化されなかったが、東宝は小松崎をメカデザイナーに迎え、監督本多猪四郎・特撮円谷英二のコンビにより「地球防衛軍」（五七）「宇宙大戦争」（五九）「海底軍艦」（六三）と、小松崎作品の興奮を大スクリーンに移したSF戦争映画を三本製作している。

「地球防衛軍」と「宇宙大戦争」は、小松崎メカをいきいきと活躍させた円谷の特撮もさることながら、日中戦線での従軍経験があり怪獣映画の戦闘描写でも他者の追随を許さない冴えを見せている本多の手腕が存分に発揮されており、異星人との全面戦争を描いたスペクタクル映画としては、世界SF映画史上でも屈指の名作となった。「海底軍艦」は、一応は押川春浪の同名小説が原作とされているが、実際は物語の多くを脚本の関沢新一が五六年に手がけた新東宝映画「空飛ぶ円盤　恐怖の襲撃」と小松崎茂の絵物語「海底王国」から得ており、戦後も建造が続けられていた日本海軍の秘密兵器海底軍艦が、かつて地球の覇者であったムー帝国の世界再征服計画に立ち向かう。陸海空を駆け回る海底軍艦轟天号が非常に魅力的で、この後の特撮やアニメの万能戦艦物の先駆けとなった。

「地球防衛軍」をはじめ本多猪四郎監督の東宝特撮映画ではしばしば国際会議が開かれ、冷戦の最中にあった東西陣営が一致協力する姿が描かれる。そして、そのイニシアティブを日本人が積極的に取るのである。小説も含めて東西冷戦当時の欧米の侵略SFでは、鉄のカーテンの向こう側は考慮外かあるいは頑なな姿勢で事態を悪化させる悪役でしかないことが多く、国家を越え地球規模の視点が貫かれていることは本多のSF映画の大きな特徴の一つといえる。

　こうした視点の背景には、冷戦への憂いに加えて、本多自身が関わった戦争に対する彼なりの総括があったものと思われる。「海底軍艦」では、主人公神宮寺大佐が日本の逆襲のために秘かに建造した轟天号をムー帝国の野望阻止に用いることを国連から要請され、逡巡の果てに独善的な愛国心を捨て世界のために出撃していく過程がドラマの軸となっている。神宮寺にとってムーは、かつての自分の同類なのである。轟天号の甲板から飛び降り壊滅的な大爆発を繰り返す自国へ泳ぎ帰ろうとするムーの女帝を、神宮寺は同情の眼差しで見送る。「地球防衛軍」では、最初に異星人と接触した科学者が彼らの進んだ科学に感銘を受け、地球がその統制下に置かれることを望む。だが、異星人の真意は地球上の紛争と同じ帝国主義的侵略にあり、失望した彼は異星人の要塞基地を内部から破壊する。

　第二東映の「宇宙快速船」（六一）も、戦争の影が濃い映画だった。変装型ヒーローのアイアンシャープが異星人の侵略を退けるという映画だが、異星の円盤軍との防空戦の描写が緊密で、横殴りに吹き飛ばされたビルの瓦礫が逃げまどう市民に降り注ぐ空襲シーンは凄まじい迫力である。幼い子供も容赦なく犠牲になる阿鼻叫喚図は戦中の無差別爆撃そのままであり、さらに円盤が戦闘機の機銃掃射よろしく光線砲で子供たちの乗る乗用車を執拗に攻めるシーンまである。そこへ空飛ぶスーパーカーでアイアンシャープが駆けつけ、円盤編隊に単身立ち向かうゼロ戦ばりの空中戦を、人々は固唾を飲んで見上げるのである。

　六〇年代後半以降、こうした国家総力戦を想わせる戦争SF映画は姿を消す。邦画産業の衰退により大予算の映画は次第に作りにくくなり、さらに怪獣ブーム・変身ブームのためにSF特撮物の企画は怪獣や変身ヒーロー主体になっていったからである。この時期には東映の「海底大戦争」（六六）と東宝の「緯度0大作戦」（六九）があり、どちらもマッドサイエンティストの悪行に正義の潜水艦が立ち向かうという映画だが、厳密には戦争物というより冒険物である。

　テレビではフジテレビと円谷プロによる「マイティジャック」（六八）があり、大財閥の長が建造した飛行戦艦が悪の秘密結社と戦うというドラマで、これもどちらかといえば冒険物である。《ウルトラ・シリーズ》でも活躍した成田亨のデザインによる万能戦艦MJ号をはじめとするスマートな超兵器の数々は、まさに洗練の極みであった。この番組は、円谷プロ初の大人向け一時間枠特撮ドラマであったが、スパイ物を強く意識した脚本・演出がせっかくのメカの魅力を充分に活かせず視聴率は低迷、子供向け三〇分番組「戦え！ マイティジャック」（六八）に衣替えされ、怪獣や異星人とも戦うはめになった。

この後、国産の戦争SF映画／ドラマは、費用が安く上がるアニメにほぼ独占されてしまった。しかし近年になって、福井晴敏の原案による架空の潜水艦を主役にした戦争秘話風SF「ローレライ」（〇五）のように、架空戦記小説ブームから生まれた映画も現れつつある。

7 パニック、スペクタクル

ナチス・ドイツとの政治的連携による合作映画「新しき土」（三七）の火山噴火シーンや、戦意高揚歴史映画「かくて神風は吹く」（四四）の嵐による元寇軍壊滅といった、天災をスペクタクルに映像化している例は戦前の日本にもある。しかし、災厄そのものを主題とし、滅びのイメージが全篇を覆うような映画やドラマが作られるのは、敗戦の惨禍を経験した後のことであった。

その先触れとなった日本映画新社の「空気のなくなる日」（四九）は、岩倉政治の児童文学を原作とし、ハレー彗星の接近時に地球から空気がなくなるというデマが引き起こす珍騒動を通じて合理的な精神を啓蒙しようとした中篇教育映画だった。したがって現実には災厄は起きないのだが、世界が破滅するシミュレーション映像の特撮が挿入されていた。

五六年の大映映画「宇宙人東京に現わる」は、謎の新天体と地球が正面衝突しそうになるが友好的な異星人パイラの助力で回避されるというもの。地球人の核兵器開発を憂えるパイラ人は危険な新元素の開発を阻止するために来訪したはずなのに、終盤ではそれを使って新天体を破壊するよう指示するなど、ストーリーが混乱していた。

こうした他天体との衝突の危機を描く映画の極めつけが、東宝の「妖星ゴラス」（六二）である。南極に巨大なロケットエンジン群を設置し、地球を移動させ難を逃れるという世界にも類を見ない大胆なアイディアを、本多猪四郎の手堅い演出と円谷英二の精緻な特撮がしっかりと支え、圧倒的な迫力であった。

核兵器の恐怖を主題にした特撮映画というと「ゴジラ」（五四）がまず思い浮かぶが、全面核戦争そのものを扱った映画もある。第二東映の「第三次世界大戦　四十一時間の恐怖」（六〇）と東宝の「世界大戦争」（六一）の二本がそれで、前者はエゴをむき出しにした人々の錯乱振りを描き、後者は何の罪もない人々が無為に死に絶えていく恐怖を訴えるという、対照的な作りになっていた。ともに核ミサイルが世界に降り注ぐ破滅の瞬間がクライマックスになっているが、技術的には円谷英二を擁する東宝の方に分があり、世界が紅蓮の炎に包まれていく様は凄絶である。

松竹映画「吸血鬼ゴケミドロ」（六八）は異星人の侵略物だが、ネーミングから察せられるように異星人にはあまり関心が払われていない。東映から出向した佐藤肇監督はノストラダムスの予言の映画化のつもりで撮ったといい、あくの強い登場人物たちが極限状態でいがみ合う醜い姿と、それが人類滅亡にエスカレートしていくイメージは鮮烈であった。脚本を担当した高久進は同じく松竹の「昆虫大戦争」（六八）で、なんと核戦争を危惧する昆虫たちに人類を襲わせている。しかし、結局は人間も昆虫も、狂気に取り憑かれた軍人が引き起こす核爆発に巻き込まれてしまう。

この頃から高度経済成長の矛盾が露呈し始め、明るい未来よりも行き場のない閉塞感の方がリアリティを感じられるような世相になっていく。そうした時代を象徴する大ベストセラーとなったのが小松左京の『日本沈没』と五島勉の『ノストラダムスの大予言』で、ともに東宝によって映画化されている。「日本沈没」（七三）は、中野昭慶による特撮が日本列島の沈没という壮大さに追いついていない憾みがあるものの、橋本忍の脚本と森谷司郎の演出は長大でデータ量が多い原作をうまく整理して解りやすくも格調高い映画に仕上げており、興行的にも大当たりした。「ノストラダムスの大予言」（七四）は、原作が小説ではないせいもあって物語が散漫で、断片的な滅亡のイメージを羅列して主役の丹波哲郎の濃いキャラクターで強引につないだような映画だが、そのせいでなんとも異様な酩酊感が生まれている。これらに先だって公害問題をサイケデリックに描いた異色の怪獣映画「ゴジラ対ヘドラ」（七一）があり、これら三本は七〇年代日本の終末ブームを代表する映画といえよう。このうち「日本沈没」は、円谷プロによるテレビドラマ版（七四〜七五）もあり、〇六年にはストーリーを一新したリメイク版映画も公開された。

　小松左京のパニック物は、ほかに「復活の日」（八〇）と「首都消失」（八七）が映画化されている。前者は細かい粗もあるものの、全世界的な疫病災害をそれらしく見せることにはまずまず成功していた。後者は原作のシミュレーション的な面白さを捨て去り、東京を孤立させる謎の雲塊に引き裂かれた人々のドラマを追ったのが裏目に出て、原作よりかなりスケールが小さい。

　これ以後大規模な災害を扱う映画は一時下火になったが、ＣＧ技術がある程度成熟してきたことと、九五年の阪神淡路大震災をきっかけにした防災意識の高まりを受けて、近年また製作が相次いでいる。先述のリメイク版「日本沈没」や、直下型地震に見舞われて間もない東京に巨大台風が上陸する「２５２　生存者あり」（〇八）、新型ウィルスのパンデミックを描いた「感染列島」（〇九）等、いずれも災厄の恐怖もさることながら負けずに立ち向かう姿勢が強調されており、「日本沈没」では日本列島の沈没を阻止までするのだが、物語が安易なメロドラマに傾斜していてずいぶん小粒な印象になっていた。

8　魔法とファンタジー

　日本独自の実写ファンタジーとして戦前から盛んだったものに、いわゆる〈狸御殿物〉のミュージカル・コメディ映画がある。日本映画の最初期から狸が活躍する映画は存在したがミュージカル形式となったのは当然トーキー以後で、三九年の新興キネマ映画「阿波狸合戦」と「狸御殿」によってであった。前者は徳島県の伝承を八尋不二が脚色したもの、後者は「シンデレラ」を参考に木村恵吾が創作した物語で、これらは戦後も繰り返し映画の題材にされている。このほかに無声映画時代からの定番として愛媛県松山の八百八狸もあったが、これはなぜか戦後はほとんど取り上げられなかった。

　木村恵吾は全六本もの狸映画を監督しており、戦後に大映で撮った「初春狸御殿」（五九）は狸御殿物の集大成的な趣があった。新たな題材に挑んでいる変わり種の狸映画としては、放射能雨に苦しむ蝙蝠族と対決する松竹の「七変化狸御殿」（五四）、河童族との対決に「番町皿屋敷」まで加えた新東宝の「歌まつり　満月狸合戦」（五五）、現代の東京の狸穴町に住む狸たちを描いた大映の「狸穴町０番地」（六五）などがあり、住みかを開発された狸たちが山奥へ去っていくという木村最後の監督作「狸穴町０番地」によって、戦前からの伝統を受け継いだ正調狸映画は幕を閉じた。また、狸以外が主役のミュージカル・ファンタジー映画としては、浦島太郎が現代の郷里に帰ってきて珍騒動を起こす「踊る龍宮城」（四九・松竹）や、狸御殿ならぬ狐御殿の「恋すがた狐御殿」（五六・新東宝）などがある。

　これら狸御殿系の映画は、狸や狐が主役といっても俳優の素顔を丸出しにした扮装が基本で、特撮物と呼ぶにはごく素朴な技術しか使われていないものがほとんどである。しかし、人外の異類と人間との交流による幻想的コメディという定型を作ったことは、のちの特撮ファンタジー物に大きな影響があった。

　ＫＲＴと東京テレビ映画による国産初の連続テレビ映画「ぽんぽこ物語」（五七〜五八）

も、神の許しを得て人間の世界に転生した子狸姉弟が超能力で人助けをするという狸御殿系の時代劇だった。製作費が掛かるわりに視聴率が伸びず打ち切られたともいわれているが、後述する異類同居物や魔法少女物のファンタジー・ドラマに通ずる設定がすでに導入されているのは興味深い。

一方で初期のテレビ放送では、テレビドラマの可能性を模索する上で幻想的な題材が好まれたらしく、単発で寓意の強いファンタジー・ドラマが早くから製作されていた。ところが、残念ながらＶＴＲが保存されていないために、そのほとんどが忘れ去られてしまっている。

たとえば六二年には、ＮＨＫ教育が芸術祭参加番組として永六輔の脚本により、当時社会問題化していた〈交通戦争〉を諷刺したファンタジー・ドラマ「銀座の山賊」を放送している。黒柳徹子扮する四次元に住む少女が、交通事故で死んだ恋人の敵討ちのために常人には姿が見えない山賊を使って銀座を走る自動車に様々ないたずらを仕掛けるという物語で、部分的にカラー撮影を行い色を変えることで次元の違いを表現し、合成により銀座の街が一瞬で森に変じたり、静止した世界を少女だけが歩くなどの特撮を駆使した幻想表現が試みられたという。このドラマは七〇年にも「東京の山賊」としてリメイクされている。

こうした技術的蓄積を活かしてＮＨＫは六五年四月に、小松左京原案による「宇宙人ピピ」（六五〜六六）を送り出す。地球にやってきた異星人の子供ピピが巻き起こす騒動を描いた子供向けの連続ドラマで、アニメーションで作ったピピを実写と合成していた。このドラマは、藤子不二雄の漫画「オバケのＱ太郎」に代表される、異形のキャラクターが人間と日常を共にする様を面白おかしく描くタイプのファンタジーでは初の映像化作品であり、テレビアニメ版「オバケのＱ太郎」（六五〜六七）の放送開始よりも四カ月先んじていた。なお、どういうわけかこのタイプのファンタジーについては定まった通称がないので、ここでは便宜上〈異類同居物〉と呼ぶことにする。

異類同居物で異形のキャラクターまでもが実写で描かれるようになったのはＮＴＶと東映テレビが森田拳次の漫画を実写化した「丸出だめ夫」（六六〜六八）が最初で、ボロットという名の家事用ロボットが着ぐるみ方式により演じられていた。続いて東映テレビは、ＮＥＴでも藤子不二雄Ⓐの「忍者ハットリくん」を実写ドラマ化した（六六）。さらにＮＴＶと円谷プロのオリジナル企画で人間大で愛嬌者の怪獣を主人公にした「快獣ブースカ」（六六〜六七）が続き、生身の人間と明らかに作り物のキャラクターが共演する奇妙なドラマのスタイルが確立した。

六七年には、ＴＢＳと国際放映が当時アイドルスターだった九重佑三子を主役に据え、国産実写ドラマ初の魔法少女物「コメットさん」（六七〜六八）を製作している。日本でも人気があったアメリカのテレビドラマ「奥様は魔女」（六四〜七二）の子供向け版を目指して横山光輝に原案を依頼したもので、他の惑星からやってきた魔法学校の女生徒が正体を隠しつつ地球人の家庭に手伝いとして住み込むという設定は、ディズニー映画「メリー・ポピンズ」（六四）を参考にしたという。このドラマはたいへん好評を博し一年半にわたって放映され、テレビアニメ「魔法使いサリー」（六六〜六八）とともに、魔法少女物の基礎を確立した。「コメットさん」は七八年には大場久美子の主演でリメイクされており、これもまた人気番組となった。

こうして子供向けの連続ファンタジー・ドラマは、六〇年代後半には基本形が完成されて一つの路線として定着し、七〇年代には各社が競うように製作するようになった。その中心となったのは、「好き！好き!!魔女先生」（七一〜七二）「がんばれ!!ロボコン」（七四〜七七）「5年3組魔法組」（七六〜七七）「透明ドリちゃん」（七八）ほか多数を送り出した東映テレビと、「へんしん！ポンポコ玉」（七三）「それ行け！カッチン」（七五〜七六）、大場久美子版「コメットさん」（七八～七九）などの国際放映、そして《少年ドラマシリーズ》（七二～八三）内で米沢幸男原作の「少年オルフェ」（七二）や三浦哲郎原作の「ユタと不思議な仲間たち」（七四）などのファンタジー路線を展開したＮＨＫの三社であった。

もっとも活発だった東映テレビのファンタジー・ドラマの多くは、変身ヒーロー物と同じく石ノ森章太郎の原作とされている。しかし実際には番組企画が先行する原案提供がほとんどで、既存の漫画原作があるのは「千の目先生」を基にした「好き！好き!!魔女先生」のみであった。このドラマは、宇宙連合の平和監視員である異星の王女が正体を隠して小学校の教師となるという魔法少女系の作品だが、当時ブームだった変身ヒーロー物の趣向を取り入れて、途中から主人公がアンドロ仮面なるスーパーヒロインに変身するようになった。

「がんばれ!!ロボコン」はロボット学校の生徒が修養のため人間の家庭で暮らすという異類同居物で、主人公の仲間のロボットを大挙出演させた群像劇に新味があり、ロボットたちのキャラクター商品ともどもたいへんな人気となった。東映テレビはこの後「ロボット110番」（七七）や「ビーロボカブタック」（九七～九八）等、同傾向のロボット物のドラマを繰り返し作っており、さらに「ロボコン」そのものも、「燃えろ!!ロボコン」（九九～二〇〇〇）としてリメイクしている。

八〇年代に入ると、アニメブームの影響により子供向けのファンタジー路線は実写ドラマの割合が減っていった。一人気を吐いていたのが、フジテレビと東映テレビが「ロボット8ちゃん」（八一～八二）から「有言実行三姉妹シュシュトリアン」（九三）まで十二年にわたり放送し続けた、俗に《東映不思議コメディーシリーズ》といわれる作品群である。題材としては「ロボット8ちゃん」から「もりもりぼっくん」（八六）までは異類同居物、「おもいっきり探偵団　覇悪怒組」（八七）から「じゃあまん探偵団　魔隣組」（八八）までは少年探偵団物、「魔法少女ちゅうかなぱいぱい！」（八九）から「有言実行三姉妹シュシュトリアン」までは魔法少女物という変遷があるのだが、不条理な域までエスカレートしていくギャグ感覚は全作品に共通している。その独特の味わいはシリーズを通して参加した脚本家浦沢義雄の特異な才能によるところが大きいが、論理的な整合性よりも一瞬の外連を優先する東映テレビ特撮番組の作劇法の伝統が、浦沢の暴走の受け皿としてうまく機能していたことも見逃してはなるまい。

中でも「美少女仮面ポワトリン」（九〇）と「不思議少女ナイルなトトメス」（九一）「有言実行三姉妹シュシュトリアン」の魔法少女物三作は、魔法の力で少女がスーパーヒロインに変身して悪漢を倒すという、かつて「好き！好き!!魔女先生」で試みられた変身ヒーロー物との融合が本格的に実施されており、奇妙なコスチュームに身を包みナンセンスな決め台詞を発して見栄を切るヒロインたちの姿は、日本の特撮文化の一つの極みともいえよう。《東映不思議コメディーシリーズ》の終了により、テレビの子供向けファンタジー路線はいよいよアニメ主体になっていった。しかし、これら変身魔法少女物が生み出した様式は、「美少女戦士セーラームーン」（九二～九三）や「ふたりはプリキュア」（〇四～〇五）といった美少女戦士物アニメの大ヒット作に現在も受け継がれている。

アニメーション

アニメーション（以下アニメと略す）は命のないものに生命を与え、時間を創出し、不断の変容を表現する技法である。ゆえにそのすべてが観る者の幻想性を強く育むと筆者は考える。しかしここで日本アニメ史を通覧するわけにはいかないので、怪奇幻想的な題材を扱う作品に焦点を絞って概観していくことにする。SFは日本アニメの中できわめて大きな領域を占め、幻想とも深く関わるが、触れ始めると収拾がつかなくなるため、言及をなるべく控えた。

また漫画のアニメ化は草創期から見られる現象であり、「鉄腕アトム」のテレビアニメ化（六三～六六、制作＝虫プロダクション〔以下虫プロ〕）の成功以後、漫画はアニメ最大のソースとなっているが、漫画を原作とするアニメについてもほぼ割愛した。テレビの影響力は漫画とは比べ物にならないぐらい大きいので、手塚治虫の漫画は読んだことがなくとも、〈鉄腕アトム〉を知っているという膨大な数の人間が存在するだろう。「北斗の拳」「ドラゴンボール」「美少女戦士セーラームーン」などについても同じことがいえる。なおかつ漫画とアニメではテイストやストーリーがかなり違う場合もあるが、紙数の都合上、触れることを控えた。アニメ化された重要な漫画作品については、「附録1　怪奇幻想漫画家事典」を参照されたい。また、連続テレビアニメは、脚本や演出の担当者いかんで色合いを変える場合もあるため一概にはくくれないが、そうした点も考慮には入れていない。

【日本の伝承文学】

神話・民話・説話等は、ごく初期からアニメの題材となってきた。まずは民話から見ていこう。日本最初のアニメの一つ「猿蟹合戦」（一七、北山清太郎）や、魚の擬人化表現の面でも物語的な側面でも江戸の草双紙の流れを引く「蛸の骨」（二七、村田安司）など戦前の諸作から、長期放映となったテレビアニメ「まんが日本昔ばなし」（七五、七六～九四、その他再放送・特別番組・劇場版など多数）まで、種々の作品が作られている。戦前も民話には自由な脚色がなされたが、戦後もそれほど事情は変わらない。ただし「日本昔ばなし」では黄表紙やディズニー風のおちゃらけた改変はなされておらず、穏健な展開とし、なおかつ〈昔語り〉を再現するような脚本を二人の芸達者な役者が演ずる形にしたため、古典的な昔話の代替品としての役目を果たした。同作は〈アニメ絵本〉としても流布したことから、昔話をこれによってしか知らない日本人も多く存在するのではないだろうか。現在インドでは各種バージョンのあった「ラーマーヤナ」などがテレビ化によって画一化される危機にあるというが、同じことは日本でもある世代に限っては起きた可能性が推測される。

民話をもとに自由な物語を展開した作品としては「ひょうたんすずめ」（五九、横山隆一）を挙げることができよう。擬人化カエルの世界を舞台にしており、民話「ふしぎなひょうたん」に西部劇を綯い交ぜたような物語に面白みがある。ラストの、ひょうたんから出てきた黒い不定形のものが悪者を取り込んで退治するシークエンスがユニークなものとして有名（アニメートは鈴木伸一）。

このほかの作品では児童文学の創作民話のアニメ化が多い。多数の作品があるが、特筆すべきは次の二作。原作に忠実に、その完全なアニメ化を実現し、東映動画の底力を見せた感のある「龍の子太郎」（七九、浦山桐郎、作画監督＝小田部羊一、原作＝松谷みよ子）、岡本忠成の人形アニメで、原作では具体的でない音曲を創作し（作詞＝東川洋子）、歌の力で病や怪我を癒すところを魅力的に演出した「おこんじょうるり」（八二、岡本忠成、原作＝さねとうあきら）。後者は大藤賞ほかの賞を総なめにした傑作。制作者の岡本忠成は日本の人形アニメの歴史に、後出の川本喜八郎と並んで名を留める作家であり、いわゆるパペットに限らず、いろいろな素材を動かしてしまうことに特徴があった。

「古事記」をはじめとする日本神話の本格的なアニメ化は、政治的な事情もあって、五〇年代後半になってようやく現れてくる。日本で最も権威のあるアニメの賞にその名を残すアニメ作家・大藤信郎の影絵アニメ《古事記シリーズ》(五五～五九)が早いが、最重要作は東映動画の劇場用長篇「わんぱく王子の大蛇《おろち》退治」(六三、芹川有吾、原画監督＝森康二)。スサノオを少年に設定し、母への思慕やわがままな態度から大人へと脱皮して、少女を愛するようになるという成長の物語とした(脚本＝飯島敬・池田一朗[隆慶一郎])。敵対者を荒ぶる自然に措定、八岐大蛇もまた厳しい自然の隠喩として捉えた解釈に無理がない。月の宮の幻想的な美術、神格化された火の面白さ、天翔る馬という魅力的な要素の導入など、原作に拠らないオリジナルな部分にも、ファンタジーとして見るべき点が多い。一般的なアニメ史上でも屈指の名作である。

古典文学のアニメ化として挙げられるのは、何よりも人形アニメの巨匠・川本喜八郎の《古典三部作》――「今昔物語」をもとにした「鬼」(七二)、安珍清姫伝説に基づく「道成寺」(七六)、謡曲「求塚」をもとにした「火宅」(七九)であろう。鬼となり蛇となり、はたまた地獄に堕ちる女たちの内面を見事に描き出した作品であり、いずれも素晴らしい。アニメ作品としての完成度の高さゆえに、幻想性がことさら注目されることのない三部作だが、幻想的な素材だからこその作品なのはいうまでもない。殊に、「火宅」が能のような抽象的な形によってではなく、地獄を具体的に視覚化している点にも注目すべきだろう。川本は後に、折口信夫の「死者の書」をアニメ化するのだが(〇五)、原作に忠実ながらもややピント外れで、原作の幻想性とエロティシズムを越えられずに終わったのは残念である。

戦前の日本アニメの代表作の一つともいえる「月の宮の王女様」(三四、村田安司)は月から落っこちてしまったお姫様を捜索する物語。「竹取物語」と「親指姫」とを綯い交ぜた作品ではないだろうか。きわめて繊細な美しい切り紙アニメで、全体にのどかでファンタジックなムードが溢れている。ちなみに日本の古典文学の中では「竹取物語」がしばしばアニメ化されるのだが、どうやら昔話と誤解されているようだ(本当は創作物語)。

落語のアニメ化も戦前からあるが、内容・表現共にファンタスティックなのは山村浩二の個人制作短篇「頭山」(二〇〇二)。落語の中でも奇作として名高く、言葉の芸術だからこそ成立する「あたま山」を視覚的に表現してしまったのには恐れ入るほかなく、アカデミー賞の短篇アニメ部門にノミネートされたことから山村の国内での知名度は一気に上がった。山村にはこのほかボルヘスの「バベルの図書館」からインスパイアされた、本の中からバベルの塔が浮き上がって、中に図書館世界が覗けるという「バベルの本」(九六)、シュールでユーモラスなファンタジー《カロとピヨブプト》(九三)をはじめとして、種々の手法を用いて作った短篇作品が多数あり、様々な賞を受賞している。

【日本の童話・児童文学】

日本の童話作家でこれまでに最も多数のアニメ作品が作られてきたのは宮沢賢治だと思われるが、日本で一番有名な童話作家が賢治なのだからそれも当然か。戦後間もなく「セロひきのゴーシュ」(四九、小林喜次)が影絵アニメで作られ、以後、折りに触れて作られてきた。管見の及ぶ限りで注目すべき作品は「注文の多い料理店」(九一、岡本忠成・川本喜八郎)と「銀河鉄道の夜」(八五、杉井ギサブロー)。どちらもある程度は原作に忠実でありながら、独自の世界を作り上げており、独立したファンタジー作品として魅力的なものに仕上がっている。前者は雌猫たちが都会の男どもを幻想の境地に誘い込んでから罰するという残酷な改変で、夢幻的な表現が特徴。後者は物語は原作に忠実にしながら、漫画家ますむらひろしの猫のキャラクターで描くという、賛否両論を巻き起こす手法を採った。別役実の脚本で少年たちの物語としての魅力を上げ、声優の演技力で猫でも不自然さを感じさせなかったのは評価できる。幻想的な美術も素晴らしい。

童話のアニメ化の有名作にはほかに、戦前のアニメを代表する短篇「くもとちゅうりっぷ」（四三、政岡憲三、原作＝横山美智子）がある。悪役の蜘蛛を黒人のステロタイプに設定するなど、いかにも戦中の作品ではあるが、現在では失われてしまったおおどかな展開やヒロインの健康的な明るさ、光と影の対比も美しく緩急のある画面が人々の詩情を呼び覚ますようで、評価は高い。政岡は戦前から時局にさほど拘泥せず、ファンタジックな作品も手がけてきた。戦後には「春の幻想」という別題を持つ「桜」（四六、未公開）も作っているが、この作品は映像詩というべきもので、幻想作品ではない。戦後の代表作は健康的な《トラちゃん》物である。

原作のある作品ではないようだが、「くもとちゅうりっぷ」同様の昆虫擬人化アニメとしては「アリチャン」（四一、瀬尾光世、公開年未詳）が、日本最初のマルチプレーン撮影の作品ということもあって、よく知られている。コオロギ嬢のバイオリンをくすねたアリの子供の冒険を描いた作品で、巨大な子供の手に追われて逃げ惑ったり、音楽に興じたりする虫たちの世界が、ファンタスティックに描かれている。

日本の童話では「黒いきこりと白いきこり」（五六、藪下泰司）をはじめとして浜田広介の作品などがよくアニメ化されているが、ここで特に取り上げたいのはテレビアニメ「まんがこども文庫」（七八～七九）である。「まんが日本昔ばなし」の成功にあやかったシリーズで、日本の名作童話を森崎東・別役実ほかを脚本に迎えてアニメ化したもの。アニメにそぐわないかと思われる内容の作品でもそれなりにアニメ化している点は評価したい。ファンタジー童話ばかりとは限らなかったが、オープニングはまさにファンタジーだった（デザインは杉井ギサブロー）。同様の試みで、山田太一ら有名脚本家も参加したテレビアニメ「赤い鳥のこころ」（七九）などもあり、六五～七〇年頃生まれは基礎的な教養に明治大正の児童文学が含まれている人が多い年代ということも考えられる。また、未明作品を人形アニメ化した短篇「野ばら」（七七、高橋克雄）は各種の賞を採った有名な作品で、夢幻的な結末がよく表現されている。

児童文学のファンタジーのアニメ化で評価が高いのはテレビアニメ「ガンバの冒険」（七五、出崎統、原作＝斎藤敦夫）である。監督の個性が出て原作とはだいぶ異なるイメージの作品になったが、良くできたアニメであり、原作の読者を増やした。劇場用長篇「魔女の宅急便」（八九、宮崎駿、原作＝角野栄子）も原作付きということを忘れるほど、宮崎駿の作品になっている（宮崎については漫画家事典を参照）。原作の大筋は追いながらも、舞台や人物の設定が大幅に改変され、原作の味わいもテーマもどこかへ消し飛んでしまった。

【海外の伝承文学】

西洋の神話をもとにした作品は、なぜか日本ではあまり作られてはいない。恰好の題材と思われるギリシア神話でもほとんど作品がない。劇場用長篇では「星のオルフェウス」（七九、タカシ）「アリオン」（八六、安彦良和）があるが、前者は日米合作のギリシア神話オムニバスで、ディズニーのアニメーターが多数参加しており、あまり日本のアニメとはいえず、後者は安彦自身による漫画のアニメ化といった具合（安彦と「アリオン」については漫画家事典を参照）。ただ、後者は、アニメでは珍しかったSF色のない本格的ヒロイック・ファンタジーであり、ファンタジーアニメ史の上でも記憶に留めておくべき作品といえる。

　西洋民話のアニメ化で注目に値するのは、何といっても東映動画の劇場用長篇「長靴をはいた猫」（六九、矢部公郎）。主人公の少年が姫を助けるために悪魔退治を敢行するという冒険ファンタジーに改変した点が大きなポイントである。これはディズニーアニメが「眠れる森の美女」をヒロイック・ファンタジー化したのと並ぶ改変といえる。似たようなパターンで物語を変えた作品にグループ・タックの劇場用長篇「ジャックと豆の木」（七四、杉井ギサブロー）がある。悪い魔女に精神支配された妖精の姫を少年ジャックが救い出す物語。ディズニーアニメを意識した作風で、アニメート（特に豆の木が成長するシークエンス）や音楽も上出来だが、文芸（キャラクター設定、脚本等）がまずく、魅力に欠ける。とはいえ、DVDもないという現在の受容状況は、あまりにも不遇であると思う。

〈アラビアンナイト物〉も、短篇「つぼ」（二五、山本早苗）「四十人の盗賊」（二八、鈴木俊夫）等、ごく初期からアニメの題材となってきた。劇場用長篇「ドラえもん　のび太のドラビアンナイト」（九一、芝山努）のようにSF的な枠の中に収めたものや、「クレヨンしんちゃん　ブリブリ王国の秘宝」（九四、本郷みつる）のように〈壺の魔神〉の趣向が一部に使われるようなものまで含めれば、多数の作品がある。ついでに申し添えておけば、「ドラえもん」（七九〜）「クレヨンしんちゃん」（九二〜）は共に漫画を原作としたテレビアニメの長寿番組だが、劇場用長篇がおおむね毎年一本ずつ作られている（前者は八二年から、後者は九三年から）。いずれも原作漫画とは別物と考えるべきオリジナルの冒険物語で（ただし「ドラえもん」の原作者藤子・F・不二雄は亡くなるまで脚本に参加して積極的に関わった）、前者は様々なSF、ファンタジーのモチーフを用いた正統的な冒険物、後者は伝奇、SFからアクション物まで様々な先行作を下敷きにしたスラプスティックなコメディで、いずれも高い評価を受けている。

　よく知られている〈アラビアンナイト物〉は、東映動画の劇場用長篇「アラビアンナイト　シンドバッドの冒険」（六二、藪下泰司・黒部昌郎）とテレビアニメ「アラビアンナイト　シンドバットの冒険」（七五〜七六）だろう。前者は海洋冒険物を基調にラブロマンスの要素を加味した物語で、空を飛ぶ魔法の孔雀の羽のシークエンス、魔法を操る悪大臣が卵から使い魔を生むシーン等、魔法表現に注目すべきものがある。後者は少年の冒険の旅を主軸に、ファンタジックな要素をうまく取り込んだ秀作だった。

　だが、ファンタジーアニメ史上における最重要作は何といっても虫プロ制作の劇場用長篇「千夜一夜物語」（六九、山本暎一）である。〈黒檀の馬〉〈四十人の盗賊〉などの素材を用いながらも、〈バベルの塔〉といった別系列の幻想モチーフや〈ジン&ジニー〉という奇妙な変身魔法生物を入れ込んで、原作を離れた自由な物語を創造していることは特筆すべきことである。大人向けのエロティックなアニメとして作られたこの作品の基調は愛欲物で、近親相姦の危険までが描かれる波瀾のある物語に、権力とは何かというテーマが織り込まれている（手塚治虫の脚本にスタッフが状況に合わせて手を入れたもの）。表現上も種々の工夫が凝らされ、砂嵐の表現（山本暎一のアイディアによる）など、様々なディテールがそれまでのアニメとは別種の世界を描き出していた。特に女御ケ島がにおける女性から蛇への変容（アニメートは手塚治虫）、共食いのおぞましいエロティシズムや、抽象化された妖艶きわまりないセックス・シーン（アニメートは杉井ギサブロー）は、アニメならではのものである。R15指定となってもおかしくないアニメが、子供も観られる作品として公開されたことの是非はともかく、相当程度ヒットしたことからも、大きな影響を与えたことはまちがいない。

　アラビア物ではほかに、テレビアニメ「ハクション大魔王」（六九〜七〇、原作＝吉田竜夫）を逸することができない。漫画原作に頼らない、オリジナルのテレビアニメの制作をポリシーとしていた竜の子プロダクション（以下タツノコプロ）の作品である。「ドラえもん」型の居候物コメディで、スタイルには特に新味はないのだが、主人公の少年がクシャミをすると出現するおっとりとしたドジな魔神、その娘でしっかり者のアクビというキャラクターは、アラビア物に新生面を開いた。続篇やリメイクがほとんどない状況であるにも関わらず、誕生後四十年を経て、この二人のキャラクターは今なお現役である。

中国物では、「孫悟空」が古くからアニメ化されてきた作品である。千代紙アニメ「孫悟空物語」（二六、大藤信郎）に始まって、東映動画の劇場用長篇「西遊記」（六〇、藪下泰司・手塚治虫・白川大作）、テレビ用長篇「孫悟空シルクロードをとぶ!!」（八二、高屋敷英夫）等、SFまで含めれば多数ある。手塚治虫の「ぼくの孫悟空」をもとにしたテレビアニメ「悟空の大冒険」（六七、杉井ギサブロー）が虫プロの才能を結集したどたばたアニメで、「西遊記」のイメージを一新した。

中国古典のアニメ化では、東映動画の劇場用長篇アニメの第一作「白蛇伝」（五八、藪下泰司）が挙げられよう。〈東洋のディズニー〉を標榜する東映動画らしいロマンティックな魔法的ラブロマンス。魔法バトル物の元祖ともいえ、透過光を使った部分などは現在の目からは技術の限界が見えすぎてしまうが、それ以外のファンタスティックな表現は今もなお古びてはいない。

【西洋の童話・児童文学】

西洋の創作童話ではアンデルセンがしばしばアニメ化される。ほとんど民話と同列に扱われていて、アンデルセン原作と意識されていない場合もあるのではないか。有名な作品としては大藤賞受賞の人形アニメ「みにくいあひるの子」（七〇、渡辺和彦）。渡辺は学研の人形アニメで活躍し、「マッチ売りの少女」（七二）「おやゆびひめ」（八一）等のアンデルセン作品のほか、「つるのおんがえし」（六六）などの民話物を多く制作した。六〇〜七〇年代生まれの人には学校等で観た人が多くいるはずである。このほか東映動画の劇場用長篇「アンデルセン物語」（六八、矢吹公郎）、テレビアニメ「アンデルセン物語」（七一、波多正美）が印象に残る。前者は〈メタフィクション〉の項で詳しく触れたい。後者は二人の妖精を狂言回しに、アンデルセン作品を様々に改変している。たとえば「おやゆび姫」では、原作にはない魔女が自動車で排気ガスをまき散らして花畑を枯らそうとするなど、ポップな一面はあったが、ディズニー「リトル・マーメイド」のようなばかげた改変はない。全体に美術のセンスが良く、「沼の王の娘」が特に印象的だった。なお、アンデルセンの神秘的・宗教的部分は無視されているが、やむを得ないだろう。そもそも、日本のアニメーターたちにも強い影響を与えたロシアのアニメ「雪の女王」からしてただの冒険物で、宗教性を捨て去った脚色だったのである。

海外の児童文学系ファンタジーは意外に数多くアニメ化されている。海外の古典的作品の方が作者との軋轢も少なく、テレビ的な改変がしやすいからだろう。短篇としては、日本の人形アニメのパイオニア・持永只仁による人形アニメ「ちびくろさんぼのとらたいじ」（五六、原作＝ヘレン・バーナマン）が歴史的名作とされる。バンクーバー国際映画祭児童映画部門最高賞をはじめとして多数の賞を受賞した。

テレビアニメでは種々の作品がある。有名なのは「ムーミン」（六九〜七〇ほか、原作＝トーベ・ヤンソン）だが、原作のキャラクターもストーリーも大幅に変更され、生活童話的な側面が強い作品になってしまった。原作が持つ神秘の味わいは失われており、原作者が世界観が違うとクレームをつけたことでも知られる。後に、原作者の監修により、比較的原作に忠実なテレビアニメ「楽しいムーミン一家」（九〇〜九二）が作られた。このほか、オリジナル性が強く、ファンタジー度も高いタツノコプロの「樫の木モック」（七二、コッローディ『ピノキオ』に依拠)、原作に比較的忠実な、スタジオぴえろの秀作「ニルスのふしぎな旅」(八〇~八一、原作=ラーゲルレーヴ)、原作のエブリデイマジックの味をうまく改変した「おねがい!サミアどん」(八五~八六、ネズビット『砂の妖精』に依拠)などが印象に残る。

【魔法少女物と日常ファンタジー】

少女向けのテレビアニメでは「魔法使いサリー」(六六~六八、原作=横山光輝)「ひみつのアッコちゃん」(六九~七〇、原作=赤塚不二夫)という漫画を原作とする二作がヒットし、以後、テレビアニメでは〈魔法少女物〉というジャンルが続々と作られることになる。サリーは本来は人間などが近寄れない存在であるところの魔法の世界のお姫様で、いわば「サリー」はお嬢様が一般社会で失敗したり苦労したりする話であった。一方「アッコちゃん」は普通の女の子が魔法の力で変身して活躍するというパターンで、身近な悩みを題材とする生活物である。以後、テレビで作られるオリジナルの魔法少女物は、このどちらかの系譜に連なっていく。前者の系列では人魚姫物でロマンティックな「魔法のマコちゃん」(七〇~七一、原案=辻真先)、魔女の女王を選ぶという試験を背後に控えさせて魔法度の高い「魔女っ子メグちゃん」(七四~七五)、人間界に夢をもたらして故郷である夢の国を救うという使命を持つ「魔法のプリンセスミンキーモモ」(八二~八三)など。後者には、芸能物を絡めてヒット作となったスタジオぴえろの「魔法の天使クリィミーマミ」(八三~八四)に始まる一連のシリーズなどがある。アニメの趣向は漫画へも還流し、種々の魔法少女物漫画が描かれ、それらがさらにテレビアニメ化されてヒットするという状況になった。その現象を代表するのが《美少女戦士セーラームーン》(九二~九七)である。この作品は〈魔法少女物〉と特撮の〈戦隊物〉の影響下に描かれた漫画を原作としており、〈戦闘美少女物〉という〈魔法少女物〉のサブジャンルの隆盛をもたらした。なお、〈戦闘美少女物〉のはしりともいえるSFアニメとして、美少女アンドロイドが変身して戦う「キューティーハニー」(七三~七四、原案=永井豪とダイナミックプロダクション)を挙げることができる。

〈魔法少女物〉の異色作としては「ふしぎなメルモ」(七一~七二、原作=手塚治虫、制作=手塚プロダクション)「ヤダモン」(九二~九三、制作=グループ・タック)「プリンセスチュチュ」(〇二~〇三、佐藤順一、原案=伊藤郁子)「かみちゅ!」(〇五、舛成孝二、脚本=倉田英之)などがある。「ふしぎなメルモ」は、テレビで性教育をするというコンセプトで作られた作品だが、受精卵に戻ってからまた成長して動物になるという変身シーンがいかにも手塚らしい。物語は、早死にした母親が神様に願って娘のメルモのために魔法のキャンディーを作ってもらい、幼い弟たちを抱えた少女メルモはキャンディーの力で動物や大人に変身して危機を切り抜ける。全体に丁寧に作られたアニメとして評価が高い。ちなみに手塚プロダクションは手塚治虫が虫プロを抜けて新たに起こしたアニメの制作会社。「ヤダモン」は魔女の世界から人間界にやってきた魔女であることを主張しても信じてもらえない少女が巻き起こす騒動を描き、「かみちゅ!」は神になったことが町の住民たちに公認されている女子中学生が主人公の学園ラブコメディ。この二作の間にある神魔の設定についての隔たりは、十年余りの間に、ファンタジーに対する視聴者の受容意識が変革された可能性を示す。「プリンセスチュチュ」はアヒルが変身した人間の少女がさらに不思議なバレリーナに変身するという風変わりな設定の作品。〈メタフィクション〉の項でもう一度触れたい。

日常世界を舞台としたファンタジーは、おおむね、この〈魔法少女物〉か、「オバケのQ太郎」(六五~六七ほか、原作=藤子不二雄)のような〈居候物〉の作品に分類することができる。〈居候物〉には形の上ではSFとなっている作品が圧倒的に多く、そうではない作品も漫画やライトノベルを原作とするものがほとんどである。例えば、体内に異次元を抱えていて何でも呑み込んでしまう性格の悪い神魔が、善良な常識人の少年をいたぶるギャグ・コメディ「ジャングルはいつもハレのちグゥ」（テレビ〇一、OVA〇二〜〇三、原作＝金田一蓮十郎）など。その範疇から外れるのは、前述した「ハクション大魔王」や、未来から来た孫だと名乗るがその実体は謎の少女・磨子によって主人公の家庭が崩壊していく様を実験的手法も用いつつシュールに描いたOVA「御先祖様万々歳！」（八九〜九〇、押井守）、平安時代の妖精界の貴族の子を居候にした「おじゃる丸」（九八〜、大地丙太郎、原案＝犬丸りん）など、数作に留まる。〈魔法少女物〉〈居候物〉いずれにも属さない日常が舞台のファンタジーは伝奇物やＳＦ物へと吸収される傾向にある。

しかし近年には、風を操る能力を少しだけ得た中学生の少女たちの何気ない日常を独特の表現で巧みに描いた「風人物語」（〇四〜〇五、制作＝Production I.G、原案＝大島南）、座敷わらし、神隠し、妖精などをモチーフに、異界に触れた少年少女らの内面をテーマとした「絶対少年」（〇五、望月智充、脚本＝伊藤和典）のように、不思議な存在・現象をＳＦへと還元しない作品もあり（ただし後者の妖精の造形はＳＦガジェット風になっている）、今後はそのような作品も増えていくことが期待される。

劇場用長篇の日常ファンタジーとしては、「となりのトトロ」（八八、監督・脚本＝宮崎駿）をまず挙げることに異論はないだろう。田舎に引っ越してきた姉妹が土地に棲み着く精霊と仲良くなるという大筋で、物語としてはごく平凡だが、日本の自然の精霊としてトトロのような大きな図体のものを持ってきた点が出色。少女たちがトトロに出会うシーンや〈ネコバス〉の造型、トトロがくれた種の成長を描くシークエンス等も秀逸で、上出来の作品。社会現象となるほどの超ヒット作となり、日本の長篇アニメの状況も、またファンタジー受容の状況も変えてしまった記念碑的作品といえる。同時に、日常ファンタジーではこの作品をなかなか越えにくいため、このサブジャンル自体が伸び悩むという状況も引き起こしたように思える。宮崎駿の最新作「崖の上のポニョ」（〇八）は、現代を舞台に、神魔の少女ポニョと人間の少年の交流を描いた〈人魚姫〉モチーフの物語で、やはり日常ファンタジーに属するが、「トトロ」を越えることはできていないように思われる。ポニョが操る海の波のアニメートや海上にたゆたう霊界の風景、海の中に満ちる魔法の表現など、美術的には素晴らしいが、物語の展開が粗雑であった。それでも宮崎作品が肯定され、愛され続け、アニメの観客層を広げていることは間違いない。

このほかの劇場用長篇作品では、化狸たちが自然の乱開発に対する抵抗運動を繰り広げる「総天然色漫画映画　平成狸合戦ぽんぽこ」（九四、監督・脚本＝高畑勲）、ぶざまな死を遂げた青年が、神の手を振り払って人生を巻き戻し、幼なじみの女性たちと逃避行を繰り広げた挙句に鯨の腹の中で奇妙な生活を送る「マインド・ゲーム」（〇四・監督・脚本＝湯浅政明、原作＝ロビン西）など。後者は原作漫画のある作品だが、「哀しみのベラドンナ」（後出）以来ともいえる実験的手法を多用し、セックス・シーンもファンタスティックに描き出した、特筆すべき作品である。湯浅政明は「クレヨンしんちゃん」の作画監督で名を知られるようになった逸材で、ポップな画面に定評がある。

【異世界ファンタジー】

異世界を舞台にしたファンタジーには、およそ三つのタイプがある。日常ファンタジーから一歩踏み出し、異世界と現実を行ったり来たりする異世界往還型、現実の人間が異世界に召喚され、専ら異世界で冒険を繰り広げる異世界召喚型（行ったきりの場合も帰る場合もある）、そして完全な別世界で物語が展開する別世界型である。

往還型の作品はほとんど存在しない。劇場用長篇では作れないので、テレビアニメかOVAで作られるほかないからだが、短時間で行ったり来たりすることには作画上も労力が要るせいか、圧倒的劣勢なのである。この分野でもタツノコプロが健闘し、「ポールのミラクル大作戦」（七六〜七七）という無国籍童話めいた雰囲気の作品を作り上げている。少年ポールが悪魔ベルトサタンに奪われたガールフレンド・ニーナを救出し、最後には悪魔を倒すという大きな流れのもと、別世界での様々な冒険が描かれる。ぬいぐるみに宿った妖精の力で、おもちゃが現実の物となって力を発揮するという設定のセンスが良い。

召喚型にはたくさんの作品があるのだが、その多くがロボット物かSFになってしまう。ロボットに騎乗して戦う宇宙戦争物「機動戦士ガンダム」（七九〜八〇）で一世を風靡したアニメ監督・富野喜幸は、陸と海の間にあるファンタスティックな別世界〈バイストン・ウェル〉を創造し、そこを舞台にした一連のアニメや小説を作り続けているが、それらはおおむね召喚型ファンタジーとなっている。その最初期の作品「聖戦士ダンバイン」（八三〜八四）は昆虫型ロボットに騎乗して戦うロボット物であった。以後、OVA「幻夢戦記レダ」（八五、湯山邦彦）、テレビアニメ「魔神英雄伝ワタル」（八八〜八九、井内秀治）「天空のエスカフローネ」（九六、赤根和樹）等々、設定はファンタスティックなのだが、テクノロジーが発達していたり過去の超科学が隠されていたり、なぜかはわからないがとにかくロボットが存在する別世界で、現実世界の少年少女たちが戦いと冒険を繰り広げる姿を描いた作品が、テレビアニメやOVAで次々に作られるようになったのである。一つのサブジャンルを形成するほどの量がある。

ファンタジーに徹した作品としては、神々のための風呂屋で働く少女を描いた劇場用長篇「千と千尋の神隠し」（〇一、監督・脚本＝宮崎駿）がまず挙げられる。ほかの劇場用長篇では、コミック・ストリップの歴史的名作を日米合作でアニメ化した「NEMO／ニモ」（八九、波多正美・ウィリアム・T・ハーツ、原作＝ウィンザー・マッケイ）、少年が失踪した犬を捜して猫の国に迷い込み、冒険を繰り広げる「とつぜん！猫の国バニパルウィット」（九五、なかむらたかし）などが思い出されるが、前者は原作に遠く及ばない不評作で、後者は極端なマイナー作である。OVAではバイストン・ウェル物の一つ「ガーゼィの翼」（九六〜九七、監督・原作＝富野由悠季）が、召喚型ファンタジーのリアリズムに挑んだ刺激的な作品であった。現代日本から前近代的世界に召喚された青年に現れる足の翼が、ファンタジーの真髄を示している。しかしテーマを詰め込みすぎて、中途半端に終わった感は否めない。その後、富野由悠季は「リーンの翼」（〇五〜〇六）ではロボット物に回帰している。

近年の作品ではテレビアニメ「STRANGE DAWN」（二〇〇〇、総監督＝佐藤順一、演出＝河本昇悟）が異世界召喚型ファンタジーというジャンルが根本的に抱える問題点に迫った異色作である。二人の女子高生が膝丈ほどの小人の世界に〈魔人〉として召喚されるが、一方的な召喚の理不尽さや自らの無力さに直面する物語。互いに夢を見合っているかのような現実と別世界の関係をはじめ、興味深い細部に溢れた作品だが、重すぎるテーマと伏線を回収しきれないまま、投げ出したように終わっている。現実と魔法界の関係がクライヴ・バーカーの長篇ファンタジー『アバラット』を思わせるような設定となっており、またヴィジュアル的にユニークな世界像を提出したテレビアニメ「魔法少女隊アルス」（〇四〜〇五、原作＝雨宮慶太）も、魔法とは何かというテーマを内包していたが、それを追究するところまではいっていない。これらの作品は、アニメにとどまらず、召喚型ファンタジーにおけるリアリティ上の困難さを表していると思われる。

　別世界型としては、東映動画の劇場用長篇「太陽の王子ホルスの大冒険」（六八、高畑勲、作画監督＝森康二）が特筆すべき作品。悪魔の侵略、悪魔に使役される娘の救出といった物語の枠組は、前年の東映動画の劇場用長篇「少年ジャックと魔法使い」（六七、藪下泰次、脚本＝高久進・関沢新一）の物語（魔女によって悪魔に変えられてしまった少女を少年が救い出す）に重なるが、人間の嫉みや妬み、差別といった内面の悪をテーマとして前面に押し立て、全体をシリアスで貫いている点が決定的に異なる。アイヌ風の意匠を取り入れつつ、独自の世界観を構築している点でも画期的。〈迷いの森〉の幻想性、謎めいた少女ヒルダの葛藤、悪魔との戦いの過程など、見るべき点は多く、メディアを越えて日本ファンタジー史を考える場合にも重要な作品である。

　テレビアニメでは、中世西洋風世界を舞台に、男女二つの魂を持つヒロイン・サファイアが活躍する「リボンの騎士」（六七〜六八、原作＝手塚治虫）が一種の異世界物といえるだろう。漫画版とはいろいろな部分で異なり、サファイアが民話や童話をもとにした冒険を繰り広げるエピソードなどが多数差し込まれ、最後には善悪の闘争を描く異様な展開となっていく。しかし「リボンの騎士」に続く作品はなく、別世界ファンタジーの流れは大きなものにはならなかった。もっとも「ホルス」も「リボンの騎士」も制作者や視聴者に別世界の意識はなく、「リボンの騎士」はお伽噺の世界の延長上の世界、「ホルス」は神話・民話的伝承世界の延長の世界としか捉えられていなかっただろう。

　サンリオの劇場用長篇「シリウスの伝説」（八一、波多正美、脚本＝桂千穂・波多正美）は創作神話をもとに世界を構築した本格的な別世界物である。水の精の少年シリウスと火の精の少女マルタの〈ロミオとジュリエット〉的ラブロマンスで、世界が滅びようとも愛が大切、というようなコンセプト。同性愛と近親相姦のモチーフも入れ込まれているが、公開当時はほとんど話題になっていない。フルアニメで、画面的にも非常にぜいたくに作られたアニメーションであるが、そのぜいたくさが作品全体の魅力にまではなっていないところが惜しまれる。

　その後ようやく、ＯＶＡ「天使のたまご」（八五、押井守）「ウインダリア」（八六、湯山邦彦、原作・脚本＝藤川桂介）など、別世界物が本格的に作られるようになっていく。「天使のたまご」は人気《ひとけ》の少ない廃墟めいた世界で、天使の卵を抱えていると信じて卵を保護し続ける少女と、巨大な剣を携えた少年の交錯を描いた象徴的な作品。後者は、異世界の国家間の争いを描いた戦争物にラブロマンスを加えた作品で、〈ロミオとジュリエット〉に加えて〈浅茅が宿〉的モチーフを含む。

　同時期に、ゲームをもとにしたアニメ作品も次々と作られるようになる。大ヒットゲーム「スーパーマリオブラザーズ」のアニメ化は失敗に終わったものの、次に作られたテレビアニメ「ビックリマン」（八七〜八九ほか）「ドラゴンクエスト」（八九〜九〇ほか）は、アニメ作品自体の面白さによってヒット作となった。こうして別世界ファンタジーのアニメは普及した。というよりはむしろ、テレビゲームのＲＰＧが別世界ファンタジーをポピュラーなものにし、アニメ化によってそれがさらに推進されたというべきだろう。ここには漫画とそのアニメ化のような関係が存在する。これ以後、別世界ファンタジーに限らず、ゲームがアニメのソースとして重要な存在になっていくのである。

　付言しておけば、ゲームの世界観や物語だけでなく、ＣＧもファンタジックな映像を提供してきた。特に、九四年末に発売されたゲーム機プレイステーションとセガサターン以後のゲーム作品では、美しい３ＤＣＧ映像が作られるようになっていく。ゲームのために作り出された別世界の風景、生物、モンスター、魔術の特殊効果などがファンタジー表現の幅を広げてきたことはまず間違いない。中でもムービーの美しさが際だつ「ファイナル・

ファンタジーⅧ」（九七）はCG時代の到来を告げる象徴的な作品であった。以後、コンピュータ機器の進歩に連れ、CGも美しく精密になって、ファンタジーの世界像の魅力を競っている。

　テレビアニメの別世界物の決定版ともいえるのは、ライトノベルを原作とする《スレイヤーズ》（九五ほか、原作＝神坂一）である。原作の大筋を追いながらも、内容をかなりふくらませてあり、中でも第二作「スレイヤーズNEXT」（九六）はよくできた作品であった。メディアミックス展開によって大ヒットした《スレイヤーズ》以後、ライトノベルのファンタジーがアニメ化されることは珍しいことではなくなっていく。それまではやはりSF偏重だったのである。しかしアニメがヒットしすぎたため、原作の読者がアニメのイメージに引きずられるという、小説の映像化につきまとう問題も起きた。

　近年に作られた「アリーテ姫」（〇一、監督・脚本＝片渕須直、原作＝ダイアナ・コールス）「ハウルの動く城」（〇四、監督・脚本＝宮崎駿、原作＝ダイアナ・ウィン・ジョーンズ）「ゲド戦記」（〇六、監督・脚本＝宮崎吾朗、原作＝ル＝グイン）という劇場用長篇の別世界物三作においても、原作付きに関わる問題が見られる。「アリーテ姫」は、中世風の世界を舞台に、魔法使いと対決するモチーフなどを含むが、自立する少女がテーマの作品。原作に真っ向から異を唱えるような改変になっている。原作がレベルの低い作品だったので改変しなければ見られるアニメにはならなかったかもしれないが、それならばなぜそれをもとにしたアニメを制作したのか？　原作付きということの意味を考えさせた。「ハウル」は映像的にはハイレベルな作品だが、脚本が矛盾に満ち、不満が残る。しかしそんなことよりも、宮崎駿がアニメ化したことによって、ジョーンズの作品が次から次へと翻訳され、驚くべき売れ行きを示したということの方が特筆すべきことだろう。アニメの、というよりも宮崎駿の影響力はほとんどの権威よりもはるかに大きいのだ。「ゲド戦記」はファンタジー史上で十指に数えられる古典的名作を原作としているが、原作をまったく理解していない上に、アニメ独自のストーリーもでたらめで、古典的名作をアニメ化するということの重大さを考えさせた。

　劇場公開のオムニバス・アニメ「GENIUS PARTY」（〇七）「GENIUS PARTY BEYOND」（〇八）にも別世界物の秀作が含まれる。前者では怪奇風の異世界を舞台に少年たちの冒険を描いた「デスティック・フォー」（木村真二）、不思議な異世界で孤独に成長する存在を象徴的に描く「夢みるキカイ」（湯浅政明）、後者では音楽の偉大な力を表現すると同時に極微の中にある世界を描いた「GALA」（前田真宏）など。また前者のオープニング（福島敦子）は想像力の爆発を象徴的に描いた映像詩の傑作である。制作者のスタジオ4℃は質の高いアニメ制作で内外に名を馳せており、ほかにもいくつものオリジナル・ファンタジーの短篇を手がけている。

　このほかには、ウェブで発表された短篇連作「或る旅人の日記」（〇二～〇四、加藤久仁生）、同人誌発表の漫画をもとにしたテレビアニメ「灰羽《はいばね》連盟」（〇二、ところともかず、原作・脚本＝安倍吉俊）を挙げておきたい。前者はファンタスティックな世界をのんびりと旅していく人物を描いた連作で、解説も台詞もなく、物語性も特にない。雰囲気重視の作品だが、それなりの世界を作っている。なお加藤は水位の上昇に従って上へ上へと家を増築していく老人を描いたノスタルジックな短篇「つみきのいえ」（〇八）でアヌシーのグランプリほか多数の賞を受賞。さらにアカデミー賞短篇アニメーション賞を受賞したことで、いきなりメジャーな作家になった。「灰羽連盟」は、繭から生まれる羽の生えた人々〈灰羽〉が町の中の特定の場所で集団生活を営んでいる西洋風の町を舞台にした異世界物で、一人の灰羽がそこでの生活に馴染んでいく姿を描いている。灰羽たちは一定期間をそこで過ごした後に昇天していく。町は生死の狭間の世界（灰羽たちは現実では昏睡状態など）とも見えるが、明示的には語られない。やはり雰囲気重視の作品で、解釈は視聴者に委ねられている。確かな手触りのある日常生活と、神秘的な幻想とが交々描かれる魅力ある作品である。

【その他のファンタジー】

まずは歴史・民俗学的テーマのファンタジーとして、「哀しみのベラドンナ」（七三、山本暎一、作画監督＝杉井ギサブロー）と「もののけ姫」（九七、宮崎駿）の二作を挙げる。前者はジュール・ミシュレ『魔女』に拠るが、ミシュレの思想はほぼ無視し、性的に虐げられてきた女性が魔女となる過程に焦点を絞った（脚本＝福田善之）。深井国のイラストをベースに、エロティックな世界を大胆きわまる画面で描き出している。領主の処女権によって穢されるヒロイン・ジャンヌが股から二つに引き裂かれるシーン（作画＝杉井ギサブロー）、ジャンヌの手の中でくねる、ペニスの外形を持つミニ悪魔（後に悪魔は巨大化するが、やはりペニスの形をしている）、失禁までをも描いた猥雑なサバトなど、幻想とエロスの信じがたい混合。悪魔とヒロインのセックス・シーンでは、そのショックを描くためにまったく画調の異なる絵をフラッシュで見せていく手法を採り（作画＝児玉喬夫）、また抒情的な場面ではグラスペインティングの手法も採る（作画＝林静一）など、表現上の冒険も様々になされている。個人制作のアニメではない、劇場公開の長篇アニメで、この過激さを越える作品は今もない。そもそも歴史民俗学に依拠する魔女を描いたシリアスな長篇アニメさえもが空前絶後である。この作品は今では信じがたいことにR指定がないまま一般公開され、小学生でも観ることができた。おそらく当時の小学生には理解不能だったろうが。一方「もののけ姫」は、正統的なアニメの技法で高い完成度を誇る画面によって、谷川民俗学や神話学などに依拠する物語を展開。たたり神や森の神秘などを視覚化し、これまでにないアニメの世界を拓いた。自然と人間の対立というテーマを徹底的に掘り下げるならばヒロインの描き方が不満足というほかないが、それはない物ねだりというものだろう。少なくとも、このような歴史民俗学的テーマの本格的ファンタジー小説がそれまでほとんど書かれてはいないという点からも、高く評価できる。

次に、メタフィクショナルな作品を挙げる。まず、現実と非現実との境界、あるいは夢（内的世界）と現実の関係をテーマとした作品としては劇場用長篇「うる星やつら2 ビューティフル・ドリーマー」（八四、押井守）が記念碑的作品である。高橋留美子の押しかけ女房物のＳＦ漫画を原作とするが、物語は監督のオリジナル。学園祭の前日がいつまでも繰り返された挙句に、町から人が次々と消えて廃墟と化していくという状況が、ヒロイン・ラムの夢の中に取り込まれたせいだという展開となり、最後には〈夢から醒めても夢〉パターンを暗示して終わる。長篇アニメでは描かれたことのないテーマであり、後続のアニメ作家はむろんのこと、メディアを越えて影響を与えた作品である（なお押井については本篇を参照）。「アベノ橋魔法☆商店街」（〇二、山賀博之、制作＝GAINAX）も少年の妄想世界を次々に渡り歩く話で、〈夢から醒めても夢〉パターンの作品といえる。物語の展開には種々の難点があるが、主要な眼目は物語そのものよりも小津安二郎から自社の過去作品まで、様々なパロディを描くことにある。そういう意味でもメタフィクショナルな作品といえる。

現実と非現実の境界が曖昧な作品としては、テレビアニメ「少女革命ウテナ」（九七、幾原邦彦）にも触れておきたい。奇妙きわまる学園にやってきた男装の美少女ウテナが、〈永遠〉を手に入れるための決闘に巻き込まれるという展開だが、ウテナは最後まで自分の立場をよく理解できないまま、ミッションをクリアできずに消失してしまう。空中に上下逆様にそびえる城とそこからウテナに降臨する王子の幻影、悩む男女の心を操る若き天才教授などの存在が、物語の展開に連れてひっくり返されていく上、あまりにも作品世界が様式化されているため、作品内現実が何なのか一向にわからない（どう取ってもよい）。同性愛的要素が濃厚で、カルト的な人気を誇る作品だが、私見に拠ればこの作品で最も幻想的なのは、ピラネージの「牢獄」さながら、常軌を逸したスケールの建築である。

メタフィクショナルな作品の中でも、アニメーションについて考えさせる作品や、また想像力（創造力）をテーマにした作品にはユニークな秀作が多い。短篇「こねこのらくがき」（五七、藪下泰次、原画＝森康二）は、壁にらくがきをしていた擬人化猫が、おでこを壁にぶつけて目を回した数瞬の間、らくがきの中に入り込んでネズミとおいかけっこを繰り広げるというもの。らくがきの世界は白と黒だけの二次元の世界。そこに、カラーで立体的な猫（実際には白黒アニメなのでグレーの階調、セル画はいうまでもなく二次元的な物）が入り込んだと思える。我々が通常のアニメをいかに三次元的に認識しているかということを痛感させる。らくがきの中に入り込むという趣向も、それを実現しているアニメートも素晴らしい。

手塚治虫が短期間に独力で作り上げたという小品「人魚」（六四）は、線描を中心にしたいかにも個人制作風の愛らしい作品だが、空想力を禁じられた少年を描いた寓話で、想像＝創造に思いを致させる作品になっている。フルアニメでなくとも魅力的な作品が作れるはずだし、限られた時間や人手でも良いアニメは作れるはずだという手塚の信念が作らせた作品でもあり、その意味でもアニメについて考えさせる作品といえる。なお手塚には、古くて雨降りの激しい白黒フィルムを装った「BROKEN DOWN FILM　おんぼろフィルム」（八五）という短篇ギャグ・コメディもあり、主人公が傘を広げて〈雨〉をよけたりするのが楽しい。「こねこのらくがき」とは対照的に、主人公の空想の中ではフルカラーで美しい映像になっているのが印象に残る。

先に〈西洋の童話・児童文学〉の項で名前を挙げた東映動画の長篇「アンデルセン物語」は、アンデルセンの少年時代とアンデルセン童話のいくつかとを交錯させた作品で、想像力の称揚をテーマにしているが、ファンタスティックな出来事はアンデルセン少年が語る話や空想の中だけで起きるのではない。アンデルセンの物語中の人物オーレおじさんが現実に姿を現して不思議を巻き起こすというメタフィクショナルな展開となっている。この非常に良くできた脚本は、井上ひさしと山元護久の「ひょっこりひょうたん島」コンビ。

〈魔法少女物〉で触れた「プリンセスチュチュ」は、複雑なメタフィクション的設定を有している。小説家の絶筆となった未完のファンタジーがあり、その登場人物・王子と悪魔ガラスが作品の中から飛び出して現実で戦いを繰り広げた。王子は心を代償に悪魔を封印し、記憶も感情も失って世界をさすらっている。現在は、芸術学園に在籍するバレエダンサーとなっており、ヒロインは王子に恋する。そして、死んだ今もなお物語で世界を操ろうとしている小説家の口車に乗り、王子に心を取り戻させていくのだが、それは同時に悪魔の復活を意味していた。その復活した悪魔に対抗するに、小説家の血を引く少年が物語を書くことを以てするという展開は、アニメではなかなか見られない特異なもので、メタフィクションとしての面白さに満ちている。毎回冒頭で、童話やバレエ物語の語り替えや、作品の背景説明などを岸田今日子が語るという形になっており、この部分も秀逸だった。

メタフィクションを離れ、諷刺的なアニメも一瞥しておこう。戦後間もなく公開された「ムクの木の話」（四七、脚本・演出＝丸山章治）は、木が見守る世界を、種々の技法を駆使して描いた四季の交響詩だが、冬の魔王をナチスになぞらえるなど、諷刺的意図を前面に打ち出している。東宝教育映画部の制作であり、戦後民主主義教育的な意図もあるのだろうが、よくできた短篇である。

手塚治虫はアニメの大きな機能の一つに諷刺があると語っているが、手塚が自ら手がけたアニメには諷刺的要素がはっきりと見て取れるものが多い。手塚が自身のアニメ制作意欲を満たすべく作った制作会社・虫プロダクションの第一作「ある街角の物語」（六二、手塚治虫）は、壁に貼られたポスターたちが生命をもって活動しているという設定の作品。戦争と全体主義への批判が籠められており、男女二人の音楽家のポスターが爆風で巻き上げられ、燃えながら天空の彼方へ消えていくシークエンスが印象的だ。「JUMPING」（八四、手塚治虫、作画＝小林準治）は、跳ねれば跳ねるほどより大きくジャンプするという発想から作られた一人称視点アニメ。ジャンプの果てに核戦争の地域に至り、地獄へまでも下降するシークエンスには諷刺的なものも含まれている。画面から目を離させないスピード感があり、見ていて楽しく、見終わって考えさせる「JUMPING」は、小品ながらも手塚の最高傑作であり、同時にアニメ史上に残る名作である。

諷刺的な作品は個人制作の短篇アニメでしばしば作られる。ことに六〇〜七〇年代には諷刺的要素が強い短篇アニメが多く作られた。六〇年に久里洋二を中心に〈アニメーション三人の会〉が結成され、生け花の草月がそれを支援して上映会を開催し、作品募集がなされたりしたという背景もあるが、やはり時代性であろう。人間存在の不条理を描いた久里洋二「人間動物園」（六二）「殺人狂時代」（六三）、反戦テーマの真鍋博「潜水艦カシオペア」（六四、原作＝都筑道夫）、現代の不毛や疎外をテーマとする島村達雄「幻影都市」（六七）、鳩の抱いている卵から悪魔が孵る、シニカルな月岡貞夫「新・天地創造」（七〇）など。中でも久里洋二の作品はまずヨーロッパで評判になったことで知られており、海外のアニメ作家たちに様々な形で影響を与えていることが推測される。

諷刺というよりは奇想的なアニメとして、漫画家の横山隆一が手がけた作品群がある。その第一作が「おんぶおばけ」（五五）で、石が風神の精気を浴びて〈おんぶおばけ〉となり、鍛冶屋の背中に取り憑いて、鍛冶屋とほのぼのとした交流を持つ物語。愛らしいおんぶおばけは後にテレビアニメ化もされて知られるようになった。その後、横山がおとぎプロダクションという小さな制作会社を興して制作したのが「ふくすけ」（五七）で、頭が重くてまともに立てない蛙の子が、医者の手術によって今度は軽くなり過ぎてしまい、雲の上の雷様の許に奉公するという展開。奇想とペーソスの入り交じる秀作である。おとぎプロにはさらに「動物五万匹」（六一〜六五）というシリーズがある。ありくいの鼻の穴に鍵を入れて回すと、口が耳まで裂けて凶暴化してしまう話や、草原に見えない壁が立っている話など、動物たちが主人公のほら話集で、独特の味わいがある。

最後に、物語性は稀薄、もしくは皆無だが、映像的にファンタジックな個人制作の短篇アニメ群に触れておく。部屋の中に次々と物が出現しては去っていく久里洋二の「部屋」（六七）、イメージの爆発が印象的な古川タクの「コーヒーブレイク」（七七）、変幻するフォルムを描き続ける前衛アニメの第一人者・相原信洋の「カルマ」（八〇）「LINE」（九〇）「WIND」（二〇〇〇）、種々の手法で美的な世界を作り出すＩＫＩＦ（石田園子と木船徳光のユニット名）の「阿耳曼陀羅Ⅱ」（八六）、横須賀令子の墨絵アニメ「もうれんじゃかじゃか」（八五）、浅野優子の人形アニメ「五つの指の庭」（八八）、抽象的な描画の変幻を描く石田尚志の「部屋／形態」（九九）「フーガの技法」（〇一）等。これらの想像力を刺激する作品群は、アニメーションの原初的なパワーを持つ作品といえるだろう。

右に挙げた作家たちにはもっと多くのファンタジックな作品がある。また、名前を挙げられなかった作家も多数に及ぶ。現代のアニメの種々の傾向を見るには三十五人のアニメ作家が競作した「連句アニメーション　冬の日」（〇三）が現時点では参考になるが、しかしこれとてもごく一部に過ぎない。

【伝奇アクションと怪奇】

超能力を持つ人々が妖異と戦うというパターンのいわゆる伝奇アクションは、現在ではまったく珍しくないが、それほどの長い伝統を持つわけではない。アニメ史上において時代を画したのは「幻魔大戦」（八三、りんたろう）だろう。侵略物のSFだが、趣は伝奇アクションであり、侵略者＝幻魔の表現にも超能力表現にも新時代を開いた（オーラ表現などのエフェクトは金田伊功《よしのり》）。現在まで、妖異・超能力バトル表現は洗練されてはきたが、基本的にこの延長上にある。同じく漫画のアニメ化では劇場用長篇「超神伝説 うろつき童子」（八九、高山秀樹）のアニメートの評価が高く、海外の大人にも日本アニメのファンを増やした。

ロボットではなくて人間が特殊なバトルスーツを着て戦うというSFとファンタジーの混合体のバトル・アクションはテレビアニメ「聖闘士星矢」（八六～八九、原作＝車田正美）によって流行し、追随作を生んだ。「八犬伝」にヒントを得た典型的な伝奇アクションに、SFタッチのバトルスーツを持ち込んだ「鎧伝サムライトルーパー」（八八～八九、制作＝サンライズ）、インド神話の登場人物の転生者である高校生の少年たちが異世界に召喚され、戦いを繰り広げる「天空戦記シュラト」（八九～九〇、制作＝タツノコプロ）など。一時代の流行物だが、伝奇アクション的な発想を広めた作品群といえる。

近年の伝奇系異色作としてはテレビアニメ「地球少女アルジュナ」（〇一、河森正治、脚本＝河森正治・大野木寛）「ケモノヅメ」（〇六、湯浅政明、制作＝マッドハウス）が挙げられる。「アルジュナ」は地球霊に地球を救う力があると見込まれた少女が悩みながら妖異と戦っていく物語で、地球環境破壊・食生活・携帯電話など、地球と日本が抱えている様々な問題を取り上げている。取り上げ方はストレートで、しかも神秘的な視点が導入されており、まるで宗教団体が作ったかのような印象を与える。CGを用いて実験的な映像を様々に試みている点もユニーク。なお、ここで提起される問題は今なおアクチュアルで、八年前のアニメだということを忘れさせる。「ケモノヅメ」は〈ロミオとジュリエット〉物の現代伝奇アクション。劇画的な絵を動かしている点に特徴がある。残虐さと直接的な性表現によってR15指定を受けてはいるが、コメディ要素も含まれ、総体としてポップな印象の作品。

伝奇アクションには怪奇的な表現が含まれる場合が少なくない。例えば「ケモノヅメ」では食人鬼への変身がそれに当たる。スプラッタや人体損壊を怪奇分野のものと考えれば、それも描かれており、「ケモノヅメ」は怪奇アニメと定義することも可能だ。日本刀を武器に怪物と戦う少女をクールに描いた伝奇アクションの劇場用長篇「BLOOD THE LAST VAMPIRE」（二〇〇〇、北久保弘之）なども怪奇的なアニメといえるだろう。

怪奇的な要素や不気味な要素はアニメの中でも小さくない部分を占めているが、元来が子供向けと考えられているアニメでは、怪奇的な部分はコメディと綯い交ぜにされて薄められるというのが常套的な手法である。あるいはミステリとして合理的に解決し、不条理な恐怖感が与える傷を子供に残さないような配慮がなされる。対象年齢層が高いOVAでは（有線、衛星放送、深夜放送などテレビアニメのチャンネルが広がって以後は、テレビアニメでも）、スプラッタやサイコといった惨虐な恐怖の趣向が取り入れられている。

また、SFの中に怪奇要素を取り込んだ作品もある（あるいはリアリティ獲得のためにホラーにSFの要素が取り入れられている）。例えばオムニバス・アニメ「MEMORIES」（九五）の中の「彼女の想いで」（森本晃司、原作＝大友克洋）は宇宙が舞台のSFだが、亡魂がさまよう幽霊屋敷物の一バージョンにほかならない。またSF大賞を受賞し、世評も高い

「電脳コイル」(〇七、監督・脚本＝磯光雄)も、SF的な意匠で全篇貫かれてはいるが、妖怪物、心霊物の一変形パターンである。

　こうした状況なので、純粋なスーパーナチュラル・ホラーのアニメは稀少だ。古典的作品としては、大藤信郎の「くじら」(二七、五二)「幽霊船」(五六)とテレビアニメ「妖怪人間ベム」(六八〜六九、制作＝第一動画)が挙げられる。大藤の作品は影絵アニメで、戦後の作品はカラーセロファンを使った美しい色彩も素晴らしい。「くじら」は難破船の生き残りの男たちが唯一の女性をめぐって醜い争いを繰り広げる様を描いたもので、最後に男たちは鯨によって海にたたき落とされる。「幽霊船」は幽霊船に出会った海賊船の滅亡を描く。どちらも暗い題材だが、世界的に高い評価を得ており、特に後者では幻想的な表現が多用されていて印象深い。「妖怪人間ベム」は、異能を持つ善意の妖怪三人組が善行を積めば人間になれると信じ、人間たちから差別を受けながらも、人間たちの悪事を防いだり怪奇事件を解決したりするという短篇連作。ヨーロッパを舞台にした超自然的怪異のオンパレード(脚本＝足立明ほか)は、きわめて異色で、強いインパクトを残した。何度も再放送されたので、〈早く人間になりたい！〉というオープニングの叫びは一種の流行語にさえなった。オリジナルのスーパーナチュラル・ホラーで「ベム」のインパクトを越える作品は、現在に至るまで作られてはいない(〇六年の続篇もほとんど話題にならなかった)。一つには規制が多いという媒体の限界の問題がある。また視聴者も制作者も年々洗練されてきて、泥臭い物語では受け入れられないという問題もある。そしてアニメの技術も進歩してリアリティのある画面が作れるようになった現在では、生半可な表現では恐怖どころか失笑を招いてしまうという問題もあり、ますます作るのが難しくなっているといえるだろう。

　このほかの怪奇作品としては、手塚治虫原作だが、妖怪退治に的を絞って内容を改変した「どろろ」(六九、杉井ギサブロー、後に「どろろと百鬼丸」と改題)、永井豪原作だがオリジナルに近く、様々な妖獣と巨大ヒーローが戦う怪奇アクション物「デビルマン」(七二〜七三、脚本＝辻真先)が秀逸。OVAの佳作「吸血姫《ヴァンパイア》美夕」(八八〜八九、平野俊弘)は吸血鬼物として名高いが、ホラーよりも耽美な印象の方が強い。

　近年の作品ではOVAの短篇「カクレンボ」(〇五、森田修平)が、脚本は弱いものの、美術的には終始暗い怪奇のムードで押し通し、印象的。また、三作のホラーアニメから成るオムニバスの一篇「化猫」(〇三、中村建治、美術＝倉橋隆)とその続篇の短篇連作「モノノ怪」(〇七)が、正調怪談を骨子として、怪異の出現をきわめてデザイン的に処理し、画面構成やテクスチュアにも凝った良作。特に最終話「化猫」のホラー表現はなかなかのもので、スタイリッシュに恐怖を演出することに成功している。物語的には人間悪を暴くところに重点を置き、ミステリに傾斜しているのが惜しまれる。また、テレビアニメ「神霊狩／GHOST HOUND」(〇七〜〇八・中村隆太郎、原案＝士郎正宗、脚本＝小中千昭ほか)が、ホラーアニメ史上の重要作となるかもしれない秀作。神霊が降りやすい九州の田舎町を舞台に、様々な問題を抱えている少年少女らのオカルティックな体験を描いた冒険物で、前半では恐怖映画的手法を用いて、アニメにおける怪奇表現を追究している。かつて事件のあった廃病院でのシーンなど、特筆すべきである。神秘思想、脳科学、心理学などの知識を総動員して怪奇現象を解説し、生命科学の問題にも触れつつ、魂についての考察を繰り広げており、その正面切った姿勢も評価できる。ただ、その考察が理に落ちたところで、SFに近づいてしまうという難点はある。これはスーパーナチュラル・ホラーというジャンル自体が有するアポリアであろう。

　最後に人形アニメの快作「緑玉紳士」(〇四、栗田やすお)を挙げておこう。悪魔に奪われた大切な商売道具を取り戻すため、異界にもぐり込んだグリーンピース氏が、怪奇的な存在たちから逃げ回るアクション・ホラー・コメディ。人形アニメならではの怪奇の造型が楽しい。

【SFの中の神秘】

SFアニメの中にはファンタスティックな要素も多数含まれている。アニメブームの基礎を築いたといわれるテレビアニメ「宇宙戦艦ヤマト」（七四～七五）でもラストでは不可思議な死からの蘇りが描かれている。アニメの歴史を変えたとも評される劇場用長篇「風の谷のナウシカ」（八四、宮崎駿）は、全体の雰囲気が別世界ファンタジー風であるのに加え、ラストでは伝説の救世主が出現したように描かれる。そもそも日本ではSFとファンタジー間の壁がきわめて薄く、劇場用長篇「パルムの樹」（〇二、なかむらたかし）は典型的な一例だが、両者のハイブリッドめいた作品が多い。きりがないので、重要作を三作だけ挙げる。テレビアニメ「伝説巨神イデオン」（八〇～八一、富野喜幸、制作＝サンライズ）は、先史文明の遺物で、神をも思わせる力を持つが理解不能な巨大ロボットに振り回されて滅びていく人々を描く。打ち切りとなったテレビ版に結末をつけた劇場版「伝説巨神イデオン発動篇」（八二）では、主人公も含めて人類は滅亡し、彼らの魂が母星の海へと飛び込んでいくシーンで終わる。彼らは新しい人類の魂となるのだろう。これは、日本SFだからこその結末であって、西洋ではこのような作品は作れないにちがいない。黙示録テーマはキリスト教社会でも共通だが、キリスト教徒の魂は神のもとへと還り（あるいは地獄に堕ち）、転生しないからだ。むしろ、少年少女がイデオンのように理解できないロボットを操縦して正体不明の敵と戦うテレビアニメの怪作「新世紀エヴァンゲリオン」（九五～九六、庵野秀明、制作＝GAINAX）が描き出す黙示録的世界の方がキリスト教的だ。この作品は神的な超越に触れたと思った狂信者たちが自ら黙示録的状況を作り出そうとしていると理解することが可能であり、計画成功の暁にはすべての人類は一つの意識を共有するという可能性が示唆される。これこそ神の許へ還るということのアナロジーだろう。もっとも物語の展開からすればそれが肯定されているわけではない。「イデオン」以上にSF的な説明を放棄した「エヴァンゲリオン」は、謎めいた思わせぶりな細部と病的な少女キャラクターの魅力により社会現象となるほどのブームを呼び、監督自身によるリメイクが今も進行中である。この作品によってオカルティズム、幻想文学関連の知識の一部が広く知られるようになったことは否めない。また、メディアを越えて創作に与えた影響にも多大なものがあり、幻想的なものについての説明（理論構築）の放棄が蔓延した。それは一種の文化的傾向にさえなっているが（あるいはそれがもともとの傾向で、拍車をかけたに過ぎないのかもしれないが、ともあれ）、その分析と検証はいまだまともになされてはいない。一方、劇場用長篇「GHOST IN THE SHELL　攻殻機動隊」（九五、押井守、原作＝士郎正宗）は「エヴァンゲリオン」とは対照的にSF的な説明を放棄することなく、ネット内に生成した神のようなAIを扱っている。物語的にも破綻の連続（あるいは前言打ち消しの連続）の「エヴァンゲリオン」とは対照的に見事なまとまりをみせる（脚色＝伊藤和典）。画面の美しさ、映画としての完成度の高さにも定評がある。とはいえ、アニメならではのファンタスティックな表現を用いて超越的なるものへの志向を画面的にも見せているところは「エヴァンゲリオン」とも共通する。「新世紀エヴァンゲリオン」と「GHOST IN THE SHELL」は、世紀を越えて今も影響を及ぼしており、影響力という点でこれらの作品を越えるアニメは、今なお作られていない。

【編者紹介】

石堂藍（いしどう・らん　一九六〇〜）文芸評論家。本名川島徳絵。埼玉県浦和市生。早稲田大学第一文学部文芸専修卒。卒論は吉田一穂。八二年から〇三年まで幻想文学の研究批評誌『幻想文学』を編集・発行し、書評・ガイドを執筆。著書に『ファンタジー・ブックガイド』（〇三・国書刊行会）、共編著に『幻想文学1500ブックガイド』（九七・同、東雅夫との共著）《世界文学あらすじ大事典》（〇四〜〇七・同）ほか。

東雅夫（ひがし・まさお　一九五八〜）アンソロジスト、文芸評論家。本名政男。神奈川県横須賀市生。早稲田大学第一文学部日本文学専修卒。卒論は泉鏡花。『幻想文学』編集長を務め、怪奇幻想文学の普及に尽力。現在は怪談専門誌『幽』編集長として、怪談文芸の普及に力を注いでいる。著書に『百物語の怪談史』（〇七・角川文庫）『江戸東京　怪談文学散歩』（〇八・角川選書）『怪談文芸ハンドブック』（〇九・メディアファクトリー）など、編著に《文豪怪談傑作選》（〇六〜・ちくま文庫）《伝奇の匣》（〇一〜・学研M文庫）『日本怪奇小説傑作集』全三巻（〇五・創元推理文庫、紀田順一郎との共編）『響鬼探究』（〇七・国書刊行会、加門七海との共編）ほか多数。

日本幻想作家事典

二〇〇九年十月十五日　初版第一刷発行

編　者　東雅夫・石堂藍

発行者　佐藤今朝夫

発行所　株式会社国書刊行会
東京都板橋区志村一－十三－十五
電　話　〇三（五九七〇）七四二一
FAX　〇三（五九七〇）七四二七
http://www.kokusho.co.jp

装　画　安藤徳香

組　版　株式会社アトリエOCTA
印　刷　株式会社シーフォース
製　本　株式会社ブックアート

ISBN978-4-336-05142-4